国家出版基金项目
NATIONAL PUBLICATION FOUNDATION

現代（1912-1949）話體文學批評文獻叢刊

詩話卷一

李德强 編著

鳳凰出版社

圖書在版編目（CIP）數據

現代（1912—1949）話體文學批評文獻叢刊. 詩話卷/
黄霖主編 ; 李德强, 張晴柔, 楊婷婷編著. -- 南京 :
鳳凰出版社, 2020.12
ISBN 978-7-5506-3335-3

Ⅰ. ①現… Ⅱ. ①黄… ②李… ③張… ④楊… Ⅲ.
①中國文學－現代文學－文學評論－叢刊②詩話－詩歌評
論－中國－現代 Ⅳ. ①I206.6-55②I207.22

中國版本圖書館CIP數據核字(2020)第261655號

書　　名	現代(1912—1949)話體文學批評文獻叢刊·詩話卷
主　　編	黄　霖
編　　著	李德强　張晴柔　楊婷婷
責任編輯	李　霏
裝幀設計	徐　慧
出版發行	鳳凰出版社(原江蘇古籍出版社) 發行部電話025-83223462
出版社地址	江蘇省南京市中央路165號,郵編:210009
出版社網址	http://www.fhcbs.com
照　　排	南京凱建文化發展有限公司
印　　刷	南京新世紀聯盟印務有限公司 江蘇省南京市建鄴區南湖路27號春曉大厦5樓,郵編:210017
開　　本	880毫米×1230毫米　1/32
印　　張	67.25
字　　數	1858千字
版　　次	2020年12月第1版
印　　次	2020年12月第1次印刷
標準書號	ISBN 978-7-5506-3335-3
定　　價	380.00圓(全三册)

(本書凡印裝錯誤可向承印廠調换,電話:025-68566588)

2020年度國家出版基金資助項目

國家社會科學基金重大項目“民國話體文學批評文獻整理與研究”（15ZDB079）

總　序

黄　霖

在中國傳統的文學理論批評中，有一類"話體"之作。所謂"話體"①，就是如詩話、詞話、文話、曲話、小説話一類形式獨特、自成一體的文學批評著作。話體文學批評的基本特徵，就是既有别於傳統文學批評中諸如序跋、評點、書信、論詩詩、曲譜、詞譜、單篇文章等其他文體，也有别於現代有系統、成體系的文學論著，其主要表現形態爲筆記體、隨筆型、漫談式，凡論理、録事、品人、志傳、説法、評書、考索、摘句等均或用之，其題名除直接綴以"話"字之外，到現代就往往用"説"、"談"、"記"、"叢談"、"閑談"、"筆談"、"枝談"、"瑣談"、"談叢"、"隨筆"、"漫筆"、"卮言"、"閑評"、"漫評"、"雜考"、"札記"、"管見"、"拾雋"等多種名目，也給人以一種"散"的感覺。

這樣的一類文學批評論著，在現代新派文人眼裏就覺得在形

---

① 文學批評著作中有"話體"之稱，始於宋代歐陽修的《六一詩話》。話，即故事。此書主要是記述了一些與詩相關的故事，"以資閑談"，故《四庫全書總目提要》概括其主要特徵是"體兼説部"。之後，在宋代迅速興起撰寫詩話的熱潮，内容與形式也隨之多樣化起來，往往兼及詩法、詩論，乃至考證、辨訛之類。考慮到現代期間正宗的"體兼説部"的"詩話"實際上已爲數不多，更何況古代的詩話、詩論、詩評、詩法、詩式在表現形式上還是存在着一些共同的特點。因此，我們尊重長期以來約定俗成的對於"詩話"的認識，將隨筆散評型的詩品、詩評、詩論、詩法、詩格等各類成編（篇）的詩學著述統統歸之於"詩話"之中。其他文類如文話、詞話、劇話、小説話等也同其例，統稱爲"話體文學批評"。

式上雞零狗碎，没有條理，不成體統，在内容上又多是關注舊的一套，是典型的"舊文學"的代表，屬於"死"去或即將"死"去的東西，因而長期以來，它們被忽視，被鄙視，被歪曲，被遮蔽，在現代文學史與批評史中最多作爲主流的對立面而被偶爾帶及而已。如今，打開塵封，正視歷史，覺得這些話體之作是有舊有新，亦舊亦新，去整理它們、研究它們是正當其時，很有必要。

這是因爲整理與研究現代話體文學批評，可以完整地展示長期被遮蔽的現代文學批評的重要一翼，否則，一部現代文學批評史至少是不完整的，甚至是畸形的。

這一點本來是小學生也可以理解的。但實際上，時至今日，還是有不少大學者會認爲，現代文學史就是寫"新文學"的文學史，現代文學批評史就是寫現代"新文學家"的批評史。在他們看來，"舊派"的，或者是"舊體"的文學理論與批評都是落後的、正在死亡的、毫無意義的。這種意見的代表作，要數茅盾在1922年發表的《"文學批評"管見》。他説："中國一向没有正式的什麽文學批評論。有的幾部大書如《詩品》《文心雕龍》之類，其實不是文學批評論，只是詩賦詞贊等文體的主觀定義罷了。"像《文心雕龍》這樣的文論傑作，國外的學者也認爲，相比之下可使"亞里斯多德的《詩學》、賀拉斯的《詩藝》等西方古代文藝批評或文學理論著作頓時黯然失色"①，而在茅盾眼裏却被看得如此無足輕重，現代的一些話體批評當然更一文不值，應該"死"去了。更令人不能接受的是，茅盾在同一篇不到一千字的短文中又説，文學批評本來並不高深，"批評一篇作品，不過是一個心地直率的讀者喊出他從某作品所得的印象而已，算不了什麽大事"。想不到這種"算不了什麽大事"的事，在他心目中，我們的祖先竟都不會做，都是那麽的無能。正是在這種偏見與武斷的基礎上，他説："所以我們現在講文學批評，無非是

① ［日］興膳宏(京都大學名譽教授、日本學士院終身院士)：《日本對〈文心雕龍〉的接受和研究》，《興膳宏〈文心雕龍〉論文集》，齊魯書社1984年版。

把西洋人的學説搬過來,向民衆宣傳。”[1]這種認識顯然是十分片面的。可悲的是,當時如此認識的不只是茅盾一個人,而是一批人。正如唐弢主編的《中國現代文學史》所説的:“當時的倡導者對於自己民族的古典文學大多采取輕視甚至一概否定的態度,而把人們的視綫完全引向西方。”更令人可嘆的是,不但當時有這樣一批人,就是到現在還是有那樣一批人抱着這樣的態度。

這裏我們姑且不論如《詩品》《文心雕龍》那樣的傳統文論的經典如何,就説現代期間的“舊派”或如話體一類“舊體”的文論著作,果真都是“死”的或應該“死”的嗎？事實顯然不是這樣。我們不可否認,在現代期間的話體文學批評的作者隊伍中,是有一些守舊的遺老,始終裹足不前,死守着傳統的批評路數以不變應萬變,但其主流,不少人是從“戊戌”、“辛亥”、“五四”、“抗日”一路走來,都曾經積極地參與社會實踐,捲入過時代的大潮,甚至有的還搏鬥在大潮的前列,也有的是在國内接受過新式的教育或擁有出國留學的經歷,還有的在家中從報章雜誌、流行書籍中無聲無息地呼吸着從歐美刮到東土來的一些新鮮的空氣,這都在使這批話體作者的思想觀念、知識結構與傳統的士大夫有所區别,在他們所寫的話體文學批評中或多或少地流露了一些新的、活的氣息。較早的,即便如陳衍《石遺室詩話》、王逸堂《今傳是樓詩話》等一些公認爲傳統的話體作品也常常關注到一些出使海外的詩人的紀游詩作,接觸了聲光電化等現代科技文明,引入了一些代表西方精神文明的“民約”、“自由”、“民主”、“共和”等等新詞語,乃至露出了文學獨立與寫人生、寫現實的理論傾向。後來不少話體作品也在逐步使用西方傳來的詩學術語,如美感、美學、具體、抽象、理性、文學、人格、現實、主觀、客觀、象徵、浪漫、口語化、大衆化、科學化、想象力、表現力、創造性等等。這種新變還進一步體現在話體作家的思維方式也在不斷變化,不再一味執著於重直覺的思維慣性,就是話體本身,也逐步趨向條理化、系統化。這些都可以説是中國傳統的話體

① 《小説月報》1922年第13卷第8期。

作品在新變,不能簡單地用一個"舊"字來將他們矮化、醜化。他們的這種變,與"新文學"家們不同的,只是在新變中特别自覺地堅守着傳統罷了。當然,反過來看,有的"新文學"家,甚至是認爲與"舊文學"不能"調和"而只有"鬥争"的"新文學"家,也會不自覺地運用傳統的話體批評舊形式,寫起面向新時代、批評"新文學"的話體批評著作,如朱自清寫有《新詩雜話》,朱光潛寫有《詩論》,任鈞寫有《新詩話》,等等。事實證明,屬於"舊體"的話體批評,新文學家們也是用它來裝新酒的。話體批評不論在"舊派文人"那裏,還是在"新派作家"那裏,都没有死去。不但没有死去,而且還相當地活躍。今天,假如要寫一部如當初王瑶、劉綬松先生那樣命名爲"中國新文學史"的 1912 到 1949 年間的文學史著的話,眼睛只盯着一批所謂新文學家也未嘗不可,但假如説要寫一部名爲"現代"或"民國"(1912—1949)的文學批評史的話,你就必須關注到現代文學與文學批評中的"新"與"舊"、中與西的兩個方面,更不要説這種"新"與"舊"的劃分本身就存在着這樣那樣的問題。今天,我們要科學地、全面地研究與總結中國現代文學史與批評史,必須從數典忘祖、蔑視傳統、過度崇洋、無視當下的歷史慣性中解放出來,客觀、平允地認識現代歷史發展中"新文學"與"舊文學"矛盾統一的兩個方面,寫出一部完整的現代文學史與批評史。

同時,整理與研究現代話體文學批評,可以使我們認識到這些論者曾經爲研究與承續中國文論傳統作出的努力,同當時的"舊體"文學創作一起,爲我國的文學傳統不至於完全斷裂而徹底西化,作出了重要貢獻。

現代時期的話體文學批評十分繁榮,其文體之全面,數量之豐富,都是可以使話體之作最繁富的清代也瞠乎其後的。這是在當時主流之外,頂着潮流,注重傳統、承續傳統的重要的方面軍(另一大方面軍是教學)。就是這些話體批評,不但使我國傳統文論的範疇,如神、氣、格、韻、味、體、調、法、情、理、趣、真、清、麗、奇、幻、意象、境界、正變、形神、本色、結構、詩眼、活法等等仍然生生不息,而且在總結傳統文學的歷史與理論上不斷地作出新的成績。比如陳衍在《石遺室詩話》中總結“唐、宋詩之争”的問題時提出的“三元説”及後來沈曾植接着提出的“三關説”，都是在總結歷史的過程中，提倡“走變通之路，采兼容之法”，關係到詩學及其相關聯的文化存亡問題，包含着陳衍深沉的社會關懷和人文精神。之後，有一批話體著作循着這條路，在梳理漢魏六朝詩、唐詩、宋詩的演變脉絡，建構詩史的過程中兼容貫通，時有新見，成績斐然。比如，作爲現代的學人，如何總結與評價清代的文學流變是擺在他們面前的一個重要的任務。1916 年姚鵷雛的《赭玉尺樓詩話》論清代的詩説：“清一代詩，綜言之凡三世。初入關，漢文士以牧齋爲之領袖，而漁洋、竹垞、愚山、荔裳、海珊、石穀原諸家競起，一以初盛唐爲宗，清俊平厚。漁洋出以神韻，遂蔚爲大家，海内宗風，以沈歸愚爲之殿，此一世也。袁簡齋以駘蕩輕雋之才，矯爲白香山、陸放翁，以藥宗初盛唐枵響之弊。於時，漁洋之説過拘，海内稍稍厭苦之，一時遂靡然從風。他若甌北、心餘、船山之倫，庶歸此派。其間能者固多，而失之浮薄，名世不朽者少矣。外此别派，樊榭以生澀僻冷一種興於浙，稚存以高亢邁往一種興於吴，卓犖可傳，而從風者少；道咸之間，此事稍稍衰歇矣。獨定庵龔氏璀璨環瑋、沉雄綿麗，實爲一時之傑。乃其時詩後百年而始大昌於今日，亦有數存焉。同光而後，北宋之説昌，健者多爲閩士，如海藏、石遺、聽水諸家，以及義寧陳散原，其人生平可以弗論，獨論其詩，則不失爲一代作者矣。”①短短數語，將有清一代的詩歌的流變略分爲“三世”，脉絡清楚，自有見地。再如關注詩話本身的問題，也是現代詩話的一個特色。過去的詩話，很少論到詩話本身。至清代，也只有吴騫的《拜經樓詩話》、潘德輿的《養一齋詩話》及章學誠的《文史通義》等少數作品顧及。而至現代，論史的意識加强了，不少詩話就注意對詩話本身進行總結與批評。如莊蔚心的《細雨梅花館談屑》(1919)就以近人之眼光對古代詩話進行了分類與總結：“詩話作者古今多矣，總觀其體，各有不同，約分之可别爲四類。一曰：品評類。專品評

① 《赭玉尺樓詩話》，《現代日報》1916 年 1 月 26 日。

前人之作好惡優劣,逞一己之思想,而左右高下之,鍾嶸之《詩品》是也。二曰:描摹類。乃形容詩之形貌性格,須淋漓盡致,惟妙惟肖,司空圖之《二十四詩品》是也。三曰:立論類。爲論述詩之源流及做法,嚴羽之《滄浪詩話》以禪喻詩是也。四曰:表揚類。記載詩人名句名篇,蓋遁迹山林隱居鄉里,往往詩工而名不彰,或名著而詩不多,得附驥尾,聲價十倍,袁枚之《隨園詩話》是也。以上四者體格雖殊,然均爲詩學流傳之命脉,如山川草木,各不相關,而其點綴天地風景之功,實不可少一也。"[①]針對當時一些文人在市場利益的驅動下,急功近利,粗製濫造詩話的不良現象,不少詩話提出了尖鋭的批評。如方廷楷《習静齋詩話》(1913)總結詩話之弊説:"詩話之作,其弊有五:一則無識,二則偏見,三則好奇,四則濫收,五則徇情。去此五者,方不負詩話之作。"《哲廬談詩》(1919)也批評近代文人"録古人詩數首,前後略加三四語,篇幅殊長,曰:是詩話也"[②]。王無爲撰《荒唐詩話》,更是痛批當時一些"僅識之無者"即處處作詩話,又寫得如"親家母裹足布,又臭又長"。他乾脆把近代詩話分爲狗派(描摹不似,畫虎類狗)、鬼派(競炫奇巧,弄巧成拙)、誨淫派(搜羅濃艷,以私誨人)、臭味派(不辨聲色,俚俗不堪)、狐媚派(歌功頌德,謟詞媚語)、窮酸派(一團糟醬,發泄窮酸)等六大派,語辭戲謔又辛辣,然確有見地,對話體文學批評的健康發展不啻是一劑良藥[③]。其他如詞話中對於詞體、詞源、詞譜、詞律,乃至虚字、俗字、叠字、去聲字的用法的論辯與探討;文話中關於文章意境、識度、氣勢、聲調、筋脉、風趣、情韻、神味的追求;劇話從編劇原則到伶人素質、表演技巧、導演水平、舞臺布置、觀衆心理、戲曲盛衰等有關"戲學"的瑣談;小説話對於小説的新的分類、强調小説的"興味"性、"美術"性與語言的通俗性、藝術形象的"代表主義"等

① 《細雨梅花館談屑》,《振勝日報》1919年4月10日。

② 《習静齋詩話》,《小説海》1916年第3卷第7號。

③ 《荒唐詩話》,《中華新報》1917年2月17日。此處引文參見李德强博士學位論文《1873—1919年近代報刊詩話研究》,復旦大學,2011年。

等，都無不有裨於正確認識傳統文論與文學。再加上這些話體文學批評的作者大都從事高校的教學與大衆媒體的工作，這無疑對於傳統文論與文學的傳承與光大起了推動的作用。因此，現代話體文學批評儘管長期消隱匿迹於主流的話語之中，却實際流淌在中國文論史的滚滚長河之内，默默地灌溉着大江南北、長城内外，對傳統文學與文論的承續、發揚功不可没。

第三，現代話體文學批評的整理與研究，將更好地揭示中國現代文論與文學演變的一條規律，即只有在中西融會、古今貫通、新舊共濟的大道上，排除左右干擾，纔能不斷地獲得新生，但這種求新求變的道路是不平坦的。

如前所述，即使是現代一批所謂"舊派"的話體作者與作品，也是在不斷地呼吸着新鮮的空氣，在不斷地新變。與此不同的是，在現代的詩話中另有一些借鑒西洋的理論觀念，用中國傳統的話體形式來寫就的詩話，如朱光潛的《詩論》就成功地運用了西方的現代心理學、美學理論來點評中國古代的詩詞以及新詩、西洋詩。而任鈞《新詩話》、戴望舒《望舒詩論》等等，則完全是用新的理念來品評新詩，但其形式則與傳統的話體相差無幾。這是另一種模式的中與西的融合。在中西兼顧、新舊交融的道路上，齊如山所走的路是值得注意的。他早年去西方觀摹了話劇，强調中國的京劇要吸取話劇的寫實元素，嚴厲地批評國劇的失"真"之病，寫過《説戲》《觀劇建言》等作品，致力於"略言歐美情形，兼道吾華舊弊"(《説戲》)。但是，齊如山以西洋話劇之長攻中國戲曲之短，目的並非是要打倒國劇，而是要改良中國戲曲。這正如他在《説戲》最後所説的:"鄙人這一套話，仿佛盡擡舉外國、毁謗中國的意思。其實不然，外國有外國的好處，中國有中國的好處。人自己總應該常想自己的短處，想出來好改。"正因爲齊如山當時"反對國劇"是旨在引進西方話劇的長處以改良戲曲，所以得到了中國戲曲界的熱烈歡迎。他晚年回憶説，在一次所有戲界人員都參加的"正樂育化會"的年會上，他演講了三個鐘點，"大致説的都是反對國劇的話，先説的是國劇一切太簡單，又把西洋戲的服裝、佈景、燈光、化妝術等等,大略都説了,没想到説的雖然都是反對舊戲的話,而大家却非常歡迎"。譚鑫培對他説:"聽您這些話,我們應該都愧死。"事後譚的妻弟私下告訴齊説:"譚老闆一輩子没説過服人的話,今天跟您這是頭一句。"①可見他努力引進西方話劇的藝術精華來改良中國傳統戲曲的正確性。這次講演的内容,後經整理出版,即爲齊如山的第一本劇話論著《説戲》。與此同時,他也認真研究、總結和發揚中華民族傳統戲劇藝術的精華。他在民國初年開始研究國劇時,就遍翻了古代有關戲劇論著,而最爲難能可貴的是,他還虚心、廣泛地向戲劇界的演員、樂手、劇務們求教,因而對戲曲的歌唱、舞蹈、音樂、化妝、道具等都有透徹的瞭解。在這基礎上,他對中國"國劇的原理"作了一些很好的總結。如他説的"無聲不歌,無動不舞",以及中國戲曲的特徵是"美術化",也即具有虚擬性和寫意性等等,都很有價值。1931年,與梅蘭芳、余叔岩等以改進舊劇爲宗旨,組成北平國劇學會,編輯出版了一些戲劇雜誌,搜集展出了許多珍貴的戲曲資料,還成立國劇傳習所,培養了不少人才。正是在中與西、新與舊相結合的基礎上,他幫助、引導梅蘭芳的表演藝術趨向成熟,走向世界。梅蘭芳後來説:"我這十幾年,一切事情都是靠齊如山。"齊、梅的密切配合,就是我國近現代戲曲史上理論與實踐、中與西、新與舊結合的典範,成爲當時戲曲改良的一面旗幟。

現代時期的話體文學批評,就這樣既承繼了歷代詩話的傳統特徵,又漸漸地在發生變化,開始轉型,諸多話體批評無論在外在的書寫形式上還是内在的理論觀念、思維方式上,都或多或少地吸取了西學的因素,中與西,古與今,新與舊,都不是二元對立的,而是在默默中交融互補,相生互動。當時的話體作者就認識到了中西融會、古今貫通的必要性與可能性。如范罕《蝸牛舍説詩新語》説:"今之學者,非一概抹殺以爲新,即一味頑守以爲舊,詩其一也。其實學術文藝,世界之公物,各以國語揚其波,助其流,無一日之停息。新者不必用拾人之所吐棄,舊者亦須慎圖其新。若捨己之所

① 《齊如山自述》,安徽文藝出版社2014年版,第72頁。

有，而反令他人代有之、代鼓吹之，可耻孰甚焉。”[①]曼昭《南社詩話》也説：“中西舊體詩歌的差别在於歐詩抒情淋漓盡致，中國舊體詩則追求一種韻外之致。應該將舊體詩追求‘言外之意’的作詩方法移植新詩。”“新舊兩體不妨並行，出此言，並非折衷之語，只是觀詩之歷史觀應是如此。”[②]另如蔣善國在《我的新舊文學觀》中談“調和”兩派時也説：“新派當研究新的，同舊的相合，以求新的；舊派當研究舊的，同新的相合，以求新的——是並立的，是互相幫助的，是一派也不可少的。有人説將來必有一派消滅，這話我是實在不敢信。”他還説：“新舊文學都是求新的，但是這個‘新’字，求好了是進步，如求的不好，那就變成急進，由急進就漸漸的變成破壞。”[③]

但是，這種意見並不與當時的主流話語相合。開始時白話詩與舊體詩的争論比較激烈，但後來不少新文學的旗手也好舊詩，所以矛盾漸趨平緩，而在小説、戲劇領域内的分歧還比較大（詞因本身幾乎没有新詞，故没有掀起多大的新舊之争的波瀾），争論相當激烈。且不説現代期間不分青紅皂白地否定舊戲的高調一直較響，所以呼籲新舊戲劇交融的聲音常常被淹没。在小説方面，當時的主流話語更是主張全盤西化，而肯定中國古代小説的價值，力主走中西融合、新舊共濟道路的往往是一批舊體小説話的作者。如靈蛇在1922年的《小説雜談》中呼籲“新”“舊”兩派“和衷共濟”，説：“所以我很希望舊體小説家，也要稍依潮流，改革一下子；新體小説家，也不要對於不用新標點的小説，一味排斥。大家和衷共濟，商榷商榷，倒是藝術上可以放些光明的機會啊。”[④]這些意見談得多好啊！可惜的是，在中國現代文學史上，“新”“舊”小説家始終

① 范罕《蝸牛舍説詩新語》，見《現代詩話叢編》第二卷，上海書店出版社2002年版，第570—571頁。

② 曼昭《南社詩話》，見《南社詩話兩種》，中國人民大學出版社1997年版，第74、75頁。

③ 蔣善國《我的新舊文學觀》，《東方雜誌》第17卷，第8號。

④ 《星期》1922年第18期。

未能將"和衷共濟"形成主流。1921年局外人黄厚生寫了一篇《調和新舊文學譚》給"新派"的《文學旬刊》,馬上遭到了編者的徹底否定,寫文章名曰"新舊文學果可調和麽?"明確表示"非常的反對""調和","所能做的只是""極力攻擊"①。以後占着主導地位的一方,始終擎着新的旗幟,"勇往直前,頭也不回"。"舊派"小説家儘管也出了不少優秀的作品,但長期被主流輿論壓抑在邊緣綫上。從中可見,在現代時期,真正要走中西融會、古今貫通、新舊共濟的道路是十分艱難的。

當時走這條路之所以艱難,主要還因爲這不是孤立的個别的文學問題的争論,而是關係到一時整個思想文化的走向,關係到鴉片戰争以來一批批知識精英在尋求救國之路的過程中,不知不覺地生成了一種頑固的民族自卑心理,一步一步地形成了一種"只要西方的,就是新的、先進的;凡是我國傳統的,就是舊的、落後的"思維定式。鴉片戰争時,在列强的侵逼下,看到人家船堅炮利,殺氣騰騰,魏源説要"師夷長技以制夷",提出了一個學習西方以振興中國、克敵制勝的問題。但這時還認爲堂堂天朝大國,不如人家的"長技"只是一些兵艦火炮而已。於是造船買炮,開礦辦廠,忙了一陣洋務,結果甲午一戰,還是一敗涂地。這樣,一批精英就覺得問題還不在於"技",而根本在於"體",即政體的問題。於是就有了維新運動,有了辛亥革命,希望學習西方,結束封建專制,實現民主立憲或建立共和政體。結果,清王朝推翻了,皇帝换了總統,有了總理,有了議會,有了法院,學了西方,换了政體,國家還是貧窮落後,社會還是一片混亂,還是受人欺凌。在這過程中,一批精英就覺得癥結還在於包括文學在内的我國以儒學爲中心的傳統思想文化都是陳腐的,必須徹底拋棄。此時,文學界的革命就應時而起。不過,梁啓超們倡導的文學革命,主要還是着眼在内容與語言方面借鏡西方,還是承認傳統的"古風格"與舊形式。而從1917年開始的"文學革命",不但進一步要革傳統文學内容與語言的命,而且也要

① 《文學旬刊》1921年6月30日。

徹底革傳統文學形式的命;不但局限在革文學的命,而且明確地要革整個以儒家思想爲中心的中國傳統思想文化的命。其中一些激進分子,更是認爲中國的傳統,乃至整個“國民性”都一無是處,只有“把西洋人的學説搬過來”,在全盤西化中獲得鳳凰涅槃,民族再生。這樣的一種救國藥方,通過一批批高人雅士接二連三地大聲疾呼,順應了國人企求救國自强的急切心理,終於形成了一股不可小覷的自毁民族傳統的滚滚潮流。當然,面對着這股潮流,還是有一批真正的民族脊梁,奮起争辯,呼籲要正確地對待古與今、中與西、新與舊的問題。但這樣的聲音顯然不足以砥中流,挽狂瀾。更何況當時的國家支離破碎,在那樣的大環境下,要重振民族自信,大張旗鼓地宣傳與發揚民族傳統的優秀精神,事實上是困難重重的。如今,我們换了人間,重振民族自信心,正當其時。在這樣的大環境中整理與研究現代時期的話體文學批評,反思歷史,就能更加清醒地認識到,走中西融會、古今貫通、新舊共濟道路的必要性,同時也使我們更加清醒地認識到,真正能做到堅持立足本土、以中化西的原則,去建設當代科學的文論體系,並不是一件十分輕鬆的事。

以上着重在理論上談了現代話體文學批評在中國文論史及文學史上的價值,除此之外,它們在文獻上對保存現代時期文學的原生態狀況也具有重要的價值。各體文學與文論作品的評介、作家的狀況、作品的傳播、讀者的反映、問題的論争、思潮的起伏,乃至戲劇作品的演出、編導、劇場等等種種有關文學的情況,在這裏都保存着豐富的原始的資料。它們也從一個方面反映了中國社會從辛亥革命,到反袁鬥争、五四運動、北伐戰争、抗日戰争,直到解放戰争的艱難歷程與人心向背。在文化上,凡與文學相關的教育、出版、新聞、娛樂等事業的進退興衰,士人心理的微妙變化等等,都與這些話體之作密切相關。它們實際上是現代社會文化的百科全書,具有多方面的文獻價值與研究價值,我們應該予以重視。

目　録

凡　例

一、此編收録的詩話，範圍限定於1912年至1949年間，連載或刊載於報紙、期刊中的作品。

二、此編收録的詩話，包括刊載於現代報刊中的詩話、詩評、詩論等傳統詩話批評形式；現代以來出現的新體詩話，不在收録之列。

三、此編收録的詩話，按時間爲序，先報紙，後期刊。

四、此編收録的詩話，有傳統詩話、閨秀詩話、游戲詩話，亦以時間先後爲序。

五、一人有多種詩話者，按照所載報刊爲限；一種詩話出現於多種報刊者，按照刊載時間和内容收録。如《願無盡廬詩話》由《天鐸報》、《太平洋報》、《民權素》綜録而成，《然脂餘韵》由《小説月報》、《婦女雜志》綜録而成。

六、此編收録的詩話，有部分收録者，如報刊版《民權素詩話》刊載二十四種，前輩所編《民國詩話叢編》已收録十四種，此編僅補録其餘十一種，爲《民權素詩話十一種補遺》。

七、此編收録的詩話，有單行本行世者，以刊載於現代報刊者爲凖。部分單行本詩話如《飲冰室詩話》、《石遺室詩話》等，流傳既廣、精編精校已多，則不在收録之列。

八、此編收録的詩話，與單行本有异者，以刊載於現代報刊者爲凖，以保持報刊詩話原貌。

九、此編收録的詩話，均先對所載報刊、期數、作者等情況作相關叙録。

十、此編收録的詩話,作者明確且可考者,以報刊署名爲準;作者未署名者,暫定姓名未署,待嗣後考補。

十一、此編收録的詩話,文字有明顯錯誤者徑改,不作校勘記。原文有缺失者,以□標識;原文引用有誤者,係原作者錯用,不作修改。

黍離詩話

振　公撰

《黍離詩話》，一九一一年七月至一九一二年二月連載於《民立報》，共 29 期，作者振公。

《民立報》，一九一〇年十月十一日創刊於上海，一九一三年九月四日被查封。于右任自任社長，宋教仁、吕志伊、范鴻仙、章士釗等先後任主筆，以提倡國民的獨立精神爲宗旨。内容有論説、批評、紀事、叢録、圖畫五部。共出一千零三十六號。

《黍離詩話》專門輯録鼎革之際的詩人創作，通過具有深沉民族氣節的亡國悲歌，以"發明忠臣心事"，從而唤醒蟄伏的漢民族情感。作品把宋明時代的靖康之變、蔡京當國、胡銓被謫、岳飛被害、英宗被虜、趙孟頫屈節等歷史事件及曹京山、唐祖命、吕潛等衆多遺民詩人的唱和著録成編，具詩史傾向，寓革命思想於黍離之悲中。

宋帝昺即位海上，陸秀夫爲首相。時播越海濱，庶事輪略。每朝會，秀夫獨儼然正立，如治朝。雖流離中，猶日書《大學章句》以勸講。及崖山兵潰，秀夫先驅其妻子入海，即負帝同溺。或有畫爲圖者，石田林景熙賦詩云："紫宸黄閣共樓船，海氣昏昏日月偏。平地已無行在所，丹心猶數中興年。生藏魚腹不見底，死抱龍髯直上天。板蕩純臣有如此，流芳千古更無前。"詞嚴義正，洵足發明忠臣心事。

元兵南下，次皋亭，宋朝納降。吴堅爲左相，家鉉翁爲參政，與賈餘慶、劉岊爲祈請使北行。文天祥詩云："當代老儒居首揆，殿前參拜率公卿。"又云："程嬰存趙真公志，賴有忠良壯此行。"前謂吴，後謂家也。至北，鉉翁抗節不屈，拘留河間。元成宗立，始賜衣服遣還鄉里，年逾八十矣。林景熙亦有詩送之云："瀕死孤臣雪滿顛，冰氈嚙盡偶生全。衣冠萬里風塵老，名節千年日月懸。清唳秋荒遼海鶴，古魂春冷蜀山鵑。歸來親舊驚相問，禾黍離離夕照邊。"若鉉翁者，可謂不負文山所期矣。

元杜清碧本集亡宋節士之詩，爲《穀畜》二卷，惜世罕傳。近在都穆《南濠詩話》中窺見一斑，如程自修《痛哭》云："匆匆古今成傳舍，人生有情淚如把。乾坤誤落腐儒手，但遺空言當汗馬。"《歲暮》云："鄉里小兒紇那歌，前輩先生入風舞。欲拘東流舞萬牛，抱膝長吟聽更雨。"冉琇《蓬萊閣》云："魯連惟有死，王粲不勝哀。"元吉《上黨》云："嗚呼皇天肯悔禍，豈有盗賊稱天王？"《夜坐》云："忽憶梅花不成語，夢中風雪在江南。"師嚴《朱尚書席上》云："主憂臣辱坐感激，忍對花鳥調歡娱。"張琰《官柳》云："裊裊亭亭忒無賴，又將春色誤江南。"汪涯《采石獨酌》云："天翻地覆有今夕，酒熟詩温無可人。"丁開《可惜》云："父老俱嗚咽，天王本聖明。"魚潜《送鄭秘書》云："童子歌鴝鵒，幽人拜杜鵑。"柯茂謙《魯港》云："可惜使船如使馬，不聞聲鼓但聲金。"皆悲憤激烈，讀之可爲流涕。

宋南渡後，龐石甫《遇汴京》有句云："蒼龍觀闕東風裏，黄道星辰北斗邊。月照九衢平似水，胡兒吹笛内門前。"故宫禾黍，誠有慨乎言之！

宋亡後，水雲汪元量以善琴召赴大都，見元世祖，不甘仕進，賜黄冠遣還。幼主送詩云："黄金臺上客，底事又思家。歸問林和靖，寒梅幾度花？"宋宫人多以詩送行者，有云："客有黄金共璧懷，如何不肯贖奴回？今朝且盡穹廬酒，後夜相思無此杯。"意極凄惋。元量有詩一帙，皆叙宋亡事。如云："亂點持籌殺六更，風吹庭燎滅還明。侍臣奏罷降元表，臣妾簽名謝道清。"餘詩大抵類是，可備野史。元人馬易之題其帙後云："三日錢塘海不波，子嬰繫組納山河。

兵臨魯國猶弦誦，客過商墟獨嘯歌。鐵馬渡江功赫奕，銅人辭漢淚滂沱。知章喜得黄冠賜，野水閑雲一釣蓑。”案：汪元量有《湖山類稿》五卷，《水雲集》一卷，今俱失傳矣。

信雲父，山東人，元兵南下，爲張宏范元帥館客。文山被執，宏范命雲父親待之。日侍談論，頗有向南之意。《贈文山》詩云：“宗廟有靈賢相出，黔黎無患太皇明。”文山因教以詩法，即領悟，作樂府云：“東風吹落花，紛紛辭故枝。莫怨東風惡，花有再開時。”文山稱賞，因贈以詩云：“東魯遺黎老子孫，南方心事北方身。幾多江左腰金客，便把君王作路人。”蓋是時宋人或有反面事北者。文山詩云：“遺老猶應愧蜂蟻，故人久已化豺狼。”又曰：“黑頭汝自誇江令，冷齒人猶笑褚公。”皆有所指也。

陳白沙《崖山大忠祠》詩云：“天王舟楫浮南海，大將旌旗仆北風。世亂英雄終死國，時來虜寇亦成功。身爲左衽皆劉豫，志復中原有謝公。人衆勝天非一日，西湖雲掩岳王宫。”聲情激楚，讀之每爲擊節。

宋徽宗嘗於禁苑植荔枝，結實以賜燕帥王安中，御製詩云：“葆和殿下荔支丹，文武衣冠被百蠻。思與近臣同一笑，紅塵飛鞚過燕山。”蓋用杜樊川“一騎紅塵妃子笑，無人知是荔枝來”句意，不期竟成語讖。浸尋北狩，身死絶域，“近臣同一笑”乃轉而爲“君臣同一哭”矣。

徽宗北狩至定武，金人高會擊球，請帝賦詩曰：“錦裘駿馬曉棚分，一點星馳百騎奔。奪得頭籌須正過，休令綽撥入斜門。”於囚虜中而能有此佳構，亦可嘆也。

徽宗善畫，嘗畫瓶中折枝木犀，有張來儀者題一絶句云：“玉色官瓶出内家，天香濃浸月中葩。六宫總愛新凉好，不道金風卷翠華。”世頗傳誦之。

趙子昂屈節事元，大不理於後世之清議。冷嘲熱駡，無乎不至。頃又於都穆《南濠詩話》中獵得數章，如元末吴門虞勝伯《題子昂苕溪圖》云：“吴興公子玉堂仙，寫出苕溪似輞川。回首青山紅樹下，那無十畝種瓜田。”明代沈啓南《題子昂畫馬圖》云：“隅目晶熒耳竹披,江南流落盛黄姿。千金千里無人識,笑看胡兒買去騎。”周良右《題子昂竹枝》云:“中原日暮龍旗遠,南國春深水殿寒。留的一枝烟雨裏,又隨人去報平安。”三首皆主譏刺,而勝伯之作,尤覺委婉。使子昂地下見之,應亦無辭自解也。

金明池爲宋東京游賞之地,當時有詩云:“柳外雕鞍公子過,水邊紈扇麗人行。”風景可以想見。又有人送邊帥赴任,詩云:“前隊貔貅銜曉色,後車鶯燕雜春聲。”行色之盛,宛然在目。然將帥之臣乃滿載侍妾於後車,其荒淫可見,宜邊事之日亟也。

宋蔡京當國,倡爲豐亨豫大之説,以肆蠱惑。其生日,天下郡國皆有饋獻,號“太師生辰綱”,富侈可知也。文士錦囊玉軸,競進詩詞。如周邦彦進詩云:“化行禹貢山川外,人在周公禮樂中。”京頗激賞之。及燕山之役,其子蔡攸與童貫北征,京寄詩云:“百年盟誓宜深慮,六月師徒蓋少休。緇衣堂下風光美,及早歸來捧壽甌。”似亦知伐遼非策,而不與朝廷明言之,獨私以諭其子。誤國之罪,可勝誅乎?然今之宗親貴戚,明知國勢之阽危,而不惜犧牲其祖宗經營締造之國命,以博取未來之富貴,其罪殆又浮蔡京之甚遠矣!

宋少帝間關入海,爲元兵追至崖山,師熸糧盡。有農民馬南寶者,獻粟餉軍,帝嘉其忠義。宋亡後,南寶賦詩兩絶以志哀。其一云:“翔龍宫殿已蓬飄,此日傷心萬國朝。目擊崖門天地改,寸心難與夜潮消。”其二云:“黄屋匡扶事已非,遺黎空自淚沾衣。衆心耿耿滄溟底,恨不同歸一少微。”其痛心故國之忱,溢於言表矣。

少帝至崖山時,東莞李羅洲先生之母陳氏遣羅洲勤王,而自沉於黄木灣。羅洲赴行在,得潮州教授而還。痛母築堂望之,曰“望至堂”。三水鄭琴石有詩曰:“大星隕海天運變,破碎山河餘血戰。崖門終古水滔滔,行人誰識慈元殿。當時帝蹕駐崖山,勢窮力竭國步艱(官民兵僅念餘萬)。勤王誰肯逾間關,李公慷慨應詔起。嗚呼賢母有賢子,賢子名成賢母死。賢母雖死名猶芳,六百年來望至堂。子能矢忠母矢節,青史耿耿留其光。名成母去嗟何補,築堂望母心逾苦。烏沙村與黄木灣,此堂此水自千古。”按明亡時,宏光繼位元江左。陳公子壯歸粤省母,其母曰:“吾以爲汝死矣。”蓋不喜其脱身而歸也。後陳公殉國成仁,母亦自縊,與李母事差相類,均亡國之特色也。

明季劉節之題趙子昂畫《宫女啜茗圖》云:"秋宫肅肅古衣裳,静女無愁黛亦蒼。不點疏螢和月色,絹頭已作百年凉。崖山遺恨捲黄沙,彩筆王孫弗憶家。忍向卷中摹舊事,直須羞煞後庭花。"其笑駡可謂盡致矣。按節之名孔和,長山人,相國青岳先生之子。爲詩豪邁雄放,有東坡、放翁之風。明末率義旅南渡,依劉澤清,澤清忌而殺之。著有《日損堂集》,固一代奇才也。

中國帝王之被虜於外夷,自晋懷、愍,宋徽、欽後,至明英宗而五。瓦剌犯邊,權閹王振挾帝親征,群臣伏闕力争不得。車駕至土木,爲敵所乘。六軍大潰,死傷數十萬,振死亂軍中,虜酋遂擁帝北去。郕王監國,尊帝爲上皇。後虜酋屢挾帝内犯,見中國兵强守固,乃送上皇還京。方帝被虜時,劉元博有詩曰:"塞雁南飛又北旋,上皇音信轉茫然。孤臣白恨無容地,逆虜誰能共戴天。王衍有時知石勒,謝元何日破苻堅。京城四塞山河固,一望龍沙一涕漣。"聞者傷之。後劉文安公作《英廟挽歌》曰:"睿皇厭代返仙宫,武烈文謨有祖風。享國卅年高帝并,臨朝八閏太宗同。天傾玉蓋旋從北,日昃金輪却復中。賜第初元臣老朽,受恩未報泣遺弓。"按文安不甚喜爲詩,然學力頗優,往往有出語奇崛,用事精當者,此作其一也。

明亡後,名賢義士多遁迹山林,或托身卑賤以自晦。蓋種姓更迭之感,入人者深也。有李東白者,京山人,隱於衣工。李本寧尚書兄弟皆與之游,其《登黄鶴樓》詩云:"鄂渚荻花沿岸白,漢陽楓樹隔江紅。"佳句也。後舟過雲夢,哦詩船頭,一笑赴水死。知其隱憂孤憤,抑鬱者久矣。又蕭詩字中素,華亭人。隱於木工,博學善詩,其警句云:"遼海吞邊月,長城鎖亂山。""山寺落梅傷别易,天涯芳草寄愁難。"從學者甚衆,而蕭執藝事如故。彼何人斯,不謂之爲隱君子,不得也。又金陵黄九烟客嘉善,有負擔者過市口,吟哦不絶。九烟揖入問之,答曰:"姓崔名金友,適偶得句耳。"徐出其詩一卷,五言云:"水闊天垂遠,花深月到遲。"七言云:"因風去住憐黄蝶,與世浮沉笑白鷗。”“吟思白社傾家釀,坐對青山讀异書。”黄遂與之定交如平生。天地閉而賢人隱,其斯之謂乎?

趙子昂以宋王孫仕胡元,書畫絶出,詩律亦清麗。其《溪上》詩曰“錦纜牙檣非昨夢,鳳笙龍管是誰家”,意頗傷感;《岳武穆墓》曰“南渡君臣輕社稷,中原父老望旌旗”,句雖佳,而意已涉秦越;至對元世祖曰“往事已非那可説,且將忠赤報皇元”,則掃地盡矣。其畫爲人所題者,有曰:“前代王孫今閣老,衹畫天閑八尺龍。”有曰:“兩岸青山多少地,豈無十畝種瓜田。至江心正看明月,却抱琵琶過别船。”則又幾乎罵矣。夫以宗室之親辱於夷狄之變,揆之常典,固已不同,而其才藝之美又足以爲譏訾之地,子昂其何以自解哉?子昂嘗書《歸去來辭》,得者珍藏之。有僧題絶句於後云:“典午山河半已墟,褰裳宵逝望歸廬。翰林學士宋公子,好事多應醉裏書。”可謂婉而諷矣。

李雲陽先生身當元代,不忘前朝,爲詩頗有名。其《和王子讓》云:“老淚縱横憶舊京,夢中歧路欠分明。天涯自信甘流落,海内誰堪托死生。短策未容還故里,片帆直欲駕滄瀛。他年便作芙蓉主,慚愧當時石曼卿。”他詩如曰:“諸葛有才終復漢,管寧無計漫依遼。”《明妃》詩曰:“漢家恩深恨不早,此身空向胡中老。妾身倘負漢宫恩,殺盡青青原上草。”皆清激悲壯,可咏可嘆者也。

明人劉改之《鎮江多景樓》詩云:“江流千古英雄淚,山掩諸公富貴羞。”蓋自吴晋以來,立國於南者,恃長江天險,兢兢保守,北望中原,度外置之,况沙漠之境,氈裘之區哉?詩意殆深寓此恨也。

明季曹京山先生大鎬者,貴池人。桂王時,寄籍廣信,官兵部尚書,挂平海大將軍印,封定南侯。時江閩間有四營,先生將其一。庚寅夏,兵潰於邵武,爲清兵所執,不屈死。有絶命詞二首云:“百浪千濤可自安,久將神理研心觀。生成俠烈柔非易,道在從容莽亦難。金鐵逢爐還有焰,鬚眉對劍不增寒。途窮事即蒼穹性,白自何妨黑夜看。”“天命難回數已違,貔貅常逐陣雲飛。寶刀揮去鋒流血,鐵甲磨穿肉作衣。八載雄征空有願,一身報國恨無歸。忠魂未肯隨風散,夜夜寒光護紫微。”頃又從友人手抄本中,睹先生遺詩數章。其《感憤》云:“文星黯淡照焚蘭,萬里霜飛玉葉殘。滄海未蒙新日月,洪都誰念舊衣冠。怒看寶劍腸猶熱,事到傷心胆亦寒。有血不教終化碧,留隨風雨洗長安。”《吊黄侍中》云:“正氣空江漢,烟波酬主恩。何年北風厲,吹起夕陽魂。人世誰無死,孤忠竟一門。江頭兒女子,清怨作啼猿。”《續夢》云:“衹緣家國重,夜夜哭霜林。出世知天遠,臨歸得道深。懷親千里死,報主一生心。形影期無愧,何勞泐古今。”亮節孤忠,躍然紙上矣。

岳忠武墓詩不乏名作,如葉紹翁詩云:“如公更緩須臾死,此虜安能八十年。”趙子昂詩云:“南渡君臣輕社稷,中原父老望旌旗。”世皆稱誦。此外,如徐孟岳、高則誠兩咏并稱傑作。徐詩云:“童大王回事已離,岳將軍死事尤危。直教萬歲山頭雀,去繞黄龍塞上旗。飲馬徒聞腥鞏洛,洗兵無復望條支。湖邊一把摧殘骨,蓋世功成百世悲。”高詩云:“莫向中州唱《黍離》,英雄生死繫安危。内廷不下頒師詔,絶漠全收大將旗。父子一門甘伏節,山河千里竟分支。孤臣尚有埋身地,二帝游魂更可悲。”後有人和韵題墓上云:“山前有客祠彭越,塞上無人斬郅支。”前後六句則字迹漫漶,不可辨識矣。又有人爲排律一首云:“北狩君親遠,南遷將相夸。偷安依鳳巘,抱恨寄龍沙。咨岳歸神器,遭秦走鬼車。太史墳上土,遺臭遍天涯。”蓋江海自蔡州回,駐軍牧牛亭,命軍士於秦檜冢上便溺以快意,人因謂之“遺臭冢”,結句蓋本此云。

明錢塘瞿士衡《和楊廉夫宋故宫》詩云:“歌舞樓臺擬汴州,可憐蠻觸戰蝸牛。臨書玉枕雕檐静,行酒青衣罽帳愁。捲土自應從亶父,滔天誰復放驩兜。臺空樹老寒鴉集,落日白波江上秋。”廉夫喜其和“兜”字韵勝。蓋廉夫詩用紅兜字,元廢宋宫爲佛寺,西僧皆戴紅兜帽也。然其結句更覺遒健。

明夏正夫《虔州懷古》詩云:“宋家後葉如東晋,南渡虔州益可哀。母后撤簾行在所,相臣開府濟時才。虎頭城向江心起,龍脉泉從地底來。人代興亡今又古,春風回首鬱孤臺。”夏詩若此類者甚多。然明代東南士夫多不喜之,至以爲頭巾氣,不知何也?

明季徐繼恩,字世臣,武林名士也。鼎革後祝髮爲僧,所作詩清麗俊逸,不落凡近一字。紀其絶句數首云:"御教場中月直時,下山全不道歸遲。三松影落半湖水,一路沿鐘到净慈。""昔人名理宗莊老,剡縣風流説謝支。雖爲神州鍾紫氣,惜君未見馬駒兒。""人間竹樹渺茫間,浦溆林巒不記灣。安得帆隨湘勢轉,爲君九面寫衡山。""幾日春游遍若耶,入城滿面是烟霞。正愁仙福難消受,又吃人間御貢茶。""扁舟絶壁酹西風,千古英雄在眼中。欲得周郎重回顧,銅弦鐵板唱江東。"真坡公所謂"無蔬筍氣"者也。

王若之,字湘客,益都人。父基,明户部尚書。若之歷官河南參議,性嗜古。南渡後,避地姑孰,圖書鼎彝之屬尚隨行篋,後死金陵。若之風神清映,如晋宋間人,工詩及尺牘。其《金陵見月》詩云:"玉宇流孤月,清光照雁聲。似從千里外,寄與故鄉明。"辭句婉約,有言外意。《山中》詩云:"驢背肩似山,笠下眼如海。時見漁樵人,行歌互相待。"《江行》詩云:"圖畫蓑笠載清艙,雨雨風風去不停。疑是烟波垂釣者,居然呼吸有樵青。"清高淡遠,無絲毫塵俗叫囂氣,是晚明遺老中之襟期閑曠者也。按湘客集載《全毁書目》中,知其詩之可誦者良多矣。

王士純,字孤絳,新城人。漁洋山人之從兄也。白皙美風姿。書法李北海,弱冠殉崇禎壬午之難。有《新月》詩云:"乍見一簾水,回頭月抱肩。黄如浮酢酒,瘦比壓琴弦。"詩辭頗俊逸,加以造詣,亦漁洋之匹也。乃遽膺國變以歿,惜哉!

益都王氏湘客先生外,又有名遵坦者,字太平,太僕少卿帶如之子。博雅嗜古詩,學楊用修,源本樂府,與劉節之唱和齊名,有《源學齋集》。《題項王本紀》云:"英雄竟以成敗論,嗟哉帝王豈有真。亞父不用乃考終,淮陰逃死未央宫。是知仁與不仁异,楚亡漢王亦細事。垓下何必更悲歌,虞兮吕兮較若何?"《咏古玉鏡》云:"世間銅臭久塵埋,圓壁千年出洛街。曉步想隨雙鳳佩,晚妝應照九鸞釵。微茫斑駁雲生面,錯落光明月入懷。最好瓊樓伴仙子,素娥斜捧上瑶階。"福王南渡後,遵坦依劉澤清。澤清既殺節之,遂北走。

吕潛,字半隱,故明兵部尚書吕大器之子。亂離後,流寓江左,有詩云:“横江閣外數帆檣,立盡西風鬢欲霜。衹有鄉心不東去,蚤隨烟月上瞿塘。”

唐祖命,字允甲,宣城人,故明中書舍人也。亂定後,有詩云:“殘花野蕨園荒砦,破帽疲驢避長官。”與徐文長“疲驢狹路愁官長,破帽殘衫拜孝陵”之句頗相似。鼎革時之情況,可想見也。

徐延壽,字存永,閩人。家鰲峰,藏書甚夥。閩不守,田園盡失,移家湖南。有《過燕子磯》詩云:“馮夷吹浪嚙山根,雲樹千重暗白門。故壘尚聞雙燕語,空江曾見六龍奔。楊花暮雪行人路,杜宇春風古帝魂。扣枻中流頻唤酒,客清難遣是黄昏。”悲歌慷慨,知其感喟不淺。

沂水高衙,字平仲,崇禎辛未進士。官河南巡撫,歸殉壬午之難。初登第,觀政京師,製衣一襲寄家内,自畫花卉其上,凡念六種,作三十二花叢,花之左右前後各題絶句詩凡八首。記其警句云:“對月偏成憶,臨風更有思。鄉心無可寄,聊寫最嬌枝。”“花枝嬌且妍,置之在懷褏。好記花枝新,憐取衣裳舊。”“輕襦畫折枝,悠然感我思,畫時腸已斷,著時心自知。”“霧縠偏宜暑,冰綃迥出塵。著時憐百朵,應憶畫眉人。”“客邸長安一事無,晝長人静影形孤。閑將一段鵝溪絹,寫作名花百種圖。”殉難後,張杞園待詔爲作《畫衣記》。

徐波,字元嘆,詩才清逸,不落凡近。明亡後,居天池落木庵。有《寄楚僧寒碧》詩云:“楚鬼微吟上峽謡,中元法食可相招。憑師爲譬興亡恨,雨打秋墳骨亦銷。”知其感喟不淺。虞山錢宗伯與元嘆友善,當寄以詩云:“皇天老眼慰蹉跎,七十年華小劫過。天寶貞元詞客盡,江東留得一徐波。”其推重可謂至矣。

頃於《漁洋詩話》中得元嘆咏《落花》詩一首云:“花意寒欲去,登樓送所思。將分春雨恨,似與遠人期。野水斷郵路,孤烟生竹籬。吾徒從此逝,忍見艷陽時。”詩律不減唐人,末句尤寓深意,令人玩味不盡也。

宋秦檜當國,獻媚金人,唯恐不至,廷臣有忤之者輒遭殘害。胡忠簡公被謫嶺表時,王瀘溪以詩送之,有“痴兒不了公家事,男子要爲天下奇"之句,檜見而大惡之,以謗訕流辰州。其詩後世頗傳誦,忠簡和韵少有見者,頃於《歸田詩話》中得之。詩云:"岩耕名已震京闕,未信終身袖手閑。萬卷不移顔氏樂,一生無愧伯夷班。致君自許唐虞上,待我誰能季孟間。宗社年來欠元老,蒼生拭目看來還。""士氣年來弱不支,逢時言行欲俱危。不因湖外三年謫,安得江南一段奇。非我獨清緣世濁,此心誰識祇天知。萬牛回首須公起,大厦將傾要力持。"清峭警拔,與正詩相并,而憂國之忱尤溢於言表矣。

明天啓初,潁川張遠度買田潁南之中邨,地多桃林。一日,携榼獨游,見耕而歌者徘徊疃間。聽之,皆杜詩也,遂呼與語。耕者自言王姓,名清臣,舊有田,畏徭役,盡委諸其族,今爲人傭耕。少曾讀書,客有遺一册於其舍者,卷無首尾,讀而愛之,故嘗歌,亦不知杜甫爲何人也。异日遠度過其廬,見舊曆背煤字漫滅,乃燒細枝爲筆所書,皆所作詩。後經亂,不知所在。遠度記其一篇云:"人生如汎梗,飄飄殊無根。飲啄得幾許,營營晨與昏。對此春日好,荷鋤出南原。近觀草色敷,静聽鳥語繁。諸有弄化本,雜沓呈真元。曉然似供我,寧不倒清樽? 有身貴適意,窮達安足論!"玩其詩意,超邁出俗,不落凡流。殆身際衰時,默知世變,甘隱淪以目晦者歟?

南宋汪彦章,本婺源人,遷饒州德興。嘗知徽州,後入爲翰林院學士,仕朝廷三十年,以文學結主知。晚年避居宜興,慕陽羨溪山之勝,嘯傲林壑,不與世接。著有《浮溪集》,故世稱浮溪學士。其《避地𠙶亭(𠙶音偶,山名,在宜興)野步》云:"今日幸無雨,天空出遥岑。行行不知疲,遂至春江潯。汲路轉籬落,人家在桑陰。平疇漲清波,隴麥如人深。溝畝戲鳧鷟,新蒲映浮沉。我生本漁樵,對此諧初心。""風物豈不好,悲來難自任。胡塵暗中原,四海如驚禽。黄屋狩萬里,兩宫暗辰參。龍移螻蟻窺,月海蟾蜍侵。宇宙有傾覆,兹游豈嶇嵚。消憂賴濁醪,太息誰能斟。"詩意感愴盡致,展卷三復,不知血淚之涔涔矣。

陽羨古碑志極夥,除吴孫皓《國山碑》外,有宋岳忠武、張安國唱和詩碑。石刻久亡,明危山重刻之本亦不可復見。今所存者,乃康熙丙申重刻本也。詩意蒼涼抑鬱，寄慨遥深。録之，以備留心忠武軼事者之參考。忠武詩云："無心買酒謁青春，明鏡空嗟白髮新。花下少年應哭我，垂垂羸馬訪高人。"張安國詩云："相别相逢不記春，眼前非舊亦非新。聲求色相皆虚妄，莫認無疑是昔人。"又按《謙齋文録》云："忠武出兵時，手書紀功小碑。後人築城，取置亂石間。"弘治五年，城圮碑出，雖殘缺不完，尚可考信云。聞此碑亦有題咏，然今已湮没矣。

趙子昂詩及後人題作，余已數次録入詩話。頃又於零篇斷簡中獵獲一二，亟志之，以諗留心子昂軼事者。元盛時，揚州趙氏富而好客，其家有明月樓，題咏多未稱意。一日，子昂過揚。主人知之，迎致樓上，盛筵相款，所用悉銀器。酒半，出紙筆求作春題。子昂援筆書云："春風閬苑三千客，明月揚州第一樓。"主人得之，喜甚，盡撤酒器以贈。一時播爲佳話。後貫雲石登斯樓，亦有詞爲志。調寄《水龍吟》云："晚來碧海風沈，滿樓明月留人住。璚花香外，玉笙初響，修眉如妒。十二闌干，等閑隔斷，人間風雨。望畫橋檐影，紫芝塵暖，又唤起、登臨趣。　　回首西山南浦。問雲物、爲誰掀舞。關河如此，不須騎鶴，盡堪來去。月落潮平，小衾夢轉，已非吾土。且從容對酒，龍香涴繭，寫平山賦。"詞意頗具感愴，於子昂無不微辭，蓋亦宋亡後之有心人也。

明季擔當和尚，名普荷，雲南晋寧州人。舊爲唐氏子，名泰，號大來，年十三補弟子員。天啓中，以明經入對大廷。回滇後，值中原板蕩，祖國沉淪。擔當痛之，乃薙髮，從無住禪師受戒律，結茅鷄足山。工詩善畫，著有《橛庵草》。其《題畫》四首云："僧手披霜色有無，千層床麓盡皆枯。尚留一幹堅如鐵，畫裏何人識董狐?""孤燈照影不勝情，近水茅堂冷氣生。不待西風摇落盡，筆尖動處有秋聲。""過人邱壑總難登，應接還須策短藤。三昧在於無墨處，不須畫裏覓痴僧。""地偏惟恐有人來，畫個茅堂户不開。陵谷雖無前日影，老僧指點舊時苔。"清峭刻露，俱見深心，亦詩僧中所僅見也。

《橛庵草》中名作甚夥，惜全書已佚散。今所傳者，惟剩紙零縑而已。前録《題畫》四首外，有《聽三塔寺鐘同友人賦》云："撥開古雪又相逢,携手同登十九峰。可奈峰多愁不减,廿年心事一聲鐘。”又《子規》云:“隴首黄茅剪後齊,子規徐喚日初低。天津橋上收聲後,不到江南莫亂啼。”《雨蕉》云:“老去春多夢,塵情苦未消。怪來連夜雨,祇是打芭蕉。”《感懷》云:“一身何散淡,兩眼遍瘡痍。水國魚龍鬥,山城虎豹窺。逃亡誰肯問,老大獨堪悲。自保頭顱拙,從他雪亂垂。”《送客》云:“此去堪消息,垂楊響杜鵑。扁舟常不定,兩鬢已蒼然。江上故人酒,雨中寒食天。况兼烽火急,何處問吾顛。”其他斷句如《池亭玩月》云:“霜老羈情悲落木,水枯明月照殘荷。”《題畫》云:“老衲筆尖無墨水,要從白處想鴻濛。”《贈汪震初》云:“一代孤忠草莽間。”《游傳衣寺》云:“花比鵑啼血更紅。”詩意多感愴,亦可窺見其指趣矣。

滿清入關後,吴江計甫草先生東,以和陸麗京《無題》六首,呈吴梅村祭酒。其詩清麗委婉,而於梅村之出處,備極譏刺。詩云:“廣庭長恨月明多,小立闌干蹙黛娥。膽怯幾回看瘦影,夜深偷自試新歌。依稀斗帳人雙宿,恍惚靈風雁獨過。可惜故夫曾未識,孀居空有淚如波。”“半額長眉學畫成,臨妝私許意盈盈。高樓柳暗誰相待,别浦鶯歸空復情。團扇舊經郎眼見,鏡臺還照妾心明。最嫌寂寞銀燈上,挑得雙花落又生。”“邊風吹落到炎洲,歲歲音書滯遠游。妾夢長隨庾嶺外,歡聞翻隔楚江頭。真成薄命原無怨,便祝他生是莫愁。俯仰阿婆衰鬢畔,可憐自小教箜篌。”“憶年十二正調妝,短髮毵毵覆額長。多摘桃花嬌頮面,滿裁蛺蝶點羅裳。同心早結青陵樹,再笑差依白玉床。自擣守宫雙約腕,不煩夫婿重堤防。”“嫁衣叠叠不勝秋,深鎖空箱怕見愁。但得回身邀半席,敢辭碎首墮層樓。梁間栖燕慚孤女,門外藏烏學并頭。一任東鄰新少婦,櫻花永巷鬥相鈎。”“不勝幽怨却生疑,又見楊花滿地吹。小妹生男良宴會,阿姨新寡又于歸。一時輕薄横相誘,幾度踟躕不自持。日暖游絲争入户,轆轤腸内有誰知。”

止觀室詩話

姚鵷雛 撰

《止觀室詩話》,一九一三年五月至六月連載於《大公報》,共六期;一九一三年又連載於《大同周報》第一至三期,共三期,作者姚鵷雛。

《大公報》,一九〇二年創刊於天津,後輾轉在上海、漢口、香港、桂林、重慶等地出版,一九四九年在上海改組新生。它由英斂之創辦,吴鼎昌、張季鸞、胡政之經營,是中國近代歷史上最有影響的報紙之一。

《止觀室詩話》論詩以近代宋詩派爲宗法對象,云:"深服鄭海藏醖釀之旨。"故作品多録師友、同學的清幽、寄托之作,以爲詩歌典範。

姚鵷雛(一八九二—一九五四),原名錫鈞,字雄伯,筆名龍公,上海松江人。南社成員。曾編輯《國學叢選》、《太平洋報》、《申報》、《江東》、《春聲》等,被譽爲"松江才子",著有《恬養簃詩》、《蒼雪詞》、《榆眉室文存》、《鵷雛雜著》等,今有《姚鵷雛文集》。

余平生論詩,深服鄭海藏醖釀之旨。所謂盤旋胸中既久,其出之也,必有耐人咀味者。故海藏詩純以神味勝,石遺所謂惘惘不甘之致,即謂此也。全集璠瑜滿目,美不勝收。舉其律詩,如《東坡生日集鐵梅齋中》云:"江上殘年吾又歸,高齋雪後正添衣。終知此老堂堂在,剩覺虛名種種非。酒半題詩忘客去,香中讀畫愛梅肥。聚山樓外山能識,袛欠相携看夕暉。"《登清凉山》云:"科頭直上翠微亭,吴甸諸峰向我青。新霽雲歸江浦暗,曉風浪入石頭腥。忍饑方朔非真隱,避地梁鴻自客星。意氣頻年收拾盡,登高何事叩滄冥。"《登攝山最高峰》云:"每愁飛鳥滅雲端,石蹬行來倦百盤。鍾阜雲開分晚照,吴江楓落入新寒。名山誰信身堪隱,世事終憐劫未闌。直恐哦詩增客感,松風還爲捲波瀾。"《上海旅次寄友人》云:"惘惘重經黄浦灘,霜燈照徹月千盤。嘲喧樓外車初過,雨迸樽前曲未殘。入洛士龍嘲獨往,傷春小杜罷追歡。修書粗説江湖意,已覺春陰到指寒。"《影定林訪碑圖》云:"影石岩腹墨猶濡,惘惘相看入畫圖。一段烟雲成故事,十年江漢老今吾。鍾山游侶踪誰繼,乾道詩人世已無。剩就徐郎求拓本,霜松雪竹共模糊。"《春寒》云:"纔銷岸雪轉江風,更覺春寒意不同。澹澹輕雲隨薄日,微微遠岫出遥空。孤懷喧寂原無着,世變新陳各自工。物外但教容忒尺,莫將目力送歸鴻。"《人日雨中》云:"人日梅花空滿枝,閑愁細雨總如絲。臨江官閣晝欲暝,隔岸楚山陰更宜。逋客偶來能自放,翔鷗已下又何之。憑闌可奈傷春目,不似江湖獨往時。"《題張季直荷鋤小照》云:"蚤歲矜狂各愛名,中年積忿次忘情。終憐流俗譏評淺,自覺文章得失輕。萬頃吴江容獨秀,一坨扶海足躬更。殘宵我亦成孤月,正要先生作啓明。"《海藏樓試筆》云:"滄海横流事可傷,陸沉何地得深藏。廿年詩卷收江水,一角危樓待夕陽。窗下孔賓思遁世,路中仲道惑升書。陳編關係知無幾,他日誰堪比辨亡。"諸作皆高亢沉鬱,一唱三嘆,直逼荆公、遺山。

蘇堪晚節不足稱,然其詩自是近來一代大家,不可以人廢也。余《論詩絶句二十首》中《蘇堪》一首云:"海内宫商有正聲,瓣香誰有拜詩盟。謝郎生被清流誤,竟使微雲點太清。"重其詩,亦深致惜於其人也。

昔居京師,與桂林周公阜維華、閩縣林浚南學衡、彭澤汪國垣笠雲、黄仲通有書、程家桐鳳笙譚藝最樂,時復言詩。每一韵成,相與持稿傳觀,爬梳利病,或至深夜不休,其中浚南與余所作最多,因有《大學二子集》之刊。顧未殺青,而武漢事起,倉卒言歸,此集卒不得見，而余與諸君翰墨深緣，亦於是乎終矣。天涯歲暮，嗟我懷人。短楮零縑，聊志鱗爪。詩話乎，感舊集乎？還以質之閱者。

公阜最工詞，同輩中無與抗衡者。余往讀其集，題一五古於卷首，公阜甚以爲精，顧未録鈔，今强半遺忘矣。公阜詩亦清俊，記其《懷人》一絶云："北來南雁語相聞，一種離情兩地分。最愛梁園今夜月，桂花香滿正思君。"風韵不減漁洋，其長篇尤入梅村之室。今亦無能舉其全者，可惜也。

浚南少作輕倩流麗，風致俊逸。二十以後，傾向其鄉先輩弢庵、海藏、石遺之所爲，肆力於宛陵、荆公、柳州、東野諸家，盡弃少作，視前如出兩人矣。其舊作一卷，尚存余處。爲録其《江南》一首云："漲流畫舫添紅葉，水人清豁似碧潭。兩岸鷓鴣雙槳雨，落花如雪過江南。"擬諸前人，當與以"林落花"之號矣。余有《曉起》一絶，笠雲以爲與浚南此首各具機軸，同饒别致，爲録於此。詩云："雲天荒荒静欲枯，烟巒叠叠澹欲無。曉吹乍動不知處，飛起一林青鷓鴣。"

亞子題余箑頭一絶云："詞流海内各紛紜，倦客何堪張一軍。最是西風摇落後，天涯旅邸又逢君。"首二句意有所指，言下如聞太息之聲。箑爲吴江費公直所贈，公直作寒菊數枝於一面；其一面則題亞盧此詩，與吴江葉楚傖一絶云："燕臺人去憶微波，唱徹青衫未解歌。油碧門前雙寶馬，年來相識已無多。"楚傖新自北都還，此蓋爲燕都雛伶梅蘭芳作也。

亞盧詩七絶第一，五七律次之，七絶爲冬郎、飛卿、漁洋，七律爲吴梅村，爲温飛卿，爲厲樊榭，而悉洗練於龔定庵。憶其舊作《懷人》七絶三首，其一云："東海騎鯨蘇學士（曼殊），朔方屠狗葉參軍（楚傖）。歸來心緒渾難説，付與秋風怨夕曛。"其二："總是諸林未易忘，揭來消息斷丹陽。干戈閩縣天難問，風雨梅州夜未央（丹陽謂立山，閩海指秋葉浚南，梅州一厂也）。"其三："玉敦珠盤吾倦矣，銀樽檀板未宜思。酒兵潦倒文壇碎，凄息姚郎七字詞（宛若贈詞有"已避名場避酒場"之語）。"《謝南社諸子》云："七子聲華幾百春，祇難位置眇山人。中原壇坫如相詢，我是孤吟謝茂秦。"

吴江葉(楚傖)文筆淵源戰國,高睨縱横,詩亦復遒煉穠致,比踪温、李(長吉)。其七律佳者,如《贈劍華》云:"心懷曲曲衹燈知,坐卧無端總是痴。秋不歸家真負汝,貧如今吾未工詩。疏簾難護驚風骨,好夢都成落月時。自起空庭熬寂寞,報他遥夜苦相思。"摘句如:"微風吹短褐,晴渚浴閑禽。不盡水雲意,時聞鐘磬音。""舳旄頭秋色盤霜,雲里征車走玉龍。""若幸今生年尚少,重逢他日事非難。文章略已窺平素,恩怨期毋誤達觀。"皆可以入《主客圖》者。

歷來爲艷體詩者,大概温、李并稱。飛卿輕倩,故爲是體正宗;義山則步武蹇澀,聲情遒煉處,有時入杜之室。世徒以其《錦瑟》等篇,列之緣情綺靡一流,非其真也。冬郎微薄,然自是有情人吐屬。外此,則牧之駘蕩,亦復可誦。近來次回《疑雨》、《疑雲》之集,風斯下矣。余友冷紅生,孤僻自喜,風概不可一世。顧禮法自取,不蹈準繩之外。不常爲詩,偶作即弃者。三日前,於友人箧頭得睹數絶句。尋其名,儼然冷紅也。風情靡曼,大不與其人相似。亟録,以實我詩話。世傳黄陶庵先生風骨峻絶,而爲詩多佻冶之作,冷紅殆其人也。詩云:"沉沉憂樂鬢成絲,腸斷筵前白紵詞。又向東皇乞如願,誤人畢竟是南枝。"其二:"病來蕩氣回腸後,才盡吹簫説劍間。乞得英雄湯沐邑,半歸歌舞半湖山。"其三:"誰諳捭闔掖縱横,詞令聰華已可驚。欲向秋娘問心法,緑窗細與詰三生。"其四:"能融萬法初無著,盡攝千緣總讓渠。我笑對卿輸一著,十年未解讀《陰符》。"其五:"一袈一鉢南來意,綺思閑愁半化雲。紅豆抛殘春又茁,此情好問故將軍。"其六:"折蕙摧蘭亦聽天,紫雲憔悴付誰憐。聯歌赤鳳初成曲,負了冰絲舊七弦。"其七:"漫炫燕玉憐臣質,肯碎珊瑚有石崇。我道鳳凰曾栖樹,十分抬舉仗東風。"

冷紅居滬,頗荒於征逐,有"王平子望實俱損"之誚。顧長卿憔悴旅況,實不自聊,非能如劉毅布衣願也。記其將去滬,簡余友楚傖兩絶云:"青天碧海年年憶,滄海桑田事事非。我輩鍾情太無謂,長貧况是故園違。""栖遲淪落總匆匆,濕透青衫曲未工。多謝弇州好相念,可知海内有汪中。"冠蓋滿京,斯人憔悴可念也。

《石遺室詩話》之作彌綸萬象，制割群言，遠勝近世投溷覆瓿者流。然其所刻《石遺詩録》，殊不逮所言。雖不少佳者，而以方鄭海藏、陳散原，似不及也。有《秋早似蘭生》一首云："一夕西風作意寒，袷衣重疊不勝單。芙蓉紅白天初曉，畏壘青蒼露未乾。如此秋光拋可惜，誰能蚤起與同看。吴江動我扁舟興，葉葉霜楓想正丹。"蒼勁獨到，不愧作者。

陳散原詩，盤錯嚴重，字字如履危石而下；又復沉厚絶倫，與海藏分道而趨，蔚爲大家。海藏序其集曰："世事萬變，紛擾於外。心緒百態，騰沸於内。宫商不調，而不能者，固知其有乖於清也。思之來也無端，則斷如復亂者，惡能使之盡合。興之發也匪定，則儵忽無見，惝恍無聞者，惡能責以有説。若是者，吾固知其不期於切也。并世而有此作，吾安得謂之非真詩也哉！"此蓋推服伯嚴，而并爲張廣雅發也。伯嚴不喜廣雅詩，而廣雅蓋極主清切之論者。然平心而論，清、切二境固不可以隱括詩道，而散原醖釀沉著處，則誠有與之背馳者。余最愛其七律，《人日》云："尋常節物已心驚，漸亂春愁不可名。煮茗焚香數人日，斷笳哀角滿江城。江湖意緒兼衰病，墻壁公卿問死生。倦觸屏風夢鄉國，逢迎千里鷓鴣聲。"《檢舊篋得熊鶴村光禄遺墨感題》云："九十老人揮手别，花飄雨斷歲華深。初看對客有佳句，政爾玩世忘機心。文武道盡況今日，死生大矣誰賞音。獨公提携謂我好，想得落筆從霑襟。"《黄知縣過譚嘲以長句》云："首下尻高利走趨，初春麗日照泥塗。嗟君骯髒百僚底，過我恢疏一事無。撑腹詩書得窮餓，填胸婚嫁苦追呼。人間富貴换頭白，何處煮茶眠老夫。"《竹林寺》云："去城幾許竹林寺，探勝呼群佳興同。一徑柳陰雙鬢露，萬竿篁影四山風。鵲呼樓殿靈岩裏，雁盡川原殘照中。坐看枯僧供煮茗，鐘聲我與滅虚空。"五律《桃葉渡夜泛》云："嫋嫋柳邊棹，離離月下人。衣香回一水，酒思映千春。初雁明河見，凉蟬畫閣新。江南腸斷夜，携手竟誰陳。"《登焦山》云："絶頂旌旗動，防秋戰壘成。岩空蛟作穴，天險雁留聲。俯仰關哀樂，迷茫雜雨晴。山靈亦無説，爲借濁醪傾。"七絶《立春》云："鴉銜缺月在檐端，醜石疏枝負手看。莫向今宵數城柝，微風吹酒是春寒。”諸作意態蒼莽,情思綿曼。陸士衡所謂“言恢彌廣,思按逾深。綿邈尺素,滂沛寸心”者也。

蘇堪學王荆公,其一身終始,乃絶類荆公。新學抵之者,至謂爲“神奸巨慝”。君子平心而論,則亦書生之執拗者耳。蘇堪出山時,《渡海》一律云:“泱泱渤澥意如何,騰碧翻金眼底過。出世祇應親日月,浮生從此藐山河。南歸不用懷吾土,東去誰能挽逝波。愛煞滔天人孤島,弃船聊欲上嵯峨。”用世之心,一何壯哉!

亞廬柳子詩,余讀之數年。比來海上相見,譚宴甚歡,屬題其《磨劍室詩集》。秋後歸梨里,余亦賦倦游還。雖相思甚苦,幸而時通鴻訊,如接謦咳焉。承寄其近作數章,讀之,三月聞韶不啻也,亟録之。《歲暮雜感》云:“急景催年短,浮生涕淚多。王褒長廢讀,原壤忍狂歌。行樂誠無地,沉憂孰起疴。大難來日意,空自怨蹉跎。”“夙有澄清志,而今事總非。沐猴民主賤,烹狗黨人悲。妹土風難殄,周邦命正危。况聞邊耗急,誰與定東陲。”“結客誇游俠,江湖識姓名。恩仇嗟末路,氣類感平生。亦有牙期遇,終難踪迹并。海天一凝睇,風雨正鷄鳴。”“用世非我事,求田計亦差。桑麻無樂土,荆棘遍天涯。去住渾難定,浮沉祇自嗟。寒宵不成夢,詩思亂於麻。”《血淚碑感賦》云:“雲散風流事可悲,漢皋解佩去遲遲。那堪滄海經過客,更看人間血淚碑。”《題春航小影寄獨笑吴門》云:“翠袖銀簫事豈真,無多綺夢已成塵。畫圖至竟留吴苑,環佩終致去漢濱。未必忘情真太上,盡多秋士解傷春。荒江老屋凄寒甚,何處拈花絶代人。”悱惻婉麗,絶似飛卿。較少作,百尺竿頭更進一步矣。

黄季剛謂,葉楚傖動嬲人聯句,記春夜初霽,名歌乍輟,踏風歸來,聯吟《春郎曲》云:“吴苑風高柘枝鼓,中宵笙玩雲英舞。翩翩新試散花妝,一曲紅綃不知數。馮郎十八玉比清,鴛鴦寶帶白紵巾。蛺蝶有時花入夢,銅鞮無恙曲情當。翾年十斛量珠重,秋娘嫁後新依寵。錯識瞿塘估客兒,瑶琴枉許成三弄。窈窕翻成永巷花,坐教天子入娼家。調酒雙環青手帕,惱人一闋玉鈎斜。周郎坐畔頻頻顧,略以風情寄靈素。哀艷詞成血淚碑,清揚姿占群芳譜。淪落龜年又此春,江南夜宴一逢卿。寵柳夭桃齊俯首,雪膚花貌總宜人。

捧心從此無前古,鎖骨而今有化身。逸興詞人推柳七,搓痴爲骨情爲屑。鈿車夜入氍毹場,自笑三生多綺孽。請爲春郎歌一章,莫遣風流頓消歇。"

蜕庵,古之傷心人,迹遍南北,窮老靡歸。發爲詩文,幽馨綿邈。寄食湘中,時時登紅拂墓,慨然有遲暮之感。賦詩四章,非僅痛哭佳人已也。詩云:"巨眼當年識俊才,可兒不共此間埋。錦衾角枕青山久,細骨輕軀馬上來。環佩魂歸陰氏冢,釵鈿夢斷玉妃嵬。紅顏命薄終如此,愁絶南征獨凱回。""寂寂春原土一抔,鳥啼花放盡堪愁,便無名字還惆悵,况忍才容竟死休。當日知卿除是俠,可憐得婚衹封侯。山前空勒征南像,不畫天人恨虎頭。""憶昔沉吟蘇小墳,西湖鴛水兩難分。征南道出留遺迹,扶病軍行補闕聞。衹惜汝南傳碧玉,肯教陽羨葬朝雲。風流最是人間少,華表休題開國勛。""文推房杜武褒鄂,難定蕭何第一功。丞相堂前有天子,美人見慣似司空。春心自爲前因動,濁世誰堪侍者通。若説早知專節鉞,本來節鉞屬楊公。"識得幾字,原已入痴子法門。况半生天末,解意無人。欲療心疾,何可服美人香草?白眼落天壤,看求田問舍奴,不值一笑。紆銀青金紫者,更無論矣。記舊作《小游仙》九首,個中墮落漢,或識箴侯之意乎?"生就陳王作賦才,九天咳唾動風雷。磨磚自享三年厄,不博凌波一笑來。""手把芙蓉上玉京,風鬟霧鬢各分明。揭裳未向東皇拜,先要司香記姓名。""青娥眉黛近來濃,鬥笑争憐俱不同。獨向廣寒伴清夜,方諸有淚染霜紅。""五銖衣薄御風升,閶闔門開便可登。一笑朝天無限意,三年鮫淚已凝冰。""纔出山泉本自靈,香雲一掬影伶俜。從來未入金錢會,那解蛾眉鬥尹邢。""誰向靈山又散花,覺王手掌也難遮。一番墮溷飄茵裏,回首虞淵日已斜。""帝座猙獰百鬼來,魚龍曼衍殿難開。玉皇無語仙宫怨,又費天家掃蕩才。""整罷花冠起又遲,新來眉樣苦難知。無端鸞鶴偷惋惜,何似逢君歷劫時。""香案前歌莫漫憐,本來道骨俱相宜。上清真誥三千字,掃絶蟫魚便是仙。"

小鹿樵室詩話

吴遇春 撰

《小鹿樵室詩話》,一九一六年四月至一九一六年七月連載於《申報》,共13期,作者吴遇春。

《申報》原名《申江新報》,一八七二年四月三十日創刊於上海,一九四九年五月二十七日停刊。它是近代中國發行時間最久、具有廣泛社會影響的報紙;也是外國人辦的報刊中,由中國人主筆的第一家。《申報》除刊登新聞、通訊等外,又闢出專欄和副刊,其中以"自由談"影響最大。

《小鹿樵室詩話》以詩記言,多涉先輩與鄉賢詩家創作;論詩以"真"爲核心,重情感抒發,反對分唐界宋的門户之見。

里居無事,約二三同志於茶餘酒後,隨拈二字爲嵌字詩鐘。楊幾園丈最工此道,傳誦佳句極多。如《方馬》一聯云:"司馬青衫商婦淚,上方寶劍佞人頭。"又《三鴻》一聯云:"三月風波江上下,鴻溝界劃浙東西。"極渾穆,又極悲壯切時。

黄天河學博,吾松名士也,生平服膺亭林之學,志存經世,惜終身困於儒官,不得見諸施行。其所著《金壺七墨》及傳奇數種,久已膾炙人口,兹得《比玉樓遺稿》一册,分詩、文、詞、曲四卷,其高足楊峻卿弟兄所刻。詩極悲壯蒼凉,七言如《雲龍山遠眺》云:"彌天碧樹空啼鳥,近郭黄昏不見人。"《郡樓偶成》云:"天空雕鶚摶雲遠,江冷芙蓉墜露清。"《有感》云:"風號古戍秋聲死,月冷荒城野哭高。"《除夜贈李芝生》云:"老我孤懷餘憤激,知君愁緒倍侵尋。"《題劉椒泉詩卷》云:"苜蓿何能羈傑士,芙蓉無奈屬秋風。"《秋柳答南樵》云:"摇落亦關天地意,感傷翻累道途人。"《除夜焚寄碧蓮》云:"眼枯見骨難爲淚,心死成灰尚有魂。"絶句如《過揚州》云:"畫橈停處即爲家,秋氣侵人入鬢華。風葉作聲殘月下,冷螢飛過玉鈎斜。名國勝地總凋零,酒伴吟朋散若星。獨有平山堂畔路,兩三□□對人青。"讀其詩時,可想見其懷才不遇,寄情於文字之外者也。

甲寅秋,於書肆中購得王孟公手鈔《聽雨篷詩》一册,係吴陶宰選本。讀之肺腑清凉,似不食人間烟火者。讀韋公詩,擬作七首云:"磊磊耕田夫,讀書古城下。高鳥招不來,孤琴夕已罷。""全家不世情,偕作五湖長。峭帆滬瀆城,又趁夜潮上。""野渡失孤艇,草深江路錯。遠念暮歸人,秋燈淡高閣。""平階夜來雨,忽憶塌秋井。孤館歇微吟,閑踏栟欄影。""風高塔鈴寒,日入林樾晦。不見六朝僧,殘鐘曳水外。""喔喔候潮鷄,風浪愁澒洞。南山不可渡,天遠雨如夢。""泠泠響泉琴,山堂夜如水。不逢古丈夫,時嘯空林鬼。"《偕曹拙庵少伯乘月看萬米峰》云:"缺月下深竹,乘凉涉此宵。拍蚊茶事碑,説鬼酒人驕。樹影沈坊曲,秋聲夾版橋。因之拜石丈,風草自蕭蕭。"《聞雁》云:"黄霧捲盡水田秋,遠道啓轡急命儔。九月凉風吹出塞,一天獵火照登樓。催成馬上征夫淚,回却燈前思婦頭。飛到碧湘多瘴癘,斷魂摇曳自并州。"《秋懷》五首,其末一首云:"華亭谷口漫吹簫,擡眼秋容柳欲凋。有酒□成今白社,無鶯憶過舊紅橋。疏狂正坐虞翻骨,戍削何堪沈約腰。小樣江關《枯樹賦》,不曾遲暮也魂消。"《行春蟠龍塘上,見籬落一花頗艷,野人云是木瓜花也》二首云:"版橋直路兩三家,春漲通門一道斜。緑荔圍墻茅舍小,夕陽紅到木瓜花。""踏枝嬌鳥弄□聲,顛鶴風前舞態□。贏羿湔裙作禊事,水邊寫出《麗人行》。"孟公住松江城東三里汀,明管記室訥故居也。

吴陶宰鈞,自號玉田居士,所居梅花書屋,在城東委巷中。性恬退,土木形骸,不作科目貴人想,與同里楊退谷、王孟公諸老互相唱和,極一時之盛。所著有《獨樹園詩》,孟公評其:"山骨清寒,木容堅瘦,不沿襲雲間舊派。"洵至言也。五言如《蟬聲》云:"韻高銜夢破,烟過壓林平。"《天馬山絶頂作》云:"敗佛蜂争穴,危梁鼠瞰燈。"《晚興》云:"雨歇電還激,潮來月欲生。"七言如《聽籟山房晚坐》云:"看桐不覺鬒眉緑,嚼藕真教肺腑凉。"《水閣偶集》云:"垂釣不妨聯客座,看山何礙缺鄰墻。"《次韵戴笠夫春草》云:"一鳩細雨陰連郭,雙蝶斜陽影到廊。"《和王孟公秋草》云:"盡驅寒色歸牛角,平挾風聲到馬蹄。"《清明日北郭即事》云:"白楊北望春秋淚,黄浦東流日夜聲。"《檀園修禊》云:"池邊種竹深□緑,杯底看山婉孌青。"《次韵程子春花朝豫園》云:"潮回角枕江聲歸,樓入瓊霄海月多。"使生在今世,散原、海藏見之,定當把臂入林。

曾滌生相國文章、經濟彪炳一時,詩亦高古雄駿,卓然大家。壬戌四月,沅弟克復巢縣、和州、含山等城,賦詩四首云:"濡須塢裏漲春波,三月鶯啼氣正和。一騎雲飛新報捷,漢家收復舊山河。""碧血家家百草腥,荒郊五夜泣坤靈。將軍一掃陵陽道,便有游人説蹋青。""半壁山前鐵鎖横,當年諸將各聲名。即今錐鑿西梁下,益信先皇萬里明。""師淑韓公二十霜,敢將裴令并論量。諸君自有浯溪筆,看取穹碑日月光。"《讀吴南屏送毛西垣之即墨長歌,即題其集》云:"十載鄉園獨爾思,眼明今日見新詩。嘗憂大雅終將絶,豈意吾儕睹此奇。木落千山初瘦削,風回大海乍平夷。此中真意憑君會,持似旁人那得知。""人間骯髒一毛生,與子交期如弟兄。忽出國門騎瘦馬,去看東海掣長鯨。放歌一哭田横島,釃酒還臨樂毅城。并入先生詩句裏,干戈離别古今情。"他如《早發沔縣遇雨》句云:"曉霧忽飛千嶂雨,西風已作十分秋。"《初入四川境喜晴》句云:"雲頭齊擁劍門上,峰勢欲隨江水東。"《早發武連驛憶弟》句云:"疲馬可憐孤月照,晨鷄一破萬山蒼。"諸聯皆遒氣直上,北宋名句也。

詩雖小道,非有真實力量,不足以語此。或以高古勝,或以雄渾勝,或以幽秀生峭勝,固不可以一格拘。總之,不外一"真"字。吾見世之言詩者矣,未窺樊籬,先講門户。治唐詩者,厭薄宋詩爲陳腐;治宋者,謂唐但講格律,而無真精神。此皆門户之見,道聽而途説者也,不知二朝詩各有獨到處。李之豪邁,杜之雄渾,非後世所可幾及，何嘗爲格律所囿？至言宋之宛陵、臨川、東坡、雙井，語語石破天驚，不肯蹈襲前人一字，陳腐云乎哉？吾故曰："詩之美惡，不判在唐宋，而在真僞。"

作詩之法，唐司空表聖《二十四品》盡之矣！若宋嚴羽之《滄浪詩話》"以禪論詩"，專主妙悟，終不免有所偏倚；後漁洋祖其説，倡爲"神韵"之談，"羚羊挂角，無迹可尋"。遂爲作詩不二法門，一時學者靡然從風，詩道於是乎日隘矣。

梅伯言叙舒伯魯《緑猗軒詩文鈔》曰："凡詩閲一二字，而可意得其全句者，非佳詩也。"此言誠然！詩貴含蓄不盡，耐人尋味。若一味直説，亦何貴乎？有此詩哉！伯魯，名燾，楚之溆浦人，詩文均有法度，柏梘入室弟子，曾滌生侍郎嘆其奇才，年未至三十而卒，惜哉！設天永其年，造詣正未可限量。今略舉數章，以志梗概。《金山空碧亭》云："天風浩蕩□昂頭，九派濤聲檻外流。遠樹浮烟瓜步雨，半帆斜日石城秋。荻蘆兩岸飛晴雪，烽火連江起戍樓。□倚雕欄感身世，百年無恙一扁舟。"《雄縣見月同舍弟兼寄邊秀石、薄仲默都中》云："霜華着瓦氣蕭森，向晚孤城衆籟沈。客路懷人京□夢，他鄉見目弟兄心。那堪遼海三□淚，又聽高樓一夜碪。寥落故交餘□輩，前宵同話鳳城陰。"

梁節庵詩深情逸韵，有不可名言之妙。袁兵備録詩一卷，入《題襟集》，謂其"皮膚剥落盡，中有真實在"。如《秋懷》云："羈情了無泊，拋去又相尋。問雁知兵氣，看花長道心。百年紅燭短，一水夕陽深。獨有雙龍劍，時時壁上吟。"《龍王廟問朱君一新疾》云："陽窮斯悔吝，身遠更冥沈。山氣銛□骨，簾衣限樹陰。芳蘭托空谷，落日散疏林。相悦寂寥境，聞鐘何處音。"《雲帆方丈出示宗室竹坡侍郎所遺帶，時侍郎新逝，感悼書此》云："坡公留帶偶然耳，後者文襄今竹坡。事過百年人始貴，我無一物意還多。較量興趣難慳句，想像神儀各有科。心斷蘭蕙霜一霎，閑堂獨在夜如何？"《獨游甘露寺》云："鐵塔燒殘已不成，寒鴉古徑少人行。憑高望海天方大，傷遠思鄉歲又更。壁上久無靈運畫，山前誰見贊皇名。講花飄雨僧同盡，坐聽風回浪打聲。"《得伯嚴書》云："千年浩不屬，君乃沈痛之。神思可到處,繾綣痛其詞。窮山何所樂,予心忽然疑。試君置我處,魂夢當自知。把書闔且開,情語生微漪。出見東流水,湯湯將待誰?”諸作沈鬱頓挫,無限低徊。

我家日千公幼有神童之目,爲明季諸生。明亡,絶意進取,屏迹荒僻,不求人知,自號“九峰遺黎”。間作詩文,輒弃去,今流傳所謂《頗頷集》者,皆出友人所甄録。詩極悲壯蒼凉,而不刻露,亦時勢使然也。如《細林燕集》云:“閑雲野鶴偶相值,我輩何曾有去來。吴越山川共杯酒,仳離天地此登臺。千章密竹春陰合,一樹衰桃夕照開。痛飲狂歌擬申旦,長年三老莫相催。”《春寒》云:“苑外層水繞曲塘,江頭蒲柳望韶光。微陽不散千山雪,新月還疑萬户霜。綺席笙簫愁玉指,深宫花萼費硫黄。何當旦暮東風至,霧縠輕綃一换裝。”《錢葆酚齋分韵得寒字》云:“西風驅雁曉霜寒,秋杪相逢菊未殘。駒隙幾何嗟闊□,蟹螯入手且盤桓。古今頓覺衣冠盡,出處俱憐道路難。倚劍獨歌哀郢句,樽前多淚不成歡。”《中秋》云:“四序平分日,清秋獨可傷。萬方多難後,永夜共相望。積水生寒露,空天炫海光。故都諸父老,應照鬢如霜。”《茂陵》云:“茂陵枯柏自巑岏,露重珠襦馬上寒。獨與銅人相對哭,凄凉殘月下金盤。”《題畫蘭》云:“幽蘭雖芬芳,靈均自憔悴。三户寂無人,托根在何地。”此與鄭所南“畫蘭去土”同意。《題蘆雁》云:“水落沙洲闊,霜清蘆荻寒。南來終是暫,莫作故鄉看。”日千公曾以詩受知於陳大樽,觀此知雖親炙而不盡沿其派者。

五言古詩,琴聲也,醇至澹泊,如空山之獨往。七言歌行,鼓聲也,屈蟠頓挫,若漁陽之怒撾。五言律詩,笙聲也,雲霞縹緲,疑鶴背之初傳。七言律詩,鐘聲也,震越渾鍠,似蒲牢之乍吼。五言絶句,磬聲也,清深促數,想羈館之朝聲。七言絶句,笛聲也,曲折繚亮,類羌城之暮吹。其説見管韞山《論文雜言》。韞山以制義名世,不知於詩學尤精邃,謂沈歸愚詩謹而庸。嘗題劉大櫆《海峰詩鈔》後云:“當代論詩最不群,寒氈横槊氣如雲。飛沈竹嘯軒名在,至竟尚書愧廣文。”大櫆曾任黟縣教諭。

范石湖詩爲宋四家之一,其所著《石湖集詞》一卷,都清婉可愛。如《眼兒媚》云:"酣酣日脚紫烟浮,妍暖試輕裘。困人天氣,醉人花底,午夢扶頭。　　春慵恰似春塘水,一片縠紋愁。溶溶泄泄,東風無力,欲皺還休。"吾□其詞,亦有"溶溶泄泄"之態。

乾隆時,閨秀張滋蘭,號"桃花仙子",任兆麟室,爲吴中十子之一,所著有《潮生閣集》。詞致清嬌不群,一洗香奩嫵媚習氣。如《憶婉兮陸夫人并柬令姑素窗夫人》云:"不滅三年字,長留一卷詩。那堪重省憶,又是菊殘□。"《寄懷心齋先生石湖館舍》云:"緑窗人静雨闌珊,幾度思君倚曲闌。莫羨吴江風月好,天涯猶是寄衣難。"摘句如:"曲徑小山幽,天寒桂花白。""夜深花影静,凉露玉階生。""經年庭樹留殘葉,隔浦靈禽聚淺沙。""一榻午風人倦起,夕陽窗外燕初來。"

張芬紫蘩,滋蘭從妹,著《兩面樓詩稿》,其中佳什不少。《秋葉和清溪家姊韵》云:"幾樹胭脂散遠空,一番惆悵賦飄蓬。閑情何必隨流水,秋思無端任晚風。梧影漸消明月下,蟬聲猶□冷烟中。攀條遥憶尋芳日,緑葉成蔭又不同。"《咏卓文君》云:"錦江山色斂眉痕,藥擲由人早斷恩。何必白頭吟寄怨,夫君自解賦長門。"《虎邱竹枝詞同席姊耘芝作》云:"埋玉名山艷一時,素馨花下種相思。年來不到真娘墓,紅豆青衫吊磬兒。"(自注:姚磬兒,秦淮名妓也。葬虎邱,吴中名士多作詩吊之。)

海寧王静庵先生詩,格老氣蒼,峥嶸萬象,讀□頓覺塵襟如滌。如《出門》云:"出門惘惘知奚適,白日昭昭未易昏。但解購書那計讀,且消今日敢論旬。百年頓盡追懷裏,一夜難爲怨别人。我欲乘龍問羲叔,兩般誰幻又誰真。"《登狼山支雲塔》云:"數峰明媚互招尋,孤塔崚嶒試一臨。檻底江流仍日夜,岩間海草未銷沉。蓬萊自合今時淺,哀樂偏於我輩深。局促百年何足道,滄桑回首亦駸駸。"《嘲杜鵑》云:"去國千年萬事非,蜀山回首夢依稀。自家慣作他鄉客,猶自朝朝勸客歸。干卿何事苦依依,塵世由來愛别離。歲歲天涯啼血盡,不知催得幾人歸?"斷句如《暮春》云:"心閑差許觀身世,病起初能玩物華。"《曉步》云:"四時可愛惟春日,一事能狂使少年。"《九日游留園》云:"到眼名園初屬我,出城山色便迎人。"《欲覓》云:“詩緣病輟彌無賴,憂與生來詎有端。”

十子中又有席蕙文者,字耘芝,著《采香樓詩草》,間有蜀中諸什,沈鬱蒼老,不類弱女子作,可异也。《武侯祠》云:“森森古柏翠烟□,獨向祠堂謁武侯。國定三分成鼎足,□荒八陣咽江流。天心何事終亡漢,臣節真能再造劉。畫壁靈旗風雨黯,夜深應挾鬼神游。”《杜陵草堂》云:“萬里橋邊結伴游,草堂景物倍清幽。斜陽衰草成荒徑,老樹寒鴉變暮秋。放弃半生悲患難,文章千古擅風流。先生遺址誰題句,憑吊長教旅客愁。”《過十二峰》云:“哀猿啼處樹重重,雲鎖高唐舊楚宫。人在夕陽疏柳外,滄烟微雨近巴東。”斷句如:“一徑落花愁夜雨,數聲啼鳥惜餘春。”“楊柳曉風人别後,杏花微雨燕來初。”“明月故人千里夢,關山新雁一聲秋。”情致纏綿,晚唐佳境。

錢塘奚鐵生岡,善畫山水,一時擅絶。性耿介,閉門謝客,雖要津投刺乞畫,非其人不與也。詩亦超然絶俗,如其人。《題畫》絶句云:“沙岸風微水不波,林居高下隱岩阿。便當此地從耕釣,月一犁鋤雨一蓑。”“一片春烟濕酒旗,杏花紅壓竹間籬。雨多到處溪流急,獨拄吟筇立少時。”“夕陽流水繞孤村,數盡歸鴉烟樹昏。怪底竹風無賴甚,又吹寒月入柴門。”“臨水數峰無限好,最宜雨裏復雲中。今朝溪上移舟去,看到斜陽又不同。”

幾園丈常與予論詩云:“詩宜清婉,而忌直率;宜幽深,而忌浮躁。能除此二病,自然入妙。”憶上年贈予一律,時予藥裹伴身,綿延半載。中有一聯云:“天敵未降猶善病,人憐不受乃工貧。”又斷句云:“和柳和萍迎一槳,聽風聽水憶雙鬟。”讀之,覺婉曲多情。他如《老梅》云:“春嫩山陰猶積雪,老梅俯首照江湄。殘枝偃蹇□花懶,不謝東風特地吹。”《春日懷劉三》云:“手携碑版日摩挲,零落江南幾作家。杯酒遣春聊一放,溪山接坐□無涯。危樓黄葉成孤趣,芳草斜陽閲歲華。强迫梅花供市上,故園回首淚盈車。”語頗幽峭。

華涇劉三,狂士亦奇士也。予由鵷雛得一謀面,神采奕奕,知非常□凡介。與之談論,滔滔若關河。工隸書,筆致高超,自詡大江以南無第二人。詩亦妙絶時流,曾於鵷雛處見其《題李鑾父寒夜聽琴圖》云："刊落風華此夕心，還乘玄賞聽鳴琴。好要月色和同坐，定與江流一往深。正月繁霜牽痴思，故人新曲重沈吟。老夫却抱無弦趣，起理閑謡欲斂襟。"其意境在蘇黄之間。

去年冬，晤費龍丁於幾園齋次。嵚崎落覺，一種英俊之氣逼人眉宇，時適游東瀛歸，録《游箕面山小憩一之橋酒家題壁》詩示余，甚爲泠雋。詩云："紅葉滿山秋欲笑，清泉無壑不雷音。醉來第一橋頭立，洗耳如聞巢父吟。"龍丁工八方□，出入晋唐，鐵筆亦頗蒼勁。

我鄉宋象新先生，爲乾名宿，明末子建先生裔孫也。子建曾著《史疑》一書，親自録訂，雖已鎸版，而原録佚去。象新游宦閩浙，於數千里外，得此數百年之故物，殆有神靈呵護乎？復裝訂一過，加跋語以志欣幸。昨佩弦前輩於先生曾孫處假出示余，復携《閩游草》一册，係先生自定詩稿，予録最者入詩話中。予讀之，温柔敦厚，得風人之遺。如《宿建寧夢游武夷》云："黄華山下駐軒軿，神往崇安大洞天。三十六峰看不足，夢魂曲曲逐□烟。"《題石巨川掃花圖》云："翩翩雅致挹仙風，肩佩龍泉意自雄。祇恐落花春欲去，倩他翠袖掃殘紅。"《别賀西亭孝廉作》云："挂帆惜别兩疑堪，飄泊年來祇自慚。我向風前覓衡雁，君應夢到大江南。"《遇分水關》云："關地初登第一山，蒼茫何處望雲間。夕陽如鎖肩輿過，怕聽猿啼分水關。"《度仙霞嶺》句云："飛泉倒瀉千山雨，古木横披萬壑風。"《留别晚塘》句云："南天文字知交少，木落風高燕水寒。"諸作綿渺尺素，滂沛寸心。

朱鴛雛丰姿綽約，一似十五女郎，而詩亦類是。如《春風謡》三絶云："二月花初發，春風似剪刀。餳簫聲欲咽，隱約過紅橋。""暖日籠春塢，芳塵上畫樓。凝妝人不見，吹動玉簾鈎。""想見明窗下，湘簾一桁輕。春風太無賴，吹瘦綉衣人。"摘句如："杏□梅韆春欲醉，風柔波暖鴨相呼。""牛背牧童穿柳葉，馬頭村店隔花梢。""楊柳闌干三尺浪，桃花叱撥一鞭春。"數聯均風韵悠然。

高菊裳與其弟藥房并以詩名雲間，一時如王惕甫、秦小峴、吴穀人諸先生皆推重之。所著《燈味畫堂詩稿》標格神韵，宗尚三唐，而於七絶尤勝。《秋日偶作》云:"樹杪蟬聲破晚烟,夕陽紅過小樓前。玉簪清苦牽牛瘦,開到秋花總可憐。"《踏青詞》云:"陌上春風細草熏,輕衫廣袖一群群。打團蝴蝶真無賴,衹趁儂家翡翠裙。""蘼蕪一徑暖生烟,柳色鶯聲盡可憐。馬上誰家少年子,隔花墜却玉絲鞭。"《夜坐有作》云:"銅缾斜插老梅枝,消受寒香夜漏遲。春雨一窗燈影瘦,擁爐□女誦唐詩。"

姜五常在,奇士也。游東瀛遘病而歸,閉門讀《内典》。不茹葷,泯思慮,爲養疴計。有時閉目静坐,可終日不發一語。詩亦偶爲之,而自然入妙。余假得近作一册讀之,都悟道之言,與寒山《擊壤》相彷佛。如《訪幾園居士》云:"手持緑玉杖,來訪白雲窩。禪味寒樨澹,閑愁落葉多。主人長自在,精進近如何? 商略無生話,中庭暮雨過。"《大雪占此贈了公》云:"心净土斯净,閻浮一掌春。羨公三素業(公近修三素業,謂素身、素口、素意也),造出素乾坤。"其中又有"木樨數本鼻功德,石屋三間心太平"一聯,余尤愛玩不置,以爲非得力於此者,不能道也。

《凌花罐》五絶句,幾園先生藉以自喻也。詩云:"潤物爲心忍自乾,乾來曾不損豪端。有時小試拿雲手,與海爲鄰恣一餐。""滿腹精神都了却,窮來衹有好花知。一番恣取一番舍,涓滴歸公不自私。""存心造就衆香團,挹取清流不惜寒。天賜閑閑佳位置,一生快活住花園。""打破葫蘆悶一團,擲將山外亦便安。岩中蘭蕙無人養,自有天然雨露溥。""自笑飲河如偃鼠,龐然大腹眼生顛。從今悟出空空理,潤物爲心忍自乾。"

湯潛庵先生,爲理學名儒,而詩亦清新俊逸,不染一塵。《西湖聽莊蝶庵彈琴》云:"繫纜孤山下,石床理素琴。嵐光千嶂滿,松影六橋深。古調傳天籟,清弦寄道心。曲終人俱静,明月照幽襟。"《贈懷慶太守》云:"野王山路繞雲横,一水瀠洄繞郡清。兩岸柳條凝露濕,年年常見使君情。"

予於古紙堆中覓得閨秀吉雲《與六順書》一則,又無名氏《沈吉雲女史挽詞十絶》,亟録之,以闡發幽光。書云:"寒威凛凛,愁緒依依。分袂時,適吾姊玉體欠安,倍添惆悵。不識邇來佳勝否,真令人目極魂銷。日前致書送行者，由不忍面別，以免牽衣灑淚耳。但遠疏已久，覺生趣無聊，屢動歸泉之思。回顧孑影老親，又復苟延殘息。惟春暖杏紅之際，俾得再睹芳顔，重聆言笑，幸也何如！”臨風神注，并候時祺，不宣細繹詞氣，殆古之傷心人與？挽詞亦閨中手筆，自叙嘉慶辛未六月二十七日，吉雲女史與喬六順夫人，同歿於書院池。詩云：“水晶宫殿月輪秋，姊妹同時控鶴游。入世便存超世想，紅塵那肯久勾留。”“來本超然去亦奇，死生看得當兒嬉。升天要結神仙侣，不怕驚波怕别離。”“海角吴天悵各分，累卿幾度望停雲。憑將萬顆鮫人淚，迸作珍珠寄與君。”“傷心舊句怕重温，教我如何割愛根。敲碎青琴焚筆硯，臨波招取一雙魂。”“故園歸去太凄其，從此知音更數誰？風雨重陽魂欲斷，一宵白盡鬢邊絲。”“珠含光采玉完全，此去從知作水仙。一事責君心太忍，白頭堂北淚如泉。”“試爲轉語報君知，入夢還同夢覺時。解得華嚴空色相，托生何必定男兒。”“羅巾别淚尚留痕，同調三人我獨存。此後講堂明月夜，一池花氣兩詩魂。”“楓落吴江萬卉凋，寒燈孤館夜迢迢。傷心來日無多矣，君去何人賦《大招》。”“詞客紛紛莫漫論，水中花影本無痕。世間難事無過死，人肯輕生定道根。”後評：“清新悱惻，語多切至，哀詞中當推獨步。”評語字迹，類鄉先輩郭友松先生遺墨。

祥符周畇叔都轉之《鷗堂剩稿》，係江陰金武祥所編輯，詩僅四十餘首，而博麗沈鬱，牢籠衆有，在道咸間得此，嘆爲僅見。如《閉門》云：“閉門戢孤影，人鬼罷相憐。清氣生高餓，沈憂中獨眠。秋聲依磬肅，夜趣溢燈妍。合眼寒衾底，寥廓見百年。”《臨城驛題壁》云：“暮烟茅店駐征車，滚滚驚埃日易斜。詩壁拂塵鈔牘草，歌錢隨例乞閑花。容愁入夜常依枕，知夢驚寒未到家。苦被雙贏催促去，又披星露踏風沙。”《春日西湖即席》云：“百重烟翠鏡中涵，白塔紅亭面面環。十里松聲全在水，一湖花氣欲浮山。鵝兒酒幔春星外，燕子茶檣細雨間。蓴熟錫香好天氣，清游肯放畫船閑。”《雨次上渠灘》云：“江風捲地散蠅蚊，濕翠堆篷曙不分。遠峽猿聲青隔雨，陰崖蛟氣自連雲。一官憔悴投荒録，萬里凄凉誓墓文。十口長飢行李乏,愧他豪客夜知聞。”

予識姚鵷雛將近十載。時鵷雛肄業京師大學,適暑假旋里。幾園丈要赴城西醉白池,演講《楞嚴》,予亦列席静聽,生公説法,頑石點頭,此差近之。輟講後,同往酒樓,□憶席次,更唱迭和,叠韵至十數起,興味誠不薄也。未久,鵷雛主任《太平洋報》,執浦東中學教鞭者有年,滯迹海上,雲樹相思,徒勞夢寐。甲寅春,湖海歸來,悄無良伴,因僦屋城中,與予居處相隔僅一灣緑水,過從甚密。值奉賢郁雋甫丈、魏塘李康弼,來設帳於吾鄉閔瑞芝處,相約幾園、白壺諸子結一吟社,爲遣春之舉。每至酒酣耳熱,鬮韵鬥奇,帽檐攲仄,所不惜也。節届朱明復與姜子常在、朱子鴛雛避暑於城南幾園,清簟疏簾,頗饒逸趣。時當白日西匿,朗月東升,坐柳陰池畔,俯仰吟嘯,其樂難量,即鵷雛詩所云“稱娖詩篇皆漫興”者,此届成詩甚夥,故予有《消夏剩稿》之輯。自秋徂冬,繼續不輟。復有《秋聲集》者,係鴛雛所編,予又綜一年詩,爲《甲寅詩鈔》四卷,秘之篋衍。憶昔與幾園譚詩,宗袁隨園性靈一語,率意爲之,落於凡近。邇來幾園亦頗懊喪,此所以有性靈二字誤蒼生不淺之慨也。自接鵷雛,得聞緒論,意境稍開拓。蓋鵷雛論詩,不主故常,以少陵爲宗,旁及韓、柳,即義山、牧之,亦常寢饋其於南□,宋則服膺臨川、東坡、山谷、放翁、簡齋諸老,近代於伯子、海藏、散原等集頗究心,以爲此數家意味雋永,興象鬱葱,有嶔崎乎數州之間,灌注乎天地之半之體勢,於詩境最爲上乘。若樊山、實甫,體格較卑,然亦時有雋語。予聞於鵷雛者若此,叙李郭交情,兼綴數言,以質當代之能詩者。

去年夏間,予染河魚腹疾,幾瀕於危,延霎裳蔡子醫視,幸得無恙。霎裳住西護塘,世精岐黄,治病一宗仲景《金匱》諸方,而能變通之,活人不少。此子跅弛不羈,睥睨一切。非其人,雖以百金延請,不往也。與予一見,若舊相識,情誼甚篤,竟日談論,亹亹不倦,亦能言詩,構思甚敏捷。嘗與同人倡和,終食之頃,可成詩數章,間有警句。其高伯祖福堂公著《塊石山房詩鈔》十四卷,板毁已久,近霎裳於舊書攤處購得,屬代爲裝潢。予讀之,幽秀生峭,精到處類樊榭、頻伽。如《新柳》云:“曉風日日報東南,眠起輕盈緑意含。學舞小鬟剛十五,畫眉纖月恰初三。偏穿孤客眼無際,欲綰六朝愁未堪。何與金城司馬淚,不曾憔悴向江潭。”《曉起》云:“西齋夢起月光斜,澹澹銀河隱樹椏。一角池塘凉似水,曉風吹放白荷花。”《晚晴復雨》云:“一霎斜陽見晚晴,明朝隴首擬閑行。東風不管人愁絶,又送瀟瀟暮雨聲。”《新燕》句云:“烟外花飛寒食路,水邊簾捲夕陽樓。”《目巧室遲陳在師》句云:“之子不來三徑寂,清明已過百花疏。”

浣山詩話

筱　齋撰

《浣山詩話》，一九一八年十二月連載於《申報》，共 6 期，撰者筱齋。

《浣山詩話》重學問又不廢性情，以典雅之筆求化工之妙；也重點鐵成金的作詩法則及歌新奇之功，把以杜甫"毫髮無遺憾，波瀾獨老成"的論詩絶句作爲超詣之語。

咏古詩宜有獨見，汪進之咏《明妃》云："將軍杖鉞妾和番，一例承恩出玉關。死戰生留俱爲國，敢將薄命怨紅顔？"

高仰基《對雪》云："平田如種玉，老樹自生花。"《春郊》云："露氣漸滋芳徑草，鶯聲遥隔緑楊烟。"皆自然，不假雕琢。

吴木庵云："張文端公之女聰慧能詩，合巹之夕，諸佻達少年嬲不已，云必得新婦詩乃止。遂題云：'百歲良緣在此宵，諸君何用苦相撓。盈盈織女河邊立，早放牛郎渡鵲橋。'"絶句妙在含蓄，此正妙在絶不含蓄。

楊季鸞，字紫卿，號笙樓。有句云："笛裹梅花村店雨，馬頭楓葉板橋霜。""痛癢始知兄弟切，艱難方覺友朋疏。""渴如司馬偏工病，窮似昌黎未上書。"皆清整，無塵俗氣。

周卓庵好交游，喜吟咏。古體清幽，酷摹王孟。獨其《送遠曲》云："誰令車有輪，去年載君西入秦。誰令馬有蹄，今年載君客遼西。車輪雙，馬蹄四，念君獨行無近侍。恨不化爲雙明璫，終日和鳴隨君旁。"頗具古音節。

情景相融，是詩家第一妙諦。有女子答人云："問年恰似天邊月，正是圓時正缺時。"蓋十五歲半也。《咏新月》云："一二初三四，蛾眉影尚單。待奴年十五，正面與君看。"絶妙風趣。查奕照《三閭廟》云："隔世勞人憐後死，開山名士讓先生。"龔立海《六朝松》云："豈緣白社全真易，不信青天直上難。老此應須他日用，對君宜作古人看。"皆寓情於景，故有生意。

詩中畫，畫中詩，流傳久矣，更有畫所不到者。如丁青岩先生："黄岩從空來，對面向人起。我頭不敢昂，似畏天壓己。誰知下望深，青天反在底。山外有山立，山内有山倚。四顧無飛禽，來去雲而已。"

一丈紅，一名龍船花，蓋以其開於五月初也。《草本》："一莖直上，花累累如貫珠。有紅、白二種，培壅厚者，其色濃，頗艷麗。"《西墅雜記》載：成化間，日入貢，見蜀葵花，不識，國人告之。因題句云："花同木槿開相似，葉比芙蓉色一般。五尺闌干遮不盡，尚留一半與人看。"

蕭雲巢《田家詩》云："枳樹籬邊一徑斜，蕭疏古木噪寒鴉。鄰翁煨芋邀嘗酒，稚子敲冰試煮茶。土灶濃烟燒柿葉，瓦瓶清供插梅花。卜居好向東田住，指點西溪第幾家。"眼前風景，寫來如畫。

吴中賈某，人傳其《咏笋詩》云："未出土時先有節，到凌雲日亦無心。"妻亦能詩，《寄外》云："聞□功名原分定，讀書休到月西斜。"誠閨中韵事也。

詩人必目空千古，乃能横絶一時。老杜《岳陽樓》作，古今無兩。須想其未下筆時，是何等心眼？至落筆，則無庸思議也。題黄鶴樓者衆矣，大半爲唐賢所壓。余最愛張從孚句云："二千里外獨登樓，樓外天横一片秋。遠樹層層連赤壁，輕帆點點下黄州。英雄氣向當時盡，江漢波同此處流。好借仙人手中笛，梅花吹落不知愁。"渾成自然，調高氣逸，安見不突過古人耶？他如"馬上殘陽樹影斜，秋山隱約暮雲遮。不知霜柏初垂子，錯認新梅已作花"。又"殘燈似解心中事，半欲低頭半向人"。五言如"殘花經雨重，飛鳥得風輕。"皆婉妙。

詩有沈痛不可讀者，鄭屬賓《留别》云："不知將白首，何處入黄泉。"潘蘭如句云："江東耆舊少，天下布衣輕。"又"相思之苦乃如此，悲莫悲兮不能死"。《莊復旦》云："書味閑中得，琴聲静裏聞。"語殊恬適。至"經歷一番艱險事，始知世上苦人多"，感喟意在言外。又"莫嫌牛馬被人呼，莫怪低顏事舅姑。請看戲園場散後，幾多幻相尚存無？"蓋亦歷盡宦海情形也。

諷喻詩有輕言細語，令人意移者，"好是秦淮今夜月，有人相對數歸期"是也；有仗義執言，令人無辭以對者，如"不學遁翁捧著草，甘心籍口學偷生"是也；有乍聽之似婉約，覆按之令人汗下者，如"一檄投溪能徙窟，聽言猶覺鱷魚賢"是也。

咏物詩須不粘不脱，有神無迹，方不類泥塑木雕。劉光泮先生咏物最佳，《碧筒》云："納凉閑步小塘東，携得郫筒貯碧筒。竹葉香浮珠錯落，梨花春透玉玲瓏。沾唇早覺寒生齒，照眼還擬緑染瞳。無當玉卮偏得似，由來外直且中通。""荷花深處酒民來，雅製新題稱意裁。曾共羅裙揺玉佩，還同鬱袍注金罍。暗通關節如鑽隙，曲鼓矓胡當舉杯。幕府一時傳戲法，歡場何事綺筵開。"柳廷芳《禁蛙池》云："黄梅時節半陰晴，雨後田鷄閣閣鳴。誰寫折枝施禁約，即同反舌斷傳聲。浮沈緑水凌波戲，□□青泥踏地行。讀罷《南華》問《齊物》，井蛙何事大鵬争？"

詩貴不經人道語。自有詩以來，經若干人，出若干語，而不能窮，是物之理無窮，而詩之爲道亦無窮也。然攄懷抱，狀物情，大而天地、日月，細而草木、蟲魚，何一不經人道？所分者，靈蠢、工拙耳。羅君静渠，性介爽，嗜酒，好吟詩，詩筆似放翁。《金子灣》云："波下洞庭去，湘流忽有灣。雲容常覆石，月色遠浮山。市泊民廛雜，舟維估客閑。離家初此夕，短夢亦知還。"《春日感懷》云："初日照殘雪，新鶯啼舊林。浮雲終古憾，流水百年心。草緑空城夢，花香止自吟。陽關三迭後，愁絶有餘音。"《中秋日思親》云："天上又中秋，人間起别愁。可憐今夜月，偏照粤西樓。對酒思兒女，還家計去留。承歡虚子職，吟望更垂頭。"《寄友》云："典盡春衣懶出門，澆花種樹并鋤園。虚名浪得防遺笑，知己難酬怕受恩。詩未能工竊已極,文雖賤賣品猶尊。幾回讀罷《離騷》句,何處堪招楚客魂。"《喜得孫》云:"聾耳試聲貪聽哭,殘牙留輔待含飴。"俱新脆可口。又《新燕》云:"乍見高飛燕,雙雙度影斜。來尋有巢氏,先到莫愁家。烟雨池塘柳,春風桃李花。恩勤育兒子,吾性愛慈鴉。"余按,詩筆如此,方不愧清新之目。静渠處人倫之變,過於放翁《感懷》一章,意指此。

"通體黑時猶有骨,十分紅處已成灰。"《咏炭詩》也,語特新緊,而危悚可以勒官箴,可以銘座右。世之極意縱情,往而不反者,下梢多不可問,曷不早誦此詩?

有老妓《題琵琶亭》云:"同雲捲雪雁行斜,何處天涯是妾家。破帳夢回魂亦冷,裂膚風入袖難遮。明知泥裏沾飛絮,敢向春前怨落花。憶遇江州白司馬,暗抛紅淚濕琵琶。"此種情形,何异"白頭閑坐説玄宗"也。

楊君禾庵善吟咏,作詩甚夥。兹取其最佳者,如《閨情》云:"妾貌如春花,郎心似明月。月圓花影重,月缺花影滅。但願隨月圓,不願隨月缺。"《大堤曲》云:"邀郎桃林歡,送郎桃林别。桃林花正紅,是妾眼中血。"《古意》云:"乞得天孫巧,爲君織羅綺。不必寄回□,裁成合歡被。"皆清絶無點塵。七絶如"燕子似憐春欲暮,銜泥時帶落花來"。更饒神韵。

抄撮類書,搜尋韵府,已屬下乘。若更活剥生吞,呆堆板砌,直塵飯土羹耳。惟沈酣古籍,涵泳咀茹,久而得其精華,遺其糟粕,自能化去使事之能,且有暗合之妙。往往作者不自知,而深於詩者,見而知之,甚有絶不相干之典故,一經點化,觸手生春。簡齋先生云:"蠶食葉而所吐者絲,非葉也;蜂釀花而所成者蜜,非花也。"解此,可悟用典之法。

勇夫攘臂,惡婦駡街,令人不堪聞見。詩家魔道亦有似此者,特習焉不察耳。近代漁洋推奉詆訶者,各持一説,余以爲皆不得其平。少陵論詩曰:"清新俊逸。"又曰:"毫髮無遺憾,波瀾獨老成。"此種超詣固難以語人,且詩之結體,近古各别。今試取其近體讀之,清而能腴,輕而不剽,圓而不滑,熟而不腐,如翻水成,如彈丸脱,雖於汪洋渾厚,老健蒼凉,不無溢美,然亦不知費幾許刮垢磨光,伐毛洗髓工夫,方能到此。惜尊奉者,但云"絶代銷魂",即其所自著,亦未明言其所以。余謂,學詩者必先打破此關,方能向上。一入魔障,便難湔洗。吾宗《螺山紀行》詩云:"瞥眼西風手又揮,短長亭子送斜暉。笑儂好似雙飛燕,春社來時秋社歸。""白香湖上白沙明,水淺舟如陸地行。滯我程期渾不厭,青山相對故人情。""山如蠶裹水如環,舟泝溪流去復還。百里行來消幾日,林梢一抹見雲山。""資江風物記曾經,蘭槳輕摇杜若汀。閑倚蓬窗看秋水,篙頭紅影立蜻蜓。""五兩微風頃刻生,片帆吹落邵陵城。到時翻悔來時早,孤負風姨送我情。"朗潤清和,絶遠塵俗。

流連光景,抒寫性情,不能别尋詩料。所争者,死活不同耳。唐秉德純《游白竹仙寺》云:"未識雲栖處,聞鐘到上方。庭空松蔭滿,石峭竹根長。雨送遥峰翠,花傳隔岸香。誰能渾色相,獨立意蒼茫。"《即事》云:"山色亂圍中,山腰一徑通。垂柳長依水,飛花但信風。别莊才四五,計畝各西東。爲我供鷄黍,欣欣話歲豐。"《曬穀》云:"稻子初收早築場,兒童擔出趁朝陽。山妻扶帚來攤穀,教我驅鷄事正忙。""嘒嘒鳴蜩度古槐,瓜棚架下坐莓苔。遥看叠嶂雲層起,怕有狂風送雨來。"

有老儒落魄揚州,干求無所遇,以市儈不解文字也。一日,諸鹽商大會,推厚貲者居首。席間行觴政,各述千家詩一句。某商固目不識丁,漫唱云:"柳絮飛來一片紅。"衆請所出,首坐者囁嚅無措,老儒於末座應聲曰:"此係唐人絶句,我不記全首。第三句云:'夕陽返照桃花岸,柳絮飛來一片紅。'"衆商信之,極歡而散。首坐尤德之,以其善藏拙,且增體面也,遂相與款洽,延之至家授書。豐其廩餼,數年始歸。老儒竟大有得。"柳絮"句本不通,得上句凑合,乃似天生畫景。古云"點鐵成金",其斯之謂乎?

袁小修有新嘉驛壁題會稽女子詩,女子莫詳其姓氏,過新嘉驛,題詩墻頭。其自序云:"余生長會稽,幼攻書史。年方及笄,適與燕客。嗟林下之風致,事負腹之將軍。加以河東獅子,日吼數聲。今早薄言往訴,逢彼之怒,鞭棰亂下,辱等婦奴婢。余氣溢填胸,幾不能起。嗟乎!余籠中物耳,死何足惜。但恐委身草莽,湮没無聞,是以忍死須臾,俟同類睡熟後,竊至後亭,以淚和墨,題三詩於壁,并序出處。庶知音讀之,悲余生不辰,則余死且不朽。"詩曰:"銀紅衫子半蒙塵,一盞孤燈伴此身。恰似梨花經雨後,可憐零落舊時春。""終日如同虎豹游,含情默坐憾悠悠。老天生妾非無意,留與風流作話頭。""萬種憂愁訴與誰?對人强笑背人悲。此詩莫把尋常看,一句詩成千淚垂。"予爲賦一絶云:"風花水絮染游塵,最愛人多最憾人。兒女英雄齊下淚,有才無命是前因。"

動輒貶剥譏彈,往往作過量語,是名士招牌,頭巾習氣。前人謂"詩話作而詩亡",緣拾宋人道學唾餘。於大處全無見地,惟毛舉細瑣繩人,且多尖酸刻酷語,蓋此事至關心術也。鄧之麟先生《海栗詩話》梳剔極細,而持論極平。如言杜律拗句,至五十餘聯。文多不録,今摘數條如左。"明詩至鍾譚,一變爲竟陵,荒唐詭譎。至當時,汴人以'餓山吞日憨'爲清詞;吴士以'花騎蝶過墻'爲麗句。(中略)曹子桓《短歌行》:'長吟短嘆,懷我聖考。'刊本訛'考'爲'老',鍾批云'聖老字奇'。宋顔峻詩題'淫思古意',本古樂府題,鍾乃云:'四字造得奇妙。'二公手眼原高,以好逞新奇,故爾徒資口實。"

不言無樓詩話

莊蔚心 撰

《不言無樓詩話》一九一九年十二月連載於《申報》,共十期,作者莊蔚心。

《不言無樓詩話》重宋詩法度,并稱:“石遺老人詩取徑白香山,而略學陸放翁,論者乃稱其爲宋詩,并謂其‘澀體’,此誠大謬。”

莊蔚心,上海奉賢人,南社社員,著有《宋詩研究》。

曾湘鄉言:“七律當讀山谷,五律當讀子美。”山谷七律固見奡恣,然有時頗露粗淺,且全首不能俱工,此不得爲之諱者。學杜處亦無可喜,漁洋選七律,至以全章拗者入古詩。然子美夙有此體,則又奈何? 宜其有“涪翁掉臂自清新”之謬論也。

後山詩自近山谷,深刻見骨,凡氛盡滌。雖淺浸淫老杜,未免生吞活剥。或直襲一語,初不增損,然工整凝煉,則有一字不苟之妙。苦吟刻意,誠魯直所謂“閉門覓句陳無己”也。

海藏五古,散原七律,近人中殆無其匹。海藏學四靈,五言古則出入大謝、柳州之室,非四靈真面目,且四靈亦决不能爲也。散原七律學山谷,奇而有則,瑣而不碎,苦呻殊吟,一唱三嘆,平等閣主人謂其“得力於巢經巢一詩”;七絶則又似定庵。大抵名家專工一體,變化萬殊,莫可捉搦,其佳處非人能及也。

《海藏樓雜詩》數首集内闕,載録二首。其一:“種櫻四十株,濃麗曾成列。知心非我春,耿耿意不滅。當年空能狂,過眼才一瞥。

對花欲抉自，積恨誰與雪？猶餘惆悵味，老去未忍絶。刻意仿司勛，傷春更傷別。”其二：“吾樓雖甚壯，高寒難久居。長安居不易，視此定何如？缺月上稍遲，光彩鋪平蕪。茫茫墜碧烟，誰辨樹與廬？幽人一再起，已是四更餘。闌干獨來倚，涼風裊衣裾。吴姬歸夜闌，馬蹄騖凡衢。千燈出林影，照乘霏明珠。向曙同隔世，喧寂理豈殊？”語自宛轉，而意自凄怛，不易學也。

散原古詩雖有佳者，然僻碎殊甚，不若太夷之清微淡遠，有味外味。若其七律，則無弗工也。醴陵傅屯艮先生，爲三湘名士，其詩頗近之。嘗與余言，稱陳詩近體不去口，且言《散原精舍詩集》下册更佳，其用筆則不外“重、拙、大”三字。未下筆時，重若有千鈞，然隨意寫出，則又毫不費力，藴意無盡，非若常人。一落筆，便無餘地也。余甚佩其論，兹録先生《望仙橋上墓》。詩曰：“晴暄春氣動千山，漸長松陰慘照顔。雙鳥遠隨青嶂度，一峰遥對白雲間。死生遂欲空千古，哭猶能共往還誓。墓無由轉長愧痴，兒已分老殷頑通。”首如伯嚴，即陳詩亦無有較此更佳者。近先生自言，已不爲伯嚴之詩，賢者固無所不能也。

以余所知，湘詩人屯艮而外，則有李洞庭。洞庭亦學宋人，伯嚴時賢頗能相近。屯艮序其詩，謂：“能運思於豪芒之中，而攝神於千里之外。出新語，狀近物，若無可欣，而哀樂之衷有自溢於言表者。”所著《萬桑園集》，才氣横溢，有拂衣何世之慨。七言律最工，如“遠峰入户青相見，落日當筵紅可吞。萬古壯懷如此水，一洲芳草可憐春。頗携戎馬關山淚，欲贈儒冠澹蕩人。到此人生何骨肉，媚君長夜祇山川”。屯艮又愛其《樓夜喜雨》曰：“大旱望雲夏六月，好風驕擁萬雲呼。繞樓雷電逼愁去，避雨星辰壓座無。簾櫳豫容秋氣滿，湖山深護夜燈孤。明朝死稻應都活，我醉欲歌搥酒壺。”落筆自高，如常山之蛇，莫可捉搦，實則意境□復平易耳。

石遺老人詩取徑白香山，而略學陸放翁，論者乃稱其爲宋詩，并謂其“澀體”，此誠大謬！余數讀其詩，不能好也。往見其詩話持論，能中竅要，近又睹一詩，則自道甘苦矣。《清明日懷堯生榮縣》曰：“君詩數數來，我去無一詩。微我懶下筆，微我懶構思。詩眼日以高，詩筆日以低。詩料日以貧，詩力日以微。惟有作詩腸，日枉千百回。偶然詩緒來，如彼千萬絲。出手欲繰之，十指理不開。怪君如韓信，市人驅之來。須臾已成軍，千旗與萬麾。昨擬建一社，八九白鬚眉。廉頗與馬援，百戰舊健兒。吾亦厠其末，長城搗偏師。會當花下飲，頭上戴花枝。花羞上白頭，片片入酒巵。今日酒病發，拉雜放言之。"余曩亦有詩曰："十六學爲詩，塵眼乃一洗。小道未足誇，聊賢博奕耳。擁鼻費苦吟，才薄傷庸俚。陳言自檢持，得句亦大晞。"今才氣大不如前，而矜持過甚，反不能得好詩也。書此自慨。

友輩中張季爰笑余爲宋詩者，獨雷聽秋無所可否。若其爲詩，最工五律，爲余所折服者。《晨過張園》曰："何處亂詩腸，名園黯澹妝。薜蘿縛怪石，烟霧迷横塘。老樹漸摇落，野花無主張。垂楊解人意，傍我吊滄桑。"爲人重風義，能以肝膽照人，游踪遍天下，所蘊自可知也。然友朋星散略盡，則又可嘆也。

石遺老人《題吷庵詩卷》云："命詞薛浪語，命筆梅宛陵。散原實兼之，君乃與代興。往者偶窺園，高樹纏虬藤。今兹探藪澤，豹霧雜蛟罾。近賢盛宗宋，粗服隨髯髻。與使人所狎，毋寧人所憎。昌黎與半山，艷色時自矜。炫縞桃李花，辛夷開高層。誰知白髮僧，冰雪敵嶒崚。酷愛自題句，茶漚成硯冰。"吷庵，名夏劍丞，所作真有似散原者。《信宿金山下曹氏園，用東坡金山寺凉字韵答貞長》云："東皇盤霰月孤凉，分領僧徒下舍香。風露入秋侵坐冽，莎蟲專夜織愁忙。得安短榻依初地，無住疏鐘出上方。獨有沉衷勞夢寐，與君商酌到微茫。"《秋既盡矣，原野之間風厲日薄，輒書所見》云："江山來入眼，眼到極蕭瑟。萬物皆腐弃，狂飆任呼叱。騷騷在草莽，難與言紀律。不待三五朝，摧毁已云畢。途窮有忘念，白日或西出。江水去不歸，吾愁自兹溢。"則頗近鄭太夷。

長離閣主詩曰："酒因傷沸漸成疴，詩亦無歡鬢易皤。今歲戒詩除酒力，衹宜語笑對黎渦。"用筆甚高，野鶴亟稱之，不知乃胎于其師姚鵷雛之"却笑道人無個事，但將歡笑鑿黎渦"也。鵷雛詩誠有清神獨往，如鄭海藏詩中語者。《晚飲同秋心楚傖》曰："剗地斜陽望眼寒，西風病柳近危欄。花前英氣消難盡，劫後朋尊合已難。照酒肺肝猶鬱勃，送秋風雨況闌珊。振衣自惜滄溟迴，箏語燈樓看看殘。”絶句頗學定公。《有作》曰：“苦霧愁風不作春，但將枯坐答春陰。遇逢錦瑟春人問，但道春來病到今。”《二月十六日作》曰：“倦矣真憐縮手時，紫雲回顧最關伊。不知欠我閑踪迹，江月江風付與誰？”咸惘惘欲愁者。

雲間詩人向稱楊了公丈，近則鵷雛崛起，欲奪其席。丈嘗自言：“吾詩不及姚大頭。”蓋有後生可畏之嘆已。然其詩清微可喜，不多讓也，特不能刻意爲之耳。《送鵷雛之海上》云：“海上神虬欲吼時，浪花如雪一鷗知。冥心孤往問何訣？揮手能教寄所思。風雨寫愁春慘澹，江山含怒筆淋漓。偶窺香國魔千丈，囊没相將道力持。”蓋邇時鵷雛方日飲狹邪中，頹廢自放，丈所以規之也。

屯艮作《紅薇感舊記》，一時題咏者甚多。其《玲瓏館詞》十八首，爲一時傳誦，録數首：“城中三日吾何事，醉到眉痕黛影間。已分今生難再見，重來肯放此游閑。”“從識情場有萬難，佳人紅淚累無端。飛花身世看花感，各自傷心□酒闌。”“春花爛漫遍千山，中有香王號以蘭。但覺群芳盡奴隸，此花不厭百回看。”“中年絲竹意闌珊，綺語教吟亦等閑。却笑美人心未死，更從劫後祝平安。”“此情誰與譜傳奇，瀨水堪銘太白碑。佳咏人間待徵遍，駢文先撰女郎詞。”“珍重傳題一卷詩，强將恩怨托人知。此情肯向温柔擲，留護春殘花落時。”不減璱人《雜詩》佳句也。

往年南社唐宋詩之争甚烈，實則宋人無一不出自唐賢，特另出蹊徑，自成一家耳，以此相詆，誠不生問題也？至陳、鄭之詩，足以張西江派緒餘而無愧。得失千古事，譽之不爲功，毁之不能損，徒互争閑氣耳。鵷雛《雜詩》二首曰：“市樓殘話付追尋，泠笛斜陽此日心。敬禮定文知不易，憂來對酒一沉吟。”其二：“坐閲燈樓車影稀，沉沉宵酒一沾衣。肺肝吴越行相斫，文字干戈孰解圍？牽率憂患成小故，尋常放曠近危機。煎蘭焚艾今同嘆，投筆何須列是非。”其言婉而摯。

拔可先生詩，於報上見數律。不知古體亦工，駸駸欲與太夷抗手,每讀其作,未嘗不嘆服也。録之,視同好者。《得映庵都中來書賦答并示貞壯》:"我詩愆約如積逋,君書索詩如催租。填膺萬感吐不盡,落紙乃覺一字無。兩年踪迹比稽阮,酒樓茶肆皆吾徒。君居幽勝絶人境,俯仰嘉樹三百株。閉門物色足高咏,病中寄興還起予。春來攬鏡對婦醫,稍怪漸與朋友疏。途窮得意惟有此,捨此不樂宜何如?子言世故思爛熟,顧犯火宅爲嬉娱。雲堂一頃耕不得,此役鎮坐饑所驅。前宵叩户月如水,揖客出見舍中雛。一庭蟲鳥語無恙,但費猿鶴時相呼。嗇翁老矣强一出,欲盡地力紓艱虞。山川不寶秘密藏,竊恐夜半負以趨。時危百事等無及,猶望落霞照桑榆。袖間請奮二三策,拜官近親留緩圖。我今懶散就弃置,江南欲歸非故應。當年携手看霜菊,回首夢斷臺城蕪。山陰居士行亦去,海上形影將誰俱。却悉耿介駭流俗,匹夫有罪懷瑾瑜。紛紛牛李一轍耳,出口不用相賢愚。"

從叔伯均爲人放浪不羈,好作諧謔。每一啓齒,則一座盡傾。生平耽放詩酒,與余上下古人,輒相暗合,嘗目爲俊人,風趣蓋無兩世。今歲與余同客海上,一燈相對,深話無眠,猶之步兵之與始平已。故余題其扇曰:"歌哭空知汝更强,痌咸倦矣最清狂。一行把臂江頭住,天與嗣宗作醉鄉。"

虞山龐獨笑爲檗子先生之兄,余見其所作,無一語不學伯嚴。如《臘不盡日,爲檗子卜葬於虞山北麓,書此告哀》:"天荒地老吾仍在,花冷山深汝儻安。留得一抔干净土,夕陽終古不吹殘。縱拚一殉可依誰,刺骨山風寫汝悲。爲有千秋萬歲感,寒山無語我來時。飣眼山邱如可呼,吟魂到此亦羈孤。還鄉寄命兩狼狽,白髮疏燈一嘆?"屯艮與吾言,學伯嚴衹能用伯嚴字。觀於此詩乃信。

余詩贈屯艮先生曰:"杈枒情緒不可説,微許波瀾筆底妍。再數十年君亦老,百千億口一何賢。文章得失寸心事,詩派西江洪炎傳。"(王寂詩嗣西江派,得洪炎"此事堂堂終付汝,後生嗤點自喧填"。先生和曰:"强欲中年遣寥寂,爲回冬抱入春妍。坐懷禿管憐余老,冥賞焦桐得子賢。韓孟雲龍供士笑,王盧前後定誰傳?顧卑文格祈庸福,止鼓無磬故已填。")

赭玉尺樓詩話

姚鵷雛 撰

《赭玉尺樓詩話》，一九一六年一月至一九一七年十二月連載於《民國日報》，共一百一十一期，作者姚鵷雛。

《民國日報》一九一六年一月二十二日創刊於上海，由陳其美籌辦，葉楚傖總編輯，邵力子經理，一九三一年十二月三十一日停刊。該報設有來電、專論、要電、時評、快風等欄目，後開辦“覺悟”副刊，該詩話即刊載於此副刊。

《赭玉尺樓詩話》力倡出唐入宋，反對門户習氣。重學問求不俗，而不廢性情，并對近代詩家作精要總結，如云：“亞子詩如黄昏劍客，黑雲如墨，夭矯盤旋；吹萬詩如盛年書生，緩帶輕裘，自饒儒雅；石子詩如妙齡碧玉，天寒翠袖，楚楚自憐。”

去夏杜門削轍，袒裼自休，炎雲如火，毒日成霧。舉世攘攘，誰則爲擇陰而暖息者。我獨咥然一笑，亦無分别，亦無冤親，一切平等作如是觀。竹影來時，藕香深處，紗葛如蟬翼，簟紋加輕烟。沉李浮瓜，酣然一中。時於是中，得少佳處，覺科頭箕踞，白眼看人，爲匪達者也，於是復治詩。余詩初入北宋，酷嗜宛陵、後山、荆公三家，而微不滿東坡。至是，復少變其蹊徑，甚喜爲飛卿、牧之。牧之雋華高俊，開張天馬，奇逸人龍，蓋兼有之。若飛卿則舉重若輕，飛行絶迹矣。余《初夏偶成》中四語有云：“出入蹉跎騎户限，聲聞寂滅作堂頭。炷香讀曲梅花落，高枕看雲竹簟秋。”又《偶書所見》云：“漸抛金縷長芙蕖，風軟波柔六月初。上月簾櫳雙髻坐，落梅門巷一鳩呼。花穠定子霞相似，詩澹鵝兒酒不如。便約扁舟披髮去，人間底事更闕渠。”斷句如“輕陰緑罨三篙水，疏雨烟籠一樹花”“秋千院落簾纖雨，楊柳人家澹蕩風”皆於平日詩格爲小變。信乎！心爲境轉，而言爲心聲也。

同學林爕慧詩亦由晚唐而轉入北宋者，余最賞其“兩岸鷓鴣雙槳雨，落花如雪過江南”之句，因戲呼之爲“林鷓鴣”，比之漁洋“桐花”“不雕”“黄葉”也。林治詩甚劬，往往苦吟曳履，芒芒然獨行彳亍，人以爲痴。更始後，三度之金陵，有詩云：“襄柳連城接暝烟，夕陽如夢不成妍。平林過後花尤怒，戰墨經春草自芊。堆眼浮雲成獨往，疚心黨籍要重編。年來閱盡中原事，三過金陵一惘然。”雲愁海思，所謂長歌當哭者矣。頃友人傳示其《登陶然亭》一首云：“二月不見花，青山在城北。獨有傷心人，陶然亭上立。”寥寥二十字包舉一切，感嘆留連。方之其鄉人晚翠軒，殊不多讓。

往日同學治詩者，有汪國垣笠雲、王筱香忘其名矣，周公阜維華及林爕慧，皆浸淫其中，如忘寢食者。筱香爲中盛唐，略近明七子，然亦不誹薄宋人。公阜長古，最近吴鹿樵，風致婉約，詞華璀璨，一如其人。笠雲、爕慧與余，則皆治北宋者。筱香、笠雲皆有詩話，謂白林及余治北宋，而校中風氣爲之一變。實則醞釀深沉，吐弃凡近，唐宋初無二致，特學宋人者，較刻露耳。余有詩云：“科頭小閣坐愔愔，積念沉憂自不禁。舉世創痍同病苦，閉門風雨似秋深。十年哀樂身將老，一代風華氣漸沉。殘錦夢中還欲盡，剩將恨賦答蛩吟。”是詩之成，實爲余學宋之始。

浚南有《同羽霄登烏石山絶頂》云：“曾欠山靈一諾來，天風吹客上高臺。四圍嵐影送流水，二月春陰聞怒雷。亂後人家成落寞，眼前世事雜悲哀。共君無限登臨感，閑剔殘碑取次看。”《徐園同鐵潮》云：“夕陽無語送黄昏，健步來尋徐氏園。亂石依山蟠作徑，暗雲覆樹遠成材。開懷漸覺逢場减，負手地成避世喧。差可清游同一嘆，萬千情緒總難言。”“嵐影”兩句，絶似放翁集中語。“開懷”二語，亦微婉。浚南詩類此者固多，皆壬子後作也。文人殳弃少作，殆成通病。實則春華秋實，各不相病也。浚南壬子以前詩，綺麗飄逸,神韵欲仙;後則老骨秋筋,醖釀深遠矣。合之兩美,法當并存。

上海劉三季平,奇人也。工詩善書,能文章,能急縛跨鞍,與健兒角逐,能抱甕循畦,作老圃生涯。觀其游心物外,而溷迹市廛,阿龍自超,足愧奔競矣。比劬苦於較桂諸家之學,詩不多作。記其《謝黄賓虹贈畫》云:"畫屏六幅抵柴門,腰卷先闌兒女喧。乘興江山剛一抹,諦觀魚鳥欲忘言。此中人自忘秦漢,刻意詩能逼宋元。時比横塘數株柳,悠然又見晚鴉翻。"

南社諸子中能爲北宋者,以余所見得三人:山陰諸貞長(宗元)、順德黄晦聞(節)、醴陵傅鈍根(專)是已。余見鈍根詩最多,遒健排奡,出入東坡、半山門,間入定庵,尤爲瑰偉。有《今希、約真昆仲見過》云:"熙春麗日照尊壘,村釀初温喜客來。二月如偏十五女,百年人醉幾千杯。仙源杵臼空陳迹,塵世滄桑冷劫灰。但合逢君開口笑,此生何事更腸回。"《館夜》云:"强欲偷閑竟未閑,東風漸見落花殘。蛙聲撼卧迷宵漏,雨氣禁春釀晚寒。驚世文章徒自喜,憂文涕淚太無端。空王肯示觀心法,且辦焚修習止觀。"《今希、約真昆又過譚》云:"到安尚自耽《鴻烈》,而或猶能起《法言》。鶉首自憐天既醉,馬肝欲使士無冤。花飛春盡聞鷄語,草長泥肥有燕喧。多幸故人數相訪,高譚一爲抉愁根。""二月"二語,沉著高俊,兼有其長,直逼大蘇矣。"蛙聞"二語,如土花蝕劍,蝸篆映春,幽秀無比。"花飛"二語擬之近人,絶近陳散原。遺貌取神,排闥入室,賢者信無所不可也。

晦聞余未相識,聞諸友人劉三,苦吟力索,有陳後山、梅聖俞風。故其詩醖釀深微,措辭婉約,幾於姑射仙人遺世獨立者也。聞其旅京年餘,得詩僅三首,亦可謂惜墨如金者。嘗謂詩忌少作,尤忌多作。香山千篇,放翁萬首,以古人之才,猶不免有率者、近俗者、應酬者存乎其間。若伫興而作,神韵在手,復加以醖釀爬梳,弃斥凡近,深沉渟蓄,意餘於言,則一篇之成,必各有驚人之語,復何煩後之閲者爲之評騭而揀選也。

貞長詩與晦聞亦小异:貞長易,晦聞難;貞長高亢,晦聞幽深;貞長如老將試騎,折旋如意;晦聞如名士入座,儒雅逼人;貞長似半山,晦聞似簡齋。鈍根則與貞長爲近。自餘諸子爲北宋者,頗不乏人。要無以過三子,則敢竊斷也。

今日言詩,僅曰神韵氣勢而已,僅曰含渾刻露而已,僅曰新陳而已。余謂,東野最近後山,柳州最近荊山。則一唐一宋,於何别焉?山谷排奡,義山瑰瑋。詩人之言曰:"山谷學義山,則蹊徑胡自焉。"由是言之,詩不界唐宋,確然無疑也。鈍艮《醉歌行戲示式南、今希、約真》云:"桃花落盡梨花飛,踏青時節春蕤葳。閉門悶坐亦何事,讀破萬卷身不肥。山中三潘能好事,攜壺挾客聯翩至。二劉兄弟各峥嶸,一飲傾談互文史。大開東閣延嘉賓,异地翻教作主人。十觴飲盡復不醉,願得一石霑乾唇。烹羊殺狗尋常有,十年舊事空回首。重到玄都更種花,不堪肘後俄生柳。高談大睨凌羲皇,酒腸奮吼詩膽張。但覺歌聲出金石,那知人世换滄桑。數奇不遇高皇帝,猿臂雕弓都失計。夜行豈有故將軍,昆邪枉惜公材氣。盤古日長天日高,一日九變身堅牢,狡蟲不死水不止,補天殺龍空爾勞。從來世事都無謂,便博虚名何足貴。不如高卧看青山,奚必臨川悲逝水。揚雄奇字少人知,《太玄》奥衍矜文辭。朔方健兒不識字,印累綬若森鵷鶵。蠹魚昨日向余哭,瘦盡纖鱗甘苜蓿。侏儒囊粟奉千錢,以三較九臣長六。臣今好武國好文,秋非我秋春非春。人生及時行樂耳,富貴浮雲任此身。"流麗遒健,兼有其長。於唐於宋,將胡近焉?

清一代詩,綜言之凡三世。初入關,漢文士以牧齋爲之領袖,而漁洋、竹垞、愚山、荔裳、海珊、石穀原諸家競起,一以初盛唐爲宗,清俊平厚。漁洋出以神韵,遂蔚爲大家,海内宗風,以沈歸愚爲之殿,此一世也。袁簡齋以駘蕩輕雋之才,矯爲白香山、陸放翁,以藥宗初盛唐枵響之弊。於時,漁洋之説過拘,海内稍稍厭苦之,一時遂靡然從風。他若甌北、心餘、船山之倫,庶歸此派。其間能者固多,而失之浮薄,名世不朽者少矣。外此别派,樊榭以生澀僻冷一種興於浙,稚存以高亢邁往一種興於吴。卓犖可傳,而從風者少。道咸之間,此事稍稍衰歇矣。獨定庵龔氏璀璨環瑋,沉雄綿麗,實爲一時之傑。乃其時詩後百年而始大昌於今日,亦有數存焉。同光而後，北宋之説昌，健者多爲閩士。如海藏、石遺、聽水諸家，以及義寧陳散原，其人生平可以弗論，獨論其詩，則皆不失爲一代作者矣。余最愛海藏《登清凉山》云："科頭直上翠微亭，吴甸諸山向我青。新霽雲歸江浦暗，曉風浪人石頭腥。忍飢方朔非真隱，避地梁鴻自客星。意氣頻年收拾盡，登高何事叩蒼冥。"《除夕》云："樓中梅影横枝處，歲暮燈前縮手人。已辦春寒風帶雨，重聞吴語夢成塵。拋殘心力原堪惜，留取身名定孰親。回首三年定何味，衹應餘味是傷神。"散原《春夜》云："鴉銜缺月立檐端，醜石疏枝負手看。莫向今宵數城柝，微風吹酒是春寒。"《喜某過譚》云："首下居高利走趨，初春麗日照泥塗。獨君骯髒百僚底，過我恢疏一事無。撑腹詩書得窮餓，填胸婚嫁苦追呼。人間富貴换頭白，何處煮茶眠老夫。"讀之皆回腸蕩氣，教人作三日思。

林暾谷（旭），一代奇才也。聞其發解時，閩正主考爲李芍農文田，評語有"非二十年面壁工深不辦"云云。其時林年纔十九，舉世傳之，以爲美譚。其詩沉幽清俊，卓然名家，於海藏、散原諸家不相依附，而自極其致。擬之古人，殆在半山、昌谷間。友人惠余《晚翠軒》一册，爲海藏所刻，其中名篇美不勝收。摘其最警者，如《共石遺夜話》云："高樓罷酒天初雨，短榻挑燈夜向闌。"《滬夜》云："思先清曉車輪轉，意共黄昏燭本闌。"《雜感》云："七月長安無一事，借人亭館看西山。"皆清新窅渺，意餘於言。詩本偶不在行篋，行當覓得，更以驚人語餉愛暾谷之詩者。

通州范肯堂（當世）詩出入蘇、黄，廉悍沉摯，一時無兩。顧長槍大戟横絶一世，而短兵肉搏轉不見長。全集中故無奇警語可摘。昔人之言曰："詩至無雋句足傳，斯爲大家，以大家固不以一章一句見長也。"斯言也，殆爲范氏發乎？集中《感春》三首，奇藻异采，如花雨繽紛，而才力復足以運之，方之老杜，殆不遽讓。即其斷句如"泰行南下青歸袖，淮水東流緑到門。"亦至名雋。聞海藏自定其詩，以爲方之肯堂，僅得其一鱗一爪。此雖謙詞，亦足徵其傾倒之至矣。

龐檗子樹柏，常熟人，工詩詞。其詞直接白石，清微空勁，如萬玉哀鳴。一時同儕無與抗手。詩近韋蘇州、柳子厚，雅步媚行，一洗甚囂塵上之習。其《偕寄帆、含章野步，過西人小園偶憩》云："林皋抱夕陽，游塵沐微雨。閑步貪野晴，路窮入花塢。拓地纔數弓，自然得春煦。香茅縛小亭，渾樸類太古。將相求暫適，來去勿問主。園丁倚鋤立，澹語沁肝腑。休言生計疏，吾不如老圃。"《寄懷俞養浩先生》云："別來雲物起相思，回首滄桑又一時。劫外別添新涕淚，花前想見古鬚眉。逃名儻悔才爲累，畏俗無如酒最宜。老去虞山多勘破，未應還作桂殤詩。"《楚傖招飲，以病咯血，謝之》云："年光終自好，銷向藥烟青。花落寒難忍，樓空雨可聽。嘔心輸李賀，荷鍤愧劉伶。甚日褰裳去，春風醉緑醽。"《雨中見桃花零落有感》云："花落花開事本微，休將病眼惜芳菲。衹愁一片春光好，雨裏無端惘惘歸。"皆所謂綿漫尺素，滂沛寸心。君言愁，吾始欲愁。

余前評貞長、晦聞詩，自謂有嗜痂之癖。而二君與我皆無素，僅得於社集中得其什一而已。劉三聞我作詩話，乃亟以晦聞詩兩幀來。趙璧連城，不是過也，亟録之。《過嶺學祠》云："老成凋謝我纔來，後有千秋付一杯。盛雨斷尊陳發酵，覆茅中霤壞生苔。已隨天下殫殘盡，坐見林花寂寞開。孤抱向人無可説，晚祠香火自縈回。"《七夕寄海綃樓》云："剪綵能令萬態新，笑看女兒度星辰。明河忽斷中宵雨，秋色都忙未嫁人。燈火自繁休放曉，機絲重軋坐經春。本無情感聞吾輩，禁得歌聲徹近鄰。""盛雨"二語窅焉渺焉，興象所至，固有不可思議者。"明河"二語呵天驚人，可謂自古以來七夕詩中所未有。

管韞山曰："李義山用意深微，使事穩愜，直欲於前賢之外，另闢一奇絶句，秘藏至是盡泄，後人更無可展拓處。"余謂，斯言固當。特後賢繼起，固有未可以一概鄙之。自鄶者，無論義山之下，山谷爲法乳，温、李爲傍門。西江之盛，沉雄綺靡，蓋已兼義山之長矣。

善學少陵者，終唐之世惟有義山，終宋之世惟有山谷。歐九、大蘇天才固允，學焉不至。義山直逼其神韵，非徒貌似而已。《蜀中離席》一篇，轉非其至。其《哭劉蕡有感》、《曲江》等篇，不減老杜憂時之作。組織太工，或爲撦撏家藉口。然意理完足，神韵悠長，异時西昆諸公，未有得學而至也。

詩必拘拘於韵，所謂削趾適屨也。昔人爲詩，未有用力於韵者。自昌黎横空盤硬，妥貼排奡，韵寬者轉更出入傍通，韵狹者則界畫謹嚴，險阻不避。歐九所謂退之一生倔强，蓋見於此。然款愈逼仄，詩愈精神。韓、孟聯吟諸篇，神力磅礴，真氣彌綸，非老坡以下所可見也。余謂用韵固宜選擇，然蘄於興會意味之獨至而已。若沾沾以能叠韵爲工，幾於所謂甘蔗滓兒，嚼之又嚼者，則無繆甚已。余有題樊山絶詩曰："前輩王袁有不爲，自家罪過自家知。蔗梢重嚼尋餘味，和遍樊山叠韵詩。"即爲是也。

余曩嘗載檗子詩矣，兹承見示《龍禪詩》一册。擷之間作側艷，尤能如謝覽作竟體芳，固不獨以蘇州清遠勝也。録其《别館即事》四首，其一云："别館重逢更漏長，從前辛苦可能償。温雲桑雨情方切，濁水污泥恨豈忘。軟語夜闌如有會，纖腰春後不禁量。生來嬌小吴宫種，衹許輕憐未許狂。"其二云："衡烟犯月桂堂東，幾度幽期獨過從。爲試嬌嗔輕戲謔，獨思好夢易朦朧。頸痕羞被迴燈見，頰暈猶勝薄酒烘。自笑書生貧病久，痴情除却百無功。"其三："海北歡踪一夕疏，累難擁髻守燈孤。心堅自佩連環玉，歌好誰償百琲珠。檢點淺深新淚迹，較量肥瘦舊眉闕。温存半晌相偎處，怕問宵深去也無。"其四云："百就千闌爲鈿盟，幾曾真個解逢迎。猜疑盡滅關恩分，憂患得通見性情。不敢怨郎還怨命，相要呼妹莫呼名。他年無分藏金屋，紙閣蘆簾過一生。"情至之語，自是兩廡特豚不易。細按此詩，不似飛卿，不似玉溪，微近冬郎，而尚不全似。置之《疑雨集》中，則不復可辨，亦《龍禪室詩》别調也。

學杜不似，僅得其粗疏；學李不似，僅得其滑脱；學韓不似，則死氣滿紙；學蘇不似，則泥沙雜下。何也？大家固至難效也。卷葹閣才氣横絶一世，自謂杜、韓、蘇三家外，不瓣香一人。然其爲詩，亦病悍隘。自評所謂"急湍峻嶺，殊少回旋"，殆非謙詞，然猶得曰卷葹閣也。若下於卷葹且萬萬，而囂然以取法大家自命，所謂權門之犬矣。

評前林晚翠詩,苦不能盡憶。所能憶,又非其至者。兹檢敝篋,得其全稿,爲最録各體之最佳者。五古如《龍王洞》云:“去城四十里,戴石若菡萏。空青落眼中,塵翳蕩先澹。欲近勢轉下,漸涉路軻轗。呀然數百尺,金碧烟中嵌。龍居洞裏潭,激水洞上糝。有如春雪融,清茗樓頭擥。我欲尋其源,但怖水色黕。山深積噓吸,形埒氣所感。稍上有二洞,松蔦蔽黮暗。天光豁重眯,風力集衆喊。楚境清江流,巫山白日晻。南望見苗疆,五色莎蘿毿。歸來誇腰脚,獨往負志膽。丈人譚龍德,清味自淵醰。弱年罕壯游,如此實未覽。新詩誰先成,岩松可用槧。”渾健似昌黎,骨力采翰皆酷似。七古如《閔月湖荷花》云:“月湖六月南風吹,紅裳翠蓋浮漣漪。昔聞其語今見之,眼前反覆人得知。壯夫腰鐮方縱意,漁父拏舟自垂淚。哀哉斬艾不可保,紛紛戴去如束槁。風水之説詎有憑,邦人波靡殊可憎。花神忼爽愬炎帝,妖氣天閽反見擠。蒼蒼豈必矜君子,我懟禍端由自取。中通外直得之性,蒲稗雖多何足競。一朝讒口巧中傷,坐令喪氣及群芳。藏山居士倘見此,爲爾痛哭摧肝腸。”“哀哉”二語寄慨至深,讀之令人惘惘累日。而通首高峻,直入半山,遺山、道園猶在吐弃也。《簡節庵并詢叔嶠三丈》云:“街頭大雪一尺餘,相思不見不怨渠。先生東門種茹蘆,備然不异山中居。憂時百念弗一攄,却緣病起心眼舒。行將徙宅通明車,載來傢俱一半書。可許借讀資鈔胥,南村舍人復何如? 西山載酒寧忘諸。”遒勁之氣如百煉純鈎,光逼毛髮。

晚翠近體詩佳者最多,意境微逼海藏,而時露伉爽奔放之致。海藏題其簽,所謂“試回刻意功,一極才與思”者,晚翠實能服膺斯言。《張園梅花》云:“張家園裏數株梅,歲歲相逢總盛開。花上盈盈歌一闋,風前艷艷酒千杯。芳波照影知誰見,斜日攀條却獨來。眼底風光渾不是,一回思念一回灰。”《日本綿箋畫》云:“搗綿爲質繭爲膚,小景精工俗制無。春淺桃花輕着粉,江寒鳧影婉將雛。法傳撮摭書原好,字盛迦盧用自殊。玩好故知能弱國,從人畫革亦區區。”《雨夜醉歸》云:“松蹊無語葉如幃,淞水東流剪不歸。時世畫眉將半額,春寒呵手不成圍。雨聲月色和同好,馬足燈光一并飛。

衹合騰騰隨俗去,休論西子與南威。"《所居草樹特盛》云:"寄居嘉蔭托清圓,商略無妨過夏天。日出先明千葉露,雨餘盡緑四圍烟。山中衹异麟麟坌,鼻際常聞栩栩鮮。也比城南老居士,閉門抱甕樂真全。""花上"二語托興深微,"春淺"二語鎸刻渾厚。《醉歸》一首一氣回旋,超渾高俊,大蘇集中上品也。七絶如《暑夜泛姜詩溪》云:"清溪十里幾多盤,收束將窮却放寬。山要攔人攔不住,側身讓過乞人看。"則新穎特甚,與誠齋之"殘楓偷得天孫酒,却倩孤松掩醉容"絶相似,蓋晚翠固亦沉酣於楊誠齋者。餘如《枇杷》云:"荒洲風物見枇杷,青實茸茸指有加。欲傍小軒題晚翠,已成昨日憶天涯。"興象之妙,比之東坡"竹外桃花""江東賈客"似無多遜。五絶《效太夷丈》云:"松生依澗谷,上爲干霄枝。摇落尚不興,繁華豈曾知。"亦佳。

黄岡鄧彌之輔輪《白香亭詩》,纔百餘首,又有《和陶》二卷,則余未之見。彌之與湘潭王壬秋善,所爲詩皆規規六朝。壬秋入鮑、謝,深秀有餘;彌之獨似陶,間作雄健語,駸駸入杜堂奥矣。余最愛其《休洗紅》二首云:"休洗紅,洗多紅墮海。一洗顔色衰,再洗顔色改。翻青翻黄不翻素,何如未洗顔色故。"其二云:"休洗紅,洗多紅厭水。寧持練作衣,莫貪紅作裹。紅顔歇絶那可染,舊紅洗去淚痕滿。"《夜宿上封寺》云:"烟鬱雨氣深,燈過露光的。元谷生虚籟,叢篆聞疏滴。裂瓦金鐵鳴,覆石顛倒立。亂雲隘荒宇,陰泉穴寒壁。風霆無起止,虚空相薄激。拭面如嚴霜,踏草滋暗濕。回慮凝古愁,矯首眩驚覿。"《羈臣》云:"羈臣去國情何極,詞客哀時淚數行。自起中宵看北斗,每扶衰病吊斜陽。潢池未必終群盜,江漢猶應拱聖皇。眼暗髮垂成錯料,幾回東海閲滄桑。"皆元氣磅礴,寄托微遠之作。尤有《鴻雁篇》及《北上别弟》、《和陶貧士》諸詩,真至渾淪,百世以下效陶者,當無上之。以篇長不録。

咏史之作,詩人别裁,少陵、宋玉諸章語語關切一身。"紫臺""青冢"豈特爲明妃抒其抑鬱?亦即寄懷自千古傷。咏史,此爲正則,苟復牽率事實,則明明有史在,何勞吾儕饒舌耶?

談社英女史昨以《咏史》四絶見示,亦簪珥之秀也。《咏紂王》

云:"沙苑宫中九市開,君王大積鹿臺財。玉門瓊室翻新樣,贏得周家尚父來。"《周武》云:"諸侯八百會原艱,載主東征豈等閑。天下宗周全盛世,不無遺憾有殷頑。"《王莽》云:"周公伊尹渾相似,聖德何勞辨假真。四十萬人齊上表,漸臺風味帝王新。"《魏武》云:"亂世雄才曠代無,漢家天子本庸夫。專聞笑煞矜臣節,更見何人竊國誅。""雲意遠涵疏客雨,嵐光高受去來風。"旌德吕碧城女士句也。今記其一律云:"瓊樓秋思入高寒,看盡蒼雲意已闌。棋罷忘言憑勝負,夢餘無迹認悲歡。金輪轉劫知難盡,碧海量愁未覺寬。欲擬騷詞賦天問,萬靈凄惻繞吟壇。"

校書最難,校古人詩尤難。妄改則離真,承疑則踵陋,古人已先我言之。□詩者,伫興即物之作,其界至博。咏物興懷,憑今吊古,酬送題識,無所不有。收□矜博,則冗濫入之,往往一篇之中贋者十之六七。後之作者手眼獨具,神接古人,爲之甄别而指出之,已難乎爲事矣。若不明神理,妄意譏評,以一己耳目之所至,横束古人,如紀曉嵐之所爲者,抑可笑已。紀評蘇詩,夫蘇詩固至難評者,東坡才大,於百藝皆若不經意,於詩尤甚。間有甚率易者、近俚者,譬之九派之流,時與泥沙俱下。然未可遂謂其不佳者,皆後人竄入,非蘇詩也。又若紀氏爲乾隆之幸臣,以詞章貢媚,獵取高位。於是甚震於帝室之威,語之稍近激者,皆力斥之,以爲非人臣所宜道。不知東坡爾時君臣相得,固自有其真至者。又宋世法度寬明,君臣之間斷不如清時之齷齪,即東坡亦豈屑以紀氏之心胸爲心胸者? 此之爲以小人度君子,誣蔑古人,莫此爲甚。坡詩《題西林壁》一首:"横看成嶺側成峰,遠近高低各不同。不識廬山真面目,祇緣身在此山中。"的是高唱,而紀以爲是禪偈,不過尚不取厭而已。不知紀之所知,必如何而爲非禪偈,又必如何而始爲紀心目中之高唱? 玩其語氣,蔑坡已甚。東坡詩幸得紀之一贊者,後人之視紀詩,我不知其謂何。若東坡,則真不須紀之一贊也。要之評校古人詩,惟有虚心玩味,細意推求,斷不能有我之見存。又須胸襟、學問雖未相稱,亦得近似。若紀之評蘇,多見其不自量而已。少陵曰:"爾曹身與名俱滅,不廢江河萬古流。"諒哉!

桐廬袁爽秋太常詩,如遠山秋曉,秀爽撲人。五言古尤擅長,佳者在蘇州、嘉州、半山、山谷間。七言近體多拗調,頗近晦澀,然韵致自高。聞張廣雅譚詩,專主清切,見太夷所爲散原詩叙,於陳散原及太常每有張茂先“我所不解”之説。其《過蕪湖吊袁使君》一首起句云:“西江魔派不堪吟”,蓋拒之者深矣。若曰:“雙井半山君一手,傷哉斜日廣陵琴”云云,絶非真云然也。余視廣雅詩平實精切,自有過人者。特欠風致,尤乏高情遠思。□專節建牙、黄麻萱草之輩,自不當與於詩人之例,而太常之詩自當爲一代健者,不可没也。《安般簃集》中好語如珠,殆不勝收。兹録其尤者。如《庭花》云:“庭蕊開且落,潛引早春融。寒消漸不覺,點注門輕紅。茵溷無心遇,那繫拙與工。南枝慳不放,未肯媚暄風。物色隨榮悴,我道齊窮通。”《月夜繞景山下詣苑門》云:“長檐載去似吴艭,透碧頗黎窾兩窗。夜景澄鮮鷄喔喔,嚴更苕蒂鼓䪊䪊。堠燈破霧行相引,波月銜珠未有雙。宛似江南曉行色,青山紆曲障蘭矼。”《小壺天》云:“島霧松梳碧,汀烟柳嫩黄。浴凫低拂水,響鴿静辭廊。晝戟排衙杖,金鋪對霤堂。壺公隨地隱,在處得天光。”爽秋太常肄業龍門,出劉融齋先生門,與通州范肯堂先生同在講舍,而同爲一代名家。融齋先生光風霽月,人品爲近來第一人,而詞章之學殊不着意,乃一門出兩詩家。就詩論之,青出於藍而勝於藍矣!

爽秋太常自序其詩,引曾湘鄉語云:“丈夫求志動渭莘,何用魚蟲自損益。賈馬杜韓無一用,豈况我輩輕薄人。”謂其言閎賓,可以救藥世士競炫春華,不務秋實之病,爲之腦後下一巨針。沈闇齋先生曰:“詞章之士枝葉繁多,根本欠缺。”斯言誠是也,然而亦有别焉。鏤冰畫脂,浮華相扇,絺章繢句,壯夫不爲。義理未昭晰於中,徒逞研於字内,兩頭明,中間暗。斥之誠是矣。若夫真氣磅礴,頤性寫心,上下古今,綢繆宙合,自有其不可已者,則烏獨責之以有説哉!太常之詩,間入道家語。余謂其所以不爲病者,良以其結習之猶在。否則,茹芝却拉,成佛升天,天下不乏學道者,而胡可以入詩話耶!集中如《一霎》云:“一霎沉淪欲界天,天花飛下著頹肩。無端嚴净華鬘勝,打破堅城百丈禪。”又云:“一日心光回向真,育王塔下懺除身。老陶高築松風閣,根淺須持戒律新。"《戲咏肺病》云:"一冬陽不藏,六賊風遂伏。津液皆變痰,梗此玉咽宿。猛攻芭蕉堅,唾作地榆簇。有如一丸泥,玄關鎖函谷。又如土囊口,迫峽急湍洑。南風携不支,左角洶相逐。齊鼓爲之瘖,彭尸緣隙蹴。衆竅翕復張,三機翻且覆。嗟兹要津也,理宜清且肅。邪氣入據之,内淫互勾族。和扁袖手觀,藥力不可漉。姑聽其消長,在宥不汝鞫。一朝還清明,氣息往而復。老火濁徐消,稚金初返服。吾何所欣厭,慭爾觀槁木。"(戲語子培云:"近革囊中四大,有一大受病牽掣,五陰三毒,皆不安静,余唯以定力勝之。")《春日偶題》云:"睡足肢體融,懶久神氣足。未離欲界天,略證清净籙。君看物生萬,何曾有修促。池面曾幾皺,年年漾晴渌。林衣雖暫禿,旋旋輕紅縟。相與任枯榮,何焉知寵辱。獨有花前客,朱顔變枯木。霜髭不再黑,皮膚易爲瘃。雖復一編披,目力艱往復。平生同游人,大半在鬼録。存者其文字,酸辛難卒讀。若復不消憂,春郊恣游矚。心隨物得時,涓涓水流谷。何以娱榮期,天機慎弗梏。百年已過半,尺捶取已跼。古人或開余,夜游當秉燭。"雖多自吐見道之言,然詞文格律正自不惡,何嘗不嘔心出之哉!

貞長奔放,實過晦聞,然其紆徐蓄縮之致,曾不少减,此其所以爲天才也。夏劍丞有其深刻,少其浩瀚;李拔可有其名雋,少其自然。拔可之詩純效太夷,猝睹之可以亂真,逼視則真摯處少。映庵詞極純俊,詩似少遜,要不失宗派耳。近人頗有推崇俞恪士者,余視其詩,語語縋深探幽,出以平澹,不愧作者。最愛其"因松坐雨深"五字,以爲文房長城,不是過也。貞長詩,如《雪》一首云:"雪擁高樓失上層,尚於疏處見明燈。劫來海曲原多霧,未信東風已解冰。馬足車聲驅浩蕩,叢篁壞柳列鬅□。雙瞳剩可收寒碧,坐恨無山近可登。"《雨夜柬仰魯》云:"平生憂患經非一,聽雨時時爲失眠。不信今能作酣睡,但嗟人已近中年。風雷變盡親塵壒,琴籠聲疑過澗泉。便欲衝泥還就客,莫愁飛瀑尚横天。"《答劉三見懷》云:"落落吾將審所歸,悠悠君與俗相違。鍵關高卧非沉隱,置驛來詩亦累欷。水飲尚思秋禊樂,狂歌不畏士人譏。阿鑾醉卧當年語,好事流傳涕欲揮。”皆極奔放，極蓄縮，神行無礙者。恪士詩，余不多見，兹不備録。

近世言晚唐詩，多提樊樊山、易實甫。實甫早年詩，余所見者爲《丁戊之間行卷》一册，其中唐宋、元明無體不備。樊山所謂："唐宋元明諸體備，東西南北四魂消"者。然愛博不專，訖無一成。尚憶其七律中，佳語有云："星光忽墮岸千尺，水氣平添波一層。"要爲晚唐風調之佳者。其後譚龍樓摘語滿紙鋪張，無足觀矣。近作尤雜沓，如讀元明人小説，非不可并，概之以文，則殊未也。《咏懷》所謂"詩惡吟朋多割席"云云，樊山所謂"革車五百乘，以無道行之"云云，皆實録也。

三數年來最惡爲咏物詩，以托體既卑，苟非胸中高挹群言，筆下一塵不著，則易近描頭畫角之病故也。古人李、杜、蘇、韓，即至温、李、劉、楊、元、白之輩，集中間有咏物之作，亦其偶然寄興，弦外自有餘音，必不沾沾咏此一物。如杜之"孔明廟前有古柏"，是何等胸襟！蘇之"井底微陽回未回"，咏白鷴之"衹宜閑客此間看"，是何等瀟灑！安得以咏物之詩目之乎？放翁咏物較工整，即其胸襟格局不如杜、蘇之大，然《梅花》二十絶，語語皆非食烟火人所能道。《茗》曰："欲與梅爲友，常憂不稱渠。從今斷烟火，飲水讀仙書。"獨立翛然，去天尺五矣。自叠韵强押之習盛，而詩無好句。自專講咏物之論盛，而詩并無佳題。何也？以仁興而作，不待湊泊之真。詩弃而不爲，曰屑屑描畫一事一物，以工整爲事。於是花則桃李梅杏，木則榆槐檜柳，冗漫雜濫，無不可製題，而題之古意亡矣。觀今人之詩，不必觀其語句。一覽其製題，便已了然。於今古工拙之分，多咏物詩題者，其人平生必無佳構，可斷言也。近人最染此惡習者最如樊山。余謂好叠韵、好咏物皆足爲真詩之累，而樊山則兩犯之，叠十三元韵，多至三十八首，侈然自謂其能，其實牽意就詞，已盡失興象，獨至之處彼不知也。《咏牡丹》多至四五十律，"銀魚""紫蟹"兩題亦如之。當其下筆，豈不以爲千古至今，專工咏物者端自余始，不知徒擅描畫，了無寄托。但足爲詩匠、畫匠，尚不在家也，雖多奚爲？余謂樊山爲詩，至今五六十年，到底衹成爲一詩中之鸚鵡,小擅聰明,善於模效。依李蒓客則效蒓客,師張南皮則效南皮。善識時務,巧於迎合,已於其爲詩可見。特是浮華劃盡,本根盡露,勞勞行脚,到底百無一成。如鼎彝滿堂,都非已有,可哀也已。論其全集差可誦者,爲七言絶,蓋猶有其真者存乎其間。如曰:"褢柳黄於陌上塵,年年行役笑勞生。灞橋月色黄於柳,愁殺橋頭繫馬人。"雖復小巧,故自不惡。其餘酬答、贈送之作,蓋以末技媚時相者,了無足觀。余嘗謂,樊山爲人酷似袁簡齋,詩亦出一轍。惟袁好色,而樊無姬侍,爲少异耳。其好貨無耻,則相等也。

定庵在都時,頗見重於某邸。時某邸掌機事,定庵以中書舍人給事内閣,緣事時時履某邸私第。某邸側妃太清春,蘇人,姓顧氏,風華妙曼,尤解文字,有《東海漁歌》一集,後頗流傳於世,而爾時頗與定庵有所酬和,及某邸覺,將殺之。定庵先有所聞,亟遁而免。此事近人已多稔聞之者,余亦嘗演之爲稗官家言。定庵集中詩有涉及玆事者,一鱗片木,往往而有。玆備録之。如《憶宣武門内太平湖之丁香花》一首云:"空山徙倚倦游身,夢見城西閬苑春。一騎傳箋朱邸晚,臨風遞與縞衣人。"《憶京師芍藥》云:"可惜南天無此花,麗情還比牡丹奢。難忘西掖歸來早,贈與妝臺滿鏡霞。"《憶海棠》云:"不是南天無此花,北肥南瘦二分差。願移北地燕支艷,來向南朝油壁車"云云。至其《杭州有所追悼所作》十六首,如云:"拊心消息過江淮,紅淚淋浪避客揩。千古知言漢武帝,人難再得始爲佳。""小樓青對鳳凰山,山影低徊黛影間。今日當窗一奩鏡,空王來證鬢絲斑。""嬌小温柔播六親,蘭姨瓊姊各沾巾。九泉肯受狂生譽,藝是針神貌洛神。""阿娥重見話遺徽,病骨前秋盼我歸。欲寄無因今補贈,汗巾鈔袋枕頭衣。""雲英未嫁損華年,心緒曾憑阿母傳。償得三生幽怨否,許儂親對玉棺眠。""殘絨堆積綉窗間,慧婢商量贈指環。但乞崔徽遺像去,重摹一幀供秋山。""蟠夔小印縷珊瑚,小字高華出漢書。原是狂生漫題贈,六朝碑例合鎸無"云云。哀感頑艷,不知爲誰而作。倘得考而出之,亦詞林一段佳話也。

林畏廬師(紓)於學無所不窺,古文在柈湖、柏梘間,深於班書,縝密幽致,一時無兩。繪事出入大痴、麓臺,善用濕筆,取境極高。

所譯稗官家言，風被海内外，爲此中泰斗。詩不多作，早歲好爲吴梅村、張船山，日光玉潔，風致幽深。自識鄭太夷，則盡弃去不復爲，蓋隱然有定庵"千秋無我席，一炬爲歸安"之想。其題盡似太夷詩，所謂"年來酷似藍田叔，復社詩流頗見知"云云，亦撝謙之甚矣。然近亦稍稍爲北宋，蒼古斂抑，實不後海藏、石遺諸家。余最愛其《邯鄲道中》詩中四語云："行客依然夢富貴，先生今日過邯鄲。雪光一白連荒裔，鴉陣紛來赴暮寒。"低回獨絶。壬癸之間，與太夷、石遺、弢庵諸老時時爲江亭之集。所作頗流傳，恨一時不能盡憶。師天資高峻，血性過人。早年貧甚，授徒奉母，時苦不給。一日賣菜傭弛擔息其門首，師出見，與語。菜傭竊言："家止一母，負販所得，以供甘旨外，無他求。"先生嘆曰："若然，我儕友也。"菜傭謝，弗敢當。先生曰："若無然，我儕所操業不同，能孝事母一也。我今友汝矣。"又六七歲時，從師讀。師貧甚，炊不得米。先生聞之，亟歸。以襪貯米滿之，負以致師。師怒，謂其竊，却弗受。先生歸以告母，太夫人則笑曰："若心固善，然此豈束脩之禮?"即呼傭，賫米一石致之，塾師乃受，先生之至誠過人類如此。居杭州時，貧悴尤甚，自言橐中貲不足四百錢者蓋五年。而高嘯桐方居杭，知之，語人曰："林先生窘迫已甚，我欲資以金五百，顧虞其却弗受，至今未敢自陳也。"居京師時，陳璧方長度支部勢赫然，與先生同桑梓，高先生名，欲羅致之。先生力却，終歲未嘗一詣其門。乙卯秋，遺余書云："樊山、湘綺幅巾詣闕，都人名士趨之若鶩。僕仍閉門，不敢逐其聲影。署門一聯云：'萬變烟雲攲枕過，一庭花木閉門看。'"蓋先生刻厲澹泊，皆能忍人所不能忍，而時人頗言其矯激。處兹濁世，察察者固難自全也。先生少年勇力絶人，頗嫻技擊。其《技擊遺聞》一書，人類能言之。頗聞友人言，先生齋中黏一文，謂"凡爲人子，當盡孝"云云。人過見之者，都弗解。先生曰："我有兩子，而咸不肖。今兹我健，固不虞其見凌，書以曉之，爲我晚年計也。"其天真又如此。一子爲某省知府，偶來省親。居不一日，輒揮之使去，曰："若好做官，速做官去，弗留我所也。"又王孝綑者，於先生爲子侄行，偶與人言，詆先生文，謂猶厨下刀，雖不切肉，猶餘血腥。先生聞之大怒，立命車至其家,毀其廳事中器物殆盡。此則不審確否,然愈足見先生之真耳。

《三子游草》爲亞廬、吹萬、鳳石連袂游杭時所作。虎林螺黛,駘宕秋光,即事婆娑,老子興復不淺哉!亞子詩如黄昏劍客,黑雲如墨,夭矯盤旋;吹萬詩如盛年書生,緩帶輕裘,自饒儒雅;石子詩如妙齡碧玉,天寒翠袖,楚楚自憐。兹各録數首。柳《湖海行吟草》:《酒痴招飲,醉後賦呈,時將之海上》云:"斟酌橋西舊酒樓,斑騅曾共陸郎游。黄壚景物還如昨,白袷風流何處求。已分歡場成隔世,遥憐滄海正横流。老夫微抱憑誰訴,忍涕拚教一醉休。"《答秋葉》云:"十年淪落劫餘灰,誰分菰蘆老霸才。枳棘忍教鸞鳳集,稻粱羞被雁鴻猜。素車白馬寧關識,青兕黄鬚總可哀。便欲同君拼醉死,人間還恐有輪回。"《寄少華甬上四首,即效其體》云:"虎步龍行屬寄奴,一時瑜亮有黄鬚。論才自合空餘子,薦士何由到腐儒。標榜聲華原忝竊,死生交誼敢模糊。勞程械札殷勤贈,翻遣撑腸百感俱。"其二:"交臂相期失虎丘,六年舊恨絮從頭。江東孫策終無命,淮海元龍尚有樓。擊築人從坐上散,吹簫客向市中留。新亭痛哭成何濟,鑄錯徒聞更六州。"其三:"素車白馬語悲凉,文字因緣水一方。滄海横流新涕淚,中原傳檄舊詞章。西泠風月娱殘客,北府松楸冷夕陽。越角吴根千里遠,一回凝望一思量。"其四:"男兒舉足係安危,三十成名倘未遲。起陸龍蛇終有日,處堂燕雀欲何爲。狂奴故友劉文叔,髯客新交李藥師。拔劍爲君遥起舞,海天如墨雨如絲。"高《武林新游草》:《小憩冷泉亭》云:"孤亭此小憩,耳目兩不懈。琴築奏相交,古音戛幽籟。岩峰矗我前,玲瓏變萬態。泉聲與山色,俯仰并一愛。坐久情更閑,非想涉奇幻。冷極龍不潛,至清魚應怪。大膽一濯足,水流當無礙。於焉沁心脾,俗慮飛天外。"《游飛來峰》云:"武林山態清且媚,秀則有之奇則未。我來五日窮游遨,見慣諸峰少特嗜。今朝始得人仙鄉,偶然忘却在塵世。盤空怪石森玲瓏,不知何年飛在此。凝眸相對重徘徊,神工豈可思與議。眼識無端總幻形,意根有者聊比擬。忽如豪傑渺獨立,一切世人盡睥睨。忽如王者富野心,高掌遠蹠逞專制。忽如戰將奏凱旋,征袍未卸刀鋒鋭。忽如談士恣雄辯,指畫俯仰望生畏。忽如高人興正酣,掃筆無前劇横厲。忽如騷客工幽愁,愛國情深淚盈袂。忽如高僧方入定,最上禪機能默契。忽如農夫遇豐年,斗酒頹然竟大醉。鬱鬱久居鄉里間,斯游不負良自慰。揮毫狀寫縱未真,作如是觀便非僞。且聽澗底瀉奔濤,但見崖端透靈氣。天風冷冷猿嘯哀,鳥啼嶺樹皆暫寄。寺鐘一聲響入雲,四山震動色初霽。睹兹异境纔須臾,咀嚼千年有餘味。”鳳石有《飲湖樓成》一首云:“劫後湖山尚無恙,清樽此夕得重聞。思量我自成痴絶,花落年年蕩槳來。”亦佳。

蘇玄英冰雪聰明,實軼儕輩,通數國文字,能譯梵書,亦擅繪事,世多知之。至其小詩,七弦冷冷,餘韵三日。袁簡齋論錢葎石云:“一縷晴絲裊半空,半飛天外半隨風。盤餐别有江瑶柱,不在尋常食譜中。”余欲移以論曼殊,殆無以易也。《吴門依易生韵》云:“江南花草盡愁根,惹得吴娃笑語頻。獨有傷心驢背客,暮烟疏雨過閶門。”其二:“碧海雲峰百萬重,中原何處托孤踪。春泥細雨娱趨地,又聽寒山夜半鐘。”其三:“月華如水浸瑶階,環佩聲聲擾夢懷。記得吴王宫裏事,春風一夜百花開。”其四:“姑蘇臺畔夕陽斜,寶馬金鞍翡翠車。一自美人和淚去,河山終古是天涯。”其五:“萬户千門盡劫灰,吴姬含笑踏青來。今日已無天下色,莫牽麋鹿上蘇臺。”其六:“水驛山城盡可哀,夢中衰草鳳凰臺。春色總憐歌舞地,萬花撩亂爲誰開。”其七:“年華風柳共飄蕭,酒醒天涯問六朝。猛憶玉人明月下,悄無人處學吹簫。”其八:“萬樹垂楊任好風,斑騅西向水田東。莫道碧桃花獨艷,澱山湖外夕陽紅。”其九:“平原落日馬蕭蕭,剩有山僧賦《大招》。最是令人凄絶處,垂虹亭畔柳波橋。”其十:“碧城烟樹小彤樓,楊柳東風繫客舟。故國已隨春日盡,鷓鴣聲急使人愁。”其十一:“白水青山未盡思,人間天上兩霏微。輕風細雨紅泥寺,不見僧歸見燕歸。”皆豐神絶世者。别去數年,得其與劉三年丈書,謂“近得湘子消息否?久不聞其哀怨凄斷之音矣”云云。

詩鐘雖小道,然非浸淫其中者,有素弗能工也。神韵格律,亦悉如詩。誰何之作,一望而辨。斯事溯源尚近,而比益泛濫。自閩人爲之而益工,所謂閩派者也。□閩派不尚典實,而喜孤峭,蓋亦其詩派醞釀使然。以余所知,太夷、聽水皆擅勝場。太夷“雪珠”分咏“雪膚花貌參差是,珠箔銀屏迤邐開”一聯,久膾炙人口。蓋嵌字詩鐘最不易見長,思路太雜,每至於泛;過用典實,又至於泥。若集句而善,則無不神韵、格律面面皆到者。此外,易碩甫“鷄山”分咏一聯:“賴汝一聲天下白,拭他雙淚枕邊紅。”亦爲渾脱流利,無斧鑿痕。若“女花”三聯:“青女素蛾俱耐冷,名花傾國兩相歡。”“商女不知亡國恨,落花猶似墮樓人。”“神女生涯原是夢,落花時節又逢君。”則天衣無縫。“自是君身有仙骨,世人那得知其故。”集句之妙,無以加矣。去歲,戲與同人爲此,拈“約、根”六唱云:“春暮柳絲難住約,江空桃葉共根來。”又“墨望平街”分咏,某君一聯云:“賴汝消磨文字海,是誰造作是非場。”以望平街多報館故也。録之,博我海上同業諸君一笑。又“洋麵、紅樓夢”分咏,某君一聯云:“蝴蝶粉香來海國,鴛鴦夢冷憶湘妃。”殊蠻艷。詩鐘不難於富麗,而難於渾切。不難於出奇制勝,而難於妙造自然。某年,過劉三黄葉樓,留數日,見雜志中有以“壽頭麻子”四字,作碎錦格,徵詩鐘者。余與劉三戲成數聯,余云:“高文壽子麻沙木,法曲娱人菊部頭。”自嫌失之滯。時余思歸,以阻雨不果。而劉三方藝菊齋中,霜枝露朵可數十百盆。劉三遽成一聯云:“枝頭綻菊爲君壽,兩脚如麻泥爾行。”妙切情事,文章天成。此四字至俗俚,不可入文句,而雋妙如此,亦可以一樂也。

余從陳子倦鶴,得二詩人:其一爲當塗奚度青侗,其一則宛平白中壘炎也。度青排奡深健,中壘環麗瑰奇;一爲半山、後山,一爲義山:皆足推倒一時豪傑。度青有《匪石歸自檳嶼,賦此貽之》一首云:“吞羶啄腐無窮肅,手頓天羅惟汝雄。投策浪池淩愛水,回車江介共悲風。猶能醉飽百憂底,暫與歌呼萬鬼叢。照海歸雲迷處所,伸眉吾欲日輪東。”中壘有《游仙録》其五,其一云:“上□淪謫幾由旬,羅襪淩波艷洛濱。六甲靈飛驅虎豹,五辛珍脯擘麒麟。分封香國恩原薄,沈醉鈞天夢未真。誰寫《太平寰宇記》,瑶池昨夜駐金輪。"其二云:"五銖嫌窄六銖寬,騎虎分明似彩鸞。留佩人隨雲鶴去,乘槎客犯斗牛寒。悔從月姊偷靈藥,終讓花王冠牡丹。解釋婉矜無限恨,煉方還乞息肌丸"其三云:"神山采藥獨歸遲,海氣金銀儻見之。雖爲真靈圖位業,却憑魔女門腰支。調停嬰姹参同契,辛苦羲和怨异時。可有長房能縮地,九天笙鶴費相思。"其四云:"獵獵天風下五羊,羅浮歸路月昏黄。星辰上界猜河鼓,雲雨空臺送楚襄。守鶴尚留華表柱,驂鸞新點步摇妝。披帷約略如花眷,多恐傾城在北方。"其五云:"三教珠黄着意修,劇憐控鶴不重游。莊嚴樓閣疑雲幻,縹緲塵寰隔霧愁。墮瓦夢驚金彈子,渡河曲惱玉箜篌。上京凉露今宵重,爲語黄姑一葉舟。"

朱舜水先生,孤忠亮節,炳耀日月。明社既屋,義師屢蹶,乘桴東去,衣冠不返,彼邦人士景慕尤甚。蓋先生紹陽明餘緒,宗述良知,而陽明之學素爲東士瓣香,淵流所衍,俎豆弗撤。宗國士人游其地而過先生之墓者,恒式型芳踪,低徊不甚。兹録衡陽張伯純《舜水先生祠落成》一首云:"天運有廢興,人心定趨向。崇德祠遺民,懷古得嘉尚。矯矯朱文恭,卓爾人倫望。國亡志復讎,艱危老益壯。乞師偕黎洲,敢爲義聲唱。建虜汝何來,舟中斥邪妄。大節追文山,浮海衝毒瘴。六渡羈扶桑,奇策懷傲儻。自甘餓首陽,薇蕨猶可餉。教思固無窮,當仁信不讓。明心致良知,斯文幸未喪。光復矢至誠,曷嘗須臾忘。飲泣十七年,陽九述淒愴。孤忠籲皇天,回日情已諒。百折終不移,蒼水洵瑜亮。吊古湘累哀,饌血胥門浪。所南《心史》存,瑞龍名山葬。民族義克昌,民國遂新□。還我舊山河,腥膻快掃蕩。九原知有靈,孤懷自此暢。光漢思鄉賢,飛甍忽殊狀。友邦慰觀瞻,故土欣倚傍。吁嗟大義乖,岐路迷千障。俎豆奉典型,方與頹俗抗。庶幾挽横流,毋自欺爲上。心理推大同,東亞開絳帳。明治啓維新,儒效兼霸王。薪火傳姚江,遺書俟博訪。獨立崇祠堂,群彦如願償。致用經術昌,正俗淫詞放。知耻反本心,吾道景宋匠。遥遥嗣清徽,王學共依仰。"

甌北之論遺山云:"元遺山才不甚大,書卷亦不甚多。較之蘇、陸,自有大小之别。然正惟才不大書不多,而專以精思鋭筆,清煉而出。故其廉悍沉摯處,較勝於蘇、陸。"斯言評遺山最爲的當。才大,則病在泛濫而易雜;書卷多,則病在掉書袋。此二者,東坡最中之。放翁近體凝煉處實開遺山之先,特少患才多耳。遺山生長雲朔,其天稟本多豪健英傑之氣。又值金元亡國,以宗社丘墟之感,發爲慷慨悲歌,有不求而自工者,此因其時地爲之也。其各體皆工,而余最愛誦其七言近體,同時李治所謂"律切精深,有豪放邁往之氣"與《金史》本傳所謂"奇崛而絶雕劌,巧縟而謝綺麗"者,故爲不虛。七律《潁亭》一首云:"潁上風烟天地回,潁亭孤賞亦悠哉。春風碧水雙鷗静,落日青山萬馬來。勝概消沉幾今昔,中年登覽足悲哀。遠游擬續騷人賦,所惜匆匆無酒杯。""落日"句初不得解,後閱《後漢書・荀彧傳》,始知其用"潁川四戰之地"句也,其隸事精切如此。七絶《金山》云:"攢青叠翠幾何般,玉鏡修眉十二環。當著一峰烟雨裏,苦才多思是金山。"語意奇闢,得未曾有。其餘如《春日》云:"里社春盤巧欲争,裁紅暈碧助春情。忽驚此日仍爲客,却想當年是隔生。貧裏齏鹽憐節物,亂來歌吹失歡聲。南州賸有遠鄉伴,戎馬何時道路清。"《横波亭》云:"孤亭突兀插飛流,氣壓元龍百尺樓。萬里風濤接瀛海,千年豪傑壯山丘。疏星澹月魚龍夜,老木清霜鴻雁秋。倚劍長歌一杯酒,浮雲西北是神州。"《懷益之兄》云:"牢落關河雁一聲,干戈滿眼若爲情。三年浪走空皮骨,四海相望祇弟兄。黄耳定從秋後到,白頭新自夜來生。西樓日日西州道,欲賦窮愁竟不成。"

《桂留山房詩》,沈寶山夢塘學淵著。武進李兆洛爲之傳云:"夢塘家世以醫名噪吴越間,汀陰蕭子滂以婦病迎視,於是始識夢塘。心愛而慕之,而夢塘落落穆穆,若不可得而親也。居旬日,乃與暱。夢塘見人不爲寒暄語,而雋永恬上,接之者亦妄與寒暄。工飲,多而不亂,强之,亦不辭。每劇飲,夜分乃罷。比曉,小奚叩門持箋以詩至,長篇大什,鏗鏘跌宕。日日飲,日日有詩。未幾,陸萊臧自閩招之,爲築來夢亭居焉。夢塘天性内隆,門無异烟,所積悉以佐公,不爲妻子計留。餘篤朋舊,於所親厚者,同患難,托死生,不知爲异體。散體文脱胎於唐劉蜕、孫樵兩家;駢體文汪洋恣肆,不屑規撫六朝;詩則斷以唐人爲宗,兼覽眉山、中州、遺山、道園、青田、海叟、西崖、梅山之作,百寶愰惑,不名一家。”余摘其《竹枝詞》五首云:“乍寒乍暖午風清,晝夢關心到晚晴。禾麥已黄蠶豆老,餅香時節拍枷聲。”“黄梅過了又時梅,滿樹冬青花不開。大小漏天曾未補,家家上市刺船回。”“柳絲摇曳烏犍肥,縛個草亭傍石磯。輪轉一聲禁不住,亂蛙閣閣鷺飛飛。”“東舍西鄰分蒔秧,山歌聲斷秧歌長。吴儂愛聽白紵曲,不信秧歌解斷腸?”“木棉花上蛺蝶飛,木棉花下野草肥。但願花枝生蛺蝶,不願蛺蝶綉羅衣。”低回宛轉,音哀以思,真得古樂府遺意。《樵者》一首云:“空山不見人,黄葉掩山路。欲趁斧聲尋,夕陽紅滿樹。”冷峭亦佳。

《雲膚山房詩》,益陽黎環齋光地著,而安化陶雲汀爲之鑒定刊行。其傳曰:“環齋九歲學制舉文,縱横馳驟,不可羈絆。塾師繩以法度,輒忽忽不樂,曰:‘截趾適履,直戕賊我耳。’遂弃去,刻意爲詩、古文、詞,終其身不入場屋。念京師爲人文淵藪,柱下尤富。肩襆被,徒步抵都,才名傾動一時。所爲文,規撫兩京《史》《漢》。不肯作魏晋以後語;詩則出入陶、謝,圭臬三唐。”余摘其詩《齋壁》一首云:“剩有瓜廬在,春風幾度過。醉嫌千日少,貧覺一千多。白眼尊窮鬼,青山老睡魔。頑痴剛被笑,不肯廢吟哦。”調詼甚俊。又《戲題蘭譜册子》云:“天地父母,日月丙丁,戊己庚辛。若要下車相揖,除非甲乙兩人。又曾説雲泥相隔,不聞松竹寒盟。卿自用卿家法,我寧作我平生。”

陽曲傅青主出,堅苦卓絶,狷者之流。而其詩光怪陸離,不可方物。石埭蘇薇谷所謂:“吐雲光霞彩於篇章,寄棒影喝聲於硯管。不啻五城十二樓,渺渺虚無中,亦不啻象王尊嚴,高踞獅坐者。”而東敬劉贊則謂:“青主晚年喪母後,即放情肆志於山水之間。雖深山無人之境,足迹亦無所不至。故詩中所用故實都不可解,而古韵、古字亦爲人所不經見。要而論之,其開徑獨行,固一代之奇也。”《夕夕曲》云:“水晶之壺,葡萄之酒。目成顔酡,心醉非口。”(一解)“纖阿在窗,古梅饋香。蘭釭吐葩,垂歡玉床。”(二解)“歡床如天,歡體如雲。登天抱雲,歡墮儂身。”(三解)《采蓮曲》云:“采蓮采蓮,欲采復襟。蓮花無語,蓮花有心。"(一解)"姊選芙蓉,妹睇菡萏。芙蓉顛狂,菡萏靦覥。"(二解)"花盛何許,盛在中塘。儂家不往,中有鴛鴦。"(三解)"蘭槳揮揮,鴛鴦飛飛。女伴無良,妒彼胡爲?"(四解)《咏史》云:"經術蔽腐儒,文章難教時。譙郡富典故,建議草降辭。齷齪處人國,緩急將安稗。偉哉隆中人,長嘯安得知。"又云:"有黄軒轅鳥,賦性無妒憎。蕭衍苦郗徽,下詔羅□□。羽毛何所知,珠宫粉艷朋。新人未見納,鄭袖孤娉婷。姱修不自藏,所惡乃衆情。"又云:"亢桑逃尸祝,穆然頤送真。伯休隱賣藥,女子乃知名。名盛實恐盡,釋去如遺塵。况復富與貴,螫人毒且深。鳴豫怏威禍,誰知攖天仁。羊裘釣大澤,遐哉嚴子陵。既不見我賤,豈復知彼尊。流覽挹芳惠,狂奴非杓人。"

南匯張嘯山先生文虎,以老諸生,經術名江南北。與纂江南書局,主南菁講席,一時聲施爛然。先生以小學考據終其身,詞章非其所長。詩亦平實,間有佳者。如《題乾愓集》云:"白日有回照,奇冤寧久沉。投荒萬里夢,反哺廿年心。波浪瀾滄險,雲山蜢蝶深。遺編愁展卷,風雨入長吟。"集中如此清深者,殊不多見。

閩縣陳伯潛(寶琛)《聽水樓詩》,石遺比之錢籜石、程魚門。其幽光堅質,如霜皮溜雨,黛色參天,固不讓《中州集》中健者。如《壬子正月十二十三夜紀事》云:"不是咸陽豈洛陽,九衢如沸切宵光。自焚正作佳兵鑒,善將寧無禁虣方。坊市周星供一哄。掖闈通夕備非常。探囊揭篋臣何畏,睡足燈前自讀《莊》。"《次和沉齋守歲感賦,用遺山甲午除夕韵》云:"鐘□無驚鼎遂遷,故知薪積火終然。栽花都入移春檻,失水俄成架壑船。自信我生真有命,不知今夕定何年。王孫隆准狙宜慎,莫學湘纍苦問天。"《次韵奉和韌叟我師歸耕釜麓,出都感賦之作即以送行》云:"夢夢此醉視穹蒼,去雁衡寒别舊行。忍見衣冠同一劫,安能耕釣即吾鄉。相知蘭臭寧傷晚,未死葵心總向陽。終就岩泉分勺飲,不須清濁問滄浪。"

王壬秋詩專效鮑、謝者,七言古亦間入少陵,然非其極至。聞人述其《空泠峽》一絶云:"獵獵南風拂驛亭,五更牽纜上空泠。平生慣涉風波惡,瀑布灘雷衹卧聽。"頗倔强不猶人。知此老未嘗不能爲近體，特不以入集耳。樊雲門乃有"六朝人物王湘綺，奈爾孤船夜雪何"之句，淺之乎？測之矣。集中《戴祠館中夜起作》云："夜中不能寐，落月上屋楹。秋蟲知我興，繞舍似争鳴。天機使之然，焉能閟其聲。繁華向摇落，天地復肅清。群動盡息響，況爾瑣細情。達士惜窮居，觀時安所營。"《紫苑州坐月》云："夜明山始烟，露下江已秋。潭波影深樹，參差共悠悠。夜岸隔人語，清歌答溪流。微燈若流螢，隱見凉夜幽。即此在塵外，何時從釣舟。"皆高秀，出人意表。

中秋月詩，古今作者如雲，恰多依傍。若范肯堂一律云："噫余瘦削不成影，見汝盈盈在上頭。一世閨人齊下拜，八方園實競前投。移燈讀曲行行怨，拄杖看雲片片愁。病久可勝寒澈骨，頹然掩袂若爲秋。"前人謂杜、蘇、韓、李之詩，蘇、韓全剛，惟李、杜爲剛柔參半，此詩蓋有之矣。

余嘗録絶句詩之風韵佳絶者，以爲露華花氣，得天之清，偶一微吟，可以使人齒香三日。如蘇東坡之："乘興南樓聽雨眠，簟紋如水帳如烟。酒闌夢醒知何處，挂起西窗浪接天。""江東賈客木棉裘，會散金山月滿樓。夜半潮生風不定，夢和簫管到揚州。""竹外桃花三兩枝，春江水暖鴨先知。蔞蒿滿地蘆芽短，正是河豚欲上時。"陸放翁之："衣上征塵雜酒痕，舊游無處不消魂。此身合是詩人未，細雨騎驢入薊門。"皆標格絶世者。清初漁洋山人最工此體，而余尤愛竹垞小令中"同眠一舸聽秋雨，小簟輕衾各自寒"之句，以爲移入絶句，當是高唱。近人則海藏有《題顧石公草堂》云："二士風流比阮嵇，年來物役苦難全。欲知白下閑踪迹，試向書堂覓舊題。"又《鑒園夜坐》云："雨後秋堂足斷鴻，水邊吟思入寒空。風情誰似楓林好，一夜吴霜照影紅。水痕漸落露漁汀，秃柳枝疏也自青。唤起吴興張子野，共看山影壓浮萍。"《登大别》云："風頭過水欲生波，江漢登臨意若何。世態憑誰閑領略，晴川閣外雨雲多。"石遺有《摘後山詩足成》云："數樹直青能爾瘦，一軒殘照爲誰留。軒前新種數尺樹，幾時爲我生凉秋。"余乙卯年有《似了公兩首》云："狂花客慧兩删除，風致芙蕖出水初。急與安排相稱事，烏絲研紙女郎書。”“風神已薄説漁洋,太白龍標總擅場。分付雲間楊萬里,旗亭畫壁賭殘陽。”即論斯事也。

余前録《霜紅龕詩》,謂其樂府古詩荒怪恣肆,無所不有。乃擷其全集近體,亦不落凡近。如《感舊》云:“雨花香閣净春溪,絲綉瞿曇事竺西。風馬綺疏凉翡翠,片犀燕甲斷鵾鷄。烟籠博岫朝雲散,湘簟湘蘭廣漢齊。盡展蓮臺吴道子,船停螺筆粉痕啼。”《朝陽洞》云:“回風舞不散憨雲,下上蘆花麥隴湮。鳥下寒巢尋柏子,人藏小洞剥榛仁。燒香搗藥渾無見,畫紙圍棋細有聞。買藥方纔遺有價,還能沽酒醉山賓。”《冠山雨中》云:“空山雲雨不時來,亂響飛泉噴石隈。黑霧蒼茫俄頃過,青天金碧忽然開。百圍樹杪支孤榻,千里山光抱小臺。最愛蓮花佛座底,莪葵幽艷映蒿萊。”《挽畢亮四》云:“鶯鳩鶡鴠欲誰何,水擊三千笑則那。帶血銅花丹嶂合,揮毫風雨黑雲多。山川明晦隨融結,西北文章任詆訶。始啓公侯安足道,才名十倍大名過。”皆窅然而深,沉然而質,字字履危石而下,無一字不出人意外。七絶如《七夕》云:“悵望天青漢水光,雲鬟風袖動微凉。要知無限相思意,不是人間空斷腸。”《小溝怨》云:“風輕河柳淡黄蛾,淚拍無聲懊惱歌。草緑秦淮騮紫亂,幾家香閣試春羅。”《新月》云:“晚臨銀漢爲誰顰,金縷迢迢度結璘。料得别來三五日,瑶臺别有畫眉人。”《堤行》云:“霜醉河灘草面頳,西山一帶紫縈嵐。老人冷性耽秋艷,紅樹看看羃小庵。”《晋祠雜詩》云:“濛騰陰霧濕如泥,隴阪雷轟燥老脾。藥餌方書停越婢,春風花酒帶吴姬。”《挽梁節婦》云:“决絶芙蓉不避霜,倒飛紅影墮寒塘。玉欄千葉蓮花現,不是人間粉黛香。”青主之詩,幽光古色,不名一家,時人風調,亦非凡響。袁子才曰:“若問隨園詩學某,三唐兩宋有誰應。”移贈青主,最爲的當。擬之近人陳散原,或近之乎?

我松普照寺二陸草堂,兵燹後久毁,邑人重新之。乙卯春,耿伯齊丈復集資重葺。圖書在壁,宇棟一新矣。吴縣曹元直先生有詩紀之云:“普照寺二陸草堂,楊潜《雲間志》辨之。顧於《古迹門》云:‘世傳普照寺爲二陸宅。’《寺觀門》云:‘嘉禾詩文乃謂陸機舍宅爲寺。’則亦宋以前舊説已。伯齊年老先生近加修建,授簡徵詩,冀與求點故居，本爲波若珣瑨舊宅，舍作雲岩，共附精藍，傳諸好事，爲賦三絶句請正。"《甲寅十月既望》詩曰："聞説機雲舊草堂，今朝梁卵更烯黄。上梁好聽兒郎偉，谷水昆山總此鄉。"又"故宅流傳溯晋時，松江父老口如碑。分明勝似慶元令，縣學東偏强建祠"。（明正德刻本《二俊集》，有慶元庚申仲春既望，信安徐民瞻序云："到官之初，首見遺像於吏舍之旁。即日闢縣學之東偏，建祠宇，率以遷焉。民瞻爲華亭令，見紹熙《雲間志》知縣題名。"）"走馬裁詩紀落成，僧寮茶榜句縱横。華亭若論孫吴地，我亦應題邑子名。"（《御覽·居處部》引《吴地記》云："陸氏宅在長谷，谷在吴縣東北，谷名華亭，谷水下通松江，昔陸遜、陸凱居此谷。"然則，華亭孫吴時隸吴縣也。亡友武進謝鐘英補《三國疆域志》，擬《陸遜傳》"封華亭侯"。以華亭隸吴縣下而未引此，惜不及語之矣。）據引精博，足資考古，詩亦清雅。

余前載松江二陸草堂詩，其間不乏名作。如沈思齊（維賢）文云："京洛風塵亟，機雲德曜沉。文章猶典午，第宅已叢林。喜見神龕鼎，新□宿莽深。五茸桑梓色，百□羽儀心。自躡司空席，旋摧中散琴。功名雙屈賈，時局一商參。金運嗟頹禦，銀潢忍縱尋。猰貐交汹汹，麒驥誤駸駸。西笑真遺恨，東州孰嗣音。華堂荒婉孌，枌社護□椮。鶴唳凄憑吊，龍駿恍式臨。蒓羹千里好，二俊倘來歆。"高天梅云："秋風摇落夕陽黄，惆悵何心著辨亡。峰泖才華嗟易歇，機雲騷韵未全荒。倦游宦海餘詩卷，奇傲人間有草堂。不盡支離身世感，聊從莊叟問行藏。"高吹萬云："鶴唳華亭不復歸，平原回首夢依稀。文章名重珍玄圃，京洛塵多變素衣。營道焉知徒禍集（機《赴洛詩》有'營道無烈心'，又《君子行》有'禍集非無端'句），嬰時誰識此心違（機與弟士龍詩有'牽世嬰時網，晤言涕交纓'之句）。江山故宅今重見，猶是當年婉孌非。"又思齊《永遇樂》詞云："三泖凉波，扁舟能覓，張季鷹否？二俊翩翩，枉隨青蓋，索米長安去。秋風萊菜，五湖烟柳，誰勸草堂人住：想當年，玄談驚坐，蜚觴金谷如雨。　　中原莽莽，書生戎馬，最是浮名誤我。回首華亭，如聞鶴唳，斜月横山路。叢祠無恙，歸來華表，猶認一龕僧火。千秋恨、江東子弟,總稱典午。”

汪精衛先生日星麟鳳,蓋代人才,道德文章膾炙人口。其詩清微沉摯,直瀝性情。擬之古人,蓋幾於武穆、文山矣。《咏楊忠愍祠前樹》云:“樹猶如此况生平,動我蒼茫思古情。千里不堪聞路哭,一鳴豈爲令人驚。參天老幹無蟠節,振計西風有恨聲。寥寂階前坐相對,南枝留得夕陽明。”《答小隱》云:“寒蕪衰柳不勝情,别恨頻從夢裏驚。同病憂憐相爾汝,論交肝膽共分明。敢因幻影悲離合,願守良知徹死生。咫尺天涯猶可慰,隔墻時聽讀書聲。”《雜咏》:“風雨鷄鳴夜,殘燈焰不明。頭顱看自厭,髀肉嘆重生。北固名空擁,東封事已成。更闌作奇夢,涉海射秋鯨。”其二:“草没幟深井,烟寒豫讓橋。秦宫一擊筑,吴市數聲簫。駿骨朽誰市,湘魂黯未招。悲風答長嘯,落葉響蕭蕭。”其三:“刀鋸一何吝,餘生慨以慷。鴻毛微命賤,馬革腐尸香。喪亂今方亟,痌瘝未忍忘。悠悠過歲月,中夜起傍徨。”其四:“衆生淪地獄,踽踽欲何之。羑里艱貞日,龍場悟澈時。山河枯涕淚,風雨滌禁期。自覺心如水,高歌日已移。”其五:“忘却形骸累,靈臺自曠然。狷懷爲狂趣,新理出陳編。霜鬢侵何易,冰心抱自堅。舉頭成一笑,雲净月華妍。”《寒夜背誦古詩,至“波瀾誓不起,妾心古井水”,嘆爲妙句,而以其意未盡也,詩以足之》云:“止水既無滓,流水亦無頗。涵爲百丈潭,漾爲千層波,娟娟月自永,習習風微和。泠然識此意,欲和《滄浪歌》。”

葉楚傖詩,如河朔健兒,被服紈綺,終未脱横槊看天氣象。近稍折節入義山,語近沉雄,則其本色。癸丑四首最爲上乘之作。其一云:“白河東去漳西流,畿輔新潘列兩州。北府但知丞相令,東門幾抉大夫眸。策勛上計膏民血,執政新評署狀頭。不分江湖摇落後,獨排簫鼓向瀛州。”其二云:“赫赫當年翌聖功,滿襟清淚自西東。移師今有桓宣武,解綬頗慚謝侍中。南海才人如綉虎,西周妖夢入飛熊。冕旒纓緯新朝典,殿陛看人一世雄。”其三云:“江城瑟瑟水澌澌,十道旌旗夜渡師。京觀模糊名士血,衙齋妖艷督臣姬。一時雅頌多清響,百戰將軍是弄兒。更有義康移鎮去,拜颺稽首向丹墀。”其四云:“留得心頭未燼灰,四山風雨壓愁來。百年誰定劉曹史，异代臣多公輔才。有馬化牛新統緒，食人率獸在蒿萊。可憐鍾鼎堂皇後，一著分明誤鴆媒。”

番禺潘蘭史先生，詞臺老將，晚更飛揚，有伏波據案，矍鑠四映之概。詩筆清俊，入晚唐而不識者。如《至津門》云：“津門重到感平生，兩度倉皇問北征，塞外節旄期屬國，江南詞賦有蕪城。何人天下關憂樂，一范胸中負甲兵。客夜聞鷄驚起舞，老來髀肉不勝情。”《渡黄河》云：“莽莽中原盡戰塵，滄桑殘局又翻新。卅年吾道其南意，今日黄河以北人。賈誼終慚虚席語，王通留得著書身。黄冠來去携琴客，彈向空山獨自春。”《威海衛》云：“不戰何能守，倉皇委敵舟。整齊驚刺眼，收拾待重頭。何地尋天險，無人泣楚囚。魚龍成寂寞，淒絶此神州。”如萬玉哀鳴，音節清越。

長洲吴瞿安（梅），人但知於曲，引商刻徵，爲大江以南第一作手，而不知其詩取境之高，風調之雋，亦非詅痴符、點鬼簿一派所解道。尤長古體，如《善哉行》云：“鴛鴦于飛，疾風吹之。雖無矰繳，不遑綏之。”（一解）“釜中煎豆，灶下燃萁。托根不异，貴賤乃歧。”（二解）“食熊則肥，食黿則瘦。彼其之子，云何不壽？”（三解）“誰光大道，入主出奴。誰樹大節？矯矯易污。”（四解）《君子有所思行》云：“單襦難禦寒，寸鐵難殺人。植基苟非厚，跬步皆荆榛。咄哉蘆中士，蹀躞甘食貧。遭時既不造，誰知席上珍。驅車出門去，無媒羞自陳。手持溪紗泣，欲語先逡巡。江城地卑濕，首夏猶清新。相期慎眠食，尚弗喪其真。”《企喻歌二首》云：“抽刀不斷水，舉杯不斷愁。介蟲爾何物，騎馬勝騎牛。”其二云：“嗚嗚隴頭水，采采陌上花。水流與花謝，同此天之涯。”《回春詞，辛亥八月十九作》云：“銅虬夜永燈花凉，羅帷一白生春光。美人十五清且揚，手撥紅霞飛紫凰。天鷄嘶風回朝陽，寶琴瑶瑟彈瀟湘。洞庭波暖東風香，諸子綉掘供華堂。緑房願奏通明章，璆鏘劍佩朝花王。午陰流夢春晝長，請君安坐樂未央。”

東江王大覺（德鍾），年方及冠，才氣飆舉。詩文有奇氣，而格律高嚴，似出老宿。楚傖嘗稱其小品文，謂與余所趨同軌。余讀之，不得不心折也。近頃亞子書來，有後起之秀云云。余謂大覺詩膽直當推倒吾輩,豈惟後起而已？其《月夜渡淀河歌》云:“我被石尤妒,屢把歸期誤。今朝賈勇挽舟去,今宵未卜宿何處。扛頭之風吹不住,遥指湖干鎖烟樹。烟樹沉沉日漸低,欲泊不泊沿湖堤。舉酒蓬窗聊遣悶,身雖在東心已西。忽聞榜人笑不止,蘆邊欹欹東風起。東風吹出月瓏玲,一輪照耀平湖平。我行原不憚宵征,挂起蒲帆十幅輕。三千世界放光明,卅六里路飄然行。烏鵲驚飛飛且鳴,魚龍欲睡睡未成。渾疑身忽來滄瀛,金光璧彩眩雙睛。又疑張騫今復生,乘槎直犯牛女星。前望後望天如晶,中央獨自揚孤舲。似此奇景從未經,恍如魄濯冰壺清。洗盞更酌倒玉瓶,豪飲不讓吸川鯨。隔浦遥聞漁歌聲,忽然引起滄浪情。瞬息渡湖近二更,回頭一派水盈盈。乘興還家詩思發,腕底清詞來汩汩。一片性靈何活潑,胸頭朗印湖心月。”足與兩當軒、瓶水齋相頡頏。

雲間吴遇春,於詩致力甚苦,初效晚唐,後入北宋,近則專攻遺山,蒼勁之致,頗非時下詩流所能道。比設皋比,得女弟子數人,爲雲間丁氏。丁故名族,婦女多能文者。遇春課之以詩,間作詩鐘,頗能嫻雅。頃見示一紙,亟録之。初未署明誰某之作,要出於巾幗,則不數覯也。《竹風》四唱云:“猗猗緑竹思君子,穆穆清風來故人。”《月烟》四唱云:“紅橋明月揚州夜,碧柳輕烟上巳天。”《紅夢》三唱云:“五夜夢魂鶯叫斷,一天紅雨燕歸來。”又“仙鹿夢回蕉葉底,小桃紅唱酒家樓”。《春鳥》七唱云:“移尊柳外聽啼鳥,倚杖風前覓好春。”又元唱云:“鳥語笙簧新樂府,春風芍藥舊宫人。”《酒魚》七唱云:“河梁送别一樽酒,故國懷歸二寸魚。”又二唱云:“樽酒送春三月暮,鮒魚如雪一江風。”均佳。又有一幼女作《簾燕》五言一聯云:“捲簾明月近,飛燕落花遲。”下語殊有神韵。

魏塘周芷畦,吟情豪宕,有《柳溪竹枝詞》之刊。書來屬題,余作一五古歸之,芷畦詫謂深入北宋名家堂奥。因殷殷有所見屬,其辭謙下,余愧未敢當,然亦粗與商略近詣,并勸其讀《遺山集》。芷畦復書,頗引爲知言。近頃復得書,言繪《柳溪第五圖》,遍徵題咏,而讀《楊誠齋集》有悟,作二絶句,并以見示。余謂芷畦所得殆仍在聲色上落想,緣其不曾下過“澀”字一種工夫耳。非從極平澹中轉出，極新奇，極絢爛，則此新奇絢爛終是浮泛，不耐人尋味。余性拙直，芷畦又能受人言者，故書此以代面論。

奉賢莊漱潤（禮本），懷才不遇，髒肮以歿。楊幾園稱其詩極似黄仲則，年三十八而卒，亦適與仲則同。余讀其集，精警夷宕處誠有近兩當軒者。《贈陸子放》云："相逢一笑訂新知，一局圍棋一卷詩。如此江山如此客，秋風不負浪游時。""縱然交淺已情深，爲我臨江一鼓琴。借取松濤風萬壑，蕩開塵海軟紅襟。""群山如畫月當空，狂嘯樓船百尺風。千古長江争戰事，一齊收拾醉吟中。""沈沈良夜酒誰沽，愁煞高陽舊酒徒。一琖醇醪能醉我，渾忘飄泊在江湖。""奇材合貢海南香，况復華年鬢未蒼。未許滄江成小隱，一船書畫老襄陽。"《自安陸歸松，綬芝先生以詩贈行，賦此志别》云："臨歧一醉又何妨，楚水吴山别夢長。舊日贈言猶記取，年來對酒不曾狂。""手携詩卷上輕舸，一葉風帆下漢皋。回首郢中聽曲地，蕭蕭山木楚天高。""日日謀歸歸亦誤，無家作客等還鄉。秋風黄鶴高樓上，掬取江波蕩别腸。"

虞山黄摩西先生，驚才絶艷，足駴汗僵走一世之士。於學無不窺，詩則香艷處似定庵，奇横處似瓶水，深秀處復似小謨觴館，真奇才也。其《太平洋七歌》之一云："金翅扇海海水消，龍伯大人成焦僥。一挂蝦須尺木墜，安望一釣連六鰲。羊珠捋去不論斛，貝闕鮫宫天吴宿。獨有龍氣不可馴，泥沙時有風雷伏。攖鱗一怒不敢當，仙人别授擾龍方。享以燕炙調鴆毒，孔甲厨中甘爾肉。嗚呼！四歌太平洋兮螻不申，麻姑眼見三揚塵。"

俞恪士詩藴藉如親佳士，鄭太夷俊逸如對好山，陳散原百怪填胸，如啖十錦羹，不復能辨甘辛穠腕。陳石遺則堆盤苜蓿，自饒清味。兹各録其近作，如恪士《陳石遺齋中即事》云："石遺古君子，疏瘦如寒竹。閉門非此世，不受時名梏。一飯每矜嚴，選客常不足。滄桑眼底人，屈指幾名宿。不見亦不思，偶聚忘拘束。老味淡處真，春光閑可掬。窗外花始蕾，餘寒怯春服。若從新曆推，已過櫻桃熟。譃笑有今年，詼詭迷前躅。相對數甲子，何事非轉燭。我病久無詩，逢君一擊觸。咄咄百憂間，醉飽但捫腹。短篇聊報君，懶曠如逃塾。”鄭太夷《題勞玉初〈勞山歸去來圖〉》云:“入山迹易窮,意不若入海。連峰上觸天,此去乃真宰。我過勞山灣,驚浪没其趾。朝霞弄黛色,萬變作奇采。刺船久在望,竟莫窺首尾。來游未登頂,惘惘如有待。山靈留公孫,危行俗所駭。日歸真殉道,异國友善士。依山更講學,欲使衆知禮。相訝逢何往,圖卷表微旨。大義猶未明,世難何時已。願從勞勞山,蹈海覓不死。”散原《更生示元日感懷之作次韵和酬》云:“貫槎月窟紀曾經,頭白歸來忍獨醒。把酒光陰交履舄,生春魂氣滿池亭。乖龍掉海虚空震,瘖雁啼霄斷續聽。山鬼已憐知一歲,女蘿含睇晝冥冥。”

畏廬師近詩清剛蘊藉,深入北宋之室,較曩所見似尤精善。而朱弦掩抑,三嘆有餘思,蓋其攬世之感深矣。近頃來滬,勾留十日,書來拳拳,以交臂相失,不得招余爲憾。蒸雲在望,懷念無已。寫師近作,聊有晤言。《自徐州看山至浦口》云:“心上江南日往還,今朝真個破愁顔。通宵詩思偏無月,數里徐州早見山。頹緑尚饒秋望美,片雲如傲旅人閑。衆喧止後潮初上,坐聽江聲過下關。”《過海藏樓》云:“不履京華已五秋,居然身世近梨州。老來鬚髩仍當日,海内文章僅此樓。餘痛還爲天下惜,先生真解死前休。陸沈弾指無多日,却幸怱怱續舊游。”《至滬上居夢旦寓樓,濤園三兄弟匪日不至,賦呈一首》云:“偶隨北雁向南飛,十五年來暫息機。有夢不離湖上寺,無聊但鐍雨中扉。枉抛勝概詩情减,坐失流光我計非。笠屐俱存何所惜,忍言病馬不任鞿。”

丹徒葉中冷得五鳳磚,遍徵題咏。余溷塵俗,詩思都盡。僅作一五律云:“漢磚有五鳳,珍重説研經。流轉存殘世,摩挲發古青。思君稽歲月,歷劫見精靈。終欲揚舲去,生涯證嚼冰。”自愧草草,及見奚度青一歌,渾浩流轉,直逼大蘇,尤自嘆弗及也。歌云:“葉子得硯五鳳磚,歌長篇,誇言硯膩且發墨,寶之不啻千瑚璉。心汩外物异觀感,君方狂喜吾哀憐。此磚托始一土山,素質胎孕鴻濛先。人窮智力奪天巧,烏曹匠作型模全。當時尚質鮮華飾,容易毁斷銷雲烟。澆淳散樸暴秦後,摶埴陶旅工雕鎸。販賣名聲紀姓氏,貪饕世壽書歲年。道在瓦甓無一有,謬欲不朽齊坤乾。日以心門迕造化，山木自寇膏自煎。君看殘磚五鳳二，考古不遠才漢宣。林華觀异靈光石，二千年後同流傳。規度材用製作硯，百煉千鍛供磨研。山丘華屋屢遷變，古物寧少羲皇前。渾淪樸素世莫識，一錢不值空弃捐。不材幸免役於物，多文曷足全其天。硯得知己宜快意，與君文字長周旋。憂時微嘆鳳兮鳳，守黑更造玄之玄。筆耕墨耨隨所便，子孫於億傳兹田。”

鄭太夷名隽之語不獨於詩見之，其寥寥短句，遺辭雅健，亦不在王百穀輩下。陳石遺引甌北言“元遺山才不甚大，書卷亦不甚多。較之蘇、陸，自有大小之别。然正惟才不大，書不多，而專以精思鋭筆，清練而出，故其廉悍沈摯處，較勝於蘇、陸”云云。因謂太夷七言古今體酷似遺山。甌北説雖不盡然，可爲斷章之取。至於五言，則非遺山所能概矣。嚴幾道告石遺，或以此言告太夷，太夷頗愠。石遺乃以幾道言詢之太夷。答書略云：“兄前叙吾詩，許與已覺太過。刻後自視，殊有不愜處。奈何不許知者之評騭乎？僕雖不德，然恩怨恢疏，不介於抱。至友朋相與之情，則老而彌篤。知我有幾人？豈我所忍怒哉！”

偶聞龐芑庵言，蘇戡不如散原。散原沈厚，舉世無出其右；蘇戡高俊，殊易學也。初亦頷之，繼忽以爲不然。夫滄浪之言曰：“少陵於將爲孫吴，太白於將爲李廣。”此言一天分，一天分學力兼也。實則學孫吴難，學李廣尤難之難。蘇戡、散原似有孫吴、李廣之别。故蘇戡不易到，效蘇戡而微似者，僅一李拔可。其他閩派中健者雖多，皆不十分似。散原則佶屈盤深，人自不敢學，然學之亦未必果難到也。大抵詩之高下，其大别在氣韵。蘇戡氣最健，筆最悍，每一詩成，層層逼進，沉摯無倫，而又能出之以落落大方之概，思想又精細入微，此其所以不易及也。散原立想已不及蘇戡之細，佳處都在詼詭譎恣，而間有病碎、病雜者，譬之濟濱神女，儀態萬方，不可逼視，終不若散花仙子，翛然仙袂，壁立千仞也。

興慶師近作中二語云：“艱危不死天非靳，酸梗無言味轉深。”可謂哀以思。余因憶胸膈中時，所往來之古近人斷語，漫志於此。高曠則東坡之“雲散月明誰點綴，天容海色本澄清。酒闌病客惟思睡,蜜熟黄蜂亦懶飛"。放翁之"病起兼旬疏把酒,山深四月始聞鶯"。遺山之"平生於世未嘗合,前日入山惟不深"。近人蘇戡之"稍世書聲侵夢寐,微憐秋氣入房櫳"。伯子之"一世聞人齊下拜,八方園實競前投"。石遺之"芙蓉紅白天初曉,畏畾青蒼露未乾"。伯嚴之"看君骯髒白僚底,顧我恢疏一事無"。海内之"一葉榮枯視天下,滿樓風雨憶河沙"。感嘆則東坡之"芍藥櫻桃俱掃地,鬢絲禪榻兩忘機""三過門間老病死,一彈指頃去來今""身行萬里半天下,僧卧一庵初白頭"。蘇戡之"殘秋去國人如辟,晚照横窗雀自喧""往事夢空春去後,高樓天遠恨來時""才華誤我休論命,憂患磨人轉畏名""憂夫已分身將壓,感逝還祈骨易灰""栖栖江漢詩人老,去去家山落日曛""餘生家國終多負,當目名流略已殘"。寫景則東坡之"虚谷留風終夜響,亂山銜月半床明"。放翁之"江山重複争經眼,風雨縱横亂入樓""細雨僧歸雲外寺,疏燈人語酒家樓"。蘇戡之"亂峰出後争初日,殘雪高低帶數州"。每一誦之,心神爲怡。此數聯未必其人之絶唱,尤未必世人所同好,特我之私嗜而已。

去歲,上巳修禊之盛爲晚近所無。北則有梁任公、羅掞東輩集萬牲園,南則有陳石遺、李梅庵輩集滬上,而虞山楊别士亦觴同人於惜春妝閣。坐有朱古微先生,即於是時有"春音詞社"之創。是日亦拈《蘭亭集序》,分歌賦詩。以余所見,龐檗子一律最佳。得"蘭"字詩云:"風光無復泛崇蘭,□□□□□□□。劫外獨思春禊樂,眼前惟覺酒杯寬。十年哀樂强多負,三月鶯花略已殘。"後二語不能憶。餘作不佳,亦不復録。

魏塘沈道非刻苦於詩,所作胎息於古者至深,微嫌未化。若其高者,可追朱竹垞、龔定庵。如《次韵送楚傖入燕,并示一厂》云:"賦别文通欲斷魂,中華月旦共誰論。海山荒闊風雲變,林薄啁啾燕雀喧。當局舉棋心未定,出門仗劍氣猶存。何須攀折陽關柳,緑酒盈壺緩緩温。"又"長安文物今何似,漫説斯鄉不易居。督亢新圖披玩後,望諸遺冢嘯歌餘。滿域風雨添詩興,廣陌塵沙撲袖徐。料得此游增塵屑,探幽選勝滯巾車"。《無題》云:"愛戀名花却未遑,軟風薄雨也堪傷。一春消息情無那,分付流鶯作主張。""落茵墮溷豈由天，都任封姨作簸顛。願乞護花鈴一一，一花一葉一鈴圓。”

詩鐘，即折枝，陳石遺所謂兩句詩也。近頃疑有佳者，以余所聞，以閩人爲最著。陳伯潛以耄年宿學而孜孜爲之不倦，其他可知也。舊聞石遺最畏做詩鐘。易實甫在都，日日爲之。而石遺家庖最美，諸人遂曰：“集石遺宅，無日不爲詩鐘之會。”石遺嘗皺眉語人謂：“因之得頭痛疾者，然聞其後亦稍稍爲之矣。”頃從寄塵處見《藝社詩鐘選》一卷，乃番禺沈太侔君所刊。其中不乏佳語，擾志數聯於此。“北雅樓”鼎峙格，浣冰云：“倦眼我曾看北固，操謙誰復上南樓。”公博云：“天末樓臺橫北固，風流儒雅亦吾師。”（集句）太侔云：“李氏詩名推北地，庾公雅望重南樓。”曼石云：“結社近依天北極，吟詩雅愛水西樓。”“蟬、吴梅村”分咏格，文子云：“秋殘漢苑聲猶費，詩并虞山志較哀。”瞿園云：“樹底螗螂防小劫，淮南鷄犬有遺仙。”石公云：“胡冠北史傳周帝，奇節東林愧故人。”太侔云：“葉底吟秋傷晚序，草間偷活悔當年。”瞿園云：“身潔何人收蜕殼，國亡因母受微官。”又云：“黄葉西風消息近，白頭南國亂離多。”曼石云：“髩邊瑞兆懷朱异，身後遺編付顧湄。”“朱竹垞、梅蘭芳”分咏格，六橋：“萬年藤贈真才子，兩種花拼最美人。”曼石云：“秀才詩名抑宗匠，景和風韵在孫枝。”勺園云：“檢討風懷輕兩廡，景和家世歷三朝。”皆可誦。

近頃以來，觸緒多悲，懷抱之惡非言可喻。得畏廬師北京書，亦言“日來心緒麻亂，出無所適。入但枯坐，譯事亦廢”云云，嗟乎！薊樹吴雲，幾於楚囚遥對矣。歸里得一絶句云：“潑眼芳枯亂戰塵，蘭成詞賦絶艱辛。高樓天遠春如酒。愁絶江頭袖手人。”言愁欲愁，世誰和我？

入春數月，頗事冶游。夢作蓉城之主，醉眠錦瑟之傍，事原偶爾也。可生以一詩見示，亟録云。詩云：“惆悵飛花無處尋，一春風雨苦相侵。玉驄樓外當年事，明月天涯此際心。白傅風流消未得，雲英窈窕詎同沉。述樓不羨君常住（君癸丑贈詩，有‘輸君日日住迷樓’句），厭聽當壚卓女琴。”此中公案，有難言者矣。

浚南與余同學詩，同治北宋。比年所見，其刻入處余不如也。

稍嫌弱，殆出天分。余最愛讀浚南詩，亦以相知有异尋常，開卷不殊臨對也。近又得兩首，録之。《九日江亭同風持》云："刻骨江亭入酒悲。好懷銷盡費維持。風高便有重陽意，雨了偏於既緑宜。已分林巒吾自得，稍傳文字世猶疑。破閑索共僧寮醉，循例窮秋合有詩。"《秋夕有作》云："病葉經霜各自妍，坐深寒意人眉先。暫時蕭散差耽酒，微抱嬋娟不礙禪。詩夢潛隨風葉亂，秋心擬逐電燈圓。十年一念銷難盡，獨對黄花更惘然。"《斷夢》云："斷夢分明失舊痕，鸞咜鳳靡幾朝昏。水西呼枕猶能記，一樹藤陰緑到門。"

春行盡矣，風雨凄然。讀彊村《梅州送春》之詞，輒爲惘惘。因憶蘇戡《送春》詩云："檢點平生空自奇，漸成灰燼欲何施。送春可得回三舍，積恨應須塞兩儀。"謂有沉哀，尤足回腸蕩氣也。

王大覺詩才清俊，其《鄉居百絶》好語如珠。余輒擬以定庵《破戒》之作，題卷後一絶云："王郎詩膽誠奇絶，苦茗回甘耐我思。絶似定庵初《破戒》，滿襟清淚渡河時。"自謂非阿私也。其《自序》一篇亦佳，録之。"《鄉居百絶》，大覺退居之嚆矢也。澱湖勝景名東南，漁郎村位其灣，予家宅焉。湖淥山光，雲濤烟雨，皆几席間物。清曠之福。饗之者，洵厚矣。乃卜築他鄉，不遑厥居。偶返故廬，亦未有友朋尊酒之雅，山水邀游之樂，得毋令故鄉雲水笑人耶？乙卯秋九月，得族兄彤九書，招余歸鄉，余徇焉。時萬子覲旒、顧子造英等咸客吾鄉，風日晴朗，則斗酒扁舟，蕩漾湖上。或尋花木於孤村，或讀殘碑於古剎，或月下論文，或燈前譚鬼。幽懷既愜，詩思斯發，酒後茶餘，輒有所作，彙得百首，録成一帙。風雨思鄉，挑燈披誦，慨其嘆矣。嗚呼！士志四方，豈惜離鄉？然營於千里之外，失之耳目之前，古人亦引以爲大憾。若夫以酬落日戈，來踐松桂約，异日唱是編而來也。故鄉雲水，倘識鷗盟舊主乎？十月十二日大覺識於東江，時離鄉已五日矣。"新穎似《小謨觴館集》外作。

陳石遺云："太白'朝辭白帝'一首，舉李涉之《遠别秦城》一首，可謂斷爲二流。然末兩句又從'黄河遠上'下半首變化出。唐人此三詩，一江、一河、一漢真异曲同工，後人無從再著筆。"此語甚微妙。大抵作詩，自有源本，不必撦撏抄襲也。天分相近，學力復趨一路，則沉思吐語，自趨一致。孫原湘夫人云"四厢花影下如潮"，龔定庵則曰"四厢花影怒於潮"，此又爲無心偶似矣。

俞劍華寓狂於譎，詩亦健者。近作如《羈栖吟》云："秦火燒不盡，遺編釀憂瘁。墮地已失歡，羈栖况多事。顯榮父母心，貧賤妻兒累。食粟笑肥平，歸秦愧蘇季。翩翩鄰家子，玉貌乘高駟。戚里争誇耀，牧豎羡不置。獨憐困床頭，日夕交詬誶。塞胸多塊壘，莫買春壚醉。投筆出門去，落落安所冀。時妝任塗抹，生骨偏不媚。扶摇六月息，斥鷃嗤籬次。豈便干雲霄，一枝聊復寄。悲來發短歌，閑對北窗睡：桔槔何碌碌，俯仰西風裏。"《寄鐵厓蜀中》云："蜀道古云難，蜀道况荆棘。君歸復何處，憂患牽腸直。詩酒蓬瀛夢，楊柳春江色。飛魂渺中夜，落月黯無迹。錦水多鯉魚，何爲斷消息。盟心堅匪石，中道忍决絶。莫因故鄉樂，無復客中憶。紅樓醉管笛，玉鈎賦傾國。維摩性不滅，老子興復得。犁舌昔相戒，綺孽胡自植。干戈巫峽外，可許眠壚側。"

《囈詞示遐九》云："窈窕年華十四三，泥人常自發嬌憨。芙蓉帳暖春烟重，争奈迷離酒半酣。金針自綉鳳凰衫，小字分明個裏緘。最是隔簾輕叱吒，雙雙嬌燕語呢喃。輕歌一曲紫雲回，狂煞分司欲唤來。密意早經緘豆蔻，爲情枉自惱妝臺。病葉狂花興不窮，直教明月墮懷中。誰知抱影銷魂處，猶是櫻花照眼紅。半是含羞半欲嗔，枉教揉損小腰身。書生豈必甘輕薄，唐突還應恕醉人。誰遣秦娥下鳳臺，風流肯負玉簫才。衆中却悔猖披甚，險被金梭折齒來。千呼萬唤出來難，一瞥無因仔細看。畢竟崔徽争有底，獨留名字惹狂歡。豈有贈人如越客，故將嬌鳳戲痴牛。停辛貯苦留無計，咫尺蓬萊獨夢游。着體温柔意度深，人間那得幾知音。等閑莫下天臺去，孤負臨流一片心。雄龍雌鳳舊姻緣，玉案同心雙錦纏。珍重他年共仙去，天風吹送五湖船。"

文字須山川之助，此言非虚。酒食徵遂之下，風塵跋躓之餘，必無佳構。若東坡、樂天且然，况於他人。我友姜可生詩有逸氣，然居滬所作，工者十七八，未工者十二三，無他，塵俗累之也。兹自杭歸，出游稿見示，呼吸一新，心骨俱换，蓋覺湖峰、湖水作蒼翠逼人矣。録其數首於下。《飛來峰》云:“峭壁凌空勢欲飛,白雲冉冉萬重圍。呼睎直上迷無路,獨向山阿駐馬援。”《冷泉亭》云:“心□蒲團熱,雲歸鳩杖輕。蒼茫亭一角,世態倘分明。”《翠微亭》云:“石徑苔痕滑,摳衣上翠微。桃花紅一片,燕子故雙飛。非復人間境,超然物外機。我來撑醉眼,山色自崔巍。”《韜光煉丹臺》云:“扶病登臺氣索然,放頭欲枕萬山眠。悠悠滿眼雲來去,黄鶴孤飛落照邊。振衣千仞到韜光,閲盡名山眼底忙。滄海日明濤怒涌,令人終古憶賓王。”《雙峰插雲》云:“雙峰交峙暮雲横,仰望天空明月生。滌盡襟懷塵十斛,此身疑向畫中行。”

許幻園新刊其配《宋夢仙遺畫》,一時題作甚多。李梅庵云:“草色青青柳覆墻,玉驄嘶影立斜陽。蘅蕪滿地春風晚,珠箔紅闌總斷腸。寂寞青山帶落暉,傷心今日對芳菲。高樓倚檻人何在?愁見年年柳絮飛。”潘飛聲云:“紅樓天半即仙鄉,金勒驄嘶翠柳旁。絶似瘦雲詩境好,纖纖去作杜蘭香。”陳散原云:“山河已改畫空存,彈指樓臺日脚温。柳下馬嘶當病起,他生同夢一秋痕。”鄭太夷云:“倚闌人意倦支持,道是年時病起時。一種傷神已難遣,争如庚子遣人悲。”吴缶老云:“神駿窺奇氣,曇華見淡妝。墨痕明滅處,誤認十三行。夫子椎肝肺,山河况莽蒼。無情是溪水,離别任鴛鴦。”蔣智由云:“馬戲垂楊尚宛然,倚闌人瘦畫簾前。柳人簾馬今何在?彈指流光十五年。”何詩孫云:“簪花妙筆寫仙鬟,照影驚鴻水一灣。不顧人間有離别,春風鎮日馬蹄閑。”劉枕雷云:“垂楊半樹拂簾波,漫寫丹青遣病魔。一卷綉餘天籟集,畫圖人影邈山河。”諸詩多晚唐佳境,間有略工感慨者,與韵事宜也。按夢仙,諱真,誕時其母夢董雙成授以玉簡,因以夢仙爲字。適許鏻,夫婦執業於長洲王韜、元和江標之門。夢仙工詩而外,尤以書畫篆刻稱。壬寅六月以瘵疾卒耳,二十有六。卒時自云見大地光明,遍於大千世界。山川樹木,浩然無礙,變爲金色蓮花。待者俱云室中自然香如蓮花也。觀此因緣深焉,清道人爲之傳。

金山人汪野鶴讀書飲酒,傍及卜算、醫術,亦能詩,楊幾園字之曰“汪痴”。爾時各以清狂自放,人第以畸人目之。實則詩格尚未極合，今近治詩，專治北宋，里中諸子乃稍稍相從。會野鶴襆被來見，宿市隱樓中。詩酒無虛夕，野鶴亦膺服余論。後屯寄余諸詩，知其用心於劍南矣。《過故居》云："小橋西畔偶經過，舊事思量感慨多。重向隔溪看楊柳，可憐清影已婆娑。"《贈朝鮮姜斗熙》云："萬里乘長風，游觀東亞東。黄流時會急，白骨客途窮。事業中原鹿，征旂故國鴻。清歌詩思苦，同在漏舟中。"《滬上晤琴第》云："偶爾相逢歇浦頭，愁端交集弄茶甌。十年瓜事渾如夢，六月詩篇冷到秋。向我清談還耿耿，與人涕淚自休休。兩般别恨無堪説，扶手同登樓外樓。"《九月二十日憶亡妻生辰》云："客裏無錢奠酒葷，孤懷回首夢如雲。黄花晚節臨情懶，又向天涯哭細君。"《自感》云："疏狂在夢一蹉跎，四十光陰客裏過。絶似白門仇萬頃，手携詩卷走江湖。"余所謂一氣旋轉，便是好詩，野鶴殆知者也。

金山高天梅，佯狂跌宕，以詩自豪，所作近張船山、龔定庵。余甚愛其"芙蓉開落人如夢，楊柳蕭疏欲化烟"之句，以爲秀雋不減晚唐名手。兹網羅當世文獻，有《三十年詩徵》之作，遍徵題咏，作者如林。兹録數首。高吹萬云："深夜無人燈似粟，雨聲淅瀝戛寒玉。案頭忽起光作作，五色燦爛天能燭。借問何物動瞻矚，中有精色森芒角。詩城浩大誰所築，按兵待之那可蹴。欲攻未攻又瑟縮，迷茫萬象難更僕。紛陳光怪離以陸，世界開闢此變局。近三十年一結束，鄭聲雅樂并追逐。以僞亂真恣惶惑，何人辨析蕩清廓。奇蛇巨虬兼收蓄，千流萬派同歸宿。揀得明珠三百斛，不容一二混魚目。功在藝林權在握，胸中斗血常漉漉。我讀此選不敢熟，世亂亟矣敗亡續。大横百怪相吞伏，四夷交侵辱莫辱。詩人憂國歌當哭，開卷忍痛再三復。若有戈矛撑我腹，枉風窗外震林木。一笑且飲杯中醁。"柳亞子云："一代文章屬選樓，勞君搜剔費綢繆。淮陰誰是無雙士，温嶠寧甘第二流？忍説風騷關運會，轉憐姓氏雜薰蕕，國殤山鬼都蕭落，一卷叢殘願未酬。"（余嘗有志輯先烈詩爲《碧血集》，亡友詩爲《黄壚集》，尚未遑草創也。）又"鐃歌慷慨奏平胡，全局終憐一着輸。猶有亡臣噓燼焰，無端妖讖侈當途。幽蘭思肖寧殊族，附莽揚雄信賤儒。（近世詩人，自吾黨數子外，悉不能越此兩派。

可慨也。)我是魯連恥秦帝,客兒殘句未模糊"。蕭蜕庵云:"三十年後竟如此,鑄錯真成聚九州。滄海横流悲短劍,風塵澒洞獨登樓。從來文字通元會,末世人才多俊儔。筆削一編遺事在,江南蘭芷不勝秋。"汪蘭皋云:"陸沈若輩寧辭咎,迹熄吾人自計年。哀樂無端遺絲竹,興産一例問人天。舞霓鈞樂胡爲醉,變徵高歌入破弦。記取少陵曲江曲,好留涕淚异時傳。"馬小進云:"茫茫南北道難諧('茫茫南與北,直道終難諧。'李白句),閉户徵詩亦復佳。得失文章千古事,扢揚風雅起椎埋。"又"是真名士是吾師,三十年來高説詩。雕琢六情興九德,伊人宛在水之湄"。

范伯子(肯堂)有《自諦》一篇,語語飛動,如天馬行空,長鯨跋浪,近來所無也,録之。"吾嘗一日思安禪,又嘗一念游於仙。仙者意高廣,六合廓落然。來其歸宿處,但冀形神全。禪意向枯寂,厥功彌静專。静中有真覺,願力至大千。我於二道皆未學,衹以病體圖安便。久病真如檻囚陷,頗設遐想無窮邊。霞外珠宫那可得,雲中鶴駕無由傳。十洲三島盡虚妄,徒見下有深深泉。神魂散落百骸弛,欲保性命何有焉。收拾殘餘自將息,呼吸驟若游絲牽。徐引生氣布滿腹,群腑得職無大愆。此時諧和與物共,有日世界純陽天。誰何機來萬念起,俄頃乃有億變遷。我與衆生實同道,以次現出諸因緣。不如動植物,得性能自堅。人爲萬靈最,何術能綿綿。所以如來得自度,而自一世生悲憐。虎狼猶可道,蟲豸未忍捐。陳諸割斷法,以制人繞纏。我以哀鳴當定慧,可知於佛霄壤懸。愚僧撞鐘諒可法,長抱此念無回旋。口亦不辭瘁,手亦不辭胼,血氣終能愛,肺肝無俾鎸。正得一私净,斯爲萬覺先。"

近人之爲北宋者,剥垢削膚,涵精貯液,蓄縮旋折,有似桐城文字。謂爲才氣不大,無巨刃摩天,金翅擘海之觀,則可矣。吹求於字句、對仗之間,以爲未盡善也。此不知詩者之言,本可以弗辨,然而不知斯知。先聖有言,盍亦慎所發乎。

聞貴顯譚林泉之美,聞妓女説從良,聞俗人論詩,是三大苦事。

泗涇野鶴詩,余所謂喜遵山谷,却近半山者也。所作率直生勁,殊不類出少年手筆。録其近作兩律,如《消暑》云:"垂簾閉坐追春境，毒霧炎炎我户無。苦茗澀腸詩作祟，籟虚香短夢徒孤。苦羈爲□驅衢馬，冥往都無獨得娱。一月如僧念篳見，便將情思學庸愚。"《柬若麒》云："汝我各離閑歲月，茫茫來日可能知。來成脉望徒爲蠹，倘得微波便致辭。隔别夏春勞共望，縱横今古欲無疵。語君未致寒暄意，解道狂奴又學痴。"近人中甚似於范肯堂、陳伯嚴兩家深致力者，雖未盡工，骨力固可驚也。

余十八以後始爲北宋，二十時稍稍讀晚唐人集及龔定庵，嗣後頗出入泛濫魏晋、唐宋及清初各家。顧特嗜海藏樓及散原精舍兩家，時時諷誦，因以上窺半山、山谷、簡齋、後山、宛陵、東野。故余於詩實爲逆入，工力不深，無足自喜者，儕輩頗以能作北宋相推，實無當也。講習所及雲間楊了公、吴遇春、俞白華、朱鴛雛、魏唐李康弼、金山張雲林，皆互相摹效規益，余嘗自戲，以爲引誘良家子弟之首犯云。

葉中冷詩，余不幾見。社集外，僅從劉某處《咏鬼趣》八律，鎸刻輕蒨，固爲合作。斯類實無閎旨，名家無作之者，中冷偶爾游戲爾。近屬白中壘校刊其詩，共八集，都爲《中冷詩鈔》，則佳者殊夥。如《山塘放舟至虎阜口號》云："七里山塘一葉舟，碧鱗鱗水膩如油。山塘不似秦淮瘦，緑鬢紅簾畫舫頭。"又"斟酌橋邊水清淺，水清水淺愁依心。請君斟酌復斟酌，儂汝情波若個深"。又"玉匣珠襦冷殯宫，沈沈虎氣野蒿中。闔閭魂嘯黍燈緑，照見魚腸一尺紅"。

又有今謡八首，亦諧雅。其一"衣敝生虱，國敝生賊"。其二"水多傷禾，魚笑蛙歌"。其三"高高在上，一落千丈"。其四"鷹無目，蟹無足，佛無肉，國無魄"。其五"錐餐壺，戈舂黍。跛禦跛，瞽相瞽"。其六"鶴鳴於九皋，匪鴻之哀，胡爲乎嗷嗷"。其七"蝮蛇嚙則斷趾，毒蜂螫則斷指。當斷不斷，乃至死"。其八"牛郎風顛，借天錢爲聘錢。農丈人曰嘻，曷不以治爾田？"

安吴胡寄塵，清癯骨立，吐語恂恂如婦人。工小品文字，詩亦輕蒨婉約，如其人也。見示《小病》一首云："偶然卧雨守胡床，一病蕭蕭鬢已蒼。衣角紋生千縷皺，硯池霉茁二分長。脾傷漸畏新茶烈，腦損能教熟字忘。强爲驅車出門去，吾行何往亦茫茫。"結句有惘惘回腸之意,而語殊趣。寄塵詩强半如此。其兄樸庵,則偉碩精鋭,虬髯繞頰,聲震屋瓦。每入酒場,巨觥數舉,横厲無前,余爲辟易。詩亦宏壯抗健,與其弟無幾微相似者。然其爲儒雅君子,則一也。余有《寄兩胡詩》云:"元方精悍季方癯,不見胡郎又歲餘。底事秋來無近訊,繁霜庭院夜徐徐。"

紹興沈達先,索王蘭仲夫人韵清女士繪秋花便面,余題兩絶句云:"憔悴秋紅强自妍,斜風斜雨自潸然。疏香飄落志何許,正在伊人剗襪邊。""少日風流信自芳,休論北勝與南强。誰知物議群香國,衹道蓮花似六郎。"感傷近懷,有爲而作,非達先不能知也。

松江朱孽兒,髫齡能詩,事余執弟子禮綦恭,所作聰俊獨絶,工於擘儆。而爲香奩體尤工,爛熟定公全集,暗誦如流,亦隽才也。録其《春人詞》云:"鏡鸞淺睇胭脂紅,美人一笑春玲瓏。釵光鬢影傾城動,寶馬香車夾水逢。""東風無力搓桃蕊,啼枝恨葉春難數。鳳城半月蕩輕寒,誰家玉笛吹歌舞。""舞罷闌干夕照多,歌聲恍惚定風波。瑶天小劫春無主,爲問春人奈若何。"《雨窗雜憶》云:"造物沉冥負此才,悼亡乞食兩難堪。昔年老淚泛瀾下,我背斜陽放學回。"(泗涇馬湫予師)"少年賦鵩寧諭命,骯髒風塵百不磨。問訊狼山兩才子,高堂眠食近如何。"(通州張棫、侯翠廳兄弟)"李郎眉目似嬌雲。客館談詩此意勤。不厭薛蘿辭我去,雨中讀畫一思君。"(魏塘李康弼)"澤顔怡色郁夫子,新續鵾弦種合歡。想見詞鋒横落月,緑牋三百獻妝臺。"(奉賢郁醉紅丈)"寂寂東南一社開,淵明把臂唱酬來。如何竟被伶官誤,詞席翻爲顧曲壇。"(東社)"喜□衷情意度深,無端歌泣幻花身。如今剩粉零釵地,不見年時灑淚人。"(劇社)"冷水灣頭按曲初,花梢眉影畫難如。春郊一記分明在,消得張郎艷怨無。"(歌者阿寶《春郊三日記》,刊某雜志。)"可惜南天有此花,秋凉露重葉交加。相看十日妝臺上,濕透紅綃滿鏡霞。"(幾園之《秋海棠》)

王大覺近作一長古,出入吴梅村、張船山,而不爲詩律所束縛,題爲《春夜詞》。序曰:"追繼前塵作也。側帽燈前,低鬟花下。羅袖分香,翠綃封淚?一時韵事,蓋相見之始矣。"詩云:"一天皓月摇晶彩,花影如潮春如海。瑶席珠筵列華堂,銀燭燒殘五夜霜。鯨吸霞液恨杯淺,少年酒侶盡高陽。鯫生生小多怨思,樽前叠牋書恨字。酒餘心事如潮來,當筵細數蹉跎事。一篇寫成還狂歌,青衫浥盡千行淚。誰知簾外有人看,爲我點頭復永嘆。驚鴻瞥見臉暈霞,綉面羅巾一半遮。綺窗月白光如洗,仿佛鏡裏見桃花。盈盈一笑翩然去,如此因緣太無據。酒闌扶醉上珠樓,恰見玉人戲彩球。渠儂心地玲瓏絶,背人燈後暗横眸。我未束髮卿未髫,拚個嬌痴毋拘泥。月映湘簾燭映屏,玉貌珠衣看仔細。鮮花如面柳如腰,花輸嫵媚柳輸嬌。暖金鑄骨玉凝膚,金嫌棱角玉嫌粗。含愁斜倚翠幬立,花簪半脱纖手拾。星眸兩點秋波光,蛾眉八字寒翠濕。薄羅衫子是輕紅,簾淺袖單怯露濃。半韝臂冷□籠釧,汗透肌香薄護幪。碧玉年華髮覆頞,紅繩青辮長三尺。手拈羅帶微沉吟,爲誰低頭情脉脉。有時欲語又還噤,又時相看防人見。搴簾帶笑一回眸,真個靈犀通一綫。低眉願贈同心釵,咫尺其奈如天涯。我是稚年無羈束,私詢彼美離親族。侍婢爲吾剌剌語,剷憐語語含凄楚。問姓斷腸詩思人,問名夢結綉鞋女。鮑妹才兼文君嬌,衹有一事難解嘲。蒃蓎□然盈堂室,蘭芷不芳荃化茅。小喬銅雀可憐春,獨抱幽馨空悲辛。緑窗選婿須如意,猶是雲英未字身。我聞斯語添斷恨,底事美人多遭困。嗟我雄奇自童年,童年爛讀《陰符》篇。鶴立鷄群誰識得,年年潦倒落花前。飄零紅粉輸卿怨,落拓青衫讓我顛。卿卿薄命我淪落,那能相見不相憐。如此深情如此意,姓名早鑄有情天。含情不語何能已,啓唇低唤一聲姊。梨渦紅暈佯低頭,半是含羞半是喜。并肩絮語曲闌前,衷情從何先説起。説到因緣聲忽低,頻頻回頭防小婢。細將年紀問彼姝,衹是含睇不語吾。輕舒玉腕三覆手,笑問檀奴解得無。月移花影上紅墻,花底微步屧整妝。渠儂欲把芳心逗,折得海棠贈玉郎。願郎珍重貯幽室,此花徂秋便斷腸。銀箭銅壺春漏永,百和香銷蜜炬冷。誰聽密誓證三生,雙雙拜倒雙星影。深宵握手共憑欄,風緊衫輕不覺寒。珠譚喁喁微吞吐,萬千心緒不勝數。花魂已睡露華濃,遥指凉月已停午。銅盤絳蠟光不明,隔簾小婢頻催行。欲行不行幾延佇,佩環悄作别離聲。不知何處重相見,欲訂後約淚先傾。人如春去挽不留,燭影摇紅照離愁。淚眦熒熒歸緩緩,可憐一步數回頭。鬟影廝磨特一瞬,雲眸雪齒何處認。曲欄尚留玉纖香,空階尚留弓鞋印。憐他歸去多哀怨,十幅羅衾夢不温。夢裏蕭郎會相見,從此枕函有啼痕。自顧斑斑春衫袖,别時紅淚胭脂透。悄然獨自倚欄干,沉沉殘月和人瘦。”

康南海詩大刀闊斧,氣象萬千。摘其斷句如《還里》云:“家在故鄉仍是客,身留一髮不如僧。”《游維揚名園,繁華無睹,愴然感懷》云:“孤臣雪嶺梅花墓,賢守平生芍藥堂。”《登鎮江北固樓》云:“天入長江生遠浪,風吹落木下清秋。”“芍藥艷紅春欲老,杜鵑啼碧澗之幽。”《乙酉除夕病卧蘇村》云:“避債并無痴可賣,祭詩幸有蘭成編。”皆不愧作者。又《雜感》云:“經過人事如流水,無限江山付夕陽。”尤清警似兩當軒。葉中泠擅長七言古,近見其詩數首,殊詭恣可喜,亟録之。《伯趙》(云即伯勞,一名姑惡,又名孤鷄。性好單栖,鷹亦畏之)詩云:“伯趙伯趙,伯趙何伯勞,東飛更西笑。汝本號孤鷄,洵是單栖鳥。人傳姑惡名,惄焉心如擣。漁翁(摸漁翁,鳥名)尚畏汝,鷸蚌争猶小。天半擊蒼鷹,總出人意表。”《百舌》(云一名反舌,即題鴂也。一名望春,又名唤春,又名唤起,又名鷂□)詩云:“一口祇一舌,汝舌胡爲百?汝真舌滿身,别號曰鶻□(音轄格)。學盡百鳥聲,一語無己出。緘不效金人,銜更無石闕。同同更熒熒,出口無不合。舌端真萬變,懸河未休歇。世無公冶長,尚有何可説。”《老快活》(云見錢塘施可齋《閩雜記》)詩云:“老快活,反哺有慈鳥。退飛殊宋鷁,郭公(鳥聲)王母自雄雌,能傳上界春消息。燕鶯嫁了剩殘春,老眼鶯花看亦得。鳳凰不如我,嗤彼徒報吉。城郭猶是人民非,化鶴歸來莽愁絶。冬寒何似堯崩年,二鶴霜衣語飛雪。白頭翁外更有母,反舌無聲莫饒舌。扶老有秃鶖,此樂真無極。老快活。”

太夷近詩日趨平澹,自言頗嗜四靈。然其嶔崎跌宕,惘惘不甘之致,故非四靈所可幾也。近有《丁默存中丞屬題張力臣符山圖卷》詩序云:“内有晦若侍郎題語,晦若以六月二十五日卒於昆山舟中矣。耆舊凋零,言笑永絶,可勝愴然。既録朱詩,并綴二絶。”詩云:“符山題卷墨猶新,屬國騫期語已陳。今日披圖還攬涕,侍郎名節是完人。”“古稱朋友以義合,義絶深悲道已孤。掃地名流今日盡,莫將故舊誤吾徒。”(竹垞雖有“豈絶李騫期”之語,然於《明詩綜》不録黄太冲,義亦嚴矣。余爲此詩,或异侍郎和厚之意,而頗不背竹垞屏黄之旨,且以俟來者論之。李騫期,李陵。)

散原《洗桐詩》云:“窈窕出重椽,娟娟玉露鮮。脱葉風微起,横枝月自前。轆轤綆挽纖纖指,灑空凉瀉銀河□。佳人心許中琴瑟,恩波欲媚鳳凰子。君不見霰雪所激光精凋,倒挂影乾半生死。”《擘荔》云:“千株累累赬虬卵,摘歸光叠琉璃碗。姑射神人凝雪肌,誰撥雲霧出蓬□。挽袖虚堂風颯然,吴剛斧破壺中天。海南憶啖三百顆,旁笑流涎飽老拳。”《晴樓遣興》云:“墻西三楓樹,量帶皆十圍。濃緑奪霄色,烏烏滿其枝。迎霜葉盡赤,光耀籠罘罳。一株礱匠石,於今薄凉飔。尚憂縱斧斤,能處不材誰。”又云:“側徑達墟市,婦孺各有携。炊烟蕩落日,鞭影歸牛蹄。溪谷響長風,破寐揚蟬嘶。遺世復何得,顛倒使我迷。刲肝取杯酒,萬靈瞰幽栖。”短章卓犖,音節邈然。

野鶴論詩,於海藏不甚合,獨標舉陳散原。曩蘖子亦謂“散原挾山負海,海藏不過名俊耳”。海藏七絶詩誠有未滿人意者,大半信筆所成,不加敲琢。若五言古、七言律,則超超玄箸,清絶點埃矣。即七絶亦有佳者,如《桃花洞》云:“雙澗分流出翠微,春來深緑每沾衣。桃花曾見先皇日,真覺人間萬事非。”《白下草堂》云:“二士風流比阮嵇,年來物役定誰齊。欲知白下閑踪迹,但向書堂覓舊題。”《吴氏草堂》云:“雨後虚堂足斷鴻,水邊吟思入遥空。風情誰似楓林好,一夜吴霜照影紅。”及《南京節心者》云:“當年弱冠渡江初,雙檜婆娑略憶渠。但有園丁諳舊筆,夕陽閑話沈尚書。”又《戲句》云:“開窗驚散幽禽語,一夜春寒欲遇橋。”皆蕩氣回腸,情文交至之作,其意旨則可以不論也。

嘗謂知人論世,有宜分别者。一生終始不失完人,斯亦已矣。易地相觀,期生訾議,是亦不可以已乎！論趙孟頫、錢蒙叟不可恕,以其身事兩朝。趙則王孫,錢國之大臣也,詩文斐然,爲一代宗工,復何足算？此當以人廢言者也。元遺山即可恕，以雖歷兩朝，未膺爵禄，且固惓惓有故宫之思也。若以今日民族之眼光觀之，擬虞山於張元、錢謙益之倫。可乎，不可乎？

林亮奇詩，余嘗論之，謂爲浸淫柳州，上追大謝之作，故於山水獨工。而近體七言，固不能外閩派諸子。樸庵來云："寄塵嘗謂亮奇詩爲閩派，亮奇大不謂然，貽書辨正。"余謂此未必然，亦不必不然也。詩派之説，致足厭聽。聞見觀摩，有所偏入。所作近似，即作者亦不自知，必爲某詩、某派者，固非即謂某詩必非某派，亦近執也。

霜紅龕詩日光玉潔，極幽秀俊邁之致，余前已載之。近體如《冰燈成即事》云："銀河迷離天水光，廣寒宫殿鬥明妝。玉壺一點琅玕淚，滴斷人間烟火腸。"其二："龜甲玻璃瑣子琳，玲瓏弗鑿錦非紝。山僧上榻觀空眼，廉士投錢飲水心。"其三云："馮夷峻骨漾嶼蟠，雨色雲香鏡裏痕。彩舞紅歌無處着，一樽白墮酹清魂。"其四云："鑿得清光照古人，纛偏床上白靈霏。遺忘對此頻得記，不愧前賢雪月貧。"薇谷評云："謂爲冷頹清姿，與冰平分一半矣。"《村居雜詩》云："鄭鬼閙閙渴子賡，奈何荷葉捲多情。左來不是純音地，落得風聲雜水聲。"其二云："簾前吾色好花屏，省得風憐萬里瞠，妙在色塵真不礙，秋毫能見作麼生。"其三云："老人曳杖出門去，布襪芒鞋不怕泥。行到前村石橋上，春冰映緑柳條齊。"其四云："草亭雙柳凈檀欒，秋雨沉綿緑影寒。村酒養和剛一盞，不知何物是鯇桓。"其五云："强獎村亭似畫圖，寂寥尋取興頭扶，陰晴不住烟巒過，真個雲山涌坐隅。"其六云："檀欒水蓼能秋寒，病葉離披一剪殘。留得稍頭紅穗子，胭脂腸柳隔窗看。"其七云："芒履蓑衣去摘花，雪霜璀璨滿輕車。歸來英發愁顔入，紅樹林中有酒家。"其八云："從來老筆不降錢，不信於今會點鉛。提罐罐提紛衆妙，莫教野鶩入雲烟。"

梅縣謝英伯詩有逸氣，曩辱其見示二十餘首，屬刊入社集，偶忽遺失。兹檢敝篋，乃復得之。亟爲録出，并視亞子社長，乞其采擇也。《辛亥避地澳門，登馬蛟石望海，寄寒瓊兼葭》云："去國偏逢多難日,人生最苦别離時。殘山剩水供陶寫,落月停雲惹夢思。别有奇愁天懶問,未修清福隱難期。隨緣且盡登臨興,回首中原落日移。”《月夜有懷劉寓生香山獄中》云:“明月依然好,故人今已疏。有情皆懊惱,無相證婆娑。往事一痕夢,前途萬叠波。不堪回首處,雲黯漢山河。”《登赤桂山北望,悵然有感,辛亥三月廿九後作》云:“佗城北望遍蒿萊,落日荒原劇可哀。戎馬十年成底事,江山半壁已全灰。曾無祖逖澄清志,辜負留侯博浪椎。國自興亡天不管,百無聊賴首重回。”《夜渡伶仃洋》云:“大風吹我渡伶仃,萬里滄溟蜃氣腥。海立雲垂天黯淡,龍争鼉憤勢峥嶸。有情星月仍今古,無恙江山幾廢興。此日胡塵滿天下,更誰人吊宋家陵。”《將赴美洲宣慰華僑,留别諸友》有序云:“中華民國元年冬十一月,承粵都督胡漢民之托,赴美洲宣慰華僑,并調查新大陸之共和政治,研究政黨之組織。余蓄游美之志久矣,辛亥應檀香山華文學堂之聘,本擬趁此機緣,環球一轉。乃武昌首義,民國旗立。陳公競存時代粵督,專電邀歸。而余手組織民軍各統領,亦交電請歸。今計歸來,又一載矣。自維駑鈍,無補政局。得此壯游,足償夙願。所難忘者,共晨夕之友生,同患難之同志而已。爰成三律,以當一曲陽關,并志此游之緣起。”詩云:“别亦尋常事,勞勞我又行。波翻南浦緑,雲黯亂山横。誰與共肝膽,還期托死生。英雄垂暮日,凄絶憶前盟。”(别同盟會同志。)其二:“别亦尋常事,臨歧一灑然。叢殘銷壯志,風雨黯英年。夙誼盟金石,窮愁事簡篇。中原多法物,重認劫灰前。”(别貞社諸子。)其三:“别亦尋常事,天涯客即家。漫將兒女淚,灑向使君槎。自信頭顱好,空憐鬢髮華。封侯前度夢,都付舊琵琶。”(别某女士。)又一章云:“又逐征塵事壯游,歐風美雨幾勾留。男兒自有虬髯志,不作中原第二流。”(别鐵上人。)

《蘇州道中阻雨五首》云:“汽車碾夢過姑蘇,烟雨模糊認舊都。雉堞撑雲濠繞郭,當年霸業已榛蕪。”(一)“垂楊夾道緑如烟,正是江南二月天。惱殺雨絲風片裏,未容料理太湖船。”(二)“詔吴霸越尋常事,千古江山屬美人。試問姑蘇臺畔月,興亡照遍幾多春?”(三)“艷名高揭小湘雲(女伶名),宛轉能歌白練裙。一樣山川靈秀氣,天教多賦女兒身。"(四)"我來何處最關情?虎阜真娘舊有名。驢背風刀,蓬背雨,賺入水驛又山程。"(五)《登勝棋樓望莫愁湖有懷》云:"垂柳參差拂畫欄,滿湖烟水望漫漫。美人已去英雄老,一局殘棋着子難。"《吊建國粵烈士墳埸(在莫愁湖)》云:"百粵山河幾健兒,風雲叱吒想當時。豐碑三尺留名姓,馬革何須用裹尸。"《秦淮》云:"水閣蘆簾紫玉簫,茶温酒熱可憐宵。南朝王氣都銷歇,不及儂家有板橋。""緑蕪殘礎渺難尋,燕子桃花感慨深。二百年來歌舞地,可憐風雨盡沉沉。"《過固鎮有懷建國諸烈,寄蔡、李、潘三子》云:"平野蒼茫戰壘空,英雄淘盡大江東。中原此日悲烹狗,海内何年起卧龍(建國時,勛勞卓著之名士均多隱遁)。剩得有情芳草緑,最憐無那夕陽紅。賣瓜種菜多生活,寄語將軍莫説功。"《登陶然亭》云:"十載江湖慣浪游,何堪此際又登樓。悲風落日長安道,君縱陶然我亦愁。"《與南社同袍集都門崇效寺,觀五色牡丹,拈得"留"字》云:"底事繁華不可留,空教富貴注心頭。衆生一切皆平等,香國稱王也合羞。"

貞長自浙之滬,余以亮奇之介,握手於鴻運樓。容止粹然,譚議雋朗,有"王大故自濯濯"之嘆。聞名湖海且十年,及今始覿面,然鬢星星矣。其近詩爲四湖作者尤佳,亟録數首。如《偶書寄友人問近狀》云:"雨展芭蕉尺許强,還驅風力到花光。眼中柯葉成陰易,春後晴昏作計忙。静地我能耽小睡,閑時客不過虚堂。謀歸十載吾何悔,况有湖山置我旁。"《携家初至杭賦示家人》云:"平生歸計自堂堂,先取湖山作故鄉。提挈嬌兒共歌嘯,安排嘉樹對池廊。篋中泊定篇將就,橋外餘杭潤可嘗。冷閣無端憶闕語,他年魂夢不相忘。"《晨起》云:"卧聞積雨已平池,起觀叢花尚戀枝。占颺已知無北向,閉門漸信與閑宜。林鳩不倦猶呼婦,巢燕能安自引兒。昨夜曹騰思醉語,至人齊物自無私。"《雨中同允宗、民甫登湖上亭,風雨益急,遂易舟以歸》云:"跳波看晚雨,拊檻勝晴湖。三客能高咏,一舟浮畫圖。終當掃烟霧,久不戀菰蒲。避濕非憚險,孱懦膽氣粗。"《湖樓偶書》云:"先生顔貌漸如翁,湖氣隨雲入空中。便欲不携筇竹杖,直登南北兩高峰。"《趙園桃樹下與劍丞同賦,用原詩韵》

云:"裘帶可解湖風暄,看花不樂拘庭軒。出游已嘆日過午,呼君共踏山南村。趙家園子桃獨盛,跗蕚紛溢枝根繁,百步以外果何見,人疑原澤同焦燔。高柯燭空駭熛怒,低花敷畝隨風翻。園丁揮鋤不顧客,視此直類桃花源。主人好事歲不至,獨賴過客稱名園。行春一橋盛趙宋,樓扉柱礎何事存。東風爛熳讓群草,以彼喻此他何論。世間萬事有消息,杏李今看暗無色。歸輿不忍賦春游,道左饑羸方乞食。"

林亮奇詩深於《選》理者,自謂讀詩極少,《文選》外,柳州、蘇州略能暗誦,乃肄業日本,避暑山中時讀之。此外,蘇、黄巨集插架盈箱,有不暇及矣。余按亮奇精於五古,故自深有得於鮑謝、韋柳者。如《四月十二日薄曉泛湖,憩北亭,凝感有紀》云:"凌晨溯團流,展棹覓清异。連陂徑蜿蜒,蔽築林羅織。遥峰隱凝思,滑磴阻洊至。澗曲越潜響,橋回滿空翠。須臾光景開,彌覺山水膩。宿霧破参差,新日出明媚。凉煦雖倏遷,升沉豈异企。傲情總在墳,麗想愧入寺。瞑如苔蘚光,静得鐘梵氣。仙藏不可尋,悠然假夢寐。"《仲可叔命題彤芬姨妹書畫遺册》云:"染淚送夕雲,銜哀對殘山。飄迷風後葉,隱約烟中鬟。理盡愛難復,神往悲自還。瓊厢扃綺户,碧壤粘青灣。縈紆歷夢寐,俯仰窮躋攀。病蕉凝沈結,啼蓮醉痕斑。夏序未逾越,秋華已爛斒。感兹連理意,惜爾生時顔。引棹寄山水,撫眷私嬌頑。"

三山蕭軫登第榜下,娶再婚之婦。同舍張任國以《柳梢青》詞戲之曰:"挂起招牌,一聲喝采,舊店新開。熟事孩兒,家懷老子,畢竟招財。當初合下安排,又不是豪門買呆。自古道正身替代,現任當差。"

浙江嘉禾等處冬令,寒衣皆以絲綿裝納,俗呼綿爲絮,故曰"翻絮"。硤石庵尼僧最工此藝,有富室許姓者,雇老尼翻綿,時母卧病,令女與尼作對。手事畢,尼歸,女之珠璨忽然失去,集婢媪窮搜不得,群疑尼竊。許本勢豪,且環珠十五粒,價值不貲。遂執尼送縣究追,一再訊究,尼誓不承。先是許女畜一八哥鳥,婉轉能人言。失環後,舉家擾擾,竟忘喂浴,鳥忽不見。一日,令晨起開窗,忽一鳥飛停於案,嗚聲宛然人語,聽之乃“小姐小姐,珠環入絮,勿冤老尼”十二字。令奇之,起捕,出而復來者再。乃延許紳,并令將許女與尼所翻衣被送署,與紳督同拆尋,則珠環果在被中,尼之冤始雪。吾鄉小兒女有“小姐珠環絮裏尋”之歌,即指此案也。

吴遇春《小鹿樵室詩話》謂:“余治詩以少陵爲宗,此則何敢承?少陵於詩,如百川之有海,千山之有嶽。不獨磅礴灝翰,無體不包。繼往古,開來今,爲秦漢以後至於六朝,唐以後至於今兹,此兩時代中間之倚天長劍,爲之制割而創造者也。此其爲“詩史”,如何等位置?後生來學,烏得妄曰宗元。”王介甫曰:“太白歌詩豪宕飄逸,人固莫及。然其體止於此而已,不知變也;至於子美,則悲歡窮泰,發斂抑揚,疾徐縱横,無旋不可。所以光斂前人,而後來無繼也。此子美包舉各體之説也。”元裕之曰:“子美之詩,如元氣淋漓,隨物賦形。如三江五湖,合而爲海。如祥風慶雲,千變萬化。九經百民,音潤於其筆端,譬如金屑丹砂、芝菜參桂,識者例能指名之。至於合而爲劑,其君臣佐使之互用,甘苦酸鹹之相入,有不可復以是物名者,故謂杜詩無一字無來處可也。謂杜詩不從古人來,亦可也。此杜詩繼古開今之説也。”

子美集中,賀奇同癖、郊寒島瘦、元輕白俗無所不有。故人苟欲指摘出之,則疵類正復不免,然自不害其爲子美之大也。如《再中夜雪》之“燭斜初近見,寒重竟無聞”。《九日》之“叢菊兩開他日淚,□舟一聲故園心”等,皆不甚可解者。

圓明園、頤和園皆爲清廷宴息之所,而於歷史上尤極有關係。圓明園已多見題咏,頤和園當清時爲西后游幸之地。余旅都三年,未得一涉足,其後始開禁焉。兹讀胡樸安《頤和園詩》十二首,言景物極詳,亟轉録之。時一披誦,不啻卧游也。詩云:“碧瓦參差入望迷,霜天人静草萋萋。珠簾蔽日金龍冷,畫閣摇風鐵馬低。山石峥嶸猶拱北(宫中有壽山石甚巨),斜陽慘澹已沉西。欲知仁壽宫中事,爲問階前吐靄猊(階前有一狻猊香爐)。”(右仁壽宫)其二:“長橋百尺亘如虹,圓洞空明十七通。荇藻深含眉黛翠,湖波微映采霞紅。已無華蓋求甘雨(過橋有龍王廟,爲求雨之所),剩有衰楊泣曉風。西望涵虚環碧水(橋西有涵虚堂),重樓猶是隽玲瓏。"(右十七孔橋)其三:"樂壽堂前花木深,兩株翠柏鬱森森。參天苦無二尺幹,匝地真堪一畝陰。(堂前有二柏,高不三尺,陰足十圍。)寂寞金門猶待月(堂左有邀月門),淒清玉殿不聞琴。(樂壽堂爲怡養處。)繁華消歇渾閑事,湖水沈沈自古今。"(右樂壽堂)其四:"長廊五百盡環湖(長廊五百七十三間,環昆明湖北岸),畫棟輝金檻點朱。似鏡路平通翠輦,如星燈燦綴明珠。(每間皆有電燈。)魚軒遠對寒山碧(魚藻軒在長廊西)。鷗舫惟邀冷月孤。(對鷗舫存長廊東。)秋水清遥瀾足寄,留佳亭畔玉人無。(秋水、清遥,寄瀾、留佳四亭皆沿長廊,風景絶佳。)"(右長廊)其五:"危樓聳翠礙晴空,遠水遥岑入望雄。山色滅明殘照裏,湖光摇蕩暮烟中。黄鸝不語留孤館(樓後有聽鸝館),朱雀停游泊晚風。(樓西爲游船停泊處。)日落深宫人迹少,寒雲靄靄冷蒼松。"(右山色湖光共一樓)其六:"摩空高殿足排雲,萬籟聲虚静不聞。白玉豐碑題鳳字(殿前有乾隆題字碑),黄金彩壁畫龍文。爐烟已冷三更月(殿供博爐甚多),綉幕猶飄百叠裙。(殿供慈禧像,裙帶欲飄。)惟有宫門銅獸在,雙雙無語立斜曛。(宫門前有雙銅獅子。)"(右排雲殿)其七:"玉階直上出雲霄(佛香閣高排雲殿十七丈,白石階計二百餘級),縱目湖山意自豪。高閣摩天三百尺(閣高十丈,連閣基十七丈,共二十七丈),白楊繞水一千條(昆明湖東南西三面皆楊樹繞之)。渾沌頑石都成竅(自德輝殿至佛香閣皆鑿山石成洞,可由洞中曲折而登),往復回廊欲駕橋(兩邊石階成回廊形,中一廊如橋)。幾許痴情來問佛,北風何事太蕭蕭。"(右佛香閣)其八:"采得滇南百萬銅,融成小閣一重重。居高不怕天風急,入夜能承仙露濃。古色斕斑疑漢鼎,洪聲隱約應霜鐘。可憐劫後傷痕在,丈二金身已化空。(庚子之役,日兵據此。疑爲金殿用刀劃之,傷痕歷歷。殿内原有二銅佛,被日兵取去。)"(右銅殿)其九:"磷磷白石琢新成,斜入湖中穩不傾。翠幕迎風窗四面,微波蕩月夜二更。蓬萊無路思何極,畫舫常停水自清。回首當年游宴地(石舫又名清舫宴,慈禧常於此開宴),至今惟有賣茶聲(今於此賣茶,爲游人休息之所)。"(右石舫)其十:"山巔獨自闢高堂,寒樹槎枒老更蒼。平野晚炊雲氣白,暮天斜照柳條黄。(西北一帶山村,登此堂盡入目中。)千家廢市頽垣短(後山麓有蘇州街,爲宫女貿易處,今廢),一脉清泉玉帶長(西爲萬壽山泉水,輸入昆明湖)。遥望圓明遺址在,荒烟蔓草冷紅墻(北數里爲圓明園遺址)。"(右湖山真意)十一:"卐字欄杆曲折幽,回廊複閣隱紅樓。御香擁護宫娥立,翠浪洄環鷗鳥游。五夜漏聲催玉箭,三春風色動簾鈎。衹今剩有凄迷柳,閑對園亭細細愁。"(右趣諧園)十二:"曾聞於此門繁華,金璧凝光映晚霞。春日遲遲方度曲,西風陣陣已悲笳。霓裳舞罷秦雲冷,河滿歌殘江月斜。頃刻滄桑多變幻,凄凉自古帝王家。"(右大戲臺)

晋以後詩人,推阮籍《咏懷》、太冲《咏史》爲最光氣動人之作。太冲之"振衣千刃岡,濯足萬里流""振昖渺四海,卓犖觀群書"人皆能誦云。阮公之作,則托意隱微,含詞悱惻,不盡能究其旨也。黄季剛有《咏懷詩補注》引云:"阮公深通玄理,妙識物情。《咏懷》之詩,包羅萬態,豈僅厝心於曹馬興衰之際乎?迹其痛哭窮路,沈醉連旬。蓋已等南郭之仰天,類子輿之鑒井,大哀在懷,匪常言所能喻,故一發之於詩歌。顔、沈二君依文立解,尚無差謬。類皆摭字以求事,不改文以就己,斯其所長也。近人解《咏懷》者,類皆反之,余病之久矣。近爲弟子鍾生有所講説,故遂著之紙墨,以續顔、沈焉。丙辰四月蘄㚿。"

物之興衰,情之起伏,惟妃匹之間爲甚。故多托以爲喻,言交甫見欺,虚懷環佩,而千載不忘。傾城見悦,至於蓬首,而終焉離隔。人情無定若此,雖復金石之交,庸足賴乎?

少壯未有不老者也,娱樂未有常保者也,資財未有不耗者也。黄金縱多,不若資用之多。若斯人者,其失路可立而待也。

奇舞、微音,世之所用解憂者也。而片刻暫歡,未足排終身之積慘。必有王喬之壽,鄧林之游,然後至樂不乏於身,大患不嬰其慮矣。

禍福倚伏,理若循環。以三楚之廣、秀士之多,乃以肆侈爲心,荒淫是效。則其覆敗可以預期。黄雀之哀,焉能自已耶!

凡可以言語宣達者,非誠憂也。至於無所告訴,則其思苦矣。歸與歸與,豈有淹留之意哉?

居則忽若有亡,出則無所與適。登高遠望,憂思彌繁,所以思親友之晤言,感離群之已久也。

日入當再出,豈若人死不復生。春華有零落,正類含靈有徂謝。先民已往,吾誰與歸。必壽如凌寒之松,乃足以慰吾志也。(豈知當作豈如,字之誤也。)窮達雖殊,終盡則一,故相挈爲言。

西方佳人,陵雲遠上,雖相説懌,而不復晤言。故知愛憎之情自我,離合之理自天,命之所無奈何。雖神仙,竟何裨於感傷也。

物情萬變,故有揖讓之頃,已見乖離。燕婉之情既然,存亡之理何异。人雖惡禍,而禍不可辭;人雖好榮,而榮不可得。以謙柔而見欺,則謙柔非取媚之道也! 世士紛紜,將何道以自處哉?

欲與玄鶴爲儔,遠舉雲中,不欲與凡禽同居局趣之地也。

物理變化,難以悉推。日月之明,猶有沉没。是以受形禀氣,必無久存。伶倫、王子往矣,後世追尋,亦疇得而見之哉? 青鳥明心,徒虚想耳。

神仙之人既離塵俗,自當敖游八紘之外。雖通靈之臺,彼且不以爲安,明避世之宜遠也。

年歲易晏,好會易離,所以令人殷憂莫解。怵惕若驚,惟有長生可無此患也。

劍刃相傷,不如言語之憯。物理相循,榮必有悴。縱復多勢,豈能久長,所以深戒驕盈,安其恬淡者也。

性命皆有自然,非能自主。鷰鷖之比飛鳥,建木之比葛藟,雖高下、榮枯不能無异。而受形大造,不能相爲,所以羡傲之情兩捐,大不之生俱適。莊生《逍遥》,此近之矣。

儇薄之子,當年盛色榮,足以致傾城之顧,而榮華不久,旋復醜衰,始於合而終於離,非人力所能興也。

日月各有晦明,無庸相較。人生皆有窮達,不必多矜。必如路上之童,始可長久敖游,不嬰陰陽之患。朱鱉夜飛,不爲形氣所閡也。不能若此,而溺情名利,則智愚同見困阨,豈能使殷憂之暫釋哉?

共工强霸,今已消亡。而世之愚夫,矜其明察。豈知禍有先伏,智有不通,肆侈陵人,徒爲衰滅之兆,以求永年,翩其反矣。

誇名皆在身外,所以弃之若遺。世事變化,難以豫觀。皎日之明,而單帷足以蔽之;微聲之眇,而高樹足以隔之。交親而離於讒賊,晝明而曉於浮云。然則燕婉之情,豈足終恃?繁榮之卉,卒於凋枯。旦暮之間,所歡遽失。興言及此,欲不從黄鳥以高翔得乎?

梁王築臺自樂,而輕戰士、簡賢者,豈意高臺未傾,簫音猶在,而身已死,國已亡也。

人道之促,自古所嗟。惟有從赤松、隨漁父,庶幾永脱世患也。

衰老相催,由於憂患之衆。而智謀有限,變化難虞。雖須臾之間,猶難自保。履冰之喻,心焦之談,洵非過慮也。

故人皆已徂謝,此身塊然獨存。憂生之餘,但思隱退。終日愁苦,不救於死亡。高行自修,徒苦其形體。是非得失,何事紛紜。龍蛇屈伸,所以存身而無害也。

榮衰無定,人道可悲。思欲上友列仙,翱翔太極,而天階殊絶,雲漢無梁,則神仙終不可冀。途窮之嘆,豈虚也哉?

華樹垂榮,終必銷滅。自恐此身難於長保,所以寄言飛鳥,思念所親也。

人事難量,甫得佳期。忽逢零雨,所思終阻。感慨鬱興,酸辛之情,竟將誰訴也?

高視長生,功名復大,以視莊子,雖明大道而終飼烏鳶,誠爲滿志矣。設辭自寬,以此見憂生之至也。

壯士捐生,所圖者後世之名,以視全軀之士,誠爲卓异矣。而身死魂飛,竟與常人何别?此非讚頌之詞也。

天道有常,人命危淺。富貴非己所願,惟有長生可用慰心,安期、松子,惜乎從之末由耳。尼父居夷,何足慕哉?

生命難料,朝夕不保,所以聲色不足戀,榮名非己寶。惟有神仙可以悦心,而自古所傳,采藥不反,求仙無驗,則神仙亦終不可信。言念及此,焉得不惶惑躊躇乎!

時運啓之自天，雖有聖哲，逢時則爲元凱多士，失時則爲園綺伯陽。而世之人矜其智力，以爲榮枯自己，豈知善始者之不必善終哉！上士清風，於斯爲美矣。

果有遺世之情，則網羅不復能制。鄉曲之士，窘若囚拘。又安肯與之携手，共談猥賤之事哉？

物類不齊，或有千歲常榮，或有三春暫茂。既性命自然，雖相睎無益也。

此乃仍衍前章之意，言幽蘭未必見佩，朱草竟爲誰榮。修竹、射干産於荒僻，葛藟、瓜瓞反得繁榮。既命之所無奈何，斯憂樂皆爲無謂。歸於太清，齊物、逍遥之旨也。

鷽鳩雖小，既無大鵬之翼，不羨天地之游。然生生之理，未嘗不足，用子追隨，阮公所以自安於退屈也。

翔高栖下，皆有命焉。雖欲追隨鳴鶴，不可得也。憂戚流涕，素琴凄心，非復常言所能解矣。

焦明遠翔，不悉孤鳥無匹之苦，生死萬殊，本於天命，豈能相爲乎？

人情念舊，恍忽如存。怊悵之懷，無時而釋。若夫喬松度世，高鳥陵雲，豈有如此之憂念哉？

春秋變化，榮悴轉移，縱有賢達之材，於此無能措手。招尋松喬，永其呼吸，信有之乎？請從而往矣。

人情至難預察，智力終於有窮。丹心宜於見恩而失恩，厚德應無不宜而喪宜。善言可長，而有時不可長。慈惠宜施，而有時不易施。宜臼之孝而見疏於父，屈原之忠而見疑於君，則世事何一足恃乎？混沌之隳，何能不歸咎於儵忽也。

理無久存，人無不死，正當順時待盡，忘情毁譽。而争是非於短期之中，競得失於崇朝之内，計利雖善，未有不窮。以此思哀，哀能止乎？

智巧縱多，無所逃於成理。彼誇毗者，動自驕矜，而不自知其行同落卉，終於枯槁也。

誇談衹足暫解憤情。至於情已倦憊，煩冤立興。惟有遠游長生,庶幾憂心可釋。然有生必滅,無或長存。玉石縱殊,同於灰燼,所以淚下而不可禁也。

神仙之事,千載難期。縱復延年,終難自保。晨朝相悦,夕便見欺。方知預計明朝,猶爲圖遠而忽近也。

傾側之士,孤恩捐惠。窮達异狀,則離合殊情。勢交利交,何能終恃耶!

常人亦知有死,非唯明達能知。而溺情名利者,則忽如聾聵,忘其身之易消。唯明達者乃能决弃毁譽,長往不返也。

遠游負俗,阮公所以見嫉於禮法之士。殆以此與?

枯者,對榮之名,不榮何枯?窮者,對達之名,不達何窮?此所以甘爲河上丈人,而不樂爲衢路之客也。二三者,謂繽紛子也。

儒者自修如此,自苦如彼。守詩書而不變,持褒貶而無慚。以老氏之道觀之,徒堪嘆息耳。

少年任俠,有輕死之心。及至臨軍旅,聞金鼓,而悔恨立生。則知懷生惡死,有生之所大期。客氣虛憍,焉足恃乎?

眼中之人,忽爲塵土。雖復裳衣華美,言語通神,而重見之因竟失。阮公其有悲於叔夜,泰初之事乎?

此詩有山樞之意。

妃匹之情,理無隔絶。世人或疑末句不類嗣宗之言,嗣宗豈忘情者哉?

神仙竟無可信,子晋緱嶺之游,人傳仙去。然飄颻恍忽,竟與死去何殊?觀於此詩,而阮公憂生之情大可見矣。

亦言神仙難信,富貴無常。一日失勢,則雖以漢武之雄主,吏卒得上其丘冢而磨劍。物情若此,何爲而不敖游終生乎?

鑄生,不知何許人?文筆雅潔,其所作《都門梨園竹枝辭》甚可讀。序云:"鴻爪三生,馬牛下走。燕塵十丈,鷄犬登仙。聽拊掌於東隅,笑偏有鬼;剩知音兮一劍,臣不如人。蜀道坎坷,怕讀絶交之論;廣陵悲壯,借爲寫恨之場。然而紅牙白紵,易閲興亡;檀板金樽,尤多抵觸。奏笙歌於子夜,悠悠我心;聽鼙鼓之丁冬,茫茫東望。爰采梨園韵事,譜爲菊部新詞。寄絲竹之閑情,留作歌壇掌鼓;漫胡盧而掩口,本來臣朔滑稽。小言詹詹,予懷渺渺。詩書誤我,依然積習難忘;花月撩人,莫謂書生好事。敢誇月旦,自遣旅懷云耳。"詩云:"哀絲豪竹感幽燕,閱盡興亡小叫天。一樹梅花香撲鼻,白頭愁殺李龜年。(譚叫天自云:'吾老矣,叫座能力,男不及梅蘭芳,女不及劉喜奎。')壽陽點額説梅花,愁絶孤山處士家。多謝天公勤護惜,錦堤依舊影横斜。(梅郎面生癬,一班中梅毒者憂之,既而全愈。)""一現曇花劇可憐,茫茫孽海總無邊。觀音送子糊塗甚,拔劍登樓欲問天。"(某坤伶通於其師,以産難亡。)"家國興亡付劫灰,徵歌選舞費安排。許多陸地潛行艇,都到前門第一臺。"(北京街道甚狹,汽車往往傷人,故呼之曰"陸地潛行艇"。劉喜奎去年在第一舞臺演劇,汽車多至五十餘乘。)

友人耕塵自燕都郵示某君《天橋詩》,并序云:"天橋者,京師天壇近處之一市場也。地雖逼側,而亦笙歌稱盛。適檢舊篋中,得録存《天橋曲》數首。詞旨凄婉,已忘誰作。録之,亦歌場傷心史也。"序云:"天橋數十弓地耳,而男戲園二,女戲園三,女樂子館又三。戲資錢三枚,茶資僅二枚。園館以席棚爲之,游人如蟻,然窶人居多也。樂子館地稍潔,游人亦少。有馮鳳喜者,楚楚動人。鬻技管業之場,爲富人所不至。而貧人鬻伎所得者,仍皆貧人之財。余既睹驚鴻,復睹哀鴻,然驚鴻皆哀鴻也。余與游者,亦哀鴻也。書至此,余欲哭矣。""垂柳腰支全似女,斜陽顔色好於花。酒旗戲鼓天橋市,多少游人不憶家。""天橋橋外好斜陽,莫怪游人似蟻忙。入市一錢看西子,滿村叠鼓唱中郎。""不待滄桑感逝波,已看龍種道旁多。牛農泣盡腸雷轉,猶自貪聽一曲歌。"(旗民舊習如此。)"幾人未遇幾途窮,兩種英雄在此中。滿眼哀鴻自歌舞,聽歌人亦是哀鴻。""燕歌歌舞二高臺(男戲二臺名),更有茶園數處開。(女戲皆稱茶園)。何處秋多人轉少,却尋樂子館中來。""秋寒翠袖如空谷,日暮黄昏似古原。那怪杜陵魂斷盡,哀王孫又感公□。"(本作"女樂餘姿映寒日,杜陵那得不銷魂"。)"疏寮茶坐獨清虚,對菊人都號澹如。三五女郎三五客,一回曲子一回書。""箏人去後獨無聊,燕市吹殘尺八簫。目見天橋鴻風喜,不辭日日走天橋。"

蘇州郭紹虞少年温雅,吐語恂恂如女郎。與余相處近一歲,未知其能詩也。頃以近作見示,清新爾雅,大率可誦。如《同叔賢黄浦灘夜步》云:"落木下蕭蕭,霜高氣泬寥。秋聲征雁急,夜色亂燈遥。葉碎林梳月,風輕石拂潮。不堪清絶地,相對話明朝。"《同伯年、叔賢餞馮涵初春江酒樓,即用涵初韵》云:"彈鋏效歌馮,倡狂氣吐虹。人歸梅子雨,風急浦江篷。事業文章外,交情道義中。春江樓上月,應照醉顔紅。"《夜坐》云:"小坐意何如,蕭然夢太虚。月明人定後,風起葉飛初。久客才華减,長閑意氣疏。故鄉蒓味好,念此幾踟躕。"《自滬歸蘇,車中聞有論關中形勢者,詩以紀之》云:"豪氣於今少,雄才與古班。無人拯大陸,有客話潼關。馬邑星千點,龍沙月一彎。何當投筆去,勒石燕然還。"《自車中望陽城湖》云:"風急天高白日開,長空景色亦悠哉。陽城湖裏浪千叠,并作車聲滚地來。"《消息》云:"强合時宜恨不工,任他消息付窮通。三年身作寄生草,五夜心成半死桐。入世未能分菽麥,著書端合注魚蟲。江鄉庾信真蕭瑟,剩有清詩氣吐虹。"(東坡詩尚有"清詩氣吐虹"。)

天津李息翁於學無所不窺,尤工書。頻年所作,規撫龍門,鐵畫精動,古色照人,而獨嗜余詩。曩嘗以尺頁十二幅,屬録近作,卒卒未就,蓋自審嫫母難貢媚於南威之前也。近頃重晤海上,出素箋再申前約,因題一絶云:"文字精靈結合殊,江湖流轉各艱虞。信知無奈斜陽好,欲向先生乞獨娱。"李自號"黄昏老人",名其居曰"近黄昏室",故第三句云。

葉楚傖自云:"三年不作詩,眼益高,手益低。讀并世諸士人作,鮮可意者。而自慮妻菲,無復成錦。擁鼻苦構,未成章葉,精氣已索。患難之餘,百凡如是,不僅作詩爲然。"因述其斷句數聯。《哭陳英士》云:"渡河直下三聲淚,銀甲曾驅十萬師。"《中夜歸車》云:"挂樹星疏摇欲落,小樓人也漸知秋。"自謂才方止是,足成便成惡耗矣。郭景廬惜篤,實君子也。平居嗜學甚劬,有"仲舒三年不窺園"之雅,而獨亦嗜韵語,所爲詩余不多見。頃承示《苦女兒彈詞》,則言情之作也,頗穠麗。《因題》一絶云:"□□□□□□□,却把雄奇付女兒。不數敬亭山色好,新詞須要玉笙吹。"

癸丑七月,會俞劍華於海上。碌碌風塵,黑貂敝矣。酒蘭身世,頗極侘傺之慨。聞高天梅方里居,買舟訪之。道出故里,幾興無家之嘆。因有"游子還鄉仍似客,達人視死本如歸"之句,不自知其凄惋也。既晤天梅,勾留留溪可十日,無日不飲。飲既醉,亦無不拈弄筆墨,互爲調遣。然所作率不佳,余亦不復存稿。昨日野鶴示余二詩,則得之北京《國風報》者,殆出諸天梅篋衍中,因以流布耳。如舊交久别,忽焉邂逅,樂殆難喻。因録如下,兼詢天涯故人無恙也。《中秋無月,用黄瘦石韵》云:"熒惑真憐入大陰,栖遲節物感難禁。清輝香霧秋來恨,玉宇瓊樓酒後心。任是鄉懷無隔閡,終嫌貝闕太幽深。平生滿蘊方諸淚,衹付爐邊擁鼻吟。"劍華和云:"豈是嫦娥思不禁,怕教人見故陰陰。難忘奔月千年恨,誰識中天一片心。擫笛誰家正愁絶,憑欄兒女自情深。陰晴圓缺尋常事,付與空階蟋蟀吟。"《行路難》云:"金樽置酒爲君歡,請君聽歌行路難。少年二十尚意氣,嵚崎磊落非一端。有時挾策長安道,千言摇筆神鬼嘆。有時草檄春申瀆,横刀壯士心膽寒。能詩好色酷嗜酒,人生捨此誰爲寬。一朝蹉跌不稱意,黄金結客今争避。君不見,黄金結客今争避,生當離亂文章賤。"

石遺室詩興象深微,氣息澹遠,有甚似白居易者。今得其《讀書雜感》十七首,益證我言之非妄。或謂其有似隨園、甌北論古五言。然細按之,終覺無佻氣,無仙氣,故當勝也。兹節録數首云:"醇酒禹已甘,高屐晋始尚。猩猩爾何爲,酷嗜復幾兩。風俗之移人,异類競高曠。紛紛趨時者,逼肖有此狀。""謝安逢期喪,音樂未嘗廢。恒恐損樂趣,知覺防兒輩。區區紫羅囊,元也不得佩。""北朝一士夫,有兒年十七。頗解彈琵琶,鮮卑語略悉。以此事公卿,寵愛當無匹。齒冷讀書人,老大弄紙筆。""張蒼白如瓠,解衣赦勿斬。汾陽亦當法,魁梧罪以減。獨有唐裴佶,貌寢色黯黯。避難假爲奴,池魚漏於網。同行兩士夫,不免墜阱檻。禍福信無常,莫恃面啿啿。""文章將入彀,朱衣先點首。目迷日五色,以此爲藉口。果其眼如月,炯炯照户牖。豈有九烈神,能不衣染柳。""安定謂嫁女,必須勝吾家。齊大或非偶,相攸願已奢。蔦蘿偶施松,玉樹閑倚葭。如其勝己者,不屑穠李華。安能强係援,衒玉亦可嗟。豈如温公論,門第非所誇。""後世有妄人,矯僞稱無私。死不妻同穴,生不妻共帷。大被與長枕,花蕚相交輝。將見古虞舜,潙汭觀型時。二女出貳室,傲象人居之。三百首關雎,請君删此詩。""人生不百年,夜寢去其半。所以周元公,披衣坐待旦。即論賞心事,炳燭足把玩。日出可出游,日入可據案。豈有無病人,而來朽木嘆。""善交在久敬,此語要有辨。相狎固非可,客氣亦未善。平仲所與游,但求戾獲免。欒高崔慶輩,由禮世禄鮮。曰人不曰友,禮貌敢不腆。果其同方術,傾蓋言不淺。管鮑與劉葛,霸王世所緬。有敬而無愛,世故徒黽勉。""聞有杜厲叔,死報莒敖公。持以較豫讓,薄夫敦厥躬。愧彼不知人,用意將毋同。""佩弦董安於,佩韋西門豹。性情安可移,職志聊取鬧。嵇康種合歡,蠲忿未有效。""草木各有種,種種自相肖。人爲萬物靈,種類非所料。有子喜蘇瓌,無兒嗟李嶠。三加喻彌尊,孰不重冠醮。好醜一墜地,百藥不可療。""無鹽不自羞,强顔作齊后。雖云助爲理,自薦亦已醜。齊王誠好賢,英俊何不有。不見漆室吟,已詫鄰人婦。""醜陋如德曜,若不嫁侯光。粉黛且列屋,弃之守空房。庶幾賃舂人,糟糠不下堂。思之定爛熟,其拙信善藏。若以勤操作,德行稱非常。村婦把鋤犁,勞苦難具詳。""孔文舉有言,三人相與行。聰隽欺底下,饑年遂遭烹。譬煮一鸚鵡,譬蒸一猩猩。所以孔仲尼,善惡非所評。上智與下愚,舜跖之所争。""魏文惜應瑒,其才能著作。李觀王深甫,早死學未博。所以古志士,俯仰悲木落。立言可自致,立功要依托。""張裕死潞家,彭羕死老兵。李白稱魏帝,蟻觀一禰衡。雖受奸雄欺,老瞞究好名。孔璋弦上箭,亦容鐵錚錚。持較大耳兒,猶覺度稍宏。"論曰:生才之難,成才尤不易。君於辛亥、癸丑皆與其事,而卒不廢學,庶幾有以成其才。一未施用,遂以短折。何其生之之難,而夭之易邪?故其君之死也,重爲當世,惜非止爲君痛也。

曩嘗謂敬安上人詩,今之郊島也。《雙海棠齋筆記》云:"寄禪上人,法名敬安,湘人。以慧業故,忽自然能文,東南山水游踪殆遍。"詩五卷,曰《八指頭陀集》。蓋上人嘗焚指求法,因以名集也。

集中五律最工，如《送海峰上人行脚》云："南詢從此始，烟水浩漫漫。一鉢飄然去，千山次第看。江雲春樹碧，海月夜鐘寒。處處隨緣住，無求夢亦安。"《薄暮偕瘦松、龍山散步》云："興來驅我去，薄暮入雲深。流水半江月，松風萬壑琴。歸漁喧渡口，晚磬出疏林。與子一爲樂，彌生清净心。"《將之南海賦别》云："舊院安禪處，經年錫一臨。欲辭溪澗水，去聽海潮音。白髮憐師老，青山悵别深。空門本無我，那有去來心。"《春懷》云："忽忽江湖老，悠悠天地間。孤雲歸楚岫，春雨夢吴山。异域同漂泊，故人悲未還。祇應幽澗水，留照鬢毛斑。"《洞庭》云："島嶼連巴蜀，風濤界楚吴。水□帆影怯，天遠雁聲孤。落日自明滅，遥山時有無。黄陵秋草遍，伺處是蒼梧。"《邊將》云："白首尚談兵，恩深任死生。大旗翻亂雪，歸馬怯空城。漢將日寥落，匈奴未掃平。黄雲連朔漠，辛苦且長征。"《謁黄庭觀》云："偶乘獨在意，來謁魏元君。谷暗松山合，天清鸞鶴聞。靈芝含秀色，仙石綉苔紋。坐久諸緣息，晴空生片雲。"《送友人入蜀》云："草緑長沙渚，凄然送汝行。微官休自耻，萬里且孤征。日落黄牛峽，江流白帝城。到時應有淚，不獨异鄉情。"

同邑楊了公先生詩無存稿，前歲在里，與先生唱酬最多。别去匆匆，强半不可憶矣。前日偶返里，宿先生齋次，出示近作，寥寥數十首，皆最近之作。兹忽從《天津報》中得二律，似前所未見也。客中欣然，如覯故人。亟録之云："鬢絲禪榻慣相持，玉麈臨流夕照時。殘醉有權春夢駐，清風無價故園知。能諳花性魂彌悦，欲作詩人數必奇。休把韶光鶯蝶付，落英飛上翠瓊卮。""弱燕禁風不自持，秋千殘月立多時。畫樓春色誰家是，幽澗冰心衹獨知。一日醉醒天亦夢，萬花開落數多奇。道人不著疏狂態，平遠青山照酒卮。"

成都吴又陵鄭示所著《秋水集》一卷，又陵詩宗中晚唐，論詩不主西江，尤詆今之爲宋詩者。頗與亞子問調，而於余意微相左。然其詩故清超綿麗，盡脱恒蹊也。摘録數首於此。《同裴鐵俠游青羊肆看花》云："眼底滄桑幾度塵，看花猶剩此閑身。棕鞋銅帽青羊肆，便是神仙傳裏人。"風韵悠然。《書文山集後》云："剩水殘山事可憐，勞生忠孝感當年。滿前聲伎豪華盡，轉覺多情易悟禪。"又

"一編道學嘆虚生，論語何人致太平。惆悵國華□落盡，石城猶唱褚淵生"。《游草堂作示碧秀》云："飯顆山頭劇苦辛，開天遺事亦成塵。間中别樹逍遥義，畫閣疏簾看璧人。"又"玉手當筵勸酒頻，草堂風月一番新。疏狂應惹歐陽笑，不但茶香解病人。"《重至鷗舫》云："池畔無人樹影圓，草亭猶在紫薇邊。懸知擁髻樊通德，每到花前倍惘然。"又"筆床茶灶想風流，曲院深深碧樹秋。怕覓履棋蘭徑裏，紫苔青絮不勝愁"。皆神韵獨絶之作。

又陵又有《題散原精舍詩後集》云："宗派西江幾廢興，詩流標榜信難憑。玉桃終恨生風病，浪擬涪翁恐未能。"此議伯嚴詩亦有是處，而未盡然。伯嚴詩高者沉雄恣肆，殆摩昌黎之壘，而少變其蹊徑。惟微病瑣碎，則過於好奇之病耳。

譯本小説大底取材英法名手，雜覯所得，亦非其至者。言情之作，泛濫益下。貧女天姿，富兒佻薄，習以成是，人云亦云。友人某君題其所譯二絶句云："小説言情款款深，《國風》隨筆變貞婬。作家艷説金龜婿，誤盡窮檐父母心。"又云："冰雪風姿羅綺身，幾人蓬鬢肯安貧。不須更説瑶琴怨，無限黄金誤美人。"譚言微中，殊見雋永。

士尚實學，詩特學藝之末耳。顧我視晚近言詩，徒趨聲氣，或摭拾人牙後慧，好尚未必深求，摹效尤多剿襲。是即以詩言，已有虚實之别矣。兹篇但就研究所得，稍下論議。泛涉諸家，兼收近古。未暇銓次，無當高深。若夫分唐界宋，抱杜尊韓之敝，則我知免爾。

蘇詩紀河間評本，凡涉禪悦語，及風議太峭激處，皆乙之，謂爲後學正其圭臬是矣。然大河浩瀚，不擇細流，間挾泥沙，正足見其大也。子瞻詩固有極潦倒語、粗獷語、慓率語，吹毛索瘢，徑徑而是，而妙處亦無格不備。七言古，杜外無與抗衡者無論矣。曾滌生謂學蘇詩不可學其七律，然七律佳者，如《泛海》之"雲散月明誰點綴，天風海色本澄清"。《和柳子玉》之"圖書跌宕悲年老，燈火青熒語夜深"。《春晚》之"芍藥櫻桃俱掃地，鬢絲禪榻兩忘機"。均天機超妙，不容躋攀。要之，觀東坡詩，其粗率處，爲名家所無。若超妙處,亦斷非人所能到,此其所以爲大家也。河間安足以語此?

放翁、遺山,可謂極詩中諸品之詣已。然衹是名家,不是大家。放翁工對仗,遺山善相題,其不及杜、蘇處,亦正坐語語精工,篇篇完善。手面總不甚寬闊,譬之於山,則金、焦、匡廬,任是回巒叠嶂,氣象幽深。終不若泰、岱崇嶸,可以一覽小諸山也。

以遺山較放翁,放翁較大,遺山較精。遺山七律有突過蘇、陸處,然細觀之,衹是中人之家,應有盡有。若舊家彝鼎圖書,任是卷軸離披,土花斑駁,終非中人之家所有,少陵、東坡是也。

香山、放翁皆患作詩太多,故意境時有重復處。放翁七律,强半幽居、遣興之作。雖其神通狡獪,篇篇翻新,衹覺詩才太多,詩料太少,此境地有以限之也。香山善以尋常之境,翻名成雋;放翁善以屈曲之境,寫成平常,皆其不可及處。香山之"可憐九月初三夜,露似珍珠月似弓。"何等名雋!放翁之"酒醒遥夜孤舟雨,睡美清秋一榻風。"何等平淡!

嘗語李芷香君,讀詩斷不可讀選本。選本縱佳,衹是别人手眼,别人意思,而作者既另一人,讀者又另一人,衹能以讀者之手眼、意思,追求作者之手眼、意思,中間容不得更有選者之手眼、意思羼雜其間。况讀書須勘出古人毛病,方證得古人精神,則惟有讀全集也。

放翁之"愁絶水邊花,無人問消息"不及其"可憐清夜雨,及此種花時"。此意解者鮮矣。

楊誠齋能爲俊語,時患才多。"殘楓偷得天孫酒,却倩孤松掩醉容。"纖仄之極,似傷大雅。同時白石、與可簡澹冲雅,殊爲過之。而楊列大家,殆以其集富耳。陳簡齋在諸家中爲最少所作,而"秋人無聲"句,"山連欲雨寒"一聯,突過諸人,可謂能以少許勝多許。楊、陳二家,孰得孰失,世必有能辨之者。

箋解之事,以詩爲最難,其故有二:詩爲率性言情之作,情感之發,窅窈無端,茀漠難測,安能必其有説。章句之間,斷如復斷,亂如復亂,安能必其有條,其難一。詩體多端,即事言懷,借題寄托,非一致也。復以年代之懸隔,典章、制度、人物、風俗代代而殊。以後視前,終多隔膜。其難二。以是二難注詩之本,遂少佳者。極其所至,闡發明通者十六七,而誤注者十三四。馮之注義山,施之注東坡是已。其下者穿鑿古詩,以就己説,而藉以寓其私臆焉,錢之注杜是已。讀者不可不分别觀之也。

觀古人詩,先知大義,次講條理。古人拙處多,然自不可易。以今人談古人詩,是變古人詩爲今人詩也。以我改人詩,是以人詩變爲我詩也。平生治詩,取自然、積漸二義。附志於此,以稔時賢。

温、李并稱。義山骨重,飛卿神清。至於五言,初非李敵,或擬長吉,差爲近之。蘇、黄并稱,子瞻超逸絶塵,山谷壁壘精嚴,然以敵蘇,僅能自保耳。范、陸并稱,似乎五雀六燕,銖兩悉稱矣。然細觀之,劍南游行自如,恢恢有餘裕。石湖終有竭蹶支持之態,則仍未敵也。

王荆公詩,昔人論之至詳。大抵"體格高簡,風度矜莊"八字,足以當之。五七古精深超妙,神味皆臻絶詣。七律博大不及蘇,瘦硬不如黄。而遒勁奥折,乃有過之。擬之於杜,或當雁行,至於韓孟、蘇黄,猶未知鹿死誰手也。後世乃與南豐同論,不亦誣乎!

荆公稱東坡詩,"凍合玉樓寒起粟,光摇銀海眩生花"二語,以爲其精妙處,乃在能運用道書。玉樓,肩也。銀海,目也。如此論詩,便入魔道。荆公一時興到之説,初非定論。坡公才大如海,又豈有靳靳標舉一二,博名以自矜炫者?此二語盡作尋常解,亦無不可。必指定肩目,似轉失之滯也。

荆公《咏菊》有"零落殘英滿地金"之語,廬陵作詩譏之曰:"秋花不比春花落,寄語詩人細誰看。"此自一時語病。然"夕餐秋菊之落英",屈子已言之矣。論人必博物,所謂"多識於禽獸草木之名",自是正論。然果有佳語,即物理稍乖,亦未嘗不足傳,又所謂"相馬於驪黄牡之外"也。若解杜詩"乾坤日夜浮"之句,必謂其已悟地球之理,誠爲新論。而詩之美惡,詎在是乎?

王漁洋如少婦明妝,微現羞澀;趙秋谷如長安游俠兒,錦韉銀絡,豪氣未除;黄仲則如病鶴離群,未損高潔;洪北江如幽燕壯士,力舉千鈞;張船山如邯鄲名倡,風華之中,頗嫌縱恣;龔定庵如深山劍客，吐氣成虹；李蒓客如詩禮舊家，猶存彝鼎；袁爽秋如名僧講坐，時吐法言；鄧彌之如玄酒太羹，故有至味；樊雲門如小家碧玉，口角尖新。

論詩至於明，殆最難甄采矣。明人好以理語入詩，動成康節擊壤之類。士大夫盛講心學，又鮮注意於詞章。若其晚季，亭林先生詩金聲玉振，顧視雍容，固已足以雄視一代也。

自袁簡齋樹性靈爲詩旨，而格律遂靡。掉弄聰明，不主學術。里巷流傳之語，舉人篇章；輿臺負販之徒，盡成墨客。《隨園詩話》拉雜尤甚，此詩道之賊也。簡齋少年詩尚有駘宕俊發之致，翰林以後便不足觀。晚年頽唐尤甚，迹其成就，去蔣心餘《忠雅堂集》尚遠，更無論樊榭、石笥矣。

後山、荆公二家，其不同處，荆公高亢，後山縝密；荆公俊發雄深，後山紆徐爲妍，晚近貞壯、晦聞，同治宋詩。而貞壯奪荆公之席；晦聞升後山之堂，亦姿稟之不同也。晦聞詩極工者，如《題劉三黄葉樓》之"一葉榮枯視天下，滿樓風雨憶江邊"二語，可謂情文并茂，余多不能憶。貞壯實兼東坡、臨川之長，而時微病率，則亦與坡同也。

詩之工率，蓋有交相映發者。究極言之，工者人事，率者天機。天機所至，不假藻飾。太夷題林晚翠詩，所謂："子詩實早就，流宕可毋畏。試回刻意功，一極才與思。"又曰："詩如人，骨幹天生，任其支離突兀也。"此言却有至理。刻意之極，必求工於一字一句間，則雕琢傷璞矣。古人名作精彩薈萃，僅一二聯，不必其全首皆工，亦以精神、意思終有所限也。東坡《渡海》之作天機清妙，幾於通首皆工矣。然腹聯之"稍知魯叟乘桴意，粗識軒轅奏樂聲"，微似率直，不如頷聯之工。所以然者，一做一不做，相間成文。又如嶔崎運峰之下，必爲平莽。不如此，不成山水。詩不如此，轉不爲完作也。楊了公論詩好刻意，見古詩率直處，輒以爲終是一病。余嘗以此意語之，良玉必瑕，珷玞轉無瑕。名書必有敗筆，名詩必有拙句，此意宜參也。

陳簡齋以"客子光陰詩卷裏，杏花消息雨聲中"二語得名，然全集佳者,實僅此二語。余嘗標舉"秋入無聲句,山連欲雨寒"一聯,以爲南宋名句第一。外此如《送熊博士赴瑞安令》之"聚散同驚一枕夢,悲歡各誦十年詩",《雨中再賦海山樓》詩之"岸邊天影隨潮入,樓上春容帶雨來",《贈漳州守綦淑厚》之"十年去國九行旅,萬里逢公一欠伸"皆精妙。簡澹冲遠處,遠出"客子"二語上。

"斷橋無復板,卧柳自生枝。"少陵詩也。出今人手,"復"字疵矣。"世情惟益睡,盗賊敢忘憂。"少陵詩也。出今人手,"盗賊"句語病矣。非謂古人詩之必無病也,善學者能師其意而已,必不尋行數墨也。

葉楚傖詩學明七子,得其開闊。舊作佳者,已載余《紅豆室詩話》中。近專力少陵,神氣骨力又進一步矣。和余《感事》作云:"輾側微生又入秋,獨持曠遠不言愁。平林風雨知榮悴,病酒悲歡任去留。滄海翻瀾驚眼底,星晨昨夜自江頭。家鄉尚有尊罏在,便欲從君一醉休。"一結尤佳。沈思齊詩,蓋稍護中、晚唐者。吐屬名雋,則由其學之充也。其和余作云:"酒闌忽憶雲間事,社本雕零不忍看。君是神虬方起陸,身如夏蚌欲逃寒。偶來荒徑携求仲,正辦彌天訪道安。"(下二語忘之。)蒼勁有深味。

關中水深土厚,數百年來,山川雄鬱之氣蘊結弗宣。其間畸人卓犖嶔崎,發爲文字,則有若傅青主山、李天生因篤輩,雄視明季,而皆以顧亭林爲之緯。亭林,吴人,堅卓俊邁,有朔方豪士風,宜其結契之深也。青主《霜紅龕詩》,一字一句,獨闢門户。如天馬行空,神虬負海,不必言矣。天生與毛大可舟中論音律,一語不合,遂至拔劍。其恢疏自喜之概,正復可想。於騷心有《爲扶萬題王山史贈顧亭林、李子德詩墨迹》云:"訪舊平陽軍砦日,論文華下待庵時。神明住世墨緣在,霧結烟霏繫所思。"又"兵火頻仍迹已微,顧廬惟剩野花飛。與君倘遂游山約,玉女峰頭看落暉"。騷心詩如飛仙劍客,穿月排雲,又如幽燕老將,急裝縛袴。此二詩則殊見風致。

騷心又有《贈茹卓亭》一絶云:"伏雨闌風又海桑,橋頭酒熟百花香。功名蓋世羞爲伍,黄犬東門茹二郎。"茹爲人雄奇自喜,辭議員不赴,轉戰兵間,出入生死垂數年,歸則散財結客,設酒肆招致海内豪士。喜獵，喑嗚一聲，獵犬奔集數過百不止。茹率之行數十里，殪獐逐鹿，日以爲常，真古豪士也。詩尤奇矯，足以并傳。

劉三將復北去，遇之海上寓樓，握手言笑，劇飲盡歡。溯自民國二年秋，劉三過余鄉居，縱飲十日。自是而後，余羈滬，劉三去京師，稍稍戒飲事。蓋三年來無此樂矣。是夕，成一律："如此春江夜，蒼茫盡一巵。秋聲和雨咽，殘夢遣燼知。被酒成天地，無憀有怨辭。春明十年路，憑道舊人思。"言簡意深，不自知其回腸蕩氣也。野鶴耽吟刻意，每有所作，掃絶塵翳。擬之古人，昌谷、長江無倫比也。《舟中有作》云："霜微已欲降千柳，蟬噤猶能效一呼。坐笑先生倦書册，衝舟浴露看春鋤。"《題惜餘齋壁》云："舊日嬉游千百次，略無隻語點蒼苔。已看蠹卷朝朝積，又覺鄉音漸漸喧。乘興還期千載後，牽裾猶慰一朝煩。風前試檢難言事，應有餘響暗底温。"戛然獨詣。

元遺山謂："讀杜詩當如九方皋相馬，得天機於滅後存亡之際。"此言是也。廣言之，凡治學，何莫不然？盡信書，不如無書。昔有王洞者，善學華子魚。惟其太相似，是以轉不如。可見善學之丁，不徒模仿。近今數十年來，紛紛言定庵詩："天下人人學杜甫，誰得其皮與其骨。"不唯亦步亦趨，又從而撏撦之，李義山渾身衣衫破裂矣。定庵之詩，其奇在氣，其麗在骨，固不容食烟火人道得一語二語。後之學者，胸襟吐屬，其視定庵何如，姑弗必論。要之，其不能以外定庵者學定庵，斯其爲學定庵也，亦僅矣。

東江多才，王大覺之外，又有凌莘子。聞其綺年玉貌，下筆千言，則亦長吉、半千之流亞也。有《開鑒草堂偶作似冶民》云："幾年不到草堂來，低唱微吟又一回。他日水亭開小宴，棗花簾底賭新醅。"又"阻風中酒主歸家，邂逅詩人共品茶。更拂烏絲寫好句，墨痕慘澹字傾斜"。又"連宵爛醉不曾醒，無恙亭臺幾席經。安得移家常住此，短蓑鋤菜伴園丁"。

林琴南先生寄示近作數章，摘其佳句於此。如《邯鄲道中》云："行客依然夢富貴，先生今日過邯鄲。雪光一白連荒裔，鴉陣紛來赴暮寒。"其題畫作之"溪暗一林星"五字，尤爲一時傳誦。至署門聯之

“萬變烟雲攲枕過，一庭花木閉門看”則俯仰夷猶，志節慳然矣。

七夕飲靈芝閣，客散獨坐，萬感如潮，成一律云：“儌儌銀燭峭風吹，耿耿星河漏未移。海碧天青如此夜，露珠弦月可憐時。人間離别應無惜，去日荒唐總未知。我亦吞聲遠行客，爲君誦取杜陵詩。”(將有浙行，故云。)後舉以視楊幾園，幾園以爲三四近俗。因憶袁簡齋云：“言情之作，必悱惻纏綿，方爲合作。東坡之悼朝雲，味同嚼蠟。漁洋之哀亡妾，浮文滿紙。皆矜持格調故也。”是此二語，亦有可耳。存者未可概視，附志於此，以稔時賢。

金山高吹萬孌詩，善狀性靈，不名一格。其病則傷易、傷率，時時有之，佳者十得二三。數年來，山居講學，傍及詞章，詩始猛晋。清微沉著，遠過少作矣。録其《吊龐檗子即題遺集》云：“沈吟鬱處箋愁地，歷劫頻年厭世人。自吐孤懷人綿渺，獨携奇淚動凄辛。低徊每覺情無盡，俯仰誰憐迹已陳。欲向靈岩問樵唱，殘陽莽莽下城闉。”

松江閔頤生萃祥，清才樸學，隱於闤闠。能文章第一，詩書并超逸無纖塵。尤擅丹青，花卉絶工，流傳粉本至夥，獨不恒繪人物。其嗣瓛，字瑞芝，亦風雅工書者。去歲於市攤得中堂一幀，繪《太白蓮炬歸院》之圖，則其先德遺墨也。緋衣玉帶，儀貌霞舉。一内侍執梅枝，一内侍執炬，一手掖衣角，栩栩如生。瑞芝得之大喜，遍徵題咏。我邑沈師徐、楊了公皆有所作。余亦題二絶云：“風雅升平想見之，天街蓮炬夜歸時。江湖他日如回首，飯顆山頭有拾遺。”又“跌宕江南老布衣，一生觀物得天倪。臨池自惜長揚手，敵染丹毫寫賜緋。”自謂措語平澹，而用意頗深。

名物典制，詩人所不可不知，然亦不必太泥。譬之於文，昌黎謂“作文須略識字”。略識字者，通六書之大義而已。必沾沾於形聲訓義，是乃考據之學，非文章學也。作詩亦然。草木蟲魚，其類萬千，詩人引用斷不能考求詳盡。矧詞尚風華，字求藻麗，果無背斯旨，即名物誤用，詩則未嘗不佳。余舊作《浪淘沙》詞，有二語云：“開過半夷花似雪，簾幕黄昏。”劉三見之，謂辛夷花紅，見諸《本草》，翻書出示，果然，余亦無以辨也。嗣讀《臨川集》，忽得“辛夷如雪”四字，又近人《樊山集》中亦有之，乃知誤者，殆不僅余矣。昨舉以語龍丁、芷頤。芷頤謂：“辛夷本有數種，紅者名紫辛夷，即紫羅蘭；亦固有白者，則均未嘗誤也。”余謂此不必深求。“辛夷如雪”之“雪”字，倘易之曰“辛夷如火”，便風味索然，此有不可以理求者。作詩非作植物學講義，其紫、其白，皆可弗論也。洪稚存删“兩株松下一書生”之句，或謂其不苟，固然。然學者亦不必拘泥太甚，轉失性靈也。

作古書畫，彝鼎題識，與述古詩，則典章制度不可假借。一有疵謬，便非完璧，此又當别論者。昨龍丁以且頑老人《臨荔子碑本》索題，余以不審荔子碑源委，又不解書，竟無以應，此又非故作矜持也。

義山《韓碑》純效昌黎，他作俱無此典重。東坡《石鼓》亦有韓意，波瀾流動，則其天才之放，自不同也。大抵義山骨力輕重處，絶與昌黎相似。

太白飛動處多，工部精嚴處多。譬之治兵，一則子儀，一則光弼也。遺山學杜，具體而微，學李無似者，此其故可思。

山谷晚年最得意者，“不肯低頭拾卿相，又能落筆生雲烟”“舞陽去葉不百里，賤子與公俱少年”數聯，遒勁處自不易及。然學之輒成惡調，不及取其平正之無流弊也。

舊見檗子集義山詩《咏香妃》四律，均極佳。吴門曹君直和之，可謂工力悉敵。檗子詩格清絶，上力亦深。余最愛其《龍尾來滬，邀同民風、龍慧晚飲，即次民風韵之作》云：“疏雨燈樓相見初，故宫塵土認衣裾。花繁燕老春何在，海斷江回顧已虚。漫自看天飄絮語，更誰憤世賦閑居。十年英氣消磨盡，照酒肝腸尚自如。”

義山最工隸事，能以排宕婉約出之。如《馬嵬》之“此日六軍齊駐馬，當年七夕笑牽牛”。《籌筆驛》之“管樂有才原不忝，關張無命欲何如”。皆精切。句法流動處，又足上接杜陵，後啓玉局。近來講宋詩者，往往鄰於空疏。一篇之成，專於鈎棘章句、摹繪虚景上着想。其弊則山川風花，酒樽燈檠，無一篇不可用，亦無一篇不可移易也。故宜以此藥之。

七絶佳者，供奉、龍標而後，義山之"花明柳暗"一首斷推絶唱。渾灝流轉之神，惘惘不甘之致，兩俱得之。末句"身世悠悠"一語，直是感愴飲淚矣。妙以"欲問不知"四字出之，便覺含蓄夷猶，無限精神。

同一艷體，昌谷幽艷，飛卿輕蒨，義山沉著，骨力體格各不相襲，此古人所以難到也。昌谷詩，誠如元遺山所謂字字做者。觀其一字一句，精華凝煉，石破天驚。想見奚囊小奴，苦吟躑躅之概。吴縣吴梅，詞曲工擅一世；詩則能爲昌谷者。如《回春詞》云："銅虬夜永燈花涼，羅幃一白生春光。美人十五清且揚，手撥紅霞飛紫凰。天鷄嘶風回朝陽，寶琴瑶瑟彈瀟湘。洞庭波暖東風香，諸於綉掘供華堂。緑房願奏通明章，璆璘劍佩朝花皇。午陰流夢長晝長，請君安坐樂未央。"純乎長吉。餘茗《企喻歌》："抽刀不斷水，舉杯不斷愁。介蟲爾何物，騎馬勝騎牛。"又"嗚嗚隴江水，采采陌上花。水流與花謝，同此天之涯"。亦疏俊有古意。

林寒碧詩，余嘗許之，謂源本魏晋，而雜出以韋柳。近讀其《宋碑酹後得真長書，聞佩忍已歸松陵》一首云："斗酒來過敢欠期，生存華屋亦含悲。鄉山桂老魯難隱，江國蓴寒子可思。似許流人仍跌宕，竟成殘客尚猜疑。平生獨往尋碑地，一諾應孤挂劍時。"清微婉約，殊有其鄉邦先輩風氣。

余於詩文隨作隨弃，素不存稿。偶然鄉里流傳，持以質余，余反茫然也。每讀舊句，如遇故人，久客初歸，喜慰何似。吹萬送《國學叢選》一册，函中有余舊作若干首，大半已付雲烟矣。重爲録出，以志一時感興。如《佛耶齋朱蘭》云："舊聞東坡竹，幽澹宜月下。湖州擅能事，一見已驚詫。研朱寫幽蘭，風露共娟瀉。烟條更雨葉，會意在形外。懷哉古君子，煊爛自清介。"《閑閑山堂》云："避世行吟已十年，虚堂聽雨愛秋邊。巑岏自長荒烟外，莽曠偏宜落照前。物外收身聊獨往，燈初拭幾得孤憐。我來略有誅第想，問舍誰言計未賢。"

金松岑詩，余前愛其《大觀亭》："莽莽乾坤自醉醒，高天月照大觀亭。酒邊莫吐驚人句，怕有江神水面聽。"一絶，以爲有明七子風格。近有句云:“賦性□多骨,逢時柳效顰。”亦新絶。

近專研義山,頗通其旨。義山之詩,大抵意曲而文多,思深而筆重,妙在掩抑,妙在郁蓄,尤妙在一唱三嘆,言外寄感極深。昨晚不寐,成兩律,自謂得《無題》真旨,决非冬郎、牧之所能夢見,更不數次回《疑雨》、原湘《天真》也。詩一:“勸織璿璣事不同,漫持紅淚濕房櫳。星能替月終殘夜,荷未藏鴛待好風。自是宓妃留枕易,空憐姹女數錢工。寸心已是桑田境,盡有靈犀莫便通。”其二:“拂面西風促逝波,桂堂東畔即銀河。凄凉黄竹思驊駿,寂寞銀屏見粉蛾。病柳已無鶯處所,洞桃仍見客經過。春衫側帽年時事,紅綬雙銜轉覺多。”

義山《隨師東》一首,首云:“東征日調萬黄金,幾竭中原買斗心。軍令未聞誅馬謖,捷書惟是報孫歆。”四語氣格微近少陵《咏史》,而小清整,亦即其弗及處也。寫景作之“池光不受月,野氣欲沉山”“永憶江湖歸白髮,欲回天地入孤舟”則幾亂楮葉矣。

義山佳處在拙,拙故重;飛卿佳處在清,清故輕;牧之佳處在宏,宏故粗;元白佳處在暢,暢故盡。此唐中葉以後,詩之大較也。

盡日讀玉溪詩,其妙愈出,正須於楮墨迹象外求之。非高矜宋格,故作艱深者所得解也。義山《秋柳》云:“曾逐東風拂舞筵,樂游春苑斷腸天。如何肯到清秋日,已帶斜陽又帶蟬。”解者以爲自傷遲暮是矣。然必謂“斜陽”是指已近中年,“蟬”爲僅爲人作書記,亦屬太泥。解家每有故意穿鑿之病,自以爲精,殊不可訓。少陵、義山兩家詩注,尤多此類。

諸貞壯之雄傑,黄晦聞之深秀,黄摩西之奇雋,龐檗子之工整,均爲我社中不可多得之才。貞壯意態揮霍,卓爾大家,有時乃失之率。大約效東坡而酷似,乃并其所損而亦效之。晦聞縝密深穩,確哉後山後身。聞其琢句遣辭,歲月爲課,一年之間,成著不數,而咳吐所歸,定成珠玉,則可信也。黄慕庵以驚世之才,抱嫉俗之癖。千言倚焉,一紙風雷。放之於今,難爲繼矣。檗子乃能以清新絶世之詞繼之,所謂此乃天定,非人爲也。

致爽軒詩話

高君定 撰

《致爽軒詩話》，一九一七年十一月至十二月連載於《民國日報》，共十二期，作者高君定。

《致爽軒詩話》多涉師友親朋詩作，兼及詩人本事，保存了許多鄉邦詩人文獻；論詩重學問，但未囿於藩籬之内，并有論詩絶句云："余厚唐之謝靈運，昔者遺山有此論。此語恐僅指風格，若論面目已難溷。"

高君定（一八九五—一九六九），名基，上海金山人。近代作家高燮子侄，曾執教於上海聖約翰大學，著有《藥軒漫稿》《亡書憶語》等。

錢牧齋《列朝詩集》於竟陵派可謂極口詆諆，不遺餘力矣，而伯敬亦常語人："虞山詩，粗濁可厭。"大抵錢尚穠麗；而鍾主幽峭，宜冰灰之不相入也。牧齋論詩絶句有云："不服丈夫勝婦人，昭容一語是天真。王微楊宛爲詞客，肯與鍾譚作後塵。"或言牧齋至以鍾譚爲不及北里兩妓，率口輕薄，目爲浪子不虛。余謂："牧齋此詩盡含輕詆之意，然王微詩故遒上，不得以人廢言也。惜楊宛詩不多見。"

牧齋於王微則揚，於鍾譚則抑。其故固由於竟陵盛名所被，足爲壇坫之憂；而王微一弱女子，較爲易制，又明與竟陵一派，而故揚此抑彼。庶使人炫耀莫測，此其用意。與標榜程松圓同，而伎倆又异矣。

李翔爲《高愍女傳》，自詡不在班孟堅下，震川、望溪亦謂得力於子長最多。以余觀之，仍習之歸、方之文耳，何嘗爲史漢乎？大抵文章之事與時代爲轉移，此其間蓋有天焉，而非人力之所可爲也。惟詩亦然，能力追唐人者，斯可矣。然唐人之詩皆宗漢魏；猶漢魏之原本《三百》。後之人苟不上溯漢魏，而惟唐人之求，則將并唐人而不逮，是又取徑之所以不得不高也。（野鶴曰：“唐人之詩盡宗漢魏。”斯語恐未能信。蓋近體之成於唐始備，稱爲開新，差近之耳。編次有暇，卒志數語。當再爲文，以宣鄙恉。苟不遐弃，願共研榷。鷄鳴風雨，跂予望之。）

蘄水陳太初沆治詩專宗漢魏，觀所著《詩比興箋》，足知其用功之深。然其自爲詩，仍不出唐人範圍。如《出都》云：“朝見太行青，暮見太行碧。行人無時休，山意去不息。立馬望中原，縱横見城邑。去雁無定聲，垂雲可憐色。戰餘草木荒，歲晚風沙直。萬事信冥冥，我行徒惻惻。不有霜雪威，詎知陽春德。”《靈泉寺》云：“萬樹結一緑，蒼然成此山。行入山際寺，樹外疑無天。我心忽蕩漾，照見三靈泉。泉性定且清，物形視所遷。流行與坎止，外内符自然。一杯且消渴，吾意不在禪。”《寒溪寺》云：“靈泉秋在朝，寒溪秋在暮。寺門開夕陽，落葉閉斜路。却聽流水聲，寒色上衣履。霸圖歇千載，亭館化丘墓。獨憐僧與佛，終日坐深樹。空山一鐘響，曳杖吾亦去。”《項師竹張馥亭自麻城來訪，欣然有作》云：“快學天易晴，蕭然成獨醉。梅間一雀噪，雙雙故人至。知我相念深，感君遠來意。前夜江上風，舟來亦不易。相逢且爲歡，誰問別後事。空山不知寒，星月同寤寐。”《送魏默深歸湖南》云：“出門求師友，入門戀庭闈。古人學如此，君乃今庶幾。三年長安住，艱苦厚自持。在紛氣不亂，獨行貌若疑。甚愧君意厚，繽紛摘吾疵。願同歲寒節，奈何捨我歸。門閭此時望，雨雪安可違。羡君南游樂，自感游子衣。此去過長沙，我父官於斯。登堂見我母，具道兒今肥。古來賢豪士，常願生同時。同時不同氣，偶合終成離。送君旋閉户，積此悠悠思。”風格頗與右丞、蘇州相近。（野鶴按，太初詩頗明顯，與韋似不相近。）

太初曾孫陳仁先曾壽爲近日北派魁傑，五言直逼嘉州；七言似杜陵，尤似昌黎。有《秋日往太清觀尋菊不得，遂至龍泉寺，歸過酒樓小飲》云："節寒氣逾爽，逸興當秋闌。輕車赴晚道，影墮蒼茫間。當年亭館地，今日斜陽寛。靈宫訪秋菊，落葉空地壇。人在菊成畝，人去餘荒園。因知隱逸士，豈不視所餐。回步過蕭寺，著履蒼苔乾。長松迤古徑，雜草羅修欄。龍蛇動四壁，贊賞還微嘆。文字爲小枝，今成空谷蘭。歷歷鐘梵音，諸天度鳳鸞。地清坐忘暝，茶罷神愈完。妙境如追逋，瞬瞥迹已殘。歸車就市飲，嘈切千指彈。一心造喧寂，同境殊悲歡。百年非可知，放懷尋所安。"《游天寧寺同左笏丈》云："驅車塵冥冥，隱見孤塔圓。大佛相接引，一徑凝蒼烟。升堂坐初定，微風度栴檀。開窗納遠秀，小幅横輞川。春芳滿秋砌，悴葉猶扶妍。想見腰鼓發，車馬何喧闐。暫榮悟常寂，愛此蕭境閑。茶餘恣游眺，奥複窮諸天。殿古金界壞，樹老秋陽殷。何代萬石鐘，横身卧高阡。出手試一擊，龍吼殷河山。煌煌乾隆碑，天筆矜如椽。明政移寺璫，狐鼠多功緣。真源一飄瀉，薰腐爲洗湔。惜哉灑掃缺，歲久生荆菅。園陵虚有神，運化悲循環。俯仰日向暮，勝迹空流連。松風無世情，謖謖吹面寒。"

《天寧寺聽松聲》云："斜陽紅滿地，雷雨忽在巔。仰看四泬寥，聲出雙松間。屬耳倏已遠，飛度萬壑泉。老龍動鱗甲，破碎還蒼堅。金剛萬毫毛，一一威神全。仰屈尋丈地，開闔成諸天。落落孤直胸，回蕩生高寒。提挈四天下，度入太古年。想見陶隱居，擁衣但高眠。無聞兹未能，且證聲音禪。"《戒壇卧松歌》云："戒壇之松天下奇，尋常所見皆十圍。一松據壇獨下垂，横出十丈猶蹲蜷。健鵬探爪風在下，渴蛟飲澗鱗之而。縋幽欲引陰蟄出，承蔽力負蒼崖危。萬鈞壓空不及避，反走潛根應過倍。雨洗□骨未濡足，眼底渾河犯高塏。雲開穿枝落日黄，萬里暮色浮孤鶬。欲憑咫尺精靈意，貫入冥搜百怪腸。"《感春四首，用昌黎原韵》云："春之來兮自何所，雪澌冰泮兮悲故處。衆人熙熙登春臺，欲往從之意忽阻。今我不樂誦書史，其骨已朽空自語。驕氣淫志何益身，漫擲幽憂付來許。"其二云："我聞先聖感春時，遲遲白日心傷悲。我巢漂摇苦風雨，綢繆一綱振天維。深衣玉几式憂患，簾外萬息潛相吹。天人當春悄懷抱，下士蠢蠢疇知之。蓬門小女貯薄怨，春風入幕輕猜疑。蜂顛蝶舞絮撩亂，含意凝睇羞陳辭。蕩蕩青天那可問，屈葬魚腹陶沈醨。江花惱人訴不得，杜鵑啼血成冤痴。凡仙貴賤勢殊絶，心煩意亂知無宜。紉蘭經年香氣減，忍此綿邈當語誰。"其三云："晨興不能食，夜思不成卧。役役形老空，忽忽志潛惰。江湖入懷新，鄉井合眼墮。一醉三年留，投轄真無奈。"其四云："挂冠神武猗何人，洗耳松風拂龍鱗。不知有冬漫春夏，了無榮悴空喜嗔。我今何爲在塵世，看花對酒長憂貧。長安市兒弄狡獪，變化往往能通神。仙人長爪雙髩雪，彈指東海三揚塵。嗟哉吾黨二三子，呻吟蛩驅還相親。清晨坐起天氣白，下照萬木濃光新。不須停杯待爛漫，隱几一夢山中春。"數詩皆其《蒼虬閣集》中最上乘者，然仁先淵源家學，精熟蕭選，卒其所得如此，是與予前説亦有合也。

乙卯之夏，偶爲余妻選女子詩讀本，間及明人詩集。内有草衣道人王微，風格雅近鍾譚意，其亦竟陵健將，或當時風會使然，則不可知。如《近秋懷宛叔》云："已覺江聲外，秋情入暮蟬。竹光留黯澹，桐影漸孤圓。啼鳥當清夜，疏磋隔遠天。一燈竊客夢，難到石城邊。"《吴老夫人出訪山莊，以詩見示，次韵賦答》："春園如我廬，居停偶相許。雙松既以蔭，片石遥可語。夫人惠然來，清風散孤墅。茗論欲入弦，花情亦浮醑。栖遲每無恒，飄摇感雲緒。却緩山中期，眷此塵外侶。"《舟居拈得風字》："人情各有寄，我獨如秋風。耽詩偶成癖，聊以間自攻。薄游來吴會，寒輕不知冬。樽酒見窗月，仄經幽懷通。村烟辨遥林，夜氣齊群峰。人忘舟亦静，水木各爲容。恍惚書所對，殘燈熖微紅。"《重過雨花臺》云："春姿静東岑，雲影結遥粲。坐覺高臺空，不知翠微半。落花自古今，啼鳥變昏旦。撫化良易遷，即事聊成玩。况乃晴江開，渌波正拍岸。"《起步》云："衆葉繪山色，日暮殊蒼蒼。山水既相得，其奇寧自藏。浮雲出前嶺，掩此殘日光。耳目悦新賞，昔游隨渺茫。"又"江湖互爲勢，暮色不可分。人行丹黄徑，鳥下牛羊群。絶衆獲一高，探手及層雲。所見各自領，得意遥相聞"。《次朱咏白先生韵》："一極荒烟外，泠泠何所思。衹應乘澹蕩,轉覺惜栖遲。月白林疏際,寒生水落時。誰能偕道侶,玄對夜如斯。"《寒夜訊眉公先生》云:"月出林光静,幽懷正杪冬。臺邊讀書火,烟裏隔溪春。野鳥晚就食,石泉寒到松。何時重問字,相對最高峰。"《夢宛叔》云:"泉聲乍遠雨聲聞,殘睡昏昏夢到君。最是夢醒無意緒,暗推窗看水邊雲。"《昌化道中》云:"返照溪烟樹影斜,千山含翠暮雲遮。年來已自多愁緒,古道無人更落花。"數詩殆皆施愚山所謂"橘皮橄欖湯之類,非沉緬於酒池肉林"者,即《隱秀軒集》中亦不多見也。

奉賢莊瘦岑禮本,戊子孝廉,天才卓拔,下筆數千言立就,家貧無食,則出佐學幕。嘗南游閩西至贛、鄂,終乃北走燕,依宗室,凡搭布遇以殊禮。一日天寒,赴某親貴宴,凡假以紫貂裘,值千金。先生至,輒哄飲大醉,吐涴襟袖,凡一笑置之,而先生亦終不言謝,其風致如此。及庚子變起,凡舉室殉難,而先生亦轉委溝壑矣。事前且致書故園友人,有"潰擁大禍即在目前"云云。蓋先生早知禍之必至於此,而卒坐守危城以待斃者,謂非有知己之感,而能若是乎! 遺詩存余叔處,衹數十首,聞尚有手定本,在雲間某氏,惜未之見。玆録其在予叔處七律數首,已與仲則、船山相仿佛。《書曾文正公集後》:"鞠躬忠武真儒者,學道陽明是將軍。始信至誠能動物,豈徒大筆獨抗文。廿年時局悲星隕,萬里皇圖障海氛。識得老臣謀國意,掩書一哭九京聞。"《和挹珊韵》:"落拓江頭載酒舲,那堪細雨又長亭。寥天雁影横西楚,擊海鵬程走北溟。懦者風庫陳亮哭,世人醉倒屈原醒。高秋不盡蒼茫感,獨夜西風語塔鈴。"《德安試院會飲,爲張壽芝先生壽》:"孤峭心情得氣秋,偶逢知己劇綢繆。文章命薄空頭白,山水緣多尚客游。八月驚濤枚叔筆,一年春草仲宣樓。相逢不用悲身世,覓醉狂呼酒百甌。"又"關山直北鼓鞞寒,論戰論和取次看。世事何人長嘆息,吾曹此地小團圞。一尊且爲先生壽,萬事休嗟來日難。昨見雪花今霽色,太平臣庶盡盤桓"。《題世桂堂明府關外集》:"獨携襆被下金臺,莽莽風塵困异才。短驛鷄聲山月落,雄關馬首塞雲開。思家日夜秋雙鬢,結客肝腸酒一杯。讀罷君詩狂欲舞,宵深看劍重徘徊。"

叔父吹萬弱冠時同學五人，顧丈景淵、從兄天梅、舅氏張仲傅、表兄何卧飃皆年少氣盛，不可一世，亦時以詩文就質於莊瘦岑先生。先生未嘗不稱善，而尤激賞景淵，即叔父等亦自謂不逮。予幼時尚憶丈處儕輩中，特沉默寡言笑，而貌甚清癯；中年憂國憂家，意常拂鬱，時或嘆息流涕，蓋今之賈生也。未幾即下世，年止二十有六。遺著文兩册，一存天梅處，一存予處。詩稿亦富，經叔父删存百三十餘首，爲《漱鐵和尚遺詩》一卷，皆精詣之作，可與《烟霞萬古樓》、《嘯古堂》并傳者也。《漫興》云："倦眼微開不自持，風塵莽蕩此何時。英雄失意惟乾酒，花月宜人强賦詩。冉冉春光催似箭，蓬蓬愁緒亂如絲。一燈陡倚蒼茫甚，故國平居有所思。"《吊蔣劍人》："自詫才華得未曾，陳安短小氣崚嶒。才人肝膽三生劍，豪士艱難一變僧。酒後縱横詩似虎，花前旖旎淚成冰。可憐老去無知己，博得狂名未敢矜。"《吊王仲瞿》："豪情綺思老謀猷，我讀遺書恨未休。貧賤驕人遭鬼擊，英雄無命與天仇。栖身吴越梅花國，狂走燕齊屠狗游。世二琵琶將斗酒，他年也擬哭荒丘。"《病馬》云："秋風憐瘦影，眼不識蒲萄。沙磧雄心在，鹽車駿骨勞。長鳴厮羊怒，飽食犬羊豪。何日隨飛將，馳驅霜月高。"《瘧作》云："急雨狂風夜，工愁善病身。儒酸真入骨，我□不因人。間日心先怯，臨期意更瞋。漫云增智慧，贏得瘦嶙峋。"《聞鶯》云："渺渺余懷遠，嚶嚶爾意殷。人而可無友，鳥尚感離群。脆竹清絲韵，雙柑斗酒論。入天聯眷屬，浩蕩寫靈芬。"《追憶亡女韵莊》云："白雷子有女，名之曰韵莊。隨地七八月，便能叫爺娘。嬌啼識婉順，眉目清以揚。玩要見慧心，指點即不忘。曇華空一現，蘭蕙不受霜。住世才十月，一病淹在床。汝母哭汝痛，汝手撫母眶。汝□惨鬱甚，思之結中腸。今汝已□□，□汝在時長。人言其□□，我覺□□□。□之愈思汝，如汝意差强。百年等朝暮，達人齊彭殤。心香倘不滅，今汝生何方。懺汝業緣盡，祈汝福慧穰。"

自黄公度、蔣觀雲等好以新名詞、新學説摻入詩文，自謂别開生面，後進效之，漸成惡趣。景淵在當時濡染最深，故造次下筆，時復不免，然亦妙有能推陳出新，而辭氣彌古者，則由其枕□之功深也。《反杜新婚别》云:“與子結綢繆,紅燭明洞房。倏忽當遠别,臨行餞一觴。婦言庸可聽,記取語意長。豈無伉儷情,國仇終難忘。坐家守妻子,大局淪可傷。恨我非男兒,夢魂飛戰場。事成當封侯,不成爲國殤。去去好自爲,管取家國光。莫將兒女淚,愁折鐵石腸。”(征婦語征夫。)又“初識綺羅香,便束戎馬裝。丈夫能從戎,粉黛亦生光。國民各有任,男女無低昂。酬子一尊酒,願子毋相忘。紅飛十字旗,聯袂更褰裳。同胞赴國難,子爲療痍創。柔情與熱血,燦爛而淋浪。壯士忘其痛,躍起飛戰場。婦人在軍中,兵氣日以揚。努力挽陸沉,女權賴爾昌。鬚眉到巾幗,國運不可量。”(征夫語征婦。)

卧飄在五人中最爲醇謹,後得瘵疾死,妻馮竟以身殉,其事至慘,予父、予叔皆爲之傳。景淵亦有《何烈婦詩》云:“何君訥訥無瑕疵,兩年同學頗相知。娶婦曰馮人謂宜,西鶼東鰈每雙飛。吁嗟鬼伯揚其旗,臨風玉樹危乎危。明珠十斛安所施(卧飄病時,藥物極珍貴),三年嗽血豹留皮。自治不起難爲詞,新婚死别泣如縻。冀留血胤稍釋悲,忍死求睹腹中兒。一朝墮地鳴聲雌,賫恨長往吁可追。斯時烈婦神若痴,傷哉視死真如歸。坐蓐三日逢百罹,匍匐哀愴屏食糜。求死不死生何爲?褓中有女誰畜之。减衣欲寒食欲飢,冀犯霜露與世辭。我心匪石不可移,須臾不死爲女而。春來秋去日月馳,灑淚變血血濕衣。露傾掌珠難求醫,斯時决絶更無疑。上天入地會有期,金石難阻神難違。丹心耿耿萬古垂,他年定産連理枝。煢煢弱女百世師,志士殉國亦若斯。榮辱毁譽將安持,獨爲其是甘如飴。嗟哉中夏士氣衰,前者已死後曰非。茫茫四顧堪累欷,脆弱畏縮禍發機。烈婦不死人誰譏,而獨確然無淹遲。普告衆人保孑遺,堂堂七尺豈行尸。生存競争方自兹,遺羞巾幗非男兒。”始卧飄未有子,臨殁得一女,未幾亦殤,而烈婦遂從容引决矣。故詩有“冀留血胤”云云。

從兄南溟少孤劬學,與群從昆季友愛最篤。余年幼僅與嬉戲而已,晚年得狂疾,沉河而死,遺嗣無存,思之隕涕。當兄病前歲餘,頗耽禪悦,間亦爲詩,有《患小瘡》云:“零星難收拾,彌縫終非計。我問醫生云,破壞不可免。"余謂,當時新學諸子以文字鼓吹革命,類皆肆無復忌,使處康、雍盛時,鮮不爲晚村、南山之續也。此詩亦有其意,而却説得藴藉,且明係政治革命而非種族革命。蓋清政之不網革命以救亡耳。若專爲種族之争,則國亡已二百餘年,獨不能須臾忍耶?

南溟又有《咏蚊詩》云:"成群千百來相襲,秭米微身大可憐。血肉布施真普渡,看他個個腹便便。"洵是慧業人語。

詩至義山,富麗極矣。金冬心學之,乃一變爲野,蓋庶幾九僧矣。余兄君平最喜之,謂此事正須相賞,於牝牡驪黄之外無論。義山簿書鞅掌,世故最深;而冬心一生,林下恬澹寡欲。境地不同,襟情斯异,則惟有脱略一切,仍守其真耳。惜乎,西昆諸公之未見及此也!

昔人稱,山谷"落星開士深結屋"一律,爲能不食人間烟火。君平詩亦有近似者,如《黄梅雨後步水田上》云:"黄梅雨歇林梢净,白袷人來鬢角疏。猶帶酣雲窺隙日,争吞奔瀑奪流魚。好風行地若有意,衆蛙越水誠驚余。此時掉頭晞我髮,熊經引氣定何如?"三四句法,本東坡"茶雨已翻煎處脚,松風忽作瀉時聲"而稍變化之,尤覺倫灑絶塵。此種詩境,在清詩人中捨冬心、樊榭無第三人也。

易哭庵驚才絶艷,一時無兩。所著《四魂集》,余未之見,僅見其《琴志樓摘句詩話》,即以《四魂集》中録出者。專講對屬之工,然亦有失檢者。如"城郭人民丁令鶴,樓臺冠劍子卿羊"。上句確極現成,下句使温庭筠《蘇武廟》詩意。不知"羊"字與"樓臺冠劍"既不相屬,而"子卿"與"羊"尤絶對,兩事非爲丁令鶴之二而一者也。又《四魂集》好集成語,用虚字爲句者,如"謳歌恐不謳歌汝,笑駡還由笑駡他"。鄙俚已極,豈尚成爲詩語耶?余謂此種詩必如東坡之"大木十圍生遠籟,朱弦三嘆有遺音""時復中之徐邈聖,無多酌我次公狂""曲無和者應思郢,論少卑之且借秦"。又劍南之"唤作主人原是客,知非吾土强登樓"。乃真佳也。

叔父吹萬先生於古文學最深,所著《吹萬樓文存》兼有湘鄉、柏梘之長。詩似甘亭,尤似梅村,近乃稍爲伯嚴。有《吊龐檗子,即題其詩詞遺稿》云:"沉吟鬱處箋愁地,歷劫頻年厭世人。自吐孤懷入綿邈,獨携奇淚動凄辛。低回每覺情無盡,俯仰誰憐迹已陳。欲向靈岩問樵唱,殘陽莽莽下城闉。"真散原精舍集中語也。

哭庵近體源出西昆,而淫艷過之,余微不滿,不知其能昌黎也。近見其《栖賢澗石歌》云:"栖賢澗谷有奇石,倒臥青冥神所擘。鰲背驚翻海水飛,龍髯陡接天雲立。奔霆日夜摇撼之,萬古空山皆霹靂。跌勢紛如矢墜空,涓流巧作珠穿隙。其旁清穩百盤陀,倚□臨流可敷席。水石相遭豈不平,自從天籟發噌□。道人兩耳痴聾久,問是水鳴還石鳴。試撫孤琴動山響,方知水石兩無聲。"《萬杉寺五爪樟》云:"萬杉化去無一杉,惟有寺前老樟在。樟分五體共一本,身歷百齡更千載。旁達澗壑根已深,直上干霄氣不餒。雲垂太陰逗雷霆,風翻白日動光彩。危柯半入烟冥冥,細葉還鋪雪暟暟。化人偉奇丈六身,猛士雄健尺八腰。全張數爪鱗之而,俯視衆木形傀儡。古來賢豪誰撫摩,其人已死不相待。惟有五老之奇峰,共對青天無倦怠。雖言乾坤要支拄,未免得罪庸與猥。下穿已愁傷富媪,上拏又恐妨真宰。獨立無友大哉□,衆人皆忌甚矣殆。自恃刀斧莫能入,皮堅有類披鐵鎧。大材詎肯腐山林,神物猶思避菹醢。我聞豫章生七年,便可與龍鬥滄海。何况此樹世希有,壽過凡樟逾百倍。願爲横海大樓船,知君九死終不悔。"二詩皆沈著勁健,無復平日纖佻之習,才人能事不可測如此。

曩者有《懷君深、君介》一絶云:"君介君深兩不群,詩能清練健行文。他年壇坫秦山畔,看領高家子弟軍。"别來一年,君深詩學已遒上至此。身非歐陽,已足與前賢後生之嘆矣,但願君作東坡耳。

道咸以前,幾無有言宋詩者。自曾滌生、魏默深、程春圃、歐陽磵東諸公出,而宋詩始盛,然亦無有言後山者。迨光緒中,葉閩人、林暾谷、陳石遺等始稍稍爲之,而未善也。黄晦聞出,始舉其平生學力,一寓之於詩,而其沉鷙之思,廉悍之筆又足以副之。故《蒹葭樓》寥寥數章,已浸假欲奪後山之席,蓋真能善學後山者也。近見其《過嶺學祠》云:"老成凋謝我才來,後有千秋付一杯。盛雨斷尊陳發酵,覆茅中霤壞生苔。已隨天下殫殘盡,坐見林花寂寞開。孤抱向人無可説，晚祠香火自縈回。”《七夕寄海綃樓》云：“剪綵能令萬態新，笑看兒女度星辰。明河忽斷中宵雨，秋色都忙未嫁人。燈火自繁休放曉，機絲重軋坐經春。本無情感聞吾輩，禁得歌聲徹近鄰。”《題黄葉樓圖》云：“寂寞寒鴉欲暝天，就中人物定誰賢。繽紛落木俄將盡，憔悴殘秋强自妍。一葉榮枯視天下，滿樓風雨憶江邊。吟詩且遣平生志，兩地披圖共惘然。”《集杭風軒呈節庵》云：“盛時臺笠獨難忘，一賦都人已足傷。高會却來隨老輩，雅歌猶得共斯堂。興微國俗詩將廢，俯仰前人地亦蒼。終使南園不寥落，參天林木起朝陽。”《送諸貞壯南歸》云：“我尚栖遲在此邦，蕭然來與話西窗。寒秋昨使夜過雨，歸夢從君共沂江。瞠目絶塵知不返，舉頭當世未終降。冥鴻自遠非無意，不爲分携淚滿腔。”《無題》云：“深燈密幄坐尋常，已許旁人窺晚妝。却誤嫁時爲婦易，漫嘲鄰女壓針忙。得魚亦尾吾知病，見葉黄隕汝或傷。負盡秋期是今夕，可能回憶十年强。”數詩皆所謂哀蟬落葉之聲，讀之，有使人不自覺真回腸蕩氣者。《七夕》、《無題》二章，則細膩而亦熨貼矣。

吴梅村詩，甌北所稱近代大家也。定公則云：“生就燈前，兒女詩意。”蓋不之許矣。余謂，梅村五律沉鬱頓挫，純是杜法，固非王阮亭輩專事摹擬剽竊者可比；若七言歌行，則長慶體耳。夫長慶之弊，雖不盡如東坡所言，要亦由其偏重陰柔，出語遂少清明之氣。後人能運之以陽剛，故劍南得其放；青丘得其雋；梅村任情而不知返。故詞藻愈豐，疵纇愈積，格調亦愈卑。質言之，則靡曼之鄭聲也，又安足尚乎？

定公亟稱瓶水、謨觴，有“鬱怒清深兩擅場，頭銜追贈薄三唐”之句。余按當時詩人與二氏相晋接者，如王仲瞿、郭頻伽、蔣劍人等大率相尚，以慷慨激昂，或托爲香草之思。於是英雄豪傑、才子佳人連篇累牘，恬不知怪。究之鋒芒太露，火色未除，既虞中乾，時呈枵響。就中甘亭似稍深穩，鐵雲則猶之三人也。以言工力，尚非兩當、卷葹之敵，何至薄三唐耶？

願無盡廬詩話

高 旭 撰

《願無盡廬詩話》，分别刊載於《天鐸報》、《太平洋報》、《民權素》中。一九一一年十二月至一九一二年六月，部分連載於《天鐸報》；一九一二年四月至九月，部分連載於《太平洋報》；一九一五年五至七月，部分連載於《民權素》。（部分刊載於《南社叢刊第一集》者與《民權素》所載内容重複。）該詩話全面反映出高旭的詩學思想。

《願無盡廬詩話》雖云以復古爲宗，實則以復爲變，呼唤詩界革命，指出把“古人之意境、神髓”與“至新之詞”結合爲“真能復古”者，進而提出：詩界革命是“復古之美稱”的觀點。

高旭（一八七七—一九二五），字天梅，號劍公，别字慧雲、鈍劍，上海金山人。早年留學日本，加入同盟會，曾創辦《醒獅》、《覺民》、《大漢報》等，與柳亞子、陳去病等創立南社，有《天梅遺集》等作品傳世。

作詩不可不學古人，亦不可太學古人。宋明以來，學杜者衆矣，然多得其皮骨。能得杜之神髓者，六人而已：退之、義山、子瞻、魯直、半山、放翁是也。以其雖學杜，而仍有己之本色，己之氣概。若并此而無之，則即爲僞詩人而已，又何貴哉！故余謂，不可太學古人也。

學杜之病如是，即學他人，亦何獨不然？

《居易録》云：“張吏部序余《過江集》曰：‘筆墨之外，自具性情；

登覽之餘，别深懷抱。'知己之言也。蓋詩必如是，而後爲不妄作，否則味同嚼蠟，多此一番筆墨，甚無味也。"漁洋詩殊不足當此，而四語却不刊之論矣！

中國時所稱詩人，乃狹義之詩人，而非廣義之詩人。若西國，則布龍、蘇克斯比、彌爾登諸人，稱之爲世界大詩人者，非專指五、七言之韵語而言，凡一切有韵之文，傳奇脚本之類，皆包括在内。余謂如此乃可盡詩之量。夫言者，人之心聲也。言之中於理者則爲文，而文之有音節者則爲詩。《三百篇》之詩，但有音節，而無一定章句；嗣後屈原、宋玉起，變《三百篇》而爲騷；司馬相如、班固興，變騷而爲賦；唐宋盛行五、七言，而騷與賦遂衰矣。再傳而後，詞曲并作，演爲傳奇。詩之日新月盛，至於如此，不亦人心進化之徵耶？今人但知曹子建、杜少陵、李太白、陸放翁之爲中國大詩豪，抑知屈原、司馬相如、湯若士、高東嘉、王實甫、孔雲亭、辛稼軒、姜白石等之亦爲大詩豪乎？明乎此理，而詩之變化盡焉矣。

黄山谷律詩才氣無雙，能將太白歌行運於五十六字中，真爲奇事。然有時失之生澀，少自然天趣。不若杜牧之豪宕流轉，其氣勢更爲浩然沛然也。然余謂既稱爲律，終究以音節和諧，風調圓美爲上乘。若以奇險争勝，去律字之旨遠矣。

作詩用書卷則深厚，不用則單薄。然不善用書卷者，反致意爲詞累。如王荆公詩純用白描，不使典故，彌覺遒勁清真，可知文字不專以富麗爲工矣。

世界日新，文界、詩界當造出一新天地，此一定公例也。黄公度詩獨闢异境，不愧中國詩界之哥倫布矣，近世洵無第二人。然新意境、新理想、新感情的詩詞，終不若守國粹的、用陳舊語句爲愈有味也。林少泉往年以一書寄我，所言可謂先得我心矣。"（前略）所示《歷史紀念歌》十八章，真足與玄恭、蒼水寄其同調。十九期《白話報》當爲刊入，以貢於世。後有傑作，尚望勿過靳閟，使敝報常得藉以增重。至盼，至盼！國事日亟，吾黨中之才足以作爲文章、鼓吹政治活動者，已如鳳毛麟角，而近人猶復盛持文界革命、詩界革命之説。下走以爲，此亦季世一種妖孽，關於世道人心靡淺也。吾國文章實足稱雄世界,日本固無文字,故雖國勢盛至今日,而彼中學子談文學者,猶當事事丐於漢土。今我顧自弃國粹,而規仿文辭最簡單之東籍,單詞片語奉若邱索,此真可异者矣。先生詩學根柢深厚,香山樂府之作正有待於今日。(下略)"

《小叙》曰:"發乎情,止乎禮義。"《記》曰:"温柔敦厚,詩教也。"蓋詩之爲道,不特自矜風雅而已。然發乎情者,非如昔時之個人私情而已。所謂"止乎禮義"者,亦指其大者、遠者而言。鼓吹人權,排斥專制,唤起人民獨立思想,增進人民種族觀念,其所謂"止乎禮義"而未嘗過也。若此者,正合温柔敦厚之旨。或曰:"如子之論,叫囂極矣,豈有合於孔聖之詩旨耶?"不知《巷伯》之詩,議刺奸佞,惡之至甚,乃欲"投畀有北"。《墻茨》、《相鼠》諸詩,其措辭亦不尚含蓄。可知孔子所以不删者,正以爲有合詩教耳。顧"温柔敦厚"四字,豈可專考於其詞而决之乎?决之於詩人之心而已。苟其人以温柔敦厚之心出之者,詞雖激,又奚傷於大雅乎?不然,無其心而專以和平柔順之言以取悦於世,又曷貴哉?孟子曰:"固哉,高叟之爲詩也。"余之論詩,其亦庶乎免矣。

詩文貴乎復古,此固不刊之論也。然所謂復古者,在乎神似,不在乎形似。若明李滄溟、李空同之號爲復古,不過拾曹、劉之唾,餔李、杜之糟而已,曷足貴哉?當時以爲詩道之盛,不知此乃詩道之大厄也。今之作者有二弊:其一病在背古;其一病在泥古。要之,二者均無當也。苟能深得古人之意境、神髓,雖以至新之詞采點綴之,亦不爲背古,謂之真能復古可也。故詩界革命者,乃復古之美稱。湯武之征誅,其道可通於堯、舜之揖讓,職此故耳。不然,泥古不化,王莽之學周公矣,庸有益乎!知乎此,而作詩之道思過半矣。江進之之論空同、滄溟二子,不爲無識。其言曰:"二公固有復古之功,然亦有泥古之病。彼謂,文非秦、漢,詩非漢、魏、盛唐不足法。故事凡出唐以下者,不宜引用。噫!何其所見之隘也。夫詩人所引之物,各因其時,不相假借。如'雎鳩'、'螽斯'、'桑扈'、'蟋蟀'、'樛木'、'夭桃'、'芣苡'、'葛藟',是《三百篇》所用之物也。降而爲《離騷》,則用'芷'、'蕙'、'荃'、'茝'、'木蘭'、'菊英'、'蛟龍’、‘鳳凰’、‘文虬’、‘赤螭’，曾有一物假借於《毛詩》乎？又降而爲唐人之詩，則用‘岸柳’、‘江梅’、‘林花’、‘澗草’、‘鳴鳩’、‘乳燕’、‘獨鶴’、‘群鴉’，曾有一物假借於《離騷》乎？非不欲假，目到意隨，意到筆隨，自不暇捨見在而他求耳。至於引用故事，則凡以往之事，與吾意互相發明者，皆可引用，不分今古，不論久近。乃曰唐以上故事方用，此特有見於兩漢、六朝故事，字眼古雅，遂爲此言。其實繫於用之善不善，不繫於古不古也。”江進之之言，天下之公言也。凡我南社諸子，其各三復之。

余十七歲時，曾作《咏史小詩》一百首，稿久已失去矣。忽於敗紙簏中覓得殘片，喜不可支。然已大半污毁，不可識，爲抄録幾章存於《詩話》中，以見當時之思想一斑。《孔子作春秋》：“外夷内諸夏，大道撑宇宙。所以文物邦，不化作禽獸。”《宋南渡》：“不免小朝廷，初誤李邦彦。恨不生致之，而我吐其面。”《韓信》：“王孫少傲骨，祇會寄人食。無意爲真王，假王弄不得。”《文中子》：“開口説禮樂，曠乎王佐風。蚍蜉撼大樹，還問朱晦翁。”《淝水之戰》：“安亦殷浩流，臨事稍静默。天不欲傾晋，兒曹竟破賊。”《荆軻刺秦王》：“秦政非齊桓，奈何生劫之？倘遇樊於期，地下將何辭？”《後唐莊宗》：“群小戲相狎，倉猝死流矢。亞子非可兒，是亦豚犬耳。”《漢武帝征伐四夷》：“和議計非得，絶域千百戰。雄才靖九垓，不作書生見。”《景陽井》：“患難不相弃，妾身即君身。誰謂無心肝？的是深情人。”《東晋經略中原》：“誰是北伐才？祖生大可恃。寄奴真英雄，生擒敵天子。”《項羽誅子嬰、掘始皇冢》：“世世作楚將，楚爲秦所覆。春秋九世仇，憤至一朝復。”《周處》：“斬斷長橋蛟，射殺南山虎。萬年頭不梟，遺恨埋黄土。”更有《咏史樂府》百餘首，已全歸烏有之鄉矣。惜哉！

《石頭記》爲小説中有名之作，而題詞無一佳者。我友傅鈍根所填《念奴嬌》一解，可稱雋妙絶倫，真不厭百回讀也。兹采録於此。“天生頑石，是何年，鞭走青梗峰下？填海補天都未得，息息塵埃野馬。釵黛升沉，玉金離合，倩問誰真假？紅樓夢覺，忍揮珠淚盈把。　　何物盲左臏孫，中情鬱結，自把牢愁寫。别有傷心懷抱惡,千載更無知者。兒女嗔痴,家常瑣屑,字字聲伊啞。幾時撒手。大家從此歸也?”

余去年思刊文學雜志。李叔同,海上能文之士,素工歌詩、小説,而詞尤極哀艷感怨之致。以數章見寄。雖屬綺情,却有無限蒼凉意也。《憶歌郎金娃娃》調寄《高陽臺》一闋:“十日沉愁,一聲杜宇,相思啼上花梢。春隔天涯,劇憐别夢迢遥。前溪芳草經年緑,衹風情辜負良宵。最難抛,門巷依依,暮雨瀟瀟。　　而今未改雙眉嫵,衹江南春老,紅了櫻桃。忒煞迷離,匆匆已過花朝。游絲苦挽行人駐,奈東風,冷到溪橋。鎮無聊,記取離愁,吹徹瓊簫。”又《有贈》兩闋,調寄《菩薩蠻》:“燕支山上花如雪,燕支山下人如月。額髮翠雲鋪,眉彎淡欲無。　　夕陽微雨後,葉底秋娘瘦。生小怕言愁,言愁不耐羞。曉風無力垂楊懶,情長忘却游絲短。酒醒月痕低,江南杜宇啼。痴魂消一捻,願化穿花蝶。簾外隔花蔭,朝朝香夢沉。”

李叔同詩,有時頗似龔定庵。如《昨夜》云:“昨夜星辰人倚樓,中原咫尺山河浮。沉沉萬緑寂不語,梨葉一枝紅小秋。”《丁未初夢》云:“鷄犬無聲天地死,風景不殊山河非。妙蓮花開大尺五,彌勒松鬗腰十圍。”“恩仇恩仇若相忘,世界琉璃七寶妝。隔斷紅塵三萬里,先生自號水仙王。”此等境界,非他人所能到也。叔同自署其字曰“息霜”,其厭世之流歟?

此間有一女郎,略饒風韵,雅比緑珠。出自小家,無殊碧玉。芳齡二九,已過破瓜之年。綉枕低吟,喜續《采葛》之句。倚樓則未免有情,對鏡而無端生惱。羞爲玉碎,恨欲珠沉。春水一池,干卿底事?芙蓉半盞,與世長辭。嗟呼!青年薄幸,大抵如斯。黄土無情,忍此終古。亦足勸乎?大可憐已。余爲作《怨詞》六解,又成《虞美人》詞以吊之。《怨詞》曰:“怨煞歡情薄,儂竟爲情死。水流石不轉,磊珂常如此。”(一解)“秋風空庭響,落葉辭柯枝。可憐歡與儂,永無再見時。”(二解)“雖則死别離,心事儂已了。恨煞儂痴情,情痴生煩惱。”(三解)“歡若聞依死,歡意竟如何?應添哭儂淚,灑向金叵羅。”(四解)“愁雨打香魂,楚楚酸酸怨。生生復世世,不願重相戀!”(五解)“胸中點點血,杜鵑無此紅。世間痴女子,請記歡與儂。”(六解)詞曰:“蛾眉遽肯痴如此?甘爲蕭郎死。此生贏得那人憐,斷勿他生再住奈何天。　　原來顔色難常好,珠碎玉沉了。蘭啼蕙嘆何其多,深怕滄桑劫數盡如他!”

慷慨激昂固詩之佳處,然不善爲之,易入譸張叫呶之習。自古詩人患此甚多,李白、放翁猶不能免,况下焉者乎!此病七言尤爲易犯,作詩者不可不慎也。

吾友太一作《自懺詩》兩章,録以見示,且囑和之。其詩乃見道之言也。詩云:“究竟蒼蒼非正色,豈知擾擾實勞塵。本來迷誤今如此,顛倒衆生自在身。”“歧路亡羊劇可哀,空花迷目幾生來?何方清净一抔土,乞著一生已作灰。”余爲依韵以和,詩曰:“佛與衆生無以别,大千同是一微塵。菩提正果參成後,出世原來入世身。閲盡滄桑未足哀,即生即滅去還來。最無用是皮囊臭,付與豺狼碎作灰。”寫示鈍根,鈍根亦成二首見寄:“一縷秋魂支病骨,念年春夢逐芳塵。老天無賴偏生我,此世如何著此身。”“生不知歸亦可哀,得功何事再生來?百年憂患歸終好,拚把靈心寸寸灰。”其附言曰:“人言愁,我亦欲愁,非同憂患人,固不足與道也。”誠哉,其言之矣!

楊幾園精於《説文》,作咏字詩甚佳,多有别見。余最喜其《咏貝字詩》:“群天下之人,無非爲貝奴。賢者手有貝,臣服曲其軀。貴人得了貝,兩手將人扶。賓亦從乏貝,低頭任主呼。貝主群才集,財豪著作多。不見吕春秋,文章出大沽。”真奇作也。

沈道非素工詩文,在浦東中學教授。當同人組織一雜志,以第一號惠寄,發而讀之,見其中有《讀伯初五日記程》題《高陽臺》一解,又嘆其詞之工矣。“縮地長房,乘風宗慤,雙輪飛過輕埃。碧渚晴戀,依依笑逐人來。南朝簫管今何在?付漁樵,短笛酸哀。殢吟魂,胭脂廢井,花雨荒臺。　　江山一脉鮮妍畫,似天公粉本,留待删裁。百兩送鞋,探幽踏破青苔。平添多少風騷,料逐征塵,俯仰低徊。判安排,十笏隃麋,五斗清才!”道非詞不多做,偶一爲之,而風骨之高騫如是,所謂“五斗清才”,洵無愧矣!

王鬱仁自署無生者,爲當今文學界巨子,尤長於説部,著《斷腸花》甚佳。余《懷人詩》五十首中,有絶懷之云:"掞天才藻麗雲霞,生小維揚號作家。滿紙血痕紅濕透,不堪重寫《斷腸花》。"無生見詩,答我兩首:"海上風濤捲地來,飄零書劍不勝哀。如何波浪污流地,忽枉篇章到不才。""作意西風撲面寒,青琴瑶瑟少人彈。游娥夢冷知音絶,手把新詩不忍看。"余更爲步其韵以報之:"鳳歌泣麟爲誰來?屈子離騷抵死哀。百劫河山君莫恨,衹緣中夏不宜才。""月明江上鼓鼙寒,瓜蔓抄殘淚暗彈。匣裏龍吟眠不得,模糊醉眼幾回看。"

劉季平,豪士也。豪於詩,更豪於酒。行三,故自稱劉三,而人亦共以劉三稱之。曾爲余題《萬樹梅花繞一廬卷子》兩首,可謂哀感悱惻極矣。猶記往時,海内志士題咏此圖者不下數百首,其中名作誠復不少,然余時時誦劉三詩,以爲樂也。爲録於此。"豈學騷臣愛悱惻,滋蘭樹蕙托清華。應傷前度風和雨,三十三天夢落花。放翁已死逋仙去,剪紙招回未斷魂。衹恐花時寒徹骨,不辭春酒爲君温。"

顔九烟,同邑人,余之表叔也,二十六歲以前之莫逆交。長於文,爲詩亦復雋妙。著有《憂廬詩集》,久欲付刊,卒卒未就,頗以爲恨事。其集中多可傳之作,余尤愛其五律一首,題曰《情懷似海,長日如年,忽來黄鶯,向我柔聲緩囀,若慰予離索之感者,爰報以小詩》:"渺渺予懷遠,嚶嚶爾意殷。人而可無友,鳥尚感離群。脆竹清絲韵,雙柑斗酒論。人天聯眷屬,浩蕩寫靈芬。"今讀其詩,淒然如山陽聞笛時也。

《居易録》云:"張吏部序余《過江集》曰:'筆墨之外,自具性情;登覽之餘,别深懷抱。'知己之言也。蓋必如是而後,爲詩不妄作。否則,味同嚼蠟,多此一番筆墨,甚無謂也。"漁洋詩殊不足當此,而四語却不刊之論矣。有意攻擊古人,此固輕薄者之惡習。然毫無獨見,而專以他人短長爲短長者,亦未見其得也,何論文也、詩也。在己,苟自得之地,好惡盡可迥异他人。歐陽修之不好杜詩,蘇東坡之不好《史記》,豈好惡與人殊哉?蓋别有所見耳。

黄晦聞爲中國文界巨子,爲詩頗苦,往往數日吟成一首,其不苟如是。余作《懷人詩》五十章，其一章云："森嚴筆法魯春秋，亂世儒生志未休。何奈頻遭喪明感，出山盍踐武林游?"即懷晦公也。君有三子，前喪其二，今又喪其一。在滬時，仍約同游玩。後回廣東，未果，故及之。晦公答我七律一首："别後寄書能慰我，江樓應識此時情。月斜鴉倒回天影，雨過車留碾石聲。坐看鬚眉有秋氣，强扶魂夢惜新晴。憑君飯顆山頭見，已爲題詩太瘦生。"是詩可謂秋士能悲矣，詩餘類是。此時余正小病，得晦公詩筒，凄愴不能自已，乃更報一章："瑶華何意到燈前，細數星辰落惘然。多病芙蓉愁見月，入秋楊柳怕成烟。紅鵑衰草休相問，黄蝶凄風倍可憐。漸覺今生狂不得，袛傷儂亦近中年。"

吹萬叔《浙江觀潮詩》實爲七古中奇作。昔黄仲則作前、後《觀潮》兩詩，隨園甚稱之。以此較彼，正不復能定其優劣也。吹萬叔將至杭，余曾贈以一章："袛番清興添多少，篷背沉吟想見之。西子湖邊憐獨往，中秋月好定相思。倘過岳王墳畔路，煩君壁上替題詩。"繼而吹叔報我一章，勝原唱多矣。詩如下。"畢竟臨安山水好，一年不厭再游之。豈無芳草傷情緒，盡有孤雲繫夢思。倚枕中宵人去後，推篷凉露獨來時。隔江便是山陰道，秋雨秋風怕賦詩。"

余庚子以前詩大都散佚，讀《憂廬詩集》，猶得其所題拙稿三首，時時誦之，不啻自觀舊稿也。然爾時余詩少精進自得語，其所獎飾殊不足稱。思念及此，輒唤奈何。兹特録之。"骯髒心腸短後裳，寶刀鐵笛醉飛觴。莫嫌氣概粗如許，熱血填胸肝膽芳。""書生結習幾蹉跎，廿載人争被墨磨。鐵石心腸軍國恨，中宵涕淚濕雕戈。""忽儒忽俠忽詩人，旖旎風懷亦入神。才子前生原是佛，一身現出百千身。"

憂廬有《吊晚唐詩人曹唐》詩三章，其慷慨激切，現於眉宇，非具一肚皮不合時宜者，無以解此。詩云："黄冠拋却帶儒冠，刻意吟詩思汗漫。快讀游仙九十八，仿疑身在五雲端。""明珠火齊繞盤行，荒誕迷離數不清。具此仙才占仙籍，自然金榜上無名。""英雄無地各悲秋，鬱屈瑰奇萬古愁。一代霸才窮幕府，衣冠那不到獼猴。"

東海褰溟氏，今日詩界一巨子也，多雄豪忼爽之音。讀其詩，即知其爲偉大人矣。如“壯士事戎馬,封侯入漢關”“斗酒縱横天下事,名山風雨百年心”“烟消大漢群山出,河入長天落日浮”“筆攜上國龍光去,劍帶單于頸血來”等句,皆有磨盾横槊之風。

東海褰溟氏詩無體不佳,而古詩尤峭折奇偉可愛。《六盤山轉餉謡》云:“馬足蹩,車軸折。人蹉跌,山岌岦。朔雁一聲天雨雪。輿夫輿夫爾勿嗔,官僅用爾力,爾胡不肯竭?爾獨不思車中累累物,東南萬户之膏血!”此作筆大如椽,漢魏盛唐人中亦所罕見。至若《西域引蜕圖》等作,則又似學長吉體矣!

太一詞都是血淚結成,即以工拙論,亦不減姜齋,况氣概絶相似者耶。《滿江紅·感事》一闋其一云:“旅夢十年,問蝴蝶莊生誰是?衹可恨,盗多如鯽,聖人不死。長夜蒼蠅聲斷續,漫天貝錦文萋斐。恐今後,黑暗更難分,人和鬼。　　挽千斛,銀河水;洗千種,平生罪。卧高樓百尺,元龍差擬。腐鼠任憑鴟鶚嚇,泥鰍莫喻蛟龍旨。便浮雲,轉跟過長空,休提起。”其二云:“黄鵠高飛,待唤取,歸來同住。劇勞汝,暮三朝四,狙公賦芧。一曲廣陵今夜月,千盅魯酒黄昏雨。嘆炎凉時節已推移,天如故。　　惜往日,屈原賦;投五體,要離墓。笑壯懷鬱勃,而今老去。燈火險爲魑魅滅,山頭聽慣嬰兒語。猛回頭,世事幾滄桑,心魂怖。”《柳梢青·除夕》云:“一年容易,惟聞更鼓聲流替。五個除宵,家園客子,斷腸各自。　二老料知何似,誤一片,倚門心事。天若有情,念依孤苦,也應回睇。”

讀詩當先讀宋、元、明、清諸大家,然後乃進觀三唐,進觀八代,更進《楚》辭而《三百篇》,則思過半矣!

我友柳亞子以《像生花》一詞見寄,調寄《念奴嬌》,可謂神妙之作。古人云:“情生文耶,文生情耶!”蓋一而二,二而一者矣。詞如下。“芙蓉遲暮,况迢迢遠道,涉江千里。眼底秋容誰贈我?絶妙蘭心蕙意。不似枝頭,風痕雨點,狼藉斕斑裏。孤眠伴我,銅瓶紙帳情味。　　豈是當日唐宫,縷金剪綵,裝點春三二。中有美人魂一縷,獨自背燈摇曳。憔悴年華,花開花落,飄泊渾非計。人天惆悵,銅仙無限鉛淚!”

道一以一書一詩贈亞子及鄙人，讀之凄然欲淚。録其詩如下。“冒雪經霜又一年，傷心底事不堪言。而今幸得虚舟願，任被風濤衹晏然。”余爲四叠韵和之，其一：“不見龍川近一年，魂消骨折未堪言。衹愁孱體增新病，雨横風狂思悄然。”其二云：“傷心如此又一年，坐待河清默不言。漫説情深同骨肉，訂交到我亦徒然。”其三云：“衆生憔悴已多年，佛墮泥犁恨可言。十七史從何説起？向天看劍意茫然。”其四云：“盼斷王孫憶去年，新亭對酒向誰言？况當草長鶯飛日，大好江山倍黯然。”

余移居留溪，成小詞兩解，一時和者頗衆。就中平平者較多，而佳者亦復不少。當以鈍根《喜遷鶯》一首爲最勝云。詞如下：“飛來一紙，道移住留溪，遣懷賦此。秋雨瀟瀟，秋風淅淅，拚把愁腸驚起。又作稚川移宅，漫説晏嬰近市。心空净，境清閑，不怕阿儂羡死。　　否否，任憑他，抱膝高吟，未必安便耳。紅豆拋殘，青山買得，翻怨今非昨是。肯使彎强壓駿，付與黄冠草履。都休了，且自飲醇擁美。”

余以兩七律懷太一湘中，曾刊諸《須彌日報》中，後太一和我兩章，其悲壯感慨不下原詩，讀者可以哀其志矣。急録如下。“海水群飛高萬丈，卧游終古老三神。天方沉醉人宜瘦，境遇艱危識漸真。每倒清樽傾北海，翻因淪祭羡西鄰。江干幾樹紅紅豆，一夜飄零涕滿巾。”“穩住玉笥續九歌，渡河生怕水生波。千年蜀國啼鵑苦，八月洞庭落木多。越鳥巢南成底事？風牛异地可如何。才華已盡潮流猛，訂古商今到橐駝。”又寄我《戊申七夕詞》四首，語極沉痛，又極新穎。録兩首於此。“女牛離别未央渠，聞説今宵又駕烏。怪爾愁多歡更少，不如一歲一回無。”“人世沉浮醉夢過。分飛勞燕各愁多。幾生修到無機物，萬歲由來一任他。”來書云：“壬癸丁三年，均有絶句。”惜未窺其全豹也。

汪叔鹿，自號“汪痴”，人亦以痴目之，其實不痴也。平日衣服污壞，不加修飾，金錢到手，即用盡而後已，無蓄産思想。特長於演説，每登臺，口若懸河，描摹社會情形淋漓盡致，聽者無不鼓掌。素不能詩，今稍稍從事，亦頗不俗。曾以兩律贈余，録入《藝林》中，其一爲《柳色迷離》,余和之原韵云:"風塵歌泣露天真,骯髒人間三十春。普度泥犁猶有舌,《大招》花國已無魂。途窮未許除豪氣,民困誰知竟哭聲。能唱桃花新扇劇,雲亭死後要斯人。"其二云:"龍泉劍冷舊忘名,倦讀《離騷》夢屈平。萬本梅花心室静,一囊詩卷腦橋清。艷情渺渺碧雲影,熱心空空仁雨聲。寒月溪頭(在張堰,今石碑猶存)春去也,萋萋芳草正愁人。"余復和之曰:"物到無機亦解鳴,水流激石證生平。天人魔佛科難别,化濕卵胎數不清。國土莊嚴忘我相,天空簸蕩發雷聲。一毛一孔一世界,何地能容厭世人?"

《民呼報》出版,余成七古一章以祝之。兹録於此。"雄鷄一聲天下白,東南飛起雲五色。安用神州嘆陸沉,回斡南董數枝筆。政治异幟真恢奇,義大利産馬志尼。共和制度有熱力,鼓舞文明完天職。法國辨者彌拉巴,抵抗政府功蔑加。壓制政治論出現,萬民歡呼看國花。獨我中華春色老,西風北風吹悄悄。海上報界多死聲,種亡族滅此先兆。天民帝民民以大,子民蟻民民以小。君大於民國權淪,民卑於官國礎沉。若欲民生民權兩發達,先將民德民智扶植勤。即今神州民氣如死灰,看君獨上昆侖山。大呼民魂歸去來,一呼再呼民魂哀。千五百年民心死。印埃覆轍誰之耻?我所思兮民史氏。"亞子亦有《滿江紅》一詞祝之,惜未刊入,爲録於此。"禹域堯封,嘆頻年、自由鐘歇。驀涌現、崤函紫氣,三辰争烈。鳳羽朝陽儀五色,麟經大義王正月。誓從今、隻手挽狂瀾,雄心切。
穢史耻,須湔雪;黄史誼,肯埋滅。看悲歌慷慨,舌存未缺。衮鉞無情南史簡,江湖有黨東林血。向昆侖、頂上大聲呼,撑天闕!"

蔡哲夫以所作《蠡樓詞》一卷見示,中多綺麗之辭,頗與李笠翁相近。就中,余酷愛其兩闋。如《昏夜苦寒》調寄《愁春未醒》詞云:"濕烟裹樹,淫雨迷樓。畫出暮昏景,問如何、寒氣還留?想是水雲陰,海氛冷,客寮幽。未離大被,未收軟褥,未卸重裘。　耿耿寒燈,沉沉寒夜,薄薄寒稠。渾如朔風吹大雪,人在孤舟。記否前年,桃花映面杏盈眸?春人旖旎,春衫瀟灑。春夢温柔。"《中秋有寄》調寄《人月圓》:"今宵海上生明月,怎禁起相思。伊人秋水,空勞遠睇,千里拋離。　風流雲散,月明燈滅,意苦詞悲。願卿長久,拚儂闊别，盡有歸時。”

太一知余有《南社詩集》之刊，以其師劉嘯樵先生之作見示。風格老健，不愧前輩典型。《佛字岩》云：“岩扉幽僻白雲關，路出藤蘿步履艱。世界本無真個佛，定留一字誤人間。”《咏梅》云：“闢得閑園地半弓，種梅幾樹向當中。開時不藉東君力，占第幾番花信風。”《登祝融峰觀日出》：“披衣走衡嶽，夜見祝融君。祝融愛我狂，持帚驅浮雲。坐我望日臺，使我觀朝暾。忽聞天鷄如獅吼，地維破裂天分剖。怒濤山崩海水赤，黿鼉失策蛟龍走。須臾海宇盡朱丹，天風襲衣生微寒。歸向祝融述前事，謂於天地窮奇觀。祝融聞之笑莞爾，子殆未上泰山耳。他日與子登日觀，再從天際看雲水。”太一書云：“先生有《滄泉剩稿》數卷，署名或曰‘滄泉’，或曰‘鎦師陶’，均可。”太一謀有以傳先生名於不朽，不遠千里特寫以見示，在余，未必能傳先生，而太一真可謂不忘其師者矣！

戴南山之詩，余未之見，其自云好詩而不工詩，蓋實事也。但彼雖不能詩，而却善説詩，與能詩無异，彼豈真不能詩耶？不苟作耳。南山之言曰：“書曰：‘詩言志。’志者，詩之本也。荀子之論《小雅》曰：‘疾今之政，以思往者。其言有文焉，其聲有哀焉。’此詩之情也。今之人，舉其所爲本與情者兩無之，相與爲浮淫靡麗之作而以爲工，而作詩之旨失之遠矣。”又曰：“古之人，雖田夫、野人、女子皆能自言其情，情之至而詩自工。今之人，以詩爲取名聲，争壇坫之具。自泊其情而忘其己之詩，以務摹擬夫古人之詩，此詩之所以衰也。數千年來詩數變，而其變愈下。彼此訾謷互起，迭撲凌遲至於今。而世之説詩者，其術更黠，而其説更譎詐而不可窮詰。”噫！明代文人之狀態，唾駡盡矣。南山著有《齊謳集》，共一百餘首，惜不得見。南山常以身在窮困，而曾無以發洩憤懣之什，每自惜且恨，其胸中殆有不可明言者矣。

蔡成城以所和雪蝶《本事詩》十章囑和，且以雪蝶原唱抄示，云貞長、佩忍皆有和作，惜余不得見。雪蝶此遇誠一段佳話，不可以孤負也。余爲次韵以報之。“相逢應了前生願，綺恨偏從弦上鳴。春士善悲秋女怨，最移情算八雲箏。”“金粟如來空説法，我聞如是意凄然。可能芍藥將離酒,重訂雲英再見緣。""不信華嚴仍小劫,紅蠶春病尚抽絲。黄金未把名花鑄,脉脉靈犀欲語誰?""怨已難箋况感恩,髪香夢醒尚含顰。前生鸚鵡今生佛,出入人天總一生。""碧闌十二倚吹笙,叠叠霓裳秋思盈。天女拈花迦葉笑,人間安用是痴情。""四壁西厢都畫罷,老僧擊鉢再吟詩。無明有愛參平等,十種《楞嚴》頂禮時。""休憎柳絮東風影,傳説高唐有雨雲。彈出離鸞新曲譜,兩行紅淚濕羅裙。""面壁好參歡喜果,古禪燈畔怕消魂。難除結習消魔障,記取袈裟認酒痕。""仙姝少住櫻花島,一夜相思海上潮,臨去秋波剛一轉,惹人抵死夢紅橋。""文君白髪詩何怨?薄幸人争笑長卿。如許才華誰賞識,爲君青眼奏銀箏。"成城詩甚工妙,爲録如下。"美人心事英雄淚,無限酸辛共一鳴。誰省潯陽凄絶後,有人更感八雲箏。""青燈煮夢春夜寒,低唱君詩益惘然。綺障彌天誰懺却,姑同歡喜話因緣。""法眼早知空世界,衹無慧劍斷情絲。阿難戒體休輕毁,細認摩登伽是誰?""最難消受美人恩,怕惹郎愁黛斂顰。早欲皈依摩詰去,如花争不自由身。""憑肩燈下聽瓶笙,一縷茶烟斗室盈。照見并頭杯茗裏,停盅無語不勝情。""伏枕含羞濡鳳筆,蠻箋索寫定情詩。低頭撅帶叮嚀語,記取新歡濃盎時。""已教琴操皈禪悦,莫遣分飛若彩雲。美眷如花年似水,春人珍重合歡裙。""似此佳人難再得,值君爲渠斷吟魂。遥知省夢詩成夜,不辨啼痕與酒痕。""我亦多情慕之子,無端倚夢逐春潮。片時飛入蜻蜓島,踏碎櫻花過板橋。""底事相逢還避面,畫圖早已識卿卿。漫嗔游屐來狂客,斜倚銀屏懶弄箏。"再録雪蝶原唱如下。"無量春愁無量恨,一時都向指間鳴。我亦艱難多病日,那堪更聽八雲箏。""文室番花手自煎,語師香冷涕潸然。生身阿母無情甚,爲向摩那問夙緣。丹唐斐倫是我師,才如江海命如絲。朱弦休爲佳人絶,孤憤酸情欲語誰?""慵妝高閣鳴箏坐,羞爲他人工笑顰。鎮日歡場忙不了,萬家歌舞一閑身。""桃腮檀口坐吹笙,春水難量舊恨盈。華嚴瀑布高千尺,未及卿卿愛我情。""烏舍凌波肌似雪,親持紅葉屬題詩。還卿一鉢無情淚,恨不相從未剃時。""相憐病骨輕於蝶,夢入羅浮萬里雲。贈爾多情書一紙(贈以梵本《沙恭達羅》),他年重檢石榴裙。”“碧玉莫嫌身世殘,同卿仙子獨消魂。袈裟點點疑櫻瓣,半是脂痕半淚痕。”“春水樓頭尺八簫,何時歸看浙江潮? 芒鞋破鉢無人識,逢過櫻花第幾橋?”“九年圓蟹成空熱,持錫歸來悔晤卿。我本負人今已矣,任他人作樂中箏。”蔣劍人爲鐵岸和尚時,有“緑酒獻花詩獻佛,青樓聽雨寺聽鐘”之句,雪蝶所遇正復相同。莫説枯僧形似木石,當初佛祖原亦多情。於此益覺英雄不得志而遁於禪者,爲愈可憐矣。

道子繫里幾一年矣,亞盧有二詞懷之,調寄《蝶戀花》真一字一咽,歐九此詞恐不得專美於前矣。其一:“未卜他生今已誤。釵斷琴焚,南浦當時路。十樣蠻箋勞寄予,幾曾寫盡相思語。　往事思量誰記取? 斷雨零風,又送春歸去。正是江南三月暮,鷓鴣聲裏留人住。”其二:“鏡裏窺儂顔色誤。憔悴年來,總爲郎辛苦。鸚鵡前頭休絮語,背人紅淚還如雨。　綉盡回文無一句。倩夢驚魂,衹逐楊花去。盼汝今宵飛到處,秦淮水繞鍾山樹。”君言愁,我亦欲愁矣。爲依韵以和之:“如許佳期偏又誤。梗斷萍飄,江北江南路。織就鴛鴦該寄予,斷腸訴盡相思語。　袖底芬芳須領處。來不多時,便又匆匆去。隔著紅墻天欲暮,怎禁牽得痴魂住。”“密約今生堪幾誤。歡會難期,儂實真凄苦。緑葉成蔭安可語? 一番花事風還雨。　吐出傷心千萬句。青鳥無憑,消息誰傳去? 曲曲夢中尋覓處,迷離山色迷離樹。”

偶誦太一舊稿《蝶戀花》、《減蘭》二詞,不覺愁沉沉以襲余心,因步其韵得兩解,寄長沙。“花正開時人已散。十斛鮫珠,便爾抛殘半。一任江南風景换,滄桑滋味依嘗慣。　蝶醉蜂狂愁思亂,無賴楊花,漠漠烟籠岸。去去東皇腸欲斷,搴簾細把春光看。”“幾多愁緒,坐待天明天忽雨。白雁西風,裝作痴人啞與聾。　果然難説,完好金甌誰碎缺。閑倚樓頭,君自言愁我欲愁。”其原作并録於此。“月易缺圓雲易散。九十韶光,又早花朝半。鏡裏朱顔今昔换,年年春去春來慣。　何處流鶯聲嚦亂? 斗酒雙柑,記否江南岸? 和夢和人消息斷,淚痕莫把青衫看。”又録其《減蘭》詞云:“一天情緒,遇著西風吹作雨。雨雨風風,聽到黎明耳也聾。　好事休説,好月易圓行復缺。猛些回頭,各散芳筵各自愁。”太一措詞選字雅近自然,其寫感情處尤頓挫入神,令人低回欲絶矣。

唐初始專七律,沈、宋精巧相尚;至王、岑、高、李,格調益高矣。及大曆十才子起,而詞義、氣格更增完備,謂不逮盛唐者,此謬説也。宋、明詩人於此體,佳句頗不乏,特少通體美善耳。余近得兩詩,爲録於此。《樹巔鵲巢爲頑童所毁,爲賦此章》:“看爾生離兼死别,一朝慘狀淚應流。獨遭喪亂休天怒,縱受飄摇不汝尤。衹合因緣成劫數,豈關陰雨未綢繆。須知予室翹翹甚,同是清歌在漏舟。”“生憎日暮嘆途窮,繞樹悲鳴覓故雄。自古高明原瞯鬼,到今寥廓信多風。嗷嗷黄口嗟何及,記取舟心苦未逢。又是一場春夢了,傾巢覆卵太匆匆。”

明季金冬心先生,奇士也。其詩多獨闢异境,淵淵有古心。所爲七絶尤佳,録六章於此。《斜陽》云:“板橋瓦曲酒壚荒,一段清愁百折腸。蝶散冷香花落粉,最難留住是斜陽。”《雨》云:“夜雨客帷冷拔冰,騷騷屑屑復懵懵。此聲如在黄茅驛,淘剩空杯聽一燈。”《淮堤柳》云:“緑柳一株紅板橋,東風用力媚春朝。可憐種向淮堤上,不是低頭便折腰。”《咏秋荷》云:“曙宫水殿客依稀,不信人間秋漸非。連日敗荷傷夜雨,暗消青蓋落紅衣。”《旅歲雲暮,取琴彈之,久不成曲,感賦二首》云:“軫上流塵撲又生,彈時十指少和平。枯泉僵木岩鉗口,始信無聲勝有聲。”“相較伶人絶路憐,不成三嘆輟衷弦。刺船吾欲尋師去,且住青山一百年。”詞旨凄怨,雖千載下,如見其心事矣。僕本恨人,何堪卒讀耶!

丁未夏,亞盧以《懷人詩》見寄,“小叙”以爲感觸鄙作五十章而作也。第二首辱蒙及我,詩云:“文采風流我愧卿,未堪冷落怨胡塵。青丘詞筆漸離築,同向人間訴不平。”戊申冬,亞盧又寄示《懷人詩》十六章。其《枉贈》云:“蓬梗萍飄迹屢歧,代飛燕雁悵心期。酒徒燕市今重叙,不見悲歌高漸離。”蓋余久不至滬,故云然。是時太一亦適以《懷人詩》六十五章之一抄示,真兩地有同心矣。詩曰:“孟冬陽生春又回,詞人苦憶高天梅。江南江北春歸早,爲問寒花幾樹開?”鈍根亦以詩見懷,題云《索居無聊,取諸友詩讀之,各繫一詩》,録一如下:"詩人我識金山高,古風摯誼冠吾曹。金山才調豪復豪,東閣梅花嬌復嬌。"末句謂亞希也。情真意切,皆爲可傳之作。

《亞子來滬上,以書招我,不果往,寄以〈百字令〉一解,兼示巢南、曼殊諸君子》:"江山無主,剩酒徒幾輩,天涯萍聚。一種芬芳抛不得,空被才名耽誤。痴夢尋仇,騷魂覓食,都是風前絮。斜陽滿眼,離懷綿渺如許。　可奈兩地相思,迢迢歇浦。難訴傷心語。彈罷焦桐同此恨,鳳飄鸞泊河處?亂世多愁,故園小病,盼斷雙魚素。碧闌干畔,惹儂終日延伫。"亞盧以一章報我,即步原韵:"小屏紅燭,正去年今日,與君相叙。問息尋消剛一載,料理重逢偏誤。幽怨詞箋,峥嶸劍氣,遲汝從頭絮。一燈古店,低回往事如許。　最憐絮迹萍踪,天涯地角,哀怨準能語。江左夷吾無恙在,歌泣新亭何處?南國行人,西湖狂客,迢遞雙魚素。晨星寥落,海天無限凝伫。"此詞兼懷卧子白門,巢南香港,鎦三武林。况夔笙論詞云:"詞中轉折欲圓,筆圓下乘,意圓中乘,神圓上乘。"柳子此作,其殆上乘矣乎?蓋"意圓"而進於"神圓"矣。特不知余所作爲何如耳?恨無識者一顧之耳。

佩忍卧病滬上醫院中甚劇,余牽於事,故屢次往訪而不果。聞徐寄塵女士爲之調治頗力。紅妝季布,裙釵中大有人在也。負情如我,對此幾不愧死耶。填《金縷曲》一解,以達其意焉,簡佩忍。"吾友巢南子,謹題箋陳詞足下,務祈鑒此。卧病春江猶未起,憔悴故人奚似?奈兩地,月明如水。我願飛來前問訊,恨朔風難展垂天翅。辜負煞,平生意。　青燈空灑相思淚,念終朝,呻吟床褥,情何能已?懺慧詞人偏解事,真個凌雲高誼。看患難交情有幾。儂實喪心休更説,惟望君努力加餐耳。天頓首,匆匆啓。"

古閩林拾穗以和《題大同瓦詞》見寄,即按《虞美人》調,録如下。"福緣布施隨人意,佛示阿那矣。百千萬億涅槃身,解道佛心衹是普通情。　浮圖七級憑心造,善經如伊少。聚頭端的盡冤家,果得早登净土免擠挑。""隨時舊物翻新樣,望古增惆悵。由今再歷幾千年,衹恐向來國粹絶無傳。　神州一半從夷俗,冷抱何方廓？剜苔剔蘚等無聊，剩向劫灰堆裹哭前朝。”覽其詞意，亦古之傷心人也。來函稱余爲“慧雲女士”，爲之失笑，偶成兩句云：“女權墜落無終極，不願今生作美人。”寫示林公，當亦捧腹。

咏古之作，著筆爲難。堅光勁響，可推爲當今射雕手者，其惟柳亞子乎！兹録其《讀松廬諸先輩遺集》八章，實《詩話》中。第一首《咏卜孟碩》：“痛哭遼陽戰血腥，如君原不是狂生。我來緑曉莊前過，天地蒼茫失此人。”第二首《咏吴長興》：“一代人豪迥不凡，綸巾羽扇早登壇。如公更緩須臾死，此虜終應悔入關。”第三首咏《王曉閣》：“觀物堂空宿草叢，知心惟有蔣山傭。天人絶學空矜惜，可奈揮戈日未中。”第四首《咏吴赤民》：“劫火狂燒野史亭，坑儒遺恨最心驚。叢殘尚有人收拾，觀物遺編任處尋。”第五首《咏計改亭》：“淵源學派衍黄劉，閣部軍前借箸籌。一跌可憐渾不似，衹餘詩筆占千秋。”第六首《咏潘次耕》：“覆巢遺卵恨安窮，文叔何緣事聖公？辜負簡書珍重意，困亨叟與蔣山傭。”第七首《咏吴漢槎》：“絶艷驚才吴季子，生歸白髮已婆娑。鞭鸞笞風尋常事，誰遣靈禽入網羅？”第八首《咏葉横山》：“僧衣初换宰官妝，苦節終慚午夢堂。門下歸愚原不弱，詩書發冢更堪傷。”又有《題錢蒙叟詩集》一首，亦佳。“東京黨錮舊名流，晚節披猖恨未休。棋局叢殘悲失著，臘丸辛苦運奇謀。生矜一代龍門史，死倍千秋燕子樓。地下若逢臨桂伯，爲言嗚鏑滿神州。”

太一以詞郵寄，爲選録於此。《生日後之一日感賦》調寄《滿江紅》：“歲月遷移，又過了，中元時節。空悔恨，花開花謝，不曾將折。帝女新添瑶瑟怨，媧皇慚補中天缺。想今生蘖果又重圓，紅羊劫。

驥伏櫪，心更烈；虎變鼠，喉爲咽。望帝城何在，匈奴未滅。浪迹東西桃梗斷，閑愁千萬丁香結。檢重來，歷史幾興亡，渾難説。”“獨立蒼茫，共千里，月明今夕。正舊恨新愁如絮，重重故積。鸞鳥托身榛與枳，豺狼倚狽膠和漆。枕長戈夜起問青天，天何極。

填滄海，精禽石；開蜀道，五丁力。奈南風不竟，秋蟲在壁。人事浮雲西没易，年華逝水東歸亟。數親朋故舊幾何存，千難一。”《獄中寄鈍子》調寄《青玉案》：“關河一帶玄黄色，正争戰，龍蛇劇。夜氣冥冥天亘測，人民城郭，大江南北，萬種空陳迹。　頭顱尚保將三十，竪子成名幾千百。恨事如天誰與白，君爲依舞，儂爲君泣，迢遞風烟隔。”“去年今日分飛疾，豈知隔年今日。别有升沉天各一，是奇難偶，是雙難隻，梗斷萍應泣。　更從今後知何極，鷄鶩鳳凰常共食。世事沉沉淆黑白，懷汨羅石，載鴟夷革，争信前途及。”讀此頓覺悲來填胸，唾壺欲碎矣。

余成任爲健行公學舊同學，今肄業南洋中學，因劬力攻學而死，學界無不深惜之。余悉此耗，慘然默坐，不語累時。爰哭以兩詩：“啓余斷自推商丘，尼父傾心嘆未休。如汝峥嶸頭角少，泣麟我道竟悠悠。”“舊巷烏衣何處尋，及門桃李未成陰。那堪重話開元事，白髮宫人淚滿襟。”其哀感爲何如？猶憶健行創立時，負笈來游者多才俊之士，一時指畫，談論古今，頗稱東南之盛。曾幾何時，而風流雲散矣。求如曩昔之復集一堂，渺不可得。生離已可憐，而若余君者，今乃竟以死别耶。吾黨多才，又弱一個。僕本恨人，何以堪此！復得亞盧挽詞兩什，真與我表同情也。并録於此。“玉樹長埋恨，傷心奈汝何？才華原敏捷，身世太蹉跎。豹有留皮感，人無返日戈。秋墳《蒿裏曲》，哀怨不能歌。”“樂育英才意，當年迹已陳。江湖空結客，桃李不成春。寥廓嗟何世，窮愁失此人。生離翻死别，誰與話酸辛。”

王船山先生爲明季大儒，稍有知者皆識其名，所著《龍舟會》雜劇可稱絶奇之作，借古事以刺時局，無一字虚設，語語痛快。以文筆論，尤爲雋妙，然豈但文章而已矣。其天經地義之談，足以垂萬古而不朽矣。爲摘録如左。“做賊稱雄也枉然，不見安禄山，建國號稱元，到頭衹是刀頭死，衹差殺王維與鄭虔。【紫花兒序】弄筆尖的把丹青畫，持牙籌的將斛斗量沙，擁旌旄的似畫錦冠猴。空目斷長堤烟柳，古渡偏多濁流。一任乾坤日夜浮。問誰是吊北渚靈均哀郢，説東風周郎顧曲，望長安王粲登樓。（白）乾坤何處不烽烟，哀哀寡婦誅求遍。【風流體】鬧烘烘鬧烘烘金字匾，絮叨叨絮叨叨《列女傳》，看將來看將來值甚錢，水牯誰受鼻絶串。”先生當厄運，復仇恤耻之念隱忍未忘，其詞之沉痛爲何如也！

船山先生在明末四大儒中,文章斷推爲第一。就其一人之文論之,論著爲上,詞次之,而詩最下。其詞有一種哀音,較之後唐主李煜正相伯仲,至誠摯處尤復過之,其殆心屈子之心者乎?而詞中尤以咏物爲上乘。如《咏牡丹》調寄《點絳唇》:"不道人間,消得濃華如午色。有情無力,殢著人相識。　閱盡興亡,冷淚花前滴。真傾因,沉香亭北,此恨何時釋。"《咏子規》調寄《憶秦娥》:"幽魂咽,蜀天淚灑春江趣。春江血,東下湘靈,衷弦夜月。　春歸還訴春前別,天荒地老情無歇。情無歇,喚不歸來,他生何劫。"《咏鷓鴣》調寄《清平樂》:"但南無北,費盡叮嚀舌。説與天涯行不得,也似欲啼清血。　空山烟雨霏微,離披敗葉低飛。乳燕莫誇清俊,人間何處烏衣?"

周實丹,名實,山陽人,以《無盡庵詩存》一册寄示,爲摘數首如左。《偶成》:"小庭遇雨長莓苔,消遣良辰仗舊醅。滿地荷花春不管,樓頭燕子苦銜來。"《秋蟲》:"一夜芙蓉卸艷妝,秋燈話雨斷離腸。豆花凄艷風聲急,薜荔荒蕪露意凉。歌哭重逢孟東野,繁華無復賈平章。可堪六代笙歌地,明月依然過女墻。""耻與寒蟬同隱默,故隨啼鳥學啁啾。蟪蛄處處王孫怨,絡緯聲聲織女愁。不有哀吟誰吊月,端因孤憤始鳴秋。女傑黄落垂楊老,多少剛腸到此柔。""凄烟冷露莫相侵,苔色迷離四壁陰。世亂周嫠難恤緯,秋深楚客獨悲吟。風前斷續三更柝,月下凄凉萬户砧。一樣商聲聽不得,明朝黄葉滿疏林。""微命可憐栖弱草,孤懷未解愛春華。如聞嘆息歐陽賦,似訴飄零蔡女笳。秋雨衰梧金井畔,荒臺蔓草玉鈎斜。哀弦急管多難似,夢斷人天各自嗟。""銜杯拭劍向宵分,此意蒼茫不可云。同類相殘反自詡,壘臣掩涕冀難聞。凄凉杜老《無家别》,嗚咽陽明《瘞旅文》。况復秋墳聞鬼唱,一燈相對意紛紜。"《重九》:"生太飄零死亦難。西風黄葉滿江干。豈真才大難爲用,翻爲愁深强自寬。四海尋仇憑俠劍,百年多難悔儒冠。故園今日茱萸會,忍見南飛雁陣寒。"實丹詩删除風艷,妙寫性真,在時流中洵屬不可多得者。

西人論文學有與中國相合者,如塞爾林格之言是也。塞氏曰:

“凡作文藝,必合二質而成。二質者何?一用意,一運氣也。夫作者既有所用意,則前後井然,極有次序。然後必有蓬蓬勃勃之氣以運之,始見意趣活潑,具有一種欲生之氣象。倘二者之中而闕其一,則不足爲神品。”何中西相類乃爾。可見文學的妙用實,出於天然,非盡由於人爲也。

倍根曰:“文學者,以三原素而成,即道理、快樂、裝飾,各一分是也。蓋快樂爲文學之勝境,具道理、裝飾兩種者多矣。所以未得推爲至者,以其未至快樂之境也。然亦有盡富於快樂而於道理、裝飾二種甚不足者,則又安得爲至耶?”三者斯可爲神品也乎!如論著之有孟子,騷之有屈原,奏議之有賈誼,傳記之有司馬遷,五古之有曹植,四言之有周公,七古之有杜甫,七律之有李商隱,七絶之有王昌齡,樂府之有李白,詞之有辛稼軒,傳奇之有孔雲亭,小説之有施耐庵,蓋庶幾矣。

時若叔以戊申、己酉詩詞稿一本囑録入《南社》,余就最愛之什,一一采記於此。《集定庵句題磨劍室詩稿》:“歌泣無端字字真,美人才調信縱横。夕陽忽下中原去,靈鬼靈山是此聲。”“遂挾奇心恣飄渺,胸中靈氣欲成雲。因緣指點當如是,不是逢人苦譽君。”《送天梅至武陵,兼贈石子》:“此去吟詩定未修,奠憑勝地便言愁。南屏荒冢知誰向?西泠新阡不可求。潭静月明天在水,堤空風起樹成秋。聖湖我是曾來慣,今夜隨君一夢游。”《柳子弃疾數年不通問,急將來書招集虎阜,報之以詩》:“搔首天涯恨未除,如馳日月嘆居諸。誼關情性更能淡,道在文章夢豈疏。秋水蒹葭容溯往,空山風雨自儲胥。而今能得栖遲樂,冥冥鴻飛足起余。”《宿平湖報本寺塔,夜起偶成》:“獨起中宵萬念縈,衆生未敢度忘情。曉雲落寞低平墅,淡月微茫接遠城。欲數明星憎塔影,初回殘夢蒙鐘聲。剎那了悟菩提旨,禮罷人天倚短檠。”

實丹寫示和元旦詩,有拔劍斫地、對酒當歌之概。爲録於此。“萍蓬身世誰知己,鐵石肝腸誓靡它。莫更優游新歲月,憑誰收拾舊山河。公孫賓客才安用,勾踐君臣事若何,二十五年成一擲,新亭贏得淚痕多。”

哲夫以南海何鑄子陶所著《夢句樓弱冠草》一册見貽,詩多學宋人。粤中詩派多宗唐,君能大變唐風。黄節序其集謂:“昔吕用晦輯《宋詩鈔》,自謂瓣香宋賢,於舉世不爲之日。他日有吕用晦,其人當竭,不圖五嶺以南有瓣香宋賢者。”余謂詩不論唐宋,要以工妙爲貴耳。以情韵論,唐人容叠過宋人,黄節祖宋薄唐,豈定評哉?子陶學宋,頗多佳章,録數詩入《詩話》中。《秋夜書懷》:“簫心劍態漸消磨,爲向風塵視察多。一卷《楞嚴》耿清夜,苦無天女伴維摩。”《春夜即事》:“料峭青空風雨多,劍光燈影夜如何?夢魂恍惚逢黄石,語我英雄要折磨。”《與吴俊卿小酌,别後寄贈》:“如何歷劫墮人天,花落花了爾許年。一事羨君猶跌蕩,酒酣偏説石城緣。”《寄懷楊君侖西》:“微笑拈花慣有詞(君著有《花笑樓詞稿》),夜凉猶是寫烏絲。風流我慮將消歇,一卷如君要護持。”《與吴君夜談,翌日寫寄,羌無擬實,藉解煩憂》:“何處重尋解語花?鰥生回首感年華。枯禪又作紅禪語,惆悵溪頭日影斜。”《雜感》:“不能痛哭不能歌,蕩氣回腸奈若何!紅雨半簾人去也,看花人自悔蹉跎。”“閑禮天台又法華,英雄兒女浪淘沙。寫經翻愛珍珠字,至境芒嚴乃佛花。”以上爲七絶之最有神韵者,更録七律之工者數聯如下。“鶴緣愛潔時栖石,竹爲憐幽代補垣。”“芸芸萬衆等芻狗,耿耿諸天自女牛。”“往事十年休再省,清詞一曲已成陳。”“雅倦曼詞如被滑,即觀庶物已通禪。”“舉世竟崇新爾雅,相逢猶認故頭顱。”“汝若有情應易老,生願多事敢求仙。”“頗工審美戒貪取,亦解言情非忘憐。”“畫中鬟鬢如何寵,夢裏羲皇不計年。”如此數聯,在宋人中亦爲上乘。

楚傖以近作三首寄我,俱沉深雅健,亦復艷麗凄婉,名作也。《鈍劍海上相招,因事不獲果往,賦此答之》:“南州魂夢期高子,歸後翻虚海上招。江左新亭空涕淚,燈前詩意落霜杓。高陽祠宇一離合,黄浦風雲幾汐潮。無限夕陽成無影,羨他來往護征鑣。”《正月三日過汾湖,訪得葉小鸞墓址於大富圩寶生庵之陰,先成二律,以志奇幸》:“迷羊芳草舊靈芬,一代文章才女墳。魂斷寒碑香冷落,夢回春水碧繽紛。松楸樹底啼鵑血,菡萏風前簇蝶裙。天使白頭亭長健,隔堤爲我溯遺聞。”“分堤吊夢成前事,今日挐帆又過湖。

金鑒百年詩讖語，玉釵兩度合離符。曉風細細探孤冢，倚思深深擁翠蒲。却恨棠梨魂返日，紙灰飛蝶在征途。”

亞君近學五古，頗爲不俗，若能時時爲之，或可自成一家。但恨教課少暇，未克日課一章耳。爲録三首如下，以存其本來面目。吁！今之女界竟以文學聞於時，及細考察之，大抵請他人捉刀，不深可耻耶！中國人無物不僞，而文學尤甚焉，我願女青年一雪此辱以爲快。詩録如下。《聞鳥聲有感》：“西風一何烈，草木葉漸稀。衆鳥多倦還，早已擇林栖。誰能送殘冬，鳥獨成行飛。一若唤同伴，相叙空徘徊。若遇放者籠，俱落濁塵埃。哀哉向陽鳥，衹圖目前歡。鷙鳥在爾後，尚不心畏寒。嗷嗷何取爲，使我中凄酸。”《某友虐待其妾，作詩以規之》：“吁嗟三代下，女德日沉淪。人權本與同，無分女男身。幸有宏達士，平等談津津。君臣破畛域，壓力除萬鈞。姑媳無尊卑，亦貴相和親。欲享家庭樂，毋歧越與秦。而况妻與妾，本乃并肩人。更宜去階級，一視而同仁。故人或昧此，我爲慷慨陳。東洋重血係，娶妾曷云休。此風自古傳，無後爲大尤。虞舜不告取，正爲此者謀。大聖尚重此，何况庸俗流。西洋與兹反，無嗣未足羞。習俗有殊异，各與劣與優。以此參觀之，知爲宗族憂。原非求歡樂，實出無奈秋。妾亦人家女，慎勿視爲仇，請君三思之，妒忌庶有瘳。”

古人元旦、除夕佳詩甚多。余偶一著筆，亦得兩首，未知較古人何如耳？《元旦》云：“百年遽去三之一，天意悠悠敢任他。略有風騷動時輩，全無涕淚對山河。酒杯跌宕狂如許，社事陵夷唤奈何。報道小園花放也，江南畢竟占春多。”《除夕》云：“霜風凄緊逼華年，唤取豪情到酒邊。典盡金釵成底事，燒殘銀燭未能眠。奇愁萬種生如髮，舊夢無端到化烟。爲具衣冠祀詩祖，訴將幽愁寫蠻箋。”

實丹寄詩頗多，《歲暮新感》十章，余最愛其第四首云：“堂堂白日苦相催，爛醉狂歌且莫哀。紫玉烟銷人不見，黄金臺峻士羞來。安能跨鳳尋仙侣，未必椎牛盡將才。楊柳成圍無限意，苗條曾似昔時栽。”《寒夜志感》四章，余最愛其第一、第四兩首，詩云：“寒宵與月共嬋娟,醉撫瑶琴獨恨然。不爲報仇方慕俠,却因多亂學游仙。塵埃野馬悲人世,猿鶴沙蟲吊史編。我自生前緣偏重,悲歡萬種日相纏。""幾見王侯剩姓名,誤人究竟是科名。長游拚使金揮盡,大錯非關鐵鑄成。安得神工修月缺,願延人壽俟何清。傷心亂世頭顱賤,黄祖能梟彌正平。"又《歲除前一日作》二首亦佳,誦之令人唾壺擊碎矣。詩如下:"豪氣勝爲萬丈虹,酒徒何惜醉顔紅。九州人物尊游俠,六代江山托寓公。無限國仇誰礪劍,共知天道若張弓。山中昨夜瀟瀟雨,夢斬樓蘭氣尚雄。""百無一就恨何如?況復明朝是歲除(唐句)。蜀帝何時歸杜宇?魯人未能祭爰居。一空塵相梅花夢,獨得真如貝葉書。願我聰明齊泯滅,茫然如在結繩初。"

《羅浮游記》題詞,當以嘉應謝英伯抱香二絶句爲最婉約有致,不愧爲神來之作矣。詩云:"馬子才華逸絶塵,趙師雄詎出前身。梅花萬樹香如海,可有當年入夢人。""才子福慧信非虚,游遍名山讀遍書。恰值羅浮新睡起,黛螺輕抹曉妝餘。"

俞劍華知余有《詩話》之輯也,以頑僧鐵崖所作《感情》八首見示,爲采録一首。"悵望河山感慨深,思潮起落萬千尋。空撞玉斗天難挽,欲返金戈日已沉。江上怒潮伍相魄,墳前古柏岳王心。神州歷史今何在,猿鶴秋風老客吟。"

更有一詩云:"若將妾貌比花容,人道花容勝妾容。昨日妾從河上過,如何人不看芙蓉。"詞意兩妙,惜忘其姓氏耳。

馬小進,名駿聲,番禺人也。著《羅浮游記》一册,其中游詩甚夥,意境大似東坡。司空表聖謂:"超以象外,得其寰中。"殆馬詩之謂矣。余喜其七絶,爲摘録數章。《抵石龍望羅浮,用楊應琚原韵》:"神嶠浮海渺無踪,因訪神嶠抵石龍。四百山靈齊下拜,傾尊笑對小羅峰。"《題朝元洞步張聘臣韵》:"遠道橋邊萬古松,白雲深處叠千重。山人飲我菩提酒,醉看羅浮四百峰。""一中精舍等蓬萊,日掃梅花千萬堆。仙蝶翩翩如掌大,隨風高下滿山隈。"《觀蟾蜍石》:"蟾蜍破月入人間,化石長住羅浮山。我欲騎之上天去,閑與游仙歷大圜。"《題明月岩》:"攀羅倚石步遲遲,仰視浮雲有所思。憶昔去年曾入夢,羅浮深處月明時。"《游半月岩》:"怪石嵯峨萬象幽,半輪秋月在羅浮。獨行獨語神山裏,蕭蕭凉風入敝裘。”

趙小韵,上海人。既客燕京,静初紹介,即從予講論學術,研究風雅,屢以書相促。小韵亦抄録詩多首惠我,且以詩見懷,其風誼可念也。詩云:“天寒歲暮苦羈留,蓬梗生涯却自羞。往事懺情成逝水,無語幽怨爲低頭。相看入市誰屠狗?可笑臨軒盡獮猴。安得追隨常把袂,故鄉遥憶獨登樓。”“閑身落寞淡於雲,敝帚重編折簡勤。交到達夫須練句,才非老杜愧論文。中心哀樂千言托,萬種相思兩地分。亂世文章如土賤,君苗筆硯可曾焚。”

小韵屢以詩抄示,且欲從余學詩。感念其意,報以一律。録於左。“唐末詩人趙倚樓,一聲長笛想風流。此生敢薄雕蟲技,未死應從屠狗游。儂有歌聲出金石,卿無姓氏動王侯。花南雪北長相憶,差幸芳馨遠道投。”

剥果所作詞不多見,其《送篤生西行》一闋,調寄《踏莎行》,悲感蒼凉,一字一淚,蓋學南宋而能神肖者也。“絶好湖山,連宵風雨,神州霸業憑誰主?共憐憔悴盡中年,那堪飄泊成孤旅。　　故國茫茫,夕陽如許,杜鵑聲裏人西去。殘山剩水莫回頭,淚痕休灑分離處。”剥果即于右任,陝西人。

吕晚村先生所傳詩不多見,其子公生所作先生行狀中,收七律一首,洵奇作也。其一生行誼,亦略見於此矣。“誰教失脚下漁溪,心迹年年處處違。雅集圖中衣帽改,黨人碑裏姓名非。苟全始信談何易,餓死今知事最微。醒便行吟埋亦可,無慚尺布裹頭歸。”

詩有八要,其一要平淡,其二要高遠,其三要典雅,其四要蘊蓄,其五要雄渾,其六要奇肆,其七要殊麗,其八要哀感。以古人論之,平淡當推陶淵明、柳子厚;高遠當推王維、孟浩然;典雅當推周公、杜甫;蘊蓄當推王昌齡;雄渾當推杜牧、韓昌黎;奇肆當推鮑照、李白;殊麗當推李賀、李商隱;哀感當推陸放翁。

曲之王者,當推《西厢》爲第一,至《驚艷》、《傳情》之句,尤爲横絶天下。金聖嘆之顛倒拜佩,不遺餘力宜也,西洋大文豪恐亦不能企及者。余爲作《摘句圖》如下。(一)未語人前先靦腆,櫻桃紅破,玉粳白露,半晌恰方言。似嚦嚦鶯聲花外囀,行一步可人憐。解舞腰肢嬌又軟,千般嫋娜,萬般旖旎,似垂柳在晚風前。(二)透骨髓相思病纏,怎當她臨去秋波那一轉,我係鐵石人也意惹情牽。(三)你若與小生廝覷定,隔墻兒酬和到天明,便是惺惺惜惺惺。(四)再不要青瑣闥夢兒中尋,衹索去碧桃花樹兒下等。(五)鬟春心情短柳絲長,隔花遠人遠天涯近。(六)我從來心硬,一見了也留情。(七)除我從非説,我相思爲他,他相思爲我。(八)不是我,他人耳聽,知你自己情衷。知音者芳心自同。感情者,斷腸悲痛。(九)顛倒寫鴛鴦二字,方信道在心爲志。(十)你晚妝樓上杏花殘,獨自怯衣單。那一夜聽琴時,露重月明間。爲甚向晚,不怕春寒。(十一)好教我左右做人難。(十二)難道是昨夜夢中來。(十三)杏臉桃腮,乘月色,嬌滴滴越显紅白。(十四)别恨離愁滿肺腑。難陶寫、除紙墨代喉舌,千種相思對誰説。(十五)似這般挂肚牽腸,倒如義斷恩絶。

柳亞盧有《吴郡詩草》之刊,用"來"字韵,共十有六章。工力悉相敵,昔人自劉長卿爲"五言長城",我欲目柳亞子爲"七言長城"矣。就中三首,余尤爲傾倒不置。《薄暮返棹金閶,觴於九華樓》:"洗盞回燈今日事,重扶殘醉酒家來。鸞吡鳳噦賢豪萃,虎鬥龍争壁壘開。已覺阮籍非隔世,不妨劉項是庸才。獨憐明日分飛早,勸汝殷勤盡此杯。"《酒酣,緯軍爲余言南宋詞人,以稼軒爲第一,餘子不足道也,余甚佩之,又感當世詞流,議論多與余見相左,因成此示緯軍》:"南宋詞人誰健者?瓣香同拜幼安來。文場跋扈嗟儂獨,風氣淪亡要汝開。紫色蛙聲都閏位,銅琵鐵板此真才。别裁僞體吾曹事,下酒何愁醉百杯。"《時流論詩多鶩兩宋,巢南獨尊唐風,與余相合,寫示一章,即用留别,并申止酒之勸,時余亦歸梨中矣》:"匆匆半月閶亭住,與汝評量詩派來。一代典型嗟已盡,百年壇坫爲誰開?横流方悟蘇黄罪,大雅應推陳夏才,珍重分襟無别語,加餐先覆掌中杯。"

時若叔詩雅近宋賢,與鄭蘇戡尤相類。取徑雖未高,而幾經洗伐,始成佳構,亦煞費苦心也。近得其二詩,爲録於下。《庚戌元日偶成》:"梅花影裏試新吟,暫屏詩書思不禁。祇覺苦閑殊寂寂,未得中酒亦沉沉。頻年痻瘵憂天壓,厭世肝腸與歲深。坐對一行寒雁過,江山綿渺起商音。"《陳君巢南柳君亞盧來簡,均勸余刊印拙集,答之以詩》:"辛苦雕肝計總差,不祥文字未宜誇。感君盛意憐桑蠖,愧我微吟似井蛙。落筆徒教存廢什,工愁誰説是名家。寸心得失真虛語,傳到千秋事尚賒。"

何震生往文島掌教,移書囑爲唱歌,以激發彼忠義之氣。爰草成《中華學堂唱歌》四章,以"光我中華"四字爲韵。(一)"光、光、光,神州男兒要放一綫光。海風起矣海雲揚,熱血吹不凉。相將圖自强,赫赫威名震八方。須使白皙人種驚心拜倒黄中黄。"(二)"我、我、我,我國近時朝政無一可。回看大好金甌破,埃印後塵步亡國。人民實在苦,勉哉枕雕戈。托身何所?飄摇危幕哀哀將如何?"(三)"中、中、中,吾曹寄身南洋群島中。差喜此間氣象雄,骨格何矜重。巴枯民族神明種,天生原不同。快快興起,仍爲世界舊日主人翁。"(四)"華、華、華,歐潮美錦燦爛如鮮花。文島文明真堪誇,轉眼孕奇葩。方針原未差,狂飆吹折吁可怕。前途珍重,造成邦本莫漫向人誇!"《坤華女學校歌》時若叔所作,中多驚心動魄之句,較之黄公度作,真乃各盡其妙。(一)碑藏没字良可哀,蠢與鹿豕儕。失教者陋不學頑,踐踏也自該。同胞姐妹興起來,來來來。"(二)"綉旗一色黄龍盤,復我神聖權。君看精衛把海填,纖手著先鞭。千金珍重奮勇前,前前前。"(三)"冬釭春篋日悠悠,環病釵復愁。千年扃閉如俘囚,化作繞指柔。貽譏半教真可羞,羞羞羞。"(四)"班昭龐娥與緹縈,隆隆青史名。西來韋露蘇菲魂,撾鼓紛相迎。深閨妖夢今其醒,醒醒醒!"

日本中江篤介云:"余嘗以爲漢文詩詞,宋以後不足觀,蓋以其拾故人余唾之故也。故余於宋以後詩文,一讀後不復再顧。夫文人之苦心,在生古人之後,能於古人所開拓田地之外,别有所播種,有所刈獲。韓退之所謂'務去陳言,戛戛乎其難哉'正謂是也。"中江氏謂"宋以後不足觀",其言未免少過。至中國大文豪,前代多於後代,此端由於不知開拓田土,困守古人死法所致,蓋不可誣也。

林拾采,福州人。勉爲詩,詩致歷落,老而彌堅。頃得其二章,録於下。《和鈍劍寄南社諸子韵》:"頗怪吴依喜集社,壯心短晷看西徂。題襟韵事追成式,側帽風情想獨孤。鼠販何知珍敝帚,鷗鄉彌望接寒廬。黄河一唱雙環後,才信詩名不可沽。"《和鈍劍元旦詩》:"春光雖好非我有,扇暖裘寒悉任他。絶少清歡供送日,剩將皺眉怯觀河。一壺倘適中流用,九畹其如盡刈何。蕭瑟蘭成今更甚,瞥花祗恐益愁多。"

俞劍華以兩詞見貽,《贈鈍劍》調寄《金縷曲》:"詩膽如天大。據詞壇,飛揚跋扈,雄才誰亞?越山吴水題咏遍,吟篋中腰雙駕。倦倚處,適書閑把。以似逋仙孤山裹,有梅花萬樹圍深舍。真個是,放人也。　　烏衣群從多風雅,算中間詞筆清發,大推小謝。高卧西堂應有夢,夢裹春光何若?還祗怕、愁侵恨惹。同是曾經蹈海者,歸來情緒那堪寫。須迸作,江湖瀉。"《南社雅集感賦》調寄《滿江紅》:"萬劫天風,吹不盡,騷魂俠魄。看天末芙蓉凝笑,春光來乍。燕市酒徒多慷慨,江南詞客還瀟灑。任龍吟虎嘯詫山靈,乾坤窄。　　新亭飲,東林社;歡未必,愁相若。便縱談風月,也多悲吒。阮籍途窮常痛哭,灌夫酒後還狂駡。者明年修禊再銜杯,知誰在?"二詞上聲與入聲通押,殊不足爲訓。若用諸曲調,則便數見不鮮矣。然其詞義特佳,沁人肺腑。

余游嘉善,遇顧振庠,一見如舊識。出其尊甫静齋先生所著《養心光室詩稿》、《城内樵唱》合三册見贈。挾歸讀之,知其寢饋於古人者深矣。措詞雋永,才藻亦復動人,求之晚近,寥寥可數。亟爲采録數章以傳之。《悼亡》:"無病何須逐鬼傭,無端乖苦氣填胸。憑棺眼見横釵小,猶是當年却病容。"《西湖詩》:"菊澗荒墳浪致疑,女兒小字炫新奇。浣花老子二詩客,錯認風流杜十姊。"(高菊澗葬葛嶺旁,或曰士女葛香墓。)"呆女痴牛兩不猜,銀河一夜鵲飛回。雙投橋下栖鴛穩,無主荷花莫更開。"(宋淳熙間,錢塘王生與陶女雙投橋下,因呼橋曰雙投橋。)"金闕銷沉落日中,江邊寶刹古行宫。牡丹似對空王泣,爾日曾爲照殿紅。"(報國寺在鳳凰山麓,蓋即宋乘拱殿基也。照殿紅,牡丹奇品,宋禁中所植。)"觀潮餘興未應删,排日行歌不放閑。愛看西湖好眉黛,祗因愁上王□山。"(王□山在江干，路荒廢，不可察。)《舟發京口，次於淮上，回念舊游，凄然有作》："一夕風來月暈生，驚鳥銜尾下孤城。那堪小閣燈如豆，又聽琵琶作雨聲。"以上均七絶之工者。此外，七古最擅勝場，覺大筆淋漓，紙上皆濕，意境在浣花、樂天之間也。

無錫侯葆三寄贈《旅行記》一本，其中有詩數章殊佳。亟采録之。《登黄鶴樓》："白雲黄鶴兩悠悠，抱膝寧輸風度樓。濁世炎涼太軒輊，隻身天地盡遨游。夕陽倒没龜蛇壑，襄水遠吞鸚鵡洲。少保題詩崔灝句，英雄名士各千秋。"《駐馬店題壁》："骯髒風塵事遠行，一鞭斜照馬蹄輕。信陵已死無真士，聽斷蒙鳩夜半聲。"《過許州懷古》："荒山濁水太蒼凉，猶是當年征戰場。曹魏雄風今已矣，空餘城郭没斜陽。"《登禹王臺》："游踪棖觸此登臨，古律吹殘孰和音？禹迹猶留河九曲，繁臺大好業森林。果園風雨驚秋早，白塔荒寒斷影沉。(白塔已斷，高撑臺右。)一介中原干净土，不堪南渡没遼金。"《朱仙鎮題壁》："金牌遺恨已千秋，猶有朱仙古鎮留。南渡君臣無二帝，北廷戎馬滿中州。書生叩諫亦謀左，父老攀轅空涕流。安得痛傾胡虜血，凱歌唱遍趙家樓。"沉鬱頓挫處不減陸劍南，殆中原正氣所磅礴而成者乎？

金聖嘆《〈會真記〉讀法》共八十一條，論作文之法都有創見。而余尤愛其第十八條云："文章最好是，此一刻被靈眼覷見，便於此一刻放靈手捉住。蓋於略前一刻亦不見，略後一刻便亦不見。恰恰不知何故，却於此一刻忽然覷見，若不捉住，便更尋不出。細思萬千年以來，知他有限妙文，已被覷見，却不曾捉得住，遂總付之泥牛人海，永無消息。"余謂世界妙文原無限，特收捉住後，即化爲不妙之文，奈何？然捉住之後即化爲不妙之文，此必非靈手也，可以此知。但有靈眼而無靈手，則仍不得成爲妙文矣。然則但有靈手，而無靈眼者，又將奈何？

乾隆時，我邑有徐香沙者，名祖鎏，字源發，頗工吟咏，所傳衹《自題秋江觀濤圖小照》一首耳。中段極波濤之巨觀，筆勢浩瀚流轉，萬怪陸離，與題相稱，正復不減黄仲則也。"舉頭天外乘長風，大江日夜流無窮。如此江山坐凌緬，足洗芥蒂平生胸。是時江水忽怒溢,石頭城下秋風急。眼見洪濤足底生,浪花百丈排空立。初疑雪山萬叠驅,氣壓蓬草輕又疑。白馬奔騰突昆陽,烟塵澒洞天爲震。一舟簸蕩中流輕,出没却與蛟龍争。萬里溟溟供一瀉,對雲令我心魂驚。"

沈君道非作《新游仙詩》十八首,寫時事,言痛中帶有滑稽之趣,真詩中之雄也。特録五章於此。"樓臺金碧本非真,穩住壺中幾百春。覷得須彌芥子大,不妨揮手贈閑人。""蝴蝶翩翩夢未回,昆明劫火半成灰。老猿舞罷芙蓉劍,驀地閻摩鎖去來。""成連折簡約盧敖,千丈噴飛海上濤。鞭虎驅龍施小技,昆侖不值一鴻毛。""太白山頭服餌來,大聲忽起掌中雷,韓參更比遼參好,頃刻萇弘血化灰。""七寶難求月斧藏,一丸蟾蜍减清光。十洲三島仙才少,誰爲姮娥整舊疆。"余《詩中八賢歌》有云:"秀州狂客氣無前,老大帝國佳少年。周情孔思新游仙,申江一夕人争傳。"即謂此也。

景帝召主《民吁》筆政,其論著極有價值,海内外傾倒之。其詩亦迥异流俗,沉深博大中仍不失芬芳悱惻意。《三百篇》之苗裔耶,抑《離騷》之化身耶? 近人除譚壯飛外,我亦罕見矣。余最愛其《荷花篇》八首,爲録於此。"墮地休爲連理枝,落花狼藉一凄其。芳華璀璨無多日,短命飄零未有期。愁絶歲星謫世後,恍如玉女墜樓時。無端拾得香盈掬。珍護温柔知爲誰?""年華黯黯生離思,春色沉沉起暮愁。未許夙根成色相,更無人海足勾留。結香冤業隨緣盡,葬玉哀歌匝地周。倘是法身容懺悔,泥封香骨願無收。""又是合離撒手時,芳心煩惱亂於絲。萬行哀艷别人字,百葉温文辭世詞。解脱幾重出帝網,沉淪多半又泥犁。玉根親對知何意,瘞人維摩一卷辭。""人寰誤墮如何世,悔污明珠自愛身。活色生香原是幻,沾泥落溷太無因。灰埋劫後長生字,土蝕前身誓世文。慘緑愁紅疑有命,謫居猶是玉皇恩。飄零畢竟成何世,墮落無因誤夙名。霧鬢雲鬟愁出世,金香瑶佩怨今生。儻知玉蕤終零落,悔拾瓊核學種星。欲泄芳懷何處是? 靈飛昔日定無情。""歌竟八哀淚雨淪,天姿憔悴果何昏。曾知星命成前懺,休向修羅問夙因。自悔緑章留姓字,才離塵世即星辰。三生盟願生如海,忍殺人間惜誓文。""漠漠芳馨百珍重,亭亭根蔕一飄零。恨無眷屬留仙籍,幸有色香在貝經。再世華嚴疑入定,當年兜率誤長生。火侵玉篆渾無字,模糊憑誰記姓名。""塵海升沉剩一麟,始從生滅誤前因。仙凡結果知何界,天地埋憂竟此墳。自是一兜千劫遍,方知五濁上仙淪。來生便入人世界,願學金剛不壞身。"然此八首果妙,而重叠處未免太多,終屬缺憾。至若《無題》八首,真乃無疵可摘,更上一層矣。詩如下:"苦憶無端又幾年,碧欄悵望月嬋娟。紅箋珍重一千字,錦瑟飄零念五弦。蟾鎖雙鈎情宛轉,龍須八尺悟纏綿。春愁深淺無人識,徙倚東風問杜鵑。""晼晚年華總自悲,羅巾淚盡已如痴。一釵一佩都無著,入夢入魂係所思。多厲春風狂似剪,惱人心緒亂於絲。年來橋外人如海,玉立亭亭惱恨誰?""故思欲灰寸寸添,月痕叱出海紅簾。如環愁緒憑誰解?似縷情絲莫浪鉗。自譜閡詞成河滿,親填別恨授江淹。玉璫緘扎珍如命,青鳥殷勤爲口銜。"(下缺)

余於近人詩最愛譚壯飛,以爲意境高闊,魄力雄偉,非朱竹垞、查初白、王漁洋、趙秋谷輩所能及也。余購《莽蒼蒼齋詩》一本,甚珍視之。近又於集外得渠數詩,爲録於此,以資朝夕諷誦云。《秋光》:"秋光心事兩茫茫,飄泊年來劍有霜。塞上牛羊卧衰草,城頭烏鵲下斜陽。千行柳鞸鞭絲重,九折河眠弓勢長。鼓角邊城凄絶處,感懷今古一彷徨。"《漢口舟中》:"波糅浪簸一舟輕,呼吸之間辨死生。十二年來無此險,布帆重挂武昌城。"(謂十二年前從辦疆師渡此,遇厲風也。)"白浪舡頭聒旱雷,逆風猶自片帆開。他年擊楫渾閑事,曾向中流練膽來。"

周實丹時時以詩寄我,觀其意,若甚有哀者。投以兩章,詩云:"惜誓歌成淚滿裳,一回遥憶一神傷。曲中有誤誰能顧,寄語周郎仔細量。""六代江山夕照紅,石頭城外又東風。移居白下真凄絶,絜盡心期未一逢。"周子新移家白下,有"六代江山屬寓公"之句,其自負可知矣。

楚傖與道一始相見,痛飲於海上酒樓,皆以下走不在座爲憾。移書索詩,情何能已,因得四章寄云:"文章經濟獨天民,痛哭風痹大苦辛。同甫水心須并合,原來自是一流人。""江湖滿地盡堪哀,萍水相逢各愛才。我輩此生惟有酒,無涯獨恨未能來。""回首南都玉樹凉,寒潮落日恨茫茫,料他醉踐春申浦,怕記當年舊戰場。身似楊花欲化烟,更無絲竹遣餘年。索居無奈傷遲暮,猶向東風聽杜鵑。"詩成即寫示二子,不知二子能知我否也?

無悶寫寄《桃源憶故人》詞一解贈余:"中年枉寫牢愁賦,没個知音誰語?望斷江南烟樹,縹緲人何處?　天涯獨自傷情緒,滿目亂山無數,紅葉莫隨風起舞,倩寄新詩去。"僕本恨人,何以堪此,爲依韵以和之,附録於此。"斜陽影裏傷心賦,默對痴天無語。淚濕春雲春樹,重認分離處。　東風尤賴添愁緒,零落亂紅難數。落時猶是争飛舞,青鳥休銜去。"

楚傖尋得渠家葉小鸞女士墓,自詫爲奇事,作詩以張之,且索余和。余偶得詩七絶十章以報命,幾欲一字一淚、一音一咽矣,願與天下傷心人共讀之也。"平原秋草劇凄凉,擬袖紅簫吊女郎。絶妙好辭何處覓?夢中夜夜返生香。"(女士著有《返生香集》,恨未之見也。)"阿娘哭汝此汾湖,含筆凄然淚眼枯。玉臂即今黄土下,瓊章兩字應模糊。"(女士殁時,母宛君書"瓊章"二字於臂上。二字,乃女士字也。)"一編眉史訴從頭,剛欲修成怨未修。笑倒張郎無福分,空啼鵑血付東流。"(女士許字昆山張立平,將婚而殁。)"天荒地老到今時,紫玉埋烟痛不支。惆悵蓬萊宫裏住,人間枉憶破瓜期。"(《甲行日注:丁亥十月記》曰:"今日瓊章忌日,蓬萊宫中又及破瓜期矣。")"韵事争傳姊妹花,緑窗聯句遣韶華。當年咏絮才多麗,綽約雙鬟更足誇。"(女士姊昭齊、蕙綢并工吟咏。)"涉想荒唐也有情,能爲此語太憨生。懺除才思歸禪性,云是前生下玉京。"(相傳殁後托乩筆,與人談禪,且云玉京轉世,今已得證仙籍矣。)"百年汾水激清音,一任而翁放浪吟。國事滄桑無可説,華桐浮衲最傷心。"(女士父天寥先生國變後削髮爲僧,自稱華桐浮衲。)"惹得情痴嘆逝波,寶生庵畔落花多。憐儂未識疏香影,抵死思量恨若何。"(女士殁時,遺有疏香倩影,不知今歸何處?)"一回吊夢一傷神,剪棘披荆費苦辛。三百年來春寂寂,揚風扢雅要斯人。"(楚傖曾繪《汾堤吊夢圖》。)"嬋娟偏自出君家,腰似楊枝面似霞。一代人材今不見,闌干痴倚夕陽斜。”

吕晚村所傳詩不多見，其子公生所作行狀中收七律一首，(下略，見本輯第六十五則。)又有“甑要不全行莫顧，簣如當易死何妨”之句。

亞盧近以三詩相示，蒼凉沉痛極矣。晚近以來，不特能爲此詩者稀，即能知此詩者亦稀矣。中原正聲，斷推此種。《遼海》:“忽聞遼海起鯨波，易水風寒涕淚多。肥遁已欣龍見首，重來底事鳥投羅。一椎未了亡秦願，三户猶傳復楚歌。亦有韓東奇傑士，鬼雄并命憾如何。”《感懷一首答同邑沈穎若》:“感汝言愁重賦詩，憐儂幽怨更難支。已諳世味同鷄肋，未信文名托豹皮。髀肉復生心不死，頭顱猶在計全非。一言爲報東陽沈，相對徒令涕淚滋。”《次韵酬東莞鄧爾雅》:“獨漉翁山後，艱難到此時。海邦多俊傑，雲樹寄相思。龍尾清流傳，虬髯絶世姿。粤王臺畔客，何事苦吟詩?”

鐵崖以書寄亞盧云:“昨在西湖遇浙人俞新，出示《西湖雜感》數首，以爲佳，時時誦之。乃今均忘去，衹能記其一律抄呈。如以爲可，不妨存諸《南社》集中。蓋其人已作古人，詩人埋没，有同感也。”亞盧即以此詩轉寄，囑余録入《詩話》，并和一章，誦之不覺欷歔欲絶云。俞新詩云:“本是蘭苕翁翠群，誰教薤露濕榴裙。千年怨石填冤海，六月嚴霜變赤雲。湖草緑滋騷客淚，野花紅上女兒墳。秋風江上秋潮冷，衹許閑人吊伍君。”亞子詩曰:“絶艷驚才思不群，曾傳湖上吊紅裙。心肝空自嘔長吉，容貌何由見子雲。豈獨蛾眉傷短命，渾疑馬鬣掩孤墳。生生死死無消息，一讀詩篇一念君。”余感不能止，亦效顰焉，詩如下:“一種才華迥出群，無端清淚濕羅裙。玉顔不許埋黄土，靈氣終教化彩雲。環佩當年留舊影，琵琶何處吊新墳?天生一樹桃花命，終古飄零我憶君。”

張聘齋結婚，以四詩爲贈，聊記於此:“催妝却扇句芳芬，酒氣醺醺化彩雲。一笑新郎大痴絶，真珠細字寫紅裙。”“鈿車寶馬月昏黄，吹徹參差引興長。端合此生嫁張碩，玉人疑是杜蘭香。”“縱非傾國也傾城，一曲弦歌劇有情。桃李春風俱洗耳，絳帷從此聽雙聲。”“大好因緣蘭絮邊，踏青携手語纏綿。風光上巳欣同賞，真個今年勝去年。”

周仲穆以《更生齋詩稿》屬爲删定,余既序而歸之。“序”中有“雖未造乎古者之域,然其思苦,其音哀,其摛藻也麗以則,其寄興也幽以遠。是豈猶是世俗之苟作耶”云云。猶記其《旅夜》云:“小院梧桐雨,蕭條動旅情。故園千里夢,孤館一燈明。山挾楚雲暗,江連淮氣清。獨猿枝上挂,腸斷石頭城。”《經衣錦鄉》:“沙陀傳與唐莊紀,揉雜華夷世亂真。畢竟此公拚死戰,强於□□□稱臣。移唐祚較除隨亂,囊橐山河總一般。底事無才規遠大,讓他帝範肅朝端。”《清江浦》:“天妃一雙水,急流鎖不住。勢建高屋瓴,直奔清江渡。清江河混沌,淮運交相注。萬石排衆波,萬波争狹路。斜波竟上飛,缺石盡含怒。滴砉蛟鼉愁,砰訇魚龍怖。高寶洪澤湖,儼成一氣鑄。漕艂泊若蟻,乘風遠刺去。何若通小輪,便民利國賦。”

接實丹寫示詩數章,録五首於此。《和天梅見贈原韵》:“九州誰與共袍裳,風雅消亡亦可傷。安得漸離携筑至,銜杯拂劍共商量。”“不惜冰雪虐新紅,虓虓輕雷颯颯風(二日來,實事)。遥憶棟花腸斷處,春光送盡客初逢。”《長亭曲》:“江北江南别路遥,旗亭酒熱脱金貂。行人無限纏綿意,不贈梅花贈柳條。”《春半》:“春思忽將半,楊枝漸欲齊。昏狂風敵虎,酒醒夜聞鷄。志士悲牛後,文章嘆鳳兮。更愁江上路,輕見落紅泥。”《春愁》:“吊古悲埋玉,鋤情斬亂絲。天涯芳草日,風雨落梅時。打槳思桃葉,當筵唱竹枝。百年歡樂少,忍與醉鄉辭。”

南社第二次開會西子湖頭,余三月三日至杭,而餘子俱各分散,惟巢南、劉三、天一三人相叙頗樂。得詞三闋,録於此。《唐莊觀桃花》調寄《點絳唇》:“笑對濃妝,簾前報導東風膩。比紅兒醉,禁得心魂瘁。　半晌無言,領略伊滋味。盈盈淚,酒香粉汗,肯信天涯遠”《上巳後一日西子湖頭懷亞子》:“草草杯盤卿已去,天涯離恨難支。我來原亦未曾遲,東勞西燕,又是誤佳期。多少痴情何處訴?碧桃剛值開時。一枝攀折枉相思,低回綿渺,此意幾人知?”《登六合塔》調寄《望海潮》:“靖康半壁,偷安南渡,中原王氣全收。虎倒龍顛,當年英物匆匆,淘盡東流,白雁恨難休。看倉皇蹈海,横掃貔貅。滿眼滄桑,那堪吊古爲勾留。　　行行莫再回頭。説不如歸去,拋却杭州。上巳風光,名流觴咏,相期且續前游。韵事要千秋,笑一時高會,雲散風流。怕把心期重訴,一醉解千愁。"

余偕巢南、天一同游南屏,謁張蒼水墓。得兩七律:"四壁青苔著意生,杜鵑啼處夕陽明。我來此地覘遺影,慨想當年尺涕横。旃帳久成流血慘,冰槎仍作斷腸聲。南屏山下傷心者,不盡千秋萬古情。""豈宜重唱《采薇》歌,入海浮江屢折磨。天未厭胡驕鐵騎,地堪埋骨哭銅駝。一朝詩史孤臣在,廿載王師勝算多。凄絶東南好山色,英雄至竟恨如何!"《歸自杭,寄巢南一律,意蓋有所指也》:"春風吹得柳如綿,消息鸞凰片紙傳。若果文君工解曲,定從簫史證仙緣。願填銀漢今生了,恩比金鈿一樣堅。好待芙蓉花放後,華鬘世界妙鬘天。"《在清泰旅館中,巢南吟成一詩寫示》:"六橋烟柳盡繁華,幾度停留意念賒。已是漸交三月節,怎生遲汝一香車。陌頭此日行休緩,江上連番望正遐。爲報唐莊好消息,碧桃猶有未開花。"此作含情婉轉,的是妙詞,鈍根人哪能道其隻字?

西湖之游,天一相隨頗樂,臨別以五詩相示我,亦一段因緣也。"西湖之水清且漣,濯纓濯足皆安便。披襟當風真神仙,老子來此且流連。""昨登大慈漱寒泉,今朝來奠孤山梅。春水緑漲葡萄醅,會須一飲三百杯。""滿湖花月拂晴天,盡買春光不要錢。夾堤桃李爲誰艷,緑楊落撲一溪烟。""南北兩峰高插天,回嵐倒影浮晴烟。踏波輕蕩米家船,一篙打起雙鷗眠。""老子游興猶未耽,無端迫我停征驂。同船共濟爲伊誰?大劍小劍與巢南。"

周實丹寫示近詩,爲摘示最佳者數章。《讀扶桑宫崎來城所著〈西施傳〉,感吴越事,賦十章》,今録二章云:"南郊處女劍神奇,江上凄凉《采葛》詩,無限紅顔知報國,黄金未合鑄西施。""鐃歌何日唱平戎,辛苦流離十載中。我亦願磨雙寶劍,若耶溪上事猿公。"《清明日偕同人小集玄武湖》:"桃已紅顔李白頭,德星争似客星稠。酒酣一曲清明夢,忽遣春潮化淚流。"(去歲清明,曾制《清明夢》北曲一齣。)"草色波光緣靡涯,王孫無計遣情懷。江南枉説春如海,開遍棠梨燕未來。"

《三月三日，南社諸子雅集西湖，寶以事不獲與，爰獻詩以代晤談》：“三月三日天氣新，吟魂飛繞鑒湖濱。縱横宙合容歌哭，今古湖山屬隱淪。興廢漫談勾踐事，風流且作永和人。遥知柳暗花明處，猶有西施舊笑顰。”“聞説群仙宴大羅，人間應奏海星多。名流觴觴堪千古，騷客情懷托九歌。從古佳人皆絶代，中原豪傑剩荒坡（指岳忠武輩）。自憐寥落江南路，春草春波悵若何。”後兩律令人擱筆。

陳病倩以詩一首自杭寄我云：“多君情意兩綿綿，消息春風著意傳。愧我有家徒壁立，如卿佳偶亦前緣。珠聯璧合人何幸，翼比枝連信可堅。準擬荷花生日裏，扁舟同泛五湖天。”惟痴情乃有佳詩，此詩之佳正以其情之痴耳。特未知綣戀司之量力何如也？

《南社雅集泛舟西湖，醉後有作》調寄《金縷曲》：“賓主東南美，集群英哀絲豪竹，酒徒沉醉。指點湖山形勝地，剩有趙家荒壘。衹此事，從何説起。王氣金陵猶在否，問座中誰是青田子。微管業，付青史。　　大言子敬原非戲，論英雄安知非僕，狂奴未死。鐵騎長驅河朔靖，勒石燕然山裏。算才了平生素志。長揖功成歸去日，便西湖、好作逃名地。重料理，鴟夷計。”《上巳日自武林發魏塘，慧雲適以是日至，覓余不得，悵悵而歸，書來極哀怨之致。爲譜〈蝶戀花〉一闋以慰之，知余非無情者也》：“越水吴山芳訊阻，是汝來時，是我歸時路。刻意尋春春已暮，人生能幾華年誤。　　省被蘭姨瓊姊妒。便不重逢，也勝重逢處。一瞥驚鴻人又去，墜歡終竟無憑據。”此亞子詞也。前首以豪情勝，後首以柔情勝，可謂兩極其妙。

曹雪芹《石頭記》，小説中之聖也，久已膾炙人口，無庸贅言。而抑知其中詩歌、詞曲亦有非常專門者能及，真大文家也。余爲録取於此。《石頭記·題句》：“滿紙荒唐言，一把辛酸淚。都云作者痴，誰解其中味？”《枉凝眉》：“一個是閬苑仙葩，一個是美玉無瑕。若説没奇緣，今生偏又遇著他；若説是有奇緣，如何心事終虚話。一個枉自嗟呀，一個空勞牽挂。一個是水中月，一個是鏡中花。想眼中能有多少淚珠兒，怎禁得秋流到冬，春流到夏！”《道情》：“滴不盡相思血淚拋紅豆，開不完春柳春花滿畫樓。睡不穩紗窗風雨黄昏後,忘不了新愁與舊愁。咽不下玉粒金波咽滿喉,照不盡菱花鏡裏形容瘦。展不開的眉頭,捱不明的更漏。呀,恰便是遮不住的青山隱隱,流不斷的緑水悠悠。"《咏白海棠》:"半卷湘簾半掩門,碾冰爲土玉爲盆。偷來梨蕊三分白,借得梅花一縷魂。月窟仙人縫縞袂,秋閨怨女拭啼痕。嬌羞默默同誰訴? 倦倚西風夜已昏。"《琴歌》:"風蕭蕭兮秋氣深,美人千里兮獨沉吟。望故鄉兮何處,倚闌干兮涕沾襟。""山迢迢兮水長,照軒窗兮明月光。耿耿不寐兮銀河渺茫,羅衫怯怯兮風露涼。""子之遭兮不自由,子之遇兮多煩憂。之子與我兮心焉相投。思古人兮俾無尤。""人生斯世兮如輕塵,天上人間兮感夙因。感夙因兮不可惙,素心如何天上月。"《歌一首》:"池塘一夜秋風冷,吹散芰倚紅玉影。蓼花菱葉不勝悲,重露繁霜壓纖梗。不聞永晝敲棋聲,燕泥點點污棋枰。古人惜别憐朋友,況我今當手足情。"

(上缺)《雨中遣意》:"酸酸切切復凄凄,苦雨聲中杜鵑啼。一段傷心何處訴? 紅墻東畔碧闌西。"實丹原詩十分哀艷,余甚愛之,并寫於此。"城郭人民感昔游,喃喃情話幾時休。飄摇風雨戀巢幕,寂寞春秋獨倚樓。不顧羽毛勞護惜,莫因飲啄起窮愁。江南三月花飛盡,曾過烏衣巷口不?""東風颯颯雨凄凄,心上都難辨笑啼。最是欄杆憑不得,畫樓更在緑楊西。"

林拾穗《春游漫興》二首,一云:"陌上春人漫自歌,嫣紅姹紫較誰多。春光也被人多占,奈此洋花遍地何!"(所過林亭靡靡皆洋花,可惱之至。)二云:"前行好鳥唤提壺,誰與壚頭訪酒胡。頗嘆吾徒多落寞,杖頭日辦百錢無!"余爲和之:"病後心情怕放歌,春光兩地占誰多。廿番花信匆匆過,鬢雙明朝奈白何!""長醉拚傾酒百壺,茫茫大地雜華胡。訴將心事東風裏,除了啼鵑識得無!"

(前缺)《虎牢道中》:"落日休歌薤露行,江山鶴唳客南征。望中何日添離恨,夢裏無端起哭聲。馬滑霜蹄殘雪散,鵑啼戰壘斷霞明。雄關四顧增惆悵,老木參天一雁横。"《新安早發》:"月映蒼崖天慘慘,風摇敗葉冷蕭蕭。黄沙眯目人如淚,頑石摧車馬不驕。痛定降兒思故國,魂歸元志泣前朝(吕忠節)。浪游銷盡輪蹄鐵,何事勞勞恨未消。”

小韵作客燕京，落魄無聊，耽於吟咏，以近作數紙郵示，爲摘録其可存者於此。《秦淮夜泊次韵》：“小泊秦淮地，繁華動客情。紅橋孤月朗，翠箔萬燈明。詩酒前朝夢，笙歌兩岸聲。誰堪風露多，重唱《麗人行》。”《寄髯俠集黄二尹詩句》：“禰生謾駡奚生傲，世亂方矜獨行名。一任人嗤難作客，市中無處訪荆卿。負橐相隨力尚勝，分明呵筆欲成冰。可知來日愁無益，厭俗頻將劍逐蠅。”“尚有恩仇氣未馴，藉非公在肯言貧。古今多少登樓客，旅食京華計苦辛。”“十年往事滿心頭，感舊青門涕未收。向底處求千日酒，未辭典盡鷫鷞裘。”

鈍居士抄示雜詩二十首，明心養性，語多見道，迥非競紅門紫者所能夢其隻字也。録數章於此。“休論説劍與談兵，書亦頻年學未成。一藝倘然能絶世，已教心力盡平生。”“去年窗畔垂垂柳，今日繁陰又滿枝。伴我清吟未蕭索，重來負汝兩年詩。”“共汝飄泊亦可憐，三春苦雨九秋烟。情絲恨絮都應斷，祇乞天風護起眠。”“夢回殊覺影朦朧，了徹西來覺後鐘。慚愧情天一回首，我儂不負負渠儂。”“自揮慧劍斬情根，舊恨千言不復存。春盡天涯芳草路，游絲難護落花暉。”“今雖未是昔尤非，戈在猶堪指落暉。誓禮空王除我慢，此生再跌欲何歸。”“身與浮雲盡日閑，一丘歸去萬緣删。日高睡起無餘事，飽看彰仙四面山。”鈍居士，即鈍根也。

馬小進詩筆峥嶸兀奡，不假修飾，愈見天真爛漫，豪氣無雙，陳同甫一流人也。其《登粤秀山鎮海樓》云：“如此江山青未了，仰天大笑掉頭來。登樓縱目乾坤小，把酒臨風塊磊開。帆影半空隨日落，嵐光四面送鴉回。文章千古歸何處？一角崚嶒剩劫灰。”《七洲洋放歌》云：“男兒不作浮雲觀，空憐老死大地丸。男兒不作乘風想，何殊一虱在掌上。六月放洋天氣新，波飛浪翻起珠塵。天綱渤譎無涯岸，鼓楫凌濤水潑銀。凱風薄逝謬溟勁，霎韃凑雲映大輪。陶怡牲靈在山海，殊方偏國縱吟身。悲凉滿目吾安在，流水魚龍綴錦鱗。高歌把酒望南極，寓目洪荒志未伸。可憐帶甲滿天地，胡馬縱横三百春。”《留别黄孝覺，步原韵》云：“水風吹冷孤島立，銀漢無聲蟹大明。瓦礫河山誰共補,風麟身世又他行。紅塵澒洞翻奇劫,赤柱栖遲作寄生。學就屠龍無用處,文章憂患兩相成。"

邢知鼾,名越,嵊縣人,以《學耘草堂詩集》一卷寄示,爲録數章。《暮春病後有感》:"隻身病後有餘哀,如此江山没霸才。萬事思量多缺憾,送春春去幾時回?"《哀韓義士安重根》:"宗邦淪落臣箕子,麥秀悲歌怨狡童。九月渡遼飛彈雨,秋高氣壯奏奇功。""傷心淚灑杜鵑紅,哈爾濱前氣貫虹。白髮奸雄竟濺血,書生談笑虜軍中。"《丁冠春五月中投富春江死,哭之以詩》:"如此江山恨命窮,悲秋淚游杜鵑紅。蒼天不見英雄志,七里瀧中作鬼雄。"《南社諸子雅集愚園,以事羈不克參與,成此章寄之》:"秋色將殷忽斷腸,欲登高處覓群芳。難離帝網成長恨,既入泥犁且學狂。棘地荆天發變徵,殘山剩水奏清商。愁城竟鎖蛟龍住,北望江樓涕泗滂。"

詩、文、詞三者愈淡愈有味,以辭華勝者易,以意境勝者難。哲夫抄示一紙,中三什實足當之,其波瀾爲獨老成矣。晦聞《己酉歲除夕,與諸子珠江小宴》云:"勞勞萬態趨今夕,獨遣吾徒賦醉吟。古月暗驚磨鏡老,趨時多學畫眉深。燈前風物花先放,樓外春寒夜已沉。前是滿江漁火緣,歸舟還載一年心。"貞壯《游拙政園感賦》云:"辭山手植藤猶在,太息山茶花已枯。數易主人憐水竹,還令狂客念江湖。一亭可上石作齒,百蕊浮香梅有須。獨昔名園長閉置,竟如扃篋守明珠。"小進《己酉除夕感賦》:"三百六日今夜盡,狂生高卧下書帷。驅寒縱飲辭年酒,避世常關逐客扉。燈火六街人似織,韶華念一事全非。黄金千萬痴休賣,我愛痴呆與俗違。"

我弟佛子著有《古井詞》一卷,中多哀艷之音,巫峽猿啼,無此凄楚矣。爲録數闋於此。《題桃花扇傳奇》調寄《高陽臺》:"唱徹春燈,箋傳燕子,當年帝子多情。夜夜元宵,管他棋局縱橫。深宫粉黛知多少,却無端感慨平生。忽傳來胡馬南侵,魂夢都驚。　南朝往事何從説,祇風流孽債,送了神京。誰賦同仇,防邊但有空城。滄桑恨,付漁樵話,算人間第一傷心。細推論,天遣雲亭,寫此凄清。"《題王船山詞》調寄《眼兒媚》:"大好華年總堪憐,零落人間,誰家庭院。兩行衰柳,一抹寒烟。　知君别有情難説,幽咽托啼鵑。關山何處,忍隨歸鳥,飛向胡天。”《淚》調寄《踏莎行》:“紅袖留痕,青衫易濕,此中况味無從説。須教破涕作歡容,料他嗚咽終難歇。　　千古途窮,傷心阮籍,秦庭七日尤凄切。分明聽取斷人腸,不須更哭西臺月。”《落梅》調寄《憶秦娥》:“芳菲節,漫天風雨飄香雪。飄香雪,忍看三徑,落英狼藉。　　伊余猶向南枝立,空山老死終凄切。終凄切,剩有孤芳,無端消歇。”

李伯雄,名銘訓,我邑之洙涇人也,熱心教育事業。素不喜吟咏,今忽以一函寄示,發而讀之,乃其近作也。一年來我邑作詩者漸多,文學振興之朕兆在是矣。喜而録之如下。《湘事有感》:“荆山崎崟湘水急,白日將曛氣凄悒。寒蒿滿城雲不開,瘦鷹窮搏蒼鼠泣。萬家嗷嗷苦升斗,求生不得鋌而走。咸陽一炬聲沸天,長官搶攘委印綬。檄師水陸兵馬雄,殺戮饑民如拉朽。民命已矣健兒歌,十萬賞金重掘羅。天地無情浩劫多,神州夜夜夢風波。横雨横風打老屋,今日且過奈明何!”《和煩奴,日韓合邦有感之作,次韵》:“從容協約不煩兵,亡國於今謚美名。坐看衣冠箕子裔,輕賫圖籍漢陽城。江山未必少人物,世界奈何多此盟。此去神州正風雨,危樓忍覽夕陽明。”“禾黍離離莽漢京,義旗炸彈例無成。公真安樂生耽酒,臣爲危亡死結纓。狐兔不堪悲上國,樓船况敢憶東征。千年興衰枉歌哭,怕聽鄰家説不平。”《贈煩奴》:“一事差强君自知(煩奴詩有‘一事差强未誑人’句),萬山荆棘獨當之。此身勞罷無歸處,獨立蒼茫且咏詩。”“讀君詩有嶙峋氣,稱此文山鐵石腸。莽莽風塵孤劍嘯,英雄未遇亦尋常。”

余廷才女士,亞君之友也,寶山人。今年來欽明教授,暇時學爲吟咏,所作詩一卷,名爲《圯上客游草》。從余學,余喜其性靈敏而氣豪俠也,爲摘數首。《中秋月下作》:“冰輪高挂碧天空,异樣光輝自不同。無那江山非昔比,姮娥諒亦動愁容。”《賞菊》:“人要如花能耐寒,百般磨煉不貪安。倘能不爲艱辛畏,可并此花霜後完。”《冬日寄懷諸姊妹》:“暮雲叠叠雁南旋,遠眺憑欄思悄然。遥憶閨中諸姊妹,何時握手話纏綿。”“曾記兒時倚畫樓,低吟高唱意情投。相期永永長相聚,誰道而今不自由。”《爲某女弟子挽其譜伯》云:

"與掌珠訂成蕙蘭,真個誼同骨肉看。秋月照殘桐樹影,不堪感動肝腸斷。"《爲欽明女校挽景崇女校主李竟雄》云:"昌女教者幾人,環病叙愁,奈何又弱一個;對蒼天而雪涕,風凄日暗,衹傷吾道益孤。"又《代友人挽竟雄》云:"杯水激溯流,方祝紅閨皆國士;李花忽零落,恐教絳帳失春風。"

"雲迷紅杏路,雨濕緑楊塵。""巷口花應落,枝頭夢不成。""林深鶯語細,晝静蝶飛慵。""南浦人歸遠,西堂客夢頻。"以上四聯乃家大人壯年時所作五言詩也。偶從舊書叢中拾得一小册,爲摘存於此,以志詩學淵源云爾。

潘老蘭《金陵雜詩》十首,余愛其第三首云:"侯生扇底惜飄茵,輸於王郎打槳頻。閑對夭桃談韵事,花花葉葉盡佳人。畫船水閣敞金尊,六代風流細細論。不醉秦淮三日酒,才人那得算消魂。""直教拜倒老漁洋,流水栖鴉認此鄉。不是阿男清秀筆,那能容易點秋光。"又有《金陵懷古》七律,尤見匠心獨造,并録於此。"龍蟠虎踞石頭城,金粉如潮易蕩平。名士氣多王氣少,美人仇重國仇輕。宫中玉樹歌疑夢,扇底桃花恨又生。畢竟江南佳麗地,秦淮流滿古今情。"

楚傖見示《白門悲秋集題詞》四章,爲録於此。"高家車馬入京來,鳳闕龍城一笑開。誤嫁君王成薄命,最難夫婿是無才。柳絲不作長門色,錦袴猶存大内裁。姊妹不知亡國恨,賀儂新自日邊回。""懊儂小字唤傾城,便使風波驀地生。蠟燭有時還没淚,鵑聲入夢更關情。欲拼醉後忘新怨,怕向朝來寄宿酲。自理玉箏搊瑟柱,爲他音韵略凄清。""碧玉盈盈十五時,相思不解解嬌痴。燈前學字先書女,陌上逢郎却向誰?一自翠華勤案舞,幾曾紅葉亂題詩。西泠青草魂何處?淚袖風鬟冷酒巵。""玉容消瘦苧蘿春,慰語深深感比鄰。將士尚邀新异數,年華豈合未亡人。精禽未了前生恨,泥絮何堪再造因。願誦《心經》三百卷,素絲旁署舊宫嬪。"詞意悱惻,覺有無限傷心,妙在以艷情寫哀思,義山之遺韵也。

郭靈芬詩筆秀絶,天下惟王仲瞿、舒鐵云差似之,吴錫麒謂其:"麗而不縟,清而益深。其力可負風而飛,其氣累累乎如貫珠而不絶。"其言可謂深知靈芬矣。爰録七截數章。《題蕉雨軒圖》:"淡護琴書斐幾清,緑陰如幄早凉生。不妨添種梧桐樹,一雨聽成兩様聲。"《江庵淺厝泗洲寺側,同其弟過而哭之》:"思量腹痛欲回車,立石題名願尚賖。此志必償君且待,我言不食有梅花。"

余訪道子於松陰,杯間話舊,重慶生還,快何如之。余以扇面索書,爲寫兩詩,皆閱歷有得之言,知其九死餘生,尚難忘此有情世界也。《苦旱》詩云:"獨自來登聽雨樓,陣雲捲烏盡垂頭。桑林自責空懷古,滿目瘡痍繫我愁。"《贈雲間諸子》云:"睡夢迷離夜未央,同堂叙别意何長。含羞忍辱渾難説,私義公恩要細量。既醉彼蒼終有醒,屢磨寶劍要生光。諸君記取前途事,莫慮幽囚暗自傷。"

鳳石屢屢以詩囑爲改正,其詩多伉爽之音,鍥之不已,他日定爲作者。律詩時有失調,而古詩則真完璞也。所作《僞字》詩,精光异彩,尤爲名什。"大盗出大僞,大僞出禮儀。假仁與假義,禮義是其基。哀哉人世事,假禮以相欺。古人造僞字,從人又從爲。天下大僞事,莫不由人爲。老氏鑒世故,立説大無爲。人各守天真,大盗無立錐。"

丁未春月,余作倚聲,每成一解必寄亞盧。亞子爲一一和之。余擬合刊爲《廢民唱和集》,亞子亦極力贊成。惜人事多故,匆促尚未償所願。今爲兩兩照録如下。《入春苦雨,淒絶無憀。人静燈殘,填此遣恨》調寄《點絳唇》原唱云:"薄薄窗紗,争信銷魂爾許易。太無情緒,瑟瑟驚人睡。　　著耳終宵,一任檐前墜。君須記,濕沉沉地,尚少相思淚。"和云:"雨雨風風,遮斷春光渾太易。問天何意,衹管沉沉睡。　　儂是愁人,忍聽愁聲墜。且休記,埋愁無地,多半傷春淚。"《羅敷媚》原唱云:"連宵無夢春寒悄,雨也添愁,月也添愁,消瘦腰肢不自由。　　披衣重把《離騷》讀,怨在眉頭,恨在心頭,樓外春光似舊否?"和作云:"飄零莫向天涯問,總是閑愁,便是閑愁,一往情深不自由。何人慰我傷讒意。細數從頭,忍數從頭,往事零星記得否?"《落梅》調寄《虞美人》原唱云:"短墻一角腸堪斷,回首斜陽亂。半杯酒滴淚如麻,似此丰姿該葬玉鈎斜。

滿庭香雪紛紛影,翠羽啼難醒。怕遭污踏不開門,拚與冷風打做楚騷魂。”和作云:“重重香雪風吹斷,羌笛聲聲亂。縞衣素袂落如麻,忍見空枝依舊照横斜。　　憐卿命薄渾如影,好夢羅浮醒。霜凄月冷掩室門,翠羽啾啾歸去黯消魂。”《時三鼓矣,倚枕不寐,感舊成章,凄絶之音,幾難卒曲》調寄《行香子》原唱云:“春在誰邊?人在誰邊?更東風吹向誰邊?迢迢山海,覓遍涯顛。是奈何花、奈何酒、奈何天。　　比翼難連,鏡影難圓,柳絲絲枉自纏綿。向樓頭悵望,一縷情牽。奈月如魂、魂如夢、夢如烟。”和作云:“風也無邊,雨也無邊,更春愁浩蕩無邊。離魂一縷,水角山顛。是意中人、眼中淚、鏡中天。　　藕絲還連,月缺還圓,悵無端此恨綿綿。算萍踪絮迹,夢也難牽。願身成骨、骨成灰、灰成烟!”《題定庵詞》調寄《虞美人》原唱云:“東華賣賦真無計,且老温柔裏。一簫一劍絮平生,圓首羽琌山下碧雲深。　　棱棱俠骨千年矣,誰慰傷讒意?長林豐草不勝秋,交盡燕邯屠狗欲何求?”和作云:“千年劍俠真無計,肯老空山裏?才華爾許竟虚生,蕩氣回腸禁得恨深深。　　靈簫去後無人矣,誰識狂夫意。傷春怨女士悲秋,感慨名家如汝已難求。”《亞子來簡,述盛衰之感,讀之聲與淚下,爰填此闋,以代答書》調寄《大有》:“黄板橋頭,緑蔭深處,正去年、今日回首。再相逢,杜鵑當是開後。小園此日春光早,恐零落護鈴相守。傷心蝶舞蜂狂,一任燕嗔鶯咒。　　天邊遠,淚雙袖。芳草滿江南,春光依舊。重簾不捲,有朵碧雲斜逗。衹爲斷腸天氣,思量煞,一燈如豆。深怕這,春病懨懨,被伊消瘦。”和作云:“芳夢驚回,彩雲飛散,□那堪往事回首。賸新詞,此才恨落君後。　　山涯水角伊人遠,便兩地相思怎守。任教咄咄書空,何處喃喃低咒。重重淚,青衫袖。莫道不銷魂,春光匪舊。愁心一點,山下靡蕪閑逗。怕向靡蕪偷問,遮莫是,舊時紅豆。拚蕉葉,没個人憐,我儂消瘦。”《花朝》調寄《木蘭花慢》原唱云:“黄鸝枝上鬧,花事晚,駡東風。盡天涯今日,嫩陰如水,踏遍青驄。春信柳梢來未?悵紅樓,消息渺難通。説道春光猶淺,已教舊怨重重。　　小桃含露淚痕濃,争似去年紅。祝好花長壽,芳情脉脉,私語喁喁。救得今生薄命,怕他生,猶作負情儂。一笑花魂無奈,廿番花信匆匆。”和作云:“江南芳草長,蜂蝶鬧,又東風。向天涯何處,游春伴侣,油壁青驄。爲道年年今日,正春心,先遣小桃通。省識韶華如許,珠簾捲起重重。　　惜春無賴惱春濃,愁轉眼殘紅。忍把伊辜負,小闌干畔,密約喁喁。總被多情誤了,便此生,已是可憐儂。不怨好花易謝,怨他來也匆匆。”《題辛稼軒集》調寄《虞美人》:“羞爲人世書呆子,死話堆千紙。天生才調絶沉雄,鐵馬金戈叠過大江東。　　中興望斷健臚遍,亂世儒生賤。我今同抱古人憂,空依危樓灑淚看吴鈎。”和作云:“霸才青兕兵家子,讀破書千紙。河山半壁誤英雄,贏得雕蟲餘技擅江東。　　唐宫漢闕荆棘遍,苦恨銅駝賤。華夷倒置總堪憂,未請長纓孤負汝吴鈎。”此外尚多,惜稿多散佚,不能盡憶也。

詞之工妙哀艷,無有過於李後主者,古今來一人而已矣。余去年有《十家詞選》之作,以李後主爲冠。題《六言》一首云:“王氣江南闃寂,可憐都是傖才。工文亦復何益,千秋亡國音哀。”又有《題詞》一解,調寄《虞美人》:“秣陵王氣深堪惜,天水衣成碧。滄桑遺恨幾時休?争信南朝天子總無愁。　　移商刻羽聲聲破,千載無人和。月明故國淚闌干,算較陳家叔寶有心肝。”頗爲後主知己。繼見亞盧一闋,亦可謂能道其心事矣。詞如下。“南朝自古多亡國,如汝何須説?傷心剗襪下香階,此恨綿綿流不斷秦淮。　　不容榻畔卿酣卧,唱徹家山破。燕雲十六盡干休,尚算趙家天子有人否?”

翁覃溪,乾嘉時有名之詩人。其論詩特拈“肌理”二字,謂:“王漁洋拈‘神韵’二字固爲高妙,但其流弊至流爲窄調。故特拈‘肌理’二字以矯正之,實欲以實救虚也。”所爲詩,自諸經注疏以及史傳之考訂,金石文字之爬梳,皆貫徹洋溢於其中。雖瓣香在少陵、東坡,初不以一家拘也。論者稱覃溪爲能以學爲詩。夫矯弊之論,固賢者不得已之苦心,余即謂欲爲詩世界大人物,其必兼漁洋所拈之“神韵”二字,覃溪所拈之“肌理”二字而有之,斯可耳。否即終爲一隅之見,非定論矣。我友柳亞子,今之雄於詩者也。見夫人心之陷溺,詩道之閉塞,莫可究詰,乃亦欲創一説以救正之。何其思之深而憂之切耶。其所持之獨見,余甚佩之。然余之論詩也,不分派别,必講兩界而通之,庶乎其爲集大成也。録其來書如下。

“……論陳、鄭詩甚平允。弟所以痛惡之者,正以其浪得名耳。弟以爲,二子之詩刻意求艱深,病在一‘澀’字。夫‘澀’,原爲詩中一體,但不可視爲正宗。若一人以此創,衆人以此和,不至於詩道陵夷,荆榛塞路不止。即明季鍾、譚,何嘗不偶有佳作,而其究卒爲天下詬駡,正坐此耳。弟無卧子、日生起衰之才,尚不敢建旗鼓與抗,但耿耿此心,終未嘗不以此望之同志也。至張、樊瑣瑣,本不足道。顧樊所爲《彩雲曲》,亦頗可觀覽,此亦所謂披沙得金者。若近日所傳陳、樊唱和《喜雨》詩,則誠無耻之尤,又不但文字之謬矣。又近世詞家如鄭文焯輩,弟亦殊不滿意,其病亦坐一‘澀’字。往往一句中,填砌無數不相聯結之字面。究之,使人莫測其命意所在,甚有本無命意者。此蓋學白石、玉田,而畫虎不成者也。弟竊謂,詞家流别,以南唐、北宋諸家爲正宗;否,亦寧學蘇、辛,勿學姜、張。蓋學蘇、辛而不似,猶有真性情;學姜、張而不似,徒以艱深自文其淺陋,欺人而已。大抵詩詞之道,貴一‘真’。然而今人喜以僞體亂之,此弟之所見、所由,與時賢太异也。然非知我若公者,亦安敢輕發狂言以取世忌哉?更幸公有以晋之耳。”

余近作數詩,爲一一録於此。《次韵答哲夫》:“緣何雙鬢漸星星,寥落交游涕淚新。豈少真人天際想,幾多豪傑古來貧。喜將紅袖呼知己(謂傾城夫人),厭把黄金鑄好春。自分此生憔悴死,天涯偏有素心人。”《賀石子結婚》:“浩蕩春風問蹇修,留溪溪水碧於油。移將西子湖頭月,大好團團照玉樓。”“疑是飛瓊轉世來,桃花寶劍落人間。相思陳語成無用,紅豆江南一例删。”“婆娑世界證婆娑,體育今添新畫圖。拂起羅裙向夫婿,如儂天足入時無?”“原來石亦是多情,情到痴時海可平。已是雙飛雙宿好,再教好語譜雙聲。”《哲夫以所繪薛劍公像屬題》:“道貌奇姿遺老影,深衣博帶古賢風。倘非道子傳神筆,古石蒼松未易工。”“嗟彼狡童不我游,人間春去哪能留?一琴一劍平生志,老死空山無所求。”“鑄金久事道援堂,屈宋騷心不可忘。一樣詩人偏閴寂,網羅幸有蔡中郎。”“乾坤今古將無窮,歇浦龍江兩劍公。君劍較剛儂劍鈍,傷心掩卷哭秋風。”

《寄哲夫,次其端午詩韵》:“眼中如子交猶古,風雨懷人酒醒時。欲訪審音來海上,聊緘清淚寄天涯。敲吟白石新詞譜,描取紅梅舊夢思。君未遭逢儂亦賤,可憐同此嘆仳離。”《哲夫以新詩詞見惠,報以四絶句》:“好鳥枝頭第一聲,新聲端署玉臺名。滬江風月真寥寂,此後金荃有嗣音。”“紅豆雙雙到漏卮,才人應屬虎頭痴。緑窗細雨閑難遣,寫寄梁鴻偕隱詩。”“合肥祠畔草叢生,三遞雲耕并轡行。歸後更鼓彈别調,朱弦三嘆欲傾城。”“前身我是鮑參軍,逸興横飛思不群。大好風光閏三月,何當把臂細論文。”《哲夫與其夫人張傾城合繪〈梅聘海棠圖〉見貽,余即填〈賣花聲〉一解爲謝》,詞如下。“一幅艷容光,活色生香。胭脂隊裹鐵心腸。我自愛花花不語,誰與商量?　　厚貺故人將,此意難忘。寄儂絹素壁間張,一種閑愁消不得,來對紅裝。”

李惜霜以所著厭世小説《若人歟,若人》見示,讀之凄然使人愁。其殆古之恨人耶,何其意之凄絶、詞之工妙乃爾。爲題《蝶戀花》一闋,以寄意也云爾:“墮地爲人今又誤。世界凄迷,没日無多路。枯樹妍花誰與語?他生再勿痴如許。　　滿目榛蕪君且住。銷剩哀魂,猶自從頭絮。一曲冰弦須記取,紅闌十二空延佇。”

甘肅旱荒,三年不雨,以至人相食,而大吏匿不報。吁!异矣。余成詩四首,送登《民呼日報》,亦庶幾爲民請命耳。言者無罪,聞者足戒,采風之士或有取乎斯。其一曰:“甘民竟何辜,皇天降巨災。三年斷霖雨,誰不爲此哀。是必天弃之,故縱旱魃來。可知爾旱魃,天生造亂才。乾風燥日中,千里莽塵埃。朝夕望雲霓,心肝車輪摧。相率游餓鄉,一生不復回。夷齊隱首陽,餓死歌《采薇》。并此今無之,寸草成焰灰。聞客述此狀,胸中鬱不開。傷哉無告民,何時登春臺?蒼帝應有知,夢夢何爲哉?”其二云:“天既災予前,官復厄於後。貪官與污吏,無地而蔑有。歌舞太平年,粉飾相沿久。匿災梗不報,謬冀功不朽。一人果肥矣,其奈萬家瘦。官心狠豺狼,民命賤鷄狗。屠之復戮之,逆來須順受。况當賑濟日,更復上下手。中飽貯私囊,居功辭其咎。甲則纍纍印,乙則若若綬。回看餓莩餘,十不存八九。彼獨何肺肝?亦曾一念否!”其三云:

“千載此奇荒，臨風心悲哽。親愛我同胞，忍睹凄凉景。濡筆欲有陳，淚下已如綆。意緒難盡訴，似骨喉間鯁。哀之我甘民，誰陷危難境？酷類風前燭，轉眼不見影。草根與樹皮，此物救我命。我命之短長，惟此二者用。樹皮况漸稀，草根今亦盡。姑且易子食，析骸猶爲幸。白骨積成莽，冷風吹凜凜。黑夜聲啾啾，爲鬼在俄頃。人生一何慘，朝廷置不省。”其四曰：“西北一片地，草萊俱荒蕪。莫問五穀登，雨露吝不濡。哀鴻鳴嗷嗷，聞聲痛剥膚。危者難爲持，顛者誰爲扶？群魚游釜底，水竭魚幾枯。禦災有政策，古人良不誣。子固記越州，來者所爲模。鄭俠我所敬，俠誠墨之徒。仁政行無權，仁心我豈無？作詩以告哀，懸作《流民圖》。”

仙父以詞數首見示，爲録存兩首於此。《承鈍劍題南幽百絶句，倚〈大江東去〉以答》：“鄱陽舊恨，仗湖風六月，吹成霜雪。想是空花迷目孔，萬事於今休説。衹有終朝，醉也堪憐，夢也腸堪絶。銷凝如此，數聲吩咐啼鴂。　　果世道未曾移。鏡中顔面，應似昔時節。不惜人間交絶盡，未忍江南詞客。昨日華箋，寫來詩句，有暗香凝結。南幽借重，料難輕與磨滅。”《用稼軒〈摸魚兒〉韵，贈别牧稀、静森》：“一天凄夢菖蒲雨，把行人送將去。故鄉風味知何似？歷歷樹雲堪數。留不住，看一騎紅塵，猶自長亭路。也應自語，曾記得來時，楊花滿徑，化做沾泥絮。　　難爲我，事業功名盡誤。詞人還勞天妒。張衡縱草《歸田賦》，漫與人間陳訴。歌且舞，算昔日，交情大半成塵土。思量忒苦，好準備相逢，知他魂夢，今夜在何處？”詞意凄然，非個中人莫識其旨。仙父，即寧子太一也。

我弟佛子寫詩詞數章，囑爲點綴。其中兩詞、一詩差佳，爲表而出之。《西湖懷古》調寄《踏莎行》：“千載西湖，人稱秀麗，果然好幅佳山水。看他濃淡總相宜，誰知却是傷心地。　　武穆冤沉，蕲王老死，中原時事都休矣。我來懷古一嘘吁，背人偷灑滄桑淚。”《題家庭現形記》調寄《醉春風》：“械鬥誰能勸，曲直誰能判。一枝筆寫萬般奇，看，看，看。情至文生，淚隨聲下，令人長嘆。　　骨肉恩情斷，手足都分散。鬩墻可記古人言，愿，愿，愿！我若宥他，他能原我，兩無仇怨。”《西湖雜咏》之一：“一山突兀凌霄漢，更有群山斷復連。望去蜿蜒勢奔放,有時夕照破蒼烟。”第一首哀感;第二首至情之作,不壓百讀;第三首能寫游山真景,不同浮辭。此其詩詞之可傳者也。

沙驅所譯《英吉利古詩》兩章,幽怨綿眇,非淺人所能解也。《燕》:“燕子歸何處？無人與別離。女行愛誰見,誰爲億差池。女行未分明,蹀躞復何爲？春聲無與和,呢喃行語誰。游魂亦如是,蜕形共驅馳。將翱復將翔,隨女天之涯。翻飛何所至？塵寰總未知。女行諒自適,獨我弃如遺。”《熲熲赤墻靡》“熲熲赤墻靡,首夏發初苞。惻惻清商曲,眇音何遠姚。予美諒夭紹,幽情申自持。滄海會流枯,相愛無絶期。滄海會流枯,頑石爛炎熹。微命屬如縷,相愛無絶期。摻袪別予美,離隔在須臾。阿陽早日歸,萬里莫踟躕。”沙驅即曼殊。

曼殊又有七絶六章,有弦外意,可使旗亭女子歌之,何必再唱黄河天上也。《寄廣州晦公》:“忽聞鄰女艷陽歌,南國詩人近若何？欲寄數行相問訊,落花如雨亂愁多。”《水户觀梅有寄》:“輕嘗天女脣中露(此譯擺倫句),幾度臨風拭淚痕。日日思君令人老,彩窗無語正黄昏。”《失題》:“禪心一任蛾眉妒,佛説原來怨是親。雨笠烟蓑歸去也,與人無愛亦無嗔。”“斜插蓮蓬美且鬈,曾教粉指印青編。此後不知魂與夢,涉江同泛采蓮船。”《西京步楓子韵》:“生憎花發柳含烟,東海飄蓬二十年。懺盡情禪空色相,琵琶湖畔枕經眠。”《失題》:“落日滄波遠島濱,悲笳一動獨傷神。誰知北海吞氈日,不愛英雄愛美人。”《題師梨集》:“誰贈師梨一曲歌？可憐心事正蹉跎。琅玕欲報從何報,夢裹依稀認眼波。”

哲夫以鄧爾雅詩寄示,爲録數首。《謝成城仿垢道人畫見示》:“吁嗟蔡子畫,絶似垢道人。江山淚已盡,寂寂無居民。不可入俗眼,不須費白銀。胸中感慨多,悲來向誰陳。”《和成城移居徐匯詩》:“無那相思魂躑躅,故人何日復同游？新詩高誦三千過,減得故人日日愁。”“有錢當買萬卷書,有園當種十畝蔬。此意悄悄向誰説？島雲江樹久離居。”“我家頗近梅花村,一樣從前舊夢痕。若許隱居私願了,太平松竹辟雲根。”“援我以詩兼有畫,瓊瑶琚玖愧難如。臣能刻畫匪雲報,將藉石兄頌起居。"《題蔡子有守畫石》:"不太清孱不獵頑,當他鴨卵島中看。但從心史存我土,何必人間有是山。"爾雅多性靈之作,讀其所作,可以知其爲騷士矣。

重觀《海上寫真》成兩章:"今賢哪識古賢心,幾復風流何處尋?富貴於依本無分,聊將皓月證初襟。""殘陽疏柳黯魂消,吟到河山慘不驕。畢竟經生成底用,可憐亡國産文妖。"亞子亦有二詩,可謂同心之言矣。録如下。"風流壇坫成陳迹,盟誓河山葆令名。鳳泊鸞飄吾輩事,未須憔悴訴平生。""揚子《美新》稱絶學,士龍入洛正華年。千秋誰信舒章李,几社中間著此賢。"亞子自云:"耳食之士,必嗤魏收輕薄。自有心人視之,縷縷皆血淚痕耳。"數言洵堪爲定評。惜知意者稀耳,奈何!

王漱岩,名葆楨,黄岩人。工篆刻,詩亦卓然成家。哲夫以其稿寄示數紙,爲摘録七首。《花朝登大觀亭》:"玉虹高跨皖公臺,天塹東南畫界開。山擁大龍雲氣出,江横白馬海潮來。梯航禹貢思王會,風雨吴趨老霸才。百萬鶯花存夢醉,中年哀樂付閑杯。"《小蓬萊雅集》:"杯酒訂詩盟,江頭春水盈。登樓動鄉思,畫壁誤狂名。鶴過雲天碧,人來花雨晴。况當長作客,明日是清明。"《奉和哲夫海上徙居原韵》:"中原龍虎風雲變,寥落東南幾舊游。杯酒欲完天地量,替花寫照自澆愁。""天遣紅顔餉著書,手鋤江月種雲蔬。鹿門有意如偕儷,隱居三間水竹居。""寥寥鷄犬夕陽村,獨立蒼茫見樹痕。覓遍人間干净土,來探月窟到天根。""雪衣笑我風塵誤,自把金剛懺不如。吩咐看山等料理,白雲深處結幽居。"《妾命薄》:"妾命薄,從今不唱江南曲。江南曲,愁莫聽,玉樹名花落後庭。"(一解)"郎來郎來,春色渡江梅;郎去郎去,江雲隔春樹。"(二解)"楊柳高,楊柳低。入繫青驄馬,出綰白銅鞮。兩兩黄鸝枝上啼。"(三解)"一疋布,裁郎衣。别來還否去時肥?將郎來比妾,解帶約腰圍。"(四解)

余往時曾有所遇,酒醒、夢醒,時時猶動餘思。將所作《减字木蘭花》兩章補記於此,亦一段逸史也。"是何年紀,前生夙世休提起。兩字消魂,綉出鴛鴦有淚痕。　拋殘紅豆,腰肢拚爲伊消瘦。吹氣如蘭,臨去叮嚀别更難。""妙相逢處,可能留得香魂住。住亦無多,啼鴂聲聲喚奈何。　　人生何苦,情痴争被紅墻阻。憐爾憐儂,此願茫茫似夢中。"

數日來正思巢南不止,忽得亞子寄來巢南詩三首,讀之大移我情。古人所謂"愁苦之詞易工",其信然耶?急録之。《病瘉矣,忽然復作,膿血大來。後顧茫茫,凄然成咏》:"不堪多病廢尊罍,幾見名花次第開。草草光陰梁下水,沉沉心事劫餘灰。蒼茫四海無家感,潦倒中原絶代才。衹合蒲團了身世,萬緣删盡息悲哀。"《己酉七月朔日,爲余三紀初度,值瘍患漸瘳,賦示同人索和》:"沉寥天氣又新秋,三紀年華我獨愁。多病不堪人事廢,壯懷空負海天游。茫茫家國千秋恨,落落浮生幾輩休?强起自將明鏡照,鬢絲曾否白盈頭。""少年何事起悲歌?矯首蒼茫淚似梭。身世風前飄弱絮,文章海内蹴驚波。兵戈滿地龍蛇隱,花雨繽天震旦多。漫向西風怨憔悴,一龕彌勒未蹉跎。"

《和巢南三紀初度》詩以爲壽,得兩章,記述於此。"人生最易鬢星星,貧病交侵思不禁。如我朋儕傷闊别,爲君著記感飄零。柴桑歲月遺民録,薇蕨風光野史亭。三十年華真夢境,哀弦低訴哪堪聽。""艱難困苦太痴生,海内文章負盛名。世不可爲甘學佛,憤無能雪且談兵。憂時詎讓陳同甫,入洛原非陸士龍。珍重此身天玉汝,幾回遥憶涕縱横。"

馬小進,字駿聲,香山人,著有《娵隅隨筆》一卷、《羅浮游記》一卷,已刻。年未弱冠,精通英文,詩乃其餘事也。《己酉入春,一日與高劍父、許沛公、謝抱香、巢錦梁、孫鈺生五君游赤柱山中之寶雲道,因賦一詩志雪鴻》:"春日寶雲道,沉沉草木深。嵐光映大野,人語動空林。共發爲戎嘆,凄懷避席吟。(龔定安有'避席畏聞文字獄'之句。)山河如復舊,築室隱高岑。"

劉荆孫,名慶崧,南昌人,有《玉華庵詩詞》二卷,已刻。工篆刻,好作山水,其所作《游瓊崖詩》甚佳,非尋常游詩所能比也。"海外虬髯霸業張,嘉名合署小南强。炎荒日暖增温度,島國雲陰足雨量。林礦地能供矩鑒,沙濤天與鞏金湯。千年故土今猶昔,回憶臺澎涕欲滂。”

何子陶，名鑄，南海人，有《弱冠草》，已刻。近作詩較前更進，哲夫以數章見示。如《感懷》：“英雄未垂暮，已覺感黄金。文字都成病，弦歌少愜心。蒼生徒紙上，明月白花蔭。洵美調冰事，瓊杯次第斟。”《某生向余問學，余所發明者，現世公理，其舊日業師聞而思壓制之，某生哭兩晝夜。嗟乎！使余得權，余當學老子出函關，或如耶穌釘十字架上矣》：“滄溟掀巨浪，炎夏亦生寒。新舊龍蛇戰，天人去住難。微言猶未盡，公誼豈能刊。塵世多煩惱，如來不忍看。”

龐檗子，名樹柏，又號芑庵，常熟人，有《玉琤琮館詩詞》。哲夫以其一詩、一詞見示，真詩人之詩，詞人之詞也。使君於此，信屬不凡。《題薛劍公先生遺像三首，即用先生集中韻》：“莫道嶺南僅三士，龍江落日想遺徽。酒醒驚見山川老，鬢減應憐歲月非。黄葉琴聲成獨往，西風幘影竟安歸。即今冷雨昏燈夜，坐對鬚眉淚在衣。”“南望蒼烟送晚暉，江頭故老眼中稀。一拳難補人間恨，廿載閑參物外機。老去看山殘力健。狂來説劍此生微。千秋事業憑誰會，剩有吟魂夜夜飛。”“寂寞岩阿獨掩扉，重來樵牧占空磯。《禾黍》《麥秀》歌誰和？地老天荒志未違。無那紉蘭猶寄怨，漫云餐石可忘饑。中郎辛苦遺拾獻，且爲焚香薦蕨薇。”《西子妝調・己酉三月，小留滬瀆，與秋枚、真長、哲夫驅車往徐家匯，哲夫邀至寓廬茗憩，歸途過李文忠祠，又味蒓園，是日西商賽馬，鞭絲帽影，游事甚盛，晚問真長招飲於嶺南樓，侑觴人風仙，聆口音誤爲鄉親蘇小，詢之，則梁溪人也》：“茜草隨輪，柔楊罥袂，十里紺烟横路。眼中猶恨少溪山，避繁華，結廬何處，輕敲竹户。羡修到，雙鷗同住。憑東風，正花光如海，香塵如霧。　　空凝佇。門外啼鵑，早又催人去。鬧紅臺榭易斜陽，怕重看，一天飛絮，旗亭劃句。衹贏得，啼痕無數。向尊前難認，蕭娘眉嫵。”

福建林拾穗以其友人陳愓庵所作《題梁大同瓦》詞見寄，調寄《大江東去》：“樓臺烟雨，算消磨多少，南朝佳日。布施福因，可惜許，舉國狂痴彼俗。迎骨鳳翔，捨身同泰，千古一丘貉。漳臺就圮，有人獨範殘甓。　　却怪此瓦通靈,幾行經换劫,憾無毫髮,垂露盧沙。凝妙處,最認六朝宗法。欲報之恩,是公應不忘,歸家見佛。道場終散,賢愚一例休説。”惕庵名乾義,世家子,爲海峰(景瀚)嫡孫。(著作見《經世文編》中)所居爲武林南墅,水木明瑟。年三十餘,福州人也。

陳徵宇,字懋鼎,與拾穗爲世交,兼有姻誼者。曾游歷英國,今爲外務部郎中。有《咏水月電燈》七古一首,亦詩界之革命者也。“光熱諸質日所衍,别子爲祖曰火電。電學起時火德微,不廢用兼奇乃見。山河月面黑漫漫,愛日却作水光寒。死魄生明類如此,日物相肖來無端。大傳電流中邊徹,生愛與月不分别。但供坐客察毫毛,誰信電師嘔心血。倫敦交衢一輪升,眼底夢魂唤尚應。六如窺取幻影電,三光合是日月燈。”

郁贊紅,名文盛,號雋甫。所爲詩風情旖旎,才調無雙,蓋《玉笥》、《金荃》之遺音也。贈余詩頗夥,爲摘録於此。《步見贈韵》:“紛紛謡諑且由他,語重心長勞者歌。鈎黨抄殘嗟禍亟,鈞天沉醉奈愁何。敢矜詞客風情盛,畢竟奇男血性多。腰下龍蛇頻拂拭,待看遼海靖風波。”“無復重光耀自他,一回慟哭一回歌。沉淪漆室長終古,破碎金甌剩幾何?海外丹心懸日月,天涯紅淚落花多。平生志事空磨盾,惆悵韶華付逝波。”“古意騷情最愛他,聲聲變徵不堪歌。挑燎淚落真無那,下筆愁來可奈何?越石吹笳添憤激,士衡作賦患才多。可憐一寸琳琅集,中有汪洋萬叠波。”《和留别清華諸子韵,即以贈行》:“咳吐隨風絶點塵,清新詞筆邁蘇辛。奇情郁勃空今古,掃盡繁華見性真。”“骨抱青蓮證夙因,芳園此去樂天倫。不隨桃李争凡艷,萬本梅花無限情。”(君繪《萬樹梅花齋圖》。)“激蕩風雲百里飛,天傾地塌痛何依。策勛且作騷臺長,南面居然衆所歸。”(時群稱君爲詩王。)“繞梁三日愛餘音,忍聽文通賦别吟。極浦波長涵碧月,楚魂夜夜照江心。”《和丁公韵,録呈》:“紅葉題詩流碧溪,珍珠洗淚憶梅妃。競争世局於今烈,寂處知音自古稀。偕隱高風真可愛,大同結想易成痴。絶時格韵傷時調,不惜一彈再鼓之。”(去歲曾録君詩數十首,不時尋諷。)《天梅詞史自海上歸,過了公家,了公治具觴之。是夕適風雨,别後殊悵悵也,賦此以志鴻爪》:"閑窗偶集苦吟身,客裏相逢意倍親。同向完亭問奇字(了公出示己句),本來季迪是詩人。夢魂一任蒙莊化(莊君立夫偶入睡鄉),眉史應翻京兆新(君偕張君仲善同來)。風雨漫天行不得,瀟瀟幽怨楚江濱。"《贈哀蟬》:"蓀荃懷抱自芬芳,一曲寒蟬大可傷。自古至情多涕目,前生絶業擅文章。扶持國運千秋想,嗚咽江聲九派長。儂亦愁人聽不得,倚檠無語轉彷徨。""高柔愛玩不嫌痴,難得金閨譽并馳(謂亞希夫人)。再世玉簫聯舊侶,一編湘瑟寫清詞。過江名士新亭酒,絶代佳人空谷姿。欲向萬梅花下拜,迢迢天末寄相思。"(謂亞希夫人。)

鈍根以新作寄示,皆神到之句,令我再三諷誦,彌覺有一往情深之感。《己酉五日,與牧稀、蓋生、約真携酒飲太一獄中,太一賦詞見示,次韵酬之》:"南幽沉怨夏飛霜,夢荒唐。偏是愁時步月逐人忙。細柳新蒲饒節物,聽疊鼓,鬧端陽。　且圖歡叙慰相望,意茫茫,酒行行。漫想填胸萬恨唱伊凉,此會此時今世少,人五個,願無忘。"《虞美人・次栩園韵,次薄幸也》:"柔荑斜倚櫻桃露,蘭氣微微吐。怨人還帶淚痕啼,不道蕭郎背地立多時。　前番薄幸應難究,今後郎知否?教郎去做白楊花,一任東西南北没人遮。"《嘆逝》調寄《憶江南》:"閑夢遠,便去作清游。燕市悲歌人已遠,斜陽西墜水東流。此意竟悠悠。""閑夢遠,細雨落江天。鵑泣冬青空有恨,風飄榆莢不成錢。春盡草芊芊。"《讀天梅爲巢南題永曆錢之作,賦此寄聲》:"金刀貨貝飄零盡,寥落行看剩一錢。倘亦精靈感相報,叢殘搜索十三年。(天梅云'巢南自言盡精力於帝至矣,此錢殆陰有以報'云。)""滇池灰冷物猶存,三百年來帝號尊。依舊團圓依樣好,閑愁棖觸不堪論。"

《題夢隱第二圖爲亞盧作》:"蔡邕潑墨縱奇逸,柳永題詞寄怨哀。同是胸中靈氣足,寫成磊落托清才。""買山而隱今何世,薇蕨春風恨不禁。未必人間逢此境,何妨魂魄一相尋。""千五百年無作者,殘山剩水淚如絲。蕭疏況味誰能賞?記取冬心卷裏知。""入山久已思披髮,對酒今來一悵神。萬木梅花空有願,却憐儂尚混紅塵。"亞子原作甚佳,爲録於後。《金縷曲·哲夫作枯筆山水一小幀,爲訂交之券。荒寒寥寂,忽有感於心,爰取戴子高影事,命之曰夢隱第二圖,詞以張之,即用三年前爲天梅題萬樹梅花卷子舊韵,撫今追昔,若不勝情,海内詞壇所不敢望,二三同志庶幾和余》:"拔地奇峰起。笑平生,鄭虔之絶,君真多事。揮灑烟雨來腕底,靈氣胸中未已。看枯水寒山如此。塵海茫茫無我席,算此身合向山中死。負汝者,有如水。　　故人萬樹梅花裏。記當年,卜鄰有約,而今何似?恨海精禽填不得,付與淒凉眉史。依已厭,傷心滋味。祇恐人間無此境,便誇娥移也非長計。圖一幅,且休矣。"

仙父以《琵琶仙》一闋見寄,詞曰:"寂寞黄昏,有人正,獨自傷離傷别。怎奈衣滿啼痕,和衣也消滅。剛數日,魚沉雁斷,萬千事,欲和伊説。小院箏琶,荒城角鼓,都助悲咽。　　待重覓,絮果蘭因,總翻覆,場場墮奇劫。雙鬢莫教頻照,怕新來似雪。便壽命,河清得俟,却又知,在那時節。想見思婦樓頭,金錢暗擲。"詞末附言云:"哀人生之多艱,待申旦以無期,不知海枯石爛,可能握手一痛哭否也。蓋畜生社會,無一不可以助人生厭世思想。如何,如何?"仙父之言之哀痛如是,宜其詞旨之淒絶一至於斯也。

曾静之獄起,吕晚村先生詩文悉遭禁毁。今其文稍稍發現矣,而詩則除《大義覺迷録》所舉四句外,絶無可見。豈當時皆已焚毁耶,抑别有人深藏之而不敢出耶?然反於忌之仇之者之著録中傳其鱗爪,亦一怪事矣。咄,咄,咄!詩記如下。《錢墓松歌》:"其中曾有數十年,天荒地塌非人問。"日記内詩句:"若論五百年間事,紫色蛙聲總正聲。"

錢鴻賓以所著《殉學記傳奇》一卷見示,强余作一題詞。余既應之,復成五古一首爲贈。詩録如下。"我昔游海外,相逢陳天華。島夷取締起,天華沉泥沙。繼復還滬江,再遇姚宏業。共事無幾時,忽又投海别。旋余組新校,賜名曰健行。正亦於此時,竟業已告成。偶一晤王子,識爲非庸人。而我苦經營,彼又戕其身。同病最相憐,哀極苦失聲。其心大可傷,其事不可學。神州嘆陸沉,人才何蕭索。前途正茫莽,責任誰其續?爲語後來人,須堅辦學志。

苟能志辨學，王子死不死。死正不必趨，死亦不必避。事若不曾辨，先成一死意。如何辨得來，雖死何足异。志行薄弱者，一死了斯事。宇宙賴人爲，人死付誰理？人人若自殺，中國荆榛矣。王子死固佳，我則不謂是。然而此等人，是乃古之徒。以身而殉學，亦足挽頽波。事不必再有，心則不必無。忽來鐵笛聲，吹徹鸚鵡洲。聽之移我情，涔涔雙淚流。文章本至性，木石應點頭。而况個中人，感泣那能休？一曲《廣陵散》，形合不以貌。移商變徵聲，技也進乎道。演入新舞臺，益人當不少。可歌復可泣，可怒更可笑。屈指雲亭没，於今三百年。公其可代興，努力快著鞭。燈下寫此詩，聊作後序焉。作者爲哀蟬，同此哀無邊。”

鴻賓報我一章，并録於此。“昔日聞君名，三年印腦成。今日讀君詩，得知君平生。猛憶海成陸，世界光瑩晶。歐狼和美豹，拚力爲鯨吞。當之者亞陸，中土其衝衡。嗟嗟彼都士，沉睡從未醒。一聲天下白，汝南雄鷄鳴。數道黄龍旗，高矗東南溟。興學以正本，教耻乃有成。波靡作砥柱，山崩爲鰲擎。胡天乃不吊，胡地而不情。天華既沉憤，姚江復吞聲。印度阿芙蓉，又以酖雅平。諸學遭衄敗，各有諸種因。要之倡學難，此言非囫圇。逝者長已矣，責在後死人。卓哉哀蟬子，行誼姚黄倫。渡海慕日本，憤歸學靈均。國魂未唤醒，鬼眼已生嗔。劇憐望賢域，學運胡邅迍。然而天演理，僞不能敵真。恒山終北移，東海有日湮。蘇格倡哲理，年久旨愈新。東湖勵教育，扶桑日高掄。願公宏此旨，我道其弗泯。嗟余苦行役，懷願不一伸。出門心惘惘，行路車轔轔。蹉跎復蹉跎，彼蒼曷有垠。揭以質諸子，大地行時春。”鴻賓，浙之平湖人，故自署“鸚鵡洲前吹笛者”。

我弟佛子近作《醉春風》（四解）頗佳。中多見道之語。不可以藝術賤之。第一《咏琴》：“泉石多佳境，逸響遥空震。手揮目送意如何？静静静！不遇知音，休教竊聽，空遭談論。　　六律須調準，哀樂隨人性。高山流水最怡情，聽聽聽！但覓天風，洋洋盈耳，塵襟都净。”第二《咏棋》：“未戰先宜守，既戰須防誘。若教小勝便生驕，謬謬謬。勝固欣然，敗尤可慮，休誇能手。　　一隻輸他後，形勝都非舊。如何當局尚昏昏,走走走!便渡烏江,人心已潰,安能持久?"第三《咏書》:"書法宜精究,人手宜歐柳。再教草體學南宫,彀彀彀!□骨開張,他時落筆,龍蛇驚走。　貌似尤其後,骨氣須醇厚。傳人自古不宜肥,瘦瘦瘦!但看寒梅,亭亭玉立,愈饒蒼秀。"第四《咏畫》:"繪事談何易?第一神難似。遠山近水要分明,細細細!仔細評量,花明柳暗,耐人尋味。　善畫紛難記,道子差堪喜。想他地獄繪成圖,异异异!縱使傳神,描來都肖,鬼當仇爾!"

日本人曾稱李笠翁爲"中國小説界巨子",笠翁小説固爲巢檠大才,但其病失之俗耳。要其所作詞,當推艷詞之能手。惟間有草率語,而其大體非他人所能及者。他人有其意,無其筆,笠翁之筆高於他人。每一奇句出,必使出人意外,而仍人人意中,此其所以語妙天下也。余將其最妙之作録入此册中。《梧桐怨》調寄《添字昭君怨》:"忽地便傳秋到,故使離人知覺。凄聲唱起是梧桐,怨寒蛩。　誰向深閨種此?不見舒紅放紫。一生贏得是驚秋,喜人愁。"《瞥遇》調寄《山花子》:"瞥遇花間笑語吞,三分羞釀十分春。擱住秋波猶未轉,勾消魂。　紈扇有情留點縫,湘裙無意露些痕。衹此令人消不得,况全身。"《鴛鴦》調寄《兩同心》:"怪煞雙禽,幽情何恣。到飛時纔覺成雙。但宿處,誰知爲二。向當時,月下星前,幾多盟誓。　慣會攪人心志,益人愁思。忒修行美爾,前生甚福分,能消今世。問誰能嫁個蕭郎,和伊成四?"《瞯浴》調寄《風入松》第二體:"蘭湯携到不寬衣,生怕有人窺。扃門重把湘裙掩,纔褪出,葉底葳蕤。誰識蜂媒電眼,慣穿翠箔珠幃?　芙蓉香透水晶輝。紅自艷成堆。從前愛把燈吹滅,不使見帳内冰肌。今自盆中托出,請從眼底收回。"《誤佳期》調寄《誤佳期》:"天授佳期人誤,神締良緣鬼妒。休將薄幸咒兒郎,提起盟先負。　再訂幾時來?諒不如前度。他能原我我原他,何處生嗔怒。"笠翁又有《心硬》一詞,調寄《花心動》,詞曰:"十個男兒心硬九,同伴一齊數説。大别經年,小别經春,比我略争時月。陶情各有閑花柳,都藉口,不得名節。問此語,出何經典。諒伊詞囁。　制禮前王多缺。怪男女同情,有何分別? 女戒淫邪,男恕風流,以歧致紛饒舌。男兒示袒左,男兒始作俑,周公遺孽。無今古,個個郎心似鐵。"此詞大聲鞺鞳,未曾有也。彌勒·約翰"女人壓制論"耶,社會黨人"女權宣言書"耶? 不意我中國已於三百年前發之。然則,詞詩豈小道而已哉!

我邑地濱於海,文學素不發達,即以詩名一家者亦少。況卓然成一巨子,橫厲中原,俯視百世者乎? 是亦我邑之羞也。然即此略有所成者,坐視其湮没無聞,不急急爲之表章,他日又誰能任此責者? 余故爲之戚戚焉。兹將乾隆間詩人,就所知者列爲一表如下,俾後來者有所考耳。

姓氏集名

一、唐元庚澄齋《一峰詩鈔》
二、時金相賡陽《墨蕉詩鈔》
三、沈見素行《鶴林詩鈔》
四、楊闓基鐵齋
五、唐陳疇申奇
六、何恒信馨宜《遁庵詩鈔》
七、黄恩岵鉢山
八、吴芝秀泠軒《吟窠詩鈔》
九、姚鳳池掌綸(號栖嚴)
十、沈若潛介亭
十一、姚鳳洲承露(號疏庵)
十二、何鼎玉琢成(號耕石)

以上共十二家,爲作摘句圖於左方:

申奇《園林雜咏》:"種樹每種松,鋤草不鋤薺。松能貫四時,薺甘有餘味。"

鐵齋《七里灘》:"行過灘前春水漲,一行白鷺傍船飛。"

馨宜《寒食吊時墨蕉墓》:"不死詩千首,難忘酒一尊。"《姑蘇漫興》:"宛轉新歌來水面,輕盈小隊過山腰。"

冷軒《謁岳武穆王祠墓》:“半世精忠紆北伐,千秋遺恨見南枝。夜臺倘遇偏安主,痛哭猶應表出師。”

介亭《寄懷黄干山》:“一紙加餐字,三年入夢人。”

疏庵《送友人至維揚》:“送我桃花深淺水,羈君柳色短長條。”《暮春》:“楊花新得意,摇曳入簾櫳。”

素行《梅》:“病餘人更瘦,不敢比梅花。”

墨蕉《將曉》:“亂山收客夢,殘月促征鞭。”

馬君君武精通五洲學問,斷推當世偉才,而尤工文詞。其所譯斐倫《哀希臘歌》十六章,誠絶作也。余甚愛之,爲録入四章。“希臘之民不可遇,希臘之國在何處?但余海岸似當年,海岸沉沉亦無語。多少英雄古代詩,至今傳誦淚猶垂。琴荒瑟老豪華歇,當是英雄氣盡時。吁嗟乎!欲作神聖希臘歌,才薄其奈希臘何?”“不聞希臘生人聲,但聞鬼聲作潮鳴。鬼曰生者一人起,我曹雖死猶助汝。吁嗟乎!希臘之人口盡暗,鬼聲相答海天陰。”“沙明之酒千鍾注,天女聯翩齊起舞。眼波如水光盈盈,但將光綫射傾城。吁嗟乎!爲奴之民孰顧汝,我竊思之淚如雨。”“置身蘇靈之高山,四圍但見緑波環。波聲哭聲兩不止,一曲歌終從此死。吁嗟乎!奴隸之國非所庸,一擲碎汝沙明鐘。”

莊禮本,號瘦岑,奉賢人,僑居於張堰。工文字,爲人伉爽有俠氣,拳匪之難没於北都。所作詩甚夥,曰《鄂游草》、曰《拳匪紀變百咏》、曰《新樂府》。除《百咏》外,俱未付刊。曾記其《題浦上釣魚圖》兩絶云:“茫茫城市軟塵紅,掉臂無因溷乃公。自譜秋江漁父曲,一蓑明月一竿風。”“我欲乘風萬里翱,天池鵬翼拍雲濤。釣竿笑向先生借,立脚神山捉海鰲。”又《題梅窗夜讀圖》詞一闋,調寄《鵲橋仙》云:“瑶華破夢,湘紋弄影,人共梅花消瘦。閑來翻讀上清書,有獨鶴階前聽受。　　春愁積水,霜痕暈月,凉動黄昏時候。更饒何事費商量,着個添香紅袖。”

余去年曾作《舒氏齋頭賞菊歌》,爲補録於此。“主人愛花世稀有,主人好客且置酒。而我來此花歡顔,一樽我欲爲花壽。鐵雲清裔亦復佳,襟懷高雅宜種花。莫言市井多俗士,令人一日三咨嗟。

紅棕兩種黯無色，更無寸土根難植。縱有一二俠肝腸，鏖戰西風亦奚益。此花未開忍終古，天演新理爾應識。優勝劣敗事則然，憔悴秋風恨無極。獨有黄白兩種顯奇枝，黄種早開白種遲。即今白種洵驕貴，黄種豈不堪比之。黄種骨格最矜重，原來自是天所寵。黄帝開化誰與先，奈何半開目黄種。半開可憐未開苦，待到全開香風送。一從黄種失栽培，繼起代興白種來。黄爲先進白後進，黄種反使埋塵埃。黄即白耶兩相競，孰繁孰萎且休問。白戰何年自解紛，黄禍他時或可信。籬邊黄菊性傲霜，峥嶸俠骨花中王。此是黄花真本色，切勿輕視黄種黄。百年我是詩界聖，無端相遇花之幸。我作此詩傳此花，主人之名與花并。”

鈍根以《宋丞相文天祥硯歌》索和，寄以此章。“煉石天不補，百戰竟無功。空留一片石，遺恨寧終窮。”“下馬草《出師》，上馬殺强虜。同此堅白質，來者須步武。”“大地河山影，日月星辰光。是爲石之瑞，是爲天之祥。”“前有謼褰溟，後有傅天譯。煌煌兩傑者，餘子盡擱筆。”其硯今藏醴陵張氏，硯文有“日月星辰，河山大地”之影。故後人稱之爲瑞石。硯上又有天祥當日銘語四句：有“不緇不磷，同此堅白”云云，洵稀世之寶也。

余前三年有《十大家詞》之選，每家題六言絶詩一什，曾寄四什登於《中華新報》。今於敝紙中拾得其全，因悉録於此。“王氣江南闃寂，可憐都是傖才。工文亦復何益？千秋亡國音哀。”（李後主）“此老流離去國，瓊樓玉宇多情。胸懷令人高曠，天風海水泠泠。”（蘇東坡）“耆卿曉風殘月，十分名重當時。婉約賅推秦七，紅牙少女歌之。”（秦少游）“俯仰蒼茫吊古，客中愁聽悲笳。如渠善描物態，那不雄視諸家？”（周清真）“高論斷推同甫，狂歌合讓劍南。南渡諸人有限，與公鼎立而三。”（辛稼軒）“運以申韓之筆，沉雄博大兼賅。力能熔鑄騷雅，生面劃然别開。”（姜白石）“玉田清新可愛，筆端有淚盈盈。真堪同調白石，宋代此其尾聲。”（張叔夏）羨殺當年籌筆，驅胡恢復神京。乃亦淒然如許，教依無以爲情。”（劉青田）“最憐遁世遺民，字字傷心故國。安得謝翱如意，吟上西臺慟哭。”（王姜齋）“難寫回腸蕩氣，美人香草馨馨。定公是佛轉世，幾曾汨

没心靈?”(龔定庵)

余讀馬小進《游羅浮山記》,知其詩大似東坡,純任自然,毫不雕斫,倘非天才,斷無此境。但余素不喜東坡詩,以其失之太易,殊欠經意,此不必爲古人諱。或謂蘇之勝人正以不經意耳,正以不經意處見其詩才之大,而不知能以不經意勝人者,千古惟一李白耳,而東坡非其比矣。一龍一豬,可同日而語耶?然東坡詩亦盡有佳處,余今所言,特就其大體言之耳。晦聞詩,秋氣甚深;潘蘭史,老健矣;王漱岩,有力追古作者意;龐檗子詞,玉田之遺音也;曼殊詩,其哀在心,其艷在骨,而筆下尤有奇趣,定庵一流人也。

哲夫繪石一幅寄贈,余作兩詩爲謝。詩云:“補天妙手迥非凡,磊磊懷中豈等閑。恨海填平精衛笑,銜殘片石在人間。”“我生於世竟何勛,一派關山易夕曛。醉後不妨看作虎,衹憐身是故將軍。”余甫書此詩畢,而哲夫又以繪石一小幀郵示,題曰《五色雲》,《自志》云:“日昨於汲修齋見一小石,高三寸,五色畢具。潤潔比玉,且玲瓏縐透,極其娟美。石陰琢‘五色雲’三字,乃張叔未舊物也。問其價,索百金,不肯折閲。噫!一介之士安可得此?一飽眼福,亦云幸耳。適慧子書來,有云‘他生我願爲靈石,供與騷人旦夕看’之句,因書此圖以贈。”余與哲夫其殆石交耶,惜余喜書而不能畫,爲平生無涯之憾,然天下事無必於我而後爲始成耶。他人之有佳詩文,不妨視爲己之詩文而已,擱筆焉可也。他人之善寫佳山水竹石,不妨視爲己之山水竹石而已,擱筆焉可也。我之意想如是,有哂我者,我寧聽之?

葉楚傖在汕頭《中華新報》館忽以二詩寫示,開緘讀之,喜可知也。《余聞鈍劍久,鈍劍亦知有余者,賦此柬之,聊當一晤》:“我是東江葉楚傖,宿聞劍氣通豐城。敢將古意通新款,來向今生證舊盟。塞外黄沙環黑水,樽前白眼誤蒼生。天涯留得凡人在,嘔出心肝作心聲。”《偶見鈍劍、哲夫、亞子和韵,效顰賦此》:“爲誰扶住少微星,天上文章夜夜新。萬里風雲憐夢遠,半生才調累愁貧。耆卿楊柳紅牙拍(亞子),季迪梅花白玉春(鈍劍)。滿眼珠璣難學得,笑儂何苦作詩人。”余爲兩和之,并録如下。《答楚傖,次原韵》:“肯向新亭哭老傖,相期爲圈作長城。水心才調空餘子,復社風流有夙盟。看去龍蛇傷亂世,呼來鸚鵡詫狂生。南冠一操應同慨,其奈江山盡死聲。”《有感近事,叠楚傖見示韵,并示哲夫、亞子》:“朋儕海内幾明星,數到宵深秋思新。死有文章天亦壽,生無道德富猶貧。芙蓉江上聲先碎,《駿馬圖》中骨不春。青眼高歌歌太老,天涯應有未眠人。”

山歌,今之所傳者,雖似鄙俚,然有文學大家所不及者。如小曲中有“醒醒罷,你看月兒已照在西窗下”十三字。又《相思詞》:“相思欲寄何從寄,畫個圈兒替。畫在圈兒外,心在圈兒裹。我密密加圈,你須密密知依意。單圈兒是我,雙圈兒是你。整圈兒是團圓,半圈兒是别離。還有那説不盡的相思,把一路圈兒圈到底!”都爲近人所賞,誠可謂宇宙間之至文。莊周所稱天籟者,其殆此類耶。

道一抄示汪寄生詩一首,題爲《傳聞》二字。詩云:“一紙傳聞病骨驚,籠中鸚鵡屢吞聲。於今濟困無良算,往日窮途累友生。金鐵豈能銷士氣,風雷終見鬱奇鳴。陰沉天意如相迫,已有豐碑萬古名。”此真甘苦有得之言,非深心人安能辦到? 即以詩筆論,亦復矯健惋爽,莫與倫比。

黄晦聞游西湖詩甚佳,讀去覺元氣浩瀚,濕透紙背,洵佳作也。録數章於此。《登六和塔望潮》:“登臨已在咸淳後,北望勞勞此際情。闌外江湖紛向背,眼前吴越莽縱横。狂潮不盡猶排海,晚柘初長直到城。曾是錢王飛弩地,更堪懷古一沾纓。”《初到杭州,宿三潭印月,曉起望湖》:“照眼杭州今始過,詩魂還我舊東坡。斷橋帶雨生初日,森柳排山覆晚荷。人事幾回清淺水,湖山猶在短長歌。休論三十年來事,清響沉沉邈若何。”《題岳墳》:“老松南向獨蒼蒼,墓道無端又夕陽。大好河山足悲嘆,動人憑吊在荒凉。雙墳晚蟀鳴烏石(墳倚烏山峰),一市秋茶説岳王(墳前茶肆數十家)。咫尺祠前春社地,左侯遺廟自堂堂。”(墳側湖山春社,建左文襄祠於其間。)

《萬古愁曲》,或曰昆山歸玄恭所作。歸氏爲明遺民中之卓卓者。或又稱爲《擊筑餘音》,分而爲十六首,指爲熊公開元所作。熊公爲明季進士,崇禎末官行人副使。嘗召對,面劾首輔,詔下獄,廷杖幾死,尋遣戍。明亡,剃髮爲吴市僧,號蘗庵和尚。其孤忠獨摯,生當亡國之際,宜沉鬱悲痛至於斯也。此詩洵可稱前無古人,中國文學界得此,亦足以自豪矣。詩共一千七八百字,不能盡録,録其尤哀憤者。"惟有我大明太祖高皇帝,定鼎金陵早。驅貔虎,禮賢豪,南征北討,霧散烟消。將一片不見天日的山前山後,盡洗得個風清月皎。將一番極齷齪不知清净的胡言胡服,生闢做了中原夷僚。真個是,南衝瘴海標銅柱,北劈冰崖試寶刀。更喜那十七葉的聖子神孫,一個個垂裳問道,食旰衣宵。誰知天地變,孽芽萌,風波鬧。生幾個短毛,挾幾條短刀,不提防衝破了崤岷道。望秦川,欃槍正掃;指燕雲,旌旗正高。霎時間,把二百七十年的神京,生踹做妖狐淖……姣滴滴的女嬌娥,白日裏恣淫嬲。俊翩翩的縉紳兒,都牽去做供奉的龍陽了。可恨那,九衢百姓悲無主,萬殿千官慶早朝,便萬斬也難饒……没來由,羽書來速甘泉報,翠華先上潼關道。一霎時,南人膽摇,北人志驕。長江水臊,鍾山氣消。阿呀,已不是大明的年號。"

健行舊同學吴君幹,移書告其妹其德女士自殉事,爲倚《滿江紅》一闋吊之:"我與爾兄,彈指忽二年離别。瞥驚見,秋桐一葉,飛來淒絶。慘怛紅衫膿血史,凄凉黑海滄桑月。問可權,太不識人權,空饒舌。(女士之未婚夫爲饒可權,中國新公學學生。)　芙蓉瘴,香波咽。(女士以阿芙蓉自盡。)申江岸,芳塵歇。(女士留學海上。)痛杜鵑啼恨,恨何能雪? 秋女善悲天已醉,春暉未報花先折。(女士絶命詞有'花殘不足惜,何以謝春暉'之句。)唤紅兒,譜入玉參差,聲聲血。"

囂俄,法國大文豪也,而亦愛自由之名士也,而亦國事犯也,而亦共和黨也。其一生所著詩歌、曲本甚多,死之日舉國哀悼,以國禮葬之,各國皆稱爲文人曠世之榮典。其幼時,與其鄰女阿對兒相戀,往來書札成帙,世所傳《囂俄戀書》是也。經無數之阻難,卒成婚姻。及後阿對兒死,而囂俄亦老矣。重展舊時戀書,泣涕不能自已。因作一詩,此詩馬君武君譯爲漢文,成七律一章,頗屬异樣新奇。"此是青年有德書,而今重展淚盈裾。斜風斜雨人增老,青山青史事總虚。百字題辭記恩愛,十年去國共艱危。茫茫天國知何處?人世倉皇一夢如。"囂俄,或譯作雨苟。我觀乎囂俄而知,真詩人未有不深於情者,亦知真大文豪未有不别有懷抱於文字之外者。若詩人而止爲詩人,其詩尚有價值乎?然而我回觀我國之詩界巨子如囂俄者,殆亦稀矣。噫嘻!

韓昌黎曰:"惟古於詞必己出,降而不能乃剽賊。後皆指前公相襲,自漢迄今用一律。"此爲初學者言之也。吴梅村曰:"詩詞閲記既多,故出口便與古人相同,不必力避窠臼。"此爲成家者言之也。余則謂:"詞必己出,而意尤必己出。若單新其同,不新其意,其意境終陳舊也,非剽賊而何?至於與古人相同,此固不妨,所謂英雄所見略同耳。若己落窠臼,則得不力避之矣。豈窠臼而可蹈乎?梅村於是爲失言。"

《道子、亞盧偕來留溪,余爲之狂喜大醉,乃成是章》:"大好頭顱對鏡羞,不堪相見涕俱流。孤燈耿耿難爲别,落木蕭蕭易感秋。卧子此時緘舊怨,耆卿終古寄新愁。生離死别原難料,一哭何如一笑休。"亞盧爲我和之,《七月念三夕,偕道子客留溪,酒後作,和鈍劍韵》:"王前盧後總堪羞,悔作人間第一流。如此相逢疑隔世,爲誰傷逝更悲秋?飄鸞泊風平生事,怪雨盲風匝地愁。便向樽邊拚一醉,燈殘酒醒恨難休。"余用原韵和亞盧,并示道子:"更不如前國可羞,盡教此輩付清流。三閭獨醒衆人醉,一室皆春大地秋。死不如生祈汝壽,聚原有散惹依愁。風風雨雨今何世?(是夕風雨大作。)俠骨成灰願未體。"道子亦成一章,《步鈍劍、亞盧韵》:"南都忍死事堪羞,猶喜生歸遇俊流。舊夢滄桑驚逝水,深宵風雨苦吟秋。迷離萇叔三年碧,痛哭歸莊萬古愁。難得相逢容易别,不成狂醉肯於休。"亞盧更有兩詩,《留溪紀事,再用鈍劍韵》:"五年夢想留溪路,於今臨溪看水流。茅舍竹籬堪避俗,斜風淡日最宜秋。蒹葭回溯添詩思,楊柳蕭條起暮愁。獨立蒼茫無限意,闌干倚遍不曾休。"《鈍劍出示亞希夫人詩文,爲題一律,即用前韵》:"憔悴裙釵一代羞，閨中今喜睹名流。文才倜儻能憂國，詩思高華不怨秋。正喜同衾得同調，哪須多病復多愁。留溪一水堪偕隱，媧石辛勤未便休。”(君夫婦手創欽明女校。)

亞子來留溪，於寓廬燈下填成一詞。其成也，僅半時耳。急就之章，難得如許工整也。《亞希夫人手制像生花，鈍劍屬題》調寄《高陽臺》：“連理枝頭，自由花下，畫簾穩護春深。玉樹堅牢，風前不用幡鈴。楚蘭已屬騷人佩，更何須，夢裏沉吟。笑人問，花落花開，歲歲而今。　　芙蓉遲暮秋江遠，問伊誰妙制，巧奪天成？國士金閨，盡多餘技堪尋。迦陵共命西方鳥，伴雙栖，紙帳銅瓶。便休問，野草閑花，一例關情。”

亞子來留溪，兩宿而去。去之前一夕，相與燈下話離情，訴舊事。各寫成七詩，以志鴻爪。《與亞子話别，限“酸”“干”“殘”三字爲韵》：“悲憤離騷著意酸，相逢何事淚闌干。秋蟲四壁人無語，一著棋輸全局殘。”(時正與道一及君弈。)“漫説書生抵死酸，馬牛風本不相干。燈如紅豆休相憶，絮盡心期夜欲殘。”“酒味何如别味酸，淒然獨自立河干。倘然别後儂先死，煩汝編詩雪涕殘。”“竹如意碎劇心酸，臺上黄金未易干。深恐西山蕨薇盡，義熙甲子也凋殘。”“擊劍狂歌觸鼻酸，擬將銀漢洗戈干。願身爲石真無奈，一角家山補缺殘。”“三分甜醉七分酸，寄語前途謹拜干。畢竟此生成底事？梅花萬樹怕吹殘。”“誰家玉笛太辛酸，零落楊花底事干。一夜騷魂同去也，梨花村裏夢應殘。”亞子和作亦録於此。《次鈍劍韵，留别》：“唱徹驪歌涕淚酸，一池春水底相干。明朝我又匆匆去，如此歡場局已殘。”“中原蒿目最心酸，恨不剖心學比干。一夜西風起天末，東南花事半摧殘。”“辜負相逢望眼酸，東勞西雁不相干。成灰成骨尋常事，世世生生願已殘。”“酒醒明宵況味酸，曉風楊柳瀝江干。懸知此後相思苦，憔悴青衫淚點殘。”“欲訴心期淚已酸，吴鈎拍遍倚闌干。尖叉鬥韵成何用，已是迢迢銀漢殘。”“辛苦歌成變徵酸，憐卿與世本無干。青山夢隱終虚願，留得人間畫幅殘。”“生别何如死别酸，傷心勞汝送河干。今生知否能重見，大地滄桑夢也殘。”

亞盧來，見其所携皮篋中有巢南五古兩章，乃前年在會稽山中所作,余却未之見也。亟爲録之。《有懷季平、天梅、弃疾,并苦念太炎、無畏》:“吾有數同好,性情皆軼倫。其一爲劉季,豪宕生風雲。長才擅三絶,寫作何玢磷。掉頭竟不顧,獨飲曹參醇。其二有漸離,生來耻帝秦。報仇志不遂,往往多哀呻。要我結南社,謂可張一軍。最少獨屯田,儒雅尤恂恂。韓亡知自奮,留侯豈婦人。締交逾十年,意氣侔雷陳。所感落拓士,江湖多沉淪。譬如尺蠖屈,終古無一伸。又如驕陽虐,寧怪蛟龍瞋。去去一長嘯,其人真悲辛。聊以發恨嘆,嘘氣摧星辰。”“吾歌且未了,我悲今更多。出門結朋友,所貴心氣和。况值世衰亂,交道常參差。相期膠與漆,猶若生離孤。奚爲君子士,立行多偏頗。不知金石好,學術相磋磨。徒矜洙泗習,斷斷空齟齬。所以卒未成,同室且操戈。知己縱或諒,忌者將如何?成連空知音,徒聞海上波。管邴并良士,割席乃紛拏。思之獨泫涕,欲乘滄海槎。終教廉藺好,毋貽鐘吕嗟。不見耳餘事,千古資謙訶。”讀此,見古人直道尚在人間也。

有林之夏者,詩思凄婉欲絶,觀其所作,殆古之傷心人也。《留别某君》:“去去無多惜别詞,年來辛苦感相知。紅梅緑柳江南路,一片春陰好護持。”《留别江西將士》:“滿城風雨送殘秋,棘地荆天不我留。嘔盡心肝魂未死,大羅天上看神州。”又有三絶句,不悉其贈何人,并録於此。“蘭芷飄零楚水濱,九歌憔悴屈靈均。高邱今日應無女,薄采蘼蕪贈美人。”“仙娥聽説貌傾城,窈窕應堪百兩迎。吾尚未婚君莫嫁,秦樓他日共吹笙。”“天際真人未可期,春風紅豆更相思。他年檢點縹緗客,墨淚迷離十幅詩。”

顧本方,字景圓,後改名開東,字漱鐵,吾邑之講進化主義者以爲先鋒也。惜抱才未用,而竟早卒。著有《憂廬詩集》,多可傳之作。其中尤以七律爲最,爲摘其名聯如下。“好詩大半成於恨,佳士尤多厄以貧。”(《有感》)“才離壯士無顏色,不遇奇人肯拭磨?”(《古劍》)三年空下皋魚淚,廿載横次野馬塵。”(《偶成》)“飄泊無端君似我,東西任意我輸君。”(《蘋》)“謬將阮稽窮途淚,擬控洪崖上漢鸞。”(《雜感》)“莫説貞姬能化石,須知腐草總爲螢。”“廿年貧病供離别,五載風霜自淺深。”(《檢先兄遺稿賦此》)“一日寧知腸九轉,三年無慮夢千回。""人到讀書真廢物,鬼猶求食肯忘名。"(《有感》)"與爾鄰乎非小惠,受他或者不傷廉。"(《謝友人贈書》)"世亂文章如土賤,時危盜賊比官尊。"(《春愁》)"酒後縱横詩似虎,花前旖旎淚成冰。"(《吊蔣劍人》)"彩筆有靈能寫怨,心香無影祇宜秋。"(《秋痕》)"搗麝成灰香不滅,剉花爲屑淚逾紅。""英雄失意惟拚酒,花月宜人强賦詩。"(《漫興》)

余與漱鐵先生交甚摯。往時,鄉里之間碌碌少可語者,故余非漱鐵不盡言,漱鐵非余概以白眼視之也云爾。猶記漱鐵贈余詩頗夥,匯録之。當時二人之情誼,藉以考見之矣。"酸儒事業在悲歌,豪氣幽并竟若何?一字未安商榷久,兼旬暫别札書多。乾坤矯首同揮涕,風雨論心嘆逝波。匣裏龍泉無恙否,可能躍出斬蛟鼉。""失意横生懊惱歌,茫茫天壤奈愁何?吟詩愧乏江山助,墮地經來憂患多。墨裏盡容閑歲月,人間何處不風波。十年空學屠龍技,殺盡山犀與水鼉。""天生高子人中豪,豪情直欲連六鰲。文龍比肩陳同甫,地虎不數高傲曹。對酒狂歌宇宙窄,拔劍斫地霜月高。眼中已是歷千變,頭七幸未生二毛。斗血漉漉逼人熱,掃除塊壘詩共鏖。筆挾風雷掃如電,一字褒貶如衮刀。奇詞奥句發孤憤,美人香草驕《離騷》。相邀對哭天下事,問天不語空首搔。西風寥落黄花瘦,寒雨蒼凉白雁號。一别十日不得見,投我新詩驚波濤。啓緘怪發不須异,自是昔人所遁逃。慚愧纖才豈足數,庸聲擊缶與木鞘。許我未能嗜痂癖,如君直抵汗血勞。於今不乏千里馬,從古已少方九皋。閉户讀書非得意,熱腸冷眼相煎熬。男兒豈能居人下,雄心敵愾賦同袍。祝子飛騰九萬里,俯視下界鯤鵬翱。開闢文明今豈鮮?歸來大笑傾松醪。""男兒無氣數,熱血洗乾坤。但解合群策,於今可竟存。無心驚俗眼,有舌唤迷魂。艱巨少年任,相期未易論。""男兒無氣數,人力勝天然。精衛終填海,媧皇竟補天。粗疏能冒險,謹願必拘牽。游學扶桑土,君須早著鞭。""新民感舊疾,自由多挂牽。同抱無窮意,相思各惘然。春風猛於虎,長夜小如年。珍重無他語,祈著善食眠。"

傳奇界中之革命巨子,何人乎?必當推高東嘉。讀其《糟糠自厭》一篇，可謂推陳出新，無今無古。又妙在清空，一氣如話。馮猶龍謂：“讀《琵琶記》而不下淚者，必非孝子。”此言洵不余欺也。即作者亦以創格自命，抹殺世間一切傳奇。此意盡於開卷《水調歌頭》一詞發之。“秋燈明翠幕，夜案覽芸編。今來古往，其間故事幾多般。少甚佳人才子，也有神仙幽怪，瑣碎不堪觀。正是不關風化體，縱好也徒然。　　論傳奇，樂人易，感人難。知音君子，這般另作眼兒看。休論插科打諢，也不尋宫數調，衹看子孝共妻賢。驊騮方獨步，萬馬敢争先。”東嘉負此才華，宜其自高位置若此。文章最難寫者，子孝妻賢，以其庸腐也。觀東嘉所作，何曾有一句庸腐語？而却又能曲曲傳出，至性至情，此其所以爲妙文乎？

七律詩最難於發端，使發端未善，中聯縱十分滿足，終覺全篇不能生動。余誦唐宋人之發端最工者，爲一一著於此：“明到衡山與洞庭，若爲秋月聽猿聲。”（王維）“高館張燈酒復清，夜鈎殘月雁歸聲。”（高適）“錦瑟無端五十弦，一弦一柱思華年。”（李商隱）“金河秋半虜弦開，雲外驚飛四散哀。”（杜牧）“我居北海君南海，寄雁傳書愧不能。”（黄庭堅）“五丈原頭刁斗聲，秋風又到亞夫營。”（陸游）“東望望春春可憐，更逢晴日柳含烟。”（蘇頲）“岧嶢太華俯炎京，天外三峰削不成。”（崔顥）“漢文皇帝有高臺，此日登臨曙色開。”（崔顥）“朝聞游子唱驪歌，昨夜微霜初渡河。”（李頎）“兵戈不見老萊衣，太息人間萬事非。”（杜甫）“南伐旋師太華東，天書夜到册元功。”（韓愈）“王濬樓船下益州，金陵王氣黯然收。”（劉禹錫）“江涵秋影雁初飛，與客提壺上翠微。”（杜牧）夷甫諸人骨作塵，至今黄屋尚東巡。”（陸游）“七千里外二毛人，八十灘頭一葉身。”（蘇軾）

恢復疆土，掃蕩戎狄，人心之所同然也，古人往往托之詩歌以見志。獫狁亂，周宣王命尹吉甫率師伐之，有功而歸。史籀作詩曰：“獫狁孔熾，我是用急。王於出征，以匡王國。”“薄伐獫狁，至於大原。文武吉甫，萬邦爲憲。”荆州之蠻亂，周宣王命方叔征之，史籀作詩以美之曰：“蠢爾蠻荆，大邦爲仇。方叔元老，克壯其猷。方叔率止，執訊獲醜。戎車燀燀，燀燀焞焞。如霆如雷，顯允方叔。

征伐玁狁,蠻荆來威。"宋元嘉七年,北魏大軍渡河,諸將戰守彌時,滑臺、虎牢并没,司州刺史尹冲、滎陽太守崔模抗節不屈,投塹死。宋文帝劉義隆嘆憤作詩曰:"事戎諒未殄,民患焉得瘳。撫劍懷感激,志氣若雲浮。願相凌扶摇,彌節拂中州。爪牙申威靈,帷幄騁良籌。華夷一殊風,率土浹皇猷。惆悵懼遷逝,北顧涕交流。"文帝又有《北伐詩》云:"自古淪申畿,倏焉盈百祀。不睹南雲陰,但見胡塵起。亂極治方形,塗泰由積否。方欲除遺氛,矧乃穢邊鄙。眷言悼斯民,納隍良在己。逝將振宏綱,一麾同文軌。"唐時,回紇、吐蕃之亂烈,李白作《胡無人歌》云:"敵可摧,旄頭滅,履胡之腸涉胡血。懸胡青天上,埋胡紫塞旁。胡無人,漢道昌。"宋元祐三年,種誼、姚兕攻破西蕃,禽其首領果莊青宜,結檻送闕下,用游師雄所定之謀而成功也。黄山谷以詩賀之云:"漢家飛將用廟謀,復我匹夫匹婦仇。真成折棰擒胡月,不是黄榆牧馬秋。幄中已斷匈奴臂,軍前可飲月氏頭。願見呼韓朝渭上,諸將不用萬户侯。"金虜擾中夏,陸放翁憂憤之作尤多。《觀長安城圖》云:"許國雖堅鬢已斑,山南經歲望南山。横戈上馬嗟心在,穿塹環城笑虜孱。日暮風烟傳隴上,秋風刁斗落雲間。三秦父老應惆悵,不見王師出散關。"又《縱筆》云:"東都玉闕鬱嵯峨,忍聽胡兒《敕勒歌》。雲隔江淮翔翠鳳,露沾荆棘没銅駝。丹心自笑依然在,白髮將如老去何。安得鐵衣三萬騎,爲君王取舊山河。"又云:"滎河温洛幾時復,志士仁人空自哀。但使胡塵一朝静,此身不憾死蒿萊。"余前曾輯有《詩魂》一巨册,共得詩三百首。後有覽者,愛國之心不油然生耶?《詩序》曰:"自《小雅》盡廢,四夷交侵,而中國微矣。"痛哉斯言!

接天譯函云:"常念君我兩鈍生,風蕭雨晦,尚能相憶,亦世界之外一種人物。我生之後,逢此百罹,托意聲詩,境亦苦矣。"附詩詞多什,爲摘録於此。《調寄生查子·奉酬秋夜聽雨圖之惠》:"香泥小印紅,舊識中郎號。讀書又宵深,時見秋燈笑。　細雨落檐花,消得高歌浩。此意托聲桐,未免知音少。"《賀新凉》:"笑指天邊月。曾照人,幾回歡聚,幾番離别。依舊清輝池亭滿,望處凉生毛髮。怎奈向,閑愁未歇。憶得去年相伴久,愛窺簾一點長孤潔。滿地碎，鋪香雪。　　今年對月情懷切。怕匆匆，風狂雨横，易傷圓缺。誰解南飛烏鵲意，水調數聲嗚咽。早攪斷，愁腸千結。行見盈盈三光夜，又桂華兩地成虚設。盡此際，嘆清絶。”《浣溪紗》：“小步空庭夜色凉，迢迢銀漢挂天長，兒童愛唱《月光光》(《月光光》，童歌也)。　　幾點流螢飛野草，數聲啼蟀出東墻，西風消息費思量。”《蝶戀花》：“不道秋來人正苦。一夜西風，攪得愁如絮。寒蟀數聲啼不住，更添數陣梧桐雨。　　心事衹今誰與訴？幾度思量，没個安排處。爇罷水沉香一柱，篆烟斜嫋相思字。”《相見歡》：“幽閨月度東窗，掩蘭釭。時聽狺狺何處村犬尨？　　愁難卧，相呼起，步回廊。可奈月華猶照影雙雙。”《和鈍劍題哲夫所繪松石二截句》：“不作秦皇刻，來供米老呼。雲根無地著，嘆息畫成圖。”“何石何非石？相看舉世頑。堅貞留一片，磨礪在人間。”《索居寡歡，愁思横臆，奮筆疾書，得四首》：“蕭然一夜愁無盡，棖觸千端感不平。剩有流螢耿孤照，似聞寒蟀倦悲鳴。艱辛已拚同斯世，丘壑誰從了此生？且索清吟遣惆悵，山阿含睇總移情。”“閑愁清怨兩無端，淚濕羅襟不忍看。豈是詞人慣蕭瑟，衹應天地幻悲歡。坐看落雁空弦斷，仰視浮雲寶劍寒。盡日閑中無俚甚，寄情時復倚闌干。”“竹床冰簟晚凉天，往事沉思夜不眠。賈傅文章空策漢，劉郎才氣漫留田。未應孤負狂名老，可奈横遭世界煎。自顧蹉跎悔無極，不堪寥落便中年。”“百感惟秋感更深，一低回處一沉吟。斜陽身世枯禪意，暮雨驚愁旋陌心。把酒有時須看劍，聽秋無語倦鳴吟。中原極目多蕭條，揮涕登樓思不禁。”以上諸作感秋之意深矣，世有解人，當與之把臂作十日哭也。天譯即鈍根，湖南醴陵人也。

詩詞中用叠字最爲難事，不善爲之則弄巧成拙。惟聖於文者，摇筆而下便成奇趣，便成世界第一等妙文。伊古以來，獨擅其長者僅衛之詩人、楚屈原、漢枚乘、北宋婦人李清照四人而已。不難能而可貴耶。録如下。《衛·碩人》詩：“河水洋洋，北流活活。施罛濊濊，鱣鮪發發。葭菼揭揭，庶姜孽孽，庶士有朅。”屈原《九章·悲回風》：“愁鬱鬱之無快兮，居戚戚而不可解。”“穆眇眇之無垠兮，莽芒芒之無儀”“邈漫漫之不可量兮，縹綿綿之不可紆。紛容容之無經兮,罔茫茫之無紀。漂翻翻其上下兮,翼遥遥其左右。記潏潏之前後兮,伴張弛之倍期。吾願往昔之所冀兮,悼來者之悠悠。”枚乘《古詩》:“青青河畔草,鬱鬱園中柳。盈盈樓上女,皎皎當窗牖。娥娥粉紅妝,纖纖出素手。”“迢迢牽牛星,皎皎河漢女。纖纖擢素手,扎扎弄機杼。盈盈一水間,脉脉不得語。”李清照《聲聲慢》:“尋尋覓覓,冷冷清清,淒淒慘慘切切。乍寒還暖時候,最難將息。三杯兩盞淡酒,怎敵他,晚來風急?雁過也,正傷心,却是舊時相識。

滿地黄花堆積。憔悴損,如今有誰堪摘?守着窗兒,獨自怎生得黑?梧桐更兼細雨。到黄昏,點點滴滴。”

葉楚傖以叠“星”字韵二詩見惠,推陳出新,直抒所見,不爲韵縛,洵雋才也。詩録如下。“文陣今宵起將星,旌旗刁斗一時新。軍威直使胡兒怯,賦價任醫犬子貧。瑞霧半籠前殿月,障泥飛碎滿堤春。莊嚴國士猶如昨,不是當年舊主人。”“自憐兩鬢未星星,憂樂年來百感新。天地既容恣醉夢,簞瓢何事不安貧。駒光薤露人間事,青山緑波江上春。乘著海風飛去也,怎教愁緒識離人。”

明人詩集凡有悲壯、激烈語入忠憤者,至滿清乾隆時大遭焚毁。如《錢牧齋詩鈔》、《屈大均詩集》、《詩外》、吕晚村《寶誥堂遺詩》、徐述夔《一柱樓和陶詩》及其詩餘《五色石傳奇》、卓長齡《高樟閣詩集》、戴移孝《碧落後人詩集》,均經全部銷毁。其詩且勿論,即其詩目亦不可考見矣。而今刻本有所謂《抽毁書目》者,兹將其所抽出之各詩題列爲一表,藉以想見當時詩學之趨向。語曰:“過屠門而大嚼,雖不得食,亦足以豪。”嗟乎!秦火以後,書籍之遭大厄共十有一,而要以乾隆時之焚禁爲最後之巨劫。文學之不幸,曷有涯哉!不知彼卷册究犯何罪乎?是可异已。

集名	著者	抽毁之作
霞城集	許諾	閲邸報一首、聞道關口四首
嘐嘐閣集	俞安期	南征曲、和瓊花詩、憲使劉公修爵辭四首
汪禹文集	汪維	岳王墓四首
王世周詩集	王伯禂	岳王繪像歌

蒼耳齋詩集	方問孝	登盧龍塞詩
玉恩堂集	林景陽	送彭秀南備兵薊州濤
折腰漫草	華喜繼	岳王墓詩
真如子全集	王化隆	過朱仙鎮謁岳王祠詩、謁文丞相祠詩
壯游編	王叔承	示陳七詩、胡馬來一首
楊道行集	楊於庭	舟中雜詩第二首、第五首
中秘草	李沂羽	林行、漁陽老將行
逍遥園集	穆文熙	薊門凱歌、塞下曲十首
奉使稿	朱之蕃	山海亭晚歸詩、入關志感詩
青藜館集	周如砥	王明吾使遼詩、遼東開門詩
占星堂集	唐文獻	續九邊圖説詩
負苞堂詩	臧懋循	東征詩、送宋司馬詩、出塞詩
賜閑堂集	申時行	清秋出塞圖
林伯子詩集	林兆珂	俠客行、塞上曲
編蓬集	唐汝詢	放歌、從軍行、感時二首
白榆集	屠隆	登占北城、薊遼鐃歌八首
天遠樓集	徐顯卿	九邊圖歌、小痴道人歌
程仲權集	程可中	王別駕至自高麗軍中詩
汪次公集	汪道貫	袁公平寇詩
笴提集	林允昌	咏馮夫人和戎詩二首
重暉堂集	屠中孚	謁岳武穆祠詩
由拳集	屠隆	塞上曲十首、贈陳將軍詩、出塞四首
射堂詩抄	吴夢暘	得龍君禦捷書二首
靈萱閣集	湯兆京	得勝撫夷詩、東征詩
五野詩集	黄克晦	萬里客行、薊北門行
采芝堂集	陳益祥	岳王廟口占

《和鈍根感秋詩四首,悉步原韵》:"天末故人猶憶我,新詩寄恨恨難平。風狂敗柳疑無影,秋老寒蟬尚有聲。生别休悲悲死别,今

生已誤誤他生。心期耿耿何時了,地老天荒同此情。卅六文鱗字迹端,靈修偃蹇未堪看。當年萍聚都陳迹,何日花開拾墜歡。聽到梧桐孤館寂,倚殘修竹暮天寒。索居閉户真無奈,明月窺侬底事干?""勞燕分飛各一天,重提舊夢不成眠。鶴歸華表空悲世,瓜好青門且種田。安得山中千日醉,每逢秋至百憂煎。此生自顧殊痴絶,白雁西風又一年。""傷心秋較去年深,危坐高吟梁甫吟。不灑青衫騷士淚,肯消紅杜美人心。腐儒衹合餐粗糲,幽怨拚將寫素琴。知己即今幾人在,思量恨事哪能禁?"

仙甫感某君營救事,填《貂裘换酒》一闋寄示囑和,爲依韵答之:"搔首西風嘆。最警心,故人牢獄,沉沉更箭。莫道人情如紙薄,交誼而今遷换。况轉眼,風流雲散。細數心期誰與説?又被人,量去家山半。個中味,嘗來慣。　　迷茫大地何年旦。忽妖魔横飛蝕月,蔽他真面。一别嫦娥三年久,悄侬樓頭未見。便深閉,休教哀怨。解得左驂能贖汝,料終償平仲憐才願。消滅盡,人天恨。"原作附録於此。"四壁秋蟲嘆。向孤燈,重門誰掩?聽殘更箭。百輩時交休説起,略略山移景换。便鳥獸,驚風各散。十事九場歸結幻。早年來,猜透人情半。都脂韋,成習慣。　　漫漫長夜何時旦?怪平原營援史弼,不曾一面。地老天荒誰料得?直道而今還見。縱萬死,也都無怨。何况青蠅能作吊,衹瞻韓未展平生願。算此事,平生恨。"

馮心俠,太倉人,與余之訂交在東京。今得其伯氏函悉,近患暴病而卒,且言:"舍弟與公素稱莫逆,臨殁時,猶念之不置。"嗚呼,悲哉!何蒼蒼之厄,吾黨如是其甚耶?爰草絶句十章以哭之。"嗟儂抱病倦登樓,噩耗驚傳恨未休。落木蕭蕭風雨至,人間一度又悲秋。""壯懷擊劍嘆馮郎,啼鴂聲聲草不芳。臨殁沉吟猶念我,即論此誼已難忘。""相思相望費沉吟,十日無書訝我心。爲問璜涇深幾許,可能抵得恨深深。""説部堪爲百世師,留仙清逸耐庵奇。自從玉碎珠沉後,此限綿綿無盡期。"(君方著《綿綿恨》小説,未成。)"聞笛山陽淚似波,天涯花落不能歌。遺編不辭千回讀,擊碎珊瑚唤奈何。""傷心寥落夕陽沉,大地同悲暮色侵。猶記春申城畔路,相逢絜盡歲寒心。”（君發起“歲寒社”，以表後凋之意。）“難解千秋萬古愁，步兵白眼是名流。心期可待成追憶，剩有滬江舊酒樓。”（君生小青白眼。）“年來發願振釵裙，才調原堪張一軍。可惜未添新絳帳，玉樓遽爾赴修文。”（君極思來欽明女校教授，因他事未如其願，頗疚餘心也。）“朔風瑟瑟冷吴門，嘔盡心肝把夢温。君竟不來儂未往，思量兩袖有啼痕。”（君春間屢約作赤松游，未果。）“人生自古誰無死？君死偏教恨不平。我欲撫棺來一哭，隻鷄斗酒叙交情。”

侯鴻鑒，字葆三，無錫人。曾以一詩寄余，步余所贈作韵：“悲銜冰劍血猶熱，醉典霜裘夢亦驚。塵網夢殘榮華後，劫灰歷盡死如生。種消族滅國亡是，海碧天青同此情。百感蒼茫何所托，伊人秋水隔盈盈。”又寫示數詩，爲摘兩章如下。《登常熟浮圖題壁》：“獨上浮圖九重塔，撥開虞谷萬重雲。人非上達多迷信，佛若有知誓愛群。（此塔之成，賴人捐助至二萬餘金。）眼底湖山歸縹緲，壺中身世總氤氳。可憐埃及今何在，金字巍峨安足云。”《亭林履》：“長白山頭望氣歸，又登泰岱節崔巍。孤臣灑淚踐秋草，萬里窮途步夕暉。踏遍中原無净土，行來山谷向元機。區區留待子孫看，猶是前朝老布衣。”

葆三任省視學員時，來留溪視學，與之班荆道故。别後寄我詞一闋，調寄《浪淘沙》：“落日晚風酸，暫息征驂。故人話舊且盤桓。茅舍竹籬燈影伴，一劍横看。　　把酒逞雄談，身世悲殘。荒凉菊徑月光寒，醉態淋漓不忍别，愁絶河干。”後署云：“效哀蟬詞之痴，侯生。”鄙人詞原無是處，而侯生效之亦太痴生矣。余和一解以報之云：“最是别離酸，何日停驂？不甘袖手獨盤桓。扶植東南花燦爛，兩地同看。　　時事付清談，一局棋殘。東風料峭怕春寒。春水一池吹皺了，底事卿干？”

葆三抄示近作兩首，爲録如下。《别梁鴻卓，步梁君原韵，即柬高慧子》：“滿腔悲憤積，一劍向要離。不飲羯羌血，寧無鴻鵠思。功名蒼狗幻，身袁楚狂知。閲盡滄桑恨，吁嗟造化兒。”《三月二十九日夜餞春詞》：“年年三月春光老，韶華九十春歸早。今年春色异常年，百二韶華春更好。春寒故故遲吐葩，春情脉脉滯芳草。春夢婆娑倦眼花,春風愁殺陽關道。客路春痕南浦遥,故宫春思王孫杳。飛絮春波轉緑萍,泣紅春雨悲黄鳥。我欲留春春不留,餞春翻覺春堪惱。春事連番變刹那,春皇不管人潦倒。春酒澆胸恨正長,春雲鎖樹愁難掃。春燕銜泥懶補巢,春蠶别緒枉縈抱。嗟嗟!春來景物焕然新,春去我心惄如擣。爲問春江花月良宵有幾時。寄語青春,莫教白了頭年少。"昔人論王右丞詩"豐縟而不華靡",又曰"不深厚不得爲古"。葆三此詩,其庶幾乎?

哲夫不能偕亞子同來留溪,令儂恨殺。今讀其兩詩,知天涯地角同此情矣,惜無和章以爲報耳。《送亞盧之留溪,即柬慧子三首》:"柳開愛友情偏重,遠道過余又訪君。底事未能同棹去,衹緣妻病又家貧。""二子神交皆半載,柳公今已枉光塵。請看謝安語支遁,晤言一日抵千春。""郭林宗訪黄叔度,定獲高談信宿回。海上望有人翹首,願君能與柳公來。"《柳返,而高子不來,再寄一詩》:"我既不能往,君又不能來。留溪一遥水(曲也),教人思殺哉。聞君有佳妃,清衷多奇才。久許爲我繪,想已縑素裁。願更媵以詩,使余愁□開。能事不受迫,奈我頻頻催。"一、二詩曾不十分經營,要是,爲性靈之作:又《柬曼殊上人》一首,亦性靈之作也:"聞聲久相思,初逢遽然别。結言訂寒盟,吟筒不曾輟。悠悠已半年,思君筆苑結。引領東海隅,魂夢時飛越。忽聞治任歸,使我心奇悦。誰料過滬江,行縢未遑將。即發金牛湖,弃我如不屑。弟子是何辜,竟被師見絶。"

亞子自申江還吴江,舟中成《懷人詩》十章見示。余最愛其五章,爲摘録之。"絶塞能歸吴季子,鑄金應拜顧梁汾。照人膽似秦時月,還我情如嶺上雲。"(二句借定公詩厚公。)"傾蓋匆匆如舊識,神交半載遽難忘。獨將一事留餘憾,未向人間拜孟光。"(傾城夫人時未得遇哲夫。)"許我忘年訂交誼,知君饒有古賢風。青山一抹斜陽影,老向天涯作寓公。"(朴存)"恨海易填天竟補,相逢疑夢是耶非。高丘憔悴今無女,一曲箜篌淚滿衣。"(道一)"羅蘭瑪利成虚願,偕隱青山一卷詩。失意英雄有成例,金閨國士况堪師。"(慧子、亞君)

《簡曼殊上人武林，兼懷劉三》："離别不可道，魂飛滄海東。西風折楊柳，北渚采芙蓉。畫裏家山緑，樽前人面紅。南屏山下路，詩思渺無窮。""劉三才老健，分手去何之。痛哭汪伶後，如何無一詩？料君添古怨，爲我寫新詞。寄去雙魚素，相思亦太痴。"（寄白紙兩頁，索劉三書法并索其新詩，故云然也。）《簡侯葆三，次其見柱詩韵》："鴻雁久不至，西風怨别離。黄花近佳節，紅豆正相思。奔走身逾健，艱難也未知。蒼茫吟大句，眼底此男兒。"

吹萬叔結"寒隱社"，作詩四章述意："人海叢中悵獨行，不成避世轉愁生。暫憑寤寐留清夢，聊托音聲寄遠情。窗下晚風聞病蟀，草間涼月見殘螢。年年寂寞吾能慣，忍把浮名與世争。""芳草斜陽劇可哀，全荒蘭蕙長蒿萊。經秋文字絲絲淚，人世心肝寸寸灰。衹覺愁多窺古鏡，不妨情重伺妝臺。商量欲闢東籬地，更覓黄花爛漫栽。""出門惘惘欲何之，誰贈心香慰所思。身外烟雲殊未定，眼中人物已如斯。霜寒三匝烏飛急，木落千山雁到遲。却愛今宵風月好，荒唐第一莫談詩。""説茗論詩道已微，相思綿渺故人稀。風飄墮葉甘侵帽，塵起污人欲浣衣。林密山深心獨往，天回地轉願終違。鳴條解與梧桐語，爲報今年秋更非。"屬和，余爲次韵以應之："遍地荆榛悵遠行，出門搔首太痴生。畫成蘭蕙應無土，歷盡滄桑尚有情。不信精魂能化碧，須知腐草總成螢。家山一任人量去，怕聽旁人説戰争。""秋氣蕭然獨自哀，翻思大藥訪蓬萊。焦桐恨衹千秋寄，短劍心難一寸灰。謚我洞簫期再世，照人明鏡是靈臺。殘紅狼藉多風雨，懊惱當年著意栽。""一掬心香安所之，芙蓉采采寄相思。魂驚鬼魅文何用，指點蚊虻道在斯。更漏燈殘霜逼冷，林深地迥月來遲。屏人悄步荒郊外，愛聽寒蛩爲識時。""丘葛迷茫嘆式微，河山非舊影依稀。心傷故國惟拚酒，淚灑新亭欲濕衣。畢竟乾坤終未息，思量心事未全非。窗前低向芭蕉訴，今是何曾昨盡非。"

我作古詩兩首，聊以代簡耳，不可以爲詩也。録如下。《次哲夫韵還答》："勤作鉛畫略已就，西風吹到滬江來。其實見花亦平常，不及想花爲佳哉。山荆作畫未入室，自愧生非吟賞才。近又頗愛像生花，業已數枝手制裁。擬托友人并移贈，其奈何生船來開。

(囑托佐新帶至滬上面交,而佐新尚未行也。)我心抱歉何時了,勞君日日頻書催。""我思游西湖,望君須一來。握手與痛飲,鬱鬱何爲哉。越中佳山水,從古出霸才。南屏蒼水墓,皕載此删裁。同往哭哭乎,庶使胸懷開。想必翩然至,安用郵筒催。"

金聖歎傳有《沉吟樓借杜詩》,中有七絶四首,極异樣清新。其一種兀傲之氣不減平生,真唱經所獨有,而老杜所絶無者也。乃瞿齋評其詩"出入四唐",又謂"神似老杜",此讕言也。《燕子》云:"殿中雙唱御經宴,殿下千官來進箋。燕子不知防執法,銜花正墮聖人前。"《清明》云:"清明正是落花時,百鳥聲中執一枝。惱殺東風太無賴,公然來我手中吹。"《聞笛》云:"何處誰家玉笛聲?黄昏吹起徹三更。沙場半夜無窮淚,不待天明盡散營。"《今春》云:"今春刻意學龐公,齋日閑居小閣中。爲汲清泉淘鉢器,却逢小鳥吃春蟲。"聖歎批《左傳》中"若以大夫之靈,得保首領以没"句云:"异樣艷筆。後之爲文者有艷處不知發,無艷處横塗之,真瘈狗亂嚙也。"觀聖歎詩文,真獨多异樣艷筆。彼"瘈狗亂嚙"者,不值識者一笑耳,何艷筆之足云?

余自知作應酬詩太多,屢欲自戒而未能,蓋恐傷朋友之情也。顧亭林《與人書》云:"《宋史》言,劉忠肅每戒子弟曰:'士當以器識爲先,一命爲文人,無足觀矣。'僕自一讀此言,便絶應酬文字,所以養其器識而不墮於文人也。懸牌在室,以拒來請,人所共見,足下尚不知耶?抑將謂隨俗爲之而無傷於器識邪!中孚爲其先妣求傳再三,終已辭之,蓋祇爲一人一家之事,而無關於經術政理之大,則不作也。"余謂作文如是,作詩詞亦應如是,以後當力戒前過。不然,亭林在地下將笑人爲多事矣。今人何遽不若古人耶?余願與世之作者痛戒之。

何正身之爪哇,余成七律一章以贈其行。古人臨别贈言不以心而以規,此詩其近之耶?"憐君塊壘酒難澆,八月乘槎氣足豪。豈少風雲煉筋骨,全憑忠信涉波濤。家中休慮黄金盡,别後無須紅豆抛。吾道南行差快意,天風吹送海天遥。"

亞子題石子、粲君合影一詞,調寄《羅敷媚》:"幾生修到鴛鴦伴？郎是蘭成，妾是雙城，并坐秦樓弄玉笙。　　黄金不把相思鑄，月樣聰明，玉樣温存，綉出人間一段春。”

“寒隱社主”有兩詩見示，造句立意均獨得，而非他人所能有者。其一種清空之氣猶覺泠然逼人，洵佳作也。《中秋前一夕對月》：“本是空明悟後身，茫茫滄海涉微塵。從知圓缺非真相，始信炎凉總幻因（是日甚熱，夜間忽寒）。世態看來成鬼趣，意根化去即天親。問他似此高寒境，偕隱蟾宫可有人？”（時予方結“寒隱社”。）《中秋無月，感賦寄内子》：“憑欄忍待月華生，百劫江山蟋蟀鳴。吟入離懷各惆悵，絜將古怨最分明。遥看遠樹都無色，頗怪浮雲太不情。天上瓊樓何處是？凉風瑟瑟作秋聲。”

詩貴乎直，道貴乎知本。《三百篇》詩，孔子所以列諸經典者，以正耳。而今之爲詩者，异矣。專以文采譽詞見媚於世，滔滔不休，忘其本而莫之返，此豈古人作詩之本旨耶？晋葛洪曰：“古詩刺過失，故有益而貴。今詩傳虚譽，故有損而賤。”顧亭林亦云：“舜曰‘詩言志’，此詩之本也。《王制》‘命太師陳詩以觀民風’，此詩之用也。《荀子》‘《小雅》曰疾今之政以思往者，其言有文焉，其聲有哀焉’，此詩之情也。故詩者，王者之迹也。建安以下及乎齊梁，所謂詞人之賦麗以淫，而於作詩之旨失之遠矣。”二子論詩，可謂中綮矣。今之詩人，固不必爲古之詩人所拘束。至其本也、用也、情也，此三者莫得而外之矣。古人之言，誠不予欺也！

亞盧近作一詩一詞甚精妙，余深愛之，亟爲録入。《中秋夜無月》調寄《齊天樂》：“一年分外中秋月，連宵盼他辛苦。偏是無情，黄昏過了，有陣簾纖微雨。酸酸楚楚，似好事將成，又遭奇妒。天上人問，素娥今夜在何許？　　依舊華燈綉户，笑争妍鬥影，等閑兒女。别有天涯，征人思婦，多少傷心難絜。年年此度，恨桂樹吴郎，未尋斤斧。寫入新詞，倩紅兒曼譜。”《讀哲夫雲起樓賞雨詩，奉和并示道一》：“無端春鳥銜書至，如見狂飆驟雨來。感我飄零成昨夢，多君磊落是奇才。昭蘇大陸龍蛇起，倒挽銀河天地回。百尺樓頭湖海士，記曾談笑狎風雷。”

君武近時詩，不是從前之驚心動魄矣。然正惟其雅正清新，爲愈覺老成。初觀之似平淡,其實乃驚心動魄之至也。昔人謂《十九首》,字字驚心動魄。以此例彼,正復相同。録詩如下。《寄亞盧》:“九年羈异國,萬里隔家鄉。魯酒難消渴,吴歌最斷腸。歸期問流水,獨立望斜陽。寂寞勞登穀,臨風憶柳郎。”《游比京蒲魯塞三首》:“七日蒲魯塞,時時醉夢問。蹉跎伺青眼,憔悴爲紅顔。短睡經昏曉,清陰换暖寒。康鋪池畔路,獨立恨無端。”“微風吹池水,無意生波瀾。波瀾自生滅,人事幾循環。玫瑰開仍落,蜻蜓去復還。半生慣飄泊,猶怨别離難。”“握手重爲别,誓心長相思。驪歌猶斷續,雁侣忽分飛。行李煩收拾,書箋永護持。康鋪池水緑,游子去何之。”《蒲魯塞遇某氏喜贈》:“黍離懷故國,烽火老先生。天意渾無定,人權久不平。零丁泛滄海,辛苦爲黎民。是處風潮急,英倫重此行。”(時先生將返英倫。)

道非與亞子在滬江寓樓唱和詩一紙,承亞子見示,爲録入此册,亦一段新歷史也。“西燕東勞隨境變,白衣蒼狗看雲忙。予懷渺渺陽秋思,此恨綿綿天地荒。筆底萬言衹卑論,鏡中七尺負昂藏。枕經胙史成何事?吐弃毛錐我羡桑。”(道非)“有限悲歡成昨夢,無端歌泣爲誰忙?高談未免驚流俗,披髮何由適大荒。懊喪蓮心還自苦,微茫藕孔可能藏?十年舊事從頭絮,也抵麻姑話滄桑。”(亞子)“延津雙劍成龍去,屈指三年夢裏忙。自悔勞生工感慨,不如披髮入窮荒。羈才自古悲零落,綺思於今感斂藏。尚有幾人彈古調,多君按柱奏空桑。”(道非)“東海銜冤精衛恨,西川吐血杜鵑忙。百年革草身原寄,餘子寥寥願已荒。入洛多才君莫問,過秦有論我先藏。明知彈指成塵劫,三宿空教戀故桑。”(亞子)“十年交遍恢奇士,促我南艤北駕忙。恩怨滿懷書咄咄,風雲過眼夢荒荒。明知燕幕栖身拙,肯向蜂衙縮尾藏。業眼懸懸今欲破,真人何日出樓桑?”(道非)“不堪歷歷傷心事,一紙詩成涕淚忙。鏡裏頭顱羞避世,眼中魑魅未投荒。雄心已逐華年逝,古宜還同敝帚藏。長夜漫漫天莫問,可能朝旭照榑桑。”(亞子)

朱君仇以所作《從軍行》十首寄示,極軒昂磊落之致。酒酣耳熱時,引吭高歌一曲,亦足以豪也。摘録數首於此。“群龍無首漢族黄,十萬横磨劍吐光。齊唱從軍新樂府,戰雲開處陣堂堂。”“彈丸雨點炮鳴雷,畫角聲聲戰鼓催。大好頭顱誰斫去?何須馬革裹尸回。”“文明進步不勝誇,航海輪舟陸火車。西接昆侖東入海,泱泱祖國我中華。”“風潮滚滚入盤渦,黄禍預言聽不訛。赤縣神州獅睡醒,新軍海陸勝英俄。”

馮已蒼深惡西江詩派,極詆黄、陳,謂:“如農夫指掌,驢夫脚跟。本極硬可憎,而西江派中以爲老健;老僧枕衾,嫠女床席,本穢惡可惱,而西江派中以爲孤高;嫗之訓媳,師之訓徒,本迂腐可厭,而西江派中以爲規矩。若山谷等再起,我必遠避海外。否則,别尋生活,永遠不作韵語。”其疾之可謂甚矣。余謂西江派之末流誠如所言。至於山谷,盡有佳處。惟拗體用之律詩,已失律詩之本旨。律之爲律,果何解乎?起山谷於地下而問之,當亦瞠目不能對矣。王若虚謂:“山谷自謂得法於少陵,而不許東坡。以予觀之,少陵《典謨》也;山谷,揚雄《法言》而已。”予謂,山谷之病,坐生硬耳。雖非得杜之全體,尚得杜之一端,不若《法言》學《論語》之僞也。若今日之詩人,群趨於生硬一派,更以爲僞相尚。斯真每况愈下矣,哀哉!

《蔡哲夫屢寄書,云曼殊有來留溪意,今知其果不來矣,爲寄三章》“深喜來從黄石游,冷吟閑醉好勾留。誰知喜極翻成怨,祇隔門前一水流。”“今生痴願可消除,面壁無言勝著書。欲向大師求妙諦,木樨香裏證如如。”“天邊鴻雁苦相催,約我如何竟不來?漸老此生能幾見?沉吟落月費疑猜。”

楚傖有《汾堤吊夢圖》移書索題,爲賦四詩報之。“君自言愁我亦愁,荒涼吊古未曾休。江山寥落人何在?目斷汾湖一角秋。”“一片迷離此畫中,棠梨麥飯總成空。疏香舊址難重覓,話到當年淚欲紅。”“差喜途窮德未孤,一家難得樹三株。不堪提起南都事,衰草斜陽夢也無。”“削髮披緇去不還,英雄祇合老黄冠。披圖忽作枯禪想,瑟瑟西風著意寒。”

予和无悶《感秋》詩四章寄之,頃得其叠韵還和之作。律詩能縱横馳騁而仍復工細,真奇作也。“愁大於天誰似我,爲君詩句感生平。銜蘆塞雁遲回下,落葉哀蟬自在鳴。猶有風騷動時輩,更無歡樂勸今生。停雲搔首空延佇,憔悴斯時念爾情。”“夜來飛夢入雲端,放眼空明更下看。未卜陰晴來日事,何論男女世間歡。鳳麟豈必皆時瑞,松柏猶能耐歲寒。我自獨醒人自醉,醉醒從此不相干。”“不甘成佛不升天,日上遲遲且自眠。鵬徙已知風在下,龍潛何用利於田?菊從元亮籬邊種,茶喚樵青竹裏煎。此意故人知也未,衹今壯日是餘年。”“青山未老白雲深,對坐西風慘澹吟。黄鵠未償千里志,精禽肯負百年心。不應名實都無己,休論成虧且鼓琴。免俗未能聊爾爾,此情翻覆恨難禁。”

无悶又有兩詩一詞亦佳,并爲録之。《閣夜》:“高閣殘燈夜悄然,澄江如練水連天。不堪細數人間事,菡萏香消柳作綿。”“百無聊賴作詞人,盡許閑愁集一身。衹是悲秋太蕭瑟,自揮珠淚自酸辛。”《癸卯長沙城作》調寄《高陽臺》:“瓜苦秋花,蓮紅夜落,能消幾度清游?孤雁歸遲,斷雲飛過酒樓。當年詞客傷懷地,到今時,一例悲秋。更淒凉,眺盡平蕪,惹盡閑愁。　　登臨不忍重回首。但苔封古堞,草没荒邱。蟻鬥蠻争,等閑付與東流。西風漸覓芳菲盡,衹荻花楓葉颼颼。倚斜陽,一片孤城,一片汀洲。”无悶,即鈍根也。

道非寫示詩數首,讀其詩沉鬱淒苦,所感者深矣。亟録入《詩話》中。《簡道子,并示天梅、亞子》:“心頭哀樂書難盡,壟上行吟半點痴。滄海蜃樓偏幻境,延津龍劍莫追思。厭聞時事惟傾酒,誰整殘枰再賭棋。前度劉郎今在否,桃花人面悵鳩兹。”“腹心爾我本同規,秋雨寒燈兩地悲。古道萬難争末俗,新聲一派競侏離。夙從游俠知非誤,一號文人便不奇。大鯁在喉狂欲吐,劍亭汐社信堪師。”《游金陵勝棋樓》:“此局依稀雜幻真,湖山成夢劫成塵。安排一付傷心淚,哭罷英雄哭美人。”“南朝山色寂寥秋,龍虎而今盡帶愁。收拾殘枰重論劫,盡容我輩嘯危樓。”

先考吟槐府君之喪,來唁者聯語詩詞頗夥佳什。兹録其尤佳者如下,亦顯揚萬一之思也。一、“詩廢蓼莪,忍令我師泣血;歌殘薤露,頓教合校同悲!”(欽明女校)二、“蕭寺静聽鐘,偶從鸕鷀湖頭，驚噩夢迷離，便促歸舟成永訣；春風狂撼樹，哪忍鶺鴒原上，睹荆枝零落，遽遭厄運不勝悲！”（高燮）三、“卅載訂深交，喜聞跨灶賢郎，蜚聲民國；三春成永訣，回憶故鄉老友，屈指晨星。”（倪宇梁）四、“令德祈鐘，莎彌輝映高陽裏；老成遽謝，山浦哀思慈善家。”（李銘訓）五、“子弟皆才子，先生則古先。”（楊了公）六、“前徹席四月，義師大定中原，結局如公，羸放翁一著；讀《陟岵》首章，有子克承遺緒，斯文未墜，繼老爾千秋。”（鄭希雲）七、“三泖九峰間，老隱人天。蕭蕭白髮係中原，教得兒曹成國器，劍躍龍泉。（劍公有《花前説劍圖》。）　手澤有詩篇，珠玉翩翩。林泉晚景樂無邊，誰料春宵箕尾暗，哀上筝弦。”（沈野《浪淘沙》詞）八、“林下逍遥六十年，江山舊恨正茫然。豈知返得金戈日，蜀道春深泣杜鵑。詩人垂暮偏憐國，孤隱無名有子傳。從此衛城秦望側，年年憑吊老樊川。”（莫鏡涵）九、“滿腔悲淚，一發中原，斯意真凄楚。河汾宗派，著手澤、有人能傳薪火。果然可喜，如今一番風和雨。幾點青山還舊主，滄桑恨消無數。　林泉從此優游，好朗月清波，樵子漁父，天年怡養，怎禁得、報導先生歸去。騎鯨駕鶴，一千載，重來何處？痛宵深、箕尾星沉，嗚咽江潮春暮。”（錢厚貽《瑶華詞》）十、“珠玉燦成行，更長君藉甚文名，曾向扶桑觀日出；凄風春過半，奈卧病纔愈匝月，遽從蒿里聽歌哀。”（馮銓）

予有感於安重根事，次道非《見懷》詩韵，得一首，即以爲答：“記取韓亡壯士歸，物傷其類動狐悲。哪堪鬱鬱常居住，况復迢迢悵别離。鰲擲鯨吞何日了，龍吟虎嘯此才奇。皈依荆聶無他願，一劍能當十萬師。”

太一以《傷别詞》十闋寄示，調寄《憶秦娥》。其《自序》云：“黑夜漫漫，見天無望。每憶舊游，生離死别，各成隔世。偶誦清真沉思‘前事，似夢裏，淚暗滴’之句，不覺有所觸感。凄然達旦，淚如零雨。曉起倚聲，成《傷别詞》十闋，聊以寫憂，非敢示之外人也。”其一云：“傷離别，長亭短堠相連接。相連接，憐他今夜，斷雲殘月。

此時此恨和誰説，角聲吹變江城色。江城色，珠簾慵捲，曉寒侵骨。”其二云：“傷離别，相思又值清秋節。清秋節，停辛伫苦，幾番風月。　　關山遍地疑霜雪，重重并入鬢毛白。鬢毛白，繁華是也，舊情衰歇。”其三云：“傷離别，風烟漠漠關山隔。關山隔，去時容易，歸時難説。　　芝田暗老甄妃色。江花江草都更迭。都更迭，爲君憔悴，年年月月。”其四云：“傷離别，情愁付與流鶯説。流鶯説，六朝佳麗，桃根桃葉。　　臨歧握手空更叠，從今一紙書難達。書難達，去程凝望，蘆花似雪。”其五云：“傷離别，黄昏又挂梢頭月。梢頭月，知他千古，幾回圓缺。　　愁絲綰就同心結，憑風吹入空冥滅。空冥滅，哪堪回首，舊歡重説。”其六云：“傷離别，星河欲轉殘燈滅。殘燈滅，羅衾捫遍，冷魂淒絶。　　千山萬水難飛越，流光又是他時節。他時節，名花零落，不堪攀折。”其七云：“傷離别，塞鴻不度音書絶。音書絶，一腔心事，憑誰將説？　　晨鷄處處都啼徹，寒星未落東方白。東方白，微風吹起，閑愁叠叠。”其八云：“傷離别，黄鶯打起愁難説。愁難説，萍飄蓬斷，水遥天闊。

他鄉千里蒹葭色，可憐三五盈盈月。盈盈月，獨眠獨宿，唾壺敲缺。”其九云：“傷離别，西風捲地梧桐葉。梧桐葉，寒蛩啼露，孤鴻唳月。　　居平衹苦歡娱歇，沈腰潘鬢堪悉絶。堪悉絶，沉沉夢境，迹痕都滅。”其十云：“傷離别，秋娘庭院天涯隔。天涯隔，暮蟬繼斷，夕陽明滅。　　當時淚與星星血，重來處處棠梨發。棠梨發，從今歲歲，佳期虚設。”

无悶以近作寄示，淒婉哀怨，《離騷》之遺音也。《湘校樓居秋感》：“西風吹易黄昏，兀坐無言静掩門。高閣連天飛雨氣，殘燈招夢禮秋魂。眼前人事同醒醉，城下江聲自吐吞。亦有離憂閑待訴，坐懷蘭芷吊湘沅。”《叠前韵，酬栩園、醉庵》：“盡懨懨衹睡昏，爲防風惡鎖重門。畫中長記山河影，身外惟餘骯髒魂。猶有風騷能我伴，更無雲夢對君吞。搴蘭采芷思何極，此意誰將濟與沅。”(无悶，即鈍根别字也。)

哲夫詩來，讀之如見其人，詩亦清絶無烟火氣。爲録於此。《題梅花書屋圖》：“千樹梅花香似海，空山雪夜讀奇書。添香紅袖都嫌俗，衹許瓊仙來伴余。”《與曼殊到船訪慧子，以事不果，慧子詩來詰問，依韵答之》：“拚抛人事就君游，盡可留溪信宿留。怪似子猷來與君，剡舟返棹在中流。”“一日晤言可千古，詎云勝讀十年書。相思不去求相懶，但笑嵇康不我如。”(用嵇康訪吕安事。)“不利與君君莫催，匝地榛荆那可來。雪裏囊衣我奇服，(《字彙補》：高翁，外圍衣也)，行踪都教詞人猜。”

亞子寫近著數紙寄我，琅琊滿眼，美不勝收。爲摘録數首最酷嗜者，入《詩話》中。《小病答劍華，即步其韵》：“憐儂亦是病維摩，憔悴秋衣薄似羅。萬里滄波窮海隔，四山黄葉夕陽多。臨行誰解貽朝策，入夢猶思挽魯戈。自昔婁東哀怨地，遲君於此筑行窩。”《己酉中秋，遇亡友陶亞魂弟甸夏於酒樓感贈》：“許劍摧琴恨未休，傷心六度過中秋。(亞魂歿於甲辰年中秋前六日。)季方玉碎元方死，(用定公句)，爛醉橋東舊酒樓。”《巢南就醫魏塘，迂道來此，余小病初痊，冒雨往舟中訪之，復招穎若傾談，竟日而别，填〈金縷曲〉以記其事》：“小病愁難療。忽報導，先生來也，甚風吹到。倒著衣冠迎户外，贏得兒童争笑。算此意，旁人難告。小艇垂楊低處泊，有明窗净几添詩料。令我憶，浮家好。　　深談款款何曾了。依舊是，元龍湖海，容顔未老。商略扮榆文獻業，此事解人漸少。剩滿地，鴉鳴蟬噪。一客東陽來瘦沈，好共君，清話瀾翻倒。奈别後，忘昏曉。”《追念陶亞魂、馮沼清復成一律》：“每到秋來哭良友，如儂厄運正堪傷。(亞魂歿於甲辰八月九日，沼清歿於丁未八月二十七日，今心俠復以七月二十二日逝世。)黄花零落陶潛死，大樹蕭條馮异亡。歲歲龍蛇驚惡夢，年年猿鶴吊清湘。鵂鶹屋上啼難住，黑塞青林接混茫。”

劉三在杭，以兩詩見示。《去夏别天梅半醉居，今寄詩見懷，有“痛哭劉伶後，如何無一詩”句，次韵奉酬》：“西湖落我手，流宕欲何之。南國春前草，中原亂後詩。野燒不可盡，筆秃幾曾辭。絶憶揚州館，旁人怒酒痴。”《曼殊視我西湖，住白雲庵半月，以黨人之責言，皇然走滬。作此慰之，用前韵》：“蘇子擅三絶，無殊顧愷之。懷人紅絆影(東海女詩人，曼殊臨别以其攝影贈予)，愛國伯倫詩(曼殊新譯著，近謀刊行)。流轉成空相，張惶有怨詞。干卿緣底事?翻笑黠成痴。”

楚傖寄示近作,爲録入《詩話》中。《簡曼殊武林,兼示劉三,次鈍劍韵》:"佳會隨流水,年年東復東。(去歲,寄塵宴巢南於海上酒樓,曼殊與余同在座。)天涯乏鴻雁,江上秀芙蓉。湖挾山光碧,楓留夕照紅。偶過岳王墓,且勿問通窮。""季子當年事,依稀吾見之。劍光開漢祚,墨沈訂交詩。豈無懷人意,應填望海詞。共吟諢未徹,今夜爲君痴。"《哭馮心俠》:"競優少好度翩翩,與我論交僅四年。驚道一聲歸去也,凝眸和淚晚風前。"(君美丰姿,有好女子態,余丙午入吴校,而君是歲以事去。)"曾記金閶駐馬時,酒家雙泛碧璃巵。殷勤後約今如昨,此去應恨衰草知。"(余曾與君飲吴閶酒家,樂甚。)"志願文章皆萬世,或教鬼妒故先摧。天涯恨我飄零甚,却同馮郎死後還。"(君志氣豪邁,文更贍雅,類宋意。於美人芳草,纏綿悱惻,直逼毛吴,死時余客粤。)"漢家一幟起三吴,我亦相從馬後呼。豈意生花先萎筆,天教江子失雄圖。"(君辦《商學日報》於吴中,邀余共事,余適以他事,僅允送稿。未幾,報即停辦,君亦以事去。)"纖腰瘦損吴江沈,青眼迷離常熟錢。一例忍心放君去,何堪回首憶當年。"(吴江沈龍腥、常熟錢景英與君交最久。)"緑雲坊裏綺筵開,猶記張靈醉後來。龍吟百杯驚隔座,可能簞食上新杯。"(同學朱子楚梅别去,同人餞之於緑雲坊某酒樓。席半,君連酌巨觥,豪情如此。)"彩旗奕奕擁秋巇,正是男兒轉戰時。不意幾聲慰藉語,今朝贏得斷腸詩。"(前歲秋季運動會,余傷於足,君護持倍至,且笑曰:"男兒當馬革裹尸。是區區者,曷足介意!")"麯塵軟襯碧油車,驚遍河陽一縣花。自是人生好風景,奈何已在夕陽斜。"(去秋,余以事至山塘,忽一聲鈴處,君自駕雙輪車來,下談久之乃别,而余從此不復見君矣。)"如此河山如此人,無端三户竟亡秦。傷心儂未成妖怪,今後偏留劫後身。"(余在吴下四載,言行奇詭,同學暨一面以上者,群以妖怪目余。君致余書,亦有冠以妖學者,奚囊尚在,不忍探矣。)"昔曾恨我懶裁詩,今欲相酬願已遲。無數當年余意緒,居然留作哭中資。"(君嘗索余詩,未應而君忽亡,使余長負故人矣,此種詩真字字血淚痕也。)

《石子招飲湖上酒樓醉歌》:"斜風細雨愁復愁,昂然來登湖上樓。姚生解人爲沽酒，我爲姚生傾大斗。西湖之水清見底，我願他年死於此。姚生解人意云何？我今醉矣爲放歌。人生死本非同科，或死災荒或干戈，或死炸彈或綺羅，或者老死床褥病呷哦。就中惟有婦人醇酒良足多。而我掉頭都不欲，但願西湖葬詩骨。何必汨羅江中哀正則，何必采石磯頭吊太白。姚生聞言應點首，定説此言未曾有。屈原狷者青蓮狂，我於其間參翱翔。紅蕖花艷白蘋香，好教來做水仙王。"

鄒天一以《如夢令》一解面贈，和其韵以答之。"滿眼湖山非舊，悄聽猿啼清晝。把臂訴相思，一掬心馨薰透。消受，消受，勞汝旗亭相候。"原詞并録於此："一見故人如舊，半夜蟾光如晝。踏月話離衷，不覺羅衫浸透。難受，難受，明日别離時候。"

《十月朔日，南社諸子雅集吴門，予以事不得往，引爲大憾。姑期來春，寫寄同社諸子》："鐵匣沉埋古井枯，不成遁世歲雲徂。德星聚處天猶醉，驚隱風高道未孤。豈少詩篇存甲子，盡多人物盡菰蘆。獨憐聽唱公無渡，薇蕨春光要酒沽。"

遇俞劍華於茸城，與之同宿旅舍，談話甚樂。出示近作，余即步其與弃疾唱和韵爲贈："相逢一笑舊相識，我恰來時君亦來。不及廿年吴已沼，豈真一劍漢難開。愁人相對無窮意，時事如斯豈易才。話到憑郎悲瘦草，何當同去酹乾杯。"越十日，得一函啓而視之，乃其惠詩也。録如下。《酬天梅見枉，即用其原韵》："滿擬相逢不相見，未曾有約一同來。五陵結客當年少，一劍横天喝月開。莫道文章是小技，即開風氣要奇才。凄凉大樹先零落，何處重尋舊酒杯。"《松江席上再叠前韵》："攀稽識李交歡絶，多謝好風吹我來。落日偷從話裏過，離筵偏向客中開。殷勤舊雨延新雨，横縱英才雜霸才。如此相逢能幾許，何辭百罰醉深杯。"

予九月中游杭，得詩四十首，就中律詩惟二耳。蓋游屐匆促，殊不耐推敲也。録二律於此。《武林題壁》："無端閶闔起雄風，浩蕩吟魄叩帝宫。酣夢百年天醉醒，驚濤八月浙西東。寒蛩啼雨愁邊白，病葉經霜血樣紅。携得驚人詩句在，衹宜高唱兩高峰。"《雨游湖上，偶憶楊天壁文琮殉義事，慨然賦此》："憑誰葬我孤山上，魄是梅花鶴是魂(公題壁句)。風雨祇今吟剩句,荆榛何處拜荒墳(墳在南屏山麓)。疆埸把臂人歌哭(指謁張蒼水聯絡中土事),戎禍椎心鬼訴冤(公全家均被禍)。咫尺南屏山翠裏,當年遺恨不堪論。”

予游拜岳王墳,成七古一章,自謂字字驚天泣鬼,無一語人云亦云者。詩録於此。“北人狂笑南人哭,駭魄驚心三字獄。報國健兒何代無,收六州鐵鑄大錯。神州歷史黯無光,踐踏宗邦恣犬羊。岳家軍出外族懼,大增异采揚軒黄。咄爾秦檜何蟲豸,自壞長城一萬里。男兒末路絶可憐,不死沙場死西市。墓門一抹雲如墨,我來對此三嘆息。陰森宰柏尚排胡,葉葉枝枝不向北。天荒地老陵谷沉,萬古難消忠義心。鄂王冤死已千載,白骨永避蛟龍侵。半壁湖山宋南渡,人自亡之豈天數? 爲傷眼底無英雄,一瓣心香拜公墓。”

“吴山越水隔盈盈,邂逅郵亭契舊情。無奈纔逢又言别,陽關唱罷淚縱横。”“一輪皓魄影婆娑,且借湖山且放歌。説道故鄉鱸味好,一聲歸去奈君何。”此鄒天一在清泰門旅館答我之作。客中讀此,令人黯然消魂。

佛子以近作見示,爲摘録數章入《詩話》中。《國報被封,外交益密,我國國權剥奪盡矣,睹兹現象,憂來襲心,爰集毛詩句,得六章,以爲今之仇視輿論者諷焉》:“惟此哲人,維民之則。既敬既戒,告爾憂恤。”“惟此無良,不實於宜。從之未遠,是用大諫。”“謂天蓋高,不敢不局。天方難艱,乃喪厥國。取譬不遠,吴天不忒,毋日不顯,復用爲虐。”“嗟嗟臣工,無然畔援,無然歆羡。曾是掊克,下民卒癉。人亦有言,殷鑒不遠。”“昊天夢夢,寧自今矣。天降喪亂,惟其深矣。不自我先,不自我後。假寐永嘆,使我心疚。”“嗚呼小子,伊誰適歸。哀恫中國,作爲此詩。凡百君子,敬而聽之。”《家兄鈍劍與柳君亞盧等有南社之結,余甚喜之,以爲斯道不墜,或賴於是,感其意,爲填〈浣溪沙〉一闋》:“兩戒山河异昔時,百年世事不勝悲,南冠惟見泣鐘儀。　　擬唤黄魂存絶學,却揮紅淚讀殘碑,此情應許古人知。”《讀時若叔“寒隱社”述意詩,爲之於邑者久之,因填〈齊天樂〉一解》:“炎凉閲盡成何世,幡然欲思高舉。石隱風遥,天寒日暮,到此更何情緒。欲行還佇,似抱膝隆中,素琴獨撫。彈向空山,泠泠古調,渺渺難侶。　　蕭齋似聞低訴。道人海浮沉,不如歸去。緬想蒼葭,閑尋芳杜,應有畸人會遇,招來小住。試賞菊看松,別尋幽趣。讀罷君詩,香風吹入户。"後署蕉心室主,蓋其別字也。

《寄曼殊》:"海上驚相逢,面帶烟波色。五年不相見,相見猶相識。袖底出新詩,酒樓擊節讀。英雄與美人,奇懷恣尋繹。各言別來狀,那堪回首憶。肝膽證平生,晤言無修飾。別後又兩月,聞有《茶花》譯。安得持所聞,寄向風雨夕。相思入骨髓,苦念遠行客。嗟我無父人,搶地血沾臆。羨君尚有母,可望不可即。因故謁□□,恨少雙羽翼。秋魂未許招,一水盈盈隔。"

懷亭詩話

蔣學堅 撰

《懷亭詩話》，一九一六年九月連載於《之江日報》，共十七期，作者蔣學堅。

《之江日報》，一九一三年四月一日創刊於杭州，由張樹屏等籌辦，徐文蔚主筆，李開福經理。另有石印《之江畫報》，隨報附送。一九三七年十二月停刊。

《懷亭詩話》，有四卷單行本問世，報刊所載多爲前兩卷内容。其對鄉邦先賢及師友之作多有涉及，自有重要的詩學和史料價值。

蔣學堅（一八四五—一九一四），字子貞，號懷亭，晚號石南老人，浙江海寧人，著有《懷亭詩録》、《懷亭詞録》、《懷亭雜著》等。

《懷亭詩話》題詞

王毓岱

好士今無六一賢（借句。宋歐陽修撰《六一詩話》一卷），珊瑚鈎又海昌傳（宋張表臣撰《珊瑚鈎詩話》三卷）。閑從江浙人文藪，掇擷佳詞萃此編。

溯從講舍沐春風，肄業東城訓詁通。忝列前茅殷奬勸，清河師範仰淵冲。（張銘齋師嘗主講東城講舍，不佞頻年肄業，屢蒙拔置前列。師每以訓詁之學命題，且蒙每課摘録賦聯，揭示講舍壁間。

《詩話》中多采師論語。展閱及此,愈不忘師恩焉。)

龍湫舊隱憶圖披,文社騷壇共賞奇。佳句琳琅多采取,浦濱風景或當時。(謂《詩話》中所收葛隱耕詩句。葛君亦不佞舊友也,在滬時嘗招不佞入文社,請平潮馬鐵卿師評閱。至今思之,不禁有人琴之感。)

名篇評騭蔽無邪,闡發幽徽劇可嘉。想見鯉庭趨侍日,先入黄葉溯專家。

録請

子庚先生大吟壇指政。

海帆王毓岱未是草

吾友許壬伯廣文仁傑,千里中沈沈樓孝廉元熙家購得破書一簏,中有《茜雲樓詩存》二卷,作者姓蔡名逸,爲吾邑嘉道間諸生。張船山、李申耆兩先生并爲之序,當必有聲予時,乃曾未數年而其名姓翳如,已無人挂齒頰,良可慨已。詩五、七古俱淹雅有法度,近體尤工。斷句如:"貧賤悲歌易,風塵乞食難。""江寬瑶馭影,樹密亂禽聲。""柳色全憑鶯判斷,春愁半與蝶平分。""願竹平安常咒雨,問花消息屢占風。""何地可容身七尺,將愁願付酒三升。"《謁史閣部祠》云:"老臣俎醢身奚恤,天子風流國便傾。"《呈吴穀人祭酒》云:"玉局文心傳叔黨,梅村官號并司成。"置之中晚唐諸名家集中,幾不能辨楮葉。

咸豐己未,余年十五,就試杭州,遇花溪查筠長茂才人倬。見余貌尚不俗,因詰姓名,并問父爲誰。余答以某某。茂才拱手曰:"此詩人之子也。"蓋先君早歲工詩,故名重如此。茂才工書,善屬文,卒不得一第,以狂疾死。今其二子皆登賢書,且有聲,前程未可限量。天殆嗇於其身,將豐於其後耶?

同治乙丑,新安余嘯松上舍楙以佐華亭張春庭司馬祖慈司榷吾里,主余家。暇日出示其兄右軒庶常粥詩一卷,七律神似劍南。余最賞其"檐暖日光能聚客,橋危風勢欲飛人""按期病似趨班吏,和韵詩如學步兒"二聯,時尚未通籍也。嘯松詩專學唐人,與乃兄師承各别,然才氣不相上下,伯塤仲篪,致足樂已。

古吴李鏡吾二尹應春,倜儻士也。筮仕閩中,以忤上官挂冠。去歲戊辰,來游吾硤。與之談,激昂慷慨,有古任俠風。性好飲,得錢即邀往酒家,必大醉乃返。盤桓半載,揚帆而别,云有兄客姚江,將往訪之。然至今音信杳然。問越人,亦無知者。余曾抄其詩數帙,今佚,僅記二句云:“歸去不如不歸去,誤人多是子規聲。”

先君子咏黄葉有“深秋翦出蝶衣工”之句,極爲秀水于辛伯茂才源所賞,謂可與國初“崔黄葉”并傳。贈詩云:“楓落吴江繼莢談,圖傳《主客》亦無慚。蝶衣黄似秋深葉,佳句誰如蔣十三?”

上海遇亂時,四面皆賊壘,獨城中絲竹之聲不絶,若不知有兵革者。桐鄉嚴笠溪明經錦有詩云:“十二紅樓夢尚迷,烽烟衹隔浦東西。可憐一樣城頭月,内照笙簫外鼓鼙。”可稱警切。

國初論詩,首推朱、王二家,謂竹垞以學勝,漁洋以韵勝。實則竹垞早年亦從唐人入手,故風調有絶佳者。迨乾嘉諸公出,漢儒訓詁、宋儒語録,無不入詩,而詩與文無别矣,特押韵耳。嚴滄浪曰:“詩有别才,非關學也;詩有别趣,非關理也。”最立論稍偏,未必非有見於此。後之繼朱、王而起而不爲有韵之文者,其惟樊榭山房及兩當軒乎?

高級堂茂才文鋆,苦思力學,年未三十,遽賦玉樓,士林惜之。憶乙丑歲同試杭州,太守爲全椒薛慰農先生時雨,四試皆以茂才冠軍。旋受知於泰興吴和甫少宰存義,游庠食餼。蓋是年補行三科,故列前茅者即可赴歲科試也。茂才先聘閔氏,殉粤寇之難。讀茂才《中秋無月》詩“莫怪人間多缺陷,由來天上少團欒”之句,令人輒唤奈何。

吴榕園上舍應和選《浙西六家詩》,頗風行海内。余擬續選六家:錢唐陳雲伯文述、吾邑查梅史揆、熹興吴澹川文灣、嘉善黄霽青安濤、烏程張秋水鑒、武康徐雪廬熊飛。

李壬叔農部善蘭,精於算學,方之國初王曉庵、梅勿庵諸先生,有過之無不及。少時跌宕不羈,遇儕輩皆白眼,獨與先君子友善,時以詩相倡和。《送秋》云:“含愁不盡雲千里,無迹可尋水一方。”

《義冢》云："萍水那知魂共穴，歲時誰滴酒盈杯。"《水仙》云："平分香界朦仙子，偷渡銀河織女星。"名章秀句，冠絶一時。晚以曾文正及郭侍郎嵩燾薦入朝，特賞中書，晋階至部郎。其自署門聯云："小學略通書數，大隱不在山林。"

袁簡齋、沈歸愚兩家論詩，幾如朱、陸論學，格不相入。近人皆左袒竹嘯軒，而於小倉山房牴排不遺餘力。要之，簡齋專主性靈，正軌時軼；歸愚好談格調，生氣全無。其失均也。孔子曰："過猶不及。"詩道何獨不然哉！

梅里家棣華桐孫，酷嗜吟咏，老而彌篤。余初不相識。戊辰冬，偕秀水孫次公廣文融過訪，出詩稿見質。余最賞其《游孤山》二句云："野梅已盡月俱冷，老鶴不來山愈孤。"遂與訂交。後賣藥吾硤，過從甚密。年逾六十而意興勃然，遇文酒之會，必盡歡乃罷，絶無老年衰頹景象。壬午歲暮，束裝歸里，以覓句荒郊，傷足幾折。余頗爲危之，不意足愈而以他疾物故。回憶曩時，紙窗竹屋，乘燭談詩，至夜分不倦，光景猶如昨也。爲之憮然。

孫次公廣文先刻《始有廬詩》四卷，亂後續刻四卷，附詞一卷。家檇李，與秦次游光第、楊小鐵韵諸君結社聯吟，稱"鴛湖七子"。晚年僑寓梅里，兩目失明，顧好詩，遇善吟者，必令其背誦佳句。余以詩就正，頗蒙擊賞。贈七古一章，篇長不録。

嘉興楊佩甫伯潤，少時隨其父小鐵先生來硤，以《江湖聽雨圖》乞先君題。先君爲賦七絶二首，存集中。庚申之亂，避居楊家村。小鐵先生病歿，佩甫奉母挈妻子抵上海，以賣畫爲事蓄計。甲子冬葬父旋禾，道出吾里，余留宿草堂十餘日。時余新婚，而鬥酒弦詩，必漏盡始歸卧室。敬佩甫贈余詩有"苦吟伴我深宵坐，知否香衾人待眠"之句。嗣是詩簡往來不絶。去歲以新刻《南湖草堂詩》寄示。近體勝於古風，五言尤高，爲録數首。《錢塘江晚眺》云："滚滚寒潮外，人家隔岸迷。雲歸衆山暝，天入大江低。武肅三千弩，夫差十萬犀。壯懷消未已，昂首石塘西。"《贈姚揩伯》："而翁天下士，詞賦動諸侯。之子劇風雅，閑情盟水鷗。得錢即沽酒，與世不爲謀。余亦能歌咏，期君共唱酬。"《送朱夢廬自上海之杭州》："客中還餞客，欲語反無辭。此地一揮手,相思無盡期。白堤新柳暗,黄浦暮潮遲。别後應同感,今朝莫放卮。"《登烟雨樓》云:"莽莽兵戈後,重登烟雨樓。鴛鴦亂飛去,湖水自悠悠。作客十年久,還鄉幾日留。荒凉城郭晚,憑眺不勝愁。"

無錫顧貞吉參軍廷炳,同治四年奉檄司榷吾里。見其衣服麗都,翩翩一美少年。甲申夏,余應試至杭,重遇於湖上。兩鬢如雪,手一竿垂釣,大有歸隱之志,與初見時如出兩人。余贈以詩云:"小園一别榻生塵,廿載重逢白髮新。手板脚靴知已厭,西湖來作釣魚人。"

東山花嶼道院,先祖夢華公嘗與秀水錢恬齋方伯寶甫扶乩於此。乩仙有詩云:"山樓小於船,山色淡如水。到此無俗情,消泉一勺耳。"載嘉興錢警石司訓泰吉《海昌備志·采訪日記》中。先祖殁後,有當時故友在小園扶乩。先祖降壇於沙盤中,疾書詩一首云:"冷舔如珠濕草根,園林寂静正黄昏。此間本是舊游地,猶有相知幾輩存。"

余有"落葉追人過板橋"之句,極爲海鹽顧六泉丈宗歐所賞;後又有"落葉約雲飛""乾走階前落葉聲"二句,丈見而謂余曰:"昔吴澹川善咏落花,人以'景落花'名之。子遇咏落葉,無不工,可稱'蔣落葉'矣。"前輩之好獎勵後進如此。

吾硤《紫薇山志》稱,白文公刺杭時曾游於此,故名。然觀吴氏近得唐故朱府君墓磚,中有"永貞元年窆於紫薇山"云云,按永貞係唐順宗年號,其時公未官浙,而山已曰"紫薇",足見舊志之附會。厲樊榭《題西山廣福庵》詩云:"我是杭民重遺愛,舍人行處一登臨。"使見此磚,不將失笑耶?

從兄茗伯學勤,築别業於九曲港,仿效翁龜堂,顏曰"龜莊"。其地四面皆臨水,游者非唤渡不可。戊寅花朝,余偕楊佩甫、許壬伯棹小舟往訪。兄欣然揖客人,手烹佳茗以待。佩甫爲面石於壁,壬伯題詩其上。余賦一聯:"隔斷市塵憑一水,補將圖畫借雙山。"兄謂確是此處風景,不可移易。佩甫歸滬後,復繪《龜莊圖》寄贈,以志一時雅興。今湖光山色,相對依然,而兄已久歸道山,不勝子敬人琴之感。

咏雪詩名作林立,而羌無故實,自然入妙,其如宋人"一夜紙窗明似月,多年布被冷於冰"二語,余最愛誦之。近聞人述許幼蘭丈光濟《咏雪》詩云:"小院有聲皆折竹,曲欄無樹不開花。"可謂异曲同工也。

華事胡公壽,初名遠,後以字行。工山水,一時無出其右。詩不多作,而筆極超雅。嘗爲余畫枯木竹石便面,題詩其上云:"竹枝低壓白石岡,岡頭莓蘚色蒼蒼。呼燈研墨寫此意,階下鶴鳴天雨霜。"公壽客滬廿餘載,每歲所入不下千金,而信手揮霍,身後至無以爲殮。其人之瀟脱,亦不可及已。

畫有寫真,昉自傅岩,至晋顧愷之、唐曹霸爲最著。近時能者寥寥,蓋肖其人已難,肖其人而筆墨不俗則更難也。辛巳秋,余丐江西鄧某繪小像,屬從子蔭甫在鎔補圖,家棣華題五律,德清徐蒲卿承禄題《漁家傲》詞一闋,同里朱衍廬昌燕題《壺中天》詞一闋,俱極佳。惜鄧某畫不甚高雅。今年尹君伯荃椿爲余染翰,則絶妙矣。余酬以長歌,存拙著集中。伯荃,昆山人,自其曾祖淞霞先生崐以丹青名家,至伯荃四世矣,淵源有自,宜用筆不落恒蹊也。

壬叔先生舊藏二硯:一爲梅里張吉庵茂才暄所贈,一爲先君子所贈。亂後硯俱亡,茂才與先君子亦相繼下世。先生檢得曩時手搨二硯銘裝卷,乞同人題咏,以存故友之意。南匯張嘯山廣文文虎有詩云:"片雲此日空留影,雙璧當時抵斷金。剩墨遺縑餘想像,劫灰難燼故人心。"作者當不止張一人,惜皆未之見也。

東坡壽宴詩,近人集中甚多,而壽香山則甚少。吾里舊有白公祠,每歲致祭,前輩如祝南筠德輿、沈馨堂德孚諸老,皆有詩紀其事。遭亂祠毁,祀典久付闕如。歲甲申,衍廬創議於雙山講舍,捧觴爲壽。以阮文達公生同丘,因而附祭,洵雅事也。嗣是歲必有祭,祭必有詩。考《靈芬館集》,頻伽亦生於是日。兩太傅外,不當更添一位置耶?

秀水蒲作英華,工畫竹,詩亦饒有唐音。丙戌冬來硤,偕游西山,賦五律云:"岩壑引騷人,峰巔振此身。河流穿硤遠,山意入冬真。啓閣瞻孤塔,逢僧話劫塵。悠然下樵徑,暮靄滿松筠。"束裝之日,余以扇乞書。作英爲録《秋雨》舊作,更警。詩云:"東山零雨感其濛,况復濘泥道路中。大漠爨烟沉活翠,平原戰血洗殘紅。暮歸獵騎烹麋鹿,雲護鄉書度雁鴻。辛苦巡邊諸將士,鐵衣如澣警宵風。"

余輯諸名人投贈先大父及先君之作爲《誦芬録》,分類四:曰文、曰詩、曰詞、曰叢話;更擬輯楹聯一類,因聯少不果。附志數聯於此。洪編修亮吉贈先大父聯云:"早開金石搜南宋,時覽雲烟上北峰。"孫觀察星衍集句贈先大父聯云:"所居廉讓之間,如入芝蘭之室。"皆篆書。張解元廷濟贈先君聯云:"鹽官四咏蘇公石,平仲千尋庾信園。"行書。

余家舊藏新嘉驛詩畫卷,係會稽女子題壁詩,江保若序而録之,陳小蓮復繪圖并跋,以志傾慕。江又云:"宿雄縣安氏客館,於東壁得五言四句,款署'銀紅衫子古虔李秀'。疑驛壁詩亦李作,以有'銀紅衫子半蒙塵'句也。"第豫章之贛地名虔,與會稽似不協。此卷詩書畫俱佳,可稱三絶,惜亂後無存矣。

余幼弟君履學坦,工書善畫,年僅二十五,竟一病不起。余哭以五古六章,并挽以聯云:"門户最難撑,苦盼爾相與扶持,不圖遽隕孱軀,莫非命也;弟兄寧易得,翻悔我動多疏忽,遂使釀成真病,尚何言哉。"

張篠華觀察士寬《生女》詩有"留侯真孟浪,誤中副車來"之句,後果中道光甲午副榜,豈非詩讖耶?

曩讀《國朝六家詩》,最不滿於荔裳。頃閲仁和譚仲修大令廷獻日記,於諸家中獨愛荔裳。信乎好尚之不能强同也。

閲荀笠亭茂才人鏡《課餘吟稿》,信口成吟,不能免俗。然用力已四十年,積詩至二千餘首之多,亦云勤矣。兹摘其可誦者。《湖上咏柳》云:"縷弱難維漁父艇,陰濃慣護美人樓。"《秋簾》云:"波回水榭凉無影,風度銀鈎冷有聲。"《自慨》云:"青雲有路期終到,白髮無情感易生。"《游平仲園》云:"庭寬高聳千尋樹,閣静平分兩峽秋。"《移居》云:"預防客至先謀酒,衹恐孤吟又卜鄰。"《鄉村即景》

云:“春暖鬧泥雙竹健,天晴曬菜一繩斜。”

梅里姚眷庭先生循陔,曾館余家,先君昆弟輩皆受業焉。著有《木石居詩草》,馮柳東太史登府嘗選三十五首入《清芬集》。先生長於五古,《寒夜對月》云:“朔風厲廣野,雲涌山忽動。林木争喧豗,勢若萬馬控。向晚喜清絶,仰視天宇空。流光歘合離,明月忽在棟。我足繭且僵,納屨屨决踵。對此神超越,起蹋花陰凍。石砌堆層冰,滿地霜華重。金波一激射,目眩不敢送。凛冽氣折綿,逼人寒欲中。闔户燈半滅,微白透窗縫。爐冷被不暖,縮身疑入甕。長夜苦未央,閑情問幽夢。”《宿雲栖寺值雨,明日雨止,尋理安寺、烟霞、石屋諸洞,歸登六合塔》云:“尋山歷蕭寺,一徑入深竹。飛雨忽灑空,禪榻借歇足。清晨喜開霽,游衍肆遐矚。精廬莊且嚴,古洞繚而曲。春晴多好風,岩岫吹新緑。到此忘塵緣,頓洗三斗俗。鈴鐸聲何來,塔頂散仙樂。直上覽高空,天地渺一粟。歸路苦饑疲,芋頭煨且熟。”其他斷句如《京口渡江》云:“江空晴捲雨,風急暗堆雲。”《蒙山道中》云:“斷雲都作雨,高樹半遮山。”《平江夜歸》云:“孤篷今夜雨,獨客故園心。”《不寐》云:“征衣半漬他鄉雨,薄酒争禁此夜風。”《嚴江釣臺》云:“廟社有靈還漢祚,乾坤何處著狂奴。”《秋夜》云:“有影不愁知己少,無家休説旅情非。”《秋燈》云:“自憐老眼垂垂暗,爲檢殘書續續挑。”皆佳。

昨見錢塘吴鞠潭廣文淦書楹聯云:“風聲入竹有琴意,月影寫梅無墨痕。”句特工妙,不知是何人詩。

壬伯以吾鄉姚敬甫先生鎮所著詩詞稿屬校,係杭州友人寄來,經家賓梅恭亮、藹卿坦兩先生閲過。詩五、七律居多,古風較少。《買婢行》一首極佳,藹然仁人之言。詩云:“買來雙丫初受饑,髻上猶縛新紅絲。我今得婢人失女,縱不日撻人豈知。知與不知且莫問,有女肯賣爲斷炊。探錢書卷女非女,何以猶縛紅絲爲?要女去家能媚主,主媚或可逃鞭棰。阿母割愛豈得已,女去母心猶未離。我見此絲解此意,視如己生忘侍兒。有時欲撻尚未撻,如聞其母來致辭。”詩餘之富,不亞於詩,惜散佚過半矣。

元遺山《論詩》:“有情芍藥含春淚,無力薔薇卧晚枝。拈出退之《山石》句，始知渠是女郎詩。”以韓作皆硬語盤空，故發此論。不知昌黎詩若“銀燭未銷窗送曙，金釵半醉座添春”，亦甚旖旎。蓋各有所宜，不得以“雅”“頌”而廢“國風”也。

杭州西泠橋有蘇小小墓，嘉興賢娼巷亦有蘇小小墓，未知孰真孰僞，前人議論紛紛，不免蹈争墩之習。《兩般秋雨庵筆記》以宋蘇小小墓屬嘉興，南齊蘇小小暮歸杭州。自謂平允，然亦是痴人説夢。讀查客槎明經世溥“銷魂正在虚無際，莫辨杭州與秀州”二語，爲之嘆服。

曩藏平湖黄鶴樓金臺、顧榕坪邦傑兩先生詩稿，爲人攫去，心殊悶悶。偶讀于辛伯茂才《燈窗瑣話》，載兩先生詩極多，亟録數首。黄詩如《湖上秋泛》云：“湖水淡秋影，晚凉移畫橈。好山皆繞郛，疏柳不藏橋。篷底一樽酒，樓頭何處簫？汀洲采芳杜，殘夢碧天遥。”《吴大帝廟》云：“生子當如孫仲謀，聰明雄略冠諸侯。大臣膽落幾降魏，小妹心高合嫁劉。三世訪求文武士，六朝還作帝王州。紫髯碧眼遺容在，蘆獲蕭蕭古石頭。”顧詩如《過方子春白華田舍》云：“言尋柯古宅，日暮扣柴荆。幽鳥破烟白，疏花環水明。湖山詩客夢，風雨故人情，相對忘言説，空階葉有聲。”《精嚴寺晚步》云：“市聲飛不到，蕭寺暗金沙。凉月墮松子，晚風開梓花。僧歸藤仗健，人坐佛幢斜。便欲參三昧，安禪證苦茶。”俱佳。

吾家舊藏元刊朱淑真《斷腸集》，爲道古樓故物，吴縣黄蕘圃主政丕烈有跋。道光丙午，先君與孫次公、于辛伯、李壬叔諸先生作消寒會，嘗以此命題。于詩仿樊榭，論詞體極工。詩云：“愁絶黄昏月上時，文人詞誤女郎詞。任伊銜却千秋恨，我怪小長蘆釣師。”蓋淑真《元夜·生查子》詞，實六一居士作，後人誤編爲朱詞，遂妄議其不貞。竹垞《詞綜》亦未能更正。得此詩，可以雪其冤矣。先大父《青芝塢吊朱淑真墓·金縷曲》詞亦本此意，末四句云：“人約黄昏歐九語，到如今、好事猶妝點，楊柳月，總能辨。”

坊刻《唐詩便蒙》，名爲唐詩，實則宋、元、明詩皆在其中，最蕪雜可笑。憶余初入塾時，先君以自選唐詩一册口授。詩皆五律，又止王、孟、李、杜四家，洵善本也。惜亂後遍覓不得，而其小序則尚存《師經室文稿》中。

華亭張筱峰廣文鴻卓，與先君素未謀面，而詩筒往來不絶，可稱神交。歲乙丑，其從子春庭司馬祖慈司榷吾里，廣文因亦來硤。余知爲先君舊友，往謁之。言及先君已下世數載，不獲一見，爲之欷歔不已。余以詩就正，蒙題二絶句云："少年氣象日方東，妙有新詩繼乃翁。我愛交情捨兩代，薇山鵑水話秋風。""不加雕琢見天真，冰雪聰明絶點塵。蔣徑近來多益者（謂許午莊、余嘯松諸君），清詞麗句好爲鄰。"

商達夫五十學詩，至今傳爲佳話。先外祖海鹽崔蓮舫先生德華，潛心理學，好讀楊園書，輯有《楊園年譜》。吟咏一事，從未問津。至垂暮之年始學爲之，不數載，竟裒然成帙，達夫後又增一美談矣。余舊藏先生手抄詩一册，已寄歸其孫吟梅茂才敬昌。兹録其佳句，如"樹圍蒼徑滑，雲擁碧峰寒""人家都近水，風雨正交秋""日長倦或尋清夢，花好看還讓少年""梅花灑徑輕於雪，鱸鱖調羹美勝秋"，皆可入《主客圖》。

蓮舫先生從弟蒼雨先生以學，長於古文，於三蘇爲近，詩亦清超拔俗。《喜雨用杜韵》云："陡覺殘熇退，凉從細雨生。一番驚旱魃，萬竅潤秋聲。小港仍龜坼，斜陽復鱟明。甘霖須早沛，先濟馬嘷城。"《書俞節滑公傳後》云："小疊東去怒濤奔，日望熊軍氣一信（'信'與'仲'字同義。《易經》：'往者屈也，來者信也。'霆注）。蕞邑無兵猶慕義，全家一激共成仁。歌殘《玉樹》英雄恨，耻洗金甌進士真。二百餘年遺傳在，夜窗披誦墨如新。"《雨中集師經室》云："愁霖十日草堂清，石友相招斗酒兵。簾外東風仍怒虎，樽前豪飲且長鯨。詩吟《白雪》避難和，花墮緑珠偏有情。擬約明朝還選勝，翠嵐深處踏春晴。"先生嗜許氏《説文》，所作詩文皆以古體書之，令人不能遽識。著有《疑年録質疑》、《續疑年録質疑》，極精確，足正錢、吴兩家之訛，惜其稿本久佚矣。近平湖錢香澥椒、歸安陸存齋心源有《疑年録再續》、《三續》，均已付梓；衎廬有《四續》之舉，尚未成書。

道咸間有業薙髮者二人同客吾硤。一爲平湖陳愚泉文藻，工詩,有《鏡池樓稿》;一爲錢塘阮秋山松,工畫,偶作小詩,亦有致。雖皆執業甚卑,而癖耽風雅,亦庸中之矯矯者也。余題《硤川續詩鈔》有句云:“一時詩畫稱雙絶,名艷當年兩鑷工。”即指此。

先伯父藹人公以書名,叔父韵泉公以畫名,而實則皆能詩。韵泉公早卒,詩稿散失,僅存《題南田柳溪漁隱圖》一首云:“牽蘿補茅屋,青山日當户。一溪杳莫測,隱隱數聲櫓。插柳柳含烟,人語隔烟浦。得魚行買酒,一塢鶯聲聚。”藹人公有《餘事學詩樓詩》一册,《游東山》云:“踏遍路紆曲,山家啼暮鷄。樹深山腹暝,天回雁繩齊。雲意秋千里,魚情水半溪。興酣游未已,不覺夕陽西。”《和楊小鐵來青閣招飲韵》云:“詞客欣然肯赴招,蕭齋寂静話清宵。酒逢知己須拌醉,人到中年想避囂。猶有閑花開五色,不堪滯雨又連朝。何妨翦盡西窗燭,一曲狂歌悶可消。”《消夏》云:“長夏因貪早晚凉,窗開四面納荷香。不嫌清晝如年永,小字蠅頭寫硬黄。”《七夕》云:“七夕蟾光乍吐明,欲憑靈鵲道私情。從今不乞天孫巧,願瀉銀河洗甲兵。”

藹人公長女歸同里郭沈子方上舍彬,世業婦科,顧好詩,與其兄子明舍人華時相唱酬,有“二難“之目。上舍結縭之夕,賦《催妝詩》,有“相對不妨呼小妹,本來家世是清溪”之句,爲人傳誦。後余偕壬伯、級堂諸君結可群吟社,上舍亦欣然與焉。每一篇出,輒欲壓倒元、白。蓋其先多喜吟咏,更得乃兄日與切劘,故詩筆回不猶人也。

許英坪先生增詩,句鍛字煉,不肯作尋常語。如“鳥如唤夢常啼樹,蝶不知春自戀花”“變幻陰晴雲作態,彌縫寒暖酒爲功”“閑雲弄態有晴意,落葉賺人作雨聲”,皆極用意。殁後無子,宋丈醒山英舉其棺窆於沈山之斑竹園,且爲代司祭掃。未幾,宋丈亦歸道山。余約同志踵行之,每年上巳於墓門前焚紙一貫,澆酒一杯,至今不替。擬更刻其遺稿以慰重泉,惜無能任剞劂之資也。

昔梅里周青士設米肆於市,而吟咏之聲弗輟,竹垞、秋錦諸老皆與之交,卒成名手。吾硤有謝瘦仙者,名澧蘭,亦隱於市,日爲人執炊,比之周爲更卑,然韵語頗工。余藏有一紙,題爲《重陽前一日，東山萬樹山房小飲，限登、高二韵》。詩云："節近題糕興倍增，携壺有約快先登。参差海角峰千叠，寥泬秋空雁一繩。黄菊未花霜信晚，宵楓微醉夕陽蒸。魚聲引我穿籬徑，笑叩禪扉訪老僧。""尊開閬苑隔塵囂，滿院松風晌午濤。啼老蛩聲依砌静，横空漢影捲簾高。長江落木才推杜，限韵分題句擬陶。還憶故人岑寂處（遲南生不至），一籬疏月讀《離騷》。"殊清新可誦，今之所謂學士文人，未必能是。瘦仙之名，不將與青士并傳哉？

吴縣孫歡伯司馬憙，曾令黄岩，有惠政，擢吾邑海防同知。愛才若渴，人争頌之，而未知其能詩。昨聞曹笑拈丈桂墀述其《咏卷篷》一聯云："就日轉移知有術，隨雲舒捲本無心。"題極瑣小而詩寄托遥深，必是好手。

昔吴梅村有《畫中九友歌》，評泊丹青，揚扢風雅，洵足爲繪林增色也。（吴梅村《畫中九友歌》却甚雄健，昨校閲至此，又展誦一過。岱注。）近丹徒趙季梅中翰彦修用其韵作《續九友歌》云："剡溪侍郎荆關流，淋漓墨障烟雲浮。放筆天外烏紗投，西溪高隱夫何求？（醖士。）雷州鑒賞珊瑚鈎，游心藝苑春復秋。上官白簡窮鏤鎪，金貂换酒百不憂。（鶴舟。）髯翁三十游皇州，宣南畫史居上頭，驅染子墨萬象收。冷齋低首歲幾周，未寒先補山羊裘。（少甫。）松圓後起追前修，疏篁古木摹丹丘。一僮一鶴隨扁舟，虞山茂苑長句留。（序伯。）秋言大筆如戈矛，蒼松巨壑師馬劉。酒人八九來僧樓，傳觴作畫心悠悠。（秋言。）誼亭細楷如鍾繇，酒酣捉筆揩雙眸。烟霞落紙松風颼，元氣灝灝精神遒。（誼亭。）叔明汪子工吟謳，收拾烟墨賦宦游。勸耕原隰聞啼鳩，長官穩跨折角牛。（叔明。）鴛湖下筆烟景稠，花鳥更比林良幽。輦金索畫來瀛洲，脱巾笑傲東諸侯。（子祥。）阿弟生計無田疇，於疏隱僻動見尤，橅印作畫驅窮愁。浮家江上閑於鷗，放頭爛醉萬慮休。（弟榮。）"此外尚有《松陵畫友詩》二十四首、續八首。江浙間畫手固多，而中翰收羅亦不遺餘力，以視竹垞之《論畫》絶句、板橋之《畫人》詩，賅博不啻倍蓰矣。詩多，不及備録。

一峰草堂，爲國初喬石林侍讀都門邸舍，康熙丙寅春，曾招朱竹垞、陸冰修、周青士、查初白、湯西涯諸先生集草堂賦詩，裝成一帙，名《一峰草堂看花詩册》。後歸海鹽吴思亭參軍修，屬錢唐屠琴塢太守倬補圖，各譜《金縷曲》詞一闋。前輩風流，於此可見，惜余未得寓目也。

錢警石廣文司鐸吾邑時，有學舍鄰近女子得緑蝶一，大逾常蝶，後翅若燕尾。籠之經宿，一蝶翔舞繞籠，若求其偶者，乃并獲焉。廣文聞而异之，取放庭樹間，少選偕去。因作《放蝶》詩，邀同人和，一時和者不下數十家。頃閲上元嚴小秋茂才駿生《餐花吟館詞集》，有"錫山徐蓮塘獲一蝶，大如碗，盛以筐，懸之花下。越宿往觀，復有一蝶伏筐外，形色相似。啓視筐蝶，則筐外側翅而入，若幸其偶之猶存也。憐而釋之，繪圖徵詞，以紀其事"云云。此二事頗相類，足見情之所鍾，物亦猶人。設以當時兩處詩詞卷合訂成帙，豈不爲鳳子生色耶?

《心白日齋集》，桃源尹杏村觀察耕雲所著也。去歲，其子勖太守彦釗以一册持贈，因得披閲一過。五、七古極雄厚，近體亦不弱。如"家山群盜破，門户病妻支""江湖雙屐外，風雨一杯中""蛩語倍增秋慘澹，烟痕不放月分明""依方服藥惟師古，借夢還鄉不當歸""窮袴短衣秋射虎，珠簾畫舫夜尋花""四山烽火郊原暗，百戰疆埸草木赬""運去文章如土芥，時危僕竪忽公侯"，皆悲壯淋漓，可歌可泣。觀察官烏臺時有直聲，曾疏薦曾文正、左文襄二公，人尤服其卓識云。

《心白日齋集》中載留智廟題壁詩二句云:"便爲柳亦江南好，衹染烟波不染塵。"嘆其極工，而以未悉撰人爲可惜。不知此係黄霽青太守作，觀察殆未讀其《詩娱室集》耳。

古來作送春詩甚多，而作送秋詩絶少，近人集中始有之，然亦不概見。道光丁未，吾硤諸前輩有"送秋吟社"之舉，更唱迭和，致相樂也。先君嘗鈔其詩爲一帙，時隔四十餘年，幸未飽白魚蒼鼠。夜窗無事，發篋讀之，覺名章俊語，美不勝收。因擇其尤雅者，摘録數聯。"遮斷征塵雲捲白，壯來行色葉添紅"，許明經光清句也;"含愁不盡雲千里，無迹可尋水一方"，李農部善蘭句也;"白酒黄花離别路，青山紅樹短長亭”，許茂才光治句也；“霜葉四山懸别恨，寒蟲一徑入離歌”，許布衣增句也；“别緒不隨黄葉散，離情惟有碧雲知”，馬上舍棠句也；“拋殘紅葉渾無賴，留得黄花尚有情”，許布衣光濟句也；“碧海寒多鴻有信，黄花瘦盡蝶無聊”，戴陳孝廉常句也；“四壁寒蟲傳别恨，千林落葉壓歸裝”，郭沈舍人華句也；“勸駕聲偏來朔雁，銷魂色并到寒花”，先外祖崔先生德華句也；“菊好衹今簪已懶，柳衰如此折尤難”，先君句也；先伯父藹人公有“菊花也合號將離”之句，亦佳。

欲覓子方遺詩，苦不可得。偶於敝篋中檢得《和陳杏莊移居》四絶，急登二首：“故里梅花景已非，白雲鄉里掩荆扉。年來饒有登臨興，更欲移家傍翠微。”“常恨睽離水一方，何期居處竟同鄉。不知此後來相見，可許無分上下床?”

余大姑母歸海鹽任氏，姑父早卒，姑母含冰茹蘖垂五十年。好吟咏，有《得月樓小草》，詩極清超，不似閨閣中語。《秋日游横山》云：“小雨愛新晴，溪聲兩耳鳴。寺門歇樵擔，村舍架瓜棚。獅嶺一峰秀，蛟潭勺水清。讀書臺畔路，遐想古人情。”《九月十五夜作》云：“凉月一庭白，感人節候寒。露光明木葉，窗影護烟巒。有妹泉臺半，持家儉歲難。百年能健在，隨處可追歡。”《春暮游果園》云：“園鄰古刹結柴扉，一院殘紅點袷衣。倦蝶穿花和影失，好鶯選樹帶聲飛。半邊亭子延山翠，幾曲闌干鎖夕暉。怪煞暮鐘聲忽度，篙師催促放船歸。”從妹左賢工倚聲，奄有南渡諸賢風格，與姑母頡頏無愧。故余題其詞稿末一首云：“青溪遺澤久猶存，風雅居然萃我門。前擅詩歌後詞曲，百年中有兩才媛。”

亡友高級堂茂才詩，前卷已略見一斑。兹閲曩余所輯《硤川詩續鈔》，載茂才詩極多，再録數首，以廣其傳。五古《晚眺》云：“殘霞散天半，雲勢亂於石。飛鳥時往還，落日挂林末。微風吹客衣，杖藜野橋立。蒼然一笠圓，人影落寒碧。”五律《夜不成寐，有懷少虞崇明道中》云：“四壁亂嗚咽，寒蟲擾我眠。月分半窗白，眼暈一燈圓。此夕遠游客，鐘聲何處船？相思不相見，伏枕意茫然。”七律《寓廬即景》云：“斗室悠然對古人，焚香枯坐咏歌頻。書經久看渾忘借,客肯常來未算貧。晴日草烘三徑緑,閏年花滯一分春。桃源自是人寰隔,容我移家避劫塵。”《書懷》云:“書劍飄零剩一身,華年深感鬢絲新。貧無可樂聊謀醉,詩不求工但寫真。涉世漫嫌多冷眼,窮途猶幸作閑人。流光浪擲成何事,辜負鶯花又一春。”七絶《硤石還小墅舟中口占》云:“逆風吹水打船頭,一槳如刀劃碧流。回首夕陽在山背,歸鴉無數暮雲愁。”茂才與余交最契,過小紅珊仙館輒作竟夕談。今歸道山已十有七年。回憶前塵,恍如夢寐,録至此,不禁淚涔涔下矣。

自來作詩之勤,無過日課一詩之梅聖俞。然如吾里之虞静齋丈熤,竟無一時不吟、無一刻不吟,何止日課一詩耶? 余曾見其手稿,堆案如束笋,不能卒讀。兹録見贈一律云:“詞賦應推第一流,年年相見共清游。胸無塵垢思逾雋,筆有烟雲氣自遒。才望五常君獨冠,家風三徑此長留。憐余衰朽蒙頻顧,衹爲沉疴少唱酬。”丈持己極嚴,而待人又極恕。其長子爲粤賊所虜,越十餘年始歸,人咸謂忠厚之報云。

岳忠武墓詩,以高青丘一首爲絶唱。近時膾炙人口者,莫如“青山有幸埋忠骨,白鐵無辜鑄佞臣”二語。兹閲福州梁茝鄰方伯章鉅詩,有“當時若到黄龍飲,繼世焉知白雁來”之句,亦極工切。

秀水陳蓮汀銑,曾受書法於山舟學士,故用筆極似,而其畫法則獨創也。先君嘗題其墨梅横幅云:“海璚子衹寫寒葩,仁濟圈圓亦漫誇。最惜頻羅書弟子(“惜”,《師經室詩存》作“愛”),變將草聖作梅花。”“山村岑寂掩衡茅,梅影横斜窗格交。畫稿差疑君竊取,一痕澹月罥花梢。”是幅向藏吾里倪氏,今歸於衎廬矣。

曾文正文有“觀露上禾顛以爲樂”云云,余初不解“上”字意。後讀東坡集,有“苗根露珠一一走上葉梢”語,乃知所本在此,然亦未説明其故。及閲攻愧詩,則恍然矣。題爲《龍潭丈室,一笋穿入,露滿其上,因賦之》,詩云:“一笋入屋照座寒,凌晨仍有清露漙。益信露珠自根起,正如真水朝泥丸。”蓋笋在室中而有露,豈非自根上耶?

嘉興沈迪君茂才樹人,居横山之麓,性孤潔,終身不娶,非同志不妄與交。好吟咏,不自收拾,故身後隻字無存。余哭以六絶,中有一絶云:“頻年作客傍鵑湖,山自成雙人自孤。比似逋仙更高絶,并無梅鶴當妻孥。”蓋紀實也。

唐人論詩,謂五律最難,如四十賢人,容一屠沽兒不得,學者須從此入手。余謂作詩宜先學七古,能筆力健舉、天骨開張,則其餘諸體自易易矣。譬如人能挽六鈞之弓、扛百斛之鼎,使舉他物,有不輕於鴻毛哉?

村塾所讀《千家詩》不署選者姓名,人以其家弦户誦,每輕之,不知實出謝叠山之手。開卷列程、朱二詩,崇正學也;末附“一團茅草亂蓬蓬”一首,戒躁進也。此説海鹽張銘齋師鼎爲余言之。

銘齋師論詩多妙悟,謂唐人“朝隨仙仗入,暮惹禦香歸”二語,是譏其旅進旅退,無所獻納意,故末有“聖朝無闕事,自覺諫書稀”之句。又謂《詩・周南》:“父母孔邇。”“父母”指自家父母,非指文王,“邇”作“迫”字解;《鄘風》:“母也天只。”“天”作“父”字解。皆未經人道。

漁洋、隨園皆惡次韵詩,謂詩貴自然,爲韵所縛,必不免於牽率。誠哉是言!然亦有因難見巧、愈出愈奇,如蘇、黄之叠“粲”字韵者。余壬午歲葉“何”字韵,凡十叠;去歲押“陽”字韵,凡六叠。自喜葉韵尚穩,不至如王、袁二人所譏也。

從父仲卿公賜勛,嗜酒工詩,淡於榮利。壬子春闈報罷後,不復入都。先有《揖翠山房詩》一卷,刻入《谷湖聯吟》中,晚年之作皆余所搜輯。詩長於感事,如“幕府倉皇籌玉帛,編氓絡繹避干戈”“黄金暮夜輸奸吏,白骨縱横擲异鄉”“哀鴻遍野生無計,封豕連鄉寇已深”“萬卷圖書雲過眼,十年烽火雪盈頭”“有幸豪家儕僕隸,無窮勝地没蒿萊”“殺氣遥連環海郡,腥風早遍隔江山”諸聯,皆激昂慷慨,直欲擊碎唾壺。公悼亡時年近七十,猶惓惓不忘。讀“嫦娥最是無情者,照到孤衾分外圓”二語,令人增伉儷之重。

邑先輩周青蘿孝廉宗彝兄弟,皆以氣節名,明亡殉難,其家四十八人皆死於池。英魂至今未泯,每陰雨夜,有一女捧盤匜,一白馬隨其後,又常有釵釧浮水面,遂名其池曰“青蘿”。仲卿公有《青蘿池歌》,極宛轉抑揚之致,篇長不録。

壬伯曾謂余曰:"子讀《敬業堂集》,以何句爲最妙?"余亦詰以是語。約各書掌中。後出示,皆書"風露一天人擁被,櫓枝摇夢過春江"二句。不謀而合,亦一奇也。

余閲近人詩,遇有賞心之句,每不能忘,略記數聯於此,以資諷咏。"樹經南宋皆成畫,雨戀西興不渡江",王水村茂才丹墀《登吴山》詩也;"近山老樹凍猶緑,出水晚烟低不飛",吴思亭參軍詩也;"世味嘗來詩較可,名心淡盡友難忘",吴江葉改吟樹枚詩也;"荒埭無鷄添夜永,客居如燕逐年新",陸少白素生詩也;"富貴由來離故土,繁華大抵似春烟",應笠湖明經時良《咏盆中緑牡丹》詩也;"一枝柔櫓劃殘月,無數白鷗飛曉烟",嘉興汪一江澍詩也;"欲通詞處無紅葉,得再逢時怕緑陰",壬伯《無題》詩也;"天家屬望生裴度,將士懷疑鑒曲端",從父仲卿公《書〈張魏公傳〉後》詩也。其他單詞隻句,如吴榕園上舍之"僧與落花争渡溪",級堂之"詩干坐對一燈愁",海鹽徐筱圃明經元湝之"獨佛霸空山",亦妙。

吾邑丙子、丁丑二年之間曾開志局,而所聘之人多不諳掌故,且經費支絀,故不逮成書,皆一笑而散。曹笑拈丈有詩云:"來去本如巢幕燕,瘦肥莫問束脩羊。"可謂婉而多諷。

放翁七律詩多以"如"對"似",昔人曾訾之。然眼前常語,一經烹煉,能出無窮清新,當推此公獨步。如"山重水復疑無路,柳暗花明又一村""萬里因循成久客,一年容易又秋風""無窮江水與天接,不斷海風吹月來""痴雲不散常遮塔,野水無聲自入池""髮無可白方爲老,酒不能賒始覺貧""香浮鼻觀烹茶熟,喜動眉間煉句成""客從謝事歸時散,詩到無人愛處工""雲歸時帶雨數點,木落又添山一峰""瓶花力盡無風墮,爐火灰深到曉温""山寒酒過平時量,窗黑書虧半日功""天爲念貧偏與健,人因見懶誤稱高""小樓一夜聽春雨,深巷明朝賣杏花""無端忤俗坐狂耳,甚欲讀書如懶何",此數聯皆耐人尋味,余最愛誦之。

海鹽顧雅筠司馬伯埙,與先君子爲僚婿,有豪俠風。庚辛之亂,曾出己貲,募勇殺賊。雖功敗垂成,未邀獎叙,而其壯志要不可没。亂平後，自粵歸浙，徙居吾硤。時余涸轍，輒分潤焉，到今感之。詩不多作，作亦不自愛惜，隨手散弃。偶檢敝篋，得《舟過鴛湖望烟雨樓》七律一首，真吉光片羽矣。詩云："黄柑紫蟹數江南，載酒瓶山客共酣。蘆雪壓篷人擁絮，菱絲牽棹水拖藍。鴟夷船去烟波渺，太僕祠荒風雨含。聞道湖樓今復舊，時樓重葺。釣鰲磯畔擬重探。"

曩曾以先君所著《孟子音義考證》乞序於松江張嘯山丈。太守楊公見山峴見而愛之，擬助俸付梓，尋因鐫級卸篆不果。張亦遽歸道山，未及弁言，甚爲可惜。此乙酉春事也。去歲，江蘇學使王公益吾先謙有《皇清經解續編》之舉。王爲余從弟山傭廷黻丙子座師，因以是書屬弟寄呈，果蒙采入。先人遺著，晦而復彰，豈非大幸事歟！余賦七律二章以志欣喜，存拙著詩集中。

王右丞詩："山中一夜雨。"宋刻本"夜"作"半"，後人遂以此詩别宋刻之真僞，名曰"'山中一半雨'本"。

"吴郡陸機稱地主，錢塘蘇小是鄉親"，韓君平句也。吾邑有查某，僑寓金閶，書此二語爲門聯，可稱雅切。《兩般秋雨庵隨筆》以下句爲白香山詩，蓋誤。

有某太史欲延一師，人以吴某薦。吴字醉伯，太使笑曰："觀其字，則人之酷好杯中物可知，得毋曠課耶？"遂不果聘。余戲贈詩云："祇爲樽貪開北海，竟難帳學設西河。"因憶米元章有潔癖，見有段氏子名拂，字去塵，喜曰："既拂矣，又去塵，真吾婿也。"遂以女妻之。昔以字而得爲婿，今以字而不得爲師，可見人之名號不可不慎也。

去吾硤十里曰"故廟"，有古銀杏樹一本，爲唐許睢陽手植。小園亦有古銀杏樹一本，傳是東晋物，視故廟大數倍。故吴兔床明經騫贈先大父詩有"一樹大一屋"之句。樹根産水銀，每於月夜流出。先叔父韵泉公曾得一掬，置之碗中。翌日啓視，則化爲蜈蚣矣。亦奇事也。

《陶淵明集》之佳者，莫如邑先輩周松靄大令春所藏之宋刻本。大令復藏有宋刻《禮》書，故顔其室曰"禮陶"。後去《禮》書而留陶集，改顔其室曰“寶陶”。又閲數載，并陶集亦鬻於人，改顔其室曰“夢陶”。聞鬻陶集之日，至泣數行下，亦可謂癖耽古籍者矣。

仁和沈椒園廉訪廷芳藏書印曰：“得此書，頗不易。遺子孫，勿輕弃。”吾邑陳仲魚徵君鱣藏書印曰：“得此書，費辛苦。後之人，其鑒我。”皆與杜暹“鬻書爲不孝”意相同也。衎廬反其意，鎸一印曰：“得此書，貴能讀。若徒藏，不如鬻。”見解自高一層。衎廬别有一藏書印，亦佳：“書如水，我如魚。魚不可一日無水，我不可一日無書。”

余最愛誦黄仲則《兩當軒詩》。閲南皮張香濤制軍之洞《書目答問》，亦稱是書，與余意見正合。

近時刻書之善，以吴縣黄蕘圃主政丕烈士禮居爲最，蓋一生心力畢萃於此，故精妙乃爾。主政每得异書，必有題咏。詩雖不甚工，然亦於韵語中别開蹊徑也。略采數首，以見藏書家愛玩之事、校讎之細。《題梁公九諫詩》云：“九諫詞猶在，文章振李唐。安危資柱石，舉廢得津梁。氣挾雷霆厲，心争日月光。名臣傳表奏，應比賜書藏。”《題〈淳祐臨安志〉》云：“甄别奇書却自誇，秦娥未許混吴娃。(《淳祐志》舊誤厠《咸淳志》中。)闕疑向已無年號(所見《淳祐志》鈔本皆無年號)，微顯今還識物華。半壁河山留六卷，累朝興廢得三家。東南進取忘前鑒，空使宗臣泣海涯。”(宋刻《東南進取輿地通鑒》藏無錫某氏，近始獲見，因價昂未買。)《題〈却掃編〉》云：“述古何人舊姓錢，向時書籍等雲烟。虎賁慣作中郎想，摹本猶傳《却掃編》。”《次顧澗蘋韵題元本〈丁鶴年集〉》云：“元代詩名盛，涵濡近百年。流風傳絶域，吟稿見遺編。廬墓全親孝，居山謝世緣。”(《石田》、《雁門》集，美不擅於前。家藏元人諸集，如元刻之《馬石田》、舊鈔之《薩雁門》，皆稱善本。)《檢周此山集有感袁壽階》云：“漫説收藏五硯樓，人亡人得已堪憂。而今樓在人何在？手觸遺編涕泗流。”“白堤蕭瑟起悲風，謂錢聽默。又見楓漁老去同。壽階家住楓江，舊有漁隱小圃。從此城西踪迹少，僅存水月一衰翁。周丈香嚴喜聚書，住水月庵。”

《題〈淳祐臨安志〉》，吾邑陳仲魚、吴兔床兩先生皆有詩，爲并録之。陳詩云:“輪錢吴市得書誇,道是西施入館娃。(志爲施諤所修。)宋室江山存梗概,鄉村風物見繁華。關心志乘亡全帙,屈指收藏又一家。况有《會稽嘉泰志》,賞奇差足慰生涯。”(同時購得《嘉泰會稽志》。)吴詩云:“鳳舞龍飛詎足誇,錢塘遺事失宫娃。天教南渡支殘局,人想東京續《夢華》。朱鳥歌成空有淚,冬青種後已無家。與君鼎足成三志(余舊有《乾道臨安志》三卷、《咸淳臨安志》九十五卷,皆宋刻,合此爲臨安三志),天水猶懸碧海涯。”

東坡生日,余於乙亥、丙子兩年曾修瓣香之祝,皆有詩。近來久無斯舉矣。頃閲《士禮居題跋》,有與其同鄉潘榕皋封翁奕雋唱和絶句各四首,皆以“東坡生日是今朝”爲起句,想見當時興復不淺。黄詩云:“東坡生日是今朝,愧未焚香與奠椒。却美蘇齋翁學士,年年設宴話通宵。”“東坡生日是今朝,一老衝寒赴友招。聞道春風來杖履,凌雲意氣正飄飄。”“東坡生日是今朝,我獨閑居苦寂寥。但把《和陶》詩熟誦,樽無濁酒也愁消。”“東坡生日是今朝,助我清吟興轉饒。誰復景蘇同此意,縣橋人又憶花橋。”潘詩云:“東坡生日是今朝,薊北蘇齋歲奠椒。何似宋廛人獨坐,《和陶》一卷咏深宵。”“東坡生日是今朝,有客城南置酒招。早覺春風來杖履,篆烟濃傍鬢絲飄。”“東坡生日是今朝,可有朝雲慰寂寥?想到六如亭下路,彎風暖處雪全消。”“東坡生日是今朝,斗室長吟興自饒。善本流傳期共賞,一瓻擬致縣東橋。”

秀水盛庸三大令世佐,乾隆朝人也。邃於經學,筮仕後卓著循聲。昨其後人出示一紙,乃大令出宰滇南時,吾邑(武原)朱東江太史佩蓮於都中送行之作,歷百餘年而墨色如新,甚可寶也。詩云:“里有經神恨索居,客中盥讀一編書。(著有《儀禮集編》,折衷諸家,最爲精當。)分符有地鄰烏滸,奪席何年論石渠。得失閑愁同塞馬,往來遺愛見黔驢。(先爲貴陽梅潭令,有惠政。)山連象郡高天表,儒雅風流獨下車。萬里征袗此處分,每從朔雪望南雲。天涯朋好逾銅柱(謂筠谷汪太守、書録陳明經俱在永北,兹更挈同年雖喈陳孝廉以行),日下賓僚斷雁群。可有白狼譯朱穆,那知豹鼠識終軍。莫嗟骨相多疏直,聖主於今重立勛。”

釋子能詩,自是佳事,而唐時巨公輒欲其反初服,不知何意?周賀少年爲僧,號清塞,與無可齊名。寶曆間,姚合刺杭州,讀其《哭僧》詩云:“凍髭亡夜薙,遺偈病中書。”擊節嘆賞,加以冠巾。昌黎亦嘗欲冠巾觀、靈二老,既見觀霜髭種種,惜其無及,遂不果。

宋浮圖以詩名者九人:劍南茜晝、金華保暹、南越文兆、天台行肇、沃州簡長、青城惟鳳、江東宇昭、峨眉懷古、淮南惠崇也。九人中尤以惠崇爲最,其詩如“人游曲江少,草入未央深”“馬牧降來地,雕盤戰後雲”“春生桂嶺外,人在海門西”,皆可誦。相傳寇萊公與惠崇池上拈韵分題,萊公得《池上柳青字韵》,崇得《池上鷺明字韵》。崇默繞池徑,馳心杳冥以搜之,自午至晡,以三指點空,微笑曰:“此篇功在‘明’字,凡五押俱不到,方今得之。”公曰:“試請口舉。”崇舉詩云云。公笑曰:“吾之柳功在‘青’字,已四押之,終未愜,不如且罷。”見《六一詩話》及《湘山野録》等書。

搜藏古書亦是一癖,前載周松靄大令鬻陶詩至於泣别,已屬异聞。頃閲《列朝詩集小傳》,有朱承爵字子儋者,江陰人,以愛妾换宋刻《漢書》。欲結古歡,并粉白黛緑亦不之惜,可謂嗜好與俗殊酸咸矣。

臘梅與梅花不同,然一開於春初,一開於冬盡,臘梅若爲歲華之殿焉,故韋珪《梅花百咏》中亦及之。近時若卷葹閣、有正味齋咏是花,則易其名曰“黄梅”矣,頗新。

《對床夜話》五卷,宋范景文著。刊入《知不足齋叢書》第三集,改“話”字爲“語”字。然“夜話”之名,冷齋已有之,不知鮑何意而改其書。揚権四詩及六朝作者頗詳,唐以後詩則無評矣。

陸魯望詩:“且將絲〡繫蘭舟。”有刻本改“〡”爲“綫”。檢字書,“〡”與“緒”通,引舟筊也。“〡”字本不訛,改爲“綫”殊謬。

《隨園詩話》載某公子詩:“比來一病輕於葉,扶上雕鞍馬不知。”《兩般秋雨庵隨筆》亦載此二句,改“葉”爲“燕”,未知孰是。

冷泉亭向懸董香光書“泉自幾時冷起,峰從何處飛來”楹聯。亂後重書,則改爲“泉自源頭冷起,峰從天外飛來”,下一轉語,便無味。

自來工制藝之人皆不善吟咏，然如海鹽吴蘭陔先生懋政，則有不盡然者。先生以知縣改教授，生平於科舉之文用力極深，前明及國初諸家皆有評本。門下士得其指授，多掇巍科以去。而韵語極有風趣，絶無老學究習氣。《寄博羅某生》云："老去雲踪到處留，鬢絲禪榻度中秋。七千里外今宵月，曾記胡床坐庾樓。"

衎廬以國朝諸名人作對，如"李二曲""閻百詩""趙味辛""李香子"之類，無慮數百聯，皆極工致。余仿其例，以"吴尺鳧"對"李分虎"，"方子雲"對"王寅旭"，"李申耆"對"楊未孩"。衎廬見之，頗首肯。

"糖霜"之名，古未曾有。自東坡有"何似糖霜美"、山谷有"遠寄糖霜知有味"之句，"糖霜"二字始見於詩。壬叔先生《送秋》詩云："霜糖搗桂尚留香。"蓋即本此。

余不善畫，雅好與工畫者交。四方諸畫家以余雖不工六法，而能吟哦即是有聲之畫，亦樂引爲知音。昨於茶寮中遇一人，年近六十，須鬢半白，貌癯而清。余疑爲幕賓，詰其姓名，答云姓吴字梅隱，乃知吴江畫家也，爲之肅然起敬。蓋余曾見其畫箑，頗慕其爲人，今乃於無意中遇之，大是幸事。惜因求醫來硤，匆匆即解維去，不得以魚網麥光乞其一繪也。别後，余寄以詩云："道子緣偏見面慳，茶寮偶遇鬢毛斑。扁舟可惜匆匆去，未畫窗前一角山。"

葛隱耕孝廉其龍，平湖之乍浦人。亂後寄籍上海，爲上海諸生，故其自號曰"龍湫舊隱"，不忘本也。（隱畊亦不佞舊友也。憶昔在滬時，曾出《龍湫舊隱圖》以供賞玩。又嘗邀不佞結文社，請平湖馬鐵卿夫子評閲。其能無人琴之感乎？毓岱注。）余素未相識。丙子冬，以拙稿寄楊佩甫商可否。孝廉見而賞之，題五律一首云："有客鵑湖返，携來一卷詩。鶯花供跌宕，山水助清奇。獨許性靈擅，寧忘手澤遺。（君家素以詩聞。）羊求招勝侶，衡泌足栖遲。"是時孝廉未登賢書，後捷己卯北闈。余屢欲訪之，遲遲未果。聞去年已歸道山，深爲惋惜。袁翔甫大令祖志亦用孝廉韵，題五律一首云："人生貴傳世，君傳定以詩。一編皆錦綉，百首最清奇。（謂集中《鵑湖百咏》。）莫漫金差點，應無珠偶遺。（集經隱耕孝廉評定。）

此才真不易，掩卷倍欽遲。”大令爲隨園老人之孫，其好色酷似乃祖。惟乃祖惡女人纏足，有“小人下達”之譏；而大令入歌樓畫舫，必擇足之纖小者而眷之，是其异處也。

泰安岱廟聯云：“雲行雨施，不崇朝而遍天下；理大物博，祖陽氣之發東方。”汪文端公書，而句則甌北所撰。吾硤審山亦有東嶽廟，對云：“震爲帝所出，承兩大以司權，福善禍淫，東西硤生靈永奠；岱乃岳之宗，闢雙峰而作鎮，報功崇德，億萬年俎豆維馨。”書與撰，王夢樓先生一人也。粤賊犯硤，上聯爲其所毁。幸余家藏有墨迹未失，亂後爲之補鎸。廟後有石，刻吴榕園上舍《游東山用昌黎〈山石〉韵》詩。同游者：曹桐石徵君宗載、祝南筠茂才及先大父，惜其和章皆未刊入也。

辛酉、壬戌兩載，余與兄子通康圻同讀書於來青閣，時以詩相唱和，不知門外賊屯如雲也。兄詩筆清新，有《聽雨樓小草》。《秋夜偶成》一首最完善：“戍鼓不停聲，愁懷静夜生。凉風催葉落，小雨助蟲鳴。被舊寒還暖，燈殘暗復明。宵深人未睡，詩句半將成。”近游幕浙東，此調不彈久矣。

余弟鏡池景堂，素不好吟咏，而《哭子方》七絶二首，語頗真摯。余爲略易數字，詩云：“手足情同二十年，同貧同病劇相憐。無端撇我蓉城去，心事憑誰訴萬千。”“從今不復共清卮，欲爲招魂賦小詩。幾度含毫無一語，臨風惟有淚如絲。”

今人但知五月五日有競渡，謂是日屈原投汨羅，故作競渡以招之。(見《荆楚歲時記》。)然按文文山《元夕》詩：“人間大競渡，水上小燒燈。”則正月十五日有競渡。《會稽志》：“二月二日府帥領客觀競渡。”則二月二日有競渡。《唐詩紀事》：“景龍四年四月六日幸興慶寺，觀競渡之戲。”則四月六日有競渡。《舊唐書·穆宗紀》：“九月九日觀競渡於魚藻宫。”則九月九日有競渡。是競渡不獨五日也。桐鄉立志書院嘗以“競渡”命題，余賦即用此説，極爲山長嚴緇生比部辰所賞。

去年閏四月，文宗按臨吾郡。余携兒子宗錫及門下士十余人同赴杭州應試。揭曉，兒子獲雋，門下士僅録二人，餘俱見弃。人遂有以私其子議余者。不知余之教子與教人一般,詩禮之外,并無异聞。文戰之偶分勝負,亦有幸有不幸耳。余賦詩云:"含颦含笑苦難同,造物誰知意本公。墻内桃花墻外柳,幾曾兩樣被春風。"

戴爾臧茂才熾昌,初隱於市,中年後始讀書。家有杏樹極大,花時曾招余賞之。素未工詩。庚辰上巳,偕往東山祭許莫坪先生墓。歸賦二十八字云:"先生福自幾生修,赢得芳名谷水留。况有程墳相對峙(程秋雨先生無日不掃墓,時稱孝子),詩人孝子各千秋。"同人皆嘆服。

今人呼午後小食曰點心,余初疑是俗名,不知《唐書》、《宋史》皆有之。憶某有"細嚼梅花當點心"之句,極新穎。(啓霆按,《柳亭詩話》云:"姚州一古寺題壁詩云:'磨快鋤頭挖苦參,不知山下白雲深。多年寂寞無烟火,細嚼梅花當點心。'惜不知何人所作。")

鴉片産於西域,流毒中國已百餘年。然當初猶設厲禁,以絶其所自來,近則關津收税竟以此項爲大宗,故販買之户與吸食之人俱毫無忌憚;且内地亦能種,宜沉溺於此者日多一日,正不知伊於何底也! 錢塘梁晋竹孝廉紹壬有《鴉片篇》云:"穿衾小枕一榻鋪,陰房鬼火紅模糊。中有鳶肩鶴背客,夜深一口青霞呼。非蘭非鮑氣若草,如膠如錫色則烏。或云鳥糞或花子,運以土化摶泥塗。加以水齊炮製法,文火武火煎爲酥。清光大來渣滓去,煉金而液成醍醐。此品來自西域地,居奇者誰番賈胡。朝廷嚴禁官曉諭,捆載來若牛腰粗。關津里胥豈不覺,偷而賂者千青蚨。况復此輩盡癖嗜,一見寶若青珊瑚。近聞中國亦能制,其物愈雜毒愈痛。吁嗟黄金買糞土,可爲痛哭哀無辜。頗聞此物妙房術,久服亦復成虚無。其氣既窒血盡耗,其精隨失髓亦枯。積而成引屏不止,參苓難起膏肓蘇。可憐世人溺所好,寧食無肉此不疏。典裘質被靡不至,那顧屋底炊烟孤。噫嘻屋底炊烟孤,床頭猶自聲嗚嗚。"淋漓酣暢,其警人之意頗深,然不如吾邑應笠湖明經"黄金灰裏盡,白日夢中過"十字尤冷隽。

余每過湖上,輒憶嘉善黄子未若濟"一塔斜陽頹老宿,半堤疏柳畫秋娘"二語,真善寫風景。

壬叔先生嘗與先君書，論檇李朱梓廬、吴澹川兩家詩，謂近人多愛澹川而薄梓廬，實則梓廬以真樸見長，即蘀石齋一派，無可厚非也。澹川詩名《南野草堂集》，《兩般秋雨庵隨筆》作"南雅"。未知本名"南雅"，後改爲"南野"，抑"雅"與"野"音近致誤，則又無從深考者矣。

吾硤前輩能詩者，當以吴氏昆季爲最，即榕園、思亭兩先生也。思亭先生跌宕江湖，當時江浙諸名士無不聯縞紵之歡。與山舟學士交尤密，得其手札百餘通，爲刻於石，曰"青霞館梁帖"。榕園先生足不出里閈，故名不及其弟，而才實相亞。余取兩人詩讀之，如榕園先生之"飯後欲眠如有信，閑中得句本無題""簾影閃時雙燕度，水紋圓處一魚跳""貧歷歲除成小劫，老耽詩癖總浮名""凉禽争就日光暖，酒客不知風色寒"，思亭先生之"晚烟多著水，微雨不遮山""烟痕斷樹如平截，山影沉波盡倒垂""苔痕已上佛頭緑，樹色不如僧面黄""人影遥分秋水渡，烟痕忽斷夕陽山"，皆有晚唐人風格，真所謂"元方難爲兄，季方難爲弟"也。

榕園女弟亦俱能詩。頻伽《靈芬館詩話》僅載蘭貞夫人名恒者數首，不知其妹曰惇、曰慎，并善吟咏。惇《蛺蝶詞》云："霞裳五采曬花天，疑是羅浮乍謫仙。艷福不知修幾世，美人芳草訂前緣。""纔醒朝酣又暮酣，韶華最好是春三。徐熙縱有傳神手，難畫風前一味憨。"慎《寄遠》云："花事漸闌珊，關心坐漏殘。帆隨孤夢冷，人伴一燈寒。道遠無消息，書遲少羽翰。故鄉今夜月，何事又團圞。"《春晚》云："東風吹雨過芳洲，送盡殘紅懶倚樓。欲問簾前新燕子，借他雙翦破春愁。"《送春》云："緑陰如雨抹溪烟，别有閑愁到酒邊。粉蝶不知春已去，尚尋芳草抱花眠。""輕烟淡雨濯芳塵，何事今朝又送春。飛絮撲簾簾怕捲，啼鶯深處憶歸人。"頻伽評蘭貞夫人詩有"清逸之才，幽貞之操，婉約之思，愁苦之音，雖體限宫闈，而格邁烟粉"云云，以此視之，亦復何讓？慎適查梅史明府，尤稱佳偶云。

詩中説病，每作愁苦語，獨查春園茂才有新則曰："病依身久似憐才。"翻得極妙。茂才别有"疏烟到岸忽升樹，急雨穿雲亂入船"二句，亦工。

曩聞人述錢塘王松溪大令麟書《蒙陰道中》詩云:"棱棱山田間水沙,何人解與課桑麻。驅車曉發蒙陰道,一路紅開鶯粟花。"譏刺語以蘊含之筆出之,嘆爲工絶。去歲壬伯以大令新刻《慕陔堂詩》一册見詒,卒讀一過,皆不如前。乃知古人愛誦崔信明"楓落吴江冷"五字,及閲全稿,俱不當意,遂以詩卷擲之江中,當非虚語也。

頻伽謂先大父嘗以顧升山蔬果畫册索題,上有樊榭《河傳》十八首。頻伽與尤二娱皆以《菩薩蠻》詞題之。曹種水亦用《河傳》調而止用一體,樊榭則一首用一體也。此册諒必寫作俱佳,惜余生也晚,不獲一見。先大父所著《讀畫吟評》,頻伽亦嘗寓目,采《題唐六如〈園林曉起圖〉》一首入《靈芬館詩話》中。

露筋祠詩甚多,自當以漁洋爲絶唱。頻伽嘗填平韵《滿江紅》題之。又集孟東野、王摩詰詩作楹聯云:"江淮君子水,山木女郎祠。"亦佳。

《靈芬館詩話》中載有沈玉遮惟樹詩,謂其人居海昌之硤石鎮,則爲吾里人無疑。然已無人能舉其姓氏,良可慨已。題方蘭坻《陡壑密林》及孫古樵《紅梅》二詩,余前輯《硤川續詩鈔》業已録入。此外尚有斷句,如《撫琴》云:"不知月已松梢挂,或有人從户外停。"《叠石》云:"空空便爲留雲地,落落應無入世心。"《觀棋》云:"聊復支頤消永晝,翻教袖手憶長安。"《瀹茗》云:"泉脉遠從松頂落,烟痕怕上鬢絲來。"《品香》云:"數卷殘書原耐久,平生一瓣本無多。"皆能於體物中有遠致,附識於此。

吾邑之以詩聞天下者,首推查他山太史,而書則推太史從子聲山宫詹,畫則推朱北山廣文,當時有"三山"之稱。吾友衎廬藏有廣文小像一幀,蓋廣文於衎廬爲族祖行。其像禹慎齋鴻臚所繪,上有長白定侯方伯朝琦及陳香泉太守題詩。陳亦吾邑之以書名者也。

前聞曹笑拈丈述孫歡伯司馬《咏卷篷》二語,已知其能詩,爲之擊節不已。今年司馬被議解組,有留别吾邑士民四首,悱惻纏綿,深得詩人怨而不怒之旨,亟爲録之。詩云:"奔走茭塘已十年(余於戊寅秋始履東防任),今朝且喜卸雙肩。莼鱸竟逐秋風願,梅鶴重尋舊日緣。空守芸編承世澤(少時以遭亂廢學),深慚藻鑒負茗賢。

(馬端湣公暨李小荃、楊石泉兩制軍撫浙時,皆以遠到相期,勖勉備至。)坐看歲月滔滔去,回首平生一惘然。""三權劇邑綰銅符,亂後編氓困未蘇。(歷署寧海、黄岩、鄞縣,皆繁缺也。)地闢鵝湖歌棫朴(黄岩舊有清獻、文達等書院,廢弛已久。余葺而新之。又創九峰書院,專課經學,購置書籍,優給膏火,俾士子肄業其中。同治庚午鄉試,獲雋九人,爲自來所未有),身探虎穴靖萑蒲。(黄岩土匪騷擾閭閻,余屢率兵勇,仿古人雕搜之法,入山剿捕,閲九月而始平。)千夫畚挶河渠志(黄岩河道自朱文公浚後久淤,余集款重開,民以爲便),萬里烟雲海國圖。(權鄞縣時,值日本有事臺灣,海防戒嚴。)心血一腔揮灑盡,旁人贏得笑胡盧。""叢集愆尤有百端,全軀猶荷聖恩寬。三吴地近還鄉易,百尺臺高避債難。(歷官卅年,賠累不貲,而以桂陽中丞勒賠歲修四萬餘金爲尤巨。)已悟浮榮皆幻境,轉疑蹇運累同官。(西防孫枬盟司馬同案被議。)早知墮甑終須破(余失意於桂陽中丞,將登白簡。時長白曉峰中丞爲方伯力言而止),神武何妨竟挂冠。""壘塊於今已盡消,好從斥鷃話逍遥。垂楊自是難留絮,修竹原非竟忌蕉。閉户且安閑歲月,抽帆猶怯舊風潮。諸君幸際承平會,努力青雲答聖朝。"

適郭氏姊仙蕊,幼時頗好吟咏,余時與唱和。賦于歸後,擱筆已廿餘年。近重理故業,得詩一帙,風格不減當初也。《病中述懷》云:"海棠疏雨下重簾,庭院深深鎖暮烟。愁裏不知春似海,病中愈覺晝如年。自憐鏡内容光减,難禁燈前涕泗漣。落落紅塵同一夢,幾時參透木樨禪?"《偶成》云:"千言萬語在心頭,欲説還兜事事休。腸細能容愁幾許,量寬不厭酒頻謀。人情可嘆如雲薄,世事堪憐似水浮。幸有窗前山色在,倚欄閑看頗清幽。"《冬夜》云:"連朝涷雨喜新晴,月透窗紗分外明。一樹報春花盡吐,蕭條時節獨敷榮。"又有《大兒赴宴未回·十六字令》詞云:"閑,燈火樓臺人未還。風摇竹,疑是叩銅環。"

西湖游覽之盛,宋時已然。《武林舊事》謂,游之次第,先南而後北,至午則盡入西泠橋里湖,其外幾無一舸矣。故周密詞有"看畫船、盡入西泠,閑却半湖春色"之句,馬臻詩則云:"畫船過午入西泠,人擁孤山陌上塵。應被弁陽摹寫盡,晚來閑却半湖春。”近來湖上增建左、蔣、劉三公祠及俞氏小曲園,鳳林、昭慶等寺亦以次興復。遇春秋佳日,畫橈櫛比,視前更甚。惟里湖、孤山一帶,荒穢不堪,人迹罕到,與《武林舊事》所云回异。何無好事者從而新之,亦可見人情喜新厭故也。

費生敬庵建寅以《桂窟聯吟集》見示,係吾邑陳半圭茂才敬璋館横山時,與其從父蕉崖孝達、從弟耕麓敬詒及張蓋夫步曾、犀谷步蟾昆季唱和之作。披誦一過,想見當日主賓之雅。詩亦多可誦。蕉崖《秋夜苦熱》云:“秋風驅不盡,餘熱又相煎。反側人誰寐,呻吟病獨纏。(時余得足疾。)小樓三尺簟,疏樹五更蟬。當此迢迢夜,愁深落月邊。”《大兒敬詒自梅里視余於横山,口占示之》云:“嗟余骨肉各風塵,异地趨庭見倍親。莫道團欒同玩月,倚閭尚有未眠人。”半圭《咏雁》云:“旅雁自北來,孤飛失其群。嗷嗷鳴不已,目斷萬里雲。朔風日凛冽,霜雪何糾紛。風霜縱多厲,詎敢辭辛勤。寄書達情愫,治田助耕耘。上虞□□雁,能爲人治田。(見《十三洲記》。)曉音復瘏口,致力徒殷勤。一朝被矰繳,憂心頓如焚。任意戕賊之,謂將酬厥勛。雁雁爾何愚,知己曾不聞。區區稻粱謀,猥瑣何足云。他鄉難久戀,去去歸榆枌。隱憂誰可訴,浩歌凌蒼雯。”犀谷《喜陳耕麓表兄見過》云:“桂香初動樹森森,寂寞空山聽足音。細雨來時芳草潤,輕風過處白雲深。一帆長水塘邊路,兩載横山嶺上心。(去歲見過,以未及登山爲恨。)况值中秋明月好,不須感昔勝於今。”《登横山》云:“門前山色向秋空,今夕叨陪興不窮。野氣蒼茫含薄霧,松濤澎湃助狂風。泠泠古寺傳疏磬,渺渺長天落斷鴻。海外層巒齊入望,參差幾點暮雲中。”其他斷句如半圭之《憶楚中消息》云:“夜雨旌旗迷鄂渚,秋風鐵笛唱伊涼。”耕麓之《登横山》云:“疾風先雨至,獨鳥破雲來。”蓋夫之《咏雁》云:“幾點傳來雲外信,數聲驚起客中愁。”亦工。續集有吾邑吴夢唐茂才玉輝詩,爲録《小横山紀游》五古三章。“天氣黯旁午,日色驕熹微。閣雨濕雲底,膠結不敢飛。游子蹩然喜,騰踔忘其疲。出門風搣搣,吹我青羅衣。兹行最奇崛,箕畢無能欺。”(其一)“西北見培塿,松與柏皆有。試較大横山,不及十之九。匪愛兹山好,四面眺岡阜。行行披榛莽,槃礴傾談久。昨游今亦游,聊以況二酉。”(其二)“嵐氣日夕昏,烟靄濛江村。松濤走天半,仙籟互吐吞。餓鴟呌白日,鼪鼯亡精魂。摩挲石馬脊,寂寞古墓門。臨風一愀愴,世事奚足論。”(其三)

桐鄉嚴笛舟刺史錀《鴛鴦湖棹歌》有“生涯衹合謀茭芡,多少東南未種田”之句,極爲學使吴和甫少宰師所賞,遂與拔萃科。蓋是時寇亂初平,田未開墾甚多,此二語固有事外遠致也。

佩甫曾爲余言,一夕夢至北郊,於酒寮中遇一豪華少年,挾二妓而飲,妓皆有殊色。見佩甫至,拉入座,操楚音曰:“聞君能詩,盍惠我一言乎?”佩甫即口占一聯:“春風緑院朝呼酒,明月紅樓夜擁花。”少年擊節稱賞,强之共飲,夢遂覺。

海鹽崔鞠人先生熙春,居横山之麓,與余母同族,秋谷茂才應榴之從子也。茂才邃於經義,文亦有法度。先生傳其家學,善屬文,有《逸在山人文稿》,藏衎廬處,余曾假讀一過。其自撰《生壙志銘》則云:“嘗之贛、之楚、之黔、之魯、之燕、之閩、之粤,而於浙東諸郡亦游歷殆遍。”宜其文俊拔奇偉,深得江山之助也。文後附詩一卷,五律如《夜泊牛渚》云:“江路秋風起,山城暝色侵。野烟横古渡,新月下東林。何處一聲笛,扁舟永夜心。謝公不可見,懷古此相尋。”《雲間客夜》云:“蕭蕭秋欲盡,旅館夜如何?斜月深窗得,清霜老樹多。人聲喧市鼓,風信冷殘荷。愁絶他鄉客,年年歲月過。”皆泠然而清、澹然而雋,不亞摩詰、襄陽。餘句如“林昏紅岫遠,風定碧雲低”“日落千山夕,湖涼五月秋”“數聲清唳聞孤鶴,一點殘燈夢故人”“遠山如畫時排闥,老樹臨流半礙船”,亦工。

表兄曹藍甫茂才景瀛,幼嗜古學,不屑爲舉子文字。中年後友人强之應試,以《飛來峰賦》受知於學使丹徒丁濂甫京卿紹周,入郡庠。平生有懶癖,故自號“懶夫”,并顔其所居之室曰“懶窟”。然於吟咏則不懶,詩卷甚富。余尤愛誦其“三五酒人集,一雙沙鳥來”二語,真所謂“文章本天成,妙手偶得之”也。

杜常《華清宫》詩:“行盡江南數十程,曉風殘月入華清。朝元閣上西風急，都入長楊作雨聲。”兩“風”字復，或改“曉風”作“曉乘”，亦未佳。楊升庵云：“上‘風’字乃‘星’字之誤。”當非虚語。

昔人詩云：“五月臨平山下路，藕花無數滿汀洲。”或謂藕花盛於六月，何不曰“六月”而曰“五月”？不知改“五”爲“六”，便不佳。此可爲知者道，難與俗人言也。余謂“藕”字亦妙，若説“荷花”，便不成詩矣。

蘭陔先生詩已見前卷。頃閲《海鹽志》，載有二句云：“童年燈火孤兒淚，老境齏鹽謫吏身。”筆意沉痛，令人不忍卒讀，真不愧作者也。

衡陽彭雪琴宫保玉麟，善畫梅。余過湖上，見其畫甚多，每畫必有題咏。粤寇之亂，宫保戰績甚偉。破九江時浪吟云：“十萬軍聲齊奏凱，彭郎奪得小姑回。”可稱巧不傷雅。

自來評杜詩者甚多。蔡夢弼集宋以前評杜者，號“千家注”，抉摘略盡。吾邑劉寓槎先生浚仿其意，取國朝諸名人評本，匯爲一編，付諸手民，凡十五家，顔曰“集評”。杜詩廣博淵奥，苦不易讀。得此使人心目豁然，可不與蔡本并傳於世乎？先生有自序，阮氏元、陳氏鴻壽、查氏揆、郭氏麟、錢氏沃臣亦俱有序。

湯瀛仙茂才學尹，爲吾里篤行君子，年未五十，以暴疾卒，士林惜之。余爲撰傳，并哭以七律二章。從弟山傭謂，次首中四句“奉己廉偏周物厚，待人恕却課徒嚴。偶逢飲酒眉方展，不爲開編口總緘”，可作茂才小傳讀。茂才詩不多作。憶咸豐辛酉冬至，余與家兄子通訪之。時寇盗充斥，茂才窮甚，以賣藥自給。是日話頗歡，各用杜韵賦詩而别。茂才押“灰”字韵極佳，惜事隔二十餘年，不能覆述，稿亦無從覓矣。

竹垞太史早年所刻《騰笑集》、《竹垞文類》世多見之，而《南車草》及《薇堂和章》流傳絶少。先大父得舊刻初印本，因重鋟諸板，以廣其傳。時在嘉慶戊寅，距太史初刻之在順治丁酉者，已百六十有二年矣。

陳韞璜孝廉德輝，館渟溪張氏最久。主人湘石上舍均夙號能詩，孝廉亦耽風雅，故日以韵語相唱酬。捷鄉闈時，年近周甲，不數載,以貧死,且無子。其《六十自壽》詩云:"六極祇除凶短折,四窮兼備獨孤鰥。"讀之可以知其況矣。

國朝以弈名者,爲施襄夏紹暗、范西屏世勛,越百餘年,復有陳子仙毓性。皆吾邑人,真佳話也。子仙家本素封,爲祝融所厄,貧無以生。其父往吴山賣弈,子仙從之游。見父與人弈,勢將敗,代下一子,輒轉而爲勝。是時子仙年僅六歲,人皆驚以爲神。及長,浪游四方,名公巨卿咸服其技,折節與之交。手談之外,能爲擘窠大字。間作小詩,亦有致,惜不自收拾,稿都散佚。憶曾出一對云:"寄寓客家,空守寒窗寂寞。"上皆從"宀"。余應之曰:"泛游江漢,漸添滄海凄涼。"旁皆從"氵"。子仙頗首肯。然究嫌牽强,不如出語之自然也。

梅里周篔、許箕并以能詩名。周好干謁公卿,而許則杜門不出,人以"熱周冷許"稱之。許嘗客吾硤,故《硤川續志》列入《寓賢》中。衎廬得其手書尺牘十餘通,字亦甚佳,不獨工於吟咏也。末有圖印,即"冷許"二字。

王益吾祭酒采先君所著《孟子音義考證》入《皇清經解續編》中,屬桐鄉姚永概、仁和邵順年同校,刻其名於卷尾。姚爲惜抱先生後人,少年績學。今科江南榜發,姚裒然居首。足見精金美玉,自有賞音也。余贈以詩云:"一編幸付棗梨新,誤字曾勞校勘頻。附驥君謙稱後輩,占鰲我喜告先人。才優莫怪成名早,世隔偏能結契真。他日摳衣來謁謝,扁舟好艤皖江濱。"

嘉定王西莊光禄鳴盛《蛾術編》謂,詩押重韵不成爲詩。吴江迮青崖廣文鶴壽歷舉《三百篇》及漢魏六朝、三唐詩之押重韵者以駁之,謂王所見太小。然詩押重韵,究屬昔人之疏,不足爲訓也。

邑先輩周松靄大令有《杜詩雙聲叠韵譜》,以出句雙聲對句叠韵者爲雙聲正格,出句叠韵對句雙聲者爲叠韵正格。此二種正格之外,又有雙聲同音通用格、叠韵平上去三聲通用格、雙聲借用格、叠韵借用格、雙聲廣通格、叠韵廣通格、雙聲對變格、叠韵對變格、散句不單用格、古詩四句内照應格,一一臚列。光禄甚欽佩之,謂古今評注杜詩者無慮數十家,曾無先覺。松靄獨抉其秘,誠律詩之奥窔特開，而杜老之精神愈出矣。

廣禄好評杜詩，如謂《奉贈韋左丞》詩"賦料揚雄敵，詩看子建親"二句，全是律詩句法，與通首體格不同；《游龍門奉先寺》詩純寫夜宿所見，非游也，當改題中"游"字爲"宿"字；《杜鵑行》詩全爲明皇而作；《秋興》詩"蓬萊宫闕對南山"與"雲移雉尾開宫扇"復"宫"字，上"宫"應改"城"，皆有卓識。惜劉寓槎先生《杜詩集評》中未載。余爲注於眉端，頗足補其闕也。

余初讀昌黎《石鼓歌》"羲之俗書趁姿媚"，疑右軍爲千古書聖，何以"俗"字貶之。及閲《蛾術編》云："羲之《十七帖》'縣'作'懸'、'麫'作'麵'、'著'作'着'、'疏'作'疎'、'采'作'採'，《蘭亭序》'莫'作'暮'、'領'作'嶺'，皆俗字。"乃知古人非輕於訾議也。然昌黎名愈，亦俗字，殆以己孤，故不更耳。

曩藏于辛伯茂才《一粟廬詩一稿》、《二稿》，俱爲人攫去。頃於梅里李氏購得之。《一稿》無弁言，僅刻黄霽青太守書及評語三則於首帙；《二稿》有繼振、秦光第、陸日愛諸序。詩學金風亭長，而參以漁洋，故神韵有絶佳者。余最愛其七絶一體。如《寄懷沈遠香苕上》云："苕溪浪碧勝若耶，風雨歸來小艇斜。日暮美人不得見，一湖秋水采蘋花。"《過烟雨樓》云："猶餘亭閣夕陽中，吊古還來繫短篷。荒翠頹紅春一段，畫圖閑殺蔣琴東。"（蔣霞竹丈工寫荒寒小景，時下世一年矣。）《病起題高宜圃丈〈寄閑草〉》云："惻惻新凉曉簟知，一天梅雨灑如絲。病餘長日無書遣，細讀高三十五詩。"《露坐》云："露坐三更暑漸消，微風拂拂夜迢迢。仰看凉月墮無影，屋角疏星一個摇。"《題方韵伯〈梅窗夜讀圖〉遺照》云："零落梅花舊日春，一窗圖史尚横陳。蛛絲網户蛩吟砌，滿地青苔不見人。"《題郭止亭〈寒香書屋勘印圖〉》云："漢家玉璽已飛烟，陵樹長安望渺然。剩有累累數方印，一齊清淚滴銅仙。"（其一）"名姓官私遠可徵，芝泥鈐出認猶能。夜深雙眼清如水，高點黄山雁足鐙。"（其二）《雨後》云："半年苦旱河全涸，水價愁同米價增。一雨心閑無别事，夕陽小閣看扳罾。"皆不失雅音。又有《蒲鞵船曲》一首極佳，足以唤醒夢夢。詩云："蒲鞵船，馬頭住。船娘一笑能值錢，不載行人走長路。湖作鍋子金可銷,細火夜爇罌粟膏。野鴛鴦戀野灘宿,一萬錢買春一宵。插旂打鼓成幫泊,醉柳眠花估客樂。日斜簾幕盡低垂,《水調》歌圓雜弦索。誰家年少紈綺郎,鷗鄉認作温柔鄉。黄金拋盡氣易短,夢回酒醒殊凄凉。五更風露船頭别,篷隙燈光紅未滅。空囊羞澀客衣單,蒲塘寒墮波心月。"

去年鄭州之災,千餘里皆爲澤國。今堵禦功未竟而河口又决,視去年更甚,國帑數百萬緡皆歸烏有。讀《一粟廬詩》"千夫畚鍤勞誰息,萬古澄清俟本難"二句,爲之慨然。

作拗體詩最難。《一粟廬詩》有《贈張叔未丈》七律一首云:"清儀一閣撑竹田,百城坐擁忘歲年。抱名山業大手筆,現壽者相龐眉仙。明誠金石自有録,襄陽耆舊殊足傳。别來時復憶顔色,春風杖履應陶然。"古奥之中又極自然,隨園所謂"此等詩若平仄一諧,便無味矣"。

余家廳事賃於厘局歷有年矣,有自署"更夫"題詩於壁云:"鴻雁高飛萬里塵,曾於廣漠挽弓頻。而今夢斷三山外,獨對殘燈惱煞人。"頗琅琅可誦,莫謂此中無人也。惜遲生數十載,未獲遇徐雪廬孝廉,不然亦當采入《錦囊集》中矣。

去年從苕溪書賈購《古梅溪館詩集》,中有拙詩一稿及余弟鏡自名紙,知爲梅里老友家棣花故物。身後蕭條,遺編盡散,可慨也!

家兄子通自淳安歸,携其主人臨湘李吟秋明府詩,卸篆時留别詞一册,名《青溪驪唱集》。詞用《滿江紅》調,和者紛紛。子通詞從未曾見,《驪唱集》中有和詞三闋。録其一云:"蓮幕久依,深佩服、滿懷明月。七載内、盡心撫字,憾無遺發。琴奏宓堂銷鼠雀,花栽潘縣閑蜂蝶。君請看、卧轍衆黎元,難爲别。　　青溪水,雙清澈。廉與讓,人争説。但守真抱樸,何妨遭刖。繩榻備叨前日下,萍踪此去何時歇。向東風、怕聽唱驪歌,休饒舌。"

梅里李氏,代有聞人,當時有前、後"三李"之稱。今之居漾葭灣者,尚不乏讀書種子,而工吟咏則推子范茂才承模。昨蒙贈詩云:"蔣詡今詩伯,才名噪妙年。買山曾有約,魁榜竟無緣。地本多風雅,天教作散仙。相思不相見,夢繞谷湖邊。"此四十字頗格老氣蒼,惟推許鄙人太過,殊不敢當耳。

竹垞居梅會里,去吾硤最近,而《曝書亭集》中從未述及兩山風景,甚爲不解。及閲其五世孫墨林所輯集外詩,有《將之越中,硤山道上留别曹大》一首,乃知先生非足迹未到,亦非無吟咏,殆以少作,故删去耳。

海鹽陳筠珊孝廉景高,爲我仲卿從父同年,有《緑蕉館詩》四卷。如《寄嘉興吴漱六表兄》云:"愁緒暗隨春草發,交情直過大江深。"《過石公居,贈張雲槎道人》云:"半榻茶烟醒鶴夢,一簾梅影度琴聲。"《乙未闈後述懷》云:"每因貧賤科名急,其奈文章遇合難。"《接家書後偶成》云:"懶極吟成詩句少,病深識得藥名多。"《登烟雨樓》云:"人於楊柳陰中坐,樽向鴛鴦湖畔開。"《七夕寄内》云:"往來身似春秋燕,起伏愁如早晚潮。"皆有晚唐風味。孝廉曾館吾里,故中有《硤石示徐生文藻》詩,即月樵明經也,後改名元鎏。

道光己酉,吾鄉大水,余時僅五齡,不甚記憶。先君賦五古一章,水勢之浩淼與民情之困苦描寫殆盡,洵可作監門畫、道州詩讀矣。今年秋雨暴漲,禾黍俱被淹没,視己酉年水僅差半尺,而花溪、桐木村一帶則過之。余亦賦五古一章,據事直書,無甚波折,不能步先人於萬一也。

苕溪書賈之能詩者,向推吴東白丈震金,有贈先大父七絶二章。今其曾孫潤卿名本銓者,頗有家風。《谷湖舟中遇大水》云:"秋漲滿前川,茫茫接遠天。推篷一以望,烟水浩無邊。洗盞酌新釀,焚香理舊編。欲歸歸未得,夢繞弁山巔。"

道光壬午秋八月,先大父偕王丈水村、張丈犀谷訪何書田明經其偉於青浦之簳山。明經款待甚殷。臨别贈先大父五古二章,其手稿至今猶在,余曾采入《誦芬録》中。殊不知當時王、張二丈,明經并有贈詩。頃閲《簳山草堂續稿》,始見之。明經以醫名吴越間,求診者踵接於門,宜若無暇吟詩。然嗜之篤,爲之亦彌勤。遇佳客至,必與之唱和,興盡乃罷。豈少陵所謂"詩癖"耶?

余九齡即好吟咏,時方學舉業,先君禁勿令作詩。一日見案頭有"半窗楊柳月,一枕海棠風"二語,頗首肯。適遇清明解館,遂以

“采茶”“斸笋”爲題,命余與同學諸子共作。余賦《采茶》詩,有“一掬碧螺春”句。先君謂此句可壓倒諸卷,以自畫瓜果扇獎賞,其餘則僅賞紙筆等物耳。

嚴滄浪以“别材”、“别趣”論詩,人多訾之。殊不知下云:“然非多讀書、多窮理,則不能極其至。”玩此二句,亦甚惡空疏一派,原非教人不讀書、不窮理也。

海鹽朱鏡香大令泰修,初爲蔚文書院山長。余有《不借》、《不律》二詩,頗蒙擊賞。嗣閲刺史楊公秋園吾邑觀風卷,以《李白〈上韓荆州書〉賦》拔置前茅。是故余冥冥中一知己。擬走謁之,而大令已主芙蓉城矣。著有《竹南精舍詩鈔》四卷,長於咏物,詩亦此類最多。生平服膺厲樊榭、胡書農兩先生,故其《六十述懷》詩有“願爇瓣香師往哲,以莊駢體太鴻詩”之句。楊公,名春池,無錫人。

香山生日,吾硤屢有宴會,會必有詩。考前人詩集,捨《靈芬館》外,不少概見。《竹南精舍詩鈔》中有五古一章云:“蘇垣多公廨,刺史署最古。黄假君故址,白太傅堂宇。太傅手栽檜,蔥郁蔽風雨。尚餘朽根株,蟄龍蟠老圃。讞局設閑園,冬冬聽官鼓。自嗟俗吏俗,簿書恒旁午。思賢溯淵源,懷古覽庭廡。垂老罷歸田,回頭慚治譜。紅白梅花開,啁嘈鳴翠羽。同人載酒來,蹲蹲起欲舞。瓣香奉吾公,詩才敢步武。今年春較早,獻歲頗和煦。醉吟祀先生,花香擬大庾。酒器持精鏐,談鋒逞松麈。搦管小詩吟,長慶姑摹撫。”詩極明暢,惟題作“五月十六日”,與“二十日”不符,殆大令誤憶耳。

海鹽顧衣山明經毓琳,爲六泉丈從兄。其祖贅於崔氏,故家鶴村。後明經遷居檇李。咸豐庚申,因避亂重歸鶴村老屋。時年已七十餘,談文猶娓娓不倦。余以課文就正,頗蒙許可,爲點竄數字。無何,以病卒,無子。明經長於制藝,詩不多作。偶閲金山吴厚齋敦宗《菊隱居遺草》,有明經題七古一篇,亟録於此,以存其梗概。詩云:“九峰三泖勢盤旋,山川鍾毓多名賢。雲間翹秀推二陸,延陵輝映相後先。先生家居長泖曲,白雲深處藏茅屋。山爲四壁樹爲門,此中俯仰有真樂。有時乘興暢遨游,一聲長嘯驚山猴。有時倒屐卧白石，夢回枕上漱清流。問公何所好？筆床酒盞及茶灶。問公何所從？樵兄漁弟偕山農。山水在眼杯在手，唾壺擊碎歌銅斗。徜徉笠澤松陵間，衆人皆醉公獨否。公具摘天斫地才，二十八宿胸中該。何不投筆出門去，揚鞭直上黄金臺。公乎公乎不可即，榮華富貴多磨滅。繪得裴王行樂圖，編成皮陸聯吟集。烟雲聚散真匆匆，鸞驂忽返蓬萊宫。黄公壚下一回首，杜鵑白日號悲風。賤子與公未識面，泉路茫茫不及見。讀公遺集知公心，敬奉南豐香一瓣。”同時避亂鶴村有孫樨村、畢又卓兩人，俱嘉興諸生。孫名康圻，畢名余已忘。聞其子孫皆零落，未知尚有隻字留於身後否，他日當訪之也。

余至武林，每欲游西湖，輒因渡船索值頗昂，爲之罷興，深恨此輩皆孳孳爲利，絶少雅人。乃閲仁和宋小茗廣文咸熙《思茗齋集》，則云：“有王四者，湖上長年，善酒，能爲小詩。予買其舟，輒不受值。曰：‘得一詩足矣。’”噫，若而人者，豈今所得見耶！宜廣文愛之、重之而以詩贈之也。詩曰：“段家橋邊春復春，笑余何事滯風塵。多情一舸遥相待，不載行人載酒人。”“爲官那得步兵厨，摇艇又來西子湖。十丈黄沙五更雪，輸君沉醉宿菰蒲。”“晴湖不若雨湖奇，祇恐蕭閑無酒貲。客不出城舟自放，緑蓑衣裏有新詩。”

廣文哭《顧菉崖丈》詩有“煎茶識落英”句，自注云：“丈曾采菊置茶鐺中，云即《離騷》之‘落英’。‘落’，始也，謂菊之始英者；他人解作落花，誤。”語頗新穎，從未經人道過。

余久思撰一門聯，苦難切當。偶閲安陸余元亭慶長詩，有句云：“知有小園屬開府，可能大樹號將軍。”竊嘆其工，擬倩人書之。蓋余家有小園，園中有古銀杏一本，高可十餘丈，此二句固不啻寫照也。或謂截去上二字，單書下五字更妙。

家伏羌令《留素堂詩文集》早已風行海内，别有《詩傳秘集》十卷，俱選唐人詩。其自序曰：“唐人選唐詩，如《國秀》、《英靈》、《間氣》、《極玄》，非一家矣。而明選諸刻，則《品匯》、《正聲》、《詩紀》、《詩所》、《詩歸》。雖繁簡不同，俱爲佳本。先是，余在羌中罷官留滯，别無書籍遣悶，偶於楊雲嶠郎中處借得杜少陵集，點抹評論，閲六七年而秘之笈中。嗣後歸田，復取李青蓮集，遍輯名家舊批，參以已見，始成李杜連璧。此一書者，非心快眼明人，不敢出而就正也。余今年七十又六，性不能止酒，更不能止詩。見從來選詩者，其所甲乙，與我意相符者，未得過半。爰搜初、盛、中、晚，計一百二十餘人。凡義合雅頌、風騷，固無或遺，而奇隱寒澀、尖新游戲，間采擇焉。此余欲以詩作下酒物，於千鍾百觚後，舞柘枝、歌烏烏，不問誰初盛、誰中晚時也。倘園客、幕賓、老婢、村童概讀之，得無回面咋舌乎？時康熙二十四年，歲在乙丑，孟夏四日，長水蔣薰丹崖氏題并書。"是書未經刊刻，故錢氏所修吾邑備志中失載。

國初梅里朱不爲性狂，蔡遠士性懶，人以"懶蔡""狂朱"目之。故遠士寄不爲詩有"我懶君狂俱是病，莫矜長處誤平生"之句。余擬以"懶蔡狂朱"對前所載"熱周冷許"。

邑先輩王水村先生以《擬東坡〈鐵拄杖〉》詩受知於阮文達公，入郡庠，人遂呼爲"鐵杖秀才"。近聞海鹽有吴某，困於小試，年逾四十，未青一衿。一日遇日者曰："子欲入泮，除非鐵樹開花。"吴某聞之悵然，誓不再應試。後友人强之入場，適值挨保廪生曰'張鐵花'。是年竟獲雋，乃知日者之言甚驗也。余謂，吴某可稱"鐵樹秀才"，與"鐵杖秀才"并傳爲佳話矣。

元刊朱淑真《斷腸集》，爲道古樓藏本，後歸先大父。黄蕘圃主政曾假讀之，跋云："松江友人沈綺雲，欲刻唐宋婦人詩四種爲一集。最後謀及《斷腸詩集》，所得如金轡庭、鮑渌飲、吴槎客三家本，皆傳鈔本而非刻本。意不欲梓，爲其非古本也。嘉禾友人戴松門爲余言，平湖錢夢廬藏有元刻，苦難借出，遂録副見示。識爲鄭元佐注本，前集十卷，後集僅四卷第二葉止。蓋與《百川書志》所載本同，而逸後集之半矣。惜缺序文并卷一前之兩葉半，通卷亦有闕文。故沈梓僅有唐之魚、薛，宋之楊後，朱淑真詩仍缺如也。今春海寧陳仲魚過訪，談及是書，雲硤石蔣君夢華亦有元刊注本，許爲我借書助勘。頃果以書畀余。竭一二日力，手校一過，乃知此與錢本同出一原。此稍有修補，故誤字特多。間有一二字此較勝於彼者，未知傳寫錯謬，抑錢本原誤。未見刻本，不敢臆斷也。然錢本缺失,時賴此補全,此爲勝於錢本之處。而此係修補之本,非特少後集,即前集卷中時有脱葉闕文,硬以煞尾卷數終之,此爲謬妄,非錢本又不足以正其誤也。余好爲古書分析原修面目,故敢於還書之日著其梗概如此,以質諸夢華先生,并以告仲魚之與余同嗜者。此書係寒中故物,未經後人點污,不敢代爲校改,惟識之卷尾餘紙。倘欲借錢本以補此本之不足,則余有副本在,不妨還假足之。如沈綺雲有意續雕,豈非四美具乎? 余且藉是以畢求古之願焉。"吴縣潘伯寅尚書祖蔭刻主政《士禮居題跋》四卷,搜羅甚廣,而是篇獨無,殆未寓目耳。

以歐陽公《生查子》詞爲朱淑真作,千古冤之。乃張筱峰丈《緑雪館論詞絶句》則曰:"人約黄昏月上時,去年元夜奈相思。春風腸斷朱娘句,傳誦偏訛六一詞。"竟以爲朱作。張丈集中論古俱有卓識,而是詩猶不免臆斷,足見下筆之難也。

表兄馬漚生參軍桂齡,久客秦中。歸時一貧如洗,而吟咏之興不衰。尤工小楷,奄有晋人風格。年甫四十,遽歸道山。先君悼以詩云:"詩好準搜千百首,書工追配十三行。"蓋紀實也。參軍有《更展芭蕉夏學書圖》,爲吴江翁小海雒所畫,題咏甚多,吾里若吴榕園、祝南筠、許心如諸先生俱有詩。是圖舊藏顧淥挹茂才以釗處,今已歸其從弟淥吟貳尹家驥。先君詞不多見,卷中有題《清平樂》一闋云:"芭蕉展暮,消夏宜園圃。餘事研精書畫譜,簾外霎時疏雨。　歧連踏遍山青,歸隨鹿夢忪惺。不有道州刺史,緑天誰更書銘。"敬誦一過,如見依闌手拍時也。

海鹽張西涯茂才福謙精於醫,其從子綺石茂才心言精於堪輿,兩人皆居横山,故當時有"横山兩絶技"之稱。今年春,余送郡試之武林,於冷攤上購得綺石茂才所著《地理辨正疏》,惜祇《天玉》、《寶照》兩經,非完善之本。同時又購得禹航周雪蒼之麟、仁和柴錦川升合選《宋四家詩》、綿川李墨莊鼎元《使琉球記》、毗陵邵子湘長蘅《青門簏稿》、甬上徐秋生畹《秋叟詩懷》數種,俱缺;惟紀文達《唐人試律説》一册全。西涯茂才晚年遷於吾硤,其子沁梅茂才森書工詩,有《借薇山館詩》一卷,刊入《谷湖聯吟》中。佳句如"雲歸拖雨脚,溪涸露山根”“薄陰成細雨,小草作孤花”“雨花黏舞蝶,風樹截鳴蟬”“凉吹禿群樹,夕陽荒亂山”“夜伴愁并永,秋與病同深”,爲時傳誦。

吾邑老輩之能詩者,惟曹笑拈丈尚存,不啻魯靈光殿矣。今年館於武林,無疾而終,聞之不勝感悼。因憶吾友藍甫歿於今年二月,二人俱姓曹,俱工吟咏,竟相繼徂謝。豈石曼卿“芙蓉城主必擇子建後人爲替人”耶?吁!可慨已。

古來選詩,每以閨秀置之寓賢之下、方外之上,殊乖大雅。畢秋帆制軍選《吴會英才集》,數不及十人,乃取孫淵如觀察配王采薇以足之,寓才難之意,尤自來所罕聞。而隨園則欲仿《關雎》體例,以閨秀詩列卷首,又不免矯枉太過也。惟吾邑吴兔床明經專選閨秀詩爲一集,名《海昌麗則》,最爲得體。

今年春二月,佩甫來硤,以其叔祖維園先生建及其室縵華夫人華詩各一册見示,皆佩甫所新刻者。余受而讀之。維園先生詩,如《梅花》云:“萬籟此俱寂,悠然調素琴。半林殘雪擁,一塢冷雲深。澹月美人夢,空山高士心。相思春渺渺,何處覓知音?”《與澹於話别》云:“小閣夜同坐,清談領妙香。湖光摇月白,露氣逼衣凉。新結鷺鷗侶,高歌雲水鄉。明朝分袂去,離思又茫茫。”《碧浪湖》云:“碧浪渺無際,遥天開晚晴。風鴉隨葉落,烟鷺掠波明。樹老得古趣,山高無俗情。蕭蕭蘆葦外,小艇一竿横。”《雲栖道中》云:“重重石徑蒼烟外,曲曲溪橋流水間。馬上不嫌歸路晚,據鞍飽看夕陽山。”《午睡》云:“柴門雖設不常開,斗室蕭閑絶點埃。一枕北窗初睡覺,雨聲隔竹送秋來。”皆清絶不染一塵。葛隱耕孝廉序謂其詩“有性靈,有格律。其秀麗處,如泛舟苕霅,風日清華;其縝密處,如亂山喬木,濃翠欲滴;其淡遠處,如疏林落葉,白雲在空;其蒼勁處,如幽澗孤松,歲寒獨立”,非虚語也。縵華詩最工七絶,如《横塘》云:“横塘曾記泛疏篷,霽影初開眼界空。湖水無波清徹底,一痕浸濕夕陽紅。”《綉球花同外作》云:“重重花影壓闌干,蝴蝶飛來滚作團。如翦春風能弄巧,細雕碎月與人看。”《滬瀆吟》云:“撲面塵沙捲海風,吴淞潮落景空濛。女夷試騁桃花馬,斜日樓臺一簇紅。”皆戛戛獨造,不肯人云亦云。縵華姓袁氏,錢塘人,生長山水之鄉,得靈秀氣最多。自歸佩甫，又日以韵語相切劘，故能所造如此。乃福慧難兼，笙鶴遽召，聞殁之年僅三十有四，宜佩甫過時猶悲也。

徐江庵濤嘗謂頻伽曰：“詩之爲道，一縱一横。在唐則青蓮爲横，工部爲縱；昌黎爲横，東野爲縱。後如歐陽永叔、蘇眉山、陸放翁，横之類也；梅聖俞、黄山谷、陳無己，縱之類也。”以“縱”、“横”二字論詩，極新。頻伽亦以爲然，載入《樗園消夏録》中。

子通爲其子娶婦，撰句自賀云：“從今粗了婚嫁願，此後常爲痴聾翁。”頗能用古如己出。然唐代宗謂郭汾陽曰：“不痴不聾，不作阿家翁。”“家”當作“姑”讀，猶言翁姑也。今人作“阿家翁”，實誤。

余幼時，壬叔先生以“蝴蝶花開蝴蝶飛”命對，余應之曰：“鴛鴦草長鴛鴦宿。”先生以爲工，而惜其不典。兹閲《墨莊漫録》云：“忍冬藤一名鴛鴦草，可治蕈毒。”則前余所對之“鴛鴦草”正非杜撰矣。

昔人言中秋陰晴，四海皆同。然余去年家居，中秋之夕，月色皎然；而芍兒自虎林應試歸，云是夜闈中大雨。路隔百餘里，已不同如此，深疑古語之誑。及閲《樗園消夏録》，亦云兩次中秋，彼此陰晴互异。可知非余一人所見然也。東坡謂有海舶以陰晴驗珠之多寡者，亦誤信其言矣。

詩貴翻案。吊死，哀事也，而季開生《送左大來先生葬》詩則云：“黄泉翻羡故人多。”摇落，當怨也，而吴嘉紀《落葉》詩則云：“何須怨摇落，多事是春風。”浣衣，婦職也，而董以寧《閨怨》詩則云：“留得當時臨别淚，經年不忍浣衣裳。”望夫，宜哭也，而毛先舒《裁衣曲》則云：“莫使衣上沾猩紅，君見淚痕不肯著。”報國，非官不可也，而王項齡《送李天生歸養》詩則云：“大儒報國豈須官。”遠客，宜嗟也，而李良年《憶方虎客宛温》詩則云：“不敢更嗟鄉國遠，有人還在萬峰西。”征夫，無不憶家者也，而陳學洙《送友南還》詩則云：“故園兄弟如相問，衹道征夫不憶家。”楊妃，唐之禍水也，而黄庭《馬嵬》詩則云：“蒙塵莫漫尤傾國，猶剩唐家土半丘。”“楓落吴江冷”，崔信明壓卷詩也，而沈樹本《贈王載揚》詩則云：“誰知‘楓落吴江冷’，未是崔郎壓卷詩。”劉伯倫，以醉得名者也，而葉肇梓《懷古》詩則云：“利名役役真成醉，衹有先生是獨醒。”元宵，宜樂也，而汪俊元《憶家》詩則云:“别離人度團欒節,白髮紅顔各斷腸。”斷炊,可慮也,而畢著《村居》詩則云:“明日斷炊何必慮,且携鴉嘴種梅花。”愛子,恒情也,而邵長蘅《哭亡兒士騄》詩則云:“過愛翻成薄,求全屢受笞。”古人此類甚多,略舉一二,以爲學詩者式。

“天遣不同韓富没,姓名留冠黨人碑”,王漁洋《謁文忠烈公祠》詩也。沈歸愚宗伯以黨人碑中當推司馬光第一,文彦博次之,易“冠”爲“重”;“丹楓江冷人初去,黄葉聲多酒不辭”,崔不雕滸墅《舟中》詩也,宗伯以“丹楓”“黄葉”合掌,易“丹楓”爲“白蘋”,足見老輩詩律之細。惟以蜀中距滇無萬里,易鈕稼仙《題黄夫人寄升庵詩》“萬里夢生還”句爲“兩地夢生還”,論似太拘,遠不如原句之佳也。

桑葉非白也,柳花無香也。然古語云:“杏花盛,桑葉白。”李太白詩云:“風吹柳花滿店香。”偏説“白”説“香”。柴虎臣“春陰桑葉白,日暖柳花香”,即本此。

張銘齋師嘗評余《懷子安兄》詩曰:“至性至情,是作者獨到處。”評余先姑母《〈得月樓詩〉序》及先伯父《〈余事學詩樓詩〉序》曰:“震川、望溪叙述先世舊事,每令人欷歔欲絶,文頗似之。性情爲文字根本,具此真摯,所造殆未可量。”師好獎借後進,然卒無以副其言,殊可愧也。

花溪張鐵庵丈濤,爲筱華觀察之再從叔。隱於市廛,而吟咏之聲不輟,頗有梅里周青士之風。觀察爲刻其《補讀樓詩》六卷。七古清辯滔滔,頗近太白,亦有學昌谷者。近體如《登觀音山》云:“水空山在鏡,谷應寺鳴鐘。”《游卧空寺遇雨》云:“嵐光經雨活,松影入苔渾。”《懷黄鞍村》云:“黄山谷後真名士,淡水村中老布衣。”《春草》云:“十里輕風歸燕子,半堤疏雨送王孫。”《哭祝吟廬》云:“烟雲横掃胸中竹,韜略雄談紙上兵。”皆工。詩後附文四篇、雜談數則,頗多見道之言。

歸安沈仲復中丞秉成,續娶桐鄉嚴芝僧太史辰之妹,合巹時適寓吾硤。故太史和其《定情》詩,有“雙山他日傳佳話,僑寓神仙眷屬來”之句。

從弟澤山學溥,登光緒乙亥賢書。後以勞績保舉知縣,需次廣東,極爲張制軍所器重,屢得優差。今春因病請假旋里,不數日即卒,士林惜之。有詩一卷,俱蠅頭草書。《詁經精舍謁俞曲園師不值》云:“不見俞夫子,湖濱躅躑行。藤枯盤古岸,雲重壓頹城。秋樹半林秃,晚山一角晴。渾忘歸路遠,催棹有鐘聲。”《夜讀六伯父遺稿感賦》云:“寒月朦朧挂樹叉,沉吟争向卷中詩。才雄一輩原無匹,名許千秋定不賒。憔悴暮年惟愛酒,紛披老筆自生花。天何此酷催公去,倉卒難求句漏沙。”《雲間海石堂即事》云:“一笑雲間偶作賓,閉簾無那易愁侵。肯彈肘後馮暖鋏,已罄囊中陸賈金。攬鏡自憐游子影,鈔書聊慰故人心。時録王仲瞿文寄芩年。琉璃窗格清如洗,風定星稀月在林。”餘句如《海上喜晤馬蟾西表侄,即題其稿》云:“醉後書疑雙管下,客中愁衹一燈知。”《呈嚴伯雅先生》云:“得逢提挈庸非幸,敢怨文章總厄秋。”《懷姚子佛客杭》云:“書卷亂堆抽讀易,湖山太好作詩難。”《留春》云:“肯携灞岸臨歧酒,願歇闍黎向曉鐘。”《呈薛桑根先生》云:“晋容謝傅閑携妓,蜀望文翁再剖符。”《題李黻堂中丞〈寄懷彭雪琴〉詩後》云:“將相天教聚南嶽,神仙家合住西湖。”《題迎翠軒》云:“濕陰濃護千絲柳,秋意新生萬柄荷。”亦佳。

澤山《賀海鹽吴仲珏明經文珪新婚》詩有句云:“飛瓊從此人間住,也擅君家寫韵才。”頗典切。蓋仲珏夫人以許姓而適於吴者也。

人有佳句,每苦不自知,故編輯不免弃取失當。劉公嘗有一絶句,極爲漁洋所賞,而自定其集遺之。漁洋問:“此詩何以不存?”公笑謝曰:“賴兄爲我作行秘書。”

余和友人《吊許萸坪先生墓》詩有“恨我生偏爲後輩,憐公死尚葬他鄉”之句,自謂押“鄉”字頗峭。而壬伯語余曰:“許先生亦吾邑人,算不得他鄉。”余當時雖與强辨,過後思之,未嘗非詩病,將來編纂拙集,此首宜弃之。

曩余與壬伯輯《硤川詩續鈔》,李壬叔丈自都中來書亟稱之,舉顧俠君選元詩,夢白衣冠數輩來謝故事以相勖。今丈已下世數載矣,重展舊札,不能無感於知己之亡也,爲惘然者久之。

《漁洋詩話》中載:李東白,京山人,隱於衣工。蕭中素,華亭人,隱於木工,皆能詩。又有負擔者曰崔金友,每過市口,吟哦不絕。黄九烟客嘉善遇之,愛其能詩,遂與定交。竊嘆古來如此輩者甚多,惜無操當代文柄若王、黄二公者爲之識拔,卒與草木同腐耳。

曲阜桂未谷大令馥得舊刻"山谷詩孫"印章,舉以贈黄仲則,謂非黄姓不能用。余近好填詞,仿其意,屬門人方澹言鞠鎸一小印曰"竹山詞孫"。蓋竹山固南宋一詞家,而又吾蔣氏長短句之鼻祖也。

余題從弟溉根學培小影有"義田置千頃"句,弟以其數太多議之。余謂"頃"字古雖作百畝解,詩中亦可不拘,不然蘇詩何以曰"二頃田應爲鶴謀"耶?然此句卒改去。恐世間論詩如弟者正復不少。

朱日觀山人爾邁有女名芬,適吾家配京明經世昌。工詩,每脱稿,呈其父。父必令妾沈書之,蓋沈專精楷法。錦箋流播,時稱閨閣雙璧。查學士嗣瑮《和日觀山人〈逼除〉四章》有"嬌女詩成愛妾書"之句,真佳話也。

嘉興張某有女,性極閑雅,兼工詞翰。適同里夏某,不得於其舅,凌虐萬狀。女飲恨吞聲,思惟勉其夫讀書,以冀上達。無如其夫好作狎邪游,不肯潜心典籍。女雖再三勸導,終不悛,或反遭其詬詈。女乃憤甚,乘夫醉卧,潜赴天妃宫前荷花池而死。比夫覺,呼人拯救,氣已絶矣。視其懷中有《絶命詞》八章云:"媧皇未補有情天,何必紅絲一綫牽。誤煞三生頑石訂,好姻緣是惡姻緣?""鈿盒金釵密誓深,齊眉舉案本初心。紅顔未老恩先斷,長使空閨淚滿襟。""鬼蜮爲災暗箭多,無端古井起風波。祇因孽障情魔重,漫怪周家二太婆。""獟聲狺語耳頻施,翻道妻孥賦性痴。讀到《關雎》鐘鼓什,那禁雙淚落絲絲。""伶仃嬌小尚提扶,誰復看同掌中珠?料得三更殘夢醒,凄風苦雨哭孤雛。""回看深閨倍黯然,凄涼舊事竟如烟。可憐水上珠沉後,夜夜魂猶泣杜鵑。""徘徊臨水自凝神,瘦靨愁眉認不真。况是落梅殘雪裏,可憐憔悴十分春。""大抵存仁總殺身,此心何必幾逡逡。拚將一死酬夫子,猶剩痴魂到九垠。"蓋其志早决,故忍而爲此。嗚呼!自古紅顔,每多薄命,若張女者,所遭尤酷,非《詩》所謂"遇人不淑"耶?

震澤王夢薇少府廷鼎,以宰倅需次吾浙,遂家於杭。才高學邃,極爲德清俞曲園太史樾所器重,稱入室弟子。余訪倪倬雲明經鍾祥於戴園,曾一遇之。别後十餘年矣。聞人誦其《赴浙》詩云:"晴秋激新寒,徹曉霜未歇。袛下征人鞍,莫上慈親髮。"未嘗不嘆爲工絶,而以未見全稿爲憾。頃忽以所著《紫薇花館集》見寄,余竭數日力讀之。五言如"饞猿窺果熟,病鶴耐糧空""雲牽危石墮,濤挾暗沙奔""雲開鷹翮健,風細鴿鈴圓",七言如"未能諧俗難雲達,但免干人不礙貧""亂餘青草黏天遠,貧到黄粱隔宿無""鷺覷船空争拍岸,牛欺童小自歸村""花課懶遭香國譴,愁城堅與酒兵持""十年浪迹雙輪敝,八口生涯一硯支""春色亂餘偏覺麗,名心親在未全灰""寒欺酒骨眠難穩,愁擁詩腸句不新""雲勢欲拖雙塔去,雨聲陡合四山來",皆不拾人牙慧,令人味之無盡。少府深於經學、小學,旁及琴書醫畫,靡所不工。即以詩論,亦不在唐之摩詰、甫里,宋之石湖、放翁下也。

海鹽顧半村、嘉興姚眷庭兩丈俱工吟咏。顧著有《半村詩稿》四卷,而新修《嘉興府志》及《海鹽縣志》皆失載。姚著有《木石居詩草》一卷,而新修《梅里志》亦失載,足見纂輯之難。余擬取潘氏廷璋《硤川志略》、王氏德浩《硤川續志》及近時所聞見者,薈萃成一編。覩於此,則滋懼矣。《梅里志・著述門》無竹垞《南車草》、《薇堂和章》,柳東《十三經詁答問》,尤疏。朱、馮爲梅里第一流人物,且闕略如此,尚何論乎他耶!

長白六橋三多,夢薇門下士也。工詩詞,善琴畫,曾介夢薇以其所著《可園詩鈔》見質。先有德清俞曲園太史樾及夢薇兩序。俞極賞其《春日偶成》云:"移枕簟來花好處,倚闌干趁月明時。"《咏落葉》云:"鶴爪黏來干有韵,馬蹄踏處滑無香。"謂此二聯足與香山、放翁抗衡,洵非虚語也。余亦爲題數語,比之成容若、夢文子、法時帆、鐵冶亭諸先生云。

緑萼仙館詩譚

江蕉心 撰

《緑萼仙館詩譚》，一九一五年連載於《小説海》第一卷，共三期，作者江蕉心。

《小説海》，一九一五年一月，創刊於上海，由黄山民編輯，一九一七年十二月停刊，共出三卷三十六號。《小説海》，以刊載小説爲主，多反映現實之作；也設有"雜俎"欄目，内有筆記、詩詞、文賦、游記、傳記、彈詞、傳奇、新劇等分欄目，另有插畫欄，刊登世界名勝圖片。撰稿人有許指嚴、王蘊章、程小青、徐卓呆、包天笑、章士釗、程瞻廬、李涵秋等，由中國圖書公司發行。

《緑萼仙館詩譚》以詩記言，多涉清末江蘇詩人群體創作，以保存和弘揚鄉邦文學爲主。

詩用叠字，《三百篇》中每下字鏗然，實爲顛撲不破。如雎鳩曰"關關"，雁鳴曰"嗈嗈"，黄鳥曰"交交"。鷄鳴曰"膠膠"，鹿鳴曰"呦呦"，馬鳴曰"蕭蕭"，蟲鳴曰"交交"，體物審音，各不相假。倘謂鳩曰"膠膠"，雁曰"關關"，鳥曰"交交"，鷄曰"嗈嗈"，則斷乎不可矣。謂鹿曰"蕭蕭"，馬曰"呦呦"，則愈不可矣。且楊柳曰"依依"，桃華曰"灼灼"，松柏曰"丸丸"，棫樸曰"芃芃"，卉木曰"萋萋"，亦確切不移。狀人之氣質，"穆穆"非天子不可，"皇皇"非諸侯不可，"濟濟"非多士不可，"厭厭"非良人不可；他若"草草"爲勞人，"悠悠"爲行路，"佌佌"“蔌蔌"實形猥瑣之子，"施施"“切切"是爲讒慝之夫，人難匿影,物無遁形。千古文章,周已郁郁,後世以類充之,則“腷腷”“膊膊”“磊磊”“落落”“凄凄”“切切”“纖纖”“團團”諸叠字矣。司空表聖《詩品》曰:“采采流水,蓬蓬遠春。”“蓬蓬”二字,加於“遠春”之上,是有可解、不可解之妙。會心人共領之,則知古人叠字多非妄下也。

文人習爲辭章,不能詩者無論已,即善詩者,亦不過完其本分,非罕事也。若武臣壯夫,素不習此,而隨口歌謳,有如天授。如六朝沈慶之《上逼成》詩曰:“朽老筋力盡,徒走還高岡。辭榮此聖世,何愧張子房。”曹景宗奉敕成詩云:“去時女兒悲,歸來笳鼓競。借問行路人,何如霍去病?”陳、曹兩詩動合天籟,而結意亦不謀而合。彼文士之弄柔翰,必務鋪排點綴,何如此之磊落耶!

白香山《琵琶行》自“轉軸撥弦三兩聲”,下已曲寫琵琶聲調,至“水泉冷澀弦凝絶,凝絶不通聲漸歇。”則一曲畢矣。下曰:“别有幽愁怨恨生,此時無聲勝有聲。”則含情不盡,當以無聲之聲了之,何以下有“銀瓶乍破水漿迸,鐵騎突出刀鎗鳴”四句也,此一疑義。又云:“嘈嘈切切錯雜彈,大珠小珠落玉盤。間關鶯語花底滑,幽咽流泉水下灘。”此蓋寫琵琶之或疾或徐,俱成曲調。“間關鶯語”下,應下一“滑”字。而“幽咽流泉”下,宜有許多曲折停頓,不得遽曰“下灘”矣,此亦一疑義。或曰:古善本《香山集》“無聲勝有聲”句,“勝”字乃“復”字也;“幽咽流泉水下灘”句,“灘”字乃“難”字也。細思“復”字“難”字近似,而“難”字尤覺語妙。

長洲宋于庭先生翔鳳爲莊存與之外孫,曾歷任湘中山右縣令,與先曾祖蓉湖公以詩酒周旋,時相過從。先生以《春秋公羊》聲於時,學有淵源,詩亦清超絶俗,著有《憶山堂詩》。《清風店歌》云:“清風店裏風意清,明月店前月色明。關山游子有昔恨,琵琶女兒多怨聲。滹沱河上一聲雁,兩夕相思渾不斷。三千里外江上亭,垂楊葉老秋風汀。”《天下大師墓》云:“去國烽烟裏,安身雲幾重。傳疑真此事,吊古有遺踪。寒色聞啼鳥,空山唯暮鐘。野人膜拜處,枯寂識真容。”《題夏慈仲詩兼志别》云:“題遍隋堤柳,居然弱冠年。風懷成醉後,花事溢春前。送我烟中樹,思君江上船。琳琅携一卷，盡日咏愁邊。"《留别屠琴塢》云："朝來一色凍痕消，客思無端入畫橈。欲問春潮添幾尺，難忘樽酒已連宵。鶯花記得江干樹，風雨歸來市上簫。他日吴趨仙舫住，可能乘興訪皋橋。"《題虚舟叔本事詩後》云："女兒十五工彈筝，弦高柱急多怨聲。船頭船尾鎮相見，桃葉桃根詞未明。青春燈下數番曲，碧玉樽前無限情。酒酣説劍何足教，但願守紅過一生。"《留别雲九》云："古人壯游稱萬里，我視萬里猶過之。握手别君已脉脉，出門驅馬方遲遲。皋蘭城郭愁獨往，燕臺歌曲增相思。緑楊可使綰成結，衹有離懷不自持。"《過滹沱河》云："清濟清漳接濁河，秋風今又過滹沱。圖經故道誰能按，溝洫新猷事若何。記得曾攀岸傍柳，可憐無定水中波。欲尋麥飯蕪蔞路，衹恐塵沙撲面多。"《贈陸介堂納妾》云："經旬味氣挹芝蘭，紅袖香添詎興闌。别有情懷千種在，最知憐惜十分難。繁欽先向詩中定，公幹須容座上看。大婦流黄中婦瑟，好圍金屋種檀欒。"觀此，可知先生詩筆之清。其他可摘之句，如《寇萊公故里》云："此日有人尋巷陌，當年無地起樓臺。"《坐二把手車》云："共羡如龍挽流水，却同陽虎寢葱靈。"《呈洪桐生先生》云："法例公羊顔氏學，詞章司馬漢朝文。"其吐屬之典雅流麗可見。

先曾祖蓉湖公，字仲玉，諱瓚少，從洪北江先生游，著有《蓉湖詩鈔》，北江激賞之。伯曾祖筠門公，諱璨，亦工詩，年廿九而卒，著有《筠門詩草》，北江爲之序，以李觀爲比。二公傳略，俱見《安徽省志·文苑》。

丹徒張猗谷明經崇蘭，詩境以幽潔勝，著有《中聲》、《粗才》二集，門人戴小農啓賓刊之詳者，謂爲鼓潛氣以内轉，任音韵之自流，讀者有興觀群怨之思，信然。《喜趙星甫留飲》云："百里華陽路，離愁那可論。春風江上雨，相見一開樽。鬢髮隨年改，情懷對酒温。匆匆憐去住，能共幾晨昏?"《早春雨中登焦山》云："江色暗將夕，雨中人唤船。濕雲低着樹，春水遠粘天。烟艇輕能渡，山鐘瞑欲傳。勝游聊此地，何必問斜川。"《新霽北固山樓同星甫、月樵作》云："江上四面擁樓臺，烟景蒼茫夕照開。游屐每逢新霽出，故人恰共好春來。登臨興廢懷前古，賦咏篇章屬上才。點筆石欄頻絶倒，晚風吹髩坐莓苔。”一氣渾成,絶似唐人興到之作。其他佳句如《小除日集孝叔齋中》云:“尊前今日酒,歲暮幾人間。”《贈汪蘭山》云:“薄宦貧非病,生兒晚更佳。”《十硯齋納凉》云:“藻亂痕牽艇,蕉深色染杯。”《北固山房》云:“雲水秋同浄,烟山夕易重。”《補竹》云:“受日無餘隙,摇風共一音。”《禿筆》云:“寸心易向名塲盡,鋭氣多從故紙銷。”《寄懷馮玉英》云:“心折陳登湖海士,目無黄祖斗筲人。”《辛卯客金陵,大水初退》云:“千家賣瓦臨官道,幾處牽罾趁夕暉。”《十硯齋》云:“市聲遠似山居静,人意閒如夏日長。”《感事》云:“通市暫容來赤縣,弭兵原屬爲蒼生。”《雪後集鄰林齋中》云:“詩興漸因垂暮減,酒懷猶爲峭寒開。”《送窮》云:“莫怨途長當日暮,本來利盡合交疏。”《餞别陶静涵歸虞山》云:“檐際秋風吹鬢短,座中温語感心微。”

丹徒施子頎峻,自號信天翁,性貞介,好學不倦。中年客汶陽,所得館穀資菽水外盡以贖書。喜吟咏,詩筆清超絶俗,平生所著不下數千首,兩燬於火。晚年殊不多作,年九十,其友人始集所存者刊之,名《雲樵詩剩》,僅十之一二耳。《寄懷那晋亭》云:“有夢隨風去,飄然渡水雲。戴公山下路,一笑忽逢君。正值梅花發,南枝春幾分。明明携手處,不似久離群。”《途見雁》云:“客子同征雁,飄零總不堪。念他離塞北,先我到江南。雲水家何在,風塵味已諳。天涯多倦羽,那得夢沈酣。”《送伯兄之虎阜》云:“依人原末路,况復是離群。客子踪難定,河梁手易分。此游須數月,而我亦孤雲。幸有丹青玅,應知勝賣文。”均一氣旋折,近盛唐風格。《野望》云:“惆悵將軍鎮海營,而無一半是荒城。鵶偎老樹全無色,馬踏寒塘驟有聲。地僻堪容吾輩隱,山頹亦改舊時名。許多陳迹憑誰問,獨對斜陽百感生。”其斷句如《丁卯橋》云:“地偏多水竹,風古半樵漁。”《望焦山》云:“漁艇多依樹,僧居半是栖。”《韓侯釣臺》云:“既是歸真主,何須乞假王。”《思鄉》云:“有酒心先醉,無家夢亦歸。”《别嶺樓看雨》云:“兩岸烟雲迷樹色,一樓風雨助江聲。”《明妃》云:“但願六宫承雨露,何辭萬里冒風沙。”均佳。又七絶如《春游》云:“城東處處足勾留,可奈風光却似秋。一霎唤晴仍唤雨,最無憑準是啼鳩。”

《雜興》云:“籬邊花事也相關,老去身心太覺閑。自是城居邱壑少,翛然閉户即深山。”尤清妙可誦。茂才不妻無子,晚况殊蕭瑟,恃舊好存問,以延暮景,嘗曰:“以到處可埋之身,恨無伯倫之鍤。”詩人之厄,亦可悲矣。

金陵林章甫鄉解端,詩境如秋山弄姿,愈平遠而蘊藉愈甚,惜爲文名所掩,人鮮知者。《喜晴》云:“晴光耀窗紙,猶滯昨宵寒。雨霽日方永,花遲春轉寬。何曾山色换,衹覺鳥聲歡。欲覓尋芳侣,沈吟一倚欄。”《辛亥守歲》云:“已分長貧賤,痴情或壽康。才疏間是福,老近懶非狂。眼界尋詩闊,花沁入夢香。濠梁莊惠在,相約語荒唐。”《下第南歸》云:“櫻桃粒粒樹紅酣,尺五鰣魚上竹籃。湖影漸寬山漸好,馬頭風軟入江南。”置《漁洋集》中,幾不能辨。他如《夏日書懷》云:“安眠詩入夢,謝客懶知名。”《書懷》云:“自憐臣朔饑難忍,未必君平卜盡虚。持論似難尋我輩,循名不易稱書生。”《贈丁明府》云:“七品頭銜千里夢,入山風趣較何如?”《泰山》云:“七十二家封禪渺,相如原不是仙才。”《題六如居士小像》云:“傷心身後求遺稿,不入詩家入畫家。”又《聽雨》云:“回黄轉緑意如何,草草春光一半過。是有心人聽不得,惜花意少惜春多。”亦清妙可誦。林與周還之廣文葆濂,爲吟社莫逆交。殁後,廣文題其遺集云:“一字珠零一淚零,舊游回首感晨星。山陽秋思濃於酒,風笛聲聲未忍聽。如此清才付草萊,天涯惆悵一編開。招魂抵作《離騷》讀,紙上英靈倏往來。”文情相生,令人增文字因緣之重。

友人傳鈔之《新柳詩》十數首,遺作者姓名。其佳句云:“昔年灞水人猶少,昨夜揚州夢可真。”“眉目玲瓏初二後,蠻娘年紀十三餘。”“纔看蠟酒開村店,漸有香車上大堤。”“渭城朝日紅三里,南浦春波緑一分。”“未畫樓臺先畫水,多情水月有情天。”“遥山染黛工偷樣,春水回眸代寫真。”“誰供螺子調新黛,擬傍蠶娘學早眠。”“春寒昨夜生潮水,殘雪初晴過灞橋。”“微月簾櫳初織影,游絲庭院軟藏春。”“雪消作水波全緑,人去章臺月淡黄。”“壓綫衣新空待嫁,畫眉人去却逢君。”“二分流水三分月,九日清寒一日風。”以上諸聯每誦一過,真如讀柳令清詞,恍置身曉風殘月間也。

江寧郭外山(樹勛)工吟咏,與孫澄之、楊樸庵、湯蠹仙諸名流相唱和。家貧,藏古籍甚多,雖極困饑寒,不忍弃也。予於友人處得讀《金陵四十韵》,殊雅練有逸氣。《長塘》云:"細雨長塘路,濃烟一片秋。蕭蕭官柳外,莽莽女墻頭。緑衍鋤瓜圃,紅藏賣酒樓。間尋幽隱舍,鴻爪幾人留。"《牛首山》云:"一雨響初歇,四山青畢來。幽人不可即,空谷獨徘徊。塔影依林静,藤花絡樹開。年年驢背上,詩畫愧兼才。"《天界寺》云:"晴磬烟中落,招提在上層。流雲滿空谷,斜日見歸僧。紅葉霞千片,青山月半稜。何期幽徑晚,一塔爲傳燈。"《靈谷寺》云:"三里五里路,千株萬株松。松林深不寺,風定時聞鐘。墜地碧雲冷,沾衣新露濃。徘徊罕人迹,野鹿下西峰。"又《鐘山》云:"佳味菘環緑,風泉竹遞清。"《栖霞》云:"江深花氣静,嶺峻佛眉低。"《報恩寺》云:"八方傳檄易,一塔報恩難。"《祈澤寺》云:"雲補半窗白,山環一榻青。"

天長后和卿(煦)性和易工詩,著有《枕琴閣詩鈔》。《致范晋存兼柬也園主人》云:"漠漠園林望眼遥,舉杯惟有月堪邀。詩書苦咀難尋蔗,心事如抽屢剥蕉。熱血一腔何處灑,羈愁萬斛幾時消。相思每逐春潮長,夜夜蓮花第五橋。""一載論交共及門,忽聞驪唱總銷魂。依劉慚我終無分,説項逢人好報恩。南郭何難重溷食,北山再到有移文。那知一别終成别,難領春風座上温。"又云:"落花戀樹空無力,殘月窺簾似有思。"初主人招,后讀於也園。未幾,后歸娶,以他事牽阻不再至,故及之,而詩殊委婉入情。《哭弟》云:"小住珠溪噩耗聞,初疑似夢繼疑真。終當致葬憑吾力,自必承祧嗣汝身。争奈家貧無擔石,可憐親老尚風塵。九原若有精靈在,好祝高堂百歲春。"又《寄伯兄國卿》云:"被寬愁夜永,地僻慮書沈。"《春逛平山堂》云:"醉後不知歸去晚,櫓聲摇月過橋西。"《題友人集》云:"文多原是富,累少不妨貧。"

上元顧子鵬明經(雲)工古文,喜吟咏,著有《吟草》。《閲前人詩題後》云:"風雅此焉繫,寧辭鄭重看。流傳數篇在,精力半生殫。亦有才華擅,而多泯滅歎。虚名果何益,已自若斯難。"一氣旋折,雅近盛唐。《和内》云:"但把窮通一例看,此生何處不能安。茹餘茶葉渾忘苦,瘦到梅花轉耐寒。蠟淚可燃姑共讀,牛衣無恙詎嫌單。天涯不少飄零者,豈獨吾家卒歲難?”其他佳句五言如《宿僧寺曉起》云:“叢柳無邊緑,流鶯何處聲。”《終日□道》中云:“風□憑空響,□寒人遠明。”《登翠微亭》云:“一江澄夕霽,萬壑捲秋聲。”《送友人赴伊犁軍次》云:“黑山笳鼓新吟稿,青海功名舊戰袍。”《寄雨人》云:“才原難恃慚知己,命有何權解困人。”《贈馮德吾》云:“十年養氣消矜躁,九品論才絶等夷。”《與楚寶夜話感興》云:“身名落拓千秋史,心事消磨五夜燈。”

句容尚仰止上舍性嗜學,凡辭章、考據、金石、書畫靡不涉獵。家綦貧,居陋室中,凝塵滿席,出則破帽籠頭,敗絮垂垂覆額,如瓔絡狀,而耿介彌甚。妻歿後,盡貨其衣物,留書數十卷,碑帖一篋而已,卒以貧死,無子。著述十數種,均散佚。翁鐵梅明府藏其詩一册,余借讀之,清遒雅健,不愧作手。摘録數則,以當嘗鼎一臠。《雪意》云:“雲陰垂幕壓,四野氣蕭森。斷岸鳴枯葦,空江縮凍禽。梅花今夕夢,春草隔年心。多少長安士,輕寒應不禁。”《黄葉》云:“閲盡風霜秋又殘,依稀黄影暈林端。能爲離菊添疏艷,未許江楓擅壯觀。茶熟竹罏剛得月,詩成酒國不知寒,家山深幸無多路,擬買扁舟放棹看。”五言如《夜座》云:“龜息間中細,鶉衣浣後輕。”《野坐》云:“草淺兔争出,花疏蝶影稀。”《汜湖晚眺》云:“電影雷盤壁,雨隨風入樓。”《沙溝舟中》云:“落荷依渚静,孤枕納溪凉。”《憶慕亭》云:“檐風侵夢冷,凍筆着花遲。”《周氏小園》云:“山矮高於屋,亭孤小似船。”《韭》云:“疏更聽夜雨,香甕薦春雲。”《幽居》云:“岸柳頹於髮,溪魚多勝苔。”《雨花臺》云:“旌旗新戰壘,烟月古長干。”《與謝連捷》云:“鳥歸山郭暗,花落石潭間。”《有感》云:“野水含秋遠,孤雲近日飛。”《試劍石》云:“千秋想神武,一劍裂山河。”七言如《懷古》云:“潮漲未來鷗夢穩,戰船無事錦帆懸。”《書室秋晚雜賦》云:“蠅愛斜陽旋牖息,凍和寒葉墜花梢。”《客邸》云:“春向杜鵑聲裏去,心隨蝴蝶夢中歸。”《宿趙鳴謙處》云:“犬疑客語狺狺吠,鳥避書燈故故飛。”《感懷》云:“荻港雁行天近水,湖橋蝦市柳如烟。”又絶句《送内翰黄二野筠歸峽》云:“秋風寒雁動斜曛,萬里江流一片雲。我已熟諳游子味,長亭何肯更留君。"《楓橋夜泊》云:"慘淡湖山舊畫圖,紅羊劫後亂離初。窮黎飄泊無生計,撑着破船時打魚。"

江寧夏子儀大令塏宰建陽,有惠政,著有《信天閣詩草》。《赴選》云:"老去匆匆赴一官,官居容易入時艱。一錢到手先求慊,雙字違心便不安。父母恩勤由我盡,姑翁顏色要人看。上場早定收場局,十載歸來願已完。"仁慈悱惻,真循吏之言。"《罷官三都口客舍題壁》云:"小閣臨溪一榻陳,舊巢誰與話前因。多情衹有山如畫,認得重來倚檻人。"炎凉之慨,妙在渾雅出之。其他佳句如《水仙》云:"除將照水都非我,不信凌波尚有人。"《紙鳶》云:"得力轉愁風太勁,傅天差喜綫無痕。買來燕北收燈市,畫出清明散學村。"《秋鷹》云:"近來養翮山同瘦,到此出塵天更高。確有可憑聲在樹,醒猶能記露横江。"《閨中秋》云:"如繩縮轉秋難老,似鏡重磨月更圓。"《石花》云:"投水有情流不去,落花何恨悄無言。"《燈下美人》云:"扇底螢悄銀燭焰,鬢邊蛾識玉釵稜。"《月下美人》云:"天憐桃葉開妝鏡,人替梅花伴綺窗。"《放生池觀魚》云:"虚生豈盡池中物,不殺能開水底天。"《試院遣懷》云:"月明尚恐蟬留翳,花落何妨蝶更尋。"

上元張照堂孝廉葆和,詩學瓣香隨園,近體湊泊天然;五古清快,奄有倉山之長而能絶其流弊,著有《來鷟軒詩存》。《菊影》云:"顧後自憐增傲態,餐來轉恐誤騷人。"《杖》云:"瘦影自憐應似我,老年可伴孰如君。"《秋山》云:"肩影瘦撑詩客骨,額痕淺畫美人妝。"《癸丑元旦試筆》云:"文從熟處求生易,詩到工時欲速難。"《讀宋高宗紀》云:"南渡輦輸金幣盡,北來書費蠟丸多。"《和吴憐潭刺史韵》云:"政從民欲何嫌拙,名謝人知始是清。"又絶句《西山晚眺》云:"攬衣直上白雲隈,飛鳥穿烟自往回。立久不知春色晚,隔林紅出一燈來。"

鄧完白山人(石如)書名震海内,其玉筋法尤爲世楷則,而詩不多見。有《和人咏桃源行》云:"先世曾經守薄田,爲逃水火證逋仙。秦皇枉好長生術,衹向咸陽卜卌年。"

高郵夏慈仲(寶善)司馬作官隴西,著有《仕國弦歌録》。《獲鹿山中》云:"亂山殊不惡,轉恐人烟霞。怪石能驚馬,清流爲洗車。水禽飄素羽,霜果落丹砂。行近崎嶇路,勞生未有涯。"《入井陘》云:"險要從來最有名,我今叱馭感孤征。觀天忽小真從井,行路猶難況用兵。懸蹬欲回千里駕,亂流已嚙半邊城。却看水磨蕭閑甚,田叟相逢話晚晴。"佳句如《賞菊》云:"對花便合除官氣,中酒誰能抱隱心。"《古屋》云:"年號頗存題壁字,姓名莫辨上梁文。"《老樹》云:"處士當年因作屋,老夫他日指爲家。"《絳縣受代》云:"前生不善方爲吏,一息能閑肯廢書。"《狄梁公祠》云:"委蛇自异傾邪士,骨鯁終非木强人。"《聞朱泳齋尚書行視江南决河》云:"哀鴻忍見斯民散,下馬欣聞故里存。"慈仲復善填詞,歸安葉筠潭紹本贈詩云:"淮右詩人秦正字,江南詞客賀方回。"其推許最富也。

唐徐凝《瀑布》詩有"一條界破青山色"之句,東坡目爲惡詩。余聞老輩言,海陵李少白琪亦有"天柱峰頭下奔瀑,玉龍飛下碧山腰"之句,人賞其奇特,余惜其粗豪。又言《登焦山絶頂》云:"水立江吞郭,山盤人上天。"句奇而確,無間然矣。

海陵陳叔度(金詔)孝廉嘗論詩曰:"詩人訾明七子爲優孟衣冠,一時矯枉過正者,遂至骫骳不振,猶如三家村老嫗道説家常,甚無謂也。"故叔度之詩最講風度音韵,無意不達,無語不爽,則杜工部所謂"雷霆精鋭""冰雪聰明"者是也。《送程秋樵之滁陽》二律云:"離筵未了唱驪歌,握手匆匆悵奈何。千里故人開幕府,十年同學半關河。相看白眼知音少,自檢青衫别淚多。我亦園林最蕭瑟,寒驢風雪憶相過。""風雨連床氣誼親,河橋分手倍傷神。尚思白屋重相聚,縱得黄金不療貧。交到别時宜愛惜,文從晤後見清真。客懷莫説蹉跎甚,此鬢能青更幾春。"《舟次作家書》云:"策馬無端趁急裝,浮生難定是行藏。鄉音漸改知家遠,歸夢無多恨别長。北去青山容我懶,西飛白日較人忙。家書緘就頻開看,中有迷離淚幾行。"《初秋感懷寄友人》云:"咫尺同爲不繫舟,异鄉風景數從頭。中年作客悲張儉,火色何人惜馬周。行李半肩裘早典,要津一刺肯輕投。民情多口魚鹽賤,不敢從君决去留。"《題吟香女史小照,即和原韵》云:"自署吟香厭綺紈,捲簾曙色逼人寒。慧能生定原難恕，愛即成痴不忍看。秋雨三生詩酒恨，春風一曲畫圖難。妝臺省識渾閑事，一炷爐香爇紫檀。”《叠韵》云：“無言小立拂輕紈，雙袖擡風怯嫩寒。對酒直同明月賞，焚香擬作花好看。相逢爾汝稱呼慣，如此丰神領略難。我欲買絲君自綉，携歸小閣供旃檀。”《再叠》云：“小坐熏香着素紈，何緣消受五更寒。嬌如新月真宜拜，瘦到秋花更耐看。索句翻留文字障，臨風纔覺别離難。幾時灑遍楊枝水，也及河干一樹檀。”《黄天蕩阻風絶句》云：“揚子江頭雨打篷，如山濁浪正排空。驚濤百尺君休訝，逆境回頭是順風。”《過淮陰釣臺》云：“千載荒臺迹尚存，韓侯往事不須論。也曾浪擲王孫飯，世上何人解報恩。”見道之言，足徵識力。

吴縣潘功甫（曾沂）孝廉賦性高曠，詩筆清醇。《夕次丹陽》云：“秋林起寒色，秋草帶枯椿。歸鳥暮投塔，過橋陰上窗。擁衾眠不穩，來艇聚成雙。明發銜烟去，平移渺渺江。”《丹陽道中》云：“懷古蒼茫落照中，接天雲樹起秋風。留名一死袁開府，舍宅千年李衛公。月小山高人去遠，鷄鳴犬吠水流空。朅來此地頻搔首，極目荒凉吊草蟲。”《讀斜川集》云：“我與蘇家季，同生壬子年。朅來古臨頓，仿佛小斜川。但得娱親計，何妨隱志篇。輸公無籥箑，歌舞草堂前。”

丹徒楊羨門（棨）孝廉著有《蝶庵賦鈔》，規仿唐賢，格律嚴整，詩亦多精粹之作。《夏日登北固山》云：“攀登凌峰嶺，足底江聲走。風砭去何駛，飛鳥翻在後。”《晚泊珥瀆》云：“兩日來一程，縏纜風轉疾。濕雲連峭崖，老樹作人立。漁人知已歸，一燈葦間出。”佳句如《自瓜步渡江》云：“沙鷗隨舵遠，江柳得春先。”《過戴公園》云：“樹老已空腹，草長都及肩。”《秋夜偶成》云：“風至樹先覺，雲飛月若流。”《山行》云：“石氣空濛疑有雨，草香幽静勝於花。”《秋草》云：“石馬無聲卧前壟，韝鷹快意掠平臺。”《樓桑村》云：“此地洵堪比豐沛，使君纔不愧英雄。”《項王墓》云“拔山誰似將軍勇，成事從來豎子多。”（自注：豎子謂漢高，本太白《東武古戰場歌》。）

荆軻刺秦政，紫陽綱目以盗書。從來詩人亦誚其劍術之疏，惟六合朱飯石實發《讀荆軻傳》云：“一軸圖窮匕首抽，白虹慘淡動高秋。先張孺子沙中膽,險墮生王殿上頭。天不亡秦空死士,卿如入漢定封侯。紫陽書盜成冤案,易水悲號咽不流。"持論較寬,獨抒所見。

飯石著有《尺雲軒稿》,詩筆精能,擅長七律。《江邊古寺》云:"古洞日微風雨大,空堂僧少鬼神多。"《登紗帽峰》云:"漸於天近星辰大,時有風來草木香。"《小院》云:"明月貼波如酒色,山禽學語作人聲。"《偶感》云:"何謝之間成佛少,申韓以後殺人多。"《浪迹》云:"舟中卧病行千里,江上吟詩過一秋。"《淮城晚睡》云:"地連豐沛兒童健,霜落河梁草木秋。"《寓程氏園》云:"水浮鷗鷺尋秋去,窗剪芭蕉讓月來。"《春晚》云:"細雨落花紅過屋,春烟上樹白如潮。"《池上》云:"長肥芳草斜陽戀,開瘦桃花燕子知。"《夜坐》云:"水氣到窗天忽白,蟲聲在樹夢俱秋。鴉鬟兒女春都嫁,猿臂將軍老不侯。"倜儻權奇,大都如是。

萬薌林榮孝廉《道中即事》云:"忽見流亡滿道左,此身未敢説飄零。"楊篠樓文學《鬻婦吟》云:"道左有人垂淚説,去年此日正新婚。"洵仁人長者之言。

唐人賦楊柳,多傷離别。如"羌笛何須怨楊柳,春風不度玉門關",王之涣詩也;"灞陵原上多離别,少有長條拂地垂",韓琮詩也;"爲報行人休折盡,半留相送半迎歸",李義山詩也;"思量却是無情樹,不解迎人祇送人",裴説詩也;"不知别後誰攀折,猶是風流門舞腰",趙嘏詩也。究不如太白《勞勞亭》云:"東風知别苦,不遣柳條青。"爲言簡意遠,得樂府遺意。清朱彝尊《折楊柳詞》云:"手折楊柳條,倒樹孟津河。十年來繫馬,楊柳今婆娑。"祁班孫和云:"上馬不執鞭,但折楊柳枝。出門不垂淚,但歌《楊柳詞》。"亦古雅可愛。泰州康伯山有《楊柳曲》云:"少小折楊柳,多在邗江道。送盡往來人,楊柳依然好。"又云:"楊柳好著花,花飛滿天雪。道上無楊柳,世人罕離别。"

高郵李葭雪(廷鋭)著有《擁褐吟》,詩無意求工,而以樸實見。《灌花》詩云:"愛花如愛色,相對忘昏曉。養花如養兒,隨時驗饑飽。"《米囊花》云:"心花散後筆花摧,寂寂門庭護緑苔。一向饑腸空自攬，眼前愁見米囊開。”佳句如《登泰州城樓》云：“雲痴黄入海，山遠碧於烟。”《白菊》云：“幾經蝶翅迷清曉，如著羊裘卧富春。”

僧雪笠，興化人，詩清迥豪邁，東坡《贈道通》詩：“語帶烟霞從古少，氣含蔬笋到公無。”其上人之謂乎？《漁歌》云：“昨日吴江上，釣來紅鯉魚。携來不敢賣，中有故人書。”又云：“朔風號四野，雪落萬山失。船頭向太陽，船後水生骨。”佳句如《山行》云：“松風答泉響，雲氣與山争。”《登玉皇閣》云：“市聲喧日出，海氣抱春來。”《月波樓晚睡》云：“山勢遥連秦樹迥，江流斜抱漢陽回。”《登君山》云：“雲從山脚浮天去，水抱城根入海流。”《京口曉發》云：“緑楊泊水藏瓜步，紅日浮烟上海門。”

敝帚贅言

方廷楷 撰

《敝帚贅言》，一九一七年，連載於《小説海》第三卷，共二期。作者方廷楷，字瘦坡，安徽太平仙源（今黄山市黄山區）人。青溪書屋肄業，南社社員。著有《習静齋詩話》、《習静齋詞話》、《論詩絶句百首》、《香痕奩影録》等。

《敝帚贅言》闡揚鄉邦師友創作；重詩歌情感抒發，欣賞“無須萬首使人驚，祇要吟來有性情”的論詩精神。

余本不能詩，特慕詩人之名而攀附之耳，其實余何嘗能詩哉！憶十年前，與友人羅古青郡試歸途，宿琴溪旅店。時值上旬，月明如晝，醒疑天曉，披衣起視，纔夜半耳。因於枕上口占一詩有“自笑吾人歸興切，月明多半當天明”之句，是爲余一生吟咏之始。

庚子辛丑之間，余肄業青溪書屋，與鄭子荔邨、項子菊霜時相唱酬，板石觀濤，梅溪看月，春秋佳日，相約偕游。未幾，菊霜旅食江右，荔邨學賈漢臯，此樂遂不可再，而荔邨旋亦歿於楚中矣。余哭荔邨詩有云：“梅溪看月同携手，板石觀濤共賦詩。今日思量難再得，驚濤淡月助余悲。”蓋紀實也。荔邨遺著有《秀才膽大集》一卷，存余篋衍，惜無力爲之刊行，未免有負死友耳。

金陵懷古詩不易下筆，蓋好詩多被古人吟盡矣。丙午春，作歇浦之游。舟過下關，天剛破曉，推窗閑眺，適見燕子呢喃，兩兩三三。掠余舟而過也。因有所感，口占一詩云：“放歌空望雨花臺，話到前朝事可哀。惟有多情雙燕子，年年猶自過江來。”胸中竟有千言萬語，而下筆僅成二十八字。甚矣，詩之難也！

阮文達晚年恒貌聾以避俗，唯羽琌山民至，則深談罄日夕，并不時周之。揚人士爲之語曰："阮公耳聾，逢龔則聰。阮公儉嗇，交龔必闊。"山民有异表，頂稜起而四分，如有文曰十，額凹下而頦卬上，目炯炯如岩下電，渺小精悍，作止無常，則非滑稽不以出諸口，垢面而談詩書，不屑盥漱。客揚日，魏默深先生給兩走伺之。一日晨興，呼主人急出，則怒甚曰："爾僕嬲我，吾不習頮沐，疇則不知，乃以盤水數數溷我，是輕我也。賢主人乃用此僕乎？"默翁笑謝之。山民一生，人奇，文奇，詩更奇。余嘗輯王漁洋、吴蘭雪及山民詩爲《三韵録》，列山民爲奇韵，而繫以詩云："詩家絶句重漁洋，蘭雪風華亦擅場。惟有先生才獨絶，戒詩詩骨更清狂。"質之當世，其許可乎？

吾鄉崔子春先生煦，君子人也。耄年嗜古，似歐陽永叔；白髮耽吟，似老學庵，楷以後進，極蒙獎借；珠玉先施，深自撝抑，雖北海忘年，自愧才非鸚鵡；縱中郎倒屣，深慚學遜仲宣。爰集隨園句成絶詩八首，雖不能狀其萬一，然亦足以見先生之大概矣。"五言佳句等長城，唾地千篇頃刻成。愧聽瑶琴無以報，不能簪筆鬥淵雲。"(庚文古不相通，然有用之者。)"神仙丰骨鶴精神，筆下龍蛇紙上春。難得心香最供奉，小倉詩卷總隨身。"(公愛讀《隨園詩集》)"見到先生信我粗，牙籤玉軸共相於。律嚴自累詩成少(公不多作詩而格律極嚴)，生怕隨人拾唾餘。""即論儒雅亦吾師，既得相逢又恨遲。落筆動爲千古計(公命采其詩入余詩話)，彈琴想爲遇鐘期。""久耽水竹賦幽居，門外浮雲萬事虚。剛是仲宣愁體弱(苦患痢疾久不愈)，有誰今日尚看書(近年來爲童子軍所困，不復學問矣)。""小立風前有所思，田何雙鬢已如絲。名山事業憑誰付，難信人傳死後詩。"(鄙人著有《不能詩齋小草》。)"肯教白日付悠悠，滿紙風聲筆未休。精力盡消文字障，虚名遑敢望千秋。"(鄙人山居撰述已成數種，苦無力，尚未災梨也。)"平生事事謙冲甚，老去心情倍愛才(每過甘棠，公必苦留)。知否愛閑多病客，停雲落月總相思。"

安慶，古皖伯國也，其地爲大龍山脉之盡處，故中高而四隤，大江三面環之,名勝之區。西有大觀亭,東有迎江寺,而大觀亭尤勝,地勢臨江,軒楹爽塏,每一憑眺,足極登臨之樂。余昔留皖兩月,無事輒以此處爲消遣所,曾作絶句數十首紀之。録其一云:“百尺高亭縱我眸,江天渺渺水悠悠。憑欄自笑無聊甚,數盡來舟與去舟。”亭上佳聯極夥,惟壽州王幼屏一聯尚存胸臆,云:“莽乾坤能得幾人閑,且安排鐵板銅琶唱大江東去;好風月不用一錢買,休辜負青山紅樹伴爽氣西來。”又太湖李海初一聯云:“秋色滿東南,自赤壁以來,與客泛舟無此樂;大江流日夜,問青蓮而後,舉杯邀月更何人。”其餘都不記憶矣。

己酉游皖,適河間張世兄烈仲需次此間,兩次招飲,席上出示先峙亭師《西山草堂詩集》五巨册,肅誦一過,驚怖無極。集中多放浪山水之作,而《十臺懷古》及《莫愁歌》等篇,尤爲千古絶唱。爰僅題一絶云:“半生宦轍苦蹉跎,楚水吴山寄慨多。最是悲凉兼綺麗,十臺懷古莫愁歌。”“惜寸莛叩鐘,莫發洪響耳。”今已五六年未通音問。想世兄誠篤君子,必能傳其先人之典籍,而不使湮没也。

余館湘潭六年,中間譚异廬、程南園、項菊霜均先後設帳山門,課餘之暇,輒偕姜逸園互相走訪。湘潭距山門五里之遥,一水可通其間,溪山之勝,魚鳥之樂,朋友之會,詩酒之歡,爲此生不可多得之境。每當二三月間,萬山杜鵑齊放,艷靚如妝,尤爲悦目,嘗有句云:“山似婦人好修飾,春來個個鬥紅妝。”頗以自喜,録示同人,咸以爲未經古人道過。

山門有金溪别墅者,其主人即吾友項子蒼園也。當七坡六瀨之間,背山面水,風景宜人,主人遠客崇川,數年未返,大好園林,未免辜負。余集中有“勸君收拾作歸計,家近金溪好釣魚”之句,即寄主人詩也。不一年,果歸矣。甲寅八月,主人以四旬自壽詩索和。適值鄙人卧病,久輟吟咏,重以主人之命,辭不獲已,即次其來韵,雜集古今人詩句,奉和四首云:“一度春風一逝波,比尋常會覺如何?桂花得月香成雪,花下壺觴月下歌。”(君八月生辰)“今秋正擬續前緣,月落雲停悵各天。(秋間曾約程南園訪君於金溪别墅,因病未果。)寄語項斯休忘約,一編書卷送華年。(君嘗語余不再出山,隱居讀書。)”“半生歲月任消磨,憔悴秋風我輩多。吟到恩仇心事涌,澆愁剩有酒爲波。”“一家歡聚醉華筵,佳句吹來宛似仙。座上詩成床上和(余和詩成於病中),無聊蒙叟挾松圓。”(余詩淺薄而君好之,殆猶虞山之愛孟陽耳。)逸園家玉河橋,去湘潭可里許,其講舍則與余僅一溪之隔。自訂交後,無日不來,來必留宿,漏將盡,兩人猶劇談不休,朋友之樂,可謂極矣。自余執教鞭于城中楊溪學舍,遂與逸園疏隔,然詩筒猶時時往來也。嘗於秋夜寄懷姜逸園,即用其《春暮見懷》原韵云:“六年情事够尋思,一一難忘盡付詩。可記看山與臨水,相逢總在夕陽時。”“每對銀燈有所思,可堪重憶夜談詩。自從一别姜夔後,又到黄花欲笑時。”“曾約時時互寄詩,花晨月夕慰相思。從今不信隨園語,但肯摇鞭有到時。”(屢欲偕程南園、項菊霜造訪,輒因事未果。)“牢愁無事輒吟詩,消息傳來不可思。豪富本來多作態,收帆幸趁順風時。”“憂時詞客罷吟詩,徒起風雲匪所思。萬里海天無净土,龍争虎鬥正酣時。”又《别後寄懷逸園》云:“逸園淡泊不趨時,難禁方干别後思。最憶訪君山館夜,挑燈同讀劍南詩。”皆當時之實事也。

吾友胡梅公主《趣報》,時所識名流,以竹西李涵秋、丹徒包柚斧、新安胡碧痕三子爲最。三子者,余皆未識面,而俱有一日之知。涵秋贈詩云:“相思正自佳,相見意轉褊。”碧痕《題習静齋詩話》云:“多公别有憐才意,收拾珊瑚鐵網中。”柚斧則殷殷倩梅公乞交於余,此皆三四年前之事也。辛亥改革以來,風流雲散,天各一方。碧痕、柚斧不知何往,涵秋聞歸揚州,梅公亦久滯都門不得歸。憶昔和梅公紀念詩有“漢江海内才人聚,齊向騷場競鼓旗”之句,今又成爲紀念中之紀念矣。

余與梅公實先訂交而後識面,其訂交也,在己酉之秋;其識面也,在壬子之春。氣静神恬,笑言不苟,一望而知有道之君子,然謙挹殊甚,未嘗以學人自居。惜相處未久,而又他往。世惟好友偏難聚,實爲古今所同恨也。余贈梅公詩甚多,録其一云:“題詩豪興忒縱横,落筆能教風雨驚。聞説交多奇傑士,乾坤從此老才名。”足以知梅公之爲人矣。

辛亥武昌起事之日，將赴鳩江，船已先兩日行，乃坐小竹筏至碼頭，追及之。計自上午由湘潭動身，筏上惟余與舟子兩人。月出抵桃花潭，行至落星潭，已將夜半。其時淡月微雲，萬籟俱寂，惟聞款乃之聲，與潭魚潑剌之聲而已。此潭爲内河最長、最深之潭，月下視之，水黑如墨。余素心虚，時覺惕息，曾有詩紀之云："一葉輕舟瀲夜行，露濃霜重月微明。摇來知入水深處，時聽潭魚潑剌聲。"詩雖不佳，然非親歷其境，飽嘗一夜之苦，亦不能言之有味也。

繆天自云："詩有俚語，經顧寧人筆輒典；詩有庸語，入屈翁山手便超。"余往時最傾倒"嶺南三家"詩，翁山一家，尤愛不釋手，嘗有句云："詩家多少庸常語，一入翁山手便超。"竟與繆言不謀而合也。

昔游岑郵之彼園，主人汪曉園輒留宿其中，園中花卉甚夥，古柏數盆，皆百年物也。今曉園已作古人，而園亦荒廢矣。曾記菊霜有聯挽之云："昌谷竟無年，慟者番一病，莫興白髮紅顔，言之淚下；庾園失所主，嘆此際重來，不見蒼松翠柏，黯然魂消。"余嘗夢主人月夜過訪，歡叙别情，臨去尚口占一絶贈之，惜醒時僅記"小窗斜月話離情"七字，餘俱忘却。故人入夢尚如生，思之殊悵然也。

吴江柳亞子、涇川胡寄塵，皆同社多年而未識面者也。然詩札往來幾如束笋。屢約相見，竟不得握手一吐肺肝，誠爲恨事。亞子邇來隱居梨川，苦心著述；寄塵則憔悴滬濱，賣文自給，此皆不得志於時者之所爲也。"《贈亞子》云："奇篇一讀一回驚，難怪年來負盛名。不局宋明不門户，才如横海掉長鯨。"《接寄塵書却寄》云："湖山意氣歸詞苑，兄弟文章入選樓。（其兄樸庵亦主海上各報筆政。）千里訂交慳一面，徒從紙上識荆州。我已十年甘隱遁，君猶千里事遨游。桃潭水與麻潭水（余家麻潭，與君家桃花潭一水相通。），何日相携共泛舟。"蓋以寄塵來書，有"他日歸棹，或可相晤"語也。

余贈石埭孫愍齋先生兩絶云："焚琴煮鶴矜心計，吉網羅鉗逞詭謀。我數古來忠義士，不遭人害是庸流。""經濟文章第一流，聞名幾度欲依投。相望百里未相識，慚説交游遍九州。"蓋先生前秋間，爲南兵踞城，保衛治安，愠於群小，遂被中傷，幾興冤獄，後經都人士上書力争之，事得雪，然亦危矣。余與先生雖未識面，頗有知己之感，故有第二首云云也。

《洛神賦》乃子建托言以自比，非思慕甄后而作也。况子建何人，肯爲此污穢之行乎？子桓何人，子建敢作賦自取罪戾乎？《文選注》殊爲荒唐臆説，實不足據。余嘗有詩云："《洛神》一賦關何事，竟惹千古不白寃。"自謂足破瞽論。

南園主人家肖黄山松竹廬，一畝之宫，藥欄花塢，布置幽致。主人日手一卷，高卧其中，不問是非，不見塵俗。嘗偕汪子竹舲、項子菊霜訪之，其時牡丹盛開，豐艷可愛。過兩月，偕崔子酩仙過其廬，則盆荷又放矣。余有詩云："半年兩度過山莊，小小園林足徜徉。笑語主人花事换，牡丹開後芰荷香。"蓋紀實也。

士之不可輕於從仕，猶女之不可輕於許人也。古人有相知之深，審而始出以成其大功者，伊尹、諸葛亮是也；有相知不深，確乎不出以全其令名者，嚴光、蘇雲卿是也；有相知不深，闖然以出，身與名兩失者，劉歆、荀彧是也。余嘗有詩云："誰憐清白深閨女，未可輕身許俗人。"或亦杜子美"不嫁惜娉婷"之意乎？然熱中之士，恐不足以語此也。

余交崔少庭十餘年矣，此十餘年中，一遇於宛水，一遇於秦淮，勞燕東西，時有聚散。辛亥八月，武漢之亂，少庭挈眷歸里門，以爲可以徘徊數月，暢叙幽情，乃未久而又飄然返鄂矣。瀕行時，余曾贈詩一章云："鄂渚歸來得暫投，蕭齋燈火話離愁。不因避亂難相聚，且喜深譚作小留。緑鬢兩人都昔改，白門十載感前游。匆匆此會又將别，何日重逢再唱酬。"古人云："賓朋纔抗手，火速又回車。"其余與少庭之謂乎？

"蕭寺幽居厭驚馳，著書盈尺苦無知。愛才獨有藏園老，口不能言手寫詩。"此余題何鶴年先生《玉耕堂集》詩也。《聽松廬詩話》云："袁子才過南昌時，蔣心餘病風，口不能言，以左手書何鶴年詩數聯。"老輩之愛才如此。

陽湖洪稚存先生云："人才古今皆同，本無所不有。必視君相好尚所在，則人才亦趨集焉。漢尚經術，而儒流皆出於漢；唐尚詞章,而詩家皆出於唐;宋重理學,而理學皆出於宋;明重氣節,而氣節皆出於明。所謂上之化下,捷於影響也。”余嘗有句云:“全憑君臣養人才”,亦即此意。又“余嘗論東漢人之學,以鄭北海爲最深;東漢人之文,以孔北海爲最雄。東漢人之品,以管北海爲最高”。今讀先生《北江詩話》,亦有此論。甚矣我口所欲言,已言古人口矣。

稚存先生又云:“詩各有所長,即唐宋大家亦不能諸體并美。每見今之工律詩者,必强爲歌行、古詩,以掩其短;其工古體者亦然。是謂捨其所長,用其所短,心未嘗不欲突過名家大家,而卒至於不能成家者,此也。”此論與鄙見亦極相同,嘗有詩云:“秋菊春蘭各擅時,何須求備始稱奇。慚無李杜淋漓筆,才淺衹宜近體詩。”蓋有某君嫌余不作古體,故賦此以示之也。

近日海内詩學,以龔定庵爲大宗,社友如俞劍華、沈道非、姜杏痴諸子均以善集定庵句擅名。余輯《雪窗綺語》竟,亦曾效顰,集一詩以殿其後云:“獨倚東南涕淚多,風雲材略已消磨。是誰指與游仙路,甘隸妝臺伺眼波。”未知諸子以爲何如也。

論有明一代之良將,當以熊襄愍廷弼爲巨擘,而抒誠效命,亦爲千古忠臣所不逮,乃誤於群小之黨伐,慘遭冤殺,自壞長城,明事益不可爲矣。余《讀史雜咏》中有一首云:“未明公案痛孤忠,整頓遼邊枉費功。遺恨茫茫終不了,至今西市血猶紅。”即謂此也。

杜少陵善房次律,而《悲陳陶》一詩,不爲之隱;韓昌黎善柳子厚,而《永貞行》一詩,不爲之諱。蓋公議之不可掩,有如是也。余嘗有句云:“日月無私照,是非有定評。”蓋亦有所指而言耳。

梁冀忌清河王蒜之嚴明,而立蠡吾侯,以爲富貴可長保。然族冀者,桓帝也。郭崇韜知莊宗之嬖劉氏,請立爲后,中莊宗之欲結劉氏之援,爲自安之計,至深且厚。然殺崇韜者,劉氏也。余嘗有句云:“君子貴守道,禍福非所計。”觀此兩事,可爲人臣不守正道者鑒。

侯雪苑之於李香君,流傳人口;而牧齋之於柳,芝麓之於顧,獨無稱焉,其故何哉?才名同,艷福同,所不同者,節耳。余嘗有詩云:“合肥老與虞山老,各有紅妝伴白頭。偏是詩人誇雪苑,聲聲争説媚香樓。”又《題壯悔堂集》云:“侯生天下士,遺集重人間。去就明邪正,文章逼馬班。留都逃黨禁,仗劍歷時艱。賴有豪情在,狂吟傍緑鬟。”《壯悔堂全集》,十年前縱崔少庭處借得,今尚存余家。“我説世無真傲骨,黄金到手便低頭。”此余之舊句也。當時猶以爲言之太過,誰知數年以來,凡耳之所聞,目之所見,爲黄白物所誤,墜名敗節者,竟滔滔皆是,又轉自詡以爲至言也。孫夏峰先生云:“饑餓窮愁困不倒,聲色貨利侵不倒。死生患難考不倒,嗚呼談何容易。”

吴江吴漢槎先生《秋笳集》,音節蒼凉,氣體高妙,近代詩家無可稱傑出。徐虹亭云:“漢槎驚才絶艷,數奇淪落,萬里投荒。驅車北上時,嘗托名金陵女子王倩娘,題詩驛壁,以自寫哀怨。情詞凄斷,三輔間多有和者。”余嘗有詩云:“最是吴郎凄惋處,題詩猶署倩娘名。”蓋哀之也。

天地間,才字最誤事,非遭彼蒼之厄,而夭其壽,即中宵小之忌,而辱其身。昔題《花月痕》有句云:“我亦一般淪落者,每從憂患恨才名。”又《山居雜興》詩云:“自古賢豪士,非殤即賤貧。高才多損壽,守拙每全身。莫論興亡事,聊爲懷葛民。山居殊可樂,何必苦風塵。”皆有所感而言也。

余生平無他長,惟早起一事,頗守古聖賢之戒,數十年來如一日也。嘗有詩云:“不待鷄鳴須早起,劍南曾有《示兒》詩。”蓋亦用以訓兒輩也。

自來講學之士,是紫陽者,而非陽明。祖陽明者而駁紫陽,嘵嘵争論,徒在文字之末,甚無謂也。嘗讀《諸儒學案》有句云:“至道貴躬行,豈在文字裏。”不然後世若揚雄、阮籍之流,其文字何嘗不工哉?

《滄浪詩話》云:“詩有别才,非關書也;詩有别趣,非關理也。然非多讀書多窮理,則不能極其至。”持論本極確當,自解縉《春雨雜述》截取滄浪首四句,以爲學詩者不必讀書,而淺學之士皆可空腹言詩,詩道遂不可問矣。余昔有詩云:“一自滄浪傳别趣,人間誰讀五車書。”亦惑於流俗之説,至出此無識之言,急書此以志吾過。

姚姬傳力尊其師劉大櫆,比之韓昌黎;王述庵極推其師沈德潛,比之杜浣花。近日李慈銘《越縵堂筆記》中譏之,余以爲未可厚非也。較之近來朝登其門,夕背其師者,實有本心。故嘗有句云:“韓杜推崇原過譽,姚王畢竟重師門。”

簡齋、竹汀皆不滿意於望溪,而竹汀尤甚,其與友人書,至比之林雲銘、金人瑞輩。又跋望溪文集,舉李穆堂語,譏其作曾祖墓銘,省桐城而曰桐,謂縣以桐名者五,此之不講,何以言文?不知望溪之爲桐城人,天下知之,後世當亦無不知之,斷無有移之桐鄉、桐廬等處之理,況此一字出入,何能遂没其全體?文人之好議論,亦太可笑,嘗有句云:“一任錢袁輕薄口,桐城宗派自千秋。”

某年秋間,買棹赴鳩兹,夜泊涇川城下,月明如晝,獨坐船頭,聞水面游魚潑剌聲,草中秋蟲聲,遠村犬聲,野寺鐘聲,風聲水聲,一時并作,境極清絶。曾賦一詩有“自慚不是丹青手,寫出秋聲夜聽圖”之句,惜當是未録稿,已不能全記矣。

……梅村有“吾生此外無他願,飲谷栖丘二十年”之句也。

易哭庵《四魂集》以對仗爲事,死牛活馬,工則工矣,然一則曰“横絶千古”,再則曰“古今無兩”,自譽不太過耶?余題《六家詩鈔》後“朱錫鬯”云:“雄才誰似朱長水,自問猶居第二流。”夫以竹垞之胸羅萬卷,獨往獨來,尚有“紅爐點雪”之譏。若以易較之,吾不知白羊山人又作何語矣。

陳沅之事,諸家所載各有不同,以余論之,當以吴梅村《圓圓曲》爲得其真。當梅村詩出時,延陵見之大慚,厚賄求毁板,梅村不許,延陵雖横,卒無如何也。余嘗有詩云:“英雄失節誤紅顔,君父深仇忍等閑。一曲圓圓傳信史,詩家直筆重如山。”

余昔咏虞姬詩有“自是君王無計策,不關紅粉失山河”之句,頗自得意。後於天都書院借得徐文長《青籐書屋全集》讀之,則“紅粉”句七字皆同,赫然异之。欲不删也,則偷襲之名難逃;删之,則又難割愛,祇好誦古人“詩複前人不諱鈔”之句,以自解嘲。

《蜕翁詩詞刊存》及《蜕翁詩詞文續存》,陽湖陳蜕庵先生著。

先生平生詩多於文,故文無定稿,或隨手弃擲,而詩則標題分集,及今可考者,凡十有七編,曰《映雪軒初稿》,曰《烟波吟舫詩存》,曰《庚庚集》,曰《寄舫偶存》,曰《息庵集》,曰《東歸行卷》,曰《滄波聽雨集》,曰《瓣心吟》,曰《捲簾集》,曰《題襟集》,曰《九疑雲笈》,曰《夢樓續雨》,曰《殘宵梵誦》,曰《夜梵集》,曰《蜕僧餘稿》,曰《爲誰存稿》,曰《閑情香草詩》。此十七編中,除有目無書者外,其餘皆經社友傅鈍根、汪蘭皋、柳亞子諸人竭數年之力,網羅散失,次第刊行矣。先生詩堅緻古勁,神鋒内斂,非時輩所能及。鈍根謂"如天馬行空,不加羈勒,而下士自望塵不及"。余有題《蜕庵集》詩云:"蜕庵一集足千秋,萬丈光芒筆底收。海内共傳狂與俠,誰知此老亦風流。"蓋謂先生集中閑情詩也。

中國女傑如紅拂之俊眼,千載後猶令人生慕,潘老蘭謂"小閣焚香拜美人"句,惟紅拂當之無愧。余嘗有詩咏之云:"世亂故多絶世奇,异人終得异人知。楊家女侍稱明眼,能識英雄未遇時。"《蜕庵集》中《上紅拂墓》詩亦有"巨眼當年識俊才"之句,其爲後人稱頌如此。

梅村《王郎曲》一首,後人讀者徒賞其詞之艷,而不知其心之苦。蓋梅村晚年出山,實迫於不得已,故"承恩白首""絶藝盛名",皆梅村自爲寫照耳。所謂長歌之悲,甚於痛苦,而豈真爲王朗作傾靡哉?余嘗有句云:"亂世身名不自由。"蓋不啻爲梅村咏也。

亞子自吴門郵贈《太一遺書》兩册,其中詩最多,詞次之,文又次之。詩多幽愁怫鬱之音,而蒼凉婉麗處,足與《秋笳》一集并傳不朽。余題其集云:"生前冤獄何須問,留得名山數卷書。"所謂能殺其身,而不能奪其才者也。

……而争其有無,不又自生火氣乎?養生明性之説,的是確論,亦前人所未道。余嘗有詩云:"秦皇漢武皆痴漢,豈有神仙勝帝王。"

邵伯温少時,讀《文中子》有"武侯不死,禮樂可興"之説,乃著論以駁之,其意以武侯霸佐,恐禮樂未遑耳。康節先生見而大怒,欲杖之。伯温自時潛心討究,不敢輕論前人。余昔咏《嚴子陵》詩云:“何事披裘釣大澤,避名終竟是求名。”今日思之,畢竟少年輕薄口吻。若在當時,難逃康節之杖矣。

“不嫌骨帶三分傲,甘守籬邊過一生。”此余《咏菊》斷句也,因欠含蓄,故未成章,然頗見風骨,以視世之攀龍附鳳,不顧廉恥者,自謂似勝一籌。

昨有友人,寓書問余近况,余集顧子方、顧遐篆兩先生詩,成一絶以答之云:“布帽青衫今蔽矣,艱難且學古人過。焚香高卧有何事,不事談經事放歌。”

余題亞子《陸郎曲》云:“新詩一曲瀝心肝,苦勸歌壇唤杏壇。(曲中有‘不如歸卧麋臺側,讀書還折平生節。十載名山絶業成,老夫爲汝傳衣缽’之句。)絶勝當時袁簡老,衹知淚別陸才官。”今陸郎子美死矣,亞子復苦而傳之,有“膏以明自銷,薰以香自燒”之語,可謂愛才若命矣。

朱竹君、程魚門兩人,皆清代之愛才好士者也,一時爲之語曰:“竹君先生死,士無談處,魚門先生死,士無走處。”其宏獎風流,可想見矣。今則摧之殘之,惟恐不盡,何愛之云哉,何好之云哉?嘗有句云:“肉食紛紛半俗骨,憐才何處覓朱程。”

毛西河嘗謂:“自漢唐以來,足稱大儒者七人,孔安國、劉向、鄭康成、王肅、杜預、賈公彦、孔穎達也。”夫以二千餘年之久,僅得七人,恐不足爲定論。又西河一生,所最切齒者爲宋人,宋人之中,所最切齒者爲朱子,狂好怒駡,無所不至,則又未免太過也。余嘗有詩論之云:“七子何能掩漢唐,談經似未得門墻。狂言已覺傷輕薄,又復吹求到紫陽。”漢陽劉菽雲《書毛西河傳後》亦有“説經好縱横,才大心未細”之句,尤足斷定西河。

友人某君善畫蘭竹,余贈以詩云:“喜氣寫蘭怒寫竹,先生畫筆勝衡山。”文衡山嘗以風意寫蘭,以雨意寫竹;以喜氣寫蘭,以怒氣寫竹者,則元僧覺隱也。余言衡山者,蓋借用耳。

“徐詩郭字重兼金,一卷君莫燕市尋。流轉百年終出世,神州光怪豈銷沉。”此余題郭靈芬手寫《徐江庵遺集》詩也。按此本當時爲張雲璈取去,欲以付梓,因循未果,而雲璈下世,零星草本遂不可問,即復翁當日亦疑《廣陵散》從此絶矣。乃時閲百二十年,爲社友順德蔡子寒瓊獲於燕市,適社長柳子亞廬藏有别本《江庵詩》二十餘首,因共謀釀貲刊行,亦藝林幸事也。

……萊陽學晚唐世之論詩者,其亦以余言爲然乎?

嘗從友人處借得秋谷老人《海鷗小譜》一卷,愛其詩詞旖旎纏綿,不減《香奩》、《疑雨》二集。爰命筆録之,并綴一詩於後云:"不是紅裙不解愁,才人老去戀温柔。昔年我亦花叢醉,欲學《談龍》譜《海鷗》。"按秋谷一生,最心折馮鈍吟。故其詩境艷麗,亦時與鈍吟近也。

余題湯卿謀《閑餘筆話》云:"茫茫天地恨愁多,時哭時歌雙鬢皤。莫説要儲三副淚,衹須一副够消磨。"卿謀嘗云:"人生不可不儲三副痛淚,一副哭天下大事不可爲;一副哭文章不遇識者;一副哭從來淪落不遇佳人。此三副方屬英雄血淚,真事業、真性情,俱在此中,非復兒女情長,執手涕泣比也。"嗚呼!如卿謀言,我輩豈有淚乾時耶?

自來忠孝節烈之事,不必盡出於讀書之人,巨室之女。往讀《錢氏家變録》,未嘗不嘆虞山妾河東君之忠於錢氏也。嘗有句云:"拼將一死紓家難,不負尚書舊日恩。"蒙叟泉下有知,應亦愧殺。

蘇小墓,嘉興人謂在嘉興,錢塘人謂在錢塘,聚訟紛紜,終難定案。不知一死妓朽骨,何勞後人呶呶不休,亦太無謂矣。嘗有詩論之云:"錢嘉聚訟果何因,朽骨争來太見真。不道紅樓蘇小小,許多才子認鄉親。"

"黄金曾結生前客,白眼誰憐死後貧。"此余挽友人某君詩也。某君性好交游,有座上客常滿,樽中酒不空之風,乃死後妻子至不能自存,平日知交,反眼若不相識。噫人心其可問耶?

吴江計甫草先生,少負异才,嘗作《籌南論》五篇,貫穿全史,綜核時勢,畫沙聚米,鑿鑿可見諸施行,殆陳同甫、辛稼軒之流,而不徒以文字爲生活者。嘗過鄞下,盡囊金修謝茂秦(榛)墓,沈歸愚有論詩絶句記之,見《别裁集》及《松陵詩徵》。余亦嘗有詩云:"馬异盧仝何足論(甫草不喜盧仝、馬异詩),談詩吴下布衣尊。平生最慕眇君子,盡結囊金題墓門。"

郭頻伽云:"凡言情之作,要矜貴,不可猥褻;可有寤寐求之之意,不可有伊其相謔之風。善言情者,以李義山爲最。昔人目白樂天爲廣大教主,余目李義山爲情天教主,其次則劉夢得、韓冬郎,至明王次回,則不免有猥褻之語矣。"此論精確之至。余嘗有題《靈芬山館詩》云:"愛讀靈芬艷體詩,横陳妙句耐尋思。(頻伽詩'已悟散花餘結習,可能嚼蠟視横陳'的是名句。)情場若與朱(竹垞)黄(仲則)較,第一應推郭白眉。"

高密李十桐論詩,以張水部、賈長江爲宗,嘗曰:"張水部,天然明麗,不事雕鏤而氣味近道,學之可以除躁妄,祛矯飾;賈長江力求巉奥,不吝心思,而氣骨凌霄,學之可以屏浮靡,却熟俗。"此論極有見地。十桐……與秀水汪康古"得句從來勝得官"七字并傳。

錢梅溪題《王仲瞿集》云:"斗牛之光,芒角四起;河海之水,縱横萬里。"余謂,仲瞿不獨以詩文見長也。觀其却吴白華總憲之聘,及上書白華請參和珅,皆人所難能也。余嘗有詩論之云:"烟霞萬古筆通神,未許孫(子瀟)舒(鐵雲)躡後塵。書斥權奸曾却聘,若論風節亦高人。"仲瞿《霸王墓》詩云:"天意何曾祖劉季,大王失計戀江東。"論古之識,前人所未有也。

余嘗作論詩絶句百首,就中有最愜意者,如《法時帆》云:"詩爲性命氣雲霞,洗盡淫哇自一家。怪底五言清到骨,閉門長日看梅花。"《黄仲則》云:"側身無地可容狂,憔悴支離衹自傷。讀到白楊凄苦語,如聞哀雁夜呼霜。"《洪北江》云:"伉直曾遭不測淵,一肩霜雪走冰天。如斯氣節誰能學,不是詩歌也要傳。"《葉西村》云:"西村生性愛幽居,得句吟來范石湖。詩欲驚人原好事,何妨此癖未銷除。"《崔不雕、王秋史》云:"無須萬首使人驚,衹要吟來有性情。不看崔王兩才士,都從黄葉得詩名。"此體創自元遺山,後人王漁洋、袁簡齋、蔣苕生、林薌谷諸公,均有論詩絶句。有當人意者,有不當人意者,蓋嗜好、見地各有不同也。

"文未名家詩未老,念年辜負一身閑。"此五年前詩也。今馬齒已長,而詩文仍無進境,思之殊堪愧死。

民權素詩話十一種補遺

蔣箸超 等撰

報刊版的《民權素》詩話，部分已收録《民國詩話叢編》中。因“叢編”的詩話乃據民國上海民權出版部刊《民權素萃編》本點校，該書共收録十四種詩話作品，且有所删改。考《民權素》雜志，實際共有二十四種詩話刊載，其中十一種作品《民權素萃編》本未收録，故再輯爲《民權素詩話十一種補遺》，以發現《民權素》詩話的全貌。

《民權素》，一九一四年四月二十五日創刊於上海，由蔣箸超編輯，民權出版社發行，一九一六年四月十五日終刊，共出十七期。主要欄目有名著、藝林、游記、詩話、説海、談叢、諧藪、瀛聞、劇評、碎玉等；主要撰稿人有徐枕亞、吴雙熱、李定夷、劉鐵冷等。

《民權素詩話十一種補遺》分别爲：《滑稽詩話》、蔣箸超《蔽廬非詩話》、劍鳴《鳴劍樓詩話》、恫百《莊莊詩話》、肝若《琴心劍氣樓詩話》、李懷霜《裝愁庵詩話》、昂孫《網廬詩話》、天任《菜根書屋詩評》、慶霖《退思齋詩話》、榴芳《無題詩話》、《留學生詩話二則》十一種，連載或刊載於《民權素》第1、3、6、7、9、10、15、17期“諧藪”與“詩話”欄目。

滑稽詩話

陽 武等

有人作《鵶片烟槍銘》云:"酒之餘,飯之後,桂之馨,蘭之臭,榻上一點燈如豆。短笛無腔信口吹,可憐人比黄花瘦。"謔而不虐,其針砭痼疾之微意,自流露於言外,可謂善於辭令者矣。(陽武)

某甲略識之無,輒喜弄文翰。一日作客,致其姻親某乙:"姻兄",誤作"烟兄"。乙作詩之云:"生性何嘗解吸烟,雪茄鵶片絶無緣。姻兄竟把烟兄唤,黑籍沉冤大可憐。"甲聞之,不解所謂,喜弄文翰如故。

滬上名妓某,色藝雙絶,有李天才者眷之歷久,情愈篤;而同時又有鄭國才者,亦與有一面緣,欲深交之,而未得也。無何,李、鄭二人皆旋里,妓思李切,欲致函其家,又以其家範素嚴,懼爲其父所呵責,乃登報速其來滬。柬首衹稱才兄,不敢直指其字,恐其家人知也。不意鄭見報誤會,即日來滬;而李相距遠,未及至。鄭見妓,自述來意。妓知其誤會,因作詩嘲之曰:"天才未必即凡才,一是仙根一俗胎。解得儂心相係處,何須千里惠然來。"鄭大慚而去。

余親串中,有綺荷軒主人者,好聽盲女奏技。因與盲女善,作七律四章,書於齊紈以贈之,既嫌其太少,囑余代續數章。余獻爲八章,以補之。主人頗爲擊節,兹録其四章云:"弦管生涯計已非,筵前心事兩相違。調音未必輸師曠,途盼何須效洛妃。望斷秋波人不見,觸來春恨淚空揮。羞從塵世舒青眼,品格如卿世所稀。""何須對鏡畫雙蛾,深淺描來總任他。山好不嫌秋水涸,月明空悵暮雲多。豐神未减羅敷媚,艷曲新譜《子夜歌》。爲恐檀郎禁不起,臨行從不轉秋波。""茫茫世事總如烟,贏得閑愁付管弦。眼界何妨空一世,情苗願已茁經年。哀絲豪竹樽前淚,軟玉温香夢裏緣。莫怪眼前無一物,太虚原是有情天。""飄零何處證前因,送盼無心却解顰。世界任他成黑暗,年華今已誤青春。人來洛浦終疑幻,夢入巫山恐未真。星眼向人羞不啓,怕看燈下影横陳。"雖刻

意形容，終覺肖象之處多，言情之處少。蓋余本非個中人，故難爲之代表也。（秋夢）

辛亥秋夕，予過舊雨梅村，見其著作中有句云："削髮爲和尚，留須效老人。"予即顧梅村而笑。蓋梅村年僅弱冠，和尚也而又老人矣。然予此時，則猶是一和尚耳。梅村因亦笑予曰："君既與我共作和尚，盍與我共作老人乎?"予曰："即自今夕始，此于思于思者，予當記取焉。"越數月，予居然一老人矣。因作五言詩一首云："剪了一條辮，添之兩撇胡。增前己減後，故我復今吾。"以示梅村，梅村爲之一笑。（鶴岩）

滿清入關，下令剃頭時，人有薙頭詩之作。自今民軍敗績，袁勢大張，逮捕黨人，殃及無辜，今日槍斃，明日殺頭，時有所聞。因戲仿之作《殺頭詩》一首，詩曰："聞説頭堪殺，無妨日殺頭。有頭皆可殺，無殺不成頭。殺自由他殺，頭還是我頭。請看殺頭者，人亦殺其頭。"（方人）

桃花門巷中，小家碧玉多有倚門而立者，其目的大都偷盼行路少年郎也。及人行近時，則又急轉入内門，轟然扃矣。女兒心腸，殊難億測。爲畏羞計耶，則何必倚門？爲賣嬌計耶，則何必扃户？安得有情人破其扉，入其室，一握伊人纖纖素手，而問其原因也？通州張茂才《題巷口即事》云："轉過街頭轉巷灣，倚門有個小雲鬟。怕儂瞧見嬌模樣，撲的一聲門忽關。"二十八字，直將女兒倚門現象，描寫盡矣。"怕儂"兩字如見其人；"撲的"兩字如聞其聲。

某君性詼諧，善作誹體詩。其《嘲海上某醫》詩曰："喝六呼幺轎子扛，將人性命木鐘撞。摇頭舌咋眉雙鎖，裝出郎中地道腔。"其二云："心肝腎腎説專家，到死終歸勿認差。忽發天良施妙藥，幾包木屑太湖沙。"其三云："不挂方壺挂短琴，江湖訪友覓知音。看封奉送無須慮，號金叨光數百文。"時醫醜態活現紙上，不知若輩見之，能無汗顏否？

某郡有女學一所，男教員某翩翩年少，一濁世之佳公子也，與某女生結不解之緣，春風一度，豆蔻含胎。無何，彭亨欲動，爲同校生所譏笑，回里未幾，即呱呱墮地矣！有好事者，題二語挾校門，首曰:“教育,教……育。”次曰:“學生,學……生。”亦謔而虐矣。

有某君戲作《送窮詩》云:“勞爾相陪已幾年,今朝祖餞持開筵。一盆豆腐齋羹飯,三炷清香下草船。對你磕頭當速去,饒予活命莫多纏。從今好把阮囊洗,等待明天儲老錢。”噫!今之民國窮極矣,亦安能將窮神,送之而去哉?或曰:“民國今年亦曾發了兩千五百萬鎊的大財無?如實在命窮、運窮,故大財亦到手就空。”(文郎)

吾鄉某公素有文名,而傲物殊甚。一日過烟霞山,見壁上題詩頗夥,心輕鄙之。援筆草二十八字於後云:“高山滚鼓何人腔,料得詩翁丈二長。不是詩翁長丈二,如何放屁到高墻?”雖語近謔薄,然亦足爲世之妄自作詩者戒。

保邑西北濱於河,河之左岸有高山矗立,絶壁峭然,地學家謂其於治中之文風有礙,思法以解之。遂雇工石鑿,横書“天開文運”四字,字大函丈。冬歲,學使觀風至三縣,有李生者獻《竹枝詞》云:“石壁天開文運昌,不知做甚麼明堂。我也曾問過岩匠,他説大家無事忙。”學使閲之大謔,批曰:“我於此詩亦然。”(南村)

有張姓者,愛財若命,家雖小康,然聚賭抽頭爲日用資,意亦良得。一日,鄰里某甲約三人至其家,爲葉子戲。至夜半,托張身代己,則潛入其室,而私其妻。蓋張之妻甚美,甲涎之者久矣,終莫得逞,故以是餌之。及張歸寢,偵知其事,而某甲等已遠颺矣,卒因名譽有關,事遂寢。有知其事者,嘲以詩曰:“抽頭度日事荒唐,何况家中號小康。妻被人淫甘結舌,緑巾博得姓名張。”張聞之,乃卜居於他鄉也,至今人述其事者,莫不捧腹大笑云。噫!世有和嬌之癖好者,可知戒矣。雖然,吾又爲張生之行者不取也。(五病)

友人彭舜臣言,客有館吴中者,每食肉片湯,既少且薄,如水面落花,飄飄蕩蕩,一下箸則潭水悠悠,意甚惡之。戲咏一絶,粘於壁曰:“淺淺漂來薄薄鋪,厨頭娘子費功夫。等閑不敢推窗看,恐被風吹入太湖。”形容“薄”字,可謂無微不至。

客石首時,同學張閬仙言,某士人善畫,工詩。因憤世故,繪一鐵拐李,衣破衣,抛拐杖,枕葫蘆,席地卧高堂大厦前,旁繪一犬對之,作狺狺態,顔曰《天涯憑食圖》。題一絶云:“我討我的飯,與你甚相干。可恨勢利狗，單咬破衣衫。”弦外有音，不僅描摹乞丐之口吻，亦可謂謔而虐者。

劉蓋臣先生爲余陵參將時，有車笠交，位居其下。每通訊輒自署“標下”“如兄”，蓋有清一朝最重過節也。幕中王君以游戲語書其後，爲李堇庸見之，因聞王檄文中有“是誰之過歟?”之笑柄，亦賚一詩云：“標下如兄事不奇，衹因過節太矜持。是誰之過加歟字，笑語於今倒笑誰?”

英雄壯志，兒女柔情，極端反對，自古已然。近有軍人戲改唐詩一聯云：“無端嫁得軍官婿，辜負香衾事早操。”雙方隱衷，一語道破。

彭舜臣少時好作滑稽，客金陵時，同幕中屈、張、孫、蔣四子別有一種趣旨，因作詩戲之云：“屈張孫蔣四名家，遷腐寒酸竟自誇。流麗端莊好文字，此中還算蔣星槎(蔣，字星槎)。”一時傳爲笑柄。

余少時，就食某公處。公□飲食者也，同人或不甘之。余作一絶云：“日食萬錢無下箸，千秋奢侈笑何曾。須知淡泊能明志，風味還當嚼菜根。”以示同人。某公見之，連聲“是是”，遂略從豐。

余學幕汪介生師處，適病起食粥，未嘗師命作小楷，余不敢造，作《征人怨》一章云：“手握兵符太不情，三君抱病也從征。貪夫自作封侯夢，那管他人死共生。”爲師瞥見，笑而免之。

某君一妻二妾，購巨宅隔院居二妾，而置妻於密室。余時年少，閑之戲作《宫詞》一律贈君云：“開元宴處在深宫，户有三星樂事融。上苑深嚴春不漏，一枝幽逸信難通。關防獅吼安排好，晝掃蛾眉淺淡工。信是幾生修艷福，教人無處問天公。”後又聞其妻紅顔未老恩先斷，而雅弗介意。余偶與君談話因笑曰：“余有致尊夫人一書，君肯爲我作寄書郵否?”君錯愕者久之。余曰：“君勿少見多怪。”遂書二絶示君云：“深宫何事竟昏昏，天下三分去二分。穠李夭桃春處處，滿天風月獨關門。魚水君臣終不戀，是兒今日竟忘恩。”之句，君始恍然相與一笑。(豁庵)

予友陳子余瀟灑風流，宦游沈陽時，嘗與朋輩品花北里，眷一蘇産妓，投桃報李，如漆如膠。妓名蓮子，朋輩之能詩者皆爲之題聯，刻畫入妙者甚夥。一日，徵言於余，余立成一流水嵌字格嘲之曰："莫道蓮心堪喻苦，須知子夜不飛單。"句雖不佳，然有合乎箴規之義。子佘閱之，爲之爽然。

蘇人某甲有劉伶癖，然不良於飲，每飲必醉。一年三百六十夜中，十之七夜不省人事，及宵而醒，則豪興自若也。一日，飲於某酒家，復大醉。獨行無侶，傾倒路旁，頭觸石，血流被面，强起忍痛而歸，耗去醫養費數十元始愈。余偶書一絶嘲之曰："如今悔學酒中仙，大好頭顱竟不圓。醫渴例如醫痛好，問君多少杖頭錢。"(箸超)

蔽廬非詩話

蔣箸超

余十歲時，從從父新甫讀。日日苦於夏楚，心竊恨之。從父素有季常癖，學輩有不禁其鞭笞者，或至於號叫，隔簾一咳嗽，則從父之神魂褫以去，手執之夏楚幾隨聲以落。余欲奚落而甘心之，苦無所自。會從父助余讀五言唐詩，督責更不少懈。余因尤而效之，成古體一章曰："讀書莫苦惱，日日聞啼叫。簾前咳嗽聲，鞭落知多少。"楷書一過，珍藏書笥中，不期爲從父搜得。既愠且笑曰："若小子，不可造也。"

詩之一道，非俗人所得道其單字，古來詞人言之詳矣。然近今詩人多於牛毛，乳臭之子一解吟咏，輒比韵琢句，不自知其唐突，何可笑之甚也！余十歲時甫學詩，曾有絶句一章移嘲若輩，最爲切貼。詩曰："阿蒙下得幾年帷，北海樽前老面皮。文不在兹天喪予，年來强半俗人窺。"猶憶余成斯詩時，適爲余父所見，罰余長跪六刻鐘，懲戒刻薄也。

余十二歲時，學得讀《隨園集》，見其恭維高貴諸作，心恒鄙之。慣向王侯門前博幾聲异采，可爲隨園之長技，詩人廉耻掃地盡矣！姻丈胡枚臣孝廉，古學泰斗也。能詩之門客以千百人計，皆喜談隨園詩，獨余則於隨園詩集上大書"佞詩"二字，從不一讀。余弟季傅(即昂孫)幼不工詩，而鄙薄隨園，與余如出一轍。嘗見其《題隨園詩》一絶云:“巴不得風流,有錢萬事休。文章無定價,但看女兒喉。”確中子才短處,特言之未免過甚。

鄉人有新婚者,新郎甚長厚,日以秘事告人,且曰每晚鷄鳴時,新好必以指甲抓其臂使醒,而就一枕睡。有好事者以詩紀之曰:“妾年二十郎十九,妾性風流郎長厚。春宵刻刻值千金,到得鷄鳴眠不久。好事毋教一度虚,孤衾怎奈五更守。爲郎憔悴已多時,郎勿狠心呼罷手。”詩聞於新婦,恨其夫之不守秘密也,切齒詈之曰:“從今後,再不來抓你一把。”今其子年已一十六,鄰人尤據爲笑柄也。

近年烟禁厲行於内地,一般黑籍鬼恃十里洋場爲安樂窩,吞雲吐霧,豪興自若,其實亦可憐之尤者也。余幼時,聞鴉片臭頭,必爲之暈,故深惡而痛絶之。然余岳、余舅皆酷好是物,過訪余父時,必携具以來,黑雲毒霧,彌漫寢室,余甚苦焉。因作絶詞四章曰:“拚將精血伴燈昏,顛倒陰陽不必論。枯卧生涯疑似鬼,問誰夜裏有乾坤。”“不醫口渴不充饑,赢得半生氣力微。敢是兩肩能負重,脊梁高聳曬蓑衣。”“烟灰多少費思量,擱却新槍弄老槍。衹有五更消不得,要茶要水一聲娘。”(越俗有子者,多呼其妻爲“某之娘”,故言。)“芙蓉帳裏芙蓉燒,不管閻王舉手招。怕是文忠遺烈在,老來一例犯明條。”是時,禁烟政策尚未發明,余不過隨意言之。今予舅亡十九年,而予岳則受禁烟之干涉者且數起。二十年前之諧詩,竟有道着之一日。世事變幻,大都作如是觀可也。

廢除八股策論時,吾越之能文者約有三派:一、嗚呼派。開口嗚呼,閉口嗚呼者也。近今宦途得意之人物,如馬仲咸(即學書)、壽洙鄰(即鵬飛)輩皆爲斯派之健將。一、嗟乎派。開口嗟乎,閉口嗟乎者也。著名者,如徐伯蓀先烈,其餘能力極薄弱,今歸淘汰矣。其一,不嗟乎、不嗚呼,爲純粹之先正派。如蔡孑民、湯蟄仙、茅孟淵、周伯度諸先輩是也。嗚呼派極盛時代,在戊戌洎癸卯六年間,當時之舉優者、領鄉薦者,幾無一不爲是派人物。遭屈抑者,獨馮仲咸一人耳。予曾有絶句嘲之曰:“子曰改良是嗚呼,嗚呼惟我獨嗚呼。嗚呼鄉薦嗚呼貢,及第嗚呼落嗚呼。”今則居傍天子,儼然爲新貴矣。余偶憶前事,復爲竄易數字曰:“子曰改良是嗚呼,嗚呼真是好嗚呼。嗚呼中國嗚呼帝,不是嗚呼也嗚呼。”

余幼時喜學詩,然多詼諧之作。或有涉於刻薄者,爲予父所見,輒厲色相向,余且屢戒不悛也。計自十歲迄十七歲之七年中,以皮肉爲詩之代價者,不知作踐幾何。十二歲而後,頗以嚴威爲苦,然有所聞見,手輒作奇癢,欲罷不能也。無已,於暗陬覓一壁洞,有所作則貯之,不合余父見。余父縱心細,究竟非神明,安能見人於隱微乎? 如是者足十年,不能知其多少。余第覺十七歲以前,殆無日不作詩,所作之詩,又無首不刻薄而已。壬寅冬,祝融先生相予居,此數年之心血亦抵作灶司上奏摺矣。可惜哉,可惜哉!

余從父聯蓀家道不甚豐,壯年好酗。飲醉以歸,諸事不問,先捽從母髮,摑頭掌頰,務合流血而後快,非人道絶矣! 余等習見之,雖不以爲怪,然曾有詩諷之曰:“不是色迷是酒迷,一年四季爛如泥。勸君暫把饑寒問,不要拳拳飽老妻(叔母長於叔五歲,故言)。”詩爲從父所見,予祇聞得“小畜生! 管你什麽事”二句,即疾轉而奔,恐其以飽從母者飽余也。然從父殊不若是,復高聲叫曰:“小心走,謹防跌。”自是出入,值於途,必顧予而笑。此種情景至今思之,亦極有趣味也。

長兄娶親時,余方十三歲,常竄入新房,兄嫂以余幼,不甚所顧忌。一日,余於後門稻田中捉得一蚱蜢,少見多怪,意欲獻與新來嫂,以顯余捉來不易之能。掀簾入則不見一人,第聞嬌聲問曰:“來者誰?”似帳中透出者。余怏怏而出,立成一絶曰:“急忙衹爲小蟲來,底事無端闖綉帷。不見哥哥聞嫂嫂,紅羅帳裏一聲誰。”

余次兄,更身第二宋玉也。十四歲時,議親于章姓。章擇婿甚苛,堅以相婿請,余父固辭不獲,乃諾之。蓋所謂看新郎者,亦越俗之慣例也。時方盛暑,約相會於華嚴寺,由叔父瀾聲帶領以往。予是時祇十二歲,亦不解是何理,第覺“看新郎”三字與老婆問題略有關係而已。過午歸,叔父頗喜形於色。余急詢次兄以何狀,至四五次,卒不答。余恨之刺骨,遂作七律一章,以紀其事曰:“而今存記是新郎,妃色紗衫半截裝(是時盛行解衫,故言)。羅扇姑姑描蝴蝶，緞鞋姊姊綉鴛鴦。（皆紀實也。）除非斷送老婆管（老婆管，越諺也），敢是瞎呼丈母娘。底事回來無一語，惹人肚裏費平章。”詩成時，次兄讀一過，悻悻曰：“阿三你好，余將必有以報你。”越年餘，余亦議親於湯姓女家，亦請相婿，婿貌甚不颺，余父不獲辭，乃倩次兄代之。既允親事，次兄以和韵示余，其刻薄較甚。（且待第三集續之。）

次年，余又議親於同邑湯姓，雖不堅持相婿之請，而丈人口氣若於書外見者。余父性素快直，就曰：“即相何妨！”雖然，此却是大難事。余貌之不揚，誰不知之？湯氏本俗人，天不能以腹相者。無已，余父以秘計令次兄代之，而余固未知之也。届日，第聞次兄有東浦之行。越午歸，次兄即笑嘻嘻以和韵示余。余見之，頗有愧色。越諺不云乎：“六月債，還得快。”謂次兄之刻薄乎？則余實有以先之，殆非平允之論也！詩曰：“看我重新扮六郎，羅衫猶是舊時裝。可憐陋骨難蒙虎，莫怪喬公錯點鴦。此日朵頤誇妙婿，他年蹙額伴新娘（余豐於額，故言）。相皮相骨都成幻，除却姓湯改姓章。”

越俗夏秋之交，必爲龍舟競渡之戲。届時分村醵會，競侈鬥華；鉦鼓之聲，不絶於耳；畫旗綉擄，日游行於澄湖碧浪間。時或犀檝争先，駢艘并進，昂首掉尾，振迅若有神，而歌吹祀賽之盛，士女豐容之觀，雲合霧襲。農忙之家亦復約戚友，具供饌，傾終歲所獲爲一日鷄黍之資。蓋風俗所習，不可遏也。雖然，謀國之道貴於富民，富民之道貴於節用。此種浪費，其爲期雖促，其受累甚廣，亦蠹國之一種也。余幼時曾有《龍舟曲》一章，頗堪醒世。歌曰：“有客談龍舟，龍舟本越俗。我家鑒湖濱，年年看不足。四座且勿喧，聽我龍舟曲。四五月間梅雨晴，春花一起好收成。侫神賽會尋常事，如雲士女惱鶯鶯。東迎爺娘西接婿，今年還比往年趣。號炮聲聲自遠來，報導神船收祭去（賽會之日午前，供泥神於巨船周行各村，謂之收祭）。羊豕糕桃償神債，香花紙馬案前挂。忽聞菩薩來哉聲，齊向船頭突突拜。笙歌百道聲如雷，彩旗前導龍舟來。金鱗翠鬣張巨嘴，街頭按尾自相摧。出軀少年健於虎，船旁鼓檝船梢櫓。（每舟選少年有力者二三十人，或鼓檝，或扳櫓。）白帳當中旗四飄，裝成隊隊天魔舞。大龍盤旋如有神,小龍盤旋點蜻蜓(小者名泥鰍,長身而狹,其疾如風)。盤車裝點更華麗,亭臺宛在鏡中行。梢婆年紀十五六,一半歡欣半羞縮。有時躍水過額間,神情非笑亦非哭。鐵幹海鬼名紛紛(盤車龍舟之最大者,上裝亭臺樓閣,以金飾之。船尾有一年約十五六女郎,盛妝而坐,謂之梢婆,又有鐵幹海鬼等舟雜龍舟中),天公作惡日西沉。龍舟散去歌場歇,蕩婦狡童齊出神。古來太史是采風,熱鬧喧傳入九重。不問民情與風俗,單將兒女説西東。乾隆皇帝問宰相,越俗賽會真榜樣。清甸湖上好繁華,脂粉一天八千兩。(越俗賽會,以四月六日之清甸湖最爲熱鬧。)相臣稽首萬歲爺,不過家家鷄黍排。那費許多香水粉,翡翠簪與玳瑁釵。吁嗟乎!十里周圍十萬户,一家一鷄何足數?浪費金錢不算真,消耗精神無處補。我爲越人長太息,龍舟之毒毒如蠍。何時陋習盡删除,教民撙衣且節食。"此余二十年前之諧作也。更新而後,百廢雖不能具舉,而於此種惡習,禁止頗厲,亦吾人愜心之一事也。

予十九時,受知於邑宰何公,得參與公益事。當時,豫倉舊董某紳者,一紈絝子也。性喜□色,而又好賽錢,一食必兼二三人,芙蓉膏財每日至少須一兩纔能過癮,時人多以"四老爺"呼之,喻其有四癖也。余曾有詩嘲之曰:"裘馬翩翩向晚奔,居然浪子入公門。官家干甚春池水,公服襯將越女褌。""不愛金錢不愛珠,骨牌著手骨頭酥。民間知否紅紳士,便是卅年老賭徒。""下箸何曾費萬錢,餐餐鼓腹是神仙。笑他措大妒人甚,肉食鄙夫逞口禪。""纔擱烟槍上緑呢,扳談幾句又神疲。門前光禄紅金匾,疑是芙蓉仙子嗣。"(某父曾署某省按察使,而某亦二品銜之候補道也。)

邑有富室陳某兄弟二人,皆長於盤剥,然手足之間又絶不相能,以故鄉人呼其兄曰"長毛",呼其弟曰"鬼子",喻其兇狠而操戈也。兄有子某,頗有儒雅氣,會書齋落成,浼某孝廉題其額。孝廉固刻薄者,援筆立就"匪夷所思"四字以應之,觀者多不能瞭解。適余過其廬,笑謂主人曰:"某公何辛苦乃爾,其實將尊府門外大招移以題此,最爲貼切。"蓋某素操洋貨業,其大招上則"洋廣雜貨"四字也。事聞於孝廉,柬余以詩曰:“苦心題小閣,底事欲干卿。令子懺前孽,貪夫獲美名。匪夷成幻想,洋廣是真評。寄語愛財者,路人抱不平。”余讀其詩,頗以多書自艾。然若輩實民間巨蠹,亦不可不有以警之也。

余昔年於鄉兒扇頭閱得短歌一曲,朴質古厚,老嫗都解,一種太平趣味自流露於行間。雖造於村直,絶不類淺腹人口吻,殆亦歌謡之一種也。歌曰:“本支十八世,老住鑒湖濱。有婦器且織,有兒讀且耕。淅淅西風緊,唧唧蟲語清。阿弟打秋千,阿妹采紅菱。阿爹曬稻束,阿媽念《心經》。雲浮香爐頂,日照會稽城。此是安樂鄉,百年不過兵。勸君移住山陰道,有山有水有園林。”如上云云。雖非詼諧之作,讀之增人興趣不少。

租界上之人力車本以便利交通也,然江北人之拉車者,恒不喜聚而喜散,不喜冷静而喜熱鬧。當酒館散席,戲園散場時,無論有客與否,必挨肩接背,擠在一塊,甚至巡捕餉以木棍,亦若死而無悔者。然此至可笑,而亦至可厭者也。予友了僧曾譜《天仙子》一闋,以記其事曰:“這夥蠢蟲真淘氣,有生意與無生意。一定要銜頭接尾,哼一屁,轟一記。骨碌碌滚在一起。”描寫真情,頗稱緊切,然未免謔而虐矣。

武林巨賈柳某早年以販珠玉入蜀,另娶一妻,已生呱呱矣。然某以年老,音問不入蜀者殆十年,未幾而老病死。蜀中某氏以久無音耗,携其子投奔柳家。甫入室,見一面有鬍鬚者踞中座吃飯。某氏誤以爲夫,促其子跪拜稱父親。柳氏子詰得細情,更大吵不止,後經鄰親圓説,始得寄食柳氏。有好事者用武林口氣以記其事曰:“這格那格不要争,你們他們親弟兄。將仔吃飯不是的,攏拉哼的令先尊。”蓋是時,柳某木主猶供在上座也。余聞其事,兼讀此詩,不禁爲之絶倒。

了僧喜滑稽,所作打油詩不下千百首,惜隨作隨弃,無人爲之掇拾。余猶憶其《賦乞丐》一律云:“草鞋破衲傍禪扉,日出上街夜静歸。肉骨未將窮腹鼓,虱蟲偏效落花飛。東南西北四條路,春夏秋冬一領衣。莫向王侯門外過,一聲狗叱張狐威。”此詩亦莊亦諧,讀之不類滑稽之作，然頸聯、腹聯趣味極矣。

庚子鄉試時，余促裝入省場。事既畢，約二三同伴，向西子湖邊索生活，或水或陸，倍有趣味。因作《竹枝詞》二十章，具録於下。"帖對涌金水一渦，游人齊唱莫愁歌。阿儂不像鹽嫫醜，落得買舟載哥哥。""一手茶壺一手杯，抛將餘汁搗香灰（西湖水泥甚松，有'香灰泥'之名，故云）。瓜皮船小蕩流甚，仔細銅圓二十枚。""進香天竺趁新晴，齊向茅家埠口行。唧唧咕咕爲甚事，滿船風送念經聲。""儂家今日又魂銷，不上鵲橋上斷橋。終究楊花少主意，船來船去最無聊。""霎時簫鼓擁中游，士女如雲竟冶游。是否當年誇奪錦，吴儂踏浪立船頭。""一群浪子出城限，側目一回笑一回。那個人兒何處去，掉頭趣向北關來。""聞得荷花陣陣香，幾回摧折妾肝腸。郎心似否道心苦，從不貪眠趁早凉。""六橋橋外近三潭，月色還將秋色含。此月照人千萬夜，伊誰心事十分甜。""金錢買夜門繁華，北市行人如散沙。奚必春江花月夜，樓臺燈火路三叉。""慈航生日渡湖心，半點紅塵不許侵。乃有吴儂長禮佛，檀香一炷拜觀音。""嗚呼悲已岳王墳，更有何人吊霽雲。地下若逢牛伯遠，務祈不問岳家軍。""湖邊何地最清幽，净寺鐘聲繞渡頭。莫道比邱無艷福，西施夜夜入雲樓。""殺戮同胞建异勛，四公祠宇焕丹青（曾公祠、左公祠、張公祠、李公祠也）。年年廟食知陵替，主義何堪稱族明（時浙中徐錫麟輩已發明'種族主義'説，故云）。""家住湖濱西復西，鳳凰巢下一枝栖。生來不識西湖好，偏愛蘇堤與白堤。""冬冬更鼓超重關，多少游船晚未還。江上看潮湖看月，大家同上鳳凰山。""桂子香濃八月中，一篙軟浪趁西風。南山栗子剛成熟，宋嫂魚須問鈎童。""花滿長堤月滿亭，懷人一曲有誰聽。可憐陰帝欺人甚，不令早生抱小青。""香山題咏已離奇，更有東坡賣老痴。笑煞人家桑梓地，要他白送詞和詩。""人説西湖清復清，本來言外有知音。試看和靖最奇節，猶向梅花鼓瑟琴。""夜游恰與時相宜，昏暮何人不徇私。且向湖心亭畔泊，一重世界一琉璃。"以上二十章爲余十五年前最得意諧詩。詩成時，偶失檢，爲余父所得。第一章閲竟，已連呼不妙；閲至十二章樓韵，説句褻瀆神明；繼閲第十三章，則摇頭不已;至十七章青韵與十八、十九兩章,神色更變,至於無辭。然復讀者再,蓋有所愛也。既而詔予曰:"阿三你做的詩,也算偏鋒。但人生在世,總須向正經處討生活。如是賣弄聰明,爾祖宗之德凉矣!"余唯唯者再。今余父往矣,詩篇具在,而余固猶是落拓之平生也。一生文字債,誰爲厲階歟?余嘗有"一座西湖占本位,廿章絶句送前程"之句,蓋所以自艾也。

某邑有一學究,名則虎者,其平生著作多屬滑稽,《咏村童讀書》四首尤堪發噱。其一云:"書聲讀去又回頭,十字删除九不周。再聽含糊三五遍,神仙也厭遁瀛洲。"其二云:"《大學》修齊與治平,《中庸》性道衹明誠。可憐一個頑童子,暮暮朝朝讀不清。"其三云:"童蒙語氣太昏蒙,空字如何唤作通?讀去唐詩將半本,先生還不識西東。"其四云:"六年稚子樂如何?一卷新詩讀未多。昨識仲尼師項稿,今朝嬉戲作謳歌。"此四詩真足爲村童寫照。予友鶴岩,嘗柬以示予,因以質予之《非詩話》。

鶴岩性喜古,故搜括甚嚴。嘗於某氏破笥中拾得片紙。紙上有詩二首,其一《咏鳩鵲齊鳴》云:"班鳩一聲鵲一聲,班鳩咏雨鵲呼晴。天公也是無主意,落雨不成晴不成。"其一《咏半腰美人圖》云:"百般體態百般嬌,不畫全身畫半腰。可笑畫工無見識,動人情處未曾描。"二詩渾脱流利,後聯猶有趣味。雖極滑稽之作,而半字不落輕佻,可爲打油詩中僅見之作。鶴岩不以破笥之片紙而忽之,殆有心人也。

余昔年有《艷情》七古長歌一首,係用古句集成者。久而之不可得,今得之於予弟昂孫處,繹讀一過,表面雖非佻健,然細細味之,則無句不含深意,甚非正經之作也。因録之,以實《非詩話》。歌曰:"八方定位闢坤卦(柳宗元《龜背戲》),床頭怪石神仙畫(張蠙《贈鄭明府》)。畫閣輕寒綉被温(陸游《春寒》),閉門旋了和詩債(陸游《春思》)。杏花消息雨聲中(陳與義《懷天經智老》),能者操舟疾若風(杜甫《觀打魚》)。細數落花因久坐(王安石《北山》),月輪移在上陽宫(杜牧《洛陽秋夕》)。門外一溪清見底(陸游《飲牛歌》),野緑全經朝雨洗(白居易《五鳳樓》)。柴扉水際畫還扃(范成大送聞人伯卿赴銅陵》),味道固應甘若薺(吴芾《錢廣文采芹亭》)。一花兩花春信回(陸游《梅花》),春田可耕時已催(韓愈《分司東都感春》)。夜深忽夢少年事(白居易《琵琶行》),小院有門紅扇開(温庭筠《吴施行》)。白浪翻空動浮玉(蘇軾《潤州甘露寺彈箏》),谷中答響飄新曲(楊繪)。紅顆酸甜祇自知(杜甫《摘荔枝》),尚愛此山看不足(蘇軾《游道場山》)。上到青雲穩著鞭(白居易《敏中新授户部員外郎》),中流簫鼓振樓船(《元旦興慶池侍宴》)。滿塢白雲耕不破(管師復),江南春盡落花天(田汝成《嘉興晚發别陳子常》)。重簾不捲留春久(陸游《戲作長歌》),江州司馬平安否(楊巨源《寄江州白司馬》)? 一犁春事最關情(元好問《久旱得雨》),雲雨從來翻覆手(蘇軾《次韵三舍人省上》)。春衫初换鞠塵羅(陸游《鷓鴣天詞》),分得春光數最多(温庭筠《牡丹》)。吞若雲夢者八九(司馬長卿《子虚賦》),三十六湖春水波(謝應芳《送李彦明歸高郵》)。紺園遇雨琪花潤(項忠《靈光寺》),書生膽氣有誰信(徐鉉《送黄梅江明府》)。一年芳草夢中人(張九一《寄弟》),澗門花霧紅成陣(曹文晦《桃源春曉》)。遮莫鄰鷄下五更(杜甫《書堂夜飲》),老人無睡到天明(劉禹錫《酬僕射牛相公》)。夜長枕上揚州夢(張天錫《客懷玉山》),贏得青樓薄幸名(杜牧《遣懷》)。"

紅樓十二釵中,獨王熙鳳不能詩,然雪中聯吟第一句,隨口胡謅,便成佳句,所謂詩人貴自然也。余料寶釵等起之,斷無如此堂皇。少陵,詩聖也,曾語人云:"多師是我師,非師可師之人,而師之也。村童牧竪一言一笑,皆吾之師。善取之,皆成佳句。"至理名言,千古不易。蔽廬女僕見余繕稿時,屢喋喋向余曰:"先生早也寫,晚也寫。寫了幾十個正天,難道還寫不完嗎?"余因有句云:"頭銜不借嘉禾貴,心血祇爲墨草枯。"中秋之夕,内子坐小缸畔謂余曰:"一缸水竟是月色了。"余因有句云:"尖風刺骨黄千里,圓月澄輝白一缸。"皆得意之句也。

劉東苑云:"富於萬篇,窘於一字。"余當時頗不之信。繼而友人以近作索和,内有一"朋"字,造句三五日卒不得一佳者,方悟劉言具有甘苦意味,非三折肱者,固不能知也。後來勉强和之"豪俠隨時縱酒食,貧窮無逸覓親朋”。陳腐已極。荀子曰:“人有失針者,尋之不得。忽而得之,非目加明也,眸而得之也。”所謂“眸者”,偶睨及之也。昔袁子才送弟香亭詩有句云:“君恩深處忘途遠,家運隆時惜我衰。”一時和者甚衆,惟“衰”字一韵,殆無佳句。其妹夫胡書巢句云:“江南政績新遺愛,海外文章舊起衰。”子才作書深美之,書巢答書中有“爲押‘衰’字頗費心,今果見許,足徵兄之能知此中甘苦”云云。説者謂書巢押“衰”字工夫,猶荀子言“眸而得之”工夫也。其説甚是。余愧無“眸而得之”之工夫,故一遇和作即退而却走,而尤爲難者,則莫若改詩。嘗有重余之人,以未是草就正於余。余之苦殆吃黄連之不若,非全易其意,則不易一字,作者恒怪余之不情。非不情也,自作自討好,爲世人之通弊,而詩人染之尤深。余初意,亦顯點竄數字,作冠冕之搪塞。無如甫易一字,則其楮上原本仿佛栩栩欲活,一字擺不穩,衹得全數勾去。即此一端,已足見余之毫無工夫。必如荀子所言“眸而得之”,恐於改作、和作亦有鞭長莫及之憂矣。長兄枝先云:“工詩者,不善改詩,不喜和詩。”此書當是近理。

《新齊諧》載,有海昌陳秀才偕其表弟李姓至廣西通判署中,署内厢房封鎖甚秘,人莫敢開。秀才力主開之,中有園亭花石,遂移榻焉,月餘無恙。八月中秋,在園醉歌曰:“月明如水照樓臺。”聞空中有人拊掌笑曰:“‘月明如水浸樓臺’,易‘照’字便佳。”陳大駭,仰視之,有一老翁,白藤帽、葛衣,坐梧桐枝上。陳悸,急趨卧内。老翁落地,以手持之曰:“無怖。世有風雅之鬼如我者乎?”問:“翁何神?”曰:“勿言。吾且與汝論詩。”陳見其鬚眉古樸,不异常人,意漸解。入室内,互相唱和。老翁所作字,皆蝌蚪形,不能盡識。問之,曰:“吾少年時,俗尚此種筆劃,今頗欲以楷法易之,緣手熟,一時未能驟改。”所云少年時,乃媧皇前也。自此每夜輒來,情甚狎。李之家童見之,急白李。李責秀才云:“汝染邪氣耶!”陳大悟,亟歸家避之。甫登舟,老翁先在,旁人俱莫見也。將入浙江,老翁謂曰:“吾與汝緣盡矣。”言已猝不見。秀才既歸,具以告其家,家人駭曰:“此妖也,汝何得近之,不送命亦幸事耳!”余謂有鬼能詩,惜余不得而過之。世之所謂人者,有幾個錦其心,有幾個綉其口？必曰尚論古人,静待來者,與求鬼又何异也？

隨園有句云:“他生願作司香尉,十萬金鈴護落花。”余讀之輒興感不止。余鄉有俞姓者,名族也,年年科甲,世世簪纓,家資饒巨萬,至十世不替。眼前名紳某,前清道員也。生五女,皆能章句學,而仲女猶能翹楚。某年,仲逸去,紳故秘不發。然路人争道其事,誚仲許字某紳族,迎娶有日矣。前數年,仲與薙髮匠某甚昵,至是遂從之,完其所好也。又曰仲貌奇美,而薙髮匠某則黑麻面肥,不知何以愛之若此,豈亦前生宿孽耶？余戚周某,館於俞家者四五年。從學生手得仲詩,有“試問郎君要命無?”之句。余已斷爲不貞女,頗心疑周,固不料所謂“郎君”者,乃薙髮匠也。此事與隨園所説之“溧陽宦家女”相類,而玷辱門户則尤過之。“女子無才是德”一言,實此輩尤之耳。隨園多澆薄處,而“他生願作司香尉,十萬金鈴護落花”。實關心風教,仁厚之言也。

梁秋潭先生《垂釣》云:“香餌自香魚不食,釣竿衹好立蜻蜓。”《題采芝園》云:“自采自餐還自壽,不來朝市説禎祥。”宋杏洲先生《咏槐花》云:“寄語世間諸舉子,不願纔到此時忙。”周西穆先生《湖上》云:“野鷗導我有閑意,新柳笑人成老夫。”施文學《竹田湖心亭》云:“六時但有藏風至,五月來看梅雨晴。”皆沖淡有高致。按四人皆錢塘人。乾隆時有屢徵不就者,説者謂杭州多高士,實山川。(鍾毓之)余謂近時之杭人多富貴利禄思想,而西子湖上之風光則依然如昨也。以是徵之鍾毓之説,殆不足信。

“《春秋》本是爛朝報,不到千秋無定論。人説項王弑義帝,便宜劉季亦奇冤。”此了僧詩也。其説本諸《齊東》,不足爲信。吾曾見某筆記中載有《漢高弑義帝》一節,其言云“山東驛鹽道盧憲觀暴卒,已而復蘇。家人詢其故,盧曰:‘余前身本九江王英布也。弑義帝,乃高祖賄布,非項羽所使也。高祖陰弑義帝,嫁名項羽,而僞與諸侯討弑義帝者。羽訟於上帝,須布爲質。質明,果係高祖所弑。陳平六出奇計,此其一也。’家人又問:‘事在二千餘年之前,何以至今始行定讞?’盧曰:‘羽以坑咸陽卒故,受無量罪。今始釋出,有申訴權。'"云云。語有之"英雄多陰謀",安知義帝之死不爲高祖所使乎? 韓信、彭越、英布皆項王舊臣,而高祖一氣殺之,其中亦是一疑竇,莫謂了僧無隻眼也。

徐伯蓀先烈游學東洋時,寄内數絶中有句云:"莫逼女兒裹小脚,苦刑後主可除名。"尾有注語:"李後主宫中行樂,以錦裹其妃窈娘足,爲新月之形,不過一時偶戲,不料相沿成風。世上争爲弓鞋小脚,以致量大較小,婆怒其媳,夫憎其婦,男女相沿,恣爲淫褻。不但小兒女受無量苦,且有婦人爲此事懸梁服鹵者。然後主生前受宋太宗牽機藥之毒,其受苦不知何如? 欲發慈悲之心,救兹囹圄之鬼,非除去纏足陋習不可。詩故云云。"此亦因果設教之苦心也。余幼時亦有句戲纏脚女子云:"尖尖玉笋競誇讚,怨遇四川張獻忠。"世傳張獻忠破四川時,截女子小足堆爲一山,以至小者爲山尖。出乖露醜,至於此極。尤物之禍人歟? 是以尤物而禍己也。

昔李元膺有《十憶》詩,樊山循其義而廣之,得二百篇,爲世傳誦。余欲效顰而不耐作香奩,乃翻作《五憶》詩。了僧曰:"子之《五憶》,何所取義乎?"余曰:"少年不務正業,今晚矣。以之自懺,於理甚當。"了僧曰:"然則,子之《五憶》吾知之,必爲'嫖、賭、吃、穿、烟'五題無疑。雖然題過博,恐解不勝解。盍若反其體而爲律詩,則思過半矣。"余曰:"可。"了僧乃爲余拈韵字。第一憶《賭》,得"紅"字。"五歲兒童絶世聰,背爺偷擲狀元紅。半生不幸墜迷窟,一夜無歸起内訌。縱有雄心占旺相,惜無妙術借東風。萊公孤注最難學,赢得衣衫入庫中。"第二憶《嫖》,得"流"字。"胭脂隊裏詡風流,不拚金錢死不休。賣笑樓頭春色惱,迷香洞口冶魂勾。惜從桃葉翻新漲,猶向荷花典敝裘。耐格少爺真蹩脚,一盤爛帳没人收。第三憶《吃》,得"斤"字。"有酒三升肉一斤,餐餐羅列半鮮葷。萬錢價貴嗟凶歲,十日興豪是使君。未必屠門遂大嚼,居然舌本留餘芬。年來已就嗟來食,不見親朋饋鹿筋。"第四憶《穿》,得"袍"字。"壯年一意學時髦,單笑賢人敝緼袍。襲葛興時爲進退,衣衫無處不風騷。翩翩裙屐羞儕輩,楚楚冠裳傲爾曹。怕聽换空箱一戲,妻孥歲盡越啼號。"第五憶《烟》,得"陳"字。"熒熒一榻慣横陳,夜伴芙蓉笑語親。欲借燈花占壽數,時從火裏倍精神。可無妙藥忘中國,偏有老槍醫死人。太息州官懸厲禁,居然弄假亦成真。"詩成,了僧讀竟,笑謂余曰:"此乞兒口吻,殆非足下自憶。"

昂孫有《四憶》詩十六章,頗堪發噱。《憶酒》四章云:"豈果解憂惟杜康,一杯常伴美紅妝。醒來萬事都如舊,兩字笑他是醉狂。""人説青蓮意氣豪,醉中揮不盡仙毫。我來行過玉山上,不見詩才出爾曹。欲借瓊酥補玉神,即仙郎佛自稱臣。如何一味糊塗了,斷送昂昂七尺身。""東道主人慷慨多,憑君飲量决江河。摇摇擺擺過城市,翻入茅池念那摩。"《憶色》四章云:"頭銜最貴是風流,拚却閑身學温柔。究竟不如花燭好,被人發覺斯文休。""卿須憐我我憐卿,露水鴛鴦訂密盟。怪道見時似相識,有頭冤孽在三生。""躡着步兒入翠房,生成姿態媚情郎。今宵縱遂雙栖願,别後相思仔細商。""色不迷人人自迷,高唐入夢有餘凄。何曾真個銷魂者,剩得紅羅小字題。"《憶財》四章云:"畢生心血苦張羅,節食減衣没奈何。轉眼堂前無燕子,兒孫衹爲孽錢多。""多少勞人算計空,滿街争説孔方兄。來時辛苦去時歡,那個存儲滿竹筒。""窮時路鬼亦揶揄,一有銀錢便自如。衹是海沙容易散,問誰家裏畜青蚨?""豪俠心腸不愛財,千金直視爲飛灰。一錢好逼英雄漢,羞見故人滿載回。"《憶氣》四章云:"少年血氣貫精誠,屢向人間抱不平。天地無靈身亦死,有誰繼續慰英靈。""一家鹽米須商量,休與旁人道短長。年少未能諳世故,三言兩語便慌張。""鄉間善惡不分明,便有村婆搗實情。我是酒餘聽不得,代人剖白目光瞪。""人間無地覓恩仇,郎有仇時亦有頭。此恨未能消一口,除非到得死方休。"十六詩寫來尚能有致,惟與"憶"字不相吻合。余意,應改爲《四悼》,昂孫頗不以爲然。蓋昂孫落筆時,固意在"憶",而不在"悼"也。

余論詩最愛俏皮語,蓋俏皮詩句調侃世人實實不少也,况詩本以亦莊亦諧爲上。凡村塾俚語,以其風俗者佳,所謂俏皮者,實不在此。樊山《十憶》詩中俏皮語頗不少。如《憶行》云:"衹有檀奴渾認得,最纖纖是玉娘鞋。""聽慣扶梯纖屧響,下樓輕似上樓聲。"《憶坐》云:"除非鸚鵡呼迎客,纔肯臺身隔幔窺。"《憶飲》云:"爲妾殷勤致緑醲，爲郎仔細揀紅丁。”“閣盞時時破瓜子，贈郎猶帶口脂香。”“儂自愛杯卿愛酒，杯唇常有淡胭脂。”《憶歌》云：“詞中與妾相關處，緘字偷聲出口遲。”“若逢女學堂中女，不鼓洋琴不入時。”《憶書》云：“爲郎寫遍《心經》字，衹換鴛鴦不换鵝。”“不知今隸何人制，偏是鴛鸞點畫多。”“無限人間通用字，心頭極熟手頭生。”《憶詩》云：“女中自有元龍氣，總較旁人出注多。”《憶顰》云：“同心結子從卿結，結到眉心那得開。”《憶笑》云：“未必千金真買得，拈花須付有心人。”《憶睡》云：“安得中山千日酒，别時睡到見時醒。”《憶妝》云：“鳥聽秦嘉書到手，手持香髢出簾櫳。”皆俏皮而極有趣味之句也。《廣十憶》詩中，如《憶羞》云：“對面覷人無避處，轉頭佯看畫屏風。”“苦恨背人詢小玉，有誰曾中雀屏無？”“微聞卜鳳佳期近，十日前頭已避人。”“邯來驚笑佯回避，欲着裙衫不自由。”《憶倦》云：“侍娘見慣慵懨態，猜是桃花結子時。”“料得明朝梳洗懶，最令人困是歡娱。”《憶瞋》云：“恰似玉蓮燈一盞，春宵偶有爆時花。”“豈知一度生疏後，一度恩憐勝舊時。”《憶喜》云：“裙裾不浣經三雨，除却檀郎衹自知。”《憶浴》云：“那能不稱檀奴意，自撫凝脂亦自憐。”“瑣窗嚴密無窺處，時聽香羅蘸水聲。”《憶食》云：“不羡吴蒓與蜀姜，不求津蟹與河魴。衹須長接梁鴻案，縱是家常飯亦香。”“朝饘暮粥都無幾，轉是檳榔上口多。”《憶潔》云：“自身忘是羊脂玉，生怕羊脂污玉纖。”《憶香》云：“最能操縱檀奴處，耐使消魂又返魂。”《憶學》云：“香閨最厭頭巾氣，不買坊間女四書。”《憶綉》云：“去年綉得鴛鴦隻，直道到今年始作雙。”亦俏皮之句也。

曩於某書室中見《讀書》五古數章，語語滑稽，不知作者誰氏。因録之，以實《非詩話》。“多少聖賢書，千載墜雲霧。多少小説家，百口矜神悟。綺語祖《紅樓》，俠情算《水滸》。百回不厭讀，越讀越生趣。堪笑十三經，腐儒多箋注。束之以高閣，專以飽蟫蠹。”又云：“詩爲六藝一，豈用資狡獪。斯語出劍南，名論不可汰。紛紛章句家，搜句如路丐。乞得墦間羹，便自詡天籟。寧知有心人，齒冷等自鄶。我病亦同衆，詩多轉自大。一得輒相矜，恐爲騷壇害。細昧放翁書，工夫在詩外。”又云：“廟堂盛歌頌，窮愁亦著書。兩者各成是,何以相毁譽。世人薄韋布,論文必石渠。草野習倨傲,不識承明廬。要知不朽業,總視素所儲。文章有權力,貴賤兩聽諸。何必叩九閽,祇要富五車。人自持二説,我自惜三餘。”雖滑稽之作,而行文頗有古氣,不當以常詩目之。

龔子明有《慰友人喪明》一章云:“江山不是漢家物,贏得吾人淚眼枯。君是幾生修得到,痴聾便可作翁姑。”可謂奇妙之作,然强詞奪理極矣。子明,遼陽人,好詭辯,惜不永於年,就木已三載矣。

余從叔均甫,詩敵也,然小試十一次,卒以拙於五言不得售。既輟試,自貶殆甚,乃取館閣詩晨夕讀之,至老不能工。嘗語人曰:“吾曹以詩爲小道,鄙之不屑爲。今而後,知章句之學半自天賦,有非人力所能及者。”有好事者倚《减字木蘭花》一闋以嘲之曰:“幾句八股,摇頭擺尾經營苦。掩卷自量,看我插花入邑庠。　可憐賦得,留意平平平仄仄。喪氣垂頭,依舊還鄉妻子羞。”真正刻薄之至。先君子詔余兄弟學詩時,嘗引此首以爲戒。余年雖幼,故識之綦牢。

余鄉有名瑞仙者,終日無所事,與枕褥爲親,惟三餐時則引起一飽而已。嘗自語曰:“貴爲天子不如我,辜負香衾事早朝。”人以其善睡也,因皆呼之爲“睡仙”。予弟昂孫有詩嘲之曰:“慚愧里人呼我仙,他人肚裏受熬煎。飯來從不掉頭睡,食字工夫趕過眠。”“如君真個號無愁,夢裏乾坤千萬秋。祇怕更闌人静後,山妻慣下釣魚鈎。”兩詩俱有見解。曩年,見一寒君有《咏睡漢》五首亦趣味之作也,并録於下。“偃卧果然似死人,緊閉雙目挺其身。憑他有事如天大,不作漁郎一問津。”“其呆如木爛如泥,定是宵來被鬼迷。漲口流涎呼好好,莫非想吃好東西。”“任人呼唤何嘗應。盡汝推摇總不知。却被兒童惡作劇,面龐拍粉點胭脂。”“更把錫糖一陣塗,蒼繩撲面聚來多。錫糖膠住蒼蠅足,一片蠅聲唤奈何。”“兒童伸手撲蒼蠅,巴掌頻敲睡漢醒。兩頰可憐紅且腫,鏡中一照失人形。”讀之令人絶倒。

余二十二歲時,爲嚴命所窘,乃設家塾教子侄,昂孫時僅十齡耳。困守青氈,書生最無趣味事,而况家塾哉!余因用樊山題家塾韵,效俳諧體,以自解其一。"愧我工夫拙,經師曷以堪。有書但静對,無酒不高談。撮背情真苦,低頭心不甘。一編傳得否?何處覓雲龕。暖日不烘硯,墨花長結水。四教難學孔,三省又慚曾。妄想消春晝,枯容坐夜燈。非人家子弟,益爾更無能。"是詩後爲先君子所見,曰:"爾輩不辨書味,若此休矣。"其明年,則先君子自教之。

梅縣李小白著有《兩頭纖纖》四章,余甚愛誦之。向亦喜歌四章,示楊了僧。"兩頭纖纖蒼苔蠖,半白半黑美人脚。腷腷膊膊淮山藥,磊磊落落三生約。""兩頭纖纖赤伏符,半白半黑雲中須。腷腷膊膊兩岸蘆,磊磊落落夜明珠。"兩頭纖纖烏龜背,半白半黑陰陽配。腷腷膊膊琉璃碎,磊磊落落無定在。""兩頭纖纖刀劍棱,半白半黑硯瓦水。腷腷膊膊佛前燈,磊磊落落楊了僧。"後數日,了僧報余書曰:"辱惠四詩,大佳,大佳!惟第三章前二句褻尊太甚,行當與足下法庭相見耳。"不半年,了僧竟死。哈哈,"陰陽配"被余道着矣!

余曾於某戚家扇頭見四律云:"曉起稀聞款户聲,懸壺老矣求知名。徒誇三世傳針訣,懶教諸兒誦脉經。枕底丹方經驗少,袖中紅紙謝儀輕。肩輿偶視朱門病,歸去逢人詫藥靈。""退爲房老幾何春,衰醜翻爲大婦親。手硬怕梳嬌女髻,分卑難議小男姻。醯鹽料理還多事,巾櫛衹承别有人。三十年前團扇子,空箱檢得一沾巾。""小多災疾寄檀林,雪刺磕頭艾炷深。偏訪同參惟見塔,欲古佛恨無金。腹虚枉托求齋鉢,日耗難穿補衲針。十上普陀三人藏,早年行脚到如今。""工爲鬼蜮與人殊,抱牘堂前慎走趨。累世居倉成大鼠,有時分芋弄群狙。印偷聖相知能返,錢盜乖崖不畏誅。包老來時翻得計,愈清嚴處愈糊塗。"描寫醫生、妾婦、妓女、胥吏無聊之態,維妙維肖。余既愛不忍釋,乃默而識之,欲爲之傳者。有年後數載,方知爲樊山十老和作之四。此老詼諧,謔而不虐,誠吾輩之典型也。

余十三歲時,先君子爲余書扇頭,係集俗語七言律詩一首,讀之頗饒趣味。詩云:"容易上場難下場,病人勿搭鬼商量。天堂有路問誰到,大熟年成隔壁荒。今日不知明日事,寅年勿吃卯年糧。

聰明反被聰明誤，莫吃饅頭三口生。”詩曾載入《聽雨樓》中，當係先大父遺著。

打油詩有從淺描淡寫見實力者，如樊山《寒夜》云：“譙門畫鼓已三敲，倦聽茶聲半夜潮。爐取微温方適手，帶非甚暖不宜腰。空心硯滴中無水，眼照琉璃上有橋。試取葺裘較分數，羔羊程度淺於貂。”又《女學堂行》云：“傳聞婦學盛東京，興起支那女弟兄。初六履霜陰象見，東南出日牝鷄鳴。鉛黄自昔留污點，釵弁於今要競争。絶國語言嬌乳燕，大家講義囀春鶯。教之歌曲鸞争舞，畫以胭脂虎竟成。標本室中花樣巧，體操場上柳枝輕。宫腰可似諸夷細，天足纔堪萬里行。梅實改良將問鼎，連花進步郎傾城。天公電視應相笑，織女星期任改名。横舍各安娘子位，陸軍常備美人兵。地球漸逐秋波轉，天柱都將玉笋擎。治外法權操女手，自由婚嫁任人情。虢姨騎馬羞前輩，韋母稱師畏後生。成就國民四百兆，中分一半是娥英。”又《介休燈詞》云：“銅衔車馬宛如龍，兩面花棚淡蕩風。恰似春星千萬點，銀河一道貫當中。”“星橋十丈互天街，曼衍魚龍隊隊來。莫是琅琊新幕府，紅蓮千朵一時開。”“串串明珠奪月輝，琉璃無縫任風吹。鳳凰打挂衔雙帶，宛轉流蘇到地垂。”“斗樣方燈製作殊，冰紬四扇白紗糊。并門亦有丹青手，盡畫麒麟閣上圖。”“飛舞雙龍鱗鬣殊，通身解散極盤紆。看他首尾渾相應，衹趁中間一顆珠。”“驚聞簫鼓起汾流，衔尾紅魚在後頭。陸地展開五湖水，美人輕蕩采蓮舟。”“鬢花蓮草顫丫蘭，弓履青珠小鳳衔。身作美人燈一盞，月中摇曳茜紅衫。”“閲盡花棚鼓笛幽，雙臺對起賭歌喉。不須更打春燈謎，駐馬蕭蕭聽石州。”皆秀麗纏綿，饒有風致之作。而《介休燈詞》八章尤爲《竹枝詞》之正響，真不厭百回讀也。

王金發鎗斃矣，余猶憶其趣事一則。曩年，徐伯蓀先烈游東時，大通校學生公分祖餞。時金發亦在座，學生甚鄙夷之，酒令命數過，强金發以詩。金發曰：“誰耐煩作詩？”其實金發在大通時，連發字稍帶草體便不認識。所謂“不耐煩”者，乃其欺人之詞耳。詎學生堅不允，伯蓀曰：“這亦何難？衹要七個字一句。譬如，第一句著末一字是個‘人’字，第二、第四句就該説成‘鶯’‘成’等音，便可押韵。至於第三句,可以不管,你就胡謅幾句,也不是什麽大笑話。"金發無奈,衹得紅着臉皮,想了許多工夫,纔出口曰:"十個筵席一百人,大家豁拳鬧鶯鶯。我是今朝吃醉哉,連要困都困勿成。"説完之後,學生拍掌不已。余謂四語具有層次,比薛大哥似乎通些。

鄉人李阿堯之子名阿通,十六歲時出門不歸,後見之於衹園禪寺,已艾炷刺腦矣。遇余大樂甚,款待備至,且曰:"余近苦學詩,來寺者無一二文人相與商榷,引爲憾事。近得《雜感》數首,先生盍爲我斧削之?"詩極可誦,且於"警世"二字頗有相關處。特録之,以告世之童年無知者。詩曰:"漫言披髮入深山,煩惱打除第一關。空有誠心拜活佛,望鄉臺上我無顔。""生小糊塗不解事,爺娘打罵暮復朝。阿通不耐鞭笞苦,且向空門乞一瓢。""如我真成無賴子,負宗負祖負爺娘。倘然佛果熱心者,但見阿通落苦鄉。"阿通既呈詩,且謂余曰:"先生歸家時,爲我轉告父母:'來此無所苦,惟幼年不能孝敬父母,引爲終天之恨而已。'"余亦爲之涕下。

有用樊山"肝"字韵嘲梅毒者,可謂趣極之作。"搗破楊梅現紫瘢,醫生來瞭解絲牽。小心連累漢高鼻,好色應無叔寶肝。不借春丹勻碎粉,衹憐下部蕩微瀾。蹣跚一步勾魂去,死味還如九節鰻。"押"來"無字不穩,可見詩人無險韵,衹在妙手爲之。如斯詩者,亦諧詩中之創格也。

有詰余者曰:"袁子才謂詩中有理語,誠然!敢問歪詩中亦有理語否?"余曰:"有楊了僧《嘲戲子》云'人間道我痴癲處,都是聰明學得來',繆蓮仙《無不歌》云'無人不傲慢,無館不一樣。無東不好獎,無師不包誑',吴桐川《新年詞》云'哺哺吹原吹底事,哈哈笑又笑何人',沈秋河《奴婢歌》云'天地生人無厚薄,人生天地分苦樂'之類,皆勘破世情語。惜乎讀者不經意,乃以游戲三昧視之。"

歪詩之謔者多矣,然虐者更多。曷謂之?"虐"以正義解之,即無理取鬧之謂,非其所謔而謔之也。余謂"謔"字當作"刻"字解。特"刻"者,則言非逾份,有寓深於淺之旨。至於"虐",則多逾份之言,其狀態近乎劉四一派。余弟昂孫常謂余云:"正詩無'虐'字,歪詩無‘刻’字。”其言甚有至理。顧作歪詩者,多喜舉人之隱事,逞口舌之能,何以王莽、曹操、林甫、國忠、安石、秦檜、嚴嵩、魏閹輩,歪詩中獨未之見? 則知若輩之無理取鬧,非有心於駡人明矣。

余友李戇謂余曰:“我輩文章已見妒於宰官,不復能得其效用,區區愛國心,亦惟以詼諧出之。”嘗出其近作《嘲某當道》十六韵示余,誠詭而不離乎正之作也,爲録於下。“罷職歸田後,再來氣象殊。覆清有勝算,平亂在須臾。”“晋撫遭狙擊,皇圖敢覬覦。烽烟摇漢水,影響及全吴。”“但祝謀能濟,安知德不孤。欺人授勛位,點將飛兵符。”“志士空嘗膽,老夫自揺須。山河雖鼎革,心境老糊塗。”“築就眉塢宅,陳將太廟俘。而今初願遂,那管積冤呼。”“萬世子孫業,一朝天地誅。我爲三窟兔,爾輩圖城狐。”“武力摧民意,外財壯國謨。中山何處去,宣統本如無。”“植子休摟嫂,丕兒當立儲。衹憐五月七,低首拜倭奴。”不特以豁刻見長,可謂歪詩中咏史之雄作。今老友已以暑患物化矣,復誦此詩,爲之黯然。

武林繆蓮仙有集俗語《竹枝詞》三十章,天籟母音,發人猛醒,余極愛誦之。備録於下,以供同好。“我若貧時亦不妨,時來頑鐵也生光。瓦片尚有翻身日,烈烈轟轟做一場。”“一舉成名天下知,十年身到鳳凰池。人逢喜事精神爽,豈可人無得運時。”“千杯酒做一杯乾,多少旁人冷眼看。丢了爬兒揑掃帚,爲人容易做人難。”“公門裏面好修行,半夜敲門不吃驚。善惡到頭終有報,舉頭三尺有神明。”“吃一秋來打一秋,不風流處也風流。千年田地八百主,命裏無時莫强求。”“石崇豪富范丹貧,莫道無神却有神。陰地不如心地好,皇天不負有心人。”“人老珠黄不值錢,人生不樂也枉然。今朝有酒今朝醉,一滴何曾到九泉。”“今朝脱下鞋和襪,一忽睡到大天光。天坍自有長人頂,莫管他家瓦上霜。”“一生都是命安排,奶奶死了壓斷街。命裏有時總須有,得開懷處且開懷。”“今生何處不相逢,昨日今朝大不同。萬事不由人計較,騎牛撞見親家公。”“遇了一年又一年,一日新鮮一日醃。世事茫茫何日了,爲誰辛苦爲誰甜。”“真怨他家井底深,知人知面不知心。光陰似箭催人老,一寸光陰一寸金。”“運退雷轟薦福碑,得便宜是失便宜。愁人莫對愁人咏，心病還須心藥醫。”“説起秋來到處愁，誰人肯向死前休。彩雲易散琉璃脆，恩愛夫妻不到頭。”“巧妻常伴拙夫眼，千里姻緣一綫牽。世事都從愁裏過，月如無恨月常圓。”“莫爲兒孫作馬牛，出門歡喜入門愁。一人自有一人料，二日無常萬事休。”“不是冤家不聚頭，前人種樹後人收。兒孫自有兒孫福，事大如天一醉休。”“兄弟同心土變金，大樹底下好遮陰。逢人且説三分語，未必他心是你心。”“無緣對面不相逢，衹恐相逢是夢中。一日三來三日九，於今又是白頭翁。”“富在深山有遠親，一朝天子一朝臣。貧居鬧市無人問，衹重衣衫不重人。”“惡人自有惡人磨，話不投機半句多。一覺放開心地穩，得高歌處且高歌。”“黑心人有馬兒騎，看你横行到幾時。瓦罐不離井上破，衹争來早與來遲。”“蝦蟆挑在戲盤裏，兩顆烏珠惡溜溜。看得天宫箬帽大，眼睛生在額角頭。”“人老何曾再少年，饅頭吃到豆沙邊。人心不足蛇吞象，巴了千錢要萬錢。”“踢殺猢猻弄殺鬼，銅鈿眼裏翻筋斗。相打手裏奪拳頭，强中更有强中手。”“鼻涕拖得丈二長，朝歡暮樂過時光。東瓜扯到豆棚裏，不識酥兒原老鄉。”“眼嫖鼻吃脚游湖，植樹銀包使鐵箍。東去遇財西過寶，得來全不費工夫。”“日裏閑游走四方，賭錢吃酒養婆娘。一朝馬死黄金盡，自有旁人説短長。”“色不迷人人自迷，蜒蚰不動自然肥。貪花不滿三十歲，大限來時各自飛。”“少年公子老封君，錦上添花爛小人。一個銅錢四兩福，不來親者也來親。”語云：“文章本天然，妙手偶得之。”余於此詩亦云：惟詩中如“吃一秋來打一秋”“奶奶死了壓斷街”“不識酥兒原老鄉”“眼嫖鼻吃脚游湖”諸句，疑非普通俗語，尚不能到老嫗都解地步耳。

余幼時有《十二願》詩，雖粗俚不成章，然亦足爲歪詩中之一格。亟録之，以實《非詩話》。其一云：“甲午方知國步艱，眼前政策已開關。難酬東亞和平願，但見虎狼據遠山。”其二云：“暮暮朝朝讀不清，詩書多半誤聰明。堂前許我書香願，單怕老來學不成。”其三云：“姊妹弟兄笑語同，大家團聚樂融融。焚香暗禱天倫願，父不西兮母不東。”其四云：“筆硯精良亦值錢，蔽廬日月自年年。如今了却書生願，嚼墨噴花第一仙。”其五云：“矮屋檐中風日凄，功名惹得下頭低。何如守我林泉願,家住鑒湖西復西。”其六云:“畫眉衹要兩情諧,左右毋須十二釵。他日能完家室願,青衫從不浣秦淮。”其七云:“不謀華屋營良田,樹影草香息此肩。還我本來山野願,笑他難得子孫賢。”其八云:“破浪船頭歌大風,少年英氣立奇功。尚教得遂請纓願,也是丹青一世雄。”其九云:“從古騷人興未删,吴中水與蜀中山。壯時得踐狂游願,立馬天南第一關。”其十云:“親着親兮鄰着鄰。生平最惡禍心人。總無力具同仁願,從不損人利己身。”其十一云:“鄉里愚人少大家,争鷄罵狗聞喧嘩。區區也學公平願,片語斷金心不瑕。”其十二云:“五福駢臻壽最先,絳中老子青城仙。最難得是長生願,多少滄桑過眼烟。”蓮仙有《四十二願文》一首,體既率俗,而復有“蕊榜連登”“探花及第”諸語,可笑孰甚。以此較之,似乎心地比他清些。今行年三十五矣,所謂《十二願》者,等之蛛絲馬迹。文人打誑語,殊無以自解也。

鳴劍樓詩話

劍　鳴

詩詞之作本乎性情,性情之發男女各异。男子禀乾之剛,發而爲詩,往往有長城飲馬,携手河梁之慨;女子承坤之順,幽婉嫻雅,是其本色,間有吟咏,大都綺麗緣情。其於金戈鐵馬之風,豪竹哀思之奏,則稍稍漓矣。然而幽花媚春,子規叫血,言愁寫景,乃其獨長。讀隨園女弟子詩,班香宋艷,不禁悠然神往矣。

室人史劍塵幼聰慧,工吟咏,著有《海棠軒詩存》二卷,其中纏綿清麗之作頗堪吟誦。《咏杜鵑花》云:“暮春天氣易生愁,花鳥原來是一流。啼到無聲腸已斷,盈盈血淚染枝頭。”《咏紅梅花》云:“久作羅浮清净身,緣何令亦失天真。淡妝不入時人眼,故學桃花點絳唇。”《咏新荷》云:“一枝貼水報新秋,雅自輕盈韵欲流。西子泛湖初傅粉,太真試浴尚含羞。劇憐俗眼無知己,且喜名花早出頭。旖旎向人如解語,香風過處碧烟浮。”《咏菜花》云:“來成萬寶獨當先,燦燦黄裳谷雨天。珠點錯星彌罅隙,金光隨地布方圓。笑他浪厠群芳譜,得此才全大有年。百卉論功居第一,評花却怪品題偏。”《咏白牡丹》云:“沉香亭畔玉欄前,别有芳姿獨佔妍。富貴最難留本色,風流更好在天然。痕消朝酒晴雲暖,舞罷霓裳夜月圓。恰似傾城稱虢國,蛾眉淡掃入朝天。”此數詩藴藉沉摯,神韵悠然,洵爲閨閣中之佳構。

鑒湖女俠秋瑾詩,久爲世人傳頌。余尤愛其《東渡歌》云:“登天騎白龍,走山跨猛虎,叱吒風雲生,精神四飛舞,大人處世當與神物游,顧彼豚犬諸兒安足數!不見項羽酣呼巨鹿戰,劉秀雷震昆陽鼓?年約二十餘,而能興漢楚。殺人莫敢當,萬世欣英武。愧我年廿七,於世尚無補。空負時局憂,無策驅胡虜。所幸在風塵,志氣終不腐。每聞鼙鼓聲,心思輒震怒。其奈勢力孤,群材不爲助。因之泛東海,冀得壯士輔。”又《鷓鴣天》一闋云:“祖國沉淪感不禁,閑來海外覓知音。金甌已缺終須補,爲國犧牲敢惜身? 嗟險阻,嘆飄零。關山萬里作雄行。休言女子非英物,夜夜龍泉壁上鳴。”又五律一首云:“叙别短長亭,群山睡已醒。瀛洲芳草緑,漢地柳條青。意氣吞胡虜,精神貫日星。相思寄鴻鵠,携手復叮嚀。”筆力雄渾,幾有昂首天外,不可一世之概。此巾幗而鬚眉者,不可以尋常閨閣論也。

靖江柳望岑先生,半生侘傺,潦倒風塵,亦古之傷心人也。近以所著詩稿見示,中多哀感沉鬱之作。爰録數首,實余《詩話》。《武林學舍》一律云:“急景催人似水流,西泠木落又逢秋。一簾風雨高齋冷,牛榻琴書小閣幽。童冠有緣燈下課,友朋不遠幄中留。雁聲乍向庭前過,惹得吟魂繞酒樓。”《憶常州》云:“晋陵一别復年餘,何日歸來再卜居。骨肉遠離空想望,親朋半盡輒唏嘘。西風淚落臨安道,夕照情傷震澤墟。且上高樓頻眺望,白雲深處愛吾廬。”《秋感》兩律云:“紅葉蕭蕭百感侵,思親頻勸故鄉心。杜鵑啼徹三更月,蟋蟀聲含五夜砧。鶴夢依稀汾水曲,鴻飛嗚咽楚雲深。小窗兀坐無聊甚,把玩家書抵萬金。”“半櫺明月角聲侵,咫尺天涯游子心。藝黍客鄉頻陟屺,采薇秋夜乍鳴砧。鳥啼苑樹霜華冷,蛩語空階漏點深。借問征途名利客,燕臺何事羨黄金?”其他佳什尚多,不勝縷録,即此可見一斑。

吾鄉卞梁伯君，績學士也。壬癸之交，偕健民、一泓、泊秋、附石諸子留學滬上，與余寓相距伊邇，朝夕過從，譚笑極樂。癸丑五月，暑假將届，梁伯因事先諸子言旋。臨行依依，不忍判獲。余率書幾句贈别云："宇宙雖迷茫，吾儕亦稊米。勿謂稊米微，而可自暴弃。窮則獨善身，達則兼善世。身世不可爲，訴之生花筆。"越四日，健民、一泓、泊秋、附石等同時返里，席間各以詩志别。余結句有云："莫道淮南無傑士，諸君多半氣豪華。"蓋紀實也。而今則關山間阻，不復能與諸君高唱大江東矣。

《同聲社雜志》爲吾鹽劉少卿君所倡辦，安徽吴東園編輯。其第一期載《馬克格尼爾行》一首，詞旨哀艷，直與白司馬之《長恨歌》、《琵琶行》後先媲美，亟録如下。"天生麗質曰馬克，如此佳人難再得。少小名噪巴黎斯，一顧傾城再傾國。顛倒公卿絲竹叢，車如流水馬如龍。夜夜歌樓金菡萏，朝朝舞榭玉芳容。百萬佛郎聲價貴，纏頭無補游春費。懊儂自是有心人，混混愛河空一葦。女伴隔鄰呼配唐，秋風摇落感徐娘。尊前不吝分金贈，病裏無端縱酒狂。何來鵁猛冶游子，温柔鄉里葡萄紫。一自黎園邂逅逢，從此花叢憔悴死。縱然自號太痴生，究竟難辭薄幸名。我輕著彭重眉史，始終不改舊鷗盟。翻手爲雲覆手雨，蠶身自縛情絲吐。可憐紫乙慣投懷，那有倉庚能療妒。玉質冰姿鐵石心，結交無用借黄金。撤珥賣珠渾不錯，文君但誓白頭吟。銷夏園亭一輪月，昨夜纔圓今夜缺。宛轉勸郎隨父歸，淚斑沾袖成紅血。詭秘行踪學李娃，纏綿别恨滿天涯。三生願化合歡樹，一現徒開短命花。郎心不諒妾心苦，枉結疑團尋怨府。雙栖身世證鴛鴦，一卷《心經》懺鸚鵡。懨懨鬼病困嬋娟，月暈孤鐙嫋藥烟。回書突遇同心結，抵死猶求一面緣。小玉自知病不起，紅顔命薄乃如此。緑野難尋匏止評，碧窗賴有於舒裏。落落寞寞恩談街，燕侶鶯儔無復來。絲兒氣力絲兒命，一夜呼郎五百回。絳縣赤誠天咫尺，脂殘粉剩空陳迹。游客方尋海外香，美人已化山頭石。書卷飄零返寓公，夕陽回首債臺空。至今青冢埋香骨，一片山茶濕冷紅。"（按馬克格尼爾，即巴黎名妓茶花女，事見冷紅生所譯之《茶花女遺事》。）

莊莊詩話

恫　百

桐城胡桐孫先生《巢雲山館遺稿》一卷佳者甚夥，其五律尤神似唐人，且工於發端。嘗讀其《長沙早秋》云："商飆來木末，一夕早寒生。秋色幾時到，天容萬里清。斜陽淡人影，落葉助詩情。極目瀟湘浦，南飛有雁聲。"《暮秋登城樓》云："寒雲吹不斷，一雁過城頭。秋色從西至，江聲繞北流。亂山黄葉寺，斜日暮鐘樓。漫學騷人怨，三湘是勝游。"《晚泊》云："向晚北風急，前灘浪拍空。雲生千嶂白，日落一江紅。小港平橋外，孤村細柳中。長歌歸浦去，收網見漁翁。"《泊湘潭縣》云："江水滔滔去，屬舟客路畏。殘雲迷遠岫，新月上危檣。人語鄰船悄，漁燈别浦藏。明朝風色好，挂席到衡陽。"《春陵道中》云："風急馬蕭蕭，山寒木葉凋。斜陽明驛堠，野水斷官橋。地遠疆分粤，民淳户雜猺。"《九嶷》云："氣合凝望駐，征軺過采石。"《登太白樓》云："欄榭壓驚濤，天風聲怒號。江流吞岸住，山色上樓高。醉眼乾坤小，詩情湖海豪。謫仙有遺像，瞻仰屬吾曹。"《癸丑十月，城陷挈家避山中，十二月初旬，偕張小石姻丈結茅於雲窩山莊之南，落成賦詩八首》之二云："人迹不到處，幽栖遠市喧。好山都繞屋，修竹自成村。煮酒朝開甕，引泉春灌園。避秦欣得地，何必問桃源。"《溪口晚步》云："雨歇衆峰青，溪深日已暝。長天銜斷焰，野水浴明星。聽鳥心逾静，看雲步易停。歸途松影暗，燈火透柴扃。"《憶兄》云："世事已如此，思君胡不歸。悠悠江淡水，渺渺芰荷衣。道阻烽烟闊，秋高鴻雁稀。傳聞岳陽郡，猶未解重圍。"《甲寅歲，天國兵據武昌，清軍累戰不利，沿江郡縣歸順，慨然有作》云："聞道岳陽上，潮頭倚求平。忽倦赤壁火，又下武昌城。骨肉音書斷，關山斥堠驚。匣中有長劍，終夜作悲鳴。"《晚泊》云："日落前山暝，荒灘繫纜斜。海潮低嚙岸，江月冷隨槎。蟹舍明幽火，鷗村接遠沙。蓬窗誰與伴，清夢在蘆花。"《雨和韵》云："山徑竹聲喧，蕭蕭雨到門。蟬吟孤嶼歇，菱葉半池翻。石截溪流轉，雲移嶺樹奔。今朝松塢裏,無處不秋痕。”以上各詩折錦爲枯,藏靡於勁。三唐而下,殆無其響矣。

桐孫先生之五律神似唐人,予已摘其尤者。兹復得其《廉隅潭觀瀑并訪鄭容甫》云:“葉落澄潭静,林深仄徑回。晴空噴急雨,白日響奔雷。古屋崖陰見,寒花石罅開。溪雲如有意,應識故人來。”《九日登天心閣》云:“萬井炊烟直,千林木葉稀。山吞殘日下,雁逐斷雲飛。短鬢簪黄菊,西風吹白衣。他鄉逢令節,多少客思歸。”此超凡之作也。其七律語多自然,時露感慨。《岳陽樓送人》云:“知君倦作楚鄉游,祖帳來臨江上樓。十載湖湘同作客,一天風雨獨登樓。憑高送遠難爲别,异地思家况是秋。酒醒江空人不見,青青蘭芷滿汀州。”《信陽道中》云:“崎嶇岩徑走彎環,磽碌車輪亂石間。斷木成橋横野澗,濕雲帶雨過前山。路旁童稚争看客,樹裏人家半掩關。喜見春田秧水足,陂塘處處桔槔閑。”《登金山寺》云:“開闢何年鑿此峰,巍然卓立大江中。盤根直下蛟龍窟,插影高侵日月宫。瓜步天清秋落木,海門潮起暮生風。詩情到此其無際,一洗塵眸障翳空。”《喜聞天國軍將至桐》云:“旗鼓驚從地底回,無邊喜氣動春雷。秋風古戍千旛出,落日平原萬馬來。自昔不難誅小丑,至今尚許拾殘灰。陣雲如墨妖星暗,峽石開頭角正催。”《桐自癸丑十月城陷,清軍於甲寅十一月初五日間道至道下》云:“軍聲動地走雷霆,鐵騎長驅不暫停。城下風雲圍乍合,山中猿鳥夢初醒。旌旗朝捲千營雪,燈火宵塞萬帳星。不是申胥能慟哭,雄師何日出秦庭。”《書憤》云:“旄鉞森嚴大將壇,營門柳色又秋殘。昆侖高宴關前會,巨鹿諸軍壁上觀。薄海風塵雙淚眼,側身天地一儒冠。空山慟哭終何濟,前席無由策治安。”“凄凉秋色滿山河,太息中原半枕戈。楚澤風濤三峽動,淮南草木八公多。愛才古有蕭丞相,籌策今無馬伏波。匣劍長吟風雨夜,酒酣燈下幾摩挲。”七絶稍遜,《回雁峰》云:“浪迹頻年楚水隈,扁舟何事更南來。此行已過衡陽浦,却上高峰看雁回。”摘句《秋日同人過城北金氏小園遇雨,步張小石姻丈韵》云:“有山皆可尋,勿問村與郭。有酒且共醉,勿計今與昨。”《大梁行》云:“黄河動地聲怒號,黄塵蔽天白日高。”又云:“吁嗟乎!厥功雖成事可耻，詭謀胡爲藉女子。君看古來享大名，因人僥幸皆如此。"《黄鶴樓》云："雲開鳥下荆門樹，風平人喚漢陽渡。"《過洞庭湖》云："男兒破浪本素志，我今履險如坦途。人生萬事但安命，風波平地無時無。"《客都門》云："紛紛世上胡爲者，不見當年屠狗人。"各句悲歌慷慨，四字盡之。

桐孫先生之五律、七律神似唐人，悲鬱蒼凉，令人不厭百回讀，即非全璧之作，傑句亦自不少。余所知者，如《咏登吹臺》云："嶽色連天遠，河聲動地來。"《晴川閣》云："寒烟漢陽樹，斜日郢門山。"《舟中夜雨》云："蓬窗孤客夢，風雨大江聲。"《春晴》云："東風二三月，飛絮滿江城。"又云："落花猶惹蝶，疏柳不聞鶯。"《秋齋夜雨》云："燈昏蟲語急，木落雁聲寒。"《京邸與徐仲水夜話》云："明燈垂細蕊，小鼎煮團茶。"《寶應縣》云："木落雁驚秋，清淮急暮流。濤聲連郡郭，帆影過城樓。"《泊瓜步》云："一水擁平沙，沙繞幾萬家。繁星亂燈火，徹夜沸箏琶。"《久不得大兄消息》云："長沙秋八月，寄我數行書。報導梅花後，相逢在故廬。"又云："江湘千里客，秦越一家人。"《癸丑十月城陷，挈家避山中》云："事業詩書誤，交情患難真。"又云："桑麻宜婦子，鷄犬亦神仙。"《春暮》云："樹梢禽哺子，花外犬迎人。"《宿武勝關》云："壤接豫荆資障蔽，疆分南北控咽喉。"《泊真州懷徐仲水》云："鳥下長淮秋水闊，人歸京口暮山横。"《留别方和甫即步元韵》云："男兒有志在宏遠，豈向臨歧説斷腸。"《夏日閑居》云："山徑有風先動竹，豆棚臨水正開花。"《清明》云："十里新泥挑菜路，孤村細雨落花天。"《新秋喜友人見過》云："好雨迎秋催客到，閑門終日向山開。"皆驚人之句也。先生諱嗣曾，性嗜吟咏。困於舉子業，南北闈凡八試輒薦而不售，遂佐戎幕，以勞得知縣。咸豐庚申之亂，詩稿投於火。同治戊辰謁選，游京師，殁於天津。著作多爲人攫去，僅由其戚友處訪得古近體一百二十二首。特未從軍以前之作耳，其後日篇什則不可復覓矣。

琴心劍氣樓詩話

肝　若

龔定庵自言:"庚辰之秋,戒爲詩,於弢言語,簡思慮之指言之詳,然不能堅也。辛巳夏,决藩杝復爲之;至丁亥冬,乃詮次《破戒草》一卷。"又自矢之曰:"余以年編詩,閱歲名十有八。自今以始,無詩之年請更倍之,惟守戒之故,使我壽考。汝如勿悛,勿自損也。俾無能壽考於而身,至於歿世,汝亦不以詩聞。"其下語若鐵柱,然越十二載,而己亥一年中復獲《雜詩》三百十五篇,反較曩時爲特多,守戒之難歟?抑文人結習之不易也。定公《己亥雜詩》三百十五篇,五花八門,可作年譜、行狀讀。乃人第喜其行間璀璨,吐屬瑰麗。不知聲情沉烈,悱惻遒上,直如萬玉哀鳴。苟例以隨園、船山諸作,則定公詩幾無一句可解,此傖父所以咸目爲"古來未有之格"也。江建霞標前輩有定公詩文集批讎本,極精核,往年曾假録之。其題《雜詩》後兩截句云:"清才深恐天涯少,艷福從來未必奇。若得河東君尚在,定教手寫定公詩。不從俗熟矜奇句,却啃華鬘視博綜。一笑跳枰相對處,茶烟正颺鬢雲鬆。"可謂得定公之神髓矣。

易實甫順鼎詩名播全國,與湘綺、樊山諸人勒。去歲讀其《六月十日紀事》一律云:"銅臺高峙濁漳横,飛去美人天四更。箍月有黄奔後羿,占星太白竊梁清。珠衣迷霧原無質,羅襪濤波豈有聲。鸚鵡鳥籠都睡了,步虚誰聽董雙成。"林狂甫卜琳和之云:"網疏黄蝶任縱横,月暗塵宵不計更。喬木絲蘿緣豈定,聘錢河漢水難清。歌雲已渺朝雲影,吐鳳空翻火鳳聲。底事汝南饒艷福,海山無處覓雙成。"兩詩皆藴藉而多諷。蓋京師自光復以來,女伶盛行,士大夫之有周郎癖者,咸重女而輕男。致老倫工王瑶卿有"陰盛陽衰"之嘆;譚叫天有"吾道窮"之悲。歌舞場中,趨向遂爲之一變。實甫膺史館閑職,興之所至,時與儕輩相徵逐。其時有女伶孫一清者,色藝雙絶,盛名滿京華,實甫昵之。一夕,忽爲有力者竊負而去。試探之,謂是京師第一要人之三公子。風聲所播,道路側目,相戒弗敢道隻字。實甫憤無可泄，乃紀之以詩。當時屬和者，原不止狂甫一人也。余以識狂甫故，故衹録其一首。他日有人作某要人雜事秘辛者，會當取材於此。

山陰壽石工璽性灑脱，精篆刻，作客瀋陽，與余頗相契。其爲詩文，學龔瑟人；其琢金石，摹趙次閑。集定公詩句，脱口而出如宿構，且絶無斧鑿痕。近日旅居都門，聞有集龔詩一百首之作，余未見焉。但憶其往日有《題桐影蔬香卷子》詩十截卷，爲女伶小桂鳳、小白菜而作。詩云："冉冉修名獨愴神，天風鸞鶴怨三生。夕陽忽下中原去，一例春潮汗漫聲。""白雲出處從無例，消息閑憑曲藝看。僥幸故人仍滿眼，春山佳處淚闌干。""中年才子耽絲竹，甘隸妝臺伺眼波。償得三生幽怨否？江湖俠骨恐無多。""隔藤誰報雨沉沉，座客蒼凉酒半醒。賴有阿咸情緒好，小屏紅燭話秋心。""古今誰免餘情繞，亦是風花一代愁。惟恐劉郎英氣盡，美人信有錯刀投。""豆蔻香温啓瓠犀，僞留片語訂來期。願移北地胭脂社，留報金閨國士知。""紅豆年年擲逝波，風雲材略已銷磨。征衫不漬尋常淚，其奈尊前百感何。""重來不見緑雲裯，但折梨花照暮愁。兩種情懷俱可諒，文人珠玉女兒喉。""豈其落筆定陽秋，不負張衡咏《四愁》。青史他年煩點染，梨園爨本募誰修。""黄金華髮雨飄蕭，劍氣簫心一例消。絶似琵琶天寳後，萬千哀樂集今朝。"又《將去沈陽志别》四首云："閲歷天花悟後身，耻爲嬌喘與輕颦。新詩急記銷魂事，我亦當筵拜盛名。""美人才地太瓏玲，整頓全神註定卿。爇罷心香屢回顧，佩聲耳畔尚泠泠。""誤我歸期知幾許，江關詞賦笑蘭成。兒家心緒無人見，交與鴛鴦訴不平。""虎豹沉沉卧九閽，難蘇萬古落花魂。不留後約將人誤，强續狂游拭淚痕。"

偶檢查舊篋，有碎紙録七古一首云："居無桃花主人之汪倫，出無鑒湖狂客之季真。丈夫少壯不得志，年來流落江水濱。掉頭不受噲等伍，手抱美人夢龍虎。劉項殂兮阮籍哀，時不再來焉用武。金尊泛酒如葡萄，酒酣長嘯天争高。胸中千萬之塊壘，隨風飛落爲奔濤。美人爲我揚清歌，歌聲含愁不能和。罷酒相向各痛哭，爾我共命將奈何。范大夫、元真子，身挾名姝弄江水。烟波不問亂與理,拍手大笑吾仙兮。”題曰《贈餐霞樓主人》。又七律一首云:“山頭宿草不重肥,我亦人間百事非。有墓清明來一慟,無家魂魄汝何歸。零星挂紙溟資薄,倉卒焚香野祭微。歲歲蕭郎爲添土,可憐故鬼已啼饑。”題曰《視墓》。又不著題七絶四首云:“阿母香墳宿草荒,餐霞樓碎散群芳。年來汝似亡巢燕,苦向人家覓畫梁。”“曾侍珊瑚筆架旁,食經呼喚點茶湯。左芬今日非嬌小,那更潘郎鬢有霜。”“易殘風月感南唐,何處天台覓阮郎。地下有靈憐塊肉,好從苦海乞慈航。”“枉向人間説可憐,青樓從古恨如天。不應使汝猶淪落,我愧曹瞞嫁蔡年。”歷觀數詩,悲感動人,雖不詳作者姓字,要皆出於一手。且據其前後語意,知爲一人一事而作。其所謂“餐霞樓主人”,殆亦燕子樓與眠香樓中一流人物,與作者或有共命之約,而天不假年,透致中道分折。《視墓》一律,當是憑吊香冢而作。至七言絶中所指者,則爲墓中人。所遺一“塊肉”,其詞甚明晰。一段哀艷的歷史,固已包藏於此數詩中矣。姑紀所測,以俟詳考。

池州楊仁山先生深通佛典,爲海内大師,寓金陵碑亭巷最久。譚復生嗣同學佛於先生,即居於是。先生嘗謂其具有夙根,於黑夜中能見物,穎悟之敏妙,冠及門諸子。復生成仁後,余嘗以其所著之《仁學》就質於先生。先生謂:“復生學佛,全在穎悟。以其無苦功,故見道猶未的確。”遂以手批《仁學》一册見示。余假歸,擬過録之。未果,即索去,約异日復借鈔。然余於此時方東渡日本,嗣後竟未獲一面。今先生已歸道山,《仁學》批本亦未見行世。惜哉!先生文字海内流傳絶少。余曾見其所爲詩二首,蓋猶是早歲未離文字相時所作也。《咏劍送湯服民》云:“檢我篋中詩,傾我杯中酒。把我手中劍,謂我世無偶。此劍人罕知。刺心不刺首。有時光照室,大作狻猊吼。威聲震八荒,聞者盡束手。爲君試一揮,霜鋒摧敗柳。君去莫遲回,元珠在淵藪。”又《送程碧山赴滬》云:“日落大江昏,孤城早閉門。風潮争送客,去住各銷魂。歧路休回首,男兒重報恩。相期在霄漢,揮手欲無言。”

陸氏十萬卷樓藏書,於光緒末葉被日本人以十萬元購去,士林惜之。光復之際,羅振玉氏避居東瀛,盡挈其所藏書籍以去,聞亦售諸日人矣。吾國古籍存者無幾,收藏者殫精竭慮,銖寸相積,不知耗盡幾許心血,而弃之者視若敗屣。以視文瀾閣等之遭天劫者,其罪不可逭矣。(杭州丁氏藏書,於光緒末年亦幾爲日人購去。時端午橋方節制兩江,建圖書館於金陵,因收買之儲館中,其書乃的無恙,險哉!)辛亥春,胡思敬以直言罷職出都,作《七别詩》。其《别琉璃廠書賈》一首云:"十載困緇塵,閉門恒碌碌。損俸求遺書,漸與書賈熟。書賈喜我來,延我入深屋。滿架排牙籤,光怪奪綺縠。四摩所未收,别貯爲存目。傾囊愜所求,不啻工擇木。有時欲居奇,秘笈韞高匱。百計賺之歸,雇胥共抄録。荆妻頗安貧,隨我饜虀粥。見我挾書回,相對眉暗蹙。徐徐進箴規,謂我無多禄。矯俗辭炭金,又勿貪館穀。積此充屋梁,饑不鼓君腹。東家軍校官,出門美裘服。西家秘書郎,趨走盛儲僕。宦游當廣交,胡獨守敝簏。東西屋兩頭,列置逾萬軸。人壽曾幾何,白首難遍讀。半部佐太平,自反毋乃縮。有子脱不賢,或竟委墻麓。舊學俗所嗤,榛莽翳白鹿。略誦新法規,升遷或可卜。我知婦言忠,雖忠却嫌瀆。我知賈心貪,雖貪不疑黷。行行廠東門,過門輒停轂。一稛時往還,咀嚼甘於肉。整裝忽言旋,瞠若車脱輻。臨行贈汝書,戒汝毋炫鬻。有燭堪助明,有膏堪助沐。秘閣且重開,求售豈在速。不遇奥生烊,汝實未嘗牧。海客從東來,輦金事搜蓄。奪我陸家莊,士族同一哭。(即指十萬卷樓藏書而言。)寧爲六丁收,慎勿賢彼族。"此詩結意,與余實有同情。又十萬卷樓藏書爲日人購去後,王書衡推丞有紀事詩數首,余曾録置篋中,今遍覓不能得矣。

楊哲子有《海月歌》一首,慷慨淋漓,頗有擊楫中流之致,蓋作於己酉渡海時者也。詩云:"朝登芝罘山,夜泛滄溟水。四圍碧浪銜舟來,萬里浮雲連月起。星辰隱隱水波動,光影冲融暮烟裹。明月似欲出,浮雲將蔽之。天光海色瞬息异,惟聽波聲如吼獅。偶登重樓一悵望,極目四顧心憂疑。蛟鼉偃伏未敢動,馮夷海若相逶迤。我欲呼龍作予馬,馳騁天風任高下。手執長鞭驅白雲,使月常明照天下。月兮月兮聽我言,古今治亂非徒然。昔時少師與擊磬,悲念故國沉深淵。至今夜半海波激,猶似當時咽管弦。戰國有士名魯連,長揖萬乘稱高賢。不忍强秦霸諸夏,披髮蹈海何凄然。仲尼皇皇五十年,宗周王魯皆空言。晚年欲向九夷去,乘桴遠釣滄溟烟。田横子弟心膽堅,一時刎頸海島邊。匹夫同心尚如此,何况一國上下君民間。吁嗟乎！海是古時海,月非今日月。百代興亡在,眼前淚灑長風向誰説。碣石芝罘相向奇,河山信美非吾思。當年秦皇刻石處,祇今遍插歐人旗。海波長不息,月明知幾時。我今擊檝向空去,東西南北將安之。”

一二年後,阿芙蓉云將絶迹於中國,有心人跂而望之,惟恐其流毒或至於無底。回憶鴉片極盛時代,各地烟館林立,雖一偏僻鄉村,必有整潔之烟館,若通商大埠,則窮極富麗、點綴新奇者,尤望衡皆是。染此癖者,自士夫以迄輿臺,形形色色,莫不沉溺其中。而一二文人墨客,則且鈎心鬥角,形諸歌咏,方以爲長康啖蔗。同此境味,不惜津津然樂道之。紀海上某烟室,有聯句一付,爲人所傳誦者云:“重簾不捲留香久,短笛無腔信口吹。”集合天然,形容盡致,洵佳構也。又聞某地,有人就其宗祠餘屋而開設烟館者,主人好事,佈置一意免俗,徵求對聯,抉擇良苛。因有人構成一聯云:“與祖宗呼吸相通方是香烟一派,嘆子孫詩書未讀也嘗燈火三更。”語既貼切,意尤感諷。主人不以爲侮,竟大書深刻,高懸之楹柱間,亦足徵當時國人之醉心於此,實有視同粟食者矣。近日烟禁大嚴,雖在外人租借地,亦復不許開設烟館,而市上戒烟醫院及醫生招攬戒烟者,則觸目皆是。有某醫者,曾畢業於某地教堂中,爲人戒烟尚多效驗。余以一聯贈之云:“惟上帝假爾以聖手,願中國從兹無病夫。”見者頗以爲不脱不黏,有“文章本天然,妙手偶得之”之概云。

舊聞某地新設酒家,顔曰“天然居”。或爲聯云:“客上天然居,居然天上客。”久之不得。偶後過一大刹,見名大佛寺,憬然曰:“得之矣！人過大佛寺,寺佛大過人。”自然工巧,爲一時所傳誦。乃近亦有以“僧游雲隱寺”五字徵聯者,殊少佳構。其幼子甫九齡,笑曰:“回文已足,奚事他求。‘僧游雲隱寺,寺隱雲游僧。’非妙對耶?”聞者驚嘆。後聞此子嗜釋典,竟爲僧雲游以去,殆亦楊仁山先生所謂“具有夙慧者”歟?

裝愁庵詩話

李懷霜

古之詩人有以一章一句得名者,盛行於李唐。如鄭谷之有鷓鴣佳什,世遂稱爲"鄭鷓鴣"。輾轉效顰,不可悉數,此特出於朋儕之揄揚,非自晋美稱也。時人粗解吟咏,勉欲附庸風雅,竟有自賞所作,取爲别號,篆諸印章者,真不值識者一笑。番禺沈君孝畊宗畸賦《落花》甚工,人稱爲"沈落花"。頃得讀其原作題至庸熟,而能獨出機杼,以"落花"名之,詢無愧色也。其警句云:"著地似儂沉醉日,退房苦汝半開時。""悔不思量偷折去,恐難解脱笑拈來。""豈獨高枝無結果,即今平地有危機。""不分初胎終墮劫,得留半面倍傷心。""春去有聲啼杜宇,月明無影負闌干。"皆雋永有味,不可多得。

林文忠公灼見鴉片之害,雷厲風行,著爲禁令。惜奸庸賣國,不竟厥志,流毒遂以迄今,可勝慨哉!公資禀岸异,夙敦氣節。所爲詩文,閎中肆外,氣盛言宜,酷肖其人。嘗讀其《出關》四章云:"雄關百尺背天西,萬里征人駐馬蹄。飛閣遥連秦樹直,了垣斜壓隴雲低。天山巉削摩肩立,瀚海蒼茫入望迷。誰道崤函千古險,回看祇見一丸泥。""東西尉侯往來通,博望星槎笑鑿空。塞下傳笳歌敕勒,樓頭倚劍接崆峒。長城飲馬寒宵月,古戍盤雕大漠風。除是盧龍山海險,東南誰比此關雄!""敦煌舊塞委荒烟,今日陽關古酒泉。不比鴻溝分漢地,全收雁磧入堯天。威宣貳負陳尸後,疆拓匈奴斷臂前。西域若非神武定,何時此地罷防邊?""一騎纔過即閉關,中原回頭淚痕潸。弃繻人去誰能識,投筆功成老亦還。奪得胭脂顔色淡,唱殘楊柳鬢毛斑。我來别有征途感,不爲衰齡盼賜環。"禁烟之令初下,外人及粤中奸商皆思厚賄以圖免,慕僚屬官之不肖者,亦欲因以爲利,公持之甚堅,無間可入而止。父老相傳,烟禁亟時。一夕,公方讀詩,有盗仗劍自檐端躍下。公叱問何爲?盗熟視公,釋劍再拜曰:"公,仁人。烏敢得罪天下後世!"公微哂曰:"惟若所欲,胡作態爲?"盗遽遠去。洎公出關行次某縣,盗復夜至,則秃然僧矣。起居訖,鄭重屬公曰:“此行已致大名。賜環後,望公堅卧林泉。”公笑曰:“出處自有定分,何勞越俎代計?”僧太息而别。此事公深秘之,惟語一老僕,當世遂有知之者。

汴中有丐嫗,其子婦絶麗。嫗以貧故,受賂豪家,虚篷室以待子婦,不可;乃易爲一夕歡,亦不可。乃與豪家謀,誘入巨室。嫗左朱提,右白刃,爲之陳利害。其辭未卒,子婦疾赴鋒芒,傷頸及胸。豪家懼,亟縱之。從一女冠,操行清苦,其人至今猶存。同年蕭君書樓爲詩美之,記其十章之一云:“新翻樂府傷姑惡,久樹空房本女貞。霜刃雪膚争至皎,風狂何處著無情。”人格之低昂,固無與於境遇之豐嗇也,嗟夫!

眉韵樓在虞山城東周孝子里,昭文孫師鄭吏部雄尚,偕其如夫人章韵琴眉史,賃廡而居。章諳吟咏,互相唱和,檢書燒燭,問字拈題,致足樂也。章歸師鄭後,手録古今名媛詩稿將盈二千首,至己亥秋間,卧病始輟業。師鄭自言:“留心吟咏,實自章來歸始。”章侍師鄭凡六年,匜盥之餘,輒以韵語相商榷。戊戌己亥間,章嘗以與師鄭商榷之語,隨時記入小册,題曰《眉韵樓詩話》,且戲謂師鄭曰:“妾體弱心怯,恐不永年。异日人間天上,别恨茫茫。夫子檢閲此册,即與見妾無殊,不必學冒巢民作《眉庵憶語》也。”已而,果以疾卒。麗質清才,曇花一見。烏虖,師鄭何以爲情哉!師鄭因所記録,别爲纂輯,仍題曰《眉韵樓詩話》。冀慰幽靈,而傳永永。今録其卷首一則云:“陽湖周韜甫先生騰虎,才氣縱横,爲林文忠、曾文正所器賞,卒賫志以殁,趙惠甫烈文表其墓。文中敘遞先生行事,悉奇恣兀傲,回不猶人。而性情既厚,風義尤篤,世以狂士目之,真不知先生者也。”

咏古之作,著筆爲難,堅光勁響,可推爲當。今推射雕手者,當以亞廬爲最。兹録其《讀松陵諸先輩遺集》八章,實《詩話》中。第一首咏《卜孟碩》:“痛哭遼陽戰血腥,如君原不是狂生。我來緑曉莊前過,天地蒼茫失此人。”第二首《咏吴長興》:“一代人豪迴不凡,綸巾羽扇早登壇。如公更緩須臾死,此虜終應悔入關。”第三首《咏王曉閽》:“觀物堂空宿草叢,知心惟有蔣山傭。天人絶學空矜惜,可奈揮戈日未中。"第四首《咏吴赤民》:"劫火狂燒野史亭,坑儒遺恨最心驚。叢殘尚有人收拾,觀物遺編無處尋。"第五首《咏計改亭》:"淵源學派衍黄錙,閣部軍前借箸籌。一跌可憐渾不似,衹餘詩筆占千秋。"第六首《咏潘次耕》:"覆巢遺卵恨無窮,交叔何緣事垂公。孤負簡書珍重意,困亨叟與蔣山慵"第七首《咏吴漢槎》:"絶艷驚才吴季子,生歸白髮已婆婆。鞭鵝笞鳳尋常事,誰遣吴禽入網羅。"第八首《咏葉横山》:"僧衣初换宰官妝,苦節終慚午夢堂。門下歸愚原不弱,詩書發冢事堪傷。"又有《題錢蒙叟詩集》一首亦佳:"東京黨錮舊名流,晚節披猖恨未休。棋局叢殘悲失著,蠟丸辛苦連奇謀。生矜一代龍門史,死傍千秋燕子樓。地下若逢臨桂伯,爲言嗚鏑滿神州。"

古閩林拾穗以《和題大同瓦》詞見寄,即按《虞美人》調,録於下:"福緣布施隨人意,佛師阿難矣!百千萬億涅盤身,解道佛心衹是普通情。　　浮圖七級憑心造,善信如伊少。聚頭端的盡寃家,果得早登净土免擠排。""隨時舊物翻新様,望古憎惆悵!由今再歷幾多年,衹恐向來國粹絶無傳。　　神州一半從夷俗,冷抱何方廓。剜苔剔蘚等無聊,剩向劫灰堆裏哭前朝。"覽其詞意,亦古之傷心人也。來函稱余爲"慧雲女士",爲之失笑。偶成兩句云:"女權墜落無終極,不願今生作美人。"寫示林公,亦當捧腹。

余成任爲健行公學舊同學,今肄業東洋中學,因劬力攻學而死,學界無不深惜之。余悉此耗,慘然默坐,不語累時,爰哭以兩詩云:"啓余斷自推商也,尼父傾心嘆未休。如汝嶸峥頭角少,泣麟我道竟悠悠。""舊巷烏衣何處尋,及門桃李求成陰。那堪重話開元事,白髮宫人淚滿襟。"其哀感爲何如?猶憶健行創立時,負笈來游者,多才俊之士。一時指畫,譚論古今,頗稱東南之盛。曾幾何時,而風流雲散矣!求如曩昔之復集一堂,渺不可得。生離已可憐,而若余君者,今乃竟以死别耶!吾黨多才,又弱一個。僕本恨人,何以堪此!後得亞盧挽詞兩什,真與我表同情也,并録於此。詩云:"玉樹長埋恨,傷心奈汝何。才華原敏捷,身世太蹉跎。豹有留皮感,人無返日戈。秋墳蒿裏曲,哀怨不能歌。""樂育英才意,當年迹已陳。江湖空結客,桃李不成春。寥廓嗟何世,窮愁失此人。生離翻死别,誰與話酸辛?"

網廬詩話

昂　孫

古之爲詩者,不於詩乎求之也。倜儻之才,英偉之識,深博無涯涘之學,積而不已,則以其餘溢而爲詩,觸境而發,稱心而出。斯時草木萬匯,盡爲我機杼;風雲百怪,當入我爐冶。言其所欲言,得其所獨得,無意爲詩而詩自工。與夫摘章繢句,分唐界宋者,誠有天淵之判。譬諸木之大者,參天蔽日,垂陰十里,至於方春著花,則旖旎無倫;又如水之大者,包山絡川,溉田千畝,至於因風起瀾,則淪漣不住。作詩之道,何獨不然?余故嘗曰:"無倜儻之才,英偉之識,深博之學者即能詩,亦如皂隸人家生一稍有姿色之女子,非村則蕩耳。"

山則行樵,水則行漁,歌嘯終身,自有天地。一二騷士借得芳鄰如許,便爾出雅入風,此亦飛來之詩境也。余邑胡枚臣前輩著有《賀家池打漁謡》十二章,趣味雋永,至今猶愛誦之。詩曰:"桃花渡口柳津邊,滿郭烟霞新霽天。笑絶作家無長物,生涯全寄打漁船。""西村深處是儂家,白板雙扉碧柳花。欸乃一聲人去也,跨湖橋畔夕陽斜。""賀家池南十里烟,賀家池北半桑田。漁兄漁弟快曬網,怕煞黄梅久雨天。""門外荷開分外紅,納涼人約小橋東。黄粱飯熟更初定,短笛無腔明月中。""一寸漁鈎一丈竿,一輪紅日下前灘。扁舟撑入溪深處,不爲避秦避暑殘。""晚風聽唤賣魚頻,摇出孤舟鹽水濱。酒價怕昂魚價賤,古柯橋買十洲春。""楓葉蕭蕭又此年,妻孥補網蓼灘前。詩篇不换蘆花被,釣罷歸來好醉眠。""三山山前白鷺飛,三山山後鱸魚肥。大家相約睡不得,夜半放船菱湖西。""采菱艇子南湖邊,采蓮艇子西湖前。阿家生長在漁户,風雨孤燈對蓼眠。""一竿劃破玻璃色,艫旁時見鷗出没。板橋茅店寂無人,孤篷睡起滿江月。""風斜雨細鏡湖塘,漫向寒江吊雪忙。箬笠蓑衣捨不得，年來生意好平章。”“蟋蟀堂開介壽觴，常禧門外正斜陽。巡檐人索梅花笑，入座酒斟竹葉香。”余聞枚臣前輩著詩甚富，邑之人視其題咏若拱璧，惜伯道無兒，遺稿悉數散失。今余所見者，僅東鱗西爪耳，可勝浩嘆哉！

古人謂詩以言志，而志之大小、淺深，則又視乎人之性情，故又曰詩以道性情。既曰道性情矣，自以隨手拈來，乃成妙諦。必事事雕琢，則性情且日斫矣。袁子才《答李少鶴書》曰："近今詩教之壞，莫甚於以注疏誇高，以填砌務博，捃摭瑣碎，死氣滿紙。一句七字，必小注十餘行，令人舌結口呿而不敢下，於性情二字，幾乎喪盡天良。”數語直把近時詩人罵得無地可入。

作詩不可無才，無才則中枯；又不可無氣，無氣則勢弱。然過於矜才者必溢，過於使氣者必散，此中庸之所以難也。昔嚴滄浪論詩，笑東坡、山谷二人如子路侍夫子，純以行行之氣。余謂前清最負盛名之詩人，遠如袁子才，近如龔定庵，亦無一非行行之氣耳，是皆才氣之偏也。

泉塘丁嘉魚先生丙，以書生任天下事。粤難而後，浙之人食其德者幾萬人，至今猶稱道勿衰，其魄力可謂宏矣。先生又工詩，意其所作，必華貴富麗，不可一世。曩於友人陸子猷處，得讀其《感逝》四章、《悼亡》八章，則柔淑如少女。其平日所爲，乃莖草化丈六金身也。知其蘊藉者深，亟録之。《悼亡》詩云："一别淒惶了此身，可憐欲泣也無聲。招魂衹舉歸來夢，懺佛難償往日情。已續鵾弦驚再斷，空持鴛牒證三生。壁間遺挂分明在，舊恨新愁兩難并。”“憶昔庭開却扇筵，職修内則共稱賢。小姑爲斌調羹味，大婦同賡咏絮篇。書勸少饑憐我弱，藥因多病累鄉煎。回思往事都陳迹，怕理妝臺舊翠鈿。”“婦儀淑慣女儀貞，嘆息萱幃病幾經。不厭驅風熏艾藥，更勤排日進參苓。親衰每替持家政，弟弱尤殷護穉齡。一事外堂愁絶甚，重泉何處返雲軿。”“珍重温柔少女風，館甥時寄丈人峰。養痾心力常勞爾，錯意功名幾慰儂。替煎蘭釭宵課永，互酬絮什别情濃。珠潭潭畔吟窗冷，從此含酸怕過從。”“七旬床第痛呻吟，噩夢爲妖最愴神。病莫能興還撫侄，殁而猶視爲思親。拈花早脱長生願,證果空留不壞身。安得鴻都仙士在,黄泉碧落叩前因。”“數遍彌留十二支,淚枯猶盼我多時。始知再造醫無術,虛算三年偶結縭。含玉忍教卿目瞑,沉珠定與姊肩隨。九泉寂寞如相憶,環佩須偕入夢遲。”“延齡北斗願空求,萬種情深付水流。小謫紅塵剛浴佛,壓居白屋竟仙游。嫁衣成殮香猶護,寶鏡封奩影亦愁。證得去年除夕讖,燭花雙折舊妝樓。”“紅銷碧歇惹愁多,爛錦年華委逝波。殘夢怕聽鷄警旦,良緣空盼鵲填河。愧無騎省傷秋感,敢效蒙莊箕踞歌。剩有翠驟遺稿在,梓傳我願費編摩。”《感逝》詩云:“好春珍重繫鴛絲,容易秋風剪斷之。蠍運一重添設案,兔華三五不多時。生前耽誤卿卿誤,夢裏周旋我我痴。留得袖中詩本在,開頭便寫斷腸詞。”“荼蘼花影出墻來,門巷依稀幾度猜。聞説曹家嫻内訓,并知謝女號通才。背人手綉金針帖,哭母聲嘶玉鏡臺。剛把沈郎錢納聘,可堪蝴蝶又飛灰。”“秋賽迎神樂市廛,天教泡影霎時圓。豫思玉管雙眉畫,乍捲珠簾一面緣。瘦骨慷慷凉藥誤,病根了了散花仙。阿香車返魂歸鶴,别後情形夢裏傳。”“欲覓芳容紙上尋,帶愁描出貌真真。深情錯忤藍田玉,小字模糊碧海瑨。素旐迎酬新婦願,聘衣補著殮時身。黄泉安得通雙鯉,話舊諄諄了夙因。”

余最愛讀香山,以其天真爛漫,不加修飾也。出其後者首推東坡,工夫雖淺,亦自有氣趣。余又最不喜放翁,其近體則坐填砌之病;其古體則多扭捌之態。顧今之詩人多喜誦之,竟有稱爲工夫真實者,余實不解是何理?昔袁子才評山谷詩,引《世説》語云:“張茂才我所不解。”余今評放翁詩,仿才語云:“放翁詩佳處,小生至今茫然也。”雖然,人心不同,各如其面。公愛饅頭婆愛面,必强嗜好而一齊之,詩人其多事哉!

菜根書屋詩評

高天任

《菜根書屋詩評》,先王父文恪公遺著也,偶檢得之,完好者二百則。舊本中有論及試帖體者二十餘則,因無用益處,今不列入。

其他次序蓋原稿，不敢以管窺之見擅改先人編簡也。

四年六月，天任謹志

陳子昂律詩遒上，爲近體之祖。

煉字是詩家一法。若標爲格，則開竟陵纖仄之宗。

摹寫江山，古人不廢。專於點綴風光，流連物色，毫無真意以貫之，遂爲馬首之路，而風斯下矣。剽竊盛唐者，多有此病。

凡費解者，即非第一等詩。

宋人以議論爲詩，漸流粗獷，故有史論之譏。然古人亦不廢議論，但不著色相耳。若以指點出之，則不礙。

李義山《籌筆驛》詩。機軸絶奇，酷似少陵《蜀相》篇，刻畫之句總以自然爲佳，否則墨痕不化。

起句要飄忽，如"雀啄江頭黄柳花""花盡高樓傷客心"（杜句），"春風疑不到天涯，二月山城未見花"（歐句）皆是。

李太白濃麗之中别饒神韵，非剪采花之比。

詩中間一語束一語，轉機軸最整齊生動，劉賓客《西塞山懷古》即是。

起二句撤過一層落筆，擒題乃緊，取勢乃遒。如"獨有宦游人，偏驚物候新"是也。

詩未有不工者。功深，則與象超妙，痕迹自融耳。

醞釀不及古人，而剽其空以自托，猶禪家所謂玩空也。

詩須沉着，始見筆力。

一句指一事，一句設譬，詩中之奇變者也。如陳後山"輝輝垂重露，點點綴流鶯"是。

老杜豈以一字爲高？然亦有煉字法，特不可以此爲宗耳。

詩最忌滑調。

氣脉要厚，神力要完足。

感慨不難，難於渾厚不激。若憤憤不平，則非矣。

武庫森然，不無利鈍。雖少陵，亦有絶可笑詩。

盛唐律詩渾大、格高、語壯。晚唐下細功夫，作小結果，所以异也。

詩在姿韵,豈必以楂枒、怪醜爲高?
雕琢勝而渾樸失,宋末實有此弊。

退思齋詩話

慶　霖

鄭海藏先生曰:"北地曠爽,詩藴皆盡。山川秀藴,則觸處成吟;原野衺廷,則搜剔難就。"又曰:"作詩無深抱遠趣,不可適獨坐。能盤郁於中者,稍久其出之也,必有自耐咀味者。"又曰:"作詩用利筆易,用秃筆難。"數語邃密微妙,誠學詩之秘要也。慶霖於言韵一事東郭濫竽,而於鄭先生言,固一枝不解也。今歲暑假歸來,小住園中,而白荷香裹,好雨時晴,時對爐香、杯茶、盤藕、碗瓜,不能無所事事,乃輯《詩話》焉。稿成,凡二禮拜,有自撰,有集古人,有選名家。班門弄斧,雜亂不章,箸超君幸毋笑我。

予隨侍居粤有年,自癸丑至甲寅三年來,復居邗上。每有感發,皆寄之於詩,固不計其工拙也。《贈友》云:"滔天孰挽海瀾回,倦眼摩挲未忍開。滿地江湖歸短褐,亂思文字撥寒灰。麒麟豈是人間物,鸜鵒曾傳絶世才。幸有足音到空谷,可容抵掌坐莓苔。"《咏月》云:"藏珠通内憶當年,風露青冥忽上仙。重咏景陽宫井句,菱干月蝕吊嬋娟。"(李義山《景陽宫景雙桐詩》:"秋港菱花干,玉盤明月蝕。")摘句《咏梅》云:"寒侵修竹猶堪侣,世有孤花貴善藏。已無水部吟東閣,幾見星躔指少微。""别墅豈會萌遠志,西州誰爲寄當歸。方朔善諧瞋阿母,朝雲香夢伴東坡。""調羹事業原虚語,酒暈無端入醉哦。路逢驛馬香何戀,泠憶弓蛇影未弛。"

昔歲居粤時,春游三君祠,見壁上有詩云:"大江東去盡蒿萊,尚有黄花此地開。落木山空秋色老,平蕪天遠暮愁來。驚風沙磧盤鵰健,殘照關河過雁哀。驚記今朝是重九,獨携樽酒上高臺。"疑爲感事之作,沈郁頓挫,饒有杜意,惜不得作者姓名。

揚州史撫部念祖,身出行伍,中年始折節向學。所爲詩,疏宕有奇氣。兹得其近體十數章。如《古意》云:"美人不出世,嫁必輕薄兒。奇士不出避，遇必亂離時。天公最有心，可以見操持。"《征夫吟》云："丈夫當請纓，揮手勿復慮。懷中兒聞爺，但道封侯去。"《苦雨行》云："天不雨，東皋禾麥不出土。天欲雨，道上行人征戍苦。欲雨不雨心京京，吁嗟天亦難爲情。"《駐軍趙旗屯，除夕發家書》云："大捷欣看露布馳，春風入壘酒盈卮。幾千萬語無人道，二十一年有限時。誰滅孫盧回浩劫，已收淮蔡是偏師。家書先寫平安字，戰狀從容報母知。"《即席贈歌者》云："溢浦琵琶恨未深，六弦添出寫秋心。弓彎破夢翩翻舞，絲嫋無痕宛轉音。惜别大難藍尾酒，用情容易白頭吟。他年重訪清江道，緑葉陰成何處尋。"《雨後》云："春波泛緑與橋齊，蒲没青尖秃柳低。昨日汀花留來采，潮生行不到前溪。"《野寺納凉同五兄、蓮叔》云："螢光溼雨明滅飛，昏月挂樹松風吹。露凝落葉墮微響，宿鳥撲撲驚高枝。古碑卧地斷可坐，翁似無言拱道左。溪東大冢郁林莽，野狐出没逐磷火。半晌問答聲響息，童携燈來滿眼黑。轉念身世各努力，兄弟夜吟亦難得。"《英山》云："松花一徑榻成塵，松子枯餘拾作薪。繞屋溪聲時訝雨，當窗山色遠窺人。野樵度水亂斜照，幽鳥和烟斷晚春。頗似江南小部落，謀生到此悔征輪。"數詩似可奪宋人之席。

先族祖南海張樵野公，年三十有奇，始折節爲學，淹通掌故、駢文，直逼宋、晋。餘事爲詩，亦復清蒼深重也。嘗得其遺詩一卷，皆遣戍西行時途中所作，爰擇其尤者録之。《九月晦，渭南道中得廉卿書，述敝居及塏兒踪迹，奉答一詩》云："無限艱危一紙書，二千里外話京居。覆巢幾見能完卵，解網何曾竟漏魚。百石齋隨黄葉散，兩家春與緑楊虚。霸橋不爲尋詩去，每憶高情淚引裾。"一氣開生，情文交摯，何大復《尋陽江上》之作無以過之。《留别鄧錦亭》云："交臂京華感慨深，衹憑秋雁寄邊音。艱難三箭痕猶在，倉卒離筵酒共斟。瘴海同鄉知韋叡，天山舊迹訪裴岑。長途旌旆勞相送，萬古難忘此夜心。"其歌行渾浩流轉，尤深入坡老之室。《周式如以錢叔美入關圖爲贈，賦詩奉酬》云："松壺畫筆時所珍，派别宋元逾三文。《入關圖》爲蔣侯繪，玉門歸鞚嘶邊塵。款署南陽歲癸未，閲世行將八十春。桃花如笑簇鞭影，晴川野館山嶙峋。矮松紅柳互映帶,大旗獵獵懸城闉。風沙萬里羌無垠,至此似覺天回温。伯生貲郎原通人,丹青賴爾能傳神。一藝升沈會前定,坎壈豈獨曹將軍。海王聲價日驟長,廣搜始自潘文勤。伊予藏弆本非儉,巢覆散作凉秋雲。天涯作伴衹王惲,米船未許充勞薪。使君投贈吉語增,彷佛仙梵室中聞。蹇驢一夕壓球璧,怪底寶氣騰氤氲。廿年京邸相過頻,屢困南箕傷溷茵。便宜坊夜炙鴨臛,迢迢情味猶在唇。從兹中外頓契闊,一麾西邁慳片鱗。無端遇合歲雲暮,嚴譴何敢行逡巡。此身九死不忍述,合檢寒具供陶甄。天教生入作左券,願乞山水作廛民。"嗚呼！孰料王門既出,遂無生入之望也哉！公富名迹,收藏石谷卷軸至多,嘗建"百石齋"以儲之。自被禍後,桓玄寒具遂成雲烟之散矣。其《度烏梢嶺并懷拙存征士》云:"鎮羌破驛不任住,大風吹送龍潭去。烏梢嶺勢原平夷,往來轍與昏霾遇。行人視此如險艱,材棺亟勸勿猶豫。沙溝石滑叢冰積,獨木危橋一川注。幾經跋跨達山趾,三五人家雜牧豎。坡陀數折如龜穹,時見烟墩間電柱。嶔巔孤峙韓湘祠,貺及逐臣徵吉語。嚴程何暇叩山扉,但見水崖浮紺宇,自從秋度四天門。河潼二華忘朝暮,疲極虚瞻玉女盆。饑來安得仙人露,六盤青嵐倍幽雋。酹酒山靈或題句,征途計日過伊凉。羌笛吹殘玉門樹,郵亭三九猶晴暄。天不絶人况編戍,獰飆豈有終朝鳴。四顧青蒼散妖霧,沿山舊壘相委蛇。云是防邊最要處,前年鼙鼓驚西寧。漢回血戰洮湟腥,董軍捷奏太子寺。公侯從此資干城,急移勝兵控山海。更募健兒充神京,甓齋經略逾萬里。夾袋别已儲三明,花門活佛并蘇息。宵晝出没無鼯鼪。龍雲藹藹補官柳,竹頭木屑皆有情。沈蒲教肅氣静穆,上流節鉞流休聲。莊浪水利以詩拓,盡收刀劍趨牛耕。荷戈目廑仁人矜,調護苦待冰橋成。溪壑回春在何許,去德滋遠心摇旌。紀群高矩今成英,待行求己爲言經。靈光殿賦不足擬,説偈宜使蟒淚零。時艱更期保玉體,補綴雲物酬升平。"《寄趙次珊》云:"五雲樓閣調羹手,萬里山河負米心。"皆具象深微,别有寄托。

陳伯弢年伯有句云:"萬里一身如墜葉,三江二月有輕雷。"語極自然,常人百思不得。予日前有句云:"夜久一螢深入露,月明雙眼静生波。”亦未經人道語也。

幼時曾憶，於某頹殿石柱見有聯云：“南渡東都餘片土，明前漢後少完人。”語意沈痛，不解何指，恨不記其處。先伯祖鐵崖公有《咏酒簾楊妃布》云：“招來楊柳村邊路，隔住桃花洞口春。”語極瀟灑，風流大江南北，頗盛傳一時。

管緘若之《韞山堂詩》宗法杜、蘇，不隨俗靡。方袁隨園執牛耳於東南也，天下之士從之如市，緘若獨不肯附和，嘗賦詩以見志曰：“耆舊風流屬此翁，一時月旦推江東。寸心自與康成异，不肯輕身事馬融。”可謂婉而嚴矣。

游西湖詩作者夥矣。欲盡掃陳書，獨標新義，與前人竞勝，難乎其難。予有湖上二絶云：“湖波太嬌軟，畫船殊難載。最宜挐小艇，盡領烟水態。”“諸峰竞弄影，湖水與摇曳。不用借樓臺，爲渠作莊麗。”有嘉余爲獨樹一幟者，余殊不敢當。

宋徵君爲浙東處士，勤身尚古，操韵高潔。自以本貫之名不雅馴，每不願稱。後寄居里安，積年乃卒。兹録其《庚子冬題吴遂比北山樓集》云：“全盛大都三百載，坐令荆棘没銅駝。南中復社難回日，雪苑文章涕淚多。”《趵突泉》云：“怪絶陰陽炭，煎成百沸泉。伏流能怒發，人事竟難然。”斷句云：“濁世可莊誰，危途當折行。”《盛事》云：“孟德但愁人負我，仲尼空説國通身。”《語》曰：“威鳳一羽，足驗五德。”詎不然歟？右事見先大父振之公之《三影閣集》中。

予翻閱先大父之詩集中，見有《答友人》云：“休問征遼舊門第，公卿今已作輿臺。”又云“男兒報國真成謿，猶是人間一幸民”。二作皆似荆公，悲歌激楚，讀之使人輒復不怡，如睹當年羈况也。

法雲和尚，浙江昌化人。八歲出家，年登古稀不廢麴蘖，而耽韵語，與袁爽秋爲方外交。嘗有《題大滁山栖真洞》云：“松梳凉露意珠圓，月印寒溪心鏡澈。”語殊微妙，清越可誦也。

趙氏秋谷《談龍録》有曰：“德州田綸霞行視河工，至高家堰，得詩三十絶。南士和者數十人。余適過之，亦以見屬。余固辭，客怪之曰：‘是詩即我之作，亦君之作也。’客曰：‘何謂？’曰：‘徒言河上風景，徵引故實，誇多鬥靡而已。孰爲奉使，孰爲守土；孰爲過客，孰爲居人？且三十首重復多矣，不如分之諸子。'客憮然而退。"慶霖據此，知秋谷不獨特薄漁洋，并薄綸霞矣。兹録綸霞三十絶，以待後之論定，不復爲兩家騎驛焉。詩曰："二月淮南春事無，馬蹄不惜蹋寒蕪。可憐杏白餳香日，風雨瀟瀟叫鵓鴣。""漢水春風唱《柘枝》，大堤一曲寫烏絲。今番應笑無佳句，合付孫郎仗下兒。""盧家風物那堪論，漠漠湖光斷客魂。沙鳥一行弄烟雨，不知何處莫愁村。""垂柳貪眠傍水涯，小紅橋外路三叉。湖村村畔多游女，日暮溪頭弄菜花。""昨趁夕陽芳草歸，鞭絲帽影雨霏微。可堪三月春風老，到處桃花燕子飛。""棱棱堤作雙眉緑，瑟瑟波如一鏡明。片片辛夷惜花盡，朝朝布谷喜春晴。""落日蕪城一抹霞，竹西水調亂昏鴉。樊川不作揚州夢，孤負唐昌玉蕊花。""重到淮南少拍張，牽船岸上亦無妨。分明半笏維摩室，衹少天花作道場。""張旗打鼓放江船，負弩人來憶往年。莫怪一番花寂寞，春深老柳不吹綿。""客愁還借詩排遣，往事都從夢破除。何遜清吟狂態作，樽前沈范兩尚書。""一間草屋笭箵扉，鸂鶒相狎來依依。移家已上桃花岸，更有鸂鶒無數飛。""大堤犖確小堤平，狡獪春風故故生。謝絮沈錢填馬路，蜂須勘蝶礙人行。""朝朝暮暮浪花中，閑立沙頭水勃公。不分鴛鴦菱葉上，奢雲艷雨浴衣紅。""烟中艇子柳邊樓，消得愁人幾許愁。唯有一條袁浦上，酒家簾影落春流。""衣疊苔錢將入夏，釵分燕尾已過春。鶯梳一段烟絲縷，織作蕉衫付酒人。""四月八日拂生日，野色湖光妙諦參。幾囀栗留代清磬，一枝麥穗當優曇。""湖邊芍藥二三種，白糝紅酣山寺開。料得無人相謔贈，僧雛折獻水神來。""柳接隋家帝子栽，長條盡作馬撾材。黄鸝應是精靈使，勾引雙柑斗酒來。""枇杷顆顆黄將盡，桑椹離離鳥啄殘。可笑多情白翎雀，滿身烟雨戀江干。""憔悴江潭落照斜，子山多病未還家。愁聽小謝輕埃雨，半濕新桐抱鳳花。""食法嚴龜太瑣細，天教饞口養粗才。長須解辦花前酌，買得蘆芽蛤蜊來。(《唐書》有《嚴龜食法》二卷。)""羅含宅廢情無賴，王粲樓荒魂黯銷。未卜梁鴻何處住，緑槐深巷是皋橋。""局丁東入夜闌，三條蠟淚玉蟲殘。此行不比羊玄保，願作宣城太守官。""老夫多癢倩誰爬，鴻爪留痕病轉加。閑讀

《漢書》過戊夜，神仙不到蔡經家。”“絶少當壚買酒錢，孤村小肆麥風前。故人爲解相如渴，汲盡春申澗底泉。”“病馬龍鍾似瘠竹，短鬣那復森開張。杜陵野老作浪語，苦試明年春草長。”“便欲結茅湖上住，屋旁鴨嘴小漁船。慣摻思話纖腰鼓，不費君平卜卦錢。”“詩思刁騷爨下琴，短吟彈出又長吟。十三徽碎鐘期少，不向人間更鑄金。”“渺渺鴻陂白練鋪，芋魁豆飯野風呼。它的兩鵠歌聲歇，似得浮山一格無。（‘鴻陂’，見《漢書》。‘荆山’爲上格，‘浮山’爲下格，見《南史》。）”“沿溪鴉髻數兒童，倒接䍦來指老翁。休唱白鞮矜醉態，須教拍手笑山公。”

金陵莫愁湖，以“盧家少婦”得名。徵莫愁身世，始“莫愁”，終以一“愁”字了之。余嘗有詩云：“曾聞天子號無愁，又見盧家有莫愁。試問游人愁也未，湖山歌舞一齊休。”湖上建有清太傅曾公祠，額曰“江天小閣坐人豪”，直是奪莫愁之席。余亦嘗有詩曰：“南國佳人字莫愁，湖上千載尚風流。緣何兒女傷情地，乃有人豪坐上頭。”曾公有靈，其質予言。

樊城趙汝舟年少負才，未獲佳偶。時有曲女名謝素秋，才色無雙，誓非才士不失身。趙聞之，往訪不遇，見庭間紅梨花盛開，題之曰：“换却水晶玉骨胎，丹心吐出异香來。武林溪畔人休説，衹恐夭桃不敢開。”女歸，讀其詩，悔不遇，和之曰：“本分天然白雪香，誰知今日却濃妝。秋千院落溶溶月，羞覩紅脂垂海棠。”

項王自爲詩以訣虞姬，虞姬復和之歌數闋，左右皆泣，莫能仰視。英雄末路，有色有聲，千載而下，讀之猶爲感慨。《蕉軒隨録》中謂美人名“虞”。注：美人有《答項王楚歌》云：“漢軍已略地，四面楚歌聲。大王意氣盡，賤妾何聊生！”詞旨悲婉，實開漢以後五言之先聲。而司馬温公作《資治通鑒》，獨删去之，豈是以美人不足紀乎？

揚州廣儲門外史公祠中墓聯有云：“死含瑶草千秋恨，魂傍梅花萬古香。”工穩而貼切。余先不解“瑶草”二字何謂？偶讀《馬士英傳》始明“瑶草”爲“馬”字，可知學問之不窮也。予過史公祠，憑吊孤忠，有詩云：“半壁江山支十年，爲民流血注成田。梅花嶺上揚州月，長向江南泣杜鵑。”

“此處不留人，自有留人處。”二語熟在人口。偶讀六朝詩，乃知爲陳後主所作。後主寵張貴妃，每御沉后宮，暫入即還，謂后曰：“何不見留？”遂贈以詩云：“留人不留人，留人人也去。此處不留人，自有留人處。”后答之云：“誰言不相憶，見罷倒成羞。情之不肯住，教遣若爲留。”

明末七言律有兩派，一爲陳大樽，一爲程松圓。松圓有警句云，如：“瓜步江空微有樹，秣陵天遠不宜秋。”“梅殘燭盡西窗雨，雪凍香濃小閣雲。”“古寺正如昏壁畫，層湖都作水田衣。”“夢裏楚襄昏作墨，畫中湖雨白於絲。”“遠雁如塵飛水面，亂帆隨月下吴頭。”“回峰凍雨皆成雪，出霧危崗半是雲。”“多年華髮絲相似，三月春愁水不如。”“澗飲斷虹明積翠，湖飛片雨亂斜陽。”“雨聲變後寒風急，虹影消來白日過。”“城上雪聲游子屐，縣南風色酒人家。”“獄寺夜眠春澗雨，浦樓寒醉雪山風。”皆不愧爲古作。

長夏既過，新秋却至，將就學焉，而八禮拜中，案頭集得詩稿。擇其尤者，亟録之。《讀史有感》云：“廟堂無劍誅張禹，草野陳書咎馬周。”《夏夜》云：“夏夜真良夜，更闌夢亦闌。蟲依幽砌聽，燈隔畫簾看。詩思兼花瘦，秋心帶雨寒。忽然聞犬吠，曙色尚漫漫。”《蕉花》云：“籬落幽馨遠，墻坳吐嫩姿。淡黄迷鏡檻，新緑上階墀。槐夏清陰展，芳辰艷色滋。一叢披拂處，香到晚涼時。”《桐花》云：“玉砌沉幽艷，虬枝倚碧空。香飛前夜雨，露落一庭風。秋在鋼鋪外，涼生水殿中。倚欄凝望久，糁徑影濛濛。”録尚未盡，俟諸第次。

民國四年國慶日，予校例有假。一日，歸家省母，并得讀父書。予父有《感懷詩》賜示家中云：“謫官遐荒又一年，蠻夷未化愧三遷。（蓋予父是歲中先守永順，次令南丹，現任忻城。）五更鼓角聲悲壯，萬里鄉心淚黯然。蓬轉萍飄如我輩，刑清政簡亦神仙。（予父因政事太繁，故有是希望。）男兒未遂封侯志，屈伏山衙且學禪。（忻城四面皆山，而署背適近山脚。）”父云是詩爲幕友黄君見，後又得本地人三四及黄君酬和。因再草一章，以答曰：“諸君交許訂忘年，文字因緣幸謫遷。滿境嘉禾占大有（境内禾田茂盛），四方多事那安然。梓鄉自治開風化，隴畝優游是逸仙。慚愧風塵奔走客，妄談詩又妄談禪。”予父曰：“此一韵尚差强人意。”嗟嗟！予父懷抱利器，鬱鬱不得志，遥守鄙邊，不能無感於中。讀其詩，即可窺其意矣！

予父嘗又以詩賜示云：“乙卯七月，予奉調忻城已閲四月，縣署依山，瘴氣潮濕甚重。予之兩小腿及右脚面驟患濕瘡，現已漸愈。有感而作。”詩曰：“今來治斯邑，病足四十天。步驅頗不易，坐卧欠安然。宦况清如水，蕊愁日似年。宵分猶聽訴，漏盡不成眠。起賞中秋月，遥看嶺末烟。既非遭貶謫，何必苦留連。五斗如陶令，千秋幾馬援（昔日馬伏波征交趾，曾過此一帶）。杏花春雨候，萬里著歸鞭。”又《乙卯中秋日，粤西忻城署中感懷》云：“一年容易又中秋，佳節頻逢我倍愁。兄弟暌違均困囤，妻兒歡慰接書郵。家無半畝難言隱，官有常薪敢忘求。今夕月明人盡望，天涯王粲怕登樓。”平淡寫來，實具無限感慨，頗得古詩氣派。予父數齡即立志向學，曾從先伯祖鐵崖公讀。殆立年始入仕途，不拈筆者凡十有餘年。今忽以數詩賜示慶霖，亟録入《退思齋詩語》中，工拙固不計也。

予父書曰：“昨見有‘漸與骨肉遠，轉於僮僕親’之句，苟非身歷此境，不能得之。”予父爲八口之家，以求斗斛之禄於萬里外，加以政事勞心，又患濕氣。爲子若予，誠不孝矣！蓋不能稍報劬勞恩也。予曾有句云：“頭顱空嫵媚，肚腹却牢騷。”鵬搏萬里，封侯何日，俾有以報生我劬勞者乎？

南越地氣温暖，與夏時無异。昔人有詩云：“四時皆是夏，一雨便成秋。”蓋切咏也。東坡詩云：“静看月窗盤蜇蠍，卧聞風慢落伊威。”又《正月與客野步，見雜花盛開》云：“涓涓泣露紫含笑，焰焰燒空紅佛桑。”袁氏《文甕筆乘》有評蘇詩云：“‘蜇蠍’‘伊威’，非冬間所有之物，‘含笑’‘佛桑’夏中所放，冬時那來隻些物件？”予意，袁子未曾到過嶺南，故有此疑也。

讀《東坡外志》，見有《論黄山谷書》曰：“魯直字雖清勁，而筆勢有時太瘦，幾如樹梢挂蛇。”山谷曰：“公字固不敢輕議。然覺偏淺，亦甚似石壓蝦蟆。”予因之有句云：“牙籤落架因生蠹，秃筆臨書挂死蛇。”質之二公，以爲如何？

杜詩有“家家養烏鬼,頓頓食黄魚”之句,蓋言鳥捕而人食也。峽中人稱鸕鷀爲“烏鬼”,蜀人豢此鳥用以捕魚者,俗又呼爲魚鷹。吾叔有《魚鷹詩》云:“江山存魚鷹,賦性貪且狡。終日波浪裏,攫拏恣翻攪。大魚驚逃避,小魚供餐飽。豈止老漁翁,網羅遍圍繞。將汝籠致之,生涯在是了。予汝三日餓,腸空目深窅。皮環搤汝喙,麻繩縛汝爪。縱汝入水中,淘身没頭腦。魴□亦何仇,張口吞多少。縱汝復擒汝,傾囊得鮮槁。賴汝口中物,换得米鹽好。善哉用汝貪,汝不如人巧。”借題發揮,足爲貪婪者下一針砭。“螳螂捕蟬,黄雀在後。”涉世者可勿鑒諸。

嘗讀書,見有句云:“明月閣頭人不見,青松樹下影相親。”此蓋幽清哀怨極頂之音也,惜不記載何書,爲何人詩?姑志之,以俟异日查徵。

桑民懌詩云:“四愁自比張平子,六笑堪憐范茂明。”按《六笑》詩云:“我笑支道林,遠移買山書。巢由古達士,不聞買山居。”“我笑賀知章,欲乞鑒湖水。嚴陵釣清江,何曾問天子。”“我笑陶靖節,自祭真忘情。胡爲托青鳥,乃欲長年齡。”“我笑王無功,琴外無所欲。當有懸五斗,乃獨不知足。”“我笑杜子美,夙昔具扁舟。老大意轉拙,欲伴習池游。”“我笑韓退之,不取萬乘相。三黜竟不去,觸事得讒謗。”又有《自題六笑詩》云:“客言莫謾笑古人,笑人未必不受瞋。螳螂捕蟬雀在後,袛恐有人還笑君。回頭生愧不能語,嘲評從今吞不吐。譽堯非桀亦何爲,詘周譏禹終無取。”范浚作也。浚,宋人,字茂明,蘭溪人,有《香溪集》。是詩蓋見諸集中。

予幼時,最愛東坡《水調歌詞》,和韵中有“秋銷孤桐葉,影墜月明間”。謚言中似未經人道之語也。又《夏夜》中有句云:“輕輕團扇翻花影,剪剪宵衣墜露紋。”《秋夜》有句云:“梧葉驚風喧急雨,竹梢帶月捲輕烟。”是皆與成句工力悉敵,且有天然之風味云。

揚州閔保之《暮雨》絶句云:“怒潮東海走鯨鯢,十載河山往事非。瑟瑟靈旗吹暮雨,邦人争賽李侯祠。”張元奇《登天龍首山》絶句云:“北去風沙撲馬頭,一杯聊此吊殘秋。座中各有新亭淚,迸入遼河水不流。"一意致凄婉,一音調激越,皆有唐賢氣韵也。

盤山,在蘇州名區也。昔人有《感化寺》云:"山寺野花飛,山僧去不歸。無人吊高躅,一爲立斜暉。閲世成今古,争趨有是非。回頭謝雲罩(雲罩,寺名),明發賞心違。"《翠屏山》云:"日落翠屏山,驅車過其右。人言潘家女,昔作楊家婦。府吏府中趨,空房愁獨守。情天有壞空,佛沾無浄垢。阿難戒體毁,觀音鎖骨朽。至今梳妝樓,隱約蔽楊柳。一客聽未終,整襟屢摇首。虞出説九百,君子不上口。悠悠滕薛争,誰能置可否。呼僮且晚炊,爲我熱斗酒。宣和世已遥,兹事莫須有。"前作以清逸勝,後作以典雅勝。吾謂咏俗世而能典雅尤難。

寧都曾青黎選清初諸家詩,名《過日集》。其凡例有云:"詩以性情、音韵相近,聲律自諧。自《三百篇》至漢魏六朝,初無一定之韵。自沈約《韵譜》一出,唐人稍加增損,取以設科名,曰《禮部韵略》。遂使千餘年間,學詩者奉爲刑書。予嘗考沈韵,"東""鍾","真""文","支""微","魚""模","寒""删","蕭""豪","庚""青","覃""鹽"應分也。今不分"東""鍾""魚""模",而以"東""冬""魚""虞"分爲二説。"支""微","真""文","寒""删","蕭""豪","庚""青","覃""鹽"數韵雖分,而微韵之"惟、危、眉、悲",删韵之"殘、闌、餐、珊",文韵之"春、純、屯、輪",青韵之"清、情、精、鶯"混入"支""寒""真""庚"諸數韵。"真""文"又分爲"真""文""元","庚""青"分爲"庚""青""蒸","蕭""肴"分爲"蕭""肴""豪","覃""鹽"分爲"覃""鹽""咸"。"江""陽"本一音也,分而爲二。"麻""遮"本二音也,合而爲一。種種舛謬,不可殫述矣。

明初,采文憲等正訛定謬,定爲正韵。雖"東""鍾""支""齊""庚""青""真""文"諸韵間有混淆,然尚不失爲中道。夫音韵之正,《韵譜》之舛則在唐,李涪已極言之矣。况唐時,多有不拘沈韵者。或又謂,古風不拘律,則未有不嚴者。不知少陵五律《雨晴》:"從西萬里風""久雨不妨農";襄陽《元日》:"今朝歲起東""無禄尚憂農",豈皆非"東""冬"二韵乎?襄陽五律《省覲》:"勞歌沙海涯""親望老蔡歸",豈非"支""微"二韵乎?少陵七律《崔氏東山草堂》:"落日更見漁樵人”“飯煮青泥坊底芹”，豈非“真”“文”二韻乎？善夫！夏洪基曰：“學唐者，宜學其品格之高古，氣韵之渾厚；學李、杜者，又宜學其才情、識力。其法清新俊逸，卓煉沉雄，不徒拘拘於《韵譜》也。若徒《韵譜》之是拘，則三唐悉用沈韵，而詩如李、杜者有幾人？今人知依唐韵，而詩如唐者復有幾？”其取重概可知已。況且，音有古今异讀，蓋運會使然，不可强合。縱使孔丘復生，恐不能以《三百》之韵比今人而同之。以故，沈韵之不合者多矣，今韵之不合沈韵又多矣。豈沈韵之不用古則是，而今不用沈則非哉？宋濂溪曰：“《國風》、《雅》、《頌》、四《詩》以位言之，則上自王公，下逮小夫賤隸，莫不有作。以人言之，其所居有東西南北之殊。故所發有剽疾重遲之异，四方之音萬有不同。孔子删《詩》，皆堪被之管弦者，取其音之協也。楚、漢以來，《離騷》之辭，《郊祀》、《安世》之歌，以及於魏、晋諸作，曷嘗拘於一律？亦不過協比其音而已。”明末雲間陳大樽選近詩，凡用《正韵》者，詩雖佳弗録。甚矣夫，其捨父而廟别祖也！

嘗讀《秦淮見聞録》，見載有武進黄仲則《中秋夜游秦淮》七古詩一首。近閲黄所著之《兩當軒集》，其《秦淮題咏》尚有詩詞數篇，因選録之。《金陵雜感》云：“平淮初漲水如油，鐘阜嵯峨倚上游。花月即今猶似夢，江山從古不宜秋。烏啼舊内頭全白，客到新亭淚已流，那更平生感華屋，一時長慟過西州。”又《過秦淮》詩云：“凄凉苔蘚掩金釵，無復笙歌動六街。回首南朝無限恨，杜鵑聲裏過秦淮。”予亦有《秦淮雜詩》十六首，今亡其九，録其七云：“年來夢繞秣陵舟，又作秦淮十日游。長板橋空金粉謝，烟波猶帶六朝愁。”“丁字簾前繞晚潮，輕橈幾度載紅綃。一聲短笛催歸去，凉月隨人過畫橋。”“參差水閣俯寒流，面面珠簾盡上鈎。十里新堤楊柳色，美人樓上不知愁。”“晚風畫舫上燈時，弦管聲中半醉痴。豪竹哀絲聽不得，一腔心事幾人知。”“纏頭擲盡阮公囊，赢得琵琶半面妝。一曲當筵金縷恨，蕭蕭暮雨怨吴娘。”“莫愁居處石城西，又向湖亭認雪泥。烟水不知人去久，寒風説與杜鵑啼。”“詞客梅村舊擅名，曾於詩酒識傾城。可憐踏遍秦淮路，辜負江南卞玉京。”

予伯氏楚卿曾與秦淮名妓楊寶珠結不解緣，奈大婦奇妒，藏嬌金屋不克如願。會伯氏回以《咏柳》四章見示，蓋即贈别寶珠也。詩云：“弱質輕盈不自持，章臺依舊舞腰肢。春來畢竟愁何事，似恨東風未展眉。”“風吹起舞睡難安，帶雨烟籠淚未乾。漫道尋春無雅客，且舒青眼向人看。”“傷别傷離恨未休，短長亭畔送迎愁。莫教竪子輕攀折，戲作鞭絲賤牧牛。”“年華慘緑暗相催，眉黛青青皺不開。春色未闌先作絮，好隨風起上樓臺。”

《白門新柳記》題詩最夥，其佳者，如上元方伯雄詩云：“秦淮依舊水盈盈，五載歸來百感生。漸喜近時復佳盛，鼓鼙聲變管弦聲。”沱江張春陔詩云：“紅橋鬟影雜衣香，一曲琵琶最斷腸。露葉風枝可憐甚，瘦腰强學鬥新妝。”古歙江海門詩云：“南朝金粉成飄零，城角啼烏不忍聽。快睹升平傳盛事，白門新種柳青青。”上元姚友梅詩云：“青溪曲曲水多情，冶葉倡條管送迎。解作曉風殘月句，人間惟有柳耆卿。”“宰相風流億謝安，重將錦綉换凋殘。夾城一路垂垂發，當作平泉花木看。”北平丁硯香詩云：“又見春風上柳條，夕陽簫鼓水迢迢。南朝金粉飄零盡，舊記依然績板橋。”“晴波摇蕩緑楊絲，畫舫銀燈夜泛遲。惆悵曉風殘月裏。爲卿重譜柳卿詞。”予亦嘗有詩，勉附諸先進驥尾云：“碧玉年華正入時，徐娘老去也堪思。番風念四重頭數，一捲烏絲絶妙時。”

北人不能揚舲，南人不能騾驤，所處之地非也。大概宫詞之作，出於帝王宫女之口吻者必佳。蓋曾親睹其事，而叙事得真矣。予嘗得有明寧獻王《權宫詞》一百七首，爲私家藏本珍鈔。惜册頁零落，不能得全豹之窺矣。然不幸中何幸，仍有四十八章。詞云：“閶闔雲深鎖建章，曈曨旭日射神光。紫宸肅肅開黄道，萬歲聲聲拜玉皇。”“樓閣崔嵬起碧霄，微聞仙樂奏簫《韶》。天風吹落宫人耳，知是彤庭正早朝。”“纔開雉扇見宸鑾，天樂催朝盡女官。寶駕中天臨百辟，五雲深處仰龍顔。”“太平有象樂時雍，刁斗聲間罷夜烽。從此宫中無事日，《南風》惟奏五弦桐。”“天鶏初報五更籌，萬户簾旌控玉鈎。合殿報傳妃子過，禦香先到鳳墀頭。”“銀潢斗轉挂疏櫺，翡翠窗紗夜未扃。三弄琴聲彈大雅，一簾明月到中庭。”“忽聞天外玉簫聲，花下聽來獨自行。三十六宫秋一色，不知何處月偏明。""十二銀屏十二峰,一峰一個綉芙蓉。東風吹醒陽臺夢,人在珠簾第幾重。""昨夜梅花漏蚤春,和香和月弄精神。休教玉笛三更奏,驚起含章夢裏人。""暖日烘晴淑氣嘉,春風先發上林花。鶯朋燕友時相得,似識東城帝子家。""霽天旭日敞金扉,和氣氤氳滿禁闈。寶殿晝長簾幕静,牡丹花下蝶交飛。""翡翠空間雲母屏,宫娥夜坐數流螢。月華淡淡清無暑,笑把瑶笙學鳳鳴。""太液池中翻翠荷,小娃學唱采蓮歌。畫船不繫垂楊下,盡日隨風漾碧波。""溶溶庭院梨花月,風静時聞笑語妍。今夜婕妤猶帶酒,秋千蹴破柳間烟。""寶妝蟬鬢彈金翹,露下銅盤月影遥。春思逼人眠未穩,閑開棋局度清宵。""玉闌干外木犀開,應是西風昨夜來。宫女不知清露重,折花偷插鳳凰釵。""海棠亭上月華明,一夜東風酒半醒。隔簾鸚鵡學人語,恰似君王唤小名。""屈指顰眉嘆歲華,總將心事付琵琶。不堪彈到關心處,蝴蝶雙飛上鬢花。""庭梧秋薄夜生寒,誰把箜篌别調彈。睡覺滿身花影亂,池塘風定月團團。""自蒙君寵到昭陽,衣袖猶聞寶串香。半倚朱門久凝睇,和愁和月待昏黄。""深院日長瑶草生,重門不見幸車行。落花爲怨東風急,一夜春歸到帝京。""柳色偏承雨露恩,也將青眼暗窺人。可憐不解東風意,仍把柔條綰舊春。""杏雨紛紛滿徑迷,穿簾燕補落花泥。銜將春色歸巢去,辜負鶯兒枝上啼。""重重簾幕掩流蘇,花下相携倒玉壺。報導停斟半含醉,踉蹌起舞倩人扶。""寒蟬泣露曳秋聲,楊柳枝頭淡月明。半掩籠門怕關上,今宵猶恐幸車行。""池塘驟雨打新荷,點點如珠似淚多。縱把金針穿不得,幾回搔首奈愁何。""素梅有意爲誰香,故出宫墻作淡妝。昨夜夢魂清入骨,覺來斜月到椒房。""幽花竹下自芬芳,旋摘瓊葩帶露香。收拾風光妒春色,六宫從此學新妝。""庭樹團團作翠陰,夜凉清話坐更深。無端感起閑愁思,彈到梅花月滿琴。""魷魚窗冷夜迢迢,海嶠雲飛月色遥。宫漏已沉參倒影,美人猶自學吹簫。""彩勝雙雙鬥鳳釵,薄羅金縷燕花牌。宫中先得陽和氣,知是春從天上來。""一夜瑶花滿禁階,曉來旭日映西齋。宫人團雪作獅子,笑把冰簪當玉釵。""金碧團屏面面開,琴書盈幾列平臺。晚凉偷把瓊簫弄,忽報鑾輿聖駕來。""雕檐蟾魄度罘罳,蛛網呈祥墜喜絲。知是昭陽有恩澤,燈花昨夜結紅芝。""一自承恩入建章,爲憐妾貌侍君王。殿頭自此書名字,日日聯班近御床。""新選昭儀進御來,女官争簇上平臺。宫中未識他名姓,都把花名作字猜。""宫女新傳御製詞,人人争唱鬥歌時。嬌嗔不識伊州譜,錯把腔兒念作詩。""銀漢沉沉玉漏遲,一鈎斜月上花枝。恰似徐熙新扇面,美人歡笑共題詩。""寂寂重門夜沉寥,天風時送御香飄。三十六宫秋月白,美人花下教吹簫。""掬面東風酒暈濃,頻將羅扇掩羞容。抬頭祇恐君王見,佯把金針花下縫。""效顰常鎖遠山愁,蹙損東風翠黛羞。笑貼鬢鈿雙玉燕,一天秋思上眉頭。""誰剪吴江一幅綃,巧裁宫樣縷金袍。妖嬈偏稱腰肢小,每向龍墀侍早朝。""沉沉庭院夜如何,坐看黄姑織女過。月下偶然應識面,誰知人世有嫦娥。""上苑尋芳挹翠華,東風先到帝王家。宫娥不識春歸去,争插庭前芍藥花。""遠山凝翠叠青螺,秋水芙蓉映碧波。門外晚晴無限意,梧桐葉落已無多。""金蓮步步響回廊,未到先聞寶串香。知是六宫妃子至,殿前嘹亮奏笙簧。""月奩金鏡綺窗寒,雲母屏開五色鸞。寶篆有香椒壁静,一簾紅雨杏花殘。""翠盤金縷絳紗籠,銀燭熒煌照漢宫。應制草詞書細字,燈花報喜吐殷紅。"

無題詩話

榴　芳

無題詩,係艷體詩之一部分,濫觴於齊梁,爛漫於唐宋。皆胎息風騷,芬芳悱惻。鏗鏘愧金石,彩焕却丹青。緣情不濫,體物不露。得蔽之曰:無邪也。張籍詩云:"桃溪柳陌好經過,燈下妝成月下歌。爲是襄王故宫地,至今猶有細腰多。"李德裕詩云:"松依蒼崖老,蘭臨碧洞衰。不勞鄰舍篴,吹起舊時悲。"此爲無題詩之作俑。陳與義詩云:"聖人六經如日月,萬事隨時更故新。江南丞相浮雲壞,洛下先生草木春。孟喜何妨改師法,京房底處有門人。舊愛讀書今懶讀,焚香閲世了閑身。"此爲無題詩之變格也。然作無題詩者，群欽義山爲泰斗。蠶絲蠟淚，芳馨愈酷；彩鳳靈犀，風韵不銷。於是，鹿門先生翹之於前，玉山樵人踵之於後。宋代則楊億、劉筠、錢惟演輩；元代則馬伯庸、袁桷、薛漢輩，恒取無題詩相爲酬唱，馳騁風流，可謂盛矣。彼撏撦之諢，剪綵之誚，引作無題之批評，誠瞽説也。兹編所輯，要取材於有清一代，麗則麗淫，兼收并蓄。所見雖多，删者過半，譾陋之譏仍難免哉！

金壇王彦泓先生，艷體詩家也，所著《疑雨集》四帙，傳誦一時。其詩如蚌珠浴月，璞玉輝春，皆琅然可誦也。開卷載《無題》四律，尤清芬襲人。録其一云："弄玉當年未嫁時，徘徊好影自矜持。怯從畫府過嬌靨，羞向花間曳綺綦。千蝶帳深縈短夢，九雛釵重困初笄。朝回夫婿鳴騶去，下欲珠簾不肯窺。"他如："歌筵歇拍偷回眼，花徑前行細轉腰。""朱門逼近推敲細，祖服纏綿脱著遲。"風韵旖旎，雖和、韓亦爲却步也。

郝溱，同邑詩人。考《邑志》，稱溱不尚崖异，歷任興國泰安訓導，所在皆春風。有集未刊，詩傳數首，以輕圓流利見長。《無題》云："來去渾疑雲雨縱，楚王宫北數聲鐘。情當厚處翻成怨，淚到乾時不覺濃。烟屧湘裙飛蛺蝶，玉屏羅幕壓芙蓉。月中剩有森森桂，遮却清光第幾重。"或疑此詩幾桂藩作也。

彭羨門少時，綺年風流，好以才華相馳騁，作《金粟閨詞》、《香奩酬和集》等。雖跌宕風月之作，然潤色鴻業正復需此。所著《松桂堂詩集》中載《無題同貽上作》詩云："銀剪遲遲夜未央，紫鴛雨雨已成行。懷人獨坐嫌宵永，待夢頻來欲夜長。斜月窺窗屏半掩，行雲何處幕虚凉。征鴻迢遞文鱗絶，滅盡深閨窈窕妝。"他如《才情集》中"家同碧玉何妨小，體并昭陽幾欲仙"。《南雅集》中"玉暖乍抛心賜襪，香濃不散舊題巾"。雖皆風韵卓犖，然以"鶯雅故殘含蕊色"七字尤勝芳膩也。又文集中載徐擅青《和無題詩序》云："美人香草，初傳要眇之音；落葉秋風，始發清微之響。離憂欲寫，綺語斯標。以至平子《同聲》，秦嘉《贈婦》，子建《閨情》之什，安仁《内顧》之篇，靡不淹抑深情，纏綿古意。擲芙蓉以憐子，餉芍藥而將離。

司馬東鄰，層波相屬；修靡南户，媚體横陳。下及温李之儔，彌極哀淫之思。春蠶蠟炬，相如形似之工；彩鳳靈犀，明遠遥深之致。言情之制，亦爲優矣。徐子擅青，人稱比玉，才勒兼金。士秀之藻筆精華，獨妍宫體；偉長之麗心文質，寧愧詩人？囑和無題，一時絶調。湘毫未染，已有雲烟；鳳紙將舒，先聞薌澤。貌遠山之隱約，翠黛紛流；狀新月之纖妍，芳塵欲動。擬人固帝天之列，摛詞亦春雪之班。非無紫衮吹簫，不少紅綃持拂。慧樗蘅薄，地已异乎庚宗；絳樹青琴，曲彌高乎《子夜》。洵乎！雙心一意，形影合而不離；萬代千齡，情塵銷而不滅。可以下驅北里，上駕西昆，屈宋含毫，和韓掩藻者也。"斯文亦香艷可誦。

黄莘田大令，永福人，嗜硯成癖，榜所居曰"十研軒"。花竹秀野，圖史縱横，飲饌裙履間，深得雅人深致。詩以青蘿韶蒨，膾炙四方。初下第時，作《無題》五首，除《隨園詩話》所收一聯外，佳者尚夥，稿記於此。如"已看梅花孤更月，縱好花禁幾信風""織錦已非坊樸杼，穿楊别有楚人弓""翻借微瑕完趙璧，竟持朽骨市燕金"等句，皆極經營慘澹之作。

莘田既廢耽於詩，與徐懶雲等以香奩詩相唱和，如《惆悵詞》，如《雜思詩》，濃情綺思，絡繹行間，概於《香草箋》中備載之矣。懶雲有《無題》詩八首，摘其警句如："殘夢燕鶯唯自笑，凉秋風月孰平分。""贈枕幾時親綉虎，停梭不語悵栖烏。"叠韵句云："更張琴操需山響，破費爐熏送月斜。""真色豈須妝半面，清談或可解雙鬟。"此數聯爲諸什冠，清麗芊綿，不讓十硯。

莘田有《和懶雲無題詩序》一篇，灑灑約千言。起句云："不解風詩，何以有草蟲雄雉？每憐樂府，大都爲羅嗊懊儂。以王伯輿之梟雄，猶曰甘爲情死；如江文通之風雅，輒云僕本恨人。"頗詭俶可喜。又云："中門動鎖，何瞋桃葉迎人；後院煎茶，不避鸚哥唤客。朝暮峽雲，飛來屋後；東西溝水，流到門前。晚風楊柳，齊牽長板之橋；初旭芙蓉，不隔横塘之路。"又云："願脱臂金半釧，鑄我浪仙；私纏色綫千條，綉伊公子。磨翠黛半丸之墨，淋漓豆蔻長箋；吮絳唇一滴之珠，點染櫻桃小扇。洗硯簪花，玉腕作學書弟子；拔釵載酒，朱顔爲問字先生。筆床茶臼,都經薌澤摩挲;藥裹詩囊,盡出葱尖裁剪。深巷賣花聲,香車載至;短墻殘月影,急鼓催歸。冰玉壺中,笑言何避;蘼蕪山下,永矢弗萱。願長齋綉佛以酬因,亦小字烏絲而寫恨。紫釵盡典,竟不逢馬上黄衫;緑綺空彈,豈敢效壚頭犢鼻。千絲蠶繭,衹繅再世朱繩;七尺珊瑚,枉結三年鐵網。"亦復詞華并茂之作也。詩見《秋江集》中,無庸再志。

錢塘袁香亭太守作《無題》多首,菽園謂其效《疑雨集》體,詞或過於綺靡,自所弗檢。然末首忽以莊語結之,尚有曲中奏雅之意。此語洵然。詩云:"碧城錦瑟恨偏長,咏到無題事渺茫。明月求妨呼作姊,青山原可唤爲郎。詩箋罪孽留遺稿,襟袖嫌疑惹晤香。朝暮陽臺神女夢,古人詞賦已荒唐。""回廊百折轉堂拗,阿閣三層轉鳳巢。金扇暗遮人影至,玉扉輕借指聲敲。脂含垂熟櫻桃顆,襟解重襟豆蔻梢。倚燭笑看屏背上,角金釵索影先交。""窗下停針燭下吟,暫時小别亦追尋。羞聞軟語情尤淺,許看香肌愛始深。他日悲歡憑妾命,此身輕重持郎心。須知千古文君意,不遇相如不聽琴。""一廉花影拂輕塵,路認仙源未隔津。密約夜深能待我,吃虛心細善防人。喜無鸚鵡偷傳語,惟有流鶯解惜春。行迹怕教同伴妒,囑郎見面莫相親。""窗外聞聲暗裏迎,膽娘有膽亦心驚。常防過處留燈影,偏易行來觸琴聲。絛脱光寒連臂顫,流蘇春暖放鈎輕。枕邊夢醒低聲唤,消瘦香郎兩字名。"(第六、七、八首省略。)"碧桃花下訪臨邛,一見開門有病容。帶一份愁情更好,不多時别興尤濃。枕衾先自留虛席,衣扣遲郎解内重。親舉纖纖偎頰看,分明不是夢中逢。""知郎無賴喜詼諧,刻意承歡事事偕。學畫鴛鴦調黛眉,戲簽蝴蝶當荆釵。減儂綉事來磨墨,助我詩情坐向懷。百稱温柔於婉轉,不留踪迹與同儕。""惺惺最是惜惺惺,擁翠偎紅雨乍停。念我驚魂防姊覺,教郎安睡待奴醒。香寒被角傾身讓,風過窗欞側耳聽。天曉餘温留不得,隔宵密約重叮嚀"(第十二首略。)"慚愧題橋乏壯才,枉將心事訴妝臺。津非少婦偏能妒,山嫁彭郎易起猜。底事妄傳仙子降,何曾親見洛神來。勸君莫結同心結,一結同心解不開。"繪畫横陳,不已顛歟?

侯官張欽臣肇修博洽群書,詩境清峻。《射鷹樓詩話》録其《無題》詩云:"丹楓湛湛遍江干,芳草天涯結古歡。欲托蹇修通款素,夫容摇落暮江寒。""早拚團扇弃難留,謡咏何須尚未休。欲畫蛾眉羞攬鏡,美人顔色不禁秋。"皆工。

華亭黄石牧太史著《香屑集》十八卷,集中載古、近、艷體千餘首,俱集唐句,冠以駢體,序亦掇唐文成之,灑灑數千言。所集《無題》詩殊夥,各體皆備,獨以《和韓冬郎》五首爲最。至近體中,五言如"解吟憐芍藥,隱語笑芙蓉。摘蓮紅袖濕,拾羽翠翹翻"。七言如"蠟炬有心還惜别,明珠無纇亦羞圓。碧天月落琴聲斷,石徑無人蘚色交""卓瑟不能邀卓氏,濁泥猶得葬西施。蟬鬢鳳釵慵不整,牙床角枕睡常遲"等錦綉班聯,如出己杼。考《四庫全書總目》,中列入此書,謂:"其詞皆艷冶,千變萬化,不出綺羅脂粉之間,於風騷正軌不合。然就詩論詩,則記誦之博,運用之巧,不可謂非一世之才也。"

上海越璞函先生詩名海内,"江南七子"中人,殁於金川之役者也,刊《娵隅集》十卷行世。有《和雲岩無題韵》云:"清歌莫是定風波,雲似輕綃水似羅。看取茜紅衫子上,淚痕應比酒痕多。""元都觀裏舊時花,一綫紅潮暈晚霞。似説東風送歸夜,不將艇子載琵琶。"

寧化張軾,字未瞻,幼有逸才。工詩、古文、詞,著述甚富,俱未梓行。《無題》云:"蘭香深處畫堂東,冉冉陽春午夜風。豈爲蒹葭依玉樹,祇教鸚鵡戀金籠。絲窗静掩榆光白,重幄高懸蠟照紅。散序霓裳誰復念,分明月殿與珠宫。""豈意人間萼緑華,襜褕祇合望天涯。空聞素柬傳香字,未見青雲降寶車。宿海有源風正急,星河無路月長斜。黄姑慣作經年别,猶自清狂待晚霞。"軾又有《花間曲》,風致極佳,恐軼出本編範圍外,不暇録也。

《堅瓠戊集》存沈郎倩《無題》詩云:"海底塵生曉未揚,三春珠樹拂扶桑。安期手摘鷄心果,萼緑華輪鹿角漿。花死不隨明月葬,燕來密與好風商。依稀夢冷仙姝廟,鞋底微聞帶露香。"詩境幽蒨,仿佛種放《無題》詩也。《丁集》又載戴振之《無題》多首,其警句如:

"天上有星臨薄命,人間無藥治相思。""看花和淚思長好,對月傷心説再圓。""難將白璧調蘇小,何用黄金鑄牧之。""一尺難挨回首路,千金莫買隔簾心。""芳草凄迷人事改,孤雲明滅此心存。"皆沈摯語也。

仁和龔自珍,字瑟人,劬於經史篆籀之學,識力嶰深;詩亦奇境獨闢,多艷情之什,一稿纔脱,傳遍萬目。如《世上光陰好》云:"世上光陰好,無如綉閣中。静原生智慧,愁亦破鴻蒙。萬緒含淳待,三生設想工。高情塵不滓,小影淚能紅。玉茁心苗嫩,珠穿耳性聰。芳香箋藝譜,曲盝數窗櫺。遠樹當山看,行雲入抱空。枕停如願月,扇避不情風。晝漏長千刻,宵釭夢幾通。德容師窈窕,字體記玲瓏。朱户春暉别,蓬門淑晷同。百年辛苦始,何用嫁英雄?"《秋心》云:"秋心如海復如潮,但有秋魂不可招。漠漠鬱金香在臂,亭亭古玉佩當腰。氣寒西北何人劍,聲滿東南幾處簫。門大明星爛無數,長天一月墜林梢。""我所思兮在何處,胸中靈氣欲成雲。槎通碧漢無多路,土蝕寒花又此墳。某水某山迷姓氏,一釵一佩斷知聞。起看歷歷樓臺外,竊窕秋星或是君。"此詩摘詩中字爲題,與《無題》等。故録之,聊備一格。

太原鐵蟾,好以香奩艷體寓不遇之感。嘗謁某公未見,因作《無題》詩云:"堊粉圍墻罨畫樓,隔窗聞撥細箜篌。分無信使通青鳥,枉遣游人駐紫騮。月姊定應隨顧兔,星娥可止待牽牛。垂楊疏處雕櫳近,祇恨珠簾不上鈎。"

趙國賓香綆,金州人,著《種香齋集》行世。有《無題》云:"春到紅樓事事妍,綉屏鳥凡篆爐烟。彈棋玉腕松金釧,鬥草芳春落翠鈿。刺就鴛鴦神欲動,教成鸚鵡語初圓。那堪星渚填橋後,憔悴韶華各一天。""蕪城碾緑共雲車,惆悵東風柳絮斜。畫扇香濃留芍藥,綺窗夢永斷琵琶。輸他紫燕雙飛翼,賺我銀釭夜合花。兩地相思何處寄,化成暮雨繞天涯。"詩才風華,旖旎獨絶。

王條山鼎,華亭人,著《蘭綺堂詩鈔》十七卷,每卷别自爲集。詩以穠鬱爲主,近體最長。記其《南歸集》中《無題》云:"停針不語旭高時,閑笑鄰娃撲蝶痴。昨夜輕雷催谷雨,春濃信許牡丹知。"

“薔薇盥訖曉妝遲，補綉山花睡露時。暗唾紅絨輕配色，嫌人過半重胭脂。”“暑豁桐林虹影收，一灣新月射簾鈎。下階吟拂秋蘭露，晤喜墻根茁并頭。”“花香風外襲輕衫，妝澹誰欺骨相寒。寂寂春深貪綉佛，掩園懶唤侍兒看。”《南屏集》中《無題》云：“紋窗六六敞琉璃，慵整金鈿掠鬢遲。梁燕憐逢初乳後，庭花愛吐晚晴時。”“隔雲三叠湘靈曲，映日雙鈎幼婦詞。果否芳馨能寄遠，風前不盡涉江思。”“黄金爲屋玉爲階，明月誰家早入懷。躑躅蘭皋晴拾翠，沈吟薇露曉侵鞋。”“珠能照夜燈頻撤，犀闢游塵鏡損揩。怪腐穿林春易晚，飛英片片襯松釵。”純乎閨閣膩語也。

《天真閣外集》，孫昭文先生所著。昭文少具别才，故其詩抒寫性靈，無煩藻繪。艷體諸什，亦極纏綿盡致之作。有《無題》云：“就使樓頭向佩環，娟娟秋影隔銀灣。如今影也無從見，學到雙星夙分難。”又《紀緣盡日》詩云：“未通眉語已通情，衹隔湘簾不隔聲。臨别回眸重一顧，累余惆悵到今生。”丁當清逸，視前爲勝，故連類及之。

候官陳繩，字昭季，高懷冲澹，工於詞賦。初以庠廩舉孝廉方正，旋令貴州清鎮，政績頗優。性耽禪宗，著《禮園詩鈔》行世。其《無題》有序云：“嘗聞山榛隰苓，懷美人也；沅芷澧蘭，思公子也。夫何以列之於經，著之於騷，而千百世後，咸指其拳拳忠懺也。古之賢士君子，每自晦其情於君父，而托言伉儷，興寄遥深。因而期之殷，望之切。迨至於無可奈何，莫之收拾。斯極乎妄也，而返乎真；馳於濃也，而歸於淡。所由逃空門，而托羽化也。然則其詩美艷，侈金粉，奈何曰是猶《華嚴經》之述須密‘女紺發金瞳，一切香雲鬘雲妒羅雲’也；《列仙傳》之記‘萼緑華未遇楊羲，冠簪披驎；杜蘭香喜逢張碩，巾帔飄揚’也。惟是苦輪未了，一塵尚隔。而花叢誑言天女，月夜虚指姮娥。證素心於牟尼，托青鳥於王母。游談無根，口業未除。他日當瓣香兜率宫，蓬萊闕禮。金粟如來，漆園蒙叟而懺悔也。”詩云：“嫣然倚竹邈難親，相望寧徒隔一塵。有術帳中還見帝，多情墻上屢窺臣。韓憑妻化爲蝴蝶，甄後身歸作洛神。到底虚同幻泡影，愛河迢遞悔知津。”詩微艱澀，然亦根柢盤深，吐屬自無凡近,非僅藉口别才所能仿佛也。

程晋《無題》云:"卐字闌干亞字墻,玉梅花下小蘭房。金環低扣聲先透,銀燭輕摇影故藏。入座漸聞香子細,隔簾徐聽佩丁當。等閑未肯輕相見,半是銷磨杜牧狂。""沉沉良夜解明璫,細數閑愁睡不遑。慣作長吁眉鑠黛,時聞小語口生香。銀釭雁冷還相對,鐵馬聲凄更自傷。知道夜深寒氣重,裍將半臂却分郎。"詞極柔膩,微以麗淫爲嫌。

張留野前輩,邑之詩人,隱居龍山下。家貧而瞽,猶不絶吟,詩與閩派爲近。《即謳草》中載其《無題》句云:"荷葉拗來空有蓋,藕絲抽盡已無蠶。殘睡濺花侵袖角,遠山接恨壓眉尖。信他市虎腸回九,疑此弓蛇肱折三。尊傾緑竹心先醉,盤貯青梅齒欲酸。"殊覺芳艷無倫也。

錢塘吴升,字秋漁,著《小羅浮山館詩抄》。詩以端莊馥鬱見長,所作《無題》兩絶,與羅一峰《無題》詩同一機杼,唯曲折過之。詩云:"脉脉檀心衹自知,蜂憨蝶浪最難持。春風未老花枝脆,半夜江郎唤醒時。可意人如可意香,肯將軀殼認檀郎。誰知幻裏還生幻,打麥聲中唤一場。"

王采薇女史,字玉瑛,武進孫季俅之室也。髫齡即嫻書史,兼耽吟咏,有《長離閣詩稿》梓行,惜才慧早卒。《春夕檢季俅詩》云:"一院露光團作雨,四山花影下如潮。"幼時酷愛誦之。又《無題》一絶云:"欲暝疑當曙,凉春侣早秋。青山獨歸處,花暗一層樓。"丁當清逸,閨秀中所罕見也。

摯友孫鳳,生小工詩,隨父僑日者有年。忽以《無題》詩兩首見寄,謂係日本文士松浦楨卿所作。詩云:"霓裳舞罷淚潸然,殘月枝頭哭杜鵑。紅裍香銷空有恨,一從弦斷憶華年。""三山路斷恨沉沉,鸞鳳飛飛不可尋。洛浦風流已銷歇,到今離思在瑶琴。"末後復云:"凡作無題詩者,或興會激蕩,或寄托遥深。惟其興會激蕩,措詞易妙,故隨園句云'詩到無題是化工';惟其寄托遥深,用意轉晦,故雨材句云'咏到無題衹自知'。"閲者殆許爲知言乎?

錢塘梁應來云:"無題詩與香奩詩,界若溝鴻。李義山之詩,無題詩也;韓冬郎之詩,香奩詩也。蓋無題之什,不必盡寫情懷;而香奩之篇,則竟專作膩語。若閑情風懷,則指實事矣。"海澄邱煒萲云:"古有無題詩,有香奩詩。無題,須風格性情并茂,乃不卑靡。若一味緣情而作,風流靡曼,取悦聽者,是香奩也。"綜此兩説,劃分無題、香奩之界限頗爲昭晰,故并繫之於末云。

留學生詩話二則

"同文學院"與"宏文學院"同一性質,專爲中國留學生辦中學文憑者也。明治四十二年,東渡者日少,"宏文"即於是年歇業;"同文"尚存,以其附屬於日本人班之目白中學也。中國學生絶少,喘絲僅屬而已。大正二年(即民國二年),政府特遣豐沛子弟百二十人渡東,同文爲開特别陸軍班,由是復盛。時余居目白新權館,陸軍班生居者數十人。王某者,年四十許。喜爲詩,同班生群以文學士尊之,王亦殊自負也。一日過余室,見余爲人書屏,輒佇視,意其善書者。與通款洽,遽趨反。須臾捧一書至,殷勤致詞:"拙作呈教。"余遜謝,留卷案頭。今憶録其可誦者數首。《無題》云:"天賜良緣逢浴家,玉似肌膚貌似花。向余雖不通鶯語,口唱足踏亦可嘉。"又云:"罄竹難書傾國貌,英雄夜夜不禁情。天下美人余不愛,佳人快快發慈心。"《有感》云:"昨夜驅蚊二夏天,身癢心焦極可憐。帳中若有同床妻,驅除何須用蚊烟。"《感懷》云:"昨夜寤寐臉朝東,夢見腰妹在懷中。醒來想想一場夢,氣得我涕泗滂沱。"

湖南某以癸丑之後亡命日本,居早稻田竹之湯浴堂側,與下女通。友詢之,堅不承,友遂假故宿其家回之。某伺友酣寢,携被就下女,覆被於頭而返。友遽起,問其故。某囁嚅曰:"舞獅子給你看,何必問。"友大笑,立成一絶云:"湖南殺黨人,天尊幸不死。匿迹竹之湯,半夜舞獅子。""天尊",某之綽號也。

然脂餘韻

王蕴章 撰

《然脂餘韻》，分别刊載於《小説月報》、《婦女雜志》中，該詩話由上述報刊所載内容彙集而成，反映出作者的詩學風貌。

《然脂餘韻》自序稱："時則遥皇古，以迄當代；人則遥宫闈，以迄風塵；文則遥風雅，以迄雜著。"故其仿《燃脂集》體例，保存大量江南地區的閨秀詩人創作與結社情况，兼及江南風土人情。

王蘊章（一八八四—一九四二），字蒓農，號西神，別號窈九生、紅鵝生，別署二泉亭長、鵲腦詞人、西神殘客等，江蘇無錫人。曾編輯《新聞報》、《小説月報》、《婦女雜志》等，并任滬江大學、南方大學、暨南大學等校教授，著有《秋平雲室詞》、《梅魂菊影室詞話》、《西神小説集》、《墨林一枝》等。

序

邵瑞彭

《然脂餘韻》者，繼《然脂集》而作也。昔西樵揚靈芬於并世，今蒓農搜殘艷於墜簡。體例小异，取捨匪殊。王氏多才，吾何間然？原夫詩教，首《風》肇端房闈，游女求思，"彤管有煒"。宛有大人之作，無偭正始之恉。屈、宋嗑嗑，寄情嬋媛，遐哉夐虖，不可得而議矣。漢魏以還，芳徽未沫。《古詩十九》，乃出思婦，《玉臺》一編，蔚爲濫觴。自時厥後，音響彌厲。别殿蛾眉，襜褕麗質。小家碧之女，高楼蕩子之妻;亦有空侯妖女,狄鞮妙倡,天上瑶華,山河窈窕。莫不逸思横飛,驚才郎照,本過人之哀樂,發絶妙之文章。格律雖絃於時趨,才調或軼虜男子。連章者泐爲專書,散見者著於總集。至若候館謏聞,金閨斷句,藝林嘆爲隽永,君子懼其遺佚,則筆札所播,可得而尋焉。有清一代,儒先鬱起來,衆嫭連蹇,侈於往朝。不有巨聯,奚由披覽蒓農之志?固將希孝穆暝寫之縱,寍徒畢考功叢残之緒哉?或謂才思非婦人之事,欒安於焉。焚詩小技,非壯夫所爲。揚雲悔其作賦,不則易安詞媛,誣起玉壺;涪皤高賢,罪在綺語。蒓農兹作,岂不多事?雖然,歌謡之端發於勞聲;士女之情多由托興。人生百年,歡婜能幾?當其百昌,外鑠牢愁,中沍冥心,孤運往而不復。瓊樓夜冷,錦瑟春啼,結想所生,神光離合,作者、述者各有會心。皇穹鑒其忠誠,聖人知其怨悱。辭取復意,何假蹄筌?予與蒓農聞聲十載,交在巳年。江南草長,蹇裳相邀。過女環之故宫,訪赤烏之斷碣。華月西賈,劇談未歇。方今天下靡靡,玄黄變極,高邱無女,北渚云遥。彼媄人兮,不與我言。將子無死,吾與汝從之。

戊午秋,淳安邵瑞彭

序

白曾然

蘭陵惲女曾標《正始》之名,湖海陳髯厥有《婦人》之集,掞張壼奥,祓飾閨襜;豈不以宫商和緦之音,端歸异顺冰雪聪明之筆,彌闡坤靈也乎?蒓農社兄殫洽見聞,扢揚風雅。熏香摘艷,與清麗爲鄰;滴粉搓酥,本温柔立教。識芳名於茗玉,耳熟能詳;紀韵事於鷗波,手胼未憚。《然脂餘韵》者,蓋取有清一代閨秀諸作,最録而成其人也。類皆芳猷内敷,淑質外朗。班姬《七誡》,若總喉衿;趙妃三絶,并通�鍵。織天孫之錦,都疑夙世璇星;吞女史之花,合證前身娥月。千絲藕骨,莫喻其玲瓏;一卷蕉心,詎方其宛轉。是以琉璃硯篋,常剖雲腴;翡翠筆床,時揮霜素。紅桃麗字,遍書河北之箋;白蠟妍詞,勝貴洛中之紙。論其綢繆贈答,足倾金母之瑶觴;宛轉音聲,盡入彩鸞之唐韵。以視彼銘椒賦茗,咏絮歌桑,書《大雅》之三章,擬《離騷》之《九辯》,無多讓焉。君乃摘葉抽詞,粲花著論,勤搜文獻,夷考生平,拾勝朝彤史之遺,爲昭代香奩之輯。綜其體例,略得而言。夫朝朝暮暮之辭,我我卿卿之語,柳梢月上,憶人約而不來;桑落霜寒,賦氓蚩而自悔。究嫌佚蕩,奚事平章?至若遺世佳人,降真仙子,盤塘江上,馬纓一樹之題;疏香閣中,灰囊两字之喻。非弄狡獪,办近謬悠,付之闕如,存其真爾。近歲以來,變起衣冠,毒流巾幗。白刃可蹈,羡從軍之木蘭;青綾不施,詡解圍之道韞。雖或文成露布,曲譜《霓裳》,然而取捨既乖,與觀斯异,并從割從割弃,無所取裁。則是集也,可謂體女子之善懷,協風人之宏恉矣。僕夢中還筆,頗愧江淹;掌上看珠,黯傷靈照。(幼女五齡,誦近體詩而通其意,惜於丁巳春殤。)君仿西樵舊例,補《玉臺》未見之書;我誦《北山移文》,觸金鑾已逝之痛。

戊戌七月,同社弟通州白曾然

序

王蘊章

吾宗西樵有《然脂集》之選,爲部四,爲類六十四,爲卷二百三十餘。其自序稱,歷十五寒暑始克就緒,時則由皇古以迄當代,人則由宫闈以迄風塵,文則由風雅以迄雜著。雖考訂未悉,不無謬盭,而按部就班,較爲具體矣。書闕有間,《四庫全書》僅采其體例於"詩文評"中。觀其條目,遠出沈宛君《伊人思》、蘇竹浦《胭脂璣》、鄒流綺《紅蕉集》、方夫人《宫闈詩史》、酈琥《彤管遺編》諸書之上。茫茫數百年,竟成絶響,嘗有意續之而未逮。比年傭於涵芬樓,樓中富藏書,戢香所及,不加詮次,斷自清初,以迄近禩。斷章零句,録之或無所表襮,而玉情瑶韵蔚成佳話者,亦録之。傳姓氏,志梗概,存十一於仟佰也,得若干家,共若干言,名曰《然脂餘韵》。非敢纂西樵之墜緒,聊以闡閨襜之馨逸耳。嘗謂詩詞之作,本乎性情。忽然而來,神與古會,空山無人,流水花放。臻斯境者,厥云上乘女子之作。於金戈鐵馬之風，豪肉哀思之奏，或稍稍漓矣。至若幽花媚春，子規叫血，賦景獨絶，言愁已蕪。班之香耶，宋之艷耶？美人香草，要爲天地間必不可少之一境。梅月畫窗，蘭風入座，迷迭濯魄，銀蒜約魂。鶗鴂怨其不芳，桐絲撫而寡韵。試展是編讀之，余懷渺渺，其猶成連海上詩乎？

閼逢攝提格花生日，蒓農王蘊章識於千二百輕鸞室

序

王蘊章

客歲輯《然脂餘韵》若干言，付諸《小説月報》。藥非特健，符是聆痴，亦茶鎗酒鐺間，一種零星功課耳。輟業以來，不復置念，乃辱海内嗜痂諸子或馳書相訊，或郵示名作，以備甄録。空山足音，觸我夙好。不辭許子之憚煩，再學風乾之饒舌。若云斐然有述作之思，則吾豈敢？

己卯小分龍日，西神書

《彭城三秀集》，錢氏所刊。一爲吴夫人黄，字文裳，著有《荻雪集》；一爲沈夫人榛，字伯虔，著有《松籟閣遺稿》；一爲蔣夫人紉蘭，字秋佩，著有《綉餘詩存》。姑婦相承，世傳風雅。吴夫人爲明塞庵相國子婦，籧庵駕部女，適丁國亡家破之時，故多感事傷時之語。蔣夫人生長金閶，于歸巨族，秦嘉上計，徐淑工愁，故弄筆然脂，多綺麗緣情之作。沈夫人詩筆不逮姑婦，而詩餘一體，遠接漱玉，亦一奇也。吴詩如《采蓮》云："巧翦羅衫碧，遍行荷葉中。莫愁看不見，人面勝花紅。"《孤山》云："處士逃名處，孤山對故宫。梅妻猶抱節，不肯嫁春風。"則又寓滄桑之感，寄冰霜之思矣。其《聞劉節婦淑英倡義勤王》一律云："天綱竟墜地，倡義滿方隅。白面譚兵有，紅妝殉國無。王章還有女（自注：節婦爲揚州守殉瑺裀劉公諱鐸女，少寡守義），吕母本無夫。我亦髯髦者，深閨愧執殳。"事奇詩奇，可以傳也。蔣詩如《秋閨》云："親檢繚綾爲製衣，翦刀欲下更遲

遲。夢中面目雖依舊,别後腰圍尚未知。"《秋曉憶外》云:"相思相望路漫漫,製得羅衣欲寄難。小閣夢回金釧冷,應知江北不勝寒。"《春日》云:"睡起懨懨綺綉籠,聊將玉鏡照愁容。雙眉久别張京兆,自寫春山看淡濃。"蔣亦有詩餘一卷。

吴蘭雪《新田十憶圖》,題詩者數十人,或分題十截,或合賦一章。然畫寫十册,序异四時,各繫短篇,既傷金碎,同歸長句,又慮沙摶。鳴筆雖多,匠心殊少。惟吴江汪夫人宜秋三絶獨擅勝場,兼有衆妙。詩云:"一幅生綃一段春,鄉心真似轉車輪。宵深便有夢歸去,也恐難分十處身。""晴窗閑展玉丫叉,畫裏春風各一家。生性清寒儂自笑,就中畢竟愛梅花。""兒家舊宅頻遷徙,也要良工畫幾方。衹是不堪追憶了,門庭冷落故園荒。"

"江東獨步推君在,天遣飄零郭十三。"金逸(纖纖)題袁湘湄詩稿句也。頻伽見之,屬武林蔣山堂以落句作一私印,佩之終身,以志知己之感。纖纖著有《瘦吟樓稿》。西江吴蘭雪負异才,其女弟及閨中人皆工詩,頻伽告以纖纖,頗易之。後至吴門,得見全稿,始大折服,以爲真天人也。福慧難兼,笙鶴遽召,諸名士欲製挽聯未成,適汪宜秋内史玉軫挽對至,衆遂藉口擱筆。其詞云:"入夢想從君,鶴背恐嫌凡骨重,遺真添畫我,飛仙可要侍兒扶。"

宜秋豐才嗇遇,貧至絶食,竹溪諸子斂金周之,風義甚高。宜秋以二律爲謝,讀之凄人心脾。詞云:"惠比指囷贈,情同挾纊温。感深惟有淚,欲報恐無門。得食諸雛長,衰宗一綫存。應知姑與舅,泉下亦銜恩。""回頭語兒輩,汝勿太憨痴。不有諸君子,何堪卒歲時。可憐饑凍久,未敢再三辭。他日如成立,生生尸祝之。"劉景叔云:"賢人君子,得志可以養天下,不得志天下當共養之。"其言甚大。詩人閨秀,亦天地間所當珍重愛惜之物,其有坎坷,亦宜相共存之,無所於讓。宜秋之才,竹溪諸子之義,余兩多之。

宜秋又有《頻伽水村圖》云:"深閨未識詩人宅,昨夜分明夢水村。却與圖中渾不似,萬梅花擁一柴門。"頻伽因復作《萬梅花擁一柴門圖》,遍徵題咏。虞山孫子瀟室人席佩蘭題詩三截,録其二云:"美人翻作羅浮夢,幻出孤山處士家。一片水雲渾不辨,是人家與是梅花。”“細嚼梅花可療飢，花香兼可當熏衣。幾生修得中間住，掃盡閑雲不啓扉。”

佩蘭又有《題李因水墨花鳥卷子》詩云：“畫花欲活鳥欲飛，妙手著紙皆生機。調鉛殺粉意不屑，折枝淡墨何離披。光禄丹青亦稱好，不及麻姑長指爪。净几明窗對吮毫，麝煤鵝絹添新稿。萬事倉皇未造難，驚聞風鶴出長安。郎君反得蛾眉護，鐵騎叢中返故關。歸來静鎖葳蕤户，怕檢宣和舊時譜。傷心一曲念家山，畫花不畫根連土。晚年踪迹寄茅庵，小像沈香置佛龕。無復吟紅題竹笑，衹憑點筆現優曇。因鷹贋本猶摹遍，豈獨藜洲作佳傳。羞殺虚名馮玉瑛，被人比作青樓賤。”序云：“因字今生，號是庵，海寧葛徵奇侍姬也。徵奇字無奇，崇禎戊辰進士，官光禄卿，亦善畫。嘗語人曰：‘山水姬不如我，花卉我不如姬。’因著有《竹笑軒吟稿》、《續稿》。徵奇以崇禎癸未出都，遇兵難，因以身障之獲免。此卷作於丁未，爲清康熙六年。或云是萬曆，誤也。”按海寧吴子律因朱竹垞《詞綜》三十卷後，有汪碧巢補人三卷、補詞三卷，嘗仿碧巢例，擬補王蘭泉《詞綜》之缺，曾采《是庵詩餘》二闋，載《蓮子居詞話》中。

郭夫人俠有《除夕》詩云：“雪花梅蕊互争妍，夜冷圍爐意悄然。爆竹一聲催臘去，痴拈長綫繫殘年。”意新語雋，不减《椒花頌》也。

吴江徐山民之配吴瓊仙，字子佩，一字珊珊，工吟咏。山民故喜爲詩，得珊珊大喜過望。同聲耦歌，窮日分夜。袁隨園聞之，嘗自吴中過訪，以爲徐淑之才，在秦嘉之上。山民益自喜，謂獲師友之助。偕游天平山，題詩絶壁，見者疑謂神仙過往，飈車羽輪，動衣裳而落珠玉也。珊珊嘗題《小謨觴館》集詩二首，歿後，山民始檢得之，緘寄甘亭，請爲製誄。甘亭誄詞中，所謂“何圖中閨，乃覯牙曠，百番赫蹄，十讀惆悵”者是也。珊珊又有《病中絶句》云：“隔墻蓮漏響珊珊，一縷爐烟到午殘。鈴語緑窗風不定，梨花吹雪作春寒。”

袁湘瀍之妹淑芳，字柔仙，亦能詩。湘瀍送行册中，載其一詩云：“蠻牋鈔寄枕中方，憐我年來病善忘。衹恐别離忘不得，思兄一日九回腸。”

張於湘《過横塘》詩云：“萍抽嫩緑初平水，柳帶嬌黄欲散絲。

一幅横塘好圖畫,鳥啼風暖雨晴時。”二十八字中,風韵獨絶。

吴江龐鶴霄(兆緌)村居教授,名不出里巷。有《催妝》詩云:“妝閣將辭未肯辭,燈前掩映故遲遲。明知堂上笙歌促,偏要新郎立幾時。”吹氣如蘭,全不類村夫子口吻。及讀其集,中有與表妹王素芬(夢蘭)倡和之作,并附素芬詩十一首,其十首爲《宫詞》,其一《和移居薔薇書屋》詩也。龐原作云:“風轉蓬根不定居,新堂製仿舊庭除。爲貪凉氣常開户,兼借餘光好讀書。滿徑苔痕泥滑滑,過墻竹影月疏疏。春來結個薔薇架,便覺茅檐畫不如。”素芬和云:“百花莊合杜陵居,清福愁君暗折除。入耳蛙鳴供鼓吹,隔窗鶏語伴琴書。春深紅藥當階秀,夜静青藜照字疏。茶竈藥爐安頓了,秋風好著病相如。”有此膩友,自無俗韵。

龔東塢(本)有《翦燭話雨圖》,自序云:“三四年來,掌教義安,畫家爲余寫照,因授之意,而自爲一詩云:‘鴻迹年來寄皖江,浪浪夜雨滿文窗。而今説着愁滋味,珍重燈前影一雙。’妻汪氏和云:‘西窗面水静愔愔,促坐談深雨氣侵。回憶瀟瀟孤燭夜,眼前端的值千金。’”龔少負奇才,老躓場屋,年七十以副榜授仙居校官,賦詩云:“垂老居然得一官,一官仍復是儒酸。山妻慣與同甘苦,唤取來嘗苜蓿盤。”伉儷之篤,風趣之雅,皆可想見。

嘉善金文沙女史淑早寡,工詩,不輕以示人。阮芸臺選《兩浙輶軒録》,例選已故,誤收文沙詩入選,文沙以詩謝云:“未亡人得從寬例,文選臺應被誤傳。”立言極爲有體。郭頻伽贈以長律,落句云:“似聞妙繪兼三絶,試畫天風蘿屋寒。”文沙爲作一圖,極荒寒蕭瑟之致,題二絶云:“春來海燕寄珊瑚,屬寫《天風蘿屋圖》。自是詩中兼畫意,不知畫意入詩無。”“禿盡千林見遠峰,祇留蒼翠兩三松。有人屋底寒如此,黄葉堆門過一冬。”語意皆工。其斯爲林下宗風乎?

“豈不貪庸福,天何獨忌才。從教依子舍,莫上望夫臺。撫瑟悲三絶,吟詩痛《八哀》。他鄉聞哀耗,驚定復疑猜。”“世事都如此,驚看逝水流。歸期當在夏,悲思不因秋。忽忽經年别,茫茫大地愁。丁寧惟一語,萱草可忘憂。”此文沙弟婦聽秋女士朱澄咭文沙句也，哀感不堪卒讀。他如《有感》云："瘦影劇憐明鏡換，好山衹向舊圖看。"又《看荷》一絶云："追憶童時到草堂，緑陰猶護北窗凉。風廊水榭憐攲側，惟有紅蕖似舊香。"神韵不減文沙。

沈采，字虹屏，陸梅谷侍史也。梅谷富藏弆，刊《奇晋齋叢書》。虹屏小印曰"梅谷掌書畫史沈采虹屏印"。嘗跋《晏公類要》後云："晁氏《郡齋讀書志》謂六十五卷，焦氏《經籍志》謂八十卷，而此僅三十七卷。然其中有公四世孫袤補闕，至《歷代雜録》止，蓋已爲足本矣。曾南豐集有此書序，爰録冠首。時乾隆辛丑四月十二立夏日。是歲閏五月，春事未闌，海棠、綉球、木筆、紫荆、薔薇花尚繁盛。新妝初畢，禦砑綾夾衣，晏坐花南水北亭，啜鏡溪新茗，書寥寥數語。"似讀六朝人小品。

歸安嚴修能跋明焦弱侯家精抄《洞天清録》尾云："塘栖宋茗香助教所得。舊簽隸書五字，類文待詔，古香可愛。以香修小印鈐之。"案香修，修能姬張秋月字也。陳文述《碧城仙館詩》有《香修詞》云："爲嚴蕙榜（修能别號）作。香修姓張氏，初名秋月，幼媵於無錫嵇相國家。蕙榜娶於嵇，乃謀諸中閨而牉合焉。且援《十六觀經》'戒香熏修'之語，字之曰香修。華司馬秋槎、屠孝廉琴隖爲寫《秋江載月》團扇，蕙榜因以'畫扇'名齋。"詩凡八首，其第三首云："三五冰輪是小名，秋同消瘦月同明。一聲《水調》歌桃葉，自向江頭打槳迎。"第五首云："手寫《華嚴》懺性靈，玉臺香近畫沙欞。連環小印綢繆字，紅上蓮花白氈經。"第八首云："百萬工錢紫玉釵，定情詩卷續《風懷》。昨從碧浪湖邊過，本事新添畫扇齋。"《華嚴》手寫，雙印綢繆，皆係香修本事。讀之覺紅袖添香，遜兹風韵。

蘇州張燮，字子和，藏書處曰"小琅環福地"。燮之子名蓉鍚，字芙川，娶姚氏名畹真，號芙初女史，皆精鑒別。其夫婦藏書處曰"雙芙閣"。芙初嘗題宋刊《後村詩集》殘本云："墨林萬卷劫灰餘，古本流傳此絶稀。八十詩翁高格調，伊川《擊壤》想依希。""潑茗熏香綉嫩拈，芸編珍重展瑶籤。好花明月原無主，自取猩紅小印鈐。"又題云："道光戊子二月花朝，琴川女士姚畹真（芙初）氏時年二十六歲。清寒凄雨，病榻淹纏，腕弱字劣，不計工拙也，無虚佳日而巳。”後又有方若蘅跋云:“道光庚寅上巳,桐城女士方若蘅(叔芷)氏假讀於鏡清閣。時盆梅尚未全落,静對古編,覺幽香與墨香,同耐人尋味。”

錢塘何夢華嗜古成癖,素有狂疾。姬人媚蘭,故大家青衣也,通書史,夢華嬖之。郭頻伽《懷夢華》詩云:“如願拌償十斛珠,牙籤圍住萬蟫魚。莫言狂疾無靈藥,新得佳人未見書。”即指媚蘭而言。

震澤姚魯望(岱)長貧工詩,以客授老。而弱女栖霞幼嫻吟咏,十七而夭。著有《翦愁吟》。臨終數日前,寒夜不寐,口占云:“半庭殘雪峭寒生,榻近梅花病亦清。冷夢未成燈自滅,疏鐘畫角一聲聲。”“夜永窗紗月下遲,無眠起坐强支持。意中多少難言事,盡在低聲唤母時。”讀之殊堪腸斷。

陸姮,字鄂華,長洲人,吴郡張詡(勿詡)之妻。少丁家難,綿視喘息,歸張後,静好甚得。平居雅尚翰墨,尤工小詞。《寄勿詡》云:“人自不思歸,布帆空解飛。多事是黄昏,替人催淚痕。”郭白眉志其墓,所謂“含思凄宛,哀感頑艷”者也。嘗綉佛一軀,綴小字如珠,見者以爲不類人所爲。白眉嘗以《曹娥碑》饋勿詡,陸之殁也,勿詡以碑爲殉。

澄江殷耐甫贅於尚湖,而讀書家塾,解館始至婿鄉,故别離之日爲多。其夫人沈氏有詩送之云:“相思幾度得君來,才得君來又送歸。日暮離亭簫鼓歇,滿天黄葉向人飛。”“湖上秋風吹柳枝,黄花開向送君時。送君拚醉黄花酒,明日花開更對誰。”夫人有侍婢名雲娃,絶憐愛之。郭頻伽詞云:“侍兒已合雲爲字,想見玉人如月。”即指此而言。夫人有《寄外》詩云:“不寐漏三更,風聲雜雨聲。寒從今夜甚,病是去年成。攲枕思前夢,挑燈話别情。阿雲愁似我,却已淚盈盈。”又一絶云:“靈蛇倒挽鬢雲斜,斜插花枝態更加。似此妝成休見避,殷家知不是桓家。”調笑之詞,具見淑婉之德。又《家居即事》云:“前傍青山後水涯,尚湖烟景屬儂家。一簾疏雨斜陽外,人在空庭數落花。”《寄女兄》云:“聞道君家茅屋好,開門日夜對平湖。能將一幅溪藤紙,澹寫湖光寄我無。”又云:“腕底多情筆底知,阿兄工畫我能詩。題詩與訂黄花約,畫取西風欲起時。”其閨閣中一門風雅如此。夫人年二十六而卒，其女兄次昇爲之作圖徵題。沈氏自吴江遷居尚湖，其殆君庸之後裔耶？

徐稼庭在金陵眷一姝，曰吴藕香，纏綿甚至，有婚娶之約。中間多故，幾不克踐，後卒歸於徐。徐繪《種藕成蓮圖》徵題。先時，稼庭屬人畫藕香小影，自紀七律四首，藕香和云："一鈎屈玉映前溪，君住東頭妾住西。燕睡緑陰春寂寂，蝶翻紅雨影凄凄。十眉圖畫臨窗懶，百子流蘇壓帳低。衹隔垂楊千萬縷，烟痕籠月望離迷。"袁湘湄、陳曼生諸人亦均有和作。

稼庭子婦朱紋，字湘姮，工詩善畫，有林下風。《寄兄》云："芳草池塘春檢點，垂楊簾幙月温存。一杯苦茗將愁遣，寫就新詩寄白門。"《午日寄外》云："榴花紅綻晚烟開，愁見瑶階長緑苔。離緒不堪人易懶，輕陰連日近黄梅。"《病中》云："梧桐疏影在簾櫳，失約尋秋病怯風。羡殺閨中諸女伴，蒼苔多分印弓弓。"皆可誦。又句云："溪水夾花連日漲，亂雲帶雨入樓多。"

山陽許謹齋以劾兩江製府噶禮，直聲震一時。其侍姬玉岑，金陵殊色也。謹齋《虚槎集》中録其數詩，皆清麗婉約。謹齋《飼蠶詞》云："幾夜留燈照獨眠，蠶房齋禁太常偏。軒渠借問秦淮海，個出《蠶書》第幾篇。"姬和云："重帷篝火護蠶寒，晝永慵多午夢酣。睡起裁詩先匿笑，緑窗人自懶於蠶。"和《姑蘇柳枝詞》云："帶雨籠烟映淺流，小蠻無力比輕柔。憐他二月鶯梭巧，織就吴波一段愁。""艷説湔裙水畔時，新聲重播義山詞。從君要識春深淺，驗取臨風第一枝。"謹齋作來鳳樓以居之，見者以爲珍鳥翡翠之在雲路也。

葉小鸞六世侄孫女秋霞，名璚華，舜湖沈琛崖室也。有《小疏香閣稿》。《歸舟即事》云："小閣疏香深綺櫳，無端一月别匆匆。隔湖望着讀書處，墻角有梅紅未紅。"《曉起》云："曉鶯催起繞闌吟，露冷蒼苔羅襪侵。溜下玉釵尋不見，小庭風緊落花深。"《七夕》云："銀河瀉影怯伶俜，烏鵲無聲浩露零。忽度水沉香一縷，是誰庭院拜雙星。"《停雲樓送春》云："小樓鎮日下簾衣，約束瓶花未許飛。多事侍兒窗網拓，不留春住放春歸。"停雲樓，琛崖讀書處也。

數年前，梨里柳亞子嘗於故家見《蒓菜畫册》，中有題詞二絶云:"垂虹橋下緑波涼,颯颯秋風吹有香。誤認翠鈿誰漏下,水紋圓處玉絲長。""記得我家中表妹,年時分餉勝流酥。不知此際涼颸起,俊味思嘗一箸無?"小注:"江城嚴氏表妹,每春必饋此,今隨其外至都中矣。"自署:"癸未冬至後秋日,秋霞葉璚華題於小疏香閣。"下鈐小印三方:一爲"小疏香閣",一爲"秋霞女史",一則"小鸞六世侄孫女"也。蔡丙圻《梨里續志·列女傳》載,葉璚華,字秋霞,池亭附貢生樹鶴女,適盛澤吏目沈烜。工詩及楷法,著有《小疏香閣稿》。烜善畫,嘗仿吴道子筆畫觀音像,璚華寫《心經》於上,勒諸石,時稱"雙絶"云。亞子嘗以詩及傳鈔示友人葉楚傖,楚傖報詩云:"松陵文獻盡琪琚,一代風流劫蠹餘。還我小香疏閣傳,雙紅燭下拜安如。"安如,亞子舊字也。楚傖出虞部天寥之後,於璚華爲族裔,故其詩云然。

淞雲女士,佚其姓。董東亭於杭州市上買《文中子》舊本,塗乙狼籍,於夾葉中得方寸紙,有女士蠅頭書二絶云:"一樹桃花卧緑蕪,春陰帘外雨模糊。宵來鄉思知多少,又聽東風舞鷓鴣。""垂楊踠地緑絲齊,綉閣無人落燕泥。閑倚熏籠思往事,冷香和夢過横溪。"

商寶意之女《咏苔》云:"昨宵疑有雨,深院更無人。"仁和孫秀芬女士《咏夕陽》云:"流水杳然去,亂山相向愁。"梁晋竹推爲兩題絶唱。

金壇女史吴香輪(規臣),一字蜚卿,工畫花卉,風枝露葉,雅秀天然。嘗以便面《九秋圖》貽友人,改七薌、倪小迂等皆寫生妙手,見之嘆賞不置。客白門時,刻小詞數闋。《采桑子》云:"昨宵星月今宵雨,首似春蓬,心似秋蟲,畢竟情懷那樣同。　小樓深閉愁無那,才聽疏鐘,又聽征鴻,莫道吴儂不懊儂。"《青玉案》云:"烟痕作暮風絲冷,衹有儂心領。逝水年華真一瞬,春花多笑,秋花多病,都是傷心境。　危樓鎮日無人影,小立也、抛清茗。濁酒澆來心自警,歡時偏醉,愁時偏醒,何處商量準。"抑何凄戾乃爾。

董申林女史,蔣伯生侍姬也。伯生謫戍塞上,女史從之,期年遂能作詩。録其數首云:"天教弱質歷窮荒,不信長城爾許長。生小江南佳麗地，十年夢不到遼陽。”“閉置深閨每自嗤，可容速變作男兒。鸞韝學試桃花馬，快意生平此一時。”“當窗草草帖花鈿，一陣驚沙破粉研。却比向時妝閣好，亂山青到鏡臺前。”又有《塞上消寒》詩九首，其一云：“初九嚴寒得未曾，幾回呵手砑吴綾。霜豪蘸出胭脂汁，一點梅花一點冰。”其四云：“四九重衾冷不支，雪花如席政紛披。可堪毳幙氈帷裏，却話蘆簾紙閣詩。”又《呈主人》詩云：“小言原不要人聞，罷綉無聊遣夜分。多謝東坡老居士，莫添詩案到朝雲。”伯生本以言得罪，可謂雅切。郭十三題其集曰：“於冰天雪窖之中，作刻翠裁紅之句。綺麗清新，居然作者。”信哉！

廣陵女史潘鳳華（幼桐）嘗刻絶句百首，其可誦者，《獨坐》云：“獨坐無聊隱几眠，梅花零落小窗前。醒來聽雨添惆悵，衹有春寒似昔年。”《梅月圖》云：“夕陽無語獨登樓，自嘆光陰不可留。應是前生修未到，每逢花月總多愁。”

黄芸馨，字順卿，宋又枚（千乘）室。幼喜韵語，與又枚静好相莊。年二十一，遽以肺疾卒。彩雲易散，曇花易萎。又枚掇其殘稿，名曰《翡翠巢剩稿》。《菱花》云：“不必臨妝鏡，天然鏡面生。一湖秋水闊，十里曉風清。未礙鳴榔過，時看打槳行。吴娃底歡笑，唱出采菱聲。”《采菱曲》云：“湖光澹蕩碧於油，六角參差水面浮。已是紅衣零落盡，鴛鴦夢冷正清秋。”“水上風吹不起波，遥看秋色半湖多。無端棹入烟深處，腸斷教聽隔岸歌。”《立秋》云：“一葉未飄墮，風來覺灑然。怯秋心一點，更比井梧先。”《咏菊》云：“能甘偕隱無如我，也瘦西風不但人。”語多秋氣，女有士心，降年夙隕，未必不徵於此。又《題竹》一絶云：“敲金戛玉數竿斜，最好烟梢日影遮。人世難醫偏是俗，漫抽新笋到鄰家。”其寄托如此。

吴江朱沁香女士蕚增，幼聰慧，年十二賦《水仙》詩云：“本是仙風骨，臨波試淡妝。不留脂粉氣，清夢落瀟湘。”家人咸奇之。及長，歸徐君蘭叔，年二十八而卒。蘭叔哀之，裒其詩曰《珠來閣遺稿》。《和外春日見懷》云：“陌頭又見緑楊枝，那不關心怨别離。差有閑情拋未得，紅欄一角坐題詩。”“杏花一樹照妝樓，廿四番風數未休。回憶緑窗人待月，清光凉寖玉搔頭。”“輕寒輕暖養花天，春晝初長倦欲眠。忽地雙魚傳尺素，背人開看一燈前。”《省親歸和蘭叔，寄示原韵》云：“韶華九十過三分，寄我臨風一朵雲。遮莫高樓穿望眼，歸來佳節正湔裙。”“春衫冷暖勤調護，話到歸期絮語低。衹恐禽言應笑我，朝朝窗外子規啼。”蘭叔原詩云：“春光負却兩三分，一種離愁托暮雲。花事將殘天漸暖，可須檢寄緑羅裙。”“别來博得醉厭厭，愁看雙飛燕入簾。梅子枝頭酸已孕，待君歸共蘸吴鹽。”讀之真如穆羽之和矣。斷句如《寄妹杭州》云：“豈無舊夢尋三徑，可有新詩賦六橋。”《和蘭叔晚春》云：“四圍風絮憐飛白，一霎烟花嫁小紅。”亦佳。

丁月鄰，字素娟，適許氏，著有《頌琴樓詩草》。斷句如《春夜用女珠韵》云：“花影到窗疑墨寫，春痕著月比秋清。”《携婿女上先塋》云：“下拜雙雙憐此日，孤生一一話從前。衰門香火憑誰繼，麥飯須來百六天。”讀之可以知其身世。女珠字孟淵，著有《蕙宦吟》。《五月二十四夜作》云：“去年此日事堪思，繞膝牽衣惜别時。凄絶今宵燈影畔，更無人再問歸期。”《秋日感懷》云：“淅淅金風入翠帷，夜寒如水强支持。憐他一點銀釭影，猶似當年夜課時。”《束裝口號》云：“光掩清輝匣鏡收，十年憔悴怕梳頭。還祈此後團圞影，衹照歡容莫照愁。”“貧病襟懷默自憐，懨懨憔悴瘦吟肩。敝裘還是慈親製，約略披來二十年。”《題母夫人先塋詩後》云：“棠梨花落雨如絲，荒冢誰澆酒半卮。寂寞夜臺千載恨，凄凉客館一身羈。愁腸已逐殘魂斷，痛淚還和宿墨滋。最是不堪傾聽處，慈烏啼上隔墙枝。”他句如《歲暮雜吟呈瘦山》云：“烘窗薄日難消凍，映竹疏梅已報春。草草一年供涕淚，迢迢千里共風塵。”《春日感懷》云：“不信有情皆是累，但能無病即爲仙。”皆凄婉可誦。孟珠嘗館於河帥嚴公小農家，課其女公子。兩世才媛，一則茹荼嘗膽，霜辛露酸；一則白髮青裙，筆耕烟耨，亦可傷已。

嚴迢，字子孅，孟珠女弟子也。幼時即瑶環瑜珥，蘭穆珠光。從孟淵學琴，有《琴餘小草》。落筆殊無凡韵。《重陽》云：“盆中晚桂尚餘香，籬下霜枝乍坼黄。令節今年須記取，不風不雨過重陽。”《春日即事》云：“鶯啼燕語日遲遲，澹沱和風颺柳絲。閑倚欄杆檢春事，杏花紅到隔墻枝。”《春夜》云：“參差梅影滿階横，樺燭殘時月正明。閑抱玉琴彈一曲，清商并入雁歸聲。”

王華雲女士，竹嶼都轉之女。閑爲韵語，自然流出，皆天倫至性之言。《别兩姊》云：“紛紛車馬送江干，一唱《陽關》淚暗彈。此去西泠重回首，春來花柳好誰看。”“一帆風趁夕陽斜，極目江天别路賒。偏是今宵好明月，照人姊妹各天涯。”《和蘭畹姊楊花》云：“飛到楊花每惜春，斜陽無數點芳塵。而今更觸天涯感，憶煞風前咏絮人。”竹嶼居江寧，有江聲帆影閣，女士即取以名其稿。

錢翠峰（峙玉）適柳氏，有《吟秋閣小草》。自題《寒燈讀史圖》二律最佳，詩云：“細把爐香爇，閑將蠹簡開。黄昏無一事，青史閲千回。到眼興亡感，驚心歲月催。滄桑俄頃過，掩卷重低徊。”“婢懶從偷睡，兒嬉怕受經。絲添雙鬢白，影對一燈青。凉月籠疏影，寒風逼短櫺。那堪林樹葉，謖謖下空庭。”格律老成，不似巾幗中人語。《苦雨》斷句云：“我比老農殊計拙，惜禾心少惜花多。”意亦新穎。

張船山買妾吴門，盧夫人不相容，佯令二人相遇於虎邱可中亭畔。張作七律一首紀之，軼事流傳，蔚爲佳話。然觀《船山詩草》中如云：“學書且喜從吾好，覓句猶堪與婦謀。研到香螺狂不减，畫眉家世本風流。”“六六鵝笙引鳳來，墨光鬟影共徘徊。袖中已遂襄陽癖，林下尤逢謝女才。”（《硯緣詩》）“瓦瓶養菊殘留影，石几攤書静有香。婢解聽詩妻解和，頗無俗韵到閨房。”（《寒夜閨中作》）“我有畫眉妻，天與生花筆。臨藁廣寒宫，一枝寫馨逸。”（《時帆前輩八月一日得子，余屬内子寫桂一枝爲賀》）長言咏嘆，方切高柔愛玩之忱，寧有季常河東之懼？及船山爲夫人寫照，夫人以詩謝之曰：“愛君筆底有烟霞，自拔金釵付酒家。修到人間才子婦，不辭清瘦似梅花。”則静好相莊，宛然如見，更不須倉庚療妒矣。可中亭畔之事，或後人附會成之歟？又秀水金筠泉（孝繼）忽告其所親，願化作絶世麗姝，爲船山執箕帚。吾鄉馬雲燦題贈船山詩云：“我願來生作君婦，衹愁清不到梅花。”似即爲夫人一詩而發。而船山答詩，有“人盡願爲夫子妾，天教多結再生緣”“累他名士皆求死，引我痴情欲放顛”“爲告山妻須料理，典衣早蓄買花錢”及“擊壁此時無妒婦，傾城他日盡詩人”之句，亦足徵船山伉儷情深，絶少姬侍之暱也。船山有妹曰筠，亦能詩。《江上對月》有“窈窕雲扶月上遲”之句，見船山《哭妹》詩中。

石琢堂《微波詞》中有《洞仙歌》一闋，爲題沈三白夫婦《載花歸去月兒高》畫卷作也。（自注：“時三白之婦已下世矣。”）詞云：“春光一舸，趁江流如箭。料想仙源路未遠。問劉綱佳耦，暫謫凡塵，消受過、幾度月明花艷。　　比肩人已杳，憔悴崔郎，猶對夭桃舊時面。不用水沉香，百種芳華，早熏得、真真活現。倘環佩、珊珊夜深歸？算衹有嫦娥，當年曾見。”按三白之婦姓陳，名芸，字淑珍，蘇州人。四齡失怙，母金氏，弟克昌，家徒壁立。芸既長，嫻女紅，三口仰其十指供給。一日於書簏中得《琵琶行》，挨字而認，始識字。刺綉之暇，漸通吟咏，有“秋侵人影瘦，霜染菊花肥”之句。適三白後，伉儷唱和，詩境益進。嘗共論李杜之優劣。芸謂，杜詩錘鍊精純；李詩瀟灑落拓。與其學杜之森嚴，不如學李之活潑。又謂，李詩有一種落花流水之趣，令人可愛。三白笑曰：“初不料陳淑珍乃李青蓮知己。”芸笑曰：“妾尚有啓蒙師白樂天先生，時感於懷，未嘗少釋。”三白曰：“何謂也？”芸曰：“彼非作《琵琶行》者耶？”三白笑曰：“异哉！李太白是知己，白樂天是啓蒙師，余字三白爲卿婿，卿與‘白’字何其有緣耶？”芸笑曰：“‘白’字有緣，將來恐白字連篇耳（吴音呼别字爲白字）。”相與大笑。雖閨房戲謔，亦有雅趣。又嘗卜居於張士誠王府廢基，居停金嫗，家擅園林之勝。芸與三白游賞之餘，則共聯句消遣，有“獸雲吞落日，弓月彈流星”之句，爲時傳誦。

海鹽陳筠，字翠君，嘗有句云：“郎似東風儂似絮，天涯辛苦相隨處。”季父兔床先生喜誦之，摘入《拜經樓詩話》。翠君適馬青上少府，墨麟觀察孫也。亦工詞，有《蓬萊閣史詩餘》。

近時閨秀能詩者頗少，偶見《繡秋華室詩話》載陳伯嚴先生之夫人俞麟洲詩，伉儷能詩，每多相似。今觀俞夫人所作，澹秀清婉，與伯嚴先生絶不相類，可貴也。《和次雲女士山居雜咏》云：“鐘聲摇落萬山巔，殘醉模糊欲曙天。怪殺小鬟呼不醒，竹籬門外雨如烟。""登樓携得一枝簫，曙色含山淺欲描。幾點疏星數枝柳，行人扶夢過平橋。""松杉蓊鬱小窗幽，午夢初回懶下樓。檢點茶鐺無個事，一雙新燕落簾鈎。""隔簾烟雨望中迷，然竹人家住水西。閑倚小欄數殘菊，曉雲如縠一聲鷄。""一聲清磬掩柴扉，若有人兮住翠微。惆悵西風去年事，滿庭梧葉雁初飛。"《曉起》云："捲簾看燕子，池水膩如羅。草色花朝雨，簫聲《子夜歌》。曉寒因霧重，春恨爲誰多。拋綉依亭石，微吟帶薜蘿。"《庚戌寒食病中作》云："病中忘却是春時，開過辛夷了不知。强起如烟疑化柳，未眠有夢欲成絲。""年年藥碗違寒食，夜夜殘燈隔酒卮。雪外園林花滿眼，縱能臨賞已空枝。"

寶應朱景顔著《海音詩略》，有"窗鳴千澗雨，人卧一樓雲"之句，爲阮芸臺所稱。其妻陳傳姜亦能詩。五言如"亂竹不知路，好山多抱樓"，七言如"一庭芳草無行迹，萬點桃花送好春""千里關河初過雁，四山風雨獨登樓"，持較朱作，駸駸欲度驊騮前矣。

印白蘭，號幽谷，嘉定人，適同邑李寶函。家貧，僑居虎邱。寶函仿濮仲謙雕竹器，隱於市，價不二，藉以自給。幽谷工詩，著有《嘯餘草》，頗清警，不落纖佻軟媚之習。《咏菊》云："傲性原爲高士伴，殘花更助美人妝。""同余消瘦緣何事，盡日西風怕捲簾。"《題畫牡丹》云："怪得紅顔齊俯首，天風吹下衛夫人。"《初夏》云："乳燕飛飛纔出堂，恰當芒種肯偷忙。田家戽水趁明月，跳出鱸魚尺半長。"皆婉約可誦。至《小桃》云："低亞墻陰一小桃，兩年已見拂雲高。也知爾亦傷心樹，長得嬌枝恐不牢。"則又自傷身世矣。

閨秀查氏，名惜，字淑英，海寧馬寒中室也。馬居插花山中，擁書萬卷，築道古樓，與查晨夕唱和。馬嘗游吴氏，經時始歸，查謔以詩云："楊花豈向一人開，此去吴家笑幾回。惆悵西山歸棹後，問他可有阿誰來。"《寒中和答》云："楊花原是路旁開，且愛柔條看一回。假使春風戀個煞，可知今夜未歸來。"其風情如此。馬又有《寒雁樓詩》，蓋悼亡作也。自序云："予年十六，曾入是樓，忽忽四五年，便有生死之隔。聊賦短章，心正惻惻未已也。"詩云："不堪往事話零星，寒雁樓頭初定情。記得夜來風雨亂，幽花强力到三更。”“月暗高樓人定時，挑燈學我細吟詩。偶然七字粗能律，便道從今弟勝師。”“香犀滿泛玉浮梁，妾手擎來夜勸郎。郎自無端推酒立，泥人一笑卸殘妝。”“問年十五小於我，并立花前如我長。究竟性情孩子樣，笑啼作戲慣無常。”“草龍帳底坐新凉，葵扇輕摇話正長。話到後緣難的的，低頭不語去思量。”“别來好夢已無因，死後重來書苦辛。自是少君難再得，縷金裙子最傷神。”瑣瑣寫來，彌覺情摯。淑英亦有詩稿，曰《南樓吟香集》。

同里鄒若瑗適朱汝綸，少工吟咏。《延清閣夜坐》云：“虚緑摇窗鏡影空，庭梧瑟瑟翦秋風。水晶簾外朦朧月，人在秋江碧練中。”風致殊勝。女一，適秦小峴，亦能詩。小峴嘗爲吴兔床誦其《潞河南還舟中作》，有“千里歸帆渾是夢，緑楊影裏畫橋西”之句。若瑗殁後，小峴梓其遺集，曰《亦南廬小稿》。

林蕙，字佳英，泉州人，所著有《香咳集》。《咏蘭花》云：“春山隨意佳，雨過香初足。美人在何許，不語倚空谷。”

吴絲，字黄絹，莆田人，威略將軍英女也。《過鶯脰湖絶句》云：“風光淡淡晚凉天，遥望漁家夕照邊。傍岸緑陰藏釣艇，一竿秋水半湖烟。”將軍倩人寫作便面。

林文貞，字韞林，莆田人，歸王安明，有《韞林偶集》。嘗隨宦山左，《暮春濟寧道上得句》云：“老樹深深俯碧泉，隔林依約起炊烟。再添一個黄鸝語，便是江南二月天。”有依此詩景繪一便面者，韞林曰：“畫固好，但添個黄鸝，便失我言外遠情矣。”

吴荔娘，莆田人，陳蔚之妾，早卒，有《蘭陂剩稿》。《春日偶成》云：“曈曨曉日映窗疏，荏苒韶光一枕餘。深巷賣花新雨後，沿門插柳嫩寒初。鶯兒有語遷喬木，燕子多情覓舊廬。那用踏青郊外去，芊芊草色滿階除。”有《咏牡丹》云：“國色本來描不得，世人空自費胭脂。”《題吴興女士嚴静甫墨竹》云：“我爲丹青先比較，此君風韵却輸卿。”皆能從題外設想，運筆自是不凡。荔娘之父，庖人也。醴泉無源，芝草無根，信哉！

《紅香館詩》，惲珍浦著，南田之族孫女也。佳句如《道中即目》

云："樹深疑礙路，山遠欲撑天。"《西園》云："佳卉一庭呈笑靨，好山四面叠新螺。"

趙秋谷幼女，名慈，字雪庭，適濟南朱崇善。式微後，貧無以居，故其詩多哀怨之音。《夜深》云："夜深庭院寂無聲，花底微聞蟋蟀鳴。側卧玉床清夢覺，風吹竹影上簾旌。"《雜興》云："極目銀河漾素暉，滿庭秋影露霏微。西廊月轉無人到，自折荷花帶露歸。""露滿香階夜欲分，半床秋月一簾雲。不知何處砧聲起，斷續隨風枕上聞。"中郎可謂有女矣。

"虚名麗六流傳遍，下第江南第一人。"同里徐朗齋句也，其本事詳各家筆記中。妻侯氏，爲朗齋姨表。既有婚約，而母以朗齋羸瘦，將中止，女潛告母曰："徐郎秀在神骨，异日必以文譽起家。"母知女意，遂卒以字徐。伉儷甚篤，唱和頗多。有句云："新凉半床月，殘醉一簾花。"丰韵韶秀，居然晚唐，足與閬齋"家住梁溪楊柳村，山房細雨約開尊。鴛鴦岸口桃花水，一夜春潮緑上門"一絶并傳。張南山《詩人徵略》列此兩句爲閬齋所作，誤。

《秋紅丈室遺詩》二十四首，秀水王仲瞿繼室山陰金雲門（禮嬴）著。七絶如《寓居武林門外紅柏山莊，雲山如畫，詩以寫之》云："梅妻鶴子林君復，泛宅浮家張志和。如此溪山留不得，五湖歸計又如何。"五絶如《自題梅月雙清圖》云："三分鼻功德，一個月聰明。約我西溪住，梅花可有情。"七律如《泛舟東郭》云："羅隱歸來一釣竿，寒山脚下住方干。向來山水江南好，從古文章蜀道難。惡木肯容鸞鳥足，蓮花亦是鑒湖官。箬門殘照鵝峰影，留段斜陽看不完。"英姿卓犖，不愧與仲瞿笙磬同音。至《奩中遺詩》云："梅子酸心樹，桃花短命枝。可憐馬塍月，孤負我來時。""自覺驚魂不得留，梅花開放月辭樓。斷腸衹有梅花樹，種好梅花不白頭。""門外桃花開未開，童奴來報滿田栽。自然有個該開處，拍手崖邊看去來。"則一片禪機，拈花微笑，雲門殆生有自來矣。

雲門又工畫，《秋紅丈室遺詩》，係錢唐陳文述（雲伯）屬其姬人吴門文静玉（湘霞）校録，附於仲瞿《烟霞萬古樓詩選》之後者。卷首有湘霞詩序一篇，讀之可以知其梗概。雲伯一門風雅，姬侍多才,亦從可窺見矣。序云:“頤道居士《畫林新咏》閨閣一門,咏王仲瞿室金雲門夫人云:‘山繞紅樓水繞門,玉壺斑管寫黄昏。建安七子圖還在,此是金釵畫狀元。’因孝廉臨終,以此圖贈公子小雲也。(小雲,雲伯子裴之小字。)圖高六尺,寬四尺,宫殿、樓閣、樹石、人物均極飛動之致。余歸碧城,恒得觀之。又嘗從孝慧宜人(裴之室汪端)問字,見案頭置孝廉《烟霞萬古樓詩》,中附夫人詩甚多。頤道又從他畫録十餘首,屬余收藏,因并録而存之,曰《秋紅丈室遺詩》。丈室在錢塘武林門外西馬塍,南宋姜白石故居也。曰丈室,夫人中年筆墨之暇,耽禪誦也。今來春穀,適頤道爲刻孝廉詩,因并付梓。重校一過,并志緣起。道光庚子重九,吴門文静玉書於春穀官舍之明霞檻。”

雲伯嘗從書肆購得《玉臺新咏》,中有烏絲闌小箋楷書一絶云:“微吟宫體説蕭家,深夜春寒透碧紗。殘燭欲銷鐘未起,櫻桃花落月西斜。”末署“翠卿”二字,小印曰“鈿”。字畫婉麗,墨迹尚新,蓋名家閨秀也。雲伯以詩和之云:“倭牋小字合名家,簾局香温韵字紗。惆悵無因問芳姓,明河絡角女星斜。”

雲伯《頤道堂文集》中有《與姬人采鸞書》云:“十年以前,慕君之色;十年以後,愛君之才。經歲以來,感君之情;一夕之談,重君之德。湖山之友,閨房之侣,向惟鷗波,今則停雲,不圖此生,乃兼二妙。新詩在袖,别淚在襟,言念君子,如何勿思?奉别以來,風餐水宿,舟行六日,始達邗江,小住浹旬,當至袁浦。小詩一律,聊志别懷。花氣侵人,不宜起早,月痕感夢,莫愛眠遲。寒暖自珍,起居無恙。臨楮悵悵,不知所云。”一展讀間,伊人宛在。特采鸞姓氏里籍,無可查考。書中所稱鷗波者,雲伯妾錢塘女史管湘玉是也。湘玉名筠,所居曰小鷗波館,著有《小鷗波館詩集》。《題桃花扇》詩云:“絲竹蒼涼酒一尊,南朝遺事寫温存。江山誰墮新亭淚,花月空銷舊院魂。公子才名歸黨局,美人消息種愁根。不堪重話青溪事,落葉如霞冷白門。”“江上青山翠黛浮,當年遺事水東流。玉臺已破菱花鏡,紅粉甘居燕子樓。復壁人遥梁苑暮,重門天遠秣陵秋。美人恨血燕支色,一握冰紈弔莫愁。”“軼事何年記板橋,才人細意譜冰綃。北來鼙鼓連三月,南渡烟花又六朝。水閣祇今聽暮雨,石城依舊上寒潮。新聲大有《離騷》意,一片滄桑付紫簫。""漏舟歌舞事經年,狎客新詞十種箋。宰相無權驕節鎮,君王有語選嬋娟。不聞戰馬嘶金鼓,終見宫車走翠鈿。讀到雲亭新樂府,南都遺事總凄然。"雲伯詩集中有《秦淮訪李香君故居,題桃花扇樂府後》七絶十六首,其末首云:"掌書捧硯坐桐霞,七字新題寫碧紗。解爲含光惜佳俠,鷗波仙子碧城花。"即指湘玉而言。桐霞亦湘玉所居館名。雲伯負官帑巨萬,湘玉脱簪釧爲之解完,雲伯感之,告於家廟,正位爲嫡。旋耽禪悦,乞名於佛曰廣慧。殁後,雲伯爲輯《玉仙梵》一書,叙傳頗詳。停雲即文静玉。静玉工畫,本高姓,慕文端容之爲人,因改氏文。著有《小停雲館詩鈔》。此外雲伯姬侍,尚有蔣蘂蘭字玉嫣、薛纖阿字雲姤二人,其詩俱見《杭郡三輯》。

雲伯子裴之有才婦曰汪端,嘗選定《明三十家詩選》,遠出牧齋、竹垞、歸愚諸選本上。裴之早卒,爲重刊《澄懷堂遺詩》。於雲伯《頤道堂詩》亦多所删訂規正,又爲雲伯戚邵夢餘刻《鏡西閣遺詩》。生平最愛王仲瞿與王井叔二人詩。井叔名嘉禄,長洲人,詩人鐵夫子也,爲吴門七子翹楚,著《嗣雅堂初、二集》若干卷、《桐月修簫譜》詞若干卷,尤工駢文。雲伯嘗宴客揚州玉樹堂,井叔於座間爲雲伯撰《秣陵集》駢體序,援筆立就,灑灑千言,坐客環視嘆羡。阮梅叔當衆誦之,至"李供奉脱裘换酒,百年三萬六千場;杜司勛蠟屐尋詩,南朝四百八十寺"。擊節曰:"李嶠真才子也。"座客共爲之浮一大白,比之王子安《滕王閣序》焉。先娶黄氏字壽玉,比部蕘圃女。比部藏宋板書最富,壽玉盡能讀之,并能道宋槧與今本异同。婚一年卒,井叔賦《悼亡詩》百篇,寫《眉奩殘月圖》以寄哀思。繼娶曹,字小琴,善書,墨琴夫人弟悟岡女,侄其從姑者也。端常置二人詩集於案頭,呼之曰"老王先生""小王先生"。仲瞿彌留時,以詩稿付裴之,爲敬禮定文之托。裴之旋卒,未竟厥志。汪重爲選定,又以裴之嘗欲刊井叔詩而未果也,亦加甄録。於病中請於雲伯,必付梓以完裴之人世文字之債,雲伯諾之,不數日而汪卒矣。雲伯爲作傳,所謂孝慧宜人是也。其所著有《自然好學齋詩》十卷，老輩皆推重之。

方壽，字蓬客，號芝仙，山東歷城人，著有《芝仙小草》。尤善畫，工花卉，超逸有天趣。性耿介，弟官江南，寄以吴綾一端，答書云："吾家耕可以食，織可以衣，弟爲廉吏，此等物不須也。"弟報書謝之。《雪霽》云："快雪初晴月滿庭，清光無際透疏櫺。香生薝蔔心如水，閑展《黄庭》一卷經。"

許瓊鶴(芝仙)，山東濟寧州人。諸生許夔臣侄女。《燈花》云："静夜垂簾坐，燈花艷小窗。穠華輝綉帙，春色上蘭釭。結藥環聯九，連枝鏡映雙。爲誰占喜事，坐待曉鐘撞。"按夔臣字山臞，以詩名，曾輯女子詩爲《雕華集》，待梓。翁綉君女史以寄他氏，損增刻之，別立集名，夔臣抑抑病殁。文人好名之弊如此。

閨秀高氏，淄川張亦宣室。《閑居偶成》云："秋成收罷樂閑居，每歲倉箱幸有餘。漫道閨中無大計，積錢多買課兒書。"觀詩知其有識。

于氏，淄川張廷叙室，新城人。《夢題萬峰山》云："一桁青山倒碧波，空中去住白雲多。靈槎未許漁人泛，惟我曾經夢裏過。"

前記張船山買妾事，疑爲後人附會，偶與武進陸煒士先生談及，因檢《藥庵退守集》相示，則此事竟非子虚。按船山於壬申三月四日去郡，三月二十六日臨城驛途次，尚有爲内子作生日之作。虎邱之詩，作於是歲十一月二日。然則小星之占，殆是年秋冬時事歟？觀其《癸酉虎邱寓樓即事》詩云："已分無才能罷郡，又因多事望生兒。買魚自擾池中水，抵鵲兼傷樹上枝。"則所以納妾之意可見。又《感事》詩云："白小凌波也是魚，影娥池上好家居。秋星翦鏡眉如黛，春笋扶釵髮有腴。樂府可憐劉碧玉，才人多事馬相如。幕巢那更談金屋，衹論華年已誤渠。"(自注："去年年十六歸予。")"星小何緣擬聚奎，羲圖火澤竟占暌。生原難養丹飛鼎，情不能忘素反閨。幸脱罡風留勁草，且携明月賦柔荑。佳兒倘入熊羆夢，戈印還教左右提。"則携妾别居，情景可想。至是年四月九日，又有《閨人聚於山塘寓樓即事》詩云："鵲巢風定轉陽和，江汜真從悔後歌。信有春鶊堪入藥，笑看秋水不生波。要離冢畔難言勇，乾闥婆前尚著魔。翠黛金章成底事，半生婚宦耐消磨。”則既占脱幅，又賦同巢，更可於言外得之。煒士先生又謂，集中《憐影圖爲懷素芬題》即步自題元韵之作，素芬當即其姬人之名，故有“窺簾梁燕歸方穩”之句。余按，素芬姓杜。石執如《獨學廬》中，亦有《題憐影圖》詩。（自注：“兼調伯冶。”）船山字仲冶，其兄亥白又無伯冶之稱，惟船山庚申六月寄兄詩有“嫂殁新姬小”之句，不知與素芬是一，是二？存疑於此待考。且惜素芬原詩無從查考也。（同時吴門有張騏初者，字伯冶，其室人錢璞，字蓮因，夫婦并工詩。蓮因詩見卷五“騏初納妾催妝”，見各家詩集。執如所云伯冶，當即指騏初也。）

“綉罷頻呼姊妹看，暖風晴日滿闌干。花間打散雙蝴蝶，飛過東墻又作團。”此吴興女郎《春閨》詩也。團韵妙語，未經人道，惜不傳其姓氏。

鄭瑶軒名珊，廣東人，梓有《三聽樓詩鈔》，多醇雅之作。《初春》云：“芳池如鏡薄烟籠，草色青回夜半風。春到人間無幾日，小桃初放一枝紅。”《新柳》云：“誰把春衣巧翦裁，紆青曳緑映莓苔。輕盈早逐東風長，引得黄鸝出谷來。”

吴陶宰《鼠璞詞》有《臺城路》一闋，賦河東君古鏡，序云：“鏡徑五寸許，背有詩云：‘照日菱花出，臨池滿月生。官看巾帽整，妾映點妝成。’據查初白《金陵雜咏》，知爲蘼蕪舊物。”按蘼蕪詩詞頗富，虞山《柳枝詞》詆斥過甚，要其文采自足動人也。余最賞其《咏寒柳·金明池》一詞云：“有恨寒潮，無情殘照，正是蕭蕭南浦。更吹起、霜條孤影，還記得舊時飛絮。况晚來、烟浪迷離，見行客、特地瘦腰如舞。認一種淒凉，十分憔悴，尚有燕臺佳句。　　春日釀成秋日雨。念疇昔風流，暗傷如許。縱饒有、繞堤畫舫，冷落盡、水雲猶故。念從前、一點春風，幾隔著重簾，眉兒愁苦。特約個梅魂，黄昏月澹，與伊深憐低語。”纏綿婉篤，詞意殊勝。

蘼蕪有妹曰絳子，鄗姊之行，蘼蕪歸虞山後，獨居垂虹亭，不與人往來。質釧鐲得千餘金，構一小園於亭畔，日攤《楞嚴》、《金剛》諸經，歸心禪悦，頗有警悟。嘗謁靈岩、支硎等山，布袍竹杖，飄遥閑適，視乃姊之迷落於白髮翁者，不啻天上人間。嘉興薛素素女士慕其行,特雇棹擔書,訪絳子於吴門。相見傾倒,遂相約不嫁男子,以詩文吟答、禪梵討論爲日課。乃同至慧泉,遡大江而上,探匡廬,入峨嵋,題詩銅塔,終隱焉。其後素素背盟,復至檇李。絳子一人居川中,足迹不至城市。蘼蕪數以詩招之,終不應,未幾卒,著有《靈鵲閣小集》行世。其《春柳寄愛姊》調《高陽臺》一詞,蓋諷蘼蕪作也。詞云:"過雨含愁,因風助態,江南二月春時。少婦登樓,憐他幾許相思。流鶯處處啼聲巧,織柔條、摇曳絲絲。散黄金,持贈旗亭,勞燕東西。　　逢人莫便纖腰舞,縱青垂若輩,濁世誰知。張緒風流,靈和情更依依。天涯一霎飛花候,也應嗟、墮溷沾泥。怨東風,吹醒芳魂,吹老芳姿。"

張翰風(宛鄰)《詞選》,爲倚聲家圭臬。其子仲遠曾刊其女兄弟詩詞,爲《毗陵四女集》。一門風雅,可想見其淵源有自矣。長孟緹名緗英,適常熟吴廷鉁,有《澹菊軒稿》。嘗因《擷芳集》收閨秀詩太濫,《正始集》選閨秀詩太簡,故另選一帙,曰《國朝列女詩録》。次緯青名珊英,適江陰章政平,有《緯青遺稿》。三婉紃名綸英,適同邑孫劼,有《緑槐書屋詩》。季若綺名紈英,適太倉王曦,有《餐楓館稿》。《澹菊軒·浪淘沙》云:"病怯晚寒嚴,休捲重簾。穿簾無奈朔風尖。人與梅花同瘦損,一晌懨懨。　　新月上雕檐,眉影纖纖。閑愁暗逐漏聲添。回首嶽雲千里外,清淚空黏。"餐楓館《水仙·疏影》云:"瑣窗清冷,有仙姿綽約,低傍妝鏡。素靨盈盈,玉骨玲瓏,嫣紅怎許相并。冰魂算與瓊樓遠,忍便入、等閑花徑。到夜闌、明月飛來,簾底暗窺纖影。　　還記深宫舊事,翠鬟愁不整,塵夢初醒。故國雲迷,洛水依然,幽恨訴將誰省。珊珊休話凌波步,怕前度、佩環難認。儘深深、銀蒜低垂,不管曉來風勁。"

孟緹詞筆秀逸,得碧山、白雲之遺。閨友沈善寶嘗過其澹菊軒,時孟緹初病起,因論夷務未平,養癰成患,相對扼腕。出其近作《念奴嬌》半闋云:"良辰易誤,盡風風雨雨,送將春去。蘭蕙忍教摧折盡,剩有漫空飛絮。塞雁驚弦,蜀鵑啼血,總是傷心處。已悲衰謝,那堪更聽鼙鼓。"善寶援筆續云:"聞説照海妖氛,沿江毒霧,戰艦横瓜步。銅礮鐵輪雖猛捷,豈少水師强弩?壯士衝冠,書生投筆，談笑平夷虜。妙高臺畔，蛾眉曾佐神武。”前半闋以幽秀勝，後半闋以雄壯勝。張作是無可奈何，沈作是姑妄言之。宗周嫠緯之思，未必便有此事，却不可不有此志。

陳鼎，字子重，號定九，又自署鐵眉道人，著有《滇黔紀游》二卷、《滇黔土司婚禮記》一卷。少時隨宦粤西，值明季騷擾，不克歸。贅土司龍氏女名繼桓，字又少，年十七而殁。續娶亦龍氏女，本常熟錢伯可女，字瑜素，名潔，幼爲龍氏養女，故《閨秀正始集》訛爲龍全潔，著有《蓉亭詞》。《秋海棠雨中花》云：“滿砌濕紅嬌欲滴，似睡起、渾無氣力。看苔蘚籠香，薜蘿擁翠，相映幽姿別。妒煞曉霞爭艷色，奈暮雨、絲絲如織。想腸斷西風，自憐冷落，未與春相識。”

祥符周畇叔（星譽）姬人吴縣女史許麐（令芬），雅擅詩詞，兼工繪事。嘗題山東李家店壁云：“山程風景日荒寒，觸撥離情百不堪。除是琅琊城畔柳，依稀一樣學江南。”“晶奩深鎖懶梳頭，脱却春衫賦獨愁。鳳脛花殘官柝急，一衾殘月夢蘇州。”嘉興杜若香（漱芳）女史和云：“衣褪深閨半臂寒，塵迷鳳髻亦何堪。五更促起登車客，夜色微茫斗指南。”“羅衫冷寢月當頭，生小痴憨不解愁。异日重逢諸姊妹，細將情緒説皇州。”令芬又有《秋夜即事》云：“晻晻疏簾暝，寥寥小院扃。空烟疑作雨，纖月不妨星。窗凝花光白，燈涵竹氣青。誰家弄秋笛，鷗夢一時醒。”《畫扇自題》云：“昨宵微雨下莓苔，石背秋花一兩開。僻徑等閑人不到，虧他瘦蝶會尋來。”又《臨江仙》詞云：“坐又無聊眠又悶，强扶小婢閑行。曲房如水晝簾明。簟腰荷氣嫩，窗眼竹陰清。　　一雨新凉蘇病骨，槐花風灑疏欞。晝長持底遣閑情。重鈎《辭世帖》，細注《度人經》。”情詞婉約，無愧作家。

吴門葉調笙《鷗波漁話》記王惕甫夫婦合璧書卷云：“我吴明季以來，書家用筆，皆以輕秀俊逸見長。至惕翁始以遒厚渾古矯之，遂爲三百年所未有。雖退谷、義門，猶當讓出一頭，何况餘子？墨琴夫人書氣静神閑，娟秀在骨，應推本朝閨閣第一。此卷前段惕翁書《雜帖詩》十二首，行楷相間，款題‘癸丑四月浴佛節前一日，會試榜發下第，明日復入宫館，食訖而散。歸休家寓，客亦不至，輒書舊作數首奉寄稼園先生正之。惕甫王芑孫。'後段曹夫人小楷書《蜀江春日文君濯錦賦》一篇,款題'乾隆癸丑新正十日,書於京師寓館之寫韵軒。墨琴女史曹貞秀'。紙尾惕翁跋云:'愚夫婦性皆好書,皆不自意以書見稱,遂有古人學書費紙之患。長安中求紙都不中書,每一臨池,動成苦惱。近聞我老友稼園先生自以新意製紙,漿捶得法,與筆墨相宜。宋諸公多講治此事,若歐陽公、黄山谷、二蔡、二米無不能書。蓋必識書之利病,而後識紙之精粗。則以稼園而治紙,固宜與碌碌者异也。偶寄此卷,附言其後,俾知愚夫婦方拮据破硯劣毫之下,庶幾幹當人北來,且不惜數番之惠耳。癸丑五月二日,芑孫附識。'"稼園俞姓,名大猷,吴邑老貢生。余少時曾識之,卷即得於其後人。後携漢上,全椒金子春文學旺華見之嘆賞,譜《真珠簾》一闋題於後云:"彩牋曾讀《桃源記》(自注:詹湘庭丈藏有夫人楷書《桃花源記》),小窗紗、重見簪花仙子。柔翰絳唇含,唤衛夫人起。鸜眼親研蛾子緑,却手浣、蜀江春水。誰似。似清曉芙蕖,露珠收未。　　遥想静裏拈毫,恰瓊鈎響寂,寶爐烟細。分影到《漚波》(自注:惕丈著有《漚波近稿》),慣玉臺肩比。見説京華同弄筆,爲换取、澄心堂紙。應悔。悔名掩蘭亭,右軍夫婿。"近年覺阿開士祖觀亦爲題二詩云:"淵雅書名藝苑馳,每於蕭散見丰姿。客窗偶仿遺山體,論字先成《雜帖詩》。""紅閨墨妙簪花格,恰好《黄庭》影寫初。知否神仙翻妒煞,彩鸞夫婿不能書。"此卷傳之後來,亦藝林一段佳話也。(《淵雅堂集》有句云:"詩人老去鶯鶯在,《甲秀》題簽見吉光。"自注云:"石庵相國有愛姬王能學公書,筆迹幾亂真。惕翁蓋嘗見姬爲公題《甲秀堂法帖》籤子也。此文清逸事之可傳者,附記於此。")

《涵碧樓詩稿》,仁和黄蘅卿(雲湘)著。《春日書懷》云:"瘦盡丁香倦不支,杏花春雨捲簾遲。玉釵不换元稹酒,紈扇慵裁柳惲詩。家事瑣同琴百衲,愁心密比綢千絲。夜來更覺無聊甚,剔起銀釭讀《楚詞》。"《醃菜》云:"緑蟻新浮蟹正團,嘉蔬堆上水晶盤。壓殘霜露色逾淡,脆入齒牙聲更寒。秋末晚崧名士句,雨中春韭故人餐。何如入饔饒滋味,也與花豬一例看。"清新熨貼,工於賦物。

“一院露光團作雨，四山花影下如潮”，毗陵王采薇女史《長離閣集》中名句也。女史宜黄令蓺山第四女，年二十四而卒，其第三女亦才而早夭。蓺山嘗以之比吴江葉天寥之昭齊、瓊章二女子云，其才調可想見矣。《長離閣集》附刻《平津館叢書》，集中佳句如《咏木蘭》云：“男兒封侯妾何有，要取黄金自懸肘。”《步月》云：“隻鳥時依樹，孤螢不上衣。”《秋夜》云：“五更霜月欺燈影，一樹風鴉續雁聲。”《春陰》云：“離愁作霧疑沉水，曉病如烟盡著山。”《悼姊》云：“把書尋淚色，掩幔想衣聲。”《有感》一律云：“不見畫釵處，驚看過月痕。簾斜生鳥影，屏小貼花魂。鳳瑟埋塵冷，鮫綃濕淚温。石床苔掩鬢，黄蝶欲栖門。”皆清雋邁俗，無愧作家。女史尤工小楷，能爲虞永興書。嘗爲其壻孫星衍手録詩稿一册，孫之侄婿龔慶題其後云：“手寫新詩墨細研，永興楷法尚依然。名山各有千秋業，偕老何須説百年。”孫自作事狀云：“婚後數日，夫人屬余填詞，并約圍棋，余皆未學，頗心愧之。後遂爲小詩酬夫人，而卒不能對奕。”又云：“夫人嘗言唐五代詞，率可倚聲，被之簫管。春餘夜静，輒取李後主‘簾外雨潺潺’詞，按笛吹之，令余審聽。至‘流水落花春去也，天上人間’聞者欷歔。其後寫夫人遺影，爲《落花流水圖》，以此。”據此，則女史又工詞矣。惜集中祇載“歸夢到江南，緑遍天涯，不認門前柳”之《醉花陰》一闋耳。

自燠館凉臺之説興，山村水郭，野趣天然，轉爲若輩所未夢見。偶見雲南趙州蘇竹窗女士《村居》詩云：“山罨嵐光水蘸霞，村居風味足清華。一籬鼠迹桃花米，滿鼎松風穀雨茶。黄髪拾薪恒事業，蒼頭種菜老生涯。論文也或高軒過，笑拔金釵付酒家。”胸次塵俗，爲之一洗。

陳雲伯爲小青、菊香、雲友修墓於西泠，徵諸題咏，彙而刻之，顔曰《蘭因集》。仁和吴蘋香（藻）有南北曲一套。蘋香詞名最著，《花簾》一集嗣響易安，曲亦頡頏倚歿。兹録之如下。《步步嬌》：“金粉難銷湖山路，草緑裙腰露。荒陵落日初，一片傷心，美人黄土。何處吊蘼蕪？把香名一例兜從頭訴。”《醉扶歸》：“一個葬秋墳冷唱逋仙句，一個對春山閑臨《西子圖》，·個簾垂畫閣緑陰疏。怎蓮胎生迸的蓮心苦？最憐他寒膏冷翠强支吾，最傷他蘭因絮果難調護。”《皁羅袍》：“日日畫船簫鼓，問湖邊艷迹，説也模糊。桃花三尺小墳孤，棠梨一樹殘碑古。春烟楊柳，秋風荻蘆；粉痕蛺蝶，紅腔鷓鴣。玉鈎斜誰把這《招魂》賦。”《好姐姐》：“有個謫仙人，轉蓬萊故都，愛一帶青山眉嫵。平章花月把嬋娟小傳摹，詩禪悟，重留片石將情天補，欲倒狂瀾恨海枯。”《尾聲》：“珊珊環佩歸來否？早註入碧城仙簿。則問他曾向詩人下拜無？”

《蘭因集》中閨秀詩最多，其工麗雅切者，如汪逸珠之“翠冷香銷二百年，梅亭明月鶴亭烟。羅裙久化飛莊蝶，彩筆重題感杜鵑。一徑落花紅灼灼，兩堤芳草緑芊芊。春泥都化媧皇石，補滿情天補恨天”。桐城方若徽之“情天恨海兩茫茫，如此蛾眉合斷腸。春水尚留仙子影，桃花猶學美人妝。魂依素柰心無累，死旁寒梅骨有香。吟遍西泠芳草路，一杯梨汁酹斜陽”。琴河錢蓮因(守璞)之“烟柳絲中淺碧流，露桃花裏小紅樓。填平愛海三生願，消盡人天萬古愁。瘞玉深深紅雨暮，埋香鬱鬱碧雲秋。春山如黛人何處，惆悵蘼蕪土一邱”。五律如鴛湖沈采石(彀)之“吹徹三姝媚，聲聲玉笛凉。樓仍倚鸚鵡，碑不篆鴛鴦。玉是嬋娟字，花稱姊妹行。西湖比西子，辛苦爲誰香”。斷句如張雲裳之“詞客定能參慧業，美人纔合葬名山”。粤東黄蘭孋(之淑)之“浮梅檻散春波晚，快雪堂空夕照斜”。秣陵陳友菊(秀生)之“暝烟月上梨花冢，疏雨寒生燕子”。錢塘吴仙芝(淑娥)之“流水年華成感逝，桃花時節總銷魂”。汪小韞之“仙子玉鱸三澗雪，美人湘管一枝花”。陳苕仙(麗孋)之“泥融碧幻鴛鴦瓦，花落香銷悲翠”。德清朱湘(姮紋)之“修到梅花仙眷屬，懺來桃葉佛因緣”。芳馨悱惻，其秀在骨，每讀一過，使人心魂俱逸。

《四川通志》云：“鵑紅不知何姓氏，於富莊驛題壁，自署‘蜀女’。”有序云：“妾生於劍外，死别刀環。鋒鏑之餘，全家失所。慈親信絶，夫婿音訛。依於所親，挈至薊州，遂偕南下。妾意稍遲玉碎，猶冀珠還。期秋扇之重圓，願春暉之永駐。流離數月，甫達此間。嗟乎！陌頭楊柳，總是離愁；門外枇杷，都非鄉景。望齊門而泣下，思蜀道以魂歸。阿鵑阿鵑，生何如死？扶病夜起，勉書數絶。郵塵信宿，便入江南，當是薄命人斷送處也。”詩云：“萬里飄零百劫哀，青衣江上別家來。朝雲暮雨番番看，一路山眉掃不開。”“深閨一命弱於絲，金鼓聲中怯幾時。妾恨也同花蘖恨，阿誰馬上是男兒。”“阿母音書隔故關，兒身除有夢飛還。年年手濯江邊錦，不穀人間拭淚斑。”“稿砧望斷路盈盈，敲罷金釵憶定情。妾自馬嵬坡下住，此生祇待卜他生。”“小婢嬌痴代理裝，窮途怕檢女兒箱。兒時愛譜《江南好》，怕到江南已斷腸。”“霧鬢風鬟一段魂，喘絲扶住幾黄昏。殘燈背寫傷心句，界亂啼痕與粉痕。”按常州陸祁孫《崇百藥齋詩集》，中有三絶句，序云：“辛酉正月，偕劉大嗣綰、洪大飴孫宿富莊驛。寒夜被酒，戲聯句成六絶題壁上，署曰‘蜀中女子鵑紅’。已而傳和遍於京師，兩君戒余勿言。頃來平梁，有王秀才埁以行卷來質，則悲鵑紅詩在焉。既爲失笑，而死生今昔之感，不能無愴於懷。書此寄劉大都中，并邀同作。”詩中自註：“曩題壁詩有‘年年手濯江邊錦，不穀人間拭淚斑’等句，則鵑紅身世，無待更考。前輩風流，可稱雅謔。”又吴蘭雪《香蘇山館集》亦有絶句四首，序云：“嘉慶六年，富莊驛有蜀中女史鵑紅題壁詩六首，趙君野航見而和之，且爲譜《鵑紅記》院本八齣，屬題其後。”然則野航之痴，更甚於平梁王秀才矣。附記於此，以佐諧笑，且使後之讀鵑紅詩者，不至有撲朔迷離之感也。

劉茝，字絮庭，歸蔣氏；蘭字紉秋，歸王氏，故劉海樹（珊）女弟。海樹與陸祁孫唱和最多，祁孫之夫人姓錢氏名惠尊，字詵宜，著有《五真閣吟集》。絮庭贈五真詩曰：“小閣春寒夜色分，傳來佳句澹如雲。梅花今見亭亭格，悔讀蘇家織錦文。”“賦茗簪花絶世姿，一門風雅并堪師。春官倘許蛾眉選，不櫛應看上第時。”紉秋云：“燈前倦綉漏聲長，梅影横窗月色凉。那用鸕鴣重撥火，新詩讀罷有餘香。”“披卷終宵不忍抛，芳容未睹已神交。相逢若話瑶宫事，記看瓊花第幾遭。”女公子三：韜字鸞符，韞字小絮，韍字霞裾，皆讀書工咏，與祁孫三女兑貞善。兑貞亦擅風雅，尤好作書，得歐陽詢、裴休之妙，故祁孫寄李鳳臺（兆洛）詩有“半畝鶯花堪入畫，一家婦女盡能詩”之句。

光緒季年,瑞安黄仲弢(紹箕)歿於湖北提學使之任,其夫人以六絶句哭之。偶檢篋衍,録稿尚存,惜夫人姓氏未經著録,今亦無從稽考矣。詩云:“花市斜街舊寄廬,與君同硯學鴉塗。至今遺墨仍盈篋,難畫人間舉案圖。”“高人偶爾賦《閑情》,絶妙文章亦有名。此去仙山能少待,願分剩藥住蓬瀛。”“堂上慈烏已白頭,吴山越水總成愁。豚兒解有桑弧志,我爲楹書且少留。”“稚子童呆最可憐,爲君懺悔學參禪。他年遺迹知珍重,手寫《楞嚴》第幾篇。(自注:公手寫《楞嚴經》全部,皆徑寸字。)”“紅豆燈殘月色清,五更鼓角斷腸聲。藥爐茶竈今猶在,青鳥何人可寄情。”“淚灑麻衣兩袖寒,玉衡乍轉覺春殘。庭前種竹君何在,天上人間共話難。(自注:公素好竹,病中令於署中隙地滿栽,今竹在而公亡矣。)”

許蘅,字若洲,爲詩人香浦(鑒)愛女。工詩,本家風。歸李氏未久卒,時在嘉慶丙寅,年僅二十七。香浦爲梓遺集,名《綉餘遺稿》。葉調笙稱五十年來,許氏淩替無人,詩板早已散佚。玉骨長埋,塵編孰問,因摘存其可傳之作。《秋蟬》云:“殘暑消初盡,鳴蟬尚未休。風來衰柳岸,人在夕陽樓。樹樹方零露,聲聲似訴愁。君原非宋玉,何事苦悲秋。”《燈花》云:“銀釭紅綻一枝明,綉閣凝眸喜可驚。我本心中了無事,偶然開落也關情。”《題背面美人圖》云:“花叢背立態輕盈,脉脉春愁畫裏生。尚未回頭通一顧,痴情已道是傾城。”皆清雋可傳。又《伏生授經圖》云:“紅顔白髮課燈前,口授琅琅廿九篇。博士竟逃坑後劫,祖龍難爇腹中編。經留一脉憑嬌女,天爲斯文假大年。欲問從來巾幗事,《儒林傳》有幾人傳。”則又格老氣蒼,自命不凡矣。沈佩玉夫人,葉克昌室也。有《月下睡起》云:“蛩吟深夜月,人卧一庭花。”十字頗爲士林傳誦。又云:“四壁蟲聲秋已老,半窗月色夜如年。”亦佳。

仁和錢謝庵《微波詞》中有《題黄仲則詞集·金縷曲》詞,其哲嗣小謝、廷琅等皆有和作。小謝之室,虞山女史邵秋士(廣仁)也。所著《吟秋閣遺稿》中,亦有《題黄仲則悔存齋後》詩云:“纔去愁魔又病魔,詩人心力漸消磨。才如李賀天還忌,哭比唐衢淚更多。入坐無言惟懶慢,挑燈有得費吟哦。吾家衣鉢相傳後(自注:仲則先生曾受業於先伯祖叔寧公),彩筆從今嘆逝波。”女史五六歲時,祖母蘇太恭人授以詩,即能吟誦。歸小謝後,不數年即卒,僅二十六歲也。錢梅溪《履園叢話》録其《白秋海棠》詩,如“妝閣不須銀燭照,斜陽庭院未黄昏”等句,風韵殊勝。

吴筠,字湘屏,號畹芬,上虞吴竹溪季女,適嘉興李杏村。杏村好學擅詩歌,畹芬相與唱酬,常欲出杏村上。有句贈杏村云:“柳絮因風傳謝女,梅花何福作林妻。”其自負如此。

沈采石夫人名穀,嘉興人。父山漁明經,諱光春,故禾中宿學,著有《醉墨齋詩集》。母許氏諱英,號梅村,著有《清芬閣吟稿》。采石少學詩於明經,旋學畫於母氏,而又與其弟西雍太守相切磋,一時有“左太冲貴嬪”之目,著有《白雲洞天詩》一卷。《中興四將歌》云:“中興有四將,韓岳乃可稱。張劉何爲者,而亦居其名。張驕劉惰不足道,握兵乃比韓岳早。韓岳自是生死臣,金牌痛哭騎驢老。圖其象者劉松年,笑他亦厠韓岳間。此圖傳之萬萬古,論功論罪俱昭然。吁嗟乎!張劉地下如有知,請看靈岩西湖兩墓定國元勛碑。”《題劉阮入天臺圖》云:“做到神仙便有情,會仙石上訂三生。重來未必來時路,幾樹桃花照眼明。”《春游》云:“知我春游天乍晴,鳥啼花落踏春行。雲山佳處真如畫,一幅生綃寫不成。”《聞鄰曲》云:“歌聲宛轉是誰家,自啓珠簾月半斜。聽到四弦凄絶處,一庭銀海寖梨花。”皆妙。

采石又工畫,嘗爲仁和吴蘋香繪苧村烟雨箑子,兼以寫生尺幅見惠,蘋香填《青玉案》詞謝之云:“畫圖别樣開生面,恰快似、并州翦。如此江村能幾見。美人何處,青山不老,一片烟波遠。　　折枝花倚東風軟,更活色、生香滿。何日翠樽湖上款。故鄉山水,勞君點筆,寫入鵝溪絹。”

福州梁章鉅《臨川閨秀詩話》亦記采石事云:“采石,嘉興人,歸吾閩曾茂才頤吉。茂才游幕江南,寄孥吴下。采石賣詩畫自給,余籓牧吴門,先室鄭夫人常延其入署,絮談榕城景物,采石大有旅居閩中之意,所作詩名《畫理齋集》。錢塘陳雲伯序云:‘昔人謂王右丞詩中有畫,畫中有詩。是以寫輞川之圖,雲飛水走;紀渭川之作,麥秀桑稀。詩壇挹其清華,畫院播其馨逸。蓺林擷秀,并擅爲難,璇閣徵才,兼長抑更尠矣。采石女史,檇李名媛,羞蘭季女。模山範水,畫學最深;頌菊銘椒,詩才更勝。蓋染鉛華於魏國,早承慈母之傳;弄筆硯於甄家,兼得弟兄之益。歸閫中曾笑厓茂才,雙烟一氣,同爇南豐之瓣香;比翼同聲,共譜東陽之八咏。緣深匏爵,奏墨會之靈簫;家近武夷,聽幔亭之仙樂。中間以令弟西雍刺史出宰雉皋,畫舫曾移,板輿并侍。丹青所被,珠玉同輝。宫婉蘭翦彩之屏,董小宛貼梅之扇,方之蔑矣。比以僑居吴下,以《畫理齋詩集》乞序於予。余花國三生,香籢萬首,嬋娟金粉,夙有會心,閨閣丹青,略可屈指。金雲門之金碧樓臺,則李昭道、趙伯駒也;汪逸珠之綺羅人物,則董叔達、劉松年也;屈宛仙之白描,黄蘭孃之水墨,則李龍眠、趙子固也;碧梧、織雲、玳梁、筠如、梅卿、畹芳、智珠、香輪之寫生,則滕昌祐、黄伯鸞也;至接武荆關,追踪韋柳,烟毫既潤,彤管尤工,惟女史爲兼擅矣。其謀篇也,如其落墨;其賡韵也,如其摹古;其琢句也,如其用皴;其選詞也,如其傅色。離詩論畫,其黄皆令乎?離畫論詩,其卞篆生乎?鳴環動佩,人言當世之令嫻;石色雲峰,我謂閨中之摩詰矣。'"又云:"余在蘇州修滄浪亭,采石爲余再三作畫,并再三賦詩。有句云:'美政餘閑宜韵事,勝區修復必詩人。'時先室鄭夫人五十初度,采石邀同吴中名媛如歸佩珊、朱竹眉、吴香輪、陳筠簫、徐佩吉輩,各獻詩介壽。采石句云:'上頭夫婿諸侯長,繞膝兒郎秘省官。'皆紀實語也。"又云:"署中東偏花畦中有白牡丹一株,鄭夫人嘗置酒招采石賞之。采石賦詩云:'素心畢竟讓花王,侍從多騎白鳳凰。富貴自應留本色,天人原不要濃妝。館陶仙子情如玉,虢國夫人影亦香。寄語讕言莫相戲,洗紅久已譜清商。'幕中同人有拈此題者,見此詩都爲擱筆。"

李璠,字瑶圃,嘉興人,明經李金瀾姊也。適同里張芝梁,芝梁貧不能治生,終年館於外,瑶圃親操井臼,奉姑教子之外,輒喜吟咏,著有《倚閣吟》百餘首。嘉慶戊辰正月,忽有《别外子》詩云:"卅載虀鹽甘淡泊,一宵風雪了因緣。"是夕死。

山陰王眉叔《笙月詞》中有《金縷曲》二闋，序云："關秋芙（瑛），錢塘蔣靄卿（坦）室也。工倚聲。嘗偕靄卿游湖山間，一船書畫，簾影衣香，如神仙中人。余嘗一再過之，靄卿以所著《息影廬詩》及秋芙《夢影詞》見貽。既而羽警日逼，靄卿孤身羈越中，落魄蕉萃，人亦無援之者。千里淪胥，音耗遂杳。亂後訪之，則夫婦俱死矣。兩集皆失之，聞其板亦付劫火。偶於仲修齋頭見《夢影詞》，輒假歸重讀一過，不禁慨然。爲題二解。"案《夢影詞》流傳絶少，吉光片羽，同付劫灰，僅附其名於《笙月詞》以傳。才人多窮，可勝浩嘆。近見秋芙序凌祉媛《翠螺閣詩詞稿》駢文一篇，半豹幸窺，足知全體。急録之如下。文云："余曩序汪玉卿女史遺集，愛其劌鐧冰雪，拔萃羅紈。如沅花冒烟，綽爾姿媚；珊網張月，朗焉襟懷。霞水爲之失鮮，竹素竟至不死。爝火既逝，嗣音爲難。而茝沅（祉媛字）夫人復以翡翠之心，運鑪鞴其手，韶應鐸而競響，菊爲蘭之殿芳。釵釧鉼盆，爲器不嫌夫异；醍醐酥酪，至味終歸於和。所著《翠螺閣詩》四卷，搴芳媚春，蜚玉疑霧；蘭息胎夢，椒馨麗篇。轆轤井中之絲，稿砧山上之唱。潭水春影，芳草日夕而動魂；紈扇秋輪，素月司魄以凄夜。餐花咀雪，旁及詩餘，華艷之才，殆有天相焉。而乃蓮屐謡夢，蘭煤讖凶。百子之帳不晨，并肩之氈觸痛。琴瑟在御，弦筈遽離。以愛婦高柔，作悼亡潘岳。展象文之簟，莫解胸春；發蟲網之奩，祇增眉藹。嗟嗟！廿四宫真靈之位，慧業何多；九十劫鍛金之姻，妄緣奚極。雖鳳遺羽以傳采，豹著文而在皮。球璧一篇烟墨千古。亦飲者留名之想，盡戲言當日之心。而簪星隕秋，玉樹凋夜。華鬘小劫，已完弦氏餘緣；淚雨秋墳，豈憶鮑家遺唱哉。鍈文章依樣，未改葫蘆。哀感中年，况聞琴笛。愴蕣華之易謝，念冰藹之同功。泉陸殊塗，古今同痛。不揣蕪穢，書代糠粃。若謂妝樓紀聞，自有張泌；《玉臺》序首，當推徐陵。何待瓦礫之姿，濫溷金銀之氣也。羽釵無恙，落紙猶聞；玉葉在人，辦香未墜。後有感者，當券予言。咸豐四年四月，錢塘秋芙女士關瑛撰。"毗陵孟蒓生近從杭縣許子安處得蔣靄卿《夕陽紅半樓詩詞剩稿》鈔本，中附載秋芙女史爲常州莊盤珠作《秋水詞》駢序一篇，字多脱落，故不備録。秋芙又有《三十六芙蓉詩存》,其妹曰錡字侶瓊,亦工詩詞。據丁丙《杭郡詩三輯》,知秋芙之卒實先於靄卿,靄卿爲作《秋燈瑣憶》以志悼亡之戚。又稱秋芙好佛,嘗勸靄卿早納妾。辛酉杭城再陷,靄卿與妾凍餓死圍城中,故入《忠義紀聞録》。則與眉叔所稱稍有异同。又陳湘英女史,靄卿從兄恭亮字賓梅之室也,亦夫婦工吟咏,詩并載《杭郡詩三輯》中。祉媛,錢塘人,丁松生(丙)之室。母患風疾,動止維艱,故常歸寧奉侍。已而疾加劇,乃遍詣廟中,禱於神,願以身代,而家人未之知也。既而泣語松生曰:"吾不久於世矣,以身代母矣,勿漏言以重親憂。"未幾即病,迨母病愈而祉媛遂卒,歸松生纔三載耳。純孝之行,不獨以文字傳矣。集中古體以《放歌》及《梁紅玉戰袍小像歌》二首爲最佳,餘則稍嫌力薄;近體則清雋邁俗,風度絶佳。《西湖雜詩》云:"簫管聲中蕩畫橈,衣香鬢影暗魂銷。流金橋與塗金塔,不彀金鍋頃刻銷。""集慶禪林落日秋,昔時游燕趁風流。畫圖不缺江山缺,空羡閻妃面目留。""半閑堂外繞烟嵐,叠石玲瓏曲徑探。冷笑平章事樓閣,丹青未及木棉庵。""禁烟時節近三三,泊上人歸渡錦驂。桃李未開梅已謝,春風閑煞馬頭藍。""桃花流水了無痕,油壁香車杳墓門。簡簡不呼呼小小,西泠橋畔吊芳魂。""十里湖光漾碧空,涌金門外杏花紅。土宜齊向湖漘賣,黄胖春游樣最工。""流水潺潺響不停,飛來峰下冷泉亭。媧皇遺恨知誰補,萬古天留一綫青。""南屏山色最清奇,斷塔斜陽影半攲。一字沿訛存兩可,黄妃勝建號黄皮。"《里湖櫂歌》云:"輞川莊外浪迢迢,携得青樽復碧簫。商略儂舟泊何處,嫩寒春曉段家橋。"《春閨》云:"薛濤箋滑界烏絲,自寫深閨《漱玉詞》。一字推敲嫌不穩,碧桃花底立多時。""夕陽斜映小紅樓,楊柳依依最解愁。燕子已歸香已燼,簾垂閑煞月兒鈎。"又《菩薩蠻》詞云:"檐鈴驚破紅閨夢,曉妝人怯餘寒重。纖手捲簾衣,風前放燕飛。　　落紅紛似雪,倦了尋香蝶。樓外易斜暉,春歸人未歸。"亦清逸可誦。女史生於四月八日,製有玉牌,鎸"與佛同生"四字。

《翠螺閣稿》閨秀題詞者頗多,序則有吴蘋香(藻)、關秋芙(瑛),詩則有錢唐鮑玉士(靚)、仁和高子柔(茹)、仁和施蓮因(貞)、錢塘孫譜香(佩蘭)、錢塘張蓮卿(佩珍),詞則有吴縣陸芝仙(蒨)、錢塘韓菊如(瑛)、仁和夏耦鄰(蒨雯)、漢陽燕燕貽(翼)、仁和趙君蘭(我佩)、仁和汪雯卿(静娟),皆一時金閨傑彦也。韓菊如《憶江南》二闋云:"聰名誤,冰雪擅才華。秋雨芙蓉人似玉,春風楊柳筆生花。雲錦織流霞。""聰明誤,才藻損年華。剩有新編工柳絮,堪嗟薄命比桃花。鸞馭返烟霞。"陸芝仙《乳燕飛》云:"獨抱牙琴怨。忒無端、一彈再鼓,朱弦重斷。天下傷心誰似此,恨海終難填滿。嘆歲月、暗中偷换。刻燭論詩人似玉,怎怱怱、鏡裏空花幻。便夢也,抑何短。　翠螺眉黛紅螺硯。最凄凉、一般閑却,張郎斑管。剩有閨中酬唱稿,待付香檀梨板。未讀也、寸腸先亂。何况痴情儂亦累,算蠶絲、未了餘生喘。愁病味,備嘗慣。"過變以下,聲情激越,抑何其言之悲也!

吴門陳竹士前室金纖纖著有《瘦吟樓詩稿》,殁後吾鄉楊蕊淵及李紉蘭、陳雪蘭三女士爲捐金付梓,陳雲伯詩所謂"蛾眉都有千秋意,肯使遺編付劫塵"是也。纖纖嘗與竹士同夢至一處,烟水無際,樓臺出没雲氣中,仿佛有人告之曰:"此秋水渡也。"因共聯句,醒而憶"秋水樓臺碧近天"七字。其後纖纖小病母家,一夕扶病歸,謂竹士曰:"儂殆不起矣。昨夜夢數女伴邀登一舟云:'將往秋水渡。'夢兆如此,欲生得乎?"果閲十日而卒。竹士繼娶山陰王女士倩,字梅卿,結褵未久,炊臼重占。病時自知死期,臨終澈然,有《絶命詩》四章云:"半杯梨汁半甌漿,精氣消磨那得長。餘火閃風偏有焰,孤鴻墮雨不成行。遺詩嘔血從零落,塵海回頭嘆渺茫。我不戀君休戀我,蓋棺祇作道家妝。""吾宗仙侣老方平,約采夫容返玉京。斷夢無依雲縹緲,净因不昧月空明。九還難向塵寰覓,萬感都從魔障生。悟得去來非草草,彩旛絳節導前行。""浮雲散盡月當頭,到此誰能半刻留。病葉戀枝終是幻,春冰泮水不回流。心空蓬島三生石,夢冷元龍百尺樓。歸去碧桃開未盡,人間已作一番游。""拚向懸崖撒手行,匆匆况聽曉鐘鳴。英雄末路歸三寶,兒女痴情誤一生。已絶書香悲伯道,有誰麥飯記清明。憐君未了紅塵局,何日驂鸞一笑迎。"又絶句二首,則爲雲伯作也。詩云:"文字緣牽總宿因,生生死死見情真。請看收拾殘花骨,還是龍華會上人。”“便做神仙也怕愁,不如歸去暝雙眸。裁雲作帳月爲簟,冷卧碧城十二樓。”雲伯嘗云:“閨閣妙麗之質,幽艷之才,皆天上謫仙人也。”觀於纖纖、梅卿二女士,信哉!

《瘦吟樓詩草》中佳句如林,摘録數首,以見一斑。《月夜》云:“積水一庭白,梨花寒不寒。東風扶病起,繞遍曲闌干。烟明苔積暈,露重林生瀾。羅袂薄如此,抱琴時一彈。”《中秋雨後見月》云:“秋雨洗秋苔,秋城二鼓纔。碧雲捲地盡,明月上天來。風定孤烟直,蛩寒玉漏催。素娥好酌汝,莫負桂花杯。”《閨中雜咏》云:“坐愁燒燭到深更,雨點疏疏風又生。不信鴛鴦禁得慣,一池荷葉變秋聲。”《病中次韵》云:“二分春教鸚哥惜,一縷寒先燕子知。及世有情春似夢,病來無睡夜如年。”皆清俊邁俗,洗盡人間烟火氣。

陽湖劉芙初女兄琬懷,字撰芳,著有《問月樓詩草》。《重九寄諸兄弟》云:“杞菊花前秋興豪,未知佳節可登高。好邀明月成三影,莫使新霜感二毛。門外更無人送酒,籬邊剩有我題糕。邇來懷抱從誰訴,倚遍西風讀楚《騷》。”母金壇虞藹仙(友蘭),有《樹蕙軒集》。《贈影》云:“脉脉挑燈夜,寥寥對月時。苦衷千萬緒,惟爾最深知。”撰芳幼承慈訓,又與芙初等棣萼競芳,宜其詩筆之俊逸矣。

琬懷又工詞,家園中有紅藥數十叢,臺榭參差,闌干曲折,與諸昆仲及同堂姊妹常聚集其間,分題吟咏,填有長短調六十闋,名《紅藥闌詞》。後至京師,又成數十闋,名《補闌詞》。其《浣溪紗》二首云:“消遣閑愁百卉中,金鈴小宕語丁冬,海棠紅暖一簾風。　漫學唐宫傳鼓促,未煩隋院翦刀工。輕衫薄袖倚闌東。”(看花)“坐對銀釭細細挑,停針忽聽響蕭蕭,幾聲風驟打窗寮。　多事檐前懸鐵馬,無端庭畔種紅蕉。總拌不寐到明朝。”(聽雨)

長洲戴藥砰(延年)《秋燈叢話》稱,其繼母族張氏一門風雅,九世相傳,即閨中亦多工吟咏,與吴江《午夢堂集》可以并驅。藥砰之外祖母章,名文雪,《題桃花畫扇》云:“常占春光碧玉欄,紅顔不逐曉風殘。天臺路隔應難到,圖與人間仔細看。”《題荷花畫扇》云:“亭亭風露洗塵空,半隔圓青漾嫩紅。知有清歌來水面,若耶溪畔鑒湖中。"《杏花畫扇》云:"游蜂著意偎香雪,春雨隨時潤錦霞。畫出江南好風景,不須遥羡上林花。"《題梅花仕女圖》云:"霜綃彷佛見天真,最稱寒香伴早春。斜倚月明疏影動,不知誰是弄珠人。"舅母陸名素,《香奩瑣事》數首云:"春曉傳言出畫屏,憐他紅嘴性偏靈。荼蘼架下多時立,教念觀音《般若經》。""自捲羅衣斂碧霞,頻牽修綆轆轤車。先澆階畔宜男草,催放春來一蕊花。""瘦樣難憑試細腰,惜裁鴛錦斷花綃。雲屏夜盡燈花落,人在窗前放翦刀。""晨梳朱鳥曉窗前,如水菱花整翠鈿。小玉摘來雙杏子,倩他先插鬢雲邊。""竹爐湯沸松濤響,花韵晴欄晝日長。女伴昨來邀茗戰,摒擋哥汝試旗槍。""愔愔深院閟春風,玉局輸贏殘劫中。長日不知花影轉,子聲敲落一燈紅。""大家背地入春園,擷取名花不肯言。鄰女却輸金彩鳳,再來重睹玉雙鴛。""簪花格愛衛夫人,摹向晴窗竹露晨。昨得官奴真榻本,鵝溪絹裏又生春。""愛看鸜鵒留青眼,洗向春池緑水隈。無數文魚齊上水,争吞雲影墨花來。"《寄外和韵》:"秋江浪静息游魚,千里征鴻繫遠書。昨夜風敲桐子落,寒威窗外逼更初。""疏花三徑艷如霞,寒霧松間每半遮。不把金錢燈下卜,但憑清夢到天涯。"母姨名衛淑,《咏水仙》云:"砑羅新製碧衣裳,騎鯉人歸烟水鄉。可是凌波微步後,至今猶有襪塵香。"

虞山王雲上,名岱,能詩,家素貧,常出門負米。其夫人席氏亦工吟咏,有"愁連雙鬢改,貧覺一身多"之句,傳誦藝林。

合肥女史趙景淑,字筠湄,少有夙慧,喜讀書。嘗集古今名媛四百餘人,各爲小傳,題曰《壼史》,又著《香奩雜考》一卷,徵引詳博。至於韵語,特其餘事耳。其論有清一代詩,則取王阮亭、李丹壑一派,而不喜明七子,輒效李長吉,蓋天性然也。記其《舟中聞雁》一首云:"柁樓不寐寒燈挑,愁聽征雁聲嗷嗷。西風穿林霜月小,北斗插地秋天高。羈臣海上魂應斷,獨客天涯渺河漢。衹有漁舟自在眠,空江影落寒星亂。"又《湖上吊韓蘄王》云:"君相籌邊衹議和,北來鼙鼓震關河。小朝已定紅羊劫,大將空悲白雁歌。三字獄成同調少,兩宫讎在痛心多。江山滿眼都殘闕,忍向西湖策蹇過。"慷慨沉雄,能寫出蘄王一生心事,則又絶去阮亭蹊徑矣。没時纔廿四，尚未字人，惜哉！

沈夢蘅女史，錢唐韓小亭室也，嘗偕小亭同寓南京陶谷。陶谷者，在南京儀鳳門，以陶貞白隱居得名，中有六朝梅，夭矯不群，匝地如古松，梅實迥异尋常。中有落梅山房，樓三楹，藏宋刻書數十櫥。外爲園，古木時花，牡丹最盛。亭臺樓閣，各有命名。竟日賦詩填詞，長夏門外緑陰如洗，不知有紅塵十丈也，所著有《維揚吟社稿》。《秋月》云："幾點流星環北斗，一行斷雁叫西風。"《秋霜》云："古渡艷翻楓葉影，板橋迹認馬蹄痕。"時年未滿二十也。又嘗得句云"蝴蝶夢迷蝴蝶草"，屢對未得，後得"杜鵑啼損杜鵑花"七字，終不愜意。未幾即卒，宜小亭《無事爲福齋隨筆》中屢致悼嘆矣。

蓮如薩氏，雁門天錫之裔，歸林星海。林固知詩，蓮如與之唱和，多雅音。自題其居曰"挽鹿"，有《挽鹿山莊詩草》一本。《過黑龍江遇風》云："鷓鴣聲裏雨和烟，極目蒼茫水接天。到此欲歸歸不得，扁舟兀坐日如年。"《落花寄外》云："江南有客夢初醒，烟雨濛濛悔遠征。日暮前山餘碎緑，可憐費盡鷓鴣聲。"《觀唐人秋狩圖》云："遼海暗愁塵，原頭萬幕陳。硐戈迎月小，寒劍拂霜新。蒼隼扶雲下，窮猿失木瞋。秋郊餘獸盡，莫更再圍春。"皆有唐人格調。

《五色蝶次韵五首》，閩縣汪淑瑞女士作。藻思綺句，傳誦一時。詩云："簾前弱翅望依稀，每到花陰不見飛。上下渾疑風度葉，飄飄似愛翠爲衣。青真可踏嬌無力，黛縱能描瘦未肥。欲翦碧羅依樣綉，南園撲得兩三歸。"(青)"莫遣鶯梢見又稀，宫錢化去任紛飛。何當曲譜諧金縷，恰與春光鬥鞠衣。色奪萱叢花并膩，香收草蔓葉俱肥。蘧蘧若入酴醿架，去路遮來歸未歸。"(黄)"絳紗窗外覓偏稀，忽向瓊欄作對飛。一片紫雲堆艷翅，半簾紅雨濕春衣。刺成朱縷殊難比，繪與丹砂倍覺肥。誰把胭脂來點染，杏花十里看春歸。"(赤)"梨雲漠漠午風稀，玉翅輕揚栩栩飛。晒粉最宜香作魄，惜花偏怪冷侵衣。半林明月黏初定，數點梅花映更肥。可否梁園偕雪舞，瑶華踏處竟忘歸。"(白)"漆園夢裏往來稀，樹罨篬深自在飛。野徑何須著金粉，深秋休與認烏衣。饒他黛色憑須染，拭得藍光竟體肥。細雨濃烟春漠漠，柳陰多處正宜歸。"(黑)

閨秀毛畹芬工詩，有“高城九月瀟瀟雨，腸斷重陽更憶家”之句。故趙懷玉題其詩後《眉峰碧》詞云：“筆向徐陵取，顧把珊瑚與。最喜琴聲共緑窗，趁暇日，添眉嫵。　說盡思親語，做盡悲秋主。莫遣新詞唱到殘，高城容易瀟瀟雨。”

吴門張滋蘭（允滋）與張紫蘩（芬）、陸素窗（瑛）、李婉兮（嬿）、席蘭枝（蕙文）、朱翠娟（宗淑）、江碧岑（珠）、沈蕙孫（纕）、尤寄湘（澹仙）、沈皎如（持玉）結清溪吟社，世所傳“吴中十子”者是也，有《吴中十子詩鈔》，論者謂媲美“西泠十子”。滋蘭號清溪，别號桃花仙子，任心田（兆麟）室，工詩文，善寫墨梅。于歸後，偕隱林屋山中，琴瑟倡和，詩學益進，有《潮生閣吟稿》。《秋後懷心田夫子》云：“雨霽銀燈夕，纖雲入暮天。芙蓉還寂寞，秋水自嬋娟。寒雁聲疑斷，虚窗夜不眠。思君在高閣，清夜撫冰弦。”紫蘩號月樓，其所著曰《兩面樓偶存稿》。《秋夜懷寂居禪友》云：“樓空秋思迥，憑眺獨蕭森。月境開靈覺，霜鐘警道心。可憐黄葉落，無奈白雲深。想得安禪處，天花正滿林。”素窗工填詞，詩稿曰《賞奇樓草》，曰《蠹餘稿》。《十愁吟》云：“殘照西風碧樹秋，行雲望斷楚江樓。不知何處吹横竹，唤起新愁與舊愁。”又“《五噫》歡斷牛衣泣，今古才人一樣愁”等句，讀之使人凄然。蘭枝又號芸枝，所著《采香樓詩草》。中佳句絡繹，如：“楊柳曉風人别後，杏花微雨燕來初。”“青山城郭斜陽外，黄葉人家細雨中。”可謂詩中有畫。寄湘字素蘭，有《曉春閣集》。皎如號佩之，有《停雲閣稿》。碧岑自號小維摩，其自序所著《青藜閣詩鈔》有云：“生世不諧，痴頑彌甚。窮年痼疾，匿影於寒衾；終日坐愁，藏身乎針孔。孰云酒可忘憂，不信犀能蠲忿。中懷悲愴，莫敢告人；滿腹牢騷，誰堪共語。茹齋綉佛，徒懺他生；附贅懸疣，其如今日。寸心鬱鬱，何能容萬斛之愁；弱骨蕭蕭，焉可罹百千之病。”又詩中斷句如：“甘來蔗尾甜終薄，香到梅花味亦酸。”“藏身敗葉應知幻，食字痴蟫信可仙。”抑何其言之悲也。翠娟長洲人，詩集名《修竹廬吟稿》。《月夜聞笛懷清溪》云：“天寒露重不勝情，遥夜披衣坐月明。何處樓中還弄笛，落梅如雪滿江城。”與吴縣李婉兮《秋夕》之作相似，而風神稍遜。婉兮《秋夕》云：“十二層樓夜月明,美人簾底坐吹笙。芙蓉露冷秋衣薄,翻到《霓裳》第幾聲。"婉兮適諸生陸昶,有《琴好樓集》。蕙孫,號散花女史,教授起鳳女。善洞簫,製有《簫譜》,其所著有《綉餘集》、《翡翠樓詩文集》。《浣紗詞》嘗有"聽殘紅雨到清明"之句,膾炙人口,咸稱"紅雨詩人"。詞中佳構,如《送春》云:"梨花春雪,杏花春雨,畢竟春歸何處。問春春不語。"秀逸無比。《心齋林屋吟稿》,蕙孫與碧岑皆有題辭,而蕙孫四絶尤佳。録其三首云:"釣雪灘邊景色蒼,家臨烟水對寒塘。須知詩酒年年事,都是江山花草場。""吟遍東溪幾曲灣,錦囊佳句許誰删。鳥啼花落春常在,興寄王裴輞水間。""展來縹帙滿瓊瑰,浣露焚香誦幾回。今日文章推巨手,他年長慶數元裴。"(自注:清溪夫人亦工詩。)一諷咏間,覺清溪夫婦山水倡隨之樂,如在目前也。

張桂森(蘊)《感懷》云:"唧唧蟲聲亂雁聲,風吹鐵馬戰愁城。怪他永叔三秋賦,不賦深閨别後情。"論者謂與江碧岑《讀顔宛在遺詩二絶》云:"謝娘嬌小病來慵,咄咄生涯落落胸。顧我習忘禪有力,不妨蒙眼坐針鋒。""三年錯謬杳難知,風劈蓮心恨吐絲。造物疾人知有種,文章終古吝蛾眉。"悲從中來,同一酸楚也。

前録山陽許謹齋侍姬(玉岑)《飼蠶詞》,有"緑窗人自懶於蠶"之句,妙矣。近見華亭張清河(玉珍)《看蠶詞》云:"陰陰村落養花天,浴種歸來穀雨前。記得去年春較暖,早蠶此際已初眠。""閑聽食葉最關情,仿佛詩人下筆聲。懊惱鵓鴣偏唤雨,個儂心事要春晴。"隨手寫來,不粘不脱,正可與玉岑之作并傳。

袁隨園孫女紫卿,適江寧吴伯鍈大令,著有《簪筠閣詩》。《于歸後三日對鏡》云:"曉起窗前整鬢鬟,畫眉深淺入時難。鏡中似我疑非我,幾度徘徊不忍看。"情致絶佳。同時有浦合雙女士夢珠《臨江仙》詞云:"記得纚笄侵曉起,畫眉初試螺丸。春痕淡淡上春山。乍驚新様窄,較似昨宵彎。　　一様敷來仙杏粉,難匀怪煞今番。傳聞郎貌玉珊珊。妝成嬌不起,偷向鏡中看。"與前詩可謂异曲同工。按浦女士詞共有十二首,黄韵珊《國朝詞綜續編》録其六首,并序云:"嘉慶甲子上元,從芙蓉山館得蘭村先生《臨江仙》詞十二闋。

久深泥絮之悲，復動風蘋之感。强收鮫淚，研以麝臍；依數和成，用申惆悵。惟是天名有恨，媧補難全；水號相離，禹疏不到。頻唤奈何，冀逢子野；竟能悔過，尚望連波。録奉璧雙夫人正之。薛濤箋小，難遍書薄命之詞；秦女笙清，或善譜工愁之曲耶?”詞云:“記得春閨初學綉，花繃高似身長。金針拈得費思量。不分花四角，何處到中央。　碧緑青紅親手理，殘絨唾上紅窗。嬌痴渾未識鴛鴦。怪他諸女伴，偏愛綉雙雙。”“記得鬟絲初覆額，緑雲低壓眉齊。人誇心巧有靈犀。簸錢贏智姊，鬥草勝蘭姨。　月影一庭邀小婢，迷藏閑捉樓西。往來花底影迷離。怕人聞響屧，剗襪上唐梯。”“記得水紋凉不動，一天雲浸魚鱗。畫船欲上更逡巡。羅衣輕似葉，香借藕花熏。　忽地白蘋風起處，蘭橈吹近湖濱。關心未肯采紅菱。憎他絲宛轉，生性解纏人。”“記得雙星偷拜日，輕開槅子冰紋。沈沈深院寂無人。生憎風一陣，低揭藕絲裙。　八尺藤床紅玉枕，桃笙一綫凉痕。忪惺夢破乍回身。鬢鬆誰替整，狼藉一窩雲。”“記得消魂橋畔路，無端細馬馱歸。蘼蕪長遍舊紅閨。縷金箱啓處，塵滿五銖衣。　聞説犀簾紅淚漬，檀奴瘦減腰圍。紅墻不隔燕雙飛。怪伊難寄恨，衹解啄香泥。”“記得傷春經病起，日長慵下妝樓。慧因悔向隔生修。草偏栽獨活，花未折忘憂。　尺幅生綃窗下展，親將小影雙鈎。畫成未肯寄牽牛。衹緣描不出，心上一痕秋。”末首視崔徽寫真寄裴，更進一意，倍覺凄艷動人。

清初詞人工爲南唐五季語者，當以納蘭容若爲最。《飲水》一編，既已如柳七之“曉風殘月”，有井水處，傳唱殆遍矣。余最愛其集中悼亡諸作，逸響凄音，含思宛轉，想見閨中風調亦復不凡，宜乎熏香荀令，有神傷之戚也。然觀蔣氏《詞選》録吴興女史沈御蟬(宛)《選夢詞》，謂是容若妾，其《菩薩蠻》云:“雁書蝶夢都成杳，雲窗月户人聲悄。記得畫樓東，歸驄繫月中。　醒來燈未滅，心事和誰説。衹有舊羅裳，偷沾淚兩行。”妾侍中有如許才調，乃《飲水》詩詞中絶無一語提及，宜詞意之有怨抑矣。

閩妓鄭玉笋，幼即聰慧能詩。“開奩含粉淚，莫照可憐人”，其十四歲《咏鏡》句也。十七卒，或爲作《香雪留痕詩》以記之。又有慕碧雲者，亦勾闌中人，以不肯輕失身投水死，年亦十七。張亨甫先生《南浦秋波録》中附其絶句云：“斜照寒珠箔，飛花糝玊杯。春潮將舊恨，一日一回來。”七律云：“一過清明倍黯然，萬愁俱到落花前。通辭婢讓紅鸚鵡，抱病人如白杜鵑。南浦阿誰還送别，東風從此又孤眠。從來不下傷春淚，也算無情負少年。”瑶想瓊思，蘭芳竟體，宜其從春水量愁，不肯向風塵作伴矣。

毛西河年少時，以度曲知名。薄游馬州，當壚者馮二名弦，夜聞西河歌，倩人致意。西河辭之曰：“吾不幸遭厄，吹篪渡江，彼傭不知音，豈誤以我爲少年游耶?”次日遂行。馮氏有《讀西河新詞·江城子》二闋云：“緑陰何處曉啼鶯。弄新聲，最關情。一夜寒花，吹落滿江城。讀得斷碑黄絹字，人已渡，暮潮横。　　蘭陵江上晚花飛。冷烟微，著人衣。無數新詞，最恨是桃枝。待得蘭陵新酒熟，桃葉好，送君遲。”誦之殊覺凄惋。

雲間諸嗣郢、董俞諸君，曾於重陽後作神山之會，即彭仙人栖神處也。時吴梅村在座，連遣覓女郎倩扶不得。夜分滬上張宏軒(錫懌)來赴，投刺後，梅村命以己車迎入，使者傳覆須兩車，頗訝之。及至，則挾一衣冠少年，光艷暗射，若薄雲籠月，人各却步，且不敢詢姓氏。及移燭燭之，則倩扶也，一座譁然。蓋是時已與宏軒定情久矣。宏軒有《意難忘·初晤》、《殢人嬌·惜别》、《鳳栖梧·寄憶·再晤》諸詞，流傳人間。其序曰：“時維秋月，節届登高。思逸事於龍山，遇佳人於鶴浦。銜杯浹日，判袂經旬。兔簡頻濡，鴻箋數寄。堪笑沾泥之絮，翻憐逐水之萍。品其高韵，人更澹於黄花；感此微詞，意每傷於緑葉。”倩扶美而才，故梅村諸人亟賞之。後有《寄宏軒主人》詩，其落句云：“不道離愁深似許，輕教分手盼重過。”毛西河和云：“但遇龍山高會後，尚疑青雀夜來過。”正暗刺前事也。

錢塘沈湘佩女史善寶，著有《名媛詩話》。其論詩曰：“詩猶花也，牡丹、芍藥，具國色天香，一望知其富貴。他如梅品孤高，水仙清潔，杏桃穠艷，蘭菊幽貞。此外則或以香勝，或以色著，但具一致，皆足賞心，何必泥定一格也。然最怕如翦綵爲之，毫無神韵，令人見之生倦。讀湘潭郭六芳《論詩》云:"'玉溪獺祭非偏論,長吉鬼才亦妙評,儂愛湘江江水好,有波瀾處十分清。''厨下調羹已六年,酸鹹情性笑人偏。近來領略詩中味,百八珍饈總要鮮。''今古才人一例看,端莊流麗并兼難。桃花輕薄梅花冷,占盡春風是牡丹。'可謂實獲我心矣。"按六芳字漱玉,著有《綉珠軒詩鈔》,絶句最佳。《歸安舟中作》云:"曾經有夢到瀟湘,夢裹歸家路渺茫。今日聽風兼聽水,轉疑儂又夢還鄉。"《舟還長沙》云:"儂家家住兩湖東,十二珠簾夕照紅。今日忽從江上望,始知家在畫圖中。"

六芳妹笙愉,名潤玉,字照華,一號壺山女士。適李石梧中丞星沅子杭,字梅生。早入木天,生長華膴,而其詩清新俊逸,絶無富貴之氣,可貴也,所著有《簪花閣詩草》、《梧笙館聯吟》。梧笙館者,伉儷唱和之處,人謂其琴瑟之篤,可繼秦、徐。又嘗手刊《湘潭郭氏三代閨秀詩集》,以志家學。女月裳,何慶涵室,子貞太史之子婦也。冢媳郭智珠(秉慧)即笙愉女侄,皆工吟咏。笙愉臨殁前數日,夢吐絲盈掬,故其平生纏綿細膩之思,盡在集中。《秋日懷六芳姊》云:"玉簫宛轉答清歌,明月當庭一鏡磨。想到微吟倚修竹,秋風翠袖晚凉多。"《偶成》云:"風摇翠竹影參差,低拂南窗暑不知。小榻夢回人意淡,一簾花氣一篇詩。"《梅影》云:"一鈎新月破黄昏,翠羽翩翩恰到門。唤起梨雲同一夢,緑雲滿地了無痕。"《題環碧園》云:"玻璃四面影縱横,細草含香恰嫩晴。一幅春山好圖畫,花藏樓閣柳藏鶯。"五言如《奉姑命入都》云:"薄宦敢云貴,故鄉依舊貧。"《和石梧韵》云:"似我離懷遠,知君鄉思多。秋色淡如許,砧聲不可聞。緑酣胡蝶夢,紅暈海棠枝。"七言如《和石梧》云:"浮名不過當場事,知己何愁异日無。偶隨時樣梳新髻,爲喜家常着故衣。嬌兒習字移燈影,弱女敲詩愛月華。"《涿州道中》云:"一路麥花秋色裏,數椽茅屋夕陽中。"《春日環碧園》云:"柳因風軟嬌無力,花到香濃静不聞。"皆能抒寫性靈,一洗斧鑿堆砌之迹。智珠即梅生室,幼失恃,依諸姑習詩文,明慧絶倫,過目了了。既長,歸梅生,孝賢婉娩,琴瑟酬唱,頗似舅姑。笙愉弃世,智珠寒疾未瘳,力疾經理,哀毁過甚,不半年亦卒,年僅十八,有《紅薇吟館遺草》,清婉絶塵。《過洞庭和梅生》云:“始知天地闊,不盡古今愁。”《種梅》云:“掃開積雪千重影,種得東風第一枝。”《紅拂》云:“英雄何處無知己,難得傾心是美人。”

錢塘梁晋竹夫人黄巽,字順之,號蕉卿,相國文僖公七世女孫。少受其母雷夫人教,解吟咏,著有《聽月樓詩稿》。《偶成》云:“滑笏春蔥臨晋帖,玲瓏小几供唐花。”《寄穎卿妹》云:“家遠愁看花姊妹,病多難配藥君臣。”《不寐》云:“蛩語鬧於牛馬門,鷄聲難似鳳鸞鳴。”《丙寅除夕》云:“百年已過六千日,一飲直須三百杯。”《呈程十然丈》云:“帷絳經言飛白字,殺青史筆《比紅詩》。”《病中偶成》云:“竹徑亂敲風似翦,蕉窗不住雨如麻。”皆有元人風致。年十九,歸晋竹。後晋竹侍父入粤,蕉卿以母病不能從。未幾,晋竹患咯血症,蕉卿聞而心驚,間關度嶺以往。未及半年,猝得風疾,竟沈綿以死。晋竹作挽聯曰:“四千里累爾遠來,父在家,母在殯,翁姑在堂,屬纊定知難瞑目;廿三年弃予永訣,拜無兒,哭無女,繼承無侄,蓋棺未免太傷心。”凄戾不堪卒讀。

《林下風清集》,興化李芬子國梅著。古詩最佳。《將進酒》云:“朝吟《薤露歌》,夕進新豐酒。黄鵠舉翼四海窄,鴟鴞齷齪夫何有。樽前有酒盤有餐,請君秉燭游夜闌。我聞人生不滿百,何用行憂坐嘆凋朱顔。君不見漢家丞相富貴時,賓客傾蓋如雲馳。片言不合詔下獄,折辱翻遭小吏欺。又不見田蚡竇嬰相傾奪,公卿半屬門下客。一朝勢盡歸武安,魏其筵前誰避席。人情反覆多如此,世路羊腸宛相似。周公大聖有流言,鄒孟遭讒誰見理。高牙大纛專城居,不如間行隴上把耕鋤。鳴鍾列鼎食萬户,不如閉門安坐酒一壺。流光駒隙亦易過,咄嗟身世徒邱墟。試看紛紛行路者,覆車折軸將焉如。”

烏程戴清,又號洗蕉考人,陽湖惲次山中丞之繼室也。寄寓蘇州,喜作打銅旗之戲,故蘇人稱爲“打銅旗之惲老太太”,著有《洗蕉吟館詩詞鈔》。其《落葉》詩云:“曾記携柑此聽鶯,天涯回首總凄清。車停石徑霜無迹,屐響空山月有聲。摇落頓成今古感,飄流何限别離情。笑他巧借衝波力,也作乘風萬里行。”“漫説東籬菊正佳,連朝衹覺悶難排。飄零如抱羈人怨,榮悴偏關達士懷。枳棘幾曾除挂礙,楩楠也復付沉埋。阿儂别有傷心事,長記供炊仰古槐。”“樓頭此日倦登臨,暮雨瀟瀟匝地陰。泥滓生涯禁蹴踏,秋風身世任浮沉。緑收平野千峰出,紅映斜陽一徑深。衹有蒼松矜傲骨,歲寒猶抱後凋心。”“欹歔如譜《雨淋鈴》,飛過山亭又水亭。曉渚亂隨雙槳去,夜窗獨擁一燈聽。夢回絶域書頻寄,客送秋江舟自停。何似種桃天上好,瑶池阿母共長齡。”

臨桂况夔笙近刊《二雲詞》,有咏六三園緑櫻花數首。其《南浦》第一咏序云:“日商某氏寓園,在寶山縣境天通庵東北。園中櫻花,深紅、淺紅、白色各不下十數株,惟緑色衹二本,殆亦艱致。曩見緑菊、緑茉莉,花仍白色,微含碧暈而已,此花竟花葉同色,誠异品矣。如髫年碧玉,彈袖含情;又如萬點垂楊雨,和烟欲滴。自有花以來,未有若斯芳倩者也。倚樹無言,令人作天外飛瓊想。”後附其夫人吴縣卜女史娱和作,《玉樓春》第四咏云:“春波照影亭亭立,妒煞垂楊幽徑側。翠紅相映越精神,回首扶桑初日出。宫眉淺黛羅衣碧,比似丰姿渾未及。膽瓶誰插最繁枝,雨過遥天同一色。”瑶想瓊思,爲緑櫻花生色不少。

真州鄭鴻,字秋影,張南垞之侍史也。能詩,年僅二十死。《偶成》云:“閉門却到夕陽斜,自笑茅檐類小車。偏是西風最多事,書聲偷送到鄰家。”

錢塘徐紫珊《清波小志》云:“趙琳,予母姨之少女也。少予十歲。其五歲時,信口而吟,皆能成句。憶侵晨客至呼酒,予曰:‘舍北何人呼卯酒?’琳答曰:‘海南有客賣丁香。’蓋其時有粤東客携丁香酒求售也。一日,予見後園春草,吟曰:‘幾叢芳草凄迷緑’,琳即云:‘一樹夭桃烟雨紅’。此外不能多舉,殆夙生慧業也。琳後適人,即病殁。”

又云:“學士巷西角墻内,舊有小樓一座,陳姓老姥名黑姊姊者,同一子居之。康熙丁巳正月望後,予過其下,見一女子倚樓望湖,年可十八九,雲鬟微籠,金釵横髻,外衣紫綃,内以水紅衫襯之,誠絶色也。予驚詫此從何來?有鄰姑常出入余家者,走問之,云是吴下人,偕母與兄三日前渡湖來,向船工覓小寓,船工即黑姊姊子也,讓屋與之居。此女能賦詩,兼善繪事,聞有新安賈以五百金聘定,不停日即去矣。予囑鄰姑可持女詩畫來,得一見便畀汝,不留也。姑即去,有炊一飧飯頃,携聚頭扇一柄匆匆過予齋,投案上曰:'速看!我是乘間取來,彼不知也。'予展開,有詩曰:'燈宵不見一燈紅,礙煞平江半面風。到得西湖覓西子,那知殘雪尚朦朧。'下書:'燈夜從吴江至西湖作。''樓西望不見西施,樓角寒梅有一枝。從此吟魂得相傍,黄昏捲起暖簾兒。'下書:'寓樓見梅花一樹,喜而有作。''羊燈照我下長河,吹落梅花比淚多。姊妹今宵休記憶,冷風殘雪到清波。'下書:'抵杭州清波門作。'款落:'茂苑薛貞瑛。'予讀畢不獨魂銷,且舌撟不下,急援筆鈔之。睹其墨色晶瑩,書法《十三行》,詩是日來初脱稿者。予即持扇還鄰姑。越一日果發,行李渡江去矣。後細訪新安賈,有知之者曰姓馮,予笑曰:'得非馮魁耶?'"

磁州張湘東(金管)之從姊祐之女史,工詩早世。佳句如:"斷烟寒食節,小雨落花天。""客路遍黄葉,秋山多白雲。"皆清婉可誦。

光緒初年,常熟有宗婉生女士工詩,其女倩宜亦工詩。婉生有《悼雲兒》詩云:"老姑長慟痛孫亡,夫婿枯眸悼子殤。惟我傷心轉無淚,爲兒檢點殮時裝。"《雜感》云:"鳳泊鸞飄信命乖,九齡稚子係人懷。不知曾減嬌痴否,昨夢催儂製錦鞋。"倩宜《春閨雜咏》云:"滿庭長遍碧蘼蕪,露滑弓鞋怯欲扶。閑握桃花新扇子,紅欄干外撲春駒。""春愁春恨損人懷,懶賞花枝到玉階。可奈禁烟時節近,鄰娃催綉踏青鞋。"皆楚楚可誦。婉生著有《夢湘樓詩稿》,倩宜著有《繭香館吟草》。

程浣青女史有《辭人借書》一絶云:"年來自笑蠹成魚,不惜金錢祇惜書。白璧恐無歸趙日,世間誰是藺相如。"

嘉善朱聽秋女史詩筆清雅,《病中述懷》云:"銅漏點殘憐夢短,珠簾不捲怯春寒。"《秋興》云:"燕子生涯如昨夢,菊花心事盼重陽。"皆可愛也。

醉青女史,涇川吴朝昌大令之女也,僑居湖北宜昌,詩筆甚清。

大令宰雲南建水時,女史有《秋夜病起不寐,憶二老及諸弟妹詩》四絶云:"新凉一味晚來多,寂寞深閨可奈何。四壁秋蟲鳴夜月,那堪時節半消磨。""夢魂夜夜赴滇池,卧病纏綿瘦不支。月冷風凉更漏静,衹增愁緒與離思。""一别椿萱已數秋,無家離恨積心頭。惟求雁足傳書際,常帶平安莫帶愁。""趨來燕雁自年年,楚北滇南路幾千。何日鄉間重聚首,依依膝下話團圓。"

王竹素,吴閶人,字寄岩,能詩,喜與名人唱酬,所居樓題聯深自負。會掖縣諸生趙石寅(琳)游吴閶,竹素聞趙善琴工詩,大會賓客,索題詩。竹素生於七月八日,諸客詩無當意,獨石寅詩有句云:"巧讓天孫方一夜,明當玉兔漸圓時。"竹素大驚賞,遂委身焉。既歸,大婦不能容,漸至憔悴病卒。石寅哭之,作詩三十首,有"佳人誰絶世,知己即傾城"之句。嘗見一書載其事甚詳,并記其樓上楹聯,今不記矣。竹素詩多散佚。《寄石寅夫子》云:"夜夜梅花夢裏香,半春清瘦倚回廊。前期總驗蓍占好,屈指流光亦斷腸。""佛龕香篆誓如初,茹素恒甘嫩甲蔬。烽火隔江魚雁少,淚痕濡墨答君書。""杜鵑停歇又倉庚,逝水年光暗裏驚。幾度青春拋擲去,真成薄命負今生。""孤燈低焰晚風輕,淅淅虚窗雨二更。此際有心同葉碎,小芭蕉上一聲聲。"蓋石寅外出,竹素病中所寄之詞也。

丁氏,諸城鍾大文室。嫁數月,鍾卒,姑以痛子故致疾,氏侍湯藥維謹。姑愈,氏曰:"可以畢我志矣。"乘間飲鹽鹵,家人解之,得不死。氏恚甚,不食十四日死。殮時,於衣笥中得詩,蓋别父母者也。詩云:"夫死難獨生,兒將歸黄土。父母鞠育恩,請俟來生補。"時道光壬午正月廿四日也。同時有日照舉人丁佩蒼女亦以夫死殉節,人謂之"雙丁"。

錢塘袁素文,名機,隨園妹也。幼許字如皋高氏子,後高子以有惡疾願離婚,素文曰:"女從一者也。疾,我侍之;死,我守之。"卒歸高。高躁戾跳蕩,傾奩具爲狹邪費,不足日扑抶,至以火炮烙之。姑聞奔救,毆母折齒。既欲鬻妻以償博者,不得已始歸母家。長齋素衣,孝養母氏。高病狂死,哭泣盡哀,血淚交迸,越一年亦卒。檢篋笥中,得手編《烈女傳》三卷、詩三卷。有詩曰:"有鳳荒山老,桐花不復春。死猶憐弱女,生已作陳人。燈影三更夢,曇花頃刻身。何如蜩與鷽,鳴噪得天真。"

丹徒包佩芬女史性聰穎,好讀書,尤愛吟咏。《秋日病中》一律云:"蕭瑟重陽信,寒生薄暮中。病多嘗試藥,體弱不禁風。人意和詩瘦,鄉書遣雁通。倦看秋色老,楓葉飽霜紅。"詩意清淡,是能以性靈爲主者。

常州畢幽蘭女史流寓宣州,詩名藉甚。《咏桃花》句云:"最憐小鳥關情甚,啼破胭脂一色紅。"其妹素梅亦嫻吟咏。《夏日憶女伴》云:"緑楊如幕對幽窗,風動枝頭送晚凉。一片蟬聲催暮色,離情真比柳絲長。"殊楚楚可誦。又《春日游敬亭》句云:"月涌南湖開鏡匣,山横北郭起風烟。"亦雄放,不似尋常閨閣中語。

仙源崔受生觀察之女名巧雲者,頗嫻吟咏,著有《芙蓉書屋遺草》一卷。斷句如"泉聲寒帶雨,竹影静摇風"頗得静中趣。又"日開禽集樹,雷動笋穿階"十字亦佳。近復見其《夏夜》兩絶云:"小坐閑庭玩月明,松風拂檻嫩凉生。興來欲把琴三弄,忽聽蟲聲繞砌鳴。""爲撲流鶯出綉帷,侍兒持扇喜相隨。月明如水園林静,坐看庭花影暗移。"

東鄉吴蘭雪一門風雅。元室蕙風閣主人劉淑《石溪看桃花》云:"庭院春陰閉,湘簾晝未開。尋詩向何處,微雨恰歸來。小榼携珠釀,經衫涴緑苔。滿身蝴蝶粉,知是看花回。"蘭雪應禮部試北上,女弟素雲畫《杏花雙燕圖》贈行,蘭雪作絶句四首,蕙風和云:"阿妹拈豪落綵霞,阿兄新句稱籠紗。去時恰似辭巢燕,歸日應簪及第花。""征騎衝寒雪滿衣,畫圖長與駐春暉。上林見説花如海,願學紅衿衹并飛。"《九月十二日兒子報春生,以詩寄蘭雪》云:"得子中年敢怨遲,高堂兩鬢已成絲。抱孫亦在重陽後,喜似郎君得解時。"(蘭雪鄉舉信至亦是日,故云。)餘如《題王蘭泉三泖漁莊圖》等詩,亦皆清麗芊緜,兹不備録。繼配蔣夫人琴香,侍姬岳筠(緑春)、范閑閑、王素素,亦皆馳聲藝苑。緑春年十五歸蘭雪,十九而卒,工畫蘭。陽湖陸祁孫有《碧桃記》樂府咏其事,載《香蘇山館全集》中。樂元淑題詞《南鄉子》起句云:"花有美人香,樹影玲瓏畫粉墻。"(自

註:"二語即用緑春句。")然則緑春又工詩矣。

浙水林浣香女史頗嫻吟咏,嘗顔其居曰"瘦秋樓"。遇人不淑,故詩多愁苦之音。近得其《題團扇》一絶云:"誤煞紅絲一綫牽,三生石上惡因緣。傷心更不如團扇,未到秋來已弃捐。"

詩有無意爲之,轉有天趣者。臨川李茗香女史《對鏡》一絶云:"清曉臨妝次,相將畫黛眉。看來如欲語,笑問汝爲誰。"著墨無多,而神韵自足。

沈香卿女士工詩善畫,及笄歸陳少香先生,投贄稱詩弟子。詩多性靈語,著有《琴韵閣遺草》,與少香《鷗汀漁隱詩集》合梓。《寄外》云:"年來傲骨漸消磨,書劍飄零事若何。一枕秋聲連夜雨,怪他添惹客愁多。"《題鷗汀漁隱圖》云:"十頃菰蘆瑟瑟吹,青山紅樹畫中詩。此中别有閑心事,除却沙鷗多不知。"《看花吟示兒》云:"衹此兩三點,花開全盛時。明朝開滿樹,怕有不全枝。""東鄰花盛開,西鄰春寂寂。雨露本無私,根基賴培植。"少香,江右宜黄人,道光時攝令惠安,政聲頗著,自號曰咄翁云。

臨桂陳茜霞女史義臣性純孝,父病革,潛刲臂肉和劑以進。從長姊勁臣讀,十歲即解吟咏。志高邁,恒以身列巾幗爲恨,因撰《謫仙樓》説部寄意。光緒庚寅,卒於豫章,年僅十八,有《義臣剩稿》一卷。《偶感》云:"仙根花放應仙機,朵朵含葩朵朵菲。一任廣寒宫未閉,愧儂難折一枝歸。"《夜懷先父》云:"銀箭聲殘夜漏沉,無聊掩卷作愁吟。惱人偏是中天月,照徹思親九曲心。"《晚眺》云:"玉免東升日色低,落霞深處白雲迷。蒼茫暝色烟籠樹,野火漁燈點欲齊。"《不寐口占》云:"香消寶鴨漏深時,剔盡銀燈夢倍遲。最是敲窗終夜雨,瀟瀟添我故鄉思。"

《冷香閣詩草》,建業《張澹如》女史著。女史詩學獨宗唐宋六家,清人集中酷嗜吴梅村、蔣苕生,於袁簡齋則服其才而卑其品。嘗謂人曰:"使隨園先生在,屈我爲女弟子,其可得乎?"《裊雲女士以蘭花便面寄贈,詩以報之》云:"楚江風韵競相誇,論品還宜籠碧紗。寄語東君勤護惜,游蜂衹合上凡花。"其人品可想矣。

燕山花黛痕女史,仙源趙紫瑜姬人也。工詩,嘗有"雲襯遠山藍"之句,寫景真切。又"樹古不多枝"五字,亦妙。

閩鄭荔鄉一門群從,風雅蟬嫣,膝前九女皆工吟咏。長鏡蓉,字玉臺,著有《垂露齋集》、《泡影集》;次雲陰,字緑落;三青蘋,字花汀;四金鑾,字殿仙,著有《西爽齋存稿》;五長庚,闕其字;六咏謝,字菱波,又字林風,著有《簪花軒閨吟》、《研耕詩存》;七玉賀,字春盎;八風調,字碧笙;九冰紈,字亦未詳。九人中惟冰紈未嫁而殤,長庚詩無可考,餘則人人有集。荔鄉守兗州時,退食餘閑,日有詩課,拈毫分韵,花萼唱酬。自古至今,一家閨門中詩事之盛,無有及此者。《閨秀正始集》但云荔鄉四女能詩,所登又僅玉臺、花汀兩人詩,殆未之詳考耳。

玉臺歸陳文思,《和漁洋秋柳詩》第一首云:"遣愁何處寫詩魂,節序驚心白板門。斜日寒塘留故態,秋風凉露印啼痕。長條有意縈歸舫,暮色無端黯别村。爲惜當時眉樣好,臨風惆悵與誰論。"緑落歸嚴應矩,有《四時吟和殿仙妹》七律四首最佳,載《臨州閨秀詩話》中。青蘋歸翁振綱,有《夏日》詩云:"學飛乳燕繞回廊,出水芙蓉冉冉香。曲院花凝晨露滴,小窗人耐晚風凉。蟬聲不隔千條柳,蛙唱時生半畝塘。隱几横斜書數卷,了將清課日初長。"梁章鉅嘗見此詩墨迹,中經荔鄉密圈"小窗"七字,評云:"蘊藉。"蓋課女舊稿也。

殿仙歸林守良,《長江夜行》云:"萬里秋逾遠,霜濃鳥自驚。沙汀無限爽,短葦有餘清。江色涵山色,鐘聲答櫓聲。客情偏耿耿,漁火映窗明。"《蓬萊閣觀海》云:"高閣層巒上,滄溟那有垠。射工迎落日,颶母類奔雲。縹緲來三島,高寒到十分。登臨餘感慨,漁笛不堪聞。"藻麗氣清,不愧家學。咏謝歸林天木,《送芥舟伯兄歸建安》云:"最憐初束髮,風木痛難除。一别違庭訓,誰能讀父書。天乎偏我奪,壯也不入如。學古關心切,非君孰起予。""且住爲佳耳,胡然不肯留。江干數杯酒,落葉一天秋。遠道迢迢去,西風渺渺愁。何時重把袂,覼縷叙離憂。"清空如話,一往而深,傳作也。又《送子度侄歸建安》句云:"下第情懷如中酒,送行風物易銷魂。"又云:"孤棹白蘋銜水鳥,秋風黄葉上灘舟。"亦爲情景兼到之語。

春盎歸陳華堂，碧笙歸陳廷俊，皆有《和芥舟伯兄晚蘭》詩，傳誦一時。

冰紈許字林天桓，早殤，十歲咏桃花云：“施粉施朱紛作態，乍晴乍雨爲誰開。”荔鄉爲之不樂，果不克長成。

許德馨，閩縣人，適四川秦爲品。有《新燕》詩云：“飛來不識舊簾櫳，玉翦初開試晚風。正是營巢春社後，梨花庭院雨濛濛。”風致絶佳。

前記福州許若洲事。按若州歸吴門李春亨，早卒，有《綉餘遺稿》二卷，附詩餘一卷，徐懶雲爲之序。集中語多新穎，如《看月》云：“耐凉常廢寢，欲缺每關情。”《落葉》云：“打窗醒夢蝶，堆砌護寒蟲。”《秋園》云：“總使秋園好，看來亦可憐。草枯依病蝶，樹脱戀殘蟬。”《秋寺》云：“菊色澹禪思，蟲聲參梵音。無情惟古佛，能耐寂寥心。”《秋海棠》云：“一叢小院深深閉，幾處無人澹澹妝。”《殘梅》云：“高士病餘寒至此，美人老去韵猶存。”《杏花春雨詞》云：“絶似美人新送别，亂拋紅豆立風前。”《秋懷》云：“不怕秋聲聽不慣，衹愁無地種芭蕉。”

同里薛瓊字素儀，李芥軒（崧）繼室也，雅善詩詞。夫婦白首偕隱，有梁孟風。子大本，亦能世其業。婦人以才著而無缺陷者，人推素儀。嘗同芥軒賦《沁園春》云：“利鎖名韁，蠅頭蝸角。且自由他。幸瓶中鼠竊，尚餘菽粟，畦邊蟲嚙，還剩蔬瓜。隨意盤餐，尋常荆布，無愧風流處士家。齊眉案，看鬢霜髭雪，漸老年華。　何妨嘯嗷烟霞，喜到處徜徉景物賒。且籃輿同眺，青山紅樹，蓬窗共泛，白露蒼葭。出不侵晨，歸常抵暮，稍有囊錢便買花。隨兒女，各經營耕織，檢點桑麻。”芥軒前室吴温卿名如玉，亦能詩，性尤嗜弈。疏簾虚閣，子聲丁丁然，竟日不倦，年二十三卒。

于晦若（式枚）之母夫人居氏名玉徵，番禺人，工詩善畫。其妹佩徵女史嘗學詩於胡衡齋，年十七無病蹦趺而逝，衡齋嘗以其遺稿示金湝生。《惜花》云：“持帚愁生三徑雨，擁衾怕聽五更風。”《夢香園即事》云：“滿座花光探錦佩，一樓月色泛瓊卮。”又斷句云：“一點流螢一點愁。”亦甚幽秀。

丹徒陳女史，軼其名。年十四咏《歌風臺》詩，極悲壯，無一毫脂粉氣。詩云："擊筑歌風韵最哀，白雲終古傍高臺。半生戎馬劍三尺，滿目河山酒一杯。父老渾忘天子貴，英雄猶戀故鄉來。弓藏鳥盡嗟何及，想到韓彭惜將才。"

天津旅店，舊傳有高仙芝校書題壁詞調寄《過秦樓》云："月舊愁新，宵長夢短，今夜如何能睡。燈疑淚暈，酒似心酸，一夜斷腸滋味。獨自背這窗兒，數盡寒更，懶尋鴛被。更空槽馬嚙，荒郵人語，嘈嘈盈耳。　空嘆息、落索霑泥，飛花墮溷，往事不堪提起。美人紅拂，俠客黄衫，不信當時如此。試問茫茫大千，可有當年，昆侖奇士，提三尺青萍，訪我枇杷花裏。"後跋云："妾良家女，爲匪人所誘，誤墜風塵，荏苒三年，朝夕唯以淚洗面。紛紜人海中，古押衙向何處求也。北平第三女高氏芝仙留題。"

陽湖楊藴萼女史名瑨華，適宜興徐氏。早寡，事父母以孝聞。能詩詞，兼好篆隸，有《聽秋館詩詞稿》。詩多古風，取法甚高，無閨襜綺艷之習；詞共數十首。《清平樂》云："晝長人倦，寶鴨沈烟暖。檻外閑雲和夢捲，寂寞緑陰深院。　愁多懶整花鈿，酒醒猶是慵眠。鶯燕已銜春去，空餘長日如年。"《臺城路·蓬山秋夜》云："小園一夜西風急，羈懷更添寂寞。敗葉敲窗，清寒驚夢，頓起閑愁萬斛。鷗盟摇落。况雁序無多，又分南北。自擁羅衾，静看冷月透簾幙。　霜毫寫就新句，但知音别後，誰和新曲。燈暗砧殘，天空籟静，聽盡千山落木。柔情難托。悵拾翠吟紅，舊時行樂。回首前游，幾人能再續。"頗清婉可誦。

史佳若之女公子適陸章甫，有《醉霞仙館詩》。《明妃曲》云："玉面貂襝映雪花，長安回首暮雲遮。傷心不及南飛雁，猶逐西風入漢家。"五言斷句如《驚寒》云："病如秋有約，愁入夢無痕。"七言云："年光似電催何急，世事如雲悟却難。"年二十四卒。

陽湖趙鶴皋室吕采芝女史壽華，有《幽竹齋詩》及《秋笳詞》一卷。《柏舟》早賦，率多凄楚之音。《蝶戀花·春暮憶妹》云："寂寞重簾庭院悄，門掩梨花，燕子歸來早。寒食清明都過了，池塘又見荷錢小。　極目荒烟迷古道，冀北江南，夢逐征鴻渺。盼得魚書偏草草，近來肥瘦難知曉。”頗見風致。至詩集中《咏菊》云：“不與春花并，幽然獨自芳。無言人共淡，有節晚能香。”則又托物自喻矣。

毗陵閨秀瓣香秋水者爲多，伍蘭儀女史尤能嗣響盤珠，有《緑蔭山房詞稿》。《壺中天・送春》云：“簾前鳥語，正景色融和，乍晴天氣。柳緑桃殘春已暮，惆悵人生如寄。匣裏珠璣，囊中錦綉，一旦皆捐弃。浮雲過盡，塵緣回想無味。　堪嘆粉蝶尋香，游蜂釀蜜，也被韶光餌。轉瞬落紅花滿地，猶是相偎相倚。萬種凄凉，千般懊惱，終日如沉醉。無情風雨，韶光一霎更易。”蓋女史歸陸雁峰司馬，殉庚申之變，故所作詩詞類多凄惻云。

《秋水集》，陽湖莊盤珠作。盤珠，字蓮佩，有鈞女。有鈞善説詩，盤珠聽之不倦。每謂父曰：“願聞正風，不願聞變風。”有鈞授以漢唐諸家詩，諷咏終日，遂耽吟。稍長益工。將及笄，已裒然成集。古今體凡數百首，古體如《苦雨吟》、《牧牛詞》、《養蠶詞》，逼真古樂府；今體清新婉妙。其佳句如：“霜欺殘夜月，蟲碎一庭秋。”“山容憐雨後，秋色愛霜前。”“展卷却如人久别，惜花又值夢初過。”“霜華欲下秋蟲覺，節序將來病骨知。”“葉聲滿院秋扶病，花影半闌人課詩。”“嫩柳似波春欲動，薄烟如霧月初生。”皆可傳誦。嫁中表吴生軾，字承之。翁遠宦，姑早喪，仍依母家。育子女，兼操家政，年二十五，竟以瘵疾卒。天上優曇花，一現足矣，固知不能久溷五濁世也。

盤珠尤以詞著。有清中葉以後，閨閣倚聲不得不推蘇之莊、浙之吴爲眉目。《秋水》一編藝林傳播，尤以錢塘關秋芙選刊本爲最精，兼金雙玉，美不勝收。余最愛其《探芳訊・咏絡緯》云：“冷消息，到曉露墻根，晚烟籬隙。正綉衾夢斷，豆花又風急。殘燈窗裏明還暗，月在窗前白。忽驚猜、巷北街西，那家宵績。　何日便成匹，怪響引絲長，緩憐絲澀。静夜寒閨，幽韵雜刀尺。亂愁誰漾千千縷，争把秋心織。便無愁、也自聽他不得。”末句如率更得意書，鐵畫銀鈎，力透紙背。又《踏莎行・大兄寄示京口懷古》詞云：“白日西馳，大江東注。朝朝暮暮相逢處。其旁坐老有青山，不愁不笑看今古。　　渡口帆檣,波心鐘鼓。後人又逐前人去。莫將詞句擲寒濤,多情恐惹蛟龍怒。"豪情壯采,遂可與左杏莊"擲與巴江流到水,切莫回頭"一唱,把臂入林。若閨中傳唱其"一院海棠春不管,儂替花愁。知道明年人在否,花替儂愁"則格韵卑下,復堂所謂"東風紅豆,最下最傳也"。

琴河女史李晨蘭(佩金)有《秋雁》詩四首,陳雲伯爲刻"秋雁詩人"小印貽之。詩云:"無端燕市起悲歌,帶得商聲又渡河。千里鄉心隨月遠,一年愁緒入秋多。水邊就夢雲無影,天際驚寒夜有波。屈宋風流零落盡,那堪重向洞庭過。""晚來風雨曉來霜,不爲悲秋也斷腸。蘆葦作花多冷澹,鷺鷗無語亦凄涼。途窮容易迷歸路,栖穩何如在故鄉。一種白頭緣底事,田田衹解覆鴛鴦。""誰倚高樓一笛横,憑空吹落苦吟聲。能鳴未必真爲福,有迹多嫌累此生。入世豈容矰繳避,就人終覺羽毛輕。越鳧楚乙休題品,識字何曾爲近名。""夜闌飛渡恨漫漫,多恐江南到亦難。偶聽弓弦驚瘖瘵,久疏箋字報平安。箏無急柱寧辭鼓,琴有哀音未忍彈。可奈西風吹别調,離群還較此間寒。"

閩縣張宛玉能詩,尤工繪事。《題畫蝶》詩云:"蘧蘧飛過宋東家,春去何心戀落花。留得滕王新粉本,小窗衹當寫《南華》。"題畫詩不即不離,出之閨媛,尤爲難得。宛玉歸金陵朱豹章(文炳),自號月鹿侍史。《隨園詩話》乃以爲永福黄莘田妻,與莘田同有硯癖,實係傳聞之誤。

林淑卿,侯官人,歸郭蓮渚,早卒。有《紅餘僅存草》一本,乃蓮渚從廢簏故紙中檢存者。《擬塞上曲》云:"塞上胡烟不知里,朔風揚沙迎面起。百萬貔貅出漢關,手執烏號腰帶矢。將軍一令重如山,戰士螻軀敢惜死。最是蒼凉日落時,胡笳四起客心悲。鬼火星星血凝碧,殘蒿敗棘嗥狐狸。憶昔軍書下軍府,從征猛士虓如虎。大旂危立黑雲屯,石頭城上驚鼙鼓。妻孥親走送寒衣,欲訴離情語凄楚。漢家懸金購首急,骨肉婚姻顧不得。萬户封侯且莫論,但願玉關許生入。何日龍城遠奏功,捷音萬里飛春風。椎牛飲炙共慰勞,家家重慶太平同。"擬古便能近古,非描脂畫粉者所能猝辦。

任蘊昭，字夢檀，嘉興人。生數月而孤，六歲復失恃，育於祖母姚。幼聰慧，耽書史，倚兩姑習女紅，分題拈韵，調笑爲樂。年十九，嫁同邑諸生陸少枚（頤高）。其于歸時，有《别兩姑》詩云："分手各無言，惟有淚如雨。寄語世間人，生男莫生女。生男别離少，生女别離多。鼓吹喧滿堂，行矣將如何。"頗有古樂府音節。少枚游學廣陵，夢檀食貧自若。不數年而殁，年二十七。

畢秋帆購得朱長文樂圃，不過千金。殁後未幾，有旨抄其家產，園已造爲家廟，例不入官，一家眷屬盡居圃中，漸亦荒廢不治，無有過之者。有青浦女史胡智珠題壁一絶云："清池峭石古亭臺，深鎖園扉晝不開。此日恰逢摇落後，花時悔我未曾來。"智珠又有《咏蠶豆》云："花開低傍麥畦邊，面面圓匀結實鮮。且喜嘗新共櫻笋，正當四月養蠶天。"不即不離，清新有味。其女淑慧號定生，亦能詩。

定生適鄭海門，早寡。因父母年老無子，乃爲女塾師，以盡孝養。工琴，所著曰《琴外詩鈔》。又能倚聲，有《瘦吟詞》一卷。其《桃花漁隱曲》一首，頗具風趣。詩云："君不見武陵桃花源，避世人從此中去。又不見天臺桃花源，采藥人來此間住。春來何處花間廬，人生祇合花中居。緑波春水遠復遠，頭銜自署桃花漁。吏隱案牘煩，市隱錢刀俗。農隱苦勤勞，禪隱憎寂寞。争似烟波作釣徒，花外千山萬山緑。烏犍下飲桃花泉，白鷗飛過桃花田。漁婦兩鬟桃葉嫣，漁娃雙髻桃根妍。釣竿閑弄桃花烟，緑蓑醉擁桃花眠。我携筆硯桃花前，寫作人間桃花仙。"

清初王漁洋爲揚州推官，提倡風雅，極一時之盛。後盧雅雨爲兩淮鹽運使，在平山堂篆園築三賢祠，以祠歐、蘇兩文忠，配以漁洋。四方游客每來謁祠，輒有議論，以漁洋尚不稱與歐、蘇同祀也。後又有移三賢祠於桃花庵，而以汀州伊墨卿太守附入爲四賢者。嘉慶己卯六月，有蓮因女史過祠下，題壁云："誰人於此祀三賢，風雅騷壇有後先。堪笑揚州花月地，不知水部與樊川。"語中帶刺，頗見心思。

冒辟疆姬人董小宛，《影梅庵憶語》感悼於前，清初諸名家題咏於後,中閨馨逸,久已芳譽旁流矣。繼小宛後者,有蔡氏,杜茶村贈以字曰女蘿,汪舟次爲賦《女蘿篇》。工繪事,與金姬曉珠稱"兩畫史"。吴薗次《謝女蘿畫鳳啓》云:"借丹穴之靈毛,圖成比翼;用紅窗之偶影,繪作雙栖。"錢武子(德震)、張孺子(圯授)皆有《墨鳳歌》。戴洵有《得全堂觀畫松歌》句云:"憑君卷藏畫笥裏,晴空恐有蛟龍起。舒張鱗爪挾以飛,吸盡蓬萊清淺水。"李書雲亦有詩云:"咏絮才高兒子句,簪花格擅美人工。小窗閑作丹青譜,身在花香百和中。"金曉珠者,名玥,崑山人,與蔡女蘿繼董小宛侍辟疆。蔡早逝,爐香茗碗,辟疆賴之,嘗刲股進藥,使七十八老人再生。汪舟次《跋巢民楷書洛神賦、曉珠手臨洛神圖卷後》云:"玉峰仙子,畫嗣虎頭;金粟前身,書工蠆尾。置兩君於异地,并可空群;聚二美於一堂,斯稱合璧。園名水繪,宜來河洛之神;翁是巢民,應集鸞凰之侣。呼宓妃而欲出,誰誇北殿維摩;驚褚令之猶存,不數南宫博士。"吴園次《乞曉珠畫洛神啓》云:"金縷遺魂,夢感陳王之枕;采旄含態,香生王令之書。人但賞其清詞,世罕傳於妙迹。何期藻管,近出蘭閨。花欲言情,波如動影。依稀蓮襪,凌千頃而姗姗;彷佛桂旗,望三秋而渺渺。想見臨池染翰,原借照於當身;定知拂鏡穿衫,必含情於微步。"又《題曉珠畫盗盒圖·臨江仙》一闋云:"雪夜燒燈浮緑酒,西園賓客重來。掃眉人有不凡才。筆床翡翠,妝罷寫幽懷。　　兒女英雄誰復問,人間多少塵埃。解圍忙煞小金釵。神仙來去,一葉墜庭階。"又汪蛟門有《題巢民玉山夫人臨薛少保稷十一鶴圖》詩,玉山疑即金姬,蓋金名玥,玉山或其别號耳。又董小宛侍兒扣扣,姓吴氏,名湄蘭,字湘逸,真州人,十三四即能誦《文選》。辟疆嘗授以杜詩《北征》,僅三遍即覆卷成誦。又偶取架上史書一帙,乃晋史《石苞傳》,令讀之,扣扣不錯句讀,并能疏解意義,此殆有夙慧者。陳其年曾爲之傳,并録於此,以見冒家侍姬風雅之盛。

王漁洋在濟南明湖倡秋柳社,廣陵李季嫻、王璐卿亦有和作。按璐卿,字綉君,通州人也。迦陵《婦人集》載其《咏舟前落花》絶句云:"青草湖頭花正妍,緑莎汀畔水連天。輕舟載得春多少,無數飛紅到槳邊。”又有一絶云:“春寒日日雨如絲,草滿離亭水滿陂。寄語東君須著意,惜花人去未多時。”風神殊婉。

江都女士陳爽軒《春夜雨窗》云:“雲偷三鼓月,風嫁一園花。”“偷”“嫁”二字,得前人未有之妙。

金沙荆月,字娟娟,海鹽董曉滄(潮)之叔母也。適莊氏,早卒。工詩,如《春日》云:“東風摇曳艷陽天,花自芳菲柳自眠。最是日長無一事,蕭然茗碗竹爐邊。”《初秋》云:“白蘋紅蓼滿芳塘,殘暑猶蒸尚未凉。最愛晚來清絶處,一泓秋水浴鴛鴦。”

寧都彭嵩甫侄女二姑,能詩,家貧劬作,年二十卒。父荷浦痛甚,以詩示嵩甫。嵩甫爲録數首於所著《恐自逸軒瑣録》中,皆情至語也。《憶父》云:“挑燈爲母補衫裙,天不憐人骨肉分。慚愧木蘭牽戰馬,替爺萬里去從軍。”《勸諸弟勤學》云:“多積詩書心境開,成童年不比嬰孩。要知今日先生饌,是母裙釵典得來。”《病中喜父歸》云:“病體支離起拜難,招爺就枕問平安。恐教瘦骨傷親意,不忍推衾仔細看。”“凄風苦雨促離魂,辜負高堂廿載恩。喘息如絲翻自喜,侍親猶得一黄昏。”

仁和錢叔美(杜)蕭寒高寄,所作詩畫脱去塵俗,生平軼事多可紀者。周歲時,其尊人嶼沙方伯琦開藩滇省,眷屬隨行,逾峻嶺,叔美所乘輿墜深澗中,以爲必不救,乃下有古藤纏絡,引出之,方於乳嫗懷中睡醒也。十餘齡時,得瘵疾,齒髮盡脱,勢復不治,適僚屬有以何首烏餽者,剖以竹刀,出白漿甌許,飲其半,即酣寢兩日夜,醒而索其餘,則爲僕嫗弃去矣。然自是精神焕發,宿疴頓瘥,齒髮復生,終身無疾。幼時即有聲色之好,病已則澹然如老衲。自言聞婦女髮氣,便頭痛欲裂。繼娶震澤程雲和,生一女名楚長。一日托故避去,伉儷間音問遂絶。雲和依母氏以居,榜所居樓曰“隔凡”,長齋綉佛,垂四十年。其《南塘竹枝詞》云:“春社人歸日半斜,村前猶聽鼓聲撾。儂家活計年年好,祇種桑麻不種花。”《春日答女侄絳裳》云:“性好樓居自隔凡,春風一任柳毿毿。嗟余老去心情減,慚愧題詩女阿咸。”夫婦皆有畸行,亦奇。

虞仲瑩,字琇卿,吟詩酷慕宋人。如“鳴春時鳥唐三變,避濕元駒殷五遷”“春草池中蛙鼓吹,大槐國裏蟻君臣”皆佳句也。同時有王修玉者,字佩貞,嘗集東坡句爲楹帖,贈閨友王冰修夫人云:“長笑右軍非草聖,要知摩詰是文殊。”爲時傳誦。二女士皆錢塘人。

武進湯雨生三世殉國,一門忠義。而能詩工畫,又爲風雅傳人。雙湖董夫人、碧春女公子,人多知之。《琴隱園集》中又有《斷釵吟》和其太夫人韵二首,序云:“甲子長至前二日,貽汾奉母住揚州瓊花觀。越日晨起,母口示《斷釵》二絶云:‘美便無瑕斷亦休,曉奩宵枕夢悠悠。於今别有思親淚,記與釵時新上頭。’‘鏡非臺已悟空門,贈嫁釵簪半不存。三十九年千萬路,鬢絲絲斷玉還温。’謂貽汾曰:‘吾幼從汝外王父宦於滇,十四歲外王父偶以玉釵賜之。南北遷徙,歷今三十九年,雙鬢蕭然,惟釵無恙。昨夜就枕,轉側之頃,乃戛然以斷。’蓋不禁其感於中而形諸聲也。貽汾伏念先君子殉難海外,母輟吟已十八年,今兹之作,良有莫喻之悲,不自已而發諸咏嘆者,特釵之足重輕也耶? 因謹録以識。”并恭次元韵云:“瑶琴擲碎硯焚休,精衛難填此恨悠。今日新吟動凄愴,玉釵無恙語從頭。”“夢隔梅花小院門,賣珠侍婢亦無存。難忘兄妹寒窗夜,釵股挑檠鴨鼎温。”(自註:“母舅有《寒窗課子圖》,梅花院即課讀處也。”)觀此,知雨生家學淵源,其所從來者遠矣。

雙湖夫人董氏名琬貞,字容壺,曉滄先生之孫女也。曉滄先生贅於海鹽,遂家焉。琬貞有小印曰“生長蓉湖家澉湖”,因以“雙湖”自號。嘗畫墨梅寄雨生九江,題《卜算子》詞以代家書。詞云:“折得嶺南梅,憶著江南雪。君到江南雪一鞭,可是梅時節。　畫了一枝成,没個誰評説。抵得家書寄與看,瘦似人今日。”雨生依韵和云:“一夢落春風,萬里緘香雪。不定相逢在幾時,别是黄梅節。　别恨雨紛紛,祇共梅花説。嫁得林逋瘦一雙,長是天寒日。”客窗吟諷,何減秦嘉、徐淑之贈答也。

《綰春詞》,楊芬若女史作,儀徵畢幾庵室也。幾庵選《銷魂詞》,以女史之作爲殿,鳳尾鴛心,自成馨逸。《醉桃源》云:“晚妝樓上夕陽斜,無聊掩碧紗。東風不管病愁加,開殘紅杏花。　香篆冷,綉幃遮,春深别恨賒。可堪夢裏説還家,魂銷天一涯。”《珍珠令》云："鷓鴣唱斷江南路。春光暮，早吹落、櫻桃飛絮。彈淚問東風，奈東風不語。　一寸柔腸愁萬縷，撥瑶瑟、心情難訴。難訴，又院宇黄昏，瀟瀟疏雨。"《太常引》云："斷腸春色可憐宵，心事涌於潮。魂倩不禁銷，奈夢裏、蓬山路遥。　桃花幰外，嫩寒如水，吹瘦小紅簫。銀燭不勝嬌，早又是、盈盈淚消。"使子野見之，奈何之唤，正不必待聞清歌時耳。女史又有《綰春樓詩詞話》，余未之見。

《擷秀軒詩草》，同里顧蘩（綺棠）著。綺棠爲鄉先輩綸卿先生淑女，歸吾友趙浣生（湯），伉儷唱和，比於《眉陽》、《和鳴》之集。余尤愛誦其《新年雜咏》十首，謂得平素嫻香奩遺韵。詩云："歲朝佛地早安排，五色氍毹映碧階。檢得時新花樣子，連宵綉出鳳頭鞋。"（其一）"微風送暖艷陽辰，綉户桃符耀眼新。香墨濃磨簾半捲，擘窠大字寫宜春。（其二）"迎年佩要隔年裝，裏外濃薰豆蔻香。體貼檀奴有深意，梅花綉上紫紗囊。"（其三）"雙雙兒女膝前排，趨舞斑衣繞玉階。笑捧椒盤争獻頌，百年眉壽與春偕。"（其四）"膽瓶清供一枝梅，合席飛花擊鼓催。悄起呼郎停酒令，試拈紅豆待儂猜。"（其五）"圍爐博雉笑生風，會注全神一擲中。底事同聲争喝采，玉盤獻出滿堂紅。"（其六）"鏤金翦彩樣翻新，態度形容逼肖真。點綴風光留韵事，千秋傳遍李夫人。（其七）"良宵燈鼓耀春衢，不夜城開錦綉鋪。笑語兒童宜努力，驪龍頷下奪真珠。"（其八）"碧天如水静無紋，萬樹銀花遏彩雲。要與姮娥鬥顔色，大家齊看月華裙。"（其九）"茜紗窗映日光斑，對鏡晨妝理翠鬟。捲起湘簾望春色，眉痕端不讓春山。"（其十）浣生又有《蓉湖泛月・行香子》，婿鄉韵事流播藝林，屬余爲撰小序，余尚未有以應也。

元曹妙清，字比玉，錢塘人。能詩，工書畫。師事楊鐵崖，鐵崖爲作詩序。《書史會要》載其居在湖灣。《和鐵崖詩》云："美人絶似董嬌嬈，家在南山第一橋。不肯隨人過湖去，月明夜夜自吹簫。"湖灣與今之夾字港相近。清嘉道間，朱青湖徵君訪其遺址，思建明月吹簫樓而未果。陳雲伯姬人管湘玉《西湖》詩云："澹妝濃抹問何如？周昉丹青好畫圖。環翠春山凝淺黛，横波秋水湛清矑。苧蘿原是傾城艷，花柳都疑絶世姝。若把西湖比西子，西湖應是美人湖。”雲伯女弟子辛瑟嬋曰:“昔太白山人援李供奉‘郎官湖’之例,名西湖爲‘高士湖’。今得此詩,當改名‘美人湖’矣。”湖山佳麗,相得益彰,兩咏美人,不啻玉香珠唾矣。

雲伯嘗於西湖重修小青、菊香、雲友三女士之墓。小青事,知之者衆。菊香,宋人,不知誰氏之婢,死葬孤山林處士墓側。生前吟咏,慕和靖之爲人;没後英靈,結梅花之伴侣。見諸九鼎所撰《菊香墓志》。雲友名慧林,明人,工畫。與閩中林天素(雪)女士同居湖上,爲皖人汪然明上客。雲友有《斷橋烟柳》小景,天素有《蘆雁》畫幅,著稱一時。頤道詩所謂“斷橋衰柳蘆中雁,一樣才名女畫師”者是也。三女士墓碣,均陳妙雲女史書。妙雲名滋曾,嘗以隸書楹帖贈雲伯曰:“家住癸卒街畔,詩名丁卯橋邊。”蓋以雲伯家近南宋周公謹故居,於詩嗜許丁卯也,可謂雅切。(雲友墓在智果寺西,然明爲之營葬者也。并於寺中建雲龕祀之,有“花飛净土香埋骨,烟暝寒林盡入禪”之句。雲友死,天素寂處無俚,然明因送之歸閩,見然明《春星堂集》。藍瑛嘗爲兩女士合寫小影。)

《玉青館詩草》,常州吴歡佩著。歡佩名怡,適石琴齋主人莊炎。玉青館者,莊君宰廣西蒼梧時,卧室壁壞,得緑石一方,上刻“玉青”二字,無款識年月,歡佩即取以名其居。詩僅數十首,而多佳句。《放足》長歌一章沉鬱蒼凉,尤非無謂而作。余最喜其“阿母旁觀更不憐,但云我亦曾纏過”。削足就屨,不屑敗身辱行,以諧薄俗,至以骨肉之親亦復漠不顧惜。世風不古,豈獨纏足一事爲然哉?讀女士此詩,爲之一嘆。

林文忠公女孫步荀,適侯官沈文肅公子次裳先生。雅擅吟咏,嘗掌皋比於南京女子師範。有才子曰沈綱,日本士官學校騎兵畢業生也。宣統辛亥秋,殁於南京。夫人哭之甚慟,遂來海上作寓公焉。《女報》出版,郵呈指政,夫人報以詩曰:“群籍汗牛馬,列肆若鱗甲。向來罔利心,貽譏賤者業。支離煽僞學,驅俗入詭俠。文字實厲階,誰能繩以法。彬彬諸君子,無乃邦之傑。積學懋新功,持正矯邪説。致身於著述,奮筆代喉舌。道德爲本源,步趨企前哲。掃除流俗見,立論破癥結。鴻編蒙見貺,老眼摩挲閲。讀之未終卷,中情雜悲悦。或如指南針,迷途免顛蹶。或如記事珠,觸目補荒忽。或如古銅鏡,燭照析毫髮。或如天孫錦,璀璨耀日月。清芬與麗藻,振古未消歇。聞風足興起,群志各自竭。嗟我垂暮年,有子痛殂歿。飄零遭家難,羈旅在吴越。平生利濟懷,未忍付沉没。國權日淪替,民生更鮠卼。封豕與長蛇,薦食恣馳突。在位習恬嬉,朋黨競齮齕。渾忘禍患隨,危同燕巢幕。我生實不辰,對此百憂灼。兹編有神契,女教資揚扢。風氣所漸摩,金丹换凡骨。神州儻未沉,掩卷氣鬱勃。孤吟動風雨,熱淚灑溟渤。"詩境清剛遒上,直繼宋賢。惟於《女報》不規而許,重增余之慚汗耳。

《湘影樓詩選》,漢壽黄易瑜著。瑜字仲厚,爲仲實、叔由兩先生女弟。風承香茗,造詣可知。近承以原稿郵示,《題海漚女士詩集》云:"獨立平權并自由,放言高論震神州。温柔敦厚風人旨,今見閨中第一流。""故家喬木變疏林,劫後歸來感不禁。别具滄桑無限意,小屏銀燭寫秋心。""曠代清才李易安,秋花格調共高寒。一篇家國興亡恨,我亦低徊不忍看。"挽近女教日媮,踥弛不羈者率以歐化爲籍口,讀此詩第一絶,可謂先得我心。仲厚近主漢壽縣立女學,具此識解,女墻桃李,固知皆菁莪棫樸選矣。詩後附詞若干闋。《念奴嬌・謝仲實五兄贈硯》云:"紫雲一片,是媧皇,當日補天之石。墨暈苔花,凝結處,幻作蒼然深碧。金碗留香,玉蟾浥露,應笑痴成癖。多君持贈,緑窗清伴晨夕。　　誰信似錦華年,吹花掠絮,綺句難尋覓。願祝掃眉,班管上,分得墨池仙液。滿紙松烟,一奩桃雨,細寫烏絲格。青釭如豆,夜涼吟倦秋色。"置之湘社集中,真不愧玉昆金友也。

前録虞山楊芬若女史詞,以不得其詩爲憾。近見其《春愁曲》云:"三月江南開豆蔻,春人又是銷魂候。别院黄昏疏雨寒,梨雲淡白夭桃瘦。緑窗夢斷縷金床,門外殘紅零落香。綉簾波漾詩魂倩,鴨爐烟嫋愁絲長。愁絲宛轉天涯去,華年不共春風住。婪尾杯中鬢影輕,酴醾雪後鵑聲暮。欲譜《陽春》曲未能,鈿箏哀怨鵾弦澀。剔盡銀釭睡不成,珊瑚枕上冰弦濕。"蒨雅緜麗,殆致力於冬郎、玉溪兩家者也。又《登京師第一樓晚眺》云:"晚來澆酒破愁顔,獨倚層樓望玉關。萬點歸鴉宫闕暮,夕陽紅瘦翠微山。"末句饒有元人風韵。芬若爲雲史先生女。其母夫人李道清,合肥李經畬編修女也,著有《飲露詞》。《相見歡》云:"晝長正自堪眠,雨廉纖。半是開花時候落花天。　春如夢,閑愁重,正堪憐。無奈去年今日到今年。"清芬門第,母教濡染,宜其才華之雋妙矣。

有自南洋馬來群島,郵寄任崧珠女士《瑶清仙館遺詩》者。女士字端卿,適凉州張氏爲室。張廣置姬妾,女士處之澹然,閉門却掃,日於其中裁詩作畫,即瑶清仙館是也。時女士年未三十,未幾化去,畫册散佚,詩亦幾與劫灰同燼。兹所寄者,僅五言若干章。《夜坐》云:"寂寂銀屏畔,懷人夜倍長。燈前宵似水,簾外月如霜。睡鴨頻添篆,吟蛩欲近床。病餘身若葉,禁得幾多凉。"《春夜》云:"銀墻淡月低,深院重門静。自起倚闌干,濕烟亂花影。"斷句如《冬日有作》云:"床頭欣蟻熟,座上笑蠅痴。"《哭慧卿姊》云:"大夢誰非幻,浮生我亦知。"皆清新可誦。才豐命蹇,而所作又不克廣爲流播,是可嘆也。

光緒辛未,京師陶然亭有女士題壁詩云:"行盡闌干九曲灣,籜龍驚起撲雙鬟。故鄉亦有千竿竹,侍婢賣珠還未還。""如此登臨亦快哉,惜無人與酌新醅。多情衹有亭前柳,綰住秋心不放開。""欲駐顔光藥未靈,鬢邊减却舊時青。閨中已醒封侯夢,怪煞車輪不肯停。""拚造滄江一葉舟,自摇柔艣自閑游。生來不及鴛鴦福,秋水蘆花共白頭。"尾署"湘湄"二字,不知何處人也。

劉絮窗,常州管蘅若之德配也。曾以傭綉資買唐詩,作絶句云:"遲遲曉日度簾前,堪笑年來此性偏。滿院秋光渾不賞,金針贏得買書錢。"《題自畫秦淮圖》云:"車馬踏殘三月草,鶯花閲盡六朝人。閨中不識滄桑境,寫到繁華亦愴神。"《送别感賦》云:"理罷雲鬟輾轉思,池塘正值夢回時。近來詩句如春柳,衹向東風贈别離。"其他如"門外野桃黄鳥粟,水邊芳草白鷗裀。""衹今籬畔多瓜菜,翻笑黄花似逐臣。""瀟瀟一夜紗窗雨,欺盡愁人與落花。"皆佳句也。又《行香子》詞云:"柳色纔匀,草色方新,怪東風釀就離情。弦鳴玉軫,酒泛金樽。奈不銷愁,不銷恨,衹銷魂。　極目行雲,是處傷神。看斜陽、又近黄昏。桃花片片，杜宇聲聲，正欲歸春。欲歸鳥，未歸人。”

玉峰楊五俊幼女蘭有句云“霜瘦曉樓出”，莊刺史炘之女有句云“燕飛不礙畫簾低”，徐翠鞠有句云：“幾番花信催人瘦，一夜春寒與夢疏。”又“一簾細雨鸜哥浴，滿地殘紅燕子忙。”皆爲人傳誦。

曩主《説報》時，與泰縣顧君秉文結文字交。别去數年，未通一訊。近秉文知余有《女報》之輯，郵寄《碧桃仙館詞稿》一册，著者爲仁和趙我佩（君蘭）女士，秋舲先生之淑女也。世其家學，所作以輕圓流麗見長。《卜算子》云：“密意亂如絲，別淚濃於酒。眉上春山靨際霞，都爲春消瘦。　記得去時言，約在梅開後。風信而今過海棠，到底歸來否。”《鬢雲松》云：“釧金鬆，釵玉溜。新月如眉斗。數盡迢迢良夜漏。夢也難成，夢也難成就。　緑陰肥，紅雨瘦。春去天涯，人去天涯久。客裏傷春兼病酒。花似當時，人似當時否？”《浣溪紗》云：“寒戀重衾麝靄消，瘦魂飛上木蘭橈。些些微夢段家橋。　楊柳皪櫳無賴月，梨花院落可憐宵。那人何處夜吹簫。”《洞仙歌・六月十六日有懷湖上昔游》云：“去年今日，記紅腔唱徹。畫舫聯吟載明月。自秋風别後，冷了鷗盟，湘浦外、盼斷玉人遺玦。　萍踪原是夢，夢忒如烟，聚散浮雲易消滅。又是去年時，又是花開，更又是、月圓時節。怎今日飄零各天涯，料銀漢姮娥，也應愁絶。”《鬢雲鬆・寄外》云：“雨疏疏，風細細。翠袖生凉，人坐紗屏裏。小夢惺忪眠又起。下了簾鈎，叠了芙蓉被。　匣中書，書上字。字字相思，書滿桃花紙。雙鯉迢迢和淚奇。水遠山長，傳到君邊未。”《疏影・秋花用白石韵》云：“烟消砌玉。剩娉婷鳳子，枝上寒宿。翠減紅疏，顧影亭亭，含愁倦對籬竹。繁華事散春無迹，係舊夢、江南江北。怕瘦人、幾日西風，病起倚欄情獨。

插向釵頭鏡裏，晚香帶露重，低亸鬢緑。月墮湘簾，燭冷銀屏，不是當年金屋。空階夜伴吟蛩語，似訴説、九回腸曲。待倩伊、綉入鮫綃，又恐淚痕盈幅。”《柳梢青・重陽風雨口占》云：“冷冷清清，風風雨雨，寂寂寥寥。密密疏疏，蕭蕭颯颯，暮暮朝朝。　倦游人怕登高，拚冷落、詩瓢酒瓢。病裏看花，愁邊説夢，那不魂銷。”每誦一過,口角生香。擬諸秋舲先生《香消酒醒詞》,可謂典型不遠。

浙派詞濫觴於竹垞,極盛於樊榭,再傳而爲枚庵、頻伽,南宋風流稍稍衰矣,而婉約清空,不失爲詞壇健者。秋舲先生務爲剽滑諧美之辭,則去古愈遠,悦今愈甚。昔山谷老人序晏叔原《小山詞》云:"妙年美士,近知酒色之娱;苦節癯儒,晚悟裙裾之樂。鼓之舞之,使晏安酖毒而不悔,是則叔原之罪也。"吾於《香消酒醒詞》亦云。因録君蘭女士詞,縱論及此,學者慎之。

《碧桃仙館詞》,徐氏小檀欒室已收入叢刊中(書名無"仙"字),所録較此爲多。而此本中之遺珠碎玉,未登珊網者亦復不少,疑此從手寫初稿録出也。卷首有女士同里程秉釗君序,稱是書於同治初元從海陵録得。觀集中亦有《癸丑七月,海陵舟次悶賦妾·雨中花》一闋,固知瑶裝小駐,天風咳唾,偶落人間,遂作飛瓊洩漏也。女士又工詩善畫,俱見程式。程既録得是書,其婦友琴主人熟誦傾服,以爲不可磨滅,將屏當付梓,未及舉行而溘先朝露。書後友琴女士題《賣花聲》一闋云:"嬌語炙銀簧,刻徵吟商。碧桃花下幾斜陽。如水年華容易過,争不思量。　小令近南唐,蕩氣回腸。别離滋味况他鄉。儂亦芰荷香裏坐,細數鴛鴦。"後跋:"《碧桃仙館詞》多懷遠之作。丙寅六月,復讀一過,率題《賣花聲》一解。時外子客信州未歸也。"閨閣神交,相憐同病,附記於此,爲詞苑中增一重佳話,并志良友之厚惠也。

前記《毗陵張氏四女集》,衹録孟緹詞。近得《緑槐書屋詩稿》,乃翰風先生叔女婉紃所著。婉紃書名甚著,其弟仲遠有《緑槐書屋肄書圖記》叙述甚詳,讀之可悟作書之法。詩亦探源選樓,宗阮、陶而參顔、謝。五七言近體尤清老簡質,不爲綺麗。仲遠先生序云:"余婦婉而弱,家之事悉倚姊。祭祀賓客,庖厨酒漿,米鹽瑣瑣,雜然前陳。姊之居簡册筆墨,與刀尺、升斗、籌算、簿籍同列,姊理之秩然,終日無廢事,亦終歲無廢學。"固知其致力者深矣。《記夢》云:"忽傳羽檄事遄征,寶勒花驄擁翠旌。浩蕩軍威驚海嶼,手揮長劍斬蛟鯨。""木蘭紅綫盡從軍,鳳舞鸞回結陣雲。十萬樓船齊破浪,海天如鏡净無氛。""凱歌同唱金鐃曲,露布親揮盾鼻文。一夕功成酬壯志,歸來重着舊羅裙。""千古戰争都是夢,九重恩澤正如膏。釜魚螳臂終何益,安得游魂貸爾曹。"憂民愛國,言之慨然。嫠緯凄凉,何減雲鬢花黄之句也。又《秋夜懷夫子》四絶句亦佳。詩云:"老去心情异昔時,曉風殘月總相思。廿年憂患無窮恨,剩有蕭蕭兩鬢絲。""寒潮蕭瑟皖江秋,楓落烏啼感舊游。獨客不知何處宿,荻花風裏送扁舟。""連宵苦雨難成寐,莫道秋窗不肯明。半月簾櫳慵不捲,隔林慣聽晚鴉聲。""君懷慷慨輕離别,久厭秦徐酬贈詩。忽憶少林垂老句,薄裳單枕獨吟時。"

江陰繆布廬室,武進劉壽萱女史,工詩,早卒。有《夢蟾樓詩存》一卷,南匯張文虎爲序,而附刊於《舒藝室叢稿》中。詩雖不多,而頗有古意。《白頭吟》云:"新花開故枝,舊花落多時。郎今勿娱嬉,聽妾前致辭。妾爲郎後婦,恃愛忘妾醜。郎心置妾懷,妾心印郎口。東市買明珠,南市買羅襦。西市買美酒,北市買銀鱸。膏澤面膚悦,衣食信無缺。長跪問前妻,請郎一一説。前妻來歸日,值郎貧賤時。無薪炊扊扅,無粟朝忍饑。畜妾今日富,忘郎昔日貧。豈惟忘昔貧,并忘舊時人。舊人爲郎死,死後幸有子。勸郎續弦膠,家事須料理。瀕危執郎手,惜此呱呱兒。弃置在後人,生死從郎爲。妾身赴泉壤,妾魂守家門。孤兒眼中血,新人掌中痕。郎言聽未終,新婦聲暗吞。結髪尚寡恩,新婚何足論。願移愛妾意,先慰泉下魂。"意真語摯,《蘆花吟》可以不作。又《咏西施》七絶三首,亦能獨出手眼。序云:"《吴越春秋逸篇》云:'吴亡後,越浮西施於江,令隨鴟夷以終。'鴟夷指子胥,言越沉西施以報忠魂也。自杜牧誤以范蠡之鴟夷子皮當之,遂有五湖一舸之説,是未見《墨子》之'西施沈其美'云爾。夫子胥忠於吴,西施亦越之忠也。詩爲苧蘿解穢。"詩云:"夫君錯鑄在荒成,不盡城因一笑傾。到底邱明真信史,未將吴沼咎卿卿。""清歌妙舞館娃宫,能使吴傖迫甬東。合把黄金鑄紅粉,緣何鳥盡竟藏弓。""綺山明月夜團圞,茂苑春深不覺寒。爲問捧心因甚事,舊君嘗膽妾承歡。"

上虞徐仲山(咸清)夫人係商太傅女,名仲商,善文,與其女兄祁忠敏夫人俱以閨秀爲越郡領袖。第質過脆弱,星相家每惜其不年。有天臺萬年寺尼僧謁夫人,驚爲妙色相如來化身,但曼陀羅花恐非人間所宜有,請手書《法華經》一部,入萬年藏,爲夫人懺悔。夫人乃手書三部,計工三年,約字十三萬有奇。書成,其一付萬年藏弆,餘二藏於家。會雲門廣孝寺構大殿成,三目尊者請盡施之:一供殿極甍間,裹以綉函而石甃其外,一藏於毗盧遮那世尊之腹,被瓔珞寶珠,以金繩懸之。尊者復搥鼓集大衆,宣揚其意,且爲偈曰:"惟此金經壽千載,佛身色身總不壞。"乃未幾而香積失火,已及殿桷矣,尊者命登殿極取經,且將移毗盧世尊於三門,忽飆風驟起於北,火頓息。觀者异之。當夫人書經時,曾製《菩薩蠻》詞傳人間,有云:"篆烟吹過花深處,□□葉底垂甘露。何處見如來,青蓮筆下開。　朝朝研黛碗,不畫春山遠。但寫《妙蓮華》,香風遍若耶。"仲商明艷如畫。仲山舉博學鴻詞,召試歸,益都馮文毅公贈一聯云:"北闕上書,識盡西京才子;東軒賜食,歸貽南國佳人。"一時傳爲佳話。仲商年八十餘,容貌如二三十歲好女,朝夕惟飲乳汁,猶耽花讀書不衰。

清初才媛,首推禾中黄媛介。媛介,字皆令,髫齡即嫻翰墨,好吟咏,工書畫。楷書仿《黄庭經》,畫似吴仲圭,而簡遠過之。其詩初從《選》體入,後師杜少陵,清雋高潔,絶去閨閣畦徑。適士人楊世功,蕭然寒素,皆令黽勉同心,恬然自樂也。乙酉鼎革,家被蹂躪,乃跋涉於吴越間,困於檇李,躓於雲間,栖於塞山,羈旅建康,轉徙金沙,留滯雲陽。其所紀述多流離悲戚之辭,而温柔敦厚,怨而不怒。既足觀其性情,且可以考事實,蓋閨閣而有林下風者也。嘗爲王漁洋畫一小幅,自題云:"懶登高閣望青山,愧我年來學閉關。淡墨遥傳縹渺意,孤峰祗在有無間。"漁洋録入《池北偶談》。

新城諸生耿希尹(維莘)好詩,年七十餘刻《抱雲》、《閑情》二集,將稿焚灰,置於山之峭削處,命石工鑿龕貯之,題曰"詩冢"。婦李氏名溪娥,益都李南澗(文藻)之女也,亦工詩。《采石磯》云:"峨眉亭畔萬松攢,太白樓頭縱目看。十里青山雲霧捲,梅花片片落江寒。"《永濟寺》云:"燕子雙雙掠水村,寥寥一犬吠雲根。舟人遥指西山裏,行盡桃花是寺門。"

吕翰仙(芳楷),江西清江人。其夫人劉氏名鳳齡,號竹筠,工詩。嘗題鄒大令鴻放《橐書歸養小照》云:“馱鈴隊隊聽分明,十部青箱萬里程。定博倚門人一笑,歸來猶是舊書生。”“努力加鞭莫暫停,馬蹄亂踏蜀山青。趨庭較勝趨王事,一路經香不斷馨。”有西蜀女士佩珍者,爲王湛餘司馬側室,讀竹筠夫人詩愛之,繼作云:“纔聞前路著先鞭,又指鄉關策馬旋。迎養未能歸養切,橐書萬卷不名錢。”“珠光玉屑映征鞍,漫説書生氣味酸。官樣到家休遽弃,宫袍着與老人看。”鴻放喜佩珍爲同鄉閨秀,柬以二絶云:“紅閨漫説是鄉親,不比錢塘舊結鄰。占得西川靈秀氣,峨嵋纔毓掃眉人。”“忝侍才人號小妻,倡隨贏得與夫齊。《白頭吟》是吾鄉作,爲語王郎莫遺題。”

王照園,字婉佺,山東福山人,主事郝懿行室。懿行字蘭皋,嘉慶己未進士。婉佺書仿歐柳,工古文,得六朝人筆意。尤精漢學,日與懿行考訂經史,疏《爾雅》,箋《山海經》,名噪都下。有《列女傳補註》八卷、《叙録》一卷、《列女傳校正》一卷、《叙贊》一卷、《夢書》一卷。阮芸臺先生之母林太夫人性耽墳典,繪有《石室藏書小照》,獨坐石上,芸臺先生執書侍立。婉佺題詩有云:“齋名積古從公定,室有藏書是母留。”芸臺先生績古齋後改名“積古”,故云。

齊河郝氏一門風雅,秋岩女史尤著稱一時。嘗有詩寄王婉佺,其小序云:“嫂栖霞,族兄懿行室也。兄以著述馳聲天下,嫂亦文章博洽,名能與兄偶。學者稱爲婉佺先生。甲戌冬,嫂自京師以所註《夢書》、《列女傳》見寄,賦此志謝。”“文星夜朗銀河北,賢媛聲華溢京國。續史無慚世叔妻,生花肯讓江郎筆。”“憐爾文章播上清,蛾眉不愧號先生。遥遥願識瓊枝色,春夢無因到鳳城。”

秋岩,名篁,齊河郝鏡亭之女。少穎悟,學詩於宋湘皋及叔寅亭。閨中著有《碧梧吟稿》,嫁後有《藴閣詩鈔》,孀居有《恤緯吟》。《海鹽貞女行挽郁太孺人并序》云:“孺人郁氏,浙江海鹽名家女,字同邑王氏。王亦貴族,而家綦貧。未婚夫亡,誓不醮,乃以處子稱未亡人焉。爲夫立嗣,自撫教之。既而子以贊府宦江右,誤挂時網,謫居魯之章邱,孺人從而家焉。居數年,嗣子卒,惟二孫以硯田爲養。蔬食水飲泊如也。嘉慶戊寅,長孫某以孝廉仕茌平學博,方擬迎養而孺人殁,年七十九。葬章邑之女郎山。山名豫爲之讖,嗚呼异矣!《詩》云:'穀則异室,死則同穴。'若太孺人之與王贈君也,一言爲定,百折不移,而生無一面,死隔天涯,斯亦可哀極矣。余有表戚在章邑,近以王先生之門人某所作《郁太孺人挽詩》見示,余讀而悲之。因爲賦此篇云:'海鹽古邑海雲邊,載生女士貞且賢。那省雄龍會雌鳳,却教寡鵠憶離鸞。離鸞寡鵠真堪痛,女子由來一諾重。初心已許奉光儀,寶瑟忍成教别弄。寶瑟弦摧已斷腸,若敖魂餒更堪傷。若教藉力緜瓜瓞,漆室依然是女郎。冰心玉質古稀有,尸饔不惜纖纖手。幸得維城克象賢,栽花上國遠將母。故鄉雲樹渺天涯,門鎖春風閑落花。宦海風波那可料,一帆北海又移家。虞翻獲罪曷敢怨,阿母甘心共患難。何期天府召修文,遽使高堂缺視膳。景壓桑榆日漸曛,敬姜哭子詎堪聞。共嘆敬姜失令子,還欣李密是賢孫。賢孫捧硯淚沾袂,幾載硯耕新得歲。青氈方擬慰重慈,白髮胡爲成永逝。吁嗟乎!雲旆霓旌去不還,徽音懿德自人間。百歲終全女子節,一坏獨葬女郎山。女郎之山在何許,山頭夜夜驚風雨。生不同衾死异穴,杜鵑啼血如人語。'"長篇絡繹,清空如話,爲集中最佳之作。又有《寄贈章邱馬小姐并序》、《歷下韓氏雙孝女詩并序》等亦佳,辭長不備録。

《鬘華室詩鈔》一卷,德清徐畹蘭(鬘仙)女史所作。《題半日醉齋主人閑居自遣圖》云:"世事不須求甚解,人生最好是隨緣。"《漫成》云:"芳草緑雲低壓徑,落花紅雨亂敲欄。"《春日口占》云:"啼斷鷓鴣春似夢,小窗紅煞碧桃花。"皆清麗可誦。卷首有俞階青(陛雲)題詩一首,讀之可知鬘仙身世也。詩云:"同邑徐鬘仙女史,以詩草索題,附其夫趙君耋侯《補情吟草》一卷。甲申歲,余初應童子試,曾識趙君於湖郡。故人黄土,嫠婦青燈,詩以悼之。即以題女士《鬘華詩草》。'芹香璧水明於鏡,犛書初上吴興郡。白袷諸生盡少年,子昂神采尤英俊。二十年來半死生,名場我亦蒼然鬢。當時科舉榮名寶,權奇天驥鹽車老。中婦流黄獨夜心,征人芒屐三巴道。詩卷叢殘半未成,倜儻龔生竟摧夭。哀誄還聞出令嫻,茂陵揮涕搜遺稿。曼陀花雨環妝閣，詩成秀奪苕溪緑。廢軫神傷《别鵠吟》，舊巢淚盡《慈烏曲》。嘯咏由來本至情，天寒孤秀嗟幽谷。君不見嘉淑才名事偶然，劉樊仙侣亦虚傳。衹應心比情天月，碧海沉沉萬古圓。'"

前記婺源王竹嶼都轉女公子王瑶芬（雲藍）詩，近從友人胡寄塵處借得《寫韵樓詩鈔》一册，則正雲藍夫人所作也，因得盡覽其詞翰。《平山堂夜歸》云："雙堤垂柳碧毵毵，萬柄殘荷一鏡涵。添個吴娃香裏住，滿湖風露唱江南。""葦花茭葉撲漁磯，路轉紅橋樹影稀。夜静不聞歌吹鬧，一天凉月放船歸。"令人想見邗江全盛時風景。夫人一門風雅，冢媳汪曰杼（絢霞）、女公子昭華、永華、澄華等皆擅吟咏，嘗隨任叔子（石阡）官舍。同治乙丑，教匪數千人突至，叔子戰賊死。賊入城，大哭曰："郡守，好官也，太恭人，賢母也。"戒其黨勿犯眷屬，勿擾城中百姓，掠倉庫即日出城去。郡署後有池廣半畝，聞賊至，永華負夫人逾垣投池，嫂及妹皆從之。池水淺不得死。賊退，郡之婦女來救乃得出。此軼事之可傳者。集中與鄭澹若女史唱和詩甚多。澹若女史爲夢白中丞之女公子，著有《緑飲樓集》。夫人《題夢白西園寫照圖，爲留别澹若女史作》云："春光合讓西園占，旌節花和女史花。"（自註："昔有姚姥夢觀星墜地，化爲水仙花，因生女甚慧。觀星一名女史，故水仙亦名女史花。見《内觀日疏》。"）

《小紅樓吟草》二十餘首，涇上胡珠林（麗玉）女士作，附刊於其祖義皆《入蜀集》、父玉□《立經堂詩集》之後。玉□以名孝廉出宰山左，嘗與姚姬傳、段茂堂、洪稚存、朱蘭坡、查又山、董小槎諸名流相往還，故詩格頗見遒峻。女史濡染日久，詩亦不俗。《送春》云："把酒高樓半醉時，東風一夜送花枝。蜘蛛也解留春住，重結檐牙幾縷絲。"意頗新穎。《夜坐》云："静坐深閨得句時，銀釭挑盡漏遲遲。十年也有紅窗課，除却青燈少得知。"

武林許子原（祐身）德配俞綉孫（彩裳），曲園老人女公子也。幼時曲園以《咏月》爲題，使賦一詩甚工，曲園大喜，名其居曰"慧福樓"。歸許氏後，子原好爲詞，彩裳乃復致力於詞。年三十四而卒，卒前數月,將詩存稿悉付之火。曲園檢其未焚之稿,序而刻之,名曰《慧福樓幸草》,蓋取《論衡》"火燔野草,其所不燔,名曰幸草"之意也。序中又稱彩裳嘗賦《落花》詞,有云:"嘆年華我亦愁中老。"今此詞《幸草》中不載,當亦在一炬中矣。《長亭怨慢·寄静壹主人(子原别號。)》云:"正三月、落花飛絮。歲歲銷魂,緑波南浦。剩有紅牋,斷腸留得斷腸句。一江春水,量不盡、情如許。欲别更徘徊,但淚眼、盈盈相覷。　日暮。縱歸舟不遠,已抵萬重雲樹。無眠强睡,怕辜負、翠衾分與。想别後、獨自歸來,對羅帳、凄涼誰語。祇兩地相思,挑盡一燈疏雨。"又《洞仙歌》云:"無端一别,隔雲山千里。錦字緘愁倩誰寄。算浮生總是,會少離多,判負却、燈下花前月底。　記曾留後約,何事蹉跎,冷落銀屏舊時意。寄語遠游人,知否閨中,空望斷、歸舟天際。更莫問相思幾多深,也不説相思,者般滋味。"《浪淘沙》云:"記得昔同游,楊柳灣頭。落花流水兩悠悠。莫道春愁禁不起,還是春愁。　款乃櫓聲柔,夢也難留。輕寒翠被冷香篝。睡起斜陽明雉堞,錯認杭州。"皆有清麗芊綿之致,勝於詩多矣。又《青玉案·咏端午》云:"一樽淺注菖蒲緑,漸醉倚、屏山曲。戲綰綵絲長命續。瑶階烟草,翠廉風竹,庭院清無俗。　輕衫乍换冰綃縠,也不學、新妝束。午睡醒來釵墜玉。聯吟人去,對花人獨,歸燕梁間宿。"亦佳。

近時閨秀能詩者,有旌德吕清揚(眉生)。掌教奉天女子師範時,嘗刊其詩曰《遼東小草》,起丁未四月,迄已酉六月。中多感懷時事之作,感慨蒼涼,不屑作庸脂俗粉語,故是此中健者。《過榆關游角山》云:"南山海涌摇晴漪,北山雲暖藥苗肥。我來登臨覽陳迹,長城萬里空斜暉。古今興廢原天演,憑吊何足生悲欷。悠然遐想望高吟,振衣千仞獨立時。俯視塵寰何擾擾,奔騰人海紅塵飛。君看足下烟雲起,繚繞何曾縈我衣。"氣體殊勝。又《小院》一首序云:"感吾國法律之苛刻,而領事裁判權之難收回也。"以及擬古諸作,皆格老氣蒼,無慚作者。

陽湖陸祁孫《合肥學舍札記》謂:"凡詩之一過目,久而不忘者,必佳句。"共摘若干條,而以三女士詩殿之。金纖纖(逸)云:"小雨未來斜照淡，落花猶得片時紅。”歸佩珊（懋儀）《題看劍圖》云：“自是難消才子氣，料無恩怨到胸中。”王梅卿（倩）《鄧尉雜詩》云：“夜深老鶴來尋夢，踏遍梅花一寸深。”

徐氏素琴、張氏須鬘皆姑蘇人，母家有連。後須鬘歸劉海樹，素琴歸薛畫水，不相見者數年。一日，素琴寄寫生便面，須鬘報以詩云：“唾華挹朝霞，釵股明霽雪。無處覓夢痕，幾時花裏別。”“出手寒愁折，染衣香沁紅。吹花入羅袖，不更怨東風。”寄意頗清婉。

畫水繼配祝夫人名婉瑜，字樂水，中年後即不穀食，日飲酒數杯，容色充腴，年六十一，尚如四十許人。其贈武進陸祁孫夫人詩曰：“閨閣聞聲久，天涯識面遲。一編欣手把，卅載慰心知。蘭芷芬芳挹，瑶華次第披。爇香三復後，仿佛對光儀。”“風雅一門集，相莊樂自如。官閑甘苜蓿，句好艷芙蕖。白蠟吟能代，紅牋恨久除。尤憐左家女，時仿茂漪書。（女公子君孚善書）。”祁孫云：“畫水歷官中外三十年，家益貧。夫人偕其妾讀書鼓琴，泊如也。”昔人言有道妻子，皆得逸樂，薛氏中圭近之矣。

韓孝女，宛平人，故東流知縣韓君藻女，小字孝梅，以孝慕故矢不嫁。東流君卒於官，眷屬留居安慶八年，而母夫人亦死。臨訣顧孝女曰：“汝無夫家，將安歸？”女曰：“從母歸地下。”母遂瞑。孝女絶粒十五日，神明不亂，作詩云：“幽魂欲斷夜沈沈，覓父空懷六載心。今日重泉真個到，分明不是夢中尋。”“窗前留我舊妝臺，剩稿殘編莫漫開。寄語中圭諸姊妹，孤魂還共月飛來。”放筆而逝，時道光四年也。

崇川馮晏海（雲鵬）《掃紅亭吟稿》中有《和南沙河維揚女子題壁詩》二首，序云：“臘日集軒五弟因公事赴鄒，小憩東灘旅舍，見壁上抄粘臘前二日北平葉天培録維揚女子在南沙河旅店題壁詩甚佳。其詩云：‘輕謫塵寰黯自憐，誤人幻夢小游仙。如弓明月初三夜（自注：初三日爲母難之期），似翦春風十五年。屋縱黄金傷不偶，玉雖白璧嘆難全。無端竟屬沙叱利，并少韓郎若個邊。’其二云：‘怕泛鄱陽波裏船，何如如此入秦川。心驚路遠三千里，命薄身隨一萬錢。恨不疏頑同白腹，悔曾閨閣理丹鉛。比他花蕊夫人苦，旅壁聊充十樣箋。'詩後自序云:'儂本維揚貧家女也,幼從李猗蘅夫人伴讀。今春夫人隨任,遠赴楚江,遣儂他往。無奈父母愚弱,家室凋零,長安賈以百十金購得,儂即斂艷潛光,無如不免。良人年已周甲,腹無一丁,朝夕相對,默無一語。嗚呼!此身已托,理難再抱琵琶。不知前世何愆,受此無邊罪孽!肝腸寸裂,聲淚俱乾。俚詞疥壁,以遣無聊。而良人在側,猶問烏雅之作何生活云。'末書'道光乙酉五月三日,賈芷孚題'。一時和作如林。初參疑信,後署友吕子心淵自南沙河來,見其墨迹,實女人書。葉氏抄稿有十餘字不同,今改從原本。予悲其遇,和其詩,欲與會稽女子并傳云。"(會稽女子,明萬曆時某將軍妾,題詩新嘉驛後壁上,施愚山爲刻於石,并和其詩。)

任邱旅店有女子題壁云:"妾白浣月,號蓮芳,家住半塘。幼失雙親,寄養他姓。姿容略异,慧業不同。非敢擅秀閨中,願效清風林下。豈意我生不辰,所適非偶。日彈琴之相對,百恨纏綿;時捲幔以言征,一時哽咽。余爰題之驛亭,人共憐之黄土可耳。"其詩曰:"吴宫春深怨别離,風塵慘憺雙蛾眉。鵑啼月落寸腸斷,香消芍藥空垂垂。流黄未工機上織,生小殷勤弄文筆。新詩和淚寫郵亭,珍重寒宵誰面壁。"又杭郡女子有白曉月者,遭遇略與浣月相同。嘗題詩庵壁,有滿人色他哈者,見而和之,訂爲姊妹。其詩并載《杭郡詩輯》。何白氏女之多才,而所遭又皆不幸耶?

嘉善殳丹生,明季諸生,遭亂弃去,以詩名江浙間,自號桐廬山人。其偶雨鬘道人,子訥、女默,并擅風雅。家庭之内,更唱迭和,以詩爲業,與午夢堂後先相映矣。雨鬘道人姓陸,字觀蓮,號少君。山人初居吴之專諸塔右,後隱震澤之西村。草屋蕭蕭,烟火時絶,惟與道人唱和。比舍聞歡笑聲,則道人詩成,山人擊節而歌,林鳥栖宿皆驚起。子訥、女默,道人恒授書焉。山人有詩曰:"室中有高士,十年能樂飢。"又曰:"憐渠最幼小,獻歲解吟詩。"蓋紀實也。復移住盛澤三年,前後以避水患,隱嘉善蔣湖之西園,亦三年。康熙丁未,山人將携家入九峰,道人忽病而逝,又三日,女默亦逝。

默,字墨姑,九歲能詩,年十六未字。其自跋詩卷云:"默三歲飄零，從二親於外郡；十年夢想，思一返於故園。蔣湖以避水而來，舊廬若望洋而止。老母倚北堂而興嘆，中夜挾寶瑟以長吟。非無慰藉之詞，實多於邑之調。晨窗乍啓，琉璃之硯匣自隨；夕幄徒熏，翡翠之筆床不去。以是長見笑於鄰女，不解看花；或見誚於閨人，何知鬥草。情繇此遣，緒以此深矣。駕言當秋，携家渡泖。攬九峰之奇勝，仿佛金庭；專一壑之幽閑，飄颻雲嶠。精瓊靡而延佇，齊玉馱以上馳。曰父曰兄，守采藥之赤松，旦暮可遇；爲母爲女，盼傳書之青鳥，閨閣非遥。爰奉命於慈闈，篇分甲乙；冀流輝於彤管，字辨宫商。庶幾染翰而成，不須石墨；含毫以待，有取香茅。”當是作於垂卒之際。其詩以《和母寶劍篇贈兄》一首爲最佳。詩云：“床頭夜半雙龍吼，光攝群妖暗星斗。風雨霹靂一瞬間，木拔沙飛石亂走。古來神物本平常，遭時遇主生晶光。拂拭霜花將解贈，時無烈士空旁。空旁皇，莫嘆息，木蘭唧唧當户織。阿兄少年射白額，歸來摩挲看太白。”禾油麥秀之感，情見乎辭。故土可懷而不可懷，河清可俟而不可俟，傷心人宜不永年矣。

《偶葉草》，桐鄉顔佩芳著。佩芳，字芳在，一字柔仙。《緑牡丹次韵》云：“掩映難分葉共稠，誰將碧玉綴枝頭。輕盈始信能傾國，飄泊還同欲墮樓。秀色不煩螺子黛，嬌容偏傍翠雲裘。此心正欲同松柏，肯與鉛華作一流。”可謂能占身份。其卒也，潘稼堂以詩悼之云：“清言良可味，佳咏少人知。”鈕玉樵亦云：“芳在聰成天上，徽著人間。姊是令嫻，母爲道韞。弱齡隨宦，賡官閣之梅吟；盛鬋相莊，記書幃之茗鬥。詩城百雉，築自夫人；筆陣千軍，掃由娘子。然而命非諧俗，才止供愁。當蒼鵝出地之年，正青雀浮家之會。烏衣巷改，尚書之棨戟都非；緑野池平，司理之琴尊安在。兼以子纔稱驥，望千里而未歸；女本名珠，入重泉而不返。宅荒杜甫，但撫四松；道遠秦嘉，惟窺一鏡。是則草雖侵案，寧解忘憂；花繞當窗，焉能蠲忿。攬其著作，哀艷攸殊；概厥生平，菀枯各异。”

唾香閣主龎蕙纕，字紉芳，號小畹，吴江諸生吴鏘室。有《瑣窗雜事》詩云：“夫婿長貧老歲華，生憎名字滿天涯。席門却有閑車馬，自拔金釵付酒家。”有青蓮女伎持扇乞書，調《桂枝香》一闋贈之,有"浪萍飛絮前生果,别是傷心一小青"句。青蓮憮然自失,遂立意脱籍。文采風流,江東獨秀,徐虹亭言之詳矣。其比鄰爲沈素嘉所居。素嘉名樹榮,葉舒穎室也,亦工吟咏。與蕙纕爲閨中良友,後移居汾湖,有寄蕙纕《點絳唇》詞曰:"隔個墻頭,幾番同聽黄昏雨。别來情緒,向北看春樹。　一院藤花,底是臨書處。還記取,緑窗朱户,裊裊茶烟縷。"蕙纕次韵云:"十載芳鄰,自憐一别還如雨。看雲愁緒,隔個江天樹。　佳句曾題,小楷紅箋處。頻看取,相思無數,一瞬情千縷。"絳樹雙聲,允推合璧。

沈宛君清才淑德,午夢一堂,首標馨逸。其從女茝紉,字蕙貞,志潔詞芳,足與宛君競美,適同邑吴克邁。克邁早卒,蕙貞守志四十年。臨殁,得詩二句曰:"病多未得專醫肺,瘦盡何須獨論腰。"凄楚欲絶。蕙貞孀居後,不欲以詩流傳,有作輒弃之,故存稿闕如。得此斷素零縑,不啻鄧林一羽矣。

客冬諸暨蔣孟絜手録吴江姚栖霞女士《翦愁吟》見寄,爲常熟蔣再山刊本,即朱春生所云周雲豪删存之本,而郭頻伽、鄭瘦山諸人爲之題詞者也,都近體詩四十八首。孟絜復爲補録《游仙詩》五首、《病中不寐口占》一首及《秋夜》斷句,余已載入《女志》中。近見袁樸村《松陵詩徵》,復得女士詩五首,更爲補録如下。《早梅》云:"乍賞東籬菊,俄探北隴梅。水邊孤影動,嶺上一枝開。不待春風逗,何勞臘雪催。疏燈明紙帳,昨夜美人來。"《書懷》云:"空閨何所嗜,琴咏日相將。覓句終宵健,調弦盡日忙。竹憐霜後色,梅愛雪中香。瘦骨耽閑慣,無心學艷妝。"《哭祖父》云:"晚年作客力摧頽,雪裹鄉關抱病回。龐老安閑曾未得,嵩山拄杖忽相催。百年家累雙蓬鬢,千古窮愁一土堆。腸斷悠悠風木恨,哭聲長聽二親哀。"《柳》云:"緑暗山村與水村,千絲萬緒鎖烟痕。陌頭綰盡離人恨,一度春風一斷魂。""朝朝送客在河橋,折盡長條與短條。一曲驪歌鶯語澀,緑眉愁鎖不堪描。"按此五首中,頗有佳句,視再山所刊初無軒輊。疑女士詩散佚已久,而春生所云"雲豪删存"者,亦臆斷之語耳。《詩徵》小序又稱女士填詞,秀雅可誦。有《咏牡丹·滿庭芳》云:"問人間富貴,誰復如君?但恐荼蘼開後,風流褪、誰共芳樽。

添愁恨，紅妝淚灑，無語黯鎖魂。"工於比興，無愧作家，惜全闋不傳。

漢槎山關，神傷弱妹；女耍風義，遂著家聲。《庾樓吟》一卷，爲漢槎女孫蕙著。蕙，字蘭質，適諸生費定烈。吟咏外更善琴，理古譜，有舛訛處，輒能意爲訂正，惜年未三十遽卒。其《歸來草堂有感》一首云："寂寞空庭冷，凄凉舊迹存。乾坤埋傲骨，風雨吊游魂。翠色滋階草，苔痕封樹根。秋風肅户牖，獨立向誰論。""乾坤""風雨"一聯，亦何減《秋笳》哀響耶？讀之覺王謝風流，正復去人不遠。(自註云："時兄弟俱亡，惟存寡嫂孤侄。")按蘭質兄名大勛，字蓼洲，乾隆庚午舉人，教習咸安宫。未及筮仕而卒，年亦僅三旬耳。漢槎一生蹭蹬，而後嗣復飄零不振，是可慨也。

熙春，烏梁海氏，蒙古人，佛喜室。佛喜字怡仙，官布政使，以詩名。其集中《别内》有"何時譜就房中曲，留得金徽好和歌"句，琴瑟倡酬，風流可想。熙春所著曰《友蓮堂合璧詩存》。《春曉》云："曉氣漾簾波，微風淡蕩過。妝成無一事，低語教鸚哥。"獨坐薰香，垂簾覓句，足爲和林閨乘生色。

南陵徐積餘先生乃昌，一門風雅，聘室仁和許德蘊女士，字懷玉，周生曾孫女也，著有《綉餘自好吟》。姬人江都趙春燕，字拂翠，著有《記紅詞》。次女婉，字怡怡，小字雲仙，著有《紉蘭詞》。六女華，字苕苕，小字茗仙，著有《香芸詞》。均未字卒。苕苕工畫蝴蝶，先生嘗以其遺畫見示，玉梅花庵道人題詩云："兒家身世渾如夢，寫出翩躚影自悲。今日阿爺和淚看，淞江又是蝶飛時。"

施愚山妾徐珠淵，江都人。先是其母欲嫁貴家兒，泣曰："願得侍文人，爲東坡之朝雲足矣，不願富貴也。"愚山聞而納之。其《寄北》詩云："雨滴梧桐秋不堪，憶君誰共接清譚。老天如識妾心苦，北地風霜盡入南。"詩雖不工，而意殊婉篤，《愚山集》中有和詩。

蒙城張麗坡將軍好風雅，嘗爲江蘇撫標中軍參將。有女公子名襄，號雲裳者，年十餘齡即能詩，不三四年，著書盈尺矣。有《錦槎軒詩集》十卷，各體俱備。《擬古别離》云："漠漠塞上雲，渺渺榆林樹。青山幾萬重，一别從兹去。前程尚模糊，安問歸時路。風雪滿徵衣,今宵宿何處。”《游山》云:“指點青山郭,真堪作畫圖。心隨流水逝,目送片雲孤。樹色分朝暮,山光乍有無。歸來忘遠近,喜不藉人扶。”《擬岳大將軍鍾琪奉詔起征金川,留别故人》之作二首云:“未許身閑水石間,九重恩詔起衰顔。蔣侯已擬長開徑,李廣無端又出山。老别那能期後會,壯行原不計生還。却憐舊雨紛紛集,亂樹寒雲擁劍關。”“乍抛釣艇脱羊裘,共唱《陽關》賦遠游。憐我已成强弩末,感君還望大刀頭。牙旗影落邊城月,觱篥聲高絶塞秋。此去百蠻應見笑,邯鄲夢裹又封侯。”(公常有句云:“衹因未了塵寰事,又作封侯夢一揚。”)《春日閑居》云:“深閨夢短思悠悠,爲怯春寒懶下樓。自笑年來嬌養慣,滿簾紅日未梳頭。”七言如“穿雲慣舞雙龍劍,踏月能開十石弓”“捲起湘簾看寶劍,燒殘銀燭讀《陰符》”,俱有穿雲裂石之聲,真將家子也。

吴蘋香《花簾詞》有《寄懷雲裳》、《浪淘沙》、《江城梅花引》各調,有《金縷曲·題雲裳錦槎軒詩集》云:“一夜觀星墮。步珊珊、碧空飛下,水仙花朵。名將儒風從來少,况有雛凰親課。喜嬌小、才偏勝左。硯匣瑠璃隨身抱,拂紅箋、吟盡書窗火。九天外,落珠唾。

凝妝鎮日臨池坐。好清閑、書禪畫聖,香名早播。始信大家聲調别,福慧他年誰過。覺展卷、自慚形涴。儂是人間傷心者,怕郊寒島瘦詩難可。拈此閨,代酬和。”以蘋香之才而傾倒如此,可以知雲裳矣。

自古婦人工詩畫者甚多,而能評論古今、作詩話者絶少。如皋有熊澹仙夫人者,名璉,苦節一生,老而好學,嘗著《詩話》四卷。其略云:“詩本性情,如松間之風,石上之泉,觸之成聲,自然天籟。古人用筆,各有妙處,不可别執一見,弃此尚彼。”又云:“詩境即畫境也。畫宜峭,詩亦宜峭;詩宜曲,畫亦宜曲;詩宜遠,畫亦宜遠。風神氣骨,都從興到。故昔人謂‘畫中有詩,詩中有畫’也。”澹仙詩詞俱妙,出於性靈。《題黄月溪乞食圖》云:“田園蕩盡故交稀,舞榭歌筵一夢非。未必相逢皆白眼,憑他黄犬吠鶉衣。”借題發揮,駡盡世人。又有感悼詞數十首,集曰《長恨編》,類皆爲閨中薄命作也。未能全録,僅記其題辭《金縷曲》一闋云:“薄命千般苦。極堪哀、生生死死，情痴何補。多少幽貞人未識，蘭蕙香消荒圃。埋不了、茫茫黄土。花落鵑啼凄欲絶，翦輕綃、那是招魂處。静裏把，芳名數。

同聲一哭三生誤。恁無端、聰明磨折，無分今古。憐色憐才憑吊裏，望斷天風海霧。未全入、江郎《恨賦》。我爲紅顔頻吐氣，拂霜毫、填盡凄凉譜。閨中怨，從誰訴。”

長洲蔣氏用一嫗，素不識字而喜吟詩。其主人曰容齋、辛齋，塤篪唱和，殆無虚日。此嫗每從門屏竊聽，有明白易解者，輒記不忘，久之亦自能爲詩。《中秋無月》云：“最怕中秋風雨來，人家佇月尚徘徊。七齡小姐痴憨甚，拜祝天門兩扇開。”用唐人七歲女子賦詩事，尤典切。辛齋以病廢，長卧床褥，知嫗能詩，召而詢之。適榻前有佛手柑二枚，置於几上，指以爲題。嫗應聲云：“十指拳拳不肯開，掌中定捧珍珠來。何緣得近詩人榻，香氣還宜問臘梅。”時有婢名臘梅者，亦侍於旁，蓋戲之也。辛齋爲之嘆賞，給以吴綾一端，笑謂容齋曰：“此嫗可匹鄭婢。”初，宅中婢僕素輕嫗，以爲痴，及見主人優禮，咸呼之曰“做詩阿娘”。阿娘又有句云：“讀書盼望爲官早，畢竟爲官遜讀書。”亦妙。

吾鄉錢梅溪（泳），嘉道間遨游公卿間，文酒風流，挾藝自給。尤精金石之學，所刊《漢碑彙刻》，摹印上石，皆出一人之手。徐子薇生語余：“梅溪負一時盛名在此，梅溪之不能終成大家亦在此。”蓋事事依傍，不肯戛戛獨造也，其言殊中梅溪之病。嘉慶癸酉，梅溪卜居翁家莊，相傳爲叔元司寇舊宅。嘗作七律四首，自寫胸臆，一時和者至數十家。其録入《履園叢話》中者，有華亭王綺思（崑藻）女史四首，殊見工力。詩云：“軟紅撲面復何爲，收拾歸心上釣絲。已卜鶯遷酬燕喜，何勞鶴怨與猿悲。高情陶令營三徑，妙喻莊生戀一枝。看盡稻花香十里，耦耕生計未嫌遲。”（其一）“振衣千仞耻徒論，占得臨溪郭外村。豈爲逃名辭越水，偶因長嘯寄蘇門。緩歌漫吊前朝迹，風雅豈歸异代孫。定有新詩吟《白紵》，清尊檀板付桃根。”（其二）“小住吴中隔一墻，僦居何幸近華堂。花開綺陌青春短，燕蹴晶簾白日長。落紙乍驚詩筆健，當歌不厭酒杯忙。請看衮衮登臺者，可有閑情把玉觴。”（其三）“才名夙昔動幽燕，瞥眼星霜

歷廿年。筆陣鍾王無敵手,談鋒荀陸本齊肩。早趨朱邸稱詞客,晚臥滄江作散仙。最是撐腸五千卷,一甌茶熟正高眠。”(其四)

逸園在吴縣西脊山之麓,康熙中孝子程文焕廬墓之所。右臨太湖,左有茶山、石壁諸勝,每當梅花盛開,探幽尋詩者必到逸園。其主人程在山(鍾),即孝子孫也。少工詩,同邑顧退山擇爲佳婿。退山之女名藴五,自號生香居士,亦能詩。與在山更唱迭和,較趙凡夫之與陸卿子,殆有過之。在山嘗有詩云:“空齋盡日無人到,惟有山妻問字來。”可想見其高致矣。錢梅溪十二三歲嘗游園中,見程及生香居士。其所居曰“生香閣”,閣下爲在山小隱,琴尊横几,圖籍滿床。前有釣雪槎,其西曰九峰草廬、白沙翠竹山房、騰嘯臺,下臨具區,波濤萬頃,可望縹緲、莫釐諸勝。雖圓嶠、方壺,不是過也。嗣生香殁後,在山亦旋卒,一子尚幼,爲地方官買得而造行宫,則向之亭臺池館皆化而爲方丈、瀛洲矣。乾隆四十五年南巡,駐蹕於此,有御製五古一首,其結句云:“園應歸故主,吾勿更去矣。”然回鑾後,此園竟廢,書此以審考古者。

徐荔村有《歲暮寄内》詩云:“雙手空空歲又闌,西風心與鼻俱酸。依人自笑馮驩老,作客誰憐范叔寒。寫到家書千點淚,算來歸計十分難。此身衹當從軍死,累爾青鸞鏡影單。”時荔村方客如皋。吾鄉陶學博國梁司鐸是邑,其夫人顧氏偶見此詩,讀之淚下,謂學博曰:“邑有斯人,可令其流落不歸耶?盍爲謀焉。”於是夫人自典簪珥爲倡,同學諸生聞之,亦醵金以贈,俾其早歸。事傳遠近。又閨秀宋蘅皋名之淑,李輪霞室也。輪霞久客未歸,宋寄以《秋夕感懷》云:“銀鴨燒殘啓碧窗,閑庭風起露華涼。梧桐影裏秋如水,蟋蟀聲中夜漸長。千里關山添别夢,十年羈旅憶他鄉。低頭怕見團圞月,衹恐天涯也斷腸。”離鸞别鵠,安得盡有顧夫人者,爲之圓其好夢也?

女郎楊琇,字倩玉,家杭州東城羊市,明慧娟靚,雅善篇咏。有《西湖竹枝》云:“斷橋西去竹間廬,不道山孤人亦孤。嶺上梅花知妾是,水中萍葉似郎無。”人皆傳誦之。後歸沈遹聲爲妾,遹聲《浣溪沙》云:“一帶高城蕭寺東,遠山映水入簾空,個人凝立畫屏中。

衣褶暗藏花露濕，領巾斜沁粉香融。怎禁往事意惺忪。”爲倩玉作也。遹聲，字豐垣，號柳亭，仁和人，學於臨平沈去矜。最工詞，纏綿處似柳屯田，清穩處似趙仙源。厲樊榭嘗稱其“不肯上秋千，爲怕東墻近”之句，謂古人無以過也。

冷女史蕙貞生而聰慧，女紅之事一見輒精，能作校卟書。其父權江北某縣，官文書多出其手。偶然作畫，超妙勝於時流，戚黨見者，詫爲神仙中人。惜其姊怛化，傷悼太甚，不數日亦同歸忉利矣。嘗作《秋花》長卷，爲成都胡夫人茂芬所見，夫人夙工繪事，自謂研究十餘年，無此工力。爰題《减字浣溪紗》四闋於幅端云：“幾穗幽花颭草蟲，冷紅凉緑一叢叢，小屏風上畫《豳風》。　如此秋光如此艷，者般畫筆者般工。者般工有幾人同。”“也似當年葉小鸞，秋風横翦燭花殘，生綃八尺剩琅玕。　聞道焰摩歸去早，浮提容得此才難。寫圖留與阿娘看。”“樹蕙滋蘭記小名，些些年紀忒聰明，一天秋韵畫中生。　殺粉調朱真個好，吹花嚼蘂若爲情。南樓斂手憚冰驚。”“好女兒花好女兒，幽花特與素秋宜，華鬘一現使人思。　儂也愛花耽畫癖，寫生也在少年時。衹慚工麗不如伊。”右作輕清婉麗，直可遠姒幽栖（朱淑真），近娣秋水（莊盤珠），妙畫清詞，允推雙絶矣。

元和江女史緗芬，霄緯先生之淑女也。光緒丙申，霄緯先生以名翰林出宰秦中，時適靈鶼閣主視學三湘，雙丁、二陸，秀擢連枝，風雅一門，鍾靈閨閣。緗芬隨侍任所，年才十五耳。計會出入，家書往還，悉以委之，無少差誤。靈鶼閣主自湘中馳書云：“哥署中有内文案兼内帳房，羞煞阿弟矣。”一時傳爲佳話。稍長，尤喜筆算，自加减乘除以至分數化法、比例開方、勾股三角，三月間盡通之。繼學代數，天元、悟元代二術中西之通，學益大精。年二十，許字吾友同邑顧君熙齡。婚有日矣，未及成禮而以染疫卒。豐才嗇遇，竟夭天年，造物不仁，可勝悼嘆。殁後，霄緯先生哀輯遺著，付諸剞氏，名曰《西樓遺稿》。吉光片羽，散失尚多，僅存《算草》一卷、詩一卷而已。曲園老人題詩云：“數理精微聖代開，閨中亦復擅奇才。《疇人傳》補葛、王、沈（謂海寧葛宜、常熟沈綺、江寧王貞儀也，意即本女史詩),再補文通愛女來。""聰明本是世間無,不厭推尋到六觚。嘲橘也存圍徑數(有《嘲橘》詩云:'圍祗三寸弱,徑止一寸强。'),切瓜便是割圜圖(有句云:'切瓜便作割圓看。')。""趨庭更復學吟詩,不是尋常鞶帨詞。説兔論貓都有意,待從集外再搜遺。(有《畜兔説》、《貓捕鼠論》,未刻。)""才命相兼自古難,此才留與後人看。千秋兩卷《西樓集》,壓到前朝葉小鸞。"其傾倒於女士者至矣。

女士不專專於爲詩,而集中所作取境特高。介弟晴佳評爲"無一字涉纖,不虚也。"《清暇歌》云:"婢子厭肥肉,僕人製新裘。一門喜氣集,四序春風收。居官之樂樂如此,衹有吾父深更研獄忙無已。幕客愁無依,閽人意蕭索。寂寂若無人,呼之遲遲諾。去官之日乃如斯,衹有吾父嘯歌清暇示兒詩。"(自註:"家大人有'印去一身輕'之句。")翟公羅雀,世態炎凉,寥寥數十字中,居然寫盡。又《品菊》七絶三首云:"我愛牡丹兼愛菊,姹紫嫣紅笑俗目。富貴場中晚節全,方知平澹是奇福。""桃李春風不耐久,寒梅霜雪難消受。衹有菊花最適中,旁人笑我淵明後。""人道菊花何太瘦,須知瘦骨堪經久。試看萬紫與千紅,一到秋來何所有。"閨閣中安得來此有道之言?"采菊東籬下,悠然見南山。"千載後固當與彭澤同其高致已。集中嘲橘一首,有爲而發,尤得味外味,題曰《城固産橘,甘而小,徑不盈寸,其略大者,土人稱曰橘王,詩以嘲之》云:"我聞彈棋有橘叟,又聞山中有橘婢。橘王之名何自來,夜郎自大至於此。圍祗三寸弱,徑祗一寸强。生長漢中地,合稱漢中王。我將挈汝至閩粤,携汝至蘇杭。大於王者且數倍,見之得無心慚惶。僭王始芈姓,假王有韓信。藐兹果實微,豈曰王之藎。吁嗟乎!稱王知橘且休論,喋喋小儒且自尊。畢竟橘王尚有味,猶勝人間迂腐氣。"

女士生平私淑扶風,建霞先生將之楚南學使任,女士以詩送之云:"量才憑玉尺,搜不到閨媛。應有能文者,扶風一脉存。"建霞先生見之大笑曰:"此是一難題目。"逾年寄女士詩云:"一脉扶風曾未得,連花幕下待君來。"此靈鶼遺事之可傳者,附識於此,以資談助。

"刺綉閑來意可娛。梅(文穆)書李(尚之)草足擘摹。小鬟錯認描花樣，新繪容圓勾股圖。”女士《咏算》句也。十年前，余就學吴門滄浪黌舍，聞人稱述，即心焉慕之。嗣與熙齡結苔岑之契，屢向索閲女士遺稿而未得。近頃熙齡自海門過訪，始手一編見惠。展誦再過，夙願大慰。《咏算》詩共八首，兹録其全云：“簾前喜見月團團，徑一周三欲步難。笑意盈盈人不解，切瓜聊作割圜看。”“算字縱横本象形，六觚一握溯前型。至今籌式何從考，絳老推年此建瓴。”“曾聞九九見齊桓，數術由來列學官。古籍云亡今僅見，元豐十種宋時刊。”“乾象仰觀方了然，製球凸面豈真詮？不如改作兩縣磬，《周髀》原言笠寫天。”“金蛇退殼漫稱奇，幸有宣城芟薙宜。赤水遺珍珍似璧，當年曾受聖人知。”“海鏡輕窺顧應祥，不將古籍細評量。發明絶學功誰首，羅茗香兼李四香。”“女弟隨園侈美談，浪將詩句播江南。何如新輯《疇人傳》，搜到名媛得粲三。（海寧葛宜、常熟沈綺、江寧王貞儀。）”有才如此而不永年，宜熙齡斷旐之痛，久而勿衰矣。

曲園詩所謂：“《疇人傳》補葛、王、沈。”沈指沈綺，三家中最爲傑出。綺字素君，常熟殷增室，卒年僅二十一，而所著有《文集》四卷、《四六》二卷、《唾花詞》一卷、《管窺一得》十二卷、《徐庾補註》四卷。使天假之年，將有尤西堂序湯卿謀《湘中草》“著作塞破宇宙”之慨，欲不早死得乎？詩名《環碧軒集》，黄鐘大吕，清廟明堂之器，亦非鏗鏗細響也。《録别》云：“南山一何平，海水不可竭。悠悠天地間，我獨與君别。明月耀前庭，忽忽成圓缺。朝花粲高柯，紛紛落飄瞥。人生無百年，容華易銷歇。如何動相違，致此長孑孑？含凄坐夜闌，仰見明河没。”（其一）“盤中雙玉環，本出連城珍。琢以古良工，精巧方入神。視世無足當，什襲全其真。常恐偶褻越，負此千金身。何期感同調，琴瑟旋相親。相親未逾時，相送長河濱。長河無還流，遠憶多苦辛。”（其二）“歡娱無百歲，聚散那不休。喻彼大海潮，晨夕無停流。憶昔與君别，惆悵不能留。迴身就綺閣，兀坐來煩憂。亦有盈樽酒，非君誰勸酬。仰視雲中鳥，噭噭求其儔。綮獨成相失，山川鬱綢繆。何時當來歸，與我常優游。”他若《大風泊舟包山》、《登莫釐峰絶頂》、《題次昇姊秋林小景》、《廢莊吊古仿李賀體》諸作，皆力追元音，不肯作唐以後語。斷句如《江村》云："潮到將吞岸，雲飛欲動山。"《秋夕》云："梧桐雙井月，砧杵一城秋。"《春日山莊雜興》云："花氣常浮澗，禽聲半在雲。"亦皆可入《主客圖》中。

曲江曹惜芳、惜雲，不知何許人，近以所作詩詞見寄，爲録數首於下。惜芳《春閨曲》云："紗窗欲曙春陰重，檐柳絲絲早鶯呀。峭寒如水浸房櫳，更擁黄紬續殘夢。""畫欄杆外婢私語，梨花狼籍過朝雨。樹色深含寂寞情，鸚鵡無言梳翠羽。""熏衣起傍鏡臺慵，春恨無端春酒濃。分付玳梁雙燕子，花陰莫更訴東風。"惜雲《坐雨》云："翦燭聽殘雨，開簾照海棠。玉壺銷殘酌，翠被幕餘香。惻惻新寒重，沉沉夜漏長。宛疑臨水閣，無那近斜廊。"惜芳《清平樂·坐月》云："蟾滴澣玉，人影天涯獨。鏡檻妝成調鈿粟，應減舊時蛾緑。

歸來夢斷關山，捲簾瞑怯春寒。誰信黛鬟雙照，一般孤負闌干。"惜雲《虞美人·聽雨》云："夢回鴛瓦疏疏響，燈影明虚幌。争禁此夜客天涯，細數番風況近玉梅花。　比肩笑向巡檐索，怕見檐花落。傷春人又病懨懨，拚與一春風雨不開簾。"造詣雖未臻極頂，綺麗之思，以清雋出之，可造才也。

鄒蕙貞女史，字蘂珠，吾鄉閨秀之翹楚也，所著有《慎餘齋詩稿》。《金陵懷古》云："十四妝樓坐寂寥，風華誰與續南朝。板橋烟雨蕭疏柳，畫舫春波上下潮。名士舊邀桓子笛，美人近憶嫩兒簫。多情留得當時月，冷照清溪碧未消。""龍盤虎踞鎮金湯，六代銷沉翰墨場。詞賦幾人餘感慨，江山終古閲興亡。西州城外空青草，東冶亭邊又夕陽。太息前朝宫寢地，而今瓦礫卧牛羊。"《題畫》云："小樓四面緑雲遮，一翦春風透碧紗。凉雪滿山香似海，月明何處認梅花。"旖旎風華，丰神獨絶。至《咏伍子胥》云："美人一笑君王喜，君王一怒大夫死。抉目東門望越師，甬東恨不重鞭尸。寄語大夫勿怨毒，恐教怨毒闔閭知。夫差誰立嚭誰薦？九泉那不更相見。"《宋太祖》云："香孩兒生雀兒死，黄袍檢點作天子。趙家太后笑口開，吾兒大志素如此。咄咄太后笑何爲，孤兒寡婦慎勿欺。不見圧山一塊肉，前人歡笑後人悲。"則又大言炎炎，令人想見蘇長公銅琶鐵綽板唱“大江東去”時矣。

《讀畫樓集》，蒹葭女史張鳳著。鳳，字含珍，浙之平湖人，唐蘭曾室，詩多唐音。《擬王摩詰〈渭川田家〉》云：“落日淡餘輝，迢遥望林麓。指點竹籬中，時露幾間屋。枷板喧前村，倉庚催布穀。牧笛牛背横，桑葉墻頭緑。對此忘世情，修然愜所欲。”每誦一過，川原景物如在目前，使遇右丞，定當把臂。又《成山觀海》一首，則瓣香青蓮者也。詩云：“岩巒一帶明殘陽，林花掩映春風香，籃輿得得忘路長。九峰遥障波汪洋，成山屼崒臨中央。振衣直上登高岡，海天渺渺雲水黄。陡然突起濤頭狂，海風吹水勢莫當，憑空壁立千丈强。馮夷擊鼓魚龍翔，銀樓十二隨飛揚，仰觀俯矚何茫茫。須臾捧出玻璃光，白波萬頃摇扶桑，蜃樓鮫室争輝煌。潮平忽見遥山蒼，數峰若與船低昂。吁嗟乎！潮汐往來那可測。安得假我凌風翼，飛向瀛洲問消息。”

《紅樓夢》爲説部名著，形諸題咏，無慮百十人，惟荆石山民散套一種，最擅勝場。餘則粟陳碗脱，言所不必言，皆拾人唾餘而已。遂寧張船山以詩名嘉道間，其女弟淑徽有《和次女采芝讀〈紅樓夢〉偶作韵》云：“奇才有意惜風流，真假分明筆自由。色界原空終有盡，情魔不著本無愁。良緣仍照釵分股，妙諦應教石點頭。夢短夢長渾是夢，幾人如此讀《紅樓》。”拈花微笑，神在個中，願以之質世之善讀《紅樓》者。采芝適同邑鄒廷敭，著有《芝潤山房集》。佳句如“十載離家愁見月，一身多病怕逢秋”“鷄唱五更殘月白，車行一路曉燈紅”，皆卓卓可傳。又有句云：“事因太好違初願，人到無聊覓舊吟。”非閲歷有得之人，不能爲此語也。

金陵管小异茂才嗣復，孝廉异之（同）之子也。异之以工古文名，故小异亦能文。小异之仲姊懷珠，適同里曹君士鶴。曹君以陜西清澗縣知縣奉諱，服闋，赴部需次。宜人家居，聞城陷，自經死。先期作書與夫訣云：“妾管懷珠襝衽季皋夫子清覽：違别以來，思有萬緒，日望夫子早日補官，同到秦中，合家完聚。何期逆匪猖狂，直抵金陵。伏念舉家共沐國恩，萬一危城不保，更有何地可以藏身。無如人心皇皇，争欲爲遷避之計，現已移寓鷹揚營蔡姓園户屋内，此非妾之意也。兹聞賊氛日熾,危在旦夕,妾以死自誓,斷不爲小醜所屈。伏念得侍箕帚十餘年,未有絲毫裨益於夫子,衹此爲國捐軀,差堪仰慰耳。惟願夫子努力功名,勿復以妾爲念。臨紙嗚咽,書不盡言。"嗚呼!漆室憂深,魯女終能殉國;漸臺節著,楚姜未暇傳書。若曹宜人者,從容就義,慷慨捐生,洵稱巾幗完人,光耀一朝彤史矣。

鄧州彭氏,布政使禹峰(而述)女,適李鴻。鴻,字青立,文達公裔孫,學士恒茂之子,亦能詩,而才不及婦。彭氏所著《蝶龕集》,如《咏白蓮》云:"月亦驕花色,風偏送葉香。"《刺綉》云:"針宜停午倦,窗喜趁新晴。"《送外》云:"山川日以遠,雨雪天將寒。"皆佳句也。又《雷家灣》云:"峰峰斜倚俯清潸,一葉孤舟亂後身。洞阻白雲鷄犬在,此中大有避秦人。"《金銀洞》云:"絶壁繩橋萬壑深,春風何意此登臨。安禪暫借蒲團力,坐聽神龍澗底吟。"又:"陰厓如幄俯青蘿,脉脉寒泉激素波。豆大一舟沙際望,四山香氣鳥聲和。"《種桃柳》云:"繞畦烟水望迷離,種得桃枝間柳枝。好是年年芳草地,春晴須記聽鶯時。"《惜香橙》云:"幾經翦拂始成林,夏晚移床就緑陰。却怪一朝風雪惡,惜香空負十年心。"此類數十篇,皆可誦也。

崑山孫子香女兄弟三人,皆擅風雅。長曰雲仙,最工五律,《咏雁字》有"藍憑天作紙,白借羽成書"之句。次曰藍仙,適武林汪氏。其姑爲雨園宫詹德配虚白老人,巾幗才子也,有《不櫛吟》行世。藍仙從之作詩,詩境益進。三曰鶴仙,作詩作畫,較兩姊尤勝。《題墨秋海棠》云:"欲向西風寫絳仙,秋光宜淡墨痕鮮。旁人漫擬楊妃醉,畢竟蛾眉虢國妍。"《題菊花芙蓉》云:"西風料峭畫難工,閑弄丹鉛作淡濃。白帝也憐秋太素,黄花開處間芙蓉。"《爲花洲三哥畫梨花墨海棠,繫以長句》云:"春容旖旎春風艷,滿眼芳菲顔色蒨。桃花含笑泛紅雲,柳葉凝烟亞金綫。東皇妙手擅丹青,竟把乾坤作畫屏。繪將簇簇繁華景,染出閑閑大地春。果然造化聰明者,濃淡匀調自幽雅。玉宇誰真搦管揮,金閨儂亦拈毫寫。自憐腕力太纖纖,且學邊鸞傍鏡奩。要將螺黛奪天巧,不遣胭脂上筆尖。墨鮮粉膩都珍重,海棠却共梨雲夢。個中無限玉樓春,折來宜向瑶池種。洗盡嵰山紅雪芳，相映寒山白雪香。嬌艷差同銀世界，風光應勝碧鷄坊。凉風翛翛落眼底，飛絮撒鹽兩堪擬。畫成更爲阿兄題，暄炎時節清凉矣。”各詩用筆用意，皆極綿麗。年甫二十三，遽染微疾而卒。臨殁時，自將畫稿、詩箋及文房畫具、書籍等物付之一炬，故傳世絶少。惜哉！

淮安王曍女嫁同里成肇孫。康熙壬午七夕，肇孫赴省試，婦以詩送之曰：“祝君一爵上輕舟，今歲佳辰送遠游。記昔華陽驚水漲，即今燕子逐江流。梧桐露冷三更月，楊柳風飄萬壑秋。此去鵬程應得意，十年心力可相酬。”肇孫試後被放，逃於酒，遂病。臨危執婦手曰：“若讀書，知名節乎？”婦曰：“唯。”夫死越日，女遂自經於柩前，時年二十有四。

隨園女弟子虞山歸懋儀（佩珊）詩名甚著，讀陳雲伯贈詩：“絶代青蓮筆，名媛此大家。幽懷清到雪，仙骨艷成花。”其詩品可想見矣。佩珊爲友人歸杏書君之曾祖姑母，杏書舊藏其未刻之尺牘若干通，近録副見惠。寸璣尺璧流落人間，寶貴爲何如也。急録之，以實吾書。《寄映藜四叔父書》云：“去歲得聞旋里佳音，歡喜無極。玉關迢遞，邊塞風霜，想慈體倍增勞頓。大人歷任繁劇，著有成勞，中途蹉跌，此亦家運使然耳。刻下萬里還家，聯床聽雨，高堂數載，白日看雲，知此際倍形怡悦也。惟叔母大人仙逝，帷空簟捲，未免生悲，賴諸弟學業日進，足娱蔗境。大人胸懷磊落，當勿以此爲戚戚也。惟是三徑就荒，草堂岑寂，清風兩袖，未知作何料理。侄女遭際迍邅，家園破碎，數年來姑殁於堂，翁喪於途，婿守一氈，了無生色。米鹽瑣屑之外，加以骨肉慘傷，以致疾病叢生，不能勤操井臼，旦夕徬徨，惟恐有負先人期望之心耳。天寒白屋，久賦無衣，賴味莊先生垂念舊交，憐才破格，數載以來，得免溝壑。生涯冷淡，日從事於詞章，或作一跋，或賦一詩，藉博蠅頭微利，歲暮則追逋兼詩而至者紛紛矣。復以伶俜弱息，環繞膝前，一水迢遥，歸寧日少，定省久虚，離愁日積。邇來魂常依依於吾父、吾叔前，未知何日再放琴水之舟，快睹高堂色笑也。”《答曹夫人書》云：“陳嫗婦，接奉琅函，知玉體安和，深慰遠念。并承殷勤眷注，惠寄珍物。自顧菲材，蒙知已格外垂青,獎許溢分,且感且愧。陳嫗既歸,左右乏人,未知曾覓有得力人否？念甚。愚姊自别後,貧病交攻,加以筆墨應酬,不覺日形憔悴。仲冬又得一女,歲華行晚,熊夢仍虚,始悟造物弄人,顛顛倒倒,想仁妹聞之,亦爲三嘆。金臺游眺,想佳什又增幾許;家姑母朝夕過從,閨閣又添樂事,惜儀之不克追隨也。金環香佩,附耳隨身,如睹芳容咫尺矣。路長紙短,不盡神依。"《寄華山弟書》云:"春間接弟手書,至今未接報音,心甚懸懸。姊自産後,大病半載,不能食飯,强自支持耳。奴回,承惠皮服,弟夫人推愛解衣,感何可極。但念彼此食貧,寸心深抱不安耳。服甚華美,長短稱身。春風道暖,已早化作白鵰飛去矣。外間筆墨,應酬頗繁。近織雲女史從雲間來,又添題咏之事。渠畫甚佳,因乞得一扇,以供把玩,望檢收之。"《致何春渚徵君書》云:"日前枉顧荒齋,匆匆未盡悃忱。自顧菲材,蒙長者知遇,殘稿附之集中,拙書銘諸石上,抑何愛之深而望之切耶！遂令閨閣中欣欣作千秋之想。復承厚賜累累,在長者有加無已,在儀實深抱愧。同在窘鄉,益抱不安耳。古硯精雅异常,恨無椽筆以副之,以其端凝貴重,未敢輕易拜賜,非敢固却也。兹蒙來論諄諄,謹當什襲珍藏,以傳久遠。不一。"《答香卿夫人書》云:"千里神交,十旬闊别,相憶之情,筆舌難罄。常夜夢君,或花枝掩映,或曲籬圍護,總未能一近玉容,親訴衷曲,想因相思之切,倍形相見之難也。自握别後,一病至今,延及三月。延醫診脉,或云是病,或云是孕,究莫測其端。總之,穀食久廢,憔悴不可勝言矣。追憶前次病中,屢承遣使慰問,饋贈食物,不勝今昔之感。端節前,遣奴至署,方知吾妹之病,二兄之歸,焦悶無似,惆悵不已。知之太晚,竟未及片紙奉候,然無日不神往藥鑪左右也。承惠珍簟,温柔滑潤,夜寐晨興,每感故人雅誼。蘭烟到口,恍憶芬芳氣味也。"《致胥燕亭大令書》云:"既披鴻製,復誦瑶章,詞翰之精妙,獎許之過情,感愧無地。新詞三復,至'一點秋從心起'之句,不禁擊節。憶數年前,讀大作《題蕊珠宫花史册》三絶句,神韵風調,逼真唐賢,至今猶能諷誦,固已早識仙才矣。儀學殖本薄,重以米鹽兒女之累,益復荒蕪,乃蒙大雅以必傳二字勖之,固當勉事學問,期副厚望於萬一耳。夫人天上神仙,女公子天資明慧,重以家學,他日至蘇,得造琅環福地,拜玉容於綉幄,聆淑誨於妝臺,後塵許步,榮幸奚如!"《復吴星槎别駕書》云:"接奉朵雲,復披雅咏。浣薇窗下,錦爛七襄;刺綉簾前,目迷五色。先生擅玉局之詩才,兼龍門之史筆。騁足青雲,公侯倒屣;尋芳紫陌,花月增輝。儀久耳鴻名,未瞻芝宇;兹聆謦欬,如坐春風。輔嗣清言,元龍豪氣,兼而有之,不勝欽服。儀少小耽吟,中年多病。永晝拈毫,藉丹鉛而蠲忿;清宵聽漏,對花月以言愁。遇味莊師提倡風騷,殷勤宏獎,感恩知己,耿耿難忘。前者偶學倚聲,過蒙先生青睞。塗鴉腕弱,説項情深。儀愧知音,先生真天下有心人也。書中推許過情,撝謙已甚,臨風三復,且感且慚。自兹以往,望時賜指南,俾知趨向,是則寸心所私禱者也。奉次元韵四章,藉展欽仰之忱,伏祈施之斧削,幸甚。不備。"

勾曲女史駱佩蘭,亦受業於倉山者也。嘗作《秋燈課女圖》,曾賓谷爲題一絶云:"一燈雙影瘦伶俜,窗外秋聲不可聽。兒命苦於慈母處,當年有父爲傳經。"佩蘭得詩,因以"聽秋"名其集。隨園女弟子詩選中俱見著録。近從徐積餘先生處得見其手書詩稿小册,前有夢樓署眉,朱絲小楷,雅可寶玩。所録之詩,與集中稍有异同。其《紀夢》詩八首序云:"余幼時多奇夢,覺後記忘各半。昔人云:'夢者,兆也,想也。'余之夢多是想所未及。若云兆,則尤無可兆也。暇日取其能憶者作詩紀之,聊以遣懷云爾。"詩曰:"夢入層霄上,星冠著羽群。傳書惟附鶴,行步必駿雲。桃結千年實,瓜分五色文。金盤青玉案,天酒酌芬醞。"(一)"夢到幽閑處,風光似早秋。奚童遥引導,是我讀書樓。素壁題新句,朱扉似舊游。牙籤三萬軸,掩卷誦如流。"(二)"夢作青衿客,徵才赴選場。公車走迢遞,文陣吐光芒。瀛署衣更緑,天門榜挂黄。看花騎馬過,十里暗塵香。"(三)"夢到栖禪地,深林覆一庵。草堪名忍辱,花似綻優曇。古洞風雲出,清池星斗涵。從兹謝人事,習静我猶堪。"(四)"夢入萬花庭,瑶宫晝不扃。雲霞開殿閣,珠翠擁娉婷。衣薄如雲艷,眉長似岫青。相迎含淺笑,邀我誦《金經》。"(五)"夢到無人處,茫茫大海邊。無須用舟楫,已度萬重烟。忽爾樓臺現,兼之卉草妍。居人皆皓首,招我學長年。”(六)“夢領貔貅隊,欃槍掃霧霾。師疑霆電下,陣是鳥蛇排。關塞紓雄略,雲霄寫壯懷。鐘聲忽催覺,依舊著弓鞋。”(七)“夢到耕桑地,茅檐三五家。依墻瓜正熟,臨水稻初花。稚子知炊菜,閨人盡績麻。終朝勤力作,溪日不曾斜。”又《偶成》云:“瑶函堆案不停披,花落花開總未知。典盡春衫研盡墨,無人來買遣愁詩。”皆集中所未載者,鄧林遺羽,彌可寶貴。京江悟情女史姓翁氏,姊湘雲爲宣武公和琳妾。和歿後,姊自經死。悟情幼侍和邸弟,姊歿後南歸,主佩香家。壇坫東南,主持風雅。此又女史遺事之可傳者,特附著之。

盧元素,字静香,江都人。與駱佩香倡和,齊名一時,有“女盧駱”之號。《同仙霞女史紅橋春泛》云:“隋堤柳色最堪憐,緑到揚州三月天。雙槳紅橋橋下路,數聲啼鳥一溪烟。”

平湖張笙伯之女弟蘭君,工詩。《寒夜》有句云:“半夜紗窗逗微白,不知是雪是梅花。”笙伯因寫梅一枝寄之,題《賣花聲》一詞爲媵,所謂“人似寒花花似雪,月也疑猜”是也。(載《梧葉秋聲詞》中。)笙伯夫人嘉興錢佩芬女士,亦擅吟咏,有《梅花閣遺詩》若干首,附刊於《躬厚堂集》中。《送外》云:“臨別翻無語,深閨静掩扉。瀟瀟風雨夜,打點客中衣。”《病起》云:“連緜小病累親憂,乍起梳頭静倚樓。燕子不來簾不捲,落花無語也知愁。”

《衍波詞》一卷,仁和孫秀芬(蓀意)女士著。清圓流轉,出入於頻伽、憶雲二家,附庸浙派,當之無愧。《蝶戀花》云:“深掩重門春院静。又是年時,一段消魂景。未過花朝春尚嫩,柳梢漸覺黄金褪。　睡起髻鬟斜不整。注罷沉檀,火滅香篝冷。簾外櫻桃花落盡,晚來幾陣東風緊。”前調《七夕》云:“又見佳期逢七夕。烏鵲橋成,欲渡還嬌怯。一歲離情應更切,銀河執手低低説。　莫怪天孫腸斷絶。修到神仙,尚有生離別。風露悄凉人寂寂,夜深獨向瑶階立。”吹氣如蘭,絶似《花簾集》中佳著,非尋常揉脂弄粉者比也。

王竹所(初桐)《巏嵍山人集》,阮雲臺稱爲典雅流麗。其姬人李秀真(湘芝),濟南人,亦能韵語。有《柳絮集》,以其姓氏里居,合於李易安柳絮泉，且兼取道韞故事也。《北極廟》云："古刹迢遥碧漢間，一回登眺一開顔。東西南北青無數，看盡重重叠叠山。"《夜深》云："夜深獨傍錦熏籠，窗縫穿來敵面風。恐是行人未投宿，馬蹄踏雪亂山中。"皆清婉可誦。

婁縣陳秀英，餘姚徐清婉娣姒也，陳詩曰《停梭吟草》。陳早卒，清婉爲序而刊之。旋清婉亦卒，其夫婿山陰萬同倫搜刻遺稿，顔曰《静香樓剩草》。彩雲易散琉璃脆，宛若長陵，同嗟不禄，是可慨矣。萬題徐詩草云："秋河澄碧，冷螢飛清。星垂欲墮，烟流亦聲。瑟瑟者草，啾啾者蟲。落葉擁階，觸履窸窣。樹影在地，瑶月玲瓏。悲哉秋氣，凄其心憂。惛然入室，空房動愁。燈炧曳緑，窗破風瘦。帳栖宿塵，枕暗餘綉。對榻無夢，撫几有卷。引卷欲吟，淚落如霰。朱墨斑連，形神依稀。滯櫬在寺，遺鏡在臺。淚迷枯目，其人如來。歷歷陳迹，悠悠我思。怡怡堂上，我盤子匜。依依猶子，投懷而嬉。春晝健游，勸我加餐。寒宵戀讀，勸我加棉。瑣瑣錢布，勞勞井臼。弗擾余心，乃促而壽。賦而以彗，靳而以命。而命不延，惟我有釁。嗚呼！我之遇其夢邪，我之語其寐耶？其序而詩耶，其傷而逝耶？我弗能知，而儻有知？而儻有知，我不而覯，而忍覯而詩？"讀之，使人增伉儷之重。

善化何根雲（桂清），咸豐丁巳開府兩江。白面談兵，黑丸嘯野，朝廷倚若長城，壁壘等於灞上。卒以狃於半壁之安，遂致符離之潰。生平功罪，載在史官，可不具論。要其文采風流，固自不可磨滅。其女弟曰桂珍，字梅因，適於俞，爲紹初太守德配，著有《枸櫞軒詩詞鈔》。馨逸清芬，足光家乘，不第夢草池塘，連枝競秀也。集中有《婢子小紅殉難，得旌紀恩》二首云："垂髫碧玉似家生，話到珠沈淚欲傾。侍我十年渾一夢，夢中猶是唤聲聲。""人生塵世誰無死，一死榮邀綽楔新。從此完名山嶽重，千秋不愧女兒身。"序云："小紅，楚産也。不詳其姓。五齡爲匪人誘賣，余憐而收養，視同子女。婢性慧，明大義，貌亦娟好。戚眷愛而敬之，多有求爲側室者。余皆婉却，欲俟長成擇一良匹，俾其得所。孰意庚子之變，余舉家穽此，無力遠引，自分必死，指院井爲殉所。婢時侍側，若有感焉。

七月二十一日,都城陷,謡諑迭驚。余方卧病,報婢已就義於井矣。越日拯出,顔色如生。嗚呼！精白乃心,堅定乃識,有婢如此,可勝嘆哉！無何款議成,敵氛斂,當軸以其死聞於朝,天語褒嘉,特予旌典。卓哉吾婢,千載一時,吾不如也。死時年十有五。惟一旦珠沈,左右侍婢鮮當意者。寒夜清燈,聞風聽雨,不無棖觸。聊賦二章以志。"小紅得此,可不朽矣。

《枸櫞軒詩》格老氣蒼,一洗近時脂粉惡習。《感事八首》尤佳,録其四云:"窺邊胡馬本天驕,九服如今入漢軺。槎使未歸張博望,冠軍空老霍嫖姚。秋來絳蠟心傾淚,劫後紅羊凍尚燒。傳語中朝人第一,可能樽俎化兵銷。""天涯何處是邊州,多少羊頭關内侯。舊業未穿鸜鵒硯,新恩遍著鷫鷞裘。男錢散盡龐萌去,女樂頒來魏絳留。休説當年豐鎬地,長空衰草陣雲浮。""尺天寸地戴堯年,萬寶輸將來日邊。劉晏持籌寛甲帖,徐温抗疏免丁錢。一籬松菊壺中隱,千畝桑麻夢亦仙。自是太平新氣象,厚生知有聖恩駢。""繁華鏡裏托生靈,岌岌長安世路冥。千市簪裾沈璧月,萬家樓閣落旗星。似聞置俎龍歸董,錯認乘軒鶴姓丁。聖代即今猶富庶,《豳風》秉願讀葩《經》。"瓊琚玉佩,大放厥辭,正不當以小紅低唱目之。

閨秀作詞,多工小令,慢引已屬罕見,長調則更闃如矣。良以《花間》之貌易工,兩宋之神難襲也。《枸櫞軒詞》獨多宏著,《鶯啼序·和夢窗荷花均》云:"嚴霜沍空一白,壓樓臺在水。冷香暗透絳紗窗,數枝風弄梅蕊。猛聽得、荒譙戍鼓,啼烏遠逐邊聲墜。悵神州,馳羽無端,引動塵思。　　坐甲材官,枕戈將領,盡關東鼠子。倚寒籦、空泣銅仙,甘泉書杳未至。莽乾坤、旄頭火燒,問何日、靈旗森指。且狂歌,拍手洪崖,九天輸意。　　生涯鉛槧,心事波瀾,妒北宫穩寐。冰鏡下、幾回起舞,瞥見蓮炬,分影雙枝,對傾紅淚。魚鬚笏落,籠頭鼎冷,當年塵夢渾如昨,换酡顔、一夕成蕉萃。魂礬骨恨,拈花頓悟前因,委懷五千言裏。　　年華老去,滚滚黄沙,蹙眉心損翠。况説是、江淹久别,蘇季清貧,可耐瓶笙,把寒催起。登樓試望,黏天衰草,舊時道路人影絶,盼歸鴻、準誤雲屏倚。無言彳亍危闌,手攬《離騷》,血痕涴紙。"感事傷時,清空如拭,出自閨幃,允稱難得。其餘可誦者,如《清平樂·秋蝶》云:"水風池閣,寒沍銖衣薄。欲與秋花尋舊約,又怕秋花冷落。　　玉京仙子慵妝,無心管領年芳。没個人間并翦,絲絲翦斷柔腸。"《行香子·月下横琴》云:"孤鶴銜烟,怨鵠窺筵。占空階、自寫纏緜。何來玉鏡,飛上冰弦。聽一聲清,一聲斷,一聲連。　　鉛杵秋邊,歌舞人間。且停三弄問青天。瓊樓碧宇,今夕何年。但樹蕭疏,花黯淡,草萋芊。"又有"塵事如梅味總酸"七字甚佳。

《惋春遺稿》,上海王元珠(雅如)著。雅如爲閩江蘇稼秋先生淑儷,能以新教育學理造就後進,尤注意於家庭教育,樹今日女學之先聲。今夫人子女皆能於滬江學界中有所樹立,賢聲卓著,咸本夫人之所教也。其歿也,元和江霄緯太史挽以聯云:"曾賜題亡女遺編,料知地下歡迎,定願入幃稱弟子;頓驚失名媛懿範,正值吴中勸學,惜哉開幕失宣文。"論者以謂悼揚恰當云。詩多近體,頗宗法倉山一老,流水行雲,空明一片,固是詩人本色。《寄外》云:"遠游何所事,菽水有高堂。未敢言相念,愁君旅思長。""急雨醒殘夢,寒燈淡欲無。雲深迷雁字,空奇數行書。""昨夢知何處,悠悠江水邊。相逢無一語,携手小窗前。""一别已三月,離懷兩地知。燈前小兒女,尚未解相思。"卷中多與稼秋先生唱和之作。稼秋先生别號夢庵主,故又名其詩曰《同夢草》。靈鶼閣主題詞云:"王郎蘇妹人間有,此日重將轉换來。"亦一佳話也。

同安閨秀洪汝敬,小字許娘,七歲許字東寧碣石總戎林黄彩子世芳爲妻,世芳弱冠補弟子員,未婚而歿。許娘聞訃,勺飲不入,堅卧五日而歿。許娘少工吟咏,然常自匿,不令人見,稿亦罕有存者。及卒,於香奩衣笥中拾得數章,皆清麗可誦。如《玩月》云:"月色清如許,空庭徹骨寒。惟餘月桂影,霜裏鬥嬋娟。"《紅梅》云:"絳雪應同艷,清香不怕寒。渾如紅粉女,無語倚闌干。"《春閨》云:"遲遲春日上湘簾,寶鴨心香手自添。閑向碧紗窗裏坐,呢喃雙燕語紅檐。"不減古人風致。將逝前一夕,命畫工圖其貌,作《寒梅白石圖》:冰雪滿庭,縞衣獨立於梅林之下。次夕,夜將半,有鳥飛鳴屋上,家人异之。女曰:"當是郎魂幻化邀余往也。行矣!"因口占一絶而逝。

時邑之縉紳爲詩歌以挽者百餘人。

真義北三里有綽墩,土人以山稱之。《中吳紀聞》云:"崑山縣西二十里有村曰綽墩,故老相傳此唐伶人黄幡綽之墓。"墩上有石縱横,元顧仲瑛建亭於上,名綽山亭。右控陽城(湖名,今誤羊腸),左顧傀儡(湖名,一名東湖。名傀儡者,亦以幡綽故也)。沈光掩映,村墟環互,登陟所經,頗得佳趣。閨秀何婉哥有《九日隨家嚴登綽山》七律:"梳掠容光攬鏡奩,來游喜得侍家嚴。題糕節冷楓初艷,放棹船輕浪亦恬。此地已無金粟影,遥天猶露玉山尖。登高忽睹雲霞燦,掩映湖波霽色添。"又真義東北六里,地名高墟,高三丈餘,四圍百步,俗稱黄泥山,又謂之太平山。正月三日游人甚衆,謂之"登太平山"。上有大石喬松古柏,相傳唐高力士葬此。宋人黄由詩:"不識力士名,焉知宦者墓。長門恩眷深,興亡不相顧。玉環死馬嵬,幸蜀嗟中露。試問何時歸,脱亡如狡兔。空葬等山陵,四圍列古樹。寒風撼泥沙,漁樵聲幾度。"明周恭詩:"野田禾黍正油油,蔓草寒烟暗古邱。湖水北來秋自潤,縣山東下晚將浮。未斜烏帽身先醉,欲插黄花鬢已羞。地下果埋高力士,玉環妖骨是誰收。"均力辯其誣也。而習俗相沿,以訛傳訛,亦可笑矣。何婉哥有《正月三日,登太平山即事》二絶句,傳誦一時。録其一云:"春水船俱繫緑灣,紛紛此際待躋攀。老翁扶杖溪邊立,笑看游人不上山。"殊有畫意。

寧鄉黄婉璚,字葆儀,工詞。《江樓晚眺·滿庭芳》云:"雲擁遥青,山拖淺碧,暝烟飛上層樓。柳絲摇夢,分緑挂簾鈎。何處書傳錦字,南來雁、聲斷蘋洲。蕭疏甚,楓林斜照,紅染半江秋。 凝眸。天渺渺,帆摇楚尾,川遠吴頭。算多少征魂,空載扁舟。怕聽湘《騷》寫怨,銷不盡、香草風流。蒼茫裏,愁痕界破,飛起一汀鷗。"《寄表妹·行香子》云:"相别多時,相見無期。記從前、團聚深閨。藏鈎硯北,刺綉樓西。正月初明,雲初斂,雁初飛。 亞字闌回,丁字簾垂。夜將殘、寒透羅衣。欲譜瑶琴,難寄離思。恨嶽雲遥,湘水隔,錦書稀。"葆儀爲花耘廣文女,瀏陽歐陽雨舟室,虎痴侄女。生長華膴,涵濡風雅,故造詣特精,著有《茶香閣集》。絶詩最佳,

《即事》云:“小閣春深樹影濃,風摇檐馬韵丁冬。落花滿地無人掃,鸚鵡簾前駡婢傭。”《咏鏡》云:“綉幕緑陰遮,晨窗拓碧紗。髻雲臨鏡挽,紅颭一簪花。”年二十七遽卒。清才不禄,人咸惜之。又有《聽琴》五絶云:“待月焚銀葉,疏香透幾層。松風添逸韵,弦脆七條冰。”蓋女士固深得琴趣者。虎痴曾學琴於沈素生,葆儀能一遍成誦。或學《水仙操》,三月不成,葆儀對譜獨彈,再夕而竟。珍藏古琴,與同卧起,其殁也,家人以琴殉。

葆儀妹慧儀、潤儀皆工詩。嘗夏夜姊妹聯句云:“斗室堪容膝(葆),宵分興不窮。飲醇非酒盞(慧),吟癖有詩筒。白鳥撩紈扇(潤),青娥隱畫櫳。窗紗疏鏤月(葆),檐鐵碎吟風。繞屋傳更柝(慧),當階響候蟲。竹深烟冪歷(潤),樹暗影溟濛。簟展黄璃滑(葆),琴彈緑綺工。茸茶濃瀹碧(慧),仙李簇沈紅。艾把香微馥(潤),蘭膏焰遠烘。插瓶花自鬨(葆),蘸筆墨初融。陡覺凉蕭爽(慧),全消暑藴隆。家庭有真樂(潤),韵事許誰同(葆)。”劉家三妹角應宫鳴,今之家庭有此真樂者誰乎?

湘潭胡子靖先生元倓,亮節清風,心儀已久。嘗屏弃百務而經營慘澹於教育事業,所辦明德學校,聲譽卓著。有欲中傷之者,屢遭顛躓,先生書“雖九死吾猶未悔”一語爲楹額,懸之校舍中。澧蘭沅芷,扇淑流芬,樂育英才,可以風世,不第爲三湘七澤光矣。近承至涵芬樓相訪,出示甲寅年所作《感逝》詩卷,蓋追悼其元嬪陸夫人而作。詩序駢文,爲其繼室山陰王縑咏(緗)所著,蓋能以齊梁風骨,寫黄門哀思者。文云:“嗟乎!美人香草,是文人感遇之詞;别鵠離鸞,乃兒女傷心之曲。大抵天荒地老,缺陷恒多;石爛海枯,歡娱苦短。紅顔蹇命,幾曾福慧雙修;蒼昊嫉才,畢竟文章多阨。若夫曇花一刹,鶗鴂催春;寶鏡孤懸,文鴛顧影。感斯人之長逝,嗟彼美兮不還。他生之緣會難期,三載之墜歡猶在。獨居深念,能無奉倩神傷;閑醉冷吟,未免安仁辭費。況乃江湖奔走,書劍飄零。滄海曾經,劉郎重到。省識蓬山來路,碧海青天;記曾玳瑁雙栖,珠簾翠箔。桃花人面,風景不殊;楊柳樓臺,低佪欲絶。撫華年於逝水,嘆客子之無家,悲可知已。於是寄纏綿於片紙,譜幽怨於么弦。碧落黄泉,魂招天上;蘆簾紙閣,緣證今生。通詞聊托乎微波,協律詎矜夫格調。燒殘絳蠟,淚凝五色之箋;寫出烏絲,愁結三春之繭。此耐庵君《感逝》詩之所由作也。原夫陸孺人者,係出簪纓,家承詩禮。毓苕華於浙水,侍宦轍於羊城。淑慎温恭,幼嫻《女誡》;幽閑貞静,長習姆儀。蘭無言而自芳,玉蘊照而逾媚。於時春濃萱蔭,日麗荆枝。玉樹交柯,萊衣結隊。柳絮承趨庭之對,椒花製獻歲之銘。清才不愧女宗,妙譽早推淑媛。耐庵以潘楊之戚,申秦晋之盟。館甥無假射屏,宅相翻居坦腹。戲蘭苕之翡翠,兩小無猜;頌福禄之鴛鴦,三生自信。爰以乙未冬入贅於粤,温嶠玉臺,髫齡有約;韓侯百兩,嘉禮觀成。嶺上梅開,正花好月圓之候;閨中風暖,是珠聯璧合之時。無何越鳥辭枝,斑騅就道。懔三從之戒,侍夫子以同歸;泛一舸之舟,偕細君而共返。式琴瑟之静好,歌黻佩以倡隨。雪夜清談,茗烹雀舌;春宵同夢,枕戒鷄鳴。伴影書帷,理牙籤而佐讀;調羹厨下,操井臼以供炊。蘋蘩將祭祀之誠,酒漿昭賓客之敬。且喜明珠入握,奇花初胎;方期玉燕投懷,佳兒再索。爾乃迹滯三湘,情牽五嶺。嬌鳳抱離巢之感,停雲棖陟屺之悲。秋月春風,眷懷故里;晨餐夕膳,苦戀慈幃。望斷刀環,思歸寧而不得;聽殘鏡卜,問反馬以何年。非關殷羨浮沉,鄉書未達;何事蘭香遠嫁,潮信難通。惟女子之善懷,遂殷憂而致疾。西風簾捲,節届三秋;殘月烏啼,愁深兩地。由是鬢絲禪榻,明鏡慵窺;茶竈藥爐,羅衣懶换。影伶俜兮綉幕,態損驚鴻;夢飛越兮珠江,情迷化蝶。玉女與天花共散,香魂偕倩影齊消。回看繞膝嬌雛,誰能遣此;忍使齊眉夫婿,莫與爲歡。嗚呼!丹不駐顔,絲難續命。瓊樓玉宇,環佩何歸;青冢黄昏,蘼蕪自結。已矣人生薤露,百年曾不崇朝;傷哉貧賤夫妻,往事都成追悔。此所以營齋營奠,莫遣悲思;織素織縑,彌增惆悵。兹編之作,意在斯乎?縑也遠挹清芬,飫聞軼行。慚月没而星替,悼芝焚而蕙嘆。自笑續貂,敢云繼美;忝居附驥,聊復效顰。誼托苔岑,步武願遵夫芳軌;情深桑梓,肩隨敬述乎遺徽。"

會稽李蒓客、祥符周季貺兩先生之論詩曰:"爲詩非自朱明作家而上溯《三百篇》,手摹而心追之,不能盡詩之變;又非自諸經諸史,旁及雜家百氏,口誦而心維之,不足應詩之求。”其女弟子傅宛字青儒,大興人也,最服膺兩先生此語。所著曰《雙青梨白軒詩稿》,長興吴寶爲之選刊。《咏落花》云:“開時衹道春無量,落去方知色是空。”《哭女》云:“三秋卧病窮秦鵲,半夜離魂化蜀鵑。”皆精警可誦。又有《感事》一律云:“擾攘潢池井底蛙,中原民力盡金沙。防胡失策唐天寶,病痱難醫晋永嘉。廊廟未聞征蟋蟀,官私何至問蝦蟆。人間興廢由天意,愁見楊花鬥李花。”愴懷時局,慨乎言之,洵閨閣中大手筆也。

嘉興高小女校姚振明女士,以小詩數章見投。輕清婉約,多可誦之作。《閨中雜咏》云:“當樓楊柳拂檐斜,涴雨梳風緑放芽。草草春歸人不惜,流鶯銜住半殘花。”“坐愁燒燭到深更,雨點疏疏風又生。不信鴛鴦禁得慣,一池荷葉變秋聲。”《秋日雜興》云:“秋來衹有睡工夫,水檻風涼近石湖。却笑溪邊老漁父,垂竿終日一魚無。”

往讀錢塘關秋芙駢文,以不得其詞爲恨。後從劉子佩琛許得秋英《夢影樓詞》刊本,并蔣靄卿《秋燈瑣憶》,正如十年面壁,親到靈山,香火前緣,頓消塵俗。《瑣憶》作於靄卿悼亡之後,中多秋芙逸事。秋芙從靄卿學琴,時於蘇公堤畔、石屋洞中鼓《平沙落雁》、《漢宫秋怨》之曲。又喜與靄卿手談,靄卿戲舉竹垞詞云:“簸錢鬥草已都輸,問持底今宵償我。”秋芙微愠而好弈如故。書學於魏滋白、吴黟山,畫學於楊渚白。又善以金盆擣戎葵葉汁,雜以雲母之粉,用紙拖染,其色蔚緑,雖澄心之紙,無以過之。嘗爲靄卿録《西湖百咏》。郭季虎題靄卿《秋林著書圖》云:“詩成不用苔箋寫,笑索蘭閨手細鈔。”即指此也。池上桃花爲風雨所摧,秋芙拾花瓣砌字作《謁金門》詞云:“春過半,花命也如春短。一夜落紅吹漸滿,風狂春不管。”“春”字未成,而東風驟來,飄散滿地。秋芙悵然,靄卿曰:“此真個‘風狂春不管’矣。”相與一笑而罷。又喜種芭蕉,秋來風雨著蕉葉,聞之心與俱碎。靄卿戲題斷句於葉上云:“是誰多事種芭蕉,早也瀟瀟,晚也瀟瀟。”秋芙續云:“是君心緒太無聊,種了芭蕉,又怨芭蕉。”瑣瑣寫來,想見閨中風雅。珠啼玉唾,皆當作叢鈴碎佩觀,從天風吹下人間也。《夢影詞》淵源浙派,刻意清新。《高陽臺·送沈湘佩入都》云:"淚雨飄愁,酒潮流夢,惜花人又長征。見説蘭橈,前頭已泊旗亭。垂楊原自傷心樹,怎怪他、踠地青青。向天涯、一樣纏綿,各自飄零。　開筵且莫頻催酒,便一杯飲了,愁極還醒。且住春帆,聽儂細數郵程。壓船烟柳烏篷重,到江南、應近清明。怕紅窗、風雨瀟瀟,一路須聽。"居然郭十三蘅夢樓中故物。《蝶戀花》云:"幾日池塘雲不住。柳也蒙蒙,想做清明雨。半榻茶烟和夢煮,畫屏幾點江南樹。　欲捲珠簾風不許。如此黄昏,休去移箏柱。樓上晚山青不去,夕陽正在鴉歸處。"三事大夫,憂生念亂,其作於粵氛漸逼時乎?最佳者莫如《夕陽》一首,調寄《高陽臺》云:"斷雁飄愁,盤鴉聚暝,一鞭殘夢歸鞍。酒醒郵程,嶺雲隴樹漫漫。渡江幾點歸帆影,近荒林、一帶楓斑。最難堪、第一峰前,立馬斜看。　而今休説鄉關路,剩濛濛烟水,瘦柳漁灣。短帽西風,古今無此荒寒。蘆笳聲裏旌旗起,問當年、誰姓江山。有悠悠、幾處牛羊,短笛吹還。"沈雄激宕,中邊俱徹。閨中若準"張春水"之例,正可稱爲"關夕陽"也。至答沈湘濤《金縷曲》、《邁陂塘》二首,一片禪機。陳王八斗才,秋芙以一人兼之,欲不早死得乎?

秋芙中年學佛,靄卿携妾同居,不免略有參商。小星替月,亦才人所不免,如張船山虎邱寓樓之事可證也。靄卿戊申秋月有寄秋芙七古一首,低首妝臺,情事可想。詩云:"乾螢冷貼屏風死,秋逼蘭缸落花紫。滿床風雨不成眠,有人剪燭中宵起。風雨秋凉玉簟知,鏡臺釵股最相思。傷心獨憶閨中婦,應是殘燈擁髻時。髻影飄蕭同卧病,中間兩接紅魴信。病熱曾雲甘蔗良,悭愡或藉浮瓜鎮。夜半傳聞還織素,錦詩漸滿回文數。可憐玉臂豈禁寒,連波祇悔從前錯。從前聽雨芙蓉室,同衾憶汝初來日。纔見何郎晉合雙,便疑司馬心非一。鴻廡牛衣感最深,春衣典後况無金。六年費汝金釵力,買得蕭郎薄倖心。薄倖明知難自避,脱輿未免參人議。或有珠期浦口還,何曾劍忍微時弃。端賴鴛鴦壺内語,流狂尚爲鰥生恕。無端乞我賣薪錢,明朝便決歸寧去。去日青荷初捲葉,羅衣曾記箱中叠。一年容易到秋風,渡江又阻歸來檝。我似齊紈易弃捐,懷中冷暖仗人憐。名争蝸角難言勝,命比蠶緰豈久堅?莫謂機絲曾有故,蛾眉無力能持護。門前但看合歡花,也須各有歸根樹。樹猶如此我何堪?近信無由綺閣探。擁到蘭衾應憶我,半窗殘夢雨聲參。雨聲入夜生惆悵,兩家紅燭昏羅帳。一例悲秋各自聽,夢魂來去芭蕉上。芭蕉葉大近前楹,枕上秋天不肯明。明日謝家堂下過,入門預想綉鞋聲。"

湯卿謀嘗云:"人生不可不儲三副痛淚:一副哭天下大事不可爲,一副哭文章不遇識者,一副哭從來淪落不偶佳人。"讀綃山女子賀雙卿詩,正不能不爲淪落不偶佳人哭也。雙卿世業農,生有宿慧,聞書聲即喜笑。十餘歲習女紅异巧。其舅爲塾師,鄰其室聽之,悉暗記,以女紅易詩詞誦習之。學小楷,點畫端妍,能於桂一葉寫《心經》。雍正十年,年十八,嫁周姓農家子,其姑乳媪也。夫長雙卿十餘歲,看時憲書,强記月大小字耳。雙卿力操井臼,遂病瘧。醫者曰:"瘧有八,是惟食與暑。方暑逼爨火,汗大出熯不止,其患甚受風;或怒食鬱不解,更强食。夙有瘧母痰滯,今乃大滋。欲速已,法宜舒其鬱郁,安之勿使憂也。"雙卿體弱性柔,能忍事,即甚悶,色常怡然。一日舂穀喘,抱杵而立,夫疑其惰,推之仆臼旁,杵壓於腰,忍痛復舂。炊粥半而瘧作,火烈粥溢,泛之以水,姑大詬,掣其耳環曰:"出!"耳裂環脱,血流及肩,乃拭血畢炊。雙卿於是抒臼俯地而嘆曰:"天乎!願雙卿代天下絶世佳人受無量苦。千秋萬世後爲佳人者,無爲我雙卿爲也。"作詩九章,以胭脂寫於帕上。詩曰:"未許焚修閉小庵,冰心無皺似澄潭。泥遲枉怪飢時燕,繭薄誰憐病後蠶。""今年膏雨斷秋雲,爲補新租又典裙。留得護郎輕絮暖,妾心如蜜敢嫌君。""編紉麻鞋綫幾重,采樵明日上西峰。乍寒一夜風偏急,莫向郎吹盡向儂。""冷厨烟濕障低房,爨耆梧桐謝鳳凰。野菜自挑寒欲洗,菊花雖痛奈何霜。""命如蟬葉愧輕綃,舊與憐娥一樣嬌。阿母見兒還認否,苦黄生面喜紅消。""浸透春酸一點心,病中疏夢易消沉。鐃釵已賣酬方藥,自削楊枝照水簪。""四屏山影遠如臺,郎負寒薪下幾回。歸後勸郎晨晏起,日高私禁外人催。""家鷄雙宿笑栖鸞,比翼齊肩并紫冠。燈暗結花光變緑,竈棱堪倚勝闌干。""妾住衡門傍彩樓,夜香吹下隔簾愁。袖開落盡秋紅句,衰草殘陽夢遠游。"殷霞村詩云:"一枝穠艷逗新叢,昨夜深紅又淺紅。零落芳心休自怨,蕩花原自養花風。"史震林謂詩意温柔敦厚,誦之者逐臣可不怨君,放子可不怨親,弃婦可不怨夫。讀雙卿詩,亦當作如是觀。

雙卿愛菊,植野菊於破盂,春爨皆對之。爲《菊花》詞,調寄《二郎神》詞曰:"絲絲脆柳,裊破淡烟依舊。向落日、秋山影裏,還喜花枝未瘦。苦雨重陽挨過了,虧耐到、小春時候。知今夜、蘸微霜,蝶去自垂首。　　生受。新寒浸骨,病來還又。可是我、雙卿薄倖,撇你黄昏静後。月冷闌干人不寐,鎮幾夜、未鬆金扣。枉辜却、開向貧家,愁處欲澆無酒。"一日餉黍遲,夫怒,揮鋤擬之。雙卿歸,爲詞一首,調寄《孤鸞》。詞曰:"午寒偏準,早瘧意初來,碧衫添襯。宿髻慵梳,亂裹帕羅齊鬢。忙中素裙未浣,摺痕邊、纖絲雙損。玉腕近看如繭,可香腮還嫩。算一生凄楚也拚忍。便化粉成灰,嫁時先忖。　　錦思花情,敢被爨烟薰盡。東菑却嫌餉緩,冷潮回、熱潮誰問。歸去將棉曬取,又晚炊相近。"暮時左攜帚,右挾畚,自場歸,見孤雁哀鳴投墟中宿焉,乃西向佇立而望。其姑自後叱之,墮畚於地。雙卿素膽小易驚,久疾益瘦損,聞暗響即怔忡不寧,姑以此特苦之。乃爲《孤雁》詞,調寄《惜黄花慢》。詞曰:"碧盡遥天,但暮霞散綺,碎翦紅鮮。聽時愁近,望時怕遠,孤鴻一個,去向誰邊。素霜已冷蘆花渚,更休倩、鷗鷺相憐。暗自眠。鳳凰縱好,寧是姻緣。　　凄凉勸你無言。趁一沙半水,且度流年。稻粱初盡,網羅正苦,夢魂易警,幾處寒烟。斷腸可是嬋娟意,寸心裏、多少纏綿。夜未闌。倦飛誤宿平田。"

雙卿寫詩詞,以葉不以紙,以粉不以墨。葉易敗,粉無膠易脱,不欲存手迹也。嘗以芍藥葉粉書《浣溪紗》詞云:"暖雨無晴漏幾絲,牧童斜插嫩花枝,小田新麥上登時。　　汲水種瓜偏怒早,忍烟炊黍又嗔遲。日長酸透軟腰肢。"又以玉簪葉粉書《望江南》云:"春不見,尋過野橋西。染夢淡紅欺粉蝶,鎖愁濃緑騙黄鸝。幽恨莫重提。　　人不見，相見是還非。拜月有香空惹袖，惜花無淚可沾衣。山遠夕陽低。”又嘗剪蘆葉三寸，粉書與其舅曰：“人皆以兒爲薄命，兒命原非薄也。紅樓淑女，緑窗麗人，淪没深閨者，世間不少。憶夜無歡，向春難哭，桃紅遽夭，竹翠長貧，豈不期人歌哭哉。多逢忌諱，鮮遘揄揚，耿彼明珠，閟於黑水。夫怨鳥遺音，衰蓬振色，猶得潄騷人之雋齒，鏤仙客之靈函，况貴本淑蘭，顧賤同糞壤乎？誦菊花歌、雁詞者，無不謂雙卿怨。雙卿無德，誠不能無怨；怨而不忍厭其夫，雙卿可自信也。”病瘧久不愈，乃爲《咏瘧》詞云：“依依孤影。渾似夢、憑誰唤醒。受多少、蝶嗔蜂怒，有藥難醫花證。最忙時、那得工夫，淒凉自整紅爐等。總訴盡濃愁，滴乾清淚，冤煞蛾眉不省。　　去過酉、來先午，偏放却、更深宵永。近千回萬轉，欲眠仍起，斷鴻叫破殘陽冷。晚山如鏡。小柴扉、烟鎖佳人，翠袖懨懨病。春歸恁早，衹恐東風未肯。”調寄《薄倖郎》，亦以蘆葉書之，嘆曰：“誠不如化作彩雲飛也。”

張瓊娘，武進段玉函室。玉函自號懷芳子，刻小印曰“情痴”，與瓊娘詩詞相唱和。家甚貧，瓊娘勤女紅，夜常不眠，坐幼兒於側，親授之書。玉函游數月不返，歸則携空槖，瓊娘笑相慰，未嘗言有無也。庭宇湫隘，避邑徙鄉，玉函出則終日扃户，稚子獨嬉戲庭下，拾花弄草，啼笑聲罕聞。自題其軒曰“憐影”，著《憐影軒詩集》。慰玉函曰：“君游幸毋念我，但見人詩詞及自題咏者，必寫之以歸。探囊中得佳句，勝黄金也。”玉函自横山唤渡，過樊川，聞姑惡聲。入破庵，無僧，累甎坐佛龕前，俯首枕雙膝聽之。天且晚，題詩龕壁而去。姑惡者，野鳥也，色純黑，似鴉而小，長頸短尾，足高，巢水旁密篠間，三月末始鳴。俗言此鳥不孝婦所化，天使乏食，哀鳴見血，乃得曲蟺、水蟲食之。鳴常徹夜，烟雨中聲尤慘也。詩云：“樊川林外一溪烟，姑惡新聲最可憐。客裏任他春自去，陰晴休問落花天。”瓊娘和云：“池塘春草淡生烟，瘦影如君兩自憐。殘日半輪回望處，粉紅雲色玉藍天。”

烈女王氏，鳳陽定遠人，諸生倫炳女。少失父母，鞠於祖母。及笄，字陳槐。槐肄業國學，病卒。女聞不哭神傷，越數日自縊，時年十九矣。平生有至性,痛父母早亡,事祖母婉約孝謹。女工餘暇,喜讀書,勉兄弟於學。偶有所作,不示人也。死後,家人得遺稿數章,輯而録之,名曰《芝堂焚餘》。芝堂,其所居室也。猶記其《咏梅花》兩句"林間傲骨須珍重,不到寒時不肯香",可想見其志節。又有《送姊》詩云:"欲别頻携手,斯時倍愴神。那堪堂上坐,衹有白頭人(謂祖母)。捧杖孫俱弱,承歡我亦貧。相違纔咫尺,早晚莫辭頻。"一氣清空如話,真所謂才節雙清矣。

閨秀倪仁吉,義烏人。手種方竹數十竿,甚愛之。萊陽董樵,高士也,游婺郡,倪重其人,斫方竹一枝爲杖贈之。善寫山水,尤工篇什。其《宫意圖》詩云:"怨入蒼梧斑竹枝,瀟湘渺渺水雲思。聽來記得華清夜,疏雨銀釭獨坐時。"

童筠,山陰人,游毛檢討奇齡之門,工詩文。幼聘姑女田玉蛾,未婚而童以事北上,田送之詩曰:"錢塘相送遠,過此是杭州。月柞春鄉夢,霜砧搗客愁。渡頭千樹老,江上一帆秋。無限臨歧意,東西水自流。"後童竟不歸,而田以夭亡。

毗陵董玉蒼妻吴文璧(永和)以貞節聞,所著《苔窗集》,着語清新。有《語諸女伴》句云:"莫訝隨行步每遲,難將愁緒訴心知。比來欲識儂懷抱,試看芭蕉未展時。"吴江潘稼堂爲作傳。

平樂太守佟鍈妻趙恭人,早寡,依公兄鉉僑居天津,鞠子成進士。生平作詩最富,不輕示人,而絶無脂粉之態。《祭竈》詩云:"再拜東厨司命神,聊將清水餞行尊。年年破屋多塵土,須恕夫亡子幼人。"《題邊塞圖》云:"黄沙漠漠迥無垠,萬古關河不度春。今見畫圖腸欲斷,可知當日戍邊人。"二絶爲世傳誦。所居曰"殘夢樓",因號殘夢主人。

佟鋊,字蔗村,自號空谷山人。家世貴顯,不樂仕進。僑居天津尹兒灣,以詩酒自娱。有妾亦能詩,蔗村築樓居之,名曰艷雪。宛平查蓮坡遭炊臼之痛,同人和悼亡詩甚多,惟艷雪七絶一首,用意最爲新异。其結句云:"美人自古如名將,不許人間見白頭。"

開封許渭符(佩璜)之太夫人,錢塘徐清獻公旭齡女也,名德音。熟精《文選》,流覽滿家,老年猶日閲書一寸。斷句云:"旅思摇風鐸,歸心縱壑魚。”又“潮來初拍岸,雲起忽遮樓”皆佳。

嘗讀鄭板橋《虞美人》詞“撩他花下去圍棋,故意推他勍敵讓他欺”。以爲情景獨絶。海鹽陳若蘭(端麟)著《閨詞》百首,中有一首云:“垂柳依依緑影生,芰荷亭館設楸枰。局中彈出縱横勢,笑問檀郎若個贏。”聊可與鄭詞印證。

若蘭詩集,有《緑窗閑咏》一帙。《閨詞》多佳句,更録數首於下。“春閨三月養吴蠶,南陌攀桑滿竹籃。爲避行人回步急,不知髻上墮牙簪。”“女伴相邀織綺羅,纖纖素手弄金梭。晚來尋取紅牙尺,較得工夫若個多。”“閨中喜作道家妝,雲錦裁成緑羽裳。學戴新冠簪日月,侍兒齊綰髻雙雙。”“一自檀郎赴玉京,殘燈挑盡淚盈盈。黄昏又值芭蕉雨,不管愁人滴到明。”陳其年所謂“如此吟咏,去花蕊夫人何遠”者也。

查蓮坡有别业在曲周,庭前海棠,每於十月間雪中盛開。津門閨秀許雪棠過時不嫁,雅善詩文,賦詩曰:“移從香國種無雙,幾見凌寒志不降。日映輕紅嬌帶淚,風扶弱質笑臨窗。朱門舊許宜春睡,冷院新看伴玉釭。却恨社公無好句,空教十月渡寒江。”汪西顥《津門雜詩》云:“不櫛書生不畫眉,傳來艷絶海棠詩。若教玉秤稱才子,壓到樓頭舊婉兒。”指雪棠也。

堵霞,字綺齋,吾邑堵庭棻女,吴元音室。自號蓉湖女士。庭棻官山東歷城縣,綺齋幼時隨侍署中,故其《滿江紅·憶昔》詞云:“歷署風光,惜少小、未知領略。還記得、堂名三到,含烟顔閣。早起教調鸚鵡粒,夜闌戲挽鞦韆索。想依稀、曾也學哦吟,渾忘却。

消晝永,閑庭鶴。驚曉夢,山城柝。遥望著、插天岱嶺,露濃烟薄。仙迹晴崖窺彩鳳,幻形片石藏城郭。憶明湖、十里芰荷香,今何若。”綺齋詞即以“含烟閣”名。詩亦清雋韶秀,高出晚唐。畫法宋人,深造徐熙没骨化境。冒巢民(辟疆)嘗跋其詩集云:“從來閨秀擅名文苑,莫著於曹大家之續史,卓文君之《白頭吟》,蘇氏織錦,謝女咏絮,艷不勝書。若兼有繪事,則王李木石,趙管竹蘭,洵足千古矣。得之目睹,則余少時所見,寒山趙靈均之配文端容、江上周仲容之女周淑禧、海虞葛介龕年伯之如夫人李是庵,咸精書畫。當日視爲得未曾有,有亦未易得也。滄桑後,會稽之王玉映、虞山之許冰綃、金閶之蕊仙吴(後法號佛眉)、醉李之羽生周(更名性道人),竟以書畫行世。憶四十年前,余閨中得秦淮董姬小宛,放手作古押衙者,爲虞山先生。故與柳夫人最暱。又合肥先生之徐夫人,與姬至戚齊名。故詩畫壇坫,改稱女郑莒。嗣吴周二才女,乃以失偶涉江覓緣,後遂緇衣托鉢,咸栖水繪,與小姬吴湘逸、吴門姬人蔡女蘿、金曉珠後先讀書課畫,最爲二十年不可再得之盛事。今俱瘞玉黄土;梁香閣上,書畫復成灰燼,止存一珠蕭槭焚硯,不復拈筆墨矣。昨夏,忽有蓉湖元音吴子過訪臨邛。相如令配,不待琴挑;梁鴻德妻,同來廡下。出《含烟閣詩》讀之,始知坦腹名門,爲進士伊令堵公女,又爲余年友濂生之從女孫。其詩之雕鎪景物,陶冶性情,大雅體裁,迥非閨閣。至寫生入微,全是徐熙晚年没骨妙境。每染一牋扇,輒令蜂蝶攢簇,花鳥深愁。視昔日之追金瀝粉者,翻爲增塑;乃旅況凄寒,冬春忽度,餐冰嚼櫱,共對齋厨,花嶼竹鑪,不離藥裹,習而安焉,不見异物而遷焉。元音伉儷,可謂固窮真隱矣。愧余一世,謬作原嘗,今年逼八十,范叔一寒至此,顔公乞米無從,我方扣門拙言辭,君誦窮仗友生則何益也。爰命跋詩,遂詳今昔,并志深感云。"

錢塘顧啓姬名姒,鄂幼輿室人也。能詩,著有《静御堂集》。在京師有"花憐昨夜雨,茶憶故山泉"之句。一日,幼輿遠道訪宋牧仲,牧仲贈以詩曰:"閨中有高咏,茶憶故山泉。似此驚人句,難爲贈婦篇。畫眉君暫輟,下榻我相延。賦就滕王閣,靈風促轉船。"幼輿嘗與漁洋諸公九日飲宋子昭小園,限"蟹"字韵,啓姬代爲詩,末云:"予本淡蕩人,讀書不求解。《爾雅》讀不熟,蟚蜞誤爲蟹。"一座大驚。啓姬又精音律,所製詞曲有"一輪月照,一雙人面"句,亦爲漁洋所稱。

《芸香館遺詩》二卷,喀爾喀部落女史那蘭遜保蓮友著,伯希祭酒母也。七歲入家塾,十二能詩,十五通"五經"。嘗謂伯希及女猗曰:"吾於詩學幸窺門徑,少年所作,率多浮響,不足爲後世笑。苟天假以年,爾輩成立,不以家事累我,我當復舉所學陶鎔而出之,庶幾可與古作者競。"太夫人卒,伯希録付梓人。李愛伯爲之序,略云:"宗室博爾濟吉特夫人者,和林貴種,瀚海名家。毓秀璇枝,遠承薛禪之帝;紹封珪葉,代襲名號之王。洎於尊人涉答紫庭,依光丹闕。犀紕賜帶,擬漢庭質子之班;鳳詔銜綸,視宋世閤門之職。充蒙古奏事官,遂定居京師焉。夫人蕙性夙成,苕華絶出,幼受詩於外祖母英太夫人。韓太君之《易》學,遍逮諸孫;劉令嫻之文辭,本於外氏。十三工篇咏,十五究經義。較之容華弱齡,艷傳催妝之句;應貞奇悟,夢授《左傳》之文,殆有過焉。及歸年丈副憲雨亭先生,鮑宣受學,因締少君;傅元有聞,足儷杜靴。蓋中閨唱和,觚翰無虚;策事相誇,賭書爲樂。下至舉業,亦播藝林。副憲以玉牒承華,金貂嗣業,出爲協揆文愨公後。梁公名相,實曰宗室之英;令畤清名,雅爲諸房之冠。經營北舍,咸無間於宏微;出入南衙,恃保全於李石。比之安平議事,或取參禪;山公擇交,亦資内决。静好之助,於古爲多。兼之周覽政書,明習掌故。晋代朝正之禮,定自陳媛;魏朝近事之條,咨夫封母。逮於歌傳寡鵠,教厲丸熊。魯敬姜戒不忘恭,宋宣文世無廢學。所謂既昭婦職,兼擅母儀,宜播椒蘭,傳之閨壺者焉。"所居爲文愨公舊邸,有處泰堂、漱芳榭、知止齋、得真觀、尚芥舟、艷香館、退思書屋、快晴簃、虹蓼矼、小池、假山、曠觀亭、天光一碧樓。亭林之勝,甲於城東,太夫人集中皆有題咏。伯希自謂"詩學得之母教爲多"云。

永寧阿土司女淑蓮句云:"春風吹到芳菲歇,留得櫻桃自在紅。"殊有逸致。

《静宜吟館詩》,于子進女史作。女史爲襄勤後裔,兄崇璟,字野漁,官普安知縣,殉難。妻張氏,女鍾順、鍾瑞、鍾秀,子婦斯氏,同時完節。子進追悼詩云:"憶拆家書掩淚看,一門授命古來難。即今慟望盤川路,杜宇聲聲夜雨寒。"又《哭長兄野漁》詩云:"一夕音書達异鄉,驚風陡起雁分行。高堂夢斷垂親淚,絶徼魂歸哭國殤。豈必生還如定遠,從聞善戰效睢陽。姓名千載留青史,同氣能無抱感傷。"野漁子鍾岳能文章,有奇氣,歷官貴州貴西道。勇略絶人,破黄教各匪屢有功,錫勇號,自號"果靖後貴州文員善戰第一"。

督軍龍里山,與瑶匪接仗陣歿。子進有《哭兄子鍾岳》詩,其先塋在京西楊家莊。《謁襄勤公墓》詩云:"二百年來沐國恩,巍巍功業御碑存(仁廟御賜碑尚在)。遺封馬鬣荒村外,衰草寒鴉滿墓門。""簪纓七葉舊清門,傳列名臣國史存。一綫無人延世澤,空留孤女泣黄昏。"《營窀穸後感賦》云:"身後香山惟有女,夢中温序久思鄉。"《偶感》云:"寒烟衰草白楊村,負土封碑拜墓門。悵望鴒原重灑淚,黔南猶有未招魂。"時野漁尚未歸骨也。《道經湯陰,題岳鄂祠》云:"百戰山河在,群奸妒已深。如何譏好殺,不解紫陽心。"(《朱子語録》謂,鄂王祇解厮殺。)

《天啓宫詞百首》,周季華女士作。於當日宫闈瑣事及客魏僭逾非分之外,絶無一字干涉天啓時軍紀朝章,蓋其慎也。張孟緹曾録入《國朝列女詩録》,張仲遠復爲作跋。雖取裁不出《酌中志》及秦徵蘭原注,其敷詞新穎,不相沿襲,可貴也。録其十首云:"雙樹陰濃倚殿栽,慈容端坐九蓮臺。黄花未落明珠結,常見乘凉玉帶來。""共訝君王戲局精,銅缸春暖水初盈。笑看玉柱金几擁,散雪飛殘瀑布聲。""細語花前問母瑩,月痕初上玉鉤明。曉光微照松楸裹,親捧爐香寂寞行。""蝠蝠碧色小龍騫,紅錦裝來奏玉尊。牌子御前旋拜賀,五雲光對北花門。""瓊函寒落正嘉年,曬晾重教奏帝前。忽憶偷書詢舊事,姓名却自玉音傳。""研床梳篋最新奇,正是雕鏤得意時。急把批紅宣内侍,莫教封事亂清恩。""三欄添上蟒衣重,兩袖能障上苑風。廟忌每逢青末换,竹花微映海天紅。""寶善門開獵騎圍,流雲一片御前飛。弓弦響處山呼滿,已見元臣帶病歸。""銀苗食罷鴨成冰,密獻波羅舊典仍。忙下巧山更鵲補,夜深携手看河燈。""暖風輕護海棠枝,六角亭中駐驛時。扁辮披肩翻冒暑,戎裝踢雪夜行遲。"

陸冰修(嘉淑),海寧人,有《辛齋遺稿》。《采桑曲》云:"江南三月青陽天,桃花叵匝楊花顛。流鶯自語元鳥斜,陌上誰家雙鬟鴉。綉箔柔匡臨碧戺,百帖春蠶眠不起。素腕迢迢倚夕陽,清矑的的回秋水。別有梅花洞房妾,永日盈盈淚凝睫。織成錦字寄别離,結成同心鎖笥篋。偶向城隅恨自滋,長憐春暮心尤怯。使君五馬莫踟蹰，兒家夫婿關西俠。”查夏重其婿也，少從學詩。

閻百詩父修齡，字再彭，號牛叟，以詩名江淮。少師事黄石齋，甲申後弃諸生。母丁名仙窈，字少姜，亦能詩。自題讀書處曰“兑閣”，以兑爲少女，己於女兄弟中行最少也。先牛叟卒，牛叟爲作《兑閣遺徽》，稱其於琴不由師授，以意成譜，巧合自然。又善弈，花下與諸女劇，必招牛叟，牛叟笑謝。又云：“妻屢勸余參訪耆宿，向上一著，而以鈍根未果，近慚龐媪，遠負萊妻。”陳其年爲賦《祝英臺近》詞曰：“水精簾，翡翠鎖，不許俗塵涴。綉罷鴛鴦，窗畔茜絨唾。分明薝卜花香，楞伽寺静，衹多了、阿奴旁坐。　歸去可，好趁水月潮音，早上雪山座。怪殺蕭郎，彈指景光錯。請伊試看人間，閑花浪朵，總一霎、笛聲吹破。”

拜經樓所藏海昌閨秀詩，有佟陳氏稿。前有題云：“佟陳氏爲海昌次升封翁女，大司空學山先生嫡妹。未出閣時所作，秀慧之致，已見一斑。老荆之母姨也。予初婚時，偶爾手鈔，及今展閲，忽忽五十餘年，若俯仰事。戊申八月南屏，時年七十有一。”兔床書此後云：“次升名之暹，崇禎丙子舉人。學山其長子敱永之號。考陳氏家譜，次升凡五女。第四女適三韓佟世南（廣）。廣，瓊山令。第五女名皖永，字倫光，適同邑楊中默。有詩名，著《素賞樓集》，爲時傳誦。惜其姊能吟咏而人罕知者，并名字亦無可考，豈爲若妹所掩耶？《素賞樓》中間有與姊唱和詩。今年秋，武林魏小洲偶得此稿貽予，因亟録之。首有戊申八月，南屏題字。南屏，亦未詳何人也。乙巳臘月，槎客志。”遼陽楊芷姓太守謂，佟世南字梅岑，嘗與陸進、張星耀同編《東白堂詞選》十五卷，《四庫》著録。所作長短句，太守録入《白山詞介》。其《山花子》云：“芳信無由覓彩鸞，人間天上見應難。瑶瑟暗縈珠淚滿，不堪彈。　枕上彩雲巫岫隔，樓頭微雨杏花寒。誰在暮烟殘照裏，倚闌干。”譚復堂謂其“不無天際輕陰之感”。梅岑詞筆麗則，閨中復得佳耦，楝鄂、伍堯兩先生編《熙朝雅頌集》，乃未登其夫婦一字。微兔床山人此記，世竟無知有佟陳氏者，亦可慨也。

候官陳石遺夫人蕭道管，字君佩，一字道安。工詩、古文、詞，著有《道安室文集》、《蕭閑堂詩詞鈔》，額其所居曰“戴花平安室”。嘗言願築樓數楹，竹梧立後，花樹仰前。近石遺於匹園中築皆山樓成，而蕭夫人已亡十有一年矣。故石遺作園記，有云：“匹夫卧樓上，匹婦長卧地下，所謂鰥寡而無告者也，不以匹名吾園而何名耶？”石遺名衍，蕭夫人嘗爲作《命名説》云：“君名衍，能談天似鄒衍，好飲酒似公孫衍，無宦情惡銅臭似王衍，對孺人弄稚子似馮衍，惡殺似蕭衍，無妾媵似崔衍，喜《漢書》似杜衍，能作俚詞似蜀王衍，喜篆刻似吾邱衍，喜《通鑒》似嚴衍，喜古今文《尚書》、《墨子》似孫星衍。特未知其與《元佑黨人碑》中之宦者陳衍何所似耳，請摹其字以爲名刺何如？”此説可謂得未曾有。石遺嘗曰：“余中年喪偶，終不復娶，又絶似孫星衍，而非先室人之所及知也。”

高文良繼室季玉夫人，綏遠將軍蔡毓榮女，有《蘊真軒詩鈔》二卷、《詩餘》一卷。文良於康熙五十九年，以閣學出撫廣西，歷督雲、貴、閩、浙，改兩江，移撫江蘇，總督趙芸書(宏恩)爲後進，每齮齕之。公卓然孤立，喜愠不見於色。嘗咏《白燕》，第五句云“有色何嘗相假借”，沉思未封，夫人至，代握筆曰：“不群仍恐太分明。”張裕犖(築澗)序《蘊真軒詩》，稱其“喜讀書，有過人之識”者，此類是也。文良之由廣西巡撫遷雲貴總督也，夫人詩云：“滇南爲先大夫舊蒞之地，四十年後，余隨夫子督滇，目擊勝概猶存，而先人之墓有宿草矣。撫今憶昔，凄然有感，因得八長句，用志追思之痛。”《辰龍關》云：“一徑登危獨惘然，重關寂寂鎖寒烟。遺民老剩頭間雪，戰地秋閑柳外田。聞道萬人隨匹馬，曾經六月墮飛鳶。殘碑猶志諸軍勇，苔蝕塵封四十年。”《關鎖嶺》云：“山從絶域勢遥分，天限西南自昔聞。熢静戍樓狐上屋，風喧古木鳥驚群。横盤石磴危通馬，白裹松根倒看雲。叱馭昇平猶覺險，登臨還憶舊將軍。”《鐵鎖橋》云：“結構飛梁迹尚存，蘚碑遺字滿埃塵。三垂鐵鎖晴虹挂，百叠江聲戰鼓沈。細柳營空雲似幕，霸陵原静草如茵。臨風一灑孤兒淚，不見題橋續後人。”《江西坡》云：“西嶺千重簇劍芒，曾摩萬騎驀羊腸。鬼燈明滅團青血，野冢荒凉種白楊。夢斷層霄空漠漠，事隨流水去茫茫。當年耆舊今無幾，指點殘山説戰場。”《九峰寺》云：“蘿壁松門古徑深，題名猶記舊鋪金。苔生塵鼎無香火，經蝕僧厨有蠹蟫。赤手屠鯨千載事，白頭歸佛一生心。征南部曲今誰是，剩有枯禪守故林。"《鸚鵡峰》云："鸚鵡峰前悵倚闌，思量遺事獨長嘆。紅旗指處人迎馬，白首歸來雪滿鞍。澗底波流如哽咽，寺門聯額半摧殘。豈知石上傳心筆，留與孤兒掩淚看。"《雲南坡》云："榮枯浩浩海無邊，成就功名自古傳。白鉞幾過新驛路，赤燐曾遍舊山川。吴雲已變如蒼狗，蜀魄惟能化杜鵑。試看絳侯千户邑，應知懋績在當年。"《謁祠》云："腸回百結淚如絲，一奠椒漿拜舊祠。箕尾已歸應有處，音容何處杳難思。環旋故壘青山在，寂寞虚廊白日移。不謂霜凄雲幻後，南人猶惜召棠枝。"諸詩沈鬱悲凉，歸愚、簡齋皆未見全什，《雅頌集》亦僅録其四，故備録之。

當塗卞琳（楚玉）與其夫人吴山（岩子）家青山，既轉徙江、淮、無、常地，居西湖三年。女夢珏（元文）工詩辭，顧黄公己丑戊子間客杭，聞其賢能，精筆札，杵臼是求，人事錯迕，遂以不果，後歸揚州劉孝廉峻度。康熙庚戌，元文墓草五青，黄公見其舊詩《西泠閨咏》，題二詩志感云："記得銀屏迤邐開，有人青瑣嘆多才。簾邊送韵衣香出，湖上回船塔雨來。南國燕支愁欲贈，西泠松柏更堪哀。當時空指團圞月，未下温家玉鏡臺。""欲唤西湖作莫愁，繁華自昔帝王州。續來明月笙歌院，啼下曉鶯烟火樓。弱腕題詩心緒斷，修蛾入鬢眼波秋。芙蓉城較蓬山遠，肯信蕭郎已白頭。"元文有句云："夕陽交代笙歌月，曙色輕移燈火樓。"又"柳去六橋春色暗，雨來三竺遠山無"。黄公所激賞也。岩子與楚玉筆墨偕隱，有《西湖》、《梁溪》、《虎邱》、《廣陵》諸集，後彙次之以《青山》名，多玉樹銅駝之感。楚玉中道即世，未有子，岩子依女夫以老。次女德基爲峻度繼室，如劉敞、王拱辰故事。鄧孝感題《青山集》云："江湖萍梗亂離身，破硯單衫相對貧。今日一燈花雨外，青山自署女遺民。"

女史趙子惠名昭，寒山隱君宧光女孫。生有夙慧，父靈均、母文端容鍾愛之。適平湖馬萬方子班。夫婦不相得，嬖妾正位，遺書决絶。先有上父書，至是又上馬氏宗族書，號痛自明，卒不見省。遂祝髮爲尼，改名德隱，結庵洞庭西山以終。有《侣雲居遺稿》，先是合卺之夕,昭即叩班所學,班謬以翁作詩耀之,昭哂曰:"平平爾。"萬方聞而大嗛。故終風之戚,陰雨之悲,皆褎如充耳。未幾,遭國變,禾中謀起義兵,萬方以宦族亦厠名其中。事敗,窮竄無所,乘舴艋夜叩西山庵門,昭從内察語音似翁,迎入中堂,執子婦禮。再拜請曰:"自入空門,諒無骨肉相見期矣,不意大人倉卒至此。"萬方具道所以,昭掃除密室居之,晨夕供飲膳。久之禁漸弛,歸故里。於湯谷(東昶)《當湖雜咏》云:"侶雲詩句絶纖塵,住處無人得問津。剩有無窮家國恨,小蒸休説管夫人。"(有《題仲姬畫竹》云:"宋室山河多少淚,絶無一點到篠簩。"故云。)胡嵋(飛谷)《題子惠上父及馬族二書後》云:"牧圃亭臺暮靄空,寒山蘿薜泣秋風。惟餘一滴傷心淚,沁入苔牋血縷紅。"牧圃,馬氏别業也。

寶山蔣劍人,幼時有神童之譽。六歲時,塾師指几上墨令對,應聲曰:"泉。"師以爲未工,劍人曰:"白水對黑土,何不工之有?"師乃大奇之。十餘歲即至維揚,客阮枚叔所,與曾賓谷等相唱酬,猶及見揚州鹽務全盛時風景。偶游魁星廟,或請撰楹聯,信口集杜句曰:"是何意態雄且傑,不露文章世已驚。"皆嘆其敏捷。中年後,遭紅羊之亂,會有欲以危法中傷之者,削髮爲僧,久之乃返初服。婦支機,自號靈石山人,工詩詞。劍人與之偕隱羅敷溪上,杜門謝客。時與婦飲,質釵問字,瀹茗弦詩。好事者欲題品在凡夫、卿子間。劍人因作《紙閣雙聲圖》,自題《聲聲慢》一解云:"牽蘿人瘦,倚竹天寒,故山叢桂誰留。賃廡依然,婿鄉小隱風流。菱花倩描冷黛,上眉痕、總帶些愁。愁細問,怕玉梅開矣,猶滯歸舟。　　莫更牛衣中夜,笑十年英夢,都付悠悠。天際蘋鴻,而今也學蓮鷗。瑶琴聽伊彈罷,醉金尊、我拂吴鈎。同證取,看五湖烟水,片席高秋。"劍人出游,機寄《鷓鴣天》詞云:"垂柳垂楊滿畫樓,誰家夫婿拜紅侯。水流别恨花飛淚,金鑄相思玉琢愁。　　春渺渺,夢悠悠,自憐臨鏡怕梳頭。天涯芳草知何處,一點靈犀不自由。"劍人讀至"金鑄相思玉琢愁"句,爲之擱筆,後雖爲詞答之,終遜其工也。又嘗於家書後附《浪淘沙》一首云:"鵑語最分明,唤夢誰醒。有流鶯處有春情。花底間關啼不住,可是雙聲。　　絲雨入簾輕,燈外愁生。小鬟低怨説三更。紅暈鏡潮羞病頰，幽思盈盈。”詞意殊有所諷。他日劍人詢之，答曰：“余自咏鄰女，干卿何事？”

天臺魏琴娘者，以順治三年死於京口甘露寺。有絶命詩，以炭書之。其自序云：“琴娘歸三月，鼙鼓南來，擁之北去。歷河渡淮，欲死無地。既而琵琶擊碎，幸脱餘生，破面毁形，蒙逅廢迹。晝乞道途，夜竄青草。托流水之飄花，言來京旦，遂登北固，涕淚如狂。憶昔爹娘，空傷魂魄。良人天遠，存殁何知？惟幸游魂帶血，夜化啼鵑；猶恐不解南歸，雁峰路絶。因題短什，望達孤親。”遺事流傳，附諸表末，亦足偉也。秀水王仲瞿嘗作《石帆樓歌》紀其事。

延平女子題壁詩，見鈕玉樵《觚賸》。序云：“妾閩嶠名家，延平著姓。十三織素，左家賦《嬌女》之詩；二八結褵，新婦獲參軍之配。何异莫愁南國，得嫁阿侯；庶幾弄玉秦樓，相逢蕭史。方調琴瑟，頓起干戈。夫死於兵，妾乃被掠。含羞歸故里，魂消劍浦之津；掩面强登輿，腸斷西陵之路。兹當北上，永隔南天。爰題驛舍數言，聊破愁城百叠。嗟乎！昔年薰香染翰，粉印青編；今日滴血濡毫，綃封紅淚。秋墳鬼唱，哀似峽猿三兩聲；青冢魂歸，恨擬《胡笳十八拍》。”詩云：“野燒獵獵北風哀，細馬氈車去不回。紫玉青陵悵已矣，泉臺當有望鄉臺。”“那堪驛舍又黄昏，樺燭三條照淚痕。想像延津沈故劍，相期青冢一歸魂。”“昨夜嚴親入夢來，教兒忍死暫徘徊。曹瞞死後交情薄，誰把文姬贖得回。”“不道臨時死亦難，强爲歡笑淚偷彈。同行女伴新梳裹，皂帕蒙頭壓綉鞍。”後書“庚申季秋，延平張氏題於沂水縣垛莊驛舍”。按：庚申爲康熙十九年。此序及詩悱惻哀怨，特不能無“夫人於此少商量”之嘆耳。

女子琅玕，佚其姓，題德州旅壁一序、二詩。序云：“妾家齊右，歡是吴儂。玉樹其人，紅葉贈我。既見君子，信緣綺之可媒；我思古人，願紅拂以爲友。佳人多嗟薄命，好緣肯俟來生。苦海斯離，多露勿畏。寶馬踏來剛半夜，老崑崙何所用之；彩鸞飛去向天邊，莽叱利從兹逝矣。聊題短句，用示情痴。”詩云：“何須押衙妙手，五更暗度香鞍。誰贖奇女子傳，小名唤作琅玕。”“昨宵紅拂深閨，今日高唐去矣。自憐身似楊花，願向天涯情死。”雖風流放誕，不盡可訓,而文采特佳。

李氏,佚其名,閩漳浦人。《汲水》詩云:"汲水佳人立曉風,青絲輾盡轆轤空。銀屏觸破殘妝影,零亂桃花一片紅。"亂頭粗服中,自饒風韵。

吴藻字蘋香,仁和人。才名横溢,卓然大家。前已數録其詩詞、南北曲諸作。其詞名《花簾詞》、《香南雪北詞》。余最愛其《浣溪沙》云:"一卷《離騷》一卷經,十年心事十年燈,芭蕉葉上幾秋聲。

欲哭不成還强笑,諱愁無奈學忘情。誤人猶是説聰明。"錢謝庵《微波詞》"人爲傷心纔學佛",略可與此詞印證。

會稽李約雲,適盧氏。其夫客游江南,約雲嘗寄以詩云:"偶因輕病缺晨昏,翻愧侍姑待妾恩。爲買膾殘魚不得,又教人往毓家村。""阿畹聰明慰寂寥,近來雙鬢已垂髫。昨宵笑指唐詩問,何處瓜州有晚潮。""珍重加餐客况孤,秋來能返故鄉無。知君愛作梅花伴,已向窗前種兩株。"

青州董叔齋婦周氏,十餘歲時讀古今詩成誦者近千首。嘗戲爲之,父輒以爲可學,由是益致力焉。既嫁叔齋,以申韓學爲州縣幕,所至南北必與婦俱。周氏有《咏鏡》詩云:"菱花光彩自晶瑩,轉覺相看影過清。生質那能皆美秀,年華猶恨有枯榮。縱無恩怨干卿事,從此悲歡异世情。留得輕塵遮蓋好,照人何必太分明。"借題托諷,藹然風人之言。

西安杜秋蓮性穎慧,年十三四,通經史,工聲律,以詩名聞於時。適高氏。治家修整,暇則吟哦聲與刀尺聲間作。詩篇傳播甚多,以《裁衣》一律爲最。詩云:"妝成移坐傍闌干,玉尺横斜意未安。憑我翦裁隨手易,量人寬窄稱身難。欲爲領袖歸時尚,先破工夫耐曉寒。珍重綾羅好花樣,不成衣服有誰看。"第二聯不堪令依人作嫁者見之。

梁楚生名德繩,錢塘人,相國文莊公女孫,適德清許周生(宗彦)。阮文達爲之傳,稱爲明敏有决斷,能識大體,可謂女之有士行者。著有《古春軒詩鈔》兩卷,後附詞一卷。七絶《偶成》云:"裊盡爐香睡未成,玉釵畫遍數歸程。那堪一夜窗前雨,故作春江風水聲。”《吊項王》云：“中宵四面楚歌聲，百戰山河一旦傾。能使美人先殉難，大王畢竟是多情。”其餘佳句如《落葉》云：“貪送孤雲歸別岫，暫留微雨閣横波。”《夏夜納凉》云：“上墻花影疏於畫，度水螢光澹似星。”《秋日湖上》云：“往日銷金留落照，於今鑄鐵剩荒祠。”《夢中爲人題墨秋葵》云：“石凉前夜雨，花澹一痕秋。”

金采蘭，長洲戴藥砰從母女弟。年甫齠齔，即喜誦唐人小詩，妝臺綉榻，時手一編。尤工針黹。嘗爲藥砰墨綉准提像一幅，衣褶天成，慈容可掬。因爲題贊，施之比邱供養焉。嘗春宵坐月，婢請添衣，笑命持去，曰：“爾忍海棠花獨受春寒耶？”

虞山金病鶴中年多病，其前室周氏謂曰：“病鶴之‘病’字，上去一點，即無一點病矣。”造語殊雋。《婦人集》稱，秣陵丁雄飛妻卜氏四香寄雄飛都中書，書中“念”字，俱少一畫。蓋“念”字从人从二，心中去一畫，殊見用意也。與此略復相同。周殁，金自署字，常作“病鶴”云。

番禺梁節庵夫人龔氏，有艷名，善倚聲之學。有《長亭怨慢》一闋，文芸閣依韵和之，附刊《雲起軒詞》中。詞云：“甚一片、愁烟夢雨。剛送春歸，又催人去。鷗外帆孤，東風吹淚墮南浦。畫廊携手，是那日、銷魂處。茜雪尚吹香，忍負了、嬌紅庭宇。　　延佇。悵柳邊初月，又上一痕眉嫵。當初已錯，忍道是、尋常離緒。念別來、葉葉羅衣，已減了、香塵非故。恁短燭低篷，獨自擁衾愁語。”芸閣和詞，殊遜其俊逸也。

余輯此編，絶少香艷之作，以吟風弄月，無稗詩教，且易溺志氣也。惟錢塘女士平素嫻絶句百首，少時即諷誦不去口，不忍割愛。録其八首云：“曉霞如綺照妝樓，出帳春蛾淡欲羞。同此雙彎新月影，一經郎畫便無愁。”“曾把嫦娥當小名，同衾人好是同庚。從來明月應呼姊，恰早檀郎四月生。”“試浴慵妝倚短闌，隔花吹氣勝於蘭。碧紗如雪横陳夜，不許移燈近帳看。”“畫梁漸見燕將雛，一徑萱花小雨濡。阿母書來羞竟讀，隔年頻問有身無。”“海棠艷上緑階除，一院秋凉落木初。拾得井欄新柿葉，自磨香墨乞郎書。”“乍覺春酣暖被池，雲鬟半晌枕函攲。夢中忽得銷魂句，推醒檀郎索和詩。”“花下簾櫳月下樓,十年長擁合歡裯。枕間細數團圓夜,除却離家總并頭。”

如皋冒鶴亭,嘗爲夫人黄甌碧作《話荔圖》,題者凡百餘人。甌碧自題詞,調寄《清平樂》云:“嶺南風味,説也消人意。十萬妝成雲似綺,白玉圓膚緻緻。　　珠兒三五輕盈,憐他不帶愁生。何處月明絳樹,吹來都是雙聲。”風致楚楚,恰與題稱。

杭縣徐仲可前室朱夫人蓉笙,胥山老農硯臣先生淑女也,嗜吟咏。結褵三稘,以瘵疾卒。病革時自毁其稿,僅五律四首曾載《國朝杭郡詩三輯》。如《送春》云:“自驚顔色改,忍見落花飛。”《曉泊和外子》云:“風健添帆力,人喧雜艫聲。”《登樓》云:“葉枯霜後紫,花隕雨中黄。”《懷鬯甫大弟》云:“雲烟栖暝色,風雨戰秋聲。”俱可誦也。

仲可先生女公子新華,字彤芬,朱夫人出,年少多才。所作《彤芬室筆記》,多通達語。詩不多作。最工六朝人書,作畫亦有悟入處。仲可先生繼室何墨君主持教育有年,偶患猩紅熱症,就醫於上海公立醫院,新華侍疾惟謹。何夫人愈而新華病傳染,竟以不起。聞者多悲之,欽其孝,傷其早慧而不壽也。仲可有《青衫濕遍》詞,題爲《視次女新華殯所作》云:“閑階佇立,招魂此際,與酹椒漿。一霎曇花隱見,費人間、幾許斜陽。又哀蟬、落葉近昏黄。鎮傷心、相對卷葹草,黯秋燈、更斷無腸。怕檢叢殘遺稿,宵分墨淚淋浪。

縹緲玉京幽夢,可曾回首,冷月錢塘。我亦西風身世,孤吟倦、兩鬢吴霜。嘆年來、塵海恨茫茫,願他生、莫被蘭因誤,問驂鸞、欲駐何鄉。悵望人天永隔,憑誰共話滄桑。”凄怨不忍卒讀。又新華同學有陳客者,字愁非,諸暨人。適富家子,不解文翰。意鬱鬱不樂,捐弃家庭而從事於教育事業。有《哭新華》詩云:“正月匿繁霜,二月花正香。三月鳴鶗鴂,一夕瘞紅妝。昨夜量海水,中有鯉魚雙。來自吴淞頭,直達剡溪傍。謂是故人書,珍重懷袖藏。歸來開緘讀,悲痛摧肝腸。竟是一紙訃,中蓄淚三湘。憶昔負笈時,與君共芸窗。君年方就傅,我已二十强。愛君不世資,不覺忘形相。十三論《過秦》,十四賦大江。十五通群學,刻畫到羽商。同學百十輩,交口頌筼簹。我性實迂痴，人情昧否藏。世路險以戲，河流深且長。誰復別魚龍，隨波爲抑揚。多君金石誼，事事我勗勸。相處六七年，曾不异炎凉。此情銘肺腑，骨肉豈能償。一朝飢驅我，飄泊在四方。從此各南北，不得兩扶將。明月一千里，魚雁勞相望。感君瓊瑶投，紉之爲佩纕。陳迹俯仰間，人事誠靡常。君身化异物，我懷澤猶薌。君忍撒手歸，堂上有爺娘。憐女若明珠，哭女豈勝創。爲天竟何知，下視徒蒼蒼。哲亦終不相，斯人乃云亡。銜哀殊難申，去去奠靈床。泱泱滄海流，匆匆一葦航。悲摧載中涂，曉星落欃槍。望門心先死，叩關入倉皇。舉聲請阿母，阿母迎下堂。謂子來何暮，我女先已殤。女當彌留際，念子猶未忘。子爲女好友，千里果奔喪。語罷各相示，嗚咽淚萬行。阿翁忽入謝，避席驚不遑。勞我遠道來，辛苦犯星霜。死生交不渝，故人情益彰。使我愚夫婦，感激入心肓。我聞愧難承，收淚謝徬徨。阿母起先導，招我還由房。牙籤千萬軸，重叠亂縹緗。鸞花四五幅，縱横字琳琅。徽音忽已遠，遺琴猶在囊。素弦竟不調，誰能爲更張。物物少顏色，種種徒芬芳。對兹愴心目，泣涕滿衣裳。摧頹日欲中，强起辭郎當。勉爲好語勸，阿母弗太傷。女本有仙才，吐詞自成章。或者玉樓成，被召還仙鄉。有女登仙籍，門楣千年光。惟今後死者，挂劍情蒼茫。"此詩古節古音，以玉版箋書之，字作瘦金體，絶去纖塵。仲可付之潢池，曾以見示，洵閨閣中不易才也。

武進錢文敏以詩畫名，女浣青得其口授。京師休沐之所曰"緑雲書院"，昔海寧陳文簡居此，王横雲尚書所署。其東有簃焉，曰"古青簃"，文敏拜御賜之詩而名之也。莊虚庵爲文敏甥，管韞山尊人與文敏有連，皆嘗館邸弟。文敏弟竹初偕猶子味菽數省視文敏。文敏爲浣青相攸，得永濟崔曼亭，虚庵之姑子也。既就婚，文敏留不遣去。此五人者，相得甚歡。或鬥險韵、策舊事爲笑樂。庭有老桑，近百餘年物，緑陰蔚蔚一畝，視其景移屋角，則文敏退朝，競就質疑，及舉所得請甲乙以爲常。曼亭名龍見，僑寓陽湖。浣青名孟鈿，唱隨風雅。洪稚存序浣青詩，所謂"以峰青江上之篇，配楓落吴江之咏"也。竹初序其集，亦推獎備至，有云："不圖今日之大家，乃有我家之小阮。恨非男子,未能稱汝麒麟;便號夫人,亦足佳吾子弟。"浣青隨官楚北,與方芷齋夫人齊名一時。三子幼而能詩。竹初題詞有"郎種甘棠兒視草,修來福命勝梅花"之句,爲世艷美。浣青《月華清·中秋》詞云:"碧海流輝,瓊樓倒影,珠簾一片初捲。河漢迢遥,冷浸廣寒宫殿。瑶天迥雲静無聲,金鏡滿、月明誰看。閑盼。想南樓舊事,風光何限。　回首天涯夢斷。正塞雁行歸,玉簫聲遠。病怯秋風,霜信早催紈扇。問昔日、幾曲闌干,可還記、倚闌人面。繾綣。衹天邊娥月,多情常伴。"蓋回首前塵,不無今昔之感矣。

浣青詩高挹群言,飛空結響,有太白搔首問青天之想。《送素溪姊》云:"折柳復折柳,長枝更短枝。方追舊歡樂,又傷新别離。新别離,長相思。相思淚滴金屈卮,明朝有酒難同持。回首紅顔能幾日,可憐蕉萃秦川客。敞車羸馬爲誰勞,紙閣蘆簾歸亦得。"《驪山高》云:"驪山高復高,落日霾荒臺。西風吹白道,下見幽宫開。黄金作天地,日月爲金壘。銀海長不乾,人膏爍無灰。飛蠶三十箔,一一紅玫瑰。知埋幾皓齒,何論萬象哀。可憐閉衰草,貴賤同委骸。雖令地成市,難買青陽回。寶玉不在土,死增皮骨災。徒聞海上仙,霞舉游蓬萊。"《燕燕吟》云:"燕燕復燕燕,將雛畫梁畔。銜來柳絮泥,飛入梨花院。花落春泥空,蟪蛄悲秋風。暄凉一轉瞬,小劫滄桑中。他時舞館燒紅燭,今日頹垣垂蔓緑。逝水不可回,春暉去難續。真有雍門哀,豈獨西州哭。白楊風起烏夜啼,燕子還來覓華屋。"《和竹初叔父寄懷》云:"東山絲竹黯生塵,回首吾家最愴神。歸燕巢空翻似客,啼烏枝冷衹餘身。情如疏柳春難挽,愁共寒潮夜亦頻。陌上看來花濺淚,者番怕見物華新。"斷句如《秋夜》云:"近山秋思早,臨水晚凉多。"《中秋月》云:"天上初圓夜,人間欲别時。"《積雨》云:"鳴葉少完樹,打窗凄一燈。"《對月》云:"何處高樓人盡望,誰家遥夜酒初醒。"《聞笛》云:"江鄉莫便愁腸斷,更有天涯獨倚樓。"大抵浣青詩愴懷今昔,托興風華,讀書既富,命意尤超。讀書富,故言皆有物;命意超,故句必驚人。毗陵閨秀,不得不推爲獨冠一時也。

長興王豫(敬所),一字立夫,爲姚薏田姊婿。骨相癯癯,與薏田同歲,才相埒,皆貧不克自贍其生。鋭意著書,徵文獻。雍正壬子,全謝山將赴秋試,前一夕,敬所與談張尚書《冰槎集》中考證,火盡取闈中樺燭焚之。鷄三號,童僕盡起,席間燈火尚熒然。敬所乃曰:“吾過矣。子得無入闈而困耶?”不慎擇交,遭奇禍,逮繫西曹者五年。故孱瘦,神魂魄力不足以當大難。家貧,鋃鐺就道,一無所資。配姚世鑒,字金心,薏田姊也。於十七史皆能背誦,亦能詩。嘗有“梅花香裏待春耕”之句。壬子六月,以望夫而死。

陳其年評徐湘蘋詞,謂南宋以來,閨房之秀,一人而已。湘蘋名燦,吴人,有《拙政園詩餘》,海昌相國配也。清世祖每大怒必笑,每大笑不止,則必有大處分。溧陽海昌,或盤水加劍,或竄死窮荒,皆由乾綱獨斷。海昌相國《宫詞》云:”玉壺清漏夜沉沉,永巷傳呼法駕臨。月裏離宫三十六,一時傾耳聽車音。”“紫殿鍾傳五夜時,朱扉猶未鎖葳蕤。君恩圓缺如明月,再照長門未可知。”《宫怨》云:“荷香枕影滿南宫,玉殿高雲暑氣空。已自君心厭紈扇,簾前猶未起秋風。”“芙蓉花落冷銀塘,鴛瓦長凝五夜霜。秋老不知傷寂寞,入宫元未識君王。”相國由明代詞臣躐居政地,機智敏練,時政因革多出其手。順治癸巳,調任司農,乙未再相。未一歲,以原官發遼陽居住。是年冬令回京入旗。已亥以賄結内監吴良輔下請室,全家徙遼左,家産籍官,吴駿公詩所謂“君恩未許誇前席,世路誰能脱左驂”。初獲譴時,猶有長門再照之望。丙申賜環時,有《入塞》詩云:“已分沙場骨,今朝入漢關。功高惟計殺,身貴却愁閑。手抉邊雲出,髯凝寒雪還。中宵驚夢覺,鼙鼓震陰山。”入爲宿衛,再經遷謫,以康熙丙午殁於戍所。後五年,湘蘋始疏請歸骨焉。拙政園者,故大宏寺基,在婁、齊二門之間,林木絶勝。嘉靖中王御史獻臣侵之,以廣其宫。沈石田、文衡山嘗爲作圖。《衡山圖》凡三十一葉,各繫以詩,前後有記,後歸徐氏。中有寶珠山茶最奇,爲江南僅見。相國買得此園,在政府十年不歸,旋遭遷謫,從未一日居也。加膝墜淵,愆咎自積,悟彈指功名之幻,貽相韓家世之羞。湘蘋病中《永遇樂》云:“翠帳春寒,玉墀雨細,病懷如許。永晝愔愔,黄昏悄悄，金篆添愁炷。薄倖楊花，多情燕子，時向瑣窗細語。怨東風、一夕無端，狼藉幾番風雨。　　曲曲闌干，沉沉簾幙，嫩草王孫歸路。短夢飛雲，冷香侵佩，别有傷心處。半暖微寒，欲晴還雨，銷得許多愁否。春來也，愁隨春長，肯放春歸去。”回曲隱軫，可以怨矣。

李傃，字空雲，金陵人，史忠正公妾也。公既殉節，傃爲女道士，入王屋山，不知所終。周同谷作《霜猨集》，傃爲之序云：“殷之亡也，朝宗興《麥秀》之歌；周之衰也，行役起《黍離》之嘆。乃若王臣不返，沅湘之悼何深；公子無歸，虞夏之懷彌篤。詩吟而甲子成篇，采菊完柴桑之節；嘯罷而廣陵作操，鼓琴寄中散之思。此數君子者，皆值宗國之淪亡，遇故都之傾覆，銜哀結怨，鬱爲詩歌者也。屬當明季，喪亂滋多。乃聖乃神，四海抱沉淵之痛；吾君吾后，千秋餘殉國之香。此開闢未有之奇聞，誠書契所無之創事。天產哲人，賦才獨异。文章軼駕於《南華》，疑莊生之再見；風雅近踪於西楚，信屈子之復來。爰讀《霜猿》之二卷，如聞月峽之三聲，其志切，其音哀。其志切，故字字發乎深情；其音哀，故言言可以長慟。方之少陵詩史，彼略而此詳；比之尼父麟書，貶多而褒少。傃名閨弱質，相府小星。際此天傾地陷，赤伏無再驗之符；遽爾家破人離，素鏡絶重圓之照。樓名燕子，與燕俱栖；院鎖梨花，比花更碎。爰乃黄絁入道，素簡朝真。初上蒲團，即悟三生之果；不登法座，也知衆妙之玄。倚碧窗而吹笙鼓瑟，青鳥來庭；入丹山而爇草尋芝，白猿引路。固將良往紅塵，安神雲岫；何幸親承紫氣，獲睹瑶編。本以忘身忘世之心，又生悲君悲國之念。微吟檐下，凄凄風雨之忽明；高咏燈前，冥冥鬼神之交泣。嗚呼！先帝後之陟降匪遥，應鑒孤臣之至意；家相國之精靈如在，豈憎賤妾之多言。歲屬丙申，時維八月，廣陵女冠李傃緱孫道院空雲主静軒中，用裁斯構。”按丙申，順治十三年也。

管於嘉從洪承疇軍，其妻吴葉仙送之，賦詩一絶云：“萬里從軍急，孤身一劍愁。家園落日裏，莫上最高樓。”管卒，吴設帳授女徒，終於尼。

順治乙酉，明遺老楊維斗(廷樞)隱居蘇州之光福，咏梅花十二韵,和者甚衆。有女子自稱“廣寒遷客”,乘肩輿過門,亦投和章。急出詢之,已遠逝矣。其詩云:“栽遍山中不記年,却於松竹有深緣。寒香和月來窗外,疏影因風到水邊。細雨微蒙珠有淚,斜陽黯淡玉生烟。初無緑葉侵書幌,亦有紅英入硯田。曾向羅浮尋舊約,會從姑射見餘妍。千秋高潔凌瑶島,一片空明漾碧川。玉貌瘦來骨更冷,冰魂斷處夢初圓。心期澹静孤嫠節,標格清癯處士禪。醉後漫將茶共嗅,吟餘可與雪同咽。廣寒桂樹差堪侣,閬苑瓊枝未是仙。樓上乍驚吹笛韵,囊中猶剩買花錢。呼童折向幽房去,紙帳三更照獨眠。”

海寧查嗣庭以文字身罹國法,其女蕙纕亦徙邊塞。女故工詩,題驛壁云:“薄命飛花水上游,翠蛾雙鎖對沙鷗。塞垣草没三韓路,野戍風凄六月秋。渤海頻潮思母淚,連山不斷背鄉愁。傷心漫譜琵琶怨,羅袖香消土滿頭。”汪西京(沈琇)次其韵云:“弱息憐教絶域游,魂飛何祇似驚鷗。覆巢卵在漂流際,薄命人丁鎖尾秋。綺閣低迷空昔夢,邊笳凄切咽新愁。伶仃歷盡崎嶇苦,盡爾青春也白頭。”

仁和方芷齋夫人芳佩,勤僖公汪芍坡中丞新之繼室也。工詩文,有知人鑒。乃翁相攸時,携文二首,一爲吴頡雲修撰鴻,一則中丞也。展轉不能决,以示夫人。時吴爲諸生,汪猶布衣也。夫人閱吴作曰:“是當早發。然英華太露,誠恐不壽。”閱汪作曰:“此大器也,然須晚成。”翁遂舍吴而議汪。後吴果大魁,位不顯,且未享遐齡;汪則敭歷中外,階至一品。夫人生一子二女,富貴壽考。夫人言論侃侃,旁若無人。晚年尤喜作擘窠大字,其筆力出入襄陽,一洗脂粉氣。嘗和阮雲臺《秋桑》七律四首,有“烽烟未靖人將老,閑煞成都八百株”。時川楚教匪未靖,勤僖方官湖北巡撫也。論者以爲立言得體。嘉慶丁卯,梁山舟學士重宴鹿鳴,賦詩四章,和者不下百餘人。夫人時年八十,和詩三章,評者以爲諸人皆不能及。夫人享年八十二歲,有《在璞堂稿》行世。如《乘月過萬松嶺》云:“晚覺籃輿速,青山不厭重。歸雲封古洞,片月伫遥峰。怪石全疑虎,蒼松半似龍。行行城闕近,猶送隔林鐘。”《春日》云:“乍曉却教尋角扇,輕寒猶未卸吴縣。因循風雨俄三月,檢點鶯花又一年。簾幔半從歸燕捲,巾箱多借蠹魚眠。倦來圖史紛前後,勝是殘膏乞舊編。"《除夕感賦》句云:"歲云盡矣戀寒更,斷送殘冬爆竹聲。縛草爲船堪一笑,久無心力與窮爭。"又云:"自笑年來貧更痴,别無長物一囊詩。辭人歲月堂堂去,作態梅花故故遲。"《冬日即事》云:"折竹聲繁不耐聽,曉來袖手對雲屏。尋梅欲問春消息,寒勒花梢凍未醒。"《春日雜咏》云:"海棠花下立移時,爲謝花神尚欠詩。可是閨中才思少,不留題處正情痴。"《風箏》云:"剪紙爲鳶骨相寒,常依稚子博欣歡。偶然得藉微風力,却要旁人仰面看。"《咏梅》云:"自問平生差未俗,可能小語歲寒心。"他句如《秋海棠》云:"眼分千點休言淚,腸斷當年不爲春。"《有懷》云:"事過隔年猶有恨,春來觸處易成愁。"《第一樓》云:"小市花間摇短幟,夕陽柳外數歸舟。"《伫月》云:"立久但嫌羅袂薄,更深不覺玉輪移。"《苦雨》云:"窗深嘗覺晚來暗,檐際忽驚天却低。"《南樓寫望》云:"樓高天漢三層碧,山映晴暉一角黄。"《春興》云:"池塘有夢因芳草,庭院無人爲落花。"《初夏》云:"蛙喧芳草渡,人倚夕陽樓。"《不寐》云:"入夜層巒疑畫本,隔林老木作秋聲。"《贈人》云:"秋風搗素裁新服,春日鳴箏上畫堂。"《題廣寒仙子圖》云:"懶駕素鸞游碧落,暫移玉兔出瑶臺。"《哭翁霽堂先生》云:"四誨長留知己恨,一生衹爲愛才忙。"録此以爲林下標格。夫人三女嗣徽、畹姝、静姝及公子竹隱之婦王氏雲芝,一門耽咏,皆以夫人爲師。遠追班左,近邁商祁,於斯爲最盛矣。嗣徽詩如《久雨》云:"連朝風雨苦瀟瀟,静看茶烟颺綺寮。滿院秋聲無覓處,隔墻新透一林蕉。"《病起即事》云:"東風吹柳曳烟絲,節近清明苦雨時。抱病經旬才思減,海棠開落不題詩。"畹姝詩如《振衣亭春望懷諸女友》云:"陌頭春老柳飛緜,旅客思鄉倍黯然。花落吴宫紅滿地,水浮鄂渚碧連天。懷人有夢常千里,寄遠無書又一年。薄暮山亭回首處,子規啼斷緑楊烟。"《春曉即事》云:"紙帳筠床絶點埃,夢回遲日上窗來。薰衣侍女催人起,知否桃花昨夜開。"《夏日即事》云:"槐陰鏤日午風凉,倦掩琴書蝶夢長。名利不關心似水,舉頭翻笑白雲忙。"《留别》云:"此日話嫌前日少,今年愁比去年多。"《同女兄作》云:"莫言春色隨流水,猶有桃花映竹籬。"《赴楚留别》云:"江水無情催短棹,雪花有意阻行人。"《咏柳》云:"紫塞春歸風怨笛,白門秋老雨傷條。"閨閣之秀,壎篪之雅,蓋嗣徽難爲姊,畹姝難爲妹矣。静姝九歲能詩,十二而夭。有《對鏡》絶句云:"不受鉛華染,梅花認舊身。一奩秋水冷,寫出阿儂真。"惜乎蘭摧玉折也。雲芝十二歲時作《七夕》詩云:"雲漢横空一葉秋,仙車欲渡彩雲收。共傳舊例雙星會,又恐新添一度愁。"十四歲咏《除夕》句云:"更隨殘臘盡,春逐暗香來。"《咏鶯》云:"紅雨過時方出谷,緑陰深處自爲家。"其母夫人奇之。又《歸棹泊桐江》詩云:"一棹桐江水,歸艎再問津。山靈似相笑,鄉夢到今真。亂瀑趨嚴瀨,安流上富春。長年相問訊,半是浙江人。"《對月有懷》云:"共此一輪月,看來兩處愁。"《秋露》云:"却疑霄漢上,也有泣珠人。"《落葉》云:"缺處添遥岫,飛來帶暮烟。"《中秋》云:"皓魄依然千里共,人生能得幾回看。"《咏燕》云:"金屋華堂終有變,杏花春雨衹依然。"《萍鄉月夜》云:"别久易生殘夜夢,路歧難得故鄉書。"《桃花》云:"悟徹生涯無定在,人間到處是仙源。"《黔中》云:"猿嘯雲根筇竹裂,鳥啼峰頂石花開。"《過焦石》云:"亂流猶夕照,孤月已前村。"《哭弟》云:"春風一枕傷心淚,不見當年煮粥人。"《梧桐月》云:"烏鵲夢回秋抱鏡,鳳凰枝冷夜懸弓。"《送燕》云:"半林黄葉驚秋晚,一院珠簾付夕陽。"《迎雁》云:"湖海飄零爲客久,爪痕留印記年年。"以上諸聯,可列《主客圖》中。絶世仙心,後來獨秀,故所録爲多。雲芝,名德宜,松江人,方夫人既歿,家政一委之姬妾,日惟彈琴咏詩,焚香禮佛而已,所著名《語鳳巢詩稿》。又有《金陵》詩二句云:"啼鳥猶呼奈何帝,居人尚説莫愁湖。"爲時傳誦。

蕭恒貞,字月樓,高安人,薌泉方伯妹,山西澤州知府丹徒周天麟室。天麟,字石君。夫婦并工詞,閨中倡和,人以趙、管目之。恒貞所著名《月樓琴語》,《花下徘徊,悄然得句・浣溪沙》云:"檢點嫣紅瘦幾分,悄扶秋夢到闌根,不關蜂蝶也銷魂。　西下夕陽東上月,等閑容易又黄昏。一般花影判涼温。"《聽秋閣坐雨賞荷,新凉可喜・闌干萬里心》云:"藕花都向晚凉開,小扇單衫香滿懷,水閣闌干凭幾回。聽秋來,萬葉跳珠雨過纔。"《夏晚與石君湖上納凉,填此索和・水調歌頭》云:"我愛勺湖住,三伏暑全忘。誰家鬧紅雙槳,來往樂無央。暢好雨餘天氣,記取薄羅衫子,兜住水雲凉。一事與君説,花欲傲詩狂。　　指城西,幾株柳,挂斜陽。有時鬢絲風過,歛上藕花香。千古高山流水,儻肯一彈再鼓,儂爲解琴裝。如此好風月,那用一錢償。"《書所見・生查子》云:"殘荷紅漸稀,香老詞人筆。小立釣絲風,悄倚篢漁笛。　　雨乍收,凉眷夕,秋夢無痕迹,算是水螢飛,誤認疏星碧。"

闞玉,仁和人。容貌端麗,能詩文。父亡,與母及兄嫂居。順治元年冬,謠言徵選淑女,玉母謀匿女無所。有菜傭日過闞氏,母詢外間選女狀,傭狡揣知母意,固言人情洶洶,且聞媪有小姑,里中將具報,非匿懼不免;且言某所居在村腹,匿之可不慮人見。母念女年才十三而傭夫婦樸老,遂信焉。事既息,母將携玉歸,傭忽持豚蹄、粔籹來曰:"幸托婚姻,所以爲好也。"母驚詰之,曰:"某子已獲婿貴門,大郎主之矣。"大郎者,玉兄闞沇也。初闞父付沇百金,命權子母,爲玉嫁時裝。沇既以狹邪蕩盡,其妻小家子,慮他日妝籢費,欲藉謠言早遣之,佣廉知其謀,以數金餌沇,求爲其子擔糞者娶玉。沇許之。母知沇無狀,慟哭向沇索玉。沇持之力,且以速訟爲恫喝,母竟無如之何。玉在傭家尚待年,號泣欲歸,傭罵曰:"汝死,吾家鬼,安歸乎?"於是令玉執爨飼豬,鉏泥蒔灌,足去縑約,頭如蓬葆。迨疾甚,始放歸。玉曰:"兒今且死,願埋兒父棺側,不作傭家鬼也"復嚼齒曰:"兄嫂陷我。"語未畢,氣絶。死月餘,沇二子及妻相繼死,皆見玉現形縛之去。沇大懼,弃母避去。玉所作歌辭,爲好事者傳寫。周西生善琴,譜其聲曰《闞玉操》。事詳毛稚黄《小匡文鈔》。其《怨歌》云:"父生我兮中道逝,母煢煢兮門衰瘁。兄嫂難與居,抉我如目中之塵沙。伊又遘此佻巧兮,胡迂我之實多。彼六禮之已愆兮,曾貞女之䚕從。矧要予以桑中兮,夫豈其爲予之匹雙。我有母兮癙思泣血,我父而有知兮怒衝髮。我兄摩挲佣之金兮骨肉相蔑,嫂旁睨兮笑言啞啞。我忽憤氣兮如雲,指漆室女以爲正兮,又告夫司命與湘君。予不愛一死兮,弗忍速阿母之下世，願死而有憑兮爲凶之厲。嗚呼哀哉！我終死兮魂獨歸去，明告我母兮幽告我父。匪我夙夜兮，胡然遭此行露也。縱謂多行露兮，寧能我之污也。重曰：嘉命爲玉，父之命兮。幽辱糞壤，終保貞兮。憂思悄悄，淚淫淫兮。蒙此忍詬，日當心兮。"

余輯此編，於小倉閨雅及其女弟子各詩少所采録，以隨園各書流傳甚廣，多所能詳也。按隨園集中有《郭巨論》，云十四歲秉姑訓而作。其姑適沈氏，年三十而寡，依母氏以居。隨園幼時讀《盤庚》、《大誥》，苦聱牙，姑爲同讀以助其聲。嘗論古人不喜郭巨，有《責郭巨》詩云："孝子虛傳郭巨名，承歡不辨重和輕。無端枉殺嬌兒命，有食徒傷老母情。伯道沈宗因縛樹，樂羊罷相爲嘗羹。忍心自古遭嚴譴，天賜黄金事不平。"此隨園姑訓之説所由來也。閨閣中讀書得間，特書之以資取法。

"貧到赤時非舊境，髪將白我況高堂。"海鹽吴蘭貞句也。十四字足抵一篇《感士不遇賦》。蘭貞名恒，著有《望雲樓詩》。《送春》云："花魂欲倩鶯重唤，春夢難教蝶再尋。"《和舒蘋軒女史》云："遣愁不去詩能解，引睡無方雨亦知。"《示妹》云："覓句情同雲共懶，愛凉心被月先知。"《感懷》云："老我病愁成白髪，離人骨肉是黄金。"郭十三劇賞之。適仁和張君笠溪，笠溪以无妄被逮，幾至不測，事白後旋殁。夫人飲冰食蘗者，歷有年所。有《咏新竹示子東懷詩》云："階前百十笏成林，緑上疏櫺曉色侵。漫道干霄多氣象，要渠漸長漸虛心。"大雅之訓，雖韋母曹姑，何以過此？

湘潭周詒蘩，字茹馨，姊詒端，即文襄左侯夫人。蘩與姊并傳詩學於母王。文襄曾合刻其詩詞爲《慈雲詩鈔》，蘩又著《静一齋詩餘》。《聽雨》詞有"三杯酒續三更夢，一滴聲含一點秋"之句，幽秀可誦。他如《咏孫夫人》、《紅拂》及《桂殿秋・咏鷹》云："衰草地，密雲天。將軍走馬獵燕然。重圍掩斷龍堆雪，六翮衝開雁塞烟。"皆雄渾不類閨閣中語。其侄女翼杶，字德媗，亦有《吟香齋詩餘》一卷。

侯官林暾谷（旭）爲戊戌六君子之一。其夫人沈氏鵲應，字孟雅，中丞瑜慶女，著有《崦樓詞》。《虞美人・賦鲇魚風筝》云："野塘春水連天碧，化作烟波色。忽聽何處弄鳴箏，又是東風捲入碧雲聲。　　苕苕直上干霄漢，兒女争嘑唤。從容不傍逆風飛，何事竹竿難上笑男兒。”妙有寄托。《長亭怨・慢西湖吊厲樊榭》云：“向湖畔、停舩閑步。遠望東園，個人門户。寂歷春空，柳絲深鎖若烟霧。湖州羈旅，偏載取、桃根去。去得幾何時，已化作、漂零風絮。　　郎主。對芭蕉灑泪，芳草殯宫天暮。夜來月上，向誰訴、此時情苦。悵望是、今日蕭條，恨重入、江淹詞賦，始會得才華，天忌凄凉如許。”暾谷被難，孟雅以死殉。集中有《浪淘沙》一詞云：“報國志難酬，碧血誰收。篋中遺稿自千秋。腸斷招魂魂不到，雲暗江頭。　　綉佛舊妝樓，我已君休。萬千悔恨更何尤。拼得眼前無盡淚，共水長流。”殆絶筆也。

汪氏，錢塘人，廣東從化知縣同邑章明玉室。氏美而才，篤於伉儷。明玉客楚中，夢抵家，杳無人迹，惟見壁間題二絶句。醒後憶其詩句不祥，急束裝歸，而汪氏已物故矣。搜索箱篋，得《絶命詞》二章云：“寂寂花時鎖院門，緑窗風破月黄昏。海棠開落花無主，誰惜亭亭倩女魂。”“草草春風十七年，漫嗟紫玉竟成烟。他時却扇重相見，珍重蕉窗話舊緣。”即夢中所見也。後屢議婚未諧。及官粤東，續弦李氏。却扇之夕，容貌酷肖前妻，審其生辰，即汪之逝日。細話前事，適窗外雨滴芭蕉，淋漓可聽，屈指歲月，已十有七載矣。見陶元藻《全浙詩話》。事雖近誕，讀之要足使人增伉儷之重。

左錫璇，字芙江，陽湖人，大理寺丞左昂女。幼受贄於張孟緹，工詩詞，畫宗南田，亦秀潤有法，歸武進袁厚安太史績懋爲繼室。未十年，太史觀察閩之延平，督師剿賊殉節。時年甫三十，留居閩嶠，畫荻教子，有賢母風，著有《紅蕉碧梧館詩詞集》。《小除夕・水調歌頭》云：“離合自今古，斬不斷情關。東流流水不盡，何日復西還，欲借吴鈎三尺，掃净邊塵萬里，巾幗事征鞍。多少心頭恨，清泪不勝彈。　　酒樽間，人影瘦，夜燈寒。不知今夕何夕，獨醉不成歡。人世悲歡不定，歲月一年已盡，無語倚闌干。風雨荒村夜，歸夢到長安。”是能從大處落筆，不作小紅低唱者。妹錫嘉，字夊如，又字小雲，吉安知府華陽曾咏室。亦工吟，有《冷吟仙館詩詞鈔》。

前録元和江女士習算詩，兹復得一人曰錢塘丁純。純，字縞仙，工吟咏，尤精演算法。疇人之所掌，保氏之所教，婆羅門之所切，利瑪竇之所推，能闡其藴而觀其通，裒然輯有成書，且以數測而自知死期，尤閨閣中所僅見也。其自題《秋閨學算圖》云："占得疏林隔水灣，畫工未識此蕭閑。深秋茅屋雨復雨，終歲稿砧山上山。苦把鈎心鬥機括，更將弧角破觚圜。燈明一點籌千算，斷恨零愁痛自删。"

張尚玉，字琴慧，歙人，錢塘貢生吴景潮室。景潮，字素江，得謝文節琴，徵題遍海内。女士工詩能琴，有聯吟之作，附刊《謝琴詩鈔》後。斯謂房中之樂，琴瑟友之歟？《和夫子韵題謝琴聯吟後》云："家藏文節之琴，咏遍名賢之句。韵諧桐梓，價重球琳。即紅閨道韞之才，多黄絹幼婦之作。凡諸著述，咸授棗梨。庶幾忠毅精靈，足垂不朽；藝林佳話，以永其傳。夫子繼題四律，通都屬和多人。别編一集，名曰《聯吟》。惜無班艶之才，共鬥尖叉之韵。遂忘淺學，勉步後塵。敢希琴瑟之同聲，良愧唱隨之樂事。匪計工拙，聊附風雅云爾。""漫説杭州與汴州，鳳笙龍管早知休。臣心尚譜烏啼夜，國事全乖雁唳秋。崖海茫茫東向淚，燕山黯黯北征愁。曹娥江上無輕奏，自有殘碑立岸頭。""降表誰書謝道清，孤臣抱恨慕君平。衹偕老母籌三窟，那顧全家困一城。避世定愁驚鶴語，垂簾應怯捕蟬聲。即今弦上酸風急，猶似當年逋播情。""哀歌同感不知非，肯把緇塵涴素衣。海上白鷳還自殉，夢中朱鳥傍誰飛。彈經卜肆聲何在，携伴征車誓不歸。一旦摧弦甘絶粒，至今人重首陽薇。""宫移羽换未聲沈，忠佞須分判此琴。供奉水雲同絶調，庸收天祐豈知音。縱耽烈女《箜篌引》，難譜遺民鐵石心。合向孤山彈夜月，梅花修到任寒禁。"

戊午春晚，薄游西泠，侵曉獨登吴山第一峰，撫今懷古，思作一詩紀之。偶憶山陰王玉映《吴山春望》詩云："越角吴頭一望開，黄羊野馬總堪哀。草痕新緑扶山閣，花氣輕紅落酒杯。一鏡春涵朝日動，雙亹潮走暮江回。龍舟鳳輦今何處，南院西宫幾劫灰。"珠玉在前,遂不果作。玉映,名端淑,號映然子,王思任季女,宛平丁肇聖室,著有《吟紅》、《留篋》、《恒心》等集。季重先生有八子,獨女玉映能讀父書,故尤愛憐之。嘗言:“身有八男,不易一女。”負才犖犖,能對座客揮毫,而陳其年且稱其長於史學。初得徐文長青藤書屋居之,後寓武林之吴山,與四方名流相倡和。毛西河選浙中閨秀詩,未及玉映。因寄詩云:“王嬙未必無顔色,争奈毛君下筆何。”引用恰合,一時盛稱之。然西河嘗有寄玉映詩云“江東女士當代希,會稽王氏多烏衣。著書不讓漢時史,織素自憐機上詩”云云。非不極意推獎,或者玉映寄詩之後,作此以相嘲耶?玉映善書作畫,長於花草,有疏落蒼秀之致。順治中,欲援曹大家故事,延入禁中教授諸妃主。玉映力辭乃止,卒年八十餘。

吴尚熹,字小荷,南海人,荷屋巡撫榮光女,著有《寫韵樓詞》。《賀新郎·閨課》云:“曉露飄階次。製晨妝、蔆花初拂,金盆初試。梳罷雲鬟更翠服,問省高堂安未。好打叠、綉妝架起。刺鳳描鸞紅較緑,喜餘閑、猶把琴書理。拋針處,讀閨史。　興來柳絮新詞記。按譜圖、簽分四部,偷聲減字。香爇龍涎花插架,點綴膽瓶風致。怎負它、明窗净几。楚楚工夫黄昏後,尚敲棋、煮茗青燈繼。中庭外,月如水。”弄墨然脂,真不愧采鸞家世也。

宜興周止庵(濟)論詞最工,所選《宋四家詞》藝林珍重。雖以碧山别列一家,而以白石附庯稼軒,論者不無微憾。要其意内言外之旨,自足爲詞學津梁也。其側室蘇穆,一名姞,字佩蘘,山陽人,亦工詞,著有《貯素樓集》。粤寇之難,竟以身殉。綽楔高懸,不僅以文字傳矣,然所著亦自有可傳者。《虞美人》云:“昨宵風雨連烟暮,花落猶疑誤。今朝真個逐東流,何處殘香偏入小樓頭。　天涯消息憑誰問,問也無憑準。含愁擬酒待黄昏,雙鴛歸來龢我共消魂。”《南歌子》云:“細雨宵涇,青桐葉半凋。臨池弱柳萬千嬌,繫慣離情繫不住魂銷。　唤起重幃醉,誰家弄玉簫。秋聲怕問廣陵潮,吹入秋心吹不展芭蕉。”《浣溪沙》云:“風暖蕢洲二月天,客懷何處不凄然,片帆春水度芳年。　莫問天涯怊悵事,落花殘月在尊前。一行新柳自含烟。”《長亭怨慢》云:“莫吹盡、枝頭花片。試剩殘紅，待儂歸見。蝶舞蜂喧，鴛嗔嬰吒倍藷亂。問春不語，空拍得、闌干遍。碧樹縱多情，也衹説、春深春淺。　　翠鈿。謾雲鬟半嚲，柳絮亂飛空院。芳花易歇，莫便把、綉簾輕捲。便灑出、萬點湘斑，總難把、蕉痕都展。怪昨夜姮娥，偏照年時人面。”

錢塘王青翰，字香印，盲女也，行三，人稱爲王三姑。姿性明慧，儀態娟楚。小時即工三弦子，間爲小詩，稍長名益噪。南金西毳，豪貴争招致之。然頗暱就文士，視阿堵物不甚愛惜。爲觥録事，能使客盡歡。雖遇灌將軍其人者，談言微中，使人意消，無從使酒罵座也。酒闌興到，起演張紫烟放秦、楊玉環馬嵬故事，轉喉引聲，摹英雄悲憤，兒女纏綿，令聽者忽喜忽怒，忽悲從中來，泣不能仰。其技之入神如此。居慶春橋側，築室兩椽，王夢樓太守爲書“青翰舟”三字榜之。一時裙屐名流，酒地花天，樂幾忘死。新篇投贈，佳句夥頤。如夢樓云：“重蓮真插曹綱手，高燭疑回洛女波。”吴西林云：“已擅六么能刻羽，何須一顧始傾城。”杭堇浦云：“對客勝常知客姓，目中莫道竟無人。”汪槐塘云：“平湖舊調變新腔，彈動三弦凉滿窗。”袁簡齋云：“月好雲常掩，花嬌睡更紅。暗中休摸索，我是白頭翁。”皆爲香印而作。香印亦有《與金夫人夜話》詩云：“波紋吹皺竹簾兒，煮茗紅閨睡較遲。花暝柳昏春似水，小闌干外立多時。”身罹廢疾而仍能以才色自見，亦坤靈扇上之别録也。

閩縣李拔可先生工詩，出入宛陵、涪翁諸家，爲近時宗宋詩者之眉目。其女弟慎溶，字樨清，工詞，有《花影吹笙室稿》。《長亭怨慢・寄拔可長兄杭州》云：“恨輕被、紅塵纏著。往歲湖山，似曾留約。夢裏滄波，去帆摇曳向何托。竹窗燈火，歡笑地、渾如昨。暢好故園春，却孤我、聽鶯闌角。　　蕭索。恁蘇堤柳色，猶倚翠腰新削。湔裙又近，有多少、畫橈芳酌。奈别後、惻惻寒輕，怕征袂、和人飄薄。漫細數歸期，容易江蓮香落。”

自然好學齋主人汪端，有姑雲琴，字逸珠，能詩，著有《沅蘭閣集》，又工人物界畫。守貞不字，賣畫自給。端嘗寄詩云：“美人雲影在西湖，誰識青溪最小姑。殘墨冰甌和雨滌，回風羅袂倩花扶。熏香静展《藏真帖》，拂素春臨《望遠圖》。絶似當年曹比玉，瓊簫吹徹月明孤。”林下清風,略見一斑矣。

吾鄉鄧似周先生溓,工詞章之學。傳食東諸侯,屢爲上客。其女弟瑜,字慧珏,適錢塘諸可寶。亦工詞。其《祝英臺近》一首,紀事絶奇,可資觀感。序云:“彭城民女高婉姬貞娥,少以孝聞。年十七,適郝氏子。守身潔,頗不得於庶姑。庶姑以女之异己也,蔑之以蜚語,而故聞其夫。夫果惑,日加棰楚。女不堪其辱,且無以自明,仰藥死。郝氏子諉以暴疾。女父疑,訟於銅山令,驗之得死狀。郝氏子殊不承。旋有蝶大如碗,黑質而斑彩,繞尸飛不去,睨郝氏子若與仇,且撲其面。於是令叱之曰:‘此爾妻也,自來鳴冤矣,尚可遁乎?’鞫之,遂得實。蝶乃轉投令前,若稽首謝,又投女父懷,若永訣然,翩翩向西南逝。銅山令高在午(丙謀)首唱二十絶表其异。家蓉沼從父司鐸是邑,書來徵和,因填此解。”詞云:“儘伶俜,憑折挫,藩溷幾曾墮。影瘦腰纖,幽恨一身裹。可奈雨雨風風,凄凄慘慘,等閑把、浮生輕過。　情無那。幻出弱態翩躚,分明示因果。怊悵芳魂,漂泊倩誰妥。適從何處飛來,還歸何處,也不管、柳昏花亸。”

馮柳東於冷攤舊書中得詞牋,題爲《歲儉偶感》,末署款“瘦鸞”。書極娟媚,詞有擁髻凄然之意。調倚《賣花聲》云:“袖薄那禁寒,羞與郎言。早拼賣却婿池田。辛苦天寒蘿屋底,又遇荒年。　綉帖未成完,針綫抛殘。嬌兒啼飯忒辛酸。一盞瓦燈籬落外,廢盡秋眠。”味其詞意,愁苦中温厚不迫,是女子中才而賢者。

柳東名登府,填詞爲浙派眉目,所著有《月湖秋瑟》、《花墩琴雅》諸詞。其婦李梅卿(畹)亦工吟咏,有《寒月樓殘稿》。《春寒》絶句云:“夕陽畫閣曬鶯衣,了鳥初開待燕飛。一樣養花天氣好,川紅何瘦海紅肥。”《寒夜·南柯子》詞云:“細點瓜虀譜,閑栽萱草花。三年爲婦慣貧家,且喜蘆簾紙閣手同叉。　獸火温籥局,蛾燈罷紡車。戲他兒女綰雙丫,懶放鴛針今夜較寒些。”又有“雪影壓殘烏夢,月痕冷靠花身”二語,語有鬼氣,殆不永其年之徵。歿後,柳東題《城頭月》詞於其集後云:“唐詩一卷曾親授,紅豆雙聲就。籥局偎寒,紡車絮雨,夢也休回首。　蘆簾十載爲新婦,草草分離驟。

寫韵樓空，橫琴月冷，總是斷腸候。”

游瑜，字輝璞，南城陶栗堂室，工詩。蔣心餘見其所作《攻逸草》，疑爲外家捉刀。游聞之，賦詩志感云：“千古傳芳不藉詩，怪來名士有微詞。從今洗却簪花筆，賣與鬚眉去畫眉。”“能久虚名古未聞，枉將才德議紛紛。深閨縱有凌雲手，不是當年娘子軍。”

張佛綉，字抱珠，青浦張梁女。梁字大木，康熙間名進士，以工琴名。抱珠從父授指法，遂善鼓琴。少時焚香於庭，彈鶴舞天仙之曲，忽有二鶴從空而降，飛鳴應節，人咸异之。著有《職思居詩鈔》，《咏白桃花》云：“洞口仙人曳素裳，臨風無語粉生光。春從淡處偏多態，艷到濃時却改妝。靧面奚煩調白雪，助嬌終覺勝紅芳。曉來露井殷勤看，祇恐晴薫欲化霜。”

陳瓊圃，字閬真，號鋤月，錢唐陳淞女，歸安費錫田室。能詩，兼六法。夫亡，誓以身殉，卒年二十有九。其《自題山水畫册》云：“路轉千峰一徑斜，烟霞深鎖野人家。春來更有幽栖處，開遍東風枳殼花。”“家住江南楊柳灣，一簑烟雨打魚還。數聲蘆荻秋風暮，飽看青溪兩岸山。”“蒹葭深護水雲鄉，門掩青山對夕陽。吟罷小樓閑眺望，晚風吹起白蘋香。”“峰含晚日樹含烟，野水微茫接遠天。如此溪山誰領取，風光輸與釣魚船。”極清婉可誦。

鮑詩，字今暉，平湖人，知書善畫。徽州老諸生程立岩，名之廉，善山水花草，來游東湖，詩從之學。專工花草，得白陽法。在家時作《吾亦愛吾廬詩草》二卷，適人後著《鶴舞堂小稿》一卷。自題《荷花小景》云：“垂柳垂楊罩鷺鷥，紅荷花底水參差。分明東浦橋邊見，一抹斜陽弄影時。”

朱柔則，字道珠，錢塘人，詩人沈用濟（方舟）室。方舟客紅蘭主人所，久而不歸，道珠遥寄《故鄉山水圖》。主人作詩，有“應憐夫婿無歸信，翻畫家山遠寄來”之句，當時傳爲佳話。方舟妾曰顧春山，道珠嘗約春山河渚觀梅，得句云：“樓外有梅三百樹，美人不到不開花。”其風致可想見矣。

孟心史先生刊《夕陽紅半樓詩詞剩稿》，中有關秋芙《秋水詞序》一首，字迹多剥蝕。余近得蕭山丁氏媚晴樓刊本，則此序具在，亟迻録之。序云:"翠竹驚寒之地,艶蓮墜粉之天。近短彴以尋漁,坐涼雲而聽雁。碧檻三尺,紅燈半床。垂簾有人,張弦欲語。於是通辭命鯉,移性狎鷗。落花蕩作水聲,白雲犯爲秋氣。則有菱洲烟唱,蘆芽觸歌。黄葉堆門,緑波畫影,樹樹捎晚,峰峰當愁。折蘋花以相思,牽菱根而傷手。荷波黯中婦之鏡,稿碪明大刀之山。芳草拾其墜歡,文琴暢以遥夜。麋月相待,螺峰渺然。夢雨亦離,問天欲瘦。爰乃賡言被笛,移宫上笙。寓瓊思於輕苔,發荒寒於柔翰。紈帊染粉,鞋鈎點廊。霜上簾而菊癯,影佐觴而梅妥。畫灰書石葉之字,落紙聞羽釵之聲。此盤珠夫人《秋水詞》,所以選鍊妍華,甄綜衆嫭。西風蜩柳,附會其光陰;薄日魚榔,迷離其音響。比之《蕢洲遺譜》,《竹枝》清歌,無是過也。嗟嗟!靈羽牢籠,總因文彩;愛河清淺,難免風潮。以夫人孕月爲懷,刈花當舌,鹿盧自創一格,燈盞能辨四聲,固宜匏爵芳缘,文簫善匹,效繭繇之一氣,學礅碻之雙聲。而乃嫁杏於桑,種蓮非藕,鵖鴔爲同心之鳥,烏鵲成情盡之橋,宜其弱質嬌羅,豐肌減玉,酒腸盛淚,怨翠凹眉。未免禪心,濺成泥絮;從無淚眼,晴到梨花。卒至香褪蜂腰,瘦飛龍骨。蟬弃秋前之蜕,蠶餘死後之絲。爲素爲縑,則新人已故;營齋營奠,則分俸無聞。嗚呼悲已!鍈於歌離吊夢之餘,有同病相憐之感。蘭釭聽雨,背髻無眠;絮被兜寒,蒙頭易醒。金井之碧梧初墜,玉臺之彤管如聞。翠羽啼霜,凄蛩絮曉。君真窮子,情天之況味應知;僕本恨人,文海之漂流奚極。此古人所謂既傷逝者,行復自念也夫。咸豐五年乙卯長至日,錢塘女士關鍈作於夢影樓。"

台州張宿庵室李氏修琴,有《咏蠹魚》一絶云:"生涯紙上亦堪憐,書味醰醰可細研。空有痴心成脉望,却知何處是神仙。"宿庵勤學不得志,故李詩云然。萊州謝淑清,適邑諸生魏定。《寄外》詩云:"音書欲寄又遲遲,忍把閑愁説與知。日永偏教常作别,家貧猶喜富於詩。蕭條旅館挑燈後,寂寞空閨搦管時。君是慧心曾解未,但無言處即相思。"家貧詩富,妙諦天成。視修琴之但工感慨,更進一解矣。

山陰蘇織雲,字錦娘,性聰慧,姿容明秀。年十八,適同邑王衡，伉儷甚篤。錦娘所居曰“綉紅閣”，針黹之暇，輒與衡唱和其間。有《看花》句云：“曉來清夢警疏鍾，携手尋春春色濃。將貌比花儂未及，花無夫婿不如儂。”“日暖風和蝶意酣，也隨人意覓花籃。歸來侍婢煎茶去，自捲湘簾讀《二南》。”前首以語入詩，備見嬌婉；後首則和平端重，具見閨房之樂。

永平王仲成與婦謝韵卿伉儷至篤，杜門不出，評詩賭棋。謝《讀書有感》云：“詞章考據兩分馳，何必勞心費苦思。直算積薪天地内，可憐終有一燒時。”是解脱語，非懶散語。

前記徐仲山夫人寫經事，乃其女昭華，亦才女也。幼時謁毛西河爲師，請試題，會昭華畫蝶工甚，遂命題《畫蝶》五絶，限“東”韵。昭華立成云：“蛺蝶翻飛去，翩躚彩筆中。雖然圖畫裏，渾似覓花叢。”誦之一座驚嘆。西河喜爲和詩云：“滕王有遺譜，描之深閨中。羞殺東園蝶，翾翾滿緑叢。”蓋言羞時輩也。昭華後作畫，直追管夫人。童二樹七歲時，昭華抱置膝上，爲梳髻課詩。二樹卒以畫梅名，蓋亦師承有自矣。昭華所著有《花間集》，又徐都講詩一卷，附刻西河集中。陳其年嘗手録其詩語人曰：“閨中人作雄詞，墮小説家女俠習氣。獨昭華《塞上曲》，沈情超筆，漢世樂章，忘其爲唐山作也。”

方婉儀，羅兩峰室，號白蓮居士，亦善寫梅竹蘭石，兩峰稱其有出塵想。居士《生日偶作》云：“冰簟疏簾小閣明，池邊風景最關情。淤泥不染清清水，我與荷花同日生。”可謂冰雪凈聰明矣。早卒，著有《白蓮半格詩》行世。兼能作山水，但不苟作。平望張看雲徵君藏其夫婦合畫一册，中有《涉江采夫容圖》，澹冶清妙，居士所作也。後鈐小印曰“兩峰之妾”。

嚴文，字淑暉，烏程人，温一齋（純）室，工吟善病。其《病起》一絶云：“蕭蕭秋雨織烟絲，遍繞窗前簾幙垂。如此輕寒禁不得，莫嫌病起曉妝遲。”年十八卒。歸一齋時，年甫十七。一齋工畫，謂之曰：“能畫而不能詩，畫即無韵；能詩而不能畫，詩必無神。”遂潛心學書，不數月而能花果。有《自題石榴》詩四首，見《墨香畫識》。

崑山唐逸夫（和春），號六樵，字景村，又號落落道人。從太倉陸雲錦受畫法,雲錦以女琳妻之。女英傳其家學,嘗作臘梅天竹小幅,題曰《冰雪盟心》。又有《自題桃花白頭翁》云:"怨雨啼晴啄未休,春光一段屬誰收。愁人爭得真如鳥,花裏雙雙到白頭。"

《仙霞閣詩鈔》,青浦廖雲錦女史作。雲錦,字織雲,自號錦香居士,歸泗涇馬氏。所居曰"讀畫樓"。吟詩作畫,脱去塵俗。中歲嫠處,悒鬱不自聊,益借筆墨以抒其岑寂之抱。《題管夫人墨竹》句云:"一抹遠山數叢竹,絶無脂粉累風神。"若自道其所得焉。改七香嘗云:"織雲,故一豪俠女公子。生平屢散千金,不自爲計,乃以貧老。依其戚於閩南而歿,是可嘆也。"《畫白桃花自題》云:"五更風雨惜濃春,曉起看花爲寫真。雙頰斷紅渾不語,可憐最是息夫人。"《杏花》云:"社後春將鬧,風吹蕊欲肥。美人簾外立,初試水紅衣。"

許小娥,名垛,壽喬女孫,適同里王氏,擅"閨中三絶"之譽。《題牽牛花》云:"柔條引蔓竹枝斜,淺翠濃藍葉葉遮。一帶紅樓清夢裏,曉風凉露正開花。"又《題涉江采夫容圖》云:"花光艷艷水溶溶,柔櫓咿啞隔幾重。江上人來渺何處,夕陽影裏采芙蓉。"

《夢香集》,甘泉程綺堂室朱蘭字清畹著。其《夢仙謡》三絶最佳,録其一云:"紫鳳青鸞駕翠車,五銖衣服盡雲霞。瑶池侍宴留春色,醉壓碧桃兩樹花。""玉簪墮地無人拾,化作東南第一花。"秀水錢文端孫女九英題畫句也,傳誦一時。九英適吴江梨里蒯鐵厓,幼得南樓老人傳授畫法,從兄籜石亟稱之。

平湖錢夢廬(天樹)富收藏,妻同邑陸雪巒女錫貞,字若筠,亦能畫。嘗病起臨徐崇嗣丁香花小幀,見者嘆賞。喜吟咏,刻劃幽秀,頗有雋句。年二十二遽卒。歿前三日,悉以平昔所作投藥火燃之,故傳世絶少。《登弄珠樓》云:"緑疏三面柳,青入一樓山。"《病起》云:"秋風欺病骨,古鏡寫愁顔。"《秋懷》云:"幾點疏花明瘦石,萬條衰柳見秋心。"均可傳誦。其丁香花遺迹,多閨秀題句。曹墨琴夫人一絶云:"紅心舊似丁香結,紫玉今隨落絮飛。但把此花當小影,真真唤取返魂歸。"

金壇女士吴規臣,字香輪,一字飛卿,長洲顧小雲室。小雲遠宦，飛卿嘗往來金陵、維揚間，鬻書畫自給，奇情倜儻。工詩詞，精醫理，通劍術。其父朗齋夙愛華陽洞天之勝，往游至三，飛卿無不隨侍。穿雲躡翠，采藥尋松，真閨閣中飛仙也。在山中坐雨，嘗爲牡丹寫生，題詩云："一種天生富貴花，開來仙觀帶烟霞。人間遮莫春如海，那及山中宰相家。""三茅雲氣護靈根，生長仙源別有春。閑倚玉蘭花下看，六朝金粉舊精神。"前録其詞而未及其詩，特再志之。

吴江女士徐應嬛，號珊若，虹亭六世女孫。適同里朱靄亭，俱工詩翰。家在分湖之濱，曰"月當樓"，乃其伉儷聯吟處。靄亭嘗繪圖徵詩，吴越名流題者殆滿。珊若又工墨蘭，其《從外學蘭》一絶云："略施澹墨便離披，研露吹花風颭枝。著個素心人不語，緑窗正是夢回時。"有《須曼華館小稿》。

王筠貞，字管芬；蘭貞字楚玉，一字飛鸞，吴縣人，從姊妹也，俱工畫能詩。管芬《自題山水小幅》云："小閣鈎簾對遠山，白雲舒捲意相關。殘陽欲墮深林暗，便有飛禽無數還。""萬頃波光玉鏡開，隔湖山隱白雲堆。無端拍拍群鷗起，一片春帆天際來。"楚玉《題緑君納凉小影》一絶云："日午荷花斂粉紅，招凉且坐水亭中。清琴一曲茶三碗，消受垂楊面面風。"緑君姓周名綺，小字琴娘，昭文人，亦工詩，著有《擘絨餘事》。《初夏》云："小溪點點叠新荷，滿院清陰雨乍過。閑捲疏簾尋畫本，夕陽紅在樹頭多。"《戲寫荷花水仙一幀爲炎凉圖》云："水佩風裳一種清，兩花應恨不同生。炎凉任爾輕分判，香國何嘗有世情。"咏畫詩能借題抒感，故佳。

秀水陶梅石，工畫。有《畫梅》題句云："畫梅究竟從何派，心出家庵粥飯僧。"室吴氏秀淑，號玉枝，又號懶卿，吴江人。善寫墨蘭，間吟小詩，亦清麗可誦。《夜來香》二絶云："花顔葉色兩難分，一架初疑是緑雲。試换小鬟簾外摘，今宵不用水沈薰。""黄昏庭院始開花，凉月朦朧透碧紗。吹入三更殘夢醒，幽香半枕玉釵斜。"女馥號蘭娟，年十餘歲，即能詩畫。其《冬夜》七絶云："夕陽隱隱下斜廊，新月光鋪滿地霜。籬畔黄花開欲盡，西風吹瘦一簾香。"梅石弟松石亦工山水，配沈道嫻，嘉興人，號蘭英，幼即以詩名。如《除夕》

云:“今夕知何夕,消寒共舉杯。春來人不覺,但見後園梅。”《謝玉筠女侄橄欖》云:“酸能醒酒君當愛,香可烹茶我亦憐。”皆妙。兄弟娣姒,互相師友,一門風雅,人多羡之。

虞山閨秀錢璞,字蓮因個,適吴門張伯冶(駢初)。僑寓維揚,製古吟牋,顏其室曰“小題襟館”。《寄外》詩云:“臨别先期返,相違約二旬。那知上弦月,仍照未歸人。行止寧無主,飢驅莫諱貧。歲寒冒風雪,珍重苦吟身。”《閨中元夜詞》云:“卜繭抽鬮事事無,幽閨搦管撥寒鑪。不知燈市過元夜,却寫山居避世圖。”“負他明月到貧家,讀《易》挑燈夜煮茶。自笑寒酸風味别,飽餐虀飯咏梅花。”俱有林下風致。

張玉,字子美,吴縣人,泗涇汪笠甫(鏞)繼室。《咏梅》云:“不待春風芳信至,暗香一縷入窗紗。却教歷盡風霜後,始作人間第一花。”其志節可想見也。笠甫前室小茶女史,亦工詩畫。吴香輪夫人贈詩云:“君家有小茶,頰花眉如葉。想像春風中,提携看仙蝶。”

吴永和詩已見前。永和嫠居後,屏去翰墨,有請者輒不應,曰:“此非未亡人事也。”其存者曰《苔窗拾稿》。所作《苔窗賦》尤工,其詞曰:“敝廬之北,鄰圃之前。縱横半畝,攲側數椽。蒙翳於蔓草,迷漫於荒烟。乃葺小齋,營狹室。逍遥兮容與,偃仰兮栖息。任平行之礙眉,審易安於容膝。爾乃左排藜床,中列棐几。琴拂嶧陽之桐,詩裁浣花之紙。書裝玳瑁之籤,硯浴薔薇之水。則復面以素垣,帶以紅欄。花疏疏兮三五樹,竹嫋嫋兮數十竿。簾非水晶而不下,屏非琉璃而不寒。當其新葉并抽,繁英齊吐。杏蕊紅兮覆屋,棗花白兮罨户。紫燕壘於風檐,黄蝶翻於蔬圃。飛絮撲人,游絲横路。及夫高樹蔽日,清風送凉。扇襞素紈,團來山月;衫裁白紵,翦落輕霜。掃逕則籜竹盈砌,拂簟則花辦半床。又如凉風欲來,裌衣換早。哀斷雁之宵征,驚疏砧之夜擣。響敗葉於空階,泣亂蟲於衰草。至若歲聿云暮,天寒白屋。翔風吼樹,凍雪折竹。户掩雙環,窗扃六幅。擁竹爐之初紅,試鄰缸之新緑。若乃朝日晃耀,晴烟霏微。苔痕上階,草色侵衣。鳥送歌來,風抱花飛。時而雨蒙蒙兮如絲,雲黯黯兮潑墨。樹濕新痕,花蔫故色。倚薰篝以生潤,對紙楞而易黑。至於疏鍾初動,仄徑無塵。疏星在天,纖月窺人。豈持燭而書誤,亦聚螢而生貧。於是撫流光以怡顔,感造物之無盡。或擷畦上之蔬,或劚林間之笋。或撲皺玉之棗,或采連珠之菌。愛藉萱草能忘,年有昌陽可引。况乎志先淡泊,心非崇侈。檢書課蓬頭之子,瀹茶訓赤脚之婢。地僻則喜其面城,景幽則忘其背市。優哉游哉,完矣美矣。笑介蟻之浮沈,嘆風燭其奚俟。”

錢塘女子徐茝仙,善爲四言小詩,法祭酒時帆稱其濃麗如子山小賦,清遠如表聖《詩品》,與梁溪女子專賦六言者相似。梁溪女子姓余氏,名碧,其父賈人也。女以苦吟咯血卒,年十八。父痛女之夭折也,舉其篋中剩稿悉燒之,故其稿不傳。茝仙《彈琴》詩云:“愔愔者琴,泠泠者音。一彈再鼓,山高水深。冰弦澀指,苦調傷心。湘簾不捲,明月相尋。”《春日》云:“濃花滿鏡,澹香著衣。空階無人,蝴蝶自飛。芳草行迹,落紅網絲。碧雲欲來,東風未歸。”《山樓》云:“楊柳一碧,芙蓉四青。瓶花開未,簾鈎亞丁。綉規秦女,書摹洛靈。一行新雁,瀟湘畫屏。”

嘉定鄭烈婦朱氏,事姑孝謹。繼因小姑構讒,同夫出居於外。未幾夫死,携其子歸,子又殤,遂不食而死。長洲女子朱德音作《烈婦行》以哀之。其詞曰:“妾命薄兮奈何,托君子兮絲蘿。洗手作羹兮事姑,姑色不喜兮婦心獨苦,回問小姑兮姑意云何。哀哀逐子兮中心孔憂,惟妾之故,羅此譴尤。嗟哉!徒有子婦,欲侍堂上靡由。庭前樹,一朝枯。秋風急,啼栖鳥。君一去兮妾身孤,忍死兮爲此呱呱。天降禍兮孰知其端,巢既覆兮卵不完,静言思之摧心肝,妾不能事姑,又不能撫子。偷生何爲,餓死相從地下耳,白雲悠悠,清泉泚泚。妾心苦兮誰知,妾命薄兮如此。”德音,名宗淑,號翠娟,著有《修竹廬吟稿》。爲“吴中十子”之一。前已著録矣。

徐珠村,名錦,秀水人。工詩,適同邑諸生朱辰應。辰應家甚貧,珠村辛勤操作,然不廢吟事。中歲好讀《易》,嘗手書卷尾云:“宇宙間吉凶消長,常相倚伏。故夫需血,何莫非出地滅頂?寧遂爲咎占,鼫鼯有悔,動乃引吉,習坎心亨,行亦有尚。是以君子順受其正。”又嘗黏壁書曰:“人未能樂貧,且須安貧;未能安貧,且須耐貧；能耐貧，須常念'死生有命，富貴在天'二語，反覆思維，理不可易也。"珠村體羸多疾，又以操井臼勞苦，精氣益耗，病骨不能支。已而疾篤，竊自嘆曰："造物勞我以生，逸我以死，十七年辛勤，於今已矣。"辰應泣謂曰："猶有言乎？"少間還語曰："君夙以古文自許，能爲我識數語，幸無飾言。"斂衾而逝。後其族弟某之婦嚴蓉（拒霜）刊其所著《紅餘小草》，爲之序曰："先夫子有族姊爲朱氏婦，生時未嘗相識，歿後始得其《胥山八咏》讀之，愛其風骨遒峻，不類閨閣中語。亟招其子，索全稿讀之。遣意敷詞，超然獨運，迥出尋常畦町之外。而其夫君所著《行述》一篇，尤悲痛不忍卒讀。蓋其歷境困悴如此，而高情朗韵，曾不因之少挫，其中所自得者遠矣。因爲摘取若干首，付之剞劂。附志數語，用申予嚮往之志云。"

徐若冰，名暎玉，崑山人，生時母夢寒梅一枝墮於庭，長適孔青崖，從青崖僑居浙，久之遷吴，徙香溪上。若冰喜讀書，能詩，巧針縷，佩服櫛珥必修潔。性愛悔，每花時風雨至，則顧而泣，若有傷於心者，家人竊怪之。華亭沈大成見若冰梅花詩，偶爲更訂數字，若冰見之，喜曰："真吾師也。"遂問業於大成，稱弟子。大成往來吴中，恒至其家。嘗留惠徵君定宇飲，若冰入厨治具，咸以爲腆，曰："吾重惠先生之經學也。"他日，戚有爲縣令者飲其舍，或又以爲儉，曰："若徒知科名耳，安得儕惠先生哉？"若冰自從學大成後，於《楚辭》、《漢書》、《文選》、古樂府歌辭皆成誦，能通其義。每見大成行篋善本書，必借得挑燈校勘。然其生平多愁善怨，俯仰太息中，鬱鬱不自得，用是多疾，卒年三十五，著有《南樓吟稿》若干卷。若冰故喜學佛，臨歿神色不亂，起坐説偈云："來從梅花來，去向蓮花去。去來本無心，無相亦無住。"時有嘉興女子陳如璋者，與若冰同受詩於沈大成。若冰卒，如璋爲詩以哭之。如璋所著有《西溪集》。

雨鬘道人陸觀蓮，字少君，嘉善人。其母夢大士授之蓮花而生，故名之曰"觀蓮"。事迹已略見前卷。近見其自序所著《蔣湖寓園草》文一篇，更可詳晰其身世也。文云："夫觀於劍者能劍，觀於賦者能賦，服習衆神，豈不然哉？余少依姆師，僅通章句；長隨夫子，遂曉詩篇。柳下栖遲，未見薦禽之客；隆中高卧，遂爲友葛之人。以是同梁生之出關,深慚德曜;异少伯之辭越,不羡夷光。長與蠹簡爲鄰,蕭條三徑;獨向芸編爲伴,離别經年。兒既能文,女亦識字。歷冬夏以靡輟,慣饑寒而不啼。既而游子來歸,不殊師友之對;時有高人造訪,實多贈答之辭。稍知工拙之分,略窺正變之則。荏苒數載,常如不繫之舟;留滯他鄉,盡是若浮之梗。昨因避水,來止斯園。門掩深村,對琅玕之個個;人歸遠浦,泛雨雪之紛紛。盼望故廬,不逾衣帶;言旋故里,終隔山河。落花與芳草相依,明月與清風自舉。顧此幼女,夙慕古人。如左氏之有芬,才華挺茂;在荀家則爲灌,志略英蕤。朱粉不施,自是蓬門之質;丹鉛能好,居然林下之風焉。嗟夫!篇章耽玩,詎爲失意之悲;兒女關情,不作無家之别。况聞郗公築室,植松桂以相招;陶令卜鄰,樂晨夕而不返。興言在邇,益復牽懷。簡弃舊篇,頗存新什。豈徒誇謝庭咏絮,蔡閣聞琴而已哉。"

沈畹庭,名蕙玉,吴江人,倪弁江妻。嘗作《慎獨》、《謹言》、《勤勞》、《和敬》四箴,論者以爲可補班氏《女誡》。其《慎獨箴》曰:"天生箴民,有覺其性。陰陽肇判,含元達順。琴瑟載咏,蘋蘩攸司。夙夜用敬,猶懼或虧。無曰深閨,莫予云覯。淑慝在躬,指示暗室。惟椒與蘭,植於中田。我思君子,淑慎塞淵。"《謹言箴》曰:"先民有言,言不出閫。牝鷄之晨,厥家用損。節以應佩,琴以和神。詞苟或費,寧默而存。勿尚爾舌,寸心是弛。既悔而追,不脛千里。嗟嗟愚盲,慎其德音。鸚鵡多言,衹名文禽。"《勤勞箴》曰:"紞纊在笥,焕乎有爛。凄其以風,滋我永嘆。惟織與紝,爲坊厥心。舍業而嬉,淫慝相尋。野有絡緯,振迅其翼。爾安用婾,微羽所疾。雖有孔翠,不如春蠶。之子纂組,不如布縑。"《和敬箴》曰:"冀妻如賓,孟光舉案。夫豈矯情,婾墮斯遠。啼肩折腰,邦國之夭。彼昏罔知,返以用驕。幽嫻貞静,堪配君子。載色載笑,若佐之史。敬而能和,穆如清風。修身準此,維以令孫。"

湘影樓主人易仲厚詩,前已著録。近仲厚復録稿見寄,有《仇枕謡》一首,古節古音,真此中射鵰手也。詩爲鄧三姑作。三姑,儒家女,幼字同里趙氏。結褵三載,值洪楊之變,趙子被掠而去,三姑年甫二十一,以節孝著稱。嘗寓仲厚家,衾褥整潔,而床端無枕。詢其故,三姑嘆曰:“不用此物四十三年矣!”因言兵難時,非僅良人被掠,家具皆毁,衾枕諸物蕩然無遺。初未料被擄者終不返也,常自慰曰:“俟其歸,當更製雙枕。”豈知日月年年,信音都渺,眼穿淚盡,誓不更製。數十年來,已成習慣,用之轉不能安卧矣。時仲厚之兄實甫在側,笑曰:“絶好一樂府題,名曰《雙枕謡》。”仲厚因成一章云:“憶妾初嫁時,枕上綉鴛鴦。鴛鴦不獨宿,妾亦三年雙。忽然天地變,浩劫遭紅羊。良人被掠去,消息久茫茫。未知良人生,未知良人死,未知良人娶妻與生子。四十三年人老矣,妾淚成河不能止。每逢天雨便離魂,似共良人避崖底。烏頭馬角年復年,使妾直欲讎皇天。不敢讎天但讎枕,良人歸來妾安寢。”

梁藥亭有寄瑶湘女士一書,述讀書之法,具有門徑。瑶湘,番禺隱士蒲衣子王隼女。隼生而善病,癯體鶴立,結潨廬於西山之麓者二十年。夫人潘氏,通《史》、《漢》諸書,樂貧偕隱,字之曰孟齊。瑶湘幼承庭訓,早著詩名。隼爲擇婿,得故人子李孝先,遂妻之。隼性嗜音,常自度曲,孝先倚而和之,瑶湘吹洞簫以赴節。雨闌更静,則聲發潨廬中,聽者有月笙雲璈之想。未幾,孝先卒,瑶湘怡然矢節,自稱“逍遥居士”,隼爲刻《逍遥樓詩》。藥亭所寄書,當是瑶湘待字閨中時也。書云:“聞瑶湘讀書,余甚喜。余與汝祖若翁交凡兩世矣,視汝一如己子,故甚望於汝之成也。余有女龍端,少汝一歲,頗聰慧,余授以詩,上口即能背誦。而余性懶,不能常授,以此龍端之學不及汝。聞汝近讀漆園《南華》。《南華》之文章善幻。而其言道也,必溯乎未始有道,其言物也,必主乎齊,齊而列以不齊之狀,總歸於化,善讀《南華》者當知之。又讀《禮經》。《禮經》,漢白虎諸儒之所著也。二戴、大小夏侯各師其傳,然不越天下國家、朝會宴饗、嘉勞贈答、儀文縟節。至言閨門,則禮之節蓋謹矣。更讀《離騷》,楚臣屈原不得於君,發爲奇文。香草美人,芳蘭君子,三湘、九疑之間,左倚桂旗,右攬揭車。汝誦之,當亦有恍焉如見者乎?余何時得來汝父西山,見汝於潨廬,使汝將所讀書各誦一遍,俾我泠然稱善也。”

番禺潘蘭史徵君授經柏林，主盟海上，蓢淞高閣，望若人天，儼然魯靈光也，著有《説劍堂集》。嘗刊小印曰“近來海内爲長句”，嵚奇磊落，可見一斑。配梁靄字佩瓊，亦工詩，著有《飛素閣詩詞》。《重過海山仙館有感》云：“殘脂剩粉漲紅橋，渺渺春流送暮潮。猶有舊時明月在，碧雲吹過一聲簫。”又《寄蘭史》云：“燕子何時相語别，鴛鴦好是不離家。”殊有思致。蘭史姬人名月子。丁巳，蘭史年六十，劉闓青作聯賀之云：“樊榭有佳人，初三月上雙修福；放翁真健者，六十年中萬首詩。”風雅典切，傳誦一時。

桐城姚倚雲，通州范當世室也，著有《藴素軒詩稿》。名作如林，不能備録。録其古風二首，以志欽往。《呈夫子》云：“歲次在己丑，其時乃孟春。萬物吐宿秀，草木剛懷新。結褵事君子，于歸賦良辰。同心欣静好，燕婉愧蘩蘋。富貴安所重，儒術惟可珍。文章增紙價，詩書未全貧。林泉堪養志，窮達任屈伸。賢者固樂道，超然遂天真。聞述先世德，始知堂上仁。清族傳盛澤，孝弟昆季淳。陋質雖不敏，焉敢憚勞辛。老親擇士艱，十年得斯人。豈惜絲蘿弱，千里締婚姻。足慰生平意，冰雪誼相親。少君躬出汲，良妻自荷薪。續史承優召，解圍對嘉賓。懿行去以遠，文采留經綸。東風展群芳，日暖名花香。青青窗前柳，藹藹春山光。暝烟横翠岫，庭際餘殘陽。官閣一憑欄，歸鳥凌虚翔。纖月破黄昏，寒輝繞曲廊。疏星懸樹杪，幽院起蒼凉。静觀生意滿，美景皆詞章。瞬息將三旬，何時見高堂。無違在夙夜，勉力侍姑嫜。欲穿望雲心，迢迢川路長。失恃慚婦職，思之誠恐惶。書此聊自勗，勿作俚辭忘。”《夫子去歲孟冬，復來甥館，以歐公四十四韵作詩相贈，歷陳病中艱苦，雄文健句，字字酸辛，倚雲覽之，涕下不能和也，開歲隨夫子歸謁舅姑，而夫子橐筆北游，以應李相之聘，秋杪吾又隨伯兄歸寧，舟中小暇，追述别後情辭，次其元韵，語質無華，不自知其美惡，聊寄津門，一破客中之悶，亦因以道舅姑隱衷》云：“憶昨送君時，風光正春日。别離那可論，此心良忽忽。雖有千萬言，心悲不能出。深恐擾君思，回腸忍淚没。自君遠行役，承歡雙親膝。黽勉敢憚勞，夙夜懷懍栗。初來未盡諳，兒女相輔弼。慚惶提斯心，安得往時逸。風月非無趣,每每看令失。時或有佳致,十不能得一。感念高堂慈,遇事必寬恤。有時憐其長,命之和新律。亦欲博親歡,苦思真咄咄。流光何迅速,夏去秋風疾。相思惟自知,烏能向人述。忽得桐城書,青山已卜吉。覽之涕交流,豈敢望歸必。老人竟頷頭,許其返篷蓽。又得津門書,周旋語意密。極論劬勞恩,去日若鞭抶。汝心苟不從,遺恨當斧鑕。故爾辭兩親,脱身不用乞。在道感君懷,反覆視君筆。憂思安能已,徒有淚横溢。君誠不自聊,尚恐吾心鬱。何以報深情,珍重爲君匹。倦極入幽夢,相見在仿佛。忽爲晨鐘醒,勞生待誰嫉。茫茫大塊中,爾我定何物。好留泡影嬉,衹待白頭畢。從兄復登舟,亦任風濤颭。萬里若乘槎,蒼茫近太乙。雲際山迢迢,楓林秋瑟瑟。寒沙群雁嗷,荒渚幽蟲唧。皓月一周天,片帆抵官室。悲喜涕重闈,親情繞諸侄。舊日閨閣中,妝臺盡散佚。芙蓉尚含苞,丹橘猶結實。依依我親旁,留連復愓怵。聊慰罔極恩,寸心終自劾。且復愛年華,新妝待君櫛。翱翔好致身,憔悴嗟吾質。不然陶翟耳,吾豈慕高秩。堂上七十年,人情三百紱。"

餐霞女史,姓錢氏,名裴仲,適溆西戚曼亭。工詩能畫,長短句尤擅長,著有《花雨庵詞稿》。《清明掃墓·高陽臺》云:"銜肉鴉盤,飛灰蝶舞,纍纍多少荒墳。青草萋萋,染他幾許啼痕。東風不管傷心地,放垂楊、冷眼窺人。暗銷凝、岸柳汀蒲,都返春魂。　平橋曲水依然在,但歡情頓減,疏了清樽。摇雨孤篷,重來不是尋春。無端逗起閑情緒,恨桃花、點綴柴門。再休題、陣裏芳津,那日湔裙。"女史遭粤匪之亂,避寇南玉港,作詞有云:"凄凉時節凄凉雨,人在凄凉裏。"旋卒,殯於滬上。嘗作《游仙詩》,有句云:"行到樓臺最深處,一雙青鳥啄桃花。"故平湖張鹿仙(炳堃)題其遺集《高陽臺》詞云:"蠟淚灰餘,蠶絲吐盡,春風詞筆都休。新聲翻作凄凉引,咽寒潮、江水停留。訴離憂、蔡女胡笳,秦女箜篌。　記否西堂笑語,憶筠廊款夏,鞠榭延秋。桃花青鳥,當時愛説仙游。文章自昔悲黄土,最傷心、烽火山邱。恨悠悠、鳳去臺空,簫譜重修。"鹿仙與裴仲爲中表戚,少時同學,故有款夏、延秋之語也。

亭林顧作崑,一號佩環女史,荻洲徵君女。徵君以畫梅名於時，女史傳其學。嘗爲黄式權作小幅，古幹峭折，疏花三兩，下筆雖不甚經營，而自有一種清秀之氣。題詩一絶云："雲階月地近如何，古幹婆娑襯緑荷。瀟灑最宜三兩點，好花清影不須多。"

荇賓女史曹氏，名柔和，適黄芳亭。芳亭爲"吴中七子"之一，伉儷唱和，如秦嘉之有徐淑也。芳亭將入都，荇賓作詩三章送之云："聞君將遠行，攬衣中夜起。出户戒徒御，入厨具甘旨。一樽布前楹，願君且盡此。丈夫志四方，安能守床笫。况君當盛年，束修本素履。讀書展經綸，天逵路伊始。别離豈不懷，兒女情所鄙。閫門一揮手，朔風浩千里。""繄余少魯鈍，黽勉承義方。結髮事君子，琴瑟諧中堂。率衣同問寢，歡笑溢尊嫜。嗟嗟靈椿樹，一夕摧嚴霜。慈烏待反哺，中夜徒徬徨。君今去庭幃，所志在顯揚。鼎牲與菽水，得失君自量。《南陔》有遺訓，勖哉無相忘。""峨峨春明門，車馬何喧闐。要津策高足。賓從皆豪賢。朝爲菰蘆士，夕作蓬萊仙。簪裾紛接席，爲樂若百年。君本悠悠者，夙昔敦古歡。珠玉在懷抱，所投宜慎旃。敢告百君子，德行期無愆。"敦厚温柔，不愧大家風範。又斷句云："芳草緑波人去後，小樓紅雨燕來初。燕子不歸花又落，東風人立小闌干。"皆清妙。

周雲英，字逸仙，寶山人，嫁笄里徐階三，家貧不廢吟咏。《秋日病起》云："史册披餘積半床，輕寒薄病送流光。呼兒試啓紗窗看，幾樹疏楓襯夕陽。"淡遠頗類樊川。階三亦工詩詞，著有《衛花居詩草》。記其《醉起》一絶云："古樹蒼蒼夕照微，小童忘却掩柴扉。客來知道主人醉，代捲疏簾放燕歸。"與逸仙詩同一瀟灑，可謂紙閣雙聲矣。

葉慧兒，字妙明，恒齋内翰女，工長短句，著有《疏蘭詞稿》。《珍珠簾·咏孤雁》云："冥冥萬里分儔匹，嘆浮生、也復漂流南北。一點落平沙，認往時泥迹。展轉驚魂猶未定，正雪滿、寒灘蘆荻。凄惻。待寫怨留情，不成行墨。　　清影獨占天涯，傍瀟湘苦竹，淚痕凝碧。天半動哀聲，似斷弦瑶瑟。十二樓中明月夜，悵舊侣、那堪思憶。哽塞。衹孤鶴横江，如曾相識。"凄楚之音，令人酸鼻。嫁數年而寡，此詞若爲之讖矣。

閨閣中清才易遇，奇才難得。若清初浙江蕭山之沈雲英，可謂奇矣。同時歙縣畢氏女，名著，字韜文，布衣王聖開之妻也。年二十，隨父官薊邱。父與流賊戰死，尸爲賊所得。著身率精鋭劫賊營，手刃其渠，衆潰，輿父尸還，葬金陵之龍潭，夫婦偕隱以終。有紀事詩云："吾父矢報國，戰死於薊邱。父馬爲賊乘，父尸爲賊收。父仇不能報，有愧秦女休。乘賊不及防，夜進千貔貅。殺賊血漉漉，手握仇人頭。賊衆自相殺，尸横滿坑溝。父尸輿櫬歸，薄葬荒山陬。相期智勇士，慨然賊同仇。蛾賊一掃盡，國家固金甌。"又有《村居》詩云："席門閑傍水之涯，夫婿安貧不在家。明日斷炊何暇問？且携鴉鋤種梅花。"戰奪父尸，既酷類雲英，而食貧高咏，尤與雲英之以《春秋》胡傳授人者同也。

錢葆馚有《雪獅兒·咏貓》詞，竹垞、樊榭、穀人及吴石華并和之。引徵故實，各不相襲，可謂博矣。浙中高穎樓室孫蓀意夫人，字秀芬，著有《貽硯齋詩集》。酷好貓，嘗搜貓典作《銜蟬小録》，蓋取山谷詩"買魚穿柳聘銜蟬"意也。其《咏貓》句云："一生惟惡鼠，每飯不忘魚。"《銜蟬録》已有用作故實者，此詩亦大可備徵采也。

同光間，旅食滬城，以詩畫自給者，有吴江張春水。春水，名澹，字新之，與馬秋藥、屠琴隖、魏春松諸君游，又嘗客湯雨生都督幕。續配陸璞卿女史，名惠，幼即明慧，并長詩畫，距春水所居僅一牛鳴地。春水喪偶，讀其《綉餘吟》而善之，遂倩人委禽焉。由是巡檐索句，刻燭聯吟，殆無虚日。春水編其閨中倡和諸作爲《雙聲合刻》，傳爲藝林韵事。春水晚年甚貧困，璞卿乃教授女弟子，得修脯以佐家食，恒苦不得一飽，卒以憂死。璞卿幼年愛寫墨蘭，雖無師承，而娟秀中時露清挺之氣。既歸春水，造詣益進，著有《苏香畫録》。其《寒食自感》詩云："轉眼驚看歲序移，陌頭芳草又離離。插來楊柳憐春晚，落盡棠梨有夢知。漸覺奕更新局面，怕聽人道舊家基。禁烟時節寒猶峭，簾幙凄凉引步遲。"真有抑鬱難言之隱。其所用小印曰"文章知己患難夫妻張春水陸璞卿合印"。

崑山孫秋容女史，嫁滬中曹氏。工韵語，所作輒隨手弃去，僅傳《病起》一絶，蓋其弟吟秋於字簏中拾得者。詩云："消磨歲月藥罏中，綉幕慵開怯晚風。病起不知春已去，下階細數落花紅。”

婦人作悼亡詩絶少。桐鄉孔瑶圃女史詩云：“甘回蔗境亦何曾，卅八年光感廢興。七品頭銜添白髪，一編手澤共青燈。醫從隔歲來無益，命入殘冬續未能。風雨南窗思往事，偷生此際獨沾膺。”語獨沈摯。又嘉興戴蘭英女史詩云：“一曲離鸞唱夕暉，輕塵短夢萬緣非。可憐稚子情痴甚，猶著麻衣待父歸。”亦殊凄惋。

瑶圃女史，爲沈青齋觀察啓震之母。青齋幼時，父介亭封翁館於外，瑶圃親教之讀。有《寄外》詩云：“窗下看兒温《魯論》，燈前教婢揀吴棉。”及“夜枕先愁明日米，朝寒又典過冬衣”等句，皆紀實也。後青齋官運河，迎母就養，戒之曰：“毋慮不足而多取一錢，毋恃有餘而多用一錢。”吾鄉稽文恭公韙其言，爲題“慎一齋”額，青齋即以名其詩集。

柳如是詩詞人多知之，顧横波之作則流傳較少。程春廬嘗藏横波小像一幅，丰姿嫣然，呼之欲出。上幅右方款二行云：“崇禎己卯七夕後二日，寫於眉樓。玉樵生王璞。”左方詩二首云：“腰妒楊枝發妒雲，斷魂鶯語夜深聞。秦樓應被東風誤，未遣羅敷嫁使君。淮南龔鼎孳題。”“識盡飄零苦，而今始得家。燈煤知妾喜，特著兩頭花。（庚辰正月二十三日燈下，眉生顧媚書。）”按横波以癸未歸芝麓，己卯爲崇禎十二年，是時横波尚在風塵，雖有厭倦之意，初未允嫁芝麓，故龔詩云然。明年庚辰正月二十三，横波自題詩，則係已定嫁龔，又係甫經定約者，故不覺形諸筆墨。《衆香詞》又録横波詞三首。《花深深·閨怨》云：“花飄零，簾前暮雨風聲聲。風聲聲，不知儂恨，强要儂聽。　　妝臺獨坐傷離情，愁容夜夜羞銀燈。羞銀燈，腰肢瘦損，影亦伶仃。”《虞美人·答遠山夫人寄夢》云：“春明一别魚書悄，紅淚沾襟小。却憐好夢渡江來，正是離人無那倚妝臺。　　朱闌碧樹江南路，心事都如霧。幾時載月向秦淮，收拾詩囊畫軸稱心懷。”《千秋歲·送遠山李夫人南歸》云：“幾般離索，衹有今番惡。塞柳凄，宫槐落。月明芳草路，人去真珠閣。問何日，衣香釵影同綃幕。　　曾尋寒食約，每共花前酌。事已休，情如昨。半船紅燭冷，一棹青山泊。憑任取，長安裘馬争輕薄。”此外所見甚少,惟《正始續集》載其二詩。《海月樓坐雨》云:“香生簾幙雨絲霏,黄葉爲鄰暮捲衣。粉院藤蘿秋響合,朱欄楊柳月痕稀。寒花晚瘦人相似,石磴凉深雁不飛。自愛中林成小隱,松風一榻閉高扉。”《醉楊妃菊》云:“一枝籬下晚含芳,不肯隨時作淡妝。自是太真酣宴罷,半偏雲髻學輕狂。”又《定山堂集登樓曲》第二首云:“綉句驚人思未降,珊瑚筆格對雕窗。團香璧玉無人見,親領明珠廿八雙。”此詩作於芝麓初入眉樓時,時蓋北上過金陵也。“團香璧玉”,當指横波有詩贈别而言。惜明珠廿八雙,竟隨風飄散耳。

永康吴教諭士騏之女宗愛,字絳雪,國色也。幼慧,十餘歲父教令作詩,詩輒工,兼工繪事。嫁同邑諸生徐明英,早寡。康熙十三年,耿精忠僞總兵徐尚朝陷處州,游兵至永康,邑人鼠竄。尚朝令人宣言曰:“以絳雪獻者免。”衆議行之以紓難,勢汹汹。絳雪念徒死貽桑梓憂,乃僞請行,至三十里竟投崖死,年僅二十四。海鹽黄韵珊爲作《桃溪雪》傳奇,俞曲園爲作年譜,貞風勁節,久而彌光。遺詩二卷,曰《六宜樓詩》、曰《緑華草》。道光癸卯,桐城吴廷康爲永康丞時所刻。摘其佳句如下。《秋夜偶感》云:“香緣漏永薰還冷,錦爲愁多織未成。”《春曉寄二姊》云:“山含軟碧猶春雨,門掩濃陰半落花。”《春日有懷素聞》云:“疏風小圃宜鶯粟,細雨新蔬采馬蘭。”素聞,吴姓,亦才女也。《憶外》云:“貧家蔬笋憐佳節,驛路風波阻遠人。”《春日即事》云:“曉理瑶琴弦尚澀,醉臨《禊帖》格差肥。”《元夜》云:“笙歌地覺春如海,燈火人忘月在天。”皆膾炙人口。嘗抱姊子爲子,作詩云:“子易陰陽柏,榮分姊妹花。”案《太平清話》:宋高宗時,高麗國進陰陽柏一株,僅二尺許,每歲左華則右實,右華則左實。以“陰陽柏”對“姊妹花”,工矣。又七律云:“人詩似舅同無忌,我羡生兒讓莫愁。”亦巧不傷纖。又嘗寄素聞鏡箔一,箔上書回文一百六十五字,名之曰《同心梔子圖》,自云:“仿蘇家之錦字,稍約其詞;視侯氏之龜文,較暢其旨。”左旋右折,皆可成詩。咸豐初,永康應菉(瑩)就其圖潛心玩索,得五言絶句六首,七言絶句四首,詞三十二首,又六言詩八句。鈎心鬥角,可與《璿璣圖》讀法并傳。

嘉興朱九山之母孔太恭人昭蕙，幼嫻文翰，書法亦工。年十三，父笙陔明經廣南客游山左，中秋玩月，賦詩云："今夜團圞月，清光萬里同。恐添慈母思，不敢説山東。"雖脱胎少陵《鄜州望月》之作，而善於轉换，出之髫年，尤非有夙慧者不辦也。九山書法秀勁，授館職，負盛名於時，蓋得於母教者爲多云。

陳葆貞，嘉善人，自號静宜女史，著有《綺餘書屋詩稿》。如《秋夜對月有憶外子》云："孤月上林端，秋光滿畫欄。遥憐今夜客，不向故鄉看。虚幌誰同倚，征衫淚未乾。男兒四方志，所嘆爲飢寒。""豈有封侯願，空教别故鄉。料應思骨肉，誰與話温凉。懷減三年刺，人添兩鬢霜。上堂親已老，何日理歸航。"《聞粤中有警寄外》云："落拓江湖客，行藏不自由。那堪羈旅日，重抱亂離憂。處賤無奇策，依人豈善謀。歸期應早定，江上理扁舟。""百越愁回首，高堂有老親。頻年無信息，此日又烽塵。長是傷離别，何由共苦辛。願隨飛雁去，重作嶺南人。"《王昭君》云："紫塞長門一様悲，何心終老向宫帷。不如絶域和親去，還得君王斬畫師。"《楊太真》云："一死能教國難平，馬前值得早捐生。紅顔若向昇平老，未必君王不負盟。"《保陽寓中作寄外》云："紛紛塵事擾居諸，誰識清閑福有餘。儂不鳴機君謝客，且來同讀古人書。""品誼文章泣鬼神，世間如子合長貧。肅看乘傳成都客，何似皋家廡下人。"石門方幼樗稱爲"洗盡鉛華得正聲"，信哉！

《裁香室詩鈔》，桐鄉陸瑀華女史作。瑀華，以湉妹，十歲能詩，十六病卒。以湉作《冷廬雜識》，悼嘆備至，詩多性情語。《漫興和定圃兄韵》云："佳境可行樂，莫愁生有涯。杯邀千古月，庭種四時花。山色當門近，泉流繞屋斜。揮毫成一笑，得句漫籠紗。"《冬日沈織雲表姊、韞珠侄女過談有作》云："北風吹不盡，寒意入簾來。庭積未殘雪，室藏將放梅。恰逢知己至，頓使笑顔開。擬共圍爐坐，携樽倒緑醅。"《舟中即事》云："春光已滿畫橋西，野岸周遭望欲迷。流水聲中孤棹遠，夕陽影裏遠山低。沿堤柳葉藏鶯語，夾路花香襯馬蹄。載酒歸來天正晚，一鈎新月挂前溪。"《枕上》云："敧枕當寒夜，殘更隔院催。新詩吟未穩，迸入夢中來。"《偶作》云："一桁花枝壓畫檐,小窗日影上書籤。恐妨梁燕歸巢路,滿院東風不下簾。"《過蠡澤》云:"橋邊烟影淡無痕,橋外春波緑到門。十里東風吹不盡,桃花開遍夕陽村。"

陸蕙心,以湉姑也,少嫻吟咏。適歸安沈虚舟,亦名下士。結褵未久,即得癎疾。蕙心遂絶口不吟詩,幼時所作,亦深自諱匿。僅傳其《咏松》云:"瘦石寒梅共結鄰,亭亭不改四時春。須知傲雪凌霜質,不是繁華隊裏身。"《秋日閑居》云:"翠幙初寒小閣幽,茶烟裊裊拂簾鈎。一庭秋色堪吟賞,底事詩人慣説愁。"《秋雨》云:"細雨初收爽氣浮,香飄佳樹露華秋。姮娥也愛窺書史,先遣清光入小樓。"

錢塘朱緑筠女史璘,聰慧能文,矢志不嫁,當代聞人欲見一面不可得。家貧,售詩畫以自給。有扇頭畫菊題詩云:"無花開爾後,風雨已重陽。醒却繁華夢,甘爲冷淡妝。有心難向日,無骨不凌霜。底事翩躚蝶,猶思抱晚香。"是真能孤芳自賞者。

廣陵徐氏女子(元端)工填詞,有入李易安之室者。如:"珠簾輕揭,憔悴憐黄葉。忽憶小亭人乍别,正是重陽時節。　　當初一段清秋,平分兩地離愁。試向西風寄問,知他還似儂不。"(《清平樂》)"起來慵向妝臺倚,亂綰凌雲髻,歸期曾説柳青時,鎮日懨懨祇是惱春遲。　　小園昨夜西風劣,笑落漫天雪。侍兒佯笑捲簾紗,却道玉梅已放滿枝花。"(《虞美人》)"獨坐數歸期,花影重重日影低。無計徘徊思好句,支頤。除却春愁没個題。　　閑倚畫樓西,芳草青青失舊堤,猶記當時人去處,依依。紅杏花邊卓酒旗。(自注:白詩'摇膝支頤學二郎'。)"(《南鄉子》)

揚州隋文選樓巷,見於宋王象之《輿地紀勝》等書。隋曹憲以《文選》學開之,唐李善等以注《選》繼之,非昭明太子讀書處也。阮文達家在文選巷,嘉慶十年,於隙地築樓五楹,即名曰"隋文選樓"。樓之上奉曹憲及魏模、公孫羅、李善、魏景倩、李邕、許淹七栗主,左右爲藏書所,樓之下爲西塾。文達孫女恩灤字湄川,紀以《漢宫春》詞云:"曹氏開先,更諸儒繼后,《選》學遥傳。回思舊時堂構,都付榛烟。幸存故址,記吾家、卜築林泉。願自此、蘋蘩永祀,馨香俎豆年年。　　莫道風流雲散，念門墻桃李，多士班聯。（昔曹憲居此，聚徒教授，凡數百人，公卿多從之。）尋來雪泥鴻爪，餘韵留連。依依斜照，喜高樓、百尺參天。任羅貯、名書萬卷，未教媲美前賢。”恩灤適錢塘沈霖，又工琴，常於選樓鼓琴，文達偶至文選樓，必令一彈再鼓，呼之曰“琴女孫”，且手書楹聯以賜云：“古琴百衲彈清散，名帖雙鈎搨硬黄。”咸豐壬子，沈赴揚爲贅婿，逾月偕歸。適遭大故，衰絰入門，哭舅如禮。次年揚城陷，思家念母，憂鬱驚疑。甲寅秋即殁，歸沈裁三載耳。著有《慈暉館詩詞集》。

陳煒卿女史爾士，餘杭人。習經史，工吟咏。賦《七夕》詩，命意最高。“梧桐金井露華秋，瓜果聊因節物酬。却語中庭小兒女，人間何事可干求。”適嘉興錢新梧給諫儀吉。新梧官京師，無力延師教子，與煒卿親自督課。煒卿嘗於講貫之暇推闡經旨，著《授經偶筆》以訓子女。内則執麻枲，治絲繭，織紝組紃，學女事以共衣服。説云：“古者婦功，在於麻枲絲繭，織紝組紃，其成也質實堅重，而可以爲久。後世乃以刺綉爲工，輕而易敗，朝爲被服之華，夕同土苴之弃，耗力廢財，甚無謂也。古者黼黻文章以奉朝祭，此廟而不宴者也。今俗尚侈靡，婦女履底，或有綉文，是古者祭服之飾，今緣之履底矣。又若綉衫綉扇，充溢吴市，敝化奢麗，視若尋常，賈生所謂‘天下不屈者，殆未有也’。”此言可謂切中時弊。然爾時僅尚綉履，尚不致廢女紅，今且有日費萬錢而不知婦功爲何事者，變本加厲。使女士見之，其感喟不知更將何如耳！

年來操《女志》筆政，得常與海内淑媛，書驛往還。心所服膺者，以侯官沈林步荀、漢壽黄易瑜、瀏陽貝李素筠三人爲最。林、易兩女士詩已見前。李女士專精小學，宏篇奥著，讀《女志》者，當共此欽仰。詩詞不多見，録其《菊花石記》一篇於下：“瀏水之源，有大小二溪，皆發於首禅。小溪出山南，是産蒜石。大溪出山北，商擢涓澮，匯爲巨流，汹涌濆薄百許里，至永和之溪，潴而成淵。全石以爲底，廣且十畝，中流復迤邐以起，凸凹水面，袤延及百尺，邑志所謂‘菊花石’者也。石質深青，花白而晶瑩，如鍥如嵌，巧工所弗逮；爲柎，爲萼，爲蕊，爲莖，爲根荄，其巨者爲葉；葉不恒有，有則麗於花之柎。花各异態:仰者,垂者,突心者,復而露跌者,并葩而叠者,叢而紛相糾者,折辦者,綻笋者,落英而殘綴者,玲瓏若日精,披離掩映,奇幻不可狀,余校適當溪上,課餘暇晷,輒携侶游眺其間。金風西來,溪流少涸,泛泭中流,緣坻踞坐。水光明若鏡,薄日下徹,花浮欲起,凉飔徐度,波紋蕩漾,若隨之摇曳然。舉目四盼,逸趣横生,把酒歌陶靖節詩,悵想東籬,忽忽不知身之在何所也。噫!造物者之所爲,誠巧矣。太虚之表,灝氣回旋,終古摩蕩於遥空而無所薄,其適凝者,乃藴爲偉人怪物以泄其精靈。其端倪不可測,其形可得而按焉。吾特怪乎大圍洞陽之雄偉,淮川之淵淀,而所鍾者,乃僅在此石,則何也?壯飛譚子節概凛然,堅忍不拔,庶幾與菊石况。風微人往,於今不可復見矣。柳子厚曰:'楚之南,少人而多石。'余每徘徊石上,怊悵前輝,不禁淚之沾襟也。援筆記之,用語來者。"

左淑人又宜,字鹿孫,湘陰太傅文襄公之女孫也。歸新建夏劍丞先生爲繼妻。時先生服官江南,頗疲政役,然卓犖自喜,縱覽墳籍,不廢聲詩。淑人亦夙擅吟弄,尤耽倚聲。黝壁膏檠,對榻冥索,神開靈伏,精魂回移,迭不覺邂逅何所。先生嘗詭語賓親,帷几之側,綢旃之上,殆緬穹岩大谷,惘惘與造物者游也。淑人幼工刺綉,凡山川、卉木、蟲魚、禽獸、人鬼、物怪之屬,脱於縑幅,巧合天制。頃歲,國人始競美術。淑人有所綉《三村桃花圖》,綴先生《蕎山溪》詞其上,傳視仕女,莫不驚嘆。歲卒亥,東南擾變,群栖滬瀆。淑人倉卒挈子女自姑蘇移居,僦椽委巷,警哄交互,遂乘沈痾。於是年十一月二十日卒,春秋三十有七。著有《綴芬閣》詩、詞各一卷,蒨秀窅渺,而詞爲尤勝。録其小令數首以志一斑,長篇名作不備録也。《蝶戀花》云:"殘月横窗帘似水。人在天涯,秋在蟲聲里。一院暝烟飛不起,臨風戲擲相思子。　玉楯朱闌閑徙倚。良夜迢迢,一半消磨醉。覓得新詞還自喜,悄吟背立紅檀幾。"《柳梢青》云:"簾捲香銷,輕寒惻惻,良夜迢迢。春過春分,月圓月半,花發花朝。　年年此際春饒,花月下、金尊酒澆。邀月長空,祝花生日,且盡今宵。"《虞美人·寄外徐州道上》云:"宵長漏永燈初灺,積雪明鴛瓦。月波寒浸小庭心,睡鴨香銷還自擁重衾。　郵簽細數程過半,腸逐車輪轉。殘淮殘汴易生愁,爲恐朔風吹霰白君頭。”《蘇幕遮》云:“漏沈沈,香裊裊。廊轉花深,簾幕風來小。試拍紅牙歌《水調》,尺半湘�,吹弄霜天曉。　醉顏酡,明鏡照。過盡韶光,事事輸年少。來日白頭昨翠葆,自後思量,更説而今好。”《減字木蘭花》云:“春深春淺,九十韶光才一半。乍暖還寒,翠袖娟娟怯倚闌。　亂愁如絮,無奈東風吹不去。碎雨零烟,深院花枝瘦可憐。”

《藝香館詩集》,曾廣鈞、廣銓兄弟之母鄧太夫人作。李登雲稱太夫人生於貴族,嬪於名門,夙嫻咏絮之才,晚受紗幮之業,清風懿範,盡有識所欽嘆。其爲詩意窈而深,韵雅而莊,論事不浮,談理不腐,興趣在陳白沙、莊定山之間,世之拾香草,捆纂組,自矜采艷,以冒附班惠左芬之列者,誠不足語此也。聞者以爲知言。《景陽宫曲》云:“景陽宫中宫漏緩,結綺臨春春晝暖。一代江山感廢興,六朝歌舞隨雲散。當年金粉重南朝,璧月瓊枝艷綺寮。狎客新詞歌《玉樹》,才人麗句刻蘭苕。迎凉夜制回風曲,日炙胭脂春睡足。豆蔻香温鳳閣開,采菱歌罷蛾眉緑。翠舞珠歌漫足誇,石城楊柳隱悲笳。西風故國迷歸雁,夜月宫槐冷暮鴉。秋月春花易銷歇,隋兵夜半臨金闕。綉幃驚夢識春愁,青山無限埋香國。此時相顧泣沾衣,鈿合情深是也非。可憐國破家何處,不及春來燕自飛。鍾山長照青溪影,化作帝鵑啼玉井。雷塘回首草荒凉,迷樓倉卒愁聞警。”殊有長慶神韵。至《廣銓北上詩以訓之》一首云:“歐美辭家已十年,聞鷄更欲整先鞭。征途遠涉愁風雨,世事何知有變遷。祖訓惟祈能恪守,清芬無替繼前賢。京華挾策憐游子,隴樹燕雲有夢牽。”則整襟危坐,李君所謂興趣在陳白沙、莊定山之間者也。

吾邑楊蓉裳、荔裳兩先生著作俱有盛名,其季蘿裳先生才名稍遜,而所著《聽雨小樓詞》,亦具神解。其女孫藴輝,字静貞,適閩海董氏。生甫數齡,冬日見雪花飛著梅樹,指示家人曰:“是非李嶠詩所謂‘拂樹添梅色’耶?”聞者异之。母氏秦,工詩,著《梅花吟草》。繼母氏毛,著《蟬花閣吟草》。諸姑姊妹亦多能詩者,有《琴清閣》、

《選雲樓》諸詩草。藴輝既幼慧,益以耳濡目染,故不學而成,所著集曰《吟香室詩草》。少時隨宦甘肅,中年于歸閩嶠,老年就養粤東,山川身世之感一寓之於詩。長沙張百熙序其詩,謂非絺章繪句之徒所可同日而語。洵非過譽。《甲申仲秋感事》四首,尤可作詩史讀。詩云:"連營徒説擁貔貅,帷幄寧無借箸籌。覆轍忍教全局誤,厲階誰識萬民愁。也知士庶難捫舌,獨讓將軍誓斷頭。太息滄江回首處,陶公戰艦付洪流。""七載封疆政太仁,誰知遺玷半鄉親。已看貔虎窺鈴閣,猶委蒼黎付劫塵。采鐵豈知終鑄錯,沈舟何异自焚身。烏豬白犬原天塹,坐視酋輪往返頻。""何曾姓氏敵心寒,坐擁都成壁上觀。獨木忝顔支大厦,中流無計挽狂瀾。縱横紙上談兵易,鎮定臨危授命難。國耻未湔民怨起,彭田小住且偷安。""驅羊佘虎計何窮,下策生憐一例同。既已積薪思厝火,緣何臨敵尚催工。粉身士卒空殉國,捷足軍官待叙功。切齒不堪鼙鼓恨,尸浮馬瀆水流紅。""半百年華黯自憐,兩番浩劫幸生全。(壬戌隨宦甘肅,遭回逆亂,困危城者三載。)微軀久已輕身命,大議難容割愛緣。避地漫誇三窟巧,移家莫擇一枝便。何時得遂澄清願,掃盡夷氛萬里烟。"

上海趙儀姞棻,歸安汪參軍延澤之配,謝城廣文曰楨之母也。天性高朗,有丈夫風骨。博習經史,兼工吟咏,著有《濾月軒詩集》。句如"殘紅盡落啼鶯老,衆緑新生好雨多""五夜懷親空有夢,十年遣日祇憑詩"。《春晚》云:"才脱春衫换夾紗,東皇何事便思家。杜鵑聲里斜陽暮,深閉幽窗避落花。"俱娟妙。

棻,一字子逸,號次鴻,晚號善約老人。祖諱文哲,字損之,號璞函。官户部主事。從征金川,與吾鄉王丹宸(日杏)同殉木果木之難者也,著有《媕雅堂集》。棻生而有文在其手曰"文",故幼即能詩詞。既長,乃爲古文、駢體。汪氏自府城遷居南潯鎮。棻舅諱尚仁,字惇夫,號静圃,著有《四勿齋吟稿》。尚仁之母金順,字德人,著有《傳書樓詩稿》。尚仁之女懋芳,字蘭畹,著有《壽花軒詩略》。一門劬學,富有縹緗。棻最晚出,詣亦最進。《濾月》一集,盡多鉅制,如《落葉》三十首、《讀史雜咏》三十首,皆寄托遥深,深得風人之旨;《南宋宫閨雜咏》一百首,珍聞馨逸,尤足補樊榭老人所未及。嘉興董恂五,五代工畫,嘗以先德樂閑先生《柳陰消夏圖册》索題。棻亦題五律二首於册,簪花妙格,不界烏絲,末署款曰"愚妹",饒有逸致。

仁和許氏女韞輝,早寡,其《秋閨有感》云:"秋深黄葉滿庭飛,刀尺聲停晝掩扉。鴻雁不傳泉下信,西風何處寄寒衣。"

長洲陳氏女蕙芳能詩畫,蔡天石側室也。早寡,作《十孤詩》寄意,自序有"署紅鴛之牒,未滿三年;歌黄鵠之詞,尚賒一死"等語。其《咏孤雲》云:"應是舊山歸不得,獨留孤影在天涯。"《孤蝶》云:"何惜抱香枝上老,向來夢不到鄰家。"《孤螢》云:"猶憶緑窗人定後,與郎曾照讀書來。"

錢塘女子毛小素《題扇》詩云:"信手閑將水墨塗,雲山一片景模糊。自然有個如他處,不必披同問有無。"圖繪寶鑒,小素名玉瑷。

長洲吴柳亭之女雪嵋居洞庭山,性恬静,居常焚香啜茗,以筆墨自娱。《咏落葉》云:"雪染楓林一片秋,黄於籬菊艷於榴。相看莫當無情物,曾載宫詞出御溝。"

山陰才女胡石蘭度庾嶺,《見梅傷感》詩云:"五櫬十三人,艱危仗此身。經冬淚洗面,逾嶺獨傷神。江北無茅屋,燕南有老親。如何千樹雪,不似去年春。"石蘭嫁駱氏,早寡,爲女學究,有名都下。

歙縣易氏女淑班《除夕》詩云:"强將華燭延殘臘,喜得承歡聚膝前。欲望兒成欣改歲,却愁姑老怕添年。梅花已報三春信,爆竹全消五夜眠。韵事何妨及閨閣,也將杯酒酹詩篇。"

長洲李硯芸之婦朱曙雲,十九而寡,嚙指誓節。有《咏雁》詩云:"風高月白凍雲開,砧杵聲中一雁哀。聞爾關河有書寄,可能爲我寄泉臺。"《咏琴》云:"錦琴囊處半封塵,記得松風一曲新。欲把冰弦銷静夜,燈前不見聽琴人。"

張藻,字於湘,江蘇青浦人。鎮洋畢禮室,沅之母也,著有《培遠堂集》。於湘母爲顧若憲女生,幼承母教。嘗咏梅云:"出身首荷東皇賜,點額親添帝女裝。"説者謂秋帆大魁之預讖。《小園》詩云:"小園半畝寄城西,每到春深信有情。花里簾櫳晴放燕,柳邊樓閣曉聞鶯。《漢書》舊讀文猶熟,晋帖初臨手尚生。自笑争心仍未忘,閑招鄰女對棋枰。"女汾,字素溪,號綉佛女史,亦工詩。《簡駱佩香》云:"東風無力柳毵毵,襯貼離愁水半潭。本擬逃情仍夢蝶,未除結習類書蟫。緑波萍葉難停港,白月梨花好共龕。極目徒增懷渺渺,頓忘彼此住江南。"

秋帆之側室張氏絢霄,號霞城,著《緑雲樓詩編》,清麗芊綿,尤工體物。如《春雨》云:"青燈餘一豆,小簟怯深更。爲聽芭蕉雨,瀟湘夢不成。"《重到武昌節署》云:"幾經弄月與嘲風,題遍回廊西復東。隔歲重來尋勝事,粉墻不見碧紗籠。"《七夕寄懷尚書》云:"空將小扇拂輕羅,剩有當筵瓜藕多。又是一年牛女會,看他兩度鵲填河。"《雁字》云:"何事年年别故鄉,荻花多處寫瀟湘。分明排出《禽經》字,不似人間《急就章》。"《秋夜簡靈岩主人》云:"殘燈對影卸花鈿,簟冷簾疏月未圓。寶鴨重熏知夜永,羅衣似水晚秋天。"他句如《美人風筝》云:"乍飛雲外疑紅綫,忽墮樓前認緑珠。"《七夕寄懷主人辰州戎幕》云:"願瀉銀河洗兵甲,今宵破例乞牽牛。"《藕絲》云:"天生一種纏綿意,祇爲玲瓏心孔多。"

秋帆長女智珠,號蓮汀,才女也,著《遠香閣吟草》。靈犀自照,蜿蟺多思。如《重到武昌節署書所見》云:"風吹鶴渚片帆收,重到衙齋憶昔游。月榭仍通芳草徑,負他花木滿庭秋。"(其一)"碧欄干外步遲遲,粉閣尋吟舊賦詩。惟有梅花如解意,迎人先放兩三枝。"(其二)《鸚鵡洲懷古》云:"當年埋玉此江頭,詞客名緣鸚鵡留。豈但才高驚一賦,由來命薄始千秋。萋萋芳草不勝緑,冉冉白雲空自愁。今日我來春已暮,烟波極目有沙鷗。"《哭環碧夫人》云:"芝房桂館隔重泉,青雀西飛信杳然。不忍經過幾回讀,紅泥壁上舊霞箋。"(其一)"列莳芳菲步繞廊,惜花常自爲花忙。可憐一病三春雨,尚遺雙鬟護海棠。"(其二)《踏青時節》云:"踏青時節草心柔,撲蝶人來結勝游。一樣春風弄顔色,桃花含笑柳含愁。"

常熟處士許灝之女玉仙寡居,著《小丁卯集》。《茹茶百咏》,沈歸愚宗伯爲之序。其《雜感》句云:"結茅欲遠人間世,何處青山不要錢。"

金壇于翁,宿儒也,爲徐雨松中丞之婦翁。開門授徒,意在擇婿,中丞少孤,負笈于氏之門,相攸及之,而慮其貧,弗當女意。一日授《左氏傳》至重耳、齊姜事,令女咏之,女口占曰:"願從公子志,不作女兒悲。"翁喜,婚遂定。

錢塘鮑菊坡之妹艷貞《即事》詩云:"午夢鶯驚斷,粘衣絮一床。泉流蛙徑活,花落鳥巢香。"《游上清觀》句云:"空青瀉出岩間乳,積翠飛來掌上雲。"

上海曹御史一士室陸鳳池,字元霄,號秀林山人,青浦人。善詩文,著有《梯仙閣餘課》。工刺綉。臨殁,囑一士曰:"我箱中博古圖衫、西樓几上殘稿數十幅,皆平生心血所存。他日示兩女,如見我也。"生平愛讀《離騷》,嘗自謂不永年之徵,果結褵六載而卒。其《冬日寄外》云:"别浦輕舟泛木蘭,西風殘雪不勝寒。客裘自着江邊雨,莫作臨行淚點看。"兩女采蘩、采荇亦能詩。采蘩《寒食》句云:"一寸回腸十年事,都來寒食雨聲中。"采荇《秋夜》云:"梧桐今夜落,蟋蟀去年聲。"

錢塘徐清獻公女孫淑則,著《緑净軒集》。有《出塞》詩云:"六奇枉説漢謀臣,後此和戎是婦人。若使邊庭無牧馬,蛾眉也合畫麒麟。"又海澄明經周彬之女淑和,《讀楊忠愍公傳》云:"後死七人無復恨,先生千載有餘悲。"長洲貢生陶寄軒之女月溪《咏鸚鵡》云:"一夢唤回唐社稷,千秋留得漢文章。"豪健真摯,無愧史筆。皆世間奇女子也。

近余輯録邑人詞,爲《梁溪詞徵》三十卷。宋元間作者絶少,明亦無多,至清初顧梁汾(貞觀)出,而此道大章。《彈指》一編調高響逸,况夔笙以"清剛"二字評之,可爲確論。嗣後至顧簡塘(翰),而《彈指》宗風因以不墜。簡塘詞清新俊逸,杭州許邁孫嘗執禮爲詞弟子。當浙派風靡一時之際,而自具蘭芳竟體之概,雖於律稍疏,要自餐冰嚼雪人語。自簡塘殁,而吾邑作者少矣。有清一代詞若以二顧先生爲起訖,亦可异也。簡塘女弟羽素詞,已爲著録。梁汾女兄貞立字文婉,自號避秦人,亦屹然爲閨閣女宗,所著曰《栖香閣集》。《浣溪沙》云:"風雨妨春苦不寬,開簾怕見嫩紅殘,錦屏深護早春寒。　　新懶一身扶不起,愁痕萬點鏡慵看。空拈斑管寫長嘆。”又云:“獨坐無聊對簡編,閑題恨字滿花箋,夕陽西去轉凄然。　　掩淚低徊妝閣畔,掀簾私語瘦梅前。此時試問阿誰憐。”又:“曉日凝妝上翠樓,惱人春色遍枝頭,湘簾風細蕩銀鈎。　　燕子未歸寒惻惻,梅花初落恨幽幽。重門深鎖一天愁。”皆幽咽哀斷,令人不忍卒讀。

與避秦人閨中相唱和者,有金沙王朗。朗字仲英,適吾鄉秦氏,次回女也。次回官楚中學博,適朗將賦于歸,集唐餞行,有“君向瀟湘我向秦”之句,其敏慧可想。最工小詞,《浪淘沙·閨情》三首云:“幾日病淹煎,昨夜遲眠,强移心緒鏡臺前。雙鬢淡烟低髻滑,自也生憐。　　不貼翠花鈿,嫩易衣鮮。碧油衫子褪紅邊。爲怯游人如蟻擁,故揀陰天。”(一)“疏雨滴青簽,花壓重檐。綉幃人倦思厭厭。昨夜春寒眠不足,莫捲湘簾。　　羅袖護摻摻,怕拂妝奩。獸爐香燼侍兒添。爲甚雙蛾長翠鎖,自也憎嫌。”(二)“斜倚鏡臺前,長嘆無言。菱花蝕彩個人蔫。分付侍兒收拾去,莫拭紅綿。　　滿砌小榆錢,難買春還。若爲留住艷陽天。人去更兼春去也。煩惱無邊。”(三)又《春愁·浣溪沙》云:“抱月懷風繞夜堂,看花寫影上紗窗,薄寒春懶被池香。”陳其年最愛咏之,謂“抱月懷風”四字,非温尉、韋相不能爲也。

同時吾鄉閨秀浦映緑,字湘青,適武進黄比部永,伉儷最篤。一日,鄒祗謨戲比部曰:“君得毋昔人所謂‘愛玩賢妻,有終焉之志’乎?”比部曰:“下官正復賞其名理。”映緑有《題周絡隱自寫坐月浣花圖·滿江紅》詞云:“彼美人兮,宛相對、姍姍欲下。恰此夕、月華如洗,花枝低亞。盼到圓時仍未滿,花開當半還愁謝。與花神月姊細商量,歸來罷。憐嫩蕊,銀瓶瀉。　　回清影,晶簾挂。奈晚妝猶怯,鏡臺初架。二十餘年芳草恨,兩三更後長吁夜。幾時將絡秀舊心情,呼兒話。”絡隱,周姓,名昊,字寶燈,江夏女子也。歸漢陽李雲田(以篤)爲小婦,初不知已有大婦也,眉黛間恒有楚色。雲田愛客游,嘗携《坐月浣花圖》自隨。絡隱亦能詩,其《閨外君耨香子將歸》一律云:“茶花梅蕊自紛飛,小圃身如坐翠微。不定陰晴天欲倦,何方燕雀晚知歸。王孫歲歲懷芳草,侍女朝朝倚綉帷。見説畫眉人且近,湘山如黛未應稀。”耨香,雲田别號,又嘗自稱老蕩子。

龔定庵之夫人曰何擷雲,能詩。其《留别清馨女史》詩云:“氣味花同馥,聰華玉比温。神仙居上界,謫降亦高門。(原注:女史爲崧圃相國季女。)竹柏前緣在,松蘿雅誼敦。足徵家法古,相業百年存。”“笑我無家者,看山便結緣。偶同栖廡客,不費買鄰錢。鄉夢同思越,離樽又入燕。將何詩别墅,衹合署迎仙。”

道咸間,毗陵趙氏有三女皆能詩。長粹媛,次慧媛,次英媛。英媛詩,古體宗漢魏,近體法少陵。古體如“欲望天無涯,欲行地無角”“心傷不能言,腸中車轆轆”等句,頗類建安七子;近體如“繁花經亂萎,蔓草引愁長”“掃徑薄寒春盡後,捲簾斜月夢醒時”等句,亦名隽可喜。

同光間,上海引翔港有農女蔡秀倩者,自號錦塘女史,時投詩壇坫,男子爲之斂容。有《績余小草》二卷,毗陵趙均捐資爲刻之吴門。有《無題》十首,尤膾炙人口。兹録其四云:“閑拈舊韵譜愁工,一度思量一寸衷。月縱能圓猶有暈,花無常好不禁風。珠簾日暖黏紅雨,瑶砌春明步緑叢。芳草天涯何處是,欄杆倚遍玉玲瓏。”“春陰脉脉綉簾斜,節序頻移感歲華。機上啼痕徵素錦,酒邊愁韵譜紅牙。擬箋月府通心訴,何意瑶臺厄落花。悵惘幽情柳色裏,緑雲一角淡烟遮。”“東風吹雨過重樓,花自銷魂鳥自愁。對鏡獨虞雙鬢改,栖林難爲一枝留。玉環指約如堅節,錦纜心腸不繫舟。綽約畫圖周昉筆,淚痕難倩彩毫收。”“鶯歌柳眼泥人嬌,觸撥閑愁病易招。天上游雲歸夢杳,人間歲月利名消。從知蓮蕊心多苦,謬説蘭因福可邀。暢好畫樓三五夜,一簾明月護深宵。”

陽湖程蕙英(莛儔)著有《北窗吟稿》,家貧,爲女塾師。曾作《鳳雙飛》彈詞,才氣横溢,紙貴一時。所爲詩,純乎閲世之言,非尋常閨秀所能。其《自題鳳雙飛後寄楊香畹》云:“半生心迹向誰論,願借霜毫説與君。未必笑啼皆中節,敢言怒駡亦成文。驚天事業三秋夢,動地悲歡一片雲。開卷但供知己玩,任教俗輩耳無聞。”

錢塘鄭太夫人,名蘭孫,字娱清,爲仁和徐若洲司馬鴻謨之婦,花農侍郎琪之母。工詩詞，閨中賡唱之暇，嘗以課子。自道光丙申至咸豐壬子，删存詩詞八百餘首，分爲兩集，一曰《都梁香閣》，一曰《蓮因室》。中以隨宦江北時，所作者爲多。方粤寇之初陷揚州也，從其姑孫太夫人倉卒出城，服物皆不復顧，惟奉先世畫像及高宗賜文穆公本詩墨迹，并司馬爲太夫人所書詩詞手册以行，其後恭親王奕訢題詩於侍郎所刊太夫人之詩詞集，有二句云："漫將趙管圖書擬，忠孝遺徽此幀中。"即指此也。太夫人吟咏餘晷，喜諷梵經，其在如皋時，居東嶽禪院旁，嘗以十四晝夜禮《妙法蓮華經》七部。故其所作，時有禪悟，與司馬所著之《檐卜花館詩》并稱於時。

俞小霞，皖南農家女也。性聰穎，聞村塾童子讀《千家詩》，入耳若有所悟，復聞，便能誦。一日，晨起采桑，得"萬籟無聲蠶正眠"句，因自喜，反覆吟誦不置。復購通行之《唐詩三百首》，乞鄰兒教之讀，於是遂能詩。父母固務農，不知愛，亦不禁其所爲。年十七，爲之議婚，小霞不可。鄰有方叟者，亦業農，有田數百畝，以富聞於鄉，耳霞名，爲其子普明求婚。普明學商不成，好與無賴游。霞父母羨其富，許之，始告霞。霞默默無一語，習詩如故。明年，歸方氏，見普明，謂之曰："聞君不習正業，日與無賴游，非我夫也。今待汝五年，讀書有業，當爲君婦。不然，相見於泉下。"出袖中獲稻之刀示之。普明驚而逃，賓客相顧失色，結舌不敢語。方叟曰："今如汝言矣。"乃延師課子讀，送霞還母家待之。普明非愚蠢者，以嬉荒其業，自受霞激，發憤力學，數年學大進。霞聞之，私喜。普明忽謂父曰："兒豈患無婦哉！兒縱鰥，斷不以輕我者爲婦。"父母勸之，不可；强之，亦不可，遂與他姓聯姻。霞亦漠然置之，而習詩如故，日飼蠶吟詩以自遣。後三年，忽嘔血而死。

姑熟曹氏兩孝女，長曰静宜。自幼許嫁姚氏，因亂兵阻隔。及亂定，姚氏子來爲贅婿，居久之，始知其已娶妻生子矣。父母怒，責婿無禮，静宜曲爲解之。姚氏子羞憤去，遂絶。静宜居家，事父母維謹，并以母病，代操家政，咸井井焉。婉宜者，其第三妹也，幼慧甚，讀書過目成誦。父母奇愛之，苛於擇婿，故未許人也。同治七年，父卒，婉宜誓以身殉，家人以母在勸止之。乃與静宜長齋奉佛，共誦《金剛經》，爲亡父資冥福。無何母又卒，二女乘人不備，同時仰藥死。静宜有《臨終留别兄弟書》曰："妹不幸爲女子身，自有知識，即念女子同受罔極之恩，而獨無以爲報，深覺歉然。稍長，見母有痰疾，發無定時，必有人晝夜經心，方免不測，誠恐一朝遠嫁，不得侍奉母疾。而幼字姚氏，親命難違，無術分身，焦思萬狀。及贅婿後，欲令别置媵妾以便他日歸寧，天幸其先已娶妻，并生子女。維時衆嘆遇人不淑，咸譏士也無良，而妹獨欣天假之緣，得遂養親之志。是以力阻正名之議，安心在家侍奉。滿冀雙親壽享期頤，永叙天倫之樂，何圖天降鞠凶，慈父見背，喪服未終，老母又染沈痾，殆將不起。嗚呼！吾父吾母，既違定省於堂前；生佛生天，誓必相從於地下。從此色笑常親，亦復何恨？惟念在室養親，義非姚氏之人；生事死殉，可謂曹門之女。所存原聘金簪二枝，望即檢還姚氏，永斷葛藤，以明决絶。三妹於父殁之日，百計求死不得，此番恐亦不免矣。哀哉兄弟，叠遭大故，雙摺連枝，悲傷之情，不堪設想。竊有一言勸慰者，泉下庭幃，有妹等侍奉，足可放心。兄弟等子職所當盡者，不徒在哀毁二字，但能修身訓子，積德顯親，自足慰父母之靈，而妹等亦從旁含笑矣。二妹已爲孔氏婦，有其當盡之職，務宜節哀自愛，勿蹈非禮。死别須臾，臨穎愴然。"

紀文達有側室曰沈明玕，長洲人，能詩。《咏花影》云："絳桃映月數枝斜，影落窗紗透帳紗。三處婆娑花一樣，衹憐兩處是空花。"

端静閑人韓氏，法式善之母也，著有《帶緑草堂集》。有《雁字》三十首，傳誦一時。録其二首云："逸氣沈酣映日熏，冥冥横灑五花雲。秋潭倒卧龍蛇影，晴磧新增蝌蚪文。一畫直同天地老，六書何待古今分。衹應上界留真本，不許留傳烏雀群。""天與雲霞作剡藤，横空腕力得風增。瀟湘清怨詩千首，羅刹晴潮墨一升。小住鷗波憑浩蕩，幾時鳳闕許飛騰。迷離苔蘚黄昏蝕，細辨碑陰月是燈。"

青浦曹策彝之婦孫淡霞，早寡，其哀詞云："豈是玉樓需作記，人間不及鬼憐才。"苦語出奇，不必作《士不遇賦》。

華亭張氏女《對酌和外》詩云："緑醸新開菊正黄，與君薄醉倚秋光。人生無病無愁日，得意花前能幾場。"《晚景》句云："放他雙燕子,花外引雛歸。”

丹徒王柳村之妹碧雲女史,十一歲賦《落葉》句云:“我正有心呼婢掃,那知風過爲吹開。”又《寄懷》云:“山静七弦響,花深一鶴鳴。”

秀水汪浣花孝廉之母張氏,著《清心玉映樓藁》。其《送從兄歸苕溪作》云:“白雲深處是儂家,想到慈幃夢亦賒。最羨苕溪明月夜,幾行歸雁宿蘆花。”夫人爲烏程太史雪子次女。門以内毁齒皆能琢句,時比之屠赤水、葉虞部家云。

長洲女子張紫蘩,即“吴中十子”之一,有《洞庭竹枝詞》甚佳。詞云:“館娃宫畔多芳草,消夏灣頭是妾家。春色滿山留不得,任他流水送桃花。”(其一)“目斷浮梁路幾重,可憐家傍最高峰,如何一個團圞月,半照行人半照儂。”(其二)

海鹽陳明府龍孫之室彭孫婧,孫遹之妹也,字孌如。《夜聞弦索》云:“寒釭挑盡已三更,何處歌聲惱客情。殘月紙窗眠不穩,照人離夢太分明。”

會稽商采(雲衣),爲寶意太守之祖姑,著有《花間草》、《緑窗草》。其《塞上》二首云:“萬里長雲暗節旄,天山秋盡雁飛高。風吹塞馬霜蹄疾,雪撲征衣凍寶刀。”(其一)“角弓白羽挂雕鞍,醉卧河陽鐵甲寒。烽火夜來知有敵,一時齊向月中看。”(其二)高響遏雲,女子中龍標、供奉也。《正始集》録其《落花》二首,亦佳。

青田教諭章楹之室周婉,餘杭人。十五結褵。嘗與章雨後看新燕,作小令曰:“風滿溪,雨滿溪,風雨蒙蒙燕子飛。畫橋西復西。”章驚嘆,令作後半闋,笑而不答。後三年竟卒。

桐鄉女子王夢鸞,字仙御。有《柳枝詞》云:“柳條風静雨初收,更罷羅衣懶上樓。花下欲將新月拜,一鈎恰到柳梢頭。”又《漁歌》句云:“夜静月明人不見,自家歌與自家聽。”

烏程汪中翰曾裕之室金順,太倉人。有《寄夫子都門》詩云:“西風江上急秋砧,手制征衣入夜深。漬有淚痕休浣去,相看猶見别時心。”

長興臧御史眉錫之室丁瑜,字静嫻。《家居》詩云:“木石風花結四鄰,寂寥門巷久無人。昔年燕子今重到,始信交情獨爾真。”

海寧女子曹慰我,字雪軒。有《初夏》絶句云:“閑坐風窗度歲華,石泉清供一甌茶。楝花風裏寒暄亂,才脱輕衫又夾紗。”諸暨戴玉蕚,字緑華,同邑余蔭祖妻也。伉儷甚篤。有《謝外寄春衫》詩云:“窄袖春衫小樣新,勞君遠寄別離身。幾回對鏡增長嘆,不是當年綺麗人。”

海鹽陳孝治側室梅玉卿,天津人,著《紅豆山房集》。先是玉卿母女孤煢,遭勢家强横,孝治客津門,爲脱其難,母即以玉卿歸焉。所居紅豆山房,其定情處也。孝治既有萬里之行,玉卿以母病不得從,迨書來問訊,玉卿以詩答書云:“使者來天末,携歸一卷詩。知君垂念意,教妾不勝悲。母老幸無恙,家貧尚可支。庭前紅豆樹,常是發新枝。”

商寶意太守女長白,詩傳家法,未及笄而卒。太守輯其遺詩,爲《曇花一現集》。有《垂簾》作云:“坐向緑陰里,垂簾晝似年。鶯聲催午課,花氣擁春眠。問母尋眉譜,隨兄治硯田。潛心看《内則》,鈔得兩三篇。”又《鬥蟋蟀》詩云:“誰教嘍啃兩争雄,白帝餘威到草蟲。可惜旌旗兼壁壘,指揮都是小兒童。”煮萁泣豆,帶甲滿天,鬩墻可已而不可已。古今正同此感慨也。

武林孫氏,毓秀中圭,蓀意詩詞已兩見著録,兹復録其斷句數章,以志心賞。《暮春》云:“魚穿新藻出,蜂抱落花飛。”《山中》云:“古徑斷行踪,空山學人語。”《春日》云:“深院閉門人不到,一簾微雨杏花寒。”《病起》云:“一向吟懷蕭索甚,花前扶病送春歸。”他若雲鳳雲鶴,粉雲墨雨,受業湖樓,馨逸旁流,毋待表襮。又有名與蓀意字苕玉相同者,字琬華,貴州布政使曲阜孔昭虔室,亦工吟咏。有《種花》詩云:“殲蠹殺螟秦律令,丸泥分水漢河渠。”人盛傳之。

顧春,字子春,貝勒奕繪之側福晋。才色雙絶。貝勒自號太素道人,春自號太清。又常自舉其族望曰西林,自署名曰“太清西林春”。貝勒詞曰《南谷樵唱》,太清詞曰《東海漁歌》,皆取其相配也。昔王幼遐侍御畢生專力於詞,論詞至滿洲人,常曰:“滿洲詞人,男有成容若,女有太清春而已。”然太清所著《天游閣詩集》流傳於世,而詞集不可多得。王氏又常以不得《漁》、《樵》二歌爲恨事，蓋謂朱希真《樵歌》及此也。後卒得《樵歌》付梓，而《漁歌》杳然。又閲數年，黄陂陳士可始得之於廠肆，冒鶴亭、況夔笙爲之校刊而其傳始廣，其詞極合宋人消息，不墮入庸俗一派。集中和宋人詞甚多，不備録，録其小令數首，以見一斑。《春夜》調寄《早春怨》云："楊柳風斜，黄昏人静，睡穩栖鴉。短燭燒殘，長更坐盡，小篆添些。　紅樓不閉窗紗，被一縷、春痕暗遮。澹澹輕烟，溶溶院落，月在梨花。"《九日・鷓鴣天》云："九日登高眼界寬，菊花才放小金團。紋細浪參差水，佛髻青螺大小山。　人易老，惜流年，茱萸插帽不成歡。西風那管離情苦，又送征鴻下遠灘。"《擬古・定風波》云："花裏樓臺看不真，緑楊隔斷倚樓人。誰謂含愁獨不見，一片，桃花人面可憐春。　芳草萋萋天遠近，難問，馬蹄到處總消魂。數盡歸鴉三兩陣，偏襯，蕭蕭暮雨又黄昏。"《碧桃・醉東風》云："玉妃妝卸，天上瓊枝亞。立盡東風明月下，露井初開昨夜。　結伴閬苑飛仙，上清淪謫塵寰。萼緑華來無定，羽衣不耐春寒。"《題墨梔子團扇寄雲姜・醉桃源》云："花肥葉大兩三枝，香浮白玉卮。輕羅團扇寫冰姿，何勞膩粉施。　新雨後，好風吹，閑階月上時。碧天如水影遲遲，清芬晚更宜。"《冬夜聽夫子論道，不覺漏三商矣，盆中殘梅香發，有悟賦此・鷓鴣天》云："夜半談經玉漏遲，生機妙在本無奇。世人莫戀花香好，花到香濃是謝時。　蜂釀蜜，繭抽絲，功成安得没人知。華鬘閲盡恒沙劫，雪北香南覓導師。"《聽雨憶雲林・闌干萬里心》云："窗前新種緑芭蕉，夜雨聲聲枕上敲，困不成眠轉寂寥。耐清宵，有美人兮不可招。"《雲林妹見贈雁足書燈，以小令申謝・琴調相思引》云："雁字分飛思不禁，聽風聽雨夢難尋，露華庭院燈影照清心。　贈我不須長夜飲，感君聊賦短檠吟，熒熒一點應惜寸光陰。"雲林爲德清許周生先生之長女，與太清極密。雲林表姊汪允莊，爲陳雲伯子婦，有《自然好學齋詩鈔》。雲伯嘗因雲林轉丐太清詩未得，乃假名代作，太清因痛詆之，事見集中。其高致如此。晚近競言龔定庵曾客太素邸中，與太清有瓜李之嫌，以定庵集中《憶宣武門内太平湖之丁香花》一詩爲公案。方聞騷雅之士，不惜爲筆墨之争。世言方朔奇，奇事盡歸方朔，存而不論可也。

仁和閨秀杭筠圃，名澄，字清之，晚號定水老人，堇浦太史女弟也。嫁趙萬暻，早寡。其《五十悲吟》云："十載傷心淚，何曾一日乾。老深無後痛，貧覺立孤難。寂寂墓門草，深深智井瀾。此身原已死，休作未亡看。"《追感》云："牛衣未暖别離催，貧賤夫妻樂亦哀。遺札可憐猶在篋，夜臺那復一緘來。"晚得惡疾終，芷齋夫人爲刊其遺集《卧雪軒》一卷行世。

賀桂，字秋安，號竹隱居士，江西蓮花廳人，知縣龍有珠室，著有《竹隱樓草》。秋安工琴，兼精篆隸。其《獨漉篇》云："獨漉獨漉，韌埋於獄。其氣干天，不同一割。"（一解）"死傷於虎，爲虎之倀。虎中於機，倀且嘆望。"（二解）"烏鰂噴墨，以爲身窟。巧莫之若，終死於墨。"（三解）"衆鳥呼山，清濁各别。誰欲弋鳥，莫中清潔。"（四解）

錢塘蕉園七子，林以寧（亞清）、顧啓姬（姒）、柴季嫻（静儀）、馮又令（嫻）、錢雲儀（鳳綸）、張槎雲（昊）、毛安芳（媞）是也。以寧著有《墨莊詩鈔》、《鳳簫樓集》。《獨夜吟》云："蕉心未展桐花老，春社才臨燕聲小。屋角陰雲涷天色，雨脚斜侵砌草纖。暮寒壓夢夢不成，耳邊哀角嗚嗚嗚。幽房鬼逼蘭釭凝，床頭玉盞敲紅冰。斫桂燒雲老不死，夜烏啼殺曉烏起。獨繭抽絲結綉襦，儂心未卜郎心似。開簾蠟樹烟依微，海燕賓鴻相背飛。孤吟起坐各無賴，昨夜鄰家夫婿歸。"顧啓姬詩已見前。柴静儀著有《凝香室詩鈔》、《北堂詩鈔》，諸生沈漢嘉室，即前録客紅蘭主人所詩人沈用濟之母。《用濟自都中歸，詩以慰之》云："君不見侯家夜夜朱筵開，殘杯冷炙誰憐才。長安三上不得意，蓬頭黧面仍歸來。嗚呼世情日千變，駕車食肉有人羨。讀書彈琴聊自娱，古來聖賢能貧賤。"錢雲儀著有《古香樓集》，詩另録下。張槎雲著有《趨庭咏》、《琴樓合稿》。七歲即能詩，年僅二十五而卒。其《秋晚》詩云："極目危樓上，天涯晚望中。雲憑荒野闊，日落大江空。露冷蛩初響，風寒葉正紅。興來無俗慮，明月在疏桐。"毛安芳，先舒女，幼承庭訓，長適徐鄴，著有《静好集》。刻苦吟詩，年老無子。嘗自持其詩卷曰："是我神明所鍾，即我子也。"《咏雪》云:"大涯一望茫茫白,積玉堆瓊亘長陌。興來何處子猷船,高卧誰家袁安宅。山中千樹噪飢鴉,自掃冰鱗自煮茶。不怪滿身寒起粟,祇愁壓折老梅花。"

錢雲儀,進士安侯女,貢生黄式序室,爲顧若璞曾孫婦。若璞,字和知,以詩文名世,著有《卧月軒稿》。尤有經世才,爲閨閣中所僅見。其致學之勤,可於其與弟書中見之。書云:"夫溘雲逝,骨鑠魂銷,帷殯而哭,不如死之久矣。豈能視息人世,復有所謂緣情靡麗之作耶?徒以死節易,守節難,有藐諸孤在,不敢不學古丸熊畫荻者,以俟其成。當是時,君舅方督學西江,余復遠我父母兄弟,念不稍涉經史,奚以課藐諸而俟之成?余日惴惴,懼終負初志,以不得從夫子於九京也。於是酒漿組紝之暇,陳發所藏書,自四子經傳以及《古史鑒》、《皇明通紀》、《大政記》之屬,日夜披覽如不及。二子者從外傳入,輒令篝燈坐隅,爲陳説吾所明,更相率呷吾,至丙夜乃罷。顧復樂之,誠不自知其瘁也。日月漸多,聞見與積,聖賢經傳,育德洗心。旁及騷雅詞賦,游焉息焉,冀以自發其哀思,舒其憤悶,幸不底於幽憂之疾。而春鳥秋蟲,感時流響,率爾操觚,藏諸笥篋。雖然,亦不平鳴耳,詎敢方古班左諸淑媛,取邯鄲學步之誚耶?"若璞兩子,長燦,次煒。燦妻丁,名玉如,字連璧,亦奇女也。若璞致張夫人書云:"冢婦丁,從余讀唐人詩。其寄燦有云'故有愁腸不怨君',語幾於怨誹不亂矣。與燦酒間絶不語及家事,時爲天下畫奇計,而獨追恨於屯事之壞也。且曰:'邊屯則患旁擾,官屯則患空言鮮實事。妾與子勠力經營,倘得金錢二十萬,便當北闕上書,請淮南北閑田墾萬畝,好義者引而伸之,則粟賤而餉足,兵宿飽矣。然後仍舉鹽筴,召商田塞下,如此則兵不增而餉自足,使後世稱曰:'以民屯佐天子,蓋虞孝懿女實始爲之。死且目瞑矣。'其言雖誇,然銷兵宅師,灑灑成議,其志良不磨。夫人許之否?"乃至雲儀而更以才著。嘗以揚子雲作二十五箴,而不及《女史箴》,遂作《彤管箴》以補之。其《美人梳頭歌》云:"新林一聲啼緑鳥,三十六宮春欲曉。床上轆轤牽素綆,秋水溶溶鏡光冷。漸看紅日捲珠簾,雙彎却有眉纖纖。玉鳳斜飛彈金蟬,佩環摇摇曳湘烟。下階獨自摘芳蕊，櫻桃笑儂不結子。”亦雅近昌谷。女子才難，黄氏獨嬋嫣數世，殆亦間氣鍾於一門歟？

前於雲儀者，更有和知夫人女孫黄埈。生有慧根，十四五時即精虔梵唄。見世間歡喜恩愛事，輒曰：“此熱鬧場苦海輪回，何時得已。”及笄而病。聞陸氏來委禽，遂篤力求出家，受戒於雲栖僧大璸，命名智生。甫披剃而即逝，年十九。大璸爲葬其髮於雲栖，建塔焉，且爲作記。大璸者，和知夫人之弟顧若群也。與雲儀同時者，有姚令則，字柔嘉。年十四，歸於黄羅扉（時序）。和知夫人爲其祖姑，井臼餘閑，執經請益。又得雲儀爲姒，綉閣然脂，互有贈答。著有《半月樓集》，幾欲傳祖庭衣鉢。後於雲儀者，有梁瑛，字英玉，號梅君，黄樹谷室，和知夫人五世孫婦。嘗自號“谷梁氏”，蓋其從女兄亦歸於黄，因仿晋楊彪之妻袁氏自稱曰“彪袁氏”者以别之。樹谷卒，手撰行狀數千言，委曲真摯，門人故友見者皆擱筆。性喜梅，有梅花詩屋，四壁書古今人集梅花詩千餘首。無梅時，則從壁上觀之，以當梅花，曰：“畫不如也。”人目爲“女逋仙”。又自集古人咏梅句子成一帙，曰《字字香》。集詩紀之云：“年年覓句爲花忙，幾度巡檐費品量。句似梅花花似句，一番吟過一番香。”

姚允迪，字藴生，江蘇金山人，著有《秋琴閣詩鈔》。其嫂氏即青浦抱珠女史張佛綉也。藴生在室時，從之彈琴學詩，尤喜讀《周易》，曉星數，夜分窺星躔，占風雨，無不應驗。其《謝徐夫人以西湖圖見贈》詩云：“狂沙入户春風顛，他鄉度日如度年。囊琴束書了不御，羈愁忽忽心茫然。謝君惠我圖一幀，西湖萬里來窮邊。不知兩眼困塵土，斗覺滿座生雲烟。前年我亦曾游此，正值柳嫩花初妍。艤舟處處尋古勝，孤山山下重流連。逋翁已殁梅鶴老，野桃蹊杏空嬋娟。夜登湖樓更幽絶，明月恰挂山之巔。枯桐一奏萬籟息，平湖十頃波紋圓。臨風舉酒吸清影，乃知人世别有天。分無仙骨難久住，惟有清夢時相牽。劫來西游真謬算，痴蠶自縛亦可憐。春光九十過已盡，一花一草俱無緣。得歸茆屋願亦足，此身敢望栖林泉。羡君家居山水窟，百年相對真神仙。何時暫脱塵俗累，許我來賦重游篇。”

鍾令嘉，字守箴，號荼甘老人，江西餘干人，鉛山蔣心餘之母也。心餘少孤，四齡時，守箴斷竹爲篾，攢簇成字，教之，口授經書，蓋與丸熊畫荻競美矣。心餘卒以是入木天爲名士。守箴著有《柴車倦游集》，《登太行山》一首頗有唐人音節。詩云："絶磴馬蕭蕭，群峰氣勢驕。蒼雲横上黨，寒色滿中條。極目河如帶，攔車雪未消。龍門划諸水，禹力萬年昭。"嘗就養京師，謂心餘曰："吾兒才非適時者，不如歸也。"心餘悚然，乞假歸。守箴作《歸舟安穩圖》，題詩紀之。其高致尤不可及也。

聞人徽音，浙江餘姚人。工琴善奕，博覽群書。所配非偶，抑鬱卒。其《賦夢》一首，庶幾見道之言。詩云："夢中作夢日悠悠，究竟何嘗有斷頭。槐國既無分晝夜，漆園那復論春秋。半窗月吐三更影，一枕風含萬古愁。不識有誰曾獨醒，揭開宇宙縱雙眸。"

《易》學精深，不易研究，婁縣張麗然獨精其理，有《易道入門》二卷。麗然名屯，貢生褚念劬室。早寡，撫遺腹子，督課甚嚴。所著詩曰《小華萼集》。《與三妹昭四妹瑾暨鵬兒談易》云："讀《易》貴洗心，探索妙契默。根窟雖微奥，研思終可得。羲畫周文象，孔子傳辭翼。窮參造化理，天地人三極。循環轉運機，陰陽互消息。静以分翕專，動以交辟直。博施化育功，大哉乾坤德。人道即天道，貞固無邪慝。易知而簡能，崇效卑法則。居則觀其序，虚含畫前易。動則玩其占，觸類廣知識。動静天機流，在在皆蓍扐。進退存亡理，惟明辨順逆。悔來思補過，咎至刻自責。虚心白受采，下學謙受益。五常處五倫，知至行必力。陟遐先自邇，九仞一簣積。弗得弗措之，人一而我百。"《江南曲》云："疏窗軋軋鳴機聲，三日織來匹未成。回腸曲曲如絲亂，亂絲不斷腸偏斷。昨夜西風吹枕寒，夢回頓憶客衣單。江南塞北音塵隔，生死無憑憂不釋。憂不釋，填胸膈。君若堂上無老親，妾身拼化山頭石。"

孟思光，字仲齊，浙江會稽人。其《吊鸚鵡冢詩》事奇、文奇，可傳也。詩序云："張玉娘者，松陽人，文章博雅，詩詞得風人旨。時以班大家比之，自號一貞居士。侍兒二，曰霜娥、紫娥，皆有才色，善筆札。所畜鸚鵡，亦辯慧，能知人意。因號'閨秀三清'。年及笄，字沈生佺。佺旋卒，父母將另卜佳婿，玉娘聞之曰：'妾所未亡者，爲有二親耳。'守志至二十八歲，夢沈郎迎之而殁。父母哀其志，請於沈氏，合窆於附郭之楓林。侍兒皆哭之慟。霜娥以憂死，紫娥曰：'兒忍獨生乎？義當以殉主也。'遂自經。詰旦，鸚鵡亦悲鳴而降。鄉人异之，咸以殉葬，名其冢曰'鸚鵡'。順治初，余兄任松陽校官，數過其地，遺址漸湮，因爲之封樹立碑。又訪得張大家《蘭雪集》，囑余重校付梓。相傳元時有携"其山之高月出"小詞至京師，爲詩人虞伯生、歐陽元所嘆服。後乃有以松山葉根長事污衊之者。吁！玉娘貞女，亦才女，從一而終，此事有無，何俟復辨？或者依草附木，埜鬼興妖，亦未可知。要以松地靈秀，不鍾於男而鍾於女，乃有一女子而輕自污蔑，亦知其俗之匪古已。因爲長歌以吊之。"詩云："千年恨骨葬秋山，一片楓林葉染丹。豈是霜花夜凝紫，相思淚血成斑斑。一貞貞潔心如玉，幽居長向蘭房哭。彩絲綉作沈郎容，生不相從死相逐。山高月小何皎皎，我有所思在遠道。所思不見將何如，玉容一日秋風槁。聞道沈郎不勝衣，夢裹依希覺也非。却恨朱顔不相見，可憐白首空相期。翠頰雙鬟共生死，緣衣好鳥重悲啼。墳前樹栖比翼鳥，窗前花長并頭枝。碧窗人杳花無主，好把鴛鴦比鸚鵡。鸚鵡冢前日色黄，鴛鴦冢前日色暮。茫茫宿草起荒烟，三生石畔斜陽路。凄凉落照滿楓林，今日傷心在此處。"

桐城貢生潘天成，字鐵廬，從方有懷、梅定九、湯默齋講經濟之學，擇配惟艱。後得盛氏，相從論文，甘貧静好，鄉里稱之。天成飢驅出游，盛以詩贈别，并序云："辛未之年，時維八月。江風清勁，鴻翔萬里之天；山月明瑩，桂吐三秋之景。余夫子掃墓瀨陽，報親恩於罔極；論文吴會，索知己於名流。此真孝子之深情，才人之壯志。特以胸羅萬卷，囊乏一錢，氣欲凌雲，家徒立壁，既無以生交游之寵，又不能忘内顧之憂，故欲行且止，將往又留。然而徒步擔簦，才是通儒之行；短衣提瓮，始成賢媛之名。君誠有鮑宣之高風，妾亦居少君之清操。銷魂黯黯，豈敢爲兒女之悲；贈别諄諄，乃以助丈夫之氣。爰疏短引，聊當驪歌。雖不必如竇滔妻織錦之辭，實欲效樂羊婦斷機之意云爾。"詩云："十載蛟臺慣苦卒，爲無柔骨俗生嗔。

濟人金散翻招怨,經世書多轉受貧。志欲衝霄成勁翮,才能破浪惜修鱗。丈夫知己應非偶,切勿輕干顯要津。”

山西太原張佚,字拱端,名士也。有七女,皆工詩。長學雅字古什,生不茹葷,愛持《黄庭經》、《准提咒》,字金壇于氏,未婚而卒,著有《綉餘遺草》。《閨中閑咏》云:“竹院蕭蕭人語空,夜來風雨太匆匆。侵晨獨倚闌干角,閑數池蓮幾朵紅。”四女學典字古政,號羽仙,十歲爲《采蓮賦》,兼工繪事。與妹凌仙孿生,尤相愛。凌仙中歲而寡,貧不能自存,嘗分宅居之,著有《花樵集》、《倡和吟》。《寄書》云:“欲把音書寄,躊躇向筆端。恐添離别恨,難使旅懷寬。蘇蕙機中字,秦嘉鏡里鸞。迢迢憑一紙,何以慰加餐。”凌仙名學象,字古圖,著有《硯隱集》。讀其《歲暮感懷》詩,殊覺凄然。詩序云:“山齋晨起,愁雲塞望,庖突無烟。葛帔練裙,猶作禦寒之服;湘蘭杞菊,難供卒歲之糧。嗟乎!嵇紹幼孤,長卿早喪,厚禄故人,音書斷絶。恒飢稚子,意色凄凉。昔之車笠申盟,麥舟相助,復何人哉?聊咏短章,用抒悲憤。”詩云:“緝柳編蒲志苦辛,半生多難已忘身。橘林乏實供饘粥,突舍無烟薦藻蘋。空羨田真兄弟樂,堪憐任昉子孫貧。一函遺草誰爲達,檢得徒令淚滿巾。”

李文慧,字亦士,一字端之,河南永城人。舉人喬大元室,著有《畹思小寄吟》。亦士工琴,尤好讀史,嘗手評陳壽《三國志》,具有卓識。《夜泊曲江不寐鼓琴》詩云:“舟泊曲江口,孤嶼澹欲失。遥岸漁火明,烟中棹歌息。當此萬籟静,心境兩幽寂。焚香拭焦尾,調軫横陳膝。琳琅太古音,旨趣復誰識。欲寫我心期,聊以寄所適。一彈江水清,再鼓秋月白。月白與風清,驚起魚龍出。曲終獨徘徊,蓬窗風露濕。”

張綉雲,浙江歸安人。游擊超群女,諸生唐晋鑅室,著有《女床山稿》。工琴,聞母訃,一慟而卒。清才孝德,不圖於將門中得之。《咏奕》云:“胸有甲兵藏,燈花落草堂。眼中分黑白,局内莫倉黄。生死關仙術,安危屬智囊。爛柯山下住,歲月太匆忙。”

近從吴門葉印濂處,得睹其所藏天寥先生遺像、小鸞畫像及疏香閣諸圖,忠節清芬,頓洗塵俗。小鸞遺像卷中,有吾鄉楊蕊淵題其《返生香集》古風一章。蕊淵，名芸，蓉裳先生女，曾輯《古今閨閣詩話》爲《金箱説薈》。中郎有女，夙著才名。此古風一章，雅有長慶神韵，急爲迻録如下。"瓊雲散影仙姝泣，海上桃花幾回碧。十二飛樓弱水西，返生香斷何從覓。空留妙句寫烏絲，鏤雪團香絶妙詞。千古玉臺遺迹在，鮑家小賦謝家詩。吟邊想像人如玉，林下風清絶塵俗。巧掠鳴蟬薄鬢青，雙描出繭修蛾緑。姊妹聯吟擘彩箋，疏香妝閣冶春天。芭蕉影里風如扇，豆蔻梢頭月乍弦。一家詞藻人間罕，雙成合作飛瓊伴。午夢初回倚綉床，晚妝才試拈花管。愛仿官奴寫《洛神》，曾摹周昉畫朝雲。綺琴夜拂銀鈎手，金氈朝繙貝葉文。吴江波冷湘娥吊，惆悵含嚬不成笑。紅縷才牽幔外絲，緑章已赴雲間召。夜雨燈昏翡翠屏，蓮韡輕躡鳳皇翎。三生慧業知重證，一枕游仙怨早醒。猊床肯下真師拜，靈姿合受天人戒。出世原無不死方，忘情且説無生話。懺除綺語竟歸禪，穩坐耆尼九品蓮。莫向三山談舊事，又勞天上葬神仙。"蕊淵又著《琴清閣詞》，南陵徐積餘先生刊《小檀欒室閨秀詞》，取以冠首。蕊淵之表妹顧翎字羽素，亦工吟咏。著有《茝香詞》，簡塘先生之女弟也。蕊淵有《懷羽素兼調簡塘弟婦·臨江仙》詞云："記得髫年携手處，紅橋畫舫蓉湖。别來蘭訊未曾疏，新詞箋百幅，錯落贈明珠。　竹北花南香伴少，近時標格誰如。清心一片映冰壺。顧家新婦好，得似小姑無。"可謂雅謔。《茝香詞》得拜石山房之傳，殊少俗韵。《法駕導引》四首云："人間世，人間世，小謫廿年留。琪樹折殘滄海夜，瑶花吹碎碧城秋。天上有離愁。""瑶池上，瑶池上，异味出天厨。阿母待餐青鳳髓，麻姑手擘紫麟脯。游宴到方壺。""清虚府，清虚府，寶鏡影團圞。玉兔生依青桂樹，金蟆爬上白雲端。風露最高寒。""《東華録》，《東華録》，曾作散花來。凉月無塵鸞鶴夢，殘香有恨鳳凰臺。劫後辨餘灰。"又有"柳絲春似夢，扶影上鞦韆"十字，亦佳。

金纖纖女士有小影硯，自題一絶云："綉院微風不隔簾，瘦來小字稱纖纖。自量衹有腰盈尺，一著春寒病要添。"真吹氣如蘭也。

華文若，字春洲，同邑瑞潢女，俞柳漁室。瑞潢，字秋槎，官浙江同知。罷官後隱居西湖段橋北德生庵，春秋佳日，携一童遨游山間二十年,咸以爲神仙中人。春洲適俞,九載而寡,以清節稱。《汝寧旅舍晚秋偶賦》云:“羈愁歸思兩茫茫,回首鄉關總斷腸。長夜明星將替月,小池冷露欲爲霜。砧聲斷續敲深巷,桐影扶疏露短墻。恰喜鄰娃解岑寂,一枝長笛韵悠揚。”

安徽舒城鍾文淑、文貞,女兄弟也,并擅吟咏。文淑《垂釣》詩云:“鷗自忘機水自流,棹來小艇一竿投。羽沈最喜才啣餌,綸掣何妨慣脱鈎。雙槳夕陽紅蓼岸,片帆明月白蘋洲。等閑收拾蓑衣去,把酒高歌傲五侯。”文貞《游冶父山》詩云:“樹里湖光一鏡開,水精宫外有樓臺。散花不到維摩室,親捧雲珠供佛來。”文貞又工琴,見《正始集》。

梁蓉函,字韵書,福建長樂人。姊符瑞字紫瑛,著有《昆輝閣稿》,韵書著有《影香窗詩鈔》,蓋同承其母夫人許鸞案女史之教也。韵書兼工琴善畫,《秋夜步月見銀河》詩云:“晚空蒼茫弄寒碧,疏簾未捲蟾蜍入。捲簾望月見銀河,白練横空幾千尺。一泓澄徹涵天秋,銀漢無聲作水流。月波一片流不盡,泛泛長在東西頭。花陰滿地波紋起,幽人立在秋江里。不知銀漢幾何深,夜夜傾來一庭水。鳷鵲橋邊風露寒,長河悠夜俱漫漫。誰家窗外霜砧急,催得銀河落曉山。”

江鴻禎,福建福州人。年七歲即能鼓琴,九歲工詩。年十五夢紫衣女六七人招之游,謂曰:“爾與吾皆閬風侍女也。爾其歸乎?”醒以告母,牽衣而泣。乃索平日所作詩焚之曰:“不可留爲人世口實。”援琴彈一曲不成聲曰:“人琴俱亡矣!”遂推琴而起,尋卒。其舅氏陳登龍,詩人也,憐其才,檢焚餘所存,叙而傳之,名《焚餘存稿》。《王右軍書曹娥碑榻本歌》云:“古來奇節誰卓越,曹家女兒擅名烈。捐軀殉父赴長流,石破天驚此奇絶。上虞江頭風倒吹,靈旗掩抑寒雅飛。邯鄲意匠洵巧妙,黄絹幼婦銘豐碑。烏衣公子王逸少,晋代才人兼墨妙。《黄庭》神仙《樂毅》忠,書法於人有深肖。細書此本尤精微,筆筆鋒神見孝思。直將格地通天意,幻作簪花倒薤奇。”

曩讀蔣心餘《桂林霜》傳奇中《釋帖》一齣,輒欲擊碎唾壺。惟所紀顧氏邑乘，略有傳聞失實處。按顧氏，名荃，字芬若，直隸豐潤人，非蘇人也。善書，工寫梅竹。康熙甲寅，馬文毅公巡撫廣西，值吴逆反滇南，檄提督馬雄進剿，遷延不發，公具密疏遣子世濟入都請援。會將軍孫延齡叛應吴逆，以兵劫公，抗節不屈，遂并家屬囚於土室。幕客陳文焕、標弁易友亮等感公忠義，潛負幼子稚孫間道入京告變。越二載，吴世琮至粵，迎公至烏金鋪，百計誘降，公大駡，遂被害。土室聞變，芬若偕李姬及世濟妻董氏、妾苗氏均自縊死。夫人李氏視棺殮畢，北向再拜，舉火自焚，婢妾十八人殉焉。荃有《題自畫梅竹》詩云："欲寫孤山處士詩，幾回握管費尋思。水邊籬落真清絶，萬個琅玕玉一枝。"文毅被幽時，集漢晋而下各家草書碑帖，仿宣城梅氏《字彙》體例，别類分門，排爲二十二卷，題曰《匯草辨疑》，荃逐字爲加旁訓。心餘《釋帖》一本此。閨閣工書，率多簪花妙格，張顛怪草，識且不易，况爲之箋注乎？記桐城方染露者，以工書名，其妻張氏亦賢智有學，居與姚姬傳同里。一日，染露在姬傳家共閲王氏《萬歲通天帖》，疑草書數字不能釋。染露次日走告姬傳曰："昨暮吾妻爲吾釋之矣。"舉其字果當，與荃釋帖字頗相類，特附著之。

太倉王采蘋（澗香）爲武進張皋文、宛鄰兩先生之外女孫。母紈英詩已見前。澗香少依其舅仲遠武昌官舍，與其妹采蘩、采藻同受書於姨母孟緹、婉紃二夫人。時孟緹詩既名宗，婉紃書尤雄出。湘南曾文正、胡文忠二公推嘆標舉，欽爲卓絶。近時習北朝書者，又奉婉紃爲昆侖墟。采蘋實承姆教，多挺藝能。年二十五，爲河南禹州程使君冢婦。夫子爲伯厚孝廉，笙磬同音，倡和無間。乃相莊未幾而所天告殂，先後仰藥，未遂所志。於是撦拄衰門，養生送死，以青裙白髮之身爲東諸侯課女弟子，謀食贍家。其遇愈窮，其詩益工，屹然爲同光閨媛中一大作手。所著《讀選樓詩》十卷。卷二多懷古之作，卷三、卷四多擬古之作。探原漢制，托體唐音，玉海珠塵，飛英耀采。世有識者，當韙余言。雄渾如《咏寶劍》云："秋水横三尺，長虹倚九天。一揮開絶域，萬里静烽烟。結佩心徒壯，銜杯醉可憐。延津不變化，何處問龍泉。"雋永如《納凉》云："細雨送夕凉,乍晴深院潔。花光浥微潤,露氣生虚白。蟲吟良夜永,坐久心逾寂。蕭蕭太古秋,詩懷似明月。”深刻如《龐德公故居》云:“景升碌碌安能致,元直悠悠未識真。漢上青山容大隱,隆中茅屋是芳鄰。卧龍已爲蒼生起,尺蠖堪存濁世身。三顧倘煩先主降,也應魚水契君臣。”豪爽如《鸚鵡洲》云:“荒洲孤冢著才名,憑吊蒼茫百感生。千古江聲猶激壯,一時意氣劇縱横。當筵撾鼓情難遏,即席揮毫賦亦精。炙手嚴威付平視,庸庸愧煞漢簪纓。”幽秀如《春草》云:“千里綿綿故國思,春風吹緑到天涯。平原拱木江淹恨,楚澤芳蘅屈子辭。一碧遥知新雨後,寸心空戀夕陽遲。萋萋海畔松楸路,寒食愁吟上詞。”至擬古諸作,具開府之清新,兼參軍之俊逸。高岑、温李、李杜、王韋,所擬無不神似,爲集中最精煉之作。原書具在,自足沾溉藝林,兹編不備録也。

仁和吴子述(承勛)《景曇館詞》清芬疏俊,余嘗評爲詞中逸品。復堂《篋中詞》亦有竟體芳蘭之喻。其夫人查慧字定生,又字菡卿,孝廉月卿之妹。工寫花卉仕女,并嗜弧矢,嘗繪《弋雁圖》以寄意。詞亦神味秀遠,回絶塵艷。《如夢令》云:“籬外一痕殘雪,池上一丸明月。新種白藤花,不許小鬟輕折。　休折,休折,個個養成蝴蝶。”《壬寅春日登陽羨凝秀閣·南鄉子》云:“簷語唤新晴,小滴珍珠釀欲成。偏是他鄉饒節物,清明。　已見筠籃賣紫櫻。準擬放船行,罨畫溪頭縠浪生。争説夕陽紅處好,零星。一樹梨花一水亭。”《湖上泛月·清平樂》云:“新凉似麴,釀就西湖緑。醉後尚堪斟百斛,飛下一甌寒玉。　月華小駐橋東,蕭蕭幾陣微風。趁著采蓮人去,不知身在秋中。”《搗練子》云:“香黯黯,漏盈盈,水仙風裏試春燈。　翠簾捲後珊窗掩,不怕今宵月太明。”

陽湖楊葆彝刊《大亭山館叢書》,有《毗陵楊氏詩存附編》三卷,爲曹萼真、錢芬、楊静娟三家,皆楊氏閨閫中工詩詞者也。三家中以錢芬爲最著。芬,字左才,工部主事枝起女,楊瑶室。幼慧,父授以《毛詩》,輒通曉大義。遂能詩,且工畫,所居曰段莊。就其景物爲《江村圖》,題詩其上,以尺絹綉之。詩、字、繪、綉皆佳,見者嘆爲四絶焉。《過舊居有感》云:“舊宅重來有所思,寒梅猶發去年枝。

孤山吟興渾無恙，記取巡檐索笑時。”《絡緯》云：“不隨蟋蟀響東墻，穩坐芭蕉葉底凉。漫笑公私蛙鼓事，問伊夜織爲誰忙。”皆有思致。

葉寶林，浙江餘姚人，梨洲先生之室也。有《歲暮》詩云：“歲暮何多感，蒼黄日脚斜。嬌兒已去膝，竹馬尚留家。柳老風如哭，梅寒雪不花。去年除夕事，魂夢痛無涯。”世傳毛西河有季常之懼，其夫人每語人云：“西河徒工獺祭而已，毋驚其博雅也。”按夫人陸氏，名何，亦能詩。有《子夜歌》云：“一去已十載，九夏隔千山。雙珥依然在，如何不得環。”“白露收荷葉，清明種藕枝。君行方歲暮，那有見蓮時。”

安徽全椒郭氏，有《補禽言》六首，意在諷刺，亦頗足資鑒誡。觀其序言可知也。序云：“自家母赴西安，惟卧起望雲閣，焚香讀書，無事咏詩而已。時聞鵲語，忻然以喜。因嘆微物有知，悲歡不一，人苟能盡通之，其飛鳴正自有謂。復憶古作家《補禽言》一體，戲爲仿之，遂得六首。不無譏刺勸諷之微言，亦欲告世之不曉時務者，有人不如鳥之嘆爾。”詩云：“稽古。爲人不讀書，語言如糞土。”（《稽古》）“行不得也哥哥。東設網，西張羅。殺人不見干與戈。行不得也哥哥。”（《行不得也哥哥》）“得過且過。寒忍凍，飢忍餓。咬得菜根，百事可做。到底鳳凰不如我。”（《得過且過》）“麥黄不割。風又狂，雨又惡。今日花開明日落。”（《麥黄不割》）“咄咄怪。東家少婦真狡獪。手中不理機與絲，身着朱衣加錦帶。咄咄怪。”（《咄咄怪》）“割麥插禾，割麥插禾。今不勞力，後當如何？”（《割麥插禾》）

歙縣汪啓淑，字訒庵，曾選閨媛詩爲《擷芳集》。其女玉英字吟香，著有《吟香榭初稿》、《瑞芝堂詩鈔》。《咏春陰》云：“游絲懶不飛，春雲何漠漠。綉倦倚朱闌，時見庭花落。”饒有幽逸之趣。

歙人吴蘗孫官通判，納妾平江，日陳絳綃。其妻許氏嘗作《閨怨》詩寄蘗孫云：“向來烟月被愁遣，明日春來夢渺綿。懷怨一生無處訴，幸儂堂上有姑憐。”絳綃見之，題其後云：“賤妾空悲鸞鳳儔，《白頭》吟罷復添愁。主人不解牛衣事，風雨一蓑隨處留。”“隻影離離在水南，彼猶如此我何堪。幾回枕上潛垂淚，千里含情握髮三。”

蓋蘗孫性游蕩,亦不常在平江,故姬以自明云。

戈順卿(載)填詞專主音律,爲詞學功臣,所著《詞林正韵》倚聲家奉爲圭臬。夫人金婉,字玉卿,著有《宜春舫詩鈔》。嘗爲順卿手録《詞林正韵》,以詩紀之云:"羅襦甲帳愧非仙,寫韵何妨手一編。從此詞林增善本,四聲堪證宋名賢。"亦詞林一掌故也。女馥華,名如芬,九歲《咏鳳仙花》云:"鳳在丹山穴,仙尋碧海家。如何謫塵世,偏作女兒花。"著有《課鸚短句》。

前記錢塘沈湘佩(善寶)《詩話》語及詞,而未載其詩。兹録其《秋日感懷》四首云:"印窗斜月影娟娟,白露迷漫水接天。邱壑趣尋《丁卯集》,蟲魚書注《癸辛編》。夢中復鹿情常幻,江上征鴻信不傳。(久不接松江丁步珊、邗上龔瑟君兩姊書。)欲寫湖光寄縑素,雙峰螺髻鎖寒烟。"(其一)"領略宣文白雪詩,幸隨月姊侍西池。(時集許雲林姊閨中爲詩社,梁楚生太夫人首唱《夜來香》、《鸚鵡詩》命和。)烏絲翠帙《瑶華草》(席怡珊夫人著有《瑶草珠華閣詩集》),碧串紅牙《漱玉詞》(吴蘋香姊著有《花簾詞稿》)。江夏無雙唐博士(謂黄穎卿夫人),金閨第一漢班姬(謂鮑玉士夫人)。同岑更喜同聲應(項緄卿、吴茝香兩夫人兼善詞畫),愧我尖叉步韵遲。"(其二)"滕王高閣舊登臨,南浦西山思不禁。秋水艷留才子句,芳碑香表美人心。萍蓬踪迹三生夢,冰雪襟懷七字吟。(昔在豫章與劉箋雲姊談道,姊有'大道還從心内求'句。)千里難忘聯袂日,箋雲遥隔嶺雲深。"(其三)"雪泥鴻爪憶當年,菽水關心放畫船(曾爲養親售畫)。鶯脰湖中銀鱠美,鹿筋祠外玉蓮鮮。棹飛黄浦千重浪,車歷青齊九點烟。往返雲山供嘯傲,墨花灑遍海苔箋。"(其四)湘佩又工琴,見《正始續集》。

王韵梅字素卿,江蘇昭文人,著有《問月樓藁》。工琴,又善填詞。所適非文人,抑鬱早卒,同里孫心青太史爲序其稿以傳之。其《琴詩》云:"古調日益稀,新聲日益靡。賀若不可作,誰與論宫徵。我生有琴癖,少小耽桐梓。撫弄二十年,稍稍覺今是。今人務新聲,抑按隨所指。分寸既失度,猱綽多離軌。何至三犯音,淫蕩而卑鄙。琴調三千餘,貴在得其旨。不然絲與衎,豈不悦俗耳。"

虞山蕭蜕公見示其女弟子錢唐戴貞慧詩數十首,殊多可誦者,亦近時閨閣中之墨林星鳳也。《柳絮》云:"蒙蒙飛去遍池塘,逐浪沾泥總斷腸。莫對東風悵飄泊,化萍還得傍鴛鴦。"與所咏《楊花》一律"萬點春愁皆化蘿,一生命薄總因風",可稱雙絶。又《挽表嫂》云:"清華本是舊家風,底事才人運未通。舉案却嫌星替月,畫眉枉説婿乘龍。織成錦字機先斷,唱到回心曲又終。如此緣慳消不得,怪他塵夢太匆匆。"蓋女士於此不無同病相憐之感,故言之尤哀憤慨切云。

又有汪女士越華者,守貞不字,問學於諸暨蔣觀雲先生。有賢母曰甘太夫人,丁巳七月卒,越華哭之慟,作《歲暮》詩一百六十四韵以志哀思。長歌咏嘆,可作汪氏家乘讀。文行斐然,足爲近時女界光矣。詩云:"歲暮霜雪凝,木嘯山風疾。栖栖墓旁子,反袂淚盈溢。淚溢痛如何,思母劬勞日。溯我生之初,門蔭欣逢吉。伯叔諸昆舅,携家來一室。菽水賴父供,身常干禄出。母獨支門户,米鹽綜微密。儒家重事親,婦道有定職。問安與視寢,婉娩維謙克。族黨勤周旋,正身率娣侄。祖翁與翁姑,侍養無偏缺。入厨作羹湯,洗手屏侍役。甘旨嗜好殊,滋味取非一。或時潤瀡滫,或甘晋棗栗。燕吐細如髮,采擇眼生纈。一夕盤中餐,午夜工未畢。祖母感肺痾,不寐恒永夕。説部搜鬼狐,姑顔爲欣悦。呱呱懷中兒(謂長姊),祖嫜顧銜恤。提抱使兒乳,揾淚得交睫。(母缺眠,每寢,合目則睛澀,淚承睫,且卧須哺兒。今在堂之庶曾祖母李太夫人憐之,每抱兒就乳,爲解裹衣食畢,還結以爲常。時父已握電茂場篆,粤中第一鹺尹署也。)慈孝日相將,馳書寄鄉驛。書稱冡婦賢,三黨諒難匹。豈以名譽喜,爲感親心格。晚歲諭兒孫,此樂最難得。孺子戀梨棗,母德未盡識。長老談往事,不厭娓娓述。朝暮心劬勞,婦職幸無闕。奈何無米炊,坐乏點金術。堂上舞萊衣,閨中問典質。言笑惟承歡,獨居書咄咄。(此皆實情實事。)心血久爲枯,肝腦日羸劇。痛哉疢疾留,終身憂患積。(母疾危,醫斷爲心房受損,從昔憂勞,非朝夕所致也。)風木忽驚秋,盛衰理難決。四年遭三喪,目枯淚欲竭。奏刀刲右臂,茹痛心似鐵。事翁如事母,天何异存歿。

(母凡兩刲股肉：一以爲外祖母，服之而愈；一以爲祖父，服之亦愈，半月病復發，乃殁。時方盛夏，血漬裏衣，爲人所覺，俗傳人覺則不驗也。)眷屬寄五羊，父獨任窀穸。眺首鄉萬里，披星待明發。南山絶頂峰，中有牛眠穴。嵯峨百尺梯，飛鳥尚難越。振衣日百返，畚築不暫歇。至今一祭掃，登陟筋欲絶。先人何剛强，後人何疲苶。塋樹方封表，積勞病蹉蹶。鄉居如客旅，友生慰寒熱。(父病傷寒，以積勞身弱瀕危，友李君子康爲問醫看視，始得向愈。)乞米長安市，接濟來東粤。祖喪滿三年，債臺高百級。遲回越嶺表，欽廉排癘疫。西江窮浩瀚，桂嶺高嵂崒。矗天如幛屏，雄偉挺奇傑。下有百尺灘，水石相搏擊。灘石多嶙峋，灘水勢郁拂。扁舟穿浪花，奔駛如箭激。輕若珠走盤，危如卵石敵。須臾出險阻，風恬浪平息。舟人額手慶，歸功頌神力。分茅鄰珠崖(分茅嶺在欽州治)，家來開蓬篳。孺子三五人，漸長咸繞膝。姊氏明慧姿，簪花時弄筆。女紅學綉余，就母求聲律。庶母親割烹，糟鯉膳炰鱉。炊糜飫香稻，漉酒醉芳洌。霜露腴秋圃，蓏蔬任采擷。厨母八珍費，珍味廣羅列。母躬率家人，所事各謹飭。晨興星炯炯，夜息日已昃。歲時享蒸嘗，牲醴必整潔。兒争奉彝鼎，侍親同奠醊。燔肉蒙神庥，老幼不偏佚。舉家無間言，親朋羡寧謐。順境難再逢，時光幾移易。新會古岡州，凄凉哭燕姞。騫騫向雲飛，一朝忽折翼。颯爽能持家，井臼肩勞勣。觸緒常吞聲，半臂從此折。(庶母娩難，母抱持撫視卒。時方倚母懷，傷哉！)連年淚不乾，掌珠迭夭札。(長姊、幼妹傷亡距凡四閲月，父母心爲之碎。)嬪從稱賢良，翁姑痛難割。(姊亦以娩亡，其翁姑慟曰：'失此賢婦，端兒不再娶矣！'端爲姊夫乳名。)已遭黔婁貧，何堪更忉怛。廉隅勵素守，豈肯事貪謁。騏驥困鹽車，窮老愈摧抑。憂患能傷人，五秩盈華髮。痛絶弃諸孤，百日病膏肓。回溯父生平，豈僅鳴一德。視聽與言動，舉爲後人則。行能法中庸，忠厚懷隱惻。脱驂周故人，家不餘粟帛。治事力以勤，勤補自銘勒。怡情惟北海，樽滿座盈客。燕寢對妻子，大庭垂紳笏。敬恕亘終生，幽顯無遁飾。躬耕必有秋，能伸必久塞。痛哉我後人，乃享父遺澤。德薄名乃揚，才短頗奮翮。若不持厥躬，懼干天人讁。

父逝母獨勞，仔肩愈難息。朝起課兒書，子夜督女織。西風吹裳衣，栗栗砭肌骨。夜綉一燈寒，起視家四壁。憶父疾危時，母憂驟難活。世路殊艱險，戒兒善自拔。有弟思讀書，毋忘家清白。崎嶇廿五年，未爲艱難奪。詩書綿清芬，母志亦竟達。至今思前訓，心脾凄若裂。漫傷家清貧，節概有素植。寧甘一瓢飲，不受嗟來物。母家有儒宗，王父學淹碩。母率其緒餘，筆耕營衣食。有僕任奔走，有嫗任薪汲。患難猶相從，貞固心匪石。（仆名林璋，嫗謝李氏，服役吾家四十年，時均七十矣。）教讀能贍家，奈何异鄉國。武林辟海道，海氣色如墨。冒險衝波濤，生死賭一擲。雙櫘扶將歸，右台卜安宅。母心聊且慰，母力已殫竭。嗟我不孝身，廿載逐南北。歲或一寧家，色笑常匆迫。异地獨思親，侍養無晷刻。至今思前事，悔痛氣結轖。母昔本健婦，艱難异常轍。心力早已衰，體氣非充實。天性賴仁恕，所至夷荆棘。得享耄耋年，天理無差忒。丁巳歲五月，先四日生魄。母重感宿疴，七旬疾遂革。（母以五月十二病發暈厥舊症，至七月念九晦逝世，凡七十九日。）兒孫繞床前，親族侍易簀。一一辭壽母，揮淚爲永訣。母色轉舒徐，執手或親額。臨危識不衰，精氣益磅礴。仁者必有勇，母何愧前哲。七月月終時，萬家同齋佛。（是日俗傳地藏誕辰。）我母淹然逝，天地倏變色。凄愴徒呼號，掩淚空泣血。母瞑已不視，從此遂長別。誰人如我母，九折回腸結。誰人如我母，忍死扶孤孽。誰人如我母，吞氈嚙殘雪。誰人如我母，九族相娛暱。人生本如夢，夢境何太烈。悠悠八十年，强半在冰蘖。志竟夢亦醒，紛華付一瞥。不肯忍須臾，優游酬晚節。愧我非曹娥，殉親同生歿。愧我非班氏，顯親續史册。朝猶祈天命，願母永禄秩。即夕思音容，相對千里隔。雖以五鼎祭，位具如虚設。豈若母生時，齏鹽甘似蜜。楮帛列萬端，炬火隨飛屑。豈若母生時，鶉衣百補綴。九原有佳人，遲母慰飢渴。携手平生歡，當無异疇昔。奈何遺孤兒，睽隔在咫尺。想像復悲思，淚盡徒踴躃。右台築佳城（母葬右台山，與父合墓），回環樹松柏。幽蔭露清光，山月愈明澈。慈顔不可見，四顧但寥闊。山上栖群烏，偕雛同出入。出巢復入巢，相呼不相失。惟我獨無母，對烏輒嗚咽。髮膚與身體,保衛常戰栗。撫念所受恩,曷敢任毁瘠。輪回若有徵,天性自不滅。永酬生身恩,復照指日月。”

龍陽易氏,棣萼聯芳,連枝競秀,家有左芬之集,人傳大雷之書。仲厚女士詩詞,已屢見著録。又有名媁,字孟微者,爲由甫進士女,劉達泉觀察次媳。向稱才女。其《祭夫文》一篇,不啻令嫺之祭徐敬業也。文云:“嗚呼矩君,長此永離。君靈有知,究往何依。君父在申,君母在天。妻兒弃此,魂則將安。嗚呼哀哉!媁欲從君,兒啼女哭。媁欲忘君,形單影獨。哭傷君魂,忍哭難禁。死兮不可,生兮何心。嗚呼哀哉!嗚呼矩君,知媁最深。魂其知耶,其又安任。惟君生平,既厚且仁。愛人以德,待人以誠。不愧屋漏,不欺鬼神。蒼蒼者天,遽殞其身。嗚呼斯人,乃有斯疾。媁父知醫,乃亦無術。惟君生平,實訥於言。有懷莫伸,有善莫宣。惟君生平,志大而傲。憂能傷人,精氣内耗。惟仁者壽,君獨相違。惟憂傷人,君竟如斯。嗚呼哀哉!君竟逝耶?事君八載,曾幾時耶?惟君愛媁,如天之篤。惟君愛媁,如地之厚。八載如一,如弟如兄。相親不狎,相規不争。時或稍寒,君爲加裳。時或稍暑,君爲招凉。飢則飲食,渴則茶湯。世有慈母,未若君良。嗚呼哀哉!媁體素弱,君深爲憂。事先爲舉,愁先爲愁。弱者反生,强者反亡。悠悠蒼天,其孰能量。惟君在生,媁專實甚。中道見捐,情又何忍?嗚呼哀哉!嗚呼矩君,知媁肝腸。君既弃媁,如何不傷?媁生何辜,罹此厥殃?悠悠蒼天,胡酷且傷?嗚呼哀哉!兩兒尚幼,女方一齡。君去不顧,哀此伶仃。養之教之,來日孔長。以媁弱質,力何能當。嗚呼矩君,此責誰分?嗚呼矩君,此憾誰平?嗚呼哀哉!惟君之生,遇境恒苦。家既中落,世復非古。身無刻安,心無刻寧。衣惟緼袍,食惟薄羹。卑以自牧,儉以自存。天胡不吊,反促其生?嗚呼矩君,今何世耶?生而何歡,死何戚耶?反覆思之,得毋君福?生今之世,其何能谷?嗚呼矩君,君魂其安。惟君弃媁,媁何以全?嗚呼哀哉!君既不生,媁何敢死?君靈在天,請爲君矢。盡媁之職,撫君之子。安媁之命,毋怠毋弛。君靈在天,其鑒此誠。佑君子女,俾揚名聲。君靈斯慰,君心或安。九京非遠,百歲非艱。克竟嫥志,即赴君前。願君含笑,毋重嫥愆。嗚呼哀哉!尚饗。"

王慧,字蘭韵,太倉人,督學發祥女。有雋才,所著《凝翠軒詩》一卷,漁洋山人劇賞之。《閨詞》云:"輕寒薄暖暮春天,小立閑庭待燕還。一縷柳花飛不定,和風搭在綉床前。"又五言如:"杏花都掩屋,楊柳半垂溪。""花陰依略約,竹色捲瀟湘。""風懷看緑柳,愁緒比黄楊。""紈扇三春月,緗琴五夜霜。"七言如:"别去新篁方解籜,重來芳樹欲過頭。""蕭蕭竹影遮紅藥,細細波紋映白魚。""才過輕雷收笋箬,旋斟新水試茶芽。""一枝香供宜金屋,半醉紅扶待畫叉。"(《鶯粟花》)"楊柳溪橋初過雨,杏花樓閣半藏烟。""淚淹紅袖傷離日,愁在黄昏細雨中。""朱添小影思題扇,釧擘輕羅憶點籌。""墻角紅殘桃結子,石盆青淺菊分芽。""柳絮飛殘青滿徑,豆花零亂緑圍村。""棠梨謝後猶花信,櫻筍過時已麥秋。""幾處溪山留薜荔,一秋風雨在芭蕉。"皆佳句也。又《宿田家偶見粘窗破紙,乃韓偓香奩詩,惜而賦絶句》云:"麗情佳句有誰知,瞥見窗前字半攲。爲惜風流埋没甚,自携紅燭拂蛛絲。"此等懷抱,亦非尋常閨閣所解。

嘉定程徵士宗傳女弱藻,適錢塘汪繩祖,期年而寡。其《楊柳詞》云:"幾日春光到柳條,臨流細學楚宫腰。西湖十里桃花路,又送鶯聲過六橋。"《九日寄妹》句云:"别後半年仍抱病,愁來九日罷登高。"

桐城張文端公長女令儀,研齋相國廷玉之女兄也。工古文,不專韵語。生於華胄而甘淡薄,中年喪偶,習静一室,圖史插架,顏曰"蠹窗"。晚築南園别業,池榭亭館,皆胸中邱壑所布置。其詩如《秋夜長》云:"嚴霜倒浸簾櫳冷,半壁孤燈寒耿耿。秋老啼殘絡緯聲,月明瘦盡梧桐影。啼鳥有意隔紗窗,窗里愁人淚一雙。兩兩飢兒啼下國,迢迢頳尾滯寒江。機中錦字休裁怨,且織征衣還寄遠。天涯若問此時愁,一江春水還嫌淺。"觸緒縈愁,如讀南唐後主思故國詞。

乾隆間,平輿王德徽著有《彤規素言》一卷,撫二子雄略、雄思,皆成名下士。雄略先登賢書,雄思旋亦發解,人稱"平輿二龍"。幼時兄弟争《咏西施臺》詩,雄略以西施爲傾國之媒,雄思則謂西施之心,但知有范蠡耳,其效忠一也。德徽見之,爲之平亭,謂蠡於西子,非有夫婦之義,與謀及婦人之計,特假以蠱惑吴王,西施在其局中而不自知耳。必謂西施意中亦有亡吴霸越之深謀,則"不愁粉鏡匆匆去,更語官家殺一圍"。又將誰恩而誰怨耶?因作詩示二兒曰:"自解芳心自解娱,妖嬈不識霸王圖。十年顰態非愁越,幾次捧心豈計吴。猶憶浣沙逢夙媾,誰知響屧竟全軀。扁舟偕隱存疑案,何處烟波問五湖。"其説頗刻。苧蘿有知,或嫌唐突,然要可備一重公案也。又《讀史感言》二詩亦佳。詩云:"蒯通相淮陰,相面亦相背。相面猶可言,相背難置喙。教之叛漢良非忠,計不相全智安在。奈何騎虎勢不下,决機存亡在進退。不然不如勿下齊城七十二,猶或君城相保無相廢。"(其一)"諸葛入東吴,相信惟魯肅。周郎亦可人,相知猶反覆。由來漢賊不分明,疑忌英雄在心腹。中原不圖圖荆州,坐使江南勢拘促。白衣摇櫓渡江來,吴下阿蒙皆碌碌。"

太興王佛雲(壽邁)嘗於袁浦市上得葉小鸞眉子硯,拓本徵題,刊《硯緣集》行世。後佛雲作令吴江,適爲小鸞故里。下車伊始,即訪葉氏後人,修墓立碑,招魂取影。曩所謂緣,於今乃驗。山陽黄宰平(振均)曾題《硯緣集》北曲一套,自謂壓卷之作。後琴川吴逸香女史亦題一曲,宰平見之,乃自嘆勿如,屬清溪樵子錢吉生作《聽真圖》以識嚮往。女史曲云:"塵海滄桑如過鳥,往事憑誰吊?仙雲迹未消,千古傷心,美人香草。一硯認前朝,是名媛當日閨中寶。(《步步嬌》)有時對明窗閑譜《游仙調》,有時捲疏簾喜將眉月描。你看櫻桃開落幾昏朝,又是寒食東風斜照。誰解道生天成佛任逍遥,衹憐他曇花幻影增悲悼。(《醉扶歸》)落日松陵古道,嘆荒烟蔓草,遺冢蕭條。桃花三尺艷魂銷,垂楊幾度啼鶯老。春山翠黛,秋風野蒿。緑波明鏡,羅裙細腰,佩珊珊應有芳魂到。(《皂羅袍》)遇這謫仙人讀生香舊稿,一片石珍似瓊瑶,仙魂招取把亭亭倩影描,又護得孤墳好。硯緣庵里憐才懷抱,仗海内詩篇把幽恨消。(《好姐姐》)愁紅慘緑知多少,誰值得才人顛倒,也算是薄命青娥有下梢。(《尾聲》)"嘗於凄風冷雨,木葉打窗時,按拍歌呼,輒爲墜淚,何其哀感之至於斯也。

杭世駿《嶺南集》挽覺羅八姑詩云："喬松高百尺，勁挺貫四時。霜霰非不集，不改凌寒姿。紛紛蔦與蘿，蔓弱無從施。兩大有正氣，忠孝爲綱維。流行亘宙合，厚德先坤儀。覺羅有賢女，奕奕天潢支。瓊田茁瑶草，丹穴巢長離。彩翮振九苞，瑞露餐三危。食宿珠樹底，肯與凡鳥夷。繈褓死保母，墮地殘其肢。及笄將待字，玉貌慘不怡。上堂問起居，涕泗前致辭。北宫嬰兒子，心切阿母慈。至老不肯嫁，撤瑱甘如飴。入室整手迹，送日陳書詩。流觀班姬戒，細繹周孔思。著書數百言，精粹參危微。末學困膚受，戔戔究乎而。空抱速朽質，豈達造化機。吁曦偉丈夫，遠愧閨中師。觥觥大宗伯，約身於範圍。峨峨大中丞，惠澤蘇烝黎。勛華塞宇宙，胚胎亮有基。在天爲秋月，在地爲寒溪。《柏舟》未足比，匪石焉可移，乘化忽歸盡，飾巾知待期。墓上女貞木，白鶴來飛飛。彈爲《孤鸞操》，弦以九寡絲。貞孝本一軌，經權各有宜。世無幼婦才，誰勒邯鄲碑。阿母摧肝脾，脾媪哭相隨。中丞念同氣，清淚交兩頤。徒行送轜軒，屏去赤棒威。至性感行道，擁看相齎咨。立愛自親始，各各重本枝。感公復愛公，切切願有規。公爲國柱石，玉體當自持。姑今已千古，願公勿復思。"按八姑，名學誠，字丹奉，滿洲正紅旗人。宗伯蘇庫女。其兄雅爾哈善字蔚文，號樗園，以翻繹科舉人歷官江蘇、浙江巡撫，拜靖逆將軍。高宗臨御，恩威多不測。靖逆入長中樞，預機務，尋以參贊行邊，以回裔復叛，拜屬鏤之賜。八姑殁於乾隆十七年，則尚在靖逆開府江浙時，故杭詩以中丞稱之。八姑自以生有廢疾，守志不嫁。著有《素言》一卷，其手稿藏同邑孫君恂儒處，中皆見道之言。其論詩曰："陶詩清真雅正，非唐人所及，以其品高行潔也。如'汲汲魯中叟，彌縫使其淳。''夫子有遺訓，憂道不憂貧。'此即願學孔子之意。繼其響者宋邵康節、明陳白沙耳。康節詩云：'不作風波於世上，自無冰炭到胸中。''梧桐月向懷中照，楊柳風來面上吹。'《白沙詩》云：'一笑功名卑管晏，六經仁義沛江河。''事如可做何須我，道不虚行衹在人。'二先生灑落如此，可謂千古人豪。"又云："親黨中女子多有讀書才能者，然所作詩文，皆尚詞華而少内省功夫,即予所覽近今江浙女子文集不下三十餘種,亦多半風雲月露之章,甚矣實學之難得也。”其卓識如此。性不喜爲詩,嘗秋夜諸姊聯吟,强之賡和,乃次韵云:“碧天秋净淡無痕,塵事榮華總莫論。盆有芝蘭窗有月,悠然相對欲忘言。”蓋仍以不必作爲勸耳。遼陽楊芷殅先生跋《素言》云:“書中述舊聞,紀母訓,躬行心得,卓然女宗。良足示埻的於青衿,不徒垂中圭之寶訓。”闡揚恰當,非過譽也。

跋

蒓農先生寫定《然脂餘韵》,郵書使彦寬爲跋之。君戢孴斯著,在民國肇造之三年春。寸璣尺錦,嘗先取散載涵芬樓各月刊中,一帙才行,寰海歡睹。蓋初未殺青,已相傳紙貴,前賢左太冲久對君而色愧。乃者排比始竟事,獲授剞人,良慰藝林同岑跂想之勞。彦寬夙慕嗜君書,聞之尤歡憙無量。神州陰教,伊古昌明,彼君子女有士行者,繇四始而降,代有聞人。至唐宋已大盛,至勝清一朝,而閨襜英奇,愈超邁前古,不可勝指計。先後總集如《閨秀正始集》等,何翅十餘家,别集裒然彌衆。蓋即君家柳村徵君葺《江蘇詩徵》時,據其自言,所藏弆本省閨集已不下千家。祇吾江蘇一行省已若是,祇自清初下及嘉慶已若是,其他斯可知矣。彦寬獨惜從前風氣囿蔽,内言不出,懸爲大經。中天水末,葉儒先妄説之毒最深,而倉山、碧城兩先生至今第爲詬病。承平之流風,無復繼作,亦不免稍沮之。緣是道咸後光焰頓微,甚至并前此才媛述作,漸多銷沈霾滅,不易網拾,每用遐念深嘆。曩歲曾見鄉先輩楊蓉裳先生女蕊淵女士《金箱薈説》八卷,私心善之。以爲閨人專集,其力量恒難行遠,今之獨在天地間者,不過易安居士等幾人耳。若夫總集,存人雖易,然選樓鑒衡,未必適能盡擷其英革,兼之掎摭求廣,乃自來通癖。於是蕭艾偶入,蘭蕙遂爲不芳,或溢或泛,都易見過,則亦未爲善制。惟此用詩文評體裁出之,乃最推勝著,既便甄綜鉅細,抑且璅事珍聞馨逸,時饒譚助,自令覽者如蘇長公之得陶詩,每日祇取一篇諷之,惟恐其畢。微恨女士《薈説》,明以前捃取略備,於清代翻不多。并時梁茝林中丞《閩川閨秀詩話》等編,僅係一隅,皆非能有意賡闡之。今幸有君成此傳書,洵誇不朽盛事。女士《薈説》猶是稿本,固聞經蓉裳先生審核,仍似有待董定。君書則縝密粹美,卓然集清三百年閨秀詩詞話之大成。驪珠同得,而君實遠過之。雖詡爲冠前名著,君要可無遜讓也。君早飲香名,負通才,壯歲漫游域外,周歷數萬里,平生邁往俊偉之氣,年來一寓之於填詞,既已有井水處都知姓氏。顧君尤耽討聚名閨掌故,此外復有《玉臺藝乘》之輯,方在露鈔暝寫中,他日更須與樊榭老人、漪玉女史鼎足分席。彦寬敬并著之,豫致善頌,督觀厥成,君倘解頤心許。獨笑彦寬屏蟄家山,共抱奢願,所擬從事者殊衆,迄未一屬草。舊年窺君勤恁,見獵逐羣,亦有纂次《玉臺藝文志》之意,苒苒懶未就,而江君山淵已先我策鞭矣。爲之佩且怍者累月。兹承嘉命,曼衍綴言,緬憶舊疚,重滋愧嘆。誦《甫田》之詩,竊又不覺如唐韓退之下筆大慚云。

戊午歲清暑節,薇生徐彦寬謹題

游戲詩話

聞　見撰

《游戲詩話》，一九一五年一卷十五期至二卷三期連載於《娱聞録》，共十一期，作者聞見。

《娱聞録》，一九一四年七月創刊於成都，《四川公報》的特別增刊，停刊時間不詳。由樊孔周主辦，主要撰稿人有吴虞、曾安素、李劼人、劉覺奴、曾蘭等，有小説、叢録、劇談、筆記、文苑、雜俎、劇本等欄目。

《游戲詩話》雖曰"游戲"，實則以調侃與諷刺爲主，所涉對象既有清末官場、科舉士子，也有民國議會、學究道員、暴發商人等，幾乎涵蓋社會生活各個層面的各色人物。

某公道德文章，卓絶流俗，平居言笑不苟，蓋今之古人也。今聞其游戲之作，乃頗出人意想之外。其索橘詩曰："口温如燒眼又花，不知紅橘出誰家。師爺二位如慳吝，衹好寒窗喝冷茶。"某甲得詩，一笑置之。某乙市橘以進，某公復謝以詩曰："□□□□□□□，□□□□□□□。圓似地球紅似日，橘柑愧煞某師爺。"真詼詭之極也。

國人留學東京者，自愛者固多，而喪名敗德者，亦往往而有。蜀人某君居東京時，嘗爲試帖詩以嘲之，中有數聯曰："短衣工拍馬，方帽慣吹牛。""痳病深川染，情書淺草投。""用錢公使館，賒賬會芳樓（東廣料理店。）。"對仗甚工，且俱實狀也。

留日學生狎下女者頗衆，相習成風，恬然不耻。某生嘗有俚歌曰:"遠看好似御婆樣(音譯老婦之稱),近看仍似御婆樣。細看乃是御馬奨(音譯,下女之稱),臉兒不似從前胖。"留學界之志行,於此可見一斑矣。

古今咏雪游戲之作,爲世誦者多矣。相傳一詩,刻畫盡致,韵脚尤有聲響,聞者蓋莫不爲之噴飯也。詩曰:"天地一攏統,井中一黑孔(遍地皆白,惟井口無雪耳)。黄狗身上白,白狗身上腫。"又青州府某某等聯句咏雪,甲曰:"剪碎鵝毛空中舞。"乙曰:"山南山北不見土。"丙曰:"琉璃碧瓦變成銀。"丁曰:"麵糊糊了青州府。"亦善摩寫,足發一粲。

詩詞最忌磉磴韵,故押韵必求有聲響而無生强之嫌。世傳祭夫之詞,韵脚乃字字有聲,詞曰:"跪靈前,嘴一撇(假借字,别字,上聲),想起奴夫二老者。想當初,接我啥,花費銀錢當不得。一個□,□□(特字上聲)。"惜其後半不能記憶矣。

游戲對聯亦頗有足録者。有和尚出聯,令寺近童子對之,童子應聲而成,其出語曰:"童子打桐子,桐子落童子樂。"其對語曰:"和尚跟河上,河上荒和尚慌。"异字同音,雖非甚難,亦足見其敏捷。又有聯曰:"和尚挑水兩膀汗淋進寺,小旦斟酒一路步正到臺。"此以翰林、進士之同音,對布政、道臺之同音也。又曰:"可欺以其方奚其正,曾是以爲孝惡乎廉。"此集語以贈孝廉、方正者也。又曰:"靠天吃飯,坐地分贓。""出門看天色,進門看臉色。""東倒吃羊頭,西倒吃豬頭。""眉毛笑成灣豆角,眼睛起了蘿蔔花。""手冷才向火,藝多不養家。""□打挂,□彈琴。""油滑嘴,冤大頭。""三隻手,八字鬍。"此以俗語成句相對者也。又曰:"邦無道,家有賢。""擠眉雜,罪(假借字,讀平聲)脚摩。""福禄壽,酒色財。""餓狗搶,猴子盤。"此以歇後語相對者也。(蜀南亦謂之讚言子。)又曰:"討小老嫂惱,想嬛狂郎忙。""屋角鹿獨宿,溪西鷄齊啼。"此以同部之字連屬爲對者也。又某知事、某教習互嘲聯曰:"□知事作知事殊不知事,□衛生講衛生太傷衛生。"此以同字异解,對同字异解者也。(傷衛生一語,其用途廣漠無垠,近今蜀人出言,無事無話用不上也。)怪怪奇奇,雖不盡工,亦頗有趣。

俗有所謂吊脚詩,每章爲字十七,其最爲世人傳誦者。《咏大脚婦》曰:"過路一娘行,金蓮三寸長。如何這樣短,横量。"《咏獨眼》詩曰:"□□□□□,見舅如見娘。兩人共流淚,三行。"《咏汲井》詩曰:"堂上一水桶,堂下一窟隴(借字)。忽然繩索斷,□□(二字上讀,興字上聲下音同。哄,土語,形容詞)。"索書興哄二字不成咏,詩曰:"興哄實難寫,生員不知也。"□□□記得不?或者民國成立,某君仿此體,以咏共和現象,各界醜態,形容聲致,詩曰:"滿紙新名詞,滿身新衣服。看見中國字,要哭。""一本拍拉馬,全腔愛卑西。遇着外國人,也司。""捐款勸毁家,任事説盡義。一旦達目的,自利。""語語説共和,人人愛自由。私自争權利,如牛。""省省説減兵,人人言生利。百萬購軍械,自衛。""都督擁兵權,黨會開機密。南北判渭涇,統一。"

俗又有所謂十六字詩者,亦吊脚詩體也。近吴人某曾作《蘇州閶門馬路雜咏》,云:"誰家好女子,妝來多時髦。門前斜倚立,騷。""何處佳公子,翩翩正年少。結隊復成群,吊。""行到閶門路,紛紛車馬盈。何人最忙碌,兵。""一鞭殘照裏,個個盡凝眸。來來復去去,兜。""花酒雙檯擺,高歌一曲清。相偎復相倚,情。""姊妹相將到,貌美盡如花。東洋堂坐下,茶。""雉妓門前坐,看來絶像妖。偶逢曲辮子,招。""今宵戲真好,座客掌狂敲。兩厢坐位滿,包。"雖不大佳,亦可以備一格。

俗更有所謂寶塔詩者,逐句增一字,若寶塔之層,累而上也。世傳咏"長""矮""胖""瘦"四章,久已膾炙人口。《咏長子》云:"長,有詳(土語),虧衣裳,走路像忙,看戲比人强。"《咏矮子》詩云:"矮,怕踩,走路拐,行□□奶,站起□□□。"(二語傷雅,損去數字。)《咏胖子》詩云:"胖,撞(上聲)棒(土語),豬一樣,沙頭和尚,河中水打棒。"《咏瘦子》詩云:"瘦,够鬥(土語),□□□,包穀奏奏(借字,土語),死了不怕臭。"近人某君,常仿此體,以嘲烟鬼。詩云:"烟,新鮮,坑榻眠,左邊右邊,呼吸幾十年,面皮黑瘦堪憐,一槍一斗共盤旋,擲泥沙耗費是金錢,到如今公家禁令方嚴,遭拿獲受苦惱氣息奄奄。"又《嘲妓女過節》云:"妖,風騷,生來俏,媚在眉稍,對客先微笑,唱曲兒發聲嬌,説道奴唱得勿好,好心焦中秋節又到,一切費用拿啥來開銷,因爲向來未遇闊老常包,平時茶園酒局真真熱鬧。收賬辰光都要躲起來了,格歇總望老爺大人鬆鬆腰。"又《嘲長三妓》云:"呸,長三,闊得來,外國房間,電氣燈多盞,雙和雙酒鬧翻,一心要想相好攀。"《嘲么二妓》云:"嘻,么二,茶碗移,跑落樓梯,面孔笑嘻嘻,留夜厢啥希奇,六隻大洋跌倒俚。"《嘲野鷄妓》云:"咦,野鷄,真莫趣,跑穿鞋底,受盡老鴇氣,抄小貨弗容易,來哟來哟無人哩。"《嘲花烟間妓》云:"咳,可嘆,花烟間,齷齪非凡,相好最易攀,二百錢房門關,客人不時(揚州音,讀如死)來玩玩。"

民國元年,某君戲成打油詩二章,殊堪發噱。詩云:"鵶衣烏愛惡,哀皁西提意。東洋早稻田,北美卜忌利。昔挂翰林銜,今居司長位。英雄本多情,花間一沈醉。"又云:"昔天王聖明,今同胞平等。自號爲俊傑,人視作妖眚。運舌鸚䳇鳴,居心虎狼猛。笑駡且由他,勛章换翎頂。"作者之意,蓋有所指,然民國人物類此者,固至夥也。

世嘲短人詩詞,書不勝書,而其善於摩寫者,亦不多見。曾記友人傳述一詞云:"矮子寸三高,進陰溝插雉毛,蛾黄繭子烟氈帽。拐杖兒燈草,扇箍兒束腰,戲場檀板棺材料。定睛瞧,望見後園白菜誤作老芭蕉。"語語工切,真刻畫到十二分矣。

滿清某顯宦善唱二簧,姬妾十餘,亦解歌曲。時人嘲以詩曰:"一進頭門脂粉香,妖童彩女坐穿堂。大人看到忘情處,手拍籤筒唱二簧。"

近人某素有阿芙蓉之癖,其妾忽偕人遠遁,好事嘲以詩曰:"主公夜傍姬房宿,吞吐雲烟吹短竹。烟消日出不見人,啊呀一聲帽子緑。"末句頗得神境。

吾國教育之無進步,執政者固難辭責,而教者濫竽,亦一絶大原因。清末川東某生教授某塾,每值講書,東拉西扯,往往與本旨相背。某君作詩誚之,其詞曰:"一去二三里,烟村五六家。盲人騎瞎馬,母豬咬南瓜。"又有嘲教法不良之私塾者,其詞曰:"屋小如舟帶食眠,猴王高坐擁青氈。猢猻三五縱横侍,天地玄黄喊一年。"語雖近刻,固實狀也。

俗又有所謂改字詩者,就古詩略易數字,以寓諷刺。曾記科舉時代,某屬人嘲落第者詩云:“考試時節雨紛紛,榜上無名吊了魂。借問船家何處有,么司遥指水北門。”又某君《祝髮》詩云:“辮子已隨黄鶴去,尼帽飛來和尚頭。風吹帽落不復返,此頭千載空悠悠。”東坡詩:“無事此静坐,一日似兩日。人活七十年,我已百四十。”近有仿其句以嘲懶人云:“無事此静卧,卧起日當午。人活七十年,我纔三十五。”又有改《神童詩》以嘲妓院滑頭客人者:“堂子重撈毛,花槍教爾曹。萬般皆不好,惟有滑頭高。”“少小休勤學,歡場可立身。滿樓和酒客,半是滑頭人。”又某君游日本,十數年始歸家,人幾不相識,友人戲以詩曰:“少小離鄉老大回,衣冠無改首毛摧。兒童相見不相識,笑問喇嘛何處來。”

長聯最難出色,雲南大觀樓一聯向稱擅場,此外殊不多見。聞蜀人李石君昔在都門,爲人撰贈妓一聯,頗婉摯可誦。聯爲蔡麓頑石子贈蕊裳阿五,其辭云:“病西施真個攪人腸,苦煎我藥鑪奉倩,好是懨懨扶起,依舊登樓。命耶?福耶?緣耶?但較從前乍見時,卿未免蜻蜓太弱也。所幸當年琴操,善悟琵琶;再世韓生,爲歌楊柳,燈燼酒闌無限思,有多少鵑啼血淚,濺到青衫,而況意緒纏綿,數看雲雨巫山,午夜枕酣神女夢;渴司馬偏屬鍾情種,肯負他月鏡紅綃,儘教鬱鬱勾留,傾懷解佩。痴絶!憨絶!獃絶!試問顧影相憐後,儂猶作蝴蝶亂飛乎?第念季子裘凋,自慚黧面。文姬笳咽,怎贖黄金。良辰美景奈何天,擬拚將烏帽頭銜,酬兹粉黛,安得塵根了結,不使枇杷門捲,春風花落校書家。”又集句爲護花使者贈梅君云:“不折隴頭梅,便折章臺柳。一歌雲中君,再歌湘夫人。”又頑石子贈雛妓雪琴聯云:“曠懷玉京雲,孤唱粉垣雪。獨寢鴛鴦被,自理鳳凰琴。”均極佳妙。

滿清官制,知州於通判爲屬員,公事須用申文,而通判又可升爲知州。故爲知州者,常輕通判,而稱謂之間又不得不自抑。嘗有知州與通判争事,曰:“俟閣下升至卑職時,便知此事難處。”又自捐例廣開,閑員頗衆,往往有數十年不得差委者。於是各省藩司每歲終籌貲給之，又分爲極貧、次貧兩等。極貧銀稍多，求謀亦不易。若輩有得者，輒相賀曰："恭喜老兄，今年又得極貧。""升到卑職"與"賀得極貧"恰是佳對。

昔粤有飲食店，名天然居者，新建落成，因爲聯語曰："客上天然居，居然天上客。"募能對者予重酬，一時咸難之。傳至申江，偶然宴會中，鳌捐局委陸爾發適在座，或舉是對，以爲甚難。忽一客笑指陸曰："何難之有？'鳌捐陸爾發，發爾陸捐鳌'不適可耶！"合座爲之拊掌。後聞粤人對之曰："人下河泊所，所泊河下人。"雖不大佳，實亦不易。

浙崇文山長不居院屋，諸生入居焉，或戲爲聯曰："曠安宅弗居是誰之過，壞大門而入捨我其誰。"亦成語對之工者也。

相傳八股二比，狀軍機章京頗工切，蓋嘉道時此中人作也。其文曰："辰初入如意之門，流水橋邊，换去衣包於厨子。解渴則清茶一碗，消閑則畫燭三條。兩班公鵠立樞堂，猶得於八荒無事之時，捧銀毫而共商起草。未正發歸心之箭，斜陽窗外，頻催抄摺於先生。封皮則兩道齊飛，垂手則雙行并寫。八章京蟻旋值屋，相與循四日該班之列，交金牌而齊約看花。"

嘗見雜録中有題航船詩，頗饒意趣。詩云："兩浙無車馬，乘船便富街。渾身穿木屐，未死入棺材。退殼鑽蓬出，擒梭下堰來。夜深相并處，爾攏我儂開。"

明沈承字君烈，嘗題《魁星像贊》云："吾怪爾形爾，何類乎山精。吾欽爾名爾，何主乎文明。豈從來方士之肺腑，皆爾之所脱化。抑當今科第之面孔，實爾之所釀成。但又何以右手持筆而左手持金，得毋謂讀書非此不行？噫！然則吾將不得慰汝之靈乎，曰尚有賴乎？"管城後尤展成，復爲贊曰："胡取乎筆？論文章。胡取乎斗？盛粻粮。胡取乎金？通津梁。有筆無斗，則伯夷餓於首陽。有筆無金，則子輿困於藏倉。公曰兼之，然奚爲魁而不元也？豈筆之不良與？抑斗之不石，金之不黄？噫嘻！今之魁星，蓋有之矣。若古之魁星，但見大漢之光芒。"江都張天民以尤贊爲未盡，復爲足之，曰："胡爲乎筆？抄文章。胡爲乎斗？繩廪糧。胡爲乎金？通科場。一足反踢,豈將屈膝乞憐,冀得短中取長?一足踞鶩之脊梁,豈將渡江涉海,伺候要津之道旁?"則干世倖進者,讀之更覺汗浹。

某寺住持命小沙彌買犬肉歸,值師秉拂上堂,沙彌不便顯言,乃取坐具展拜曰:"踏破鐵鞋無覓處,得來全不費工夫。"請師道著。師曰:"鑊湯爐炭始得。"沙彌素知師吝,復進曰:"金剛三十二分,未審某甲有分也無。"師曰:"茫茫一片西江水,不許漁人下釣鈎。"沙彌曰:"如是,師某告大衆去也。"師罔措良久,始曰:"祇待夜深人静後,和盤托出大家餐。"隱語甚妙。

近人有自號東齋居士者,嘗以俗諺爲題,戲成試帖詩數十首,皆可誦。其《咏有借有還再借不難》云:"一借何防再,須教義兩安。通財相助易,久假不歸難。儻作荊州想,非同合浦觀。劉郎慚省識,馮婦笑蹣跚。舊主原非吝,前盟未可寒。燃眉重有急,反手豈無端。説免今爲甚,情毋早竭歡。連番携取便,趙璧自應完。"《咏有錢使得鬼推磨》云:"推磨翻新樣,功惟在有錢。通神原自可,使鬼豈徒然。但得多焚楮,何難隱執鞭。骷髏甘效力,指臂勇争先。陰雨饒蚨集,罡風逐蟻旋。麴麩車共載,榆筴貝憑穿。漫道幽明隔,能無子母權。笑他鍾進士,驅策祇空拳。"《咏叫化二年懶做官》云:"未識貧而樂,争云禄可干。三年憑叫化,再命懶之官。入市吹簫易,趨衙聽鼓難。豪華慵與逐,襤褸久相安。宦海風波險,寒窑歲月寬。有歲辭上考,行乞足爲歡。迹漫飛雙舄,情惟寄一簞。齊人多少輩,此例豈同看。"

近時多行新式結婚禮者,某君戲成賀聯,仿昆明湖大觀樓對,殊堪發噱。其聯云:"五千年古俗,仿自周婆,納采問名,亂紛紛許多舊法。笑詩咏弋鳧、傳稱反馬、記詳奠雁、史重擔羊,六禮須遵,大媒翁幾乎忙煞。迨堂前合巹,聽吉語鼓樂喧闐;更房内開筵,講謔言聲音嘈雜。祇贏得三杯清酒、一袋水烟、數塊花糕、幾包喜果。

四百兆同胞,染來歐化,删繁就簡,光秃秃兩個新人。憶自由握手、起點接唇、進步抱腰、同行拍影,雙方既洽,紹介者何等現成。况琴韵清揚,唱校歌祇須同學;且證書互遞,讀頌詞僅有男賓。祝從此勢力增加、精神膨漲、愛情固結、團體堅凝。”

前載十七字吊脚詩，漏誤者尚多，近友人某君爲述其詳，則神味機趣，尤覺完足。事緣某縣大旱，縣官設壇祈雨，十餘日不應。忽睹無名氏《題壁詩》曰：“縣官求雨澤，萬民皆喜悦。設壇十五天，好熱。”知縣怒其諷己，飭役捕之，而不得其姓名。一日過渡頭，有某生送其舅行。舅眇一目，某生賦詩送之曰：“送别在江陽，見舅如見娘。二人齊灑淚，三行。”役聞之曰：“此作十七字詩者也。”捕入署，縣官升堂訊之，曰：“汝即作十七字詩者乎？堂下有井，能咏，當釋汝，否則訕侮官長之咎，必不汝宥也。”某生吟曰：“堂下一窟窿，麻繩繫水桶。一朝麻繩斷，乒乓。”官曰：“其再贊我以詩。”某生即贊之曰：“知事坐大堂，衙役站兩傍。爲官清似水……”某生咏至此，知事不勝得意，撚鬚自嘆道：“不錯呀……”某生因續以二字曰：“米湯。”官曰：“本縣今已預審矣，尚須太太正式判决，方能釋汝。”及見太太，太太復令其贊己。某生曰：“太太甚年輕，兩個紅臉□，戴副好眼鏡，墨晶。”又曰：“太太本賢良，金蓮三寸長。揭開羅裙看，横量。”太太惡其揚己之醜，判令充軍，及充軍返已三年矣。抵家之日，適值其妻生子，某生復咏以詩曰：“三年返故鄉，喜值生兒郎。揭開羅帳看，像娘。”

蜀中游覽之地，墻壁間必有無算之打油詩。朱塗墨抹，不堪寓目。嘗見有人嘲以詩曰：“舉頭一望好文章，想是詩人丈二長。不是詩人長丈二，如何放屁在高墻。”又有詩曰：“放屁這樣多，如何墻不倒。那邊也有詩，所以抵住了。”世之好題咏而不自知其醜者，讀之能勿汗顔？

清徐某督學粤東，出題多怪僻，嘗以牛未命題，都下人聞之，或爲作破題曰：“生命有屬丑者，可進觀其所銜焉。”閲者俱爲之捧腹。

同治甲子，四川辦理鄉試，兩首縣送提調監試門包，以平不足退回，即補足呈上，則又以銀色不足退回，又加色送上。已而發題紙，每百紙纔九十五張，試士有不得題紙者，咸大譁，誚監場官必是賬房出身，故雖題紙亦用折扣之法。場中人因爲對曰：“題紙發來九五扣，門包退出二三回。”方數小時，已闔場傳誦矣。

紀文達在都日，偶與同人游至一處，似是馬王廟。見所懸對聯，其出句曰“左手牽來千里馬”，咸不解其出處。或曰：“應對‘前身疑是九方皋’。”因視其下句，乃是“右手牽來千里駒”。同行者無不大笑。

清光緒中，滇中官場風傳歌謡十首。某君爲誦其五，録登於下，亦足見當時彼中政象矣。其著姓名均缺之，存忠厚也。詞云：“一進頭門脂粉香，妖童彩女坐穿堂。□郎看到情深處，手拍籤筒唱二簧。”“小春玉鳳兩風流，主僕相争夜未休。擊破醋缸翻醋浪，酸風吹出撞鐘樓。”“群花宴集巧安排，座右徐娘老更佳。惟有□君情義重，筵前親脱鳳頭鞋。”“藍頂花翎上戲臺，放牛唱罷又懷胎。胡琴高唱風流調，自笑□門大雅才。”“多少閑□撞木鐘，黄金用盡事幾空。每逢僚友先誇口，蘭契相交有老□。”

清謝墉嘗傳：宣宗將死，慮妾及少子無依，乃以三千金托梁山舟學士存諸當中。學士曰：“可，然當中無用此。”當緘而藏之，不能得息也。後少子夭，妾亦死，謝長子索金并息，至於揮拳。時阮芸台中丞之父樂西湖之勝，因爲僧居某寺，或戲爲對曰：“公子揮拳老學士，斯文掃地；封翁削髮大中丞，不孝通天。”對仗工穩，且一時實事也。

土地神聯多滑稽之意，曾記某年於某街見一聯云：“降爾福，消爾災，我二老利物爲心，并非誇嘴；許願多，還願少，使諸君設身處地，何以爲情。”雖不大佳，實頗肖土地神口吻。

某教習以數學主任，而兼授生理衛生學。弄璋之夕，同事者戲爲聯以謔之曰：“賢夫婦，正負相乘，小數點無須檢誤；貴教習，衛生多術，大民國固自不同。”借題發揮，語殊工切。

某地某校長素嗜賭，以運動當選爲議員，或嘲以詩曰：“賭棍由來舊有名，鑽營選舉占先聲。屠兒販竪争投票，三字歪斜寫不成。”又曰：“饋送豪門費幾千，也來運動審查員。昔年賭友今同黨，選舉興寮四百錢。”

清吏某工戲曲，多内寵，日以戲曲教授閨帷之中，如烏師之教妓女。然其第九妾寵擅專房，某之望其進也尤切，雖床笫間，亦時聞行腔拍板聲。其幕友聞之，爲代賦一絶云："老爺真個是奴師，滿腹京腔漢調詞。記得夜深同睡去，猶敲儂腿唱西皮。"

官職愈卑者，其官派愈甚，交際場中最討人厭。滿清之末，某生曾述一絶云："半肩行李無家眷，八品頭銜信口誇。一個跟班兼煮飯，晚來還唱《後庭花》。"描寫佐雜情形，可謂盡致，然不免謔而虐矣。道光中，烏中丞撫浙，赴書院試諸生，午間循例備食。書生性多饕餮，據案大嚼，殊形坦率。中丞笑之曰："好一群老鼠子也。"少傾，忽見案上一紙，上書一聯曰："鼠無大小皆稱老，龜有雌雄總姓烏。"語雖近刻，然實巧甚。

粤人好以官場事迹撰聯，或將其人姓名嵌入，往往有絶佳者。當滿人瑞麟，號清泉者督粤時，張兆棟爲粤撫，遇事皆受制於瑞。粤人爲撰一聯云："瑞氣千重，且看他立在王者旁邊，頭戴三梁冠，身穿四叉袍，威嚇赫十載耑權，吁嗟麟兮，河清難俟；張公百忍，可憐爾屈成弓兒模樣，睁開半雙眼，蹺起一隻脚，顫巍巍幾聲長嘆，爲之兆也，棟折難支。"

名士張麟年好作游戲聯，《贈知縣》云："下官拚萬個頭向上司磕去；爾等把一生血待本縣絞來。"《贈知府》云："見州縣則吐氣，見藩臬則低眉，見督撫大人茶話須臾，衹解得説幾個是是是；有差役爲爪牙，有書吏爲羽翼，有地方紳董袖金贈賄，不覺得笑一聲呵呵呵。"

方地山善作楹聯，嘗集戲曲中説白，成一聯曰："我想平兒平兒不想我；恁説石秀石秀也説恁。"上聯爲《打櫻桃》説白，下聯爲《翠屏山》説白，天然妙對也。

汪藥階舉動遲滯，于晦若遇人甚恭，每揖必自頂以至地，都門相傳一聯，頗能狀二君之容動，聯云"汪藥階轉身三十六分鐘，于晦若作揖一百八十度"。

新名詞相對，如"方針直達中心點，壓力横施大舞臺"諸聯，久已傳誦於世，餘如以"學匪"對"善棍"，以"牙科進士"對"膏捐大臣"，對仗亦極工穩。

清末某法政學校畢業，呈請獎勵，朝命獎以八品官職。蜀人某君誚以聯曰："盡是一班凉血類；可憐八品磕頭蟲。"

又近人某戲挽軍用票聯，亦可解頤，兼有小序，一并録之，以供一粲。其序云："病中閲《娱閑録》，載《挽軍票被毁》數聯，兹皆佳妙，惜其時固未盡毁也。雖命延一綫，猶毒在四民，今見收毁章程，嘻軍票真死矣。爲作長短二聯，長者仿蕭璟鍾《挽妓格敢》云：'薄命同嗟，等是長歌當哭，憶當時見捉，我亦肥豬，詎今日告終，君同腐鼠，從兹永訣，胡豈無？情感三年，附骨之疽，痛定思痛，具一束生芻之奠，親不失親。大都臨喪不哀，幸勿游魂爲厲。'"其長聯曰："試問十九日軍隊，却爲誰來？如蟻附羶，如蠅附熱，莫奈何，官僚遍抓，曾聞人言，斯固號共和者，詎惜一忍手耶？然而終未聽矣，憶昔公司座上，演説臺中，語挾雷霆，氣吞川漢。凡諸同盟之黨，加以都督之威。少認便要捘，緩繳便要罰，私走便要誅，縱使作歌告哀，皆成廢話，尚還連頭帶脚，剮盡鷄油，况護衛赳赳桓桓，齊齊整整。

那圖二三月時光，兑期即至。公産難賣，公債難招，保不定，信用將失，特爲君計，豈肯昧良心哉，遂致再丢臉也。如是安所逃乎？迄今櫃檯擠翻，錢飛扯爛，老陝槍斃，當鋪條封。飽嘗六折之虧，備受萬人之駡。警廳弗能禁，税局弗能收，商會弗能解，雖有報章告示，概屬虚文，直到火滅烟銷，燒同鴉片，才落個乾乾净净，喜喜歡歡。"其短聯云："如此黑心符（符獸名似麟，無角，見《班超傳》），始覺害人終害己；化作白蝴蝶（胡獸頷下肉，詩狼跋其胡），長願飛去勿飛來。"

又聞有人摹大觀樓長聯以嘲癮者，亦極諧謔，但不記爲何人手筆。其辭云："五百兩烟泥，賒來手裏，價廉貨净，喜洋洋興趣無窮，看粤誇黑土，楚重紅瓤，黔尚青山，滇崇白水，估成辨色，不妨請客閑評。趁火旺爐然，煮就了魚泡蟹眼，正更長夜永，安排些雪藕冰桃，莫孤負四楞響斗，卍字香盤，九節烟鎗，三鑲玉嘴。　數千金家産，忘却心頭，癮發神疲，嘆滚滚錢財何用，想名類巴菰，膏珍福壽，種得罌粟，花號芙蓉，横枕開燈，足盡平生樂事。儘朝吹暮吸，那怕他日烈風寒，縱妻怨兒啼，都裝做天聾地啞，衹赢得幾寸囚毛，半抽肩膀，兩行清涕，一副枯骸。"

昔人嘲村學究詩甚多，而近日鄉小學堂亦有作爲詩歌，揭其現象者。昨有人曾述一詩云："鑽得教員局面撑，維新樣子使人驚。與談典籍渾迷竅，謬襲皮毛講衛生。薪俸年年數十串，操場處處二三聲。怕他視學來挑剔，私到城中結感情。"語涉恢諧，頗能窮形盡相。

盜跖廟相傳在魯省之某縣，每年梅子熟時，廟適有會，村人婦女咸集燒香，薦以黄梅。有人曾誦一聊，頗爲謔切，聯云："得失乃英雄走馬，看咱的不農不賈，不工不商，放開手做些豪俠生涯，説甚麽柳下聖兄光青簡；成敗實古今亡羊，任他們爲帝爲王，爲雄爲霸，大踏步跳出簪纓世界，自有那花間賢嫂獻黄梅。"

清光緒戊子科，黔省兩主試因意見不合，遂致口舌相争。有人嘲以聯云："黔趙典蜀試，蜀趙典黔試，俱作七品官，一狀元，一主事；正考駡副考，副考駡正考，同行萬餘里，兩夥計，兩冤家。"頗得恢諧之致。近兩年來，"運動""運動"之聲不絶於耳，昨過某處，見土地祠一聯，頗涉機趣。聯云："雖輪他水漲船高，大小是個官樣；莫道我名微望淺，多少有點神通。"作者想亦借題發揮也。

有世家子某烟癖甚重，因禁令森嚴，晝則高卧，夜間閉門後，始爲所欲爲。僮僕輩爲治飲食，忙碌通宵。其戚某作詩嘲之云："聰明絶代誤雲烟，徹旦燈光花欲然。老鼠哥哥屢回避，瞋他侵越夜來權。"

"日高三丈思昏昏，衹有家僮代掃門。高卧不知魏晋事，黑甜鄉是武陵源。""亞洲子刻費城午，正是精神焕發時。天日輝光許重見，勸君從此閤家移。""循循守法本儒家，翻畏偵邏秘密查。數百罰鍰猶自可，須防胯下板生花。"讀此詩，則淪入黑籍者，當如何痛改矣。

近日川南各地旱象復成，禾苗大半枯槁，鄉民有將素所信仰之神抬至縣城，請官拈香者；亦有抬犬被以文綉游各市鎮者，因俗有"笑狗天落雨"之謡，故爲此耳。有人戲撰一聯云："今年不比去年同，何人替我垂憐；且看這光孀孀，哭臉把着笑臉。"做此舉并非玩物，願大衆打呵呵。

前載某君諧聯數則，令人發噱。復聞其以八對三，翠對烏；沙和尚（烏名），水端公（水蟲）；仙人掌，和尚頭（□生）；三花臉，二木頭（《紅樓夢》惜春别名）。與諺語“樓板上鋪地鋪，屋檐下挂天燈”“牛壞加擔馬壞縴，貓帶鏈子狗帶枷”“牛骨頭擲死犟漢，豬腦殼端打行家”“催催請客催催外門子（京師妓館中，速客并請携其所歡，曰外門子），謝謝老爺謝謝姑奶来（酒罷例嘗，其鴇奴向客中謝云云）”皆絶對也。近又集劇目數十聯，别録如左。

京劇目對語

釣龜别母，殺狗警妻。背娃進府，打侄上墳。舉鼎觀畫，打棍出箱。忠報國，孝感天。五花洞，百草山（又獨木關）。演火棍，打金枝。一兩漆，十萬金。鐵弓緣，銅網陣。雄黄陣，牡丹亭。拾玉鐲，盜銀壺。取南郡，戰北原。縫褡褳，賣胭脂。釣金龜，盜玉馬。清官册，霸王莊。八蜡廟，虹霓關。六月雪，九更天。黄金臺，青石嶺。三疑計，八義圖。背櫈，項燈。賣馬，放牛。

川劇目對語

花子鬧房，林丁犯夜。梅龍戲鳳，李狗偷鷄。馬武鬧館，象傲進宫。綁子上殿，探母回營。二女勸夫，五子告母。描容上路，斷髮回家。柳林寫狀，蘆花哭尸。洪鸞喜（劇部多以紅爲洪），離燕哀。閻王殿，老君堂。射白兔，斬蒼狐。回龍閣，落鳳坡。三請師，雙試節。絶龍嶺，飛虎山。順天時，獻地理。日月圖，乾坤帶。降七怪，斬三妖。水神廟，山王崗。蜈蚣嶺，鳳凰山。紅龍嶺，白蟒山。烏玉帶，紫金鈴。水月寺，山海關。薅豆，打瓜。喫草，撿柴。拷紅，吊翠。摸肚，殺皮。拜月，觀星。調叔，戲妻。賣武，做文。

以上所列故實，均出之官僚政客，學子議紳，非若鄉曲腐儒可以庸劣自解。文化之萎，已見一斑。然則生今之世，導揚國粹，匡謬正訛，顧可忽乎哉？

曩聞人誦咏《跟丁詩》中有句云：“睡覺拉矢易，穿衣吃飯難。”覺平平不足爲奇。辛亥春，唐二來，僕當主人，燃燈坐讀時，其齁齁酣睡之聲，已遥遥與書聲相和。侵晨呼之，數數而始起，起逾數十分鐘，衣猶未整也。每食必先主人，主人食已，盥漱之具，又必待之數十分鐘之久。餘勇已竭，而後以來偶赴交際之場，賓主垂散，彼一中飯尤耗時間，至此始嘆。前人游戲之作，皆確有閱歷之言，字字從經驗中來，非任意填湊者可比也。

蜀中有自號狂生者，暇中戲擬唐人詩，爲數不少。兹録數章於此，藉以見數年中四川之現象。其仿王維《鹿柴》云："通身不像人，吹得牛皮響。轉瞬入公門，儼坐公庭上。"仿裴迪《送崔九》云："得委徵收局，須盡包袱美。莫怕控告人，鬧到上官裏。"仿孟浩然《春曉》云："年來已吃飽，處處無人曉。公司合資人，攤派知多少。"仿王維《雜詩》云："君爲求利來，應知營利事。匯往申江錢，竹槓敲著未？"

近天隱君爲余誦《題鐵拐李詞》，亦頗有意趣。其詞曰："葫蘆裏賣甚藥，揹來揹去勞肩膊，個中如果有仙丹，何不先醫自己脚？"又誦奇詩一章曰："相國升知事，將軍舞大旗。老爺求小的，和尚抱山妻。蝴蝶吱吱叫，蝦蟆隊隊飛。小貓吞猛虎，螞蟻啄雄鷄。"語語新奇，尤非常人意想所能到。昔人論詩，謂閲其上數字，可逆料其下數字者，必非佳句。執是説以律奇詩，可謂無句不佳矣。

張文襄寵姬二，一遠山、一近水，而幕中人才以梁（星海）、樊（雲門）爲特出。張死，某部郎戲爲挽聯曰："魂兮歸來乎，星海雲門同悵望；死者長已矣，遠山近水各凄涼。"

某生身短而性鄙，里戚咸不齒之，三十初度，方擬張筵宴客。有惡作劇者，書聯以貼其門曰："身如武大長三寸，壽比顔淵少二年。"某生見而大慚，群客亦因之無一至者。

鄉先生某善詼諧，嘗築室數楹，署一聯曰："德不潤身，貧偏潤屋，全反聖人之道；食無求飽，居必求安，半留君子之風。"

清宣統某年春初，有作新桃符者，詞云："陽多匪，陰多鬼，我亦塵埃同靡靡，其呼我爲牛馬乎，唯唯；醉裏卧，夢裏歌，爾胡冠帶猶峨峨，行將爾作犧牲矣，呵呵。"不逾時而革命事起，作者殆有先知之明耶？

清末，某省咨議局開幕日，討論會場禮節，有謂穿袍套者，有謂穿馬褂者。開局後，提出議案中，有禁止雀牌一則，反對者頗多。

好事者集此兩事,撰爲聯語曰:"雀牌議案不須提,賭鬼顔歡,有教育界法律家數十人竭力維持,從此空勞禁止;馬褂問題何日決,旁觀齒冷,費咨議局籌辦處一二日悉心討論,臨時仍復参差。"

有馬某之子毆李某成傷,馬某出而和解,逢人輒揖。或爲聯以嘲之曰:"老馬於途,見人作揖;李狗過殿,遍身是傷。"

光緒中,科舉未廢時,某縣一科而得六舉人,而三人之名,均係馬旁。時某君方官游而歸見,而謔之曰:"'六個舉人三個馬。'公等能對之否?"某孝廉即對曰:"一代爲官九代牛。"舉座擊掌大笑。

某君善爲諧聯,如:"打開窗子説亮話"對"戴起碓窩跳加官","鷄肚那知鴨肚事"對"死馬當成活馬醫"。皆俗語成句,對仗甚工。

有蔡某者暴富,闢園囿,遍植長松,名曰"松莊",丐某文士撰聯。文士思有以戲之,爲集四子書二句曰:"臧文仲居蔡,夏后氏以松。"雖善爲謔,然亦太虐矣。

某氏生子而啞,恐無與爲婚者,因抱某氏女爲養媳。既長,行合巹禮。某孝廉年少好詼諧,集一聯贈之云:"鴛鴦少小曾相識,鸚鵡前頭不敢言。"翌日往賀,大受主人之辱。

世傳夏忠靖公奉使江南,與給事張某共事。一日,張登厠,公戲之曰:"解衣脱冕而行給事。"(給、急同音。)張應聲曰:"弃甲曳兵而走尚書。"(尚書、常輸同音。)

歸安沈筠溪弱冠補博士弟子,與其弟偕入城。時風雨暴作,因過陳方伯兄弟邸,方伯戲曰:"大雨沈沈,二沈伸頭不出。"公應聲曰:"狂風陳陳,兩陳摇擺不開。"即此可見公之敏捷。

某科有勞姓者,號原野,後爲屯田郎中。水部顧一江,勞之同年也,嘗戲勞曰:"原野屯其田,空勞碌碌。"勞對曰:"一江都是水,四顧茫茫。"

相傳清故直督楊妻奇妒,楊嘗納某鉅公婢爲妾,期年未嘗夕,楊屢求問,不可得。妻偵知,監益嚴。每夕,限十鐘回上房,供以果點,接以笑語。逾時,則燈燭俱滅,須摸索以行。著爲令,楊恚甚。未幾,病氣厥死。臨卒,自挽云:"平生愛讀游俠傳,到死不聞羅綺香。"孽由自作,可憫極矣。

莆田郭蘭石太史尚，先官編修十二年不遷，人呼爲"金不换"，以編修戴金頂故也。天門蔣笙陔修撰立鏞，在館十年不遷，人呼爲"石敢當"，以修撰六品戴車磲頂，俗稱白石頂也。"金不换，石敢當"的是好對。

清末，某君一官偃蹇，嘗題應事聯曰："作無品官，行有品事；讀百家姓，成一家言。"亦宦海中一妙人也。

江都李聖許有"月"字謎云"勸冤家，切莫做小人行徑""許佳期，其實不曾""我若肯時，也不止在如今肯""空爲我腰肢减一半""鎮日裹，無主恨青春""待明朝，日落時辰也""再休要閒，去門前"等。又"心"字謎云"悶來時，衹索去門前瞷""意中人，爲甚麽音信懸懸""怒伊行，全不把奴留戀""思量空，竟無頭腦""憔悴容顔半邊""望神明發一個慈悲，方纔了却從頭愿"。詞不甚工，固極意刻寫者。

有贈妓小金寶聯者，集《金瓶梅》、《紅樓夢》句云："潘金蓮大鬧葡萄架；賈寶玉初試雲雨情。"兩語皆小説目録，各嵌其名之一字，雖惡作劇，實佳對也。

李某少有才名，工詩詞，集古作對不煩思索，脱口而出。嘗客游河南周翼庭太守。方居祥符，因述在都時集句贈諸伶，嵌字頗多工者，翼庭曰："若吾號，殆不易對。"李曰："何難！"既舉《長恨歌》一語曰："在天願作比翼鳥。"良久不言。座客亟詢之，李以手拍其股曰："隔江猶唱後庭花。"舉座大譁，翼庭大不悦。後李行時，所贈甚薄。李告人曰："爲一聯巧對，换我三百金也。"

舊傳拆字巧對，亦多可喜者。如："八刀分米粉，千里重金鍾。""海宴河清，王有四方當作國；天寒地凍，水無一點不成冰。""笑指深林，一犬低眠竹下；閑看幽户，孤木獨立門中。""凍雨洒窗，東兩點西三點；切糕分客，上七刀下八刀。""棗棘爲薪，截斷劈開成四束；閶門起屋，移多補少作雙間。""鴻是江邊鳥，蠶爲天下虫。""議論吞天口，功名志士心。""人曾爲僧，人弗可以爲佛；女卑作婢，女又不免作奴。""八人共擁爐中火，十口同耕郭外田。"皆天然巧合，饒有思致。

數年來,成都戲園逐漸加多,而座客往往爲彼廣告所騙。某君嘗爲數聯以諷之,猶記其一聯云:“還是舊門頭,抹點土紅誇海派;看來新脚色,全憑告白誑洋錢。”嘗觀劇者,當知其不謬。

前載“客上天然居,居然天上客”一聯,對語尚欠自然,頃聞友人誦一對語云:“人過大佛寺,寺佛大過人。”五雀六燕,實較爲勝。

某生好撰諧聯,於其所好所惡,俱往往有所贈。其鄉某寺僧不守清規,鄉人患焉,群執而宮之。或語某生曰:“是不可不撰聯爲贈。”某生曰:“有成語一聯,不必另撰也。”人曰:“聯作何語?”某生即朗誦曰:“‘保一方清吉,佑四境平安。’不可移贈彼耶?”聞者大笑稱善。

嘲醫士者多矣,相傳阮芸臺曾有聯云:“不明財主弃,多故病人疏。”就古句移易一二字,遂成佳對,可謂善謔。

“磨礪以須,問天下頭顱幾許;及鋒而試,看老夫手段何如?”薙髮店聯此最膾炙人口矣。餘如“相逢盡是彈冠客,此去應無搔首人”,亦極切當。

傳聞昔有好事者書一聯,懸岳廟秦檜夫婦鐵像側,出語云:“唉,僕本喪心,有賢妻何至如是。”對語云:“呸,婦雖長舌,非老賊那有今朝?”適阮文達見之,亦爲絶倒。

相傳明清之交,人家皆避居山野。有人改千家詩云:“清明時節亂紛紛,城裏先生欲斷魂。借問主人何處去,館童遥指在鄉村。”詩亦自然,無少勉强,且“清明”二字適符國號,爲更合也。

詩句有全平全仄者,蘇、黄諸家時時有之。某君筆記所載楹聯,亦有上句全仄,下句全平者。如:“日出衆鳥繞屋語,山深幽花當門開。”“飲酒恰好不使醉,栽花初開微聞香。”皆生峭可喜。

某生以一絶贈其友,醉中率爾下筆,竟至一詩之中“先”“侵”“覃”三韵并用。人詢其故,愧不能答,乃答以二詩。其一云:“十二十三又初一,是否相通我不知。隨意想來隨口道,阿儂原未説能詩。”其二云:“古人此法難云有,名士荒唐未必無。我見先生曾作過,此番依樣畫葫蘆。”

近人孫伯華面紅而胖,綽號“糟蘿蔔”,因門口爲讎家灌糞,人嘲以詩曰:“先生雅號是蘿蔔,濃糞淋漓不甚差。衆皆掩鼻趨而避,君獨甘心跛到家。兩鬢盡垂金絡索,滿頭俱戴木樨花。人人道是奇糟物,洗出方知孫伯華。”

滬人近作《點绛唇》詞一闋,嘲諷淫蕩少年,形容盡致。詞云:“顧影翩翩,生來俊俏何郎貌。張氏園中,膀子天天吊。　　么二長三,個個思相好。添煩惱,夜間歸去。拚著閨人鬧。”

清咸同間,名士陸某善滑稽,每發一言,傾倒四座。曾應秋闈試第一場,坐某號,三文完竣,爲時尚早。適見號板中有一孔,乃戲以鴨蛋殼嵌之,并題數語於上曰:“號板有一洞,蛋殼補其孔。有人來坐此,動也不許動。若然動一動,今科必不中。”在題者,不過偶爾戲筆也。不謂二場、三場往覘之,蛋殼仍嵌如故。坐此號者,竟存動必不中之心,可發一粲。

臺陽詩話

王　松撰

《臺陽詩話》，一九一七年連載於《小説叢報》第三卷“記事珠”欄目，共十二期，作者王松。

《小説叢報》，一九一四年五月創刊於上海，一九一和年八月終刊，共四十四期，由小説叢報社發行。由徐枕亞、吴雙熱等主編，主要撰稿人有李定夷、吴雙熱、劉鐵冷、沈東納、倪灝森等；欄目有圖畫、長篇小説、短篇小説、文苑、譯叢、諧林、筆記、傳奇、彈詞、新劇、餘興等，後又换成小説海、翰墨林、海客談、記事珠、香艷集、蓮花舌、歌舞臺、碎錦坊等。

《臺陽詩話》其所重在話，有明顯以詩存史之意。它論及臺灣歷史、臺灣本土及旅臺詩人創作，也保存了大量臺灣詩壇雅集盛况，兼及逸聞掌故。

王松(一八六六—一九二九)，字竹友，又字寄生，别號滄海遺民，臺灣新竹人。臺灣北郭園吟社詩人，著有《臺陽詩話》、《滄海遺民剩稿》等。

自　序

此寥寥者，皆韶年耳目所及，迄今半逐遺忘。兵燹餘生，學步邯鄲，苦無師友切磋；金針莫度，本爲巾箱吟賞之具，亦如燕公記事之珠。况古今詩話汗牛充棟，已足備知人論世之采擇，奚用此爲？漫存若干條，有讚嘆而無撝訶，祇可留示後人，未敢就正有道。乃長男富侯,凡見余案頭筆墨,必手自抄録,如恐遺失,今且災及梨棗,謂欲以省寫副,聞之不禁汗顔,阻之似拂其意。竊愧窮居幽介,苟全性命之時,無從得書,兼以學術空疏,聞見不廣,貽笑方家,知所不免。唯祈海内同志正其紕繆,或蒙郵示,匡所不逮,俾得再成續篇,感且不朽。嗟乎!僕無名世之心,并少傳後之志,硯枯筆禿,猶復孜孜不已者,詎結習之難忘,實敦交之竊取。印既竣,因綴數語於首,以志慊懷云。

歲在乙巳秋月,友竹王松自識於如此江山樓

臺陽詩話序

鄭如蘭

昔韓文公云:“物不得其平則鳴……人之於言也亦然。其歌也有思,其哭也有懷。”蓋必“郁於中而後泄於外者也”。王君友竹之詩,信善鳴矣,即古所謂“高出魏、晋,不懈而及於古”者近是。其生平瀟灑不群,豪於飲,與人交無所可否,迨與之語道理,辨古今,則毅然不可面奪。憶甲午余六十生日,招飲帶草堂,一時士夫俱在座焉。酒酣耳熱,君獨縱談天下事,慷慨累萬言,若河決下流而東注,若駟馬駕輕車就熟路,而王良、造父爲之先後也。遇不平處,輒欲斫地長歌,四筵咸驚,其風概固可想矣。自滄桑變後,境益窮,而詩酒益耽嗜,自言引滿不勝少時。識者知其借醉鄉之意,有托而逃,抑亦陶潛一流人也。

時匪勢汹汹,宫原少將正人聆其名,定交後以義請而强委任焉。君爲桑梓計,義不敢辭,爰往新、苗各莊安緝。不害一命,不取一錢,閲數月而兩邑無警,皆君之力也,至今内山人猶嘖嘖稱之焉。明歲舉一子,知者咸謂君能以道自任,天之報施亦自不爽矣。

所居如此江山樓,日以詩酒自娱,不與世涉。櫻井知事任吾邑日,大開詩社,屢欲延致。後鄭毓臣廣文爲通其意甚曲,因偕其譜弟瑶京、箴盤會於潛園吟壇。知事喜贈以詩,有“我與名園真有幸,三王同日訪梅來”之句,登於《新報》,亦可見知事之獨具青眼,愛才如命也。由是三子之名益著,遠近稱"三王"焉。然友竹雅不欲以詩名,第足迹所經,意所感觸,又未嘗不寄之於詩,詩亦無不可傳也。夫傳與不傳,固非友竹之意,雖世情貴耳賤目,未必能知其所以然。數十年後,當有饑渴思之者。蓋人生一藝可傳,即不與草木同朽,况其節操又飄然有古逸民風也。

於戲!余今老矣,閲人已多,如君之持躬處世,頗不易得,是以獨深愛之。今春適登其樓,得其詩稿及所著《詩話》,讀而忘倦。紀其梗概於簡端,謂爲友竹序也可,即謂爲友竹傳也,亦無不可。

戊戌寒食節,北郭園老人鄭如蘭撰

贈王友竹處士序

邱煒萲

嗟乎!吾蓋觀於古今來才人、學人以詩聞者,其平日之才、之學,固皆甚有餘於詩之大者乎!夫以詩之門徑煩紆,堂奥深博,雖即吾畢世之才學,窮神盡氣,心摹手追,以究六義之終始,尚恐其未必有當,而狎以餘視之耶?然則,即詩名以盡一生,即詩境以游終日,寢之食之,寤之寐之,此外遂無事業。吾知凡爲詩人者,蓋皆其所不安者也。以其所不安,而竟盤旋紆折,一若有甚不得已,而後以詩聞焉。此吾所謂其才、其學,當有餘於詩之外也。

吾友王君松,字友竹,爲臺灣之新竹人。其先由泉州來,係出前朝太保繼隆先生。自其生也,在中國割臺之前三十年,奇氣虎虎,狂志嘐嘐,讀書即以經世爲務,窮究博覽於中外之籍,獨不喜爲帖括家言。暇則登山涉水,賦詩飲酒,自樂而已。鄉里父老諗其内行孝友純實,皆以才學人稱之,共白當事,奬以職銜,力辭者屢矣。或醉以觴,逼使言志,則囂然曰:"吾誠有惡於今之頭巾氣,故借山水、詩酒而逃之,乃忽因虚名以獵冠服,是自欺吾志也。無志者不可以爲人,自欺者不足以立身。世苟有安吾身而伸吾志者,吾其從之游乎?"或聞其言,遂以狂目之。

迨歲甲申,法艦猝擾臺、澎,終未得逞,草草議款而罷。時乃告其鄉人曰："吾輩毋以目前之役而喜也。臺地孤懸海中，材木、礦山久聞於外，譬之積薪可以召焚如，慢藏可以誨大盜。乃觀之今，其君子多昧曲突徙薪之義，其小人尚爲幕燕堂雀之嬉，隱憂所伏，正未易銷。十年之後，人其念哉！"及甲午，中東和議，果以要割全臺，争之不勝，衆咸服其先見。於時風雲紛擾，民間競立名號，謀拒日人，乃携眷屬趣返泉州原籍，中途遇盜，盡傾其家。嗣再東渡，抱道自重，吏民敬之，城鄉聚落藉其言而得免鋒刃橫困者甚夥。己則青靴布襪，蔬食嘯歌，日與貴官往還，未嘗别有干謁。故四方外來之士苟及新竹，毋不知有詩人王某者。嗟乎！世有如友竹，而可謂其才學能無餘於詩之外耶？

光緒己亥，友竹則竟編其所著詩集、詩話四種將以行之，是友竹亦願以詩聞矣。其諸所有不安者歟，抑有甚不得已而出此者歟？殆皆未可知。然能屈其才學以爲詩，則詩之層累曲折，將必深味之而日甘。能拚其日月以爲詩，則詩之升降正變，又必切喻之而日化。友竹乎，以詩爲寢食寤寐者乎？仲尼曰："求仁而得仁。"友竹亦惟日求之詩，斯則得之矣！

海澄邱煒萲菽園撰，時客星洲

讀友竹詞兄大著并以致相慕之忱

洪一枝

相聞不相識，日日望新城。每逢北人至，輒詢君姓名。君家在何處？迢迢新竹路。憶昔承平年，驅車城外度。可惜遲聞君，彼時未回顧。一自喪亂初，始得君素書。知君詩學好，展卷再欷歔。灰燼兵燹中，播土揚瓊琚。傷心各凄惻，將詩慰離索。卷裏起秋聲，中有胡笳拍。陸公昔亂離，哀音嗚鬱噫。至今呼望帝，千載有餘悲。滄茫懷古意，願君長咏詩。

鹿港洪一枝月樵拜題

延平王朱成功爲開臺第一偉人，明祚賴以維持者三十餘年，其盛德大業爲中外所欽，世之文人學子恒喜謳歌是事。余愛蔡醒甫(德輝)所著《龍江詩話》自載《謁延平王廟》七律四首云："沙汕紛紛列舳艫，當年海上拓雄圖。鯨魚入夢生何异？龍種偕來類不孤。人似武侯籌北伐，地同洛邑建東都。知他矢志延明祚，絶島偏安亦丈。""紅旗赤幟樹高城，弱冠將軍獨請纓。寵賚有加天賜姓，徵收無處海屯兵。都緣耿耿心長在，豈爲區區發數莖？忠孝由來難兩盡，郵書往返不勝情。""森嚴刁斗擁熊羆，賞罰分明未足奇。袛望一身存勝代，敢將兩島抗全師。圖開赤嵌形堪踞，業復朱家勢莫支。智力難争天命在，多君風調儼鬚眉。""才尤剛决節尤堅，和議連番總不然。百計籌謀惟報國，一時流寓况名賢。便教藩服能成事，其奈孱軀不永年。史册流芳終有分，漫將遺恨播詩篇。"

沈幼丹(葆楨)星使駐節臺郡，重修王廟，署楹帖云："開萬古得未曾有之奇，洪荒留此山川，作遺民世界；極一生無可如何之遇，缺憾還諸天地，是創格完人。"廟在臺南府城。

日本名士館森子(鴻)嘗游南安，訪成功之子孫，以清酒二瓶、黄柑一籃詣覆船山，祭其墓。有詩三首，録其一云："國破君亡何忍言，淚枯閩地舊乾坤。春風一劍三千里，來吊孤臣未死魂。"噫，何令人景仰一至於此！而德國李庶博士所著《臺灣島史》竟目爲"海賊朝廷"，稱成功曰"貿易大王"，其識見亦誠可鄙也夫！

靖海侯平臺，明寧靖王死之，五妃同日殉難，葬於魁斗山，墳前立廟。觀察周彦有聯云："剩水殘山，巾幗共知殉社稷；蠻烟瘴雨，佩環竊欲效英皇。"頗有切合，故可傳也。

彰化陳伯康(肇興)孝廉著有《陶村詩稿》，其《謁寧靖王墓》七絶云："卅年憔悴落蠻鄉，故國河山感慨長。留得數莖華髪在，九原歸去見高皇。"

甲子，流寇陷漳州，軍門林剛滑(文察)偕幕賓謝管樵同殉其難。謝工於畫，余曾見其《題菊》二絶，後一首云："半生落拓寄人籬，剩得秋心袛自知。莫道管城花事淡，筆頭還有傲霜枝。"觀此，可以知其氣節矣！

施龍門(瓊芳)進士公車北上,道中得句云:“兒身跋涉關山苦,都在慈親想像中。”林雪村(占梅)方伯客中有句云:“即今披體看針綫,猶是當時密密成。”此等語,皆從至性中自然流出。

吴芸閣(子光)孝廉品學兼優,著有《一肚皮集》行世,中有《小草拾遺》一卷,專學晚唐。其《寄題延平王廟》七律云:“曾讀豐碑渤海東,開疆猶仰大王風。闔門骨肉杯羹底,千里江山錦綉中。明代興亡歸劫數,史家成敗論英雄。似聞鹿耳鯤身畔,嗚咽潮聲早晚同。”傑句名篇,美不勝録。吕賡年、邱逢甲諸君皆出其門。

桐城方樾庭太守(祖蔭)有吏才,來宰吾邑,百廢俱舉。去之日,紳民飲泣。有《唱酬詩》二卷,號“東海鴻泥”。其《竹城感懷》七絶云:“三十年來逐宦場,自憐肝膽照秋霜。胸中别有炎涼意,半是冰心半熱腸。”“捧檄東來宰海濱,一官惟恐負君親。口碑滿地吾翻愧,不信公評竟有人。”高子丹上舍(漢墀)贈云:“春滿訟庭花有韵,琴横卧閣月無聲。”

坊刻《千家詩注》不獨題目、字句舛錯不堪,即姓名、爵里亦多訛,余不憚數日之煩,重爲校對。蓋念吾臺初學,讀此爲多,非欲攻人之短、炫己之長,亦因避亂無聊,爲消愁計。舊本如“茅粟”作“芋粟”、“天棘”作“夭棘”之類,不勝枚舉。同時所編《改革日記》、《餘生紀聞》、《四香樓餘力草》遭亂,毁失無存。余故有句云:“避亂惱無千日酒,著書枉用一生心。”

林薇臣茂才(維垣),閩縣望族也,祖考兩代俱有詩集行世。好酒,工詩,來臺主林雪村方伯家,故著有《潛園寓草》,香奩極佳。乙未,議成讓臺,進退維谷。《感懷》云:“卌載客臺陽,滄桑感一場。白頭遭亂世,赤手怕還鄉。有命何妨俟,無才衹自傷。故人如問訊,詩酒尚顛狂。”未幾,以憂時卒。

癸巳,方雨亭朝元(家澍)渡臺,道出新竹,喜晤先生,贈句云:“梅妻鶴子人間累,酒榼詩瓢海外仙。”先生舊有《見贈》云:“昨日承君贈新詩,今日看君作隸字。君詩脱口盡靈機,君字揮毫皆古致。努力自鍔修,非但詩兼字。慎勿恃聰明,聰明多暴弃。慎勿矜才華,才華招妒忌。廿四桃李春,九萬鯤鵬志。忝附忘年交,數言寓深意。吁嗟乎！襴衫落拓聳吟肩，窮途怕灑英雄淚。讀書豈止爲科名，科名本是男兒事。”嗚呼！先生愛我如此，豈非知己勝於感恩耶？余昔以時事日非，故不喜赴試，而先生諄諄告戒，且以遠大相期。今作山中廢材，不亦負先生之所望乎！

二十六宜梅花書屋爲潛園最勝處，額爲雪村方伯親書，極遒勁。聞主人在日，每開文宴，必在此間。《廳志》誤載爲“三十六宜”，尚無可議，而鐵梅老子《一肚皮集》名實須副説，則譏爲“幾十六宜”。噫！豈非盡信書，不如無書乎？方伯題楹聯云：“耽閑成性，愛鶴、愛花、愛茗、愛琴詩，半世於中饒趣味；爲善立心，守忠、守孝、守仁、守禮義，五事以外總糊塗。”其所有金石、圖書、良琴、古硯諸异珍，至今盡歸烏有，殊堪惘惜。故余賦詩吊云：“醉過西州更愴神，潛園無復昔時春。忽看石笋鎸爲砌，况説梅花砍作薪。臨水高樓餘瓦礫，藏山絶業化灰塵。傷心來去堂前燕，悲語如尋舊主人。”

《臺灣竹枝詞》一卷後附前人所咏《龜山生熟番》諸歌，而不刻姓名，時論非之。兹編《詩話》，欲采數首，翻擷未終，倦欲思睡，因憶張侍御(湄)《巡臺》云：“真個四時皆似夏，荷花度臘菊迎年。”“一抹腮紅還舊好，解紛惟有送檳榔。”“月幾回圓禾幾熟，歲時頻换不知年。”又何其可愛也！

李石樵廣文(秉鈞)嘗咏《臺北八景》絶句，和者甚多。余愛其《戍樓笛聲》云：“一聲長笛海門秋，雲樹蒼茫聳戍樓。憑吊高歌緣底事？廢興衹合問江流。”陳淑臣上舍(洛)云：“興亡誰譜荷蘭事？長笛一聲秋月高。”工力適敵，可傳無疑。我竹八景咏者亦多，余獨愛陳子潛廣文(朝龍)《潛園探梅》云：“一代豪華别業存，梅花百本自成村。春光漏泄枝三兩，破費尋詩一扣門。”得毋謂好惡拂人之性耶？

邱菽園觀察(煒萲)，吾閩海澄人。流寓新嘉坡，自號“星洲寓公”，創設《天南報》館，文章氣節爲世所欽。其著述甚夥，有《菽園贅談》八種，後附《庚寅偶存》、《壬辰冬興詩》各一卷，中有《和韵咏古》六首。《伯夷》云：“不遇黄農遇夏朝，乾坤兄弟影寥寥。微言欲假清風送，湯武由來學舜堯。”《蘇武》云：“萬里關山月色闌，牧羝雪窖任荒寒。歸來不見生妻在，應悔胡中娶婦歡。”《揚雄》云：“非不文章千古重，竟將著論美新朝。九京欲起君相問，此恨如何作解嘲？”《因憶古詩》云：“心畫心聲總失真，文章能復見爲人。高情千古閑居賦，争信安仁拜路塵。”誠屬有目共賞之作。

詔安馬耿甫（徵士）耽詩，著有全集，編輯《養源詩話》十二卷，搜羅極富，皆有資於勸懲，真有心世道之爲也。曾咏《樵夫》句云：“藉手削平荆棘路，一肩挑盡古今秋。”余每喜對客誦之。

吾竹素稱禮義之邦，不獨山水秀媚已也，廉讓之風令人思慕，故來游者往往愛家焉。廣州徐莘田曾有和韵一絶云：“竹塹溪山久艷稱，舊游如夢憶曾經。故園松菊雖堪戀，争似移家住武陵。”著有《擷紅吟館集》行世。

慈溪姜西溟（宸英）太史云：“我輩人人有集，其詩或傳與否？均未可知。惟當牽連綴姓名於集中，幸有傳者，即所附載之人亦因以顯。如少陵之於阮生、朱老，東坡之於杜伯升、老符秀才是已。”嗟乎！先生《葦間集》今已大傳，特不知誰爲附之者？可慨也。

蘇虎七來臺游幕，少髯而善謔，嘗於席間酒酣自出對聯云“好容易生數莖須，細細算來，一二三四五六七”，時有陳洞漁孝廉（霞林）即席對云：“真快活飲幾杯酒，昏昏睡去，寅卯辰巳午未申。”滿座皆鼓掌而笑。

譜弟篋盤（石鵬）號了庵，書學隸篆，又工於金石刻劃。十歲通韵語，塾師嘗以“龍媒”二字嵌首尾，命塾生作聯。篋盤先成云：“龍文猶憶楊稱侄，鳳友原憑葉作媒。”全塾無能出其右。時有“王龍媒”之稱。性好山水，所有吟咏皆爲紀游而作。如《生番道中》云：“隘寮高築大山顛，警鐸聲從谷口傳。昨日野番初出草，茶園十里絶人烟。”《游鼓浪嶼吊延平王》云：“延平王氣至今無，小嶼彈丸列海隅。五夜風濤猶帶怒，四圍山水自成圖。雷轟怪石文將蝕，炮涌紅衣血未枯。鼓浪有聲人不見，草鷄啼罷月如弧。”《舟近溜石渡遇雨》云：“日暮逢淋雨，風帆一片懸。客心同逝水，山意欲含烟。塔遠疑人立，雲低與海連。櫓聲頻欸乃，歸夢落江邊。”其他名句如《夜泊靈溪》云：“野渡潮生鷗夢警，疏燈人語雨聲殘。”《夏天即景》

云:“五更雨急驚殘夢,四月風高欲假秋。”俱可誦也。

黎召民觀察(兆棠)挽陳迂谷廣文(維英)聯云:“徒頑服教,弟儆克諧,具先正典型,鄉里有聲山斗仰;我甫宦來,君何仙去?嘆老成凋謝,瀛壖無色海雲低。”廣文爲吾鄉鄉賢鄭藻亭徵士高弟,有哭師聯云:“於先生不能口贊一詞,品也、學也;在弟子衹有心喪三載,傷哉!哀哉!”

詩話之作,古人評論已詳,吾儕小人,何敢妄生訾議?甲午以來,瘡痍滿目,塊壘填胸,無聊時學步邯鄲,以遣憂愁,庶免虛度光陰之誚,亦古人所謂“書有一卷傳,可抵公卿貴”之意。且抄録友朋詩句,又爲水繪同人、漁洋感舊所不廢也。

丁酉秋闈,鄭毓臣廣文(鵬雲)在臺,未能晋省,《感懷》云:“踏遍槐黄迹已陳,磨穿鐵硯暗傷神。功名有分三生定,世事如棋一局新。五度秋風曾老我,二分明月正懷人。瀛東多少觀光客,桂籍留題話夙因。”

吾竹寓賢,有查小白明經(元鼎)海寧人,游幕十閩,爲督撫上客,性不居積,每好活人。善飲,工詩,著有《草草草堂吟草》,當代名公序跋甚多,俱許以必傳。今稿已失,惟傳其挽臺灣令高南卿司馬(鵬飛)五律云:“鳳凰池上客,忽現宰官身。仙吏皆循吏,良臣作藎臣。生原慈似佛,死以殺成仁。夜半文星殞,書空一愴神。”又挽鳳山令王仲甫司馬(廷幹)四律,其一云:“海國衡才院,班荆話舊交。諸生東魯重,豪氣北溟包。鴻治懸心鏡,龍文讀手抄。新詩題小草,月下費推敲。”其三云:“弭盜滋多盗,危乘倉卒間。細君同殉節,公子幸生還。人彘懲元惡,祥刑殛庶頑。克威兼克愛,陰掃半屏山。”二公皆遇賊盡節,亟録之,以表幽光。

吾鄉竹梅吟社之盛,於光緒初年爲最。陳瑞陔貢士(浚芝)未第時,咏《新笋》云:“干霄自是他年事,出得頭來已幾分。”未幾,果舉於鄉,遂成甲午進士。陳子潛廣文亦咏《趙師雄月下遇美人》云:“千古因緣歸一夢,春風容易隔仙凡。”時廣文之尊閫尚無恙,忽於是年冬初溘逝,余因得句云:“怎奈眼前詩料好,每防成讖不多吟。”

林雪村方伯(占梅)號巢松道人,慷慨有大志。戴逆之亂,自募鄉勇仗義助勦。手建潛園，爲吾邑八景之一，延聘海内知名士吟嘯其間，文采風流，賓主并美。所著《潛園琴餘草》，各體俱佳。先録數聯於此，足以窺見一斑。《示弟》云："見義須逾謀利意，待人莫用作文心。"《感懷》："報國何須論在位，輕財未必盡沽名。""守節可風追孟母，養親無日愧姜詩。"《寫興》云："煨茶備待醒時飲，聚墨留供興到書。""閑掃落花舒懶骨，静臨細楷斂粗心。""静中讀易心因斂，悟後鳴琴趣乃真。""石磬數聲雲外寺，好花十里水中村。""曲徑烏啼花影裏，隔墻犬吠水聲中。""愛畫自欣胸有竹，看書暫苦眼生花。""琴心暫會中庸道，詩學難參上乘禪。""天外落霞齊遠鶩，竹閑微雨亂流螢。"《絶句》云："揀向柔條條上立，隨風飄似打秋千。"

林若村觀察(汝梅)喜佛老學，雪村方伯之弟也。嘗往廣信府謁正一真人張氏，歸語人曰："全臺五六年後，當犯天狗之劫，惟爲善者可脱此禍。吾身不及見，汝曹須慎之。"先生果於甲午赴道山，而乙未遂割臺矣。天狗者，日本神道之一派也，初不解其意，今人始服其言。詩畫一門，尤爲先生所好。余見其《自題畫幅》云："插架牙籤勝石渠，芸香百合辟蟫魚。一瓻擬就先生借，補讀生平未見書。""幾竿修竹一池蓮，滌盡塵襟品欲仙。曲水流觴傳癸丑，令人長憶永和年。""濛濛雨意釀芳堤，秋色排空半已迷。尋勝但携雙不借，澆愁更有左偏提。""三白長教見蠟前，豐登太史已書年。今朝雪意千山霽，絮壓峰尖上接天。"

余記少時於潛園云："香館壁上見唐六如先生墨梅一幅，上有截詩一首，爲林文忠公所題。後二句云：'我本孤山和靖後，愛梅耐向雪中寒。'氣慨高渾，抱負宏深。生長海外，獲見子名臣手筆，不勝欣幸。"録此，以志不忘。

鄭伯璵孝廉(家珍)，吾竹巨子也。自少好讀近世譯本，精於術數之學。乙未，避地入閩，從學者衆，皆游泮而歸，譜弟箴盤亦出其門。在泉有年，造就良多，當道推其算術爲八閩第一。有英儒某氏聞其名，欲往試之，互相運算，竟被所屈，由是名益噪，遐邇莫不知其人者。其詩余不多見，僅記其《感臺事末》二聯云："虎旗强迫元戎拜，鷄嶼終看故壘空。不及月樓身一死(謂張月樓戰死鷄籠)，猶噴熱血灑秋風。”

余友吴澄秋廣文(逢清)《丙戌重九游金山蓮庵題壁》云:“生恐名山人占盡,每逢佳節一登臨。”《晚歸過古冢》云:“九原如可作,想戀利名不?”同時諸人俱有和韵,不及遠甚。廣文性淡遠,喜讀書。乙未,議成割臺,携家回晋江,與余相遇於泉城,索看拙稿,極賞“不合時宜知己少,生逢世亂作人難”“兵燹殃千里,親朋散四方”“離情分一水,别恨滿孤舟”及“返照滿江雙塔屹,刺桐城郭是泉州”“何用携家方外去,避人此地即桃源”。

吾臺近日詩學之盛,遠過昔年。論作家當推鹿苑吟榭,其如道阻且長,諸君子皆未得謀面,實爲恨事。僅讀《新報》所刊咏物、咏史諸作,俱可爲山川生色矣。許劍漁《花氣》云:“薄醉芳醪蒸錦被,微聞薌澤解羅襦。”施梅樵云:“微雨蒸成香世界,暖風吹出玉闌干。”鹿港又有陳槐庭,亦鹿苑中之詩人也,與余爲莫逆交,有《書懷》句云“古來名士惟耽酒,老去才人盡著書”“酒入俠腸成熱血,詩經名手出新裁”“絶口怕談天下事,平情曲諒古人心”“不曾力學休傷遇,誰道能詩即是才。”俱登作者之堂。倘使隨園老人見之,亦當引爲同調。其題余《如此江山樓詩草》五律云:“雅愛王新竹,詩宗已飽參。句驚前輩讀,我拜下風甘。才氣凌甌北,詞源出劍南。後來瓣香者,呼佛鑄金堪。”奬借逾量,鄙人受之,愧不敢當。

臺北山水奇秀甲海外,蓮座山劍潭其尤著者,潭前太古巢爲陳迂谷先生讀書處。此間古迹甚多,志載其《題壁》句:“兩儀石上搜遺迹,八卦潭前隱散仙。”與所著《偷閑集》原作不同,即《林雪村先生過内湖莊》後半首,亦非本來面目。傳聞某閣學修志時,喜改人詩,致諸先正遺稿半被改壞,何其遇人不淑歟!

吾鄉胡克昭布衣耽吟咏,又精岐黄術,以慎重爲當道推許。題《所居》云:“樹環堪聽鳥,池近好觀魚。”《六言》云:“此地可耕可釣,其間宜雨宜晴。”爲一時傳誦。先生善撰燈謎,出經入史,雅俗兼工,每逢燈節,諸大家争相延致以去。

黄淦亭廣文(如許)與余爲忘年交,有《新居落成》七律云:“作室非關富有餘,免遭風雨足安居。家無子敬千囷粟,架祇匡衡數卷書。砌上苔痕新洗刷,窗前草色未芟除。竹城舊雨如相訪,好認門聯暫息車。”歿後,遺稿二卷曾送於通志局。其子黎閣上舍(傳經)聞亦能詩,余惜未見。

竹城南門外有古奇峰,建廟祀福神,環山面海,景趣頗佳,余嘗往游焉。偶見廟壁斷句云:“天外波濤何限闊,眼中城郭自然圖。評詩有料山奚管,待客無僧酒作。”知爲劉希向上舍(黎光)所作。希向在道光間,爲“新竹七子”之一,與鄭祉亭先生父子游,性嗜山水。著有《吟草》若干卷,今已失傳。

詩之爲道,可以知人心之邪正、風俗之厚薄、時政之得失、國家之盛衰。頌揚譏刺,在所不廢。聞之者知儆,言之者無罪,故古有輶軒采風之制。然詩宜以温柔敦厚爲主,其頌之也,勖其加勉;其刺之也,望其速改。詞雖殊,而存心則一。自古道日漓,頌者諂諛,刺者痛詆,因此賈禍,何可勝數?而明哲保身者,則恒以此爲戒。果杏岑將軍有句云:“新詩切忌干時政,醇酒應知誤少年。”然有心世道者,撫時感事,郁於中,必宣於外,時政未嘗不可干也,要在以忠厚蘊藉出之耳。如太顯露,未有不賈禍者。楚人許雪門觀察所著《雪門詩草》,讀之,自道光至同治,數十年來國家之治亂、將帥之賢愚、民情之苦樂、中外之情形、軍務之勝敗,歷歷在目。直筆褒貶,語復蘊藉,深得忠厚之旨,且可爲他年史料,直足與曾文正公文集共觀,而察知當年得失之源焉。

張星樞大令(維垣)臺陽名進士,工詩好酒,歷任劇縣,卓著循聲。歸里後,貧素如舊,至今人多思之。有《戲咏乞烟灰》七律一則,游戲詼諧,頗傷刻薄。然以勸戒,亦復佳也,故録之。“腰藏小碟步如梭,拱立床前細語和。添足畫蛇迎客笑,甘心走狗任人訶。恩邀半勺稱無冀,惠受三分説謝多。最喜殘灰猶帶潤,且伸拇指試研摩。”著有詩文集,未梓,遭亂後焚毁無存。

乙未之亂,諸巨室去住維艱。不識時者咸隱匿不出,而各小夫欲乘隙爲亂。鄭澄波明經(如潘)情篤桑梓,與其宗人簡齋廣文(以典)不顧身家,苦勸同人盡心籌畫,全活實多。及事平,閉户讀書,不干世事。有《送友回籍》五律云:“梓里烽烟後,親朋散四方。羡君歸故國,愧我困蠻鄉。世事新棋局,人情薄紙張。分身無羽翼,何以得翱翔?”未幾,竟以憂憤終。

閩中鄭肖彭樞部(籛)庚寅游臺,《題唐薇卿中丞請纓日記》云:“功名何必柱鐫銅?單騎居然郭令公。奏疏一封書八卷,華夷誰不識英雄?”“書成重譯遍傳觀,西賊聞之膽亦寒。敢以無人輕我國?崎嶇萬里一郎官。”“時局艱難肯顧身,鴻泥何獨志風塵。南交歸壁中朝日,信筆千秋付史臣。”“玉門生入羨班超,吏部文章世不祧。我欲請纓無路去,讀余熱血動中宵。”中丞所刊詩,畸人多誦之。

觀詩知人,斯言也。余初未敢深信,今而後知古人之不我欺也。凡詩帶蔬筍氣者,其人必吝;帶脂粉氣者,其人必淫;帶塵土氣者,其人必俗;不檢點字面者,其人多疏;愛修飾者,其人多詐;無警句者,其人必庸;工煉句者,某人蘊藉;粗豪者,詩亦粗率;沉潛者,詩亦沉重;氣吐長虹者,抱負不凡;骨凌秋隼者,志節邁衆;含華佩實、純瑜無疵者,氣節高超;博帶峨冠、周規折矩者,品學端正;講道學者,多俚;矜才學者,多誇;奮筆嶒崚、含情淒惋者,必早達而夭;清穩有致、餘韻悠然者,必晚享而壽;無病呻吟者,一生落寞;含愁瀟灑者,畢世平安;押險韻能穩者,履險如夷;押平韻而澀者,處泰而窘。少年坎壈,大都起不高超;晚歲屯邅,皆由結無餘韵;居心險詐,每以險語冷字欺人;作事驕奢,多摭僻典群書騙世;趨炎附熱,往往抱杜尊韓;令色巧言,句句匀黄鋪白;桀驁不馴之氣,定是奸雄;怪誕不經之言,必非佳士;忠臣孝子,語必平正,情必纏綿;烈士奇勇,志自恢閎,言自慷慨。諸如此類,不可枚舉。持此衡人,百不失一。今而後知《詩》、《禮》、《易》三者,皆有藏往知來之妙,深入其中,於涉身持世所益非淺。夫子學《易》,嘗云可以無過;《左氏傳》中恒以言語、儀節斷人生死,毫釐不爽。觀詩知人,斯言信不誣也。而世人乃以雕蟲小技視之,蓋亦未窺其底蘊也。

劉省三爵帥(銘傳)爲中興名將,治臺數載,百廢俱興。外人嘗目爲政治家之巨子。所著《大潛山房詩鈔》,曾文正公親爲序行,其間名句美不勝收。余最愛《郊行》古體一篇,及《曉行》一聯云:“五更不辨旌旗色,一路惟聞車馬聲。”他如《有感》五言云:“不幸入官場,奔勞日月忙。何曾真富貴,依舊布衣裳。負性無謙假,宜人説短長。莫如歸去好,詩酒任疏狂。”七律如《遣懷》云:“自從家破苦奔波,懶向人前唤奈何。名士無妨茅屋小,英雄總是布衣多。爲嫌仕宦無肝膽,不慣逢迎受折磨。饑有糗糧寒有帛,草廬安卧且高歌。”《偶作》云:“三十人爲一品官,多人憎忌少人歡。舊交朋友親疏見,新結鄰封應答難。好管是非生性直,不憂得失此心寬。風塵勞苦無休息,憔悴形容羞自看。”此皆從閲歷中得來,非他人所能道也。而讀其《無錫道中》一絶云:“滿地烽烟百戰收,輕舟來去任情游。青鞋布襪無官氣,一樣同人上酒樓。”則又雍容雅度,大有名士風流之致。

陳基六茂才(式金),彰化名士也。交情慷慨,韵事風流。工詩賦,著有《鐵崖詩鈔》。有《偶成》句云:“日爲好吟疏應客,身因多病强参禪。”讀之,亦可想見其襟懷。

《廳志・賢婦傳》載,黄淦亭廣文淑配何孺人因夫病篤,久侍罔懈,湯藥無效,求神問卜,俱云命運與妻相克,若無克制,必死。何向姑曰:“夫死無子,宗祀斬矣。且姑年老賴誰?婦願代死,以延夫壽。”遂飲藥死,夫更霍然,士林争咏其事。余記戴還浦茂才二句云:“莫延夫命生何益?既慰姑心死不妨。”可謂委曲詳盡。廣文有《滬尾凱歌》甚佳,今失。

金匱嚴紫卿司馬(金清)權淡水廳三載,卸篆《留别》七律四首,摘録數聯。句云:“政簡公庭幽鳥語,時平驛路野花開。”“造士自宜先器識,讀書豈僅事文章。”“家修廷獻皆經濟,明月清風見性情。”“理篋童奴方草草,獻詩士子尚依依。”時惟鄭奠臣孝廉(維藩)和韵爲公所賞,句云:“康成詩禮慚家學,賈誼治安仰吏才。”“誰如司馬萬家佛,深慰嗷鴻一片情。”“泉不易心徵潔操,珠因還浦著循聲。”“去後相思碑墮淚,來時不怒鉞生威。”孝廉性潔净,望之和氣迎人,有孝子之稱。司馬工隸字,至今部民寶之。

戊戌政變後,有下徵醫之詔,人心惶惑,莫知所措。邱菽園先生聯合海外忠義之士,電請聖安,特賜綸旨,有“不忘中土”之語,其忠愛真忱,固可垂諸史册而無愧。先生自丙申南游,便以開荒革俗爲己任。興辦星洲文社,久著成效,名儒學士多往從之。前曾以書來邀,奈賤軀多病,不宜遠涉重洋,未得與諸君子共數晨夕,誠屬憾事。然翹首南望,未嘗不神馳左右也。昨訪了庵,見其壁上有隸書《寄題箴盤小像》四言古風一幅,爲先生所親筆,詩字俱佳,可稱雙絶。爰亟録之云:"箴盤王君,賢哉我友。重譯著書,澤及農畝。(原注:君譯有《農學書》八種。)東人稱之,譽不絶口。待子爲政,而君曰否。迹比羲熙,自傳五柳。餘事及詩,千駟弗受。亦有桓譚,代傷覆瓿。吾愛吾廬,豈易所守。(原注:自題其所居曰'了庵'。)門對溪山,壺儲茗酒。夷惠不由,沮溺可耦。私淑諸人,爲魯孔某。(原注:君嘗倡祀孔孟之會。)時還讀書,有文在手。金石出聲,其志不朽。臺灣之都,新竹之藪。六逸可七,八賢可九。再千百年,宜視此叟。"末署"海澄邱煒萲菽園甫,時客星洲"。

臺南離竹城頗遠,庚子春,擬往游竹溪寺諸勝,藉采諸名人佳句,以光拙著。奈貧病交攻,致未能如願。近得羅蔚村孝廉(秀惠)、蔡玉屏孝廉(國琳)見寄二絶,故采登之,以志神交。竊恐非其得意之作,欲遲以待之,又恐人事靡常,後悔莫及,故暫録之。羅君七絶云:"灑灑詞源峽水傾,何時幸望遂班荆?却嫌不舞羞知己,願讓高軒禦李生。"蔡君七絶云:"愧未交游四海寬,奇才瀛島似君難。借籌他日隆前席,定有新猷策治安。"聞羅、蔡二君品學兼優,當道諸公所引重,异日若得其佳句,當載之續編中。

陳雨亭處士(喜)家住大湖莊,性樸野,喜讀書爲善。少館客雅莊,夜深鄰女來奔,力拒之。余慕其節操,曾采其事入《四香樓隨筆》中。又有贈詩一律,載在《餘力草》。近聞其有《咏一丈紅》絶句云:"欲築茅亭高二丈,花開剛在半亭中。"

吴讓齋中翰(士敬)性成孝友,古道照人。聞其祝丁述安學憲曰《健壽詩》云:"詩曾真率社中咏,人可耆英會上參。"死後旌表孝友,人無間言。余記七歲時,同先君子奉訪草堂。先生見余佻撻,戲出對云:"虎耳草。"余應之曰:"象蹄花。"先生笑曰:"倘能再對,當啖汝果。"因再應曰:"鶯爪花。"先生笑賀先君云:"此子將來必不凡,足以報君德。"迄今思之,忽已三十年,殆如一霎時。欲搜録遺稿,以存其人,聊報吾知己。而亂後紛失,百不逮一,會須他日竭力求之。

乙未之役,慘不可言。偶讀李叔寬孝廉(文泰)《有感》五律,實不啻爲當時咏也。詩云:"父老吞聲説,心酸不忍聞。禍樞胎土客,欲壑飽官軍。浩劫山川沸,炎威玉石焚。可憐皆赤子,愁置武安君。"又云:"聞道新頒詔,投誠釋舊嫌。天恩厚廣大,將令自森嚴。名字沿村索,衣冠聚族殲。有誰殷入告,請命爲閶闔。"(見《樵隱詩話》。)

余避亂渡泉,洋面遇盜,行篋一空。舟泊海壇,主家貽煃茂才家,獲遘楊俊臣(游戎)父子及黄紫標(都戎),相賞於風塵之外,方得回晋江之蚶江鄉。余因有句云:"逆旅轉嫌妻子累,窮途難得主人賢。"非敢以此酬恩,聊作吾家記事珠耳。俊臣有句云:"家無田産常安命,案有詩書不認貧。"握手泣别,猶囑寄拙集。及回臺抄寄,俊臣已赴道山。今生已矣,願結來生。

趙甌北嘗譏隨園云:"有百金以贈,則入詩話。揄揚武將,亦稱詩伯。"此固作詩話者之通弊。而余之作,則其迹同而心异。知我罪我,在所不計。余之志,在揚善隱惡,即闡揚或有失實之處,亦無太過之詞。蓋就余之所知者,文則叙其政績,武則表其戰功,但取其有徵,不必其能詩,亦不問其相識與否,又何計其贈之有無多少耶?卷中所采,不識者居半。其曾惠贈者亦多,然不過些須之饋,未嘗得其厚贈也。今日竟有一種刻薄人,聞人之善,則吹毛索疵,必不肯信,且謂自三代後無完人,不指爲好名,妝點修飾,則謂爲傳聞附會,阿諛逢迎。聞人之惡,則手舞足蹈,捕風捉影,小則成大,虚則成真,又多方添設,必入人罪而後快。吾不知其用心何等耶?若謂余欲藉此以迎合當道,則聾聵至此,亦不堪用矣。若謂營利,則三十餘年梅妻鶴子,所需無多,偃鼠飲河,不過滿腹,名利之心,早已淡然置之矣。而其不憚煩之意何居?則曰余將欲善天下萬世,以興起之耳,且使他日作史者見之,亦足以資考證。而論詩,則尺寸不能假借。可則可,否則否。若其不工詩者,而因欲叙其功業,援以入詩,稱爲"詩伯",此則不能效隨園之故智也。蓋其人果有功業,自足傳於後世,又何必牽連及詩乎?

詩律最細,其大旨可一言以蔽之曰:“參差不同而已。”其押韻也,則虚實相間;其用意也,則情景相間;其造句也,則倒裝、懸針等法相間;其用字也,則天文、地理、草木、禽獸等字相間。知參差之道,則於詩學思過半矣。作文之法亦不外是,不獨詩文爲然也。《易》之爲道,生於奇偶錯綜,天下事皆作如是觀可也。

詩以氣壯爲上,局勢次之,詞華又次。對仗雖工,落下乘矣。

詩貴於煉。煉格爲上,煉句次之,煉字爲下。不知煉,則不足言詩矣。

詩不可不師古,而不可專師古。不由古入則無法。若不欲法,求其相似,如明七子得李、杜之皮毛,甚無謂也。善哉!黎二樵之言曰:“其初傍門户,繼乃獨樹幟。”隨園之言曰:“今人學李、杜而不知變化,縱與李、杜無二,後之人亦不肯讀之。何也?捨真李、杜不讀,而讀假李、杜耶?”余謂,古人者,規矩準繩也。良工之作物,固不能捨規矩準繩。而其器成,或方或圓,初不似規矩準繩也。奈何今之作詩者,不若匠人耶?以上數則出《樵隱詩話》,録此,以公同好。

吾臺陳日光茂才(焕耀)有《題邱菽園先生〈紅樓夢〉絶句詩後》云:“月旦公評又一新,筆花開處唤真真。知君具有量才尺,先試紅樓夢裹人。”謝道隆茂才(頌臣)亦題云:“金釵十二幻情緣,又得邱遲妙句傳。劫火難燒才子筆,海天重話石頭禪。”此蓋謂滿洲禁《紅樓夢》而不能絶也,二君詩皆清新可愛。

“花魂”“花氣”“花顔”“花影”,此潛園吟社題也。時同咏四十餘人,具高才飽學之士,工力悉敵,不易軒輊。余惟愛秋雁臣司馬(日覲)所作,其一得“幽”字云:“花容一霎黯然收,憑吊芳魂到九幽。無影無形空有恨,和烟和雨不勝秋。佩環月下憐卿瘦,風雨宵深替爾愁。我賴一枝香在手,衆香却被此勾留。”其二得“清”字云:“又惹探花仔細評,别於香外送將迎。春風拂拭人如醉,芳味氤氲蝶有情。襲我不禁行得得,投懷祗合唤卿卿。使君意氣原非俗,仙吏仙葩一樣清。”其三得“妍”字云:“十分顔色到花前,不是天然不算妍。艷冶迷他千里草,風流擬否六郎蓮。和來粉黛都成玉,奪到臙脂盡欲仙。寄語後庭誰得似，一時愁煞衆嬋娟。”其四得“移”字云：“分得春光千萬枝，顧形借影美人知。亭臺高下和烟宿，籬落横斜帶月移。幽境行將蜂蝶誤，名流銷盡色香時。年來頓悟繁華夢，重迭階前有所思。”司馬遇賊盡節，故全録之。事載《廳志》，祀昭忠祠。

黄雨生比部（驤雲）詩筆豪邁，著《有成集》，當代名公卿叙跋甚多，咸許以可傳。奈身後散失無存，僅得其《定軍寨》句云：“城邊飲馬紅毛井，港外飛帆黑水洋。”又《鹿港感事》云：“楊僕功成沙有骨，孫恩死後海無波。”

施宵上明經（鈺），襄壯伯裔也，著有《石房樵唱》、《臺灣别録》。余記其《月下香》句云：“樓臺水浸春無迹，枕簟風生夢有香。”雅切不浮，非粗心人所能易到。

童蔗雲歲貢（蒙吉）工詩賦，有《夷氛》絶句云：“鴉片籌操帷幄中，戈船巨炮又稱雄。海隅競灑蒼生淚，兩種輸他善火攻。”又《咏番頭銀》云：“海邦白鏹本夷財，個個象形面目開。取汝探囊真授首，此曹都已斷頭來。”鄭乙蓮孝廉（超英）和云：“洋烟耗盡萬家財，一見夷船色笑開。莫怪群看他面去，有錢方得出頭來。”誠妙語，可解頤也。

閩人林畏廬所撰《閩中新樂府》，風行海内外，邱菽園觀察爲刊行本，竟編入《訓蒙叢書》。吴人三昧子謂，其書有益於國民甚大，不僅爲閩一隅而發，改題曰《支那新樂府》，可謂卓識。因摘二首附此，以告我臺人者。《檢曆日》云：“檢曆日，檢曆日，婚葬待决日家筆。歐西通國無日家，國强人富操何術？我笑馬遷傳日者，史筆雖高見斯下。日家争宗鬼谷言，咸池死耗兼喪門。又言葬地有方向，貪狼巨門兼旺相。貪狼巨門此何神？一神能管萬萬人。不管生人偏管死，向人墳墓作風水。向之則吉背則凶，無乃逼仄神心胸？西人事死道近墨，自亡迨葬廿四刻。若使人人待日家，喪堂已被巡捕逼。葬親我國勝歐西，必須擇日真無稽。一心孝，一求福，一半欲幸一半哭。我想此時孝子心，天人大戰堪捧腹。因之追論司天台，好言休咎斯奇哉！星流彗見皆言禍，占經論説真蠢才。立冬以後流星會,地球行入流星内。占言星走主亂離,同治中興却見之。彗星軌道有定處,一年各有應行道。嘉慶之時彗竟天,何由國泰民豐年? 須言人事捨天象,大家無作懵懵想。天變由無一定殃,日家之説尤荒唐。惠迪從逆理歸一,不必長年檢曆日。"此惡日家之害事也。又《生髑髏》云:"生髑髏,生髑髏,眶陷頣縮如獼猴。痰聲來,痰聲續,黔到指頭疲到足。汗漬眉心淚注目,逆氣轆轤轉心腹。溺泄便溏沾被褥,明明有鬼加鉗梏。斗然眼見芙蓉膏,一時神妙窮秋毫。對燈抽吸纔幾轉,意氣直躡青雲高。驟如危病脱,手足均靈活。問君乍奚啼? 猶如地獄沈泥犁。問君今奚笑? 不圖爲樂如斯妙。烟癮之苦説難了,縱情多半由年少。或從夜話耽銀燈,燒烟同卧談興增;或從春院講酬應,到頭善果菩提證;或從醉後解宿醒,誤却金剛不壞身;或從小病代方藥,轉教痼疾膏肓作。凡此皆言受病始,再言收局難堪矣。富貴人居安樂窩,日斜未起如沈痾。無論大事誤軍國,兒孫踵武將如何? 何况尋常百姓家,那能余身耽烟霞? 藍縷求人人驚倒,時時注目如防盜。生路將窮死路來,手頭已乏心頭好。計今惟有開烟局,烟歸官賣加鉗束。無奈官中重税金,禍根深陷牢人心。寸心私祝戒烟會,救護神州休陸沈。"此傷鴉片之流毒也,著實説來,明白如話,足以唤醒世之夢夢者。其於人心世道裨益不淺,慎勿僅以尋常歌咏目之矣。

林文忠公深惡鴉片蠹國害民,故出其全力以遏之。不幸天不如其願,轉以召邊釁,失要口,事之不成,論者至今悼之。且因此而謫新疆,維時送行之詩文甚多,有某太史一聯云:"伏波銅柱無慚色,少保金牌有哭聲。"傳爲壓倒元、白之作云。

"將官欲詐千緡餉,丐子堪當一日兵。"此二語謔而有趣。余嘗聞友人傳誦,忘爲誰氏所作。後讀箴盤《了庵雜録》,始知乃其尊岳楊希修茂才(學周)乙未感事而作也。《雜録》有曰"乙未,割地議成,唐中丞幕友陳季同獻改民主國之策,爲獨立自守計。時鄉紳某招募民團數十營,皆烏合之衆,一營兵數報名五百,實不過半。遇統軍檢點,則臨時雇諸途人易軍裝以應之,街上乞兒爲之一空,而營官藉以飽其私囊"云云。希修此聯,實寫當時情景。至今讀之,令人想見官場腐敗之狀,爲之一嘆。

希修工書法,爲時所重。改隸後,當道慕其名,聘爲守備隊漢文講師,將校皆稱“楊先生”,不敢字也。猶憶其少日,主鄭簡齋廣文西席。廣文天資英發,經濟有聲,喜交當世知名士。歲庚寅,有閩人鄭肖彭樞部游其家,作長歌一篇贈廣文,希修嘗爲余誦之。余愛其次第井然,格局老煉,末路規勸處,在當時敢發此言,其眼識尤爲卓越凡常。今録之。“我從海上來,前路問征夫。風塵聞君名,知非呫嗶徒。登堂叙同族,樽酒勞庖厨。鬚眉照圖畫,昂昂七尺軀。慷慨談平生,志氣壯篷弧。盤盤見大才,人言良不誣。君以名未立,恐或辱泥塗。君齒未四十,與我年差符。科第何足道,經史爲良圖。况君宗家學(君爲鄉賢藻亭中翰之孫),前人有楷模。龍門屢點額,揚鬣即天衢。諸叔老猶壯,君更千里駒。馬群空冀野,皇路終長驅。在昔范文正,當年一名儒。秀才任天下,仁不亦重乎?志士志千古,所見距一隅?薄海今多事,願君宏遠謨。學問與經濟,由來非兩途。著鞭貴及早,青眼高歌吾。與子會有約,聯轡帝王都。”

陳子潛廣文(朝龍)工詩文,藏書頗富,亦吾鄉竹梅吟社之一詩友也。嘗與林薇臣、劉維圭、蔡啓運詩酒往來,極一時之樂。余記其《塞下曲》云:“年少將軍新授鉞,殺人多處是奇功。”又《番界道中》云:“版圖暫闢無人境,綉額雕題盡改顔。”廣文性嗜飲,每遠行必以壺酒隨車,題其所寓曰“十癖齋”,蓋其嗜癖固不僅詩、文、酒已也。邑令葉公曼卿(意深)聘修《新竹通志》,兼主明志書院講席。乙未,避亂入閩,窮居數載,安溪縣令劉威招之入幕,旋以事去。癸卯,卒於福州。

余於國初諸家著述,最愛隨園。每讀其詩文,輒以未得見其人,游其地,友其子孫爲憾。偶閲《談瀛録·海上竹枝詞》,知爲先生元孫翔甫觀察所作,喜而得句云:“明知干我心何事,衹覺爲他喜不眠。”

張謙六上舍(貞)原籍江西,因其祖先游幕來臺,遂家竹塹。丱角能吟咏,人多以神童目之。有五絶云:“落日滿空山,山空草有色。樵子破濃雲,難覓幽人迹。"頗合唐音。

陳茂才(尹)晚號"覺覺子",古梅州人也。少孤貧,耽讀書。弱冠游琉球,爲國王司訓蒙事。後渡臺入庠,遂居臺北社寮授徒,專肆力於詩,多傑句傳播人口。會滿洲武公(隆阿)巡臺,得其詩大喜,目爲今之李昌谷。公雅好士,携詩造訪。及通刺,時君方手巨觥大飲,醉叱群吏散,久之寂然,由是狂名震一時。所得束修,除酒外無餘貲。距所居半里擇一地,封土爲墳,將詩貯甕中瘞之。立石碣,自書"陳尹先生騷壇",復署聯云:"閱歷塵寰數十載,埋藏詩草兩千篇。"又喜作草書,筆意倔强如其人。寡交游,獨與鄰友某善。每到,則兩人各執册類校讎,以界尺爲節,一讀一擊,如響之應聲然。讀竟,客匆匆起,履而去。食須,則又來,如是者至再、至三,主客不交一言。芸閣山人有《覺覺子小傳》,載於《一肚皮集》,末云:"士不可以有奇氣也。凡負奇氣者,非有奇禍,亦有奇窮,固理勢之常,無足怪者。明代奇士,盛推徐文長,以公頗有文長之才而無其病,真自成一家風骨者。故以濁酒澆之,復爲數言,以綴於東漢《獨行傳》之末云。"

稻江客次,偶逢一士,手持紈扇,書七律一首云:"疏狂結習竟難除,慚愧人前百不如。未了雄心三尺劍,無多行李一囊書。請纓無路懷逾壯,隨遇能安樂有餘。寄語妻孥休懊惱,丈夫有筆代耕鋤。"末署"少丞李森録舊作",落落大方,何其先得我心。

陳少碩茂才(鎮坤)性不羈,重然諾,其事母以孝聞。割臺議成,林時甫京卿舉家内渡,臺地田産甚多,少可委任,惟茂才素爲京卿所引重,力請代理,非其志也。有《咏竹杖》云:"世上最難持末路,笑君勁節也依人。"固可想見其風趣矣。壬寅夏,余游圓山,相逢於稻江客次,一見歡若平生,樽酒論文殆無虚日。曾誦其表弟林叔莊太守(爾嘉)《有和人咏菊》云:"捲簾人静西風冷,相對應憐太瘦生。"太守富而好義,耽吟咏,有詩集若干卷。少碩約他日抄一副本寄來,俾得飽我眼福云。

稻江於二十年前赴院試時小住,濱溪一帶樓閣寥寥,自劉省三巡撫臺島,設爲行省。及乙未改隸後,街市整然,别開生面。前度游人重來,已不能認識。余因有句云:"半郭樓臺山水窟,萬家燈火管弦場。"及"到眼已無當日物,傷心難遣此時情"。

林幼春大令,剛滑孫也。性倜儻,喜詩酒。年才弱冠,著書滿家,有《哭梁鈍庵大令(成柟)》長句云:"萬丈光芒照海濱,文章非假命非真。千秋灑盡才人淚,一夕修成劫外身。陸賈臺前思報漢,魯連城下欲撓秦。最憐彈遍侯門鋏,國計家聲兩未伸。"余與梁君亦有知己感,聞訃後,正欲擬稿,而苦無事實,見此爲之擱筆。

"舉杯邀月醉如泥,路入鄉關路轉迷。舊恨纔除新恨續,杜鵑枝上鳥頻啼。"此近人黃鴻汀《客中》題詩也。余憶避亂内渡,道出楓亭,見驛壁上和韵詩甚多。獨愛林資銓(仲衡)七律云:"身世飄□一葉輕,師徒千里遠同行。旌旗故國愁中影,刀尺香閨夢裏聲。自少所耽惟嘯咏,向來不慣是逢迎。今宵且醉楓亭驛,漫計山程與水程。"其時,余亦有《途中雜咏》,今散失無存,惟記題是驛結句云:"應有故人從此過,沿途墻柱盡題詩。"

黃植亭茂才(茂清),臺北人也。風流瀟灑,傾倒一時,爲《臺灣新報》社騷壇盟主,著述甚夥。曾傳有《漁人聚飲》五古短篇云:"賣魚沽酒來,相知有三五。酣飲綠榕陰,拇戰猛如虎。醉倒夕陽西,不辨今與古。莫道囊無錢,明朝舉網取。"余謂,此詩有如柳柳州《漁翁》一首,擬删去結句較爲高渾,未知黃君其肯容余置喙否?

節孝蕭母陳太君,苗栗人。父沛霖上舍以文章、書畫名一時,弟星郎茂才以著述世其家。新竹蔡啓運二尹(見先)爲狀其事,徵當世士夫詩文,用以介太君花甲之壽。施澐舫進士(士浩)作樂府一篇,以詔來者,亦闡幽揚光之意云:"嗚呼!烈婦烈,何如節婦節?烈婦之烈烈一時,節婦節苦無窮期。立孤與死孰難易?古惟嬰臼明其義。君不見,苗栗山莊有女宗,柏舟卅載殊從容。讀書識字天所鍾,翹然生長儒門中。自從寡鵠悲故雄,上有白髮下黃童。此身化石誰尸饗?米鹽凌雜菽水供。書兼兒課宵女紅,未亡人補造化功。轉瞬平輿成二龍,柳丸歐荻千秋同。歲寒後凋惟孤松,使我遥企天姥峰。懷清臺築瀛之東,後有述者其管彤。"古音古節,令人百讀不厭。

澐舫進士占籍臺南,鄉人敬慕弗衰。乙未移住泉州,有《咏史》七絶云:“百勝豈能當一敗?拔山蓋世亦粗材。淮陰胯下圯橋履,負重都從忍辱來。”著有全集,惜未能見。然吉光片羽,亦自足珍矣。

陳滄玉(瑚),星郎茂才之哲嗣也。青年有志,究心當世之學,與陳基六、陳槐庭、洪月樵先後襄理中部《臺灣日報》,復以筆墨餘閑提倡風雅,壇坫之盛,爲時所稱。嘗於上元日,到鹿港宴集槐庭之處,《呈諸友》云:“夕陽遠遠露朱甍,疑是絳標建赤城。十里烟雲人似織,萬家燈火雨初晴。酒杯在手談前事,牛耳登壇踐舊盟。剪燭西窗愁漏短,何當禁斷曉鷄聲。”同時其友林幼春亦有《過鹿港》云:“軋軋藍輿暮未停,柳堤花塢認曾經。夕陽萬瓦紅於染,愁遇當年主簿廳。”幼春,余未嘗與之晤,滄玉與箴盤交頗密,有題其《静中得趣圖》甚佳,老箴嘗出以示余。惜篇幅太長,不能畢載。

王晋之大令(國瑞)廣東人,乙未春,來宰吾邑,有循儒、循吏之稱。時適外間警報迭至,跳梁小丑蠢然思逞,公患焉。急集鄉紳議設保甲之制,民賴以安。及聞臺北已設新政府,大軍將至竹城,公乃青鞋布襪,辭父老以去,至今民多思之。余嘗有句云:“名士盡多遭亂世,好官難得在清時。”

“試問嫦娥清節否,廣寒宫裏有人來”,此吾鄉郭重芙茂才《寄内》句也;“博得開函眉一展,膝前兒女近能吟”,則吾鄉人林次湘女史《寄外》句也。同是離懷之作,其胸次悲歡,回不相同。次湘爲蔡啓運二尹之尊夫人,其子汝修亦能詩,一門風雅,有聲於時。

黄笏山司馬(玉柱),竹塹人,以名孝廉官江右,所至有政聲。每朔望,命治下各塾師率其徒入署,背誦《孝經》,獎賞有差,且聞廉明有古儒吏風。哲嗣月淑孝廉(宗鼎)、芸淑太史(彦鴻)昆季繼入仕途,方興未艾,人咸謂好官之報也。所刻,司馬在日手作書畫饋人。余見其《題墨竹》七截云:“數竿修竹參差立,雅似人家好弟昆。一氣相生根本固,更添稚笋作兒孫。”直不啻爲自己寫照。

“聖明未忍誅臣罪,衮鉞何妨聽後人”,此唐薇卿總統(景崧)《乙未除夕感懷》句也,讀此亦可憐其處身萬難矣。况脱身係奉朝命,猶非諸將可比,聞其臨終前數日猶嗚咽追誦之。

蔡惠如,鰲峰仁壽司馬(占華)哲嗣也。嗜吟咏,慷爽有古人風。曾貲助鄭毓臣廣文刊《師友風義録》,有載其《席上即事》七截云:"征歌侑酒嫩寒天,主客歡聲雜管弦。紅燭兩行花四座,衣香人影落樽前。"其豪邁風流,殊可想見。

合肥李文忠公固是一代偉人,惜毁之者既失其真,譽之者亦過其實。傳聞公長於吟咏,自任國事,此調不彈。曾有《咏雪詩》一聯,爲時傳誦云:"銀海翻騰銷滅易,玉龍飛舞轉旋多。"其氣概果不凡也。

人愛作好詩,切宜多讀多講,多作多改。《秋星閣詩話》所云:"陋習略舉有五,即不擇題、限韵、步韵、濫用、犯古人是也。夫欲作好詩,必先擇好題,方可舉筆;而今人作詩,喜用纖小之題目,或用俗題,或用自撰不穩之題;視其題劣,則詩不覽可知矣。若夫限韵,不過欲以險字窘人耳。不求詩工,衹誇韵險,井蛙之見,非大方所取也。步韵尤今日通病,此例宋人作俑,前此未有也。觀唐人唱和之什,不必同韵、同體,況步韵乎? 今一詩成,步者紛紛。一韵屢見,如蔗渣重嚼,有何滋味? 牽扯湊合,桎梏人才,導人苟簡,貽誤後學,莫此爲甚。濫用者,由於廣聲氣,故索之即應,有以介壽索者,有以哀挽索者,此等甚多。詩既不佳,徒勞神志,或預辦套語,臨時書付,詩名愈廣,詩品愈卑。更有逢人輒贈,用充禮物,詩之不幸,一至於此,大可傷也。偷句最爲鈍賊,詞家深以爲戒。連用三字,便覺索然。偶犯,速改可也。"又云:"勸虚心""審趨向""戒輕梓",大抵"邀譽者乃招毁之物,博名者即敗名之具。"盍慎諸!

郭芙卿茂才(鏡蓉),記才敏捷,寓目成誦,胸次曠潔,不作俗儒故態。臺割後,落髮爲僧,雲游鷺江,住錫虎溪岩者數載。日以詩酒自娱,醉則痛擊同侶,群僧患焉,謀逐之。旋里,復歸儒,隱於臺北士林。與余相逢於客次,自誦其《劍潭書室偶題》云:"古寺藏幽僻,山房静不嘩。談經僧入座,問字客停車。隙地多栽竹,空庭半種花。書聲聽了了,此處是吾家。"詩骨甚清,肖其爲人。

余少而孤苦,長遭亂離,性剛才拙,與物多忤。偶覽昔人興感之由,若合一契,未嘗不慨然廢書而嘆。但恨鄰靡二仲,室無萊婦,不得不飲酒消憂,高歌示志。每學陶公,自謂是羲皇上人。唯酒是務,焉知其餘? 因作《醉吟》云:"狂夫有心病,非酒莫能醫。恰喜酒肯賒,時時一中之。醉中言喃喃,往事雜新詞。親舊笑避席,妻子苦相規。謂此是狂藥,樂此欲何爲? 且非攝身道,兼詘富貴遲。我方入醉鄉,適此大兵追;奮舌與之戰,賢於用偏師。富貴不識字,豈如貧有詩? 長壽無氣節,不若夭爲宜。醉吟凌滄海,緬想古皇羲。"

王温如上舍(慶忠),臺北大龍峒人也。慷慨好義,喜吟咏。家有園亭之勝,賓客常滿座焉。壬寅春,余游圓山公園,到其家,見其兄弟,怡怡有古人風,心甚羡之。索所爲詩稿,謂經亂散失,惟記近作五律二句云:"曲徑迷黄葉,亂峰插白雲。"有丈夫子三,咸能讀父書云。

温如之弟慶超,字拔三,性孝悌,喜音樂,兼工詩詞。嘗爲余誦其近作云:"雲歸山面白,日出海心紅。"何其清秀可愛也!"杜詩韓筆愁來讀,似倩麻姑癢處搔。""不知銅臭胸無字,何術支他日似年。"以上二結句,真能道得讀書樂趣。

《了庵雜録》載,謝頌臣茂才(道隆),乙未之役,率其徒數十人統軍北上,舍於苑里蔡啓運之家,酒酣狂吟,有"入幕不妨招弟子,登壇依舊拜先生"之句,讀之,使人想見茂才風流自賞之概。茂才素諳兵略,與邱仙根工部(逢甲)爲中表昆弟。當工部倡義時,茂才亦集其所與游者來贊戎機。及事敗,乃散其徒,亡命走江湖。有傳其《割臺書感》云:"和約書成走達官,中原王氣已凋殘。牛皮地割毛難屬,虎尾溪流血未干。傍釜游魚愁火熱,驚弓歸鳥怯巢寒。蒼茫故國施新政,挾策何人上治安?"嗚呼! 茂才之志,亦良苦矣!

林鶖雲正郎(鶴年),安溪人,游臺數載,乙未移寓鼓浪嶼,自號"怡園老人"。著有《東海集》,洪蔭之大令爲刊行於滬上。集中皆以目擊滄桑時事入詩,真不慊渭南入蜀、東坡去儋之作也。《送劉淵亭副帥(永福)守臺南》云:"五百田横氣尚雄,曾聞孤島盛褒忠。誓心天地中原淚,唾手燕雲再造功。不信黄金能應讖,誰教赤嵌擅和戎。兵銷甲洗天河夜,隻手瀾回力障東。"噫! 先生期望之心亦甚切矣，不謂劉帥未能竟其志。羊公不舞之鶴，難免爲先生羞。吁，可慨也！

鼈雲正郎之哲嗣景商觀察（輅存），亦近今之志士也。才氣横溢，聲名藉甚。見時局日非，亟至京三上書，條陳時務，得旨嘉納，旋爲忌者排之，遂拂衣歸。來游臺灣，考察政要。年纔而立，著書盈篋。余嘗從報牘中見其《次韵答謝幹初刺史》云："學海尋源隔一堤，千秋低首李安溪。作舟我愧川難濟，問道人如旱望霓。方幸儒冠能不墜，豈知民志未容齊。（自注：籌設小學堂，因格於衆議。）年年賓館慚閑溷（竹按，景商嘗主考亭書院，故云），珊網於今待取携。"《題箴盤大著臺灣三字經》兩絶云："入眼河山處處非，每懷佳客淚沾衣。桑田滄海須臾事，剩得圖經故國歸。""著書豈盡鳴孤憤，愛國從來屬少年。日若逢王伯厚，舉杯同注海東篇。"星洲寓公揮麈拾遺，稱其詩學淵源，綽有乃翁雄邁之風，信不誣也。

鹿港陳玉程女士青年守節，知書識禮。其宗人傳其《感懷》七律，有一聯云："園中有鳥啼姑惡，月下無人唤子規。"一字一淚，令人不忍卒讀。

吾鄉近來青年能詩者頗多，如黄潛淵、葉文游、吴淑堂，其尤有可采者也。黄游鼓山，見石上題字甚多，《有作》云："金石遺文德望齊，崖碑我見合眉低。不才幸免山靈笑，石上曾無姓氏題。"葉《挽黄美人》云："紅粉無情餘白骨，青山有幸葬香魂。"《廢園》云："當年曾記開詩社，此日居然作酒樓。"吴《咏方竹杖》云："圭角生成色最蒼，异規中矩節何長？人心誰似君心正，扶老休嫌直竟方。"《玉蘭》云："一樹葱蘢耐雪寒，花開秀色最堪餐。分明王者圭璋度，莫作尋常素艷看。"吴名葆榮，兼工書畫。

張滋畹（采香）善畫蘭，有聲於時。余記其《栽菊》云："秋英遶舍溯陶家，此意還須領略些。若待重陽時節到，一瓶清水一枝花。"《悼内》云："凄風苦雨夜生寒，憶舊難禁鼻轉酸。心事滿腔無處訴，對親依舊强承歡。""求醫覓術竟無功，十載情緣付夢中。鏡匣塵封人不見，空餘淚眼泣西風。"張君嘗游東京，著有《東游日記》，亦甚膾炙人口。

偶讀趙雲崧《題杜子美墓》云:“生無一飯人誰恤,死有千秋鬼豈知?”因憶乙未,唐薇卿總統募集廣勇數千來臺,辱及居民,一時人心惶惑,誤傳此爲日本人先導者,遐邇咸有戒心。未幾,而總統微服潛逃,兵民交變,廣勇劫倉庫,相率南下。到處,鄉民阻之,互有死傷。五月十四日,到竹邑,竹人閉關不納,憩於南門外大衆廟、竹蓮寺等處,長途跋涉,嗷嗷待哺。謀於保甲局,局人約以先納軍裝,方許給糧食,并送其内渡,廣勇喜焉。乃命棟字營(林朝棟之部下)親兵收其武器,棟兵見廣勇有藏鏹,欲奪之不遂,忽以炮火相見,倉皇變起。適内山義民聞之(邱逢甲所募之民兵,謂之義民),亦皆荷戈而出,廣勇星散,多被殺,無有存者。越數日,有爲之收集尸骸,合葬於大衆廟右,標之曰“廣東勇墓”。事定後,居民知其冤,恒往祭之,至今結香火緣者殆無虛日。吁!何其前暴而後恭耶?余擬用雲崧先生一聯題贈之。

吾竹劉梅溪茂才(景平),少穎异,家貧嗜學,未弱冠,有聲庠序。乙未,欲内渡不果。波越課長愛其才,延修《廳志》,非素願也,嗣竟鬱鬱以歿。故其吟咏,多有寄托。如《春燕》七律云:“幾經世態閲炎凉,故壘何曾一日忘?穿巷不堪餘夕照,歸巢忍負好春光?主因情重尋仍舊,風爲身輕揚竟狂。入幕依人無限恨,呢喃幾欲訴東皇。”

梅溪亡後,其友鄭十洲(學瀛)作詩二十八章挽之,情詞真摯,爲時傳誦。今節録於下:“飛鴻渺渺剩泥痕,忠厚如君古道存。修德如何偏減算?不平何處叩天閽?”“平生壯氣化烟飛,經濟文章願兩違。差喜萱堂春在日,青衫當作老萊衣。”“四壁蕭然數簏書,梁鴻渺廡昔何如?今朝安置黔婁婦,幾費商量代卜居。”“收拾遺編暗愴神,從今筆硯任生塵。何時可續孤兒曲,能讀父書慰故人?”“惆悵山松薤露歌,西州門外痛重過。夜臺漫道無長恨,細雨清明鬼淚多。”“草草西山築墓田,天荒地老自年年。鷓鴣聲裏清明節,猶累孤孀挂紙錢。”“空梁落月夢中顏,鶴去遼陽幾日還。惟有生前曾寫照,留君面目在人間。”“棠梨滿地雨霏霏,杜宇多情是耶非?那識長眠人不起,山前山後叫君歸。”“亂書叢雜舊吟詩,片紙如珠拾靡遺。珍重半生心血在，爲君抱病檢多時。”“幾番剪紙枉招魂，《廳志》猶餘手迹存。忙殺江東羅處士，爲君續筆入公門。（自注：羅景南繼其任。）”“墓門老友酒頻傾，一滴曾無到九京。泉下應添知己淚，感公生死見交情。（自注：謂波越課長親奠其墓。）”“不訪芙蓉石曼卿，不來兜率號天名。想君應召修文去，定伴諸神到玉京。（自注：君死於送神日。）”“牙琴幾爲等閑抛，恨杳知音莫逆交。休怪挽詩多未穩，減君剪燭共推敲。”“阮囊羞澀不知貧，彈指光陰廿八春。領略人間生死味，此身休再下紅塵。”十洲乃鄉賢祉亭先生曾孫，其詩學在吾邑亦特樹一幟。何以毓臣所編《師友風義録》惟選其叔擎甫、幼佩而已，豈忘却竹林中尚有阮咸在乎？抑亦有所軒輊於其間耶？

吴子瑜、吴子衡亦吾臺之詩人也，韵事風流，一時并美。子瑜有《咏薔薇》云：“苦求异種到東瀛，百葉重臺照眼明。莫怪千金能買笑，天生我輩本鍾情。”子衡和云：“芳情不許蝶蜂親，深鎖娉婷一院春。聞説洛陽花似海，藏嬌金屋是何人。”

臺屬稱師，嘗曰某先，講禮法者恒深鄙之，謂近世輕薄子之所爲，不知古人已有用之者。如漢梅福曰：“叔孫先，非不忠也。”顔師古注云：“先，猶言先生。”俗例稱呼，或本於此。余記鄭伯璵孝廉寓泉州，其徒張某訪於客邸，問主人曰：“伯璵先有在否？”孝廉聞之，惡其無禮，越日答以詩，有“運蹇文章難入彀，途窮弟子亦呼名”之句。噫！孝廉通貫古今，竟亦忘此典實。又孔子之門人，如子思所謂“仲尼祖述堯舜”，子貢所謂“仲尼日月也”之類，亦可爲呼名進一解。

鹿港陳槐庭納寵時，作《却扇詞》十二首，情思纏綿，艷麗可愛，置之《十研翁香草箋》中，殆不易辨。一時寄和紛紛，卒無能出其右矣，蓋模擬終不如實寫之爲妙也。兹節録之。“華燭雙燒照畫屏，緑紗裙帶響瓏玲。冬宵更比春宵短，咫尺銀河看小星。”“似羞似怯頬凝酥，堪畫燈前背面圖。任汝卸妝披扇認，檀郎不是老狂奴。”“圓柱楠床軟錦氈，房櫳熳爛薄寒天。卸頭斜倚妝臺畔，故意遲人細拍肩。”“紅袖輕遮暗潑眸，流蘇綉帳下雙鈎。枕函中界檳榔盒，恐到宵深觸并頭。""解衣并坐合歡床,嬌軟盈盈竟體香。叉手試量鞋樣小,脚環蓮子響丁當。""更籌一刻抵千金,密語傳來夜已深。摸出袖中雙戒指,挂郎拇上結同心。""羞態些含語又低,手纏衣袖嚙匏犀。明朝要早梳頭起,珍重同聽報曉鷄。""香暖鴛衾似懶春,共搜舊事話逾新。罰郎雙括看花眼,專在人叢要覷人。""鴛鴦下牒填□橋,領略床頭細語嬌。情事未堪多叙遍,阿儂不睡自前宵。""曉日曈曈上柳梢,尚隨雛鳳住香巢。也知廿四番風好,一夜吹開豆蔻苞。"

蔡啓運二尹(見先),又字振豐,吾竹之風雅家也。妻子奴婢,亦皆能詩,善鍾情,多内寵。余見其《題觀音畫軸》云:"自來苦海不生波,醋海汪洋可奈何!願借慈航時一渡,免教風作打頭多。"又《挽阿美女校書》云:"歌舞場中最可人,曇花一刹墜紅塵。香魂應繞新城柳,化作黄鸝唤早春。""情絲縷縷渺難通,回首平康爪印鴻。夜半留髡思往事,阿誰消受米雙弓。""花中領袖女中雄,傾盡囊金送盡窮。巾幗從來多俠氣,憐才紅拂與卿同。""落月猶疑顔色存,楓林仿佛度青魂。題詩祝汝來生事,連理交枝不斷根。"

尊閫林次湘,有《調外》云:"一樹梨花獨挺姿,驚風耐雨幾多時。無情最是痴蝴蝶,忙裏尋春過别枝。"

林仁橋布衣,工時文,能詩,卒難博一衿,鬱鬱而歿,年已七十矣。其設教武廟,館規極嚴,以此從游日衆。吟稿散失,無從選録,僅得二句云:"掇草尋蟲穴,乘風聽鳥音。"時人愛其幽逸,多誦之。

新竹鄭在中(用錫),道光癸未進士,官禮部鑄印局員外郎,吾臺通籍自先生始。性頗嚴重,以禮自律,學者稱祉亭先生,不敢字也,祀鄉賢祠。其平生事實,具載《淡水廳志》。築北郭園,池亭之勝、賓主之美,甲於海外。著有《北郭園全集》,詩五卷。《偶成》七絶云:"十年難學到詩翁,少不如人老豈工。衹爲村居無一事,聊將晚景付吟筒。"蓋宋儒擊壤一派也。

林卓人孝廉(豪),金門人。游臺館於林雪村方伯家,賓主甚相得。有《題潛園釣月橋》云:"一竿冷浸橋邊月,萬葉陰垂澗上亭。"尚見流動之致。孝廉又好集句,此體如滿屋散錢,個個上串,惟其綫索在手，故能以古人之詞爲我之詞。隨意掇拾，所謂“不著一字，盡得風流”者。讀孝廉《警世》七律四則，覺與竹垞《蕃錦》、唐堂《香屑》爲體則同，命意各别矣。今録之。“前人田地後人收，命裏無財莫强求。有事不如無事好，出門歡喜入門愁。常將冷眼看螃蟹，莫替兒孫作馬牛。一個銅錢四兩福，誰人肯向死前休?”“石崇豪富范丹貧，世事如棋局局新。陰地不如心地好，買科便是發科人。在山靠山水靠水，裝鬼像鬼神像神。萬事不由人計較，一朝天子一朝臣。”“把了千錢要萬錢，人生不樂也徒然。今朝有酒今朝醉，一日清閑一日仙。瓦罐不離井上破，巧妻常伴拙夫眠。東瓜扯到豆棚裏，千里姻緣一綫牽。”“黑心人有馬兒騎，豈可人無得意時？怕者不來來不怕，疑人莫用用不疑。蝦蟆想吃天鵝肉，老虎要吞蝴蝶兒。善惡到頭終有報，得便宜是失便宜。”此與繆蓮仙《文章游戲》中所集俗語，可以方駕。

藤園主人，臺灣兒玉爵帥别號也。公餘游息之處，名南菜園，在臺北城南古亭莊。己亥夏，結廬落成，主人偶作一絶云：“古亭莊外結茅廬，畢竟情疏景亦疏。雨讀晴耕如野客，三畦蔬菜一床書。”一時名士如籾山衣洲諸公，唱和成集，讀之令人想見升平景象，士大夫得以遂其韵事風流。庾亮“南樓”、羊祜“峴首”，固不得專美於前矣。

潛園吟社偶賦一題，裒然成集，四方文士趨之如鶩，以主人愛才如命，雅有玉山顧阿瑛之風。噫，亦豪矣哉！今録山陰陸少海(翰芬)分咏《羅漢松》七排云：“羅漢何年化古松，西來佛祖剩遺踪。散花天女梅爲友，玉版禪師竹正宗。竺國原留尊者號，秦官曾賜大夫封。却因華蓋留纓絡，慣向寒山聽鼓鐘。霜雪不移真色相，烟雲長護怪形容。三千世界同瞻象，十八名中此伏龍。頂上圓光明月照，半空梵語好風從。和南禮拜無量壽，乞與人間作頌恭。”運用典實，雅與題稱，落落寫來，能合生枯爲一筆，於咏物題中可稱作手。

葉春波明經家劇貧，好吟咏。有句云：“地静鳥聲先迓客，風輕花氣欲留人。”身後遺稿散失，此聯見於潛園壁間。固知吾臺孤懸海外，雖有新詩佳句，湮没居多，余所以有《詩話》之輯也。若雲翕張風雅,軒輊人才,則吾未之有得。

選詩易招人謗,然人之謗者,必其詩不足選,抑亦選家不知選。否則,一二殘篇斷句且爲披沙揀金,登諸梨棗,是知己之恩,當没齒不忘矣。豈又饒舌不休耶?

吾鄉彭雅夫拔元(延選),善書畫,工詩賦,受前學使彭藴章相國之知,著有《竹里館集》。今僅有《蘭盆會詩》數首,載《東瀛試牘》中云:“生前想是貪饕餮,還向人間乞食來。”其父遜蘭恩貢(培桂)亦有詩集,今俱散失,無從采入。

王漢秋廪生(咏裳),臺南人。性慷慨,重然諾,家僅小康,後以此蕩其産,晏如也。尤耽吟咏,吐屬清爽,如啖哀梨。乙未,避亂回晋江。客有爲余誦其稿,如《鷺江客邸》云:“人世無如出路難,旅情參透客心寒。欲除煩惱除欣羡,萬事皆宜作反觀。”《題客邸壁》云:“未能爲雨與爲霖,曠覽山河感不禁。細綴蒲帆修槍楫,舵工也有濟川心。”《聞警》云:“鹿耳門前吼怒濤,奇愁郁勃索香醪。記曾風雨蒼凉夜,燈影揺紅讀豹韜。”《過鐵砧山》云:“緑陰濃處隱孱顔,石咽泉流路幾灣。骯髒一身經百煉,今朝又到鐵砧山。”《稻江紀别》云:“小樓烟雨晚江潮,帶得離愁上畫橈。折柳泥君留爪迹,重來好認舊枝條。”末一首風格何减晚唐人耶?

靈泉寺離竹城不遠,頗有山林之勝,騷人墨客,游咏甚多。惟郭重芙茂才二句云:“人間勢利炎於火,願乞靈泉水一杯。”頗有新意。

林雪村方伯,新竹巨室也。鄉閭稱孝,且篤於世誼交情,慷慨任俠,有東漢八厨風。又聞其雅抱尚而多才思,彝鼎琴尊珍怪羅列,書畫、絲竹、騎射諸藝亦色色精絶。著有《潜園琴餘草》八卷,其詩於中晚宋人爲近,游覽寫懷,直從性真流出,空所依傍,自成一家。而其拳拳愛國之誠,自不能已,所謂“處江湖之遠,不忘其君”者歟?陸少海(翰芬)讀其詩集,有題詞云:“何必争追唐與宋?能言情性即詩人。十年泉石常懷國,千首詞章半憶親。殘月曉風皆寄托,春花秋柳亦精神。卿雲未出欣先睹,定有靈山香火因。”余喜其措詞清功,并綴所聞於此,以補志乘之不及。

徐小齋(錫祉),仁和進士,來宰吾邑。公餘之暇,輒招名下士入署,問俗論文。因病晋省就醫,《留别紳民》云:“未有棠風能勵俗,每因黍雨輒思賢。”“犬牙相錯田如綉,雀角交争地半閑。”其《全首》云:“出山小草感勞薪,向日傾葵抱樸真。縱使無才堪報國,敢教偶病即抽身。再來或冀春生脚,此去先無愛及人。泥雪塵緣重有分,還將鴻爪話前因。”爾時和者甚多,余惟記劉雪和上舍(廷璧)云:“憐才識早同天地,折獄言堪質聖賢。”“文即金黄還與匹,詩非元白莫能齊。”傳誦一時,咸稱合作。

乙未、丙申之亂,所賴督府書記白井新太郎歷游各處,據實上聞,全活甚多。著有《南游詩草》,間多可采。如:“田園憂歲旱,鷄犬畏兵窺。”“避亂猶遭亂,求生不得生。”“江山無定主,憂國又思賢。”皆可想見其爲人。及至罩霧,與林允卿主事諸人唱和,其贈林紹堂太守哲嗣幼春云:“道德人如玉,文章筆作花。”幼春酬云:“爲尋民疾苦,深入白雲鄉。”李雅宣贈云:“感時淚寫惻民詩,大德人從去後思。”李雅音和云:“輶車回過後,疑獄破從前。”王秀才君右和云:“蒭蕘不厭殷勤獻,深望先生活好人。”

《南游詩草》一名《臺灣觀風詩》,所載美不勝收,和韵爲多。録之,可見一時遭亂遺老得遇斯人,如旱逢雨,誠幸事也。鹿港陳君任之:“行踪甘落後,名姓耻居前。”沈君國盤:“家山磷鬼火,風雨杜鵑人。”彰化吴君倫明:“樹焚無宿鳥,路塞絶行人。”北斗林君庚秋:“無爲原可治,有勇且知方。”陳君錫奎:“自今門不閉,無復醉兵瞋。”葫蘆墩陳君慶雲贈别云:“此日山橋分手去,西窗剪燭待何時?”鰲山蔡君蓮舫:“下馬尋高士,上書拯亂民。”王君學潜:“胸藏今古闊,計比地天長。”蔡君敏貞:“鷄犬聲皆絶,田園目不窺。”淡水李石樵題詞云:“何人施辣手,此老見婆心。”古云争霸圖王,不嗜殺者國祚必長;出將入相,不嗜殺者厥後多昌。白井君拯民於水火之中,所活何止萬命?贅之,以驗日報施不爽。

昨讀《新報》,有梁子嘉大令(成梅)《昔佃新開莊》一律云:“剪棘誅茅舊築堂,堂前瀲灩水準塘。李衡奴婢三千橘,葛亮生涯八百桑。繭足連年歌兕虎,磨牙盡日走豺狼。傷心今作無家别,我比新莊是故鄉。”又有太平林句云:“衹疑誤入桃源裏,未許漁舟再問津。”“苦思骨肉愁無夢,自失山林老更貧。”何其逼真少陵,真令人不忍卒讀也!

余自少頗負微名,長遭離亂,衹可藏拙山中,不堪世用。年來無聊,戲編《詩話》,遠近知者俱以詩稿囑選。未曾著筆,蜚語横來,殊可畏也。但目擊時艱,胸中所欲言而不敢言、又不得不言者,悉於詩焉發之,亦古人“國家不幸詩家幸,賦到滄桑句便工”謂也。

林仲衡(資銓),蔭堂觀察次子也。回籍後,讀書福州,有《秋日書懷》云:“未免被傍人一笑,將門子弟作書生。”“深閨亦有糟糠婦,料得秋來懶畫眉。”“自把新詩題粉壁,免勞名士作圖書。”《道中》云:“風雨滿山人不見,松間一傘老僧歸。”“翁仲無言碑没字,路旁何處問前朝?”信手拈來,頭頭是道,清新中具有出神之致。

彰化三角仔莊吕汝玉、汝修、錫圭昆季,俱茂才,有筱雲軒藏書二萬餘卷。芸閣山人題聯云:“筱環老屋三分水,雲護名山萬卷書。”刊傳《一肚皮集》。待師之厚近世無匹,士論賢之,稱爲“海東三鳳”。

吾鄉孝子翁林(福)父疾甚,刺指血書表告天,願減己算延父壽,父疾尋愈。後數年,父卒。孝子年三十一,寢苫百日盡哀,徒步登山求葬地。事畢,乃撫父栗主而泣曰:“吾今不得復見吾父矣!”一慟遂絶。有丈夫子四,次子史雲别駕、三子貞司馬,具祀孝友祠。余與孝子之孫星樵廣文爲丱角交,得讀林卓人孝廉所作《翁孝子歌》,亟録之。“竹城孝子年十五,萱闈早逝依慈父。慈父齒衰病在床,孝子侍疾不知苦。剖肝合藥總無靈,刲股調羹那得愈。孝子愀然有所思,此身膚髮親所遺。安得將身分疾痛,親急不救何用兒?抽刀斷指指血濕,染血書詞氣嗚咽。巫陽有召兒請行,露禱告天天亦泣。果然天意鑒微誠,勿藥俄教慶再生。從此春蔥與冬笋,好將甘旨代參苓。堂上白頭朝舞彩,燈前黄卷夜傳經。百年椿壽方長祝,一朝風樹悲喬木。無知鬼伯果何仇,有恨蒼穹胡太酷。病軀力疾覓佳城,歷遍荒山入深谷。那堪哀毁瘦於柴,更閱冰霜勞似轂。瀧岡表後更傷情,一慟吾親不再生。分付細君今苦汝,長尋阿父入幽冥。馬鬣封深疑有路,杜鵑血盡更無聲。呼天少婦更堪憐,減算還求代所天。那識天哀孝子志,許隨定省到黄泉。由來至性感行路,孝行況能昌厥後。即今哲嗣述遺徽,嗚咽語終淚如注。濡淚爲詩告後人,雛鴉啼答楓林暮。”

黄景寅歲元(敬),淡水關渡人。性孝友,喜讀書,著有《易經理解及詩文集》。有《基隆竹枝詞》云:“萬傾波濤一葉舟,無牽無絆祇隨流。須臾滿載鱸魚返,販夥争沽鬧渡頭。”寫影寫聲,情景如繪。

鹿寮坑茶亭頗壯麗,爲姜贊堂二尹(紹祖)所建。其楹柱皆白石爲之,鎸聯云:“雖非廣厦遮寒士,亦效環滁築醉翁。”“此外程途多未歷,個中甘苦貴親嘗。”“不借望梅能止渴,得些息足自添神。”“花香鳥語蒼崖畔,帽影鞭絲大道旁。”二尹爲竹邑北埔墾紳蕒邦之孫,年少性剛,深明大義。乙未之役,破産結客,招集鄉民,自成義旅,邑宰王晋之奇其才,有國士之稱。五月某日,戰於東門外枕頭山,勢孤無援,死於炮火之下,惜哉!

郭雲裳廣文(襄錦),少聰穎,品學素優,有《送曹懷朴司馬(謹)謝病歸里》七律云:“笙歌滿路酒盈卮,父老攀轅惜别時。生佛願教長作主,春風易惹遠相思。一清已覺人難效,五載都嫌住未遲。底事蒼生方繫望,淵明歸去漫題辭。”其它佳句,如:“養花心盡春將老,哺子功成鳥倦飛。”“如公宜有後,讀書從此蔔聯輝。”司馬爲吾邑清官,至今民猶思念不衰,祀於名宦祠,竹人募金祭之。

邱仙根工部(逢甲),才情學力,冠絶儕流。乙未回粤,大府延掌潮洲韓山書院,成就甚衆,一時仰之如泰山北斗。工部詩才淋漓悲壯,盤錯輪囷,肖其爲人。海澄邱菽園孝廉嘗舉與嘉應王曉滄(恩翔)、番禺潘蘭史(飛聲)、安溪林鷺雲(鶴年)并稱“四子“,識者嘆爲知言。兹有《題潘蘭史説劍堂集》七古長篇云:“劍龍出海辭延津,十年龍性猶難馴。南天星斗避紫氣,下有按劍獨立之山人。山人亦自號老劍,海山蒼茫起光焰。手收劍氣入詩卷,萬朵芙蓉劍花艷。九宵太乙窺鑄詞,山人説劍當説詩。詩中亦有東來法,七萬里外稱西師。柏林城小詩壇大,西方美人壇下拜。偶將劍俠傳處女,花雨漫天動光怪。歸來香海修詩樓,山人彈劍樓上頭。直開前古不到境,才力横絶東西球。山人之才無不可,但博詩名計何左?豈知即詩亦難及,騰躍百家中有我。衹今耆舊無張黄(自注:謂張南山、黄香石兩先生),中原旗鼓誰能强?粤詩獨得古雄直,賴此巨刃摩天揚。衹憐説劍無人解,老淚如潮溢滄海。况復雷雨驅雙龍,雌劍升天雄劍在。吁嗟乎!手提三尺歌大風,千秋絶唱隆凖公。青蛇袖裏朗吟去,便須首數仙才雄。公孫劍氣語雖妙,衹許詩人説高調。此外异説空紛紜,十萬横磨帝羓笑。山人説劍劍膽粗,倚天手把玉鹿盧。羅浮風雨自離合,空山卧抱詩龍珠。竟隱球光騰劍氣,不顧世眼駭相畏。翳餘劍俠入道人,獨撫瑶華解珍貴。九龍城隔滄溟青,倚樓想見吟寒星。何時携劍就説法,諸天雲立群龍聽。"録之,以志傾倒。集名《蟄庵存稿》,皆乙未以後所作,正如子美入秦,劍南入蜀,感喟蒼凉,當不在古人以下也。

潘蘭史典簿,近今之著作家也。壯年就德國之聘,返復主《香港華報》筆政。閲歷既深,所得甚富。有詩文集若干種,綜名曰《説劍堂集》。余愛其《七洲洋放歌》,雄邁奇氣,不減於李謫仙。惜篇幅太長,特節録之云:"如此天險竟難扼,安用天塹防神州?會看樓船下天上,先驅蛇虎羅貔貅。伏波横海戈久枕,驚濤遠澥鞭可投。終童之纓未合弃,或許借箸爲前籌。(原注:大風過於印度洋。)""豈其造物忌覽勝,使識五州十島游難狂?又或蛟宫畏我發奇秘,故令作賦愁鋪張?怪底山靈水怪夜深哭,船燈欲滅心蒼茫。(原注:紅海見紅月。)""我從海外覽天宇,烟雲變幻皆奇睹。翻訝風帆吹轉東,金烏躍出扶桑渚。""我時已登海上船,徐福導我行,章亥偕我步。數博望之舊游,笑甘英之不渡。示我以金銀臺之梯、扶桑渚之路,虹光濵混不能顧。我欲摧山爲劍峰,崖高不落青芙蓉。我欲騰身跨飛龍,乘風又出馮夷宫。前游後游山水各奇异,衹惜十年歲月一瞬何匆匆!"

鄭香谷主政(如蘭),擁厚貲而勤儉好施,人多效之,與余爲忘年交。嘗聚友聯吟,以樂暮年。有《贈周仲行明府(志侃)》云:"愛蓮品早推君子,偃草風應化小人。"又《題無何有齋》一絶云:"不貪利禄不趨時,何有何無任所之。此即南華真宰地,漆園夢蝶究誰知？"齋名爲佐佐木忠藏所自署。佐佐木君性曠達，素有才子之稱。歲壬寅，來治吾邑（時爲新竹廳總務課長），好與賢士游，一時題咏甚衆。家箴盤（石鵬）亦有句云："塵世由來幻境多，先生夢已覺南柯。超然有象歸無象，大地蒼茫且放歌。"

江左徐樹人制軍（宗幹）觀察臺澎時，有《咏炭》云："一半黑時猶有骨，十分紅處便成灰。"至今人多傳誦。

日月潭，一名水社，湖中有小嶼風景甚佳，劉省三爵帥（銘傳）嘗設生番學堂於此，固臺中著名之區也，栖霞翁（民政局長後藤新平之號。）南巡時嘗往游焉。有詩云："雨晴風歇碧雲開，鏡水屏山照眼來。俗慮忽消榮辱外，心隨潭影共瀠洄。"翁又有《大肚丘上所見》云："大肚丘頭賞曉晴，秧鋪隴畝碧氈平。玉山挺立群峰表，撑住青空照膽清。"玉山即今所謂新高山也，在於嘉義之間，西人呼爲毛里順山，高有一千二百八十五丈，居世界高山之六。

閩人張幼亦（秉銓）、陳季同（敬如）俱有《哀臺灣》律詩，讀之聲淚俱下。張云："無端劫海起波瀾，絶好金甌竟不完。陰雨誰爲桑土計，憂天徒作杞人看。皮如已失毛焉附，唇若先亡齒必寒。我是賈生真痛哭，三更拊枕淚闌干。"又句云："海外情天難補恨，人間劫火忽成灰。""太息群才皆豎子，何曾一個是男兒？""河山風景傷無异，鎖鑰東南付與誰？""真宰訴天應掩泣，哀魂動地尚呼冤。""黄金不共遼東贖，樞部分明似寡恩。"陳亦云："金錢卅兆買遼回，一島如何付劫灰？强謂彈丸等甌脱，却教鎖鑰委塵埃。傷心地竟和戎割，太息門因揖盗開。聚鐵可憐真鑄錯，天時人事兩難猜。"季同嘗游歷西洋，深悉外務，劉省三治臺時延爲幕賓，凡與洋人交涉皆任之。乙未，臺灣改立民主國，即陳季同先生所建議也。

籾山衣洲（逸也），東京人也。性耽詩酒，爲日本有名之漢學家。來臺，督府延爲上客，囑主報政，有《鬟絲懺話》一卷行世。其《留別漣兒》二絶云："湖南亭子雨淋零，呼起離愁酒易醒。憐汝琵琶歌一曲，那堪更在别時聽。""故都花落水空流，春與行人不暫留。濺盡青衫司馬淚，琵琶聲裏下江州。"衣洲先生嘗到竹訪余於如此江山樓，袖出其近作《泛舟青潭溪》一篇見示云："青潭之溪來自萬山裹,折處爲淵奔處湍。碧玉乍碎如雪濺,中流擊汰夏冬寒。江波渺渺日之夕,棹至石壁月生魄。上有礫礫栖鶻之陵樹,下有沉沉潛蛟之窟宅。一磬不響山僧眠,大悲閣上歸雲積。忽聽舷頭聲琅然,是誰誦出赤壁篇?何處横笛來相和,餘音嫋嫋與水連?山如好友酒如淮,拍肩一笑比洪崖。浦烟縹渺古亭渡,燈火荒凉公館街。君不見今古茫茫一邱貉,百年不待自銷鑠。及時行樂聊復爾,吾鬢蕭颯吾齒落。衹願長向名山藏詩卷,難學千年遼東來歸鶴。"乘興寫景,描摹盡致,蒼勁中具有卓越。末路俯仰古今,有不盡身世蒼茫之感。

《金城唱和集》一卷,乃邱仲閼工部(逢甲)與王曉滄廣文(恩翔)二人所著,菽園先生爲之刊行。工部詩,余嘗采之,今節録。廣文《書事》五律句云:"軍猶嚴宿衛,敵自忌邊才。""枕戈仇教士,築柵恐行人。""民窮思作賊,事急始招兵。""睦鄰爲上策,讓地得全師。""讖學原無驗,妖詩漫共傳。""俠士思磨劍,經生憚改弦。"古體如《和鳳凰臺放歌》、《題風月琴樽圖》等作工力悉敵,不慊古大家,惜卷帙有限,不能備載。

投票選舉之法,即孟子所謂"國人皆曰賢"之意。近見日本人所刊《新竹案内》一册中有名士便覽,分門别户,皆由衆人投票,擇其票數多者而選列之。所載詩人僅三名:永井完久、波越重之、王箴盤(石鵬)是也。箴盤固未嘗以詩人自居,而吾竹可稱爲詩人者,亦不僅箴盤一人。究其所以當選之故,蓋箴盤每對日本人作隸書,即自録其詩以應之,日本人知其名者既多。他雖有受選,終不能及其票數也。波越詩,余不常見,惟得其《雜感》云:"秋風荆棘海南關,誰唱當年行路難?夜半豺狼聲咫尺,一痕霜月渡前灣。"《拂曉入九芎林街》云:"四更鷄唱破霪霖,爽氣侵衣轉覺森。杖底雲開疑拂曉,一弦月挂九芎林。"又有《田家雜興》云:"田家八月豳風景,牛背斜陽一笛秋。"二句亦佳。永井所作如《題迎曦門》云:"扶桑懸旭日,萬怪悉潛奔。普照無私意,四民皆沐恩。"《咏榕樹》云:"積翠晝猶暗,輕風凉味濃。行人皆受惠,勿道不材榕。"《曉發基隆》云:"長風一拂曉烟晴,鰲背朝陽分外明。何是神州何禹域?輪船蹴破幾鵬程。”皆可誦也。有《夢哉空也樓唱和集》行世。

葉壽亭廣文(際昌)《洗硯得句》云:“摩挲别有翻新意,净筆涵濡試白描。”其堂弟茂才(際禧),字文焕,乙未回泉,《别高懋卿》云:“分明此去似升天,鷄犬琴書指日遷。共道奕秋真國手,如何這著不争先?”蓋高君善奕,故戲也。

“安得衡才盡如此?免教滄海有遺珠。”此李珍前少詹(聯萼)《咏昭陽選詩》句也。其侄恢業廣文(祖訓)和云:“自將沈宋定評後,始信蛾眉眼有珠。”二君俱孝子之後,與余爲鄰。少詹自乙未至卒之日,匿迹銷聲,時論高之。次子逸樵(祖唐)亦能詩,又善鼓琴,嘗爲余操“哭顔回”一曲,頓挫淒涼,淋漓盡致,令人聽之不覺悠然神往。

限韵詩雖屬小家,不足登於大雅之堂。然争奇鬥巧,藉以消閑,猶較奕棋爲有趣耳。吾竹十年前此風頗盛,余記延年菊限“缸”字,張謙六茂才(貞)云:“靈芝亦是長生藥,采與黄英浸一缸。”盲目僧限“閑”字,黄谷如茂才(升)云:“不明眼鏡明心鏡,色界空空一味閑。”俱爲人折服。

唐維卿總統(景崧)有《戒烟》七律云:“寂寞簾櫳涕淚天,青燈風味割纏綿。埋灰已斷昆明劫,受戒休談印度禪。疆吏火攻開釁日,諫臣扂漏上書年。事關世運終難禁,聞説司農早税錢。”嗚呼!鴉片之禍,爲今日文明之大敵。一登黑藉,欲罷不能,非不可罷也,特在上無以罷之耳。不然,盍不觀於今之臺灣乎?豈天下事果盡關於世運耶?譜弟箴盤嘗撰《鴉片由來記》及《專賣法》,参酌變通,立論周密,中外報牘先後轉載(《厦門商政報》、《横濱新民報》,餘難枚舉),甚爲經濟家所推許,行將有取而用之者。余嘗謂箴盤曰:“百斯篤,急性之傳染病;鴉片烟,緩性之傳染病。”老箴以爲定評。

先慈吴太孺人性喜布施,奉佛兼通書史。余少讀書,受闖中之教居多。又喜談因果事以勸人,每逢年節朔望,必延知名士設壇,宣講《聖諭》、《感應篇》等書。陳子潛廣文贈聯云:“綉佛焚香,有夙生慧;課兒畫荻,爲女中師。”余因得句云:“放吟妻作友,督課母爲師。”蓋紀實,非誇語也。(《臺灣通志稿》中先父母俱有傳。)

陳錫兹茂才(世昌)《咏五指山(山在新竹之東)》云:"最好夜深秋月上,明珠一顆掌中擂。"余亦有咏云:"五笏巍峨冠海東,巨靈伸手欲摩空。夜來遥見峰頭月,一顆明珠弄掌中。"作詩之時尚未見此,今始知前人暗合之言不誣。時同社陳叔寶茂才亦有《樓東怨》,後二句云:"長門尚費千金買,出自心胸更不凡。"曾吉甫茂才(逢時)《咏畫眉筆》云:"最是知人深淺處,平分春色上雙眉。"辛柏亭廣文(邦彦)《桃臉》云:"最憐兩頰春潮暈,不映桃花色自紅。"周子佩貢生(國香)《吟蛩》云:"秋心别有難傳處,似解人愁又惱人。"佳句甚多,不能盡録。

臺灣濱海居民多閩族,内山則皆粤産也。質直好義,耐苦勤耕,地方有事,當道威賴焉。其報效亦獨力,故著有"義民"之稱。查小白明經(鼎)嘗《題旌義祠》五古一篇云:"櫌鋤服田疇,干戈衛社稷。凌厲氣無前,先驅争殺賊。制挺撻堅兵,所遇皆顛踣。少壯不策勛,悠悠徒視息。節重一身輕,浩然天地塞。名并諸功臣,精忠同報國。恨未補天南,恩遥承闕北。冰霜碧血凝,金石丹心勒。松楸泣杜鵑,憑吊增凄惻。"讀此,爲慨嘆久之。

洪瑞卿茂才(世儀)晋省秋試,作《客夢》絶句云:"曉鐘一覺西樓夢,猶似辭家上計時。"王成三廣文(炳幹)和云:"萬里河山一夢移,心中驚喜信還疑。故園晤對人依舊,渾似當年未别時。"二君俱中港人。

余在鄉里,里人皆笑余好名。余不敢怪,惟恐好之不專也。孔子不云乎:"君子疾没世而名不稱焉。"又曰:"君子去仁,惡乎成名?"隨園老人嘗訶某顯者曰:"人之所以异於禽獸者,以其好名也。"近今所謂文明國人,亦莫不以名爲重。政府有特設名譽員、名譽職。凡首創一事、格致一物,必以其名繫之。如美國之華盛頓,地以人傳是也;日本之村田銃,物以人稱是也。小而銘杯,大而立石,皆欲以其名留爲後人作紀念。試勸古今來能建大事業者,未有一個不好名。若名無所好,則污名敗德之事,亦無所不爲矣,蓋三代下惟患不好名。洪北江《卷施閣文》有云:"好名之弊,尚足以扶世。何則?人而能好乎名,類皆聰穎拔萃之人也。聰穎拔萃之人,賞之不能勸、罰之不能懲，而名之一字，即足拘之。然則名亦可假乎？曰不能也。有聖賢之名，有忠孝之名。聖之名而可假，則莊周、列禦寇之徒假之矣；賢之名而可假，則郭解、樓緩之徒假之矣；忠孝之名而可假，則王莽、趙宣之徒假之矣。等而下之，至才士詩文之名，亦無不然。文有文之精神，詩有詩之精神。精神能永百年者，則傳至百年焉；精神能永至十世、五世者，則傳之十世、五世焉；精神能歷劫不磨者，則傳之歷劫而不磨焉。然則吾欲救天下好名之弊，亦惟使之各務實而已。”

今人之所重者，惟科名而已，世俗混稱科名曰功名，甚而捐納、保舉。凡有服官服者，皆以功名中人目之。功名、功名，最足以炫耀於庸耳俗目之場。吾臺改隸已經十載，國籍雖异而習氣猶存，寄金捐官者尚不乏其人。故每遇慶賀、祭禮，紅帽、黑靴，漢官之威儀依然如在也。嗚呼！實之不存，名將焉用？我能立功、立言，雖布衣下士，其聲名自可傳於後世，何用此泛泛功名爲哉？武進趙味辛司馬云：“但有詩名俱千古，可知人不在官尊。”

外人嘗謂新竹有雙石，蓋指王箴盤（石鵬）、謝介石（愷）是也。介石少穎异，有遠志，文采風流，人多羨之。兩游東京，與燕人馬紹蘭善。馬君書聯贈之云：“蘭如解語還多事，石本能言更可人。”蓋合兩人而成一聯也。介石本其意，口占七律答之云：“出谷幽蘭不染塵，偏從頑石訂前因。共爲海外談瀛客，竟作天涯知己人。文化期無分畛域，功名豈慕盡麒麟？他時燕北鯤南日，兩地相思遠更親。”隨手湊合，饒有神致。

夢蝶園在臺南府小南門外，明遺老漳舉人李茂春建，今爲法華寺。唐維卿與邱仙根聯吟，有咏是題。唐云：“劫運河山畢鳳陽，朱家一夢醒蒙莊。孝廉涕淚園林冷，經卷生涯海國荒。殘粉近鄰妃子墓，化身猶傍法王堂。誰從窮島尋仙蜕？赤嵌城南吊佛場。”邱云：“二百年前老道人，曾從此地托閑身。草鷄已嘆雄圖改，花蝶猶尋舊院春。心事自同黄蘗苦，遺民猶見白衣新。如何栗主無人祀，有容傷心薦藻蘋。”無限感慨，吊古情深，而不即不離，可推作此題之特色。

臺灣茶業之盛,始於讓獨獨倡之。獨獨,英國探險家也。來游臺灣,試得本島茶種之美,運出海外,甚爲世人所共賞,由是而茶業興焉。其製品分而爲二,烏龍與包種是也,品質皆出於支那、錫蘭之上。每當茶葉采收之時,販茶者咸麇集臺北,購諸農家,售之洋客,出入之間沾利潤頗厚。近讀滄浪濯纓客《販茶行》篇,則年來茶市之狀況又爲之一變矣。詩云:"清明時節春日暖,有人來此開茶館。安坐館中握算盤,占得奇利何坦坦。仰賴洋人揖山農,左顧右盼竹在胸。居間轉圜不用力,財源滚滚號素封。徵聲選色日繾綣,好逸惡勞精神困。葡萄美酒飲幾杯,昏昏睡去夢猗頓。一夢再夢習爲常,買茶何必到浮梁?春來秋去安且樂,年年都在黑甜鄉。豈意洋人多智識,山農亦非阿蒙客;從此相近漸相親,直接交易無間隔。茶館人人總不知,碧紗帳裏未醒時。夢魂縹緲作囈語,陶朱陶朱來何遲?忽聽鷄聲鳴喔喔,一場大夢始驚覺。朦朧睡眼拭展觀,日已西斜照屋角。捲簾閑待山農來,山農一去不復回。急往洋行窺氣息,洋行門閉叩難開。彷徨四顧頻搔首,平生職業倏烏有!垂頭喪氣狼狽歸,獨坐館中嗟嘆久。嗚呼!世界翻新古不同,争能競智西復東。君不見,韓國君臣若懵懵,畢竟在人保護中。"

卧雲,今西上人(大龍)之别號也。卧雲曾爲日本曹洞宗大學林學監,雲游來臺,住錫於竹之觀音廳。開門布教,信徒之盛,罕有其匹。上人貌甚莊嚴,髯胡而秀,竹人皆稱鬍鬚和尚。通漢文,亦能詩。有《始到臺灣》云:"傳法向臺地,舉帆從海東。已驚風物异,豈有語言通。杖錫來新竹,斂衣入梵宫。梵宫無面識,月影獨朦朧。"又《游了庵席上口占》云:"了庵高士氣如雲,能飲能談我與君。佛印東坡同一榻,膽肝相照在斯文。""半日清閑養道情,風流豈是負鷗盟。檐頭頻奏無弦曲,雨滴聲和吟咏聲。""山中消息梅兼雪,今夜風流我與君。有酒可斟詩可讀(自注:王石鵬君出《五百石洞天揮麈》借讀),人間萬事等浮雲。"上人嘗語余曰:"我所自信者,非神、非佛、非仙,惟於人間爲安心立命地而已。"噫!非出大經卷者,何能有此智語?

陳沂震《途中》句云:"白雲如絮擁蒼山,膚寸能彌六合間。却怪紛紛頻出岫，不曾行雨竟空還。”僧顯萬《庵中自題》云：“萬松嶺上一間屋，老僧半間雲半間。雲自三更去行雨，歸來方羡老僧閑。”僧奉忠《夏雲》云：“如峰如火復如綿，飛過微陰落檻前。大地生靈干欲死，不成霖雨漫遮天。”郭震《咏雲》云：“聚散虛空去復還，野人閑處倚笻看。不知身是無根物，蔽月遮星作萬端。”以上諸詩同是咏雲之什，使宦場中熱心人見之，未審其去取如何耳？噫！

“落葉打窗風似雨，孤燈背壁夜如年。”“休辭客路三千遠，頓念人生七十稀。”“春雁北飛頻送目，夕陽西下幾顰眉。”以上三聯皆《寄子》句也，如出一手筆。誠情至之作，意所必同。復觀孟郊、袁凱《游子吟》及陸次雲、蔣士銓出門諸什，倍覺“父母在，不遠游，游必有方”。亦人子萬不得已之苦衷也。

杜淑雅宜人，林鶴珊先生妾也。知書識禮，能琴工詩。有《春日園居》云：“滿園桃杏笑清明，薄日微雲乍放晴。一縷游絲飛不定，又牽花瓣作風箏。”自先生作古後，青年守節，吟咏盡廢。先生曾贈云：“識字原非兒女福，知書纔是大家風。”乙未避亂，卒於蟠桃莊。長子林達夫司馬(尚義)恪遵遺訓，殯後携家回里，寄寓鷺島。

許志清(超英)，吾邑咸豐間名孝廉也。有《秋興》七律云：“一年容易又秋風，物換星移大海東。雲水蒼茫驚去燕，關山迢遞感征鴻。杜陵有興詩懷壯，歐子聞聲賦手工。梧葉滿階誰掃盡？明朝還欲課兒童。”其二云：“日月催人鬢欲蓬，一年容易又秋風。西歸鷺嶼囊羞澀，北上燕京路未通。羽檄交馳青海外，烽烟迭起大江東。魚書珍重何由達？徒倚門閭望不窮。”其餘好句，如“百代光陰如過客，一年容易又秋風”“疏砧響徹三更月，微雨凉生百尺桐”，録之，以存其人。

“不在逢時術未精，久將富貴比雲輕。慚無事業争千古，且托漁樵過一生。妻子也爲身外物，炎凉最薄世間情。著書自道無聊趣，何必人寰有姓名?”此余五年前爲汪君式金作隸書時，乘興賦此以應。近因入山，便途訪於其室。汪君握手話殷勤，出舊軸見示曰：“此先生之舊作也。往嘗懸於堂中，因客歲有日本人强欲以五金易去，僕靳不與，故珍藏之。”噫，何其多情乃爾！是夜，汪復出紙索書,余題之云:"來路沿流水,開門見好山。花間携手語,酒後出詩删。爲約三椽築,同消一味閑。敢嫌供給少,滿袖白雲還。"

式金爲人樸實無華,而其詩界在郊、島之間。有《書懷》七律云:"少小曾期閬苑游,不圖鎩羽幾經秋。易能寡過年須假,壯不如人老亦羞。分内功名灰已久,此中甘苦味還留。群英椽筆追燕許,屬望同修五鳳樓。"

曾籥雲(驤),粵中諸生,少負不羈之才,繼以南游吴苑、北登燕臺,山川之助,胸次益曠。渡臺,主林雪村方伯家,賓主唱和,著《有成集》,當代巨公咸許以必傳。家住北埔,身後遺稿無存,僅得咏物七律數首。今録於此,當收遺骼也。《酒旗》云:"野店誰開落照邊,春風十里一旗懸。提壺似共鳴鳩勸,捲雨頻依細柳眠。壁上慣邀騷客畫,花間遥指牧童鞭。停車認取當壚處,脱去金貂意灑然。"《花鈴》云:"留得芳春當彩旛,雕欄十二韵齊喧。黄鶯驚斷繁華夢,紅雨沾成爛熳痕。似與玉容鏘玉佩,長依香國護香魂。前身合是司花女,日日平安報小園。"《詩囊》云:"吟壇雅制鬼才遺,終古風騷仗護持。入社頻留新脱稿,懷人曾貯舊摛詞。携從匹馬看山去,檢向高明把酒時。摘艷熏香興猶在,合收殘錦富邱遲。"《筆床》云:"茶灶旁邊更有渠,緑沈碧縷此相於。五更艷壓生花後,三品横陳醉墨餘。暫丐公停將脱腕,莫疑臣倦不中書。蕭齋晝永臨池罷,我亦藜床夢到初。"《看劍》云:"鵜膏拂拭引杯看,三尺霜鋒影亦寒。不斬佞臣因在野,如添健僕好隨鞭。買牛未必留君住,割肉羞看博婦歡。日食無魚儂已慣,慚將長鋏向人彈。"《觀棋》云:"清簟疏簾百務捐,一枰聊擬橘中仙。局如花樣曾無定,心似兵機不厭權。蒱博雌雄殊有數,文章顯晦亦由天。若從工拙分成敗,除却兹棋總不然。"

前輩嘗言:"咏物詩須有寄托。"否則,猜詩謎何益?余觀《五百石洞天揮麈》一書有云:"咏物詩有專主理趣者,雖乏寄托而雕鏤萬狀,如化工肖物,時出其勝以相娱悦,令人精摇目駭,不忍釋置,亦斯文之便娟也。移向畫幅,以相補白。世有好事,其諸亦樂於觀覽哉!"此例較寬,蓋能切題,亦可算爲合作。

蔡佩香,臺南名下士也。爲人慷爽,不立崖岸,能文工詩。其弟婦某氏死於非命,作七絶八則哭之云:“不嫁金吾亦自傷,無端燒却斷頭香。可憐綉閾狂風浪,折斷雙栖玳瑁梁。”“幽魂一縷赴泉臺,旋逐凄風滚滚來。别有酸心抛未得,居喪幼子不知哀。”“不是沈痾不自由,如何環佩去悠悠?人間第一傷心事,芳草美人土一邱。”“嬌痴無計解釵裙,喜與男兒鬥命軍。一夜芙蓉城主召,抛殘破鏡鎖朝雲。”“四年琴瑟屢乖鳴,阿弟何堪操此聲。一撥再彈弦已斷,酸心愧我作先生。”“大事模糊心事清,何羞發憤死猶生。是誰折我鶺鴒隊?環佩歸魂有怨聲。”“底事鉏鋙宿世冤,凄風慘雨咽歸魂。青天碧海長遺恨,枉灑棺頭酒一樽。”“一炷清香一卷經,招魂枉説到幽冥。未明恩怨將爲厲,莫信紅顔質便輕。”凄清婉約,情見乎詞。

莊鶴如(長命),年少力學,當國語學校卒業後,出爲總督府學務課編修員。好吟咏,年未三十而留須,見者哂之。然其品性敦厚,大有老成持重之概。有《偶感》云:“平生心迹寄烟波,世事浮沈奈若何?一葉扁舟隨處好,喧嘩場裏是非多。”“眼前無處不風波,北望烽烟未熄何。人種競争新世界,江山變態邇來多。”

改隸後,秀才入國語學校者,當以謝雪漁(汝銓)爲嚆矢。雪漁年少氣英,汲汲於當世之學。至於詩,特其餘緒耳,然亦無不可傳者。余從報紙得其《曉起散策》云:“曉起出門行,逍遥步紫陌。冷風吹葛衣,凉露濕桐屐。炊烟繞樹青,流水護田碧。戍壘角聲催,前溪人語隔。尋芳過竹橋,覓句蹲苔石。數里足忘疲,終朝情自懌。壯猶不如人,心苦爲形役。有錢須買山,結構幽人宅。”清新雅致,步驟井然。如白香山所作,老嫗能解。

洪月樵(一枝),彰化名諸生,與余神交數載,深以未得謀面爲憾。其詩各體俱佳,牢騷之氣、幽憤之懷時溢言表。兹録其《帝京篇》云:“環山負海金湯城,蓊蔥佳氣連五陵。閶闔天扉洞然訇,冕旒玉璪真人升。真人旄鉞森崒嵂,虎賁貂蟬侍從出。屏藩貢使競拜呼,帷幄重臣參密勿。甲仗千群出校場,星纏霧旆過長楊。鐵駟神軍銅鼓隊,佽飛騎士羽林郎。平生不到帝京路,想見帝京磐石固。阿房五丈綉旗風,金人十二銅盤露。帝京崔巍不可名,海若山靈爲拱護。控制寰中朝四彝,隆隆王氣曾幾時。校獵猶存嫖騎部,宿衛猶用山陰兒。猶憶將軍逾雪嶺,猶聞戈艦下昆池。豈道盛衰争一瞬,周游無復穆王駿。穆王一去昆侖邱,昭王不復漢水舟。九鼎重輕得輕問,觀兵直向周京留。伊昔太平稱全盛,胡越天驕奉吾令。絶域殊方文教敷,遠海重洋玉帛聘。吾王有道九譯通,重熙累洽累閶慶。舊事去今未百年,誰知强弱等天淵。萬里神州一綫延,東西烽燧生狼烟。無復銘功上耆連,無復揚威上樓船。泥馬銅駝足痛心,令人悲想雲臺賢。可憐肉食無遠圖,不施實學爲典模。誰擊祖生渡江楫,惟畫王郎召鬼符。翎飄孔雀頂東珠,朝衣衮衮工步趨。馬前呼騶後除道,時平意氣凌千夫。去年妖氛風鶴警,争欲還山全首領。老成不去運奇謀,割地求和稱存郢。吁嗟燕雲壯士多,大風起兮今奈何! 長安落日無望處,京城如漆高峨峨。"

查少白能詩,既見於前卷矣。然其餘事,又工篆刻。嘗作百壽圖章及司空圖《詩品》二百餘石,古雅可愛,具有神妙。其孫奉璋以素紙印成卷帙贈余,余珍如拱璧,時出展玩,猶想見其運腕下刀時也。印卷夾詩箋二枚,讀之,知爲少白先生五十初度所作之原稿。字寫蠅頭小楷,行間整然,殊可觀也。詩如下。"於今五十猶如此,便到百年更可知。况是身家羈逆旅,恰逢王國用征師。遠游豈憚重洋險,大厦難爲一木支。草色緣階删不盡,倀倀行又欲何之?""富春江上客星孤,故國田園已久蕪。欲報劬勞因負米,誰憐辛苦引群雛? 鰲牽瀛海心原壯,書上秦庭計太迂。縱是昨非知伯玉,髪添斑白嘆頭顱。""身世渾如不繫舟,絶裾温嶠悔遨游。功名誤盡文章賤,富貴交貽妻妾羞。蝶夢方酣争得鹿,鵲巢初築讓鳴鳩。途窮賴有英豪氣,高卧元龍百尺樓。""菊英介壽晋芳樽,籬下秋光一樣繁。出岫雲情憐客意,始衰鏡影畫詩魂。其何能淑身將隱,無易由言舌莫捫。敢道艾年當服政,尋常顯晦不須論。"

同時有王小泉明府,甘肅人,與少白交頗厚,作七律四則和之云:"交情自古推平仲,四九年華伯玉知。欲證是非憑益友,敢言天命擬先師。芝蘭得契香能久,松柏有心壽可支。海上於今鳴獨鶴,縱無人見亦聞之。""同調相逢自不孤,硯田肯使久荒蕪。嚶鳴比興鶯求友,翔翥威儀鳳引雛。失馬試看吾輩達,移山莫笑乃翁迂。英雄幾見邀庸福,青眼何愁雪滿顱。""神仙眷屬木蘭舟,浮海飄然事壯游。工部感秋猶有興,陶朱致富或承羞。營巢不礙梁間燕,唤雨何勞陌上鳩。自古才人多入幕,豈惟王粲獨登樓?""介眉相對菊花樽,更喜茱萸插帽繁。不飲醉翁知酒意,能文才子煉詩魂。浪仙合用南金鑄,佛頂難教俗手捫。海上成連彈古調,尋常絲竹莫須論。"

家兄英奇(毓才),生而篤實,沈静寡言,讀書終日無嬉容,年四十二一病不起。嗚呼! 回憶少時兄弟團聚,竹林群從,角藝論文,下至酒食,亦極天倫之樂。至今未廿年,淪亡過半,連床聽雨豈可復得哉? 自顧馬齒漸增,身體益弱,念不與形骸具朽者,惟文字耳。適編《詩話》,爰摘句采入,以示子孫,知我輩友愛情長也。句云:"客爲談諧頻捧腹,書因讀倦偶伸腰。""一生念重惟家國,千首詩多見性情。"

世態炎凉、人情冷暖,古今來同此慨嘆也。滄桑後,益不堪問矣。余嘗有句云:"日日宴酒肉,厚道似任黎。床頭金忽盡,轉眼已雲泥。更使暗中箭,按劍難防堤。酒肉可飼犬,卓識讓山妻。"

菽園先生所著《揮麈拾遺》云:"詩話與詩選,皆輯他人詩,其道同而體例則异。詩選遇佳詩必録,且不妨多篇。首或叙略,評贊與否,均從其便。詩話所重在話,涉及一人,必叙及一人之出處;録及一詩,必評及一詩之優劣。苟其詩有與吾話相發明者,即録之,不必定是佳篇。又其詩之過於長者,每爲節省篇幅計,割愛不録。故詩選可供同好讀,詩話祇可供同好觀也。撰詩話者能知此意,則其例較寬。"余愛其言先得我心,故特録之。

"風俗因君厚,文章到老醇。"此宋人贈隱君句也。甲辰秋,邱菽園以明年爲余四十初度,自星洲親隸此二句爲楹帖寄賜,旁注云"友竹自甲午以來,日以詩酒自娱,不求聞達,窮且益堅,當道重其爲人,往見常不可得"云云。爰命兒輩懸之中堂,權作新娘遮面扇。非敢誇示於人,實欲藉以自警而勵晚節,庶不負知己之深情耳。

瑶京(國垣),亦吾宗之詩人也。有題拙著《如此江山樓焚餘草》云:"文章標格兩風流,怎禁聲名滿九州。高士原非才百里,完人別有業千秋。簪纓難易林泉樂,著作真堪梨棗留。不是吾宗頻擊節,已聞异國散金求。"余有贈之云:"人文兩足慰相思,一刻遲過數度催。萬事輸君緣有母,半生愛我祇因詩。才華恰是荒年穀,傾倒真如向日葵。深願來生作兄弟,老天可許再追隨。"

自海禁開,而譯事萌芽。道光間,廣東有《譯博物》新書五種。其以新理想紹介於學界者,當以此爲嚆矢。厥後,有侯官嚴幾道先生所譯之《天演論》、《原富》等書,亦足以喚起國民之思想。近十年間,士之負笈航海、游學於東西洋者,日不乏人。譯書層出,競先遺餉,而又以東京爲輸出新智識之孔道。其當轉輸之大任者,則宜首推橫濱《新民報》社。余見其論説所用新名詞,如"結果""起點""程度""目的""間接""直接"等字眼,皆取和文而用爲漢文也。風氣所推,各處報館又從而仿行之、激揚之,奇詞异語遂放出今日文學上之大光明,而成爲廿世紀變遷之大勢。洋洋乎,沛然莫之能禦矣!竟有以新理想發爲詩詞者,如楚北迷新子之《新游仙》八首云:"乘興清游興倍長,驂鸞駕鶴總尋常。神仙亦愛翻花樣,擬坐輕球謁玉皇。""一曲清歌人不見,是誰高唱遏行雲?霓裳自入留聲器,仙樂風飄處處聞。""鳳脯麟脂積滿盤,萄葡美酒醉人難。忙呼小玉鋪檯面,安置刀義吃大餐。""銀河隔斷信難通,牛女年年恨不窮。昨日碧翁新下詔,兩邊許設德律風。""休言一步一蓮花,洛女凌波貌絶佳。著得一雙弓様襪,踏來水面自由車。""廣寒宫殿桂花香,仙子如雲列幾行。聞得嫦峨新奉敕,清虚府改女操場。""瑶池阿母綺窗開,窗外殷殷響似雷。侍女一聲齊報導,穆王今坐汽車來。""二十六宫敞畫屏,禦階仙仗擁娉婷。幾多玉女朝天闕,不佩明璫佩寶星。"

竹北二堡緣山黄雲昭明經(龍仲)寄來詩稿一册,余愛其《游鼓山寺》七律云:"記得前游歲月更,層巒安步笑相迎。九重碧落昂頭近,萬迭青雲下足生。有石盡鎸朱字古,無峰不作緑天擎。半山亭脚横風坐,遠覽滄溟似掌平。""峰回路轉小西天,古刹幽深不計年。禪室燈分孤嶂月,經堂香篆半林烟。鐘聲有意依僧久,雲影無心傍佛圓。一夜松濤驚睡起,莊嚴合什誦詩篇。”

德清俞蔭甫太史(樾),别號曲園,余十年前讀其集,意爲已作古人,不料其至今尚健存也。才人多壽,益屬難得。余記其《齊物詩》九絶,末聯具有曠達見道之語,非尋常詩家所能想到也。録之,以寄仰止云:“出門一步便爲遠,作客十年未是長。”“萬蠟高燒終是夜,一燈孤對也能明。”“仙佛終須隨劫盡,蚊虻也得逐年新。”“相守百年都是夢,偶同一飯莫非緣。”“周公也有流言日,盜蹠非無慕義時。”“戲場亦有真歌泣,骨肉非無假應酬。”“麟出何嘗皆是瑞,蝝生亦或不爲災。”“輪蹄易遍九州内,足迹難周一室中。”“烏喙毒偏能治病,馬肝美或竟傷人。”

曲園先生手著之書有三百餘卷,享盛名者約四十年,中外名人咸加敬禮。日本諸公尤重其集,踵門稱弟子者尚不乏人。吾邑里見廳長(義正)嘗語鄭毓臣曰:“敝友某氏,俞曲園先生之門人也。”味其言,似亦與有榮焉。先生曾以詩和兒山太守云:“高風陶靖節,雅韵陸天隨。不惜辭官早,惟愁得句遲。烹茶携緑竪,侑酒倩紅兒。爲戀花枝好,流傳五字詩。(原注:君有句云‘歸爲戀花遲’,余喜誦之。)”

櫻井兒山太守(勉),丁酉來治吾邑,公餘之暇,嘗開詩會於潛園,大集文人學士互相唱和,并以西洋食觴之。文雅風流,近今罕睹。别後,竹人思之弗衰。昨讀《東報》,有見其《春日到弘法寺》五言律一則,蓋曲園所和之原韵也。今録之。“雙狗跟孤叟,不須童僕隨。東風何習習,春日自遲遲。梅似將笄女,鶯如學語兒。招提人迹少,徐步獨思詩。”又迭前韵答童君冠卿云:“滄海何茫渺。勝游不可隨。醉因飛箋早,歸爲戀花遲。吟嘯驚菱女,溯洄伴鴨兒。想君看荷興(原注:君前日與温卿觀荷石湖,故云),寫我五言詩。”讀此,可知太守林下優游,深得晚年樂趣。

龍峒山人,不知何許人也,亦未詳其姓氏。著《卅六鴛鴦詞》一卷,備記臺北冶游之事。凡屬都知録事,各評以詩,并繫小傳。《金第》云:“妙舞清歌掌上身,眼波眉語見精神。金釵册裏題名字,耻作情天第二人。”蓋是時公評阿波爲第一,金第次之。《某巨公曾題阿波》聯云:"阿彌陀不垢不净,波羅密是色是空。"亦可想見其風韵矣,詩故不録。《雲英》云:"棐幾湘簾不染塵,畫樓深鎖彩雲新。尋春莫怨芳時晚,猶是人間未嫁身。"《蕉卿》云:"舊夢新歡瞥眼過,天涯淪落感如何。琵琶商婦重逢日,老我青衫淚更多。"《芙蓉相識多蜀中豪客,好事者稱其家爲四川會館》云:"前身應是西州種,來慰征人望蜀心。"

《紅團性極靈警,善伺人意》云:"偷得麻姑好指爪,搔人癢處著心窩。"《阿蜜與某秀才狎,所得學俸盡供纏頭》云:"瓊漿一勺甘如蜜,饞煞冬烘渴秀才。"《清香家住八枝蘭莊》云:"九畹翻嫌多一瓣,心香長係八枝蘭。"《小桃年幼性狡》云:"夭桃蕊嫩含春意,應緩東方曼倩偷。"《玉嬌爲閩中閫帥所眷,艷聲大著》云:"鼙鼓聲中雜鳳簫,玉人馬背遠相招。將軍奏罷平蠻凱,催譜新詞步步嬌。"時法人犯臺,方敗績也。其自題詩後云:"客裏看花載酒巵,依依蠻女索題詩。海天閑話升平事,自寫批風抹月詞。"噫!此皆十年前事耳。今再讀過,何异"白頭宫女在,閑坐説玄宗"。能不傷哉!録之,聊以歌當哭,非敢藉綺語以導人也。

吾鄉彭種藍(懷玉)能讀父書,精於岐黄之術。其詩品甚清,有《消夏雜咏》云:"蕉衫人坐晚風前,吟遍南熏解愠篇。伴我此間消永晝,緑陰深處有鳴蟬。"讀此詩如初擘荔枝,色香味三者俱佳。同時有楊吉臣、吴德功亦咏是題。楊云:"萬朵芙蓉出水中,絶無炎暑送香風。浮沈瓜李尋常事,好把芳醪醉碧筒。"吴云:"百尺長松郁萬枝,邀朋此處共圍棋。科頭箕踞聊消遣,赤日炎炎午不知。"二君之詩,皆秀逸可愛。他如張麟書咏云:"赤日行天暑未收,蕉衫著體喜輕柔。緑窗静坐無星事,戲與鄰姬斗酒籌。"張君,吾竹人,平居喜談性理之學,不意亦有此風流韵語。

《武陵桃源圖》題者甚多。余惟愛鄭幼佩(燦南)云:"桑麻鷄犬住人家,流水桃花路轉差。太息仙凡容易隔,春風惆悵武陵霞。"幼佩好結客,無紈袴習,與養齋廣文(以庠)爲昆弟行。養齋寓厦,曾以詩寄幼佩云:"江聲嗚咽雨蕭蕭,旅館孤燈伴寂寥。鷺嶼鯤洋連大海,相思空托去來潮。"養齋自少即取青紫,才氣横溢,有不可一世之概。乙未,寄寓鷺門,日以詩酒自娱,蓋有所托而逃也。余嘗於幼佩處見其《寒夜讀書》兩絶云:"青氈兀坐入寒更,左右圖書擁百城。較與兒詩還有味,一燈風雨古人情。""牙籤萬軸小蓬瀛,料峭風寒逼短檠。一卷離騷一壺酒,雪廬宵夜古狂生。"

"六街炬火與天齊,隊伍堂堂東又西。爲掃妖魔驅魍魎,痴人痴夢自痴迷。"此永井甃石(完久)觀竹城追疫祭而作也。甃石有記云:"爆竹漫天,炬火匝地。人山人海,編隊成行。蜂擁而過者,名爲追疫祭。奉媽祖於神輿,前後從行數千百人。其間有捧旗者、舁輿者,敲金鳴鼓,騎馬徒行。或奇裝被假面者、或牛首而人面者,群相追隨,誠不异觀一幅《百鬼夜行圖》也。甚有乩童袒裼立輿上,右持劍、左執斧,自傷其額,鮮血淋漓,慘不畏死。或把銅針貫頰咬之,備極慘刻之狀。有心者所以顰顣而不忍見也。嗚呼!民人習俗,有善有不善,宜存其善捨其不善者。夫乩童托言神靈,扶乩蠱惑愚夫愚婦,其行也蠻而野,於理不合。毁傷膚髮,更與聖人之教大相背馳,君子不取焉。"甃石先生此記,誠善於叙事矣。吾臺此俗相傳已久,今地經易主而遺俗猶有存者,未知改除當在何日?余甚望之。

横堀鐵研(三子),曩曾宦游來臺,治苗邑時,聞蔡啓運茂才之名,造廬而訪焉。與之談,相得甚歡,舉以共參政事,人皆謂鐵研翁能愛士,而茂才有此知己亦可以不恨也。翁歸里後,唱設《明治吟社月刊》、《明治新志》分諸同人。余讀其《次末松青萍博士西游詩,大山宿金剛院》云:"晚風隱隱遞疏鐘,剩水殘山翠幾重。月印天心凝不動,居然人在妙高峰。"《閑谷訪薇山先生》云:"閑溪高卧似磻溪,不管花飛鳥又啼。門外有人先起敬,咿晤聲在石欄西。"《岩國錦帶橋上即事》云:"南船北馬故鄉遥,朝度山雲夕海潮。水蘸遠空青一色,錦橋何必讓天橋!"《尾道飲濤聲帆影樓》云:"十分凉氣追新秋,半捲湘簾月一鈎。影帆濤聲風色白,思詩人倚水晶樓。"四首如西山爽氣撲人眉宇,絶無一點塵俗態。

以話論詩,不如以詩論詩。余觀副島蒼海(種臣)讀《槐南校刊古詩平仄論》一篇,固足以起此道之衰。今録於下。"昆侖之水常朝東,汪漾澎湃滄溟通。九州以外更赤縣,日出若木紅曈曈。天鷄鳴斷四海曉,西母執謁東父公。本朝却是重文物,遣唐使者帆駕風。博物儒生蕭夫子,邦人想望手姿豐。王屋山人日本錦,晁卿不返明月空。(李青蓮《送王屋山人魏萬》詩,有'身著日本裘'句。)鷄林購得白家集,管三文字工則工。時豈知有士正氏,高論著識驚衰翁。世所不識始針砭,詩學一變人長雄。韓蘇歐陽輩競出,數子氣焰俱成虹。平聲和易仄聲側,平仄諧合心神融。神島神人倚聲唱,一時拍笑摇天宫。"

蒼海公又有《論詩》云:"孟軻嘆詩亡,豈非王迹熄。時危君子逃,居者取容嘿。誰復作之詩,以規明君德?哀亂日云甚,人民誅求極。爲上實不易,爲下多殷惻。阮公仕魏日,日夜促清酌。未審其所咏,本意安倚托。典午之强盛,無人能謇諤。苟乏規諷益,詩亦可不作。或言渠高世,情懷夙淵博。幸矣身先死。不見受晋爵。"立論卓識,造語亦不凡。噫!公之功業滿天下,而又深通於此道。賢者多能,斯其證也。

水野大路(遵),嘗爲吾臺民政長官,有惠政。死之日,臺民慕焉,鳩金鑄像立於圓山公園,瞻丰采者莫不肅然起敬。余嘗於報紙讀其《送禾原之上海》云:"春風吹鬢影,草緑送君歸。短笛一聲遠,輕帆千里飛。棋前防落子,酒後任忘機。船到申江日,言尋白版扉。"清秀之氣,肖其爲人。

民族之性質不同,而好尚亦因之而有异。支那以牡丹爲花王,西洋以薔薇爲花王,日本則以櫻花爲花王。花王之於民族,其關係如何?余不詳論。第就民族而觀,支那與西洋,其起居飲食略有相同之處。如中、西人坐卧皆用椅榻,日本人獨用迭席;中、西人食肉、嗜濃味,日本人食穀、獨好淡泊。説者謂,中、西性質有如牡丹、薔薇,其花莖葉之形式亦稍有類似,余甚怪焉。夫日本與支那同建國於東洋,而支那更不同於日本,偏與遥遥之西洋人相類,豈非日本有特性存於其間乎?蓋櫻花澹麗清妍,自與牡丹、薔薇异其撰。牡丹、薔薇諸國多有之,櫻花惟日本最盛,國則罕見也。吾臺獨北部竹仔湖有此種,天然生植,不費人力栽培。相傳二百年前,延平王由日本移來,理或有之。花時,一片如雪,氣韵殊清。有珂北先生《觀花偶咏》云:“紅雲一簇映朝暉,樹樹猶裁錦綉衣。欲吊當年殉難士,落花偏向墓前飛。”

石爲山骨,樹爲山皮,山無石既不足取,無樹更不足觀。吾竹近城多禿山而少石,即有之亦大不過尋,鮮有岩岩磊落可以爲石室洞天之勝。惟距城三十餘里,在於藤坪莊長美山麓,有水簾洞,天然岩穴寬約二十丈,洞前日夜水滴如簾,故名。其下有溪,水石相激,聲震如雷。歲癸卯,僧明開所尋得之境也,中祀彌陀佛。客歲,箴盤嘗往游焉,有詩紀之云:“世外别成般若臺,泉清幻雨落岩隈。群峰合拱天如井,亂石縱横水作雷。洞廣可容千客住,山空時有老猿來。避秦莫問桃源路,此即洪荒古穴開。”近於藤坪莊,又有龍岩、獅岩、鵬岩諸勝,亦皆五六年來所建。箴盤有《游記》,并繫以詩。惜限於篇幅,不能備録。

三貂嶺在於臺北通宜蘭之中界,嶺路甚崎嶇,古稱險要之地也。左有石壁峭立,劉明燈巡臺時,曾刻七律於其上云:“旌旗遥向淡蘭來,此日登臨眼界開。大小鷄籠明積雪,高低雉堞挾奔雷。寒雲千里連蒼隴,夾道千章蔭古槐。海上鯨鯢今息浪,勤修武備拔英才。”有此天險之地,須有此豪放之詩。余於此日讀之,不勝今昔之感!

庚子之秋,余病甚,群醫袖手無術,有薦日本公醫樋村龜次郎延而治之,旋起沈疴,鄰里驚傳其神效。余以詩贈之,有一聯云:“每苦世無醫國手,豈知君有活人方。”并自作隸書,用表微忱。先生得之,更有重於他物者。每宴客時,必張於座右,聞至今猶珍藏之。迨乙巳春,余又病,親友來問,皆謂萬無生理。時適檢疫甚嚴,先生一聞,立即奔視,問症發藥,日凡數巡,未幾復瘳。憶前後兩次病皆殆,而獨能肉白骨,先生誠可爲余之二天也。因寫隨園“活我自知緣有舊,離君轉恐病難消”之句爲楹聯,以志深恩。

古人《咏露詩》云:“日光皎皎轉空際,白露無聲下廣庭。”此言日出露消,勢所必然。

日本與露國初開戰,客有問余將來兩國勝負何如? 余惟誦此詩應之,今幸其言果中。因憶露國黑船東來之始,當年邦人襲用支那所稱,呼曰俄羅斯,後乃改稱"魯西亞",從譯音也。然"魯"字乃愚鈍之意,彼國外交官嫌其侮己,致書於外務省,請以"露"諧音代之。政府乃命各新聞社,凡有涉及"魯西亞"皆宜改用"露西亞"。由今觀之,露國數敗於日本,正所謂日出而露消也。當時改稱殆如兒戲,不意其竟成先兆,可發一笑。

禮親王《嘯亭雜録》云"王弇州著《文人九厄》,使人閲之索然氣盡。按本朝文人多壽,可以證王之失。如王文簡公(士禎)七十七、朱竹垞(彝尊)八十四、尤西堂(侗)八十五、沈歸愚尚書(德潜)九十五、宋漫堂(犖)七十二、查初白(慎行)七十、方靈皋(苞)八十、袁簡齋(枚)八十二、錢辛楣(大昕)七十、紀曉嵐尚書(昀)八十二、彭芝楣尚書(元端)七十、姚姬傳(鼐)八十四、翁覃溪(方綱)八十餘、梁山舟(同書)九十二、趙甌北(翼)八十二,四公至今猶存"云。愚按:文人壽妖原屬無定,未可偏於一隅以論之也。友人嘗爲余言,小野湖山(顧),日本之文學家也,其詩可繼星岩翁之後,有《己亥新年咏》云:"八十又加六,長壽亦難得。前唯陸渭南,後是趙甌北。"噫!如公之壽,亦可爲文人多壽作一證。

海陽謝安臣大令(錫勛),今之時務家也。嘗主《厦門商政局報》,爲諸大吏所引重。歸設開智書局於潮州,潮人德之。客冬,鄭香谷主政(如蘭),古稀壽誕,大令寄詩以祝之云:"我鄉古有鄭安期,深入白雲采紫芝。騎鯨東去二千載,至今乃在鯤瀨湄。鯤海近爲明主弃,滄桑易墜英雄淚。麻姑爲祝蔡經來,莫話蓬萊清淺事。仙家麟脯亦尋常,蒲箑厨開香積香。方壺爲瓶海作酒,合歡傾倒青霞觴。酒酣耳熱髮都怒,百怪魚龍盡起舞。神瀛鼎沸大陸沈,湖山容我風月碧。瞳白鬢紅髭須老,虎胎□豹鵷生雛。含飴繞膝啞然笑,一經教子毋乃迂。書帶堂前草猶緑,咄咄青衿誤我讀。剩有延平古戰圖,山川天然畫一幅。草鷄石爛鹿耳枯,蠻夷大長誰老夫。混沌猶餘蝙蝠在,嗟哉張果何其愚!先生摇首曰勿爾,西山有薇味頗美。黄河之清古難俟,聖人之清心即是。國土分贈如木瓜,惟有人志長不死。但令臺灣有鄭氏,正朔拳拳弗失矣。君不見海上子卿旌節寒，遼西幼安藜床穿。天下何與匹夫責，金甌雖缺谷神完。徐福紛紛盡東渡，先生漢官猶郎署。漫言海島一遺民，區區壽紀關國祚。”詩膽輪囷，奇氣鬱勃，自有不可遏之勢。末段慷慨而歌，寫得極有關係，慎勿以尋常壽詩目之也。

士居香國（通豫），有才幹，歷掌郵務，敏以處事。好吟咏，所到有詩。在臺曾設“玉山吟社”，提唱風雅，騷人墨客樂與之交。余嘗讀其《登城樓遠眺》一篇，蓋乙未中秋在臺北時所作，氣骨沈厚，不作浮響。録之，亦可想見當時之情景也。“苔壁篆瘦蟲啾啾，有約不來吟獨愁。纖雲無痕碧落净，冰輪照出良中秋。排户褰裳蹈我影，滿街光景自异境。家家祭壇供豚醪，爆竹聲迸紙灰冷。城樓高攀承恩門，女墻凹凸連郊原。離離萬瓦露凝白，清笳一聲風旆翻。南望臺南雲漠漠，彼胡爲者恣威虐？雷霆精鋭自天降，游魂不日就擒縛。東望瀛州波漫漫，吟社群隽登樓觀。覩月萬里思我不？醉擁詩城應罄歡。俱我在者衹明月，清光依依照鬚髪。欲語羈懷默不膺，雲梯百尺玉蟾窟。此時不醉恨何如，急叩門西廛裏居。友終不來夜已半，紹興醇酒澹水魚。舉杯邀月月更白，拔劍砍空空愈碧。草賊出没羽檄頻，電飛羽馳臺北驛。”

蔡彦清，吾竹人，余不知其能詩。昨於沈江梅處見其吟稿，有《秋夜》云：“夜半西風急，深山草木修。枕邊驚落葉，天下動初秋。雨驟穿簾冷，燈寒入夢悠。溪聲敲徑竹，蟲語雜更樓。逝志雲千里，披襟淚一流。誰憐閨裏恨，難似我心愁。”《秋郊曉行》云：“深山欲曙色，罨靄未全收。殘月孤巒寂，睡雲半壁柔。沙蟲悲古場，草露點新秋。鷄犬前村近，炊烟樹杪浮。”清機一片，淡逸宜人，是善於寫景者。

“海東擊鉢吟會”乃臺中諸詩友所立，有擊鼓催花一題，咏者甚多。今就其選定列於下。陳滄玉云：“聲聲催發上林枝，春日唐宫秘戲奇。羯鼓未終鼙鼓動，海棠忽到落花時。”蔡啓運云：“冬冬聲響報花知，上苑春和次第吹。第一承恩隨鼓轉，沈香亭北海棠枝。”“冬冬聲報六宫知，緑瘦紅肥盡弄姿。獨有紅梅催不理，樓東更鼓一燈支。”“羯鼓聲中芳信馳，春風先上海棠枝。紅塵一騎飛丹荔，又是君王鼓掌時。”“唐宫花信日嫌遲,擊鼓恩同雨露施。轉笑海棠開到未? 沈香春夢正迷離。”鄭長庚云:“憐香有意惜花遲,羯鼓頻催破萼奇。他日漁湯鼙鼓動,名花曾奈已殘枝。”蔡汝修云:“待曉風吹尚覺遲,鼓聲未歇蕊盈枝。唐皇直把天工奪,换作天公亦自宜。”“如雨聲中急又遲,上林借汝好風吹。吟壇有鉢能催句,誰是花生筆一枝。”郭涵光云:“催花不許報花遲,一擊冬冬聽已知。隱伏漁陽鼙鼓兆,六宫春色屬胡兒。”“連日春寒開較遲,聲聲如雨暖風吹。三郎莫轉催花惱,多事寧王笛一枝。”

余不幸生處海外,長逢離亂,既不獲與賢士夫争立事業,又不得遍歷名山川發爲宏文,以免虚度之誚。惟性喜狂吟,積稿成卷,本擬聽豚兒謀付梓民,質諸當世,并望世有爲詩話及江湖小集之選者,或得附之以傳,而余願已足矣。繼思今人傳比古人難,况余少失學,妄欲與古人競立,不誠愚哉! 因盡取弱冠至三十所爲詩付之一炬,和酒以吞,不獨免災梨禍棗,且省得鄉閭話短長也。然饑熊舐掌,雖屬自甘;狂象埋牙,時每發視。故全稿已焚,而零星殘句時常往來於胸中。偶有憶及,不忍終於割愛,姑援左氏斷章之例,存什一於千百。適編《詩話》時,遂附録於末,聊以作吾家异日之記事珠。若比之唐賢《摘句圖》,此則吾所不敢也。至問何題、何編,孰先、孰後? 賤軀多病,則復都不記憶矣。五言、七言,分録於左。

五言云:“秋風悲蟋蟀,夜月泣銅駝。”“守我安心訣,憑誰問指歸。”“登山欣賞雨,入谷逐歸雲。”“作文才本短,守分味偏長。”“節飲防生病,學痴省避災。”“費省家如富,身閑晝覺長。”“安危原有數,治亂半由天。”“月旦存公論,風流愧我才。”“洗硯晨臨帖,焚香夜習琴。”“交廣時緘口,事煩夜洗心。”“螢火花間露,瓶笙竹外風。”“墻低風入座,樓廣月登床。”“前路多知己,長江莫送君。”“有書常惠我,何日再逢君。”“渡傍春雨漲,山外夕陽低。”“山缺溪分斷,星稀月出明。”“家貧仍愛客,詩就懶酬人。”“落落輕餘子,栖栖怨不辰。”“柳眠風勸舞,鳥倦雨催啼。”“清隱開生面,編詩定及身。”“雙塔凌天外,孤城鎮海邊。”“有命難如願,長貧恐負恩。”“車廢輪爲幾,布稀網作帆。”“雲束山腰白,日蒸海面紅。”“籌邊無壯士,互市有奸商。”“土地和戎慣，金繒納敵差。”“騙人三不朽，累我一生忙。”“親朋多冷暖，妻子亦炎凉。”“北望人三五，南歸路半千。”“月助書聲朗，花添墨氣香。”“舊書兒共讀，新句婢争抄。”“風雨孤燈夜，關山一笛秋。”“顛倒行新法，艱難見苦心。”“愛惜生前福，安排死後名。”“月沈詩酒海，花笑管弦場。”“人自無巢許，地皆可潁箕。”“祭詩欣有社，避債苦無臺。”“地兼金谷勝，人有玉溪才。”“世事棋千局，人情紙半張。”“眼巨空千古，心雄小九州。”“面有詩書氣，胸消芥蒂無?”“山空蟲兕月，樹老鳥吟風。”“峴首悲羊祜，新豐感馬周。”“勉强年卅五，殷勤路八千。”“人情須曲體，世味已深嘗。”“晨鐘雲外寺，春樹雨中山。”“杜門心似水，憂國鬢成霜。”“知己徐城北，編詩陸渭南。”“忘歸弦上箭，愁緒鏡中塵。”“睡獅嗤守舊，烹狗痛維新。”“藝自兼三絶，才能用五官。”“風篩三徑竹，月浸一池荷。”“少年皆白袷，遺老集青溪。”“親友多爲鬼，兒童類乃翁。”“自憐鳩計拙，誰許馬群空。”“滿架求書紙，敲門索酒錢。”“緑楊邀宿鳥，紅杏卧開花。”“無心謀飽暖，全力賑饑寒。”“累多生子早，財少作人難。”“池晴龜滿岸，天暮鳥投林。”“地僻衣冠古，情真禮數忘。”“峰勢鶏冠聳，溪形燕尾分。”“移花資墨氣，種竹助琴聲。”“網密群魚急，幕危舊燕巢。”“遣興詩頻改，澆愁酒屢斟。”“時危憂覆楚，憤極誤椎秦。”“荷净留雙鷺，槐高噪一蟬。”“秋山如畫淡，夜雨似琴幽。”“人皆憎志士，天每佑痴人。”“遣悶書遮眼，忘情債滿身。”“重看書折角，舊事怕經心。”“不弦琴作枕，無税硯爲田。”“人猶謀仕宦，誰肯念痌瘝。”“天地來秋色，河山吊夕暉。”“夕憂登薦表，才拙愛吟詩。”“多難胡忘世，無才怕受恩。”“閲世多奇事，戀鄉亦至情。”“似犬争投骨，如魚散涸波。”“一水飛雲際，群山出鳥邊。”“山居雖寂寞，世路實崎嶇。”“叱犢犁春雨，哺鴉噪夕陽。”“緘札將心寄，開封若面談。”“鳥驚山吐月，魚樂水浮天。”“新書常補讀，舊句且留删。”“青眼誰如柳，丹心自比楓。”“匿迹逃詩社，銷名入醉鄉。”“自憐離虎口，誰肯累豬肝。”“波浴牛浮鼻，沙眠鴨拗頭。”“聽香憑竹几，伴月坐藤床。”“悲歡如夢境，詩酒破愁城。”“兵燹殃千里，親朋散四方。”“一身牛馬走，大地虎狼蟠。”

七言云:"園林重到如前世,賓主相逢賀再生。""案有奇書消白晝,門無俗客衹青山。""四顧茫茫千感集,一身碌碌百憂攢。""太平得壽方爲福,擾亂全生衹賞詩。""報國不須論在位,當途更少力回天。""避人計拙驚弓鳥,戀舊情深失水魚。""入夢幾回尋舊雨,相思一夜起秋風。""鄉愁怕聽談兵事,旅悶聊吟憶弟詩。""折磨志比三燒玉,閱歷身如百煉銅。""竹影上墻如墨畫,泉聲到枕當琴鳴。""難除今日登高俗,預約明年此會狂。""不圖我輩談燈下,遍唤兒曹拜榻前。""經世有才長落拓,感時無病也呻吟。""看花不離杯中物,諛墓羞藏篋底金。""荷笠野翁驅犢去,携筐村女采茶還。""有情梧樹衹留影,無主梅花空自香。""暮雲映日形如獸,古樹經霜葉似花。""妙句疑經前輩説,温書如對故人言。""親朋索寫宜春帖,兒女争求壓歲錢。""班管轉工修野史,錦囊并貯看山錢。""愧非大海回瀾手,猶有閑雲出岫心。""河朔已非唐土地,蠻鄉尚有漢衣冠。""琴因養性非關趣,詩爲娱情不在傳。""移家人困偷油鼠,守土民愚負版蟲。""孤憤惜無青史分,不才閑過黑頭時。""那堪時事頻焦額,已卜餘生莫出頭。""上相無心歸趙璧,遺民徒望補梁甌。""四壁蟲聲秋有信,一階梧葉月無聊。""繞郭溪聲秋雨後,滿樓山色夕陽中。""避亂惱無千日酒,著書枉用一生心。""杜老奇愁吟苦竹,放翁异夢靖邊塵。""世事十年雙淚眼,人情一日九回腸。""人皆欲殺君偏愛,客盡受恩我獨深。""事經過後方知錯,詩未删前不覺疵。""壯心已與灰俱冷,好友翻輸幾可憑。""酒逢世异偏難醉,詩到途窮轉不工。""一世念惟家國重,半生愚任友朋欺。""曲江對鏡憐形影,彭澤編詩紀歲時。""匡時恨不逢黄石,避世何嫌卧白雲。""不合時宜知己少,生逢世亂作人難。""忤世幾如都散僕,憂時曾作太平民。""逆旅轉嫌妻子累,窮途難得主人賢。""文章老到宜秋色,山水窮時戀夕陽。""書多未刻常親校,畫好無名亦自珍。""平子四愁難自遣,季仁三願有誰知!""詩貪記憶從頭讀,事怕遺忘信手書。""如君不愧高賢傳,許我親題有道銘。"

跋

林輅存

王子友竹，臺之聞人也。性嗜吟，廣交游，有孔北海風。去冬，介弟壽竹過厦，賫所著《臺陽詩話》、《四香樓餘力草》等卷囑余爲之序。余受而讀之，不禁喟然嘆曰："有是哉，臺猶未亡也！"

記壬辰歲，余侍先大夫東渡，恰唐灌陽亦承宣來臺，公餘輒邀臺士百數十人創爲詩鐘例，分咏於官廳。先大夫得曹州牡丹若干種餽之，遂名其社爲"牡丹吟社"。余年方象勺，得以緑衣陪座，雖學未逮而心甚羨也。因與三五小友效其例，立一"海東吟社"，酬唱正酣。無何，乙未之變作矣。匆匆内渡，行卷多未及携帶，事後徵諸同人，亦多忘憶。意者其與臺島同淪滅歟？不圖今日復有吾子之作，得以一慰孤懷也。

王子之才、之行，天下知之者甚夥，姑勿贅。至若今所讀《詩話》、《吟草》，其神妙處亦盡於諸名人序中，余更何贊一詞。但余亦有所耿耿不忘者，蓋集中序列姓氏，强半爲余摯交；所載山川風物，亦强半爲余親歷。嗚呼！地割矣，斯文墜矣。大陸已沉，群黎無告，而吾子更能出入槍林炮雨中自葆其道，又得以所葆之道而遺諸余，余何幸而與於此！然余憊矣，行將退居深林，無暇與世共遷流。惟吾子爲兩間一大界綫，文運所關，間不容髪，其珍重爲之。二百六十一萬同胞，叨子之光，正無量也。噫！槃槃大才，豈特爲詩界争色已哉！謹跋。

孔子降生二千四百五十三年孟春人日，怡園後人林輅存并書於安溪考亭講院。

国家出版基金项目
NATIONAL PUBLICATION FOUNDATION

現代（1912-1949）話體文學批評文獻叢刊

文話卷 二

陳聖争 編著

鳳凰出版社

本册目録

凡　例

一、中國古代至今之“文”“文章”，從來有狹義與廣義之别。然就古代的“文話”而言，論述的對象主要是指今天所理解的“散文”作品，也有兼及詩賦等不同文體的。本編所録，即以散論古今散文爲主的話體批評，個别的也兼論到詩賦等其他文體的作品。

二、本編文話所選，以時間爲序排列，或據最初發表日期（連載者則以其首次發表時間爲准），或以初版時間爲准。

三、每篇或每部文話皆作有叙録，篇幅長短、詳略不一，大致包括文話出處（發表信息或出版信息）、作者小傳（生平難考者存疑，同一作者多入選者，則於首次輯録時對生平略作紹介）及文話主要内容紹介（偶有評述）等。

四、本編所録，力求存真，原文正文、夾註概不删節（個别長篇例文除外）；原文之引文，不論其所據版本是否删改、節略等，爲保持原貌，不作校改、增删。

五、個别明顯錯誤者，則予徑改；至於字詞誤植、脱訛、顛倒者，則據文意或原引文以讎正之，誤者用（）表示，改者用［ ］以示，不再另出校記。至於原文字迹漫漶而無他本可參校者，以“□”代之。本編所録，早期者多無標點，或有句讀而乏分段；後期者雖有標點，多不統一且與今異；皆據現今新式標點加以分段整理。

六、本編所選，基本上皆爲首次整理。唯少數篇章雖已見於今人同類編著，或以其發表時間較早，或以其所論頗爲精要，故并録之。

七、本編所輯個别篇章并非全帙,或原作者未曾寫完,或因刊物存亡散佚不一,但限於編者水準和編選條件而難以盡覓,還祈方家匡所未逮。

論文瑣言

章廷華 撰

初刻於一九一四年《滄粟齋叢刻》，其後於《雙星雜誌》一九一五年第四期、《文星雜誌》一九一五年第一期、二期、三期連載(《文星雜誌》第一期即續《雙星雜誌》第四期而來)。另《國學雜誌》一九一五年第三期亦有部分條目選摘。一九二八年，楊壽枏編《雲在山房叢稿》又將之選刻其中。章廷華(一八七二—一九二七)，字紱雲(一作黻雲)，號勺軒，江蘇江陰人。畢業於京師大學堂，曾從陳衍、林紓學詩、古文，能詩，其詩"清穩中時多警句"(陳衍語)。曾任福建南安知縣、福建審判廳書記官等。一九二五年左右加入同鄉謝鼎鎔所主持之"陶社"，一九二六年前後又爲"鳴社"社友。著有《勺園詩鈔》《論文瑣言》《章氏先德録》等。妻楊壽棒(一八七一—一九三〇)，楊壽枏妹，有《憶蓉室詩草》一卷。

此篇文話主要散談各家文章之淵源、特色及文章字法、句法、章法、修辭等各類文章之法。如漫談各家文章之淵源時，則曰："善學孔子者莫如孟子"、而善學孟子者則是韓愈，而北宋諸文家雖皆學韓，但"以歐公爲大宗"。另有不少談各家文字之特色者，如言"《離騷》之文善於複"；"戰國諸子，惟莊、荀二子之文最完全"，其中"《荀子》則語語平實"；"讀《國策》，只覺得一'繞'字，讀《左氏傳》，則兼有沉、簡、圓三字矣"；"馬遷之文，天高於人；蘭臺之文，人高於天；遷文流中帶凝，班文韵中帶肅"，等等。其中，尤可貴者，在於談及清代文家之特色，如言"侯朝宗之文近於霸且不免剿襲，魏叔子之文則涉於褻"；"叔子記事文最有蓄縮，蓋叔子爲明季遺民，所記事非含蓄不能得體”;“雪苑文(侯朝宗),有機軸,每每言在此而意能到彼”;“翁(潭)[覃]溪、李蒓客於金石跋尾最擅長”;“望溪文,有使人悚然肅然者,使人油然、凄然處則不及震川也”;“反復句讀,沉潛義訓,面見古人之旨者,以姚惜抱爲最”;“咸同間,講義理、文章者,推湘鄉曾氏”;“桐城馬通伯之文喜説理”,諸如此類,皆有所見。

言及文章之法時,强調“文以法律爲主,則運動變化可以自由”,是以作文“須先知體裁、法律,再求脈絡、求骨法”。具體如云“文章須有内轉工夫,内轉即沉字訣也,然必與蓄縮而能後内轉”,即强調文章須含蓄沉潛而能轉折波瀾,論《左傳》“凡難達之情,千頭萬緒,寫不盡者,左氏必先提綱挈領,再用插筆或帶筆叙入瑣屑之事”,則指出文章之有插筆、帶筆之法。又一再强調“作文宜以經爲斷,以史爲例,以道爲衡”,而其具體作法則是“文章以義理爲本,辭其達意者”,兩者之關係,“辭猶門户”而“義理猶堂奥”,故先必求辭達;如强調“文莫妙於味”,認爲惟韓愈得之,“其筆法斷續處,宛如伏流”;又如講究虚字,認爲“傳人之精神意氣也,其妙用在虚字”,在文章作法上,强調用辭、用句、義理等,皆有一定可取之處。

此篇文話所述,或引申前人之言,或發抒一己之見,語有所據,論有所斷,其識不凡。據作者“自識”語,此篇百數條文話,多半乃從林紓等人學古文而與同學角藝時所爲;林紓亦譽之曰:“即使不佞操筆爲之,亦不能有加毫末也”,此固是褒譽,亦非全爲虚語。惟其因受學於林紓,其中所見,亦不乏引述或服膺其師林氏之論者,如“以子由之文列入八家,未必的當,畏廬先生云‘宜以李習之易子由’”;如“程子曰‘讀《三百篇》,可令人氣厚’,畏廬先生曰‘讀《騷》亦然’”;又如“畏廬先生云‘惟能精嚴,則心神内定,故以其餘力拓爲神韵。’”此外,或因林紓爲清末民初桐城古文家之一,故作者常藉桐城派之“義理”“義法”以談文。

古史家有二：曰《尚書》，曰《春秋》，《尚書》記言，《春秋》紀事。祖《尚書》者，後來紀事本末一派；祖《春秋》者，後來編年、記傳，如《資治通鑒》一派。

《史記》爲通書正宗，《漢書》爲斷代爲書之正宗，《三國志》則近《國語》體裁。

程朱之學，皆得力乎六經。程子《易傳》、朱子諸經注，皆極修辭之功，與語録不同。

陸、王亦博極群書，而不能直接聖人之傳者，其學略有流弊也。

《漢書·藝文志》非後來目録之學可比，讀其書，可見當時盛衰成敗與夫人心風俗之原。

孔門六藝是六經，所以祖述堯舜、憲章文武，與《周官》六藝不同。

孟子所以能接孔子之傳者，在"知言養氣"四字。知言，即孔子之博文也；養氣，即孔子之約禮也。故善學孔子者莫如孟子。

昌黎最善學孟子，不獨文章似孟子也。漢董仲舒、隋王通輩，亦能發明孟子之學，然其所以學孟子者，尚不及昌黎。

文之最善變化者，莫如左氏《春秋》、馬遷《史記》《昌黎集》，其變化多在骨裏。

學古人文，專在興會淋漓處，趨步便是皮毛。於其間字句處著意，方得神味，即從不要緊處看出要緊來也。

《離騷》之文善於複，他人不能學也。

茅鹿門之文流於梠，侯朝宗之文近於霸、且不免剿襲，魏叔子之文涉於褻。

馬遷《周勃傳》，有層樓疊閣之觀；其傳亞夫，則又如林塘臺榭，步步引人入勝。

史體與小説之距離，不能以寸。語語嚴重則爲史，一涉纖佻，則近小説矣。

《史》《漢》用虛字最有分寸。如《平原君傳》："願君即以遂備員而行矣。"平原君曰："先生處勝之門下，幾年於此矣。"毛遂曰："三年於此矣。"三"矣"字，何等力量！

《論語》"人而不仁,疾之已甚,亂也",此"也"字亦何等氣力!

文章須有内轉工夫。内轉,即"沈"字訣也,然必與蓄縮而能後内轉。

書體之叙事,可錯綜互見,首尾雜寫;史體則貴有綫索,最忌纍字。書體即書某事也,史體即誌傳之例。

班《書》之不及左、馬者,以喜著顔色故也。左、馬之文,則如虢國夫人,無一點脂粉氣。

柳州記山水得意處,昌黎不及也。然昌黎《畫記》,亦獨絶千古,其用筆全從《考工記》脱化。

王伯厚《漢書藝文志考證》與《困學記聞》,皆指《周書》非《汲冢書》,楊升庵則以《周書》爲《逸周書》。故辨明《汲冢周書》非《周書》者,始自王伯厚;以《逸周書》當《周書》者,始自楊升庵。

訓詁精乃能達意,名物精乃能盡萬物之情。

孔子曰:"巧言令色,鮮矣仁",又曰:"古者言之不出,恥躬之不逮也",皆是言行不能離開處。古人文行合一,讀書多從體驗出來。

諸子之文是六藝之支流,《離騷》是《三百篇》之支流。

戰國諸子,惟莊、荀二子之文最完全。《莊子·天下篇》,於六藝源流、學家支派分别甚明,而文尤奇宕不可方物。荀子則語語平實,與莊大異。

屈子開辭賦一派,揚、馬更推衍之,其辭益侈。晉宋以至唐初,皆其支流也。諸子之文,則後開來論説一派,如王充《潛夫論》、王通《中論》是也。衍而爲語録、爲簿記,則筆也,而非文矣。

相如、子雲,皆長於詞賦。而子雲於訓詁之學尤精,但其積理不及馬遷、子政輩,故論政之文略遜。

《卜居》《漁夫》兩篇,在有韵無韵間。後來設難之體,實權輿於此。六朝問答之文,皆其支流也。

皇甫湜之文高於柯古,惟爲樊宗師所染,則近趨奇走怪一路。

昌黎《進學解》,設色不如子雲之《解嘲》,而立言則尤爲得體,通篇無一譏諷語,而譏諷之意每得之於言外。昌黎贈序之文,無一篇不駡人,然無一當面駡人語。昌黎之《韓宏墓誌》,妙能吞言咽理。

《左》筆神妙，真令人莫測，能使讀者之眼隨筆而轉。

左氏《吕却畏逼篇》，以恫疑虚愒之筆而吐茹其言，神乎技矣！

凡難達之情，千頭萬緒，寫不盡者。左氏必先提挈綱領，再用插筆、或帶筆，叙入瑣屑之事。如《連稱管至父之亂》，“僖公之母弟曰夷仲年，生公孫無知”，即插筆也。二人因之以作亂，即帶筆也。

讀《國策》，只覺得一“繞”字。讀《左氏傳》，則兼有沈、簡、圓三字矣。

昌黎《送區册序》中，著兩“若”字，覺通篇贊美之詞，多成架空語矣。

王弇州《四部》出，傳鈔殆遍，其時弇州目中，那裏有唐荆川、王遵巖、歸震川三人？然究其終極，則弇州之文比三人不如也。

文莫難於肖，非到極熟之境，不能肖也。胡天游墓誌，幾乎句句肖韓文；朱梅崖書序，亦幾乎句句肖韓文；然不免掇拾之病。

文章不落古人窠臼，斷不能脱古人窠臼。何爲窠臼？即法也。

漢世文人無不通聲音訓詁者，揚子雲尤多識奇字。其時《蒼雅》《史籀》爲小學，列於功令，故人人識字，有著述者則更博深耳。

昌黎講究字學，子厚稍遜，習之則淺。宋以後此道尤缺，故文章日趨平淺。

唐律文用“與”字處，多用“以”字。昌黎《送楊少尹序》“道旁觀者，亦有嘆息知其爲賢以否”，此“以”字即當“與”字解。

馬遷之文，天高於人；蘭臺之文，人高於天；遷文流中帶凝，班文韵中帶肅。

蘭臺寫朝章國故，無不典麗矞皇，至叙兒女瑣屑之情，則又曲折畢露，所謂聲抗而悲、情婉而邃者也。

東方大中之文，出於縱横家，但不及揚雄、張衡、韓愈之有些道氣。

作文宜以經爲斷，以史爲例，以道爲衡。

道腴美者方能爲文。古今無法可遵，只可多見而晤其神耳。

文家不可言理。蓋道德陰陽之藴，非心通其故而辭能達者。每每筆下惟性理之言是襲，又挾一重道輕文之見，抹煞一切，致道與文均不能成就。

陸宣公《奏議》,無不達之情,無不贍之辭,讀之令人神王,不覺其爲駢四儷六也,而語語中節。

文章以義理爲本。辭其達意者,然欲求辭達,必由周秦諸子上溯六藝之原。蓋辭猶門户也,義理猶堂奥也,不見門户,不得入堂奥。故辭不達者,恐終難尋索耳。

西京之文,莫盛於兩司馬。史公源出《左》《國》,長卿源出《詩》《騷》,皆以氣爲之主。氣有毗陽毗陰之分,故其文一縱一斂、一疏一密,一爲散體之宗,一爲駢體之宗,皆文家之極軌。

學有韵文,必探源於漢魏。八家中,惟韓昌黎、柳柳州、王荆川擅其長,歐陽則失之弱,東坡則失之粗。

頌是形容功德,貴古穆,忌華侈。

哀辭,非吊也。吊,如賈誼《吊屈原》之類。

昌黎不拘拘聲病。然其論文云"氣盛,則言之長短與聲之高下皆宜",所謂皆宜者,即聲律也。

文莫妙於味,惟昌黎得之。其筆法斷續處,宛如伏流。

文以法律爲主,則運動變化可以自由。無法律,則士多將囂號令散而無紀。

張與懼,對待字也。漢高之張不能爲項羽之懼,項羽之懼不能爲漢高之張。讀《左傳》"楚武王侵隨",即從"張"、"懼"二字着想,前半烘托出一"張"字,後半湧現出一"懼"字。

叙瑣碎事,須有光氣以蓋之,無光氣則易涉小説。惟左氏具此能力,後則班《書》尚能續響。及乎八家,只能擇要言之耳。

《史記·昌邑王傳》,讀之令人悲咽,皆瑣碎事也,能動人心脾如此。

讀古人文,於其片段處著意猶易;於其零星委瑣處,梳而節之,察其用筆之妙則難矣。然惟難,愈不可忽。

文辭者,所以傳人之精神意氣也,其妙用在虚字。

王充《論衡》、王符《潛夫論》、仲長統《昌言》,皆出入儒家,其體近子。六朝人凡類此者,皆不謂之文,而謂之筆。

學短篇文字,須從長篇入手,從短篇入手,易落枯淡。短篇文字之妙訣，在於蓄縮。

讀長文如讀巨畫，察其結構之疏密，取勢之速近接笋處，即文之瑣筆也。最宜著意。

王半山《萬言書》，如帥百萬之軍，提挈而指揮之，均有頭緒。

慨嘆之筆，須含有餘不盡意，若意已盡而再用嘆筆，便無回味。

左氏寫鬼、寫淫處，能狀人所不能狀，然無一毫穢褻態。

《禮記》之所以可貴者，骨髓重也。

讀《史記》，宜於其骨節處著意，每有貌不經意而實最關肯綮之文。

《離騷》忠愛之情，屢言之而不嫌其沓者，猶子之呼父、婦之哭夫，其聲鯁咽而不能止也。

子雲《典引》、相如《封禪書》，其文整中帶散，散中有整，開發後人不少。

中郎之清，孟堅所不及；孟堅之博，中郎能爲而不爲，中郎已開唐宋之風矣。

荀仲豫之文，心平氣和，敏易動人，可采入國文教科書以示學者。

《新唐書》《南》《北史》，能以人人常用之字綴成古茂之句，知拼字法也。曾湘鄉每師之，伸前勤，抑後荒，即湘鄉之妙於拼字處。

讀陳孔璋《代袁紹檄豫州文》，覺得響堅步穩。

《阿房宫賦》，體格調法迥異《上林》，然其停頓處，似從《上林》得來。

六朝穩如舊家子弟，見聞脱俗，雖商彝周鼎，十能辨其八九。故六朝人評《離騷》，語語能中綮要。

《兩都》《西京》，如古錦、古樂雜陳一室，讀之令人肅然起敬。其妙處在博極群書，又有沉厚之氣運於其中。

行文有添字法，有沉字訣。史家所以能駕乎小説家之上者，知添字法也。

讀唐宋文，須看其氣概、局勢；讀漢魏文，在尋繹其味；讀莊子

《南華經》,如拄笏看山,覺得雲霧迷離,有峰巒隱約其中;讀昌黎文,則如武夷九曲,步步引人入勝,不入焉不知也。

《史記》之文笨,笨,故重也。

作文須有分寸準則,須吐棄凡近,須抱住一"誠"字。

文章最難在扣字。能浮沉則能扣,不能浮沉則難扣。賈誼《過秦論》首篇,即以"仁義"二字扣前局也。

短篇文字祖《檀弓》,次則劉向《説苑》,再則《昌黎集》中如《女挐壙銘》《苗夫人墓誌銘》。曾湘鄉亦師法之。

歐文之所以可貴者,以多經世之言,具有史法也。如《范文正公碑文》,於當時朝政之盛衰、賢奸之情狀,洞燭無遺,非僅敘范公事實已也。

千古以道德爲文章者,莫若《孟子》,吾無能名焉。

《左傳》與《孟子》不同。《左》尚著顔色,《孟子》只覺得有顛撲不破道理把持於内。

《孟子》雖問答之詞居多,然有文法。《并耕篇》,横可走馬,密不容針。

王充《論衡》,領脈太緩,取勢太迂。晉世清談之風,即啓於此。不易學,亦不必學也。

讀文須有體物工夫,行文亦然。

行文最忌塵字,然亦非奇闢之謂。

考據家與文家有别,考據貴富,文家貴潔。如味然,考據在羅列珍鮮,衆美畢具;文家則求味之腴而已,過醲便失之。

曾湘鄉論文曰:"聲以求氣",畏廬先生則謂"因氣以求聲"。尋繹斯語,前之説是主讀文言也,後之説是主行文者言也。蓋行文不能但求聲,須養氣積理,復繩之以法,而後聲乃宏。

自漢以降,文與六經日離日遠,至昌黎始合,而有古文之名。古文者,言乎其返之三代也。後人以散體爲古文,過矣。

昌黎之文,有渾渾無涯者,有嚴謹者,有佶屈者,有奇者,有葩者,有浮夸者,有似《騷》者,似《莊》者,似太史者,似揚、馬者,合經史百家而鎔冶於一爐也。

子語精當處，可抗六經。經如日月，子如星斗，均不可磨滅者。

子家之文碎，如路然，幹一而支則百出也。

論體最難。篇篇罵古人，駁古人，其如古人不應何？船山先生尚有此習，何況其他？然船山《通鑒論》中，精當處亦不可磨滅。

昌黎《争臣論》，書也，非論也。蓋韓集中論體已寡矣。

宋四六，唐初楊炯開之也，楊蓋矯王勃而爲之。王以華麗，楊以清高；王以典重，楊以流動。

《莊》之文似《國策》，而氣韵則過之。

《莊子》善用縮筆。難説之理，能一筆達之；難達之情，能一語明之。非聰慧人不能學也。

合道與文而見味者，《左氏》也。《莊子》之文，尚難言味。

《莊子》之文奇，然奇在骨不在貌，且奇中有理也。近時龔定盦、鄭子尹，行文無篇不奇，然間有無理之奇，所謂奇而詭於正也。

與書推馬遷、揚子雲、揚子幼、嵇叔夜四家。後之爲與書者，每堆入考據，或參雜性理，實失與書之體。

馬遷《報任安書》，如駿馬馳騁平原，有一往千里之勢，非善御者不能控勒也。

《莊子》聰明極頂處，用意每出人表，於平叙中忽昂首天外，不必經營而自成古文。學者會其意、悟其法可也，毋襲其字句。

《莊》文狡獪處，文已盡而偏説得無盡，此爲字外出力之法。

《南華經》理想甚深，讀者可由理想以悟文法。

郭象注《南華》，最爲明顯，能條分縷晰，從理尋法，使讀者於暗處見明。

文莫難於點睛。要如畫家繪山，雲根設色，方得神妙。《莊》文點睛處，便得此訣。

讀《莊子》，心目中自有開豁處，可掃除多少齷齪之念、憂愁之思。

文不外理法。《典引》《劇秦美新》諸篇，皆典麗之文；然細繹，自有針綫可尋，即法也。

文人相譽則爲標榜，相輕則爲傾軋。

攻考據者，每輕視古文家。如趙甌北、蔣苕生諸人之於惜抱，可謂能自樹立者矣，何至互非？

魏文帝論文，以張、蔡并稱。實則平子之文，力摹班氏，與中郎之文不類也。

唐之王楊盧駱，文亦不類，李杜文亦不類，而世均并稱之。

孔北海之文清哀，其境不易到也。

唐宋以前，凡作銘均無序；唐宋後，銘前乃有序，即墓誌類也。

唐之獨孤及及宋之穆修，均藝林功臣也。或謂昌黎之文，自獨孤開之；歐陽公、東坡之文，自穆修開之。

文章每與世運爲轉移。獨孤常州承六朝靡麗之後，而出以和平温厚；歐陽於五代擾亂之餘，亦以和平出之；皆足挽回頹俗者也。

牛僧孺《辨私論》，使筆犀利，辨晰至細。歐陽公《縱囚論》，揚縱伸縮，步步有法，妙在"吐茹"二字。

蘇家父子爲人甚和融，而論人則刻深無匹。

以子由之文列入八家，未必的當，畏廬先生云"宜以李習之易子由"。

贈序文，氣要錬，言要簡，視論記體不同，論記氣放而言長。

李太白序文，脱口成章，以氣韵勝，非他人所能學。柳州序文，頗多佳者，然少變化，昌黎則能變化矣。

《震川集》中，序文甚多，亦講求變化之法。然細玩之，非變化，乃變换也。昌黎之所以可貴也。

《畫記》，是昌黎記體中傑作也。金陵王遜所作《龍王(清)[請]齋過海羅漢圖記》，力學之，而不免貌似。

昌黎《送浮屠文暢師》，其機關在一"勒"字、一"接"字，欲接而勒，欲勒而接，所謂變化也。少變化，便欲勒而勒，欲接而接矣。

《送廖道士序》著力處，不過八十字，然如挽千鈞之弩，而縱之送之，何等神力！

作古文，須先知體裁法律，再求脈絡，求骨法。

文貴能體物。杜少陵入蜀詩，句句是蜀中山水，可謂善於體物矣。謫仙不過高逸耳。

柳子厚小品文，惟《序飲》爲最，其文學《漢書》，而兼有《考工記》《水經注》之長。狀小物最難，子厚真神乎技矣。

凡文中偁謂，亦有一定體裁。如方伯、廉訪，在序記則可稱之，至於碑傳中，則宜稱布政使、按察使云云。推之觀察、太守、刺史、大令等，皆然。

小説與正史之别幾不能言，學者可於佻與莊、輕與重之間求之。

序跋貴精括、簡當，最忌鋪排。

古書序跋，皆附於集尾。

辨讀者，謂於平時用功深有心得之處而辨别之、而考證之，必語語的當，使古人爲之首肯，非拈一題而任意爲之也。

段茂堂爲人作序跋，多參小學家言，故序考據文最宜。王荆川之《周禮義序》《詩義序》《書義序》、曾子固之《新序目録序》《禮閣新儀目録序》，均言言有本。

高郵王氏之小學書，朱竹垞之《經義》，讀之可知源流派别。

爲學貴先辨别源流，無論經、史、子、集皆然。泛覽無歸，最有害。

翁覃溪、李蒓客，於金石跋尾最擅長。

寧都三魏，首推叔子之文，然於序跋亦不工。

《莊子·市南宜僚篇》，有歷落。歷落者，疏密相間，眉目清爽也。畫家亦然，於層巒疊壑中，以數筆點出眼目，遂覺亭林臺榭歷歷在目，即與文家歷落同妙。

《離騷》，忠愛之文，字字皆血淚也。

沓，似《骚》之病，然惟沓愈以見屈原之忠愛，故呼天呼鬼，意之所至，無不言之。而後之誦《九章》者，卒未嫌其辭之沓也。

《南華》之宗旨曰："玄"，《離騷》之宗旨曰："忠"。玄與忠，皆推而至於極也。然忠至於極，必繞而回，故《離騷》《九章》步步反顧，全是繞筆。

李白七古，當仿騷體。哀辭音節貴悲抗，亦宜法此。

屈子之《騷》，所以寫怨也；柳州之賦，所以誌悔也；皆性情中文也。元微之之詞賦，難與并論者，即性情薄也。《骚》之文法，能變《雅》變《風》。

騷體善轉，凡轉處，必先放鬆一步，方轉得過來。

賦有楚些體，即學騷者也。然於頂筆、複筆及段落，最宜分明。

凡作騈文，從古文入手，其骨裏乃清。學騷體亦然。骨裏不清，但效堆垛，則無味。騷之不覺其複者，即骨裏清也。

凡隸事宏富處，總須清氣往來。

《涉江》云"淹回水而疑滯"，疑，惑也，滯，留也。江淹之賦、杜甫之詩，皆作"凝"，"凝"字不及"疑"之活相矣。

《哀郢》章，縝縝密密，回回往往，不自知其言之沓也。然細按之，段落結構，恰分明異常。《抽思》章，能於悲怨之中别饒妙語。

程子曰："讀《三百篇》，可令人氣厚"，畏廬先生曰："讀《騷》亦然"。

《騷》，非易學也。讀之又讀，將一種迴環往復之情含蘊胸中，到作文時自然氣厚。

能識得《騷》之往復，即漸悟文家伏流内轉工夫，其要訣在一"隱"字。

揚雄之《反騷》所以不及屈原者，有意爲文也。如《骚》，風行水上，吹縐成文，無一毫做作。

凡序跋，源流要清楚，脈络要通靈。

太史公年表諸序，其佳處在一"神"字，不易學也。

劉子政《上戰國策序》，隨論隨斷，綿延不絶，并非打成數撅也。妙在势長脈缓而有結束，如帥百萬之兵，號令在我。

東坡《上皇帝書》，不及半山《萬言書》。半山於分段處，能鈎故能連，東坡則真段矣。

古今能文者，其論文必不多，觀昌黎、廬陵諸集可知。若包世臣、章實齋、陳蘭甫三先生，論文多矣，而文未必佳。

元遺山謂文章要有曲折，然觀遺山《送李輔之之官》《送高雄飛序》，其行文全學李太白、蕭穎士之縱放，未必曲折。

作文不可無氣，然但求聲之高，是響也，非所謂氣也。

爲文能自知病之所在，再細細商量，則進境乃速。惟學者易蹈文人相輕惡習，每苦不知病痛耳。

讀古文書，能將古人最佳之文如《史記》《漢書》等。摘録小段，熟誦深思，逐字尋句，逐句尋段，逐段尋章，久之自得古文奧竅。

讀畫亦然，能於巨幅中檢其最著意處，細細審視，則其層累疊摺之妙，自然領悟。

名畫無直筆，多縐筆，文家亦然。

歐陽公記序，文字、骨法、脈絡，皆師昌黎，而聲音、面目則迥殊。

學韓太似則險，學歐太似則柔，學柳太似則瘦。

義法者，應有盡有，應無盡無也。意境者，言言有理也。

行文須防避作家看見，千百浮言不足畏，所畏者，一二作家指摘其病根所在耳，到此便藏身無地。

文須斂其圭角，不使槎枒於外。槎枒者，如作散文雜以駢句是也。

説理文，如水中灑鹽，不見鹽而味自在。桐城馬通伯之文喜説理，吴摯甫先生嘗言其説理文尚少工夫。可知文章説理，難之尤難也。

於讀書積理之功淺，則行文便庸而不正，絮而不密矣。

讀書明理，是平日工夫。選言製局，是臨文時工夫。

昌黎《送董邵南序》，閑閑數語而不覺其簡。半山《萬言書》，可謂連篇累牘矣，而不厭其煩。

雪苑文，有機軸，每每言在此而意能到彼。

叔子記事文最有蓄縮，蓋叔子爲明季遺民，所記事非含蓄不能得體。

司馬君實文有首有尾，自成文理，可謂“人如其文，文如其人”。蘇子由所作《東坡墓誌銘》中，有極詆司馬君實語，真不可解。

《灤城集》，制詔居其半，佛偈居其半，可誦之文極少。

方正学文，筋骨呈露，而理足法備。陽明較正學聰明，而不及其精實。

看名家文,須看到骨裏,方知其佳劣。

昌黎文,飛行絶迹,筆筆抱住一"縮"字。子固文,言言有本,揚抑皆得分寸。但韓文之佳處尚易見,曾文著意處難尋,蓋道德之言,淺人不易識也。

歐文説到窮極處,每參以身世興衰之感,《峴山亭碑》《豐樂亭記》諸作均如此。畏廬先生云"惟能精嚴,則心神内定,故以其餘力拓爲神韵"。

子固文,如土山之中細草芊芊,群山亂錯,幽窣曲折,頗有西湖兩高峰景象,故其停頓轉折處最可味。

昌黎、歐陽均闢佛,但昌黎未讀内典,其力不够闢佛哉,朱紫陽曾非之。

凡正面文字,必有清靈活動之筆,方不死煞。八家中,惟子固、半山能之。

古今正當之文,惟昌黎、歐陽、子固,再上而《史》《漢》《左傳》。

《史記》誠不可以方體論。如叙萬石君,則愉愉怡怡,滿紙太和氣象;傳酷吏,則峭刻一似老吏斷獄,字字爰書。其因物賦形,妙絶千古,直令人攬之不盡。

東漢經術最盛,行誼亦篤。自魏武以法制矯虔士類,而名節掃地。自諸名士提倡浮華,沈潛訓義,反復句讀。吟六藝如此,披百家亦然。

漢魏六代之弊,在浮僞輕薄;南宋以後之弊,在空衍鄙俚。

元明諸儒,躬行實踐,各有心得。明中葉以後,宗旨稍歧,然尚廉耻、重名義、崇實學、黜浮華,以世道人心風俗爲己任,則一也。

歐公《五代史》,手眼獨出,漢以後最矜貴之作。《宋史》雖有佳處,然非歐公一手所出,與《五代史》迴不相侔。

北宋諸文家皆學韓,以歐公爲大宗,曾、王、蘇皆因以起,而經義、時文亦萌芽焉。時文體出於宋,故由時文入古文者,喜學宋文。

有清精考據者,以江慎修爲最;講古文者,以方望溪爲最。

望溪於三《禮》甚深,惟不尚考據,爲後來言漢學者所詆。自言

"文在韓、歐之間",其實望溪只能學歐公,其簡潔處似介甫,其氣息古澹,自經書得來。

姚惜抱論古文,以震川上續宋人,雖遵嚴、荆川不與,所見似隘。然以學文論之,不得不如此。

望溪文,有使人悚然、肅然者。使人油然、淒然處,則不及震川也。

聲音訓詁之奥,戴東原啓之甚多。段玉裁傳其學者也,惟段較純正。

清代説經之作,能從訓詁審定句讀、文義者,以高郵王懷祖及子伯申爲最。

反復句讀,沈潛義訓,面見古人之旨者,以姚惜抱爲最。

惜抱爲海峰弟子,又私淑望溪,才不及海峰而學則過之,與戴東原等周旋,不爲時説所摇,尤徵特識。

咸、同間,講義理文章者,推湘鄉曾氏。然溯厥師承,如唐確慎、倭文端,則湘鄉漸磨義理之資也。其文章,則由上元梅伯言以認姚氏正派,久之遂集桐城之大成。大儒致力之處,必有由來也。

道、咸間,桐城派之説盛行,而實爲其學者甚少。

南屏學歸文,固未嘗詆姚。其至京師,以善治歸文見知於梅伯言,由是朱伯韓、邵位西、王定甫諸人,皆與南屏納交。

道、咸以來,學者趨向有二派:一講陳同甫之學,主事功;一講王陽明之學,重性理;然均不免有所偏。

考據之益,可以補先儒之缺,所患舍躬行而談考據,但做成文學之人,東原即不免。此非若義理之學,皆百世無弊也。

有清治古文者,於立身行己間總無大疵,有義理維持之耳。惜抱之功也。

學風自乾、嘉以後累變,獨古文一家,二百年來,議論宗旨,大率不越宋賢範圍。其稍有出入者,或偶雜以功利之談、虚無之説,然於維持綱紀,講明節義,未有不兢兢者也。

雜志百十條,半由聽講時隨時記載,半取平日研究内信於心者,亦隨筆札記。聚精會神,洞答扃(鏈)[鍵],正昌黎所云"登古人之堂而嚌其胾者"也。近今自梅、曾二老而後,古文之學曠然中絶。高者游於正鵠之外,卑(言)[者]駢麗飣餖,以僞梁之體,亂古文之真。章子有鑒於此,冥探真藴,於古今文章之高下,虚公評隲。能如是,孰不欲告章子以其道？所謂"好學深思、心知其意"者,非耶？即使不佞操筆爲之,亦不能有加毫末也。林紓評

瀏覽既富,備悉著作源流,或引申前人所已言,或發抒一己所獨到。其精語似歸熙甫評《史記》,祇寫一影子,而精神全露。近世科學繁多,君能以餘力篤嗜古文若此,真畏友哉！黄光照跋

右《瑣言》百數十則,本一已之探索,尋古人之奥窔,積十年之久,僅僅得此。蓋廷華弱冠時沉溺帖括,壬辰,薄游燕趙,才稍稍注意散體文字。庚戌,入大學,得從郭服初、林畏廬兩先生學古文辭,復略識前人門徑。是帙所述,太半宣南角藝時隨筆抒寫者,彙而録之,藉誌研求之一得云爾。甲寅冬日,廷華自識。

文章志要

周　祺撰

連載於《中國學報》一九一六年第四、五期。周祺(一八五九—一九二七),字淑甫,號君淑,晚號贅公,湖北羅田柳林河(今屬黄岡市)人。年十七,中秀才。光緒十四年(一八八八),年二十九,湖北鄉試中舉(有文獻曰其爲鄉試第一名,誤,據查是年《湖北闈墨》,第一至十一名皆非周祺)。光緒二十年(一八九四),中二甲第十四名進士。曾官内閣中書,後辭官歸隱。民國元年(一九一二),應友人邀赴北京,任北京大學國文系教授及中國政法大學教授。民國三年,受黎元洪聘,任總統府諮議。民國五年,改任陸軍部編輯及參議院議員,兼《時事報》主筆。民國九年,任兩湖巡閲署及湖北督軍署顧問,兼國立武昌師範大學教授。著有《國文述要四種》(《歷代國文述要》《文體辨要》《詩體辨要》《文學述要》)、《柳林詩文集》、《吴子兵法名解》、《中國法制史講義》等。

此文包括"序志篇第一""籀古篇第二""從周篇上第三""從周篇下第四""祧秦篇第五""述漢篇上第六""述漢篇下第七""三國篇第八"等。在《序志篇》中先大略述及文章自周代至清代之變化軌迹,尤重清代文章,認爲"前清之文,名輩挺出,宏博精深,衆體悉備,洵足凌轢唐宋,睥睨元明。由周而來,於斯爲盛"。在《籀古篇》《從周篇》中,則歷述唐虞以至戰國之文,并認爲周代之文有異於唐虞之文,且周代之文尤其是戰國時代,諸子并出,百家之文各具特色,堪稱獨步千古,如"《管》之雄峻,《晏》之精核,《左》《國》之宏博典奥"等,并認爲亂世文章必雄於盛世,究其因,則在於"盛世則才爲時囿,亂世則才與時爭”。至於漢代文章,認爲由於“以漢才之彪燦,承國祚之靈長”,故其文章,魏晉以下,無與比隆。不過,西漢與東漢文章,又各有異,“西漢之文,獨呈雅健”,而東漢諸文,“變而漸靡,渾厚之氣,不逮西京”,即便東漢文章名家,較之西京,亦“風骨少遜,而穠華縟采則突過前人”,這緣於“風尚不同”而“日趨藻飾”之故。

序志篇第一

文之爲用,所以載道。故劉勰《原道》,首重文德,稱爲“五行之秀,天地之心”,蓋其體既宏,其用乃富。始由記述之文,進而爲參究之文,又進而爲推驗之文,更進而爲通貫之文。學以漸而益精,文以研而益澈。始則文從學出,終乃學以文傳。三代以前,文化殊美,星雲麗其前輝,龍火彪其盛采,雖帝升王降,氣體各殊,傳心垂訓,其揆一也。是以尼山刪訂,定爲專經,大義微言,垂教萬世。周轍既東,百家騰踔,或同源而異出,或殊途而旁騖;或緣獨見之卓,而濬此靈知;或矜一技之長,而演爲專説,莫不獨標真諦,高張奇彩,一緒既萌,累葉不廢。雖分鑣振響,亦孕育滋宏。自是厥後,文字益繁。兩漢紹其流風,而更增華茂;三國沿其近緒,而漸逼清腴,東、西晉宗暢玄風,故文多俊逸;南、北朝專崇儷偶,故文侈纖穠。惟前清之文,名輩珽出,宏博精深,衆體悉舉,洵足凌轢唐宋,睥睨元明。由周而來,於斯爲盛。往者文章之士,撰述之家,高瀹文靈,侈談美富,矜情博采,肉藿交登,如梅鼎祚之《歷朝文紀》、李昉等之《文苑英華》、賀徵之《文章辨體》等編,非徒累世莫殫,亦且繁稱寡要。僕才荒陋,學不經通,勉探制作之源流,兼舉歷朝之名輩,挹其工雅,沃其蕪雜,至于風尚之遷變,體格之異同,亦按次約言,兼舉大概,斯亦彦和之志也。

籀古篇第二

六書肇造，取則蹏迒，既孳乳而增繁，乃同條而可挈，文緣義比，綴而成章。炎黄之時，已有述作，或精闡天象，或徵察節候，理不虚造，辭無雜冗，發泄道藴，炳爲教華。縱玉檢金泥，侈陳封禪，赤文緑牒，矯托神靈，六銘佚而不傳，三墳僞而彌陋。然可徵述，蓋已多矣。若夫緣善緣惡，顓頊慎其幾；爲巧爲仁，高辛專其美。道心所萃，辭旨彌醇，當出帝魁之遺篇，亦即典謨之前制。沿及中天，焕乎益盛，明良屬和，雲爛星輝，壤叟衢童，并嫻謳詠，玄圭錫夏，九叙惟歌，贊頌雍容，氣體醇縟，洵王朝之盛製，亦帝陛之嘉謨也。乃自有扈抗征，六卿自將，誓詞發厲，文告頻仍，糺縵之華，變爲嚴毅。繼世有作，迥不同風。《虞書》《夏書》，烏得并稱渾渾耶？太康尸位，五子作歌，悵有洛之禽荒，失武觀之家衖，哀憤之作，實肇於兹。亦越有商，文體稍異，誥辭綿密，訓辭簡厚，頌詞典重，範辭宏整，商家尚質，文亦似之。即三盤佶倔，哽語聱牙，而意義周回，感人愈篤。又況《湯誥》言性，《仲虺》言仁，道樞管其機鈐，聖功發其秘鑰，所謂辭約而旨益豐，理真而緒乃博者，其斯之謂歟！唐虞以還，惟商書漸富，故百篇遺目，亦惟《商書》獨多。考其逸文，猶多粹語，如去日就火之喻，登山下淵之警，雖後儒之述説，實往籍之宏文。後世論文之士，往往商周并稱，有以也夫。

附夏商文體異于唐虞説

竊按文章之盛，極於成周。有開必先，其來以漸。三皇時文，真贋參半，年世既邈，聲采靡追。所以夫子删書，斷自二典，其時文格規創，約分二體。一爲紀述體，則無韵文體是也；一爲歌詠體，則有韵文體是也。無韵文體，典謨爲精，氣象發皇，和而不迫；讀其文者，廓然見中天之盛焉。夏后《甘誓》，去古未遠，而賞祖戮社，已非“兩階干羽”之遺風，又況孥戮之嚴，著爲令典，帝王升降，觀此已分。《胤征》一篇，文亦誓體，而先時無赦，後時無赦，雖兵家紀律，不可不嚴，而威猛之風與《甘誓》等。商代之文，倍於前古，雖篇多散佚，而存者亦多。然自《湯誓》《湯誥》《盤庚》諸篇外，大抵多臣戒其君，往往於事實既形，乃謀救正；或勸諫以進主德，或敦勵以法前王，有爲而言，故文多質直。固非君都臣咈、交儆未然者可比。而且編録既富，辭理漸充，亦與《夏書》不類。灝灝之喻，其知言乎！若夫有韵文體，動合天機，然《葛天》八闋，僅傳其目；帝嚳《六英》，不載其詞。惟《唐》《虞》諸篇，始有韵語，乃劉勰於《大章》之歌，《南風》之曲，僅以辭達稱之，不知"薰時解阜"，固與"光華復旦"諸作，同爲盛世之音。至于不識不知，并忘帝力，時雍之化，於此畢陳。夏后之初，南音作於前，北音作於後，實爲女子能詩之始，亦即感物寄情之始。至於《五子之歌》，則後代哀怨諸篇所開迹也；《破斧之歌》，則後代懊惱諸詞所引端也；而五絃解愠、八伯歌風之盛，不可復睹矣。頌禱之詞，則創始商代，侑歌宗廟，上妥先王，雖推闡前光，隆兹孝享，而歸美一姓，實啓後人侈陳祖德之誣。而帝世之樂歌，初無此夸炫也。然則三風十愆，阿衡作戒；平平蕩蕩，《洪範》陳疇者；其庶幾四時順經，萬姓允誠之微旨歟？

從周篇上第三

溯自文考演《易》，炳燦繇辭；公旦多材，振揚徽烈；堂皇文運，祚我周家。是以《豳風》樸而彌綺，二《南》和而不蕩。訓誥之懿，以周摯敷腴，官禮之宏；以繁重舉體，監於二代，郁郁彬彬。迄夫麟書吐瑞，至聖挺生，玉振金聲，表章六藝，及門諸子，得聞文章。三千七十之徒，舉皆一時秀傑，各宗所得，派别交馳。當時獨出之才，又各彪炳争途，振其符采。觀於伯陽《道德》，纘緒軒皇，析理精深，製詞高簡，微言所洞，抗手群經。管子以天下之才，著書繁博，經言之粹，獨闢高衢；《内》《外》諸篇，并雄峻可喜；區言短語，亦奇勁無倫。學不一家，故文不一格，洵足兼綜道術，而包舉文藝矣。《晏子春秋》，文多罕譬，至于警君臣之隔，劑上下之和，雖非敬仲之倫，要亦文流之選。若夫《春秋》傳經,《國語》記事,既爲論説啓奥,實以閎肆稱長。中葉之文,蔚爲大國。縱横博辯,殆《國策》之化源乎？而韓子斥其浮夸,温公謂非精製,過矣。七王既盛,才士益昌,百喙交騰,競標新幟。著述之富,與山海争宏;斧藻之華,與星雲併采。是故理懿而精,味醰而暢者,荀、孟之文也;辭宕而侈,氣煒而譎者,蘇、張之文也;俶詭而峭,詼幻而麗者,莊、列之文也;沈鷙而勁,排奥而整者,孫、吴之文也。他如墨翟之文,意顯而語質;鄒衍之文,旨奢而詞壯;韓非之文,以博喻騁富;慎到之文,以密理析巧;騷辯之文,以哀艷澤詞;滑稽之文,以諧謔展韵。以至名根法柄之論,富淫蝨弱之談,執獲搏虎之喻,白馬孤犢之説,莫不扶植名理,紛披詞縷,文實相濟,璘彬互燦,固秉文之金科,匯藝之玄圃。後有作者,弗可及已。蓋文學之盛,極於成周;文體之殊,於斯而備。此周所以獨稱文治也。

從周篇下第四

古今文體,周代爲樞,上以拓三古而增其華,下以啓百派而張其緒,誠文家之關紐,亦即學者之叢芳也。夫文緣學博,學以文精,無文則學術不昌,無學則文源不立。由周而上,則有學名而無學别,即所謂文派者,亦復寥寥。而周後不逮百年,遽有"罷黜百家"之令,於是才智之士,併出一途,學鮮日新,文章亦靡。即間有吐棄,凡近雅慕周秦者,亦均虎文羊質已耳。若夫成周之傑,各因其學之所得,而托之於文,方其發奮著書,亦只以闡其所學。迨夫文義既炳,樹幟自標,而繼起之英,終鮮有登壇而拔之者。蓋始則以學派而傳其文,繼乃以文派張其學也。顧成周之文,雖各張其學,而卜年既遠,文與時遷,由豐鎬而春秋,由春秋而戰國,氣息體格,要弗强同。觀於周初之文,去古未遠,若訓誥、若官禮、若《風·南》《雅》《頌》,雖復雲霞雕色,草木翔芬,形立章成,文勝其質。大抵上以宣表治化,下以陳述民風,無所謂一家之言,以興起當世者。東遷以後,始有專書。若《管》之雄峻,《晏》之精核,《左》《國》之宏博典奥,雖不逮《詩》《書》所載之醇,而才識權奇,要亦未遑多讓。至老聃《道德》之著,尤爲旨遠辭深;《春秋》之文,則已由醇而肆矣。遞至戰國,門户大闢,瑰才異能之士,各以文雄。儒家之文以義勝,道家之文以玄勝,墨家之文以質勝,兵家之文以詭勝,名家之文以整析勝,法家之文以深刻勝,縱横家之文以排奡勝,陰陽家之文以夸誕勝。其他若雜家、若農家、若小説諸家,莫不各吐所能,以宏篇製,其學愈競,其文愈工。此亂世文章,所以必雄於盛世也。蓋盛世則才爲時囿,亂世則才與時争。周季文風,獨有千古,殆以此夫。

祧秦篇第五

秦皇統一,力反前制,欲愚黔首,灾及群書,獨以武雄,塞彼文教。然一代典制,不無撰述,即商君變法之議,氣懾於甘龍;范睢激諷之談,心折於霸主。其他辯説,波譎雲詭,由余著書而下,昭襄遷鼎以上,諸書所録,不可殫收,雖屬秦文,尚非邦粹。至《吕氏集覽》,號紀春秋;李斯上書,彬彬文質。諸生功德之頌,方士仙真之歌,太史博學之章,泰皇尊號之議,驪山治陵之奏,優旃漆城之諷,莫不古質斑爛,雄詞雅奥。雖法家尚質,不事修文,而所吐皆奇,聿光其代。第以世祚既短,鬱積未充,燔坑之餘,師資獨缺,故所傳者僅,諸體亦弗該耳。其犖犖諸篇,悉皆周季遺才所作,考其文格,猶是戰國諸子支流。其他奏記之文,徵事之説,比物之論,歌諷之篇,半屬短章,言簡易盡,無繁縟之韵,則球磬非喧;無艷懿之華,則柯條弗暢。正如弦急則無餘羽,歌促則鮮曼聲,因事成文,不求該洽,紀實而已。非有鎔裁,略爲搜討,以備一朝之文,而雜賦九篇,今皆放佚,無可徵考,徒存其名,靡得而詮論焉。見《漢書·藝文誌》

述漢篇上第六

漢祖龍興,得之馬上,輕儒簡學,詩書未遑,禮樂粗創。而乃入關之諭，求賢之詔，《大風》之詠，《鴻鵠》之歌，或簡潔而翔華，或雄宕以舉氣，識者稱爲“天縱之英作”，開一代之鴻文者也。孝武雄才大略，振刷奇采，詔敕獨邁，詩歌亦遒，號令文章，焕然可述。光武起家儒素，少習《尚書》，制詔之文，悉皆精製，理析而彌愜，詞質而愈雅，文流之傑，實所難能。外此文、景詔書，和厚而粹；昭、宣明章，詞益精核；均能光啓一代，用焕人文。是以陸賈負聲，綜談治要，奏書詳贍，輒奉廷褒；穎陰私臣，精白建議，洛陽年少，痛哭陳書。鄒陽以藩客呈才，晁錯以家令延譽。元光以後，文采益增。淮南沛獻，以名藩著録；嚴尤充國，以宿將能文；仲舒專儒，三策展其粹；子長純史，百氏匯其通；孔、鄭諸儒，以箋注騁博；班、荀二體，以紀叙稱長。他如《法官》之醇潔，《新論》之該練，《鹽鐵》之精詳，《論衡》之綜貫，《政論》之辯確，《潛夫》之諷激，《昌言》之愷切，《申鑒》之宏通，《正部》之明融，《少英》之雅達，則論説之文也。《封禪》夸麗，《劇秦》典貴，《廣成》殫合，《典引》淵懿，則贊頌之文也。京殿研製之精，苑獵鋪陳之麗。秋蘭孤竹，搴屈、宋之芬芳；《長笛》《洞簫》，啓潘、張之雅奏，則徵詞體物之文也。《客難》疏而振藻，《解嘲》諧而展韻，《賓戲》采而不膚，《應閑》密而能雅，《達旨》典而益工，《客譏》整而微質，則譎言引喻之文也。其餘表奏之精審，檄移之嚴厲，銘箴之深簡，書記之雅質，歌詩之麗則，誄吊之悽惋，靡不摛振金石，品藻玄黄。或秘響而旁通，或伏采而潛發；或博兼衆體，總五色而飛華；或獨擅一長，據專門而奏技；誠匯群英以叢藝圃，拓偉製以冠詞林者也。乃擷其詞旨，雖各吐奇芬，而徵其體裁，則均非創格。其史體緣經，論體緣子者，夫人而知之矣。若夫箋注之體，則本《管子·高山》諸解與《韓子·解老》諸篇。贊頌之文，備體商代，由周迄魯，頌體蓁繁，用告成功，亦形盛德。揚傳諸頌，是式是宗；符命諸篇，其變體也。體物之文，工於兩漢，六義舉一，演爲宏篇。而陶志述情，本之宋玉；極聲窮貌，發自荀卿；藻采雖繁，而氣骨終遜。引喻諸作，明襲對問，實則《卜居》《漁父》導厥先河。其他各體名篇，均有師法。縱謂連珠駢偶，比類約言，始於孝章，作於班、傅。而《文章緣起》謂始揚雄，詞若貫珠，義兼興勸，實則韓非聯語,載在本書;北魏李先,奉詔侍讀,則子雲所作,亦匪初基。至於七體陳事,啓發時君,歷葉傾承,悉祖枚氏。實則枚乘探原於《七諫》,《七諫》胚胎於對問,逐條陳叙,已發其凡,展轉相沿,遂成專體。斯即琢詞矜勝,彙典稱長,要皆引墨爲繩,鑄金有範,斯蓋述者之特工,而非作者之制巧也。夫以漢才之彪燦,承國祚之靈長,然皆踵飾前規,鮮自表見。良以綺縠交炫,實組纂於文絲;朱碧争奇,乃飾容於素質。故或拓源而暢義,如賦、頌二體,本詩家六義之一,至漢則演爲大篇。或析體以適時,如制、詔、令、敕、符、檄、教、册,則本《誥誓》;如章、疏、表、議、記、對、策、箋、啓,則本之《上書》;弄、引、吟、曲,本之《琴操》;奏六、七、九言,則本之《詩》。蒼姬括其全模,赤劉展其殊采。魏晋以下,無與比隆,略事標題,此其極軌也。

述漢篇下第七

兩漢之文,率仿周季,第其時百家罷黜,尊重經生,即制政明刑,亦皆附會經義,學途既隘,鮮自拓張,鉅製宏篇,轉相則效。顧歷歲既久,才傑挺生,學則同歸,文或百慮。或緣經以創史,或附經以造緯;箋注之作,弗遺姬雅;擬經之書,侔於大《易》。非其才不超古,實則學難背時也。至於用世之雄,著書炫世,或取資名、法,或役志縱横,又或綜極陰陽,推原道德,雖亦文思獨擅,實與經訓相緣。而宏雅之儒,翰藻之士,則又托對問以抒其志,飾符命以貢其腴,借微物以寄其情,徵一器以窮其狀,迹其洪纖畢舉,華實交呈。非不漱書傳之遺芳,挹風騷之絶唱,乃其篇愈廓,其義愈常,其詞愈豐,其旨愈瘠,舉皆襲沿膚淺,專采華腴,竊經學之支流,非載道之宏品也。乃其流既大,其派遂成,而詞采之文竟與論説之文并標不廢,於是學士則鄙爲雕蟲之技,而文家則矜爲繡虎之奇,此則詞章、考據所由區也。要之,兩漢之才,實與周埒。至於體格恢詭,篇什整齊,則又寓創於因。如《史》《漢》傳、贊、書、志之於《書》,《封禪》等篇之於頌。又《天馬來》通首三言,《河梁》通首五言,《秋風辭》《四愁詩》通首七言,亦與《詩》異,即《柏梁》聯句,亦仿賡歌而變其例者。開時制體,特西京名作，實異東京。蓋西漢之文，獨呈雅健，若賈、晁之奏議，江都之經訓，揚、劉之書説，相如之詞賦，并皆獨步一時，擅絶千古。若東漢諸文，變而漸靡，渾厚之氣，不逮西京，班、傅、賈、崔，後先輝映。惟孟堅《漢史》，步武龍門。而張、王、馬、蔡之文，博麗兩兼，實淵源《子虚》《上林》諸作，第風骨少遜，而穠華縟采，則突過前人。風尚不同，日趨藻飾矣。

三國篇第八

東漢末造，政綱頽落，而斯文不墜，發泄愈光。伯喈以曠世逸才，原本經術，文格精雅，各體兼長。北海卓卓，體氣高妙，魏文喜誦，許爲揚、班，至以金帛購其遺作。正平年少，文實峻麗，劉勰謂“孔盛於氣，禰鋭於思”，旨哉斯言，得其要矣。武侯文章，直逼西漢，教令書答，雅質相宜，訓誥之才，良非阿贊。至若公琰之箋奏，楊顒之箴諫，秦宓安時之辯，譙周仇國之論，亦復辭與義炳，斐然成章。第以僻處西陲，時方經武，詞賦之作，不登於朝，故所傳者僅耳。魏武雄才蓋代，兼好詩章；文帝論文，藻而不泛，歌詩清綺，不後時賢。陳思以八斗之才，爲七子之冠，詩窮比興，賦藻群言，《客問》華腴，《七啓》宏壯，兩表逸而愈俊，六代雅而不膚。六代論格高詞贍，非子建不能。《文選》稱曹冏作，殆不足信。下筆琳琅，等諸夙構，誠文傑矣。仲宣雄健，不後陳王，或慷慨逞奇，或靡密流韵，語無瑕玷，衆體兼工，僅謂其長於辭賦，惜其體弱者，非篤論也。琳、瑀擅聲於書檄，偉長標美於賦詠，潘勖竭才於錫命，王朗托志於序銘。德璉學優，才堪著述，公幹氣逸，妙絶時倫。詩體之褒，誠非溢實。總其論説，則和而不壯，壯而不密。二子所作，頗有斯瑕。觀於瑒論文質，禎賦魯都，則《典論》疵評，非故爲揚抑也。若平叔景福，孔才趙都，擬之靈光，氣格俱靡。楊修、路粹、繁欽、丁儀之徒，或懷筆記之工，或含論述之美，并有文采，照耀中州。諸子之書，《中論》稱首，荀、董以下，斯其嗣音。至於杜思《體論》，詳言兵要；周生《要論》，抗志高希；内抉經心，外諳治術，信乎發抒獨鑒者矣。即劉劭人物之志,不悖於儒家;蔣子萬機之論,頗精於道要。子雍《正議》,尚溯《禮經》;王基《新書》,辨窮堅白,亦足使言爲世用。學以文傳,而應璩《百一》之篇,高堂《灾異》之奏,義含諷諫,辭復精警,尤足多矣。若李康《運命》,才識兩峻,氣沈詞奥,獨撰名篇。正始改元,玄風漸暢,輔嗣標其兩例,平叔綜其遐思,中散致辨於養生,蘭石扣端於才性,雖意旨不同,均稱雅構。而詩歌之體,則漸趨輕靡,惟叔夜峻遠,未失高(以下闕)

文章之結構

胡寄塵 撰

載於《文學講義》第一期(一九一六年),亦見於苦海餘生(劉錦江)所編之《簡易國文講義》(一九一六年第一期、第二期)。《文學講義》,月刊,林紓主編,一九一六年創刊於上海,由中華編譯社國文函授部編印發行。一九一七年七月停刊,共刊十二期,一九一八年十月曾再次發行。每期分正編、附録兩大部分,主要發表文學講義或文學理論性文章,多數文章連載,其作者主要有陳衍、李定夷、林紓、林傳甲、蔣著超、陳蝶仙等。

胡懷琛(一八八六—一九三八),初名胡有懷,字季仁,後改名懷琛,改字季塵(又曰寄塵),别號秋山,筆名寄塵、怪人等,安徽涇縣人。自幼攻讀詩詞經史,少有文才,七歲即能賦詩,曾應試科舉,被斥落,遂絶意科考,隨其兄胡樸安旅食上海,并加入南社。曾任《神州日報》《警報》《太平洋報》《中華民報》等報刊編輯,後轉聘爲廣益書局編輯主任。自一九一九年後,先後任教於江蘇省第二師範學校、神州女校、上海師範專科學校、滬江大學、上海藝術師範學校、持志大學等,講授白話詩文。後又受聘於商務印書館、上海通志館等,并兼任《小説世界》主編。在編輯、任教之餘勤於撰述,廣涉博學,如文學、哲學、經學、佛學、考據、方志、傳記、評論、雜記等,其代表性文學研究著述有:《白話文談及白話詩談》《新文學淺説》《新詩概説》《修辭學要略》《中國文學通評》《中國詩學通評》《作文研究》《文藝叢説》等。

此文包括文章之用字、造句、措詞等。在"用字"上,提出

"煉字法""省字法""避重字法""用奇字法""疊字傳神法""駢字傳神法""虛字傳神法"等。"造句"則有單句、偶句、迭句、重句、遞句、環句、順句、倒句八種。至於"措詞"上,則有陳(直陳其事,不必故作曲折語)、引(由他事物引起本事本物)、溯(考是事之本末)、申(申明上文)等等。此文既曰:"簡明",故所述極爲簡略,首標其法,略作詮釋,其後則引證例文。觀其篇目及行文,或當有續文,惜《文學講義》今已難窺全豹。

文章之結構

第一章　用字

聚多數之字而成句,聚多數之句而成詞,即一段之謂。聚多數之詞而成篇,必一篇之首尾完全也,乃始謂之文章。此種種之經過,即所謂文章之結構是也。然而一文章也,析之而爲詞,再析之而爲句,復析之而爲字。未有用字之法不明,而能爲文者也。故吾先述用字。

(一) 鍊字法。某某二字,同是能表明其意義,此二字似可以任用其一而無擇矣。然而不然也,必於數個同義之字之中,擇其一最適宜者而用之,此即謂之鍊字法也。今試舉例如下:

司馬相如《上林賦》:"皓齒燦爛,宜笑的皪。"此二句中"皓"字與"白"字同意也,然苟用"白"字,便不成文,此關於習慣上之宜注意者也。"宜"笑之"宜"字,最有工夫,其意乃"隨意一笑無不相宜",而以"宜"字加於"笑"字之上,此鍊字之絶妙法則也。若不用"宜"字,"笑"字上任加一字,譬如微笑、巧笑等,亦無不可,然不及"宜"之新穎而靈警矣。學者於此細玩,可知鍊字之道。

(二) 省字法。文章之法,字愈少而愈妙,譬如同此一意,他人以百言而始能達之者,吾以十言達之,而其意亦無少遺漏,則不期其佳而自佳矣。今試舉例如下：

韓愈《畫記》“雜古今人物小畫共一卷”，此句也，自常人言之，必曰：“雜畫古今人物於一小卷之中。”夫他人以十二字而表明之者，韓氏以十字表之，意既相同而文更古奥，此則省字之法也。按：省字之法，在初學者用之宜慎，與其省而晦，不如繁而明。初學一以明白爲貴，如能簡更好。否則，先求明白，然後簡略。不然，疵病百出，不可救藥，終至於不通而已。吾之述此，亦略備一法之意，非欲學者强效之也。

（三）避重字法。凡一段落之中，其“名詞”往往見之數次者，則當擇其適宜之處，以“代名詞”而代“名詞”之用。此無他意，避其重也。舉例如下：

王安石《讀孟嘗君傳》：“世皆稱孟嘗君能得士，士以故歸之，而卒賴其力以脱於虎豹之秦。”此數句，苟不用代名詞，必曰：“世皆稱孟嘗君能得士，士以故歸孟嘗君，而孟嘗君此處“孟嘗君”三字，原文竟略去，并不以代名詞代之。卒賴士之力以脱於虎豹之秦”，試一與原文比較，孰繁孰簡，可以知矣。而其能事，只在以一“之”字代“孟嘗君”三字，而以一“其”字代“士之”二字，既已簡潔，又不重複。代名詞之妙用如此，爲欲避重者所不可不知也。

（四）用奇字法。用奇字者，其意在於驚人耳目。而其用法，乃出乎常軌之外者也。大抵名詞作動詞用，動詞作形容字用，故意與文典定例相違，庶幾使讀者之注意。今舉如下：

韓愈《原道》“人其人，廬其廬”，夫第一“人”字及第一“廬”字，均名詞也，乃使爲動詞作用。尤奇者，第一“人”字與第二“人”字、第一“廬”字與第二“廬”字同形而異品，使人一見，不覺爲之駭然。此用奇字之法也。韓文原意以淺語釋之，則曰：“彼非人也，而使之成爲人；彼之廬非人居之廬也，而使之成爲人居之廬。”

（五）疊字傳神法。一字而重出之，以加諸他詞之上，以表明其神情態度者也。以文典之例而論，一字已足，然而用疊字，則愈能使其神情、態度躍躍紙上，此所謂疊字傳神法也。今舉例如下：

《詩經》“穆穆文王”，以“穆穆”二字，傳出文王之神態也。

《論語》“洋洋乎盈耳哉”，“洋洋”二字，用以傳神亦同。

（六）駢字傳神法。用法與上相同，但上例爲同樣之二字，此則爲同品異形之二字耳。今舉例如下：

《詩經》“窈窕淑女”，以“窈窕”二字傳出淑女之神也。

（七）虛字傳神法。用法仍與上相同，但二字之中，一爲實字，一爲虛字，而神態尤寄諸虛字，故虛字較實字爲尤有味也。今舉例如下：

《論語》“鏗爾舍瑟而作”，“鏗爾”二字，同爲傳神，而用而所以能傳神者，“爾”字尤有力也。

《論語》“趨進翼如也”，“翼如”二字，用以傳出孔子趨進之神，而“翼”爲實字，“如”爲虛字，“翼”字下附“如”字，乃愈有味。

以上所述用字之法，雖不能完備，然學者知此，則於讀文及作文均可得無數利益。且吾之所述，一以淺顯簡明爲主，乃爲初學説法不得不然也。至於用字之輕重、緩急，隨處不同，是在作者察看題目及文勢而定，非可以一言了也。吾又有爲初學告者，作文章者，不可不知文典，然不可拘於文典。苟字字必考之文典，而後用者，則艱澀甚矣。蓋文典者，有規則者也；而文章者，貴自由者也。信筆所之，自得妙趣。其佳也，亦不自知其所以然，夫豈能被文典所束縛哉？不特不爲文典束縛，亦且不爲文法束縛。人有言曰：“夫文法猶規矩也，規之形圓，矩之形方。天下之器，無不成於規矩，然天下之器，未必盡是方圓也。故始則步趨於規矩之中，繼則當變化於規矩之外。”玩斯言也，可以知用字與文典之關係矣。

第二章　造句

吾既言用字矣，字之積者，謂之句，夫一字不能表一完全之意思，若夫一句，則可以表明一完全之意義矣。此指普通而言，亦有一句不能表一完全之意義者，蓋其句實爲半句，中間停頓也。凡句之結構，必具有所謂主格與賓辭者，此乃文典之定例，非吾書所容再述。吾所言造句者，乃結構之精美優秀而已。

欲言造句之法，可先述句之種類。分類之法，亦人各不同。玆采取衆説,參以己意,分區如下,并各附説構造之方法焉。

(一) 單句。單句者,同結構法之句,只此一句而已也。如同在一處,同結構法之句,有兩句以上者,其數爲雙,則謂之偶句;其數爲單,則謂之疊句。兹先舉單句之例,如下:

《孟子》:“孟子見梁惠王。”

(二) 偶句,説明見前,舉例如下:

《論語》:“貧而無諂,富而無驕。”又:“君子懷德,小人懷土。”

以上二例,爲兩句相偶者,亦有以四句爲偶者。其例如下:

《論語》:“志於道,據於德,依於仁,游於藝。”

(三) 疊句。説明見前,舉例如下:

《孟子》:“富貴不能淫,貧賤不能移,威武不能屈。”此疊三句之式也。亦有疊五句者,其例如下:

《書·君奭》:“有若虢叔,(其)[有]若閎夭,有若散宜生,有若泰顛,有若南宫括”,此爲疊五句之式也。

按:偶句、疊句往往有至十句以上者,愈多則文氣愈厚。惟以上所述其形式,皆爲整齊者。亦有形式雖不整齊,而其結構之法,彼此無二,亦統名爲之偶句,或疊句也。舉例如下:

《論語》:“學而時習之,不亦悦乎! 有朋自遠方來,不亦樂乎! 人不知而不愠,不亦君子乎!”此式讀爲六句,實只三句,三句之字數多少不一,然其句法之結構固無二也。

又按:偶句之中,其兩句往往有一正一反者。舉例如下:

諸葛亮《出師表》:“親賢臣,遠小人,此先漢之所以興隆也。親小人,遠賢臣,此後漢之所以傾頽也。”

又按:偶句又有種種變化,今略舉兩例,如下:

《魏相諫伐匈奴書》:“救亂誅暴,謂之義兵,義兵者王。敵加於己,不得已而起者,謂之應兵,應兵者勝。争恨小故,不忍憤怒者,謂之忿兵,忿兵者敗。利人土地貨寶者,謂之貪兵,貪兵者破。恃國之大,矜人民之衆,欲見威於敵者,謂之驕兵,驕兵者滅。”按:此爲偶句變化之一種也。

《論語》:“智者樂水,仁者樂山。智者動,仁者静。智者樂,仁者壽。”按:惟其樂水也,故動故樂,惟其樂山也,故静故壽。下二句乃從上一句生出,此偶句變化之又一種也。

其他變化尚多,不能備述。學者緊記以上數者,則舉一反三,自能領悟,固不待我之贅言也。

(四) 重句。重句者,同式同字之句重複言之,有言有盡而意無窮之妙。舉例爲下:

《孟子》“有遺生魚於鄭子産者”一節:“得其所哉,得其所哉!”

《論語》:“山梁雌雉,時哉時哉!”

按:重句往往有分置於他句之兩端者。舉例如下:

《論語》:“天何言哉! 四時行焉,百物生焉,天何言哉!”又按:重句多半含詠嘆之意。

(五) 遞句。遞句者,傳遞而下,换言之,即逐步而進也。舉例如下:

《論語》:“知之者不如好之者,好之者不如樂之者。”

《檀弓》:“人喜則斯陶,陶斯詠,詠斯舞,舞斯愠,愠斯戚,戚斯嘆,嘆斯辟,辟斯踴矣。”

《孟子》:“天時不如地利,地利不如人和。”以上均遞句也。

(六) 環句。環句與遞句,若相似而實不同。遞句者,傳遞而下也;環句者,周而復始也。舉例如下:

《書》:“臣哉鄰哉,鄰哉臣哉!”

《老子》:“信言不美,美言不信。”

(七) 順句。順句者,直叙其事。凡普通之句,均得謂之順句也。玆不舉例。與順句相反者,謂之倒句。

(八) 倒句。倒句者,顛倒而出之,用以驚人之耳目也。舉例如下:

《書》“告爾於朕志”,此句若以順句法言之,則爲“告朕志於爾”也,今用倒句言之,便令耳目一新。

韓文“衣食於奔走”,言“奔走於衣食”也。今以倒句出之,愈覺有味。句之種類及造法,大抵如以上所述是已。至於其他關於提、頓、撤、轉諸法,其作用雖只在於一句,而其關係則在於一段。故凡此等法，則均於下章述之，此章概不攔入。

猶有一事，不得不爲諸君言之。聚字成句，此定則也。然一句之中，字數之多寡，亦有一定之程式乎？此爲一疑問也，吾請答之曰："字數之多寡，原無定律，要在用之適宜而已。"考諸古人之文章，最少者至一字而止，最多者吾不敢斷言至於幾字而止，但以吾所見，如韓愈《圬者王承福傳》，其中有以三十六字爲一句者，不可謂非句之長者也。今舉短、長句之例如下：

《論語》："與之粟九百，辭"，"辭"一字爲一句，此句之最短者也。

韓愈《圬者王承福傳》："雖然其賢於世之患不得之而患失之者以濟其生之欲貪邪而亡道以喪其身者其亦遠矣。"此以三十六字爲一句，是句之長者也。或更有長於此者，亦未可知。要之，長短各極其妙，而各得其宜。學者作文，其造句也，長短當視其文勢而定，不可存一成見於胸中。故意求長或故意求短，以矜奇而立異。

按：句之過長、過短者，均須有鍛鍊工夫。否則，長而蔓，短而晦，皆足以爲文病。以上所舉最長、最短之句，不過備一格式。初學者工力未到，不可摹仿，慎勿好奇而效顰也。

又按：造句之初步，當知"簡明"二字，簡則無贅列之字，明則無不達之意。既能簡明，然後求其他。其他靈秀也，古雅也，華麗也，半在于句之結構，亦半在於句之選擇。學者能知選美字以造佳句，則文章可以觀矣。

吾於造句，既略言之如右，以下當言措詞。吾有一言，先爲讀者告，即必熟知乎造句之法，而後可以語措詞也。

第三章　措詞

詞與句，有何別乎？曰積字而成句，積句而成詞。詞者，即一段之謂也，或又謂之章法。本無定名，隨人而定。措詞之法，或可分之爲四，即"起承轉合"是也。愚意如此分類，殊覺板滯。蓋詞之定義，既爲一段落，則一段落之長短，自無一定之界限。而其作用，亦非"起承轉合"四者之所能包括。考"起承轉合"四字，乃指一篇之結構而言。先起、次承、次轉、次合，穆序井然，則一篇之文章成矣。然此不過爲初學者之範模，實則其法殊爲呆鈍，使古今文字盡出此途，不幾成爲千篇一律乎？是故一篇之中，雖不能外乎“起承轉合”，然而一篇之中，有不止一起、有不止一轉者，其承也、合也，亦皆如是。其作用既不相同，則其性質亦必各異，故不得概以“起承轉合”目之也。職是之故，余乃不循舊例，别定遣詞之法。今試略舉如下：

（一）陳。陳者，直陳其事，不必故意作曲折語也。有叙事者，有説理者。今試各舉一例：

賈誼《過秦論》：“秦孝公據殽函之固，擁雍州之地，君臣固守以窺周室，有席捲天下，包舉宇内，囊括四海之意，并吞八方之心。”此叙事之例也。

歐陽修《朋黨論》：“臣聞朋黨之説，自古有之，惟幸人君辨其君子、小人而已。”此説理之例也。

右二法，皆所謂直陳其事，不必故意作曲折語也。“陳”之一法，有用之於篇首者，有用之於篇中者，原無定例，惟在因時制宜而已。

（二）引。引者，由他事他物而引至本事本物也，即由題外説起，漸引而入題是也。例如《戰國策》“莊辛論幸臣”，由蜻蜓而説至黄雀，由黄雀而説至黄鵠，由黄鵠而説至蔡靈侯，由蔡靈侯而説至君王是也。

（三）溯。溯與引相似而不同，引者，由他事而説至正文也，溯者，考是事之本末也。是故升堂而入室也，謂之引從流而溯源也，謂之溯。

（四）申。申者，申明上文所説之理由，或發揮上文未盡之意也。舉例如下：

歐陽修《朋黨論》：“臣謂小人無朋，惟君子則有之。其故何哉？小人所好者利禄也，所貪者貨財也。當其同利之時，暫相黨引以爲朋者僞也。及其見利而争先，或利盡而交疏，則反相賊害，雖其兄弟親戚不能相保。故臣謂小人無朋，其暫爲朋者僞也。君子則不然。所守者道義，所行者忠信，所惜者名節；以之修身，則同道而相益，以之事國，則同心而共濟。始終如一，此君子之朋也。”

此段文字，“臣謂小人無朋，惟君子則有之”二句，爲“陳”。參看上節。“其故何哉”，爲提承上文而提起下文也。提法，下文詳言之。自“小人所好者利禄也”，至“此君子之朋也”一大段，爲申明君子有朋，小人無朋之理由也。

試細觀之。則後面一大段中，亦有“陳”、有“申”，如“君子則不然”，此一句爲一小段。而下文“所守者道義，所行者忠信”云云，則發揮此句之意也。

作文法述略

薛鳳昌 撰

載於《戊午暑期國文講義彙刊》(一九一八,中華書局)。《戊午暑期國文講義彙刊》一書是江蘇省立第三師範學校校長顧倬於民國七年(一九一八)暑假召集門下諸子探討研治文學時,邀請該校教師錢基博、薛鳳昌、沈昌直三人所作,包括薛鳳昌《作文法述略》、錢基博《國文研究法》、沈昌直《七經綱要》三文。

薛鳳昌(一八七六—一九四四),原名薛蟄龍,字硯耕,號公俠,一號病俠、邃漢齋主,江蘇吴江人。早年留學日本。一九〇二年,與胞兄薛淦夫、好友金松岑、潘文勤等創辦燈謎組織"燈社"。一九〇四年任教於同里自治學會。一九一二年,與費伯塤等創辦吴江縣立中學,任校長,未滿一年辭職。一九一五年,又回任校長。一九一六年冬,與柳亞子、陳去病等組織"吴江文獻保存會",以保存、整理、研究鄉邦文獻。其後又任教於無錫高等師範學校(江蘇省立第三師範學校)、東吴大學、光華大學等。一九四二年,再度回同里,創辦同文中學,任校長。一九四四年春,因拒絶派駐日籍教員而被捕,慘遭酷刑,被害獄中。生平喜金石、碑帖、圖書,收藏甚富,齋名"邃漢齋"。工書,尤以楷書見長。主要纂述或撰著有《龔定庵年譜》《松陵文徵》《吴江文獻保存會書目》(與柳亞子合輯)、《邃漢齋碑帖目》等。

此文總體上包括立意、運筆、謀篇、修辭四部分内容。作者首揭"作文之法,立意爲先";而"欲立意",又先須"審題",須將"題境意境融化爲一",此爲"文之最要者";而"欲意境之高,必先積理；欲積理之富，必先讀書多”，故在作者看來，“讀書多”方能“立意高”。立意之法則有“全用喻意而正意自明者”“有詳寫喻意而正意一點即醒者”等八種。至於“運筆”“謀篇”“修辭”，亦各有其法。此文論、證結合，所列之法多對舉而觀，頗有辯證意味。且全書所引之例，“惟限於《孟子》一書”，故視之爲一《孟子》文法專書亦可也。

序

或問余曰：“文有法乎？”曰：“無有也。”曰：“從來古文家之評點，與其所以論文累牘而未已者，無非法也。父師之所以教其子弟，與夫子弟之所以則效者，亦無非法也。子顧以無法語余，是何説歟？”曰：“有。古語不云乎，‘言以足志，文以足言’，是文者所以達我意志，而代我口舌者也。我有如何意志，則宣之口舌者，即作如何言語；達之筆墨者，即作如何文字。我之語有倫脊、文有條理者，即意志之有倫脊、條理者也。烏得揭一定之成規以束縛之哉？顧在古文家之論文，徒拘拘於字句間，曰某句起得奇，曰某句頓得住，曰某句提得妙，曰某句收得淡遠，非不詳盡得當，而學文者若執此以爲可探文章之妙用而盡其能事，非特學者不敢自信，即人亦莫之許也。試瀏覽古人文字，無一字一句不可以爲法，却無一字一句便可以爲法。徒覺其簡則有簡之妙，繁則有繁之妙，淡則有淡之妙，濃則有濃之妙，曲則有曲之妙，直則有直之妙。其他筆之輕重、順逆，句之剛柔、長短，靡不適如其分。一若不如是，不足以爲文者。即在古人行文下筆之時，亦豈有一定之成法存乎？其間一若不如是，不足以明我意者，所謂‘行乎其所不得不行，止乎其所不得不止’。執古人之一字一句，日聒於學者之耳，以是爲學文之規矩準繩，亦見其隘也。劉海峰曰：‘古人文章可告人者，惟法耳。然不得其神而徒守其法，則死法而已。’要在自家於讀時微會之，是知法本無定,拘於法以示人者,人之所不得已也。揆之古人之作文,曷嘗有法之見往還胸際哉?無法之説,固非誣也。”曰:“然則子今以作文之法詔告於人者,何居?”曰:“余豈樂爲是哉?余亦不得已也。余惟初學爲文時,一題到手,恒苦意窘,是病在意志之不發展,即有意而苦於不得達,或達矣而不能盡,是病在筆之不善用。有意與筆,而文之爲道,思過半矣。顧猶有不工者,則非謀篇、布局之未盡善,即修辭、鍊句之未盡工也。是以掇拾陳言,分章雜述,强名以法,俾學文者知所輕重而趨舍焉,猶扶學步之兒,僅能蹣跚而已,不可謂爲規行也。且自學校代興,分科習業,呫畢之勤,遠遜曩昔;四子五經,昔之所誦習不去口者,今且有瞠焉而不知云何。若雜糅并列,吾恐本義不明,而於所以引用之者,更茫乎未有得。是以兹編所引,惟限於《孟子》一書,閲者童年所習,至今或未盡忘,即忘亦不難尋繹。况《孟子》文章無美不備,桂林吕月滄、宜興吴仲倫嘗言之矣。果循此而玩索焉,循其門徑而窺其奥竅,則今之所强名爲法者,知後必以無法之法終焉。若死守之而不暇他求也,不惟海峰氏之所不與,寧豈余之本旨哉?故撮其大旨,綴之簡端,以明乎纂是編者,迫於不得已而强爲之者也。人有欲遂其實而曄其光者乎?則自有養根加膏之大,本大原在,又焉用此尋章摘句爲?”戊午六月十日,吴江薛鳳昌序。

立　意

意者,文之幹也。故必先有意,而後有文意之高下,文之工拙係焉。苟一題到手,茫無意致,何能成文?人盡知之。於不能成之境,欲强爲成之,則非敷衍即剿襲耳。雖洋洋數千百言,實無一字一句出之意中,不啻癡人説夢,喋喋焉騰於口,而無一由中之言,人誰樂聞而信之哉?是故作文之法,立意爲先。

欲立意,先審題。一題到手,務須反覆涵泳,將題境、意境融化爲一,乃得以題中因説事項,逐一開寫,必使題無剩義而後已。復次其先後所宜,而逐層布置,或以意化之,或以情申之,或以實事紀之，或以古事彰之，或以景物叙之，或融合爲一片，而一氣道盡；或揭其要義爲主，而餘事附見；或題義甚繁，而蹙之使簡；或題境過窄，而衍之使寬；而後所成之文，無一意不從題境中生出，斯無一語不從意境中説來。所謂不能移置他題，又不能移置他人，此文之最要者也。

欲意境之高，必先積理富；欲積理之富，必先讀書多；讀書既多，則見解自超。昌黎所謂"沈浸醲郁，含英咀華，根之茂者其實遂，膏之渥者其光曄。"柳州所謂"本之《書》以求其質，本之《詩》以求其恒，本之《禮》以求其宜，本之《春秋》以求其斷，本之《易》以求其動，參之《穀梁》以厲其氣，參之《孟》《荀》以暢其支，參之《莊》《老》以肆其端，參之《國語》以博其趣，參之《離騷》以致其幽，參之太史以著其深。"近世曾文正亦曰："長於《易》者，其言精深而奥潔；長於《詩》者，其言温雅而飄蕩；長於《書》者，其言重碩而通達；長於《禮》者，其言嚴慎而暇愉；長於《春秋》者，其言渾樸而簡峻；長於史者，其言恢奇而溥博；長於子者，其言縱厲而峭實。"可知古人之文之不可及者，正其澤古之功深也。猶之布種於土，不經雨之潤而日之暄者，吾未見其能有生長者也。枵腹而談文字，其能有濟者鮮矣。

心思愈用則愈靈，愈瀹則愈深，讀書以瀹之，作文以用之。少年握管構思，疾首蹙額，苦無意致者，正坐其心不用、思不瀹耳。惟立意之程亦有一定，最初爲題之正面、反面。如：

思則得之，不思則不得也。第六篇上·十五章

至誠而不動者，未之有也；不誠，未有能動者也。第四篇上·十六章

賢者而後樂此，不賢者有此不樂也。第一篇上·二章

不失其身，而能事其親者，吾聞之矣。失其身，而能事其親者，吾未之聞也。第四篇上·十九章

原泉混混，不舍晝夜。盈科而後進，放乎四海，有本者如是，是之取爾。苟爲無本，七八月之間雨集，溝澮皆盈，其涸也

可立而待也。第四篇下·十八章

反正并見,雖非文之至者,而義則益顯,進之則前、後面之意義可得。如《孟子·見雪宫》章,正意在"樂民之樂"數句,而前則曰:

不得而非其上者,非也;爲民上而不與民同樂者,亦非也。

此在"同樂"意之前也。而下則引晏子説景公事,頗得"憂樂同民"大意,以爲題後之證。有題前而正意乃不突,有題後而正意乃不竭。又如《齊人伐燕取之》章,正"齊王商所以待諸侯而止天下之兵"也,其正文僅"反其旄倪,止其重器,謀於燕衆,置君而後去之"數語,若徑説入,苦無來歷,故於正意之前,先説"殺其父兄,繫累其子弟,毁其宗廟,遷其重器,倍地而不行仁政,以動天下之兵"數語,以爲"反旄倪"之由來;而復於其前,引一"誅君吊民"之成湯,以見"殺父兄"之不當,"反旄倪"之不可緩。通篇文字,題前居多。故題前立意,文便紓緩不迫。又如《天下大悦而將歸己》章,文至"不順乎親,不可以爲子"已盡矣,忽又發出"舜事親之道"一段題後文字,於以見舜之"得親"、"順親",不特盡子之道,所以化天下而定父子者,亦在於此。使前段文字意義堅渾。故題後立意,文即寬綽有餘。此題前、題後爲不可少者。

又有題之對面,亦意思之最明顯者。如:

彼奪其民時,使不得耕耨以養其父母,父母凍餓,兄弟妻子離散。彼陷溺其民,王往而征之,夫誰與王敵?第一篇上·第五章

今王鼓樂於此,百姓聞王鐘鼓之聲、管籥之音,舉疾首蹙頞而相告曰:"吾王之好鼓樂,夫何使我至於此極也?父子不相見,兄弟妻子離散。"第一篇下·第一章

立意之最妙者,無過於旁面。意之出人意表、來去無端倪者,

皆旁面也。正反、前後及對面，皆可按乎題境而得。若旁面，則千門萬户，無方體之可言，非心思極靈活者不易探得。然古人文字之妙，端在於此。《孟子》文中之具此者甚多。兹舉一例如左：

> 孔子不悦於魯衛，遭宋桓司馬，將要而殺之，微服而過宋。是時孔子當阨，主司城貞子，爲陳侯周臣。吾聞觀近臣，以其所爲主；觀遠臣，以其所主。若孔子主癰疽，與侍人瘠環，何以爲孔子？第五篇上·第八章

是皆就題境言也。至立意之要：一忌浮淺。如記春景而曰風和日暖、柳绿桃紅；論教育而曰開通風氣、改良社會；是病在意之不能深入，故下筆行文無非通套。二忌晦昧。凡在見道説理，尤易犯此。作者雖竭意經營，閲者終莫明其故，是病在意之不顯出。二者皆立意之不善者也。意之變化不測，吾不能詳，請就其大者述之。

題境窄者，意貴寬。凡題之無可發揮，或不能著筆者，皆窄題也。思路窄者，常爲束手。然題境雖窄，必有至意寓乎其間，或從此推向題外，或别寓己意括入題中，波瀾富有，不露窘態，所謂於蠶叢鳥道而闢康莊者焉。如：

> 王曰："寡人有疾，寡人好貨。"對曰："昔者公劉好貨，《詩》云'乃積乃倉，乃裹餱糧。于橐于囊，思戢用光。弓矢斯張，干戈戚揚，爰方啓行。'故居者有積倉，行者有裹糧也，然後可以爰方啓行。王如好貨，與百姓同之，於王何有？"王曰："寡人有疾，寡人好色。"對曰："昔者太王好色，爱厥妃，《詩》云'古公亶父，來朝走馬。率西水滸，至於岐下。爰及姜女，聿來胥宇。'當是時也，内無怨女，外無曠夫。王如好色，與百姓同之，於王何有？"第一篇下·第五章

題境寬者，意貴狹。凡題之意境寬廣，摇筆即來者，不患文之不成，特患文之不精。如叙山景則林壑泉石，叙宴會則賓朋絲竹，

幾於千篇一律,所謂"陳言"是也。"陳言務去",行文之要。故必尋得題之奥竅,一眼覷定,不稍放鬆,所成之文自殊凡響。如:

滕文公問爲國,孟子曰:"民事不可緩也。"第三篇上·第三章

孟子曰:"子之君,將行仁政,選擇而使子,子必勉之。夫仁政,必自經界始。同上

至意有不可明言者,則不可不出之以喻。蓋《易》有象以其意,《詩》有比以達其情。文之用喻,亦猶是也。《孟子》之文,工於取譬,有全用喻意而正意自明者。如:

西子蒙不潔,則人皆掩鼻而過之。雖有惡人,齋戒沐浴,則可以祀上帝。第四篇下·第二十五章

今有受人之牛羊而爲之牧之者,則必爲之求牧與芻矣。求牧與芻而不得,則反諸其人乎?抑亦立而視其死歟?第二篇下·第四章

有詳寫喻意,而正意一點即醒者。

齊人有一妻一妾而處室者。其良人出,則必饜酒肉而後反,其妻問所與飲食者,則盡富貴也。其妻告其妾曰:"良人出,則必饜酒肉而後反。問其與飲食者,盡富貴也。而未嘗有顯者來,吾將瞯良人之所之也。"蚤起,施從良人之所之,遍國中無與立談者。卒之東郭墦間之祭者,乞其餘。不足,又顧而之他,此其爲饜足之道也。其妻歸,告其妾曰:"良人者,所仰望而終身也。今若此?"與其妾訕其良人,而相泣於中庭。而良人未之知也,施施從外來,驕其妻妾。由君子觀之,則人之所以求富貴利達者,其妻妾不羞也,而不相泣者幾希矣。第四篇下·第三十三章

有正喻對舉者。

人性之善也,猶水之就下也。人無有不善,水無有不下。第六篇上·第二章

規矩,方圓之至也;聖人,人倫之至也。第四篇上·第二章

故爲淵驅魚者,獺也;爲叢驅爵者,鸇也;爲湯、武驅民者,桀與紂也。第四篇上·第九章

今惡死亡而樂不仁,是猶惡醉而强酒。第四篇上·第三章

今恶辱而居不仁,是猶惡濕而居下也。第二篇上·第四章

有正喻交融者。

山徑之蹊間,介然用之而成路;爲間不用,則茅塞之矣。今茅塞子之心矣。第七篇下·第二十一章

信能行此五者,則鄰國之民仰之若父母矣。率其子弟攻其父母,自生民以來,未有能濟者也。第二篇上·第五章

民非水火不生活,昏暮叩人之門户,求水火無弗與者,至足矣。聖人治天下,使有菽粟如水火。第七篇上·第二十三章

宋人有閔其苗之不長而揠之者,芒芒然歸,謂其人曰:"今日病矣,予助苗長矣。"其子趨而往視之,苗則槁矣。天下之不助苗長者,寡矣。以爲無益而舍之者,不耘苗者也;助之長者,揠苗者也。第二篇上·第二章

有喻意複襍者。

孔子登東山而小魯,登泰山而小天下。故觀於海者難爲水,游於聖人之門者難爲言。觀水有術,必觀其瀾;日月有明,容光必照焉。流水之爲物也,不盈科不行;君子之志於道也,不成章不達。第七篇上·第二十四章

有喻意簡明者。

得志行乎中國,若合符節。第四篇下·第一章
其冠不正,望望然去之,若將浼焉。第二篇上·第九章
仁人,心也;義人,路也。第六篇上·第十一章

有以喻意引起正意者。

爲巨室,則必使工師求大木,工師得大木,則王喜,以爲能勝其任也。匠人斲而小之,則王怒,以爲不勝其任矣。夫人幼而學之,壯而欲行之,王曰:“姑舍女所學而從我,則何如?”今有璞玉於此,雖萬鎰,必使玉人雕琢之。至於治國家,則曰:“姑舍女所學而從我”,則何以異於教玉人雕琢玉哉?第一篇下·第九章

以相類之意而分數層,有自賓而主者。

王之臣,有托其妻子於其友,而之楚游者。比其反也,則凍餒其妻子,則如之何?王曰:“棄之。”曰:“士師不能治士,則如之何?”王曰:“已之。”曰:“四境之内不治,則如之何?”王顧左右而言他。第一篇下·第六章

有自下而上者。

孟獻子,百乘之家也,有友五人焉:樂正裘、牧仲,其三人則予忘之矣。獻子之與此五人者友也,無獻子之家者也。此五人者,亦有獻子之家,則不與之友矣。非惟百乘之家爲然也,雖小國之君亦有之。费惠公曰:“吾於子思,則師之矣。吾於顔般,則友之矣。王順、長息,則事我者也。”非惟小國之君爲然也,然大國之君亦有之。晉平公之於亥唐也,入云則入,

坐云則坐，食云則食。雖疏食菜羹，未嘗不飽，蓋不敢不飽也。然終於此而已矣。弗與共天位也，弗與治天職也，弗與食天禄也。士之尊賢者也，非王公之尊賢也。舜尚見帝，帝館甥於貳室，亦饗舜，迭爲賓主，是天子而友匹夫也。第五篇下·第三章

此立意之大概也。引而申之，觸類而通之，是在好學深思者。然意之爲境，闢則廣，否則窒。如泉在地，不鑿汲則不得甘醴；如玉在璞，不雕琢則不成瑰寶。故文可不常作，而意不可不常立。

運　筆

文所以立言也，故文之至者，必適如其意之所欲言，而無過與不及意之所欲言者。約有二端：曰理、曰情。就一己所知之理，而宣之於口，筆之於書，稱我喜怒哀樂之情，而綴辭以寫之。若披肝膽以示人，令人之讀我文者，亦無不明我之理，感我之情，此文之用也，亦即文之至也。然凡事凡物，莫不有理，處常處變，莫不有情。繁賾奥曲，蕲其無不曲當，以適如乎意之所欲言，亦豈易爲者？居今日而讀古人文字，則於情理之達，覺近世不如唐宋，唐宋不如兩漢，兩漢不如周秦，愈古則愈澈，非文有古今之殊也，其所以運筆者異也。

筆之爲用，達意而已。顧自孔氏有"辭達而已"一語。枵腹淺陋者，殆無不藉爲口實，以爲義法不足重也，辭采不足尚也。"達而已矣"，他何所求？不知孔子之所謂"達"者，果如斯而已乎？《易傳》《春秋》，孔子之文也。然其言，玩之若近，尋之益遠，陳之若肆，研之益深，不特當日游、夏不能贊一辭，即統古今之能文者，亦莫贊一辭，此文之至也，亦即辭之達也。夫意有淺言之而不達，深言之而乃達者；詳言之而不達，略言之而乃達者；正言之而不達，旁言之而乃達者；質言之而不達，文言之而乃達者；直言之而不達，曲言之而乃達者；重言之而不達，輕言之而乃達者；順言之而不達，逆言之而乃達者。其深、淺、詳、略與夫曲、直、輕、重、順、逆之致，皆筆爲

之也。故立意之後,次以運筆。

運筆之巧,半由天資,半由人力。得之天者,筆多靈;得之人者,筆多厚。其中之機栝,固不可於字句間求之也。惜抱氏謂文之所以爲文者八,曰:"格、律、聲、色、神、理、氣、味。"格、律、聲、色,視乎辭;神、理、氣、味,視乎筆。辭可以迹象求,筆豈拘於迹象哉? 要在多讀古書。讀書多則古人之句法、筆法爛熟胸中,參伍錯綜,應用不窮,行文之時不必有摹擬之見,自然駸駸而入於古,無一淫聲哇響犯其筆端。既不可以迹象求,寧可以尋章摘句見乎? 兹特擇其最顯者録之,以爲運筆時之一參考焉。

筆宜突兀不宜平。如:

> 吾今而後知殺人親之重也。第七篇下·第七章
> 不仁哉,梁惠王也。第七篇下·第一章
> 無或乎? 王之不智也。第六篇上·第九章
> 天下之生久矣,一治一亂。第三篇下·第九章
> 爲政不難,不得罪於巨室。第四篇上·第六章

用是筆者,須全篇主意已定,而後高踞題巔,略著一二語,乃有此境。若無下文,幾令人不知何所指而云然。故用之起處爲多,若在他處,亦正不乏。此運筆之最要者也。

宜逆入不宜順。如:

> 莫非命也? 順受其正。第七篇上·第二章
>
> 待文王而後興者,凡民也。若夫豪傑之士,雖無文王猶興。第七篇上·第十章
>
> 事孰爲大? 事親爲大。守孰爲大? 守身爲大。第四篇上·第十九章
>
> 所謂故國者,非謂有喬木之謂也,有世臣之謂也。第一篇下·第七章

用是筆者，祇在攝取逆勢，不平鋪直叙而已。所謂攝取逆勢者，或以後路置之前路，或以下句列之上句，無他巧也。然文之工拙、作手之凡庸與否，皆視乎此。

宜曲折不宜直。如：

入則孝，出則弟，守先王之道，以待後之學者，而不得食於子。第三篇下·第四章

千里而見王，是予所欲也。不遇故去，豈予所欲哉？予不得已也。予三宿而出晝，於予心猶以爲速，王庶幾改之！王如改諸，則必反予。夫出晝而王不予追也，予然後浩然有歸志。予雖然，豈舍王哉？王由足用爲善。王如用予，則豈徒齊民安？天下之民舉安。王庶幾改之，予日望之。第二篇下·第十二章

用是筆者，要在往復纏綿，不使氣竭。譬之行山，坡陀盤折，曲徑通幽，而後攬勝者，非一覽無餘。若直筆，雖間一用之，顧亦視其用之之處耳，未可以爲常法也。况直則難爲巧，而曲則易爲工乎？作文者，可以知所重矣。

筆之尚突兀而忌平，尚逆而忌順，尚曲而忌直，皆文以絶對之筆，不可并舉者也。若夫詳略、輕重、冷熱、緩急之筆，胥在行文時之斟酌施用，即并行亦不悖者。吾試更端，證之如左。筆之詳者，如：

今王鼓樂於此，百姓聞王鐘鼓之聲、管籥之音，舉疾首蹙頞而相告曰："吾王之好鼓樂，夫何使我至於此極也？父子不相見，兄弟妻子離散。"今王田獵於此，百姓聞王車馬之音，見羽旄之美，舉疾首蹙頞相告曰："吾王之好田獵，夫何使我至於此極也？父子不相見，兄弟妻子離散。"此無他，不與民同樂也。今王鼓樂於此，百姓聞王鐘鼓之聲、管籥之音，舉欣欣然有喜色而相告曰："吾王庶幾無疾病與？何以能鼓樂也。"今王

田獵於此,百姓聞王車馬之音,見羽旄之美,舉欣欣然有喜色而相告曰:"吾王庶幾無疾病與?何以能田獵也。"此無他,與民同樂也。第一篇下·第一章

先生以利説秦楚之王,秦楚之王悦於利,以罷三軍之師,是三軍之士樂罷而悦於利也。爲人臣者,懷利以事其君;爲人子者,懷利以事其父;爲人弟者,懷利以事其兄;是君臣、父子、兄弟終去仁義,懷利以相接。然而不亡者,未之有也。先生以仁義説秦楚之王,秦楚之王悦於仁義,以罷三軍之師,是三軍之士樂罷而悦於仁義也。爲人臣者,懷仁義以事其君;爲人子者,懷仁義以事其父;爲人弟者,懷仁義以事其兄;是君臣、父子、兄弟去利,懷仁義以相接也。然而不王者,未之有也。第六篇下·第四章

簡者。如:

遍國中無與立談者,卒之東郭墦間之祭者,乞其餘。不足,又顧而之他。此其爲饜足之道也。其妻歸,告其妾曰:"良人者,所仰望而終身也。今若此?"見上。

河内凶,則移其民於河東,移其粟於河内。河東凶,亦然。第一篇上·第三章

此則詳、略之故可得矣。蓋鼓樂者憂喜不同情,説秦楚者義利不同效;情相比而苦樂著,效相較而利害明。兩軍相遇,將卒各鬥也。"墦間乞食""移民移粟",述事而已,事止語畢,複則無味也。

筆之輕者。如:

聞王命而遂不果,宜與夫禮若不相似然。第二篇下·第二章

子之辭靈邱而清士師,似也,爲其可以言也。今既數月矣,未可以言歟?第二篇下·第五章

言人之不善，當如後患何？第四篇下·第八章

且謂長者義乎？長之者義乎？第六篇上·第三章

不見諸侯，宜若小然。今一見之，大則以王，小則以霸。且志曰："枉尺而直尋"，宜若可爲也。第三篇下·第一章

知虞公之不可諫，而去之秦，年已七十矣。曾不知以食年干秦穆公之污也？可謂智乎？不可諫而不諫，可謂不智乎？知虞公之將亡而先去之，不可謂不智也。時舉於秦，知穆公之可與有行也而相之，可謂不智乎？相秦而顯其君於天下，可傳於後世，不賢而能之乎？自鬻以成其君，鄉黨自好者不爲，而謂賢者爲之乎？第五篇上·第九章

重者。如：

惟大人爲能格君心之非，君仁莫不仁，君義莫不義，君正莫不正，一正君，而國定矣。第四篇上·第二十章

居天下之廣居，立天下之正位，行天下之大道。得志，與民由之；不得志，獨行其道。高貴不能淫，貧賤不能移，威武不能屈，此之謂大丈夫。第三篇下·第二章

故天將降大任於斯人也，必先苦其心志，勞其筋骨，餓其體膚，空乏其身，行拂亂其所爲，所以動心忍性，增益其所不能。第六篇下·第十五章

觀此則輕、重之用可見矣。大抵主旨、眼目之所在，與夫問答之尾辭，則宜用輕筆，所謂微而顯也。全文主旨之所在，或義正詞嚴、非竭情闡發不足以宣其底藴者，則宜用重筆，所謂堂堂正正也。宜用輕筆者，如微風淺逗，青蘋已知，故雖著單詞隻字，而猶嫌其多。宜用重筆者，如山石崩裂，一齊下墜，故雖竭情盡氣，大書特書，而猶恐其少。作文者，於此消息，固不可不知；於此分際，尤不可不辨。

至輕、重筆之用於一處者，要以頓轉處爲多。凡文不可無頓，

不頓則轉無力,譬之江水,不經山峽之束住,不極汪洋恣肆之觀。而跌入題處,亦不可不先用頓筆。如:

文王以民力爲臺爲沼,而民歡樂之,謂其臺曰靈臺,謂其沼曰靈沼,樂其麋鹿魚鼈。古之人與民偕樂,故能樂也。第一篇上·第二章

由湯至於武丁,贤聖之君六七作。天下歸殷久矣,久則難變也。武丁朝諸侯有天下,猶運之掌也。紂之去武丁未久也,其故家遺俗,流風善政,猶有存者。又有微子、微仲、王子比干、箕子、膠鬲,皆賢人也,相與輔相之,故久而後失之也。尺地莫非其有也,一民莫非其臣也。然而文王猶方百里起,是以難也。第二篇上·第一章

地之相去也,千有餘里;世之相後也,千有餘歲。得志行乎中國,若合符節。第四篇下·第一章

二老者,天下之大老也,而歸之,是天下之父歸之也。天下之父歸之,其子焉往?第四篇上·第十三章

穀與魚鼈不可勝食,材木不可勝用,是使民養生喪死無憾也。養生喪死無憾,王道之始也。第一篇上·第三章

七十者衣帛食肉,黎民不饑不寒,然而不王者,未之有也。同上

此皆以重筆爲頓,輕筆爲轉者也。

且夫枉尺而直尋者,以利言也。如以利,則枉尋直尺而利,亦可爲歟?第三篇下·第一章

徒取諸彼以與此,然且仁者不爲,况於殺人以求之乎?第六篇下·第八章

千乘之君,求與之友,而不可得也。而况可召歟?第五篇下·第七章

管仲且猶不可召,而况不爲管仲者乎?第二篇下·第二章

管仲、曾西之所不爲也，而子謂我願之乎？第二篇上·第一章

陶以寡，且不可以爲國，况無君子乎？第六篇下·第十章

故凡同類者，舉相似也，何獨至於人而疑之？第六篇上·第七章

口之於味也，有同耆焉；耳之於聲也，有同聽焉；目之於色也，有同美焉。至於心獨無所同然乎？同上

以大夫之招招虞人，虞人死不敢往。以士之招招庶人，庶人豈敢往哉？况乎以不賢人之招招賢人乎？第五篇下·第七章

見且猶不得亟，而况得而臣之乎？第七篇上·第八章

奮乎百世之上。百世之下，聞者莫不興起也。非聖人而能若是乎？而况於親炙之者乎？第七篇下·第十五章

如將戕賊杞柳而以爲桮棬，則亦將戕賊人以爲仁義歟？第六篇上·第一章

此皆以重筆爲頓，輕筆爲跌也。輕、重筆之用法，大略如此。至筆之冷、熱，不外以繁、簡分也。繁者，如：

王曰何以利吾國？大夫曰何以利吾家？士庶人曰何以利吾身？第一篇上·第一章

爲人臣者，懷利以事其君；爲人子者，懷利以事其父；爲人弟者，懷利以事其兄。第六篇下·第四章

冷者，如：

子誠齊人也，知管仲、晏子而已矣。第二篇上·第一章

一薛居州，獨如宋玉何？第三篇下·第六章

濃、淡不外以文之繁簡、或辭之豐儉分也。濃者，如：

豈惟民哉？麒麟之於走獸，鳳凰之於飛鳥，泰山之於邱垤，河海之於行潦，類也。聖人之於民，亦類也。第二篇上・第二章

淡者，如：

然而無有乎爾？則亦無有乎爾？第七篇下・第三十八章

熱而濃者易習，冷而淡者難能，所謂意餘於辭者是也。至以後文而先爲之引者，則有提筆。如：

是爲馮婦也。第七篇下・第二十三章
無若宋人然。第二篇上・第二章
所惡於智者，爲其鑿也。第四篇下・第二十六章
君子之所以異於人者，以其存心也。第四篇下・第二十八章
有爲神農之言者許行。第三篇上・第四章

以前文而補之於後者，則有補筆。如：

故事半古之人，功必倍之。惟此時爲然。第二篇上・第一章
古之人所以大過人者，無他焉，善推其所爲而已矣。第一篇上・第七章
出，語人曰："望之不似人君，就之而不見所畏焉。卒然問曰'天下惡乎定？'吾對曰'定於一。''孰能一之？'對曰'不嗜殺人者能一之。''孰能與之？'對曰'天下莫不與也'。"第一篇上・第六章

欲言如何而先反言之者，或用開合筆。如：

諸侯之禮，吾未之學也。雖然，吾嘗聞之矣。第三篇上・第二章

吾宗國魯先君莫之行，吾先君亦莫之行也，至於子之身而反之。同上

晉國，天下莫强焉，叟之所知也。及寡人之身，東敗於齊，長子死焉，西喪地於秦七百里，南辱於楚，寡人耻之。第一篇上・第五章

或用反、正筆。如：

不行王政云爾。苟行王政，四海之内，皆舉首而望之，欲以爲君。第三篇下・第五章

夫天未欲平治天下也。如欲平治天下，當今之世，舍我其誰也？第二篇下・第十三章

至欲辨筆之緩急、顺逆，則如：

桀紂之失天下也，失其民也。失其民者，失其心也。得天下有道，得其民，斯得天下矣。得其民有道，得其心，斯得民矣。得其心有道，所欲，與之聚之；所惡，勿施爾也。第四篇上・第九章

居下位而不獲於上，民不可得而治也。獲於上有道，不信於友，弗獲於上矣。信於友有道，事親弗悦，弗信於友矣。悦親有道，反身不誠，不悦於親矣。誠身有道，不明乎善，不誠其身矣。第四篇上・第十二章

反覆玩味，必有得也。雖然文之工拙，視乎運筆。而筆之爲順、爲逆、爲曲、爲直，僅一間耳。非好學深思者，何從而知其微也哉？

謀 篇

《書》曰:"辭尚體要",《易》曰:"言有序",可知文之所以爲文者,貴有順序也,貴得體要也。如築室然,雖不必有一定之程,而由門而户、而階、而堂、而房、而室,其順序不可得而紊也,其體制不可得而踰也。如房室居於前,堂階居於後,或堂階崇閎而房屋湫隘,或房屋高華而堂階卑陋,非獨大匠所不屑爲;而人之見之者,鮮不以爲怪;無他,不循法也。兹所謂法者,篇法是也。

文之分類,濫觴於蕭《選》,昌言於《雕龍》,近世姚、曾諸公,尤分晰精當,爲學者宗。類既不同,體亦迥殊。體殊,則篇法亦因之而異。欲言篇法,而不先言審體者,以體雖殊而法固一也。匠人築室,堂有堂之體,室有室之體,而總不能違棟宇之制;門有門之式,户有户之式,而總不能離規矩之形。文章之道,何獨不然?

謀篇之法,先定主旨。主旨既定,而後全篇文字正説、反説,俱從兹出。如枝葉之本於一幹,江海之本於源泉。否則,議論横溢,旁枝側出,散無統紀,雖閲至數過,曾不能明其主旨之所在者,此不講篇法之過也。

篇法雖視運筆爲簡,顧欲以古人之成法一一而臚舉之,勢固有所不能,即《孟子》七篇,其篇法之神妙,關鍵之完密,又豈尺幅中所能盡舉哉?無已,特舉其概要而爲吾人所易法者録之。

主旨既定,而首尾相應者。

君子有三樂,而王天下不與存焉。父母俱存,兄弟無故,一樂也。仰不愧於天,俯不怍於人,二樂也。得天下英才而教育之,三樂也。君子有三樂,而王天下不與存焉。第七篇上第二十章

王何必曰利?亦有仁義而已矣。王曰何以利吾國?大夫曰何以利吾家?士庶人曰何以利吾身?上下交征利,而國危矣。萬乘之國,弒其君者,必千乘之家。千乘之國,弒其君者,

必百乘之家。萬取千焉,千取百焉,不爲不多矣。苟爲後義而先利,不奪不饜,未有仁而遺其親者也,未有義而後其君者也。王亦曰仁義而已矣,何必曰利? 見上

主旨揭明於篇首者。

天時不如地利,地利不如人和。三里之城,七里之郭,環而攻之而不勝。夫環而攻之,必有得天時者矣。然而不勝者,是天時不如地利也。城非不高也,池非不深也,兵革非不堅利也,米粟非不多也,委而去之,是地利不如人和也。故曰域民不以封疆之界,固國不以山谿之險,威天下不以兵革之利。得道者多助,失道者寡助。寡助之至,親戚畔之。多助之至,天下順之。以天下之所順,攻親戚之所畔,故君子有不戰,戰必勝矣。第二篇下第一章

主旨揭明於篇終結穴處者。

舜發於畎畝之中,傅説舉於版築之間,膠鬲舉於魚鹽之中,管夷吾舉於士,孫叔敖舉於海,百里奚舉於市。故天將降大任於是人也,必先苦其心志,勞其筋骨,餓其體膚,空乏其身,行拂亂其所爲,所以動心忍性,增益其所不能。人恒過然後能改,困於心,衡於慮,而後作;徵於色,發於聲,而後喻。入則無法家拂士,出則無敵國外患者,國恒亡。然後知生於憂患,而死於安樂也。見上

主旨有揭明於中權者。

規矩,方員之至也。聖人,人倫之至也。欲爲君,盡君道;欲爲臣,盡臣道。二者皆法堯舜而已矣。不以舜之所以事堯事君,不敬其君者也。不以堯之所以治民治民,賊其民者也。

孔子曰:"道二,仁與不仁而已矣。"暴其民甚,則身弒國亡;不甚,則身危國削;名之曰幽厲,雖孝子慈孫,百世不能改也。詩云"殷鑒不遠,在夏后之世",此之謂也。見上

有先叙事後議論者。

子産聽鄭國之政,以其乘輿濟人於溱洧,孟子曰"惠而不知爲政"。歲十一月,徒杠成;十二月,輿梁成;民未病涉也,君子平其政行辟人可也。焉得人人而濟之?故爲政者,每人而悦之,日亦不足矣。第四篇下第二章

叙事欲其簡,議論欲其達。亦有叙事詳而議論簡者,如"伯夷非其君不事"章是也。有先議論後叙事者。

"事,孰爲大?事親爲大。守,孰爲大?守身爲大。不失其身而能事其親者,吾聞之矣。失其身而能事其親者,吾未之聞也。孰不爲事?事親事之本也。孰不爲守?守身守之本也。曾子養曾晢,必有酒肉,將徹,必請所與,問有餘。必曰'有'。曾晢死,曾元養曾子,必有酒肉,將徹,不請所與,問有餘,曰'亡矣',將以復進也,此所謂養口體者也。若曾子,則可謂養志也。事親若曾子者,可也。"見上

有以議論爲叙事者。

不仁哉,梁惠王也。仁者以其所愛及其所不愛;不仁者以其所不愛及其所愛。公孫丑曰:"何謂也?"梁惠王以土地之故,糜爛其民而戰之,大敗,將復之恐不能勝,故驅其所愛子弟以殉之,是之謂以其所不愛及其所愛也。見上

有夾叙夾議者。

匡章曰:“陳仲子,豈不誠廉士? 哉居於陵,三日不食,耳無聞,目無見也。井上有李,螬食實者過半矣。匍匐往將,食之三咽,然後耳有聞,目有見。”孟子曰:“於齊國之士,吾必以仲子爲巨擘也? 雖然,仲子惡能廉? 充仲子之操,則蚓而後可者也。夫蚓,上食槁壤,下飲黄泉。仲子所居之室,伯夷之所築與? 抑亦盗跖之所築與? 所食之粟,伯夷之所樹與? 抑亦盗跖之所樹與? 是未可知也。”曰:“是何傷哉? 彼身織屨,妻辟纑,以易之也。”曰:“仲子,齊之世家也。兄戴蓋禄萬鍾,以兄之禄,爲不義之禄,而不食也。以兄之室,爲不義之室,而不居也。辟兄離母,處於於陵。他日歸,則有饋其兄生鵝者,已頻顣,曰“惡用是鶃鶃者爲哉”? 他日其母殺是鵝也,與之食之,其兄自外至,曰“是鶃鶃之肉也”,出而哇之,以母則不食,以妻則食之,以兄之食則弗居,以於陵則居之,是尚爲能充其類也乎? 若仲子者,蚓而後充其操者也。”第三篇下第十章

有自遠而近者。

由堯舜至於湯,五百有餘歲,若禹、皋陶,則見而知之,若湯則聞而知之。由湯至於文王,五百有餘歲,若伊尹、萊朱,則見而知之;若文王,則聞而知之。由文王至於孔子,五百有餘歲,若太公望、散宜生,則見而知之;若孔子,則聞而知之。由孔子而來至於今,百有餘歲,去聖人之世若此其未遠也,近聖人之居若此其甚也,然而無有乎爾? 則亦無有乎爾。見上

有化正而奇者。

周霄問曰:“古之君子仕乎?”孟子曰:“仕。孔子三月無君,則皇皇如也。出疆必載質。”公明儀曰:“古之人三月無君則吊,三月無君則吊,不以急乎?”曰:“士之失位也,猶諸侯之

失國家也。《禮》曰'諸侯耕助,以共粢盛。夫人蠶繅,以爲衣服。'犧牲不成,粢盛不潔,衣服不備,不敢以祭。惟士無田,則亦不祭,牲殺器皿,衣服不備,不敢以祭,則不敢以宴,亦不足吊乎?出疆必載贄,何也?"曰:"士之仕也,猶農夫之耕也。農夫豈爲出疆,舍其耒耜哉?"曰:"晉國,亦仕國也,未嘗聞仕如此其急。仕如此其急也,君子之難仕,何也?"曰:"丈夫生而願爲之有室,女子生而願爲之有家。父母之心,人皆有之,不待父母之命,媒妁之言,鑽穴隙相窺,踰牆相從,則父母國人皆賤之。古之人未嘗不欲仕也,又惡不由其道?不由其道,而往者與鑽穴隙之類也。"第三篇下第三章

有以後路置前而攝取逆勢者。

自暴者,不可與有言也;自棄者,不可與有爲也。言非禮義,謂之自暴也。吾身不能居仁由義,謂之自棄也。仁人之安宅也,義人之正路也。曠安宅而弗居,舍正路而不由,哀哉!第四篇上第十章

有以前文置後而爲補叙者。

沈同以其私問曰:"燕可伐與?"孟子曰:"可。子噲不得與人燕,子之不得受燕於子噲,有仕於此,而子悦之,不告於王,而私與之吾子之禄爵。夫士也,亦無王命,而私受之於子,則可乎?何以異於是?"齊人伐燕,或問曰:"勸齊伐燕,有諸?"曰:"未也。沈同問'燕可伐與?'吾應之曰'可'。彼然而伐之也。彼如曰'孰可以伐之?'則將應之曰'爲天吏,則可以伐之'。今有殺人者,或問之曰'人可殺與?'則將應之曰'可'。彼如曰'孰可以殺之?'則將應之曰'爲士師,則可以殺之。'今以燕伐燕,何爲勸之哉?"第二篇下第八章

篇法之大要，略具於是。兹更舉二篇於左，略注篇法，以示其極。

齊宣王問曰："齊桓、晉文之事可得聞乎？"隱含大欲孟子對曰："仲尼之徒無道桓、文之事者，是以後世無傳焉。臣未之聞也。無以，則王乎？"提清主旨曰："德何如，則可以王矣？"曰："保民而王，莫之能禦也。"總冒通章曰："若寡人者，可以保民乎哉？"曰："可。"曰："何由知吾可也？"曰："臣聞之胡齕曰，王坐於堂上，有牽牛而過堂下者，王見之，曰：'牛何之？'對曰：'將以釁鐘。'王曰：'舍之！吾不忍其觳觫，若無罪而就死地。'對曰：'然則廢釁鐘與？'曰：'何可廢也？以羊易之！'不識有諸？"借他事引入，并伏愛牛、愛財曰："有之。"曰："是心足以王矣。百姓皆以王爲愛也，臣固知王之不忍也。"是爲下四節總綱王曰："然。誠有百姓者。齊國雖褊小，吾何愛一牛？即不忍其觳觫，若無罪而就死地，故以羊易之也。"此節以寬頓作波折曰："王無異於百姓之以王爲愛也。以小易大，彼惡知之？王若隱其無罪而就死地，則牛羊何擇焉？"王笑曰："是誠何心哉？我非愛其財而易之以羊也，宜乎百姓之謂我愛也。"此節反頓，務引滿以盡其勢曰："無傷也，是乃仁術也，見牛未見羊也。君子之於禽獸也，見其生不忍見其死，聞其聲不忍食其肉，是以君子遠庖厨也。"前節不轉，而此節陡轉，是謂擒縱有力，頂上"臣知"句王説，曰："《詩》云：'他人有心，予忖度之。'夫子之謂也。夫我乃行之，反而求之，不得吾心。夫子言之，於我心有戚戚焉。此心之所以合于王者，何也？"至此方漈到題旨，并伏下"不爲非不能"意曰："有復於王者曰：'吾力足以舉百鈞，而不足以舉一羽；明足以察秋毫之末，而不見輿薪'，則王許之乎？"曰："否。""今恩足以及禽獸，而功不至於百姓者，獨何與？然則一羽之不舉，爲不用力焉；輿薪之不見，爲不用明焉，百姓之不見保，爲不用恩焉。故王之不王，不爲也，非不能也。"忽然離開，離而復合，警策絶倫曰："不爲者與不能者之形，何以異？"曰："挾太山以超北海,語人曰'我不能',是誠不能也。爲長者折枝,語人曰'我不能',是不爲也,非不能也。故王之不王,非挾太山以超北海之類也;王之不王,是折枝之類也。忽復離開,可悟無中生有之法老吾老,以及人之老;幼吾幼,以及人之幼。天下可運於掌。《詩》曰:'刑於寡妻,至於兄弟,以御於家邦。'言舉斯心加諸彼而已。故推恩足以保四海,不推恩無以保妻子。古之人所以大過人者,無他焉,善推其所爲而已矣。今恩足以及禽獸,而功不至於百姓者,獨何與?至此方入正文,然著墨不多,複跌一筆,緊逼王之大欲權,然後知輕重;度,然後知長短。物皆然,心爲甚。王請度之!再頓一筆,似寬閑,實爲應上起下之筆抑王興甲兵,危士臣,構怨於諸侯,然後快於心與?"痛入反逼,緊醒之至王曰:"否。吾何快於是?將以求吾所大欲也。"逼到齊王説出大欲來,而真面漸露曰:"王之所大欲可得聞與?"王笑而不言。曰:"爲肥甘不足於口與?輕暖不足於體與?抑爲采色不足視於目與?聲音不足聽於耳與?便嬖不足使令於前歟?王之諸臣皆足以供之,而王豈爲是哉?"曰:"否。吾不爲是也。"爲大欲,虚作波折,即復勒住,甚妙曰:"然則王之所大欲可知已。欲辟土地,朝秦楚,涖中國而撫四夷也。以若所爲求若所欲,猶緣木而求魚也。"王曰:"若是其甚與?"曰:"殆有甚焉。緣木求魚,雖不得魚,無後灾。以若所爲,求若所欲,盡心力而爲之,後必有灾。"解明大欲,忽復緊轉二筆曰:"可得聞與?"曰:"鄒人與楚人戰,則王以爲孰勝?"曰:"楚人勝。"曰:"然則小固不可以敵大,寡固不可以敵衆,弱固不可以敵强。海内之地方千里者九,齊集有其一。以一服八,何以異於鄒敵楚哉?蓋亦反其本矣。作喻,文勢又閑又快,末句方復到題今王發政施仁,使天下仕者皆欲立於王之朝,耕者皆欲耕於王之野,商賈皆欲藏於王之市,行旅皆欲出於王之塗,天下之欲疾其君者皆欲赴愬於王。其若是,孰能禦之?"此段正文遥接"老幼"數語,下伏"制民""恒産",并映上"禦"字王曰:"吾惛,不能進於是矣。願夫子輔吾志,明以教我。我雖不敏,請嘗試之。"又轉開下四節曰:"無恒産而有恒心者，惟士爲能。若民，則無恒產，因無恒心。苟無恒心，放辟邪侈，無不爲已。及陷於罪，然後從而刑之，是罔民也。焉有仁人在位，罔民而可爲也？“恒產”一層，留住不説，辨此，方見章法之妙是故明君制民之產，必使仰足以事父母，俯足以畜妻子，樂歲終身飽，凶年免於死亡。然後驅而之善，故民之從之也輕。雖説“恒產”，從“明君”陪寫今也制民之產，仰不足以事父母，俯不足以畜妻子，樂歲終身苦，凶年不免於死亡。此惟救死而恐不贍，奚暇治禮義哉？痛陳今時積弊，全爲落下作勢王欲行之，則盍反其本矣。五畝之宅，樹之以桑，五十者可以衣帛矣；鷄豚狗彘之畜，無失其時，七十者可以食肉矣；百畝之田，勿奪其時，八口之家可以無饑矣；謹庠序之教，申之以孝悌之義，頒白者不負戴於道路矣。老者衣帛食肉，黎民不饑不寒，然而不王者，未之有也。”方從本意接下，結處輒應“王”字，何等完密

有爲神農之言者許行，自楚之滕，踵門而告文公曰：“遠方之人聞君行仁政，願受一廛而爲氓。”文公與之處。其徒數十人，皆衣褐、捆屨、織席以爲食。先叙許行至滕陳良之徒陳相與其弟辛，負耒耜而自宋之滕，曰：“聞君行聖人之政，是亦聖人也，願爲聖人氓。”後叙陳相至滕陳相見許行而大悦，盡棄其學而學焉。陳相見孟子，道許行之言曰：“滕君則誠賢君也；雖然，未聞道也。賢者與民并耕而食，饔飧而治。今也滕有倉廩府庫，則是厲民而以自養也，惡得賢？”“并耕”之説，偏出諸陳相之口，暗伏下文孟子曰：“許子必種粟而後食乎？”曰：“然。”“許子必織布而後衣乎？”曰：“否，許子衣褐。”“許子冠乎？”曰：“冠。”曰：“奚冠？”曰：“冠素。”曰：“自織之與？”曰：“否，以粟易之。”曰：“許子奚爲不自織？”曰：“害於耕。”曰：“許子以釜甑爨，以鐵耕乎？”曰：“然。”“自爲之與？”曰：“否，以粟易之。”就人生不可少者拉雜問來，忙裏偷閑，以養局勢“以粟易械器者，不爲厲陶冶；陶冶亦以其械器易粟者，豈爲厲農夫哉？且許子何不爲陶冶，舍皆取諸其宫中而用之？何爲紛紛然與百工交易？何許

子之不憚煩?”曰:“百工之事固不可耕且爲也。”趁勢跌入,步步詰難,上段閑閑問答,至此乃見有用,令他不得躲閃,已不攻自破“然則治天下獨可耕且爲與?有大人之事,有小人之事。且一人之身,而百工之所爲備,如必自爲而後用之,是率天下而路也。故曰:或勞心,或勞力。勞心者治人,勞力者治於人;治於人者食人,治人者食於人;天下之通義也。跌入正文,理明詞盡,并伏下證數節當堯之時,天下猶未平,洪水横流,泛濫於天下,草木暢茂,禽獸繁殖,五穀不登,禽獸逼人,獸蹄鳥迹之道交於中國。堯獨憂之,舉舜而敷治焉。舜使益掌火,益烈山澤而焚之,禽獸逃匿。禹疏九河,瀹濟漯而注諸海,决汝、漢,排淮、泗,而注之江,然後中國得而食也。當是時也,禹八年於外,三過其門而不入,雖欲耕,得乎?言必稱堯舜,正是孟子本色,且隨證隨結,回擊“并耕”,不脱題旨后稷教民稼穡,樹藝五穀;五穀熟而民人育。人之有道也,飽食暖衣,逸居而無教,則近於禽獸。聖人有憂之,使契爲司徒,教以人倫,父子有親,君臣有義,夫婦有别,長幼有序,朋友有信。放勳曰:‘勞之來之,匡之直之,輔之翼之,使自得之,又從而振德之。’聖人之憂民如此,而暇耕乎?同上節堯以不得舜爲己憂,舜以不得禹、皋陶爲己憂。夫以百畝之不易爲己憂者,農夫也。將上兩節作一總頓,可見大人勞心與小人勞力之不同分人以財謂之惠,教人以善謂之忠,爲天下得人者謂之仁。是故以天下與人易,爲天下得人難。百忙中用襯筆爲此一段寬閑文字,不知愈寬愈緊孔子曰:‘大哉,堯之爲君!惟天爲大,惟堯則之,蕩蕩乎民無能名焉!君哉舜也!巍巍乎有天下而不與焉!’堯舜之治天下,豈無所用其心哉?亦不用於耕耳。引證閑遠,結束上半吾聞用夏變夷者,未聞變於夷者也。陳良,楚産也,悦周公、仲尼之道,北學於中國。北方之學者,未能或之先也。彼所謂豪傑之士也。子之兄弟事之數十年,師死而遂倍之!下半責相之倍師,陡然翻入,妙在不遽責,而留住以蓄勢昔者孔子没,三年之外,門人治任將歸,入揖於子貢,相向而哭,皆失聲,然後歸。子貢反,築室於場,獨居三年,然後歸。他日,子夏、子張、子游以有若似聖人,欲以所事孔子事之,强曾子。曾子曰:'不可。江漢以濯之,秋陽以暴之,皜皜乎不可尚已。'今也南蠻鴃舌之人,非先王之道,子倍子之師而學之,亦異於曾子矣。證以孔門之不倍師,正面一轉一繳,已無餘意吾聞出於幽谷遷於喬木者,未聞下喬木而入於幽谷者。《魯頌》曰:'戎狄是膺,荆舒是懲。'周公方且膺之,子是之學,亦爲不善變矣。"又别出一喻一證,可以見責之之嚴"從許子之道,則市賈不貳,國中無僞,雖使五尺之童適市,莫之或欺。布帛長短同,則賈相若;麻縷絲絮輕重同,則賈相若;五穀多寡同,則賈相若;屨大小同,則賈相若。"曰:"夫物之不齊,物之情也。或相倍蓰,或相什伯,或相千萬,子比而同之,是亂天下也。巨屨、小屨同賈,人豈爲之哉?從許子之道,相率而爲僞者也。惡能治國家?"添出"治市"一節,别出波瀾,在陳相爲强弩之末,在文章爲换氣之法

謀篇之道,大略在是。閲者準此而讀古人文字,而布行文時之局勢,吾知其必有得焉。昔吴道子畫鍾馗,以左手捉鬼,右手第二指抉其目,黄要叔荃謂"道子繪是圖也,其一身之力與其氣色、眼貌俱在第二指。"謀篇者,能如道子之畫有第二指者,則庶乎其可矣。

修　辭

語曰:"鼓瑟不難,難於調絃;作文不難,難於鍊句。"劉融齋曰:"文以鍊神、鍊氣爲上半截事,以鍊字、鍊句爲下半截事。"所謂鍊字與鍊句者,皆修辭也,是爲作文之要件,亦章章矣。然余則謂自有本末不可强也,不若立意、運筆、謀篇之猶可以歲月求也,夫修辭,非即所謂潤色耶。吾嘗觀畫而知其故矣。畫之所用,不外正色與間色,同是色也,入諸能手,則丹青雜施,赤白間用,無論所繪者之爲人物、爲山水、爲花鳥,徒覺愈穠艷愈絢爛耳。若施諸俗手,雖丹猶是丹,青猶是青,赤猶是赤,白猶是白,無論其所繪者之爲何,徒

覺愈穠艶愈鄙俗,有列諸童子之玩品已耳,識者未有不望而鄙夷之。此其説已有先我而言之者。

王半山曰:"某嘗患近世之文,辭勿顧於理,理弗顧於事,以襞積故實爲有學,以調繪語句爲精新。譬之擷奇花之英,積而玩之,雖光華馨采,鮮縟可愛,求其根柢濟用,則蔑如也。"方密之曰:"今時流輩,大率淵源無素,愛奇者聞詭而驚聽,浮慧者觀綺而躍心,迂疏者以淺俚爲古樸,填砌者以六朝爲冶麗。此由胸智不多,未更老成故也。"曾滌生曰:"高才者好異不已,往往造爲瑰瑋奇麗之辭,仿效漢人賦頌,繁聲僻字,號爲復古。曾無才力以驅使之,有若附贅懸瘤,施膠漆於深衣之上,但覺其不類耳。"又曰:"識度曾不異人,或乃僅爲僻字澀句,以駭庸衆,斲自然之元氣,斯又才士之所同蔽,戒律之所必嚴。"由此觀之,不事義法而齗齗於辭句間,無當也。非修辭之不當尚也,要知所謂辭者,文固辭質,亦辭也;博固辭約,亦辭也。文而博之辭易見,而質且約之辭難知。質則如"何必曰利,亦有仁義而已矣",《易》所謂"正言斷辭"者也。約則如"然而無有乎爾,則亦無有乎爾",《禮》所謂"不辭費"者也。若徒引經據史,琢句鍊字而爲辭也,猶其淺焉者耳。雖然,陳義過高,未易猝幾。吾且卑之無高論。

引經據史以爲辭者,無徵不信也;琢句鍊字以爲辭者,無文不行也。是故孔子曰:"出辭氣,斯遠鄙倍矣。"太史公之撰《五帝本紀》而曰:"擇其言尤雅"者,懼其鄙也。左氏於"子産之對",而曰:"言之無文,行而不遠",懼其倍也。近世劉海峰亦曰:"人不窮理讀書,則出辭鄙俚空疏,人無經濟,則字雖累牘,不適於用。故義理、書卷、經濟者,行文之實。若行文别爲一事,譬如大匠操斤,無土木材料,縱有成風盡堊手段,何處設施?然有土木材料,而不善設施者甚多,終不可爲大匠。故文人者,大匠也。神氣、音節者,匠人之能事也。義理、書卷、經濟者,匠人之材料也。"又曰:"神氣者,文之最精處也。音節者,文之稍粗處也。字句者,文之最粗處也。"然予謂論文而至於字句,則文之能事盡矣。蓋音節者,神氣之迹也;字句者,音節之矩也;神氣不可見,於音節見之。音節無可準,以字句準之。音節高則神氣必高，音節下則神氣必下，故音節爲神氣之迹。一句之中，或多一字，或少一字；一字之中，或用平聲，或用仄聲；同一平字仄字，或用陰平、陽平，或用上聲、去聲、入聲，則音節迥異。故字句爲音節之矩，積字成句，積句成章，積章成篇。合而讀之，音節見矣；歌而詠之，神氣出矣。修辭之於作文，如此其重也。然胸中有一分書，即修一分辭；胸中有十分書，即修十分辭；胸中之書有什伯千萬，於此者辭亦什伯千萬焉；故曰："腹有詩書氣自華"。若叩其中，既枵然無所有，而欲責以字句之藻麗，是猶迫巨金於貧者，未有不至於困而無所應。即强爲應之，非出之盜，即出之竊，罪且甚於固有之貧者；反不如安於貧素者之陶然，無過失也。余謂修辭之道，自有本末不可强焉者，此也。

修詞之學約分爲二：一則引古以爲證，一則鍊句以爲文。引古亦有數例，最數見爲順證。如：

> 禍福無不自己求之者，《詩》曰："永言配命，自求多福"，《太甲》曰："天作孽，猶可違；自作孽，不可逭。"此之謂也。第二篇上第四章

次爲結證。

> 樂天者保天下，畏天者保其國，《詩》云"威天之畏，于時保之。"第一篇下第三章

次爲論證。

> 《湯誓》曰："時日害喪，予及女偕亡"，民欲與之偕亡，雖有臺池鳥獸，豈能獨樂哉？第一篇上・第二章

次爲喻證。

今也欲無敵於天下而不以仁,是猶執熱而不以濯也,《詩》云"誰能執熱,逝不以濯?"第四篇上·第七章

次爲起證。

民事不可緩也,《詩》云:"晝爾于茅,宵爾索綯。亟其乘屋,其始播百穀。"見上

次爲旁證。

《魯頌》曰:"戎狄是膺,荆舒是懲",周公方且膺之,子是之學,亦爲不善變矣。見上

若不引經文爲證,而引古事爲證者,求其文之適當焉耳,不拘拘於辭句之如何也。然證辨之力,則單舉一事,恒不如對舉二事之爲厚。蓋單舉則似一事偶合,對舉二事,則其理若事無不確者。如:

王不待大,湯以七十里,文王以百里。第二篇下·第三章

惟仁者爲能以大事小,是故湯事葛,文王事昆夷;惟智者爲能以小事大,故太王事獯鬻,句踐事吴。第一篇下·第三章

其他"無好小勇",則文王之勇,武王之勇第一篇下·第三章;"不召之臣",則湯之於伊尹,桓公之於管仲第二篇下·第二章;"百世之師",則伯夷、柳下惠第七篇下·第十五章;"不爲臣不見",則段干木、泄柳第三篇下·第七章;"宋行王政"則湯征葛,武王東征第三篇下·第五章;"養勇"則北宫黝、孟施舍第二篇上·第二章;如此類者甚多,是可知單證之不如複證也。

至鍊句,亦有數例。有欲使之包函繁複者,如:

许子以釜甑爨？以鐵耕乎？見上

昔林文節子中謂“讀此二語，而悟文章法矣，他人書此，正不知當幾百言也”。有欲使之輕重句量者。如：

非其道，則一簞食不可受於人；如其道，則舜受堯之天下，不以爲泰。第三篇下·第四章

好名之人，能讓千乘之國。苟非其人，簞食、豆羹見於色。第七篇下·第十一章

所以使之輕重者，不外推之至高、至下，所謂充類至義之盡者也。有此一縱筆，而文之本義益明。有欲形句之斷義者，如：

欲輕之於堯舜之道者，大貉、小貉也。欲重之於堯舜之道者，大桀、小桀也。第六篇下·第十章

食而弗愛，豕交之也。愛而不敬，獸畜之也。第七篇上·第三十七章

其所用之辭，似於分際少過。然不如是，則義不顯、句不重。有鍊一字以爲斷句者，如：

無處而餽之，是貨之也。第二篇下·第三章

如水益深，如火益熱，亦運而已矣。第一篇下·第十一章

如必自爲而後用之，是率天下而路也。見上

即位而哭，百官有司，莫敢不哀，先之也。第三篇上·第二章

有鍊一字以爲煞句者，如：

苟爲後義而先利，不奪不饜。第一篇上·第一章

獨孤臣孽子，其操心也危，其慮患也深，故達。第七篇上·第十八章

修辭之法，大略如是。若夫妃青儷白，摛藻揚葩，皆爲詞章家言。漢魏以前，鮮有尚者，非本篇之範圍所及也。

或問"子尚義法，不及辭章。二者之難易、先後，果何如乎?"曰:"以難易言，則義法易而辭章難；以先後言，則義法先而辭章後。有二匠於此，一則審地度材，一則丹楹畫墁，似各有所長，不相越也。然審地、度材者小，而牛欄、豚栅大；而重臺傑閣，無不本乎上棟下宇之制，即無丹楹畫墁者爲之飾，固不失其爲大匠之能。若在彼，則附庸於大匠之技師耳。離乎大匠，則何所用之以塗附? 塗不足尚也。觀乎此，則學者可以知所務矣。"

邃思齋文論

薛祥綏 撰

原刊於《國故》一九一九年第一、三期，爲"邃思齋文學叢書"第一種。薛祥綏（一八九四—一九四〇），字伯安，一字博盦，齋名邃思齋，陝西省西鄉縣人。一九一九年一月，與同學張煊、羅常培一起創辦《國故》月刊，聘劉師培、黄侃爲總編輯。是年，北京大學文學科畢業，參加高等文官考試，考入北京執政府國務院統計局，兼任國立北京大學、私立輔仁大學和中國大學、平民大學教授，宏文公學校長。一九二八年，應于右任邀請任教於法政學校。一九三一年，陝南災情嚴重，任查災委員之一。一九三三年，還鄉，任教於漢中聯立中學及省立南鄭中學。一九四〇年春，應陝西省教育廳廳長王捷三之邀赴西安，任省教育廳編審主任；九月，病逝。著有《修辭學》（一九三四，世界書局）、《文學概論》（一九三四，啓智書局）、《中國文學史》等，主持纂修《西鄉縣誌》。此文發表於《國文月刊》時，列爲專著，然實只有一卷，乃因作者未并寫完，後亦不見續寫。此文主要仍以傳統文道觀念出發，談論文章之形式、内容等問題，其具體篇目爲：《文域上》《文域下》《文資上》《文資下》《文派上》《文派下》等。

《文域》上、下篇講述文章的形式與内容之關係。作者先從文字學角度入手，辨析文、文章、文學等概念，後則傾力解釋何謂文以載道、文爲何要載道，作者認爲文與道二者"謂其所具者而言則曰道，謂其所以具者而言則曰文"，名雖異而實同。文、道合則成文章之體，兩者離析則文形不具。實際上乃是將文章之文（形式）與道（内容）并列而觀，文章必須要達到内容和形式之高度統一。

《文資》上、下篇，實談文章與作者性情、思想之關係。作者認爲，人之性情爲文章之根基，“藴於内者爲情思，發乎外者爲言語”。正由於人之性情不同，故文章風格也各異。由於文章須講求道德，故要求性情純正。而人之性情、思想之所以各異，是由於受到不同地域、不同時代、不同習俗、不同境遇等影響，然則文章最終之成，乃源於人之情思，故須鍛煉人之情思，以求“性情、思想之正”。

《文派》上、下篇，將文章分傳世、實用、奇麗三派。所謂“傳世”之文，因“情之正”，故能悲天憫人、肫摯纏綿；惟“思之正”，故能通微燭遠、經緯萬世，是所謂“傳世”。所謂“實用”，源於“性惡高遠，思拘近功”；而“性嗜藻繪，思務虚玄”，故“奇麗”之文生。其後則批判韓、柳之文。在作者看來，“道”之初并無玄虚意，皆附於事而統於禮，文道一體，而自韓愈和柳宗元後，文士眼中之“道”淪爲空虚之語，至宋明理學家，則又變得深邃難測，玄之又玄。

薛祥綏此篇文話所論，用駢文寫成，形式頗爲美觀，且不乏一些個人見解，如認爲“文以載道”實際上應是“文道一體”，不能將二者拆析，强言文或道，與歷來所言“道”重於“文”，内容大於形式之類話語頗有不同。然其行文或觀念不免多因襲陳舊之語，無怪乎時人劉咸炘批評此文爲“膚詞耳”。且全文頗爲纏繞，所論之根基難以深究。一定程度上反映了當時不少“國故”派人士之文章觀念及作文之做派，多以拗口之文章闡述陳舊之觀念，令人乍見而生畏，深讀頗乏味。

文域上

《説文》云“文，造畫也，象交文”，是爲文之本義，亦爲文之確詁。引而伸之，則凡能遣綜迻互、羅布表著者，皆得謂之文。是故天之高也，日月星辰爲之文；地之厚也，山川草木爲之文。綿繡之織組，琴瑟之雜奏，義理之貫穿，事物之輻輳，其揆一也。是故統言萬有，析言群類，大之禮儀典制，細之小道末藝，諸凡義合迻遣，俱可被以文名。若夫織組文字，著之竹帛，此則文流之一耳。世遠境隘，僅謂文字爲文，是未撢其源也。藉曰專論文字之文，亦當溯其名之所自，始可以明其要諦，而定其畛域。夫文之源，已既明矣。今唯進而論文字之文，且明其體要焉。文字能遣綜迻互者謂之文，然而泛濫無歸，起訖弗定，則雖罄南山之竹，亦無以著之。古之哲人，乃假章以範文，蓋樂竟爲一章，名曰文章，則具迻遣之義，有起訖之處，具體而不泛。文義已備，文體斯成矣。夫文章者，文字織組之體，亦猶布帛爲麻絲所成也。然而，綵絲則得錦綺，純絲則得紈素，絢素不侔，而其爲帛則一也，不可謂錦綺爲帛，亦不可謂帛非紈素。故文章不必具五色，而具五色者亦謂之文章。是故翰藻、質樸之文并行不悖，未可軒輊也。文之迻遣，其道多方，奇偶消長，變化不居，參伍遣綜，盡其能事，斯爲至文。故文章窮極能事，亦變易莫測。譬之神龍，同其靈怪，散體儷詞，詎可執一？分主散儷，未爲得也。考文肇基，實爲語言，著之竹帛，即謂文章。蓋以言達意，已具遣綜之義；意有終始，已呈起訖之處；是故語言者，脣舌之文；文章者，簡册之語。後世言文，愈趨愈遠，分疆峙立，未可統稱。余別有論，玆不贅述。惟語發於口，力求調適，語言之變，厥爲歌謡。故文章之中，又有所謂韵者生焉。且古者口耳相傳之文多，著之竹帛之文少，即竹帛之所著，亦每多用韵，蓋恃口耳而不恃竹帛也。然而，言取達意，不盡調適，口耳多勞，終資竹帛。故文韵之有無，亦任其天籟，未可强同，宛如陰陽奇偶，未可有所廢存也。若夫表譜簿録皆指文字織組成者，文字之圖，達意明學，亦有句讀文字組成之體，皆有句讀，若無句讀，則難觀覽。即如表譜與算學公式，皆可成誦，可知有句讀也，締構成體，允爲文章之一。至於直言爲言，論難爲語，達意爲詞詞，《説文》"意内而言外也"，辭爲詞之借；辭，《説文》"訟，辭也"，義别。三者必經織紝，統歸文類。後世析分稱謂，實屬末義。觀其大體，不宜瑣論。由此以談,文字之迻遣者曰文,迻遣而有起訖者曰文章,而明迻遣起訖之所以者曰文法。文章載道,故曰文學。

文域下

道也者,非虛無之謂也,蓋附於事而統於禮。子思嘆聖道之大,曰:“禮儀三百,威儀三千”,孟子言王道,而所言要不緩民事,以養以教,至養民之制,教民之法,則無不本于禮。其離事與禮而虛言道者,自退之始,子厚和之。包世臣《與楊季子論文書》于是,言道爲文士之常語,而道乃流爲空虛。宋明學者,復以深邃難測之理爲道,玄之又玄,去實愈遠。竊嘗思之,文以載道,理無不恊;道之爲道,未可空言。究其本質,有體用焉。體者何?道德是也。用者何?學問是也。明德也,修教也,善政也,系乎道德。窮理也,攻學也,精術也,隸于學問。謂其所具者而言則曰道,謂其所以具者而言則曰文,統而稱之,則曰文學。是故文之與道,名異實同,合之則體成,析之則形散,亦猶形影不離,鶼鶼難分也。離析文道,毋乃傎論?既未明道,亦非知文。或曰:“抒情修辭者文也,記事論理者學也,二者迴殊,未可合一。”道之與文,自應區畫,夫此之言,蓋未深察。洞觀今古,文俱載道,濡潤淺深,優劣斯判,未能離道成文,詎可爲文舍道?今謂文道可分,則是築室者留樑而去棟,造車者有輪而無軸,欲成車、室,豈可得哉?夫抒情必正,修辭惟誠,道德之科,非僅爲文,事則輒關政教,理則必待撢索。曰記曰論,厥資文力,就其所言,文道亦合。又欲析離,毋乃矛盾?且文學之名,昉自孔門;文學之選,厥惟子夏。觀其所能,兼通六藝。朱彝尊《經義考》《詩》《書》《禮》《樂》,發明章句;《後漢書·徐防傳》:“防上疏曰:《詩》《書》《禮》《樂》,定自孔子。發明章句,始于子夏。”序《詩》陸德明《經典釋文》引沈重曰:“案《鄭詩譜》意,大序是子夏作,小序是子夏、毛公合作。卜商意有不盡,毛更足成之。”傳《易》《史記·仲尼弟子傳·索隱》;述説《春秋》《公羊·疏》引《孝經鈎命决》“以《春秋》屬商”,《史記·孔子世家》謂“不能贊一詞”,而春秋家之《公羊》《穀梁》,皆源出子夏,可知其述説《春秋》也。於《爾雅》則增益三篇張揖《進廣雅表》，於《喪服》則作義傳，於《論語》則贊撰著鄭康成謂："《仲弓》，子夏等所撰。"《論語崇爵讖》云"子夏等六十四人，共譔仲尼微言"，惠棟謂"即《論語》"；文章炳焕，載道攸深，名實相副，允爲典範。降及漢世，通經之士，猶以文學名官，古義未替。故以相如詞人，尚且身受七經，古人不舍道而言文，彰彰明矣。背此而談，皆非本義，自(檜)[鄶]以下，蓋無譏焉。

文資上

文章何由而生乎？人有恒言"基于言語"，大體無訛，尚非撢原之論也。人之生也，稟性情、畜思想，藴於内者爲情思，發乎外者爲言語，情思爲言語之因，能不爲文章之基乎？性情而求純正，則道德生焉；思想而求條理，則學問生焉。是故明德以誠意修身，修教以醇性化質，善政以軌民防惡，皆道德之事也，皆純正性情者也。是故理必窮而遠，學必攻而博，術必精而奇，皆學問之事也，皆條理學問者也。然則文章者，情思之苗裔，而德學之迹象也。夫性情因人而殊，思想未可齊一，稟先天之所受，由外緣而生歧，以地而變異，與時爲轉移，習俗所安，即成規矩，視聽所及，材焉取斯。文章之資不相侔，文章之變亦數奇。山國墝瘠，民尚篤行，有堅忍不拔之風，儒、墨所由興起；澤國膏腴，民尚虚玄，有遺世特立之志，老、莊所由顯著。山國，澤國，見《周禮·掌節》此資於地者也。治世之音安以樂，亂世之音怨以怒，亡國之音哀以思，此資於時者也。鄭俗多淫，《詩》有《采芍》；秦俗綦强，《詩》有《小戎》此資於俗者也。屈子放逐，乃賦《離騷》；虞卿窮愁，著書示後；此資於境遇者也。睹景思人，感物興懷，山川借助，佳製斯成，此資於景物者也。凡此所資，皆其上也。至於臨文之際，或取古義，或擷俚諺，或引成句，或采方言，雖足資益，抑亦末矣。夫資類萬殊，基于情思，故欲工文，宜此致力，能務厥本，光焰始長。蓋性情之正者，温柔敦厚，發爲文章，其色淵懿，其聲和雅，雍容而不迫，怨悱而不亂。思想之正者，廣大情微，著爲文章，發宇宙之機緘，揭天地之秘藴。若夫褊僻謷戾,狂暴誕妄,已失性情之正;穿鑿荒唐,猥私鄙陋,由於思想之邪;即成文章,詎有可觀?聒然如蛙鼓,暗然如死灰,將同朝菌齊壽,難(于)[與]日月争光。是故古人有言"蓄道德者,其文必至",良以根本培固,則枝葉扶疏,理無或爽也。然則秉文之士,欲撰鴻文,觀覽前言,當知所從事矣。

文資下

文章本性情而生變,因思想而異趣,故劉舍人曰:"賈生俊發,則文潔而體清;子政簡易,則趣昭而事傳;子雲沈寂,則志隱而味深;平子淹通,則慮周而藻密。"蓋性情各具,匪可强同,雖彣飾其字句,終畢露於行間。非由性情,佳製斯鮮。若夫思想之極,里然成學,道雖一致,術則殊途,百家蜂起,析而不合,泝其巨流,蓋區六派。即其文學,亦若徑庭。儒家之學守中道,尚和緩;其爲文也,旨承經術,詞擷前言,平而不直,辯而不刻,質不至野,麗弗爲靡,言詞肫摯,情意藴藉;其爲德也華而厚。道家之文,簡質平易,達其深思,多言玄理,故富儷句;其爲德也清而遠。名、法相侔,出於道家,有其質深,益以核刻,故其爲文,遣詞必核,述叙必詳,索隱測遠,務爲深入,有如剖蕉,見心始已,意盡言終,略無含蓄,濟以清俊,斯能感人;其爲德也質而核。縱横之説,亂世斯顯,天下有道,庶人不議,戎馬倥傯,游説遂尊;欲人之信其説也,則徵引利害,層譬叠喻;欲其説之勝人也,則辯議其詞,馳騁其氣;高華虚靡,因勢遷變;其爲德也辯而華。墨家兼愛,意在行仁,術既多方,文亦質實,反覆直言,有類肫摯;其爲德也直而複。明此六端,隅反萬類,文關於學,昭昭然矣。是故因文求學,則識學問之根,藉文考性,則明情性之原。惟古哲人,知微之顯,審人禍福,率以文徵,理由引伸,事無或爽者也。或曰:"末世澆漓,詐僞萌生,心存陰摯,發言愷惻,行實鄙倍,詞托高雅,負腹將軍衒耀道術,多金大賈商略學問,覽文以稱,詎爲得乎?"不悟惟工於僞,易於發覆,言爲心聲,終有不掩。文字之間,真情隱伏,默而察之,即可見矣。且稱情而施,本學而發,文章自然;詞無支離,贋製虚造,語必忸怩。大言炎炎,或至出域;信口雌黄,易違典則。意求贍詳,文難周密。即有斲輪巨子,善爲贋鼎,文詞煒燁,潔表磨玷;然而求其音聲,審其氣勢,有過不及,難企均稱,體貌雖似,精神仍非。良以文原情思,神貌并著,僅擬體貌,舍本務末,買櫝還珠,遺其尚珍;情思不存,精神焉附?雖有大盜難爲竊,雖有巧匠亦鮮功,則是易僞者形也,難假者神也。馭神衡文,僞焉庾哉?

文派上

文章者,達情思者也。因情思之萬殊,亦宛轉而屢變。追情思之迹踪,遂里然而分派。溯文之源,派於何有?末流勢成,派乃顯著。案文紬繹,其派有三:曰傳世、曰實用、曰奇麗,而其所以區派,莫不根底情思也。奚以知其然耶?傳世之文,期諸綿遠,情思純正,克奏斯績。惟性之正也,故能致其悲天憫人之忱,達以肫摯纏綿之詞;惟思之正也,故能秉以先覺,策以宏猷,通微燭遠,經緯萬世。且無鄙倍之詞,鑿陋之思,彣其如史,質則弗野,彣質中和,音聲宏雅。舉而措之,功可期諸朞月;傳而遠之,理則準諸萬祺。此文章之極則,而聖賢豪傑發憤之所作爲也。自此以下,情思有偏,彣質不均,華實亦異,蓋性惡高遠,思拘近功,則實用之文生焉。性嗜藻繪,思務虚玄,則奇麗之文生焉。主實用則黜彣,主奇麗則黜實,二者相反,有若冰炭。實勝或流於野,綺勝或流於靡,割據一隅,未得其全。人情恒惰,易於自畫,故此二者,終至峙立。考其所自,猶有説焉。夫民智弗齊,賢愚斯判,勤惰之異,貧富以生,天下愚衆而賢寡,富少而貧多,志士善人,痛心怵目,欲思拯援,無假遠猷,退就近功,旨標實用。詞無高遠,以質勝文,至德要道,慨無述焉,故傳僅一時,利難廣溥。至於君子立言,賢者識大,無源易涸,斯亦不足爲也已。雖然一治一亂,千古皆同,亂邦衰世,賢人肥遁,苟有文求實用,利濟須臾,雖無偉績,亦有足多。實之極則爲虚玄,用之極則求愉悦,物極必反,理固然也。是故實用之文甫興,而奇麗之文繼起。是由鬱伊善感,觸類多思,感自情生,思由虚構,本《國風》之好色,采《莊》《列》之荒唐,此情此思,發而爲文,大之則無外,遠之則無垠。奇則神龍不足以喻,麗則錦繡差堪借比,燦爛悦目,衆所樂觀。惟以質勝文,難期傳世,繩以實用,無裨事功,文章之道,斯爲未矣。至於吟詠性情,張皇幽渺,有資起敝,亦未可竟廢也。誠能根底純正,軌於中道,求彼至奇,無事詭譎,儀型純美,無取艷冶,曩之所云,自歸澌滅矣。

文派下

傳世之文,六經極則。實用、奇麗,兼容并蓄。《周官》網羅大典,皆可措行;《禮經》叙述儀容,决鮮浮詞。質實而遠鄙倍,平直而有義法,非同率爾,終異直陳,文求實用,斯其圭臬。至於《易》言"群龍無首"、"載鬼一車",荒唐幽渺,奇蔑以加。《詩》著"巧笑倩兮"、"顔如舜華",豐韵(以下闕)

論駢文

吴承烜 撰

載於劉哲廬編纂之《文學常識》。《文學常識》,劉哲廬編纂,陳石遺、林琴南、易實甫等名家撰述,胡寄塵校訂,一九一八年上海中華編譯社初版發行,一九二〇年國民圖書館、泰東圖書局再版,一九三三年上海大中書局發行至六版。書分"正編""附刊"兩編。吴承烜(**一八五五—一九三五**),一名子恒,字伍佑,號東園,安徽歙縣人。擅詞曲,工駢文,年逾七十,執筆爲文,頃刻而就。著有傳奇《緑綺琴》《星劍俠》《花茵俠》等。作者先大致勾勒出駢文演變之概貌,"駢儷之文,以六朝爲極則,乃一變於唐,再變於宋",至於元明二代,則等之自鄶;讓清之世,則美善不可殫述。足以"較兩漢,轢六朝,軒三唐,輊兩宋"。此外,於駢文之特色亦有所識見,"凡爲駢文者,當以意勝,不徒儷黄妃白見長";"習駢文,對仗不可不工,音韵不可不調,結撰不可不精,下筆不可不古"等。此文一大特色在於多處文字即爲駢文,或因作者素擅駢文而下筆不覺自成駢文之故歟?

駢儷之文,以六朝爲極則,乃一變於唐,再變於宋,元、明二代,則等之自鄶,吾無譏焉。讓清之世,大儒接踵,美矣善矣,不可殫述。夫駢體者,齊梁人之學秦漢而變焉者也,後世與古文分而爲二,固已誤矣。歲歷綿曖,條流遂分。嘗讀陸機之賦曰:"象下管之偏疾,故雖應而不和","寤防露於桑間,又雖悲而不雅。"抑又聞之劉勰論曰:“新奇者,擯古競今,危側趣詭者也;輕靡者,浮文弱植,縹緲附俗者也。”是故“執柯伐柯,梓匠必循其則;以繡緣繡,銖鈞不失其度”,乃有飛靡弄巧,援聃、孟爲石交,笑曹、劉爲古拙。於是宋玉《陽春》,亂以巴人之和矣;相如典册,雜以曼倩之諧矣。若乃苦事蟲雕,徒工獺祭,莽大夫遐搜奇字,邢子才思讀誤書。其實樹旆於晉郊,雖衆而無律也;賣櫝於楚客,雖麗而非珍也。瑣碎而失統,則體類於疥駝;沈腿而不飛,詎祥比於鳴鳳?亦有活剥經文,生吞成句,李記室之襴褠,横遭同館之割;孫興公之錦段,付諸負販之裁。擲朱成丹,轉自矜其狡獪;鍊金躍冶,使人嘆其神奇。古意蕩然,新聲彌甚。且也四字密而不促,六字格而非長,變以三五,厥有定程。奚取於冗繁乎?爾乃吃文爲患,累句不悔,譬如屢舞而無綴兆之宿,長嘯而無抗墜之節,亦可謂不善變矣。刻鵠類鶩,猶相近也;畫虎類狗,則相遠也。徐、庾影徂而形在,任、沈文勝而質存,其體約而不蕪,其風清而不雜。蓋有大雅之遺,寧曰女工之蠹?乃染髭鬚而輕前輩,易刀圭以誤後生,其駢體之罪人乎?要之,雲漢爲章,奎壁整象,人稱片玉,家有聯珠。惟駢體别於古文,相沿已久,或以篆刻太工,爲揚雄之小技;喻言雖妙,類莊子之《外篇》。專門之業不多,具體之賢遂少。豈知古文喪真,反遜駢體,駢體脱俗,即是古文。迹似兩歧,道當一貫。今者宗工疊出,風氣大開,賦不惟《枯樹》一篇,碑豈僅韓陵片石?康衢既闢,不回墨翟之車;正鵠斯懸,以待逄蒙之矢。

前清工駢體者,大都從經學出,蓋“腹有詩書氣自華”也。清中葉,爲文有六朝風格者,惟邵叔宀首綿、袁簡齋即隨園兩人,皆有專集行也。孔羿軒《寄朱甥滄溟舍人書》暢論宗旨,余亦夙聞其大略。其爲言曰:“駢體文以達意明事爲主。不爾,則用之婚啓,不可用之書札;用之銘誄,不可用之論辨;直爲無用之物。六朝文無非駢體,但縱横開闔,一與散體文同也。”孔曲阜又云:“任彦昇、徐孝穆、庾蘭成三家,必須熟讀。此外四傑,即當擇取,須避其平實之弊。至於玉溪,已不可工尚。”孔氏又云:“第取音節近古,庾文‘落花芝蓋,楊柳春旂’,若删却‘與’‘共’字,便成俗響。陳檢討其年句云‘四圍皆王母靈禽，一片悉姮娥寶樹’，若在人，甯以兩‘之’字易‘靈’‘寶’二字也。”孔氏又舉楊炯《少姨廟碑》云“蔣侯三妹，青谿之軌道可尋；虞帝二妃，湖水之波瀾(不)[未]歇”，以爲“未歇”等字，耐人玩味，今人必不能到。孔氏又云：“不可用經典奥衍之詞，又不可雜制藝柔滑之句。”余按諸説，自得於古人之妙詣，凡爲駢文者，當以意勝詞，不徒儷黄妃白見長也。

余少時好爲四六之文，深以清汪存南彈譏各家爲苛刻。存南謂：“陳其年學庾開府，祇見其叫嚣；章豈積學徐僕射，適形其蹇弱。觀吾家園次以下，比之自鄶。”非通論也。陳、章兩家，絶艷驚才，自足推倒諸子。汪存南學殖不若兩家，故爲此言。前清汪容甫先生之所論，實獲我心，謂“同時能爲漢、魏、六朝、唐人之詩者，武進黄仲則也；能爲東漢、魏、晉、宋、齊、梁、陳之文者，曲阜孔㢸軒、陽湖孫淵如也。惟淵如駢體文，風骨遒勁，思至理合。”容甫當前[清]中葉，俯視一世，而持論之正，樂善之誠如此，此今人之所難也。孫淵如壹志治經，故謂“四六文宜澤於古，而無俗調，排比對耦，易傷於詞，惟序次明凈，鍊鍛精純，俾名業志行至於攬物寄興，即景言情，似贈如答，風雲月露，華而不縟，然後其體尊，其藝傳。”後生末學，入古不深，求工章句，乃日流於淺薄佻巧，於是體製遂卑，不足儷於古文詞之矯者，務爲險字僻義，則又怪而不行。余爲駢體文，雖好爲濃麗，實清氣往來於其際，如九曲珠蟻穿而貫，想同志者必有以鑒之。

古經生多不工爲詞，工者劉子政父子、揚子雲、馬季長數人耳。清代吴山尊，同時有四人焉，姚江邵先生二雲、陽湖洪稚存太史、孫淵如觀察、汪容甫明經。邵先生能爲揚、班而不能爲任、沈、江、鮑、徐、庾之體，閑撰供奉文字，局於格式，未能敵其經學之精深焉。容甫遺文，有《述學》内、外篇，經術、詞術，并臻絶詣，所爲駢體，哀感頑艷，惜今不傳。淵如早工四六之文，既壯，篤志經義，乃取少作棄之，其所棄之駢文，今人且不能爲。然淵如具兼人之勇，有萬殊之體，故其四六之文，入曾《選》者，皆卓卓可傳之藝，惜篇隘不能備登。即福建許豫生廉訪《八家四六注釋》中，所選亦不多。篇什之富,其惟洪稚存太史乎！太史志行氣節,儒林引重。《卷施閣》一集,樸質若中郎,遒宕若參軍,肅穆若燕公,蓋其素所蘊蓄,有以舉其詞,劉勰謂"英華出於性情",信哉。稚存於經通小學,於史通地理,自叙所著書與他人所經之書,多用偶語,述其宗旨,然科典繁碎,初學效之,易傷氣格而破體例。然清麗之詞,俊逸之氣,可望不可即,余尤愛之。

連珠體,純乎駢儷,不過六句、七句、十二句而止,非若駢體文之有長有短。六朝文可以隅舉,然連珠之體雖不同,而文皆比偶,未之或異。晉陸機《演連珠》,見於《文選》者凡五十章,合之如一篇極長之駢文。閑嘗考陸氏之前,漢潘勖《擬連珠》、魏王粲《仿連珠》;又考陸氏之後,宋顔延之《範連珠》、齊王之憲《暢連珠》、梁劉孝儀作《艶體連珠》;各有所指,雖與陸不同,而體格無或異。大抵辭麗而言約,不直指事情,必假喻以達其旨,合與古詩比興之義,俾覽者會悟,歷歷如貫珠,易看而可悦,故謂爲連珠。其在漢章帝時,班固、賈逵、傅毅輩,受詔作《連珠》,黄昆岡又以爲揚雄善作《連珠》。陳懋仁《文章緣起注》及《北史·孝先傳》,魏帝讀韓非子《連珠》二十有二篇,蓋以韓非子書中有聯語,先列其目,而後注其解。連珠之體製,大率類此。此吾所以謂駢體之文,自連珠出也。

駢文至前清,麟麟炳炳,可謂盛矣。曾氏選四十二家文,輯爲《駢體正宗》,雖有遺珠,然并蓄兼收,得一百七十有餘篇,蔚詞林之鉅觀,漱藝苑之芳潤。學者久奉爲圭臬,余何贅爲？惟昭文邵太史荀慈齊燾《玉茗堂四六》,余尤愛之。邵太史志行超遠,意度夷曠,似魏晉間人,故其爲文亦似之。觀太史《答同年王芥子書》及序其兄亶承文,可以覘其文派矣。其書云"每觀往製,於綺藻豐縟之中,存簡質清剛之制,皆詞章家無上上咒",此太史自道其得力也。其序云"清新雅麗,必澤於古,非苟且牽率以娱一時之耳目",此太史自道其造詣也。太史規規前修,不失尺寸,不差累黍,而耻陷世士準量行墨、剽賊字句之弊,標格崖岸,有以自遠。故所作如素族子弟,氣韻不凡;如故家宗器,不同市肆骨董專賣販人;如元人畫法,一邱一壑,自然高妙;又如我徽休、歙間峰巒,蔽虧樹木,幽黝巨石,空中琴築雜奏,敻乎所造至於是矣。故四六文不離乎清新雅麗,上溯乎古者近是。

今之爲駢文者,往往對仗不工,音韻不調,貌似高古而實則空疏。余嘗讀《思補堂四六文》,深慕武進先哲劉圃三之駢體。其爲文也,必求清轉華妙,雖集中古體賦結響未堅,取材亦寬,然視明盧柟諸人皮剥膚附以爲古者,有上下牀之别。其他箋、啓、序、記,名貴光昌,盡去清初諸子浮侈晦塞之弊,卓然可傳。蓋司寇於班孟堅、徐孝穆、王子安三家致力最久,而才氣、書卷又足以副之。小儒好議論,以爲入古太淺,非徒刻深,直是孟浪。彈蘇糾楊之輩,烏知含任吐沈之奇哉?學者不習駢文則已,如習駢文,對仗不可不工,音韻不可不調,結撰不可不精,下筆不可不古。駢體之文,王、楊、盧、駱其庶幾乎!沿承讓清,名家輩出,集藝林之大成。吴山尊《八家選》,何其少也;曾皚谷《四十八家選》,何其多也。前清駢體文盛行,較兩漢,轢六朝,軒三唐,輊兩宋,何其盛歟!

河洛圖書,有奇有耦;商周世代,尚質尚文。數相生者必相成,故兩儀聿著;物有本者斯有末,故六藝同游。幽都、暘(俗)[谷]之名,古史工於屬對;"受侮""覯閔"之句,"葩經"已有儷言。溯其緣起,略見淵源。况錦繡盈筐,非倚乎一縷之織;瑟琴在御,無取乎偏絃之張。以多爲貴,雙詞非駢拇也;沿飾得奇,偶語非重臺也。要其開闔自如,善養吾氣也;撏撦雖富,無害性靈也。若夫鈎抉文心,彦和談藝而不足;敷陳士行,蔚宗論史而有餘。必欲左袒秦漢,右推柳、韓,排齊、梁爲江河之下,指王、楊爲刀圭之誤,何其惽也?然而旨甘所以養生,或曰腐腸之藥;笙簧所以淑性,或曰亂雅之音。是故文不師古,則思驁而近於浮;言不得宜,則藻豐而失之濫。譬彼旍旗列仗,譏非節制之師;鉛黛飾容,誚等誨淫之具。甚至巧思合綺,硬語盤空,貪摭拾而真意漓,好馳驟而前規失。更有擺脱凡庸,規撫初祖,真綷不存,元精奚貫?屋仍架屋,牀又疊牀,顔《訓》已違,《齊諧》或作。其下焉者,裁剪輕文,而邊幅因之益儉;揣摩時尚,而物息因之益囂。啓事則胥吏公言,數典則優伶小説,此而欲得新著作,配古文詞,不綦難哉?竊惟世多大雅,代有通人,上溯則漢魏六朝,下沿則隋唐兩宋。明時群彦,清室衆賢,不遠者伐柯之則,可探者吹律之原。綜核文醇,熟精《選》理,一藝庶幾千古,殊途可以同歸。要之曼倩萬言,阮咸三語,酌理以爲富,愜心不尚奢。知乎此,足與言駢文矣。

古人之爲文,不知爲駢儷也。妃青儷白,刻翠裁紅,自在流出也。人但知駢儷始於漢魏,盛於梁齊,未有言及駢儷之文出於董子者。試觀《春秋繁露》一書,凡八十篇,往往比對成文,文中之有駢儷句者,取其氣機充暢,導之川流,止之小立。沈辭怫悦,若游魚銜鈎而出重淵之深;浮藻聯翩,若翰鳥纓繳而墜曾雲之峻。"謝朝華之已披,啓夕秀於未振。或因枝以振葉,或沿波而討源,或本隱以之顯,或求易而得難,或虎變而獸擾,或龍見而鳥瀾,或妥帖而易施,或岨峿而不安。罄澄心以凝思,眇衆慮而爲言;籠天地於形内,挫萬物於毫端。"此陸士衡之論文所以卓絶千古也。今之爲文者,無論散文,無論駢文,可以思過半矣。

論書牘

劉錦江 撰

載於劉哲廬編纂之《文學常識》。劉錦江，字哲廬，號斐村，又號逋聲，別署苦海餘生，自署福建政和人（一作浙江紹興人），後以字行。爲陳衍弟子，南社社員。作者首先指出書牘之效力主要有四：一曰“達意”、二曰“辯駁”、三曰“勸化”、四曰“箴戒”。此外，“喜慶、申賀、喪葬、誌哀，莫不藉尺紙之功，以傳達衷曲”，甚至於“請求、干託、夤緣、諂諛”及男女言情之尺素，莫不借書牘爲用。然則書牘文自有禁忌，隱於内者有忌浮躁、鄙瑣、牢騷、傲慢之説，現於外者有滯晦、冗泛、紊亂、草率諸弊；故其寫作要訣則講究簡、明、實、樸。此文之初雖指出書牘之用有四，然作者却極力發掘書牘“達意”之用，認爲書牘可視爲言情之作，即便敘事、言理、寫景，亦皆爲達意言情之用，故書牘用字無須新奇，造句亦無庸工巧，若人格高大、胸次高潔，將之融入其中，自成佳作。

書牘之效力，可分爲四種：一曰達意。數千里外之征人、旅客，欲以慰家人、父子之心，口傳固不能，緘默尤不可，於是藉楮墨之功，述其慰情，爲家人報告平安，此書牘達意之效用也。二曰辨駁。大凡事理愈辨而愈明，因誤會而生芥蒂者比比也，不有辨駁何以自白？苟曉以大義，詞圓而律嚴，當無不動心者，此書牘辨駁之效用也。三曰勸化。人之頑梗無有過於背義叛國者，生於禮義之邦，長爲蠻夷之臣，其處心之險，亦云極矣。然諭之以利害，動之以道義，人豈木石,寧有無動於中?昔者伯之叛梁而降於魏,蕭臨川命邱遲招之以書,終乃來歸,此書牘勸化之效用也。四曰箴戒。古之聖賢,凡有過失,相與儆戒。唐之時有所謂規者,蓋納諸邪僻而入於正範之意。箴戒之措詞,宜正而不諧,匡而不隘,蓋猶醫者之施針石,使患者霍然,此書牘箴戒之效用也。

書牘之效用,不僅此也。餘如喜慶、申賀、喪葬、志哀,莫不藉尺紙之功,以傳達衷曲。言爲心聲,書爲心畫,信乎哉!粤世道日下,人心日卑,下而至於請求、干託、夤緣、諂諛,亦借重於一紙八行。更有癡男怨女,一面緣慳,卒至兩心,因結"之死靡他",此雖醜行慚德,然推其所致,何莫非書牘階之厲乎?是故水能載舟,亦能覆舟,各有其用。用之之道,則在於人爲善爲惡,其效一也。

書牘極盛之時際,端在漢代。漢代尺牘文之佳者,人皆珍藏之以爲榮,猶之今人珍集骨董,視爲至寶者也。論漢時尺牘文之佳者,人競稱陳孟公爲是中巨擘。顧孟公之文,不可得而見,所可見者,子長以下諸家而已。司馬子長《報任少卿書》,首尾一貫,有條不紊,激揚跌宕,神情俱至。其感慨悲壯處,大有燕趙烈士之風,而憂愁幽思,又足與楚些頡頏。苟非神手,曷能辦此?洵書牘中無上之妙品也。鄒陽《獄中上梁王書》,詞多偶儷,意多重複,然嗚咽涕泣,於邑無歡,能動人處,直如江上琵琶,令人悲梗,是亦無可如何而後爲此,此書牘中之善辯者也。李陵之《答蘇武》,文情感憤壯烈,可以動風雨,可以泣鬼神,感憤處如《離騷》,壯烈處似《大風》,信乎其爲能品也。此數子者,皆崛起於漢室中興之際,而爲書牘開一隆盛之紀元者也。

書牘者,發表人之意志者也。是故人之品格,或高或卑,或尚或否,一一可於裹行字間搜求而得之。淵明北窗下卧,遇凉風暫至,自謂是"羲皇上人"之句,便見其骨格清奇。後主《與詹事江總書》,有"嘲謔怡情"等句,人謂此君必至亡國。在作者豈必有意?而心之所感,自然流露於言語之間。故書牘雖小技,而臨穎實不可不慎也。竊謂書牘之忌有四:一曰浮躁。牘以代言,必求婉轉從容以達其意,雖於戰議辯駁之間,斷不可使其凌厲無前之氣。二曰鄙瑣。不抗不卑，斯爲正軌。若夫謙過其當，則適足以代表其人品之卑。李白《上韓荆州書》，文固美矣，而後之論者，尤謂以李白之身分，不宜低首於荆州之前如是。其甚韓(感)[愈]，多上貴人書，世爭短之。嗟夫，李、韓二公，且爲世詬病，後人可不慎哉？三曰牢騷。吐言牢騷，適足以見其度量之不廣，於書牘尤所切忌。至友之前，或不妨一罄鬱結，如太史公《報任少卿書》、李陵《答蘇武書》，尚不爲病。然非如馬遷、少卿之交，蘇、李之摯，而遇人輒鳴其不平，是烏乎可？四曰傲慢。傲慢者，含邈視他人之意，與鄙瑣相反，而其病相同者也，與浮躁相似，而微有别。浮躁者，氣不能静，口不擇言，其失也粗疏。傲慢者，鄙視他人，其結果也適足以自鄙，學者當切戒之。

以上所述四忌，病之隱於内者也。除此忌者，修養於平日，而後能應付於臨楮，非可語於倉卒間也。若夫筆墨之間，有形式可求者，其忌亦不止一端，當再述之。

一曰忌滯晦。書牘以達意爲主，一涉滯晦，則閱者生倦而已，意終不得達，則書牘之效力全失矣。二曰忌冗泛。枝詞蔓語，纍牘連篇，一究其效，都歸無有，則又何足貴哉？要言不繁，是爲至訣。寸鐵殺人，豈必在長矛大戟乎？三曰忌紊亂。一書所叙，不有主意，主意未明而參入他事，喧賓奪主，病莫甚焉。振衣而不挈其領，理絲而不得其端，此由條理不明之故，而其結果，乃使吾牘減其效力。四曰忌草率。冗泛之病易去，草率之病難除，枝蔓固病其蕪雜，草率必失之脱漏。簡而能達，此至要也。

以上所述四忌，疾之現於外者也。内病能去，外病未除，終非至文，學者戒之。

書牘之作用，在於達彼此之意。準辭達之旨，則當以簡樸爲宗。至於寫景，已非書牘文中應有之事矣。殊不知情常寓於景内，言景即所以叙情，且書牘之文兼有美術性質，同一意也，同一能達之意詞也，而一美一否，則在閱者之感觸，便有絶不相同者矣。至美術之文，尤在在含有景物，職是之故，則書牘中寫景之語，是不可不研究也。古人善於爲此者，爲王摩詰致人者，中有“深夜寒犬，吠聲如豹"等語，千載而後，尤能令讀其文者想見其境，此爲叙景之極則矣。清初人小簡中，如湯卿謀，亦多叙景語，如《與尤展成》云："庭前小梅數株，緑衣素裳，娟好如漢宫人。幽齋無事，静對忘言，或時移書吟詠其下，攀條摇曳，暗香入懷。每當惠風東來，飄拂襟袖，挹其清風，宛然如見故人。今雖飛瓊碎玉，點點青苔，然片光孤影，猶恍惚荀令風流繚繞左右也。"又《與既庭》云："愁瑟瑟，人愁愁，我輩此時，宜置身何地也？眉月盼人，漸成佳境。虎邱一片石，早晚尚可盤桓。"又如姚農祥《與鮑老先生書》云："弟於念六日，即赴靈邱。崎嶇石路，心髮爲枯，雄塞參雲，馬踏却述。遥想蜀道青天，兄翁何以竟視若嶕嶢也？"凡此諸語，無不隨手揮寫，即景見情，令人神往。然以鄙意觀之，則不及王摩詰"深夜"數語遠甚。是維何故？試一述之。摩詰寥寥數語，而包羅寒夜一切景象，隨口説出，用字固不取新奇，造句亦無庸工巧，是爲寫景能手。如湯氏"眉月盼人"一語，工巧極矣；又如姚氏"崎嶇石路"數語，凝鍊極矣；終不如摩詰落落大方也。嗟夫，胸次不高，則筆下安得瀟灑？摩詰文章之美，不當於文章中求之也。不然，世俗酬應尺牘，連篇累牘，無非秋水、蒹葭、春樹、暮雲等語，彼何嘗非寫景哉？然而令人見之，作十日嘔矣。（按：秋水、蒹葭、暮雲、春樹，本極典雅，只被俗人濫用，遂覺可厭耳。）

王百穀《與馬姬湘蘭小簡》三首，余嘗愛誦之。其一云："殘月在馬首，思君尚未離巫峽也。夜宿長巷，聞雨聲，旦夕不休。輿夫汎没骭，良苦，見道旁雨中花，仿佛湘娥面上啼痕耳。"其二云："吴山爲黛，望借紅袖拂白雲，令山靈色喜。乃車音杳然，戀戀與黄口兒燕婉，不貽譏紅拂諸人哉？雨寒歲暮，纔一相思，便增白髮。"其三云："僕且行矣，恐君凄然，不敢握手。松間一榻，春以爲期。行雲東來，無負然諾。長安東門别，立馬生白髮。纔吟此篇，淚痕在袖。"按：此三簡，豐致楚楚，娟媚可愛，惟纖麗之言，終非高人吐囑。文章能窺人品格，莫如書牘。雖於短篇小札，寥寥寫景之語，亦可見之。孰謂文、行可區而爲二哉？（按：文、行有密切之關係，而於書牘尤甚，他日當有專節論之，本章限於篇幅之短，只略一及之耳。)

書牘之用,不外乎達彼此之意。是凡書牘,都可以言情目之。然而,此特就廣義言之耳。至言狹義,達意之中,有專言情者焉,有專敘事者焉,有專言理者焉,有兼有其二者焉。大抵友朋投贈之札,言情爲多;政途、商場往還公函,舍敘事外無他;道學者商量學術,質疑問難,此則言理者也。善夫!黎氏純齋之言,曰:“書牘有言情、言理、言事之別”,析類之簡明,無有過乎此者矣。是章所論,即狹義中之言情類是也。謝安《與支遁書》云:“思君日積,計辰傾遲。知欲還剡自治,甚以悵然,人生如寄耳,頃風流得悉之事,殆爲都盡。終日戚戚,觸事惆悵,唯遲君來,以晤言消之,一日當千載耳。此多山縣,閑靜差可養疾。事不異剡,而醫藥不同,必思此緣,副其積想也。”按此簡共八十五字,除表述思慕而外,殆無他意,試以簡單之言表之,即“思君不置”而已。前幅“知欲還剡自治”,後幅“此多山縣,閑靜差可養疾”等語,雖似敘事,然其事乃附屬於情,初非有獨立之性質也。何也?蓋非因思慕其人,則此等瑣瑣之事斷無敘述之必要,幾見公文書中有此等語哉?

表述思慕,爲言情中之一種。如吾上文所述謝安一書,可爲學者規範。其他名人片言隻句,亦復有無限深情。如劉峻《答郭峙書》云:“睨浮雲以搔首,臨清風而浩歌。”周弘讓《答王褒書》云:“江南燠熱,橘柚冬青。渭北江寒,楊榆晚葉。土風氣候,各集所安。餐衛適時,寢興多福。”史祥《答太子廣書》云:“每至清風夕起,朗月孤照,想鳴葭之啓路,思託乘於後車。塞表京華,山川悠遠,瞻望浮雲,伏增潛結。”凡此諸語,即景言情,寄慨無限。穆質《與僧彦範書》云:“自居班列,終日塵屑。却思昔歲,臨清澗,蔭長松,接侍座下,獲聞微言,未知何時。忽遂此事,遥瞻水中月,嶺上雲,但馳攀想而已。”撫今思昔,深情溢於言表。至如風騷之語,側艷之詞,亦昔人之所不廢,如前章所述王百穀《寄馬湘蘭》三書,筆意瀟灑,尤爲可人。以文而言,自有可貴,惟辭偏側艷,終非學者所當急務耳。近世所謂言情尺牘,所謂男女交際尺牘,連篇累牘,充滿市肆,立意既欠高超,措詞尤非典雅,徒足以惑青年之心而短其氣,其爲害孰甚?故學者於艷牘,亟宜屏而不觀,即欲爲之,亦當以古爲法也。六朝人於此,好爲四六。如何遜《爲衡山侯與婦書》云:“鏡想分鸞,情悲别鶴。心如膏火,獨夜自煎;思等流波,終朝不息。始知悽悽萱草,忘憂之言不實;團團輕扇,合歡之用爲虚。”庾信《爲人與婦書》云:“想鏡看影,當不含啼;欄外將花,居然俱笑。”“當學海神,逐潮風而來往;勿爲織女,待填河而相見。”此等語,予常謂其典麗有餘,而瀟灑不足也。

感慨自傷之語,亦言情中之一種也。爲此言者,大抵懷才不遇,鬱鬱無聊,對於知己,口一傾吐。其臨書也,有胸之所觸,心之所感,欲言而不肯言,欲止而不能自止者。如司馬遷《報任少卿書》、李陵《答蘇武書》、楊惲《報孫會宗書》,其最著者也。然其言亦必千回百折,若吐若茹,而不肯肆口出之。非然者,傷之囂矣。若徒以謾駡爲能,以圖一吐其胸中之鬱塞,非善之善者也。抑其臨池也,又必有真情貫注其間,然後使閲者能動。李陵《答蘇武》之書曰:“終日無睹,但見異類。韋韝毳幕,以禦風雨;羶肉酪漿,以充饑渴。舉目言笑,誰與爲歡?胡地玄冰,邊上慘裂,但聞悲風蕭瑟之聲。凉秋九月,塞外草衰,夜不能寐,側耳遠聽,胡笳互動,牧馬悲鳴,吟嘯成群,邊聲四起。晨坐聽之,不覺淚下。嗟乎子卿,陵獨何心,能不悲哉?”又曰:“子卿視陵,豈偷生之士而惜死之人哉?寧有背君親、捐妻子,而反爲利者乎?然陵不死,有所爲也。故欲加前書之言,報恩於國主耳。誠以虚死不如立節,滅名不如報德也。”千載之下,讀其文者,猶爲慘然不歡,而况乎蘇子卿爲陵友乎?然其所以能感人者,無他,一以真情貫注之也。

抑有異者,寫景叙事之語,貴乎簡潔,發紓牢騷之言,不厭枝蔓,蓋欲盡其茹吐斷續之情,不得不用其迂緩抑揚之筆,累千百言,而令人不覺其可厭。證諸古人之作,如吾上文所述,司馬遷、李陵、楊惲三書,多至二千餘言,少亦六百餘言。非若他文,寥寥數筆而已。(書牘中文,不滿百字者比比然也。)

發紓牢騷,傾吐鬱結,欠於婉轉,失諸叫囂,吾前文已言之矣。兹更舉一簡爲例,清計東《與周鹿峰書》云:“世之稱知己者,其最則憐其才而稱譽之,其次則深忌其才而必殺之。其最不能堪者,視其人無足輕重，其人自生自死自貧賤，且老於天地之間，一不介於胸中也。”又曰：“我是以嘆知己之難得，而我才不足以致知己之欲殺，爲可媿也。”其議論非不新奇，足以動人，然而粗鄙孰甚。讀書多而養氣功深者，誰肯爲是？學者於此，其知所戒可也。

敘事文之要訣，不外四字，曰簡、曰明、曰實、曰樸。簡則無枝蔓之慮，明則無掩蔽之虞，實與樸，尤敘事之文所當注重。蓋虚言則等於欺，而華詞則過於巧也。嗟乎，書牘之難，有如此者，誰爲執筆是易事哉！

文學匃言

唐大圓 撰

《文學匃言》，輯自《大圓文存·二集》（泰東圖書局，一九二七年）。"匃"者，《説文》曰："聚也。"即聚集之意，則"匃言"即集説、集解之意。唐大圓（一八八五—一九四一），原名唐蔚鴻，字漸陸，法名大圓，又稱大圓居士，湖南武岡（今屬洞口縣）人。民國初，皈依印光大師，修習净土，造詣頗深。後讀《海潮音》，始傾心唯識，於一九二三年追隨釋太虚，聘爲"佛教講習所"教務主任。一九二四年，出任《海潮音》主編。一九二五年，與章太炎、釋太虚等創辦《東方文化》雜誌并任主編。曾於武昌佛學院、中華大學、武漢大學、東南大學、長沙佛學會、漢口文化學院等學會或大學講授印度佛學、佛典文學和老莊哲學，并宣揚唯識、因明等佛理以圖救學救國。一九三八年，歸湖南故里，繼續辦學、傳法。一九四一年，因著述言論反對當局，被誣以"攻擊党國"而遭秘密逮捕，備受迫害，後經保釋出獄，未及家，卒。唐大圓以專攻法相、唯識之佛學而見稱於時，著述頗豐，著有《唯識三字經釋論》《識海一舟》《唯識新著四種》《唯識易簡》《唯識方便談》《唯識研究述要》《唯識叢著》等；另有文學理論著作，如《文學闡微》《文學論衡》《法相文學》《百法明門論之文學觀》等；并有詩文集《大圓文存》三集。其他未入集之詩文，散見於《海潮音》《學衡》《文藝捃華》《世界佛教居士林林刊》《東方文化》等雜誌。

《文學匃言》首揭"文以載道"之説，認爲"不得已而有文"，而"道"則於體爲論辯、記傳、箴銘、頌贊、詩賦等，於論則爲理、事、法、行、情與物等；"凡前所未道，爲之製作；前所已道，爲之條述；或舊義久微，爲之表章；皆謂之道”。次曰觀文之法，如言“文之相放（仿）”有三途：一、有取微言一二演爲全篇者，二、有正言若反、相須爲用者；三、有體雖變易而實相效者；又如“觀文當辨其源流與變化”之類。次曰爲文之法，祭出“辭達而已矣”一語爲纛，然認爲“辭達”頗易，關鍵是難“已”，强調“已”字，即明白曉暢、博而能約。另如體物察情至於至微，并以佛理爲喻，頗有體悟之言。

文以載道，有文字來，能記載者，無美不備，後進似不宜有文。然古人質訥，文或簡略，後雖周密，患其悖道，知道者亦或不文。故雖閱千祀，其道尚有未盡傳於文字者，則著述亦不宜絶。此所謂不得已而有文，如得已而不已，則吾不欲觀之矣。

問“文以載道”云何？曰論辯道理、記傳道事、箴銘道法、頌贊道行、詩賦道情與物，是或一道也。凡前所未道，爲之制作；前所已道，爲之條述；或舊義久微，爲之表章；皆謂之道。至若因仍舊貫，無所發明，是爲雷同；發言盈庭，無所歸宿，是爲戲論。雷同、戲論，皆謂之不道。老子曰：“不道早已”。

有德者必有言，是爲言者心之聲。如皋陶、大禹之謨，此一科也。有言者不必有德，是爲言不由衷，如李斯亡秦、相如竊貲，皆有偉篇，此又一科也。二科者所行相反，而所言皆善，故曰：“君子不以言舉人，不以人廢言”。

文之相放，亦分數科。有取微言一二演爲全篇者，如韓退之因《莊子》云“舉世譽之而不加勸，舉世非之而不加沮”，演爲《伯夷頌》，此其上也。有正言若反、相須爲用者，如楊子雲因《離騷》作《反離騷》、柳子厚因《天問》作《天對》，此其次也。有體雖變易、意實相效者，如司馬相如自叙言挑文君事，王褒《僮約》亦言到寡婦楊惠舍，又其次也。若夫模擬郛廓，屋下架屋，如因東方朔之《答客難》，而有揚雄《解嘲》、班固《答賓戲》、崔駰《達旨》等；因枚乘之《七發》,而有傅毅《七激》、張衡《七辯》、曹植《七啓》等,雖文極雕蟲,無所取材矣。

觀水有術,必觀其瀾,觀文有方,必觀其變。如觀屈原之《離騷》,自叙也;而其變爲東方朔《客難》、司馬遷《答任少卿書》,皆自叙也。自《離騷》出,則有班固之《幽通賦》、張衡之《思玄賦》、馮衍之《顯志賦》等;自《客難》出,則有其自爲《非有先生論》及王褒《四子講德論》等,亦自叙也。然《史記》之自叙,述其著書也;司馬相如之《自叙》,述其慢世也。因慢世而變爲傲世,則有陶潛之《五柳先生傳》、劉伶之《酒德頌》矣。因傳之擴充,雜論辯、詞賦爲體者,則有阮籍之《大人先生傳》;因頌之開廣、段物以廣喻者,則有王績之《醉鄉記》。如是散韵言爲質言,齊質言爲韵言,循環變化,一一辨其胎息所自,則文理密察矣。

山水之記,人物之傳,如會計家之簿録。其上者能使繁劇之數,綱舉目張,是爲(桀)[傑]作。昔蘇子美謂韓愈《畫記》僅似甲乙賬,了無可觀。試思於甲乙賬加以瑰詞麗語,尚堪寓目乎?蘇氏之論,非惟不知文,亦不知言。

《論語》曰:"辭達而已矣",達固不難,達而已則難。既達而不知已,勢將辭晦而不得達。試讀《爾雅》之"釋荷"也,曰:"荷,芙渠,其莖茄,其葉蕸,其本密,其華菡萏,其實蓮,其根藕,其中的,的中意",止二十八字,而明白曉暢如是。令今之編博物教科者爲之,不知費幾百名,以云辭達,將孰欺乎?

《世説》云:"庾亮嘆殷仲文讀書半袁豹,則才不減班固。"爲文固不可不博,然能博而不能約,雖陸士衡亦有才多之患。余聞六祖大師有云:"法法皆通,法法皆備,而無一法可得。"名最上乘,是亦可悟爲文之法。

蘇氏策論,其長在曉暢事理,足以普教中人以下;其短在學《戰國策》而得其皮毛,爲後學之流弊。一爲冒頭,如《留侯》《伊尹》等論,後人襲之以爲八股、對策;一爲比喻,空言敷衍,不能止節浮靡,爲後世小説、報章之濫觴。試觀晉、宋諸論,則二弊斯絶矣。

《笑林》言"詩有補泄"之説,予謂駢文自賈誼《過秦》(李兆洛

《駢體文鈔》論首《過秦》或疑其非，實則有“席卷天下”四句，若非駢體，則二句足矣。）以下，多宜用巴豆、大戟；散文自宋之歐、蘇以下，多宜用黄耆、人參。惟今日報章之文，尋常事理數語可了者，皆敷衍至千數百名，是傷寒壞病，表裹兼負，補之則虚火上炎，瀉之則中氣既盡，雖有扁鵲，無能爲力已。

《世説》載惠遠云“《易》以感爲體”。余謂文亦以感爲體，其用則叙事論理而已。叙事如江、海諸賦，不過原本山川，極命草木，然於山川草木形容維肖，皆足怡人之情。論理如《原性》《説天》等，不過微顯闡幽，以極其辯，然若言得肯綮，無不使人動容。《易》曰：“觀其所感，而天地萬物之情可見矣”，文者，所以見天地萬物之情，故亦以感爲體。

平居執筆爲文，了不可得，求之愈急，困窘益甚。及委心静坐，萬緣皆息，忽爾一綫靈明斗然上涌，化爲精思，則語小天下莫能破焉，語大天下莫能載焉，得意疾書，遂成佳文。於此悟釋氏所云：“般若無知而無不知。”

終日呫嗶覆書，或茫然若失；偶因爲之，思閲舊書，如用一二語，則歷久不忘，於此悟“學而不思則罔”。然數日爲文，思想之聯絡，雖形疲神倦，不能斷絶，及開卷朗誦，寄象於書，則精神亦頓復原，於此悟“思而不學則殆”也。

閑居無爲，忽而有思，條理成文，此現量所得，不帶名言，不執爲外，謂之天籟。然天籟錯落，不甚如法，則欲彌縫其闕，繼以考索，此比量所得，雖法式較完，必不如天籟之自然。若因考索未得，顛倒推求，再三改竄，則向者真義盡失，此爲由比量而入於非量矣。故因明之三量，乃能於爲文時實驗得之。

至情之文，不假雕飾，自然超絶。如馬援、鄭玄、陶潛戒子侄等書，嵇康《與山濤絶交書》，雖奮乎百世之上、百世之下，聞者莫不興起也。亦有就事論理，遂成絶妙好辭者。如汪中《與劍潭書》云：“當始孤之日，蒙穉無知，其親血氣堅壯，疾疢不作，而饑寒愁痛，斵削萬端，使不得一日遂其性。洎其子成人授室，門户再造之日，方思從容頤養，以娱莫年，而精力奄亡，恭然槁木，葠苓粱肉，無補於既敝之身。是憂患之日，則其親既當之，而以傷其生；安樂之日，則妻子僕妾皆得與享之，而親轉不能堅其命。豈非生人之至痛哉?"此皆天性流露，故能言之若是，足證修辭以立其誠，亦足證文以感爲體。

問："書之有叙，云何?"曰："著書所以明道，道之深者，恐世不知，妄生異解，不得已撮書之要以爲叙。如《史記》《漢書》，皆有自叙，以比於賦之重，列傳之贊，固可貴也。近代著書，但以譁世取寵，因求有力者作叙以爲名高，如左思、皇甫之爲。誠能如皇甫則可耳，或其人未嘗學問，徒託空言，以次於贈叙壽文。故書之美者不求人叙，假人叙而行世傳遠者，書必不美。然則今日讀書，宜讀自叙，其無自叙叚(假)手於他人者，皆不足觀。若夫其人運而往，後人追叙其書，如王逸之傳《離騷》，則譬諸草木，區以别矣。"

《古文辭類纂》解題及其讀法

錢基博 撰

上海中山書局一九二九年出版發行。此書封面署曰:“錢子泉著”,出版頁則作“錢基博著”,錢子泉,即錢基博。錢基博(一八八七—一九五七),初名錢基來,後改名錢基博,字子泉,別字啞泉,自號子潛、止潛、潛夫、潛廬,晚號老泉,江蘇無錫人。有齋名精忠柏石室、後東塾、潛廬等。幼承家學,從長兄、伯父學。一九〇五年,即撰文刊於梁啓超、劉師培等主持的雜誌,意氣風盛。一九二三年秋赴上海,任聖約翰大學國文系教授。後任教於光華大學、北京清華學校、無錫國專、浙江大學、藍田國立師範學院。一九四六年,任華中大學(今華中師範大學)國文系教授。一九五二年,院系調整,改任華中師範學校歷史系教授。其學問精深,博經通史,旁涉百家,著述豐碩,如《韓愈志》《版本通義》《駢文通義》《經學通志》《後東塾讀書記》等;編著《韓愈文讀》《模範文選》等;未結集者,多散見於《新民叢報》《國粹學報》《東方雜誌》《青鶴雜誌》《光華大學半月刊》等。

在“解題”部分,著者首先指出總集分類方式以文之體勢而分,以神理分、以作用分三類,其中,以體勢分者尤多,姚鼐《古文辭類纂》亦以體勢而分,且爲清代總集代表著作。在“讀法”中,指出對於《古文辭類纂》之讀法有三:一是分體分類讀。錢氏認爲“學文之道,首在辨體”,且“文章之得失,不可不依體爲斷”;第二種讀法則是分代、分人讀。文章一代有一代之風尚,一人有一人之面目,分代看乃是知文之代殊,分人看則以體認各家面目;第三種讀法是“分學讀”,在此部分錢氏則將

《古文辭類纂》中所選之文,分爲通論、道家文學、儒家文學、墨家文學、法家文學、兵家文學、農家文學、縱横家文學等八類,此外,還有涉於小學者、涉於説經者、涉於論史者、涉於論文者等各類文章,由此而認爲《古文辭類纂》亦有益於學。錢氏著此書之由,乃在於他認爲"姚氏此纂,雖病其規模少隘,然竊以爲有典有則,總集之類此者鮮",是以他鑽研不厭,不輕附時人之責,而專著此書,以張揚姚氏此選。

十年以來,桐城姚鼐《古文辭類纂》一書,時賢詬病,幾等不足齒之傖!然余以爲姚《纂》之病在取徑太狹,既不如曾《鈔》之博涉經子;曾國藩《經史百家雜鈔》而擇言偏潔,又不如李《鈔》之足有才藻;李兆洛《駢體文鈔》規模未宏,自是所短!至分類必溯其原而不爲杜撰;選辭務擇其雅而不爲鉤棘;薈斯文於簡編,詔來者以塗轍。近儒章炳麟曰:"文足達意,遠於鄙倍,可也,有物有則,雅馴近古,是亦足矣!"見《菿漢微言》後之續者,有遵義黎庶昌、長沙王先謙兩家。然黎氏之書,上采經史,品藻次第,壹準繩其師曾國藩之言;要爲曾《鈔》之别子,而非繩武於姚《纂》也。惟王氏之輯,志在續姚;采自乾隆,迄咸豐間,得三十九家,論其得失,區别義類,悉遵姚氏。斯可以闚見文章之流變,而覘當世得失之林焉!

解題及其纂例

文籍日興,散無統紀;於是總集作焉;《古文辭類纂》者,蓋桐城姚鼐分類纂輯古之文辭而爲總集之一,纂之爲言論纂也,蓋本《漢書·藝文志序·論語》稱"門人相與輯而論纂,故謂之《論語》"一言;姚氏《序目》稱"以所聞見編次論説爲《古文辭類纂》"者是也。蓋編次之際,姚氏曾以所聞見詳經論説而不爲苟然;如《序目》考論文體十三類之起原及諸篇之注按,是也;故依《漢志》題"纂",師古

注:"纂與撰同";或題曰:"纂"者謅也。姚氏之非題"纂",本滁州李承淵校刊《古文辭類纂後序》而詳加以考證。惟總集之作,導源《詩》《書》。《詩三百》,周詩之總集也。《書》百篇,周以前文之總集也。考孔子觀書周室,得虞、夏、商、周四代之典,乃删其善者,定爲《尚書百篇》,所以宣王道之正義,發話言於臣下;故其所載皆典謨、訓誥、誓命之文;見劉知幾《史通・六家篇》厥爲文之第一部總集。古者《詩》三千余篇,及至孔子去其重,取可施於義禮,上采契、后稷,中述殷、周之盛,至幽、厲之缺,始於衽席;故曰:"《關雎》之亂,以爲《風》始;《鹿鳴》爲《小雅》始;《文王》爲《大雅》始;《清廟》爲《頌》始。"三百五篇見《史記・孔子世家》厥爲詩之第一部總集。惟《詩》者,《風》《雅》《頌》以類分。而《書》則虞、夏、商、周以代次。蓋《詩》者,開後世總集類編之先河,而《書》則爲後世總集代次之權輿者也。然《詩》《書》二者,崇入《經》部,不以隸集。《晉書・摯虞傳》載:"虞撰《文章志》四卷;又撰古文章類聚,區分爲三十卷,名之曰《流别集》,各爲之論,辭理愜當。"論者胥推爲總集之祖。其書佚不傳,而體裁猶可懸想而知;蓋《志》如《書》之按代次,而《流别》疑如《詩》之依類分者也?特後之輯者,鮮有按代。獨明梅鼎祚之《文紀》,清嚴可均之《全上古三代秦漢三國六朝文》,起皇古迄隋,以時先後爲次;是爲總集家變例。而自梁太子《昭明文選》以下,亡慮分類者爲多。《古文辭類纂》者,蓋古文辭輯而論纂之按類者也,故題曰:"類纂"。然總集之分類不一:《昭明文選》分"賦""詩""騷""七""詔""册""令""教""文""表""上書""啓""彈事""牋""奏記""書""檄""對問""設論""辭""序""頌""贊""符命""史論""史述贊""論""連珠""箴""銘""誄""哀""碑文""墓誌""行狀""吊文""祭文"三十七類。而姚氏斥其"分類碎雜,立名可笑";而以後來編集之相仍者爲陋,故不之采。其《類纂》定爲"論辨""序跋""奏議""書説""贈序""詔令""傳狀""碑誌""雜記""箴銘""頌贊""辭賦" "哀祭"十三類,而文之體類始明。蓋以體勢分也;此一法也。宋謝枋得《文章軌範》,分古今文爲"放膽"、"小心"二種。後來曾國藩本姚氏陰陽之説,見《續纂》、姚姬傳《復魯絜非書》而衍之爲《古文四象》,以"氣勢"爲太陽之

類,“趣味”爲少陽之類,“識度”爲太陰之類,“情韵”爲少陰之類,或者暗覰謝氏之筋節而軿之姚説張其旗鼓,謂爲前人所未發!自今觀之:“氣勢”“趣味”,“放膽”文也;“識度”“情韵”,“小心”文也。此采予弟孫卿之説,見《文章舉隅序》。此以神理分也,蓋又一法也。至真德秀之《文章正宗》,則以作用分:曰:“辭令”、曰:“議論”、曰:“叙事”,而殿之以“詩歌”一體。後來曾國藩《經史百家雜鈔》析體十一而綜以三門:曰:“著作”,即真氏之“議論”;曰:“告語”,即真氏之“辭令”;而所謂“記載”者,則真氏之“叙事”也,蓋異名而同用者爾?此又一法也。三者之中,厥以分體勢者爲夥。然總集分體之可考見者,莫古於《文選》三十七類,明而未融。姚氏不取,要爲有見!今按其中如“騷”“七”之别類,“詔”“册”“令”“教”之分四類,“表”“上書”“彈事”之分三類,“啓”“牋”“奏記”“書”之分四類,“頌”“贊”“符命”之分三類,“序”“史論”“史述贊”之分三類,“史論”“史述贊”,皆《史》《漢》紀傳後論贊,要爲序跋之類。“誄”“哀”“吊文”“祭文”之分四類,及“碑文”“墓志”之别爲二,如此之類,皆全不知體要;而因名立類,每類之文,或廑一兩篇,姚氏所謂“立名碎雜”者也。至《七發》諸篇不併入“騷”而别題“七”;策秀才諸問不題“策問”而題曰“文”:班、范前、後《漢書》“紀傳”贊不併入“史論”而别題“史述贊”;哀、永、逝諸文不併入“誄”或“吊文”而别題“哀”;如此之類,杜撰題目,展卷茫然,不得其解,姚氏所謂“立名可笑”者也。姚氏以《文選》之“序”、“史論”、“史述贊”併入“序跋”;“表”“上書”“彈事”併入“奏議”;“啓”“牋”“奏記”“書”併入“書説”;“詔”“册”“令”“教”“文”“檄”併入“詔令”;“賦”“騷”“七”“對問”“設論”“辭”“連珠”併入“辭賦”;“誄”“哀”“吊文”“祭文”併入“哀祭”;“碑文”“墓誌”併爲“碑誌”;“箴”“銘”併爲“箴銘”;“頌”“贊”“符命”併爲“頌贊”;實較昭明爲簡當!而别增“傳”與“狀”爲一類,“贈序”、“雜記”昭明所無,以拾其遺;纂古文辭,要爲明其倫類!顧輓近以來,或以昭明總集之眉目而相震驚;又捶桐城已死之虎,尋響捕風,崇蕭《選》而薄姚《纂》,以爲不足與斯文;尚得爲知其類也乎!或者又以《纂》不采《詩》爲姚病,然韵、散殊體,《詩》《書》别經,自古已然,奚獨以爲姚

《纂》病？余昔讀《四庫全書提要》撰録總集，論文論理，發其殊途；而於纂例，闕然未有論列；因泝源《詩》《書》而爲姚《纂》疏通證明，發其大凡於此。

《古文辭類纂》之本子

此《纂》當爲姚氏未及論定之書。而通常習見者三本：一嘉慶季年姚氏門人興縣康紹鏞巡撫粤東得武進李兆洛所藏刊本，而李氏任讎校焉。一道光五年江寧吴啓昌刊本，姚氏弟子管同、梅曾亮、劉欽任讎校焉。康刻據乾隆中葉姚氏主講揚州梅花書院訂本，而吴刻則據姚氏晚年主講鍾山書院所授本，與康刻本互有異同。蓋康刻入方苞、劉大櫆之文；而授吴本無，云"以姚命"增入焉。意者姚氏亦知方、劉之不逮古作者，而阿好鄉人之私，卒有不自克也耶？康刻有圈點，而吴刻祛圈點者，據云："姚氏晚年嫌'圈點近時藝'，未及刊落"，故以授吴而命去之也。然姚氏少子曰雉，藏父晚年訂槀本，字裹行間，圈點狼藉，又與吴刻之無圈點者不同；卒未聞末命刊去。可知姚氏此書畢生論纂，而未以爲愜。康刻固早年手筆，吴刻亦不爲定本矣！昔賢之竺老於學而不倦勤有如是者！迄光緒之世，滁州李承淵好姚氏書，參據康、吴兩刻，而見《史記》、前、後《漢書》《文選》及司馬光《資治通鑒》，宋元以後，康熙以前各家專集舊槧，有關姚氏《纂》録之文者，隨時校勘字句，用朱墨筆注上下方；其圈點則過自雉本，而得之雉鄉人蘭陵逸叟轉録者也。既博考群書，正其句讀，矻矻二十年，勒爲定本，世傳滁州李氏求要堂刊本是也，殆視康、吴兩刻後來居上矣！吴刻之祛圈點，云"本姚意"；然事無佐證；而圈點之於姚《纂》，實有不可祛者。考姚氏《答徐季疋書》稱"圈點啓發人意，愈解説。"及纂此書，圈點評注、釐訂再三。桂林吕璜者，自宜興吴德旋而私淑諸姚氏者也，甞稱吴氏詒以讀姚《纂》之法，曰："《古文辭類纂》啓發後人，全在圈點。有連圈多而題下只一圈、兩圈者；有全無連圈而題下乃三圈者；正須從此領其妙處。末學不解此旨，好貪連圈；而不知文品之高，乃在通篇之古淡,而不必有可圈之句。知此則於文思過半矣!”語見《初月樓古文緒論》。而吴與姚氏同時交好,其言當有所本。今以吴氏之説,籀誦康、李兩刻,而闚其圈點用意之所存,誠有在尋常筆墨蹊徑之外者!知吴氏之言,不盡誣也!輓近以來,徐州徐樹錚尤喜談姚氏之學,加墨此《纂》,且集上元梅曾亮、武昌張裕釗、桐城吴汝綸諸家批點,旁考諸集評識,標於康刻眉間,而折衷以己意,最爲精審!桐城文章老宿馬其昶、姚永概諸人,序而刻焉;所謂諸家評點《古文辭類纂》是也。則又於康、吴、李三刻之外,别成一家矣!

《古文辭類纂》之前因後果

巴陵吴敏樹曰:“今之所稱桐城文派者,始自乾隆間姚郎中姬傳,稱私淑於其鄉先輩望溪方先生之門人劉海峰,又以望溪接續明人歸震川,而爲《古文辭類纂》一書,直以歸、方續八家,劉氏嗣之,其意蓋以古今文章之傳繫之已也。”見王氏《續纂》、吴《與篠岑論文派書》由是學者多歸嚮桐城,號桐城派!猶前世所稱江西詩派者也。參觀王氏《續纂・例略》、曾滌生《歐陽生文集序》輓近或以古典文學少桐城,未爲知桐城也!不知桐城派之起,所以救古典文學之極敝也!自康熙朝,侍郎方苞以古文鳴海内,上接明之歸有光;而有光之所以見重後世者,曾國藩《書歸震川文集後》言之綦詳;謂:“當時頗崇茁軋之習,假齊、梁之雕琢,號爲力追周、秦者,往往而有!熙甫一切棄去,不事塗飾而選言有序,不刻畫而足以昭物情,與古作者合符,而後來者取則焉!”原文見王氏《續纂》今考明自洪武而還,運當開國,其文章多昌明博大之音。永、宣以後,安享太平,多臺閣雍容之作。作者遞興,皆冲融演迤,不事鈎棘;而楊士奇文章特優,一時制誥碑版,出其手者爲多!仁宗雅好歐陽修文;而士奇文得其仿佛,典則穩稱;後來(管)[館]閣著作,沿爲流派,所謂臺閣體是也!廟堂之上,郁郁乎文!弘正之間,茶陵李東陽出入元、明,沿流唐代,擅聲館閣,推一代文宗,而門下士北地李夢陽、信陽何景明異軍突起,乃曰:“文必秦漢,詩必盛唐,非是弗道”,曰:“古文之法亡於韓”,爲文故作艱深,鈎章棘句,至不可句讀;持是以號於天下,而唐、宋之文掃地以盡!既北地、信陽之派轉相摹擬,流弊漸深;論者乃稍稍復理唐、宋之墜緒以相撐拄!蓋宋元以來,文以平正典雅爲宗,其究漸流於庸膚;庸膚之極,不得不變而求奥衍。王、(季)[李]之起,文以沈博偉麗爲宗,其極漸流於虚憍;虚憍之極,不得不返而求平實。一張一弛,兩派迭爲勝負,蓋皆理勢之必然!至嘉靖之際,歷城李攀龍、太倉王世貞踵起,更衍何、李之緒論,謂“文自西京,詩至天寶而下,俱無足觀!”而世貞才尤高,地望尤顯,聲華意氣,籠蓋四海。獨歸氏紹述歐、曾,矯以清真,至詆世貞爲“妄庸巨子”。自明之季,學者知由韓、柳、歐、蘇沿洄以溯秦漢,而不爲鈎章棘句者,歸氏之力也!苞敩歸氏而衍其旨,力崇雅澹而排塗飾,倡義法;謂:“自南宋以來,古文義法不講久矣!吴越間遺老,尤放恣無一雅潔者。古文不可入語録中語,魏、晉、六朝人藻麗俳語,漢賦中板重字法,詩歌中雋語,南、北史佻巧語。”見沈廷芳《方望溪先生傳書後》故曰:“桐城派之起,所以救古典文學之極敝”也!後之所以寖不厭人意而别出陽湖派、湘鄉派者以此,然初之能風靡一世而莫之京者亦以此!其鄉人劉大櫆繼之,遺風遂暢。姚氏嘗受古文法於劉氏,然自以所得爲文,不盡用劉氏法。劉氏爲文學《莊子》,尤喜摹昌黎,而氣不足以舉其辭!其篇法之潔,不如方氏;而意度之春容,又視姚爲遜,論者胥稱三家,而劉氏有蜂腰之譏也!顧當劉氏之世,吾常州堠山錢氏有伯坰字魯思者,嘗親受業劉氏之門,時時誦師説於其友陽湖惲敬、武進張惠言。州部士夫素勝儷語,而張氏辭賦能追司馬相如、揚雄之所爲,撰《七十家賦鈔》,尤藉藉人口;厥後乃多治古文者。於是常州有桐城之學!此則著於陽湖陸祁孫《七家文鈔序》者,可考按也!文見王氏《續纂》然在桐城士夫,方欲螟蛉我常州人而詔之曰:“似我似我。”詎知州濱具區而處,山水明麗;風土所會,綺體爲近;雖有大力者莫之能回!士之學爲文章者,莫不取徑漢、魏、六朝;晚乃效韓愈、歐陽修爲古文,惲敬《張皋文墓誌銘》曰:“少爲辭賦,嘗擬司馬相如、揚雄之言。及壯,爲古文,效韓氏愈、歐陽氏修”,文見王氏《續纂》。其能者,實能屬辭瑰偉,聲情健茂,以視桐城之上承歸氏,“修辭雖極雅潔,然行文不敢用一華麗非常字”者,曾國藩曰:“方溪修辭極雅潔,無一俚語、俚字,然其行文不敢用一華麗非常字。”見薛福成《論文集要・曾文正公論文上》。亦頗足救聲味稀淡之病,學者稍稍好之。於是附庸蔚爲大國,而有陽湖派之目!迨李兆洛起,則尤盛揚其波,纂録《駢體文鈔》以與姚氏此纂作旗鼓之當,而崇漢、魏、六朝爲不祧之祖;至謂“學古人之文,舍是末由!”涇縣包世臣作《李氏傳》,所謂“時論方崇歸、方,薄駢體而揚散行;而先生則謂‘唐宋傳作,無不導源漢、魏;漢、魏之駢體,即唐宋散行之祖’”者也!雖然,李氏自爲文之“澂然而清”,“秩然有序”,則固揆之陸氏序《七家文鈔》所稱“由望溪而上求之震川”,殊途而合轍者。顧王氏《續纂》,取惲敬、張惠言而不收李氏文者;儻謂惲、張之源出桐城,陸氏《序》明著之;而李氏《駢體文鈔》之於姚氏此纂有違指也耶?抑何暖暖姝姝一先生之言而不自廣也!自李鈔駢體,開設户牖,而陽湖古文之學,乃別出於桐城;然其流所衍,比之桐城爲狹!而“桐城派”三字,始於題自姚氏;姚氏以前,罔有也!新安程晉芳、歷城周永年與姚氏驩好,爲之語曰:“天下之文章,其在桐城乎!”見姚氏《劉海峰先生八十壽序》,文載王氏《續纂》。曾國藩《歐陽生文集序》祇稱周書昌語,而近來興化李詳《論桐城派》,以爲程語,斥曾非是。然姚序并稱程、周語,意甚明,曾特遺程耳,不必李之爲是而曾之爲非也。特以姚序爲準,而附辨其説於此。隱若以姚氏承方、劉而相推肩斯文之統。姚氏亦曰:“經學之盛在新安,古文之盛在桐城。”見《吴定金先生榜墓誌銘》。一時之言文章者,翕然歸服焉!然姚氏不敢以自承,其《與王惕甫書》,但自居於宋穆伯長、柳仲塗一流,爲揚徽之首涂,聲聞過情,姚氏若有歉然!徒以乾嘉諸老,姚氏最老壽,從容論説,深造而自有得。其文爲世所稱誦者,詞旨淵雅,夐絶塵表。姚氏既死,而門弟子播天下者,稱述其術,竺好而不厭。上元有管同、梅曾亮、桐城有方東樹、姚瑩,四人者稱高第弟子;而梅曾亮名最高!然梅氏之文,浸淫六朝,見梅氏《管異之文集書後》,載王氏《續纂》意度蕭閑,而辭句矜練,於陽湖諸老爲近,而與姚氏不同。吴敏樹記鈔本《震川文後》曰:“梅先生爲余言,‘歸氏學,自桐城方靈皋氏後姚姬傳氏得之。’梅先生蓋親受學于姚氏，而其爲文之道亦各異。”見王氏《續纂》。顧同時憙宗姚氏者，群尊梅氏爲魁，如孔門之有若焉！姚氏之薪火，於是爲烈！復有朱琦、龍啓瑞、王拯、曾國藩、馮志沂、邵懿辰之徒，相與附麗。於是桐城古文之學大張！諸人者，既一時通儒碩望；而曾氏爲《歐陽生文集序》，復條其流衍；亟推姚氏，至列之《聖哲畫像記》，以爲“粗解文章，由姚先生啓之也！”曾氏於咸、同之際，勛名莫二，又爲文章領袖，其説一出，有違之者懼爲非聖無法；而姚氏之名益尊，昭昭然若揭日月！獨吴敏樹《與書歐陽篠岑》，以曾氏《歐陽生集序》稱引相及，力自剖别，謂：“非素喜姚氏者，時論稱劉、姚之學，習於名而未稽其實；譬之江西詩派，姚氏特吕居仁之比爾！劉氏更無所置。”而心折者在歸、方，謂：“歸氏之文，高者在神境；而稍病虚，聲幾欲下。望溪之文，厚於理，深於法，而或未工於言。然此二家者皆斷然自爲一代之文，而莫能尚焉者也！”原文載王氏《續纂》。顧曾氏則以爲“姚氏突過歸、方，吴氏比之吕居仁，譏評少過！劉氏誠非有過絶輩流之詣，姚氏則深造自得，其文爲世稱誦者，皆義精詞俊，惜少雄直之氣，驅邁之勢！然姚氏固有偏于陰柔之説，又嘗自謝爲才弱矣！而其辨文章之源流，識古書之真僞；論文亦多詣極之語；有古人所未嘗言，姚氏獨抉其微而發其藴者！惟極稱海峰，不免阿私所好；要未可與海峰同類而并薄之也！”見曾氏《復吴南屏》兩書，載王氏《續纂》。斯爲平情之論！然吴氏非素喜姚；而文之意境閑眇，神逸而韵流，乃與姚爲不期之似！王氏《續纂·例略》曰：“南屏沈思孤往，其適於道也，與姚氏無乎不合。”曾氏論文從姚入而不必從姚出；其自爲文以光氣爲主，以音響爲輔；力矯桐城懦緩之失，探源楊、馬，嫥宗退之，奇偶錯綜，而偶多於奇，複字單誼，雜厠相間，厚集其氣，使聲采炳焕而戛焉有聲。此又異軍特起於桐城之外而自樹一派，可名之曰湘鄉派。王氏《續纂·例略》曰：“曾文正公亟許姬傳，然尋其聲貌，略不相襲。以雄直之氣、宏通之識，發爲文章，冠絶古今。”流風所被，桐城而後，罕有抗顔行者！門弟子著籍甚衆，其尤倬倬者，則有武昌張裕釗、桐城吴汝綸、遵義黎庶昌、無錫薛福成，亦如姚氏之四大弟子。薛氏致力事功，未遑殫精學問；而雄直之氣，無忝於師門。黎庶昌《庸菴文編序》曰:"叔耘辭畢醇雅有法度,不規規於桐城論文,而氣息與子固、穎濱爲近。"黎氏入官雖早,然治文字頗劬,其持論大指以爲"桐城宗派之説,流俗相沿以隃百歲,其敝至於淺弱不振,爲有識者所譏!然本朝之文,其體實正自望溪方氏,至姚先生而詞始雅絜,至曾文正公始變化以臻於大。循姚氏之説,屏棄六朝駢麗之習,以求所謂神、理、氣、味、格、律、聲、色者,法愈嚴而體愈尊。循曾氏之説,將盡取儒者之多識、格物、博辨、訓詁,一内諸雄奇萬變之中,以矯桐城末流虚車之飾。其道相資,亡可偏廢。"見黎氏《續古文辭類纂序》於是上賡姚《纂》以闡揚師法而救桐城之敝。此於湘鄉之學,特究閫奥;如桐城之有姚《纂》,陽湖之有李《鈔》矣!張氏於曾門四子才最高;而吴老壽,至清季猶存,屹然海内文伯;而獨心折張氏,以爲:"桐城諸老,氣清體潔,海内所宗;獨雄奇瑰瑋之境尚少!蓋韓公得楊、馬之長,字字造出奇崛。歐陽公變爲平易,而奇崛乃在平易之中,後儒但能平易,不能奇崛,則才氣弱薄,不能復振。此一失也!曾文正公出而矯之,以漢賦之氣運之,而文體一變;故卓然爲一代大家!近時張廉卿又獨得於《史記》之譎怪;蓋文氣雄俊不及曾,而意思之恢詭辭句之廉勁,亦能自成一家。是皆由桐城而推廣以自爲開宗之一祖!所謂有所變而後大者也!"見吴氏《與姚仲實論文書》吴之才雄;而張則以意度勝。二人者,造詣不同,而禰曾則一。桐城已在祧列,而桐城之再盛,要以其縣人馬其昶爲後勁!其昶少小耽文章,嘗請古文義法於吴氏。吴氏則戒作宋元人語,曰:"是宜多讀周、秦、兩漢時古書。"此湘鄉之師法;而非桐城家言也!又言:"今天下宿乎文者,無過張廉卿。子往問焉,吾爲之介。"賦詩一篇,諧莊雜出,謂"得之桐城者宜還之桐城";見馬氏《書張廉卿先生手札後》此特一時謔戲之言,而不必以爲定論!顧馬氏則自以守其邑先正之法,禮之後進,而義無所讓;有《抱潤軒集》。義寧陳三立跋其目曰:"曾、張而後,吴先生之文至矣!然過求壯觀,稍涉矜氣。作者之不逮吴先生,而淡簡天素,或反掩吴先生者以此也!"蓋吴氏閎湘鄉之師法;而馬氏襲桐城之家風,故不同也。侯官林紓特與馬氏友善,又自稱"文章見賞吴氏";見林氏《贈馬通伯序》依桐城之末光,清季之言文章者宗焉!顧其文氣矜爲隆,殆甚吴氏;匪馬氏之體氣閑適,上追姚氏者可比!馬氏妻弟曰姚永概者,姚氏之從孫也,擅其家學,有《慎宜軒文集》;其爲文章,遣言措意,切近的當,而自澹蕩有致,可謂"聿修厥德,無忝爾祖"者!林氏《慎宜軒文集序》曰:"叔節慎宜軒,文氣專而寂,澹宕而有致,不矜奇立異,而言皆衷於名理,是固能禰其祖矣。"此與馬氏皆足以殿桐城之後勁者矣!顧并馬、姚之世,有生桐城之鄉而不爲桐城之文者,陳澹然也!兀傲自多,雅不喜桐城家言,自命能爲太史公,下筆不自休,其至者權奇動宕,恣肆自喜。馬、姚二氏於其文不甚相合,而亦推其能自力也;見陳衍《送陳劍劍潭南歸序》故以附於桐城之末。世之毁譽桐城者,徒爲尚口之争,罕有條貫之紀!獨念桐城者,讓清一代文學之中堅也,不有所述,監觀何從!近儒梁任公先生《清代學術概論》,叙以短論,特用以爲漢學之襯筆,語言而不詳,以其於文學非專治也!余搜纂近代文學史料十余年,差有采獵,而董理未遑,謹纂桐城始末,以補梁氏書之闕,亦文章得失之林也!寧祇以供讀姚《纂》者之參考也哉!

《古文辭類纂》之讀法

讀書之法,貴能觀其會通。而欲觀其會通,必先分部互勘;非然,則以籠統爲會通矣!余前論學江蘇省立第三師範學校,嘗擬姚《纂》之讀法有二:

第一分體分類讀。學文之道,首在辨體。姚氏此《纂》,分十三體,王《續》因之。而其文章之得失,不可不依體爲斷。每體各有一定格律,凛然不可侵犯。寧都魏禧論蘇明允《上田樞密書》,"首句'天之所以與我者豈偶然哉'便已無體!書以道情,開口一句挺然便出議論,直作論耳!書雖文,要與面談相似"見張潮輯《日録論文》此實不易之論。雖老泉復起,不能以自解也!姚氏亦稱"韓退之《伯夷頌》,似太史公論贊,非頌體",而以入論辨類。至曾國藩論文章之美,分陽剛與陰柔;曰:"陽剛者氣勢浩瀚,陰柔者韵味深美,浩瀚者噴薄而出之,深美者吞吐而出之。論辨,詞賦,奏議,哀祭,傳誌,叙記宜噴薄。序跋,詔令,書牘,典誌,雜記宜吞吐。其一類中微有區别者;如哀祭雖宜噴薄,而祭郊社、祖宗則宜吞吐。詔令雖宜吞吐,而檄文則宜噴薄。書牘雖宜吞吐;而論事則宜噴薄。”見《求闕齋日記》亦各有所宜也。此外如曾氏評韓愈《殿中少監馬君墓誌銘》云:“誌墓之文,懼千百年後,谷遷陵改,見者不知誰氏之墓,故刻石以文告之;語氣須是對不知誰何之人説話;此文少乖,似哀誄文序。”見薛福成《論文集要·曾文正公論文上》。須於此等處細意看,乃知一體有一體之格。然言文學而一以體格爲主,似不免太落迹象,拘於形式而忽於内容;必以内容之分類輔之,而加以觀察;則文之表裏精粗無不到,全體大用無不明矣!若論文學之内容,不外三事:一曰記事。二曰説理。三曰表情。試以姚《纂》十三類爲喻:曰:“傳狀”、“碑誌”、“雜記”,文體之適於記事者也。曰:“論辨”、“序跋”、“奏議”、“箴銘”,文體之宜於説理者也。曰:“書説”、“贈序”、“詔令”、“頌贊”、“詞賦”、“哀祭”,文體之用以表情者也。然“傳狀”有繫論贊以昭監戒,“雜記”或出議論以發慨嘆,則“記事”也而説理表情寓焉;“論辨”著陳事由以立斷案,“序跋”次第篇籍以見作意,則“説理”也而記事不廢焉;“奏議”貴乎責難,“贈序”志於勸善,則表情也而説理麗焉。“頌贊”必繫行實,“哀誄”首詳履歷,則表情也而記事先焉。大抵記事欲其實,不欲其夸;説理欲其顯,不欲其奥;抒情欲其真,不欲其飾。記事宜於賦,説理貴用比,表情妙托興。“賦”、“比”、“興”者,《詩》“六義”之三。叙物以言情謂之賦;情盡物也;索物以托情謂之比;情附物也;觸物以起情謂之興;物動情也。賦直而興微,比顯而隱,比之與興,雖同是托外物;但比意雖切而却淺,興意似闊而味長。人知詩之有賦比興;而不知一切文學之不外於賦、比、興。所謂記事宜於賦,説理貴用比,表情妙托興者,特就其大概言之爾!若細論之,則一體文學自有一體文學之賦、比、興。試以姚《纂》所録者爲例:賦者如事直陳,則有如秦始皇《泰山刻文》、班孟堅《封燕然山銘》、韓退之《曹成王碑》、蘇子瞻《表忠觀碑》、晁无咎《新城游北山記》,記事文之出於賦者也;賈生《過秦論》、韓退之《原道原性師説》、柳子厚《封建論》、李習之《行已箴》、張子《西銘》，説理文之出於賦者也；司馬子長《報任安書》、劉子政《極諫外家封事》、韓退之《送董邵南序》、柳子厚《寄京兆許孟容書》《與蕭翰林俛書》，表情文之出於賦者也。比者以彼喻此，則有如韓退之《毛穎傳》、柳子厚《種樹郭橐駝傳》、蘇明允《木假山記》，記事文之出於比者也；韓退之《守戒雜説》、蘇明允《樂論》，説理文之出於比者也；韓退之《應科目時與人書》《送楊少尹序》，表情文之出於比者也。興者托物興辭，則有如韓退之《圬者王承福傳》《藍田縣丞廳壁記》、柳子厚山水諸記，記事文之出於興者也；揚子雲《酒箴》、張夢陽《劍閣銘》、歐陽永叔《集古録自序》，説理文之出於興者也；楊子幼《報孫會宗書》、韓退之《送孟東野序》，表情文之出於興者也。即此可知一體文學有一體之賦、比、興；固不限於記事宜於賦，説理貴用比，抒情妙托興矣！明乎賦、比、興之分類，而後言文學，始造微也。

第二分代分人讀。文章一代有一代之風尚，一人有一人之面目。孟子論誦《詩》讀《書》，必推及於知人論世，然不分代分人看，亦無以知人論世也。讀姚《纂》、王《續》二書，既分類看以明文之因體而殊；尤不可不分代看，以知文之代殊。而一代之中，風尚攸同；然作者性情不能無異，尤必分人看以體認各家面目。朱子云："學文學詩，須看得一家文字熟；向後看他人亦易知。"見《語録》姚氏亦云："凡學詩文，且當就此一家用功良久，盡其能，真有所得，然後舍而之他。不然，未有不失于孟浪者！"見方東樹《昭昧詹言引》曾國藩曰："初學揣摩古人文，惟須先認其貌，後觀其神，久之自能分别蹊徑。"見《日記》斯皆經驗有得之談。而讀一家之文，能先檢讀二十四史本傳以爲知人論世之資，則體認親切而益有味矣！今按姚《纂》、王《續》所録，自晚周以下作者：凡晚周二十六人，曰楚莫敖、子華、趙良、陳軫、蘇秦、蘇代、蘇厲、張儀、淳于髡、范雎、虞卿、樂毅、周訢、孫臣、魯仲連、觸讋、馮忌、蔡澤、中旗、信陵君、魏加、汗明、黄歇、屈原、宋玉、莊辛、景差；凡秦三人，曰秦始皇、李斯、陳餘；凡前漢三十八人，曰漢高帝、漢文帝、漢景帝、漢武帝、漢昭帝、漢宣帝、漢元帝、賈山、賈生、晁錯、鄒陽、枚乘、太史公談、東方曼倩、司馬長卿、董子、淮南王安、淮南小山、嚴安、主父偃、吾丘子贛、司馬子長、路長君、張子高、魏弱翁、趙翁孫、庶子王孫、楊子幼、蕭長倩、賈君房、劉子政、匡稚圭、侯應、谷子雲、耿育、賈讓、揚子雲、劉子駿；凡東漢七人，曰漢光武帝、班孟堅、傅武仲、張平子、崔子玉、王子山、諸葛孔明；凡魏一人，曰王仲宣；凡晉六人，曰張夢陽、張茂先、潘安仁、袁彦伯、劉伯倫、陶淵明；凡宋一人，曰鮑明遠；凡唐四人，曰元次山、韓退之、柳子厚、李習之；凡宋八人，曰歐陽永叔、曾子固、蘇明允、蘇子瞻、蘇子由、王介甫、張子、晁无咎；凡明一人，曰歸熙甫；凡清四十一人，曰方靈皋、劉才甫以上姚《纂》、姚南青、朱梅崖、彭秋士、彭尺木、羅臺山、姚姬傳、魯絜非、吴殿麟、秦小峴、惲子居、王悔生、張皋文、陸祁孫、陳碩士、姚石甫、鄧湘皋、周星叔、吕月滄、劉孟塗、姚春木、毛生甫、吴仲倫、管異之、梅伯言、方植之、張石州、朱伯韓、馮魯川、曾滌笙、吴子序、龍翰臣、彭子穆、王定甫、邵位西、魯通甫、戴存莊、孫子餘、管小異、吴南屏以上王《纂》，都一百三十六家。而桐城派之所自衍者，厥惟四家，曰司馬遷子長、韓愈退之、歐陽修永叔、歸有光熙甫。蓋司馬遷之文所以卓絶千古，自成一家者，徒以叙事之中有唱嘆而已；一推其原，蓋本於《詩三百》，所謂“言之不能盡，而發於咨嗟咏嘆之餘”者是也；《國風》而後，屈原得之；《楚辭》而後，太史公得之。香草美人，靈均借以抒幽憤；《刺客》《滑稽》，史遷假以發牢騷；其所以抒發者不同，而所抒發之者則一。《太史公自序》稱：“屈原放逐，著《離騷》。《詩三百》，大抵賢聖發憤之所爲作。此人皆意有所鬱結，不得通其意。故述往事、思來者。於是卒述陶唐以來，至於麟止。”然則太史百三十篇，其文則《史記》也；其情則《詩》《騷》也。以其情出於《詩》《騷》，故有唱嘆；因有唱嘆，故有不盡之意；因有不盡之意，故有神韵。後世得此神韵而發之於卓犖爲傑者，韓愈也。其次才力稍遜，而蓄之以紆徐之妍者，歐陽修、歸有光也。世稱唐宋八家，韓、柳弁首；而後學所宗，端在韓愈。然按愈《答尉遲生書》稱：“所謂文者，行峻而言厲，心醇而氣和，昭晰者無疑，優游者有餘。”《書》載姚《纂》其自爲文，安雅而奇崛。厥後李翺習之敦其安雅，庶幾“優游者有餘”“心醇而氣和”者乎！皇甫湜似其奇崛,儻云"昭晰者無疑""行峻而言厲"者乎!是皇甫湜、李翺皆有韓愈之一體。其衍李翺之"優游"一體者,至則爲歐陽修永叔之神逸;不至則爲曾鞏子固、蘇轍子由之清謹。其衍皇甫湜之"奇崛"一派者,至則爲王安石介甫之峻奥,不至則爲蘇洵明允、蘇軾子瞻之奔放。而歐陽修深遠矣!興化劉熙載曰:"太史公,韓得其雄,歐得其逸。雄者善用直捷,故發端便見出奇。逸者善用紆徐,故引端乃覘入妙。"又曰:"歐陽公文,幾於史公之潔;而幽情雅韵,得騷人之指趣爲多。""屈子《卜居》、史記《伯夷傳》,妙在於所不疑事,參以活筆。歐文往往似此。"見《文概》魏禧曰:"歐文之妙:只是説而不説,説而又説,是以極吞吐往復參差離合之致。史遷加以超忽不羈,故其文特雄。"見張潮輯《日録論文》此歐陽修之出司馬遷可徵者也。方苞曰:"震川之文,發於親舊及人微而語無忌者,蓋多近古之文。至事關天屬,其尤善者,不事修飾,而情辭并得,使覽者惻然有隱,其氣韵蓋得之子長;故能取法歐、曾而少更其形貌耳!"見方氏《書震川文集後》姚鼐亦言:"歸震川之文,於不要緊之題,説不要緊之話,却自風神疏淡,是於太史公深有會處。"此歸有光之出司馬遷可徵者也。昔賢論江西詩派一祖三宗,祖者杜甫,三宗者,黄庭堅、陳師道、陳與義也。儻以桐城派爲衡,曰韓愈、歐陽修、歸有光,庶幾桐城之"三宗"也。所謂"一祖"者,惟司馬遷足當其人耳!

第三分學讀。或者謂:"姚氏此《纂》文章雖美,聊無裨於學術"者,不知文章學術,本是兩事。文章貴美,學術崇真;文章之美在情韵;而學術之真在智識;即不學,奚損於文章之美!况國人之"文以載道",昔賢早垂明訓;文章之事,亦未必絶無當於學。姑擬分學讀一法以廣其意。謂予不信,請陳其目:

(甲)通論

太史公談《論六家要指》、歐陽永叔《唐書·藝文志序》、曾滌生《聖哲畫像記》、曾滌生《致劉孟容書》、劉才甫《息争》。

(乙)道家文學

歸熙甫《張雄字説》論《老》之"知雄守雌"、梅伯言《韓非論》論非之

"不善用老"、姚姬傳《莊子章義序》、梅伯言《書莊子後》、柳子厚《辨列子》、柳子厚《辨文子》、柳子厚《辨鶡冠子》、梅伯言《淮南子書後》、姚姬傳《揚雄(大元)[太玄]目録序》、吴仲倫《書抱朴子後》,以上道家諸子考論。

屈原《遠游》、司馬長卿《大人賦》、張平子《思玄賦》、吴南屏《新修吕仙亭記》,以上道家之游仙文學。

劉伯伶《酒德頌》、陶淵明《歸去來辭》、蘇子瞻《前赤壁賦》、蘇子瞻《後赤壁賦》、蘇子瞻《方山子傳》、蘇子瞻《超然臺記》、蘇子由《武昌九曲亭記》、歸熙甫《筠溪翁傳》、歸熙甫《畏壘亭記》、劉才甫《樵髯傳》以上逍遥遊生活、潘安仁《秋興賦》、潘安仁《笙賦》、蘇子瞻《游桓山記》以上及時行樂、楊子雲《解嘲》、張茂先《鷦鷯賦》以上知足不辱,以上道家之人生哲學。

(丙) 儒家文學

王介甫《讀孔子世家》、韓退之《送王秀才塤序》説孔、莊、孟荀之淵源、歐陽永叔《鄭荀改名序》辨荀、老之異、韓退之《讀荀子》、曾子固《新序目録序》、方植之《書言後》、姚姬傳《儀鄭堂記》論漢學、姚姬傳《贈錢獻之序》論漢以後儒學之變遷、曾滌生《送唐先生南歸序》論漢以後儒學之變遷、曾子固《徐幹中論目録序》、吴南屏《書文中子説後》、朱梅崖《道南講授序》論宋五子、吴殿麟《重建紫陽書院記》論朱學、彭尺木《南畇先生遺書序》論朱之可通於王、曾滌生《書學案小識後》論陸、王、顔、李之蔽、姚姬傳《復蔣松如書》論漢、宋之得失、鄧湘皋《船山遺書序》論漢、宋之會通、曾滌生《朱慎甫遺書序》論清代漢學之末流、曾滌生《復賀耦耕中丞書》論清儒學風之極敝,以上歷代儒學考論。

董仲舒《對賢良策三篇》、劉子政《條灾異封事》、劉子政《上星孛奏》以上論天人相與之際、韓退之《原性》、李習之《復性書》、王介甫《原過》、張子《西銘》、曾滌生《答劉孟蓉書》論學以復性、曾滌生《送劉淑雲南歸序》論盡性踐形、曾滌生《復陳虎臣書》論主静,以上論盡性、崔子玉《座右銘》、韓退之《游言行好惡知名五箴》、李習之《行巴箴》、王悔生《座右箴》、曾滌生《立志居敬主静謹言有恒五箴》、朱伯韓《名實説》以上論修身、惲子居《先賢仲子立石文》論春秋君父之義、歐陽永叔《太常博士周君墓表》孝、王介甫《臨川王君墓誌銘》孝、歸熙甫《歸氏二孝子傳》、劉才甫《胡孝子傳》、朱梅崖《蘭陔愛日圖記》孝、姚姬傳《蕭孝子祠堂碑文》、姚姬傳《贈文林郎鎮安縣知縣婺源黄君墓誌銘》孝、朱伯韓《北堂侍膳圖記》孝、梅伯言《艾方來家傳》、曾滌生《誥封光禄大夫曾府君墓誌銘》孝、曾滌生《台州墓表》孝、吴南屏《許孝子傳》、管異之《孝史序》、韓退之《諱辨》、韓退之《復讎議》、柳子厚《駁復讎議》、王介甫《復讎解》、蘇明允《族譜引》論親親之原於孝、梅伯言《家譜約書》、彭子穆《讀蔡仲之命》論周公之處兄弟、姚姬傳《亡弟君俞權厝銘》弟、吴南屏《亡弟雲松事狀》弟、姚姬傳《翰林院庶吉士侍君權厝銘》義夫，以上倫理觀念、龍翰臣《宋伯姬論》、宋玉《神女賦》、宋玉《登徒子好色賦》兩賦描寫女子之“發乎情，止乎禮義”，皆儒家倫理也、曾子固《列女傳目録序》、匡稚圭《戒妃匹勸經學疏》、歐陽永叔《瀧岡阡表》、歐陽永叔《南陽縣君謝氏墓誌銘》、王介甫《曾公夫人萬年太君王氏墓誌銘》、王介甫《仙居縣太君魏氏墓誌銘》、歸熙甫《魏節婦傳》、歸熙甫《王烈婦傳》、歸熙甫《魏節婦傳》、歸熙甫《先妣事略》、方靈皋《二貞婦傳》、方靈皋《書孝婦魏氏詩後》、朱梅崖《黄貞女傳》、彭尺木《曾孝女傳》、姚姬傳《張貞女傳》、姚姬傳《記蕭山汪氏兩節婦事》、姚姬傳《旌表貞節大姊六十壽序》、吴殿麟《王節母傳》、張皋文《先妣事略》、姚石甫《來孝女傳》、鄧湘皋《黄虎痴繼室陳氏墓誌銘》、梅伯言《鮑母謝孺人家傳》、梅伯言《朱儒人墓誌銘》、梅伯言《倪孺人墓誌銘》、梅伯言《書楊氏婢》、曾滌生《歐陽氏姑婦節孝家傳》、陳岱雲《妻易安人墓誌銘》、曾滌生《丁烈婦墓表》以上倫理婦女觀念，以上儒家之人生哲學。

曾子固《宜黄縣學記》、曾子固《筠州縣學記》、王介甫《慈溪縣學記》、曾滌生《江寧府學記》、曾滌生《送吕介存南游序》以上論古代教學之法、梅伯言《書〈後漢書〉後》、梅伯言《書復社人姓氏後》以上論教學之敝、韓退之《進學解》、曾子固《墨池記》、吴子序《城南書舍圖序》以上論自學之法，以上儒家之教學法。

韓退之《處州孔子廟碑》、歐陽永叔《襄州穀城縣夫子廟碑記》、蘇子由《東軒記》論顏子之樂、曾子固《徐孺子祠堂記》、韓退之《施先生墓誌銘》、歐陽永叔《胡先生墓表》、歐陽永叔《徂徠石先生墓誌銘》、歐陽永叔《孫明復先生墓誌銘》、歐陽永叔《連處士墓表》、王介甫《王深甫墓誌銘》、姚姬傳《朱竹君先生傳》、羅臺山《鄧先生墓表》、張皋文《祭金先生文》、惲子居《張皋文墓誌銘》、鄧湘皋《例授修職郎歲貢生候選訓導鄒君墓誌銘》、梅伯言《户部郎中湯君墓誌銘》、梅伯言《國子監學正劉君墓表》、曾滌生《羅忠節公神道碑銘》、曾滌生《仁和邵君墓誌銘》、曾滌生《唐確慎公墓誌銘》、曾滌生《苗先麓墓誌銘》、曾滌生《翰林院侍讀學士丁君墓誌銘》、曾滌生《翰林院庶吉士遵義府學教授莫君墓表》、曾滌生《鄧湘皋先生墓表》、曾滌生《祭湯海秋文》,以上儒家之學者人格。

（丁）墨家文學

柳子厚《辨晏子春秋》、管異之《讀晏子春秋》。

（戊）法家文學

蘇子瞻《韓非論》排道法、李斯《論督責書》、蘇子瞻《論始皇扶蘇》論秦法治之敝、蕭長倩《入粟贖罪議》。

（己）兵家文學

姚姬傳《讀司馬法六韜》、姚姬傳《讀孫子》、蘇明允《孫武》,以上兵家考論。晁錯《言兵事書》、晁錯《論守邊備塞書》、晁錯《論募民徙塞下書》、趙翁孫《屯田奏》、蘇明允《論項籍》、蘇明允《論御將》、蘇子瞻《練軍實》、蘇子瞻《論勇敢》、蘇子瞻《論戰守》、蘇子瞻《策斷中》《策斷》下,以上兵家權謀論。

（庚）農家文學

晁錯《論貴粟疏》、賈生《論積貯疏》,以上古農家言。賈讓《治河議》、曾子固《襄州宜城縣長渠記》、曾子固《序越州鑒湖圖》,以上水利。韓退之《潮州祭神文》、曾子固《越州趙公救灾記》,以上荒政。柳子厚《種樹郭槖駝傳》、歸熙甫《歸府君墓誌銘》、歸熙甫《守耕説》、曾滌生《大界墓表》,以上農家生活。

（辛）縱横家文學

柳子厚《辨鬼谷子》、劉子政《戰國策序》、曾子固《戰國策目録序》，以上縱横家考論。蘇季子《説燕文侯》、蘇季子《説趙肅侯》、蘇季子《説韓昭侯》、蘇季子《説魏襄王》、蘇季子《説齊宣王》、蘇子《説齊閔王》、蘇代《約燕昭王》以上言縱、范雎《説秦昭王》、張儀《説魏哀王》、張儀《説楚懷王》、張儀《説韓襄王》、黄歇《説秦昭王》以上言横，以上縱横之策。

此文之涉于諸子九流者也。其涉於小學者則有：曾滌生《鈔朱子小學書後》、曾滌生《復李眉生書》論古文家用字之法、曾滌生《與朱仲我書》論轉注。

其涉於經説者則有：劉子駿《移讓太常博士書》西漢今、古文之争、蘇明允《易論》、張皋文《丁小疋〈鄭氏易注〉後序》、姚姬傳《復休寧程南書》論《易》之圖書，以上《易》、蘇明允《書論》、王介甫《書義序》、姚姬傳《辨〈逸周書〉》以上《書》、蘇明允《詩論》、王介甫《詩義序》、梅伯言《書毛鄭異同考》以上《詩》、王介甫《周禮義序》、姚南青《復某公書》論《周禮》非劉歆僞竄、韓退之《讀儀禮》、曾滌生《書儀禮釋官後》、劉子駿《毁廟議》、韓退之《禮袷議》、蘇子瞻《圜丘合祭六議札子》、姚姬傳《復孔撝約論禘祭書》、韓退之《改葬服議》、吴殿麟《答金理函書》論殤服、曾滌生《復劉霞仙中丞書》、曾滌生《孫芝房侍講芻論序》以上論《禮》、蘇明允《樂論》、歸熙甫《二石説》以上論《樂》、司馬子長《十二諸侯年表序》序《春秋》《左傳》傳授之源流、姚姬傳《左傳補注序》、管異之《讀三傳》、龍翰臣《春秋王不稱天辨》、龍翰臣《君氏卒》、龍翰臣《及晉處父盟》、龍翰臣《逆婦姜於齊》、龍翰臣《君弑賊不討不書葬》、龍翰臣《論外臣書歸書入例》以上論《春秋》、柳子厚《論語辨》、曾滌生《孟子要略序跋》以上論《論》《孟》。

其涉於論史者則有：

姚姬傳《書〈貨殖傳〉後》、惲子居《讀〈貨殖列傳〉》、惲子居《讀〈張耳陳餘列傳〉》、毛生甫《練伯穎〈後漢書公卿表〉序》、梅伯言《十經齋文表序》論《後漢書》儒林、文苑分傳。惲子居《書〈三國志〉後》、魯通甫《正統論》、周星叔《書蘇文忠〈正統論〉後》、周星叔《再書〈正統論〉後》、蘇明允《族譜後録》、曾滌生《衡陽彭氏譜序》以上論史例、史意附族譜、惲子居《三代因革論》、蘇明允《申法》、蘇明允《田制》、蘇子由《元祐會計録序》、蘇子由《會計録民賦序》以上歷代經制因革、韓退之《對禹問》、蘇子由《商論》、柳子厚《封建論》、蘇子瞻《論周平王》、司馬子長《六國表序》、蘇明允《論六國》、蘇子由《六國論》、周星叔《趙孝成王論》、蘇子瞻《戰國任俠》、賈生《過秦論》、蘇子瞻《始皇論》、魯通甫《秦論》、嚴安《言世務書》論周秦之得失、司馬子長《秦楚之際月表序》、惲子居《西楚都彭城論》、蘇子由《漢文帝論》、賈生《陳政事疏》、賈生《論封建子弟疏》、司馬子長《漢興以來諸侯年序表》、司馬子長《高祖功臣侯年表序》、班孟堅《漢諸侯王表序》、東方曼倩《答客難》論士處勢之異古今、蘇子由《三國論》、周星叔《書蘇文定隋論後》、蘇子由《唐論》、歐陽永叔《五代職方考序》、王介甫《上仁宗皇帝言事書》、蘇子瞻《上皇帝書》以上論歷代事勢推遷。

其涉於論文者,則有:

姚姬傳《復魯絜非書》論文之陰陽、曾滌生《送周荇農南歸序》論文之奇偶、梅伯言《書管異之文集後》論文之駢散、曾滌生《湖南文徵序》論文有情理之分、曾滌生《經史百家簡編序》論章句、校讎、評點三學。以上通論、韓退之《答李翊書》、韓退之《答劉正夫書》、韓退之《答尉遲生書》、韓退之《與馮宿論文書》、蘇明允《仲兄文甫説》、朱梅崖《又答李礌玉書》、梅伯言《舒伯魯集序》、梅伯言《答朱丹木書》、梅伯言《答吴子序書》、管異之《方植之文集序》、曾滌生《復陳右銘太守書》以上論學古文之法、韓退之《南陽樊紹述墓誌銘》、韓退之《貞曜先生墓誌銘》、李習之《祭韓侍郎文》、歐陽永叔《梅聖俞墓誌銘》、蘇明允《上歐陽内韓書》、蘇子瞻《祭歐陽文忠公文》、王介甫《祭歐陽文忠公文》以上論唐宋文學家、曾滌生《書歸震川文集後》、吴南屏《歸震川文别鈔序》、吴南屏《記鈔本震川文後》、姚鼐《劉海峰先生八十壽序》、王梅生《祭海峰先生文》、陸祁孫《七家文鈔序》、曾滌生《歐陽文集序》、吴南屏《與篠岑論文派書》、曾滌生《復吴南屏書》、邵位西《贈陳藝叔序》以上論桐城文。

由吾之法,可知姚、王纂輯之文,亦未必無當於學也,"文以載道",古人自是如此。而今之學者,又或詬病;欺逝者之不作,肆筆舌以自豪?何稗文章,徒長澆薄!嗚呼!余欲無言!

余蚤承家學，服誦蕭《選》，導以韓、柳，自以爲壯彩烈詞，風骨無慙於古；而揆之桐城義法，則或少乖！然性情之所偏至，不爲意也！獨於姚氏此《纂》，雖病其規模少隘，然竊以爲有典有則，總集之類此者鮮！鑽研不厭，而不欲輕附時賢，作應聲之罵。昔孔文舉論盛孝章云："今之少年喜謗前輩，或能譏評孝章。孝章要爲有天下大名，九牧之人所共稱嘆。"吾於姚氏亦云！

桐城文派論

梁　堃撰

商務印書館民國二十九年(一九三〇)九月初版發行,列入王雲五主編之“國學小叢書”。著者梁堃,生平不詳。據錢基博弟子馬厚文《從錢子泉先生受業記》(一九八七)一文記載,梁堃亦爲錢基博門人之一。梁堃逝後,“同學請將其筆記請先生作函介紹至商務印書館,作爲國學小叢書出版,名爲《桐城文派論》”。此説雖爲孤證,難以證實,然近年來已有數位學者據此而將此書作者視爲錢基博。

此書共十六條目。在桐城派之源流、發展上,實則以朝代爲序,梳理了桐城派之前文章發展演變小史,又大致梳理了桐城派各家之師承關係,至姚鼐而桐城派聲勢始大;并勾勒了姚鼐之後桐城派正脈與支脈各自發展及消歇脈絡。至於桐城派古文之風格,著者認爲最大特色爲主“雅”——“雅者,正也。正必不佻、不淺、不麗、不板、不雋、不巧、不俳、不邪、不碎、不便、不俗、不熟、不放、不異,而有合于古”,而其用語禁忌亦依“雅”而立:忌小説體(嫌佻)、語録語(嫌淺)、六朝體(嫌麗)、漢賦語(嫌板)、詩詞語(嫌雋)、南北史語(嫌巧)、翰林體(嫌俳)、二氏語(嫌邪)、注疏體(嫌碎)、尺牘氣(嫌便)、時文體(嫌俗)、公文語(嫌熟)、論策氣(嫌放)、新名詞(嫌異)。不過,該派具體風格分爲前、後二期,各有其風格趨向及弊病。故最後由於社會環境、思想文化的變化與西方語法、名詞等傳入,文章日益需要高效、及時、通俗,桐城派衰敗走向必然。綜覽此書,篇幅較爲短小,用語極爲凝練,要言不煩,切中肯綮,不乏精湛之見。惟最後將桐城派之衰落多歸咎爲外部環境影響,較之姜書閣所著之《桐城文派評述》,缺少内因之探討。

目　録

一　桐城文派之源流

文體有二:曰散文,曰韵文。而我國尚有介於散文、韻文間之駢文,爲世界各國所無。然惟其體介於散文、韻文間,故其産生亦在散文、韻文發展成熟後。我國散文始於《書經》,韻文始於《詩經》,《書》中最古且可靠之作推《盤庚》,在殷中葉,《詩》中最古且可靠之作推《豳風》,在殷末葉。夫《書》本官書,其文必雅,時遷音變,而語異文殊,至東周則古之俗言已爲雅言,古之雅言已爲無人能言之廢言。其言既廢,其代言之文亦廢。今名之曰古文,此乃與雅言相對之古文,非與唐時文相對之古文也。

東周爲我國學術變遷之一關鍵,大氐平王前學術全在官府,平王後學術漸轉私家,平王前散文盡於《書經》,平王後散文作者甚多,皆用常時雅言,與《書》之古文絶異。顧與《詩》之語法相類,此中消息,不難知之。

東周紀事散文,辭之醇厚嚴正如《國語》,雄逸變化如《左傳》,峭厲廉悍如《國策》,風格各異。論理散文,辭之醇厚嚴正如《荀子》,雄逸變化如《莊》《孟》,峭厲廉悍如《商》《韓》,亦風格各異。

秦以法治天下,文章無述,漢易秦轍,學術復振。其紀事散文,醇厚嚴正出自《國語》者有《漢書》,雄逸變化出自《左傳》者有《史記》,而峭厲廉悍出自《國策》者獨無。其論理散文,醇厚嚴正出自《荀子》者有劉向、匡衡、董仲舒,雄逸變化出自《莊》《孟》者有賈誼,峭厲廉悍出自《韓》《商》者有晁錯。漢代散文,可謂大觀。

新莽時尚模古。莽《大誥》既擬《書》;而莽大夫揚雄通小學,博群籍,又專用故事,雜俳偶以擬騷賦,而與屈、宋、相如諸人之文異采。《書》之古文、漢之《方言》以擬經而與晁、賈、劉、匡、董諸人之文異。雄乃繼《書經》古文之絶緒,開八代駢儷之靡風者。自雄以降,散文日趨偶整,好用古字、古事,遂成駢文。既而沈約昌言聲病,徐、庾嗣風駢文,遂造極端。然駢文宜寫景、言情,不宜論理、紀事,與韻文同。而八代作者,却盡出以駢體,因之論理、紀事不明,而惟靡於辭藻也。

唐承八代餘習，以駢儷取士，其弊益張。韓愈奮然思革其體，乃取雄逸變化紀事文之《左傳》《史記》，與論理文之《孟子》《莊子》，而間取揚雄之古文與辭賦以爲文，復於古，名曰古文，與時文相對。然昌黎文體，一紆折明暢，是出自東周、兩漢之雅言者，柳宗元和之，李翺、張籍、李漢輩傳之；一崛奇奥澀，是出自《書經》、揚雄之古文者，樊紹述和之，皇甫湜、孫樵、劉蛻輩傳之。

宋初承唐五代餘習，駢儷猶盛，古文未明。顧尚有傳韓氏學者，柳開、穆修爲紆折明暢之體，宋祁、劉幾爲崛奇奥澀之體。及歐陽修出，始排除駢儷，革斥奥澀，專沿紆折明暢一脈，着意虛字，得《左》《史》《莊》《孟》之神理，而造奇逸澹宕之格，於是文風大變。門下士曾鞏、王安石、蘇洵、蘇軾、蘇轍繼其志，而所擅文體、所造風格各異。曾長於序記，體參班、劉，格最醇雅，近儒者之文；王長於誌傳，專擬韓公，格最廉悍，近法吏之文；三蘇之體相似，而東坡爲魁，長於策論，體參莊、賈，格最暢達，近策士之文。曾、王、蘇三體者，以蘇氏爲最流行，士子有"蘇文熟，吃羊肉；蘇文生，吃菜羹"語。蓋北宋自中葉後，以論策取士，蘇體便於士子也。金元文人猶多沿其體，而曾、王二脈鬱而不明，南宋時僅朱子嗜曾文而已。

南宋既文宗蘇氏，又學崇程、朱，故末流文體破壞，或失之粗疏繁淺。二氏言心性語，夾帶文中，不以爲嫌。至於明代，厥弊未泯，前、後七子思革之，倡"文必秦漢"説，體類取昌黎，辭法用秦漢，誓不讀宋以後書。以爲古文，實則不過沿昌黎崛奇奥澀之格，而上溯秦漢耳，而句剽字擬，貌爲《史》《漢》諸子，遂致聱牙刺目。

與七子時相後先而極力反抗之者，有王遵巖、唐荆川、歸震川，皆沿歐公所傳紆折明暢一脈，而取曾氏之醇雅。王氏初學秦漢，繼主歐、曾，所重尤在曾。唐氏初學歐、蘇，繼亦主歐、曾，終不脱蘇氣。歸氏始終尊奉歐、曾，所重尤在歐，更由歐上溯得《史記》文法。然王、唐二氏，晚年遁入道學，歸氏勢孤，此流終伏而未明。蓋七子後公安、竟陵，又皆宗蘇氏之暢達，無主曾氏之醇雅者。

清初錢謙益沿明季餘習，爲時所景仰。桐城方苞獨厭其穢惡，乃由歸氏上溯，辭如歐、曾，法究《左》《史》，其文氣静重博厚，其格雅潔，始以義法倡，天下翕然宗之。弟子籍桐城、寧化者最多，而以桐城劉大櫆、寧化雷鋐、吴江沈彤、天津王又樸爲最高。然雷氏偏於道學，其弟子有瑞金羅有高、寧化陰承方，陰之弟子有寧化伊秉綬。沈氏偏於經學，其弟子有青浦王昶、王又樸，則偏於義法。獨劉氏辭如歐、蘇，參以六代，法由八家，間以《史》《左》，其文氣敷麗變化，其格奇宕，始以品藻倡，雖與方氏異，實爲其正傳也。

劉氏教於歙縣最久，弟子籍歙縣、桐城者最多。而以桐城姚鼐、王灼、歙縣吴定、程晉芳爲最高。吴氏偏於經學，有弟子歙縣鮑桂星；程氏偏於詩歌，有弟子湘鄉謝振定；王氏文雖甚精，然偏於音節，以文法授其友人陽湖張惠言，别爲陽湖派。獨姚氏學綜方、劉，由曾、王入歐、《史》，其氣紆徐卓犖，其格雅潔，爲其正傳。選《古文辭類纂》，分别體類，以義法示後進，弟子滿海内，桐城派於是始大。

姚氏教於江寧最久，弟子籍桐城、江寧者最多。而以上元梅曾亮、管同、桐城方東樹、姚瑩、劉開、婁縣姚椿、新城陳用光爲最高。然方東樹偏於道學，有弟子桐城方宗誠、戴鈞衡、蘇惇元；姚瑩偏於經濟，有弟子武進卜起元、合肥徐子苓；劉開偏於駢體，若陳用光、姚椿，亦皆具體姬傳，而才力嫌弱。用光有弟子壽陽祁寯[藻]。椿有弟子平湖顧廣譽、吴江沈曰富、陳壽熊；曰富及壽熊有弟子吴江柳以蕃、秀水陶模。獨梅氏文精潔，管氏文廉雅，爲其正傳。梅氏由荆公入永叔，其文柔；管氏由荆公入昌黎，其文則。管氏早死，無傳者。梅氏講義法於京師，及門之衆逾於姬傳，而文法日精，文體日狹，有失儉淺者矣。

梅氏門下籍廣西、江西、湖南者多，其魁儁有馬平王拯、臨桂朱琦、龍啓瑞，皆廣西人，困於制藝；新城陳學受、陳㝢、南豐吴嘉賓，皆江西人，困於道學；武陵楊彝珍、善化孫鼎臣，皆湖南人，分力駢賦；金匱張岳駿、無錫秦緗業，皆江蘇人，囿於才淺；仁和邵懿辰、瑞安孫衣言，皆浙江人，好談事功。諸人之文，皆不相上下，無特出者。會洪、楊變亂，諸人或死或逃，不能深究文業。獨湘鄉曾國藩，師倭文端而通道學，交劉傳瑩而通經學，友梅曾亮而得方、姚之義法，以上溯荆公、昌黎之峭厲，子固、孟堅之醇雅，参以八代，廣以先秦，不棄子雲之古文，兼采海峰之文論，是真能貫通古今文，綜合漢、宋學理而爲文章者也，其文格宏肆崛奥，雄奇瑰瑋，不囿於有宋一代。平生好攬人才，門下濟濟，古文之體，於焉開廓，謂爲桐城派復興也可，謂爲古文體復興也可。惜曾氏半生，束於軍政，其文所造之境，未能如其所志之境也。

曾氏門下以武昌張裕釗、桐城吴汝綸、遵義黎庶昌、無錫薛福成爲最高。黎薛頻駐使外洋，好談經略，其文染公牘、策論氣，張、吴排之，鮮傳其學者。張、吴久立教燕、冀，提倡文風，大傳義法，及門逵千人。張文精悍，力求雄奇瑰瑋之境；吴文遒肆，專模宏肆奥崛之境；皆採擷八代儷辭，排斥宋元人語。張氏功深，吴氏學富，而互爲砥礪，互爲通介，學者多兼事之。

張、吴二氏弟子籍直隸者最多，張氏弟子以欒成孫葆田、南通張謇爲魁，孫文樸實有理，張文彬雅有法。吴氏弟子以冀州趙衡、南宫李剛己爲魁，趙文不違程序，李文宏壯遒雅，然皆不若兼師二氏者。若武强賀濤、通州范當世、新城王樹枏、桐城馬其昶、姚永樸、姚永概六人之功力純深。賀文生創古練，范文澹宕古雅，王文醇正古厚，其學得於張、吴二氏者爲深；馬文深婉質潔，永樸文馴雅精潔，永概文平暢通潔，其學得於其鄉先正姬傳正脈者爲深。顧六人之成就，又不若張、吴二氏矣。

吴氏官冀州時，先後延賀濤、王樹枏、范當世、主講蓮池學院，傳授極盛，而能名家者絶寡。辛亥後，桐城吴闓生者，汝綸之子，曾師事賀、范及姚永概，游學日本，欲繼父師之業，存古文正脈於幽微，以義法教讀燕都，其徒從多不能終業而去。其終業者，有若秣陵吴兆璜、武强賀培新，所作尚存古雅餘風。至闓侯曾克耑輩，則餖飣八代之辭，文非文、賦非賦，直走入魔道矣。又有杭縣鍾廣生者，曾師事王樹枏，其文樸厚淵懿，甚合義法，雖無弟子，尚不媿作家也。

陽湖派原出自桐城，亦名常州派。後人或謂應分派之，或謂不應分派之，實則分而派之固可，不分而派之亦可。若專就淵源論，固不得謂陽湖派非桐城派之别子，蓋姚鼐綜合方望溪、劉海峰兩家之學，所傳可謂桐城正宗，而王灼及陽湖錢魯斯皆受學劉海峰，所傳誠海峰家法也，陽湖張惠言、惲敬友王氏、錢氏，而師其所得之海峰家法，以傳授友朋子弟。張文淵雅，惲文廉悍。惲氏弟子有謝士元，其流不大；張氏以文法授其友陸繼輅，其弟張琦、其甥董士錫、弟子陽湖楊紹文、富陽周凱、歙縣金式玉等，陸繼輅與其侄耀遹相切劘，耀遹有弟子陽湖董祐誠，董士錫以文法授其友吴江吴育。而陽湖李兆洛私淑姚鼐，上交阮元，又以文與董士錫、吴育及宜興吴德旋相切劘，其文取達意，不任鍛鍊。弟子甚多，陽湖蔣彤、武進湯成烈、江陽夏煒如、懷寧鄧傳密爲最高，陽湖文派於是始大，惜皆未能成家。

姚鼐爲桐城正宗，張惠言爲陽湖始祖，宜興吴德旋兼事之。初友惠言，從之學文，而得其法；繼師鼐，又得其法，故其爲文主法，所作清曲澹雅。弟子有永福吕璜、婺源程德賚、鄞縣郭傳璞爲最高。吕氏文淳厚遒鍊，晚歸鄉里，倡導後進，粤西古文學實璜開之。璜之弟子平南彭昱堯、唐啓華，後至京師，又從梅曾亮學，惜享壽不永，此派亦桐城别支也。桐城嫡傳往往排斥之，陽湖及此派，洪、楊亂後皆絶。

二　桐城派與陽湖派之異

桐城、陽湖二派一源，特其作者之地域異、資性異、學術異，其文隨之異，其派亦隨之而異也。桐城屬皖，在大江之北，地多山，民性謹厚，專於學而好保守；陽湖屬蘇，在大江之南，地多水，民性高宏，富於才而好變化。惜抱生於桐城，茗柯生於陽湖，既各授生徒，因之成派。大氏陽湖作者多泛濫於百家、二氏并醫卜、曆算、律地等雜術，桐城作者只專攻六經、三史并《孟》《莊》《荀》《韓》而已。陽湖作者多研西漢今文家經説，桐城作者多溺於兩宋程朱性理；陽湖作者多兼精駢文、辭賦、小詞、詩歌，而甚重視駢文，有藝術眼光；桐城作者只專攻古文，間兼詩歌，而排斥駢文，無藝術眼光。陽湖首領張氏、惲氏，文之題材絶無壽序、時文序；桐城作者則不嫌，頻頻爲之。陽湖作者爲文，由唐之昌黎以上入手，上溯下沿（沿）；桐城作者爲文，多由宋永叔以下王、曾、歸、方入手而上溯。陽湖派文多博雅，桐城派文多簡雅；陽湖派不盡受義法之拘束，桐城派鮮不受義法之拘束者；陽湖作者對於時文漠然，桐城作者往往即時文名家；陽湖派重海峰而輕望溪，桐城則崇望溪而貶海峰。二派之異，總述如此。

三　論桐城派興起之故

清初古文家商邱侯方域、寧都魏叔子、長洲汪堯峰、慈谿姜宸英、武進邵長衡，皆一時文宗，何以方苞獨崛爾興起？有清一代，便皆籠罩於其所傳之桐城派下乎？曰明末文體庬雜，此其反動也。蓋昌黎爲六朝之反動，永叔爲西崑之反動，七子爲蘇文之反動，公安、竟陵爲七子之反動，幾社爲公安、竟陵之反動，而方氏又爲公安、竟陵、幾社者流之反動。物極必反，理所當然。或病蕪蔓，或病堆垛，世人皆厭之。方氏一反而爲和雅醇潔，如昏夜燈光，人争附之，曰由時文習古，此體爲最便也。蓋方氏本以古文爲時文，其時文辭取歐、曾，義尊朱子，其古文亦爾。所異者，古文格局疏散、體類多；時文格局排隘、體類一而已；其風格醇潔和雅又同也。況乾隆元年，欽定《四書文》，即方氏所選，乾隆爲標主旨曰："清真雅正"，世人矜奉，以爲楷式。不習時文則已，習時文必由方氏蹊徑，由方氏而解散其格局使之疏，縱筆其體類使之多，自易事耳，焉得不爲之？曰文網森嚴，不敢矜才氣、放議論而爲古文，以此體爲便也。蓋康雍乾間，累興文字獄，如莊廷瓏案、戴名世案、查嗣庭案、吕留良案、謝濟世案、胡中藻案，皆甚酷烈，文士不但不敢論政，即爲記事論理之文，亦必藏才，斂氣吞舌，依古辭簡之又簡意，慎之又慎，冀能不干網禁，如是而爲文，最易趨於方氏和雅醇潔之途矣。曰方氏首提出"義法"，便於學習也。蓋歷代文家論文，皆限於文章原理及流别，無能提出具體之修辭方法，學者只知仿效古人，而未知如何仿效,其學成甚遲。方氏首先發明具體之修辭方法,使學者有軌轍可循,易於有成,而以"義法"二字爲口號,既鮮明又新穎,趨訊而學之者是以衆也。

四　義法

方望溪始精究《左傳》《史記》之義法,以授生徒,其生徒轉靳之,義法遂成秘傳。然望溪義法,匪由獨創,實與其兄方百川、其友大興王或菴共同研究,由歸有光圈點《史記》一書觸悟而得之。百川早卒,王氏有評點《左氏傳》、方氏有《左氏義法舉要》。王氏集中有與友人論史書,方氏集中有書《史》《漢》《五代》諸篇後,皆究義法者也。原義法本自《春秋》,而左氏、司馬氏、班氏書沿(沿)之,所得有淺深,獨《史記》爲最明,後之精文者亦稍具焉。宋蘇老泉作《史論》三篇,始抉明《春秋》《史記》《漢書》之潛法隱義。有本傳晦之,他傳發之,爲與善隱而彰,於傳詳之,於論贊復明之;爲懲惡直而寬及賤夷狄,簡而明,防僭僞微而切四例。明歸震川因之,專抉《史記》義法;清之王、方二氏因之,更深探《左傳》《史記》《漢書》,下逮八家文之義法。王氏卒後,方氏舉"義法"二字爲口號,繼是秘説"義法"者紛紛矣。竊觀方氏"義法",蓋有分言、合言二意。分言則義謂實義,謂宜義法、謂修辭法,非有實義,則成虚文;而非合宜義,又入邪道。故文必有義,義即《易》之"言有物";非有修辭法,則條理茫然,端緒雜淆,故文必有法,法即《易》之"言有序"。合言則義法即正當之修辭法也。然則實義云何?人世之道理事績、情緒景物,皆謂實義;然則宜義云何?古聖賢之正理,及有關於古聖賢正理之事績、情緒、景物,皆謂宜義。必古聖賢之正理及有關於古聖賢正理之事績、情緒、景物,其文始可作;非古聖賢之正理及無關於古聖賢正理之事績、情緒、景物,雖合實義,亦不苟作也。然則修辭法云何?方氏所抉明之修辭法,非若近世修辭學之周密具足,不過開闔、詳略、虚實、順逆、斷續、包括貫穿、連類、對照、伏應、隱顯、追補、插帶等篇法章法,而於字法、句法,尚未甚詳也。

五　品藻

方望溪論文標"義法",然其所謂"義",限於古聖義理;所謂"法",限於篇法、章法。劉海峰繼之,論文則古聖義理外,益以書卷、經濟,爲文之實;篇法、章法外,益以字法、句法,爲文之法。故海峰不以望溪義法爲止,而另倡"品藻"之説以補足之,謂"文無品藻,便不成文",蓋"品藻"猶風格,如渾浩、頓挫、跌宕、高大、華奇、疏遠、簡瘦等皆是。而雄、逸二品爲最貴,歐公逸而未雄,韓公雄而未逸,兼而過之者,惟太史公也。"品藻"有神上事、氣上事、體上事、色上事、聲上事、味上事,而以神、氣、聲三事居要。所謂神氣、音節者,望溪所忽略,海峰乃最重之。音節即文聲,究聲當求之字句,一句之成,或多一字,或少一字;一字之用,或以平聲,或以仄聲;同一仄字,或用上去,或獨用入;同一平,或用陰平,或用陽平;斟酌成文,庶音節調便而低昂往復,則雄逸、疏遠等品藻現矣。色即辭藻,究色亦當求之字句,字句雄則文色雄,字句逸則文色逸,字句疏則文色疏,字句遠則文色遠。推之其他,其字句然,其色之品藻亦無不然也。究體當求之文類,體即文之體類。海峰《唐宋八家古文選》,始分文體爲八:曰議論、曰奏疏、曰書、曰序、曰碑志、曰記、曰祭文、曰雜文。一類有一類相宜之"品藻",其體類不同,其相宜之"品藻"亦不同也。究味當求之文理,味者、理之餘,醖釀文之中,隱現文之外。精於文者,必能使之醖釀而隱現,故其理雄味自雄,理逸味自逸,理高味自高,理大味自大,其理異其味之品藻亦異矣。究神與氣,又當求之音節。文者,以神爲主,以氣爲輔,神乃氣之精,氣乃神之用。神托於氣,氣盛則神活,氣萎則神薾;氣隨神轉,神渾則氣灝,神遠則氣逸。然必㳂(沿)字句,始見音節,㳂(沿)音節,始見神氣也。字句高重,音節自高重;音節高重,神氣自高重;字句卑弱,音節自卑弱,音節卑弱,神氣自卑弱。神氣之本,仍係字句,蓋字句之反正長短、辭調之疾徐輕重間,文氣出焉。文氣之至精妙處,文神現焉。惟是音節,限於實字,而神氣又恃諸虚詞,虛詞謂語助及咏嘆字,若用虛詞,則神氣易出,不用虛詞,則神氣潛隱。善用虛詞,則神氣畢現;不善用虛詞,神未現而氣反累。然音節涵氣之功大,傳神之功小;虛詞傳神之功大,而涵氣之功小。故文之虛詞過多,則氣枝蔓軟弱;又必戒也。

六　論所以爲文者八

姚姬傳綜方、劉二家説,修整而發明之曰:“所以爲文者八:神、理、氣、味,文之精也;格、律、聲、色,文之粗也。苟舍其粗,則精者胡以寓焉?”蓋方氏倡義與法,劉氏蓋以神、氣、體、色、聲、味,姚氏并合之,義不曰:“義”而曰:“理”,法不曰:“法”而曰:“律”,體不曰:“體”而曰:“格”,以爲神、理、氣、味、格、律、聲、色也。格、律、聲、色,皆文之外相;神、理、氣、味,皆文之内相。内相存諸實意,外象托於文辭,文辭之絶要者合格,其次合律,其次合聲,其次合色;實意之最貴者有神,其次有理,其次有氣,其次有味。又必外相先合,内相始顯,故以類次之也。姚氏於内相對“氣”字頗有發明,於外相對“格”字頗有發明。自黄宗羲《縮齋文集序》,始創爲文有陰氣、陽氣之論,姬傳《復魯絜非書》承之,發明其旨,而爲“陽氣剛、陰氣柔,惟聖人統而弗偏,歐、曾則偏於陰柔之美”之説,後人紛紛傳道不已,至曾文正公《古文四象》,因而推之,“陽有太陽、少陽,陰有太陰、少陰。四者氣勢爲太陽,趣味爲少陽,識度爲太陰,情韵爲少陰。而氣勢又分噴薄之勢、跌宕之勢,趣味又分詼諧之趣、閑適之趣,識度又分閎闊之度、含蓄之度,情韵又分沈雄之韵、悽惻之韵八者。”曾公弟子張廉卿更擴充之,以二十字分配陰陽,即神、氣、勢、骨、機、理、意、識、脈、聲,皆屬於陽;味、韵、格、態、情、法、詞、界、色,皆屬於陰。若是而論文,却似通不通,似解不解,無異《叨鬼歌》《藥性賦》矣。自劉海峰《唐宋八家文選》,分古文爲八類,姬傳《古文詞類纂》承之,詳貫古今官書、私著之文體,而爲論辨、爲序跋、爲奏議、爲書説、爲贈序、爲詔令、爲傳狀、爲碑志、爲雜記、爲箴銘、爲頌贊、爲哀祭、爲辭賦十三類,文體之别愈明。曾文正公《經史百家雜鈔》因而推之，合爲十一類，總歸三門：一曰著述門，中有論著類，原論、辨解、議説等體屬之；有詞賦類，賦、辭、七、頌贊、箴銘、歌、符命、設論等體屬之；有序跋類，引序、題跋、讀、傳、注、箋疏、説解等體屬之。二曰告語門，中有詔令類，誥、詔、諭令、教、檄、璽書、策命等體屬之；有奏議類，書、疏、議、奏、表、牋、札子、封事、彈章、對策等體屬之；有書牘類，書啓、牘、簡、帖、移、刀筆等體屬之；有哀祭類，祭、吊、哀誄、祝願、告祭、招魂等體屬之。三曰記載門，中有傳誌類，墓表、行狀、家傳、事略、年譜、墓誌銘、神道碑等體屬之；有叙記類，《平淮西碑》之體屬之；有典志類，《趙公救菑記》之體屬之；有雜記類，記宫室、記山水、記器物、記瑣事之體屬之。後之論古文體類者，無能外是矣。姚、曾二公論文，皆以充氣、辨體爲最要；而曾公又以何體類最宜何辭氣分配論之。大氐"陽剛者氣勢浩汗，陰柔者韵味深美；浩汗者噴薄而出之，深美者吞吐而出之。論著、辭賦、奏議、哀祭、傳誌、叙記宜噴薄，序跋、詔令、書牘、典志、雜記宜吞吐。噴薄者得陽剛之美，吞吐者得陰柔之美。其一類中有微異者，如哀祭類之祭郊社、祖宗者則宜吞吐，詔令類之檄文者則宜噴薄，書牘類之論事者則宜噴薄。此外各類，皆可以是意推之"。究其所以然，恐未必也。

七　禁忌

桐城古文之風格主雅。雅者，正也。正必不佻、不淺、不麗、不板、不雋、不巧、不俳、不邪、不碎、不便、不俗、不熟、不放、不異，而有合於古。故桐城古文，嚴忌小説體，嫌佻也；忌語録語，嫌淺也；忌六朝體，嫌麗也；忌漢賦語，嫌板也；忌詩詞語，嫌雋也；忌南北史語，嫌巧也；忌翰林體，嫌俳也；忌二氏語，嫌邪也；忌注疏體，嫌碎也；忌尺牘氣，嫌便也；忌時文體，嫌俗也；忌公文語，嫌熟也；忌策論氣，嫌放也；忌新名詞，嫌異也。凡此諸忌，桐城派作家皆言之甚詳，亦消極之修辭也。

八　論桐城派與宋學

宋學範圍,大氐有三:其究於理爲談心説性,居敬主静,格物致知;其解於經爲集傳、集注,取舍前賢,會心由己;其崇於事爲忠臣孝子,節婦貞女,篤守倫常,歷元明至清,其學已成。殘山剩水,無一人足爲大家,無一人能究新義。上焉者不過於程朱、陸王窠臼中翻觔斗,或專主一家,或融通二派,叨其所究之理,信其所解之經,奉其所崇之事。下焉者其道理未嘗盡究,其經解未嘗盡通,惟誦程朱傳注,而持身正直,爲一好好先生,提倡風教而已。然自明永樂,詔經義、廢古注疏,用《四書五經大全》,以程朱爲正學。至清乾隆,又詔遵奉御纂四經、欽定三禮,皆守宋儒之義者也。學者童幼諷習,白首不忘,於是好好先生偏天下矣。桐城派古文家悉是所謂好好先生,故其提倡風教,遵守程朱,排擊漢學家不遺餘力;而其所謂宋學,亦止倫常、風教、程朱傳注耳。苟有詆程朱者,必獲陰禍,嗣息不立。方苞固曾爲其友人李剛主説之如此,迷信程朱,可謂至極,安有資格與論真宋學? 雖然姚姬傳固嘗言學問之事有三:"義理""詞章""考據",而義理爲之主。其徒述之,則桐城派之依傍宋學如何? 又可知矣。

九　論桐城派與漢學

方、劉當康雍之世,漢學未大盛,與古文家尚無牴牾。及夫乾隆,姚氏與漢學大師戴氏、錢氏同時出,漢學勢力籠蓋全學術界,傳授既廣,流弊難免。而桐城古文學之勢力與傳授亞之,與之爭雄壇坫,於是古文家排漢學破碎,漢學家詆古文家浮枵;古文家詈漢學家之古文不諳義法,漢學家譏古文家之古文巧架虚聲;兩家交相水火矣。而古文家既不廢漢學,漢學家亦不廢古文。古文家有其所謂之漢學,漢學家有其所謂之古文,雖然,漢學家所謂之古文,錢潛研《與友人書》中可覘其略;若古文家所謂之漢學,究何物耶? 夫漢學之最主要部分,曰考證、曰小學。漢學之考證,於古籍一字之差,必繁徵博引,累數十證例而不能休;一事之異,必旁搜廣稽,至萬千百言以爲確核;是古文家所痛詬者。姬傳高足陳用光《復賓之書》曰:"吾師之所謂考證,豈世之所謂考證乎?用光嘗因吾師之説,而推以合乎宋儒格物致知之學。吾師嘗語用光云:太史公《周本紀贊》所謂'周公葬我畢,畢在鎬東南杜中',此史公之考證也。其氣何其高古!何嘗如今人繁稱博引,剌剌不休,令人望而生厭乎?史公此等境詣,吾師文中時時有之。"可笑哉,桐城派之所謂考證,以宋儒格物致知爲考證,以考而不證爲考證也。漢學之小學,必於字形之古今、義之本段、音之元變,與夫造字之理,皆通原到委,條分縷析,切究而深論之,又是古文家所痛詬者。曾文正公《覆鄧寅階書》曰:"《文選》縱不能全讀,亦以多讀爲妙。蓋京都、田獵、江海諸賦,雖難於成誦,而造字、形聲、訓詁之學,即亦不待他求。"可笑哉,桐城派之所謂小學,不過昌黎之略識字工夫耳。而桐城派古文家反對漢學最烈者,首推方東樹,至著《漢學商兑》一書,舉漢學家之説,一一駁之,蓋承其師之意也。

十　桐城派古文與八股

清以八股取士,士髫齡即攻之,冀獲一第,而國家定額有限,考官嗜好又因人異,士成名往往須三十後,甚至青衿白首,其少年精力消磨於八股殆盡。清代古文之不能上并唐宋者,八股厄之也。或已成名,始得解散八股體格,徇桐城義法之捷徑,專爲古文,此其下焉者。或試不第,憤棄八股,冀并古文家,垂不朽名,於是究桐城義法作古文,及已名家,復以古文法爲八股,此其中焉者。或幼即篤嗜古文,屏絶八股,迨文精法熟,克自介立,遂束古文法爲八股,此其上焉者。古文作家與八股關係如此。雖然,古文與八股,有同有異;論義説理,同守程朱;造句搆辭,同規曾、王;布局程序,同符文法;此其同也。古文論理、説義遵程、朱,亦閑用雜學;八股不得稍違程朱,則古文較八股爲泛。古文造句構辭規王、曾,亦得上下今古;八股惟雅正清通,不可别加辭藻,則古文較八股爲放。古文命意貴含蓄,八股貴豁朗,則古文較八股爲深厚;古文字數隨意,八股限以七百,則古文較八股爲自由;古文體類十有三,八股只一,則古文較八股爲多;古文格局謹嚴,八股拘定,則古文較八股爲疏;古文内容兼備天地間事理、情景,八股範於經義,則古文較八股爲廣;此其異也。又古文淵源古遠,八股乃注疏之流,猶古文論説中釋經訓之一體;古文自我作文,八股代聖立言;古文貴單行,忌八股之排比;八股貴排比,忌古文之單行。二者純然異事也。

桐城義法,倡自方氏。方氏幼即棄八股,專古文,由紀事體之《左傳》《史記》二書,究其義法,昭告後進。然爲餬口謀館計,乃不得不以其所得之古文法爲八股,非始爲八股後以其法爲古文也。乃有詆諆"桐城古文即八股文,義法即八股法"者,其於古文淺、於八股昧而信口亂道,可笑之極。夫詩、文、詞、曲、賦、駢、八股,法本相通,古文言之頻頻,桐城派所言"義法",非桐城一派之私法,實即修辭之通法。古人或不知而未嘗離,或知之而未嘗言,是法也,不特用之古文,又用之八股,又用之詩歌,惟或不善用而拘泥之,則方、姚者流不任其咎也。試取西人修辭學與桐城義法對觀,可知桐城義法,乃不完密之修辭學,非荒謬不通斷應棄置者。吾人正宜整理之、修正之、觸發之,俾完成中國修辭學。奈何以其法可通用於詩、文、詞、曲、賦、駢、八股,便醜詆之、棄置之耶?

十一　題材

桐城派古文家立場於宋學,以闡明聖道、提倡風教爲己責,而其文之題材,以論辨體、傳誌體、書説體、序言體、雜記體爲主。論辨體中有闢佛老者、有闢漢學者、有闢陸王者、有釋經訓者、有論藝文者、有論事者、有論人者;傳誌體中有忠臣者、有孝子者、有烈女者、有節婦者、有奇人者、有名人者、有親戚者、有師友者;其書説體中,可云無應酬之箋啓、干謁之書説,而盡屬如論辨題材者;其序言體中,有諷厲人之贈序者、有祝頌人之壽序者、有評述書之書序者;

而書序内有序古書者、有序詩古文者、有序時文者;其雜記體中,有學記者、有游記者、有事記者。顧論辨體中,又以論古人釋經、訓論、藝文三者爲多;傳誌體中,以忠、孝、節、烈四者爲其所亟力顯揚;序言體中,以壽序、時文序爲其不願爲而反多爲之者;雜記體中,學記爲其所着意爲者。然今日就其題材而論其品價:誌傳體中紀忠臣、名人、奇人、師友者,可爲歷史材料;序言體中之序古書者,可有助於辨僞工作;其序詩古文者,并論辨體中之論藝文者,可有助於作中國文學史、文學概論及修辭學者之采輯。桐城文學價值止此,而其所謂闡明聖道、提倡風教之作反不與也。至於桐城之末,若吴闓生、鍾廣生諸集中,則壽序、墓誌銘二體居多,其爲品價更可知矣。

十二　論桐城派古文家所好之書

古文家遠祖韓昌黎,首言"非三代兩漢之書不敢觀",而其所好觀者,諸經外不過《左》《史》《莊》《騷》、揚、馬文而已。蓋懼讀他書,則能累其文,雜而不古也。袁子才《荅友人論文書》,發明其理最當。昌黎以下,柳、李、歐、蘇輩俱法其説,不敢出兩漢下。至明茅坤之流,乃增以八家文。桐城派始祖方苞,出其所好之書,爲三《傳》《語》《策》《史》《漢》《三國》《五代》《管》《荀》《莊》《騷》、八家文,然其得力,尤在《左》《史》。姚鼐蓋因之,又好《資治通鑒》。管同繼鼐,而特好《公羊》《國策》《賈子》《史記》。梅曾亮繼鼐,而先攻《史》《漢》、先秦諸子。劉開繼鼐,而好《左》《國》《公》《穀》《莊》《騷》《荀》《揚》《老》《列》《管》《孫》《韓非》《吕氏》《淮南》《靈樞》《素問》《山海經》《洪範傳》《史》《漢》、八家文,孟塗文參海峰法,故其泛濫如此,然亦不敢讀六代書也。曾文正所最好者,《史》《漢》《莊子》《韓文》《文選》《説文》《通鑒》七種,則蓋以六代之《文選》,漢學之《説文》,資治之《通鑒》,大與衆不侔。吴汝綸繼之,又益以《古文辭類纂》《十八家詩鈔》爲九種。張裕釗獨篤嗜《左》《莊子》者。退之、介甫之文,即各家所好之書,可推知各家文所造之境地也。

十三　論桐城派古文家之工夫

桐城派古文家之工夫有三：曰根本工夫，曰求法工夫，曰作文工夫。根本工夫，專攻是已，古文家雅不欲兼爲詩、詞、駢、賦及其他雜學，蓋精者不兩能。才氣雖高，多事雜學，則終皆無所成就；才氣雖短，鍥而不舍，則古文定可名家。夫詩、詞、駢、賦，其難也若古文，不盡全力爲之，必不能工；盡全力爲之，則古文亦不能工。故姜、張不能兼歐、曾，歐、曾不能兼李、杜，李、杜不能兼徐、庾，徐、庾不能兼揚、馬也。方望溪承其父仲舒氏之庭訓，信其友查慎行之勸語，終身不攻詩，每告後學以爲戒，勿徒奪日力也。劉海峰才氣高奇，仕不得志，獨喜爲詩，然未嘗兼爲詞、駢等也。姚惜抱初兼攻詩、詞、駢、賦，及聆其友王西莊之言，悟師祖方望溪不攻詩之故，乃一切屏去不爲，而專攻古文，亦每告後學以爲戒，勿徒奪日力也。惜抱弟子陳碩士作《銀藤花館詞序》，嚴申其禁。再傳弟子沈曰富，《題柳子屏詞稿》，重申其訓。桐城派古文家鮮不遵從專攻之説者，與雜流古文家之詩、詞、駢、賦，無不能異矣。求法工夫，謂求作文方法之工夫也。是工夫又有二：好學深思，心知其意一也。桐城古文家每述太史公此語，以爲傳授口訣。所謂深思，是精究其文之大義，不深思則不能得大義，法隨義生，因大義又可精究其文之妙法。不知其意，焉知其法？此方望溪用純理智所得義法之學也。望溪後王介山、方植之、姚石甫、吴汝綸、薛福成者流，蓋於此深思求法之功爲多。熟讀求聲，因聲求氣二也。熟讀爲文，乃桐城古文家秘訣，不肯輕以告人者。《論文偶記》曰："行文，多寡、短長、抑揚、高下無一定之律，有一定之妙，可意會而不可言傳。學者求神氣而得之於音節，求音節而得之於字句，則思過半矣。其要讀古人文時，便設此身代古人説話，一吞一吐，皆由彼而不由我。爛熟後，我之神氣即古人神氣，古人之音節都在我喉吻間，合我喉吻便是古人神氣音節，久之自然鏗鏘發金石"；此劉海峰以純直覺所得神韵之學也。海峰後，姚惜抱、梅伯言、曾文正、張廉卿、賀松坡者流，蓋於此熟讀求法之功爲多。作文工夫,謂作文時所用之工夫也。是工夫亦有二:而行文之法不與,慎審着筆一也。桐城古文,其意思紆折,情味澹遠,看似從心道出者,不知其皆亟才盡力嘔心血始成;其筆法清醒,詞句明當,看似隨手揮成者,不知其皆慎之又慎,幾費琢磨纔行落墨。一題到手,必其情境自生,而後始構思。搆思或至數日,成文或待數月,雖人所求請,理宜速成,然亦不輕易爲之。蓋不苟作,費經營,是方氏家法,桐城作者無不墨守之。改削不已二也。審慎落墨,是稿未成前工夫;改削不已,是稿已成後工夫。稿雖已成,猶不輕易出手,必痛事删塗,自家删塗,猶以爲未足,又郵致師友,乞事删塗不稍惜,直至無病始止。出手後,雜流文人,千譏百笑,亦不稍顧意及之。若望溪之於南山、姬傳之於澹泉、伯言之於異之、摯甫之於廉卿諸作家,雖所作爲其删塗凈盡,而不一愠者也。雜流文人,安能及之?

十四　風格

桐城派文之風格,須分期論之。自方氏至梅曾亮之徒爲第一期,自曾公至吴闓生之徒爲第二期。大氐第一期風格,非醇雅即雋逸,或眇遠,偏於陰柔之美,得於曾氏、歐公、劉向、《史記》者爲多,其命意尚含蓄而斥盡露,其布局尚謹嚴而斥粗疏,其用字尚明雅而斥俗近,其造句尚簡潔而斥繁冗。第二期風格,非高厚即雄肆,或勁健,偏於陽剛之美,得於王氏、韓公、揚雄、班《書》者爲多,其命意尚噴薄而少含蓄,其布局尚宏闊而少謹嚴,其用字尚確切而欠明雅,其造句尚古雅而欠簡潔。至於鏗鏘可誦,蓋自劉海峰至吴闓生無不然也。

十五　文弊

桐城文弊,亦須分二期論之。自方氏至梅伯言之徒爲第一期,自曾氏至吴闓生之徒爲第二期。第一期文弊多,第二期文弊寡。

第一期文弊曰空洞。彼時古文家皆無大根抵,求其博通古今,精究物理,概屬未能,則論事説故,焉得深洽?况方、姚家法,論辨第舉大旨,不求矜作,而論辨文嫌空洞,紀述只取大節,刊落枝次,而紀述文嫌空洞。不善學者,遂不免内容愈爲空洞。曰沿襲。夫學文必以模古入手,不善變化,易成沿襲。望溪以《左》《史》義法倡,而結體近王、曾,其氣息究不能越八家範圍外,在望溪已是沿襲,後人由望溪上推八家,擬其間架,模其辭格。一篇既成,必人評云似韓、似歐、似曾、似王、似歸、似方始悦,更是沿襲。不善學者,乃至亦步亦趨。若章學誠所譏撰志之名士,愈嫌格辭沿襲。曰拘囚。方姚爲文,力求嚴潔,不肯作長篇大句浩汗洋汪之文。後人承之,愈趨拘囚,不敢横肆,上萬言書痛陳利弊者無也,紀名臣豪傑神景逼現者無也,能把握大題目侃侃而談者又無也。桐城派集中,皆中篇、短篇,平事、平理,其篇幅氣魄,俱嫌拘囚。曰柔弱。方、姚爲文,屏柳、蘇之奇雄,得歐、曾之雅澹,有神有味,尚耐人尋思效之者。若才短學薄,不能得雅澹,流而爲杭世駿所謂"遵之者弱其氣息",嫌柔弱矣。曰狹隘。文之風格已多,豪放、雄渾、藻麗、奇怪、崛奥、剽悍、亦各可存,安容放斥?而方、姚惟取嚴雅澹潔以爲準,其徒又各得其一嚴、一雅、一澹、一潔以爲擅,文境愈嫌狹隘。曰累瑣。夫文本叙一人,忽稱名,忽舉字,忽呼號,忽而截其名之一字,忽而其字之一字,忽而截其號之一字,忽曰某公,忽曰某君,忽曰某子,稱謂不一,使人茫亂,是文之大弊也。雖《左傳》"韓之戰",有吕飴甥瑕、吕飴甥陰、飴甥、吕甥、子金之先例,究屬古人無意爲文,未諳修辭處,不當援效。桐城文家,往往因調諧音節,而一文之中,一人稱謂,參互錯用。若劉大櫆文,自稱"大櫆"、"櫆"、"劉櫆";陳學受文,自稱"學受"、"受"、"陳受",豈不謬乎?而所作他人文,或舉其名,或書其字,或稱公,或稱子,豈不愈謬乎?是嫌於累瑣之一例也。至於第二期文弊,曰字古僻。蓋姚氏始倡合"義理、考證以爲辭章"説,然力未能行。曾氏乃真能合宋學、漢學、古文三事爲一,其文用字確切,造句古雅,多取材《説文》、漢賦、班《書》、諸子。張、吴二氏承之,吴氏并訓人爲文勿作宋元語,至賀氏范氏之流,間傷古僻,有聱牙、刺目之病矣。曰語靡麗。蓋曾公始取《昭明文選》與《駢體文抄》而熟讀之，沿李兆洛寓駢於散説，爲文力求宏博瑰瑋，然曾氏實未到此境地。張氏、吴氏承之，吴氏并評點《百三名家集》。不善學者，遂望聲吠影，夾雜八代華藻無用之筆法，有如曾克耑之流者矣。曰辭泛雜。蓋曾公鑒方、劉、姚、梅拘囚狹隘，始救以宏廓噴薄，誠爲得之。張、吴二氏承其教，張文堪稱淵雅，吴文則意務雄奇，而辭存枝葉。效之者，泛雜無用之辭彌增多矣。若夫不能説深奥微妙之理，達精隱屑秘之情，則古文之通弊，又不得獨責桐城一派也。

十六　桐城派衰歇之故

或言桐城古文衰歇之故。曰古文護符之儒學，已不足維係人心；曰清季無大天才作家；曰末流腐淺，僅能墨守成規；曰言文趨一致，白話文學興起。竊謂所論第一條，雖是而未搔着癢處；第二條非是，若吴摯甫、張廉卿、賀松濤等，不得謂非大天才作家；第三條亦非，吴、張、賀等，正能深折變化，安得謂腐淺墨守？第四條更非，試問古文衰歇後，言文始趨一致乎？抑言文趨一致，古文始衰歇乎？故可概曰非是。然則若何而可？一言以蔽之，西洋文化輸入，中國文化衰退，此誠桐城派古文消滅之故矣。析言之，則廢科舉、立學校，一也。我國歷代以文治國，不論軍事、政治、法律、財賦、教育諸人才，悉取自文章之士，故人争研究文章。而清人研究文章，自不得不附桐城派，桐城派以盛；及光緒庚子停科舉，立學校，其後凡軍、政、法、財、教諸人才，漸皆取自專科，不必工文，專攻文章者漸寡，古文辭之道漸衰矣。舊器物棄置，新器物繁增，二也。雅片戰後，海禁大開，西洋器物如潮湧入，新奇皆中國所未有，若時計、火柴、輪船、鐵路、鋼筆、毛呢、電報諸般日常生活用品，以之敘入古文，則失雅潔，而格不古，有時又必不能避免，則古文文體敗矣。舊學術衰歇，新學術流行，三也。清代文人，儒學而外，雖道氏、釋氏猶在排斥；自同治丁丑，始派生徒留學英、法以來，各攜其所學以歸，於是聲光電化、政經法哲、藝術論理等，逐漸傳播，皆原爲我國所無,以此學而爲古文,亦不可得若桐城古文之簡雅矣。翻譯大盛,四也,自嚴復以桐城古文譯《天演論》《原富》等書,甚難流行。就譯書之意旨而言,已爲失敗。其後之譯書者,無不力求保持原意,力求辭語易解。夫求保持原意,則往往存其原文語法,或造作新名詞;求辭語易解,則往往參以近俗之言。於是國文中融有和文名辭、西文語法、新造名詞而文不古,參以近俗之言而文不古,古文文體遂壞而不復矣。新聞雜誌流行,五也。清初文禁甚嚴,桐城文派應時以生;清末解禁王韜、梁(起)[啓]超之流先後主辦新聞,以介紹西學、論議政俗。夫新聞撰稿時,必求其速就,則不遑修飾;刊出後必求其流行,則使詞易解;又議政論俗,輝皇煽惑,古今中外之情勢境況皆湧現其筆端,良非桐城古文家之所能,能之又非桐城古文家矣。此真桐城古文派衰歇之故也。

語體文作法

高語罕 撰

黄華社民國二十二年(一九三三)三月出版發行。高語罕(一八八八—一九四八),原名高超,筆名淮陰釣叟、釣叟、素心、程仁始、王靈皋等,安徽壽縣人。早年就讀於鳳陽經世學堂。一九〇五年,考入安慶陸軍測繪學堂。後留學日本,就讀於早稻田大學。一九〇七年,回國,從事秘密反清活動,一九〇八年,參加馬炮營起義。不久,協助韓衍創辦《安徽白話報》。一九一一年,辛亥革命後,任安徽青年軍秘書長,結識陳獨秀。一九一二年,改名高語罕。一九一四年底赴上海,以賣文爲生,曾在《神州日報》《民立報》《民呼報》《民時報》上發表文章。一九一五年,積極參加陳獨秀等發起的新文化運動,爲《青年雜誌》(《新青年》)主要撰稿人之一。後與人創辦學生自治會、工讀學校、平民夜校、商業夜校等,編《白話書信》教材并授課,以宣傳新文化。其間,與蔣光慈、李克農、錢杏邨等發起成立“安社”,并編輯出版《自由之花》。其後又主持或創辦《蕪湖學生會旬刊》、《蕪湖》半月刊、《民國日報》、《平民日報》等。與陳獨秀、李大釗等人交往密切,曾加入早期中國共産黨并積極從事相關活動。一九二七年八月,參加南昌起義,任革命委員會秘書。“八七會議”後,赴上海,參加阿英、蔣光慈、李克農等人組成的“春野支部”,并曾經代表中共中央指導“太陽社”文藝工作,思想逐漸傾向托洛茨基主義。一九二九年十一月,被中國共産黨開除黨籍。同年十二月十五日,高語罕和陳獨秀等八十一人發表《我們的政治意見書》。後至北平,任教於北京大學。一九三二年,陳獨秀被捕後,逃亡至香港。一九三七年“八一三事變”後,陳獨秀獲釋出獄,高由香港赴南京,與陳獨秀聯繫,後一直以陳獨秀代言人身份宣傳抗日,并隨陳獨秀赴武漢、重慶,遷四川江津等地。一九四二年三月底,陳獨秀因受他人挑唆而與之絶交。同年五月二十七日,陳獨秀病逝,爲其料理後事。一九四三年後,移居重慶,以賣文爲生,發表大量舊體詩作,《新民報》爲之曾辟“語罕近詩”專欄。一九四五年,撰回憶録《九死一生》,於《新民報》晚刊連載。一九四六年春,隨《新民報》遷往南京,時貧病交加,生活清苦。一九四八年春,病逝於南京。其著作和譯作頗多,主要有《國文作法》《文章及其作法》《語體文作法》(《作文與人生》)《中學作文法》等,譯有《辯證法經典》(馬克思等著,高語罕編譯)《康得的辯證法》(戴博林著,譯者筆名“程始仁”)等。

此書與著者另一書《作文與人生》書名雖異,經核檢,兩者目録與正文完全一致,故兩書實爲一書。《作文與人生》一書據稱乃由亞東圖書館(上海)一九二八年發行,然筆者所寓目者民國二十九年(一九四〇)出版之書,其出版信息作“中華民國二十五年九月出版,中華民國二十九年七月六版”,出版頁後有作者簡短自序,曰:“本書是舊作,但它的内容却依然是活潑潑的,因爲它不但注意到死板板的作文的公式,并且注意到作文與實際的社會生活的聯繫。它不但是一般青年的作文的指導,并且是他們的日常生活的指導,故名之曰《作文與人生》! 一九三六年九月四日。著者。”其後即爲目録、正文。這段自序令人頗爲費解,在於“舊作”二字難解,從著者落款及序文最後一句來看,似乎是一九三六年出版時始名之爲《作文與人生》,則其“舊作”二字可能指先前出版時爲其他書名,即《語體文作法》(出版於一九三三年);然則,若其“舊作”二字僅是指曾經出版過此書,出版時書名即爲《作文與人生》,或即所謂一九二八年亞東圖書館版,故此時再版其出版信息只説“出版”,而未直言“初版”(然則,民國書籍通常“出版”經常意味着是“初版”,此後發行會明寫某年某版)。這之中關鍵在於是否存在一九二八年版《作文與人生》一書，似乎暫無學者考證，數家國内外圖書館（如復旦大學、上海圖書館、南京大學、中國社會科學院、陝西師範大學、斯坦福大學所藏爲一九四〇年版，清華大學所藏爲一九三六年版）所藏似無一九二八年者；即新近整理出版者（二〇〇二年，首都經濟貿易大學出版社）雖言此書出版於一九二八年，然其所據亦爲一九三六年版；故唯有待高明發見一九二八年版《作文與人生》一書。至於《語體文作法》《作文與人生》二書爲何内容同而書異名，亦有待高明。

此書名“語體文作法”，所謂語體文，就是白話文，换而言之，此書即爲“白話文作法”，即教人用白話作文之方法。著者明確揭櫫“語體文”（白話文）作法，其一個重要緣由或許在於當時社會環境所致，當時雖已經過新文化運動之洗禮十多年，但社會上或有對“整理國故”有誤讀者，認爲需用文言文寫作才能保存中國的典章國故、制度文物等固有文化，是以著者力主“白話作文”，并認爲即便研究中國文化或“整理國故”之類，亦須“用近代的社會科學與自然科學的方法”來研究。另一個直接而重要的刺激在於當時國民政府教育當局曾命令全國學校注重文言文，後來雖經學者們努力抵制了這一行爲，全國學校得以采用語體文做教授國文的材料，學生也須用語體文作文，但政府及各公共機關部門仍是流行文言文之風，著者憂心這會“誘使”青年人可能被迫而注重文言文，是以大力提倡語體文。此外，著者出於語言文字須要“常説、常寫”之練習以便使人之思想分外清晰、分外有條理、成系統之考慮，是以强調寫作之重要性，故爲白話文寫作提出“作法”。

從此書之篇章結構安排上來看，此書與作者此前所著《國文作法》一書關係極爲密切。此書之第四篇“文字的要素”下所設五章——“目的、事實、語言、思想、讀者”比《國文作法》“通論編”第三章下設四節——“事實、語言、思想、讀者”增設“目的”一章；第五篇“文字的戒律”所列六章——“虚僞、誇大、模仿、輕薄、阿諛、傲慢”，較之《國文作法》第四章“虚僞、誇大、古典、模仿、輕薄"五節，名目稍作增删；第六篇"文字的質力"所列七章——"漂亮、生動、簡勁、譬喻、重點、統一、匀稱"，對照《國文作法》第五章"漂亮、動力、譬喻、重點、統一、聯絡"六節來看，名目亦略有改易；第七篇"文字的内容"所列七章——民衆的立場、鬥争的精神、豐富的情感、深遠的意識、客觀的分析、辯證的邏輯、超越的想像力，與《國文作法》第六章"文字的精神"所列四節"豐富的情感，民衆的立場，深刻的觀察、氣勢的着重"，亦增加了不少内容。若僅從目録來看，此書似乎襲用前書"通論編"大量章節之内容、文字，并稍作改易、補充而成；然實則并非如此，此書僅是多沿襲前書之框架結構，内容與文字與前書相異，此書的文字不如前書簡省而概念化，而是不惜筆墨反復强調并引用大量文例。是以此書實則爲一全新之著，或者换一角度來看，此書至少在一定程度上是對《國文修辭》之改寫本。

由於著者高語罕在新文化運動前夜就積極主動參與宣傳新文化運動，并曾利用其工作環境積極宣傳新文化、新文學思想，極力宣傳和推廣白話文，故其著作從《國文作法》到《語體文作法》都秉持白話文立場。此書將白話文與文言文對照而觀，認爲白話文是"民衆的、革命的、真實的、活的"而極力肯定白話文表達真誠、明晰通達、鮮活逼真等優勢。作者强調語體文(白話文)寫作一大理論根基在於其階級論，認爲語言是有階級的，文言文代表統治階級，白話文代表被統治階級，但白話文是用"民衆的語言很自然地寫出來的文字"，有着廣大的民衆基礎，是以他認爲"要把全文化放在最大多數的民衆的地盤上，必須無條件地絶對禁止任何機關(從政府起)使用文言文"，其意義甚至比五四運動時文學革命的意義更偉大。這也是此書最大之特色之一，即用社會學、階級論以分析語言、文學，换而言之，階級論乃爲其立論之基礎，不僅文學是有階級的，語言也是有階級的。階級論、革命論貫穿全書之始終，既反映了著者之立場，亦透露出其理論基礎之所在。

故此書或出於著者欲通過寫作以塑造新國民性格、人文理想之目的，主張作文與實際社會生活相聯繫，而恰如《作文與人生》之序言所稱：此書注意到"作文與實際的社會生活的聯繫。它不但是一般青年的作文的指導，并且是他們的日常生活的指導"，將對青年之作文指導與日常生活、人生選擇之指導緊密相聯。這既反映了作者在特殊時代之階級立場和文化立場，也反映出此書在論述文章作法時強烈的時代特色，這種時代特色也透露出文話這一文體之時代新變。

目　録

第一篇　語言文字的起源與進化

第一章　語言文字的起源

要明白文字的起源,必先明白語言的起源;但是語言是怎樣發生的呢?有人説是“天生來的”,或是上帝創造世界和人類的時候,一開始就會説話的,這自然不像話,誰也不會相信;又有人説,語言是人有計劃地創造成功的,這也不成話。據社會史的考察,人類在蒙昧初期,始發生語言,當這個時候,那能有什麽具體的有計劃地創造出語言來?自然也不能使人相信。假使我們根據社會經濟與社會形式發展史的研究,那所得的結論便迥然不同。

生物界中不僅人類有語言,群居動物也有語言。譬如“馬嘶”“鹿鳴”“狼嘷”“犬吠”,在人類看來,自然是莫明其妙,然而嘶、鳴、嘷、吠的動物的相互之間,自然有它們的這種“鳴”“吠”“嘶”與“嘷”的迫切要求,猶之乎人類之有語言的要求一樣。“他們由一只老的動物領導,尋找共同的就食地,并且佔據地勢,共同防備仇敵的襲擊,因此在它們中間就要互相報告各種不同的消息。它們有各種鳴聲,表示它們對於異性的引誘,對於仇敵的驚慌,對於遠處危險的警戒,或是表示嬉戲與挑戰,歡樂與恐懼,愛情與憤怒,這都是它們大家完全了解的。我們只要想及羚羊,當獵人相信確能射殺羚羊時,它常時一聲狂叫,使全隊羚羊都逃跑了。不獨此等群居動物知道以鳴聲向同類報警,就是孤栖的動物,對於它們的周圍也是執行警戒任務的。當我們穿過山林時,山鳥與喜鵲即作恐怖的鳴聲以警它們的同類;老鴉對於及其間的鳥雀也執行同樣的任務,沼澤間的全體小鳥則注意於更大的涉水鳥的警告。”這自然是不成音節的極其單純的聲音。

人類的語言也是從這樣不成音節的單純聲音開始的,這種單純不成音節的聲音,就是“原始人類起初互相了解的媒介。但是人類的發展,經過了極悠久的歲月,即比一切動物的發展都悠久的歲月，他們的精神能力又發展到了高度，他又能利用他積久勞動的經驗，把他的兩只前足變成兩只手。自從我們的祖先把兩只前足變成兩只手以後，人類的勞動範圍就漸漸擴大，勞動技術漸漸進步，身體與四肢的運動愈加發展，他們的'語言'也就愈加清晰。人類當其勞動時，常發出各種聲音以維持相互間的聯繫，或造成一般人的勞動情緒。如果工作的振動，如工廠機器振動的聲音不能用音律將工人聯合起來，但是又不足以壓抑人的聲音時，則人便開始高歌求得其鄰近工作者的附和。人類當其孤立勞動時也樂於唱歌，或發出很高的聲音傳達鄰近各地。到森林裏拾菌的女子用此唱彼和的歌聲，或簡單的呼喚聲維持社會的聯繫"。

人類的語言萌芽於這種勞動的呼喚叫號簡單聲音，這種簡單的呼喚叫號做了人類初期的互相了解的媒介。但要形成人類今日之語言，必得還有一個必要條件，就是"社會的共同生活"。人類一開始就是社會的動物，因爲草昧初辟，天壤茫茫，穴居野處，生事艱難。這個時候，人類所努力的，專在於征服自然，就是怎樣纔可以免於毒蛇猛獸的危害，怎樣纔可以免於風霜雨雪的侵襲，怎樣纔可以免於疾病饑寒的交迫，怎樣纔可以避苦而求樂，轉危而爲安，那自然要靠着大家"守望相助，疾病相扶持"了。況且那時對於自然的鬥争，不像現在可以藉助於機械，藉助于科學；所恃者只有人類的兩手，若是大家不聯絡起來，共同動作，那人類恐怕早已滅絶。所以人類的勞動與他們的社會的共同生活是相須爲用，也是同時并起的，大家既然是共同生活，共同勞動，就不能不互通情感，以表示他們的喜怒哀樂；不能不交換意見，以傳達他們的經驗知識；有時共同勞作，則舉動的或緩或急，或先或後，皆需要一種符號以爲意思的勾通、行動的合拍，於是人類的簡單聲音，就日趨於複雜，久而久之就形成比較完備的語言。有了語言，人類的勞動越發有興趣，有進步，人類的生活越發完美，欲望越發增加，而知識經驗也就越發宏富。這種經驗和知識不但可以借語言之助，互相傳授，并且可以遺留給後人，勞動技術與工具，也可以傳之無窮。輾轉相承，交互影響，因語言進化，而人類的勞動也就進步；勞動進步，人類的語言也因之而進化。

但是人類生活既愈趨演進,交通愈益頻繁,關係愈益複雜,無論就時間説,徒恃語言,都不能應付裕如。事情多了,或則人類交通廣了,語言便不够用了;而要想把前人的經驗、技能、文化、工具一一傳之後人,語言更是不够用了,到了野蠻時代的"上期",才發明文字以濟語言之窮,有了文字,才有文獻記録,把以前種種的發明、經驗、技能、思想移交於後代,於是人類才走進了文明時代。《易經》所謂"上古結繩而治,後世聖人易之以書契,百官以治,萬民以察",就是説明文字發明前後的社會現象。不過《易經》把文字的發明,完全歸功於所謂"聖人",把人類長期的共同勞動,共同生活之奮鬥的史實,一筆抹殺,好像這類創作,都只是聖賢從他們自己的腦子裏製造出來似的。這是個謊,《繫辭傳》這一類的話,都是一樣的謊,我們萬不可相信它,我們要從社會學、人類學、經濟學、考古學去研究人類語言文字的起源,纔可得到滿意的答覆。

第二章　語言文字的功用與其進化

語言文字大有造於人類社會,上節已説了個大概,現在我們打算把它再總括一下,先看國語文字的提倡者胡適怎樣説,他説:

> 語言文字的用處極多,簡單説來,(一)是表情達意,(二)是紀載人類生活的過去經驗,(三)是教育的工具,(四)是人類共同生活的唯一媒介物。

這四條所舉固然不差,然而還有一件重要的功用必須舉出,就是"訓練思想的作用"。這并不是每一種思想必須發爲語言,作成文字,才算得思想,乃是説,人類運思的時候,必要在腦子裏,即思想中樞,經過一番語言文字的組織,構成具體的語句,纔可以成爲一種明確的思想。拉發格説:

在實際上,最抽象的頭腦,不用字,不自言自語於內容,也就不能思想。縱使其用字,自言自語,不像小兒口頭上那樣喧嘩不已,然而却有許多成年人喃喃自語地説他所思想的東西。語言在智識的發展上,因爲那些字,及其相繼的意義之字原學的構成,不過是反映創造它們和使用它們那些人的生活條件和内心狀況而已。

實則不必把字句喃喃於口,人類的頭腦已積有前人極悠久的思想的訓練,當他思想的時候,思想中樞搆成語句非常之快,仿佛電訊似的,若必待喃喃於口,才成爲思想,極鈍根的人容或有之,那却不是常態。

在我們看來,語言文字本來是一樣的東西;因爲出之於口則爲語言;把語言筆之於書即爲文字。然而語言與文字之分離,又是歷史的事實。但是這一歷史的事實是怎樣演成的呢?依我個人的見解,應該溯源於社會階級的發生。當原始共産主義社會時,没有剥削者與被剥削者,不會發生階級,没有階級,也就没有什麽統治者與被統治者之分。那末,彼此之間,所用以互通情感,交换知識,傳授經驗,只是一種語言文字。到了後來,私有制度發生,剥削階級成爲統治階級;被剥削階級成爲被統治階級。政府官書文告,朝章國故所用的文字,漸脱離民衆的語言,變成一種統治階級專利品,所以古人有“非天子不議禮,不考文”和“其文不雅馴,縉紳先生難言之”的話,就是説“禮”“文”是政府之事,老百姓没有議與考之權,而關於禮與文的文字,自然老百姓也就不需問津了;雅馴的文字是“縉紳先生”的專有品。所謂縉紳先生,就是統治階級的柱石;他們就是“士大夫”,又可以説,就是現今所謂官紳。他們不但要文字與民衆的語言分離,就是他們所用的語言,也與被剥削、被統治階級的語言不同。因爲統治階級是有閑階級,他們據有農民與工人的剩餘價值;他們要享樂,要文雅,要儀節,要阿諛,這是一個社會的生活。被統治階級終日勤勤爲達官貴人,封建領主勞作,没有機會去享樂,他們不需要文雅,不需要儀節,更不需要阿諛。他們是奴隸,奴隸之間,只有單純的天真誠樸,無所用其虛飾詐僞,這又是一個社會的生活。生活不同,語言文字自然也就不同。語言文字分離的原因,大致如此:統治階級的語言與被統治階級的語言分離;統治階級的文字與被統治階級的語言分離得更遠。胡適的《國語的進化》只圖證明語言的進化與語言文字的功用,但他并没有説明語言進化的社會動力與文字脱離語言而獨立的階級關係;或則是他不企圖去説明,也許他不能説明。但是還有人直説"文字(中國的)有進化,而語言轉見退步",更是糟糕!這種見解完全表現他對於中國,不是,簡直是對於整個的人類社會的反動性,并表現他對於中國最大多數的工農群衆的社會生活與其文化進程絲毫没有注意;他戴着一副堯、舜、禹、湯,地主豪紳和東方殖民地資産階級貴族的眼鏡,無怪乎他没有看見大多數民衆社會極可寶貴的語言的特殊文化,即藴藏着深厚偉大的革命動力的民衆語言。歐洲古代思想家有兩句對話如下:

——什麽是文字?——歷史的保存者。

——什麽是語言?——精神的叛徒。

這個意思是説,文字筆之於書,不可更易;語言隨時代與社會生活而時有不同,地有不同,甚至此一社會與彼一社會不同,然而就一般説,語言是"精神的叛徒",也可以説,統治階級的生活習慣的叛徒,統治階級之秩序與安寧的叛徒。所以我們現在要鄭重地從上述種種抽出如下的結論來:

1. 語言與文字原來本是統一的。

2. 語言文字分離始於階級的社會。

3. 不但統治階級的文字,脱離被統治階級的語言;即統治階級的語言,也脱離了被統治階級的語言。

4. 中國的語言既然因階級不同而分成兩種語言(統治階級的與被統治階級的),那末,中國的文字自然也就分成兩種(統治階級的文言文與被統治階級的白話文)。

5. 統治階級的文言文固然有進步,被統治階級的白話文更有進步。

6. 統治階級的文言文是貴族的，反革命的，虛僞的，死的；被統治階級的白話文是民衆的，革命的，真實的，活的。

7. 我們要努力語言文字的統一，我們尤應努力於社會生活與生産關係的根本改造，作爲語言文字勞動化，社會化的基礎。

第二篇　語體文與文言文

第一章　語體文與文言文的生命

語體文就是白話文,即用民衆的語言很自然地寫出來的文字。語言文字是訓練思想的必要工具,也就是我們要學習語言文字,使用語言文字的目的之一,看了上面一篇所述説的,便會曉得。所以要使我們的思想分外明晰,分外有條理,成系統,那就必須練習語言文字,常説,常寫,所謂口到,心到。這是一。

語體文現在自然大多數民衆都采用了,似乎無須再多説,然不久以前,政府教育當局還有命令全國學校注重文言的企圖,後經多數學者力争,教育部才通令各校采用語體文做教授國文的材料,學生應用語體文作文。但是政府及各公共機關方面所用的文字,還是"'之乎者也',非理即文,大不近情,自相矛盾"的"等因奉此"的文字。青年人爲將來升官發財謀飯碗計,仍有被迫而注重文言文的危機伏在裏面,不可不注意。這是二。

或許還有不長進的青年,受古老腐敗的家庭教育所熏染,以爲專用白話作文,不用文言文作文,久而久之,中國的典章國故,制度文物,即中國固有文化,豈不是要被人遺忘,淹没於無何有之鄉了麽? 這却不然。作文是一事,研究中國歷史上各時代,各社會的文化又是一事,現在各種歷史社會科學及考古學、地質學、人種學都正在發展,中國青年學者若果利用之以研究中國古代的文化,一定會發現無數寶藏,解决許多歷史上、社會上以及哲學上歷久莫决的疑難問題,這些疑難絶不是徒拘守漢學家的述學方法,徒拘文牽義的方法所能解决的。所以我們現在應當把這兩件事分開。

1. 用白話作文;

2. 用近代的社會科學與自然科學的方法研究中國歷史所遺留給我們的各種文化,整理所謂"國故"并解决"國故"派(胡適,顧劫剛等)所不能解決的問題。這是三。

第二章 語體文與文言文的對照

政府及各公共機關仍舊使用文言文,自然是語體文推行上的一個大障礙,這不是簡單的文字問題,它的背後深深地隱藏着一個社會問題,政治問題。我們就事論事,爲避免越出範圍,暫且不管。然而我們可以然地說,要把全文化放在最大多數的民衆的地盤上,必須無條件地絶對禁止任何人,任何機關(從政府起)使用文言文,青年人要深切地了解,這一行動是含有偉大革命的意義的,是的,比五四運動時文學革命的意義更偉大。現在的政治條件自然離得還遠,然而這種責任是放在我們現代青年的雙肩上的。

假使還有青年學生要問:爲什麼語體文比文言文好呢?這種比較是絶對的還是相對的?現在這樣提出問題,固然覺得有點過時了,然而我却承認他有,絶對地有提出這樣問題的權利。現在我們且拿文言文與語體文所叙述或所譯述的同一事實或同一著述的兩種文字來對照一下,大家自然從其中可以得到正當滿意的解決:

鶯鶯與張生戀愛的故事:我們只舉它"書齋"相會一段,先看元微之(名稹)怎樣寫法:

> ……張生臨軒獨寢,忽有人覺之,驚駭而起,則紅娘斂衣攜枕而至,撫張曰:"至矣,至矣!睡何爲哉!"置枕設寢而去。張生拭目危坐久之,猶疑夢寐。然而修謹以俟。俄而紅娘捧崔氏而至。至則嬌羞融冶,力不能運支體。曩時端莊,不復同矣。是夕旬有八日也。斜月晶瑩,幽輝半牀。張生飄飄然,且疑神仙之徒,不謂從人間至矣。有頃,寺鐘鳴,天將曉,紅娘促去。崔氏嬌啼宛轉,紅娘又捧之而去。終夕無一言。張生辨色而興,自疑曰:"豈其夢耶?"及明,靚粧在臂,香在衣,淚光熒熒然,猶瑩於茵席而已。……(元稹:《鶯鶯傳》,見鄭振鐸編:《中國短篇小說》第一集)

再看王實甫怎樣寫法：

安排着害，
準備着擡！
想着這異鄉身，
强把茶湯挨。
只爲這可憎才，
熬得心腸耐。
辦得一片誠心，
留得形骸在。
試看那司天臺，
打算半年愁。
端的是太平車，
約有十餘載。

這是張生經過"佇立門外悵望""斜倚門側""入室""後出門佇立"，又"入室掩門"自思自嘆的情形。以後"紅娘鶯鶯上"，再看他怎樣寫法：

村裹迓鼓
猛見她可憎模樣，
早醫可九分不快。
先前見責，
誰承望今宵歡愛？
……
……
姐姐！你只是可憐見爲人在客。
元和令
綉鞋兒剛半折，
柳腰兒恰一搦。

羞答答不肯把頭抬,
只將鴛枕挨。
雲鬟仿佛墜金釵,
偏宜鬏髻兒歪。

上馬嬌

我將這鈕扣兒鬆,
縷帶兒解,
蘭麝散幽齋。
不良會把人禁害!
呀! 怎不回過臉兒來?

勝葫蘆

我這裏軟玉溫香抱滿懷,
呀! 劉阮到天臺!
春至人間花弄色,
將柳腰款擺,
花心輕折,
露滴牡丹開。

麼

但蘸着些兒麻上來。
魚水得和諧,
嫩蕊嬌香蝶恣采。
半推半就,
又驚又愛。
檀口揾香腮。
……
……

青歌兒

……
今夜和諧,
猶自疑猜。

露滴香埃，
風静閑堦，
月射書齋，
雲鎖陽臺。
審問明白！
只疑是昨夜夢中來，
愁無奈。
……①

上邊二篇文字，同叙一個事實，而一則文言，一則白話。一則把一件天真爛熳、情不自禁的男女戀愛的故事，寫得死板板地，把張生寫得好像一個非禮勿言、非禮勿動、要到孔廟去吃冷猪頭似的理學家；并且説紅娘"斂衣攜枕"，好像《老殘游記》上的翠環帶着行李去陪鐵補殘睏覺似的，實在"玷污了小姐清白"！一則用白話和詞描寫張生與鶯鶯幽會，情景逼真。這一段雖然不是西厢記最精彩的地方，但已經比元稹用文言文寫的高百倍了。

又如《曝書亭集》的《王冕傳》和《儒林外史》第一回的《王冕傳》兩相比較，更可見得語體文與文言文的優劣。我們在這裏只各引一段來看看，譬如：《曝書亭集》的《王冕傳》説：

冕善詩，通篆籀，始用花乳石刻私印；尤長畫梅，以脂作没骨體。燕京貴人争求畫，乃以一幅張壁，題詩其上，語含諷刺……

這樣寫法固然比《儒林外史》的語體文要簡老十倍或百倍，然而把一個有志趣、有骨頭、操心危、慮患深的王冕，弄得了無生趣；但是《儒林外史》始而寫王冕讀書學畫，既而寫王冕逃却官府吏胥

① 郭沫若編纂：《西厢》(泰東圖書館)，并參看王靈皋：《國文評選第一集》。

的聘徵,終則寫他張畫諷刺權貴,完全用民間口語活畫一個真的王冕、活的王冕,躍躍紙上,呼之欲出![1] 總而言之:語體文應取文言文一切之地位而代之,已無疑義。

① 《儒林外史》(亞東圖書館),并參看《國文評選第一集》。

第三篇　文字寫作之必要的條件

固然,出之於口則爲語言,筆之於書則爲文字,看來好像是很容易;其實不然。假使你要寫一封普通的家信,或是寫幾句便條,那只要高小的學生就優爲之;假使你要寫一篇比較像樣兒的文字,那就不容易了。所以要想做得好文字,必須具備以下幾個條件:

第一章　多讀小説

舊式的家庭教育及學校教育,都視小説爲傷風敗俗,引導青年到邪途去的東西,所以相率禁止青年看小説書。記得我已經進了省城的陸軍學校,暑假回家,行囊中夾有一部《西厢記》,被我母親發覺了,把我嚴厲地教訓一頓。但是我可以説:從前我寫文言文還算通順,那是我自己讀《左傳》、讀《史記》的一點成績。我讀《史記》,起初并不是"非三代兩漢之書不敢觀,非聖人之志不敢存"的聖賢之徒的見解,只是把它們當小説讀,因爲《游俠列傳》描寫朱家、郭解之徒的慷慨好義,陡增我的英雄豪俠的氣概,尤其是在無形中鼓勵我的"時扞當世之文罔"的精神。《項羽本紀》(或作《項籍本紀》)中的鴻門宴一段的叙述,它把樊噲的狀貌舉動,既寫得如是之令人可怕,而他責備項王助沛公張目,又如是之理直氣壯,截鐵斬釘,無怪"項王未有以應",因此解了沛公之圍。這又好像《水滸傳》上梁山泊豪傑劫法場的時候,"却見十字路口茶坊樓上一個虎形大漢,脱得赤條條的,兩只手握兩把板斧,大吼一聲,却似半天起個霹靂,從半空中跳將下來。手起斧落,早砍翻了兩個行刑的儈子……"那個"虎形大漢"就是黑旋風李逵,劫法場時的李逵和鴻門宴上的樊噲兩人的身分性格叙得差不多,真令人讀了起勁!至於《滑稽列傳》,更使人生意盎然,發人深省,這種描寫不但有趣而且足以啓發人的智慧,增進人的志趣,鼓勵人的道德觀念,這樣地讀文言文,也必須這樣的文言文才可以讀。因爲它和小説差不多,然而它對於青年人的教育作用,并不止於文字的熏陶。現在我們當然不主張專門拿這一類的文言文來做青年學生的讀物,因爲有許多白話文學——小説的名著,已經够我們讀的了,《史記》這一類的文字,只可當做副料;因爲讀的時候,總歸有些困難,而内容又與現代生活相去太遠,舍近求遠,似乎不值。至於白話文學從《水滸傳》《儒林外史》《紅樓夢》起,直到魯迅、郁達夫、郭沫若、胡適、徐志摩、周作人、茅盾、冰心女士、蔣光慈、葉靈鳳,以及高爾基、傑克倫敦、辛克萊、巴比塞等的作品,它們的立場雖有未能盡爲我們所贊同,但它們的描寫技術和它們代表時代之豐富的精神與内容以及它們之中所顯露的現代社會之階級的矛盾與鬥争,在在足以給青年以極大的指導與興奮,絶非什麽《古文辭類纂》、曾氏《百家雜抄》《唐宋八家文》等等所可比儗的。譬如茅盾的三部作品,他本人的觀點我們固然反對,然而他這三部小説所描寫的事實,確是大革命後的小資産階級找不着出路,對於前途彷徨無路,悲觀失望的“幻滅”“動摇”的實際情形,并且是大革命本身爲了錯誤的領導政策所戕殺的一個消極的、從旁面反證的批評！若果一筆抹殺如某批評家之所爲,那就大錯特錯了。又如《紅樓夢》,從前一般社會視之爲淫書,現在則視之爲文學寶典,宜與《左傳》《史記》相頡頏。然而我們現代青年讀《紅樓夢》時,究竟從什麽地方着眼,纔可“探驪得珠”,打進《紅樓夢》的“瓊樓玉宇”、寶樹瑶花？能找到這個着眼點的,恐怕不多。一來是研究《紅樓夢》的沿革的大家胡適先生没有告訴我們:而一般學校的國文教員更無暇注意及此。所謂金陵十二釵,所謂“碧紗窗外,我本無情;黄土壠中,卿何薄命”,所謂寶釵如何,黛玉怎樣,都不過是作者的“工作的框殼,他的宫殿的外圍”,可惜後人大半“虚費光陰,停留在這外圍”,没有“鑽進偉大建築物的裏面”去,所以不曾“在那裏發現無數寶藏”。所以作者早已知道後人解其書者必少,故預先就發感慨道:

滿紙荒唐言,一把辛酸淚。都云作者癡,誰解其中味？

“荒唐之言”正是此書的框殼,它的宫殿的外圍,而“一把辛酸淚”中所包含的無限意思,正是它的“寶藏”。所以我們現代青年讀小說,應當另换一種方法,另具一副眼光,譬如讀《紅樓夢》,我們首先應當認識它所表現的社會階級的關係:

(1) ……賈珍……因在廳上看着小厮們抬圍屏,擦抹几案金銀供器。只見小厮手裏拿着一個稟帖并一篇帳目,回說:“黑山村烏莊頭來了。”賈珍道:“這個老砍頭的! 今兒纔來!”賈蓉接過稟帖和帳目,忙展開捧着。賈珍倒背着兩手,向賈蓉手内看去,那紅稟上寫着:

“門下莊頭烏進孝叩請爺奶奶萬福金安并公子小姐金安。新春大喜大福,榮貴平安,加官進禄,萬事如意。”

賈珍笑道:“莊稼人有些意思”,賈蓉也忙笑道:“别看文法,只取個吉利兒罷。”一面忙展開單子看時,只見上面寫着:

“大鹿三十只、獐子二十只、麅子五十只、暹猪二十個、湯猪二十個、龍猪二十個、野猪二十個、家臘猪二十個、野羊二十個、青羊二十個、家湯羊二十個、家風羊二十個、鱘鰉魚二百個、各色雜魚二百斤、活鷄、鴨、鵝各二百只、風鷄、鴨、鵝二百只、野鷄、野猫各二百對、熊掌二十對、鹿筋二十斤、海參五十斤、鹿舌五十條、牛舌五十條、蟶干二十斤、榛、鬆、桃、杏瓤各二口袋、大對蝦五十對、干蝦二百斤、銀霜炭上等選用一千斤、中等二千斤、柴、炭三萬斤、御田胭脂米二擔、碧糯五十斛、粉秔五十斛、雜色粱穀各五十斛、下用常米一千擔、各色乾菜一車。外賣糧穀、牲口各項,折銀二千五百兩。外門下孝敬哥兒頑意兒:活鹿二對、白兔四對、黑兔四對、活錦鷄兩對、西洋鴨兩對。”

這一篇地租及各種必需品的清單,很明顯地寫出當時貴族地主剥削農民的脂膏如何豐,這些東西,農民自己是吃不着的。所謂“遍身羅綺者,不是養蠶人!”并且表現地主與農民的身分,簡直是兩個極端。然而這個貴族地主的土地還不止此;所以下面接着又說:

賈珍看完，説："帶進他來。"一時，只見烏進孝進來，只在院內磕頭請安。賈珍命人拉起他來，笑説："你還硬朗。"烏進孝笑道："不瞞爺説：小的們走慣了，不來也悶的慌。他們可都不是願意來見見天子脚下世面？他們到底年輕，怕路上有閃失。再過幾年，就可以放心了。"賈珍道："你走了幾日？"烏進孝道："回斧的話：今年大雪，外頭都是四五尺深的雪，前日忽然一暖一化，路上竟難走的很，耽擱了幾日。雖走了一個月零兩日，日子有限，怕爺心焦，可不趕着來了？"賈珍道："我説呢。怎麽今兒纔來？我才看那單子上，今年你這老貨又來打擂擡來了。"烏進孝忙進前兩步，回道："回爺説……小的不敢説謊。'賈珍皺眉道：'我算定你至少也有五千銀子來。這彀做什麽的！如今你們一共只剩了八九個莊子，今年倒有兩處報了旱潦，你們又打擂擡，真真是叫别過年了。"

既然"如今……一共只剩了八九個莊子"，那麽，以前的莊子還更多了，這個貴族地主的土地，真是可觀了，這是一。烏進孝一個莊子送來如是之多的農産品及附産品，那麽，八九個莊子的租物更不知有多少咧？這是二。這在現在的資本制的地主，即大地主資本家看來，或者還算不得一回事，然而在三百年前封建貴族與封建地主所剥削農民的租物却不能不令能人驚訝。但是當時的貴族與奴隸的關係怎樣呢？再望下看：

(2) 襲人冷笑道："我一個人是奴才命罷了，難道連我的親戚都是奴才命不成？定還要揀實在好的丫頭纔往你們家來？"

(3) ……鴛鴦只咬定牙不願意。他哥哥無法，少不得回去回覆賈赦。賈赦惱起來，因説道："我説給你，叫你女人和他説去，就説我的話！自古'嫦娥愛少年'；他必定嫌我老了，大約他戀着少爺們！多半是看上了寶玉！只怕也有賈璉！若有此心，叫他早早歇了！我要他不來，以後誰敢收他？這是一件;第二件:想着老太太疼他,將來外邊聘個正頭夫妻去,叫他細想:憑他嫁到了誰家,他難出我的手心!除非他死了,或是終身不嫁男人,我就服了他!要不然時,叫他趁早回心轉意,有多少好處!"

我們從第(2)節可以看出貴族地主家中還像有奴隸的制度(這制度一直到民國初年,現在實際上還存在着,不過名義上不存在了罷了),從第(3)節我們可以看出貴族對於奴隸的貞潔生死爲所欲爲。至於這些貴族對於平民的壓迫欺凌,更是一言難盡。例如:

(4) 雨村道:"方才何令不令發簽?"門子道:"老爺榮任到此,難道就没抄一張本省的'護官符'來不成?"雨村忙問:"何爲'護官符'?"門子道:"如今凡作地方官的,都有一個私單,上面寫的是本省最有權勢極富貴的大鄉紳名姓,各省皆然;倘若不知,一時觸犯了這樣的人家,不但官爵,只怕連性命也難保呢。——所以叫做'護官符'。"

這一席話描寫《紅樓夢》時代之達官貴人,地主豪紳,對於一般平民的壓迫,欺凌,真是無形盡相!

(5) 又如"爲什麽《紅樓夢》作者偏要從這'千裏之外,芥豆之微小小一個人家'説起呢?……自然是要:

(A) 用劉老老的'只靠兩畝薄田度日'與'狗兒'的'家業蕭條',給人'作些生計',即賣勞力度日的生活,與榮國府的豪華奢侈的'朱門酒肉臭'的生活相對照,以象徵當時社會貧富不均,苦樂懸殊的狀況。

(B) 從一個鄉下老劉老老的眼中對於榮國府中的一切景象——從物到人,從奴僕到主子——處處表示驚奇,以象征當時社會中截然不同的兩個世界(或則説,兩個階級)——一個是貴族和大地主的世界,一個是農民的世界。譬如説,劉老老眼中的'蓉兒'即鳳姐口中的'侄兒',又如周瑞家的眼中的'板兒',即劉老老口中的'侄兒',經了周瑞家的一解釋,便顯出他們中間相隔的多麽遠呵!”(王靈皋編:《國文評選》第三集頁二一)

《紅樓夢》中的所藴藏的許多精彩動人的批評與夫深深地暴露當時社會階級的矛盾的描寫。我們在這裏只拿《紅樓夢》做代表,來説明青年應當多讀小説的理由,并稍稍供給一點讀小説的方法,但求青年學生讀小説(譬如《紅樓夢》)時,不要拘於燈紅酒緑、癡男怨女的表面文章,要在字裏行間,要在紅燈緑酒、癡男怨女的背後,進求它所表現的社會關係、階級關係。

第二章　多讀新聞雜誌

我們青年不但應當多讀小説,并且應當多讀新聞雜誌。因爲小説無論怎樣現代化,它的時間上總趕不上這與日俱積的日常生活的要求;新聞雜誌則不然:它們有的是季刊,有的是月刊,有的是旬刊,有的是三日刊,有的是日刊,甚至每日有早刊、晚刊,即日報、晚報。它們所記載的消息,都是極新鮮活潑的事實,極與社會人士目前生活有關的事實;所發表的議論,都是以當前或最近的將來的世界問題、國家問題、社會問題、地方問題或某種人生問題爲對象的。普通每個青年總要讀一份日報,一份三日刊或周刊,一份月刊。最好選擇兩份好點的小報按期去讀,若能利用學校的圖書館、公共圖書館或公共機關閲報室,多讀多看,那更有益。但是讀報紙也不是什麽很容易的事。

第一,要認清各種報紙的黨派關係,甲黨的報紙所登的新聞與論説,總是適合甲黨的立場或於甲黨有利的;乙黨的新聞、論説必定是適合乙黨的立場或於乙黨有利的;推而至於丙黨、丁黨,其它各黨莫不如此。讀者若不明白它的黨派關係,那你真是墮入五里霧中,不辨東南西北,不但於自己無益,反把自己弄昏頭了。但是若因此便因噎廢食,閉目不閲報紙,那却大大不可,只要你留心各新聞雜誌的黨派關係就得了。

第二,要追本窮源。處在現在世界,要讀新聞雜誌,着實不易,因爲現在是社會中這一群人和那一群人利害衝突最劇烈的時候,没有那一個新聞雜誌,没有黨派關係。尤其是公開的報紙,都是直接與"金圓"或"金鎊"有關係的。果真你把它的言論當做信史,那就上了大當。就如胡適、丁文江等的《獨立評論》,就是一個好例。請看他們對於中日問題的意見罷:

(一) 中國政府應該表示願意依據十月中日本在國聯提出的五項原則,進行與日本交涉東三省的善後問題。

(二) 交涉的方式略如大公報所提議,仿華府會議的前例,在國聯或有關係的友邦斡旋之下進行兩國全權代表的交涉。其地點或在國聯,或在中國,或在中立的地點如檀香山之類,皆可。

(三) 交涉的目標在取消滿洲僞國,恢復領土及行政主權的完整。

(四) 中國應該自動的聲明,在滿洲國取消之後,在中國恢復東北領土與行政權時,東三省的政治組織盡量現代化,政府人選應該以人才爲標準,决不使軍閥割據的政治復活。

(五) 中國不妨自動的主張東三省的解除軍備,中國與日本、俄國皆不得在東三省駐扎軍隊。

(六) 中國不妨自動的主張:東三省原有軍隊現駐關内者,應該逐漸編遣,使他們有家可歸的仍回關外,無家可歸的應由東三省政府盡量移至北滿各地留墾。其經費應由東三省財政整頓後之盈餘項下籌畫供給;其編遣計畫,應由中央政府與北平綏靖公署會同聘任國内外專家妥籌。

(七) 關於鐵路的争議,應該由兩國鐵路專家會議,依據現有各種條約,作切合事實的協商。

(八) 關於土地商租的問題,中國應該要求:在政治改良與司法革新的條件之下,日本臣民在東三省居住或經營農工

> 商業者不得享受領事裁判權。
>
> （九）中日兩國締結的新條約，不但應該解决積年久懸的争端，并且應該遠矚將來，確立遠東兩大民族可以實行生存共榮的基礎。（以上圈點爲編者所加）

有個青年學生對我説，我看了胡適的對日方針的九個條目，真把我的肚子笑痛了并且氣痛了！我問他爲什麽笑且氣得這樣，他説：因爲他是完全在做夢，是在做極無耻的夢！而且我們在談對日外交，爲什麽"自動的主張東三省的解除軍備，中國與日本，俄國皆不得在東三省駐扎軍隊"？本國的軍隊好不好是一問題，東三省是中國的領土應該無條件的地有駐扎軍隊權，又是一個問題，試問在現在的資本帝國主義的侵略吞噬的環境中，没有武裝，能以保全或"恢復領土及行政權的完整"嗎？這不是鬼話！我説，對的，然而你看錯了胡適；假使你把胡適的社會關係弄清楚，那你讀了他這些文字，就不會笑也就不會氣了；縱笑，也不會笑得肚子痛，氣也不會氣得肚子痛了！因爲東方殖民地資産階級異常軟弱，他的經濟落後，而其生命又全操在帝國主義手裏，他的命運注定了他，使他只有在外交的名義之下，借着服從國聯這種烟幕，實行屈服，胡適的意見，固然可笑可氣，然而切勿把它看做個人意見，他的意見實在就是中國資産階級，也可以説，比較還是進步的，即自由資産階級的意見。他們的確是中國資産階級比較進步的一派，不然，你再讀下面的《獨立評論》：

> 我們對於國民政府，要請他們正式承認共産黨不是匪，是政敵。認清了這一點，政府負責任的人，才能够感覺到他們切身的利害。認清了這一點，才能够明白政敵不是單靠軍隊可以消滅的。一個政治團體的生命，日子久了總得靠他政治上的成績可以保存。共産黨所以有今天，是湖北、江西、安徽幾個主席幫他們忙的。最近政府似乎(?)也有决心改革這幾省的政治，所以撤换了這幾省的主席，但主席雖然换了新人，而

舊主席仍然是"綏靖主任"。綏靖的成績我們絲毫没有看見,而……現在掛招牌去"綏靖"的,仍然是這些舊主席所變成的新督軍!……

共產黨是有組織,有主義,有軍隊槍械的政敵。國民政府爲自衛計,想用兵力剷除這樣迫脅它自身存在的政敵,這種心理是一個政府不能没有的。然而政府何不自己反省:究竟這種政敵是誰造成的?是什麼東西造成的?

無疑的,共產黨是貪污苛暴的政府造成的,是日日年年苛捐雜稅而不行一絲一毫善政的政府造成的,是内亂造成的,是政府軍隊"齎寇兵,資盜糧"造成的。(《獨立評論》第六號胡適《所謂剿匪問題》)①

胡適一輩人的根本目的是要在現實的社會組織基礎上,要求改良,這一層是一般資産階級的學者的共通意見。但他們對於現在所謂剿匪問題,却是抱着比較温和的見解,就是他們要求國民政府"正式承認共産黨不是匪,是政敵"。

但是他們所説的造匪的原因,依然不曾搔着癢處,所以他們也還是不能或不知解答或追求下面的幾個問題:

(1)"共産黨是貪污苛暴的政府造成的",然而這"貪污苛暴的政府"是什麽東西造成的呢?

(2)"共産黨是日日年年苛捐重税而不行一絲一毫善政的政府造成的",然而這樣"日日年年苛捐重税而不行一絲一毫善政的政府",又是什麽造成的呢?

(3)"共産黨是内亂造成的",然而"内亂"又是什麽造成的呢?

(4)"共産黨是政府軍隊'齎寇兵,資盜糧'造成的",然而這樣"齎寇兵,資盜糧"的"政府軍隊"又是什麽造成的呢?

(5)以産生以上種種現象的根本原因來做剷除這些現象的工具,就是説,在産生這些現象的現有社會制度之上,做根本肅清此

① 胡適在附注中聲明,本文自第五段以後是他做的,由他負責。

項惡果(胡氏所謂造匪的原因)的原因,是絶没有可能的?

"打蛇要打七寸","殺人須從咽喉着刀",以上五個問題是我們對於胡適的"剿匪要義"的"七寸"和"咽喉",我們應該從這裏下手,從這裏着刀,那才是深入問題的研究,也才是讀者讀新聞雜誌的唯一辦法。若果不追求浮在社會表面上的所謂原因之最後的動力,即根本原因,那終究要爲穿着德模克拉西或人道主義的外衣的學者們,大學教授,政客,法利賽人所欺騙,多讀新聞雜誌,也是枉然。

又如,我們讀《申報》(七月十三日)《本埠新聞》載《公共租界工部局衛生報告》如下:

公共租界工部局衛生報告

▲傳染病統計

七月九日中有一星期患病及死亡人數表(詳表略)

這本是一條爲一般人士所不甚注意的新聞,即使有人注意(譬如醫士或留心衛生的人),也得不着什麽重要的結論,假使我們從它這個報告中,發生如下兩個問題,那就有另一種意義了:

(1) 所有這個報告上,患各種傳染病及神經病的人,其職業種類若何?

(2) 患這些傳染病的人的住在地的種類,譬如是工人區域或貧民區域呢?抑或是中産階級以上的住宅區域呢?對於第一個問題,我們可以代爲答覆:患各種傳染病的人以工人或貧民爲最多數;對於第二個問題,我們也可以代爲答覆:病者的區域是工人區或貧民窟,不是中産以上的住宅區如静安寺路、愚園路、環龍路、法國公園左近。這樣一追求,便顯露出一種不可抹殺,非常慘酷,非常凶惡而又不能或忍的社會問題,必待解决,并且使讀者深深地感到社會根本改造之不可或緩,因以鼓動他爲人類而奮鬥的勇氣與决心。阿本海姆(Openheim)説,他自己研究社會學,是因他從事醫道,常與病人接受,遂發願研究社會問題,這話是真實的。又如潘公殿君一九三〇年一月廿五日在上海青年會民衆教育部作如下之講演:

> 我在未説上海的危機之前,先來解釋機的意義,機者動之微也。對於已往的現在的危機,各人都有責任。上海的社會,犯了二椿大病:一是物質方面的貧窮;二是精神方面的人心不古。貧窮的發生,是因爲社會上失業的人太多,在十七年八月至十八年七月止,一年中因三百餘件勞資糾紛,四十四件關門,而失業的達六千人,未經社會局調解者,尚不在内。據社會局調查,一百八十七個工會,共有工人十五萬五千人,其中有一萬多人失業的,占全數百分之六,假定上海有工人八十萬,失業的數目,至少有五萬人。十七年八月至十八年七月,上海的盜匪搶劫,有一千一百三十八件,平均每八點鐘有一件。三分之二在租界,三分之一在華界。綁票有一百零三件:平均每三四天有一件。報紙不載、人民不報者,尚不在内。自殺的,年内有二千三百二十七人:平均四點鐘有一人自殺。講到要怎樣才能救濟現在的危機,就是要看我們能够不能够把我們的人心轉移過來。物有相當的力量,心也有相當的力量,只要反轉身來,向創造生産方面用勞力,用心思,去做,不投機,不自私自利,自然個個有飯吃社會能安寧云云。

潘公展君把心理上的危機和物質上的危機并列起來,我們要問:所謂"精神方面的人心不古"究何自而來呢?我們一定要請讀者提出這個問題。這是一。潘公展君舉了上海失業的工人如何之多,盜匪、綁匪如何之多,自殺的如何之多,這都是事實,依我們看來,如果排除一切障礙,忠實地調查,忠實的計劃,則上舉各項數目,只有比事實上的少,没有多。現在我們暫且不論多少,只問這些現象是從何而生的呢?潘君一定回答道:自殺與綁票是因爲工人失業者太多。是的。然而失業工人爲什麽如是之多?潘君就没有明白告訴我們,我們要請讀者鄭重提出這個問題。這是二。或許有人説,潘君雖未明白答復這一問題,但我們從他對於"怎樣救濟現在的危機"的意見看來,可以説,工人失業是由於没"用勞力,心思"於"創造生産方面",但是美國之用勞力,心思於創造生産方面,可謂無微不至了,它的商品生産可算是堆如山積,然而美國工人失業反日益加多,盗匪自殺案件亦日益加多,又是什麽緣故呢?我們要請讀者鄭重提出這個問題。這是三。讀新聞雜誌若果用這種態度,那每日每時都可發見新的問題,那纔可以説是“開卷有益”!

第三章　社會科學的常識

我們既勸青年學生多讀小説,多讀新聞雜誌,做爲文字的根柢,然而僅此兩端,還是不够的。因爲小説中所包含的各種人生問題,各種科學知識,都是某一具體問題,某一部分的社會現象,或某一時、某一地、某一社會的問題,不能給我們青年讀者以系統的指示,全般的理解。至於新聞雜誌,更是只能供給讀者的研究的材料,不能供給讀者以研究的門徑或解決的方法;縱或有,也是零碎的或具體的智識,不能使讀者對於社會問題、人生問題,從根本上獲得一個徹底的了解和系統的智識。那就不得不求之於社會科學。因爲没有社會科學的常識,不但不能如上所述的那樣提出問題,即使能以那樣提出問題(無意識地),也不能找到正當的解答。不過社會科學的研究也很困難,一來是因爲中學程度的青年既無從辨别好壞,而一般中學校教師對之更不願有所指導;二來是近來書肆中出的關於社會科學的譯著,固然很多,然而要是不加以選擇,那就莫知所措,我現在僅就我所知的代一般中學青年選舉二十種社會科學書做青年們一個參考,惟須先聲明一聲:我這裏所謂社會科學是廣義的,舉凡歷史,經濟及唯物哲學均包括在内,目録如下:

(1)《新經濟學》,民智書局出版

(2)《經濟科學大綱》,新生命書局出版

(3)《資本論大綱》,新生命書局出版

以上三種是關於經濟學的:《新經濟學》是盧氏的幾篇講演,雖未成一完整的著作,然它對於國民經濟學之深刻和辛辣的批評,實足以引起青年經濟學的熱情。波格達諾夫就哲學方面,就黨的立場方面,皆不足爲訓,但是他對於經濟學的智識,非常豐富。《經濟科學大綱》就是他的著作之一,這本書對於經濟科學的内容以及人類社會之經濟的起源及發展均有很詳盡的叙述。青年讀者最好先讀《新經濟學》,次讀此書。此書讀過以後,再讀高畠素之的《資本論大綱》。高畠素之的政治觀點是落伍了,然而他對於馬克思的《資本論》,確實很有研究;這部《資本論大綱》把一二三三卷《資本論》做一個簡括的叙述,而且全部組織是儘可能地依照《資本論》的結構。青年學生無力讀原文《資本論》,若能耐心讀完此書,則於《資本論》的輪廓,一定可以識得大概。

(4)《社會經濟發展史》,亞東圖書館出版

這本書是德國社會民主黨一個工人領袖做的,他雖然只提到《資本論》第一卷,然而他叙述的却很重要,且很有趣味,很可能幫助讀者了解社會經濟發展的趨勢與社會發展的關係;譯筆又信實而調暢,對於青年做文亦有裨益。

(5)《家族私有財産及國家之起源》,新生命書局出版

(6)《社會形式發展史大綱》,神州國光社出版

這兩部書都是用唯物史觀研究社會形式發展歷史;前者是昂格思奉馬克思的遺言做的,是應用馬克思的"唯物論的見解"以説明"歷史上最後決定的要素是直接的生活之生産與再生産及它之物質條件",與夫與此相適應的社會形式的發展。目的在"把摩爾根的研究的結果擴展起來和馬、昂兩人的唯物史觀相聯貫","由此以闡明這個唯物史觀的全意"。後者也是遵着馬、昂的唯物史觀來説明社會發展的,因爲近來科學的發展日新月異,材料比前更爲豐富。本書對於封建主義與商業資本主義説得極詳細。譯文也還可以,但錯字太多,讀者自己留心可也。

(7)《法國大革命》,神州國光社出版

這本書是叙述一七八九—一七九三年法國大革命的經過的最好的史書之一。它的着眼在革命的經濟基礎及社會階級的成分和階級的立場,革命的熱情,尤注意於農民之革命的情勢,青年讀此書時,可以激發個人之革命鬥争的勇氣。克氏雖爲安那琪主義者,然而他寫此書,確實很客觀,很有系統,很有組織的,而且是深合乎

辨證法的精神的。

(8)《法國之階級鬥争》,神州國光社出版

(9)《路易邦納巴特之布魯美爾月十八日》,神州國光社出版

前書是馬克思遷居倫敦以後,在他和昂格思共同發行的新萊因報"Neue Rheinische Zeituug Politische Okonomische Revue."時分析一八四八——一八五〇年的法國革命的著作。後書也是馬氏從一八五一年十二月底至一八五二年三月初的政變中在報上所發表的文字,即是分析這一政變的文字。這種歷史的分析,即在八十年後的今日,還是光景長新,還是我們研究歷史上大事變的指南針。此兩書將由神州合訂一册出版。

(10)《法國之國内戰争》,神州國光社出版

此書係馬克思分析一八七〇年——一八七一年法國革命的戰争即巴黎公社指導下的法國工人反抗德國軍隊之侵入,反對法國資産階級賣國的革命戰争。馬氏在這本小册子裏從根本上分析一八七〇年——一八七一年法國革命戰争中之階級鬥争的條件,給後人遺留下許多革命策略的教訓。

(11)《革命與反革命》,新生命書局出版

這本書是昂格思在紐約《講壇報》上,用馬克思的名義發表的通信,原本是英文。内容係叙述一八四八年革命暴發前的德國到"科倫的審訊共産黨員事件"爲止,把德國之所以分裂,革命所以失敗,民主主義派之無能都給他一個極客觀的描寫和辨證法的分析。可以與上述馬氏的幾部分析歷史的著作,等量齊觀。

(12)《英國帝國主義的前途》,春潮書局出版

這是托洛茨基因答覆英國保守黨領袖包爾温而作的。他用辨證法的方法把英帝國主義的真面目,勞工黨上層領袖之破産,預言麥克唐納爾之必爲保守黨所屈服(頁二二三—二三四)以及英國之將來的運命(同上頁),到了現在益信而有征。

(13)《第一國際史》,神州國光社出版

本書是 G. M. Slekloff 著的。他把第一國際之産生與消滅,以及在整個國際中包括"三種根本趨向的雛形:革命的共産主義;

階級協作主義者的緩和社會主義;與安那琪主義"説得源源本本,并説明這三種趨向在國際的作用,要以第一種趨向,即革命的康穆主義的趨向爲最主要的動力。

(14)《一九〇五年》,滬濱書店出版

這是俄國博克勞夫斯基做的,我們從其中可以得到一些關於一九〇五年俄國革命的史料。可惜托洛茨基的一九〇五年還没有中文譯本,不然的話,青年讀者一定可以對於一九〇五年的俄國革命之動力與其結果,得到一個明確的認識。

(15)《俄國革命全史》,上海心弦書店出版,上海各書店都代賣

此書係博克勞夫斯基、石川一郎著。我們也可從其中得到一些俄國大革命前後的史實,雖然不能完全滿意的話。此外,泰東出版的《俄羅斯大革命》,也可以參考。假使你真願意知道十月革命的真象,最好是讀《列寧全集》,至少也要讀一讀。

(16)《一九一七年論文選譯》,四馬路某書店曾經代售

(17)《宗教哲學社會主義》,滬濱書店出版

此書包括三個小册子,是發揮唯物史觀的一部極精透的著作,其中之一部是從昂氏名著"《反杜林》"一書中節録出來的。讀者若是對於它的第一篇《原始基督教論》缺乏興趣,不妨暫且把它放下,先讀第二篇《空想社會主義與科學社會主義》;第三篇《費爾巴赫與德國古典哲學的末日》,然後再讀第一篇。

(18)《辨證法經典》,亞東圖書館出版

這本書的藍本是河上肇從馬克思昂格思及列寧主要著作中節録出來的唯物論的辨證法的主要理論,譯者又從列氏的名著"《唯物論與經驗批評論》"選譯一篇。以其言論,皆爲唯物論辨證法的根本理論,足資楷模,故名曰:"《辨證法經典》"。

(19)《馬克思主義根本問題》,滬濱書店出版

這是一部解釋馬克思主義的極有價值的書,也就是研究社會科學必不可少的書。此書經黎耶贊諾夫編纂,著者承認并説明突變之必不可免。"同時在文化史,神話以及藝術中都有新的發見,

這些發現又給了唯物史觀以新的論證”(黎耶贊諾夫)。此書中文有兩種譯本：一本是章子健君譯的，一本是李麥麥譯的。章君譯本我没有見過，李君譯本錯誤頗多，但因爲此書重要，必得介紹給青年讀者。

(20)《歷史的唯物論》，現代書局出版

這是第一部有系統地把唯物論當做“社會學”(Sozialwissenschaft)編成教科書的最完備的著作。中文譯本又有好幾種，要以劉君所譯爲最好，據説是在著者直接指導之下由多人譯出來的。這本書出來以後，引起了不少的批評，有人説它的機械的唯物論，有人説它違反辨證法，又有人説它誤解了辨證法，這或許有相當的理由，然而這部書却也有值得介紹的地方。希望青年讀者讀它的時候，細心去追求它的理論的罅漏，不可過於“盡信書”，則得矣。

青年學生讀了以上這些社會科學書，思想上一定會起很大的變化，在研究學問的方法上，也必定要起大變化，那他會感覺得眼前事物，都是新鮮活潑，都是值得留心的，無論它是牛溲馬勃，竹頭木屑，不過是要看你站在什麽立場上來看罷了。於是讀小説自然會另有一番見解，可以於同一小説中，另辟一個新的世界；讀新聞報紙也是這樣，你也會從那些不爲人所注意的新聞材料中，獲得極可寶貴的知識和對於人生的深切的了解。昂格思説：

> ……近代唯物論與過去一切歷史之庸俗革命的，單純的排斥相反，它在歷史中看出人類之發展過程，而它的使命就是要發見這一發展過程之運動的法則。

社會科學的使命也是這樣：它的使命是要發現歷史中之人類發展過程的運動法則，就是説：

> 如果我們要尋求那决定某種社會變化或某種社會革命之原因時，則不應到人類對於永久真理和永久正義最高智識中去尋求，而應到生産方式和交换方式的變化中去尋求；總而言

之,即不應到所研究時代的哲學中去尋求,而應到這個時代的經濟中去尋求。

這是現代社會科學的根本原則,也就是現代社會科學的 ABC。

第四章　自然科學的常識

但是社會科學不是建築在空想和玄學上面,而是建築在自然科學上面的。我所説的自然科學的範圍,大致如下:

1. 物理學 Physik.
2. 物理的化學 Physikalische Chemie.
3. 化學 Chemie.
4. 天文學 Astronomie.
5. 宇宙發生學 Kosmogonie.
6. 地理學 Geographie.
7. 地質學 Geologie.
8. 生物學 Biologie.
9. 數學 Mathematik.
10. 工藝學 Technik.

數學一科有人把它當做純粹理論,純粹邏輯的東西,故與邏輯另立一爲理想科學 Idealwissenschaften。其實我們若一考究數學之起源,就曉得這種分類,完全是玄學的武斷。因爲數學之發生,由于適應航海測算距離、量度天文的需要;單就它的數目字看來,完全是形而上學的,然而這種數目完全是由自然界的物體的歷久認識的經驗的結果,是實體之物抽象出來的結果,所以我們應當把它歸到自然科學一類。

現在且談自然科學常識的需要。驟然看來,這個問題似乎是多餘的。因爲現在的中學校裏都有物理,化學,地理,生物學,鑛物學等,青年學生自然會理會到的。但是我們在這裏特别提出自然科學的常識有兩個意思。第一,要讓青年學生曉得,若不把自然科學的基礎打好,那他對於社會科學不會有精深的造詣,不會有澈底的認識的。我從前在中學校教課時,常常碰到這種現象。對於國文、英文、歷史等科有興趣的學生,對於物理、化學、數學等科就不甚注意,結果,這一派的學生只會謅幾句文章,幾首歪詩,做一點翻譯,一點自然科學也不曉得,但他還要咬文嚼字,高視闊步,其實他們并未嘗敲開歷史科學、社會科學的門,那他們的文章,也就可想而知了。况且現在的社會科學中處處包含着自然科學的問題,没有自然科學做底子,那社會科學中許多問題是不會解决的。譬如胡適博士所宣揚的實驗主義,自詡是深得進化論的精髓的;實驗主義所認識的進化論,是達爾文對於生物界的一部分漸變的理論,至於達爾文所承認生物界也有突變的現象的一部分理論,都被美國實驗主義者(中國的胡適輩亦然)一筆抹殺了。青年學生若不好好地讀達爾文以及達爾文以後的生物學的著作,那就不會看出實驗主義者的謬誤。又如,我們所研究的社會科學關於社會形式發展的問題,假使你不曉得人類發展與生物進化的關係,你是不會明白的;假使你對於人類的勞動技術和肉食的營養之衛生學和化學上的知識没有基礎,你也不會深切地了解的。又如:近代考古學和地質學的發展,使人類古代的社會的遺迹和輪廓,重新爲我們所認識;至於數學幾于無時無地不需要它。再説:“若是你不懂得物理,尤其是化學,那就不能正確地了解唯物論的辨證法,所以“我們觀察自然界就可以發現許多例證,證明數量轉變爲性質,即漸進的發展突然中斷而發生突變。在燒開水的水壺裏,蒸氣漸次增加起來,在一定限度之下,這種增加純粹是數量上的增加,但突然數量就轉變成性質,結果沸騰了。”海格爾解釋他的辨證法的理論,曾經屢屢地用自然現象來做例子,他説:

人們認爲自然界中没有突變,呆笨不靈的人説到形式或消滅時,就以爲將這種情形看做漸次的發展或毁滅就够了。可是事實上可以看出現象的變化,不僅由這一數量轉變爲别一數量,而且也由性質轉變爲數量,并由數量轉變爲性質,在這個轉變中,漸進的行程中斷了并造成新的現象,其性質與原來的現象不同。在寒冷天氣之下,由水結冰并非漸次進行的,即并非先變成漿狀物,然後漸次結成固體的。在冷凍至冰點以前,水還是液體;只要保持静止狀態,則增加一點點冷度就可以使水一下就凝結成冰。(《邏輯》)

既觀察自然界現象,就要研究自然科學。然而或許有人要説,冰凍的凝結,僅靠着經濟已足,無需乎什麽自然科學。我們退一百步承認這句話是對的,但是下面的公式就不是這樣簡單了:

加以C代表一原子量炭素,H代表一原子量水素,O代表一原子量酸素,N代表每種結合中所含炭素原子量之數,便可以表現這些級次的分子式如下:

$C_n H_2 N+2$——通常白蠟一類

$C_n H_2 N+2O$,第一酒精一類

$C_n H_{2n} O_2$ 一杯基的脂肪一類

我們如果以最後的一個分子式爲例,順次假定$n=1$,$n=2$,$n=3$……便得到以下的結果(同分異性的除外):

CH_2O_2——蟻酸——沸騰點100°溶解點1°

C_2HO_2——醋酸——沸騰點118°溶解點17°

$C_3H_6O_2$——(Propiousaure)卜羅辟安酸——沸騰點140°溶解點——

$C_4H_8O_2$——牛酪酸——沸騰點162°溶解點——

$C_5H_{10}O_2$——(Walerinasaure)瓦列裏安酸——沸騰點175°溶解點——

如此類推下去。一直到$C_{30}H_{60}O_2$麥裏息酸(Melissinsaure)爲止,此酸須至八十度才能溶解,并且没有沸騰點,因爲它一達到氣化時,即行分解。

這是昂格思説明辨證法的突變過程時舉的例子,假使你要深切地了解這種道理,那你就得研究化學并且要到化學室去實地試

驗才行。昂氏爲要擁護唯物史觀,自己親身研究自然科學如數學物理化學等八年之久,不是偶然的。

第二,要讓學生知道學校的自然科學有點靠不住,要自己研究。我的一個親眷的兒子在上海某大學附屬高中二年級讀書,他的生物學課門是美國學校原文本子,教員也是美國大學的碩士,但我問他生物學上一些問題,他一點也不曉得,連達爾文的名字都不曾聽見過。這個學生很聰明,他的英文、數學都還在中等以上,絶不是低能兒,後來我又遇着某某學校的中學學生也大致如是。爲什麽會有這樣的現象呢? 就我的經驗説,大半是教員只徒以西文原本掩飾他的淺薄,希圖欺騙青年學生。後來,我那個親眷的兒子從我這兒拿了一本關於人類發展説(昂格思:《馬克思主義人種由來説》)小册子去讀了一讀,他才明白達爾文生物學與人種由來是什麽一回事。不但生物學如此,其它一切自然科學如物理化學等,十有八九都是照着書本子"依樣畫葫蘆",它與學生的個人生活無關,與學生的社會生活,時代要求更無關。所以我主張青年學生之於自然科學應該像愛迪生、富蘭克令那樣從實際生活的要求中,從自己的創造和實驗中去向自然界進攻。把看電影(在社會主義的社會裏,電影具有極偉大的革命意義,但非可論於現在)吃白相的小零錢積蓄起來去建設自己的研究室,實驗室,把自己交際費省下來去買機械和藥品。我們不是都知道將來的社會是電氣化的世界嗎? 那我們就研究電學呀! 我們要研究怎樣利用吴淞口黄浦江的水建設全上海的發電所,我們要研究怎樣利用長江下游如南京、江陰一帶的江水去建設全江蘇的發電所,我們要研究怎樣利用四川三峽的水勢建設偉大的電站,供給川鄂等省的農、工業。譬如學化學罷,我們要研究怎樣防禦敵人毒氣,怎樣防禦敵人飛機的轟炸。這其間所需要就不僅是化學并且要利用物理學、地理學、測量學(數學)和工藝學等等。這樣去研究自然科學纔可以獲得實際的知識,發表出意見,見之於文章,才真是有用的文章,不再是"言之無物"了。

但是光是言之有物,還不足以盡自然科學的能事;光是幫助深切地了解社會科學也不足以盡科學之能事。科學要致用,要直接有利於人類的日常生活,譬如上面所説的電氣的研究,工藝學的研究,都是馬上就能致用於社會。不過這裏發生一個嚴重問題,就是自然科學學好了,究竟給什麼社會致用呢? 現在自然科學家也不少,他們何嘗不是致用於社會,何嘗不是人人都以發明和發現自期,然而我們可以説,他們的研究所得,只是供給少數統治階級的利用,給少數人做剥削多數人的勞動的工具,美其名曰産業合理化,或是像諾貝爾給帝國主義者發明殘殺人類的毒藥或是像愛迪生給帝國主義者發明互相殘殺的戰具,那不但不能有益於社會,反而爲害於人類。我們也不是説,攻守的戰具(在階級未廢除的社會中)不可發明,不應發明,殺人的藥品不可製造,不應製造;而是要問:你創造這工具或發明這藥品是給最多數被壓迫的人類(或被壓迫階級)反對少數壓迫的魔鬼(或統治階級),還是給少數壓迫的魔鬼(或統治階級)殘殺最大多數的人類(或被壓迫階級)? 若是前者,那是對的;若是後者,那就是不可恕的罪惡。要解決這一問題。又要藉助於我們前面所説的社會科學了。所以最後我們勸告青年切實注意:社會科學與自然科學之極密切的聯繫。

第五章　外國文字的常識

清季某省學差考試某縣生童時,出了一個題目如下:

《畢斯馬克拿破侖論》

一般生童莫知所出,但是又不能交白卷,於是調皮一點的,"就題打滚",叙述畢斯馬怎樣和拿破侖戰争,戰場上如何布置,兩軍對壘鏖戰,如何劇烈,結果畢斯馬大克拿破侖,居然"持之有故,言之成理",榜示發出,居然這位考童的大名高高在上。後來大家傳爲笑柄,這還是道聽塗説之言,未可憑爲信史。民國二年我在日本東京讀書,看見中國報紙載了章炳麟駁斥王壬秋(?)一篇文章,大意是説王氏把美國之"美",認爲源出於中國"盡善盡美"之"美";英國之"英",源出於中國"三代之英"的"英";德國之"德"源出於"堯舜禹湯文武周公孔子之德"的"德";王氏這樣牽强附會,完全是夜郎自大的心理,而這種心理之所以發生,原因在於不識外國歷史,尤在於不識外國文字。這是不識外國文字的苦楚。

還有讀中國翻譯的外國科學書,也有許多困難。任憑你翻譯怎樣好,總不能和外國原本一樣,甚至不如原本之外其它西方國文字的翻譯本。這是一。有時譯本費解,你若不懂外國文簡直無從索解,這是二。有時原譯不錯,印刷有誤,你若對於外國文字没有相當研究,那你就莫辨真僞。只得"囫圇吞棗"地讀過去,不能求甚解了。這是三。我們且舉幾個例子如下:

(1) 我的一個青年朋友 W 君讀陳啓修先生譯的《資本論》第一卷第一分册時,時常發生困難,不能解决,我常替他翻對原文,深知道不識外國文字的苦。譬如:陳譯"注 13":

> 宇宙上的一切現象,不管它是人類的手做出來的也好,或是由一般的天然法則做出來的也好,總之,它們都没有表示着什麽現實的新創造,倒只不過表示質料的某一種形態變化罷了。當人類的精神分析着生產的觀念時所能常常反覆發見的幾個唯一的要素,就是結合和分離;縱然土地,空氣,水等等東西會在野外變爲牧草,縱然靠着人類的手,一種蟲子有黏性的分泌物會變爲絲,縱然若干的金屬會結合起來變化爲一個打簧的表,但是,這些事情都同樣不是價值(Valore,指交换價值;雖然維利在他這種對於重農學派的論戰裏面,并没有正確的知道自己説着那一種價值)及財富的生產罷了。……(頁一八一九)

假使你懂德文的話,那你必定情願讀德文,不情願讀陳先生的譯文,然而我敢説,這一切還是陳先生譯本的最清晰的文字,不過這裏有個大錯,就是把"使用價值"譯成"交换價值"(Tauschwert)。你想這相去多麽遠呵!

(2) 又如,下面一段文字:

舊的國家的構造之整個基石都發生了裂痕。學生在鬥爭中仍然是領導者,到了他們不可忍受的時候,他們就開始用恐怖的方法。自從加爾潑維赤和巴爾馬索夫的槍聲後,所有的流放者都爲之震動,如像聽到了緊急的信號一樣。因此,發生了關於恐怖政策的争論。經過個人的猶豫以後,被放逐的馬克思主義派都一致反對恐怖主義。我們説,高度爆炸性的化學是不能代替群衆的行動。個人在英勇争鬥中犧牲了,但是不能發動群衆的行動。我們的任務不是暗殺幾個沙皇的總長,而是用革命的手段推翻沙皇制度。這就是社會民主黨與社會革命黨的分野。當在監獄裏,形成了我的理論的觀點,政治的自决力則成就於流放時期。(石越譯:《托洛茨基自傳》頁一九六)

石先生的譯文不知道是根據那一種譯本或係根據俄文原本,我們不能斷定,我手邊只有德文本。當我讀石譯讀到這一段時,偶爾翻一翻德文本,發現它們有些不同的地方,而這些不同的地方有的止是文字上的或修詞上的問題,有的却是很嚴重的錯誤。(陳衡玉君在《讀書雜誌》第一卷第六期發表了一篇《評托洛茨基自傳》,把此書的三種中文譯本,劉譯,成譯,石譯——做一個比較,發現石、成兩譯的錯誤較多,可參考。)這裏我們有四點要研究:

(a) 石譯所謂"高度爆發性的化學",德文本爲:"Die Chemie der Explosionsstoffe"應譯爲"爆發性(或'爆發物')的化學",并不含有"高度"的意思。

(b) 石譯所謂"不能代替群衆的行動",德文本爲"Kann die Massen nicht ersetzen"應譯爲"不能代替群衆",其中也并無"行動"字樣。

(c) 石譯所謂"……不能發動群衆的行動",德文本爲"Ohne die Ableiterklasse auf die Beine zu bringen."應譯爲"……不能有裨(或'有助')於工人階級"。"群衆"與"工人階級"的意義有廣狹之别;工人階級固然是群衆,而群衆却不盡是工人階級。因爲農民也有群衆,小資産階級也有群衆。

(d) 石譯所謂“在監獄裏,形成了我的理論的觀點,政治的自決力則成就於流放時期”,德文本做“War fur mich das Gefangnis eine Periode der Theoretischen Bildung, so wurde mire die Werbannungszeit zu einer Periode der politischen Selbstbesinnung.” 似應譯做:“若是監禁是形成我的理論的時期,那末流放時代就是形成了我的政治自決力的時期”,文意才圓滿,文氣才暢適。

(3) 我的朋友程始仁君譯的“辨證法經典”,其中有這末一句:

> 於是他在《基督教的本質》中,只把理論的行爲看做真正的人類的行爲,同時實踐又只被人理解和固定於污下的猶太人的現象形態中。(頁一九—二〇)

原文如下:

> Er betrachtet daher in, Wesen des Christentums nur das theoretische Verhalten als das echt menschliche, wahrend die Praxis nur in ihrer schmutzig judischen Erscheinungsform Gefasst und fixiert wird (Marx-Engels Archiv-S. 227).

兩相對照,譯文似乎不錯,然而確實是贅的很,應改譯做“所以他在《基督教的本質》中,只把理論的行爲看做真正的人類的行爲,但是他把實踐只解做并且確定它爲卑污的猶太人的行爲。”

我們現在處在國際的潮流動盪中,若是我們的生活不與國際間的文化發生聯繫,那就什麽也不成,就是做洋八股也做不成。這種苦况我們是嘗得多了。但是,若果你多學習一國文字,有多學習一國文字的樂趣,多學習兩國文字,有多學兩國文字的樂趣。嚴復説:

> 英國名學家穆勒·約翰有言:欲考一國之文字語言,而

能見其理極,非諳曉數國之言語文字者不能也。斯言也,吾始疑之,乃今深喻篤信,而嘆其説之無以易也。豈徒言語文字之散者而已,即至大義微言,古之人殫畢生之精力,以從事於一學。當其有得,藏之於心則爲理;動之口舌,著之簡册則爲詞,固皆有其所以得此理之由,亦有其所以載焉以傳之故。嗚呼!豈偶然哉!自後人讀古人之書,而未嘗爲古人之學,則於古人所得以爲理者,已有切膚精憮之異矣。又况歷時久遠,簡牘沿譌;聲音代變,則通段難明;風俗殊尚,則事意參差。夫如是,則雖有詁訓疏義之勤,而於古人昭示來學之旨,愈益晦矣。故曰,讀古書難。雖然彼所以託焉而傳之理,固自若也。使其理誠精,其事誠信,則年代國俗,無以隔之。是故不傳於兹,或見於彼,事不相伴而各有合。考道之士,以其所得於彼者,反以證諸吾古人之所傳,乃澄湛精瑩,如寐初覺,其親切有味,較之覘畢爲學者,萬萬有加焉。此真治異國語言文字者之至樂也。(嚴復譯:《天演論自序》)

嚴復這段話雖然是在做洋八股,所謂"以其所得於彼者,反以證諸吾古人之所傳,乃澄湛精瑩,如寐初覺",若果青年人不善讀,必定誤爲西人之所有,中國古亦有之。中國的名人在歐洲言論界常鬧這種笑話,如前北京某大學校長在法國某雜誌上發表一篇文章,説歐洲現代的社會主義,我們中國在兩千年以前就有了,歐洲人士傳爲笑柄。嚴氏説"後人讀古人之書,而未嘗爲古人之學",我們也可以説:中國人讀西人之書,而未嘗爲西人之學,我們青年於此可以獲得深一層的了解,不但要讀外國文字,寫外國文字,并且要深研外國各種科學。因爲深研西方各種科學之後,發爲文章,自然言之成理,自然理直氣壯,自然氣盛言宜。

第六章　實際生活的體驗

實際生活就是實踐;實際生活的體驗,就是要在實踐中抓住這一時代、這一社會、這一階級、這一團體或個人的實際生活之中心問題,并在這種實際生活中尋找這種問題的解決方法,這是一種說法。言行要一致:說了就要做,所謂“坐而言者起而行”,就是說,你要讀書,你就得去親嘗那種“三更燈火五更鷄”的况味;你要研究生物學,那你就得鎮日價“與鹿豕爲友”,與花鳥爲緣;你要研究飛行術,那你就得置身航空,在飛機上去與天空奮鬥;你要爲社會謀改造,那你就得與那些黑鼻灰臉,骯臟襤褸的勞苦群衆及“荷鋤日當午,汗滴禾下土”的朋友們平吃平坐,纔可以脚踏實地,不致空中樓閣,這又是一種說法。與其能說不能行,莫如不能說而能行:他口雖不會說是非,但他的行動却表現他的真是非,所謂“君子欲訥於言而敏於行”。他雖不能執筆爲文章,廣布天下,雖不能雄辯滔滔,博得聽衆的鼓掌,然而他在實際生活上體驗,復由體驗而他的行動越發真實,越發表現他的忠勇堅貞的精神,他這種行動的精神,無形之中已經抓住了現在及將來的大衆的靈魂,俗話道:“干就是了,何必多言!”這又是一種說法。

譬如在前一節裏所引的“若是監禁是形成我的理論的時期,那末流放時代,就是形成我的政治自决力的時期”,這就是說,他的理論不經過監禁這一時期的牢獄中的實際生活的體驗,是不能算得真正形成的;他的政治自决力不經過他的流放時期中的實際生活的體驗,也就不能算得真正可靠的政治自决力。這是一。

當一九〇七年柏林工人在特列普托公園示威的時候,盧森堡、考茨基、考茨基的妻希爾費丁、古斯塔夫、愛克斯坦等都參加一同去示威,路上的衝突越來越厲害,盧森堡定要做一個親身參加的人,而考茨基只希望做一個旁觀者。考茨基就成了一個言不顧行的國際主義者,而盧森堡却成了一個言行一致的偉大革命戰士。就是說,考茨基的革命理論在他的實際生活的畏縮的行動中消滅了,而盧森堡的革命理論却因她的實際行動的英勇而證實了,越發光焰萬丈了!這是二。

馬金絶不是一個演説家,説話在他是困難的。而且,他是小心翼翼而深藏若虚的——這是那精力内練的玄關……

(Trotzki: Mein Leber. s. 281)

……馬金日夜在報館裏,布置各種必要的事情,對印刷工人説明他的希望,幾天以後,報紙就出現。在十月革命那些日子,馬金的那個帶着陰黯而黔黑的頭顱的堅實身軀,老是處在極危險的境地,并且是在極嚴重的當口……馬金把他的經驗擴大了——他在完成彼得格勒的無産階級專政。(同前書頁二八二)

這是只行動而不言語的最可寶貴,也就是每一大事變大革命中的主力,這是三。

我們在中國的大革命浪潮中滚過多少次,或在軍閥戰爭中親身經驗過,或親自參加社會運動和學生運動的青年們,應該一時一刻都不要放過這種實際生活的體驗。首先就應該自己身體力行,然後纔可以在實際生活中,即在事變的進程中,體察出這一事變的矛盾與其動因,纔可以抓住問題的中心,求得改造和解決的方法,必如是,然後纔可以在實際生活的鬥争中克服一切困難,排除一切障礙。就是發爲言論,揭之報章,或刊爲專書也是極有用的文章。但是怎樣身體力行?怎樣體察事變的矛盾與其動因?又怎樣抓住問題的中心呢?我們在前面社會科學一節裏已經説了一些,我們在後面論辨證法時還要詳細説到,現在只提出一個體驗的方法暫且借着不除庭草齋夫(陶行知)的一篇短文——《軍閥的鏡子》——做個對象來研究一下,他的短文如下:

何君應欽新近演講中國國民革命到如今只算是打倒了軍閥,完成了國民革命的第一個階級。

我們要向何問一問:

那幾個軍閥已打倒?

那幾個軍閥復活了?

那幾個革命軍人變軍閥?

要想對這些問題給一個水落石出的答案必先説明軍閥是

什麼。且讓我下一個定義吧！

“壓倒主人自作主，
揮霍兵餉如糞土，
强盗進門不抵抗，
主人趕賊他不許。”

這是一面檢驗軍閥的鏡子。每一個軍人只要拿這面鏡子把自己的行動比一比便知道自己是不是軍閥？我們要知道國民革命與軍閥之消長，也只消拿着這面鏡子對着全國的軍人照一照，便能一目了然。(《齋夫自由談》頁二五五—二五六)

我們要研究陶先生這一篇短文，首先就要找出這一篇短文的中心問題。陶先生的文字，是因針對何君應欽有“中國國民革命到如今只算是打倒了軍閥，完成了國民革命的第一個階級”的演講而發的，所以他只提出一個“軍閥”的定義做一個鏡子，先給他們那些所謂“革命軍人”(何君應欽自然也是其中之一)拿去自己“照一照”，然後再讓“我們”這些“主人”拿來“對着全國的軍人照一照”，用意甚善，陶先生所製造的這面“軍閥的鏡子”實在可以當做一個照妖鏡，但是我們研究“那幾個軍閥已打倒？那幾個軍閥復活了？那幾個革命軍人變軍閥？”等等問題，并不是好白相，不是坐在安樂椅上談天，而是要打倒軍閥，而是要從根本上打倒軍閥，那末，光恃陶先生這一面鏡子就不够了，而且他這面鏡子本身就變成不健全，變成一個浮光掠影的鏡子了。所以我們果真要打倒軍閥，果真要實現所謂“國民革命”，那就是實際問題，行動問題，也就不能單就現象的表面着想，我們着應該問：

1. 國民革命是什麼？
2. 什麼人是這一革命的主力？
3. 怎樣纔可以完成國民革命？

對於陶先生的“軍閥的鏡子”也就不能不發生問題：

1. 軍閥是怎樣産生的？
2. 軍閥的主人究竟是誰？

3. 中國的軍閥爲什麽不抵抗?

4. "主人趕賊"爲什麽"他不許"?

5. 這個主人既被壓迫不能作主,那麽軍閥背後究竟有没有一種力量在那兒牽着他?

若果這些問題都得到圓滿解決,那末,陶先生那副鏡子才算"刮垢磨光",不但是一個小説上的照妖鏡,并且成了病理學上檢查病菌的顯微鏡了。用這個顯微鏡去照軍閥,不但使軍閥現出原身,并且把他們的前身,把他們的娘胎都顯露出來。軍閥是"什麽"這個問題既解決,那我們對於國民革命的任務就會深切地感覺到下面兩個應當同時解決的問題:

要打倒軍閥必須同時打倒帝國主義,要反抗帝國主義也必須同時反抗軍閥。

現在一般人都在駡:從前説:打倒舊軍閥,現在舊軍閥打倒,新軍閥又出來了。我們只要把二十年來所謂革命文件拿來通統放在我們實際生活的顯微鏡中,徹頭徹尾地體驗體驗,那就曉得要打倒軍閥,僅就軍閥的本身着想是不會解决的,要打倒(或反抗)帝國主義,僅就帝國主義本身着想,也是不會成功的。一定要雙管齊下,同時并舉,問題似乎可以解決了,然而我們要打倒帝國主義,就會發生以下的問題:

1. 什麽是帝國主義?它是怎樣的來源?

2. 怎樣可以打倒帝國主義?從什麽地方打?

3. 什麽人才可以擔負這一使命?

這末一來,研究的範圍又擴大了,我們不但要研究國際間關於帝國主義的名著,如《帝國主義是資本主義的最後階段》、如《財政資本》、如《資本論》一類著作,我們并且要運用我們數十年或十數年的國民的實際生活的經驗,從根本去體察,自然會得出正確的結論,找到正確的路綫。

你説,"打倒軍閥",
我們就要問,"什麽是軍閥?

誰是軍閥？
那裏有軍閥？
怎樣打倒他？”

你説，“國民革命”，
我們就要問，“什麽是革命？
誰是真正的國民？誰是最大多數的國民？
革誰的命？
誰配革命？
爲誰革命？
怎樣才算是真正的革命？”

“打破沙缸問到底”——什麽？是誰？爲誰？那裏？何處？怎樣？一步緊一步地追求，好像追擊敵人似的，那你在實際生活中一定會得到許多極有價值的發現，這種發現僅恃書本兒是不會成功的。我們再説一件事做例，譬如，我們要批評胡適等的“好人政府”主義無聊，任你做幾千字，幾萬字，甚至褒然成書的文章，從學理上批評它，都不如陶行知先生的下面一篇寥寥幾百字的短文：

民國十一年胡適草了一篇《我們的政治主張》，發表出來，列名的有蔡元培、王寵惠、羅文干、胡適等十六個人……後來王寵惠官運亨通，居然做了國務總理，羅文干也做了財政總長。這時，好人們以爲時機已熟，可以把自己的主張實行出來。大家組織了一個政治討論會，每逢星期五舉行一次。開了好幾次會，而王總理的大政方針老是不肯宣佈，大家很不耐煩。一次我到北京，適逢星期五，朋友即拉我去參加討論，我的記録是：

蔡元培主席
胡適起立：

"根據《我們的政治主張》,要請王總理宣佈他的大政方針和計劃。"

王寵惠登臺,亂七八糟説了一大套牢騷話,足足有一個多鐘頭,最後特别響亮的説:

"胡適,你要我宣佈計劃,我没有計劃!没有計劃就是我的計劃……"

蔡元培:"我們這個討論會,原來是爲着交换智識而設的。現在這樣鬧意見,徒傷感情,不如不開的好。如果大家贊成,我們便從此散會。"

大家贊成蔡議,好政府這出戲便從此閉幕。(不除庭草齋夫:《齋夫自由談》頁一〇八—一一〇)

這篇短文章不但是好人政府主義的致命打擊,并且也是胡適的(也是杜威的)實驗主義最致命的打擊。

第四篇　文字的要素

第一章　目的

無論做什麽事，皆要有一定的目的；有了目的纔可以定計畫；有了計畫纔可以按步就班地向前進行。作文也是這樣；未提筆做文，先就得立下作文的目的，就是説，自己應該問一問自己，我爲什麽而作文？大致説來，作文的目的，不外下列五種：

1. 發表自己對於某種問題的意見；
2. 發表自己對於某種現象的感興；
3. 描寫自己内心的生活現象；
4. 批評某種學理或某種社會；
5. 與人辯論——攻擊或防禦。

做文章的人(1) 有時表明他作文的目的，讀者一看便了然；(2) 有時不表明他的目的，要讀者在它的字裏行間去尋；(3) 有時雖然表明他的目的，却是瞎話，而在人人不經意的地方，又用它種寄托方式，隱隱地表白他的目的，讀者往往爲他所騙。例如《托洛茨基自傳》的《自序》説：

> 這本書是一部争論的書。它反映着那全部建築在矛盾之上的社會生活的動力學。學生對於師長的無禮；會客室的交際中所隱藏的妬妒的刀劍；繼續不斷的營業競争；技術、科學、藝術、運動等等一切部門中之狂賽；根深蒂固的利害衝突爆發於其中的國會的衝突；每日報紙上之劇烈之鬥争；工人罷工；參加示威者之被屠殺；文明鄰邦互相由空中傳送的充滿着毒氣的包件；在我們的星球上，差不多永遠不曾停止過的國内戰争的可怕的言語——所有這一切都是社會的‘争論’之各種不同的形式——從日常的，普通的，經常的，無論它的强度怎樣，然而幾乎不爲人所注意的起，一直到那非常的，爆烈的，火山

似的各種戰争與革命争論止。我們的時代是這樣。我們同它一塊生長起來的。我們呼吸於其中,并且生活於其中。假使我們要忠於我們的時代,那我們怎樣能以不争論呢?(德文本序言頁十一)

這很明白説明此書的目的是在"争論"。《資本論》的最終目的是在於:

表暴現代社會之經濟運動法則。

這是屬於第一類的。至於文中或書中不説明它的目的的多,要在讀者細細地體察纔可領略。譬如小説罷,有的是描寫自己或他人戀愛的歷史,以發舒個人之喜劇的或悲劇的情感;有的是描寫社會某一現象以表暴它的善與美的方面,或表暴它的醜與惡的方面;有的是描寫宫庭的穢史;有的描寫戰争的慘酷;有的描寫資本家剥削工人的黑幕;有的描寫工人階級之困苦無告的情形;有的描寫他們反對資本家社會的鬥争。文學中以此類爲最多,而小品文或短篇小説簡直可以説没有例外。因爲文學家運用他的天才的思想、鋭利的眼光、卓越的想像力和爲階級利益而鬥争的情緒,最精悍、最含藴、最藝術的技術把社會的某一部分,某一方面或它的全部分,各方面的動象攝入一篇短文之中。它的目的不是浮在面上的。這是屬於第二類的。

有的文學作品雖然説明它的目的,但是因爲避免政治上的壓迫,這類目的的説明,大都是荒唐無稽之談,不可相信,如《水滸傳》明明是深刻地描寫宋元時代鄉村中在流氓無産階級領導之下的農民反抗地主階級社會的鬥争的歷史,而作者偏偏説道:

吾友談不及朝庭,非但安分,亦以路遥傳聞爲多,傳聞之言無實,無實即唐喪唾津矣;亦不及人過失者,天下之人本無過失,不應吾詆誣之也。

這明明是他故意地弄玄虛，希圖混過當權者的耳目；但同時他又怕讀者不明白作者的苦心，當真把他的作品當做“燈下戲墨”，所以接着就説：

> 所發之言，不求驚人，人亦不驚，未嘗不欲人解，事在性情之際，世人多忙，未曾常聞也。

這明明是在提醒世人要了解他作書的宗旨，但又預料“事在性情之際，世人多忙，未曾常聞”，卒亦不能了解。這是何等的痛苦呵！作者又怕讀者不明白他的意思，所以在楔子裏很鄭重地提醒讀者和聽衆道：

> 且住！若真個太平無事，今日開書演義，又説着些甚麼？

可見此書不是叙述“太平無事”的閑情逸致，而是紀載天下亂離之作，用現代的話説，就是描寫當時社會中階級不平，階級鬥争的劇烈狀況，且指出亂事原因在於統治階級的壓迫，金聖嘆説[得]對：

> 一部大書七十回將寫一百八人……而先寫高俅者，蓋不寫高俅便寫一百八人，則亂自下生也。不寫一百八人先寫高俅，則是亂自上作也。……

聖嘆真是一個天才的批評家，并且是一個了解階級社會真實根源的天才的批評家（他的殺身，也是表現統治階級的凶殘面目，而他的批評之暴露統治階級的罪惡，或許就是他的遭禍原因之一）。他能抉出作者作書的目的所在，《水滸》之偉大精神因亦大白。我們再看《紅樓夢》。《紅樓夢》明明是描寫清初的宫庭貴族、地主階級的腐敗和地主貴族剥削農民、壓迫平民，横行無忌與夫農民生活之痛苦，兩階級的生活懸殊的真實狀況，然而它的作者偏偏地説道：

> 作者自云曾歷過一番夢幻之後，故將其事隱去，而借“通靈”説此《石頭記》一書也，故曰“甄士隱”云云。但書中所記何事何人？自己又云：今風塵碌碌，一事無成，忽念及當日所有之女子，一一細考較去，覺其行止見識皆出我之上；我堂堂鬚眉，誠不若彼裙釵；我實愧則有餘，悔又無益，大無可如何之日也！當此日，欲將已往所賴天恩祖德錦衣紈袴之時，飫甘饜肥之日，背父母教育之恩，負師友規訓之德，以致今日一技無成半生潦倒之罪，編述一集，以告天下知我之負罪固多，然閨閣中歷歷有人，萬萬不可因我之不肖自護己短，一并使其泯滅也。所以蓬牖茅椽，繩牀瓦竈，并不足妨我襟懷；况那晨風夕月，階柳庭花，更覺得潤人筆墨。我雖不學無文，又何妨用假語村言敷衍出來，亦可使閨閣昭傳，復可破一時之悶，醒同人之目，不亦宜乎？故曰‘賈雨村’云云……

表面看來，這些表白，好像是説《紅樓夢》一書不過是在於“告天下知我之負罪固多，然閨閣中歷歷有人……亦可使閨閣昭傳，復可破一時之悶，醒同人之目”，其實這是作者的瞎話，也是在混過統治階級的耳目，避開統治階級的注意，然而他却怕世人果真把它當做無關緊要之書，所以他在上述一段話之中，既曰：“甄士隱”，又曰：“賈雨村”，這已經説明了書中所言完全是“假語村言”，提醒閲者應當了解其中真意；到後來，作者又憤然道：

> ……可惜世人只知看戲，未必能領略其中的趣味！

真是情見乎詞了。總而言之，一篇文字必有一篇文字的目的，没有目的而作文，便是無的放矢，無病呻吟，失却文字的作用了。其實是没有這回事的，所以做文必定要先有目的，先要打定主意，才是有用之文，這是文字的第一要素。

第二章　事實

文字第二要素是事實。但是下面一段故事：

> 林子洞裏原來有一群耗子精。那一年，臘月初七，老耗子升座議事，説："明兒是臘八兒了，世上的人都熬臘八粥；如今我們洞裏菓品短少，須得趁此打劫些個來才好。"乃拔令箭一枝，遣了個能幹小耗子去打聽。

只是一種笑話，不是事實。事實總歸是事實，但是這裏却也應得有下面兩種區别：

1. 科學論文中的事實。無論是社會科學也罷，自然科學也罷，無論是理論的文字也罷，叙述文字也罷，它必須根據千真萬確的事實。達爾文根據他的數年考察生物界演變的事實，得出生物進化的結論，筆之於書，就成了他的"物種原始"的劃時代的名著；摩爾根根據他多年在未開化民族中的考察及考古學，地質學等多年發見的事實，發表他的極偉大的著作"古代社會"；馬克思根據他多年研究現代資本主義社會之經濟的運動法則即根據現代資本主義社會之經濟運動的事實所抽繹出來的法則，發表他震古爍今，光照百世的著作——《資本論》。又如牛頓、凱卜列、法拉第、富蘭克令、愛迪生、潘加賚、愛因斯坦，其所發表的著述，論文莫不是根據自然界的事實的研究和對於自然界各種現象的觀察而得的結果。我們就拿愛因斯坦來説罷，愛氏的相對論，本是一種理論的物理學，然而他的學説之成立，完全由他對於物理界所觀察的事實爲依歸，譬如：他主張空間是彎曲的、有限的，光綫一直發出去，可以兜一大圈了走回來……

> 可是現在愛因斯坦氏已放棄他的彎曲空間的觀念了。據愛氏的意見，空間大概是無限的、三度的，光綫一直發出去不會回來，和歷來科學家所假設者相同。不過此種觀念的變動

對於相對論的真實性還是毫無影響。愛氏所以放棄他的彎曲空間觀念,有幾種原因:

第一,由威爾遜山天文臺觀測的結果,遠處星雲的光帶向紅端移動,星雲越遠,移動越大,這便是證明宇宙刻刻在膨脹,膨脹的速率,異常驚人,每秒鐘有十五萬英里!愛氏從前以爲空間是有定限的,所以他爲完成其學説,假定空間是彎曲的,至於這膨脹空間,他却絶未想到。

第二,德國苟庭根大學海克門博士已經證明膨脹的空間可以有物質在内,而且仍爲歐几里得式。由此假設,愛氏遂放棄他的彎曲空間的主張……(《愛國斯坦氏放棄彎曲空間》,此文載在五月七日美國的"Literary Digest",譯文録自六月二十八日《申報》)

若果這個消息是真的,那我們敢斷定愛氏此後所發表的文字必然要根據空間無限的事實。我們再看列寧的文章。他的文章的作風,樸實無華,毫無一點矜持雕斲痕迹,然而它的感人力量,却是非常之大,這是因爲:

(a)他的文章中的一句一字都是有千錘百練的事實做骨子,既然是事實,所以用不着膚詞爛調。

(b)他徹底地了解國際間的極複雜的關係,俄國内各階級間的比重與工農群衆的急切要求,所以他所舉的事實乃是從社會的最複雜;最隱秘,最深奥,同時又是極普遍的社會現象。

所以他説:

馬克思主義者當做現狀之分析的時候,不應該從可能出發,而應該從現實出發。(Briefe uber Taktik).

從"可能"出發去分析現狀,就不免陷于幻想,那他的策略也就必然偏於主觀;從"現實"出發,則分析現狀的結果,必可得到切乎實際的正確的策略。所以事實一層在討論政治問題,革命問題的文字上,意義尤爲重要。

2. 文學上的事實與上述的社會科學與政治科學的事實,稍微有點不同。第一,歷史小説的事實。這是根據歷史上有名的史實,加以敷衍,如《三國演義》的劉備、孫權、曹操及關雲長、張飛、周瑜、魯肅、諸葛亮等人,歷史上實有其人,魏、蜀、吴的相争也是事實,但是其間人物穿插,情節交錯,全由作者的歷史的知識與構想能力以及他對於當時社會之客觀的社會關係,均爲搆成這種小説的條件。又如《水滸傳》,也是這樣。《水滸傳》中的宋江等三十六人也是載在歷史的,宋江等聚衆造反也是歷史的事實,然而豹頭林冲怎樣在山寨火拼,梁山泊好漢怎樣在江州劫法場,武松怎樣打虎,怎樣殺嫂,那也全是由作者研究歷史,觀察當時社會的階級關係的結果,武松雖不必有其人,西門慶雖不必有其人,然而當時社會必常有此種現象,是可以斷言的;蔡知府之要斬宋江,與梁山泊好漢之劫救宋江等,雖不必實有其事,然而當時的統治階級的壓迫農民與夫農民群衆因鄉村流氓無産階級的領導,大起反抗,殺官劫庫,與統治階級的軍隊作戰,必是常見的事實。又如,大仲馬的《俠隱記》,所謂德拉費伯爵、達特安等雖不必實有其人,然而它叙述路易十四朝之史實與夫當時與英國之關係——戰争、外交、宫廷、紅衣主教等等,却是有它的歷史來源,便應承認他的叙述有歷史文學上的價值。因爲它“没有時代錯誤”。至於《紅樓夢》《西綫無戰事》、魯迅的《阿Q正傳》等類的文學作品,它的作者或即是書中之主角,不然,也是親見親聞的,所以它所描寫的事實是逼真的,都是作者當時社會之全部的或一部的反映,自然不成問題。又如《西游記》一類的理想小説,雲來霧去,海闊天空,好像談不到什麽事實,然而不管怎樣,它總脱離不了作者當日所生存的社會之生活的反映。玉帝天宫雖然是瓊樓玉宇、異草奇花,然而他們在那裏養尊處優,一事不作,全賴四方供給,儼然一人間的剥削階級;孫悟空雖然有偌大本領,只因爲他的出身微賤,來自被壓迫階級,那就被上天一班貴族視爲禽獸,視爲奴隸不能與他們等量齊觀,不能與他們同格升進,等待老孫起來反抗,大鬧天宫,天兵大敗,玉帝宫廷驚惶失措,纔來與老孫妥協,封他齊天大聖,欲以功名牢籠他。凡此等等,皆是一股人間烟火氣,也可做爲寓言小説之一種事實。

還有一種文學,專以阿諛取容,欺世盜名,易黑爲白,指鹿爲馬,替統治階級辯護,古今中外,比比皆是。現在這類文字中中國也不少,或則比西方的來得更赤裸裸地,那我們最客氣,也只有請它到字紙簍兒裏去,我且引陶行知先生的《字紙簍裏的頌詞》做個結論罷,他説:

> 中國無是非,世界無是非。如果有是非:便是强者是,弱者非;富者是,窮者非;勝者是,敗者非;走運者是,倒霉者非。該説公道話的人,不説公道話而説敷衍話,則是變爲非,非反爲是,而是非消滅了。

國民會議開幕時,蔡孑民先生寫了一篇四言頌詞,裏面有兩句是:"濟濟一堂:農工商士。"[①]我們按圖索驥,會場裏找不出一個靠自己種田吃飯的真農人,也找不出一個靠自己做工吃飯的真工人。該説公平話的蔡先生是和甘地先生敷衍法國人一樣的令人失望。

假使五十年或一百年之後,有位小胡適,愛做考據工夫,誤以德高望重的蔡先生的親筆頌詞作證據,豈不要弄假成真,變非爲是?

到底是非也不易埋没,字紙簍裏有時會跑出史料來。下面便是當時報章登不出來,火爐裏幸而没有燒完的一篇文字,現給發表一下,誰是誰非,聽讀者自判吧。

> 孫公遺教:天下爲公。國民會議,樂與誰同?
> 吾觀代表:士商亨通。農不像農,工不像工。
> 農工皆士;士亦農工。公僕當國,僭主人翁:
> 國之大本,忍付東風。異己信徒,亡命西東。

① 全文登載在二十年五月五日《時事新報》上,兹轉載於下。

青青年少,伐若枯鬆。民入地獄,自造天宫。
口談革命,主義失踪。己不受訓,訓人誰從?
中山有靈,淚灑群雄。蔡子長者,後學所宗。
恕持異議,言出由衷。願公登高,發聵振聾。
念頭轉處,畫蛇成龍。雲霓在望,草木重榮。
漫漫長夜,浩浩長空。亦孔之憂,吾望無窮。

慶祝國議蔡元培親頌詞

新會任務,解决國是。遺教諄諄,瞬逾六祀。
今幸統一,訓政開始。時會既成,召集於此。
濟濟一堂,農工商士。消弭衆歧,指示正軌。
力謀建設,公宏民祉。制定約法,以張民紀。
討論問題,得其神髓。主義實現,輝煌國史。
使命不辱,上慰總理。憲政可期,兆民咸喜。

據陶行知先生的意思,是説蔡孑民不説公道話,頌詞所頌,都非事實,因爲變是爲非,反非爲是。那是絶對的正確。然而陶先生所認爲“字紙簍裏”“跑出來的史料”的一篇四言詞,是對蔡孑民這位“德高望重”的人陳述他的希望的。裏面也有些似是而非的話,然而它仍然頂着那頂玄學鬼騙人的白帽子,把封建時代的烏托邦的理想,來做我們二十世紀的反帝國主義、反軍閥、反帝國主義走狗資産階級鬥争的中國人的金科玉律,那豈不是如鄭板橋所説的“起手便走錯了路頭,後來越做越壞,總没有個好結果”? 此文稍微嚴格地説來,也只有仍然請它到字紙簍去,爽快一點,把它送到火爐裏净化一下更好。至於陶先生對於蔡孑民的“濟濟一堂,農工商士”的反詰的理由:“會場裏找不出一個靠自己種田吃飯的真農人,也找不出一個靠自己做工吃飯的真工人”,這完全是形式邏輯。我們就不這樣提出問題,我們應該問:

1. 這個國民會議的本身是不是由“靠自己種田吃飯的真農

人"和"靠自己做工吃飯的真工人"選舉出來的(由無條件的普通選舉出來)?

2. 這些所謂國民會議代表有幾個是能真正站在工農大衆的利益上發表意見的?

3. 這個會議背後是靠着"靠自己種田吃飯的真農人"和"靠着自己做工吃飯的真工人"做保障或受他們的嚴格的監督呢?抑或另有一種特殊勢力牽着綫在那兒玩猴人戲呢?

我們青年每逢做文下筆時,自己應該嚴格地問一問:

這是"事實"麽?

我們青年每逢讀人的文章時,也應該嚴格地問一問:

這是"事實"麽?

"事實"還是事實,因爲它不是空口説白話,它是要有鐵一般的"證據"的!

第三章　語言

語言爲文字的必要條件即要素,這是不待言的;現代的文字之必用現代的語言即語體,又名白話,更是不待言的。但是現代的語言也有很大的區别,不可籠統一概而論,約略分之如左:

(a) 統治階級即資産階級的語言,買辦階級的語言屬之;

(b) 被統治階級的語言,即平民或貧民的語言;

(c) 而被統治階級又可分爲工人階級的語言與農村中一般農民的語言;

(d) 特殊社會的語言,如戰争的士兵的語言與妓院中的語言之類;

(e) 方言:例如:蘇白,粤語,北京話,湖北話,寧波話。

(a)(b)(c)各種語言是因階級的關係而發生的;(d)種語言是因特殊社會的關係而發生的;E 種語言是因地域不同而發生的;而在方言之中,亦不能脱離階級關係所發生的區别。你要描寫統治階級的社會,你就得用道地的統治階級的社會中流行的語言;你要描寫工人階級的社會,你就得用道地的工人階級社會中所流行的語言；你要描寫農民社會，你就得用道地的農民社會所流行的語言。不然，那你所描寫的就不是逼真的客觀的事實，而是主觀的矯揉造作。其它皆可類推。譬如，《官場現形記》寫左雜一類的小官，寫得畢真，極好，但是它寫大官便失敗了。因爲他寫小官時所用的語言確實是逼真的小官日常生活用的語言；寫大官時所用的語言便不是逼真的一切合乎大官實際的日常用的語言。又蔣光赤的《少年飄泊者》和《鴨緑江上》所描寫的是學生的革命情緒，革命思想的轉變，它的語言也是比較天真的學生的語言，所以在他個人的文字發展上，還算是成功的；至於以後的作品如《最後的微笑》，其思想如何，暫且不論，而就描寫所用工具言之，可算是完全失敗；因爲它所描寫工人階級的生活、思想、行動、感情、交際等等，都是用他自己的語言寫的，不是用工人自身的語言寫的，换句話説，是它的作者在窗明几净的書桌上，由主觀的意識造作出來的，不是從工廠中、從鴿子籠中、從茶館飯店中得來的語言寫的。天才的文學家，他寫那一類的人就用那一類人的語言，寫那一社會的人，就用那一社會的語言，曹雪芹就是這樣，他寫劉老老，完全用鄉村農民的語言，譬如：

……因此，劉老老看不過，便勸道："姑爺，你别嗔着我多嘴。咱們村莊人家兒那一個不是老老實實守着多大碗兒吃多大的飯呢？你皆因年小時候，托着老子娘的福，吃喝慣了，如今所以有錢了就顧頭不顧尾，没了錢就瞎生氣，成了什麽男子漢大丈夫了！如今咱們雖離城住着，終是天子脚下。這長安城中，遍地皆是錢，只可惜没人會去拿罷了！在家跳蹋也没用。"

狗兒聽了道："你老只會在炕頭上坐着混説。難道叫我打劫去不成？"劉老老説道："誰叫你去找劫呢？也到底大家想個方法兒才好。不然，那銀子錢會自己跑到咱們家裏來不成？"狗兒冷笑道："有法兒還等到這會子呢！我又没有收税的親戚，做官的朋友，有什麽法子可想的？就有也只怕他們未必來理我們呢。”劉老老道:“這倒也不然:‘謀事在人,成事在天。’咱們謀到了,靠菩薩的保佑,有些機會,也未可知。我倒替你們想出一個機會來。當日你們原是和金陵王家連過宗的,二十年前,他們看承你們還好;如今是你們‘拉硬屎’,不肯去就和他,才疏遠起來。想當初我和女兒還去過一遭。他家的二小姐着實爽快,會待人的,倒不拿大,如今現是榮國府賈二老爺的夫人。聽見他們説:如今上了年紀,越發憐貧恤老的了,又愛齋僧布施。如今王府雖升了官兒,只怕二姑太太還認的咱們。你們爲什麽不走動走動?或者他還念舊,有些好處,也未可知。只要他發點好心,拔根毫毛,比咱們的腿還壯呢?”劉氏接口道:“你老説的好!你我這樣嘴臉,怎好到他們上去?只怕他那門上人,也不肯進去告訴,没有白打此現世的!”(參看王靈皋:《國文評選》第三集《劉老老進榮國府》)

劉老老進榮國府兩次都是用農村老嫗的口語描寫的,所以逼真,所以成功;但《紅樓夢》的作者描寫一班當差的、强奴健僕一種特殊社會的人物的時候,則又用這一特殊社會的語言,故爾有聲有色;你看他寫焦大寫得多麽好!

一個人飛奔前來,走到半路,遇着胡屠户來,後面跟着一個燒湯的二漢,提着七八斤肉,四五千錢,正來賀喜。進門見了老太太,老太太哭着告訴了一番。胡屠户詫異道:“難道這等没福!”外邊人一片聲請胡老爹説話。胡屠户把肉和錢交與女兒,走了出來。衆人如此這般,同他商議。

胡屠户作難道:“雖然是我女婿,如今作了老爺,就是天上的星宿。天上的星宿是打不得的!我聽得齋公門説:‘打了天上的宿星,閻王就要拿去打一百鐵棍,發在十八層地獄,永不得翻身。’我却不敢做這樣的事!”鄰居内一個尖酸人説道:“罷麽!胡老爹!你每日殺猪的營生,白刀子進去,紅刀子出來,王也不知叫判官在簿子上記了幾千條鐵棍!就是添上這一百棍,也打甚麽要緊?只恐怕鐵棍子打完了,也算不到這筆賬上來。或者你救好了女婿的病,閻王叙功,從地獄裏把你提上第十七層來也未可知。”報録的人道:“不要只管講笑話。胡老爹,這個事須是這般。你没奈,權變一權變。”

說着,一直去了。來到集上,見范進正在一個廟門口站着,散着頭髮,滿臉污泥,鞋都跑掉了一只,兀自拍着掌,口裏說道:“中了!中了!”胡屠户凶神一般走到跟前,說道:“該死的畜生!你中了甚麽?”一個嘴巴打將去。……不想胡屠户雖然大着膽子打了一下,心裏到底還是怕的,那手早顫起來,不敢打第二下。

用胡屠户這一社會與其鄰近一般所謂貧民社會的語言來描寫范進發生痰迷這一故事,詡詡生動,而當時一般社會對於科名思想中毒之深,亦可得到深切了解。至於《儒林外史》描寫士者階級土豪劣紳及其希望爬到士者階級的心理,那更是用的他們一種特殊的語言,這是《儒林外史》的最大部分,最主要部分的語言,我們在下編專論中將要說到,現在只引下面一節做個例:

一會同幕客吃酒(指范學道同幕客吃酒。靈皋),心裏只將這事委决不下。衆賓也替他猜疑不定。内中一個幕客蘧景玉說道:“老先生這件事倒合了一件故事。數年前有一位老先生點了四川學差,在何景明先生處吃酒。景明先生醉後大聲道:‘四川如蘇軾的文章,是該考六等的了。’這位老先生記在心裏,到後典了三年學差回來,再會見何老先生說:‘學生在四川三年,到處細查,并不見蘇軾來考。想是臨場規避了。’說罷,將袖子掩了口笑;又道:‘不如荀玫是貴老師怎樣向老先生說的?’”

范學道是個老實人,也不曉得他說的是笑話,只愁着眉道:“蘇軾既文章不好,查不着也罷了。這荀玫是老師要提拔的人,查不着,不好意思的。”一個年老的幕客牛布衣道:“是汶上縣？何不在已取中入學的十幾卷内查一查？或者文字好，前日已取了，也不可知。”學道道：“有理，有理。”忙把已取的十幾卷取了，對一對號簿，頭一卷就是荀玫。

上面的幕客和學道的對話，就是士者階級的語言，它可以表示這一階級的特殊生活與特殊心理。

以上還是説的描寫時用的各種不同的社會所用的語言，至於作者叙述某一事件或批評某一問題，自然要有他的一種語言作爲脈絡，作爲骨幹。譬如《紅樓夢》罷，它雖然是主旨在描寫貴族社會的生活，其中貴族社會的語言占去大半，同時叙到農民社會，又有農民社會的語言；叙到流氓和奴僕之流又有流氓和奴僕之流的語言，然而它的脈絡和骨幹，却是當時北京一帶所流行的一種普通的語言，也可以説是民間的語言。《儒林外史》也是這樣：它叙述士大夫階級則用士者階級的語言；叙述流氓社會則用流氓社會的語言；叙述農民則用農民社會的語言，然而它本身却有一種作爲脈絡和骨幹，藉以穿插全體的語言，即當時江南一帶的平民間一般流行的語言即普通話。這是我們應當注意的。總而言之：我們無論做那一種文字，批評論辯的文字也罷，叙述描寫的文字也罷，總得有一種比較普通的語言(不是全國的，便是某幾省的，或是某一省某一地方的方言)作爲脈絡和骨幹，然後叙到那一社會的人的言語，行動，就用那一社會的語言；叙到那一地方的人的言語，行動，就用那一地方的語言。這就難了。那末，怎樣纔可以達到這個目的呢？没有别的方法，只有你要描寫某一社會或某一地方的人或物，就得深深地熟悉和了解這一社會或這一地方人民的經濟生活和他們之間的階級關係。然後纔可以得到他們這一社會或這一地方的語言的神髓。這一層，我們的中學校的青年們自然做不到，我們也卑之勿甚高論，只要能用他的普通話或比較普通的方言做文就得了；至於進一層的辦法，則各視其力之所及，努力做去，能多進一步便得一步的妙處，便得一步的效用。

第四章　思想

語言是文字的一個必要條件，我們在前面已經説明白了，就是説，要用極普通極平民化的語言即白話來寫文章，同時儘可能地，運用工農社會的語言以及其它特殊社會如流氓社會、官僚社會、統治階級社會分别描寫它們，并且儘可能地運用各地方言，以描寫各地社會的生活，這是進一步的研究。但是語言的問題雖然解决，却同時又發生一個問題。用語體文做文的，不見得都是好文章，譬如《紅樓夢》《儒林外史》固然是用白話做的；《聖諭廣訓》《新舊約》不也是用白話文寫或譯的嗎？這裏就不單是文字的問題而思想的問題了。

文字必含有思想，這是不成問題的；但是我們所要問的，是一種什麽思想。現在有些人當評論人物時，常常説，某也有思想，某也没有思想。這句説法，有兩種意義：一是説，某也能思想，某也不能思想；一是説，某也思想新、思想好，某也思想舊、思想不好。前一個説法固然不是我們這裏所説的意思，即是後一個説法，也爲我們所不取。因爲無論好思想、壞思想、新思想、舊思想，總歸是一種思想。至於能思想與不能思想只是程度上的不同，不是絶對的。因爲能思想的，固然要思想；不能思想的，不是不思想，不過思想中樞的神經係的運動不靈敏，感覺不能迅速集中於它的對象。這是心理學的問題，不是我們這裏所應討論的。我們這裏所討論的思想，是就文字内容所包含的作者對於他所叙述或所討論的事實與問題的態度、意識、觀點等等，没有一篇文章不表露它的作者的態度、意識和觀點的。不管作者如何地“深藏可虚”，然而他的思想總要從字裏行間流露出來的，所以思想是文字的第三個要素。我們且舉幾節文字來做個例子如下：

(1) 君者，出令者也；臣者，行君之令而致之民者也。君不出令則失其所以爲君；臣不行君之令而致之民則失其所以爲臣；民不出粟米麻絲，作器皿，通貨財，以事其上，則誅。(韓愈)

(2) 我想天地間第一等人,只有農夫,而士爲四民之末。農夫:上者種田百畝,其次七八十畝,其次五六十畝,皆苦其身,勤其力,耕種收穫,以養天下之人。使天下無農夫,舉世皆餓死矣。……工人制器利用,賈人搬有運無,皆有便民之處,而士獨於民大不便,無怪乎居四民之末也,且求居四民之末,而亦不可得也。(鄭燮)

(3) 單説那位勞工代表 Frahne(?)先生。他站起來演説了。他穿着晚餐禮服,挺着雪白的硬襯衫,頭髮蒼白了(圈點是我加的。靈皋)。他站起來,一手向裏面衣袋裏抽出一卷打字的演説稿,一手向外面袋裏摸出眼鏡盒,取出眼鏡戴上。他高聲演説了。

他一開始便使我詫異。他説:"我們這個時代可以説是人類有歷史以來最好的最偉大的時代,最可驚嘆的時代。"

這是他的主文。以下他一條一條地舉例來證明這個主旨。他先説科學的進步,尤其注重醫學的發明;次説工業的進步;次説美術的新貢獻,特别注重近年的新音樂與新建築。最後他叙述社會的進步,列舉資本制裁的成績、勞工待遇的改善、教育的普及、幸福的增加。他在十二分鐘之内描寫世界人類各方面的大進步,證明這個時代是人類有史以來最好的時代。

我聽了他的演説,忍不住對自己説道:"這才是真正的社會革命(!?)社會革命的目的就是要做到向來被壓迫的社會分子能站在大庭廣衆之中歌頌他的時代爲人類有史以來最好的時代。"(胡適)

(4) 如托爾斯泰的"難道這是應該的麽?"全篇所描寫的。(《托爾斯泰短篇小説集》耿濟之等譯,商務版。)

(5) 羅馬奴隸爲他的所有者的鎖鍊所係,工銀勞動者則爲他的所有者的不可見的綫索所係。不過工銀勞動者的所有者不是個别的資本家,而是資本家階級。(德文本,考茨基版:K. M. Dad kapital s. 509)

自由勞動者有兩重意義,即是:他們既不像奴隸、農奴等等那樣,自己直接隸屬於生產要具,也不像自耕農那樣,生產要具隸屬於他們,他們對於那些生產要具毋寧説是自由的,解放的并且是孑然一身的。(同前書頁六四六)

以上五個人——韓愈,鄭燮,托爾斯泰,馬克思,胡適——的文章,都是關於工農階級的狀況和他們與統治階級的關係;但是他們各人的文字内容却大不相同。韓愈的話就是説,工農階級應該白出勞力供養他們的統治階級的;不然的話,就應該吃官司、砍頭,用現在的語言説,就是"槍斃"。鄭板橋(燮)客氣得多了,他把工農的地位抬高了,商人的價值也抬高了,尤其是替農民抱不平,擺出一副慈祥愷惻的面孔,所謂"仁者之言,藹如也!"但是他所説的農民是富農中農,頂多不過是自耕農;而且他雖然抱不平,却把農民窮年累月,自朝至暮,苦其身,勤其力,耕種收穫,以養"其上"——地主階級與夫適應這種封建階級生產方法的統治者——變成了"以養天下之人",輕輕地把地主階級,封建階級的剥削和壓迫的罪惡,一筆撇開,把問題的性質完全變了,使一般被剥削,被壓迫的農民認不清癥結所在,耳朵根子聽着快活,好拚命地出力報銷地主階級,死而無怨。托爾斯泰不同了,他雖然是衣租食税的大貴族,但他却義形於色地替農民工人打不平,向着全人類提出"這是應該的麽?"的問題,但是他雖然提出問題,却没有透出他的解决方法來。有之,也不過是他全部人生觀,全部哲學——不抵抗主義罷了。他雖然當貴族階級没落的時候,發出許多驚心動魄,驚風雨泣鬼神的言論,然而他到底不能舍却他的本階級的利益,轉過身來,站在工農群衆方面,積極地向地主,貴族階級的社會組織進攻。這也不是偶然的呀!馬克思則不然。他完全獻身給無産階級,從歷史的研究和資産階級社會的生産關係,生産方法的分析,一方面從事實上把資本主義社會的罪惡鬚眉畢現出來;一方面,從這種分析中,便自然而然地透露出解决的曙光來。他不像托爾斯泰那樣情感地同情於工農群衆,而是替無産階級用極冷静,極博學的頭腦去分析資本主義社會生産方法運動法則,他把資産階級對於工人農民的極慘酷的剥削與壓迫的事實,都放在他的冰冷的天秤上,冰冷的解剖刀下,找出它的前因後果。我們中國的胡適真特别的乖巧!他把那位"穿着晚餐禮服,挺着雪白的硬襯衫",在國際資産階級及其走狗的大會裹厮混的"頭髮蒼白了的"朋友,當着世界"勞工代表"!他聽了這位"勞工代表"無耻地歌誦"這個時代"(資本帝國主義一方面利用它極高度的生産合理化極端地剥削世界工人,一方面用它的極高度的科學制造殺人機器争奪殖民地,屠殺殖民地的工農群衆并且同時也一樣地槍殺它本國工農群衆的時代!!!)"最可驚嘆的時代!"於是我們這位大博士便一唱三嘆,喜形於色地,"忍不住……説道:這才是真正的社會革命"。他説:"社會革命的目的就是要做到向來被壓迫的社會分子能站在大庭廣衆之中,歌頌他的(?)時代爲人類有史以來最好的時代。"大衆聽着!胡適眼中的社會革命"就是要做到向來被壓迫的社會分子能站在大庭廣衆之中歌頌他的時代……"那麽,我們中國早已實行過社會革命了,并且天天在實行社會革命,因爲:

(a)在我們中國也可找到并且已經找到一些被壓迫的分子(我們説是"工農群衆")"穿着晚餐禮服,挺着雪白的硬襯衫"的到大庭廣衆之中去歌頌"革命成功"!

(b)在我們中國也可找到所謂"工會",時時在"大庭廣衆之中"用"等因奉此"的文字歌頌他們的"革命成功"!

無怪乎樊迪文、采特里、考茨基、麥克唐納、赫里歐等一班國際工賊在那裹耀武揚威,他們是由"穿着晚餐禮服挺着雪白的硬襯衫"從無産階級隊裹跑到資産階級的大庭廣衆,歌頌資産階級的時代,認爲是他們的時代。不錯,到後來果真是他們的時代了,因爲他們完全變了資産階級的螟蛉子,那却不是國際無産階級和其他一切勞動大衆的時代!

你看!從韓愈到胡適他們五個人同是談的工農大衆的問題,而他們的文字所包孕的思想,真是相去天淵。韓愈完全代表地主貴族階級統治鼎盛時期的統治階級的思想;鄭板橋却是代表鄉村資産階級或富農,并同情於商業資本主義的利益,掛着仁愛的面孔，去對被剥削階級“假惺惺”，藉以欺騙工農大衆的思想；托爾斯泰是代表農奴解放以後，貴族地主階級日趨没落、勞動運動正在發展時期的俄國貴族地主的矛盾思想；馬克思完全是爲無産階級而鬥争的理論指導者與行動指導者的思想；至於胡適則完全是當代資産階級麥克唐納一流人的思想。

青年們作文時要如臨深淵，如履薄冰地審慎自己的思想的出發點：應該嚴格地自己問問：我的思想究是那一種思想呢？或去或從，或取或舍，你自己就有一點把握了。

第五章　讀者

做文章有了目的，事實，又有了適當的語言和正確的思想，當然會做出好文章出來，然而却不盡然；有時文章做得果然好，内容也充實，然而却是文不對題，或則對象不明。從前梁啓超因清華學校學生留美，給他們開了一個“國學入門書要目”，把二十四史、《資治通鑒》《文獻通考》《續文獻通考》《皇朝文獻通考》以及其它四部之書中重要的都包括在内，這自然是梁啓超主觀地在那兒賣武藝，他一絲一忽也没有顧及他給開書目的對象，而且必須讀了二十四史、十三經、諸子、群經，才算入了國學之門，那這個倒霉的國學還是把它丢到毛厠裏去好，不然，它會葬送大多數有爲青年的寶貴光陰；這就是没有認清文學的對象——“讀者”的緣故。胡適比梁啓超要乖巧些了，他在他的“一個最低限度的國學書目”的末尾，開了十幾部明清兩朝的小説，算是有點意思，然而它前面包括經史子集四部之書的一百七十餘部“最低限度的國學書目”，也就够嚇煞人的了。清華學生批評得對“不合於‘最低限度’四字”，他們并接着説道：

> 我們以爲定清華學生的國學最低限度，應該顧到兩種事實：第一是我們的時間，第二是我們的地位。我們清華學生，從中等科一年起，到大學一年止，求學的時間共八年。八年之内一個普通學生，於他必讀的西文課程之外，必肯切實的去研究國學，可以達到一個什麽程度，這是一件應該考慮的。第

二,清華學生都有留美的可能。教育家對於一般留學生,要求一個什麽樣的國學程度,這是第二件事應該考慮的。

總而言之一句話:"要顧及讀者的需要"并且"要顧及讀者的能力與時間"。不但對於清華學生開一書目應該如此,一切文字都要預先顧及它的讀者,我們家鄉有一句俗語"什麽客,什麽待;什麽人,什麽菜",所以做文章應當顧及它的對象——"讀者"。時代不同了,不但梁啓超氏的"國學入門書要目"成了狗屁不通的東西,即胡大博士的"一個最低限度書目提要",到了現在也一錢不值了。有一位朋友曾經談及此事,他説,梁、胡的書目提要,在現代青年的新要求之下,它們的地位就要被下面一篇書目録所代替了:

一、哲學
Hegel: Science of Logic 2 Vols.
Engels: Fcuerbach.
Engels:《自然界的辨證法》。
Plekhanaff:《馬克思主義的根本問題》。
Plekhanaff:《史的一元論》。
列寧:《唯物論與經驗批評論》。
二、政治經濟學
馬克思:《政治經濟學批評》。
馬克思:《資本論》。
希爾費丁:《財政資本論》。
盧森堡: Die Akkumulation des Kapital。
列寧:《帝國主義》。
列寧:《俄國資本主義之發展》。
波格達諾夫:《經濟學大綱》(施存統譯)。
……
三、歷史
克魯泡得金:《法國大革命史》(劉鏡園譯,神州國光社出版)。

馬克思:《法國之階級鬥爭》。

馬克思:《邦拿巴特之布魯美爾月十八日》。

恩格思:《革命與反革命》。

馬克思:《法國之國内戰争》。

托羅茨基:《一九〇五》。

托羅茨基:《俄國革命紀實》。

約翰里得:《驚天動地之十日》。

列寧:全集第二十,二十一卷,一九一七年文存。

托羅茨基:《我的生活》。

托羅茨基:《俄國革命史》(一九一七)(已出一册)。

恩格斯:《家庭,私有財産及國家之起源》。

莫根(摩爾根):《古代社會》。

以上書籍,我認爲是青年應當用心地讀的。但這不是説青年們必須將這些書讀完,才算在馬克思主義學校中畢業,這只是説我們在讀書時應當首先從這些有思想的書中選擇……(神州國光社:《讀者雜誌》第二卷第一期)

劉先生給我們青年指定在"國難期中青年應讀"之書,樣樣都對;劉先生并給我指教:"(一)讀最有價值的書;(二)反對學院主義;(三)讀書與札記與發表",這些也都是金科玉律,劉先生文章自然是有價值的,但是我覺得他寫這文章時,未嘗顧慮到他是對什麽一種青年説話;就是説,他應該顧到:

(a)大學程度的青年與中學程度青年的區别;

(b)中國缺乏圖書館,縱有也没有劉先生所開的書籍供青年瀏覽;

(c)中國青年的經濟狀况是困難的,而打算讀到劉先生所開的書籍的青年,一百個就有一百零一個窮。那有錢去買《資本論》?(全部英文的約值國幣四五十元;德文的稍廉,也要三十多塊。近來德文本第一卷有了普及本,據説只需國幣兩塊多錢)

(d) 一班青年的學力。不但中學程度的青年讀《資本論》及海格爾的《邏輯學》費力,即大學程度的青年恐亦吃力。不比莫斯科列寧學院有很好的教授指導,他們可以很順利的進行。(最近羅森堡出一書,名《資本論的解釋》,就是在列寧學院指導研究《資本論》第一卷的書)

(e) 我們對於青年,不應當專從低能的着想,也不應當專從天才的着想(對於低能和天才的青年,另有特殊的指導方法),因爲他們是居少數;我們應從大多數也非低能,也非天才的青年着想,那才不辜負劉先生這一番苦心。

所以無論做甚麽文章,首先就要顧慮到它的讀者,猶之乎教員上教室和與人談話,首先要顧及他的聽衆和對方的程度,及其它一切應顧慮的情形,不然,就是閉着眼睛説話,文章做得雖好,也是無用。譬如前天有某《兒童雜誌》社找我做文章,我脱口答應了,但過後一想,倒爲難起來,因爲做兒童雜誌的文章,是在對兒童説話,除却了其它文章所應具的條件都得具備以外,還須具備以下三個條件:

(a) 深切地研究過兒童心理學,能以切實體察兒童社會的生活;

(b) 深切地洞察中國現代社會一般家庭實際生活與其教育狀况并深切地洞察中國小學學生生活與其教育的實况;

(c) 能以極其天真爛熳地説兒童的話語,説原始人類的話語,因爲兒童與原始人類的狀態一樣。周作人先生説,安得森"的獨一無二的特色,就止在小兒一樣的文章,同野蠻一般的思想上"這話是對的。

這樣一想,我呆了;自己埋怨自己道:"這叫做'破船多攬載!'"要做童話,至少要做到安得森那樣,然而在現在就是學到了安得森,也還不够。因爲小兒的生活狀態,在文化發達的社會中的野蠻狀態,與在文化落後的社會中的野蠻狀態是不同的,不體貼到這一層是要失敗的,而且這一階級的兒童的生活與那一階級的生活也是不同的,他們的野蠻狀態,自然也就要分别來看,不能一概而論。

第五篇　文字的戒律

作文也和說話是一樣，最討厭的是虛僞、誇大、模仿、輕薄、阿諛、傲慢，這些都是文字上的戒律。

第一章　虛僞

在不平的社會中，即在有階級的社會中：一方面是剥削階級，一方面是被剥削階級；一方面是壓迫階級，一方面是被壓迫階級。人們的生活自然是不能有真正的自由，不但行動如此，就是在語言文字之間，也是一樣。這種社會的氛圍氣中，在在足以養成人們一種口是心非，言不顧行，或者是曹雪芹所說的"之乎者也，非理即文，大不近情，自相矛盾"的"虛僞"。虛僞的文章在現存的社會中及已往的社會中，真是汗牛充棟，滔滔皆是，這是社會中有一種勢力逼着人說話不得不虛僞，做文不得不虛僞。這種勢力，一方面是刑僇；一方面是富貴功名，身家妻子。韓非形容得最好，他說：

> 凡說三難：非吾知之，有以說之之難也；又非吾辯之能明吾意之難也；又非吾敢横失而能盡之難也。凡說三難，在知所說之心，可以吾說當之。所說出於爲名高者也，而說之以厚利，則見下節而遇卑賤，必棄遠矣。所說出於厚利者也，而說之以名高，則見無心而遠事情，必不收矣。所說陰爲厚利，而顯爲名高者也，而說之以名高，則陽收其身，而實疏之；說之以厚利，則陰用其言，顯棄其身矣。此不可不察也。
>
> 夫事以密成，語以泄敗，未必其身泄之也，而語及所匿之事，如此者身危。彼顯有所出事，而乃以成他故說者，不徒知所出而已矣，又知其所以爲如此者身危……貴人有過端，而說者明言禮義以挑其惡，如此身危。貴人或得計，而欲自以爲功，說者與知焉，如此者身危。强以其所不能爲，止以其所不

能已,如此者身危……(韓非子:《説難篇》)

像這樣去説話,那能不虚僞?像這樣去做文,又那能不虚僞?虚僞成了習慣,習慣便是極大的權威,世間有幾人能打破它!明朝的王陽明家裹有親喪,開吊,客人來了,贊禮者命之哭,陽明説,我這時不曾覺得傷心,那有眼淚?怎樣哭得出?(大意如此)江南一帶,有錢有勢的死了人,若是自家没有人哭的話,總要花幾文錢買幾個"叫化子"來哭。推而至於送挽聯,做祭文,死者明明是個"一文若命"的守財虜,偏要説是"樂善好施";明明是個"壞蛋",是個"土豪劣紳",偏要説他"急人之急""俠義可風";明明是個賣國奴,偏要説他是"衛國禦侮""武穆復生";明明是個人類社會的蟊賊,偏要説他是"工農領袖"或是"革命偉人"。青年讀者試翻開逐日的報紙一看,或把日常生活的見聞閉目一思,就曉得我這些話,不是過激之談了。白居易也説過:"銘勳悉太公,述德皆仲尼",就是給這種虚僞的文字寫照。就我們的經驗説,越是舊時的臭文人,他的文字越是虚僞。康有爲就是一個好例;開封的龍亭上刻着康有爲的一首詩,説:

遠觀高寒俛汴州,
繁臺鐵塔與雲浮。
萬家無樹無宫闕,
但見黄河滚滚流。

"我看了這首詩,便在那兒獃望,勉仲問:'望什麽?'我説:'看不見黄河,更看不見它滚滚的流'"(《齋夫自由談》),既"看不見黄河,更看不見它滚滚的流",偏要説"但見",這不是康有爲在那兒撒謊嗎?撒謊的文字,就是虚僞的文字。世上爲什麽有這許多撒謊的人,撒謊的詩文呢?假使你要拿這話去問陶行知,陶先生一定回答你道:都是因爲"假人"太多;你且聽他説:

世界如何壞？
壞在假好人。
口是而心非，
雖人不是人。（同前書）

世間既有許多“假父子”、“假母女”、“假夫妻”、“假情人”、“假朋友”、“假師生”、“假軍隊”、“假官吏”，則做出關於父子、母女、夫妻、情人、朋友、師生、軍隊、官吏等等文字，又焉得不假，又焉得不虛？又焉得不僞？但是陶先生自己雖勉力做真文字，却不能鑒别，或者説有時不能鑒别人家文字的真僞。譬如，他對於蔡孑民氏頌揚由國民政府所召集的“國民會議”的文字，已經看出它的虛僞，但他却没看出“孚勒普·密勒的《列寧與甘地》裏關於列寧的教育政策”的誣蠛的文字。《列寧與甘地》説“列寧一方面攻打不識字，一方面却壓迫自由科學……”陶先生看了這一句話，便義形於色地聲言反對，用心還可原諒，然而陶先生却有點太相信孚勒普·密勒了。這部書的全體都是站在反蘇聯的立場上，一方面又提倡甘地的不抵抗主義給帝國主義宣傳，一方面造列寧的謠言。列寧的社會主義的公式，就是“Diklatur Des Proletariats ＋ Elektrizierung”“無産階級專政與電氣化”。這種電氣化當然不是官僚化的電氣化，而是民衆化的電氣化，民衆電器化了，難道還硬派列寧一個“壓迫自由科學”的罪名？陶先生既然處處都以科學自命，那就請你拿證據來！曾記得五年前陶先生曾從我這兒借了一部叙述列寧對於國民教育的理論與設施的德文的小册子，至今未見歸趙，不知道陶先生是把它放在字紙簍兒去了，未曾過目，還是讀得爛熟，不忍釋手呢？假使陶先生真正讀過那本小册子，或許不會冒然相信“《列寧與甘地》”的著者這種撒謊的文字，撒謊就是天字第一號的虛僞！可見得我們不但警告我們的青年自己做文應該力除虛僞的毛病，并且要警告我們的青年讀人家的文字時，也要謹防爲虛僞的文字所欺。老實説，現在的蘇俄雖然不能盡滿我們的意，然而他的國民教育的政治的水平綫，不但我們貴國是望塵莫及，就是美國，就我們的觀點説,也還差得遠。請陶先生讀一讀貴老師杜威的關於游俄的文字便可廢然而返。

袁簡齋説:

"兩眼曾將秋水洗,

一生不受古人欺。"

我們希望現代的青年不但要把兩眼洗得晶明,并言要把頭腦養得冷静,胸中養得雪亮,不但不要受古人欺,也不要受今人欺,不但不要受中國人欺,也不要受外國人欺。(王靈皋:《國文評選序言》)。

我因談文字的"虚僞"的戒律,特爲陶先生進一解,借此也就給青年讀者指出一種虚僞文字之有害於社會的證據。不但一般糊塗蟲易爲所欺,即少數明達之士,也往往不免於受騙。但是我們首先要"盡其在我",先要自己不做虚僞的文字,就是説,要説實話。

第二章　夸大

夸大也是一種虚僞的心理,但是虚僞與夸大的性質却有點不同,它們的社會來源也不一樣。虚僞是社會不平的現象産生出來的,夸大則由於主觀的或客觀之文化程度太低或智識太淺,眼光太狹有以致之。譬如,胡適罷。他的實驗主義的方法論及一切的著作,雖然適逢其會,應了中國新興工業即新興資本主義社會的需要,而它的内容,實在淺薄得很。但是中國的文化落後,學術界太幼稚,也就和唱戲一樣,好久没有好戲了,忽然來了一個差强人意的脚色,便博得全場人喝采,"饑者易爲食,渴者易爲飲",於是大家就捧起場來,差不多什麽戲兒,非他不可,只要他一出臺,便一起叫"好"。這本來是群衆無意識的心理的浪潮,本來只有一分好,它要看你到十分;本來只有某一部分好,它要把你當全體。這末一來,久而久之,在臺上的人也就不知不覺地以爲自己是難能可貴了;不自覺地便養成他一種夸大的心理,你若不信,請聽胡適説罷：

> 西瀅先生批評我的作品，單取我的《文存》，不取我的《哲學史》。西瀅究竟是一個文人；以文章論，《文存》自然遠勝於《哲學史》。但我自信，中國治哲學史，我是開山的人，這一件事要算是中國一件大幸事。這一部書的功用，能使中國哲學史變色。以後無論國内國外研究這一門學問的人，都躲不了這一部書的影響。凡不能用這種方法和態度的，我可以斷言，休想站得住。(《胡適文存三集》頁二一二)

我們若是説，胡適的《中國哲學史》對於中國思想界，在某種限度與一定的時間内，影響是很大的，這是一個事實；若是説，以後治哲學史的人，自然要光顧到它，參考到它，并且是從五四運動以後十五年中一部重要的參考書，這也是近乎情理的話，但是，若果説："以後無論國内國外研究這門學問的人……凡不能用這種方法和態度的，我可以斷言，休想站得住"，那就是夸大了。假使胡適不能把最近的中國思想界中用另一方——辯證法對於他的《哲學史》的批評，給它一個滿意的答覆，那就對不起，他的"夸大狂"的診斷便要被宣告爲"缺席裁判"了。但是犯這種夸大的毛病的，也不僅胡適一派，還有自稱革命派的學者，也有許多人犯了這種毛病。第一個是郭沫若，他的《中國古代社會史研究》，我們在這裏不能批評，但他下面的一段文字，實在有點"夸大"，或許這種"夸大"的程度，還可以説是很厲害。他説：

> 本書的性質可以説就是昂格思的《家族私産國家的起源》的續編。
>
> 研究的方法便是以他爲嚮導，而於他所知道了的美洲的紅種人，歐洲的古代希臘、羅馬之外，提供出來了他未曾提及一字的中國的古代。
>
> 昂格思的著書中國近來已有翻譯，這於本書的了解上，乃

至在國故的了解上，都是有莫大的幫助。(郭沫若:《中國古代社會研究序》)

郭君在主觀上或許也是要把他的這本書做爲"昂格思的《家族私產國家之起源》的續編"，然而結果却完全失敗；在主觀上或許是"提供了昂格思未曾提及一字的中國的材料"，然而這些材料不是顛倒錯亂，就是完全靠不住，結果也只有失敗。① 郭君的文字全部都代表他的性格，我每讀他的著作總覺得它的字裏行間伏着一種夸大的成分！這是一。

另外我們還有一個偉大的革命理論家(看他的口氣，也許就是我們的唯一的革命理論家)；他的偉大而正確的"革命理論"的程度，在他的主觀上或許比郭沫若君更要高明，然而他的"夸大"也就和他自以爲正確，自以爲革命的程度一樣高。孫君做了一部書，名叫"怎樣干?"他在這本書的序言上這樣説！

此書的寫成，雖止兩三月，而書中的意見和主張，則不是此兩三月的結果，乃是我十餘年的研究和經驗，積累的結果。此種意見和主張，不是我的創造，不是我的發明，乃完全是正確的馬克思、列寧主義——布爾希維克主義的意見和主張，不過由著者十餘年的

① 郭沫若説"墨子的思想和春秋戰國時代的革命思想家"反對，就是説，他的思想反動，是"反革命派"是"非辯證法的"。墨子的思想是否反動，是否是反革命，這要從當時的社會分析周秦諸子之階級的關係做起，是一個問題，而墨子的思想是否包孕着辯證法是另一問題。因爲在古代，辯證法的思想，不必是創自那時的革命思想家。例如辯證法的始祖海拉克勵特，他本是當時一個貴族，因階級的代表反對當時商業資本的統治，遂發生辯證法的思想。又如海格爾，從他的政治學説，法律學説看來，他實在反動的，所以昂格思稱他爲"法利賽人"，然而這却不妨礙他是唯心論的辯證法的"大成至聖"！由此一端，郭氏之誤用唯物史觀與辯證法亦可見一斑。至於郭氏之胎息摩爾根與昂格思的方法亦有不少的錯誤，讀者可參觀《讀書雜誌》第二卷第二三期合刊李季的《對於中國社會史論戰的貢獻與批評》頁六〇以後各頁；杜畏之的《古代中國研究批判引論》頁八以下各頁。

研究和經驗,證明其正確性罷了。(圈點是我加的。靈皋)

既然是“正確的……主義”,又是“完全”的,那當然又是一個百分之百的“馬克思、列寧主義”,他這種夸大可以説,與郭沫若是“二難并美”! 我們不要看别的,只要看他給某中委的信,就可以知道我們這位大革命理論家的真面目了:

“自滿洲事件發生之日,我即認定中國無産階級,——紅軍亦在内——應暫時放輕國内的階級鬥争——此係表面的,實際上是更進一步的階級鬥争,——竭全力於反日帝國主義的運動……”(孫倬章:《怎樣幹·附録》)

我們真是淺見,到今天才看見我們中國的“暫時放輕國内的階級鬥争,……竭全力於反日帝國主義的運動”,就是説,把民族鬥争與階級鬥争分開的馬克思列寧主義的理論家! 到今天才看見在“表面上”“暫時放輕國内的階級鬥争”掉花槍的馬克思列寧主義的中國式的革命理論家……但不知“暫時”暫到什麽地步?“放輕”又輕到什麽地步? 實在説來,這樣把階級鬥争和民族鬥争即反帝戰争分成兩段的所謂“正確的革命理論家”,也只有孫倬章君才當得起! 嚴格地批評,這不僅是“夸大”而是犯有嚴重的大戰時代第二國際的錯誤,不是,罪過! 夸大的人是以下兩種事實形成的,即欺世盗名的心理和“無知”,或淺薄。

做文章是免不了錯誤的,我們這裏所反對的是文字的“夸大狂”。

第三章　模仿

人類自兒童時,就富于模仿性,但他在生活鬥争,長期勞動的過程中,能以養成他自己的創造力,培植他的獨立不倚的精神。

雖然如此,人類一方面爲生活鬥争所迫,不得不努力創造,努力自立,然而另一方面,他又生來具有一種惰力,時時爲因襲的生活方式所束縛,事事只管“依樣葫蘆”,依然脱離不了模仿的習性,在各種生活及事業方面是如此,在文字方面,也是如此。文字的模仿的習慣之社會的根源,大致不外以下兩端:

（一）社會生産關係之遲滯。農業經濟和手工業經濟的社會，人類生産方法長期没有多大變動，生産方法既没有變動，其它一切建築其上的文學藝術也就没有大變動，於是就養成人類一種世代相傳的習慣，父親如此、母親如此、兒子如此、女兒如此，以至子子孫孫也往往如此，後一輩人只要照着前一輩人的方法去生活就得了，用不着"匠心獨運"，"花樣翻新"。這是模仿性養成的原因之一。

（二）政治上的原因。社會生産方法，既然長期地保守，統治階級對於一切新的萌芽，盡力防止，盡力摧殘，哲學、文學、美術、教育等一切文化，遂不得不趨於保守，誰也不敢"自出心裁"，有所創造，這是模仿性養成的原因之二。

所以在文學方面就極力仿古，所謂"非三代兩漢之書不敢觀，非聖人之志不敢存"，這是刮刮叫的模仿心理。就拿前清做比罷，桐城派有義法，極力模仿古人作文的組織，格調與形式，上焉者直追周秦，以《左》《騷》《莊》《孟》《國語》《國策》爲典型；中焉者逼近兩漢，以遷《史》、班《書》爲準則；下馬者亦得抗懷唐宋，以韓愈、柳宗元、歐陽修、三蘇父子之文爲依歸。至於八股、試帖詩，更不用談了。它的"起"、"承"、"轉"、"合"，幾乎字數都是一定的，聲調格律都是一定的。試帖詩、八股文我都做過，可是我是没有一點心得，但模仿《目耕齋》《周犢山文稿》(以上係八股文範本)、《青雲録》(試帖詩範本)，我也照樣模仿得來。到了後來讀《左傳》、遷《史》則更進一步，差不多摇筆就夢想學步左邱明的辭令之妙與司馬遷的筆鋒之利，然而到底是蠢材，"畫虎不成反類狗"，我是失敗了，然而古今來文人失敗的，却不是我一人，大都心心模仿古人之文，隨着古人脚跟轉的，没有不失敗的。最明顯的是桐城派。他們只在古人的文字迹象中兜圈子，畢竟一點出息没有，我最討厭桐城派的文字。曾國藩有些關於論事、論人的文字，我却喜歡讀，但是他的模仿古人的文字我也是一樣地厭，譬如，他寫他的《先大夫某某公的神道碑》(?)完全模仿歐陽修的《瀧岡表》。《瀧岡表》的確還有三分天真，老曾模仿的文字，那就仿佛看人家大出喪一樣地"味同嚼蠟"了！

白話文的運動以後,文字上的模仿似乎要好的多了,因爲中國新興的資本主義要求這一種於它有益的解放。但是這一解放,也和其牧政治革命一樣,只到一定程度爲止。因爲在資本主義的社會裹,文化的享受只是資産階級的專有物,它們的詩歌小説等等,都是些有閑階級的人兒吟風弄月,不然就是詠他的鳥兒、松鼠兒、猫兒、狗兒,做他們享樂的材料。所以模仿的文字在現成的社會裹還是不少的,陳夢家的《雁子》,就是一個好例。陳氏是新月派的詩人,他的詩是模仿徐志摩的。徐志摩做了一首《雁兒們》,他也做一首《雁子》。徐志摩舒舒服服地看雁兒在雲空裹飛,看到它們的翅膀,看到它們身上的晚霞,聽它們的歌唱,問"它們少不少伴侶"問"它們有没有家鄉?"……陳君也是在看雁子,也是在聽它叫,聽它歌,看它的翅膀,他并比志摩還坦白地説出他要"情願是只雁子"。差不多完全一樣。不過志摩在那兒替雁兒擔憂,怕它們或是自己在幻想那"昏黑裹泛起的傷悲",陳君則翻一個身説是"不是恨,不是歡喜"。然而在我們這些終日作苦工的人看來,實在是無聊;只有他們這些什麽"秘書",坐飛機來往或大嘗中吃什麽肉飯的人,才會有這些閑工夫,在那兒雁兒、雲兒的,也只有他們才有工夫去模仿他們的典型。模仿,在我們眼中,就是懶惰,没有奮鬥的力量!模仿徐志摩,縱然模仿逼真,也不過是個徐氏作品的贋鼎;即便完全與徐氏作品一樣,也不如自己直抒胸臆,空無依傍的作品有價值。胡秋原君曾有一段批評錢杏邨先生的話,可以拿來做本節的結論,他説:

> ……錢先生只會皮毛地模仿。如福禄特爾説的,世上第一個以女人比花者,是頭等的聰明,第二個再用女人比花者,則是頭等的蠢材。他看了一篇盧那卡爾斯基的批評論文,他也來那樣一手;看了樸列汗諾夫論藝術與友人書,他也來一次"敬愛的足下";正如茅盾有三部曲,也有人來一個三部曲一樣。(胡秋原:《錢杏邨理論之清算與民族文學理論之迷妄》)

錢君的批評理論,我實在慚愧得很,没有讀過多少,胡君對他的批評是否合理,我暫且不能下斷語,然而把錢君抽出來,“斷章取義”,胡君批評模仿的毛病,却是千真萬確,應當記取的。

第四章　輕薄

記得從前樊樊山做江寧藩司(?)時,曾經批一件夫訴妻不貞被人强佔一案的判詞中,有這末四句:

> 夫以有夫之婦,焉能視爲長江流域,可以彼此通商?又安能認爲公共馬頭,許其迭相佔領?

一個高級地方長官下判詞,竟這樣開玩笑,這真是文人輕薄的積習。亡友韓蓍伯名重,又名衍,江蘇海門人,曾受業於張季直,爲文輕刀快馬,筆鋒犀利,袁世凱在北洋練兵,他曾作北洋督練公所入幕之賓,後以上書軍機大臣,揭參某提督之子貪污不法事,獲罪於袁,袁必得之而甘心。適楊士驤爲北洋總督,其幕上客廬江吴葆初者前清名將吴長慶之子,當時號爲四公子之一者也,愛韓之才,言於楊,陰庇之。後來袁氏求之急,楊遂薦於馮夢華,馮時繼恩銘撫皖,韓遂參皖督練公所文幕。他的短文揭載於上海《神州日報·花花絮絮》的很多。他那時已出其大才,把他的舊文學的長處運用到一種似語録非語録的白話文,短小精悍,光芒四射,他的詩近漁洋、定盦,而俠骨柔腸冶於一爐,錚錚作響,實爲罕見。例如感舊二首:

> 珊瑚碧水長成姿,憔悴人間第幾枝!知否黄金臺下客,夢回灰冷十年時?
>
> 燈火凄凉舊事非,桃花如雪白鷗飛。一從淮泗匆匆去,淚滿關河不忍歸!

又詠《小靈芝》二絶:

清歌入海可珠馳，繞國妖霓夜落時。花傍戰場紅似火，滿城又説小靈芝！

時在庚子兵敗以後，所以有“花傍戰場”之句，小靈芝繼楊翠喜而起爲北京名女伶，末後兩句，憂時憤世之情，不能自已，作者固傷心人也。其第二絶是：

秋娘死後廢琵琶，城上空餘北府鴉，十載不談鄉國事，江風吹動女兒花！

自注説：“或言靈芝丹徒産也”，這些詩都還不失詩人忠厚之旨，下面一首寄蒯若木的一絶便不同了：

身無餘地是長安，舊事如灰火正寒。車耳黄塵深一尺，入門作佛出門官！

這是駡蒯氏的。因爲蒯氏平常好談佛，然而它禮佛其名，釣譽其實；機會來了，便要去做官故云。這已經有點輕薄了，然而還不失爲友朋規勸之義。他有時作文，却非常尖酸刻薄。他在安慶和我及其他幾個朋友辦白話報，竟以揭發省城某鄉宦家庭隱事，被人戳了五刀。當時又有另一鄉宦，以候補道員資格辦理某要差。韓氏嫌其貪鄙，適逢新年，某鄉宦請他做春聯，他隨筆替他謅了一副大門春聯道：

小人有母，
天子當陽！

某鄉宦不知道他是在駡他，居然把他貼在公館大門上，韓與我平居縱談時，常引爲笑柄。辛亥以後，我們又在省城辦報，某鄉宦仍在省城鬼混，韓做短文一篇以譏之。當中有這末兩句：

天子不當陽矣，小人之母則何如？

這實在太輕薄了，因惡其人而遷怒於其才。又以極爛污的話去駡它，實在有傷忠厚。有人説，胡秋原君下面一段文字算不算“輕薄”呢？他説：

其實，錢先生(杏邨)與其説是一個批評家，倒不如説他的“天才”更適於做編書匠。這只要看他的什麼《新文藝描寫詞典》，《青年文學自修讀本》之類的大著，就可以看得出來。他會抄書，也會把許多不相干的東西凑在一起；是一個“天才”的、優秀的 Copyist。錢先生的文字雖然不行，但在萬事淺薄的中國，以他善於鈔襲，善於“拚凑爲文”，是可以做個 Journalist 的，何況又會玩視馬克思主義，玩弄似是而非的理論呢？如果爲他創造一個新名字，可以説——他是一個“擬普羅的金鷄納主義者”(Pseud-Prolet-Journalist)……(胡秋原：《錢杏邨理論之清算與民族文學理論之批評》)

這不能説是輕薄，不過有點“挖苦”而已。因爲編書匠也是一種正當的職業，若果錢先生的“天才”果適於此道，那就做個編書匠也無妨，也無所愧怍，胡先生這話并非完全“輕薄”，不然，你看胡秋原先生不是也正在那兒夥着一“東西留學之士二十餘人”(神州國光社《讀書雜誌》載的《世界人名大辭典》廣告)編纂“世界人名大辭典”嗎？不過這裏有個條件，就是：必須要有“十八世紀笛德羅所編之《百科全書》，是十八世紀思想文化之總結晶，近世文明之先驅的紀念碑”(同前廣告)那樣的價值，才行。可見胡先生并不是絶對輕視編書匠；然而也許胡先生眼中的笛德羅等不是編書匠的天才而是“思想文化之總結晶”與“文化之先驅”，那，就難乎其爲錢先生的編書匠了。至於 Journalist，在中國雖是“鈔襲與誇張”和“拚凑爲文”的多，然而也不能一概而論。所謂 Journalist 就是“新聞記者”或“通信員”。馬克思和昂格思也曾做過新聞記者，也曾做過通信員，胡先生眼中的 Jousrnalist，當然不是這樣的，而是善於鈔襲與誇張和拚凑成的下流東西。對於錢先生這話固然有點難堪，實則這種編書匠真要不得，因此胡先生的話，也就不是“輕薄”，而爲我們青年學生所應當服膺的。總而言之：挖苦文字，賢者所不能免，然須有一定的範圍，不然，便流於輕薄。我的意見，作文與其失之輕薄，毋寧失之嚴厲。杜工部説：

> 王楊盧駱當時體，輕薄爲文哂未休。爾曹身與名俱滅，不廢江河萬古流。

這真正是詩人忠厚之旨，而愛民、愛社會的熱忱，充滿着它的全體，毫無一點輕薄之習，可爲後人模範，“不廢江河萬古流”這句話誠然無愧。至於前邊所引的樊山之文實在要不得。輕薄至此，無怪乎他“身與名俱滅”了。

第五章　阿諛

“阿諛”也是虛僞之一種。虛僞是在言論行爲上不露其真面目給人看。明明同那個人不好，表面上還故作一種要好的樣子；明明是滿肚子不高興，表面上還是有講有笑；明明看不起那個人，表面上還是謙恭小意；明明對他没有什麽感情，表面上做得好像是生死莫逆之交，這都是虛僞，在言論行爲上如此，在文字上一定也是如此。所謂虛僞，就是不近人情，不近人情，鮮不爲大奸慝。虛僞是自己做假欺人，阿諛是替人做假欺人，替人捧場，在專制時代謂之“頌聖”，或稱“頌揚”，又叫做“奉承”。爲什麽要做文章去奉承人、去阿諛人的，大致不外威逼與利誘兩種。碰到有權有勢的，你若要在他手下討生活，那你不得不好話多説；不然的話，那你輕則打破飯碗，重則還有不可測的危險，這就叫做“威逼”。有錢，有勢的人或階級，他不一定要用權，權到必要時才用的；他還可以用錢去驅使人，無論什麽人，就常理説來，都是“黑眼珠見不得白銀子”，或是“哈叭狗兒看見穿紅的摇尾巴”，所以現在的報紙和其他一切所謂機關文件,大都不外此兩種性質。做這種文字可以說是“奴隸的文字”;説這種語言的,可以説是奴隸的語言。奴隸的語言文字却也有兩方面的意義。在階級的社會中(譬如封建社會和資本主義社會中),被壓迫階級或個人,若果要明白表示反抗主人的意思,那就要被屠殺,至少也要受鞭笞或牢獄的苦頭,所以就想出一種語言文字,含譬而喻地,隱約之間,流露出不滿或反抗的意思,這叫做奴隸的語言文字。還有一種語言文字,專門對於統治階級和個人,歌功頌德,如胡適在歐洲所看見的那位所謂勞工代表,他就是專門去歌頌資産階級時代的;這種人説出話來,也是奴隸的語言,做出文來,也是奴隸的文字。但是這兩種奴隸的語言文字是不同的:前一種是不甘做奴隸,希圖解放的語言文字;後一種則是摇尾乞憐,甘願做奴隸的語言文字。周作人有一篇短文形容得好,特引在下面:

> 斯忒普虐克(Stepniak,字義云大野之子,他是個不安本分的人,是講革命的亂黨,但是天有眼睛,後來在大英被火車撞死了!)在《俄國之詼諧》序中説,息契特林做了好些諷刺的譬喻,因爲專制時代言論不自由,人民發明了一種隱喻法,於字裏行間表現意思,稱曰奴隸的言語。(周作人:《説虎集》上卷,《奴隸的語言》)

這種奴隸的語言,就是我們所説的前一種奴隸的語言,是積極的,反抗的,含有革命的意義的。周先生又説:

> ……中國自己原有奴隸的言語;這不但是國貨,而且還十全萬應,更爲適用,更值得提倡。東歐還是西方文明的地方,那種奴隸的言語裏隱約含着叛逆的氣味,着實有些赤化的嫌疑,不足爲訓。而中國則是完全東方文明的,奴隸的心是白得同百合一樣的潔白無他,他的話是白得同私窩子的臉一樣的明白而——無耻。天恩啦,栽培啦,侍政席與減膳啦,我們的總長啦,孤桐先生啦,真是説不盡,説不盡!你瞧,這叫得怎樣

親熱？無怪乎那邊的結果是笞五百流一萬裏，這邊賜大洋一千元。利害顯著，賞罰昭彰，欲研究奴隸的言語以安身立命者，何去何從，當已不煩言而喻矣乎？（同前書，同前文。）

這就是我們所說的後一種奴隸的語言文字，是消極的，靦然無恥甘心爲奴的語言文字。這一種語言文字就是阿諛的真正精神。不過周先生對於章秋桐做總長的時代的奴隸的語言，已經深惡痛絕，自今思之，實在不甚公道。因爲由我們現在所流行的語言文字（自然是一方面的）看來，覺得章先生時代，還是唐虞三代。青年諸君不要誤會，以爲我夢想"執政"政治的清明，其實大大的不然。我們是要教人曉得，執政時代一般士大夫的語言文字，固然是無恥的奴隸的語言文字，現在所流行的語言文字，更是無恥的奴隸的語言文字，不過形式不同罷了。從前說"天恩"，現在變了什麽"參加工作"；從前說"栽培"，現在變了什麽"追隨革命"了；從前説"總長"，現在變成什麽"某某同志""某某主席"了。有人説，阿諛不盡然施之於有錢有勢的，即朋輩之間，氣味相投的，也有交相阿諛的，那麽怎樣能以看做"奴隸"呢？其實這也是形式邏輯的看法。我們要問：我們爲什麽要阿其所好呢？還不是爲的争權奪利，争什麽領導權（譬如文學界中的一部分私人團體的争論）？還不是互相標榜，口中説的是"革命""革命"，心裏想的是"金錢""金錢"，眼中看的是"勢力""勢力"！他還是在做奴隸，所以他的語言文字，依然是奴隸的語言文字。其無恥一也；其腔子裏的隱微，不可告人亦一也。陶行知所謂"不轉彎的筆"，也就是勸戒青年不要做阿諛的文字，他説：

我的同輩朋友，許多都做了官，而且是做了大官，有幾位做得還不錯；有幾位是未免大事塗糊，小事不糊塗。我寫了一首詩勸他們留心董狐復活。可是天下的官多着咧，糊塗的，何止是我的朋友！我現在願拿這首送朋友的詩，獻給普天下之做官的。大家努力吧！

做官莫做糊塗官:
萬人愁苦一人歡。
董狐有筆鋼於鐵,
只寫是非不轉彎。

所謂"只寫是非不轉彎",就是不事阿諛,用我們的話説,就是要用"批評的武器,對着一切黑暗的勢力",這話後來再談,現在只要記得不要"阿諛"就得了。

第六章　傲慢

文字還有一件應當引爲戒律的,就是傲慢。固然,我們不是資産階級,我們更不是英國的紳士,説話作文板規要擺 Gentleman 的架子,斯斯文文地嚼咀,然而也不可無理由的傲慢。傲慢本不是絶對的惡德,我們對於敵人的傲慢,正是我們不屈的精神。不過我們要曉得光是傲慢的詞句和傲慢的態度,不能代替理論的鬥争,不能解决你應當解决的問題。我現在又要説到孫倬章君了,孫君的思想是否混亂,文字是否通順,這是另一問題,不過他的做文的態度實在不足爲訓,他在《讀書雜誌》(神州國光社出版)第二卷第二三兩期合刊做了一篇答復胡秋原文字,題目就是:"秋原君也懂得馬克思主義嗎?"你看這多麽傲慢? 他的全文不過七個 Pages,然而"秋原君不免太粗鄙,太武斷"等類的謾駡字樣,總有好幾十次,我現在只引它一節做個例:

> 不過由秋原君批判拙著的意思看來,秋原君不免太粗鄙,太武斷,"政治經濟的修養,過於缺乏"——秋原君自己的話——馬克思、列寧主義的修養,過於缺乏,所以他的批判,完全錯誤……

秋原君只説他一句"政治經濟的修養,過於缺乏",倬章君便報他許多的"……過於缺乏",還不快意,還要加上一些"太粗鄙,太武斷”,“太不了解”等等,這在秋原君的主觀上看來,實在我可以替他代答一句:“其目爲謀也則過矣;其爲人謀也則忠。”但是倬章君和秋原君,我們都是素昧平生。聽説,倬章君曾經在法國做過勤工儉學生,年紀有四十上下了;秋原君是日本的學生,年紀不過二十多歲。倬章君的態度,老實説,真有點“粗鄙”,有點“武斷”,(我這話唐突了,恕罪!恕罪!)爲什麽呢?倬章君是苦學出身,應該曉得學問的艱難,縱或讀了幾百卷書,在我們四十歲左右的人,并算不得什麽奇事,也并不能以此驕人,况且書雖讀在肚子,究竟是否消化了呢?這也是大大的問題,即便倬章君真正“懂得馬克思主義”(?),那對於秋原君的態度,也不應這樣地“粗鄙”,“武斷”,這樣地傲慢!我這樣想,假使秋原君做文章指摘我的文章有什麽不對,或竟説我“政治經濟的修養,過於缺乏”的話,我先應當反問自己一下,神明上覺得有點慚愧罷?不對:應該先虚心地檢舉自己的文章,在理論上是否站得住?若果站不住,那秋原君的箴規是不錯的,我應該明白承認秋原君的指正;若果站得住的話,那也只應平心静氣地和他辯駁,討論,他的善意,依然是可感的。至於秋原君本身是否“對於政治經濟學有甚修養”,那也須從事實,從理論上去證明。果真秋原君本身的政治經濟學的修養還不甚充足。那也不是什麽“粗鄙”不粗鄙的問題,應當好好地在理論上去説服他,徒事謾駡,徒徒擺出一個“只此一家,别無分店”的面孔,冀以堵塞人口,虚張聲勢,企以掩飾自己的短處,那是怯懦的行爲,可鄙的心理。縱使我的理論是“天字第一號”的“正確”,對於胡君也還應該抱着一個“將順”和“匡救”的希望。若是不論“三七廿一”,開口粗鄙,閉口武斷,那正是“雷不打自抬”,於人何尤?於人又何損?而且在我這個“政治經濟學”真正“缺乏修養”的人看來,秋原君所批評倬章君的話,是的地方實占大部分,即如,倬章君引任曙君的“帆船”與“輪船”比較,做中國已成爲資本主義社會的證明,這種“讀死書”“死讀書”的書獃子(得罪!得罪!),實在好笑。任曙君已經是錯了,倬章君還跟在他的脚跟轉,那更是錯中錯。然而他不認錯,還是狡辯:

秋原君謂余不應采此材料,不過以嚴靈峰君批評了任君的此種比較,謂帆船也載資本主義的商品,爲資本主義服務罷了。其實,帆船是封建社會的交通工具,輪船是資本主義的交通工具,這是無法否認的事實。(孫倬章:《秋原君也懂得"馬克思主義"嗎?》)

帆船既爲資本主義服務,那它就不能再與資本主義的輪船對立,便成了輪船的附屬品,即資本主義的附屬品。我們便不應當再拿它當做一部分封建社會的生產勢力來與資本主義的勢力對抗,因爲它的生命已操在資本主義手裏,不再有對抗的資格了。倬章君還在那斷斷置辯,説什麼事實,要知道,這一事實已經退處於極不重要,甚至等於零的地位了。實則資本主義的生産侵入社會以後,所有以前所遺留的資本及其它經濟形式,皆變做資本主義生產方式的附屬而與之共生死,所以馬克思説:

在資本主義的生産所支配的社會狀態裏面,就是非資本主義的生産者,也爲資本主義的觀念所支配。(馬克思:《資本論》第三卷上册德文本頁十四)

照這樣説法,不僅輪船應屬於資本主義,即帆船在現在也應屬於資本主義的範圍之内,倬章君固執着什麼不可否認的事實,他不知道,他已陷到形式邏輯的泥淖中去了。然而倬章君不承認自己的錯誤,反而左一個"太粗鄙",右一個"太武斷"其實這都是"夫子自道也"! 由此,我們知道徒然傲慢是不能解決問題的。或者倬章君又要駡我"太粗鄙,太武斷",因爲他緊接着前文曾經這樣地説過:

帆船爲封建的工具是一事,爲資本主義服務又是一事,不能因封建的工具,爲資本主義服務,即變爲資本主義的性質了。猶如英日兩國的皇帝,爲封建社會的遺物,不能因他們現

在爲資本主義服務，即謂他們不是封建社會的遺物了。（同上文）

這更使我們這些“粗鄙”的人無從索解了。工具就是替人服務之具體的名詞。我們現在打個比方：假定倬章君原來是爲無產階級革命服務的，那孫君就是無產階級革命的工具；假使不幸，倬章君（這自然是假設，是 impossible）跑到資產階級的陣營裏去了，去替資產階級服務去了，那我們就大着膽子説，倬章君已做了資產階級的工具，這在理論上，恐怕是没有什麽錯誤罷？在事實上更不用談了。倬章君咬着“工具”和“服務”兩個名詞，妄生分别，而又固執“遺物”這一個古典。實在有點太吃力，更是不討好。譬如英日皇帝原來是封建社會的遺物，也可説曾經是封建社會之主要的工具，因爲他代表封建社會的利益；倬章君，若是這樣説，我們雙手贊成。但是現在呢，英日皇帝是代表英日兩國資產階級的利益，就完全變成資產階級的工具，早已失去他們封建時代的作用和意義了。若果不懂得這一點歷史的轉變過程，老實説，就把馬克思，列寧主義的書統統讀完，也没有用處，也還是不曾敲開馬克思主義的大門。俗話説得好：“江湖跑老了，膽子跑小了。”這句話有兩方面意義：一方面可以走到閱歷多而趨避速，變成了“鄉願”“滑頭”；一方面可以走到研究愈深，見理愈真，越覺得不敢自信，越知道，學問世界之無盡藏，不敢夜郎自在，以此驕人，而睥睨一切。倬章君既然讀書甚富，又在中年，當然要知道此道不易，對於比我們年輕而有點天才的作家，更應抱着很誠懇，很敬愛的態度，虚心與之商榷，若果自己脚跟站得穩，理論有根據，足以折服他，那豈不是“吾道不孤”了麽？從前列寧對於青年的托洛茨基是多麽愛護呀！即承認你是聞道在先，研究有素，要想教育我們這些“未問道”的後生（不以年齡論），那光靠“粗鄙”“太粗鄙”等等這些謾駡的字眼兒也不是教育的方法！那我們只有給你上一個尊號“傲慢！”倬章君對人雖然傲慢，責備雖然嚴厲，然而他對於自己却很能原諒，一則説：

……著者那篇拙著,是整部書中的一章,著者當時竭精力於全部的結構。對於此章,是最短時寫成,以分析最重大最複雜的問題,在方法和材料方面,都不免有不完滿或錯誤的地方;即著者現在看來,即有很多應修改的地方,不過大意敢自信是正確的,完全是根據馬克思列寧主義研究的結果。

既説是"完全根據馬克思列寧研究的結果",爲什麽又説"在方法和材料方面,都不免有不完滿或錯誤的地方";這是一。人家有錯誤或不完全(假定的話),就駡他太粗鄙、太武斷,"不懂得馬克思主義",而自己的錯誤和不完全(?),不但不承認自己是粗鄙、武斷,不懂馬克思主義,反而説依然是完全根據……主義研究的結果,這是二。自己寬恕與對人傲慢,是一種怯懦心理的兩方面,我們青年做文字,萬不可再蹈這種惡習,我們要把它倒轉過來:對自己要嚴厲地督責,明白地承認過失,對人在理論鬥争上,態度要嚴正但又要公平,切忌謾駡。因爲鬥争上的不妥協無情(Unversohulichkeit und erbarmungslosigkeit)和空洞無用的用謾駡代替真理的傲慢的詞句簡直是兩個極端。

第六篇　文字的質力

第一章　漂亮

“漂亮”是文字的一種質力，文字有了這種質力，很足以吸引讀者；但什麼叫做漂亮呢？我想這個名詞，一般青年皆可以耳入心通。我們拿一個人做比罷。他年紀不過二十上下，面孔雪白干净，衣服入時，而身段又活潑，舉止動作，都很摩登，説出話來，又干脆，又清楚，寫幾句普通文字，也不討厭，件件拿得起來。這些性行舉止的總合就是漂亮。現在文字寫得漂亮的，第一要數胡適，他的文字的全部精彩，就是漂亮，譬當如他的新生活就是一個好例。假使你要給它一個批評，那除了“漂亮”，還有什麼最適當的字眼兒呢？胡適的文字，不但散文如此，就是詩也是這樣，例如他的明月一首：

也是微雲，
也是微雲過後月光明。
只不見去年的人伴，
只没有當日的心情。

不願勾起相思，
不敢出門看月！
偏偏月進窗來，
害我相思一夜。

自然這詩裏的境界，當然與散文不同，然而它通體透明，好像從大門一直看到後堂，雖然也有點想像力，然而并没有多大含蓄，這在文字上却是一個美質和力，尤其是在現代社會中，我們要和最大多數的平民説話并且要替最大多數的平民説話，這種美質和力確實是必要的。不過我們只是拿它來做個例，説明文字上的漂亮，大致如是，并不一定是稱贊它的内容；若是説到内容，那就另是一個問題。

第二章　生動

文字固然要寫得漂亮，就和人要漂亮一樣，但是光是漂亮，内裹設有真正的生命力，那也不過是一架裝璜得很好的活機器而已，它本身并没有什麽生命力，而它的動作云爲，也就好像是一個繡花枕頭一樣，或是像一個富貴人家的公子哥兒一樣，他懂得應對進退，或是像一個學生會裹好出風頭的代表一樣，他慣於説幾句漂亮話。其實都只是表面，縱或也有它的内容，但這種内容也禁不起人家的追求。因爲稍一追求，它的漂亮便成了索然寡味的空殼。所以我們除了漂亮之外，還要使文字具有一種生動的質力。現在我們要問怎樣才謂之生動呢?

譬如，説一件事，能把作者對於這事的意見或把他人的心思，他的深處掘發出來，活潑潑地躍躍紙上，無論善與惡，美與醜，都具有它的全部生命從他的筆端，透露到我們的眼底，打進了我們的心坎，這就叫做"生動"。例如鄭燮給他弟弟墨第四書説：

> 十月十六日得家書，知新置田獲秋稼五百斛，甚喜。而今而後，堪爲農夫以没世矣。要須制碓、制磨、制篩籮簸箕、制大小掃帚、制升斗斛，家中婦女率諸婢妾，皆全習舂揄蹂簸之事，便是一種靠田園長子孫氣象。天寒冰凍時，窮親戚朋友到門，先泡一大碗炒米送手中，佐以醬薑一小碟，最是暖老温貧之具。暇日咽碎米餅，煮糊塗粥，雙手捧碗，縮頸而啜之，霜晨雪早，得此周身俱暖。嗟乎嗟乎。吾其長爲農夫以没世乎！(《鄭板橋集》，參見王靈皋編《國文評選》第一集，亞東版。)

寥寥數行把三百年前中國地主階級的生活與其思想表現得很清楚，同時并表現像板橋這樣的地主，似乎已經感覺到農民的破産和痛苦，是當時社會的一個深切的裂痕，於是才有"暖老温貧"的慈善舉動，而板橋老人急於掛冠歸隱去享那開明地主的安逸幸福的一腔心事，真是躍躍紙上，這便是文字的生動的質力。又如左宗棠《答劉霞仙書》有云：

……吾非山人，亦非經綸之手，自前年至今，兩次竊預保奏，過其所期。來示謂滌公擬以藍花翎尊武侯，大非相處之道。長沙、瀏陽，湘潭兄頗有勞，受之尚可無怍。至此次克復岳州，則相距三百餘里，未嘗有一日汗馬之勞，又未嘗偶參帷幄之議，何以處己？何以服人？方望溪與友論出處："天不欲廢吾道，自有堂堂正正登進之階，何必假史局以起？"此言良是。吾欲做官，則同知直隸州亦官矣，必知府而後爲官耶？且鄙人二十年來，所留心自信，必可稱職者，惟知縣一官。同知較知縣，則"貴而無位，高而無民"，實非素願。知府則近民而民不之親；近官而官不稟畏。官職愈大，責任愈重，而報稱爲難，不可爲也。此上惟督撫幄一省大權，殊可展布，此又非一蹴所能得者。以藍頂尊武侯而奪其綸巾；以花翎尊武侯而褫其羽扇，既不當武侯之意，而令此武侯爲世訕笑，進退均無所可。滌公質厚必不解出此；大約必潤之從中慫恿，兩諸葛又從而媒孽之，遂有此論。潤之善牢籠，喜妖術，吾向謂其不及我者以此。今竟以此加諸我，尤非所堪！兩諸葛懵然爲其顛倒，一何可笑！幸此意中輟，可以不提。否則，必乞爲滌公陳之：吾自此不敢即萌退志，俟大局戡定，再議安置此身之策。若真以藍頂加於綸巾之上者，吾當披髮入山，誓不復出矣。

你看他直抒胸臆，毫無隱飾，有聲有色，讀了這種文字，真好像我們現在看有聲電影似的，倒多麼生動啊！又如，大仲馬的《俠隱記》，每叙一人都叙得生動有力，尤其是它叙述達特安，真是生龍活虎，就拿《雪耻》一篇（《俠隱記》上册第五回，商務版）做比罷，它叙述達特安、阿托士、阿拉密等等鬚眉畢現，活生生地騰躍紙上，不但表現他們的勇敢，并且表現他們的果决；不但表現他們的果决，并且表現他們雖在决生死的時候，猶能體貼人情，從容不迫。達特安之始而道歉，繼而拔劍决鬥，繼而於俄頃之間，决定站在阿托士他們三人方面，可算得有勇知方；而阿托士於伽塞克勸達特安不要參加時，與達特安握手，拉住了他，得了一個極有力的援助，給他們此後的事業，另辟一個新局面，也是膽識過人。文字寫得如許生動，真是少有的啊！

第三章　簡勁

文字若果要真正有力，不但要漂亮，要生動，并且要簡勁。因爲必須簡勁，纔可算得真正漂亮，真正生動。有許多人做文章，歡喜拉長篇幅，敷衍成文。本來幾行就可寫了的，他可把它説一大篇，本來幾句就説了的，他竟把它寫成多少行。這叫做"冗"，就是説不應長而長的東西，是多餘的長度。好比人穿衣服，本來三尺八寸的袍子正合身，然而裁縫司務却把它做成四尺長，不但無用，而且有害；因爲不但把人顯得難看，并且使他行動不便。冗長的文字也是這樣，不但使本文的好的部分顯得無精打采，反引起讀者許多厭惡煩倦的心理。要醫這個病，只有反其道而行之，那就是"簡勁"；能簡斯有"勁"，故謂之簡勁。所謂簡，就是凡於一句話説了的，絶不用兩句話；凡於一個字説了的，絶不用兩個字。有人説，這在文言裏很多，白話文中，恐怕難找，其實不然。文言中固然找到很好的例子，白話中也是一樣。文言中如《左傳》：

王曰："騁而左右何也？"
曰："召軍吏也。"
"皆聚於軍中矣？"
曰："合謀也。"
"張幕矣？"
曰："虔卜於先君也。"
"徹幕矣？"
曰："將發命也。"

> “甚囂且塵上矣?”
> 曰:“將塞井夷竈而爲行也。”
> “皆乘矣,左右執兵而下矣?”
> 曰:“聽誓也。”
> “戰乎?”
> 曰:“未可知也。”
> “乘而左右皆下矣?”
> 曰:“戰禱也。”

這樣一問一答,不但簡勁有力,并且把當時兩軍陣前觀察敵軍行動的倉皇戎馬的情形,表現得逼真。你看它的問語,除了“戰乎”一句,完全不用問語的助詞(“乎”?“何”等字),更是繪影繪聲,驚心動魄。白話文中如《水滸》:

> 王婆道:“大官人,你聽我説:但凡挨光的,兩個字最難,要五件事俱全,方才行得。第一件,潘安的貌;第二件,驢兒大的行貨;第三件,要似鄧通有錢;第四件,小就要綿裏針忍耐;第五件,要閑工夫——此五件,唤做‘潘、驢、鄧、小、閑。’五件俱全,此事便獲着。”

好一個“潘、驢、鄧、小、閑”,五個字,結束上邊五件事,簡直是一字一刀,這才真是“簡”到無可簡,所以它的勁也就比這五件事還有力!我們再看武松殺嫂之前,見他的嫂子在他哥兒的靈前假哭的時候,他道:

> 嫂嫂,且住。休哭。我哥哥幾時死了?得什麽症候?喫誰的藥?

這也就够簡勁的了。又如馬克思的女兒勞拉和她的長姊燕妮對她們的父親提出一組問題嬉戲爲樂,她們的父親一一地答覆,遂成如下之“自白”(Bekenntnisse)：

你喜歡的道德——單純。

你喜歡的男性的美德——力。

你喜歡男性的美德——温柔。

你的主要特性——努力之集中(據英文則應譯作“目的之單純”)。

你的幸福觀——鬥争。

你的不幸觀——屈服。

你深惡痛絶的惡德——輕信。

你最厭惡的惡德——卑屈。

你不喜歡的東西——Martin Tupeer(英國無能而成名的通俗詩人)。

你喜歡的工作——咀嚼書籍。

你的詩人——Shakespeare，Aischylos，Goethe.

你的散文家——Diderot.

你的英雄——Spartakus Kepler.

你的女英雄——Gretchin.

你的花——月桂。

你的色——紅。

你心愛的人名——勞拉，燕妮。

你心愛的食品——魚。

你心愛的教條——“未有反乎我者。”

你心愛的箴言——“懷疑一切。”

這種一問一答之簡而有力，完全與前所引左氏之文，一樣地神情如畫。這種簡勁的文字，就是單刀直入，斬金截鐵的文字。《水滸傳》叙述活剮王婆一段，也是同樣地簡勁。

大牢裏取出王婆，當廳聽命。讀了朝廷明降，寫了犯繇牌，畫了伏狀，便把這婆推上木驢，四道條枷，三條綁索，東平府尹判了一個字"剮"！上坐，下抬，破鼓響，碎鑼鳴，犯繇前引，混棍後催；兩把尖刀舉，一朵紙花搖；帶去東平府市心裏吃了一剮。

只一個"剮"字以後，馬上跟着"上坐""下抬"，"破鼓響……"一直到"吃了一剮"，活畫了一個陰風慘慘、殺氣騰騰的刑場，真正令人毛骨悚然！

第四章 譬喻

譬喻就是打比方，我們説話的時候，常常用譬喻來幫助我們的語意的説明或補足我們的語氣，這是極普通，極尋常的事。在文字上，也同説話一樣，是常常離不掉譬喻的。東西的哲學家、文學家、歷史家都常慣用譬喻，中國如莊子、墨子、荀子、司馬遷、曹雪芹、施耐庵、吴敬梓；西方如萊辛格(Lessing)、歌德(Goethe)都很重視譬喻，馬克思的著作中，尤其是他的《政治經濟學的批評》當中，包孕着很豐富的譬喻，即他的《資本論》中，也是常見的。譬喻約略可分爲三種，特分條舉例説明如下。

Ⅰ 運用俗語的譬喻。

這種譬喻最多，他可以在語句中插進去，所用的都是俗話，本來不相干，而引用來了以後，便覺得好像天然造成的一樣，例如：

(1) 那婦人道："虧殺了這個乾娘。我又是個没脚蟹，不是這個乾娘，鄰家誰肯來幫我！"(《水滸》)

(2) 衆囚徒道："好漢！休説這話！古人道：'不怕官，只怕管'；'在人矮簷下，不敢不低頭！'只是小心便好。"(《水滸》)

(3) 王德道："你有所不知。衙門裏的差人，因妹丈有碗飯吃，他們做事，'只揀有頭髮的抓'……"(《儒林外史》)

(4) 嚴貢生發怒道："放你的狗屁！……你這奴才！'猪八戒吃人參果，全不知滋味！'説的好容易，是雲片糕！……

‘半夜裏不見了槍頭子,攮到賊肚裏!’……”(《儒林外史》)

(5) 差人道:“先生,你是一個‘子曰行’的人,怎這樣没主意? 自古‘錢到公事辦,火到猪頭爛’。只要破些銀子,把這枕箱買了回來,這事便罷了。”(《儒林外史》)

(6) 差人惱了道:“這個正合着古語‘瞞天討價,就地還錢!’我説二三百銀子,你就説二三十兩! ‘戴着斗笠親嘴,差着一帽子!’怪不得人説你們‘詩云子曰’的人難講話! 這樣看來,你好像‘老鼠尾巴上害癤子,出膿也不多!’倒是我多事,不該來惹這‘婆子口舌’!”(《儒林外史》)

(7) 那劉老老先聽見告艱苦,只當是没想頭了;又聽見給他二十兩銀子,喜的眉開眼笑道:“我們也知道艱難的,但只俗語説的‘瘦死的駱駝比馬還大呢’。憑他怎樣,你老拔一根寒毛,比我們的腰還壯哩!”(《紅樓夢》)

(8) 金榮笑道:“我現拿住了是真的!”説着,又拍手笑嚷道:“貼的好燒餅! 你們都不買一個吃去!”(《紅樓夢》)

(9) 鳳姐道:“我那裏管的上這些事來! ……你是知道的,咱們家所有的這些管家奶奶,那一個是好纏的? 錯一點兒,他們就笑話打趣;偏一點兒,他們就‘指桑駡槐’的抱怨。‘坐山看虎鬥’‘借刀殺人’‘引風吹火’‘站干岸兒’‘推倒了油瓶兒不扶’,都是全掛子的本事。”(《紅樓夢》)

Ⅱ　運用簡單的事物做譬喻。這更是日常的語言文字所不可須臾離的東西。上邊所述的是俗語,(即孟子所謂“挾太山以超北海”和“爲長者折枝”,荀子所謂“蓬生麻中,不扶自直”也是古人常用的俗語。)此地所謂以簡單的事物做譬,這種事物,亦多爲人習見之物或習知之事,然却爲一般社會,尤其是鄉曲里巷,愚夫愚婦所不曾常用的,而且俗語與簡單事物的譬喻,還有一個大區别,就是俗語與所喻之事物,成爲各自獨立的兩事,其性質簡直是天南地北,兩不相干,而一經運用,便使語言文字,特别生動有趣;簡單事物的譬喻,往往只是他所描寫或叙述的事物的形容詞或形容動詞,縱有整個的事物做譬,也没有用俗語做譬,那樣新鮮活潑,若是運用得好的話,却亦足以增加文字的質力,况且它又爲行文説話所必不可缺的東西,因爲人類的語言還有許多缺點,不能完全素樸地、白描地叙述事物或傳達思想,一定要藉助於其它事物,從旁作譬,纔可敷詞達意,毫髮無憾。兹舉例如左:

(1) 那雙眼睛,如秋水,如寒星,如寶珠,如白水銀裏頭養着兩丸黑水銀,左右一顧一看,連那坐在遠遠墻角子裏的人都覺得王小玉看見我了。(劉鶚:《大明湖畔》——參看王靈皋:《國文評選》第二集)

(2) 咳巴黎! 到過巴黎的一定不會再希望天堂;嘗過巴黎的,老實説,連地獄都不想去了。整個的巴黎就像是一牀野鴨絨的墊褥,襯得你通體舒泰,硬骨頭都給薰酥了的——有時許太熱一些。(徐志摩:《巴黎鱗爪》)

在文學方面這樣地運用事物爲譬喻,算是用活了。但是《紅樓夢》用事物做譬喻去描寫人物,便死板了,把活人物變成死人物了:例如它寫王熙鳳道:

這個人打扮得與姑娘們不同:彩繡輝煌,恍如神妃仙子……一雙丹鳳三角眼,兩灣柳葉掉梢眉……

一個生龍活虎似的王熙鳳,這樣一描寫,便好像戲臺上的一個武旦差不多,所以不成功。又如它用譬喻的方法描寫寶玉,也是失敗,它説:

……面若中秋之月,色如春曉之花;鬢若刀裁,眉若墨畫,鼻若懸膽,睛若秋波;雖怒時而似笑,即嗔視而有情……

……越顯得面如傅粉,唇若施脂;轉盼多情,語言若笑;天然一段風情,全在眉梢;平生萬種情思,悉堆眼角……

一個一往情深,翩翩濁世之佳公子的賈寶玉,變成了戲臺上一個做配脚的小生,這種譬喻的技術,真是拙劣之至。馬克思在他的科學的著作中,是善於用譬喻,疏證和發揮他的理論的,譬如:

(1) 一盎斯黄金,一噸鐵,一卡特小麥和二十碼絲帛是同等交換價值。它們在作爲這樣的等價物上,其使用價值之質的差别是消滅了的,是表現着同種勞動之同一的分量。在此等物品中平等地具像化了的勞動,其本身當得是同形態的,無差别的純一的勞動,這勞動不問是現在金裏、鐵裏、小麥裏、絲綿裏,它是無可無不可的,就如像氧氣之或在鐵銹裏,或在大氣裏,或在葡萄汁裏,或在人血裏一樣。(**郭沫若譯:馬克思——《政治經濟學批判》頁四**)

(2) 所以,假如可以説,交换價值是個人與個人間之一種關係,那却須加上一句:是在物的包覆之下隱藏着的關係。就如一磅鐵與一磅金雖然有種種物理與化學的性質之不同,而其表現着同一的重量一樣,在其中有同等的勞動時間,包含着的兩種商品之使用價值,是表現着同一的交换價值。(**同上書頁一二**)

(3) 在這種關係當中,衣服是當做價值的存在形態,當做價值物,是適當的,因爲它只有當做這樣一種東西才是和麻布一樣的東西。另一方面,麻布固有的價值存在也在這個關係中顯現出來,即保有一個獨立的表現,因爲麻布只有當做價值,才與那當做等價的衣服或那種可以與麻布交换的東西發生關係。乳酸和蟻酸就和這種情形一樣,它是一個和蟻酸不同的體質。但是兩者都是從同樣的化學實體——炭素(C),水素(H),與酸素(O),并且是以這些原素之同一的百分比,即 $C_4H_8O_2$ 成立的。所以,若是假定乳酸等於蟻酸,那末,蟻酸在這種關係之中,第一,只是 $C_4H_8O_2$ 的存在形態,第二,或許可以説,乳酸也是從 $C_4H_8O_2$ 成立的。所以乳酸和蟻酸的化學實體,只要把蟻酸與乳酸置之相等的地位,便現出他們的

體質形態的區别。(馬克思：德文《資本論》頁一七)

第(1)是以“氧氣”之在銹鐵、大氣、葡萄汁，或在人血裏，都是一樣説明勞動之在各種物品中都是一樣；第(2)是以“一磅鐵與一磅金”“表現着同一的重量一樣”説明“兩種商品之使用價值”的不同而“表現着同一的交换價值”；第(3)以乳酸與蟻酸的化學上的關係説明麻布與其等價物衣服的關係。這種譬喻含有嚴密的科學的意味，運用是很不容易的。

Ⅲ　用簡短故事做譬喻

用簡短的故事做譬喻，也是文學上及普通應用文字上所常有的，這種譬喻以《莊子》一書爲最多，例如：

惠子謂莊子曰：“魏王貽我大瓠之種，我樹之成實五石；以盛水漿，其堅不能自舉也，剖之以爲瓢，則瓠落無所容；非不呺然大也，吾爲其無用而掊之。”

莊子曰：“夫子固拙於用大矣。宋人有善爲不龜手之藥者，世世以洴澼絖爲事。客聞之，請買其方百金。聚族而謀曰，‘我世世爲洴澼絖，不過數金；今一朝而鬻技百金，請與之。’客得之以説吴王，越有難，吴王使之將；冬與越人水戰，大敗越人，裂地而封之——能不龜手，一也；或以封，或不免於洴澼絖，則所用之異也。今子有五石之瓠，何不慮以爲大樽，而浮乎江湖？而憂其瓠落無所容，則夫子猶有蓬之心也夫！”(莊子《逍遥游》)

“宋人有善爲不龜手之藥者……則所用之異也”一段故事譬喻惠子之“拙於用大”。又如：

何謂朝三？曰：狙公賦芧曰，“朝三而暮四。”衆狙皆怒；曰，“然則暮四而朝三。”衆狙皆悦。名實未虧而喜怒爲用，亦因是也。(《齊物論》)

用“狙公賦芧”的“朝三暮四”與“暮四朝三”的欺騙手段做譬喻,説明“因”而不作的道理。《左傳》上邊常有這樣的譬喻,如:

冬,楚子爲陳夏氏亂,故伐陳……因縣陳……申叔時使於齊,反,復命而退,王使讓之曰:“夏征舒爲不道,弒其君,寡人以諸侯討而戮之,諸侯縣公,皆慶寡人,汝獨不慶寡人,何故?”對曰:“猶可辭乎?”王曰:“可哉。”曰:“夏征舒弒其君,其罪大矣,討而戮之,君之義也。抑人亦有言曰:‘牽牛以蹊人之田,而奪之牛。牽牛以蹊者,信有罪矣,而奪之牛,罰已重矣。’……”(《左傳》宣公十一年)

用“牽牛以蹊人之田而奪之牛”做譬喻,以形容楚子伐陳因而“縣陳”之不當,辭婉而義正,是何等巧妙!左宗棠答胡潤之的信有這末一段:

鄂中官吏多湘官湘人,往往以湘之利獻於鄂,爲自媚計而不顧大局。湘之木税,征於湘,則爲横征暴斂;征於鄂則爲名正言順。鄉中有一笑話,與此正相似:有兩昆同立門前,弟持一萊菔生嚼之,甫入口,乃兄自旁批其頰詈曰:“清晨不宜吃生冷物”,奪而啖之。此一事也。川鹽官運,我爲畫策,而閣下采之,乃常德設棧,盡籠湘省鹽里之利,使我爲湘人所不容,此又有一笑話:有兩人商偷其鄰之牛者,一人爲之畫策曰:“吾鄰牛圈與吾牛圈比,鑿墻而入,吾先之,子爲吾洞。”及偷者方牽鄰牛,而人已牽偷者之牛遁矣。凡此皆瘠人以自肥者之資也……

前一個故事是形容“以湘之利獻於鄂”的譬喻;後一個故事是形容“瘠人以自肥”的譬喻。

第五章　重點

做文字和打仗擺陣勢一樣。打仗要把軍隊的主力放在適當的地方，然後纔可以遣兵調將，出奇制勝。做文字也要把它的重點，即中心思想或最精彩的部分，放在適當的地方，然後纔可以章法不亂，引人入勝。但是：

Ⅰ　重點有放在前面的，如陶行知的《活吃丈夫》：

昆蟲中活吃丈夫的有螳螂、蜘蛛、蝎子等，而以螳螂吃得最殘酷。法國昆蟲學家法勃耳觀察螳螂之戀愛，有如下之敘述：

試看他們交配。爲了避免群衆的搗亂，我們叫他們一對一對的分居。每對夫妻各有一個小家庭，没有閑人進來鬧新房。食物也多多的備好，使他們要吃什麽就有什麽吃，不致於有絲毫之饑荒。

將近八月底了。雄螳螂，苗條的情郎，以爲時機成熟，便向他的胖姑娘瞄準。他彎着頭頸，挺出胸膛，小而尖的臉上表現出熱烈的情感。他一點兒不動的對着他的意中人獃望。伊并不驚動，彷彿是表示一種不在意的樣兒。雄的得到這點默許的暗示，(**我實不知其中的奥妙**)便走近伊，忽然展開兩翅，渾身都抖了起來，這大概是求婚吧。他身體雖小，一冲便冲上他的胖老婆的背上，穩穩的抱住。他們籌備了好久才實行交配，而交配的時候有時竟需五六點鐘之久。

這一對没有動静的配偶是值得注意的。他們分開一忽兒便再結合，比從前還親密。這位太太所以愛伊的可憐的丈夫，不但是因爲他能使伊的卵巢受精，而且是因爲他的肉很合乎伊的口味。早則當天，遲則明日，他必定要被老婆捉着，照例在頭頸上一口咬下，細細的吃，除兩翅外都被伊吃得精光。

我抱了一個好奇心，要看看第二個丈夫介紹給一個新近受精的雌螳螂會受何等待遇。調查的結果令人驚悸。雌螳螂對於食色兩欲是不會滿足的。不論下蛋與否，伊休息一忽兒，久暫各個不等,便能接待第二個丈夫并同第一個一樣把他吃掉。第三個接上來,盡了傳種之責,是被吃掉,蹤迹毫無。第四個的命運也是這樣。在兩個星期之内,我親見同一的雌螳螂吃掉七個丈夫。伊歡迎他們投入伊的懷抱叫每一個人都拿生命來繳付愛情之代價。

人總以爲在大自然裏雄的可以自由逃避,其實不然。我在那兒親眼看見一對配偶幹出這種可怖的勾當。那雄的,全副精神都用於盡他的天職。緊緊把雌的抱着。可是他已經沒有頭,連頸子也没有,身體也不完全。那雌的,嘴兒伸過脖子,正在那兒吃伊没有吃完的温柔的情人咧……

我們有一位朋友的夫人很厲害。他當伊的面不敢説什麽,背後常喊伊爲雌老虎。我勸他達觀些,便把螳螂的家庭生活講給他聽,他説:"我果然是比上不足,比下有餘了。"

諸位若不信法勃耳的話,可以養些螳螂試試看。何必要信他的話呢?最好是親自試一試吧。——《齋夫自由談》

這篇文章的重心在要叙説"螳螂吃丈夫"的故事,一開首就把它揭出,使讀者知道重點所在。其事既奇,文字又來的突兀,自然可以吸引讀者。

Ⅱ重點有放在文章後面者。例如托爾斯泰的《難道這是應該的麽?》那篇小説,它的重點就是放在後面的:

……這幾位先生(**指托氏在他這篇小説的前半篇所叙述的幾個人。靈皋**)是三家,全住在鄉下別墅裏:一個是鄉下的紳士,手下二千多畝田地;一個是做官的,每月得着三千盧布的薪水;還有一個是富家,是大廠主的子弟。

那些人看見圍着他們乞食和苦工的樣子,一點也不覺得奇怪,一點也不動心。他們以爲這是應當有的事情。騎馬上的那個婦人看着那只狗,忽然説道:"不,這是不能,我一點也看見這個。"他就讓馬車停住,大家聚在一塊説了幾句法國話,笑了笑，把那狗放在馬車裏，從新又往下走；那石灰層好比雲霧似的飛起來，噴在石工和走路人的身上。

一會兒馬車，馬，自行車都一瞥而逝，好像成了别一世界的東西，然而那工廠裏的工人和石工，農夫，還在那替别人家艱苦無味的工作，直到他們的死去。

他們目送那些貴人過去，自己却想道："人類是爲這樣才活着的麽？"他們心裏更覺得一陣陣的難受。

難道這是應該的麽？

這一篇作品是從田野中看見工人在廠中工作，在鑛山中工作，看見鄉下人在耕田，在那兒打石塊等等的痛苦，又在田野中和工廠附近看見那有錢有勢的人高車駟馬，風馳電掣的情形説起。到了後來，總結一筆"這幾位先生——"。以後四段總結其事，看出"好像成了别一世界的東西"，自然要在工農群衆眼中心中或是作者的心中逼出下面一個問題來："難道這是應該的麽？"文字重點在後面像這篇文字，叙述的聲勢是一步緊一步，大有"群山萬壑赴荆門"之勢。篇末，煞手一句，戛然而止，餘音繞梁，三日不絶。這是重點在篇末的好處。

Ⅲ　重點有在一篇之中的，如《西厢記·拷紅》一篇的最精彩的部分，就在當中一段，如下：

夫人：問候呵，他説什麽？
紅娘：他説道：（唱）
"夫人事已休，
將恩愛爲讎，
着小生半途喜變做憂。"
他道："紅娘！你且先行！
教小姐權時落後。"
夫人：她是女孩兒家，着她落後怎麽？
紅娘（唱）

《禿厮兒》

我只道神針法灸,
誰承望燕侶鶯儔?
他兩個經今月餘,
只是一處宿!
何須一一問原由?

《聖藥王》

他們不識憂,不識愁,
一雙心意兩相投。
夫人!得好休!便好休!
這其間何必苦追求?
常言道:"女大不中留!"

夫人:這樁事都是你個小賤人……

紅娘:非是紅娘之罪,亦非張生之罪,乃是夫人之過!

夫人:這小賤人到拖下我來!怎麼是我之過?

紅娘:信者人之根本。人而無信,大不可也。當日軍閥普救,夫人許退得軍者以女妻之。張生非慕小姐顔色,何故無干建策?夫人兵退身安,悔却前言,豈不爲失信嗎?既不允其親事,便當酬以金帛,令其舍此遠去。却不合留於書院,相近咫尺,使怨女曠夫各相窺伺,因而有此一端。夫人若不遮蓋此事,一來辱没相國家譜,二來張生施恩於人反受其辱,三來告到官司,夫人先有治家不嚴之罪。依紅娘愚見,莫若恕其小過,完其大事,實爲長便。(唱)

《么》

世有便休,罷手!
大恩人怎做敵頭
被白馬將軍故友,
斬飛虎叛賊草寇。

《絡絲娘》

不爭和張解元參辰卯酉,

便是與崔相國出乖露醜。
到底干連着自己骨肉!
夫人! 休窮究!

《拷紅》一篇是《西厢記》的最精彩的部分,這一部分又是《拷紅》的中堅,所以寫得有聲有色,可泣可歌。把一個紅娘寫得那樣有膽有識,有氣魄,有擔當,顯得它"胸有千秋"、"目無餘子",只有《紅樓夢》裏的尤三姐和《警世通言》中的杜十娘足與比肩。王靈皋說:"世果有其人者,吾裹糧挾贄從之矣! 至於張生、鶯鶯,則賈璉、尤二姨之流亞,滔滔者天下皆是也,又安足道?"(參看王靈皋:《國文評選》第二集,亞東本)這是著者傾注其全力的地方,故説它是重點所在。

Ⅳ 重點有分置在篇首與篇末的。説話要有頭有尾,做文亦然。普通做文,尤其是論説文字,總是起首就把全篇主旨,虛虛地或大概地説一説,或者,很坦然地、堅決地把所討論的問題,先下一個斷語,然後才慢慢地,條分縷晰地説明這種論斷的理由;到了末了,再來一個總結,收束全篇,便是重點分在首尾。譬如徐玉諾的《十一個囚犯》,開首是:

鏗吡嘩啦,鏗吡嘩啦,他們十一個——他們十一個囚犯,被八個武警壓着,正在築路,這路是從洛陽直通到西工的。

煞尾又是:

嘩啦鏗吡,嘩啦鏗吡,他們十一個囚犯,被八個武警壓着,正在築路,他們不曾吸煙,他們不曾喝茶,他們不曾休息。

這是一首描寫十一個犯人不休息的勞動,被武裝警察壓着,給那些"收税自由,法權獨裁"的人們築路的情形,開首一段與煞尾一段,都詳細點明題旨,提醒人們的注意本篇重點所在。這種首尾注重的寫法,論説辯難的文字中最多。因爲他同人討論問題,首先就要簡單地表示自己的意見,或是首先否定了對方的意見,這叫做"一針見血",又叫做"開門見山",或叫做"當頭一棒",因爲一件事體本已被人視爲情理之常,而今忽做翻案,恰似冷不妨照着人頭上給他一棒一樣,那能不令人吃驚,令人注意。迨到後來,一樁樁、一件件解釋明白以後,你再總括全篇給他一個結論,向來驚訝不止,懷疑滿腹的人,到此自然涣然冰釋,這叫做"畫龍點睛"。讀者最好再去把胡適的《孫行者與張君勱》一文(王靈皋:《國文評選第二集》)翻出來讀一讀,你看他那開首一段與末尾一段的呼應,當更了然。

第六章　統一

"統一"這兩個字,我們青年們一定是聽慣了的;吴佩孚不是曾經做過幾年"武力統一"的迷夢嗎? 現在的權力階級不是在那一方面高叫他的"和平統一",一方面實行貫徹他的"武力統一"的政策嗎? 和平統一也罷,武力統一也罷;鬼來統一也罷,人來統一也罷;資産階級的政權來統一也罷,工人階級的政權來統一也罷,——總歸是統一罷了,統一就是把全國人的心思財力,不然就是最大多數人的心思財力,集中於國家改建與社會改造的目標,無論是工人做工也罷,農民種田也罷,商人買賣也罷,文學家的描寫可歌唱也罷,軍事的行動和準備也罷,教育與文化工作的設施也罷,總而言之,一齊都向着一個方向,所謂"百川匯海""殊途同歸",這就叫做"統一"——政治上的統一。老實説,真正的政治上的統一,還在將來,這不是我們在此地所應討論的問題。我們此地所討論的是文字上的統一。文字上的統一,也和政治上的統一一樣。假使你做一篇文字,本來是説到張三的,忽而又談到李四;本來是説上海的,忽而又談到香港;那便亂七八糟,不像東西,讀的人也摸不着頭腦。所以做文字一定要把他的意思集中,把它的主意拿定,從頭到尾,處處要顧到做這一篇文字的本旨,然後目光四射,放手做去,才不致漫無歸宿。譬如題目本説的是李四,而忽而説起張三也不妨;明明說的是上海，忽而又到香港也不妨，不但不妨，反而文字因從旁面襯托起來，愈益有力，越發生動。《聊齋誌異》說："口有道，道四娘也；目有視，視四娘也；耳有聽，聽四娘也。"這就是統一的確切的注脚。欲保持文字上的統一，必須嚴格地保持作者的觀點。一個人做一篇文字，叙事必須要認定所叙之事物的關鍵所在；論説必須認定所討論的問題的重心所在，而作者的立場，作者的身分，討論或叙述的目的，均應刻刻在心，絲毫不可越出範圍，要達到這個目的，就得保持作者的兩種觀點：

（Ⅰ）形式上的觀點。所謂形式上的觀點，就是從文字的外形上保持作者對於所做的文字的統一。譬如你要記看花，那你處處就得在文字表現出看花的情形，却不可表現出"葬花"或"種花"或"賣花"的意思來；你要説游山，那你就得處處在文字上顧到游山的意思，不要弄出"跑山""登山"或"爬山"來。我們現在先拿杜甫的一首長歌——《奉先劉少甫新畫山水障歌》作個例子：

堂上不合生楓樹，怪底江山起烟霧，聞君掃却赤縣圖，乘興遣盡滄洲趣。畫師亦無數，好手不可遇。對此融心神，與君全毫素。豈但祁岳與鄭虔，筆迹遠過揚契丹。得非玄圃裂？無乃瀟湘翻！悄然坐我天姥下，耳邊已似聞清猿。反思前夜風雨急，乃是浦城鬼神入！元氣淋漓障猶濕，真實上訴天應泣！野亭春還雜花遠，漁翁瞑踏孤舟立。滄浪水深青溟闊，攲岸側島秋毫末。不見湘妃鼓瑟時，至今斑竹臨江活！劉侯天機精，愛畫入骨髓。自有兩兒郎，揮灑亦莫比。大兒聰明到，能添老樹顛崖裹；小兒心孔開，貌得山僧及童子。若耶溪，雲門寺，吾獨何爲在泥滓，青鞋布襪從此始！

杜工部這篇詩的觀點是在他的朋友的堂上看見他所畫的山水障。從這一點去描寫，所謂"畫師亦無數，好手不可遇"，所謂"對此"哪，"知君"哪，"豈但"哪，"遠過"哪，"得非"，"無乃"，"悄然坐我"，"耳邊已似"，"反思"，"乃是"，"障猶濕"，"天應泣"，"不見"，

“至今”,“能添老樹巔崖裹”,“貌得山僧及童子”,那一句離開了這一觀點?——奉先劉少甫新畫山水障——而開首一句“堂上不合生楓樹,怪底江山起烟霧”,破空而來,突兀異常;緊接兩句“聞君掃除赤縣圖,乘興遣盡滄州趣”,輕輕入題,“天衣無縫”,末後“若耶溪,雲門寺……”一長句,悠然遐想,大有“畫龍點睛,破壁飛去”之概,也是欣賞藝術品之後,應有的感想。(參看《國文作法》頁七二,亞東本)我們再拿《劫法場》一篇來看一看。不過太長了,我們不能全引,現在只把它寫梁山泊好漢劫法場的情形數段做例:

> 那知府勒住馬,只等報來。只見法場東邊,一夥弄蛇的丐者,强要挨入法場裏看,衆土兵趕打不退。正相鬧間,只見法場西邊,一夥使槍棒賣藥的,也强挨將入來。土兵喝道:“你那夥人好不曉事!這是那裏,强挨入來要看!”那夥使槍棒的説道:“你倒鳥村!我們衝州撞府,那裏不曾去!到處看出人!便是京師天子殺人,也放人看,你這小去處,砍得兩個人,鬧動了世界,我們便挨出來看一看,打甚麽鳥緊!”正和土兵鬧將起來。監斬官喝道:“且趕退去,休放過來!”鬧猶未了,只見法場南邊,一夥挑擔的脚夫又要挨將入來。土兵喝道:“這裏出人,你挑那裏去!”那夥人説道:“我們挑東西送與知府相公去的,你們如何敢阻當我!”土兵道:“便是相公衙里人,也只得别處過一過!”那夥人就歇了擔子,都掣了扁擔,立在人叢中裏看。只見法場北邊,一夥客商推兩輛車子過來,定要挨入法場上來。土兵喝道:“你那夥人那裏去!”客人應道:“我們要趕路程,可放我們過去。”土兵道:“這裏出人,如何肯放你!你要趕路程,從别路過去!”那夥客人笑道:“你倒説得好!俺們便是京師來的人,不認得你這裏鳥路,只是從這大路走。”土兵那裏肯放。那夥客人齊齊地挨定了不動——四下裏吵鬧不住,這蔡九知府也禁治不得。又見這夥客人都盤在車子上,立定了看。没多時,法場中間,人分開處,一個報,報到一聲“午時三刻”。監斬官便道:“斬訖報來!”兩兩勢下刀棒劊子便去開枷;

行刑之人執定法刀在手。説時遲，那夥客人在車子上聽得“斬”字，數内一個客人便向懷中取出一面小鑼兒，立在車子上，當當地敲得兩三聲，四下裏一齊動手；那時快，却見十字路口茶坊樓上一個虎形黑大漢，脱得赤條條的，兩只手握兩把板斧，大吼一聲，却似半天起個霹靂，從半空中跳將下來，手起斧落，早砍翻了兩個行刑的劊子，便望監斬官馬前砍將來。衆土兵急待把槍去搠時，那裏攔當得住。衆人且簇擁蔡九知府逃命去了。

只見東邊那夥弄蛇的丐者，身邊都掣出尖刀，看着土兵便殺；西邊那夥使槍棒的大發喊聲，只顧亂殺將來，一派殺倒土兵獄卒；南邊那夥挑擔的脚夫輪起扁擔，横七竪八，都打翻了土兵和那看的人；北邊那夥客人都跳下車來，推過車子，攔住了人。兩個客商鑽將入來，一個背了宋江，一個背了戴宗。其餘的人，也有取弓箭來射的，也有取出石子來打的，也有取出標槍來標的。

原來扮客商的這夥便是晁蓋、花榮、黄信、吕方、郭盛；那夥扮使槍棒的便是燕順、劉唐、杜遷、宋萬；扮挑擔的便是朱貴、王矮虎、鄭天壽、石勇；那夥扮丐者的便是阮小二、阮小五、阮小七、白勝……

以上幾段是《劫法場》一篇叙得最精彩的部分，而它的統一的精神，也就充分地表現出來，第一段（原文第一九段，以下類推）以“法場東邊”與“法場西邊”做統一的綫索；第二段以“法場南邊”和“法場北邊”做綫索，并且在中間又以“四下裏吵鬧不住”，總束上邊的“東西南北”；第三段却以“十字街口”做中心，“有了中央，始成系統”。復從這十字街口殺將出去，於是“只見東邊那夥……”“西邊那夥……”“南邊那夥……”“北邊那夥……”一齊從四面殺來，第四段便顯得“謀定後動”的本領，也顯得叙述的手段不凡。第四段又以“扮客商的這夥便是……”；“那夥扮使槍棒的便是……”；“扮挑擔的便是……”；“那夥扮丐者的便是……”把前面各段文字的東西南北四面來的好漢交代清楚,真有一綫穿珠之妙! 這便是在文字的形式上做統一工夫的(參看王靈皋:《國文評選》第一集)。即從形式的觀點努力於文字的統一的。

(Ⅱ)思想上的觀點。文字不但在形式上要求統一并且要在精神上要求統一,即在思想上要求統一。譬如前邊所説的杜甫的《奉先劉少甫新畫山水障歌》,不但在文字的形式上組成一個稱匀的機體,即在思想上,它也有它一個始終一貫,無懈可擊的觀點。他描寫劉少甫的畫的山水障始終從疑它是真的,因疑它是真的,顯示它的作者的藝術的高超,不但劉少甫自己的藝術好,即他的兩個兒郎都是"聰明到""心孔開",益顯得劉少甫自己的本領。末後露出他的"青鞋布襪"的出塵超世之想,益見劉少甫的藝術之超凡入聖,引人入勝的妙處。這就是思想上的觀點之統一。思想的統一在文字上最爲重要,因爲它是文字的主要的目的。有時在形式上雖若五花八門,參差不齊,但是在思想上却是文字的統一之上乘工夫,譬如高爾基的《拆爾卡士》一篇,明明是在描寫現代流氓無産階級之特殊心理與特殊倫理觀念,他開首却寫了一段插話。(《高爾基小説集》上海民智書局)這段插話,從表面看來,似乎與下面的本文不相干,實則本文所包含的思想,有了這一篇插話,格外顯得它的社會的深切的關係,格外顯得它對於現代社會是"一篇完全的殘酷峻冷的諷刺詩"的重要意義。就是説,形式上不統一,思想上却是極其統一的。

第七章　匀稱

態濃意遠淑且真,
肌理細膩骨肉匀。

——杜甫:《麗人行》

背後何所見?
珠壓腰衱穩稱身。

——杜甫:《麗人行》

我們從前面看美人,自然希望看到她的“態濃意遠”,得了這一點,已經是我們的眼福,然而在美人方面,若果没有“淑且真”做她的骨子,那這個美人至多也不過是個做電影的明星,或者是個唱新戲的女伶,甚至被人認爲是一個消魂尤物罷了,這是一。“肌理細膩”,在人的肉體美上,固然是一個必要的條件,然而光是肌理細膩而没有曲綫美,或是全體的配合不適當,那也不過是普通的美色而已,還不配算是真正的理想上的肉體美,所以在藝術家的要求看來,一定要具備“骨肉勻”這一條件。這是二。

上面并不是説的裸體美,只是對面的看法,看她的肌理和骨肉;但是果真是一個美人,不但要看她的骨肉肌理,并且要看她的身段與裝束。不但要有珠寶金玉,綾羅綢緞做裝飾,并且要戴得稱,着得稱,所以“珠壓腰衱穩稱身”,也不能不説是美人的一個條件。我們看了日本婦人腰間束着的那一匹寬長的綿帶,格外領會“珠壓腰衱穩稱身”的“稱”字,是如何貼切,如何地深合人體美的描寫!人體的美要“勻”;裝束的美要“稱”,前者是先天的美,自然的美,後者是人爲的美,修飾的美。兩美融合,就是“勻稱”。但是我們要“勻”,不是從千篇一律,千人一樣,或是肌理骨肉都是平平整整的“勻”,而是要於參差不齊,錯綜不一中顯出它的各部分都恰到好處的“勻”;我們要“稱”,也不是人人都得“珠壓腰衱”才算是“勻”,而是要於“淡裝濃抹”“裙布荆釵”或是“珠寶壓身”“綺羅被體”無施而不可,無往而不與她的自然的身段,骨肉肌理相調和,這才叫做“稱”。我現在拿這兩個字——勻稱——來論文字的組織,也就是這個用意。假使你描寫一個英雄,用你的清描淡寫的筆墨把他的本色烘托出來也好,只要勻稱;用你的雷霆風雨的筆墨,煊染他出來也好,只要勻稱,譬如胡適的《夢謁四烈士墓》,他用那種斬釘截鐵的文字來寫這幾位放炸彈的烈士,實在稱;這篇詩第一首説明四烈士的來歷;第二首叙述四烈士的炸彈的功效;第三首叙述四烈士之倔强不肯屈服,不做無益之悲,而决志犧牲以懲奸慝的情形;第四首寫四烈士之所爲完全爲行其心之所安,未嘗計及身後之名,而通篇以“幹!幹!幹!”做煞,這就叫勻。假使你描寫一個美人：用你的吟風弄月的筆墨把她飄飄然繪出也好，只要勻稱；用你的如泣如訴，如怨如慕的筆墨把她曲曲地傳出也好，只要勻稱。譬如老殘寫白妞：

> 王小玉便啓朱唇，發皓齒，唱了幾句書兒。聲音初不甚大，只覺入耳有説不出來的妙境：五臟六腑裏像熨鬥熨過，無一處不伏貼，三萬六千個毛孔，像吃了人參菓，無一個毛暢快。唱了十數句之後，漸漸的越唱越高，忽然拔了一個尖兒，像一綫鋼絲抛入天際，不禁暗暗叫絶。那知他於那極高的地方，尚能迴環轉折。幾轉之後，又高一層，接連有三四疊，節節高起。恍如由傲來峰西攀登太山的景象：初看傲來峰削壁千仞，以爲上與天通；及至翻到傲來峰頂，才見扇子崖更在傲來峰上；及至翻到扇子崖，又見南天門更在扇子崖上——愈翻愈險，愈險愈奇。
>
> 那王小玉唱到極高的三四疊後，陡然一落，又極力騁其千迴百折的精神，如一條飛蛇在黄山三十六峰半中腰裏盤旋穿插，頃刻之間，周匝數遍。從此以後，愈唱愈低，愈低愈細，那聲音漸漸的就聽不見了。滿園子的人都屏氣凝神，不敢少動。約有兩三分鐘之久，仿佛有一點聲音從地底下發出。這一出之後，忽又揚起，像放東洋烟火，一個彈子上天，隨化作千百道五色火光，縱横散亂。這一聲飛起，即有無限聲音俱來并發。那彈弦子的亦在全用輪指，忽大忽小，同他那聲音相和相合，有如花塢春曉，好鳥亂鳴。耳朵忙不過來，不曉得聽那一聲的爲是。正在撩亂之際，忽聽霍然一聲，人琴俱寂，這時臺下叫好之聲轟然雷動。

這兩段用大明湖畔的本地風光形容王小玉的妙技十分勻稱；在這兩段之前，配合着下面寫王小玉的玉貌也十分勻稱：

> 正在熱鬧哄哄的時間，只見那後臺裏又出來了一位姑娘，

年紀約十八九歲，裝束與前一個毫無分別，瓜子臉兒，白净面皮，相貌不過中人以上之姿，只覺得秀而不媚，清而不寒，半低着頭出來立在半桌後面，把黎花簡丁噹了幾聲，煞是奇怪：只是兩片頑鐵，到她手裏便有了五音十二律似的！又將鼓捶子輕輕點了兩下，方抬起頭來，向臺下一盼。那雙眼睛，如秋水，如寒星，如寶珠，如白水銀裏頭養着兩丸黑水銀，左右一顧一看，連那坐在遠遠墻角子裏的人都覺得王小玉看見我了。那坐得近的，更不必説。就這一眼，便鴉雀無聲，比皇帝出來還要静悄得多呢！連一根針跌在地下都聽得見響！

這種描寫完全是動的寫法，活的寫法。寫王小玉的面孔相貌，都是很樸素的，然而這却有北方女孩兒的本色；寫她的一舉一動又都只用白描的寫法，更覺得意趣天成，比之《紅樓夢》上寫賈寶玉怎樣“面如傅粉”、怎樣“唇若施脂”，寫王熙鳳怎樣“眉如墨畫”、怎樣“鼻似懸膽”的呆板古董，把一個活潑的女人，一個翩翩公子，寫得像死人一樣，真是有天淵之别！没有别的，只是老殘寫得匀稱；《紅樓夢》寫得不匀不稱。但是那緊接着“臺下叫好之聲轟然雷動”的下面一段，鬧出什麽湖南人的一篇大道理，什麽“三月不知肉味”，什麽“三日不絶”等等讚揚，便是“狗尾續貂”，一點也不匀稱；不但不匀稱，連前面的妙處也減少趣味。假使到了“忽聽霍然一聲，人弦俱寂”，戛然而止，不再續以下數段，那才妙咧！妙在什麽地方呢？也就是匀稱呵！（參考王靈皋：《國文評選》第二集《大明湖畔批評》），然而我們寫作時要匀要稱，究竟到匀怎樣程度，稱到怎樣的程度呢？只有像杜甫説的：

美人細意熨貼平，
裁縫滅盡針綫迹。

那樣的匀，那樣的稱。

第七篇　文字的内容

第一章　民衆的立場

寫作的時候,無論什麽人,第一個關頭,就要表現出他的立場。你是那一派的人,你的文字自然而然就要顯出那一派的立場;你是那一階級的人,你的文字也就不知不覺地顯出那一階級的立場。縱或你用一大堆的詞句極力掩飾,極力否認,然而它的字裏行間,總歸要露出馬脚來的。因爲在一個政治鬥争最劇烈的社會中,一般人總歡喜標榜新的主義,流行的主義以自重,昂格思説得對:

> 一八三〇年的事變,陷整個歐洲於不安,德國的文學也受了這種政治激動的影響。當時著作家幾乎個個人都宣傳一種幼稚的立憲主義和更幼稺的共和主義。當時的文壇上漸漸養成一種習慣,特别是次等文人,在著作中要諷刺時政,獲得一般注意,以掩飾其作品之平凡。詩歌,小説,評論,戲曲,每一文壇創作都含一種所謂的'傾向',换言之,即多少帶着一些反政府精神的羞怯的表現。

現在也正是這樣。自從一九一七年以後,中國也受到了大革命的影響,一般所謂"革命文學巨子",自然開口"革命",閉口"不革命",他的文學上的革命字眼比貼標語還來得容易。就是一些不敢掛革命招牌的文學家,他們的作品也多多少少帶一些"紅"的色彩,以招徠讀者。大部分青年們起初都是帶着感情地接受這些作品的。這兩類的作家,當然逃不脱昂氏所説的"次等文人"的範圍之外。我們現在并不是教一般青年寫文學作品,而是幫助一般青年讀者增加他們應用文字的修養,但是人總是社會的動物。何况現代青年生在這個排山倒海,驚濤駭浪的鬥争生活中,首先就要碰到這個浪潮的冲盪。他們不下筆寫作則已,一下筆寫作,就不得不有意識地或無意識地表示他的社會的關係,即他的社會的立場,換言之,就是他的階級的立場(Der Standpunkt der Klassen)。我們青年寫做時,應當站在什麽立場呢? 自然要站在民衆的立場。什麽是民衆呢? 這一層不弄清楚,那人也是民衆,鬼也是民衆,也就和袁世凱做皇帝時,段芝貴也是公民,陸建章也是公民,孫毓筠也是公民的一樣,那便是笑話。民衆就是在社會中占着極大多數的以勞力生活的工農大衆。站在最大多數的工農大衆的立場,即代表最大多數工農大衆的利益的立場,就是民衆的立場。但是我們要問,徐志摩下面一段文字是不是民衆的立場呢? 你看:

前幾時有一天俄國公使館掛旗,我也去看了。加拉罕站在臺下,微微的笑着,他的臉上發出一種嚴肅的青光,他側仰着他的頭看旗上昇時,我覺着了他的人格的尊嚴,他至少是個有膽有略的男子,他有爲主義犧牲的决心,他的臉上至少没有苟且的痕迹,同時屋頂那根旗杆上,冉冉的昇上了一片的紅光,背着窈遠没有一斑雲彩的青天。那面簇新的紅旗在風前斗峭的裊蕩個不定。這異樣的彩色與聲響引起了我異樣的感想。是腼腆,是驕傲,還是鄙夷,如今這紅旗初次面對着我們偌大的民族? 在場人也有拍掌的,但只是斷續的拍掌。我想這就算是我們初次見紅旗的敬意;但這又是鄙夷,驕傲,還是慚愧呢? 那紅色是個偉大的象徵,代表人類史裏最偉大的一個時期;不僅標示俄國民族流血的成績,却也爲人類立下了一個勇敢嘗試的榜樣。在那旗子抖動的聲響裏我不僅仿佛聽出了這近十年來那斯拉夫民族失敗與勝利的呼聲,我也想像到百數十年前法國革命時的狂熱,一七八九年七月十四日那天巴黎市民攻破巴士梯亞牢獄的瘋癲。自由,平等,友愛! 友愛,平等,自由! 你們聽呀,在這呼聲里人類理想的火焰一直從地面上直冲破天頂。歷史上再没有更重要更强烈的轉變的埋藏。卡萊爾(Carlyle)在他的《法國革命史》裏形容這件大事有三句名句,他説,"To describe this Scene transcends the talent of mortals. After four hours of world-Bedlam it surrenders. The Bastille is down!”他說:“要形容這一景超過了凡人的力量。過了四小時的瘋狂他(那大牢)投降了。巴士梯亞是下了!”打破一個政治犯的牢獄不算是了不得的大事,但這事實裏有一個象徵。巴士梯亞是代表阻礙自由的勢力,巴黎市民的攻擊是代表全人類爭自由的勢力,巴士梯亞的“下”是人類理想勝利的憑證。自由,平等,友愛! 友愛,平等,自由! 法國人在百幾十年前猖狂的叫着。這叫聲還在人類性靈裏蕩着。我們不好像聽見嗎,雖則隔着百幾十年光陰的曠野。如今凶惡的巴士梯亞又在我們的面前堵着;我們如其再不發瘋,他那牢門上的鐵釘,一個個都快刺透我們的心胸了!——徐志摩:《落葉》頁十八—二十。

徐志摩不是在喊巴士梯亞的“下”嗎? 不是在喊什麽“自由,平等,友愛!”嗎? 不是要希望“我們發瘋”嗎? 但是他的立場却不是民衆的立場,而是少數階級(即自由資產階級)的立場。我們不待要看他後來發表的東西(與這篇文字反對的),即就本文就可以斷定了,因爲他把巴士梯亞獄的“下”,僅認爲是“人類理想勝利的憑證”,把一部革命史的事實,把法國大革命中的主要動力——工人階級與農民群衆在革命中的最偉大的作用一筆抹殺。我們再看克魯泡得金怎樣説法:

七月十四日的黎明,巴黎暴動的注意點是集中於巴士提爾(即徐志摩所譯的‘巴士梯亞’,靈皋),他是一個暗淡的堡壘,有幾個堅固的高大的鐘樓。他座落在人口繁盛的區域的房屋的背後,在將近聖安同因區的門口。歷史家現在還在研究,人民的思想如何會朝着這一方向注意,有些歷史家認爲這是市政廳常務委員會想給暴動以一個攻擊的目標,於是指使暴動去反對這個帝制的象徵。然而没有材料能證實這個假設,只有些重要事實批駁它。或者自從十二日和十三日以後,人民的直覺,懂得了在宮庭的征服巴黎的人民的計劃之中,巴士梯爾占重要位置,因此先佔領他,這種解釋是更相迎些。

……

立刻,圍城的人民佔領了炮臺!他們解除了瑞士人和領年金的人們的武裝,捉住了朗勒,把他拖到市政廳。因爲他的背叛,群衆非常憤激,在路上施以各種侮辱;有二十次他幾乎被殺,假使不是蕭訥和另一人(**注:這人不是梅雅嗎?我們知道正是他捉住的朗勃**)的英勇的努力,用他們的身體保護着他。但是祇離市政廳剛一百步的時候,人民將他從他們的手中奪過去,將他斬首了。德胡是瑞士兵的司令,因爲他宣告他以後忠於巴黎和忠於法國,和飲酒祝賀他們,才救了自己的性命,但是巴士提爾司令部有三個官佐和三個兵士被殺。至於商會的會長弗勒塞爾,他曾和貝森發爾和波利涅公爵夫人通信,而且照他的某一信中的一段所講的,他還隱藏着許多別的丢皇后的臉的秘密。人民正準備殺他的,忽然一個無名氏將他槍斃。無名氏未必是想着只有死人們才不能講話了嗎?

……

革命是這樣開始的。人民獲得了第一次的勝利。這種物質上的勝利是重要的,革命應當經得起一個鬥争的試驗,而且應當從這試驗中凱旋出來。人民的力量是如何,應當有一個證明,可以威鎮敵人,可以鼓起法國的勇氣,可以推動各地叛亂,朝着争自由前進。

卡萊爾、徐志摩他們兩人和克魯泡的金放在一塊相比,或許讀者要疑惑有點不倫不類,其實我們不過是拿卡萊爾和徐志摩做他們一類人的代表而已。他們和克氏對於巴黎市民攻下巴士提爾的立場不同,就是他們對於法國大革命的立場不同的表示,最顯然的就是:

第一,卡、徐兩氏認巴士梯爾的"下"是"經過了四小時的瘋狂"的結果,就是説,經過了巴黎人民四小時的瘋狂的結果;他們把民衆革命的最高尚、最熱烈的精神,比之爲"瘋狂"!克氏則不然,他叙述巴黎人民既攻下巴士提爾之後,他們的領袖還在用他們的身體,從民衆的積恨蓄怒之下,盡力地保護那背叛人民的朗勒,想把他送到市政廳去審判;瑞士兵的司令只宣告他以後忠於巴黎和法國,他就得保全首領,此外巴士提爾只有三個官佐和三個兵士被殺,其他,則只有一個出賣人民的商會會長弗勒塞爾被殺,較之統治階級平常殺人如麻,真是天淵,從這種忠實的叙述中,我們可以斷定巴黎人民在大革命中,一點也没有瘋狂;因爲大革命并不是瘋狂,而是人民争自由争解放的最高表現。這是他們對於大革命的立場相反的第一個證據。

第二,卡、徐兩氏認"這一景(即法國大革命的一幕。語罕)超過了凡人的力量。"克氏又恰恰相反,他認爲這一勝利,即巴士提爾的攻下,只是革命經得起鬥争的試驗,只是證明人民的力量,因爲這一力量發動的結果,"可以威鎮敵人,可以鼓動法國的勇氣,可以推動各地叛亂,朝着争自由前進。"這些革命民衆都是凡人;只有凡人結合起來的力量,才是超凡的力量。這是他們立場不同的第二個證據。

第三,徐志摩認爲巴士梯亞的"下"是"人類理想勝利的憑證",這又鬧起什麽"理想"主義來了!這又想把人間的事情變成天上的事情,把社會生活的不平等,不自由的必要結果,又變成什麽哲學家或思想家的腦子裏的把戲了!克氏又大大地不然。他以爲,法國大革命的爆發完全由於人民不堪王權和封建階級的剥削與壓迫,而巴士梯爾的攻下是由於"人民的直覺,懂得了在宫庭的征服巴黎的人民的計劃之中,巴士提爾占重要地位,因此决定先佔領他",這種叙述不但不包含一點什麽"理想的勝利"的味兒,并且連市政委員(資産階級的指導機關)指導暴動的浮詞也批駁了。這是他們對於法國大革命的態度不同的第三個證據。那麽,他們的立場的不同,究竟是在什麽地方呢?卡、徐兩人對於法國大革命的文字是少數階級即資産階級的立場;克魯泡得金的叙述法國大革命乃是民衆的立場。我們青年寫作的時候,處處都要站穩他的民衆

的立場,就是說:

(1) 我們要用文字做要求自由的工具;但這種要求必須是最大多數的民衆的要求。

(2) 我們要用文字做要求平等的武器;但這種要求也必是最大多數民衆的要求。

(3) 我們要用文字表現我們仁愛(Menschenliebe),但這種仁愛必須是建築在最大多數民衆的兄弟之誼的基礎上的。

第二章　鬥争的精神

燦爛的王冠最後和玻璃杯一樣的容易擊碎,
在塵世上呵,我們怨恨已經沸騰了;
看呵! 人民都起來了,他們是最不畏罪,
看呵! 那時候在你們的旁邊,我將百折不回。
在萊因或多腦,你們將看見一個叛逆
他的一切一切都忠實於他的主義;
在皇位的廢址上和在自由人民的中間呵!
他們將向你們慶祝,高喊萬歲!

——佛萊利格拉:《萊因新聞的告别辭》

這是一八四九年五月十九日《新因萊新聞》因宣傳革命而被封禁時的最後一期上,佛萊利格拉告别人民的詩。我們從這一首偉大革命作品中,看出它的鬥争的精神:

第一,《萊因新聞》雖被封禁,它的編輯人雖然又算遭了一次失敗,然而它不但不失望,并且預祝將來"在皇位的廢墟上和在自由人民的中間"的勝利。

第二,它雖被停刊了,然而它却向政治階級表示"人民都起來了,他們并不畏罪",并且預告將來的"一個叛逆"。叛逆就是鬥争的别一名詞。無論在思想上,在文字上,在行動上,你要鬥争,就要得做叛逆;因爲鬥争就是不屈服,不投降,不妥協,那除了叛逆還有别的方法嗎? 所以統治階級的字典上,文獻上的"叛逆"這兩個字,在我們看來就是生活歷程上的“十字架”!

我們人類的祖先從動物脱化而爲人,從原始的人類進而爲現代的人類,在這一個極悠久的歷程中,那一時、那一刻不是在鬥争在叛逆。他們對於自然的現存狀態叛逆,把天上的雷公爺變成聽我們驅使的電氣,把地下的寶藏變成聽我們使用的煤炭。那一樁不是和自然鬥争?那一件不是對自然叛逆?至於人對人更不用説了。没有鬥争,農奴和奴隸的制度,怎樣取消?没有鬥争,封建制度怎樣滅亡?没有鬥争,俄國的察爾(Zar)怎樣崩潰,克倫斯基政權怎樣推翻?我們若是説放棄了鬥争,那就無異是説,我們放棄生活的權利,放棄生存權!文字是人類的生活上一種最要的工具,文字的精神,就是我們人類生活的精神之表現,所以我們在文字上,應有一種堅决的、勇敢的鬥争精神。譬如高爾基的《海鷹歌》:

在灰白的海的平原上風歛集着烏雲。在烏雲和海的中間有如黑電似的海鷹高傲地翱翔着。

它有時以一只羽翼觸着波浪,有時如箭矢一般直冲向烏雲中高叫着——并且烏雲在這鳥的勇敢的喊聲裏聽出歡快。

在這喊聲裏是暴風雨的渴慕!

烏雲在這喊聲裏聽見憤怒的力,熱欲的火焰和勝利的信心。

海鷗臨暴風雨前下沉——下沉,又臨海面上翻轉而且預備往海底藏起暴風雨前的自己的畏懼。

潛水鳥也下沉——它們,潛水鳥,享受不了生活戰争的快樂:雷的怒擊威嚇着它們。愚的企鵝驚怯地將油肥的身軀隱在陡巖下面的僻地……

只有高傲的海鷗臨在灰白的海沫上勇敢而且自由地翱翔着!

烏雲更爲陰暗而且低落的臨在海上下墜,波浪也向處舞動唱起,迎着炸雷。

雷聲響動。在怒沫裏浪和風爭吵着沉下。呵呵,風以堅結的胸懷抱着成陣的浪而且將它們惡毒地亂揮在岩石上,碎成灰和斑彩的大塊綠色泡花。

海鷹如黑電一般高叫翱翔着,它以羽翼掠破了浪沫,有如箭矢透穿了烏雲似的。

呵呵,它穿戴好像惡魔——高傲的暴雨的黑色惡魔——笑而且哀哭……它臨在烏雲上笑,它由於歡快哀哭。

在雷的震怒裏——明事的惡魔——他早已聽得倦了,他相信烏雲遮不住太陽,不,遮不住!

風在吼,雷在怒鳴……

成陣的烏雲在海的深淵上,閃出青藍的火焰。海捉住電的急箭而在自己的碧淵裏熄滅。儼如火蛇一般,這些電的反光,在海裏蜷動消滅去。

——暴風雨!暴風雨快響動起來!

這個勇敢的海鷹臨在怒鳴的海上,界於急電中間,高傲地翱翔着;勝利的先知於是叫起:

——任暴風雨將更有力些響動吧!

高爾基的這種作品,一來是預言大革命的暴風雨將要到來,二來是表示革命者是用全力歡迎這種暴風雨的,這就是我們前邊所要説的克魯泡得金的話:“革命應當經得起一個鬥争的試驗!”每一個在現代鬥争的社會裏生活着的人都應當經得起一個鬥争的試驗。他應當抱着鬥争的精神,在言行上,在文字上。高、克兩氏的話是值得我們注意的;但是高氏的鬥争的精神,只有在文學上是可以稱得起偉大的,然而他在政論的鬥争即關於行動鬥争的文字,那就不可爲訓了。他到了革命之前夜,到了真正要在行動上歡迎這一暴風雨的時候,却又在文字上表現他的反對傾向,即放棄鬥争至少是對於鬥争怠工了。我們且看烏理耶諾夫一九一七三月十二日從屈利希(Zurich)寄回俄國的一封信上的話:

我剛才(三月十二—二十四日)在《新屈利希報》(Neuen Zurcher Zeitung)——三月二十四第五一七號——讀到從柏林傳來的電報消息:從瑞典人傳出來的消息:高爾基向政府及執行委員會致祝賀辭。他祝賀民衆對於反動權力者的勝利并且要求俄國所有精神上的和體力上的壯丁一齊努力於新俄羅斯的國家建築物的建設。同時他又要求政府用和平協定的締結獲得他的解放事業的榮譽。不是要在俄羅斯比其他國家都缺乏理由而不惜任何犧牲以求的和平,而是要在俄羅斯比世界其他一切民族都大有可能的和平。人類的血已經流够了,若是新政府能以實現一種迅速的和平協定,那不但對於俄羅斯并且是對於全人類,都是一個最偉大的功績。

高爾基(Maxim Gorki)的信的内容是這樣地重述出來的。

一個人讀到這種用普通流行的凡俗的偏見所浸淫的信件時,受到一種痛苦的感觸。本文的著者(烏理耶諾夫自謂。靈皋)當他曾在嘉普利島(Auf der Insel Capri)會見高爾基對於他的政治上的錯誤警告過并斥責過他。高爾基用他的不可仿效的和藹可欽的笑并用坦白無私的:“我曉得,我是一個壞的馬克思主義者。而且我們一切藝術家都是一個有點不能計算的”的聲明來接受這些非難。他所説的我們倒有點難以否認。

高爾基是一個有權威的藝術的天才,這種天才給了國際無産階級的運動許多利益并且還在給它,這是不加疑惑的。

然而高爾基自己對於政治的關係怎樣呢?

接着就批評高爾基的這種政治上的見解不但是小資産階級的某種偏見的表現并正在把這種小資産階級的偏見影響到工人階級。所謂小資産階級的某種偏見,這裏所指的,就是幻想不能實現的和平,“與虎謀皮”的和平;而這種幻想正是没有堅決的鬥争精神之十足的表現,就是妥協。反過來看,烏理耶諾夫的這種文字確是充滿着實際鬥争的堅决而勇敢的精神。我希望青年讀者不僅要做高爾基那樣鬥争的文學家,尤其要做烏氏那樣一絲不肯放過的鬥争的政治家，要做他那種毫不妥協的鬥争的文字。但是鬥争的精神究竟是怎樣一回事？我且借下面幾句話把它形容出來：

> 猥拉夷萬諾夫娜（Wera Iwanowna）照着她自己的説法，對列寧説："蓋渥格（普頼漢諾夫）是一個獵犬：他咬，咬了就放，你却是一個鬥犬：你有一個致人死命的爪子。"（L. Trotzki. Mein Leben S. 145—146）

這就是説，普頼汗諾夫的鬥争的精神是不堅决的，譬如一個獵犬，他雖咬人，却是咬了就放；烏氏却不然；他有一個致人死命的爪子，不抓你則已，要抓你，就要抓住你，既抓住你，便死也不肯放手。這種鬥争的精神，完全是攻擊的，中國人所謂"扎硬寨，打死仗"的防禦戰的口號，還不足以喻之！

古今來有名的偉大的所謂劃時代的文字（或著作），没有一個不是對於他的舊社會、舊學説，或統治階級的傳統成見之堅苦和英勇鬥争的産品，如達爾文的《物種原始》，如馬克思的《政治經濟學批評》，如昂格思的《反杜林》，如列寧的《唯物論與經驗批評論》及其它一切文獻，都是理論鬥争和實際鬥争的結果。或者有人要説，徐志摩、胡適、陳衡哲、陳西瀅及其他一切資産階級的學者的作品有些只是寫出個人的心情，或是很和平的喊叫幾聲，如徐志摩的《巴黎麟爪》，如陳衡哲的《小雨點》等等算不得什麽鬥争的文字，其實不然。他們的臆底渥邏輯都是資産階級的；他們對於現社會的觀察雖有各種緩急之不同，然他們總是站在維持現社會的立場，他們的形形色色的情緒發而爲文字都有他們的社會根源，也就是他們對於他們現在或將來的運命之鬥争的必然的表現。就是他在倡導和平，高喊博愛，也只是替他所附屬的社會階級鬥争的另一途徑或另一形式。青年作者，你試想一想，你一下筆，無論你發表什麽意見，泄露什麽情況，你總得加入某一方面或反對某一方面（有意識地或無意地），任憑你的詞句，怎樣高超，怎樣圓滑，你都脱離不了這命定的生活鬥争的戰場！

硯上龍蛇走，
筆底戰場開！(借用亡友韓著伯先生語)

來！來！來！全國的青年們啊！你們要做文，先要和那壓迫我們生活的黑暗勢力，算清這一筆血賬——新仇舊恨。昂格思説：“假使我們被擊敗了，我們除了再從頭幹起，更無其他辦法。”這就是鬥争的精神。珊德喬治説：

鬥争，不然就死。血戰，不然就什麽都没有。問題不可避地像這樣地提出。

第三章　豐富的情感

喜怒哀樂愛惡欲之動於中者，必形諸外，所謂形諸外者有數端：或見之於言語，或播之於聲音，或形之於相貌，或發之爲文字。所以情感爲文字的動力之一；斷没有無動於衷而見於外的文字；即勉强爲文，語不由衷，則文字亦斷乎没有生氣。我們任取一種文字：戲曲也罷，小説也罷，詩歌也罷，散文也罷，必有豐富的情感做它的酵母，這種文字的内容才有濃厚的趣味和深切的意義。茅盾先生下面一段話很有意思：

……更想到志摩在《猛虎集》序文中所反覆自悼的“詩情枯窘”了。記得前年秋天在上海遇見他時，他也有同樣的悲感——雖然他説話的態度永遠是興高采烈而且詼諧。那時我曾經這麽發問：“你推求過你這近年來詩思枯窘的原因麽？”他聳聳肩膀微笑。過了一會兒，他吐露這樣的意思：詩題儘有，但不知怎地，猛烈的詩情不能在他胸中燃燒。現在，經過了火與血的上海一·二八，假使徐志摩尚在，不知他還依舊感到詩情枯窘不？

可惜徐志摩死了,没有回答這一問題;但假使徐君還在,他也不過仍然是“聳聳肩膀”,縱不“微笑”,亦不過微嘆而已;他仍然只有説是:“詩題儘有,但不知怎地,猛烈的詩情不能在他胸中燃燒。”爲什麽呢?這又要談到社會問題,階級問題了。“詩非窮愁不能工”這句老話,實在是有深遠的意思的,就是説,一個詩人必須他有熱烈的情緒或豐富的情感,才能做出好詩來,不但詩人是如此,其他任何一種文人,做任何一種文字,若果没有熱烈的情緒在裏面鼓動,也是不會算得好文人,因爲他不會做得好文章,司馬遷説得對:

> 昔西伯拘羑里,演《周易》;孔子厄陳蔡,作《春秋》;屈原放逐,著《離騷》;左邱失明,厥有《國語》;孫子臏脚,而論兵家;不韋遷蜀,世傳《吕覽》;韓非囚秦,《説難》《孤憤》;《詩》三百篇,大抵賢聖發憤之所爲作也——此人皆有所鬱結不能通其道也。故述往事思來者……

必須“有所鬱結不能通其道”,然後用文字來發泄他的“鬱結”,這種文字的内容,自然具有豐富的情感。世上有兩種人不會有熱烈的情緒或豐富的情感。

一種是没落階級的人。他們從席豐履厚、飲酒食肉的壓迫階級的生活中,被人(被壓迫階級)打翻了出來,他們完全是從個人的身家性命或少數人的幸福出發,而且積久的有閑階級的安坐而食,不勞而獲的生活,已經把他們的戰鬥的精神消滅了。他們既不站在最大多數民衆的立場,自然不會鼓起他們鬥争的精神,自然也就不會燃燒起熱烈的火焰在他的心中,那他們只有逃亡、没落、沉淪,縱有情緒,也是“夕陽無限好,只是近黄昏”的奄奄欲斃的悲哀,所以十月革命這一狂風驟雨,打倒了世界許多文壇,尤其是舊俄的文人,除了少數變成它的同路人以外,其餘的都逃到巴黎、倫敦、柏林,過他們的日暮窮途。他們的階級死滅了,他們的創造生命與之偕亡了,他們除了時時發出一種可憐而可耻的對蘇俄的詛咒誣衊外,并不會有什麽美麗的或是悲歌慷慨的作品,唱給我們大多數的人類聽了,他們永遠不能了!

一種是没出息的已經取得政權的階級。殖民地的資産階級就是這一類的;當他們還完全是被壓迫階級時,他們多少還可歌唱幾句,做得一點有生命的文字,一旦爬上了權力階級,那他的詩人就馬上没有歌唱的能力了,他的文人也就馬上失了他的創作的天才了,這究竟是什麽一回事?原因很簡單:他們變成了統治階級,雖然還有外來的勢力壓迫在頭上,然而他至少可以做"小朝廷",可以做"經紀人",可以與帝國主義平分政權,至少可以瓜分一點政權,他們滿足了,他們高枕無憂了,他們腦滿腸肥了,他們的鬥争的精神隨着他的"滿足"消逝了,他們的"熱烈"的情感也隨着他的滿腦肥腸葬送了!任它什麽烈"火"也再燃燒不着他胸中的餘燼的灰焰了!任它什麽熱"血",再也鼓動不起他心田中的憤怒的波瀾了!徐志摩是這樣,和徐志摩一類的人也都是這樣。有些人(他們之中)雖然極力在挣扎,像那種"大亞細亞主義者"的《黄人之血》,它"神往成吉思汗的帝星",歌頌"猛虎拔都把人當猪",希望"亞細亞的勇士張開血口,一把烈火燒净莫斯科"(參看胡秋原:《錢杏邨理論之清算與民族文學理論之批評》)的大開倒車的妄念,在它的酒酣耳熱的辭句裏面,所餘的只是末路的空虚,極其可憐的空虚,并且是它的觸鬚已經觸到它的階級没落之運命的悲哀與無聊的空虚,只可説,它没有情緒,没有熱烈的情緒,没有富豐的情感!

我們所説的情感,并不一定專限在文學(詩歌、戲曲、小説)範圍内,在其他一切散文,一切應用文字中都應有情感的存在。這種情感并不一定是由富於煽動,富於刺激性的詞句表現出來的。它也就和夔門以上的江水一樣:忽而清流急湍,波瀾壯闊,人人望得見的,固然是江流;忽而重山疊嶂,樹木陰翳,波光中斷,奔流暗渡的也是一樣的江流。火山噴出來的固然是火;它那藴藏在地心,終有爆發之一日的也是火。劍拔弩張,椎心泣血固然是情感,因物起興,觸景興懷,也是一樣的情感。有時藴而未吐,或含譬而喻的情感,比爽爽快快表暴出來的情感,更深切,更痛心,更刺骨,更不可一朝忍。如莫泊桑的《殺父母的兒子》與《馬丹拔蒂士特》、高爾基的《他的情人》和柴霍甫的《侯爵夫人》一類的寫實作品所蘊藏的悲哀、憤怒、痛苦、呻吟、辱駡和斥責,更是如聞其聲,如見其人。在現在的情況之下,我們的喉嚨被人一把扼住的時候,我們只能用這種無聲之泣,無淚之血來做我們對於人類的呼聲,來做我們對於人類的控訴。這種控訴和呼聲是大多數民衆的迫切不可言喻的心情。固然,在將來,表現於文字的情感不是這樣,然而在現在的階級社會中,這種的情感却是文字上,尤其是文學作品所不可缺的因素。

第四章　深遠的意識

我們在本篇第一章説明文字上的立場;第二章説明文字上的鬥爭的精神;第三章説明豐富的情感。但是我們所謂民衆的立場,不衹是紙上空談,更不是幾句左的詞句的裝飾,而是要它在文字上活躍着鬥爭的精神。但是鬥爭的精神,更不是一般凉血動物,統治階級的雇傭或帝國主義者所豢養,訓練出來的買辦坯子及受這種影響的摩登青年的習性所能有的,而是要從豐富的情感。再明白些説,就是對於大多數民衆的同情心所燃燒着的火焰——熱烈的情感中培養出來的。我們且拿今天(八月五日)《申報自由》譚瞻廬的《二一枝譚》:《熱湯》一篇短文來做個例説一説。他説:

> 大熱天氣,街頭巷尾正大做其冰淇淋酸梅湯這一類冷的飲料的生涯,但是,報紙上面,却大書特書着熱湯兩個字。
>
> 熱湯,便是熱河湯玉麟的省稱。自從東北不抵抗,失却了許多錦繡江山,宛比在民衆頭上淋了一杓冷水,教他們整個的身體,都冷了半截!現在熱湯是主張抵抗的了,宛比給那冷了半截的民衆喝了一杯滚燙的薑汁,使他們熱騰騰地做那抗敵的工作!熱湯!熱湯!這才是名副其實的熱湯!
>
> 有人懷疑熱湯,説他從前的態度,不大鮮明,好像和那舶來品的中將湯,混合在一起,成了一碗和合湯了。但是,疾風知勁草,板蕩識忠臣,熱河吃緊的當兒,熱湯發表了一篇湯誓大文章,果能心口如一,熱河地方,便不難固若金湯了。熱湯!

熱湯！我把你當做四萬萬人的續命湯！

末了，頌不忘規，贈給你一首湯之盤銘：

熱湯！毋忘！

永遠不要改變你的熱湯！

休得熱氣化爲冷氣，

變做了冷的飲料冰淇淋和酸梅湯！

冷了你的湯，

便是冷了四萬萬人的血，冷了四萬萬人的心腸！

熱湯毋忘！

從這一篇文字裏，我們可以看出作者沒有民衆的立場，沒有鬥争的精神，更沒有豐富的情感。湯玉麟還不是和奉天那一窩子的官僚一樣，都是從一個爐裏造出來的。你若不相信，就請看天津意租界在他的公館裏搜抄出來的兩千包鴉片就知道我的説話不錯了。明亡時，顯宦胡廣(?)與其鄰人(亦高官)某相約城破死難，迨城既破，鄰人某往視之，則見胡廣方督飾家人飼猪。國破家亡，將以身殉，而謂尚戀戀於猪仔，有是理乎？識者早已知其死節之説之欺人矣。湯玉麟的二千包烟土和十數卡車的家私(從熱河搬來)因不能與區區猪仔相較，然而其無抵抗决心與明之胡廣一也。若更以最近日人在熱河的行動與夫"熱湯"的應付情形證之，尤可明了他那"誓死抵抗"的文告，也同其餘的達官貴人的"長期抵抗"的宣言，是一樣的鬼話。"因爲明白的人判斷一個人，不是靠他的聲明，而是看他的行動；不是看他自稱爲一個什麽人，而是看他做的什麽和真正是什麽?"湯玉麟做的什麽和真正是個什麽，我們從前面所述的事實裏，還不够斷定的嗎？瞻廬君還希望這熱湯(其實是從冰窖子裏捧出來的冷湯!!!)來"做四萬萬人的續命湯"，那豈不是作者自己糊塗？所謂"不可與言而與之言"，作者自己的情感在這種無聊的呻吟之中，也就够冷的了。因爲他沒有看到民衆，沒有一絲一毫的鬥争的精神，更沒有一絲一毫熱烈的情感。胡適的《夢謁四烈士墓》的歌也是這樣。它雖然罩上了許多"手槍炸彈"和"幹！

幹！幹！”等等字眼兒，但它的内容是異常的空虛！胡適把“帝制的推翻”歸功於某烈士的一彈，這完全是抹殺一切歷史，一切民衆革命力量的瞎話。手槍炸彈解決不了社會問題、政治問題，胡適這種淺薄的作品，實在找不到它有什麽鬥争的精神和豐富的情感，所得到的印象，只是手槍炸彈的字眼下的一切的空虛！陶行知的《農夫之聲》的歌兒也犯了同樣的毛病，你聽啊：

穿的破布衣；
吃的草根面；
背上背着没賣掉的孩兒，
餓煞喊爹爹。
牽着牛大哥，
去耕别人田。
太陽曬在光頭，
心裏如滚油煎。
九折三分，
駝利納糧錢。
良民變成匪，
問在何處伸冤？
人面蝗蟲飛滿天！
飛滿天，
無有農民誰能活天地間？！（《齋夫自由談》）

陶先生這種叙述，完全是事實，只會比事實説得少，絶不會虚張，但是它的内容也和鄭板橋給他的弟弟的信所談的一樣，恐怕還没有板橋老人給他弟弟寫的那四首五言絶句（見《板橋集濰縣寄舍弟墨第三書》并參看王靈皋：《國文評選》第一集）那樣深切。鄭、陶兩人的作品都是鄉村資産階級的一種人道主義的描寫，由這些千真萬確的事實，發出一種微弱的同情心。除此而外，什麽也没有。陶行知的歌并没比板橋老人的作品更進一步。鬥争的精神和豐富的情感？連影子也没有！爲什麽呢？他們都只看到社會現象的表面，而没有意識到，或不願意識到，或不曾深遠地意識到這些社會現象的背後的動力，即"動力之動力"，那能有什麽民衆的立場？那能有什麽鬥争的精神？又那能有什麽豐富的，熱烈的情感？所以我們勸告青年寫作時，一定要對於他所寫作的事物有一種深遠的意識。説到這一層，我們不得不佩服克魯泡得金；他的《法國大革命史》是能深遠地意識到歷史上的動力之動力的，他説：

一般的説來，一七九〇年的形勢是很黯淡的。路達洛在一七八九年十一月二十八日的Revolution de Paris報上説，"富人的多頭政治已經無耻的建立起來，誰知道，假使現在有人敢説，國民是一國的主宰，他不是犯了欺騙國民之罪呢?"然而從那時起，反動勢力已經占住了很大的地盤，在我們的眼睛前面的它是逐漸的開展。

Anlard在他的關於法國大革命政治史的大著作中，很詳細的解釋對於共和政府組織的思想，那時代的資産階級和知識分子，都表示反對，甚至於在宫庭和保王黨賣國的罪惡昭著，共和國的實現是十分必要的時候。實在説來，假使一七八九年，革命家的行動彷佛是要完全推翻王室，但是在國民會議的憲政權力逐漸伸張之時，這些同一的革命家就成了保王派了。我們還可以説，在一七八九年十月五日、六日和一七九一年六月國王逃走以後，人民若每次表示得是一革命的力量之時，資産階級和他們的輿論的領袖就一天一天的變成保王派。

這是一件很重要的事實，但是我們不應該忘記，資産階級和知識分子主要的是保全財産，有如當時所常説的。我們所看見的，也實在是維持財産問題貫注着全部革命，直到吉倫特的傾覆時爲止。我們可以説，資産階級甚至於雅各賓黨人之害怕共和國是因爲人民把共和國的思想和平等的思想連係在一起，平等思想的了解又是財富平等和土地法的意義，即是剷平派，共産主義者，没收者，當時的"無政府主義者"的公式。

當時唯有科得列爾派自動的授受共和國的主張。

克氏能以從全部大革命的活劇中,從極複雜的現象的浮面中,深深地意識到它的歷史的動力之動力——"維持財産問題",真是難能可貴。我們青年們能以學着這樣的方法,對於他所要寫作或要叙述的每一事件,每一問題,都深遠地意識到它的隱藏在現象背後的社會原因,即客觀的,物質的原因,那你一定會寫出比較有價值的文字,無論如何,即便學克魯泡得金之寫《法國大革命史》學不成,也比學濟慈(John Keats)之寫《夜鶯歌》學得成,有意義。深遠的意識好比夜鶯的眼睛,它在黑魆魆的深夜中,看到一切人的肉眼所不能看見的世界。深遠的意識又好比警犬的鼻子,人人嗅不到的地方,它却能覺察到一切無形無蹤的秘密;她又好比愛克斯光綫,可以透過人的骨肉,洞澈他的心腹,使他肺肝如見,無可隱藏。不然的話,那你的文字也就將如昂格思所譏評的一樣地可憐;他説:

> 倘如你研究反革命的成功之原因時,你就從各方面聽到一種現成的回答,不是某甲就是某乙背叛了人民。這個回答,依照實際情形判斷,或者是正確,或者是錯誤,但它完全不能解釋事情,它不能指出爲什麽人民允許他們被人如此叛賣。而且,假如一個政黨,他的政治資本,只在於認識某甲之不可信賴的零星的事實,他的遭際又是如何的可憐呢?(同前書)

一個政黨如此,一個人或一個人的文字,"只在於認識某甲之不可信賴的孤零的事實",或是説些現成的現象,那他或它的價值都是同樣地可憐啊!

第五章　客觀的分析

一個人做文字要有深遠的意識,要免除他那可憐的遭遇,只有屏去一切主觀的見解。不然,雖然你有鬥争的精神和熱烈的情感,那你仍然免不了盲動和行險徼幸,對於你以前種種之所以失敗,茫無所知,得不到一點教訓,算是白忙一場,徒然犧牲;對於目前種種切要問題,自然不知從何着手。做事是如此,做文也是如此。譬如一般青年朋友現在大家要團結起來,重新做起學生運動來,來擔負目前全國青年應負的使命。各省各市的青年團體的代表開大會於某地,先行舉定主席團若干人。主席團的人馬上就得決定以下數事:

(1) 主席團某做報告:説明本大會開會的歷史意義與其當前之使命。

(2) 主席團某做報告:説明目前的國際形勢與國内各種狀況。

(3) 主席團某做報告:説明全國青年在目前與各階級的關係。

以上三事既不是從什麽"鬥争的精神"可以在主觀上創造出來的,也不是用什麽"熱烈的情感"可以一厢情願地描寫出來的。那你只有憑着搜集已發生的事實,根據確鑿可信的材料,用你的冷静的頭腦去做"客觀的分析"。這種客觀的分析,求之於中國的泰戈爾——徐志摩,或求之於印度的徐志摩——泰戈爾是一點用也没有的;即求之於其它比較好的文學作品,他依然是没有用的。那只有求之於青年大衆自身之歷史的經驗和目前周遭的實際情形的分析,纔可得到正確的結論,認清目前的任務,找到完成這一任務的正當的途徑。譬如,大會公推主席團某主席或大會代表某某等起草一個全國青年行動綱領,那你就一絲一忽也不能有主觀的成見,更不能爲你的熱情所動摇,你得要時時注意以下幾個問題:

(1) 中國目前之政治狀況,與經濟狀況。

(2) 中國目前的狀況與國際的關係——與日,俄,英,美,法等等的關係。

(3) 俄國革命對於中國之影響。

(4) 中國目前各階級的關係,及統治階級的政權力量的估量。

(5) 全國青年之社會的成分及其黨派關係。

(6) 青年與工農小資産階級的關係。

(7) 全國青年目前的主要任務是什麽?

(8) 怎樣一種綱領可以推動和領導全國青年,至少是大多數青年共同努力完成這一共同的任務,并漸漸過渡到另一階段即更高的階段?

以前七樁却是客觀分析之必要的對象,第八樁就是由以上種種分析所得出的結論,這都是規定行動綱領的根據。但是我們分析客觀的事實或現象時,必須牢記以下三事:

(1) 各種材料的慎重審查;

(2) 材料之精密的追求;

(3) 客觀現象的分析,務必抓住其現實的爲根據,萬不可以可能的或然的爲理由。

材料在社會中,百分之九十以上,是來自官署或局所的,所以我們應當很嚴格地審查它,萬不可率爾據爲信史,例如下面一個統計材料就靠不住:

本埠自殺事件漸見減少

▲社會局發表十一月份自殺統計

市社會局發表十一月份自殺統計云:本月份自殺人數,較上月減少百分之三零·四,計一百五十八件,各種自殺原因之次序,似與前數月相同,家庭問題最多,生計困難次之,受人冤抑更次之,自殺者女子較男子多三十六人,占全數百分之六一·三九,比上月略增,自殺者之職業一欄,不明項内數字之大,實爲不可免之事實,自殺者既以女子爲多,而此種女子又什九無職業也。兹將本月份自殺統計表列下:

▲自殺原因	件數	百分數	不明	四一	二五·三一
生計困難	一七	九·四九	總數	一五八	一〇〇·〇〇
失戀	四	二·五三	▲自殺方法	件數	百分數
墮落	二	一·二七	服毒	一三二	八三·五四

續表

▲自殺原因	件數	百分數	不明	四一	二五·三一
家庭問題	六九	四三·六七	自縊	三	一·九〇
營業失敗	三	一·九〇	投水	一四	八·八九
疾病	二	一·二七	吞金	七	四·四三
冤抑	一三	八·二三	不明	二	一·二七
被虐待	三	一·九〇	統計	一五八	一〇〇·〇〇
其它	七	四·四三			

▲自殺者性别	件數	百分數	▲自殺者職業	件數	百分數
男	六一	三八·六一	學界	二	一·二七
女	九七	六一·三九	商界	七	四·四三
總計	一五八	一〇〇·〇〇	勞動界	六	三·八〇
▲自殺結果	件數	百分數	其他	七	四·四三
死	一三	八·二三	不明	一三六	八六·〇七
被救	一三八	八七·三四	統計	一五八	一〇〇·〇〇
不明	七四·四三				
統計	一五八一〇〇·〇〇				

這個統計載在一九三〇年十二月上海《申報》,若是分析起來,就有兩點靠不住:

(一)它説是年十一月份自殺案件比上月漸見減少,這是件靠不住的事。因爲上海市的統計,對於各租界上逐日所發生的事情,大都不能有精密的記載,而且有些自殺的事件被人淹没,這是常見的事。

(二)它説:“自殺原因……家庭問題最多,生計困難次之,受人冤抑又次之”,這簡直有點神秘了。我們要問家庭問題究因何而起的呢?它能脱離經濟問題而獨立嗎?可巧,今天(一九三二年八月六日）上海《申報》上就有一個鐵證，你看：

> 前曾在虹口周家嘴路開設紙盒作之鎮江人余貴華，年二十六歲，自因營業失敗，將紙盒作停歇後，即遷居東有恒路振華酒坊樓上居住，雖屢次挽人代尋職業，均未有成，以致生計拮据萬狀，余乃囑其妻往附近昌新煙公司做女工，即賴其每日微薄收入，資以度日，近其妻身懷有孕，行將分娩，伊爲維持日常生活計，不得不按日到廠工作，廠主見其可憐，乃給予余妻洋五元，作爲生産時費用，惟經連日開支家用後，已剩一元八角，前日下午，余貴華之父長根，由閘北到其子處索取零用錢，其子即告以拮据情形，詎其父不信，貴華乃給予一元，并説尚有八角，須留家用，其父不納，乃再加六角，長根仍不理，最後貴華乃將一元八角全數交予乃父，方得解决，待長根去後，貴華怨念叢生，遽將其僅有之布長袍一件付質，并購買鴉片回家，於其妻入睡後，即暗自吞服自盡，待其妻於昨晨七時許發覺，已人事不知，亟設法車送同仁醫院救治，詎奈服毒過久，即在中途氣絶身死。

這在市社會局的統計者看來，當然是家庭問題了，其實是頂刮刮的經濟問題。在現代資本制的都市如上海這樣的城市，所謂絶對單純的"家庭問題"的自殺，恐怕是絶無僅有的事罷。那麽，照我們的説法，這種所謂因家庭問題而自殺，骨子裏頭十有八九都是經濟的壓迫啊！這不是"生計"問題麽？至於所謂"受人冤抑又次之"，統計者又輕輕一筆把它撇開"生計問題"一類，其實也是心勞日拙。假使你把上海各報天天所載的各級法院的審判録看一看，你就知道千分之九百九十九都是"財産"問題、"債務"問題，俗話説得好："衙門朝南開，有理無錢莫進來！"又説道："那廟裏没有屈死鬼！"可見因冤抑而自殺的，又可以説，千分之九百九十九，都是因生計問題而起的。青年們寫作時，遇到這種材料，應當十分小心。以上是説的政府或與政府接近的公共機關的材料的靠不住。還有資產階級的學者所寫的材料也靠不住，萬不能徒震其名而忽其實，如胡適下面所供給的材料就是這一類的。他説：

安諾德(美國使館的商務參贊。語罕)先生的第二表裏又有這點事實：

美國人每人有二十五個機械奴隸。

中國人每人只有大半個機械奴隸。

去年三月份的《大西洋月報》裏，有個美國工程專家説：

美國人每人有三十個機械奴隸。

中國人每人只有一個機械奴隸。(參看王靈皋：《國文評選》第一集《請大家照照鏡子》)

這只是資產階級的統計學者對我們一般能説話的"機械奴隸"掉花槍。這也和説"上海共有二萬部汽車(假設的話)，那麽就是一百五十人共有一部汽車"一樣地騙人。實則坐汽車，有汽車的只是極少極少數！這種統計上的數目字，没有多大實際上的意義，假使你站在最大多數的民衆立場上立論的話。一個人的文章，若果能以禁得起人家幾次的追求，即客觀的分析，那它本身的組織的成分，也必是經過幾次審慎的考查即客觀的分析來的才行，資產階級的學者所供給我們的文獻，自然有許多他們不小心的地方，也曾提出了一些客觀的真理，禁得起客觀的分析的，然而百分之九十九都是靠不住的。不但胡適一流的人，就是世界馳名并且還帶有國際主義色彩的學者如羅曼·羅蘭等類人的文字，都難禁得起客觀的分析，即如他下面的話罷：

我不要做兵士。歐洲啊，如果你要開始第二次大屠殺，我就要掉轉來反對你，反對你的横暴，反對你的掠奪。我要和印度、中國、安南的兄弟站在一起，我要和被剥削被壓迫的民族站在一起。我不僅是爲正義，神聖權利的民義——這些字句在你們的思想表現裏是極其虚僞的——去干這件事，而且還爲真正文明的名義去干這件事。

我在絶望中期待着人類可怕的衝突——兩部分人類之間還可避免的衝突。但是,如果這種衝突要到來,我是拚死不願隱蔽我的思想,我爲列寧的蘇聯和孫逸仙及甘地的亞洲辯護。

羅曼·羅蘭爲我們辯護的盛心和熱忱,我們應當十二萬分地感激,然而我們若果要用唯物的觀點來把它客觀地分一下,那他這種文字也就不免令人失望。最大的毛病——非客觀的事實——就是他把整個的亞洲與整個的歐洲對立起來;并把整個的歐洲與蘇聯對立起來。他忽視了歐洲的最大多數被剥削被壓迫的人正是同情我們被壓迫被剥削的亞洲與方興的蘇聯,并且忽視了亞洲之中正有不少的歐美帝國主義的資産階級的走狗。羅曼·羅蘭把這一層抹殺了,他的可銘感的文件也就減少了百分之九十九的價值,而且他自己也就做了"願意做傻子的人才是傻子"(同上文)的傻子!客觀的分析是最無情的啊! 它就是解剖學的顯微鏡,在它的顯微鏡下,没有一點容你作僞的地方;它又是定性分析的化學,任你是什麽東西,在它的玻璃管裏,是不容你帶上一絲一忽的假面具的。我們再鄭重地重複一句,若果你願意自己的文字,禁得起人家客觀的分析,那你未提筆寫做之先,就得把你所討論的問題和所搜集的材料,做一番客觀的分析。

第六章　辨證的邏輯

我們接着上章"客觀的分析",又來一章"辨證的邏輯",青年的讀者或許要疑惑客觀的分析,已經説得很圓滿了,寫做時能以做到這一步,已經是至矣盡矣,蔑以加矣,爲什麽又要談到什麽辨證的邏輯? 這却有充足的理由。因爲"客觀"這一名辭已經被人濫用了;形式邏輯也講客觀,實驗主義也講客觀,譬如上海市社會局的各種統計是一種客觀,胡適的"美國人每人有三十個機械奴隸,中國人每人只有一個機械奴隸"也是一種客觀。根據市社會局的統計説是上海人自殺原因有"家庭問題""生計問題""被冤抑"等等,又說,因某種原因而自殺的占全數百分之幾,某種占百分之幾,這也是一種客觀的分析;胡適根據他所引的美國人的統計材料,做了一個結論,替中國人找得一面鏡子,教我們要學美國的金圓主義,這他當然也説是一種客觀的分析。這在上章我們已經指出它的錯誤,并且告訴大家像他們所説的那種客觀是靠不住的;他們據以分析而得的結論也是靠不住的。爲什麽呢?他們用的方法是"形式邏輯"。我們用的方法是辨證的邏輯。那末形式邏輯與辨證邏輯的區別是在什麽地方呢?只要把我在第三篇第三章所介紹的社會科學的書籍,如《馬克思主義根本問題》和《宗教哲學社會主義》和《辨證法經典》讀了之後,你就會恍然大悟;在這兒我只能解釋一個大概,總而言之:它們的分别是在:形式邏輯的公式是:"是是;非非。"辨證法的公式是:"是非,非是。"

我們先説"是是,非非。"所謂是是非非,就是説,張三就是張三,李四就是李四。因爲張三就是張三,所以就形成形式邏輯的"同一律"。如甲者甲也;那末張三既是張三就不是李四,李四既是李四就不是張三,於是就形成形式邏輯的"矛盾律";如"甲不是非甲",那末,凡於一個命題若果發生有兩個矛盾的判斷如説(一)甲是乙,(二)甲非乙。這兩個判斷之中,不能二者俱是,若果"甲是乙"是對的,那"甲非乙"就是錯的;若果"甲非乙"是對的,那"甲是乙"就是錯的。兩者是非,斷不容他徘徊,也不容你折衷,於是就形成形式邏輯的"不容間位律"。——這就是形式邏輯的三個"推理的基本律",然而追本窮源,都是由"是是,非非"這一公式敷衍出來的。辨證的邏輯則恰恰相反,它的基本原則却是"是非,非是"。就是説,甲是甲同時又是非甲;非甲同時又是甲。形式邏輯在某種限度之内,對於思想的推理是有相當作用的,然而超過此種限度,便要陷於絶地,完全暴露它的短處,譬如形式邏輯説,張三是張三,李四是李四,或説甲者甲也或乙者乙也;辨證法的邏輯則説,是的,張三就是張三,然而同時又是非張三;李四是李四,然而同時又是非李四。這話怎講呢?張三在他娘肚子的時候,不過是一包膿血,當他從他的爺爺的腎囊的輸精管裹跑到他娘的寶宫裹去的時候,不過是幾百兆的精蟲中的最徼幸的一個,那時只是渾然一物,算不上張三李四,這且不説。張三到了翹辮子的時候,變成了一個僵尸,放進棺材,送到土裏,他的尸體便分解而爲各種質素,那便不是張三,就是尸體被狗吃了,做了狗先生的營養品,便變成了狗先生的身體中一種質素,那時張三便變成了狗四了。這都是鐵一般的事實,誰也都會承認的。但是我們曉得張三之變爲棺材裏的僵尸或狗四的身體的營養品,達到這一境地的這種大變化,不是一朝一夕之故,其所由來者漸矣。他從他的娘胎裏生下地,便一天一天地長大,由幼而至壯,由壯而至老,由老而至死,可以説,天天生長,也可以説是天天在老死,天天在望死路上走,一天一天地接近死期,張三的烏黑的頭髮,不久變成霜雪滿頭了,從前的牙齒,現在脱落了;從前運掉自如的四肢骨節,現在變成石炭質而僵化了,這就是張三變爲非張三,就是張三天天在變爲非張三,所以説,張三同時又是非張三,這絲毫不是詭辯,而是規規矩矩的自然現象的科學的解釋。我們若果稍一留心體察,隨時隨地皆可看見這種現象。由此看來,我們可以暫做一個結論:形式邏輯説"是是,非非"故視萬物皆是一成不變;辯證邏輯説"是非,非是"故視萬物皆在變動不居之中。辯證法本來是集大成於海格爾,但海格爾辯證法是唯心論的,他以爲世界一切精神現象的變化,生滅皆是精神變動的表現,馬克思把它與十八世的法國唯物論及費爾巴赫的唯物論聯合起來,遂成爲唯物論的辯證法,馬克思説:

……辯證法在海格爾手中的神秘,决不妨礙他是一個包舉一切而且意識地表現辯證法的一般作用形態之第一個學者。海格爾把辯證法倒置了。我們應當從神秘的外殼之内看出合理的核心,把這個倒置的辯證法翻轉過來。

……不然的話,若果就合理的形式説,辯證法對於資産階級和他的偏頗的辯護人是一種苦惱和恐怖,因爲它於現存的事態之理解中,同時就包含着對於現存事態之否定的理解,又包含着必然消滅的理解,它對於在不斷的動流中各種生成的形態,從其經過的方面去觀察它,任何恐懼也没有,因爲它的本質是批評的而且是革命的。(德文《資産論》第二版"序言")

這是辯證法的根本原則,由此推演它的主要法則約有三種:

第一個法則是在矛盾及對立物的鬥争中去研究世界,其方式如左:

位置 Position

對立 Oposition

搆成 Komposition

這就是説,凡是一個東西,既然在空間占了"位置",一定就有和它的位置相摩相蕩的東西,所以叫做"對立",位置與對立既然相摩相蕩相冲,一定要形成新的現象,所謂"搆成",這是海格爾派的用語;依希臘語則爲:置定 These 反置定 Anthese 與綜合 Synthese,若是一般人不慣用這種用語,則可用下式:

肯定 Afiirmation

否定 Negation

否定之否定 Negation Der Zegation

這一方式就是證明一切現象的矛盾律,在生之中看出死來,在死之中又看出生來,在存在之中看出它的消滅,在消滅之中又看出它的新的存在。譬如:

種子應該是死的(肯定);

然而撒在地裏便生長起來,開花結實(否定);

農人收穫,儲之倉屋,復變而爲種子(否定之否定)。

而第一次的(肯定的)種子與第二次的(否定之否定的)種子不同,輾轉變化,形似循環。然而這種循環不是重疊式的而是聯環式的,不是回復舊觀的而是向前發展的,又如:

古代的社會是原始共産主義(肯定);

其後變而爲私有制度,由封建私有制度進而爲資本主義的私有制度(否定);

再由資本主義變而爲現代或將來的共産主義(否定之否定)。

私有制度的資本主義固然反乎古代的共產主義，即現在或將來共產主義的社會也是和古代共產主義的社會兩樣。因爲它是向外擴大向前發展的。它們的否定之否定不是退轉而是進展，而是更高的發展。這是辯證法的第一個法則。

辯證法的第二個法則是在世界的全體性中在它的聯繫中，在它的變化與發展過程中去研究世界。前頭我們已經説過的，在大宇長宙之間，森羅萬象，横説竪説，没有一個東西是孤立的，没有一樣東西和其它一切東西有絶對的差異的，没有一個東西能逃出矛盾法則以外的。它們既不能孤立，自然發生聯繫，發生衝突，聯繫衝突而變化起，發展也就隨之。世界的全體性是怎樣説法呢？張三和李四雖然有高矮肥瘦的不同，然而他們同是男子；密斯張與密斯特李雖有性的差别，然而他們同是人類；兩條腿走路的東西與四條腿走路的東西，或是用翅膀走路的東西雖然有人禽之别，然而他們都是動物；有腿能走，有翅能飛的東西與生根結蒂，開花落實的花草樹木雖然有動植物之不同，然而同爲生物則一也；生物、鑛物雖有靈冥之不同，然而同爲物，即同納諸“物”的範疇之内則一也，歸根結柢，萬物皆是物；就其形式或動作言之，雖萬有不齊，然而就其生成之源與其變易過程言之，則實有一個共通的性質存乎其中。笛池根説：

> 水定然是有許多種類，但一切的水都必定有一定一般的水性(Water-nature)。不具有這種水性的，就不是水，也就不能稱它爲水。同樣地，油是有許多種類的；橄欖油、煤油、蓖麻油等等，而每一種油又可再分爲許多種類。但，凡有同一名稱的，都是一個單位。——笛池根：《辯證法的邏輯》頁六五—六六。

然而單知道“同一性”即普遍性是不够的。張學良和蔡廷鍇固然同是中國人，而一則曾做激烈的抵抗；一則擁兵自衛，坐失三省；我們不能因其所同而忽其所不同。日本帝國主義者也是人的集團,中國被壓迫的民族也是人的集團,我們不能因其所同而忽其所不同;日本的法西斯蒂的侵略内閣一派的軍人也是日本人;負責六十萬萬的日本農民(富農,中農)也是日本人;一無所有,債無可負,只餘兩手的千百萬日本的工人與鄉村的無産階級也是日本人;然而我們不能因其所同而忽其所不同。從前北洋封建階級是中國人;現在掌政權的資産階級也是中國人;嗷嗷待斃,求死不得的百分之八十的農民也是中國人;終日勤勤於工廠,累死不能活其妻若子或竟無所業,飄流於車馬如雲,崇樓齊天的大都市如上海、天津、漢口、廣州、香港諸地的勞動者,也是中國人;我們更不能因其所同而忽其所不同。不然,那就不能理解自然界與社會上任何現象,所以我們要於紛紜不齊、森羅萬象之中,看到它的同一性即普遍性,我們更不能不於普遍性,即同一性中,看到它的異,看到它的具體性,看到它的差别性。烏理耶諾夫就是主張這種見解最厲害的一個,他説:

> 無論在自然之中和在社會之中,"純粹的"現象是不嘗有的,而且也是不能有的,這正是馬克思的辯證法——就是明明白白地告訴我們:人類的認識不能在它的全體的復雜性中毫髮無遺地理解對象,所以純粹的概念之爲物既已是表示關於人類之認識的一定的制限性與片面性那樣的馬克思的辯證法——所教導我們的。所謂"純粹的"資本主義在這個世界中是不曾有的,而且是不能有的。在其中常常存有封建制度,小市民制度,其它種種的什麼制度的殘餘。(Debarin:Lenin als revolutionarer Dialektiker)

這就是説知道一般的,抽象的,單純的原理是不够的,必須要理會一般的現象之中各個特殊的,具體的事實。一般的現象之中既然有它的各個特殊的,具體的事實。譬如列寧和盧森堡争論的時候,他就極力主張:"馬克思鬥争主義的辯證法要求各個特殊的歷史的情勢之具體的分析。"就是説,要在一般的工人運動中,找到它各種特殊的具體的事實,用特殊的具體的方法來解决。

有了特殊的和具體的事實,就不能不有差別性;但是它們的差別不是絶對的而是相對的,不是孤立的,而是直接間接或隱或現地聯繫着的。誰曉得十八世紀英國一架紡織機的改良能改變人類歷史的性質,又誰曉得"馬鈴薯散置的結果,每每會引起一種病症。但在十九世紀中,歐洲各國因了歲收不豐引起一般居民生活之恐慌與夫一八四七年愛爾蘭大饑年,於是努力種植。後來僅以馬鈴薯爲食物的愛爾蘭人,因受食物恐慌之犧牲,饑寒至死者達百萬人,移居於海外者達二百萬人。當亞剌伯人發明酒精的時候,他們夢也不曾夢到未發現以前的美洲的土人將因酒精所制的工具而遭受不測的禍患的。"凡此皆足以證明自然與社會之中一切事物都是息息相關,往往竟非常人所能洞悉的道理。既然知道萬物是互相聯繫的,又須知道它們不是静止的(從辯證法的觀念出發,絶對的静止是没有的),而是運動的。既然運動就必有變化;既有變化,又必有發展。我們要在它的變化與發展過程中,認識世界的同一性;我們尤要在它的變化與發展過程中,認識它的差别性。就是説,在特殊的具體的事物中抓住它的同一性,即普遍性;在一般的或普遍的現象中,找出它的特殊性,或具體性。在社會中每一個特殊的歷史階段,都有其特殊的社會法則,譬如説,生産合理化,在資本主義的社會中必然地要造成失業恐慌,人口過剩的現象;但在共産主義的社會中,則正是推進人類的物質生活與精神生活向着更高度的發展階段之必要條件。又如信用制度在資本主義社會中是剥削工人階級的極集中極巧妙的方法;但在共産主義的社會中則又爲工人階級管理生産,分配生産之最合理的形式。"對於在不斷的動流中各種生成的形態,從其經過的方面去觀察它",必然要得出這種結論。這是辯證法的第二個方法。

辯證法的第三個法則是在質量轉换過程中去認識世界,研究世界。海格爾在他的邏輯學中所發明的法則是"只有量的變化到了一定點就轉變而爲質的差異"。量變而爲質的法則在社會科學上和在自然科學上是一樣地適用。我們先從自然科學講起,就拿我們房間裏煤爐上的圓水鍋裏的水做例罷。假使這種水在通常的氣壓之下,到了 100℃(即攝氏表一百度)時,則它就從液體轉變爲瓦斯體的狀態。從這兩個轉换之點就可看出量的變化到了一定程度就變而爲質的變化。Lenin 説:"赤色的感覺是反映着每秒鐘約四百五十兆的速度而發生以太的波動。淡青色的感覺是反映着每秒鐘約六百二十兆的以太波動。"以太的波動的次數不同,到了一定程度便生出感覺上的性質的差别,這都是物理學上辯證法的現象,至於化學上的辯證法的現象更多;數學到了高等數學也隨在都可看到辯證法的理路;這一層高中的學生只要稍微留心,便可得到不少的受用。現在只拿社會科學來講一講。有主張社會進化説的,以爲社會是可以和平進化,有主張社會革命説的,以爲社會現象必須經過革命才有進步。主張前説的人反對社會革命説;主張後説的人則反對社會進化説。各持一端,都是只知其一,不知其二。社會有進化也有革命;進化是漸變的革命;革命是突變的進化。這話怎講呢?譬如説,前清自"鴉片戰争"以後,富强思想侵入中國青年的腦海之中,始而少數人,繼而人數漸多;始而在南方流傳,繼而傳染到北方;始而只是一部分知識分子,青年學生,繼而兵士,繼而士大夫,數量上愈加愈多,增加到一定程度,於是遂有"戊戌的政變";其後清廷下詔興學,學校愈多,學生愈多,學生愈多則民族革命的思想愈加激烈,加之清室腐敗,日甚一日。一方面愈腐敗,一方面愈激進,積之既久,達到一定的程度,即行爆發,於是就有"辛亥革命"。又如中世紀的手工業生産關係的經濟制度所形成的封建社會到了機器工業發明以後,機器的工具漸漸地代替手工業的生産工具,因此手工業生産方法已不適用,而手工業的生産關係所形成的社會制度即發生矛盾。機器工業的數量越增加,則與舊生産方法,舊生産關係,舊社會制度越發不相容。到了一定的程度,則新的生産方法所形成的社會勢力必取舊生産方法,舊生産關係與其社會制度而顛覆之,代之以新的生産方法,新的生産關係與適應這種關係的新的社會制度,即資本主義的社會制度,就是説資本主義從封建制度的母胎里長大起來,否定了封建制度。趕到資本主義代之而興以後,勢必要聚集多數的勞動者於大工廠中,鄉村的手工業經濟破産,農民失業者麇集於城市,供給資本的勞動力,於是資本統治了一切,資本於是完全集中在極少數的人手裏,資本越集中,勞動者的團聚的人數越多,他們打破了從前孤立的習慣,練習群居的生活,他們的情感互相款洽,他們的利害,彼此共同,於是同資本家就成了對立的形勢。資本家要想維持他的資本的勢力,必須盡力地剥削勞動者;要想維持他對勞動者的剥削,必須把握國家的武裝力量。結果資本家與勞動者的鬥争就是武裝鬥争。到了此時勞動者就要抛棄“批評的武器”來干“武器的批評”,這就是社會主義的革命,就是工人階級否定資産階級,就是“否定之否定”。無論否定也罷,否定之否定也罷,它的交替必須以暴力爲依皈,就是説是漸進過程中之必然的階段——突變,即進化過程中之必然的階段——革命。烏理耶諾夫説得對:

> 德模克拉西是一種國家的形式——是它的各種形式之一。因此,同一般的國家一樣,它也是一種强力加於人類之有組織,有系統的實施。這是從它的一方面説的。可是從它的另一方面來講,德模克拉西是在形式上承認一切公民的平等,就是説,一切公民都有平等的權利,來决定國家建設和國家的行政。而從這一點又跟着發生了德模克拉西發展的一個階段,它首先就使普羅來塔利亞特緊密地聯合起來,成爲一個革命的階級以反抗資本主義,而且使它有機會能够去打毁和破壞資本主義而使之成爲片屑般的,并且從地面上掃除一切波爾若阿的國家機關(不管它是共和政體的)常備軍,警察機關和官僚機關;而代之以更德模克拉西化的機關,可是這依然是一個國家機關,不過它是由工人階級的武裝群衆所組織的,這個武裝組織到了那時,已經成爲全體人民參加軍事的組織了。
>
> 此時就發生“從量改變到質”的情形了。德模克拉西發展到了這個階段時,它就脱去了資本主義的社會的框子,而開始它的社會主義改造……

唯物辯證法大致如此,這章材料大半是取自程譯的《辯證法經典》和我的《理論與實踐》(亞東版),辯證法當然也有各式各種説法,有反對它的各種説法,也有贊成它的説法。讀者若果要知它的根本理論,最好是讀馬克思、昂格思、列寧、普賴汗諾夫、笛池根諸氏著述,再進一步,還可以研究海格爾一派唯心論的辯證法,這自然非中學青年所能得到的。那只有熟讀《辯證法經典》《辯證的唯物論》與《宗教,哲學,社會主義》及昂氏的《自然的辯證法》。若果你要研究應用辯證法討論中國哲學問題的著作,那就請你讀李季君的《辯證法還是實驗主義?》懂得辯證法之後,你再去分析你所要對之發表意見,形諸文字的各種問題,你會覺得和從前大不相同,你會把死板板的問題,看成活生生的問題;你會給你的文字以無限天機,無窮生意,總而言之:"受用不盡!"至於實驗主義的邏輯,表面上雖然異於形式邏輯,實則和形式邏輯只有形式上的差别,若果用唯物的辯證法去分析它,推到終極,也是資産階級的主觀的唯心論的方法論,碰到實際問題,它也只有碰壁,和形式邏輯只是"二五猶一十也"。讀者可參看前面所説的李季君的《辯證法還是實驗主義?》并參看王靈臯君的《兩個思想方法的對照》(神州國光社《讀書》雜誌第二卷第五第六各期上發表),此地恕不贅述了。

第七章　超越的想像力

"兒童具有一種偉大的想像力",(Trotzki: Mein Leben 頁六二。)他的想像力就是他天才的火焰的發射,它是承襲人類極悠久的進化的智力與一切經驗的遺産,它是兒童天才之萌芽與將來一切智力的發軔。許多做父母或師長的尤其是中國人之做父母或師長的,不顧及兒童的天才,不曉得培養兒童的想像力,也不曉得戕折了幾多成千累萬的天才。

少年人的想像力,雖然不及兒童,然而却比成年人富於幻想力或想像力。這種幻想力或想像力在文學中,是非常重要的因素。任它什麽樣的文學家,若果他没有超越的想像力,那他的作品的内容,雖有很好的背景,結果必然是很可憐。我平常很喜歡讀高爾基的小説,因爲它除了對於社會之深刻的描寫與偉大的提示而外,還因爲它包容着作者超越的想像力,我們可以説,它對於社會之深刻的描寫和偉大的提示,得了作者超越的想像力的貫串,格外顯得它深刻和偉大。我又喜歡魯迅的小説,也是因爲它富於想像力;現在我們又要提到前邊已經説過的,杜甫的那首山水障歌——《奉先劉少甫新畫山水障歌》,你看他的想像力多麼偉大喲!又如《子愷畫集》之所以引人入勝,也是因爲他的想像力的超越。他的想像力直透過兒童的靈魂,直透過現在社會的現象的深處,許多説不出的苦處,許多揭不出的黑幕,却都從他那粗粗的幾筆畫兒,曲曲地傳出。我曾説過:"《子愷畫集》的《檢查》(四),《伴侶》(五)這兩幅用意略同,亦可以互相發明。我從前不懂得中國許多古代名臣的奏議或信件中'願效犬馬之勞'究竟什麼意義,自從我看了《子愷漫畫》以後,才恍然大悟……"(高語罕《青年書信》)這種透過紙背的描寫,没有對於社會的深切憤激之情固然着不得筆,然而没有超越的想像力,也是着不得筆。

然而大家不要誤會了:以爲想像力是兒童和文學家的專有物,其實不然,不但兒童富有想像力,不但文學家應該富有想像力,即最機械最精密的建築工程師,在他的工程設計中,都迫切地需要一種想像力;即最偉大的革命政治家,革命的哲學家,都迫切地需要一種想像力,尤其是在危疑震撼,大難當前的時候,什麼事情應當做,什麼事情不應當做?什麼事情是根本,什麼事情是枝葉?什麼事情是腹心之患,什麼事情是癬疥之疾?只靠着一班書獃子慢慢地商量,從容地討論是不濟事的,就是死板板地抱着馬克思的辯證法的公式,依然不够定大難,决大疑,那就靠有種人既深懂得辯證法的精神,又有兩只鋭利的眼睛能馬上看到問題的關鍵所在,他的腦子閃電似地,馬上就决定應付辦法;這樣纔可以扶危定傾,就行動説,則爲不世之功;發爲文章便是絶世妙文。托洛茨基説得好:

爲的要完成[1]屬諸列寧的這種程度的事業,那一個明了的、科學的體系——唯物論的辯證法是必要的,不錯是必要的,然而不够。這裏還需要我們所名之曰直覺的(Intuition)的那種内心的創造力(Jene geheime schopferische Kraft):這種創造力就是馬上正確地把握着各種現象,從各種非本質的事物和各種不重要的事物之中把本質的事物和重要的事物劃分出來,能以意想到觀念的缺點的部分,澈頭澈尾思索他人的,第一是敵人的思想,把這一切綜合到一個統一的全體來理解它并且當他在他的腦子裏把它做成"公式"的俄頃,就給以打擊的能力——這就是行動的直覺。從一方面説,這種直覺和我們名之曰鋭利的眼光的那種直覺一樣。——Trotzki:Uber Lenin 頁一五六。

托氏所説的行動的直覺,就是我所説的超越的想像力,又可以名之曰:"偉大的創造的幻想"(Eine gewaltige schopferische phantasie)。托氏又這樣地説過,這種人類的幻想可以有各種不同的種類:機械的技師同小説家同樣地需要它。幻想之中最有價值的一種是在於它能以對於人,物與現象,當他們還不爲一般人所注目的時候,就在現實中,適如其分地理解他們。一個人的生活經驗的總合與理論的武器對於各個個别的微末而活躍的要點之運用和聯合併依着一定的而不能公式化的類似的各種法則把它們加工製作,把它們混合,把它們補充完成,由是而使人類生活之一定的領域在它的全部具體性中獲得再生,這就是立法者,政府工作人員和領袖。特别地是在革命時代這些人們所必不可缺的幻想。(參看同前書頁一一七到一一八)不但革命時代立法者,政府工作人員和領袖,應當具有這種幻想即超越的想像力,即一般青年,他如果要做一個有用的人,寫一種有用的文字,也必需具有這種想像力。我們

---

① 德譯本此字做"Verzichten"與上下的語氣不對,似係"Verrichien"之誤,此處譯文係照後者的意思。

不是要求個個青年都做立法者,政府工作人員和領袖,也不是要求個個青年對於他的生活和他的寫作都要具一種超越的想像力,因爲這種超越想像力由於後天教育者半,由於先天遺傳者半,有些地方是不可完全用人力强求的。我們是希望個個青年能以在辯證法的基礎上,充分地運用他天賦的想像力,充分地發展他天賦的想像力,那他的生活一定會有很大的不可言喻的超越的樂趣,而他的寫作的技能也一定會有很大的不可言喻的進展。

桐城文派評述

姜書閣 撰

上海商務印書館民國二十二年(一九三三)十二月初版,爲"萬有書庫"第一集之一種,二〇〇四年十二月再版發行。姜書閣(一九〇七—二〇〇〇),字文淵,號闌叟,筆名問源、雯深、舒翮、長天舒翮等,遼寧鳳城縣人。滿姓姜佳氏(姜爾佳氏),滿洲正黄旗人。一九二一年考入奉天省立一中。一九二五年,考入唐山大學,次年重新考入清華學校政治系,并旁通文史。一九三〇年,清華大學畢業,任哈爾濱東省特别區教育廳秘書,并兼法政大學政治系教授。後歷任國民政府行政院編審、國税署長等職,官至財政部政務次長,并任《黑白》半月刊主編、《北平晨報》主筆。中華人民共和國成立後,曾任西南軍政委員會財政部參事,主持創辦西南税務學校、西南財政幹部學校,任副校長。一九五四年,調至西南一級機關幹部學校學習。一九五八年秋,任教於青海師範學院。一九七九年,受聘湘潭大學。新時期後,兼任湖南省古典文學研究會理事長,中國屈原協會副會長,中國韵文學會、中華詩詞學會顧問等。其主要著述有《桐城文派評述》《中國文學史綱要》《陳亮龍川詞箋注》《詩學廣論》《先秦辭賦原論》《文心雕龍繹旨》《駢文史論》《漢賦通義》等。

據作者自序,此書完成於一九二八年,乃當時評述桐城派的"第一本專著",時作者爲清華大學學生。此書歷述桐城派之源頭、發展始末而至當時,桐城派之文法傳承及師承關係,且作者并未將桐城派視爲一個孤立的文學、文化現象,而將之始終置於當時詩文批評的話語環境當中,并集中了桐城派古文家、非桐城派古文家、白話文家及作者本人四方面批評意見，平議了桐城派“文詞通順平達”之文風，及其對清末民初梁啓超等人所創而風行當時之報刊文章亦有積極影響，甚至認爲對新文學的文章通順亦有過渡作用。作者條分縷析、簡明深刻地剖析了桐城文派之盛衰起落，既有其内部原因，亦與時代、社會相關係，由之可觀盛衰之理。此書之著正處於白話文興盛、古文式微之時，作者雖不免受新文化思潮影響，認爲桐城派對學術之不良影響居多，然於主流話語之外而對桐城一派進行比較客觀的專門研究，亦屬難能可貴。

自　序

《中國文學史》到現在還没有一本比較完全的著作出現，至於專論一家一派的，更不可得了。

桐城派從康熙年間到民國初元，佔據中國文學界二百餘年，對於我們學術上的影響——自然是壞的方面多——非常之大；但是關於它的緣起、傳衍、發展、遞變和衰落的情形，却找不到一本紀述批評的專書，甚至連一篇都没有，實在是可惜的。這本書便是著者對於這方面小小的貢獻。

普通人的心理，凡大家所鄙棄的東西，便絶口不談，其實那是錯誤的。大家鄙棄的東西，也未嘗不可以研究；而治學術的，尤其不應該於此有所分别。治史衹論事物的實在情形，不論它“好”“不好”或“對”“不對”。譬如講漢族勢力發展的歷史，絶不能把蒙古元和滿清兩時代丢掉不管，或者還要把這等時代特别加詳來説。治學術史也是一樣。

桐城派幾與滿清相終始。時間既然如此其久，勢力又遍於全國，所以它的歷史，與有清一代全部文學史都有關係。研究中國的文學史——尤其是近代的——是不能把它忽略的。

本篇一大半叙述它的史實,一小部批評它的内容。所有材料,雜采各家文集,頗費經營。以引用語句甚多,爲行文便利起見,故用文言,并非如"桐城餘孽"左袒古文,看我的批評便曉得了。關於這一方面的著述,據我所知道的,拙著還是第一本專書。草創之舉,内容或有不完備的處所;但自信我已經在可能範圍内,盡了我的力量,使它比較的滿意。

因爲我們的學術機關不發達,所以供給我們研究的資料,也處處感覺缺乏。關於本書内容及批評,讀者諸君如有新發現或新意見,尚乞直接通訊討論,以便將來增改,那是很感激的。

一九二八年十月姜書閣識於北平清華大學

目　録

小　引

文章之變，以時代潮流爲轉移。世事更易，文體亦隨之而不同。於是在此新、舊文體遞變之過渡時期，每有截然不同之兩大派或數大派，馳騁於文壇之上。傑出者倡之於前，庸弱者乃隨聲附和，以相標榜，而應之於後。始則面目新穎，一掃舊日積習，人皆厭故習新，故趨之如鶩，遂成當時惟一之大派。久則其體之用漸盡，爲文者乃沿襲舊調，專務摹仿，無所改進，不能予世人以新刺激，世人亦習聞而厭，莫肯稍加注意，於是習者漸減，其派乃不得不衰。蓋時過境遷，向所争趨之體，已成歷史上之陳迹而不足有爲，所謂“創者易工，而因者難巧”也。（用王國維《人間詞話》語。）於是先知之士，應時需，順潮流，復自創一體，人以其新奇可喜，争相效慕，而新派由是成焉。

王國維曰：

> 文體通行既久，染指遂多，自成習套。豪傑之士，亦難於其中自出新意，故遁而作他體以自解脱。一切文體所以始盛終衰者，皆由於此。（見《人間詞話》）

惟其文體而佳也，則其派生存之日也久，蕃衍之力也强；其文體而徒標新異，無超特出衆之妙也，則其派生存之日也暫，蕃衍之力也弱。歷數往事，莫或不然。

韓退之病六朝駢儷之文過於纖靡、濃艷，倡言復古，以起八代之衰。其優其劣，兹非所論。惟對於當時文體，另標古文一派，則固事實。其後繼之者，有柳、歐陽、曾、王、三蘇，世雖并稱爲唐宋古文之八家，然其風格各不相同，均有時代性存乎其文，惟大體悉尊韓氏耳。故同爲古文，同列八家之中，而唐有唐之古文，宋有宋之古文。唐之古文，又有韓之古文與柳之古文。宋之古文，亦有歐陽、曾、王、三蘇之别。三蘇有父子兄弟之親，朝夕熏陶，宜若相似焉,至其文風,則又大相判異,不可混同視之。何則?時代不同,地位亦異,其文章體勢即不能不因之而變。如仍株守舊法,故步自封,則文與時必大相鑿枘矣。雖各人之性質、才力不無關係,而時代與環境之影響,究不能輕忽視之也。

古文至明,經前、後七子之倡復先秦兩漢,卒以時代睽隔既久,扞格不能相通。且其所爲,不能得秦漢之真諦,只務皮毛,求其奥澀,至難句讀,卒以氣味不合,底於失敗。歸有光獨近追唐宋八家,不求貌似,而一切體態更自爲機杼,故能成家。他如王慎中、唐順之輩,亦知其道,故亦各有小成。

至清之初,有顧亭林、黄梨洲、王船山諸遺老,皆明此意,順其自然之趨勢,不專摹擬古人,故其所爲古文,亦有絶佳之作。其他以文名者,時則有寧都三魏及汪琬、侯方域、姜宸英、邵長蘅等,具有足傳。惟各自爲體,不相師效,亦不以此號召徒衆,遂未能成立宗派耳。

迨方望溪出,標明"義法",而以唐宋八家及歸氏熙甫之文爲宗,時流乃稍稍趨之。至劉海峰而漸大,至姚姬傳乃益昌。姚弟子遍四方,輾轉稱譽,天下翕然宗之。方、劉、姚皆籍安徽之桐城,所爲文體因名曰桐城派。

蓋自清初以來,學者病宋明儒人束書不觀,空談性命,爲無補實際,乃競治漢儒註疏考據之學。至於乾隆,其勢大盛。方、劉、姚一派,均係文人,嫌其繁瑣,乃倡爲桐城古文,姚氏復標以"義理"、"詞章"、"考據"三者并重,用相對抗。至道光間,而有曾滌笙出,稍變其風格。直至清末,其勢尚存,然已傳之百有餘年。時事幾經變遷,而末流不知順應,徒爲沿襲,桐城派遂漸敝,以至不可復救。及西學東漸,滿清不保,一旦革命成功,昔日風行全國之桐城古文,亦隨之而俱亡。時則有嚴復、林紓等力求延續,但杯水車薪,無濟於事。今雖餘孽猶存,而時會已去,决難再振。即其所爲,亦難與前人并稱,世遂無肯寓目之者,行見其銷聲匿迹,而漸即澌滅也。

遥想當年桐城派在文壇之盛,知其所持之主義,與其師承之流别,必有其特異之點,或有非常動人之處,因據當時之文獻,及後人之按語，爲此評述，藉明其原委優劣焉。第以見聞不廣，記載未能賅備，日後讀書稍多，所得或可較勝，容再補之。

第一章　桐城派以前之古文

一　古文

阮元曰：

> 古人於籀史奇字，始稱古文，至於屬辭成篇，則曰文章。見阮元《與友人論古文書》

此蓋“古文”二字最初之本意也。然自唐以後，世所謂古文者，則異乎此——以唐後之古文，乃專指摹仿古體之文章而言也。李兆洛曰：

> 六經之文，班班具存。自秦迄隋，其體遞變，而文無異名。自唐以來，始有‘古文’之目，而目六朝之文爲駢體。見李兆洛《駢體文鈔序》

芸臺亦云：

> 明人號唐宋八家爲‘古文’者，爲其別於‘四書文’也，爲其別於駢偶文也。見阮元《書梁昭明太子〈文選序〉後》

“古文”之名，自唐以來始有之，而其源實出於昌黎。曾國藩曰：

> 古文者，韓退之氏厭棄魏晉六朝駢儷之文，而反之於六經、兩漢，從而名焉者也。

然古文之目,豈自韓愈以後始出哉?非也。方望溪嘗曰:

> 太史公《自序》"年十歲誦古文",周以前書,皆是也。見方苞《古文約選序例》(代和碩果親王作)

可知"古文"之名,起自子長,而其内容則指周以前書也。但子長所謂之"古文",非桐城所謂之古文,亦非唐宋以來所謂之古文。按其意,似當指古文經書言。後世古文,則謂散體文耳。魏晉六朝駢文大興,韓退之惡其浮華,始倡先秦、兩漢之文,名曰"古文",蓋對時文——駢儷——言也。故望溪又曰:

> 自魏晉以後,藻繪之文興。至唐韓氏,起八代之衰,然後學者以先秦、盛漢辨理論事、質而不蕪者爲"古文"。蓋六經及孔子、孟子之書之支流餘肄也……蓋古文所從來遠矣,六經、《語》《孟》,其根源也。見同前條

"古文"之名,其來源如此。故吴敏樹曰:

> 古之文者,豈爲其言語殊異,特高於衆人之爲者哉?自唐韓子文章復古,始號稱"古文"。至宋歐陽修氏,復修其業,言古文者,必以韓歐爲歸。見吴敏樹《與朱伯韓書》

又曰:

> 自來古文之家,必皆得力於古書。蓋文體壞而後古文興,唐之韓、柳承八代之衰,而挽之於古,始有此名。見《與筱岑論文派書》

桐城派所倡之"古文",即振韓、歐輩之墜緒,以求上追乎先秦、兩漢之文也。

二　唐宋八家之古文

西漢文章，雄奇健偉，猶是先秦之遺；然宣帝以後，漸由屈、宋詞賦，而轉向駢儷，惟時勢未至，甫造其端而已。觀王褒所爲《聖主得賢臣頌》，一以排偶出之，可知也。其後至東漢有馮衍、蔡邕之倫，更裁密思靡，詞排皆浮，然"排不必偶，駢不必儷；雖氣格遜西京，究與魏晉有别也。"用近人王夢曾《中國文學史》語洎乎建安七子，其焰益張。至晉有二陸、三張、兩潘、一左，其文乃愈靡曼精工，且進而開四六之門矣。南朝承之，益嘘其焰，而專務於裁章宅句。加以永明諸子提倡四聲，於是駢儷之文驟呈美備之觀。久之，文人專務詞章，華而不實，遂失本旨，明達者漸生改革之心。《顔氏家訓・文章篇》曰：

> 今世相承，趨末棄本，率多浮艶。辭與理競，辭勝而理伏；事與才争，事繁而才損。放逸者，流宕而忘歸；穿鑿者，補綴而不足。時俗如此，安能獨違？但務去泰去甚耳。必有盛才重譽，改革體裁者，實吾所希。

但文章風氣，非一人一時所能變，故終南朝數姓，此體不衰。北朝以地域關係，改革較早。北周蘇綽，頗欲效周、秦、兩漢，而力有未逮，所作不能全稱。隋統一未久，煬帝詔令斲雕爲樸，而新體陋劣，不足以取舊者而代之。

唐初，有陳子昂力倡古文，從者甚少。燕、許出，重規六朝，古文罕見習於時。至開元、天寶之際，乃有蕭穎士、李華、元結之倫；至大歷貞元之際，又有獨孤及、李翰、李規之屬，皆先後鼓吹古文，以與駢儷相抗；而才力較弱，不能勝之。殆至韓愈，時機業經成熟，魄力又甚宏偉，乘勢號召，古文遂大成矣。蘇東坡稱其"文起八代之衰"，非無故也。

退之爲文，專學周、秦、兩漢，尤喜摹擬揚雄。其生平所得，"惟陳言之務去"一語盡之耳。嘗曰：

惟古於詞必己出，降而不能乃剽賊。後皆指前公相襲，從漢迄今用一律，寥寥久哉莫覺屬！見韓愈《樊紹述墓誌銘》

讀此可知韓氏爲文之道矣。《新唐書》稱其"卓然樹立，成一家言"，又曰："造端旨辭，要爲不蹈襲前人者。"誠定評也。

柳宗元貶永州後，始從韓愈學爲古文，長於山水游記，亦爲後世所師效，然不及退之之精博廣大也。

愈之弟子，有皇甫湜、李翺、張籍等。習之李翺字學問精博，爲唐儒冠冕，文亦頗足諷誦。湜傳來無擇，無擇傳孫樵。凡此諸子，皆能世韓之業，久而弗替。

唐之季世，傳者不得其人，古文因以漸衰；而駢文復興，轉爲"四六"之體。其著者有温庭筠、段成式、李商隱，即世所稱"三十六體"是也。此派之文，以典麗華艷爲尚，積久乃漸變而爲"錦繡堆"。其文雜採傳記之語，以對仗出之，其格益卑。相演成風，至五季而不衰。北宋初，楊億、劉筠之倫，追宗李義山，"以漁獵掇拾爲博，以儷花鬭果爲工，嫣然華美，而氣骨不存。"末流效之，益不足道。

物極必反，久寂於世之古文，遂於此時復萌。初有柳開、王禹偁、蘇舜欽、穆修等，習尚淳古，而力弗逮。修弟子尹洙傳其道於歐陽修。歐善學韓，才氣大而工夫深，卒自成家，於是宋之古文出矣。

繼其後者，有曾鞏、蘇洵、王安石及洵之子軾、轍，悉經歐陽氏之汲引而成名，一時古文稱盛焉。此數子者，皆習韓文，各得其妙，而能自爲風格，成一家之法。且其所爲，皆係流利通暢之散文，上求諸六經、諸子，與夫《左》《國》《史》《漢》，融會貫通，而另爲機杼者。故明初朱右曾併之於韓、柳，而稱爲"唐宋古文八大家"，其後茅鹿門又雜選八子之文，都爲一集，以行於世。八家之名，遂普遍全國。南宋以還，凡爲古文者，什九宗焉。

三　歸有光之古文

南宋古文家，除朱熹外，無足稱者。朱又不專以古文名家，其稍可人者，惟陳亮、葉適二人而已。金則元好問，元則姚燧、馬祖常及虞集、楊載、范梈、揭傒斯之四傑，明初則宋濂、劉基、王禕、方孝孺，靖難之後，有臺閣體之三楊（楊士奇、楊榮、楊溥），皆號稱一代宗師，而所爲文調甚鄙，較之唐宋，大有一落千丈之勢。是時有李夢陽等七人（李夢陽、何景明、康海、王九思、徐禎卿、王廷相、邊貢）恨臺閣體深，相與倡言復古，規摹秦漢，不讀唐以後書。爲文務於艱深，至不可句讀，後人稱曰宏治七子（或曰前七子）。已而嘉靖七子繼之（或曰後七子：王世貞、李攀龍、徐中行、宗臣、梁有譽、謝榛、吴國倫），排斥效唐宋古文者。當時如王守仁、王慎中、唐順之諸人，皆其敵也。陽明文極通暢，究心性理，而不專以文章名家。遵巖、荆川，皆得歐、曾作文之法，才力亦足以稱之。於是"主秦漢"與"主唐宋"之兩派，互相争雄，莫之能下。時則有歸有光出，取法歐、曾，專爲八家之文，以與王世貞相抗衡；至詈世貞爲"庸妄巨子"，久卒折之。歸既死，世貞且題其像曰：

千載有公，繼韓、歐陽。余豈芿趨，久而自傷。

歸氏文章，造詣之深，從可知矣。

歸氏家貧，應試屢不中，文多載鄉里瑣故，娓娓動人，但乏宏闊壯大之觀。曾國藩曰：

歸文妙遠不測，然轉有質而近俚者。

又曰：

震川自然神妙，而未能精與謹細者也。

所謂"質而近俚"，及"未能精與謹細"，蓋指其描寫細故，近小説家，如"三五之夜……"《項脊軒志》中語處而言。但此以桐城義法律之也。若以文學眼光讀之，則覺其以下所言，描寫生動，頗足觀感，正其文之佳妙處也。

劉大櫆論古文，謂自歐、蘇没後，在明惟歸氏一人，但評其“置身不及唐以上”，誠以熙“甫求爲進士而不得，勞其心於八比之時文，而以其餘力作爲古文”之故也。說見劉海峰《汪在湘文集序》其爲文用筆遣詞之法，則實出《史記》。震川平生，讀《史記》數十過，評點之本，不一而足。故世所傳者，多紛歧不相合一，蓋前後所着眼之點異耳。方苞曰：

> 震川之文……其氣韵蓋得之於子長，故能取法歐、曾，而少更其形貌耳。見方苞《書震川文集後》

曾國藩亦曰：

> 明惟震川不受八家牢籠。震川爲人疏通知遠，蓋得力於《尚書》；而爲文根據，全出《史記》。

讀歸文而細味之，則知方、曾兩家言，非虚構之論也。歸氏文學手腕極大，惟不若後世桐城派之專講義理於文章中耳。方望溪評之曰：

> 震川之文，於所謂有序者，蓋庶幾矣；而有物者，則寡焉。見方苞《書震川文集後》

自八家而後，至方、姚未出以前，爲古文者，當以歸氏爲最善，故桐城派宗之。實則歸氏之文，風格與方、姚并異，方、姚必引之者，不肯自我作古而已！

四　清初之古文

在歸、王與七子角逐之際，有公安袁宗道兄弟三人，其弟宏道及中道宗法東坡，亦與李、王相抗，號“公安體”，人稱之曰：“三袁”。其文主“輕巧”，重“本色”，而無實學。鍾惺、譚元春病其淺率，從而矯之,時號“竟陵體”,然皆才小力薄,不能大振。後天啓中,文社大興:艾南英倡豫章社,宗法熙甫,而力詆王、李;張溥、張采倡復社;陳子龍、夏允彝倡幾社,則專主王、李。明末,錢謙益善爲歸派古文,學者從之,王、李之風遂熄。

清初,明之遺民,如顧炎武、黄宗羲、王船山等,不肯仕清,專事著述,其文多可取者。顧、黄爲清初經師,開“漢學”之宗;王氏則避居蠻夷,時人罕知之者,著作雖極宏富精博,而影響則較亭林、南雷爲小。他如陳宏緒、彭士望、王猷定、徐巨源等,皆能古文,爲遺民之秀。錢謙益、龔鼎孳變節事清,文雖未醇,而影響甚大。

至清初之專以古文名者,有魏禧、汪琬、侯方域三家焉。魏氏兄弟三人(際瑞伯子、禧叔子、禮季子),皆長古文,時號寧都三魏,而以冰叔爲最。冰叔習讀史,其文以老、蘇爲宗,凌厲雄健,饒有豪爽之氣。朝宗多才,初致力於六朝文,後乃轉學韓、歐,未能大就。堯峰最爲後世所稱,學唐宋古文有得,尤足繼承歸氏。其論古文,謂宜學其法,勿竊其辭,頗與韓退之相合。清初古文家,當以氏爲第一。同時又有姜宸英、邵長蘅,皆根柢六經,師法韓、歐而有得,足與三家抗衡。

凡此諸子,皆肆力於古文,開其門而立其基;惟各自爲學,不相牽引。既不制定義法規律,亦未廣集徒衆,創設宗派。迨方苞、劉大櫆興,遂乘勢以倡,制爲義法,用相號召。至姚鼐氏出,桐城之文,乃奔騰澎湃,波及全域,蓋根深蒂固而大成矣。

第二章　桐城派之三祖及其義法

一　桐城派之起源及其主張

乾隆之初,中原漸即平定,文物日盛,爲古文者亦漸衆。於是安徽桐城有方苞者起,繼汪琬而上溯歸、歐、曾、韓;研究有得,乃制定義法,以爲標目,傳授日廣,士漸從之。劉大櫆習其術,授之姚鼐。鼐益宏肆緊嚴,足振望溪之學。自是天下聞風嚮往,其道遂遍各地,世因稱之曰"桐城文派",以方、劉、姚三氏,皆桐城人也。

溯桐城派一名之起源,曾國藩言之頗悉,其《歐陽生文集序》曰:

> 乾隆之末,桐城姚姬傳先生鼐,善爲古文辭,慕效其鄉先輩方望溪侍郎之所爲,而受法於劉君大櫆,及其世父編修君範三子,既通儒碩望,姚先生治其術益精。歷城周永年書昌爲之語曰:"天下之文章,其在桐城乎!"由是學者多歸嚮桐城,號桐城派。

吴敏樹曰:

> 今之所稱桐城文派者,始自乾隆間姚郎中姬傳,稱私淑於其鄉先輩望溪方先生之門人劉海峰。又以望溪接續明人歸震川,而爲《古文辭類纂》一書,直以歸、方續八家,劉氏嗣之,其意蓋以古今文章之傳繫己也。見其《與筱岑論文派書》

又曰:

> 爲古文詞之學……近代數明崑山歸太僕、我朝桐城方侍郎,於諸家爲得文體之正。侍郎之後,有劉教諭、姚郎中,皆傳侍郎之學,皆桐城人,故世言古文有桐城宗派之目。見吴敏樹《梅伯言先生誄詞》

吴汝倫《孔叙仲文集序》曰:

> 桐城之言古文,自方侍郎、劉教諭、姚郎中,世所稱"天下文章在桐城"者也。

而桐城派名之起,當在姚鼐在京師時,約乾隆三十年左右也。

其所爲《劉海峰先生八十壽序》曰：

曩者鼐在京師，歙程吏部、歷城周編修語曰："爲古文者，有所法而後能，有所變而後大，維盛清治邁逾前古千百，獨士能爲古文者未廣，昔有方侍郎，今有劉先生，天下文章其出於桐城乎！"

程吏部者，程晉芳魚門也。周編修者，周書昌永年也。二人皆當時知名士，故桐城派一名，自是出矣。

考桐城派，以方苞爲祖，至姚鼐而大成，劉大櫆第其中介耳。其主張則以宋儒程朱之學爲質，以唐宋八家之法爲文，而以歸震川爲其入門之導；專講"義法"，故其文章整潔平通，不爲華辭艷語，不作考據名物，其派大旨不過如斯。至其詳情，容專節述之。

二　方苞之時代思想及其文章之批評

方苞生於康熙七年，卒於乾隆十四年。時清初定鼎，尚未臻穩固時期。明末遺民，猶有存者：顧、黄諸公，篤志不渝，專事學問，漸啓樸學之端。自康熙中年以後，樸學日盛，理學日衰。蓋異族初據中原，恐漢人不服，乃以博學鴻詞之事羈縻之。於是學者争爲詞章考據、註疏名物之學；而言論稍涉憤嫉，即有文字之禍，以是深究性理者少，而專務文章者尤少也。當時所謂理學之士，如李光地、湯斌、陸隴其輩，實皆空疏無學，假程、朱爲獻媚之具，品格殊無足言，於是宋學日以頽敗，"漢學家"乃起而代之。

方苞生當斯世，初則隨世俗學爲時文，與其兄百川著名東南。及壯，悔之，始力爲古文。獨宗韓、歐、曾、王，尤喜讀子長《史記》。其論學一以宋儒爲宗，而推崇程、朱甚力。嘗與姜西溟、王崑繩論行身祈嚮曰：

學行繼程、朱之後，文章在韓、歐之間。

可見其用心所在。

苞嘗以"《南山集》案",牽連下獄,雖以當時人君眷戀其才,得不死,而自是鋭氣深爲之挫。且苞爲人過於拘謹,又復遭時猜忌,故不敢高談放論,以招禍患。是故爲文亦深自斂抑,趨於謹約。劉開嘗曰:

> 吾鄉望溪先生深知古人作文義法,其氣味高淡醇厚,非獨王遵巖、唐荆川有所不逮,即較之子由,亦似勝之。然望溪豐於理而嗇於辭,謹嚴精實則有餘,雄奇變化則不足,亦能醇不能肆之故也。見劉開《與阮芸臺宫保論文書》

"豐理""精實",雖未必盡然;而"嗇辭""謹嚴",則實定評。《初月樓古文緒論》吴仲倫云:

> 方望溪直接震川矣。然謹嚴而少妙遠之趣,如人家房屋門廳、院落廂厨,無一不備,但不見書齋别業;若園亭池沼,又不可得也。

此語的是定評!曾國藩亦曰:

> 望溪精與謹細,而未能自然神妙者也。

"精"字指文句言,結構言,自非溢美。又曰:

> 望溪規模極大,而未能妙遠不測,風韵絶少,故文體自正。望溪以前,皆不失"質而不俚"四字,自不能不推爲巨手……望溪修辭雅潔,無一俚語俚字;然其行文,不敢用一華麗非常字。此其文體之正,而才不及古人也。

又曰:

近惟望溪，不受八家牢籠……望溪爲人嚴氣正性，蓋得力於《三禮》，而爲文根源出於《管》《荀》，故文章整肅嚴峻。

方氏之文，誠能緊嚴，如吴、曾所稱者。然以過於肅峻，無些許風韵妙遠之趣，讀之未免令人不快。惲敬亦評之曰：

望溪之於古文，則又有未至者。是故旨近端，而有時而歧；辭近醇，而有時而窳。近日朱梅崖等於望溪有不足之辭。見惲敬《大雲山房初集·上曹儷笙侍郎書》

其言雖於望溪有微辭，而見地頗真，亦不完全抹煞望溪也。觀其《上舉主笠帆先生書》云：

本朝著作如林，其得正者，方靈皋爲最。下筆疏樸而有力，惟敘事非所長。

方氏又既嚴峻少妙遠風韵，敘事文自少佳者。余讀其集，惟得《書左忠毅公遺事》一篇，頗能淋漓盡致，愷切動人，自是方氏敘事文中第一佳作；即在桐城派中，亦不失爲名篇，惜餘作未能稱是耳！世或論方氏才弱，蓋以其文不用一華麗非常字，無妙遠之趣，而不足以表示其才也。此説吴摯甫頗非之。吴之言曰：

大抵望溪之文，貫串六經、子、史、百家、傳記之書，而得力於經者尤深，故氣韵一出於經……方之古作者：於先秦則望溪近左氏《内外傳》……於先漢則望溪近董江都……於八家則望溪近歐、曾……望溪，西漢之遺……見吴汝綸《與楊伯衡論方劉二集書》

總之：論其文章上之藝術手腕，則方望溪之文，於有清一代，自爲有數之作家；至其學問，則誠空疏浮淺，無足稱者。其文尚未可厚非也。

方之再傳弟子桐城姚鼐嘗爲其《集外文序》曰：

> 望溪先生之古文，爲我朝百余年之冠，天下論文者，無異説也。

噫！亦稱之甚矣！其文之長處，尤在能嚴於"義法"，次節述之。

三　方苞之古文義法

桐城派之古文家，標明"義法"，以爲文章準則，蓋即文學上之"主義"也。惟中國古文之所謂主義，要在詞句筆法之限制或主張，實與西洋文學之"主義"大有不同。故其所爲，不足稱爲文學，祇能名曰"文章"。西洋文學上之"主義"，多就内容或文風立論，即言其文章含義或風格之傾向也。

中國自古文人，凡一較爲成熟之作家，皆有其個人之文章義法，此可於其論文章處見之。惟在桐城派前，罕有自揭一定主義，聲言於衆，以爲天下後世倡者耳。韓退之"務去陳言"、歐陽修"文以載道"，實即其個人之文章義法也。原"義法"之用，最初當爲孔子，而來源則見於《史記》。劉熙載《文概》曰：

> 義法居文之大要。《史記十二諸侯年表序》稱"孔子次《春秋》，約其辭文，去其煩重，以制義法。"——此"義法"之始也。

孔子《春秋》義法，在於"約辭去煩"，"褒貶善惡"。至唐韓愈而義法漸顯，其余八家，皆有所宗主，惟傳記無明文以述之耳。其後，明歸震川亦守八家之法，以爲提倡。方望溪出，乃舉其所信仰者，而宣示於衆，其言曰：

> 南宋元明以來，古文義法不講久矣。吴越間遺老尤放恣：

或雜小説,或沿翰林舊體,無雅潔者。古文中不可入語録中語,魏、晉、六朝人藻麗俳語,漢賦中板重字法、詩歌中雋語、《南》《北史》佻巧語。見沈廷芳《書方望溪先生傳後》

此其所規定關於文章體制、詞句、禁忌方面之義法也。至其義法之根據,則《春秋三傳》《管》《荀》《莊》《騷》《國語》《國策》《史記》《漢書》《三國志》《五代史》,八家是也。對此數書,方訓沈曰:"文賢細觀,當得其概矣。"見同上至論文章内容之義法,則:

非闡道翼教,有關人倫風化不苟作。見雷鋐《翠庭卜書》

凡筆墨所涉,皆有六義之精華寓焉。見程崟《望溪先生文集序》

望溪《儲禮執文稿序》曰:

理正,而皆心得,辭古,而必己出:兼是二者,昔人所難,而今之所當置力也。

又《答程夔州書》云:

凡爲學佛者,傳記用佛氏語則不雅,子厚、子瞻皆以兹自瑕。至明錢謙益,則必沸唾之令人嗀矣。豈惟佛説,即宋五子講學口語,亦不宜入散體文,司馬氏所謂言不雅馴也。

方苞既自期以"學行繼程、朱之後,文章在韓、歐之間",則其所爲文,自力趨於道學無疑也。顧琮用方稱其"平生無不關於道教之文"。沈廷芳亦曰:

先生平生慎於爲文,不輕爲人作表誌,尤必於其人而難以情假也。

顧、沈之語，未可盡信。謂望溪有此意則可，謂其事實如此，則不可也。詳察方集，當自知之。

考《望溪集》中，除家傳、誌、銘十數首外，《正集》中墓誌銘五十首、墓表四十四首、碑碣九首；而《集外文》中，又有墓誌十四首、墓表四首；又《集外文補編》亦有墓誌銘四首，墓表二首；至於哀辭、行傳、壽序，更無計矣。以上共一百二十七首（考望溪尚有《曾祖墓誌銘》一首，不在此内）其是否皆以慎重出之，是否皆"難以情假"，自易由其數量及文章内容中考見之。吾敢斷言其太半不合也。夫以昌黎之號稱"諛墓"，而考其集中墓誌之類，纔七十五篇，其較有價值者，且遠多於方氏所爲，則方氏集中表、志等敷衍應酬之作，其數之多，可想見矣。故此項"義法"，在方氏個人，已未能自守之，况後人乎？

方氏之古文，其義法出《左》《史》，其軌迹繼韓、歐。沈廷芳曰：

> 方先生品高而行卓，其爲文，非先王之法弗道，非先聖之旨弗宣，其義峻遠，其法謹嚴，其氣肅穆，而味淡以醇，湛於經而合乎道，洵足以繼韓、歐諸公矣。沈廷芳《方望溪先生文集後序》

程夔震曰：

> 先生之文，循韓、歐之軌迹，而運以《左》《史》義法。所發揮推闡，皆從檢身之切，觀物之深而得之。見程夔震《方先生文集序》

先生嘗代和碩果親王爲《古文約選序例》，本文見《方望溪集外文》其中數語，頗足以窺其義法之源，曰：

> 蓋古文所從來遠矣，六經、《語》《孟》，其根源也。得其支流而義法最精者，莫如《左傳》《史記》。

觀此，則前人謂方望溪之古文"義法"出於《左》《史》，更無足疑矣。

四　劉大櫆之古文及其在桐城派之地位

桐城文派自方苞卒後，繼之者有劉大櫆氏。劉氏雖爲桐城正宗，而未嘗從方苞受業，其文亦不甚相類。但因其籍出桐城，而姚鼐又嘗從學爲文，故尊之以繼於方氏，世遂稱爲桐城派之祖焉。

桐城王明甫嘗言：

海峰爲古文，既成，乃著籍爲望溪弟子。見張惠言《茗柯文集補編·書劉海峰文集後》

姚姬傳自述方劉與己之文統曰：

康熙間，方侍郎名聞海外。劉先生一日以布衣走京師，上其文侍郎。侍郎告人曰：如"方某何足算邪，邑子劉生，乃國士爾！"……鼐之幼也，嘗侍先生……學文於先生，游宦三十年而歸……而猶得見先生於樅陽。先生……出與論文，每窮夜半。見姚姬傳《劉海峰先生八十壽序》

後人每謂方之再傳爲劉海峰者（惲敬《上曹儷笙侍郎書》："劉海峰之學，出於方望溪。"又《上舉主笠帆先生書》："本朝作者，方靈皋爲最……再傳爲劉海峰……"）以方、劉共游，而劉之名，實方揚之也。

海峰之文，惲敬稱其"清宕"，而又譏其"識卑且邊幅未化"；見其《上舉主笠帆先生書》"細加檢點，於理實有未足"。見其《答曹侍郎》此蓋海峰之才力有餘，而學識不足也。

《初月樓古文緒論》曰：

劉海峰文最講音節，有絶好之篇；其摹諸子，而有痕迹，非上乘也。

惟其"最講音節",故能"有絶好之篇"——蓋音節所以使文章生動者也。摹擬古人極難,摹擬諸子尤難。摹擬愈近似,痕迹愈顯著。學古人之法,而自爲機杼,是謂"改造",乃上乘也。劉氏恃才,學古務求形似,自難免於露痕。

先生"讀書工文詞之學……大振其才之雄,兼集《莊》《騷》《左》《史》、韓、柳、歐、曾、蘇、王之能,瑰奇恣睢,鏗鏘絢爛,足使震川、靈皋驚退失色。"用吴定海《峰先生墓誌銘》語世盛推海峰多才,非無以也。昔吴摯甫嘗言:

> 海峰之文,亦貫串乎六經、子、史、百家、傳、記之書,而得力於史者尤深,故氣韵一出於史。

吴更擬海峰之文於《戰國策》,蓋爲春縱横馳驟也;擬之於賈長沙,蓋爲其才情顯露也;擬之於蘇東坡,蓋爲其氣盛詞浮也。但評其文章能"絢爛""閎肆",而不能"老確",亦以"才氣不斂"、"學問不粹"之故也。意見吴汝綸《與楊伯衡論方劉二集書》張惠言曰:

> 海峰之文,有學《莊子》《史記》,爲之者弗至也;學歐陽、王介甫,爲之時至焉;學歸熙甫,輒至焉。

劉氏之文既如此,則在其桐城派中所佔之地位可知矣。

章太炎常謂:"劉大櫆毫無足取;惟以其爲姚鼐之師而籍桐城,故收入桐城派中",意見章氏演講之《國學概論》中可謂言之得體矣。曾國藩作《歐陽生文集序》,稱鼐善古文辭,而受法於劉君大櫆,致引吴敏樹與之辯論,成桐城派文統上一大公案。吴之言曰:

> 今之所稱桐城文派者,始自乾隆中姚郎中姬傳,稱私淑於其鄉先輩望溪方先生之門人劉海峰……而爲《古文辭類纂》一

書，直以歸、方續八家，劉氏嗣之……姚氏特吕居仁之比爾。劉氏更無所置之。其文之深淺美惡，人自知之，不可以口舌争也。見吴敏樹《與筱岑論文派書》

曾因有答吴一書，曰：

惜抱於劉才甫不無阿私。見曾國藩《致吴南屏書》

又曰：

劉氏誠非有過絶流輩之詣。見曾國藩《覆吴南屏書》

其《復歐陽筱岑書》曰：

其《古文辭類纂》一書，雖闌入劉海峰氏，稍涉私好，而大體固自有倫……劉才甫字句都潔，而意不免蕪近。

吴、曾皆不甚贊賞劉大櫆氏文，而於姚氏引以繼歸、方，承八家古文之緒，以爲《古文辭類纂》之殿，尤所不滿。曾氏只謂其"阿好"，吴氏更擬之於吕居仁矣。平心而論之：劉氏誠不足與八家、歸、方并論，姚氏以之入諸《古文辭類纂》中，信爲不當。其居心所在，亦誠如吴氏所謂"以古今文章之傳繫之己也"。

但論桐城文派之統系，則實不當舍而不述，以劉氏確直接受方苞之影響，而爲桐城之文也。凡所謂某派中人者，爲其所習有某派之風，曾受某派之教而已。豈必有"過絶流輩之詣"，然後始得稱爲某派中人乎？後世之桐城派文人，其無"過絶流輩之詣"，而所爲猶不及劉才甫者，多矣，誰復排之於桐城派之外耶？今桐城文派之正祖，先乎劉者，有方苞，劉從而得爲文之術，所爲亦能近似，其不及者，深淺高低之差耳。後乎劉者，有姚鼐，劉嘗授以爲文之術，其得於彼者至多。是桐城文派之系統，固明明爲由方而劉、而姚，世烏得以劉氏所作或不及方、姚而擯諸？况後世所謂得桐城正宗者，多不及劉氏者乎！吾故謂劉氏應居桐城文派之中，且當列爲桐城三祖之一。

五　姚鼐之師承及其文章之批評

曾國藩《歐陽生文集序》曰：

> 乾隆之末，桐城姚姬傳先生鼐，善爲古文辭，慕效其鄉先輩方望溪侍郎之所爲，而受法於劉君大櫆，及其世父編修君範。

惟考諸姚集，則姚之爲古文辭，固聞法於劉大櫆及姚範，而未嘗從姚範深學之；其從範學者，惟經耳，曾氏蓋未深察也。

鼐嘗於其《古文辭類纂序》中自述其學文之經過曰：

> 鼐少聞古文法於伯父姜塢先生及同鄉劉才甫先生，少究其義，未之深學也……乾隆四十年，以疾請歸，伯父前卒，不得見矣。劉先生年八十，猶善談話，見則必論古文。

又《劉海峰十八壽序》曰：

> 鼐之幼也，嘗侍先生……及長，受經學於伯父編修君範，學文於先生。游宦三十年而歸，伯父前卒，不得見……而猶得數見先生於樅陽。先生亦喜其來，足疾未平，扶曳出與論文，每窮半夜。

王先謙亦嘗曰：

> 歙縣吴澹泉先生與桐城姚惜抱、王濱麓同受古文之學於劉海峰先生，獨惜抱名最顯……見王先謙《紫石泉山房文集序》

讀此三段,可以知姚氏古文學之所出矣。

今請爲一簡單之結論曰:桐城姚鼐幼時從姚範及劉大櫆學,得聞爲文之法。長則專受經於範,而學古文於劉,但未深究。乾隆四十年,自京師歸,數與劉大櫆討論文章,因而益進,卒至大成。

至姚氏文章之宗主,則曾國藩所謂"慕效其鄉先輩方望溪侍郎之所爲"也。《初月樓古文緒論》曰:

> 姚惜抱享年之高,略如海峰,而好學不倦,遠出海峰之上,故當代罕有倫比。揀擇之功,雖上繼望溪,而迂迴蕩漾,餘味曲包,又望溪之所無也。敘事文惲子居亦能簡,然不如惜抱之韵矣。

薛福成亦謂:

> 國初以來,能古文者多矣,然要以方氏、姚氏爲能致其精。見薛福成《論文集要》

是皆以方、姚并舉者。吳仲倫且謂望溪不及姬傳矣,所論極是!姚文較諸方文,確有迂迴蕩漾之致,讀其集而自見。

當是時,海"内魁儒畸士,崇尚鴻博,繁稱旁證,考核一字,累數千言不能休,别立幟志,名曰'漢學'。深擯有宋諸子義理之説,以爲不足復存;其爲文尤蕪雜寡要。"語見曾國藩《歐陽生文集序》"於是獨排衆議,以爲'義理''考據''詞章'三者不可偏廢,必義理爲質,而後文有所附,考據有所歸。"同上。故其《復秦小峴書》曰:

> 鼐嘗謂天下學問之事有"義理""文章""考據"之分,異趨而同爲不可廢……凡執其所能爲而呲其所不爲者,皆陋也。必兼收之,乃足爲善。

吾觀其義蓋得諸李翱。李氏《與朱載言書》曰:

> 文、理、義三者兼并,乃能獨立於一時,而不泯滅於後代,能必傳也。

其言與姚氏所説,大同而小異;所别者,李習之未論"考據"一項耳。考據爲後起之學問,唐時極不發達,清時最盛,故姚氏益之。

姚氏以爲自明末以來,"學者頗厭功令所載爲習聞,又惡陋儒不考古而蔽於近,於是專求古人名物、制度、訓詁、書數,以博爲量,以闚隙攻難爲功。其甚者,欲盡舍程朱而宗漢之士,獵而取其根細之搜,而遺其鉅。"見姚鼐《贈錢獻之序》以此爲大蔽,故爲學主張程朱,一如方望溪。而其所爲,亦自不重考據,而注意實質。然姚氏第文人耳,對於程朱之學,實鮮有得。曾國藩曰:

> 蓋惜抱名爲闢漢學,而未得宋儒之精密,故有序之言雖多,而有物之言則少。

誠定評也!

至於考據一途,姚氏曾欲師事戴東原,東原以書答之曰:

> 至欲以僕爲師,則别有説:非徒自顧不足以爲師,亦非謂所學如足下,斷然以不敏謝也。古之所謂友,固分師之半,僕與足下,無妨交相師,而參互以求十分之見……昨辱簡,自謙太過,稱夫子,非所敢當……見《戴東原集·與姚孝廉姬傳書·乙亥》

戴氏既不肯爲師,而只允相友以爲師之半,蓋兩人所向不同,不能共學也。姚氏亦卒不得漢學根柢,故考據一端,深欠研究。錢大昕嘗譏其所著《廬江九江二郡沿革考》,以廬江爲衡山改名,見錢大昕《潛研堂文集》卷三十一《與姚姬傳書》蓋其著例也。

由上言之:姚鼐雖以"義理、考據、辭章三者并重"相倡,而其自身實於"義理""考據"二者所得甚微。其足傳者,"詞章"而已。前二者,方苞所謂"文之物也";後一項,則"文之序"也。無惑乎曾國藩評“序多物少”也。

“其文爲世所稱誦者，如《莊子章義序》《禮箋序》《復張君書》《復蔣松如書》《與孔撝約論禘祭書》《贈撝約假歸序》《贈錢獻之序》《朱竹君傳》《儀鄭堂記》《南園詩存序》《綿莊文集序》等篇。”用曾國藩《覆吴南屏書》中語曾國藩謂姚氏文“深造自得，詞旨淵雅”。見同上而對此數十篇，則更稱其：

> 義精詞俊，敻絶塵表，其不厭人意者，惜少雄直之氣，驅邁之勢。見同上。

可謂“陰柔才弱”矣。

余謂姚氏之文，氣平詞順，頗有足傳，無物，是其弊也。但在桐城派中，自爲佼佼者，堪稱此道大成之祖。“方氏以後，惜抱固當爲百年正宗。”見同上。後世之入其範圍者，至於“舉天下之美，無以易乎桐城姚氏者”，蓋非無故也。

六　姚鼐之古文義法

姚鼐既從劉大櫆學爲古文之法，又慕效其鄉先輩方望溪先生所爲，於是深造自得，卓然爲桐城文派之宗師。其爲文義法，自必出於方氏，而大致同乎方氏無疑也。今請一考之：

其《復曹雲路書》曰：

> 苟非吾言足發經意，前人所未明者，不可輕書於紙。

又《復王進士輝祖書》曰：

> 夫古人之文，豈第文焉而已。明道義，維風俗，以詔世者，君子之志；而辭足以盡其志者，君子之文也。達其辭，則道以明；昧於文，則志以晦。鼐之求此，數十年矣。

前條所言，則方氏義法中之"凡所涉筆，皆有六籍之精華"也。後條之言，則方氏所謂"非闡道翼教，有關人倫風化不苟作"也。其《復曹雲路書》又曰：

> 鼐又聞之："言之無文，行之不遠"，出辭氣不能遠鄙倍，則曾子戒之……當唐之世，僧徒不通於文，乃書其師語以俚俗，謂之"語録"。宋世儒者弟子，蓋過而效之。然以弟子記先師，懼失其真，猶有取爾也。明世自著書者，乃亦效其辭，何取哉？願先生凡辭之近俗如"語録"者，盡易之，使成文，則善矣。

此即方氏所謂"不可用佛氏語及語録中語"也。又嘗作《與王鐵夫書》曰：

> 文章之境，莫佳於平淡，措詞遣意，有若自然生成者。

此與方氏反對用"漢賦中板重字法"之意，完全相同。梅伯言《姚姬傳先生尺牘序》曰：

> 先生嘗語學者："爲文不可有註疏語録及尺牘氣"——蓋尺牘之體，有别於文矣。

不可有註疏尺牘氣，則又姚氏所獨標之義法；但在方氏文中，有足表見此意處，惟無明文耳。姚氏更有其特創之點，即"文之要訣"也。《古文辭類纂・序目》後有數言曰：

> 凡文之體類十三，而所以爲文者八：曰神、理、氣、味、格、律、聲、色。神、理、氣、味者，文之精也。格、律、聲、色者，文之粗也。然苟舍其粗，則精者亦胡以寓焉？學者之於人，必始而遇其粗，中而遇其精，終則御其精者，而遺其粗者。

凡此八者，乃姚氏所認爲文章之要者；然大抵皆抽象名詞，頗難得其究竟，世深致疑焉。讀其《答翁學士書》，稍能窺其意向，其言曰：

詩文美者，命意必善。文字者，猶人之言語也。有氣以充之，則觀其文也，雖百世而後，如立其人而與言於世；無氣，則積字焉而已。意與氣相御而爲辭，然後有聲音節奏，高下抗墜之度，反復進退之態，采色之華。故聲色之美，因乎意與氣而時發者也。是安得有定法哉？

可知其所謂"理"者，文之"意"也。所謂"氣"者，猶人言語之"口氣"也。所謂"聲"者，文之"節奏"與其"高下抗墜之度"也。所謂"色"者，文之"華采"也。而其"神""味""格""律"之解釋，乃終不可得也。林紓《春覺齋論文・應知八則・神味》條曰：

"神"者，精神貫徹處，永無漫滅之謂；"味"者，事理精確處，耐人咀嚼之謂。

對於桐城派要訣之"神""味"二字，稍加詮解，但亦影響之詞，不可捉摸。《文心雕龍・神思》曰：

古人云："形在江海之上，心存魏闕之下"，神思之謂也。文之思也，神其遠矣。故寂然凝慮，思接千載，悄然動容，視通萬里。吟詠之間，吐納珠玉之聲；眉睫之前，捲舒風雲之色，其神理之致乎！

姚氏所謂神者，其意與此概相似也。又《情采篇》有論"五色之形文"、"五音之聲文"及"五性之情文"：其"色""聲"，當即同乎姚氏所言之色與聲；而"性"字，頗似姚氏之"味"字。但劉勰并未説明，故不敢遽定也。昔曾國藩嘗有《復吴子序書》曰：

> 退之論文,先貴"沈浸濃鬱,含英咀華"。陸士衡、劉舍人輩皆以骨肉停匀爲上。姬傳先生亦以格、律、聲、色與神、理、氣、味四者并稱。閣下之文,有骨無肉,宜於"聲""色"二字稍加講求。

據此,則曾氏以格、律、聲、色爲文之"肉",而以神、理、氣、味爲文之"骨"也。總之:無論"文骨""文肉",其爲費解,一如姚氏之"文精""文粗"。此類問題,習文者衹能於讀文時領會得之;必欲强爲指出,實屬難能,置之而已。

又吴德旋仲倫爲姚氏摯友,常以文相切磋,其主張當與姚氏相合或相似。其對於古文之義法,有足述者。兹附記於此,以爲方姚義法之參證。《初月樓古文緒論》曰:

> 古文之體,忌小説,忌語録,忌詩話,忌時文,忌尺牘——此五者不去,非古文也……詩賦字雖不可有,但當分别言之:如漢賦字句,何嘗不可用;惟六朝綺靡,乃不可也。正史字句亦自可用,如《世説新語》等大雋者,則近小説矣。公牘字句,亦不可闌入者。此等處,辨之須細須謹。

前五者與方姚説無不同處,至漢賦字句可用,正史方氏所謂《南》《北史》亦居正史之列。字句可用,則與二氏説不盡合。以吴氏非純粹之桐城分子,不過亦染其風耳。其"不可入公牘字句"一項,前人未曾提及,是吴氏之特見也。方、姚之徒,事實上亦無此弊,其意當與此無大異也。桐城餘子皆追隨方、姚,無肯稍逾規矩。故桐城義法,自方姚而後,無何變更。

第三章　桐城派之别支——陽湖諸子

一　陽湖派之起源

陽湖派古文者，以惲敬、張惠言爲祖。敬，陽湖人。惠言，武進人也。陽湖、武進二縣毗聯，清時皆屬常州府治（民元併爲武進縣），而惲敬爲古文早，惠言與之友，所得至多，世因稱之曰“陽湖文派”云。考其伊始，與“桐城派”蓋同祖焉。惲敬《上曹儷笙侍郎書》有言曰：

> 後與同州張皋文、吴仲倫、桐城王悔生游，始知姚姬傳之學出於劉海峰，劉海峰之學出於方望溪。及求三人之文觀之，又未足以饜其心之所欲云者。由是由本朝推之於明，推之於宋、唐，推之於漢與秦，齗齗焉析其正變，區其長短。

是知惲子居之古文，由桐城王悔生輩之引導，而學方、劉、姚者，既而不滿於三家之文，因自行上推當時，而明，而宋唐，而漢與秦，卒乃得之。

張惠言之學古文，其陸續亦如惲氏。其《送錢魯斯序》曰：

> 魯斯大喜，顧而謂余：吾嘗受古文法於桐城劉海峰先生，顧未暇以爲，子儻爲之乎？余愧謝未能。已而余游京師，思魯斯言，乃盡屏置曩時所習詩賦若書不爲，而爲古文。三年，乃稍稍得之……其言曰：吾見子古文，與劉先生言合，今天下爲文，莫子若者！

又《文稿自序》曰：

> 余友王悔生……勸余爲古文，語余以所受於其師劉海峰

者，爲之一二年，按："一二"二字，疑當作"三"，蓋從其《送錢魯斯序》也稍稍得規榘。

又《書劉海峰文集後》曰：

余學爲古文，受法於摯友王明甫。明甫古文法，受之其師劉海峰。本朝爲古文者十數，然推方望溪劉海峰。余求海峰文六年，然後得而讀之。

觀此數條，可知張惠言之古文，亦以王悔生及錢魯斯輩之引導，而學劉海峰者。其求之之熱烈，亦可於此中窺見之也。張氏之《送惲子居序》曰：

年二十七，來京師，與子居交，觀其議論文章，礴切道德，乃始發奮自壯。

則張之學古文，後於惲明矣。

陸繼輅《七家文鈔序》曰：

乾隆間，錢伯坰魯思親受業於海峰之門，時時誦其師説於其友惲子居、張皋文。二子者，始盡棄其考據駢儷之學，專志以治古文。蓋皋文研精經傳，其學從源而及流。子居泛濫百家之言，其學由博而反約。二子之致力不同，而其文之澂然而清，秩然而有序，則由望溪而上求之震川、荆川、遵巖，又上而求之廬陵、眉山、南豐、新安，如一轍也。

是知惲張陽湖之學，原出於桐城，繼而自行上溯明三家以至唐宋，蓋是時兩派已有明顯之分矣。故陸氏"點定二子之文，又吴德旋仲倫所選梅崖、秋士文各十餘篇。蓋以桐城三集，擇其尤雅者都爲一編，目曰《七家文鈔》，聊以便兩家子弟誦習云爾。"用陸祁孫《七家文鈔序》中語既云兩家,則當時已各立門户明矣。陸氏此選,合諸一集,或亦有調和之意乎?

陽湖一派,既根本出於桐城,而桐城又大文家相繼輩出,故世人多趨桐城。陽湖之嗣者,以故極少。其可得知者,不過秦瀛、陸繼輅、董士錫、李兆洛等數人;而此數人者,又大抵非專習古文者,故陽湖之傳微矣。

二 陽湖諸子之學術文章

陽湖諸子,當以惲敬、張惠言爲代表。子居、臯文初非古文家,更非習桐城文者,後以錢魯斯、王悔生之介紹,始稍稍爲之。臯文精研經傳,子居泛濫百家,皆博學之士,而臯文尤長於詞賦、經義。

臯文"少爲辭賦,擬司馬相如、揚雄之言。及壯,爲古文,效韓氏愈、歐陽氏修;言《易》,主虞氏翻;言《禮》,主鄭氏玄。"用惲敬《張臯文墓誌銘》語最後"遷而爲濂洛關閩之説,其所學皆未竟,而世徒震之,非知臯文者也。"用惲敬《與楊編修書》語張氏雖治"漢學",而不闢宋儒,并"喜以經術爲古文"。阮元《茗柯文集序》語

《初月樓古文緒論》有數語批評張氏,甚爲得當,曰:

> 張臯文惜不永年,故摹古之痕,尚不盡化,然淳雅無有能及之者。早年雖講漢學,而仍不薄程朱,所以入理深也。

至其個人論學古文之要點,可由其《文稿自序》一篇見之,其文有言曰:

> 古之以文傳者,雖於聖人有合有否,要就其所得,莫不足以立身行義,施行天下,致一切之治。荀卿、賈誼、董仲舒、揚雄以儒;老聃、莊周、管夷吾以術;司馬遷、班固以事;韓愈、李翱、歐陽修、曾鞏以學;柳宗元、蘇洵、蘇軾、王安石雖不逮,猶各有所執持,操其一以應於世而不窮,故其言必曰道。道成而

所得之淺深醇雜見乎其文。無其道而有其文者,則未有也。故迺退而考之於經,求天地陰陽消息於《易》虞氏,求古先聖王禮樂制度於《禮》鄭氏,庶窺微言奥義,以究本原……嗚呼!余生四十年矣!自知學在三十以後……然余之知學於道,自爲古文始。

可知張氏爲學,誠如曾國藩所稱"循漢學之軌轍,而虚衷研究"。曾氏又稱其"文詞温潤,亦無考證辨駁之風,盡取古人之長。"見《茗柯文編序》

"先生始攻駢體文,同郡惲敬見而嘆曰:'自相如、枚乘歿後,二千年無此作矣。'先生以爲古作者既遠,士聞見日卑陋,將復古道,非我而誰!乃益治先秦、太史公書,漱滌磨礱而融之以道德仁義,故其文瑟若圭瓚,使觀者望而生敬,可謂獨出冠時,勇紹絶軌者矣。又自元明以來,學者剿襲宋儒之書,空談性命;而近時宗漢之士,專取漢人穿鑿附會之説,矜博炫異,以與程朱爲難。先生起而駕前説,能悉會漢、宋諸儒傳注,而兼采其長,故一時言六藝者折衷焉。惜乎!年未中歲而遂卒……然即其所爲文,以觀其用意之所在,雖古揚雄、韓愈氏之徒不能過,必傳於後無疑也。"用吴德旋《張皋文先生述語》皋文所作,雖惲子居猶稱道之。皋文歿,惲子聞之,慨然曰:

古文自元明以來,漸失其傳。吾向所以不多作古文者,有皋文在也。今皋文死,吾當併力爲之。見吴德旋《惲子居先生行狀》

其傾倒也如此。"論者謂自宋時歐陽永叔爲翰林,文章稱極盛,乃今復見之先生云。"用《張皋文先生述語》其言蓋非過譽也。惜張氏早亡,卒年纔四十二。未能大成,以其爲古文甚晚也。

世多評其古文,謂"摹古之痕,尚不盡化。"吴德旋語。(施補華《復陳子餘論韓文書》曰:"今人張皋文,皆力學退之者,其病在痕迹未化。")但"茗柯擬古,亦子雲、子厚之匹耳。曷嘗句摹字效,如明七子之取憎耶？且茗柯亦不幸中道而逝耳！使假之以年，而至於五十六年，安知不盡古人之形貌，而泯其模寫之迹哉？”用吴德旋《與族弟筠野書》語

至於惲敬，初不如張氏之好詞賦、經義，惟出入於子史百家，故其文章得諸斯者至巨。其自述所承曰：

> 敬古文法盡出子長，其孟堅以下，時參筆勢而已。見其《與黄香石書》

其論爲文章之方法曰：

> 《五經》不同體，百家奮興，類不相沿，前人先得此旨……大抵意可新，不可奇；詞可新，可奇。文之體，文之矩矱，無所謂新奇，能善用之，則新奇萬變在其中矣。不佞嘗告陶南明經，以爲“字字有本，句句自造，篇篇變局，事事搜根：古人不傳秘密法也。”見惲敬《與來卿書》

惲氏之學，亦如張氏，不專習一家之言，前所稱書“泛濫百家”者，蓋實録也。“先生嘗自言其非漢非宋，不主故常，故其説經之文，能發前人所未發；而世之論先生之文者，乃以先生善於紀述，而説經非所長焉。”用吴德旋《惲子居先生行狀》語《初月樓古文緒論》曰：

> 惲子居文多縱横氣，又多徑直説下去……子居自命，似欲獨開生面；然老泉亦有此種，不可謂遂能出八家範圍也。但不可謂其學老泉耳，老泉文變化離合處，非子居所能。

以文章縱横馳騁之勢言，子居誠不及老泉；但兩人時間相去甚久，亦未易徒以後人之眼光評之也。

惲氏於書既無所不讀，其學之博可知矣。“先生之治古文，得力於韓非、李斯，與蘇明允相上下，近法家言。叙事似班孟堅、陳承

祚，而先生自稱其文，自司馬子長而外無北面。先生於陰陽、名、法、儒、墨、道德之書，既無所不讀，又兼通禪理。"用吴仲倫《惲子居先生行狀》語真可與張惠言并稱爲陽湖派之祖矣！

其餘諸子，或列籍桐城，或兼爲駢體，或文内空而無物，或學之猶不能至，要皆追隨二子，力圖形同神似，無個人之見解。其對於文章之論調，概與二氏相同，兹不另贅。欲知其詳，求諸二子説中，可以盡賅之矣。

三　陽湖諸子之師承交游

陽湖派爲桐城派之别支，不直接得之於桐城三祖，而受其法於桐城派之弟子；但其爲文所宗，自不離桐城諸家之古文系統也。兹先述若輩之師承，然後再及其交游，庶於陽湖之系統得一正確之概念。

惲敬古文，求諸姚姬傳，求諸劉海峰，求諸方望溪；不足，又推之於全清諸家，推之於前明諸家，推之於宋、唐諸家，推之於漢與秦諸家，然後斷斷焉析其正辨，區其長短，略得之矣。意見《大雲山房集・上曹儷笙侍郎書》

張惠言"少爲辭賦，嘗擬司馬相如、揚雄之言。及壯，爲古文，效韓氏愈、歐陽氏修。"用惲敬《張皋文墓誌銘》語。

又惲敬古文，自謂出於子長、孟堅，故《上舉主陳笠帆先生書》云：

> 敬才弱，不敢犯東坡，因顛倒其局用之。至變化則竊取子長，嚴整則竊取孟堅也。又《與黄香德書》亦有此意，前節已引，不另具。

但吴仲倫則謂：

> 以大雲論，其文有全似晁家令《言兵事書》，趙營平《屯田奏》者；而行文軌轍，出於管、荀諸子，不可掩。見《初月樓集・與

族弟筠野書》

又吴氏論張惠言曰：

茗柯擬古，亦子雲、子厚之匹耳。見同前。

總之，二家皆學桐城之術，而欲復舍唐、宋，以上躋於秦、漢也。

論其交游，則多桐城派文人，故能由“精研經義”“泛濫百家”，而轉爲古文。惲敬與同州張皋文、吴仲倫、桐城王悔生游，其學桐城古文，亦自兹始。意見惲敬《上曹儷笙侍郎書》又同州莊述祖珍藝、莊獻可大文、海鹽陳石麟子穆，亦爲其友，相與商榷經義、古文；而尤所愛重者，皋文也。意見吴德旋《惲子居先生行狀》

皋文幼而兄事錢魯斯，陽湖派之成立，錢與有力焉。意見張惠言《送錢魯斯序》皋文之友，又有毛洋溟，亦學古文者，張氏且後之。張氏復與吴仲倫同學，且盛稱之。意見張惠言《贈毛洋溟序》至於王灼賓麓及陳石麟子穆二人，蓋皆與惲子居共友之者。意見惲敬《張皋文墓誌銘》凡此諸子，皆於惲、張文派，有至大之關係；即謂陽湖一系，無此諸子，不能成立，亦無不可。蓋惲、張之學爲桐城古文，乃王悔生、錢魯斯、吴仲倫等啓之也。

四　陽湖諸子之文應否别稱一派

陽湖諸子之文，間接受法於桐城劉大櫆，并私淑方、姚。其對於古文之主張，亦幾完全相同。然而世之論古文者，必析爲桐城、陽湖兩派者，何哉？以吾觀之，其理由大抵有三：

一、陽湖諸子，非直接受學於桐城之方、劉、姚，其所爲古文，乃以私淑方法，聞諸桐城派之弟子或友朋。

二、陽湖諸子，如張、惲輩，皆非純理學家，更非專爲古文者。張則爲漢學及詩賦詞章家；惲則紛然雜陳，凡諸子百家，以及釋教經典，無不兼通。至於古文，則皆在壯年始習之，與桐城派宗旨，不能完全相同。

三、陽湖諸子,皆籍陽湖,非桐城人,自可另立宗派。世因以陽湖文派自之。

然此三理由,實不足以使桐城、陽湖分爲二派。請析言之:

所謂派者,爲其係師此同一法門,而出此一祖也。私淑者,固亦與親炙門下者同,豈能獨屏而不納乎?後世所稱桐城派文人,其非由嫡系傳受者多矣,而絕不失其爲桐城派也。况惲、張皆自認其所爲古文,效法劉、姚,未嘗自謀立派乎?此其第一理由之不合者。

一人而兼數長,對於其古文派别,毫無干涉。論古文派别,則但觀其所爲文之是否合於其派之律法已足,不當更及其他。今張、惲二子之古文,既宛然爲桐城氣息,自不宜另名一派。後世之以桐城派而兼長漢學詞章者多矣,豈盡以其爲漢學家或詞章家而拒之於桐城派外乎?至於梅伯言、劉孟塗,乃世所謂桐城巨子,亦未聞有因其善作駢文而斥之者。夫駢體爲古文極端相反之敵派,敵且不拒,何獨於惲、張而排之耶?疑者對此,當必無以解之。此其第二理由之不合者。

至於以惲、張等皆非桐城本籍,而不肯納於同派中者,則其理由之不充,尤明顯無足與辯。何則?所謂桐城派古文者,非只包含桐城人所爲之桐城古文而已,凡與桐城古文同主張,同師承,而其文章體派又相同者,皆是也。故乾嘉以後,桐城派支入江西、湖南,又復支入廣西。卒也,桐城派之勢力,駸駸然遍布全國。全國且不拒,何獨於陽湖而拒之耶?此其第三理由之不合者。

章太炎《與某君書》曰:

> 常州儒人,媢嫉最甚,古文辭之筆法,受之桐城,乃欲自爲一派,以相抗衡……

雖指其媢嫉,頗於惲、張之事實不合;但其反對分桐城、陽湖爲二派,則誠先得我心者也。不知後人何以必强爲之分?異名之立,固非惲、張諸子之初意也。

第四章　桐城派之傳播

一　姚鼐之弟子及其文章

王先謙《續古文辭類纂序》曰：

> 自桐城方望溪氏以古文專家之學，主張後進，海峰承之，遺風遂衍。姚惜抱稟其師傳，覃心冥追，益以所自得，推究閫奥，開設户牖，天下翕然，號爲正宗。承學之士，如蓬從風，如川赴壑，尋聲企景，項頸相望。百餘年來，轉相傳述，遍於東南。由其道而名於文苑者，以數十計。嗚呼！何其盛也！

又曰：

> 惜抱自守孤芳，以義理、考據、詞章三者，不可一闕……當是時，相授受者，特其門弟子數輩。然卒流風餘韵，沾被百年，成就遠大。

姚氏以前，桐城之文，未爲大成，習者不衆。及姚氏出，造詣遠過前輩，天下聞風而起，其道遂盛。惟學者雖多，而在姚氏及門弟子中，其著稱於世者，亦不過數人而已。

《續古文辭類纂·例略》曰：

> 姬傳之徒，伯言、異之、孟塗、植之最著。碩士行輩差先。伯言，其年家子。異之，典試所得士也。仲倫、春木、生甫，出姬傳門少後。薑塢曾孫碩甫，亦姬傳高第弟子，而名業特顯。

梅伯言名曾亮，江蘇上元人；管異之名同，亦上元人；劉孟塗名開，桐城人；方植之名東樹，亦桐城人；陳碩士名用光，江西新城人；

吴仲倫名德旋,江蘇宜興人;姚春木名椿,江蘇婁縣人;毛生甫名嶽生,江蘇寶山人;姚碩甫則姚瑩也。此九人者,蓋曾受業姬傳,而名於文苑者。其中成就最大、傳授最廣而名譽最盛者,爲管、梅、方、及姚氏碩甫,所謂姚門四大弟子也。曾國藩《歐陽生文集序》曰:

> 姚先生晚而主鍾山書院講席,門下著籍者,上元有管同異之、梅曾亮伯言、桐城有方東樹植之、姚瑩石甫,四人者,稱爲高第弟子。各以所得傳授徒友,往往不絶。

梅氏後與曾國藩共振桐城之文。吴南屏所謂"京師學治古文者,必趨梅先生,以求歸、方之所傳"語見吴南屏《梅伯言先生誄辭》者是也。又吴汝綸《孔叙仲文集序》曰:

> 郎中君既殁,弟子晚出者,爲上元梅伯言,當道光之季,最名能文。居京師,京師士大夫日造門問爲文法。

其得名之盛,從可知矣。

方東樹曾著《漢學商兑》一書,力攻漢學,以張己軍。就桐城派言,其功甚大,蓋當時士夫頗有受其影響者。

陳用光爲魯絜非之甥,曾師事其舅,後以魯之命,就學姚氏之門,所得甚多。

吴德旋不盡師姚,其於姚門,蓋兼師友,而所爲文,亦大抵相合,無大乖異。

姚瑩較諸人爲後,而得名亦最盛。餘如管同、劉開,皆得姚氏之真。姚椿、毛嶽生,雖亦無背師説,但以造詣之深淺而論則較前數子爲弱矣。

姚氏歷主江寧鍾山、揚州梅花、徽州紫陽、安慶敬敷諸書院之講席,前後凡四十年,所成就者,爲數自多。此八九人者,第其佼佼者耳。

二　私淑桐城派之文人及其文章

前第三章所述之陽湖諸子，雖未直接受業桐城三祖之門，而由桐城弟子間接得桐城之學，蓋亦私淑桐城派之文人也。桐城私淑弟子，除陽湖惲、張諸子外，有新城魯仕驥絜非、宜興吳德旋仲倫、南豐吳嘉賓子序等。其餘則陳用光之鄉人，亦多得桐城之術，陳學受藝叔、陳溥廣敷是也。此輩大抵皆承絜非之風，而私淑於姚氏。於是江西建昌有桐城之學。見曾國藩《歐陽生文集序》

仲倫與永福吕璜月滄交友。月滄之鄉人，有臨桂朱琦伯韓、龍啓瑞翰臣、馬平王拯定甫，皆步趨吳氏、吕氏，而益求廣其術於梅伯言，於是桐城文派流衍於廣西矣。同前

新化鄧顯鶴湘皋，與碩甫友善，以文相切磋。巴陵吳敏樹南屏，亦稱述桐城，篤好不厭。他如武陵楊彝珍性農、善化孫鼎臣芝房、湘陰郭嵩燾伯琛、溆浦舒燾伯魯、湘潭歐陽兆熊小岑及其子勳子和，皆以姚氏爲文家正軌。所謂其志趣嗜好，舉天下之美，無以易乎桐城姚氏者也。意見前條洎乎湘鄉曾國藩滌笙出，以邊疆重臣而善長文事，尤爲此道巨擘。獎掖提倡，從者雲興，於是桐城文派又大盛於湖南矣。

他如錢泰吉，“其論文亦頗法姚氏”。此語用曾國藩《海州訓導錢君墓誌銘》馮柳東亦“得桐城正脈”。此語用錢泰吉《甘泉鄉人稿·與馮柳東勸辭薦舉書》所引吳仲倫語而秦瀛小峴、陸繼輅祁孫，則又所謂陽湖派之健將也。

凡兹所舉，不過就其最顯赫者述之而已。實則自方苞以後，百餘年間，其不得直接受學桐城師弟而私淑其藝者，滔滔者天下皆是也。惟所得者或多或寡，成就者或大或小耳。其甚者，至相依附以爲榮，於是桐城派之末路至矣。

孔叙仲傳業於李方伯宗傳，及“入京師，則數與梅伯言、曾文正往來。其於姚、方之學，既沈潛而癖好之，嘗寄詩伯言，自詭出桐城門下，用相矜寵。”用吳仲倫《孔叙仲文集序》語當時嚮慕之盛，從可知矣。此輩之文章成熟者固多，但不必一守桐城派之規矩。至民國

初年,此派尚多。今則銷聲匿迹,無復出現於文壇矣。

三　姚鼐之再傳弟子

姚氏弟子既多,傳授自廣其再傳弟子幾遍全國,尤以從學於梅伯言者爲多。王先謙《續古文辭類纂·略例》曰:

> 月滄……以所學倡於粵西,其鄉人伯韓、子穆、翰臣、定甫,亦請業伯言、子序、通甫、位西、子餘,皆從伯言講論者也。

朱伯韓名琦,廣西桂林人;彭子穆名昱堯,廣西平南人;龍翰臣名啓瑞,廣西桂林人;王定甫名拯,廣西馬平人;吴子序名嘉賓,江西南豐人;魯通甫名一同,江蘇山陽人;邵位西名懿臣,浙江仁和人;孫子餘名鼎臣,湖南善化人。

此外,有馮志沂述仲號魯川,山西代州人,則兼師張穆石州者也。而江蘇無錫張端甫、湖南漵浦舒伯魯,皆曾從梅伯言游而得其學,惜未大成而早世耳。梅氏之門,亦云盛矣!

管同之學,傳諸其子嗣復、小異,小異亦中道而殂,所就殊淺,影響亦極微細。

方東樹傳其師説於同里戴鈞衡存莊,最爲著稱。自謂"生望溪海峰之鄉,不敢不以古文自任。"於同邑蘇惇元重訂《望溪文集》,爲功於方氏及桐城派者甚鉅。

姚碩甫之弟子,則湖南新化鄧顯鶴子立及長沙周樹槐星叔二人,最有文名。

此十數人者,皆能一本師説,繼承姚鼐之後,以支持桐城文派。此數十年間,桐城之文得以不墜者,殆皆此輩之力也。但此輩之中,均拘拘一隅,未有能發揮光大其師説,如梅、姚者;更無有如梅、姚之鼓吹提倡,而獎掖後進者。即其所爲文,亦殊不足與之抗衡。於是桐城之文,乃日就衰微,幾至不可復振。迨曾文正起,遂延攬文士,重興將墜之遺緒,另節詳之。

四 曾國藩之再振桐城派

王先謙曰：

> 道光末造，士多高語周、秦、漢、魏，薄清淡簡樸之文爲不足爲。梅郎中、曾文正之倫，相與修道立教，惜抱遺緒，賴以不墜。見王先謙《續古文辭類纂序》

其言甚爲的當。蓋道、咸之際，科舉之弊日深，漢、宋之争日烈，俗儒專爲八股時藝，以博一衿。爲宋學者，乃皆空疏簡陋，不肯深造，略拾程、朱、陸、王之牙慧，便相矜持。於是識者皆以此相鄙薄，紛紛逃入漢學，漢學遂大盛。

桐城文派雖以姚鼐爲祖，而奉其"義理、考據、詞章三者并重"之説，但姚氏本身即係以文章義法相號召。其於義理，既一無所得；於考據，更爲茫然。故習其術者，亦惟取其爲文之義法而已。是時正值漢學大興，而桐城派之文人，又復抱殘守缺，不能追及前輩，故勢必銷聲匿迹，以待其自亡。曾國藩生丁其間，目睹當時門户之争，早思有以解之。在京師時，即與梅伯言相互討論，慨然有振興之意。其後洪、楊事起，乃益羅致當時文人於幕府，用相切磋。於是桐城派遂再振。然此時所謂桐城文派，已非昔日之舊，胡適以湘鄉派目之，蓋有故焉。

曾氏雖自云：

> 粗解文章，由姚先生啓之。見曾國藩《聖哲畫像記》

但能"擴姚氏而大之，并'功''德''言'爲一塗，挈覽衆長，轢歸掩方，跨越百氏，將遂席兩漢而還之三代，使司馬遷、班固、韓愈、歐陽修之文，絶而復續。"用黎庶昌《續古文辭類纂自序》語薛福成《寄龕文存序》曰：

桐城派……流衍益廣,不能無窳弱之病,曾文正公出而振之。文正一代偉人,以理學經濟發爲文章,其閱歷親切,迥出諸先生上。早嘗師義法於桐城,得其峻潔之詣。平時論文,必導源六經兩漢……故其爲文氣清體閎,不名一家,足與方、姚諸公并峙;其尤嶢然者,幾欲跨越前輩。

王先謙亦曰:

曾文正以雄直之氣,宏通之識,發爲文章,冠絶今古,其於惜抱遺書,篤好深思,雖謦欬不親,而塗迹并合。見王先謙《續古文辭類纂序》

蓋曾氏所取者廣,故包羅者大,不徒拘拘於一先生之言者,觀其《致劉孟容書》可知矣。其言曰:

自庚子以來,稍事學問,涉獵於前明、本朝諸大儒之書,而不克辨其得失。聞此間有工爲古文詩者,乃桐城姚郎中鼐之緒論,其言誠有可取。於是取司馬遷、杜甫、韓愈、歐陽修、曾鞏、王安石及方苞之作,悉心而讀之;其他六代之能詩者及李、杜、蘇軾、黄庭堅之徒,亦皆泛其流而究其歸……於漢宋二家構訟之端,皆不能左袒,以附一鬨,於諸儒崇道貶文之説,尤不敢雷同而苟隨……僕竊不自揆,謬欲兼取二者之長:見道既深且博,而爲文復臻於無累。

其取精用宏之態度,誠非一般桐城文人所能企及。張美翊稱:

曾文正爲能見其大。見《跋薛福成論文集要》

吴汝綸謂:

曾文正公尤以閎文繫衆望。見吳汝綸《孔叙仲文集序》

曾氏足當之矣。黎庶昌論述文正,尤爲盡致,曰:

循曾氏之説,將盡取儒者之多識格物,博辨訓詁,一内諸雄奇萬變之中,以矯桐城末流虚車之飾……本朝文章,至曾文正公始變化以臻於大。見黎庶昌《續古文辭類纂自序》

曾亦自云:"以戴、段、錢、王之訓詁,發爲班、張、左、郭之文章。"曾氏以調和漢宋,故兼備數長,造詣極高。桐城派得此護符,乃如垂死之人復慶更生矣。曾氏用力極勤,雖在軍中,猶日課經史百家之言,故文章淵雅閎闊,超過方、姚,黎庶昌稱爲"自歐陽氏以來,一人而已",誠定評也。所輯《經史百家雜鈔》一書,選擇頗爲得當,流行亦甚廣遠,可與姚氏《古文辭類纂》并傳。其影響於文壇者亦如之,惟性質與内容微有不同耳。

五　曾國藩之幕僚及其弟子之古文

曾國藩之文,既冠絶當代,又好延攬文學之士,故一時爲文者,幾無不出曾氏之門:或從而問學,或辟入幕府,濟濟多士,於焉稱盛。"在京師時,文章之士趨歸之,相與講論姚氏之術",曾氏即以閎文繫重望矣。意見吳汝綸《孔叙仲文集序》迨洪、楊事起,曾氏執掌軍旅,一時士夫争歸之。"當是時,幕府豪彦雲集,并包兼羅。其治古文辭者,如武昌張裕釗廉卿之思力精深,桐城吳汝綸摯甫之天資高儁",用薛福成《拙尊園叢稿序》語無錫薛福成叔耘之平正通達,遵義黎庶昌蒓齋之法度緊嚴,皆一時之選也。他如德清俞樾蔭甫,則漢學家而從曾氏學爲古文者也。湘潭王闓運壬秋,則以詩著稱,但以久居曾氏幕府,亦能爲古文者。

薛福成《叙曾文正公幕府賓僚》一文,共録八十三人,皆一時知名之士,雖非全屬桐城派文人,而受桐城派之影響,得曾氏之訓誨或指導者,實甚多也。此八十三人中,或"從公治軍書,涉危難,遇事贊畫”;或“以他事從公,邂逅入幕,或驟致大用,或甫入旋出,散之四方”;或“以宿學客戎幕,從容諷議,往來不常,或招致書局,并不責以公事”;或“有一藝一能,各效所長”。四類之中,除最後者十三人,罕以文學見稱外,餘皆文聲籍籍,爲世所稱。其尤著者,則前述之張、吴、薛、黎、俞、王諸人外,又有湘陰郭嵩燾筠仙、長沙劉蓉霞軒、平江李元度次青、湘陰郭崑燾意誠、長沙何應祺鏡海、溆浦向師棣伯常、瑞安孫衣言琴西、巴陵吴敏樹南屏、南豐吴嘉賓子序、長沙羅汝懷研生、新城陳學受蓺叔、當塗夏燮謙甫、獨山莫友芝子偲、嘉興錢泰吉警石、桐城方宗誠存之、海寧李善蘭任叔、江寧汪士鐸梅村、德清戴望子高、寶應成蓉鏡芙卿、金匱華衡芳若汀、南匯張文虎嘯山。“公督師開府,前後二十年”,“奮艱屯之會,射文武之略,陶鑄群英,大奠群宇,振頹起衰,豪彦從風,遺澤餘韵,流衍數世,非獨其規恢之宏闊也;蓋其致力延攬,廣包兼容,持之有恒,而御之有本”。用薛福成文中語故能成其大也。

曾氏之中興桐城文派,固非其一人之力所能辦,實由其幕府賓僚及受業弟子共成之也。此輩各有所長,曾氏則兼采衆議,調和其間,以集大成。又大倡姚氏“義理、考據、詞章三者并重”之説,以爲桐城派中興之標語。而曾氏之才學與地位,又足以振之。故此道重盛於文壇,既斷而復續者,又數十年。直至最近期内,政治革命成功,滿清滅亡,桐城派亦隨之而倒矣。

六　嚴復林紓及其前後之桐城派古文

曾國藩之湘鄉派——桐城派之别支——影響中國文壇垂數十年;惟皆一依故轍,無若何之貢獻。故曾氏既殁,古文之運命又衰矣。曾派文人,如郭嵩燾、薛福成、黎庶昌、張裕釗、俞樾、吴汝綸等,皆不能繼續曾氏。蓋桐城派全盤時代已過,曾氏之中興之也,世所謂病人之回光返照而已。曾氏之後,則强弩之末耳,更無足論矣。

光緒八年,長沙王先謙益吾選輯《續古文辭類纂》,集姚範以下三十八人之文,所謂桐城派之冠冕也。光緒十五年,黎庶昌亦成

《續古文辭類纂》一書，而内容與王著不同。王《續》只録姚範以下之桐城派古文，黎《續》則更加以姚氏以前經史子集之文，爲姚選原書所不及録者。總之，此輩惟拾前人之唾餘，不過苟延桐城派之運命已耳。

自此以後，桐城文人，更少足述者。曾派中年最高而享名最盛者，莫如俞樾、王闓運、吴汝綸三人。俞樾爲清末漢學大師，不專以文章名家，故其對於桐城派之影響亦極微。王氏兼好詩詞及駢體文，所爲甚爲龐雜，殊無足取。吴汝綸曾渡海而東，思想較二人略新，影響亦較大；但讀其所作，亦復爾爾，無甚足稱。論其成績，則當數其所造就之後進，嚴復、林紓，其著者也。吴氏嘗爲京師大學堂總教習，又以桐城人而曾受學於曾國藩，即其所作，亦爲一時之冠，故文名頗盛，出其門者頗多也。

當是時，中國外患頻仍，着着失敗。曾國藩、李鴻章輩以爲中國所以不及他國者，惟在槍炮戰艦之缺乏，故奏請派遣學生，赴歐美研求其術。自是西洋之書，遂稍稍譯爲漢文，久而漸盛。然是時所譯各籍，多係淺近科學教本或應用科學之類，絶少關於西洋文學哲學方面者。其最先迻譯此類書籍者，嚴復、林紓二氏也。

侯官嚴復，字又陵，留學英國，習海軍，又長桐城古文。歸國後，即以古文譯西哲書，頗投時好，風行一時。其成卷者，有《天演論》《群己權界論》《群學肄言》《原富》《穆勒名學》等，其所選擇，既極得當；殆其執筆從事，又能聚精會神，以成其"信""達""雅"之標準。是故"一名之立，旬月踟躕"；而其文又"駸駸與晚周諸子相上下"，一矯從前桐城之空疏，其成功也固宜。嚴氏之書，佔據中國思想界者約二十年，直至最近，始少誦讀之者，其影響可謂大矣！

中國首譯西洋文學者，而最著成績者，則閩侯林紓琴南是也。林氏不解西文，譯時，他人爲之口述，彼乃筆之於書，略加修飾即成。故原作之文學風味，幾至一掃無餘，惟稍留肢節而已。故其所表現者，大抵只爲林氏個人之文風。此類譯述，對於原著者，誠爲不大忠實。蓋其所書者,大部分祇留原作之情節,是何異同一故事,而兩人各爲一文以紀之哉?其差可取者,則林氏自有其個人之文學天才,而譯書時又頗肯努力,故雖失原來作風,尚不失其爲文學作品也。林氏所譯共百數十種。選擇雖不精審,但頗能得一般人之愛好。時至今日,讀者猶甚多,其成績之大,當不在嚴氏下也。

嚴、林皆受古文法於吴汝綸,故爲桐城派人。林氏論文,頗守姚鼐遺説。其《春覺齋論文》中有《應知八則》,詳譯其意,固姚氏之所謂"神、理、氣、味、格、律、聲、色"也。此外有《論文十六忌》《用筆八則》等,未免過於拘牽,實則林氏自作,亦未能恪守其律,遑論他人乎?但以彼等之文,皆依西人所作爲根據,尚能苟延一時。餘子則空疏無極,爲世詬病。正當維新之際,豈復容若輩佔上風耶!桐城之文,從此無嗣響矣!

當清之末季,一般新思想家,如梁啓超、譚嗣同輩,另創新體,鼓吹立憲,其文頗爲時人所喜,於是報章雜誌之文争效之。久而形成風氣,士子亦多爲之,影響極大。至今報紙文字,猶不能離其規模。但究其來源,亦出自桐城者也。

譚自云:"少時常心摹手追者數年,自以爲似,人亦稱之。後雖破除桐城拘束,其氣息究不甚相遠。"梁氏自謂"夙不喜桐城古文",然幼時實熟讀"《古文辭類纂》而深好之",故其所爲文條理清晰,筆致委婉,雖不能遽指爲桐城文人,但猶得謂其深得桐城遺意也。他如康有爲、章士釗輩,幾無大受桐城之影響,而後成其自家之文也。胡適謂:

> 嚴復、林紓,是桐城嫡派;譚嗣同、康有爲、梁啓超,是桐城變種。

信然!氏又謂章士釗出自桐城派,且受嚴復之影響不少,故亦可謂爲桐城變種。

梁、章之文,皆曾一度踞中國之文壇。梁氏初辦《時務報》《新民叢報》《國風報》等,以淺近文字輸入新思想,筆鋒常帶情感,人争讀之,不久而普及全國。章氏文章甚精鍊,自辦《甲寅周刊》,所爲政論,風行於報界有年。但白話運動興,彼乃漸爲人所攻擊;但至今猶牢守故轍,不肯舍去,則暗於時代之遷變故也。

今者嚴、林已去,罕有明白表示其將恪守桐城家法者;有之,亦無名下士,桐城餘孽而已,斷乎其無能爲也。姚鼐之後人有名永樸者,即其類耳。永樸所作《文學研究法》一書,無若何發揮,第掇拾其先人之緒餘而已。縱欲大聲疾呼,其奈無人聽從何!際此新文學隨時代潮流并進之時,倘猶抱殘守缺,高唱桐城義法,以期得人信仰,亦如癡人説夢已耳。

第五章　對於桐城派古文之批評

一　桐城派自己之批評

桐城文派命運之長,幾與滿清埒。方其盛時,天下文士爭趨歸之,如水之就下然;及其既衰,乃一落千丈,幾至無人過問。其盛其衰,必有故焉。其盛也,必其道有過人處;或雖無大過人處,而在當時流派中最稱翹楚,足以盡收天下文士而入其範圍。其衰也,必其道發生弊端,或與時代潮流相背,因而大失人心。桐城文派能傳至百餘年之久,必有其綿延之故;而卒衰微以至於澌滅殆盡,亦必有其未臻完備之點。

桐城派人既好其術而習之,必見其術確有可好之點,故深信服之,既登其堂,又謀入其室焉。然則,好之篤者,所見或能得其真矣。惟既好之,又身習之,則對於其派之批評,恐不免祇贊其善,不摘其惡。兹就本派中擇其數家較爲公正之批評,略爲研究,述之如次,以覘彼輩對本派之觀念。

劉開曰:

望溪……大體雅正,可以模楷後學,要不得不推爲一代之正宗也。學《史》《漢》者,由八家而入;學八家者,由震川、望溪

而入,則不誤於所向。然不可以律非常絶特之才也。見劉開《與阮芸臺官保論文書》

望溪爲桐城之祖,亦不過大體雅正,可以模楷後學而已。雖勉强稱爲一代正宗,猶有"能醇不能肆"之病;劉開在該書中又云"望溪豐於理而嗇於辭,謹嚴精實則有餘,雄奇變化則不足,亦能醇不能肆之故也。"祇可爲學八家之入門,習《史》《漢》之階梯。至於非常絶特之才,則不可以彼之義法律之,桐城文派之價值,亦可見矣。劉氏爲桐城姚氏著籍弟子,其立言乃如是。後人猶昏迷無識,奉桐城文法爲天經地義,豈不大可笑哉?

林紓曰:

學者能溯源於古,多讀書,多閱歷,範以聖賢之言,成爲堅確之論,韓歐之法程自在,何必桐城?即桐城一派,亦豈能超乎韓歐而獨立耶?見《春覺齋論文・述旨》

以極端擁護桐城古文之桐城嫡派,其對於己派之意見,亦以爲必須依附韓歐,不能獨立。但既云"韓歐之法程自在,何必桐城",又竭力鼓吹,而爲之倡導,何哉?此不能不謂其思想之矛盾也。又曰:

後生小子,胡敢妄闢桐城!然論文不能不取法乎上,須知桐城之文不弱也。以柔筋脆骨者效之,則弱矣。

吁!是何言也!桐城而無可闢者,闢之非也。桐城而有可闢者,闢之又何不可之有?論文既當取法乎上,則何故不取韓、歐、《史》《漢》,而必取乎桐城?桐城之文,其弱不弱,由何而定?林氏之説,難自完矣!乃林氏又謂吴摯甫、曾文正皆日抱韓文不去手,諷學者效之。如此,是默認桐城之文不足學;不足學,果何故而必勸人習之哉?桐城之文,空疏無學。方姚俱嘗論"有物之言"與"有序之言”,似宜異於衆人。然曾國藩猶評之曰：

惜抱名爲闢漢學,而未得宋儒之精密,故有序之言雖多,而有物之言則少。

實則桐城派人,全坐此病。惜抱爲桐城大成之祖,後世之類之也,固宜。《春覺齋論文·述旨》亦謂不善桐城之文者,則

患乎研而無據,證援不給,皮膚鮮澤,而骨髓過弱也。此林氏引用《抱樸子·群義篇》語

初時習桐城者,尚能得其形似,後乃并其貌而不得也。曾文正曰：

今天下動稱姚氏,顧真知姚氏之法者不多,背而馳者,皆是也。見吴汝綸《孔叙仲文集序》,吴謂此係其侍曾時曾所告者。

黎庶昌曰：

桐城宗派之説,流俗相沿,已逾百歲,其弊至於淺弱不振,爲有識者所譏。見黎庶昌《續古文辭類纂自序》

後世甚有背姚氏之法而馳者,豈止淺弱不振已哉！

至於後世對桐城各著名文人之評語,已散見前四章中,兹不復贅。

今更取總括之評語數條,爲此節之尾聲。黎庶昌曰：

本朝文章,其體實正自望溪方氏,至姚氏生,而辭始雅潔,至曾文正公,始變化以臻於大。見同前。

張美翊曰：

國初以來，能古文者多矣。然要以方氏姚氏爲能致其精，曾文正爲能見其大。見張《跋薛福成文論集要》

以此語專評桐城之文，尤爲精當也。

二　非桐城派古文家之批評

有清學術界，可粗分爲二大派：即漢學與宋學是也。習漢學者，重考據名物，或稱曰："樸學"；習宋學者，重程朱輩性命義理之言，或稱曰："理學"。一代士夫，不入於漢，則入於宋；或有兼漢宋而并習之者，但不能無此輕彼重之分也。桐城文派始於方、姚，彼之所以大倡清淡之文者，爲欲救當時漢學之煩瑣也。故其文章之内容，即不得不借重理學。然既以文章相號召，則其對於程朱之道，當然無深刻之研究，不過用以支撑門面耳。桐城派人既入宋學一途，則其對方，即爲漢學今請取漢學家之批評觀之，當必另有别意也。

戴震《與方希原書》曰：

諸君子之爲之也，曰："是道也，非藝也。"夫道固有存焉者矣。如諸子之文，亦惡睹其非藝歟！

此言蓋評論當時之所謂古文者，亦即姚鼐等之文也。戴氏稱若輩所爲曰："藝"，無怪乎姚氏欲師之而不得也。

錢大昕曰：

望溪以古文自命，意不可一世，惟臨川李巨來輕之。望溪嘗攜所作《曾祖墓銘》示李，纔閲一行，即還之。望溪恚曰："某文竟不值一寓目乎？"曰："然。"望溪益恚，請其説。李曰："今縣以桐名者有五：桐鄉，桐廬，桐柏，桐梓，不獨桐城也。省桐城而爲桐,後世誰知爲桐城者? 此之不講,何以言文!"望溪默然者久之,然卒不肯改,其護前如此。金壇王若霖嘗言:"靈皋以古文爲時文,以時文爲古文。"論者以爲深中望溪之病。見《潛研堂文集》卷三十一《跋方望溪文》

後之學望溪者,皆如是耳。吴汝綸《章冠鼇傳》曰:

章冠鼇者,桐之東鄉人也……粤賊陷吾桐,桐民俱受賊害。

其誤一如望溪。可知望溪之病,即桐城派大部分之病也。錢氏又曰:

蓋方所謂古文義法者,持世俗選本之古文,未嘗博觀而求其法也。法且不知,義於何有? ……若方氏,乃真不讀書之甚者。見錢氏《與友人論文書》

桐城之弊,正坐空虚二字。不讀書,烏得不空虚哉! 方氏曾以《史記》中"太史公"字樣爲後人所妄加,錢氏既痛駁之矣。姚氏亦曾以廬江爲廬山改名,錢氏又駁之矣。姬傳雖欲兼"義理""考據""詞章"三者,又嘗請教於戴東原。然彼對於漢學,卒無所得。下於姚者,更無論矣。此種趨向,直至曾氏,始稍稍變之。

章炳麟《菿漢微言》曰:

問"桐城義法,何其隘也?"答曰:"此在今日,亦爲有用。何者? 明末猥雜佻侻之文,霧塞一世,方氏起而廓清之。自是以後,異喙已息,可以不言流派矣。乃至今日,而明末之風復作,報章小説,人奉爲宗。幸其流派未亡,稍存綱紀,學者守此,不至墜入下流,故可取也。若諦言之,文足達意,遠於鄙倍可也。有物有則,雅馴近古,是亦足矣,派别安足論! 然是爲中人以上言爾。桐城義法者,佛家之‘四分律’也,曾未與大乘相齒。用以摧伏磨外,綽然有餘,非以此爲極致也。”

章氏好古成癖,故喜桐城之文,以其猶勝當時之報章小説。吾獨謂當時報章小説體幸由桐城文派轉化而來也。又其《文學論略》曰:

消極之雅,清而無物,歐、曾、方、姚之文是也。積極之雅,閎而能肆,楊、班、張、韓之文是也。雖然,俗而工者,無寧雅而拙。故方姚之才雖駑,猶足以傲今人也。

論文而專在俗雅,在今日已不能成立。章氏之贊成桐城派者,復古遺毒作祟耳。

又梁啓超雖與桐城派微有關係,但究非桐城派中人。其評桐城之言曰:

平心論之,桐城開派諸人,本狷潔自好。當漢學全盛時,而奮然與抗,亦可謂有勇;不能以其末流之墜落,歸罪於作始。然此派者,以文而論,因襲矯揉,無所取材;以學而論,則獎空疏,閼創獲,無益於社會。且其在清代學界,始終未嘗占重要位置,今後亦斷不復能自存。見《清代學術概論》十九

夫無論學派文派,欲評其優劣,當只就其學其文之内容如何而定,豈可涉及其他?桐城開派諸人能“狷潔自好”,又能奮然與漢學抗,於其文章本質,果有何等損益?且以古文論,既“無所取材”,又“無益於社會”,則雖“平心論之”,亦毫無足誇。抗漢學,是其盲目處,何勇之有!梁氏之評,未免成竹在胸,有所偏倚。故見解雖能及之,但先入爲主,終難打破其崇拜方、姚之心,蓋偶像懾之也。

三　白話文家之批評

白話文家以改革中國文學而革命，凡無聊之古文，一律攻擊，矧對此空疏拘泥之桐城派乎？新文學家之首領，爲胡適、陳獨秀、錢玄同三人。三人攻桐城亦最力。桐城孑遺林紓至爲小説以詆之，則三人之於桐城，當必有深切之認識與批評明矣。兹即擇三人之言，略爲疏解，以爲白話文家批評桐城文派之代表。

陳獨秀《文學革命論》曰：

> 歸、方、劉、姚之文，或希榮譽墓，或無病而呻，滿紙“之”“乎”“者”“也”“矣”“焉”“哉”。每有長篇大作，摇頭擺尾，説來説去，不知道説些甚麽。此等文字，作者既非創造才，胸中又無物，其伎倆惟在傚古欺人，直無一字有存在之價值。雖著作等身，與其時之社會文明進化，無絲毫關係。今日吾國文學，悉承前代之敝。所謂桐城派者，八家與八股之混合體也。

故陳氏名之曰：“妖魔”，又罪之曰：“尊古蔑今，咬文嚼字，稱霸文壇”此亦《文學革命論》中語也。錢玄同曰：

> 至於當時所謂能作散文之桐城巨子……自命典贍古雅，鄙夷戲曲小説，以爲俚俗不登大雅之堂者，自僕觀之，此輩所撰，直高等八股耳。（此尚是客氣話。據實言之，直當云“變形之八股”。）文學云乎哉！（又如林紓與人對譯西洋小説，專用《聊齋誌異》文筆，一面又欲引韓、柳以自重。此其價值，又在桐城派之下，然世固以大文豪目之矣！）見其《寄陳獨秀》

據陳、錢之評語言之：陳稱桐城派爲“八家與八股之混合體”，錢則稱之爲“高等八股”或“變形八股”，則兩人之見地，實相同也。

吾以爲白話文家與漢學家之見地亦相同。錢大昕所極贊美之王若霖,固嘗評方望溪爲"以時文爲古文"矣。彼時所謂時文者,即八股也。

胡適之評語,乃比較的極爲緩和,蓋其人然耳。其言曰:

> 唐宋八家的古文和桐城派的古文的長處,只是他們甘心做通順清淡的文章,不妄想做假古董。學桐城古文的人,大多數還可以做到應用的文字。故桐城派的中興,雖然没有什麽大貢獻,却也没有什麽大害處。他們有時自命爲衛道的聖賢,如方東樹的攻擊漢學,如林紓的攻擊新思潮,那就是中了"文以載道"的話的毒,未免不知分量。但桐城派的影響,使古文作通順了,爲後來二三十年勉强應用的預備,這一點功勞,是不可埋没的。見《五十年來中國之文學》

實則所謂"通"者,亦不過就其全體而言;至文法之不通處,雖桐城巨子,猶不能免也。胡適《寄陳獨秀》云:

> 林先生曰:"嗚呼!有清往矣!論文者,獨數方、姚,而攻掊之者麻起,而方、姚卒不之踣。"此中"而方姚卒不之踣"一句,不合文法,可謂不通……以下有解釋其何以不通之理由,文長不備録。

胡適爲新文學革命先鋒之穩健者,其對於桐城派,亦不過祗稱其"通"與"勉强應用"二端而已。桐城派之文學價值,從可知矣!

四　述者對於桐城派之總評

述者對於桐城派之批評,已散見於以前各章節中,惟零落瑣碎,不成系統。兹更作一較有總括性之批評,作爲本文之結束。至於述者評語之是非當否,則不敢自斷,惟抒我個人之意見而已。

就桐城派之文章言,通順平正則有之,應用則未也。應用者,上之則言必有物,非徒有序而已;下之亦必須能説普通之事理而達,不至有何闕塞。然桐城文人,空疏無學,物於何有?應用更難言矣。謂其可以引諸應用之途尚可耳。

桐城之文,雖亦復唐、宋八家之古,較之明前、後七子復周、秦、兩漢之古,則差强,較之駢四儷六之文,則更勝矣。以歷史眼光言之,確爲些許之改進,或亦由周秦古文及駢儷轉爲語體必經之階梯歟!然過渡時代,不當如斯其長。後之文人,早應謀所以改善之方,乃不是之圖,反群相號召,仍極力推崇方、姚,視若神聖,不敢稍踰規矩,其拘牽之態,亦可憐矣!

天下事無一成不變者,不進則退,理固然矣。百餘年來,桐城後生,罕有能及其先輩者。一旦有之,又無人爲之續,卒至退步衰頹,不能復振。始則由通順平正而降於蕪雜怪僻,由有序而降於無序,由空疏而降於陳腐,浸假而混同八股之文,不復能成一家,桐城之文,至此遂不可復問矣!

就桐城派之義法論之,則不足取者固多;但間亦有稍可取者,彼輩主張官名地名用當時通行者,其可取者也。餘者多無若何意義,無聊之禁忌,稍一涉筆,便易觸犯,束縛文字,莫此爲甚!實則彼輩之義法,雖派中大師,猶不能毫無抵觸,況其下焉者乎?無怪乎習之者終身弗得,更無暇作其他學術上之研究矣。桐城派之空疏,此亦一大原因。

就桐城派之功罪言,則余謂胡適所評,大抵得體。桐城派在同、光間一振,經曾國藩之提倡改革,可以勉强應用。於時西洋學術,稍稍輸入,此種文體,尚足以供其役使。然以之爲發揮之工具,猶嫌其不足。殆後康、梁出,更就桐城通順之基而改造之,遂形成當時風行之報章文字,於新思想之介紹及革命之成功,不無相當助力。平心思之,不當以其短處而盡抹殺之也。即民國以來,新文學之鼓吹,恐亦非先有此派通順文章爲之過渡,不易直由明末之先秦、兩漢而一變成功也;惟過渡太長,爲不值耳。

至就桐城派各文人之優劣言,則余意以爲曾國藩閎通知遠,當居第一;姚鼐文才并茂,次之;方苞拘謹無生氣,文尚平正,草創匪易,當次曾、姚;餘皆庸常,無甚足數者。惟嚴復有輸入西洋思想之功,與此派同道而異科,不能并論,言其價值,則在諸人上也。

以歷史之眼光言之,桐城派已爲過去之遺迹,陳舊尸骸,不可復生。今而後設有人欲更興其説者,則直眉目而已,吾斷其必無成矣。時代關係與文派之興替,不可忽也。

第六章　附表

一　桐城派自認所承之古文家系統表

《六藝》——先秦諸子——司馬遷——韓愈——歐陽修——歸有光——方苞——(劉大櫆)——姚鼐——四大弟子——再傳諸子(散布各省)附註:不重要者,俱未列入。

二　桐城派及陽湖諸子之關係表

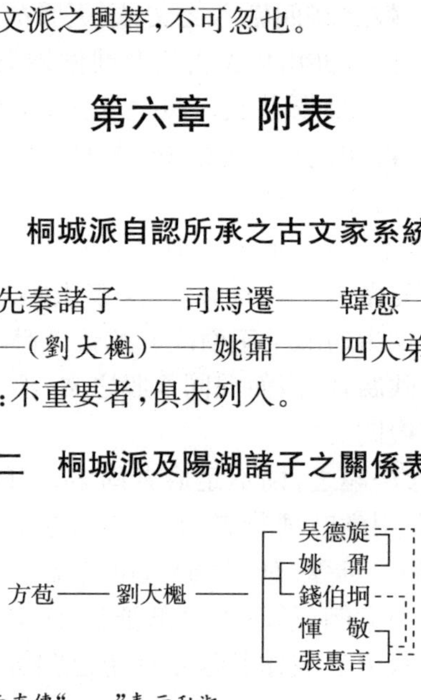

附註:"——"表示直傳"……"表示私淑

三　桐城派文人系統表(略)

四　桐城派文人傳表

姓名	字與號	生卒年	籍貫及生平	主要著述	備　考
姚　鼐	字姬傳,一字夢穀,其齋曰惜抱軒,學者稱惜抱先生。	生(一七三一)雍正九年 卒(一八一五)嘉慶二十年(據姚瑩《姚薑先生家傳》)	安徽桐城人。乾隆二十八年(一七六八)進士,改庶吉士,散館改禮部主事,遷刑部郎中。	《惜抱軒文集》十六卷 《文後集》十二卷 《古文辭類纂》四十八卷	姚範弟淑之子,曾從範學經及文章。

續表

姓名	字與號	生卒年	籍貫及生平	主要著述	備考
方苞	字靈皋，晚號望溪，學者稱望溪先生。	生(一六六八)康熙七年 卒(一七四九)乾隆十四年	安徽桐城人。 中康熙四十五年(一七〇六)會試，乾隆元年(一七三六)入直南書房，擢禮部右侍郎，後爲文穎館經史館三禮館總裁。四年，落職，仍修三禮，後辭歸。	《望溪文集》十八卷 《集外文》十卷 《補遺》四卷	
姚範	字南青，號薑塢。		安徽桐城人。 乾隆七年(一七四二)進士。	《援鶉堂文集》六卷。	姚鼐之世父及師。
魯士驥	字九皋，號絜非。	生(一七三三)雍正十年 卒(一七九四)乾隆五十九年	江西新城人。 乾隆三十六年(一七七一)進士，官山西夏縣知縣。	《山木居士集》	本爲朱梅崖弟子，後嘗渡江至淮寧，見姚鼐而有所問。
劉大櫆	字耕南，號海峰。	生(一六九八)康熙三十七年 卒(一七七九)乾隆四十四年	安徽桐城人。 年二十九，應舉入京，見賞於方苞，已而兩中副榜貢生，後出爲教諭以終。	《劉海峰文集》八卷	授姚鼐以文章義法。
錢伯坰	字魯斯。	生(一七三八)乾隆三年 卒(一八一二)嘉慶十七年	江蘇常州人。 國子監生。		
秦瀛	字凌滄，號小峴，一號遂庵。	生(一七四三)乾隆八年 卒(一八二一)道光元年	江蘇無錫人。 乾隆三十九年(一七七四)舉人，官至刑部右侍郎。	《小峴山人詩文集》三十六卷	
吴德旋	字仲倫。	生(一七七一)乾隆三十六年 卒(一八四〇)道光二十年	江蘇宜興人。 諸生。	《初月樓文集》	《三續疑年録》據姚椿《晚學齋集》作生於乾隆三十三年，卒年同。
吴定	字殿麟，號澹泉。		安徽歙縣人。 諸生。舉嘉慶元年(一七九六)孝廉方正。	《紫石泉山房文集》十二卷	

續表

姓名	字與號	生卒年	籍貫及生平	主要著述	備　考
李兆洛	字申耆，晚號養一老人。門弟子群稱之爲養一子。	生(一七六九)乾隆三十四年 卒(一八四一)道光二十一年	江蘇陽湖人。 嘉慶十年(一八〇五)進士。授翰林院庶吉士，散館改安徽鳳臺縣知縣。	《養一齋文集》	
陸繼輅	字祁孫，一字修平。	生(一七七二)乾隆三十七年 卒(一八三四)道光十四年	江蘇陽湖人。 嘉慶五年(一八〇〇)舉人，二十二年(一八一七)大挑二等，官貴溪縣知縣。	《崇百藥齋文初集》 《二集》 《三集》 《續集》 《札記》 共五十餘卷	
王　灼	字悔生，號濱麓，一號晴園。	卒(一八一九)嘉慶二十四年	安徽桐城人。 乾隆五十一年(一七八六)舉人，六十年(一七九五)大挑，選東流縣教諭。	《悔生文集》八卷	
張惠言	字皋文。	生(一七六一)乾隆二十六年 卒(一八〇二)嘉慶七年	江蘇武進人。 嘉慶四年(一七九九)進士，改庶吉士，散館授編修。	《茗柯文集初編》 《二編》 《三編》 《四編》	
惲　敬	字子居，號簡堂。	生(一七五七)乾隆二十二年 卒(一八一七)嘉慶二十二年	江蘇武進人。 乾隆四十八年(一七八三)舉人，五十二年(一七八七)充咸安宫官學教習，後改同知。	《大雲山房文初集》 《二集》 《文稿補編》	
陳用光	字碩士，一字實思。	生(一七六八)乾隆三十三年 卒(一八三五)道光十五年	江西新城人。 嘉慶六年(一八〇一)進士，改庶吉士，散館授編修，官至禮部左侍郎。	《太乙舟文集》八卷	
吕　璜	字禮北，號月滄。	生(一七七八)乾隆四十三年 卒(一八三八)道光十八年	廣西永福人。 嘉慶十六年(一八一一)進士，即用知縣，官至杭州西塘海防同知。	《月滄文集》八卷	

續表

姓名	字與號	生卒年	籍貫及生平	主要著述	備　考
劉　開	字方來，一字明東，號孟塗。	生(一七八四)乾隆四十九年 卒(一八二四)道光四年	安徽桐城人。 布衣，爲姚鼐四大弟子之一。	《孟塗文集》十卷	
姚　瑩	字碩甫，一字明叔，知者咸稱石甫先生。	生(一七八五)乾隆五十年 卒(一八五二)咸豐二年	安徽桐城人。 鼐曾孫，嘉慶十三年(一八〇八)進士，官至湖南廣西按察使。	《東溟文集》六卷 《外集》四卷 《續集》五卷	生卒據徐子苓姚《墓誌銘》。徐宗亮《墓表》與此異，可疑不録。
鄧顯鶴	字子立，號湘皋。	生(一七七七)乾隆四十二年 卒(一八五一)咸豐元年	湖南新化人。 嘉慶九年(一八〇四)舉人，官寧鄉縣訓導。	《南村草堂文鈔》二十卷	
鄧顯鵑	字子振，一字耘渠。		湖南新化人。 嘉慶朝諸生。	《聽雨山房文鈔》	顯鶴之兄
梅曾亮	字伯言。	生(一七八六)乾隆五十一年 卒(一八五六)咸豐六年	江蘇上元人。 道光二年(一八二二)進士，即用知縣，援例改户部郎中，咸豐元年(一八五一)主講梅花書院。	《柏梘山房文集》十六卷	
周樹槐	字星叔。		湖南長沙人。 嘉慶十四年(一八〇九)進士，官山西沁原江西吉水縣知縣。	《壯學齋文集》十二卷	
姚　椿	字春木，一字子壽，别號樗寮生。	生(一七七七)乾隆四十二年 卒(一八五三)咸豐三年	江蘇婁縣人。 布衣。	《晚學齋文録》十二卷 選《國朝文録》八十二卷 《文續録》若干卷	
毛嶽生	字生甫。	生(一七九一)乾隆五十六年 卒(一八四一)道光二十一年	江蘇寶山人。 布衣。	《休復居文集》六卷	
管　同	字異之。	生(一七八〇)乾隆四十五年 卒(一八三一)道光十一年	江蘇上元人。 道光五年(一八二五)舉人。	《因寄軒文初集》十卷 《二集》六卷 《補遺》一卷	生卒係據方東樹管《管志銘》方宗誠管《傳》異，此不可信，弗録。

續表

姓名	字與號	生卒年	籍貫及生平	主要著述	備　考
方東樹	字植之。	生(一七七二)乾隆三十七年 卒(一八五一)咸豐元年	安徽桐城人。 增生。	《儀衛軒文集》十二卷	
朱　琦	字濂甫，號伯韓。	卒(一八六一)咸豐十一年	廣西桂林人。 道光十五年(一八三五)進士,改庶吉士,散館授編修,遷給事中,擢道員,留浙江候補。	《怡志堂文集》六卷	
馮志沂	字述仲，號魯川。		山西代州人。 道光十六年(一八三六)進士,由刑部主事洊升郎中,官至安徽廬州府知府。	《徽尚齋文集》	
吴嘉賓	字子序。	生(一八〇三)嘉慶八年 卒(一八六四)同治三年	江西南豐人。 道光十八年(一八三八)進士,改庶吉士,散館授編修,緣事戍軍臺,賞内閣中書。	《求自得之室文鈔》十二卷	
龍啓瑞	字輯五，號翰臣。		廣西桂林人。 道光二十一年(一八四一)一甲進士,授翰林院修撰,官至江西布政使。	《經德堂文集》十四卷	
彭昱堯	字子穆。		廣西平南人。 舉人。	《致翼堂文集》	
王拯	原名錫振，字定甫，號少鶴。		廣西馬平人。 道光二一年(一八四一)進士,以主事用,官至通政使。	《龍壁山房文集》	
邵懿臣	字位西。	生(一八一〇)嘉慶十五年 卒(一八六一)咸豐十一年	浙江仁和人。 舉人,官至刑部員外郎,咸豐十一年從曾國藩於軍中殉難,著作散佚。	《半巖廬遺集》一卷(文三十餘首)	

續表

姓名	字與號	生卒年	籍貫及生平	主要著述	備　考
魯一同	字通甫，一字蘭岑。	生(一八〇四)嘉慶九年 卒(一八六三)同治二年	江蘇山陽人。 道光十五年(一八三五)舉人。	《通甫類稿》四卷 《續編》二卷	
戴鈞衡	字存莊，號蓉州。	生(一八一四)嘉慶十九年 卒(一八五五)咸豐五年	安徽桐城人。 道光二十九年(一八四九)科中江南鄉試第四。	《味經山館文集》四卷 《續集》三卷	
孫鼎臣	字子餘，號芝房。	生(一八一九)嘉慶二十四年 卒(一八五九)咸豐九年	湖南善化人。 道光二十五年(一八四五)進士，改庶吉士，散館授編修，官至翰林院侍讀。	《蒼筤文集》十卷	
龔自珍	字璱人，號定庵。	生(一七九二)乾隆五十七年 卒(一八四一)道光二十一年	浙江錢塘人。 嘉慶二十三年(一八一八)舉人，道光九年(一八二九)進士，官內閣中書，遷至禮部主客司郎中。	《定庵文集》三卷 《續集》四卷 《補集》二卷 又《補編》四卷	
管嗣復	字小異。		江蘇上元人。 諸生，早卒。	文附父同《集》内	管同之子。
吴敏樹	字本深，自號南屏，學者稱曰南屏先生。	生(一八〇五)嘉慶十年 卒(一八七三)同治十二年	湖南巴陵人。 道光十二年(一八三二)舉人，官瀏陽縣訓導。	《柈湖文集》十二卷	
舒　燾	字伯魯。		湖南溆浦人。 官至户部郎中，未三十即卒。	《綠綺軒文鈔》	三十餘歲而卒。
歐陽勳	字子和。	卒(一八五五)咸豐五年	湖南湘潭人。 早卒，年二十有幾。	《歐陽生文集》	歐陽兆熊之子，從吴敏樹學。
郭嵩燾	字伯琛，自號筠仙，晚更號玉池老人。築室曰養知書屋，學者又稱之曰養知先生。	生(一八一九)嘉慶二十三年 卒(一八九一)光緒十七年	湖南湘潭人。 道光十七年(一八三七)舉人，三十七年(一八四七)成進士，改翰林院庶吉士官至兵部侍郎。	《養知書屋文集》二十八卷	

續表

姓名	字與號	生卒年	籍貫及生平	主要著述	備　考
曾國藩	字滌生，號伯涵。	生(一八一一)嘉慶十六年 卒(一八七二)同治十一年	湖南湘鄉人。 道光十八年(一八三八)進士，授檢討。洪楊事起，督辦團練，復東南，封毅勇侯，以武英殿大學士任兩江總督。卒贈太傅，謚文正。	《求闕齋文集》四卷 《經史百家雜鈔》一百卷	
楊彝珍	字湘涵，一字性農。		湖南武陵人。 道光三十年(一八五〇)進士，翰林院庶吉士，改兵部主事。	《移芝室文集》	
毛洋溟		生(一七四六)乾隆十一年 卒(一八〇一)嘉慶六年	江蘇宜興人。		
程延祚	字晉芳，一字魚門。	生(一七一八)康熙五十七年 卒(一七八四)乾隆四十九年	安徽歙縣人。 乾隆三十六年(一七七一)進士，官編修。	《勉行堂文集》十卷	
薛福成	字叔耘。	卒(一八九四)光緒二十年	江蘇無錫人。 同治六年(一八六七)舉人，官至都察院左副都御史。	《庸庵文集》 《續編》 《外編》	
孫衣言	字琴西。		浙江瑞安人。 道光三十年(一八五〇)進士，翰林院編修，官至太僕寺卿。	《遜學齋文鈔》	
錢儀吉	字定廬，號衎石，一號心壺。		浙江嘉興人。 嘉慶十三年(一八〇八)進士，授翰林院庶吉士，改主事，官至户部給事中。	《衎石記事稿》	
錢泰吉	字輔宜，號警石。	生(一七九一)乾隆五十六年 卒(一八六三)同治二年	浙江嘉興人。 廩膳生，官海寧州訓導，學古文於儀吉，儀吉，其從兄也。	《甘泉鄉人稿》二十四卷	

續表

姓名	字與號	生卒年	籍貫及生平	主要著述	備　考
劉　蓉	字孟蓉，號霞仙。	生(一八〇六)嘉慶十一年 卒(一八七三)同治十二年	湖南湘鄉人。 諸生，入曾文正幕府，累薦至陝西巡撫。	《養晦堂詩文集》十四卷	
王先謙	字益吾。	生(一八四一)道光二十一年	湖南長沙人。 同治四年(一八六五)進士，翰林院編修，官至國子監祭酒。	《虚受堂文集集》 《續古文辭類纂》	
黎庶昌	字蒓齋。		貴州遵義人。 廪貢生，上書，發往江蘇，以知縣用，官至四川川東道。	《拙尊園叢稿》六卷 《續古文辭類纂》	
張裕釗	字濂卿。		湖北武昌人。 咸豐元年(一八五一)恩科舉人。	《濂卿文集》	
施補華	字均甫。	生(一八三六)道光十六年 卒(一八九〇)光緒十六年	浙江烏程人。 同治九年(一八七〇)舉人，官山東補用道。	《澤雅堂文集》八卷	
姚東之	字佑之，號伯山，亦號檗山，又號且看山人。	生(一七八六)乾隆五十一年 卒(一八四八)道光二十八年	安徽桐城人。 官至貴州大定府知府。	《且看山人文集》	鼐之族孫，以吏能顯。
李元度	字次青，一字笏庭，自號天岳山樵，晚更號曰超然老人。	生(一八二一)道光元年 卒(一八八七)光緒十三年	湖南平江人。 道光二十三年(一八四三)舉人，曾入曾國藩幕下。	《天岳山館文鈔》六十卷 《文續集》若干卷	
吴汝綸	字摯甫。	生(一八四〇)道光二十年 卒(一九〇三)光緒二十九年	安徽桐城人。 同治三年(一八六四)舉人，明年，成進士，用内閣中書，官直隸州。光緒時，充京師大學堂總教習，曾游日本，考察教育。	《摯甫文集》	

續表

姓名	字與號	生卒年	籍貫及生平	主要著述	備　考
周壽昌	字應甫，一字荇農，晚號自庵。	生(一八一四)嘉慶十九年 卒(一八八四)光緒十年	湖南長沙人。 道光二十四年(一八四四)恩科中順天鄉試舉人,聯捷成進士,入翰林院授編修。	《思益堂文集》十卷	
莫友芝	字子偲，别號郘亭，晚又自號眲叟。	生(一八一一)嘉慶十六年 卒(一八七一)同治十年	貴州獨山人。 道光十一年(一八三一)鄉試舉人。	《郘亭遺文》八卷	
向師棣	字伯常。		湖南溆浦人。 早卒，年僅三十一。		
俞　樾	字蔭甫，號曲園。	生(一八二一)道光二年 卒(一九〇六)光緒三十一年	浙江德清人。 道光二十四年(一八四四)恩科舉人,三十年(一八五〇)舉禮部試覆一等第一名,殿試二甲,賜進士出身,改翰林院庶吉士,受知於曾文正。	《春在堂文集》	
曾國荃	字阮甫。	生(一八二三)道光四年 卒(一八九〇)光緒十六年	湖南湘鄉人。 道光優貢生,洪楊之役,佐國藩戰克江寧,封一等威毅伯,官至兩江總督,太子太保,謚忠襄。		國藩弟。
曾紀澤	字劼剛。	生(一八三九)道光十九年 卒(一八九〇)光緒十六年	湖南湘鄉人。 襲國藩一等毅勇侯,同治間歷使英法俄諸國,官至户部左侍郎,卒謚惠敏。		國藩長子。
薛福保	字季懷。		江蘇無錫人。 同治六年(一八六七)副貢,候選知府。	《青萍軒文鈔》	

續表

姓名	字與號	生卒年	籍貫及生平	主要著述	備　考
王闓運	字壬秋。	卒(一九一六)民國五年	湖南湘潭人。咸豐二年(一八五二)舉人。	《湘綺樓詩文集》	
何紹基	字子貞，號蝯叟。	生(一七九九)嘉慶五年 卒(一八七三)同治十二年	湖南道州人。道光進士，官編修，兼工書法。	《惜道味齋詩文集》一六卷	生年一作嘉慶四年。
譚嗣同	字復生，號壯飛。	生(一八六七)同治六年 卒(一八九八)光緒二十四年	湖南瀏陽人。戊戌政變殉難，爲六君子之一，時充軍機章京。	《寥天一閣文集》 《遠遺堂集外文》	
嚴　復	字又陵。	生(一八五三)咸豐二年 卒(一九二一)民國十年	福建閩縣人。光緒二年(一八七六)，派赴英國海軍學校。歸國，任北洋海軍學堂教授。庚子避亂上海七年，譯書多種。民國初，任京師大學堂校長。	譯西洋群哲書甚夥。	
林　紓	字琴南，號畏廬，别署冷紅生。	生(一八五二)咸豐二年 卒(一九二四)民國十三年	福建閩縣人。光緒壬戌(一八八二)舉人，後棄制藝，學古文。曾充京師大學堂教習。晚年以譯小説作畫爲生。	《畏廬文集》 譯西洋小説一百五十六種，創作亦數種。	
康有爲	字長素。	生(一八四八)道光二十八年 卒(一九二七)民國十六年	廣東南海人。光緒時，倡立憲，清亡，仍謀復辟。		
梁啓超	字卓如，號任公，自號飲冰室主人。	生(一八七三)同治十二年	廣東新會人。	《飲冰室全集》	
章士釗	號孤桐，一曰秋桐。		湖南長沙人。		

附註：本表所列，僅就其於桐城派有關係者，擇要記之，掛漏之誚，在所難辭。張之洞《書目答問》後附有“桐城派”“陽湖派”，及

"不列宗派"之古文家之名,各爲一表;然簡陋疏略,識者譏之,亦以其所分多牽强附會,不合實際故也。本篇并不爲之分析,祇略次時代(按其大略,并未詳究),按格填註,以便檢查。但傳誌之書不備,采摭多有未詳,不敢妄作,輒付闕如,續有所得,當時補之。

本表材料,大半根據《碑傳集》《續碑傳集》《清先正事略》《歷代名人年譜》《三續疑年録》,及清代各家文集中之傳、記、碑、誌等。近代人則雜採報章雜誌之可徵信者,爲之推算載入,大體粗具而已。

駢文通義

錢基博 撰

此書寫定於一九三三年，由大華書局於民國二十三年（一九三四）十月初版發行，爲“國學基礎叢書”之一種。此書之作，據作者自序，乃是有慨於自宋至清之文話僅談及駢文之一枝“四六”而已；而近人孫德謙所著《六朝麗指》雖專論“駢體”，然其書又“辭繁而情隱”，不便初學淺識者所能悉知；其他如李兆洛等《駢體文鈔》、王先謙《駢文類纂》等書又各有側重，故作者在窺見駢文源流正變之後，乃爲是書。全書包括“原文”“駢散”“流變”“典型”“漫話”五部分。“原文”一篇從文字釋義、駢文源流等方面大致考究駢文之義、并勾勒出駢文發展脈絡。於“駢散”篇中，徵引名家言論，泛論駢體文、散體文之相互關係。“流變”篇中則主要探討了駢文之演變軌迹，其中尤以六朝、清代爲論，詳述二代駢文名家之風格特色。在“典型”篇中，又徵引名家言論六朝駢文名家之風格，且中述及駢文與四六文、賦文之關係。至“漫話”篇，則以“尋章摘句，亦足以發”，故多輯録前人文話或典籍中所談及駢文之言論或故事，并加以自我鎔裁，或按以個人别裁心得，主要爲散談六朝、唐宋、清代駢文諸家之駢文風格、作法、文集存亡情况等。

駢文通義叙目

論駢文者，睹記所及，宋人有王銍《四六話》、謝伋《四六談麈》；清人有彭元瑞《宋四六話》、孫梅《四六叢話》；皆以四六爲主；不過駢文之枝子，而未見古人之大體。近人孫德謙撰《六朝麗指》，截斷衆流，獨以駢體立論，而探源於六朝；又惜辭繁而情隱；鯫生末學，未易測其指要。博於駢文非專家，顧自少小耽誦《蕭選》，而三十歲以後，於李兆洛《駢體文鈔》、王先謙《駢文類纂》、彭元瑞《宋四六選》、曾燠《駢體正宗》、屠寄《常州駢體文録》五家言，循繹數過；而泛濫及於嚴可均《全上古三代漢魏南北朝文》《全唐文》，靡所不畢究；因以闚見源流正變所在。而李之《駢鈔》，恢張漢、魏以植散行之骨；王之《類纂》，極論才氣以閎駢文之規；尤能觀駢散之會通，而足樹楷模於斯文者也！發凡起例，撰爲是册。乃知儷體之宗《文言》，遠出劉勰《文心雕龍》，而不始於阮元《文言説》；"潛氣之欲内轉"，始見朱一新《無邪堂答問》，而不創於孫德謙《六朝麗指》。後賢矜其創獲，昔人之所唾餘。薈萃衆家，蘄於通方；而帙無貪多，言欲鈎玄。心知其意，所望好學。無錫錢基博序於上海光華大學之東院；時在中華人民造國之二十二年三月十五日。

騈文通義

無錫錢基博述

原文第一

《説文》:“騈,駕二馬,从馬,并聲”;古義訓“併”,或訓“并”,皆謂偶也。劉勰有作,抉發文心,以爲“文之爲德,與天地并生。造化賦形,支體必雙;神理爲用,勢不孤立。心生文辭,運裁百慮;高下相須,自然成對。”此見文之用偶,出於天然。而柳宗元《乞巧文》,“騈四儷六”。此文稱騈儷之始。仁和毛先舒稚黄爲宜興陳維崧其年《湖海樓儷體文序》,論“文之有儷體,原本兩儀,亦宗經誥”;其説本《文心雕龍》之《麗辭篇》。厥後儀徵阮元芸臺張皇其義,以爲《文言説》,而原文之所自起。以爲“凡偶皆文也;於物兩色相偶而交錯之,乃得名曰文。文,象其形也。《考工記》曰:‘青與白謂之文。’《説文》曰:文,‘錯劃也,象交文也。’古文無筆硯紙墨之便,往往鑄金刻石以期傳之久遠;其著之簡策,亦有漆書刀刻之勞;匪如今人下筆千言,言事甚易也。《説文》:‘直言曰言,論難曰語。’《左傳》曰:‘言之無文,行之不遠。’此何也?古人以簡策傳事者少,以口舌傳事者多;以目治事者少,以口耳治事者多;故同爲一言也,轉相告語,必有愆誤;是必寡其詞,協其音,使人易誦易記,無能增改;且無方言俗語雜於其間,始能達意而行遠。此孔子於《易》所以著《文言》,此千古文章之祖也。《文言》一篇,不但多用韵,抑且多用偶。孔子於此發明乾坤之藴,詮釋四惪之名,幾費修詞之意,冀達意外之言;要使遠近易誦,古今易傳。而世之爲文章者,不務協音以成韵,修詞以達遠,使人易誦易記;而唯以單行之語,縱横恣肆,動輒千言萬字,不以爲煩。不知此乃古人所謂‘直言之言，論難之語’；非言之有文者也，非孔子之所謂文也！自齊梁之後，溺於聲律。彦和《雕龍》，漸開四六之體。至唐而四六更卑。肰文體不可謂之不卑，而文統不可謂之不正。昭明所選，名曰《文選》，蓋必文而後選，非文則不選。凡以言語著之簡策，不必以文爲本者，皆經也、子也、史也，皆不可專名之爲文。而專名曰文者，自孔子《易·文言》始。此篇奇偶相生，音韵相和，如青白之成文，如咸韶之合節，非振筆縱書者比也。故昭明以爲經也、子也、史也，非可名之爲文也。名之爲文，必‘義歸翰藻’而後可也。自唐宋韓、蘇諸大家，以奇偶相生之文爲八代之衰而矯之，於是昭明之所不選者，反爲諸家所取；故其所著者非經即子，非子即史；其合於昭明所謂文者鮮矣！其不合之處，蓋在奇偶之間。經、史、子多奇而少偶，故唐宋八家不尚偶。《文選》多偶而少奇，故昭明不尚奇。如必以比偶爲非古而卑之，則孔子之名其言曰文者，一篇之中，偶句凡四十八，韵語凡三十五，豈可以爲非文之正體而卑之乎！”文見《研經室集》。亦越百有餘載，其鄉人劉師培申叔益推承厥指，以著《廣文言》説，辭加該備。其略曰：“文字初興，勒書簡畢，有漆書刀削之勞，抄寫非易，傳播維艱，故學術授受，仍憑口耳之傳聞；又慮其艱於記憶也，必雜於偶語韵文以便記誦；而語言之中有文矣！及以語言著書册，而書册之中亦有文。觀於三代之書，諺語、箴、銘，實多韵語。若《六藝》之中，《詩》篇三百，固皆有韵之詞；即《易》《書》二經，亦大抵奇偶相生，聲韵相叶。而《爾雅·釋訓》‘子子孫孫’以下，用韵者亦三十條。惟《戴禮·周官經》言詞簡質，不雜偶語韵文；則以昭書簡册，縣布國門，猶後世律例公文，特設專門之文體也；故與文言不同。降及東周，直言者謂之言，論難者謂之語，修詞者謂之文，而《易·文言》曰：‘修詞者立其誠’，《説文》：‘修，飾也。’詞之飾者乃得爲文，不飾詞者，即不得謂之文，不獨言與文分，亦且言與語分。故出言亦分文質。言之質者，純乎方言者也。方言者，猶今俗語也。《説文序》云：‘秦代以前，諸侯各邦，文各異形，言各異聲，是三代以前各邦之中，皆有特别之語言文字矣。’言之文者，純乎雅言者也，阮芸臺曰：‘雅言者，猶今官話也。’雅，與夏通；

夏爲中國人之稱，故雅言即爲中國人之言。爾雅者，乃方言之近於官話者也。春秋之時，言詞惡質；故曾子戒遠鄙倍，荀子譏爲俚語，而一語一詞，必加修飾。《左傳》曰：'言之無文，行而不遠。'又曰：'非文辭不爲功。'文辭，猶言文言也。文言者，即文飾之詞。孔子言'詞達而已'，即不文飾之詞也。言'詞達而已'，不言文達而已；足證詞與文不同，詞非文也。至春秋時代之書，亦大抵文與語分。文近於經，語近於史。故曾子作《孝經》、老子作《道德經》、屈原作《離騷經》，皆雜用偶文韵語者也。若《春秋左氏傳》以及《國語》《國策》諸書，乃史官記言記事之遺，非雜用偶文韵語者也。至諸子之書，有文有語：荀子《成相篇》，墨子《經上》《下》篇，皆屬於文者也；莊、列、孔、孟、商、韓，皆屬於語者也。文猶後世之文詞，語猶後世之演稿。惟古人言詞，一經書册之記載，或加潤色之功，致失本文之舊，俞氏蔭甫樾謂《左氏》一書，由丘明潤色，非其本文之舊也。則語而飾以文矣！又古代之初，虚字未興，罕用語助之詞；故《典》《謨》《誓》《誥》，無抑揚頓挫之文；後世以降，由實字假爲虚字，渾噩之語，易爲流麗之詞；文士互相因襲，致偶文韵語之體，亦稍變更。則文而涉於語矣！西漢代興，文區二體，賦、頌、箴、銘，源出於文者也；論、辯、書、疏，源出於語者也。然揚、馬之流，類湛深小學，故發爲文章，沈博典麗，雍容揄揚，注之者既備述典章，箋之者復詳徵詁故；非徒詞主駢儷，遂足冠冕西京！東京以降，論辯書疏之作，亦雜用排體，易語爲文；魏晉六朝，崇尚排偶，而文與筆分。偶文韵語者謂之文，無韵單行者謂之筆。觀魏、晉、六朝諸史各列傳中，多以文筆并言；則當時所謂筆者，乃直樸無文之作也。或用之記事之文，《唐書·蔣楷傳》：'踵修國史，世稱良筆'，亦爲記事之文。張説稱'大手筆'，亦指其善修史及作碑版耳。故孔子作《春秋》，必言筆削；陸機《文賦》，不及傳誌、碑版之文，蓋以此爲史體，非可入之於文也。或用之書札之文，《漢書》稱'谷永善筆札'，而《晉書》亦言'樂旨潘筆'，皆指書札之文而言之也。體近於語，復與古人之語不同；蓋魏晉之時尚清談，即古人所謂語也；而筆削著之書册，故又與古人之語不同。梁元帝《金樓子》云：'至如不便爲詩如閻纂，善爲章奏如伯松，如此之流，泛謂之筆。吟詠風謡，流連哀思者謂之文。'劉彦和《文心雕龍》云:'今之常言,有文有筆。無韵者,筆也;有韵者,文也。'文筆區分,昭然不爽矣!故昭明之輯《文選》也,以'沈思翰藻'者爲文。凡文之入選者,大抵皆偶詞韵語之文;即間有無韵之文,亦必奇偶相成,抑揚詠嘆,八音協暢,默契律吕之深,故經子諸史,悉在屏遺。是則文也者,乃經子諸史之外,别爲一體者也。齊梁以下,四六之體漸興,以聲色相矜,以藻繪相飾,靡曼纖冶,文體亦卑;然律以'沈思翰藻'之説,則駢文一體,實爲文體之正宗。降及唐代,韓、柳嗣興,始以單行易偶排;由深趨淺,由簡入繁,由駢儷相偶之詞,易爲長短相生之體,希蹤子史。然繩以文體,特古人之語,而六朝之筆耳!故唐代之時,亦稱韓文爲筆,劉禹錫《祭韓侍郎文》云:'子長在筆。'趙璘《因話録》曰:'韓公文至高,時號韓筆。'是唐人不以散行者爲文也。至北宋蘇軾,推崇韓氏,以爲'文起八代之衰'。明代以降,士學空疏,以六朝之前爲駢體,以昌黎諸輩爲古文;文之體例莫辨,而近代文學之士,謂天下文章,莫大乎桐城!於方、姚之文,奉爲文章之正軌;由斯而上,則以經爲文,以子史爲文;由斯以降,則枵腹蔑古之徒,亦得以文章自耀。而文章之真源失矣!惟歙縣凌次仲先生廷堪以《文選》爲古文正的,與阮元《文言説》相符。而近世以駢文名者,若北江洪亮吉、容甫汪中步趨齊梁;西堂尤侗、其年陳維嵩導源徐、庾;即穀人吴錫麒、檗軒孔廣森、稚威胡天游諸公,上者步武六朝,下亦希踪四傑;唐王勃、楊炯、盧照鄰、駱賓王爲四傑文章正軌,賴此僅存!而無識者流,欲别駢文於古文之外,亦獨何哉?"自以爲守其邑先正之法,禮之後進,義無所讓也。爰次其説以發吾篇,所以原文之必出於駢,非駢則不成文也。夫手足非駢,則不能迭施;耳目非兩,則不能遍察;而所以筦其樞者曰腦,則一而已。是故非主一則無適,非兼兩不相濟也。述《原文》第一。

駢散第二

夫一陰一陽之謂道,用偶用奇以成文。湘鄉曾國藩滌生《送周荇農南歸序》曰:“天地之數,以奇而生,以偶而成。一則生兩,兩則復歸於一;一奇一偶,互爲其用,是以無息焉。物無獨,必有對。太極生兩儀,倍之爲四象,重之爲八卦;此一生兩之説也。兩之所該,分而爲三,殽而爲萬,萬則幾於息矣;物不可以終息,故還歸於一。天地絪蕴,萬物化醇,男女搆精,萬物化生,此兩而致於一之説也。一者陽之變,兩者陰之化。故曰一奇一偶者,天地之用也。文字之道,何獨不然!”《文心雕龍》探溯皇初,以明反本修古之指,謂:“唐虞之世,辭未極文。而皋陶贊云:‘罪疑惟輕,功疑惟重。’益陳謨云:‘滿招損,謙受益。’豈營麗辭,率然對爾:《易》之《文》《繫》,聖人之妙思也。序《乾》四德,則句句相銜;龍虎類感,則字字相儷。乾坤易簡,則宛轉相承;日月往來,則隔行懸合;雖句字或殊,而偶意一也。”至毛稚黄爲《湖海樓儷體文序》,益藉主客送難以暢其論曰:“或謂三古《六經》,氣留淳樸;先秦、西京,體并高古;焉用駢組,聿開浮華?豈知萬邦九族之語,已見諸《虺誥》;水濕火燥之句,亦載於《文言》。嚆矢權輿,引厥端矣。至若武靈王之論騎射,丞相斯之諫逐客,往復徵引,排比頗多;《戰國》、龍門,云何損格!”而陽湖李兆洛申耆乃纂録《駢體文鈔》,以爲“唐宋傳作,無不導源漢魏,漢魏之駢體,即唐宋散行之祖。”涇縣包世臣慎伯《與楊季子書》,則曰:“六朝雖尚文采;然其健者,則緩急疾徐、縱送激射,同符《史》《漢》;貌離神合,精彩奪人。”則是文之駢散,不相廢而相濟也。而曾滌生及近人興化李詳審言更窮極流變,以明駢散興廢之故。曾滌生《送周荇農南歸序》曰:“自漢以來,爲文者莫善於司馬遷。遷之文,其積句也皆奇;而義必相輔,氣不孤伸;彼有偶焉者存焉。其他善者,班固則毗於用偶;韓愈則毗於用奇。蔡邕、范曄以下,如潘岳、陸機、沈約、任昉等比者,皆師班氏者也。茅坤所稱八家,唐韓愈、柳宗元、宋歐陽修、曾鞏、蘇洵、蘇軾、蘇轍、王安石皆師韓氏者也。傳相祖述,源遠而流益分,判然若白黑之不類。於是刺譏互興,尊丹者非素。而六朝、隋、唐以來,駢偶之文,亦已久王而將厭。宋代諸子乃承其敝而倡爲韓氏之文;而蘇軾遂稱曰:‘文起八代之衰’,非真其才之足以相勝,物窮則變,理固然也;故古文之名獨尊,而駢偶之文,乃屏而不得與於其列。”而李審言《答江都王翰棻論文書》，則曰：“文章自《六經》、周、秦、兩漢、六代以及三唐，皆奇偶相參，錯綜而成。六朝儷文，色澤雖殊，其潛氣内運，默默相通，與散文無異旨也；其散文亦爲千古獨絶。試取《三國志注》，《晉書》及《南》《北》兩史、酈善長《水經注》、羊衒之《洛陽迦藍記》與釋氏《高僧傳》等書讀之，皆散文之致佳者；至今尚無一人能承其緒。蓋誤以雕琢視之，而未會其自然高妙也。唐之肅、代以下文字，亦多追響南、北兩朝；特韓、柳稍異耳！夫韓、柳亦偶也，觀其全集，何曾有子家言連犿恣肆，渺無畔岸，參厠其内！此道至北宋初元，師承未墜。自穆伯長修、柳仲塗開、蘇子美舜欽、尹師魯洙倡爲古文，胸中初無所儲，而務紆其詞以爲古，曳其聲以爲韵，裁複爲單，改短爲長。歐陽兖公雖師昌黎而小變其體，未爲背師法也。蘇老泉以布衣求之於縱横、名、法家言，冀以自達；二蘇繼之，馳騁而好爲策士議論，重以比況爲長，文遂往而不返。後雖別爲一派，而文章正宗不在是也。”此書承審言先生抄稿寄示。其大指在揚駢文而抑散文，此亦矯枉之論。而《文心雕龍》則頗致戒於“氣無奇類，文乏異采，碌碌麗辭，則昏睡耳目。必使理圓事密，聯璧其章，迭用奇偶，節以雜佩，乃其貴耳”。“是故討論體勢，奇偶爲先。凝重多出於偶，流美多出於奇。體雖駢，必有奇以振其氣；勢雖散，必有偶以植其骨。儀厥錯綜，致爲微妙”。嗚呼！此包慎伯所爲大聲疾呼，發以文譜者也！述《駢散》第二。

流變第三

周秦諸子之書，駢散互用，間多協韵，《六經》亦然。西京楊雄、馬相如賦頌擅名，漸及衆製，莫不以偶爲體，以奇爲用，而駢文之規模粗具。顧時代遞降，體製亦復略殊。東漢爲駢儷之祖。班固、張衡、崔駰、蔡邕，體格已成。顧班、張弘贍，崔、蔡雅潤，出以雍容，未極雕藻。建安近東漢而出以飛揚，孔融其桀；西晉近建安而更形組練，潘岳、陸機爲著。故魏、晉自爲一類，東晉與劉宋自爲一類。永明以後，益趨繁縟，至蕭梁諸帝王之作而靡麗極矣！文章關乎運會，東漢清剛而簡質，猶爲盛世之元音；建安藻繪而雄俊，則是偏霸之逸響。晉、宋力弱，特饒韵致，亦由清談之故；其體較疏，猶有東漢遺意。劉宋開基，傅亮和雅，得崔、蔡之體；顔延之、王融，巧爲雕繢而短於神明，鮑照、江淹獨發以驚挺之唱，操以險急之調，以琢鍊出驚麗，自成一格！而孔稚珪《北山移文》，雕章琢句，務爲新穎，於聲偶之中，發揮奇趣；生撰之語，婉諧之調，節圓而句響，已開徐陵、庾信之蹊徑矣！沈約、任昉，周旋齊梁之間，明人太倉張溥天如纂《漢魏百三名家集》，謂："沈爲膏沐餘潤，光輝被體。"於任則云："縱横駢儷，不受羈靮，馳逐華采，卓爾不群！"任昉詩以用事不得奇，而駢文不然。故駢文之有任、沈，猶詩家之有李、杜也。李存古意，杜開今體，任、沈亦然！任體疏，沈體密。梁武一門，萃集風雅。昭明秀出人表，簡文、湘東，并著二難。徐、庾父子，早侍東宫，漸染風氣；窮其體製，英華日新；而宫徵鏗鏘，詞旨瑰瑋，庾工碑版，徐長書記，盡態極研，遂爲駢文正宗。夫三代以前，文無聲偶，八音日諧，司馬子長所以鏗鏘鼓舞也！浸淫六季，制句切響，千英萬傑，莫能跳脱。所可自異者，死生氣別耳！求其儷體行文，無傷逸氣者，前有江、任，後有徐、庾。然江、任未極圓潤，猶爲近古；而徐、庾華實相扶，尤於抽黄對白之中，灝氣捲舒，采不滯骨，麗而能朗，用集六朝之大成，而導四傑王勃、楊炯、盧照鄰、駱賓王之先路！然風格漸靡，競出新聲。厥後變而爲四傑，再變而爲李商隱，又變而爲宋人。故李商隱者，宋人之先聲也。宋人名駢文曰四六，其名亦起於商隱，自序《樊南甲集》，唤曰《樊南四六》。然四字、六字相間成文，宋、齊以下乃如此；其對偶亦但取意義聯貫，并不以駢四儷六平仄相間爲工。永明以前，本無四聲之説；要其節奏自然，初無所謂鈎棘也。六代、初唐，語雖襞積，未有生吞活剥之弊；至宋而此風始盛，運用成語，櫽括入文；然有餘於清勁，不足於茂懿。宋人章奏，多法陸宣公奏議。宣公議論纚纚，自出機杼，易短爲長，改華從實，筆文互用，工爲馳騁。而宋人利其朗暢，以爲模楷；飛書馳檄，其體最宜！至前清彭元瑞有《宋四六選》；及其迴翔禁林，所自作經進文，亦復依放爲之;體格雖卑,取易曉也。前清初元,兩舉宏博,高文何綺!含英咀華,南城曾燠賓谷纂有《國朝駢體正宗》一書;毛奇齡、陳維崧、胡天游、邵齊燾、王太岳、洪亮吉、孫星衍、汪中、孔廣森其選也!曾《選》之首毛奇齡,蓋以時代爲次;而讀其文章,頗合六朝矩矱,整散兼行,并非鉤棘;如《沈雲英墓誌銘》,入後人手,易爲詭麗;而獨以矜莊出之,雍容揄揚,駢文所長;而《平滇頌序》獨出以驅邁,我用我法,真有來如雲興、聚如車屯之勢;余尤喜誦之!惟才力薄弱者,苟欲爲此,易至舉鼎絶臏;不若效徐、庾、樊南一派,可免舉止羞澀也!毛奇齡不以駢文名;而陳維崧則駢文有聲。毛體疏俊,陳文綺密。仗氣愛奇,陳不如毛;麗典新聲,毛則遜陳。其摹仿鄴下諸作,雖嫌太似;而功力甚深;刻全集時乃以此入於古文,遂爲《程師恭注本》所遺,維崧古文不入格;獨此數篇爲佳耳!曾氏以之入《駢體正宗》,宜也。胡天游駢文有大名,殊不逮所聞!觀其沈吟鋪辭,句無虚語,語無虚字;而振采失鮮,負聲無力,頗乖秀逸,蹈於困躓;但《遜國名臣贊》一序,論議往復,才章富健耳!然發端緩弛,尚未警遒。杭世駿《東城雜記序》《寄所親書》,怊悵述情;雖文體未遒,而辭興婉愜;驅邁遜毛奇齡,疏俊軼胡天游。獨王太岳藻暢襟靈,焱發氣逸;知僄輕不可以樹骨,故按衍以式度;知促數不可以赴節,故漂摇以盡奇。“僄輕”四語,見太岳《答方柳峰書》體氣安於毛,驅邁疾於胡,風流調達,實曠代之高手!邵齊燾有《答太岳書》云:“平生於古人文體,嘗竊慕晉、宋以來詞章之美。尋觀往製,泛覽前軌,皆於綺藻豐縟之中,能存簡質清剛之制,此其所以爲貴!”可以徵其蘄嚮所在!然才氣苦弱,故務其清捷,殊得風流媚趣;課其實録,則清便婉轉而未爲剛,藻綺映媚而未爲豐。世傳王太岳初好爲駢體文,見齊燾作,嘆爲天授,遂綴不爲;而規《史》《漢》及韓、柳一君;以故《清虚山房集》中駢文不多。然就所存者較其得失;邵氏安徐而未沈博,清婉而未遒逸;未若王太岳之名章迴句,絡繹奔會也!吴錫麒文秀而質羸,機利而調靡,是能手,非高格!而汪中指事殷勤,情兼雅怨;體視吴爲疏,氣方邵則茂;尚澹雅,不貴綺錯;而優游案衍,事外有遠致,使人味之亹亹不倦!孔廣森《儀鄭堂駢文》,汪中讀之,嘆爲絶手！然余誦其文，博喻釀采，志慕鴻裁；而才力沈膇，垂翼不飛，沈博而未昭彰，藻密而欠軼蕩；未見鋒發而韵流；徒以辭繁而意隱耳！方汪氏遜其雋永，比洪亮吉又未奥衍。洪亮吉思捷而才雋，理贍而辭堅，尚氣愛奇，動多振絶。汪中不如其雄，孫星衍視之爲靡。吾郡駢文，孫、洪齊名；然孫不如洪！亮吉卓卓，信含異氣，筆墨之情，殆不可勝；而孫才力苦弱，時有齊氣；獨《國子監生洪先生暨妻蔣氏合葬壙誌》及《祭錢太令文》，有逸氣，但未遒耳！洪氏俶儻，故響逸而調遠；孫則清弱，斯文秀而質羸。又毛奇齡尚勢而不取悦澤，孔廣森茂藻而匱於情韵，獨洪氏則情固先鋒，勢實須澤，文體相輝，彪炳可玩。汪、洪并稱，洪不逮汪之厚；汪不逮洪之奇。洪文權奇，汪文狷潔，邵文秀潤，皆可想見爲人。劉星煒駢文與邵齊燾駢稱。然齊燾葱蒨有志，星煒索莫乏氣；儷枝對葉，動輒用事；自然英旨，罕所體會；所以文不得奇！不如其宗人嗣綰書記翩翩，後出居上！間以短語，彌臻遒媚；新聲迥句，處處閑起；得汪中之澹簡，比世駿之婉愜，骨節遒於太岳，驅邁安於奇齡，擅美四氏，冠絶一時，嗟其才美，良未易幾！惟《祭吴季子廟文》，出以議論，既非體要，亦損標致！吾邑楊芳燦文温以麗，舉體華美，雖靡於汪中，而雄於星煒也！朱珪則結言端直，不貴綺錯，而氣度俊雅，如周公負扆，垂紳正笏，不大聲色而德意自遠。吴鼒駢文，少爲珪所激賞，謂合邱遲、任昉爲一手。而閲其文，旨切調緩，同任昉之用事，異邱遲之暎媚，骨采未圓，風辭欠鍊，殊傷鈍懦，不免譽過其實之嘆！獨其爲《八家四六文鈔序》，謂："撏撦雖富，不害性靈。闔開自如，善養吾氣。"又曰："言不居要，則藻豐而傷煩。"以此衡文，不得不嘆爲知言也！袁枚才筆縱放，匪不詄麗；而根柢不深，氣散神茶，偶用古語，多成贅疣。樂鈞蒼凉婉鬱，微傷纖巧！彭兆蓀警新不如，轉以閑雅勝之！王曇《烟霞萬古樓文》，雋桀廉悍，其病在過求生剗；而讀彭兆蓀文，則又嫌結調太熟。郭麐故爲拗峭，邊幅何窘；吴慈鶴有意妍冶，骨氣不高。故知金玉其相，卓哉有斐，甚難其人！述《流變》第三。

典型第四

余讀義烏朱一新鼎甫《無邪堂答問》,論:"駢文自當以氣骨爲主,其次則詞旨淵雅;又當明於向背、斷續之法。向背之理易顯,斷續之理則微。語語續而不斷,雖悦俗目,終非作家;公牘文字如牋奏書啓之類,不得不如此;其體自義山開之。惟其藕斷絲連,乃能迴腸蕩氣。駢文體格已卑,故其理與填詞相通,潛氣内轉,上抗下墜,其中自有音節;多讀六朝文則知之。"此體自以六朝爲準;而"潛氣内轉,上抗下墜",斯尤片言居要,可謂一字千金,信足樹斯文之典型,而以發六朝之秘響者也!近人元和孫德謙隘堪纂《六朝麗指》一書,推大其誼,以爲論衡;而矜詡奇秘,發端一序;謂:"麗辭之興,六朝稱極盛焉。余少好斯文,迄兹靡倦,握睇籀諷,垂三十年;見其氣轉於潛,骨植於秀。振采則清綺,陵節則紆徐。緝類新奇,會比興之義;窮形抒寫,極絢染之能。"可謂有味乎其言之也!反覆耽玩,籀其所論,大指主氣韵,勿尚才氣;崇散朗,勿嫥藻采。其論以爲:"駢文之有任、沈,猶詩家之有李、杜。彦昇任昉用筆稍有質重處,不若休文沈約之秀潤,時有逸氣,爲可貴也!孫君此論,與張天如不同。據博觀彦昇質重而臻遒古,遠勝休文之秀潤而流綺靡也。參觀《流變》第三,然氣體散朗之論,故自不可易。《詩品》云:'昉既博物,動輒用事,所以詩不得奇。'然則彦昇之詩,失在貪用事,故不能有奇致。吾謂其文亦然,皆由於隸事太多耳。語曰:'文翻空而易奇',以此言之,文章之妙,不在事事徵實,若事事徵實,易傷板滯。後之爲駢文者,每喜使事而不能行清空之氣,非善法六朝者也!六朝之文,無不用頓宕之筆。後人但賞其藻采,而於氣體散朗,則不復知之!故即論駢文,能入六朝之室者,殆無多矣!"此"崇散朗,勿嫥藻采"之説也。又謂:"長沙王益吾先謙選《駢文類纂》四十六卷,其持論大旨,則在不分駢散而以才氣爲歸。夫駢文而歸重才氣,此固可使古文家不復輕鄙,無所藉口。惟既言駢文,則當上規六朝;而六朝文之可貴,蓋以氣韵勝;不必主才氣立説也。《齊書·文學傳論》

曰：'放言落紙，氣韵天成。'若取才氣橫溢，則非六朝真訣也。昌黎謂：'惟其氣盛，故言之高下皆宜。'斯古文家應爾；駢文則不如此也！六朝文中往往氣極遒鍊，欲言不言；而其意則若即若離，上抗下墜，潛氣内轉。故駢文蹊徑與散文之氣盛言宜，所異在此。"此"主氣韵，勿尚才氣"之説也。"主氣韵，勿尚才氣"，則安雅而不流於馳騁，與散行殊科。"崇散朗，勿矜才藻"，則疏逸而無傷於板滯，與四六分疆。隘堪以爲："駢體與四六異。四六之名，當自唐始。李義山《樊南甲集序》云作：'二十卷，唤曰《樊南四六》'；知'文以四六爲稱，乃起於唐；而唐以前，則未之有也！'且序又申言之曰：'四六之名，六博格五、四數六甲之取也。'使古人早名駢文爲四六，義山亦不必爲之解矣。《文心雕龍·章句篇》，雖言'四字密而不促，六字格而非緩'；此不必即謂駢文。不然，彼有《麗辭》一篇，專論駢體，何以無此説乎？吾觀六朝文中，以四句作對者，往往衹用四言；或以四字、五字相間而出。至徐、庾兩家固多四六語，已開唐人之先；但非如後世駢文，全取排偶，遂成四六格調也。"而駢文又與律賦異。隘堪以爲："駢文宜純任自然，方是高格；一入律賦，則不免失之纖巧。《文心雕龍·詮賦》與《麗辭》各自爲篇，則知駢文且不同於賦體。賦體出以雕纂；而駢文尤貴疏逸。"疏逸之道，則在寓駢於散。隘堪以爲："駢體之中，使無散行，則其氣不能疏逸，而叙事亦不清晰。故庾子山信碑誌諸文，述及行履，出之以散；每叙一事，多用單行；先將事略説明，然後援行故實，作成駢語以接其下。推之别種體裁，亦應駢中有散也。儻一篇之内，始終無散行處，是後世書啓體，不足與言駢文矣！"嗚呼！此彦和《文心》所爲致嘆於"氣無奇類，文乏異采，則碌碌麗辭，昏睡耳目"者乎！隘堪之作，此爲精核！要删厥旨，用式多士。述《典型》第四。

漫話第五

漫話者，無當弘旨；尋章摘句，亦足以發；其出前人，或識别，或亦不復；零珠碎璣，聊資談隽而已。

昌黎云:“惟古於詞必己出”,譚何容易!曹植《洛神賦》,詞意多襲宋玉《高唐》《神女》兩賦,人之所知;而其格調,則有摹蔡邕以出變化者。蔡邕《篆勢》曰:“頹若黍稷之垂穎,蘊若蟲蛇之棼緼。”又曰:“遠而望之,象鴻鵠群游,絡繹遷延;迫而視之,端際不可得見,指揮不可勝原。”而《洛神賦》:“仿佛兮若輕雲之蔽月,飄飄兮若流風之迴雪。遠而望之,皎若太陽升朝霞;迫而察之,灼若芙蕖出渌波。”其格調即摹蔡也,惟蔡出之以質重;而曹抒之以輕麗。即此可悟文章鑪錘在我,自出變化之法。

孔稺珪《北山移文》曰:“高霞孤映,明月獨舉。”王僧達《祭顔光禄文》曰:“逸翮獨翔,孤風絶侣。”造詞雖同,用意不一。孔以喻空山之寂寥,王以况才士之不群。託興不同,而磊落英多則一。

駢文以妃黄儷白爲工麗,亦有以粗枝大葉臻古逸者。如北魏孝文帝《與太子論彭城王詔》曰:“清規懋賞,與白雲俱潔;厭榮舍紱,以松竹爲心。”吴均《與朱元思書》曰:“風烟俱净,天山共色;從流飄蕩,任意東西。”沈炯《經通天臺奏漢武帝表》曰:“甲帳珠簾,一朝零落;茂陵玉盌,遂出人間。”麗語能樸,綺語能疏,是也。駢文以驚紅駭緑爲華采,亦有以淡裝素抹見雅練者。如謝莊《月賦》曰:“白露僾空,素月流天。”又曰:“氣霽地表,雲斂天末;洞庭始波,木葉微脱。”江淹《别賦》曰:“春草碧色,春水緑波;送君南浦,傷如之何!”梁元帝《采蓮賦》曰:“夏始春餘,葉嫩花初。”庾信《小園賦》曰:“一寸二寸之魚,三竿兩竿之竹。”又曰:“落葉半牀,狂花滿屋。”又曰:“爋麥兩甕,寒菜一畦。”樸語能麗,質語能雋,是也。姿采幽茂,古力蟠注,是六朝人真實本領。

駢文之奇語生撰者,未能葩采迅發;而葩采迅發者,又非奇語生撰。鮑照《登大雷岸與妹書》曰:“陵跨長隴,前後相屬;帶天有匝,横地無窮。”又《石帆銘》曰:“崩濤山墜,鬱浪雷沈。”又《飛白書勢銘》曰:“絶鋒劍摧,驚勢箭飛。”江淹《建平王聘隱逸教》曰:“迹絶雲氣。意負青天。”突兀嵚崟(崙),操調險急,此之謂“奇語生撰”。謝朓《辭隋王子隆牋》曰:“白雲在天,龍門不見;去德滋永,思德滋深!唯待青江可望,候歸艎於春渚;朱邸方開,效蓬心於秋實。”梁元帝《蕩婦秋思賦》曰:“愁縈翠眉斂,啼多紅粉漫。”徐陵《玉臺新咏序》曰:“玉樹以珊瑚作枝,珠簾以玳瑁爲柙。”又曰:“琉璃硯匣,終日隨身;翡翠筆牀,無時離手。”庾信《謝趙王賚白羅袍袴啓》曰:“程據上表,空諭雉頭;王恭入雪,虚稱鶴氅。未有懸機巧緤,變纚奇文;鳳不去而恒飛;花雖寒而不落。”又《梁東宫行雨山銘》曰:“樹入牀頭,花來鏡裏;草緑衫同,花紅面似。”綺藻宣茂,舉體華贍,此之謂葩采迅發。顧未有葩采既能迅發,而句法又極生剗者!惟吴均《與顧章書》曰:“森壁争霞,孤峰限日;幽岫含靈,深谿蓄翠。”劉令嫺《祭夫徐悱文》曰:“雹碎春紅,霜雕夏緑。”造語既極生剗,葩采亦復迅發;二難之并,得未曾有!

庾信“草緑衫同,花紅面似”之句,與劉令嫺“雹碎春紅,霜雕夏緑”,同一紛紅駭緑。然庾猶見景生情,文人慣技;劉則翻空出奇,詞筆非常。《梁書·劉孝綽傳》:“悱妻文尤清拔。悱,僕射徐勉子,爲晉安郡,卒,喪還京師。妻爲祭文,辭甚悽愴。勉本欲爲哀文,既睹此文,於是閣筆。”可謂奇才!

邱遲詩,鍾嶸《詩品》謂其“點綴映媚,似落花依草”。今讀邱遲《與陳伯之書》,通篇情文并茂,中曰:“暮春三月,江南草長,雜花生樹,群鶯亂飛。見故國之旗鼓,感平生於疇日;撫絃登陴,豈不愴悢!”借景生情,真有“點綴映媚,落花依草”之致。

自古名篇,不嫌依放。江淹《詣建平王上書》,依放鄒陽《獄中上書自明》。梁簡文帝《與劉孝儀令》、陳後主《與江總書》,依放魏文帝《與朝歌令吴質書》。不止司馬相如《子虚》《上林賦》,爲揚雄《羽獵》《長揚》兩賦之藍本也!徐陵《上梁元帝表》,有曰:“青羌赤狄,同畀豺狼;胡服夷言,咸爲京觀。”而《與王僧辯書》,亦用此一聯,駢文之作,造語爲難;雖一人爲之,不免録舊。不止庾信《三月三日華林園馬射賦》“落花與芝蓋齊飛,楊柳共春旗一色”句,爲王勃《騰王閣序》“落霞與孤鶩齊飛,秋水共長天一色”兩句之套調也。

孫隘堪《六朝麗指》曰:“駱賓王代徐敬業傳檄天下,文爲當時傳誦,後世亦多稱之。其中用‘良有以也’,‘豈徒然哉’,以數虚字作對,六朝文則無是也!梁簡文帝《與劉孝儀令》:‘惟與善人,此爲虚説;天之報施,豈若是乎!’蕭子良《與荆州隱士劉虬書》:‘有是因也,何其暢歟!’又梁元帝《與武陵王書》:‘儻遣使乎,良所遲也。’凡若此類,不過以跌宕出之,未有行之屬對中者。嘗觀《李義山文集》,亦時有賓王句調。然後知唐代駢體,易失寬博,不及六朝之散逸矣!”

李白、杜甫以蓋代詩名,鼓吹盛唐,其文遠不逮其詩。然當四傑之後,而不規規於四傑之窠臼,則李、杜之駢文,亦足以自樹一幟矣!李白集中《送蔡十序》,有“朗笑明月,時眠落花”一聯;《送張祖監丞序》,有“紫禁九重,碧山萬里”一聯;大抵涉筆成趣,不待規削而自圓。唐之駢文,間以散文;猶漢之散文,間以駢文耳!杜甫之文,如《畫馬讚》之類,四言雅鍊,雖不足以比兩京,視六朝則有過之矣!

元稹、白居易皆能古文,元稹滔滔清絶,白居易灑灑敷詞,皆可傳誦。其駢體亦擅場,而文詞每多浮麗。求其典重者,如元稹《追封宋若華河南郡君制》曰:“司徒之妻有禮,齊加石窌;廷鄉之母有德,漢置封邱。”《授牛元翼深冀等州節度制》曰:“鷹隼擊則妖鳥除,弧弓陳而天狼滅。”皆字字矜鍊矣!白居易《太湖石記》曰:“有盤物秀出如靈邱鮮雲者,有端嚴挺立如尊官神人者,有縝潤削成如珪瓚者,有廉稜鋭劌如劍戟者。”奇峭幽挈,句句錘鍊,尤爲古調獨彈者也!

明瀟湘張燧和仲《千百年眼》曰:“杜牧之《阿房宫賦》云‘六王畢,四海一!蜀山兀,阿房出!’陸傪作《長城賦》云:‘千城絶,長城列!秦民竭,秦君滅!’傪輩行在牧之前,則《阿房宫賦》又祖《長城》句法矣。牧之云:‘明星熒熒,開妝鏡也。緑雲擾擾,梳曉鬟也。渭流漲膩,棄脂水也。烟斜霧横,焚椒蘭也。雷霆乍驚,宫車過也!轆轆遠聽,杳不知其所之也!’盛言秦之奢侈。楊敬之作《華山賦》,有云:‘見若咫尺,田千畝矣!見若環堵,城千雉矣!見若杯水,池百里矣!見若蟻蛭,臺九層矣!蜂窠聯聯,起阿房矣!小星熒熒,焚咸陽矣!’《華山賦》杜司徒佑已常稱之;牧之乃佑孫也,當是效敬之所作信矣!文章以不蹈襲爲難也!”

宋錢唐釋文瑩道温撰《玉壺清話》,載:"杜審琦,昭憲皇太后之兄也,建寧州節;一旦請覲。審琦視太祖、太宗,皆甥也。一日,陳内宴於福寧宫,昭憲后臨之。祖宗以渭陽之重,終宴侍焉。及爲壽之際,二帝皆奉觴列拜。樂人史金著者,粗能屬文,致詞於簾陛之外,其略曰:'前殿展君臣之禮,虎節朝天;後宫伸骨肉之情,龍衣拂地。'"眼前指點,亦自得體。又載:"錢熙泉南才雅之士,進《四夷來王賦》萬餘言。太宗愛其才,擢官職。有司請試,上笑曰:'試官前進士趙某親自選中。'嘗撰《三釣酸文》,舉世稱精絶。略曰:'渭川凝碧,早抛釣月之流;商嶺排青,不逐眠雲之侣。'又曰:'年年落第,春風徒泣於遷鶯;處處羈游,夜雨空傷於斷雁。'其千言,率類於此。卒,鄉人李慶孫爲詩哭之曰:'《四夷妙賦》無人誦,《三釣酸文》舉世傳。'"全文不見,就其斷句,調采葱菁,亦可玩誦。又曰:"曾魯公垂八十,筆力尚完。時曾子宣内翰守鄱陽,手寫一束慰之,略云:'扶摇方遠,六月去而不息;消長以道,七日自當來復。'吾友中秘書楊經臣博贍才雅,嘗誦之經日,謂余曰:'此非知其然,而神驅氣使之爲爾!'"

晉江曾慥端伯撰《高齋漫録》載:"董禹川瀋長於四六,嘗有云:'八十日歸去來兮,九萬里摶扶摇者。'又云:'聲聞於天,方類在陰之鶴;時控於地,有同決起之鳩。'又云:'考父再命而僂,靡獲循牆;孟軻千里而來,敢云利國。'"語亦渾脱。

金華吕祖謙伯恭撰《宋文鑒》,而楊億表啓,亦見采録。億爲文舂容大雅,無唐末五代衰颯之氣;其《駕幸河北起居表》曰:"毳幕稽誅,鑾輿順動;羽衛方離於象魏,天威已震於龍荒。慰邊氓徯后之心,增壯士平戎之氣。臣聞涿鹿之野,軒皇所以親征;單于之臺,漢帝因而耀武"云云。鏗鏘鼓舞,可謂有典有則矣!《賀刁秘閣啓》曰:"群玉之府,圖籍攸歸;承明之廬,俊賢所聚。自非兼該文史,洞達天人;擅博物之稱,負多聞之益。則何以掌蘭臺之秘記,辯魯壁之古文!克分亥豕之非,榮對鬼神之問;允資鴻博,式副選掄"云云,詞筆爽潔,頗有逸氣。厥後歐、蘇四六皆以氣行,晁無咎又以情勝,各自名家。

南宋駢文,德興汪藻彦章《浮溪集》爲最著!藻學問博贍,爲南渡後詞臣冠冕。統觀所作,大抵以儷語爲最工。其代言之文,如《隆祐太后手書》《建炎德音》諸篇,皆明白洞達,曲當情事,詔令所被,無不悽憤激發,天下傳誦以比陸贄。説者謂其措辭得體,足以感動人心!如所稱《隆祐太后手書》,告天下以立康王之故;其警句曰:"漢家之厄十世,宜光武之中興;獻公之子九人,惟重耳之尚在。"一時推爲雅切!又《宋齊愈責詞》曰:"義重於生,雖匹夫不可奪志;士失其守,或一言幾於喪邦。"又《張邦昌責詞》曰:"雖天奪其衷,坐愚至此!然君異於器,代匱可乎!"跌宕昭彰,皆當時所謂四六名篇,膾炙人口者!其次當推鄱陽洪適景伯《盤洲集》。適以詞科起家,工於儷偶。其弟邁嘗舉所草《張浚免相制》《王大寶致仕制》《浙東謝表》《生日詩詞謝啓》諸聯,載於《容齋三筆》。然考適自撰小傳,自其少時《擬復得河南賀表》,即有"齊人歸鄆讙之田,宣王復文武之境"句,爲作者所稱。其内外諸制,亦皆長於潤色。如紹興間,知制誥,草《親征詔》,有曰:"歲星臨於吴分,冀成淝水之功;鬬士倍於晉師,當決韓原之勝。"隸事穩稱,辭亦遒健,陸游以詩名,而文不甚著。然觀其《賀禮部鄭侍郎啓》,有曰:"文關國之盛衰,官以人而輕重。籲俊尊上帝,豈止在玉帛鐘鼓之間;斂福錫庶民,其必有典謨訓誥之盛。"抑揚爽朗,可謂工雅得體者矣!

文人之筆,不足爲依據,以其言不由衷也。如汪藻《賀李綱右丞啓》云:"精忠貫日,正兩儀傾側之中;凛氣横秋,揮萬騎笑談之頃。既名高而衆娼,乃讒就而身危。士訟公冤,亟舉幡而集闕下;帝從民望,令免胄以見國人。"其推崇可謂至矣!及綱爲張浚所誣,落職,藻草制云:"朋奸罔上,有虞必去於驩兜;欺世盗名,孔子先誅夫正卯。專殺尚威,傷列聖好生之德;信讒喜佞,爲一時群小之宗。"同一人也,前則美諛之如彼,後則醜詆之如此;而皆持之有故,言之成理;尚論者何所適從乎?又秦檜在相位,建一德格天閣。有朝士賀以啓云:"我聞在昔,惟伊尹格於皇天;民到於今,微管仲吾其左衽。"詞極渾雄;然試問秦檜足以當之乎!

秦檜子熺狀元及第。李劉賀以啓曰:"一經教子,素欽丞相之賢；累月笞兒，敢起鄰翁之羡。”檜大喜。而汪藻賀啓則曰：“三年而奉詔策，固南宫進士之所同；一舉而首儒科，蓋東閣郎君之未有。”檜父子大怒，遂以得罪，編管湖湘。同一頌諛，而論筆仗，則汪尤健於李也！

自六代以來，箋啓即多駢偶；然其時文體皆然，非以是别爲一格也。至宋而歲時通候，仕宦遷除，吉凶慶吊，無一事不用啓，無一人不用啓，其啓必以四六，遂於四六之内，别有專門。南渡之始，吾郡孫覿仲益《内簡尺牘》，一時稱勝，猶存古意。迨崇仁李劉公甫《四六標準》出，惟以流麗穩貼爲宗，無復前人之典重；沿波不反，遂變爲類書之外編、公牘之副本，而冗濫極矣！然劉之所作，頗爲隸事親切，措辭明暢；在此體中，可謂名家！

汝陰王銍性之撰《四六話》二卷，其書皆評論宋人表啓之文，六代及唐，詞雖駢偶而格取渾成。唐末五代，漸趨工巧。如羅隱代吾祖吴越武肅王《賀唐昭宗更名曄表》，所謂“右則虞舜之全文，左則姬昌之半字”；當時以爲警策，是也。宋代沿流，彌競精切；故銍之所論，亦但較勝負於一聯一字之間。至周必大等承其餘波，轉加細密；終宋之世，惟以隸事切合爲工，組織繁碎，而文格日卑，皆銍之論導之也。稍後上蔡謝伋景師撰《四六談塵》一卷，其論四六，則以命意遣詞分工拙；以視銍之尋章摘句者，所見爲遠勝之。至謂“四六施於制誥表奏文檄，本以便宣讀，多以四字、六字爲句。宣和間多用全文長句爲對。習尚之久，至今未能全變，前輩無此格！”又謂：“四六之工，在於剪裁。若全句對全句，何以見工！”尤切中南宋之弊。

遜清駢文，名家者甚多；然亦時有利鈍。福州梁章鉅茝林《退庵隨筆》曰：“四六文純用六朝體格，亦恐非宜；惟有分唐四六、宋四六兩派，各就性之所近而學之。唐四六又當分爲兩層：有初唐之四六，王子安勃爲之首，以雄博爲宗，本朝之陳維崧似之；有中唐以後之四六，李義山商隱爲之首，以流麗爲勝，本朝之吴綺似之。宋四六無專家，各以新巧爲工；近南昌彭文勤公所輯《宋四六選》，已具崖略；本朝之章藻功似之。今欲爲四六專家，則當先讀蕭《選》及徐、庾二集，而參以初唐《四傑集》、李義山《樊南甲乙集》、彭文勤公《宋四六選》，以及《陳檢討四六》、《林蕙堂集》吴綺著、《思綺堂集》章藻功著則源流正變，自可了然於胸。”又曰：“近人四六體格，以孔巽軒檢討廣森爲最正。檢討嘗言：駢體文以達意明事爲主。不爾，則用之婚啓，不可用之書札；用之銘誄，不可用之論辨；真爲無用之物。六朝文無非駢體，但縱横開闔，與散體文同也。”又曰：“徐、庾集必須熟讀。此外四傑即當擇取。須避其平實之弊：第一音節近古。庾文‘落花與芝蓋齊飛，楊柳共春旗一色’，爲王子安所襲用。若删却‘與’‘共’二字，便成俗響。陳其年維崧‘四圍皆王母靈禽，一片悉嫦娥寶樹’。此調殊惡；在古人，寧以兩‘之’字易‘靈’‘寶’二字也！”又舉楊炯《少姨廟碑》云：“蔣侯三妹，青溪之軌迹可尋；虞帝二妃，湘水之波瀾未歇。”以爲“‘未歇’二字，耐人玩讀，今人必不能到”。至云“不可用經典奥衍之字及制舉文柔滑”之句，則不足於宋四六一派矣！包慎伯《答董晉卿書》曰：“僕家無藏書，少不涉學，獨好《文選》。輒效爲之，以古爲師，以心爲範。後乃得唐以來賦千餘首，檢其長篇鉅製，殊無可觀；惟韓退之《感二鳥》，張文潛《酷暑》，差當意耳！成童事斯，越三四年，内省外方，邈爾無偶！暨出游江淮間，乃見近人竇東皋侍郎光鼐作，駸駸有慕古之意；伐材近而隸事雜，氣象窘迫。大興朱相國珪有進御文五十餘首，華贍勝竇氏，意卑不能尊其體。張孟遲進士騰蛟步趨朱氏而加修飭；然貪多之弊更甚！尊舅氏張皋文編修惠言識字諧韵，而外腴内竭。金朗甫庶常式玉承編修之指授，用意秀宕；而怯薄無以自立。斯數君者，固已魁然迥出，卓立頹流；質諸古人柔厚之旨，未窺一間。僕以奔走風塵，弱冠廢學，常嘆生秉殊分，使不迫於饑寒，以三年餘暇，沈浸遺編；源於《風騷》以端其旨，以息其氣；播於子史以廣其趣，以飭其勢；通於小溰以狀其情，以壯其澤；匯於古集以練其神，以達其變；則雖不能追蹤漢魏，力崇淳質；悱惻雅密，接武鮑、庾，其庶幾矣！”此其言雖爲論賦而發；然賦者鋪采摛文，駢文之大宗。朱鼎甫《無邪堂答問》曰：“文章未論工拙，先論雅俗。如蓮裳樂鈞答《王痴山書》，有云：‘眼與碧疏，意將紅斷。’欲學齊梁，乃落俗調。凡此皆可類推。”細籀三君之論，則於駢文之取徑及雅俗，可以得其指要；舉一反三，所貴好學深思，心知其意耳！

自來爲駢文者，非博之難，而雄爲難！然不雄而博，喜用古事，彌見拘束。鍾嶸《詩品》曰：“大明、泰始中，文章殆同書抄。近任昉王元長融等詞不貴奇，競須新事。爾來作者寖以成俗；遂乃句無虛語，語無虛字；拘攣補衲，蠹文已甚。”此則博而不雄之弊也！然則如何而能爲雄也？毛稚黄爲《湖海樓儷體文序》曰：“能於屬詞隸事之中，極其開闔；不外紬青媲白之法，自行跌宕；政如山陰楷書，而具龍跳虎卧之奇；杜陵排律，乃得歌行頓挫之致。”陳維崧之文，未能臻此，然真狀寫得“雄博”二字出。

康熙中，安南國進貢，其表文云：“外國之丸泥尺土，不過中國飛埃；異域之勺水蹄涔，原屬天家雨露。”嫣潤有致。乾隆中，有某鎮李總兵，詔賜以御製詩全部；謝表有云：“乍聆天語，真目所未睹之奇；欲贊微詞，凜口不能言之懼。”渾脱瀏亮，妙在適如其分！

高映川丈汝琳爲余言：咸同間，吾邑有鄒鉞者，字少儀，工箋札，爲人作乞貸書，有曰：“燃眉之急，無過於目前；援手之恩，有待於足下。”開闔動宕，真有彈丸脱手之妙！不廑隸事穩稱已也！

晚清駢文，以南皮張之洞孝達爲大家，刊有《廣雅堂駢文》，其撰《書目答問》江陰繆荃蓀筱珊捉刀，入後《姓名略》，於駢體文家注曰：“國朝彭元瑞《恩餘堂經進稿》用宋法，今人《示樸齋駢文》，則用唐法。”按《示樸齋駢文》，歸安錢振倫楞仙作也；坊間有刻本。

侯官陳石遺先生衍爲《廣雅堂駢文注叙》曰：“凡人讀書，各有其專注之處；不審其所專注，有引用并非僻書而瞠目莫曉者。乾嘉間，孔巽軒治《大戴》，則專用《大戴》中語；孫淵如星衍治《墨子》，則輒用《墨子》中語；巽軒又喜用《新序》《説苑》中語，初非僻書也。余友許豫生君注吴山尊鼒所選《八家四六文》，若《問字堂》孫星衍集之‘呼嘯若瑾’，《儀鄭堂》之‘不兵霍虎’、‘設妃若廟’，皆闕如，不知其爲作者所常用之書耳。張廣雅相國在近代達官中，最稱博洽，四部罔不探，而尤熟《資治通鑒》。詩文駢散罔不作，余常以奏議第一，詩次之，駢體文次之。生平文字，務博大昌明，不爲奥衍僻澀以號稱高古;而用事尤見雅切。故往者爲駢文壽李少荃相國,先使屠敬山大令寄屬稿,篇二千言,廣雅易其八九。敬山駢文在近賢中不作第二人想,此篇刻在《結一宧集》中,風格視廣雅爲高;然廣雅作光明俊偉,切當自己身分,非屠作所及。兩文并存,可以方鄭亞之改李義山,昌黎之改盧玉川矣!”論讀書各有專注,可爲駢文家作注者法。

談駢文者,莫備於烏程孫梅松友《四六叢話》,而惜其辭涉曼衍,又限於四六一體。僕兹所陳,遜其繁富,而亦無其支曼;蘄於啓示塗徑,津逮求學。詞出談屑,指歸挈要;而鎔裁自我,語無相襲。雖非鉅帙,要爲别裁。述《漫話》第五。

文心·讀寫的故事

夏丏尊、葉聖陶 合撰

一九三四年六月開明書店初版發行,爲"開明青年叢書"之一種,至民國廿八年(一九三九年)九月已發行十二版,可見此書在當時之風靡程度。此書初爲連載之系列文章,連載於《中學生》雜誌一九三三年一月第三十一號至一九三四年六月第四十六號,每期刊載兩章,共三十二章。爲便於讀者更易獲窺全貌,夏、葉兩人將此系列文章彙集成書。

夏丏尊(一八八六—一九四六),名鑄,字勉旃,後改字丏尊,號悶庵,浙江紹興上虞人。光緒二十八年(一九〇二)考取秀才。一九〇三年入上海中西學院(東吴大學前身)初等科,肄業。一九〇五年留學日本,先入弘文學院,後入東京高等工業學校,因官費無着而於一九〇七年輟學回國。一九〇九年應聘爲浙江兩級師範學堂日籍教習翻譯助教,一九一二年,該校更名爲浙江省第一師範學校,由校長經亨頤聘爲國文教員。後任教於長沙第一師範、春暉中學、浙江省立四中。一九二五年參與創辦上海立達中學(後改名立達學園)、立達學會,創辦《立達》季刊及《一般》月刊。其後,參與籌創開明書店并任開明書店編輯所所長,創辦《中學生》雜誌并任社長,創辦《新少年》雜誌任社長,創辦《月報》雜誌任社長。上海淪陷後,因年老多病未能離開上海,繼續於開明書店編輯字典,兼任私立南屏女子中學國文教員。抗戰勝利後,當選中華全國文藝協會上海分會理事。著述豐富,代表作如《文藝論ABC》《生活與文學》《現代世界文學大綱》及編著《芥川龍之介集》《國文百八課》《開明國文講義》等,譯有《社會主義與進化論》《蒲團》《近代日本小説集》《愛的教育》等。葉聖陶(一八九四—一九八八),原名葉紹鈞,字秉臣,後改字聖陶,筆名桂山、葉錦、斯提、秉丞、郢生等,江蘇蘇州人。早年曾任小學、中學教員,一九一九年加入新潮社,開始從事白話文學創作,發表小説、新詩、文學評論和話劇劇本等。一九二一年,與周作人、茅盾、鄭振鐸等人發起組建“文學研究會”,提倡“文學爲人生”。曾與胡愈之創辦《公理日報》、另主編《光明》半月刊、《小説月報》《中學生》《中學生文藝》等雜誌,歷任商務印書館、開明書店編輯、國立武漢大學教授等。中華人民共和國成立後,歷任教育部副部長、人民教育出版社社長和總編、中央文史研究館館長、全國人民代表大會常務委員會委員、民進中央主席、全國政協副主席等職。其著述豐厚,代表著作有《隔膜》《倪焕之》《西川集》《稻草人》等,經後人彙集所作,勒爲二十六卷本《葉聖陶集》。

此書之最大特色,乃是以故事形式(或曰小説體裁),詳述國文科各項知識,將讀法與作法打成一片、知識與訓練匯於一爐,能近取譬而又切實易行。在這些文章中,各類知識大凡皆以題目標出,每個題目之下皆成一個故事,每個故事又講解一種知識,并就地取材、營造環境,虛構出某一中學國文教學之場景,將人物置身於當時個人日常、周遭社會、時事之中,既有師生互動,亦有諸生切磋及諸生與家庭、社會之交流回饋,由是營造出學校、家庭、社會三重教育,靈活運用情節、人物、對話之三要素,將抽象之知識如鹽入水般溶於其中,浸灌故事中之學生與現實中之讀者。這些故事,既單獨成篇,又渾然整體,將“關於國文的全體知識”(陳望道序語)生動周到、深入淺出地娓娓道來,乃夏、葉二人從事多年中學教育之心得,妙用戲劇性和情景式教學之法,“比那些論文式綱舉目張的著作容易教人記住”(朱自清序語),無怪乎給當時青年和後來讀者耳目一新之覺。

由題目觀之,文體上而言,這些文章廣涉詩、新體詩、詞、文、叙事文、小説、戲劇、日記、讀書筆記等各類新、舊文體;於寫作、修辭上,談及題目、内容、知與情與意、修辭、文病、推敲、組織諸端;於朗讀則重語調、語感,在鑒賞則看風格、印象。然則,作者之意旨乃在教人以讀寫,故雖涉及面廣,然大凡與作文或寫作相關,教人以作法,且不少觀點曾散見於其他文章。如《題目與内容》一章所言"作文爲生活中的一個項目",强調生活乃寫作之源;且故事中老師佈置學生之作文題目令"許多學生好像遇見了和藹的客人"一般,適與葉聖陶《作自己要做的題目》一文中一再强調中學生平時加强練習、深入觀察生活,而老師出題要儘量出學生所熟悉之題等看法一致。又如《"文章病院"》一章,在此前《中學生》雜誌上曾辟有"文章病院"專欄,文章即將此欄内容納入其中,并由其中一學生總結歸納"文病",實爲對《文章病院》一文之總結歸納,而又頗具觀賞性。

此書雖專講讀與寫,且其讀者乃擬想爲中學生,然其文中所談,普通讀者讀來亦或受益匪淺,即今讀之,亦可得窺觀文、作文之一二。讀此系列文章,上世紀三十年代中學教育之場景、問題仿佛呈現於前,其情景教學法及豐富多樣化之教育手段,亦可資借鏡之用。在此書的影響下,沐紹良著有《讀和寫》(開明書店,一九三六年初版發行)、顧鳳城亦仿此著有《寫作的故事》(中正書局,一九三七年初版發行)等,爲節約篇幅計,兹暫略而不録。

序

這部《文心》是用故事的體裁來寫關於國文的全體知識。每種知識大約占了一個題目。每個題目都找出一個最便於襯託的場面來,將個人和社會的大小時事穿插進去,關聯地寫出來。通體都把關於國文的抽象的知識和青年日常可以遇到的具體的事情鎔成了一片。寫得又生動,又周到,又都深入淺出,的確是一部好書。

這部好書是丏尊和聖陶兩位先生特爲中學生諸君運用他們多年教導中學國文的經驗寫成的。什麼事應該説以及怎樣説才好懂,都很細心地注意到,很合中學生諸君的脾胃。我想中學生得到此書,一定好像逢着什麽佳節得到親眷特爲自己備辦的難得的盛饌。

這裏羅列的都是極新鮮的極衛生的吃食。青年諸君可以放心享用,不至於會發生食古不化等病痛。假使有一向胃口不好的也可借此開胃。

以前也曾有過用"文心"這兩個字做書名的書,叫做"文心雕龍",那是千把年前的劉勰做的,也是一部講全體國文知識的書。也許在子淵的舊書箱裏還可以找得着,但是你們如果找來放在自己的書架上,枚叔看見,一定又要來一句"了不得"。我家裏也藏着板子不同的好幾部,從未拿給還在中學讀書的兩個女兒看。

世界總是一天一天的進步起來,好像你們總是一天一天的大起來進步起來一樣。即就國文的知識來説,我們做中學生的時候所受的,不是一些繁繁碎碎,像從字紙簏裏倒出來的知識,就是整部的《詩經》《書經》《易經》《禮記》,從陳年老書箱裏搬出來,教我們讀了做聖賢的。那裏有的這樣平易近人而又極有系統的書?即使找出幾本古人寫的,例如《文心雕龍》罷,也是古人説古人的。有些我們急於要曉得的,他們都還不曾想到。就像這部《文心》裏面説的文法之類,那位做《文心雕龍》的劉勰就連夢裏也還未曾夢見呢。

我們應謝謝丏尊、聖陶兩位先生,替青年們打算,把現在最進步的知識都苦心孤詣地收集了起來,又平易地寫出來,使我們青年也有機會接近它。

一九三四年五月四日,陳望道。

序

記得在中學校的時候,偶然買到一部《蕫園課蒙草》,一部彪蒙書室的《論説入門》,非常高興。因爲這兩部書都指示寫作的方法。那時的國文教師對我們幫助很少,大家只茫然地讀,茫然地寫;有了指點方法的書,仿佛夜行有了電棒。後來才知道那兩部書并不怎樣高明,可是當時確得了些好處。——論讀法的著作,却不曾見,便吃虧不少。按照老看法,這類書至多只能指示童蒙,不登大雅。所以真配寫的人都不肯寫;流行的很少像樣的,童蒙也就難得到實惠。

新文學運動以來,這一關總算打破了。作法讀法的書多起來了;大家也看重起來了。自然真好的還是少,因爲這些新書——尤其是論作法的——往往泛而不切;假如那些舊的是餖飣瑣屑,束縛性靈,這些新的又未免太無邊際,大而化之了——這當然也難收實效的。再説論到讀法的也太少;作法的偏畸的發展,容易使年輕人誤解,以爲只要曉得些作法就成,用不着多讀别的書。這實在不是正路。

丏尊、聖陶寫下《文心》這本"讀寫的故事",確是一件功德。書中將讀法與作法打成一片,而又能近取譬,切實易行。不但指點方法,并且着重訓練;徒法不能自行,没有訓練,怎麽好的方法也是白説。書中將教學也打成一片,師生親切的合作纔可達到教學的目的。這些年頗出了些中學教學法的書,有一兩本確是積多年的經驗與思考而成。但往往失之瑣碎,又側重督責一面,與本書不同。本書裏的國文教師王先生不但認真,而且親切。他那慈祥和藹的態度,教學生不由地勤奮起來,彼此親親熱熱地討論着,没有一些浮囂之氣。這也許稍稍理想化一點,但并非不可能的。所以這本書不够是中學生的書,也是中學教師的書。再則本書是一篇故事,故事的穿插,一些不缺少;自然比那些論文式綱舉目張的著作容易教人記住——换句話説,收效自然大些。至少在這一件上,這是一部空前的書。丏尊、聖陶都做過多少年的教師,他們都是能感化學生的教師,所以才寫得出這樣的書。丏尊與劉薰宇先生合寫過《文章作法》,聖陶寫過《作文論》。這兩種在同類的著作裏是出色的,但現在這一種却是他們的新發展。

自己也在中學裏教過五年國文,覺得有三種大困難。第一,無論是讀是作,學生不容易感到實際的需要。第二,讀的方面,往往只注重思想的獲得而忽略語彙的擴展,字句的修飾,篇章的組織,聲調的變化等。第三,作的方面,總想創作,又急於發表。不感到實際的需要,讀和作都只是爲人,都只是奉行功令;自然免不了敷衍,游戲。只注重思想而忽略訓練,所獲得的思想必是浮光掠影。因爲思想也就存在語彙,字句,篇章,聲調裏;中學生讀書而只取其思想,那便是將書裏的話用他們自己原有的語彙等等重記下來,一定是相去很遠的變形。這種變形必失去原來思想的精彩而只存其輪廓,没有甚麽用處。總想創作,最容易浮誇,失望;没有忍耐而求近功,實在是苟且的心理。本書對於這三件都已見到;除讀的一面引起學生實際的需要,還是暫無辦法外,(第一章,周枚叔論編中學國文教本之不易)其餘都結實地分析,討論,有了補救的路子。(如第三章論作文"是生活中間的一個項目",第九章朱志青論文病,第十四章王先生論讀文聲調,第十七章論"語彙與語感",第二十九章論"習作創作與應用")此上,本書中的議論也大都正而不奇,平而不倚,無倚新畸舊之嫌,最宜於年輕人。譬如第十四章論讀文聲調,第十六章論"現代的習字",乍看仿佛復古,細想便知這兩件事實在是基本的訓練,不當廢而不講。又如第十五章論無别擇地迷戀古書之非,也是應有之論,以免學生鑽入牛角尖裏去。

最後想説説關於本書的故事。本書寫了三分之二的時候,丏尊、聖陶做了兒女親家。他們倆决定將本書送給孩子們做禮物。丏尊的令嬡滿姑娘,聖陶的令郎小墨君,都和我相識;滿更是我親眼看見長大的。孩子都是好孩子,這才配得上這件好禮物。我這篇序也就算兩個小朋友的訂婚紀念罷。

朱自清,二十三年五月十七日,北平清華園。

目　次

一　“忽然做了大人與古人了”

正午十二時的下課鐘才打過，H 市第一中學校門口蜂也似地湧出許多回家吃午飯去的通學生。女生的華麗的紙傘，男生的雪白的制服，使初秋正午的陽光閃耀得愈見明亮。本來行人不多的街道，突然就熱鬧起來。

“從今日起，我們是初中一年生了。上午三班功課，英文仍是從頭學起，算學還是加減乘除四則，都没有甚麽。只有國文和我們在高小時大不同了，你覺得怎樣?”周樂華由大街轉入小巷，對同走的張大文説。

“我也覺得國文有些繁難。這恐怕不但我們如此，方才王先生發文選時，全級的人看了似乎都皺着眉頭呢。”

“這難怪他們。我和你在高小時對於國文一科總算是用功的，先生稱贊我們倆在全級中理解力最好，尚且覺得彀不上程度。”

“今天發出來的兩篇文選，説叫我們豫先自習。我方才約略看了幾處，不懂的地方正多哩。你或者比我能多懂些罷。”

“那裏那裏。反正今天是星期一，王先生方才叫我們在星期三以前把那篇白話體的《秋夜》先豫備好，還有一天半工夫呢。我回去慢慢地豫備，真有不懂的地方，只好去問父親了。”

“你有父親可問，真是幸福。我……”失了父親的大文不禁把話咽住了。

“我的父親與你的父親有甚麽兩樣?你不是可以常到我家裏去，請我父親指導的嗎?今晚就去吧，我們一同把第一篇先來豫備，好不好?——呀，已到了你家門口了。我吃了飯就來找你一同上課去。下午第一班是圖畫嗎?”樂華安慰了大文，急步走向自己家裏去。

周樂華與張大文是姨表兄弟，兩人都是十四歲。周樂華家居離 H 市五十裏的 S 鎮，父親周枚叔是個中學教師，曾在好幾個中學校裏擔任過國文功課。新近因爲厭棄教師生涯，就在 H 市某銀行裏擔任文牘的職務。

暑假時樂華在S鎮高小畢業了,枚叔因爲鄉間没有中學,自己又在銀行裏服務,不能兼顧S鎮的家,就將全家移居H市,令樂華投考第一中學初中部。張大文原是H市人,自幼喪父,他的母親因大文身體瘦弱,初小畢業後,即依從醫生的勸告和親戚間的商議,令轉入鄉間的S鎮小學校去住讀,只在年假暑假回到H市來。鄉居兩年,大文在高小畢業了,身體也大好了,便留在H市與樂華同入第一中學。兩人既是親戚,兩年以來又同級同學,情誼真同兄弟一樣。

下午課畢後,樂華與大文去作課外運動。闊大的運動場,各種各樣的運動器具,比較鄉間高小的幾有天淵之差。兩人汗淋淋地攜了書包走出校門,已是將晚的時候了。

樂華走到家裏,見父親早已從銀行裏回來了。簷下擺好了吃飯桌凳。母親正在厨下,將要搬出碗盞來。

"今天上了幾班課?程度彀得上嗎?好好地用功啊!"吃飯時枚叔很關心地問樂華。

"别的還好,只是國文有些難。"

"大概是文言文罷,你們在小學裏是只讀白話文的。"

"不但文言文難懂,白話文也和從前的樣子不同。今天先生發了兩篇文選,一篇白話的一篇文言的。白話的一篇是魯迅的《秋夜》,文言的那篇叫做《登泰山記》,是姚……做的。"

"姚鼐的吧。這個'鼐'字你不認識吧。姚鼐,安徽人,是前清有名的文章家。"

"先生交代在星期三以前要把這兩篇文章豫備好呢。"

"吃了飯好好去豫備吧。不懂的地方可問爸爸,現在不比從前了。從前爸爸不和你在一起,自修時没有人可問。"樂華的母親從旁加進來説。

"我也許無法指導呢。"枚叔苦笑。

"爲什麽?你不是做過多年的國文教師的嗎?"樂華的母親這樣問,樂華也張大了眼睛驚訝地對着父親。

“惟其做過多年的國文教師,所以這樣說。一個孩子從小學升入中學,課程中最成問題的是國文。這理由説來很長,且待有機會時再説吧。”枚叔一壁説,一壁用牙籤剔牙。

樂華愈加疑惑。恰好大文如約來了。天色已昏暗,樂華在自己的小書房裏捻亮了電燈,叫大文進去一同豫習。枚叔獨自在庭間閑步,若有所想。

兩人先取出《秋夜》來看,一行一行地默讀下去,遇到不曾見過的字類,用鉛筆記出,就《學生字典》逐一查驗,生字查明了,再全體通讀,仍有許多莫名其妙的地方。

“‘墻外有兩株樹,一株是棗樹,還有一株也是棗樹’,你懂得嗎?爲什麼要這樣説?”大文問樂華説。

“不懂,不懂。下面還有呢,‘這上面的夜的天空,奇怪而高’,天空有什麼可奇怪的呢?不懂,不懂。字是個個認識的,連結起來竟會看不明白,怎樣好啊!”樂華皺起眉頭埋頭再細細默讀。

這當兒枚叔踱進小書房來。

“你們看不懂《秋夜》吧。”

“難懂,簡直不懂。”樂華、大文差不多齊聲説,同時現出請求講解的眼色。

“不懂是應該的。”枚叔笑着説。

“爲什麼學校要叫我們讀不懂的文章呢?我們在高小讀國語課本,都是能懂的。”大文説。

“讓我來告訴你們,”枚叔坐下在椅子上説,“你們在小學裏所讀的國語課本,是按照了你們的程度,專爲你們編的。現在中學裏,先生所教的是選文,所選的是世間比較有名的文章。或是現在的人做的,如魯迅的《秋夜》,或是古時的人做的,如姚鼐的《登泰山記》。這些文章本來不爲你們寫作的,是他們寫述自己的經驗的東西。你們年紀這樣小,經驗又少,當然看了難懂了。”

“那末爲什麼没有人替我們中學生編國文課本呢?”樂華不平地説。

“照理原應該有人來按了年齡程度替你們特地編的,可是這事情并不容易。我從前在中學校教國文時,也曾想約了朋友另編一部中學國文教本。後來終於因爲生活不安定,没有成功。你們也許不知道,現在中學以上的教師,位置是很不安定的,這學期這裏,下學期那裏,要想在一處安心教書,頗不容易。你們的國文教師是王仰之先生吧。他是我的老朋友,是一位很好的教師。他這學期教你們,也許下學期就不教你們了。中學校國文科至今還没有適當的課本,教師生活的不安定也是一個大原因。”枚叔説到這裏,似乎感慨無限,聰明的樂華和大文從枚叔的言語中就窺見了他所以抛棄教師生活的原因。

“你們在中學裏就學,全要靠自己用功的了。因爲教師流轉不定,無論那一科,教師是不能負責到底的。”枚叔繼續説。

“叫我們對於國文科怎樣用功啊! 既難懂,又没趣味。”大文説。

“慢慢地來。你們是小孩,是現代人,所讀的却是寫記着大人或古人的經驗的文章。照理,大人的經驗要大人才會真切地理解,古人的經驗要古人才會真切地明白。你們非從文章中收得經驗,學到大人或古人的經驗程度不可。”

“叫我們忽然變成大人變成古人嗎? 哈哈!”樂華與大文不覺笑起來了。

“現在的情形,老實説是這樣。你們還算好呢,從前的人像你們的年齡,還在私塾裏一味讀《四書五經》,不但硬要他們做大人古人,還要强迫他們做聖人賢人呢,哈哈!”

“哈哈!”樂華大文跟着又笑了。

“你們笑什麼?”樂華的母親聽見笑聲,到房門口來窺看,“外面很凉呢,大家快到外面來,不要擠在一間小房間裏。”

於是大家出去,一齊坐在庭心裏。這時月亮尚未出來,星兒在空中閃爍着。枚叔仰視天空,對樂華大文説:

“你們不是正在讀魯迅的《秋夜》嗎? 現在正是秋夜呢。你看,星兒不是在睞眼嗎? 天不是很藍嗎? 現在尚是初秋,一到晚秋,天氣愈清,天空看去還要高,有時竟會高得奇怪,還要藍,有時真是非常之藍。”

樂華大文點頭,如有所悟。

“魯迅所寫的是晚秋的夜,所以文中表現出蕭瑟的寒意,凋落的棗樹,枯萎了的花草,避冷就火的小蟲,都是那時候實在的景物,他對着這些景物,把自己的感想織進去,就成了那篇文章。景物是外面的經驗,對於景物的感想是内部的經驗。晚秋夜間的經驗,你們是有了的,可是因爲平常不大留意,在心裏印得不深。至於對於景物的感想,那是各人各異的,小孩子所感到的當然不及大人的復雜,即同是大人,普通人所感到的當然不及詩人文人的深刻。你們方才説看不懂魯迅的《秋夜》,就是經驗未到魯迅的程度的緣故。”

“爸爸,好像比剛才懂了許多了呢。——大文,我們再去豫習吧,看還有甚麽地方不懂的。”樂華拉了大文,再到小書房裏去。

兩人熱心地再看《秋夜》,一節一節地讀去,覺得比先前已懂得不少,從前經歷過的晚秋夜間的景物也一一浮出在眼前,文中有許多話,差不多就是自己所想説而説不出的。兩人都暗暗地感到一種愉快。

“已經看懂了没有?”枚叔又踱進書房來。

“大概懂得了。——嗄,大文。”樂華一壁回答,一壁徵求大文的同意。

“這一節恐怕你們還未必懂吧。”枚叔指着《秋夜》中的一切讀道,“‘我忽而聽到夜半的笑聲,吃吃地,似乎不願意驚動睡着的人。然而四圍的空氣都應和着笑。夜半,没有别的人,我即刻聽出這聲音就在我嘴裏,我也即刻被這笑聲所驅逐,回進自己的房。燈火的帶子也即刻被我旋高了。’這一節恐怕懂不來吧。”

“真的,不懂得。爲甚麽要笑?爲甚麽自己笑了會自己不知道?爲甚麽四周的空氣也會應和着笑?”樂華問。大文也擡起頭來注視枚叔。

“我方才曾把經驗分爲兩種,一種是外面的經驗,一種是内部的經驗。外面的經驗是景物的狀况,内部的經驗是作文説話的人對於景物的感想。譬如説天上的星在閃爍,這是景物,是外面的經驗。説星在睞冷眼,這是作文説話的人對於星的感想,是内部的經驗。外面的經驗是差不多人人共同的,最容易明白。内面的經驗却各人不同。如果和外面的經驗合在一處的時候,比較還容易懂得。像這節,全然是寫作者那時個人的心境的,却是純粹的内部的經驗。我們除了説作者自己覺得如此以外,更別無甚麽可解釋的了。"

"那末,爸爸也不懂?"樂華驚問。

"也許比你們多懂得一些。真能彀懂的怕只有作者魯迅自己了。但是魯迅雖能真懂,却也無法解釋給你們聽哩!"

才在豫習中感到興趣的樂華與大文,聽了枚叔的這番話,好像頭上澆了冷水,都現出没趣味的神情。

"這是無可如何的事。詩詞之中,這種情形更多,你們將來讀詩詞會時時碰到這種境界呢。你們尚是孩子,今後所讀的文字却都是現成的東西,不是現代的大人做的,就是古代的大人做的。他們不但是大人而且都是文人,他們只寫自己的内外經驗,并不豫計給你們讀的。你們能懂得多少,就懂多少,從文字裏去收得經驗,學習經驗的方法。你們不久就要成大人了,趁早把思考力想像力練習到水平綫的程度,將來才不至於落伍。"枚叔説了就拔步走出。

大文在樂華小書房中又坐了一會才回去。樂華送他出門時,笑着説:

"我們忽然做了大人與古人了!"

二　方塊字

星期三下午接連是兩班國文課。王先生講解選文,采取學生自動的方式,自己只處於指導的地位。先叫一個學生朗讀一節,再令别一個學生解釋。一節一節地讀去講去,遇有可以發揮的地方,他隨時提出問題,叫學生們自由回答,或指名叫某一個學生回答,最後又自己加以補充。全課堂的空氣非常活潑緊張。

樂華與大文坐在最後的一排。他們已把《秋夜》與《登泰山記》

好好地豫習過了,甚麼都回答得出。因爲怕過於在人前誇耀自己,只是默默地坐在那裏靜聽同學們的講讀和先生的補充。遇到全課堂無人能回答時,才起來説話。在這兩班功課中,樂華與大文各得到兩三次開口的機會,王先生都贊許説,“講得不錯”。全堂的同學時時把眼光注射到他們身上。

在樂華與大文看來,同學們的講解,有的似是而非,有的簡直錯誤得可笑。最可注意的是王先生的補充了。樂華把王先生所補充的話擇要記録在筆記册上,給大文看。他所記的如下:

重複法——一株是棗樹,還有一株也是棗樹。

——我即刻聽出這聲音就在我嘴裏,我也即刻被這笑聲所驅逐,回進自己的房。燈火的帶子也即刻被我旋高了。

擬人法——她在冷的夜氣中瑟縮地做夢……

——鬼睞眼的天空越加非常之藍,不安了,仿佛想離去人間,避開棗樹,只將月亮剩下……

——蒼山負雪。半山居霧若帶然。

《秋夜》——寫景。狀物。想像分子多。文字奇倔。

《登泰山記》——寫景。紀行。樸實的記載。文字簡潔。

大文自己也有所記,兩人彼此交換了看,把重要的互相補充,彼此所記的條數愈多了。

王先生教授時,很注意於文言與白話的比較,他説:

> 諸君第一次讀文言文,一定會感到許多困難。但是不要怕,普通的文言文并不難。文言和白話的區别只有兩點,一是用字的多少,一是關係詞的不同。例如,《登泰山記》是文言,開端的“泰山之陽汶水西流”,如果用白話來説,就是“泰山的南面,汶水向西流着”,白話的字數比文言多了幾個。在文言中,一個“陽”字可作“南面”解,“西流”二字可作“向西流着”解,在白話文中却不行。又如“之”字,在白話文用“的”,這是關係詞的不同。諸君初學文言,須就這兩點上好好注意。

隨後王先生就從《登泰山記》中摘出句子來,自己用白話翻譯幾句給學生聽,再一一叫學生翻譯。在這時,樂華知道了許多文言白話用字上的區别。知道"者"就是"的"、"皆"就是"都"、"其"就是"他的"、"也"就是"是"、"若"就是"像"等等。

一篇《登泰山記》由全體學生用白話一句句翻譯過以後,王先生又突然提出一個問題來,説:

"《登泰山記》中説:'蒼山負雪,明燭天南。'這'燭'字是甚麽意思?"

"這是蠟燭的'燭',"一個學生起來説。

"蠟燭?"王先生摇着頭,"誰能改用别的話來解釋?"

"方才聽先生講過,'燭'是照的意義,"另一個説。

"是的,我曾這樣説,'燭'字作照的意義解。但爲甚麽作這樣解釋呢? 有人能説嗎?"

全課堂的眼光都集注於樂華、大文兩人。大文用臂彎推動樂華,意思是叫他回答。

"因爲蠟燭會發光,所以可作照字解。——這是爸爸教我的。"同學們太注意樂華了,使他很不好意思,他便把責任推到自己的父親身上去。

"對了,燭字本來是名詞,在這裏用作動詞了。諸君在高小裏,當已知道詞的分類,你們入學試驗的時候,我曾出過關於文法的題目,大家都還答得不錯,詞的種類和性質,想來大家已明白了。誰來説一遍看!"

"名詞,代名詞,動詞——動詞之中有自動與他動二種——形容詞,副詞,接續詞,介詞,助詞,還有感嘆詞。"一個學生很熟地背出文法上品詞的名稱來。

"不錯,有這許多詞。"王先生隨在黑板上寫一個"夢"字,問道:"夢字是甚麽詞?"

"是名詞",一個學生回答。

王先生又把《秋夜》裏的"她在冷的夜氣中,瑟縮地做夢,夢見春的到來,夢見秋的到來,夢見瘦的詩人將眼淚擦在她最末的花瓣

上”,幾句話寫在黑板上,問道:

“不錯,做夢的‘夢’字是名詞。下面夢見的‘夢’字是不是名詞呢?”

“不是,不是”,許多學生回答。可是没有人能説出那些“夢”字的性質來。

“那些‘夢’字和‘見’字聯結,成爲動詞了,”王先生説,“還有我們稱一個人睡着了説話叫‘説夢話’,這‘説夢話’的‘夢’,是甚麽詞呢?”

“是形容詞”,大文回答。

先生又在黑板的另一角上寫了一個“居”字,問:“這是甚麽詞?”

“普通屬動詞”,一個學生回答。

“那末《登泰山記》中‘半山居霧若帶然’的‘居’字呢?是不是動詞?”先生問。

“剛才先生説,居霧是‘停着的霧’的意思,那末這‘居’字對於‘霧’字是形容詞了。”坐在大文前面的一個學生回答。那個學生名叫朱志青,是和樂華大文同一自修室的,樂華、大文在同級中最先認識的就是他。

“不錯,是形容詞。”王先生説到這裏,下課鐘響了,雜亂的脚步聲從左右課堂裏發出,先生用手示意,一壁説道:“且慢走,還有幾句很要緊的話。——我國文字是方方的一個個的,你們從前幼時,不是認過方塊字嗎?我國文字没有語尾的變化,真是方塊字。甚麽字甚麽性質,没有一定,因所處的地位而不同。像方才所舉的幾個字,都是因了地位而性質變易的。這情形在讀文字的時候,要隨時留意,尤其是文言文。因爲文言文用字比白話文簡單,一個字弄不明白,解釋上就會發生錯誤的。”

運動場上雖已充滿着快活的人聲,王先生的課堂裏却還没有鞋子在地板上拖動的聲音,直到王先生向學生點頭下講臺爲止。

樂華對於王先生所説的“方塊字”三個字,很感到趣味,他不但記起了幼時母親寫給他的紅色的小紙片,還得到種種文字上的豐富的暗示。與大文回去的時候,走過一家茶店門口,見招牌上寫着“天樂居”三個大字,署名的地方是“知足居士書”,又見茶店間壁的一分人家的墻門頭頂有“居之安”三字鑿在磚上。就指向大文道:

“方才王先生説過‘居’字,恰好這裏就有三個‘居’字呢。讓我們來辨别辨别看。”

“天樂居的‘居’是名詞,居士的‘居’是形容詞,居之安的‘居’是動詞囉。”大文説得毫無錯誤。

“想不到一個字有這許多的變化,我們在高小時只知道名詞、動詞等的名目,現在又進了一步了。”

兩人一壁走,一壁注意路上所見到的字,不論招牌、里巷名稱,以及廣告、標語,無一不留心到。你問我答,直到中途分别才止。

三　題目與内容

星期六的第一班是國文課的作文。許多同學來到這學校裏,這還是第一次作文;大家懷着“試一試”的好奇心,豫備着紙筆,等候王仰之先生出題目。

天氣非常好。陽光從窗外的柳條間射進來,在沿窗的桌子上、地板上、同學的肩背上印着繁碎的光影。王先生新修面頰,穿着一件洗濯得很乾净的舊綢長衫,斜受着外光站在講臺上;誰望着他就更親切地感到新秋的爽氣。

“諸君且放下手裏的筆”,王先生開頭説,“這是第一次作文。關於作文,我要和你們談幾句話。現在我問:在怎樣的情形之下,我們才提起筆來作文呢?”

“要和别地的親友通消息,我們就寫信,寫信便是作文”,一個學生回答。

“有一種意見,要讓大衆知曉,我們就把它寫成文字;這比一個一個去告訴他們便當得多。”

“經歷了一件事情,看到了一些東西,要把它記録起來,我們就動手作文。”

“有時我們心裏歡喜,有時我們心裏愁苦,就想提起筆來寫幾句;寫了之後,歡喜好像更歡喜了,愁苦却似乎減淡了。有一回,我看見親手種的薔薇開了花,高興得很,就寫一篇《新開的薔薇》,再到院子裏去看花,覺得格外有味。又有一回,我的姊姊害了病,看她翻來覆去不舒服,我很難過,就寫一篇《姊姊病了》;寫完之後,心裏仿佛覺得鬆爽了一點。”

王先生望着最後説話的一個學生的臉,眼角裏露出欣慰的光,他點頭説:“你們説的都不錯。在這些情形之下,我們就得提起筆來作文。這樣看來,作文是無所爲的玩意兒嗎?”

“不是”,全級學生差不多齊聲回答。

“是無中生有的文字把戲嗎?”

“也不是。”

“那末是甚麽”,王先生把聲音提高一點,眼光攝住每一個學生的注意力。

“是生活中間的一個項目”,朱志青的口齒很清朗,引得許多同學都對他看。

王先生恐怕有一些學生不很明白朱志青的話,給它解釋道:“他説作文同吃飯、説話、做工一樣,是生活中間缺少不來的事情。生活中間包含許多項目,作文也是一個。”

樂華等王先生説罷,就吐露他的留住在脣邊的答語道:“作文是應付實際需要的一件事情,猶如讀書、學算一樣。”

王先生滿意地説:“志青和樂華都認識得很確當。諸君作文,須永遠記着他們的話。作文是生活,而不是生活的點綴。”

停頓了一會兒,王先生繼續説:“那末,在并没有實際需要的時候,教大家提起筆來作文,像今天這樣,課程表上規定着作文,不是很不自然的可笑事情嗎?”

“這就叫做練習呀”,大文用提醒的聲口説。

“不錯。要教諸君練習,只好規定一個日期,按期作文。這是不得已的辦法。并不是作文這件事情必須出於被動,而且必須在規定的日期干的。到某一個時期,諸君的習慣已經養成,大家把作文這件事情混和入自己的生活裏頭,有實際需要的時候能彀自由應付:這個不得已的辦法就達到了它的目標了。"

王先生説到這裏,回轉身去,拿起粉筆來在黑板上寫字。許多學生以爲這是出題目了,都聳起身子來看。不料他只寫了"内容"兩個字,便把粉筆放下,又對大家談話了。

"我們把所要寫的東西叫做'内容',把標舉全篇的名稱叫做'題目',依自然的順序,一定先有内容,後有題目。例如,看見了新開的薔薇,心裏有好多歡喜的情意要寫出來,才想起《新開的薔薇》這個題目;看見了姊姊害病,心裏有好多愁苦要想發泄,才想起《姊姊病了》這個題目。但是,在練習作文的當兒,却先有題目。諸君看到了題目,然後去搜集内容。這豈非又是顛倒的事情嗎?"

全堂學生都不響,只從似乎微微點頭的狀態中,表示出"不錯,的確是顛倒的事情"的回答。

"顛倒誠然顛倒",王先生接下去説,"只要練習的人能彀明白,也就没害處。練習的人應該知道作文不是遇見了題目,隨便花言巧語寫幾句,就算對付過去了的事情。更應該知道在實際應用上,一篇文字的題目往往是完篇之後才取定的;題目的大部分的作用在便於稱説,并没甚麼了不起的關係。這些見解很關重要。懂得這些,作文才是生活中間的一個項目;不懂得這些,作文終於是玩意兒、文字把戲罷了。從前有人閑得没事做,取一個題目叫做《太陽曬屁股賦》……"

全堂學生笑起來了。

王先生帶着笑繼續説:"他居然七搭八纏地寫成了一篇,摇頭擺腦念起來,聲調也很鏗鏘。這種人簡直不懂得作文是怎麼一回事,只當它是無謂的游戲。其實,這樣地作文,還是不會作的好;因爲如果習慣了,對於别的事情也這樣'游戲'起來,這個人就没有辦法了!然而,從來教人練習作文,用的就是類乎游戲的方法,諸君恐怕不大知道吧?剛才看了幾頁歷史,就教他作《秦始皇論》《漢高祖論》;還没有明白一鄉一村的社會組織,却教他作《救國的方針》《富强的根源》:這不但二三十年前,就是現在,好些中學校裏還是很通行呢。這些題目,看來好像極正當,可是出給不想作、没有能力作的學生作,就同教他作《太陽曬屁股賦》一樣,而且對於他的害處也一樣。”

又是一陣輕輕的笑聲,笑聲中透露出理解的欣快。

“所以,我不預備出這一類的題目給諸君作。本來,出題目可以分做兩派。剛才提起的是一派。這是不管練習的人的,要你説甚麽你就得説甚麽,例如要你論秦始皇你就得論秦始皇;要你怎麽説就得怎麽説,例如要你説‘我國之所以貧弱全在鴉片’你就得説‘我國之所以貧弱全在鴉片’。另外一派就不然。先揣度練習的人對於甚麽是有話説的、説得來的,才把甚麽作爲題目出給你作。而且這所謂甚麽只是一個範圍,寬廣得很,你劃出無論那一角來説都可以。這樣,雖然先有題後作文,實則同應付實際需要作了文,末了加上一個題目的差不多;出題目不過引起你的意趣罷了,所寫的内容還是你自己原來就有的。我的出題目就屬於這一派。”

王先生説到這裏,才在黑板上寫出兩個題目:

《新秋景色》

《寫給母校教師的信》

許多學生好像遇見了和藹的客人,一齊露着笑臉端相這十幾個完全了解的字。有小半就拿起筆來鈔録。還有幾個隨口問道:“是不是作兩篇?”

王先生一壁撣去衣袖上的粉筆灰,一壁回答道:“不必作兩篇,兩個題目中揀作一個好了。如果有興致兩個都作,那當然也可以的。——你們且慢抄題目,我還有幾句話。對於這兩個題目,我揣度諸君是有話説的、説得來的。我們經過了一個炎熱的夏季,這十幾天來天氣逐漸涼快,時令已交初秋,我想大家該有從外界得來的一種感覺,從而想到‘這是初秋了’。請想想看,有没有這種感覺?”

“有的”,一個胖胖的學生説,“我家裏種着牽牛花,爬得滿墻,白色的、紫色的、粉紅色的都有。前一些時,朝晨才開的花經太陽光一照就倒下頭來了。葉子也軟垂垂地没有力氣。有一天上午,已經十點鐘光景了,我瞥見墻上的牽牛花一朵朵向上張着口,開得好好地。從這上邊,我就想到前幾天落過幾陣雨,我就想到天氣轉凉了,我就想到'這是初秋了'。"

"你如果作《新秋景色》這一個題目,你將説些甚麽呢?"王先生問,聲音中間傳達出衷心的喜悦。

"我就説牽牛花",那胖胖的學生不假思索地回答,"牽牛花經得起太陽光照了,這是新秋的景色。"

王先生指着那胖胖的學生對一般學生説:"這是他的文字的内容。這個内容不是他自己原來就有的嗎?你們感覺新秋的到來當然未必由於牽牛花,但一定有各自的感覺;也就是説,各自的文字各自有原來就有的内容。大家拿出來就是了,這是最便利的事情,也是最正當的事情。"

大部分的學生一時沈入於凝想的狀態;他們要從他們的儲蓄庫中檢出一些來,寫入他們的文字。有好幾個分明是立刻檢到了,眉目間浮現着得意的神色。

"再來説第二個題目。諸君在小學校裏有六年之久,對於小學校裏的教師,疏遠一點的伯叔還没有這般親愛。現在諸君離開他們,來到這裏,一定時時刻刻想念着他們,有許多的話要告訴他們。不是嗎?"

全堂的同學有大半是像樂華、大文一樣,以前并不在H市的小學校讀書的,經王先生這麽一提,被他鈎起了心事,就覺得非立刻寫一封信寄去不可;他們用天真的懷戀的眼光望着王先生,仿佛説:"是的,正深切地想念着他們呢!"

一個學生却自言自語道:"明天星期日,我定要去看看我的屠先生了。這幾天下午總想去,只因在運動場上玩得晚了,一直没有去成。"

"你的屠先生就在本市",王先生説,"所以明天你可以去看他。他們的先生不在這裏,而要同先生通達情意,除了寫信還有甚麽辦法?現在我要問從别地來的諸君:寫一封信寄給你們的先生,是不是你們此刻的實際需要?”

“是的”,大半學生同聲回答。

“信的内容是不是你們原來就有的? 换一句説,是不是原來就有許多的話想要告訴你們的先生?”

“是的。”

“那末,我的題目出得并不錯。題目雖然由我出,你們作文却還是應付真實的生活。”

王先生挺一挺胸,環視全堂一周,又説:“諸君揀定了題目,就在自修的時候動筆。下星期一交給我。作成了最好自己仔細看過,有一句話、一個字覺得不妥當就得改,改到無可再改才罷手。這個習慣必須養成;做不論甚麽事情能彀這樣認真,成功是很有把握的。”

下了課的時候,樂華和大文并着肩在運動場上散步。樂華問道:“你打算作那一個題目?”

大文説:“王先生説兩個都作也可以,我就打算兩個都作。”

樂華忽然想起了一個念頭,拉着大文的手説:“我們作了《新秋景色》交給王先生看;信呢,我同你兩個合起來寫,寫給李先生;寫好了先請我的父親看過,然後發出。李先生看見我們寫的信像個樣兒,比以前作文有進步,一定很歡喜的。”

大文聽了,跳動着身體説道:“這很好。你我把要對李先生説的話都説出來,共同討論;去掉那些不關緊要的,合併那些合得起來的,前後次序也要排得好好。只是,謄上信牋去是不是各寫一半呢?”

樂華對於大文這帶着稚氣的問話發笑了。他説:“這當然只須一個人寫好了。你的字比我好,你寫吧。”

運動場的那一角忽然發出熱烈的呼聲,原來有六個學生在那裏賽跑,十二只脚尖點着地重又騰起。

“快呀! 快呀!”大文回頭望見了,便情不自禁地喊起來。

四　一封信

當天晚上九點鐘的時候,樂華和大文把寄給李先生的信稿擬好了。他們先把要説的話都説出來,然後互相批評,這幾句是不用説的,那幾句是可以歸併到那裏的。批評過後,再商量那一段應該在前,那一段應該在後。造句也共同斟酌,由樂華用鉛筆記録下來。他們的心思很專一,淡青色的月光充滿庭心,有好幾種秋蟲在那裏叫,在他們都像是另外一個世界裏的事。當一個擬成一句句子,另一個給他修正了,彼此覺得滿意的時候,興奮的微笑便浮現在兩人的臉上。從前在小學校裏,有時也共同作文,全級的同學合作一篇文字;可是,他們感到今夜的共同寫作,那種趣味是絶端新鮮的。

他們的信稿是這樣的:

親愛的李先生:

我們進第一中學校一個星期了。這裏的情形,大略已經知道。今天國文先生出一個題目,教我們寫信給母校裏的先生。我們知道你是刻刻記念着我們的;就是國文先生不出這個題目,我們也要寫信給你了。

這裏教我們功課的先生共有七個,人都很好,待我們很和藹。但是教英文的一位周先生是河南人,他説的雖然是國語,我們却不容易聽懂他的話。我們想,往後聽慣了一定會懂得的。現在每逢英文課,我們就格外用心聽。

各種功課,我們都不覺得難。不過科目多了,需要預習和温習的多,自修的時間也得比以前多了。我們是走讀的,在學校裏,每天上下午有兩點鐘的自修時間,回家來又自修一點半或兩點鐘,也就弄得清清楚楚,没有積欠了。

這裏的同學大半是從别地方來的。他們把本鄉的各種情形告訴我們,我們的見識增加了不少。我們也把S鎮的大略告訴他們。他們聽到鎮上的那個和尚寺還是唐朝的古迹,都說有機會總要去看一看。

這裏校舍很寬大。四面房子,圍着中間的花圃。靠東的房子是大會堂,西北兩面是教室,南面是辦公室、會客室,等等。宿舍在後面,是兩排樓房。運動場在大會堂的東面,陳設着各樣的運動器具。我們最歡喜玩那籃球,但是還不大能彀擲中;在一個星期裏,樂華只擲中了兩回,大文只擲中了一回。

好像還有許多話要告訴你;拿起筆來寫信,只寫了上面的一些,却又好像已經寫完了。到底當面談話要好得多;你說幾句,我們說幾句,可以把積存在胸中的許多話說個暢快。甚麼時候能得到你那邊去玩幾天呢?我們常常這樣想。你很忙吧?你是常常忙着的。希望你抽出一點忙工夫來給我們寫回信。我們接到你的回信,就像和你當面談話一般地快活了。你愛我們,一定肯依從我們的要求。

校門外池塘裏的荷花還沒有開完吧?你說過的,清早起來,站在池塘邊,聞那荷葉荷花的清淡的香氣,是一件爽快不過的事情。這裏校舍雖然寬大,門外却沒有池塘,想到這一層,更深切地憶念你那邊了。

學生周樂華、張大文同上。

樂華看着信稿站起來,嘴裏說:"請爸爸看去。"

大文轉身先走。兩人踏着高興的步子來到枚叔的書房裏。枚叔正在那裏看新出的《東方雜誌》,聽了兩人的陳述和請求,便把信稿接在手裏,同時說:"你們兩個人'合作',論理應該比獨個兒寫要好得多。"

樂華、大文就站在枚叔的身邊,兩人的眼光跟着枚叔的眼光在紙面上上下下,好像尚恐有甚麼錯誤漏了網,不曾被發覺出來似的。

枚叔看完了,抬起頭來對着兩人說:

"這封信寫得還好,只是有一個錯誤,必須修改。"

"在那裏呢?"大文帶着驚詫問;在他的意思,經過兩個人這麽仔細商量,該不至於有"必須修改"的錯誤了。

"爸爸且不要説出來,待我再來看一遍";樂華的眼光重又在紙面巡行了。但結果却無所得,回答他父親的是疑問的瞪視。

"就在第二節",枚叔指示説。"這一節裏,講到的是中學裏的先生。你們以爲把講到先生的話寫在一節裏,就是有條有理了。不知道這不能一概而論。按照意思講,開頭説七個先生人都很好,待你們很和藹,接着用'但是'一轉折,下面便應該是某一個先生在某一點上不大好的話了。可是你們却説周先生的話難聽。這并不是他爲人不好,也并不是他待你們不和藹呵,怎麽能彀用了一個'但是',就同上面一句話連起來呢?"

樂華點頭説:

"我明白了,這個'但是'是用錯的,這裏用不到轉折。"

枚叔又給他們解説道:

"作文、説話是一樣的,在承接和轉折的地方最要留心。一句裏邊有幾個詞兒不得當,還不過一句的毛病;承接和轉折的地方弄錯了,那就把一段的意思攪胡塗了。這須得在平日養成習慣,每逢開口説話絶不亂用一個承接的、轉折的詞兒,一定要辨别了前面後面的意思,揀那適當的詞兒來用:這樣,作文的時候自然不會用錯了。"

"那末就把'但是'兩個字去掉好了",大文切心於信稿的修改,他悄然説。

"去掉固然也可以",樂華想了一想説,"但不如把位置調一下。説周先生的話難聽,説我們聽它格外用心,這都講的我們做功課的情形。正好歸入第三節裏去。爸爸,你説對不對?"

枚叔點頭稱是。接着説:

"此外講到校舍的一節呆板一點,不過這算不得毛病。就全體看來,還有一個批評,就是表達情感不充分。你們和李先生非常要好的,寫信時應該有深切地表達情感的語句;這封信的第一節和末了兩節裏有着這類的語句,但都是淡淡的,説不上深切。"

“爸爸説得不錯”,樂華恍然説,“剛才我們彷彿覺得還有話要説,可是不知道那些話是甚麽;就把這情形老實對李先生説了。現在聽爸爸説了,才知道這原來是嫌自己表達情感不充分的一種心理。”

“你們能感到不滿足,就好了。這原不是多想便可以成功的事,也不全關於學力。特意求深切,結果往往平平;有時無意中説幾句、寫幾句,重行回味,却便是深切不過的了。關於表達情感,常有這等情形。將來你們寫作的經驗多了,也就會知道。”

“那末這封信要不要寄出呢?”大文問樂華;按照大文的意思,如果重行寫過,能彀比這一封好,他是情願再費一兩點鐘工夫來起草的。

“那當然寄出”,枚叔搶着回答,“你們有這一些意思要告訴李先生,現在把它寫在紙上了,爲甚麽不寄出呢?我剛才説你們表達情感不充分,這是深一層的責備。依一般説,這封信清楚明白,末了兩節又有活潑趣味,也就可以了。你們究竟還是初中一年級的學生呢。”

樂華説:“我們下一次寫信給李先生,仍舊先給爸爸看;希望聽得爸爸説‘比較前一回進步了’。這一封呢,依剛才説的改一下,就寄出吧。”

大文這才定了心。他偶然抬起頭來,看見窗外的月光,便自言自語道:“明天還得作《新秋景色》呢。”

五　小小的書櫃

這一天是舊曆的中秋,大文的母親先一天就叫大文邀請樂華全家來家裏過節賞月。

中秋日放學後,樂華就和父親母親同到張家去。天氣很好,人人都豫期着今宵月光的明澈。樂華尤其興奮,準備晚上和大文共吟王先生昨日選授的李白的《把酒問月》。

到了張家,大文已在門口迎候了。周、張兩家雖是親戚,時相往來,像今日這樣的雙方全家聚會,却是難得的事,主客都非常高興。張太太邀周太太入内室去,大文邀樂華和枚叔到書房裹坐,大文尚有一個七歲的弟弟,在内室跟着媽媽姨母玩要。

張家原是個世家,上代有好幾代是讀書的,大文的父親子淵也是讀書人。家産雖越弄越少,書籍却愈積愈多。古舊而寬廣的書房中,四壁都是書。六年前子淵突然逝世,張太太因經濟困乏,正在無可奈何的時候,曾依了枚叔的主張,將版本值錢的書籍賣去許多部,可是剩下的書籍數量仍舊不少。這藏書總算是張氏一家的紀念品,子淵死後,枚叔每到這書房,不禁感慨無限。

大文今夏自鄉間回 H 市就學以後,這書房就是他的用功之地。張太太曾再三叮囑,不許他亂抽架上的書,可是大文總不免要手癢。他瞞過了母親,好奇地把架上的書抽來翻看,見有看去略能懂得的,就放在自己的案頭,案頭堆得滿滿地,除校中所用的各科教本外,雜亂地擺着許多舊書。這中間經史子集差不多都有些,正翻開着的是一部李太白的詩集。

"了不得,這那裹像個初中一年級學生的書案!"枚叔踏進書房,看見書案上雜亂的書籍,不禁皺眉苦笑着説。

大文面紅了,樂華默然地看看大文又看看枚叔。

"能課外讀書,原是好事。但亂讀是不但無益而且有害的。你們在學校裹有許多功課,每日自修又需要好幾點鐘的時間,課外的餘暇很是有限,故讀書非力求經濟不可。"枚叔説。

"那末怎樣才是經濟的讀法呢?"樂華問。

"好,趁此機會,我來對你們談談讀書的方法吧。大文,先把你的案頭整理清楚,把許多書仍舊放到書架上去。"

大文即着手整理案頭,樂華也幫同料理。子淵死後,每年曬書,枚叔都來幫忙。所以書架上的書都經枚叔親手安排,大約依照門類順次分别安放,每書都有一定的位次的。經大文抽動以後,有的已弄錯了部位。枚叔指揮着大文和樂華,將某書應放在某處一一指導。并把分部位門類的大略情形告訴他們。

張太太送月餅出來,見枚叔正指揮大文等清理書籍,書案上已不像方才的雜亂了。笑着對枚叔説：

“究竟你是内行人，説話有力量。我屢次叫大文不要胡亂取書，他總是不聽。張家出了好幾代的書獃子，不要大文將來也是書獃子啊。”

“請放心，我正豫備和他談談”，枚叔安慰張太太。

“請多多指教他”，張太太自去。

大文陪枚叔樂華吃過月餅，静候枚叔發言，樂華望着整理清爽了的大文的書案，也作同樣的期待。枚叔環顧室内，打量了好久，指着一個小小的書櫃，對大文樂華説：

“你們把這小櫃子裏的騰清出來，按了方才所説的門類，擺上書架去。這些都是詞集，應擺在那一架？”

大文即在擺詩文集的架上依次歸併，騰出一些空位，樂華幫同將小櫃中的書疊好了去補空。枚叔點頭説“好”，一壁把小書櫃捧到大文的書案上，靠壁擺好。説：

“大文，把這櫃子作爲你的書架吧。讓我來替你選些可讀的書進去。”

大文樂華才知道枚叔叫他們騰清小書櫃的理由，焦切地等着枚叔開口。枚叔在書架前踱來踱去地巡視了好幾次，先取了一部《辭源》給大文道：

“字典是最要緊的。讀書有疑難時可以隨時查檢。你們以前常用的《學生字典》只有字，没有辭，也許不彀應用，把這一部和你常用的《學生字典》一起放在櫃子裏吧。書架上還有《康熙字典》《經籍纂詁》《佩文韵府》《人名大辭典》也都是這一類的書，將來用得着的時候，儘可翻查。但現在却不必放在案頭。”

樂華接了《辭源》替大文裝在小書櫃裏。大文跟着枚叔走動。走到擺小説書的架子旁，枚叔立住了，説：

“像你們的年齡，讀小説故事是很相宜的。我從樂華口裏，知道你們在高小時已讀過《三國志演義》了。我國的説部之中，有名的還有《水滸傳》《鏡花緣》《儒林外史》《紅樓夢》《老殘游記》，這架上都有。先讀《老殘游記》或《鏡花緣》吧。翻譯的外國小説故事也該選讀,這架上有《魯濱孫飄流記》《希臘神話》,都是可讀的。任你各挑一部去讀。讀了一部,再讀第二部。"

"讓我先讀《鏡花緣》和《魯濱孫飄流記》,把《老殘游記》和《希臘神話》借給樂華去讀,大家讀畢了再交换,好嗎?"大文説。

枚叔點頭,把書從架上取下。樂華很高興地接了書去。枚叔和大文又走到安放詩文集的書架旁,抽出一部《唐詩三百首》來說:

"你方才不是在讀李太白的詩集嗎?古來詩人的集子很多,僅只唐人的集子已經不少了,那能一一遍讀呢?還是先讀《唐詩三百首》吧。這部書所收的原只三百首詩,但都是名家的名作,其中分古風、律詩、絶句,你們可先讀絶句。詩之外還有詞,詞原可以不讀,如果爲求常識起見想讀,也好。就讀《白香詞譜》吧。這裏所收的是一百首名詞,一百個普通常用的詞調。你們到初中畢業,讀熟了這些,已儘够了。"枚叔説着,又把《白香詞譜》從架上取下,連同《唐詩三百首》交與樂華,叫他替大文裝入書櫃中。

枚叔忽然在椅上坐下,沈默地向着好幾只書架注視了好久,若有所思。大文也默然立在旁邊。

"此外還須讀些甚麼呢?"樂華問。

"此外當然還有。第一是經書類。經書是古代的典籍,在我國已有很久的歷史,古人的所謂讀書,差不多就是讀經書。現在你們的讀書是爲了養成各種身心能力,并非爲了研究古籍,目的與古人大異,經書原可不讀,只要知道經書是甚麽性質的東西也就彀了。《論語》《孟子》合《禮記》中的《大學》《中庸》普通稱爲《四書》。《四書》在我國和西洋基督教的《聖書》一樣,説話作文時,常常有人引用,其中所包含的是儒家的思想。既做了中國人,爲具備常識計,這些也該知道一點。這學年先讀《論語》吧。《論語》讀畢再讀《孟子》。《大學》《中庸》就可讀可不讀了。"枚叔指示一只書架,叫大文自己尋出《論語》來放在書櫃裏。

"還有子類和史類呢?"樂華居然把方才新收得的部類的知識應用了。

"《論語》《孟子》普通雖稱經,其實就是子。諸子當然是值得讀的,但在初中時代恐無暇遍讀。史書更繁重,普通讀書人向來也只讀四史,就是《史記》、前、後《漢書》和《三國志》。你們正課中已有歷史科,用不着再讀了。諸子和史書雖不必讀,但當作單篇的文章,國文科中會有教到的時候。那時最好能把原書略加翻閱,明白原書的體裁。譬如先生選了《史記》的一篇列傳,當作文章來教你們的時候,你們就得乘此機會去翻翻《史記》原書,那時你們就會知道《史記》有多少卷,列傳之外,還有本紀、世家、書、表種種的東西。這是收得概括的知識的方法。”

“方才大文翻《李太白集》,就是爲了王先生昨天選授李白的《把酒問月》的緣故囉”,樂華乘機替大文辨白。

“哦,原來如此。很好。大文,以後就用這方法啊。”

大文把學校教本也如數裝入書櫃中去,小小的書櫃已有了十分之六七的容積。枚叔過去打量了一會,説:

“古舊的成分似乎太多了,讓我明天和王先生商量,看有甚麽好的新出的少年讀物没有。開明書店發行的《中學生雜誌》是純粹爲中學生辦的,明天我去定兩份,把一份送你吧。”

樂華大文愈加高興。

黄昏漸漸侵入室内,窗外傳來了“好月亮!好月亮!”的鄰兒們的呼叫聲。大文樂華這才重新記起賞月的事來,相將跑出書房去,枚叔也跟着走到中庭。

客堂中已擺好晚餐的酒肴,賓主合起來還不滿一桌;大文樂華心不在吃飯,胡亂吃了一些就跑到中庭去了。張太太和枚叔夫婦彼此絮説家常,談到兩家的先世,談到兒女的將來。月光映在庭階上,黄黄地,光暗的界綫非常分明。

“人攀明月不可得,月行却與人相隨。”這是大文與樂華的吟哦聲。

“你聽,兩個書獃子!”張太太笑向周太太説。

“據説這是昨天先生教他們讀過的,是李太白詠月的詩哩。他們似乎已讀得很熟了。”枚叔代爲説明。

飯後又過了好久,枚叔一家才告辭回去。大文對母親説月色很好,要同走送他們一程,就和樂華前行。

樂華把大文借給他的兩部書用紙包了攜着,對大文説,"我也要去備一只小書櫃呢。"

六　知與情意

"九一八"東北事變的消息激動了全國的民衆,因了當局的退讓,民情愈見激昂。其中最感到憤懣的,不消説是青年學生。各地學校紛紛組織抗日會,努力於宣傳及抵制讎貨的工作。

第一中學是全市學界抗日協會的一分部,校中師生分隸於總務、糾察、宣傳、調查諸科,每科之下又設若干組,分頭工作,空氣非常緊張。校内到處貼着驚心動魄的標語,課外運動停止了,將這時間改行軍事訓練,各科教師都暫抛了原有的教程,改授與抗日有關的教材。沈先生於算術科的應用問題中用飛機速率、軍艦噸數、食糧分配等做題材,張先生教地理,所講的是東北的地勢,李先生教歷史,所講的是歷來帝國主義侵略我國的情形。校長黄先生、教務主任陳先生從前都曾留學日本,熟悉日本的一切,每星期給學生講日本的國情一次。

王仰之先生在國文科中所選授的,也都是與抗日有關係的文字。其中有一篇是《中學生雜誌》卷頭言《聞警》,樂華大文才知道王先生也是《中學生雜誌》的定閲者。

王先生很推許《聞警》一文,他説:

"這篇文字是完全對你們中學程度的青年説的。篇幅雖只千把字,内容很不單薄,尤能表出激昂憤懣的情緒。其中的主旨,叫青年須認識公理,認識帝國主義,認識自己,都切實可行,不是空論。"

樂華大文朱志青及女生湯慧修周錦華因爲被推爲宣傳科中一年級的編輯股員,所以很關心於抗日文字的寫作,在課堂聽講時比别人格外留心。

這天接連有兩班國文課,第二班上課時,等到王先生講話告了

一個段落,朱志青以編輯股幹事的資格立起來説:

"我們五個——周樂華、張大文、湯慧修、周錦華和我——被推爲本級的編輯股員,本周《抗日周刊》評論欄的文字,就輪着本級擔任,今晚須繳卷。我們這篇抗日的文字該怎樣作才對?就在這一小時中請先生給我們些指導,并請同學們給我們些意見。"

全班學生都認這要求正當得很,王先生也點頭説"可以"。

全堂一時沈寂下來,似乎各自在用心想。王先生先開口道:

"我以爲第一步該認清目標。方才那篇《聞警》,是雜誌編者對你們中學程度的青年説的。你們在《抗日周刊》上發表的文字,豫備給甚麽人看?"王先生説時,目光注視着湯慧修和周錦華。

"周刊是宣傳品,無論甚麽人的手裏都會傳到,我們的文字是豫備給大衆看的,要叫大衆起來抗日",湯慧修回答得很直截。

"對,是豫備給大衆看的,要叫大衆起來抗日。如果你們是軍事專家,確有軍事上的計劃,你們將告訴大衆以軍事上抗日的方法吧。如果你們是對於外交有知識的,你們將告訴大衆以外交上的抗日策略吧。現在你們是中學生,你們叫大衆抗日,究竟有甚麽具體可行的方法没有?叫大衆怎樣去抗日?"王先生的眼光向全堂四射。

全堂又沈寂了。湯慧修紅了臉把頭俯着。

"抵制日貨囉",一個胖胖的學生叫做胡復初的回答。

"對,抵制日貨,原是抗日的一種易行的手段。但要怎樣抵制才有效力?中國抵制讎貨不止一次了,每次都虎頭蛇尾,此次抵制失敗時,該怎樣救濟?你們都已有方案了没有?"

胖胖的胡復初把頭俯下了。全堂又沈寂。

"請大家不要聽了我的話就失望。"王先生故意露了笑容繼續説:"文章仍是有法做的,我方才的話只是説要把作文的方向弄個明白而已。你們回答的話,其實都不算怎麽錯。"

課堂中的空氣突然活動了。湯慧修、胡復初都把頭抬起,全體學生注視着王先生,露着急切期待下文的神情。

"我們的心的作用,普通心理學家分爲知、情、意三種。知是知識,情是感情,意是意欲。對於一事物,明了他是甚麽,與別的事物有甚麽關係,這是知的作用。對於一事物,發生喜悦憤怒或悲哀,這是情的作用。對於一事物,要想把他怎樣處置,這是意的作用。文字是心的表現,也可有三種分別,就是知的文、情的文與意的文。關於抗日事件,外交上、軍事上的具體辦法,抵制日貨的切實方案,這是知的方面的事,我們在這些方面,當然不很有明確的知識。這類文字,只好讓專門家去執筆。我們對於東北事變,知的方面雖還缺乏,但情與意的方面是并不讓人的。誰對於日人的暴行不憤激呢?誰不想對日人的暴行作抵抗呢?我們該明白這道理,從情與意的方面來説話。我們的文字是宣傳品,是給大衆看的。我們該以熱烈的感情激動大衆,以堅强的意志鼓勵大衆,叫大衆也起來和我們一起抗日!"王先生這段長長的話,前半説得態度很平静,後半却越説越激昂起來。

數十個人頭一些都不摇勸,直到王先生説完了這一段的話爲止。五個編輯股員聽畢了王先生的話,不約而同地都吐出一口安心的氣來。

"從情意方面去説話,但是須注意。"王先生又繼續説:"情意與知識,雖方面不同,實是彼此關聯的。情意如不經知識的駕馭,就成了盲目的東西。這幾天街上到處都貼着標語,大家一定都看見的了,有的寫着'撲滅倭奴!'有的寫着'殺到東京去!'罵日人爲'倭奴',是憤恨的表示,是情。想要'撲滅'日人,想要'殺到東京去',是一種希求,是意。可是按之實際,這種説法都是一厢情願的胡説。其可笑等於鄉下婦女罵人'你是畜生!''殺千萬的!'試問:罵人家'畜生',人家就會成'畜生'了嗎?罵人家'殺千刀的',人家真會被'殺千刀'了嗎?這都是單逞情意,不顧知識的毛病。"

全堂哄笑聲中,下班鈴響了。不久,操場上傳來了召集的喇叭聲。朱志青叫住樂華、大文及湯慧修、周錦華暫留在教室裏。

"就在這兩點鐘以内大家來商量商量把稿子做好吧。讓我到軍事訓練班上去告假",説着就去了。

朱志青回到教室,就説:"請先把大意商定,推一個人起草,然後再共同斟酌吧。”説着，拿了粉筆立在黑板旁，等大家開口。

“第一節當然是先叙述經過情形。因爲若不叙述，話就無從説起。”湯慧修説，“不過這叙述要簡單，只要幾句話就彀了。”

其餘諸人都點頭。朱志青就在黑板上寫道：“簡叙經過情形。”

“其次説甚麼呢？”朱志青問。

“其次當然要表示憤恨了。姑且寫‘感言’二字吧。”大文説。

朱志青照寫在黑板上。

“對於政府的依賴國聯，似乎也該責備幾句”，樂華説。

“還有張學良的不抵抗，也可連帶在這裏説及”，周錦華説。

“我們的文字，是要叫大衆抗日的，對於大衆，似乎該抱一種希望吧。”朱志青一壁寫“責倅”“責張學良”，一壁説，最後寫道“對於大衆的希望”。

大意完成了。推湯慧修起草，湯慧修也不推讓，走到教室一隅的坐位上執筆俯首就寫，周錦華靠在旁邊看她。朱志青與大文樂華憑窗看同學們在操場上受軍事訓練。

湯慧修起草完畢，交給大家看時，大家看了都滿意，只略略更動了幾個字就通過了。湯慧修主張大家到王先生房裏去，請他看一遍。

五人到王先生房中時，王先生正滿身浴着殷紅的夕陽，在窗口埋着頭不知翻查甚麼。案上除了最近一期的高高的一疊作文本以外，雜亂攤着《中國外交史》《國際現勢》《日本研究》《約章成案彙覽》《帝國主義》等等的書册。

朱志青申述來意，把稿子交給王先生。

王先生含笑點頭把稿子接去看。那稿子是這樣的：

上月十八日的夜間，日本軍隊攻擊瀋陽的北大營，這好像一個流氓開始伸出他的拳頭，他要大大地逞一回兇了。果然，瀋陽就在當夜被他們佔據去了。二十一日，吉林省城又被佔據。遼、吉兩省的重要地方，十幾天内，也接連地失去不少。我們翻開地圖來看，遼寧、吉林明明是我國的土地，那裏住着百千萬我們的同胞。但是,此刻在那裏殺人放火的是日本的軍隊,此刻在那裏奔跑示威的是日本的戰馬和炮車,而此刻在那裏呼號啼哭受盡痛苦的是我們的同胞!想到這裏,心中的憤恨像火一般燃燒起來了。

日本帝國主義是我們的讎敵,我們要有結實的拳頭來對付他!但是,我國的政府却去告訴國際聯盟,要國際聯盟出來説話。國際聯盟原來是帝國主義的團結,流氓與流氓是一夥兒,對於我們難道會有好處麽?

東北軍事長官的不抵抗也是萬分可恨的事。花費了民衆的賦稅,養了許多的兵,製造了許多的軍械,敵人來了,却老着臉説"不抵抗",要他們做甚麽用!

現在,全國同胞的憤恨都像火一般燃燒起來了。軍事長官不抵抗,政府要告訴國際聯盟,我們同胞自會伸出拳頭來對付敵人的!中國究竟是全國同胞的中國啊!

"很好,就這樣去繳卷吧,"王先生看畢説。

過了一歇,王先生又苦笑着説:"外國人譏誚我們中國是'文字之邦',我們只能用文字去抗敵,大家應該怎樣慚愧啊!"

五人都像背上被澆了一盆冷水,俯首退出。樂華出了校門,在歸途上還深深地覺得無可奈何,心裏屢次自問道:"我們只能用文字去抗敵,大家應該怎樣慚愧啊!"

七　日記

東北的事變愈弄愈大,民衆在激昂的情緒中過了國曆的新年,又到了農曆的年邊。第一中學雖已照章放寒假,但抗日會的工作并不中輟,并且愈做得起勁,師生都趁了閑暇,分頭努力,把整個的時力心力集中在這上面。

樂華的父親枚叔因行務須赴上海。從 H 市到上海,只須乘半日火車就到。樂華家有好幾個親戚都在上海工商界服務,他們已先後遷居上海,子弟們就在那裏求學。其中有許多自幼與樂華很莫逆,小朋友間時有書簡來往的。這次枚叔因事赴上海,適值學校放假,就帶了樂華同去,一則想叫樂華領略領略大都市的情形,二則也想叫小朋友們有個會晤的機會。樂華就向校中抗日會編輯股告了假,很高興地隨着父親去了。

樂華父子到上海去的第二日,"一·二八"事變的警報就傳到H市。"日兵侵犯閘北"、"十九路軍抵抗勝利"、"日兵用飛機在閘北投炸彈"、"閘北已成焦土",諸如此類的標題,連日在報上用大大的字載着。每次由上海開到的火車都擠得不成樣子,甚至連貨車、牲口車都塞滿了人。消息傳來,都説日兵如何兇暴,十九路軍如何苦戰,中國人民如何受傷害。H市人民大爲震動,有家屬戚友在上海閘北的更焦急萬狀。

樂華的安否,很使小朋友們擔心。據大文所知,樂華家的親戚有好幾家都在閘北,樂華動身以前,曾和大文説過,到上海後豫備與父親寄寓在閘北寶山路母舅家裏。閘北既爲戰場,樂華是否無恙,同學中與樂華要好的都不放心,最焦切的當然是大文。大文每日到車站去打聽,遇到從上海來的避難者,就探問閘北的情形,愈探問愈替樂華着急。整日到晚盼望樂華有信來,可是因爲上海郵局也在戰區附近,郵件不免被延擱了。

又過了幾日,大文到學校去,照例順便到樂華家裏探問樂華的消息。但見樂華的母親的神情已不如前幾日的愁苦了。據她説樂華父子已避入租界,且交給他樂華附來給他的一封信。這信是托一個逃難回H市的親戚帶來的。

大文急把信拆開來看。信是用鉛筆寫的,信箋是日記册中扯下來的空白頁,信以外還有厚厚的一疊日記空白頁,用鉛筆寫着很細的文字。

信中説,"不料我到上海來就做難民。現已與父親隨母舅全家逃出閘北,住在××旅館中。"又説,"父親原想叫我先回H市,近日火車輪船都極擠,聞有被擠死的,舅父母不肯放我走。"又説,"這次的經歷,在全中國人,在我,都值得記憶。我前次曾和你想找個敘事文的題目,找不出來,現在居然遇到這樣的大題目了。"又説,"我從日記册中把這幾日的日記摘鈔了送給你,你看了也許會比看報明白些吧。"又説,"王先生叫我們寫日記,不料我的第一册日記,就要以如此難過的文字開始。"又説,"請把這記録轉給王先生和志青慧修錦華幾位看看,如果他們覺得還有意義,就登在《抗日周刊》上,作爲我所應該擔任的稿件吧。"最後又説,"我近來痛感到我自己的無用,日人殺到了我的眼前,我除痛恨他們的兇暴以外,并不能作甚麼有效的抵抗行動,真是慚愧。"

大文把信看完,因爲急於想把樂華的消息轉告同學們,匆匆地就走,一壁走,一壁讀着樂華的日記。

過了二日,第一中學的《抗日周刊》上登載着樂華寄來的記録,題目是《難中日記》。

一月二十八日

半日的火車,除看風景外,全賴攜帶着的《老殘游記》和父親中途購得的當日上海報紙消遣。報上已載日本海軍因華人抗日向上海市長提出抗議的消息。車中議論紛紛,都説上海會有不測。到上海後,父親帶我至寶山路母舅家去。寶山路上但見紛紛有人遷居,形勢很是嚴重。到了母舅家裏,舅母正和表姊在整理箱篋,似乎也豫備要遷。我們才坐下,舅父表兄都從外面回來,説市長已答應了日人的要求,不會再有事,不必搬了,勸我們就住下。全家於是去了驚慌之念,來招呼我們。晚飯後父親想出去接洽事務,因外面已戒嚴,走到衖堂口即回來,舅父雖解釋説閘北戒嚴是常事,大家總似又不安心了。門外甚麼聲音都没有,比鄉村還静,不到九點鐘,我們全睡了。

一月二十九日

昨晚大約在十二點鐘左右,舅父忽然叫醒我們,似乎有槍聲,大家不要熟睡。我們醒了後,果然繼續的聽見了一種比鞭炮還尖鋭而沈着的聲響。父親和表哥都説的確是槍聲,看來已經開火了。

呀,竟免不了要接觸！心裏不覺感到一些恐怖。隔不了幾分鐘,槍聲竟連續而來了,并且還有機關槍的聲音夾雜在裏面。舅父説睡在樓上危險,應該睡到樓下去。於是我們就在外面機關槍聲連發時,每人頂了一條被頭,匆匆地走下樓去,就在客堂的地板上胡亂睡下。外面的槍聲一直延續着,没有停止的時候。我們睡在地板上除了一個還只五歲的表弟外,誰都睡不着覺。我的膽量素來并不算小的,可是今天晚上却無論如何不敢把頭伸出到被外,身子在被裏老是瑟瑟地抖,頭上身上全是汗珠,把一件襯衫都濕透了。呼吸幾乎窒塞,每當槍聲稍爲和緩一些或者稍爲遠了一些時,便把頭探出被來,透一口氣,正在覺得略爲舒適的時候,常常是一聲極響的槍聲把我的頭又嚇進被頭中去。挂在墻上的鐘,一點,兩點,三點,四點,没有一次的敲響不鑽進我的耳裏。但願天快些亮。

過了四點,除了槍聲機關槍聲外,又加入飛機聲和自飛機上擲下來的炸彈聲。飛機聲,我雖則平常早已聽見過,可是聲音這樣的逼近,却是第一遭,飛機内馬達開動的震動聲都聽得十分清楚,不但機葉掃動空氣的風聲而已,竟可説是活像一輛汽車在門外開過。在這樣的響聲繼續了半個多鐘頭後,室内忽然非常明亮,我起初還疑心是誰開了電燈,經父親的説明,方知這是飛機裏的探照燈的光綫。表哥起來到窗邊去偷看了一下,據説,飛機低得仿佛就在屋頂上,連裏邊的人都看得很清楚呢。

苦苦地捱到了天亮,大家商議怎樣逃出這險境的方法。又是表哥起來先到門外面去探聽,他回來説,前面寶山路無法通行,只有從後門出去,還可想法。於是大家胡亂吃了一些早飯,便光身走出後門。向西走去,到了中山路,槍炮聲是比較遠得多了,可是飛機還是要來到頭頂上盤旋,我們只好貼近墻壁走路。路上的人多極了,和我們一樣,全是"逃難"的。昨天晚上下過雨,地上滑濕得很,走路實在不易。我們隨了大衆一直向西走去,據説,到了曹家渡,可轉入租界,然而又没有人走過這條路,只有像哥倫布航海那樣,向前走去是了。走了大約一個鐘頭的辰光,兩腿已經有些酸了,路上没有黄包車可僱,舅父化了三元大洋,纔僱到兩輛小車。

我們盤膝分坐在兩輛車上,大約在十點鐘左右,終於到達曹家渡了。通租界的那頂橋上,有武裝的外國兵防守着,向了橋這邊描着準,靠在疊得很高的沙袋上,只要這邊有一些動静,他們只要手指頭在槍機上一扳,隨時就可給我們以一個掃射。我們這許多人小心翼翼地通過了這橋。過橋據説就是租界,大家都透一口氣,似乎已經獲到了安全的保障了。我們平常喊收回租界,現在又要躲到租界裏來,我深深覺得矛盾。

我們换乘公共汽車到中心區去找旅館。旅館都早已客滿了,費了"九牛二虎"之力,纔在一家小客棧内得到一間小小的房間。

下午,跟了父親去打聽消息。在路上,只見滿是來來往往的行人。走到河南路,忽然有許多黑色的紙灰從天空落下來,我拾起一片來看,原來就是我用慣了的《辭源》的一頁,聽路人説,閘北商務印書館被焚燬了。

夜報上詳載着閘北焚燒的消息,商務印書館被毁證實。舅父及表兄都是在該館服務的,一家突然失去生活的根基,憤悶可知。父親傍晚從朋友處回來,似乎很有憂色,不知聽到甚麽消息了。

一月三十日

昨夜睡得很酣,雖則那麽多的人擠在一起。夜半,曾隱約的聽到隆隆的炮聲。

一起身,表哥便出去買進一份報來,大字的標題,説我十九路軍勝利,大家都爲之一樂。舅父説我們個人雖則吃了些苦,只要於國家有利,那麽,就再多犧牲一些,也是心願的!

在旅館裏實在没有事可做,只好跟了父親到外邊去瞎走。外邊,市面是全無了,店家都已罷市,門上貼一張紅色印刷的紙條,寫着"日兵犯境,罷市禦侮"八個大字。惟有賣報的生意大好。有日報,還有夜報及號外,差不多每個行人手裏都有一張報紙。

外面盛傳糧食將起恐慌。各處的交通差不多都已斷了,惟有滬杭路還通着,北站聽説已被燒,火車只到南站。父親頗想邀了舅父全家一同回到 H 市去。同旅館中曾有人從南站折回,説車子無一定班次,婦人小孩竟有在車上擠死的。報上又載着日飛機在南站一帶盤旋的消息。看去一時不能脱出上海的了。

夜間炮聲甚烈,玻璃窗震動得發響。

樂華寄來的日記原不止三日,這期的《抗日周刊》上只登了這些,末尾注着"未完"二字。

八　詩

"一・二八"事變引起了金融恐慌,各業周轉不靈,公債的價格暴落,公債交易所至於停市。各地靠公債投機爲業務的銀行紛紛倒閉。樂華的父親所服務的 H 市某銀行也是其中之一。樂華隨父親回 H 市後,不久父親就失業了。

樂華本學期的學費是從母親有限的儲蓄項下支出的。母親把那筆錢交給樂華時曾説:

"如果你父親在 H 地方一時找不到職業,下半年也許非搬回鄉間去不可,你也許不能再進第一中學了。這學期要格外用功啊。"

國難與家難逼迫得樂華很興奮。枚叔雖不免煩悶,表面却仍泰然自若,除偶然出去探望朋友外,長長的春日,悶在家裏,全靠讀書消遣。陶淵明的集子是枚叔近來常放在案頭的。樂華每當放學回來,常見父親坐在案前讀書,近攏去看,所讀的老是一本《陶淵明集》。樂華乘父親不在家時,也曾取《陶淵明集》來隨便翻看,詞句間雖偶有看不懂的,大致都已無困難,覺得比别人的詩容易讀得多。其中描寫田園景物諸佳句,尤中心意。一種冲淡幽玄的情味,被樂華嘗到了。

"母親説,下半年也許非搬回鄉間去不可,就回鄉間去吧。讀書種田,清貧過活,趣味多好! 人格多高尚!"這是樂華不曾出口的話。

有一天,王先生選了陶淵明的《歸園田居》六首給學生讀,幾月以來,報上的國難記載與所選讀的激昂慷慨的文字,已使學生們的情緒緊張到了極度,突然讀這幾首詩,都感到異常的鬆快。猶如戰士們從火綫中出來,回到故鄉一樣。樂華的感興又與别的學生不同,在他,這幾首詩已不止是空泛的憧憬,簡直想認作實際生活的素描的圖案了。

在放學的歸途上,樂華與大文談這幾首詩的趣味與陶淵明之爲人。且説父親近來也在每日讀陶詩。又把自己近來的感想告訴了大文。

"到我家裏去歇一會吧。讓我們請父親講些關於陶詩的話。"樂華在自己門首邀住大文。

樂華和大文走進自己家裏,枚叔在西窗下案前坐着,夕陽半窗,柳絲的影子在窗子玻璃上婀娜地擺動,案上正攤着陶詩。

"爸爸,我們今日也在讀陶淵明的詩呢。王先生選了《歸園田居》六首。"樂華説。

"哦",枚叔就案上把《陶集》翻動,很快地把《歸園田居》翻出了,指着説,"是這幾首吧。你們讀了覺得怎樣?"

"很好!"樂華、大文差不多齊聲説。

"《陶詩》原是好的,我近來也常在讀着。但於你們也許不好。我想,王先生選《陶詩》給你們讀,目的大概是供給常識,叫你們知道有陶淵明這樣的人,知道有這一種趣味的詩而已。"

樂華、大文都露出疑惑的表情,尤其是樂華好像失去了將來的目標,不禁把近日所懷抱的意思吐露了出來。説:

"我覺得過陶淵明那樣的生活很有趣味。"

"别做夢吧。在陶淵明的時候,也許可有那樣的生活,你們現在却已無法學他。陶淵明派的詩叫做田園詩,田園詩自古在詩中占着重要部分,從前都市没有現在的發達,普通的人都在田園過活一世,他們所見到的只是田園景物,故田園詩有人做,有人讀。現在情形大不同了。大多數的人在鄉間并無可歸的'園田',終身局促在都市'塵網'之中,住的是每月多少錢向房東租來的房子,吃的是每石十幾塊錢向米店購來的米,穿的是别人替我們織好了的綢布,行的是車馬雜遝的馬路,'虚室''桑麻''丘山''荆扉'……諸如此類的辭藻,與現在的都市人差不多毫無關係。我們讀田園詩覺得有興趣,只是一種頭腦上的調劑,這情形和都市的有錢人故意花了錢到鄉間去旅行一次一樣。老實説,只是一種消遣罷了。”枚叔説了苦笑,隨手把《陶集》翻攏。

“那末我們不能回鄉間去了嗎?母親曾和我説過,如果爸爸在H市找不到事情,下半年也許非回鄉間不可呢。”

“如果不得已,原只好回去,但要在鄉間過生活,即使你將來會拿鋤頭,也很困苦吧。你須知道:現在的鄉間决不再會有陶淵明,也决不能再有《歸園田居》那樣閑適的詩。時代有一定的特色,讀古人的書須留心他的時代,古人原并不對你説謊,但你一不小心也許會成爲時代錯誤者,上很大的當呢。”

樂華大文聽了這一番話,都似乎大大地感到失望。胸中新收得的閑適的詩趣全失,换進去的是俗惡的現實的悲哀。枚叔忽然走到書櫃前面,從許多小册子中抽出一本書來,坐在案前翻尋了一會,把書頁折了兩處,對樂華大文説道:

“這是一本翻譯的新俄作家的詩選。這折着的兩首你們去看看。”

樂華大文把書接來看時,第一首是莎陀菲耶夫的《工場的歌》。

> 我今天纔感到了,今天纔知道了,
> 這裏的工場是每天有熱鬧的狂歡節祭的。
> 每天在一定的時刻舉行歌宴——
> 穿工作服的客,聲響與轟擊,歌與跳舞,
> 聲響與轟擊,没有言詞,只有音響的諧美的話聲,
> 泥醉而高興着似的車輪的整齊的有節奏的舞蹈。
> 每天往工場去,往工場去是愉快的。
> 懂得鐵的話,聽得天啓的秘密,是愉快的。
> 在機械旁邊,學着粗暴的破壞的力,
> 學那不絶地構成光明的新的東西的力,是愉快的。

兩人讀畢以後，面面相覷地驚異起來，急急地再去翻第二處折着的書頁。那是加晉的《天國的工場》：

青石的工場
高而又廣闊。
啵！刀劈一般的警笛
以沈重的聲調鳴叫着。
於是從各隅
穿着黑的，污穢的厚的工作服
以風一般的警笛結合着的
力强的鍛冶工的群，急忙着來了……
天空是愈黑暗了。
暗黑的群衆會合着
即刻迅速地
用了氣悶的炎熱，
將電光的熔鑛爐
赤紅地燃燒着。
於是快活的鎚聲
將廣闊的工場顫動了。

兩人看畢仍是莫名其妙，相對無言。倒是枚叔先發問：

"句子是懂得的吧，如何？"

"這也是詩嗎？"大文問。

"是詩囉，是新體詩。你們應該已讀過體詩了吧。"

"新體詩是讀過了的，胡適的，徐志摩的，劉大白的都見過幾首。不過内容似乎和這完全不同。"樂華回答。

"你們覺得有些異樣吧，這難怪你們。從前的人大都以'風花雪月'爲詩料。新體詩中這類'風花雪月'的詞彩也常常見到。我們讀慣了這類的詩，於是就容易發生一種偏見。如果陶淵明的是田園詩，這兩首俄國作家的詩可以説是工場詩。陶淵明是種田的，故用‘野外’‘桑麻’‘鋤’‘荆扉’等類的辭，俄國革命以後，做工成爲吃飯的條件，大多數的人都要與機械爲伍，這幾個詩人都是在工場做工的，故用‘工場’、‘鐵’、‘熔鑛爐’、‘鎚’、‘工作服’等類的辭。田園與工場，同是人的生活的根源，田園可吟詠，當然工場也可吟詠的了。切不可説關於田園的辭類高雅，是詩的，關於工場的辭類俗惡，不是詩的。詩的所以爲詩，全在有濃厚緊張的情感，次之是諧協的韵律，并不在乎詞藻的修飾。這幾首是譯詩，原來的韵律我們無從知道。但就情感説，仍不失爲很好的作品。他們對於工場的愛悦和陶淵明對於田園的愛悦，毫没有不同的地方。”

樂華大文都點頭，目光重複注在那第二首譯詩上。

“農村正在急速地破産，都市正在盡力地用了威逼與誘惑，把人吸到它的懷裏去。我已是中年的人了，你們正年青，一定要到都會去，在這大時代的旋渦中浮沈的。閑適的田園詩，將來在你們只是一種暫時消遣的東西，你們自己所急切需要的是工場的詩或都市的詩啊。”

“中國現在有作這樣的新詩的人嗎?”大文問。

“似乎尚没有，不久總應有吧。没有的原因，由於會做詩的不到工場去，在工場裏的不會做詩。這情形當然不會再長久繼續下去。不過，即使有，一定和你們方才所讀的俄國詩人的作品不同。俄國革命成功，工場已是大衆的工場，所以詩人那樣頌贊它，在别國，也許不能頌贊，反要代以悲苦憤激的情調吧。現在，我們不能有快悦的工場詩，正和不能有閑適的田園詩一樣。只好且看將來了。”枚叔説到這裏，把眼光平分地注視了樂華與大文一歇，似乎很有感慨。室内昏黄，快已到上燈時候。

樂華見父親似乎已不願再説甚麽了，就扯了大文默然退出外間。母親留大文吃晚飯，大文説恐家裏等他，匆匆地攜着書包去了。

九　“文章病院”

“好新鮮的標題!”湯慧修拿着一本書走進教室來,眼睛看着書頁,長長的頭髮披在肩頭。

“什麽?”幾個同學正在談論什麽事情,給她的這一句引起了注意,便同聲問。

樂華認清她手裏拿的是《中學生雜誌》,欣喜地説:“是二月號嗎? 他們曾經登過廣告,説二月號印成之後,在閘北的炮火中完全毁掉,須待重印,纔可寄發。這是重印的版本了。”

幾個同學便圍攏去看湯慧修手中的雜誌。湯慧修指着書頁説:“你們看,‘文章病院’,這標題多麽新鮮!”

“是一篇什麽性質的文字呢?”

“肺癆病院給人醫肺癆病,外科病院給人醫外科病,依此類推,文章病院該是給人醫文章的毛病的。”

“我們平時作文,常常犯許多毛病。如果送到文章病院去醫一醫,再給先生看,一定可以得到甲等的品評了。”

“開頭有‘規約’在這裏,我們看呀。‘一,本院以維護并促進文章界的“公衆衛生”爲宗旨。二,根據上項宗旨,本院從出現於社會間之病患者中擇尤收容,加以診治。’——文章界的‘公衆衛生’,出現於社會間之病患者,看了這兩句,可知我們的文字是不收的;要‘出現於社會間’的妨礙‘公衆衛生’的文字纔收。難道文字的毛病也有傳染性的嗎!”

“我想的確有的”,周錦華説。“文字登載在報紙上、雜誌上,或者刊印在書本上,在社會間傳播開去;一般人總以爲這樣的文字是了不起的,便有意或無意地仿效它。如果它本身有着毛病,仿效的人就倒楣,患傳染病了。所以,我們編《抗日周刊》也得好好用一番心,至少要每一篇文字没有什麽毛病纔行。”在一年級的編輯股員裏頭,周錦華是最負責的一個。她不把凑滿篇幅認爲滿意;她要周刊上的每一篇都有精義,都有力量,真能收到文字宣傳的效果。她時時刻刻不忘記周刊,現在談起文字的傳染性,她又說到周刊上去了。

“不錯”,幾個同學點着頭。

“寫上《抗日周刊》,就是‘出現於社會間’的文字了”,胡復初又加以說明。他繼續看文章病院的“規約”,說道:“這原來是替人家批改文字,同王先生給我們做的工作一樣。王先生有時在我們的文稿上畫一些符號,表明這地方有毛病,什麼毛病要我們自己去想。這雜誌上大概不只在有毛病的地方畫一些符號吧。”

“你不看見‘規約’上說明‘將診治方案公佈’嗎?犯的什麼病,要吃什麼藥、用什麼方法醫治纔會好,把這些都說明白,纔成一個‘診治方案’呢。”

湯慧修說:“把雜誌攤在桌子上大家看吧。”她把《中學生雜誌》攤在自己的課桌上。七八個人便傴着身軀,頭凑着頭圍着看。外面有脚踢着皮球的蓬蓬的聲音,有鼓勵賽跑者的熱烈的呼喊;但在這裏的幾個人好像全沒有聽見,他們的心神正在另一個世界裏活動。

“第一號病患者——《辭源續編說例》。《辭源續編》是大書館裏的大工作,‘一二八’以前,報紙上登着大幅的出版廣告;說例相當於序文,是編輯者的公開宣言,怎麼會有了毛病,進了病院!”朱志青驚奇地說。

周樂華翻過幾頁,悄悄地說:“更奇怪了,《中國國民黨第四屆第一次中央執行委員全體會議宣言》也在這裏,成爲第二號病患者!”他看着張大文說:“去年我們一同看報,不是把它讀過一遍的嗎?”

張大文點頭說:“當時讀下去似乎也能够明白。不知道這篇文字到底有什麼毛病。”

“還有第三號病患者嗎?”胡復初搶着再翻過幾頁。

“啊!還有,《江蘇省立中等學校校長勸告全省中等學校學生復課書》。”幾個人像發見了寶物一般喊起來。

“這一篇應該進病院”,周錦華掠着額髮說。“我當時從報紙上看過的,糊里糊塗,不曉得説些什麽。我以爲我的程度不够,看了一遍再看第二遍,把它仔細地劃分段落,希望捉住各段落的要旨;但結果還是糊塗。罷課不足以抗日,大家復課吧,這是很簡單乾脆的一句話。那些校長先生偏要東拉西扯寫上這麽多的文字,真是可怪的事。我倒要看病院裏的'醫生'怎樣給它診治呢。"

胡復初又搶着翻書頁了,"看第四號病患者是誰。"翻了一下之後,他纔知道没有第四號了,説道:"只有三號。"

"我們寫的文字如果送到文章病院裏去,恐怕是百病叢生,不堪診治的了",張大文凝想着説。

"我想也不至於",湯慧修説,"王先生從來没有説過我們的文字絶對不通;他只對我們説那一句不妥當,那一節要修改。如果送到文章病院裏去,我們的文字至多是一個尋常的病患者。"

"那末",張大文説,"大書館裏編輯先生寫作的文字、國民黨中央執行委員全體會議通過的文字、江蘇省立中等學校校長公擬的文字,怎麽會病得這樣利害,煩勞病院裏的'醫生'寫了這麽長的三篇診治方案呢?"

"這要待看完了診治方案纔得明白",湯慧修回答。

周錦華忽然想起了一個念頭,她對大家説:"現在快要上課了,這密密地用小鉛字排印的十八頁文字,一會兒是看不完的。我們在這幾天裏作一回共同研究吧,研究的材料就是這個文章病院。"

"怎樣研究呢?"

"我們要把這三號病患者所患的毛病歸起類來,看它們的毛病大概是那幾類。這於我們很有益處。'規約'上邊不是説着嗎,'知道如此如彼是病,即不如此不如彼是健康,是正常。'我們以後大家當心,不要犯那幾類毛病;那末,寫下來的一定是健康的、正常的文字了。"

"這很有意思!"湯慧修高興得拍着手掌,"就是我們這幾個人,在自修的時候來做這研究工夫。我們還可以把研究的結果報告給全班同學知道,還可以請王先生給我們批評。"

這當兒,上課的鈴聲響起來了。

三天之後，他們的研究工夫做完結了；由朱志青把研究所得記録下來，并且告訴了王先生，説要報告給全班同學知道。

這一天王先生上國文課，講完了一篇選文，時間還有餘多，他就説："有幾位同學研究了最近一期《中學生雜誌》的'文章病院'，要把研究的結果告訴大家，現在就聽他們的報告。那'文章病院'我也看過了，比我平時給你們批改文稿來得詳細；他們把它歸納一下，看文字的毛病大概有那幾類，這對於寫作的練習的確是有幫助的。"

王先生説罷，用右手示意，説"誰到這裏來報告"；他就坐在靠近黑版偏右的椅子上。

朱志青站起來，走到講臺上，把胸膛挺一挺，開口道："最近一期《中學生雜誌》增加'文章病院'一欄，想來諸位都看過了。我們幾個人看出這一欄裏提及的三號病患者雖然犯了不少的毛病，但歸聚起來，毛病的種類也并不多。因此我們想這幾類毛病必然是最容易犯的。寫文字如果能够不犯這幾類毛病，即使説不上名作，至少不用進'文章病院'了。現在讓我逐類逐類提出來説。"

全堂同學都輕輕地舒着氣，整頓精神，預備聽他的演講。

朱志青從衣袋裏取出幾張稿紙來，却并不就看，又説道："那三號病患者——那三篇文字都是文言文，而我們寫的是語體文；知道了文言文的毛病，對於寫作語體文好像未必會有什麽益處。其實不然。我們看出那三篇文字的毛病都是屬於思想習慣和言語習慣上的；所以用文言寫固然有病，如果用語體寫，還是有同樣的病。我們要知道思想習慣和言語習慣上通常有那一些病，那就文言的材料也於我們有用處。"

他説到這裏，才看一看手裏的稿紙，取粉筆在黑板上寫了"用詞、用語不適當"幾個字。

"這是一種毛病。該用這個詞的，却用了那個詞；該這樣説的，却那樣説了。那三號病患者差不多都犯這毛病。現在舉幾個例子來説。'目的'，不是大家用慣了的名詞嗎？心意所要達到的境界叫做'目的'。而第一號病患者却有'不能不變更去取之目的'的話。編輯辭典,選用條目,那個條目要,那個條目不要,只有依據預定的'標準'來决定;所以,説'去取之目的'不適當,必須説'去取之標準'才行。又如'促進',原是習用的一個動詞。而第二號病患者説'努力促進自治制度。'因爲制度只能訂定,實行,修改,或者撤廢,可是無法促進,所以'促進'這個動詞用在這裏就不適當。又如'重新'這個副詞,本該用在第二回做的動作上;讀過書了,再讀一回,叫做重新讀書,游過山了,再游一回,叫做重新游山。第三號病患者勸學生復課,單説'收拾精神,一律定期復課',已經很覺不妥了,因爲罷課爲的是國難,原没有放散精神;而它又在'收拾'上面加上'重新'兩字,好像學生已經把精神收拾過一回了,更屬不適當之至。以上是用詞不適當的例子。他如該説購買力薄弱,而説'物力維艱',該説整齊全國的步驟,而説'整齊全國一致之步驟',當時日本武力還只及於我國東北,而説'東北烽烟彌漫全國',都是用語不適當的例子。這種毛病的原因在於認識詞、語的意義不確切;或者因爲不曾仔細思量,只顧隨筆亂寫,便把不適當的詞、語寫了上去。"

"意義的缺略和累贅",朱志青又在黑板上寫了這幾個字,説道:"一句話裏,意義没有説完足,就不成一句話。反過來,説得太嚕蘇了,把不相干的東西都裝了進去,也同樣地不成一句話。這種毛病的原因在於不曾把意義想得周全,便提起筆來寫;如果作者的言語習慣不良,平時慣説那些支離的、累贅的話語,寫起文字來也就會有這樣的病象。試舉幾個例子。'當《辭源》出版時,公司當局擬即着手編纂專門辭典二十種,相輔而行',在'相輔而行'上面,怎麽少得了'與《辭源》'幾個字?'際此内憂外患之時'成什麽話?必須説'際此内憂外患交迫之時'纔行呀。不説'以……譯音表爲標準'或'依……譯音表',而説'均依本館所出外國人名地名譯音表爲標準',這是累贅不通的話。不説'使國民參與政治',而説'召集國民參與政治機關',這也是累贅不通的話。像第三號病患者因爲要説青年感情豐富,關心國事,先把老年人也知愛國來作陪襯;却説什麽'明知行將就木,即使國亡,爲奴稱僕,亦無幾時,然猶攘臂切齒,慷慨陳辭,鼓其餘勇,義無返顧',仿佛把老年人譏諷了一頓,這更是累贅的無用的話了。”

朱志青停頓了一下,又説:“一句話裏,前後不相連貫,一串話裏,彼此不相照應,這也是重大的毛病。如第一號病患者説:‘此十餘年中,世界之演進,政局之變革。在科學上名物上自有不少之新名辭發生。’這只是一句話而已,然而前後不相連貫。正如文章病院的‘醫生’所説,‘揣摩這裏的語氣,“世界”與“政局”對立,“科學”與“名物”對立,而以“科學”應“世界”,“名物”應“政局”。世界演進,科學研究益精,因新發明、新發見而産生新名辭;那是不錯的。但是,“政局變革”與“名物”有什麽關係呢?’没有關係而牽在一起,這句話就前後不相連貫了。又如第二號病患者説:‘“一致對外”爲本黨與全國人民共同之呼聲。大會認爲尚有急需注意者。國内生産日漸衰落。因生産衰落而……’這是一串的話。那前三句因爲没有什麽關係詞把它們連起來,彼此便不相照應,好像是各各獨立的。又如第三號病患者開頭説‘我國家民族苦東西帝國主義干之侵略壓迫也久矣’,依理接下去應該説侵略壓迫從什麽時候起頭,直到現在已歷多少年,纔可把怎樣地‘久’説明,與第一句相照應。而第三號病患者不然,却説‘平時則經濟侵略、文化侵略在在足以制我之死命,有事則政治壓迫、軍事壓迫無所不用其極,凡有血氣,疇能堪此’,好像把自己方纔説的第一句話忘記了。這種毛病的原因大概在於思想不精密。犯得太多的時候,雖然説了一大堆,寫了一大篇,實際全是瞎説;不是叫聽者、讀者上當,便是叫聽者、讀者莫名其妙。真是危險的毛病!”

朱志青又把稿紙上的標題抄上黑板,一壁説:“這種毛病可以叫做‘意義不連貫,欠照應’。”

他把稿紙納入衣袋裏,繼續説道:“我們摘録下來的例子還多,完全説出來,未免使諸位生厭,所以只説了一小部分。把許多例子歸聚起來,就看出它們犯的不外剛纔所説的三種毛病:用詞、用語不適當;意義的缺略和累贅;意義不連貫,欠照應。再加仔細分析,毛病的種類當然還可增多。但是,我們想,這三種毛病該是最普遍的了。我們寫作文字,如果能够避免這三種毛病,用詞、用語處處適當，每一句話意義都完足，也并不累贅，而且一直到底，互相連貫，彼此照應：這樣，我們的文字不就通順了嗎？"

下課的鈴聲催促他趕快作結束，他簡括地說道："我們以爲要做到這地步，實在也并不困難，只須在思想習慣和言語習慣上留意。'文章病院'裏的三號病患者的思想習慣和言語習慣太不好了，遠不如我們，提起筆來又不肯先檢點一下；所以犯了這許多毛病。我們從他們的失敗上，正可以找到成功的路徑。這是我們今天要把研究結果告訴諸位的本旨。"

朱志青說罷，便走下講臺，回到自己的坐位上。

王先生站起來了，露出滿意的臉色，說道："志青他們的研究報告雖然簡略，可是很扼要。'文章病院'裏的三號病患者所患的毛病固然不盡屬於這三類，然而多數屬於這三類。就是一般不通的文字，你說它這裏不通，那裏不通，歸納起來，大致也離不了這三類毛病。志青結末說的話是不錯的。一個人如果能在思想習慣和言語習慣上留意，寫下文字來就不用進'文章病院'了。"

王先生又用慨嘆的聲調說："那第三號病患者——《勸學生復課書》最要不得，思想習慣完全是'八股'的。想不到民國二十年的中等教育界中還會出現這樣的文字！它爲什麼要不得，下一次我要給你們仔細地講一回呢。"

十　印象

離H市八里有一座山，并不很高，却多樹木。因爲沒有別的名勝古迹，那座山就成爲H市一般人游賞的目的地。到那邊去可以步行；沿河的一條道路頗寬闊，而且是磚鋪的，一路走去很安舒。也可以乘船去；那河道直到山脚下才轉灣，所以一上岸就登山了。

這一天，沿河的道路上，樂華、大文在前，枚叔在後，在那裏對着山走去。他們換穿了輕薄的袷衣，身體鬆爽，步履非常輕快。枚叔手裏雖然拿一根手杖，却并不用來點地，只把它當作游行的符號而已。

可是枚叔這當兒的心情遠不及他的步履那麽輕快。失業像傷風病一樣,一會兒就碰到了;什麽時候才得同它分手,却難以預料。妻子的臉一天愁似一天,又加上時時續發的低低的一聲嘆氣。也她不要發愁、不要嘆氣吧,實在没有什麽話可以安慰她;看她發愁、聽她嘆氣吧,更把自己的心緒攪成一團亂絲。每天看報紙,又填滿了令人生氣的消息,敵人着着進迫,當局假癡假呆,無非這一類。想到中國前途的苦難,就覺得個人的失業真是不成問題的微細事情。然而這只是理智的想頭,實際上還是時時瞥見那黑色的影子——失業,感受到它的强烈的壓迫。坐在家裏氣悶;正好是星期日,樂華、大文不到學校,就帶他們出來游山,借此舒散一下。然而也并不見得有效果,四望景物,只覺悵然;"草長花繁非我春",意識中漸漸來了這樣的詩句。對上一句什麽呢?他思忖着,就走得遲緩了。

樂華、大文平時難得離開市集。現在依傍着活活的發亮的河流,面對着一抹濃緑一抹嫩緑塗飾着的山容,路旁的柳枝拂着他們的頭頂和肩背,各色的花把田野裝成一副嬌媚的笑臉;他們好像回復到了從前的鄉村生活,彼此手牽着手,跳呀跳地走着;他們和枚叔的距離就漸漸地加長了。

"你看,那蒼翠的山在那裏走近來迎接我們了",大文用欣快的調子説。

"我們走得更快一點,那山要更快地迎過來呢。"停了一停,樂華又説:"山是不動的,是人走近山去,這誰不知道。然而我們此刻的確有這樣的感覺,仿佛山在那裏迎過來。這是很有趣的。"

大文指着河面説:"那印在河裏的是柳樹的影子,誰不知道。然而我此刻有這樣的感覺,頭髮細長的一個女子在那裏照鏡子。不也很有趣嗎?"

"今天回去,我們要寫一篇游記",樂華突然説。

"各寫一篇呢,還是合寫一篇?"大文問。

樂華不回答大文的問,却繼續説他自己的話:"我們不要平平板板記述走過那裏,到達那裏,看見什麽,聽見什麽。我們要把今天得到的感覺寫出來。感覺山在那裏迎過來,就寫山在那裏迎過來;感覺河裏的柳樹影宛如鏡子裏的女子,就寫河裏的柳樹影宛如鏡子裏的女子。這樣寫的游記,送給别人看,或者留給自己將來看,都比較有意義。"

大文躍躍欲試地説:"好,我們一定這樣寫。"他又説:"那末,當然各寫一篇了。我的感覺和你的感覺未必相同,如果合寫一篇,就要彼此遷就,這是不好的。"

"各寫一篇好了。就請父親給我們批評。"樂華説着,回頭望枚叔,説:"我們走得太快了,父親還在後頭。等他一下吧。"

待枚叔走近,樂華、大文就讓他介在中間,三個人緩緩并行,不很長的身影斜拖在磚路上。

樂華把他們要怎樣寫游記的意思告訴了枚叔。

枚叔説:"游記本來有兩種寫法。像你所説的,把走過那裏,到達那裏,看見什麽,聽見什麽,平平板板地記下來,這是一法。依了自己的感覺,把接觸到的景物從筆端表現出來,猶如用畫筆作一幅畫一般,這又是一法。前一法是通常的'記叙',後一法便叫做'印象的描寫'。"

大文説:"那末,我們剛才約定的寫法就是'印象的描寫'了。什麽叫做'印象'呢?這個詞兒時常碰見,可是我一直不知道它的確切的解釋。"

枚叔説:"這原是心理學上的一個名詞,解釋也不止一個。最普通的解釋,就是從外界事物受到的感覺形象,深印在我們腦裏的。所以,你第一次遇見一個人,感覺到他狀貌舉止上的一些特點,這些特點就是他給你的印象;或者你來到群衆聚集的大會場,感覺到群衆的激昂情緒有如海潮的洶湧,有如火山的噴吐,那末'海潮和火山一般'就是這群衆大會給你的印象。"

"我説山在那裏走近來迎接我們,這也是一個印象呀",大文看着枚叔説。

"誰説不是呢?作文如果能把印象寫出,就不僅是'記叙'而是'描寫'了。你們能説出'記叙'和'描寫'的區别嗎?"枚叔的兩手同時輕叩樂華和大文的肩膀。

樂華接着回答:“我可以用比喻來分别它們。單就游記説,僅僅‘記叙’,結果猶如畫一張路程圖;如果能把印象寫出,却同畫一幅風景畫一樣,這就是‘描寫’了。”

枚叔點頭説:“不錯。從這個比喻,就可以知道‘記叙’和‘描寫’對於讀者的影響很不相同。人家看了你的路程圖,至多知道你到達過那裏,看見過什麼罷了。但是,人家看了你的風景畫,就會感到你所感到的;不勞你解釋,不用你説明。一切都從畫面上直接感到。所以,‘描寫’比較‘記叙’具有遠勝的感染力。”

走了幾步,枚叔又説:“從前我在學校裏教課,一班學生作文,不懂得印象的描寫,總是‘美麗呀’、‘悲痛呀’、‘有趣呀’、‘可恨呀’接二連三地寫着。我對他們説,這些詞語寫上一百回也是不相干的,因爲它們都是空洞的形容,對於别人没有什麼感染力。必須把怎樣美麗、怎樣悲痛、怎樣有趣、怎樣可恨用真實的印象描寫出來,人家才會感到美麗、悲痛、有趣和可恨。他們依了我的話,相約少用‘美麗呀’……那些詞語,注重隨時隨地觀察,收得真實的印象,用作描寫的材料。後來他們的文字就比較可觀了。”

樂華忽然指着山的左邊説道:“看了這條河在山脚下轉過了灣那邊的景色,就知道柳宗元觀察的精密。”

河道在山脚下轉灣向左,開始曲折起來。從較高的這邊望去,一段是看得見的,反射着白光;忽地一曲,河身給田畝遮没了;但是再來一曲,便又亮亮地好像盛積着水銀;這樣六七曲,才没入迤長的一帶樹叢裏。

“柳宗元的《小石潭記》不是有這樣一句嗎?”樂華繼續説:“‘潭西南而望,斗折蛇行,明滅可見。’這‘明滅可見’四個字是多麼真實的印象呀!我們現在要描寫這條河那邊的一段,似乎也只有‘明滅可見’四個字最爲適切。”

枚叔對於樂華的解悟感得欣然,説道:“柳氏的山水記本是古來的名篇,他差不多純用印象的描寫。”

大文昂頭四望,用歌唱的調子説:“‘天似穹廬,籠蓋四野’,我覺得是很好的印象的描寫。”

枚叔和樂華不覺也抬眼眺望。

平遠的原野的盡處,明藍的天幕一絲不皺地直垂下去。

枚叔沈吟了一會,説:“這一句固然是很好的描寫;可是在這一首《敕勒歌》裏,末了一句尤其了不得。”

“風吹草低見牛羊”,大文又歌唱起來。

“這是極端生動的一個印象。這七個字組合在一起,是比較圖畫更有效果的描寫。北方的牧場,我們没有到過。可是讀了這一句,就仿佛身臨北方的牧場。”枚叔把手杖揮動着説:“你們想,叢生的草,蒼蒼的天,單調的北方的原野;風没遮攔地刮過來,草一順地彎着腰;於是牛呀羊呀顯露了出來,一頭頭矗着角,摇着尾巴,奔跑的奔跑,吃草的吃草。這些景象,從這七個字上不是都可以想見嗎?”

樂華大文聽了枚叔所説的,再來吟味“風吹草低見牛羊”七個字,一時便神往於北方的牧場,大家不説什麼。

走了一程,大家微微出汗了。枚叔用手巾按了按前額,又説:“像柳子厚的山水記和剛才説的《敕勒歌》,好處都在捉得住印象,又能把印象描寫出來。你們試作游記,預備用印象的描寫,這是不錯的。不過我們一路談話,收受印象的機會未免減少了。”

大文説:“不要緊,我的游記預備從登山寫起,現在還没有登山呢。”

樂華説:“我預備從出門寫起,到登山游覽爲止。下山走原路回去,就不寫了。我一定要把柳宗元描寫河道曲折怎樣精妙的話帶寫進去。”

枚叔稱贊道:“你們這個主見也很有意思。像這樣截取一段來着手,叫做‘部分的描寫’。大概印象的描寫同時須是部分的描寫。如果要一無遺漏,從出門寫到回家,就難免有若干部分是平平板板的記叙了。”

前面小港口跨着一座石橋,矮矮的石闌正好供行人憩坐。

枚叔跨上石級,説:“快到山下了,我們在這裏歇一歇,預備登山。”他就在石闌上坐下，把手杖擱在一旁。

樂華大文坐在枚叔的對面，回身俯首，看小港汩汩地流入河裏。

枚叔補充剛才的話道：“你們要記着……”

樂華大文才面對着枚叔。

“也不限於游記；除了説明文字和議論文字，都可有兩種寫法，一是通常的記叙，一是印象的描寫。你們剛才想起了描寫風景的好例子，更能想起描寫人物的好例子嗎？”

“那是很容易從現代人的小説和小品文中去找的”，大文向樂華説。

“我想起了朱自清的《背影》了”，樂華高興地站了起來。

“你説幾處給我聽聽”，枚叔微笑着説。這當兒，他宛如在從前教授國文的課室中，心神凝集於彼此的討究；他把滿腔的牢愁暫時忘記了。

十一　辭的認識

樂華端着兩盞茶走出來，看見父親與那位盧先生已經在靠西墻的茶幾兩旁坐下了。

“盧先生，用茶。爸爸，用茶。”

盧先生燃着了雪茄，帶着笑顔將樂華端相了一會，問道：

“在中學堂裏讀書，還有幾年畢業？”

“纔一年級呢。初中畢業，要在後年。”樂華回答。

“初中畢了業進高中，高中畢了業進大學，大學畢了業出洋游學。”盧先生紅潤的圓臉耀着光彩，旁睨着枚叔説：“枚翁，你要好好兒給他下本錢呢。”

“那裏談得到這些，我想給他在初中畢了業也就算了。”

由於自家境況的困難以及對於教育現狀的不滿，枚叔是有一大篇的議論可以發揮，主張即使不在初中畢業也没有甚麽關係的；可是這未免使這位熱心的客人掃興，所以給他個并不趨於極端的回答。

“初中畢業不行的”,盧先生把雪茄摘在手裏,“現在更不比前十幾年了,要賺錢非出洋游學不可。我有一個朋友,他的兒子到德國游學,去年回來,就在上海西門子洋行當買辦,七百塊錢一個月,出進是汽車,真寫意呢。”

枚叔苦笑着説:

“可惜我没有這一大筆本錢。”

樂華對於這位客人所説的話不感得親切有味,便自去在沿窗的桌子旁坐下,取一本《生理衛生學教本》在手,低頭温習。

盧先生似乎方纔想起了本錢不是個個人預備着在袋裏的,不覺爽在,説道:

“話倒是真的,没有本錢,讀書就不容易讀上去。——請問枚翁,近來有甚麽地方説起,要相煩枚翁幫忙的嗎?”輕輕地,是很關切的聲調。

“没有”,枚叔簡單地説。

“枚翁當過多年的教員,在各處學堂裏一定很有交情吧。”言外的意思是生路并不見得斷絶,幸勿多所憂慮。

“現在還不到暑假,學校裏當然没有甚麽更動。再説當教師雖是一隻破碎的飯碗,但捧着這隻破碎的飯碗總比兩手空空好,我又何忍奪了人家的捧在自己手裏。”

這不是真個生路斷絶了嗎?盧先生今天來訪問,本希望得到一點好消息,或者枚叔已經有了事情又或者有甚麽人正在給枚叔介紹。而現在枚叔這樣説,甚麽時候纔能够得到一個職業實在難以預料,想給他安慰也無從説起,只得蹙着眉説:

“早知道我們的銀行今春就要收場,就不拉枚翁來幫忙了。對於這件事,我十二分抱歉!”

盧先生説罷,又把雪茄銜在嘴裏;剛纔燃着的火已經滅了,便劃一根火柴再把它燃着。

“那有甚麽抱歉的!”枚叔以書生的襟懷,又加上對於世事的認識,知道自己直同海灘旁的小草一樣,經浪潮的冲激,便會被送到不知甚麽地方去的。即使去年不進銀行任事,今年此刻一定仍在學校裹教課嗎,那是没有準兒的。

“况且,你們股東是虧蝕了資本,比起我來,損失大得多了。”枚叔又用這樣的話來抵消盧先生抱歉的心思。

“我倒還好,損失不算大。兩個月來不到行辦事,又覺得很解放。”

枚叔聽到這裹,仿佛覺得不大順耳,想了一想,方纔領會;眼光偶爾投到沿窗樂華那邊,只見樂華正把疑問的眼光看着那紅潤的圓臉。

“這裹地方小,幹不出甚麼事業來。再要開銀行决不在這裹開了,有機會就得在上海開。不過一個人解放久了也不好,天天打牌有甚麼意思,總得找一點事情來做。因此,我想辦一點社會主義。”

這個話使枚叔愕然了。這位有點小能幹的銀行家,難道同一般青年一樣,受着時代思潮的激盪,知道資本主義已經到了“臨命終時”,從資本主義這個腐爛體裹長成起來的將是社會主義嗎?但是,社會主義怎麽“辦”呢?“辦”社會主義的人爲甚麽又説有機會就得在上海開銀行呢?

樂華也同樣地感得奇怪。社會主義,在雜誌和報紙上,在同學間的談話中,是常常被提及的一個名詞,看着、聽着、説着都没有甚麽奇怪;惟獨由這位四十光景的、商人風的盧先生吐出來,却異樣地不相稱,有如矮人穿着長衣服,小孩戴着大帽子。他的社會主義是甚麽東西呢?這樣的問語嚥住在樂華的喉嚨口。

盧先生吸了兩口雪茄,圓撮着嘴唇呼出了煙縷,繼續説道:

“天氣熱起來了,時疫急痧是難免的事。我預備開兩個施診所,中醫西醫都有,任病家愛請誰醫就請誰醫。現在醫生都請定了,只地點不曾弄停當,故而還不能貼廣告。”

原來如此。樂華嚥住在喉嚨口的問語有了回答了。不免要笑。但是,真個笑了出來不是很糟嗎?樂華只得吻合着上下唇、移過眼光去看父親。却見父親正在端相茶几的一角,仿佛那裹有甚麽好玩的花紋似的。歇了一會,聽父親説道:

“我想兩個施診所應該距離得遠一點。一個在南城,一個在北城,對於病家纔見得方便。”

盧先生去後,欒華問枚叔道:

“剛纔盧先生説的‘解放’作甚麽意思用的?”

“他説‘解放’,其實是‘自在’、‘閑散’的意思。做一點公益事業,他却叫做‘辦一點社會主義’。他們商界裏,這樣説話的人很多:不把‘辭’的意義辨認清楚,就胡亂使用起來。這使旁人聽了覺得好笑,有時竟弄不明白他們説的甚麽。”

“豈只商界,便是學界和政界,也有犯着這樣的毛病的。《文章病院》裏的幾個病患者,不就是嗎?”

枚叔點點頭,接着説:

“市場上有‘衛生衫’、‘衛生毛巾’,又有‘衛生醬油’、‘衛生豆腐乾’;甚麽東西都加得上‘衛生’,實則把‘衛生’這個辭的意義完全丢掉了。又如兩個人剖分一件東西,就説‘我們來共産主義’,‘共産主義’這個辭到底是甚麽意義,他們却并不去查考。這樣的例子很多,如果隨時留心,不怕費工夫,把它們記録下來,倒是有益的事;至少不會跟着人家胡亂用辭了。”

“我想,能够時常翻查《辭源》,也就不至於胡亂用辭。”欒華的小小的書櫃裏有着《辭源》,他豫習功課時常常請教着它。

枚叔沈吟了一下,説:

“《辭源》裏只收一些通常習用的辭。專靠着它,有的時候是不濟事的。我國現在已出有好些專科的辭書,如關於動物、植物的,關於哲學、教育的。那些辭書也要時常翻查,纔能把所有的辭認識得真切,運用得正確。這樣,自不致使旁人好笑,更不致使旁人弄不明白了。”

“那些辭書,我們學校的圖書室裏都有的。”

“你能够使用那些辭書嗎?”

“我因爲豫備功課,曾經取《植物學大辭典》來翻查過幾回;那是很容易翻查的,編排的方法同《辭源》相仿佛的。”

“不錯,新出的辭書,差不多都像《辭源》那樣編排的。可是,你還得懂得我國舊有的'類書'的翻查方法,因爲有的時候你或許要翻查類書——剛才我漏説了。"

這一個辭在樂華是生疏的,他就問道:

"甚麽叫做類書?我好像從來不曾聽見過。"

"類書是和現在所謂辭書同性質的東西。《辭源》裹大概有'類書'這一條的,你可以自己去翻來看。"

樂華便到自己的小書房裹去,把《辭源》取了來,翻了一會,高興地説道:

"在這裹了!果然有這一條的。"

他湊近父親,和父親一同看如下的語句:

採輯群書,或以類分,或以字分,便尋檢之用者,是爲類書。以類分之類書有二:甲兼收各類,如《藝文類聚》《太平御覽》等;乙專收一類,如《小名録》《職官分記》等。以字分之類書有二:甲齊句尾之字,如《韵海鏡源》《佩文韵府》等;乙齊句首之字,如《駢字類編》是。

枚叔抬起頭來,看着樂華的沈思的臉説:

"看了這幾句,恐怕你還是不很明白,須得解釋一下。"

樂華點頭。

"這裹所謂類是事類;如關於天文的事實、典故是一類,關於地理的事實、典故又是一類。這裹所謂字是習用的、有來歷的一組字;如徘徊、彷徨、十二闌干、九曲迴腸等等。從前人編輯類書,最大的目的在備寫作時的採用。以類分的類書供給事實、典故,你要用那一類的材料就到那一類裹去尋;以安分的類書供給辭藻,你造句要换點花樣,作詩要勉强押韵,它就給你許多幫助。寫作而要請教類書,可見其人中無所有。那又何必寫作呢?不必寫作而硬要寫作,至於有許多類書出來供應需要,那是古來偏重文章的緣故,且不去説他。現在我要告訴你的是:如果像使用辭書那樣使用,那末類書對於我們也是有用的。"

枚叔舒了一舒氣,接着説道:

"類書的編排方法,大半看了書名就可以知道。凡有一個'類'

字的,便是以類分的類書。某一部類書共分多少門類,一看目録便能了然。凡有一個‘韵’字的,便是以字分而齊句尾之字的類書。那是按照詩韵編排的;不管甚麽事類,却將末一個字同韵的許多辭歸在一起。譬如‘徘徊’與‘黄梅’,就事類説是全不相干的;但‘徊’字與‘梅’字同韵,所以歸在一起。如果熟悉詩韵,能够辨别一個字屬於某聲某韵,翻查這一類類書是很便當的。像你,平上去入四聲也許辨得清;而一個字屬於詩韵裏的甚麽韵,那是不熟悉的。這不必定要去熟悉他,一翻《辭源》也就知道了。你看,《辭源》每一個字下,不是注着甚麽韵嗎?”

樂華向來不曾注意到這一點,他聽父親這樣説,隨手翻開《辭源》的上册,眼光射到一個“他”字,下面注着“托阿切,歌韵”,眼光又移到同頁的“仕”字,下面注着“事矣切,紙韵”。他慚愧地説:

“以前我爲甚麽没有留心!”

“再説以字分而齊句首之字的類書,如《駢字類編》,那是與《辭源》有相同之處的,也是將許多辭凡開頭的字相同的都歸在一起。不過《辭源》的編排是依照第一個字所屬的部首和筆畫的多少的,《駢字類編》却分爲事類,某個辭的第一個字屬於那一類,就到那一類裏去翻查。”

枚叔説到這裏,因爲自己有好些書寄存在鄉下,類書之類都不曾搬來,頗感受不能執卷指示的不方便,他搔着頭皮説:

“你不妨到學校的圖書室裏去,見有甚麽類書,就看它的編排體例。這樣,到用得着它的時候,就可以翻查了。”

他忽又想到了剛纔盧先生的用辭不切當的話語,感慨地説道:

“一個人不能認識各個辭的確切意義,又懶得動手去翻查,那是常常會鬧笑話的。從前有一個人和外國文人通信,自己起了個稿子,托一個通英文的人替他翻譯。那稿子裏有‘馳騁文壇’一句,你道那個通英文的人翻譯做甚麽?”

“‘馳騁文壇’,不是説受信人在文壇上很有成就和聲名嗎?”樂華以爲這是并不難懂的。

“照你説的翻譯,也就不鬧笑話了”,枚叔笑着説。“那個通英文的人却并不這樣解釋。他知道‘馳騁’是馬奔跑。他又想‘文壇’大概是文字匯聚的地方,再推想開去,便斷定是書堆。於是他所翻譯的英文句子,就成爲‘馬在書堆裏跑來跑去’的意思!”

“哈哈”,樂華禁不住大笑了。

“還有一個笑話”,枚叔忍住了笑説。“有一個姓賀的,寫得一手好顔字,可是筆下不很通順,知識也有限。一天,他送人家一軸祭幛,提起筆來寫了‘瑶池返駕’四個大字。”

樂華聽了茫然,用疑問的眼光望着父親。

枚叔將手指在桌面上畫着那四個字,説道:

“就是這樣的‘瑶池返駕’。”

樂華看了,記得這四個字曾經在喪事人家看見過的,可是不明白甚麽意思。

“旁人看他寫了這四個字,對他説寫錯了。他説没有錯,祭幛上常常用的。旁人就告訴他瑶池是西王母所居的宫闕,死了回到瑶池去,是專指女人説的;而現在那人家死的是男人,不是寫錯了嗎?他方纔明白,只好紅着臉把‘瑶池返駕’四個字撕了。”

“這四個字,爸爸若不講明白,我也不知道甚麽意思。”

“不知道就得詢問,就得翻查。這樣成爲習慣,然後讀書不致含糊,不致誤解;説話、作文不致辭不達意,不致‘指鹿爲馬’。”

“剛纔盧先生的‘社會主義’,如果傳説開去,也是一個很大的笑話呢。”樂華聽父親講笑話,引起了深長的興味。

枚叔却又想到了别的方面去,悵然望着窗外濃緑的柳葉,自言自語道:

“他對我關切,特地來看我,是可以感激的。”

十二　戲劇

“啊,你這裏有這許多的戲劇書!”胡復初兩手支在桌沿,額上滲出汗滴,他剛從八十多度的陽光中跑來。

“是哥哥理出來給我的”,周錦華説,一壁掠着鬢髮,使順向耳殼後面去。“哥哥聽見我們要編戲劇,就説各種戲劇的體裁應該知道一點,古時的,現代的,外國的,都約略地看一下吧。其實我們編抗日的戲劇,那裏會像這幾部書一樣填起曲子來,即使我們能够填,也決不幹的。”

先到的朱志青和周樂華各拿着一部綫裝書站在那裏看,錦華説時,指着他們倆手裏的書。

“是甚麽書?”復初用手巾拭着額上的汗,走近志青身旁。

志青不回答説甚麽書,却抑揚頓挫地吟唱道:

“‘你記得跨青谿半里橋?舊紅板没一條。秋水長天人過少。冷清清的落照,剩一樹柳彎腰。’”

“這是王先生前個星期講過的《桃花扇·餘韵》一齣裏的曲子呀。”

“這就是整部的《桃花扇》”,志青把手裏的書揚一揚説。“我要向錦華借回去看呢。”

“你這一部又是甚麽?”復初轉過身來問樂華。

“叫做《長生殿》。我翻了一下,約略知道是講唐明皇和楊貴妃的事情的。”

坐在窗前的張大文將眼光從手裏的書面離開,説道:

“我從那一大部的《元曲選》裏抽了一本,可巧這一本戲也是唐明皇的故事,叫作《唐明皇秋夜梧桐雨》。”

錦華顧盼着志青和樂華説:

“這兩本戲曲雖然同樣是唐明皇的故事,可是出世的年代遲早不同。《唐明皇秋夜梧桐雨》是元朝人的作品,《長生殿》是清朝一個姓洪的做的。”

“哥哥還告訴我説”,錦華有這樣的脾氣,把同學看得同姊妹兄弟一樣,知道了一點甚麽總要讓他們都知道,“元朝人的戲曲同《桃花扇》一類的‘傳奇’,體式上是有點兒不同的。一本傳奇演一個故事,不限定多少出數,故事繁複的長到四五十齣。元朝人的戲曲稱爲‘雜劇’,却大抵是四齣。”

志青和樂華在一張雙人藤椅上坐下,各把手裏的書放在膝上,豫備細聽錦華所講的。復初雖已休息了一會,還是覺得熱,就拿自己的草帽當做扇子,不停地扇着。

錦華也取一柄葵扇在手,不經意地摇着,説道:

“這幾天晚上,我把《元曲選》和幾部傳奇大略翻看,又翻看了那部專門收集京戲脚本的《戲考》。”

她説着,用葵扇指那書桌上一疊小開本的書册。

“專門收集京戲脚本的?”志青家裏有着一具留聲機,所有的唱片大半是京戲,現在聽錦華這麽説:“我本是卧龍岡,散淡的人”,“小東人,闖下了滔天大禍”,這一類的腔調便在他的心頭摇曳起來。

“不錯,《戲考》那部書是專門收集京戲脚本的,《斬黄袍》《空城計》《釣金龜》那些戲都有在裏頭,很豐富的。我翻看了那些雜劇、傳奇和京戲,發見它們有共同的兩點,是和我們在學校裏表演的戲劇不相同的。我們在學校裏表演的戲劇,總是幾個人在那裏對話,在他們的對話裏,把故事的前因烘託出來,讓看戲的人明白。一個人獨白的時候是很少的,即使有,也大都是簡短的驚嘆語之類。至於一個人來到戲臺上,告訴看戲的人他是戲中的某某人,他的境况怎樣,他的品性怎樣,眼前他遇到了一件甚麽事情,那是絶對没有的。”

“是的”,志青接着説。“在京戲裏,這却是必不可少的節目。一齣戲開場,每一個角色走上戲臺,第一件事情就是向看戲的人報告他姓甚名誰,何方人氏,這麽一套。”

“雜劇和傳奇也都是這個樣子”,錦華望着志青説。“并且,豈止在一齣戲開場的時候。劇中人在那裏想心思了,就把所想的一切唱出來或者説出來;在那裏做一種動作了,又把所做的動作唱出來或者説出來;至於回叙故事的前因,更照例是一段獨唱或者獨白。所以我説,那些戲劇差不多是記叙文。記叙文把人的思想、行動和話語叙在一篇裏,那些戲劇呢,把劇中人的思想、行動和話語統教演員唱出來、説出來,不是差不多嗎?”

樂華聽了,頗有會心,帶笑説:

"這等辦法,在情理上原是講不通的。一個人想去訪問張三,旁邊并沒有别個人,他自言自語道:'我要去訪問張三,就此拔脚前往,'這不是癡漢嗎?然而戲劇裏不這麽辦,難以使看戲的人明白劇中人在那裏做甚麽;就只好這麽辦了。"

錦華接上説:

"但是,編劇的時候避去這等情節是可以的。把要使看戲的人知道的情節編排在對話裏,像我們所表演的戲劇一樣,也未嘗不可以。原來舊時的戲劇和現在的戲劇,在體裁上自有不同。從雜劇到京戲,那是一貫地使用着記叙文似的體裁的。這是我所發見的一點。還有一點呢?"

錦華坐到大文左旁的一只藤椅上,大文頗感興味地看着她的嬌紅的臉,仿效她的聲調説道:

"還有一點呢?"

"從雜劇到京戲,一出戲裏往往不止一個場面。開頭是一個人在路上,既而是幾個人在屋子裏,一會兒又是幾個人在湖上的船中了;而且三個場面的時間不一定連續,也許一場是上午,一場是下午,也許一場是昨天,一場是今天。這樣的例子很多;只須演員下一回場又上場,或者就在臺上繞一個圈子,場面便變换了,路上變爲屋子裏,屋子裏又變爲湖上的船中了。這種體裁是和我們所表演的戲劇不同的。我們所表演的戲劇,一幕只有一個場面,路上就始終是路上,屋子裏就始終是屋子裏;而且從開幕到閉幕,時間是一直延續下去,决不切去一段的。"

志青翻弄着書頁在那裏作遐想,至此,他點頭説:

"你説的不錯,我們所表演的戲劇和我國舊時的戲劇,體裁上絶不相同的。"

"我們所用的體裁是從西洋的戲劇來的。"錦華指着書桌説:"那一疊是西洋戲劇的譯本,我曾經看了一本《易卜生集》,一本《華倫夫人之職業》,體裁都是這樣的。"

復初的額上不再出汗了,他坐在大文的右旁,用提示的聲調説:

“我們要編戲劇,當然用我們用慣的體裁。錦華,你少講點你的發見吧,今天我們商量編戲要緊。再過兩星期,就要表演了,劇本還没有,怎麽行!”

志青接着説:

“題材是選定的了,一二八戰役。我們現在先要考慮一下,有幾個場面是必需的。然後可以確定編多少幕,然後可以確定每一幕的内容。”

“我曾經想過了”,樂華舉一舉手説。“一二八戰役經歷幾十天的時間,事情是千頭萬緒,要全部搬上戲臺去表演,是萬萬不可能的。我們只能從這幾十天中截取幾小段的時間,在這幾小段的時間裏發生的事情足以表示各方面的緊張空氣的,拿來編成幾幕戲劇。”

復初驀地站起來,激昂地説:

“我想一二八那夜的事情總得編成一幕。兵士的憤激的心情,各色居民的不同的心理,日本軍隊的驕横而不中用的情形,都可以在這一幕裏表現出來。場面是閘北的寶山路。你們説好不好?”

“好,這一幕非有不可”,樂華擊掌説。

“讓我把它記起來”,錦華改坐到書桌前,從抽屜裏取出鉛筆和白紙,一壁寫着,一壁説。“時間:一二八夜。地點:閘北寶山路。内容:士兵的憤激的心情,各色居民的不同的心理,日本軍隊的驕横而不中用的情形。這該是第一幕。第二幕呢?”

“我想江灣吴淞一帶的戰事也得表演一下。”大文走到錦華的背後,看着她的記録説。

志青點頭説:

“好的。我們就規定第二幕的地點是江灣的戰場。士兵都伏在戰壕裏。他們怎樣勇敢地作戰,農民怎樣和他們聯成一氣,各界怎樣送食品、運東西接濟他們,以及日本的飛機、大炮怎樣酷毒地壓迫他們的陣地,都可以在這一幕裏表現出來。”

錦華記録完畢。回轉身來説:

“我想第三幕應該是一二八戰役的收場——我國軍隊撤退到

第二道防綫了。”

“這樣喪氣的事情,還是不要編進去的好”,復初的眉頭皺了起來。

“爲甚麽不要編進去呢”,錦華立刻説。“這是事實呀。况且,我們這方面的陣地雖然毁壞到差不多不可收拾,士兵的心理却并不願意撤退;這在報紙上有記載的。這一點應該把它表現出來。還有,甚麽人要他們撤退,甚麽人希望戰事早一點收場,也該是這一幕的内容。”

“我贊成錦華的意見”,志青舉起手臂,仿佛一個樂於回答教師的問題的小學生。

復初向錦華揮手示意道:

“經你這麽説明,我當然也贊成有這一幕了。你記録起來吧。”

錦華便又在紙上寫她的細小的字,説道:

“那末,這一幕的地點仍舊是戰場了。”

“仍舊是戰場”,志青接應説。“有三幕也就彀了。樂華所説的各方面的緊張空氣,差不多已經表現出來了。”

“的確彀了。”樂華沈思了一會,又説:

“我們這戲劇和别的戲劇不同,不需要一兩個主人翁作爲活動的中心。我們這戲劇裏,每一個登場人物都是重要的。我正在這裏想,第一幕開幕的時候,有三四個兵守在鐵絲網和沙袋旁邊,他們的對話要極有力量,足以吸住觀衆的注意。”

“我們一同來想吧。”

室内頓時沈寂起來。急迫的蟬聲在窗外噪着。

十三　觸發

六星期的暑假已過了三分之一,樂華在家裏真是寂寞的很。父親由朋友介紹,應四川××中學之聘,一則因爲路程遥遠,二則因爲失業已久,家居不免厭膩,一經接到聘書與旅費,就於當地第一中學放假開始時,啓程到四川去了。家裏除結外,只有母親及小妹,學友們住在本地的原不多,都已各回鄉里。唯一的親友大文呢,放假後只來過兩次,每次都和周錦華同來,稍坐即走。樂華有一天曾到他家裏去找他,想和他談談,却未曾找到。據他母親説,是和周錦華一淘出去的。

樂華除每日幫母親料理家事外,只用書册消遣,拿了書躺在籐椅上看,往往不久就睡去,不由自主地讓書從手中溜到地上。炫目的陽光,聒耳的蟬聲,愈使樂華感到長日如年,倦怠難耐。

有一日,午飯方畢,樂華才幫母親收拾好了厨下,正在廊簷下的籐椅坐下身來,拿起父親臨行前檢給他的一部《西游記》想讀,聽到郵差在門口喊"有信。"接來看時,是父親從漢口寄來的家書。樂華拆開信來讀給母親聽,其中有幾張信箋是專寫給樂華的,上面寫着這樣的話,有許多地方密密地加着點。

> 你大概在以書册消磨着長日如年的光陰吧。你愛好讀書,努力學文,當然不能算壞,可是讀書與作文實在是兩件事,應當分别看待。普通人都以爲讀書就是學作文,作文須從書上去學習,這實在是大錯特錯的見解。書籍原用文字寫成,但不應只當文字來讀,讀書的目的,重在收得其内容意趣,否則只是文字的游戲而已。作文的材料,到處都是,并非僅在書中,專從書上去學文字,即使學得好,也只是些陳言老套,有甚麽用處呢?我勸你勿只把文字當文字讀,勿只從文字上去學文字。
>
> 讀書貴有新得,作文貴有新味。最重要的是觸發的功夫。所謂觸發,就是由一件事感悟到其他的事。你讀書時對於書中某一句話,覺到與平日所讀過的書中某處有關係,是觸發,覺到與自己的生活有交涉,得到一種印證,是觸發,覺到可以作爲將來某種理論説明的例子,是觸發。這是就讀書説的。對於目前你所經驗着的事物,發見旁的意思,這也是觸發,這種觸發就是作文的好材料。舉例來説吧。我書房中有一副對子,下聯不是"竹解虚心是我師"嗎?這一句原是成語(不知作

者爲誰),作者着眼於竹的中空,覺到和人的虚心相似,可以效法。故就造出了這樣有新味的句子。觸發要是自己的新鮮的才好,用月的圓缺來比喻人事的盛衰,用逝水來比喻年華難再,用夕陽來比喻老年,諸如此類的話在最初説出來的人原是一種好觸發,説來很有新味,我們如果襲用,就等於一味説人家説過的話,自己不説甚麽了。

觸發真是要緊的功夫,我早就想把這話告訴你,可是却没有碰到相當的機會。這次我動身時,你要求我檢書給你讀,還要求我過上海時替你買些可看的書。我在上海經過,雖也曾想買幾本相當的書籍寄給你,一則因爲我已把旅費的一部分分給你母親留作家用了,攜帶的錢不多,二則因爲我覺得你只管把書呆讀,也没有意義,所以未曾替你買任何的新書。我已給你選定了好幾部的書了,你可揀喜歡的取來重讀,讀出些新的意味來。書是用文字寫成的,我還希望你於有字的書以外,更留心去讀讀没有字的書。在你眼前森羅萬象的事物上獲得新的觸發。

樂華把信熱心地讀,讀至最後一行附筆,"此信可拿去給大文一看"時,不覺自語道:

"大文近來忙得很,那裏還有心思管這些啊。"

父親去後,樂華在寂寞的生活中日日期望有新書從上海寄到,將藉了新書一振日來的無聊與倦怠。自得了父親的這封信以後,態度爲之一變,覺得讀過的書重讀起來比新書更有味,眼前的一切東西都含藏着多方面的内容,待他去發掘。倦怨無聊之感消滅净盡,他好像换了一個人,换了一個世界了。甚麽都新鮮,甚麽都有意義。他從蟬聲悟到抑揚的韵律,從日影悟到明暗的對照,從雷陣雨感到暴力的難以持久,從雨後的清凉悟到革命的功用,從盆栽的裁剪悟到文字繁簡的布置,從影戲的場面悟到叙事文的結構,從照片悟到記事文的法式。

樂華把小小的手册放在衣袋裏,心裏一有所得,隨時就寫在手册上。不多幾日,就寫了許多頁了。其中有幾條只是零星的一二句話,有幾條儼然就是小品文。

有一天下午,大文周錦華朱志青湯慧修大家到樂華家裏來。志青問樂華:

“你爲甚麽不出來走走?一個人在家裏不寂寞嗎?”

“因爲没有儔伴啊,像你們……”樂華説到這裏,覺得不好意思説下去,即改説道:“你們來得正好,我給你們看一樣東西。——大文,父親寫了一封信給我,説叫你也看看呢。”樂華説着從抽屜裏取出信來遞給大文,一壁去看錦華慧修,似乎她們還不曾感覺着甚麽,這才安了心。

“我們也可以看嗎?”錦華問。

“當然可以。”樂華説。

志青走近大文身旁共看那封信,每讀完了一頁就傳給錦華慧修共看。

“看了這封信,可以説‘勝讀十年書’呢!樂華,你有這樣的父親,真幸福啊!”錦華看完了信説。

“可見我們平日讀書作文都還没有得到好方法。王先生前幾日曾提及枚叔先生,説是他所佩服的一個。這封信我想應該給别的同學也看看。同班之中讀死書的人多着哩。我想,最好在將來演講練習的班上,把這作爲材料,由那一個去講述一番。樂華,就請你去講吧。”志青説。

“也好,其實甚麽人去講都可以。”樂華説。

“那末,你這幾天想必已在依照你父親信上的方法實行了。成績一定很好吧。”慧修問樂華。

“試行呢在試行,可是自己難得滿意,父親説,‘觸發要是自己的新鮮的才好。’我所觸發到的意思,一時覺得很新鮮,後來看到别的書,知道前人已有過這樣的話,於是就興趣索然了。我曾把這幾天所想到的意思,隨時寫在手册上,豫備從其中録一二條寄給父親看看,請你們給我選擇一下,看那幾條比較有意義。”樂華從衣袋中取出手册來交與慧修。

慧修把手册翻開來與錦華同看,志青大文立在她們背後張望。手册裏有幾條是用鉛筆寫的,有幾條是用墨筆寫的。大概是因爲自己不滿意的緣故吧,其中有十分之三四已用×記或直綫取消,可是字迹還看得清楚。

"這條好!"錦華讀到"領袖"一條,不禁贊賞着説。那是這樣的幾句話:

> 把衣服穿在身上,最污濁的是領和袖。因爲污濁的緣故,洗濯時特别吃虧,每件衣服先破損的大概是領袖部分。
>
> "領袖是容易染污濁的,容易遭破損的。衣服的領袖如此,社會上的所謂領袖何嘗不如此!

"這條值得鈔了寄給你爸爸看。我知道,你近來是自己洗衣服的,這幾句話大概是在洗衣服的時候觸到的吧。"大文對樂華説。

"是的——你們以爲這條還可以嗎?我覺得不及後面'鷄叫'一條呢。那是前天晚上我睡不着,在枕上聽見鷄叫的時候想到的。——在這裏。"樂華從慧修手裏取過手册來翻尋給大家看。那是很簡短的幾句話:

> 鷄是光明的報導者,它第一次喔喔開聲却在夜半,正是世間最黑暗的時候。我聽了這夜半的鷄聲,不禁想到革命者的呼號。

大家看了都點頭表示贊許。

"我出世以來,不知已曾聽到多少次的夜半鷄聲了,爲甚麽竟聽不出别的意義來?我的頭腦真是太簡單了!"慧修把手册合攏了感嘆地説。

"這有甚麽可嘆的。我以前也是這樣。現在已得了門路了,大家在這上邊用些功夫吧。"樂華安慰慧修説。志青錦華大文都點頭。

臨走的時候,志青提議日内大家同去訪王先生,據説,王先生暑假未回鄉里,在城外山上法華寺裏住着,他前幾日曾去過一次,那裏地方很清凉呢。

樂華送四位客人至門口,與他們約定了訪王先生的日期及集合的地點而别。大文與錦華向東走,志青與慧修向西走,各就歸途。兩位女友的綢陽傘在夕陽中分外閃耀樂華的雙眼。

樂華立在自己門首,好幾次地把頭回旋,目送這兩對小情人遠去。忽然從衣袋中取出手册,俯了頭不知又在寫記些甚麽了。

十四　書聲

到了訪王先生的那一天,樂華天明就出門,先到朱志青家裏。待大文,錦華,慧修陸續到了,才一同出發。因爲豫備在山寺作一日的清游,志青曾買好了幾種罐頭食物,交大家分攜了走。

那座山離 H 市不遠,樂華在春間曾和大文隨了父親去過。只要走盡街市就可望見。樂華大文志青并着在前,錦華慧修張了陽傘在後。且走且談。早稻已有一半在收割了,這裏那裏都有農民在割稻打稻。稻穗重甸甸地垂着,年成似乎很好,可是一路却不曾見到一個有笑容的農民。

“我們該怎樣慚愧啊!”志青見路旁有一個農民在割稻,那身上的一件藍布衫差不多已要被汗濕透了,不禁感激了這樣説。

樂華大文默然不響。大家都把脚步改快了前進。三人到了山麓樹林下,回頭看錦華慧修和他們相差已有半里路,這才停下來休息着等待。王先生所寄住的法華寺已在濃緑的樹叢中紅紅地見到一角了。

一同走進山門以後,遠遠地就聽到琅琅的誦讀聲。

“和尚在誦經呢。”慧修説。

“這聲音不像和尚誦經。”錦華一壁走一壁側耳審别,“好像是王先生的聲音。”

“正是王先生的聲音,原來王先生在讀書哩!”志青説。

走過了大殿,那聲音愈明白,確是王先生的書聲。大家打量書聲起處知在東廂樓上,也不詢問寺僧,一找就把王先生所住的房間找着了。

王先生正捧了一本書高聲讀着,見樂華等五人來了,即把書放下含笑接待他們。

"你們來得很好！五個人嗎？這裏非常凉爽,玩到傍晚回去吧。"

五人向王先生略作招呼,大家走近案旁,去看王先生放下的那本書。他們以爲王先生方才讀得那麽起勁,一定是非常了不得的書了。不料翻開在案頭的不是别的,原來就是一年來王先生在他們一年級所授的選文訂本。每行文字之旁,用硃筆加着許多式樣的符號,有"△",有"▽",有"·",有"∨",有"∧",有"<>",有"—",有"——",有"﹏﹏"。這些符號,和普通的標點截然不同,五人看了莫名其妙,不禁面面相覷地露出怪異的神情來。

"我們一入寺門就聽見先生在高聲朗讀,原來讀的就是這幾篇在我們班上教過的文字。不瞞先生説,這幾篇文字,我們做學生的已經不讀了,不料先生還在讀呢。"志青熬不住了,這樣説。

其餘四人都把眼睛對着王先生,期望王先生快些開口。

"是的,我在在讀這幾篇教過你們的文字。一年以來我對於文字的解釋及玩味方面自信已盡了力,做到八九分的地步了。在讀的一方面,却未曾費過氣力。下學期我想叫你們加做些讀的功夫,所以在這裏先自豫備。讀,原是很重要的,從前的人讀書,大都不習文法,不重解釋,只知在讀上用死功夫。他們朝夕誦讀,讀到後來,文字也自然通順了,文義也自然了解了。一個人的通與不通,往往不必去看他所作的文字,只須聽他讀文字的腔調,就可知道。近來學生們大家雖説在學校裏'讀書'或'念書',其實讀和念的時候很少,一般學生只做到一個'看'字而已。我以爲别的功課且不管,如國文英文等科是語言學科,不該只用眼與心,須於眼與心以外,加用口及耳才好。讀,就是心、眼、口、耳并用的一種學習方法。讀的文字須擇意義内容已明白的,所以我想從上年講授過的文字中選取若干篇爲將來叫你們誦讀的材料。下學年豫備在原有的講演會以外再設一個朗讀會哩。你們覺得怎樣?"

王先生用了徵求學生同意的態度,把長長的一番話暫作結束以後,平分地把目光分注於五人。

"好!"五人差不多一齊發出贊同的回答來,同時大家又好奇地把目光集注於翻開在案上的書册上。

"這用紅筆標着的是符號。"王先生似乎已猜着了他們的注意點了。"喏,'△'是表示全句須由低而高的,'▽'是表示全句須由高而低的,'·'是表示句中某一字或幾字須重讀的,這都是高低方面的符號。'∨'是表示句的上半部讀音須强的,'∧'是表示句的下半部讀音須强的,'<>'是表示句的中央部分讀音須强的。這是强弱方面的符號。'—'表示須急,'——'表示須緩。這是緩急方面的符號。聲音的差異,不外高低,强弱,緩急三種。此三種符號以外還有一個,'～～～'是表示讀到這裏須摇曳的。"

經王先生說明以後,五人才恍然明白,大家把頭埋在一處試看那文字與符號的關係。

"讓我把這訂本來拆開,大家任拿一篇去看吧。這樣大熱的天氣,埋了頭聚在一處多熱!"王先生拆開那訂本,把加了符號的文字分給各人一篇,笑指樓下樹林說道:"大家到那樹林中去在石上坐了看吧。讓我叫寺中替你們豫備午飯。"

志青把攜來的食物交給了王先生,就隨大家下樓來到了樹林裏。五人把分得的文字各自依了紅筆的符號揣摩了低聲仿讀,有時也會不自覺地發出高聲來朗誦。日光從樹葉小空隙中射下,各人的衣服上與手中所執的紙片上蕩動着碎小的渦影。

午飯的時候,王先生向樂華詢問樂華父親枚叔動身後的消息,樂華一一告知。錦華順口提起前幾日在樂華家裏看到枚叔的信,把大意說給王先生聽,且說她曾因此信得了許多啓示。慧修與志青也隨和着稱揚。

"枚叔先生的意見很對。我們讀書、作文以及生活,都全靠能觸發。實對你們說了吧,我近來的留心讀法,也是一種觸發的結果。我住到這寺裹來,每日清晨傍晚都聽到和尚的誦經聲,那聲音高低緩急很有規律,日日聽,日日一樣。我覺得我們平日讀文字,也該有個規則方法,於是對於讀法就發生了研究的興趣了。"

王先生又把話題轉到讀法上去了。志青乘此機會,急去抓住這話題,説道:

"今天下午就請王先生把讀法的大要求教我們吧。方才我們依了王先生的符號去學讀,似乎已有些明白了,可是還不得要領,有許多地方,簡直莫明其所以然呢。"

"好!"王先生答允了。"這話説起來很復雜,姑且先把高低,强弱,緩急的三種符號來逐一説明吧。"説着,立起身來從吃飯的客堂走入隔壁房裹去了。

五人静肅地等待着,過了一會,王先生拿了一支鉛筆與一本拍紙簿出來,在吃飯的圓桌旁坐下,五人也就走攏去。

王先生在紙上作一小小的"·"號,説這是某字須重讀的符號。隨寫出三句同樣的文句分别加了號:

張君昨天曾來過嗎?

張君昨天曾來過嗎?

張君昨天曾來過嗎?

問道:"這句疑問句,可有三種讀法,你們看,如果叫人回答,是否相同的?"

"不同。第一句可以回答説'張君的用人曾來過',第二句可以回答説'張君前天曾來過',第三句可以回答説'不曾來過。'因爲三句的着眼點不同了。"錦華很爽利地回答。

"對!'·'號的用法,大概可以明白了。文句之中,有特别主眼,或是前後的詞彼此相關聯照應的時候,通常都該重讀。舉例來説——"又在紙上寫道:

這兒是法華寺的客堂

逐二兔者不得一兔

不能二字唯愚人之字典中有之

病從口入禍人口出

五人看了都點頭,似乎大有所悟的樣子。王先生又換了一張紙,作了"△""▽"兩個符號,説:

"這個句調昇降的符號。'△'是表昇調的,'▽'是表降調的。"隨即寫出兩句相同的句子來,一加'△'號,一加'▽'號:

地是圓形的△
地是圓形的▽

問道:"你們試讀看,覺得意義有變化嗎?"

大家出聲辯别了一會。樂華搶先説:

"不同。用降調讀,覺得語氣很確定。用昇調讀,似乎含有疑問呢。"

"不錯,就這句説,升調是疑問的,降調是確定的。"王先生點頭説。

"確定的語氣一定用降調,疑問的語氣一定用昇調嗎?"志青問。

"確定的語句大概用降調讀。至於疑問的語句,却并不一定用昇調。如果在語句中含有别的疑問的詞類時,反須用降調來讀才對。舉例來説——"説着又扯下了一張紙寫道:

你道我是來做甚麽的▽
爲甚麽到這時還睡着不起來呢▽
誰來管你這些▽

王先生見大家都點頭,又繼續説道:"此外,昇調與降調的用法還有許多。概括地説,是這樣——我前幾天曾把這寫記在一張紙上,讓我去拿來給你們看。"

王先生從房間裏取出一張紙片來,放在圓桌中央,讓大家看。

那紙上是這樣記着：

昇調的用途

(1) 意義未完結的文句——例(一) 再過三天△就放暑假了。(二) 得酒肉朋友易△,得患難朋友難。(三) 香港△、上海△、天津△、漢口△是中國的重要商埠。

(2) 號令或絶叫的文句——例(一) 全世界工人團結起來△(二) 快讓開△,馬來了△(三) 中華民國萬歲△

(3) 疑問句(句中無别的疑問詞)——例(一) 他是你的朋友嗎△(二) 你不相信我的話嗎△(三) 你的母親病了,你的父親呢△

(4) 驚愕的文句——例(一) 他死了△(二) 爸爸△爸爸△你甚麽了△(三) 啊△你就是裴多芬先生嗎△

降調的用途

(1) 意義完結的文句——例(一) 我是第一中學的一年級生▽(二) 得酒肉朋友易得患難朋友難▽(三) 今年是一九三二年▽

(2) 插入疑問詞的問句——例(一) 你是來干甚麽的▽(二) 誰? 方才來看我的▽你看結果甚麽樣▽

(3) 祈求的文句——例(一) 請把這書給了我▽(二) 明天早些請過來▽(三) 但願我的學生成績好▽

(4) 憤恨感激慨嘆的文句——例(一) 這人不是個好東西▽(二) 這位朋友真難得▽(三) 嗚呼▽鑒湖女俠秋瑾之墓▽

五人一壁看,一壁把例句默讀,更與平日的經驗對照,覺得這種法則很相合。臉上都現出理解的喜悦,同時把眼睛再對王先生,似乎在希望他繼續講述。

"高低的符號,大概已明白了吧。次之是强弱。高低是由聲帶的張弛而起的分别,强弱是肺部發出的空氣分量大小的分别。鋼琴上的鍵是因瞭高低順列着的,某一鍵對於兩旁的鍵,聲音不同,這是高低。我們用手指去按同一的鍵的時候,因了指力的輕重,所發的聲音也有不同,這就是强弱的不同了。强弱的符號,我所定的是∨,∧,$\overset{\wedge}{\vee}$三種,其用法普通是這樣——"王先生説到這裏,重複用鉛筆在拍紙簿上寫道：

∨（句的頭部加强）——用之於表悲壯、快活、叱責或慷慨的文句。

∧（句的尾部加强）——用之於表不平、熱誠或確信的文句。

◇（句的中央部加强）——用之於表莊重、滿足或優美的文句。

又繼續説道："因爲强弱是全關於人的感情的，强弱的分别最多見的是議論文、詩歌及叙事文中的對話，平静的記述文與説明文中的文句，差不多不大有强弱可分。换句話説，就是議論文、詩歌、對話該應用了强弱的法則來讀。讓我在你們已經讀過的文字中，來選讀些給你們聽罷。"

王先生把方才那本拆散了的文選翻了一會，取出陸次雲的《費宫人傳》與梁啓超的《最苦與最樂》來，各選取一節來讀給大家聽，遇到可應用强弱法則的地方，隨時説明。師生都把整個的心傾注於聲音的辨認上，窗外日影的轉移，室内時鐘的記數，他們都不曾覺得。這時候忽然傳來了寺中晚課的鐘聲。王先生看看壁上的時鐘説：

"呀！時候不早了，讓我把緩急的法則來説明吧。緩急是聲音與時間的關係。假定我們可在一秒鐘裏發'法華寺'三音，也可以在一秒鐘裏發'法華寺東厢'五音。在同一時間，音數少的是緩，音數多的就是急了。緩用'——'號表示，急用'—'號表示。你們不是已懂得標點了嗎？標點之中，'，''；''。''：'這四種，就是表示緩急的。'，'最急，'；'稍緩，'。'更緩，'：'最緩。看這副對聯吧，'寒巖枯木原無想''野館梅花别有春'照普通的標點法則，上聯句末加'；'，下聯句末加'。'，所以我們讀起來，'春'字應該比'想'字延長些才對。這法則可應用於一切文字，詩與駢文等有對偶的句子，也都可用這法則來讀。詩與駢文是有平仄的,平聲緩,仄聲急,一句之中,平仄既然調和,緩急的法則也就自然而然配好在裏面了。另外還有一個'～～～'號,這是表示顫動的。我們讀一個字,讀得很緩的時候,并不只是平板地拖長,喉間往往會發顫動。顫動可以説是一種最緩的讀法。讓我把這聯句加上了符號,你們試讀看!"説着在拍紙簿上寫記道:

寒——巖～～～枯——木—原——無～～～想——
野—館—梅——花～～～别—有—春～～～

五人一一地依符號試讀,王先生一一都點頭許爲無誤。神情非常快悦。又繼續補足了説:

"方才所説的緩急的分别,都是就了文句的構造上説的。緩急在一方面更與文字所含的感情有關。含有莊重、畏敬、謹慎、沈鬱、悲哀、仁慈、疑惑等感情的文句,全體須緩;含有快活、確信、憤怒、驚愕、恐怖、怨恨等感情的文句,全體須急。緩急的法則應用時須顧慮到文句的構造與感情兩方面才好。高低與强弱的法則,應用時也是如此。"

寺僧的晚課已開始了,王先生也已露倦意。五人因回去須走好幾里路,也就向王先生告辭。王先生和他們一同下樓,經過大殿時,寺僧們正在念"南無蓮池海會佛菩薩"。

"你們聽!"王先生説。

大家聽時,接連是三句"南無蓮池海會佛菩薩",第一句與第二句都是尋常調子,第三句後半部逐字延長,與前二句調子大異。

"這叫做'南無蓮池海會佛菩薩三稱',就是將一句念三遍。你們知道爲甚麽第三句要特别拖長呢?"王先生問,既而自答道:"因爲結束的地方照例須緩,不如此,就不能把前二句鎮定的緣故。"

大家又得到一個印證。

"我近來留心聽名伶唱片的對白與茶館裏説書先生的説書,他們常會給我讀法研究上很好的幫助。讀法可研究的方面很多,我今天所説的,只不過大綱中的大綱罷了。"王先生到了寺門口,含笑對向他鞠躬告別的五個學生説。

十五　讀古書的小風波

樂華從會計處走出來,手裏拿着會計先生歪歪斜斜填寫的墨迹未幹的收據;異様的感觸佔據着他的心。這時候距離開學已經有兩個星期了,催繳學費的通告張貼了三回,問起同級的同學,差不多十分之八九是繳過了;他只好回去同母親商量。原來的預算,枚叔到了四川的學校裏該有錢寄回來,學費就從這筆錢裏支取。但是枚叔到了那裏之後,只來了兩封平信,報告起居雜況。薪水呢,却説學校裏尚未送來,也不便豫支。母親知道再延遲下去將使樂華難堪,便把她自己的有限的儲蓄悉數拿出,又從家用裏支出一點凑足了數,説道:"你去繳了吧。從此以後,我自己手裏没有一個錢了。你爸爸常常説的,他從前進學堂不曾出過一文錢的學費。那裏知道現在進學校要這様一批一批地下本錢!且不要説將來能不能加利收還,我只巴望每一次開學都付得出本錢。"接着的是低微到幾乎聽不清的一聲嘆息。樂華接錢在手,這錢彷佛有千斤的重,非但手心有重甸甸的感覺,連胸口也像被壓得透不轉氣來。他跑到學校裏,偏過了臉把錢授給會計先生,待换到了一張收據的時候,心頭突然一空,好像憑高的人偶而失足,身子掉在半空中,不知落下去將得到甚麽結果的様子。

"樂華,看見了壁報嗎?"

樂華從悵惘中清醒過來,回頭看見拉住他的肩膀問話的是胡復初,鼓鼓的兩頰現出紅色,眉稜聳起,表示非常興奮的神情。

"今天星期一,原來是壁報出版的日子",樂華自言自語。"我還没有看過,我才繳了學費。"説着,頽喪地揚一揚手中的收據。

"今天有一篇很好的文章,叫做《誰願意迷戀骸骨》,非看不可。大家在那裏搶着看,差不多要把揭示屏推倒了。"

"那篇文章説些甚麽?是誰作的?"

“是誰作的可不知道,因爲題目下面只署了‘宗文’兩個字的筆名;但可以斷定必然是高中的同學作的。説的是高中新請來的那個國文教員主張教學生專看古書、專讀古文的事情。”

樂華忽然想起來了,“他是本地國學會的幹事呢,也怪不得他要作那樣的主張。那個國學會有四五十個會員,都是些地方紳士、舊學老先生以及官私立學校的國文教員。今年上半年,有人來邀我父親入會,不知我父親爲着甚麽竟没有答應。又不知我們的王仰之先生有没有加入那個會。”樂華側目凝想,同時把收據藏進衣袋裏。

“哈哈”,胡復初對於他自己所發見的矛盾感到了興趣。“國學會的幹事,却是個穿西裝、梳西式髮的漂亮人物。旁人不知道,總以爲他是個英文教員或者美術教員呢。”

“這原是你的錯誤。”樂華表白他自己的經驗説:“服裝與思想、見解有甚麽必然的關係呢?好古守舊的人也常常穿西裝。你只須到城隍廟裏去看,可以看見許多穿西裝的人跪在城隍座前的拜臺上呢。”

“可是總覺得不很相稱。”

樂華不等胡復初説罷,便穿過甬道,向大禮堂那方面跑去。揭示屏前擁擠着大群的學生,清秋的朝陽斜射着他們的項頸和背部。朗誦聲和嘻笑聲錯落可聞。及到加入他們的群裏,看見《誰願意迷戀骸骨》那一篇編排在壁報的開頭,便從頭默誦。那篇文章的第二節也就講到了那個國學會。

> 國學會抱着怎樣的目的組織起來的?依普通的想頭,無非爲着研究國學而已。實際却并不然。他們要借着國學的牌子,收得“正人心、隆世道”的效果。他們以爲中國社會所以弄到這樣不可收拾,不是甚麽經濟的關係,也與所謂帝國主義没有關聯,而只在於一般青年抛棄了國學、抛棄了禮教的緣故。他們夢想一個古代的封建社會;他們就組織起來,并合力量,追求他們的夢想。國學會是從這樣的根原産生的。請看會裏

的分子是些甚麽人。地方上的紳士,頑舊的老先生,中等學校的國文教員。古語説,“同聲相應,同氣相求”;現在,這一批同聲同氣的人成了群、結了黨了!

父親不肯加入國學會,大概不與那批人同聲同氣的緣故吧:這樣的一念閃電似地在樂華心頭通過,他繼續看壁報的文字。

他們歡喜集會結社,他們夢想古代的封建社會,只要對於我們没有甚麽關係,我們就不去管他們,好像人家在那裏抽鴉片、吞紅丸,我們也不去管他們一樣。但是,他們要在我們身上發生影響,要使我們作他們的犧牲,我們就不能不放開喉嚨,大聲地喊着“反抗!”

我們是現代的青年,我們是現代中國的青年,我們需要在現代中國做人的知識和經驗。儒家的哲學雖然一直被認爲維繫世道的工具,但是照我們的眼光看來,至多是哲學史的一部分材料罷了。老莊的玄想也於我們没有用處,徒然累得思想在漫無涯岸的境界中亂跑野馬。然而,目前我們的國文功課,《禮記》和《莊子》内篇被選定爲精讀的書籍了!

我們自忖也并不至於那樣脆弱,一讀這些書籍,思想、行爲上就受到多大的影響。可是,我們的精力和時間是有限的,讀了這些書籍,就分去了其他方面的學習和研究的精力和時間,這宗損失是非常重大的。還有,要我們讀這些書籍的那一副心腸,在客觀上是不可容恕的。它要我們成爲時代錯誤者;它要我們成爲封建殘餘的支持分子;它要我們忘記了現實,把“九一八”和“一·二八”反動政治和帝國主義,都忘記得乾乾净净,好像没有這回事;它要我們甚麽也不想,甚麽也不做,甚至甚麽也不能想,甚麽也不能做,只知道讀書呀,讀書呀,作一個埋身在古書堆裏的蠹魚。這樣的“盛情”,除了癡呆的人,誰甘心領受呢!我們再喊一聲,誰甘心領受呢!

須要知道,現代中國的青年是不願意迷戀骸骨的了,即使你使着魔法……

突然間,嗤的一聲,大半張壁報到了伸過去的一只手裏,唏豁唏豁,急速地被團緊了。樂華和許多同學仿佛打了一個寒噤的樣子,暫時耳根邊寂静,可以聽到運動場送來的呼笑聲。頓了一下之後,大家才想到回轉頭去看。一個藏青嗶嘰西服的背影正在移遠去,堅强地,挺挺地,是一個含着憤怒的背影。這是綽號"機關槍"的訓育主任黄先生。

"發生問題了",一個學生幽幽地説。

"嘘",大家禁抑地呼着氣,徐徐散開。

"'機關槍'撕了那篇文章,一定跑去告訴校長,'這成甚麽話'呀,'學生批評教師的功課還了得'呀,這樣地開一陣機關槍。"

"校長的辦法該是查究誰作那篇文章吧。"

"那是查究不出的;只要誰都不承認作那篇文章,那是查究不出的。"

"誰都不承認,這怎麽行! 壁報有負責的編輯人,校長問到編輯人,編輯人能彀説不知道誰作的嗎?"

"我想編輯人老實説誰作的并不要緊,就是作那篇文章的人先自跑去承認也不要緊。文章上的話并没有錯呀,誰願意迷戀那些骸骨似的古書,我們的精力和時間的確有限,當然要用在最有意思的事情上邊。"

"那篇文章到底是誰作的?"是悄悄然的聲音。

"動筆的是高二的小李",聲音比發問的更爲幽悄;"意思是由高二的七八個人拼湊起來的。"

"喂,任方,假使小李被黜退了,你們高二將有怎樣的表示?"

叫做任方的堅决地回答道:"我們將要告訴校長説:'文章雖然由李某寫,意思却不是他一個人的。你要處罰不能單罰他一個人。你説黜退,好,我們一夥兒走! 我們原不稀罕骸骨一類的東西!'我們這樣説,看他怎樣回答。"

大家感到將有帶着英雄氣息的故事在學校裏發生,各自有一種莫可名狀的高興；脚步不覺改得輕快了；尋到交好的同學，便把剛才看見的一幕描摹給他們聽。一會兒，訓育主任撕了半張壁報去的消息傳遍全校了。全校學生毫無忌憚地談説着這一事件，時時插入一兩聲感情激動的笑和叫喊，仿佛説：我們這裏快要鬧風潮了。

在運動場上，樂華又遇見了胡復初，説道：

“文章看過了。意思確然很好，把迷人眼目的障翳都揭破了。只是先生們一定不高興那一番話；對於新請來的那個國文教員也太教他下不過去了。恐怕——”

“你説恐怕那個小李會吃虧嗎？”

樂華倚着栅欄，一只脚撥弄着開在栅欄邊的菊科的小紅花，沈思了一歇，慢慢地説：

“也許要吃虧的；‘整頓學風’是當今的口號，而這事件，他們必然認爲大足以破壞學風的。——我又在這裏想，我們的王先生對於這個問題不知作甚麽評判；如果我們升了高中，如果他還是我們的國文教師，他也要教我們專看古書、專讀古文嗎？”

“等會兒我們可以問他”，胡復初爽直地説。

“我看要有適當的機會纔可以問他”，樂華很老成的樣子。“既已出了剛才的那件事情，在課室裏當衆問他，恐怕會教他爲難的。”

“唔”，胡復初點頭。

上午第二課是國文。王先生講授讀文方法已經兩回了，這一課令學生作朗讀練習。各個學生手頭的選文上都加上了關於讀法的符號，就依照着符號所指示的輪流朗讀。讀文言文時，聲調鏗鏘，足以傳出原文的情趣。讀語體文時，就同話劇的演員在舞臺上念誦劇辭一般，貼合於語言之自然，表情説理，都能使聽者不但了知，而且深深地印在心坎裏。朗讀的幾篇文字原是上一學年讀過了的，現在經這樣地指導，讀來便覺得有不少的新意趣。直到下課鐘響了，大家走出課室，每一顆心還是沈浸在這種新意趣裏，把早上傳遍全校的事件也忘記了。

午飯後，樂華提早到校，胡復初已經在那裏等候他了，便一同到王先生房裏：原來他們兩個在上午約定了的。

樂華問王先生有没有看見壁報上的那篇文字。王先生説早上走過大會堂的時候,那篇文字已經被撕去了,只約略聽得同學在那裹談它説些甚麽。樂華便把那篇文字的全部内容告訴王先生,末了問:

"請問對於那一番話下甚麽評判?"

"這又是一場新舊之争呀",王先生撫摩着下巴説。

"我們覺得那一番話説得不錯。現在有一批人要把我們青年製造成同他們一樣頑舊的傢伙。那篇文章却把他們的毒害都指出來了。"胡復初説着,像對一個同學説話那麽自由;他們這一夥和王先生太稔熟了。

"然而過分露着鋒芒了。"王先生停頓了一下,接着説道:"被駡的人那裹肯承受這樣的謾駡呢! 給你們讀一點古書總是好意;古書又不是毒藥,竟會這樣胡鬧起來,這明明是不識好歹呀:他們一定從這一條思路想開去的。"

"王先生",樂華親切地叫着,"你如果擔任了高二的國文課,要教學生精讀《禮記》和《莊子》内篇嗎?"

王先生閉目想了一想,回答道:

"整部地教學生讀這些書,我是不主張的。——我想國文科的教材該以文學作品爲範圍,一本書,一篇東西,是文學作品才選用,不是文學作品就不選用。高中學生應有一點文學史的知識了。文學史的知識不是讀那些'空口説白話'的文學史所能得到的,必須直接與歷代的文學作品會面。因此,古書裹的文學作品就有一讀的必要;如《詩經》和《左傳》裹叙述幾回戰役的文章,即使不能彀全讀,也得選幾篇重要的來讀。换一句話,高中的國文教材應該是'歷代文學作品選粹'一類的東西。"

"好像他們還有'學術文'呢",胡復初接着説。

"'學術文'指一些説明文、議論文而言。像《莊子》的《天下》篇,説明當時各派思想的分野,《荀子》的《性惡》篇,闡發一己對於人性的認識,這些都是'學術文'。可是,提起學術就得分科歸屬;儱儱侗侗混合在一起讀一陣,實在不很妥當。就像剛才説及的《天下》篇和《性惡》篇,歸屬到歷史科裏作爲參考材料豈不更好?修習歷史本要研究周秦諸子的流派和思想的,參考了這些文篇,知解自然更見真切。所有的'學術文'差不多都可以照樣歸屬到各科裏去。那末,國文科裏也就無所謂'學術文'了。"

王先生喝了一口茶,咂着嘴唇,意興頗濃地說:

"照這個說法類推,也就無所謂'國學'。"

樂華搶着問道:

"王先生,你不是國學會的會員吧?"

"我怎樣會是呢?'國學'是一個異常不妥當的名詞。文字學是'國學',歷代各家的本體論、認識論是'國學',《尚書》和《左傳》是'國學',詩、詞、歌、賦也是'國學'。好比不倫不類的許多人物穿着同一的外衣,算甚麽意思呢?按照本質歸類,稱爲文字學、哲學、史學、文學,豈不準確、明白?"

"你的意思我很能彀了解",胡復初端相着王先生說。"不過,他們那些人總歡喜'國學''國學'地鬧個不休,只消看各書館在報紙上登載的廣告,加上'國學'兩個字的書籍非常之多,我們 H 市又有一個國學會,這到底是甚麽緣故?"

"你要查問那緣故嗎?"王先生微笑着說。"緣故當然不止一端,而把本國的東西看得特別了不得,對它抱着神秘的崇奉觀念,却是重要的一端。如果按照本質歸類,稱爲文字學、哲學、史學、文學、等等,不是别國也有這些花樣的嗎?見不得神奇。統而名之曰'國學',這含含胡胡的稱謂裏頭就包藏着不少珍貴的意味;差不多說,誰要去親近它,是只許從它那裏拾一點寶貝回去的。——我想起那篇文章所用的'骸骨'這一個字眼來了。既然有人把'國學'看作珍貴的寶貝,自然來了反響,另外有人把它看作腐敗的'骸骨'。實則雙方都是一偏之見。"

"爲甚麽呢?"樂華與胡復初的疑問的眼光同時向王先生的臉上直射。

"我知道你們要問的。你們以爲那些古書已成爲'骸骨'是無疑的了。不知道對待思想、學術不能憑主觀的愛憎的,最重要在能用批判的方法,還它個本來面目。說得明白點,就是要考究出思想、學術和時代、社會的關聯;它因何發生,又因何衰落。這樣得來的才是真實的知識,對於我們的思想、行爲最有用處。在這樣的研究態度之下,古書就和現代的論文、專著同樣是有用的材料,而并不是甚麽'骸骨'。單說一部《禮記》,要研究古代民俗和儒家思想就少不了它。不過那是專門家,至少是大學生的工作;中學生是不負那種研究責任的。"

"高二那位國文先生要學生精讀《禮記》,大概和你所說的研究工作不是同一的事情吧?"胡復初問。

"這個我却不知道",王先生似乎不願意談到這上邊去。

樂華和胡復初離開了王先生的房間,聽得同學間在那裏紛紛傳說,作那篇文章的小李和壁報的四個編輯人被"機關槍"叫去了,都在校長室裏。不知將有怎樣的結局,也許來一個極端嚴厲的處罰吧;如果這樣,那是太專制了,非出來打抱不平不可:大家心頭都這樣期待着、激動着。

但是事實上的結局并没有料想的那麽嚴重。第二天,小李的家長接到學校送去的一封通知書,說小李思想不純,言論荒謬,應請加以注意,如果不能悔改,學校就無法容留他了。每星期出版兩次的壁報呢,依然容許出版;不過先須送請教師檢閱,而負責檢閱壁報的教師就是那"機關槍"。

十六　現代的習字

星期日,樂華迎着晴朗的朝陽去訪朱志青。小小的一間屋子,却很敞亮,志青靠着前窗在那裏習字呢。在樂華的經驗裏,這是新鮮的事情;和志青同居一間自修室一年之久,從没看見他做過這"水磨工夫"的勾當。

"你閑空到這般地步,竟在這裏一筆一畫寫這麽齊整的小楷。"樂華説着,翻看志青所臨摹的一本字帖,從封面上知道這叫做《靈飛經》。

“并不是閑空到這般地步”，志青辯解道，“我們寫的字實在太不成樣子了，莫説别人看了不舒服，自己看了也覺得難爲情。所以抽出一點工夫來練習。”

樂華又在《靈飛經》的封面上發見一顆陽文的小方圖章，刻的是“慧修”兩個字，便明白了這本字帖的來歷，也明白了志青爲甚麽練起字來的真因由；於是拍着志青的肩膀，譏諷地説：

“依我看，‘你們’寫的字也過得去了。‘你們’這樣用功練習，大概除了希望寫得更好以外，還有甚麽神妙的趣味吧。”

志青的臉上有點兒發紅，向樂華斜睨了一眼，説道：

“你也來取笑我了；你是向來不取笑别人的。”

一股熱烈的欲望突然在志青的心頭湧起，他隨即拉着樂華的衣袖説：

“這一刻你没有甚麽事情吧？我們一同找慧修去。”

“我和你一同去找她，只怕不很方便。”

“有甚麽不方便呢？她家裏你不是没有去過的。”

“那末一同去就是了。”樂華近來常常懷着矛盾的心情：看見志青和慧修，大文和錦華，他們親昵地在一起説笑，就覺得他們討厭，可是又覺得他們中間含着甚麽趣味似的，多看他們一眼便是一分快適；此刻答應同去，分明是後一種心情戰勝了前一種了。

“坐也没有請你坐，就要你跑路了。”志青盡主人的禮貌，讓樂華先走，同時扣上了衣領的鈕扣。

通過三條小街，他們便到了慧修家裏。慧修也正在那裏習字，看見他們到來，便掩轉字帖，加在她自己所寫的那張紙上面，站起來對志青説道：

“料不到你來得這樣早。”

“樂華很早地跑去看我，我説我們一同找慧修談談吧，所以這一刻就來了。你的字課還不曾完畢吧？”

樂華看慧修的那一本字帖，封面上題着“趙松雪臨《黄庭經》真迹”幾個字。

慧修嬌憨地一笑，將額髮向耳朵後面掠去，説道：

“昨天晚上十一點,我的父親從北平回來了。我們聽他談北平的社會情形和關外義勇軍抗日的英勇故事,直到一點多才上牀去睡。今天早上不免遲一點起身,所以才寫了半張還不到的字。”

樂華聽慧修這麽説,便想到遠在四川的父親,不知道那一天才得嘗到“父親從四川回來了”的樂趣呢。忽見一個中年人走進室中來,帶褐的臉色,上唇有短短的髭鬚,眉目的部分彷彿含着笑的意味。樂華揣想他一定就是慧修的父親,及經慧修介紹,果然是的。因爲與他初次見面,未免感到一點拘束。溜過眼光去看并肩站着的志青,也正相同:若有意若無意地看着那本字帖的封面,露出一副局促的神情。

那個中年人似乎已經感到了兩個青年的習慣上的弱點,便把語調放得十分隨便,差不多對他自己的孩子説話一般,説道:

“你們不要拘束,儘管談你們的,笑你們的,和往日一模一樣。以後你們常常到來,常常和我見面,我會成爲你們的老朋友的。”

慧修帶着驕傲的神態接上説:

“爸爸雖然留着髭鬚,實在還是個青年人。爸爸,你該没有忘記吧:去年春季,你,我,還有表哥,一同到城外去,沿河一路跑步,直到山上法華寺的門前,大家躺在地上聽黄鶯呢。”

“那裏會忘記,那裏會忘記”,父親端相着發育得比去年更爲充實的女兒的軀體,連聲應答。他回轉頭來,移開掩在習字紙上面的字帖,又説:

“你在這裏練字,選取這一本東西作範本,這是不錯的。字確然應當練習。有些人以爲在今日的時代,字是不用練習的了,那是錯誤的見解。不過同一練字,現在與從前目的不同,因而標準和方法也有不同。”

“現在與從前怎樣不同呢?”近來熱心於練字的志青不禁脱口而出;他對於站在面前的那個中年人漸漸抱着親切之感了。

慧修應和着説:

“爸爸,你今天本要在家裏休息,不豫備出去看望親戚、朋友,此刻隨便給我們談談關於習字的話吧。”

樂華熱望地看着那個中年人的臉，説：

“我也很希望聽呢。”

“你們要我談這個嗎？好。我們大家坐了再談。”

慧修的父親自己坐了，見同學三個也坐了，便和緩地開言道：

“從前的人練習寫字，目的在獵取功名，或者在成爲書家。他們的寫字和日常業務交涉較少；换一句説，就是和眼前的實際生活不發生多大的密切關係。他們在實際生活上并没有非寫字不可的情形：往來的信件是很少的，發表文字的機會差不多没有，帳單之類當然也不用開。因此，他們所懸的標準只是合得上考試的‘格’，或者是‘食古而化，自成一家’。而他們的方法呢，就是這樣不限時日，毫無目的地，書寫，書寫，書寫，臨摹，臨摹，臨摹。”

“我們不是正在這裏臨摹嗎？”這樣的一念同時通過慧修和志青的腦際，兩人正欲開口，慧修的父親繼續説道：

“至於現在，除了極少數的人以外，誰也没有這樣的暇閑了。生活和職業逼迫得你非每天執筆寫字不可；而且所寫的東西都與生活和職業有着密切的關係，不能絲毫忽略。試想，寫信不成個樣子，鈔寫一篇文稿糊塗到教人讀不下去，開具帳單又出了多處的錯誤，那關係的重大豈是從前人鈔錯了書、臨不像碑帖所能比擬的？現在人寫字的意義與從前人完全不同了：從前人寫字是一種暇閑的消遣，是一種不可必得的‘錦標競賽’；而現在人寫字却就是實際生活的一部分。既是實際生活的一部分，自當把從前那種超出實際的標準放過一邊，而另外去求適合的標準。”

“適合的標準是甚麽呢？”慧修坐出一點，把臂彎支在膝上，手掌承着下巴。樂華和志青也都挺一挺腰身，凝着神聽。

慧修的父親想了一想，説：

“我想現在人寫字，該有四項標準，就是迅速、準確、匀整和合式這四項。現在人生活繁忙，做不論甚麽事情，都要講時間經濟；寫字的必須迅速是當然的。準確呢，就是寫下字來没有錯誤的意思。隨筆寫錯了字，自己不能發覺，以致誤事，固是實際上的損害；而寫錯在先，後經發覺，於是塗抹的塗抹，填注的填注，拿出去竟不像一件東西,也是形式上的缺點。所以必須把準確作爲寫字的標準,落筆要自始到底沒有錯誤。要達到這兩項標準,只有隨時留意,隨時練習,一定的方法差不多是沒有的。再説勻整和合式。勻整和合式是現在人寫字美觀方面的最低標準,仿佛一條水平綫,彀不上這條水平綫的,就拿不出去;因爲拿出去會受人家的鄙視,至少也要引起人家的不快。要達到這兩項標準,却有一些話可以講的。"

慧修的父親説到這裏,從衣袋裏取出紙煙盒和火柴盒來,點上吸了一口,把淡白的煙吐到空中,回顧着墻上一副狄平子所寫的對聯,重又説道:

"勻整可以分兩方面來講:一是每一個字本身筆畫的勻整,二是全幅的字通體款式的勻整。每一個字的許多筆畫雖不必長短均等,粗細一律,但也不可相差得太遠。筆畫間的空隙要勻稱,須使多筆畫的字不嫌其局促,少筆畫的字也不嫌其寬鬆。你們看那條對子上的一個'作'字和一個'愛'字——"

三對眼睛一齊直望着那條對子。

"'作'字的人旁雖然略粗一點,與這邊的乍字相比,却不見其臃腫。乍字的三畫只上邊的一畫略長,下邊的兩畫便長短均齊。再看,這'作'字的筆畫何等少,只因各筆位置勻稱,所以不覺得寬鬆。'愛'字的末了一捺比較粗,但因爲在下面筆畫稀少的部分,便覺正好。至於上部的三點,中部的心字,由於布置適宜,空隙就好像很舒暢的樣子。"

慧修若有所悟地接着説:

"經爸爸這樣説,對於這副看慣了的對子看出新趣味來了。你們看,上聯的那個'詣'字,言旁的幾横以及這邊很難位置的一個旨字,每一筆都擺在最適當的地位,這一筆不迫近那一筆,那一筆也不遠離另外一筆:真是勻整到極點了。"

"那個'人'字也有意思;筆畫少極了,可是一點不嫌稀疏",志青吟味地説。

樂華也悟出了一點意思,他望着慧修的父親説:

“我看那副對子十四個字個個穩當，好像一個人坐在椅子上很安舒的樣子。”

“穩當”，慧修的父親銜着卷烟點頭説，“這個字眼用得很的當。你們要知道，字要筆畫和空隙都匀稱才會穩當；不然就像醉漢坐椅子，仿佛要跌翻的模樣了。古來的碑帖和名家的手迹當然是穩當的；所以，慧修，你在這裏臨摹這本《黄庭經》是有益處的。現在，我們再説全幅的匀整，也可以看那副對子。”

慧修的父親把烟蒂丢在灰盂裏，舒一舒氣，繼續説道：

“上聯‘不好詣人貪客過’，下聯‘慣遲作答愛書來’。把每條七個字結合起來看，上下互相呼應，不偏不倚，距離也正好。再把兩條結合起來看，左右好像很調和、很一致的樣子。你們不覺得嗎？這就是通體的匀整。寫下字來如果單是各個匀整，而不能通體匀整，看去就覺得刺眼。在實際生活上，寫字又常須連篇累牘的；所以你們練字，除了各個匀整以外，更須求通體的匀整。這也可以從碑帖方面得到益處。譬如你們拿一本字帖來看，不只看它每個字怎樣結構，還要看它上一字和下一字怎樣聯絡，前一行和後一行怎樣照應；這樣多多留意，你們的眼睛就有了成竹了。當落筆的時候，更隨時相度上下左右，總要把每一個字擺在最適當的地位；這樣多多練習，你們的手腕就有了分寸了。眼睛和手腕一致，知其當然，又能實現這個當然，這樣，你們的字就彀得上水平綫了。慧修，試把你剛才寫的字拿來看。”

慧修站起來，把自己寫的字送到父親手裏，就靠在他旁邊，臉上略現忸怩的神色。樂華和志青偏過一點身軀，眼光都投到那帶點黄色的八都紙上。

慧修的父親看了一眼，又把那張紙送遠一點，凝神再看，徐徐問道：

“你們看這六行的字，通體怎樣？”

慧修搶着先説道：

“我知道第四行和第五行中間太疏闊了，看去便覺得不接氣。第二行各個字接連得太緊密了，也和其他幾行不一致。”

“慧修説得不錯”，樂華和志青差不多齊聲説。

“你既看得出自己的毛病，以後就得注意手腕的工夫。寫字究竟是一種技術，非加工磨鍊不可的。”慧修的父親這樣説，就把手裏的紙交還慧修，又説道：

“勾整是説過了，我們再來説合式。甚麽東西差不多都有通行的格式，不合格式，人家看了不習慣，就會引起不快的感覺。書件也是這樣。一種書件有一種格式：如鈔寫文稿，題目通常比正文低幾個字；寫一封信，對手和自己的名號都有一定的地位，如果用到兩張信箋，第二張上就不宜只寫孤零零的一行。北平某機關裏用過一個高中畢業生的書記，教他謄寫一件公函，他便不留天地頭，不空出行間的空白，把大大小小的字鋪滿了三張信箋。這怎麽送得出去呢？只好由别人重寫。那個高中畢業生的飯碗就此打破了。”

“教我們去寫公函，飯碗也一準打破的”，慧修愛嬌地看着父親。

“照你這樣練習下去，又隨時留意各種書件的格式，那就只怕你搶不到飯碗；搶到了飯碗的時候，簡直可以吃一輩子的了，哈哈！”那中年人的戲言裏分明含有矜誇的意味。

“我要請問”，樂華説。“現在用鋼筆、鉛筆寫字的人很多，我們作文、寫練習簿，也常常使用鋼筆。這與使用毛筆寫字，應該注意之點想來没有甚麽不同吧？”

“有甚麽不同呢？在新興的工商社會裏，在一切都講求快速的現時代，毛筆説不定會被淘汰乾净的。但是，使用鋼筆、鉛筆寫字，應當達到的標準還是我們剛才説的四項：迅速、準確、勾整和合式。——喔，我忘記説了。因爲講求快速，行書比楷書更多用處。你們須兼習行書才是。待我想，最好用甚麽本子呢？”

樂華望着那中年人的帶褐色的和善的臉，心裏想着到父親的書櫃裏檢一本字帖出來臨摹的念頭。

慧修忽然仰起鼻尖説：

“志青，你聞，甚麽香氣，濃極了。”

志青嗅了一下,會心地微笑,説:

"甚麽地方的木樨花開了。"

十七　語彙與語感

自從四川的戰争發生以來,樂華在家裏日日盼望父親的來信,一到校裏就先到閲報室看報。平時不甚關心的内江、大足、新津等的四川地名與田頌堯、羅澤洲、黄紹纘等四川武人的名字,都一一地熟習了。每次上課豫備鈴一摇,在閲報室中的學生都即把報紙放下就走,樂華常是最後走出閲報室的一個。

星期六下午,第二班國文課,照例是講演的練習,王仰之先生處置講演一課,有兩種方法,交互參用。一是豫先限定話題,指定講演的人的,一是并不限定話題,臨時叫一人自由講演的。照順序,本星期是自由講演,全班的學生,除幾個已經被指派過以外,都在肚裏豫備着講演的材料,恐怕被指派着。上課豫備鈴才摇過,教室中的空氣已非常緊張了。

樂華走進教室時,見有許多人圍遶着一個名叫杜振宇的同學。大文志青錦華慧修也都在他坐位旁。杜振宇今年十七歲,在全班中年齡要算最大,平日不多説話,一向未被大家注意。本學期以來,王先生好幾次在課堂上稱贊他作文有進步,上星期的作文,王先生評他是第一,把他的課卷黏在壁上叫大家閲看。於是他就成了全體同學目光的焦點了。

"請把你用功的方法告訴我們。爲甚麽你的進步這樣快?"胖胖的胡復初正在央求説。

"我自己并不覺得甚麽進步不進步,説不出甚麽來。"杜振宇謙遜地謝絶。

"你的進步,一定不是偶然的事。能把經驗告訴大家,是於大家有益的。前次樂華不是很坦白地講過'觸發'的題目了嗎?"慧修從旁勸誘。

"咿呀,不是不肯説,實在無可説。"杜振宇搔着頭皮回答。

"不要賣甚麽秘訣啊,哼!"

教室的一隅發出低微的譏誚聲。杜振宇頓時臉紅起來。大家回頭去查究説這話的人時,王先生進教室來了,接着就聽見上課的鈴聲。這才各人就位。

王先生從教室的空氣中感到有些異樣,問方才有過甚麽事,志青立起身來説明方才的經過情形。且提出意見道:

"我們很想聽聽振宇的用功方法,今天的講演,就請王先生叫振宇擔任,好不好?"

"好! 振宇,大家既然希望你講,就講吧。"王先生笑向振宇説。"你近來作文很有進步,我也頗想聽聽你的經驗呢。"

振宇仍是搔着頭皮。復初坐在振宇背後,用手輕輕地推他起身,在他前面的慧修也回頭向他使眼色,催他快上講臺去。全教室的人都把注意集中在他一人了。過了好一會,他才慢慢地立起身來走到講臺上。

振宇上了講臺以後,就態度一變,不再扭扭揑揑了,他很爽朗地開起口來。

"承先生及諸位同學説我作文有進步,要我把近來用功的經驗講給大家聽,我自己覺得并没有十分用功,説不出甚麽有益於大家的經驗來。我在這半年中自己比較注意的只有一件事,如果我的作文成績果真有進步,這進步也許由這上面來的。現在待我講出來,供同學們參考。"

"來了!"復初低聲叫説,把身子竪得筆直,張了口好像豫備去吞咽甚麽好吃的東西似的。其餘的人也都懷着迫切的期待。

振宇把方才的一段話作了引言,略停片刻,又繼續説道:

"這半年來我所注意的就是辭類的收集和比較的一方面。王先生屢次對我們説'文章的好壞,可從三方面來觀察,一是文法上有無毛病,二是用辭適當與否,三是思想的新鮮、正確、豐富與否。'思想内容是靠多讀書多體驗的,普通人只有普通人的思想,無法可求速效,只好終身修養。一般人平常所犯的毛病是文法的不正與用辭的不當。試看《中學生雜誌》的《文章病院》,凡是入病院的文章,所犯的病症差不多有十分之六七就是文法不正與用辭和本來的意思不合拍。我的寫文章,於文法上雖一向尚能留意,但用辭不當的毛病是常犯的。王先生在我的文課簿上曾好幾次加着'用辭未當'的批語。這才使我留意到辭類的收集和比較上面去。

"我近來於讀書或一人默想時,每遇一辭,常聯想到這辭的相似或相近的辭,使在我胸中作成一個系串。譬如説,見到'學習'一辭,同時就想起'練習''研究''探討''考究''用功'等的辭來,見到'怒'的一辭,同時就想起'憤''恨''動氣''火冒''不高興''不愉快'等辭來,見到'清静'的一辭,同時就想起'干净''清淡''安寧''寂静''恬淡'的辭來。我把這些一串一串的辭在胸中自己細加比較,同一串的裏面,那個範圍最廣?那個範圍最狹?那個語氣最强?那個語氣最弱?一一要弄得很清楚。這是我近來新養成的一個習慣。我在以前初讀英文ABCD的時候,自以爲在'研究英文',對别人也會這麽説,在作文時也會這麽寫。現在可不然了,我決不至再把初讀ABCD當作'研究英文'了,我一定會説'學習英文'或'練習英文'了。因爲我已明白了'學習''練習'和'研究'諸辭的區别了。我案上有一部辭典,胸中别有一部辭彙,每遇一個辭,有未解時就翻辭典,然後編入我胸中的辭彙去,每用一個辭,必在辭彙中周遍考查,把適合的選來用。這就是我近來暗中在做的一種工夫。"振宇説到這裏,把話帶住。

大家聽了振宇的話,才明白他進步的由來,不禁都暗暗佩服。在這番談話上,振宇對於其他的同學儼然取得了先生的地位,全堂肅静得如王先生在講話。樂華至於暫時忘去了在戰亂區域中的父親的事情。

"現在再把我做這功夫的誘因來説一下。前幾星期樂華君講過'觸發'的話,我的做這步工夫,也可以説是一種觸發的結果。"振宇又繼續説。

大家總以爲振宇的講演已完了,及聽他繼續再説,都喜出望外似地重複凝神静坐,期待他另有發揮。

"同學中有幾位是知道的,我家裏光景并不甚好,衣服向是馬馬虎虎的。自從進了中學校以後,終年都穿制服,平常單、夾棉各種的長袍,就是布的也不完全了。有一次,記得是今年三月上旬,親戚家裏有喜事,非去道喜吃酒不可。那家親戚是一分很舊派的人家。制服已臟得不堪,即使不臟,也不便着了去。家里長袍不全,母親翻箱倒篋,尋不出一件合身合時令的衣服。論季節是應著夾袍,我却不得已只好著了一件較新的自由布單袍去,那是前年秋季爲了去送人家的殯裁成的,短得幾乎及膝。我著了出門時并不覺得甚麽不好,一到喜慶人家,就不覺自慚形穢起來了。滿堂的賀客之中,年老的著着駝絨袍子,年青的或是襯絨袍或是嗶嘰的夾袍子。身段適宜,色彩材料也都和喜事很調和。我因這衣服的不稱時地身段,就想到文章中的辭類的事來了。俗語説:'富人四季衣穿,窮人衣穿四季',衣服可以比喻辭類,甚麽時地該著甚麽衣服,和文字中甚麽意思該用甚麽辭,情形相似。衣服是要化錢做的,我們是窮人,不得已只好照了'衣穿四季'的俗語,用一件自由布長袍去送殯、道喜,不論春夏,不論秋冬,都是它。至於文字上的辭是無須化錢的,儘可照了富人對於'四季衣穿'的態度,盡量搜羅,使其恰合身段時令與場所。胸中辭類貧乏,張冠李戴,把不適切的辭來用,等於把一件不合身段的自由布長袍單夾棉通用,喜吊都是它,怪難看的。我們做窮人的,衣服不周,常會被人原諒,不以爲怪,至於辭類是用以達意的,用得不適合,就要被人誤會,我們自己的本意也就因而失去了。我們在衣服上或可甘心做窮人,在辭類上却不妨是富人。諸君以爲何如?"

振宇在同學的笑聲中結束了講演,回到自己的坐位上。大多數的同學把他注視了一會,表示佩服。同時又把眼光齊向着王先生,看有甚麽説的。

王先生含笑對振宇看了一會,即轉向大家説道:

"振宇的話很有道理,可以供大家參考。讓我再來略加補充。振宇方才所講的是關於語彙的話,語彙要求其豐富。我所謂豐富,比方才振宇所説的情形要更進一步。語彙是因了地方及階級而不同的,某地方人有某地方的語彙,某種階級的人有某種階級的語彙,使用時要各得其所,才親切有味。譬如說,'白相'是蘇州人的用語,如果寫入廣東話或北平話中,即使意思不錯,就不相入了。學生口中常說的'婚姻問題',如果出諸不識字的鄉間農婦之口,也就不對了。'作弊'與'揩油','白相'與'玩耍','結婚'與'成親',彼此意義雖同,情趣很有區别,這是值得注意的。我有一位朋友,他選擇配偶,第一個條件是要同鄉女子。别人問他爲甚麼,他說如果不是同鄉人,彼此之間談話起來趣味很少。這話很妙。近來的白話文,在語彙上是非常貧乏的,因爲它把各地方言的辭類完全淘汰了,古文中所用的辭類也大半被除去了,結果,所留存的只是彼此通用的若干辭類。於是寫入小說中,一不小心,農婦也喊'革命',婢女也談'戀愛'了。"

王先生的話,被全教室的笑聲打斷了。王先生摸出表來一看,急忙繼續道:

"振宇方才所舉的辭類,似乎着眼只在普通用語,并未注意到語彙因地方與階級而不同的一方面,這是該補充的一點。我們真要語彙豐富,只留意於普通用語是不够的,須普遍地留意於各地各種人的用語才好。此外,還有一種工夫應該做,就是對於辭類的感覺力的磨練。方才振宇說,他每遇一辭,要連同相近的辭作成一個係串,編入胸中的語彙去。用辭的時候,要在同一系串中辨别其語氣的强弱與範圍的廣狹,擇最相當的一個來使用。這話很對。要做這步工夫,非對於類辭有鋭敏的感覺力不可。兩個辭的意義即使相同,情味常有區别。譬如說:'他逃走了'、'他溜走了','逃'與'溜'雖都是走掉的意思,但情味很不一樣。'老屋'與'舊屋'、'書簡'與'書札',有雅俗之分。'似乎儼然'没有'像煞有介事'的輕鬆,'快樂'較'歡喜'來得透露顯出。振宇方才用衣服來比辭類。講究著衣的人,不但注意到材料的品質,并且注意到花紋與顔色。講究用辭的於辭的意義以外,還須留心到辭的情味上。辭的情味,可從好幾方面辨認,有的應從字面上去推敲,有的應從聲音上去吟味。'書簡'與'信札'的不同,似出於字面。'蕭瑟'與'蕭條'的不同,似由於聲音。每遇一辭,於確認其意義以外,再從各方面去領略其情味，這是很要緊的工夫。振宇只就辭的意義説，似乎忽略了這方面，所以我再來補充。”

王先生隨講隨在黑板上摘寫要點，講到這裏，黑板上差不多已寫滿了字了。

“振宇，你可把這番話寫出來到校刊上去投稿，題目是——”

王先生在下課時急忙對振宇這樣説，同時在黑板前端空隙處加寫了“語彙與語感”五個字。

十八　左右逢源

榆關失陷的惡消息，隨着二十二年的新年俱來。樂華在不到一星期的陽曆年假中，仍日日到學校裏。有時參與抗日會的工作，有時在閲報室裏看報，有時找師友談話。他於放年假前幾日接到父親從四川寄來的信，説：“學校停閉，薪水無着，戰事稍平静，就要回到家裏來。”又説，“下學期的學費無法籌措，到不得已的時候，只好叫你輟學了。”此外還帶説有許多關於自學的話。他早自知不能長在學校求學的，自接到父親這信，知道離開學校的日期，説不定就在眼前了，對於學校不禁越加戀戀起來。

有一天下午，樂華到學校裏來，想和王先生談談。走到王先生的房間裏，見志青、慧修、振宇、復初都在那裏，王先生正在和他們談説甚麽。樂華略作招呼後，坐在室隅的椅上，默然静聽。

“樂華，你來得正好。我正在和志青慧修他們説用功不可偏重呢。中學校所施的是普通教育，各種科目都是必要而有關聯的，一般中學生往往有把科目來偏重的毛病，因爲對於某一科有興味，就把其餘的各科放棄不顧。據我所知現在各校學生中自命爲文學家，而對於算學、圖畫、理化等科漠不關心的人很多。這是很不對的。文字只是發表思想感情的工具，思想感情須從各方面收得，只偏重了文字，結果文字也就空而無實。你們對於國文總算是肯用功的了，不知對於别種功課怎樣？我很不放心。”王先生向着樂華説，意思似想叫光華明白方才的話題。

樂華點頭不作聲，只注視其餘諸人。畢竟是志青先開口：

“我們對於别的科目，也都很有興味。各位先生似乎都知道我們是用心於文字的，他們教授功課的時候往往和國文關聯了來解釋。譬如教算學的沈先生，他常叫我們着眼於問題的要點，叫我們注意於推理的步驟。有一回，他指定一個例題臨時叫我在黑板上演算，那個題目我牢牢記得，是這樣：‘某學生每日上午七時二十五分由家到校上課，有一日每分鐘走五十步，距上課尚有七分鐘；有一日每分鐘只走三十五步，上課遲到五分鐘。求學校上課的時間。’我一時昏忙了，想不出頭緒來，只是執了粉筆對着黑板發呆。沈先生見我算不出，就叫我回到坐位上，一壁在黑板上寫一壁説道：‘兩次所走速度的差是十五步，兩次所走的時間的差是十二分鐘。把這兩點關聯了想，每分鐘少走十五步，就遲到十二分鐘，假定這學生在走得慢的那一天，在上課前七分鐘中途把脚停止了，那末離學校還有十二個三十五步，就是四百二十步。這四百二十步是因每分鐘少走十五步積下來的，所以他到上課前七分鐘所走的時間是十五除四百二十，得二十八，就是二十八分鐘。他是七時二十五分出門的，走了二十八分鐘，距上課還有七分鐘，所以上課的時間是七點六十分，就是八點鐘。’一經沈先生的這樣地剖析，我就很明白了。沈先生又説：‘題目的要旨是叫你求出上課的時間，這好比文章裏的中心思想，題目中所擺出的條件，如七時二十五分開始出門，每分鐘走五十步或三十五步，距上課尚有七分鐘或遲到五分鐘等，好比作文時可使用的材料。有了中心思想，有了材料，不一定就能寫得出文章，第一步先須把材料分别選擇，尋出材料與材料的關係，使成爲若干組，某組材料該怎樣用，用在何時何地，非自己仔細布置不可。捉住了中心思想，將材料從正面反面旁面多方運用，不可專固執着一方面。方才所説的“假定這學生在上課前七分鐘中途把脚停止”的想法，可以作反面用材料的方法。’我聽他的話，幾乎忘記了他在教算學，自己在算學教室中了。”

“沈先生是通曉文章的理法的人，他所寫的文章就很精密，我曾在雜誌上見到過。算學是鍛鍊思考力的學科，沈先生的這番話，在作論説文的時候是很可應用的。算學書上的文字,雖説乾燥無味,但正確細密,實爲他科書籍所不及,科學的文字應以此爲模範才好。——還有别的科目呢?”王先生把話頭急轉了向,眼光朝其餘的人四射。

慧修見没人發言,就説道:

“像志青方才所講的情形,我們在圖畫課上也常有。我於圖畫一向不甚感興味,自從這學期李先生來教授以後,就漸感到興味了。李先生講解圖畫的理法,用各種事物來比喻,把文章作解説的時候尤多。有一次,他講繪畫的背景,就借了文章來説明。他説,‘背景的功用,在乎借了周圍的環境把事物襯托,使事物的情味表現得更明顯。你們不是讀過“風蕭蕭兮易水寒,壯士一去兮不復還”的古歌嗎?這二句中,第一句就是下一句的背景,在“風蕭蕭兮易水寒”的情景之下與一個壯士長别,一種悲壯蒼凉的情味就現出來了。小説之中,憑空寫境的文字很多,對於其中人物的行動,常發生着有力的效果。《紅樓夢》中於寫黛玉的死時,不是兼寫着瀟湘館的竹聲與空中的雨聲等等嗎?’被他這末一説,我不但懂得繪畫上背景的重要,連文章的鑒賞力也增加了許多了。他講構圖方法的時候,也用文章中結構來譬喻解釋,兼説到主賓正幹旁枝等等的法則。最妙的是他説文章有遠近法。有一日,他教授遠近法,就了繪畫作過種種説明以後,還恐我們不懂,再用文章來作例證。他先在黑板上速寫一株柳樹,柳枝垂下的地方畫一個月亮,又題‘月上柳梢頭’五個字。説道:‘遠近法是因了遠近而變更物體大小高低的法則。照常識講,月比柳樹要高得多,可是柳樹離人近的時候,可以比月亮高。這句詞句,是合於遠近法的。東坡有一句詩,叫做‘接天蓮葉無窮碧’,蓮葉可以接天,如果不用遠近法來解釋,就不可通。此外如‘水天相接’等類,也是應用着遠近法的文句。這種文句在描寫景物的文章中最多。描寫景物的文章本身就是寫生畫,所不同的只是繪畫用形象色彩寫,文章用文字寫而已。’我近來對於圖畫頗努力練習,如果成績過得去,將來竟想入美術學校呢。我們讀英文也都大家用着功——復初,這請你來説給王先生聽罷。你是在我們一級裏面英文成績最好的。”慧修這樣結束了自己的話,同時又豫定好了以後的話題。

“李先生把作寫景文和狀物文的訣竅教了你們了。文章與繪畫,共通的方面原很多。可惜我不會繪畫,不能在國文中附帶授給你們以繪畫的知識,使你們得到聯絡的印證。——復初,你來講學習英文的情形吧。”王先生説時露着笑容,似乎他恐學生學習偏重的憂慮已消去了的樣子。

復初因慧修方才説他是全級中英文成績最好,認爲是揶揄他,正紅了臉對慧修注視。及聽到王先生叫他講,就説道:

“我不承認我是全級中英文成績最好的,我們這裏幾個人,英文的能力各有不同。振宇生字記憶得最多,慧修會話很流利,樂華文法極熟,志青發音很正確。我一向只是捧了書死讀,比較注意的是翻譯一方面。張先生教英文,於發音講解以外,更顧到英文與國語的比較。他解釋一句句子,先依照了原文的構造,説出一句話,再把這一句話改成中國人日常所説的話。譬如説,他教‘a mountain, a horse, a pen’的時候,先解釋道:‘一山,一馬,一筆。’繼而再補充道:‘一座山,一匹馬,一支筆。’他教‘I am a teacher, he is a boy, has the boy a father?’的時候,先解釋道:‘我是一個先生,他是一個小孩,這小孩有一個父親嗎?’繼而再補充道:‘我是先生,他是小孩,這小孩有父親嗎?’他常對我們説,‘一國的語言,自有一國語言的構造與習慣,英文和國語的構造與習慣不同,讀英文時,須仔細互相比較。翻成國語,要適合國語的構造與習慣才妥當。在英文的習慣上,可以説“這小孩有一個父親嗎?”在國語的習慣上,却不該説“這小孩有一個父親嗎?”該説“這小孩有父親嗎?”因爲依照中國人説話的習慣是這樣。’有一次,他在讀本中摘出一句‘A camel must be killel’的句子來叫我們翻譯。有一個人説‘一匹駱駝應該被殺’,他摇頭説不像中國話,另一個人説,‘一匹駱駝該殺’,他沈吟了一會,似乎還不以爲然。後來有一個人起來説‘非殺一匹駱駝不可’,他才點頭。又有一次,他叫我們翻譯一句‘It is a bad habit to speak ill of another behind his back’有的説,‘這是一個不好的習慣,説别人的壞話,在他背後。'有的説,'這是不好的習慣,背後説别人的壞話。'他都以爲不好。結果譯成'背後説别人的壞話,這是不好的習慣',才算討論完畢。張先生教授英文,原是各方面都顧到的,我的注意却在這一方面。我近來自己做着一種工夫,就是把英文讀本中的文字,一課一課地來譯。每譯一課,自己默誦改竄。要想意義不背原文,而又像中國話,真困難呢。"

"哦,你在做這步工夫! 怪不得你近來作文比前好了。"王先生嘉獎説。"學習外國語的時候,能這樣留心審察比較,對於本國語的理解也就有進步。哥德曾説,'不懂外國語的,對於本國語也只能懂得一半。'藉翻譯來練習作文,是最切實的方法。我也想在作文課中,叫你們試作幾次翻譯呢。——你們對於各種科目都能這樣地學習,那末不但各科成績都不至過壞,國文科的成績也一定更會有進步。我聽了你們的話,已很安心了。"

正午就有雪意的天空,到傍晚果然飛起雪來了。玻璃窗上已黏綴着許多飄來的雪花。號房送進新到的上海報來。

"天氣不好,大家早些回去吧。這樣的天氣,不知東北的義勇軍在冰天雪地中怎樣地掙扎着啊!"王先生望着窗外感慨地説,同時把報紙翻開來看。

樂華今天本想把自己的情形告訴王先生的。進來以後,只是默然地坐了聽同學們談説,等着相當的機會。後來聽到王先生這嘆聲,也不禁感從中來,覺得自己的輟學,算不得甚麽一回事。即與志青等大家退了出來。

十九　"還想讀不用文字寫的書"

年假過後三個星期又是寒假了。就在寒假開始的那一天,枚叔冒着風雪到了家裏。從兵荒戰亂中間輾轉奔逃,在峻峭的山道上跑路,在湍急的江灘上過夜,聽了不知多少發的槍聲,經了不知多少回的搜查,這樣約歷半個月光景,才得踏上長江輪船的甲板。滿臉風塵色是不言可知的,滿懷感慨也屬當然之事。國情和家況同樣地不堪設想。雖然千里回家,坐定下來還是一聲嘆息開場。

樂華自從枚叔動身以後,只道父親回來是非常遥遠的事,一直在心頭描摹父親回來時候的歡樂的場面。誰知道只去得半個年頭,便在風雪中悄悄地回來,又這般唉聲嘆氣地坐下。母親微蹙着眉頭先把父親的濕罩袍掛起,接着生起一盆炭火來,放在父親的旁邊,她自己也就默默地坐在一旁烘火。這完全不是個歡樂的場面,和平時在心頭描摹的絶不相同。又聽雪花打在窗子上淅淅作響,遠空中風在那裏呼嘯,不曉得怎麽只覺一陣陣的悲凉兜上心來。

"唉!况我墮胡塵,及歸盡華髮。經年至茅屋,妻子衣百結。慟哭松聲迴,悲泉共幽咽。"枚叔注視着剛剛燒紅的炭塊,低吟杜工部《北征》的詩句。

"那邊學校就此不開了嗎?"枚叔夫人似乎得到了一個機會,便吐出這切心的問語。

"就是再開我也不去了!"枚叔頹喪地説,"走盡了千山萬水,受盡了兵威槍脅,那種况味説也説不完,待心情暇閑一點的時候再同你們細説吧。結果却是兩手空空,幾乎回來不得,在長江邊頭做一個流民。我爲甚麽再要去呢!難道真個熱心教育,到了非教幾個學生、上幾點鐘功課不可的地步嗎?我自問還没有這麽樣的熱心。"

枚叔夫人聽得這些話,知道目前真逢到絶路了。枚叔的歸囊不問可知是空的。而陰曆年底就在眼前,在幾家店鋪裏欠着的一點帳還不曾歸還。并且,往後的生活怎麽過?能彀用空氣作食品,十個指頭作燃料,借此填充肚皮嗎?她想到這些,不由得低下頭來,再没有問起旁的甚麽的心情。

同時樂華也知道不可避免的事情終於要碰到了。他望着父親憔悴的臉,幽幽地問道:

"爸爸,下學期只怕我要停學了?"

"當然停學了,還有甚麽問題!"

"你的運氣太不好了",母親看了樂華一眼。她恨自己再没有積蓄着的錢給她兒子做學費了。停了一歇,又説道:

"如果運氣好一點的話,總得讓你在初中裏畢個業。"

枚叔摇摇頭,給她解釋道:

"太太,你不知道外邊的情形,以爲畢個業有甚麽意思,不畢業就吃虧萬分。其實完全不是那麽一回事。要講找事情,弄飯吃,莫説初中畢業,便是高中畢業、大學畢業的都坐在家裏空嘆氣呢!若講學本領,長見識,我就是當過多年教師、知道學校實情的人,據我的經驗,一個大學畢業生未必就勝過了没有一張中學文憑的人。當初我讓樂華進中學不過是這麽一個意思:我們没有到十分拮據的地步,還付得出一筆學費,就照例送他進學校,讓他去過幾年學校生活。這好比旅行的人住客棧一樣,到付不出房錢的時候,當然只有退了出來,在旅客一覽表上抹去了姓名完事。"

"是這樣嗎?"應接了這麽一句,她也不去細辨枚叔的話有没有道理,一心仍牽縈在兒子的身上。

"退了學,叫他做甚麽呢?"

枚叔的臉上照着通紅的炭火光,比較剛坐下來的時候精采了好些,眼睛向上望着,似乎在看認未來的希望,慢慢地説道:

"我想給他找機會。如果有商店、公司要招收學徒、練習生,如果有人肯替他介紹,他就有事情做了。"

不知道怎樣樂華只覺得這句話異常刺耳,仿佛不應當從父親的嘴裏説出來的。靠在櫃檯旁邊打包裹,撥算盤,或者捧着一批貨物、提着一本回單簿在路上往來,那種近乎卑瑣的形相難道就是自己將來的小影嗎?和先生、同學疏遠了,和學校裏誦習討究的一切疏遠了,差不多要重投人身,從頭做起。他這樣想着,感到極端的悵惘,眼淚便留不住在眼眶裏了。

枚叔瞥見樂華在那裏掉眼淚,故意把聲音發得柔和一點,問道:

"你爲甚麽難過?説給我聽呀。"

母親不免有一點忌諱的觀念,遠人方才到家,并没有帶來甚麽好消息,又加上流淚哭泣,也許還有料不到的不祥事情來呢。她惶恐地勸阻道:

“樂華,你爸爸剛剛到家,休得這樣!”

樂華正在那裏預備回答,覺得意念很亂,一時也把握不住,便把差不多浮在嘴邊的一句話回答道:

“在學校裏學各種科目正有一點頭緒,忽然要丢開了,未免戀戀不舍,我因此難過。”

“我寫信回來,不是對你説過許多關於自學的話嗎?”枚叔懇摯地説,把上身凑近樂華,眼光直注着他晶瑩的淚眼。

“我都仔細看了”,樂華兩手輪替地拭眼淚。

“現在再提醒你一句,真要求學的人是不一定要進學校的!”枚叔説得響亮而着實。

真要求學的人是不一定要進學校的! 樂華好似在彌漫周圍的迷霧中間望見一條清明的路,他直把這一句反覆地念了五六遍。

第二天,樂華跟同父親到大文家裏。父親和大文的母親談説旅川半年間的情况,樂華就把自己不再入學的事輕輕地告訴了大文。大文聽罷,喃喃地説:

“你要停學了,好,我也停學吧!”

“你爲甚麽要停學呢? 你不比我,我是不得已呀!”

“在學校裏嘔氣,還是離開了的好”,大文的臉上現着慘淡的神色,仿佛昨晚不曾好好地睡眠似的。

“誰使你嘔氣了呢? 前天你還是好好的。”

“不要説吧”,大文看見母親的眼光射到他們這邊來,便警告樂華這樣説。

靠着兩三處的借貸,樂華家的陰曆年關居然過去了。樂華也有了習業的所在,就在本地,叫做利華鐵工廠,是從前開銀行的那個盧先生給他介紹的。枚叔和盧先生那班人本來落落難合,但是爲着兒子的前途,只得去訪問這個,請托那個。不到幾天,盧先生那方面果然來了信,説那家鐵工廠只須招六個練習生,要想進去習業的青年却有兩百多;總算是他的面子,替樂華介紹妥當了,只須去檢查一下身體就可以算數。枚叔對於盧先生的殷勤自然十分感激。他夫人皺緊的眉頭也就舒展了好些。樂華去檢查了身體之後，醫生并没有話説，辦事員就叫他二月十一日帶着鋪蓋進廠。那時候，學校早又開學，許多同學早又聚在一起了。獨有他不再能參加在裏頭，他將去進另外的一個學校。

這個消息傳了開去朱志青、胡復初他們就發起給樂華開一個送别會；雖然他還是在本地，可是以後聚首的機會總比往日少了。因爲要等待二年級同學到齊，這個送别會到開學那一天的下午才開。他們也請了王仰之先生、教算學的沈先生、教英文的張先生、教圖畫的李先生、以及别位在二年級任課的先生。各位教師有的説可以到會；有的説還有事情急待料理，不能到會了，請轉致樂華吧，願他努力前途！

樂華成爲一個被特别優待的客人，這個同學請他上坐，那個同學給他斟茶，使他反而不很自在。他屢次地説：

"請不要這樣吧。我們依然是很熟的朋友，還是像往日那樣甚麽都不拘的好。"

他很覺得奇怪，平時大文與錦華非常親密，坐着走着往往在一起，現在他們兩個却離開得遠遠地，好像彼此都不相關心似的。再加留心的時候，便覺察他們兩個的眼光在那裏互相躲避；一個抬起頭來，眼光正要觸着那個的，立刻把臉轉向着别的方面。十天以前大文發着無端的感喟，甚麽嘔氣哩，也要停學哩，樂華總猜不透他爲的甚麽；此刻可猜透了大半，一定是大文和錦華中間發生了裂痕了。因此想道：

"聽説青年人鬧這些玩意兒精神上很苦惱的。大文和錦華啊，你們既然還付得出學校的棧房錢，就好好地過幾年學校生活吧。弄得顛顛倒倒，神思不定，有甚麽好處呢！"

樂華這樣想的時候，鈴聲響了。大家都就了坐位。公推湯慧修作主席。慧修便走上講臺，説了一些惜别的話，末了説，爲此所以開這個送别會。接着，她請求王先生説幾句話。

王先生昂頭想了一想，便走上講臺開口道：

"我聽得樂華要離開我們了，心裏不免悵悵。可是這不過從友誼上來的,就是剛才慧修所説惜别的意思。本來天天見面,今後却難得碰頭了,感到悵悵是誰都難免的。然而我并不替他惋惜,以爲他遇到了重大的不幸。

“我們要知道,進學校求學只是中産以上階級的事。繳得出學費的,學校才收;繳不出學費的,便無法進學校的門:這種經驗你們大家都有,不用細説。大多數人終身和學校無緣,可是他們也能習得了實在技能,竭盡了心思力量,來支持這個社會。一個青年被境况所限制,不得不離開了學校,這不過與大多數人同其命運罷了,就全社會看來,并不是怎樣重大的問題。重大的問題乃在大多數人的知識怎樣提高,大多數人的生活怎樣改進。如果忘記了這些,逢到一個青年中途退學,他自己和旁人便看作天大的不幸事情:那只是中産以上階級自私心的表現,實在不足取!”

王先生説到這裏,把聲音發得更沈着一點。

“我們更要知道,進學校固然可以求得知識,但是離開了學校并不就無從學習。學習的主體是我們自己!學校内、學校外只是場所不同罷了。我們自己要學習的話,在無論甚麽場所都行。假如我們自己不要學習,便是在最適宜的場所,也只能得到七折八扣的效果。所以,退學不就是‘失學’;惟有自己不要學習才是真正的‘失學’!”

王先生向樂華坐的那一邊望着,微笑説道:

“我對於樂華是十分放心的。他有要學習的熱心,又有會學習的本領,這從他平時的努力上可以看出。今後他雖然去當鐵工廠的練習生,學習的進境却决不會就此爲止。不要説别的,一年半載過後,他的國文程度一定又超過現在了。樂華,我没有旁的話向你説,我只願你不辜負我的預測!”

一陣鼓掌聲中,王先生回了原座。樂華感動得幾乎要流眼淚;臉上泛紅,直延到頸根;舌頭儘舔着上唇。慧修又請志青演説。志青有這麽一個習慣,演説總預備着大綱,他站到講臺上,從衣袋裏取出寫着大綱的紙,看了一眼,開口道:

“我不懂得甚麽,只能依據着從雜誌上讀到的一些意思,同樂華和諸位同學談談。我曾看見雜誌上講過,現在的學校制度是精神勞動和體力勞動分離到極度的一種産物。有力量進學校受教育的,就是并不想貪嬾,也只做一點精神勞動的工作;實際上是否有益於大衆實在很難查考。一切體力勞動的工作呢,專由無緣進學校的大多數人去擔任,而這些體力勞動的工作却是社會的支柱,必不可缺少的。這個看法我以爲很確切。只須想我們自己,父兄送我們到學校裏來,誰不希望我們將來當一個教員、機關職員,或者做一個官僚?再想我們吃的米,是農人種出來的,而農人不進學校;我們穿的布,是工人織成功的,而工人不進學校。"

志青自從王先生注重讀書的聲調以後,他不只對於讀書,就是平時談話,當衆演説,對於高低、强弱、緩急三方面也留心揣摩;所以他的説理很能引起人家的注意。一堂的人都端相着他的臉,仿佛忘記了一切似的。他用曼長而重實的調子接下去説道:

"這樣地分離實在不是社會的幸福。若能混合起來,精神勞動與體力勞動相調和,無論幹那一種勞動的人都有受教育的機會,社會便將健全得多。那樣的社會當然不會一下子出現的。而樂華去當鐵工廠的練習生,却給我們一個關於這種境界的深刻的啓示。他將去干體力勞動,他將去做真正支持社會的工作,他不希望躲在精神勞動的象牙塔裏,專待别人來供給。他的取徑是值得追隨的。我們父兄對於我們的期望却不足爲訓。我們不要打算將來當一個教員、機關職員,或者做一個官僚,我們也要準備做一個體力勞動的工人!"

末了志青抱歉地説他想到了這一點意思,没有發揮得透切,很是慚愧。下臺的時候,同學都拍着手,惟有王先生望着他微微點頭,仿佛在稱賞他没有發揮得透切的話確有自知之明似的。

接着又有幾個同學起來説話,有的説雖然不在一起,交情還是如舊,有的説工廠方面情况,希望隨時見告,最後才輪到樂華。他匆忙地跨上講臺,深深鞠躬,誠懇地發言道:

"諸位先生,諸位同學。你們爲我開這個會,把我浸在深濃的愛裏頭,我感激到萬分,要説一句適當的話向你們道謝,一時竟想不出來。你們知道,激動的心是不適宜於想心思的。現在我只能雜亂地説幾句話,向你們報告我最近的見解。

“那一天父親的朋友來信,説把我介紹到鐵工廠裏去了,當時我很不願意。經父親給我詳細開導,我才慚愧起來。爲甚麽會抱着那種不長進的觀念呢!鐵工,很好的行業,我去做鐵工就是!今天聽諸位的話,正同父親説的一樣,我的信念更加增了。我將昂着頭,挺着胸,跑進鐵工廠,高高興興地把藍色的工服第一次穿上我的身!

“關於自學的話,父親和諸位都説了許多。我真誠地相信着,如果自己要學,那是不一定要在學校裏的。我當然要學,關於鐵工的一切我要學,鐵工以外的知識、技能我也要學。我不肯自暴自棄。更要答覆王先生一聲,我不敢辜負你先生的期望。

“書本自然不想放棄。有空閑的時候,我預備跑圖書館。可是我還想讀不用文字寫的書,我要在社會的圖書館裏做一番認識、體驗的工夫!諸位看這個意見如何?”

這個送别會給與大家一個很深刻的印象。樂華回家把開會的情形告訴了枚叔,枚叔也嘆息着説:

“可感的友情啊!中心藏之,何日忘之!”

二月十一那一天,樂華進廠了。對着輪子的飛轉,皮帶的迴旋,火焰的跳躍,鐵聲的叮噹,不由得想起去年父親翻給他看的兩首俄國詩人詠工場的詩。到了晚上,在寄宿舍裏就寢,嗅着母親手洗的被褥上的陽光的甘味,想着今天是完全不同的兩種生活的分界綫,他好久好久合不攏眼。

二十　小説與叙事文

這幾天裏頭,三本緑色封面的厚厚的書在學校裏成爲流行品。H市的書店從上海批得少,全學校只買到三本,後來去買就没有了。於是這三本書在幾十個學生手頭旅行,沾上了無數的手汗,加上了許多處的折皺和破碎,不多時便同躺在舊書攤上的破書一般面目了。那是茅盾氏的長篇小説《子夜》。

看完了這部小説的,有的説"原來上海這個大都市有這麽些事情在那裏波瀾起伏";有的説"這才懂得了我國工業興不起來的所以然了";有的説"公債市場的種種花頭實在弄不清楚,我們對於這些太疏遠了";有的説"作者的手段高明極了,他能把讀者的心神吸住,使你看動了頭就放不下手,必須看到完了才歇"。

因爲有這各各不同的"讀後感",於是還没看到的人更急於要看了。

朱志清好容易借到一本在手,湯慧修説"讓我先看吧",他就毫不猶豫地移交給她。慧修得空便看,兩顆眼珠儘是在書頁上奔跑。這一天午後,她坐在教室裏看了有半點鐘,感覺眼睛有點疲倦,便用一支鉛筆夾在看到的地方,闔上書面,站起來散步。看見周錦華一個人靠着廊柱在那裏出神,便走近去和她閑談道:

"我想小説真不是容易作的。譬如叙述一個人在房間裏想心事,似乎是簡單不過的了;然而作者對於這個房間的位置以及房間裏的一切陳設,就非胸有成竹不可。不然,一會兒説右邊是四扇窗子,望出去可以看見街樹和高樓,一會兒又説右壁全排着書架子,那個主人翁看見滿架的書便覺得心煩頭痛:這就是破綻了。"

"作小説大概同編戲劇差不多的",錦華牽着慧修的手説。"編戲劇先要規定場面,我想作小説也是這般。"

慧修點點頭,又説道:

"小説的作者還得留意着時令,然後自然景物、人事季節才和叙述到的故事相應。否則便要鬧出夏天開梅花、冬令收麥子的笑話來了。"

"這也同戲劇相仿。一幕戲劇,那故事發生在甚麽時令,甚至發生在某一天的早上還是晚上,不是都得預先規定嗎?"

"還有呢。小説裏寫一個人物就得有一個人物的性格。同樣碰到一件事情,第一個人物非常高興,第二個人物却看得淡然,第三個人物竟憂愁起來了:這因爲他們性格不同的緣故。并且一直叙述下去,那三個人物的性格必須始終一貫;即使高興的變得頹唐了，淡然的變得熱心了，憂愁的變得快樂了，也須有可能的因由，無理取鬧地亂變是不容許的。我想這一層比較場面和時令尤其難以照顧，不知道那些作者怎樣照顧得來的。”

“你們在討論文藝上的甚麽題目吧？”

慧修和錦華聽得這闖進來的問話，同時回頭去看，原來是教英文的張先生，他總是那麽一副溫和的笑容。

慧修略帶嬌羞，一笑回答道：

“我們并不討論文藝上的甚麽問題，不過在這裏説小説不容易作罷了。”接着就把剛才談過的話重述一遍。

張先生把右手支在廊柱上，徐徐説道：

“這些項目固然難以照顧；可是逐一照顧到了之後，寫下來的不一定便是小説，也許還只是一篇叙事文呢。”

“張先生，你這話怎麽講？”慧修好奇地問。

“這就觸着‘小説的本質’的問題了。你們試想一想看，有兩篇文字在這裏，同樣叙述着一些人事的經過，而我們稱一篇爲叙事文，稱另一篇爲小説，究竟憑甚麽來區分的？”

慧修和錦華把牽住的手蕩了幾下，眼光都注定在張先生的臉上，一時回答不出來。錦華爽然説道：

“我們雖然看過好多篇小説，却没有想到這樣的問題。小説和叙事文到底有甚麽分别呢？”

“且把這問題留下來，讓我等一會告訴你們。現在先舉認不清這個分别的例子來説。你們看報紙、雜誌上的小説，有一些作者不是要加上一個‘發端’或是幾行‘跋尾’，説明他們的小説完全根據實事，并非向壁虚造嗎？還有，有一些人看完了一篇小説，不是要問‘是否真個有這件事情’嗎？”

“張先生説得一點不錯”，慧修肯定地説，好像一個誠實的證人，“這樣的‘發端’和‘跋尾’我看見過，這樣的問語我也聽見過。我却要疑惑了，張先生的意思，是不是説根據實事寫成的算不得小説，小説必須是憑空構造出來的？”

“我的意思并不如此。我只是説，用這樣的態度作小説、看小説的人實在没有懂得甚麽是小説。他們以爲小説和叙事文不過是一件東西的兩種名稱罷了。那裏知道單只根據實事寫成的是報紙的記事、歷史的傳載之類的東西,便是所謂叙事文。一篇《東北義勇軍抗日經過》是叙事文,《史記》的《項羽本紀》也是叙事文,你能硬説是小説嗎?"

"那的確不是小説呀",錦華向慧修告語,仿佛徵求她的同意似的。

張先生撫摩着修剪得短短的頂髮,繼續説道:

"小説不一定要根據着實事。即使根據着實事,也不像叙事文那樣記叙了實事便完事,還得含有其他的東西在裏頭,那其他的東西才是小説的本質。"

錦華和慧修又變换了一個姿勢,她們各用一條臂膀鈎住對手的肩,凝神注視着張先生翕張的唇皮。

"那就是作者從那些實事中看出來的和一般人生有重大關係的意義。這樣一句空話似乎不容易明白,須要舉個例子來説。最近出版的《中學生雜誌》你們看過了嗎?"

"只看了開頭幾篇,其餘的還没有工夫看",錦華回答。

"那上邊有茅盾作的一篇《創作與題材》。"

"就是作《子夜》的那個茅盾呢",慧修很感興味地説,"我在目録上看到那個題目的,但是還不曾讀那篇文章。"

"那篇文章講選擇小説題材的標準,舉了兩個例子。説,假使你有一頭心愛的猫,因爲偷食,被你家裏的人趕走了或者打死了;這樣的事情在你雖然非常痛惜,却不配作爲小説的題材,因爲中間并没有和一般人生有重大關係的意義。但是,假使你有一個小妹妹患了腦膜炎,你主張請新醫而你父親却相信舊醫,你的母親又去求教符水草藥的走方郎中,結果是一面舊醫診脈開方,一面走方郎中畫符禳神,把小妹妹的性命斷送了;從這樣的事情中間可以看出很多的和一般人生有重大關係的意義,所以那是一個宜於寫小説的題材。"

慧修的手拍着錦華的肩,領悟地説道:

“聽了這兩個具體的例子，小説的本質是作者所看出的意義，我們很能够明白了。没有這種意義的便不成其爲小説。”

張先生用一個指頭指點着慧修，接着説道：

“可是還有一點必得注意，須是把這種意義含在故事中間的才是小説。甚麽叫做‘含’呢？一碗鹽湯，看不出一顆鹽來，呷一口嘗嘗，却是咸的，於是我們説鹽味含在這碗湯裏。小説的故事含着作者所看出的意義就像這樣一碗湯。如果在故事之外，另行把意義説明，那就不是‘含’了。我們不妨借用小妹妹送掉性命那個題材來説。如果在叙述一切經過之外，加上許多意見，如非科學的醫術貽害不淺呀，符咒之類的迷信尤其可恨呀，世間被這種方技和愚見殘害的生命不在少數呀，這就不成爲小説而是一篇議論文，那些故事只處於議論文‘論斷’的‘例證’的地位了。”

“張先生”，慧修用一只手輕按張先生的衣袖，“我有點兒悟出來了，你聽我説得對不對。我説，小説的作者把意義寄托在故事的叙述上邊，并不特别説明，讓人家看了他的叙述，自然省悟他的意義是甚麽。”

“你的聰明將來正好做個小説家”，張先生聽得高興，不禁擊了一下掌。這使慧修的臉紅了起來。張先生又道：

“因爲要把意義寄托在故事的叙述上邊，所以整個故事的每一個節目都須含有暗示的力量；作者便不得不做一番選擇和布置的工夫。説到這裏，小説大都不照鈔實事的所以然也就明白了。世間那有這麽巧的事情，一件實事恰正可以寄托作者的意義的？惟其少有，所以作者丢開照鈔實事的辦法，而根據他的經驗，去選擇人物，布置節目，創造出一個故事來。你若説他憑空虚構，那是錯誤的。他的材料全是社會的實相、人生的體驗，何嘗憑空？何嘗虚構？你若問他‘真個有這件事情嗎？’他將笑而不答，因爲你問得太幼稚了。小説該是世間最真實的故事，然而不是某一件事情的實録。你們懂得了吧？”

錦華乘張先生語氣一頓，搶着説道：

“現在我知道小説和叙事文的分别了。叙事文的本質是事情，敘事便是它的目的;小説的本質却是作者從人生中間看出來的意義,敘事只是它的手段。這意思怎樣?"

張先生激賞地看了錦華一眼,正要開口,却聽旁邊先有人接上説道:

"錦華的話很扼要的。還可以打個譬喻來説,敘事文好比照相,只須把景物照在上面就完事了;小説却是繪畫,畫面上的一切全由畫家的意識、情感支配着的。"

説這話的是杜振宇,并肩站在那裏的還有志青、復初等五六個人。他們甚麽時候到來的,張先生和錦華慧修都没有知道。

"錦華的話的確很扼要的",張先生回顧振宇説,"要辨别敘事文和小説,這就足够了。你的譬喻也很有意思。那些只知道根據實事作小説的人就因爲不明白這一層,所以用盡了心力,至多只把實事照了一張照相。"

一個比慧修低到半個頭的女學生將頭靠在慧修的肩上,緩緩説道:

"我們也來學作小説,可以嗎?"

"有甚麽不可以呢?"

張先生説了這一句,預備鈴響起來了,他就匆匆地説:

"在你們的經驗裏,你們一定常常發見和一般人生有重大關係的意義。把捉住這些意義,然後去選擇材料,布置結構,這樣,你們的小説即使不怎麽出色,至少是值得一看的習作,不是單只敘事的敘事文了。"

張先生走開以後,聚集在廊下的一小群人都進了教室,只聽張大文喊道:

"樂華進了鐵工廠,今天來信了。他説請各位同學傳觀。是很長的一封信,等會兒下了課大家看吧。"

慧修側着頭似乎在那裏想甚麽,隨手把那本緑色封面的厚厚的書放到抽屜裏,换了算學教本和算草簿出來。

二十一　語調

樂華已過了兩個多月的鐵工生活了。工廠爲了訓練職工,每日於工作以外晚上也有一小時功課,所教的是製圖、計算公式及關於材料等普通的知識。樂華日裏工作,夜裏上課與複習,生活緊張得很。一到睡眠時間,就在上下二疊式的格子鋪上甜酣地睡熟。初入工廠的幾天,常在夢中見到父母在家裏愁苦的情况,自己在學校裏的熱鬧與快活。學校生活的夢不久就没有,自從接到父親已入本市某報館爲記者的家信以後,連家庭的夢也不常做了。

同學們不時寫信給樂華,有的報告學校近况,有的把國文講義按期寄給他,有的告訴他王先生或别的先生近來講過甚麽有益的話。樂華雖在工廠裏,却仍能間接聽到學校的功課内容,頗不寂寞。

五一節工廠停工,樂華於清晨就回到家裏,入廠以後,這是第一次回家。身材已比入廠時高了好些,藍布的短服,粗糙的手,頑强的體格,幾乎使父母不相信這是自己的兒子了。兒子的壯健快活的神情,使父親得到了安心,使母親減少了感傷。這日恰好是星期,樂華於上午匆匆地去望先生們,飯後又到張家去探望姨母和大文。

大文家裏有着許多客人,志青、慧修、振宇都在那裏,正在談論得很起勁,突然看見樂華來了,大家就驚跳起來。

“你來得正好,請加入討論吧。”志青握着樂華的手時,覺得自己的手的光軟,有些難爲情了。

“你們在談論甚麽?——今天是五一節,真凑巧,在這裏見到許多朋友——好,讓我去看看姨母再來。”幾個朋友望見樂華工人裝束的背影,面面相覷地默然了好一會。

“今天全世界不知道有多少工人在鬥争啊!我們却在這裏談這樣文字上的小問題!”振宇感慨地説。

“這倒不能這樣説。我們所討論的是文字的條理,條理無論在甚麽事情上都要緊,况且文字本身就是一種做事的工具。我們現在還是學生,不曾做别的工作,如果連這種問題都不討論,不是把好好的光陰虚度了嗎?”志青説。

樂華急急地從裏面出來,和大家重行一一招呼,問道:

“爲甚麽這樣凑巧,大家都在這裏?——錦華不來嗎?”

“今天是約定在這裏聚會的,我們剛在討論文句的調子呢。你一定有許多好的意見吧。志青,請你再來從頭説起啊。”大文怕聽關於錦華的話,急急地轉换話題。

“我這幾月來每日所聽到的只是丁東丁東的打鐵聲和軋拉軋拉的機器聲,對於文句的調子,怕已是門外漢了。你們大家討論,讓我來旁聽。”

“前星期王先生發出改好的文課,説全班作文的成績都不錯,只是有好許多人語調尚未圓熟,文句讀起來不大順口合拍,叫大家注意。他在黑板上把我們的文字摘寫了幾句例子,一一加以批評,句調上確都是有毛病的。最後他提出了句調的題目,叫我們自己去研究,下星期六的講演題目,就是‘句調’。而且還説要在我們這裏四個人之中臨時指定一人去講演,所以在這裏急來抱佛脚啊。我們已把這題目關心了好幾日了。各人擔任一方面,振宇所擔任的是字,慧修所擔任的是句,大文所擔任的是音節,我所擔任的是其他的種種。今天要彙集各人的報告來作成一個大綱。振宇,你先來吧。”志青的話,一方面是對樂華説明緣起,一方面又是討論的開場白。

“我所關心的是字的奇偶。我覺得中國文字有一個特性,是宜於偶數結合的。一辭與别的辭相結合時,如果不成偶數,就覺讀來不易順口。舉例説,‘父母之命’讀來很順口,‘父命’或‘母命’,也没有甚麽不順口,如果改説‘父母命’,讀起來就有些不便當了。‘辦事’是順口的,但在‘辦’字改用‘辦理’的時候,我們須把‘事’字也改成偶數的‘事務’‘事情’之類纔可以。如果説‘辦理事’,就不大順口了。這以偶數結合的傾向,白話比文言更明顯,文言中‘食’字可作名詞來單用,白話中就非改作‘食物’或‘食品’不可。文言中的‘道’字,在白話中已變作了‘道理’,文言中的‘行’字,在白話中已變成了‘品行’或‘行爲’。王先生替我們改文課時,有幾處地方往往只增加一字或減少一字,也許這就是調整語調的一種方法吧。我這幾天仔細從各方面留意,似乎發見到一個原則,單字的辭與其他單字的辭相結合成爲雙字的辭或句,是没有障害的。如‘吃飯’‘天明’‘家貧’之類都順口。雙字的辭,如果是形容詞,有的勉强可與單字的辭相接,如‘毛毛雨’‘師範部’‘惻隱心’‘藏書家’之類,有時非加‘之’字‘的’字不可,如‘先王之道’‘寂寞的人’‘美麗的妻’‘寫字的筆’,就都是要加字才能順口的。至於雙字的動詞,大概不能與單字的辭相結合。‘翻閱書籍’是可以説的,‘翻閱書’就説不來了,‘撫養兒子’是可以説的,‘撫養兒’就不成話了。我對於這問題,還想繼續加以研究。現在所能報告的,就只這一些,不知大家聽了怎樣?”振宇説。

大家對於振宇的話都點頭。

“慧修,你所擔任的是句子排列上的注意,請你報告吧。”志青繼續執行他主席的職務。

“一篇文字之中,有許多句子,這許多句子如果都是構造差不多的,讀起來就嫌平板不調和了。譬如:這是大文的書房,我們假如作一篇記事文,記述這間書房的光景,倘然説‘門在東面,窗在南面,牀在北面,書架在西面。門外有一片草地,窗外有一座樹林,架上有許多書籍,牀旁有一隻箱子……’八句句子中,只有兩種句式,一種句式各接連重疊到四次之多,讀去就不能上口了。這是關於句的構造的話。還有,句子的末尾的作結,也有可以注意的地方。王先生前次在班上曾批評×××的文章是‘了了調’,×××的文章是‘呢呢調’,因爲他們不知變化,動輒用‘了’或‘呢’來結束文句,所以讀起來就不順口了。要想文字的句調流利,句法須錯綜使用,切勿老用一種句式。關於句式,中國書上查不出一定的種類,我曾去請教過教英文的張先生。他替我在修辭學書裏查檢,據説文章之中主要的句式不過三種:一種叫散句,例如‘我要吃飯,穿衣,睡覺,讀書,作工’是中間截斷了一部也可成句的。一種叫束句,例如‘吃飯,穿衣,睡覺,讀書,作工,是我們生活上所不能缺一的’這種句子如果截去了下半截,意義就不完全。還有一種叫對稱句,例如‘世人以我爲風狂,我以世人爲迷醉’是上下兩截對稱的構造。中國文字中的句式,究竟應分爲幾種,我想好好地加以研究。總之句式的錯綜使用,是調和句調的一種方法。我的報告完了。請大家加以批評補充。”慧修説罷,把眼光注視其餘的人,尤其是對於樂華。

志青剛欲叫大文繼續報告,樂華開口道:

“慧修的意見很對,但我覺得有幾點要補充。古來的名文中,句式重疊的不少。我們讀過韓愈的《畫記》,其中就有許多重疊的句式,如‘騎而立者五人,騎而被甲載兵立者十人,一人騎執大旗前立,騎而披甲載兵行且下牽者十人,騎且負者二人……’這樣下去,一連有二三十句,記得除第三句‘一人騎執大旗前立’變换句式外,其餘都是同樣的構造。這篇文中有幾段都是用着重複的句式的。又如新近你們寄給我的國文講義中,王先生選着幾首古詩,我曾在打鐵的時候在肚裏默念,讀得很熟了。其中有一首題目叫《江南》的,那詩道:‘江南可採蓮。蓮葉何田田。魚戲蓮葉間。魚戲蓮葉東,魚戲蓮葉西,魚戲蓮葉南,魚戲蓮葉北。’七句之中,倒有四句句式重複。至於結束句子的助詞,重複用一字的例子也很多。歐陽修的《醉翁亭記》差不多每隔數句都用‘也’字作結。這種句式重複的文字能令人感到拙樸的趣味。作者似乎故意把重複的句調來疊用的。慧修方才説句式須錯綜使用,原則是對的,我覺得應加一個限制,就是説,除了有意義的重複外,句式及助詞務使交互錯綜,勿疊用同一的句式及同一的助詞。慧修,你道我的話對嗎?”

“你給我補充得很好。名文中確常見到重複的調子。魯迅的《秋夜》中,就有‘一株是棗樹,還有一株也是棗樹’的句法。我因爲一味着眼在句語的調和上,不覺把這一層很重要的反對方面忘却了。”慧修表示感佩。

“樂華在工場裏做工,選文比我們讀得還熟哩!——現在輪到大文了。大文,你擔任的是關於音節一方面,請你報告研究所得吧。”志青說。

“我所擔任留意的是音節一方面,音節與文字的調子原有很大的關係,但在普通的文字上,似乎不必有甚麽規律。我們所寫作的不是詩賦,不是詞曲駢文,乃是日常所用的白話。平仄不必拘泥,只求適合乎日常言語的自然調子就彀了。古文中尚且有‘清風徐來’等全體用平聲的句子,‘水落石出’等全體用聲的句子,何況白話文呢?一句之中平仄參用固然可以,不參用也似乎没有甚麽不好。我想了許久,覺得只有一件事須注意,就是一句之中,勿多用同音或聲音相近的字。我們幼時念着玩的急口令,就是利用許多同音字或聲音相近的字編成的。念來很不順口,聽去也就很不順耳。例如:‘蘇州玄妙觀,東西兩判官,東判官姓潘,西判官姓管,潘判官不管管判官姓管,管判官不管潘判官姓潘。’‘管’‘潘’‘判’‘官’都是聲音相近的字,混合在一處,所以念來容易弄錯,急口令的特色在此。我們寫普通文字,應該避去這種困難。在普通文字中,與其說‘洞庭山上一條籐,籐條頭上掛銅鈴,風吹籐動銅鈴動,風停籐停銅鈴停’,不如說‘洞庭山上一枝籐,籐枝頂上掛銅鈴,風吹籐摇銅鈴響,風止籐歇鈴聲停’,讀起來比較容易。”

大文的話引得全室的人都哄笑了。

“對於大文的話,有甚麽該補充的地方没有?”志青勉强抑住了笑意這樣問。又對樂華道:“你一定會有好的意見吧。”

“我覺得大文的話忽略了一方面,應該補充”,樂華説,“也許是我在工場裏聽慣了‘丁東丁東’的打鐵聲和‘軋拉軋拉’的機器聲的緣故吧,我近來很留心同聲母或同韵母的聲音。方才大文説不可多用同音或聲音相近的字。多用這種字,弄得文字像急口令,原不好,但兩個字是不妨用的。中國文字中疊字與聲音相近的辭類很多。如‘茫茫’‘鬱鬱’‘蕭蕭’‘歷歷’‘寥寥’之類都是常用的疊字。至於聲音相近的辭類更多見,如‘綢繆’‘歷落’‘纏綿’‘徘徊’‘零亂’之類都是常用的聲音相近的字。這類的字,用得適當,不但無害於句調,而且能使句調格外順利。詩總算是最講句調的文字了,詩中就常用這類的字。方才古詩中‘蓮葉何田田’的‘田田’是疊字。你們前次寄給我的選文中,有杜甫《詠懷古迹》五首。其中用着許多聲母或韵母相同的字。如'泯滅''蕭條''支離''朔漠''黄昏''漂泊'都是。我以爲同音或聲音相近的字面固宜避,但也不該一概説煞。兩個字的同音或聲音相近的字,是可以使句調順利,應該除外的。"

諸人都點頭。

"我真糊塗,王先生前星期才講過的,説這類的字叫做'連綿字'。爲甚麽方才竟没有説進去呢?"大文説時很難爲情的樣子。

"哦,連綿字!這名詞很有趣!我今天才聽到。幸而大文提起。那末我所日日在聽的'丁東丁東'和'軋拉軋拉'也都是連綿字哩。哈哈!"樂華心中所牢記的許多聲音相近的辭類忽然得到了一個歸納的稱呼,感到統一的愉快。

"現在要聽你的報告了,志青",樂華轉向志青説。

"是的,現在輪到我了。字數,句式,音節,都已有人講過。我所擔任的是他們所剩下來的東西。這幾天來我曾就了句子的各方面加以留心,除了方才慧修和樂華所講的幾點外,還想到幾件事。第一是句與句間的關係。一篇文字,是一句一句積成的,一句一句的語調雖然已没有毛病,可讀得上口,若句與句間的關係不調和,連貫地讀起來,仍是不順。王先生前次教我們讀法,很注重上下文的呼應。我以爲這呼應關係,猶之曲調中的板眼,在句調上很占重要的位置,大該注意。在字面上上句如果有'從前'字樣,下句大概須用'現在'等語來與它相呼應。上句如果有'與其'字樣,下句大概須用'不若'等語來與它相呼應。上句用'的'字結尾,如果下句性質相同,也該用'的'字結。譬如説,'這本書是你的,那本書是我的。'如果下句性質不同,就不然了。譬如説,'這本書是你的,我的書那裏去了?'諸如此類,要看了上文的情形去一句一句地寫。關於這層,標點也該連帶注意。因了上文所加的標點是','是';'是'。'或是':',接上去的句子就各各不同。我們作文的時候,標點往往都在全篇寫好以後再加的。我新近自己養成一個習慣,寫一句就標點一句,下句依照了上句的標點去布置安排。有時想不出調和的句子去接,就把上句的標點改過,再起別的法子。我覺得這樣寫出來的文字,句調容易順當些。大家以爲怎樣?”志青説到這裏,用眼睛去徵求樂華的意見。

樂華拍手表示贊許,其餘的人也拍起手來。

“志青的話,使我們得到不少的益處。我才知道‘學而時習之,不亦悦乎?有朋自遠方來,不亦樂乎?’二句中用兩個‘不亦’與兩個‘乎’的理由。此外如‘仁者,人也;義者,宜也’等句的趣味,也領略到了。”大文説。

長長的初夏的日脚已近傍晚,可是書室中的幾個青年書獃子却完全没有覺得。張太太到書室來,説要留樂華早些吃了晚飯去,已擺好了,叫大家都不要走,陪陪客人。

振宇、慧修、志青都立起來道謝。

“我的報告還未完呢。我想,句子的長短,也是與句調很有關係的。”志青待張太太走出書室以後説。

“我們一壁吃飯一壁談吧。”大文把右手伸成一字形,邀大家入客堂去。“樂華,請你坐在上首。今天是五一節,你不但是客人,而且是工人哩。哈哈!”

二十二　兩首菩薩蠻

一個星期六的下午,錦華和慧修攜着手到圖畫教師李先生房裏去繳本學期最後一張寫生成績,李先生正坐在案頭整理學生的圖畫,一壁和立在案旁的振宇、復初二人談説着。

錦華慧修交出了成績,仍留在房内細看壁間懸掛着的繪畫,究竟是畫家的房間,畫幅時時更换,每次進來看,都有一種新鮮的印象。她們在一幅新裝裱的仕女畫前面把脚停住了。

那畫是一張小條幅,上面畫着一個睡在榻上的美麗的少女,雲鬟蓬鬆。睡榻的後方,背景是一排的屏風。全體的情調艷美得很。題款是“××兄屬寫温飛卿詞意”與“×年×月×××”兩行。

兩位少女被畫中的少女暫時吸引住了,只管立在畫前彼此細語。引得振宇和復初也遠遠地把眼睛移到這幅畫上來。

“這幅畫是我新近請一個朋友畫來的。寫的是温飛卿一首詞中的意境。王先生還沒教你們讀過詞吧。我一向喜歡讀詞。因爲詞與畫有許多共通的地方,尤其是中國畫。温飛卿的這首詞,叫做《菩薩蠻》,是很有名的。喏,在這裏。”李先生拉開抽屜,取出一本張惠言的《詞選》揭開來叫大家看。

錦華慧修走近攏去看,見李先生所指的恰是書中的第一首,那詞句是:

> 小山重疊金明滅,鬢雲欲度香腮雪。懶起畫蛾眉,弄妝梳洗遲。　　照花前後鏡,花面交相映。新帖繡羅襦,雙雙金鷓鴣。

大家看着書在心中默念,覺得有些念不斷。有幾處好像是七字一句,有幾處却不是,終於面面相覷地呆住了。

“哦!你們還沒有懂得詞的構造吧。詞一名長短句和詩不一樣,一首之中每句字數有長有短。除極短的小詞外,每首都分上下兩截,叫做‘上闋’‘下闋’。某句應該有幾字,因曲調而不同。《菩薩蠻》上闋共四句,每兩句同韵,字數是七、七、五、五。下闋也是四句,每兩句同韵,字數是五、五、五、五。《菩薩蠻》是這首詞的曲調名稱,并非這首詞的題目。曲調的名稱很不少,如甚麽《長相思》咧,《金縷曲》咧,《浪淘沙》咧,《西江月》咧,統共有八百多種。常用的也不過百種左右而已。——我今天又要替王先生教國文了。哈哈!”李先生用了笑聲把自己的話作一結束。

錦華依照李先生方才的話再去看那首《菩薩蠻》詞,她低聲讀了一遍,覺得字句雖有幾處不十分懂,音節却很和諧,讀起來比詩更有趣味。慧修一壁看詞,一壁不時回頭去看那幅畫,想看出畫中所描寫的是詞中的那幾句。

“詞以表現境界或抒寫感情爲主,换句話説,詞的内容不外是情境。温飛卿的這首《菩薩蠻》,描出一個艷美華麗的境界。詞是舊文學中比較難懂的東西,用辭比詩文都艱深。待我把這首詞的大意來解釋一遍吧。‘小山’就是屏風,矗着的屏風,形狀凹凸如山,‘屏山’是詩詞中常用的辭類。詞中描寫一個豪貴的閨秀在早晨起牀前後的情形,朝陽射在畫屏上閃爍發光。——用‘金明滅’三字多好?——她還睡着未醒,鬢髮亂得幾乎要蓋煞臉上的白色。——‘欲度’二字,就是表現這情況的。——她懶懶地起來,畫眉,妝扮,過了許久才梳洗完畢。——‘弄’字用得非常確切。——梳洗好了,這才對鏡戴花。——‘前後鏡’‘交相映’是戴花時的描寫。——後來再換衣裳。——羅襦就是羅褲,‘雙雙金鷓鴣’是繡花模様。先繡好了模様貼綴在衣服上叫‘貼’。——這首詞共只四十四字,却能寫出早晨的光景,閨房中的陳設,閨秀的姿態神情,以及畫眉、梳洗、戴花、照鏡、著衣等等的動作,連衣服上的花様都寫得活靈活現。我們讀這首詞,能深深地感受到一個艷美華麗的印象。”

大家聽了李先生的講解,於理解的愉快以外又感到一種新鮮的趣味,都把眼睛注在那本《詞選》上,再去看别首詞。

“那末這幅畫上所寫的只是第一第二兩句呢。”慧修對李先生説。

“是的。詞中描寫着許多連續的動作,要在一幅畫中完全表現,是不可能的。普通照相與活動電影的區别在此,文章與繪畫的區别也在此。繪畫與文章都能表現印象,好的文章功效比繪畫大。因爲繪畫只能表現静境,而文章兼能表現動境。王先生已把記事文與叙事文的分别教過你們了吧。繪畫是記事的,不是叙事的。”李先生説。

慧修點頭,似有所悟到。

“這許多首詞,似乎所描寫的都是女子的事情,所用的辭類差不多全是關於女子的。我在别的書上也曾見到過詞,雖不甚懂得,字面也好像是屬於女性的居多。難道詞都是這様的嗎?”振宇指着書上一連刻着的許多首温飛卿的《菩薩蠻》詞問。

振宇的質問,引得其餘的人都注意,尤其是女性的錦華與慧修。大家都把眼光向着李先生。

“那也不盡然。”李先生急急地加以訂正。“温飛卿原是一個善於作香奩體的詩人,應該特别看待。咿呀,詩詞中寫女子的時候,往往意思不一定就只指女子,有許多地方却别有意旨,只把意旨寄托在女子的身上就是了。你們曾聽到‘香草美人’的話了吧,這典故見於屈原的《離騷》,屈原的寫美人,并非一定指美麗的女子,乃是另有寄托的。”

振宇聽了李先生的解釋,宛如在胸中開闢了一個新境地,覺得平日讀過的幾首古詩,也於字面以外突然生出新趣味來了。

李先生好像忽然記起了一件甚麼事似地,把那本《詞選》取到手裏急急翻動,翻出一首詞來指向大家道:

“哪,這是辛棄疾的詞,也是《菩薩蠻》調。你們試讀看!”

振宇等走近去看,那首詞在《菩薩蠻》的調名下,還有一個題目,叫做“題江西造口壁”,詞句是:

鬱孤臺下清江水,中間多少行人淚。西北望長安,可憐無數山。　青山遮不住,畢竟東流去,江晚正愁予,山深聞鷓鴣。

《菩薩蠻》調的構造,是方才已經明白了的,讀去毫不費事。只是内容仍不甚清楚,大家抬起了頭齊待李先生開口。

“辛棄疾是南宋時代的詞人,這首詞作於江西造口。當時金人南侵,國難嚴重,宋室就從河南汴梁南遷。當南渡時,金人追隆祐太後的御舟,一直追到江西造口才停止。江西造口是從北至南的要道,人民爲避金人的侵略,倉皇從這裏經過的當然不計其數。‘鬱孤臺’是那裏一座山的名稱。宋室南渡以後,仍不能恢復。作者經過這裏,想到當時避難者顛沛流離由這裏向南奔逃的情形,家國之感就勃然無法自遏了。於是做了一首詞寫在壁上。他説:‘江水裏大概有許多眼淚是顛沛流離的行人掉下來的吧。要想從這裏向西北眺望長安——“長安”是京都的代替辭——可憐雲山重疊阻隔,雖然明知道故都在西北方,可是望也望不見,莫説回到那裏去了。青山遮不住江水,終於任其向東流去,猶如這造口止不住行人,行人畢竟向南奔竄。此情此景,已穀悵惘,又值傍晚的時候,江上的暮色更足引動人的愁懷,而山間又傳來了鷓鴣的啼聲。'你們看,這詞裏的意境何等凄惋!"李先生解釋畢,把這首詞朗聲地讀了又讀。

李先生的解釋和誦讀,令幾個青年突然引起了對於目前國難的愁思。這首詞的刺激性,似乎比平日習見的"共赴國難""民族自救"等等的標語,還要深刻些,房間裏的空氣立時沈重起來。

"巧極了。今天李先生講的兩首詞,都是《菩薩蠻》,末尾都用着'鷓鴣'二字哩。"總算是復初打破了一時的沈默。

"咦!真的。兩首《菩薩蠻》裏都有'鷓鴣'。温飛卿的'鷓鴣'暗示着男女間的情事。'雙雙金鷓鴣'説'雙雙'就可作男女一對的聯想。至於辛棄疾的'鷓鴣',意義更深。'鷓鴣'的叫聲不是'行不得也哥哥'嗎?有人説,辛棄疾的'山聞鷓鴣',就是在感嘆恢復之事的行不得呢。"李先生補充説。

"原來詞是這樣意義豐富,這樣不容易讀的東西!"錦華嘆息着向慧修説。

"讀詞尚且如此煩難,作詞更不消説了。"慧修説。

"作詞其實也不難,普通的方法就是按譜填寫,平仄字數一一遵守就是。所以作詞叫做'填詞',又叫'倚聲'。在你們,作詞已大可不必,只要能讀,已經穀了。詞是我國先代遺下來的文學上一部分的遺産,我們樂得享受。把古來的名詞,當做常識來熟讀幾首,倒是應該的。歷代詞人的集子不少,讀也讀不盡,你們讀選本就可以了。選本的種類也很多,任揀那一種都可以,選的人眼光雖不同,反正選來選去逃不出頂好的幾首。我這一本是張惠言選的,叫做《詞選》。"

"我家裏有一部《絶妙好詞》,還有一部《白香詞譜》,先讀那一部好?"錦華問李先生。

"這也都是很好的詞選。先讀《白香詞譜》吧,那裏面是一百個曲調,每個曲調選着一首詞。這一百首都是名作,熟讀了這一部,就可記得一百個常見的曲調和一百首好詞,很經濟。"

"方才先生説,詞以表現境界或抒寫感情爲主,詞的内容不外乎情境。今日讀過的兩首《菩薩蠻》中,温飛卿的一首似乎是以境爲内容的,辛棄疾的一首似乎是以情爲内容的。不知道對不對?"振宇問。

李先生微笑點頭,似乎表示贊許。過了一會又道:

"境與情原是關係很密切的。只寫境,言外也可引起情來,要抒情,也不能全離開境。温飛卿的詞雖偏重在寫境,而艷情已包含在内。辛棄疾的詞雖着重在抒情,究竟也不能不寫及'江水''山''晚''鷓鴣'等等的境。所以還是不要强把情境分開來説的好。這兩首詞,如果要説區别的話,原也有着一種很重大的區别。詞裏面有兩種顯著的風格,一種是細緻的,一種是豪爽的。温飛卿的詞屬於細緻的一類,辛棄疾的詞屬於豪爽的一類。這個區别比較來得扼要,將來你們多讀幾首詞,自然能辨别出來的。——呀!天快晚了,我還要畫'母親'呢。怎麼講了這許多時候的詞!哈哈,我今天又在替王先生教國文了!"

李先生立起身來,從熱水瓶中倒出一杯開水一氣喝盡,急急地披上了染有許多顔料漬子的畫衣,走到畫架旁去。李先生畫"母親"已近兩個月,一壁畫一壁修改,有時自己覺得不愜意,就全體塗消了開始重畫,或竟連畫布也换過。學生中關心於這幅畫的人很多,特别的是愛好繪畫的慧修。她前幾天曾見李先生已在畫衣服,全體快要完成的了,這次和大家退出房間,立在門外回看時,見又换了一個新輪廓了。

"爲甚麽又要重新改畫呢?"慧修獨自再回進來問。

"將來再告訴你。"李先生停了畫筆這樣回答。

慧修追上走在前面的三個,興致勃勃地説:

"把剛才的談話扼要記下來,寄給樂華看,你們想好嗎?"

二十三　新體詩

張大文和周錦華兩人從密戀到彼此不理睬，還是周樂華離開學校以前的事情。真是極其微細的一個起因，不過錦華要到圖書室裏去看新到的雜誌，大文手頭正有事做，説了一聲“我不想去看”罷了。當時錦華負氣，獨自跑到圖書室裏，拿起一本新到的《現代》在手，呆看了半天，也不曾看清楚上面寫着些什麽。隨後大文也來了，凑近她坐下，問她可有好看的小説没有，她便憤憤地説：“你既不想來看，問我做甚麽！”大文才知道她動怒了，百般地向她解釋，她只是個不開口。這使他耐不住了，恨恨之聲説：“你是甚麽心腸？人家好端端向你説話，你却理也不理，好不嘔氣！”錦華聽了這個話開口了，她説：“你去問問自己是甚麽心腸吧！又不請你到甚麽不好的地方去，你便推三諉四説不想去。無意的流露最顯得出心腸的真面目，總之你不屑同我在一起就是了！”接着是一陣的争辯，直到鈴聲響了，兩人才各顧各地走了出來。其時圖書室裏并没有第三個人，所以這事情没有立刻被傳開去，成爲學校裏的當日新聞。

第二天早上，他們兩人見面了，好像有誰發出了口令似的，兩人同時把頭旋過一點，把眼光避了開去。這就是彼此不理睬的開端了，以後每一次對面就演這一套老把戲。漸漸地，這初戀的小悲劇被同學覺察了。有的就同他們開玩笑，説他們從前怎樣怎樣，現在怎樣怎樣，多方地揶揄。有的希望他們恢復從前的情分，特地把他們牽在一起，“仍舊握着手吧”，“彼此同時開口吧”，這樣從旁勸説。無論揶揄或者勸説，效果是相同的，就是把兩個青年男女更隔離得遠遠了。他們覺得被揶揄的時候固然難爲情，而被勸説的時候也并不好過；所以能彀及早避開，不待面對面的時候才旋過頭移過眼光，那是更好的事情。不久之後，當初的憤激在兩人心頭慢慢地消散了，這不可解的羞慚却越來越滋長。表現在行動上便是這一個到那裏，那一個就不到那裏。只有上課時候没法，兩人是坐在同一教室裏的；然而上課時候有教師在那裏，没有人會向他們揶揄或者勸説的。“只怕彼此永遠不再有交談的機會了”,這樣的想頭,大文曾經有過,錦華也曾經有過。這想頭分明含着懊悔的意味,跟在後頭的想頭不就是“如果恢復了從前的情分豈不很好”嗎?他們雖然這麽想,可是總被不可解的羞慚拘束住,誰也没有勇氣説一聲“我們照常理睬吧”;這是一種奇妙的青年心理,爲一般成人所不能了解的。

錦華懷着這樣的心理度過半年多的光陰,作成了好多首的新體詩,寫在一本金繪封面的懷中手册上。這些詩篇一部分是懷想往日的歡愛,一部分是希望將來的重合,而對於目前的對面如隔蓬山,也傾吐了深深的惆悵。她覺得這許多情思是無人可以告訴的,只有寫成詩篇,告訴這一本小册子,胸中才見得鬆爽一點。於是屢次作詩,不覺積有三四十首了。這本小册子平時收藏得好好,從不給人看見。當舉行暑假休業式的那一天,别的同學聚作一大堆,在那裏談論會考的風潮,錦華和慧修兩個却在教室裏整理零星用品,這本小册子才被慧修在錦華的小皮箱裏發見了。乘其不備搶到手裏,便翻開來看;“你作了這許多的新體詩,也不給我欣賞欣賞”,慧修這樣喊了出來。錦華立即要取還,可是慧修那裏肯還她。慧修説彼此的作文稿向來交换看的,新體詩稿無異作文稿,看看又何妨。錦華和慧修交誼原極親密,這當兒忽然有一個新的欲望萌生在錦華的心頭:她不但切盼慧修完全看她的詩,并且切盼慧修看透她作詩的心。她便和慧修要約:不可在學校裏看,必須帶回去看,又不可轉移給旁的人看。這是很容易接受的條件,慧修都答應了,便把這本小册子放進印白紗衫的袋子裏。

慧修到了家裏,一手揮着紈扇,一手按着小册子,眼光便投射到書面上去。只見題目是《校園裏的石榴花》,後面歪歪斜斜寫着一排的詩句:

新染的石榴花
又在枝頭露笑臉了,
鮮紅似去年,

婚態也不差，
爲甚麽不見可愛呢？
去年的花真可愛，
在緑蔭裏露出熱情的臉兒來，
旁聽甜蜜的低語，
保證不變的愛情，
她們笑了，
至今似乎還聽得她們的笑聲。
啊，去年的花真可愛！

“原來是回想他們當初的事情”，慧修這樣想着，把書頁翻過來，只見題目是《無端》，詩句是：

無端浮來幾片黑雲
把晴明的天空遮暗了，
無端湧來幾疊波浪
把平静的水面攪亂了。
黑雲有消散的時候，
波浪也會歸於平静。
但是，心頭的黑雲呢？
但是，心頭的波浪呢？

慧修正想再翻過來看，忽見父親走進室中來了，便愛嬌地叫聲“爸爸”。父親新修頭髮，留剩的頭髮只有一分光景，差不多像個和尚，他舒快地撫摩着自己的頭頂，走近慧修身旁問道：

“你剛從學校裏回來嗎？在這裏看甚麽東西？”

慧修并没有想起剛才錦華不可轉移給旁的人看的約言，却下意識地把小册子闔了攏來，拿在手裏，站起來回答道：

“是周錦華做的新體詩稿。”

周錦華常到慧修家裏來，慧修的父親認識她的，他便帶笑説道：

“她也愛做新體詩嗎?”

慧修的父親對於一般學藝,見解都很通達,惟有新體詩,他總以爲不成東西。他也并不特地去關心這一種新起的文藝,只在報紙雜誌上隨便看到一點罷了;看到時總是皺起了眉頭,不等完篇,眼光就逃到别處去了。此刻提起新體詩,不由得記起了前幾年在報紙上看見的譏諷新體詩的新體詩,他坐定下來説道:

“我曾經看見一首新體詩,那是譏諷新體詩的,倒説得很中肯。我來念給你聽。

新詩破産了!
甚麽詩! 簡直是:
囉囉嗦嗦的講學語録;
瑣瑣碎碎的日記簿;
零零落落的感慨詞典!

“我們國文課也教新體詩呢”,慧修坐在父親旁邊,當窗的簾影印在她的衣衫上,她從口氣中間辨出了父親菲薄新體詩的意思,故意這麽説。

“這東西也要拿來教學生嗎? 真想不到。”

“教是教得并不多,兩年中間也不過十來首。”

“這東西怎麽好算詩,長長短短的句子,有的連韵都不押;只是隨便説幾句話罷了。倘若這樣也算得詩,我們每天每刻都在做詩了!”

慧修平時和父親甚麽都談,可是不曾談到過新體詩,此刻聽父親這樣説,心裏不免想道: 料不到父親反對新體詩的論據,竟和一般人差不了多少。她自己是承認新體詩的,有時并且要試作幾首,便用宣傳家一般的熱心告訴父親道:

“我們的國文教師王先生是這樣説的: 詩這個名稱包括的東西很多,凡是含有‘詩的意境’的都可以稱爲詩。所以從前的古風、樂府、律句、絶句固然是詩,而稍後的詞和曲也是詩,現在的新體詩也是詩,只要中間確實含有‘詩的意境’。他又反過來説:如果并不含有‘詩的意境’,隨便的幾句話當然不是新體詩,就是五言、七言地把句子弄齊了,一東、二冬地把韵脚押上了,又何嘗是詩呢?爸爸,你看他這個意思怎樣?”

“他把‘詩的意境’來説,我也可以相當承認。但是既不講音韵,又不限字數,即使含有‘詩的意境’,和普通的散文又有甚麽分别?爲甚麽一定要叫它做詩呢?”

慧修的父親説到這樣,抬眼望着墻上掛着的對聯,聲調摇曳地吟哦道:

“不—好—詣—人 ~~~~ 貪——客—過,——慣—遲 ~~~~ 作—答—愛—書來~~~~。你看,這才是詩呀!”

慧修不假思索,把紈扇支着下巴,回答道:

“關於新體詩和散文的分别,王先生也曾説過。他説詩是最精粹的語言,最生動的印象。普通散文没有那麽精粹,所以篇幅大概比詩篇來得多;又并不純取印象,所以‘詩的意境’比較差一點。這就是詩和散文最粗略的分别。”

她停頓了一歇,更靠近父親一點,下垂的頭髮拂着他的臂膀,晶瑩的眼睛看着他的永遠含着笑意的眉目,愛嬌地説道:

“新體詩裏有一派叫做‘方塊詩’,不但每行的字數整齊,便是每節的行數也是整齊的,寫在紙上,只見方方的一塊方方的一塊;而且押着韵。”

“那我也看見過。一行的末了不一定是話語的收梢,湊滿了一行便轉行了,勉强押韵的痕迹非常明顯。這樣的東西我實在看不下去,看了幾行便放開了。”

“這是受的西洋詩的影響。”

“西洋的詩式便算是新的嗎?”

“我們王先生也這麽説呢。他説新體詩既不依傍我國從前的詩和詞、曲,又何必去依傍外國的詩。新體詩應該全是新的,形式和意境都是新的。”

慧修的父親點着一枝紙煙,吸了一口,玩弄似地徐徐從齒縫間

吐出白煙,帶笑説道:

"你們的王先生倒是新體詩的一位辯護士。那麼,我要問你了,你們曾經讀過比較好一點的新體詩嗎?"

慧修坐正了,緩緩地摇動着紈扇,一隻手把錦華的小册子在膝上拍着,斜睨着眼睛想念頭;一會兒想起來了

"我把想得起來的背兩首給爸爸聽吧。一首是俞平伯作的,題目是《到家了》。"

　　買硬麪餑餑的,
　　在深夜尖風底下,
　　這樣慢慢地吆唤着。
　　我一聽到,知道"到家了!"

"北平地方我没有到過,但是讀了這一首詩,仿佛看見了寒風凜冽、叫賣凄厲的北平的夜景。爸爸,你是住過北平的,覺得這一首詩怎樣?"

慧修的父親點點頭,紙煙黏住在脣間,帶點兒鼻音説道:

"還有點意思。"

"爸爸,你也贊賞新體詩了!"慧修推動父親的手臂,滿臉的勸誘成了功的喜悦。"再有一首題目叫做《水手》,劉延陵作的,那是押韵的了。"

　　月在天上,
　　船在海上,
　　他兩隻手捧住面孔,
　　躲在擺舵的黑暗地方。
　　他怕見月兒眨眼,
　　海兒掀浪,
　　引他看水天接處的故鄉。
　　但他却想到了

石榴花開得鮮明的井旁，
那人兒正架竹子，
曬她的青布衣裳。

“這一首詩印象極鮮明生動，我非常歡喜它。”

“石榴花開得鮮明的井旁，那人兒正架竹子，曬她的青布衣裳，”慧修的父親低回地念着，神情悠然，説道：

“這倒是很有神韵的句子。念起來也順口。像那一首《到家了》，意境雖還不錯，只因没有音韵的幫助，我總覺得只是兩句話語罷了。”

“我聽王先生説，作新體詩的人雖不主張一定要押韵，但自然音節還是要講究的。那些上不上口的拗强的話語固然不行，便是日常掛在嘴邊的普通話語也不配入詩，必須洗鍊得十分精粹了的，音節又諧和，又自然，才配收容到新體詩裏去。”

“只怕能彀這樣精心結撰的新詩人不多吧，只怕比得上剛才這兩首詩的新體詩也不多吧”，慧修的父親還是表示着懷疑。

“我們學校的圖書室裏，新體詩集也有好幾十本呢。我是批評不來，不能説有幾本好幾本不好。不過既然出了詩集，裏頭總該有幾首可以看看的。”

慧修説到這裏，忽然想起了編輯《抗日周刊》的時候，每次開投稿箱看，投稿的十分之六七總是新體詩的事情。

“爸爸，你還不知道，我們學校裏有很多的新詩人呢。有的寫新體詩充作文課，有的投寄到報館和雜誌社去。”

“做得像樣的不多吧？”

“不多。聽王先生批評，加以贊美的很少。”

“投寄出去，不見得被録取吧？”

“也有被録取的，不過數目很少。大多數大概到字紙簏裏去了。”

“你也去投稿了吧？”父親用善意的探測的眼光望着慧修。

慧修只怕自己試作的新體詩給父親看見了被説得一文不值，

便連試作新體詩的事也否認了,她用上排的牙齒嗑着下唇,摇一摇頭,笑顔回答道:

"我是連做都不做的,那裏會去投稿呢?"

"你們中學生無非是小孩子罷了,却大都要做詩,新體詩實在太容易了!"父親忽然轉爲感嘆的調子。

"關於新體詩容易不容易的話,王先生是常常説起的。他説你們不要把新體詩看得太容易了。他説隨便把幾句話分行寫在紙上,如果没有'詩的意境',那是算不得詩的。他説'詩的意境'的得到并不在提起筆來就寫,而在乎多體驗,多思想。這些話我們差不多聽熟了。"

"這些話確是不錯,從前作詩的人也是這麽主張的",父親説着,撚弄着上唇的髭鬚。

"但是王先生并不反對我們作新體詩。他説你們的生活經驗有限,好比小小的溪流興不起壯大的波濤,做不出怎樣好的新體詩來是不足爲奇的。他説從前許多的詩人,他們起初執筆的時候,難道就首首是名作嗎?他説你們只要不去依傍人家,單寫自己的意境,就走上正路了。"

"他倒是很圓通的。"

"我們的王先生真是圓通不過的,他從不肯堅執一種意見,對於甚麽事情都説平心的話。同學個個和他很好呢。"

"在他的意思,你們將來也許會成爲新體詩的杜工部、李太白。"

慧修吻着唇點點頭,然後柔聲説:

"不錯,他説過這樣的話。"

"在目前,新體詩的杜工部、李太白是誰呢?"

"王先生説目前還没有。不過他説,新體詩從提倡到現在,才只有十幾年的歷史,便要求有大詩人出現,未免太奢望了。他説舊體詩的歷史多麽長久,然而大詩人也只有數得清的幾個呀。"

"哈哈,他對於新體詩的前途完全是抱着樂觀的。"

慧修説得太起勁了,更矜誇地説下去。

“對於一般新體詩作得不見怎麼好,他也有解釋的。他説好詩本來像珍珠一樣,并不是每採取一回總可以到手的。他説從前的詩人像杜工部、白香山、陸放翁,做的詩都非常之多,然而真是好的也只有少數的一部分;又何怪現在的新體詩不見首首出色呢?”

父親沈吟了,他想到杜工部一些拙劣的詩篇,又想王先生這個話也是平心之論。一時室中顯得很寂静,只聽窗外樹上噪着熱烈的蟬聲。

忽然父親的眼光射到慧修手裹,他説道:

“周錦華的新體詩做得怎樣,拿來給我看看。”

“爸爸,請你原諒,她和我約定,叫我不要給别人看的”,慧修臉紅紅地説,執着小册子的一只手便縮到了背後去。

二十四　推敲

樂華在利華鐵工廠的訓練班裹漸漸被認爲高材生,受到幾個指導教師的奬贊。這原不是甚麽可異的事。一般練習生大都是高小畢業的程度,有幾個連高小也没有畢業;而樂華却在中學裹讀了一年半,并且平時不是馬馬虎虎的,自然會在儕輩裹頭露出頭角來了。他所畫的圖様有好幾幅堂皇地懸掛在教室裹;遇到須作記録或者報告的時候,指導教師又常常指派着他。因此,在同學的眼光裹,他差不多是次於教師的可以請教的人物。幾個用功一點的人便包圍着他,詢問這個,討論那個。他雖然覺得繁忙,精神上却是很愉快的。

一天晚上,夜課完畢以後,樂華正預備回到宿舍裹去,却給一個叫做宋有方的同學喊住了。

“樂華,慢一點走,請教你一件事。”

“甚麽事?”樂華回轉頭來,窗外射進來的月光正照在他的臉上。

“我做了一篇文字,想請你替我修改一下。”

在訓練班裹并没有國文的功課;但是這班練習生離開了學校,

却從實際經驗上感到了讀寫技能的需要,於是買一些借一些書籍來閱讀,更自己擬定了題目練習作文。其中越是用功的幾個越嫌得空閑時間太缺少了從前那樣甚麽事都不做,只是閱讀呀,寫作呀,游戲呀,運動呀,真成爲遥遠的舊夢;而且,近旁没有可以請教的人,一切差不多都在暗中摸索,也是非常寂寞的事。宋有方這一篇文字是在夜課之後就寢以前寫的,連續寫了三四個晚上,才算完了篇。他自己不知道中間有甚麽毛病,心想樂華或者可以給他一點幫助,故而請樂華替他修改;這還是第一次呢。

"甚麽題目?"樂華接宋有方的稿紙在手,見第一行寫着《機械的工作》五個字,又問道:

"你在這一篇裏説些甚麽話呢?"

"我説機械的工作比人快,比人準確;工人的職務只在管理機械。這個意思當然很平常,然而是我自己的經驗,所以把它寫出來,借此練習作文。不過一下筆困難就來了。幾句話同時在腦子裏出現,不知道先寫了那一句好。平常説話説了就算了,似乎没有甚麽疑問,現在要把話寫到紙面上去,這樣説好呢還是那樣説好,疑問便時時刻刻發生了。還有,要把一種比較複雜的東西説明白真是不容易,這一篇裏説起自動車牀,想了好久才寫下去,我自己覺得還是没有説明白。"

説到這裏,宋有方用誠摯的眼光看定樂華,懇切地説:

"謝謝你,破費一點工夫,替我修改一下吧!我要知道那一些地方不該這樣説,應該那樣説;更要知道爲甚麽不該這樣説,應該那樣説。這并不要緊,隨便甚麽時候交還我指點我好了。我没有先生,我把你當作先生呢!"

樂華緊緊執着宋有方的手,回答道:

"把我當作先生的話,請你千萬不要説;你要這樣説,便是拒絶我的效勞了。我所知道的,我所能彀看出來的,一定盡量告訴你。"

宋有方的眼睛裏放出歡喜和感激的光,重複地説:

"謝謝你!謝謝你!"

樂華便轉身向電燈,看宋有方的文字。

一般人站在精美的機械旁邊,贊美道:"機械真像個活人,不過是用鐵鑄成的,不是由血和肉生成的。"

機械比人强得多了。這個話是不對的。機械倘若和人一樣,用人好了,用機械做甚麽?機械工作比人快,又比人準,力量又大到不知多少倍。

機械不止有兩隻手。人只有兩隻手。人要機械有幾隻手,就可以做得它有幾隻手。

兩種工具,人不能同時一同拿。機械便能彀同時一同拿,就是幾十種工具,也可以同時一同拿。

同時一同做兩件事情,人是辦不到的,一壁拉鋸,一壁推鉋,大家辦不到的。這樣的工作機械辦得到。

我們只要看自動車牀好了。我們把鐵棒裝上去,機械就前前後後做着工作。三把粗鑿子把鐵棒做成一根螺絲桿,三把細鑿子把螺絲修好。一把專做螺絲頭的鑿子做成螺絲頭,一把刻螺絲的鑿子把那一頭也刻了螺絲。末了一把切刀切一下,螺絲棒切下來了。這些動作快得很,眼睛總没有那樣快。

一件工具做着工,别件工具并不等的。這架機械共有九件工具,九件工具是同時一同工作的。切刀切第一根螺絲棒下來的時候,刻螺絲的鑿子正做第二根,專做螺絲頭的鑿子也正做第二根,第三根在細鑿子那裏,第四根在粗鑿子那裏。

人能彀做這樣的工作嗎?不能的。

我們工人做甚麽呢?我們只須把鐵棒裝上去,做好了螺絲桿,拿開去。這樣看來,機械反而像個老手的工人,我們工人反而像個助手了。不過不同,機械像個老手的工人究竟没有心思,我們工人像個助手然而有心思,機械要用我們的心思去管理的。

樂華看罷,帶笑向宋有方説道:

"你這一番話説得很有意思。待我細細看過幾遍,替你修改好了。明天晚上一準交還你。”

“明天晚上嗎?”宋有方雖然説過并不要緊,但聽得明天晚上一準交還的話,不禁高興得漲紅了臉。

第二天晚上,訓練班的功課完畢,同學都走散了,只樂華和宋有方留在課室裏。窗外的月色和前一天一樣地好,秋蟲聲鬧成一片。

樂華將宋有方的原稿和另外一份稿紙授給宋有方道:

“你這一篇分段很清楚;只是有些話嫌得累贅,有些話却含糊不清,又有些字眼用得不很適當。凡是我所能彀看出來的都替你改了。因爲鈎鈎塗塗看不清楚,索性另外寫了一份在這裏。請你先看一下,再來給你説爲甚麽要這樣改。”

宋有方歡喜萬分,眼光落在樂華的改稿上,是鉛筆寫的二三十行行書。

一般人站在一架精良的機械旁邊,往往贊美道:“真像一個鐵鑄的活人。”

這個話是不對的。倘若機械只和一個人一樣,那麽人爲甚麽要用機械呢? 機械比人强得多了:做起工作來比人敏捷、準確、有力到不知多少倍。

人只有兩隻手。但是機械可以如人的意,人要它有幾隻手就有幾隻手。

人不能同時拿兩種工具。但是機械不要説兩種,就是幾十種也可以。

人不能同時做兩件事情,一壁拉鋸,一壁推鉋,是誰也辦不到的。但是機械辦得到。

我們看自動車牀好了。把鐵棒裝上去,機械就順次做着工作。先是三把粗鑿子把鐵棒做成一根螺絲桿,接着三把細鑿子把螺絲修整。於是一把專做螺絲頭的鑿子把一頭做成螺絲頭,一把刻螺絲的鑿子把另一頭也刻上了螺絲。這就只剩末一步的工作了:一把切刀把做好了的螺絲桿從鐵棒上切下來。這些動作都是很快的;我們在旁邊看,眼睛總跟不上車牀的動作。

這架機械使用九件工具。一件工具做着工,别件工具并不停在那裏等。原來九件工具是同時工作着的。切刀把第一根螺絲桿切下來的時候,刻螺絲和專做螺絲頭的鑿子正做着第二根,細鑿子正做着第三根,粗鑿子正做着第四根。

人能做這樣的工作嗎?

站在機械旁邊的我們工人干些甚麽呢?我們只須把鐵棒裝上去,把做好了的螺絲桿收拾起來罷了。這樣,機械好像熟練的工人,我們工人反而像個助手了。不過究竟有點不同,因爲那熟練的工人并没有意識,一切須由助手管理、指揮的。

“太費你的心了。其實就在我的稿紙上修改好了,何必全體謄一過呢。”宋有方看完了,眼光還是逗留在紙面上。

“這并不費甚麽事的。”樂華和宋有方并肩站着,一只手幫他執着稿紙,説道:

“我們把兩份稿紙對比着看吧。先看第一段。‘精美’和‘精良’意義雖差不多,可是‘精美’比較偏在形式方面,形容一件藝術品或者一間房間的陳設,那是很適合的。現在形容一架機器,不只説它的形式,連它的工作效能都要説在裏邊,那就用‘精良’來得適合了。你那句贊美的話太嚕蘇。現在我替你改爲‘真像一個鐵鑄的活人。’意義并没有减少,然而簡錬得多了。”

宋有方只顧點頭,眼光在原稿和改稿上來回移動着。

“我們再看第二段。要説那樣贊美的話是不對的,應該緊接第一段,在第二段開頭就説。你却先説了‘機械比人强得多了’,再説‘這個話是不對的’,就成爲否認‘機械比人强得多了’這句話了。不是和你的原意正相反背嗎?因此,我替你把‘這個話是不對的’提前;把‘機械比人强得多了’移後,作爲叙説機械的好處的總冒。你的原稿叙説機械的好處連用兩個‘又’字,累贅而没有力量。試辨一辨看,説‘做起工作來比較敏捷、準確、有力到不知多少倍’是不是好一點?”

“唔,好一點。——不止好一點,好得多了。”

“第三、四、五三段都是説人只有什麽、只能怎樣,而機械遠勝於人;所以這三段的形式應該相同,都得用一個‘轉折連詞’,現在我一律用了‘但是’。話語我都替你改得簡鍊了。第三段的説法尤其要注意,似乎比你的説法穩健了,你覺得嗎? 還有,‘同時’和‘一同’意義相近,疊用在一起便是毛病,單用‘同時’好了。”

“第六段的第二句你用了一個很不適當的‘副詞’,便是‘前前後後’。我們説‘前前後後圍着河道’,或者説‘前前後後都是敵兵’,可見‘前前後後’是一個表示方位的‘副詞’,在這裏是用不到的。你原來是順次的意思,爲甚麽想不起‘順次’這兩個字來呢?”

“經你説破,我也知道應該説‘順次’的了。可是當初腦子弄昏了,無論如何想不起這兩個字來。”

“你寫自動車牀的動作,没有把先後的次序提清楚,就好像各種動作是同時并作的了。你看我替你加上了‘先是’、‘接着’、‘於是’、‘這就只剩末一步的工作了’,不就把各種動作的次序説明白了嗎? 你昨天説,自己覺得没有説明白,原來毛病就在這些地方。”

“不錯,照你替我改的看來,就很明白了。”

“第六段的末了是一句含糊的句子。上面説‘這些動作快得很’,下面爲甚麽忽然説到了‘眼睛’? 又爲甚麽説到了‘眼睛’的快慢? 粗粗看去,意思是可以懂得的,越加細想便越糊塗了。現在我替你加上了一句‘我們在旁邊看’,點明白是去看這些很快的動作,然後接上去説‘眼睛’,便不嫌突兀了。‘眼睛總跟不上車牀的動作’和‘眼睛的動作總没有車牀那樣快’意義相同,但前一個説法用了‘跟不上’,話語就比較靈活有趣味了。

“第七段仍舊説自動車牀,所以我把‘這架機械……’這一句提在前頭。其餘都是些小改動。第八段的‘不能的’可以省去,因爲這種反問無須乎回答,誰都知道‘不能的’了。

“末了一段説我們工人把螺絲桿拿開去,并不切當,我替你改爲‘收拾起來’。前一個‘反而’是多餘的。‘老手’改爲‘熟練’,似乎意義周密一點。末一句也犯嚕蘇的毛病,照我這樣説,已經很明白了。”

宋有方索性坐了下來,把稿紙鋪在桌子上,埋着頭反覆細看,回味樂華所説的一切。歇了好一會,才抬起頭來,熱望地説:

“隔幾天我再作一篇請你修改,可以嗎?”

“當然可以”,樂華親切地握住宋有方的手。

青紗一般的月光披在他們兩個的肩臂上。

二十五 讀書筆記

星期六下午第一時上課鐘已經打過,第一中學圖書室門口這裏那裏三五成群地聚立着三十個光景的三年級學生。圖書室面前的梧桐已落盡了,葵扇樣的黄葉不時飄打到瓦檐上,再翻下庭間或廊間水門汀上,“的搭”有聲。一群男女青年浴着無力的太陽光,把頭齊向着教員宿舍的總門。各級的教室中遠遠地傳來了點名和開講的聲音。

“王先生爲甚麼還不來呢?”錦華把方才從地上拾起來的梧桐葉拈動着自語。

“也許在找尋管圖書室的張先生吧。此刻原不是圖書室開放的時候。”大文説。

錦華與大文的交口,在知道他們的過去的人都覺得驚奇,大家都把盼待王先生的目光轉移到他們身上來了。慧修却故意離得遠遠地,暗露微笑,深喜自己苦心的不空費,原來她曾以好意背了錦華的約束,將錦華的新詩告訴過大文,日來在二人中間頗盡了疏通之力的。

不一會,王先生果然邀同了管圖書室的張先生從教員宿舍中急急地出來了。張先生取出鑰匙開了門,就招呼大家進圖書室去。

新近,王先生把作文的時間分出一半叫學生試寫讀書筆記。讀書筆記在這級學生們尚是初試,昨日,第一次的筆記簿發還時,王先生認爲樣子不像,約定今日大家到圖書室去上課,來實際説明關於讀書筆記的種種。圖書室原是學生們常去的,在裏面上課的事,却從未有過,因此大家更覺得高興得很。大文錦華走進圖書室的大門時,彼此面面相覷,似乎感慨多端的樣子,他們爲了怕引起往事的棖觸,已有大半年不踏進這兩扇門了。

全體在長長的閱覽檯旁圍坐以後,王先生從衣袋中取出預先寫好的書單子來和張先生兩人向書架上去檢書,一霎時,王先生的坐位前堆滿了許多的書册了。王先生從書堆裏取出兩部書略加翻動。大家凝視着成堆的書册,静待王先生開口。

“現在先講筆記。古今人所作的筆記,真是數也數不清,僅就我們圖書室所備的説,已有一二百種了。書名有的就叫甚麽‘筆記’,有的叫甚麽‘隨筆’,有的叫甚麽‘録’,有的叫甚麽‘鈔’,此外還有别的名目。這些筆記,普通都是作者有所見到,隨時寫録,有的紀述見聞,有的記述自己的感想,有的記述讀書心得,内容非常複雜。這裏有兩部極普通的隨筆,一部是清人梁紹壬的《兩般秋雨盦隨筆》,一部是清人姚元之的《竹葉亭雜記》,你們看,其中就是甚麽都有的。其中我折着的幾頁,都是以書本爲對象的,可以説是讀書筆記了。你們大家傳觀吧。”

王先生説着,把幾册《兩般秋雨盦隨筆》交與坐在他左旁的志青,又把幾册《竹葉亭雜記》遞給坐在他右旁的振宇,叫他們順次傳閱。自己仍俯下頭來把堆在面前的書抽來一本一本地急急翻動,或把書角折疊。

學生們一一傳閱,不一會那兩部書又回到王先生面前了。

“筆記的性質與樣式,大概已明白了吧。現在再來專講讀書筆記。方才説過,普通筆記之中有關於讀書心得的記述,這可稱爲讀書筆記。筆記書類之中,儘有不記别的,專記讀書心得的。這種純粹的讀書筆記數量也着實不少。比較古的有宋人王應麟的《困學紀聞》。這裏面全體是一條一條的讀書筆記。古人所讀的書不外經史子集,所以他們所寫的筆記,當然都是關於古典的東西。你們未曾多讀舊書,看了也許不感興味。但其中有一部分也很淺易,你們可以懂得。”王先生説着,把一本《困學紀聞》翻開方才折疊了的一頁,指示給在左旁的志青,叫他們順次傳閱。

大家看時,那是其中很短的一條:

> 古以一句爲一言。《左氏傳》"太叔九言定四年"《論語》"一言以蔽之,曰思無邪。"秦漢以來,乃有句稱。今以一字爲一言,如五言、六言、七言詩之類,非也。

一本《困學紀聞》回歸到王先生手裏以後,王先生又取過幾册別的書在一處,繼續説道:

"《困學紀聞》是一部比較古而有名的讀書筆記,方才給你們看的這條是講'句'與'言'的分别的。《困學紀聞》以後,讀書筆記有名的有楊慎的《丹鉛總録》、顧炎武的《日知録》、趙翼的《廿二史札記》、王鳴盛的《十七史商榷》、王念孫的《讀書雜誌》、王引之的《經義述聞》、錢大昕的《十駕齋養新録》。此外還有很多很多。其中有專就'經史子集'四部的老分類法專攻討一部的,如趙翼的《廿二史札記》、王鳴盛的《十七史商榷》,就是只關於史的筆記;王引之的《經義述聞》,就是只關於經的筆記。更專門的還有只關於一經、一史的筆記書。現在且以王念孫的《讀書雜誌》與趙翼的《廿二史札記》爲例子,大家來讀一節,看看樣子吧。"

王先生取一本《廿二史札記》,翻開那折了角的一頁,交給志青;又將一本《讀書雜誌》翻出一頁來指示振宇,叫他們左右傳閱。自己立起身來去和張先生談話。

在《廿二史札記》裏,王先生所指給大家看的題目是"唐人避諱之法"的一條。

> 唐人修諸史時避祖諱之法有三。如"虎"字、"淵"字,或前人名有同之者,有字則稱其字;如《晉書》"公孫淵"稱"公孫文懿"、"劉淵"稱"劉元海"、"褚淵"稱"褚彦回"、"石虎"稱"石季龍"是也。否則,竟删去其所犯之字;如《梁書》"蕭淵明"、"蕭淵藻",但稱"蕭明"、"蕭藻";《陳書》"韓擒虎"但稱"韓擒"是

也。否則，以文義改易其字。凡遇"虎"字，皆稱猛獸，"李叔虎"稱"李叔彪"；"殷淵源"稱"殷深源"、"陶淵明"稱"陶泉明"、"魏廣陽王淵"稱"廣陽王深"是也。其後，諱"世"爲"代"、諱"民"爲"人"、諱"治"爲"理"之類，皆從文義改換之法。

在《讀書雜誌》裏所指定的是《荀子》中的"不立"一條。

"君子疑則不言，未問則不立"，念孫案："立"字，義不可通，"立"亦當爲"言"下文"未問則不立"，同。"疑則不言，未問則不言"，皆謂君子之不易其言也。《大戴記·曾子立事篇》"君子疑則不言，未問則不言"，此篇之文多與《曾子》同也。隸書"言"字或作"音"，若"詧"作"詧"、"詹"作"詹"、"譱"作"善"之類，皆是。因脱其半而爲"立"，《秦策》"秦王愛公孫衍，與之閒有所言"，今本言譌作"立"，楊曲爲之説，非。

大家看了，文字内容都尚能懂得，可是因爲佩服前人讀書的炯眼，好比鄉下姑娘見了大家閨秀，自愧相差太遠，各人都不免露出"望洋興嘆"的神情來。

王先生又捧了一大疊的書出來，除綫裝書之外，還夾着幾本新的洋裝書。

"怎樣？方才我所指出的幾條，你們是看得懂的吧。——古人所作的讀書筆記，普通都是關於經史子集的。另外還有一種，是專關於詩詞的，叫'詩話'或'詞話'，這也可説是讀書筆記。詞話不多，古今人所作的詩話數量却不少。這裏有一部《苕溪漁隱叢話》，是比較古而有名的東西，我指出一條給你們看吧。"王先生翻出一條來，指示志青，叫他依次傳遞過去。"

那是《苕溪漁隱叢話》前集卷二十七中的這麽一條：

魯直詩云'黄花晚節尤可惜，青眼故人殊不來'，與魏公'且看黄花晚節香'，皆於'黄花'用'晚節'二字，蓋草木正摇落之際,惟黄花獨秀,故可用此二字。

這條筆記的内容與文字比較淺易,大家自然更没有甚麽困難了。

“讀書筆記的式様與輪廓,應該已懂得了吧。這類的筆記,現代人作的也很多,不過大概都收在文集裏,不是單行本罷了。這裏有周作人的《談龍集》、俞平伯的《雜拌兒》和胡適的《胡適文存》,其中就有許多關於讀書的文字。你們但看目録吧,如《談龍集》裏的《舊約與戀愛》詩、《擺倫》句、《雜拌兒》裏的《孟子解頤零》札、《長恨歌及長恨傳的傳疑》、《胡適文存》裏的《爾汝》篇、《吾我》篇、《諸子不出於王官》論,但看題目,就可知道是屬於讀書筆記的文字。”王先生説着,把方才取來的幾部新式的洋裝書的目録遞給大家看。

外面已打下課鐘,王先生説不休息了,叫大家任意取檯上的書翻閲,看看各種書的卷數和式様。隨後他親自把書一種種地疊好,叫大家相幫着去送還張先生。到第二班上課鐘響時,檯上已一本書都没有了。

“你們看了方才這些讀書筆記,覺得怎様?”王先生待大家圍坐了以後這様問,説時把目光向各人遍轉。

“我覺得我們從前没有把筆記和讀書筆記分清楚,大家在筆記簿上所寫的,有許多都是與書無關的,或是極淺薄的空談。今天看見了這些真正的讀書筆記,式様是已經懂得了,可是這種筆記我們恐怕尚不配作,因爲我們讀書太少了。”慧修説。

王先生略微把頭點了一點,説道:

“看了前人的讀書筆記的精嚴,知道自己的所作的不合式,這是對的。但因前人讀書筆記寫得好,自己怕難,説不配寫,這却大可不必。前人所讀的書和你們中學生所讀的不同。你們有你們的書在日日讀着,如果你們的讀書不是浮光掠影的,必能隨時有所見到,把見到的寫出來,就是你們的讀書筆記了。讀書要精細,才能寫得出讀書筆記,反過來説,試寫讀書筆記,也就是使讀書不苟且的一種方法。我的叫你們試寫筆記,用意大半在此。”王先生説。

慧修聽了王先生的話,俯首似在沉思。其餘的人也噤不開口。

“請王先生給我們講些具體的例子,我們還不知道甚麼材料是值得寫筆記的。”振宇説。

“好!”王先生説。“筆記的材料,可大可小,小的只着眼於字或辭,如方才《困學紀聞》中的一條,只説‘言’字與‘句’字的區别,《讀書雜誌》中的一條,只論斷‘立’字是‘言’字之誤,《苕溪漁隱叢話》中的一條,所論的亦只‘黄花’與‘晚節’兩辭類的關係。至於《廿二史札記》中的《唐人避諱之法》一條就不同了,那是就了避諱的一件事,整個地加以考察,把唐人所作的史書全體網羅起來加以論斷的,範圍就大了。你們平日閲讀的時候,可加探討的事項其實是很多的。例如,你們已知道‘所’字的意義了,但‘所’字有幾種用法,你們知道嗎?如果能彀隨處留意,遇到新的用例,歸納起來,不是一條很有意義的筆記嗎?又如,有些文章讀起來覺得雄健,有些文章讀起來覺得柔婉,你們是知道的,但怎樣才會雄健,怎樣才會柔婉,這條件你們知道嗎?如果能把這關心,去多讀雄健或柔婉的文例,發見出若干法則來,不是很好的筆記嗎?又如,你們是喜歡讀小説的,小説開端和結末幾行的文字,作者往往費過許多苦心才下筆。你們看過許多小説了,開端或結末共有多少寫法也不妨當作筆記寫記出來。又如,你們讀了某篇文章,某首詩或詞,覺得其中有幾句是好句,如果你們能説出其所以好的理由,寫出來也是筆記。此外,如閲讀時對於書中的話有疑點,或與你們自己的生活有可相印證的時候,也都不妨寫記出來。讀書筆記的材料隨處都是,大家儘可隨意選取,决不愁没有的。”

“經王先生這麽一説,我們已知道着手的方面了。可是我們學識有限,這樣寫記出來的東西,也許都是别人説過了的陳套哩。”復初説。

“這不要緊,只要你的見解不是鈔襲别人,完全出於自己思索的,那與人家説過不説過毫無關係。寫筆記的本意原爲了自己記述讀書的心得與研究結果,以備將來的查考與運用,并非像書簡或傳單似地豫備給人看的。自古以來,讀書筆記當作書籍刊行的原很多很多,可是寫作者當時的目的决不在乎刊行。你們是中學生,寫筆記只是一種學習,當然不必以發明發見自期。你們不是在學習代數或幾何嗎? 我告訴你們,那裏面無論任何一個公式、一個定理、一個問題,都是數千年的陳套,都是人家早已知道了的東西啊。哈哈……”

王先生的話引得大家都笑了,復初也自己覺得可笑起來。室中的空氣因此鬆了許多。

“讀書筆記是讀書時的一種判斷,似乎應該用了作議論文的態度去寫。不知道對不對?”大文問。

“對! 對!”王先生點頭。“議論文照例是須有證據的不能憑空瞎説。方才給你們看過的四則筆記,都引着兩個以上的例子作憑證,例證愈多,論斷就愈精當。你們第一次的筆記所以不好,大半就是因爲没有例證。你們之中有好些人只把讀過的書摘鈔了幾行或是幾句,説很好或很不好。你們想,這有甚麽意義?”

一座的人都又笑起來了。

王先生待大家停了笑,又繼續説道:

“讀書筆記雖是議論文全體,却須簡潔,和普通的議論文不同。讀書筆記不須詞藻修飾,以簡短樸實爲宜,除了論斷、理由、例證以外不必多説無謂的話。這是你們看了方才所舉的幾個例子,也可知道的。”

學生們正聽得起勁,忽然門外傳進了“王先生”的叫音,接着是下課的鐘聲。

“那裏不尋到! 原來在這裏。王先生,電報!”號房氣喘喘地跑進來説。

學生們正豫備退去,聽到“電報”二字,以爲王先生有了事故了,暫時都立着不走,目光齊向王先生注視。王先生拆開電報看畢,見學生們都現着不安的神情,笑説道:

“没有甚麽。是一個在福建教書的親戚發來的,説已出戰區,不久就回來。自從福建事變以來,我很掛念他,現在總算放心了。唉,在中國差不多每年要逃難,怎麽好啊! ——這位先生是研究修辭學的,有機會時,我想請他來講演一次呢。”

二十六　修辭一席話

王仰之先生邀他的親戚趙景賢先生來校對三年級學生作關於修辭學的講演,已是學期試驗快要開始的時候。時間是授課最末一星期的星期四下午三時,地點就在三年級教室。

自從前數日王先生在授課時報告這消息以後,學生們就非常高興,巴不得這日期快到。有些學生且到圖書室去借閱關於修辭學的書類,以期收得豫備知識,聽講時可以格外容易了解。

屆時,王先生陪了趙先生到教室來了。學生全體起立致敬。王先生叫志青、復初二人擔任記録,説了幾句介紹詞,就請趙先生講演。

這位趙先生年齡和王先生差不多,樸素的衣服,和藹的神情,一望就知道是個好教師。他開端説了幾句謙虚的話,又説自己才從戰地歸來,心緒未寧,恐講不出好成績來。既而就講到本題上去。他先取粉筆在黑板右端寫了“修辭學”三字,説:

“修就是調整,辭就是語言,修辭就是調整語言,使它恰好傳達出我們的意思。事情極平常,可以説是日常茶飯事,同時,亦極切要,和吃飯喝茶一樣,是我們大家早晚不能缺少的。

“所謂調整語言,乃是依照了我們的意思去調整。我們所想發表的意思如有不同,被調整的語言也便該有不同,假如世間有千千萬萬的意思,照理便該有千千萬萬的調整方式。我們只好隨機應變,不能攏統固執。不過許多小異之中,也儘有大同的成分存在,倘若除去小異抽出大同,也未始没有若干條理可講。所謂修辭學,便是在依照意思調整語言這一件事情上面,把那千千萬萬具體的説話與文章中的千千萬萬小異抽去,將一些大同抽出來詳加研討的學問。簡略地説,就是説述依照意思調整語言的一般現象的一種學問。”

趙先生説到這裏,略一停頓,在黑板上加寫了“消極修辭與積極修辭"數字。隨又繼續説道：

"方才所講的是修辭學的意義，以下再講修辭學的本身。

"作文或説話，普通總不外兩件事：一是'説甚麼'，一是'怎樣説'。'説甚麼'就是内容，'怎樣説'就是形式或方法。内容與形式或方法，其實不應分開來説。'説甚麼'與'怎樣説'有關係，'怎樣説'與'説甚麼'也有關係。從修辭學看來，'怎樣説'處處都得依據了'説甚麼'來確定。假如説的東西是抽象的，知識的，如諸君所學習的算學之類，那麼只要説得明明白白，没有不可通、不可解之處就可以了。這時的注意，幾乎整個都在乎語言文字的意義，但求意義上没有毛病，這在修辭學上叫做消極的修辭。假如説的東西是具體的，情緒的，例如我想把這次自己在福建逃難的情形寫成一首詩，那就不但要把意思説得很明白，還要把情景説得很活現，當運用語言或文字的時候，不但須消極地把意義弄正確，還須把語言、文字的聲音乃至形體也拿來運用。情境有感覺性，是意思的感覺的要素，語言、文字的聲音或形體也有感覺性，是語言、文字的感覺的要素。形容戰地人民的恐慌，從來有'風聲鶴唳草木皆兵'的名句。這句子的所以爲名句，就因爲不抽象地説恐慌，利用着周圍的情境風、鶴、草、木等等的緣故。至於語言、文字的聲音與形體，運用得適當，更有利於表現。'風蕭蕭兮易水寒'、'風飄飄兮吹衣'，這兩句古文句，諸君是知道的吧。一句很悲壯，一句很閑適。同是從風説起，所以如此不同者，不得不説和'蕭蕭'與'飄飄'的聲音有關係。這是就了聲音説的。至於形體，範圍更廣，凡句語之構造、排列以及文體的選擇等皆是屬於形體的事。這樣利用了感覺的要素，積極地使所説、所寫的語言增加力量的事，在修辭學上叫做積極的修辭。"

趙先生説到這裏，又把話暫停，取了粉筆回頭在黑板上續寫"兩種修辭方式的用處"一行。再重新開始他的講演：

"消極修辭與積極修辭的區别，想諸君已明白了。這兩種修辭方式用處是不同的，我們如果有意於修辭，首先不能把這兩種手段用錯。同是一個字，在只可用消極手段的如算學之類的文語中，只能呆板用,而在可用積極手段的如詩歌及其他的文語中,却可靈活用。例如一個‘千’字,在算學中一定是比九百九十九多了一,比一千零一少了一,决不是九百九十九,也不是一千零一。而在詩歌中説‘千山萬水’的時候,則并不能像這樣一般看。我們平常説‘千不該萬不該’的時候,也如此。這所謂‘千’,只是表示多的意思而已。因爲‘千’比‘多’較具體,所以就用‘千’來代‘多’了。這種方式在説具體的、情緒的東西的時候,只要不妨礙意思的明白,是不妨用的,可是在以明確爲主的如算學之類的文語中,却絶對不能用。這是修辭學上的大條理,非首先遵守不可的。”

趙先生又把話暫停,回頭去寫黑板了。他的講話步驟精嚴,條理不亂,很能吸收學生的注意力。全室中的三十多個人頭没有一個轉動的,大家只是眼看着黑板上新寫好的一行“積極修辭與情境”静待再聽。

“以下應該講修辭的各種方式了”,趙先生繼續説道。“修辭的方式,普通叫做辭格,很多很多,如甚麽擬人格咧,層遞格咧,一一列舉,不但不勝其煩,也難得要領。我在這裏想對諸君提出情境二字。修辭在一方面固然與所説的事情有關係,在一方面也與説那事情時所感受到的情境有關係。這情境二字包含很廣,不只所説事情的形相、環境包含在内,就是説者與聽者的關係以及説者所居的地位、所處的時代、所有的心情乃至説話的上下文的關係也都包含在内。情境與修辭,關係非常密切,不論在消極修辭或積極修辭。諸君所用的算學書,不是用現代語寫的嗎?這也不外乎是顧到情境的一種現象。因爲寫的、看的都是現代人,用現代語比較明白的緣故。算學書之類,性質是抽象的、知識的,所注意的只是消極修辭,利用情境之處尚有限,與情境關係最多而最可利用的當然是積極修辭。

“積極修辭中所用的各種方式或各種的格,都以適合情境爲條件。换句話説,就是應看情境而運用。譬如我們對於尊上的人説要死應説甚麽‘不可爲諱’,在紳士社會裏説小便、大便處要説甚麽‘盥洗室’、‘更衣室’,在病院裏説陳屍入殮處要説甚麽‘太平房’,

這種説法在修辭上叫做‘諱飾格’,是在難言或不便明言的情境中自然發現的一種修辭方式。反之,因了情境可以放言無礙的時候,我們又會用張大其辭的説法。説小會説甚麽‘渺滄海於一粟’,説長會説甚麽‘白髮三千丈’,説難會説甚麽‘比駱駝穿孔還難’,説易會説甚麽‘如反掌’了,這種説法在修辭學上叫做‘鋪張格’,和方才所説的‘諱飾格’情形恰恰相反。甚麽情境之下該諱飾,甚麽情境之下可鋪張,不可弄錯。對赤脚的農民説便所爲‘更衣室’,在身體檢查單上寫‘白發三千丈’,便可笑萬分了。”

趙先生的話引得大家都哄笑起來。趙先生把話暫停了一會,待大家止了笑又繼續道:

“修辭學上的辭格,名目繁多,無一不以情境爲條件,如果能着眼於情境,不一一在瑣碎地方討究也可。這些辭格之中,有許多是相共通、相關聯的。例如方才的‘鋪張格’,所謂鋪張,就是張大,張大是就這種説法的作用説的。有時作用相同,構造可以不同,辭格的名目也就改變了。‘白髮三千丈’就作用説是鋪張,構造却不過是平常的句法,即所謂平句。至於‘如反掌’,作用也是鋪張,就其構造説,却屬於修辭學上另外的一種方式。這種方式叫做‘譬喻’,也是我們説話、寫作的時候常用的。如‘猶火也’、‘亂如麻’,通常句中都用着‘如’‘猶’等字以表示兩種事物的相像,使聽者、讀者可因了較親近、較熟悉的另一事物領略某事物的狀況。有時太過明顯,將這‘如’‘猶’等表示相像的字略掉也可以。例如,我這次在福建逃難,如果把情形寫記出來,也許會用到‘槍林彈雨’的話。‘槍林’就是‘槍如林’,‘彈雨’就是‘彈如雨’,可是‘如’字已略掉了。雖没有‘如’字,人家也決不至誤解槍真作怪而成林,彈真變異而爲雨。在不至誤解的情境中,有時更可省略,單把譬喻留着,將本文完全略掉。如説這次内戰爲‘鬩墻’,便是最簡省的譬喻的説法。修辭學上對於這三種譬喻,各有各的名目。如上文有‘如’‘猶’等字的叫‘明喻格’,略掉‘如’‘猶’等字的叫‘隱喻格’,像最後一個省至無可再省的叫‘借喻格’。

“辭格名目繁多,其間互相共通關聯的情形,因了方才的話,想可明白了。現在再來講一個關聯的例子。方才所講的譬喻，目的在'以其所知喻其所不知'，是使人於兩種事物之間認識相似之點，感到一種調和的。與調和相反的還有對比。調和的作用在叫人發見同點，對比的作用在叫人發見異點。把相反的事物放在一起説，使它們交映成輝，事物的異點就分外顯出了。這種修辭方式叫做'映襯格'。例如説'君子喻於義，小人喻於利'，'君子和而不同，小人同而不和'，這樣把君子和小人對照起來説，就可叫人看清分別，不致混同了。"

趙先生講到這裏，又拿起粉筆來在黑板上接寫"幾種常用的辭格"一行。把"諱飾""鋪張""明喻""隱喻""借喻""映襯"這幾個名目也附注在旁邊。接續又另行寫"作風"二字，説：

"修辭學上的辭格名目繁瑣得很。依據了情境，用了共通關聯的眼光去看，不難得到要領的。修辭學還應討論到作風，現在要就作風來談談。作風也稱風格，諸君讀別人的文字，不是感到情味不同嗎？有的覺得讀去很鬆快，有的覺得讀去很誠摯，有的覺得幽默，有的覺得冷酷。這種不同，就是作風的不同。作風是甚麼呢？

"我們平常説話、作文，總有内容，這内容二字，範圍可以狹，可以廣。如果包得狹，單指所説的事情，如果包得廣，便連方才所説的情境也包括在裏面。譬如我今天對諸君講修辭學，諸君於受到修辭學的知識以外，還會收得許多東西。我的講話的態度、姿勢、口氣等等也都可以和修辭學的知識同時被吸收到諸君的心目之中吧。同樣這幾句話，今天如果换一個人來説，在諸君心目之中的印象也許會不同吧。這就是作風的不同了。作風可以説就是説話者的風度的表出，是在生活上、品性上有着很深的根源的。没有深刻的生活，決不會有深刻的作風，没有幽默的天性，決不會有幽默的作風。生活——日常的或學術的——從作品講，是作品的源頭，從修辭的技術講，也是修辭技術的源頭。從這源頭上着力，才算不是舍本逐末的努力。"

趙先生愈講聲音愈高起來。講到這裏，又回轉頭去拿起粉筆來大大地在黑板上寫道："一般人對於修辭的誤解。"

“尋常講到修辭,總以爲就是雕琢粉飾一類的玩意兒。這是一個嚴重的錯誤。我國古來有許多文人從事襲用詞藻,在文字的表面形式上用功夫,其實只是所謂雕蟲小技而已。五四以來的文學運動,在消極方面所做的就是破除這一類的玩意兒。這工作表面上是消極的,實際却是積極的。正像反對女子纏脚一樣,看似消極的,對於女子身體的健全與健康却是積極的。諸君是初中三年生,初中并無修辭學一科。我今天所講的只是一個大略的輪廓而已。這些大略的知識,也許可以助諸君讀書時的理解與鑒賞,供寫作時的參考與運用吧。但希望能致力於生活上的修養,從生活的根源立脚來做修辭工夫,切勿誤信説話與寫作可以雕琢粉飾取勝的。錯誤的修辭見解,古來固然多,現代也不少。正如古來女子有三寸金蓮、現代女子有高跟皮鞋一樣。”

天已快晚,趙先生的講演就在笑聲與拍手聲中結束了。

二十七 “文章的組織”

初春的一個星期日的下午,第一中學的會堂裏坐着滿堂的聽衆,都是男女學生。講臺上并坐着三個評判員,靠左的一個便是王仰之先生。這天是演説競賽會的會期,與賽的有 H 市幾個中學和鄰近四五縣的中學,每校推舉代表一人參加競賽。第一中學的代表是周錦華。經過了校内的預賽,錦華的成績最好,她就充當了代表。這在第一中學裏是一件非常興奮的事,大家希望她得到優勝,所以大多數的學生都到場來聽。此外的聽衆便是別校的學生,他們也不乏好勝之心,個個懷着站在運動場旁邊觀戰的情緒,凝着神思静聽演説員的話,誰也不肯放過一個音、一個詞兒。

一個男學生演説“《我國的前途》”收了場,便輪到錦華了。她的題目是“《文章的組織》”,早經寫在講臺旁邊貼着的紙上,大衆都已看見。待她從第三排坐位上站起,輕快地走上講臺的時候,一陣輕輕舒氣的聲音霎時浮起,一會兒便又回到寂静。錦華穿着陰丹士林布的長袍,新式的裁剪,窄而長的袖口,抹到脚背的下襬,給與

人一種樸素而雅潔的印象。她鞠躬之後,眼光承受着全堂聽衆的凝視,不慌不忙開口道:

"我選定這一個題目,想説一些關於寫作方面的話。寫作這一件事情,在座的諸位同學和我一樣,正在逐漸逐漸地修練着。我不比諸位同學會得多,知道得多,那是不用説的;可是從前人説的,'愚者千慮,必有一得',我願意把'愚者'的'一得'貢獻給諸位同學,作爲修練時候的參考。這一點微薄的誠意先要請諸位同學鑒諒!

"在説到我這個題目以前,有一層必須先行提及的,就是:寫作是生活中間的一個項目,并不是隨便玩玩的一種游戲。這一層很重要,必須認清。認清原也并不難;譬如説,作工是生活中間的一個項目,或者説,説話是生活中間的一個項目,誰都覺得是當然之事;寫作同説話、作工一例,它也是生活中間的一個項目自然没有問題。可是,有一批人把寫作的性質認錯了,他們以爲這是生活的一種點綴,好比這會堂中掛着的柏枝和萬國旗;他們忘記了寫作便是生活的本身,所以没有甚麽意思、情感的時候,也可以提起筆來寫作長篇大論,有了甚麽意思、情感的時候,又可以遷就格式,模仿老調,把原來的意思、情感化了裝。總之,他們對於寫作不當一回事,不用真誠的態度去對付,只看作同游戲差不多的玩意兒。這樣認錯了的人歷來都有。他們對於寫作方法自有他們的專門研究。在我們,這等專門研究是無所用的。我們爲要充實我們的生活,所以必須修練寫作的技能;在這樣的情形之下,對於寫作方法的研究非從實際生活出發不可。惟有這樣,研究得來的結果才有用處,才會增進我們寫作的技能。

"我的題目中用了'組織'這一個詞兒。許多人聚在一起,共同辦一件事,派定甲擔任這一項職務,派定乙擔任那一項職務,所有的人都派定了,都有了適當的職務可做,這叫做'組織'。某君要在多少大的一塊空地上蓋一所房子,那所房子必須有一間客室、一間書室、兩間卧室以及其他應用的房間,他託建築師替他打圖樣,建築師依着他的囑咐打成圖樣,把他所需要的房間配置得很適宜,這叫做‘組織’。一篇文章猶如一個團體,每一節就同團體中的每個人一樣,都應該擔任相當的職務。一篇文章猶如一所房子,每一節就同整所房子中的每間房間一樣,都應該有它的適宜的位置。所以,寫作文章必得講究‘組織’。

“一篇文章可以比做一個團體、一所房子,就因爲它是一個獨立的單位。一串的意思、情感和其他的意思、情感不相連繫,可以自管自地發表出來,這就是一個獨立的單位。譬如,講到這所會堂要用許多的話,這許多的話自成一個單位,和講到某座山、某個城鎮的話不相連繫;議論抗日應該取甚麼步驟要用許多的話,這許多的話自成一個單位,和議論某人做某事對於他自己有没有益處的話不相連繫。這自成一個單位的許多話如果用言語來發表便叫做‘一番話’或者‘一席話’,用文字來發表便叫做‘一篇文章’;所以稱爲‘一番’、‘一席’以及‘一篇’,無非表明這是一個單位罷了。晚飯過後,爐火旁邊,家庭中間的隨便談話是不成爲一個單位的:母親説起姑母那裏好久没有來信了,弟弟説起鄰家的猫生了四頭小猫,父親忽然提及某個同事的趣事,姊姊又搶着説她的衣衫太背時了,這簡直可稱爲‘話語的雜貨攤’。還有,懷中雜記册上所記的各條是不成爲一個單位的:第一條記着明天下午三點要赴某君的約會,第二條記着一個感想,‘瘠瘦的老頭子拖着人力車跑,正是我國農民擔負着國命的象徵’,第三條記着一個同學的通信址,第四條記着某君相規勸的一句話,這簡直可稱爲‘文字的百衲衣’。當隨便談話的時候,固然無須乎組織,多説幾句無妨,少説幾句也不要緊;當寫懷中雜記的時候,同樣地用不到組織,每條和前條、後條全無關聯,形式也簡略到極點,只須自己看得明白就是了。但是,凡自成一個單位的意思、情感,無論用言語或者文字來發表,就必得講究組織。講究了組織,發表出來的才是個健全的單位,能使聽者、讀者滿意,同時也使發表者自己感到快適,他正發表了他所要發表的。譬如我今天到這裏來演説,整篇演説辭自成一個單位,就得在預備的時候先做一番組織的工夫。如果我不先做這一番工夫,僅僅懷着一腔雜亂的意思跑上臺來,前言不搭後語,記起一句説一句,一會兒説這一層,一會兒説那一層,不將使諸位同學聽得莫名其妙,因而疑心我或許在做白天的夢嗎?”

滿堂聽衆輕快地笑了。錦華乘此舒一舒氣,把垂到右眉前的頭髮掠到耳朵背後去,略微提高一點聲音繼續説道:

“關於文章的組織,我國向來的説法就很多,其中比較繁密的,有分爲‘起、承、鋪、叙、過、結’六個段落的組織法。西洋在很早的時代,盛行着‘序論、立論、論證、結論’四個段落的組織法,那是指議論文章而言的。佛教學者寫文章分爲三個段落,便是‘序分、正宗分、流通分’。這些組織法的由來當然也根據着説話、作文的經驗;但是,如果認爲一定的公式,凡説話、作文都要合上去,那就反客爲主,不是我們説話、作文,却是讓文章公式拘束我們的説話、作文了。所以我們儘可以不管這些組織法,單從平日的生活經驗討究應該怎樣組織我們的文章就是。這樣討究出來的結果不是公式而是原則;原則却是隨時隨地可以應用的。

“根據平日的生活經驗來討究,那末,組織文章的原則,説起來也很簡單、尋常。就同我今天到這裏來演説一回一樣,只要解决了‘怎樣開場、怎樣説出主要的意思、怎樣作個收束’這三個問題,再没有旁的事情了。换句話説,組織文章的原則只有三項,便是‘秩序、聯絡、統一’。把所有的材料排列成適宜的次第,這是‘秩序’;從頭至尾順當地連續下去,没有勉强接笋的處所,這是‘聯絡’;通體維持着一致的意見、同樣的情調,這是‘統一’。這樣,寫出來的文章即使不怎樣好,至少是的確可以獨立的一個單位,至少是不愧爲名副其實的‘一篇’了。

“一般寫作文章的人,從他們的組織方法看去,大概可以分爲三個流派。一派是就意念的次第信手寫着的;一派是拘守着公式,把自己的意念像填表格一般填進去的;第三派呢,是把怎樣起訖、怎樣貫穿先作個大體的規定,然後一步一步寫下去的。第一派實在是無所謂組織;意念萌生的次第不一定有條有理,如果把未經整理的意念照樣寫出來,他們的失敗就無可挽回了。第二派有形式整飭的好處;然而這樣的傾向太過利害的時候,就不免有剛才我所説的反客爲主的弊病。第三派比較上最爲妥當,他們有第一派的活動而不如第一派的純任自然,有第二派的審慎而不如第二派的拘守成規;他們只懸着'秩序、聯絡、統一'的標準,做他們的組織工夫。像我們中學生,寫作文章是生活中間的一個項目,并不是隨隨便便的一種玩戲,那末,在講究組織方法這一點上,自然非歸入第三派不可。

"説到這裏,聽的人必然要問道:請問具體的組織方法怎樣呢?换一句説:秩序該怎樣排列呢?聯絡該怎樣着手呢?統一該怎樣顧到呢?

"這是無法回答的。因爲各人所要發表的意思、情感千差萬别,要有了具體的意思、情感,然後有具體的組織方法,憑空是無從説起的。然而也不妨舉出一個總方法來,那就是'回問自己'四個大字。

"回問自己就是具體的組織方法嗎?不錯,就是具體的組織方法。我們回問自己道:爲着要説些甚麽才寫這篇文章呢?這時候我們自然會回答,爲着要講一件東西的性狀,或者爲着要講一件事情的經過,或者爲着要發表怎樣怎樣的一種主張。回答有了,同時這篇文章的中心意旨也就認定了。我們又回問自己道:這個中心意旨在我們的意念中間怎樣來的呢?這時候我們自然又會回答,從某種因緣引起的,或者從許多事理、物理中間發見的。回答有了,同時材料的先後排列、段落的互相銜接也就有所依據了。我們又回問自己道:這項材料可能增加中心意旨的力量嗎?那樣説法可要打消中心意旨的存在嗎?這時候我們自然又會回答,能够增加中心意旨的力量的,或者和中心意旨完全矛盾的,或者和中心意旨風馬牛不相及的。回答有了,同時對於'統一'這個標準也就顧到了。剛才所説的信手寫來的第一派乃是絶對不肯回問自己的人物。第二派呢,不注重回問自己,却用了很大的力量去問文章公式。我們第三派與他們都不同:我們不絶地回問自己,就從這上邊得到每篇文章的具體的組織方法。

"回問自己對於組織文章有極大的幫助,如果舉一些例子來説,那就更容易使人相信。譬如我們看見一幅很好的圖畫,想把它記述出來,其時我們回問自己道:記那畫面上的景物呢?記那幅畫的布局和設色的技巧呢?還是景物和技巧都記?這樣一問,中心意旨就決定了。又問道:我們從甚麽地方看見那幅畫呢?這樣一問,不是開端便是結尾的部分就成立了。又問道:如果記景物,那一景、那一物最引起我們的注意呢?如果記技巧,那一部、那一色最受到我們的贊賞呢?這樣一問之後,或者準備把最引起注意、最受到贊賞的部分作主,依次説開去;或者準備把這等部分留在最後説,前面先説及那些比較不主要的部分:於是全篇的次第便確定了。

"這是指記述文而言。我們還可以舉叙述文來作例子。譬如,我們今天來參加這個演説競賽會,事後想把所歷的一切叙述出來,其時我們回問自己道:這個會自始至終是怎樣經過的呢?這樣一問,這篇叙述文的次第就成立了;依照事情發生的先後來叙述,原來是叙述文的最自然的次第。或者嫌安全叙述未免嚕囌,又可以問道:那些是一切經過中間的不重要的項目呢?這樣一問,可以從略的部分就決定了。或者我們覺得某人的演説特別出色,非把它叙述在最前不可,又可以問道:把某人的演説叙述在最前之後,以下叙述其他的人的演説以類相從呢,還是怎樣?這樣一問,另是一種次第就成立了。

"此外作解説文,譬如要説明道德是甚麽,作議論文,譬如要主張解放中國必須反抗帝國主義,也都可以從回問自己的方法解決組織的問題。所説明的是甚麽?所主張的是甚麽?例證是甚麽?論據是甚麽?反襯的例證是甚麽?旁及的論據是甚麽?把甚麽列在前面最引人注意?把甚麽放在後面最具有效果?——這一串問題的答案便規定了'《説道德》'和'《解放中國必須反抗帝國主義》'兩篇文章的組織法。

"普通文如此,便是文藝文又何嘗不如此?幾百個字的短篇如此,便是成千成萬的長篇大論又何嘗不如此?

"一篇文章的寫成,最要緊的自然是'説些甚麽'。這是所謂内容。有甚麽可説了,最要緊的是'怎樣把它着手組織'。這好像屬於形式的問題,但實際上却并非可以這樣判然劃分的。組織得適當,内容就見得完滿、充實;組織得不適當,甚而至於没有組織,那就影響到内容,使它不成一件東西。所以,内容靠着組織而完成,組織也就是内容的一部分。

"諸位同學,我的話説完了。我的話不能十分顯豁,要煩諸位同學想了一想才會明白,這是我的説話技能的缺點,非常抱歉,非常慚愧!"

錦華在拍掌聲中回到第三排坐位坐下。旁邊的張大文用歡喜的眼光迎接她,看她泛紅的雙頰比平時格外嬌艷可愛,不由得伸過右手去握住了她的左手。

八九個競賽員演説完畢的時候,會堂裏已經顯得陰暗了。三個評判員隨即把各人所得的分數平均,由坐在中間的那個秃頂短髭的先生站起來作總報告。關於錦華的評判是以下的幾句話:

"第一中學的周錦華成績列在第二。她所選擇的題目很切要;她不依傍甚麽書上的説法,却把自己的體驗來告訴人家:這是她的長處。她自己説,她的話不能十分顯豁,人家聽了,要想了一想才會明白。是的,我們對於她的演説的確有這樣的感想。還有,她的演説如果能舉一些文章來作例子,必然更使我們感到興趣。但這一個缺點是可以原諒的。舉出來的文章未必爲大家所熟悉,這是一層;對聽衆念誦例子,或許會分散了他們對於本旨的注意力,這又是一層。反正没有多大的效果,那就不舉也屬無妨。——她的演説,聲音很清朗,抑揚頓挫都極自然;姿態毫不侷促,目光和手勢都能作表達意思的幫助。因此,關於聲音和姿態兩項,我們都給了她滿分。"

二十八　關於文學史

一天晚上,王仰之先生正在那裏批閲前一天剩留下來的學生的作文簿,校工走了進來,説"王先生,有信"。王先生接信看時。

見封套上寫着“周樂華緘”的字樣，“他好久没有信來了”，這樣想着，同時開封抽出信牋來看。

仰之我師：

年初見了一面之後，到如今又是兩個多月了。那天因爲先生處有兩位朋友在座，不能和先生多談，很覺可惜。我們廠裏放假日子少，逢到放假又未必是學校裏的假期，所以難得有機會去拜訪先生。然而想念先生的心思是差不多時時刻刻都有的。一年半的受教，從先生那裏得到的影響太深了。不只讀書、看報遇見疑難的時候，會想起如果仍在先生旁邊，只須請教一聲，疑難立即解决，那是多麽愉快的事情；便是作工非常順利的時候，或者心情上有甚麽懊惱的時候，也會想起如果仍在先生旁邊，把那些告訴先生，便受到先生的獎勵或者安慰，那是多麽樂意的事情。自從進廠以來，一年間總是這麽想着、想着。恐怕往後去五年、十年，還得照樣地這麽想着、想着呢。

廠裏的情形同去年一樣，我每天作工以外，晚上仍舊上訓練班的功課。全天計算起來，尚有一點半鐘的餘暇可由自己去支配使用。近來忽然想讀一點我國的文學史，便取各家書局的書目來選擇。各家書局都有文學史出版，有幾家出版到七八種之多，看他們所撰的提要，没有一本不是“精心結撰之作”。這使我迷惑了，到底取那一種來讀好呢？爲此特地向先生請教，希望先生提出一兩種來告訴我。

學生周樂華。

王先生讀罷，想起了甚麽似的，昂首凝望窗外點綴着幾點疏星的天空。一會兒，把樂華的信放在一旁，繼續批閱學生的作文簿。輕輕的風吹進來帶着微寒，這種微寒給與人一種清爽的感覺。擺在墻角邊圓几上的一盆春蘭有三四剪開了，時時有一縷香氣打從鼻頭邊拂過。在這樣清静的境界中工作着，心和手都極順利，還没到十點鐘,他已經把十幾本作文簿批閱完了。於是喝了一盞茶,起來往回地走了一陣,再坐下去寫寄給樂華的回信。

樂華:

讀到你的來信,承你時時念着我,感激。

你忽然想讀一點文學史,我不知道你的動機是甚麽。最近十幾年來,很有人提倡閱讀文學史,跟着就有人需求文學史,有人編撰文學史。這些人互相影響,於是文學史越出越多,文學史的閱讀成爲一般的風尚了。在提倡的人自有他們的見地,當然不能一概抹殺,説他們完全没有道理;可是,從實際的效果上看,這種提倡却有引導人家避去了切實修習而趨重於空泛工夫的弊病。曾經在一篇論國文學習法的文章裏看到一段話,現在抄給你看。

“普通的學生案頭有胡適的《中國哲學史大綱》《白話文學史》,顧頡剛的《古史辨》,有《小説作法》,有《歐洲文學史》,有《印度哲學概論》。問他讀過《四書》《五經》、周秦諸子的書嗎,不曾。問他讀過若干唐宋人的詩詞集子嗎,不曾。問他讀過古代歷史嗎,不曾。問他讀過各派代表的若干小説嗎,不曾。問他讀過歐洲文藝中重要的若干作品嗎,不曾。問他讀過若干小乘、大乘的經典嗎,不曾。這種空泛的讀書法,覺得大有糾正的必要。胡適的《哲學史大綱》原是好書,但在未讀過《論語》《孟子》《老子》《莊子》《墨子》等原書的人去讀,實在不能得很大的利益。知道了《論語》《禮記》等原書的大概輪廓,然後去讀哲學史中關於孔子的部分,讀過幾篇《莊子》,再去翻閱哲學史中關於莊子的部分,才會有意義,才會有真利益。先得了孔子、莊子思想的基本的概念,再去研求關於孔子、莊子思想的評釋,才是順路。用譬喻來説,《論語》《禮記》是一堆有孔的小錢,哲學史中關於孔子的部分是把這些小錢貫串起來的錢索子,《莊子》中《逍遥游》《大宗師》等一篇一篇的文字也是小錢,哲學史中關於莊子的部分是錢索子。没有錢索子,不能把一個個的零亂的小錢貫串起來,固然不愉快;但是只有一條錢索子,而没有許多可以貫串的小錢,豈不也覺得無謂?我敢奉勸大家,先讀些中國哲學的原書,再去讀哲學史;先讀些《詩經》以及漢以下的詩集、詞集,再去讀文學史;先讀些古代歷史書籍,再去讀《古史辨》。萬一必不得已,也該一壁讀哲學史、文學史,一壁翻讀原書,以求知識的充實。錢索子原是用來貫串零亂的小錢的,如果你有了錢索子而没有可串的許多小錢,那末你該反其道而行之,去找尋許多的小錢來貫串才是。"

這一段話説得很明白。如果丢開哲學、古史等,單就文學來説,便是先要接觸了文學作品,然後閲讀文學史才有用處。因爲文學史上所講的以文學作品爲主,對於文學作品若還不曾認識,徒然知道一些"作家"哩,"派别"哩,"源流"哩,"演變"哩,便完全是隔靴搔癢的事情。而現在一般人似乎正在幹這等隔靴搔癢的事情。只看學校裏的考試題目便可知道其中的消息了。"何謂唐宋八大家?""何謂公安體、竟陵體?""五言詩起於何時?""詞源於何體?"這些題目都是常見的。其實,一個學生回答得出這些題目,不過有了一點關於文學的常識罷了,這并不足以證明他真個懂得了文學。而這些常識又是工具書上所備載的;一個學生如果回答不出這些題目,他只須翻開《辭源》來一查便知道了。那末,回答得出無異於證明他曾經查過《辭源》罷了。比較起"人體常温爲攝氏三十七度""居室須常開窗以通空氣"那些常識來,這些文學常識便見得毫無實用的價值。倘若破費了好多的工夫,專爲求得這樣毫無實用價值的常識,可説全無是處。

你平時能够切實修習,未必愛做這等空泛的工夫。我不知道你爲甚麽想讀起文學史來。希望告知,然後再和你商論。

仰之手復。

第三天的晚上,王先生在室内預備明天講授的功課,校工又把樂華的信送進來了。展開來看,是鉛筆寫的字,筆勢頗潦草,末尾寫着"學生周樂華書於清晨號鐘未鳴時。"他的信如下：

仰之我師：

昨晚讀到賜復，蒙先生詳細指導，感極快極。

我想讀一點文學史，一層呢，就爲要從文學史中間接觸歷代的代表作品。這不只是擴充知識的問題，以我想來，接觸文學代表作品對於精神的修養尤其有關係。而自己去選擇代表作品，現在還苦於没有這樣的眼力。我看見有幾家的書目提要裏説，他們的文學史是採輯作品的。如果從這些中間選擇一本來讀，不就把這一層困難解决了嗎？

第二層呢，就是先生復信中所提及的，我要知道一點我國文學的源流和演變。各時代怎麽會有各時代的特産呢？每一代的大作家，他們從前代承受了些甚麽，他們自己又創造了些甚麽呢？關於這等問題，都想知道一個大概，因此，我就預備去叩文學史的門。

先生，我每當夜間課罷，就雜亂地想這樣想那樣；有時把想到的寫在日記簿上，有時想了也就算了。上面説的便是近來想到的，先生看這些意思怎樣？

王先生把明天講授的功課預備好了，又提起筆來寫復信如下：

樂華：

你以爲文學史裏所採輯的必然是代表作品，其實不盡然。我看過幾本文學史，只覺編輯者惟貪鈔録的便利，就手頭的書本隨意引幾篇罷了。如果認被引的便是代表作品，你就至少會上一半的當。還有些編輯者對於作品的評論，不是説這一篇多麽優秀，便是説那一篇多麽雄健，這殊不足取，"優秀"和"雄健"都是不着邊際的形容詞，主觀地用來評論作品，叫人家何從捉摸。所以，你要讀歷代的代表作品，你要體會作品的"真味"，與其去求教文學史，還不如去求教比較好的選本。例如:要讀詩,就讀沈歸愚的《古詩源》、曾國藩的《十八家詩鈔》;要讀詞,就讀張惠言的《詞選》;要讀明清小品文,就讀近人沈啓無的《近代散文鈔》。這類選本不像文學史那樣對於每家只選一兩篇,然而比較起全集、總集來,却已做了一番删繁就簡、取精去粗的工夫:這樣,正好使你認得那些作家,親自辨識他們的代表作品。

再説文學的源流和演變,那是不能離開了作品空講的。這層意思前信已經説過。那些不舉作品單作叙論的文學史,原來假定讀者對於作品已經有相當的認識了。如果你并没有相當的認識,那末讀文學史只能得到一些概念,未免是空泛的工夫。但是你們中等程度的學生確也應該知道一點文學的源流和演變;不過,照我的意思,其着手的路徑并不是取一本文學史來讀,却是依文學史的綫索去選讀歷代的名作。從去年下半年起,我對於這裏的三年級就試用這個方法。作品是主腦,同以前一樣;我的講説是輔佐,所講的就是簡略的文學史。這樣試了半年多,我覺一班同學讀得頗有興味,而理解上也比較切實。油印的選文尚有多餘的,現在檢點一份另封寄給你。至於我的講説,大文他們都有筆記,希望你向他們借來看。看了之後,你或者覺得可以滿足你的欲望了,或者還是有點吃東西吃不飽的感覺,都盼你寫信來告訴我。

仰之手復。

王先生寫罷封訖,便站起來,走到書架子前,檢取油印的選文。從學生的自習室裏,傳來幾個人合唱的歌聲。

二十九　習作創作與應用

圖畫教師李先生因H市美術展覽會將在春假中舉行,急忙把他的大幅油畫"母親"完成,預備送到展覽會裏去。李先生爲了這幅"母親",曾經過長期間的慘淡經營,中途易稿了好幾次。第一中學的師生們對於這幅巨作人人懷着遠大的期待。這次聽到完成的消息,大家都非常快活,有許多人跑到他房間裏去看。李先生爲供全校觀覽起見,把這畫移掛在圖畫教室的墻壁上。這幾日來,圖畫教室裏自早至晚人迹不斷。上圖畫課的時候固然有人,不上圖畫課的時候人來得更多。

畫幅有六尺多寬,四尺多高,畫着三個人,一個三十歲光景的中年婦人,一個八九歲的小孩,還有一個卧在摇籃裏的嬰兒。桌子上擺着洋燈書册石版和針綫匾,小孩在燈下讀書,婦人靠桌子坐着,一壁縫綴着衣服,一壁在用脚踏動摇籃。全幅的布局色彩以及筆致,無一樣不妥帖,最動人的是那中年婦人的面容,看去既端好,又慈祥,還流露着一種説不出的嚴正與辛苦的表情。看了這幅畫,曾令人憶起兒時生活的一幕來,覺得這畫中的婦人在許多點上是和自己的母親相仿佛的。學生們都不只來看一次,有些人幾乎日日來看,如湯慧修就是日日來看的一個。

放春假的前一日,下午課畢,錦華從圖書室借了幾本春假中想看的書正預備回家,在廊下遇到慧修,就被拉了到圖畫教室裏去。二人踏進圖畫教室,見王先生立在畫幅前面和李先生談着話,志青、大文、振宇和幾個别級的男女同學都在圍着聽呢。

"'母親'在西洋原是一個老畫題。古來曾有過好幾張名畫,那都是寫基督教的聖母的,大都着眼在聖潔莊嚴的表現。我所想表現的是慈愛與辛苦,完全想寫出一個中國式的母親,中國的家庭制度與婦女地位使做母親的非備嘗困苦不可,因之中國的母親更不易做。我所想表現的,就只是這一點。"李先生説。

"中國自古就有'母氏劬勞'的話,從來文人寫他們的母親很有許多艱辛的記載。如歸有光的《先妣事略》、汪容甫替他母親作的墓誌銘,都寫得非常凄愴。至於用繪畫描寫的却不多見,前人曾有過甚麽《燈影機聲圖記》一類的文字,足見也曾有過這類的繪畫,可惜流傳下來的只是關於這些繪畫的文字而已,繪畫就少有人見到了。"王先生説。

"中國原是文字之邦呀。哈哈!"

李先生笑着把目光轉移到周圍立着的學生們,突然好像記起一件甚麽事來的樣子,對着慧修道:

"咿呀,去年我把這幅畫改稿重畫的時候,你曾問我爲甚麽要屢次改畫,我不是答應有機會再對你説嗎?"

"是的,我正想有機會時請教先生,爲甚麽一張畫要費去一年多的工夫? 懷這疑問的恐不止我一個人吧。"慧修答説,同時用眼去徵求同學們的同意。

"這是一個關於創作的問題,請王先生解答吧。文章與繪畫原有許多共通之點,我在圖畫課中也曾替王先生講過好幾次國文功課哩。"李先生含笑説。

學生們都注視着王先生。有幾個竟拍起手來。人圍聚得愈多愈擠了。

"李先生今日要討還債了。好! 就由我來解答。——這樣擠着不好講話,大家坐下來吧。"王先生揮着手令學生們散開,自己跑到講臺上去。坐位不够,沿壁都立着人。

"問題是: 爲甚麽一幅畫改了又改,想了又想,至於費去了一年多的工夫? 提出這問題的人,大概以爲如果畫家每幅畫要如此,那麽一生只可作幾幅畫,很不經濟。對不對?"王先生先向大家反問。

許多聽衆都點頭。

"據我所知,李先生教學生時也曾在數分鐘内在黑板上作成静物寫生的範畫,有時應朋友的要求也常在半小時内畫好一把扇子或一張小品,平日自己練習,也曾在一二小時的短期間作完一幅石膏模型或人體的寫生畫。何嘗每幅畫都像這次'母親'樣地費去長期間的工夫。方才李先生説文章與繪畫有許多共通點,這話很對。我是不懂得繪畫的,用文章來作比喻吧。諸君在家裏可以於幾分鐘内寫好一張便條或明信片,在課堂上可以於一二小時内完成一篇記事文或説明文議論文,但將來也許會費了一年半載的工夫去寫一篇小説、詩歌或别的文章。"

王先生説到這裏,取起粉筆來在黑板上寫了"應用之作""習作”“創作”三個項目。

“文章與繪畫都可分這三個項目來講。先説繪畫，李先生在教室中作寫生範畫，替朋友寫扇子，是應用之作；自己練習石膏模型或人體寫生是習作；這次的‘母親’是創作。再説文章，諸君的寫書信是應用之作；作文課是習作；將來擇定了題材自由地無拘束地去寫出文藝作品來，便是創作。

“習作只是法則與手腕的練習；應用之作只是對付他人和事務的東西；創作才是發揮自己天分的真成績。無論繪畫和文章都如此。習作是畢生時都可做的，每次大概有一定的着眼點，一次習作，不必花過多的時間和勞力；應用之作是對付他人和事務的東西，有他人和事務在眼前，也不許我們多費時間，致與他人和事務有妨礙阻滯；至於創作，全是自由的天地，儘可盡自己的心力忠實地做去，做到自己認爲滿意了才放手。李先生在黑板上替你們作範畫，如果多花了時間，於你們就有妨礙了；可是他畫‘母親’即使再多畫幾年也可以。你們在教室中作文課，如果到了規定的時刻不繳卷，我就要催促責備了，可是你們自己在課外愛寫甚麽，無論怎樣慢，我決不會干涉。因爲創作全是自己的事，忠於創作，就是忠於自己。真正的創作決不該有絲毫隨便不認真的態度，古來的山水名畫家有‘五日成一山，十日成一木’的話，左太冲爲作一篇賦竟至費去了十年的光陰。創作貴精不貴多，時間和勞力是不能計較的。

“我對這問題的解答完了，李先生以爲怎樣？”王先生笑向雜坐在學生叢中的李先生説。

李先生含笑點頭不説甚麽。學生們因問題得了明快的解釋，都露出愉悦的神情，尤其是提出這問題的慧修。

“我們才知道創作如此可貴。請先生再帶便給我們説些創作的方法或經驗。”杜振宇立起身來要求説。

王先生拭好黑板，方從講臺下來，聽到振宇這樣説，就在講臺旁立住回答道：

“這提議很好，關於創作，應該有許多事情可講的。可惜我至今尚未有甚麽創作成就,讓我們請李先生指教吧。他是有過創作經驗的人。——李先生,請你發表些意見。"

王先生一壁説一壁向李先生方面走近去。學生們又拍起手來。

李先生也不推辭,就在人叢中立起來説道:

"王先生説得太謙虚了,我曾讀過他的詩和小説呢。我的繪畫的創作,連這幅'母親'也不過三四次,够不上講甚麽創作的 經驗和方法。姑且對諸君隨便談談吧。"

"創作是一種創造,其生命就在乎有新鮮的意味。無論文章或繪畫,凡是摹仿套襲的東西,决不配稱爲創作。創作第一步的工夫是發見題材,題材須是有新鮮意味的才值得選擇認定。世間的事物,原都是現成的,平凡的,舊有的,所謂新鮮的意味,完全要作者自己去發見。戀愛這一個題材,不知自古以來曾被多少文學家描寫過,'花''月'在詩歌裏不知曾出現過若干次。能在平凡的事物之中看出新的意味來,這是創作家的第一種資格。我的這幅'母親',題材不消説是很舊的,西洋早已有許多人畫過,他們所畫的是'聖母圖',我所着眼的方面,却和他們不一樣,中國古來關於母親的文章雖不少,而留傳的繪畫却不多見,故不失爲值得選擇的題材。

"題材的發見,并非一定是難事。能够留心,隨時隨地都可發見的。諸君每日在街上行走會碰到各種各樣的人物和事件,平時讀書或獨坐,會起各種各樣的心念和情感,這種時候,事物的新鮮的意味常會電光似地忽然自己投入到頭腦裏來。隨時把它捉住了就是題材。題材選定了以後,第二步還要使它成熟,無論在讀書的時候,看報的時候,聽别人談話的時候,獨自散步的時候,都要到處留心,遇有和這題材有關係的事項,一一搜集攏來,使内容豐富,打成一片。這情形正和做母親的用了自己的血液養分去培養胎兒一樣。"

李先生越説態度越緊張,學生們聽得比上課還要認真,連王先生也只管目不轉睛地兀自在微微點頭。

“題材成熟了,這纔可以寫出。用文章來寫,或用繪畫來寫,都是創作。僅有題材是無用的,要寫成作品,就非有熟練的手腕不可。如果一個畫畫的人有了某個很好的題材,而手腕不够,畫起來臉不像臉,手不像手,成甚麽話?文章的創作亦如此,題材雖已整備得很成熟很好了,如果他基本工夫没有打實在,文句未通順,用辭多錯誤,那末即使寫了出來也是糟糕。我方才説過,發見題材并非難事,一般人只要能留心,隨時隨地都可發見的,可是一般人却不能像文學家畫家似地寫出像樣的作品來,這就是因爲一般人未曾預備好創作上所需要的手腕的緣故。他們儘會有很可貴的題材,但可惜無法寫出,任其葬送完事。唉!自古以來,不知有多少的好繪畫、好文章被埋没在人的肚子裏啊!”

李先生説到這裏,似乎有些感慨無量的樣子,把話暫停一會,又繼續道:

“方才王先生把作品分爲創作、習作與應用之作三種,這是很對的。三者之中,最基本最重要的是習作,習作是練習手腕的基本工夫,要習作有了相當的程度,才能談得到應用,才能談得到創作。近來有許多青年,想從事創作,我知道諸君之中,也有這樣的人。如果想創作,非先忠實地在習作上做工夫不可。學繪畫的先在形象及色彩上用功,學文章的先求文從字順,熟悉種種文章上的普通法則。習作是一切的基礎,應用之作和創作都由習作出發。應用之作的目的,在對付當前的事務,就大體説,原用不着過於苛求,只要在習作上用功至相當的程度,也許已够了。至於創作,是無程限的,所需要的習作根底也無程限,習作的根底越深越好。越是想從事創作的人越應該重視習作。至少該一壁創作,一壁習作。真正的畫家,終身在寫生上用功,真正的文學家,雖至頭白亦手不釋卷,尋求文章的秘奥。

“諸君是中學生,中學原是整個的習作時代,創作雖不妨試試,所當努力的還應該是習作。近來頗有一派青年愛好創作,目空一切地自認爲創作家,把習作認爲卑鄙不足道的工夫。學繪畫的厭惡寫生,專喜隨意亂塗;學文章的厭惡正式教室功課和命題作文,專喜寫小説詩歌;這不消説是錯的。希望諸君勿走這條錯路,我的意見就只這些。"

李先生説完了話,就邀王先生一同走出教室去。學生們也各自散出。

"今天兩位先生的話都很有意義。"錦華在方才的廊下對慧修説。

"這應該謝我才好,如果我不拉你去,你就失去這機會了。"慧修笑着説。

"你看,後面!"錦華把口靠近慧修的耳朵低語。

慧修向後看時,見有兩個同學低着頭在她們背後走來,頭髮留得長長地,臉孔都泛紅得異常,似乎有些赧赧然。那是她們高中部的同學,一個是别的功課不用功,專喜歡繪畫的,大家都叫他"藝術家";還有一個綽號叫做"詩人",是日日做詩,詩以外甚麽文字都寫不來的。

三十　鑒賞座談會

舊曆清明節是美術展覽會最着末的一日,天氣很好。樂華清晨從工廠裏放假回家,就匆匆地跑到會場裏去了。回來的時候,背後跟着一大批客人,大文、志青、錦華、慧修,還有振宇、復初。同學們多時不看見樂華了,今日難得在會場中碰到,談談説説,不願就散,於是不知不覺齊到了樂華家裏。

樂華家自樂華入工廠後,一年以來,罕有學校青年來往。今日突然到了這許多青年客人,枚叔夫婦都非常高興,款待得很殷勤。

吃飯的時候,大家從枚叔口中,得到許多報上尚未發表過的美術展覽的消息與批評,其中關於李先生的"母親"的好評,更使大家感到興味。"母親"就成了賓主間的話題。

"我昨天也去看過了,李先生這幅'母親'畫得真好!真能表現出中國做母親的辛苦。"枚叔夫人出來冲茶,聽見大家在談起"母親"就加入説。

“你本身就是一幅‘母親’畫啊!”枚叔苦笑着對夫人説,同時又把眼光向大家看。

大家聽了這話都深深地有所感觸,可是却没有人能説甚麽。枚叔摸出表來一看:

“我要到報館裏去了,有許多展覽會特刊的稿件待整理呢。——樂華,你留他們多坐一會吧。”説着匆匆地管自走了。

樂華讓客人到父親書室裏坐。談了一會,話題仍移到展覽會上去了。

“我們應該另找一個題目來談談,老是浮浮泛泛地談展覽會有甚麽意義呢?”錦華説。

“贊成,贊成! 前次樂華回來時,我們不是在大文家裏對於‘語調’的題目,談出許多有意義的話來嗎? 今日也來限定題目吧。讓我來提出一個題目,‘鑒賞’,不論是關於繪畫的或文章的,大家來談談鑒賞的意見、方法或經驗,好不好?”志青説。

“好! 好!”大家差不多齊聲這樣説。

“我是提出題目的人,由我來開場吧。近來雜誌上座談會很流行,這裏一共有七個人,每人自由地發表意見,將來記録出來,也就是一個座談會了。”志青這樣開始説。‘鑒賞’二字,粗略地解釋起來只是一個‘看’字。真的,所謂鑒賞,除音樂外,離不掉‘看’的動作。看文章,看繪畫,看風景,都是‘看’。鑒賞的‘鑒’字,就是‘看’字的同義語。不過同是一個看的動作,有種種不同的程度,和‘看’字相似的字,從來有‘見’、‘視’、‘觀’三個,這三個字,如果查起字典來,都是‘看’的意思,其實程度各各不同。‘見’只是見到,看見,并無别的複雜的心理作用可言,‘視’就比較複雜了,‘視’不但見到,看見,還含有查察的分子,醫生看病叫‘診視’,調查某地方的情形叫‘視察’,凡是與‘視’字合成的辭,差不多都有查察的意義。‘觀’字更複雜,‘觀’字合成的辭,意義都不簡單,如‘觀念’,‘觀感’,‘人生觀’,‘宇宙觀’之類,都是難下簡括的注解的。同是一個看,有‘見’、‘視’、‘觀’三個階段,我們看到别人的一篇文章或是一幅畫是‘見’,這時只知道某人曾作過這麽一篇文章或一幅畫,其中曾寫着甚麽而已。對於這一篇文章或一幅畫去辨别它的結構、主旨等等是'視',比'見'進了一步了。再進一步,身入其境地用了整個的心去和它相對,是'觀'。'見'只是感覺器官上的事,'視'是知識思辨上的事,'觀'是整個的心理活動。不論看文章或看繪畫,要到了'觀'的境界,才够得上稱鑒賞。'觀'是真實的受用,文章或繪畫的真滋味,要'觀'了才能親切領略,用吃東西來做譬喻,'觀'是咀嚼細嘗,'見'和'視'只是食物初入口的狀態而已。鑒賞是心理上的事情,本來難以用言語表達,我的話又説得很空泛,也許大家已覺得厭倦了吧。"志青這樣結束了他的話。

大家聽了志青的話,覺得新鮮警策,都表示佩服。各人正在自己搜尋談話的資料,室中寂然了一會。第二個開口的是大文。

"志青方才把'看'字加以分析,用一個'觀'字來説明鑒賞的意義。讓我也來用一個字談談鑒賞。我在一本書上讀過《美感與實用》的文字,大旨説:藝術與實用之間須保有着相當的距離;一把好的茶壺,可以盛茶,但目的不止於盛茶;一封寫得很好的書信,可以傳情達意,但目的决不止於傳情達意;美的一種條件是餘裕。這話原是就創作上説的,我覺得在鑒賞上也可應用。"

大文説到這裏,向書室中看了一會,既而走到枚叔的案旁,在案頭上很熟悉地取過一個墨盒來指給大家看道:

"這墨盒蓋上刻着山水畫,不是寫着'枚叔先生清玩'一行字嗎?'玩'字很有意味,我以爲可以説明鑒賞的態度。鑒賞有時也稱'玩賞'或'玩味',可以説'玩'就是'鑒賞'。'玩'字在習慣上常被人輕視,提起玩,都覺得有些不正經。其實,玩是再正經没有的,我們玩球玩碁的時候,不是忘了一切,把全副精神都放在裏面的嗎?對於文章繪畫要做到'玩'的地步,并不容易。單就文章説吧,一篇好的文章,或一本好的小説,非到全體内容前後關係明了以後,决不能'玩'。我們進中學校以來,已讀過不少篇數的文章,許多本數的書了,自己覺得能够玩的實在不多。大都只是囫圇吞棗,詩不能反覆地去吟,詞不能低回地去誦,文不能暢適地去讀,小説不能耐心地去細看。這很可惜。我近來在試行一種工作,從讀過的文章中把自己所歡喜的鈔在一本小册子裏，短篇的如詩詞之類全鈔，長篇的只選鈔一節或幾句，帶在身邊，無事時獨自讀着背着玩，隨時覺有新意味可以發見呢。——喏，這就是。”大文説時，從衣袋中取出一本很精緻的小手册來給大家看。

那本小手册寫得很工整，所鈔的文章并不多，尚留一大半空頁，諸人匆匆翻過一下，就還給大文。錦華接上來説道：

“志青所講的是鑒賞的意義，大文所講的是鑒賞的態度，現在我來换一個方面，談談我自己幼稚的經驗吧。我於讀文章的時候，常把我自己放入所讀的文章中去，兩相比較。一壁讀一壁在心中自問：‘如果叫我來寫將怎樣？’對於句中的一個字這樣問，對於一句的構造和説法這樣問，對於句與句的關係這樣問，對於整篇文章的立意布局等也這樣問。經過這樣自問，文章的好壞就顯出來了。那些和我寫法相等的，我也能寫，是平常的東西，寫法比我好的就值得注意。我心中早有此意見或感想，可是寫不出來，現在却由作者替我寫出了，這時候我就覺到一種愉快。我們平常所謂‘欣賞’者，大概就是這愉快的心情吧。文章之中，儘有寫法與我全然不同，或在我看去不該如此寫，讀去覺得有些與我格格不相入的。我對於這種文章，如果當時未曾發見它的錯處，常自己反省，暫時不加判斷，留待將來再讀。我以爲鑒賞是作者與讀者之間的共鳴作用，讀者的程度如果和作者相差太遠了，鑒賞的作用就無從成立。這就是所謂‘仁者見仁，智者見智’了。我有一部《唐詩三百首》，在中學一年級的時代隨讀隨圈，曾把認爲好的句子用雙圈標出，普通的句子只加單圈，這次春假無事，偶然取出來重看。就自己覺得好笑起來了。覺得有些加雙圈的地方并不好，有許多好的句子，當時却不知道它的好處，只加着單圈呢。也許再過幾年見解會更不同吧。我想，鑒賞的本體是‘我’，我們應把這‘我’來努力修養鍛鍊才好。這是我近來才想到的一點。”

錦華把自己的意見説畢，用手臂去觸動坐在她旁邊的慧修，意思是叫慧修接説下去。其餘諸人也都向慧修看。

“有許多好的意思已被你們説完了，叫我再來説些甚麽呢？”慧修略作沈思,既而又説道:“我來講鑒賞的豫備知識吧。鑒賞本來是知解以上的事情,但豫備知識却不可没有。一首好詩或一首好詞,大概都有它的本事與歷史事實,我們如果不知道它的本事與歷史事實,往往不能充分領會到它的好處。例如曹子建的七步詩:‘煮豆燃豆萁,豆在釜中泣。本是同根生,相煎何太急。’這首詩意義不晦,在不知道他們兄弟相殘的歷史的事實的人,看了也許亦會感到趣味,但若能知道這歷史的事實,當然更有味了。辛棄疾的那首起句‘鬱孤臺下清江水’的《菩薩蠻》詞,題目只作‘題江西造口壁’,如果我們不知道宋室南渡的變亂及造口的位置,讀去會有甚麽趣味呢? 韓愈的《原道》,我未入中學時,父親已教我讀過,當時莫名其妙。入中學後,從歷史課裏知道了唐代思想界的大概與韓愈的傳略,回頭再去重讀那篇《原道》,就覺得句句有意味了。對於一篇作品,如果要好好地鑒賞,豫備知識是必要的。作者的生平,作品的緣起,以及其他種種與這作品有關聯的事件,最好能先知道一些,至少也該臨時去翻檢或詢問别人。這種知識本身原不是鑒賞,却能作我們鑒賞上的幫助,不可輕視的。”

“話越説越切實了。後面講話的頗不容易呢。”樂華聽慧修講畢,這樣説。

許多人都看着樂華,待他講下去。

“今日我是主人,當然排在最末一個。請振宇復初先講吧。振宇,你先來。”樂華説。

“我想就想像二字來説幾句話。”振宇説。“方才錦華説,鑒賞是作者與讀者之間的共鳴作用,這話很對,作者與我們不相識,大多數是古人,不會來和我們共鳴,所謂共鳴,無非是我們自己要去和作者共鳴罷了。作者在作品中所描寫的,有些是生活經驗,有些是想像所得。我們的生活經驗與作者不同,不能一一從生活經驗去領會作品,所靠的大半是想像。對於作者的想像的記録固然要用想像去領略,對於作者的生活經驗的記録也只好用想像去領略。文章是無形的東西,只是白紙上的黑字,我們讀了這白紙上的黑字,所以會感到悲歡,覺得人物如畫者,全是想像的結果。作者把經驗或想像所得的具體的事物翻譯成白紙上的黑字，我們讀者却要倒翻過去，把白紙上的黑字再依舊翻譯爲具體的事物。這工作完全要靠想像來幫助。譬如説吧，'山高月小，水落石出'，是好句子，但這八個字的所以好，并非白紙上寫着的這八個字特有好處，乃是它所表托的景色好的緣故。我們讀這八個字的時候，如果同時不在頭腦裏描出它所表託的景色，就根本不會感到它的好處了。想像是鑒賞的重要條件，想像力不發達，鑒賞力也無法使之發達的。這是我的意見。"

大家聽了振宇的話點頭，同時又都把眼光移向復初。復初笑着説道：

"我實在没有甚麽可説的，只好來做反面文章了。方才諸位的話都是對好的文章説的，説好文章應該怎樣去鑒賞。我現在想反一個轉身，來談談壞的文章的鑒賞。"

復初這幾句開場白，使大家露出驚訝的神色。談話開始以來的一室中平板的空氣，突爲一變。

"壞的文章值得鑒賞嗎？諸位也許會懷疑吧。我以爲好與壞是事物的兩方面，無論從那一方面着眼，結果都一樣。知道甚麽東西不好，就知道甚麽是好東西了，我們讀了一篇不好的文章，如果能一一指摘出它的毛病，等於讀一篇好文章能一一領會它的好處。并且，實際上真正好的文章，自古以來就不多，我們日常所見到的往往都是有些毛病的文章。猶如人的相貌一樣，我們一生之中難得見到絶代的美人或美男子，日常所碰見的都是些普通的人物，不是鼻子太低就是眉毛太濃，或是眼睛旁有個小疤點。如果我們定要遇到好的才去鑒賞，不是機會就很少了嗎？我近來常從壞的文章中試煉自己的鑒賞力，甚麽報紙上的評論咧，街上黏貼着的標語咧，都留意。我這見解，是讀了《中學生雜誌》中的《文章病院》以後才發生的。我想，日日與病人接觸的醫生才是真正知道健康的人，一味從健康去着眼，健康的意義反會茫然吧。"

復初的話引得大家都笑了。

"樂華，現在輪到你了。"志青對樂華説，似乎已期待得很久的様子,其餘的諸人也都向樂華看。

"我是個工人,配講些甚麽？鑒賞原是我所向來留意的,自入工廠以來,苦於没有閑暇讀書我現在偷閑在讀的只是詩話文話一類的東西。詩話文話是前人鑒賞所得的記録,它會告訴我們某幾句詩某幾句文的好處所在。我們可由它間接地得到鑒賞的指示。我是工人,要一一直接去讀名作,去自己鑒賞,是無望了的,只好利用前人所做的詩話文話之類來補救這缺陷。這種書的體裁是一條一條的隨筆,每條都很簡短,而且逐條獨立,分條看和接連看都可以。像我這種讀書無一定時間的人,讀這種書最適當没有了。不過這究竟是别人的鑒賞的結果,常常有許多不合我的意見的地方——"

枚叔走進書室來,樂華的話突然被打斷了。

"我到報館裏去了半天,你們還在談嗎？談的是甚麽？"枚叔問。

"我們在談文章的鑒賞。"樂華回答。

"真清閑！好題目哩。不要大家變成書呆子！喏！你們看看！"

枚叔把卷在手中的本日上海報攤開,指着核桃様大字的標題給大家看,那標題是"華北情勢危在旦夕"。

三十一　風格的研究

已是榴花照眼的時節了。大氣中充滿着温暖,使人卸去了裌衣,只穿着單衫,四肢百骸都感到輕鬆舒適的快感。這一天是星期日,大文早上起來,并不見誰來找他閑談,也没有預期的約會,便展開當天的報紙來看。看報紙總引起迫切的焦慮,這様的世界大勢,這様的政治局面,這様的自國同胞,中國的出路在那裏呢？儘想儘想,不免陷入於茫然的惆悵,直到母親唤他用早餐,大文才截斷了他的獨念。

早餐過後,他預備做功課了。坐到椅子裏,書桌上一本薄薄的綫裝書吸引住他的注意。這是唐朝司空圖的《詩品》,他依從了王先生的指點,昨晚上從父親的書箱裏檢出來的。他記起王先生對一班同學説的話:

"研究文章的風格,司空圖的《詩品》不妨找來一看。《詩品》講的是詩,分爲二十四品,就是説好詩不出那二十四種境界,也就是二十四種風格。但并不限於詩,鑒賞文章也可以用作參證的。"

昨晚上他已曾約略翻過,知道這書用的是四言韵語的體裁,每品十二語。此放慢從頭循誦,覺得那些語句在可解不可解之間,好像障着一重霧翳似的。可是讀到第三品"纖穠",他眼前就仿佛展開了一幅鮮明的圖畫。

> 采采流水,蓬蓬遠春。窈窕深谷,時見美人。碧桃滿樹,風日水濱。柳陰路曲,流鶯比鄰。乘之愈往,識之愈真。如將不盡,與古爲新。

他想像這幅圖畫所含有的色彩,絢麗極了,明媚極了;又想像這幅圖畫所攝住的意態,渾成極了,生動極了。如果世間真有這麽一種境界,涉足其間的人將要應接不暇,終於陶醉了吧。比擬到詩、文方面,這該是富於辭藻而又充滿着生意的那一派吧。他繼續讀下去讀到"典雅"一品,不禁又抬起頭來凝想。

> 玉壺買春,賞雨茆屋。坐中佳士,左右修竹。白雲初晴,幽鳥相逐。眠琴緑陰,上有飛瀑。落花無言,人淡如菊。書之歲華,其曰可讀。

他覺得這是另一種境界,閑適而淡泊。人處其間,惟有時雨、白雲、修竹、幽鳥、落花、飛瀑爲伴,簡直可以忘掉一切。這個初中學生一時間耽於古人的那種隱逸情味,便低聲吟着陶淵明的詩句:"采菊東籬下,悠然見南山。山氣日夕嘉,飛鳥相與還。此還有真意,欲辯已忘言。"忽然遠遠地送來一陣摇曳的汽笛聲,他才夢醒一般,意識到自己,意識到不容隱逸的現時代。順次讀下去讀到"自然"一品,他又彷彿頗有所悟。

> 俯拾即是,不取諸鄰。俱道適往,着手成春。如逢花開,如瞻歲新。真與不奪,强得易貧。幽人空山,過雨采蘋。薄言情悟,悠悠天鈞。

他想寫作詩、文而能"俯拾即是",不去强求不講做作,那就是所謂"有甚麼説甚麼","愛怎麼説、該怎麼説就怎麼説",真達到"自然"的極點了。這又與漫無節制,信筆亂揮不同。一方面"俯拾即是",一方面却又"着手成春",只因爲工夫已經成熟,在無所容心之間,自能應節合拍的緣故。所以一篇完成,就像花一般開得異常美好,節令一般來得異常適合。花開和節令遷流看來都是自然不過的事,然而雨露的滋潤,土壤的榮養,日月的推移,氣候的轉换,中間費却造物的幾許匠心啊。這便是"真與不奪";换句話説,必須内裏充實,作起詩、文來才能"俯拾即是",才能"着手成春"。如果内裏并不充實,也想信口開河,提筆亂揮,取得"自然"的美名,結果必然不成東西,徒然使自己後悔,供人家嘲笑;這便是"强得易貧"了。他把這一點心得玩味了一會,眼光重又注射到書頁上。對於"含蓄"一品的"不着一字,盡得風流";"精神"一品的"明漪絶底,奇花初胎";"疏野"一品的"倘然適意,豈必有爲";"清奇"一品的"神出古異,淡不可收,如月之曙,如氣之秋";"委曲"一品的"似往已迴,如幽匪藏;水理漩洑,鵬風翱翔;道不自器,與之圓方";"形容"一品的"風雲變態,花草精神,海之波瀾,山之嶙峋,俱似大道,妙契同塵;離形得似,庶幾斯人";他都能深深地領會。他好似神游於文藝的展覽會,那些展覽品完全脱去形迹,各標精神,使他不得不驚嘆於文藝界的博大和繁富。他想起現代一班作家的作品:朱自清的稱得起"縝密",周作人的可以説"自然",茅盾的不媿爲"洗煉",魯迅的應號作"勁健"。他又想起古音文學家的作品:同樣是詞,而蘇、辛的與温飛卿的不同,蘇、辛的"豪放"而温飛卿的"綺麗"。同樣是散文,而司馬遷的與陶淵明的不同,司馬遷的"渾雄"而陶淵明的"冲淡"。如果把讀過的一些散文、詩、詞,逐一給它們比擬,這近於甚麼風格,那近於甚麼風格,倒也是有味的事情呢。但是他隨即想到司空圖的'二十四品'實在也未嘗不可增多,不然,何以王先生又曾提及還有人作《續詩品》及《補詩品》呢?既可以增補,當然也不妨減少或者合併。可見二十四品并非絶對的標準,又何能據此來衡量一切的作品。况且,王先生提出的題目原是很寬廣的,只説"對於文章的風格作一點研究,寫一篇筆記"罷了,并不曾教大家去判别讀過的文篇的風格呀。他這樣想着,便放下《詩品》,另取一份油印的選文在手。這是姚姬傳的《復魯絜非書》,王先生發給大家作爲參考材料的。書中説道:

"……鼐聞天地之道,陰陽剛柔而已。文者,天地之精英,而陰陽剛柔之發也。惟聖人之言統二氣之會而弗偏;然而《易》《詩》《書》《論語》所載,亦間有可以剛柔分矣;值其時其人,告語之體各有宜也。自諸子而降,其爲文無弗有偏者。其得於陽與剛之美者,則其文如霆,如電,如長風之出谷,如崇山峻崖,如决大川,如奔騏驥;其光也,如杲日,如火,如金鏐鐵;其於人也,如憑高視遠,如君而朝萬衆,如鼓萬勇士而戰之。其得於陰與柔之美者,則其文如升初日,如清風,如雲,如霞,如煙,如幽林曲澗,如淪,如漾,如珠玉之輝,如鴻鵠之鳴而入寥廓;其於人也,漻乎其如嘆,邈乎其如有思,暵乎其如喜,愀乎其如悲。觀其文,諷其音,則爲文者之性情形狀舉以殊焉……"

他看到這裏,眼光便離開紙面,凝視着照在墻上的晴明的陽光;頭腦裏却在細細思量。他以爲開頭幾句話實在有點弄玄虚,甚麼"天地之道",甚麼"天地之精英",甚麼"聖人之言統二氣之會而弗偏",都近乎方士的派頭。可是以下的話就説得非常親切有味;標明文章的風格,全用景物或者事態來作比喻,所以能給與人家一種具體的印象,使人家從霆、雷、長風等等認識陽與剛之美,從初日、清風、雲、霞等等認識陰與柔之美。這個方法正與《詩品》相同，《詩品》也是借用種種景物或者事態來顯示詩的各種風格的。所不同者，《詩品》把風格分得很繁多，多到二十四品，而姚姬傳這封書信裏，却分得很簡單，止有陽與剛、陰與柔兩大類。與其繁多而有瑣碎、重複、缺漏的毛病，倒不如簡單而能包舉一切來得妥當了。他試自尋味，在讀過的文篇裏，那一篇具有陽與剛之美？一時間竟指説不定，似乎這篇也不是，那篇也不是。他又换個題目自問，那一篇具有陰與柔之美？那就覺得這篇也是，那篇也是了。他不禁疑怪起來，爲甚麽讀過的文篇差不多都具有陰與柔之美呢？他繼續看姚姬傳的這封書信，直到完篇，也不再有甚麽解悟。

求知心鞭策着他，使他急切地取起另一份印發的參考材料來看。那是從曾國藩的《求闕齋日記》節鈔下來的：

吾嘗取姚姬傳先生之説，文章之道分陽剛之美、陰柔之美。大抵陽剛者氣勢浩瀚，陰柔者韵味深美；浩瀚者噴薄而出之，深美者吞吐而出之。

文章陽剛之美莫要於慎、湧、直、怪四字，陰柔之美莫要於憂、茹、遠、潔四字。惜余知其意而不能竟其學。

嘗慕古文境之美者約有八言：陽剛之美曰雄、直、怪、麗，陰柔之美曰茹、遠、潔、適。蓄之數年，而余未能發爲文章，略得八美之一，以副斯志。是夜將此八言者各作十六字贊之，至次日辰刻作畢。附録如左：

雄　劃然軒昂，盡棄故常；跌宕頓挫，捫之有芒。

直　黄河千曲，其體仍直；山勢如龍，轉换無迹。

怪　奇趣横生，人駭鬼眩；《易玄》《山經》，張韓互見。

麗　青春大澤，萬卉初葩；《詩》《(蚤)[騷]》之韵，班揚之華。

茹　衆義輻凑，吞多吐少；幽獨咀含，不求共曉。

遠　九天俯視，下界聚蚊；寤寐周孔，落落寡群。

潔　冗意陳言，類字盡删；慎爾褒貶，神人共監。

適　心境兩閑,無營無待;柳記歐跋,得大自大。

他看罷這幾則簡短的札記,覺得也與《詩品》和姚姬傳的説法没有甚麽兩樣;他們都是憑着主觀的觀感,見到文章風格有怎樣的幾種,便選用一些字眼來作標題罷了。他又自問:陽剛、陰柔之説爲甚麽似乎可以包舉一切?《詩品》分爲二十四品,曾國藩分爲八言,爲甚麽反而覺得不很清醒呢?他突然想起H市郊外美國教會新建築的一座宫殿式的教堂來了。粗大的石柱,直長的門窗,高高聳起的飛簷,那是陽剛之美。如果將這座教堂和水榭、迴廊、花院、草舍對比,那末後者都是陰柔之美。他又將幾個同學的體態來對比,胡復初那樣長和胖,是陽剛之美,錦華和慧修那樣愛嬌,當然是陰柔之美。更想到曾經入目的一些書、畫,以及曾經聽過的一些音樂,差不多都可以主觀地給它們一個批判,不是陽剛,便是陰柔。他於是恍然省悟:陽剛、陰柔之説似乎可以包舉一切,其原因就在於它的籠統。用了籠統的概念,主觀地對付一切,自然無施不可。而其實呢,陽剛、陰柔并没有甚麽確定的界限;如果把美國的摩天樓和那座宫殿式的教堂對比,説不定又會覺得教堂是陰柔之美了。對於同一篇文章、同一件藝術品乃至同一個人物,一個人認爲陽剛之美,而另一個人却認爲陰柔之美:這樣的事情也許會有吧?他相信這樣的事情一定會有。不然,他剛才衡量讀過的文篇,爲甚麽覺得篇篇近乎陰柔之美呢?篇篇近乎陰柔之美,就由於他對於陰柔這個概念比較體會得深啊。他又想如果用了《詩品》的二十四個品目或者曾國藩的"雄"、"直"等八個字,教幾個人去衡量同一篇文章,判定的結果更不會完全相同。各人體會那些品目先就不能一致,鑒賞一篇文章又各本各的素養,各依各的心思,判定的結果不會完全相同是當然的。他才知道,朱自清"縝密"哩,周作人"自然"哩,茅盾"洗煉"哩,魯迅"勁健"哩,蘇辛"豪放"哩,温飛卿"綺麗"哩,司馬遷"渾雄"哩,陶淵明"冲淡"哩,這些只是他一個人的主觀罷了;如果教另一個人去品評這些作家作品的風格,説不定會全不相同,可是也言之成理呢。

王先生指定的參考材料還有一本陳望道的《修辭學發凡》,大文站起來斟了半杯茶喝罷,重又坐到椅子裏,便展開這本洋裝金脊的書册。王先生吩咐大家看的是這書的第十一篇,篇目是"語文的體類";他説,所謂"體類",含義和風格實在差不多。大文看書上説:

體性上的分類,約可分爲四組八種如下:
(1) 組——由内容和形式的比例,分爲簡約,繁豐;
(2) 組——由氣象的剛强與柔和,分爲剛健,柔婉;
(3) 組——由於話裏辭藻的多少,分爲平淡,絢爛;
(4) 組——由於檢點工夫的多少,分爲謹嚴,疏放。

下面給每一體舉一篇文章作例子,例子之前都有簡要的説明。

簡約體是力求言辭簡潔扼要的辭體。

繁豐體是并不節約辭句,任意衍説,説至無可再説而後止的辭體。

剛健是剛强,雄偉的文體;柔婉是柔和,優美的文體。

平淡與絢爛的區别是由話裏所用辭藻的多少而來。少用辭藻,務求清真的,便是平淡體;儘用辭藻,力求富麗的,便是絢爛體。

疏放體是起稿之時,純循自然,不加雕琢,不論粗細,隨意寫説的語文;謹嚴體則是從頭至尾,嚴嚴謹謹,細心檢點而成的辭體。

大文把作例的八篇文章循誦一過,再細細辨認這四組八種的風格,就覺得這書的分類雖然也是用形容詞來作類名,但是它分爲四組,就有一種好處,這見得每組的成立是各有各的條件的。這些條件都是客觀的,如内容和形式的比例,話裏辭藻的多少,檢點工夫的多少,都是誰也可以指説出來的;只有氣象的剛强與柔和同所謂“陽剛”、“陰柔”以及“渾雄”、“高古”、“勁健”、“豪放”等等相近,似乎是主觀的評判;然而,如果把氣象兩個字往着實一方面去體會,認爲“意境”、“語調”等等的總和,那就也是客觀的條件了。大文剛才看了一遍《詩品》,又揣摩了一番陽剛、陰柔,心意中含含糊糊地,好像有所理解,却是不着邊際。此刻他才真個明了,要判别許多篇文章的風格,原來不必憑主觀的觀感,只須從文章的本身上檢點客觀的條件就是了。這是今人的見解勝於古人處;古人把文章看做了不得的東西,仿佛其中含有好多的神秘性,所以説來説去總帶點玄味;今人把文章看做人類日常生活的一部分,研究文章慣用分析、歸納、説明的方法,其結果當然簡單而明顯。得爲今人是何等的幸運啊！大文這樣想着,眉目間便浮起一層樂生的笑意。

一會兒,他拿起一枝鉛筆,在一張白紙上記上“取材的範圍”五個字。他從八種風格推想開去,覺得許多作家執筆作文,他們取材往往不知不覺偏注在某一個範圍裏,或者議論時事,或者摹寫山水,或者叙往古的史迹,或者記身邊的瑣事。這由於許多作家所營的生活、所處的環境各不相同,因而心意所注的範圍也就各不相同。一個生於安樂的作家不知道人間有饑寒困苦的事,他的文章自然不會涉及饑寒困苦;但是一個沈溺在饑寒困苦中間的作家,他不但能寫饑寒困苦的事象,他更能剖析饑寒困苦的所以然。一個拘守一隅的作家所見無非家庭、里巷,他的文章自然不會涉及山嶽的偉大、河海的浩瀚;但是一個習於行旅的作家他不但能寫山嶽、河海的形態,他更能由山嶽、河海的影響,解悟人生的意義。取材的範圍不同,文章的風格也從而各異了。

他又記上“作者的品性”五個字。他想人的品性是千差萬殊的,有些人温和,有些人急躁,有些人寬大,有些人褊狹,在同一品目之中又有程度深淺的分别。品性温和的作家即使在震怒的時候也寫不出十分刻厲的文章,猶之品性急躁的作家即使在暇豫的時候也寫不出十分閑適的文章。可見作者的品性也是規定文章風格的一個條件。

他又記上“作者的語言習慣”七個字。他想一個人從小學習語言,一方面固然得到了生活上最重要的一種技能,而另一方面不能不受環境的限制,學會了這一套,就疏遠了那一套。因此,語調的差異和詞彙的不同,精密説起來,差不多每兩個人之間就存在的。同樣一個意思,教兩個人説出來未必會是同樣的一句話,也許一個人説得很簡單,以爲這就够了,而另一個人却説得很嚕嗦,以爲非如此不可: 這是各人的語言習慣不同的緣故。讀文章、看書又各有機緣和偏好。偶然接觸某種作品,不知不覺受了它的影響,這是尋常的事;特别偏好某種作品,心悦誠服受了它的影響,更是當然的事。各個作家憑了各自的語言習慣以及從别人的作品裏受到的影響,提起筆來寫作文章,他們的風格就分道揚鑣了。

他又記上"寫作的習慣"五個字。他看許多同學作文,有些人信手寫來,意盡而止,也不再加工修改;有些人下筆很慢,句斟字酌,似乎不放心的樣子,等得完了篇,還要仔細修改,塗去了一部分,又加上了一部分。這是各人寫作的習慣不同之故;成績的優劣却并不純在這上邊區分,信手寫來的未必定是潦草的東西,而斟酌再四的未必定是完美的作品。可是,就風格説,便有顯然的不同了,如《修辭學發凡》上所説,前者是疏放的,而後者是謹嚴的。

他看看寫在紙上的幾個綱領,覺得自己對於文章的風格已有了一點知識。他相信風格存在於作品的本身,形成一種風格自有客觀的條件。鑒賞一篇文章,如果依着客觀的條件去推求,便會見到他的風格的真際。如果不走這一條路,單憑主觀的觀感來下評判,那就迷離惝怳,只能在帶着玄味的一些形容詞中間繞圈子罷了。他就想把這一點意見寫成一篇筆記;又自嫌還缺少具體的例證,須得找幾個作家、幾篇作品來檢點一番,如果證明所想的不錯,寫成筆記纔可以放心。他想這一步工夫且待下午再做吧,便欣然站了起來。

日影差不多移正了。他聞到一陣新熟的午飯的香氣。

三十二　最後一課

這一課是最後的國文課了，下星期起，便開始舉行畢業考試。王先生走進了教室，聲明他不再作正式的講授，希望大家對於國文一課，隨便談談。他不像平日那樣安詳，他的感情有點激動，神態之間流露着惜别的意思。三年的聚首，父子兄弟一般的親密，無所不談，無所不了解，可是從今以後至少要疏闊一點了。想起這一層，誰能不感到異樣呢？

同學間起初談着畢業考試。大家的意思，對於學校裏的考試并不感覺恐慌，只有會考却有點兒爲難。他們不知道自己的程度比旁的學校的學生怎樣，如果落在人家的後頭，或者竟有幾科考不及格，那豈不很糟。

一個學生忽然説：

"你們没有留心今年年頭上上海市中學畢業會考的國文題目嗎？叫做甚麽《禮義廉耻國之四維論》。我去會考倘然遇見這樣的題目，只有交白卷完事。我不知道這樣的題目該怎樣下手呀。"

慧修帶笑回顧那發言的同學，説：

"該怎樣下手倒有人説過了，《中學生雜誌》的五月號裏有振甫的一篇文字，就講到這一層。不過上海市這個題目是出給高中學生做的，我們初中學生想來不會遇見這樣的題目吧。"

王先生聽了他們的話有所感觸，他舉手示意，隨即發言道：

"你們去會考會遇見怎樣的題目，確是料不定的。這須看出題目的人如何而定。出題目的人如果是懂得教育的意義的，自能出適宜於你們的題目給你們做；如果是隨隨便便的人，那末你們就有遇見古怪生疏的題目的機會了。不過，你們的程度我知道得最親切，依照你們的程度，即使遇見了古怪一些生疏一些的題目，及格的分數總可以得到的。"

他這樣説着，眼睛放出欣慰的光輝，似乎表示他三年間的勤勞的成功。但是一會兒他的眼光又顯得非常嚴肅，聲音沈着地説：

“會考到底不是甚麽緊要的事,只要應付得過去,能够及格,這就好了。緊要的還在於學習了各種科目,是否真能充實你們自己,是否隨時隨地可以受用。這是成功與失敗的標準,你們學習一切,都可用這個標準去考量自己,從而知道自己是成功還是失敗。現在單就國文一科,你們各自考量一下吧。”

全堂沈默了一歇,志青開口説:

“要精密地考量,那是很不容易的事。因爲國文和旁的科目有性質上的不同:旁的科目像算學,有甚麽甚麽幾種確定的算法,像歷史、地理,有史事和地方作爲確定的材料;然而國文完全不是這麽一回事。學習算學,那些算法都學會了,學習歷史、地理,那些材料都明白了,能不能受用且不要説,至少可以説一句我們充實了;然而對於國文就很難説,國文根本上没有那樣確定的尺度呀。”

王先生點頭表示贊可。志青繼續説:

“精密地考量固然不容易,而粗略地考量却又誰都能够的。我們只須把現在的自己和初到這裏的時候的自己比較一下就行了。試想我們初到這裏的時候,看慣的只是一些兒童的讀物,寫慣的只是一些淺近的話語。我們很少有綜合的能力,看了一頁書就只是一頁書,難得有獨自的發見。我們又不免有文法上的錯誤和修辭上的缺點,時時勞王先生給我們在作文本上打上種種的符號。我們對於我國的文學差不多一無所知,歷代文學的主潮是甚麽,一些大作家的作品是怎樣,都是從不曾夢見的事。但是,現在,我們能够看各種的書了;看一般的報紙、雜誌幾乎可以説没有問題,對於各科的參考書也能利用了工具書去對付;我們又約略懂得了一點演繹和歸納的方法,應用了這等方法我們居然有我們的心得,可以寫下讀書筆記來。至於寫作方面,啊,王先生,你的好處將使我們永遠忘不了,你在這方面給我們指點,真是無微不至,你不但傳授我們一些知識,你更注意於養成我們的習慣;因此,不是我今天在這裏誇口,我們一班同學可以説個個達到‘通順’的地步了。最近一年間,你又從文學史的見地選一些文章給我們讀,我們雖没有讀過一本文學史,但是對於我國的文學已認識了一個大概的輪廓;近來那些文學雜誌上常常提起‘文學的遺産’這個名詞,我們很榮幸,手掌裏也有了一部分的遺産了。各位同學,我所説的是不是實際的情形?”

一堂同學都不作聲,只是欣喜地、感激地望着他和王先生,算是給他個肯定的回答。

王先生用手巾拭着前額的汗,眼注着志青説:

“我如果有甚麽好處,那也只是我的本分,當不起‘永遠忘不了’這一類感激的話頭的。我不希望你們永遠不忘記我的好處,我只希望你們永遠不忘記我這一點對於你們的真誠!剛才志青説的話確是實情,我可以給他作保證;這是你們自己努力的報酬呀。你們得到了這樣的報酬,我也可以自慰,總算三年間的勤勞并没有换來個失敗。不過,我對於志青的話還要作進一步的説法。”

全堂同學都凝一凝神,準備聽他的致辭。

“照志青的説法,看書能力有了,寫作達到‘通順’的地步了,手掌裏承受了一部分‘文學的遺産’了,换句話説,就是對於國文這一門功課做得差不多了。但是,學校裏所以分設各種科目原爲着教學的便利起見,最終的目的還在於整個生活的改進。這一點必須認識得清楚;否則就將陷於錯誤,認爲有國文科目而學習國文,爲有算學科目而學習算學。這樣,學習各科豈不等於無益費精神的傻舉動嗎?我不是説志青就有這種錯誤的認識;我只是説對於某一門功課既已做得差不多了,就該離開了這門功課的立場來考核自己,看整個生活是否因而改進了多少。單把國文這一門來説吧。看書不只限於看國文課内指定的幾種書,也不只限於看各科的參考書;須要從此養成習慣,無論去經商,去做工,總之把行動和看書打成一片,把圖書館認爲精神的糧食庫,這才能收到莫大的實益。再説寫作,當然不只限於文課以及應考試的作文;這些都只是習作,没有多大的意義。但是我也不是要人人做文學者,大家都從事於創作;文學者不是人人能够做的,須視各人的生活、修養以及才性而定,并且,事實上也没有人人做文學者的道理的。我只是説對於寫作既已學習到了相當的地步,就該讓這寫作的技能永遠給你們服務,無論是應用之作,或者興到時所寫的一篇東西、一首詩,總之用創作的態度去對付,要忠於自己,絶不肯有半點的隨便和絲毫的不認真。文學者固不必人人去做,然而文學者創作的態度却是人人可以采取的。惟能如此,才真受用不盡呢。”

王先生説到這裏,又拭了一下額汗,并且改換了站立的姿勢,以蘇因天氣驟熱而感到的疲勞,然後繼續説:

“再説到接受‘文學的遺産’。幾篇著名的文篇讀過了,幾個有名的文學家約略認識了,歷代文學的源流和演變也大概有數了,這自然是很好的事。但是,如果單把這些認爲一種知識,預備在大庭廣衆之間誇耀於人,以表示自己的廣見多聞,那就没有甚麽意義。原來所謂接受‘文學的遺産’是别有深遠的意義的。先民的博大高超的精神,我們要從文學裏去領會;歷代的精美的表現方法,我們要從文學裏去學習:换一句説,文學是我國文化的一部分,我們要把它容納下去,完全消化了,作爲我們的榮養料,以産生我們的新血肉!這意思你們了解嗎?”

王先生的眼光裏流露着熱誠,向全堂同學一個個看望,切盼大家的回答。

全堂同學差不多個個脗着嘴唇,點一點頭,也用熱誠的光眼回望着他;在衷心深深激動的時候,這種神態是一個最適當的回答,比較用幾個字眼説一句話來回答切摯得多了。

復初在點頭之後發言道:

“王先生這一番話正好作三年來教我們國文功課的序言,在今天最後一課説給我們聽,尤其有深長的意義。我們自當終身不忘,永遠受用。我畢業以後不再升學了,家長的意思要我去投考商業機關,我有點兒懊喪,以爲從此至少要和各種功課疏闊一點了。現在聽了王先生的話,便好似受了一番熱切的安慰。我知道只要我自己不和各種功課疏闊,各種功課决不會和我疏闊的。”

大文接着説:

“我想我們從前的確有點錯誤。雖然并没有明説,但是在我們的下意識裏,不免偏於‘爲有國文科目而學習國文,爲有算學科目而學習算學。'現在經王先生點醒了,不再升學的人倒不必措意,因爲再没有甚麽特設的科目擺在面前了;而升學的人却必須特别牢記,要使一切科目與生活打成一片,才是真正的'升學'。我是預備升入高中的,所以想到了這一層。"

聽了大文的話,王先生忽然有所觸發,隨即説:

"你們在初中畢了業,有的升學,有的就業,所走的路途各各不同。此刻不妨'各言爾志',在國文方面預備怎樣具體地進修?我剛才説的不過是抽象的意見呀。"

於是有人説將來預備當小學教師,擬從事兒童文學的創作;有人説擬特别用心,精讀某一位文學家的專集,因爲他愛着這一位文學家;慧修却説她擬在詩詞方面多做一點工夫,她近來很歡喜圖畫,她相信詩畫相通之説是有道理的。更有幾個人説升學是無望了,就業又没有路囘,下半年大概是坐在家裏。那時候雖然也可以讀書、作文,做一點切實的工夫,然而精神上的不安定必然非常難受的。

下課的鈴聲響起來了。

王先生不由得感喟地説:

"那真没有法子!現在要下課了,我教你們的課算是完畢了!"

全堂同學站起來行禮,目送王先生走出教室,感到一種悵然的况味。衆人陸續地走到廊下,見一個校工手裏拿着一封信,迎上來説:

"這裏有一封信,給你們三年級的。"

錦華接信在手,看到封面的字就認識了,她喊道:

"是樂華的信!"

她隨即拆開來,許多同學圍遶着她一同看。

諸位同學:

你們快要畢業了。我雖不悔恨我的中途退學,但對於你們的畢業却表示真誠的欣慰。

你們的畢業式在何日舉行?大概已經確定了吧?希望早

日告訴我。到那一天,我要向廠裏請一天假,去參加你們的畢業式。我有一點意見預備貢獻給你們,請分配給我十分或一刻鐘的演説時間。在聽受教師、來賓致辭的當兒,也聽一聽一個工人的話,我想你們一定很樂意的。

周樂華

文章研究法

唐文治 撰

此數文發表於《學術世界》"講壇"專欄，包括《李遐叔〈吊古戰場文〉研究法》《曾滌笙〈歐陽文集序〉研究法》（皆載於一九三五年第一卷第三期）、《歐陽永叔〈蘇氏文集序〉研究法》（一九三五年第一卷第四期）、《賈生〈過秦論〉研究法》《〈國策·蘇秦始將連橫篇〉研究法》（皆載於一九三五年第一卷第五期）五篇文章。每篇文章前大多先列古人原文，後列"研究法"，今統其題名曰"文章研究法"。唐文治（一八六五—一九五四），字穎侯，號蔚芝，晚號茹經，江蘇太倉人，後定居無錫。自幼從其父讀經書，年十六，入州學，師從王紫翔，潛研性理之學及古文辭。年二十一，入江陰南菁書院，從黄元同、王先謙習訓詁之學。光緒十八年（一八九二）中進士，歷任户部江西司主事、總理衙門章京、户部侍郎等，官至清農工商部左侍郎兼署理尚書。後退出政壇，潛心教育事業，曾任上海高等實業學堂（上海交通大學前身）及郵傳部高等商船學堂（上海海事大學前身）校長，創辦私立無錫中學及無錫國專。著有《茹經堂文集》《國文經緯貫通大義》《茹經先生自訂年譜》等。

在這五篇文章中，或就原文分析其層次、用詞、用韵、命意、全篇大意、本篇性質等以闡釋文義，或根據文章而提煉總體文章研究法。在研究法上，提出了分段法、段落中變化法、前後呼應法、填句法等十數種文法。作者所選之文章或有已見於《國文經緯貫通大義》者，但其"研究法"則是另起爐灶，當是作者重讀古文時重新提煉新説，如在《〈國策·蘇秦始將連横篇〉研究法》一文中，篇首即言“鄙人所編《國文經緯貫通大義》，列此文爲摹繪炎凉法”等等，在此篇文章中重新提出要揣摩其“簡練之法”，且認爲《戰國策》文亦有不盡如人意處，學者當學“其文之恢奇，不可學其壞心術處”，“當學其文之洸洋恣肆，不當學其誣慢聖賢也”。

李遐叔吊古戰場文研究法

唐文治

原文略。

乙　研究法

(一) 層次

方望溪先生論文，引《周易》云“言有物，言有序”。有物者，窮理奥也；有序者，分層次也。劣手作文，譬諸鄉愚述事，指東話西，莫明其意旨所在，語無層次也。故初學先宜分清層次。此文自首句至“天陰則聞止”，爲第一段，虚冒到題；“傷心哉”至“嗚呼噫嘻”止，爲第二段，言戰禍所由始；“吾想天”至“勢崩雷電”止，爲第三段，言戰事正面；“至若窮陰”至“可勝言哉”止，爲第四段，入戰場；“鼓衰兮”至“有如是耶”止，爲第五段，仿《楚辭·九歌》句法，寫足戰場慘酷之狀；“吾聞之”至“功不補患”止，爲第六段，本可接入吊意，偏推開作唱嘆法，俾局勢開展，文氣紆徐有致；末段始實寫足“吊”字，揭出命意，層次井然。後代詞章家文，每多蒙頭蓋面，當以此法矯之。

（二）練辭選韵

首段横空而來，蒼蒼莽莽，包括天地人物，曲盡寫景之妙。盤旋作勢，點出古戰場，格外有力，已於讀《秋聲賦》中詳論之。二段“文教失宣”五句，語含諷刺，深得譎諫之旨。三、四段選韵尤響亮。五段純係《國殤》篇神韵，筆端有飲恨聲。七段悱惻纏綿，愁慘欲絶，雖善戰者讀之，亦當流涕，可謂性情中至文。遐叔自負文過於蕭穎士，洵非虚也。惟二段用“吾聞夫”、三段用“吾想夫”、六段用“吾聞之”，句調重複；“牧用趙卒”叙在“周逐獫狁”之前，時代倒置。然此小疵，不足掩大醇也。

（三）命意

老子《道德經》云“夫樂殺人者，不可得志於天下”，此語實含天地生生之德。《左氏傳》叙戰事，於誅戮人命多用隱藏之法，亦以養人不忍之心也。昔人謂遐叔因藩鎮之禍而作此文，然按二段云“四夷”、云“戎夏”，三段云“胡兵”，四段云“强胡”，六段連言“匈奴”，而結末又云“守在四夷”，自當指戎禍而言。唐初兵力極於西域，將士征役之苦，百姓運輸之勞，流離之慘，殆不堪言。故遐叔此文，極意諷諫，與賈君房《罷珠厓對》、蘇子瞻《諫用兵書》，可稱三絶。孟子痛戰國時争地、争城，殺人盈野，特大聲疾呼曰：“善戰者服上刑”，又於“今之事君者”與“我善爲戰”兩章，發明仁人不嗜殺人之意。千載而後，皆當深體其苦心孤詣，廣爲宣傳。故吾輩今日作文，尤以感動人心爲第一要務。凡屬此等文章，宜盡力提倡涵養不忍之心，或可救世界之殺機乎？

曾滌笙歐陽生文集序研究法

唐文治

原文略。

乙　研究法

(一) 分段法

自首句起至“江西詩派者也”止,爲第一段,總冒,叙桐城派權輿,《論語》言樂所謂“始作翕如”也。自“姚先生晚起”至“桐城姚氏者也”止,爲第二段,叙桐域宗派,流衍於江西、廣西、湖南,落到本題,條理秩然,所謂“從之純如皦如也”。自“當乾隆中葉”起至末,爲第三段,總結束。因粵匪之亂,以慨嘆出之,所謂“繹如也”以成。此等布局法度,最清晰,易於學步。

(二) 段落中變化法

如叙江南、江西、廣西、湖南四小段,每段皆變化,若强使整齊,則呆滯矣。從此《史記・十二諸侯年表序》得來。

(三) 前後呼應法

如後段大結束,回應中段江南、江西、廣西、湖南,一絲不亂,有鼓舞飛動之致。此從《史記・漢興以來諸侯王表序》得來。

(四) 全篇大意

此文不僅爲表揚桐城派,蓋文正與歐陽小岑有舊,爲此文以塞其悲,此文傳則歐陽生亦傳也。

(五) 本篇性質

昔吴摯甫先生謂“曾文以韓文爲表,以歐文作骨”,而黎蒓齊先生評曾文云“歐公而後,一人而已。”余謂此篇純學歐文,惟歐文運氣較緩,此文運氣較急。

又昔人論文派諸作,如陸祁孫《七家文鈔序》、吴南屏《與筱岑論文派書》,及此篇凡三,而此篇則遠出陸、吴之上矣。

歐陽永叔蘇氏文集序研究法

唐文治

原文略。

乙　研究法

(一) 填句法

歐公文所以豐神獨絶者,大都盤旋作勢,不肯數語説盡。余曾於《五代史・一行傳序》詳論之,名之曰填句法。此文首段至"其文章則不能少毁而揜蔽之也"下,本可直接"公其可無恨",乃偏填入"凡人之情"數句,更覺逶迤有致。以下一路曲折,又"幾百年而古文始盛於今"下,本可直接"豈非難得其人歟",乃偏填入"自古治時少"數語,更覺紆徐爲妍。名手於唱嘆之文多仿此法,文境曠遠,讀之益醰醰有味。

(二) 感嘆停頓法

學者讀文,於每段結處,務宜格外注意,學其停頓之法。如昌黎《送李愿歸盤谷序》,第二段結處,"大丈夫遇知於天子"五句,三段"大丈夫不遇於時者"二句,四段"其於爲人賢不肖何如也",皆用停頓法。此少陽文恬適之趣也。本篇首段結處,"公其可無恨",二段結處"此其可以嘆息流涕"三句,三段結處"獨子美爲於舉世不爲之時"四句,皆用唱嘆停頓。至四段結處"而子美獨不幸死矣,豈非其命也,悲夫",亦係重頓法。而各段之盤旋作勢,至頓住處,俱悽惋得神,少陰文悽惻之韵,當以此篇爲第一。

(三) 總論作詩文集序法

詩文集序,頗爲難作。若僅作贊美之詞,品斯下矣。余嘗謂作序,大抵分四種:(一)於人心世變時局,確有關係;(二)交情誠摯,發於至性,足以感人;(三)提要鈎元,表其人之微,摘抉全集之精奥;(四)引他人作陪襯,或在題外憑空發議,結處到題。然用第四法已落下乘矣。此篇於第一、第二法兼而有之,叙世變則抑揚反覆,叙交情則悲壯淋漓。《易傳》曰:"感人心而天下和平",後世有用人之權者,宜鑒於斯文。

賈生過秦論研究法

唐文治

乙　研究法

(一) 翕純皦繹法

鄙人編《國文經緯貫通大義》卷七"翕純皦繹法"首列本篇,原評云:《論語》"子語魯太師樂",翕純皦繹之法,即始終條理。文章搆局,要不外是,余以之律古文,大家之中多有相合者。此文自"秦孝公"起至"拱手而取西河之外",鎮攝全篇之局,所謂翕如也。"當是時"以下,連接"於是"數段,所謂從之純如皦如也。末段"且夫"以下,八音齊奏,絡繹不絶,所謂繹如以成也。韓子《原道》、柳子《封建論》,局度氣勢,大略相同。歐公運用此法,常在無形之中。文章本天成,妙手偶得之。若有心造作,則淺妄可笑矣。

(二) 抑揚擒縱法

《論》共三篇,上篇過始皇,中篇過二世,下篇過子嬰。兹專選上篇,過之者,抑之也,然惟揚之愈高,則抑之愈深。而擒縱之法,即在其中,縱之愈遠,則擒之愈有力。此論首段用揚治,二段稍用抑法,"於是從散約解"一揚,至"弱國入朝"頓足,盤旋作勢。及至"秦王乃更"一揚,至"子孫帝王萬世之業也",揚足重頓,更足"秦王既没”二句，至“然而陳涉”一抑，乃有千鈞之力。且失一段作比較法，又復一揚。然而“成敗異變”，又復一抑。凡揚處皆縱法，抑處皆擒法。曾文正所謂“跌宕頓挫，捫之有芒”，此擒縱法之妙也。文章家開闔變化，馳驟縱横，終不外此。

（三）用虚字作綫索及偶句叠句法

文之妙者，常以虚字作綫索，余於韓子《原道》篇中詳論之，此篇用四“於是”，一路作縱法，用兩“然而”作擒法，第三段“然後”二字與末段“然後”二字，遥遥相應，亦皆縱法。至起處即用偶句，二段“當此之時”以下，用叠句，及至“秦王下”至“遂并起而亡秦族矣”一段，多用偶句。“且夫天下”一段，多用叠句，又用偶句相間。魏晋以後，文多用偶句而文體衰；唐宋以後，文多用單行而文氣弱；是文章一大關鍵。近代陽湖惲子居用本篇法作“辨微論”二篇，亦能大氣包舉。善學古人者，遺貌取神，心知其意，當從此等處悟入。

（四）全篇起法結法

文章起法，以退之爲最善，以其能破空而來，如“伯樂一過，冀北之野而馬群遂空”、“大凡不得其平則鳴”、“太行之陽有盤谷”等是也。蘇子瞻《韓文公廟碑》“匹夫而爲百世師，一言而爲天下法”，實即用韓文起法。至結法以《國策》爲最善，硬住處如屹然矗立，虚住處則悠然不盡，綽有餘味。如“蘇秦始將連横”一段，結云“勢位富厚，蓋可以忽乎哉?”；“馮暖焚券”一段，結云“狡兔有三窟，可以高枕而卧矣”；“聶政刺韓隗”一段，結云“其姊不避菹醢之誅，以揚其名也”；俱有餘韵。“鄒忌脩八尺有餘”一段，結云“此所謂戰勝於朝廷”；“顔斶見齊宣王”一段，結云“歸真返璞則終身不辱”；“豫讓報仇”一段，結云“死之日，趙國之士聞之，皆爲涕泣”；俱有斬釘截鐵之概。本篇“秦孝公據殽函之固”，乃直起法；二段“孝公既没”，三段“及至秦王”，俱銜接法；末段“一夫作難”三句，乃硬接法；結處“仁義不施”二句，如千山萬壑赴荆門，江漢朝宗於海，又如萬騎奔騰，懸崖勒馬，可謂雄奇已極。

《國策·蘇秦始將連横篇》研究法

鄙人所編《國文經緯貫通大義》,列此文爲摹繪炎凉法。原評云:凉處寫得足,則炎處寫得更足,所謂一頓挫、一抗墜是也。惟摹繪凉處,宜有嗚咽感慨之致;描寫炎處,宜有興高采烈之致。要而言之,須明抑揚之法。此文"歸至家"一段,抑得極重,故下文揚得愈高。"於是乃摩燕下"一揚,至"蘇秦相於趙而關不通"頓住。當此之時,一提作一揚,至"使趙"大重重頓。"且夫蘇秦"又一提,作一揚;至"天下莫之能伉"頓足。結處乃更有力量、更有趣味矣。賈生《過秦論》,氣局氣勢,與此文息息相通,惟過秦論先揚而後抑,此文則先抑而後揚。學者熟讀之,自能領會。

文章勝人處,全在精采。若乏精采,腐敗不能振足,安能動人?此文上半篇説秦惠王,泛言當戰,一味散漫,毫無扼要之處,焉得不下第而歸?及得《太公書》,簡練以爲揣摹,言揣摹其簡練之法也。言語最當簡練,文章亦當簡練,能簡練始有精采。故下文叙得意處興會淋漓,蓋其文亦能簡練也。特是簡練非枯寂之謂,詳者略之,略者詳之,或數百言練成數十言,或數十言練足數百言,務在得其要領耳。而練氣爲尤重,韓子曰:"氣盛則言之短長皆宜。"

朱子有言"六經盛世之文也,除變風、變雅言《左傳》衰世之文也,《國策》亂世之文也",可謂名言。蘇秦讀書,志在得金玉錦繡、取卿相之尊,卑鄙已極,父母而郊迎其子三十里,父母之荒謬無知,其子之驕恣無禮,均可概見。至於"蛇行匍匐"之怪狀,"位尊多金"之俚詞,幾於令人作嘔。雖文章家烘雲託月,未必果有其事。然不肖者讀之,即不免動勢利之念,此陸清獻所以作《戰國策》去毒也。雖然,姚姬傳先生嘗謂:"《國策》文體最備,指陳利害,不煩言而解,太史公爲文,亦多仿《國策》。"學者當學其文之恢奇,不可學其壞心術處;猶學《莊子》者,但當學其文之洸洋恣肆,不當學其誣慢聖賢也。

讀《選》導言

駱鴻凱 撰

載於《學術世界》一九三五第一卷第七期。駱鴻凱(一八九二—一九五五),一名駱蒼霖,字紹賓,號彦均,湖南長沙沱市(今望城)人。一九一四年考入北京高等師範學校英語部,次年入北京大學文科中國文學門。一九一八年,北京大學畢業。一九二一年起,歷任南開大學教員,北京師範大學、北京女子師範大學講師,上海暨南大學、武漢大學、河北大學、湖南大學、湖南國立師範學院教授,一度兼任中山大學中文系主任。中華人民共和國成立後,湖南國師併入湖南大學,復任湖南大學教授。一九五三年院系調整,成立湖南師範學院(今湖南師範大學),轉任師院教授。在北大求學期間,從黄侃受文字聲韵之學,爲黄侃高足,又嘗從章太炎與劉師培問學,其學術思想、治學方法深受黄氏影響,博涉經、子,兼及文、史,尤邃於文字、音韵、訓詁及《楚辭》《文選》之學。著有《文選學》《楚辭廎六種》《爾雅論略》《爾雅學》《聲韵學》等。

據文前自序,此文乃是其於武漢大學教授《文選》時所作之《文選讀法》,見刊時别定爲此名。此文先札記前人所論,如"用字由難趣易""屬對由自然而趨巧密""體物由形容而趨刻畫"等。繼而從文類、文體兩方面,將《文心雕龍》與《文選》對較而觀,甚或以《文心雕龍》而範之《文選》,依《文心雕龍》之分體而重釋《文選》之文體,并將其所選文章重新分類。在文章風格與時代關係上,作者頗有識見地指出:"風格爲一時代文學上之通象,然其始要由一二勝流提倡於上,綴文之士從而慕之,轉相摹擬,風會所趨,文壇波靡,浸淫以成一代之風尚。"論及駢文之時，作者則認爲《文心雕龍》雖言駢文始於《尚書》《易經》，然“設喻隸事”實始自李斯《上秦始皇書》。此外，論及《文選》之文章祖述前人之類别及清人摹法《文選》之各家文章，多各依其個性及才學而爲之。另附有《選學書目》，分爲“全注本”“删注本”等九類以紹介，頗益於研治《文選》及文章學之用。

戊辰、己巳間，教授武漢大學，主者以《文選》設科，凱承其乏，乃爲諸生講述《文選》，纂集義例，及前代研治《選》學者之成績，殿以《文選讀法》十六事，其有未備，别詳附篇。全稿都三百餘紙，今裁出讀法一篇，意在學子熟精《選》理，識兹塗徑，定名《讀選導言》，聊實本刊云爾。

導言一

戴東原有言“誦《堯典》數行，至‘乃命羲和’，不知恒星七政所以運行，則掩卷不能卒業。誦《周南》《召南》，自《關雎》而往，不知古音，徒强以協韵，則齟齬失讀。誦古《禮經》，先《士冠禮》，不知古者宫室、衣服等制，則迷于其方，莫辨其用；不知古今地名沿革，則《禹貢》《職方》失其處所；不知少廣、旁要，則《考工》之器，不能因文而推其制；不知鳥獸、蟲魚、草木之狀類、名號，則比興之意乖”。此言治經之難，爲學者示以始基也。《文選》一書，雖次居集部，而上下千載，兼攬衆長，義藴既深，篇章尤富；固非漫無根柢，造次涉獵，所可窮其理而通其學也。今舉所宜先豫者如下：

一曰訓詁。辭賦小學，同源異流，揚、馬賦家，亦爲小學之宗。魏晉綴藻，雖字有常檢，而文家如景純、士衡、謝客、延之，皆有字詁之編。郭璞有《三蒼注》《爾雅注》《方言注》，陸機有《吴章》二卷，謝靈運有《要字苑》一卷，延之有《詁幼》二卷，并見《隋志》。嵇康就太學而寫經，束晳爲發蒙而作記，宜其文辭爾雅，合於古訓。六代作者，大抵如斯。是則研誦《文選》，首宜識字明矣。字有本義、引申義、通借義，聊舉一事以示例。

本義："方"，泭也。泭，編木以爲渡也。"方之舟之"《詩・谷風》，"大夫方舟"《記・月令》。

引申爲"比"："子貢方人"《論語》。

"類"："其惡有方"《記・緇衣》。

"等"："梓人爲侯廣與崇方"《考工記》。

"則"："萬邦之方"《詩・皇矣》，《毛傳》"方，則也"。

"法"："可謂仁之方也已"《論語》，"博學而無方"《荀子・大略》，"官脩其方"《左・昭二十九》，"余聞方士"《素問》注："方，術也"。

"常"："左右就養無方"《記・檀弓》。

通借爲"匚"："規矩方圓之至也"《孟子》，此義又引申爲方正、爲方板。

"旁"："方行天下"《尚書・立政》。

"榜"："監觀四方"《詩》。

"房"："實方實苞"《詩・生民》。

"妨"："方命圮族"《書・堯典》。

"幠"："維鳩方之"《詩・鵲巢》，《毛傳》"方之，方有之也。"《爾雅・釋詁》"幠，有也。方、幠，音模，唐對轉"。

今宜先讀《説文》，明字之本義；次讀《爾雅義疏》《廣雅疏證》，以求引申、通借之義。故訓熟洽，乃於經史成文、辭賦奇字，無所凝滯矣。

二曰聲韵。字有形，有音，有義。訓詁，就形、義言；聲韵，則音之部也。音有唐虞三代之音、漢魏之音，六朝至唐之音、元明以後之音，潛移默化，隨時變遷。今大别爲古音、今音，古音斷自唐虞迄於周秦兩漢爲古音之變，今音断自魏晉迄於唐宋元明爲今音之變。古音較今音爲簡。今音聲類有四十一，古音則僅十九；今音韵部有二百六，古音則僅二十八。又三代古音，惟有平、入二聲，無上、去二聲，《詩》《易》《楚辭》用韵可證；四聲具備，實在魏晉之際，而界限未嚴,故晉宋文辭,去、入二聲恒相通用,至齊梁而始密。

《文選》兼包八代,賦與詩約占全書之半。不了聲韵,則凡有韵者,讀之皆詰鞠爲病;而一切雙聲、叠韵連語,更不知所從來,不免望文生訓矣。孫志祖校《高唐賦》:"若浮海而望碣石","石"字爲衍文,以"碣"與上下文"會"、"磕"相叶,"石"字則不叶也;王念孫又校本賦:"九竅通鬱,精神察滯","滯"字亦羨,理亦如孫。此則本書傳寫之訛,得據音理是正之矣。

三曰名物。赋家之心,包括宇宙,總攬人物,當時實爲類苑。末學窮張載訪蜀邛之事,其自序曰:"其山川城邑,則稽之地圖;其鳥獸草木,則驗之方志"(按:"則驗"二字原漫漶,據左思《三都賦·序》補)。安仁《射雉賦》所用名物,亦皆當時俗稱,今則成爲雅詁。乃至洛陽伽藍,衒之撰而爲記;《離騷》草木,劉杳衍以成疏。凡涉名物,皆讀《選》者所不可忽矣。

四曰句讀。凡語意已完爲句,語意未完、語氣可稽者爲讀。秦漢之文,奇偶之生;東京以降,漸趨整練;宜若句讀之易尋矣。然不諳文法,或得其讀,不必得其句也;知其常例,不必知其變例也。如賦中往往合數讀爲一主詞,或語詞、狀詞,讀或與主句并列。

> 若夫藻扃黻帳,歌堂舞閣之基;璿淵碧樹,弋林釣渚之館;吴蔡齊秦之聲,魚龍爵馬之玩此合數讀爲一主詞;皆薰歇燼滅,光沈響絶此合數讀爲一語詞。下有芍藥之詩,佳人之歌;桑中衛女,上宫陳娥;春草碧色,春水緑波二句狀詞,讀與"下有"四句主詞并列;送君南浦,傷如之何?

此外諸體,文既整練,句之組織,多違常例。有省詞以配合句度者,有增字以整齊句度者,有倒文以變易句度者,有意貫注而句式偶對者,皆非了於成文之法,未易悉其所以也。

五曰文律。陸士衡作《文賦》,"以述先士之盛藻",自謂"普辭條與文律,良余膺之所服",是則鑒賞前文,宜嫻於修辭之律令,而後能程其美惡,定其得失。彦和《雕龍》,不啻爲《文選》作,學者必先於其説信受奉行，退觀蕭書，始有真解。若以後世時文家法律論之，是猶算《春秋》曆用杜預《長編》，行鄉飲酒儀於晉朝學校，必不合矣。

六曰史實。一文之成，必有其所以成茲文之故，是謂文事，亦即史實。讀《文選》者，自《史記》下，盡《南》《北史》，宜皆明習，乃於文事無所隔閡。

七曰地理。《兩都》《二京》，即長安、雒陽之輿地志；《江》《海賦》，即《水經》别注也。不明其方隅、脈絡之所在，則讀其文無由知其地。至《七發》篇中地名，自廣陵而外，如曲江、南山、朱汜、或圍、伍子之山、骨母之場、赤岸，藉藉之口，無一可以指實。而吴越争此故實如朱彝尊、閻若璩、汪中等，類於虞芮之訟田，則又鑿矣。

八曰文體。《文選》分體三十有八，七代文體略備，讀者宜於各體緣起之先後、發展之程序與特殊之質性、代表之作家，先能識别，而後知古人辭尚體要，非苟作者。

九曰文史。八代文學變遷之迹，各時代作家之材性、學力與時地，皆宜一一了然於心。然後誦其文，乃無捍格。此則正史文苑傳，或爲文士别立之傳，如《後漢書》，班固、張衡、崔駰、馬融、蔡邕，不列《文苑》，是。并宜紬讀明矣。

十曰玄學與佛典。魏晉以來，聃周當路，文士篇什，每含玄思，詩必柱下之旨歸，賦乃漆園之義疏。孫興公《天台山賦》、王簡棲《頭陀寺碑》二篇，援引佛典，亦極奥博。陸放翁謂李善注《頭陀寺碑》，穿穴三藏；注《天台山賦》，消釋三幡。至今法門老宿，未窺其奥，此可證學者讀《選》，於玄學、佛典不能不稍究心矣。

《文選》一書，搴歷代之大宗，擷名家之精要，七代善文，包舉靡遺。今略舉前人論述，自周訖梁文體流變，讀者試從是以觀察《文選》焉。

甲　總論

《文心·通變篇》曰："黄唐淳而質，虞夏質而辨，商周麗而雅，楚漢侈而艷，魏晉淺而綺，宋初訛而新。從質及訛，彌近彌澹。”

又《時序篇》評論文學源流，上自三古，下迄宋初，於兩漢、魏、晉言之最悉，文長不録。

《宋書·謝靈運傳論》曰：“自漢至魏四百餘年，辭人才子，文體三變……已下論至宋世顔、謝爲止”，文載《文選》，不具録。

《南齊書·文學傳論》曰：“今之文章，作者雖衆。總而爲論，略有三體。一則啓心閑釋，托辭華曠；雖存巧綺，終致迂回。宜登公宴，未爲準的。而疏慢闡緩，膏肓之病，典正可采，酷不入情。此體之源，出靈運而成也。次則緝事比類，非對不發，博物可嘉，職成拘制。或全借古語，用申今情，崎嶇牽引，直爲偶説。唯睹事例，頓失精采。此則傅咸五經，應璩指事，雖不全似，可以類從。次則發唱驚挺，操調險急，雕藻淫艷，傾炫心魂，亦猶五色之有紅、紫，八音之有鄭、衛，斯鮑照之遺烈也。”此節論當代文學，沿流溯源，謂出傅咸、應璩、謝、鮑諸家。《隋書·文學傳序》曰：“漢魏以來，迄乎晉、宋，其體屢變，前哲論之詳矣。暨永明天監之際，太和、天保之間，洛陽江左，文雅尤盛。於時作者，濟陽江淹、吴郡沈約、樂安任昉、濟陰温子昇、河閑邢子才、鉅鹿魏伯起等，并學窮書圃，思極人文，縟采鬱於雲霞，逸響振於金石，英華秀發，波瀾浩蕩，筆有餘力，詞無竭源。方諸張、蔡、曹、王，亦各一時之選也。”此節評論齊、梁文學，正與《文心·時序篇》相接。

乙　析觀

《文心·練字篇》曰：“前漢小學，率多瑋字，非獨制異，乃共曉難也。暨乎後漢，小學轉疏，複文隱訓，臧否大半。及魏代綴藻，則字有常檢；晉來用字，率從簡易。時并習易，人誰取難？今一字詭異，則群句震驚；三人弗識，則將成字妖矣。”

右論用字由難趨易

《事類篇》曰："觀夫屈、宋屬篇，號依詩人，雖引古事，而莫取舊辭。惟賈誼《鵩賦》，始用《鶡冠》之説；相如《上林》，撮引李斯之言；此萬分之一會也。及揚雄《百官箴》，頗酌於《詩》《書》；劉歆《遂初賦》，歷叙於史傳；漸漸綜采矣。至於崔、班、張、蔡，遂捃摭經史，華實布濩，因書立功，皆後人之範式也。"

右論文章運用成語始於揚劉

《麗辭篇》曰："自揚、馬、張、蔡，崇盛麗辭；如宋畫吴冶，刻形鏤法；麗句與深采并流，偶意共逸俱發。至魏晉群材，析句彌密，聯字合趣，剖毫析里。"

右論屬對由自然而趨巧密

《物色篇》曰："詩人感物，連類不窮"，"并以少總多，情貌無遺"，"及《離騷》代興，觸類而長，物貌難盡。故重沓舒狀，於是'嵯峨'之類聚，葳蕤之群集。及長卿之徒，詭勢瓌聲，模山範水，字必魚貫"，所謂"辭人麗淫而繁句也"。自近代以來，文貴形似，窺情風景之上，鑽貌草木之中。吟詠所發，志惟深遠，體物爲妙，功在密附。故巧言切狀，如印之印泥，不加雕削，而曲寫毫芥。

右論體物由形容而趨刻畫

《比興篇》曰："楚襄信讒，而三閭忠烈，依《詩》製《騷》，諷兼比興。炎漢雖盛，而辭人夸毗，詩刺道喪，故興義銷亡，比體雲構。"

右論文章設喻比多於興炎漢已然

導言三

文體莫備於六朝,亦莫嚴於六朝。蕭嗣選文,别裁僞體,妙簡雅裁,分體三十有八,可謂明備。

《文心》之作,本與《文選》相輔,今宜據劉書所述,各體緣起之先後、各體發展之程序、各體特殊之質性、各體代表之作家,以觀《文選》纂録之篇,用資證明。姑舉兩書文體之目,比較如下。

(《文心雕龍》)	(《文選》)
《辨騷》	"騷"卷三十二、三十三,"辭"卷四十五
《明詩》《樂府》	"詩""《樂府》"卷十九至三十一
《詮賦》	"賦"卷一至十九
《頌讚》	"頌""贊"卷四十七,"史述贊"附
《祝盟》	無
《銘箴》	"箴""銘"卷五十六
《誄碑》	"誄"卷五十六、五十七,"碑文"卷五十八、五十九,"墓誌"附
《哀吊》	"哀文"卷五十七、五十八,"吊文""祭文"卷六十
《雜文》	"七"卷三十四、三十五,"對問""設問"卷四十五,"連珠"卷五十五
《封禪》	"符命"卷四十八
《諧讔》	無

右文之屬爲有韵之文

《史傳》	無
《諸子》	無
《論説》	"論"卷五十二、五十三,史論卷四十九、五十
《詔策》	"詔""册""令教""策問"卷三十六

《章表》	“表”卷三十七、三十八
《表啓》	“上書”“啓”卷三十九，“彈事”卷四十
《書記》	“牋”“奏記”卷四十，“書”卷四十一至四十三
《檄移》	“移”卷四十四，“檄”卷四十三
	“序”卷四十五、四十六，互見《文心·論説》
	“行狀”卷六十，互見《文心·書記》
《議對》	無

右筆之屬爲無韵之文

導言四

彦和論文，標舉體性。體斥文章體格，性即文家材性，緣材性之殊，而所爲之文體格異狀。

《體性篇》區别文章之體格，曰“總其歸塗，數窮八體”。

一曰典雅，鎔式經誥，方軌儒門。
二曰遠奥，馥采典文，經理玄宗。
三曰精約，核字省句，剖析毫里。
四曰顯附，辭直義暢，切理厭心。
五曰繁縟，博喻醲采，煒燁枝派。
六曰壯麗，高論宏裁，卓爍異采。
七曰新奇，擯古競今，危側趣詭。
八曰輕靡，浮文弱植，縹緲附俗。

《文選》網羅文家凡百三十餘，文章體格之歧異，可謂能盡大觀矣。今舉所載文辭，以證彦和八體之説。

典雅體，凡義歸正直，辭取雅馴者，皆入此類。

例：班固《幽通賦》，劉歆《讓太常博士書》。

遠奥體，凡理致淵深，辭采微妙者，皆入此類。

例：賈誼《鵩鳥賦》，李康《運命論》。

精約體,凡斷義務明,練辭務簡者,皆入此類。

例:陸機《文賦》,范曄《後漢書》諸論。

顯附體,凡語貴丁寧,義求周洽者,皆入此類。

例:諸葛亮《出師表》,曹冏《六代論》。

繁縟體,凡辭采紛紜,意義稠複者,皆入此類。

例:枚乘《七發》,劉峻《辨命論》。

壯麗體,凡陳義俊偉,措辭雄瓌者,皆入此類。

例:揚雄《河東賦》,班固《典引》。

新奇體,凡詞必研新,意必矜創者,皆入此類。

例:潘岳《射雉賦》,顔延之《三月三日曲水詩序》。

輕靡體,凡辭須蒨秀,意取優柔者,皆入此類。

例:江淹《恨賦》《别賦》,孔稚圭《北山移文》。

《體性篇》復以八體屢遷,肇自血氣,根於情性。曰上句斥其材性,下句證以其人之文體。

> 賈誼俊發,故文潔而體清;長卿傲誕,故理侈而辭溢;
> 子雲沈寂,故志隱而味深;子政簡易,故趣昭而事博;
> 孟堅雅懿,故裁密而思靡;平子淹通,故慮周而藻密;
> 仲宣躁鋭,故穎出而才果;公幹氣褊,故言壯而形駭;
> 嗣宗俶儻,故響逸而調遠;叔夜儁俠,故興高而采烈;
> 安仁輕敏,故鋒發而韵流;士衡矜重,故情繁而辭隱。

斯則由文辭之體格,以得作者之材性,表裏必符,蓋可斷言。諸家之文除劉子政外,備載《文選》。試本劉説而觀察之,可以知其概矣。

導言五

文章風格,代有不同。兩漢之文迥異乎周秦,而東京之與西京面目又異。下是,則魏晉異於東漢,齊梁之文又不同於晉宋。明於歷代文章風尚之異,雖舉數十篇文,隱其姓名以相示,必能辨其時序,無所疑惑。蓋風格之説非虚玄也,可於其文體與思想兩方察之。

今舉魏文爲例。

劉氏《中古文學史》曰:"建安文學,革易前型。遷蜕之由,可得而説。兩漢之世,户習六經,雖及子家,必緣經術。魏武治國,頗雜刑名,文體因之,漸趨清峻,一也。建武以還,士民秉禮,迨至建安,漸尚通侻。侻則侈陳哀樂,通則漸藻玄思,二也。獻帝之初,諸方棋峙,乘時之士,頗慕縱横,騁詞之風,肇端於此,三也。又漢之靈帝,頗好俳詞。原注見《楊賜》《蔡邕》等傳。下習其風,益尚華靡。雖迄魏初,其風未革,四也。"

又曰:"魏文與漢不同者,蓋有四焉。書檄之文,騁詞以張勢,一也。論説之文,漸事校練名理,二也。奏疏之文,質直而無華,三也。詩賦之文,益事華靡多慷慨之音,四也。"

《文心·時序篇》論建安文學曰:"觀其時文,雅好慷慨。良由世積亂離,風衰俗怨,并志深而筆長,故慷慨而多氣也。"

觀此所云"清峻"論説、"玄思"詩、"騁詞"書檄、"華靡"詩賦、"慷慨"詩,皆目魏文之文體。刑名之術,通侻之風,縱横之習,與夫風俗之衰怨,皆指魏文之思想。由斯思想,成彼文體。一代之風格,即於是形成焉。

風格爲一時代文學上之通象,然其始要由一二勝流提倡於上,綴文之士從而慕之,轉相摹擬,風會所趨,文壇波靡,浸淫以成一代之風尚。《文心·明詩篇》論建安詩曰:

> 暨建安之初,五言騰踊。文帝、陳思,縱轡以騁節;王、徐、應、劉,望路而争驅。并憐風月、狎池苑、述恩榮、敘酣宴,慷慨以任氣,磊落以使才。造懷指事,不求纖密之巧;驅辭逐貌,唯取昭晰之能。此其所同也。

此則建安時代五言之蔚起,以及游覽之作、公讌之篇,充盈文苑,皆由魏文、陳思所倡導。七子和之,新進復步其後塵,雷同祖構,由是丕然成一代之詩風也。

《文選》囊括八代,八代作品,風格自殊。試從文體與思想兩方察之,可以得其大凡已。

導言六

駢體之源,肇於《書》《易》,彦和論之詳矣。就《文選》之文而論,子夏《詩序》一篇,上規《易·繫》,語比聲和,阮伯元氏以爲即駢文初祖,然尚未開設喻隸事之風也。設喻隸事,始自李斯之上書,鄒陽繼之,儼成一種儷習,而駢體之經,始有可尋。然尚未整句調,敷色澤也。自王子淵出而駢始多,曹子建出而駢始工;陸士衡出而四六始昌;顔延年出而用字始求藻績;沈約、王融諸人聲律論出,而用字始避拘忌;駢文之體於焉成立。今舉《文選》數首,以觀其演進之序。

秦李斯《上秦始皇書》,設喻隸事之初祖,兩段相偶,亦自此開。

漢鄒陽《獄中上書自書》,設喻隸事,與李斯同風,而詞意更爲複疊。

漢王褒《聖主得賢臣頌》,兩段相偶,上繼李斯。偶句、排句、叠句,全段比喻、數句比喻,用成語、用古事。以上諸法,俱自此開之。

曹子建《七啓》,造語之精,敷采之麗,漢代所無,而力趨工整,竟爲儷體開先。

晉陸士衡《豪士賦序》,裁對之工,隸事之富,爲晉文冠。而措語短長相間,竟下開四六之體。

宋顔延年《三月三日曲水詩序》,用字避陳趨新,如以經莖代朱草,素毳代白虎,并柯、共穗代連理木、嘉禾之類。開駢文雕繪之習。李申耆謂"織詞之縟,始於延之",即以此篇爲例。

齊王融《三月三日曲水詩序》、梁沈約《齊安陸昭王碑文》兩家發明聲律論,由詩以移於文。故選聲配色,益趨工律,駢文至是,如百尺竿頭,更進一步。徐、庾宗之,遂爲集此體之大成矣。

駢文之成，先之以調整句度，是曰裁對。繼之以鋪張典故，是曰隸事。進之以煊染色澤，是曰敷藻。終之以協諧音律，是曰調聲。持此四者，可以考迹斯體演進之序。右舉《文選》諸篇，其左證也。諸篇之作法明，即駢文修辭通則不外是矣。

導言七

《文心·才略篇》於六代文家，咸有品藻，以別其才思之優絀。今録篇中所舉諸家見《文選》者，而以彦和《品藻》之語繫其下。

[周]屈原、宋玉：屈、宋以《楚辭》發采。

[秦]李斯：李斯自奏麗而動。

[兩漢]賈誼：賈誼才穎，陵軼飛兔，議愜而賦清。

枚乘、鄒陽：枚乘之《七發》、鄒陽之《上書》，膏潤於筆，氣形於言矣。

司馬遷：子長純史，而麗縟成文，亦詩人之告哀焉。

司馬相如：相如好書，師範屈、宋，洞入夸艷，致名辭宗。然覆取精意，理不勝辭。

王褒：王褒構采，以密巧爲致，附聲測貌，冷然可觀。

揚雄：子雲屬意，辭人最深。觀其涯度幽遠，搜選詭麗，而竭才以鑽思，故能理贍而辭堅矣。

劉歆、班彪、班固：二班、兩劉，弈葉繼采。舊説以爲固文優彪，歆學精向，然《王命》清辨，《新序》該練，璿璧産於昆岡，亦難得而逾本矣。

傅毅：傅毅、崔駰，光采比肩。

馬融：馬融鴻儒，思洽識高，吐納經範，華實相扶。

王延壽：王逸博識有功，而絢采而力；延壽繼志，瓌穎獨標。

張衡、蔡邕：張衡通贍，蔡邕精雅，文史彬彬，隔世相望。

孔融、禰衡：孔融氣盛於爲筆，禰衡思鋭於爲文，有偏美焉。

[魏]潘勖：憑經以騁才，故絶群於錫命。

魏文帝、曹植：魏文之才，洋洋清綺，舊談抑之，謂去植千里。

然子建思捷而才儁,詩麗而表逸。子植慮詳而力緩,故不競於先鳴,而樂府清越,《典論》辨要,迭相短長,亦無懵焉。但俗情抑揚,雷同一響,遂令文帝以位尊減才,思王以勢窘益價,未爲篤論也。

王粲:仲宣溢才,捷而能密,文多兼善,辭少瑕累。摘其詩賦,則七子之冠冕乎!

陳琳、阮瑀、徐幹、劉楨、應瑒:琳、瑀以符檄擅聲,徐幹以賦論標美,劉楨情高以會采,應瑒學優以得文。

何晏:何晏景福,克光於後進。

應璩、應貞:休璉風情,則《百一》標其志;吉甫文理,則臨丹成其采。

嵇康、阮籍:嵇康師心以遣論,阮籍使氣以命詩,殊聲而合響,異翮而同飛。

[晉]張華、左思、潘岳:張華短章,弈弈清暢,其《鷦鷯》寓意,即韓非之《説難》也。左思奇才,業深覃思,盡鋭於《三都》,拔萃於《詠史》,無遺力矣。潘岳敏給,辭旨和暢,鍾美於《西征》,賈餘於《哀誄》,非自外也。

陸機、陸雲:陸機才欲窺深,辭務索廣,故思能入巧而不制繁。士龍朗練,以識檢亂,故能布采鮮净,敏於短篇。

孫楚:孫楚綴思,每直置以疏通。

傅玄、傅咸:傅玄篇章,義多規鏡;長虞筆奏,世執剛中;并楨、幹之實才,非群華之韡萼也。

成公綏、夏侯湛、曹攄、張翰:成公子安,選賦而時美;夏侯孝若,具體而皆微;曹攄清美於長篇,季鷹辨切於短韵。各其善也。

張載、張協、劉琨、盧諶:孟陽、景陽,才綺而相埒,可謂魯衛之政,兄弟之文也。劉琨雅壯而多風,盧諶情發而理昭,亦遇之於時勢也。

郭璞:景純艷逸,足冠中興。《郊賦》既穆穆以大觀,仙詩亦飄飄而凌雲矣。

庾亮:庾元規之表奏,靡密以閑暢。

干寶、袁宏、孫綽、殷仲文:孫盛、干寶,文勝爲史;準的所擬,志乎典訓；户牖雖異，而筆彩略同。袁宏發軫以高驤，故卓出而多偏；孫綽規旋以短步，故倫序而寡狀。

［宋］謝混：殷仲文之孤興，謝叔源之閑情，并解散辭體，縹緲浮音。雖滔滔風流，而大澆文意。

右所列六代入《選》文家，五十七人，約得《文選》所載之半。齊、梁二代，世近易明，不復甄舉。觀其品藻，語語精核，所舉篇章，亦大率爲文選所有。詳加觀察，可以得《文選》所載文家之優絀矣。

導言八

昔魏文以爲古今文人，類不護細行，鮮能以名節自立。顔和因之，作《程器篇》，指斥前世文士有文采而乏器識者，《顔氏家訓・文章篇》尤歷詆之。二書所舉文人，十九見於《文選》。今先録劉、顔之言，其不見《文選》者，辭從删剟。以衡量《文選》諸家焉。

《程器篇》曰：

> 略觀文士之疵，相如竊妻而受金，揚雄嗜酒而少算，班固諂竇以作威，馬融黨梁而黷貨，文舉傲誕以速誅，正平狂憨以致戮，仲宣輕脆以躁競，孔璋惚恫以粗疏，潘岳詭禱於愍懷，陸機傾仄於賈郭，傅玄剛隘而詈臺，孫楚狠愎而訟府。諸若此類，并文士之瑕累。若夫屈、賈之忠貞，鄒枚之機覺，徐幹之沈默，豈曰文士必其玷？歟蓋人禀五材，修短殊用，自非上哲，難以求備。然將相以位隆特達，文士以職卑多誚，此江河所以騰湧，涓流所以寸折者也。名之抑揚，既其然矣；位之通塞，亦有以焉。彼揚、馬之徒，有文無質，所以終乎下位也。庾元規才華清英，勳庸有聲，故文藝不稱。若非台岳，則正以文才也。

按：此則兼論文士叢誚之由，及文士之位卑由於寡實，位高或以掩才。

《文章篇》曰：

自古文人多陷輕薄。屈原露才揚己,顯暴君過;宋玉體貌容冶,見遇俳優;東方曼倩滑稽不雅,司馬長卿竊貲無操,王褒過章《僮約》,揚雄德敗《美新》,李陵降辱夷虜,劉歆反覆莽世,傅毅黨附權門,班門盜竊父史,馬季長佞媚獲誚,蔡伯喈同惡受誅,吴質詆訶鄉里,曹植悖慢犯法,陳琳實號麄疏,繁欽性無檢格,劉楨屈輸强作,王粲率躁見嫌,孔融、禰衡誕傲致殞,楊修扇動取斃,阮籍無禮敗俗,嵇康凌物凶終,傅玄忿鬭免官,孫楚矜誇凌上,陸機犯順履險,潘岳乾没取危,顔延年負氣摧黜,謝靈運空疏亂紀,王元長凶賊自貽,謝玄暉侮慢見及。凡此諸人,皆其翹秀者,不能悉紀,大較如此。自子游、子夏、荀况、孟軻、枚乘、賈誼、蘇武、張衡、左思之儔,有盛名而免過患者,時復聞之,但其損敗居多耳。每嘗思之,原其所積,文章之體,標舉興會,發引性靈,使人矜伐。故忽於操持,果於進取。今世文士,此患彌切,一事愜當,一句清巧,神厲九霄,志凌千載,自吟自賞,不覺更有傍人。如以砂礫所傷,慘於矛戟,諷刺之禍,速乎風塵,深宜防慮,以保元吉。

按:此則兼論文人熱中進取,及其以文字賈禍之由。

文士負才遺行,致千世議。或乃不得全其首領,劉、顔二君詆之如是。竊謂文人當知者有二:一曰謹於文德,二曰嚴於律己。前者檢諸臨文,後者養之平日,前者當知臨文不可無敬恕語本章學誠《文德篇》,後者當知文與行表裏宜一。昔王充特言文德之操見《論衡·佚文篇》,楊遵彦亦著《文德論》見《魏書·文苑傳》,皆總括行文之德與立身之道二者而言,所以針砭文士至深切也。《文選》諸家負世議者,劉、顔二君已嚴爲抨彈,而不得善其終者,僂指至三十二人,何其重可痛惜也。玆表列於下:未知註者,皆被刑死之列。

[秦]李斯、[漢]楊惲、朱浮、班固死獄(甲)[中]、蔡邕死狱中、孔融、楊修、禰衡、[魏]鍾會、何晏、嵇康、[吴]韋昭、[晉]張華、石崇、陸機、歐陽建、陸雲、曹攄與流人戰死、謝混、劉琨、盧諶、郭璞、殷仲文、[宋]傅亮、范曄、謝靈運、袁淑、劉鑠毒殺、王僧達、鮑照爲亂兵所

殺、[齊]謝脁、王融。

導言九

《文心·通變篇》云:"楚之騷文,矩式周人。漢之賦頌,影寫楚世。魏之策制,顧慕漢風。晉之辭章,瞻望魏采。此總言歷代文體遞相祖述也。"又云:"夫誇張聲貌,則漢初已極,自兹厥後,循環相因。雖軒翥出轍,而終入籠内。"枚乘《七發》云"通望乎東海,虹洞乎蒼天",相如《上林》云"視之無端,察之無涯,日出東沼,月生西陂",馬融《廣成》云"天地虹洞,固無端涯。大明出東,月生西陂",揚雄《校獵》云"出入日月,天與地沓",張衡《西京》云"日月於是乎出入,象扶桑與濛氾。"此并廣寓極狀,而五家如一,諸如此類,莫不相循,參伍因革,通變之數也。此專言漢代佳篇,遞相因襲,雖有巨手,莫能凌越也。今試本此以觀《文選》所録,遞相祖襲,於其祖襲之中,察夫參伍因革之迹,則八代文變可尋矣。聊舉一例,以備隅反。

(一)題之相祖

《兩都賦》《兩京賦》《三都賦》。

《七發》《七啓》《七命》。

(二)體之相祖

《子虚》《上林賦》,僞立主客,曰子虚、烏有先生、亡是公。

《長楊賦》,僞立主客,曰子墨、客卿、翰林主人。

《高唐》《神女賦》,假設楚襄王與宋玉問答發端。

《舞賦》,假設楚襄王與宋玉問答發端。

(三)句之相祖

《上林》云"追怪物,出宇宙",《校獵》云"追天寶,出一方"。《兩都》云"左城右平,重軒三階",《西京》云"三階重軒,左平右城"。

(四) 意之相祖

《高唐》云"纖條悲鳴,聲似竽籟;清濁相和,五變四會",《上林》云"猗柅從風,劉莅芔歙,蓋象金石之聲、管籥之音",《吴都》云"鳴條律暢,飛音響亮,蓋象琴築并奏,笙竽俱唱"。

導言十

《文選》爲五言詩之總匯,甄録自漢迄梁凡五十九家,無名人古詩不數。四百三十八首,分類二十有三。曰補亡、曰述德、曰勸勵、曰獻詩、曰公讌、曰祖餞、曰詠史、曰百一、曰游仙、曰招隱、曰游覽、曰詠懷、曰哀傷、曰贈答、曰行旅、曰軍戎、曰郊廟、曰樂府、曰挽歌、曰雜歌、曰雜詩、曰雜擬。後世特名曰:"選體詩"云。然時更七代,聚製紛紜,合而觀之,可以洞見五言古詩之流變。《文心》《詩品》及章先生《辨詩篇》,於此論述綦詳,今删其要述之。

[兩漢]韋孟:漢初四言,韋孟首唱;匡諫之義,繼軌周人。《明詩》

李陵、蘇武、班婕妤:詞人遺翰,莫見五言,所以李陵、班婕妤見疑於後代。《明詩》

古詩:或稱枚叔,《孤竹》一篇,則傅毅之詞,比采而推,而漢之作。《明詩》古詩眇邈,人世難詳,推其文體,固是炎漢之制。《詩品》

班固:東京二百載中,唯有班固《詠史》,質木無文。《詩品》按:此篇《文選》未録。

張衡:張衡《怨篇》,清典可味,仙詩緩歌,雅有新聲。《明詩》按:《怨篇同聲歌》,《文選》未録,録有《四愁詩》。

建安體:建安之初,五言騰踊。文帝、陳思,縱轡以騁節;王、徐、應、劉,望路而争驅。并憐風月,狎池苑,述恩榮,叙酣宴,慷慨以任氣,磊落以使才。《明詩》

降及建安,曹公父子篤好斯文,平原兄弟鬱爲文棟,劉楨、王粲爲其羽翼,次有攀龍托鳳、自致於屬車者,蓋將百計,彬彬之盛,大

備於時矣。《詩品》

[魏]正始體：正始明道，詩雜仙心。何晏之徒，率多浮淺。唯嵇志清峻，阮旨遥深，故能標焉。若乃應璩《百一》，獨立不懼，辭譎義貞，亦魏之遺直也。《明詩》按：何晏詩，《文選》未入録。

[晉太康體]：晉世群才，稍入輕綺。張、潘、左、陸，比肩詩衢。采縟於正始，力柔於建安。或析文以爲妙，或流靡以自妍。《明詩》

太康中，三張、二陸，兩潘、一左，勃爾復興，踵武前王，風流未沫，亦文章之中興也。《詩品》

永嘉體：江左篇翰，溺乎玄風，嗤笑徇務之志，崇盛亡機之談。《明詩》

永嘉時，貴黄老，尚虚談，於時篇什，理過其辭，淡乎寡味。爰及江表，微波尚傳，孫綽、許詢、桓庾諸公，皆平典似道德論，建安之風盡矣。《詩品》按：孫、許詩，《文選》未録。

[宋]元嘉體：宋初文詠，體有因革，莊、老告退，而山水方滋。情必極貌以寫物，辭必窮力而追新。《明詩》

先是郭景純用俊上之才，創變其體；劉越石仗清剛之氣，贊成厥美。然彼衆我寡，未能動俗。迄義熙中，謝益壽斐然繼作。元嘉初，有謝靈運才高辭盛，富艷難蹤，固已含跨劉、郭，凌轢潘、左。《詩品》

[大明]泰始體：大明泰始中，文章殆同書抄。近任昉、王元長等，辭不貴奇，競須新事。爾來作者，寖以成俗，遂乃句無虚語，語無虚字，拘攣補衲，蠹文已甚。《詩品》

[齊]永明體：齊有王元長者，嘗謂余云"宫商與二儀俱生，自古詞人不知之。"嘗欲進《知音論》，未就。元長創其首，謝朓、沈約揚其波，於是士流景慕，務爲精密，襞積細微，故使文多拘忌，傷其真美。《詩品》

永明末，盛爲文章。吴興沈約、陳郡謝朓、琅邪王融，以氣類相推轂；汝南周顒，善識聲韵，約等文皆用宫商，以平、上、去、入爲四聲，以此制韻，不可增減，世呼爲永明體。《南齊書・陸厥傳》

《詩品序》總論建安迄元嘉詩，曰陳思爲建安之傑，公幹、仲宣爲輔，陸機爲太康之英，安仁、景陽爲輔，謝客爲元嘉之雄，顔延年爲輔，此皆五言之冠冕，文辭之命世。

按：《文選》於陳思、陸機、謝客諸家詩，甄録特備，全詩具在。

章氏論自永嘉訖陳、隋詩，曰世言江左遺彦，好語玄虚，孫、許諸篇，傳者已寡。陶潛皇皇欲變其奏，其風力終不逮。玄言之殺，語及田舍。田舍之隆，旁及山川人物，則謝靈運爲之主。自是至於沈約、丘遲，景物復窮，自梁簡文初爲新體，牀笫之言，揚于大庭，訖陳、隋爲俗。

按：此則兼論淵明，可補鍾、劉所未及。

導言十一

總集之作，所以采摘孔翠，芟剪繁蕪，代不數人，人纔數篇。然《文選》所録，大家如揚、馬、潘、陸、顔、謝、任、沈，甄采特周，菁華已竭。後之君子欲觀其體勢，而見其心靈，開卷咸在，蓋雖選本，實無異讀其全集也。玆編限於篇幅，僅舉專家研究綱領，其詳具在附編。

《文選》專家研究綱領：一、考史傳以明其生平，二、徵遺文以知其作品，《文選》未收作品，并宜參覽。三、輯文評以識其概略，《文心》《詩品》及《北史》以上，關於評論本人文章之言，并宜研核。四、溯其淵源所，自究其影響所及，五、考其文體之因，與創及所優長，如王粲長於辭賦，嵇康善爲論難之類。六、索其文之作法。謀篇、造句、練字諸端。

導言十二

馬工枚速，異翮同飛，任筆沈詩，殊聲合響。後來論定，取以并稱，宜矣。然通校諸家，或遲速懸殊，或短長互見，才雖相埒，文自不同。是則六代文家，有并世齊名者，宜取而比斠讀之。《文選》所載文家，如阮、嵇、潘、陸、顔、謝、任、沈，前史嘗以并稱矣。今舉潘、陸爲例，而核論之。

《宋書·謝靈運傳論》曰:"降及元康,潘、陸特秀,律異班、賈,體變曹、王,縟旨星稠,繁文綺合,綴平臺之逸響,采南皮之高韻。遺風餘烈,事極江右。"

《晉書·潘岳傳》,史臣曰:"機文喻海,韞蓬山而育蕪;岳藻如江,濯美錦而增絢。"

《南齊書·文學傳》曰:"潘、陸齊名,機、岳之文永異。"

《世説·文學篇》孫興公云"潘文瀾若披錦,無處不善。陸文若排沙簡金,往往見寶。"又云"潘文淺而净,陸文深而蕪。"劉注引《文章傳》曰司空張華,見機文篇篇稱善,謂曰:"人之爲文,患於才少。至子乃恨太多。"又引《文章志》曰:"岳爲文,選言簡章,清綺絶倫。"

蓋陸氏之文工而縟,潘氏之文雖綺而清,故興公之論,以爲潘美(爲)[於]陸。今研核兩家作品,爲比較之。

(一) 淵源

陸:文氣之厚,得於子建;文辭之雅,出於伯喈;而密緻皆過之。潘:文之清秀,出於王粲。

(二) 個性

陸:《文心·體性篇》云"士衡矜重,故情繁而辭隱。"潘:又云"安仁輕敏,故鋒發而韻流。"

(三) 天才與學力

陸:天才與學力俱到,故極盡其捶鍊之工,艱苦之思。

潘:天才高於陸,而工力不逮,故清新灑逸之致過於士衡,而沈毅磅礴。

(四) 文體

陸:駢偶之體,至陸漸備,句必用典,清新戒陳言,照應細密,詞厚重高偉,篇中多警策。

潘:思致高騫,理不虚綺。或謂西晉文辭少存樸實者,皆潘砥柱之力,語雋氣清,綺而不滯,輕而不浮,轉捩自如,外華内淡。

(五) 流派

陸:晉人學陸者惟葛洪,學陸不善者,病在長滯蕪晦。潘:謝莊、謝脁、江淹并學潘,學潘不善者,多病在浮。試本此取嵇、阮、顏、謝、任、沈諸家之文以讀，自能領其深處。

導言十三

《文選》分體三十有八，一體之中，選文定篇，皆自昔佳製。然作者之材性不同，風流殊别，公幹時有齊氣，仲宣惜其體弱。清曾滌生嘗以“陰、陽、剛、柔”論文，謂“陽剛者氣勢浩瀚，陰柔者韵味深美，浩瀚者噴薄而出之，深美者吞吐而出之”，頗得要領。然其言不及彦和所陳八體之精矣。又世運遷移，文體亦緣而變。屈、宋以楚辭發藻，而《九辯》句度，已變騷經之舊，開賈、馬之先。風月秋興，同隸物色，而宋則誇張聲勢，不出縱横。安仁詞尚清綺，猶沿建安之製；希逸駢語絡繹，下開唐律之風。源流正變，彙觀益明，今粗舉分體研究綱領，其詳亦具附編。

《文選》分體研究綱領：一别，一體所該之時代與作家；二考，一體文章之源流正變；三辨，一體所該衆篇之體性；四統，觀衆篇之粹美；五析，觀衆篇之作法；六比，觀衆篇作法之異同。

導言十四

摯虞《文章流别論》曰：“昔班固爲《安豐戴侯頌》、史岑爲《出師頌》和《熹鄧后頌》，與《魯頌》體意相類，而文詞之異，古今之變也。揚雄《趙充國頌》，頌而似雅。傅毅《顯宗頌》，文與《周頌》相似，而雜以風、雅之意。若馬融《廣成》《上林》之屬，純爲今賦之體，而謂之頌，失之遠矣。梁元帝《内典·碑銘集林序》。”曰：“班固碩學，尚云贊、頌相似，陸機鈎深，猶稱碑、賦如一。”劉孝綽《昭明太子集序》曰：“孟堅之頌，尚有似贊之譏；士衡之碑，猶聞類賦之誚。”觀此諸言，則知六朝辨别文體，由渾而畫，今宜取《文選》中兩體疑似易混者，參互讀之，以核其異同。如賦與頌，頌與贊，箴與銘，碑與行狀，碑與誄。

兩體之疑似能辨，則一體之質性益明。彦和析論文體，嘗舉

"頌惟典雅,辭必清鑠,敷寫似賦,而不入華侈之區。敬慎如銘,而異乎規戒之域。"又舉"牋之爲式,既上窺乎表,亦下睨乎書。使敬而不懾,簡而無傲",此皆辨析毫芒,辭尚體要。求之蕭《選》,左證分明,或者不察。讀昌黎之碑銘,翻疑伯喈失體。退之起衰,抑知碑文之作,乃子孫爲其父祖,或弟子爲其師尊,親故爲其親故,揆之人情,宜以頌揚爲本。授徒三千,行有九德,詞雖溢美,義固無愆。士衡所云"披文相質",彦和亦曰:"序傳文銘",伯喈《郭有道碑》,自謂無媿辭,然觀稚川《正郭》之篇,則有道之人品可知碑雖失實於體,無害也。退之以史爲碑,更張舊作,自謂拔俗,於體乖矣。又如任彦昇《王文憲集序》,人共譏以"似傳狀、碑碣"矣,然爲既没者作書序,必以此爲定法。遠則繆襲之序《昌言》,近則王僧孺之序《臨海府君集》,劉師知之序《侍中沈府君集》,皆累述生平,體同傳狀,褒揚德業,無異贊頌。知文體者,歷觀前藻,復何疑於任筆哉。

導言十五

學古人文,宜取性之所近,斯可收事半功倍之效。若性質恬曠而務求華艷,才情綺麗而强擬沈鬱,始雖效顰,效失故步。昔蘇子瞻不好《史記》,方望溪不喜《漢書》、柳文,蓋知所取捨也。今取《文選》諸家之文標其絶特,學者試就性近而致力焉,賢於百家旁騖,無復準的者,遠矣。

喜典重厚實之文,法班固、蔡邕、陸機。喜俊逸流運之文,法潘岳、江淹。喜簡鍊閑適之文,法范曄。范文辭句簡鍊,節奏分明,局勢閑適,音調諧和,具此四美。喜辭令美妙之文,法任昉。任文達意抒情,無閑淺深,能適如其分,而文辭又至典雅。喜析理綿密之文,法嵇康。喜句凝字鍊、章法完密之文,法陸機。

清代文家,如汪中學范、任,周濟學干寶,李兆洛學蔡,諸子皆知度材凖性,就其近似者而模仿之,久乃卓然成家。真吾徒之前師矣。

導言十六

古人作文,不諱摹擬,前作苟善,無嫌放依。是以長卿《封禪》之文,揚、班不易其體;枚叔《七發》之作,傅、崔皆襲其規。體格已成,沿襲無愆于義;神明在我,變通亦隨乎時。《文選》之辭,半由摹擬,高者上規經誥,下亦步趨前脩。"雜擬"一類,乃作者取往昔名篇,句句放依,無異臨摹書畫。昭明於每首之前,一一題所擬者爲何篇,良工心苦,若見其情。自《選》學之行,才士著文,亦常抗心希古,擺落時趨,而真能摹《選》者,究亦無幾。唐文三變,猶沿徐、庾餘波;宋體代雄,乃成歐、蘇别派。明代何、李,標高揭己,卒所成就者詩耳,而文則侈語秦漢,衹成僞體。清初復古,始革鴃音;西河才大,稍學齊、梁;迦陵格卑,僅摹徐、庾。自爾駢體大暢,家握靈蛇,胡稚威、洪稚存、汪容甫、孔顨軒、邵荀慈其著也。胡之閎博,洪之疏縱,汪之狷潔,孔之凝重,邵之清簡,此皆雄視詞壇,士林仰鏡。而湘綺論文,乃謂汪中、袁枚之徒"體格無存",何論氣韵?其餘如洪、吴之駢儷,不如其律賦。王氏刻意摹《選》,妙解辭條,甘苦之言,寧同誣罔?然其持論,未免過苛。總觀一代,惟皋文《黄山》諸賦,規摹《選》體,毋慚殆庶。蒓客晚出,小文可觀。段懋堂、王懷祖,博貫蒼雅,而翰藻弗工。容甫上法晉宋,而篇幅稍窘。伯元揭櫫蕭《選》,亦精詁訓,極其才學,優爲此體。近則王氏詩文兼擅,淪浥經訓,自謂其湘軍志軼承祚而睨蔚宗,志銘叙記置於晉宋之間,可以亂楮,非溢語也。外有李詳審言,湛深《選》學,所撰《學製齋駢文》,鉥膽鐫思,殆無一字不出於《選》,惜爲才分所限,頗乏韻致,持較湘綺,有遜色焉。斯道衰歇,於今千載。得此數家,可稍振宗風矣。王氏論文,常自標榜摹擬,又恐人挾其成心,以爲貌似之佳不如神似。嘗曰:"夫神寄於貌,遺貌何由得神?優孟去其衣冠,直一優耳。不學古,何能入古乎?古之名篇,乃自相襲,由近及遠,正有階梯。譬之臨書,當須池水盡黑,至其佳處,在自運耳,晉人行草,大氐相類。漢魏之文,約略相同,知此可知學古矣。"又曰:"文須先學聲口，方别古今。非描畫所能工，不描畫愈不工也。大篇文既非寸寸可摹，五經文尤非摹仿可似。初入手時，但取東漢小簡，如諸葛、曹公手牘，及《世説新語》《洛伽藍記》、諸小説，將漢魏字句用法，熟習心口間，自然脱口如生，入手即是，如置身莊嶽，無非齊語。小篇既成，乃學大篇。先成傳記，乃發論説，先有繩尺，後始放縱。其作大篇，又須熟讀周、秦、漢浩瀚之文，寬其氣局，多其往復，泯其端倪，迷其去來，不使如八家有起伏痕迹可尋，則可入古矣。”蓋王氏之論剴切如此，吾輩既治《選》學，而求直能爲《選》文。時代遠隔，積習濡染，入古實難，得湘綺之言，不啻金針度與矣。

選學書目全注本

《文選李善注》六十卷宋尤袤池州刊本，清嘉慶乙巳胡克家影刊尤本，潯陽萬本儀廣州翻胡刻本，武昌翻胡刻本，四明林植梅縮胡刻小字本，元張伯顔刊本，明汪諒刊本，明唐藩刊本，明晉藩刊本，汲古閣本，海緣軒朱墨本，廣州翻朱墨本，撫州饒氏重刊海緑軒小字朱墨本。

《文選六臣集注》六十卷宋贛州學刊本，四部叢刊影印宋本，明袁氏影刊宋廣都縣裴氏刊本，明茶陵陳氏翻宋本，明洪楩刊本，明新都崔氏刊本。

《唐寫本文選集注》殘本十六卷上虞羅氏影印。

删注本

《文選瀹注》三十卷明閔齊華撰，孫鑛評，明刊本，原刻有錢謙益序。

《文選纂注》十二卷明張鳳翼撰，明盧之頤刊本；單選詩，張氏有另刊本。

《文選章句》二十八卷明陳與郊撰，明刊本。

《文選删注》十二卷明王象乾撰，明王氏寫刊本，此本正文中不夾注，惟以音義列上下方；别有張居仁寫刻，白文《文選》亦精。

《文選尤》十四卷明鄒思明撰，四庫存目。

《文選後集》十五卷清張緝宗考證，康熙二十七年刊本。

《文選越裁》十一卷清洪若皋撰，四庫存目。

《文選集成》六十卷清方廷珪撰，刊本。

《文選集解》五十卷清顧晸撰,未刊,見《復堂日記》。

校訂補正之屬

《文選注考異》一卷宋尤袤撰,《群書拾補》本,《常州先哲遺書》本。

《文選理學權輿》八卷補一卷清汪師韓撰,孫志祖補,叢睦汪氏遺書本,讀書齋叢書本,近排印本。

《錢氏校文選》六十卷清錢圖沙撰,卷首題康熙丙寅孟夏上元錢士謐重校。

《文選考異》四卷、《李注補正》一卷清孫志祖撰,讀畫齋叢書本。

《文選李注引群書目録》六卷清沈家本撰,待刊。

《文選考異》十卷清胡克家撰,附刊李注本。

《段氏評文選》清段玉裁撰,引見《文選旁證》。

《文選補注》若干卷清林茂春撰,引見《文選旁證》。

《文選附注》清葉樹藩撰,在《海録軒本》内。

《選注規李》一卷清徐攀鳳撰,《續藝海珠塵本》,原刊本。

《文選敂音》一卷清趙晉撰,《指海》本。

《選學膠言》二十卷清張雲璈撰,三影閣原刊本,文淵樓叢書影印本。

《文選集釋》二十四卷清朱珔撰,朱氏家刻本,上海受古書店影印本。

《文選旁證》四十六卷清梁章鉅撰,榕風樓刊本,蘇州覆刊本。

《讀選意籤》一卷清陳僅撰,四明文則樓刊本。

《文選李注拾遺》二卷、《文選剩言》一卷清王煦撰,見越縵堂讀書記,未刊。

《文選拾遺》八卷清朱銘撰,光緒十八年家刻本。

《文選筆記》八卷清許巽行撰,光緒刻本,文淵樓叢書本。

《文選校勘》記四卷清程先甲撰,千一齋叢書待刊本。

《選學管闚》六卷清程先甲撰,千一齋叢書待刊本。

《義門校文選》若干卷清何焯撰,引見孫氏《李注補正》、胡氏《考異》、梁氏《旁證》諸書。

《文選舉正》若干卷清陳景雲撰,文道十書未刊鈔本。錢氏《曝書雜記》作二卷,《書目答問》作六卷,《清史列傳》作《文選校正》三卷。

《文選拾瀋》二卷近人李詳撰。

《文選李注義疏》若干卷今人高步瀛撰。

《讀書雜志・楚辭合文選》一卷清王念孫撰,王氏五種本。

《四六叢話・文選》二卷清孫梅撰,原刊本,光緒七年吴下重刻本。

《過庭録・文選》一卷清宋翔鳳撰,浮溪精舍叢書本,單刻《過庭録》本。

《學古堂讀文選日記》一卷清陳秉哲撰,學古堂日記本。

《選學源流記》二卷清程先甲撰,千一齋叢書待刊本。

《選材録》一卷清周春撰,周松藹遺書本。

音韻訓詁之屬

《文選音義》八卷清余蕭客撰,乾隆静騰堂刻本,鴻寶齋石印本。

《文選紀聞》三十卷清余蕭客撰,碧琳琅館叢書本。

《文選箋證》三十二卷清胡紹煐撰,世澤樓活字本,聚學軒叢書本。

《文選古字通疏證》六卷清薛傳均撰,原刻本,益雅堂叢書本鴻寶齋石印本,小玲瓏山館叢書本。

《續文選古字通》二十卷清薛壽撰,見《清史列傳》。

《文選古字通補訓》四卷、《拾遺》一卷清吕錦文撰,光緒辛丑傳硯齋刻本。

《文選小學》若干卷清劉庠撰,見《清史列傳》。

《文選通段字會》四卷清杜宗玉撰,光緒丙申孝感學署刊本。

《文選古字補疏》八卷清程先甲撰,千一齋叢書待刊本。

《選雅》二十卷清程先甲撰,千一齋叢書本。

《文選類詁》不分卷今人丁福保輯,醫學書局本。

評文之屬

《文選心訣》元虞集撰,昌平叢書本,日本昌平黌宮板,六然堂輯印。

《孫氏評文選》明孫鑛撰,在《文選瀹注》内,近同文書局印入影胡刻本。

《孫氏山曉閣重訂文選》二十二卷清孫琮撰。

《俞氏評文選》清俞瑒撰,傳鈔本,引見《文選集成》。

《李氏評文選》清李光地撰,引見義門評本。

《義門評文選》五卷清何焯撰,義門讀書記本。

《邵氏評文選》清邵長蘅撰,引見文選集評。

《文選集評》十五卷清于光華撰,通行本。

《選學糾何》一卷清徐攀鳳撰,《續藝海珠塵》本,原刊本。

《讀選意箋》一卷清陳僅撰,四明文則樓刊本,互見。

《文選珠船》五卷清傅上瀛撰,刊本,典學樓藏板。

摘類之屬

《文選類林》十八卷宋劉攽撰,四庫類書類存目,引見《文選紀聞》,明吴思賢仿宋刊本。

《文選雙字類要》三卷宋蘇易簡撰,四庫類書類存目,引見《文選紀聞》。

《文選菁英》十二卷宋蘇易簡撰。

《選腴》五卷宋王若撰。

《韻粹》三十五卷宋黄簡撰。

《文選錦字》二十卷明凌迪知撰,明刻文林綺繡本,融經館叢書本,鴻寶齋石印本。

《文選粹語》二卷明胡文焕撰,格致叢書本。

《文選課虚》四卷清杭世駿撰,原刻杭氏七種本,又翻袖珍本,食舊堂叢書本,鴻寶齋石印本。

《選藻》八卷清張雲璈撰,見《清史列傳》。

《文選類雋》十四卷清何松撰,鴻寶齋石印本。

《文選編珠》一卷清石韞玉撰,碧琳琅館叢書本。

《文選集腋》二卷清胥斌撰,鴻寶齋石印本。

選賦之屬

《選賦彙注疏解》十九卷清顧施楨撰,康熙刊本。

選詩之屬

《選詞句圖》一卷宋高似孫撰,四庫本,百川學海本。

《文選顔鮑謝詩評》四卷元方回撰，四庫本。

《選詩補注》八卷明劉履撰，四庫著録風雅翼本。

《文選詩集旁注》七卷明虞九章撰，萬曆二十八年世德堂刊本。

《選詩約注》十二卷明林兆珂撰，刊本。

《合評選詩》七卷明凌濛初輯，明凌刻朱墨本。

《選詩定論》十八卷清吴湛撰，康熙刊本。

《選詩偶箋》八卷清鍾駕鼇撰，嘉慶二年刊本。

《古詩十九首解》清張庚撰，藝海珠塵本。

《古詩十九首詳解》二卷清饒學斌撰，刊本。

《古詩十九首説》一卷清徐昆撰，刊本。

《古詩十九首繹》清如皋姜、任脩撰。

《阮籍詠懷十七首注》清蔣師瀹撰，刊本。

《文選各家詩集》四卷清陳光明、汪師韓撰，刊本。

補遺廣續之屬

《文選補遺》四十卷元陳仁子撰，茶陵東山書院刻本，乾隆二年影翻茶陵本有倪國璉序，道光乙巳湖南小琅環館重刊本。

《廣文選》六十卷明劉節撰，明刻本。

《廣廣文選》二十三卷明周應治編，明刊本。

《續文選》十四卷明胡震亨撰，明刊本，掃葉山房重印本。

槴廬談藪

衛仲璠 撰

初載於《學風》雜誌一九三五年第五卷第十期（文後曰："民國二十四年十一月九日寄於廬州師範"），其後衛氏又略作刪節，題曰《槴廬文談》《槴廬文談（續）》二文，分别發表於《國文月刊》一九四二年第十二、十三期（後署曰："民國三十年國慶日寫寄於湘西國立八中高四部"。按：此二文非作者原作《槴廬文話》，實爲《槴廬談藪》，且早在一九三五年寫就，而非一九四一年方寫成）。衛仲璠（一八九九—一九九〇），原名衛瑜章，字仲璠，以字行，號槴廬，安徽合肥人。少好文字、音韻、訓詁之學，及壯，學詩於陳三立。一九二五年起，先後在上海、湖北、湖南、四川、安徽等地中學、大學任教，曾任廬州師範（一九三五年左右）、湘西國立八中高四部教員（一九四一年左右）、中央大學涪陵分院文學院講師、安徽大學副教授等。中華人民共和國成立後，歷任合肥師範學院中文系副主任、安徽師範大學副教授、教授，兼任安徽省政協二、三、四届常務委員。曾與林散之、章敬夫等讀書往來，時稱"皖東九友"。長於楚辭學和古文字學，其楚辭學研究，受其師張子開點撥，得益於桐城馬其昶。著有《段注説文解字斠誤》《離騷集釋》《國學概論》《湘西日記》《揚子法言會箋》等。

此篇文話，開篇即揭明"文士積習，好持驚世駭俗之論，然其語有不足憑者"，如認爲《涵芬樓文談》所言"古人用經，不必盡主本義"有謬，緣於吴曾祺不通經説，蔽所希聞，遂以爲如是，實則吴氏《文談》中所舉之例多見於經史他處。其後所談爲作文讀書之法，每條開頭即揭明主旨，如"學文之道，致力宜專”，强調要專心無旁騖，不可貪多務博；另主張“讀書以熟爲貴”，無論是讀當代人之文，還是古代作品，皆須諳熟於心。此篇文話，似爲札記，或考證古今人注解之誤，或提出讀書作文心得之語。

文士積習，好持警世駭俗之論，然其語要有不足憑者。勝清末造，湘潭王紉秋（闓運）著《湘綺樓集》，天才贍逸，負有盛名。吾鄉李木公（國松），嘗謁見江甯，語次，湘綺叩所學，時木公方治昌黎文，遂舉《韓集》對，湘綺據案大言，“韓文固不通也，何學爲”？余曩館木公家，同訪陳散原師，木公誦言此事，散原默未置辭也。湘綺之矜才傲物，散原之雍容静穆，胥可於此想見之矣。

侯官吴曾祺，著《涵芬樓文談》，有云：“古人用經，不必盡主本義，如班彪《王命論》末云：‘福祚流於子孫，天禄其永終矣’，與《論語》‘四海困窮，天禄永終’意異。《後漢書·皇后紀序》云：‘昔宣王晏朝，《關雎》作刺’，與《詩序》‘《關雎》爲序夫人之德’義異。”瑜章案，以《關雎》爲刺詩，此《魯詩》説也。《後漢書》不獨《皇后紀》見之，如《明帝紀》《馮衍傳》《張衡傳》等篇，皆見之矣。抑且於《史記·十二·諸侯年表序》《前漢書·杜欽傳》，皆見之矣。《杜欽傳》：“佩玉宴鳴，《關雎》嘆之。”臣瓚曰：此《魯詩》也。《論語》：“允執其中，四海困窮，天禄永終”，困，極也；窮，盡也；執其中，則能窮極四海，天禄所以長終；此皇侃疏《苞咸説》，即古説也。不獨《王命論》，《漢書》“雋不疑謂暴勝之曰：‘樹功揚名，永終天禄’。”又《韋賢傳》及漢武帝《立齊王閎策》，漢靈帝《立皇后昭》等，凡引此文，皆作“永長”解。閻若璩、毛奇齡論之甚詳。文士不通經説，蔽所希聞，遂以爲“古人用經，不必盡主本義”，疏矣。

《左氏傳·桓十七年》“高伯其爲戮乎，復惡已甚矣”。杜預注：“復，重也，本爲昭公所惡，而復弑君，重爲惡也”。瑜章案，杜注迂曲難從，“復”猶“復仇”之“復”，謂“報”也。《周禮·天官·宰夫》

"叙群吏之治,以待賓客之令,諸臣之復,萬民之逆"。《注》:"玄謂:復之言報也";《漢書·蒯通傳》"以復其怨",師古注亦云"復猶報也";《韓非子·難篇》,叙此事,正作"報惡已甚矣",是其確證。

賈誼《吊屈原賦》"見細德之險微兮,遥增擊而去之"。《注》:"李奇曰:遥,遠也,增,益也。"瑜章案,《文選》"增"作"曾",舊解皆訓"增益",未確,"遥曾"猶"遠舉"也,《九歌》"翾飛兮翠曾",王逸注"曾,舉也,蓋曾與翷通",《廣雅·釋詁》"翷,舉也,又翷飛也,飛亦舉也",此謂鳳皇見細德險徵,則遠舉高飛,鼓其羽翮而去之耳。《史記》作"摇增翮逝而去之",增亦翷之借字,言動摇軒舉其翮翼而逝去也,其義亦同。師古云擊其羽而高去,是也,而解增爲重,則非是。

學文之道,致力宜專。若學無定見,或作或輟,廣心博騖,見異思遷,掘井九仞,而不及泉,庸有當乎?《荀子·勸學篇》云:"鍥而舍之,朽木不折,鍥而不舍,金石可鏤。是故無冥冥之志者,無昭昭之明,無惛惛之事者,無赫赫之功。行衢道者不至,事兩君者不容,目不兩視而明,耳不兩聽而聰,螣蛇無足而飛,鼫鼠五技而窮。"昭示學者,深切著明,蔑如於此矣。曾文正公《與弟書》云:"凡人作一事,便須全副精神,注此一事,首尾不懈。不可見異思遷,做這樣,想那樣,坐這山,望那山,人而無恒,終身一無所成,我平生坐犯無恒弊病,實在不少,弟當以此爲戒。"(咸豐七年,十二月十四日。)又云:"凡人爲一事,以專而精,以紛而散,《荀子》稱'耳不兩聽而聰,目不兩視而明',《莊子》稱'用志不紛,乃凝於神',皆至言也。"(咸豐八年,正月十一日。)昔方望溪少時嘗作詩,以視海甯查侍郎慎行,侍郎曰:"子詩不能佳,徒奪爲文力,不如專爲文。"望溪從之,終身未嘗作詩。詞學以浙中爲盛,姚姬傳少時,嘗效焉。一日,嘉定王鳳喈語休甯戴東原曰:"吾昔畏姬傳,今不畏之矣。"東原曰:"何耶?"鳳喈曰:"彼好多能,見人一長,輒思并之。夫專力則精,雜學則粗,故不足畏也。"東原以告,姬傳悚其言,多所舍棄,詞其一也。前者見《惜抱軒文後集》,《劉海峰先生傳》,後者見《惜抱軒詩後集·自跋》,皆可爲廣心博騖者戒。

讀書以熟爲貴，前人論之詳矣。杜少陵《奉贈韋左丞廿二韻》詩云：“甫昔少年日，早充觀國賓。讀書破萬卷，下筆如有神。”撑腸文章，滂沛吐出，學者領會得此，爲文毋患枯竭矣。李義山《讀韓碑》云：“顧書萬本誦萬遍，口沫流角右手胝。”東坡亦云：“舊書不厭百回讀。”昔有問歐陽公作文之法，公曰：“吾與賢豈有吝惜！只是要熟耳。變化姿態，皆從熟出也。”《劉海峰集後》，附《論文偶記》云：“凡行文多寡短長，抑揚高下，無一定之律，爛熟後，我之神氣，即古古人之神氣，古人之音節，都在我之喉吻間，久之，自然鏗鏘發金石。”又云：“記得多，便生妙，譬如奕棋，記得譜多，也須有過人之著。”張廉卿《答吴摯甫書》云：“故必諷誦之深且久，使吾心與古人訢合無間，然後能深契自然之妙，而究極其能事，若專以沉思力索爲事者，固時亦可以得其意，然與夫心凝形釋，冥合於言議之表者，則或有間矣。”姚惜抱《與陳碩士書》云：“學古文必放聲疾讀，又緩讀，只久之自悟，若但能默看，即終身作外行也。寄來韵文頗好，但説到中間，忽有滯拙處，此由讀古人文不熟。急讀以求其體勢，緩讀以求其神味，得彼之長，悟吾之短，自有悟也。”《曾文正公日記》云：“古人文字，有雲譎波詭，官止神行之象，實從熟後生出，所謂文入妙來無過熟也。”諸家持論，大抵相同。傳聞歸熙甫上公車，賃騾車以行，熙甫儼然中坐，後生子弟，執書夾侍，嘉定徐宗伯年最少，問李空同文云何？因挾《空同集》中《于肅愍廟碑》以進，熙甫讀畢，揮之曰：“此亦無他，只因文理不通耳。偶拈一帙，得曾子固《書魏鄭公傳後》，挾册（郎）[朗]誦，至五十餘遍，聽者皆厭倦欲卧，而熙甫沉吟詠嘆，猶有餘味，宗伯每嘆先輩好學深思，非後生所能窺也。此事，余聞之子開師，謂出錢牧齋《叙黄藴生四書文》云。師又嘗稱鄉先輩張楚寶（汝珩）讀《史》《漢》，每篇必五十遍，至如《伯夷》《屈賈》等篇，則千遍不已。其勤若是，學者觀於此，可以知所務矣。

民國二十四年十一月九日寄於廬州師範。

文體原始

劉錦江 撰

此篇文話爲《文學常識》"附刊"第一種。《文學常識》，劉哲廬編纂，陳石遺、林琴南、易實甫等名家撰述，胡寄塵校訂，一九一八年上海中華編譯社初版發行，一九二〇年國民圖書館、泰東圖書局再版，一九三三年上海大中書局發行至六版。書分"正編""附刊"兩編。劉錦江，字哲廬，號斐村，又號遹聲，別署苦海餘生，自署福建政和人(一作浙江紹興人)，後以字行。爲陳衍弟子，南社社員。此文乃是作者有感於文章之變、文人之夥，且清季學説龐雜、繁簡不得其宜，故提出"治文之道，辨體爲先"。至於文體分類，作者認爲《古文辭類纂》《經史百家雜鈔》以至《涵芬樓古今文鈔》之分類雖搜羅宏富，但頗嫌繁重，不便記憶，故作者重新厘定文體，每類文體之下，考其原始所自，又據典籍考釋各類文體之義，并指明文體原始、流變及代表性文章篇目。至於各類文體之叙次，此前諸家皆未考究，而作者據"源流所出之今古"爲序清晰地鈎稽出文體源流之先後，此亦可爲本文之勝處。

文，無所謂法也。蟹行之字，可以規例則之，而中土之文，變幻精蘊，無可繩墨。猶之用兵，奇則制勝，苟有兀然不動之陣，無往不利之軍，馳騁於沙場之上，則後世必有仿效之者，而其兵法遂成。文亦猶然。倉頡造字，模形已具，千百年後，雖鐘鼎、石鼓之文競作，而胚胎典型，要不能數典忘祖。左、孟之文，世稱傑作，厥後韓、柳、歐、蘇、曾、王諸家朋興，而溯言經籍，亦不能敝棄先哲。然頭角既露，派别始分，後世學者擇其性之所適而宗之，於是一人有一人之筆，一人有一人之法，終不能强立一例以爲萬世不朽之定律。夫然，後而標榜門户，紛紛擾攘，互相傾擠，轉令後人迷離，莫衷孰是。有清之季，聞人學士悲夫學説龐雜，始綜其大成，加以月旦，名曰文法。或則講求詞類，或則務取高深，亦有繁簡不得其宜者，學者於此亦徒炫其博而已。夫治文之道，辨體爲先。譬諸人身，耳目手足各有專司，不明其用，何能動作？人身四體之不能假借如此，而況乎文？故《涵芬談文》首重辨體，文士之見不無異同，而獨於此説，則百口同聲當無微辭。

文之分體，於姚惜抱之《古文辭類纂》而備，至涵芬樓之《古今文鈔》而大備。惜抱約之爲十三類：曰論辨、曰序跋、曰奏議、曰書説、曰贈序、曰詔令、曰傳狀、曰碑誌、曰雜記、曰箴銘、曰頌贊、曰辭賦、曰哀祭。曾文正之《經史百家雜鈔》因之。《涵芬》分體，亦仍惜抱之舊，（改書説曰書牘）而類又分爲如干目，論辨類，爲目凡二十有四；序跋類，爲目凡十有七；奏議類，爲目凡二十有八；書牘類，爲目凡十有四；贈序類，爲目凡五；詔令類，爲目凡三十有六；傳狀類，爲目凡十有二；碑誌類，爲目凡十有六；雜記類，爲目凡十有二；箴銘類，爲目凡八；頌贊類，爲目凡五；辭賦類，爲目凡八；哀祭類，爲目凡二十有八；搜羅宏富，固有可取。惟略嫌繁重，學者記憶不便，余述文體，略之爲四十八。并考其原始，亦飲水思源之意也夫。

制：始自漢。

令：始自秦。

誥：始自秦。

册封：始自漢武册封齊、燕、廣陵三王。

批答：始自唐太宗。

對策：始自漢之晁錯、董仲舒。

表：始自孔明之《出師表》。

露布：始自漢賈洪《爲馬超伐曹操》。

啓：始自魏曹植。

箋:始自班固廣陵王。

奏疏:即古之陳謨,秦初改上書爲奏,而疏則始自賈誼之《政事疏》。

檄:始自戰國張儀《告楚相》。

封事:始自漢劉向等之言密事。

彈文:始自漢王遵等之伐權奸。

書:始自春秋鄭子家之告宣子。

復書:始自《左傳·昭公六年》"鄭子産復叔向序"。

序:始自《詩》之大、小序,其後韓退子作《最善序》。

論:始自賈傅之《過秦論》。

説:始自孔子《日説》。

解:始自揚雄之《解嘲》。

辨:始自昌黎之《辨諱》。

原:始自昌黎之《五原》。

戒:始於堯之《戰戰兢兢戒》。

箴:始自《虞人之箴》。

銘:最古黄帝有《六銘》,今已不傳,傳者惟湯之《盤銘》。

題跋:始自韓、柳之讀某書、某文而題其後。

頌:宗廟有頌,自商人始。朝廷有頌,則自祝雍作《武王冠始》。

贊:始自司馬相如作《荆軻贊》。

七:始自枚乘作《七發》。

釋:始自《爾雅》。

傳:始自司馬遷《史記》列傳。

行狀:始自《漢丞相狀》,胡幹作《楊原伯狀》,始稱行狀。

碑文:始自李斯《勒嶧山石》。

引:始自班孟堅之《典引》。

志:始自《漢書》十《志》。

連珠:始自揚雄,班固、賈逵繼之。

義:始自《戴禮·冠義》《昏義》諸篇。

祝文:始自帝堯時《華封三祝》、伊耆氏《蜡祭》"土反其宅,水歸其璽"之祝。

判:始自唐,唐以書判取士。

文:始自韓之《送窮文》、柳之《乞巧文》。

雜著:始自漢之雜説。

誄:禱爾上下之誄,自古有之,而哀公之《誄孔子》、柳下妻之《誄其君子》,其繼起也。

謚册:始自楚之《議謚共王》、衛之《議謚貞惠文子》。

墓誌:孔子之喪,公西赤誌之社,子夏勒文,埋之冢側,皆墓誌也。

墓表:始自東漢時立《謁者景君墓表》,與碑碣同。

阡表:始自《漢京兆尹曹氏表》,其道京兆阡也。

哀辭:始自班固《梁氏哀辭》。

吊文:始自賈誼之《吊屈原》。

余本蕭《選》而益以己見,略文體爲四十有八,述其濫觴,心得有限,或有不能詳探其本者,學者可取任昉之《文章緣起》讀之即得矣。兹并釋其義:

制:《辭學指南》曰:"唐虞至周皆曰命,秦改命爲制,漢因之,下書有四,而制書次焉。"顔師古謂"制度之命,唐王言有七,其二曰制,大除受用之。"

令:六臣注曰:"秦法,皇后、太子稱令。令,命也。"

詔:《文選注》"詔,照也。天子出言,如日之照天下。蔡邕《獨斷》"詔,猶告也。三代無其文,秦始有之。"《文心雕龍》"古者王言稱命、稱令、稱誓、秦并天下,令曰詔。於是詔興焉。"按:《帝紀注》云"漢制,帝之下書有四,三曰詔書,其文曰:'告某官云',如故事。"

册封:《説文》曰:"册,符命也。"諸侯近受於王,其札一長一短,中有二篇。

批答:批答,王言也。始自宋世,臣下用之,只名曰批。唐時已有之,如張九齡《批張守珪送安禄山詣闕表》。

對策:《説文》"策者謀也"。《通考》"漢制取士,作簡策、難問,試者投射答之,謂之射策。若録政化得失顧問,謂之對策。"按:對策出乎士人,而策問發於上,以善爲疑難爲主。宋玉《對楚王問》,亦對策之濫觴也。

表:六臣注曰:"表者,明也,標也,如物之標表。"三王以前,謂之敷奏,《尚書》"敷奏以言"是也。秦并天下,改爲表。一曰章,謝恩曰章,二曰表,陳事曰表,三曰奏,效驗政事,四曰駁,反覆事理。六國及秦漢兼謂之上書,魏漢以來都曰表。諸侯稱上疏,魏以前進天子亦稱上疏。漢時,孔融《上彌衡表》,實奏疏也。

露布:《辭學指南》曰:"露布之名,始於漢。及魏改元景初,詔曰'司徒露布,咸使聞知',蜀漢建興五年,春,《伐魏詔》曰'丞相其露布天下',此皆非將帥奏捷所用。《通典》云'後魏攻戰克捷,欲天下聞知,乃書帛建於漆竿上,名爲露布,自此始也。'"

啓:《文心雕龍》"啓者,開也。"漢孝景諱啓,故兩漢無稱。至魏國牋記,始云啓。聞奏事之末或云"謹啓",自晉或用啓兼表奏。

箋:《文心雕龍》曰:"牋者,表也,識表其情也。"始於東漢,其時上太子、諸王大臣,皆得稱牋。後專以上皇后、太子,其他不得用明制,奏事天子諸王稱啓,而慶賀皇后、太子,乃并稱牋牋,本作箋。

奏疏:奏疏,群臣論諫之總名也。七國以前,皆曰上書,秦初改曰奏。漢枚乘奏書《諫吴王濞》,此其顯也。疏則始於漢文帝《止輦受疏》,漢中大夫東方朔雖爲其濫觴,而不若賈生《政事疏》之著也。與經疏、注疏異。而文舉之《薦正平》,亦奏疏也。

檄:六臣注曰:"檄,皎也,通曒"。曒,喻彼使皎然和我情事。周代穆王令蔡公謀父爲威猛之辭,以責狄人,此檄之始。又有急則加以鷄羽插之,謂之羽核,示速疾也。

封事:漢官儀,誅院凡章草,皆皀囊封事,以表慎密。如漢魏相奏霍氏專權封事,及漢劉向等之言密事是也。

彈文:按:"彈,糾也,劾也。"人有失誤則糾劾之,謂之彈事,後世遂有彈劾云云。不曰彈事,而曰彈章,亦曰彈文。

書:徐伯魯曰:"書者,舒也。舒布其言,而陳之簡牘也。"有辭令、議、論三體,親朋上下往來之書爲書,人臣進御之書爲上書。

復書:復書始於子産。此亦親朋往來之常,無足釋也。

序:《爾雅》曰:“發其事理,次第有序也。”序事多者,有議、傳、記傳、假傳四者之分。

論:《文心雕龍》曰:“聖哲彝訓曰經,述經叙理曰論”,論者,倫也,論理無爽,則聖意不墜。自仲尼微言,門人追記仰其經,自稱爲《論語》,而論名始矣。

説:漢之雜説,十有八九爲寓言,如退之之《雜説》爲其繼也。有志之士,憫於習俗之不可爲,乃主文譎諫,假以事物,考其所志,在彼而不在此也。至游説,實非此體。

解:《字書》云“解者,釋也”夫釋,析其義理之謂,與論説相仿佛。揚雄《解嘲》,爲作解之創祖。

辨:辨,判則也。《周禮》註“謂辨然於事之分明,無有疑惑也”。或引《列子·孔子辨日》,以爲辨之始。其確此非孔子辨日,特孔子記二童子之辨耳。至士衡《辨亡》、孝標《辨命》,雖以論名篇,亦辨也。

原:原,溯其始之謂也。《易》曰:“原始要終”,此其由來也。退之以上無是體,後人仿之。

戒:戒、敬也,慎也,猶規也。帝堯之世,即有此體,後漢杜篤作《女誡》。

箴:《説文》“箴者,誡也。”醫者以藥石利病,故有所諷刺而救其失者,謂之箴。喻箴石也。

銘:《經典釋文》曰:“銘,名也,記名其功也。”又曰:“述其功業,使可稱名也。”

題跋:題跋猶題後也,又名跋尾,足後爲跋,故凡題於書册之後,均曰跋。跋尾始自永叔集中,班孟堅有《記秦始皇後》一篇,實開題跋之端。

頌:徐伯魯曰:“詩有六義,其六曰頌。頌者,容也,美盛德之形容,以其成功告神明者也。”或止形容美善,以揄揚其人,敷陳其事,亦謂之頌。

贊:徐伯魯曰:“按字書云,‘贊,稱美也’,其體有三:一曰雜贊,意在褒美,若諸集所載人物、文章、書畫諸贊是也。二曰哀贊,哀人之歿,而述其德以贊美之是也。三曰史贊,若《史記索隱》、東漢《晉書集成》是也。贊者,助也,助以發明一篇傳意,故人之善惡皆有贊。贊,非贊美之謂,若後人則以贊美爲辭。”

七:《字典》曰:“詩家以七名篇,雖有八首,問對凡七。”七者,問對别名,始枚乘《七發》,傳毅《七激》、崔駰《七依》、曹植《七啓》、張協《七命》,總之凡十餘家。

釋:猶解也。今之陳説事理者皆曰解釋,其名始於《爾雅》。

傳:《字書》云“傳者,傳也”。自漢司馬遷作《史記》,創爲列傳,而後世史家卒莫能。易或有隱德而弗彰,或有細人而可法,則皆爲之傳。其品有四:一曰史傳,二曰家傳,三曰托傳,四曰假傳。自涵芬分體,其品更夥矣。

行狀:漢時稱“狀”,如胡幹作《楊原伯狀》。六朝以還,稱曰:“行狀”。行狀云者,以死者之高德懿行,轉乞人爲之撰述,冀百世而後永流芬芳也。

碑文:《説楉》云:“無懷氏太山刻石紀功,此碑之始。”然説甚綿邈,彦和謂“周穆紀迹於弇山之石,秦始刻銘於嶧山之顛”,此碑之所從始,周穆紀迹,知之者希。李斯之《嶧山勒石》,則知者衆。吾友東園定碑文始於李斯,其説頗是考古之所謂碑者,勒石山川、城池、宫室、橋道、壇井、神廟、家廟,誌古迹、土風、灾祥、功德者也。至墓道之碑、寺觀之碑、托物之碑,亦所謂以石代金,同乎不朽之意。

引:引,實序之濫觴。唐以後,此體盛行。漢班固作《典引》。

志:《字書》云:“志者,記也,亦作誌。”其名起於《漢書》十《志》,後人仍之。大抵爲記事之作,兵、刑、禮、樂之志,與夫一切之郡志,縣志州府之志,皆記載翔實。《書》曰:“書用識哉”,則記其過惡,以存於簡册也。

連珠:連珠者,興於漢之世。《文章緣起》謂連珠始於揚雄。章帝時,班固、賈逵、傅毅三子受詔繼作,後世誤會,遂謂連珠作自漢章,實非也。彦和云“揚雄覃思文闊,業經綜述。碎文瑣語,肇爲連珠”,此一證也。連珠之體,辭麗而言約,不指説事情,必假喻以達其旨，而覽者微悟，合於古詩勸興之義，欲使歷歷如貫珠，易睹而可悦，故謂之連珠。三子而後，潘勖《擬連珠》、魏王粲《仿連珠》、晉陸機《演連珠》、宋顔延之《範連珠》、齊王儉《暢連珠》、梁劉孝儀探物作《艷體連珠》。

義：始自《戴記》。漢時亦常有此稱，後世亦有之。或曰本義，或曰正義，或曰講義，如《四書》義、《五經》義等是。

祝文：古者作享，文有册祝，載所以祝之之意。册祝者，祝版之類也。見陳懋仁《文章緣起注》。《詩》云"祝祭於祊，祀事孔明"，言其事甚備也。帝堯時有《華封人三祝》，雖非籲神，祝之名由是始矣。《金縢》有册祝，而其體始變。

判：判者，書判也，實始於西漢。如揚雄《綜判取士》是也，至唐乃盛。

文：文之類别夥矣。以文名者，有策文、彈文、明文、吊文、祈文、謁文、祝文、悲文、祭文、碑文、刻文、赦文、告文、程文、賽文、九錫文、鐵券文、勸農文、告天文、告廟文、玉牒文、論祭文、祝香文、上梁文、嘆道文、贊饗文，各有所昉。而僅名曰文者，實始於《送窮》《乞巧》。文者，以達意者也，然其類派别衍繁，效用乃各不同。

雜著：雜著云者，借詠物以寫懷抱者也，昉自漢之雜説。而後韓退之《雜説》《爲獲麟解》《説馬》，皆繼起也。

誄：《文心雕龍》云"誄者，累也，累其德行，旌之不朽也"。又云"尼父卒，哀公作誄"。觀其慭遺之切，嗚呼之嘆，雖非叡作，古式存焉。（哀公之誄文曰："旻天不吊，不慭遺一老，俾屏予一人，以在位煢煢，余在疚。嗚呼哀哉，尼父無自律。"）至柳下妻之《誄惠子》，則辭哀而韻長矣。誄之體，叙事宜該要，綴采宜雅澤，所謂"清詞轉而不窮，巧義出而卓立"者也。

謚册：謚者，臣民不矢其主之功德，與夫人主不忘其臣之勛勞，議謚而追奬於既往，勉勵於未來者也。《説囊》云"死而以行爲謚也"，上古有號無謚，周時始制謚法。秦始皇時，以爲子議父、臣議君廢之。漢時復舊，至讓清晚季，此制猶不廢。

墓誌：誌者，識也，記也，記其行爲勒之於墓，與石同不朽之意也。古之人有功德偉烈,可爲後世法者,則爲之識於墓,俾傳於無窮。後世則僞託功德,以爲死者垂不朽,實則過也。

墓表:表者,表其異也。不獨墓有表,表宅、表閭,已開其端。周武式比干之閭,表之濫觴於此。若夫表於墓者,與墓碑同。

阡表:阡墓道也,與墓表同。

哀辭:摯虞曰:"哀詞,誄之流也",彦和曰:"情主於痛傷,而辭窮乎愛惜",幼未成德,故舉止於察惠,弱不勝務,故悼加乎膚色。隱心而結文則事愜,觀文而屬心則體奢。奢體爲辭,則雖麗不哀。必使情往會悲,文來引泣,乃爲貴耳。按哀者,依也,悲實依心故,名之曰哀。以辭遣哀,亦不淚之悼乎!

吊文:陳懋仁《文章緣起注》"左傳莊十一年秋,宋大水,公使吊焉。"《周禮》曰:"吊禮,哀禍灾、遭水火也。"《詩云》"神之吊矣",吊,至也,神之至,猶言來極也。按古者吊死曰吊。吊之云者,悲其文德而追慟之,并以慰生者也。

余所述之文體,實循蕭《選》之規定,而益以己見,遂成四十八體。或有譏余擅易古人之鑒定,爲不通者,余亦不辭。蓋文之出自名家手筆者,勿論,其優劣當否,世必奉爲科律。譬之吟詠,名手爲之,雖順風旗亦爲變體也,雖失(占)[粘]亦爲拗句也。而亡名之士,偶蹈此病,指疵索瘢,在在皆有。矧以余之不學,豈能免時人之譏乎?今且述文體之叙次矣,姚氏《古文辭類纂》以及曾氏所選者,皆未有所以先後之故,論其叙次,論辨類居首,試問論辨之文,品格高乎,源流古乎,然則何以論辨居首也?如以品格而論,則當以箴銘居首;如以源流而論,黄帝時已有六銘矣;則居首者仍當屬之箴銘之類。在古人已難免不通之譏,而况余小子乎?若論叙次之先後,莫若以源流所出之今古而叙爲後先也。

文學論附文章説

陳　柱撰

載於《學術世界》一九三六年第二卷第三期。陳柱(一八九〇—一九四四),幼名陳繩孔,後改名陳鬱瑞、陳柱,字柱尊,號守玄、守玄子、蘿村山人,齋名三書堂、守玄閣等,廣西北流人。幼承庭訓,一九〇四年,入梧州國民中學,後輾轉徙校,一九〇五—一九〇九年間,隨族兄游學日本成誠學校。一九〇九年歸國後,先後任教於廣西容縣中學等。後考取郵傳部上海高等實業學堂(前身爲南洋公學,多次易名,如南洋大學堂、南洋大學、國立交通大學等)公費生,受校長唐文治賞識,改學國學。一九一一年,以陳鬱瑞之名加入南社。曾任教於國立中央大學、交通大學上海分部等。一九二七年,與陳中凡共同組織中國學術討論社,編輯社員學術論文,輯爲《中國學術討論集》第一輯、第二輯出版。此外,還與胡樸安、胡懷琛等人發起中國語文教學協會,致力於古文基礎教育及傳統文化教育。一九三五年至一九三七年,創辦同人刊物《學術世界》雜誌,并任主編,發行十七期。精子學,善詩詞,著述豐富,學術代表作有《守玄閣文字學》《諸子概論》《中國散文史》等,另有《守玄閣詩文話》《守玄閣詞集》等。此外,還有大量文章散見於《學術世界》《民意月刊》《大夏》《大夏周刊》《學藝雜誌》等期刊。

此則文話,據其小序,乃是節略《詮文篇》而來。文章開頭即提出"欲明文學之範圍,不能不先明文章之範圍",作者認爲阮元之"文章學"與章炳麟之"文章説","一失之隘,一失之寬",皆難令人篤信,故重新梳理典籍,統觀二十二大類"文章",認爲無論爲駢爲散、言理言情,而要以"合乎詩之情韻者乃謂之文”,因爲“情理者,文學之精神;音韵者,文學之形體也。精神寄於形體,形體託乎精神。精神變則形體變,形體變則精神變”。出於這種認識,作者提出文之所以爲美者有四:一曰心之美,二曰目之美,三曰耳之美,四曰口之美。而“文章”兩字,本身即含此四美,是以唯有“意主乎情,詞主乎藻麗,句主乎音韻”,纔可謂之純文學。

文學論附文章説

陳　柱

余前曾爲《詮文篇》,刊於《中國學術討論》第二集,徵引大繁博,近爲諸生講文學,爰節省爲是篇。

文字者,語言之符號。分而言之,文與字對,則獨體爲文,複體爲字;文與語對,則出諸口而以聲音表示意思者爲語言,以符號代表語言,而辭意比語言爲要練者曰文字。其文字之屬於情感、而有采色、音韻者,謂之文章。而討論其法式、研究其藝術者,謂之文學。欲定文學之意義,必先明文學之範圍;欲明文學之範圍,不能不先明文章之範圍。

雖然,文也,文章也,文學也,在今雖或殊義,而在古則實無大别。唯古來論文之士,其所謂文者,範圍廣狹實至不定,或名異而實同,或名同而實異,名實紛紜,莫可究詰。至清儒阮元乃始定爲界説,其《書昭明文選序後》云:

> 凡經説講學,皆經派也;傳志記事,皆史派也;一意爲宗,皆子派也;惟沈思翰藻,乃可名爲文。

阮氏蓋本於孔子贊《易》,始著《文言》,辭多偶麗,故以謂文者必駢儷有韻爲主，非是者不足以謂之文。其《文言説》云：

孔子於乾坤之言，自名曰文，此千古文章之祖也。爲文章者，不務協音以成韻，修辭以達遠，使人易誦易記；而唯以單行之語。從横恣肆，動輒千言萬字，不知此古文所謂直言之言、論難之語，非言之有文也，非孔子所謂文也。《文言》數百字，幾於句句用韻，不但多用韻，且多用偶，中凡偶皆文也。於物兩色相偶而交錯之，乃得曰文，文即象其形也。然則千古之文，莫大於孔子之言《易》，孔子以用韻比偶之法，錯綜其言而名曰文。何後人必欲反孔子之道而自命曰文，且尊之曰古也？

阮氏之論，蓋反對古文派以古文始得爲文之正宗之説。至近人章炳麟，雖同爲反對古文，而立文學之界説，則一反阮氏之言。其《文學論略》云：

何以謂之文學？以有文字著於竹帛故謂之文，論其法式謂之文學。凡文理文字、文辭皆謂之文，而言其采色之焕發則謂之彣。《説文》云："文，錯畫也，象交文"，"彰也，彰有彣彰也"。或謂文章當作彣彰，此説本是。要之命其形質則謂之文，狀其華美則謂之彣。凡彣者必皆成文，而成文者不必皆彣。故論文學，當以文字爲主，不當以彣彰爲主。

阮、章二説，立於反對地位。前者謂文止爲駢驪一門，後者則謂文即文字，包羅一切圖籍，其言可謂針鋒相對，未易調和之論矣。然考二氏之説，亦皆非新創，阮氏蓋祖述六朝文士，章氏則祖述漢人。沈約《宋書・謝靈運傳》云：

夫五色相宣，八音協暢，由乎玄黄律吕，各適物宜。欲使宫羽相變，低昂舛節，若前有浮聲，則後須切響；一簡之内，音韻盡殊；兩句之中，輕重悉異。妙達此旨，始可言文。

據沈氏之論,則文非五色相宜、八音協暢,殆不足以謂之文矣。昭明太子《文選序》云:

> 若夫姬公之籍,孔氏之書,與日月俱懸,鬼神爭奥,孝敬之准式,人倫之師友,豈可重以芟夷、加之剪截?老、莊之作,管、孟之流,蓋以立意爲宗,不以能文爲本,今之所撰,又以略諸。若文人之美辭,忠臣之抗直,謀夫之語,辨士之端,冰釋泉涌,金相玉振,所謂坐狙丘、議稷下。仲連之却秦軍,食其之下齊國,留侯之發八難,曲逆之吐六奇,蓋乃事美一時,語流千載,概見墳籍,旁出子史。若斯之流,亦又繁博,雖傳之簡牘,而事異篇章,今之所集,亦所不取。至於記事之文,繫年之書,所以褒貶是非,紀別異同,方之篇翰,亦已不同。若其論贊之綜緝辭采,序述之錯比文華,事出於沈思,義歸乎翰藻,故與夫篇什,雜而集之。

此專以詞藻爲文,殆與沈約相合。蓋當時風尚,文筆殊稱,華麗者爲文,質直者爲筆也。今略舉諸書所言文、筆之別,如下:

《南史·顔延之傳》:"宋文帝問延之諸子才能。延之曰:'竣得臣筆,測得臣文。'"

梁元帝《金樓子·立言篇》:"今之門徒,轉相師受,通聖人之經者謂之儒。屈原、宋玉、枚乘、長卿之徒,止於辭賦,則謂之文。今之儒,博究子史,但能識其事,不能通其理者,謂之學。至如不便爲詩如閻纂,善爲章奏如伯松,若是之流,泛謂之筆。吟詠風謡,流連哀思者謂之文。"

劉勰《文心雕龍》云:"今之常言,有文有筆,以爲無韻者筆也,有韻者文也。"

其區別文、筆之封疆如此,此皆阮氏之所本也。至於章氏,則本於王充。章氏之言云:

《論衡·超奇篇》云:"能説一經者爲儒生;博覽古今者爲通人;采綴傳書以上奏記者爲文人;能精思著文,連結篇章者爲鴻儒。"又曰:“州郡有憂有如唐子高、谷子雲之吏,出身盡思,竭筆牘之力,煩憂適有不解者哉?”又曰:“長生死後,州郡遭憂。無舉奏之吏,以故事結不解。徵詣相屬,文軌不尊,筆疏不續也。豈無憂上之吏哉?乃其中文筆不類也。”又曰:“若司馬子長、劉子政之徒,累積篇第,文以萬數,其過子雲、子高遠矣。”然而因成紀,無胸中之造。若夫陸賈、董仲舒,論説世事,由意而出,而假取於外,然而淺露易見,觀讀之者猶曰傳記。陽城子長作《樂經》,揚子雲作《太玄經》,造於助思,極窅冥之深,非庶幾之材不能成也。桓君山作《新論》,論世間事,辯照然否,虚妄之言、僞飾之辭,莫不證定。彼子長、子雲説論之徒,君山爲甲。自君山以來,皆爲鴻眇之才,故有嘉令之文。據此所説,文之與筆,本未分塗,而所謂文者,皆以善作奏記爲主。自是以上,仍有鴻儒,鴻儒之文,若司馬子長、劉子政所著,則爲歷史。陸、董、陽城、揚四子所著,則爲經説。君山所著,則爲諸子。是歷史、經説、諸子,彼方目以最上之文,非如後人擯此於文學之外,而沾沾焉惟以華辭爲文,或以論説、記序、碑誌、傳狀爲文也。

二説各有所本如此,雖頗似言之有故,實亦不可以爲定論。今人繆鳳林論之云:“要之二氏之説,一失之隘,一失之寬。過猶不及,兩皆非是。”其言甚爲平允。章氏之説過於泛濫,無人篤信;阮氏之説,則凡爲駢文者多從之。劉師培撰《中古文學史》,伸阮氏之説,其言云:

> 偶語韻詞謂之文,凡非偶語韻詞概謂之筆。蓋文以韻詞爲主,無韻而偶,亦得稱文。詩有藻韻,其類亦可稱文。筆無藻韻,唐人散體,概屬此類,故昌黎之作,在唐稱筆。後世文家,奉爲正宗,是均誤筆爲文者也。

然章氏所據,漢人之言耳,阮、劉所據,六朝人之言耳,可謂漢人與六朝人文學之界説,未足以概古今也。吾嘗謂從阮、劉之説,則文學可成爲專門之學,然範圍太狹,將使東漢、六朝以前,自《葩經》《楚辭》數種以外,皆不得謂之文得乎?章氏之説,則範圍之太廣，將使天下不能有文學專科，則文學之名竟不能成立矣。豈其然乎？世之論文者，雖不盡同二氏，然或失之狹，或失之泛，類多一偏之見，爲一端之辭，則大氏相同也。吾嘗摘舉《周易》《論語》《禮記》《左傳》《詩序》《國語》《管子》《墨子》《莊子》《荀子》《韓非子》《吕氏春秋》諸書之言文者二百餘條，歸納之，可得文之界説之異。兹録其大略如下。

一、宇宙一切均謂之文，如天文、地文、人文。

《易・賁・彖》云："觀乎天文以察時變，觀乎人文以化成天下。"

《繫辭上》："仰以觀於天文，俯以察於地理。"

《繫辭下》："觀鳥獸之文。"

《韓非子・解老篇》："道者，萬物之所以然也，萬物之所稽也。理者，成物之文也。道者，萬物之所以成也。"

二、文野之文。

《易・乾・文言》："見龍在田，天下之明。"

《論語・雍也篇》："質勝文則野，文勝質則史。"

《論語・泰伯篇》："大哉，堯之爲君也。巍巍乎，唯天爲大，唯堯則之。蕩蕩乎，民無能名焉。巍巍乎，其有成功也，焕乎其有文章。"

三、文武之文。

《禮記・樂記篇》："始奏以文，復亂以武。"

《祭法篇》："文王以文治，武王以武功。"

《左傳・僖二十三年》："文不犯順，武不違敵。"

四、文飭之文。

《易・賁・彖》："賁，亨，柔來而文剛，故亨。"

《禮記・玉藻篇》："犬羊之裘，不裼不文飾也。"

五、文德之文。

《論語・季氏篇》,孔子曰:“遠人不服,則修文德以來之。”

六、雕琢服飾之文。

《禮記・王制篇》:“錦文珠玉,成器不粥於市。”

《禮記・月令篇》:“令婦官染采黼黻文章,必以法。”

《禮記・哀公問篇》:“有成事,然後治其雕鏤文章,黼黻以嗣。”

《左傳・隱五年傳》:“數軍實,昭文章。”杜注:車服旌旗。

七、文理之文。

《禮記・中庸篇》:“文理密察,足以有别也。”

《管子・水地篇》:“鳥獸得之形體肥大,羽毛豐茂,文理明者。”

《荀子・仲尼篇》:“非綦文理也。”楊注:非極有文章條理也。

八、禮文之文。

《詩序》:“《淇奥》,美武公之德也。有文章,又能聽其規諫,以禮自防,故能入相於周,美而作是詩也。”

《莊子・達生篇》:“東野稷以御見莊公,進退中繩,左右旋中規,莊公以爲文弗過也。”

九、文巧之文。

《管子・牧民篇》:“省刑之要,在禁文巧。”

《管子・侈靡篇》:“故法而守常,尊禮而變俗,上信而賤文,好緣而惡駔。此謂成國之法也。”

十、道德之文。

《國語・周語》:“敬文之恭也,忠文之實也,信文之孚也,仁文之愛也,義文之制也,智文之輿也,勇文之帥也,教文之施也,孝文之本也,惠文之慈也,讓文之材也。”

十一、名實之文。

《墨子·經説上》:"告以文名,舉彼實也。"

《墨子·經説下》:"未有文實也,而後謂之。"張惠言云"文實,猶名實;無文質也,則無謂也。"

十二、文質之文。

《荀子·禮論篇》:"禮者,以財物爲用,以貴賤爲文。"

《荀子·樂論篇》:"墨子蔽於用,而不知文。"

十三、適世用者謂之文。

《莊子·人間世篇》:"若將比余於文木邪。"郭注"凡可用之木爲文木"。

十四、好學謂之文。

《論語·公冶長篇》:"子貢問曰'孔文子何以謂之文也?'子曰'敏而好學,不恥下問,是以謂之文也。'"

十五、能舉人謂之文。

《論語·憲問篇》:"公叔文子之臣大夫僎,與文子同升諸公。子聞之曰'可以爲文矣'。"

十六、能守法謂之文。

《國語·晉語》:"夫成子道前志以佐先君,道法而卒以政,可不謂文乎?"

十七、言語之文。

《禮記·儒行篇》:"禮節者,仁之貌也。言談者,仁之文也。"

十八、文字之文。

《禮記·玉藻篇》:"教學臨,文不諱。"

《左傳·隱元年》:“仲子生而有文在其乎?曰爲魯夫人。”

十九、載籍之文。

《論語·學而篇》:“行有餘力,則以學文。”

《論語·八佾篇》:“文獻不足故也。”

二十、文辭之文。

《易·繫辭上》:“其旨遠,其辭文。”

《荀子·非十二子》:“終日言,成文典。”

二十一、文學之文。

《論語·先進篇》:“德行,顏淵、閔子騫、冉伯牛、仲弓。言語,宰我、子貢。政事,冉有、季路。文學,子游、子夏。”

《墨子·非命中篇》:“凡出言談,由文學之爲道也,則不可不先立義法。”

二十二、音韵節奏之文。

《禮記·樂記篇》:“聲成文謂之音。”

《禮記·樂記篇》:“樂文同,則上下知矣。”

《禮記·樂記篇》:“發以音聲,文以琴瑟。”

《詩序》:“情發於聲,聲成文謂之音。”

《荀子·樂論篇》“故樂者,審一以定和者也,比物以飾節者也,節奏合以成文者也。”

先秦所説文之爲義,大略不出乎此,即謂自古以來亦不外乎此,亦未嘗不可也。夫文義之大小、歧異如此,則古來論文之説,欲折中至當,不亦難哉?是故言文者,或大而至於無外,或小無而入於無倫,各執一端,莫衷一是。要皆不能明其會通,故鮮能解其膠執。今略述先秦以來文義大小之範圍,并爲圖以表之。

《説文》“文”字下云:“錯畫也,象交形。”然大而言之,則與《周易》"物相雜"之説大抵相符，小而言之，則亦與"詩樂合奏成文"之説相合。詩樂之有相和，亦取其相雜而和諧耳。是故文之爲義，就其最大之範圍而言之，則宇宙一切形形色色，均謂之文。《易》之所謂相雜，所謂天文、地理、人文，《韓非子》所謂"成物之文"之類是也。就人文而論，則一切禮、樂、刑、政均謂之文。《論語》"焕乎其文章"之類是也。就禮、樂、刑、政而論，則有文有武，文與武對，非武者則謂之文，如《左傳》"文不犯順，武不違敵"之類是也。就文武之文而論，則一切有文理者謂之文《禮·中庸》所謂"文理密察"之類是也。就有文理者而論，凡言語之有禮文者則謂之文，如《左傳》"不及趙衰之文"之類是也。凡刻畫之有文理者亦謂之文，《禮》哀公問所謂"治其雕鏤文章，黼黻以嗣"之類是也。就言語刻畫而論，則一切文字謂之文，如《左傳》"有文在其手"之類是也。就文字而論，則一切載籍謂之文，如《論語》"行有餘力，則以學文"之類是也。就載籍而論，凡文詞之工者謂之文，如《易》稱"旨遠詞文"之類。凡後世文人之散篇，如傳狀、書奏、詩賦等均謂之文，後世所謂文集是也。就文集而論，凡有韻者謂之文，如六朝人所分文、筆之文是也。就韻文而論，凡有音韻、節奏者謂之文，如《禮記》《詩序》所謂"聲成文，謂之音"是也。此古來文義大小、廣狹之大略也。

然則文學之義當如何？不亦可得而略論乎？夫人類開化之初，仰觀俯察，凡燦然華麗者皆謂之文，此文義之所以包羅至大也。然凡所謂華麗云者，莫非由比較而後見，始則以天然爲華麗，繼則以人事戰勝天然，故凡人事俞工者，俞謂之文。此文之爲義，所以世俞降而俞狹，俞近而俞嚴也。夫就人事而論，禮、樂、刑、政之屬，孰不爲文？文之所包，孰能外此？然而尼山四科，文學與德行、言語、政事并立，然則文學者豈外彼三科乎？抑彼三科者絶不通文乎？是如文學之本不外乎彼，而爲文學者則必其文之尤工，而非彼三科者之所能及，可斷言矣。蓋文之爲義，不外文采，如上圖所示。天文、地文云者，天地、自然之文采也。自人文以降，重乎人事，禮、樂、刑政，一切文武之事，人事之有文采者也，故謂之文。就文武而論，文教之事，尤其有文采者也，故離武而謂之文。自兹以降，至於載籍之文，其文采俞甚，其稱文亦俞嚴。文集之文，爲文人專尚文采之作，比於其他載籍，文采尤甚，故比較而又專稱爲文。文集之文，有有韻、無韻之别，有韻之文，文采尤甚，故以無韻爲筆，有韻爲文。又豈得謂之謬論？再進一步而言，則有韻之中，有駢文與詩、樂之别，詩之音韻又比駢文爲工。故文之一字，又可謂專屬於詩？亦豈過言也哉。是故以人類之進化而論，文明愈進，學術俞專，學術俞專而分科亦俞嚴，則文學之範圍，惟詩而已。《論語》稱"文學，子游、子夏"，子游之於詩，今不可考，而今之《詩序》，相傳出於子夏，則文學當以詩爲本，孔門之時已如是矣。是故進而言之，由詩充類，則其文之無論爲駢爲散，言理言情，而要以合乎詩之情韻者乃謂之文。退而言之，雖具詩之形體，而無詩之情韻，亦不得謂之文。此吾所以斟酌古今，而定文之界説也。如是，則既非章氏之泛，以一切爲文學；亦非阮氏之狹，使一切散體均不足以與文學。折中之説，或亦有取於是乎？

是故情理者，文學之精神；音韻者，文學之形體也。精神寄於形體，形體托乎精神，精神變則形體變，形體變則精神變。是故文學之文，不可改易者也。其文字稍有改易，則情理有變異，而失其真矣。非文學之文則異夫是。今夫言幾何學之書，可謂汗牛充棟矣，異國之書，文固各異。即同一國之書，文亦千萬變，然而所述之理，未嘗異也。言物理學者亦然。同一牛端之法，則無論何人所述，其文爲何國之文，皆不失牛端之真面目也。而文學之文，則决不可以稍改。昔人嘗謂杜子美詩云"群山萬壑赴荆門"，或欲改"群"爲"千"，以"千山"與"萬壑"相對，夫"千"之與"群"，皆多數之稱，文義雖無大異，而情韻則已大非。又如陶淵明詩云"種菊東籬下，悠然見南山"，或改"見"爲"望"，夫"見"之與"望"相去幾何？文義雖無大異，而自然之味已全消。凡兹二例，一字之微耳，况其多者乎？

復次，文學最貴真，如書畫然。今世之石印珂瓏版固甚精美，然景印之品，必不能及於真迹，此人所共知也。况文學之文，而可改易字句乎？

準此以談,凡可以外國文翻譯者,均非文學之文也。凡文學之文,則决不可以翻譯。古人謂詩文之妙者,爲可以意會,不可以言傳,亦以其文已如此。一以言語表演,則必已失其真,而神紗之處亦全喪故也。何况以此國之文,譯爲彼國之文?文字之顛倒長短,各已不同,音韻之多寡高低,亦已大異。譯之雖工,去之實遠。蓋文學所寄在乎字句音韻之間,字句、音韻既已全非,則文學之情意亦必差異,此雖有百喙無從置辨者也。乃今之學者,喜將中西詩文互相翻譯,不亦愚乎?嗚呼!審乎此,則文之定義可以明矣。參考拙著《文學平議・詮文篇》

附文章説

班固《兩都賦序》云:"言語侍從之臣,若司馬相如、虞丘壽王、東方朔、枚皋、王襃、劉向之屬,朝夕論思,日月獻納,而公卿大臣、御史大夫倪寬、太常孔臧、太中大夫董仲舒、宗正劉德、太子太傅蕭望之等,時時間作。或以抒下情而通諷諭,或以宣上德而盡忠孝,雍容揄揚,著於後嗣,抑亦雅頌之亞也。故孝成之世,論而録之,蓋奏御者千有餘篇,而後大漢之文章,炳焉與三代同風。"此班氏所謂文章,蓋謂詩賦之屬,有韵之文也。予謂文學爲美術之一,其所以爲美者有四:一曰心之美,二曰目之美,三曰耳之美,四曰口之美。《詩序》曰:"在心爲志,發言爲詩",是故情意溢滿,發而爲文,流連哀思,足以引起人之同情者,是爲心之美。沈休文云:"五色相宣,八音協暢,由乎玄黄律吕,各適物宜。"昭明太子《文選》序云"若其論贊之綜緝辭采,序述之錯比文華,事出於沈思,義歸於翰藻",是文之詞句五色相宣,玄黄適宜,綜緝辭采,錯比文華者,是爲目之美。其"八音協暢,律吕適宜"者,如是之文,聽之者則適耳,是爲耳之美。讀之者則適口,是爲口之美。凡爲文章,必備此四者而後爲純美。吾觀"文章"二字,亦涵此四事。《説文・文部》"文"下云"錯畫也,象交文",《音部》"章"下云:"樂竟爲一章,從音十,十,數之終也。"又"音下"云"聲生於心,有節於外謂之音,從言含一"蓋文者,就形而論，則爲象物之交；就情而論，則爲象情之交。章字從音，音字從言。《詩序》云“情動於中而形於言”，是言之主動則爲情。《莊子》曰：“名者，實之賓也”，文章者，名也；文章之實則爲情，情之發乎形色者爲文，情之發乎聲音者爲章。其於文化也，則禮爲文，而樂爲章。其在文學也，則詞句爲文，聲韵爲章，文章之美則必其情之美者也。是“文章”二字，就其内容而言，則爲情爲心之美；就其外式而言，則文爲色爲目之美。章爲聲，章從音，音從言含一。《詩序》云“聲成文謂之音”，謂聲之美者相和一也。聲之和者發於口，則無詰詘之苦，是口之美也。聲之和者聞於耳，則無啁哳之惡，是耳之美也。善哉，文章二字！一名而涵四義。世之不知文學之界説者，盍一究“文章”二字之義乎？或謂文章當作彣彰，《説文》“彣部”，彣下云“戫也。從彡文”，《有部》“戫”下云“有彣彰也，彡部”，《彰》下云“彣彰也，從彡章，章亦聲”然古書多作文章，無作彣彰者，疑文與彣、章與彰，本爲一字，文章爲古文，彣彰爲繁體。《説文》所釋雖異，在古實爲一字，猶丹與彤本爲一字。《説文》“丹，篆作月，象采丹井。象丹形。古文作彤，其下又有“彤篆”。云“丹，飾也。從丹彡”。段玉裁謂彤似是古文彤，而不知丹、彤古一字。故古文之丹，即從古文“井”加“彡”與彤從篆文“井”加“彡”者同也。唯丹與彤則今爲雙聲，文與彣、章與彰，則今爲同音耳。文與彣、章與彰，既同字，則或作文章，或作彣彰，其義一耳。

“文章”二字之涵義既明，故無論其文之爲駢、爲散，爲詩賦、爲詞曲，必其意主乎言情，詞主乎藻麗，句主乎音韻，而後可以謂之純文學。蓋必如是，而後文學之四美具也。夫有於中者，形於外，必其人之有麗情奇志，然後發爲文章乃能有聲有色；亦必其文章之有聲有色，故能使人觀之，而悦於目，使人讀之，而悦於口，使人聞之，而悦於耳。於是由耳、目、口之美感，而益增讀者之同情，庶可謂極文章之能事矣。

《文選》讀餘

葉履工 撰

載於《學風》一九三六年第六卷第五期。葉履工，生平事迹難考。《學風》雜誌，一九三〇年十二月在安慶創刊，由安徽省立圖書館編輯發行，安徽省立圖書館館長陳東原任主編，至一九三七年六月第七卷第五期因七七事變而停刊，持續發刊六年，自第二卷至六卷，每卷發行十期。該雜誌宗旨爲"整理中國文化，闡發安徽文獻，培養民族意識，宣導良好學風"，其撰稿人多爲當時省立安徽大學師生或安徽文化圈、學術圈人物、安徽籍學者，如胡樸安、姚永樸、陳東原、徐中舒、衛仲璠、李絜非、宛敏灝、張振佩等。

作者自序因《文選》爲歷來文章家所重，且考據家亦多以此爲根柢，故於披誦之暇，將心得草成此文。此文主要漫談《文選》中諸家文章用字、用句、文法之特色。尤深辨其用字，指出"文人爲文，放言遣詞，每在似解非解之間，得成妙諦"，且"詞賦家爲文，好類舉而不憚煩，每逢物象之詠，輒下筆不能自休"，甚至"近世風靡之辭，間有出於往古者"，如同志、組織、時髦等詞。在用句上，指出《文選》中所選之詩，有以"後二句對前二句"之法，可謂後世楹聯之濫觴；在敘事詩上，又多爲四言，其因或許在於"簡樸爽利"；又如在《文選》中多"體式摹擬，詞句胎息"之文，其做法亦有二端："或直取其辭，而略施變化"，"或師承其意，而少具會通"；又如指出"文人爲文，好變化詞句，以顯奇特"等等。在構篇法上，則"好假借名字，設爲辯論"，似從《莊》《列》之虛擬人物對話之寓言化用而來。此外，還指出《文選》中某些具體字詞之釋義前賢所釋有誤者。此文所指出《文選》諸家之用字、用句、構篇之法，非僅於《文選》之特色，於後世作文亦多有啓發；而其所指個别字詞之釋義，亦可知作者深諳訓詁之學。

昔曾文正字諭子侄，嘗以《文選》爲必讀之籍。原玆蕭《選》，粹八代之精英，備諸家之文翰。上起嬴世，下逮梁朝，取舍謹嚴，不少假借。宜乎其能典重當時，楷模後世。雖云爲才華軼世之所致，亦因其位重副君，萬世仰鏡，不難博人之延譽，固不若劉勰之"狀若貨鬻者"，以求取重於公卿間也。再加歷來諸家之訓釋，（案原有注者不計。）考核詳備，引證賅博。自隋唐以來，言詞章者，必以此爲圭臬；論考據者，亦以此爲根柢。慘於披誦之暇，草此緒餘，以示鴻雪，心得云乎哉！惜所言不能參互衆説，以相印證。滅裂之處，在所難免。間有涉及所知，不煩尋繹者，别白書之。

《文選》所載，除《子虚》、《上林》、《羽獵》、《長楊》、《射雉》各賦，專言田獵者外，其他涉及其事亦頗多。總因許張景陽《七命》中所刻劃爲第一；其香艷之辭，曹子建之《洛神賦》，固莫之與京也。

文人爲文，放言遣詞，每在似解非解之間，得成妙諦。即以"流""飛"二字論之，以實匪誣。如《蜀都賦》"蒟醬流味於番愚之鄉"，《月賦》"素月流天"，"鴈流哀於江瀨"，《思玄賦》"咀石菌之流英"，曹子建《七哀詩》"流光正徘徊"，謝靈運《酬從弟惠連詩》"夕慮曉日流"，王僧達《答顔延年》詩"楊園流好音"，嵇叔夜《雜詩》"流詠太素"，皆臻其極者也。《天台山賦》及潘岳《河陽作》詩之"飛莖"，《思玄賦》之"飛橾"之諸"飛"字，亦屬妙絶。夫以不可以流、不可以飛之物，而曰能之，非微眇玄通者，不敢爲此。

詞賦家爲文，好類舉而不憚煩。每逢物象之詠，輒下筆不能自休。有同一偏旁，而連綿至多數字句者。亦有字義同類，而不同一偏旁者。如《西京賦》"魱（鱣）鯉鱮鮦，鮪鯇鱨魦"八字，尤其少焉者；最多如《江賦》"潚湱泶灂，溭淢浻潊，溃濩泧漷，潏湟淴泱，瀹潤瀾淪，湱瀰濆瀑，虚澴荥瀯，漫減浕涢"，從水之字，凡三十二。（内衆、憑、滎,三字,水在下與在旁同。)除首四字爲奔流激湍之聲,餘皆爲水流貌,洵奇觀也!

左太冲《詠史》詩:"習習籠中鳥,舉翮振四隅;落落窮巷士,抱影守空廬。"及鮑明遠《玩日城西門樓解》詩:"始見西南樓,纖纖如玉鈎;末映東北墀,娟娟似蛾眉。"均以後二句對前二句,宛爲後世聯語之濫觴。

叙事之詩,多爲四言,便其簡樸爽利也。如曹子建《責躬》、潘安仁《關中》詩是。

文人好假借名字,設爲辯論,即《莊》《列》寓言之流亞也。《文選》中所載:如《兩都賦》之西都賓、東都主人;《西京賦》之馮虚公子、安處先生;《三都賦》之西蜀公子、東吴王孫、魏國先生;《子虚》《上林》之子虚子、烏有先生、亡是公;《長楊賦》之翰林主人、子墨客卿;《嘯賦》之逸群公子;《洛神賦》之宓妃;《七啓》之玄微子、鏡機子;《七命》之冲漠公子、殉華大夫;《非有先生論》之非有先生;《四子講德論》之微斯文學、虚儀夫子、浮游先生、陳丘子;《酒德頌》之大人先生;皆係嚮壁虚造者也。《雪賦》之梁王、鄒陽、枚叔、司馬相如;《月賦》之陳王、應、劉、仲宣;皆人隔遥年,而異代相假。再《神女賦》之楚襄王;《登徒子好色賦》之登徒子、楚王;《七發》之楚太子、吴客;或雖有其人,而無其事。若《吊古冢文》之冥漠君,實爲不得已之假定。此外,質言擬古與設論者不與焉!

近世風靡之辭,間有出於往古者。《文選》中如陸士衡《六代論》"鳩合同志"之"同志";劉孝標《廣絶交論》"組織仁義"之"組織";他若"難爲情",見石崇《王明君詞》之"遠嫁難爲情";"時髦"見陸士衡《擬古》之"時髦豈余匹",及江文通《雜體》詩之"迺與時髦匹"。

趙景真《與嵇茂齊書》,孔稚圭《北山移文》,及"七體"諸篇,純近賦體;潘元茂《册魏公九錫文》,皆爲《尚書》體——後周令隋王楊堅,又直仿《九錫文》。

《西都賦》:"是故横被六合,三成帝畿。"李注引《漢書音義》:"文穎曰:'關西爲横。'"案:"横被六合"與《書》"光被四表"語辭相類。蓋"光",廣也,(如"光,遠而自他有耀者也",及"積厚流光",二"光"字可證。)亦有縱横之義。

《西都賦》:"封畿千里",即《詩》:"邦畿千重"。"封""邦"古同音義。《西京賦》引《詩》作原文。

《西都賦》:"乘茵步輦。"李注引《漢官儀》曰:"皇后婕妤乘輦,餘皆以茵,人輿以行。"案:"茵",即《詩·秦風》:"文茵暢轂"之"茵",注:"文茵,虎皮也。"——或係氍毹之類。清代帝皇,召幸妃嬪,猶沿此制,并由内監裸而後進御焉。正孚所謂:"餘皆以茵"之説也。

任彦昇《爲范始興求立太宰碑表》:"家懷鉛筆",葛龔《與梁相箋》:"曹褒寢懷鉛筆",可知以鉛爲筆,由來已久。

司馬遷《報任少卿書》"適足見笑而自點耳!"案:《説文》"點,黑也",《廣雅》"點,污也",即今之污點字,與"玷"别。"玷"爲玉缺之意,或作"刮"。詩"白圭之玷",《韓詩》作"刮"。今之缺點字,當用此字。再與"污點""缺點"之相對者曰:"優點",是直引伸爲標識之意。不然,既優矣而猶曰:"點",無乃失前修正名之意乎!因觸類而及,故并言之。

《西京賦》"走索上而相逢……吞刀吐火",後世賈解者——俗謂"巴戲",多嫻此技。考《東京夢華録》卷六,叙北宋時之内廷戲術供奉,亦有踏索,及"張九哥吞鐵劍"等事。

《西都賦》"攀井幹之未半",李注:武帝作樓高五十丈,輦道相屬。又引司馬彪《莊子注》"井榦,井欄也,然積木有若井欄也"。今之升降梯或基於此。至云積木爲之,恐不以轆轤,其制不可得而聞矣!

《思玄賦》"逼區中之隘陋兮",系云"上下無常窮六區";《文賦》"佇中區以玄覽",善曰:"中區,區中也。"《陶徵士誄》"結志區外",《郭有道碑文》"鶣翔區外以舒翼",然則,"區"猶"宇"也。(叠韻字)"區中"猶言"寰中","六區"猶言"六合"也。

疏狀事物之動態,最宜用雙聲、叠韻之字。如得其所,意外之妙,不可言傳。如《月賦》"徘徊房露,惆悵陽阿";《西征賦》"徘徊桂宫,惆悵柏梁";《恨賦》"脱略公卿,跌宕書史";潘正叔《贈陸機爲吴王令詩》"婆娑翰林,容與墳邱";謝靈運《登江中孤嶼詩》"想像崑山姿,緬邈區中緣";《陶徵士誄》"隱約就閑,遷延辭聘";謝希逸《宋孝武宣貴妃誄》"綢繆史舘,容與經闈"等皆是。案"徘徊","脱略""婆娑","想像","遷延","綢繆"爲叠韻字;"惆悵","跌宕","容與","緬貌","隱約",爲雙聲字。

潘安仁《河陽作》詩,李注引《論語》"齊景公有馬千駟,死之日,人無得而稱焉"。改"民"爲"人",避太宗諱。

《思玄賦》"開陽",顔延年《應詔觀北湖田收詩》之"開冬",阮籍《詠懷詩》之"開秋",同本諸《楚辭》之"開春發歲兮"一語,今僅習用"開春"字。

《上林賦》"𠔏仰橑而捫天"。晉灼曰:"𠔏,古攀字",此古字形體厠於楷隸中之僅見者。

陳琳《爲曹洪與魏文帝書》,多辯難滑稽語。夫文帝與子廉,情雖叔侄,義則君臣。雖恃功大而不莊如此,未免有失大體,亦可見當時君權之限,尚未至於斯極也!再觀子桓爲太子時與弟子建所致各文學書,皆謙卑自牧。曹氏諸子,亦可謂份份君子矣!

沈約《恩倖傳論》,言魏之九品官制云:"軍中倉卒,權立九品,蓋以論人才優劣,非謂世族高卑。"其持論頗切時弊。及觀其以"王滿連姻,實駭物聽"。秦彈王源,深覺言行之不相顧。蓋所言立論也,所舉官守也。賢如修文,爲斗著禄,猶不免降心從俗,况其下焉者乎!

文人相仿,自古而然。體式摹擬,詞句胎息,所在難免。或偶爾相同者,又當别論。《詩經》,《楚辭》爲吾華較早之詞章篇翰,亦即爲後進之士所追仿之的。或直取其辭,而略施變化;或師承其意,而少具會通。隨處多有,不勝枚舉。玆將《文選》中所有合於此者,毛舉一二,以備一格。《西京賦》"匪石匪董,疇能宅此";《蜀都賦》亦云:"匪葛匪姜,疇能是恤"。《東都賦》"捐金於山,沉珠於淵";《東京賦》亦云:"藏金於山,抵璧於谷。"《東都賦》"奢不可踰,儉不能侈;"《東京賦》亦云:"奢未及侈,儉而不陋。"《東都賦》"雨師泛漬,風伯清塵;”應休璉與《從弟苗君胄書》亦云:“風伯掃途,雨師灑道。”《東都賦》“千乘雷起,萬騎紛紜”,《西京賦》亦云:“千乘雷動,萬騎龍趨。”《七發》“鳥不及飛,魚不及迴,獸不及走”;《羽獵賦》“鳥不得飛,獸不得過”;《東都賦》“飛者未及翔,走者未及去”;《西京賦》“鳥不暇舉,獸不得發”;《南都賦》亦云:“魚不及竄上,鳥不暇翔。”《南都賦》“布緑葉之萋萋,敷華蘂之蓑蓑”;《文賦》“播芳蕤之馥馥,發青條之紛紛”;《蜀都賦》亦云:“布緑葉之萋萋,結朱實之離離。”《思玄賦》“雲菲菲兮繞余輪,風眇眇兮震余旟”;《藉田賦》亦云:“微風生於輕幰,纖埃起於朱輪。”《西京賦》“南翔衡陽,北棲鴈門”;《蜀都賦》亦云:“木落南翔,冰泮北徂。”《甘泉賦》“吸青雲之流瑕兮,飲若木之露英”;《思玄賦》亦云:“漱飛泉之瀝液兮,咀石菌之流英。”《長門賦》“摶芳若以爲枕兮,席荃蘭以爲沓”;《甘泉賦》“靡薜荔而爲席兮,折瓊枝以爲芳”;《思玄賦》亦云:“屑瓊瑶以爲糇兮,㪷白水以爲漿。”《吴都賦》“軍馬弭髦而仰秣,淵魚竦鱗而上升”;《别賦》亦云:“驚駟馬之仰秣,聳淵魚之赤鱗。”《笛賦》“於時也,綿駒吞聲,伯才毁絃”;《琴賦》“於時也,金石寢聲,匏竹屏氣;王豹輟謳,狄才喪味”;《舞鶴賦》亦云:“當是時也,燕姬色沮,巴童心耻。”王仲宣《公讌詩》“常聞詩人語,不醉其無歸”;應德璉《侍五官中郎將建章臺集詩》亦云:“爲日極歡情,不醉其無歸。”(案《詩》有:厭厭夜飲,不醉無歸之語。)曹子建《公讌詩》“公子敬愛客,終宴不知疲”;應德璉《侍五官中郎將建章臺集詩》“公子敬愛客,樂飲不知疲”;謝靈運《擬魏太子鄴中集詩》亦云:“愛客不知疲,飲讌遺晷刻。”陸士衡《塘上行》“願君廣末光,照妾薄暮年”;劉休玄《擬行行重行行》“願垂薄暮景,照妾桑榆時”;江文通《雜體詩》亦云:“願垂湛露恩,信我皦日期。”《劇秦美新》“遂欲流唐漂虞,滌殷蕩周”;《典引》即仿而友之云:“乃先孕虞育夏,甄殷陶周”;及後任彦昇《爲范始興求立太宰碑表》亦云:“甄陶周召,孕育伊顔。”似爲襲此。《四子講德論》“行潦暴集,江海不以爲多;鰍鱓并逃,九罭不以爲虚”。《解嘲》亦云:“乘鴈集不爲之多,雙鳧飛不爲之少。”《洞簫賦》“故貪饕者聽之而廉隅兮……”云云一段,《長笛賦》“屈平適樂國……”云云一段,與《琴賦》"是以伯夷以之廉,顔回以之仁……"云云一段,詞意相類,亦似後襲於前也。干寶《晉紀總論》"故於時天下非暫弱也,軍旅非無素也……"一段,恐本於《過秦論》——若陸機《辯亡》并其體意全襲之矣。王簡《頭陀寺碑文》:"層軒延袤,上出雲霓;飛閣逶迆,下臨無地。"後即爲王勃《滕王閣序》所本。以上僅爲隻句片斷之摹擬,固無傷於大雅也。再如京都各賦,其詞意皆不出山川宫室之美,草木禽鳥之異;人物之蔚萃,法制之完備;聲色之好,田獵之壯……其音樂各賦,所言器材之所生,制作之精巧;以及揮彈(或吹弄)之神奇,聲音之變化,感人之深入……靡不千篇一律,異曲同工(?)。案摹擬之習,以漢魏詞賦家爲最盛,靡然從風,久同嘸蠟。雖然,不有與者,誰定體制?不有述者,(即摹仿人)誰得發揚?即以此論之,若亘古迄今,人皆以凡出自前人者,當一概屏絶之爲得計,吾恐數千年來,由文苑之浩汗,而不變爲瓊林之絶響者幾希矣!總之,爲文之道,務於師承往古之中,兼寓别出杼機之妙。則於光前啓後之意,思過半矣!

狀聲象形之字,率多以音義相通之字代用之。(屬於叠韵雙聲之字頗多。)固無一定之字形也。如《易》"天地絪緼",注:天地合氣也。——一作"氤氲",《魏都賦》同。《東都賦》,《魯靈光殿賦》,《别賦》作"烟煴";《典引》作"烟烟煴煴"疊用之。《上林賦》之"巀嶪",又作"巀嶭",又作"鍔鍔列列"疊字耳。《西京賦》作"嵲嶫",《南都賦》作"捷獵"。《西征賦》作"巀嵲",爲《上林》"巀嶭"之異體字,皆高顯之貌。《南都賦魯靈光殿賦》之"晻薆",(《魯靈光殿賦》注"晻薆"爲深邃貌,蓋深邃有"晻曖"之象也。)《魏都》之"菴藹",《蜀都賦》之"幽藹",《江賦》之"隱藹",《藉山》之"晻藹",與《高唐賦》之"暗藹",(注:暗藹,木蔭水波,暗藹然也。)《羽獵賦》之"暗藹",(善曰:衆盛貌。固因衆盛而始陰翳征。)《上林賦》之"晻薆",(注言香氣濃厚,直由象之濃厚,引伸爲氣之濃厚矣。)《北征賦》之"陰曀",(注言喻昏亂也,與幽暗不明之義,無以異也。)皆爲濃翳幽暗之象,音義皆可通轉,訓詁或須輾轉而引伸之。《琴賦》"澎湃",《江賦》"淜渤",與《上林賦》"澎湃",《長笛賦嘯賦》之"澎濞"不少異。《詩僧風》"阿儺其枝",注柔順貌。《高唐賦上林賦》作"猗狔",言木柔弱;《七發》作"猗靡",注言草木茂盛,隨風披靡,《子虚賦》,《洛神賦》,《西征賦》亦作"猗靡",言女子之柔順;《南都賦》作"阿那";《甘泉賦》作"旖旎",言旌旗從風貌。(案《説文》"旖旎,旗旖施也。")《江賦》作"猗萎",言水草隨風之貌。無往而不爲柔順之義。《子虚賦》之"髣髴",《舞賦》作"彷彿",《説文》有彷無彿。

任彦昇《爲范尚書讓吏部封侯第一表》:"百年上壽,既曰徒然;如其誠説,亦以過半。""如其誠説"猶言"誠如尊命"也,(劉禪語。)倒文耳。

曹植《求自試表》"雖未能禽權馘亮",君臣異舉,亦各言其能而已!

曾文正嘗言《文選》以《蕪城賦》爲冠軍之作。然其扼要處盡在"薰歇燼滅,光沉響絶"八字,能括盡蕪城景象。

文人爲文,故好變化詞句,以顯奇特。如鄒陽《獄中生書自明》:"故樊於期逃秦之燕,藉荆軻首以奉丹事。"言荆軻藉樊於期首,以奉丹事也。陳孔璋《檄吴將將校部曲文》:"若使水而可恃,則洞庭無三苗之墟,子陽無荆門之敗。"依前句,當作"荆門無子陽之敗"。《登樓賦》:"鍾儀幽而楚奏兮,莊舄顯而越吟。"言奏吟楚越之聲也。曹植《求自試表》:"故奔北敗軍之將,用秦魯以成其功;絶纓盗馬之臣,赦楚趙以濟其難。"猶言秦魯用奔北敗軍之將以成功,楚趙用絶纓盗馬之臣以濟難也。《恨賦》"孤臣危涕,孽子墜心";"孤""危"互用之。

述事舉人,有必須重出其稱謂者,或以名字互舉之,以避其同。此類文法,多見駢體文内。(近世考證家,間有用其例者,如某某説如此,既加案語之後,必重舉其字以結之。)如謝靈運《秋懷詩》:"雖好相如達,不同長卿慢;頗悦鄭生偃,無取白衣宦。"長卿,相如字,白衣尚書即鄭生;《七命》:"接以商王之著,承以帝辛之杯。"帝辛即商王也;任彦昇奏彈劉整"薛包分財,取其老弱;高鳳自穢,争訟寡嫂。未見孟嘗之深心,已學文通之僞迹。"孟嘗,薛包字;文通,高鳳字。沈修文《恩倖傳論》"胡廣累世農夫,伯始致位卿相;黄憲牛醫之子,叔度名動京師。"胡廣字伯始;黄憲字叔度也。

古詩有上下段相承處,以上段尾句末二字,作下段起首語者——即所謂連環法耶! 如曹子建《贈白馬王彪詩》,上段末二句"爲欲還絶蹊,攬轡止踟蹰。"下段起首即云:"踟蹰亦何留,相思無終極。"全篇皆爾。盧諶《答劉琨詩》及謝靈運《酬從弟惠連詩》中,亦一部有此式。

魏文《燕歌行》,逐句協韻,與《詩·車攻》之一、二、三、五、六、七章及《碩鼠》首章同式。

碑,誄、傳,狀,書人之死亡年月,大抵居於壽紀之前。相習然也。然案《文選》所載書法有易此次序者。如《陳太邱碑文》"年八十有三,中平三年,八月丙午,遭疾而終。"《郭有道碑文》"享年四十有二,以建甯二年,正月己亥卒。"《夏侯常侍誄序》"春秋四十九,元康元年,夏五月壬辰寢疾。"顔延年《陶徵士誄》"春秋若干,元嘉四年月日,卒於潯陽縣之某里。"然此類書法由蔡伯喈,潘岳,以至顔延年,皆在齊梁以前。其有無異此者,弟未深考。惟自顔、謝騰聲而後,此風漸次改變,如王仲寶《褚淵碑文》"建元四年,八月二十一日,薨於私第,春秋四十有八。"沈修文《齊安陸昭王碑文》:"維永明九年,夏五月三十日辛酉薨,春秋三十有七。"任彦昇《齊竟陵文宣王行狀》:"某年某月日薨,春秋三十有五。"據此其由先壽紀而後逝世之年月,改爲先叙死亡月日而後及其壽紀者,更變之迹可以尋矣。再考當之魏收《魏書》,沈約《宋書》各列傳,亦未見有不爾之處。

讀柳子厚山水諸記

周　澄撰

載於《光華大學半月刊》一九三六年第四卷第九期。周澄，字哲肫，江蘇宜興人。一九三二年八月，唐文治聘其爲無錫國專教授，講授《史記》《漢書》、中學國文教學法等。後受聘爲光華大學國文系教授，同時兼任光華附中國文教員。一九三八年，與錢基博一同受聘爲藍田國立師範學院國文教授，直至一九四六年。其後事迹不詳。

此文開篇即點明"論文章者，每以韓柳并稱……柳精裁密製，結篇緊凑，雄肆密栗，各擅其勝。即以柳之流連景光，模寫山水，曲致微妙，心與物化，亦韓所無有也"。以地域而分，作者將柳宗元山水文字分爲永州諸記、柳州諸記、永柳以外諸記三部分，其中，永州諸記有總有分、叙議特密；柳州諸記則用綜論；其他諸記則不以山水爲主。從文章描寫物件而言，又將柳宗元山水游記文，分爲記山、記水、記石、記草木、記亭榭與工事等，一一分析其寫法之妙。本文叙、論結合，且善於細節分析。

論文章者，每以韓、柳并稱。而韓豪曲快字，凌紙怪發，柳精裁密製，結篇緊凑；雄肆密栗，各擅其勝。即以柳之流連景光，模寫山水，曲致微妙，心與物化，亦韓所無有也！其在韓亦稱柳："例貶州司馬，居閑益自刻苦，務記覽：爲詞章，泛濫停蓄，爲深博無涯涘，而自肆於山水間。"(《柳子厚墓誌銘》)推許甚至矣！是則山水諸記，其爲柳氏刻苦記覽,發憤爲雄之作可知！林紓評之曰:“窮桂海之殊相,直前無古人,後無來者。昌黎偶記山水,亦不能與之追逐,古人避短推長,昌黎於此,固讓柳州出一頭地。”(《柳文研究法》)有以哉！有以哉！今案《柳河東集》,凡屬游觀登臨之文,可分三部言之:曰永州諸記,曰柳州諸記,曰永、柳以外諸記。永、柳以外諸記,所以異於永、柳諸記者,不以山水爲主,述游觀之樂,亭榭之勝也！而記永與記柳又有别,記柳用總,記永則有總有分,叙議特密;此又同而不同者也！

永州諸記,史稱元和元年十一月,朝議王叔文之黨,或自員外郎,出爲刺史,貶之太輕。己卯,再貶柳宗元爲永州司馬;十年,徙柳州刺史;十四年十一月八日,卒於柳州。是子厚居永最久,而責又(經)[輕],乃得放意山水,肆力文字。退之論:“子厚斥不久,窮不極,雖有出於人,其文學詞章,必不能自力以致必傳於後,無疑也!”(《墓誌銘》)洵爲知言！考永州諸記,其目凡十有五:曰韋使君新堂,曰崔中丞萬石亭,曰零陵三亭,曰龍興寺東丘,曰法華寺西亭,曰龍興寺西軒,曰游黄溪,曰始得西山宴游,曰鈷鉧潭,曰鈷鉧潭西小丘,曰至小丘西小石潭,曰袁家渴,曰石渠,曰石澗,曰小石城山。若零陵郡復乳穴,修净土院,鐵爐步諸記,雖地屬永州而義不相關。若《陪崔使君游宴南池》《愚溪詩》《婁二十四秀才花下對酒唱和詩》《法華寺西亭夜飲賦詩》,飲、棋諸序。雖不曰記,而抒情紀趣,有相通者,自當合觀。總上諸目,可作一題論,可當一篇讀。善乎！汪藻之言曰:“零陵(新、舊《唐書》“地理志”皆爲永州首縣)去長安四千餘里,極南窮陋之區也,而先生辱居之。零陵徒以先生居之之故,遂名聞天下,先生爲之不幸可也;而零陵獨非幸歟？先生始居龍興寺西序之下,閑坐法華西亭,見西山愛之。命僕夫過瀟水,剪薙榛蕪,搜奇選勝,自放於山水之間;入冉溪二三里,得其尤絶者,家焉。因結茅樹蔬,爲沼沚,爲臺榭,目曰愚溪,而刻《八愚詩》於谿石之上。其謂之鈷鉧潭,西小丘,小石潭者,循愚溪而出也。其謂之南澗,朝陽巖,袁家渴,蕪江,百家瀨者,泝瀟水而上也。皆在愚溪數里間,爲先生杖艦徜徉之地。唯黄溪爲最遠,去郡城七十餘里,游者未嘗到。豈先生好奇如謝康樂,伐木開徑,窮山水之趣,而亦游之不數邪?"(《永州柳先生祠堂記》)汪藻此記,可爲讀永州諸記之提綱。而子厚游黄溪,亦自提綱曰:"環永之治百里,北至於浯溪,西至於湘之源,南至於瀧泉,東至於黄溪東屯;其間名山水而村者以百數,黄溪最善!黄溪距州治七十里。"游袁家渴,記曰:"由冉溪(即染溪,《愚溪詩序》曰:"或曰冉氏常居也,故姓是溪爲冉溪;或曰可以染也,名之以其能,故謂之染溪。"《始得西山記》亦稱"染"。)西南水行十里,山水之可取者五,莫若鈷鉧潭。由溪口而西,陸行,可取者八九,莫若西山。由朝陽巖東南,水行至蕪江,可取者三,莫若袁家渴。皆永中幽麗奇處也!"游石澗,記曰:"得意之日,與石渠同,由渴而來者,先石渠,後石澗。由百家瀨上而來者,先石澗,後石渠。澗之可窮者,皆出石城村東南,其間可樂者數焉。"凡此皆永州諸記之綱領,而子厚抑若固爲提挈者!亦汪藻之所由取材歟!若《始得西山宴游記》,有曰:"凡是州之山水有異態者,皆我有也,而未始知西山之怪特!"又曰:"然後知吾嚮之未始游,游於是乎始!"此又鈷鉧潭小丘、小石潭諸記之總序。即前所謂"有總有分,可作一題論,可當一篇讀"者。不益明乎?而新堂,萬石亭,零陵三亭,東丘,西亭,西軒諸記;雖多述臺觀之盛事,但作者之意,不在臺觀,常在山水,非僅以其地隸永州也,故亦入焉。諸紀之相關既如上述矣,玆復就文章技巧一深究之!約可分紀山,紀水,紀石,紀草木,紀亭榭與工事諸端。觀其異同,辨其文心,試析論如下:

紀山。有寫山之高,不就主峰渲染,而就四圍所見之遠,以顯示此山之特出者;《始得西山宴游記》是也。有寫山之奇,積石如城堡,一語盡之,無可再説,而忽就"奇"字生波瀾,推論造物之有無,比興無窮者,《小石城山記》是也。有寫不能一畝之小丘,偏以大筆濡染,别耳目心神之營謀,樂不暇接;如師子搏兔,用全力者,《小石潭西小丘記》是也。近而示之遠,實而運之虚,簡而飾之繁,有此筆力,世無難題矣!

紀水。寫黄溪,狀其形勝。曰:"至初潭,最奇麗,殆不可狀!

其略若剖大甕,側立千尺,溪水積焉,黛蓄膏渟,來若白虹,沈沈無聲。"寫鈷鉧潭,原其地勢。曰:"蓄冉水自南奔注,抵山石,屈折東流。其顛委勢峻,盪擊益暴,齧其涯,故旁廣而中深;畢,至石,乃止。"林紓釋之曰:"水至而下迸,注其全力,趨涯如矢。中深者爲水力所射,涯字似土石雜半,故土盡至石,著一畢字,即年久水齧石成深槽;至此不能更深,乃反而徐行也。"(《柳文研究法》)子厚細參物理,得林言而益彰! 同一寫水之聲與色:於小石潭曰:"隔篁竹,聞水聲,如鳴佩環,心樂之。伐竹取道,下見小潭,水尤清洌。"於石澗曰:"流若織文,響若操琴。"又曰:"交絡之流,觸激之音。"一則散而密,一則整而簡,而心同貌異,不襲故常,尤見造語之不苟也! 同一寫魚樂,以狀水清。少或一言,如記石渠曰:"清深多鯈魚。"多且數行,如記小石潭曰:"潭中魚可百許頭,皆若空游無所依,日光下澈,影布石上,怡然不動,俶爾遠逝,往來翕忽,似與游者相樂。"林紓更釋曰:"清樹、翠蔓、蒙絡、搖綴、參差、披拂,是無人管領,草木自爲生意。寫潭中魚百許頭,空游若無所依,不是寫魚,是寫日光。日光未下澈,魚在樹陰蔓條之下,如何能見,其怡然不動,俶爾遠逝,往來翕忽之狀;一經日光所澈,了然俱見。'澈'字,即照及潭底意,見底即似不能見水,所謂空游無依者,皆潭水受日所致。一小小題目,至於窮形盡相,物無遁情,體物直到精微地步矣。"余謂蘇軾記承天寺夜游,有曰:"解衣欲睡,月色入户,欣然起行。念無與樂者,遂步至承天寺,尋張懷民,懷民亦未寢。相與步於中庭,庭中如積水空明,水中藻荇交横,蓋竹柏影也"。柳、蘇兩家,一狀日光,一描月色,俱得静中真趣,文含詩意,謂非無獨有偶者乎?

紀石。子厚有言,"楚之南,少人而多石。"(《小石城山記》)今核諸記,信非虚語。若小石城山、小石潭石渠,俱以石得名,固矣。外此有以大喻小,狀其不整者。曰:"泉石以爲底,近岸,卷石底以出,爲坻,爲嶼,爲嵁,爲巖。"(《小石潭記》)有以物相類,述其酷似者。曰:"亘石爲底,達於兩涯,若牀,若堂,若陳筵席,若限閫奥。"(《石澗記》)如以人體爲比。則曰:"至第二潭,石皆巍然臨竣流,若頦頷齗齶。"(《黄溪記》)以鳥獸爲比。則曰:"其石之突怒偃蹇,負土而出,争爲奇狀者,殆不可數! 其嶔然相累而下者,若年馬之飲於溪;其衝然角列而上者,若熊羆之登於山。"(《小丘記》)此以獸喻,而猶非其至! 若曰:"大石林立,涣若奔雲,錯若置碁:怒者虎鬥,企者鳥厲。抉其穴,則鼻口相呀,搜其根,則蹄股交峙,環行卒愕,疑若搏噬。"(《萬石亭記》)嗚呼! 盡態極妍,寫静物而有動意,文之近畫者也!

紀草木。有與水合寫者。曰:"有樹環焉,有泉懸焉。"(《鈷鉧潭記》)有與石合寫者。曰:"翠羽之木,龍鱗之石,均蔭其上。"(《石澗記》)有寫其託根之奇者。曰:"無土壤,而生嘉樹美箭,益奇而堅;其疏數偃仰,類智者所施設也!"(《小石城山記》)有稱名,有不稱名。曰:"青樹翠蔓,蒙絡揺綴,參差披拂。"(《小石潭記》)此不稱名。曰:"昌蒲被之,青鮮環周。"(《石渠記》)曰:"薪蒸篠簜,蒙雜擁蔽。"(《西亭記》)此則稱名。有紀草木之未修治者。曰:"茂樹惡木,嘉葩毒卉,亂雜而争植,號爲穢墟。"(《新堂記》)有紀草木之已修治者。曰:"屏以密竹,聯以曲梁,桂檜松杉楩柟之植,幾三百本。嘉卉美石,又經緯之,俛入緑縟,幽蔭薈蔚,步武錯迕,不知所出?温風不爍,清氣自至!"(《東丘記》)若論各篇之冠,竊以袁家渴所記者爲最! 曰:"有小山,出水中,山皆美石,上生青叢;冬夏常蔚然。其旁多巖洞。其下多白礫。其樹多楓柟、石楠、楩櫧、樟柚。草則蘭芷,又有異卉,類合歡而蔓生;轇轕水石。每風自四山而下,振動大木,掩苒衆草,紛紅駭緑,蓊葧香氣。衝濤旋瀨,退貯谿谷,揺颺葳蕤,與時推移,其大都如此。"蔣之翹曰:"予聞之董太史玄宰云:'以徑之奇怪論,則畫不如山水,以筆墨之精妙論,則山水决不如畫。'觀此記,則奇怪精妙,吾直以爲兩相當耳。"(《河東集輯注》)林紓善畫知文,故亦評曰:"妙在拈出一個'風'字,將草木收縮入'風'字。"又曰:"把水聲,花氣,樹響,作一總束。又從其中渲染出奇光異采,尤覺動目。綜而言之,此等文字,須含一股静氣,又須十分畫理,再著以一段詩情,方能成此傑構!"(俱見《柳文研究法》)洵篤論也。昔姚姬傳評:"此文,'每風自四山而下'以爲就《風賦》'邸華葉而振氣'云云,(邸華葉而振氣,徘徊於桂椒之間,翺翔於激水之上,將擥芙蓉之精。獵蕙草,離秦蘅,概新夷,被荑楊,迴穴衝陵,蕭條衆芳。)推演而得。"是又探原之論!竊謂子厚既斥至永州,努力學楚辭,(用宋祁《新史·本傳》按:即《新唐書》"柳宗元傳"説)事誠有之。然必先情景相當,學古,方盡其妙。不然,讀宋玉《風賦》者,古今何啻千萬,而能者不可多見,如子厚此記。梅伯言曰:"善爲文者,無失其機。"(《盋山餘霞閣記》)然則臨文必豫之以學,而尤難,在不失其機矣!

紀亭榭與工事。子厚謫爲州司馬,官外常員,而心得無事;乃取官之禄秩,(《西亭記》)作亭於法華寺,建臺於鈷鉧潭。論其功用。曰:"邑之有觀游,或者以爲非政,是大不然。夫氣煩則慮亂,視壅則志滯,君子必有游息之物,高明之具,使之清寧平夷。恒若有餘;然後理達而事成。"(《零陵三亭記》)又曰:"在昔裨諶謀埜而獲,宓子彈琴而理,亂慮滯志,無所容入。則夫觀游者,果爲政之具歟!"此與近世論市政,闢公園,其見可通。而因地興築,亦復有識。如曰:"游之適,大率有二,曠如也!奥如也!如斯而已。其地之凌阻峭,出幽鬱,寥廓悠長,則於曠宜。抵丘垤,伏灌莽,迫遽廻合,則於奥宜。"(《東丘記》)其治西亭,"命僕人持刀斧,群而剪焉。叢莽下頽,萬類皆出,曠焉茫焉。天爲之益高,地爲之加闢,丘陵山谷之峻,江湖地澤之大,咸若有增廣之者!"(《西亭記》)此因乎曠者也。其闢東丘"凡坳窪坻岸之狀,無廢其故。屏以密竹,聯以曲梁,(中略)步武錯迕,不知所出;温風不爍,清氣自至,小亭陿室,曲有奥趣!"(《東丘記》)此因乎奥者也。君子之用心,無入而不自得焉。故過湘緣染,斫榛莽,焚茅茷,而登西山。崇臺延檻於鈷鉧潭上,以爲中秋觀月。購唐氏弃地,闢爲小丘。伐竹取道,見石潭之清。他若石渠、石澗、石城山,無不窮幽探勝,發自子厚!且也,投籌賭飲,(詳《序飲》)合山水之樂,朱墨爲棊,(詳《序棊》)悟貴賤之由;所以極游宴而娱心意者,戛戛獨造,無微不至!後之李笠翁、袁隨園殆挹先生之餘韵,而暢論之者歟!

柳州諸記。今案《柳河東集》自其至柳,爲文不若在永州之富。曰:《柳州東亭記》,記亭榭也。曰:《柳州山水近治可游者記》,記山水也。文僅兩篇,而作法則迴異!述近治可游之山水,全篇不足五百字,然記山者十有一!曰:"雙山,背石山,龍壁,甑山,駕鶴山,屏山,四姥山,仙弈之山,石魚之山,雷山,深峨山。"記水者五!曰:"潯水,靈泉,雷水,雷塘,峨水。"以山水之名數言之,蓋多於永州諸記,若以文字之篇幅言之,則不逮十之一!而以簡馭繁,網舉目張,夾寫山水,方轡一絲不亂,非熟於龍門者不辦!且猶有閑情,以狀其石,曰:如肺,肝,茄房,人,禽,器物。多識其鳥獸草木之名,如"秭歸,(一作子規)石鯽,及儵,樫,櫧,箕簹,橐吾(未詳)"等;密而不遺。信乎?文章猶龍,可大可小,可長可短也!昌黎述子厚之刺柳州;"民業有經,公無負租,流逋四歸,樂生興業。宅有新屋,步有新船。"(《柳州羅池廟碑》)"因其土俗,爲設教禁,州人順賴!其俗以男女質錢,約不時贖,子本相侔,則沒爲奴婢。子厚與設方針,悉令贖歸;其尤貧力不能者,令書其傭,足相當,則使歸其質。觀察使下其法於他州,比一歲,免而歸者且千人!"(《子厚墓誌銘》)知其努力爲政,不能若永州之責輕而事簡,得放意於山水。子厚有詩曰:"柳州柳刺史,種柳柳江濱。談笑爲故事,推移成昔年。垂陰當覆地,聳幹會參天。好作思人樹,慚無惠化傳!"(《種柳戲題》)此雖戲詞,而志可知矣!雖然,藏修息游,君子不廢。觀其記東亭曰:"當邑居之劇,而忘乎人間。(中略)取館之北宇,右闢之,以爲夕室。取傳置之東宇,左闢之,以爲朝室。又北闢之,以爲陰室。作屋於北墉下,以爲陽室。作斯亭於中,以爲中室。朝室,以夕居之。夕室,以朝居之。中室,日中而居之。陰室,以違溫風焉。陽室,以違淒風焉。若無寒暑也,則朝夕復其號。"又咏種甘曰:"手植黄甘二百株,春來新葉遍城隅。方同楚客憐皇樹,不學荆州利木奴。幾歲開花聞噴雪?何人摘實見垂珠?若教坐待成林日,滋味還堪養老夫!"(《柳州城西北隅種甘樹》)一詩一文,彌見閑適。而植樹禁奴,用心教養,在千一百餘年前,爲政若此,足稱高明;宜乎!柳民之於子厚,殁猶奉以爲神明也!

永柳以外諸記。其目有三,題記亭榭,而文盡江山之美!即《潭州楊中丞作東池戴氏堂記》《桂州裴中丞作訾家洲亭記》《邕州柳中丞作馬退山茅亭記》也。有狀其四周景物,波光雲樹,而語語鑄新,不襲陳言者！如記戴氏堂曰:"堂成而勝益奇。望之若連艫縻艦,與波上下,就之顛倒萬物,遼廓眇忽。樹之松柏杉櫧,被之菱芡芙藻,鬱然而陰,粲然而榮。凡觀望浮游之美,專於戴氏矣!"有先解亭名,次及托地之形勝,終寫登臨之樂事者！如記馬退山茅亭曰:"作新亭於馬退山之陽,(中略)無欂櫨節梲之華,不斲椽,不剪茨,不列墻,(中略)昭其儉也。是山崒然起於莽蒼之中,馳奔雲矗,亘數百里,尾蟠荒陬,首注大溪。諸山來朝,勢若星拱,蒼翠詭狀,綺縮繡錯。(中略)每風止雨收,煙霞澄鮮;輒角巾鹿裘,率昆弟友生,冠者五六人,步山椒而登焉。於是手揮絲桐,目送還雲,西山爽氣,在我襟袖;以極萬類,攬不盈掌!"而記作訾家洲亭,遠近比合,虚實相生,模擬最爲盡相！如曰:"萬山西向,重江東隘,聯嵐含輝,旋視具宜;常所未睹,倏然互見,以爲飛舞奔走,與游者偕來!"極虚遠之神態,如隔簾看月,隔水看花。繼曰:"乃經工庀材,考極相方,南爲燕亭,延宇垂阿,步簷更衣,周若一舍。北有崇軒,以臨千里,左浮飛閣,右列閑館。比舟爲梁,與波升降。苞漓山,涵龍宫,昔之所大,蓄在亭内。"則又切近的當。下復以遠景籠照之！如曰:"日出扶桑,雲飛蒼梧,海霞島霧,來助游物。其隙則抗月檻於迴谿,出風榭於篁中。盡極其美,又益以夜,列星下布,顥氣迴合,邃然萬變,若與安期羡門接於物外。"此其侔色揣稱,著意描繪,嚴羽之謂"唐人唯柳宗元深得騷學者,"此乎！而茅坤則諷爲"不免齊梁"也。綜上三記,托迹於亭榭,而寄意於山水,誠如余前所論,題屬亭榭,而文固當作山水記讀！唯此三篇,宏攬百十里内,尤饒遠勢耳。

餘論。昔人謂囚捉幽異,掬弄光彩,力致其空濛蕭瑟之情者,酈道元之《水經注》也！複殿重閣,綺柱珠簾,侈陳登臨游觀之樂者,楊衒之之《洛陽伽藍記》也！後世文士,讀酈、楊之書,皆愛賞其文,而輕其所重！予讀子厚諸作,盡情於空濛蕭瑟,放意於登臨游觀,若柳氏者,殆欲兼之乎！又其自述爲文:"抑之欲其奥,揚之欲其明,疏之欲其通,廉之欲其潔,激而發之欲其清,固而存之欲其重。”(《答韋中立書》)而劉賓客與子厚最相知,移書稱之! 曰:“跨躒古今,鼓行乘空,附離不以鑿枘,咀嚼不以文字;端而曼,苦而腴,佶然以生,癯然以清!”所言多與子厚之志暗合,洵足以自信信人!而山水諸記,尤能不負其所言也!

㮄廬文談

衛仲璠 撰

載於《學風》一九三七年第七卷第三期。衛仲璠,見前《㮄廬談藪》簡介。此文主要散論司馬遷、韓愈、歐陽修、王安石、蘇軾、曾鞏等古文家行文之法、各家特色與文風之異。如"西漢公牘文字推賈、晁",然"晁錯章疏,步步著實",賈誼文則"起落騰跳,掀波湧瀾";"歐陽公議論文多平易近人,至碑誌中敘事文,則千變萬化。蘇長公議論文却波瀾萬狀,至敘事體,則平鋪直敘"。至於作文法,有虛實之説,如"文要凌空,要虛虛實實";"古人名篇,無不工於創意",故於本題無可説者,别出蹊徑,避實就虛以成文。有正體、變體之説,"記事文以自始至終、元元本本敘述爲文之正體","夾敘夾議,皆文之變體"。具體另有陪襯法、比較法、脱卸法等。此篇文談或承其《㮄廬談藪》一文而來,開篇即曰:"學文無他法,熟讀精思而已",并用其鄉賢張汝珩談讀書一事爲例;不過,又與《談藪》異,即以此條而言,所列事例又稍異,又增李光地、包世臣談讀書例;且縱觀全文,此文多漫談作文之法,并詳舉文篇而切言之,而《談藪》則主要羅列他人語。

學文無他法,熟讀精思而已。常聞吾鄉前輩張楚寶先生讀《史》《漢》,每篇必五十遍,至如《伯夷》《屈原》等篇,則千遍不已。李安溪(光地)自言,幼年讀《離騷》,曾萬過。包安吴(世臣)讀《古詩十九首》《過秦論》,亦數千過,此皆古人之可法者也。

散原先生文承湘鄉之後，騁瑰偉之辭，實今日昌黎、廬陵也，第爲詩名所掩耳。與人晤語，夷然可親，尋常筆墨，雖小必慎，尤不輕許與人。貴池劉慎詒字遜甫，仍世貴顯，詩名籍甚，著有《龍慧堂詩集》，卒年五十有三，興化李詳審言挽之云："散原詩派，薪火先燔，豈知秉纘操衡，不異平原《三釁集》；葱石家風，闌階遽萎，欲任招魂作誄，惜無盆浦一書來。"遜甫之子婿，李家驊駿孫，少耽吟詠，能傳其學，遜甫既歿，駿孫爲營窀穸之事，揭於其阡曰："貴池詩人劉君遜甫之墓。"求散原先生題署，（庚午秋）一日余謁散原先生，適已書就，因付余轉致駿孫，展覩，則題曰："貴池劉君遜甫之墓"，詩人二字無有也。夫以龍慧之造詣，敻絶恒倫，散原先生猶不輕易以"詩人"二字揭於墓道，獨怪今之新進小生，猥爲俚言，蜇口慘腹，嚚嚚然曰："此新詩也。"乃至被以詩人之稱，己亦居之不怍，烏乎！是非吾所敢知矣。

山谷與《洪駒父書》云："老杜作詩，退之作文，無一字無來處。"此由涪翁讀書多，故見處處皆有來歷。其實衹道得一半，昌黎作詩，衹就俚俗情狀，鐫刻摹寫，而選字切近的當，得未曾有，雖用陳語故實，只是信手拈來，非傖父餖飣可比也。

歐陽公議論文，多平易近人，至碑誌中敘事文，則千變萬化，不可端倪。蘇長公議論文，却波瀾萬狀；至敘事體，則平鋪直敘。此歐、蘇行文之異致。學者於此，舍短取長，思過半矣。

文要凌空，要虚虚實實。《管晏列傳》，妙即在此。又如張子房運籌帷帳，佐高祖定天下；荀卿明王道，憲章孔子，著書立説。東坡作《留侯論》《荀卿論》，偏不就此等處發議，却從圯上老人與書，反覆推勘；從李斯禍天下，歸獄荀卿；此即"實者虚之，虚者實之"之説也。此兩篇人人爛熟，若衹知句摹字擬，不曾領會得此，於昌黎所謂"師其意，不師其辭"之旨無得也。

西漢公牘文字推賈、晁。晁錯章疏，步步着實，以其爲刑名家也。賈則起落騰跳，掀波湧瀾，極文章之能事矣。

古人名篇，無不工於創意，凡遇其人事無足稱，或是已有作家紀述，而强復操觚，往往令作者無可著想，是不得不别尋門徑，避實而擊虚矣。如馬少監生平無可稱道,退之爲作墓誌,於是叙其父若祖,并將自己攙入,感慨身世,信仰淋漓,遂成絶調。元微之《夫人墓誌銘》,亦絶無言行可紀,於是叙其父母家氏門閥之顯貴,而結之以銘曰"詩歌《碩人》,爰叙宗親"以見其義,尚本之經也。獨孤申叔亦無甚事功可稱,柳子厚爲作墓碣,則將交獨孤申叔一班負名之士,臚列於篇,便見精采,意若曰"不知其人,視其所與也"。歐公爲唐子方之考作墓表,亦苦無事可載,則就其子子方生發,叙子方之累官貤贈其親,鋪張揚厲,猶《漢書・高帝紀》云,此皆太公之教也,將高祖功業,歸之於太上皇。凡此皆於本題無可説法,别出蹊徑,避實而擊虚也。

子開師常言:"東坡晚年文章之妙,自不待言,即其初歲出手,已無不一讀一快。"大約一往透達人情,不必宗經,自不背古。舊有明刻大全本,字大行疏,亦自豁目,嫌其紙近乾脆,不禁手觸。蒯景參所贈端刻,無前、續兩集,而後集又有缺卷,所稱《志林》十三篇者,正在缺卷中,殊不快意。今得郎注本,《志林》乃十六篇,多入宋《襄士燮》二論,又離《伍子胥》《范蠡》爲二,以宋人輯宋文,當有所本。姚《纂》單取《范蠡》爲篇,似與此暗合,可異也。全部共五百篇,名章盡在。其云《東坡文集經進事略》,略字意是注釋異名,猶云舉其事典大略耳。

子厚談佛,總跳不出圈子外,昌黎永叔則意象迥殊,所謂如坐堂上與堂下人説話,可以想見其氣概。

司馬相如常慕藺相如之爲人,諸葛孔明自比管、樂,此古人厚自期待處,蓋取法乎上,僅得其中,取法乎中,斯得其下矣。治學亦然,學者不可不知。

管晏列傳

記事文以自始至終,元元本本叙述,爲文之正體。史公《伯夷》《管晏》《屈原》《孟荀》等傳,夾叙夾議,皆文之變體也,而開韓、歐諸文家,無數法門。

作《管晏傳》，論常法，應搜羅《國語》《左傳》，及二子自著之書，成爲一篇文字，若然，則此篇非數萬言不辦，毋亦太冗長乎？况管、晏之書，自在人間，管、晏事實，昭昭在人耳目，何必如此辭費，故史公避實擊虚，衹用輕描淡寫，此張廉卿嘆爲"飛塵絶迹"者也。而於贊中舉其義法曰，至其書世多有之，是以不論，論其軼事，凡後人爲傳狀碑誌，於篇中缺略不載者，篇末必有數語，揭櫫其義，其法本此。

《管仲傳》分三段，一段概叙，二段叙鮑叔知其賢，三段管仲相業，而内政外交，包括無遺，筆筆凌空，語語跳脱。

"管仲曰"下數行，事實皆本《列子》，倘一一叙於前面，則笨拙矣。鮑叔既進管仲，以身下之，子孫世禄於齊，有封邑者十餘世，常爲名大夫數語，若删去，直接"管仲既任政相齊"云云，未始不可，然不如順筆將鮑叔作一結束，因鮑叔未立傳也，《韓文》亦多此法。

桓公伐楚，是與無名之師也，而仲責以"不貢苞茅"，則無名而有名矣。桓公伐山戎，是勤遠略也，而仲令"燕修召公之政"，則名正言順，故曰善因禍爲福，轉敗爲功，管仲竊擬於公室下，是餘波。

《晏子傳》似老實，然自具章法，亦分三段：一段概叙，二段免越石甫之厄，三段薦御，段落最爲整飭。贊引孔子語，若加辨駁，便駿。《管仲傳》見其材能，《晏子傳》見其識度。

泰州海陵縣主簿許君墓誌銘

《史記》七十列傳，其横空發議者，惟《伯夷》《屈原》數篇而已；韓公碑志文字七十餘篇，其横空發議者，《柳子厚》《鄭群》數篇而已。若《貝州司法李君》等篇，只寥寥數語議論，而皆峭聳絶倫；介甫墓志文，幾篇篇發議，至如《王深甫》篇，則滿篇皆是，殊乖體例。然拗折蟠曲，控縱如意，極文章之能事，令人愛玩，不能廢也。

此篇文境，與昌黎《送王含序》同，皆具加人一等見解，岸然氣魄，凌駕一切。"蓋世有有材能矣，而每生不逢時；有有材能，有時會矣，而無人拔舉；若許君者，有材能，有時會，又有人拔舉之，而終不能一用其智能以卒，豈非命乎？彼樂天知命者，無事奔走營緣，許君雖以人勝天，可耶？”此劉才甫所以謂介甫“語含譏刺”也，妙在著語藴藉，使人不覺。

篇中“此又何説哉，銘詞誰或使之？”故作疑問，却不説出天也命也。如《史記·外戚世家》，前提出“命”字，後節節叙次，事皆出人意表，即暗藏一“命”字在。

銘詞即尋常字句，而信手拈來，皆倚天拔地，軒昂瀏亮，可見爲文豈以追琢爲貴。

石曼卿墓表

碑志文有以數字括盡其人生平，入後縱筆細摹，總不出其範圍，如此篇“幽燕俗勁武”以下數行文字，精神團結，籠罩一切，爲曼卿畫一影子，以後逐段叙來，有實寫，有虚摹，總不離此數行中“才節”二字。

“年四十八”至“卒於京師”二十六字，若移置“有子濟滋”句上，將“而不知才之有以用也”句，直接“少舉進士不第”，減去“曼卿”二字，未始不可，但落尋常蹊矣。須知文無定法，同類文字多做，容易陳陳相因，作家恒思避熟就生，初無深意。

送石昌言爲北使引

此篇結處陡健絶倫，固是明允本色。前叙與昌言交誼，亦非閑話；“自思爲兒時，見昌言先府君旁，安知其至此”，回映關鎖，情文兼至。姚姬傳評云：“此明允胸襟陋處”，殊非。明允早歲荒廢，如游騎無歸。晚而讀書成名，此正寓其自矜所得，非昔日能意及耳。須於筆墨外，求其兀傲自得之意。

學者立志不可不高，意境不可不遠，須常存“振衣千仞岡，濯足萬里流”之想，常以慕望愛悦之古人，置諸胸懷，則襟抱自然瀟灑出群，落筆自然夐不猶人。細讀此篇，當可領會得出。

有美堂記

文家唯一要訣,須撇去常徑。方百川云:"爲文要思路斷絶,踴躍而出。"昌黎云:"唯陳言之務去",此皆披肝瀝膽之言。韓、王作文,無不如此,學者須過得此關,方入古人之室。

古人作文,有只就題内搜尋,有從題外生發,各相題爲之,如畫工繪像,修短肥瘠,一肖其人。歐公此作,只用陪襯法、比較法、脱卸法,只就仁廟《賜梅》詩"地有湖山美,東南第一州"兩句做出。

"夫舉天下之至美與其樂,有不得而兼焉多矣",籠罩下文,爲提挈之筆,與東坡《韓非論》"聖人所以惡夫異端盡力而排之者,非異端之能亂天下,而天下之亂所由出也"一篇意義已含蓋在内相似。

"號爲東南"云云,切東南。"以資富貴之娱者",對"幽潛放逐之臣"。"二邦皆僭竊於亂世",南唐都金陵,吴越都杭。"若天子之侍從","若"作"及"字解。

送王秀才含序

昌黎文最樸直,惟此篇與《董邵南序》,屈曲淵微,言在此而意在彼,最爲含蓄,最爲藴藉。按:《醉鄉記》載在《唐文粹》。王績,字無功,文中子王通之弟也。見隋政濁穢,遂酣醉終日,著《醉鄉記》,言憑一醉,概不聞問世事,無是無非,恬然别有境地,故謂之醉鄉,所謂一醉解千愁也。

昌黎作文,總有高處立,闊處坐,居高臨下氣概,意若曰常人遭逢離亂,不遇於時,有感慨,有牢騷,乃借酒以消遣,非真能忘憂者也。若顔淵、曾參,得大聖爲之師,孜孜求道,唯日不足,何感慨牢騷之有?縱或有之,亦何待杯中物而後解哉?惜劉、阮、陶潛、王績之倫,未足以語此也。高一層立論,絶驚聳,極夭矯之致。

王含亦懷才不遇者也,挾所能來見韓公,韓公位卑力弱,既不足提拔之;人微言輕,又不足揄揚之,無可奈何,只得還是借酒消愁,此以不結束爲結束,言外有學道忘憂一套話頭,更非王含所能幾及,妙在引而不發,使人於筆墨之外求之。

若將"顔氏子操瓢與簞"至"吾又以爲悲醉鄉之徒不遇也"一段删却,則以"王績不遇於時託酒遁世"始,以"王含不遇於時,藉酒解憂"終,何嘗不文從字順? 而文勢平直,無奇可言。若删"及讀阮藉、陶潛詩,乃知"九字,直接"蓋彼雖偃蹇"云云,則直譏其先人,不成話矣! 於此可悟文士巧於立言。"豈誠旨於味",言豈以酒味爲旨,而喜稱道之也,韓文綴句簡樸多此類。

列女傳目録序

南豐叙《列女傳》《新序》《説苑》諸篇,皆絶大議論,極高見解,文亦步伐有章,層次井然,而意味淵醰樸茂,乃諸家所無。故惜抱有言,"目録之序,子固獨優",非虚美也。

劉子政文,每每繁稱廣引,層出不窮,蓋其博極群書,史事磅礴胸中,有一發而不可制者。

此文只是三大段,首段考訂其篇次,中段發議,末段辨其書之醇駁,文中提出《列女傳》中數語,進一層洗發,淵懿精卓,所謂仁義之人,其言藹如也。

贈黎安二生序

爲文立意雖不必過於鑿險縋幽,要須有度越常人意量,求之古人名篇,無不如此。此篇首段叙知二生來由,歸熙甫《守耕説》,略同此法,彼淡妙而此醇簡。

識力定,立志堅,不恤人言,不隨人言下轉移,學文然,學道亦然,勉勵二生,何等氣岸。"今生之迂特以文不近俗,迂之小者耳,患爲笑於里之人",俗手必云"乃患爲笑於里之人",加一"乃"字,便稺。收束不漏蘇君,文法應爾。二生解此,則必不顧合乎世、同乎俗，而求合乎古、同乎道矣，語皆深遠含蓄。

日喻贈吴彦律

此東坡針對王介甫以《三經新義》取士，士知求道，不務學而作也。語帶詼諧，不特罕譬明理，文亦跌宕生姿。

通篇只道"可致而不可求"一句是主腦，但此等説理之文，易著頭巾氣，且非善於取譬者，亦不能達難顯之情，南宋諸公，謝弗能逮矣。

《三經新義》謂《詩》《書》《周禮》也。介甫又有《字説》，則就字説字，望文生義，多穿鑿難通，與《説文》不合。東坡嘗問"滑字何解?"介甫曰:"滑者，水骨也。"東坡曰:"然則波者水皮也?"介甫亦爲囅然。介甫著此書，煞費心思，蓋指甲幾嚙盡矣，其揣摩光景，可以想見。

此篇前幅喻道不可求，後幅喻道可學而致。

桐城三君子文考論

張　傑撰

載於《光華大學半月刊》一九三七年第五卷第五期。作者張傑,待考。此文先借清人陸繼輅之説,點明方苞、劉大櫆、姚鼐爲"桐城三君子"之名之由來,其後則歷述三人之論文主張。方苞提倡"義法",故其文大體雅正,但"不爲馳騁演迤,而專以融煉,不爲放言高論,而趨於謹約";而劉大櫆則"并古人神氣、音節得之,兼集莊、《騷》《左》《史》、韓、柳、歐、蘇之長",其文學《莊子》《史記》而弗至,學歐陽修、王安石則時至之,學歸有光則輒至;至於姚鼐,則宣導"義理、考據、辭章三者不可偏廢,比義理爲質",故其文"峻潔似柳子厚,筆勢奇縱似太史公",尤以記叙、墓誌爲最。此文最大之特色在於雜糅各家言論而成文,所引各家之説遠超作者個人論述,作者本人并無多大發明。然則,或其真實意圖隱於字裏行間,如"乃至今日,而明末之風復作,報章小説,人奉爲宗。幸其流派未亡,稍存綱紀,學者守此,不至墮入下流";且"桐城義法者,佛家之四分律也,雖未與大乘相齒,用以摧伏魔外,綽然有餘";故可知此文之作或許在於有感於古文之式微而新文體之勃興乎?

陸繼輅曰:"我朝自方望溪氏别裁諸僞體,一傳爲劉海峰,再傳爲姚姬傳桐城一大縣耳,而有三君子接踵輝映其間,可謂盛矣。"《七家文鈔序》此桐城三君子之所由名也。吴德旋曰:"方望溪直接震川矣;然謹嚴而少妙遠之趣,如人家房屋門庭院落廂廚,無一不備，但不見書齋别業，若園亭池沼，尤不可得。”《初月樓古文緒論》蓋“震川自然神妙，而未能精與謹細者也；望溪精與謹細，而未能自然神妙者也”。特“望溪規模極大”，故雖“未能妙遠不測，風韵絶少；然文體自正。”且“望溪以前，皆不失‘質而不俚’四字。”即以歸文論之，雖能“妙遠不測，然轉有質而近俚者；惟望溪修辭極雅潔，無一俚語俚字”，故“不能不推爲巨手”。“然其行文不敢用一華麗非常字；此其文體之正，而才不及古人也。”曾文正公《論文》乃望溪則自以爲深通古文義法，其語沈廷芳曰：“南宋元明以來，古文義法久不講，吴越間遺老尤放恣，或雜小説家，或沿翰林舊體，無一雅潔者。古文中不可入語録中語，魏晉六朝人藻麗俳語，漢賦中板重字法，詩歌中雋語，《南北史》佻巧語。老生所閲《春秋三傳》《管》《荀》《莊》《騷》《國語》《國策》《史記》《漢書》《三國志》《五代史》《八家文》，賢細觀當得其概。”沈廷芳《方望溪先生傳書後》又《答程夔州書》云：“凡爲學佛者傳記，用佛氏語則不雅，子厚、子瞻，皆以兹自瑕。至明錢謙益，則必涕唾之令人嗀矣；豈惟佛説，即宋五子講學口語，亦不宜入散體文，司馬氏所謂‘言不雅馴’也。”籀其大指，蓋以爲“非闡道翼教，有關人倫風化，不苟作”；雷鋐《與翠庭卜書》“凡筆墨所涉，皆有六籍之精華寓焉”。程崟《望溪先生文集序》故“其爲文，非先王之法弗道，非先聖之旨弗宣，其義峻遠，其法謹嚴，其氣肅穆，而味淡以醇，湛於經而合乎道”。沈廷芳《方望溪先生文集後序》於是論者謂“其氣味高淡醇厚，非獨王遵巖、唐荆川有所不逮，即較之子由，亦似勝之。然豐於理而嗇於辭，謹嚴精實則有餘，雄奇變化則不足，亦能醇而不能肆之故也。”劉開《與阮芸臺宫保論文書》但戴名世則稱其“少時才思横逸，其奇傑卓犖之氣，發揚蹈厲，縱横馳騁，莫可涯(溪)[涘]；已而自謂弗善也，於是收斂其才氣，濬發其心思，一以闡發義理爲主，而旁及於人情物態，雕刻鑪錘，窮極幽渺，一時作者，未之成及也。”《方靈臯稿序》則是望溪之文，固亦肆矣，非不能也，以其“弗善”於肆，故特“收斂才氣，濬發心思”，不爲馳騁演迤，而專以融鍊，不爲放言高論，而趨於謹約也。“望溪大體雅正，可以模楷後學，要不得不推爲一代正宗。”是故“學史漢者，由八家而入，學八家者，由震川、望溪而入”，誠如劉開所言,“不誤於所向”矣。《與阮芸臺宫保論文書》望溪而後,厥有海峰。“海峰生而好學,讀古人文章,即知其意而善效之。年二十餘,入京師,當康熙末,方侍郎苞名大重於京師,見海峰大奇之,語人曰:如苞何足言耶?吾同里劉大櫆,乃今世韓、歐才也,自是天下皆聞劉海峰。”姚鼐《劉海峰先生傳》“海峰爲古文既成,乃著籍爲望溪弟子”,張惠言《書劉海峰文集後》然“雖游方苞之門”,而“所爲文造詣各殊。苞擇取義理於經,所得於文者義法。大櫆并古人神氣音節得之,兼集《莊》《騷》《左》《史》、韓、柳、歐、蘇之長”,《文苑傳》“極其力能包括古人之異體,鎔以成其體,雄豪奥秘,靡斥出之,”姚鼐《劉海峰先生傳》“其氣肆,其才雄,其波瀾壯濶”,《文苑傳》“瑰奇恣睢,鏗鏘絢爛,足使震川靈皋驚退改色。”吴定《海峰先生墓志銘》“大抵望溪之文貫串乎六經、子、史、百家、傳記之書,而得力於經者尤深,故氣韵一出於經。海峰之文,亦貫串乎六經、子、史、百家、傳記之書,而得力於史者尤深,故氣韵一出於史,方之古作者,於先秦則望溪近《左氏内外傳》,而海峰近《戰國策》;於西漢則望溪近董江都,而海峰近賈長沙;於八家則望溪近歐、曾,而海峰近東坡;就二子而上下之,則望溪西漢之遺,而海峰宋人之流亞也。夫文章之道,絢爛之後,歸於老確。望溪老確矣;海峰猶絢爛也。意望溪初必能爲海峰之閎肆”,如戴氏《方靈皋稿序》所稱,“其後學愈精,才愈老,而氣愈厚,遂成爲望溪之文;海峰亦欲爲望溪之醇厚,然其學不如望溪之粹,其才其氣,不如望溪之能斂,故遂成爲海峰之文。”吴汝綸《與楊伯衡論方劉二集書》但以其“文最講音節”,故亦“有絶好之篇”;若“其摹諸子而有痕迹”,則“非上乘也。”初月樓古文緒論張惠言曰:“海峰之文,有學《莊子》《史記》,爲之者弗至也;學歐陽、王介甫,爲之時至焉;學歸熙甫,輒至焉。”嗚呼!豈所謂“名取遠,迹取邇,其效然耶?”抑“後有作者,終不得爲莊周、司馬之爲耶?”張惠言《書劉海峰文集》而姬傳之於海峰則不然,後來居上,世有青藍、冰水之喻;即海峰亦深許之也。海峰《送姬傳南歸序》曰:“姚君姬傳,甫弱冠,而學已無所不窺,余甚畏之”,“讀其所爲詩賦古文,殆欲壓余輩而上之。姬傳之顯名當世,固可前知。”姬傳“親問法於海峰”,姚瑩《姚先生鼐家狀》“然本所聞於家庭師友間者,益以自得”，《文苑傳》“爲文不盡用海峰法”。姚瑩《姚先生鼐家狀》其“享年之高”，亦“略如海峰，而好學不倦”，又“遠出海峰之上，故當代罕有倫比。揀擇之功，雖上繼望溪，而迂迴蕩漾，餘味曲包，又望溪之所無也。”《初月樓古文緒論》“故世謂望溪文質，恒以理勝；海峰以才勝，學或不及”；姬傳“乃文理兼至”。姚瑩《姚先生鼐家狀》“所爲文高簡深古”，《文苑傳》“皆得古人精意”。文品峻潔似柳子厚，筆勢奇縱似太史公；若其神骨幽秀，氣韵高絶處，如入千巖萬壑中，泉石松風，令人泠然忘反，則又所自得也。或謂文學六一，余意不爾。集中文以記敘、墓誌爲最，銘詞不作險奥語，而蒼古奇肆，音節神妙，無一字湊泊。議論亦“不輕發”“意思自然深遠”。姚瑩《識小録》“深造自得，詞旨淵雅。其文爲世所稱誦者，如《莊子章義序》《禮箋序》《復張君書》《復蔣松如書》《與孔撝約論禘祭書》《贈撝約假歸序》《贈錢獻之序》《朱竹君傳》《儀鄭堂記》《南國詩存序》《綿莊文集序》等篇，皆義精而詞俊，敻絶塵表。其不厭人意者，惜少雄直之氣，驅邁之勢。姚氏固有偏於陰柔之説，又嘗自謝爲才弱矣。其論文亦多詣極之語。”曾國藩《復吴南屏書》《清史》稱“其論文根極於性命，而探原於經訓，至其淺深之際，有古人所未嘗言，鼐獨抉其微而發其藴，論者以爲辭邁於方氏，而理深於劉氏焉。”《文苑傳》“唯亟稱海峰，不免阿於私好。”蓋“劉氏誠非有過絶流輩之詣”，曾國藩《復吴南屏書》“《古文辭類纂》闌入劉氏大體固自有倫，字句都潔，而意不免蕪近。”同上，《復歐陽筱岑書》且“劉氏爲文學《莊子》，尤喜摹昌黎，而氣不足以舉其辭，其篇法之潔，不如方氏；而意度之舂容，又視姚爲遜”，錢師子泉《古文辭類纂解題及其讀法》“要之，方氏以後，惜抱固當爲百年正宗”，其“於劉不無阿私，而辨文章之源流，識古書之真僞，亦實有突過歸、方之處”，“未可與海峰同類而并薄之也。”曾國藩《復吴南屏書》“當乾隆中葉，海内魁儒畸士，崇尚宏博，繁稱旁證，考核一字，累數千言不能休，别立幟志，名曰‘漢學’，深擯有宋諸子義理之説，以爲不足復存；其爲文尤蕪雜寡要，姚先生獨排衆議，以爲義理、考據、詞章、三者不可偏廢，必義理爲質，而後文有所附，考據有所歸”，同上，《歐陽生文集序》蓋“鼐謂天下學問之事，有義理、文章、考證三者之分，異趨而同有不可廢，一塗之中，歧分而爲衆家，遂至於百十家；同一家矣，而人之才性偏勝，所取之徑域，又有能有不能焉。凡執其所能爲，而呲其所不爲者，皆陋也；必兼收之，乃足爲善”。姚鼐《復秦小峴書》推其意欲兼程、朱、韓、歐、許、鄭之長，文與道而爲一，漢與宋而并行，較諸望溪之論行身祈嚮，曰：“學行繼程朱之後，文章介韓歐之間”，所取徑域固已擴而大矣。若云“苟非吾言足發經意，前人所未明者，不可輕書於紙”，同上，《復曹雲路書》此則望溪“凡筆墨所涉，皆有六籍之精華寓焉”也。曰：“古人之文，豈第文焉而已，明道義維風俗，以詔世者，君子之志；而辭足以盡其志者，君子之文也。達其辭，則道以明；昧於文，則志以晦。鼐之求此，數十年矣，瞻於目，誦於口，而書於手，較其離合，而量劑其輕重多寡，朝爲而夕復，捐嗜捨欲，雖蒙流俗訕笑而不耻者，以爲古人之志遠矣，苟吾得之，若坐階席而接其音貌，安得不樂而願日與爲徒也？”同上，《復汪進士輝祖書》此則望溪“非闡道翼教，有關人倫風化，不苟作”也。曰：“言之無文，行而不遠，出辭氣不能遠”，“則曾子戒之；况於説聖經以教學者，遺後世，而雜以鄙言乎？當唐之世，僧徒不通於文，乃書其師語以俚俗，謂之語録；宋世儒者弟子，蓋過而效之；然以弟子記先師，慎失其真，猶有取爾也。明世自著書者，乃亦效其辭，此何取哉？願凡辭之近俗如語録者，盡易之使成文，則善矣。”同上，《復曹靈路書》此則望溪所謂“古文中不可入語録中語”及“用佛氏語則不雅”也。曰：“文章之境，莫佳於平淡，措詞遣意，有若自然生成者。”同上，《與王鐵夫書》此則望溪所謂“古文中不可入漢賦中板重字法”也。若是，姬傳論文，蓋亦囿乎望溪之義法矣。或問“桐城義法，何其隘邪？”答曰：“此在今日，亦爲有用，何者？明末猥雜佻巧之文，霧塞一世，方氏起而廓清之，自是以後，異喙已息，可以不言流派矣，乃至今日，而明末之風復作，報章小説，人奉爲宗；幸其流派未亡，稍存綱紀，學者守此，不至墮入下流，故可取也。若諦言之，文足達意，遠於鄙倍可也，有物有則，雅馴近古，是亦足矣，派别安足論？然是爲中人以上言爾。桐城義法者，佛家之四分律也，雖未與大乘相齒，用以摧伏磨外，綽然有餘，非以此爲極致也。”章炳麟《菿漢微言》蓋文無定法，法無定程，文有法而無法，又無法而有法，有法者，篇篇文章；皆有法也；無法者，篇篇文章，法不同也。所以然者，如化工賦物皆自然而然；非區區義法，所以限之，囿於義法，已落第二義，故“文章不可不放膽做，昔人謂‘文忌爽’，非也。孟子乃文之至爽者，《史記》《國策》亦然。西漢初文章之高，猶有周秦氣，亦正以其爽耳。武帝以後，則文太做作矣。某公言‘文忌爽’，亦有理，從曾、王入手，便嚴整有法度；歐文雖從容，不可言爽；老蘇爽而尚堅；大蘇則爽而肆，明惟震川，近惟望溪，不受八家牢籠。震川爲人疏通知遠，蓋得力於《尚書》，而爲文根源，全出《史記》。望溪爲人嚴氣正性，蓋得力於《三禮》，而爲文根源，出於《管》《荀》，故文章整肅嚴峻。二人皆性情淳古，每出一語，真氣動人，其發於親屬，叙述家常，文字尤質樸懇至，使人生孝弟之心，此真六經之裔也。姚惜抱文，略不道家常，意在避俗求雄；然惜抱性情，蕭疏曠達，至於質樸淳厚，實不及歸、方，即使效之，亦不能工，惜抱文别倡神均一宗，然却受震川牢籠；其高者，可追《史記》，得其風趣，其下者，脩辭疋飭，僅比元人，蓋惜抱名爲闢漢學，而未得宋儒之精密，故有序之言雖多，而有物之言則少。”曾文正公《論文》雖然，“方、姚之文”，“清而無物”，亦“消極之雅”也。與其“俗而工，無寗雅而拙，故方、姚之才雖駑，猶足以傲今人也。”章炳麟《文學論略》

論讀文法

唐文治 撰

載於《國專月刊》一九三七年第五卷第五號。此篇文話强調讀文乃是感受古人文氣、精神之要法，認爲書惟熟讀，"書乃爲我所有"。如何誦讀，作者認爲桐城派尤其是姚鼐所言"陽剛陰柔、因聲求氣之法"最爲中竅，又列舉姚鼐之後曾國藩、梅曾亮對誦法及其重要性之闡釋。重要者乃是作者參證前賢所言而提出一簡易讀文法，即"陽剛之文宜急讀、極急讀，高音、短音，而其氣疾；陰柔之文宜緩讀、極緩讀，輕音、長音，而其氣徐；少陽、少陰之文，宜平讀，平音，而其氣在不疾不徐之間"，不過亦不可過於拘泥，須靈活運用。作者更將個人日常讀文之"十六字訣"——"神中有情，情中有神，神寓於氣，氣行於神"——以金針度人。然無論古人還是其個人之讀文法，其關鍵、妙處"全在於'頓'"，即注意古人文字或文氣之停頓處。此文强調誦讀對於理解文章之重要性，并詳細引證以提出具體誦讀文章之法，頗有可取者，且其實際指向乃在於指斥當時東、西學校皆不重視文章誦讀之現象，頗有振聾發聵之意。

作文之氣，當與天地清明之氣相接，諒哉！顧亭林先生之言。天地闔闢之氣不可見，可見者則晝夜之運行而已；人生節宣之氣不可聞，可聞者文章之誦讀而已。然而誦讀者所以節天地清明之氣，而與爲節宣者也。養天性在此，感人心亦在此。是以孔子言"誦《詩三百》"，子路謂"何必讀《書》然後爲學"，孔子斥之。孟子言"誦

《詩》讀《書》”，荀子言“誦數以貫之，思索以通之”。誦數者，思索之本也，非誦讀何以能精思哉？自古聖賢皆以誦讀爲我儒之先務，宋朱子《讀書法》言之尤詳。乃近時學校於誦讀絶不措意，甚至有笑爲守舊者，吾不知其何説。凡東西國學校，非特文字當熟讀，即史地等書亦無不熟讀。惟熟讀乃能印入腦筋，書乃爲我所有。故凡考察學校誦讀之聲朗然者，其校必興盛可知也；誦讀之聲寂然者，其校必腐敗可知也。爰述先儒之説，略示讀文之法。

“養氣”之説，倡自孟子。非爲作文言，然孟子之文，實有至大至剛之氣，人與文表裏如一也。唐代韓子得其傳，其《與李翊論文書》曰：“氣，水也，言，浮物也，水大而物之浮者大小畢浮，氣之與言猶是也”，非即本於孟子之言“流水之爲物，不盈科不行，君子之志于道，不成章不達乎？”近代文章，自推桐城，其論陽剛陰柔、因聲求氣之法，莫精於姚姬傳先生。姚氏之言曰：“大抵學古文者，必要放聲疾讀，又緩讀，至久之自悟，若但能默看，即終身作外行也。”又曰：“急讀以求其體勢，緩讀以求其神味，得彼之長，悟吾之短，自有進也。”均《與陳碩士書》，此外集中論讀文甚多，不備録。蓋姚先生得劉海峰先生師傳，劉先生年八十餘，尚能取古文縱聲朗誦，姚先生體氣較弱，低徊諷誦爲多。厥後姚氏傳四大弟子，首推梅伯言先生。見曾文正《歐陽生文集序》梅氏之言曰：“夫氣者，吾身之至精者也。以吾身之至精，御古人之至精，是故渾合而無有間。”《與孫芝房書》又曰：“羅臺山氏與人論文，自述其勤於讀文之法，此世俗以爲迂且陋者也。然世俗之文，揚之而其氣不昌，誦之而其聲不文，循之而詞之豐殺、厚薄、緩急與情事不相稱，若是者皆不能善讀文者也。”《臺山論文書後》王益吾先生編《續古文辭類纂》，盛稱梅氏，以爲與曾文正相埒。然文正體大思精，爲文有排山倒海之勢，非梅所能幾及，故世尊之爲“湘鄉派”。其論讀文法甚夥，兹録其最精者二，則曰：“熟讀而强探，長吟而反覆，使其氣若翔翥於虚無之表，其辭跌宕俊邁而不可以方物，抗吾氣以與古人之氣相翕，有欲太簡而不得者。”《復陳右銘書》又曰：“《四書》《詩》《書》《易經》《左傳》《昭明文選》、韓、歐、曾、王之文，非高聲朗誦，則不能得其雄偉之概；非密詠恬吟,則不能探其深遠之趣。二者并進,使古人之聲調拂拂然若與我之喉舌相習,則下筆時必有句調湊赴腕下,自覺琅琅可誦矣。"《家訓》文正學派傳張廉卿、吴摯甫兩先生。張初晉謁時,文正爲讀王介甫《秦州海陵縣主簿許君墓誌銘》,張大有會晤。其論讀文法曰:"文以意爲主,而詞欲能副其意,氣欲能舉其辭,譬之車然,意爲之御,辭爲之載,而氣則所以行也。其始在因聲以求氣,得其氣則意與辭往往因之而并顯,而法不外乎是矣。"又曰:"作者之亡也久矣,而吾欲求至乎其域,則務通乎其微,以其無意爲之而莫不至也。故必諷誦之深且久,使吾之心與古人訴合於無間,然後能深契自然之妙,而究極其能事。若夫專以沈思力索爲事者,固時亦可以得其意,然與夫心凝形釋冥合於言議之表者則或有間矣。故姚氏與諸家'因聲求氣'之説爲不可易也。"同上以上諸家之言,均極精核,余猶及見吴摯甫先生,謂"曾文正、張廉卿先生讀文,雖在平屋中,而聲達二十家以外。文正讀文較遲,字字若履危石而下"云云。余因掇拾往昔所聞,并參己意,别爲簡易讀文法列後。

(一) 讀文法有抗墜抑揚、曲直斂侈之妙。質而言之,讀書有五:曰長音、短音、高音、輕音、平音,其氣爲二:曰疾曰徐。大抵陽剛之文宜急讀、極急讀;高音、短音,而其氣疾。陰柔之文,宜緩讀、極緩讀;輕音、長音,而其氣徐。少陽少陰之文,宜平讀、平音,而其氣在不疾、不徐之間。然亦須因時制宜,未可拘泥。韓子謂"氣盛則言之短長與聲之高下皆宜",柳子所謂"抑之欲其奥,揚之欲其明,激而發之欲其清,固而存之欲其重",皆論讀文法之最精者也。而初學用功,尤當注意者,在一"頓"字。古人之文,無論陽剛陽柔,其妙處全在於"頓"。一"頓"之後,或一提,或一推,或一宕,便處處得勢矣。

(二) 聖人云:"神也者,妙萬物而爲言者也",初學讀文,首宜體會神氣、神情四字。文之渾灝流轉而能鼓盪萬物者,莫盛乎氣文之可歌可泣而能感動人心者,莫深乎情。《詩》《書》《左傳》《史記》、韓、歐之文,所以千載如新者,惟在神情、神氣之不泯而已。余有讀文十六字訣:曰:"神中有情,情中有神,神寓於氣,氣行於神。"領悟及此，自得妙藴。而其要處，則總不外一"頓"字訣也。能於"頓"處留意，則凡讀文時心之奔馳於外者，漸能收斂，自然日進一日，久之神與古會。所謂誦讀法如是而已。更進而求之，則妙合自然，通於神明，非言語所能擬議也。

左筆發凡

張　傑撰

載於《光華大學半月刊》一九三七年第五卷第八期。張傑，生平難考，當時應爲光華大學學生。此文乃專闡《左傳》敘事成文之筆法，據其自序，作者有感於人皆知《左傳》爲文章鼻祖，而"不知左氏多敘事"，因其"大篇累幅不易讀"，且其敘事極爲繁複，有"一句之筆""數句之筆""十餘句之筆""數十句之筆"。然作者認爲，其"一筆有一筆之詞，一筆有一筆之意，一筆有一筆之氣勢。筆之或曲或直，或抑或揚，或散或整，或疾或徐"，皆各有法可尋，故作者特擇其筆法，發凡起例，條而舉之，而成此文。全文共列舉有"原敘法""正敘法""連敘法"等五十四種"左氏筆法"，實已極盡《左傳》敘事之能事，亦已極盡通常作文技法。作者深諳《左傳》，故文章旁徵博引，一法之下列數例以證之，間或貼合事例以析之。唯文中所舉之法過於瑣碎，且間或法雖不一而引文却反復出現，左氏一文(一段、一節)而竟兼數法。

左丘明受經於仲尼，以爲經者，不刊之書也。故《傳》或先經以始事，或後經以終義，或依經以辯理，或錯經以合異，隨義而發其例之所重。舊史遺文，略不盡舉，非聖人所修之要故也。身爲國史，躬覽載籍，必廣記而備言之。其文緩，其旨遠，將令學者原始要終，尋其枝葉，究其所窮，優而柔之，使自求之，饜而飫之，使自趨之。若江海之浸，膏澤之潤，涣然冰釋，怡然理順，然後爲得也。夫左氏之文，雖緩而實自有縱横之意，以讀其書，能反復低昂，詞氣鏗訇，使人精神振發，興趣悠長。故高安朱文端公謂其"近《莊》《列》詭譎之風，啓《戰國》縱横之習"，若夫吕東萊所謂"文章不分明指切而從容委曲，辭不迫切而意已獨至，惟《左傳》爲然"，則可爲元凱下一注脚。蓋緩乃無矜無躁，不是弛而不嚴也。《春秋》之教，屬辭比事，文見於此，起義在彼，亦惟左氏能窺其秘。故其爲文，虚實互藏，兩在不測，微而顯志，而晦婉而成文章，盡而不污，懲惡而勸善。其釋經有此五體，而其叙事亦處處皆本此意，於是紛者整之，孤者輔之，板者活之，直者婉之，俗者雅之，枯者腴之，剪裁運化之方斯爲大備。夫煩而不整，俗而不典，書不實録，賞罰不中，文不勝質，史家爲之五難。評左氏者，借是説以反觀之，亦可知其衆美兼擅矣。賀循曰："左氏之傳，史之極也，文采若雲月，高深若山海，信不誣也。然人徒知左氏爲文章鼻祖，不知左氏文多叙事，大篇累幅不易讀，其詞多列國聘享、會盟專對之所施，否則戰陣禦侮、取威定霸之謀，以其采取列國史書，爲《春秋》作傳，故其文多方言，又喜引《詩》《書》之辭，其文整齊，故多偶句，怪怪奇奇，它它藉藉，始末不具，無以知其端委。然莫不各有其筆之可尋，積字而爲句，積句而爲筆，積筆而爲文。筆也者，由句所積成者也，有一句之筆焉，有數句之筆焉，有十餘句之筆焉，有數十句之筆焉。一筆有一筆之詞，一筆有一筆之意，一筆有一筆之氣勢，筆之或直或曲，或抑或揚，或散或整，或疾或徐，亦莫不各有其法之可言。於是傑特據馮李《左繡》，擇其筆法，發凡起例，條而舉之，以詔學者。

曰："原叙法"。如"鄭伯克段于鄢隱公元年"，從姜氏偏愛釀禍原原本本叙來；如"鄭共叔之亂同上"，因奔衛而叙至伐鄭，復因伐鄭而叙至伐衛。

鄭共叔之亂，公孫滑出奔衛。衛人爲之伐鄭，取廩延，鄭人以王師、虢師，伐衛南鄙。

如"冬十又一月壬辰公薨隱公十一年"，第一段叙羽父所以弑公之故,第二段叙公所以弑于蔿氏之故。如"晉侯之入也僖公十五年",原叙晉惠之失,而明察秦伯之所以伐晉。

晉侯之入也,秦穆姬屬賈君焉,且曰:"盡納群公子,晉侯烝於賈君,又不納群公子,是以穆姬怨之。"晉侯許賂中大夫,既而皆背之,賂秦伯以河外列城五,東盡虢略,南及華山,内及解梁城。既而不與,晉饑,秦輸之粟,秦饑,晉閉之糴,故秦伯伐晉。

如"齊侯之夫人三僖公十七年",叙齊亂而從無子叙來,説到許立武孟。

齊侯之夫人三:王姬,徐嬴,蔡姬,皆無子。齊侯好内,多内寵,内嬖如夫人者六人:長衛姬,生武孟;少衛姬,生惠公;鄭姬,生孝公;葛嬴,生昭公;密姬,生懿公;宋華子,生公子雍。公與管仲屬孝公於宋襄公,以爲大子,雍巫有寵於衛共姬,因寺人貂以薦羞於公,亦有寵。公許之,立武孟。

如"宋人之弑昭公也宣公元年",叙楚以陳、宋之受盟於晉也而侵之,晉以鄭之受盟於楚也而伐之。

宋人之弑昭公也,晉荀林父以諸侯之師伐宋。宋及晉平,宋文公受盟於晉,又會諸侯於扈,將爲魯討齊,皆取賂而還。鄭穆公曰:"晉不足與也",遂受盟於楚,陳共公之卒,楚人不禮焉,陳靈公受盟於晉。

曰:"正叙法"。如"邾子使私於公子豫隱公元年",叙因使私而請往,又因弗許而遂行。

邾子使私於公子豫,豫請往,公弗許。遂行,及邾人、鄭人，盟於翼。

如“周鄭交質隱公三年”，正叙其交質，而後交惡，由於王之失信於鄭。如“齊桓公卒僖公十七年”，叙齊亂之後，以立無虧。

齊桓公卒，易牙入，與寺人貂，因内寵以殺群吏，而立公子無虧。

如“楚子侵陳宣公元年”，正叙楚侵陳、宋，晉救之，晉以伐鄭，楚救之。

楚子侵陳，遂侵宋。晉趙盾帥師救陳、宋，會於棐林，以伐鄭也。楚蔿賈救鄭，遇於北林，囚晉解揚，晉人乃還。

曰：“連叙法”。如“紀人伐夷隱公元年”，伐夷、有蜚兩事不類，連而叙之。

紀人伐夷，夷不告，故不書。有蜚，不爲災，亦不書。

如“改葬惠公”同上，改葬、會葬兩事相因，連而叙之。

改葬惠公，公弗臨，故不書。惠公之薨也，有宋師，太子少，葬故有闕，是以改葬。衛侯來會葬，不見公，亦不書。

如“杞伯來朝成公十八年”，五事連叙。

杞桓公來朝，勞公，且問晉故。公以晉君語之，杞伯於是驟朝於晉，而請爲昏。

如“公至自楚襄公二十九年”，文以中段爲主，前段從“子羽之論令尹"引入,而末以"公冶之深疾季氏"終之。蓋明以季氏爲魯之松柏,而公冶所以滿肚皮不合時宜也,此其連叙之微旨。如"晉祁勝與鄔臧通室昭公二十八年",連叙兩人兩事,兩人分開兩頭,而以中節作一篇樞紐。

曰:"類叙法"。如"晉侯之入也僖公十五年",類叙晉惠之失,以明秦所以伐。如"鄭瞞侵齊成公十一年",因叙新事,直追叙舊事,又倒挈後事,重叙前事。如"晉侯獳卒成公十年",始也因夢而病,繼復病變爲夢,末更因夢而死,因夢之奇,類而叙之。如"周原伯絞虐其輿臣昭公十二年",一虐民而爲民所逐,一去族而爲族所誅,兩事仿佛,類而叙之。

> 周原伯絞虐其輿臣,使曹逃。冬十月壬申朔,原輿人逐絞,而立公子跪,尋絞奔郊。甘簡公無子,立其弟過,過將去成景之族,成景之族賂劉獻公。丙申,殺甘悼公而立成公之孫鰌。丁酉,殺獻太子之傅、庾皮之子過,殺瑕辛於市及宫嬖綽。王孫没,劉州鳩,陰忌老陽子。

如"晉人執宋仲幾於京師定公元年",傳晉執宋仲幾,以仲幾爲主,而魏舒作引於前,高張作陪於後,類叙數事,事有主從,筆有輕重。

曰:"插叙法"。如"晉侯伐衛文公元年",前半傳晉人伐衛,後半傳衛人伐晉。於晉則插叙一朝王事,於衛則插叙一謀陳事。

> 晉文公之季年,諸侯朝晉,衛成公不朝,使孔達侵鄭,伐緜訾。及匡,晉襄公既祥,使告於諸侯,而伐衛。及南陽,先且居曰:"效尤禍也,請君朝王,臣從師。"晉侯朝王於温。先且居,胥臣,伐衛。五月辛酉朔,晉師圍戚。六月戊戌,取之,獲孫昭子。衛人使告於陳。陳共公曰:"更伐之,我辭之。"衛孔達帥師伐晉,君子以爲古,古者越國而謀。

如“齊高無咎出奔莒成公十七年”,“初鮑國去鮑氏”一段,乃插敘法。不重句須之讓,而重鮑國之賢;亦不重鮑國之賢,而重鮑牽之不知;以致殘其身而并移其後於弟也。如“鄭殺其大夫公子嘉襄公十九年”,首尾正傳中插一段旁傳,從主插賓也。

曰:“追敘法”。如“曲沃伐翼桓公二年”,某年某年逐節鋪叙,紀事本末法蓋仿此。如“齊侯滅萊襄公六年”,前一筆是追敘,故用“於”字復於日月之下,由後溯前,從頭至尾,更多少年做多少事,却只用“於”字、“及”字、“而”字三虚字,串成一片。

> 十一月,齊侯滅萊。萊恃謀也,於鄭子國之來聘也。四月,晏弱城東陽,而遂圍萊。甲寅,堙之,環城,傅於堞,及杞桓公卒之月。乙未,王湫帥師及正輿子,棠人,軍齊師,齊師大敗之。丁未,入萊,萊共公浮柔奔棠,正輿子王湫奔莒,莒人殺之。四月,陳無宇獻萊宗器於襄宫,晏弱圍棠。十一月丙辰,而滅之。遷萊於郳,高厚、崔杼,定其田。

曰:“串敘法”。如“公薨公子慶父出奔莒閔公二年”,兩人合傳,串而叙之,上寫共仲,下寫哀姜,事可干涉,筆筆串出。

> 初,公傅奪卜齮田,公不禁。秋,八月辛丑,共仲使卜齮賊公於武闈,成季以僖公適邾,共仲奔莒,乃入立之。以賂求共仲於莒,莒人歸之。及密,使公子魚請,不許,哭而往。共仲曰:“奚斯之聲也?”乃縊。閔公,哀姜之娣,叔姜之子也,故齊人立之。共仲通於哀姜,哀姜欲立之。閔公之死也,哀姜與知之,故孫於邾,齊人取而殺之於夷,以其屍歸,僖公請而葬之。

如“叔孫婼如葬晉平公昭公十年”,本爲叔孫婼如晉葬平公作傳,却指一鄭子産作陪,賓主串叙,兩邊皆透。

曰:“倒敘法”。如“鄭伯侵陳隱公六年”,因鄭伯侵陳大獲,而追叙其由,特爲重戒,所以見“親仁善鄰,人主所當留意”也。如“周公欲弒莊王而立王子克桓公十八年”，以周公爲主，而前叙辛伯之告，後叙辛伯之諫。

周公欲弒莊王而立王子克。辛伯告王，遂與王殺周公黑肩，王子克奔燕。初，子儀有寵於桓王，桓王屬諸周公。辛伯諫曰："并后匹嫡，兩政耦國，亂之本也。"周公弗從，故及。

曰："先叙後斷法"。如"元年春王正月隱公元年"，一字解斷。

元年春，王，周正月，不書即位，攝也。

如"鄭伯侵陳隱公六年"，斷語發旨，平平對起，將善不可失，陪惡不可長，蓋側重一邊，串合以收也。如"公會宋公燕人盟於穀丘桓公十二年"，先以五事連叙，後以兩斷結之，以非一遍可以斷結，故既以無信斷之，又以君子引詩重作斷結也。

公欲平宋鄭，秋，公及宋公盟於句瀆之丘，宋成未可知也，故又會於虛。冬，又會於龜，宋公辭平，故與鄭伯盟於武父，遂帥師而伐宋，戰焉，宋無信也，君子曰："苟信不繼，盟無益也"，《詩》云："君子屢盟，亂是用長"，無信也。

如"荆入蔡莊公十四年"，先叙楚子以蔡侯滅息而伐蔡，後引盤庚斷哀侯不靖而取敗。

蔡哀侯爲莘故，繩息嬀以語楚子，楚子如息，以食入享，遂滅息。以息嬀歸，生堵敖及成王焉，未言。楚子問之，對曰："吾一婦人，而事二夫，縱弗能死，其又奚言?"楚子以蔡侯滅息，遂伐蔡。秋，七月，楚入蔡，君子曰："《商書》所謂'惡之易也，如火之燎於原，不可鄉邇'，其猶可撲滅者，其如蔡哀侯乎!"

如"楚鬻拳以兵諫莊公十九年",敘從近事,轉出前事作陪;斷從舊事,遞出近事作結。如"晉侯以禮釋楚囚成公九年",前半逐步細寫,後半一氣頂接,而全神所注,尤在一結。如"晉侯搜於綿上襄公十三年",先切論,後泛論,泛論之中又先周後世逐步説開。如"楚子伐吴執齊慶封殺之昭公四年",敘事三段,相接而下,首段最詳,末段最略,乃敘以最詳者爲主,而斷又以最略者爲主。如"盜殺衛侯之兄縶昭公二十年",不重齊豹而重宗魯,故末段單斷宗魯一人,而全文亦已一齊收拾。如"晉趙鞅帥師圍衛定公十年",由賓入主,前敘後斷,就詩點一"遄"字,正見死之速處。

曰:"前案後斷法"。如"宋公陳侯蔡人衛人伐鄭隱公四年",斷之妙,妙于正喻夾寫,案之妙,妙於賓主互用。如"王取鄭田隱公十一年",案似以少易多,斷是以無易有。

王取鄔、劉、蔿,邘之田於鄭,而與鄭人蘇忿生之田:温、原、絺、樊、隰郕、攢茅、向、盟、州、陘、隤、懷,君子是以知桓王之失鄭也。恕而行之,德之則也,禮之經也。己弗能有,而以與人,人之不至,不亦宜乎。

如"虢公晉侯朝王莊公十八年",前伏後應,辭簡意足。

虢公、晉侯朝王,王饗醴,命之宥,皆賜玉五瑴,馬三匹,非禮也。王命諸侯,名位不同,禮亦異數,不以禮假人。

如"晉懷殺狐突僖公二十三年",案略斷詳,簡雋輕圓。如"諸侯盟于扈文公十五年",要見不序諸侯許多無能爲之苦,却故意詳列諸國於首,活於反映此前。□□筆之妙要明不敘諸侯非關公之不會之故,却將諱與後,兩意相形,醒於旁敲,此後路應筆之妙。

秋,齊人侵我西鄙,故季文子告於晉。冬,十一月,晉侯、宋公、衛侯、蔡侯、陳侯、鄭伯、許男、曹伯盟於扈,尋新城之盟,且謀伐齊也。齊人賂晉侯，故不克而還。於是有齊難，是以公不會。《書》曰："諸侯盟於扈，無能爲故也"，凡諸侯會，公不與不書，諱君惡也；與而不書，後也。

如"楚公子嬰齊帥師伐莒成公九年"，前案後斷，斷分兩層，先以無備正結，後又引詩反結。

冬，十一月，楚子重自陳伐莒，圍渠丘。渠丘城惡，衆潰，奔莒。戊申，楚入渠丘，莒人囚楚公子平，楚人曰："勿殺，吾歸而俘"，莒人殺之。楚師圍莒，莒城亦惡。庚申，莒潰，楚遂入鄆，莒無備故也。君子曰："恃陋而不備，罪之大者也；備豫不虞，善之大者也"，莒恃其陋，而不修城郭，浹辰之間，而楚克其三都，無備也夫？《詩》曰："雖有絲麻，無棄菅蒯。雖有姬姜，無棄蕉萃。凡百君子，莫不代匱。"言備之不可以已也。

如"晉郤至如楚聘成公十二年"，前案後斷，寫楚無禮，前論無禮之事，後論無禮之言。如"姜氏薨襄公二年"，先案後斷，斷語兩層，前據禮直責其逆，後引詩曲譏不哲。

夏，齊姜薨。初，穆姜使擇美檟，以自爲櫬，與頌琴，季文子取以葬。君子曰："非禮也。禮無所逆，婦養姑者也。虧姑以成婦，逆莫大焉。"《詩》曰："其惟哲人，告之話言，順德之行"，季孫於是爲不哲矣。且姜氏，君之妣也，《詩》曰："爲酒爲醴，烝畀祖妣，以洽百禮，降福孔偕"。

如"楚公子嬰齊帥師伐吴襄公三年"，先寫克至，次寫飲至，一實一虚，伏所獲案；先寫獲廖，次寫取駕，一詳一略，伏所亡案；所獲所亡，一筆總斷。

楚子重伐吴，爲簡之師，克鳩兹。至於衡山，使鄧廖帥組甲三百,被練三千以侵吴。吴人要而擊之。獲鄧廖,其能免者,組甲八十,被練三百而已。子重歸,既飲至,三日,吴人伐楚,取駕。駕,良邑也。鄧廖,亦楚之良也。君子謂"子重於是役也,所獲不如所亡",楚人以是咎子重,子重病之,遂遇心病而卒。

如"祁奚舉善同上",先引《書》,結以祁奚之謂;次引《詩》,結以祁奚有焉;兩應"君子謂能舉善"。如"叔孫豹伐秦襄公十四年",前半譏晉師之還,後半評欒黶之汰,論事以晉師爲主,論文以欒黶爲主,只極寫欒伯之汰,以末段收拾通篇。如"晉臣廷争襄公二十六年",案有賓主,兩不相下,描寫極活,斷有抑揚,而兩意相承,議論極精。如"鄭放游楚于吴昭公元年",前段描寫生動,却語語伏綫藏針,中段定罪分明,却語語雙關二意;末段局外閑談,却語語旁敲側擊。如"宋華合比出奔衛昭公六年",先案後斷,由賓入主,既將合比結過,復以華亥另提,引《詩》以斷,一點輕快。如"公至自楚昭公七年",以叙事串議論,極力寫能補過,蓋論□以病不相禮爲順綱,以能補過爲目;而論文則又以能補過者爲倒綱,以病不能相禮爲目。如"鄭公孫僑卒昭公二十年","善哉"一層,極稱其言;"遺愛"一層,并贊其人。

曰:"先斷後叙法"。如"宋督弑其君與夷及其大夫孔父桓公二年",以下半篇申説,上半篇兩項申説,同以"故"字爲界限。如"齊侯、衛侯、鄭伯來戰於郎桓公十年","我有辭也",開門見山;結以"王爵",正意益明。

齊、衛、鄭來戰於郎,我有辭也。初,北戎病齊,諸侯救之,鄭公子忽有功焉。齊人餼諸侯,使魯次之。魯以周班後鄭,鄭人怒,請師於齊。齊人以衛師助之,故不稱侵伐。先書齊衛,王爵也。

曰:"先斷後案法"。如"公薨於齊桓公十八年",有叙無斷,而詳申繻語於前,則先斷後案之法也。且公薨之事,不得不叙,又不忍詳叙,故只得輕爲幾筆,使人恍然言表。

> 十八年,春,公將有行,遂與姜氏如齊。申繻曰:"女有家,男有室,無相瀆也,謂之有禮,易此必敗。"公會齊侯於濼,遂及文姜如齊,齊侯通焉,公謫之,以告。夏,四月丙子,享公,使公子彭生乘公,公薨于車。魯人告於齊曰:"寡君畏君之威,不敢寗居,來修舊好。禮成而不反,無所歸咎,惡于諸侯,請以彭生除之。"齊人殺彭生。

如"齊侯伐北燕昭公六年",連下齊平傳讀,此處字字伏,下篇句句應,亦是先斷後案。

曰:"先叙後議法"。如"晉穆侯之夫人姜氏桓公二年",先叙命名,後議兆亂。

> 初,晉穆侯之夫人姜氏,以條之役生大子,命之曰仇,其弟以千畝之戰生,命之曰成師。師服曰:"異哉!君之名子也。夫名以制義,義以出禮,禮以體政,政以正民,是以政成而民聽,易則生亂,嘉耦曰妃,怨耦曰仇,古之命也。今君命大子曰仇,弟曰成師,始兆亂矣,兄其替乎!"

如"鄭伯和王室莊公二十年",先叙後議,詳寫鄭功。如"晉欒書帥師救鄭成公六年",起兩行爲"三諫"伏案,"同括欲戰"爲"衆子"伏案,"三人同諫"爲"善鈞"伏案;後半一一應轉,從"衆"字生出"善"字,仍從"善"字合到"衆"字,前案後斷,翻案出新。如"宋灾襄公九年",前寫人事,後論天道,然二師敬享之令,便從人事引到天道,士弱在道之對,仍從天道歸到人事,前叙後議,叙議回環。如"鄭放游楚于吴昭公元年",末段議論,實係旁及,妙亦以此能見正旨。如"鄭作丘賦昭公四年",子産語略言作之有利,而詳言謗之無妨;子寬語極言作之有敝,而輕掉謗之莫解。如"子産止厲昭公七年",叙處極其奇特，議處極其精微。如"葬衛襄公同上"，先敘後議，先夢後卜，事固極命，文亦極變。如"子産不許晉人專制鄭位昭公十九年"，前推做弗知，却引諺作陪；後禁他莫問，却引盟作證；相准而立，詞整而圓。

曰："前議後敘法"。如"曲沃伐翼桓公二年"，第一段就命名論其兆亂，第二段就封國論其本弱，末段二節乃詳寫其亂弱，以結應上文，故曰前議後敘。如"晉人執虞公僖公五年"，前半妙文，後半實事，兩兩比讀，又哭又笑。

曰："敘議兼行法"。如"公敗齊師于長勺莊公十年"，未戰之前謀與戰，當戰之時謀取勝，既勝之後謀萬全，敘議兼行，莫非遠謀。如"邢人、狄人伐衛僖公十八年"，着"而後"二字，便是以文貫事，亦即敘議兼行。

> 邢人、狄人伐衛，圍菟圃。衛侯以國讓父兄子弟及朝衆曰："苟能治之，燬請從焉。"衆不可，而從師於訾婁，狄師還。

如"晉公子出亡僖公二十三年"，通篇將"天"字作主腦，以"禮"字爲作用，秦、楚是争伯之國，故議論别有氣焰；衛、曹、鄭是用兵之國，故敘述别有波瀾。如"晉文公歸國僖公二十四年"，上以事包文，下以文包事，事文相錯，交而成章。如"狄侵齊僖公三十年"，妙在上截先敘後議，下截先議後敘，恰好敘在兩頭，議在中間，敘議兼行，事斷文聯。

> 三十年，春，晉人侵鄭。以觀其可攻與否，狄聞晉之有鄭虞也。夏，狄侵齊。

如"諸侯盟于祝柯，晉人執邾子襄公十九年"，中以欒盈語作轉棙，末以士匄語作收掉，敘議兼行，剪裁匀整。如"齊請繼室于晉昭公三年"，前幅寫兩家婚媾，後幅寫兩家憂亂，述言中又夾敘事，敘事中有夾述言，紛紜錯綜，敘議兼行。

曰:"叙議夾寫法"。如"晉秦戰於令狐晉先蔑奔秦文公七年",以叙爲斷,叙議夾寫。如"魏絳論和戎襄公四年",前半極言伐戎之害,後半極言和戎之利,一反一正,恰作首尾。如"衛侯出奔齊襄公十四年",《經》不書"孫甯逐君",而曰"衛侯出奔",罪在君也。故《傳》處處叙寫衛侯自取,而以定姜之言斷之。如"宋、衛、鄭、陳灾昭公十八年",以子産"天道、人道"數語爲主,以天道始,以人道終,於人道用重筆,於天道用輕筆,蓋天道總不出人道之中也。

曰:"以叙爲議法"。如"梁伯益其國僖公十八年",首句直起,以叙爲議。

> 梁伯益其國而不能實也,命曰新里,秦取之。

如"鄭人圍許成公九年","是則"二字穿下,分明不滿於申。

> 鄭人圍許,示晉不急君也。是則公孫申謀之,曰:"我出師以圍許,爲將改立君者,而紓晉使,晉必歸君。"

如"宋華元善於令尹子重成公十一年","矣"字施下,以文貫事,即叙爲議,神理活躍。

> 宋華元善於令尹子重,又善於欒武子,聞楚人既許晉糴茷成,而使歸覆命矣。冬,華元如楚,遂如晉,合晉楚之成。

曰:"叙議各自成文法"。如"公會晉侯、衛侯、曹伯、邾子同盟于斷道宣公十七年",上半以"征會辭齊"爲起訖,下半以"一執一綬"爲起訖,各自成文,意有相發。如"衛孫良夫帥師及齊,師戰於新築,衛師敗績成公二年",將謂君何猶知有君,故夫子即以君之所司論其名器,假人之失,首尾相應,事截文聯。

曰:"兩頭叙中間斷法"。如"鄭伯克段于鄢隱公元年",前半克段於鄢,後半置母於潁,中間解經四筆,連中隔斷。如"晉欒書帥師侵蔡成公八年”，平平叙事，無可結構，忽將“初從知范韓”句插入，中間作隔斷，索信將君子引詩作斷，一併隔斷插入，以中間斷貫兩頭叙。

> 晉欒書侵蔡，遂侵楚，獲申驪。楚師之還也，晉侵沈，獲沈子揖，初從知范韓也。君子曰：“從善如流，宜哉！”《詩》曰：“愷悌君子，遐不作人，求善也夫？作人斯有功績矣。”是行也，鄭伯將會晉師，門於許東門，大獲焉。

如“齊崔杼弑其君光襄公二十五年”，傳崔杼弑君事，前後夾叙許多死亡，全以晏子一段議論爲主，亦兩頭叙中間斷。

曰：“一案兩斷法”。如“宋大水莊公十一年”，一斷“宋其興乎”，一斷“是宜爲君”。如“葬我小君齊歸昭公十一年”，史趙斷其不思親，叔向斷其不顧親，殆其失國，繳合兩斷。

> 九月，葬齊歸，公不慼。晉士之送葬者，歸以語史趙，史趙曰：“必爲魯郊。”侍者曰：“何故？”曰：“歸姓也，不思親，祖不歸也。”叔向曰：“魯公室其卑乎？君有大喪，國不廢搜，有三年之喪，而無一日之慼。國不恤喪，不忌君也；君無慼容，不顧親也。國不忌君，君不顧親，能無卑乎？”殆其失國。

如“晉殺邢侯昭公十四年”，叔向斷三人，仲尼又斷叔向，相承遞重，由散而排。

曰：“一事兩斷法”。如“大事於大廟躋僖公文公二年”，起結作斷，中間翻騰，前斷“逆祀”，後斷“縱逆祀”，前詳後略。如“楚殺其大夫公子壬夫襄公五年”，以“不刑”句爲主，責其殺人以逞也，然病根在無信，故兩引《詩》《書》以證之，而詳斷安在中間，以作轉棙。

> 楚人討陳叛故，曰：“由令尹子辛，實侵欲焉”，乃殺之。《書》曰：“楚殺其大夫公子壬夫，貪也。”君子謂：“楚共王於是

不刑”,《詩》曰:“周道挺挺,我心扃扃。講事不令,集人來定。己則無信,而殺人以逞,不亦難乎?”《夏書》曰:“成允成功”。

曰:“前整後散法”。如“公矢魚於棠隱公五年”,講事備用,前用對起,後用遞收,講事正説,器用反説,以器用即在講事中也,而兩層分應,講事則先點而後排,器用則先排而後點,便令實處反正相接在中間,而眼目呼應,包絡在兩頭。如“鄭伯侵陳隱公六年”,平對起,側串收,將“善不可失陪,惡不可長”,末以“善者信矣”,繳應善不可失。如“齊人救邢閔公元年”,上三不可用排比,下三簡書用接連,前整後散,調法亦配。

狄人伐邢,管敬仲言於齊侯曰:“戎狄豺狼,不可厭也。諸夏親昵,不可棄也。宴安酖毒,不可懷也。《詩》云:‘豈不懷歸,畏此簡書’,簡書,同惡相恤之謂也,請救邢以從簡書。”齊人救邢。

如“臧孫訖譏銘功襄公十九年”,虛實兩層,一反一正,前一層論是非,以“禮”字作提;後一層論得失,以“亡”字作煞。而前用三排,後用四疊,前整後散,意足味濃。

曰:“前偶後奇法”。如“晉饑僖公十三年”,兩對參差,兩問却整齊,合“秦伯語”,是前偶後奇。

晉薦饑,使乞糴於秦。秦伯謂子桑“與諸乎?”對曰:“重施而報,君將何求?重施而不報,其民必攜,攜而討焉,無衆必敗。”謂百里“與諸乎?”對曰:“天灾流行,國家代有,救灾恤鄰,道也。行道有福,平鄭之子豹在秦,請伐晉。”秦伯曰:“其君是惡,其民何罪?”秦於是乎輸粟於晉,自雍及絳相繼,命之曰:“泛舟之役”。

如“楚人、陳侯、蔡侯、鄭伯、許男圍宋僖公二十七年”,前兩“於是乎”，一虚唱，一實應；後三“於是乎”，兩邊實，一邊主，是前偶後奇。如“晉侯使鞏朔獻齊捷于周成公二年”，從“獻捷”轉入“使朔”，在反面説；從“使朔”轉到“獻捷”，在正面説，前偶後奇，由反而正。如“靈王求后於齊襄公十二年”，以三“若人”作章法，前偶後奇。

靈王求后於齊。齊侯問對於晏桓子，桓子對曰：“先王之禮辭有之，天子求後於諸侯，諸侯對曰‘夫婦所生若而人，妾婦之子若而人，無女而有姊妹及姑姊妹’，則曰先守某公之遺女若而人。”齊侯許昏，王使陰里結之。

如“鄭良霄出犇許，自許入於鄭，鄭人殺良霄襄公三十年”，首叙“伯有見伐而出奔”，次叙“伯有復入而見殺”兩段後，以一筆點題，進而追叙前此，旁觀議論，以見伯有宜死已久，爲深惡痛絶之辭。如“晉膳宰屠蒯諷君昭公九年”，飲工、飲嬖是賓，自飲是主；司聰、司明爲偶，司味爲奇。如“南蒯之將叛也昭公十四年”，待盟、請盟對叙，末以歸費結之，亦前偶後奇。如“宋華亥向甯華定自宋南里出奔楚昭公二十二年”，以“楚人患之、宋人從之”作開合，以“靖國人”作掉尾，亦前偶後奇。如“楚子西子期伐哀公十五年”，提筆“吴子使大宰嚭”文，便一層對吴子説，一層對大宰説，末段總收通篇，是前偶後奇。

曰：“前奇後偶法”。如“楚屈瑕敗鄖師桓公十一年”，重在“敗鄖”爲奇，“何濟何卜”爲偶，上重下輕，前奇後偶。如“乘丘之役莊公十一年”，合下兩節爲一篇，凡以九“之”字爲章法，起曰：“之”字連用，中兩“之”字對用，後三“之”字則前奇後偶。如“叔孫豹如晉襄公十六年”，兩賦詩暗頂“引領西望”等語，兩“敢”字明頂“不敢忘”，前奇後偶，章法一片。如“晉侯使韓起來聘昭公二年”，觀書另提，享宴對寫，前奇後偶；末段一享，兩賦亦然。如“叔弓帥師圍費昭公十三年”，一正一反，而反中又分兩層，先應“畔”字，後應“歸”字，亦以一順一倒，前奇後偶爲章法。

> 叔弓圍費,弗克,敗焉。平子怒,令見費人執之,以爲囚俘。治區夫曰:"非也,若見費人,寒者衣之,饑者食之,爲之令主,而共其乏困,費來如歸,南氏亡矣。民將叛之,誰與居邑?若憚之以威,懼之以怒,民疾而叛,爲之聚也。若諸侯皆然,費人無歸,不親南氏,將焉入矣?"平子從之,費人叛南氏。

如"晉荀瑶伐齊哀公二十三年",皆寫知伯愎而好勝,後兩用"何卜",一從君説,一從齊説,一意分作兩層也。

> 夏六月,晉荀瑶伐齊,高無丕帥師禦之。知伯視齊師,馬駭,遂驅之,曰:"齊人知余旗,其謂余畏而反也?"及壘而還,將戰,長武子請卜。知伯曰:"君告于天子,而卜之以守龜於宗祧,吉矣,吾又何卜焉?且齊人取我英丘,君命瑶,非敢耀武也,治英丘也,以辭伐罪足矣,何必卜?"壬辰,戰於犂丘,齊師敗績,知伯親禽顔庚。

如"晉荀瑶帥師伐鄭哀公二十七年",上半三叙成子之事,下半兩叙成子之言,知伯之謂"中行之告"作對,蓋亦前奇後偶。

曰:"前散後整法"。如"晉師歸成公二年",前寫父子問答,藹然有仁;後寫君臣問答,秩然有禮。

> 晉師歸,范文子後入。武子曰:"無爲吾望爾也乎?"對曰:"師有功,國人喜以逆之,先入,必屬耳目焉,是代帥受名也,故不敢。"武子曰:"吾知免矣。"郤伯見公曰:"子之力也夫?"對曰:"君之訓也,二三子之力也,臣何力之有焉?"范叔見,勞之如郤伯。對曰:"庚所命也,克之制也,燮何力之有焉?"欒伯見公,亦如之,對曰:"燮之詔也,士用命也,書何力之有焉?"

如"晉侯搜於綿上襄公十三年",前散後整,作兩節讀,而下截又分兩層,先切論,後泛論,以前一層爲主,後乃承此而衍之。如"衛世子蒯聵自戚入於衛,衛侯輒來奔哀公十五年",從暨引入老,從欒甯引入季子,又以子羔作陪,雙起雙結,中間處處對仗,前散後整。

曰:"倒换法"。如"蔡人、衛人、陳人從王伐鄭桓公五年",叙王中軍在前,叙鄭中軍在後。如"晉侯使解揚歸匡戚之田於衛文公八年",明點衛,暗點鄭,匡戚在上,申虎牢在下。

晉侯使解揚歸匡戚之田於衛,且復致公婿池之封,自申至於虎牢之竟。

如"秦伯使甈術來聘文公十二年",賓主皆以先君爲言,而前段從"好"説到"器",後段從"器"説到"好"。

秦伯使西乞術來聘,且言將伐晉。襄仲辭玉曰:"君不忘先君之好,照臨魯國,鎮撫其社稷,重之以大器,寡君敢辭玉?"對曰:"不腆敝器,不足辭也。"主人三辭,賓客曰:"寡君願徼福于周公、魯公,以事君,不腆先君之敝器,使下臣致諸執事,以爲瑞節,要結好命,所以藉寡君之命,結二國之好,是以敢致之。"襄仲曰:"不有君子,其能國乎? 國無陋矣,厚賄之。"

如"鄭人賂晉侯襄公十一年","承命應思終"一層,"待戎受賞應安樂"一層,前略後詳,只一倒换法。如"會吴於向襄公十四年","數"字、"執"字并提,而"不德"注在上,"通楚"注在下,亦一倒换法。

曰:"兩對法"。如"公之未昏於齊也桓公六年",兩"請妻",兩"辭";兩"人問",兩"太子曰";乃至"兩我"、一"詩云"、一"民謂",無不兩兩相對,君子語與結句一斷一收,又恰成片段。

公之未昏于齊也。齊侯欲以文姜妻鄭大子忽,大子忽辭。人問其故,大子曰:"人各有耦,齊大,非吾耦也。《詩》云'自求多福',在我而已,大國何爲?"君子曰:"善自爲謀"。及其敗戎師也,齊侯又請妻之,固辭。人問其故,大子曰:"無事于齊,吾猶不敢。今以君命,奔齊之急,而受室以歸,是以師昏也,民其謂我何?”遂辭諸鄭伯。

如“陳人殺其太子禦寇莊公二十二年”,上截一“辭卿”用詳筆,而引詩自斷;一“辭飲”用簡筆,而以“君子曰”斷下截;一卜妻用簡筆,而引詩作斷;一筮少用繁筆,而以釋卦辭作斷;上下俱用兩對法,而句調各不相侔。如“鄭子産秦醫和論晉侯疾昭公元年”,上半問疾,起“博物重賄”結;下半視疾,起“良醫厚禮”結,又各後半都有出後一番餘文,遥遥相對,此兩對法最明整者。如“晉荀吴帥師伐鮮虞昭公十五年”,前不許叛,後不遽降,前語先正而後反,後語先反而後正。前叔向語用寬,引後事君語用緊;接前段“庇民以信”爲骨,後段“事君以義”爲骨,兩兩相對,章法勻密。如“吴滅巢昭公二十四年”,首尾兩“亡”字相對,前説亡邑,後云郢亡。如“楚殺費無極鄢將師昭公二十七年”,以殺人興謗爲不仁,愛讒自危爲不智,雙調開合,對仗分明。

曰:“結上生下法”。如“晉侯殺其世子申生僖公五年”,申生既殺,便已揭過一邊,以後須敘二公子出亡本末,因補寫“士蔿築城”一段議論,以爲後文緣起,見“蚤悟其言,大子可以不死,二公子亦可以不奔”,此是結上生下法。如“秦人入滑僖公三十三年”,傳秦人入滑事,然不重入滑,只重鄭必知之,見蹇叔之言信也。“弦高”段是外謀已泄,“武子”段是内應已空,鄭不可冀,只得滅滑,勤而無所,必有悖心,一一收應。然此亦非正文,只要遞到“戰殽”作歸結,故起處從“王孫觀師”引入,入險必敗,上照“二陵”,下照“囚帥”,明指晉人,而曰過周、曰及滑,偏不一字。及晉超乘則正在興頭,滅滑則頗稱得手,却不知墨絰姜戎已徐起,而議其後也,是一篇結上生下文字。

曰:“蜂腰鶴膝法”。如“公敗齊師於長勺莊公十年”,中間總叙實事,解説安在兩頭。如“晉群臣論使大子伐東山閔公三年”,上段先緊後鬆,下段先鬆後緊,合之則爲蜂腰,前後以兩將戰爲關鍵,包絡中間許多議論,又是鶴膝。

曰:"牽上搭下法"。如"晉趙盾弑其君夷皋宣公二年","宣子驟諫"本應上"將諫",却起下;"公患功之",本對上"賊之而彌明殺之",又對下;"靈輒免之,以遂自亡也",作總結之筆,叙置伸縮,牽上搭下。如"叔孫豹伐秦襄公十四年",欒鍼事本與上半相連叙去,但因"士鞅奔秦",直歸到"秦伯論汰"一段斷結文字,故以"遷延之役"頓段,而另以"報櫟之敗"作提,蓋亦牽上搭下叙法也。

曰:"借賓形主法"。如"晉士蔿知申生不得立閔公元年",總提分應,借賓形主,申生主,畢萬賓,兩兩相對。申生以逃爲令名,畢萬以魏爲大名;申生之天祚幾幸於或然,畢萬之天啓直決於見在;略主詳賓,絶妙反射。如"虞師晉師滅下陽僖公二年",兩爲不道,借賓形主。如"狄人歸季隗僖公二十四年","晉士蔿知申生不得"立篇,申生略而畢萬詳,已是賓主變格;今此篇於季隗只點一筆,而通身單叙叔隗一邊,其無一句回顧起句,正句句對起句、作激射,借賓形主之法,至此文而脱化極矣。

狄人歸季隗於晉,而請其二子。文公妻趙衰,生原同、屏括、樓嬰,趙姬請逆盾,與其母,子餘辭。姬曰:"得寵而忘舊,何以使人,必逆之?"固請,許之。來,以盾爲才,固請於公,以爲嫡子,而使其三子下之,以叔隗爲内子,而己下之。

如"宋之盟襄公二十七年",全篇歸"重晉有信"句,却不用正説,一路祇極寫楚之無信,而正面自透,最是借賓形主妙法。

曰:"從賓借主法"。如"王使虢公命曲沃伯莊公十六年",意不重子國而重在晉,從賓見主。

王使虢公命曲沃伯,以一軍爲晉侯。初,晉武公伐夷,執夷詭諸,蔿國請而免之,既而弗報,故子國作亂。謂晉人曰:"與我伐夷而取其地",遂以晉師伐夷,殺夷詭諸。周公忌父出奔虢,惠王立,而復之。

如“介子推隱而死僖公二十四年”，以晉文起結，中間極寫介推母子，蓋亦從賓見主之法。

曰：“以主包賓法”。如“會於黄父昭公二十五年”，首尾是會中正文，中間却是附載，所謂某甲文字不能割愛，須寄於見某乙傳中者也。如“齊侯宋公會於洮定公十四年”，會牽、會洮合傳中，夾入一“師狄襲晉”事，以兩主包一賓。

晉人圍朝歌，公會齊侯，衛侯於脾上梁之間，謀救范中行氏。析成鮒、小王桃甲率狄師以襲晉，戰於絳中，不克而還。士鮒犇周，小王桃甲入於朝歌。秋，齊侯、宋公會于洮，范氏故也。

曰：“一頭兩脚法”。如“秦伯之弟針出犇晉昭公元年”，針車千乘，針之罪也，“乃曰罪秦伯”下兩段，一叙其“知過之善”，一併叙其“知人之明”，隱隱見得“后子無罪”，便都爲“罪秦伯”下一注脚矣。如“楚殺費無極鄢將師昭公二十七年”，前半“夫左尹與中廄尹”單提，下半“無極鄢將師”雙提。如“城成周昭公三十二年”，上半篇“請城成周”，下半篇“令城成周、營成周”，當是一頭兩脚。如“楚子入於郢定公五年”，首句“入郢”提起，下以“王之奔隨”、“王之在隨”分領相對作片段，亦是一頭兩脚。

曰：“整齊中藏參差法”。如“公子翬如齊逆女桓公三年”，總提一句，下分四項四“送之”、一“不送”，總見齊侯之送非禮，整齊中有參差。

公子翬如齊逆女，修先君之好，故曰：“公子，齊侯送姜氏，非禮也。”凡公女嫁於敵國，姊妹則上卿送之，以禮於先君。公子，則下卿送之；於大國，雖公子亦上卿送之；於天子，則諸卿皆行，公不自送；於小國，則上大夫送之。

如“楚武王侵隨桓公六年”，整整三“告曰”、五“謂其”，又另以兩“謂”字作首尾提束，而多少各極其致，乃整齊中藏參差之法也。

曰:"倒注法"。如"介葛盧來僖公二十九年","客舍昌衍"而"主饋芻米"本一連事,却以"公在會"夾叙其中,此是倒注法。

介葛盧來朝,舍於昌衍之上。公在會,饋之芻米,禮也。

如"宋公佐卒于曲棘昭公二十五年",注云:"爲明年梁丘據語"起,本詳此,見宋公之死原有定命,而非真以納公之故也,亦曰倒注法。

曰:"結束法"。如"莒弑其君庶其文公十八年",以"以其舉十六相"、"去四凶也"兩句結束上文。如"吕相絶秦成公十三年","東道之不通"、"則是康公絶我好也"兩句結束,應前"和好",照後"好求"。

曰:"束筆法"。如"取郜大鼎於宋桓公二年","夫德儉而有度,登降有數,文物以紀之,聲明以發之,以照臨百官,百官於是乎戒懼,而不敢易紀律",總束有力。如"楚武王侵隨桓公六年","所謂馨香"、"無讒慝也"兩句總束。

曰:"頂針法"。如"首篇隱公元年",兩用"孟子",兩用"仲子",以後頂前。

惠公元妃孟子,孟子頂針卒。繼室以聲子,生隱公。宋武公生仲子,仲子頂針生而有文在其手,曰爲魯夫人。故仲子歸於我,生桓公。

如"鄭伯克段於鄢同上","京叛,大叔段"下以"段入於鄢"頂針之。如"石碏諫寵隱公三年","夫寵而不驕,驕而能降,降而不憾,憾而能眕者,鮮矣",以後之"驕""憾"頂前之"驕""憾"。如"公如齊觀社莊公二十三年","書而不法"兩句頂針,即挺轉。

公如齊,觀社,非禮也。曹劌諫曰:"不可,夫禮,所以整民也,故會以訓上下之則,制財用之節,朝以正班爵之義,帥長幼之序，征伐以討其不然，諸侯有王，王有巡守，以大習之，非是君不舉矣，君舉必書，書而不法，後嗣何觀？"

如"公孫歸父會齊侯於谷宣公十四年"，步步逼進，頂針上文。

公孫歸父會齊侯於谷，見晏桓子，與之言魯樂。桓子告高宣子，曰："子家其亡乎，懷于魯矣！懷必貪，貪必謀人，謀人，人亦謀己。一國謀之，何以不亡？"

曰："换意不换字法"。如"陳人殺其公子禦寇莊公二十二年"，"君子曰：'酒以成禮，不繼以淫，義也。以君成禮，弗納於淫，仁也'"六句中，"成禮"字、"淫"字不换，而衹變换意思。如"新延廄莊公二十九年"，以兩"日中"、"解時"字，亦换意不换字。

春，新作延厩，書不時也。凡馬，日中而出，日中而入。

如"夏成周宣榭火宣公十六年"，六寫"火"字，字仍意换。

夏，成周宣榭火，人火之也。凡火，人火曰火，天火曰灾。

曰："突起法"。如"陳人殺其公子禦寇莊公二十二年"，"八世之後，莫之與京"，下突起云："陳厲公，蔡出也。故蔡人殺五父而立之，生敬仲"。如"臧孫紇出奔邾襄公二十三年"，上言臧孫爲季氏畫策，舍公鉏，立悼子；下將言功臧氏，有云"孟孫惡臧孫，季孫愛之"，倒轉一筆，而後突起曰："孟氏之禦騶，豐點好羯也"，蓋羯即孟莊子之庶子、孺子秩之弟，孝伯也。如"子産止厲昭公七年"，鄭人相驚以伯有曰："伯有至矣"，突如而起。

曰："突接法"。如"首篇隱公元年"，"生隱公"下當言"惠公幾妃仲子生桓公"，而突以宋武公接之。如"同圍齊襄公十八年"，晏嬰聞之曰："君固無勇，而又聞是，弗能久矣"，先用透筆，下乃突接"齊侯登巫山，以望晉師”。如“齊請繼室於晉昭公三年”，“幸而得死，豈其獲祀”二句，叔向之言，突接“初，景公欲更晏子之宅”。

曰：“疊筆法”。如“石碏諫寵隱公三年”，前六逆六順爲排，下接云“去順效逆，所以速禍也”云云爲疊。如“宋公、陳侯、蔡人、衛人伐鄭隱公四年”，“阻兵無衆，安忍無親”排接二句，下云“衆叛親離，難以濟矣”則爲疊筆。

曰：“頓筆法”。如“晉人、秦人圍鄭僖公三十年”，“夜縋而出，見秦伯，曰：‘秦晉圍鄭’”，下云“鄭既知亡矣”，先作一頓。如“晉弑其君州蒲成公十八年”，“孤始願不及此”一頓，下云“雖及此，豈非天乎？”又“二三子用我今日”亦一頓，下云“否，亦今日共而從君，神之所福也”。

曰：“跌筆法”。如“莒弑其君庶其文公十八年”，“此十六族也，世濟其美，不隕其名”，下云“以至於堯，堯不能舉”，跌起“舜舉”。如“桓宫僖宫灾哀公三年”，“司鐸火，火逾公宫，桓、僖灾”，下接云“救火者皆曰顧府”，即此一筆，跌起下五段來。

曰：“頓挫法”。如“吕相絶秦成公十三年”，“及君之嗣也，我景公引領西望”，下云“曰庶撫我乎”，此句即爲頓挫。如“會吴於向襄公十四年”，“晉人角之，諸戎掎之，與晉踣之”，下接云“戎何以不免”，爲頓挫。如“吴子使札來聘襄公二十九年”，“自鄶以下無譏焉”，以變調作界畫，頓挫極佳。如“周王讓晉昭公九年”，上已言西土、東土、南土、北土，乃總一筆云：“吾何邇封之”，有此句，是頓挫。如“季孫斯卒哀公三年”，以“今生矣男也”五字頓挫，極有神致。

> 季孫有疾，命正常曰：“無死，南孺子之子，男也，則以告而立之，女也，則肥也可。”季孫卒，康子即位。既葬，康子在朝，南氏生男，正常載以如朝，告曰：“夫子有遺言，命其圉臣曰，南氏生男，則以告于君與大夫而立之。今生矣男也，敢告。”遂奔衛，康子請退，公使共劉視之，則或殺之矣。乃討之，召正常，正常不反。

曰:"加倍法"。如"晉侯及秦伯戰於韓,獲晉侯僖公十五年",晉侯使韓簡視師,復曰:"師少於我,鬥士倍我。"公曰:"何故?"對曰:"出因其資,入用其寵,饑食其粟,三施而無報,是以來也。今又繫之,我怠秦奮,倍猶未也。"從"倍我"意,加倍寫之。如"子常欲立子西昭公二十六年",子西言"亂嗣不祥,我受其名,賂吾以天下,吾兹不從也",加倍寫曰:"楚國何爲。"

曰:"進步法。"如"鄭伯如周隱公六年","善鄭"二句,抉進一層。

鄭伯如周,始朝桓王也,王不禮焉。周桓公言於王曰:"我周之東遷,晉、鄭焉依?善鄭以勸來者,猶懼不蔇,况不禮焉,鄭不來矣。"

如"取郜大鼎於宋桓公六年","武王克商,遷九鼎於雒邑,義士猶或非之",末句抉進一層。如"邾人執鄫子用之僖公十九年","薄德"抉進一層,以作抑筆。

宋公使邾文公,用鄫子於次睢之社,欲以屬東夷。司馬子魚曰:"古者六畜不相爲用,小事不用大牲,而况敢用人乎?祭祀以爲人也,民神之主也,用人,其誰饗之?齊桓公存三亡國,以屬諸侯,義士猶曰'薄德',今一會而虐二國之君,又用諸淫昏之鬼,將以求霸,不亦難乎?得死爲幸。"

曰:"總提法"。如"吴子使札來聘襄公二十九年","請觀於周樂"一句,總提下文。如"衛北宫佗聘鄭襄公三十一年","子産之從政也,擇能而使之",總提一筆,以下能一層使一層,一一分應。

曰:"開合法"。如"晉侯使韓穿來言汶陽之田歸之于齊成公八年",一開一合,有呼有應。

晉侯使韓穿來言汶陽之田,歸之于齊,季文子餞之,私焉。曰:"大國制義,以爲盟主,是以諸侯懷德畏討,無有貳心。謂汶陽之田一開，敝邑之舊也，而用師于齊，使歸諸敝邑，今有二命。曰歸諸齊一合，信以行義，義以成命，小國所望而懷也，信不可知又合，義無所立，四方諸侯，其誰不解體？《詩》曰‘女也不爽，士貳其行，士也罔極，二三其德’，七年之中，一與一奪，二三孰甚焉？士之二三一開，猶喪妃耦，而况霸主一合？霸主將德是以，而二三之又合，其何以長有諸侯乎？《詩》曰‘猶之未遠，是用大簡’，行父懼晉之不遠猶，而失諸侯也，是以敢私言之。”

如“王子朝之師”昭公二十四年，多用開合，無一筆直，圓活之至。

王子朝之師，攻瑕及杏，皆潰。鄭伯如晉，子大叔相見范獻子。獻子曰：“若王室何？”對曰：“老夫其國家不能恤，敢及王室？一開抑人亦有言曰一合：‘嫠不恤其緯，而憂宗周之隕，爲將及焉？’今王室實蠢蠢焉，吾小國懼矣。一開然大國之憂也一合，吾儕何知焉一開？吾子其早圖之一合。《詩》曰：‘缾之罄矣，惟罍之耻。’王室之不寧，晉之耻也。”獻子懼，而與宣子圖之。乃征會於諸侯，期以明年。

曰：“横插法”。如“衛侯出奔齊襄公十四年”，“使大師歌巧言之卒，章大師辭，師曹請爲之”，下接云：“初，公有嬖妾，使師曹誨之琴”，於百忙之中用横插之法，非追叙例也。如“會於申昭公四年”，“君子謂合左師善守，先代子産善相小國”下，本言“楚事”二句結上，横插有法。

曰：“倒插法”。如“會於平丘昭公十三年”，“治兵於邾南，甲車四千乘”，下接云：“羊舌鮒攝司馬”，此一筆是倒插。如“楚子之在蔡也昭公十九年”，奢事在後，先倒插一筆。

楚子之在蔡也，郹陽封人之女奔之，生大子建。及即位，使伍奢爲之師，費無極爲少師。無寵焉，欲譖諸王，曰："建可室矣"，王爲之聘於秦，無極與逆，勸王取之。正月，楚夫人嬴氏至自秦。

曰："插筆法"。如"穆叔勸季孫韓善起襄公三十一年"，若"趙孟死，爲政者其韓子乎"，此句本與"君子也"連，中間插云："吾子盍與季孫言之？可以樹善君子也。"如"秦伯之弟針出犇晉昭公元年"，"癸卯，針適晉，其車千乘"，先插一筆《書》曰："秦伯之弟針出犇晉，罪秦伯也"。如"楚子麇卒昭公元年"，"冬，公子圍將聘于鄭，伍舉爲介"，先插伍舉，以下伏文。如"楚子伐齊昭公十二年"，"執鞭以出"下本是"夕見子革"，却因以"有析父謂子革"云云，故先將"僕析父從"插此。

曰："折筆法"。如"子産不毁鄉校襄公三十一年"，"豈不遽止"折一筆，下接云"然猶防川，大決所犯，傷人必多"。如"楚使椒舉如晉求諸侯昭公四年"，"司馬侯曰不可，楚王方侈"，下云"天或者欲逞其心，以厚其毒，而降之罰，未可知也"，一筆三折。如"鄭人鑄刑書昭公六年"，"昔先王議事以制不爲刑辟，懼民之有争心也"，下折一筆曰"猶不可禁禦，是故閑之以義"云云。

得《左氏筆法》五十有四種，雖細目或未盡，而宏綱亦庶已舉，是知左氏文章，未嘗不包諸所有，衆美兼擅。學者如能因其可以依據之法，進而求其難於摹擬之神，由淺以入深，由易以趨難。雖由此而擷其膏腴，吸其神髓，涣然冰釋，怡然理順，亦非難事也。然神而明之，存乎其人，是在善讀書者。

所謂古文

陳　柱撰

載於《民意月刊》一九四一年第八—十期。此文原署名爲"陳柱尊",即陳柱,其字爲"柱尊",詳見前《文學説》介紹。這篇文章爲作者在南方大學校友會上之講稿。作者首先引出"何謂古文"之話題,揭明"古文一名,對於所謂今文、今體而生"。然則,不同時代有不同時代之今文、今體,故與之相對應之"古文"亦不一。在南朝梁代,其所謂之古文則以"不殊比興、不背風騷者爲古文";至李商隱之時代,則所謂今體爲當時盛行之駢文,古文則指"韓愈所提倡之"三代兩漢之文。至於自清中葉以來之古文家所稱之古文,則又是指"韓愈所提倡者"而專與駢文相對之文,其目的乃是去除駢文爲聲律、古典、對偶之束縛,而恢復兩漢以前之自由,故韓、柳所倡之古文運動實爲文體解放運動,非盡如後人所理解之陳舊之物。這種能以相對、發展的觀點來看待文學的演變,還是能給人以一定的啓發。

"古文"一名,後人頗多誤會。大抵以摹古,復古,古人步亦步、古人趨亦趨,謂之古文。清姚鼐云:"夫文無所謂古今也,惟其當而已。得其當,則六經至於今日,其爲道也。知其所以當,則於古雖遠,而於合取法,如衣食之不可釋。"亦是以法古爲古文。以余觀之,似未免太簡單,似亦未免謬誤。

"古文"一名,對於所謂今文、今體而生。各時代,有各時代之今,則各時之今文,今體,便各有不同。各時代之今文,今體,既各不同;則與其相對之古文,亦便不同。梁簡文帝《與湘東王書》云:

比見京師文體,懦頓殊常,競學浮疏,争爲闡緩,玄冬修夜,思所不得,既殊比興,正背風騷。若夫六典,三體,所施則有地;吉凶嘉賓,用之則有所。未聞含詠情性,反擬内則之篇;操筆寫志,更摹《酒誥》之作;遲遲春日,翻學歸藏;湛湛江水,遂同大傳。吾既拙於爲文,不敢輕有掎摭。但以當世之作,歷方古之才人,遠則楊、馬、曹、王、近則潘,陸、顔、謝,而觀其遺辭用心,了不相似,若以今文爲是,則古文爲非,若昔賢可稱,則今體宜棄。俱爲盍各,則未之敢許。又時有效謝康樂,裴鴻臚文者,亦頗有惑焉。何者?謝客吐言天拔。出於自然,時有不拘,是其糟粕。裴氏乃是良史之才,了無篇什之美。是爲學謝,則不屆其精華,但得其冗長;師裴,則蔑絶其所長,惟得其所短,謝故巧不可階,裴亦質不宜慕。

據此文所言,是以當時學爲浮疏闡緩,與學謝之不拘,學裴之質樸者,爲今文。而以楊、馬、曹、王、潘,陸、顔、謝之不殊比興,不背風騷者,爲古文。蓋正與今之所謂古文,爲與駢文相對者,適相反矣。然《舊唐書・李商隱傳》云:

商隱能爲古文,不喜對偶。從事令狐楚幕,楚能章奏,遂以其道授商隱。自是,始爲今體章奏。

此亦以古文與今體對稱,然與簡文帝與湘東王書所言則異矣。此所謂今體,指當時盛行之駢文;所謂古文,指韓愈所提倡之古文。韓愈自稱非三代、兩漢之書不及觀,則所尚之古文,當以三代、兩漢之古文爲準矣。

然近世文學家所稱之古文,即指韓昌黎所提倡者,蓋自韓昌黎倡爲古文,柳宗元繼之,其道乃尊。後世之人,乃專以古文與駢文相對也。然昌黎自道爲文之道：曰："惟陳言之務去"，曰："惟古於辭必己出，降而不能乃剽賊"，曰："師其意，不師其辭"，曰："聖人之道，不用文則已，用則必尚其能者，能者非他，能自樹立，不因循者是也。"是何嘗教人以摹古，復古爲事哉？《新唐書》稱昌黎之文云："每言文章，自漢司馬相如、太史公、劉向、揚雄後，作者不世出。故愈深探本原，卓然樹立，成一家言。其《原道》《原性》《師説》等數十篇，皆奥衍宏深，與孟軻、揚雄相表裏，而左右六經云。至他文，造端置辭，要爲不蹈襲前人者。"又云："唐興，承五代割分，王政不綱，文弊質窮，䋲俚混并。天下已定，治荒剔蠹，討究儒術，以典憲章。薰醲涵浸，殆百餘年，其後文章稍稍可述。貞元、元和間，愈遂以六經之文爲諸儒倡。障堤末流，反刓以樸，剗僞以真，刊落陳言，横騖别驅，汪洋大恣，要之無牴牾聖人者。"其婿李漢序《韓昌黎集》亦云："洞視萬古，愍惻當世，遂大拯頽風，教人自爲。時人始而驚，中而笑且排。先生蓋堅，終而翕然，隨以定。嗚呼！先生於文，摧陷廓清之功，比於武事，可謂雄偉非常者矣。"凡此可見昌黎古文之成就，即是能脱去摹仿，崇尚創作。然則所謂古文者，乃對駢文爲今體而言，駢文爲聲律、古典、對偶所束縛，而古文則復兩漢以前之自繇也。然則韓、柳之古文運動，乃文體解放之運動耳。

寫作雜談

周振甫 撰

載於《中學生》一九四二年四月第五十四期。周振甫(一九一一—二〇〇〇),原名周麟瑞,筆名振甫、卞慧,後以筆名行,浙江平湖人。一九三一年入無錫國學專修學校,從錢基博治學。一九三三年,招録爲上海開明書店校對、編輯。一九四九年後,先後供職於北京開明書店、中國青年出版社、中華書局、人民文學出版社。著有《嚴復思想述評》《魯迅詩歌注》《詩詞例話》《文章例話》《小説例話》《詩品釋注》《文論漫筆》《中國修辭學史》《中國文章學史》等。《中學生》雜誌,一九三〇年一月創刊於上海,初由豐子愷、夏丏尊、章錫琛、顧均正擔任編輯,夏丏尊爲主編,每月一日由上海開明書店出版發行。自一九三一年二月第十二號起,葉聖陶任主編,夏丏尊改任爲雜誌社社長。至一九三七年八月,發行至第七十六號因抗戰爆發而停刊。一九三九年五月復刊,期數另起,社長爲葉聖陶,其編輯部輾轉於桂林、成都、重慶、昆明、貴陽等地,一九四六年遷回上海,曾改名《進步青年》,共出版二百四十二期。自一九五二年一月起,與《開明少年》合併。該雜誌是以中學生爲讀者對象之綜合刊物,作者多爲各學科之專家,融綜合性、知識性、趣味性於一體,頗受當時青少年之青睞,故有"不可一日無此君"之譽。

《寫作雜談》全文包括三部分:(一) 屈原和陳琳——寫作的誠僞,(二) 兩個游説的故事——寫作的開頭,(三) 彈琴和擊鼓——寫作的結尾。從這三個副標題即可見作者所談者乃作文之誠僞、開頭和結尾三事。作者明確提出"寫作的誠僞,有關於寫作的道德,一定要內心發出來的,纔算是真誠”。至於文章之開頭與結尾,實與葉聖陶《開頭與結尾》一文極爲神似。在開頭法中,不僅這最後一法直接借葉聖陶《開頭與結尾》一文而來,即前面所言二法,與葉聖陶所言“冒頭法”“破題法”亦極相似。在結尾法中,亦似從葉文所言“餘味法”“回顧法”脱胎而來。所異者乃在於此文花了大量筆墨將古文之故事通俗化、白話化,并引證了大量例句、例文,比葉文更顯充實、豐滿、形象。

一、屈原和陳琳——寫作的誠僞

戰國的後期,楚國誕生了一個偉大詩人,他就是屈原。他的最偉大的作品,就是《離騷》,《離騷》裏的話,從表面看都很奇怪,把江邊的離草(蘼蕪,是香草)和芷草用來披在身上,把秋天的蘭花連起來做帶子。早上喝一些木蘭花上零下來的露水,晚上吃一些從菊花上落下來的花瓣。騎着馬慢慢地在種蘭花的花叢裏走,有時在種椒木(香木)的田地上走,疲倦了久在那兒歇下。收集菱葉和荷葉來做上衣,采集荷花的花瓣來做裙子,這一樣的話還不算頂奇怪,奇怪而又荒唐的話還有:一忽兒叫玉龍來拉車子,一忽兒坐在鳳凰的身上飛上天去。天要夜了,叫管理太陽的羲和停一停,不要讓太陽下去。又叫管理月亮的神道在前面開路,叫風伯在後面推車。像這樣奇怪的話,儻用理智來判斷,豈不是荒唐而無理嗎?可是從寫作的觀點上看,却是很誠實的話。

三國初年有一位有名的文人,叫做陳琳。他在袁紹手下作秘書,那時袁紹佔有河北一帶很多地方,勢力很大。能够和他作對的,只有曹操。因此,袁紹就準備向曹操進攻。可是曹操假借漢獻帝的命令,以號令天下,漢獻帝又在他的掌握中,袁紹要去攻擊他,就要冒了違反天子命令的惡名,這在出兵的名義上很不順,因此在誓師以前,總要發表一篇宣言,數説曹操的罪狀。把曹操的罪狀數得越大,自己的出兵也就愈覺得有名了。這一篇討伐曹操的檄文就是陳琳做的。這篇檄文,把曹操的罪狀一件件的舉出來,使人看了,都覺得曹操非討伐不可。措辭的態度非常嚴肅,并且都有事實作證,應該非常的可信的了。然而就寫作的觀點上看,却是非常虚僞的話。

爲什麽奇怪的、荒唐的話倒是誠實,措辭嚴厲的、并列舉事實的話却是虚僞呢?這不是簡單的一句話可以回答的。現在先來解釋陳琳的檄文是虚僞的道理。關於這一點,陳琳自己已經解釋得足够明白,我們只不過還□□□□□了。當曹操擊敗了袁紹,捉住了陳琳時,就責問他:"你做檄文來駡我,那麽只駡我一個人已很够了,爲什麽要侮辱到我的祖宗呢?"陳琳便回答道:"箭在弦上,不得不發。"意思是説我的敢於做文章,好比一支鋒利的箭的能够穿過一切的堅甲。至於拿這支箭來射什麽,在箭的本身是不管的,只要人家能够把它扣在弓弦上射出去,隨便什麽都可以射。我的駡你,完全出於袁紹的意思,好比箭的射物,完全出於用箭的人的意思。另外還有一層含蓄的意思:鋒利的箭,敵人拿了固然可以射你,你拿了也可以射敵人。只要你能用我,那末我也可以替你駡一切你要駡的人。曹操是一個聰明人,懂得了這層意思,不但不把他辦罪,反而也像袁紹一樣地任用他了。從這件事看來,可見陳琳心裏并不是要駡曹操,好比一支箭并不要去傷人一樣。他的檄文上的話,表面上看來措辭嚴肅而列舉事實,骨子裏却都不是從心裏發出來的,所以在寫作的觀點上看,是虚僞的。要是他能够老早爲曹操所用,那末在當他做駡曹操的檄文的同一時候,也可以替曹操做一篇駡袁紹而謳歌曹操功德的文章。像這樣一類的文章,不從内心寫出的,無論表面上怎樣冠冕堂皇,都離不了虚僞。

或者有人要這樣問,陳琳既在袁紹手下做事,袁紹叫他怎樣做,就是他心裏不願意,但這是他的職務,怎麽可以不做呢?這話也有正當理由。可是我們就寫作的觀點上説,能不□該説不願説的話。這是關於寫作的道德問題,在和陳琳同時的另一位文人叫袁渙的，劉備曾舉薦他做茂才，他心裏很感激劉備。可是劉備在開始的許多年中東西奔走，始終建不起自己的基業來。袁渙是一個文人，勢不能東西奔跑，所以他後來久在吕布手下做事。吕布叫他做一篇文章來辱駡劉備，他不肯做。後來吕布滅亡了，他留在曹操手下做官。有一次，謡傳劉備死了，曹操手下的臣子們都去向曹操道喜，他獨不去。袁渙的文名雖比不上陳琳，可是他不肯做人家的工具，不肯説違心話，就寫作的道德講，要比陳琳高得多了。

可見寫作的誠僞是關於寫作的道德，一定是要内心發出來的，纔算真誠。屈原的人格頂高尚，操守頂純潔，句句話都是内心發出，所以他《離騷》裏都是很誠實的話。偉大的文學家司馬遷稱讚他的作品可以和日月争光，真是毫不差的話。那末他的話語爲什麽是這樣奇怪而荒唐呢？因爲他是人格頂高尚、操守頂純潔的人，所以給一班人格卑鄙、不講操守的人排斥了，這一班人把楚國的懷王包圍了起來，因此他滿腹牢騷。但他愈是不得意，愈是要講人格，講操行，他説的采香草、做衣裳、做帶子，就是他越□□□越是不肯跟一般人同流合污，越是要講究人格、操守的意思，只有香草才能够象徵他的高尚的人格和純潔的操守。所以他喝的、吃的東西，没有不是頂純潔高尚的；他走的、跑的、休息的地方，没有不是頂高尚純潔的。他不僅不肯同流合污，他還有偉大的經綸，要將楚國治理好來，可是楚懷王給一般壞人包圍起來了，他給他們排斥了。就當世的風氣講，一個有本領的人，甲國不能容他，可以跑到乙國、丙國去，這不算不道德的。孔子是聖人，尚且還周游列國，可是他對祖國的忠貞，比孔聖人還要超過幾倍。他雖然知道他可以跑到别國去，也許有能够重用他的人，可是他總是離不開楚國。因此他雖説叫龍鳳駕了車子飛上天去，可是他不算要跑到别國去，仍舊是希望上帝能够見他，還是在思念懷王，希望懷王能够回心轉意來重用他。因爲見不到懷王，所以有龍鳳上天等等的類象。正見他對於祖國的忠貞，對於懷王的惓惓不忘，所以表面上看是奇怪而荒唐，骨子裏却是至性至情的流露，是很誠實的話。

寫作爲什麽要講誠僞？《戰國策》裏講的一個故事正好借來解

答覆這個問題。那個故事説:魏國有一個臣子叫季梁,他在大路上看見一個人朝北面駕車子,對季梁説:“我要到楚國去。”季梁問:“你要到楚國去,爲什麽把車子向著北面?”那個人説:“我的馬會跑路。”“你的馬雖會跑路,但這不是到楚國去的路呀!”“我的盤費多。”“你的盤費雖多,但這不是到楚國去的路呀!”“我的車夫本領高强。”於是季梁嘆息説:“越是你的馬會跑,你的盤費多,你的車夫本領好,你將離開楚國越遠!”這雖是一個寓言,很可以借來解答爲什麽文章要講誠僞。寫作不講誠僞,好比走路不辨方向。要到楚國去的魏國人,却朝北走,不是越走越遠?所謂馬會跑路,盤費多,車夫本領好這三個條件,就是講寫作的方法和修辭等等。可是方向弄錯了,那末三個條件愈是具備的人,離開目的地也愈遠,反不如步行的人,□□□□□□□□□□□□□□□。不講誠僞,那末他越是會寫,離開寫作的目的越遠,反不如一個不會寫文章的人了。

二、兩個游説的故事——寫作的開頭

戰國時趙國的太后新近執掌政權,就遇到秦國的攻擊。她便向齊國求救,齊國要她最寵愛的小兒子長安君做人質,纔肯出兵。她不肯答應,大臣們的諫争更使她發怒。這時有一位臣子叫觸龍的求見。她忍着一肚子的怒氣接見哪位年老的臣子,觸龍進來了,走得很慢,到了她面前道歉道:“老臣的腿有毛病,走不快,已經好久没有朝見了。爲了掛念太后,所以動的。”“每天的伙食有没有減少呢?”“喝些粥罷了。”“老臣現在到了食時還不想吃,每天勉强自己走三四里路,纔稍稍想吃一些。”“那我辦不到。”這時太后面上的怒氣早已消散了。於是觸龍就説自己的小兒子托給她,請她替他的小兒子安插一個好的位子,因爲他已經衰老了,所以趁着未死以前把小兒子的出路安排好。這使她感動地説:“男人家也這樣寵愛小兒子嗎?”回答道:“比女人家更厲害!”她不承認地説:“女人家是異乎尋常地寵愛她的兒子的!”於是觸龍偏偏説她并不真能够寵愛長安君。因爲她并不能真替長安君的終身打算,不讓他替趙國建

立些功業來穩固他將來的地位。於是太后覺悟了，就送長安君到齊國去。（見《戰國策·趙策》）

年輕不懂事的建信君很爲趙王寵任，那時魏牟經過趙國，趙王接他進宫向他請教。却巧座位前有一幅尺帛，趙王叫來做帽子的工人也没有走，累得他慌忙避開。魏牟便指著那幅尺帛對趙王説："王能够看中王的國家像看重這塊帛就好了。"趙王聽了這話非常不高興。於是魏牟給他解釋道："你用這幅尺帛做帽子，一定要請會做帽子的工人來做。可是你對於一國的政事，却交給一位年輕不懂事的建信君，豈不是把趙國看得比一尺帛還輕嗎？"（同上）

這兩個故事，正好代表寫作上二種不同的開頭。就第一個故事説，不敢在開頭把正意説出，却遠遠地説許多不相干的話來做開頭。要是没有這個開頭，那末太后的怒氣不消散，你就是有更好的理由也只有激怒她而不能説服她了。所以這個看似不關緊要的開頭却是很緊要的。大抵一個人總有所蔽，有所蔽對於事理往往不肯虚心去觀察，變成了感情用事。譬如平常人對於自己和所愛的人以及家庭、社會、國家，都不免有所蔽。要是有人來指出自己的弱點，或自己所愛的人和家庭、社會、國家的種種弊病，而那個人是又和没有深切關係的人，甚而是外國人，那不管他的話多麽有理，在一般人總是不高興的，總容易動感情的，一動感情，人家的話就是再好些也不會聽信了。所以我們有時候和人家辯論，要竭力避免激動人家的感情，純然站在學理上講話。有時候我們所碰到的人很會動氣，或者他已經對我動氣了，那末我們的辯論，開頭一段一定先要極力找出那人理論的優點，加以述説，使那人聽了心平氣和，然後再指出它的不妥當的地方，那末他也就容易接受了。其實做一切批評和勸告的文章，都應這樣，譬如梁任公先生批評胡適之先生的《中國哲學史大綱》，先説明胡先生這部著作的價值，然後再批評它的缺點。又如胡適之先生致室伏高信的信，先説日本人的種種優點，再指出他們的種種錯誤。像這樣的開頭，才能够不爲感情所蔽，使人能够相當的接受我的意見。這種態度，完全是對待友好的，自然不適用於對待敵人。

像這樣的開頭,不僅適用於議論文,也適用於記述文和抒情(這個開頭的特點,就是能够改變環境,使它適於自己所需要,來達到自己的目的)。觸龍的不相干的話就是用來改變緊張的空氣,緩和憤怒的心情,來達到送長安君到齊國去的目的。就這一點講,很和劇本中每幕開頭的佈景的叙述相像。佈景不是劇本中的情節,它是用來造成一種適宜的環境,來表現情節,來和情節配合,使人更感到情節的真切,好像親身的一般。所以佈景對於情節的表現有很大的幫助。又像小説中開頭一段詳細描寫小説中人物所處的環境,這樣的描寫,在小説中也不是一定要的,所以有些小説就略去了。好比觸龍開頭的話,本來是不相干的。可是就它的作用説,也是造成一個適當的環境,使適於表現小説中人物的個性,造成一種適合於小説中的氛圍——就是和情節相配合的,或緊張,或驚愕,或懶散,或歡娱,或悲切等等的情調和空氣——來抓住讀者的感情,使小説的表現更有力量。像這一類的例子,愛讀小説的人一定都感到過,用不到舉例。

詩歌裏像這樣先造成一種和情節相配合的情境也很多。像杜甫的《哀王孫》,開頭説:"長安城頭頭白烏,夜飛延秋門上呼。又向人家啄大屋,屋底達官走避胡。"其實那只烏鴉根本和可哀的王孫没有關係。王孫的流落完全因爲安禄山的叛軍攻進長安,唐明皇出延秋門逃到四川去的緣故。那末杜甫的開頭説烏鴉的話,全是造成一種凄凉悲慘的情境,使人更感到王孫的可哀罷了。延秋門是長安的城門,長安是當世的首都,在承平時延秋門吐納各方的人物一定是非常熱鬧的,烏鴉不會在這樣人煙稠密的地方叫。大屋正是王孫一流人住的地方,一定是賓朋滿屋,僕從如雲,烏鴉那裏會停留在這種地方?現在烏鴉却在延秋門上叫了,在啄大屋了,可見亂後的黄粱,大屋裡已經没有人了,這種情境拿來和承平時一比,那不令人感到凄凉欲絶?像這樣的描寫,不是頂足以使人對流落的王孫表同情嗎?

就第二個故事説:不在造成一種適宜的情境,是即境生情,就眼前事實加以指示述説,自然使人得意妄言了。這在答覆人家的疑問,對人家説明某種學理的場合最爲適用。因爲是即境生情,便可揀人家頂熟悉的事來相比擬,人家也自然會明白了。像孟子要説明辦理政事,一定要依照先王的方法,開頭却説:“離婁之明,公輸子之巧,不以規矩,不能成方圓。師曠之聰,不以六律,不能正五音。”來比擬於堯舜之道,不以仁政,不能平治天下,顯出正意在“遵先王之法”。這裏所舉的離婁、公輸子、師曠都是當時人所熟悉的人物,所以聽起來就更容易明白了。像這樣借人家所熟悉的人物來做比喻,用來顯出自己的正意的,是從正面説的。還有就反面説的,像韓愈的《爲人求薦書》,開頭説:“某聞木在山,馬在肆,遇之而不顧者,雖累千萬人,未爲不材與下乘也。及至匠石過之而不睨,伯樂遇之而不顧,然後知其非棟樑之材,超逸之足也。”這個開頭是借棟樑之材、超逸之足來比擬自己,借匠石、伯樂來比擬能够推薦自己的人。可是話出不材與下乘,非棟樑之材、超逸之足説,所以和上舉的比擬却稍不同。其實這種不同,不過是技巧上的小小差異,就大體説,總是一體的。

這種比喻,開端不僅適用於説理,也適用於抒情。像韓愈的《送温處士撫河陽軍序》,開頭説:“伯樂一過冀北之野,而馬群遂空。夫冀北馬多天下。伯樂雖善知馬,安能空其郡邪?解之者曰:‘吾所謂空,非無馬也,無良馬也。’伯樂知馬,遇其良,輒取之,群無留良焉。苟無良,雖謂無馬,不爲虚語矣。”在這裏擬借冀北馬空來比擬像温處士一流的人才,都被人羅致去,但説“馬群遂空”,對温處士的一種戀戀不捨的情緒,對自己有此賢才不得的寂寞之感,所以這個比擬的重要不在説理而在抒情。至於詩歌中像這樣用比擬做開頭的也很多,《詩經・漢廣篇》説:“南有喬木,不可休思。漢有游女,不可求思”,就是一例。

再就第二個故事看,它不像第一個故事那樣迂回曲折,避免刺激人家的感情,却在第一句話裡就把全部意思包括進去,却有意激怒人家,使人家不僅懂得他的意思,還要照着他的意思去做。就這一點説,有如戲本或小説中把這緊張的情節放在開頭,使看的人一開頭就收到很大的激動,對於要追的前後文一樣。像這樣的例子,喜歡小説的人一定都遇到過，也用不到舉例。

在記事文中，有時也用這樣的開頭。像韓愈的《孔君墓誌銘》，一開頭專講孔君的一生中頂重要的事迹，然後再講那一件事的始末，然後再講他的生平。那文的開頭説：

> 昭義節度盧從史有賢佐曰孔君，諱戣，字君勝。從史爲不法，君陰争，不從，則於會肆言以折之，從史羞，面頸發赤，抑首伏氣，不敢出一語以對。立爲君更令改章辭者，前後屢數十；坐則與從史説古今君臣父子道，順則受成福，逆輒危辱誅死。曰："公當爲彼，不得爲此。"從史常聳聽喘汗。居五六歲，益驕，有悖語，君争，無改悔色，則悉引從事空一府往争之。從史雖羞，退益甚。君泣語其徒曰："吾所爲止於是，不能以有加矣!"遂以疾辭去。

在抒情之文中也有着這樣的開頭的，像杜甫的《兵車行》："車轔轔，馬蕭蕭，行人弓箭各在腰。爺娘妻子走相送，塵埃不見咸陽橋。牽衣頓足攔道哭，哭聲直上幹雲霄。"把頂緊張的情境放在開頭，然後在追述爲的什麽事，去什麽地方。再追述過去，像漢家山東二百州的征戰結果是怎樣，今年的索租情形怎樣等等。在議論文中，把正意先説出，再加解釋的，也可歸入這類。像蘇軾的《倡勇敢》："臣聞戰以勇爲主，以氣爲决。天子無皆勇之將，而將軍無皆勇之士，是故致勇有術，致勇莫先乎倡，倡莫善乎私。"這幾句開頭的話，已經包括全文的意思。以下還須説明什麽叫"倡"，就是運用人物發怒時候中其心□然，其色□然，一不顧一日的一□□□□□上去，□□要少數用□争先致死來領導，少可以激起全體將士的剛烈勃然的勇敢，故叫"倡"。再説明什麽叫"私"，因爲争先致死的勇士不易得，所以得到了一定要加以異常的厚遇，這就是私，可是全文的意思在開頭幾乎話裹已包括完了。

至於一般文章的開頭，往往順着事情的演變，按照先後叙去，這是叙事文。順着意思的自然發展，由淺入深，這是議論文、説明文。順着情形的自然發展,由淡薄到深摯,這是抒情文。這些開頭比較普通,在這裏都從略了。還有一種開頭,看似平常,實在却都有用意,又出乎上面所講的以外的,像葉聖陶先生在《開頭和結尾》一文中所講的,可借來做這篇的結尾。

另有一種開頭,淡淡着筆,并不覺得有甚麽力量,可是同樣可以傳出全篇的情調,範圍全篇的空氣。如龔自珍的《記王隱君》,開頭說:"於外王父段先生廢簏中見一詩,不能忘。於西湖僧經箱中見書《心經》,蠹且半,如遇簏中詩也,益不能忘。"這個開頭只覺得輕鬆隨便,然而平淡而有韵味,一來可以暗示下文王隱君的生活,二來先行提出書法,可以作爲下文訪知王隱君的關鍵,仔細暗味,真有說不出的妙趣。

三、彈琴和擊鼓——寫作的結尾

楚國的伯牙很會彈琴,能够在琴聲裏彈出他的心情來。鍾子期很會聽音樂,能够從音樂中聽出彈奏的人的心情來。一天,兩個人碰到了,伯牙彈琴,他的心在想念泰山的崇高偉大,鍾子期便讚美道:"好得很呀,你的彈琴,巍巍地像泰山那樣崇高!"過了一會,伯牙的心情在想念著流水,鍾子期又讚美道:"好得很呀,你的彈琴,湯湯地像流水那樣清越!"後來鍾子期死了,伯牙從此不再彈奏,因爲世上再沒有一個知音的人了。(見《吕氏春秋·本味篇》)

有一位愛好音樂的人,在長安作客,在一個月明之夜,聽見擊羯鼓的聲音,跟着聲音尋去,原來是一位祖上做樂官的人。考究他音樂的技藝,很是精能。問他:"爲什麽你的擊鼓没有尾聲?"答道:"舊譜上失掉了,所以在月亮下面考求它。"問:"你按譜擊鼓,譜調完了你還覺得有些餘意未完嗎?"答:"完了。""完了就好了,何必再求尾聲呢?""聲音還没有完呀!"那人因拍掌讚美道:"真可以和你講音樂!"遂即教他借另一調的尾聲來結束未完的餘聲。他照了那人的指教去擊鼓,果真和全調的聲情相合。他感激極了,甚至於撲到地上叩謝,流下淚來。(見《羯鼓録》)

這二個故事可以借來説明寫作的結尾，第一個故事重在弦外之音，重在琴聲外面的彈奏者的心情。這種心情就含蓄在琴聲裏，要聽者自己去體味，去領略，纔有意味。好比嚼橄欖，在一陣薄薄的苦味以後，就有一種回甘的味兒。所以像這一類的結尾，貴在含蓄，貴在有餘意留待讀者去體味，不貴説盡。有時候説盡了反而使人感到意味索然。

就寫作的結尾説，像這種含蓄不露富有餘味的結尾，自然最適於抒情文。像彭績的《亡妻龔氏壙銘》的結尾説："於是彭績得知柴米價，持門户，不能專精讀書。期年，髮數莖白矣！"在這樸實的幾句話中，龔氏的怎樣勤勞家政，怎樣使他無内心顧憂，伉儷情誼的怎樣篤厚，龔氏亡後的他怎樣傷神，多可以在言外得到，這真是説出的少而不説出的多，非常耐人尋味。比起傳誦人口的歸有光《項脊軒志》的結尾："庭有枇杷樹，吾妻死之年所手植也，今已亭亭如蓋矣"，那樣有人亡物在的感慨的，更見得深切、沉痛，也更見得含蓄。詩歌中像這樣的結尾更多，"平陽歌舞新承寵，簾外春寒賜錦袍"(王昌齡《春宫曲》)，那麽自己的孤寒冷落意在言外了。"日暮漢宫傳蠟燭，輕煙散入五侯家"(韓翃《寒食》)，漢五侯是指五位封侯的宦官，那末帝皇的恩典都歸宦官，功臣的失望，民下的離心，刑賞的失所，宦官的擅權，政治的治亂都在言外了。

不僅抒情文中有這樣的結尾，有時在記事文和議論文中也有的。像柳宗元的《鈷鉧潭記》結尾説："孰使予樂居夷而忘故土者，非兹潭也歟?"這是一篇記潭上風景的文章，却以感慨作結。這兩句話看似平常，實很沉痛。柳宗元本在朝中做官，却因政黨的相爭被謫爲永州司馬，這事在當時人看來實在是非常可以悲痛的。賈誼被朝臣排擯出去做長沙王太傅，尚且要悲傷哭泣以致於夭折，何况永州比長沙更偏遠，司馬的職位更不如太傅呢? 宗元於此既不能怨恨朝廷，沉痛在心又無法排遣，所以放情山水以自寬解，倒底仍舊不能忘懷，於無可奈何中，姑作"樂居夷而忘故土"之語以自解。正惟其不能忘情故土所以就是在極可樂的鈷鉧潭上還要説這話，要是真的忘了故土，怎麽在記潭上風景的文章後會提到故土的話呢?

至於議論文的結尾有餘味的,像韓愈的《諱辨》,結尾説:"夫周公、孔子、曾參卒不可勝,勝周公、孔子、曾參乃比于宦者宫妾,則是宦者宫妾之孝於其親賢于周公、孔子曾參者邪?"韓愈的做《諱辨》,爲了他勸李賀去考進士,考中了,有妒忌李賀的人説:李賀的父親叫晉肅,晉字和進字的聲音相同,李賀應當避諱,不應當去考進士。像這樣連聲音相同的都要避諱,那只有當世的宦官宫妾對於皇帝的名字纔這樣做,考諸古代,像周公、孔子、曾參都不這樣做,所以結尾這樣説,語很冷峭,那班妒忌争名的人的譭謗,原是這樣無理取鬧,他們只知宦者宫妾的行徑,忘了做人的當法周孔,孝親當效曾子,像這樣含有責叱的意味都可在言外得之,所以也耐人尋味。

就《擊鼓》的求餘聲看,在寫作上也往往有這種情境。有時一篇文字意思已寫完了,可是從辭氣看,好像還收束不住,一定要再添幾句,然後才辭氣完足。就這□言,最恰當的例子,要算桓温和他手下一班名流研討《北征賦》的韻事了。《北征賦》是袁宏做的,袁宏在桓温幕府裏當秘書,跟着北征,到過很多地方,就把北征的經歷寫上來做成了《北征賦》。桓温叫伏滔朗誦那篇文章,他和王珣等都在聽,讀到北征到孔子哀傷麒麟的地方,那段結尾是"豈一性之足傷,乃致傷於天下",這一説孔子不是悲傷一己的不遇,乃是悲傷他的道不行,天下的不太平。下面是另起一端,另叙一事,另换一韵。這時王珣便説:"這段就此結束,在辭氣上回環往復的情致好像還没有完。"伏滔説:"倘然再加進用'寫'字做韻的語句,或者可以好些。"桓温就叫他們想怎樣加?那時袁宏也在座,就接着念道:"感不絶於余心,遡流風而獨寫。"這就是意義已盡而辭氣未暢,有待補足的例子。又像前引柳宗元的結尾:"孰使予樂居夷而忘故土者,非兹潭也歟?"這句話完全和潭上的風景没有關係,倘專就記風景論,删去了和全文也無傷。可是要真的一删去,那結尾便成了:"予行其泉于高者墜之潭,有聲潨然,尤于中秋八月爲宜,於以見天之高,氣之回。"就記風景方面説,這樣誠然是完了,就語氣方面説,却未完,却是收束不住,非得另外再加一句來做收束不可。

有時候一篇文字的結尾總要和開頭的話語呼應一下,那在議論文中比較多見。議論文有一種先把主意點明,然後反復論證,到末了,總結許多論證,歸束到開頭的主意。像柳宗元的《封建論》,開頭説明封建的造成本於事勢的自然,不是出於聖人的願欲。以後反復論證,無非説明這個意思,到結尾又説:"吾故曰:非聖人之意也,勢也。"其實這個"吾故曰"在開頭裏已説過,後來的反復推論也早已證明,就意義方面説,這句話完全是多餘的。可是删去了這句話,辭氣方面就覺得不完,因爲中間的論證是一段一段自成段落的,這許多段落就靠這一句來做個總結,要是删去了,那末末一段的結語"豈聖人之制使至於是乎?"只結束末段的話,不能結束上面許多段落的話,就有意盡而辭不盡的缺憾了。

有時候開頭是借别的人事來引起的,到末了似乎也非回顧一下不可。像蘇軾的《石鐘山記》,是借酈道元和李渤二人對於石鐘命名的解釋做開頭,到後來雖已説明了石鐘真正的解釋,可是仍要回顧開頭,把酈道元和李渤二人的話批駁一番。其實既經證明了石鐘命名的真正解釋,那末酈、李兩家的缺失本可不言而喻。但就全文看,好像前面提到的兩個人還没有歸束,非重提一下不可。這種既不關内容的呼應,也只有歸到辭氣的輕重上去。前頭叙二人而後來不再提了,好像前重後輕,全篇就結束不住,所以也得回顧一下來使前後文的辭氣匀稱。

看了上面二個故事,更可以明白意義雖不説盡,但可以結束,意義雖早已説盡,但也有仍不能結束的。可見文字的結尾靠辭氣的完畢。即此一段便可知一般專重内容,以爲有了切實的内容,文章也定會寫得好,寫作的方法不必講究的人,到底還是一偏之見。

靈兕室文話

葉玉麟 撰

載於《永安月刊》一九四三年第四十六期文章署名曰"葉靈兕"。葉靈兕，即葉玉麟(一八七六—一九五八)，字溥孫，晚號靈兕居士，安徽桐城人。早年與李國松受業於馬其昶學古文法，爲馬氏高弟，馬氏晚年文多屬其代筆。兼善書畫。光緒二十三年(一八九七)附生，候補知縣，曾任教員。入民國，曾短期任薦任官(部曹)。後受聘於上海通志館，編纂《上海通志》。又受劉承幹聘，爲嘉業堂校刻古籍。與鄭孝胥、陳叔通等善，曾爲商務印書館、大達圖書供應社、廣益書局等校注古籍，如《書經》《國語》《三蘇文》等，另有白話注釋古籍，如《白話譯解老子道德經》《白話譯解戰國策》《白話譯解荀子》《白話譯解莊子》等(相傳皆出於其諸子之手而署其名)。另著有《靈兕軒文鈔》一卷。

此則短文引經據典，漫談文章作法，如引方東樹《昭昧詹言》曰:"古人文法之妙，一言以蔽之曰:語不接而意接，血脈貫續，詞語高簡";又引郭熙《畫記》"畫山水數百里間，必有精神聚處"等;實則乃是略談《史記》之行文之法，例文皆出自《魏其武安列傳》《項羽本紀》《貨殖傳》《孟嘗君列傳》《屈賈列傳》等，令人有身入其境之感。此則短文應是作者讀《史記》之心得。

方植之《昭昧詹言》云:"古人文法之妙，一言以蔽之，曰:語不接而意接，血脈連貫，詞語高簡，六經之文皆是也。俗人接則平順駿蹇,不接則直是不通。韓公曰'口前截斷第二句',太白云'云台閣道連窈冥',須於此會之。"按:《魏其武安列傳》中,武安由此滋驕,治宅甲諸第,田園極膏腴,而市賈、郡縣、器物相屬於道,前堂羅鐘鼓、立曲旃,後房婦女以百數,諸侯奉金玉、狗馬、玩好不可勝數。魏其失竇太后,益疏不用,無勢,諸客稍稍自引而怠傲。惟灌將軍獨不失,故魏其日默默不得志,而獨厚遇灌將軍。寫武安驕恣正濃郁處,忽接入魏其,語不接矣,而脈縷分明,從上文"竇太后滋不悦魏其等"一段隱伏而來,意自銜接,有峰斷雲連之妙,其本領在横空盤硬,不用一虚字承接,又能上下渾融一片,又所謂"入不言兮出不辭"之神境也。

郭熙《畫記》言:"畫山水數百里間,必有精神聚處,乃足記散地不足書。"讀太史公文,於長篇中提振處,精采横溢,或數十行,或數行,瀠洄頓挫,警動非常。正與畫師看山水,於迴峰抱峰處,見精神氣脈曲折盤空也。

史公作《項羽本紀》,如聞暗噁叱咤聲;作《貨殖傳》,使人如游五都之市,萬貨璘猵,目眯意眩;作《封禪書》,便有煙濤渺彌,樓臺湧現,仙靈縹緲之觀。寫馮驩、毛遂,則狡辯機警之狀如畫;狀荆卿、聶政,則感慨激越;郅都、甯成,既曲繪其慘酷;程嬰、杵臼,亦各盡悲愴。《孟嘗君列傳》,則沉浸乎《詩》《騷》,以發爲幽憂感憤之詞;《孟荀傳》自"齊有三騶子"以下,極恣酣蕩譎,亦肖其文耳。

《陳涉世家》:"扶蘇以數諫故,上使外將兵,今或聞無罪,二世殺之,百姓多聞其賢,未知其死也。""項燕爲楚將,數有功,愛士卒,楚人憐之,或以爲死,或以爲忘。"此同叙死生未蔔事,而筆致不同。又"度已失期,失期,法皆斬,陳勝、吴廣乃謀曰:'今亡亦死,舉大計亦死,等死,死國可乎?'乃召令徒屬曰:'公等遇雨,皆已失期,失期當斬,藉令第毋斬,而戍死者固十六七,且壯士不死則已,死即舉大名耳！王侯將相,寧有種乎?'"前後亦不剿襲,固知文家貴詁。

漫談文章的形式

汪　馨撰

載於《中日文化月刊》一九四三年第三卷第一期，作者署名爲“汪馨”。據查，清末民國間雖有一名爲“汪馨”之官員，然宣統年間即已官爲學部員外郎，一九一四年曾與夏曾佑、周樹人（魯迅）等同爲兒童藝術展覽會幹事，一九一五年曾在平政院任職，至一九四三年可能年近六七十歲，似與此文章顯示出的中西文化背景（尤其頗擅歐美文學及理論）不太相符。而此篇文章實際上即爲汪祖華《文學論》一書第五章“文學的形式”的內容，故可知此文作者之本名當是汪祖華。汪祖華（一九一一—一九九九），字餐英，安徽蕪湖人。畢業於日本東京專修大學、東京帝國大學，回國後歷任（民國）中央警備學校特警班教官、交通警察總局政訓處處長、南京特別市民政局局長等官，一九四九年去香港，任廣大學院教授，同年赴臺灣。著有《民權初步》《文學論》《戰爭與宣傳》等書。其《文學論》一書，一九三四年（民國二十三年）由南京拔提書店出版，至一九四三年以筆名重新發表在刊物上，可能與當時的文學論爭有關係，因爲文中有言及“時代風尚”與“民族精神”等説法。

此文開篇指出文章以形式而分有“有韵之文”“無韵之文”二類。其後，對有韵文之詩歌、戲劇，無韵文之散文、小説等文學樣式進行了分類，如關於戲劇之分類方法有（一）以幕的多少爲標準、（二）以美爲標準、（三）以題材爲標準、（四）以形式爲標準等；散文之類别，從歷史的研究，可分爲故事的、記述的、討論的、批評及哲學的五類，從内容上則可分爲諷刺的和虚構的兩類。同時，作者也指出“内容和形式是相依相成的”，偏其一端皆爲畸形,是以内容、形式當并重。而文體表現之形式乃受"時代風尚""民族精神""個人情境"三重因素制約。此文乃取廣義之文章而言,受西方文學理論影響較大,故詩歌、小説、戲劇等皆謂之文章,在論述過程中,亦廣徵博引中西談文之説,是一特色。

形式不是文學的目的,乃是文學的手段。温采斯德説:"作家把自己所有的思想及情緒,移於讀者時,一切的方法手段,爲文學形式。"這種爲手段方法的形式,無論中西各國,大别爲二,一爲韻文,一爲無韻文,前者指言語文字的排列,有一定的規律的。後者是指無一定的規律的。這一定的規律,究何所指呢?那就得研究"節奏"(Phythm)因爲"節奏"是韻文的基礎。

"節奏"不獨用於言語學上,即在哲學上,生理學上,也常常道及,希臘的亞納克西曼德(Anadrrarander601-547. B. C)説:"生物的生長,朽敗,盛衰,興亡,結合,分離,都是節奏的作用,人體的脈搏,海洋的潮汐,星的環旋,乃至杜鵑的啼月,蟋蟀的吟秋,無不是宇宙間遍在的'節奏'的表現。"

但文學上所謂"節奏"其意味,殊不能如此茫漠,馬鏗齊(A. Smackengie)在他的名著《文學的進化》中説得好——"抽象的説起來,'節奏'是有一定間隔的時間之流……美學上所謂'節奏',意爲定期的强勢法。"客觀的看來,他是伴着有規則的抑揚與板的時間的運動;主觀的看來,是時間的知覺,照這種意味,"節奏"可以説是由一定的規則,所整理的情緒。

馬氏由詳密的分析説明之後,説到"節奏"與藝術的關係如下:"人類的動作與呼聲,并不是藝術的,不過可以變成藝術的東西,跳舞唱歌之所以有美的價值,因爲他經過某種規則的整理,就是有一定時間的反復進行……原始的藝術,也有無甚曲調與思想的。但無不含有一定時間之反復進行的。要之,'節奏'是最根本的最大的藝術樣式……"

使言語文字之排列,有一定的規律的根本原因,不外天然存在于言語之中的這種"節奏"的作用。換言之,即聲的"節奏"以這種聲的"節奏"爲基準而定的。言語上的規則,謂之"韻律",韻文就是依着這種"韻律"寫成的文學形式。又可知韻律之發生,是極自然的結果。簡單的說:重疊和錯綜的排列,便是"節奏"。它若爲形式的上下左右前後等位置的排列,這就叫做空間的"節奏";它若爲聲的長短高低輕重等次序的排列,這就叫做時間的"節奏",這統統是本乎異中有同,散裏現整的原理,而動人的美感。

有韻文的代表是詩歌、戲劇,無韻文的代表,是散文、小說,(戲劇也有時屬此類)中國的詞曲、樂府等,也是屬于有韻文的一類,外如不易區别的作品,如散文詩和大大主義的詩,既非有韻文,又非無韻文,衹好尊重作者本身的意見,把它當作詩。

在西洋方面,關於詩,有叙事詩,抒情詩和戲劇詩三種,所謂叙事詩,與其説是表現作者自己的思想感情,不如説用律語來寫客觀的事件,抒情詩,和這正相反對,是表白主觀的感情的;詩歌的大部分都是所謂戲劇詩,是把上面這兩者,打成一團了形式。從那以客觀的人物和事件的描寫爲主,這一點來看,是叙事詩;其中所描寫的人物,都各人已表白他們自己主觀。從這一點來看,是抒情詩,是詩中最複雜的形式。而叙事詩又可分五種:

(一)滑稽叙事詩以一故事,爲譏笑的資料。如柏德來 Butleis Hudibrus……

(二)歌謡爲叙事詩的最初形式。

(三)近代歌謡模仿古代歌謡而作。如羅斯蒂 Rossetti's SisterHelen。

(四)有韻律浪漫故事此種亦屬于叙事詩範圍。如司各脱 Sady of the sake。

(五)寫景叙事詩以描寫外物景象爲主。如考特 Catter's Saturday Night.

抒情詩又可分爲六種:

（一）頌詩。帶宗教色彩。

（二）樂歌格調簡單，情緒濃厚，宜於管絃，不宜諷誦，如將生 Zonson's Drink io me only eyes

（三）反省抒情詩妙處不在詩中含義，是在繁音促節。如開慈 Keats'ode "to the uightingale"和"Autnmn"

（四）感懷詩。如葛芝（Gos "English'odes"）、雪萊（Shelysodeto Naples.）

（五）哀歌，又名挽歌。如米爾頓（Milton's Sycidas）和安諾德 Arnold's"Thyrsis"

（六）十四行詩。此式是以十四行五音脚的抑揚律組合而成爲兩式：

1. Ababcdcdefefgg 英之十行詩如此。

2. Abbaabbacdcdcd 此爲意大利式，或稱近代式。

（七）社會詩，又名柔體詩。是將社會生活，慣常的事實，化爲藝術的題目。

關於戲劇的分類，有許多的方法：

（一）以幕的多少爲標準。如獨幕劇和多幕劇的區別。幕的多少是依據題材的簡單和複雜而增減的，題材簡單的，多半是獨幕劇，其餘便是多幕劇了。多幕劇大概以幕爲最普通。四幕以上的結構，大都根據三幕劇的結構法而充展開的四幕劇如蕭伯納的《華倫夫人的職業》，柴霍甫的《海鷗》，《櫻桃園》等；五幕劇如易卜生的《海上夫人》，《國民公敵》，托爾斯泰的《黑暗之勢力》等；六幕劇如安特列夫的《比利的悲哀》，托爾斯泰的《活尸》；八幕劇如史特林堡的《債主》等。

（二）以美爲標準。如悲劇和喜劇的區别。在喜劇中，情節雖經過許多的波瀾，和糾紛，然終得到圓滿結果。如滑稽劇，復仇劇和團圓劇等類。悲劇和喜劇同是表現人生的悲哀方面，黑暗方面；但不同的，悲劇裏的主人公或甘於自殺，或死於決鬥，或忍耐他的不幸的運命，以致鬱鬱終他的一生的；它的結果，總是陷在悲慘的境地的。喜劇如歌郭里的《巡按》，阿史特洛夫斯基的《貧非罪》。

悲劇如阿氏的《雷雨》,柴霍甫的《海鷗》等。

（三）以題材爲標準。如歷史劇和問題劇的區别。歷史劇的題材,大都取之於歷史上事迹;問題劇的題材,大都取之於社會所發生的種種問題。歷史劇如德林瓦特的《林肯》等;問題劇如霍脱邁的《織工》,是討論勞動問題的;易卜生的《群鬼》,是討論遺傳問題的;《海上夫人》,是討論三角關係問題;《挪拉》,是討論婦女解放問題的;安得列夫的《比利時的悲哀》,是討論戰争問題的。

（四）以形式爲標準的。——如劇本和劇詩的區别。劇本是散文的,以姿勢對話爲主,以音樂爲輔的;劇詩是律文的,以歌唱音樂爲主,以姿勢對話爲輔的。近代所流行的戲劇,律文的戲詩極少,大都是散文的劇本。

關於散文依亨德（Hunt）的主張,從歷史的研究,則分:（一）故事的,（二）記述的,（三）討論的,（四）批評及哲學的五類,從内容上看,則又有（一）諷刺的,（二）虚構的兩種。

關於小説,以内容分,有歷史小説,理想小説,言情小説,社會小説四種,以篇幅分,有短篇和長篇兩種。

在中國方面,詩有古詩、律詩、絶句三體,古詩有三言、四言、五言、六言、七言、八言、九言六體,律詩及絶句,亦各有五、七言二體,若就詩學説,有古詩、律詩、絶句的分類,世稱爲詩之“經三體”。若就古詩之三言、四言、五言、六言、七言、八言、九言及律詩、絶句之五言、七言的分類,世稱爲詩之“緯十體”。

古詩與律詩、絶句的異點有三:（一）句的形式——古詩有三言、四言、五言以上諸體,律詩、絶句有五言、七言二體。（二）篇的構成——律絶在句法上,縱有平仄,在篇法上,横亦有平仄之根,但古詩不必。（三）句的構成——律與絶有平仄的限制,古詩不然。（四）押音法——律、絶均限于平韻,而以一韻到底爲當式,古詩則于一韻到底以外,可許轉韻,而平仄兩韻均用。（五）古詩押韻——古詩押韻可通韻,且許同字韻,律、絶决不可。（六）古詩每句可用韻——古詩可以每句可用韻,而律决不可。

以上是從詩的外形説,若拿内容分,又有述史、紀事、寫景、抒情、説理五種。

述史——取材歷史。

紀事——如《廬江小吏妻》《長恨歌》。

寫景——取材山水花鳥,自然界景物。

抒情——如感懷,悼亡、哀詩。

説理——指天地間自然之理。

樂府共分十二:1. 郊廟歌辭,2. 燕射歌辭,3. 鼓吹曲辭,4. 橫吹曲辭,5. 相和歌辭,6. 清商曲辭,7. 舞曲歌辭,8. 琴歌辭,9. 雜曲歌辭,10. 近代曲辭,11. 雜歌謡辭,12. 新樂府辭。

詞,照詞原所列,在南宋時有九類,純粹屬詞的有五種,兼古今曲體的有四種。由短到長,一——令,二——引,近,三——慢曲,四——三台,五——序子,都是純粹詞體。六——法曲,七——大曲,是上繼隋唐曲體的;八——纏令,九——諸宫調,下開金元的曲體。

曲有散曲與劇曲的分别,散曲分小令和套數,劇曲分雜劇同傳奇。小令分不演故事的與演故事的。不演故事的有五體。一——尋常小令,即單闋隻曲;二——摘調,猶詞中摘遍;三——帶過曲,有北帶北,南帶南,南北兼帶三種,北曲爲盛;四——集曲,南曲爲[盛];五——重頭,兩首以上的是。演故事者有二體:一——同調重頭,多至百首;二——異調間列,問答體是。

散套分有尾聲與無尾聲二種,有尾聲的又分二體:一,尋常散套,有南北分套,與南北合套,二,重頭加尾聲。無尾聲的又分二體;一,尋常散套無尾聲,二,重頭無尾聲。

雜劇由一折五折止,折猶西洋歌劇之幕,但以四折爲原則,三折與七折幾無,四折前有楔子是又一體。《元曲選》《盛明雜劇》所載,《梧桐雨》《揚州夢》《翠香夢》《昆仑奴》等都不外此體例。

傳奇由十餘齣至四十余齣爲劇曲中之長篇,但以川劇《目蓮救母》有四十八本者比較,則大遜色。

至于中國小説的分類,傳巖在他的《小説通論》列有如此一表:

1. 實際上之分類:虚稱:神話(虚)、寓言(虚多于實);瑣談—

野史:豪俠(實多于虛)、戀愛、忠孝節義及其他閑軼事。

2. 形式上之分類:長篇:無韻、傳記體、演義體;有韻—歌曲體。短篇:無韻—什記體、演義體;有韻—歌曲體。

但形式與内容是相依相成的,譬如精神之與肉體的關係,是不可分離的。内容固需形式以傳達,而形式亦實藉内容以成立,决不可倚輕倚重而畸形發展,六朝文章,往往悶在華麗詞句之下,不能自拔的根本疾,就是太重形式,而反埋没了内容。《文心雕龍》所謂:"豐藻克贍,風骨不飛,則振采不鮮,負聲無力。"(《風骨篇》)便是此義。白朗寧的作品,本身所感雖深,但不能令人同感,真情雖屬熱透,但無由宣泄,令人同情,這就正坐情辭不稱,短於形式的原故。所以很好的文學,是使作者的心懷與性情,用恰如其量,恰合其分的形式,表現出來,使之活躍紙上。

福勞貝爾(Gnstare Tlanbert, 1820—1880)説:没"有美的形式,不會有美的思想,反之,没有美的思想,亦不會有美的形式,正像要從肉體上抽出組織肉體的各種性質,除非把他歸之空的抽象,即把他破壞,是不可能的,同樣要使内容從形式分離也不可能,因爲内容是要有形式纔存在的。"

王充《論衡·超奇篇》:"文辭墨説,文人之榮葉皮殼也,實誠在胸臆,文墨著竹帛,内外表裏,自然相副,意奮而筆縱,故文見而實虚。"

曾國藩《求闕齋日記》説:"凡作詩文,有情極真摯,不得不一傾吐之時;然亦須平時積理既富,不假思索,左右逢源其所言之理,足以達其胸中至真至正之情。作文時無鐫字刻句之苦,文成後無鬱塞不吐之情,皆平日讀書積理之功也。若平日醞釀不深,則雖有真情欲吐,而理不足以達之,不得不臨時尋思義理;義理非一時所可取辨,不得不雕飾字句;至於雕飾字句,則巧言取悦,作僞日拙,所謂'修辭立其誠'者蕩然失其本旨矣。"都是主張形式與内容并重之説。

以上是把文學的形式,作爲傳達思想上的方便手段,而加以極廣義的解釋,但用之于狹義的解釋時,意爲"文體",文體的意義,依(Seigh Nunt)的解釋有兩種,一爲措辭,二爲文章,定文體的定義爲"以適當之辭,置于適當之地",辭的措置,文章的結構,依作家的人格如何而異,所以勃封有“文體即人”的名句。文體也有種種的不同,依普通西洋的修辭學,以内容與文體的均衡爲中心的分爲簡潔體,蔓衍體,依文體的强弱,分爲剛健體,優柔體,依文章修飾的多寡,分爲乾燥體,平明體,清楚體,高雅體,華麗體等。

中國文體歷代名家的意見,每不一致,大概都從應用上分類。如梁蕭統的《文選》分類法,清姚鼐、曾國藩等的分類法。

1. 梁蕭統《昭明文選分類表》

(1) 論瓣類——賈誼《[過]秦論》,韓愈《諱辨》

(2) 序跋類——《太史公自序》

(3) 奏議類——李斯《諫逐客論》,《周書·召談》

(4) 書牘類——顧炎武《與友人論學書》

(5) 贈序類——韓愈《送李願歸盤谷序》

(6) 詔令類——《夏書·甘誓》

(7) 傳狀類——歸有光《先妣事略》

(8) 碑誌類——歐陽修《瀧岡阡表》

(9) 雜記類——歐陽修《醉翁亭記》

(10) 箴銘類——揚雄《酒箴》,劉禹錫《陋室銘》

(11) 頌贊類——《史記·孔子世家贊》

(12) 辭賦類——陶淵明《歸去來辭》,歐陽修《秋聲賦》

(13) 哀祭類——韓愈《祭十二郎文》

2. 清梅曾亮於姚氏十三類外,再加“詩歌”一類。

3. 清曾國藩的《經史百家雜鈔》分類表

(一) 著述門

(1) 論著類

(2) 辭賦類

(3) 序跋類

(二) 告語門

(1) 詔令類

(2) 奏議類

(3) 書牘類

(4) 哀祭類
(三) 記載門
(1) 傳志類
(2) 叙記類
(3) 典志類
(4) 雜記類

文學的形式,常常因情景的不同,而發生異樣。《藝苑卮言》説:"詩三百篇亡,而後有騷賦,騷賦難入樂,而後有古樂府,古樂府不入俗,而後以唐絶句爲樂府,絶句少宛轉,而後有詞,詞不快北耳,而後有北曲,北曲不諧南耳,而後有南曲。"中國最古的戲劇爲"歌舞",其後一變而爲"戲優",再變而爲演故事兼演滑稽的"雜戲",三變而爲元的"雜戲",四變而爲明的"昆曲",五變而爲近時的"新排戲",其所以致此,是由時代風尚的不同,民族精神的改變,而文學所表現的形式,也就隨之而異;還有,個人的情境不同,而文體的表現也就不同,黛玉、寶釵、寶琴三人的柳絮詞:

黛玉《唐多令》:"紛墮百花洲,香殘燕子樓。一團團逐隊成球。飄泊亦如人命薄,空繾綣,説風流。

草木也知愁,韶華竟白頭。嘆今生誰捨收。嫁與東風春不管,憑爾去,忍淹留。"

寶釵《臨江仙》:"白玉堂前春解舞,春風捲得均勻。蜂圍蝶陣亂紛紛。幾曾隨逝水,豈必委芳塵。萬縷千絲終不改,任他隨聚隨分。韶華休笑本無根,好風憑借力,送我上青雲。"

寶琴《西江月》:"漢苑零星有限,隋隄點綴無窮。三春事業付東風,明日梅花一夢。幾處落紅庭院,誰家香雪簾櫳。江南江北一般同,偏是離人恨重。"

因爲各人的情境不同,所以她們的吐屬迥異,或纏綿悲戚,或俯仰自豪,或情致嫵媚,都是因人而變的體態。

文章和諷詠之關係

光　溥撰

載於《中日文化月刊》一九四三年第三卷第一期。光溥，其人難考。此篇文章開篇揭明"文章之妙味"在可知與不可知、可測與不可測之間，而諷詠乃是體察不可知、不可測(非言辭所能形容者)之重要手段。因爲文章之體勢、風概、神采、韻味，惟諷詠方能盡其趣、動其思、悟其妙、體其味。其後，分爲"故實""理論""方法""趣味"四個層面以談及諷詠之效用及重要性。作者以漫談的方式，將古今中外文家對諷詠之認可娓娓道來，饒有趣味。諷詠實不僅於當時，即今日語文教學、文章寫作，當亦有可取之處。

文之妙味何在乎？曰：在可知與不可知，可測與不可測之間而已。可知者，吾人得以言知之；可測者，吾人得以意測之。若夫不可知與不可測者，似若非言辭所能形容矣，將於何取之哉？則諷詠尚已。蓋文章有體勢焉，非諷不足以盡其趣；有風概焉，非詠不足以動具思；有神采與韻味焉，非諷與詠焉不足以悟其妙用焉。諷詠於文章之助，顧不大哉？故彼言與意者，文之所以成文者也，有形者也；體勢、風概、神采、韻味、無形者也。有形者易窺，而無形者難盡也。

今夫掇文之士，非蕲具文從字順而已；推求具體勢，揣摩其風概，新異其神采，咀啜其韻味，文之道在是矣。韓之文不同於柳，柳之文不同於歐、蘇、曾、王也。何則？其韻味異也，其神采異也,其風概與體勢無之而不異也。求其不得不然之故,一一有當夫我心,使古人文字,若字字由我心中出者,安見古之人終難到哉?

近世文弊,在重“知”而不重“覺”,結果專主於了解事物,而不能開拓新境,即坐是耳。學者唯一目的,在明句讀,辨體裁;教者唯一方法,在分章節,録典實,爲已盡矣;然於無形之體勢、風概、神采、韻味,如何使明之哉?假曰已明,則吾之惑滋甚矣!

詩文風趣,有非全憑言語所能説明之者,教師之講解,或有時而窮,則吟之諷之以盡其意。如《楚辭》:“嫋嫋兮秋風,洞庭波兮木葉下”,陶潛《歸去來辭》:“歸去來兮,田園將蕪胡不歸?即自以心爲形役,奚惆悵而獨悲?”王羲之《蘭亭集序》:“夫人之相與,俯仰一世,或取諸懷抱,晤言一室之内;或因寄所託,放浪形骸之外。雖取舍萬殊,静躁不同,當其欣於所遇,快然自足,曾不知老之將至”,王翰《凉州詞》:“葡萄美酒夜光杯,欲飲琵琶馬上催;醉卧沙場君莫笑,古來征戰幾人回。”此等詩文,類都情辭明晰,無煩深解,然其風味、神采,則非假詠誦不能感發其真知也。暇日翫摩文味,覺古人之言,有足資後世爲文之助者,爰爲比次成篇,冀供其一得之知云。

一、故實

劉大櫆絶豐偉,日取古人之文,縱聲讀之。姚鼐則患氣羸,然亦不廢哦誦;但抑其聲使之下耳。

張裕釗初謁國藩,國藩爲朗誦王安石《泰州海陵縣主簿許君墓志銘》,聲之抑揚詘折,足以發文之指趣。裕釗言下大悟,自此(姸)[研]討王文,筆端日益精進。

右白案:近世桐城派首倡“因聲求氣”之説,姚鼐以下諸人無不宗之。故首張其説於前。

歐陽修所作古文、詩、詞均稱絶妙,修辭造句,俱極簡明、澹雅、純净、清亮之能事,人目爲泠泠山泉,又譬爲天衣無縫;殊不知此公撰著時，吟哦甚苦。嘗以稿紙張諸壁間，手執一筆，來往蹀躞，徘徊瞻顧，誦詠所作，意有未洽者，即加修改，甚至删削殆盡，不留原稿一字。相傳《醉翁亭記》初稿，原爲"叙數滁州東南西北名山"，字句甚長，最後，竟改爲"環滁皆山也"五字云。

東坡嘗夜讀杜牧《阿房宫》一賦，達七十餘遍，漏三下，侍者已就睡，東坡危坐津津不疲。

法國文學家弗羅貝(G. Tlaubert)所著小説《波娃利夫人》一書，允推爲近代名著。據弗氏自述：著此書時，閲六七年之久，嘗左手執稿紙，右手按鋼琴，高聲吟咏；或於每句寫就時擊節誦讀。字句之間，苟有節奏、音調之不合原意，而乖和諧者，則删削修改之，至再至三，至於無數次，必求其悦於耳，洽於心而後已。

按：近人錢子泉氏嘗自稱：年二十二歲，客會稽陶杏南先生之江西提法使幕，方刻意爲文章，日誦韓文，以爲定程，聲琅琅出户外，而陶公不以爲可！謂"子文畸於剛燥，余嘗病之，而莫知其所由然！而今乃知子之病於誦也！古人文有陽韻、有陰韻；而後之人讀其文者，抗墜抑揚，當隨韻之陰陽而與爲翕闢。如曾文正公所謂'高聲疾讀以暢其氣，恬吟密詠以探其趣。有宜出之噴薄者，有宜出之吞吐者；亢之則在青雲之上，抑之則在淵泉之下，夫各有所當也。'而子之誦異是，有亢而無抑，有高聲疾讀而無恬吟密詠，有噴薄而無吞吐，大聲噌吰，往而不返，此其所以病也。"——錢基博《黄仲蘇朗誦法序》。

二、理論

《文心雕龍·聲律篇》："今操琴不調，必知改張，摛文乖張，而不識所調。響在彼弦，乃符克諧；聲萌我心，更失和律。其故何哉？良由内聽難爲聰也。故外聽之易，絃以手定；内聽之難，聲與心紛，可以數求，難以辭逐。"

朱子曰："大凡讀書，多在諷詠中見義理，况詩又合諷詠之功，所謂'清廟之瑟，一唱而三嘆'，一人唱之，三人和之，方有意思。如今詩曲,若只讀過,也無意思,須是歌唱起來,方見好處。”

又曰:“讀詩正在於吟、咏、諷、誦觀其委曲折旋之意,如吾自作此詩,足以感發善心。今公讀詩,只以將己意去包籠他,如做時文相似,中間之意,盡不曾理得,濟得甚事?若如此看,只一日便可觀盡,何用逐日捱得數章,而又不曾透徹耶?且如人入城郭,須是逐街坊、里巷、屋廬、臺榭、車馬、人物一一看過方是。今公等是外面望見城是如此,便説我都知得了。”

姚姬傳曰:“詩、古文各要從聲音證入。”

又曰:“文章之精妙,不出字句聲色之間,舍此便無可窺尋矣!”

梅曾亮曰:“古文與他體異者,以首尾氣不可斷耳;有二首尾焉,則斷矣!退之謂六朝文雜亂無章,人以爲過論。夫上衣下裳,相成而不複也,故成章;若衣上加衣,裳下有裳,其所謂無章矣!其能成章者,一氣者也,欲得其氣,必求之於古人:周、秦、漢及唐、宋人文,其佳者皆成誦乃可。夫觀書者,用目之一官而已;誦之而入於耳,益一官矣;且出於口成於聲,而暢於氣,夫氣者,吾身之至精者也;以吾身之至精,御古人之至精,是故渾合而無有間也。

曾國藩論求學,嘗言:“學者於看、讀、寫、作四者缺一不可。看者涉獵,宜多宜速;讀者諷詠;宜熟宜專;看者日知其所無;讀者月無忘其所能;看者如商賈趨利,聞風即往;讀者如富人積錢,日夜摩挲,但求其久;看者如攻城拓地,讀者如守土防隘。”

白契爾(Butcher)教授嘗謂:“印刷術使吾人文藝知覺益加遲鈍。一爲意氣,一即聲音;如使視覺代行聽官之職責,則吾人將遺失無限文字之感動力。而文字倘被剥奪其聲音之功用,則所餘留於紙上者,亦僅有限之存在耳。”

三、方法

朱子云:“誦之宜舒緩不迫,字字分明。”

又曰:“大抵觀書,先須熟讀,使其言皆出於吾之口;繼以精思,使其意皆出於吾之心,然後可以有得爾。”

劉大櫆曰:"夫行文多寡短長,抑揚高下,無一定之律,而有一定之妙;可以意會而不可以言傳。學者求神氣而得之於音節,求音節而得之於字句,則思過半矣! 其要在讀古人文字時,便設以此身代古人說話。一吞一吐,皆由彼而不由我,爛熟後,我之神氣即古人之神氣,古人之音節,都在我喉吻間;合我喉吻者,便是與古人神氣、音節相似處,久之自然鏗鏘作金石聲!"

姚鼐曰:"大抵學古文者,必要放聲疾讀,袛久之自悟;若但默看,即終身作外行也。"

又曰:"文韻致好,但說到中間忽有滯鈍處,此乃是讀古人文不熟。急讀以求其體勢,緩讀以求其神味,得彼之長,悟吾之短,自有進也!"

曾國藩曰:"熟讀而强探,長吟而反覆;使其氣若翔翥於虛無之表,其辭跌宕俊邁而不可以方物;抗吾氣以與古人之氣相翕。"

又曰:"《四書》《詩》《書》《易經》《左傳》《昭明文選》、李、杜、韓、蘇之詩,韓、歐、曾、王之文,非高聲朗誦,則不能得其雄偉之概;非密詠恬吟,則不能探其深遠之趣。二者并進,使古人之聲調,拂拂然若與我之喉舌相習,則下筆時必有句調湊赴腕下,自覺琅琅可誦矣。"

四、趣味

《世說新語》:王司州在謝公座,詠:"入不言兮出不辭,乘回風兮載雲旗!"

語人云:"當爾時覺一座無人。"

又:王孝伯言:"痛飲酒,熟讀《離騷》便可稱名士。"

又:袁虎少貧,嘗爲人傭載運租。謝鎮西經船行,是夜清風朗月,聞江渚間估客船上有詠詩聲,甚有情致;所誦五言,又其所未嘗聞,嘆美不能已!

《古今詩話》:上官儀凌晨入朝,循洛堤步月,徐轡詠詩。音韵清亮,望之猶神仙。

《碧鷄漫志》:開元中詩人王昌齡、高適、王之涣詣旗亭飲,梨園伶官亦招伎聚燕。三人私約曰:"我輩擅詩名,未第甲乙,試觀諸伶謳詩,分優劣。"一伶唱昌齡二絶句,一伶唱高適絶句。之涣曰:"餘姬所習,如非我詩,終身不敢與子争衡;不然,子等列拜牀下。"須臾,伎唱之涣詩,之涣揶揄二子曰:"田舍奴,我豈妄哉?"

《詞論》:東坡居翰林院時,幕士有善歌者,因問:"我詞比柳耆卿何如?" 對曰:"柳郎中之詞,可令十七八女郎按紅牙檀板,歌'楊柳岸,曉風殘月';學士之詞,須關西大漢執鐵綽板,唱'大江東去'。"公爲之絶倒。

餘　論

如上所云,前輩言文章修養,綦詳且盡。其旨皆不外由含咀以牖文思,假諷詠以瀹新知。蓋文章猶機構耳;要機構靈活,使自我而生,到頭須是一熟耳!今之論文者多矣,此道皆略而不陳——學校於國文一課,亦視如普通科目,以能解爲已盡,而不知固别有妙道也。懷之久而未發,恩諸君子之嗤吾也,爰借古人之言以實之。

穹樓偶記·論文章

魏友棐 撰

載於《新都周刊》一九四三年第二期，文章署名曰“穹樓”。穹樓，即魏友棐（一九〇八—一九五三），字彦忱、忱若，號穹樓、穹樓居士，又號别牙道人，筆名章榴、涉崖，浙江慈溪（今寧波市江北區慈城鎮）人。早年畢業於寧波甲種商業學校。一九二七年，考入中央銀行爲練習生。一九二八年，入福源錢莊（秦潤卿創辦）爲文牘，一九四一年，升任襄理，直至病故。長期從事財經評論，常爲《國聞周報》《東方雜誌》《錢業月報》撰稿，曾任《金融周刊》編輯、《新聞日報》主編等。一九三八年起，兼任上海《文匯報》社論委員，至一九三九年該報被迫停刊。一九四五年，《大公報》上海版復刊，受邀任社評委員，并主編該報經濟新聞版，撰寫《商情一周》專欄文章。後任立成紙行、振中圖書公司董事長。著有《法幣問題》《現階段的中國金融》《戰時通貨膨脹》《外股提要》《盧布和現金管理制》等書。擅長書法、篆刻、丹青。

在這篇文章中，作者明確提出“好的文章，應該有兩個特點，第一是真實，第二是天才”。所謂真實，一是講究説自己的話，二是注重現實，因爲時代不同，環境不同，便不能有同樣文字，若强行摹擬古文面孔，則爲不真實。至於“天才”而言，作者認爲“天才常寫好文章，這是没有辦法去學而致之”，“同是一個人，同是一個題材，而言不肖相去如是之遠，這就是天才之有無，非關學力”。此文過於以“天才”論而言文章，則顯得膠柱鼓瑟。

小　序

昔人有言:“不作無益之事,何以遣有涯之生。”此話似是不長進,但仔細想來,做些無益之事,却不即有害。所以要提倡做無益之事,固可不必;而做一些無益之事,亦正不必諱。近年頗以“有涯”的工夫,做一些無益之事,自己有所怡悦,也隨時有些感念。把這些感念寫下來,遂有偶記之作。癸未正月初一日穹樓自記。

論文章

一談到文章,便會想到這是文人的事,其實文章人人都會,所謂“文章本天成,妙手偶得之”是也。這妙手,有時在文人身上,有時甚至生在不識字的人身上。所以打開《古詩源》來看,大部分都是無名作家的作品,不跟《唐詩三百首》一樣,非李白即杜甫。

好的文章,應該有兩個特點,第一是真實,第二是天才。

凡是説話不真實的,便不會是好文章。韓昌黎是有“文起八代之豪”之稱的,其實韓昌黎的好文章却并不多,因爲常説假話,他在文章中所表現的,只是另一面目,而不是自己。我不相信,韓昌黎在對他太太開玩笑的時候,是否也是開口“古之君子”,閉口“孔子之道”。根據此種觀點,集中的《原毁》《師説》一類都不是好文章。在一篇《祭十二郎文》裹,他只是訴説一些真實的家常細事,便覺近情合理。在《論佛骨表》一文裹,雖也帶些衛道氣味,但在文中,如説“佛如有靈,能作禍祟;凡有殃咎,宜加臣身。上天鑒察,臣不怨悔。”這幾句話裹,倒可以看出韓老先生當年獃性大發的樣子,所以這篇文章是可愛的。

同様,歐陽公便不是這副面目。我們所看到的幾篇文章,每一篇文章裹都充滿着熱情。譬如幾篇極平常的題材:如《河南府司録張君荃表》《王彦章畫像記》《豐樂亭記》《有美堂記》,照俗手寫來,不過是公式文章而已,而歐陽公則在這裹面表現出不同慷慨感傷的情緒。因爲文章,本來是表達個人情感的工具,用之説自己話,則得其用,用之説非自己話,自然是失其用。韓文的短處即在於此。

真實另有一種解釋,便是現實。凡是忽略了現實的文章,不能見巧。許多人都學古文,有學散文者,有學六朝者,其結果往往失敗。每一時代的文章,都有其特色,要勉强追踵前代,是不可能的。照我們今日眼光看來,周秦之文爲一面目,漢魏六朝之文又爲一面目,等而下之,唐宋之散文,與明之散文,又是另一面目。清人之文,雖有桐城、陽湖等派,自己都以爲可以上追古人,可是照今日我們眼光看起來,總是清人的筆墨。偶儷四六之文,當然不能脱離漢魏六朝,但是我們看到今日漢魏先賢傳給我們的文章,豈是後賢可能模擬其萬一?漢魏詞賦之高華博贍,當推《兩都賦》,若把清之駢文名家如有正味齋者,拿來對照一下,直覺有死活之不同,一爲糞土,一爲珠玉。隨便舉庾子山的《枯樹賦》來説,有幾句引桓子元的話:"昔年移柳,依依漢南;今看摇落,悽愴江潭;樹猶如此,人何以堪!"這是何等的感慨,何等的藴藉,不加藻飾,自然是六朝文。假如讓後人去學習,或許學得到比庾氏更工緻,更典雅,然而那裏會有同樣的情致呢?時代不同,環境不同,便不能有同樣的文字,這是不能强致的。

拿林琴南來説,他自己是追踵桐城而來,然而拿林琴南的文章與桐城歸方諸家相比,便可以知道,一是清代散文,一是近代散文。林氏《畏廬文録》裏,可以説没有好文章,但在小説裏,却有許多好的,隨便舉《茶花女遺事》裏的一段:

> 小仲馬曰:"亞猛言至此,虚怯若不勝者,時天氣微寒,余問亞猛寒乎?請下風牕,亞猛時以首枕軟欖上,默然不答。余曰:君情愫甚綿遠,請以來日言之,今理枕且息。亞猛遂去外衣,嘆曰:我病中得申馬克事,樂甚。君若以爲絮者,則請勿言。"

這段文章看下去，并不怎樣好。但裏面有幾句話，却在古文裏萬不會有。例如"君情愫甚綿遠"、"君若以爲絮者"，非白話，也非古文，更非桐城之古文。這文章可以説前無古人，後無來者，而是林琴南自己的文章。

同樣，如梁任公，也是表現現實散文的作家。《新民叢報》的元旦刊裏，梁任公開首就寫：

今日國民舉熙熙賀新年，顧同時新年也，而當此之感情，率有兩種：大抵兒童常歡忭，老人常慨嘆。歡忭者，説來日之方長也，慨嘆者，覺已往之不可追也。我國民今日之位置，蓋未易斷定，或曰：是幼稚時代也。或曰：是老大帝國也。果其幼稚也，更歷一年則多一年之進步，吾將賀年。果其老大也，更歷一年，則少一年之希望，吾將吊年。

這也是一段很順利很隨便的文章，而且可以看出并没有經過雕琢，然而他的章法與句法，雖是一種"古文"，但絶非脱胎漢史，或桐城。我引林、梁兩氏的文章，并不是説此二人之文可爲後人法則，乃是證明每一時代的文字不同，非可强致，欣賞文字，不限於古今，而作文却不一定要模擬前代，因爲勉强模仿，結果必致以詞害意，而失文的真實性。至於能够一下筆就是歐、蘇，那自然是另一問題。寫文字是每一個人都有的技能。但是文學家則需要天才，張獻忠之祭張飛文，"你姓張，咱老子也姓張，咱們聯了宗吧。"這不失爲一好文章，因爲他是真實的。但是張獻忠却不是文學家，因爲他没有天才。

天才常寫好文章，這是没有方法去學而致之的。正跟名家的書畫一樣，寥寥數筆，而體味盎然，所謂"關天然，非人力"者是。這個例也很容易舉，《紅樓夢》是好書，天下有多少人讀過《紅樓夢》，試問有幾人成功的?

案頭適有冒單民的《影梅菴憶語》，這是一本情文相生好文章。同時有一本清道光間陳朗玉的《香畹樓憶語》，這是學冒氏的，而且

同是悼念亡姬之作。陳氏之文,一下筆便惡俗不堪。試舉相似之一段:

越旦,則姬淡妝至,求謁吾母太恭人,見後仍堅訂過其家,乃是晚,舟仍中梗,乘月一往,相見卒然曰:余此身脱梵籠,欲擇人事之,終身可托者,無出君右。適見恭人,如覆春雲,如飲甘露,真得所天,子母解!

上面是單文,陳文民書此一段:"夙聞君家重親之慈,夫人之賢,君輒有否無可,人或疑爲薄倖,此皆非能知君者,堂上閨中,終年抱恙,聞君鄭重之意,欲人意奉慈闈耳。"單文"如覆春雲"一段何等爽利,捧自己恰到分寸。陳氏之"夙聞"便覺不近人情,嫁人而謂欲"以奉慈闈",豈不是笑談!

還可以舉種花一段。單文謂:"秋米猶晚耽菊,即去秋病中,客貽我剪桃紅,花繁而厚,葉碧如染,濃條婀娜,枝枝具雲罨風斜之態。姬扶病三月,猶半梳洗,見之甚愛,遂留榻右。每晚高燒翠蠟,以白團迴六曲,圍三面,設小座於花間,位置菊影,極其參横妙麗。始一身入,人在菊中,菊與人俱在影中,迴視屏上,顧余曰:菊之意態盡矣,其如人瘦何!至今思之,澹然如畫。"

這一段文字,隨筆拈來,韻致極勝。同時陳文也有一段:

余朗至山房,瓶蘭先茁同心并蒂花一枝,允莊曰:此國香之徵也。因爲姬營新室,署曰香畹樓,字曰畹君,余因賦《國香詞》云云,一時詞場耆儁,如平陽太守,延陵學士,珠湖主人,桐月居士,皆有和作,畹君極賞余詞曰:君特叔夏,此爲兼美!

上面這一段,又是惡扎了!"余朗至山房"、"國香",因覺刺眼,至於以"君特叔夏,此爲兼美"寫入文章,真是同自己名字放入人名大辭典一樣,可謂顏之厚矣!

同是一個人,同是一個題材,而言不肖相去如是之遠,這就是天才之有無，非關學力。從來寫文章的人，典故多，引證博，能掉書囊，或許是學力能够達到，至於要寫好的文章，是不能脱離天才而獨立的。

文體小識

吴忠匡 撰

連載於《國文月刊》一九四四年第二十七期、二十八/二十九/三十合刊、三十一/三十二合刊。吴忠匡(一九一六—二〇〇二),上海人。一九三五年入讀上海光華大學,師從錢基博。一九三八年,任錢基博助教并隨赴湖南藍田國立師範學院,兼任國立師範學院附屬中學國文教員。後歷任教於齊魯大學、山東省立師範學院、哈爾濱師範大學等,在哈爾濱師範大學工作五十餘年。著有《史記太史公自序注説會纂》《秦始皇本紀注説會纂》《屈原列傳注説會纂》《淮陰侯列傳注説會纂》等。

作者開篇揭明"文章之道,辨體爲難",在參考《文選》《古文辭類纂》《經史百家雜鈔》等書後而更次爲論説、序跋、書牘、贈序、雜記、傳狀、碑誌、箴銘、頌贊、哀祭、騷賦、詩詞爲十二類,并論及各類文體之作法。綜而觀之,全文專論十類文體("騷賦""詩詞"二類并未論及),於所論之文體頗爲詳究,多先從文字學角度以釋名,既而引經據典,證其所言。各類文體,或述其淵源、或考其流變、或究其類别,所言皆非虚語。其所論主體雖多爲古代文章,然不少文體於今時亦存在,如"序跋類",其所談乞人序言之説,作序或不離本題、或題外生情,即於今日,亦可爲鑒。

文章之道,辨體爲難。梁《昭明文選》分三十六體,而後世病其雜。逮桐城姚氏纂《古文辭》,始正其體爲十三;湘鄉曾氏《雜鈔經史百家》,稍易爲十一類。余教授諸校,講説文事,辨析體類,稍以意更次爲十二類,曰:論説、序、跋、書牘、贈序、雜記、傳狀、碑誌、箴銘、頌贊、哀祭、騷賦、詩詞。分門别類,使知文體之正變,而後論其作法。講筵之餘,條記所述,曰《文體小識》云。

論説類

論者,《釋名》云:"倫也,有倫理也。"《説文·繫傳》云:"應詰難,揭首尾,以終其事曰論。"論,倫也,同歸而殊途,一致而百慮,語各有倫,而同歸於理也。《書》曰:"時維三公,論道經邦",《孟子》曰:"不知其人可乎?是以論其世也",此論之所由昉也。《論語》而下,《莊》《列》《管》《韓》《新語》《昌言》,皆論也。桐城姚氏謂:"論,原於古之諸子。"余姚章氏謂:"論説之文,其原出於《論語》,周秦諸子,各守專家,雖學有醇駁,語有精粗,然推其本意,則皆取其所欲行,而卒得行者,筆之於書,而非必有意於爲文。是論之本體也。"而平江李次青《天岳山館文鈔》,論之尤詳,以爲"孔子論大哉堯之爲君,舜禹有天下不與,禹無間然,泰伯可謂至德。殷有三仁,夷齊不念舊恩,是即堯、舜、禹、泰伯、箕、微、比干、夷齊之論也。論管仲器小、桓文正譎、季文子三思、臧文仲竊位居蔡、武仲要君、甯武子之愚、史魚之直、蘧伯玉、子産之爲君、子平仲之善交、令尹子文、陳文子之忠清、孔文子公叔文子之謚文,以及'子謂子賤'、'南容'、'公冶長'、'賢哉回'也諸章,各以一二語定其生平,皆論體也。'舜有臣五人'、'回也其庶乎'、'齊景公有馬千駟'、'逸民伯夷叔齊'諸章,又合論體也。至《孟子》則論尤詳備,其波瀾意度,直開蘇氏父子之先矣。"是文家之有論體,自《論》《孟》始也。説者,《説文》:"説,釋也。"《繫傳》云:"悦猶説也,拭也,解脱也。若人心有鬱結,皆解釋之也。故於文,心兑爲悦。"《易》曰:"兑,説也,决也,心有不快,忽自開决也。"劉彦和《文心雕龍·論説》篇分論爲二類:"一爲述經傳注之屬,一爲叙理議説之屬。"而《史記索隱》云:"説者,諸子雜記也,其體與論略同,而疏解經文爲論也",是則所謂論説者,實異名而同體也。

昔賈生著《過秦論》，其卒章曰："觀之上古，驗之當世，參之人事，察盛衰之理，審權勢之宜"，鏡往繩來，援彼證此，遂以啓後世論説之法。而劉彦和抉發文心，著《論説》篇，謂："論也者，彌綸群言，而研精一理者也。原夫論之爲體，所以辯正然否，故其義貴圓通，詞忌枝碎，必使心與理合，詞共心密，是以論如析薪，貴能破理。"陸士衡《文賦》則曰："論精微而朗暢"，"精微以意言，朗暢以辭言"；彌綸群言，詞忌枝碎，斯朗暢矣；研精一理，義貴圓通，斯精微矣。晉僧慧遠序《大智論鈔》曰："論之爲體，位始無方而不可詰，觸類多變而不可窮，或開遠理以發興，或導近習以入深，或闔殊途於一法而弗雜，或闢百慮於同相而不分，此以絶乎累瓦之談而無敵於天下者也。爾乃博引衆經，以贍其辭，暢發義音，以宏其美。美盡則智無不周，辭博則廣大悉備，是故登其涯而無津，挹其流而弗竭。汪汪焉莫測其量，洋洋焉莫比其盛。雖百川灌河，未足語其辨矣；雖涉海求源，未足窮其邃矣。"釋僧叡序《大智度論》亦云："其爲論也，初辭擬之，必標衆異以盡美；卒成之終，則舉無執以盡善。釋所不盡，則立論以明之；論其未辯，則寄折中以定之。使靈篇無難喻之章，千載悟作者之旨，信若人之功矣！"雖闡揚彼教，以發玄旨，而論所以作論，則固可與士衡、彦和之説相參而明論説之作法也。

序跋類

序者，孔安國曰："所以序作者之意"，邢昺《爾雅序疏》謂："序陳此經之旨，孔子作《書》序，子夏作《詩》序。"而姚氏《古文辭類纂》則推原於"前聖作《易》，孔子爲作《繫辭》《説卦》《文言》《序卦》《雜卦》之傳，以推論本原，廣大其義。《詩》《書》皆有序，而《儀禮》篇後有記，皆儒者所爲。其餘諸子，或自序其意，或弟子作之，《莊子·天下篇》《荀子》末篇皆是。"蓋序之爲言，緒也。《説文》："緒，絲端也"，足後曰跋，燭燼亦曰跋，皆以叙陳一書之旨，而以冠於書之前者曰序,置之後者曰跋。然《太史公自序》在百三十篇之末,《漢書·叙傳》亦在百篇之末,《説文解字》之第十五篇亦序也,《文心雕龍·序志》亦在第五十,皆在後而不在前。乃知古之作者,必先成書,而後發明義理,以爲序也。至乞人爲序,起於左太沖,太沖賦成,自以名不甚著,求序於皇甫謐。由是後人有集,皆衍其風。曰序、曰跋、曰引、曰題、曰讀、曰説、曰解、曰書後,皆其體也。

序跋之作,不出二體:其一不離本題,或道其書之所由作,或從而讚嘆之,或推其意所未盡,故於所序之書,必加以詳閲,而心知其意。王介甫序經義,曾子固目録之序,皆此類也。其一題外生情,或以交情縷絡,或詳述作者身世,令讀者想見其爲人,於書旨略綴數言,輕輕叙過,此則原本《孟子》"誦書讀書,知人論世"之旨。無名氏序徐幹《中論》所謂:"恐歷久遠,名或不傳,故不量其才,喟然感嘆。先目其德,以發其姓名,述其雅好不刊之行,屬之篇首,以爲之序也。"司馬遷、班固以下,任彦升、王憲公集序,歐公詩文集序,莫不如此。大抵叙陳書旨,比於作論,而叙述作者,則同於記傳。若金石之跋,必須考據精實;古書、古畫之跋,亦必詳其流派、考其藏家。宋人題跋,往往出以興趣,涵虚神於實叙,筆情蕭閑,又其别派也。

書牘類

書者,《説文》云:"著者,謂著之竹帛也",又云:"如也,謂傳其言語也。"是故古代之文,凡著簡册者,皆謂之書。蓋著傳之理於竹帛而陳之,人觀焉以著所從事也。劉彦和云:"書,舒也。舒布其言,陳之簡牘也。"古者言、筆未分,矢口陳詞,不立名目。迨乎春秋,諸侯、卿大夫聘簡往還,兹體遂著。彦和指其始於"繞朝贈士會以策,子家與趙宣以書,巫臣之遺子反,子産之諫范宣",而知周公之告召公,有《君奭》之篇,載在《尚書》。書告之體,權輿於此。而"戰國以前,君臣同書;秦漢立儀,始有表奏",公府用奏記,郡將用奏箋,要其議事抒情,以彼之介,傳我心聲,則其用一也。牘也,《説文》云"書版也",史公《倉公傳贊》"緹縈通尺牘",《漢書·昌邑王傳》"持牘趨謁",《後漢書·蔡邕傳》注"謂手執之以進見,所以爲恭睦也",王兆芳《文體通釋》論譜牒云:"札,牒也;牒,札也;簡牘之小書版,書之屬也,主於小事通言,簡略明意。"曰啓、曰移、曰簡、曰帖,皆此之類。古書史官六事之策,小事載之簡牘,雖有繁簡大小之别,而喻理事,辨是非,聿取捨而書同。若夫山水花月,飲酒期約,饋問之細,寥寥數言,情意交盡。則往往多尚簡牘,取辦倉猝。魏晉以來,代有殊指,而宋之歐陽、蘇、黄,明之江陵、震川,皆有尺牘,傳刊後世,自可取驗也。洎乎今日,凡公文陳説謂之牘,而私人通啓謂之書,漸臻專門,不相混雜矣。

文章諸體,唯書特繁,體亦不一。曾文正公每言唐宋八大家之書牘,無可取者,以其瀾翻,好爲議論,而不近人情,於文章爲健筆,於書啓則非體。魏冰叔嘗譏蘇洵《上田樞密書》,起首"太尉足下"以下,便云"天之所以與我者,豈偶然哉?"以爲書以道情,而起首便挺出議論,直作論耳,豈其體哉? 惲子居亦謂:"退之上盧邁、趙憬、賈耽書,皆誚責諷刺之言;明允上韓樞密、富丞相書,皆劫持誇誕之言"。是皆策士之餘習,要非書牘之正體。彦和有言:"書之爲體,散郁陶、託風采,故宜條暢以任氣,優柔以懌懷"。蓋書之道,實通於詩,要在文理自然,姿態横生,應手取心,隨事曲注,非必長篇大論,斐然成采。

贈序類

贈序類者,桐城姚氏推原於古人之贈言:"老子送孔子曰'吾聞富貴者送人以財,仁人送人以言'。其後顔淵、子路相違,亦以言相贈處。梁王觴諸侯於范臺,魯君擇言而進,皆所以致敬愛、陳忠告之宜也。"然而,《左傳》所載,其時名卿大夫,宴會叙别,往往誦詩見志,雖詞不己出,亦以言贈處之意也。而謂之序者,曾文正公云:"自周詩有《崧高》《烝民》諸篇,漢有《河梁》之詠,下沿及六朝,餞别之詩,動溢卷帙,於是有爲之序者。昌黎韓愈,爲此體特繁,至或無詩,徒有序。則駢拇枝指,於義爲已侈矣。"至乎後世,觴壽有序。元明以還,此體特盛。推所從出,亦趨於古。如《小雅·天保》諸詩,及漢魏樂府中之《上壽曲》,是皆觴壽之詞也。惲子居謂"沿唐人賀生日表"者,非也,夫贈之爲言增也,古之贈言者,蓋將以增益其所未至也。施之於身,則可以成其材而就其實;指之於事,則可以酬酢萬變而不窮;述之於書,則可以惠幸乎來者。雖壽序之作,亦足以慰人子善則稱親之意,而垂法於後世也。

贈序之作,或以致勖規之意,或爲相慰藉之辭,或則更頌盛德之形容,其體最駁。近人林琴南教人學文,謂宜自贈序始,亦以其無體不包,易於着筆。曾文正云:"無書而名曰序,無故而叙述人之生平,是皆文體之詭,不可不辨。必欲因事而致敬,則其爲辭也貴約而韻,質而不蔓,君子尚焉。"魏叔子謂贈序莫工於昌黎,亦以其約而韻,質而不蔓,又不妄許人也。東坡稱昌黎諸序以《李願歸盤穀》爲第一,蓋李願之人品,不慊於昌黎之譽,不欲昌言而頌其美,故託願之言以爲言耳。其他如《送浮圖文暢師序》《送廖道士序》,皆欲抑故沖,欲貶故與,詞絶而意正,不苟溢飾,此其所以貴也。若夫壽序之作,最爲難工,易流於俗,惟歸震川之宕逸多奇,稱情而出,最爲未易。雖載之以義,可以不陳。然皆有論事明道之實,可以致祈禱而寓頌美,亦所不廢也。文無定體,顧視其所言何如耳?荀子著《非相篇》,言凡説之難,而曰:"談説之術,矜莊以莅之,端成以處之,堅强以持之,分别以喻之,譬稱以明之,欣歡、芬薌以送之,寶之珍之,貴之神之,如是則説常無不受。"贈序者,以言爲贈,亦書説之枝餘流裔也。竊以爲如能用其意以施之贈序,其亦庶乎其可也。

雜記類

《説文》:"記,疏也",徐鍇注:"謂一一分别記之也。"《釋名》:"記,紀也,識之也。"記之爲體,蓋肇於經,微言大義,筆而録之,以垂久遠。唯以其傳經,名之爲傳。以其體言,名之爲記。《禮·王制》:"太史典禮執簡記",《禮》之爲體,據事制範,至微纖曲,好禮君子,隨所聞見,得而録之,名曰《禮記》。其中如《投壺》《深衣》《内則》《少儀》以及《周禮》之《考工》《論語》之《鄉黨》《微子》,隨事纖細,實皆後世雜記文之濫觴。章學誠《文史通義・傳記篇》云:"古文文無定體,經史亦不分科。《春秋》家之三傳,多記所聞,依經起義,雖謂之記可也。《禮經》二戴之記,各傳其説,附經而行,雖謂之傳可也。其後支分派别,至於近代,始以録人物者區爲之傳,叙事迹者區爲之記。然如虞預《妬記》《襄陽耆舊記》之類,叙人何嘗不稱記?《龜策》《西域》諸傳,述記何嘗不稱傳?"是則記之與傳,初無分别。劉知幾所謂:"包舉一生而爲之傳,《史》《漢》列傳體也;隨舉一事而爲之傳,《左傳》體也。"又柳子厚紀事小文,《序飲》《序棋》,咸謂之序,是則記之與序,體又相通也。後世古文家,修造宫室有記,游覽山水有記,以及記瑣事、記器物,往往托物也小,取義則宏,雖附庸蔚爲大國,亦君子之所不廢矣。

清望溪方氏嘗謂:"散體之文,惟記爲難撰,蓋無質幹可立也。若徒具工作之程期,宫室之位置,雷同鋪叙,如計簿,甚無謂也。故昌黎作記,多緣情事爲波瀾,永叔、介甫,則别求義理以寓襟抱。"蹊徑别開,窔奥遂大。若其作法,可得而言,昔焦循論注經云:"總其大要,不外二端,曰意、曰事。意之所不能明,賴文以明之,或直斷、或婉述、或詳引證、或設譬喻、或假藻績、明其意而止。事之所在,或天象算數,或山川郡縣,或人之功業道德,國之興衰隆替,以及一物之情狀,一事之本末,亦明其事而止。明其事,患於不實;明其意,患於不精。學者知明事之難於明意矣,以事不可虚,意可以縱也。依經文而用己之意,以體會其細微,則精而兼實,故文莫重於注經。叙事則就事以運其事,必令千載而下,覽其文而事之毫末畢著,《禹貢》《儀禮》《左氏春秋傳》是也。"焦氏所論,雖主注經,施於雜記,亦無不可。惟雜記之作,虚實兼施,實以叙事,虚以達意。而意之所尚,情文蘄於相生,事叙貴乎互發。曾點詠游於沂水,莊子託想於濠間,覺天地之有情,合物我兩胥化,託物寄興,運實於虚,抒以逸韻,發我浩趣,雜記之作,此爲觀止。曾滌生《與吴南屏書》

云:“陶公及韋、白、蘇、陸閑逸之詩,雕刻物態,逸趣横生,讀之栩栩焉神愉而體輕,惜古文家少此種。獨柳子厚山水記,破空而游,并物我納諸大適之域,非他家所及。”用是道也,足以爲法也。若其體制,則未可以常法拘。歐陽爲《醉翁亭記》,宋子京、秦少游皆以爲是賦體,非記體。曾子固《宜黄縣學記》《筠州學記》,王介甫《慈溪縣學記》,明爲記體,而以議論行之。陳後山所謂“退之作記,記其事耳。今之記,乃論也。”蘇子瞻前、後《赤壁賦》,記體而行以賦者。凡此之類,雖屬乖體,而隨事立體,貴乎愜當,神而明之,存乎其人矣。

傳狀類

傳狀類者,蓋史之支與流裔,《太史公書》著列傳以叙人物,遂爲史家定體。然史之與傳,本不連類。史者,使也,執筆左右,使之記也。傳者,轉也,轉受經旨,以授於後。然則記事謂之史,轉經謂之傳,來歷既殊,用途遂異。左丘明因孔子史記論本事而作傳,漢博士謂“左氏爲不傳《春秋》”,《公羊·定元年傳》云“主人習其讀而問其傳”,何休注:“讀謂經,傳謂訓詁”。此傳解經而不記事之證也。傳之隸史,肇於馬遷,以配本紀。本紀者,編年也。傳者,列事也。紀以包舉大端,傳以委曲細事。自是著人物者謂之傳,而達官、名人德業可稱者,史官列爲之傳。其人方没,必有門生故吏,撰次行實,上之史館,以備采擇,則謂之行狀。《文心雕龍·書記篇》云:“狀者,貌也。體貌本原,取其事實。”蓋傳者,人物之記載,而狀則史傳之底本也。其後則不必達官名人而有狀、有事略,如昌黎之狀馬韓、柳州之狀陳京、白香山之狀其祖若父,此皆爲求文而作。然行狀者,上之史館,本爲請謚,婦人之行不逾梱,宜可以不爲。而江淹、任昉、裴子野集中并有婦人行狀,蓋仁人孝子不忍没其親,所以□幽懿、繫思慕也。清方望溪爲文章,主義法,以爲“正史列傳外,不應擅爲人作傳,試觀八家無此體”。其説本於顧亭林,亭林本于任氏《文章緣起》。全祖望論傳體之所出,則謂:“考之於古,立傳之例有六:其一則史傳,史傳之外有家傳。《隋書·經籍志》中所列六朝人家傳之目,則八家以前多有之。蓋或上之史館或存之家乘者也。又有特傳,蓋不出於其家之請而自爲之,如歐公之桑懌,南豐之徐復、洪渥是也。又有别傳,則或其事爲正史所未盡,如《太平御覽》所列古人别傳之類;或舉人一節以見其全體,如韓公之何蕃,東坡於陳慥是也。又其次爲寄託之傳。如韓公《圬者》、柳州《梓人》《種樹》之類是。又其次爲游戲之傳,如韓公之《毛穎》是也。若必謂非史公不應爲人作傳,則《張中丞傳》韓公已爲之題後,而《歐陽生傳》即韓公友李翱所爲,皆不聞其以爲非也。"六體之外,尚有自傳,全氏未之及。太史公《自序》、班固《叙傳》、靖節《五柳先生傳》,雖名不同,皆傳之屬也。

史傳之作,信以傳信,本於《春秋》。而歷觀史家,任情高下,愛憎無准,劉(子)[知]幾《史通》論之詳矣。故傳狀之體,尤貴據事直書,棄絶抑揚,隱括其實,務取簡潔,純憑客觀,毋攙成見,庶幾事絶矯飾,文盡可信。方望溪《答孫以甯書》云:"承命爲孫徵君作家傳,古之晰於文律者,所載之事必與其人之規模相稱。太史公傳陸賈,其分奴婢裝資瑣瑣者皆載焉。若《蕭曹世家》而條舉其治績,則文字雖增十倍,不可得而備。故嘗見義於《留侯世家》,曰:留侯所從容與上言天下事甚衆,非天下所以存亡,故不著。此明示後世綴文之士以虛實詳略之權度也。"又《與程若韓書》云:"來示欲於志有所增,此未達於文之義法也。夫文未有繁而能工者,如煎金錫,粗礦去,然後黑濁之氣竭而光潤生。《史記》《漢書》長篇,乃事之體本大,非按節而分寸之不遺也。"又評《絳侯周勃世家》云:"絳侯安劉之功,具《吕后》《孝文本紀》,故首叙戰功,承以'可屬大事',其後獨載懼禍、遭誣二事。條侯亦首叙將略,後獨載争粟太子、抑王信兩事。其父子久任將相,豈他無可言者乎?蓋所紀之事,必與其人規模相稱,乃得體要。子厚以潔稱太史公,非獨辭無蕪累也,明於義法,而所稱之事不雜,故氣體爲最潔也。"至於稱述先世,措詞尤宜矜慎。昔孔孟叙列古仁聖賢人備矣,而罕及先德。惟中庸昭明聖德,此因孔子爲萬世所宗,無誇飾之嫌而然。他若太史公、班孟堅敘祖考語皆約。歐陽公《隴岡阡表》述其父事於母訓之中，曾子固《先大夫集後序》，又即其祖平生不得志處見其大節，歸熙甫《先妣事略》亦真樸，昔人所以謂得體也。梁茝林《退庵隨筆》云：“朱子作《韋齊先生松行述》，只平平敘次；伊川爲大中珦作文，亦無一語褒揚；惟其如此，是以可信。莊周有言‘孝子不諛其親，忠臣不諂其君’，夫所謂諛諂，必豈無其實而虚構以誣之哉？侍言尊者之側，語貴質而不敢盡也，而或飾之，是相疏外之道也。其於爲文，亦若是焉而已。據事直書，使覽者自得其情，而於言若有所不敢出者，敬之至也。”至傳末評語，其名諸家不同，《史通・論贊篇》云：“《左傳》發論，假君子以稱之。二《傳》云公羊子、穀梁子，《史記》云太史公，班固曰贊，荀悦曰論，東觀曰序，謝承曰詮，陳壽曰評，王隱曰議，何法盛曰述，揚雄曰譔，劉昺曰奏，袁宏、裴子野自題姓名，皇甫謐、葛洪列其所號，而史官通稱史臣，其名萬殊，其歸一揆，必取便於時者，則總歸論贊焉。”

碑誌類

碑者，《説文》云“堅石也”，《禮記・祭義》“牲入廟門，麗牲於碑”，賈氏以爲“宗廟皆有碑，以識日景”。《檀弓》“公室視豐碑，三家視桓楹”，注：“豐碑以大木爲之，桓楹者，形爲大楹也。”《喪大記》：“君葬四綍，二碑；大夫葬二綍，二碑；凡封窆，用綍去碑。”注：“樹碑於壙前，以紼繞之，用轆轤下棺也。”劉勰《文心雕龍》則謂：“宗廟有碑，樹之南楹，事止麗牲，未勒勳績，後代自廟徂墳，以石代金。”唐《封聞見記》云：“豐碑本天子諸侯下棺之柱，臣子或書君父勳伐于其上，又立於隧口，故謂之神道。古碑上往往有孔，是貫絲索之象。則是墓道之有碑刻文，本由於懸窆之豐碑，而或易以石也。”至墓誌之有銘，《左氏傳》云：“天子令德，諸侯言時計功，大夫稱伐。”王儉《喪禮》所謂：“原此制將以千載以後陵穀遷變，欲後人有所聞知。其人若無殊才異德者，但記姓名、歷官、祖父、姻婚而已。若有德業，則爲銘文者也。”大抵兩漢迄晉，頌功紀事，多用碑。

自東漢禁斷,稍有德業之人,莫不用墓誌銘。宋、齊以降,百僚止有墓誌矣。究其名稱,凡刻石墓前,曰碑、曰碣、曰表。碣者,圓石也(《後漢書・竇憲傳》注:方者謂之碣,圓者謂之碑)。柳柳州《葬例》云:"五品以上爲碑,龜趺螭首;降五品爲碣,方趺圓首。"此碑碣之分也。表者,黄梨洲云:"表其人之大略,可以傳世者,不必細詳行事。如唐文通先生、宋明道先生諸表是也。"惲子居亦謂:"墓表之法,止表數大事,視神道碑、廟碑體不同,視墓誌銘體又不同。墓誌銘可言情、言小事,表則不可。神道碑、廟碑凡崇宏寬博之言皆可揄揚,墓表必發明實事。"納於壙中曰誌銘,分言之則前序爲誌,韵語爲銘。通言之則誌即是銘,銘即是誌。《漢聞熹長韓仁銘》,乃今牒,無韵語,而謂之銘。昌黎《法曹張君誌銘》,叙次其族世、名字事實,别無銘辭,而曰其爲銘。《虞部張季友》《考功盧東美》《襄陽盧丞》《司法李楚金》《博士李于》諸篇皆然。是誌即銘也。《柳河東集》中諸誌皆有銘辭,而題止稱誌;白香山《范陽張公仲方墓誌》亦然。《文選》任彦昇《劉先生夫人墓誌》,無誌但銘,而題獨稱誌。蘇子瞻《李太師墓誌》《朱亥墓誌》亦然。是銘亦誌也。但誌文多用散體,而銘多出以韻語。然亦有以散文爲銘者,昌黎《河東節度觀察使滎陽鄭公神道碑》、歐陽公《長安郡太君盧氏墓誌銘》、王介甫《太常博士曾公墓誌銘》、曾南豐《刑部郎中張府君神道碑》,皆以議論爲銘辭,不用韻語也。

碑誌之作,魏文《典論》謂"銘誄尚實",陸機《文賦》謂"碑披文以相質",《文心雕龍》云"屬碑之體,資乎史才,其序則博,其文則銘,標序盛德,必見清風之華,昭紀鴻懿,必見峻偉之烈。此碑之制也。"然《洛陽伽藍記・城東篇》,載隱士趙逸之言曰:"生時中庸之人爾,及死也,碑文墓誌,必窮天地之大德,盡生民之能事。爲君共堯舜連衡,爲臣與伊皋等迹;牧民之臣,浮虎慕其清塵;執法之吏,埋輪謝其梗直。所謂生爲盗跖,死爲夷齊,妄言傷正,華辭損實。"是以古人於碑誌之文,多不苟作。東坡《答李方叔書》云:"但緣子孫欲追叙其祖考而作者,某未嘗措手",顧亭林亦有"誌狀不可妄作"之論。而考古人之所以爲碑誌者,約有兩體:其一語多虚贊而緯以事歷,好用典故,以爲比附;或則純用虚摹,而事爲子姓,書之碑背。比體肇自蔡邕,魏、晉、宋、齊、梁、陳、隋、唐碑多宗之。其一事尚實叙,不用典故,裁如史傳。此體肇自韓愈,唐以後歐、蘇、曾、王諸人碑多宗之。約而言之,要在質而不野,約而能潤,事隨意轉,理逐言深,始曰菁華,方爲得體。至銘之爲作,近人林琴南氏論之尤精,謂"碑版文字造語必純正,結響必堅騫,賦色必雅樸。往往宜長句者必節爲短句,不多用虚字,則句句落紙,始見凝重。至若銘辭,主於褒贊,故體貴弘潤。弘潤非圓滑之謂也,辭高而識遠,故弘,文簡而句澤,故潤。班蘭台《封燕然山銘》,文至肅穆。序不以華藻爲敷陳,骨節鏗然。銘用楚詞體,實則非也,楚詞之聲悲,銘詞之聲沉;楚詞之聲抗,銘詞之聲啞。蘭台深知銘體典重,一涉悲抗便爲失體,故聲沉而韻啞。此訣早爲昌黎所得,爲人銘墓,往往用七字體,省去兮字,聲自沉而啞。其爲《朝散大夫尚書庫部郎中鄭君弘之墓銘》曰:'再鳴以文進塗闢,佐三府治藹厥迹。郎官郡守愈著白,洞然渾樸絶瑕謫。甲子一終反玄宅。'此體尤難稱,不善用者往往流入七古。七古在近體中别爲古體,以不佻也,然一施之銘詞中則立見其佻。法當於每句用頓筆,令拗,令蹇,令澀。雖兼此三者而仍能圓到,則昌黎之長技也。'再鳴以文'是一頓,謂由進士書判拔萃而出身者;'進途'之下用一'闢'字,此狡猾用法也。'佐三府治'又一頓,'藹厥迹'句,以'藹'字代'懋'字,至新穎。'郎官郡守愈'五字又一頓,其下始著'著白'二字,是文體不是詩體。'洞然渾樸'四字作一小頓,'絶瑕謫'三字即申明上四字意。以下'甲子一終'則順心矣,句僅七字,爲地無多。屢屢用頓筆,則讀者之聲不期沉而日沉,不期啞而日啞。此法尤宜留意。"若其體式書法,則有元潘蒼崖之《金石例》,明王止仲之《墓誌舉例》,黄梨洲之《金石要例》,清梁曜北之《志銘廣例》在,兹不詳贅。

箴銘類

箴銘類者,三代以來有其體矣,聖賢所以自戒警之□。箴者,韋昭注《周語》云:"箴刺王闕,以正得失也。"《文心雕龍》云:"所以攻疾防患,喻針石也。"夏、商二箴,餘句頗存。及周之辛甲,命百官官箴王闕。惟《虞箴》一篇,體美備矣。及至春秋,魏絳諷君於后羿,楚子訓人於在勳。漢之揚雄始范《虞箴》作《卿尹》《州牧》二十篇,崔胡補綴,總稱百官,可謂追清風於前古者矣。銘者,《禮・祭統》云:"論譔其先祖之有德善、功[烈]、勳庸、慶賞、聲名列於天下,而酌之祭器,自成其名也。"《後漢書・朱穆傳》:"古之明君必有輔德之臣、規諫之官,下至器物,銘書成敗,以防遺失是也。"自古相傳,黄帝有《巾几》之銘,孔甲有《盤盂》之誡,殷湯有《甘誓》之勒,毚鼎有丕顯之銘,武王踐阼,諮於太師,而作《席機》《楹杖》雜銘十有八章。周廟金人,緘口書背,銘之以慎言,亦所以勸進人主,勖於令德者也。夫箴誦於官,而銘題於器,名目雖異,其爲警戒則一也。

箴銘之作,陸機賦文以爲"銘博約而温潤,箴頓挫而清壯",《文心雕龍》則云:"箴全禦過,故文質確切。銘兼褒贊,故體貴弘潤。"箴頓挫而清壯,斯確切矣。銘博約而温潤,故弘潤矣。古篇多佚,所足以留爲後世範者唯一《虞箴》,其末曰:"獸臣祈原,敢告僕夫。"意以獸臣有司效原之責,吾不敢直告之,但告其僕耳。揚子雲仿之作《州箴》,冀州曰:"牧臣司冀,敢告在階";揚州曰:"牧臣司揚,敢告執籌";荆州曰:"牧臣司荆,敢告執禦";青州曰:"牧臣司青,敢告執矩";徐州曰:"牧臣司徐,敢告僕夫"。其後曾文正公作《五箴》,末句:"敢告馬走",即此類也。朱子作《敬箴》曰:"敢告靈臺",則非僕御之類,於古人微有歧誤。凡箴以官箴爲本,如昌黎之《五箴》、程子《四箴》、朱子《各箴》、范浚《心箴》、曾文正公《五箴》之屬,皆失本義,其變體也。大抵箴銘之作,選言必精,賦色必古,結響必騫。韓昌黎間用長短句,以散文之體,行於韻語之中,能拗能轉,故不礙其體也。

頌贊類

頌贊類者,蓋原出詩人之《頌》而流爲史傳之贊。《周禮・太師》注曰:"頌之言誦也,容也,誦今之法,廣以美之。"劉勰《文心雕龍》云："頌者容也，所以美盛德而述形容也。"其初主於告神，故義必純美，《商頌》《魯頌》皆是也，"若《原田》《裘韠》，一出諸野夫之口，一用爲刺譏之辭。屈原《橘頌》，則覃及細物，又爲寓懷之作，非頌之正體矣"。贊者，明也，助也。虞舜之祀，樂正重贊，蓋唱發之辭也。及孔子贊《易》，鄭玄作《易贊》，皆以義有未明，作贊以明之。遷、固二書，始託贊以爲褒貶，或事有未備，則於贊中備之。而郭景純注《爾雅》，雖植物亦有贊，此蓋本靈均之《橘頌》，均變體也。大抵頌有，稱頌功德，贊則兼著美惡；頌之用主於神，而贊則用於人；此其大較也。

《文心雕龍》原《頌贊》之作，謂："頌惟典雅，故辭必清鑠。敷寫似賦，而不入華侈之區；敬慎如銘，而異乎規戒之域。揄揚以發藻，汪洋以樹義。雖纖巧曲致，與情而變，其大體所此。贊之爲體，事主獎嘆。古來篇體，促而不廣，必結言於四字之句，盤桓乎數韵之辭。約舉以盡情，昭灼以送文，此其體也。"陸士衡《高祖功臣頌》與袁彦伯《三國名臣贊》同體，郭景純《山海經圖贊》與江文通《閩中草木頌》同體，可知讚頌之體亦自相通。□□□推其所歸，以爲"頌家之細條"是也。綜而言之，頌贊之詞均結言於四字之句，故不能自鎮則近佻，不能自斂則近纖，累句相同不自變换則近遝，前後隔閡不相照應則近蹇。過艱惡澀，過幻惡怪，過深惡晦，過易惡俚，文貴古雅，體毋板滯，下字必嚴，譔言必巧，斯近之矣。

哀誄類

哀者，《説文》云："閔也"，《周書・謚法》解謂："蚤孤短折曰哀，恭仁短折曰哀。"摯虞《文章流别論》謂："哀詞者，誄之流也。率以施于童傷夭折，不以壽終者。"《文心雕龍》以《哀吊》名篇，謂："哀者，依也。悲實依心，故曰哀也。吊者，至也，《詩》云'神之吊矣'，言神至也。"然而吊與哀異。短折曰哀，所以哭死；至則稱吊，實用慰生。《記》曰："知生者吊，知死者傷，知生而不知死，吊而不傷；知死而不知生，傷而不吊。"古人有别也。孔疏云："吊辭面致，傷辭當書之於版,使人讀之,而奠殯前。"此祭文之始也。誄者,《周禮·大宗伯》"大祝作六辭,其六曰誄",鄭司農云:"誄,謂積累生時德行以錫之命,主爲其辭也。"《禮記·曾子問》注曰:"誄,累也,累列生時行迹,讀之以作謚。然生人有疾,亦誄列生時德行而爲辭。《周禮》注引《論語》誄曰'禱爾於上下神祇'是也。"是故哀之與誄,其用不同。誄以累行,故謚加乎成德;哀以悼逝,故譽止於察思。《左傳》所載魯莊公之誄縣賁文,魯哀公之誄孔子,蓋其始也。然其體不過傷逝而作,而間有以充碑版之文者。蔡中郎爲胡夫人作哀贊叙云:"作哀贊書之於碑",是竟以當墓碑也。曾南豐作老蘇哀詞云:"將以表諸墓上",是以當墓表也。歐陽公作《胥夫人墓誌》曰:"爲哀詞一篇,以吊而藏諸墓",則又以哀詞當墓誌之銘也,亦兹體之變已。

哀誄之作不出兩體:其一四言,原本《詩》之有《頌》《風》之《黄鳥》《二子乘舟》,魯哀公之誄孔子,揚子雲之誄元后。其後,韓退之祭文多仿之。極其流變,不盡四言則化而爲散體之文。其二長短句,原出楚詞之《九歌》、柳妻之誄惠子、賈誼之《吊屈原》、漢武帝《悼李夫人》、相如《吊秦二世》,韓退之《祭田横墓文》,皆其體也。極其流變,華過韻緩,則化而爲賦語。原夫哀詞之體,情主於傷痛,而辭窮乎愛惜。幼未成德,故譽止於察惠;弱不勝務,故悼加乎膚色。隱心而結文,則事愜,觀文而屬心,則體奢。奢體爲辭,則雖麗不哀,必使情往會悲,文來引泣,乃其貴耳。若去誄之爲制,蓋選言録行,傳體而頌文,榮始而哀終。論其人也,曖乎若可覿。道其哀也,凄焉如可傷,此其旨也。至或自叙交誼,入己之事,尤當緣情而抒哀,與哀相稱。陳思王之誄文帝,數語以外,即自陳己事,斯失體矣。

六朝文話

劉　鈺撰

連載於《雜誌》月刊一九四四年十月第十四卷第一期、十一月第十四卷第二期、一九四五年一月第十四卷第三期。劉鈺，生平難考。《雜誌》，一九三八年五月創刊於上海，初爲半月刊，最初編輯及發行人爲吕懷成、劉濤天。一九三九年七月停刊，十一月復刊，其編輯及發行人改爲吴誠之。一九四一年一月再次停刊，八月復刊，改半月刊爲月刊。一九四五年八月抗戰勝利後終刊，共八十九期。初期稿件主要爲轉載、摘譯之類，後逐漸以文學、文化類爲主，文學類主要撰稿人有予且、張愛玲、蘇青、譚正璧、胡蘭成、周作人、徐卓呆等。

文話篇名揭明"六朝"，其所談者主要爲六朝文人、文章及文學等故實，并談論和探究其相關問題。文章開篇即談六朝文學之特色："在形式上傾向唯美主義，在内容上充滿頹廢思想。"在作者看來，"六朝文中所蘊蓄的困苦掙扎之精神，確是深深藏在'行文用心'和'寫作技巧'裏面，并不爲人們所注意"，這原因在於"政治的刀尖在刻鏤着文心"，六朝之浮艷一與當時時代動亂相關，一與當地的社會情俗相關，即所謂"興廢繫乎時序，文變繫乎世情"。作者認爲駢體文是六朝文之精神寫照，無論詩歌小説，還是其他著作，大多表現爲駢體，它既不是散文，也不是四六，而是"以散文叙事，而用聯語以爲藻飾的相互排比以成立的一種文體"。至於其表現手法有兩種：一是先用烘託之法(用典誇飾，竭力形容)，而後説出本意；一爲先用單行，將事略説明，然後援用故實。究其原因，是由於"當時社會關係起大變動，政局不能安定，人事無常，一般心理就自然趨於浮游,表現在生活態度與寫作方法上,遂成長了一種不着邊際底浮泛底風尚"。此文雖曰六朝文話,較之一般文話有區别,它非以條目、札記形式以漫談,而是連貫一體之文章。對於六朝駢文浮華之風,作者態度上不是詬病而是辯解。作者多聯繫當時背景進行分析,以求學術研究之客觀公正。不過,這種將原因純歸結爲時代、社會環境,則又忽略了創作主體的主觀能動作用。

六朝文話一

説起六朝,就會使人感到一種香艷底意味,什麼"六朝金粉""六代豪華"一類的觀念,很容易會跟着湧現起來,這完全是屬於文學方面的影響。其實,六朝時代,在中國歷史上,是一個激變底階段,當時的社會情形,真是動盪不居。而六朝諸作家,生活在那樣變亂底周遭之中,他們所産生的作品,却崇尚駢儷,競騁文華,流傳到現在,給我們讀起來,根據現實底體驗,不得不驚奇六朝作家何以會如此之"好整以暇",而要尋問這是什麼緣故。

六朝文學,在形式上傾向唯美主義;在内容上,充滿頹廢思想。許多研討六朝文學的人,都這般説。但是,六朝文中所藴蓄的困苦掙扎之精神,確是深深藏在"行文用心"和"寫作技巧"裏面,并不爲人們所注意;流弊至於有如李諤所説:"競一韻之奇,争一字之巧。"那樣趨於苦心雕華,無裨實際。倘使我們對於這一點能够有了理解,那麼,我們不僅可以明白六朝文學之所以在"駢偶綺艷"這一形態中發展的因由,而且可以從駢儷文之來蹤去迹上更懂得文學之藝術性與工具性;是由於政治的刀尖在刻鏤着文心,我們可以認識真正底藝術之匠。

所謂六朝,有人以南朝和北朝諸國併稱,又有人以三國時候的吴國,和後來的東晉、宋、齊、梁、陳六個先後皆以建康爲國都的南方朝代爲六朝。這樣分歧底主張,是各有理由的。

自從西晉顛覆,瑯玡王(睿)稱制江左,成立東晉國,文風就日趨華麗。其原因誠如《文心雕龍》所説:“世極迍邅,而辭意夷泰……文變染乎世情,興廢繫乎時序”。因此,論文之家,以南北朝爲一階段,是就文體綺麗立論。如《六朝文絜》那部書是其代表。另有一部書,叫做《六朝事編類》,却以吴、東晉、宋、齊、梁、陳合爲六朝,是因爲這六朝相繼建都於金陵,乃從地域而論。現在我這裏所説的六朝,就是依據這種區分,即是所謂江左六朝。爲什麽要照這樣説呢?因爲《六朝文絜》(作爲代表的説法)雖然抓住了六朝文的文體之特色,却忽略了六朝文的文心之氣質。六朝文之浮艷,固然由於有着當時的時代性爲其背景——所謂“興廢繫乎時序”。但是,還有着他當地的社會性作着基礎——南方情俗之關係,所謂“文變繫乎世情”。這是第一個理由。

另外,當時的北方文學雖則現在傳見不多,在那時候却也是相當發展的。北方作品不像南方的柔婉,而是真率的。像北魏孝文帝條禁、决獄、免租、求直言諸詔,都是很樸摯底。北周文字,也無雕飾。所以單説駢儷,不能概括南北朝,衹能代表江左,而且洛陽(西晉)江左(東晉)在文學上早就是對稱的,這是第二個理由。

六朝駢偶,衹是江左文學的特色,在北朝後來雖然也受着徐陵、庾信等人的影響,起了化染作用,却是餘風旁被,從變化漸起漸滅這一點來説,因爲六朝文有濃厚的南方民族性,也應當上溯到爲着南朝前幕的江左政治中心地——建業這地方,首先來建都的吴國。雖然漢魏之間,以建安文學爲契機,轉變文風,經過魏晉變遷,以成晉宋文學之淵源,可是,在吴之末造,如賀邵、韋曜、華核等人的作品已開耦麗之風,别爲江左文學的特色。

基於以上的理由,所以這裏所説的六朝,就衹以三國時候的吴國,和後來的東晉,以至宋、齊、梁、陳這六個偏於江左一隅之治的朝代而言。這六朝一共三百餘年,皆以建康爲首都。——建康就是現在的首都南京,當時稱建業,又改稱建康。

吴:孫氏,漢末據江東,曹操封爲吴王,旋自稱帝,都建業,傳四

主。二二二——二八〇

東晉:司馬懿曾孫,琅玡王覲子,襲封鎮建業,以劉聰陷長安,愍帝遇害,承制改元,稱帝,都建康,傳十一帝。三一七——四一九

宋劉氏,晉封宋王,受禪都建康,傳八主。四二〇——四七八

齊蕭氏,宋封齊王,受禪都建康,傳七主。四七九——五〇一

梁蕭氏,齊同族,封爲梁王,受禪都建康,傳四主。五〇二——五五六

陳陳氏,梁末封陳王,受禪都建業,傳五主,降於隋。五五七——五八九(這裏所紀的年份,依公元計算,全是根據高平子所著《史日長編》算定。)

看了上表就可以明白這三百多年,完全是一個自立爲王此篡彼奪的時代。(中間曹魏和西晉,也是禪讓,所謂受禪實在是篡奪的美名。曹操首先開此風氣,所以要假禪讓之名,一方面可以看出那時候儒家學説,對於民衆思想錮閉得很深,另一方面也充分表現曹氏權術之高明。切不可譏笑爲滑稽之劇。)

另外;由於異民族擾亂中原,江左六朝在若干年份是代表着中國的歷史傳統——北方給新興的胡人佔據着,漢人局守於南方。然而最爲特色的是:江左六朝要算代表中國南方民族性的歷史時代。

在中國,由於地理的區分,無論是"民生""文風"……從來都有南北之别。《禮記·中庸》篇説:"寬柔以教,不報無道,南方之强也;君子居之。衽金革死而不厭,北方之强也;强者居之。"這話説明中國情形,區分南北,是很早就有的事情。但這種分辨,祇是大較,并不是絶對的。可以用中國到處有的一樣東西來作比喻,那就是太極圖。太極圖在中國到處都有可以看見。半邊陰半邊陽。但,陰中有陽,陽中有陰;没有絶對的陰,也没有絶對的陽。在中國南方和北方的區别不同,也是這樣一個情形。我少時有一位姓謝的同學,大家提給他一個渾號,叫做"太極"。當時我不懂得是什麽意思,問别一位年長的同學,據説:"太極不分陰陽,叫他太極,是説他糊塗的意思。"我方才明白。現在稍爲看過一點宋人理學著作,

曉得無極渾沌，太極二儀初判，是剛剛分開陰陽，想着那個同學，更覺得提出那個渾號的人，謔虐已極。另外，也覺得太極這個圖樣，確實象徵着許多中國人的意識觀念。半陰半陽，是種隨勢輕重明晦的態度。異性相含，是種互爲消長的看法。由於這樣看法而采取的態度，就表現出一副陰陽面孔和模棱兩可的言論。不過，事物現象的動態和静態是不同的。我們拿一塊七色板急速轉動，却會被看成一塊白板，就是一個很好的例子。南方人和北方人的不同，在《世説新語》裏也有比較的論説："北人學問，淵綜廣博；南人學問，清通簡要。"《世説新語》，多記晉人風俗，是六朝的前旌，到《隋書》的《文學列傳序》又説："江左宫商發越，貴於清綺；河朔詞義貞剛，重乎氣質；氣質則理勝其辭，清綺則文過其意。理深者，便於時用；文華者，便於詠歌。此其南北詞人得失之大較也。"南方人和北方人在學問上和詞翰上，也都是不同的。在六朝時代，很鮮明地被對照出來。孫德謙《論南北朝文之分别》説："北人如魏伯起，温鵬舉輩，未嘗不華貴，然不免猶傷於質重，不及南人之簡鍊而輕清也。故六朝文體雖同，而自南自北，則區以别矣。"（見孫氏著《六朝麗指》）這種南方和北方的異同比較，所以不同的原故，前面已經説明，是由於地理環境的影響，而民族生活的改造，也是一種決定的作用。因爲中國疆域除東南沿海一帶，從前和外族的交涉，并不像西北方面那麽多。所有以前各時代的外患，大都是指西方北方侵襲進來的異族力量，南北朝之分立，説明從春秋戰國到這時候——南北朝時候是中國歷史的轉變階段。當時，因爲胡人佔領中國北部區域，世家大族，多遷徙到南方來，南方人和北方人有了比較廣泛底直接底接觸，更容易引起比較和鑄造成見，在文學上如《宋書·樂志》所説："永嘉之亂，五都淪覆，中朝舊音，散落江左。"這種中國原來本有的南北之不同，必須要和胡人佔領中國北部時期所給予野蠻獷悍的影響之下的北方文學作區别的。然後我們對於六朝文學，才能認識自從楚辭以下的南方文學之本身的淵源與變化。

如此説來，我們相信中國有南方和北方的區别。但是，這種區别，祇是歷史現象，雖則現在還不無殘餘之迹，究竟由於山川隔别所貫注於人們的種種地域性格，跟着交通的發展，已經逐漸消滅，更在長期的政治的統一之下，把南人和北人的生活之各方面，也多給融通化合了。所以我們現在在這兒所説的南北之不同，是指過去歷史上的現象而已，萬萬不可食古不化，把對於已往的歷史之斷案，去作爲評論後來的新事實之前提。那就真是失之毫釐，差之千里了。

爲世人所艷稱的六朝，如果以看戲作比喻，場面是很熱鬧的，劇情却凄苦非凡。關於看戲，有人只看做工，聽唱工，這是專從藝術本身去欣賞。有人專看劇情，并注意那種劇情所能給予觀衆的影響。以及他(劇情)本身的邏輯。一面留心觀衆的反應。這是評估藝術的價值。讀文學作品也是如此——有着兩種眼光。

六朝政權不固，遞相篡奪——從前秦始皇游會稽，渡浙江，項羽看着説："彼可取而代也!"項羽的這種心志，在六朝時，非常作興。所以六朝人多尚豪强，頗立門户，人民的生活，就全落在"官威假借""市税繁苦""病乏愁塾"(以上皆沈休文《宋書》中的詞句)之下打轉了。文人既無拳勇可賈，小民朝不保夕，表現在文學上，就落得"浮艷"兩個字的評語。

六朝時人，文辭綺艷。而民間吴歌雜曲，温柔溺人，如："宿昔不梳頭，絲髮披兩肩，婉伸郎膝上，何處不可憐?""恃愛如欲進，含羞未肯前；口朱發艷歌，玉指弄嬌絃。""張罾不得魚，不魯罾空歸。君非鸕鷀鳥，底爲守空池?""碧玉破瓜時，郎爲情顛倒，感君不羞赧，迴身就郎抱。"這些妙曼底聲樂，也給予聲律的影響很大，表現在歌曲裹的浪漫氣息，同樣充滿於各種文字中。就是小説故事，也多是放誕的筆墨。無論談神説怪，或記逸語奇聞，或寫宫闈艷事，總是那種格調，所以後來人要論評六朝華麗，却不肯從當時的亂離生活中去了解六朝作品，大都避脱現實的緣故，是另外有着一種苦痛的心情。像那種只説六朝文華艷的論調是最爲無益於我們年青人的説教。現在把向來被人們所忽略的這一點提出來談談，由於筆者本身修養不够，能説明的并不多，但我相信我們對於六朝文要重行去認識，這是實在的。

首先我們要把六朝文的相貌認識清楚。人心不同,各如其面,文體不同,也是各有形態的。

認得六朝文的形像之後,再去考察六朝文是如何構造的。進而探究六朝文的一般内容。而後稍爲談談六朝文壇上的人物瑣碎——作家與作家之間,有好些趣事,足够我們消遣。

六朝文話二

一　六朝文之獨特底形態——像一株并蒂花那樣艷麗

六朝文爲什麽是那樣一副臉相? 我們看見身邊有人愁眉苦臉,就會猜得出那人心上不快活,如果喜氣洋洋,就是種得意的表情,倘使嘻嘻哈哈,一定是心無罣慮的。文的形態,也是顯露文心之真僞,嚴肅或浪漫的。

人與人之間,經過熟人介紹,或自我介紹,就能相互認識,由認識而互相了解。如果没有介紹,就是見着面,也不能曉得是何誰,叫不出一個名姓。倘是一個僅僅聽熟的或從刊物上見慣的名姓,而未曾晤過面,就是偶然在人衆中碰在一起,他指不出誰就是誰的。對於文體的認識也是一樣的道理。

在學校中,從國文課或文學史的課本中,我們讀得着駢體文和六朝及唐宋盛行駢體文的記載。不過六朝駢體和唐朝的所謂駢四儷六是不是一個式樣呢? 對於這一點恐怕大多數人是模糊的。

因爲駢體文是一種已經没落了的文體,平時除了極少數愛好詞章的人之外,大家是不大去讀的。就是讀的話,要非學校課本選着有,就是偶然興好,也衹就單篇作欣賞。至於專門研究文學的人,那當然是例外。但是究竟六朝駢體文的特色是什麽? 現在固然少見説明,從前的老師宿儒,也很少解釋。

有句老古話,説是:“真秀才不談文章”,現在要來談“文”,特别是要談“六朝的文”,以筆者如此淺薄,實在有點太不自量。可是因爲“真秀才不談文章”的原故,世上“文愈高者,議論乃愈不可得聞!”林琴南語我們後生小子受授無由,就止有自己向字紙堆裏攢。所以我這篇六朝文話,僅是一種學生的精神,目的在於提出問題,并不是什麽研究心得,或要有所主張。因爲手邊恰巧借有幾部六朝人的集子,我想理解理解六朝人的心情,結果發現了許多在這裏提出來的問題。

現在先來探討六朝文的特色罷。首先是檢查六朝文之一般底表現方法。

六朝文之所以爲六朝文,一定要不同於六朝以前的文,也不同於六朝以後的文,就是要是不同於六朝以外的文。六朝文就是六朝文,它必定是獨立底,具體底形體。必需是歷史的某一個階段之反映,必要一個特殊的風格,叫人明白這是六朝的體制。承認他所住在的六朝的歷史地位,代表六朝時代。

但六朝是如前表所説的六個朝代的總稱,實在是包着好幾個時期。那末六朝文至少應該有六個不同的相貌,六種不同的内容,六種不同的風格。何以把他統合起來説呢?要曉得歷史上朝代興亡,或派系起落,雖然代表着社會的變動,却不一定就是歷史的變革。這種變動,祇是變革過程中,某一個階段或局部之變化。并且,歷史的推移,其變化行動的分寸,往往是很大或很小的距離,有時還會幾乎看不出進步。或者表現爲一種飛躍底形勢。吴、東晉、齊、宋、梁、陳六朝,相繼立都於建康,三百多年中間,儘有各種興革變化,大體屬於過渡。就是拿駢體文來説,也是一種過渡的體裁。因爲這過渡時間比較長,駢體文本身成了一時風尚,遂有了歷史地位,而爲和六朝終始的精神寫照。一般情形,在這時代,無論詩歌小説,或其他著作,大多是以駢體文的體裁作爲方法去表現。從思想意識去研討六朝文學的人已經很多,所以在這裏祇特别從寫作技術上去研討,因爲六朝文學大多采用駢麗的方法爲表現的方法,爲了便於參考起見,這裏選舉的例題,都是從流傳較廣的單篇文章中去摘取的。先在這裏説明。

那末所謂六朝文學的特色就是從各種著作中看出來,首先被發覺的以駢儷的文體爲表現方法的這種形相了。

駢文是六朝文學的特色。

這種駢文,既不是散文,也不是四六,駢體和四六不同,和賦體也不同。駢文是一個獨立底文體,這種文體是六朝的獨特的文體,雖然可以上溯到李斯《諫逐客書》,以至諸子百家之文,都已經有着如此體材的製作,但是實質上既不同,而且到了東晉以後,駢文才發展成爲普遍通行的文體。

六朝的駢體文,是以散文叙事,而用聯語以爲藻飾的相互排比以成立的一種文體。這種文體,我們可以舉五四時候文學革命初期的白話文作比例。

那時候提倡白話文,可是多數人寫出來的東西,總是文言和白話互相夾雜成篇。和這情形是同樣的道理,駢體文是對於漢朝文體的反動,而爲後來走到四六文的驛站,所以,孫德謙説"駢文的正格是駢散合一的體裁",這話是十分正確的。

漢朝的文體,不是堆砌詞藻的賦,便是博大底議論,從那樣宏肆底凝重底體裁中脱略出來的駢體文,比較上確實是要輕鬆得多了。這種變革完全是東漢末年天下大亂,人們在擾攘底生活之中,所引起的需要與適應。到西晉末年,天下更亂,所以就愈從輕快而趨於浮靡。

本來,古人之寫作,多是據事直書,無意爲文,就是作文,也是儒生學士,人人所能的事體。到了兩漢魏晉,文學大盛,史書無文苑傳,可知文學并非專科。到了宋文帝時(元嘉十六年西曆四三九年)命丹陽尹何尚之立玄素學,著作佐郎何承天立史學,司徒參軍謝元立文學,各聚門徒,多就業者(《南史·文帝本紀》)文學遂成專業。講究雕琢一種機巧底心理和虚僞底態度,逐漸發展爲後來文人之不着實底性格,這種風氣,在晉宋之間,已經盛了。所以當時沈約有"文從三易"的口號。他説:"凡爲文章,當從三易,易見事,一也;易識字,二也;易讀誦,三也。"這種主張,就是反對艱深。所以六朝文的文體、文調、文辭和漢朝文比較起來,是大大解放了。譬如作賦要限韻,作四六文要限字數——所謂"六博格五,四數六甲",李義山《樊南甲集序》《文心雕龍》解釋四六字句的理由説:"四字密而不促,六字格而非緩。”——舉凡選事,用調,布局……在在都要守拘束,再加以争奇鬥博,那樣的文如何爲簡易之作呢?現在我們把六朝文抽一篇樣子出來看看罷:

陳宣帝《天嘉六年修前代墓詔》

梁室多故,禍亂相尋。兵甲紛紜,十年不解。不逞之徒,虐流生氣;無賴之屬,暴及徂魂。江左肇基,王者攸宅。金行水位之主,水運大德之君;時更四代,歲逾二百。若其經綸王業,搢紳民望,忠臣孝子,何世無才?而零落邱山,變移陵谷;咸皆剪伐;莫不侵殘。玉杯得於民間,漆簡傳於世載;無(後)[復]五株之樹,罕見千年之表。自大祚光啓,恭惟揖讓;爰曁朕躬,聿修祖武。雖復旍旗服色,猶行杞宋之(邦)[封];車駕巡游,(助)[眇]瞻河洛之路。故喬山之祀,蘋藻弗虧;驪山之墳,松柏桓守。惟戚蕃舊壠,士子故塋;掩殯未周,樵牧猶衆。或親屬流隸,負土無期;子孫冥滅,手楠何寄?漢高流連於無忌,宋祖惆悵於子房;邱墓生哀,性靈共惻者也。朕所以興言永日,思慰幽泉。維前代王侯,自古忠烈,墳冢被發,絶無後者,可檢行修治。墓中樹木,勿得樵采。庶幽顯咸暢,稱朕意焉。

這種以單行叙事,而用聯語鋪張的構文方法,是六朝文的特色。

用散體單行,是要疏暢氣脈,引用故實,作成聯語,逐層鋪叙,就是所謂排偶,或説駢儷,全屬辭藻繪飾,乃是一種描摹工夫,這樣以構成穠麗華艷的文章,是六朝文獨特底體裁。上面所録一篇例子,把文句分别單行對偶排列起來,等於一幅寫真圖,讓我們看得清楚駢體文的形骸是如此一個格局。如果拿單行比作枝幹,對句比作花朵,照圖上所呈現的樣子看起來,真似花枝招展般底艷麗。

然而形容繪飾,爲什麽一定要用偶句呢?范文瀾先生在他所著的《文心雕龍注》裏説得很明白：

一、“《説文》‘麗，旅行也’，古文作‘丽’象兩兩相比之形。此云麗辭，猶言駢儷之辭耳。原麗辭之起，出於人心之能聯想。既思‘雲從龍’，類及‘風從虎’，此正對也。既思‘西伯幽而演《易》’，類及‘周旦顯而制《禮》’，此反對也。正反雖殊，其由於聯想一也。”

二、“古（文）[人]傳學，多憑口耳，事理同異，取類相從，記憶匪艱，諷誦易熟，此經典之文，所以多用麗語也。”

三、“凡欲明意，必舉事證，一證未足，再舉而成，且少既嫌孤，繁亦苦贅，二句相扶，數折其中。昔孔子傳《易》，特制《文》《繫》，語皆駢偶，意殆在斯。”

四、“又人之發言，好趨均平，短長懸殊，不便脣舌，故求字句之齊整，非必待於偶對，而耦之成，常足以齊整字句。魏晉以前篇章，駢句儷語，輻輳不絕者，此也。”

“綜上諸因，知耦對出於自然，不必廢，亦不能廢，但去泰去甚，勿蹈纖巧割裂之弊，斯亦已耳！”

這是對於文章中有麗辭偶句的分析説明，討論得很是周到。六朝文中行用駢麗排偶，當然也是這些緣故，但我們要注意駢散合一雖然是六朝文的正格，如傅季友《爲宋公至洛陽謁五陵表》之通體不用聯語的體裁也還是有，而如邱遲的《永嘉郡教》那樣通體屬對的也很多，可是一經放進全部六朝文的總數中去，就會襯出這兩種文體是常態曲綫的兩端，這種駢散合一的行文方法，單行和聯語間的相互關係有如左例：

一、有先用烘託之法，而後説出本意的。如庾肩吾《謝歷日啓》。

凌渠所奏，弦望既符；鄧平之言，錙銖皆合。登臺視朔，睹雲物之必書；拂管移灰，識權衡之有度。

初開卷始，暫謂春留；未覽篇終，便傷冬及。徘徊厚渥，比日爲年。

前面五十二個字,形容歷日,以“卷始”“篇終”四語爲關節,結出“徘徊厚渥,比日爲年!”八個字,申明題旨,這是先駢後散的例子。

二、有先用單行,將事略説明,然後援用故實,作成聯語,以爲鋪張的,如王褒《寄梁處士周宏讓書》:

> “……頃年事遒盡,容髮衰謝,芸其黄矣,零落無時!還念生涯,繁憂總集。視陰喝日,猶趙孟之徂年;負林行吟,同劉琨之積慘。河陽北臨,空思鞏縣;霸林南望,還見長安。”

用典夸飾,就是竭力形容,意存烘託。汪中説:“所謂形容者,蓋以辭不過其意,則不鬯。”形容在於鬯意,但是窮形盡相,不便過於顯露,就藉麗辭藻飾,可以見得典雅動人,倘使是新事件,找不着古例,没有古典可用,那末就以比興的方法來應付。總之,這多少有點旁敲側擊的心理表現,事有難言,語不暢口,於是借辭喻意,就以華采動人,這是六朝人精神生活上一種病態。衹要把六朝文中的駢辭儷語,和周、秦、兩漢文中耦句反復對參,就可以看出古人雖然使用對句,但他是質直的,那種對句的構成原因,可以如前面所引證的范文瀾先生所説的那些理由。六朝文就不同了,浮詞泛語,不嫌其費,而且成爲一時風尚,一定是别有原因的。這原因是什麼呢?當時社會關係起大變動,政局不能安定,人事無常,一般心理,就自然趨於浮游,表現在生活態度與寫作方法上,遂成長了一種不着邊際底浮泛底風尚。

隨便舉幾件史書上所記載的事例來説明六朝人——特别是文人,所以要心灰意懶和對世人虚與委蛇或誇張飾情的原由罷。

> 丘靈鞠,武帝時領東觀祭酒。永明二年,領驍騎將軍,靈鞠不樂武位,謂人曰:我應還東掘顧榮冢!江南地方數千里,士子風流,皆出此中,顧榮忽引諸倉輩度,妨我輩塗轍,死有餘罪。——《南史·丘靈鞠傳》

陸機,字士衡,吴郡人也,太康末,與弟雲俱入洛。太安初,穎(**成都王**)與河間王顒,起兵討長沙王乂,假機後將軍河北大都督、北中郎將王粹,冠軍牽秀等諸軍二十餘萬人,機以三世爲將,道家所忌,又羈旅入宦,頓居群士之右,而王粹、牽秀等皆有怨心,長沙王乂奉天子與機戰於鹿苑,機軍大敗。初,宦人孟玖弟超,并爲穎所嬖寵,超領萬人爲小都督,未戰,縱兵大掠,及戰,超不受機節度,輕兵獨進而没,玖疑機殺之,遂譖機於穎,言其有異志。將軍王闡、郝昌公帥藩等,皆玖所用,與牽秀等共證之,穎大怒,使秀密收機,遂遇害於軍中。——《晉書》

陸雲字士龍,少與兄機齊名。吴平入洛,公府掾爲末子舍人,出補浚儀令,縣居都會之要,名爲難理,雲到官肅然,下不能欺,市無二價,都守害其能,屢譴責之。雲乃去官。機之敗也,并收雲,穎官屬江統、蔡克、棗嵩等固請,穎惻然有宥雲色,孟玖扶穎入,催令殺雲。後東海王越討穎,移檄天下,亦以機、雲兄弟枉害罪狀穎云。——唐太宗御撰《陸雲傳》

仲孚,字公信,靈鞠從孫也……家貧,乃結群盜爲之計。劫掠三吴……當時倖臣,陵詆屬縣……齊末政亂,頗有賊賄。——《南史·仲孚傳》。

卞彬,字士蔚,濟陰寃句人,弱冠爲上虞令,會稽太守孟顗以令長裁之,積不能容,脱幘投地曰:“我所以屈卿者,政爲此幘耳!今已投之卿矣,卿以一世默門,而傲天下國士,拂衣而去。”——《南史·卞彬傳》

檀超,字悦祖,高平金鄉入也,解褐州西曹,蕭惠開爲别駕,超便抗禮,惠開自以地位居前,稍相陵辱,而超舉動嘯傲,不以地勢推之。——《南史·檀超傳》

以上是隨便摘録幾件事,就可以看出當時人心險惡——如孟超之對於陸機,世路不平——如孟顗之對於卞彬。嚴直之人,不能見容於世,因之;我們可以懂得六朝文之盛見浮艷,正是説明六朝人心之沒有着落,觀念上的相誇以虛,表現在文字上就是空泛,大多的麗辭偶句,止不過是裝腔作勢,點綴門面而已!

二　六朝文人之一般的心情　不拘形儀,唯取笑適!

中國歷史,自從魏受漢禪,到唐受隋禪,(西歷二二〇——六一七)三百九十七年間,依舊史家說,是一個盛行篡奪的時代,照新見解講,是一個乘時之士,風起雲湧的時代。社會關係在急劇變動,當其時的人情世態,澆薄刁詐,達於極點,强凌弱,衆暴寡。如此社會現象,爲什麼流傳到現在的六朝作品,多是些"連篇累牘,不出月露之形;積案盈箱,唯是風雲之狀"(李諤《論六朝文》之語)的東西呢? 對於這問題,可以從作品本身和作家事迹上去找答案。

六朝作品被流傳到現在的諸成名作家,大多是身歷多故,飽有閱歷,識達時務的人物。如庾信一共經過梁,東魏、西魏、周四朝十帝,就是一個最顯著的例。患難餘生,他的作品當然是"哀以思"。其他南北流寓之人,也莫非抒其羈旅之苦,這類作品通過私人情感之表暴,以昭示其所處的時代,我們比較容易懂,至於許多被前人批評爲"艷則有之,哀則未必"的浮華之作,或民間詞曲,全是些青年戀歌,這類作品我們該如何去認識呢? 其實字面綺艷與文心哀苦,是兩件事。對於這類戀歌、艷詩等,如果說沒有約束的時代,人們的生活趨於放任自由,舊社會關係被衝破,一切人都在重行走取新底道路,那是可以的,如果說那時候的社會已經是一個合理的自由時代,所以有如此表現——青年戀愛自由,文人吟風弄月,那就錯誤了。當時的民間戀歌之盛,正暴露亂離生活之真相(如梁簡文帝好艷體詩,當時稱爲宮體,給予社會上有力底影響,也是一種原因。)而另外許多作品之不務實際,决不是當時文人寫不出,而是有不能寫出來的痛苦。所以那些穩重底人或有機智底人,就只有另闢蹊徑,用避實就虛的方法,託其情思於虛浮的空際了。

在史書上可以找到許多當時諷刺現實的作品。如前面所說過的爲孟顗所壓抑的卞彬,既不能發展他的抱負,就專門飲酒,放浪形骸。他作有《蚤蝨》《蝸蟲》《蝦蟆》等賦,皆大有指斥。《南史》上記載他作的《禽獸决録》，所指斥的貴勢姓名，如羊性淫而很，是説的吕文顯；猪性卑而率，是説的朱隆之；鵝性頑而傲，是説的潘敞，犬性險出，謂文度。他作的《蝦蟆賦》是以蝦蟆比令僕，以蝌斗比令史諮事。卞彬後來死在綏建太守任内。

孫抱爲延陵縣，他的朋友高爽去看他，孫抱對他了無故人之懷，高爽出來從縣閣下走過，拿筆在鼓上寫"徒有八尺圍，腹無一寸腸。面皮如許厚，受打未詎央！"因爲孫抱是一個大胖子，所以這首詩對於孫抱是譏刺得叫他够受的。高爽後來因事吃官司，遇到大赦才放出來。這件事告訴我們讀嵇康與山巨源及吕長悌的絶交書，應該從人情淺薄上去了解當時的社會。

永明中，琅琊諸葛勛，爲國子生，作《雲中賦》，指祭酒以下，皆有形似之目，後來也因事被關了起來，是宋武帝赦他的。這件事可以看出當時學生界的情形。

有一個叫劉祥的，也是世家子，對於當時朝士，頗多貶責，有一次看見路上有人趕驢子，他就對驢子説："驢！汝好爲之。如汝人才，皆已令僕！"這種態度，説他是神經病嗎？説他是憤無可泄嗎？他作了十五首《連珠》，中間有譏諷議者的幾句是極激烈底："希世之寶，違時必賤，偉俗之器，無聖則淪，是以明玉黜於楚岫，章甫窮於越人！"因此被充軍般徙往廣州，没多時就死在那裏。

何長瑜是臨川王劉義慶手下一個文士，在寄給他的宗人何勖的信裏説到他的許多同事——義慶州府僚佐，内容是："陸展染白髮，欲以媚側室。青青不解文，星星行復出……"這些詞句，流傳出去，輕薄少年加以演繹，對於一時人士，皆爲題目，敷以劇言苦句，流佈於社會，把劉義慶怒的不得了。

以上是就手隨便摘記的事例，至於描寫苛捐雜税，民生疾苦的文字，就個人所見，大多包藏在當時的公文書中，而一般文人的作品，總是抒情託意而已，像上面所舉對於權貴之責難官吏之譏刺的這類故事，古籍上記載得很多，這些心地光明，性行憤激的人，他們從正面揭露當時的醜惡，大多是吃了虧，因爲事實不讓他們立起來作好的榜樣，他們又看不過眼前的種種，揮舞筆桿，肆行誅戮，那曾顧到這種武器就是打着人,又能有多大底勁兒呢?所以,比較聰明一點的人,或説"着乖"一點的人,就不肯如此了。

玩世不恭,也是六朝文人的生活特殊相。這種生活態度,雖然不像用筆桿子去打人,不痛不癢,可是,乖違情俗底行爲舉止,給予人們的刺激,也是厲害的。自從漢末以來,經過三國鼎立,八王相擾,到五胡亂華,文物大受蹂躪,國事無可救藥,早期如劉伶之"如蜾蠃與螟蛉"底人生觀,阮籍的狂誕無聊底思想,都是後來南朝文士行爲放達,不事容儀的風氣之先。劉伶曾經喝醉了酒去躺在別人的老婆的身邊,這是多麽驚世駭俗的事情?謝靈運有個曾孫,叫做謝幾卿,有一次參加僕射省的會議,因爲宿醉未醒,就在會場取枕高卧,傍若無人。最好笑的是他在辦公地方,脱光了衣服,裸袒着身體,大喝其酒,醉意醺醺底當兒,就在那兒小便起來,遺下去,霑着一位令史的身上,給南司提出彈劾,他還是滿不在乎。類乎如此的行爲態度,在六朝文人的記傳中是很多的。近人以爲這是當時人受了老莊思想的影響,而一味破壞禮教的舉動。這種見解固然并不完全錯誤,但是老莊思想在當時能够發達,是應該有其原因的。這原因就是前面一再説過的社會關係紊亂,政治不能上軌道的原故。所以,我們對於六朝人,對魏晉以來的"任放",還得從變態心理學去了解。熱情太過,消沉愈深。時勢呼號着知識分子——是有着先覺與責任感的人物,起來負荷艱鉅,事實却把他們摔到幻滅底深淵裏去了。所有六朝的作品,無論表情上是艷麗底冲淡底或清雅底,他們的心坎裏都是一腔幽怨。然而六朝人的寫作,特别向艷麗一方面發展,就正説明醇酒婦人的現實生活。舊史家以爲晉人多耽於恬安娛樂,故專於造詞,而無深情表現,因而文體日進於駢偶,這話是要重予斟酌的。所謂耽於恬安娛樂,實在是一種百無聊賴而又無可奈何的精神狀態。專於造詞而無深情表現,是不得不説而又無話可説的事實情形。因此六朝作品中儘多虚華底題材,完全説明着當時老作家們的"鑪火純青"底手法。

六朝文人的心情,因時代之苦悶,與老莊思想的啓發和佛教哲學的影響,被織成一幅超然物外的意識之網,由於六朝文人,本身多是貴裔,其階級尊嚴與權威,受時代之震撼,所以,也有着一種没落底悲哀的。

六朝篡奪,多由閥閲之争,這是顯著底事實。而鄉里豪强,新興人物,在政治鬥争中所起的作用,正代表着社會變動,歷史推移的力量。這一點,舊史學家總是以一個"亂"字包括掉。所謂亂,就是變亂,原來的社會秩序起了變化,新的社會秩序没有建立,在這個變動中間,互相鬬争,反映在政治上,就是對於政權的争奪,表現在社會關係上就是亂。我們細讀六朝歷史,就很可以明白當時社會的紛争複雜,作了六朝政權起落的動力。現在選取比較有趣味的例子,作爲當時社會分化的説明:

> 路瓊之,太后兄慶之孫也。宅與僧達門并。嘗盛車服詣僧達,僧達將獵,已改服,瓊之就坐,僧達了不與語,謂曰:"身昔門下騶人路慶之者,是君何親?"遂焚瓊之所坐牀。太后怒,泣涕於帝(宋孝武帝)曰:"我尚在而人陵之,我死後乞食矣!"帝曰:"瓊之年少,無事詣王僧達門,見辱乃其宜耳,僧達貴公子,豈可以此加罪乎?"太后又謂帝曰:"我終不與王僧達俱生!"……因高闍事(謀爲亂)陷之,收付廷尉,於獄賜死。——《南史·王僧達傳》
>
> 孝武昭路太后,諱惠男,丹陽建康人也,以色貌選入後宫,生孝武帝,孝武即位,有司奏奉尊號曰太后,太后頗豫政事,賜與瓊之等財物,家累千金。——《南史·路太后傳》

六朝人講究門第,所以當時人的意識中,對於家世是很重視的。謝康樂詩:"下品無高門,上品無賤族!"這是多麼深底成見。王僧達卑薄路瓊之,因爲路瓊之的祖父是王僧達家的馬伕,現在路瓊之雖然貴"與帝子相侔"(《南史·路太后傳》中所説路瓊之的生活如此)王僧達却連路瓊之坐了一坐的牀(坐具古時名牀)也給燒掉,這豈僅是羞辱路瓊之?實在説明王僧達對於他當前的人事興替之變化的環境之憤激的心理。這類的故事,還可以舉兩個情形不同而性質却是一樣的例子。

> 陸機與弟靈俱入洛……范陽盧志於衆中問機曰:"陸遜、陸抗,於君近遠?"機曰:"如君於盧毓、盧挺。"志默然!既起,雲謂機曰:"殊邦遐遠,容不相悉,何至於此?"機曰:"我父祖名播四海,寧不知耶?"——《晉書·陸機傳》
>
> 靈運父瑍,無才能,爲秘書郎,早卒,而靈運好臧否人物,琨患之,(琨爲靈運族長輩)欲加裁折,未有其方,謂瞻瞻爲靈運族兄曰:"非汝莫能。"乃與晦瞻、弘微等共游戲,使瞻與靈運共車。登車,便商較人物,瞻謂曰:"秘書早亡,談者亦互有同異。"靈運默然。言論自此衰止。——《南史·謝瞻傳》

人們對於自己的家世之誇耀或諱飾,這種心理現象,其來由是很久的了。聽説近代的美國人,不喜歡别人問他們的世係的,據傳説:從前英國人當海盜的或犯罪被流放的人們,都集中到現今的美國這地域,積年以來,子孫繁殖,就成爲近代美國的衆庶人口。由於這樣原因,美國人不喜歡别人問他們的祖先。

江蘇無錫,有一位騰撞膚老先生(早已下世),在前清光緒十年時候,因爲他的族裏有個姓顧的僕人爲小輩娶媳婦放銃,這位老夫子,勃然大怒,以爲放銃是搢紳家的事情,現在這個僕人家竟放起銃來,嫌他譖分,爲正主僕名分,非予戒斥不可。他族裏的人都勸阻他不住,弄得大家齟齬起來。結果他情願花錢將那個姓顧的僕人像歸併田地一般,單獨歸併到自己名下來。一直到光緒三十幾年,他受了平等觀念的影響,把那個姓顧的僕人放了,還寫了一篇洋洋大文,題作《放僕辨》刻在他的詩文集——《虚白舫詩文續刻》裏,可見得閥閲、身份、家世這種觀念,無論古今中外,在某種時期,都曾經有力地潛在於人們的意識中。

六朝文人,大多門第高貴,既遭世亂離,又感身份傾跌,在變動不居的局面下,過着摇落生活,這是他們心境裏最大的煩惱。所以六朝文體,雖是一種過渡期的文體,詞藻上浮泛底華艷,是一種無可奈何底内心，鬱成不得不然底寫作，就這樣暴露了舊時貴族没落的氣勢。我們看梁武帝《申飭選人表》云："若八元立年，居皂隸而見抑；四凶弱冠，處鼎族而宜甄，是則世禄之富，無意爲善；布衣之士，肆心爲惡。豈所以宏奬風流，希向後進？此實巨蠹，尤宜刊革。"這完全是要破除門第了。而"世禄之富，無意爲善"的説話，更指明當時閥閲之家，在政治上不肯積極，當軸者不得不破除門第去物色人才，門第破除，平日卑賤之人，一旦得志，與士流相互凌抗，就有前面所説的那些故事發生。王源把女兒嫁給富陽滿氏，沈休文駡他蔑祖辱親，玷世塵家，竟上奏本彈劾他説："自宋氏失馭，禮教雕衰，衣冠之族，日失其序。姻婭淪雜，罔計廝庶，販鬻祖曾，以爲賈道，明目腆顔，曾無愧畏！"責他這種事是"賈道"，駡得多利害！門第問題，表現着當時的社會變動，貴族文人在當時政治形勢之下，内心那能不苦惱，而出以玩弄底態度呢？表現在文章製作上就是敷衍了事，所以《文心雕龍·時序》篇説"結藻清英，流韻綺靡，前史以爲運涉季世，人未盡才，誠哉斯談，可爲嘆息！"這些話雖然是論議晉時的情形，但他同意前史(《晉史》)以藻清韻綺爲人未盡才，而要嘆息，我們可以同樣用來作爲對於整個六朝時代的文學之嘆息，爲什麽呢？因爲六朝文衹有藻飾，缺乏内容。近來有人以爲六朝文是純粹的文藝的，這種見解實在是落空的。

宇宙間决没有一件單純底絶對底東西，文學雖然是一種精神表現，但是有着它的物質基礎的。生活感情之反映就是某種物質條件下的精神活動通過文學的形式透露其形相。這樣説來，世界上有什麽東西叫作純文藝呢？如果説要有，那末我可以舉個例來證明其實在，而後我們明白了所謂純文藝是一種什麽東西，可不要怪我拆穿了西洋鏡給世人看清楚之後大家要笑起純文藝來。

在馬路邊有很多刻字攤或刻字店，專門代人家刻圖章，并代印刷所刻臨時急要印刷用的鉛字。這些刻字的人雖然手段各有高低不同，刻出來的字，優劣不等，但一般刻出來是字，而且也能刻出各種體裁，無論正草隸篆，鐘鼎甲骨，齊齊正正，清清楚楚。事實上有些字雖然經他們的手刻了出來，他們却并不一定都議得，既讀不出那字音,也解不來字義,更不明那字爲什麽要這樣寫。有時候他們却還會辨論一個字在寫法上的正誤。依着習慣,一個没有寫錯的字,他説錯了,一個確實寫錯的字,他會説不錯。表示他們信心的頑固。這些人在職業圈内,大家都叫他們刻字匠。另外有些文人學士,以餘情雅興,操鐵筆,治印章,講刀法,講氣韵,講體裁,可是人們不叫他們刻字匠,而稱頌他們是藝術家,刻字匠是不是講究這些呢?其實也講究的,但終不能逃其刻字匠的面目,人們還要説那圖章刻得没有書卷氣,或者説别的不好底批評。究竟這兩者間的區别和原因在那裏,大家是能够知道的。

文章的作成也是這樣,凑集辭藻,編成篇幅,這種文章等於刻字匠刻的圖章,其不同祇是在於一個是用刀刻出來,一個是用筆寫下來罷了。假使世上有這樣的文章而要稱爲純文藝,那末天上的白雲和録了音的唱片都是文藝家了。

織花的綢緞或毯子一類東西,悦人奪目,我們承認那是織造工人的文章不呢?你説不嗎?確實是他們的雙手織造出來,你説是嗎,那些圖案的結構中并没有他們的心靈。他們的勢力祇是搬連别人(圖案設計者)所作成的經緯,把他編織起來,就成了一幅錦繡。所以世人要説圖畫和照相(就畫面説)的價值不同,因爲畫是有生命的。

文章的作成也是這樣,有圖案家的和織造匠的區别。所以在這裏,我們可以從蘇若蘭(蕙)的織錦迴文詩作爲代表,去理解六朝文人的心情和創作的技巧。

六朝文話三

三　六朝文人的幫口——竟陵八友是在政治上得着勝利的集團

對於文人齊名并稱,是根據他們的作品風格,所處時代和地位,及其成就來相提并論,一方面是文學批評的性質,一方面是社會風氣的標識,或政治上的誘導作用。如説王(粲)、徐(幹)、張

(衡)、蔡(邕)之類。這稱道,有就地望説的,如東吴二陸(陸機、陸雲兄弟)。有就時代説的,如建安七子——孔融、陳琳、王粲、徐幹、阮瑀、應瑒、劉楨。有就團體説的,如竹林七賢——阮籍、嵇康、劉伶、山濤、向秀、王戎、阮咸。(他們可以代表正始文學)這種幾個什麽,幾個什麽的稱説,有的是自己標榜,有的是旁人稱道。都是文壇上的紅星。

原來江左文學,大抵出於世族,世族之中,父子兄弟,各以能文擅名的。梁時如彭城劉孝綽兄弟及群從子侄,當時一門之内,能文者有七十人之多,而瑯琊王筠的家門内,七葉之中,個個人都有文集,如此現象,不能不説當時文風之盛和聚族之大。綜計南朝時代,最以文學著名的氏族如前面所説彭城劉氏、瑯琊王氏之外,有陳郡謝氏、袁氏、吴郡張氏、陸氏,而蘭陵蕭氏、東海王氏、徐氏、彭城到氏、東莞張氏、會稽孔氏、廬江何氏、汝南周氏、新野庾氏、濟陽江氏等。這些氏族,又各有傳學系統和内外依附諸關係,在文學的領域中,把各種社會壁壘和開闢公路一樣,大大地溝通了。

孔門四科,文學雖居其一,可是古代却没有專業的文人,所以史書上没有文苑傳。從前人有文以載道的觀念,百業之人,都自能爲文,以自載其道。(最容易尋見的例子,我們可以在《國語》那部書中看到。)到宋文帝立文學館,世界上遂有了所謂文人,前面已經説起過了。這種情形,自然是有種種因由,此處暫不細加討論。我們止去看世當變革的六朝,各姓爲了鞏固自身并擴展力量,除了姻戚世誼之外,"以文會友"是一種極好底政治手段了。於是乎有各種文學集團,不斷地興起。文學集團之興起,文學家於宗派之外,也就有了幫口了。

文學集團之興起,最初衹是一種講學性質,如東吴時候的虞翻,他退官講學,因爲他聚集門徒極多,頗能振盪風氣。宋文帝設玄素、史學、文學各館,也是"各聚門徒",而"多就業者"。由於講學的結果,可能造成學術上的宗派,運用到政治上去,就采取"會文"的方式,以結合人才。南朝天子好讀書,從孫吴時代,就已經開了風氣,所以南朝帝王,多結文學集團,以爲政治上的羽翼,我們先看劉宋罷：

宋文帝好文章，武帝才藻甚美，明帝愛文義。宗室臨川王劉義慶，都督荆州，居上流之重，資實兵甲，居朝廷之半，武帝特予重授，他也頗能留心撫物，招聚才學之士，遠近必至，著名底文人有袁淑、陸展、何長瑜、鮑照等。始興王劉濬、和建平王劉宏、侍中王僧綽、中書郎蔡興宗等并以文義往復，所以他們是一氣的，劉濬後來因爲太子劉劭弑文帝一案被殺。建平王劉景素，好文章書籍，招集才義之士，以收名譽。其時桂陽王劉休範造反，劉景素陰懷兩端，這種騎牆態度，很足以説明他招集才義之士，以收名譽的用心。後來也因爲舉兵失敗被殺。他那裏有那些才義之士，除王僧綽、蔡興宗之外，不甚清楚，但是他敗後有他手下一位主簿何昌寓和記室王摛上書訟冤。齊受禪，又有景素故秀才劉璡上書爲他述德陳冤，這王摛、劉璡大概要算他手下才義之士中的有才而又有義的了。

的確，招集才義之士，是用來收攬名譽的，這種作用，有政治領袖慾的人都能懂得。到了蕭齊，雖然崇尚武功——永明四年，幸宣武堂講武，永明九年幸瑯琊城講武。但高帝——蕭道成本身就是一個博學善屬文的人，而他的諸子如鄱陽王鏘、江夏王鋒、豫章王嶷、武陵王曄，或能文，或工詩，竟陵、衡陽隨郡諸王更是廣招文士，大開文運，暫且擱下，留到後面去説。

梁承齊緒，武帝尤其崇尚文學，《南史》上説文物之盛，獨美於兹，就是指梁代的文運。當時宗室結成文學集團的爲：

一、安成王秀，精意學術，搜集經記，招學士平原劉孝標，使撰《類苑》，書未及畢而已行於世。當世高才游於安成王之門的有：東海王僧孺、吴郡陸倕、彭城劉孝綽、河東裴子野。他在荆州刺史任内，立學校，招隱逸，辟處士河東韓懷明、南平韓望、南郡庾承先、河東郭麻。當時諸王多能下士，建安、安成二王，算是最好人物的。當時人以二安重士，方之四豪。——建安王名大球字仁王。

陳代初起幾年，文學并不興盛，世祖文皇帝以後才漸漸崇尚起來，而陳後主在當太子的時候，就很肯汲引文士，如姚察、江總、顧野王、陸瓊、陸瑜、褚玠、傅縡等都以才學之美，晨夕娱侍。另外由於開國諸功臣如侯安都、孫瑒、徐敬成都能結納文士，所以文風能够重行昌旺，侯安都招聚文士褚玠、馬樞、陰鏗、張正見、徐伯陽、劉珊祖、孫登，命以詩賦，第其高下，徐敬成也是結交些文義之士，孫瑒却聚集的是些玄學、儒學人物。

在文人方面，爲了自己的名望，地位，也竭力樹立向心。如《任昉傳》説他："好交結，奬進士友。"他結合人的方法是舉行"龍門聚"（《南史·陸倕傳》中記這名稱）"蘭台聚"（《南史·到沆傳》中記此名稱）這種"聚"就是一種宴會，好像現在的叙餐座談會等，宴會既有嘉名，一定是有個辦法的。既有辦法，可見是一種經常舉行的集合。當任昉作中丞的時候，簪裾輻凑，預其宴者，殷芸、到溉、劉苞、劉孺、劉顯、劉孝綽，及陸倕，號曰"龍門之游"，雖貴公子孫不得預。這又是一個門户比較緊一點底文學集團了。《徐伯陽傳》説李爽等以文會友，游宴賦詩，動成卷軸，可見當時趨勢。除了"以文會友"之外，如徐美之和王韶之、程道惠、邢安泰、潘盛爲黨，是結集公務人員爲黨派，徐湛之門生千餘，皆三吴富人子，這不是網羅青年，造成小組織嗎？

在社會上，我們可以從梁太子洗馬蕭允所説，"方今百姓，争欲奮臂而論大功"這話中了解當時的風氣。蕭允的話，是指侯景之亂的時期，然而整個六朝時代，不是一個侯景之亂的放大相嗎？

前面已經説過，當六朝紛亂的時代，乘時之士風起雲湧，他們的社會基礎，第一是本身的氏族力量，旁及戚黨文友，門生和其所聯繫的社會勢力。這種情形在長江以南，錢塘江以北這區域内的現代青年，恐怕不容易理解，如果曉得廣東的械鬥情形或聚族而居的衆姓糾紛的景况的人們，對於這種歷史現象一説就會明白的。

從前岳飛拒金兵，駐軍於銅宫山，江南士紳，多受庇護，大家感激他，就宣揚他如何好，如何好，就是因爲他抓住了這枝筆。文人在政治底宣傳上，常時有很大底影響，六朝各領袖，很懂得這些，有政治慾的文壇泰斗，更懂得這些。所以六朝政界有黨派，六朝社會有門閥，六朝文人也有幫口，如前面所説的例子，就是很具體底事實。然而前面所説的，都是屬於進取底積極底有活動底集團。另外也有一種在野的表面上無政治色彩而實際上多少起着政治影響的，如謝靈運"四友"——謝靈運於元嘉五年(公元四二八年)免官東歸，和他的族弟惠連、東海何長瑜、潁川荀雍、太山羊璿之，以文章賞會，共爲山澤之游，時人謂之"四友"。

謝靈運因祖父之資，生業甚厚，奴僮既衆，義故門生數百，所以他既是世家又頗有社會力量，和王曇首、王華、殷景仁等爲反對派，他的免官先是因爲出郭游行，或一百六七十里經旬不歸，既無表聞又不請急，宋文帝不欲傷大臣，諷旨令自解，靈運就上表稱疾，於是賜假東歸，將行，上書勸伐河北，而游娱宴集以夜續晝，又被御史中丞傅隆奏免官，我們看了這段事實，可知道游娱宴集，决不是單純底游娱宴集，臨走還要勸伐河北，就透露這裏面是有政争了。任何一個時代的政争，勝利總是屬於比較有組織有强力的派系。從文學上所看到的六朝各次政治鬥争，比較鮮明而攫得勝利的是"竟陵八友"。

所謂"竟陵八友"，是沈約、謝朓、王融、蕭琛、范雲、任昉、陸倕和蕭衍八個人。

齊永明五年，(公元四八七年)竟陵王子良，正位司徒，移居鷄籠山西邸，集學士抄五經百家，依《皇覽》例，爲《四部要略》千卷。招致名僧，講論佛法，造經唄新聲。道俗之盛，江左未有。當這時候，上述八人同游於竟陵門下。此外尚有謝璟、殷璿等人物。

竟陵王開西邸，集學士抄編五經百家書，招名僧講論佛法，我們不僅欽佩他爲齊朝努力文化事業，而且在中國歷史上，也該稱頌他有着文化運動的業績。許多名僧學士集中在他門下，情形當然很熱鬧，《南史·王僧孺傳》説："子良開西邸，招文學，僧孺與虞義、丘國賓、蕭文琰、丘令楷、江洪、劉季孫并以善辭藻游焉。"可見人才之盛。又《南史·劉繪傳》説："永明末，(按永明紀元，一共十一年)都下人士，盛爲文章談義，皆湊竟陵西邸。"更可見當時影響之大。從永明五年起，到永明末(十一年明年爲隆昌元年，子良薨，纔三十五歲。)持續了好幾年，也可見得竟陵西邸業務之大。

竟陵王在八友的擁護與活動之下，在政治上的表現是什麽呢？

雖然在《南史·竟陵王傳》裏説他是一個不樂時務的人，可是在《王融傳》裏，却寫有一齣政變底活劇，原文如左：

> 子良晚節大習騎馬，招集江西傖楚數百人，并有幹用，融特爲謀主。武帝病篤蹔絶，子良在殿内，太孫未入，融戎服絳衫，於中書省閣口，斷東宫仗不得進，欲矯詔立子良。詔草已立，上重蘇，朝事委西昌侯鸞，梁武謂范雲曰："左手據天下圖，右手刎其喉，愚夫不爲，主上大漸，國家自有故事，道路籍籍，將有非常之舉，卿聞之乎？"雲不敢答。俄而帝崩，融乃處分，以子良兵禁諸門，西昌侯聞急馳，到雲龍門不得進，乃曰："有敕召我！"仍排而入，奉太孫登殿，命左右扶出子良，指麾音響如鐘，殿内無不從命。融知不遂，乃釋服還省，嘆曰："公誤我！"鬱林深怨融，即位十餘日，收下廷尉獄。……融被收，朋友部曲，參問北寺，相繼於道，請救於子良，子良不敢救，西昌侯固爭不得，詔於獄賜死。

這一幕劇從王融嘴裏"公誤我"那句話和他的奏辭上"一介罪身，獨嬰憲劾！"的語氣裏既可以知道事情早有大陰謀，朝廷逮捕他的理由，却是授意中丞孔珪奏他"專行權利，誹謗朝政"，而且關在牢裏的時候，去參問的朋友部曲，又是相繼於道，西昌侯且爲之固爭，也可以看出當時的政治情勢了。

没有幾年，竟陵王就死了。和他同時，因爲愛好文學而招集文士的，另有：□□衡陽王鈞，□□隨王子隆。

我們可以"竟陵""衡陽""隨"三個地名的位置來象徵他們三王間的三角式底形勢：

衡陽王那邊有名底文人是王智深知江淹。

隨王那邊有名底文人是謝朓，謝朓是隨王的鎮西功曹，永明八年，隨王爲都督荆州刺史，在荆州，好辭賦，尤賞謝朓，被長史王秀之排擊而去。

衡陽王是一個好學善屬文底人，齊武帝對王儉説：衡陽王須文學,當使華實相稱,不得止取貴游子弟而已。乃以太子舍人蕭敷爲文學。他自己曾説:"身處朱門,而情游江海;形入紫闥,而意在青雲。"可以看出他的胸懷和抱負。他曾經親手用蠅頭細書寫五經,部爲一卷,别藏於巾箱中。後世所謂巾箱五經,是他創始的。所謂巾箱,是以手巾當作箱子,將小小底書包起來,放在袖子裏,以便檢閱,現在稱做袖珍本的書本,就是他的遺制。衡陽王蕭均,後來被明帝殺掉,雖然史書上説是明帝忌諸王,諸王都各有政治陰謀,衡陽王雖居身清率,言未嘗及時事,但頗爲時人所重,如孔珪、張融都很贊賞他,身邊又多貴子弟交游,惹着政治臭味是不免的。

隨王蕭子隆,武帝稱爲"我家東阿"。是以他和曹植比擬,南史説:"明帝輔政,謀害諸王,武帝諸子中,子隆最以才貌見憚,故與鄱陽王鏘同夜先見殺",可以曉得子隆不僅才高,而且境苦。他的身體過於充壯,恐怕以才貌見憚的貌就是指的這一點罷。曾經請名醫徐嗣伯爲他合蘆茹丸,想服以自銷損,仍舊没用。如此遭遇,我們固然不能信用命運論來作解釋,但是對於這樣殘酷底政治手腕,又有什麽話説呢?

以上三個集團的主持人蕭均、蕭子隆都是被殺,蕭子良如果不早死,也很危險,據《南史》説:"帝常慮子良異志,及薨,甚悦!"這情形,很可以叫人明白的。

至於這三個集團的人物,當然是竟陵王門下最盛,而且是有組織和有謀略的。就是説這個集團的政治性特别濃而鮮明。據《南史·梁本紀上》説:

> 及齊武帝不豫,竟陵王子良以帝(蕭衍)及兄懿、王融、劉憺、王思遠、顧暠之、范雲等爲帳内軍。王融欲因帝晏駕立子良,帝(蕭衍)曰:"夫立非常之事,必待非常之人,融才非負圖,視其敗也"。范雲曰:"憂國家者,惟有王中書!"帝(蕭衍)曰:"憂國欲爲周召,欲爲豎刁邪?"懿曰:"直哉史魚!何其木强也?"

上面所録的一段對話就是很有力底證明。“竟陵八友”擁護蕭子良大事未成，犧牲了一個王融。而蕭衍早有雄心，從謝朓不肯擁護江夏王寶玄和劉繪不肯做雍州刺史，以及後來梁武帝自己説：“成帝業者，乃卿二人也”——二人指沈約和范雲，這些事迹中就可以明白。

所以以竟陵王爲背景的“竟陵八友”，却成就了蕭衍，蕭衍做了皇帝，沈約就當尚書僕射，范雲作黄門侍郎，任昉充驃騎記室參軍，劉繪轉大司馬從事中郎，蕭琛爲御史中丞，陸倕初爲右軍安成王主簿，累遷至太常卿，顧暠之和王思遠早已去世，中間蕭衍曾把女兒嫁給謝朓的兒子謝謨爲室，蕭衍接帝位謝朓已經死了，蕭衍竟把女兒一再重行配人，不知是什麽緣故。對於王融没有什麽褒恤，大概因爲他是擁護蕭子良的緣故。蕭衍也早駡過他“非才負圖”，這是“竟陵八友”這一集團建立和收穫成果的經過。

六朝文學團體之氣運在宗室間，在庶姓中，都是文華燦爛。可説盛極一時。然而這并非是單純底文學本身的現象啊！

文章五要

高　木撰

連載於《華僑文陣》一九四四年第四期、一九四五年第一期。作者高木，生平難考，曾在《華僑文陣》上發表文章多篇，如《戰時紐約之夜》《老舍張天翼合論》等。《華僑文陣》月刊，一九四二年十二月十五日創刊，由紐約華人所成立之華僑文化社創辦并編輯發行，是美國第一份華文純文學刊物。刊物執筆者多爲華僑青年，主要有詩歌、學術論文、小説、雜感散文之類。

此文開篇揭明“文章有五要：一想像，二結構，三見解，四描寫，五修辭”。作者認爲想像是“回憶、聯想、抽繹、比照、綜合和複製的過程”；描寫則包括“材料底剪裁和局勢底運用”；“見解”是要不露痕迹地將其見解和情緒滲入作品中，不可破壞作品底藝術性，更不可成爲宣傳；“描寫”則是“作者通過運用手段把想像具體而活生生地寫出來的工夫”，可分爲人、事、景三種。至於修辭，則是“務求文章本身的正、簡、切、明，不少研究聲調鏗鏘，典故深雅等等”，且還包括標點符號底運用及章、段的講究；要做好修辭，一須作者肯認真，二是要多讀、多留心。若以人而喻文章，則想像猶如體魄，結構是態度，見解是行動，描寫則是文章的容貌。

文章有五要：一想像，二結構，三見解，四描寫，五修辭。

想像不是幻象，不是空想。幻象只是一種非實在的感覺，超理智的假形,如海市蜃樓,其現出不但非真實,亦無法可以承認其存在的;空想只是一些離開了根據點的概念,如相信修鍊成仙的人可以白日飛昇之類。想像呢,它是人類的一種有系統、有根據的思維發展,即所謂“分析既得之觀念,以造成新觀念”是比如人看過跑馬的,雖然賽馬的真像不在眼前,但他可以憑着那既得的印象,回來重現於腦間,而且更從别的記憶裏抽取馬跑時馭者,觀者緊張的情狀,馬過時地上的烟塵,馬過後觀衆底譁叫,因而構成一幅連續的賽馬圖對你説出或寫下來。那種回憶、聯想、抽繹、比照、綜合和複製的過程,就叫做“想像”。

再舉一個例,杜甫的《蜀先主廟》詩:

翠華想像空山外

這句詩其實就是想像的注解。蜀先主人亡事滅在杜甫前五百多年,杜甫當然見不到他底翠華旂飾,如果他説看見的話,那他底神經一定起了毛病,生出幻象來了;如果他要求在他眼前的空間,忽然會發現出蜀先主的翠華,那便是一種不可能的空想。然而他雖没有見過蜀先主底翠華,他可見過唐代君王底翠華,或從圖畫、紀録裏,知道了翠華底樣子,總之,他心(腦)中已存在了一種從别的境地裏抽出,綜合而來的翠華底樣子,那他就可以憑藉這個既有的翠華樣子以比照於當日的蜀先主所建的翠華,因而覺出那時候的這空山,該是何等的鬧烘烘地,旌旂招颭、簪笏絡繹的盛况,仿佛如見其形。於是,這就是“翠華想像空山外”了。

我且引忒萊(Bliss Terry)一句話來,以見想像在藝術(文章也是)裏的理論和重要:“還更重要的就是藝術家底想像,對於應用藝術底种种材料的影響。想像是他底經驗,思想和情緒的一種結合力。”

所以,没有想像力而寫文章,就等於没有泉源而掘井。豐富的想像力之於文章,就如人之需有好的體魄一樣。

想像力又不是印象的直接複寫,它是多少受到主觀的支配而

“應用化”過了的。而且，有時不曾見過，不曾經歷過的境地，也可以從别的境地上面比照、抽繹、綜合而造成一種新的想像來。好像寫打仗的不必是幹過火綫下的工作，寫偷東西不一定要有做小竊的經驗，寫死亡病苦更不用死去還陽的人才可能。

想像正是作家們所謂“白日之夢”。

結構在文章裏的重要，好比一個人底態度一樣。一個人要得人親近，首先得要態度可人，豐神瀟灑，不則猥猥瑣瑣，一定會令人望而却步。文章也如此。一篇文章若呈露鬆散甚至凌亂，都會令到讀者感到頭痛的。

結構包括了材料底剪裁和局勢底運用。不會剪裁材料的人，做衣服一定不是袖子太長就是腰圍太窄，做得不稱身；寫文章一定應詳盡的不詳盡，應簡略的不簡略，疏密的支配不匀，對比的應用不當，或遍身破洞，或堆疊得亂做一團，都是一樣地要不得。

佈局更重要，一個故事或論辯底行進，如果不把它底出發、上升、頂點、下降、煞科(即舊時所謂起承轉合和尾聲)弄清楚，處處配好關鍵，而只是隨手寫來，那末，不是前不對後就是寫開了收不回來，或者斷斷續續地毫無一氣呵成的妙處；最壞的簡直東拉西扯没了紋理，迷了四方，那豈不是糟天下之大糕了嗎？忒萊説的好：“佈局之錯綜，可以擴張到多麽遠而不致混亂，或煩擾讀者，是一個很有趣的問題。”這可是我們寫文章講結構的根據。

記得少年時代有一位學友姓吴的，他讀書很多，真是博聞强記，可是他每次作文都不能及格。有一次老師出的題目是“青苗法利弊論”，這本來是單止從青苗法本身求出其在當時社會上的價值已足，然而老吴一寫寫了五張稿紙。他談青苗法，談到王安石底蓬首垢面，談到蘇老泉底《辨奸論》，談到鄭俠底《流民圖》，忽然追記歐陽修替他延譽，忽而數責其引用“福建子”——吕惠卿的失計，更費了一段筆墨討論他底“天變不足畏，人言不足恤，祖宗不足法”的哲學來。於是乎，五花八門，重邱疊壑，就是青苗法的好或壞説不出個結論來。人家看了既不像王安石論又不像王安石傳，却又似青苗雜感，終歸是一個四不像。所以，結構之必要講究，乃是千真萬確的事。

一個人有了健全的體魄，有了可親的態度，但若行爲不端，操守不正，那末，這個人還是遭人厭棄的；同樣，文章底想像力豐富了，結構精密了，可是見解尋常，或者簡直是落伍，腐化，那它不能成爲讀者歡迎之物，不算偶然。我們稱見解是文章底行動。

見解也可稱爲情緒，是作者對於一種事物認識的程度，判斷力，他對世間表同情於那階級等等。一個作家底見解或情緒放在一篇文章裏頭，是常常可以左右讀者的情感的，那就是說，使讀者和他同化。忒萊說："一種作品似乎每每是導源於作者對於一種事物之天性的愛惡。"這是對的，魯迅因爲憎惡中國人那種苟安自得，畏强欺弱的心理，才寫出《阿Q正傳》來；同樣，高爾基因要表現出普羅大衆底鬥争力量，才寫下他底《母親》。

好的文章常起好的作用，我聽見一個傳説，説是明末的李定國當初從孫可望和明室作對的，後來聽了他底親信講《三國演義》，他很贊羡諸葛亮底爲人，那親信就以諸葛亮稱他，他説："諸葛武侯我不敢比，姜伯約我或可做到的。"後來他反了可望，歸附明朝！而且間關奮鬥，做了明末死難忠臣之一。這就因爲作《三國演義》的人，强調地把忠貞報國的情緒寫在武侯和姜維身上，所以能令聽這故事的李定國也改心變性地做起人來。

盧那却斯基（A. Lunacharsky）説："高爾基在他所寫的事件中，插入指明思想政治的價值的穿插或叙述，而不削弱作品在行動發展中的簡約性和藝術性。"這是説，我們——寫文章的人不獨見解要正確，情緒要崇高，而且當應用地要把他的見解或情緒滲入作品裏的時候，應該注意不露痕迹地，不可節外生枝使文章加上了累贅，不可破壞了作品底藝術性，更不可令讀者直覺地看出作者是在"宣傳"。

昇曙夢批評高爾基："對於人類道德的温和的態度，設身處地來理解别人底要求，對於'真實'之最後勝利的熱烈的信仰，對於這'真實'不斷的希求，對於世上弱者不變的同情，對於世上壓迫者强烈的憎惡，凡此一切特質，通過高爾基多年底藝術活動，像赤綫那樣貫通着。而爲了這個原故,他底藝術,以最親熱的温柔的感覺,給了社會最廣泛的範圍,他比托爾斯泰和妥斯退也夫斯基在現今保持着更多的讀者,就是爲此。"讓我們從這理論裏學個乖。

現在要説到描寫了,忒萊説:"小説底能手是識得怎樣産生男女及怎樣使他(她)們在地之上天之下向着種種事情進發的。"所謂"怎樣"也就作者底描寫工夫。人有了想像,自然可以想出種種的人物來,可是要把這些想像中的人物活生生地寫下來,打動着讀者底心情,吸引着讀者底意志,那就非講究描寫不可。所以,描寫就是作者運用手段把想像具體而活生生地寫出來的工夫。

描寫原可分做人、事、景三種。寫人又可從容貌、衣裝、舉止、言談、思想多方面下手。這一種寫人法若要寫得入骨,就得平時肯下工夫,觀察那些"衆生相",而且不能單拿一個人做模特寫,不然,那就單調、平凡了。魯迅先生告訴人:"模特兒不用一個一定的人,看得多了,湊合起來的。"從多人共同的或類似點抽集出來,成爲一個綜合的型,那就叫"典型"。這些典型不是可以臨時急就,到手擒來的,所以要隨時隨地注意搜尋儲備。

中國文學裏寫人最成功的要算《水滸》,引一段:

> 只見獨木橋邊一個漢子,把着兩吊銅錢下來解船;阮小二道:"五郎來了!"吴用看時,但見阮小五斜戴着一頂破頭巾;鬢邊插朵石榴花,披着一領舊布衫,露出胸前刺着青鬱鬱的一個豹子來。裏面扎起袴子,上面鬥着一條間道棊子布手巾。

你看這裏面所寫的阮小五何等活靈活現,不是别的小説用文縐的古板的比擬的寫法可以望及的哩!

寫景,一般的推許的是劉鶚,他底《老殘游記》裏有這一段名作:

> 到了鐵公祠前,朝南一望,只見對面千佛山上,梵宇僧樓與那蒼松翠柏,高下相間,紅的火紅,白的雪白,青的靛青,緑

的碧緑;更有那一株半株的丹楓,夾在裏面,仿佛宋人趙千里的一幅大畫,做了一架數十里長的屏風。

像這樣的描寫自然界景象,在他那本書裏,還有許多處,手段的高强,都够得上我們師法。

寫事呢,自然要特别地提出《紅樓夢》了。那本書叙述的大小事件何止千百件,件件都寫得妥帖細微,看了好像自己親身經歷一樣。《紅樓夢》底寫事本領已經登峰造極了,在世界文學裏也是難得的力作。這裏限於篇幅不能引例,而且也不勝其引,横竪那本書是許多人都讀過的,只要我們留心研究,就不難體會出個道理來。

倘若想像是文章底體魄,那末描寫就是文章底容貌了。

最後要講到修辭了,這雖然被稱爲“小節”的,可都也不能忽略。一篇文章寫得好,而辭句不能條暢,通達,用字不求甚解,對於有疑義的辭,字懶得去查辭典或字典,只是馬馬虎虎放進去,結果會令人看了發哂,減低作品底價值。這裏要注意:我們講修辭,只是務求文章本身的正、簡、切、明,不是研究聲調鏗鏘,典故深雅等等。

有時寫得太長不會截短它,無謂的,浪費筆力的穿插不知道删去它,都是修辭的工夫不够,你看魯迅“寫完後至少看兩遍,竭力將可有可無的字、句、段删去,毫不可惜。”這種求簡的工夫,大家要學學。

有些地方,作者在不經意裏常常下着似是而非的字,比如説:“他可不十分老,才來三十歲”這個“來”字就下得不切,因爲依據世人口語是没有那種説法的,應該作“才好三十歲”,用“來”字雖然勉强也解得去,可犯了不“切”之弊了。

“明”也是要緊的,有些人運字組句太簡了,以致人家看了不懂,好像你把“四周佈滿了嚴重的氣氛”寫成“四周佈滿了嚴氣”,那末,看的人可要來一回訓詁的工夫才弄得明白。

還有要注意的是標點號底運用,許多人對於標點號簡直一無研究,信手拈來,不是支點下得不妥便是逗點太多,半支點更不會用;其他的輕易采用驚嘆號,見了“嗎”字就必下問號,種種都是文章底缺憾。黎錦明曾勸人少用驚嘆號,以爲多用驚嘆號,徒然的使文章淺薄,没有含蓄,顯得筋脈僨張,成爲宣傳式的標語。再説,如引號用也不是胡亂用的,亂用了也見得你底文字修養還幼稚。

我應該不能遺忘一件事,那就是章、段底研究。有人寫文章壓根兒不知章、段爲何物!一古腦地寫下去,真是悠悠不盡,令讀者像“呆子吃麵”一樣,老長老長,不知如何是好。有人呢,每一句便算一段了,又貽人家“斷橛禾蟲”之譏。所以研究怎樣分開章、段,也是研究寫文章的一個重要條件。

修辭是容易的事,第一只要作者肯認真,不要馬虎;第二要多讀,多留心,那就終不會不能把這文章底衣飾——修辭弄好的。

国家出版基金项目
NATIONAL PUBLICATION FOUNDATION

現代（1912—1949）話體文學批評文獻叢刊

文話卷 三

黃念然 楊瑞峰 編著

鳳凰出版社

目　録

凡　例

一、中國自古至今之"文"、"文章",從來有狹義與廣義之别。影響所及,"文話"論述的對象,雖然主要是指今天所理解的"散文"作品,但也有兼及詩賦等不同文體的。本編所録,主要是論及廣義的"文學"的文話。

二、本編所録文話沿用了傳統話體批評隨筆、漫談式的表現形態,但又因受到了外來學術思潮的影響,在批評内容、文體形態、批評主體等多個方面呈現了傳統話體文學批評向現代意義上的論文演變的歷史進程,對於我們更爲全面地理解中國傳統文學批評的現代轉型極具參考價值。

三、儘管"大衆批評"屬性是文話的重要特色之一,但"大衆"所撰文話往往品質高低不一,且多有對主流論者觀點的粗陋移植,故而,精英主導的話語模式並未在文話批評中實現根本改觀。因此,我們編選的文章作者既包括一些知名文藝理論家、知名作家,同時也包括一些其他行業的"業餘人員",並以前兩者爲主,以便在掌握文話批評主導傾向的同時在一定程度上還原其歷史本相。

四、部分理論家的文話規模較大,且連載於某一期刊不同期號(或不同期刊不同期號),在對這些文話進行編録時,若每期文章有一個共同的標題,我們即以該標題選入;若每期刊載的文章標題不一,但均刊載於同一期刊的某個固定欄目(如"文學講話"、"文學談話"、"文學講座"等具有明顯話體特質的欄目),本編即以該欄目爲總標題進行摘編,並保留了每篇文章的原有標題,爲的是方便讀者對某一批評家的批評觀念有一個總體的理解。

五、民國時期,版權制度尚未完善,因此出現了很多類似"抄襲"的文話,其中不少往往改變了標題(有時甚至不改標題),以不同身份發表於不同年份的不同期刊。此種情形下,本編只録入發表年份最早的那篇。

六、本編所録,盡力以民國時期的期刊文獻爲藍本,由於這些報刊偶有因保存不善而破損的情況,所以個别文章存在缺損、字迹辨認不清等問題,爲盡可能地使得文章的本來面目得以還原,我們並未根據上下文的邏輯關係進行補充完善,而是將缺漏的、不影響讀者閲讀使用的個别文字以"□"代替。

七、出於便於閲讀和排印以及民國時期白話文通行程度的雙重考慮,本編所録文章中的錯别字根據文意略作改動,别字在不影響閲讀的情況下照舊採用的方式進行編録。若爲重要批評家,則其文章中殘缺處也盡量參照其由後人整理的現今較爲通行的著作全集進行完善,具體情況在敘録中均有交代。

八、入選各篇,均撰有簡短敘録。敘録包括作者簡介和文章内容提要兩部分。若同一作者有多篇文章入選,則只在第一次摘編録其文章時對作者生平進行簡介。敘録的詳略簡繁,視文章具體情況而定。

九、本編所録文章的作者署名,均以最初發表時的爲準。

十、本編所録文章之注釋、英文翻譯等一律照舊。

十一、本編所録文章,總體上皆按文章發表時序排列。但由於文中有些文章有具體發表日期(年、月、日信息齊全),有些文章具體發表日期無法考證,同時,還有部分文章跨年份、跨月份發表,所以無法精密地按照嚴格意義上的時間順序排列。其間肯定有疏漏之處,誠望有心人批評指正。

藝文雜話

周作人 撰

《藝文雜話》載於一九一四年《中華小説界》第二期。《中華小説界》是一九一四年一月由中華書局創辦的小説雜志，一九一六年停刊。本文作者署名會稽周作人，即周作人。周作人(一八八五—一九六七)，浙江紹興人。原名櫆壽，後改爲奎綬，字星杓，又名啓明、啓孟、起孟等，筆名遐壽、仲密、豈明，號知堂、藥堂、獨應等。新文化運動傑出代表，文學研究會成員。本文首先由《文學因緣》序言指出文章、詩歌"遷地弗良"的特性和"非譯意所能盡也"的特質，進而提醒我們在翻譯西方詩歌的時候，也要考慮到這兩重因素；接著，文章介紹了綏夫兼珂、勃蘭兑思、亨凱等諸位詩人的生平、詩歌創作簡况；最後由英國民歌談及中國歌謡，指出真正純粹的民謡，具有非"文人所能造作"的審美特性。文章洋洋灑灑，以"世界文學"的胸懷和民俗學的眼界强調了文學的民族特性。

香山蘇子谷集華英譯詩曰《文學因緣》，以一册見遺。序有曰："夫文章構造，各自含英，有如吾粵木綿素馨，遷地弗良。况歌詩之美，在乎節族長短之間，慮非譯意所能盡也。"言甚雋永，此非獨漢詩爲爾。即欲翻西詩爲華言者，亦不可不知此意。不然，則畫虎不成且類犬也。昔有人譯裴倫 Byron 詩，載《新文學》中。子谷蓋推賞之，而實粗亞。惟《文學因緣》附載《留别雅典女郎》詩四章，雖亦間有越逸，而文情頗美，爲近世稀有之譯。詩亦裴倫所作。裴倫英人,嘗助希臘獨立,會病卒於軍中,世稱革命詩人之一。詩曰:“夭夭雅典女,去去傷離别。還儂肺與肝,爲君久摧折。薰修始自今,更締同心結。臨行進一辭,吾生誓相悦。”其二曰:“鬈髮未及笄,九曲如腸結。垂睫水晶簾,秋波映澄澈。駢首試香腮,(案:此句少誤。蓋原謂睫影及頰,如歙嗽也。)葩染胭脂雪。慧眼雙明珠,吾生誓相悦。”其三曰:“朱唇生异香,猥近儂情切。錦帶束纖腰,中作鴛鴦結。擷花遺所思,微妙超言説。癡愛起悲歡,吾生誓相悦。”其四曰:“夭夭雅典女,儂去影形滅。會當寂聊時,相念毋中絶。儂身不可留,馳驅向突厥。魂魄持贈君,永與柔腸結。此情無窮期,吾生誓相悦。”每解末叠語,原爲希臘今文,譯言“吾生乎”、“吾愛汝”蓋昵辭也。

綏夫兼珂 Shevtchenko 者,小露西亞人,生於千八百十四年。幼孤露,爲富人家奴。嗣爲詩人茹珂夫斯奇 Zhukovski 所知,爲贖脱奴籍,遂入大學肄業,以詩聞於世。後因《高加索》一詩獲罪,遣戍絶邊。凡十年,以友人援,僅乃得返。四十歲而卒。其所作詩,皆用故鄉方言,叙古昔光榮,及今日陵夷摧殘之事,故爲有司所忌。其小詩寫人生哀怨,悱惻動人。嘗以散文迻譯一章,但存其意而已。曰:“是有大道三歧,烏克剌因(小露西亞人自稱其地)兄弟三人,分手而去。家有老母,伯别其妻,仲别其妹,季别其歡。母至田間,植三樹桂,妻植白楊,妹至谷中,植三樹楓,歡植忍冬。桂樹不繁,白楊摇落,楓樹亦枯,忍冬憔悴,而兄弟不歸。老母啼泣,妻子號於空房,妹亦涕泣,出門尋兄。女郎已卧黄土隴中,而兄弟遠游,不復歸來。三徑蕭條,荆榛長矣。”

斯拉夫種人,皆富於民歌。丹麥勃蘭兑思 Brandes 著《波蘭文學論所引》。有一章云:“吾問白楊,若胡戚戚,寧老霜凍脂,暴風振柯,抑彼寒泉,浸根下土耶? 楊曰不然。風霜泉水,皆不爲害。第有韃靼,來自殊方,折吾柔枝,然作炬火。芳草青青,蹂爲土矣。及今設燎之處,草不復生,禾黍摧殘,有若秋芟。胡馬渡川,獸爲不飲。引弓射人,唯入墳墓,創乃愈耳。”詩人密克微支 Mickiewicz 兒時聞此歌深有所感,長遂以詩唤起國人,使報舊仇。與斯洛伐支奇 Slowacki 同時,世並稱復仇詩人也。

亨凱者波希米亞人，素治古文學。於千八百十四年時，至一地曰皇后村。聞有古弓矢尚存禮拜堂中，往求得之。又獲故紙十二番，皆歌詩。是爲波希米亞最古之文學，實亦僅六百年前物耳。其小詩多佳致，有類樂府。曾譯《鷓鴣》一章，今録之曰："廣田有櫟，上有鷓鴣。鷓鴣嗚呼，怨春不常住。顧春若常住，田間禾黍，奚能黄熟。夏若常住，園中甘棠，奚能紅熟。秋若常住，百穀奚能登倉。閨中女郎，若長無郎。又寧能不凄切耶。"英人摩斐爾 Morfill 著《斯拉夫古代文學》中載之。自言但存詞意，而失其氣韻。然則今兹重譯華言，將亦如什師言，猶之嚼飯哺人已爾。

希臘女詩人薩復 Sappho 生周定王時，與訶美洛思 Homeros（俗譯荷馬）並稱，人號第十詩神。顧後基督教人，病其詩太放逸，於千七百十四年公焚之。故今所傳，僅得斷篇少許而已。或誦其句云"聞華春之芳躅"，甚賞之。以爲勝於所作艷情。然考遺集本文，未見此句。薩復詩情文並勝，异國譯者，鮮能仿佛，况在華土，所去益遠。譬諸蝶衣之美，不能禁人手沾捉也。

《南社叢刻四集》，有蘇子谷譯師梨 Shelley 詩曰："孤鳥棲寒枝，悲鳴爲其曹。河水初結冰，冷風何蕭蕭。荒林無宿葉，瘠土無卉苗。萬籟盡寥寂，唯聞喧挈皋。"甚達雅可賞。唯末"挈皋"，本爲風磨。妙在静中有動，一字之差，意境迥殊。故譯詩之難也。師梨者英人。性不羈，與裴倫齊名。客伊大利，死於水，年才三十。

諦阿克列多思 Theokritos 華言神擇，希臘人，生當戰國時。著《牧詩三十章》名於世。又有詩銘，皆簡短奇古。曾譯數章，今録其二。《阿爾宗墓銘》曰："息拉古塞人阿爾宗，以此詔行人：爾毋以風雨之夜，酩酊於外；余實以是殞亡，今卧此，遠去故鄉，以身親异國之土。"《阿吉羅珂思像銘》曰："行者且止，視阿吉羅珂思，古之詩人，具無量譽，誕敷西土，東至於朝日。惟文章音樂之神愛之，俾其善鑄韻言，倚箜篌而歌。"右詩銘第八第十九也。

裴彖飛 Petofi 名山陀爾，匈加利人，生於千八百廿二年。性豪放，長於詩，而數奇不偶。匈加利獨立之役，從軍轉戰經年，以七月三十一日歿於陣中，年二十八。著有詩數卷，及小説一，曰《縊吏之繩》。其詩有曰:"白日暗西下,四空入杳冥。小星滅不見,龕火餘微明。微明耿不熄,並我故園情。"原詩題名《故國》。此爲其首解也。

赫納 Heine 者德意志詩人。能以常言,抒其覃思。使字明瑟,而句複温麗雅馴,擬者不能一似。伯兄嘗譯其若干什,今録數首於此。一曰:"餘泪汍瀾兮繁華,餘聲悱亹兮鶯歌。少女子兮,使君心其愛余,餘將捧繁花而獻之。流鶯鳴其嚶嚶兮,傍吾歡之罘罳。"一曰:"眸子青地丁,輔頰紅薔薇。百合皎潔兮君柔荑,吁嗟芳馨兮故如昨,奈君心兮早摇落。"

英國童歌有云:"白者百合紅薔薇,汝爲王時余爲妃。迷迭碧花芸草緑,汝念我時我念若。"又曰:"薔薇紅,地丁青。蜜味甘,汝亦然。"與赫納詩意相近,而簡樸勝之。蓋即民歌特采之所在也。

中國自古有童謡,中不乏佳作。唯附會先兆者爲多,或本係他種詩歌而闌入者。日本中根淑著《歌謡字數考》曰:"所謂童謡者,蓋本有心人所作,流行於世。童子習而歌之者爾。"論甚平當。宋長白極稱《城上烏》及《小麥謡》,然實樂府之流。如《新唐書》載禄山未反時童謡云:"燕燕飛上天,天上女兒鋪白氈,氈上有千錢。"比物函意,皆合兒童心理,足稱童歌本色。近人著《幼稚唱歌》,序云:"吾國童謡之佳者,乃有樂府遺意。看似俚淺,顧非大文學家弗能。"殆指《城上烏》等而言,若醇粹之童謡,豈有文人所能造作?反不如里老村嫗,隨口謳吟。爲猶能得童心也。

民歌有記事、叙情二種。記事之歌 Ballad 頗似史詩 Epos 而甚簡短,以單純勝。如古童話,或推其原,以爲由於民族童話 Märchen 一分支爲 Ballad,一分支爲 Romance 傳奇小説。故古俗之留遺者甚多。英國民歌,多出於蘇格蘭,羼用方言,視若龐雜,然自有其特彩,趣味盎然。顧讀异書者,不可忘此樂也。有《二姊妹》(*Two Sisters*)一篇,言姊妒其妹,誘使觀水而溺之。有少年收其尸,以髮爲琴弦,訴其哀怨。又《暴兄》(*The Cruel Brother*)一篇。有女欲適人,遍乞家人許諾,而忘及其兄。將出門,其兄僞爲扶持而刺之卒。述其遺言,悱惻動人。其他佳者甚多。美人却爾特 Child 輯十卷本最完善。

文學卮言

指　嚴撰

《文學卮言》載於一九一四年《學生》雜誌第一卷第二期。署名指嚴,即許指嚴。許指嚴(? —一九二三),武進人,近代小説家,南社社員,名國英,字志毅,一字指嚴,又作子年,别署蘇庵、不才子等。其作品多爲掌故性雜記,如《清鑒易知録》《清史野聞》《天京秘録》《三海秘録》《新華秘録》《十葉野聞》《南巡秘記》《京塵聞見録》等。所作小説頗多,僅長篇小説即達十餘部,如《泣路記》《近十年之怪現狀》《民國春秋演義》《電世界》《模範鄉》《蠆尾毒》《醒游地獄記》《劫花慘史》等;短篇小説輯爲《許指嚴小説集》《許指嚴小説精華》。另有《埃及慘狀彈詞》《小築茗談》《指嚴餘墨》等傳世。《學生》雜誌於一九一四年一月在上海創刊,一九四八年停刊。由商務印書館編印,爲中等學校學生輔助讀物。本文主要討論文體問題,文章議題古老,却多現代文思。作者認爲"論理""叙事""審美"可囊括"漢秦以下一切文格而範圍之"。同時,作者指出才識與興趣是"窺此三者之奥窔而擅其勝場"的要義,並主要對"興趣"做了闡述。

昔人判文體有十類,或十二、十三類不等。如論辯、序跋、奏議、書牘、贈序、詔令、傳狀、碑誌、箴銘、頌贊、雜記、辭賦、哀祭是也,此爲最多。桐城姚氏則取之,而長沙王氏續類纂,已減去其奏議、詔令、辭賦之三類,即所謂十類也。而以上追《昭明文選》及《唐文粹》《宋文鑒》以下之諸選本，雖條理不同，部居各异，約以此例益形燦備，然此就應用言之耳。若就本體言之，實則可括以三類：一曰論理，以推闡辨駁而發明事理爲主，論辨類其大宗，而序跋、奏議、書牘、贈序等文往往入之，即曾滌生氏所謂義理文是也；二曰叙事，以排比次第點染生動而又雅潔明净爲主，傳狀、雜記類其大宗，而序跋、書牘、贈序、哀祭等往往入之，即曾滌生所謂考據文是也；三曰審美，以詞藻華贍矜才使氣而能陶寫性靈爲主，辭賦類其大宗，而箴銘、頌贊、哀祭及書牘、序跋、贈序等往往入之，即曾滌生所謂詞章文是也。此三者，實可總秦漢以下一切文格而範圍之。作者欲窺此三者之奥窔而擅其勝場，則不外左之二義，才識與興趣而已。才識由乎天賦之美、學力之充，其説甚長，當别具論。兹但就興趣言之，則自講讀古人文字以逮躬自操觚抽翰，無在不有至真至碻至沉浸至穠郁之興趣貫徹其間，而後能得心應手，斐然成章。若在初學作文，尤當以能自鼓其興趣爲第一義，請就文體類别論之。

（甲）高尚之興趣。古人虚擬其狀，所謂"振衣千仞岡，濯足萬里流"，又"天半朱霞，雲中白鶴"是也。施於論理文，不可無此識度，即叙事審美等文，尤不可無此胸襟。學者能於平日涵養之則，臨文自有巖巖嶽嶽之概。

（乙）精密之興趣。所謂説理如牛毛繭絲，用筆如穿楊貫虱；密之至故稱精，精之至故能密。此境於論理文爲尤宜，莊子文善道之。

（丙）疏朗之興趣。高梧大柳月在天，水清石出魚可數。此境似之學者心目間具此景象，凡論理叙事審美，將無所適而不宜。

（丁）閑適之興趣。此境似與峥嶸絢爛相反，然高尚之識度之胸襟，往往由此中涵養而出，遇叙事之繁且難者，尤不可不有此整暇作用。

（戊）豪放之興趣。蘇長公鐵板銅琶，高唱大江東去。太原公子天庭日角，裼裘而來，是何等氣概。施之於文，自然壓倒一切，但不可粗莽耳。

（己）沉鬱之興趣。太史公之文，杜老之詩，每一意未盡，又含各種意雜沓而來，而絶不見其紛亂，令人一唱三嘆，饒有遺音。敘事文之引人入勝尤賴此。

（庚）悲壯之興趣。詩歌之摹寫武事者爲宜，文亦有之。如岳飛《五岳祠盟記》《李陵答蘇武書》之類。其神情音節，直足令人歌泣。此得自豪放之變調也。

（辛）陶寫之興趣。借景生情，偶抒鱗爪，胸中有一片天機，腕底無絲毫俗滯。

（壬）婉曲之興趣。凡欲達難明之隱，及事有不可徑情解决者，必賴婉曲之筆以出之，故敘事書牘之文，當以此種筆法爲正格。不習者每苦其難，而能者則花翻鳥囀，如百煉鋼、如九曲珠，纚纚不窮。所謂熟能生巧也。

（癸）藻麗之興趣。鏤雲琢月，妃白儷紅，雖蟲之餘技，爲大雅所不道。況今世不適用，則不如其已。顧美術之文，感人最深，雖軒輊因乎世變，而其道終不絶於天壤間也。學者苟以餘暇爲詞賦，得毋以獺祭爲苦乎？古人有言，積之厚者流自光，果能多文爲富，則星稠綺合，必無枯澀之患矣。

右略陳十種，已可窺豹一斑。而以施之各體文字，必且引申觸類而靡盡焉。學者苟能凝其神、斂其氣，以迎其機，則一方面充其才識，植基深厚；一方面自左右逢原，綽綽然有餘裕矣。不作如是想，而或尋行數墨，支支節節而爲之。雖極工飭，烏能窺文章之真諦哉！

文學談

王引才 撰

《文學談》載於一九一八年《南洋》雜誌第一卷第二期。王引才,生卒年不詳,上海嘉定南翔人,字納善,前清廪生,民國教育家。歷任南洋中學師範教員,上海教育會會長,上海工程局議董,上海市議會議員、副議長、議長等職。後經愛國教育家王培孫舉薦,赴蘇州任首任縣長。本文論文學,主要談文字與思想的關係,突出强調思想的重要性。作者認爲,因爲文字是用於研練思想的,所以讀文(讀文之選擇)、作文等均應講求"真確"。此外,作者還强調了背誦的重要性。

文字爲思想之代表,思想爲文字之基礎。故二者之研練相爲表裏者也。

且夫思想爲事實之母,今日學者所積之思想,他日皆將見諸事實者也。設思想有不宜於事實者,則立身處世,安保無自誤誤人之慮。當專制時代,惟恐人民明習政事不便於權貴之恣肆,故導之於考據詞章之攻苦,養成空疏迂闊之習尚,此書生無用所以爲世詬病也。

今民國成立,既盡掃政界壓制拘牽之苦,我人爲學之宜咸與維新,固不待言。然而童冠後生,前此所受教育、所受薰習,其智識未必盡屬確實。則夫考究文字研練思想,凡所以自課者,固應有倍加注意之要點焉。要點維何? 求合於真實之事理而已! 蓋君主國之人民,不容有完美之道德,故思想常陷於虛僞,而民主國之精神,在人人有真確之道德，以昭其信用。故文字雖藝事之一端，而於以研練思想，不可不力求一歸於真確也。

是以讀文宜先讀紀叙文字，作文亦宜先作紀叙字。參之以文家法律，而平日要宜隨處留心事物之實際，如此循序奮進，雖愚必明，雖柔必强，可預決焉。

讀文之選擇，既以真確爲標準，則八股既行以後，不如八股未行以前；唐宋以後，尤不如漢魏以上。蓋古之文字，於事實較切，後世之文字，於事實多疏，不足爲表示思想之模範。而漢唐以上文字，抑又爲吾國人素所尊信。擇其尤切於世用者闡明之，於全國人精神之聯貫，大有關係也。

讀文之方法，可就所授者擇愛熟誦之。一學期中，必以能背誦若干篇爲目的。則字句之如何聯合，篇段之如何布置，行思坐想，便可取象於收視反聽之間。精神之研習既深，行文自熟極而流，故高聲朗誦，與俯首沉吟，種種功夫，萬不可少也。

所以必熟誦者，以吾國人素無普及教育，語言與文字，久離爲二。非腦海中畜有數十篇之佳文，三四千個可以分類（謂名、代、動、静、狀、介、連、助、嘆九類之文法）之字，心手必不能相應。秉姿雖有敏拙，習性雖有文野，而此熟誦功夫，則必不可少耳。

“文藝叢談”二則[①]

雁　冰 撰

《“文藝叢談”二則》載於一九二一年《小説月報》第十二卷第一號。作者署名雁冰，即沈雁冰（一八九六—一九八一），原名沈德鴻，筆名茅盾、郎損、玄珠、方璧、止敬、蒲牢、微明、沈仲方、沈明甫等，字雁冰，浙江嘉興桐鄉人。中國現代著名作家、文學評論家、文化活動家以及社會活動家。新文化運動的先驅者、中國革命文藝的奠基人之一。代表作有小説《子夜》《春蠶》和文學評論《夜讀偶記》。本文主要談文學創作與閲讀積累、社會觀察的關係。作者認爲，對於有創作天才的人而言，創作無需大量閲讀、長久觀察社會才可進行；同時，只注重大量閲讀也會束縛個性的發揮。

一

時常聽得有些人們説：中國現在人要做新文學的創作非得先讀幾十部的外國小説，再加以十年二十年的觀察社會不可。這句話驟聽來，何等大口氣；可是仔細一想，終覺得這句話的前半段全不對，後半段似是而非。

在文學方面有創造的天才的人們，初非定要下幾十年觀察社會的工夫，只要有一日間乃至一秒間的印象便可以觸動靈感，寫出

---

① 原標題爲“文藝叢談”，本篇標題爲編者所加。

一篇創作,安在其必需幾十年的觀察工夫！所以我説這句話是似是而非。至於説要讀了幾十部西洋小説,然後可以創作,更不成話,有創造天才的人豈待讀了别人的著作然後再創作,如舊日文人之貌似神非的摹擬！況且讀小説而創造小説,真有天才的人反要受束縛,不能自由發揮,中國文學之不振,原因便在這裏,如何現在還要如此提倡呢?

二

我們試把近來報上雜誌上發表的無聊創作細細讀一回,便可知“讀幾十部外國小説再來創作”“讀小説以創作小説”“古文家的套題式的創作法”實在是貽害不淺!

很顯見的毛病:第一,是題材大都側在單方面,命意大都千篇一律;第二,描寫處缺少個性,甲篇内的描寫可以移用到乙篇;第三,書中人物的舉動和情緒都不是表現的而是抄襲的;第四,也就最大的缺點,便是描寫的明明是中國事,却反有濃厚的西洋氣撲面而來。

只就這一時想得的四條,看看,已可明白此等創作要不得!

批評的問題

子　嚴撰

《批評的問題》載於一九二一年五月十四日刊《晨報》，署名子嚴，即周作人。本文主要談批評家的職責問題，作者認爲，批評家的主要職責在於介紹好著作，原因有三層：一、不應使讀者敗興；二、現今的人還不具備承受批評的雅量；三、古人有隱惡揚善之義。隨著作者後期思想的轉變，也開始承認批評家的"清道夫"職責。

近來有人因爲一部詩集，又大打其筆墨官司。這部詩集和因此發生的論戰，我都未十分留心，所以也没有什麽議論，只是因此使我記起一件舊事來，所以寫這幾句做一個冒頭罷了。

有一天，我和一個朋友談到批評家的職務，我説，批評家應該專紹介好著作，至於那些無價值的肉麻或噁心的作品，可以不去管他。這理由共有三層。其一，不應當敗讀者的興。讀者所要求的是好著作，現在却將無價值等等的書詳細批評，將其無價值等等處所一一列舉，豈不令看的人掃興？譬如游山的嚮導，不指點好風景給游人看，却對他們説路上的污泥馬糞怎樣不潔，似乎不很適當罷。其二，現今的人還不很有承受批評的雅量。你如將他的著作，連聲贊嘆，臨末結一句"洵不可不人手一編也"，這倒也罷了。倘若你指摘他幾處缺點，便容易惹出是非，相駡相打，以至訴訟、械鬥。這又何苦來？其三，古人有隱惡揚善之義。中國的事，照例是做得説不得，古訓説的妙，"聞人有過，如聞父母之名，耳可得而聞，口不可得而言”。做了三五部次書，究竟與店家售賣次貨不同，（賣次貨是故意的騙人，做次書只是爲才力所限。）還未必能算什麽過惡，自然更應該原諒了。

朋友却不以爲然，他説，批評家的職務，固然在紹介好著作，但使不幸而有不好著作出現，他也應該表明攻擊。游山的嚮導能够將常人所不注意的好景致指點給人看，固然是他的職務，但他若專管這事，不看途中的壞處，使游客一不留神，跌倒爛泥馬糞裏去，豈不更令人敗興麽？所以批評家一面還有一種不甚愉快的職務，便是做清道夫，將路上的爛泥馬糞，一鏟一鏟的掘去。所以總括一句，批評家實在是文學界上的清道夫兼引路的嚮導。

這朋友的話雖然只駁倒了我所説的第一層，我的主張却也因此不甚穩固了。但我總還是不肯就服，仍舊以我自己的主張爲然。現在一想，又覺得朋友所説的也不錯，批評家的確也是清道夫——一種很不愉快的職業。我於是對於清道夫的批評家不能不表同情，因爲佩服他有自願去擔任這不愉快的職務的勇氣。我先前也曾有一種願望，想做批評家，只是終於没有文章發表，現在却決心不做了。因爲我的膽未免太怯，怕得向人謝罪和人涉訟的。（十年五月十日，在醫院）

個性的文學

仲　密撰

《個性的文學》載於一九二一年《新青年》第八卷第五號。作者署名仲密,即周作人。本文認爲,文學要有價值,就必須具有真實的個性。至於如何使文學具有個性,作者展開了具體論述:(一)創作不宜完全抹煞自己去模仿别人;(二)個性的表現是自然的;(三)個性是個人唯一的所有,而又與人類有根本上的共通點;(四)個性就是在可以保存範圍内的國粹,有個性的新文學便是這國民所有的真的國粹的文學。

假的,模仿的,不自然的著作,無論他是舊是新,都是一樣的無價值;這便因爲他没有真實的個性。

印度那圖夫人(Sarojini Naidu)的詩集《時鳥》(*Bird of Time*,一九一五)上,有一篇英國戈斯(Edmund Gosse)的序文。他説,那圖夫人留學英國的時候,曾拿一卷詩稿給他看。詩也還好,只是其中夜鶯呵,薔薇呵,多是一派英國詩歌裏的習見語,所以他老實的告訴伊,叫伊先將這詩稿放到廢紙簍裏,再開手去做真的伊自己的詩。其結果便是《黄金的門》(*The Golden Threshold*)以下幾部有名的詩集。這一節話,我覺得很有意味。戈斯並不是説印度人不應該做英國式的詩,不過因爲這些思想及句調實在是已經習見,不必再勞伊來複述一遍;她要做詩,應該去做自己的詩才是。但伊是印度人,所以伊的生命所寄的詩裏自然有一種印度的情調,爲非印度人所不能感到,然而又是大家所能理解者:這正是伊的詩歌的真價值之所在,因爲就是伊的個性之所在。正確的説來,伊的個性,不但當然與非印度人不同,便是與他印度人也當然不同,倘若伊的詩模仿泰戈爾(R. Tagore)也講什麼"生之實現",那又是假的,没有價值了。或者伊的確是做自己的詩,但所含的倘是崇拜撒提(Suttee)一類的人情以外的思想,在印度的"國粹派"——大約也是主張國雖亡而"經子"不可不讀的一流人——看來或者很有價值,不過爲世界的"人"們所不能理解,也就不能承認他爲人的文學了。

因此我們可以得到結論:(一) 創作不宜完全抹煞自己去模仿别人;(二) 個性的表現是自然的,並非由於民族主義等的主張;(三) 個性是個人唯一的所有,而又與人類有根本上的共通點;(四) 個性就是在可以保存範圍内的國粹,有個性的新文學便是這國民所有的真的國粹的文學。(一九二一年一月)

宗教問題

周作人 講，張繩祖、曹　芻 筆述

《宗教問題》載於一九二一年《少年中國》第二卷第十一期。《少年中國》爲少年中國學會機關刊物，一九一九年七月在北京創刊，是五四時期大型綜合性雜志，其宗旨是“本科學的精神，爲社會的活動，以創造少年中國”。一九二四年五月停刊。該文爲周作人在“少年中國學會”的演講，名爲“宗教問題”，實際在探討文藝問題，這種“文不對題”的體性符合“文話”不講求嚴密邏輯的“散”體特徵，特此説明。作者率先談及了文學在精神和形式兩個層面的分類，進而從不同的維度探討了文學與宗教的關係：首先，文學的發達，大都出於宗教；其次，就歷史的情况來看，文學與宗教發生了分離，但宗教的精神却始終存在於藝術之中；再次，文學與宗教的根本精神是相同的。

今天少年中國學會諸位叫我來講演宗教問題，我對於宗教實在没有什麽研究，只能把個人的感想略説一些，是没有什麽高深的學理的。因爲没有研究，所以也就無從預備；而且現在要説的也多是已經説過寫過的，現在不過綜合起來重述一遍罷了。這是於未講之先，要聲明的。

現在先説他與文學的關係，及其相同之點。

講到文學，大約可以分爲兩類：一是文，一是詩。這是精神上的區別。形式上，文又可分爲韻文與散文二種，詩又可分爲有韻詩與無韻詩。雖然古時常用詩或文來講科學或哲學的很多,但就精神上講,文學總是創造的,情感的,與那分析的,理智的科學實在不能互相調和,因爲性質很不相同。宗教也是情感的產物,與文學相類。而文學就精神上區别,又可説,詩是創造的,情感的,與宗教有關的;文是分析的,理智的,與宗教衝突的。這話看似矛盾,好像古代的二重真理説,其實我不過要説明文學與宗教的關係很大罷了。

我於宗教不大懂得,但以爲文學與宗教確有關係,所以即就這方面來看。文學的發達,大都出於宗教。就是别種藝術,亦多如此。這應該是各國都如此的,但中國的我們現在還不曉得。最明瞭的就是希臘,希臘文學中如史詩、抒情詩、戲曲等等,種類甚多。現在就拿最明瞭的戲曲來説,希臘最早的戲曲多是一些神話或傳説,其原因即在求生的精神活動中,文學宗教都出於此。那時的人們因爲春天草木發長,牛羊肥茁,到處都有生氣,覺得很樂。到了秋冬便覺得危險,要設法救護,使冬去而春能再來。其最初全是爲自己的求生,並不曉得求抽象的上帝。他們只是這樣心裏想,覺得不够,於是將"要春回來"的情感發表出來,演成實事,以期促他們那希望的實現。上帝這概念没有以前,就是這樣。所以他們最重要的,就是叫一個人扮"春",命他出去取一個有生氣的東西回來,如樹枝之類,這就表示春回來了。年年這樣去做;各地方的人都把春天的記號搬回本地去。他們以爲扮春的人就是春,反過來説,春是有人格的,因此便抽出一個上帝的概念。可見宗教與文學都是由求生之念抽出來的。當時極簡陋的歌舞音樂,也就是後來極精美的歌舞音樂的起源。

現在説文學與宗教的分離。文學與宗教本來是合一的。文學本爲的是發表個人的或社會的情感;而宗教當初最重要的情感是保全生命,故發出保全生命的文學。所以當初他們本是一事,因爲他們除了恐怖、喜歡以外,没有别的情感。到後來才漸漸地分開,一方面在藝術家,一方面在賞鑒家。本來那種舉動在創作者純是希望成功,並没有魔術的思想。就如中國的迎春,也是如此。他們以爲這樣一做,當真的能使春天來到。到後來才有一部分人覺得保生的情感是要發表的,却是不覆信爲真有何等效力。這是藝術的表情,能將我的情感去感動全體的别人,使他們一同曉得,却是於我自己的利益與願望没有關係。這是藝術家一方面的態度變了。賞鑒家亦是要變。當初像迎春這種事體,本是全國加入,大家去做都是主動,無所謂旁觀的賞鑒家。後來由這些演做者的全體裏邊,分出一部分人在旁看著而不加入,就是有點懷疑了。做的人當作儀式去做,看的人雖然也能懂得他們的情感,但是只當作一種藝術看待。譬如信宗教的人到廟宇一類地方去禮拜神祇,一定不研究那神像雕刻的美惡,因爲他當作宗教看。若是我們去,便一定要把那雕刻研究一番,因爲當作藝術看。所以古代的美術多是表示宗教的情感,並没有游戲的念頭;後來因爲有些離開儀式,才成藝術。但是藝術雖然分了出去而他的宗教的本體仍然存在。他還是要表示他的情感,或是雕刻,或是寫畫,或是扮演,都只是種種的儀式的變相。因此我們可以説,宗教是一條縱流而藝術把他分開來。

這是就過去的事實而言,宗教與文學是分離了。但却不能如化學之於煉金術與天文學之於占星術那樣的絶對分離。文學的出於宗教,是極自然的,不但不相反,還有相同的地方——這所謂宗教當然是泛説,不指哪一宗派。

再説文學與宗教相同的地方。文學的理想本來應該如此,就是就藝術説,也非如此不可。宗教上的"神人合一""物我無間",其特性亦即在此。有很多的例。基督教《約翰福音》説:"世德,我在你中,彼等亦在你中,故我在彼等中。"這個目的物象蕭伯納稱他爲"生命之力"亦可,不過宗教上另换一個名稱罷了,像"神""一""無限"等。不但基督教,就是印度的婆羅門,波斯的毛衣派(Sufi),其思想也差不多相同,可以作爲宗教的本體思想的代表。他們就是把我們與最高神合一。這在古代文學便是如此,中間經過一次變動,現在却又有這種趨向了。上古最初文學所發表的感情,就是全社會的,因爲保全生命是關係全體的。後來個人思想發達,於是注重個人的情感。這是上古到十九世紀的變動。現在覺得文學不應以個人爲主,是要結合全人類的感情的。托爾司泰説,文學不但要使别人曉得我的意思,還要他受到我的同一的感觸;如我向他説,即能使他發生與我同樣的情感,無形中彼此就互相聯絡了。這自然是專指好的結合力而言,文學的作用便都在此,其與宗教相同處也在此。不過他不用憑藉一個上帝,或與上帝發生關係罷了。他用另一種方法,將大家的共同情感發表出來,自然能結合全體。但如與最大全體聯合有害的感情結合,像愛國主義及宗教間的攻訐,以小結合破壞大結合,却是與文學的目的相反的。

照此看來,近代文學是社會的,是與宗教相同的;不過他不必假借神的力量而可得同樣的結果。這固然是顯著的事實。但是近代個人的文學也並不是絶對可以排斥的,因爲的確有些個人的情感不是普通人都能領會的。這是例外。總之現代文學的變動確似傾向古代了。古代的藝術都是平等的,普遍的,無論何人都會的。近來就漸趨專門了。文學家説出大家没有想到的話,使個性較爲稍不敏捷的人可以引起同樣的感想。再近一點,便全要變成社會的了。

還有一層,宗教是希望將來的,而文學也講未來。迎春等事及野蠻民族的預祝戰勝,都是預先發表他們的情感。這只要查曉古代的藝術便可曉得。文學上的懷古主義,現在覺得不對,因爲他是一種變態。像義大利的未來派説,文學是幫助生命之存在的,徒然懷古就與人性相反,因爲生命是向前的,已往的東西盡可不管。所以文學必須講未來,不能是明天的,也至少須是今天的。過去是不可思議的,我們只要現在好或未來好就是了。未來派文學的材料都只是極平常的眼前境界,如汽車等等,不要什麽"古"的東西。换句話説,就是本於要求生存的精神。這也是與宗教相同的地方。宗教的希望也在一個較好的未來安樂。他們那些儀式不是紀念過去的,都是希望未來的。不過宗教在供獻給神,文學是無所向獻的罷了。

將以上的話,總起來看,覺得文學與宗教確是相合的。所以覺得宗教無論如何受科學的排斥,而在文藝方面仍然是有相當的位置的。這並不是贊揚宗教,或是替宗教辯護,實在因爲他們的根本精神確是相同。即便所有的教會都倒了,文藝方面一定還是有這種宗教的本質的情感。至於那些儀式當然不在我們論斷之列。

這都是我個人的感想,也許於宗教的學理有不合的地方。我的意思,總覺得文學與科學是不很相合,而與宗教是相合的。你看研究科學的時候,決不會有做詩的情感,就是文學與科學,不很相合的明證。所以已成的宗教能否繼續存在還是問題,而宗教的根本精神却是與藝術的存在同其壽命。

最後我對於少年中國學會的本身問題,還要説幾句不應該的批評。我以爲褊狹的迷信一個宗派,自然不大合式;至於不是屬於某一宗派的教徒而有普泛的宗教信仰的,似乎没有什麼衝突,如泛神論者或信仰一種主義之類。因爲世界上没有一種統轄一切的事情,無論哪一方面都不能有這種絶對的主張,所以科學也就不能與文藝宗教相連著説。

語體文歐化之我觀

雁　冰撰

《語體文歐化之我觀》載於一九二一年《小説月報》第十二卷第六號。本文在主張用語體來創作文學的同時，又宣揚用“歐化的文法”來改變中國語言的文法，明顯是有偏頗的。

現在努力創作語體文學的人，應當有兩個責任：一是改正一般人對於文學的觀念，一是改良中國幾千年來習慣上沿用的文法。現在了然於前者之必要的人，已經很多；對於後者懷疑的人，却仍舊不少。所以有人自己做語體文，抄譯西洋學説，而對於中國語體文的歐化，却無條件的反對了。反對的理由便是：歐化的語體文非一般人所能懂。不錯！這誠然是一個最大的理由；但可不一定是最合理的理由。我們應當先問歐化的文法是否較本國舊有的文法好些，如果確是好些，便當用盡力量去傳播，不能因爲一般人暫時的不懂而便棄却。所以對於採用西洋文法的語體文我是贊成的；不過也主張要不離一般人能懂的程度太遠。因爲這是過渡時代試驗時代不得已的辦法。

文藝上的寬容

仲　密撰

《文藝上的寬容》載於一九二二年二月五日刊《晨報副鐫》。作者署名仲密,即周作人。本文認爲,文學家過分尊信自己的主張與流派,進而認爲别的文學主張和流派的做法與文學的本性相違背的做法並不可取。在作者看來,“文藝的生命是自由不是平等,是分離不是合併,所以寬容是文藝發達的必要的條件”。因此,“正當的規則是,當自己求自由發展時對於迫壓的勢力,不應取忍受的態度;當自己成了已成勢力之後,對於他人的自由發展,不可不取寬容的態度”。

英國伯利(Bury)教授著《思想自由史》第四章上有幾句話道:“新派對於(羅馬)教會的反叛之理智上的根據,是私人判斷的權利,便是宗教自由的要義。但是那改革家只對於他們自己這樣主張,而且一到他們將自己的信條造成了之後,又將這主張取消了。”這個情形不但在宗教上是如此,每逢文藝上一種新派起來的時候,必定有許多人,——自己是前一次革命成功的英雄,拿了批評上的許多大道理,來堵塞新潮流的進行。我們在文藝的歷史上看見這種情形的反復出現,不免要笑,覺得聰明的批評家之稀有,實不下於創作的天才。主張自己的判斷的權利而不承認他人中的自我,爲一切不寬容的原因,文學家過於尊信自己的流别,以爲是唯一的“道”,至於蔑視别派爲异端,雖然也無足怪,然而與文藝的本性實在很相違背了。

文藝以自己表現爲主體，以感染他人爲作用，是個人的而亦爲人類的，所以文藝的條件是自己表現，其餘思想與技術上的派別都在其次，——是研究的人便宜上的分類，不是文藝本質上判分優劣的標準。各人的個性既然是各各不同，（雖然在終極仍有相同之一點，即是人性，）那麽表現出來的文藝，當然是不相同。現在倘若拿了批評上的大道理要去强迫統一，即使這不可能的事情居然實現了，這樣文藝作品已經失了他唯一的條件，其實不能成爲文藝了。因爲文藝的生命是自由不是平等，是分離不是合併，所以寬容是文藝發達的必要的條件。

然而寬容决不是忍受。不濫用權威去阻遏他人的自由發展是寬容，任憑權威來阻遏自己的自由發展而不反抗是忍受。正當的規則是，當自己求自由發展時對於迫壓的勢力，不應取忍受的態度；當自己成了已成勢力之後，對於他人的自由發展，不可不取寬容的態度。聰明的批評家自己不妨屬於已成勢力的一分子，但同時應有對於新興潮流的理解與承認。他的批評是印像的鑒賞，不是法理的判决，是詩人的而非學者的批評。文學固然可以成爲科學的研究，但只是已往事實的綜合與分析，不能作爲未來的無限發展的軌範。文藝上的激變不是破壞（文藝的）法律，乃是增加條文；譬如無韻詩的提倡，似乎是破壞了“詩必須有韻”的法令，其實他只是改定了舊時狹隘的範圍，將他放大，以爲“詩可以無韻”罷了。表示生命之顫動的文學，當然没有不變的科律；歷代的文藝在他自己的時代都是一代的成就，在全體上只是一個過程。要問文藝到什麽程度是大成了，那猶如問文化怎樣是極頂一樣，都是不能回答的事，因爲進化是没有止境的。許多人錯把全體的一過程認做永久的完成，所以才有那些無聊的争執，其實只是自擾，何不將這白費的力氣去做正當的事，走自己的路程呢。

近來有一群守舊的新學者，常拿了新文學家的“發揮個性，注重創造”的話做擋牌，以爲他們不應該“而對於爲文言者仇讎視之”；這意思似乎和我所説的寬容有點相像，但其實是全不相干的。寬容者對於過去的文藝固然予以相當的承認與尊重，但是無所用其寬容,因爲這種文藝已經過去了,不是現在勢力所能干涉,便再没有寬容的問題了。所謂寬容乃是説已成勢力對於新興流派的態度,正如壯年人的聽任青年的活動;其重要的根據,在於活動變化是生命的本質,無論流派怎麼不同,但其發展個性注重創造,同是人生的文學的方向,現象上或是反抗,在全體上實是繼續,所以應該寬容,聽其自由發育。若是"爲文言"或擬古(無論擬古典或擬傳奇派)的人們,既然不是新興的更進一步的流派,當然不在寬容之列。——這句話或者有點語病,當然不是説可以"仇讎視之",不過説用不著人家的寬容罷了。他們遵守過去的權威的人,背後得有大多數人的擁護,還怕誰去迫害他們呢。老實説,在中國現在文藝界上寬容舊派還不成爲問題,倒是新派究竟已否成爲勢力,應否忍受舊派的迫壓,却是未可疏忽的一個問題。

臨末還有一句附加的説明,舊派的不在寬容之列的理由,是他們不合發展個性的條件。服從權威正是把個性汩没了,還發展什麼來!新古典派——並非英國十八世紀的——與新傳奇派,是融和而非模擬,所以仍是有個性的。至於現代的古文派,却只有一個擬古的通性罷了。

文藝的統一

仲　密撰

《文藝的統一》載於一九二二年七月十一日刊《晨報副鎸》。作者署名仲密，即周作人。本文題爲"文藝上的統一"，但立論却著眼於相反的方向，即論證文藝上的自由。在作者看來，强求文藝上的統一，極端重視人類共同的情感而忽視個人情感的表達是不可取的。因爲文藝是情緒、情感的表現，而不同的人擁有不同的情感；與此同時，並没有離開個人的社會和離開社會的個人，因此，文藝的普遍性(即文藝上的統一)與文藝應當注重自我表現並不衝突。要言之，"文藝是人生的，不是爲人生的，是個人的，因此也即是人類的；文藝的生命是自由而非平等，是分離而非合併"。

在《文學旬刊》第四十一期雜談上見到鄭振鐸君的一節話，很有意思。他説：

> 鼓吹血和泪的文學，不是便叫一切的作家都棄了他素來的主義，齊向這方面努力；也不是便以爲除了血和泪的作品以外，更没有别的好文學。文學是情緒的作品。我們不能强歡樂的人哭泣，正如不能叫那些哭泣的人强爲歡笑。

許華天君在《學燈》上《創作底自由》一篇文章裏，也曾有幾句話説得很好：

> 我想文學的世界裏,應當絶對自由。有情感忍不住了須發泄時,就自然給他發泄出來罷了。千萬不用有人來特别制定一個範籬,應當個個作者都須在範籬内寫作。在我們看起來,現世是萬分悲哀的了;但也説不定有些睡在情人膝頭的人,全未覺得呢?你就不准他自由創作情愛的詩歌麼?推而極之,我們想要哭時,就自由的哭罷;有人想要笑時,就自由的笑罷。誰在文學的世界上,規定只准有哭的作品而不准有笑的作品呢?

以上所説的話都很確當,足以表明文藝上統一的不應有與不可能,但是世間有一派評論家,憑了社會或人類之名,建立社會文學的正宗,無形中厲行一種統一。在創始的人,如居友、别林斯奇、托爾斯泰等,原也自成一家言,有相當的價值,到得後來却正如凡有的統一派一般,不免有許多流弊了。近來在《平民》第一百九期上見到馬慶川君的《文學家底愉快與苦悶》,他的論旨現在没有關係可以不必討論,其中有一節話却很可以代表這一派的極端的論調。他説:

> ……若不能感受這種遍的苦悶,安慰普遍的精神,只在自己底抑鬱牢騷上做工夫,那就空無所有。因爲他所感受的苦悶,是自已個人底境遇,他所得到的愉快,也是自己個人底安慰,全然與人生無涉。换句話説,他所表現的不過是著者個人底榮枯,不是人類公同的感情。

這一節裏的要點是極端的注重人類共同的感情而輕視自己個人的感情,以爲與人生無涉。"其實人類或社會本來是個人的總體,抽去了個人便空洞無物,個人也只在社會中才能安全的生活,離開了社會便難以存在,所以個人外的社會和社會外的個人都是不可想像的東西"。至於在各個人的生活之外去找别的整個的人生,其困難也正是一樣。文學是情緒的作品,而著者所能最切迫的感到者又只有自己的情緒，那麽文學以個人自己爲本位，正是當然的事。個人既然是人類的一分子，個人的生活即是人生的河流的一滴，個人的感情當然没有與人類不共同的地方。在現今以多數决爲神聖的時代，習慣上以爲個人的意見以至其苦樂是無足輕重的，必須是合唱的呼噪始有意義，這種思想現在雖然仍有勢力，却是没有道理的。一個人的苦樂與千人的苦樂，其差别只是數的問題，不是質的問題；文學上寫千人的苦樂固可，寫一人的苦樂亦無不可，這都是著者的自由，我們不能規定至少須寫若干人的苦樂才算合格，因爲所謂普遍的感情，乃是質的而非數的問題。個人所感到的愉快或苦悶，只要是純真切迫的，便是普遍的感情，即使超越群衆的一時的感受以外，也終不損其爲普遍。反過來説，迎合社會心理，到處得到歡迎的《禮拜六》派的小册子，其文學價值仍然可以直等於零。因此根據爲人生的藝術説，以社會的意義的標準來統一文學，其不應與不可能還是一樣。據我的意見，文藝是人生的，不是爲人生的，是個人的，因此也即是人類的；文藝的生命是自由而非平等，是分離而非合併。一切主張倘若與這相背，無論憑了什麽神聖的名字，其結果便是破壞文藝的生命，造成呆板虚假的作品，即爲本主張頹廢的始基。歐洲文學史上的陳迹，指出許多同樣的興衰，到了二十世紀才算覺悟，不復有統一文學潮流的企畫，聽各派自由發展，日益趨於繁盛。這個情形很足供我們的借鑒，我希望大家棄舍了統一的空想，去各行其是的實地工作，做得一分是一分，這才是充實自己的一生的道路。

“文學批評”管見一

郎　損撰

《“文學批評”管見一》載於一九二二年《小説月報》第十三卷第八號。作者署名郎損，即沈雁冰。本文主要談文學批評問題。作者認爲，中國向來没有嚴格意義上的文學批評，文學批評“無非是把西洋的學説搬過來，向民衆宣傳”。文學批評如果僅僅由理論出發，不利於一般群衆的參與，因此，批評應當從實際方面著手，選取近代以來的作品。此外，作者還指出：“批評一篇作品，不過是一個心地率直的讀者喊出他從某作品所得的印象而已。”

有人説文學批評是“説明”一件作品或一個作家；持此説者被呼爲科學的批評論者，如泰納(Taine)等人便是。

有人説文學批評是“品評”一件作品或一個作家；持此説者被呼爲評判的批評論者，自亞理士多德(Aristotle)以來，此派最多。

有人説文學批評是“欣賞”一件作品，是要把作品内蘊藏一切好處解釋給同時代的人聽；持此説者被呼爲欣賞的批評論者，如蓋忒斯(Cates)等人便是。

這都是關於目的方面的紛争。

有人主張從幾部古代傑作裏抽取幾條原則，作爲文學批評論的金科玉律；有人主張應用科學方法；有人主張應用美學上的理論以定文學批評的標準；更有人主張用比較研究的方法……

這又是關於方法上的紛争了。

法朗士(A. France)把美學上的争論比做永無止息的笛師的争論,我覺得文學批評論也有點相似。但是我們也要明白,争論雖然不息,進步却仍在進步,而且也可以説:正惟其多紛争,不統一,文學批評論才會發達進步。

中國一向没有正式的什麽文學批評論;有的幾部古書如《詩品》《文心雕龍》之類,其實不是文學批評論,只是詩賦、詞贊等等文體的主觀的定義罷了。所以我們現在講文學批評,無非是把西洋的學説搬過來,向民衆宣傳。但是專一從理論方面宣傳文學批評論,尚嫌蹈空,常識不備的中國群衆,未必要聽;還得從實際方面下手,多取近代作品來批評。如果對於一件作品有許多不同的見解互相辯詰,那就是合了我上文説的“正惟多紛争,不統一,文學批評論才會發達進步”這一條件了。

我們現在常聽人説,“要新文學發皇,先得提倡自由創造的精神”;這句話在别一方面看來,是否也對,現在不論,只是何以不聞人説“要文學批評發達,先得自由批評”呢?請不要錯認“批評”二字是和司法官的判决書相等的呀!更請不要誤認文學批評家就是“大主考”!批評一篇作品,不過是一個心地率直的讀者喊出他從某作品所得的印象而已,算不了什麽大事,用不到“嚴格取締”!

如果國内的學術界内竟盛行“嚴格取締批評”的風氣,竟認文學批評是幾個老“批評家”的特權,那我敢爲中國新生的批評文學前途擔憂!

藝文私見

郁達夫 撰

《藝文私見》載於一九二二年三月十五日《創造》(季刊)第一卷第一期。作者郁達夫(一八九六—一九四五),原名郁文,字達夫,幼名阿鳳,浙江富陽人,中國現代作家,新文學團體"創造社"的發起人之一。代表作有《沉淪》《故都的秋》《春風沉醉的晚上》《過去》《遲桂花》等。《創造》,一九二二年三月由創造社編刊的文學性期刊,郭沫若、郁達夫、成仿吾等任主編。初爲季刊,一九二三年五月十三日改爲周刊,一九二四年五月十三日出版至第五十二期後又恢復爲季刊。一九二四年十一月出至第二卷第二期後停刊。本文主要談文藝批評問題,作者認爲,文藝批評有"真"和"假"兩種,所謂真的文藝批評,就是將天才的作品"摘發出來"給衆人看的文藝批評,對於天才没有什麽用,但對一般民衆,確是"啓蒙的指針"。

文藝是天才的創造物,不可以規矩來測量的;所以嚴滄浪的《詩話》,是第二義的文藝。有了杜甫的"酒債尋常行處有,人生七十古來稀",才有"流水對"的一個名目,斷不是因爲有了"流水對"那一個對法,杜甫才來做這兩句詩的。近來科學發達到了高度,無論研究什麽學問,都有用了 Scientific method 來研究的傾向,所以各種批評家,每爲了一定義 What is art 之故,生出許多争論來;這些争論,都是假批評家的用具,恐怕在天才的眼裏,未必能有什麽意思,因爲天才的作品,都是 Abnormal Eccentric,甚至有 Unreasonable 的地方，以常人的眼光來看，終究是不能理解的。

依此而論，文藝批評，竟是與文藝没有干涉的了？這也不是的。文藝批評有真假的二種，真的文藝批評，是爲常人而作的一種“天才的贊詞”，因爲天才的好處，我們凡人看不出來，必待大批評家來摘發出來之後，我們才能知道豐城獄底，有絶世的龍泉；楚國山中，有和氏的美玉。所以有了 Lessing 的 Laokoon，我們才知道古典藝術的精華，有了 Ruskin 的 Modern Painters，我們才知道各派繪事的精緻。

世人的才智，大約都是在水平綫以下，或與水平綫齊頭的。中國的古人也説，天才必五百年一生，所以古今中外畢竟是天才少庸人多。文藝批評在天才眼裏，雖没有什麽價值，在庸人的堆裏，究竟是啓蒙的指針。勃蘭特斯説：

> Derjenige, welcher auf der Reise ein Bergwerk be sucht, laesst sich von einem Manne mit einer Laterne in einen unterirdischen Schacht hinabwinden und sieht sich dann beim unsichern Schein des Laempchens in der Grube ein. Zu einer aehnlichen Fahrt moechte ich don Leser einladen, wenn er sich meiner Fuehrung und meiner Fackel anvertrauen will.
>
> （Aus Brandcs “Hauptstromungen der Literatur des 19. Jahrhunderts,” uebersetzt von Adolf Strodtmann.）
>
> “旅行的時候，去看礦山的人，要一個人擎了燈籠引著，曲曲折折的走到地下去；用了隱約不明的那燈光，方能看見那地下的礦坑。現在也是這樣的，若讀者願意跟了我的指引和我的火把來，我却很願意領他到這一條路上去。”

這就是批評家的天責呀！用了火把來引導衆人，使衆人在黑暗不明的礦坑裏，看得出地下的財寶來。這譬喻雖然簡單，然而我想批評家的責任，已經被他説盡了。

目下中國，青黄未接。新舊文藝鬧作了一團，鬼怪横行，無奇不有。在這混沌的苦悶時代,若有一個批評大家出來叱吒叱吒,那些惡鬼,怕同見了太陽的毒霧一般,都要抱頭逃命去呢!

Matthew Arnold 也好,Walter Pater 也好,Thomas Carlyle、H. A. Taine、G. E. Lessing、Belinsky、Georg Brandes 等無論那一個,能生一個在我們目下的中國,我恐怕現在那些在新聞雜誌上主持文藝的假批評家,都要到清水糞坑裏去和蛆蟲争食物去。那些被他們壓下的天才,都要從地獄裏開到子午白羊宫裏去呢!

真的天才,和那些假批評家假文學家是冰炭不相容的,真的天才是照夜的明珠,假批評家假文學家是伏在明珠上面的木斗。木斗不除去,真的天才總不能放他的靈光,來照耀世人。除去這木斗的仙手是誰呀!就是真正的大批評家的鐵筆!我們目下中國所要求的,就是一位真有識見的批評家。因爲真的批評家出來之後,這一筆混帳,才開消得明白。

文學與常識

玄 撰

《文學與常識》載於一九二二年五月一日《時事新報·文學旬刊》第三十六期。作者署名玄,即沈雁冰。本文主要探討讀者接受水準與文學的發展的關係。作者認爲,對於中國人而言,對已經成爲常識的哲學科學的學説缺乏基本的瞭解,因而專門的學問難以發展,而文學藝術尤其難以發達,因爲"藝術的進步,一方固賴有天才家,一方亦靠社會上對於藝術嗜好的進步"。

中國現在一般人很缺乏常識,無論科學哲學方面的已成爲常識的學説,一般人都不大明白。

譬如"文學"兩個字的解釋,豈不是頂起碼的常識麽?然而十人中大概總有九人不知道。(此以全國人數而言,不專指智識階級;若指曾受過中等新式教育者而言,當然不是十與一之比了。)一方面不懂得文學的正解,一方面又有傳説的模糊的消閑主義,勸善懲惡主義,做他們的根本觀念,無怪他們看了近代的西洋文學要大驚小怪了。

在常識异常貧乏的群衆中宣傳一種思想,也是極困難;譬如要宣傳文學思潮的變遷的歷史,免不得要借用許多已經"常識化"的名詞,而這些名詞,便不是人人能懂的。淺而言之,譬如我們説"文學是人生的反映",就有人連"人生"二字都不得其解;我們説"文學的功用在溝通人與人之間的情感",就有人連"情感"兩字都不得其解;我們説"近代文學是平民化的",就有人連"平民化"三字不得其解。往往我們寫了一篇東西,自以爲没有什麽高深意思,淺得了不得,但是究不能盡令人人皆懂;若多用些人名書名,在我們方且極力自愧搬不出東西,但在一般人看來,光景和"天書"彷佛了。這是我親耳聽得人如此説的。

除開論文,再看小説劇本罷;小説劇本無非是講人情世故,應該不是不能懂的了,但是帶些近代氣的小説劇本,却又非人人能懂。或以爲這是"歐化"白話文難懂之故,其實不然;一般人所不懂的小説還是講些新思想的小説,神秘象徵之作尤甚。他們不是不懂文字,實是不懂書中的用語與意思。譬如《工人綏惠略夫》第八節第九節裏最驚策的話,爲"你們無休無息的夢想著人類將來的幸福……"一大段,我敢説決不是平常不看新思想書籍的人所能領會。

我再舉個例來説罷。林譯的小説,不是大家(凡懂文言者)都能看懂的麽?但是我奉告諸位:如果林琴南也用直譯方法,不把太史公筆法去凑合,如果林氏也肯忠實於原書的意思,不將中國古聖賢治國平天下的大道理去凑合,那我就敢斷言,他的譯本就有一大半要和現代的新派小説一樣,有勞看官們説是"沉悶無味,看不懂"了。林氏所譯,最近代的作品有托爾斯泰的東西,比較的近代的有英國迪更司的作品,這兩位的作品若用忠實方法去翻閲,包管看官們有許多地方看得懂文字,看不懂意思;爲什麽呢?因爲他們兩位著作時社會上一般人的常識和中國現在社會上一般人的常識不同呀!

我覺得,一般人常識極低的社會裏,專門學問無充分發達的希望,而藝術尤甚;藝術的進步,一方固賴有天才家,一方亦靠社會上對於藝術嗜好的進步。如今中國人正在大嚼半羶半臭的東西以爲這是"天下之至味",怎麽能叫他們欣賞或表同情於現代的文學作品呢?

文藝雜論

俞平伯 撰

《文藝雜論》載於一九二三年四月《小説月報》第十四卷第四號，其後於一九二四年收入與葉紹鈞合著的散文集《劍鞘》時改名爲《常識的文藝談》。作者俞平伯（一九〇〇—一九九〇），原名俞銘衡，字平伯。浙江人，生於蘇州。著名散文家，新文學運動初期著名詩人，中國白話詩創作的前驅之一，提倡“詩的平民化”。同時也是著名的紅學家，與胡適並稱“新紅學派”的創始人。本文雜論文藝（批評），作者首先指出，“藝術的藝術”和“人生的藝術”之争辯與文學到底是“貴族的”還是“平民的”之討論均没有多大的意義，並扼要説明了緣由。接著，作者從正、反兩個方面闡述了自己的文藝（批評）觀。反面而言，作者認爲：第一，“生”是無目的的，所以文藝也是無目的的；第二，從創作的角度看，文藝是無標準和價值的，但對於文藝批評而言，標準和價值是不可或缺的；第三，文藝的本身不但找不出目的、標準來，且也没有盡然分明的對象。接著，作者從“正面”闡述了自己的文藝（批評）觀，首先對“文藝是什麽”這個問題作出了自己的詮解：“文藝就是從作者自身的生活事情裏所生的一種反應，而能用言文的充足的符號表現出來的，同時合於時代的標準，爲讀者社會所公認的。這個判斷含有三個要點：（一）文藝的源泉；（二）文藝的技術；（三）文藝光景的確定，社會的價值。三個缺了一個，便不成爲文藝了。”然後提出了自己的文藝批評標準，即既反對以“向善”爲文藝批評的絶對標準（倫理的批評觀），也反對以“向美”爲文藝批評的絶對標準（純美的批評觀），而提倡以“真實”爲文藝批評的工具和標準,並對"真實"在文藝批評領域的特定含義做了相應的闡發。

一

藝術的藝術和人生的藝術這場争辯,以前是很熱鬧的,但現在回想起來,有些不免詞費。爲什麽呢?一則因他們拿來攻擊敵人的便是自己常犯的毛病;二則他們每每有意或無意的誤解對方的真意所在,而無的放矢。以純藝術論者自居的人,既誤解"人生的"作"爲人生的",以"爲什麽的文藝"來定敵人的罪名。但他自己却又喜歡説,"美是藝術的鵠的","藝術爲藝術而存在"著,這豈不是自己打嘴。如爲著玄秘的美,一種藝術的方式,而創作文藝;他的毛病正和教訓主義不相上下。在那一方呢,人生藝術論者,既知道對方的大病;在於注重一個虛空曖昧的概念,而忘記了生活的事實;但他們有時偏受另一個虛空,曖昧的概念的束縛,什麽人道主義,"向民間去"這種口號(如能真實做去,便不是空虛的概念了),也把生活撇遠了,這個光景,正應俗語所謂"有嘴説人家,没嘴説自己",説得古典一些,便是"目能見千里之外,而不能自見其眉睫"了。

二

不但這種争辯是没有真意義的,即所謂"文學是貴族的或是平民的"這個問題;如不先把意義分析清楚,像以前我們籠統地争論,也是白費唇舌。我們試想,"貴族"和"平民"這兩個詞,是都能處處用於文學的批評?這些本是從政治社會上,借來作形容詞的;如不把意義重新估定,決得不了什麽正確的論辯。我先把這兩個詞在文學上應用的困難這個光景説明一下。我們用這兩詞的第一個解釋，是指文藝中表現的生活、反應的不同而言。如照這樣解法誰也不消争辯。誰願意做平民的文學，誰先得去生活著平民的生活，不要在小花園中盡看著他們冷笑，或看做兩句因襲的感嘆。換句話説，平民文學的實現必得文學家生於民間，至少亦得文學家投入民間。這不是空言的事，要緊的是下手幹去。發了“向民間去”這個號，跟著就得“開步走”；否則從行爲方面是“自欺欺人”，從功效方面是“守株待兔”。

若從第二個解釋，則指的是讀者社會瞭解程度的深淺、範圍的廣狹而言。换言之，即以文藝的感染力的强弱，而判定是貴族的，或是平民的，這種解釋，應用上頗有些麻煩。第一，我們要問感染力到什麽程度方是貴族的？到什麽程度方是平民的？這個標準，請問如何下法？若得不了數量的標準，我們有何神力去分别他們？第二，所謂文藝的瞭解本有兩層，一方是文字上的，一方是内容上的。如果内容和文字的感染力相類似，則還較簡單一些。如内容和文字的感染力不同，則更不易分辨。譬如中國有許多古詩，到了現時所以不能通俗，並不是由於實質之不易瞭解，却因爲文字太艱深了。又如流行的詩，每每用的極明淺的口語，而仍不爲一般人所瞭解。（一字或一句他們是瞭解的；他們只是把捉不住全篇的主旨。）上述這兩種，究竟那一個應當列入貴族的，那一個列入平民的文藝中？第三，即使模模糊糊的，以爲瞭解的程度和範圍亦可以考量（依第一點説，實在並得不到標準）。但依現在的社會狀況，瞭解實不當作爲文藝批評的準則。清楚一點，就説以現在論現在，能得一般人的瞭解的作品，不必定是好的文藝。這爲什麽呢？我們要明白文藝與民衆的隔絶，並不是由於文人故意撇開民衆，原因有兩種：(1) 文人成了特殊階級，既不生於民間，亦不想向民間去。(2) 民衆受不到教育，不能享樂富有文藝趣味的生活。由第一因説，我們應當照我們所説的幹去；由第二因説，我們應當作社會改革的活動。至於離開生活的事實，只空想要去努力——有所爲而然的——創作一種爲民衆瞭解的文藝，非特是不可能，且亦無益的。我有過這麽一種幻夢，現在漸成陳迹了。

若不認定文學只是生活的表現,離開生活便無從去改造文學;則無論你用那一種解釋,無論你如何斷定(文學是貴族的或平民的),總逃不了一個危險,就是"外加目的"的危險。不但勉强做出一種没有人懂的文字,或是一種人人能懂的文字,是欺人眩世之談,即以後採用平民生活爲題材,也仍是裝門面的話。我們要記著,所謂到民間去,而想爲文學開一新疆土,終久只是一個好夢。我們何嘗没有到過鄉間去呢;但僅僅是去,僅僅是當把戲似的看(即憑賴觀察亦得精密地去觀察),所得的結果只是外面的描摹,不是裏面的反映。不然,描寫平民生活的作品,在現今文壇上並非絕對的没有;何以我們讀時,不生出一種新的趣味呢?我們喜歡把事情看得太簡單而容易。我們現在與其唱"向民間去"的高調,不如切切實實從我們自己起作生活的改造。所謂文藝的新根基——建設於真實、普遍的人生上面——最初的一步便是我們的生活的改造;再進一步,要使民衆得接近文藝(不是做作出什麽爲民衆的作品),惟有我們幫著他們——給他們以機會——去一點一點的改善生活。

三

我有些偏僻的見解,或者是錯的也未可知。第一,我信文藝是"無鵠的"的,"爲什麽"在這裏只算個愚問。這話説來甚長,現在亦不能詳説。從近處講起,我們先問,創作文藝的時候,當真有鵠的没有?自然,有人説是有的。爲什麽呢?(1)作者自己的享樂,安慰。(2)他人的感染。這些粗粗看去,似乎是不錯的,而其實並不相干。依我的經驗,當下筆以前——每次都是如此——並未嘗有一個明晃晃的鵠的懸在前邊,只是一種暗昧、朦朧的壓迫,使我不得不如此罷了。換言之,創作的力是推着的,不是拉着的。所謂享樂、安慰、感染,只是自然而然的結局、影響,不能誤認爲創作時底動機,鵠的譬如生物適應環境因而生存著,只是一種自然的現象。我們不能以爲"生存"是他們活動的鵠的,更不能説是他們活動的動機。再説遠一點,泛觀生物界上本無最後的鵠的存在,只是無所爲而然的盲動著,人生不免同受這個支配。我們既承認人生只是如此,又承認人生是文藝底表現,怎麽會有什麽目的可尋?無目的的人生,正應當有無目的的文藝來表現他。到我們找著了人生的目的果何在,然後再來談什麽是文藝的鵠的罷,我信"生"是無"鵠的"的,所以我永不願談文藝的鵠的,我覺得一切的鵠的,全是外面加上,了不相干;不但不相干,且能損害文學之花底根株。盲昧已可憐,加上一重桎梏使不知盲昧何所在,在短短的人生,豈不更可憐了!這也不獨於文藝界上是如此。

四

第二,文藝在創作一方面看,是無標準、價值可言,但在批評一方面是不可免的。我不信文藝是有本身價值的,他只有社會的價值(見《詩》第一卷第一號中一文),價值是社會學、經濟學的用語,在文藝批評方面本來只是借用。所以説有離開社會效用的價值,簡直不成話,且也使我一點不懂。我不知道這種本身的、玄之又玄的價值,應如何考量?我不能信没有考量底標準,而可以估定作品底價值。這全是自欺欺人的瞎説。

我們既找不到人生的鵠的何在,亦找不到文藝底鵠的何在,如何能得著絶對的標準?所以一切標準,自來在文藝界上流行的,都是應批評的需要而起,與創作文藝毫無干涉。批評即是要把作品的價值來估定;但估定價值至少得有一個標準,彷彿買東西,不能没有衡度。但這些衡度、標準,本來是没有的,全是人造來利用的,故有兩個特質:(1)是可以變遷的,一時代有一時代的標準,譬如從前用的尺,現在可以改用"密達制",但却不能説誰是誰非,只是適用與否的問題。(2)是多歧的,同時代可以有種種不同的標準。譬如英美用英尺,法國用密達,日本有日本的里,中國有中國的里,我們也不能説誰是誰非。

明白標準是應合批評的需要的工具,是人造的工具,不是單一的、固定的、生成的一塊整料。那麼,自然,拿這個標準所估定出來的價值,也只是相對的。應用到文藝上,便是一時代有一時代所公認的文學,一個民族、國家,有他們所公認的文學,一個人也有他心中所許認的文學。其所以如此紛亂,因爲他們所用的標準各各不同,因爲文藝本來没有標準,標準全是人造的(Artificial)。

這個紛歧的現象是很正當的,不含有謬誤,不勞我們底神力來倒挽狂瀾。拿固定、單一的概念,來裁判一切作品,這是文藝底大蟊賊。譬如有人以爲真的是文學,有人以爲善的是文學,有人以爲美的是文學;但我們却不能武斷那一個是錯,或者那一個是不錯的。因爲是非的判斷,得有標準,而我們並找不著客觀的標準,所以只得聽從他們去説。在主觀上,我們自己也有意見,當然亦可以作批評之批評。但這個批評之批評,仍然是靠不住的。我們只可以説,我們以爲誰是誰非不能徑説究竟誰是誰非,我們永不能知道這種絶對的是非,况且我們也並不需要這種瞭知。

所以社會上需要什麽,什麽便成了所謂文學。到他們不需要的時候,那些作品便漸漸退化爲骸骨了。這種新陳代謝,正是極自然、正當的現象,無用我們的惋惜,更不勞我們底迷戀。要惋惜、迷戀呢,也無有不可的,只是我以爲不必要罷了。

而且這種文藝底新陳代謝,正是創造的生機。從事文藝的人不能不受環境底影響,所以創作物雖在當時寫的時候,非有意去適合社會的需要,却總帶著時代的色彩。這個色彩是不自覺而生的,與故意迎合,作投機事業不同。另一面説呢,我們也不願抑止那些反社會習尚的作品——即社會上不認爲文藝的——底創作;况且事實上我們也不能抑止他們。總之我們論文藝,要把創作和批評兩方面分清楚。批評時應當用時代的標準來判斷那些是文藝,創作時則一切桎梏都在胸中滌蕩乾净,只真率無私地把自己所要説的表現出來,就算了事。我們不管創作的是否是文藝,這些事讓批評家、史家去幹好了,我們只知道創作,應和小孩的啼笑有一樣的自由。啼笑有意義嗎?有目的嗎?或者是有的,但可惜小孩子不知道罷了。知道之後,便不成爲孩子的哭了。提倡某派某主義的文學,正和替小孩子立一個"哭譜",有差不多的愚昧。我這話或者説得過火了。

五

第三,文藝的本身不但找不出目的、標準來,且也没有盡然分明的對象。我們平常説生活是文學底對象,這雖不甚錯,但究竟還不密合真相。拿生活做文學底對象,仿佛文學和生活是兩個分立的;而其實文學只是生活底一部分,是他的自動的表現。我在《詩底進化底還原論》上説:"詩是人生表現出來的一部分,並非另有一物却拿它來表現人生的。"現在的意思也正是如此。人生底真相,只有從自己反射出來的影子裏去窺測,不能拿外物來説明。我們若不承認文學是生活底一部分,怎麽能解釋"文學是人生底表現"這個判斷呢? 譬如樹上開著美麗的花,自然花是樹底生命底表現,但花自己也是生命,並非花是一物,根條株葉各另是一物而整個的樹又是一物。他們自己分不開,因我們説話時底便利硬分割了。分割原有他底意義,只是不可太嚴刻了。所以説文學以生活爲對象,通常時並無妨礙;但如仔細研究,則知此語尚不免有語病,充其量,將使人覺得文學只是描寫批評生活的工具,而忘了文學自身便是生活的一部分。這個區别,雖文字上相差極微,關係却很大。因爲如只把文學當作表現生活的工具,一方面會養成一種冷酷旁觀的態度,一方面又會在塗炭之中建起縹緲空虛的樂園。這正是文藝界空虛、衰落的光景。詩神原有歌哭的自由,只是我們總不希望她永遠閉著眼,更不希望她以金枷玉鎖終其身,歌哭原是自由的,只是請——請您睜開眼罷! 睜開眼之後,她沉淪在生活的旋渦裏去了,便永永戀着那人生了!

六

上邊這三節,從反面勾染出我對於文藝的私見。現在從正面略説一説。文藝是什麽？我自然不能下什麽明確的定義，但姑且試答一下，文藝就是從作者自身底生活事情裏所生的一種反應，而能用言文底充足地符號表現出來的，同時合於時代的標準，爲讀者社會所公認的。這個判斷含有三個要點：(1) 文藝的源泉；(2) 文藝的技術；(3) 文藝光景的確定，社會的價值。三個缺了一個，便不成爲文藝了。離開生活的事情，没有適當的工具來表現，果然是不成；即社會上的批評，也缺少不得的。因爲如缺少這個成分，雖然有真的文藝，我們又何從知道？至多只有作者自己知道罷了。我們不想抑止非文藝底創作，但文藝之所以成爲文藝，却與社會的效用、文藝的感染性生死不離。至於創作底時光，這些事情原不在他的意中，只自然而然地適合這三個要素。

這並不含有神秘的氣味。我們要記著，這三個要素，並非可以劃然分開的三件事，只是三個方面而已。第一，生活底事情，本是離不了社會的，所以所生的反應，本身有社會的意味。第二，言文底符號原是應社會需要而起的，用他們來充足表現胸中的感念，多少含有社會的興趣在内，即使作者是不自覺的。所以上節所謂應合時代的標準僅是自然的結果，不是有意懸著一個鵠的去追求。文藝的自由與普遍之不相妨礙，這其間未嘗含有神妙難言的原故。我以爲文藝界上，可以適用估價底方法；但這價值非創作底目標而已，作者必浸在社會中間，忘了社會底影響，然後他底作品方才有真的社會的價值。若站在社會外邊，去迎合社會，則反而把價值喪失了。

文藝之有社會效用，是自然而然的；所以注重社會方面，並不妨礙創作的自由，且更要鼓勵著他。社會能影響於個性，個性亦能反給社會一些影響，這個交縈的流在人的一生中永永不斷，除非我們硬去擋下一座堤防。是什麽呢？就是外加的鵠的了。無論什麽鵠的，都會把創作底天才給束縛了，把真的反應給抑壓了，把文藝的社會價值弄得固定而無用了。好好的一個環，誰把他椎破了呢！

七

我在這裏，借著機會，修正在《詩》一卷一號裏所發表之文。我在上邊已説到，批評的標準並非固定的，所以真善美這三個觀念，都可以應用到文藝上去。我在前文，曾採用“向善”爲文藝的標準；但現在呢，却覺得有更正的必要。我先説明這一點。

我在前文中以爲美是迷離惝恍的，但仔細想來，善也未始不是如此。什麽是善，正和什麽是美，有相似的游移。果然，我們從生物學，或社會科學上可以找到善的解釋，但我們在美學中，亦未始不可找到一個美的解釋。這些解釋當然不滿我們的意。而且善和美，除游移惝恍這個相同點以外，又各有些不合式的地方，使它們不能應用於文藝的評壇。

善既非人生的目的，而善惡這個範疇，亦決不能包舉廣漠的人生。我們知道有許多行爲是無所謂善惡的。倫理的行爲，只占了人生活動的一小部分。即在這一小部分中，亦非有充足的解釋，不過爲生活便利起見，硬生分别。譬如殺人是不道德的，何以發生在某處是正當的，而在某處是不正當的；又何以某人可殺，而某人不可殺？這些疑問原可以不了了之，因爲善惡原不是絶對的真理，我們只可以問他底效用，而不能追求他的理由。我們以爲有用，便取了他；無用便撇了。這算不了什麽大事。

我們試想文藝所表現的，是整個兒的人生，並非一個小圈子裏的人生，我們如何能用善底範疇來做批評的標準。況且，在文藝中所表現出的生活反應，在社會上往往不發生善惡的影響，又往往同時發生可善可惡的影響。這種複雜交錯的光景，更不是或善或惡一言而決。文藝正可譬之兒童的啼笑，只是應付需要自然地發生的現象，我們既不必給它硬安上目的，更無從分别善意或惡意的啼和笑。或者有人以爲分别確是必要，只我以爲多一事不如少一事的更爲聰明。

但我雖已不樂意用倫理的觀念來批評文藝，但在同時，仍固執地反對純美的藝術觀。我的理由可以大別爲二,而"美"底解釋游移無定不在此數。(應用的標準,原只是粗粗看去,無十分清晝底必要與可能。)

A. 美不能盡文藝之事,不能包舉一切的文藝品,正和"善"無甚差別,我們常聽人説,科學求真,藝術求美;而其實科學所求的,並非死板板的真理,藝術更不是花花緑緑的美底附屬品,藝術與美是有交錯的地方,但藝術的範圍要比美廣大得多。故美既不是文藝本身的目的,也不是批評文藝很適當的標準。

文藝的光景只是情感底交流,傾注"從人間底心裏還流向人間底心去";這就是作者和讀者的關係了。這種光景,我們叫他感動。若一件作品不能感動自己或他人,便將不成爲文藝,至少我們不知道它是文藝不是。

我們試把所謂"感動"和"美"這兩個觀念底範圍比較一下。凡所謂美的都能感動人嗎?凡感動人的都是美的嗎?這兩個問題都不能有肯定的答案。我們從經驗上知道,所謂美的東西,未必一定能感動人。譬如我在市街上看見一個華妝的婦女,她長得很美麗,但我看了一看便算數了。我並不是不瞭解她的美,只是没有感動。又如我在火車上,見田野間一片如火的紅花(這是我來紐約在車上所見),也未始不賞玩到他們的美麗,只是不曾感動我。再從那方面想,能感動人心的,也未必定是美的或者竟許是醜惡的。這不用遠尋例子,近代文學中描寫的題材,大半全是灰色的人生,何嘗借美來粉飾。就上面的例説罷,我有時見一愚蠢平庸的村婦,看她的力作,看她的辛苦忍耐,覺得處處燃燒了我情感之火,但我却始終不以她爲美人。她固不是美人,却不因此失去感動我的魔力。一片衰草,一幹枯樹,常常動我們的嘆息,留我們底徘徊,其感人之力有時什百倍於明艷的花。若以純美爲藝術的標準,則又將如何辯解。我真驚詫到了現代,還有人反對以醜惡的字面入詩,充他們底意;大約最好再做一部修正的《佩文韻府》,不,我説錯了,一部《詩韻大全》罷了。

B. 即使他們退一步説,以表現之修飾,爲美底領土,就是從文藝底形式上來應用這純美的藝術觀,我也不能不懷疑。文藝之分內外兩面(內容與技術),只是勉强分開的,并非内容是一件獨立的事,而技術又是一件獨立的事。把他們倆割斷,專從技術上去批評,是否能接近文藝底根源,我實不敢妄下肯定斷語,文詞的修飾在製作時原是要兼顧的,但我們記著這僅是文藝的根株上附帶著的,小小的一點,自然而然會注意到的。我們若把精力集中在這一點上,便不免輕重倒置,買櫝還珠了。以形式的美爲文藝批評的標準,我至少覺得有下述的流弊。

他們實在太拘執,且把輕重顛倒了。他們常常説,不修飾不成爲文藝,而不知道虛僞、矯揉造作的文藝,其價值遠遜於一句老實真摯的話。有人以爲新詩不是詩,只是白話罷了。我不能對他説什麽。因我覺得,做了人痛痛快快把要説的説出,就很够了,定要争來做詩人,不是傻瓜嗎?詩與非詩僅僅是名字底不同,人家斤斤然於此,覺得怪嚴重的,這是他們底高興。我們還是坦坦地走我們底道,默默地走著,可以不必"名實未虧而喜怒爲用。"

一字一句的批評,這樣的嚴刻,有什麽大意思。我不懂!不聽老實痛快的話,却去讀歪詩,有什麽大意思。我不懂!我們已有圖畫,有音樂了,却定要把這些分子,作文藝的標準。(文藝中自然地偶然地含著,兼著圖畫、音樂的特質,是屢見不鮮的。但這只是巧合,既非故意作成,亦非必要之屬性。)硬不許文藝獨立,無飾地申訴人間的感情。我更不懂!我説,文藝有時可以兼别種藝術的特長,但却不是必定要如此的;因爲文藝有它的獨立領土,不是任何其他藝術底附庸。

我再申論文藝與修詞底關係。修詞爲解析文藝而有,文藝不必定守修詞底律令。從歷史方面講,先有文藝,先有修詞學呢?如現在的歌謡它們底作者不但不懂修詞學,有時連字都不認識,但我們仍不能不承認其間有很好的文學存在,可見原始的文學,竟不和修詞發生關係。它們都默默含一種修詞學的基原理,便是説老實話。要説老實話,便是修詞學的發生原因。

簡單的老實話容易説,複雜的老實話便不易説了。因爲思想情感,愈演進而愈精細繁複,故表現底方法也得跟著他們跑。否則一個落了後,老實話便説不成了。一切的文法、修詞學全是使人説老實話底工具,使文藝有充分感染力。因渴望著真率無私的聲喚,於是文藝底技術,才有長足的進步。痛快淋漓的感念,我們要他説得也痛快淋漓;委宛曲折的感念,我們要他説得也委宛曲折,什麼樣學的,我們要把他説得正是什麼樣子。這便是文法學、修詞學成立底根據。

所以我絶不反對在學校中研究修詞、文法這些功課,我也不甚反對兼用這些觀念來批評文藝(上邊所反對的,是在批評時,太偏重這些方面,而不知融會作者在作品中的性格);我只抗爭,創作文藝的人照形式的美爲終極。這種謬見如不連根拔去,文藝的花便會從内朽腐出來,而外表仍然莊嚴璀璨。我警告你們,如以形式的美投射到創作底前路,於是自己迷途了而人家以爲你們是在那邊説謊,真是説謊啊,無可辯解的了。讓我們第一步學會説老實話,第二步再去讀文藝罷。做人便够了,何必定要做文人;不打謊便够了,何必定要創作文藝。再進一步説,文藝只是人間底至老實的話而已,並没有什麼微妙難言。微妙難言的未必是文藝,竟許是文藝的蠹魚。况且,我們數千年來,桎梏牢牢擔荷著,難道舊索依然郎當響著的時候,又需要新的桎梏了嗎?我不懂,真真的不懂!

古人説得好,“修詞立其誠”。可見修詞底效用只是求真,並非來借此作僞。修詞學只可作文藝底解釋,决不可以拿來範圍文藝。文藝底領土,要比修詞學的廣大而複雜得多。故文藝形成修詞學(由解析文藝然後有修詞方法),而修詞學並非形成文藝的。一時代有一時代的修詞方法,一作家也有他底特殊的修詞方法,若把已成的修詞條例,來嚴格地批評新生的文藝,是無异於作骸骨的迷戀,使小孩子追着他祖父底脚蹤。這樣陳陳相因,結果留得一個空廓、可笑的形式。康洪章説:“守文法不如造文法。”這句話無限制地應用,自不能無弊;但我覺得這種見解要高出於新三家村學究萬萬倍了。讓我們自由地説自己底話罷。我們總願意人家懂我們的話,所以不消得學究先生替今人擔憂。如我們一旦忽然願説一種人家不能懂的話,這也得由着我們,怕道他們想學秦始皇嗎!哼!微塵似的生命,在蕩蕩的世界之中,大家原不相妨的,請莫如此狠狠喲!

八

一時代的社會所認爲應當的是善,所喜悦的是美。我們不要那些玄學的或科學的名詞,只要如此近於常識就够了。文藝上既無所謂"應當如此",又不是僅博人們底喜悦;所以這兩個觀念,都不甚合用。我上節曾説,文藝即是至老實的話,故我願以"真實"爲批評文藝的工具、標準。

"真實"普通的解釋,是指内外相符,心口如一。如依這麽説,文藝便是人們真心的話,而充分地表現出來的。但我却不願用這個解釋。我們怎麽能够考量内外的關係呢?我們既不能洞見作者的内心,如何能知道他和所表現的相符與否?若依據本人内省的報告,所得的資料,仍舊是外的,口頭的,筆下的,與内心仍不相干。我們不是上帝神明,不能直觀,不能頓悟,對於絶對的真實,真是望塵莫及,想望徒勞。况且,文藝批評的標準,原是應用便利而硬加的,要那絶對的"真"做什麽用?

所以我所謂真實,仍是從社會的效用、文藝底感染力這些方面解釋,仍是表面的,游移的,相對的。我以爲"真實"和"感動",只是一件事底兩種説法。真實底本身不可知,我們可從感動推知之。再説清楚一點,能感動人的定是真的。至於不能感動人的其真否良不可知。在文藝上底真實,我們所能觀察到的只有"感動"這種景况。一件作品能感動人,我們便得兩種的推論:(1)是有真實的屬性的;(2)是充分地表現出來的。這内外兩種,皆非我們所能直接瞭知;(真是什麽?怎樣才是充分的表現?)只得從讀者方面間接地推測。但這些推論有没有實無多關係。我們可以直接地説,能感動人的便是文藝。至於感動底條件是什麽,則人各一詞;因爲都無非是揣測,故得不到一個和合的解决。關於文藝的哲學觀,或科學的解析以常識作文藝説,姑且存而不論,即使辯論,也是勞而少功,浪費筆墨而已。

但所謂感動,也是儀態萬方,使人眩惑的。他的程度範圍,固無可衡量;即所謂感動的光景,也極難描繪。感動雖只是一名,却含有千變萬化的形態。文藝之魔力,能令公喜,能令公怒,能使人下泪,能使人微笑;能使人傾瀉笑的泪,也能使人强作泪的笑;能使憂者樂,而樂者憂,又能使憂者愈憂,而樂者愈樂;能使人執卷忘疲,也能使人不終篇而廢書長嘆。只有至小的一部分的影響,或爲當時作者所能揣知,其餘的大部分,作者做夢也想不到的。他底骸骨成灰了,他底作品還在人間開他的青年之花,千千萬萬的人被他誘惑了。

從這樣廣大無垠的光景下却要指出,且簡單地指出什麽是感動,豈不是一個大大的難題。感動不限於某一種的情感。笑的是文學,怒的是文學,哭的也是文學,我們能偏向那一個呢? Shelly曾説:"詩是最好極樂的心靈,在最好極樂的一刹那間的記録。"但他的話,只是一句詩,不能適用於論辯。詩人的心靈是否最好,我們不知。他所謂樂,又是玄學的,不指平常所謂愉快而言,我們也不便採用他。我所謂感動,只是指讀者受了作品之影響所生的情感的變遷,兼包程度(如使樂者愈樂)、性質這兩方面(如使樂者興悲)。反過來説呢,無論作品怎樣地至善,怎樣地至美,若讀者溟然不動,便非我所謂文學。

至於讀者底感情的變遷,應怎樣考量呢? 這問題已入於心理學的範圍了,如要決定這個方法,便無异於要判斷構成派與行爲派的是非。我既不是心理學者,且在此地亦並無作如此的斷定的必需。如通俗一點,情感的變遷即可憑讀者自己的報告(内省);如要求精確,則不得不依賴觀察和實驗了。心理學既尚在幼年,我所採取用來批評文藝的標準,不免和前人或同時的人犯相同的病,也是游移惝恍,富於玄學性的,不過我自己覺得比他們或較少些矛盾不安之處。人類的行爲究竟能否用數量來考度,本是一個未決的謎。他們研究心理學的呢,願心理學成爲真的科學,自不能不有這個信心。在我們則大可不必作這種不必要的假設。我們僅僅作常識的談話,已足應付我們的需要了。故情感底變遷這個標準,雖難確定底程度很遠,却仍不失爲批評文藝的工具。我們不作太科學的和太玄秘的論辯,就常識看去,情感底變遷這件事情總是存在的,總有一部分,至少有一部分,可爲我們揣知的。既然如此,爲什麼不可做批評文藝的標準?

一九二二年,在紐約城記。

文學與人生

沈雁冰 撰

《文學與人生》載於一九二三年版松江《學術演講録》第一期(本篇爲作者於一九二二年八月在松江第一次暑期學術演講會上的演講稿)。本文借用西方學説,從人種、環境、時代、作家的人格等四個維度分析中國文學與人生的關係,從而提示我們"凡要研究文學,至少要有人種學的常識,至少要懂得這種文學作品産生時的環境,至少要瞭解這種文學作品産生時代的時代精神,並且要懂這種文學作品的主人翁的身世和心情"。

今天講的是文學與人生。中國人向來以爲文學,不是一般人所需要的。閑暇自得,風流自賞的人,才去講文學。中國向來文學作品,詩、詞、小説等都很多,不過講文學是什麽東西,文學講的是什麽問題的一類書籍却很少,講怎樣可以看文學書,怎樣去批評文學等書籍也是很少。劉勰的《文心雕龍》可算是講文學的專書了,但仔細看來,却也不是,因爲他没有講到文學是什麽等等問題。他只把主觀的見解替文學上各種體格下個定義。詩是什麽,賦是什麽,他只給了一個主觀的定義,他並未分析研究作品。司空圖的《詩品》也没講"詩含的什麽"這類的問題。從各方面看,文學作品很多,研究文學作品的論文却很少。因此,文學和别種方面,如哲學和語言文字學等,没有清楚的界限。談文學的,大都在修詞方面下批評,對於思想並不注意。至於文學和别種學問的關係,更没有說起。所以要講本題,在中國向來的書裏,差不多没有材料可以參考。現在只能先講些西洋人對於文學的議論,再來講中國向來的文學,與人生有没有關係。

西洋研究文學者有一句最普通的標語:是"文學是人生的反映(Reflection)"。人們怎樣生活,社會怎樣情形,文學就把那種種反映出來。譬如人生是個杯子,文學就是杯子在鏡子裏的影子。所以可説"文學的背景是社會的"。"背景"就是所從發的地方。譬如有一篇小説,講一家人家先富後衰的情形,那麽,我們就要問講的是哪一朝。如説是清朝乾隆的時候,那麽,我們看他講的話,究竟像乾隆時候的樣子不像?要是像的,才算不錯。上面的兩句話,是很普通的。從這兩句話上,大概可以知道文學是什麽。固然,文學也有超乎人生的,也有講理想世界的,那種文學,有的確也很好,不過都不是社會的。現在我們講文學與人生的關係,單是説明"社會的",還是不够,可以分下列的四項來説一説。

(一)人種　文學與人種,很有關係。人種不同,文學的情調也不同,哪一種人,有哪一種的文學,和他們有不同的皮膚、頭髮、眼睛等一樣。大凡一個人種,總有他的特質,東方民族多含神秘性,因此,他們的文學也是超現實的。民族的性質,和文學也有關係。條頓人刻苦耐勞,並且有中庸的性質,他們的文學也如此,他們便是做愛情小説,説到苦痛的結果,總没有法國人那樣的熱烈。法國作家描寫人物,寫他們的感情,非常熱烈。假如一個人心裏煩悶,要喝些酒,在英人只稍飲一些啤酒,法人却必須飲烈性的白蘭地。這英法兩國人的譬喻,恰可以拿來當作比較。文學上這種不同之點是顯然的。

(二)環境　我們住在這裏,四面是什麽。假設我們是松江人,松江的社會就是我的環境。我有怎樣的家庭,有怎樣的幾個朋友……都是我的環境。環境在文學上影響非常厲害。在上海的人,作品總提著上海的情形;從事革命的人,講話總帶著革命的氣概;生在富貴人家的,雖熱心於平民主義,有時不期然而然的有種公子氣出來。一個時代有一個環境,就有那時代環境下的文學。

環境本不是專限於物質的,當時的思想潮流,政治狀況,風俗習慣,都是那時代的環境,著作家處處暗中受著他的環境的影響,決不能夠脱離環境而獨立。即使是探索宇宙之秘奥的神秘詩人,他的作品裏可以和他的環境無涉——就是並不提起他的環境,但是他的作品的思想一定和他的大環境有關。即使是反乎他那時代的思潮的,仍舊是有關係。因爲他的"反",是受了當時思潮的刺激,決不是憑空跳出來的。至於正面的例子,在文學史上簡直不勝枚舉。例如法國生了佐治申特等一批大文學家,他們見的是法國二次革命與復辟,所以描寫的都是法國那時代環境下的人物。申特雖爲了他的革命思想,逃到外國,可是他的作品,總離不掉法國那時代的色彩。舉眼前的例:我們在上海,見的是電車、汽車,接觸的可算大都是知識階級,如寫小説,斷不能離了環境,去寫山裏或鄉間的生活。英國詩人勃思斯(Burns)的田園風景詩,現在人説他怎樣好,怎樣美麗,平静;十九世紀末,作家都寫都會狀況,有人説他們墮落:這都是環境使然。又如十九世紀末有許多德國人,厭了城市生活,去描寫田園,但是他們的望鄉心,一看便知。這就是反面的例。可見環境和文學,關係非常密切,不是在某種環境之下的,必不能寫出那種環境;在那種環境之下的,必不能跳出了那種環境,去描寫出别種來。有人説,中國近來的小説,範圍太狹,道戀愛只及於中學的男女學生,講家庭不過是普通瑣屑的事,談人道只有黄包車夫給人打等等。實在這不是中國人没有能力去做好些,這實在是現在的作家的環境如此,作家要寫下等社會的生活,而他不遇見黄包車夫給人打這類的事,他怎樣能寫别的?

(三)時代　這字或是譯得不好。英文叫 epoch,連時代的思潮、社會情形等都包括在内。或者説時勢,比較近些。我們現在大家都知道有"時代精神"這一句話。時代精神支配著政治、哲學、文學、美術等等,猶影之與形。各時代的作家所以各有不同的面目,是時代精神的緣故;同一時代的作家所以必有共同一致的傾向,也是時代精神的緣故。自然也有例外,但大體總是如此的。我們常聽人説,兩漢有兩漢的文風,魏晉有魏晉的文風……就是因爲兩漢有兩漢的時代精神,魏晉有魏晉的時代精神。近代西洋的文學是寫實的,就因爲近代的時代精神是科學的。科學的精神重在求真,故文藝亦以求真爲唯一目的。科學家的態度重客觀的觀察,故文學也重客觀的描寫。因爲求真,因爲重客觀的描寫,故眼睛裏看見的是怎樣一個樣子,就怎樣寫。又因爲尊重個性,所以大家覺得盡是特别或不好,不可因怕人不理會,就不説。心裏怎樣想,口裏就怎樣説。老老實實,不可欺人。這是近世時代精神表見於文藝上的例子。

(四)作家的人格(personality)　作家的人格,也甚重要。革命的人,一定做革命的文學,愛自然的,一定把自然融化在他的文學裏。俄國托爾斯泰的人格,堅强特异,也在他的文學裏表現出來。大文學家的作品,哪怕受時代環境的影響,總有他的人格融化在裏頭。法國法朗士(Anatole France)説:“文學作品,嚴格地説,都是作家的自傳。……”就是這個意思了。

以上是西洋人的議論,中國古來雖没有這種議論,但是我們看中國文學,也拿這四項做根據。第一,中國文學,都表示中國人的性情:不喜現實,談玄,凡事折中。中國的小説,無論好的壞的,末後必有個大團圓:這是不走極端的證據。關於人種一條,可以説没有違背。第二,環境更當然。中國文學的環境,自然都是中國的家庭社會。第三,時代的關係在中國似乎不很分明。但仔細看,也有的。講舊文學的人説:同是賦,兩漢的與魏晉的不同;同是詩,初唐盛唐晚唐也不同。李義山的無論哪一首詩,必不能放在初唐四傑的詩中。他們的詩,同是幾個字綴成,同講格律,只因時代不同,作品就迥然兩樣。《世説新語》的文字,在句法與文氣上都與他書不同,《宋人語録》亦如此,與《水滸》不同,與《宣和遺事》又不同。這都可以説因爲時代空氣不同。非但思想不同,文氣、格律也有不同。可見時代的影響,也很厲害。至於人格,真的作家,不是欺世盗名的,也有他們的人格在作品裏。所以文學與人生的四項關係,在中國也不是例外了。

文學與人生簡單的説明不過如此。從這裏,我們得到一個教訓,就是凡要研究文學,至少要有人種學的常識,至少要懂得這種文學作品産生時的環境,至少要瞭解這種文學作品産生時代的時代精神,並且要懂這種文學作品的主人翁的身世和心情。

雜　感

雁　冰 撰

《雜感》之一載於一九二三年四月十二日《時事新報·文學旬刊》第七十期。作者署名雁冰，即沈雁冰。本文主要談文學語言問題(即“文言白話之爭”)，作者首先對文言與白話的區别做了界定，指出“凡一種發表思想情感的工具，只用在紙面，而不用在口頭的，叫做文言；反之，只能説在口頭，而不許寫到紙上，叫做白話。他們的區别就在：一個單用在紙面，一個單用在口頭。除此以外，一切异點，都不必提起。”繼而通過對猶太民族和希臘民族文學中“文白之爭”的歷史回顧驗證了白話的通行是文學發展的必然趨勢。

《雜感》之二載於一九二三年五月二十二日《時事新報·文學旬刊》第七十四期。作者署名雁冰，即沈雁冰。本文首先由批評界對屠格涅夫、契訶夫、安特萊夫等俄國文學巨匠取得成就的原因分析切入，間接分析了文學與社會的關係之重要性，繼而對我國文學界由“社會的傾向”向“個人的傾向”的轉變過程中所滋生的“文以發牢騷”的文藝觀進行了批判，指出中國的純文藝觀要獲得發展，就必須克服這種“文以發牢騷”的創作傾向。

《雜感》之三載於一九二三年六月二日《時事新報·文學旬刊》第七十五期。作者署名雁冰，即沈雁冰。本文漫談文藝，思緒跳蕩，作者分别對新詩散文化問題、白話文運動的悲觀主義情緒、唯美論的藝術主張進行了批判。在新詩的散文化問題方面，作者强調“詩句不妨就是散文的句子，所以能連寫成散文形式的詩，仍舊是詩。”在對白話文的態度方面，作者認爲白話文的通行是歷史的必然趨勢,所謂“悲觀者”,不過是“神經過敏罷了! 懦怯罷了”。在藝術主張方面,作者認爲不存在所謂“唯美主義”,唯美主義不過是中國古人的陳詞濫調,藝術不但要求美,更不能忽視“真”與“善”。

《雜感》之四載於一九二三年六月十二日《時事新報·文學旬刊》第七十六期。作者署名雁冰,即沈雁冰。本文的核心觀點是“文學是批評人生的”。作者認爲,“文學是要指出現人生的缺點並提示一個補救此缺憾的理想的。”以此爲出發點,他對現文壇那種沉溺於過去之幸福的“盛描空幻之美的文學”和只關注個人情感的感傷文學進行了批判。

《雜感》之五載於一九二三年十月一日《文學旬刊》第九十期。作者署名玄,即沈雁冰。本文雜談文學,首先指出了文學與政治之間的關係,繼而呼籲“樂觀的文學”。在文學與生活的關係問題上,作者認爲文學既要反映“内生活”(精神生活),也要對“實生活”(現實生活)有所批判,有所反映。同時,作者也對“文言復興論”進行了批判,對詩歌與現實生活的關係做了簡單闡述。

一

自從三月九日以來,《民國日報》的《覺悟》登載了十幾篇關於“文言白話之争”的文章。這是春季國内文壇上一件極可喜的事;這也是宣傳“白話”的一個好機會。因此,我們不但感謝那幾位替“白話”作辯護人的同志,並且也感謝那幾位“白話反對者”(或可説是懷疑者,因爲其中幾位並非絶對的反對白話)給大家一個考慮的機會:使我們的同志能够暢快的答辯一次,使反對者多一次的反省。

文言文與白話文的孰醜孰美,文言與白話的美醜,美是怎樣説……等等問題,已經講得多了,我也没有另外新的意見説給讀者聽,我今天只想請讀者看看現代别的民族裏將要解决或已解决的“文言與白話”之争。

日前《覺悟》討論“文白問題”的通信裏,也曾論到“文言”的定義。有一位先生因見現在的白話文内也有文言文裏用過的“詞”,便斷定這些白話文就是文言,可知現在還有許多人對於“文言”和“白話”的分别弄不清楚。

我們現在簡單的説:凡一種發表思想情感的工具,只用在紙面,而不用在口頭的,叫做文言;反之,只能説在口頭,而不許寫到紙上,叫做白話。他們的區别就在:一個單用在紙面,一個單用在口頭。除此以外,一切异點,都不必提起。如果現在中國竟有一處地方,會像《鏡花緣》裏的“君子國”一般,把我們所目爲“文言文”的東西(自然我們不就指君子國内酒保嘴裏説的是“文言”,並且也不竟以爲主張文言文者目中之文言就是君子國酒保嘴裏的東西)挂在嘴頭,那麼,我們願意説他們的“白話”,就是“文言”,或我們目爲文言的東西,在他們就是“白話”。但現在中國境内既然没有《鏡花緣》上的君子國,所以到底只好把用在紙面的東西呼作“文言”了。所以即使有人説現在的白話不過把“的了罷呢”换代“之乎者也”,其他還是和文言一樣;但現在既没有人把“之乎者也”掛在嘴頭,我們還是要把“的了罷呢”式的文言作爲白話的!

這是我們眼中的“文白之分”,先要請讀者認清。

所以我們中國人要發表思想,宣泄情感,須得學習兩種“工具”:一是文言,一是白話。這是我們的重大的負擔;除掉啞巴,與自願剥奪天生權利之一部分的人。

但這種“特别國情”,在地球上,也還找得出第二第三個來。舉普通的例,就是猶太民族和希臘民族。

在今世紀初,猶太著作家寫在紙面上的,是希伯來文;但是他們口裏説的,却是德國中部的一種古代的方言,叫做 Yiddish①。

① Yiddish:英語,意即意第緒語(猶太德語)。

所以希伯來文史猶太人用的"文言",而 Yiddish 是他們的"白話"。猶太族中善用希伯來文的老宿,常把 Yiddish 看作村俗不堪入文,正像我們的文言忠臣對於"白話"的態度。當二十年前,猶太新文人如潘萊士等,提倡"白話文",把"白話"寫在紙面,作文,作小說,作詩,那時候,希伯來文的忠臣極力反對,也不亞於我們今日的"文白之争";然而現在如何?現在是傖俗的 Yiddish 戰勝了有古老歷史的希伯來文了。由於賓斯奇和考伯林等人的努力,猶太人的"文白之争"是解决了。

希臘的"文白之争"更是我們眼前的好例。希臘古代文學是西歐文學的源泉,這是誰也承認的(甚至有人說希臘古文可以算是歐洲各民族文字的古文;有一位文言忠臣曾據此駁難主張白話者)。希臘古文學在他本國以及在世界文學史上有怎樣重大的價值,是可以想見的了。然而古希臘文到了現在,也成爲紙面上的東西。現代的希臘人口裏說的,另是一種東西,據說有四五種方言(我這裏不多舉,請把《大英百科全書》"希臘文學"一條翻出來一看就得了)。所以希臘人也和我國一樣,有"文言"與"白話"一個問題,横在他們面前。因爲自從前世紀後半期希臘得政治獨立以來,興起了一種"文學復興"運動,青年的作者竟激烈到要用"白話"來寫在紙面,代替那有極光榮極悠久的歷史的古文了!希臘的國粹家的努力反抗,自不必説;聽説在四五年前,兩派還是對峙;常常見雜誌上並排列著他們的"文言"論文,和"白話"論文。一個懂得古希臘文的外國人只能看懂文言文的一排,那些白話文是不能懂的!倒不如我們中國的白話文,到底還有幾分可懂。現在他們的"文白之争"究竟到什麽程度,我可不知道,因爲我的參考書是舊的,然而我們知道他們現代大作家都用"白話"著書(如思想家詩人的 Kostes Palamas)①,可知他們的"白話"的前途了!

我們現在常聽得有人說:中國文言文終有過許多傑作,文言文

① Kostes Palamas(1859—1943):帕拉馬斯,希臘詩人。著有詩集《祖國的歌》等。

已有成績,所以改用未著成效的白話,是不值得的。在反對白話的許多理由中,這是一個較動人聽的。但不知他們看了希臘人的“文白之争”,作何感想？或者他們要説:原來迷新的瘋人不但是中國有之,西洋也有的!

是呀！在人類進化史上,瘋人是不絶地出現的！而且這種瘋氣原也是普遍的,非以民族所得專;且幸而不爲一民族所專有。

二

批評家説屠格涅甫三十年的著作生涯正當俄國社會經濟組織變遷史中最重要的一段,同時也是俄國青年思想急遽蜕變中最重要的一段;這樣一個有意義的時代恰好有屠格涅甫用極精美的藝術手段描寫下來:此屠格涅甫所以成其爲偉大的作者。批評家又説,日俄戰争後,俄國由興奮而入頽喪,那數十年的所謂“灰色生活”也有兩個大藝術家——乞呵夫和安特萊夫——替他留下了一張畫像來;這兩位作家睁大了眼睛正對那時卑污頽唐的人生細看,他們是失望了,他們是憤激到了極點,氣得駡不出口,只能冷笑了,然而因爲他們又迷茫的確信“有一個黎明在遠的將來”;所以他們的著作使我們讀者在嘆了氣滴了眼泪之後,又無端的興奮起來,朝氣又在我們的靈魂裏蘇醒過來:這亦就是乞呵夫和安特萊夫的偉大處。

我們的青年的思想,自“五四”以來,不是也呈急遽的變遷麽？而且不是也由興奮而入頽喪麽？我們現在追想到“六三”的熱烈的舉動,追想到那時上海各校童子軍如何在南京路維持秩序,女學生如何在各馬路分散傳單,我們把那時火剌剌的精神,滿懷的樂觀,和現在的半睡半麻醉的狀態一比較,真不勝幻滅之悲哀！熱烈的運動已經過去了,興奮過後之疲倦的頽喪的一刹那,正在繼續著,虚空的苦悶,攖住了人心,在這當兒,給予慰安,唤起新的活力,是文學家的責任。我願中國也産生了乞呵夫和安特萊夫那樣的作家。熱烈的運動雖然已經過去了,但是這個可紀念的事件永久令人於回憶時鼓舞興慨,我們極盼有"五四"的"I Liad"和"Odyssey"①,所以我願中國也産生了屠格涅甫那樣的作家!

新文學運動的短促的四五年内,好像已有了由社會的傾向轉入個人的傾向這一種形勢。只把四年前的小説和現在的小説一比較,便顯然可見。四年前的小説,十篇裏總有九篇是攻擊社會中某種舊制度,現在的小説,十篇裏總有九篇是作者發自己的牢騷。文學是人生的反映,個人的牢騷既然也是人生内所有事,當然也是文學所應該反映的;但是近來的議論竟以爲非如此便不能算是文學作品,把其餘不關個人牢騷的作品一概視爲功利主義,在深惡痛恨之列:這種傾向是很危險的。借文藝以發牢騷,原是中國人固有的文藝觀。幾千年來,把這種觀念推行至於極端,致使舊文藝庫中堆滿了無病呻吟消遣玩世的作品。四五年前新文學運動開始時的社會的傾向,便是針對此病而下的藥。功利主義也是中國文人固有之又一的文藝觀。文以載道一語,説盡了中國文藝上功利主義的内容。中國純文藝之所以不發達,受這兩者——文以載道和文以發牢騷——之害不淺。現在"文以載道"一説是打破了,而"文以發牢騷"這禍根却又穿了洋裝跳出來,實在是新文學前途極大的危害!我們大家應該防鼠疫似的嚴防這"文以發牢騷"的毒菌再蔓延開來!

三

許多思想守舊的人大駡新詩(白話詩),因爲新詩句子長短不齊,因爲新詩不講究押韻,讀起來不能琅琅上口。做新詩的人們的隊裏,也有人湊趣似的發出了一種主張,要用句子長短仿佛而且上口琅琅有韻的白話來做新詩。我們相信文學的體式盡可由人人自由去創造,自由去試驗,所以對於此等議論,並不反對。但是主張白話詩要句子長短仿佛而且能琅琅上口者,竟以爲凡能連寫起來

① "I Liad"、"Odyssey"即古希臘史詩《伊利亞特》《奥德賽》。

變成散文的形式的白話詩都算不得是詩，以爲這樣的新詩是可笑的：那就太可怪了。説這種話的人，好像連散文與詩的分别還不很明白，以爲他們倆的分别只在形式上；這是可怪者一。其次，原來“可笑的新詩”——就是連寫起來便成爲散文的形式的新詩——並不單單出産在中國，西洋也多得很。法國有一個詩人叫做 Rombaud①，首先把散文分行寫了，自稱是“自由詩”。同時有 Laforgue 和 Kahn 也來玩這“可笑的”把戲（據 Rémy de Gourmont 之説）。英國、美國也有人“模仿”；英國有一個叫做 Gibson 的，做了一本長劇《每日的麵包》，也是玩這把戲的——大家也都趕著他叫“詩人”。法國還有一個人叫做 Fart，更可笑了。他竟老實不客氣，把“散文”中的句子，照散文的寫法連寫在一處，分了小段落，也自命是詩了（雖然有個猶太種的美國批評家 Lewisohn 取 Fart 的幾首詩來加以解剖，證明這些散文式的詩句，實在有韻有律，然而 Fart 的詩，大多數並不如此）。而且大家也都叫他是詩人，稱他的作品爲詩。這些“可怪”的例子，自然不必就當作“句子長短不齊，没有韻，能寫成散文式”的中國新詩之辯解，然而我們却可從這裏得一條結論：

詩句不妨就是散文的句子，所以能連寫成散文形式的詩，仍舊是詩。

悲觀這兩個字，近來是很時髦的；差不多不把悲觀兩字掛在嘴頭，便不足以表見他是一個憂時憫世而且有遠見的志士；如果你説“我覺得没有什麽可以悲觀”，便常常被人笑爲神經麻木不靈，眼眶裏没有眼珠，看不到遠處。

有一個悲觀家新近從老遠寫封信來對我説：“你們的工作是白費氣力，反動已起，白話快就要滅迹，文言當然的復興。中國的文言已有過多少不朽的詩文做出來，入人心已深，已成爲民族精神的原素，如何便能照你們的一厢情願的意思，把它一旦廢去呢？”

① Rinbaud（1854—1891）：蘭波，法國詩人。他在散文詩《語言的煉金術》中主張打破詩歌語言的邏輯性。

我對於這位悲觀家的議論,無須舉出許多理由來證明他的錯誤;我只要講一段希臘人的故事請他聽聽。

一九〇一年,雅典的大學生受了守舊派教授 Mistrictes 的鼓動,起了個大風潮,攻擊 A. Pallis,因爲他用"口語"翻譯《聖經》,甚至演出流血的慘劇。那時希臘的白話文學家變爲衆矢之的,Psichari、Pallis、Palamas 三個人,被視同賣國賊;説他們陰謀毁壞希臘文化。後二年,因爲白話派的 Soteriades 把古代大作家 Aeschylus 的"Oresteia"[①]譯爲白話,又激起了學潮,雅典大學的學生見了 Palamas 的影子就要痛駡,其餘一般社會中人,自然也激烈的反對。他們無非亦因爲希臘古文是有過最偉大的著作,得了最光榮的名譽的,也是"入人心已深,已成爲民族精神的原素",萬萬不能廢棄,所以起了如許的風潮。但是後來呢?我不用説了。被人視作國賊的,終於得了最大多數的同情與信仰;有過最光榮的歷史的文言,只好讓路給白話了。如果我們這位悲觀家是個希臘人,生在一九〇二年,我真料不到他將作何感想?幸而他生在中國,没有逢到那些事;他既不曾看見學界中人爲了一部白話《聖經》鬧出人命重案來,也不曾看見爲了翻譯古人文言作白話而起學潮,他却親眼看見大多數的著作都改用白話,大多數的學校都已教授白話,然而他尚且那樣的悲觀!什麽悲觀?神經過敏罷了!懦怯罷了!

幾天前,我找一個朋友譚天,碰巧有一個"研究藝術"的女學生先在那裏;伊自説是一個"唯美派",所以"無論講什麽,總要歸結到美!",伊説:"只要是美的,就好了;有没有害,有没有毒,都可不問!"伊又説:"只要是美的,就好了;近不近人情,合不合理,都可不問!"聽了這幾句話,我就知道這位元女藝術家是只認識"美",不認識"善",也不承認有"真";换句話説,照伊的"唯美論"而言,世間只應有"美",不應有"善"與"真",爲了"美"的緣故,"善"與"真"都當

---

① Aeschylus(約前525—前456):埃斯庫羅斯,古希臘三大悲劇詩人之一。"Oresteia":即《奥瑞斯特亞》三部曲,包括《阿伽門農》《奠酒人》《報仇神》三個悲劇。

被屏斥。這未必是伊的創説，亦未必是伊一人所獨恃，我知道大多數的唯美論者都抱這樣的見解的；我本來對於這説有些懷疑，那天看了這位女唯美論者拿出來給我看的“説明”——是幾張畫和幾首詩，伊説這是伊的唯美論的具體的説明——使我懷疑更甚！原來伊的唯美主義的繪畫是大紅深緑濃黄的亂塗，而伊的詩却是“事類賦”裏的俗艷的詞頭兒的集合品！我真淺見，不知唯美主義原來就是搬弄古人的陳言，原來就是掇拾古人的啜餘！敢問天下有識者，唯美主義果真是這樣一種東西麽？

四

我們自然不願意學冬烘先生的樣子，板起了道學的面孔，斥戀愛小説是誨淫；我們亦不願意完全信服托爾斯泰的藝術觀，把一切不以改良人生爲目的的文學作品當作毒物。我們是極願秉至公不偏的心去冷静地看讀，求瞭解各色各樣的真文學。凡不爲游戲玩世，不爲諛人，不爲自發牢騷，而赤裸裸地寫作者所見所感的文學作品，我們都喜歡讀而且時時盼望多讀。

然而我們想起“文學是最好思想的記録”那句話，想起文學所負的“充實人生”的使命，便不由自主的要詛咒那些美而有毒的曼陀羅花。請恕我的偏見，我要詛咒那些盛描空幻之美的文學，因爲這些文學只像嗎啡一般，叫人麻醉，叫人忘却身體上以及精神上的痛苦，甘心出於污泥之中而不思奮作；我要詛咒那些侈夸羲皇時代的極樂世界的文學，因爲這些文學叫人忘記了眼前的苦痛，眼前的卑賤，叫人不向前奮鬥以求幸福，而無聊地想像過去的幸福以自解嘲。

我相信文學是批評人生的，文學是要指出現人生的缺點並提示一個補救此缺憾的理想的。所以我於愛讀一切傑作而外，尤愛讀“Jean Christophe”，因爲作者教我們以處惡境而不悲觀，歷萬苦而不餒的真勇氣；我尤愛《羅森堡之一夜》①，因爲作者教我們以排

① 《羅森堡之一夜》：法國作家古爾蒙的詩集。

除現代人的煩悶的方法。要提起國内青年的精神,要從煩悶的深淵中救他們起來,使他們不至於因悲觀而頹廢,我以爲這兩部文學書是對症的良藥。

中國現在可説是個 sentimental[①] 時代,一般青年所謂"煩悶"何嘗是真正感到煩悶,大概是感情作用罷了。熱情浮動而亢張,忽然而憂,若要自殺;忽然而樂,若已登極樂世界。聽人講起托爾斯泰主義,便恐走路時踹死了螞蟻;打破了不合理的貞操觀念,便以求异性愛爲唯一的人生觀:這雖然不能説是一般青年的心理狀態,可説有一半的青年是如此。因爲他們的感情太烈而易變,所以成就了他們的所謂煩悶。平凡單調的生活是我們的青年最所痛恨的,然而遇到的無非平凡與單調;有時或者努力辟了個新境,意料以爲必非平凡與單調了,然而到了那裏,方知道仍是平凡的單調的:於是感到了幻滅的悲哀。我知道有好幾個以戀愛爲第二生命的青年早感得了這種幻滅的悲哀。他們腦筋裏充滿了戀愛的浪漫思想,熱烈地去求异性愛,那知求得後却大失所望,原來不是那麽一回事,實際的戀愛生活並不像他理想的戀愛生活那樣光怪陸離!請恕我,我要説現在我們的青年女子中不少 Emma Bovary[②] 式的人兒。雖然未必和 Emma Bovary 同命運。我大膽提個議案,請我們的青年把佛羅貝爾這本傑作當一劑藥,且去試讀一遍。我並且請求喜歡描寫戀愛的大多數作家注意我們社會裏的 Bovary 型,不要只管把題材的範圍自拘於"公園相遇,遂生愛情"這套狹圈子裏。

五

喪亂之世,是文學衰落的時代,然而也是文學機運轉變的時代——新文學産生的時代。

---

① Sentimenta:英語,意即感傷的。

② Emma Bovary:艾瑪·包法利,法國作家福樓拜的長篇小説《包法利夫人》中的女主人公。

世界各民族的文學全盛時代大都在治世,衰落時代大都在亂世;由亂而入治,必先文學界發出蓬勃的朝氣。我們於此覷得了文學與政治的關係。

文學界的蓬勃的朝氣,從何來呢?可説是莫知其然而然的一會事;也可説是由於幾個人的有意的提倡——所謂新運動。我相信堅强的意志有不可禦的巨力的,所以也相信文學界的朝氣是從有意提倡而來的;因此我願中國文壇上鼓吹樂觀的文學。

青年多研究什麽文藝去了,反置切身的國内政亂於不顧,這何异踞烘爐之上而高歌!

有一個朋友這樣憤慨地説。

青年的文藝嗜好者却回答道:我們所要求的是内的生活的充實,是精神的自由,是靈魂的釋放;"英國人寧願失去了印度,不願失去了一個莎士比亞",文學家之可貴有如是者,可惜不是你們所能理會罷了!

是啊,是啊!我們所要求的,是内的生活的充實,是精神的自由,是靈魂的解放。因而我也是一個文學崇拜者。但是文學決不曾叫人自諱其實生活的屈辱而徒然自夸其精神上的勝利;相反的,文學是詛咒實生活的屈辱行爲的。文學也決不叫人陶然自樂於"象牙塔"中,而反以僕僕風塵與實生活格鬥的人們爲鄙俗。文學又決不願人們將他當作嗎啡,當作鴉片,當作燒酒,指望於此得一沉醉,把百般的憂愁抛在腦後。如果研究文學的青年當真自諱其實生活的屈辱而詡然自夸其精神上的勝利;當真陶然自樂於象牙塔中,而反以僕僕風塵與實生活格鬥的人們爲可鄙夷,當真想把文學當作嗎啡,鴉片,燒酒,指望於此得一沉醉,忘却百般的憂愁;那麽,我也是一個詛咒文學的人了,我願世界上没有文學這件東西。

兩個月前,章行嚴[1]先生在杭州演説,力言白話文終必廢除,

---

① 章行嚴:即章士釗(1882—1975)。

文言文終必復興;章先生平素愛講"邏輯",不意他這"文言復興論"却全是些武斷的預言,離"邏輯"遠甚;我們敢相信現在的青年雖然不做章先生那樣的"文言",然而分析事理的能力,未必弱於章先生,武斷的預言在他們眼中只是些可笑的廢話,值不得大驚小怪的,因此,我們曾無一字評及章先生的"文言復興論"。

但是近來遠地友人相告,説三家村的"老宿"聞章氏名論而大快,顛頭播腦,喜形於色,以爲"衛道"有人,周孔之業,從此又將大盛。我們本來倒估不出章氏名論的價值,現在聽得這個消息,方才知道它的正價了!

最近又看見一位先生有一篇文章評文言與白話之優劣,舉出四點;最後一點好像是説文言文的組織未嘗不縝密,不過不善用者,不能使之縝密罷了;這一句巧妙的自相矛盾的話,應該也被文言家賞識的,不料竟輕輕地逃過了他們的注意,可見名論之傳不傳,其間若有天意存焉。但於此我又感到武斷的預言之可貴,因爲至少能在三家村中得到知音。

我最後的感想是:武斷的預言竟出於章先生之口,就證明了文言家之最後的反攻是不足道的。

中國古來以風雅自命的時人大都是最厭惡實在生活的。在他們看來,詩人只應載酒聽歌,笑傲自得,不問人世理亂,生産事業;一切志士仁人性命以相争者,他們視同白雲蒼狗的變幻,蠻觸之相争。他們以爲,夫然,然後成其爲詩人。可是由我們現在看來,夫然,他們然後成其爲游惰階級,爲反乎人性的怪物。

我們相信:詩人仍然是一個人。他儘管攖心於人世理亂,生産事業,儘管在工廠做工、市肆間服務,仍無損於他的詩人的資格。這樣的詩人,才是真詩人;徒以風雅自命的,是假詩人。

雜　談

冰 撰

《雜談》載於一九二三年《時事新報·文學旬刊》第六十五期。作者署名冰,即沈雁冰。本文首先由文字、描寫方法、人物個性和背景三個方面確立了鑒賞文藝作品的基本準則,繼而以此爲標準,對當下文學界部分“粗製的流水帳式的事實的集合物”的作品進行了批判。

我們姑不論“新”“舊”之争和“文”“白”之争在客觀方面的是非;我們姑且退一步説,對於“新”“舊”“文”“白”都無成見,只要是好的文藝作品,我們都一樣的珍視;我們姑且以“卑之無甚高論”的標準看法去評量文藝作品;那麽,我們鑒賞文藝作品時,至少當以下列數條爲原則:

(一) 文字的組織愈精密愈好。

(二) 描寫的方法愈“獨創”愈好。

(三) 人物的個性和背景的空氣愈顯明愈好。

凡是好的作品,上面的三個條件一定具備。我們試依這三個條件去衡量市面上充塞的“小説”,便見市面上充塞的所謂“小説”,不但不能具備這三個條件的一二分,並且一一與之相反。現在市面上充塞的所謂“小説”都是些粗製的流水帳式的事實的集合物。他們自以爲他們的文字淺易,看起來不費力,而其實這就是疏淺粗劣的供詞。人類如果萬事都求淺易而不費力,就應該毀棄一切文化,復歸於茹毛飲血的時代。人類所以要藝術品,就爲的要滿足他的複雜的情緒的要求;文藝作品的小説而以淺易而不費力爲目的,豈不是笑話!

粗製的流水帳式的事實的集合物本來無所謂"描寫"的。我們姑且放低了眼光,假定他們那些作品中也有一二段算得是"描寫",那麽,這種描寫方法完全是因襲的抄來的。《水滸》描寫魯智深的"莽和尚腔"以禪杖戒刀爲襯托,這在他是"創造的",就是有價值的;舊章回體小説寫一個英雄出場總是用"只見得"三字吊起一大段臉面身段和服裘的描寫,現在我們看了總覺得討厭,但在第一個應用這種描寫法的人,便也是創造就好。不料現市面充塞的惡劣小説,連這一點都做不到,不但描寫的"方法"是抄襲的,甚至於描寫的字句也是抄襲的。自從前人創造了"朝朝寒食夜夜元宵"兩個句子來形容都市的繁華,他們現在還是抄用著。這種例子,舉不勝舉。文藝作品裏的"描寫"竟至於此,無怪憤世者要説民族精神已經墮落了。

人物的個性和背景的空氣,在藝術上自然是更深一步的功夫,當然不是"小説匠"所敢望的。而且在流水帳式的事實的集合裏,本説不到"人物的個性"和"背景的空氣"。然而小説的骨幹却在有"人物的個性"和"背景的空氣"。没有這兩者,該篇小説的著作是多事。换一面講,要一篇小説出色,專在情節布局上著想是難得成功的,應該在人物與背景上著想。"情節"的方式是有限的,凡戀愛的悲劇無非是一男一女或數男數女戀愛終之以悲或歡;這是無往而不如此的。兩篇好的戀愛小説所以各有其面目,各能動人,就因爲他們中間的人物的個性是不同的,背景的空氣是不同的;讀者所欣賞於他們的,是靈魂的搏戰與人格的發展,决不是忽離忽合像做夢似的"情節"。

以上三層,原不過是"常識"範圍以内的話,但是市面上的所謂"小説家"似乎完全不曾懂得,一般讀者也是不曾懂得,所以去年居然有一時盛行著惡劣的流水帳式的事實的集合物,而這些集合物的作者亦靦然是"小説家"了！友人某君以爲他們應取尊號爲"小説匠",但我以爲"小説"二字給那些作物冒用,實在也是萬分的不該!

地方與文藝

周作人 撰

《地方與文藝》作於一九二三年，後收入《談龍集》。本文主要討論地方和文藝的關係問題。在作者看來，文藝的地方性之所謂“地方”並不以籍貫爲原則，而是指從事文學者應當發揚自己的個性，這種個性自然包括鄉土文化内化於心的影響在文學作品中的自然流露。如果一味追求普遍性，就會壓抑文學的個性的發揮。因此，本文雖然以文藝與地方的關係爲切入點，但其著眼處却在於更爲深刻的地方，即如何處理文學的普遍性與包括地方性在内的特殊性的關係。

中國人平常都抱地方主義，這是自明的事實。最近如浙江一師毒飯事件發生後，報上也載有死者的同鄉會特别要求什麽立碑建祠，正是一個好例。在現今這樣的時勢之下，再來提倡地方主義的文藝，未免心眼太狹了，决不是我的本意。我所要説的，只是很平凡的話，略説地方和文藝的關係罷了。

風土與住民有密切的關係，大家都是知道的：所以各國文學各有特色，就是一國之中也可以因了地域顯出一種不同的風格，譬如法國的南方普洛凡斯的文人作品，與北法蘭西便有不同，在中國這樣廣大的國土當然更是如此。這本是不足爲奇，而且也是很好的事。我們常説好的文學應是普遍的，但這普遍的只是一個最大的範圍，正如算學上的最大公倍數，在這範圍之内，盡能容極多的變化，决不是像那不可分的單獨數似的不能通融的。這幾年來中國新興文藝漸見發達,各種創作也都有相當的成績,但我們覺得還有一點不足。爲什麽呢?這便因爲太抽象化了,執著普遍的一個要求,努力去寫出預定的概念,却没有真實的强烈地表現出自己的個性,其結果當然是一個單調。我們的希望即在於擺脱這些自加的鎖樞,自由地發表那從土裏滋長出來的個性。

現在只就浙江來説罷,浙江的風土,與毗連省份不見得有什麽大差,在學問藝術的成績上也是彷佛,但是仔細看來却自有一種特性。近來三百年的文藝界裏可以看出有兩種潮流,雖然别處也有,總是以浙江爲最明顯,我們姑且稱作飄逸與深刻。第一種如名士清談,莊諧雜出,或清麗,或幽玄,或奔放,不必定含妙理而自覺可喜;第二種如老吏斷獄,下筆辛辣,其特色不在詞華,在其著眼的洞徹與措語的犀利。在明末時這種情形很是顯露,雖然據古文家看來這時候文風正是不振,但在我們覺得這在文學進化上却是很重要的一個時期,因爲那些文人多無意的向著現代語這方向進行,只是不幸被清代的古學潮流壓倒了。浙江的文人略早一點如徐文長,隨後有王季重、張宗子都是做那飄逸一派的詩文的人物;王張的短文承了語録的流,由學術轉到文藝裏去,要是不被間斷,可以造成近體散文的開始了。毛西河的批評正是深刻一派的代表。清朝的西泠五布衣顯然是飄逸的一派,袁子才的聲名則更是全國的了,同他正相反的有章實齋,我們讀《婦學》很能明白他們兩方面的特點,近代的李蒓客與趙益甫的抗争也正是同一的關係。俞曲園與章太炎雖然是師弟,不是對立的時人,但也足以代表這兩個不同的傾向。我們不作文學史的嚴密的研究,只是隨便舉出一點事實以爲一例。大抵不是什麽派的道學家或古文學,較少因襲的束縛,便能多少保全他的個性,他的著作裏自然地呈現出這些特色。道學家與古文家的規律,能够造出一種普遍的思想與文章,但是在普遍之内更没有别的變化,所以便没有藝術的價值了。這一件事實在足以給我們一個教訓,因爲現在的思想文藝界上也正有一種普遍的約束,一定的新的人生觀與文體,要是因襲下去,便將成爲新道學與新古文的流派,於是思想和文藝的停滯就將起頭了。我們所希望的，便是擺脱了一切的束縛，任情地歌唱，無論人家文章怎樣的莊嚴，思想怎樣的樂觀，怎樣的講愛國報恩，但是我要做風流輕妙，或諷刺譴責的文字，也是我的自由，而且無論説的是隱逸或是反抗，只要是遺傳環境所融合而成的我的真的心搏，只要不是成見的執著主張派别等意見而有意造成的，也便都有發表的權利與價值。這樣的作品，自然的具有他應具的特性，便是國民性，地方性與個性，也即是他的生命。

我們不能主張浙江的文藝應該怎樣，但可以説他總應有一種獨具的性質。我們説到地方，並不以籍貫爲原則，只是説風土的影響，推重那培養個性的土之力。尼采在《察拉圖斯忒拉》中説："我懇願你們，我的兄弟們，忠於地。"我所説的也就是這"忠於地"的意思，因爲無論如何説法，人總是"地之子"，不能離地而生活，所以忠於地可以説是人生的正當的道路。現在的人太喜歡凌空的生活，生活在美麗而空虛的理論裏，正如以前在道學古文裏一般，這是極可惜的，須得跳到地面上來，把土氣息泥滋味透過了他的脉搏，表現在文字上，這才是真實的思想與文藝。這不限於描寫地方生活的"鄉土藝術"，一切的文藝都是如此，或者有人疑惑，我所説的近於傳統主義，便是中國人最喜歡説的國粹主義。我答他説，决不。我相信，所謂國粹可以分作兩部分，活的一部分混在我們的血脉裏，這是趣味的遺傳，自己無力定他的去留的，當然發表在我們一切的言行上，不必等人去保存他；死的一部分便是過去的道德習俗，不適宜於現在，没有保存之必要，也再不能保存得住。所以主張國粹只是説空話廢話，没有一顧的價值。近來浙江也頗盡力於新文學，但是不免有點人云亦云的樣子，我希望以後能够精進，跳出國粹鄉風這些成見以外，却真實地發揮出他的特性來，造成新國民文學的一部分。（一九二三年三月二十二日，爲杭州《之江日報》十周紀念作）

文藝批評雜話

周作人 撰

《文藝批評雜話》作於一九二三年(鍾叔河推定),後收入《談龍集》。本文雜話文藝(文學)批評,核心觀點是强調文藝批評也是一種文藝創造,而不是偏於理智的判斷。作者認爲,中國現代之所以缺乏(真正的)文藝批評,主要原因就在於將文藝批評視作一種理智的判斷:一方面,批評者往往認爲批評就是指摘缺點;另一方面,批評者又往往篤信批評就是下法律的判决。而造成上述偏謬看法的主要原因則在於批評者相信世間有絶對客觀的真理存在,足以作爲文學批評的絶對標準。在作者看來,“科學的分析的文學原理,於我們想理解文學的人誠然也是必要,但决不是一切。因爲研究要分析,鑒賞却須綜合的。”因此,我們必須在文藝批評的過程中恪守“誠”(忠實表現自我)與“謙”(不隨意指摘别人)兩種品質。此外,作者還對普通的批評者與“卓越的批評家”之間的區别做了説明。

一

中國現代之缺乏文藝批評,是一件無可諱言的事實。在日報月刊上儘管有許多批評似的文字,但是據我看來,都不能算是理想的文藝批評。我以爲真的文藝批評,本身便應是一篇文藝,寫出著者對某一作品的印象與鑒賞,决不是偏於理智的論斷。現在的批評的缺點大抵就在這一點上。

其一,批評的人以爲批評這一個字就是吹求,至少也是含著負的意思,所以文章裏必要説些非難輕蔑的話,彷彿是不如此便不成其爲批評似的。這些非難文所憑藉的無論是舊道德或新文化,但是看錯了批評的性質,當然不足取了。

其二,批評的人以爲批評是下法律的判决,正如司法官一般;這個判决一下,作品的運命便注定了。在從前主義派别支配文藝界的時代,這樣的事確是有過,如約翰孫、别林斯奇等便是這一流的賢吏。但在現代這種辦法已不通行,這些賢吏的少見那更不必説了。

這兩種批評的缺點,在於相信世間有一種超絶的客觀的真理,足爲萬世之準則,而他們自己恰正瞭解遵守著這個真理,因此被賦裁判的權威,爲他們的批評的根據,這不但是講"文以載道"或主張文學須爲勞農而作者容易如此,固守一種學院的理論的批評家也都免不了這個弊病。我們常聽見人拿了科學常識來反駁文藝上的鬼神等字樣,或者用數學方程來表示文章的結構:這些辦法或者都是不錯的,但用在文藝批評上總是太科學的了。科學的分析的文學原理,於我們想理解文學的人誠然也是必要,但决不是一切。因爲研究要分析,鑒賞却須綜合的。文學原理,有如技術家的工具,孟子説:"大匠與人以規矩,不能與人巧。"我們可以應用學理看出文藝作品的方圓,至於其巧也就不能用規矩去測定他了。科學式的批評,因爲固信永久不變的準則,容易流入偏執。如上文所説,便是最好的成績,也是屬於學問範圍内的文藝研究,如文學理論考證史傳等,與文藝性質的文藝批評不同。陶淵明詩裏有兩句道:"奇文共欣賞,疑義相與析。"所謂文藝批評便是"奇文共欣賞",是趣味的綜合的事,"疑義相與析",正是理智的分析的工作之一部分。

真的文藝批評應該是一篇文藝作品,裏邊所表現的與其説是對象的真相,無寧説是自己的反應。法國的法蘭西在他的批評集序上説:

據我的意思,批評是一種小説,同哲學與歷史一樣,給那些有高明而好奇的心的人們去看的;一切小説,正當的説來,無一非自敘傳,好的批評家便是一個記述他的心靈在傑作間之冒險的人。

客觀的批評,同客觀的藝術一樣並不存在。那些自騙自的相信不曾把他們自己的人格混到著作裏去的人們,正是被那最謬誤的幻見所欺的受害者,事實是:我們決不能脱去我們自己。這是我們的最大不幸之一。倘若我們能够一刹那間用了蒼蠅的多面的眼睛去觀察天地,或者用了猩猩的筒陋的頭腦去思索自然,那麽,我們當然可以做到了。但是這是絶對的不可能的,我們不能像古希臘的鐵勒西亞斯生爲男人而有做過女人的記憶。我們被關閉在自己的人格裏,正如在永久的監獄裏一般。我們最好,在我看來,是從容的承認了這可怕的境況,而且自白我們只是説著自己,每當我們不能再守沉默的時候。

老實地,批評家應該對人們説,諸位,我現在將要説我自已,關於沙士比亞,關於拉辛,或巴斯加耳或歌德了。至少這個機會總是盡够好了。

這一節我覺得説的極好,凡是作文藝批評的人都應該注意的。我們在批評文裏很誠實地表現自己的思想感情,正與在詩文上一樣,即使我們不能把他造成美妙的文藝作品,總之應當自覺不是在那裏下判決或指摘缺點。

二

我們憑了人間共通的情感,可以瞭解一切的藝術作品,但是因了後天養成的不同的趣味,就此生出差别,以至愛憎之見來。我們應當承認這是無可奈何的事,不過同時也應知道這只是我們自己主觀的迎拒,不能影響到作品的客觀的本質上去,因爲他的絶對的真價我們是不能估定的。許多司法派的批評家硬想依了條文下個確定的判決,便錯在相信有永久不易的條文可以作評定文藝好壞的標準,却不知那些條文實在只是一時一地的趣味的項目,經過多數的附和,於是成爲權威罷了。這種趣味當初盡有絶大的價值,但一經固定,便如化石的美人只有冷而沉重的美,或者不如説只有冷與沉重迫壓一切强使屈服而已。現在大家都知道稱賞英國濟慈(Keats)的詩了,然而他在生前爲"批評家"所痛駡,至於有人説他是被駡死的,這或是過甚之詞,但也足以想見攻擊的猛烈了。我們看著現代的情形,想到濟慈被駡死的事件,覺得頗有不可思議的地方:爲什麽現在的任何人都能賞識濟慈的詩,那時的堂堂《勃拉克烏特雜誌》(*Blackwoods Magazine*)的記者却會如此淺陋,不特不能賞識而且還要痛駡呢?難道那時文藝批評家的見識真是連此刻的商人還不如麽?大約不是的罷。這個緣故是,那時的趣味是十八世紀的,現在的却是濟慈以後的十九世紀的了;至於一般批評家的程度未必便很相遠,不過各自固執著同時代的趣味,表面上有點不同罷了。現代的批評家笑著《物拉克烏特》記者的無識,一面却憑著文學之名,盡在那裏痛駡异趣味的新"濟慈",這種事情是常有的。我們在學校社會教育各方面無形中養成一種趣味,爲一生言行的指標,原是没有什麽希奇,所可惜者這種趣味往往以"去年"爲截止期,不肯容受"今天"的事物,而且又不承認這是近代一時的趣味,却要當他作永久不變的正道,拿去判斷一切,於是濟慈事件在文藝史上不絶書了。所以我們在要批評文藝作品的時候,一方面想定要誠實的表白自己的印象,要努力於自己表現,一方面更要明白自己的意見只是偶然的趣味的集合,決没有什麽能够壓服人的權威;批評只是自己要説話,不是要裁判别人:能够在文藝批評裏具備了誠和謙這兩件事,那麽《勃拉克烏特》記者那樣的失策庶幾可以免去了罷。

以上的話,不過爲我們常人自己知道平凡的人而説,至於真是超越的批評家當然又當别論了。我們常人的趣味大抵是"去年"的,至多也是"當日"(Up to date)的罷了,然而"精神的貴族"的詩人,他的思想感情可以説是多是"明天"的,因此這兩者之間常保有若干的距離,不易接觸。我們鑒於文藝史上的事件,學了乖巧,不肯用了去年的頭腦去呵斥明天的思想,只好直抒所感的表白一番,但是到了真是距離太遠的地方,也就不能再説什麽了,在這時候便不得不等真的批評家的出現,給我們以幫助。他的批評的態度也總具著誠與謙這兩件,唯因爲他也是"精神的貴族",他的趣味也超越現代而遠及未來,所以能够理解同樣深廣的精神,指示出來,造成新的趣味。有些詩人當時被人駡倒而日後能够復活,或且成爲偶像的,便都靠有這樣的真批評家把他從泥裏找尋出來。不過這是不可勉强的事,不是人人所做得到的。平凡的人想做這樣的真批評家,容易弄巧成拙,不免有棄美玉而寶燕石的失着。只要表現自己而批評,並没有别的意思,那便也無妨礙,而且寫得好時也可以成爲一篇美文,别有一種價值。别的創作也是如此,因爲講到底批評原來也是創作之一種。

什麽是文學——我對於現文壇的感想

沈雁冰 撰

《什麽是文學——我對於現文壇的感想》原爲作者一九二三年八月在松江暑期演講會的演講稿,最初發表於一九二四年松江《學術演講録》第二期。署名沈雁冰。本文主要對彼時文壇上的一些負面傾向進行批判。作者首先由中國固有的"文以載道"説和"游戲"説兩種文學觀念的比較切入,進而以古今中西匯通比較的論述方式分析了時興的名士派文學和文學中的感傷主義傾向的不可取。

我去年到這裏來講時,因匆促的緣故,講得很是雜亂,有負熱心來聽講的諸君,抱歉之至! 今年這次來講,雖仍是膚淺的一些私見,但願能補足去年的過失,以不負諸君的熱忱。

"什麽是文學",這個題目的容積極大,而且很是抽象;因爲世人對於文學一道,各有各的説法、觀念,現在我只能把我個人的解説和觀念來講出,請聽者諸君加以嚴格的批評和討論。

中國舊有的文學觀念不外乎(一)文以載道,(二)游戲態度兩種。文以載道,是極嚴重的限制;游戲態度,是不嚴重而散没無羈,二者恰恰相反,便成了中國舊有文學中的兩個相敵的極端。現在我把這兩個極端解釋出來,作比較的觀察,而下公平的判斷。

(一)主張文以載道的以爲文學必包含聖賢之大道,把古昔人的解説,奉爲圭璧;要是一篇文學作品中不包含道義的,便不能算是文學。這種主張,漢時已經有了;譬如揚雄的詩賦,文字較爲逸秀,在文學上看來,自然比他的《揚子法言》一書好些,但相傳因側重"文以載道"的緣故,便看重《揚子法言》了。

道義的文學界限,説得太狹隘了。它的弊病尤在把真實的文學棄去,而把含有重義的非純文學當做文學作品;因此以前的文人往往把經史子集,都看做文學,這真是把我們中國文學掩没得暗無天日了。把文學的界説縮得小些,還没有大礙,不過把文學的範圍縮小了一些,要是把文學的界説放大,將非文學的都當做文學,那麽非但把真正的文學埋没了,還使人不懂文學的真義,這才是貽害不少哩。

(二) 把文學當做游戲,吾國一般文人,多犯著這個通病,他們對於文藝作品,不過興之所至,視爲不甚重要,或且以爲是不關人生的色彩飾物。這類文人,對於自己的作品,視爲消閑遣悶;他的行爲思想,也就散漫無羈,把世上一切都不放在眼裏,還常常自命風流,以"狂"爲尚,仿佛不狂的便不是天才,所以他們拚命學著疏懶,不拘小節,養成傲慢的習慣,常把世界當做玩意兒般,滿口玩世飄忽,才子風流。結果只造成了一班奇形怪狀的廢物——《儒林外史》裏所諷刺的那一班斗方名士,就是這些所謂風流名士的代表,也就是游戲文學的一些成績。

這些名士的態度,説得好些,把一切東西都當做藝術(當然不是真的藝術),説得壞些,便是游戲。所以他們的作品,並没有什麽意義,而且他們自己也常常在作品中標明是消遣或游戲的性質。人生作事,必非無意義的,要是隨興所至,没有什麽意義,那麽何必去做呢! 這些都是名士的自相矛盾的地方。至於他們的舉止行爲,多崇尚風流磊落(指糊塗而言),什麽事情,都帶上游戲滑稽的態度,不務實際,專從空浮的地方著想;他們還無形中信奉了虚無主義,自己嘴裏不絶的説這樣不是,那樣不好,而自己又明知故犯,偏偏去做那自相矛盾的事,還説什麽書生本色,不拘小節的一般話頭,真是不值一笑! 他們實際既不著重,形色更不注意,身上有意弄得襤褸不堪,或是汗污不潔,惹人討厭,而自己反以爲斯文雅相! 這種情形自從唐朝以來,都是如此。李太白醉後,唐明皇要他的詩，便把他抬入宫中，這樣放蕩的行爲，人人都傳爲美談。以至文人習氣，到後來愈弄愈深，明末尤甚，什麽古文啊，詞章啊，變成了升官發財的階梯，真的文學可稱是絶迹了。關於詩的方面，更没有可以值得觀瞻的地方，習俗崇尚，多做了些打油詩，每逢酒酣耳熱時，便以征詩爲遣，做好了寫在一方紙上，粘在壁間，便算了事。從這裏看來，這樣故意傲漫不羈的行爲，於他自身雖然優逸隨意，而和社會是簡直没有絲毫關係的；所以他們的天才雖好，可是他們的牢騷和廢棄天然的任性恰恰相反，所以一般名士的浩嘆悲歌，常等於無病呻吟，無聊之極！現在文學界中，很有些人沾染了這種習氣，没有宗教，没有目的，而專門模仿名士的風流態度，把文學當做游戲，真是深可痛心的事！

説到這裏，恐怕有人要反駁我道："你所舉的斗方名士的例，是不對的，因爲真正的名士本也嫌惡這些斗方名士；真名士的真風流，本來十分可貴而難得，只有那些斗方名士的假裝風流樣子，才是可惡討厭。你現在把假的作爲口實抹殺真的價值，實在不得其平。"

這一番話自然也有幾分真實，但是我們要大膽説，真名士的真風流，也是要不得的！諸位試想，真名士於實際生活上有何用處？説人生作事而無意味的，那麽何必去做；現在既知道名士於實際社會上没有必要，或許社會上没有了這種名士，社會的進步格外要快些哩。照他們那樣的笑啼無常、不事生産、閉了眼睛説夢話的行動看來，他們生在社會中不但無益，而且有害的。這不是我的武斷，人類生在社會上，至少要盡他的責任，那些風流名士，白白地把别人勞作而得的生活必需品，都給消耗去，别人却絲毫好處得不到，真是不值得！不但如此，他們的舉動常常容易影響别人，使大家學他的習氣，使社會上多增加像他們一樣的廢人；人類惡勞好逸，惰性的染傳，最是容易，那才是個大危害呢！他們的思想呢，更是十二分的要不得；因爲他們作品裏的思想，全是些游戲玩世的思想，以爲不是這樣做法，便是流俗，便不是風流，便做不成名士。譬如男女戀愛，原是極正當極嚴肅的一件事情，可是一到了他們嘴裏，便變成了浪子風流的話頭,又像是不正經的事情,又像是游戲玩笑的事情了。所以他們往往把風流與戀愛並講,把戀愛和花酒看得一樣,不過逢場作戲,尋尋開心的意思。因之今日西州唱某雛妓,明日和答某校書,語得神情連綿,殊不知蔑視他人的人格,又不尊重自己的人格,這樣一來,純正的戀愛,被他們污蔑盡了。這種風流觀念還能遺毒於社會,人類一切行爲,到了名士的口中,無不變成了灰色:奮鬥以求改善生活,是可敬的行爲,然而名士偏譏之爲"俗";謹慎小心,動必以禮,也是可敬的行爲,然而名士譏以爲"迂";哀憐被損害者與被侮辱者,原是人類最高貴的同情,然而名士却笑爲"婦人之仁"。文學的最最大功用,在充實人生的空泛,而名士派的文學作品,叫人看了只覺得人生是虛空的。文學的效用既失,對於人類還有什麽益處!還成什麽文學!

老實説,這樣的文人在社會上實在是廢物,是寄生蟲,有的依賴遺産活命,有的侵占平民;他們的文學作品也同樣是廢物,不過供給他們一班廢物去玩賞,于全社會的健康分子是没有關係的!這就是真名士在社會上的地位,這就是真名士的作品在社會中的價值,我要説:他們真名士的流毒,比假名士更要厲害得多,因爲假名尚有人反對,而真名士却是一般人素所崇拜的。

近幾年來所興起的新文學,自動的起了根本的革命,恰和名土派立在對敵地位,幾年中所努力的工作,可説是全是積極的攻擊這些名士派文學。我們且把新文學和名士派的不同處説一説:

名士派重疏狂脱略,愈隨便愈見得他的名士風流。他們蔑視寫真,譬如見人家做了一篇咏陶然亭的詩,自己便以詩和之,名勝古迹,如蘇小小墓、岳武墓,雖未至其地,也喜歡空浮的寫幾句,如比干之墳,實在並没有的,而偏要胡説,這真所謂有其文,不必有其事了(這兩句便是他們不注重真的供詞)。所以他們詩文中所引用的禽鳥草木之名,更加可以只顧行文之便,不必核實了。新文學的寫實主義,於材料上最注重精密嚴肅,描寫一定要忠實,譬如講佘山必須至少去過一次,必不能放無的之矢。

名士派毫不注意文學於社會的價值,他們的作品,重個人而不重社會;所以多拿消遣來做目的,假文學駡人,假文學媚人,發自己的牢騷。新文學的作品,大都是社會的;即使有抒寫個人情感的作品,那一定是全人類共有的真情感的一部分,一定能和人共鳴的,决不像名士派之一味無病呻吟可比。新文學作品,重在讀者所受的影響,對於社會的影響,不將個人意見顯出自已文才。新文學中也有主張表現個性,但和名士派的絶對不同,名士派只是些假情感或是無病呻吟,新文學是普遍的真感情,和社會同情不悖的。新文學和名士派中還有很不同的地方,新文學是積極的,名士派是消極的。新文學描寫社會黑暗,用分析的方法來解决問題;詩中多抒個人情感,其效用使人讀後,得社會的同情、安慰和煩悶。名士派呢,面上看來,確似達觀,把人間一切事務,都看得無足重輕,其實這種達觀不過是懶的結晶而已。

果然,新文學中,也有厭世悲觀的態度,就像俄國的安特列夫戲劇中叙述一天文家的長子戰死了,次子又給人拿去,他的妻子便告訴丈夫,天文家便説他妻子不達觀,拿全宇宙計算起米,一秒鐘中要死去一個人,這樣死去了一個,有什麽希奇呢? 從這裏看來,便可知道安氏固有悲觀思想,這種達觀也就是俄國的虚無主義。天文家和社會,原來没甚關係,他的妻子不過是極平常的一個社會中人,在這篇劇本中把兩種人的情形,描寫得神情活現,而不加一句批評,讀者自會覺察他的意思,有知其不可能而能之概。

名士派的人物,往往穿得衣衫襤褸,做出勤儉的樣子,作品中也常常長籲短嘆的説得十分悲慘,而事實相反,可見名士的風流牢騷,全是假的。據我個人的觀察,這幾年來的新文學運動,都是向這個假上攻擊,而努力於求真的方面,現在差不多已成了一個普遍的記號,這是可喜的事! 不過近來有些不穩的情形,一般青年的心理,却又覺得舊的魔鬼似乎又在攪亂他們的靈魂,這舊的魔鬼,就是名士派的風流腔調,可是這舊魔鬼現在却穿上了洋裝,面目與前大不相同了;正因爲他是穿洋裝的,所以一般的青年,更容易上當,這個洋裝的魔鬼,就是文學上的頽廢主義或唯美主義。所謂頽廢派(decadent)的行爲,總是不拘小節,在西洋原來不吸鴉片的,而中國的頹廢派可吸之,還競談同性戀愛,似乎很風流的事;穿上奇形怪狀的衣服,表示他的特色。在法國的頹廢派還有因此把頭髮染成緑色,把殺人的事情,當做有趣好玩的事,把黑暗的地方,偏描寫的如何美妙。這一派於外面形式上看來,似乎不好,但是平心而論,也有可用之處,因爲他的這種奇怪感想,全是反動的不平的思想所做成;他要求社會進步,而偏爲社會所束縛,憤世故的悖逆,便發出許多狂言反語,他的形式雖然消極;其實却是積極,對於人類尚不致有壞的影響。

頹廢派在西洋文學中,自有相當的價值,不過國内青年却把他們和古來的名士風流的觀念混合在一起,以致弄成了變相的洋裝的名士風流了。一般年輕學子,喜歡研究文藝的人,多不拘小節,不肯節儉,歡喜揮霍,而又自叫窮苦,有意做成名士行爲,這又何苦呢! 還有所謂唯美派的,他們痛罵文學的社會傾向,以爲是功利主義,是文學的商品化;他們崇拜無用的美,崇拜疏狂不羈的天才派的行爲,在他們自己,以爲這是從西洋來的新花様,不知其實已經落了中國古來所謂名士風流的窠臼了。更有甚者,滿口藝術,滿口自然美,滿口唯美主義,其實連何謂美,何謂藝術,都不甚明瞭呢。

我又覺得現文壇上太多了感傷的作品,這是件可慮的事。一般青年的作品小説,多含著絶望的悲觀。譬如描寫入一公園,看見了一棵樹,一隻鳥,一條堤,自己登在一間小小的書室中,便説是大自然欺我了。再譬如得一女友的温辭,便引爲知己;過後又去訪她,相見時很是平常,於是立時悲哀起來,或者甚至要自殺;這一類人,可稱之謂 sentimentalist(傷感主義者)。中國現在正是傷感的時代,社會上可傷感的事情隨時都有,接觸太多,已成了時代的彩色,所以不以爲奇了。青年中了傷感主義之毒的,往往有神經過敏之症,忽而樂觀起來,就像天堂即在目前,忽而悲觀起來,又像立刻會自殺。青年的心理如此,一半是時代背景所造成,一半也是傷感的文學作品所釀成的,而傷感的心理,便能造出傷感的文學,因果相循,純粹的文學原氣,就要受損了;而且傷感的文學在藝術上是没有地位的! 如果我們永久落在傷感主義的圈子裏面,那麽,新文學的前途真可深慮呢！

我現在再極簡單的把我底意思説一説，我以爲名士生活和傷感主義二者，都是要不得的，新文學界應極力整頓才是。不過最要緊的，大家還須明白，文學並非職業，非專業，商人工人都可以做文學家。在西洋，文人很多，大概都是極平常的人；現在中國多把文人奉爲文雅高潔，似乎也不好。近人的發表欲堅强，而實際上也不過是一時的傷感加上夸辭的描寫，似此也不得永久的價值。創作家的口頭禪多説作品爲人生之部分，以之貢獻於衆人；但我意一種作品，既爲人生之斷片，作時或許視爲很重要，過後不一定能持久的。譬如孩童時，同伴中争奪蘋果，在當時很覺情熱氣盛，而長大後便覺無聊；我以爲這也是現代新文壇之劣點所在，幸大家注意及之。

文學的一個界説

佩　弦撰

《文學的一個界説》載於一九二五年《立達》雜誌第一卷第一期。《立達》由立達學會、上海江灣立達學園主辦。立達學園是由匡互生、朱光潛、豐子愷等一批學者因不滿春暉學校的辦學方針而以"立己立人,達己達人"爲校訓,以"修養健全人格,實行互助生活,以促進文化,改造社會"爲宗旨在上海創辦的一所學校,并成立了立達學會,團結了一大批學者參加。一九二五年六月創刊《立達》季刊。本文作者署名佩弦,即朱自清。朱自清(一八九八—一九四八),原名自華,號秋實,後改名自清,字佩弦。中國現代散文家、詩人、學者、民主戰士。代表作有詩集《雪朝》、散文集《背影》、詩論《新詩雜談》等。文本主要談文學定義的問題,作者從"Long 先生"在《英國文學》裏對"文學"的定義入手,加入自己的理解,分别從文學語言(真實而美妙)、文學的"歷史記録"功能、文學的特質、文學的要素、文學的目的、文學與種族文明的關係等多個方面對文學進行了界定,體現了作者極具現代思維的純文學審美傾向。

"什麽是文學?"這是大家喜歡問的一個問題。答案的不同,却正如人的面孔!我也看過許多——其實只能説很少——答案;據我的愚見,最切實用的是胡適之先生的。他説:"達意達得好,表情表得妙,便是文學。"更不立其他的界綫。但是你若要曉得仔細一點,便會覺得他的界説是不够的;那麽我將再介紹一位 Long 先生和你相見。他在《英國文學》裏所給文學的界説是這樣的：

> Literature is the expression of life in words of truth and beauty; it is the written record of man's spirit, of his thoughts, emotions, aspirations; it is the history, and the only history, of the human soul. It is characterized by its artistic, its suggestive, its permanent qualities. It's two testsare its universal in terest and its personal style. It's object, aside from the delight it gives us, is to know man, that is, the soul of man rather than his actions; and since it pre serves to the race the ideals upon which all our civilization is founded, it is one of the most important and delightful subject that can occupy the human mind.

我覺得這個界説，仔細又仔細，切實又切實，想參加己意將它分析説明一番。

（一）文學是用真實和美妙的話表現人生的。

什麽是真實的話？是不是“據實招來”呢？我想“實”有兩種意義，一是“事實”，二是“實感”。若“據實”是據事實，則“真實的話”便是“與事實一致”的話。這個可能不可能呢？有人已經給我們答复了：事實的叙述，總多少經過“選擇”，决不能將事實如數地細大不遺地記録出來的；况且即使能如數地記出，這種複寫又有何等意義？何勞你抄録一番呢？除了“存副”一種作用外，於人是决無影響的，便是竭力主張“記録”的寫實派，也還是免不了選擇的。所以，“與事實一致”的話是没有的。從“與事實一致”的立場看，文學多少離不了説謊。但這是藝術的説謊，與平常隨便撒謊不同。王爾德力主文學必須説謊，他説現在説謊的藝術是衰頽了：從前文學只説“不存在”與“不可能”的事物，所以美妙，現在却要拘拘於自然與人生，這就卑無足道了。這雖是極端的見解，但頗是有理。理想派依照他們的理想以創造事實，可説是“不存在”的；神秘派依照他們的"烟士披里純"以創造事實,可説是"不可能"的;這些創造的事實往往甚爲美妙,却都免不了説謊。——創造原來就是説謊呀!便是寫實派的文學,經過了選擇的記録,已多少羼雜主觀在内,與事實的原面目有异,也可説是説謊,只程度較輕吧了。——王爾德却自然不會承認這也是説謊的!文學既都免不了説謊,那麽,那裏還有"真實的話"?然而不然!從"與事實一致"的立場上看是説謊的,從"表現自己"的立場看,也許是真實的。"表現自己"實是文學——及其他藝術——的第一義;所謂"表現人生",只是從另一方面説——表現人生,也只是表現自己所見的人生吧了。表現自己,以自己的情感爲主。能够將自己的"實感"充分表現的,便是好文學,便能使人信,便能引人同情;不管所叙的事實與經過的事實一致否。現代文學盡有採用荒誕不稽的故事作題材的,但仍能表現現代人的情感,可知文學裏的事實,只須自己一致,自己成一個協調的有機體,便行——所謂自圓其謊也。文學的生命全在實感——此"感"字意義甚廣,連想像也包在内;能够表現實感的,便是"真實的話"。——近來有一種通行的誤解;以爲第一身的叙述必是作者自己經歷的事實,第三身的叙述亦須是作者所曾見聞的事實。這樣誤解文學的人,真是上了老當;天下那有這樣老實的作家?!以"事實"而論,或者第三身的叙述倒反是作者自己的,也未可知。

什麽是美妙的話?此地美妙的原文是 Beauty,通譯作美,美有優美、悲壯、詼諧、莊嚴幾種。怎樣才是美呢?這是争辯最多的一個名詞!吕澂先生的《美學淺説》裏説:"美是純粹的同情。""由純粹的同情,我們的生命便覺得擴充,豐富,最自然又最流暢的開展,同時有一片的喜悦;從這裏就辨别得美。"又説"美感是要在'静觀'裏領受的"。我想這個解釋也就够用。所謂"美妙的話",便是能引人到無關心——静觀——的境界。使他發生純粹的同情的;這就要牽連到"暗示的"、"藝術的"性質及風格等,詳見下文。另外,胡適之先生在《什麽是文學》裏也説及文學的美;他説有明白性及逼人性的便是美。這也可供參考。

至於"表現人生"一義,上文已約略説過。無論是記録生活,是顯揚時代精神，是創造理想世界，都是表現人生。無論是輪廓的描寫，是價值的發現，總名都叫做表現。輪廓的描寫所以顯示生活的類型——指個性的類型，與箭垛式的類型，“譜”式的類型有别；價值的發見，所以顯示生活的意義和目的。話説至此，可以再陳一義，Mathew Arnold 曾説，“詩是人生的批評”；後來便有説文學是人生的表現和批評的，我的一位朋友反對此解，以爲文學只是表現人生，不加判斷；何有於批評？詩以抒情爲主，表現之用最著，更説不上什麽批評了。但安諾德之説，必非無因。我於他的批評見解，未曾細究，不敢申論。只據私意説來，“人生的批評”一説，似可成立。因爲在文學作品中，作者誠哉是無判斷，但却處處暗示著他的傾向，讓讀者自己尋覓。作品中寫著人生的愛憎悲喜，而作者對於這種愛憎悲喜的態度，也便同時隱藏在内；作者落筆怎樣寫，總有怎樣寫的理由，——這種理由或許是不自覺的——這便是他對於所寫的之態度。叙述不能無態度正如春天的樹葉不能無緑一般。就如莫泊桑吧，他是純粹的寫實派，對於所叙述的，毫無容心，是非常冷静的；托爾斯泰曾舉《畫師》爲例，以説明他的無容心。但他究竟不能無選擇，選擇就有了態度；而且詭辯地説，無容心也正是一種容心，一種態度；而且他的唯物觀，在作品裏充滿了的，更是顯明的態度！即如《月夜》裏所寫的愛，便是受物質環境的影響而發生的愛，與理想派作品所寫的愛便决不會相同；這就是態度關係了。理想派之有態度，更不用説。態度就是判斷，就是批評；“文學是人生的表現與批評”，實是不錯的；但“表現”與“批評”不是兩件東西，而是一體的兩面。

（二）文學是記載人們的精神，思想，情緒，熱望；是歷史，是人的靈魂之唯一的歷史。

文學裏若描寫山川的秀美，星月的光輝，那必是因它們曾給人的靈魂以力量；文學裏若描寫華燈照夜的咖啡店，“爲秋風所破的茅屋”，那必是因爲人的靈魂曾爲它們所騷擾；文學裏若描寫人的“健飯”“囚首垢面”“小便”，那必是因爲這些事有關於他的靈魂的歷史：總之，文學所要寫的，只是人的靈魂的戲劇，其餘都是背景而已。靈魂的歷史才是真正的歷史。正史上只記政治上經濟上文化上的大事;民間的瑣屑是不在被采之列的。但大事只是輪廓,具體的瑣屑的事才真是血和肉;要看一時代的真正的生活,總須看了那些瑣屑的節目,才能徹底瞭解;正如有人主張參觀學校,必須將厠所、厨房看看,才能看出真正好壞一樣。况且正史所記,多是表面的行爲,少説及内心的生活;它是從行爲的結果看的,所以如此。文學却是記内心的生活的,顯示各個人物的個性,告訴我們他們怎樣思想,怎樣動感情;便是寫實派以寫實爲主的,也隱寓著各種詳密的個性。懂得個性,才懂得真正的生活。所以説,"文學是人的靈魂之唯一的歷史"。

(三)文學的特色在它的"藝術的""暗示的""永久的"等性質。

孔子説,"辭達而已矣",又説,"修詞立其誠"。如何才能"達",如何才能"立誠",便是"藝術"問題了。此地所説"藝術",即等於"技巧"。文學重在引人同情,托爾斯泰所謂"傳染情感於人";而"自己"表現得愈充分,傳染的感情便愈豐厚。"充分"者,要使讀者看一件事物,和自己"一樣"明晰,"一樣"飽滿,"一樣"有力,"一樣"美麗。自己要説什麽,便説什麽,要怎麽説,便怎麽説,這也叫做"充分"。要使得作品成爲"藝術的",最要緊的條件便是選擇;題材的精粗,方法的曲直,都各有所宜,去取之間,全功繫焉。

"暗示"便是舊來所謂"含蓄",所謂"曲"。袁子才説,"天上只有文曲星而無文直星",便是説明文貴曲不貴直。從劉半農先生的一篇文裏,曉得"Half told story"一個名字,譯言"説了一半的故事"。你要問問:還有一半呢?我將代答:在尊腦裏!"暗示"是人心自然的要求,無間中外古今。這大概因爲人都有"自表"(selfmanifestation)的衝動,若將話説盡了,便使他"英雄無用武之地",不免索然寡味。法國 Marlarm 曾説,"作詩只可説到七分,其餘的三分應該由讀者自己去補足,分享創作之樂,才能瞭解詩的真味"。"分享創作之樂",也就是滿足"自表"的衝動。小泉八雲把日本詩歌比作寺鐘的一擊,"他的好處是在縷縷的幽玄的餘韻在聽者心中永續的波動"。這是一個極好的比方。中國以"比""興"説詩也

正是這種意思。這些雖只説的詩,但決不只是詩要如此:凡是文學都要如此的。現在且舉兩個例來説明。潘岳《悼亡詩》第二首道:

皎皎窗中月,照我室南端。
清商應秋至,溽暑隨節闌。

"觸景生情",是'興'的性質。下面緊接:

凛凛凉風生,始覺夏衾單!
豈曰無重纊? 誰與同歲寒!
歲寒無與同,朗月何朦朧?
輾轉眄枕席,長簟竟床空!
床空委清塵,空虚來悲風! ……

"他不直説他妻子死了。他只從秋至説到凉風生,從凉風生説到夏衾單,從夏衾單説到不是無重纊,是無同歲寒底人。你看他曲不曲。他又説他反復看了一看枕和席,那樣長的簟子,把床遮完了,都瞧不見那一個人。只見那空床裏堆了塵埃,虚室中來了悲風,他那悲傷之情,就不言而喻了。你看他曲不曲。"又如堀口大學的《重荷》:

生物的苦辛!
人間的苦辛!
日本人的苦辛!
所以我瘦了。(周作人先生譯)

只區區四行,而意味無盡! 前三行範圍依次縮小,力量却依次增加;"人間的苦辛"已是兩重的壓迫,"日本人的苦辛"竟是三層的了。"苦辛"原只是概括的名字,却使人覺著東也是苦辛,西也是苦辛,觸目是苦辛,觸手也是苦辛;覺著苦辛的擔子真是重得不堪!

所以自然就會“瘦”了。這一個“瘦”字告訴我們他是怎樣受著三重的壓迫,怎樣竭力肩承,怎樣失敗,到了心身交困的境界;這其間是包含著許多的經歷的。這都是暗示的效力!“説盡”是文學所最忌的,無論長文和短詩。

能够在作品中充分表現自己的,便是永久的。“永久的”是“使人不捨,使人不厭,使人不忘”之意。初讀時使人没入其中,不肯放下,乃至遲睡緩餐,這叫“不捨”。初讀既竟,使人還要再讀,屢讀屢有新意,決不至倦怠;所謂“不厭百回讀”也。久置不讀,相隔多年,偶一念及,書中人事,仍躍躍如生,這便是“不忘”了。備此三德,自然能傳世行遠了。大抵人類原始情感,並無多種;文明既展,此等情感,程度以漸而深而複,但質地殆無變化——喜怒哀樂,古今同之,中外無异,故若有深切之情感,作品即自然能感染讀者,雖百世可知。而深切之情感,大都由身體力行得來,如人飲水,冷暖自知;故真有深切之情感者必能顯其所得,與大衆异,必能充分表現自己,以其個性示人。“永久的”性質,即係從此而來的。還有,從文體説,簡勁樸實的問題容易有“永久的”性質,因能爲百世所共喻;尚裝飾的文體,華辭麗藻,往往隨時代而俱腐朽,變爲舊式,便不如前者有長遠的效力——但仍須看“瓶裏所裝的酒”如何。

(四) 文學的要素有二:普遍的興味與個人的風格。

“老嫗都解”,便是這裏所謂“普遍的興味”。理論地説,文學既表現人共此人生的人,自應一一領會其旨。但從另一面看,表現人生實即表現自己。此義前已説了。而天賦才能,人各有异;有聰明的自己,有庸碌的自己,有愚蠢的自己。這各各的自己之間,未必便能相喻;聰明的要使愚蠢的相喻,真是難乎其難!而屈己徇人,亦非所取。這樣,普遍的興味便只剩了一句綺語!我意此是自然安排,或説缺陷亦可,我輩只好聽之而已。

風格是表現的態度,是作品裏所表現的作者的個性。個性的重要,前面論“永久性”時,已略提過了;文學之有價值與否,全看它有無個性——個人的或地方的,種族的——而定。文學之所以感人,便在於它所顯示的種種不同的個性。馬浩瀾《花影集》序云:

偶閲《吹劍録》中,載東坡在玉堂日有幕士善歌。坡問曰:"吾詞何如柳耆卿?"對曰:"柳郎中詞,宜十七八女孩兒,按紅牙拍,歌楊柳岸曉風殘月;學士詞,須關西大漢,執鐵板,唱大江東去。"

柳詞秀逸,蘇詞豪放,可於此見之。惟其各有以异乎衆,故皆能動人,而無所用其軒輊。所謂"豪放",所謂"秀逸",皆是作者之個性,皆是風格;昔稱曰"品",唐司空圖有《二十四詩品》,描寫各種風格甚詳且有趣;雖是説詩,而可以通於文。但一種作品中的個性,不必便是作者人格的全部;若作者是多方面的人,他的作品也必是多方面的,有各種不同的風格——决不拘於一格的。風格的種類是無從列舉;人生有多少樣子,它便有多少樣子。風格也不限於"個人的",地方的種族的風格,也同樣引人入勝。譬如胡適之先生《國語文學史講義》中説,南北朝新民族的文學各有特别色彩:南方的是"纏綿宛轉的戀愛",北方的是"慷慨灑落的英雄"。請看下面兩個例,便知不同的風格的對照,能引起你怎樣的趣味:

啼著曙,泪落枕將浮,身沉被流去。(《華山畿》)

新買五尺刀,懸著中梁柱。一日三摩挲,劇於十五女。(《琅琊王歌》)

(五)文學的目的,除給我們以喜悦而外,更使我們知道人——不要知道他的行動,而要知他的靈魂。

文學的美是要在"静觀"裏領受的,前面已説過了。"静觀"即是"安息"(Repose);所謂"喜悦"便指這種"安息",這種無執著,無關心的境界而言,與平常的利己的喜悦有别,這種喜悦實將悲哀也包在内;悲劇的嗜好,落泪的愉快,均是這種喜悦。——"知道人的靈魂"一語,前於第二節中已及兹義;現在所要説的,只是"知道人的靈魂",正所以知道"自己"的靈魂!人的靈魂是鏡子,從它裏面,可以清清楚楚地看見自己的靈魂的樣子。

（六）在文學裏，保存著種族的理想，便是爲我們文明基礎的種種理想；所以它是人心中最重要最有趣的題目之一。

所謂國民性，所謂時代精神，在文學裏，均甚顯著。即如中國舊戲裏，充滿着誨淫誨盜的思想，能不能説這不是中國文明的一種基礎？又如近年來新文學裏"弱者"的呼聲，"悲哀"的叫喊，誰能説這不是時代精神的一面？周作人先生《論阿Q正傳》文裏説：

> ……但是國民性真是奇妙的東西，這篇小説裏收納這許多外國的分子，但其結果，對於斯拉夫族有了他的大陸的迫壓的氣氛而没有那"笑中的泪"，對於日本有了他的東方的奇异的花樣而没有那"俳味"……

這句話我相信可以當做他的褒詞，但一面就當作他的貶辭，却也未始不可。這樣看來，文學真是最重要又最有趣的一個題目。

國語文學談

周作人 撰

《國語文學談》載於一九二六年一月二十四日《京報副刊》。本文主要討論何爲“國語文學”的問題。作者由對時下流行的“凡非白話文即非國語文學”的觀點的反駁切入,指出“國語文學就是華語所寫的一切文章”,進而談及了對於白話文與文言文之關係、系屬、各自特性的獨特認知,頗具創見。

近年來國語文學的呼聲很是熱鬧,就是國語文學史也曾見過兩册,但國語文學到底是怎麽一回事我終於没有能够明瞭。國語文學自然是國語所寫的文學了,國語普通又多當作白話解,所以大家提起國語文學便聯想到白話文,凡非白話文即非國語文學。然而一方面界限仍不能劃得這樣嚴整,照尋常説法應該算是文言的東西裏邊也不少好文章,有點捨不得,於是硬把他拉過來,説他本來是白話:這樣一來,國語文學的界限實在弄得有點糊塗,令我覺得莫名其妙。據我的愚見這原是簡單不過的一件事,國語文學就是華語所寫的一切文章,上自典謨,下至灘簧,古如堯舜(姑且這樣説),今到郁達夫,都包括在内,他們的好壞優劣則是别一問題,須由批評家文學史家去另行估價决定。我相信所謂古文與白話文都是華語的一種文章語,並不是絶對地不同的東西:他們今昔的相互的關係仿佛與滿洲及中國間的關係相似。以前文言的皇帝專制,白話軍出來反抗,在交戰狀態時當然認他爲敵,不惜用盡方法去攻擊他,但是後來皇帝倒了,民國成立,那廢帝的族類當然還他本來面目,成爲五族之一,是國民的一部分,從前在檄文上稱我漢族光復舊物的人此刻也自然改變口氣,應稱我中華國民了。五四前後,古文還坐著正統寶位的時候,我們的惡駡力攻都是對的,到了已經遜位列入齊民,如還是不承認他是華語文學的一分子,正如中華民國人民還說滿洲一族是别國人,承認那以前住在紫禁城裏的是他們的皇上,這未免有點錯誤了。我常說國語文學,只是漢文學的新名稱,包含所有以漢文寫出的文學連八股文試帖詩都在裏邊,因爲他們實在是一種特别文體的代表作品,雖然文藝的價值自然没有什麽。近來日本京大教授鈴木虎雄博士刊行一册《支那文學研究》,除詩文戲曲小說之外還有八股文一編,專論這種文體,可謂先得我心,不過我還没有見到這部書,不能確說他是如何説法的。

我相信古文與白話文都是漢文的一種文章語,他們的差异大部分是文體的,文字與文法只是小部分。中國現在還有好些人以爲純用老百姓的白話可以作文,我不敢附和。我想一國裏當然只應有一種國語,但可以也是應當有兩種語體,一是口語,一是文章語,口語是普通説話用的,爲一般人民所共喻;文章語是寫文章用的,須得有相當教養的人才能瞭解,這當然全以口語爲基本,但是用字更豐富,組織更精密,使其適於表現複雜的思想感情之用,這在一般的日用口語是不勝任的。兩者的發達是平行併進,文章語雖含有不少的從古文或外來語轉來的文句,但根本的結構是跟著口語的發展而定,故能長保其生命與活力。雖然没有確實的例證,我推想古文的發生也是如此,不過因爲中途有人立下正宗的標準,一味以保守模擬爲務,於是亂了步驟,口語雖在活動前進,文章語却歸於停頓,成爲硬冷的化石了。所以講國語文學的人不能對於古文有所歧視,因爲他是古代的文章語,是現代文章語的先人,雖然中間世系有點斷缺了,這個系屬與趨勢總還是暗地裏接續著,白話文學的流派决不是與古文對抗從别個源頭發生出來的。我們看見有許多民間文學的存在,但這實是原始文學的遺留與復活,講到系統乃是一切文學的長輩,並不是如大家所想的那樣是爲革貴族文學之命而崛起的群衆。我們要表現自己的意思，所以必當棄模擬古文而用獨創的白話，但同時也不能不承認這個事實，把古文請進國語文學裹來，改正以前關於國語文學的謬誤觀念。

我們承認了古文在國語文學裹的地位，這只是當然的待遇，並不一定有什麽推重他的意思，古文作品中之缺少很有價值的東西已是一件不可動移的事實。其理由可以有種種不同的説法，但我相信這未必是由於古文是死的，是貴族的文學。我們翻開字典來看，上面的確有許多不但不懂他的意義連音都讀不出的古字，這些確是死字廢語了，但古文却並不是專用這種字凑成的，他們所用的字有十之八九是很普通，在白話中也是常用的字面，你説他死，他實在是還活著的，不過經作者特别這麽一安排，成功了一個异樣的形式罷了。或者有人説所謂死的就是那形式——文體，但是同一形式的東西也不是没有好的，有些東西很爲大家所愛，這樣捨不得地愛，至於硬説他是古白話，收入（狹義的）國語文學史裹去了。那麽這種文體也似乎還有一口氣。至於説貴族與平民，只在社會制度上才有好壞之可言，若思想精神上之貴族的與平民的，完全是别回事，不能這樣簡單地一句話來斷定他的優劣。我在這裹又有一個愚見，覺得要説明古文之所以缺乏文學價值，應當從别一方面著眼，這便是古文的模擬的毛病。大家知道文學的重要目的是在表現自己的思想感情，各人的思想感情各自不同，自不得不用獨特的文體與方法，曲折寫出，使與其所藴懷者近似，而古文則重在模擬，這便是文學的致命傷，盡够使作者的勞力歸於空虚了。模擬本來並非絶對不行的事，在初學者第一步自然是只好模擬，但應當及時停止，去自辟途徑才行。正如小兒學語，句句都是模仿大人的話，等到大略知道，便能自由運用，聯合若干習得的文句，組成一句新鮮獨立的話，表示自己的意思；倘若到了少年，還是一味仿效老太爺的口氣，如八哥學舌一般，那就是十足的低能兒，大家都要笑他了。你或者要問，既然如此，作不模擬的古文豈不就好了麽？這自然是對的。但我不知道有没有這樣的古文，倘若你能創造出一種新古文體出來,那麼也大可以做,不過至少我自己實在没有這樣自信,還只是做做我的白話文罷。

上文所説的古文的毛病如若是不錯的,我還有一句話想警告做白話文的朋友們。請諸位緊防模擬。模擬這個微生物是不僅長在古文裏面的,他也會傳染到白話文上去。白話文的生命是在獨創,並不在他是活的或平民的,一傳染上模擬病也就没了他的命了。模仿杜子美或胡適之,模仿柳子厚或徐志摩,都是一樣的毛病。近來新文學界發生了這種病没有,我不知道,只由於一片老婆心,姑預先警告一聲罷咧。

我洗手學爲善士,不談文學,摘下招牌,已二年於兹矣。伏園囑我爲紀念增刊作文,預約已閲月餘,終於想不出題材,不得已攘臂下車,寫了這一篇,既可笑矣,而所説的話又都只是極平凡的常談,更無謂了,伏園讀之,得無亦將立而"笑我"乎?

(十四年,基督生日)

文藝批評雜論

成仿吾 撰

《文藝批評雜論》載於一九二六年《創造月刊》第一卷第一期、第三期。成仿吾(一八九七—一九八四),原名成灝,筆名石厚生、芳塢、澄實,出生在湖南省新化縣。早期中國無産階級革命家、忠誠的共産主義戰士、新文化運動的重要代表、無産階級教育家和社會科學家、文學家、翻譯家。曾與郭沫若、郁達夫等人於一九二一年七月在日本東京建立了著名的革命文學團體創造社。作者指出,文藝批評領域中存在兩種誤解:一是大多數人傾向於將文藝批評中主觀與客觀的作用看做是絶對的;二是認爲文藝作品的内容與形式是分離的。關於第一種誤解,作者認爲,如果我們將"主觀的"解釋爲"超個人的",將"客觀的"解釋爲"普遍妥當的",那麽,不僅可以避免關於主客觀的論争,而且也有益於我們進一步考察文藝的本質。關於文藝的内容與形式的關係問題,作者認爲内容與形式彼此依附,我們既不能離開内容談形式,也不能避開形式談内容。作者以上述兩個問題切入,順帶簡略論及了文藝鑒賞的階段、文藝批評的作用、藝術内容之論理與審美的形式二分以及與此相關的文藝批評的標準等一系列問題。全文邏輯較爲嚴密,在保有傳統話體文學批評遺風的同時,已經初具現代意義上的"論文"特質。

一、主觀的與客觀的

主觀與客觀是相對的,有此必有彼。主觀不外構成對象界之內面的作用。素樸的的實在論 Naiver Realismus 以客觀的實在爲與主觀獨立存在,然而這種對立的關係是依然存在的。由認識論 Erkenntnislehre 説來,在意識中,凡直觀等單係由經驗所統一的皆爲主觀的統一,若再經過悟性 Verstand 的統一便可以稱爲客觀的。换句話説,在直觀發展的途中,統一、區别而固定自己的普遍即是對象(客觀),這是與直觀之内面的統一——自我 Ego(主觀)——對立的。

在目前常識缺乏的一般人的眼中,大多數往往把主觀與客觀的作用認爲是絶對的,這是對於瞭解文藝批評的一種障礙。然而這裏還有第二種,或者可以説是更大的一種障礙,那便是一般人對於主觀的 Subjectiv 與個人的 individual 兩字的誤會。我們可以絶大的公算 Probability 斷定現在一般研究文藝的青年和一部分努力或介紹文藝批評的人大多數把這兩個不同的字混用了。這種錯誤,一半是基因於"主觀的"一字之誤解,一半是因爲他們誤認感情爲個人的瞬間的狀態。感情在純粹的狀態爲體驗 Erlebnis 的指示,自有普遍妥當性 Allgemeinguelligkeit,自是超個人的。

關於"客觀的"abgective 一字,一般的用法亦不免有錯誤混淆之點。這個字决不能如一般人所臆想,可認爲與自我獨立的。它的意義是如康得 Kant 所謂,指經過先驗的統一 Tianszendentale Einheit 的。

總而言之,"主觀的"含有超個人的性質,而客觀的真理的要素在有普遍妥當性與必然性 Nothwendigkeit;意識 Bewusstsejn 之求心的 Zentripetal 方向爲主觀的,遠心的 Zentrifugal 方向爲客觀的,這中心便是自我。這些概念的理解,對於文藝批評的研究是絶對必要的,而要點在給它們以正確的解釋,那麽,我們研究的結果終不免是一些空中的樓閣。

研究文藝批評的人常分文藝批評爲主觀的與客觀的。假使我們對於"主觀的"與"客觀的"採用常識上的見解,那麽,這兩種批評上的主張是相反的,結果,是二者皆無意義,因爲主觀與客觀是絶對不能單獨存在的。文藝批評家往往忽視批評所根據的A Priori,假使我們瞭解這主觀與客觀的意義,那麽,這兩種不同的批評的主張究不過一内容的兩方面。

主觀論者的大多數完全把"主觀的"與"個人的"硬掛在粗笨的天秤的兩側了。他們所高呼的口號,大致可以"趣味"二字表出。他們的意思大約以爲世界上有這許多人,就必有這許多不同的趣味,所以文藝不能有一定的客觀的標準。

我們的趣味 Taste 不是一個單純的東西,它是感情、想像與理智的混合體。這三種元素之中,理智可以説是超個人的,想像半是個人的,感情多半是個人的。然而想像與感情是可由理智的增加而變化的;過某程度,想像可以是超個人的;再過極端的某程度,則感情亦脱離個人氣質的影響。所以理智的分量過某程度之後,我們的趣味可以是超個人的。

文藝在鑒賞上亦可分爲悦意 Agreeable、優美 Beautiful 與完全 Perfect 三個階級。最低階級的悦意對於理智的要求較少,中間階級的優美對於理智的要求便大增加,最高階級的完全便非有充分的理智不能賞鑒了。不曾見過雕刻的人,在路旁見一泥人,亦可加以稱贊,但是他見了一片著名的雕刻,倒會摇頭起來。淺薄無聊的文字,在常人口中,津津可口,但是對於一篇名文,亦不過如是如是。這都是理智不足的結果,一個 Sphinx 或一個 Laocoon 在常人眼中只是一些鬼怪的製作。

主觀論者的錯誤在以爲個人趣味(不是理論的研究)的提高可以增加我們的鑒賞的能力。然而趣味的三元素之中,感情的增加是與感受力無多大的關係的,而想像的增加是依靠經驗的世界之擴大的。所以趣味的提高,歸根起來,究不外理智的發達;而理智的分量過某程度之後,趣味會永遠成爲超個人的,只有低級的趣味是個人的感情的領土。這便是爲什麽一陣單調的鑼鼓聲可以使兒童傾聽,而一片粗拙的圖畫可以使常人歡喜的原因。

趣味的高低自然是相對的,同時,文藝的階級也是相對的。然而批評(希臘文 Krino)的原義不外“分别”,我們的心的作用能把這種“分别”爲對象,加以“分别”的作用——這裏我們有批評一般的公準 Postnlat。階級既然成立,那麽各階級的通性便成爲客觀的標準。

客觀的標準是主觀論者所誓不承認的。然而當那個 Philosophical Monk 佛蘭士 Anatole France 説“自己的靈魂在傑作中的冒險”的時候,他已經偷偷摸摸地建設了傑作一個階級了。這位 Helemite 在把他的 Wits 鑄成金錢的時候,大約把一生二、二生四的公理撇在腦後了。

我們如果要研究批評的性質,我們不可不先關於批評所以成立的 A Priori 有切實的瞭解。否則我們的研究不僅得不到真的知識,我們並且没有可以憑藉的基礎。主觀論者自稱他們的工作爲批評,然而他們却想把他們的公準抹殺了,雖然他們暗暗裏仍依靠著這公準。我們可以懷疑批評的可能,我們可以懷疑一切,然而這些是形而上的問題,我們一經從事批評便是永遠把這些問題肯定了。

又從批評的作用上説起來,它的目的絶不止於表現自己,它並含有要求一般人承認的性質。我們對於僅僅表現自己的文字,只能稱爲感想。所以普遍妥當性實是批評的生命,所謂客觀的不外是普遍妥當的别稱。

所以我們如果解釋“主觀的”爲“超個人的”而客觀的爲“普遍妥當的”,那麽,不僅主觀客觀的紛争可以避免,而且他種争論亦可消滅於無形,對於文藝的本質的考察亦可除去不少的障礙。

這種的真理是,除了先驗的自我之外,我們是外的世界所形成,我們是無所謂异質的自己。我們與世界是立在内包與外延的關係。這真是一種絶大的不幸。然而正因爲這個緣故,蒼蠅與猩猩意識中的自然與我們的不會有實質上的差别,我們毫無羡慕它們的必要。我們真是被限定了的,如同在一個永恒的獄裏。我們所能作爲的,乃是回到純粹意識的境地,由絶對的自我樂享創造的愉悦,或感受真善美的無限的歡喜。

然而我們如要做到這個境地,我們不可没有一番基本的功夫,這便是批評所以重要的道理。我們可以由文藝批評介紹一些美的東西於我們的同類,也可以告訴他所以美的道理。然而若僅就Shakespeare,或就 Racine 或就 Pascal,或就 Goether 關於自己説話,那麽,除非由絶對的自我立説,這種話不免是個人的感想,只對於個人是真的,不能適用於别人的。這種話不能説是批評,或者可以稱爲創作。

批評如果要有權威,他須是普遍妥當而必然的,約言時,必須是客觀的。這種工作之可能,全在純粹意識的作用。

十五年二月六日,于長沙

二、内容與形式

自從柏拉圖(Plato)主張他的理想(deal),亞里斯多德(Aristotle)制定他的法則以來,文藝批評便有了偏重内容與偏重形式的兩派。

這裏我所謂内容德文是所謂 Inhalt,或進一步説是英文的Matter;我所謂形式(Form)是但就結構而言的普通的意義,哲學上所常用的"思維的形式"之類的用法當然不是這裏所要用的。

在這種含義之内,我們可以把古往今來的爲數不少的批評家分爲這兩派中的這一派或那一派。

爲明瞭内容與形式的關係起見,我們不妨就最初分歧的柏拉圖與亞里斯多德爲進一步的探討。

柏拉圖是一個理想主義者;他的批評是文藝在"原理"的燈下的檢驗,而這種原理是從人生的研究引導出來的。他的原理有三:思想在形式之先;藝術的偉大關於藝術家的道德;藝術與道德是有連帶關係的。他在他的《理想國》裏頭,替他的理想國定下了一個檢驗詩與美術的標準。對於他,善即是美;由表現善的程度可以判定美的程度。"形式、節奏及和諧上的缺點是與思想及性格的缺陷相關的,而它們的美點是與克己温良等道德的優越相關的。"

亞里斯多德是一個現實主義者;他的批評是就眼前確在的文藝材料考察出來的。他的批評没有倫理的動機,自成一種特别的研究。他説"藝術是創制能力與理智的出産"。他由悲劇的結構與方法的研究,定下了一些基本的法則。他們之中最緊要的是布局Plot,他曾成爲"悲劇之最後的目標","靈魂"與"中心的原則"。

柏拉圖認爲文藝的製作爲裝載哲理的器具,所以批評的目的不外察出詩與美術的内容與哲學的内容一致的程度。亞里斯多德承認了文藝的獨立性,並且多少承認了藝術家創造的能力,縱然他所謂創制能力(Creative faculty)的根源仍不外模仿之原始的衝動。這是一種解放,一種極大的進步。有了這一步的前進,文藝才由庸奴的境地得了解放,而文藝批評也才確立了實質的基礎。

然而這種進步,與其説是柏拉圖與亞里斯多德分歧,寧可説是爲柏拉圖補足。我們不能離開形式而講内容,内容必有形式才能存在。藝術的形式可以分爲"論理的"與"審美的"兩類。一種思想,或一種感情,必取一種論理的或審美的形式才能成立;如果没有形式,决不能成爲具體的存在。更進一步説,一個内容必有它的内在的形式;藝術家的工作不外捕住内在的形式,用他的媒質(Medium)表現出來,使不可見的成爲可見的。柏拉圖在他的Phaedrus上説:"凡文辭應當做得如象一個生物,有它自己的身體,也不缺頭,也不缺足;辭的軀幹與尖端應當互相調和而且與全體調和。"這是與亞里斯多德所主張如出一轍。然而這身體、頭、足是一個内容所本有的,不是我們能由一個内容扭出一頭或一足來。

一個藝術的内容須有論理的與審美的形式。論理的形式是滿足我們的智力的要求(Intellectual Demaned)的要件,因爲我們的智力的河流(Intellectual flow)要求内容依著我們的智力之自然的順序(Natun order)排列而流去。這是心理學上顯明的事實;注意或智力的經濟常能使我們發生快感。我們鑒賞藝術的時候,它的内容在我們的識域中波動著，我們由注意與記憶的作用，將零碎的結爲一體。内容如果是反對論理的，我們識域中的波形必不能成爲平滑的（Smooth）的曲綫，必被中斷，我們的智力必然感覺不快，終於發生反感。

審美的形式是滿足我們的審美的要求（Aesthetie demaned）的要素，任功利主義者怎樣巧妙辯，無論如何，美是藝術的生命，至少是藝術的生命之火的保燃體。全然缺少審美的形式的藝術，是我們所不能想像的。音樂可以説是全由審美的形式成立的。在文學裏頭，繪畫的心象、音節及韻律等皆可以稱爲審美的形式；由内容的結合所生的美感與人格美、崇高美之類的感情，當做内容看待。

康得説，“審美的形式是對象對於我們的智力的適合 Aesthetic form is the adaptation of the object toour faculty of knowing”。這裏所講的審美的形式一種是廣義的見解，與藝術的形式同義；如果應用於我的説法，應改爲“論理的形式是對象對於我們的感受力的適合”。

就繪畫、雕刻及其餘的成形藝術而言，形式如果變更，内容也立即改變，内容與形式不能分，幾成主觀與客觀的對立。在文學上，内容與形式的界限稍明，然而決不是各自獨立存在的。外觀上似乎獨立存在的只是藝術家所用的媒質。

藝術的内容與形式的關係既是如此，我們當能進一步，對於文藝批評所取的路徑做一番比較批評的思考。

一個藝術家是一個創造者，他在創造他的世界的時候，應該是絶對自由的。我們不應當由我們的世界拿著一個理想或一個原則去規範他。對於他的藝術的内容，我們是不當拿外界的理想或原則去測量的。我們在批評他的藝術的時候，最要緊的是檢查他的形式能不能滿足我們的智力的及審美的要求，他的形式是不是論理的與審美的。

由這樣的立脚點試一回顧柏拉圖以來的文藝批評的時候，我們替古往今來没在藝術的深淵裏不能自拔的一群藝術家感覺層層的束縛與壓迫。他們在創造自己的世界的時候也是不能自由的,他們須把這自己的世界扭成一定的形式,或者建設在一定的磁場裏。

自由是藝術的生命。藝術與道德、社會及人生許有偶然的或必然的關係,然而它們都是第二義的要素,並且不是可以要求混入藝術的内容而能達到宣傳它們的目的同時保全其藝術的價值的。這些寧可説是一個藝術家的修養上的要素,我們可以對於藝術家爲這種修養上的要求。一個藝術家如果真是道德的,真是對於社會有熱情,對於人生有信仰的時候,他的藝術自然是道德的、社會的而且熱愛人生的。

然而在他一方面,古來的形式批評却又不免是狹義的。極端的更只注意可見的外形,不曾注意到内在的形式。

三月十九日于廣東大學

文藝叢談

李寶琛 撰

《文藝叢談》連載於一九二七年《復旦旬刊》第四至六期，其中第一部分“文學上的時代精神”載於第四期；第二部分“文學上的藝術手腕”載於第五至六期。李寶琛，生平等信息不詳，有《絶妙詞鈔》傳世。本文分兩部分：第一部分討論文學與時代的關係，强調文學思想足以代表時代精神，文學家應該有時代的使命感、能捕捉到時代思潮的中心；第二部分討論文學的藝術手腕，突出“表現力”和鑒賞力兩個層面。作者認爲，文學的表現力要求文學首先要有動人的情感，其次要求文學要表現人生的全部，故此不能受道德倫理的約束去判别文學的好與壞；所謂鑒賞力實際是强調重視讀者視野，即要求作家創作時要明確是在既爲自己而作，也在爲讀者而作。

一、文學上的時代精神

文學的思想，是足以代表時代精神。因爲文學的思想，絶不是無緣無故生出來的，必定有種人類的生活做他的背景。雖然：人類的生活，是不斷的歷程，可是時代自有重心。所以文學的作品表現他是那時代和那時民間一切的標徵。凡是文學家常常被時代的精神底特徵所左右。時代的天才作家，能給作品一個不可磨滅的深刻印象，使得當時或後世讀者瞭解那時代的環境。中國從前有許多作家，喜歡描寫傳説或前代故事，什麽軼事小説，什麽歷史小説，這完全是錯誤的。因爲那種材料,都是往古的事實片段。獨對於現代的事,目前的事,活人的事,一概忽略過去。不知道時事很容易變遷,有許多事眼見的人不留心觀察;尚且不能仔細明瞭。何況以後的人呢?站在目前的地位,描寫過去的作品,材料固然不整個;而表現的力量又不徹底,無論何人,絶不能脱去他的時代他的邦國,而能寫出那時代中的社會、政治、習慣上毫没有關係的作品。最近文學研究的傾向,是在作品的背景時代。因爲可以從作品裏看出當時的人類生活狀况,表現的特徵周到不周到。文學和時代關係,批評家最爲注意。作家能否代表那時代的思潮,實在是批評上極大的標準。近代大批評家埃諾特説:"考察創作家能否領受他時代思潮,是批評家任務的一種。"

文藝作家,應當意識時代的思潮。有的天賦意識力;能獲得時代思潮的中心,也有無意識中獲得的。觀察文學價值最大標準,就依靠作家接觸時代思潮多寡爲判别。像莎氏比亞生於 16 世紀英國的愛里薩彼斯 Elizabethan 期,能於無意識中發揮那時代思潮的文學。像易卜生所描寫的社會問題、男女問題、新舊思潮想問題、階級戰争問題。這是他自意識上發揮的時代思潮,同時並認定時代的中心,暗示當時世人。像拜倫雪黎等詩人的英國浪漫主義的作品。假使不考察十八世紀末十九世紀初澎湃勃興的、熱情的、革命的、浪漫的時代精神,决不會有這樣真實的理解。頗耐諦脱謂"Literature depends on contemporary life and thought"這句話就是説文學准據於當時代的生活和思想。總之文學須具有時代精神,不可死守著以前時代重心所在的那一點。

二、文學上的藝術手腕

現實的世界,除掉一小部分,都充滿了痛苦、悲哀、憂鬱、煩悶一切暗黑方面的現象。文學的領域,並不這樣,却是一個充滿了光和愛的樂園,給我們百般的撫慰。我們到了那裏,如果本來是快樂的,它必要設法使你們更快樂。本來是哀痛的,它就把悲哀的事説給你聽,使你們和它表同情,得到一種悲哀的慰藉。並且指示我們人世間一切的形態和海闊天空的景象。但是這種樂園,怎樣可引人入勝?那就要看藝術手腕如何了。最要的條件是:

A. 作品的表現力

B. 作品的鑒賞力

好的文學作品,必有一種情感動人,這種情感要能引起讀者的情感。動人的力量,靠作家來表現。假使他自身的情感不深,絶不會感動他人。所以説富於感情的,可描寫動人的作品。常有多才多藝的人,而不能在文壇上插足,就因爲他的情感力量不充的緣故。擺倫的作品,感人之力純從性情流露,執起筆來,一瀉無餘,並没有什麽真理存在。然而動人的地方,却是他獨到的手腕。情緒的表現固然受環境的支配,可是要看發出的情波是否適當。假使無病呻吟或離奇粗暴的作品,急急的求人感動,這種情感都是虚僞的,泛泛的,絶不是真摯的。我們描寫一種作品,要怎樣的情緒及意志,能得到最多的共鳴?譬如要描寫丘八欺辱人力車夫的横暴,引起人們注意,不説當時車夫挨打的情況如何悲慘,如何可憐,只寫當時車夫怕兵的情緒。這是作者用主觀虚構丘八和車夫的心理,來引起人的同情。不像寫實的文學,把作者的情感拋棄,專去描寫那段事情,未免太死板,乾燥無味,不易引起同情。且表現的能力又不豐富。文學上的情感貴乎有變化,尤其是戲劇小説作品裏的要素。因爲描寫廣博正確的人生,不像抒情詩的主觀片段的描寫。看莎士比亞的作品裏變化的事實和環境,有相當錯綜情感的表現,讀得愈多,愈覺得奇异了。

文學是表現人生全部的,不能受美惡的限制,道德的束縛。事實的善不善,不去計較,只要描寫的窮形盡相。像《金瓶梅》《水滸傳》,人説是誨淫誨盜,道德上缺憾。但是在文學本身價值上,很有過人的藝術手腕,表現的力量,异常充分。倘若删去少許背謬事實、乖癖人生、墮陷罪惡的描寫,實在是真正藝術作品。文學作品内容表現得動人,同時還要是讀者好像親見某種事物一樣。譬如描寫戰場上尸横遍野,雖然没有親見慘狀,而表現的具體事物的然如真,這就是想像。想像和情感很密切的。想像不是僞飾,是取最真實而重要的外界給他一個生動的印象。如詩人見枯樹,發生情感説"依稀黄葉掛樹枝"一句的掛字,就是想像的表現。《石頭記》的賈寶玉是不是作者的化身,是一疑問。不過是作者把它當年所經歷的整理起來一個結晶人格。又如陰險的女子,以王熙鳳代表,也是從經驗裏抽出共同相類的人格。這實在是想像藝術的表現作用。

文學有了情感想像,然後表現出來,究竟表現的能力高妙不高妙,只看作品藝術手腕描寫得如何,不去問他的思想是否合理。文學作品所以成爲文學作品,一定要引起多數人去鑒賞。這種能力,固然是在情緒表現得動人,而詞句組織也應當清麗。文字的結構,説明表現力很大。像《老殘游記》上寫白妞説書一段,所以能唯妙唯肖,就是結構的力量,作者的藝術手腕。所以容易叫人鑒賞他。我們鑒賞文學作品時,固然是實質方面,可是要靠藝術手腕力量,才覺得可以引人入勝。假使没有好的外形組織,往往不能引到内容上去。具有引人鑒賞的文學,實在是作者慘淡經營的結果。

詩人的作品,不僅是自己表情,也是爲人而作。當他寫的時候,不但是寫盡他所欲言的,並且想到用怎樣的詞句才可感動人,怎樣的外形組織才可表達情緒,流利暢達,給人欣賞。必定他的慣用字句,結構起來,另有一種格調。若是一種作品,有最高最强的情感,不必細碎表現,只用簡潔的結構,也容易叫人嘆賞。像賈寶玉在心膽俱碎時候,對林黛玉説:"你放心……"林黛玉臨死時大叫:"寶玉寶玉!你好……"這都是情感深辭淺的描寫,耐人尋味。總之文學上的藝術手腕,有二句話來歸納,要作品内容達到充分的表現,同時要注意到讀者欣賞的對象!

文學談

豈　明撰

《文學談》載於一九二七年《語絲》雜誌第一三八期，係“閑話拾遺”第四十七則。署名豈明，即周作人。本文名爲《文學談》，實則僅討論了“文學與階級”這一問題。在作者看來，首先，文學本身裏面不會有什麼階級，但由於文學表現出來的是某一階級或時代的精神，所以文字的形式也會因爲内容的不同而呈現出差异性；其次，不宜以階級談論文學。

日文報上有人批評一篇小説（當然也是日本人所做的），説這是無産階級文學家的作品，但看他的婦女觀戀愛觀還全是舊式的頽廢思想，所以不免是個疑問。我覺得這句話説得很有意思。在無産階級運動裏，勞工與婦女的運命要同樣地起一個大變化，他的利益决並不限於嗟窮訴苦的一班讀書人（男子）之得志，這大約是誰都承認的。倘若只因自己不得意的緣故，想發牢騷，自稱無産階級，思想上却毫無改變，還是信奉夫爲妻綱，把女人當作私有的一種器具，那實在與道學家相去無幾，他們也終只是舊式文人的變相罷了。我想文學裏不會有什麼階級，但所表現出來的可以是屬於某一階級或時代的精神，文字形式也可以因了内容而有若干的差异。現今彌漫於上下的，的確是資産階級的思想，以私産制度爲根基的道德與風俗，例如偏重女性貞操，納妾蓄婢，宿娼等之公認及謳歌，都是明證，同時也有極少數人起來反對，在文藝上可以看出這種“反有産階級思想”之痕迹，——我不稱他爲無産階級思想，因爲我覺得這不是階級的問題,雖然這多少與實際的社會運動先後發生,但這些人未必以階級意識爲主動,實在只是其思想態度與因襲的資産階級思想相反,故出於反抗的舉動。在中國,有産與無産這兩階級儼然存在,但是,説也奇怪,這只是經濟狀況之不同,其思想却是統一的,即都是懷抱著同一的資産階級思想。無産階級而抱著資産階級思想?! 是的,我相信這是實情。貧賤者的理想便是富貴,他的人生觀與土豪劣紳是一致的,其間的關係只是目前的地位,有如微時的漢高祖楚霸王之于秦始皇。中國資産階級弄許多婢妾,表面上加上一點聖賢之話做修飾,如不孝有三無後爲大之類,無産階級的婦女觀大要相去不遠,或者不過説得還要老實顯露一點而已。現在如以階級本位來談文學,那麽無産階級文學實在與有産不會有什麽不同,只是語句口氣略有差异,大約如白話的一篇書經,仍舊是鬼話連篇。正如一個亭長出身的劉邦補了秦王的缺不能就算社會革命,把那些古老思想從民衆口裏(或憑了民衆之神聖的名)重説出來,也不見得就可以算是文學革命了。有産者未必能贊成反資産階級思想的潮流,但無産的智識階級我想至少也應離開資産階級思想的泥溝,振作一番才好。日本有些自稱無産階級文學家,差不多就是以貧賤驕人的舊式名士,甚矣傳統之力之强大也,吾中國其亦以此爲鑒也可。

十六年六月二十日。

文藝與政治的歧途

魯　迅 講，曹聚仁 記

本文原爲魯迅一九二七年十二月二十一日在上海暨南大學的講演稿。記録稿有兩份：一是章鐵民記録後經魯迅修訂，以《文學與政治的歧途》爲題發表于暨南大學秋野社社刊《秋野》雜誌一九二七年第三期；二是劉率真（即曹聚仁）記，於一九二八年一月發表在上海《新聞報》副刊《學海》，署"魯迅講"後收入《集外集》。本書選録的是魯迅先生更爲滿意的第二份記録稿。魯迅（一八八一——一九三六），原名周樟壽，後改名周樹人，字豫山，後改豫才，浙江紹興人。著名的文學家、思想家，五四新文化運動的重要參與者，中國現代文學的奠基人。本文認爲，文藝和政治時常處於衝突之中，雖然文藝和革命在不安於現狀這一層面有相通的地方，但政治和文藝却總是彼此抵牾。原因在於，文藝總要揭露現實世界現在甚至未來的弊端與隱患，而政治家總要維持現狀；同時，文學家需要一種閑定的心態去進行創作，而忙於政治（革命）不利於閑定心態的獲得。全文説理詳贍、文筆辛辣，頗具啓發性。

我是不大出來講演的；今天到此地來，不過因爲説過了好幾次，來講一回也算了却一件事。我所以不出來講演，一則没有什麽意見可講，二則剛才這位先生説過，在座的很多讀過我的書，我更不能講什麽。書上的人大概比實物好一點，《紅樓夢》裏面的人物，像賈寶玉林黛玉這些人物，都使我有异樣的同情；後來，考究一些當時的事實,到北京後,看看梅蘭芳姜妙香扮的賈寶玉林黛玉,覺得並不怎樣高明。

我没有整篇的鴻論,也没有高明的見解,只能講講我近來所想到的。我每每覺到文藝和政治時時在衝突之中;文藝和革命原不是相反的,兩者之間,倒有不安於現狀的同一。惟政治是要維持現狀,自然和不安於現狀的文藝處在不同的方向。不過不滿意現狀的文藝,直到十九世紀以後才興起來,只有一段短短歷史。政治家最不喜歡人家反抗他的意見,最不喜歡人家要想,要開口。而從前的社會也的確没有人想過什麼,又没有人開過口。且看動物中的猴子,它們自有它們的首領;首領要它們怎樣,它們就怎樣。在部落裏,他們有一個酋長,他們跟著酋長走,酋長的吩咐,就是他們的標準。酋長要他們死,也只好去死。那時没有什麼文藝,即使有,也不過贊美上帝(還没有後人所謂 God 那麼玄妙)罷了!那裏會有自由思想?後來,一個部落一個部落你吃我吞,漸漸擴大起來,所謂大國,就是吞吃那多多少少的小部落;一到了大國,内部情形就複雜得多,夾著許多不同的思想,許多不同的問題。這時,文藝也起來了,和政治不斷地衝突;政治想維繫現狀使它統一,文藝催促社會進化使它漸漸分離;文藝雖使社會分裂,但是社會這樣才進步起來。文藝既然是政治家的眼中釘,那就不免被擠出去。外國許多文學家,在本國站不住脚,相率亡命到别個國度去;這個方法,就是"逃"。要是逃不掉,那就被殺掉,割掉他的頭;割掉頭那是最好的方法,既不會開口,又不會想了。俄國許多文學家,受到這個結果,還有許多充軍到冰雪的西伯利亞去。

有一派講文藝的,主張離開人生,講些月呀花呀鳥呀的話(在中國又不同,有國粹的道德,連花呀月呀都不許講,當作别論),或者專講"夢",專講些將來的社會,不要講得太近。這種文學家,他們都躲在象牙之塔里面;但是"象牙之塔"畢竟不能住得很長久的呀!象牙之塔總是要安放在人間,就免不掉還要受政治的壓迫。打起仗來,就不能不逃開去。北京有一班文人,頂看不起描寫社會的文學家,他們想,小説裏面連車夫的生活都可以寫進去,豈不把小説應該寫才子佳人一首詩生愛情的定律都打破了嗎？現在呢，我們也不能做高尚的文學家了，還是要逃到南邊來；“象牙之塔”的窗子裏，到底没有一塊一塊麵包遞進來的呀！

等到這些文學家也逃出來了，其他文學家早已死的死，逃的逃了。别的文學家，對於現狀早感到不滿意，又不能不反對，不能不開口，“反對”“開口”就是有他們的下場。我以爲文藝大概由於現在生活的感受，親身所感到的，便影印到文藝中去。挪威有一文學家，他描寫肚子餓，寫了一本書，這是依他所經驗的寫的。對於人生的經驗，别的且不説，“肚子餓”這件事，要是歡喜，便可以試試看，只要兩天不吃飯，飯的香味便會是一個特别的誘惑；要是走過街上飯鋪子門口，更會覺得這個香味一陣陣冲到鼻子來。我們有錢的時候，用幾個錢不算什麽；直到没有錢，一個錢都有它的意味。那本描寫肚子餓的書裏，它説起那人餓得久了，看見路人個個是仇人，即是穿一件單褂子的，在他眼裏也見得那是驕傲。我記起我自己曾經寫過這樣一個人，他身邊什麽都光了，時常抽開抽屜看看，看角上邊上可以找到什麽；路上一處一處去找，看有什麽可以找得到；這個情形，我自已是體驗過來的。

從生活窘迫過來的人，一到了有錢，容易變成兩種情形：一種是理想世界，替處同一境遇的人著想，便成爲人道主義；一種是什麽都是自已掙起來，從前的遭遇，使他覺得什麽都是冷酷，便流爲個人主義。我們中國大概是變成個人主義者多。主張人道主義的，要想替窮人想想法子，改變改變現狀，在政治家眼裏，倒還不如個人主義的好；所以人道主義者和政治家就有衝突。俄國文學家托爾斯泰講人道主義，反對戰争，寫過三册很厚的小説——那部《戰争與和平》，他自己是個貴族，却是經過戰場的生活，他感到戰争是怎麽一個慘痛。尤其是他一臨到長官的鐵板前（戰場上重要軍官都有鐵板擋住槍彈），更有刺心的痛楚。而他又眼見他的朋友們，很多在戰場上犧牲掉。戰争的結果，也可以變成兩種態度：一種是英雄，他見别人死的死傷的傷，只有他健存，自己就覺得怎樣了不得，這麽那麽夸耀戰場上的威雄。一種是變成反對戰争的，希望世界上不要再打仗了。托爾斯泰便是後一種,主張用無抵抗主義來消滅戰争。他這麽主張,政府自然討厭他;反對戰争,和俄皇的侵掠欲望衝突;主張無抵抗主義,叫兵士不替皇帝打仗,員警不替皇帝執法,審判官不替皇帝裁判,大家都不去捧皇帝;皇帝是全要人捧的,没有人捧,還成什麽皇帝,更和政治相衝突。這種文學家出來,對於社會現狀不滿意,這樣批評,那樣批評,弄得社會上個個都自己覺到,都不安起來,自然非殺頭不可。

但是,文藝家的話其實還是社會的話,他不過感覺靈敏,早感到早説出來(有時,他説得太早,連社會也反對他,也排軋他)。譬如我們學兵式體操,行舉槍禮,照規矩口令是"舉……槍"這般叫,一定要等"槍"字令下,才可以舉起。有些人却是聽到"舉"字便舉起來,叫口令的要罰他,説他做錯。文藝家在社會上正是這樣;他説得早一點,大家都討厭他。政治家認定文學家是社會擾亂的煽動者,心想殺掉他,社會就可平安。殊不知殺了文學家,社會還是要革命;俄國的文學家被殺掉的充軍的不在少數,革命的火焰不是到處燃著嗎?文學家生前大概不能得到社會的同情,潦倒地過了一生,直到死後四五十年,才爲社會所認識,大家大鬧起來。政治家因此更厭惡文學家,以爲文學家早就種下大禍根;政治家想不准大家思想,而那野蠻時代早已過去了。在座諸位的見解,我雖然不知道;據我推測,一定和政治家是不相同;政治家既永遠怪文藝家破壞他們的統一,偏見如此,所以我從來不肯和政治家去説。

到了後來,社會終於變動了;文藝家先時講的話,漸漸大都記起來了,大家都贊成他,恭維他是先知先覺。雖是他活的時候,怎樣受過社會的奚落。剛才我來講演,大家一陣子拍手,這拍手就見得我並不怎樣偉大;那拍手是很危險的東西,拍了手或者使我自以爲偉大不再向前了,所以還是不拍手的好。上面我講過,文學家是感覺靈敏了一點,許多觀念,文學家早感到了,社會還没有感到。譬如今天衣萍先生穿了皮袍,我還只穿棉袍;衣萍先生對於天寒的感覺比我靈。再過一月,也許我也感到非穿皮袍不可,在天氣上的感覺,相差到一個月,在思想上的感覺就得相差到三四十年。這個話，我這麼講，也有許多文學家在反對。我在廣東，曾經批評一個革命文學家——現在的廣東，是非革命文學不能算做文學的，是非“打打打，殺殺殺，革革革，命命命”，不能算做革命文學的——我以爲革命並不能和文學連在一塊兒，雖然文學中也有文學革命。但做文學的人總得閑定一點，正在革命中，那有功夫做文學。我們且想想：在生活困乏中，一面拉車，一面“之乎者也”，到底不大便當。古人雖有種田做詩的，那一定不是自己在種田；雇了幾個人替他種田，他才能吟他的詩；真要種田，就没有功夫做詩。革命時候也是一樣；正在革命，那有功夫做詩？我有幾個學生，在打陳炯明時候，他們都在戰場；我讀了他們的來信，只見他們的字與詞一封一封生疏下去。俄國革命以後，拿了麵包票排了隊一排一排去領麵包；這時，國家既不管你什麼文學家藝術家雕刻家；大家連想麵包都來不及，那有功夫去想文學？等到有了文學，革命早成功了。革命成功以後，閑空了一點；有人恭維革命，有人頌揚革命，這已不是革命文學。他們恭維革命頌揚革命，就是頌揚有權力者，和革命有什麼關係？

這時，也許有感覺靈敏的文學家，又感到現狀的不滿意，又要出來開口。從前文藝家的話，政治革命家原是贊同過；直到革命成功，政治家把從前所反對那些人用過的老法子重新採用起來，在文藝家仍不免于不滿意，又非被排軋出去不可，或是割掉他的頭。割掉他的頭，前面我講過，那是頂好的法子咾，——從十九世紀到現在，世界文藝的趨勢，大都如此。

十九世紀以後的文藝，和十八世紀以前的文藝大不相同。十八世紀的英國小説，它的目的就在供給太太小姐們的消遣，所講的都是愉快風趣的話。十九世紀的後半世紀，完全變成和人生問題發生密切關係。我們看了，總覺得十二分的不舒服，可是我們還得氣也不透地看下去。這因爲以前的文藝，好像寫别一個社會，我們只要鑒賞；現在的文藝，就在寫我們自己的社會，連我們自己也寫進去；在小説裏可以發見社會，也可以發見我們自己；以前的文藝，如隔岸觀火，没有什麼切身關係；現在的文藝，連自己也燒在這裏面,自己一定深深感覺到;一到自己感覺到,一定要參加到社會去!

十九世紀,可以説是一個革命的時代;所謂革命,那不安於現在,不滿意於現狀的都是。文藝催促舊的漸漸消滅的也是革命(舊的消滅,新的才能產生),而文學家的命運並不因自已參加過革命而有一樣改變,還是處處碰釘子。現在革命的勢力已經到了徐州,在徐州以北文學家原站不住脚;在徐州以南,文學家還是站不住脚,即共了產,文學家還是站不住脚。革命文學家和革命家竟可説完全兩件事。詆斥軍閥怎樣怎樣不合理,是革命文學家;打倒軍閥是革命家;孫傳芳所以趕走,是革命家用炮轟掉的,決不是革命文藝家做了幾句"孫傳芳呀,我們要趕掉你呀"的文章趕掉的。在革命的時候,文學家都在做一個夢,以爲革命成功將有怎樣怎樣一個世界;革命以後,他看看現實全不是那麽一回事,於是他又要吃苦了。照他們這樣叫、啼、哭都不成功;向前不成功,向後也不成功,理想和現實不一致,這是注定的運命;正如你們從《吶喊》上看出的魯迅和講壇上的魯迅並不一致;或許大家以爲我穿洋服頭髮分開,我却没有穿洋服,頭髮也這樣短短的。所以以革命文學自命的,一定不是革命文學,世間那有滿意現狀的革命文學?除了吃麻醉藥!蘇俄革命以前,有兩個文學家,葉遂寧和梭波里,他們都謳歌過革命,直到後來,他們還是碰死在自己所謳歌希望的現實碑上,那時,蘇維埃是成立了!

不過,社會太寂寞了,有這樣的人,才覺得有趣些。人類是歡喜看看戲的,文學家自己來做戲給人家看,或是綁出去砍頭,或是在最近墻脚下槍斃,都可以熱鬧一下子。且如上海巡捕用棒打人,大家圍著去看,他們自己雖然不願意挨打,但看見人家挨打,倒覺得頗有趣的。文學家便是用自己的皮肉在挨打的啦!

今天所講的,就是這麽一點點,給它一個題目,叫做……《文藝與政治的歧途》。

文學的貴族性

周作人 講,昭　園 記

《文學的貴族性》於一九二八年一月五日起刊于《晨報副刊》,署周作人講,未收入自編文集。本文係作者在中法大學的演講記録,記録者爲昭園。爲方便讀者閱讀,收入本書時,參照鍾叔河編訂的《周作人散文全集》中的文稿做了内容方面的微小改動,特此説明。本文主要從日常談話和文學的區别、文學的階級性兩個角度探討論證文學的貴族性特質。作者認爲,文學上的貴族,只是思想上的分别,它不論特權、所有權、物質權,只説到一個人或多少不同階級的人,而且他們的思想完全在物權的支配和羡慕。同時,豐富的情感、敏鋭的思想和表現的手段都是文學的要素,因此文學與普通大衆能够完全理解的日常談話並不相同。

(上略)現在僅就我個人的意見對時下各派的文學來觀察一下。在表面上,這一題目似乎復古,有點開倒車;但,的確的,這是對准倡説革命文學的人而發的。

時下這一般倡説革命文學的人,認爲文學如其有它自身存在的價值,那末,便應當根據這一時代的精神來做軸心,在思想上是要先進的,在政治上要能够來幫助活動與改革的成功。如這次胡適先生在東京講演,便説道中國之有今日國民革命,便是根據於文學革命而來的;换而言之,是先有了文學革命之産生,而後才有今日國民革命之運動。這話,我不敢苟同。更有拿第四階級文學,或平民文學來攻擊所謂貴族文學,這一點,我也不敢贊同。

文學的真意義,與乎文學究竟是什麽東西,前人已言之鑿鑿。就我個人的意見,文學是表現思想與情感的,或者説是一種苦悶的象徵。當我對於社會不滿,或社會加諸我不快,我對准這一個和我相反的對象來表現我所想到的思想,所感到的情感,這一種反映的苦悶的象徵,就成爲文學的立場和背境。

所以,在這點上來觀察,文學和社會運動是同出在一個源流,不過它的立足點與結果不同就是了。

單説到宗教上,它的起源也是因苦悶而起。我們之敬鬼神,是因爲我們自身生活不滿,對大自然又不能征服時,而後才想到及做到這人神密接的關係。如望五穀牛羊的好好生長,在以前便有祈禱,在如今則有禮拜。又如社會運動家反對宗教,而不知宗教之有天堂樂土,求靈魂消滅之安慰,亦猶之乎社會之有烏托邦,求人生最後的滿足。是則社會運動僅就宗教之來世,而變爲今世而已。社會運動一定要解决問題,完成理想;宗教則克苦自已,注意來生。可是文學則不然,單表現一種苦悶,一處理想,表現的手段與方法完成後,就算盡了它本身的能事,並不想到實行,或解决或完成其理想。所以從滿足要求一點來説,文學要比較宗教及社會運動不同的。

所以文學的性質近乎書信,談話等。但書信,談話等,隨便一寫,一談,並無多末大的意義,所以很平凡乏味,而文學在思想上與藝術上却要深入,超出書信談話等之上。

大致常談可類别爲三:一是實話,不必講,譬如小學之教科書上的"你是人,我也是人"等;二是隨便講的,可講亦可不講,譬如"今日真冷"這話本無重大意義,然而如其一向都是天暖,今日驟然奇冷,那末這話是有意義的,是可以講得的,雖然講出來並没多大意義,但如其不講出來,也並没有什麽;三是講得的,值得記下來的,而且有重大意義的。

從以上所例舉的常談之類别,因内容的情感上的不同,儼然易見的,就是和文學不同之一點。第二點,在談話中,隨便講了半句話,或者説的是反面話,甚至臉上只要有一點表情,站在你面前的對方便懂;可是文學則不然,無明顯的聲與色的表現,但是一樣的能從字裹行間,使讀者能受它的誘惑或認識,並且可以把它遺留到後世。

的確的,文學之所以能超出書信談話等之上,因爲:(一)思想,能有複雜的情緒;(二)寫事,在藝術上注意方式。他所描寫的事實,含意是多方面的,非只對於一人,一時及一地的。所以它表現的方式曰藝術,惟其内中有藝術爲之表現,所以其所取的手段是複雜的。

我對於文學的見解即如此。

至於讀者讀完或看完任何一篇文學作品後,有任何一種的共鳴或反感,在那位文學家下筆寫那篇東西時,他是没有想到過的,即使偶一想到,也决不從長去顧及的,惟求其個人之儘量表現罷了。

所以,我對於所謂貴族文學與平民文學之分野,不但没法分出,而且也不必分。大概貴族文學是出於貴族的手筆,或與之感情相同的;平民文學是出於平民的手筆,或與之感情相同的。其實,貴族只是社會制度一種特殊階級,壓迫平民的特殊階級,但在文學上是不能這樣分析的。

文學上的貴族,只是思想上的分别,它不論特權、所有權、物質權,只説到一個人或多少不同階級的人,而且他們的思想完全在物權的支配和羡慕。

説到 Aristocratic 該字的本意,是超等,好,所謂有知識階級之謂也。

平常人的談話不能算做文學。文學須有豐富之情感,敏鋭的思想。有豐富之情感,敏鋭的思想,而無表現的手段,不能謂之文學家。是則文學家在情感上、思想上及藝術上,全都要超出常人。所以,文學家實際上是精神上的貴族,與乎社會制度上之貴族迥乎不同。英人某某説到:“天才唯一的要點,即人人不能表現,或難於表現的,他能把他表現出來。”假如人人都能表現的,是不難表現的表現,那末,實無須乎文學。所以説,平常一種思想,不能算做文學;有思想的,而表現不出來的,也不能算做文學。

從實際上來説,外國或許有幾個不同的階級之差别,在中國則不是這樣。大致在中國可分兩種階級:一是 Bourgeois 階級,内中包含著第三及第四兩階級;二是反 Bourgeois 階級。

其實,第三及第四兩階級,在思想上是一樣的,全都想得到富貴尊榮,或者享有妻妾奴婢……如元曲等可算做平民文學了,可是把它歸納起來來審查一下,主要的意思不出富貴功名。所以中國所説的貴族文學,就是指古代求神仙歸隱的文學。其實他們本來有很好的生活,不過對於那實際的生活反感,所以便求寄託于神於仙,隱遁歸山。反過來説,那反 Bourgeois 階級的思想,和上述的思想不同,一切的文學就在那裏產生,它本身也是偉大的。如明太祖是無產階級出身,可是在他那窮困的時候,便夢想做帝皇顯貴,及做了帝皇時,便一意地專制,不顧民生。可見中國無產階級的思想,完全是和第三階級的升官發財是同一個鼻孔出氣的。

所以,在中國根本也就説不到所謂第四階級文學。好的文學,事實上既不如第三階級文學,也不是第四階級文學。準此,中國的文學只產生在反 Bourgeois 階級上。

其實,文學家是必跳出任何一種階級的;如其不然,踏足在第三或第四階級中,那是决不會有成功的。

文學既然僅僅是單純的表現,描寫出來就算完事了;那末現在講革命文學的,是拿了文學來達到他政治活動的一種工具,手段在宣傳,目的在成功。

民國初年,《新民叢報》中登有盧騷一首詩:

文字成功日,
全球革命潮!

這像革命文學的筆調,用意在引動群衆之奮起。但一般人總不耐煩拿聽朋友談話的態度來看文學。

先前人説到:“文以載道。”夫文而欲其載道,那末便迹近乎宗教上的宣傳。桐城派的文,就是根據“文以載道”的話,而成其爲道。

再説拿了文學來做革命的根據,其實這種所謂革命文學,和南方吶喊的口號,紙上的標語是一樣的。如其文學真是成了革命的工具,能奮起群衆,全都做了革命的戰士,那不是成了和念咒的妖法,或者和宗教上之祈求降福一樣嗎?

而且提倡革命文學的人,想著從那革命文學上引起世人都來革命,是則無异乎以前的舊派人物以讀了四書五經、諸子百家等的古書來治國平天下的夢想。

談文學

丁致中 撰

《談文學》載於一九二八年《暨南周刊》第三卷第一期。作者丁致中(一八八五—一九六八),字時齋。本文由清末民初的熱點話題“文學是什麽”切入,通過批駁“文學是社會上的自然現象,對於民衆没有多大關係,是一般學者的消閑品”這一觀點發表了自己的文學論見。作者認爲,含有時代的精神,而能感化民衆的作品,才可以説是文學。此外,文學的重要因數是藝術,所以文學的意義在於拿文字去表現藝術化的思想和藝術化的感情。

“文學是什麽? 對於人生究竟有什麽因果的關係?”這種疑問在現代中國的知識階級裏是很普遍的。

這是很顯明地在表現他們對於文學没有真確的認識,是他們没有探索過文學真諦的結果。但我們也慣聽到一般開口講 Literature 閉口講 Literature 的人這樣説:

> 文學是社會上的自然現象,對於民衆没有多大關係,是一般學者的消閑品。

照這樣看來,文學簡直是一個空洞的玄妙的名詞了,和人生有什麽關係呢? 我且把我的見解談談:

文學固然是社會現象的因數之一,可是不能把一般學者的消閑品算做文學,也不能把與民衆没有關係的文字叫做文學。在各種專叙文學的書籍裏,説明文學的定義,很複雜,我們不能一一去拿來逐條研究。但歸納起來,主要的意義,總是與人生有關係的。

我們要認識文學,不能不知道文學的作用。

我以爲文學是時代的先驅者,精神的導演者,時代的變遷不能脱離民衆的創造力,而每個時代的民衆所博得的創造力,確由於激動各個自我的情感所産生出來的。他有變遷時代的效力,有激起向上的精神的權能,是具有革命性的。我們從歷史上去觀察,俄國的十月革命,和一七八九年法國的大革命,固是絶好之例。就在中國歷代的變遷講來,在每個時代墮落的時候,民衆感受極限的痛苦和壓迫,總有一種民間的文學從中響導民衆到反抗的路途上去。怎能説文學與民衆莫不相關呢?至於社會上有所謂消閑的作品,我們簡直可以當他怪討厭的鵶片烟看待,决無文學價值的存在。我們應當一致起來撲滅這種專給貴族們消閑的文學。所以我認爲含有時代精神,而能感化民衆的作品,才可説是文學。否則,没有相當的名詞可以稱他。

文學没有脱離民衆而獨立存在的可能性,更不能與時代背道而馳的進行,我們要曉得個人的思想感情能激動他人的共鳴,他的作品就有文學的價值。不一定要有奇字僻典,像十載裝成的左思賦,才算是文學。這是我們應當清楚的。

至於文學的意義,也並不神秘;構成文學的要素也不外以前鐵民先生所説的一個公式就是:文學＝藝術(思想＋感情)/文字。那就是:我們有了藝術化的思想與藝術化的感情相融合,拿文字去表現出來就可以稱爲文學。可知文學的重要因數就是藝術。但是有了迂舊的思想和單調的感情,不論用最好的手腕去描寫,終於没有維持文學生命力的餘力。再具體的講,文字是藝術地表現思想和情感的文字。

朋友啊,我們現在所處的時代是什麽時代?我們對時代所應取的態度是什麽樣一種態度?我們此刻所需要的東西。是什麽東西?這些我在上面雖没有鄭重地提出,但是清醒的讀者們也可意會得到，不用我再來多嘴了。

我的青年同胞們！我們再不要去誤解他(文學)，壟斷他的是非，只希望大家能盡情地發揚我們創造的本能，去感動一般民衆，追著革命的神女一同到成功的路上去。這是我所祈禱的。

一九二八，四，廿九，于商科宿舍四十一號

文藝雜話

梁遇春 撰

《文藝雜話》撰於一九二八年四月十日北大西齋。梁遇春（一九〇六—一九三二），福建閩侯人，别署馭聰，又名秋心，民國時期著名的散文家，代表作品有《春醪集》《泪與笑》。本文雜話"文藝"（文學），主要反對文學上的所謂"主義"或"主張"，較有辯證色彩。在作者看來，文學創作需要絶對的自由，如果作者信仰某種主義或主張，其天才能力就會受到限制，所作的作品也就時常帶有"委曲求全"的色彩。但是，主義、主張等也不會完全毁滅"文學的能力"。

"美就是真，真就是美"，這是開茨那首有名《咏一個希臘古瓮》詩最後的一句。凡是談起開茨，免不了會提到這名句，這句話也真是能够簡潔地表現出開茨的精神。但是一位有名的批評家在牛津大學詩學講堂上却説開茨這首五十行詩，前四十幾行玲瓏精巧，没有一個字不妙，可惜最後加上那人人都知道的二行名句："'Beauty is truth, truth is beauty'", —that is all ye know on earth, and all ye need to know。"並不是這兩句本身不好，不過和前面連接不起，所以雖然是一對好句，却變做全詩之累了。他這話説得真有些道理。只要細心把這首百讀不厭的詩吟咏幾遍之後，誰也會覺得這詩由開頭一直下來，都是充滿了簇新的想像，微妙的思想，没有一句陳腐的套語，和慣用的描寫，但是讀到最後兩句時，逃不了感到一種説不出的失望，覺得這麽燦爛希奇的描寫同幻想，就只能得這麽一個結論嗎？念的回數愈多，愈相信這兩句的不合式。開茨是個批評觀念非常發達的人，用字鍛句，絲毫不苟，那幾篇 Obe 更是他嘔心血做的，爲什麽這下會這麽大意呢？我只好想出下面這個解釋來。開茨確是英國唯美主義的先鋒，他對美有無限的尊重，這或者是他崇拜希臘精神的結果。所以這句"美就是真，真就是美"，確是他心愛的主張。爲的要發表他的主義，他情願把一首美玉無瑕的詩，犧牲了——實在他當時只注意到自己這種新意見，也没有心再去關照全詩的結構了。開茨是個咒駡理智的人，在《蛇女》(*Lamia*)那首長詩裏他説："That but a moment's thought is passion' spassing bell."然而他這回到甘心讓詩的精神來跪在哲學前面，做個唯理智之命是從的奴隸。由這裏也可以看到自己的主張太把持著心靈時候，所做的文學總有委曲求全的色彩。所以我對於古往今來那班帶有使命的文學，常抱些無謂的杞憂。

凡是愛念 Wordsworth 的人一定記得他那五六首關於露茜(Lucy)的詩。那種以極簡單明瞭的話表出一種刻骨鏤心的情，説時候又極有藝術裁制(Restraint)的能力，僅僅輕描淡寫，已經將死了愛人的悲哀的焦點露出，誰念著也會動心。可是這老頭子雖然有這麽好描寫深情的天才，在他那本頁數既多、字印得又小的全集裏，我們却找不出十首歌頌愛情的詩。有一回 Aubrey de Vere 問他爲什麽他不多做些情詩，他回答："若使我多做些情詩，我寫時候，心中一定會有强度的熱情，這是我主張所不許可的。"我們知道 Wordsworth 主張詩中間所含的情調要經過一回冷静心境的溶解，所以他反對心中只充滿些强烈的情緒時所做的情詩。固然因爲他照著這種説法寫詩，他那好多贊美自然的佳句，意味才會那麽雋永，值得細細咀嚼，那種回甘的妙處真是無窮。但是因此我們也失丢了許多一往情深詞句摯樸的好情詩。Wordsworth 這種學究的態度真是自害不淺，使我們深深地覺到創造絶對自由的需要。説到這裏，我們自然而然聯想到托爾斯泰。托翁寫實本領非常高明，他描狀的人物情境都能有使人不得不相信的妙處。但是他始終想把文學當傳布思想的工具,有時硬將上帝板板的主張放在絕妙的寫實作品中間,使讀者在萬分高興時節,頓然感到失望。所以Saintsbury說他没有一篇完全無瑕的作品。我記得從前讀托翁一篇小説,中間述一個豪爽英邁的强盜在森林中殺人劫貨,後來被一個教士感化了,變成個平平常常的好人了。當這教士頭一次碰著這强盜時節,“咱是個强盜,”强盜拉住了繮説:“我大道上騎馬,到處殺人;我殺得人越多,我唱的歌越是高興。”誰念了這段,不會神往於馳騁風沙中,飛舞著刀,唱著調兒的緑林好漢,而看出這種人生活裏的美處托翁有那種天才,把强盜的心境説得這麽動人,可惜他又帶進來個教士,將這篇象十七八世紀西班牙英法述流氓小説的好作品,變做十九、二十世紀傳單化的文學了。但是不管托翁怎樣蹂躪自己的天才,他的小説還是不朽的東西,仍然有能力吸引住成千成萬的讀者,這也可以見文學的能力到底是埋在心的最深處,决非主張等等所能毁滅,充其量不過是減些光輝,使讀者在無限贊美中,有一種説不出的惆悵罷。

文學和出汗

魯　迅撰

《文學和出汗》載於一九二八年《語絲》周刊第四卷第五期。本文以“出汗”爲譬喻，主要反駁“文學當描寫永遠不變的人性”的觀點。作者認爲，並不存在永久不變的人性，因此，認爲文學可以描寫普遍恒久的人性的看法無法成立。

上海的教授對人講文學，以爲文學當描寫永遠不變的人性，否則便不久長。例如英國莎士比亞和别的一兩個人所寫的是永久不變的人性，所以至今流傳，其餘的不這樣，就都消滅了云。

這真是所謂“你不説我倒還明白，你越説我越糊塗”了。英國有許多先前的文章不流傳，我想，這是總會有的，但竟没有想到它們的消滅，乃因爲不寫永久不變的人性。現在既然知道了這一層，却更不解它們既已消滅，現在的教授何從看見，却居然斷定它們所寫的都不是永久不變的人性了。

只要流傳的便是好文學，只要消滅的便是壞文學；搶得天下的便是王，搶不到天下的便是賊。莫非中國式的歷史論，也將溝通了中國人的文學論歟？

而且，人性是永久不變的麽？

類人猿，類猿人，原人，古人，今人，未來的人……如果生物真會進化，人性就不能永久不變。不説類猿人，就是原人的脾氣，我們大約就很難猜得著的，則我們的脾氣，恐怕未來的人也未必會明白。要寫永久不變的人性，實在難哪。

譬如出汗罷，我想，似乎於古有之，於今也有，將來一定暫時也還有，該可以算得較爲“永久不變的人性”了。然而“弱不禁風”的小姐出的是香汗，“蠢笨如牛”的工人出的是臭汗。不知道倘要做長留世上的文字，要充長留世上的文學家，是描寫香汗好呢，還是描寫臭汗好？這問題倘不先行解決，則在將來文學史上的位置，委實是“岌岌乎殆哉”。

聽説，例如英國，那小説，先前是大抵寫給太太小姐們看的，其中自然是香汗多；到十九世紀後半，受了俄國文學的影響，就很有些臭汗氣了。那一種的命長，現在似乎還在不可知之數。

在中國，從道士聽論道，從批評家聽談文，都令人毛孔痙攣，汗不敢出。然而這也許倒是中國的“永久不變的人性”罷。

二七，一二，二三。

我對於文學之管見

關五玉 撰

《我對於文學之管見》載於一九二八年《東北大學周刊》第五十期。作者關五玉，生平事迹不詳。本文論文學，談及文學之由來、文學之沿革、文學與生活之關係、文學之功用、文學之藝術等方面，除將文學之功用系統論述爲謀生、衛生、樂生、創生四個方面略有新意之外，其餘論述均爲前人言論的總結。

民國五六年間，我國文學界，起一大紛争。胡適等高倡新文學，守舊派從而反抗之，聚誦紛紜，莫宗一是。北京大學組有《國故》與《新潮》兩雜誌，相互排難，尤足爲代表當時之思想者。此問題迄今已七八年矣。今乘多暇，略復將文學問題取出，加以討論焉。

（1）文學之由來。地質家言，當地球新發生代洪積層之末期，漸發現人類之遺迹。當時人心理之簡單，直不啻今日之驢馬，渾渾噩噩，獉獉狉狉。然人爲生物，不能無所需要。以先天之本能，求生活之滿足，感光而知晝夜，獵食而識動植。更發生爲言以示意，舉動作以表情。此認識自然之初心，即孕有文學之意境。

暑往寒來，日月寖寖。人類之經驗益久，人類之知識益開。生活日繁，欲望益高，而人類之智慧乃愈覺不足。有聖智者起，作符號以表記之。以補智慧之不足。結繩畫卦，以創其始，造字刻簡，繼承其後。於是文學之由來漸矣。

（2）文學之沿革。生活愈完備，文字之應用愈廣。在唐虞一前,僅用文字以記事。及于唐虞,詩歌漸作,表情達意之文,日開端倪。迄于有周,各體咸備,郁郁乎駕於前代遠矣。降至春秋戰國之世,百家騰躍,文學大放光彩。比諸周初,又有進亦。下至漢魏晉唐,宋元明清,由於詞勝時代,趨於理勝時代,至於詞理並勝時代。以至於現今新文學時代。要之,無論如何改進,莫不遵進化論由簡及繁之理。古人生當古時代,其生活也樸,其文字也少,其出版也艱難。故其文字也,敦樸簡約。今人生於現代,生活較完,文字較多,出版較便,得使其才力思想儘量發揮。故其文字也,顯明暢達。在古人所以爲古者,非故好古也。時勢生活爲之耳。今人所以爲今者,非不好古也,亦時勢生活爲之耳。故曰文學之不同,觀乎時代而异。

(3)文學與生活之關係。文學由生活而變易,前已略言之矣。由此可知,文學乃時代生活之産物。脱其時代之色彩,未足以言真文學也。然而文學者,有不朽之精神,又非若古之器物然。時過境遷,遂湮棄而不用,徒供好古者玩賞而已。以孔子文學言之,孔子生當春秋之世,王道衰微,綱紀淪亡,義禮廢棄,纂道相循。孔子承先王先聖之典謨,因得以删《詩》定《禮》,繫《易》修《書》,集上古文學之大成,開百世之師統。《春秋》一書,微書大義。謂其文學爲時代生活所産出,良可證矣。孔子没後,其文學不與之並没,尤留于人間,支我國生活,數千餘年。使明倫守常,尊德樂義,上下有整飭之風,賓主有酬酢之雅,皆孔子文學精神不朽,支配後世者也。更以近代文學言之,清光宣之際,列强侵觸,國勢阽危,瓜分豆剖析。盛騰人口,愛國之士,若康南海梁任公輩,著《不忍》雜誌與《中國魂》等書。其詞暢達明顯,其神熱烈奮興,其情愛國彌深,其意富强闢切。内容所載,救國變法、維新改良等論調,不絶於口,謂其文學爲時代所産生,又可證明者矣。康梁之著作出刊後,中國人如夢方醒,因而改新法,變政治,舉學校,辦實業,修鐵路,置電綫。迅風掃葉,電閃星馳,終激成辛亥之革命。未二十年,而中國之大局,亦焕然一新矣,又可證明文學之精神,獨立不没,能支配生活之結果者也。故曰文學者,生活之代表;生活者,文學之結晶。無生活則文學不能産出,無文學則生活不能進步。此二者,乃互爲增上因果者。

(4)文學之功用。文學與生活,互爲增上因果,前已略言之矣。今欲明文學之功用,故略言人類之生活。按討論人生,涉及哲學人生論之範圍,各國大哲學家學説,頗不一致。以余淺近眼光觀之,人生之究竟,固甚難明。而其意義,一若可分爲四者:曰謀生、曰衛生、曰樂生、曰創生。前二者,滿足生存之目的者也。後二者,滿足生存之欲望者也。更詳論之,人爲生物,無論如何,其不能不承認以生爲是者審矣。然人即以生爲是矣,生活豈無需要哉!飢渴之於飲食,寒暑之於衣服,風雨之於房屋,非若日光與空氣自然而有的,必需勞動以得之,節儉以用之,而後達生存之目的,求滿足此數種需要的條件,謂之謀生。衣食住諸種需要,皆滿足矣,可以生矣。然世界之上,足爲人類害者甚多:洪水也、猛獸也、异族之欺凌也、同種之相殘也。此患不去,人類豈能安而生哉?除此諸障礙,謂之衛生。即得生矣,有安生矣。於生存之目的,可謂完全償矣。然草木魚蟲,皆能生存,人爲萬物之靈,豈能以簡單之生存,爲滿足哉?况誠於中,則形於外。鳥飽則嬌音,獸喜則起舞。禽獸尚如此,人飽食暖衣之後,其不能不求消遣者審矣。求此種正當之消遣,謂之樂生。生存之目的,即滿足矣。加以正當之消遣,又著生活之趣矣。人生自此,似無憾焉。然而人類有靈質,能創化者也。《易》曰:"天行健,君子以自强不息。"卡本脱曰:"人類當發展其創造之冲舉,使其自己之生活,對於其有十分之興味,此謂之生活美化。"柏格森曰:"人類具有靈質善創造。"此謂之生活創化。要之,人之精神,將爲謀發展,而非甘雌守者也。求謀精神發展者,謂之創生。因謀生,而農工商賈分,則記事之文交際之文出矣。由衛生,而法律道德明,則法制之文論理之文生矣。由樂生,而文章禮樂著,則音韻之文典儀之文工矣。由創生,而科學藝術達,則闡理之文美美術之文備矣。此不過略言之,若用演繹法推論之,則一切之人事與文章,互爲增上,遞演不已。其極必達至真至善至美之境而後已。故曰文學者,以謀生、衛生、樂生、創生爲標準求至真至善至美者也。其功用即爲人生活之利器。析言之,爲便利人生、輔助人生、維護人生、安慰人生、娛樂人生、表現人生、批評人生、指導人生、改造人生、增進人生、發展人生與創化人生,數者而已。

(5) 文學之藝術。凡組織一物一事,皆含有匠人之心理。此匠心組織之方法,謂之藝術。用以組織文學者,即爲文學藝術。按文學藝術問題,極爲難解。有主張藝術藝術者,有主張人生藝術者。所謂人生藝術者,即以人生爲單位,而加藝術化是也。所謂藝術藝術者,即尚真美方面,而加以藝術爲藝術也。余末學譾陋,未能深得,姑以自己狹小之眼光,管測之曰:文學爲生活所產生,生活因文學而向上,人生爲生活而生活,非爲藝術而生活。人生可假以藝術化,而不可以藝術化人生也。故文學之藝術,要以人生之藝術爲標準。然而文學有獨立不朽之精神。雖人生常有進化,在昔日之藝術,不合乎今日之人生。而在藝術之價值,固未嘗少損也。故余曰文學之藝術,當以人生之藝術爲標準。而藝術之價值,又爲萬古不可磨滅者。蓋和于人生之藝術,爲真、善、美三者。而藝術之價值,爲真、美二者。非人生之藝術優於藝術之藝術,但論文學,當取人生之藝術爲標準也。

(結論)文學之由來:沿革。與生活之關係:功用。與藝術皆備言之矣,今特作一總束,逐條寫出如下:

(一) 人有生以來,便孕有文學意境。

(二) 文學由人生需要而發軔。

(三) 文學乃代表人心理之符號,用以補智慧之不足者。

(四) 文學由生活而產出,生活由文學而進步,二者乃互爲增上因果者。

(五) 文學由簡趨繁,由艱深趨暢達,乃雖生活而進步,是乃自然之趨勢。

(六) 文學爲一時代生活所產出,故皆含有當代之色彩。

(七) 文學不必崇古。

(八) 文學有不朽之精神,能支配人類之思想者。

(九) 古代之文學,有藝術之價值,爲不可磨滅者。

(十) 文學之功用,爲人生活之利器,當以謀生、衛生、樂生、創生爲標準,求至真至善至美者也。析言之,爲便利人生、輔助人生、維護人生、安慰人生、娛樂人生、表現人生、發展人生、批評人生、指導人生、改造人生、增進人生、創化人生數者。

(十一) 文學之藝術,當用人生之藝術,因人生藝術,乃合於真、善、美三者。

(十二) 文學有獨立不朽之精神,乃由其藝術價值,爲不能磨滅者。

觀以上諸條,可以曉文學之位置矣。至於新文學,是否優於舊文學,舊文學是否應唾棄,余不敢斷言,個人俱有會心,當可以批評矣。

(附言)此乃三年前,余在南校時,從安文溥先生授國文,所作之課文。原題目爲《論文學復古之非》。近數年來,余鑽研於科學之中,對於文學,久未聞問。舊日所知,本無根底,見理荒謬,自知不免,因余謬蒙同學推舉,擔任我校周刊編輯之職,無著述供獻閱者,無已將舊稿檢出,略加改竄,易名爲《我對於文學之管見》,以塞職責。所謂"管見"者,即無异井底之見也。請閱者先生諒之。

作者附言。十七年七月七日。

文學漫話

秀 撰

《文學漫話》載於一九二八年《東北大學周刊》第五十期。作者署名秀，生平事迹不詳。本文漫談文學（文中的“文藝”實爲“文學”），多一般之筆，未見出超前於時代的先見性。主要有如下觀點：文藝是純粹的内在自我的生命表現，不受任何外力的壓制與束縛；文藝既是個人的性靈寫照，也是社會的性格縮影；文藝與時代密切相關，作家的風格時常受到社會的規約，所以文學與社會的關係可以看作人生與社會的關係；文藝可以分爲“淑世的文藝”和“導世的文藝”，前者是指受當時（當下）限制的文藝，後者則指“跑在時代之前”，能對社會變革起一定推動作用的文藝；我們當下所需要的是“導世的文藝”。

生命躍力天天在宇宙中電光似地迸奔著，機械的社會生活又是束縛與强制的；人們有了這兩種力的壓迫，所以人生總是日日在奔競著，索尋著他的光明的坦途。終於得了些失望，痛苦，悽愴，哀傷，怨恨，詛咒，所以德國厭生詩人勒腦（Lenau）有“世界苦惱”的名稱。實在，現在的人們，幾乎都是在苦悶或煩惱之中，而想冀圖脱却苦境，所以生命躍力全然是瀲蕩著惡石般的社會而向前努力，這就是生之創造運動。

生之意義既稱創造，凡是操手工業，勞動的，用心的，都可稱爲生之創造生活。然而他們所以有求生的主動力，實因自己的利害的關係而運動。畢竟是受外在的社會生活而限制的。偏偏受外力的壓迫而被動的,又都是不得已的求生之創造;並非像内在的自己生命躍力去奔求著,但文藝的創作,則是唯一的營純粹的創造生活,不受任何的阻抑而壓迫的。

文藝是純粹的生命表現,完全是内在的自我的生命的呈露,脱却一切束縛和壓制,而自呈出活潑的氣象,自己底熱烈的情緒,豐富的想像,因有内在生命力的燃燒,外在的感覺到社會上事物所映射,遂使著人們真實地純正的生活世界的實現,這就所謂文藝。

生之意義,又是天天在運動著,文藝的創造,也是爲自己表現世界而活動,它既然是個人的生命創造的表現,又是各人的生命創造的表現;既然是個人的性靈篇的寫照,又是社會的性格的縮影。因爲文藝是含有持續性和普遍性的,如果能爲一真實的文藝,自然就能感動人們的感情。不但同時的文藝,能驚動或感動當時的人,就是古昔的文藝,直歷數千百年而傳到現在的,人們還能傳誦它。這就是文藝有共感的作用,活剥剥地赤條條地實實在在地人們得一共喻之感。

文藝時時隨著時代的方向走:生在民主國家裏,很能發現自由的精神,在專制國家裏,就能尋索歌謳獨夫的文章,實在是作家的風格和習尚,處處受著當時社會的風氣的陶鑄。所以我們每每由某一時代社會的縮影,能看出當時的文藝作者的風味和思想;但同時也能從某時代的作家的作品中,看出當時社會情形。文學和社會,簡直可以説是人生和社會的關係。

但是凡有天才的人,多是跑在時代之前,不受當時社會的限制,他或者歌謳將來,以爲人生幸福和快樂是在未來的黄金時代,或者追念過去,以爲人生幸福和快樂是在古昔的神話時代,所以有的縱著極熱烈的情緒,有的冥索著幽邃的想像,有的逞著極激烈的思想,都是個個憑著自己的天才,表露自己的個性,而對當時社會有所破壞或者有所改革的。

這樣説來,文藝當受當時的限制者,是淑世的文藝,如杜甫的詩,多寫當時天寶的荒亂,陸游的詩,多有憂懷故國傷亡的詞句;文藝跑過時代之前的,是導世的文藝,如俄國有路卜洵、托爾斯泰的狂熱的文藝,遂有蘇維埃政府的建設,法國有盧梭、福禄特爾的爆性的文藝,其後法國遂有大革命之形成。如此,社會的影響於文藝,是激發的,是誘惑的;而文藝之影響於社會,是導引的,是改造的。所以淑世的文藝,有社會情形爲它的形成之主動力;而導世的文藝,有社會情形爲它的誘惑者。

我們今日,所需要的是導世的文藝,我們知道現代的社會,是正在向前進化的,所以我們全人的生命,也是日在努力奮鬥著。而現代社會的組織,决不是完善的,所以我們爲文藝努力的人,也决不能任著現代社會如此沉淪,如此黑暗,應當對於現代社會有所指正或針砭好了,决不應當模效古昔的文人的美名,而自己以文藝爲消遣品,對當時社會不負責任。

最後,我希望文藝的同志們,一齊站在現代社會前面,憑著自己的真實而熱烈的情緒,豐富而激烈的思想,坦坦實實地將筆下在社會隱微處,而深刻的描寫出來我們現代生命的缺陷,以博全人類的共喻,藉能共同的設法改革現代社會之組織。

文藝隨筆

錢杏邨 撰

《文藝隨筆》第一部分載於一九二九年《泰東月刊》第二卷第六期。《泰東月刊》於一九二七年九月創刊,范香谷等主編。泰東圖書局發行,一九二九年八月終刊,共出二十四期。作者錢杏邨(一九〇〇—一九七七),安徽蕪湖人,原名錢德富,又名錢德賦。主要筆名還有錢謙吾、張若英、阮無名、鷹隼、魏如晦、阿英等。長期從事革命文藝活動,曾與蔣光慈等發起組織"太陽社",編輯《太陽月刊》《海風周報》等。抗日戰爭期間,在上海從事救亡文藝活動,曾任《救亡日報》編委,《文獻》雜誌主編。現代著名劇作家、文學理論家、文藝批評家。著有詩歌、小説、散文等,尤以戲劇成就最高,有歷史劇《李闖王》《碧血花》等遺世。代表作《鄭成功》《楊娥傳》,被稱爲"南明史劇"。本文正文前有作者自撰的行文思路、内容提要。

第二部分載於《海蜃半月刊》第一卷第一期。《海蜃半月刊》於一九二九年一月五日創刊,由海蜃半月刊社編輯,僅出一期。作者錢杏邨,即阿英。本文主要談階級文藝,小説的開頭結尾、取材等問題,淺顯易懂。

一

資産階級文藝的崩潰——革命時代的化石——苦厄的史料——小説的方法——伊本納兹的戲曲——新的裝隊法——

“同路人”——愛國主義者的活現形——抄下來的一節詩——進一步探討它的原理——農民文藝——婦人與文藝——郭戈理的小説——關於“炎炎的夏日當頭”

在巴比塞(Henri Barbusse)的“高爾基(Gorki)訪問記”裏,巴比塞自己説了許多話,其間,有一點最令人心折,那就是他的法郎士論;從簡短的幾句話之中,可以看到他那種炬火一般的眼光,所觀察到的法郎士,真是深刻至極。

老阿那托爾法郎士(Anatol France)以優秀的藝術家的直觀,是明白俄國革命的輪廓的,但是,他要全身進入他用驚愕的眼睛常贊的俄羅斯是大没有氣力的。他已經在古代的慣習裏麻痹,又老守著他半世紀間所誦的自由主義的教典,要他的氣力拿他的感受性來追上他的先見,是没有希望的。

巴比塞這種論斷,不但加在法郎士的身上是確切的,就是以之移贈所有的資産階級作家,也是异常的適當。他們是早已在“古代的習慣”裏“麻痹”了。他們是毫没有希望的。他們的前途,是必然的走到如巴比塞所説的途徑,所謂:

資産階級文學的凋落,是很顯明的,那些無主義、無理想,不過是把同一古坊的舊貨個人各樣的,技巧的巧拙且不問他,再翻造一遍而已。就説求望著理想,也只是没有未來的,所謂追逐過去的文學。

這是無疑的,資産階級文學,在目前,已經和資本主義同樣的表示其動摇和無力,在不久的將來,甚至就在明天,他必然的,要隨著資本主義一同崩潰……

12.3.1928

羅曼羅蘭(Romain Rolland)的一個歐洲朋友,常常的勸他說:"你的第一種責任是做一個作家,你的事業是做一個採掘革命時代的血紅的山的石匠。"因此,他在一生之中,不斷的去採掘,他想從歷史的礦石裏面,從它的底裏,捉出那些非常野蠻的人面的畜生和那些多才多能的野獸,那般人民和他們的領導者,一切的熱情與力。這種理論,驟然的去看,是很對的,不過,細按起來,我終覺得羅曼羅蘭是受了他的朋友的騙了。果真一個作家的責任,只在"採掘",只在"捉出"。而且側重於"歷史的",這種作家至多是一個"革命時代的旁觀者"而已。真正的能代表時代的作家,革命的時代的作家,他本身就應該是一個"革命浪潮中的人物",他不應該站在"旁觀"的地位。羅曼羅蘭的"但是烈火已經伏在一切冰凍的心中了"的認識,我是極端的敬佩的,但是,他的個人主義的思想,他的"採掘"、"捉出"的態度,我却覺得有修正的必要。所以,在我看來,雖然他自己用了二十五年寫作準備而成的"愛與死的角逐",其結果,亦不是成爲一塊爲個人主義思潮所貫徹的歷史的化石罷了。

12. 5. 1928

史密士(Oliver Goldsmith)有一篇題做"幾個苦命詩人軼事"的散文,裏面叙述了不少詩人們的困苦的軼事,這些人物當然和Chatterton一樣,是值得我們的同情的。史密士把這些材料稱做"人類的苦厄的史料"。不過,他説從這些史料上可以看到民衆的忘恩負義的證據,我却以爲不是窮源之論。這不是民衆的罪過,這實在是經濟制度的賜予。其間,最沉痛的,要算關於法國瓦格拉斯(Vaugelas)的一節:

瓦格拉斯,人們稱他叫做"夜猫子",因爲他怕遇見他的債主們,只好白天把自己關在家裏,夜晚出來,他的最後的遺囑説把他所有的人間的東西都賣完以後,若是仍然還不完債,

“在這種情形之下,我的最後的遺囑是:我的身體當賣給外科醫生,得到最後的代價,所賣的錢應該還我社會上所欠的債;那樣,如果我在活著時不能有用,至少在死了還可以有點用罷”。

當然,史密士寫這樣的文章,對於這些不幸的詩人是有著無限的同情的,同時,我們也很顯然的能以捉住他自己心中的悲憤。所以,他還具有事實以外的苦惱。這一點,我們可以從下面的一段引文裏看出,看出史密士對於當時“現實的文壇”所具有的悲哀:

一種作品,當然可以暫時的爲他鼓吹,使之著名,但若無真實的價值時,不久旋即消沉了,時光是真價的試金石,他將要立刻發見騙人的事實,一個著作者不等到他的作品被人滿意地讀了至十年之後,絶不應爲自己希望過分的成功。

我們看清了英國文壇的這種“現實”,那麽,對於被 Rulling-Class 的批評所襲擊的 Stable-keeper 的兒子濟慈(John Keats)的“I think I shall be among the English poets after my death”的喊叫,當能更進一步的,徹底的瞭解不屬於 Rulling-Class 的詩人的苦痛了。但,這背景,和上面所説的却又不同,已經是不僅限於經濟的了……

12. 6. 1928

在新俄的短篇小説中,曾經看過一篇叫“Thirteen”的,描寫一個没有到入“青年團”的年齡,而渴望著,渴望著迫切的希冀入團的孩子的心裏,從側面寫出無産党人的崇高與偉大。謝廖也夫的“都霞”用的是另一種事實,但手段和目的意識是同樣的。都霞是一個貴族的女子,乞得無産党人華西里的哀憐,讓她住在他的房子裏。她對於别的男性是很鄙視的,男性,在她看來,都是如她所説:“爲什麽一切男人們都是這樣地混蛋呢? 自己先爬來接吻,然後……

然後他們什麽都不管了。"但是,對於華西里却不作如是想。她屢次的要勾引華西里,結果都失敗了。後來,白黨反攻過來,華西里跑了。都霞在他的遺下的兩本書中,發現他寫給他的情人的一封"勇敢的"信,她在失望之餘,對著這一封信,仿佛强健的人望著殘廢的人一樣,"在本身方面感到單戀的失戀的悲哀了。同時,覺得有一種不相識的,巨大的,新的感覺包圍了她"。就在這時,白軍來搜查華西里,她當然是不知道華西里的所在,然而,她爲"新的感覺沉醉了",她自己覺得崇高,而以華西里的愛人自居了,她於是反抗白黨的探問,甚至自稱爲赤黨。可是,在白黨去後,"都霞,立在房子的中間,也就在此地順著向地板躺下,將手掩住面孔,輕輕地繼續著無從安慰的哭泣"。這種表現的手法,是萬分值得從事無産階級者文學的作家注意研磨的。由此可以想到我們自己試作的一些"抱著柱子固定的轉"的笨拙的表現法的可笑。所以爲著某一種的意義而去創作時,取材一定要絶對的"求自然",絶對要避免"抱著"的病態。不過,都霞這一篇的技巧,還有值得我們注意的,那就是她在覺悟之後,在白黨圈中所悟到的無産党人的崇高。這樣的表現,當然也許是事實,是比寫都霞在"紅"的環境中覺悟的更有價值。這種從側面表現的方法感動人的地方,比從正面寫來得深刻。至於題材的本身,也是很令人感動的一出戀愛的悲劇。(十二月六日校維素譯稿後作記)

12. 8. 1928

伊本納兹(Ibanez)的長篇著作,除去看過攝成電影的《狂流》(*Torrent*)和《我們的海》(*Ma re Nostrum*)而外,我一本也不曾讀過。所以,我只能記下從這兩部電影裏所得到的一點印象。假使,伊本納兹的作品,大抵可分爲二種傾向,一是默察現代社會之所以如此,所以有此趨勢,而强烈的指斥足以困惱創造新世界的人們及妨礙新世界的創造的人類的劣根性與社會的禍根;一是描寫兩性的戀愛問題,因南歐地方氣候之和煦,"自甘捨棄一切以追求内發的愛欲而陶醉于戀愛的現實”的話，那我所看到的兩部，適足以代表他的兩種傾向，《我們的海》代表前者，《狂流》代表後者。

《狂流》看得很久了，依稀記得的，這是一個戀愛的故事。描寫一個歌女和一個議員的不充實的戀愛。本來兩人是很投契的，但男的不願違背母親的意思，自己又要顧全社會的地位、政治的地位，終於和女的離開了。女的因爲失戀的關係，弄得自暴自棄，沉醉烟酒。後來，男子已過了中年，也已養了兩個孩子，但覺悟到人生的不充實，在一個城裏兩人重行遇見之後，男的想和她恢復舊好，但是，被她拒絕了。她繼續的自暴自棄如故。這部創作裏的男主人公對於女主人公的戀愛，始終在衝突矛盾的現象之中。地方色彩表現的極其濃厚，也許創作裏表現得更深刻，我想。

《我們的海》是伊本納兹在歐戰時所寫的三名著之一，是非戰的。寫西班牙船主攸力棲兹(Ulysses)，在歐戰爆發以後，遇著一個女子叫做芙麗雅(Freye)的，兩人相愛的故事，芙麗雅是一個德國的間諜，上官想利用攸力棲兹，所以叫她去征服他，使他替德國服務。芙麗雅不忍，把内中的情節告訴了攸力棲兹。攸力棲兹沉醉戀愛，卒不悟，竟爲德國嚮導，引間諜部長到地中海某洲上，使德國能隨時以電油接濟潛艇，於是潛艇得隨時轟毁來往商船。這個消息，攸力棲兹戀著一個女人的消息被他家知道了以後，他的兒子便偷偷的跑去尋找他的父親，這時攸力棲兹正在地中海的歸途中。這小孩便乘了一隻商輪回家。即至攸力棲兹回來，意國已經加入了協約國，芙麗雅已經走了。守門人把他兒子的消息和所乘船名告訴了他，他於是急急的乘船向馬賽去。就在這個旅途中，他得到了他兒子所乘船被潛艇轟擊沉没，他兒子死亡的消息。他憤而去法，一病數旬，並將自己的商船捐給法國，運輸子彈，他决意向德國復仇。在這時，芙麗雅因致書攸力棲兹，對於潛艇擊沉商船表示不滿，被調往來法，並被德國用僞電通知法國，把她拘捕槍决了。當她未就捕之前曾求援於攸力棲兹，他想到他兒子的死，拒絕了她。後來，在航行的時間，攸力棲兹的船到底被德國潛艇擊沉了，同時，因爲遭了攸力棲兹船上的還擊，間諜部長的潛艇也被擊沉，兩人同歸於盡。他算是替兒子復了仇……

伊本納兹最重要的名著是《四騎士》(*The four Horsemen of the Apocolypse*)也曾被攝成電影,我没有得著相當的時間去看。不過,依據《我們的海》考察,則伊本納兹雖然在暴露戰争罪惡的一點上,可以説是表現的"淋漓盡致",而在技巧上得著成功,積極的意義從作品的本身方面却没有顯露出來。就是一本事實曝露的創制,只是站在人道主義的立場上的僅止于非戰的作品,事實的採取,以及攸力棲兹的行動也始終以個人主義的思想爲出發點的。只是描寫醜惡,曝露黑暗,引起民衆非戰的同情,而不能積極的激起觀衆的反帝國主義的熱情的小資産階級的人道主義的旗幟。至於《狂流》,除掉地方色彩爲全劇一大特色外,在意義方面,當然包含著階級觀念的抨擊。但同時,在"生命不充實"的意義上,却使我想起了詩人卜郎寧(Browning)來。《狂流》的命意,在我的主觀看來,完全的和卜郎寧的《青春的藝術》(*Youth and art*)、《神未必這樣想》(*Dis Aliter Visum*)、《立像和胸像》(*The Statue and the Bust*)相似,尤其是和《神未必這樣想》,接近的地方多,命意當然是不錯的,在暗示著"生命應該充實"的信條的一點上。同時,從這兩部電影上,我證實了,"伊本納兹的一切都是飛躍在熱情當中"一個結論是很對的。……

12.9.1928

在"都霞"的一節裏,我曾提到我們自己的笨拙的表現的可笑,所謂"抱住"的醜態,同時又講到側面的表現。偶爾展開辛克雷爾(Uptou Sinclair)的"拜金藝術"(Mammnonart),他也曾提到這一點,但他是説的積極方面的,很足以補充前面的解説。那是第七章"Mrs Ogi Emarges"裏的一節:

> The purpose of all propaganda is to put itself across;the essence of it being a new camouflage,which keeps the reader

from knowing what he is getting. (p. 22)

(各種宣傳的目的,在使這宣傳的貫徹;主要之點,須在使讀者不知道這是宣傳而被感動,所以,在宣傳之上,施一層新的裝隱法是必要的。——譯)

這是對的,我們實在有研究"A New Comonflage"的必要,尤其是在高壓的環境之下。我們就以側面表現白色恐怖的保加利亞的短篇《達蒲努的秘密》來説罷,那樣的白怖,作者偏偏不從正面寫,只寫出夜晚官廳的用貨車搬運尸首,把這些尸首倒入河中,烘托出白怖的正面,這種手法才算得高妙。所以,從事以宣傳爲目的的文藝,第一個條件,作者必得準備得,就是"高妙得裝隱法"。

12.10.1928

"同路人"這個名稱具有怎樣的意義呢?托洛斯基(Trotsky)在《文學與革命》裏解釋得很好。他説,"同路人不整個地瞭解革命,並且共産黨的理想對於他們是生疏的"(p. 68),這是同路人的態度。而且這一種同路人,我們嚴格的説起來,有時,他們僅只是"藝術的同路人"不是"革命的藝術家"(p. 104－5),只是"革命的愚人",而不是"革命家"(p. 117),他們不能完全接受革命,充其量亦不過完成一種過渡時代的藝術而已。所以,托洛斯基説:

介於在反復或沉默中消逝的資産階級藝術,與尚未誕生的新藝術之間創造出了一過渡的藝術,他多少和革命有機地相連,但同時又不是革命的藝術。(p. 67)

若依據托洛斯基的批評,同路人不僅有時是不革命的,甚至在本質上就是反革命的,像同路人沙金嚴就是一個(p. 148—151),然而,所有的蘇俄同路人,是不曾反對無産階級文藝的。

因爲看了魯迅對同路人的懷疑(參看《大衆文藝》三期)。略記數語於此:

> 從一張舊報裏,看到 1926 武昌圍城時的一封信,上面説,"市上犬肉,每斤一串三佰文",這使我想起都德(Daudat)"柏林之圍"裏的馬肉,和歐洲大戰時德國人因爲没有皮革,而穿紙鞋的往事。

於是我想起歐戰時期的文學中的一部創作了。這是在我看過了沈雁冰的《歐洲大戰與文學》時所想起的。雁冰在這部書的開頭説:"一九一四年歐洲大戰爆發的前一個月,英國的大戲曲家高斯華綏(John Galsworthy)發表了一篇驚人的劇本叫做《暴民》(*The Mob*)。這一篇劇本雖然不是直接和大戰有關係的,但是恰好替一個月後震撼全世界的歐洲大戰作了個再真切也没有的預言,這位眼光若炬的戲曲家,早已窺見近代民族間衝突的癥結,早已料到那潛伏於民衆心底的偏狹的愛國主義會做出怎樣瘋狂可怖的事來。"據我所看過的高斯華綏關於歐戰時期的文學,還有一本創作叫做《*The Burning Spear*》(1923)這一本書在 1926 出版的 Coats 的"高斯華綏的研究"裏也不曾提到。這是譏諷愛國主義者的,寫愛國主義者 Mr. Johu Lavender 在大戰期間的經驗。Mr. Johu Lavender 是一個五十八歲的老人,他爲愛國的狂念燃燒的結果,跑去充當宣傳員,乘著自己破舊的汽車下鄉講演。他不懂得講演的技術,只是一種狂熱的衝動,因此鄉人把他當作瘋子,鬧了許多笑話。有時他站在墻上,攀住樹枝在講,到他自己心領神會時,把手一鬆,於是一個筋斗,像這樣的事不知有多少。城市的新聞記者群來訪此瘋人,在他則以爲自己講演的好,大家都來訪問。從此驕傲的了不得。不久他看中了對窗的一個婦人,他想戀愛了,然而她却無意於他。他自負爲大講演家,覺戀愛都不能成功,非常懊惱。這樣,經過了很久,他到底把關於講演的報紙堆在自己的四周,放火自殺。被對窗的婦人看見了,驚駭异常,急急的走入後園,想來救援。當她到他的窗下的時候，Mr. Lavender 已經從窗上跳將下來，落在她的膀背上，他送出最後的一句話："I am in Paradise."(p. 24)全書完全用的是諷刺的筆調，風格很特殊，和他的其他著作迴然不同。對愛國主義者冷譏熱嘲，痛快至極。講到高斯華綏的本人，我對他的思想認爲是不滿的，這在我的批評他的"争鬥"和批評霍普德曼(Hauptiman)"織工"兩文裏已經説及，這裏不贅了。不過，像這樣諷刺的創作，在消極的意義上，自然不能説没有一點影響；可是，我終於覺得有在積極方面取材的必要，雖然我也會曾陷入這樣的迷途。我自己最近的感想如是。

12. 11. 1928

啊，請把我那少年時代還來，
在那時有詩的涌泉噴涌
在那時有霧靄一層爲我遮籠世界，
未放的蓓蕾依然含著奇胎，
在那時我摘遍群花，
群花開滿山谷。
我是一無所有而又萬事俱足，
我向真理猛進，又向夢境尋樂。
請整個的還我那衝動的本能，
那深湛多恨的喜幸，
那憎的力量，愛的權衡，
還我那可貴的，可貴的青春！"
——《浮士德》(*Faust*)15，郭譯本

12. 12. 1928

因爲想到前面所説的 Keats 的話，於是憶及達夫的關於《詩人的末路》的一篇隨筆，那是不曾收集的。這種隨筆，雖在

作者的主觀方面是泄憤,我們在客觀方面,至少可以找出一個很重要的原則,可以補充前面的原則的一個原則。這一篇的原文是:

> 司考脱蘭的講農詞客彭思(Burs, the plonghmman Bad)在故鄉窮得不了,想説流到謝馬衣加(Tamace)去的時候,有一天勸著對他的將痕説:"將痕(Team)呀,百年之後,他們大約能知道我的真價罷。"
>
> 在生前被一般勢利的盲目批評家駡得可憐,終於抑鬱而死的薄命詩人濟慈(Keats),只剩了一句豪語説:"我想我死後總能入英國詩人之列。"但他的墓銘,仍是一句:此間埋著的可憐蟲,他的名字是寫在水的□□□深自據抑的傷心之語。
>
> 窮途潦倒,死在施醫院裏的鬼才湯夢生(Francis Thompson)對他心愛的人説:"你跟我來喲! 千秋萬歲,我將護你前行,你和我將入不朽之域。"
>
> 啊啊,古今來的薄命詞人,到了窮途日暮誰不是這樣的想,但無情歲月怕已呑没了許多才人的名姓了的罷! 我爲彭思濟慈湯夢生泣,我更不得不爲我所不知道的許多薄命詩人泣。

假使根據這一段隨筆去追求原則,我覺很可以和辛克萊的一個原則相映證,這不是"世無知者",實在是因爲"無論何時,凡成功的藝術家的大多數,都系與當時的時代精神相調和,而與當時占優勢的權力是合致的。"(The bulk of the successful artists of any time are men in harmory with the spirit of that time, and identified with the powers prevailing-Mammonart. [P. 16])這就是他們所以鬱鬱不得志的原因。同時,我們也可以了引用他的另一個理論來窮追這事實的深邃的起源,那仍然不能説離開經濟的關係:

> 要瞭解藝術和古今各藝術時代的歷史的最近步驟,是在瞭解支配人類的經濟勢力,就是在瞭解進化原理和階級鬥争。
>
> …… to the understanding of art, and the history of art periods past ane present is to understand the economic forces controlling mankind; thd evolution and struggle of classes-mammonart. (p. 21)

12. 13. 1928

達夫曾經提倡農民文藝,但是,他忽略了這種文藝的内裹,當時我也忽略了這個問題,没有加以探討和批判,最近在坊間竟看到有所謂標題《農民文藝 ABC》的書了。我覺得有重行説明的必要。農民文藝,在事實上,並不是無産階級的藝術。它是個人主義的藝術。Bogdanov 在他的批評論文中曾提到這一點。他説明的理由是:

> 農民和小資産階級大部分傾向於個人主義,傾向於個人利益和私有財産的精神,並且家族中的家長制還在農民裏保存著□□□和宗□的精神,村野的地方特色的不可免的狹小,和在退步的農事上的想靠著自然力的依賴性,都傾向著造成這同樣的結果。

無産階級藝術的精神,和這種意識形態是不能適合的。它不是集體主義的,團結的,合作的。他們精神是必然的傾向於個人主義的,宗教迷信,家族主義的。他們的環境和工人的環境不同,他們的意識究竟不是無産階級的意識。"無産階級的藝術的自覺,應當是純粹的,清楚的,脱離了一切异種的原素的",農民文學的内含不是如此。斷然的,農民文藝不是無産階級的文藝。

12. 14. 1928

石民是誰,我不知道。在《奔流》上有他的幾首詩。其間,有一首題做《我恨不得殺却了伊》站在個人主義的立場上看去,這是一首很好的情歌,風格很樸素,實在是過去的中國詩壇上少見的創制。

我恨不得殺却了伊,奮然地,如我之殺却了"神",
伊的一切,唉,竟這樣地糾纏著我的靈魂。
看哪,燃燒的夕陽披火焰之光彩于伊的身上,
如此眩目的,那肉體的耀眼呵——不可破的魔障。

我雖然歡喜這一首詩,但是,我同時要用 Bogdanov 的話指出這是個人主義者之歌。因爲在作者看來,女性是個人享樂的源流。在無産者看來,却並非如此。Bogdanov 解釋這個問題道:"我們底批評指示出這是和集體主義的意義相矛盾的;對於一個集體主義者,婦人並非僅乎是個人享樂的源流,而是這同一集體的真正的有力的份子。"不要再徵引别人的話,我們是顯然的可以看出作者的立場了。

12.15.1928

Bolinsky 批評郭歌理(Gogol)説,他的小説意思很淺顯而又平民化,有真實的生活理性,自性非常充分,而且滑稽的作風非常活潑,永久的透出憂傷抑鬱的情感,這是對於郭歌理的一個普遍的認定,他的每一篇著作裏都含有"Laughter which Conceals unseen tears"的調子;所謂"含泪的微笑"變成他的著作的共通的特色。無論你具著怎麽的歡樂的心理去研磨他的著作,當你終卷而後,你總要感到"默然,"同時,無論你具著怎樣的一副苦臉去讀他的著作,你總不能不"微笑。"就是抛開他的名著《死靈》(*Dead Soul*)、《巡按》(*Inspector-General*)、《外套》(*Overcoat*)説罷,譬如《二田主争吵的故事》,在起始固然具著無限的快樂的情調,然而,在終結

的地方，郭歌理却很凄惻的寫道：

> 枯瘦的馬匹，在太平城裏著名的追風馬，奔馳起來，把自己蹄子蹈入灰色的泥濘裏，發出極其不爽於耳的聲音，雨水强暴地注在騎著山羊並且蒙著席子的猶太人身上，潮烟把我浸没了，慘狀的衙署裏帶著一個游風閣，一個兵丁在裏面修理自己的舊槍械，慢慢的奔馳過去了。又是一片田野，有些地是凹陷的，黑色的，有些地方是碧色的，烟的鶩□和烏鴉，朦朧的細雨，昏暗天哭泣的天空——在這個世界上憂苦的很哩，諸君！

這種結局的起源是很簡單的，只是甲方駡了乙方一聲"猪"，乙方説甲方是"鵝"，因此兩貴族變成仇讎，傾家訴訟，至十年之久而不得解决，郭歌理在作品裏是儘量的捺入滑稽的成分。又如《結婚》這一篇喜劇罷，始終用著滑稽的調子去寫，一直寫了三萬多字，使人捧腹不已，可是，在倒數第四個道白裏，他却用一句話，把全篇的意境重複歸於"含泪"的地步，他咒詛貴族。這種咒詛和憤慨，是和屠格涅夫(Trugueneff)在《新時代》(*Virgin Sol*)裏的咒詛是完全同一的。

> ……我是鄉民尚且不作此事，况且是貴族哩，見哪，你們貴族裏面具是些無耻之徒和朦騙的混帳東西呵。——《結婚》
>
> 在他(貴族)們高談道德的人家，就等於那香氣太多的病院，這裏是没有什麽乾净東西的，這樣的一種道德臭味真是混蛋。——《新時代》

在"啫家"裏也是一樣，收束的地方，有了"這種魍魎的世界啊！得享幸福的，只是木石一般的愚人，什麽也不思索，什麽也不想，什麽也不工作"的總判斷，"維依"一篇，在技巧方面，我最愛讀，描寫學生生活是那樣細緻，描寫小俄羅斯的風俗習慣是那樣的親切，尤其是神學生、哲學生和修詞學生的性格行動的描寫。寫鬼的緊張的地方簡直使人聯想到普希金(Puskin)的《棺材匠》來。《鼻》的一篇也是如此，從滑稽的調子裏，表現出深摯的悲哀。總之，關於郭歌理的東西，我讀的太少，我還不敢肯定的去批評他，不過，他的，"unseen tears"的特色，我是深深的把握得了。《白茶》的技巧得力于郭歌理恐怕很多，在譯本的《白茶》裏還有一篇《孤注一擲》，似乎也不能説與"啫家"無關……總之，這是有可能性的，郭歌理對於俄羅斯文學的影響大呢，在俄羅斯文學史上，有一個"Gogol Period"的時代劃着在。(讀完李秉之《俄羅斯名著二集》譯稿記)

12.16.1928

看了張資平的《柘榴花》的序詩，使我聯帶的想起郭沫若的《塔》裏的小序。也許是因爲處境相同的關係，我特別的愛好這篇短文，所謂"無情的生活一天一天地把我逼到十字街頭，像這樣幻美地追尋，异鄉的情緒，懷古的幽思，怕沒有再來顧我的機會了"，實是被人損害的人們的痛心之語，而末尾的"以後是炎炎的夏當頭"一個警句，更不知含有多少的憤慨。他道盡了一般人的共有的悲哀，這也無怪乎張資平對他的這句話表示同情了。然而，這種憤慨入文，除此之外，我們也可以找到他的例證，譬如德詩人海爾特(Johaun G Herder)就有如此的一節：

> 嘩麗的嬌子呵，失了，
> 青春的迷夢呵，醒了，
> 只有，現在只有啊，
> 炎炎赤日升向高處！

這是他的《虹》裏的一節，除開這段，我還愛"款款斜陽的金輝穿透了兩星泪珠的幕層，閃閃的成了萬千的异彩，眩耀這灰沉沉的黄昏"的這一段。可是，"只有，現在只有啊，炎炎赤日升向高處"，這終竟是人間共有的悲憤，和"以後是炎炎的夏日當頭"同爲傷心的警語，而爲我今日生活環境的寫照……

一九二八年十二月稿

（《泰東月刊》1929 年第 2 卷第 6 期）

二

（一）周作人與階級文藝

周作人看不慣第四階級這一個名詞，所以，在《語絲》四卷九期上大發牢騷，說："中國人總歡喜這樣，我們於是有第三第四階級的名稱了。但事實上中國有'有產'與'無產'，而其思想感情實無差別，有產者在升官發財中而希望更升更發者也，無產者希望將來升官發財者也，故生活上有兩階級，思想上只一階級，即爲升官發財之思想。"這其間，實在給了我們許多的新穎的理論，第一，他把"階級"一名詞改正爲"類"，而且確定中國人只有兩"類"；第二，他看到的中國的這兩"類"的人民，無論在思想上感情上都沒有分別的，並附帶的指出了他們的思想是什麽，只是沒有説出他們的一致的感情。因此，他對於無産階級革命文學的運動，就有了這樣的一個結論：

> 革命文學亦無异于無聊文士的應制，更不必説投機家的運動了。

這是幾個月以前的話了。最近，因爲要寫一篇論文，從圖書館裏把去年的《語絲》合訂本借了來。無意中又發現了他的一段關於第四階級文學的議論，很足以和上文參證，而且我們也可以知道，周作人反對階級文藝並非今年始。他寫這篇文章的日期，是 1927 年 2 月 10 日，文載《語絲》119 期：

> 文學的路是要自己走出來的,不是師傅傳授,更不是爲群衆所得指定的;由有權力者規定,非講第四階級不可的文學,與非講聖功王道不可的文學都是同樣的虛僞。

周作人對於全社會人物的分類,對於第四階級文藝的態度,於此可見一斑;他對於政治的認識,社會的觀察,不過如是而已。其實,事實是没有法子抹殺的,他的理論是否能與事實相印證,稍有常識的人,誰都能够看到。社會的人物果真應該這樣的分類麽?階級心理與階級思想果真是這樣的簡單而相似麽?文藝思潮和政治思想的發展不應該在同一的軌道上麽?無産階級文藝運動果真是"文士的應制"、"投機家的運動"、"虛僞"的文學麽?……

然而,周作人如此説。我們希望讀者們根據事實來把他的理論研究印證一回,然後找出他究竟是站在那個階級的立場在看政治、看社會、發議論。這裏,我們且不加什麽批判。

(二)讀單賢林的《新的露西》

讀了單賢林的《新的露西》,我想到了中國的作家……

單賢林(1895—1925)是俄國自普希金以後僅有的負天才的詩人,在三十歲的時候,在列寧格勒的旅館裏自殺而死。他的《新的露西(Russia)》的大意是,説他在出外二年以後回到他的故鄉,他的故鄉的人們的生活是這樣的沸騰,但他"無論在誰個的眼睛裏都是陌生"。其間的原因是"他們爲新的光焰所燃燒"了,他們已經"歌著别的歌吟",他們"已經不是一村而是全地球做他們的母親"了,他看到全村的光明而熱烈的生活,覺得完全不是他詩中所有,他肯定的知道"此地再也不需要我的詩了",他明白的認識他自己是落伍了。於是對舊作生出懺悔,請故鄉原諒他,他要重新"將全身心地歌吟著那地球的六分之一,他的簡短的名字叫做露西(Russia)"的,這是全詩的梗概,華維素曾譯載在第一期的《時代文藝》上。

葉賢林的這一首詩的情緒的熱烈,音調的和諧,鄉村生活的表現,當然不是一般詩人所能望其項背,他的立場無疑的是説明了一個舊的詩人的覺醒,全詩沉痛异常,只要徵引一小節,我們就可以推想到全詩意境:

> 呵,這是怎樣的國度呵! 在詩中我如何能説我與民衆有著很厚的交情? 此地不再需要我的詩了,是的啊,我自己在此地也成了廢人。

這樣的勇敢承認錯誤,這種坦然的走上新的道路的精神,是怎樣的偉大呵,“在自己的國土内,我宛然是一個外邦人”,在一個新的環境開展時落了伍的作家誰都得有這種精神,坦白的,忠實的,承認自己的錯誤,走了新的道路,像葉賢林這樣……

然而,在中國的情形何如呢? 轉换方向的、坦白的承認自己的錯誤的固然是有,可是很多的作家却仍然是不願糾正自己的錯誤,並且負氣的自居於“有閑階級”,自居於“小資産階級”,甚至有了覺悟的又轉身來跑向反動的陣營裏去,那始終不覺悟的是“更無論矣”。他們所有的,是“負氣”的偉大,是“任性”的偉大,是“墮落”的偉大。

讀了葉賢林的《新的露西》,不期然的想到了中國的這一班作家,所以我寫成這個小引,連同維素的譯詩獻給他們,葉賢林的態度正是他們的導師,正是他們的模範。

我們仍然的繼續期待他們的覺醒。

(三) 小説的起結和翻譯的取材

記得夏丏尊有一篇隨筆,説到小説的冒頭。

在我所看過的短篇創作之中,冒頭最引起我的注意,而使我不能忘的,要算普希金的《一個驛站的站長》。它的冒頭,是作者替站長抱不平的牢騷,是一篇六百字的抒情的文章。我們只要看最先的一小節,就可以看出它具有怎樣大的引人讀下去的力量,具著多少暗示的成分：

> 誰不咒駡驛站站長？誰不嘲弄侮辱他們？誰不說他們款待不問，傲慢無禮！……恨不能連篇累牘的訴説他們的罪狀？誰不以爲他們是模落基的强盗！但是，我們憑心而論，驛站站長是什麽？真正是個十四階級的苦工！

不但冒頭，有時也有收束得很妙的。小仲馬的《鴿子的懸賞》就是如此，全篇的冒頭與煞尾，都採用特殊的方法，冒頭是如此：

> 假使你是做兒子的，那麽你的父親對你要這樣説了："去用功，凡有教育的人，無論什麽事體都能做。"假如你是做父親的，那麽你要對你的兒子説："去細心研究，好教育就等於一注財産。"

煞段却等於理論文的結論，採用寫給兒童讀的故事的結束方法，把全篇的意義説出來。這種方法有兩種，在小説中是最常用的。這一種是正式的説出，像莫泊桑的《一個失業的人》的結束的一句，——"誰害了南兑殺呢？"——却是問題式的了。《鴿子的懸賞》的結論是這樣：

> 這一篇故事是證明可以看輕學問的嗎？……學問天天能給我們的是勞苦，有時能給我們的是名譽，時時能給我們的是黑暗，永遠不能給我們的是財産。

所以，小説的起結的地方，作家應該特别的注意，定型的、板滯的起結，往往的影響讀者，使讀者看了冒頭就不願意讀了下去，名家的著作，在這些地方，與一般作家的手法常常是不同的。

因爲講到小説的起結，連帶的想起最近對於翻譯時取材的一方面所得到的一點感想。其實，這種感想是必然的，也是誰個都能説出的，然而，我却想再説一説。

達夫在《日記九種》裏有一節説，他看見林琴南譯了一部很好的名家小説，於是他有些不相信，要跑到商務去問問。這是實在的，一個譯者的思想和技巧對於他的翻譯材料的選擇是有關係的。至於偶而譯一兩本例外的，那是具有客觀的，或是對環境投機等等的原因的結果。

所以，我們只要看一個譯家所譯的書，往往可以想見他的思想，他的信仰，以及他在技巧方面的修養。譯品與譯家的關係是和創作與創作家的關係一樣的。

至於傾向無産階級的譯家，他們譯品的内容和驛家的思想也往往是一致的。對於這樣的譯者，從他們當中的一位的譯品裏，最近，我得到一個這樣的結論：

> 没有把握得無産階級得意識，而傾向於無産階級的小資産階級作家，他們所譯的在他們自己認爲是無産階級的創作，假使不是被大衆共同指出的無産者作品，或偶而的例外，往往是取著小資産階級的立場或破産的小資産階級的立場的。

因此，我們希望這樣的譯家，應該和這樣的無産階級作家一樣，先要根本拋棄立場，要把握得無産階級的意識，這樣，才會有良好的無産階級文藝的譯品誕生出來。

11.27.1928

（《海層半月刊》1929 年第 1 卷第 1 期）

談文學

述　隱撰

《談文學》載於一九二九年《翼南新聲》第一卷第六期。作者署名述隱，不詳。本文通過對“革命文學”、“三民主義文學”等文學口號的批判表達了作者的文學觀念。在作者看來，文學不外乎人類生活的表現，或者説是象徵苦悶，及希求痛快和滿足的一種表現，“她的内容是多方面的，不限於某種某類的範圍，只要有真摯的情緒，逼真的描寫，和活潑動人而有吸引力的文章組織，忠誠地供給讀者，没有不發生共鳴的，没有不發生影響的，至於什麽‘爲人生’‘爲藝術’，滿可不談，能在觀察上和表現上努力，就已十分地够了”。

本篇並未豫備，所以漏缺很多，尤其是對於革命文學一層，有時間當面提出一説。

近幾年來，投身於文學界的人，日增一日，以出版界統計起來説，亦與關於這類的出産品居多；雖説有許多不免於幼稚，但這種現象，總能使同好者抱有樂觀的希望，可是，正在這崎嶇進行的路上，霹靂一聲，乃有所謂“革命文學”者出，於是一時波及全國，迷惑住一般的青年，這不能不算是文學界的危機！

我以爲，文學這件東西，大概説來，不外是人類生活的表現，或者説是象徵苦悶，及希求痛快和滿足的一種表現，她的内容是多方面的，不限於某種某類的範圍，只要有真摯的情緒，逼真的描寫，和活潑動人而有吸引力的文章組織，忠誠地供給讀者，没有不發生共鳴的，没有不發生影響的，至於什麽“爲人生”“爲藝術”，滿可不談，能在觀察上和表現上努力，就已十分地够了，然而事實上却不然，竟有所謂革命文學，三民主義文學，乃至三民主義政策的文學，或已産出，或正在肚子裏發展，花樣屢變，妖氣森森，我實在不知道這些人鬼鬼祟祟地究竟是説什麽東西！但既有所謂革命文學和將要出胎的三民主義文學，當然亦有所謂革命文學家和將要出胎的三民主義文學家，現在我先説這兩種文學家，然後再説他們在文學上的主張。

所謂革命文學家，第一不外是政治上失掉地位的青年們，當初對於文學亦有一二分嗜好，至此乃回到本行來，發出這些悲哀的調子，藉以自慰。第二是自己眼光不敏，經過這次假革命後，自己便醉了心，以爲凡所謂文學，都應該描寫農工兩等人以吻合革命的話，不然便算是落伍。第三是自己對於文學上不努力，没有一定的見解，依靠别人的意志爲意志，乃思擇其最新出者而從之，純係盲從。第四是在這三等以前，有些個文人曾受了離開十字街頭的影響(此處並非指高長虹那本《我離開十字街頭》的書)，走到政治的路上後，而又撒不掉文學生活，於是便提倡革命文學，這便是革命文學家産生的源尾。

所謂三民主義文學家，第一是政治有了地位，抱一種既得患失的心理，或貪心未滿，希圖上達，乃思謳歌頌揚，於三民主義中找官兒作的。第二是未得政法地位而思得之，計無他出，乃以文學爲工具，於此努力，當作進行之首功，故不得不冠以三民主義之符號。第三是不通文字者，他以爲文學和打倒的“口號”和墻上貼的“標語”一樣，而口號和標語又不外三民主義的宣傳，而三民主義乃是我國大本，所以不得不倡三民主義文學以宣傳之，這是他們的心迹。

我們既明白這兩種文學家的背景，則他們的不配稱爲文學家，自然用不著我們來駁，非自歸滅不可。然而我還想説的，是於前者的總點名簿裏，或者還可找出一二人而有一二可讀的作品來，至於後者則簡直是侮辱文學,非盡絶之不可;而且這些人于文學上亦没什麽主張,必欲强謂之主張,亦不外想使主義宣傳和文學打成一體,前已説過,或者把文學和教育行政看成一樣大的力量,是佐治國者化民的東西,然而要以文學爲直接化民的力量,那未免有些奢求妄想,既不能辦到,算得什麽主張! 所以我再把"革命文學"的主張説一説,便算結束(其實,這兩種文學的主張,共同點很多,真認錯文學是什麽,但以下我就説革命文學一方面的錯誤)。

所謂"革命文學",要不是手槍炸彈文學,便是主張拈在農民工人及一切被壓迫者一方面説話的文學,至於這類的文學作家,坐在黄包車上談人道主義,抱著姨太太講婦女問題先不必説,單就主張方面看來,顯然是取材的問題,既未脱離文學的範圍,何得强冠以革命二字。而且好的文學作品都是革命的,至少亦是改進的,那末,革命文學命名的原因何在? 退二步説,假説一切被壓迫者得到平等的人權,世界上一切一切都已大同,都已平等,那時,文學是不是要消滅? 要是不消滅,試問革命文學還革什麽? 所以我可以這樣説:革命文學是對著不革命文學説的,然好的文學都是革命,則革命文學失掉憑藉而且革命文學是不是革命的,乃至三民主義文學是不是三民主義的,還是另一個問題,至於因取材的一小部分而反對文學全體,則根本犯了論理上的錯誤。試看集于《創造月刊》上主張革命文學的人物,反對魯迅,一反對過去的文字尤可證明革命文學的不通,我不是故意恭維魯迅,的確,他那深文的華鋒,在我們人間的供獻,不僅現在,且將維持至將來。還有郁達夫的作品,總能使各樣的人在其中找到安慰,同時亦找到可异,在我們文學後進的中國,還幸能給支接門面。而所謂革命文學家者,究竟占在那方面反對他們呢? 革命文學家謂文學是隨時代而變的,好像現在已變革命文學之運,可以順天即位了。我們試看《紅樓夢》《水滸傳》《西游記》乃至《西厢》乃至薄薄的《霍小玉傳》,那個没有她的不俗價值? 怎麽叫作過去! 幾百年前還有不過去的作品(雖説文字止有過去的),而我們的革命文學家,居然可"落伍""過去"冠在不朽作品的現在的頭上,未免有些代异的嫌疑,而且所謂文學家者主張錯誤,所謂“革命文學”者,命名不通,是營壘已毁,健將已熸,而所謂小嘍囉者更不成問題,然而這宗不成問題的問題,誠恐還有潔白的青年被其染污,所以我再鄭重説一句:那不過是投機投到文學上而已,革命文學之乎哉? 望嗜好文學的人,不要誤上邪路,那是最危險的!

按:此篇文字,與編者的主張本不相合;前者本刊登有王可倫同志《革命的文學論》一篇,現爲研究和討論起見照樣登出來。讀者可對照參閲,看完之後,有什麽意見,可提筆寫出來,以便討論。——編者

文藝管見

謝宏徒 撰

《文藝管見》載於一九二九年《幽默》雜誌第一期。作者署名謝宏徒,即謝六逸(一八九八—一九四五),字宏德,號無堂,筆名宏徒、魯愚,貴州貴陽人。早年留學日本。歸國后任商務印書館編輯,主持過文學研究會會刊《文學旬刊》編輯工作。后在暨南大學、復旦大學、貴州大學等校任教。主編過《國民周刊》《文學》等,抗戰時參加中國文藝界抗敵協會貴陽分會工作。有《水沫集》《茶話集》《日本文學史》《新聞學概論》等。本文主要談文學的大衆化問題。觀點多爲時代主潮的附會,未見出理論超越性。

大約五六年前的《文學旬刊》上,有幾位"論客"曾經討論過民衆文學的問題,當時議論的中心點,不外是想把文學爲民衆解放,有的説要爲民衆寫些作品,有的説要用民衆爲描寫的對象。五六年來,久已不聞這種討論的聲浪。在别一方面,時代轉變,普羅列塔利亞文學運動勃興,所謂民衆文學的問題,也同"慈善事業"一樣,好像没有什麽討論的價值了。

目前,"普羅"文學直面著的問題,就是如何能使文學大衆化。普羅文學的作品,不要支配階級來欣賞,這是確然無疑的。可是不能够獲得大多數的"普羅列塔利亞特"的欣賞,我則以爲十分可惜之至。如果俄國的大多數的工人農人,現在還喜讀普希金、婁蒙妥夫的作品,那豈不是證明了"普羅"文學運動的無力麽?假使一國的被支配階級的人都已覺醒,他們因爲要達到他們的理想的社會,生活是忙迫异常,這時他們還需要文學這等東西不要呢?假是需要的話,需要的又是怎樣的作品呢?

一切文學在口傳時代本是具有大衆性的,自有文學以後,被支配階級玩弄起來,遂與大衆隔離。在支配階級非把文學弄得神秘艱深不可,如此不足以表示他們的優越地位。因爲他們要在社會上永久維持優越地位,所以想方設法,使大衆見了文學就頭痛,趕快止步。因此文學才被支配階級獨占,與大衆絶緣。時代駸駸地駛去,那些感傷的、悲觀的、宿命的、小主觀的作品,正在掃蕩的中途。代替這些的應該是表現被支配階級意識的、明快活躍的作品,是痛痛快快和過去的歷史或傳統算總帳的作品。不管執筆寫作的人是否普羅列塔利亞特(如果是的,最好没有),最低限度是必須具有社會意識與時代意識,用新的手法描寫新的題材,把受壓榨,忍痛苦的生活表現得明瞭痛快。此外還附帶著一個條件,就是——大衆化。如果號稱普羅作家,反而去走"大大派""立體派"的路,那就——糟了。

日本的普羅作家近來已注意到作品的大衆化,所以有一種普羅列塔利亞的大衆娱樂雜誌出現(這雜誌名叫《大衆》)。我國曾經有《大衆文藝》雜誌的刊行,可惜内容還欠大衆。我的預言是——中國的普羅作家如果不能從大衆的手裏把《上海黑幕》《施公案》等讀物掃滅,普羅文學運動就有難成功的希望。

文學與常識

周作人 撰

《文學與常識》載於一九二九年《燕京大學校刊》第二十四期,原爲周作人在燕京大學國文學會的講演,筆述者爲李北風,發表時署名周作人。本文名爲"文學與常識",實際是介紹關於文學的基本知識。作者就文學的定義、緣起和近來的發展趨勢等問題作了自己的闡釋。在作者看來,文學是發揮情緒的;宗教並非文學的源起,但文學是從宗教中産生的;中國近來的文學發展呈現出兩種主要趨勢,一、主張從今日起文學爲另一種時期,從前以發表個性、抒展感情的作品,將以今日爲止境;二、以文學爲工具和媒介。

一 引言

……讀文學的人,往往有兩種情形,一派人,不僅讀文學,連文學以外的東西——例如藝術科學法律史學……——也要研究一下。另一派人,是立在相反的地位,除去文學之外,餘者一概弗懂,就連普通常識,也欠明瞭。所以結果,讀文學而兼長他術者雖不罕見,不過立在相反地位的——第二派學者——總比較來得多些。讀別項學科的,也染了相似的流行症,譬如一個專門學者,提及他的本行,則每津津樂道,如與他講論文學,則豪興即刻消滅。所以普通中學畢業生,對於科學常識,却還不錯,不過一談到文學,則茫然不知所云。老實説文學並不是神秘的東西,更不是特殊的學科,至於淺易的文學,乃係學者應有的常識,所以今天把些文學常識,粗草的介紹一下。……

二　文學的定義

論到文學的定義,的確很難講解;比不得自然科學,能從試驗室裏——顯微鏡下,或者試驗管中,尋出一定的結論來,因爲文學的背景,是基於情緒的,更因各人常識的不同,就有不同的定義生出來。譬如同是一篇文章,或同是一篇詩歌,因爲常識的不同,結果就有不同的主觀的解釋。有人比文學爲"琉璃的寶塔",因爲觀衆的立足點不同,所以得到的景物的反射,也便因之而异,結果,有人講文學是藝術的,有人講是人生的,更有人講是革命,……於是衆議紛紜,莫衷一是。不過從根本講起來,文學是發揮"情緒"的,總是公認的一件事實。……

三　文學的源起

文學和宗教,原始是不能分論的;元始的宗教,最重法術和祈禱,一切符咒以及祈禱之歌辭,便是文學的濫觴,例如迎春之歌,是立春時所唱之歌,八闋——葛天氏之樂,是三人操牛尾以歌,臘辭——是年祭時的歌辭,當時的原意,第一不外宗教的色彩——宗教的目的,第二不外情志的表現,正是"情動於中,而形於言,言之不足,故嗟嘆之……咏歌之……手之舞之足之蹈之。……"這種情形,雖係意志之所之,或爲宗教之意識,不過當時的作者决没從文學上去著想,正所謂宗教並非文學的源起,不過文學實由宗教而生。文學和宗教,既系殊途同歸,不過沿革下來,便漸漸的分開了,因爲原始的歌辭,本爲宗教的旨趣,後世歌辭漸爲抒情的作品,目的既然不同,結果自趨分裂,所以文學的實際便是情緒的產物。不過沿革到現在,又有人唱爲政治的目的,革命的目的,社會運動的工具,未免有背初旨!因爲用文學爲政治或其他目的,與原始用爲宗教的目的,固然在"實現"一點上,與求"來世"或"因果"的一點上,似乎大有出入,不過視文學爲一種工具,却是一樣的誤謬! 因爲真正的文學,乃是情緒的結晶,況且曩與宗教分之於前,今與政治混之於後,出爾反爾,盲目孰甚! ……

四　文學的變遷

文學和藝術,在發展的程式上,取了同一的步驟,例如藝術的原起,是始於群衆的(正如雕刻至今猶爲群衆的一樣),不過沿革下來,便漸成了個人的,但在個性的發展之外,還有傳統的意念,以爲無形的範圍。文學的源起,也是屬於群衆的,不過自周以降,變成屬於個人的,同時這種作品,也受傳統的裁制,所謂即"道"的色彩,三綱五常的範圍! 因此同是一個作家,一方面雖發表著個性,但在另一方面,却作了"道"的犧牲品! 好在從文學革命之後,傳統的招牌,扯得粉碎,自由的發展,個性的發展,現在正可預期了。

五　中國文學最近的趨勢

中國最近的文學,有種相反的趨勢,它的立足點有兩個:一、主張從今日起文學爲另一種時期,從前以發表個性、抒展感情的作品,將以今日爲止境;二、以文學爲工具和媒介。恢復個性的文章仍爲團體的作品,民衆的文學。這種主張,未免稍欠圓滿,固然新青年當有更新的思想,不過這種主張,似有不妥之處。如果從今日起,硬使文學爲另一時期,而不爲發表感情的東西,理論上似乎不合。譬如生離死別是人生極痛苦的事情,二千年來,大家全不否認,難道自今以後,就會變成寫意的事情嗎? 既不能變成寫意的事情,誰能禁他不用文章來發表? 而所發表的文章,就説它不是情緒的結晶,不是發表個性抒展感情的作品,真不啻掩耳盜鈴了! 所以結果,要想從今日起,文學便算另一個時期,無論如何是講不通的!

關於第二點,改爲民衆文學的説法,未免又太可笑了。嚴格地說起來,個人文學,並沒有離去群衆,例如個人以爲煩惱的事情,不見得衆人以爲快樂,個人以爲快樂的事,更不見得衆人以爲煩惱,那麽,一人的情緒,既能代表群衆,則情緒的結晶,自然是民衆的文學了!況且文學的構成,並不拘於形式——由個人或由群衆去做成,——最要緊的,乃在結局如何。譬如一個人坐汽車走路,其他一個坐洋車走路,同時一隻狗也在跑著走路,雖然他們走路的方法不同,但誰也不能否認他們不在走路;文章由個人或群衆去做,形式上雖然不同,可是同爲文學,則不言可知了;何况個人的思想,既能代表群衆,個人文學焉得不謂爲民衆的文學呢?

至於文學爲一種工具,更是不成問題,因爲文學之所以爲文學,乃在抒情的一點上,如用之爲工具爲媒介,不但理論上有背初旨,就連實際上也没多少用處。——特别對於中國,影響尤屬細微,譬如一個專心革命的人,不能因一篇文章,而不去革命,同時一個反對革命的人,更不能因一篇文章,而去贊成革命。可見,靠文學的宣傳,實際上成功很少。——雖然法國的大革命,不能説没受盧梭自由思想的啓示,不過重要的原因,還有環境、政治、歷史、民俗……爲背境哩。所以工具式的文學,理論上事實上全是靠不住的……

六　結論

總之,文學影響革命,理由上總不算十分充足,至爲實際方面,更不見得有大用處。况且文學是基於感情的,如果丢掉感情,未免板滯而且乾燥。……最後的一句話,從文學的源起、定義、變遷幾點上著眼,文學既爲情緒的果實,未來的發展,當亦從抒情方面做起才對。……

談談文學

寒　光撰

《談談文學》載於一九三〇年《邵中學生自治會期刊》第二期。作者署名寒光，即梁寒光（一九一七—一九八九），原名梁榮林，曾用名梁玉衡，廣東開平縣（今開平市）人，開平縣鄉村師范畢業，一九三八年到延安魯迅藝術學院學習，後轉至冼星海主辦的音樂高級班學習。先後在不同的部隊藝術部門工作。新中國成立後先後任上海實驗歌劇院第一副院長、廣東音樂學院院長、黨委書記、深圳市文聯主席等。本文以“純文學觀”爲基本理據，對文學的構件和功用進行論述，反對世俗的、功利的文學觀，强調情感和藝術的重要性。同時，作者認爲青年作家要向西洋文學學習，對西洋文學進行消化和吸收，顯示了作者的世界眼光，但認爲西洋文學是平民的、自然的文學的觀點，也有以偏概全之嫌。

現在，我們翻開一本文藝思潮，或近代文學來看，就可看出中國文學確有相當的進步。新進的作家，以及新出版的書籍，更是不可勝數。什麽浪漫主義哪，象徵主義哪，寫真主義哪，自然主義哪，各唱其說，各作其文，似乎雨後的春草亂發，令人眼花！

我是對於文學没有研究的門外漢，當然不敢來高談文學界誰是誰非。但是，我常喜歡看文學作品，在已看見過的文學作品中，總難找到幾篇很圓滿的合于羅輯先生的文學界説。有的太陳腐，有的太消極，有的太奢淫。我相信有些喜歡鑒賞文學的人，的確受了莫大的鬼的文學的影響。陷入了消極和悲哀的狀態之下,頭暈目眩,找不著正當而圓滿的答案和途徑,只得在象牙塔外徘徊罷了。所以我個人的意思,以爲真正的文學,應該具有下列幾種要素和目的。對不對,還請大家指教!

(一)文學的要素。——文學的要素,不外有真摯的情感,永久的生命,合于國民的心理,和藝術的手腕,正確的思想,神秘的組合。

甲,真摯的情感。——情感真摯,是文學的最大要素,那雕琢和抄襲的文章,當然不是出乎做者的真意,當然不算是純文學。往往一般做者以取得金錢、娱樂讀者爲目的。故意發些牢騷,作作無病呻吟,或者作出那淫邪無益的小説。但是讀者呢?也正以取得教訓、娱樂精神而去讀那小説或……這樣,我以爲不但不出於做者的其正情感,或精細的觀察:而且大有害于一般的讀者,恐怕太無意義了。故我覺得應該以做者敏鋭的觀察,誠摯的感情,來把人生和社會的一切,赤裸裸的描寫出來,這才可説是純正的文學。我記得鄭振鐸先生説:"文學是以真摯的情感來引起讀者的同情的。"又説:"文學是自然的呼聲。"他的意思,就是説文學要有真正的感情,而不是虚僞和勉强的。比之屈原的《離騷》,是多麽真誠而悲悽的好作品呵!

乙,永久的生命。——我剛才説的那雕琢或抄襲的鬼的文學,或是免强作成的文學,是多麽的空虛而死沉啊!我想這風花水月、過眼雲烟的文學,終究被淘汰的。我看古人的文學,多半是自私自利的個人主義的文學,不是社會文學,不是平民文學,不是供人實用的文學。是談鬼説怪的文學,是爲帝王將士做言行録的文學,是描寫風花水月佳人才子的文學。這些,絶對没有有益人生,絶對無所謂文學的資格。所以到現在的社會裏,除了那些《石壕吏》《離騷》等等以外,早已丢向字紙簍中去了,那個去研究它?因此,我以爲文學作品,應爲《離騷》那麽的永久不朽,不必只存在於一時代或一社會,是永久不磨的能引起讀者的同情。

丙,要普通明白。——普通明白,就是要合于國民心理。我們中國人,向來愛用古典冷字,故意雕琢,使人看不懂他的文章就好,故意擺擺詞章大家的架子。這未免偏重貴族,而不能人人能看能作的。明明是太陽或月光,爲什麼説是金烏玉兔。試看李白的"床前明月光,疑是地上霜。舉頭望明月,低頭思故鄉",這是多麼自然而普遍呢!鄭振鐸先生也曾説過:"文學是人類的感情之傾泄於文字上的,他是人生的反映,自然而發生的。他的偉大的價值,就是在溝通人類感情之郵遞。"這就説文學是要普遍自然,不可深奥的。我且大膽説:"文學是人類的呼聲,——詩人的歌音,孩童的哭聲,匹夫匹婦的喊聲,更是淙淙的人生的情之河的流聲。"

丁,藝術的手腕。——如果只是呆呆的實叙實記,而没有藝術的組織,幾等於普通應用文(如信札,公文,契約等),無文字之美與想像之美來感動讀者,未免過於枯燥。例如我們吃的蔬菜,不加烹飪的功夫,也是不能合口,而且吃的人也不願意吃了。純正的文學,當然是從極細緻的處所,用誠懇的態度,娓娓動人的語句,描寫出來。使人看了生起無限愛慕之心。又舉一例:一座黑暗的陋室,經美術家把它一洗刷和布置,就是美麗的藝術之宫,一條荒蕪的東籬,今陶淵明的布置而成了詩景。總之,純正的文學,是要以美來引起讀者的興味。

戊,正確的思想。——我以爲做者必須確定一己的人生觀,徒然盲從派别,或朝秦暮楚,他的作品絶對没有人信仰和崇拜。所以安麥生説:"文學是寫下來的最好思想的最好表現。"由此可看出文學要有正確的最好的思想來表現人生、批評人生。

己,神秘的組合。——凡是文學作品,没有神秘的組合,讀者徒自領會大概意義而已,那也不算是文學。所以文學應該使人看了幾如身臨其事。讀悲哀的文學作品,不覺自己也會流起泪來;讀奮激的文學做品,不覺自己也欲拔刀起舞。如《離騷》是多麽的纏綿悱惻,胡適的《四烈士墓》是多麽的豪壯,《紅樓夢》中的林黛玉之死,是多麽的可憐而悲哀……這些,都是他們有神秘的組合。如羅輯先生説:"讀了《紅樓夢》裏寶釵黛玉的生活,就覺得蘅蕪院裏、瀟湘館前的一花一木,寶釵的、黛玉的一言一笑,都歷歷如在眼前,一世也忘他不了……"這就是他對於篇幅的組合,原是多麽神秘動人!

（二）文學的目的。——文學的目的，最易誤會。有人以爲文學無用處，只要學得應用文就是了，何必去學那些掛豆腐酒數般的小説？……還有許多人，却以傳布思想或取得金錢爲目的，方才動手去做文學做品。而一般讀者，也正以心情聊以消遣才去看文學做品，或者有的故意想在什麽刊物上報紙上出出風頭所以才做，如此而以取得金錢，傳播思想……而爲文學的目的，我想文學的目的定會掃地無餘，那末文學的目的到底怎樣呢？

我且先引振鐸先生一段話來答覆這個問題：

> 我們要曉得，文學雖是藝術，雖也能以其文字之美，與想像之美來感動人，但却不是以娱樂爲目的的。反而言之：却也不是以教訓，以傳道爲目的的……

由此我們可以知道文學的目的，是用作者的嚴密的觀察，鋭敏的感覺，豐饒的感情，很自然的描出，使讀者永遠受他的同化，或永久引起讀者的同情的。故所以我以爲讀者以取得教訓而讀，做者以傳導思想娱樂精神而做，絶對不是純正的文學了。如詩人把他熱烈的感情，寫出那悲歡的離合的詩歌，使讀者也同樣生出悲歡離合的情緒來，這才是有生命的文學。

總而言之：文學是自然的呼聲，是人類感情流瀉於文字上的，却决不是以取得金錢而才去做娱樂文學，也不是在文學中去灌溉些什麽教訓的，因爲這都是死呆呆全無半點生命的文學，這些既然是無生命，還那裏配稱爲真正的文學？

最後了，我附帶希望青年作家，不要專在國内找文學。我們要向西洋去找文學。因爲西洋的文學是平民的，是自然的；我們翻開一本世界文學史來看，俄國文學的勃興，是受德法文學的影響；日本的勃興，是介紹歐洲文學的功效。我們不要閉門造車，也不要夜郎自大。努力把西洋近代的文學介紹過來，然後再經一次消化作用，方能創造出一種新的文學。青年的文學作家，努力介紹西洋的文學來吧！

文藝集話

陳光垚 撰

《文藝集話》載於一九三一年《良友》雜誌第六十三期。《良友》,一九二六年二月在上海創刊的一份大型畫報,由良友圖書有限公司編輯出版。作者署名陳光垚,即陳光堯。陳光堯(一九〇六—一九七二),著名學者,學術著作有《常用簡字普》《三十言志詩》(此書題爲"簡字叢書别集"),被譽爲漢語"簡字運動的急先鋒"(黄警頑語)。本文涉及文壇現狀、文人逸事、讀書與治學、文藝作品述介、作文法等諸多主題。全文邏輯涣散、思緒跳蕩、分則論述,且各則之間並無嚴密的、必然的邏輯關聯,具有極其典型的話體特徵。

近年來中國又很盛行新式的"八股時文"了,一般站在政治方面的人們,大致個個都會做,而且做得很精。

文豪是由種種出版物造成的,要是世間没有出版物,則一般著作者雖有"文"亦必不能"豪"。

一般大學問家死了之後,最可惜的事,是聽不到後世人對於他的批評,雖然這批評裏包含的有同情有攻擊。

苦悶、胃病、失眠、失戀等等,爲文人們最易犯之通病。

"摇鈴"之事,學生不可不知也:一則以喜,一則以憂。

現在"博士"的聲望仿佛已低落下去了,而"專家"的聲望仿佛又抬高上來了。

有學問而無經驗,便易成爲書呆;有經驗而無學問,便將成爲市儈。

讀書而不著書則"罔",著書而不讀書則"殆",讀書與著書並進則學成矣。

習語説:"文章是自己的好。"但愛人的文章無論如何也總是好的。舊稱紙墨筆硯爲"文房四寶",我説:紙墨筆手腦是世間五寶。

舊説:"人非聖賢孰能無過?"我説:人雖聖賢亦必有過。

我在小時候,聽家裏人説:我們一位親戚,有算卦的給他説:他"命"裏有一個"舉人",於是他便不好好念書了,不料後來他竟連"學"都没有進。又有一位鄉里,他在白丁時代娶了妻,後來他進了"學"他的妻又要他重行拜堂。

中國古今一切舊小説中叙寫的,一般婦女學人對話時,總自稱爲"奴家"、"奴奴"、"妾"、"婢子"等等:但現在我們却並没有聽見那裏的婦女對人自稱這種稱呼。

研究系中的人物都是少女,因爲他們的態度最會"十八變"。

章士釗素以"邏輯"學者自居,然彼對現在一般並未"束髮"之學生,則仍一概稱爲"束髮小生"。

現在有一種人做文章,篇幅拉得頂長,但意思没有幾多,這種文章,直無异於重排了的字典,但又不能查字。

如果要以文字駡腐化分子,最好是用古文體;不然,無論你駡得怎樣有道理,被駡者必定要説你"簡直没有讀過書"。

中國古代頗不乏"過激主義",例如"君令臣死臣不敢生""父令子死子不敢生""天下無不是的父母""以生人殉死尸""男女授受不親""女子無才便是德","烈女不配二夫"等皆是。

有許多中國舊日的文人,他們一生對於著述上並無半點成績;但因爲有錢之故,却專會把許多人家的著作拿來照樣翻印,美其名爲校刊,或稱其書爲"某某叢書"。這種人真可謂膽大臉厚之至。

中國舊日文人們的作品,向來没有發表的好地方:其佳者,起初不過可以彼此傳觀或借抄;最後的結果,也不過連同許多文稿合刻一集,一鳴驚人;但因爲没有發表作品的機會來鼓勵文人們的創作欲,保存文人們的創作品,而减少了文人們撰稿的興趣,湮没了文人們作成的文稿,却實在不可勝計。

無謂的空泛的作品,旁人看了如同嚼甘蔗渣,但是作者却總是説人家"不瞭解"他的作品的奥義。這是給一般無謂的空泛的作品勉强辯護的惟一妙法。

《九美圖》(又名《三笑緣》)一書,無异一部"蘇州俗語録",雖然他的内容很淺陋,但在方言學上,確是極偉大的作品,不過書中錯字太多,極宜由本地學者校點印行,以廣流傳。

中國各舊小説中,常有甚麽"小姐打彩招親"的話,這自然是作書者的夢中囈語。要是真的,這些"打彩"的小姐們,如果不費上三五年的光陰,練就一手打球"百發百中"的好本領,招親便很危險,雖然即使不許叫化子們到"彩樓"跟前去。

莊子鼓盆歌本因其妻不安于室而作。後人常喜以"賦鼓盆"三字稱人之鰥居者,在説者,顧盼自喜,而聽者此亦茫然自安。然而這話實在駡苦了死人,亦辱及生者。中國文人只知跟上别人用典故,而不求甚解,真令人要浩嘆。

中國字本可以説不是藝術;但人用左手或由小孩們寫出來的中國字,却頗富於天真,往往較一般"書家"們的"法書"爲有藝術價值。

做好文章與寫好字雖不怎樣衝突,但著述家寫坏字的人總極多,大書家不長於做文的人也有不少。自然這有時也有例外。

人無名的時候,是人以事傳;人有名了,便是事以人傳。

舊日私塾中學生,多愛在口中潤筆尖,所以常常是"烏鴉嘴",據説這樣可以表示其爲"學士"云。

我前在南京,曾見有一《鼓諫日報》,此名稱極可笑,亦復可憐。

文人作品之聲明"禁轉載"者,其原因中常有"自抬身價"的分子,雖然這種作品不必都有價值。

作文有四怕:起稿時,一怕頭痛,二怕喧擾;脱稿後,一怕排字工人,二怕校對先生(這就是怕刊誤)。

“文學”漫談

敬　策撰

《“文學”漫談》載於一九三一年《心音》雜誌第一期。作者署名敬策，不詳。本文認爲，文學的功用不僅僅局限于表現人生，文學有其“獨立自尊”的地位，非但不是生活的附屬器，還是生活的創造者，文學的根本精神乃是“同情”，因此，“爲人生”和“爲藝術”兩種文學觀念並不衝突。偉大的文學，以“真”“美”“善”爲表現對象。

我們大家都知道文學是表現人生的，是藝術的一種。可是在今日研究文學的人們，有的以爲文學的妙處是使吾人的氣韻高超，有的以爲文學能使吾人作出明晰巧妙地詩文，更有的人們竟以爲文學是解釋人生的——可以藉以知道古今社會之狀態。如果真的文學的目的只是這樣，那末我們便不能不爲文學的本身悲痛其薄淺及卑下了！如果真的文學只能使人們氣韻的高超，或者作出些妙巧的詩文，及描寫社會上之狀態……恐怕就讓我們如何的崇拜而到了這時，我們也不能不把它拋棄了；就讓我們怎樣崇拜詩歌，到了這時也不能不輕視它。呵！文學豈止是這樣狹隘的東西嗎？吾人之所以竭精勞力的研究半生而仍然逐逐不敢疏懈的原因，實在是因爲我們相信它在人世以外而更有高尚及悠遠的目的存在著。它不但能陶冶我們的性情和風格，而且能够將我們“從紛紛的俗界拔出，立刻與自然同化，並且我們相信因爲瞭解了真理，同時可以理會‘善’。理會了善，而同時它能給我們感應了‘美’的力量”。所以文學的力量能够增長自然的美色。這時我們一定可以知道文學是給我們一種高尚理想的標準。而文學因之是世界上最當被人保存愛護的東西。

在大藝術家所描寫出來的東西,是出人意外的。是和我們生活密切的關聯著的。這正是因其人的作品不受小我的羈絆,由於純粹的藝術的衝動,不隨著浮沉於時代表面的潮流,爲旋渦所卷没而能赤裸裸的確實表現出來的緣故。我們如果遇著了這樣的文學作品,一定會使我們忘記自己棲息的時代,和超越現在的境遇,並且使我們内心裏潛伏不純潔的觀念,不知不覺的而歸於消滅。所以文學對於人生有這樣的價值和效用。遇著像美的藝術品的時候,第一映入的印象,必是直接而且真實的關係我們自己生活的事情。使我們與人物同化——即與其人其歡喜悲哀,呵！文學能够融化人生的一切……

文學徹頭徹尾的是個具有獨立自尊的地位,不但不是生活的附屬器,而是生活的創造者。並且文學裏面有悲哀之聲,有煩悶之聲,如果爲了這些聲而發出的作品時候,那些聲浪究竟能够達到了什麽地方,終止到什麽地方？我們一定知道並且可以相信,那些聲……一定可以統統流到宇宙的生命裏頭,和人類草木共同萌動的呵！並且文學的基礎乃在“同情”,同情是文學上與道德上的根本精神。所以文學的基礎是同情,於是必須照著自然的大道去走,這是文學的惟一目標。能够用一定的法則而支配我們底心之底部的靈魂的,所謂美心良心,都是順著自然的呵！

同時要知道人類的欲望,不斷地發生,而欲望與欲望之間,常常有很大的衝突與矛盾,所以,在内炎燒似的欲望,被壓抑作用所阻止,由此發生的衝突和糾葛,就成爲人間痛苦,人之一生不過數十年之久,然而在痛苦的生活裏沉浸著半生歲月。可是文學的使命,就在以鋭利敏捷獨到的目力和深刻極至的手腕,將人生的密奥,人生的疑問,人間一切的痛苦和懊惱,外邊所有映入眼簾之印象及作家内心之感觸和盤托出,喚起人們的共感與同情。所以是人生的記録,是苦悶的象徵。

如果我們再遇著了更細密更深刻的文學作品，映進我們的眼界，於是有一種刺激作用，使我們的心境不由得不美化净化靈化冥化而有飄飄欲仙之感。看到了愉快的文學作品，能使我們的精神得了無限的安慰，將我們的心田播下無量的快樂種子。然而聽到了文藝之哀音，亦更加使我們與之表莫大之同情，得到很多的興味——尤其書中的情節與我們心中的情苗，起共鳴的時候，那心中的情味，也不知是悲哀或是快樂了，總有莫名其妙的神會之境。譬如看到了喜劇没有悲劇的印象深入，看《紅樓夢》黛玉死後便覺得索然無味，讀莎士必亞的劇能令人百讀不厭，讀歌德的作品，能令人手不釋卷。這正是因爲悲哀的文學作品裏，有特别誘人的力量。真令人能神思嚮往，如同時聽罷嚦嚦哳哳的黄鶯歌聲一樣，並且其中悲慘的聲音，恰與人類的心情共鳴，而且回應在人類的心坎上。所以人生精神的安慰者乃是文學。所以古今中外的大文學家，不論他是什麽派别，都是以靈活的手腕，拿着自然作材料，而表現偉大的思想和鬱積的情感的。所以郭沫若先生説：“藝術家不應做自然界的孫子，也不應做自然界的兒子，而是應該做自然界的老子。”這是因爲文學家有萬能的力量，他能將自然界的景物映進腦裏，刺入靈魂，另創造出來一種更美更妙的世界。聽見了嚦嚦的百靈鳥聲，能够表現於紙上，就如美妙的音樂一般。看見了天空的繁星，就好像清新的露球一點一滴的在青草上閃耀著一般。滿覆緑蔭的土地，可以寫成錦綉的圖畫，一個玲瓏的花園，可以想像成爲理想的世界。我們真的接觸了這樣的文學作品，不由的與之同化……

在十九世紀以來，在文藝的領域内，有所謂“爲藝術的藝術”與爲“人生的藝術”。這兩種不同種類的見解，轟轟烈烈的争扎著，而站在兩立場上的人們，各有充分的理由，的確不能反對的。在主張“爲藝術而藝術”的人們看來，以爲藝術是無上至寶的東西，是人間最美的東西，是有獨立性的。既非勸善懲惡的工具，也非政治經濟改革的手段，對於人生，對於社會，更無什麽□□□□爲有志於文藝者，應當以冷静清爽的頭腦，雕磨修飾文學的作品，沉吟在象牙之塔、藝術之宫内，度著消遥自在的風花雪月的藝術的生活，至於人間痛苦,社會之極度紊亂,人類相互殘殺之狀態,他是置之度外的,絲毫不顧及與過問的。而在“爲人生的藝術”的人們看來,以爲“爲藝術的藝術”只使人享樂,似乎太偏於狹隘,應當從象牙之塔藝術之宫裹跑出來,走向十字街頭,去創造使人類活動的藝術。所謂革命的文學,它們研究的對象,就是社會整個的現象,以血和泪的手腕,描寫社會上之形形色色。譬如易卜生的《傀儡家庭》,能引起婦女運動,屠介涅夫的《獵人日記》,能引起農民運動,這就是婦女及農民的痛苦壓迫,赤裸裸的很坦白的描寫出來的緣故。這兩派“爲藝術的藝術”及“爲人生的藝術”在現在文壇上還在争執著不能够解决。

在我們有志於文藝的人們,應該不分什麽“爲藝術的藝術”及“爲人生的藝術”。實在二者並無大的衝突,這兩派的主張,我們絶對不應加以否認,而且更應該極力的傾向與同情。要知道人生是多元的,人生有若干的方面,故有若干的對象,知識生活的對象是“真”,道德生活的對象是“善”,藝術生活的對象“美”。我們不可以依照藝術派所議論的想信“美”與“善”無關,是獨立的東西,但亦不能依照人生的主張,把“美”認爲是“善”的奴隸,所以我們可以説“爲藝術的藝術”與“爲人生的藝術”並無衝突。將自然和人生混合在一塊,那末“爲藝術的藝術”及“爲人生的藝術”不是解决了嗎?因爲文學于人生和自然有很大的關係,也可以説是文學與自然界的關係,而同時可以説是爲人生的關係了。所以我們志在文藝者,不要偏向於任何的一派,宜遵照個性、時代、環境而去創造,應以“真”“善”“美”的力量,而領略一切支配一切……

呵!文學!偉大的文學,你能熏陶自然界的一切的事物,你能够洗潤浸染人類一切的歷史……所以研究今日文學的人們,不應以爲文學只能使吾人匯韻高超,能够是吾人作些美妙的詩文而已。更不應只限于解釋人生……而應該眼光擴大去和自然界融化……所表現的東西要以“真”“美”“善”爲對象。

文學談屑

槐 青撰

《文學談屑》載於一九三二年《平潮》雜誌二月刊(期刊原文無第三則,第二則後接第四則,文中第三則爲編者根據全文邏輯析出)。作者署名槐青,即王槐青(一八七六—一九五六),原名治昌,字澄甫。早年留學日本早稻田大學。歸國后在天津北洋女師范學堂任教,曾代理北洋政府農商部總長。新中國成立后曾任中央文史館館員。本文從民間諺語的啓示出發,以“中西耦合”的方式談論文學基本問題,視角獨特。作者主要觀點如下:爲使作品“偉大”,情節必須複雜;小説和戲劇的情節構思要“巧”,但“巧”要合乎倫理和人情(即人情事態的客觀規律);人性是變化的,所以塑造人物要避免典型化的寫法;小説多動詞,詩詞歌賦多形容詞,中國缺少富有生機的文學的原因之一即動詞的缺乏。

一

偶於《Tom Jones》一書中看到了“Misfortunes never Come single”一句古諺,覺得很有意思。中諺也有“禍不單行”一語,大概各國關於這類的諺語必定很多,現在且不談這句諺語發生的緣故和禍不單行的原因,且來談談它在文學上的價值。“禍不單行”是悲劇的重要元素,做成悲劇的,無論它是英雄的失敗,人性和人性弱點鬥争的失敗,或人和環境鬥争的失敗……無疑的都是“禍”。

但是爲的要使作品偉大,則必須使情節複雜;由種種禍患引起了極大地糾紛,然後再行禍患到了頂點,這一來,悲劇的結局必定有了效果。

二

《水滸》中有"無巧不成話"一語,我覺得很有趣,這裏就是小説和戲劇情節(Plot)之所在。自然,這"巧"不能太過離奇,至少要合乎倫理和人情,"禍不單行"是悲劇内容的問題,"無巧不成話"却是文學技巧上的問題。

三

還有一句俗話,"到處楊梅一樣花",意思是説人性是不變的。其實這話是錯了;人性是無時無刻不在變化中,無時無刻不受社會環境和意識形態的影響而變化,行爲主義的心理學認定人類的行爲全是對於刺激的反應。刺激有兩種:外界的,自身的。人的行爲不但要受外界事物的影響,還常常要受自身的生理和心理狀態的影響。描寫個性最好要設法避免"典型"(Type)的描寫;最好的描寫必須是渾圓的(Round),要使人物渾圓,作家必須細心觀察人物的一舉一動,設法知道對於一定的刺激,他的人物必定發生某一種的反應。譬如書中的男主人翁,曾經一度被愛人摒棄,後來當他遇見真心愛他的女人時,他的心理總不是他初戀時候的心理了。

四

多動作的小説,劇本和詩歌必多動詞,詩詞歌賦和美麗的文章必多形容詞,中國的形容詞爲數最多,且有特殊的美點,譬如簌簌、葱葱、昵昵、惺惺、岧嶢、靄靄之類,實有外國文中形容詞所不及的美處。

中文的動詞,據我個人觀察,却遠不如英文。這個事實對於文學是很有影響的。中國少勃勃有生氣的文學,文字的缺陷要負點責任。從《水滸傳》中,可以找出較多的動詞來;但終不如英文的那麽好,許多應該用動詞的,都用形容詞或副詞代替了。譬如《水滸》寫馬"……撥剌剌地馱了大王上去了",元曲《金錢記》王孫乘駿馬"撲騰騰金鞭裊落花",馬的動作是由形容詞"撥剌剌""撲騰騰"表現出來的。如在英語,gallop 一字儘管够了。

五

元曲"若是寢正濃,夢乍醒;且休問斜月殘燈,直睡到東窗日影",是難能佳句。這是用空間觀念代替時間觀念的寫法。愛爾蘭詩人夏芝(Yeats)的詩 *The Lake Isle of Innisfree* 也有同樣的寫法:

And I shall have peace there,
for peace comes dropping slow.
Dropping from the veils of the moruing,
to where the criket sings.

六

偶讀《浮士德》至 Margaret 歌 *The King of Thule* 一節,内有這二段:

There was a king in Thule,
True even to the grave;
To whom his dying mistress
A gold beaker gave.

A every feast he drained it,
Naught was to him so dear;
And often as he drained it,
Gushed from his eyes the tear.

下節和中國的詞句“酒入愁腸化作相思泪”有同等的哀艷,不過是表現的方法不同罷了。

七

外國詩中有許多色聽(Colour-hearing)的句子,譬如吉卜林的“太陽像雷般升起來”(The sun comes up lcike thunder)和Robinson 的“The Dark Hill”中的

Dark hills at evening in the west,
Where sunset hovers like a sound
Of golden horns that sang to rest
Old bones of wariors under ground……

《西厢》的“其聲幽,似落花流水溶溶”、東坡的“鐘鼓漸清圓”是類似的句子,不過不多。

八

《水滸》上“篩”字,至今客家方言裏仍保存著:“先盪酒來篩下!”

“棧”字客音讀如“ㄘㄤ”,《水滸》:“你説没麥稃,怎地棧得肥腌地?”

九

稼軒詞“更天涯芳草最關情，烘殘日”，得力“烘”字。Robert Bridges 的詩：

An idle June day on sunny Thames,
Floating or rowing as our fancy led,
Now in the hign beams basking(烘)as we sped
Now in green shade gliding by mirror'd stem
……

Basking 一字也用得很好。

十

大詩人但丁善於狀物和描寫；只輕輕的幾筆，便描成了一幅圖畫。其實懂了他的秘訣，便不覺得奇怪了。他常用很普通的事物去托出他所欲形容的。當他在地獄裏走過的時候，魔鬼都張大了眼睛看他：

They each one eyed us, as at eventide
One eyes another under the new moon,
Towards us sharpen'd their signt as keen
As an old tailor at his needle's eyes.
每個魔鬼都瞋目看著我們，像是在黄昏時候，
月光底下，有人在眺著别人；
向我們舉起犀利的眼光
像老裁縫在穿針。

文學漫談

郁達夫 撰

本文原爲郁達夫在暨南大學的講演稿,載於一九三二年《青年界》第二卷第三期。本文談文學,主要從文學社會學的角度出發,闡述文學的“宣傳”性、文學與社會革命的關係、文學與時代的關係三個問題。作者認爲,若要讓文學發揮其“宣傳”的作用,首先要對宣傳對象有所瞭解,其次要寫得動人。文學對社會革命有預見性和“引爆”功能。文學是時代精神的表現工具,但文學經典的産生除了體現時代精神還必須包括作家對自我和人性的思考。

一 “文學是宣傳”

這一句話,是無論把文學狹義的或廣義的解釋起來,都可以説得通的。譬如依藝術最上主義者的話説起來,藝術是美的表現,那麽一首絶美的詩,和一幅最美的畫,使人讀了看了,讀者看者自然而然地會得到一種美感,而感到愉快,這時候藝術就成了宣傳了。更進一步,最大廣義的解釋起文學來,則從前的六言告示,或“此處不可小便”與畫一個烏龜之類,也是文學,也是宣傳,至少可以使你曉得這些文字或畫形是些什麽意思。

中國古來的文人,把這“文學是宣傳”的功效説得最大最具體的,是《西厢記》裏的那句“筆尖兒橫掃五千人”。假使這一句話可以不打折扣而照實應用的時候,那麽日本帝國主義者有十萬大軍來襲,只消有二十個張生就可抵消了。可是現代的這位張生,却只能打兩個嫁禍於人因而開始内戰的電報,此外是一個日帝國主義的軍隊也吓不退的。若想真正的找出這樣有筆力的文人的話,那除非是去找孫悟空或劍仙大俠之類來作法不行。這些荒唐的文人的幻想,又那裏可以據爲事實呢?

當然《西厢記》裏的這一句話,也並不是照這樣死解釋的,宣傳的力量若到,則一篇檄文就可以使爲個人權利而戰的軍隊倒戈,則筆尖兒横掃五千人的事實,也未始是不可能。所以現在我們若要利用文字來作宣傳的話,那應該先查明我們所要宣傳的是什麽事情。譬如第一要打倒帝國主義在中國的勢力,那就得先查明帝國主義在中國所以能跋扈維持的原因在那裏,在帝國主義下所受的中國民衆的痛苦是如何,要想打倒它應該採取怎麽的一種手段步驟,更還須估量估量在這些帝國主義本國的勞苦群衆能不能和我們合作起來。第二,廢除不平等條約,應該怎樣去進行才得發生效力?第三,打倒國内一切軍閥官僚土豪劣紳買辦階級腐化分子以及封建勢力,應該從那些地方入手?第四,要建設一個真正大衆的革命政府,須採取怎麽的一個戰略?凡這些事情,無一不賴宣傳,無一不可以用文學來作武器的。

可是有一點,我們必須注意。文學這一件東西本身,並不是飛機、機關槍。文學的效力功用是間接的,所以必須寫得動人,才能達到宣傳的目的,光是喊喊口號,或作一些教訓指示的空殼文章,是没有用處的。所以在過去的兩三年中,普羅文學的喊聲,也很熱鬧,但終於收到了反對的效果,致使民衆運動受著莫大的壓迫與損失,弱點就在這裏。

二　“文學是革命的先驅”

革命是必須破壞的,但這破壞的真意義,並不是無一定目的意識的盲目的破壞。大抵都因社會的積敝,到了萬不得已,方才有破壞的事實出現。文學家的神經是最纖敏也没有的組織,對於社會環境,一有了什麽不通不順之處,文學家必在一般人所感到之前預先就有所感觸。文學家之所感所思,並且還一定非寫出來喊出來不行。所以一般人在笑文學家是作無病呻吟的時候,其實社會的破綻,已經芽鋒茁露了。所以法國在大革命之先,有啓蒙哲學家一流的人先出來空喊,俄國十月革命未成熟的時候,早就有一九〇五年前後的文學者的一群在談革命。文學譬如是一根火柴,而革命的客觀條件就譬如是裝好在炮裏的火藥彈丸和藥綫。

三 “文學是進化的”

一切藝術都是時代和社會環境的產物,這是誰也知道的很淺近的一句話,因爲創制藝術的人,誰都不能够遺世而獨立,去抹殺時代與社會,而孤獨地過著魯濱孫在荒島上的那麽樣的生活的。所以生活和藝術是同出於一源,緊抱在一塊,同在一種社會現象的下層深處合流著的一面時代的鏡子。時代是不斷地在跑,社會也是不斷地在變化,所以藝術當然也非同樣地更換著不可。譬如一個人的面孔,從小而大而老,耳目五官的位置雖則不動,但是表情紋路,與夫鬚髮之類,却是常在變换移易的。德國的一位哲學家叔本華(Sehopenhauer)説:“每一期的時代精神(Zeit geist)正像尖利的東風,它是無物不洞穿吹過的。所以吾人在無論那一種作爲思想和寫作的東西上,或在音樂,繪畫之中,與夫這種那種藝術的消長之内,都可以看出它的痕迹來。”

可是這時代精神在各種藝術之中表現得最明顯的,當然是莫過於文學,因爲文學所用以表現的工具,是和吾人的説話一樣的文字。文學家將周圍給與他的影響,從他的内部洶涌著的思想和本能感覺裏整理排列,用文字表現出來,文學作品就成立了。

那麽文學作品,完全是外界的影響、周圍的環境所給予文學家的印象麽?文學完全是時代的產物麽?若是這樣的話,那我們所説的文學的永久性又在那裏?前時代的文學,產生這文學的時代已經過去了的偉大文學作品,又何以會還有價值呢?這矛盾,我們在這裏就不得不用一個彷彿是二元的,其實却仍舊是一元的理論來解釋。當然在文學作品之中,有一部分完全係屬於時代的産物,那是要和時代一道地過去的,譬如十幾年前的中國那些紅男緑女佳人才子式的小説,現在當然是没有人再去翻讀了,因爲現代的社會環境,已經是完全變過了的緣故。

可是還有一部分偉大的文學作品,則不問時之古今與地的中外,對我們還有興趣,我們覺得它們還是有價值者,其理由究在什麽地方呢? 在這裏,我們就不得不把作家的自我和人性加入到思考裏去。大作家的把捉時代,是要把捉住時代精神的最主要的一個根本觀念,是要把捉住超出在一短時候和各種不相干的瑣碎關係之外的人性的本質(Daa Wesen der Menschheit)的。這時代的基礎觀念和人性的本質融化入作家的個性,天才作者然後再把它們完完整整地再現出來,於是千古不滅的大作品,就馬上可以成立了。作家的自我通過了藝術作品這重門而冲入到了時代精神之内,時代精神同樣的也通過了自我而淋漓盡致地參入去混在藝術作品之中,兩相融化,各相爲用,在這裏方才能够發出燦爛的光輝,鑄成金字的高塔。所以時代可以影響作家,而結果作家也可以影響和促進時代。

因爲作家所把捉著的是時代精神的基礎觀念,所以這觀念一定是大衆的、一般的。因爲作家所具現的是人性的本質,所以他的作品也就是古今中外不易的東西。

所以照這樣的看來,文學之爲時代和社會環境的産物這一句話,是千真萬確的了。時代和社會有變化,自然地文學也必定有變化。但時代是向前進的,社會也在不斷地改善的。而文學家所追求表現的,又系是最高的理想和最適應時代的人生統系(Das Lebens system)。從這各方面綜合起來,那“文學是進化的”這一個真理,自然是可以説毫無疑義的了。(文學的本質既是如此,那麽將這本質具體化出來的文體形式當然也是一樣的。)

四　結論

正唯其是如此,所以我們到了這樣内憂外患一時俱集的時候,還要來談文學。我們要用文學來作宣傳,唤醒我們本國的群衆,叫他們大家起來反抗帝國主義。我們要用文學來作水門汀,使我們和世界各國的被壓迫群衆都能聯合起來,站在一條戰綫之上。我們要用文學來鼓吹世界革命,用以抵抗帝國主義者和資本家的世界第二次大屠殺。最後我們還要用了文學來促成最合理最進步的新社會的實現——雖然我所説的新社會却和那位英國的老僧正 The gloomy Dean Inge 所説的夢話 Utopia 是完全不同的。

在這樣寒冷的冬天,以這樣無聊平淡的廢話來占據了諸君的許多寶貴的光陰,這是我所抱歉的地方。但今天在場的諸君,聽了我這一席話之後,倘能够去分析一分析現在的時代社會,而不屈不撓地去尋出吾人現在所應該走的大道,那我的喜悦,就最大也不能更過於此的了。

一九三二年一月七日。

文藝雜話

陳光垚 撰

《文藝雜話》載於一九三二年《文華》第三十二期、一九三三年《文華》雜誌第三十五期(續)。《文華》是上世紀二十年代末三十年代初由上海文華美術圖書公司印刷發行的一種綜合性的文藝雜志。作者陳光垚,即陳光堯。本文思緒跳蕩,以敘述現世文壇之事爲主,討論語言文字問題爲輔,間或涉及作者對文學相關問題的看法。就文學而言,作者主要觀點如下:第一,文學的發達與國家歷史的長遠相關;第二,人類只有先有了對於文學("美術")的鑒賞力,才能産生具有真善美特質的偉大的文藝作品;第三,文藝是多樣的,個性化的,崇尚自由的,不能受到各種框架的限制;第四,隨筆是文學中最自由輕巧,而又最能表現天才的最經濟的文學。

一

中國人作事,向來都是零零碎碎地偶然想到地作去,能預定計劃作偉大的具體的工作者非常之少。若就文學界來説,則縱的具體工作,更少於横的具體工作。書籍中如《佩文韻府》《康熙字典》《四庫全書》等等,誠然可以算是比較偉大的具體工作了。但是,這幾部大書,都是近古的滿人康熙乾隆二帝命臣下所作(康熙敕撰的大部書非常之多,這裏不能盡舉)。就漢族的古人説,除二十四史中的一部分書,和漢劉向等人雜撰的些小部書而外,恐怕就很少具體的博大著作了。

最近數年來,國人發明的所謂“檢字法”者,真是層出不窮,如果一一統計,恐怕總有數十種之多。但是,這許多的“檢字法”,十分之七八都不過略舉三五偶然之例,並不能將全部漢字檢查的方法一一都列舉出來。而尤其下者,或竟抄襲他人之成法,略略變换頭面,便稱爲自己所發明。這種破碎不全的方法,若作爲“檢字法”上的一種參考自然很好,在“檢字法”前進的路程上,自然也是極好的現象;但若竟自認爲可以“成一家言”的甚麽“檢字法”,而傲然自喜,那便不值得人一笑了。

偶閲《三國志》第六十回,見《張永年反難楊修》一段中有“……松觀其題曰“孟德新書”,從頭至尾看了一遍,共一十三篇,皆用兵之要法。……松曰:‘公如不信,吾試誦之。’遂將《孟德新書》從頭至尾朗誦一遍,並無一字差錯。修曰‘公過目不忘,真天下奇才也’”云云。我以爲此節頗有可議者,就是:人無論如何聰明强記,但千字以上的文章,僅讀一遍,便要朗誦,而且要“一字不差”,這大致是不可能的事。《孟德新書》我們雖然没有見到,但仿《孫子》十三篇之例説,至少亦當有數千字,則其不能被人“過目不忘一字”,自無疑義。中國一切舊小説之好鋪張與不近事實,類多如此。

豐子愷先生之《緣緣堂隨筆》一書,思想超脱遠大,文字亦委婉美麗,在一切隨筆中,確屬少見之佳作。其中除《立達五周紀念感想》一篇我覺得“統一而不多樣”,及《姓》一篇我覺得無甚深意外,如《剪網》及《漸》二篇題目之美妙,《自然》及《華瞻的日記》二篇見解之偉大,《憶兒時》一篇情景之可愛,《藝術三昧》及《大帳簿》二篇之發隱摘微,均非大藝術家秉“生花之筆”不能寫出。豐氏之藝術天才,此書足爲一證明,並增一新紀録。

近年在各種刊物上,常見有人恭維乞丐爲最自由舒適享福之人。但是,發此言者,你如請他把錢財或職業都棄掉,實行去作他所羡慕之乞丐,他便不肯了。我以爲乞丐除了自己每天可以“多睡覺”而外,其他實無所謂“自由”“舒適”或“享福”之可言。但此言也是極平凡的事實,並非新得之創見。世之不顧事實,而好憑一時的感情發言者,皆此種不負責任之空言也。

已故的梁啓超氏,在生時常喜以“今日之我與昨日之我宣戰”一語向人夸道,以表示其日日均在改善進步之中,這話確爲事實,不是梁氏夸大之虚語。不過譏梁者則認此言爲梁氏生平“無一定之政見朝秦而暮楚”之行爲盡招供,其語雖謔,但亦不無幾分是處。然則,知梁氏或罪梁氏,其亦惟此“今日之我與昨日之我宣戰”一語乎?

有許多南方人不熟悉北方語言者,因聽到北方人讀“事實”如“尸尸”,讀“致知”如“虫虫”,於是乎便聯想地以爲“三四思私絲寺”等字,北方人也讀如“尸”聲,“子字自早祖宗”等字北方人也讀如“虫”聲。其實,這完全是錯了。北方人對於“事”“致”等字,固然讀如“尸”“虫”;但對“三”“字”等字,則仍讀“ㄙ”“ㄗ”等聲。這一點南方人極易忽略,但亦極宜注意。

有許多學者,在演説時,每喜以“那末”二字,爲自己緩氣想話之時,搪塞聽衆耳朵的緩衝詞。但是用的久了,不知不覺間,這“那末”二字便成了一種慣用的語病。於是乎一句話即有一個“那末”,非有“那末”便不能發言,至於文理之通否,則完全不管。此事雖似爲“小節”,其實影響演説之價值及聽衆之信仰,都是很大的。

多年前上海的某小報,刊有一短文甚好,如下:

> 現在有一般人,逢人便開口罵道:某也死好出風頭,某也死好出風頭。殊不知他自己好出風頭,未必減於其所罵之人。惟其自己要出風頭,所以最恨人家出風頭,最忌妒人家出風頭。妒之恨之,則不得不出於一罵,以泄此忿。古語云“人苦不自知”,真是至理名言。

凡是歷史較長的古國,其文學必發達。上如希臘、印度、中國三古國,均爲世界文化之淵源,亦即世界文學之發祥地。近如英法等國,亦因歷史較長,文學特别發達。至如美國,則完全爲一工商業之國家,文學不過爲其附屬品耳。

《墨子・耕柱篇》中有一條説：子墨子曰："君子不鬥。"子夏之徒曰："狗豨猶有鬥，惡有士而無鬥矣？"子墨子曰："傷矣哉！言則稱于湯文，行則譬於狗豨！傷矣哉！"墨子答覆子夏之徒的這話雖然有點挖苦，但也實在是子夏之徒的昏庸無知所使然。世之口不離聖賢而行同于禽獸之僞君子，讀墨子此言，其亦知所警惕乎？

别墨者約略地説："有東始有西，有南始有北。"這話就圓形廣大的物體而論，誠然是對的。但是，立方體的物體便不然了。因爲立方體的物體各方面必有"兩端"，也就是"有西必有東有北必有南"，决無只有西北而無東南者之理。又如莊周説："彼(即"非"也)出於是，是亦因彼。"這話也不盡然。例如賊的罪名，雖較盜匪爲小，但人人决不因此便認賊爲無罪。且假使從古以來，人人都以殺人劫貨爲無罪的通常行爲；但是，彼此相殺相劫的日子久了，人人亦必俱感痛苦，認爲非是，而急謀所以改善之道。然則，莊子的"是非無定"之説不盡可靠亦明甚矣。

《禮記》上説"禮不下庶人，刑不上大夫"，這真是混帳之極的大狗屁。"禮"如果真有價值，則人人都可斟酌採用；如無價值，則大夫亦無用禮之必要。蓋庶人與大夫同爲人類，同須爲善向上，固無絲毫文野優劣之分别也。"刑"如果爲懲戒人民作奸犯科之手段，則作奸犯科者亦不必皆爲庶人。春秋僅弑君一事，便有三十六次，且什九均爲士大夫所爲，此種行爲即因一般士大夫向來有"不受刑罰裁制"之優越地位而促成。孔子既要鬧甚麽"寓褒貶""正名分"的把戲，却又贊成"禮不下庶人，刑不上大夫"的主張，(按：《禮記》爲孔子弟子及後世學者所記，其中意見，什九均爲孔子所贊同，故云)，真可謂"負薪救火"矣。

二

人類對於美術，必先有相當的鑒别批評之能力，然後才有若干的美善偉大之創作。否則隨便模仿，毫無特性特見可言，不過徒爲衆人之奴隸而已。這樣，則其所製作者，固然許有佳作，但也許竟有劣品。例如婦女的時裝，必先有豐富的批評他人服裝優劣之經驗，然後才能自己創爲美善舒適的式樣。不過，這在自己的審美觀念也得正確方可。

修辭學的書，本來自身就應該是一部能“修辭”的文學書。即不能這樣，至少也當文字通暢，意思明達，其書才配得上稱“修辭學”三字。但現在有許多修辭學的書，其自身的國文國語還很不高明（甚至不通），則其書中所説修辭之學亦可想而知。上面這種“修辭學”，稱之爲“醜辭學”實無不可。如某大書館出版之高中教科書《修辭學》，即一例也。

近一二年來，中國的所謂“革命文學”很興盛，這確實是中國文藝上的極好的現象。但在許多提倡“革命文學”的人，每以爲凡文藝必定要充滿“無産”的精神，必定要有“血”“肉”“麵包”等等名詞，這在我却不以爲然。我以爲文藝是多方面的，是崇尚“個性”的，是極端自由的，絶對不能有所限制。革命文學本來極好，但若以爲革命文學而外即無文藝，則所謂革命文學勢必成爲千篇一律的新“八股”，讀之味同嚼蠟矣。

我的癖性很多，而好整齊好一致之癖尤甚。例如我屋裏的書籍，必定要擺得極整齊有秩序，取閱時探手即得方可；不然，我就不能在這屋裏安心地做事撰文。又如一般應該細讀的書，我不讀竟也許完全不讀；但既開讀，便要整本整部地細心精讀，甚至常用紅色將書中各重要處所一一標出。至於别人之不好整齊者，我對他也没有什麽成見；但那般作事有始無終的人，我一見就不免要痛恨入骨了。

據説英國的大文豪約翰孫（Johnson），他在倫敦街上步行時，非用手把一根根的電綫柱摸過不可。要是他覺得錯過了一根，便必定要倒走回去，把那根電綫柱補摸了之後，方才安心地向前走。這話似有形容過甚之處；但有一二分的真確，也便是一件趣事。

有一種學無專長的人，每每尚喜無故駡人，以自鳴爲博學之好人。但是，其所駡之言，多半都是自供罪狀。而且被駡者反問一句：“君有何善行？有何博學？”則更赤面結舌而不能對。此種人因輕薄自取侮辱,無以名之,名之曰"活該"。

我每日總約有十六小時在不斷地思索中,因爲思索的過度,遂成爲神經過敏症和失眠症。並且常常於睡夢中,也在考慮事件和研究問題。因此,間或竟有計劃在我睡夢中籌出者,問題也間或竟有在我睡夢中解決者。

我最愛讀短簡的隨筆,自己也極愛寫短簡的隨筆。因爲我覺得隨筆是文學中最自由輕巧,而又最能表現天才的最經濟的文學。

近年來有許多名人,都很喜歡爲人題書簽,或鋅版石印之序文祝詞等等。他們這些人的"書法",我不敢説是怎樣惡劣;不過我看了他們的"墨寶"之後,周身總覺得有些要"起栗"。所謂"醜婦乃好作態",固不止人之相貌爲然也。

中國漢字的書法,人皆知極不易講。不過我覺得寫筆劃縱橫之字,比較容易討好;而寫筆劃斜行之字,則比較難於討好。但這也只是極膚淺的皮毛之説。

近年來在舊劇中,北平的二簧劇,幾乎竟有獨霸之勢;但其實北平的二簧劇,乃爲極粗俗之戲劇(二簧中醜角之言動,更加是無理取鬧)。宋元戲曲本爲中國舊劇中之最美最有價值者;但又曲高和寡,現在能演唱者可以説絶無僅有。

古來字義,有相反之二種解釋者甚多。例如:"亂臣"二字,一解爲"作亂者",一解爲"治亂之臣"。又如"交綏"二字,一解爲"相洽",一解爲"相攻"。其餘類此者極多,不能盡舉。

雙聲與叠韻之名詞本來很多;但二者同在一成語中則甚少見。詩云"膂力方剛",上雙聲而下叠韻也;又云"山川悠遠",則上叠韻而下雙聲也。

名詞中之拗口者很多;但不留心,頗不易舉例。如"順水"、"馴順"、"昏憒"、"悶昏"、"翠亨村"(中山先生之故里)、"寧馨人"(近人姓名)等,皆爲明著者。

多年前提倡"官話合聲字母"的王小航先生說:"五帝三王以後,中國人口始遞增。何也?信義漸興,狠戾之性始漸馴,横爭始漸少故也。"

王氏又説:“今偉人過信浮浪子弟,以爲遵奉數條標語即非惡人,且受其宣傳即非惡人。天下善人如此易於手造,則中西數千年之先哲皆爲拙矣。”

王氏又説:“凡不研求實理,但隨一程式而風靡者,是爲腐化。”此言頗可玩味。

胡適之先生説:“時勢生思潮,思潮又生時勢,時勢又生新思潮。”善哉斯言!

陳公博先生説:“中國人以孝親爲倫理,斯巴達人則以戰争棄老爲倫理。”

陳氏又説:“青年是愛革命的,中年是主改良的,老年是主保守的,最老年是開倒車的。”

魯迅先生説:“中國人的見解,只要從來如此,便是寶貝。”

魯氏又説:“所謂‘保守者’,既反對改革,却又未必有保守的能力。”

魯氏又説:“叫花子雖窮,但也有一個窩頭(窮人之食物)上的權威。”

古人云:“從善如登,從惡如崩。”我説:“善惡之成,有時須賴環境。”

記者有人説過:“最受人崇拜的人,也是最易受人忌刻的人。”

近年來專以文字駡人者日多,但這種駡人者;亦常以己身之行爲爲參考。有許多文人學者。若攻擊某一種主義或主張,不見得彼即真心反對該主義或主張。所以如此者,即因有時有“利害關係”在其中作怪耳。

宗教如惡魔,爲世界全人類進化之毛賊;教士如結核菌,宗教即其護身之腦殼。但是,惡魔之手終有空隙,自難掩盡全人類之光明。

文學細話

許欽文 撰

許欽文的《文學細話》共四十五則，連載於一九三三年《讀書生活》雜誌第一至三期，其中，第一則至第十五則載於該刊第一卷第一期；第十六則至第三十則載於該刊第一卷第二期；第三十一則至第四十五則載於該刊第一卷第三期。作者許欽文（一八九七—一九八四），原名許繩堯，浙江山陰人。歷任杭州高級中學、成都美術學校、福建師範、福州協和大學教師。文學作品主要有短篇小説集《故鄉》《毛綫襪及其它》《回家》《鼻涕阿二》《仿佛如此》《幻象的殘象》《若有其事》《蝴蝶》《一壇酒》，長篇小説《趙先生的煩惱》《西湖雲月》《兩條裙子》等，另有《文學概論》《創作三步法》等理論著作和散文集。本文對文學基本問題做了較爲系統的、全面的梳理，雖然如作者所説，文章主要從小説的角度論述，但實際上其他文體也有兼顧。文章先從廣義的"文學"範疇切入，討論了文學與圖畫、雕塑、建築、音樂等藝術門類的區别，繼而對時興的諸如"文學的文學"、"人生文學"、"革命文學"、"普羅文學"等文學主張做了簡要介紹，既涉及縱向的、歷史生成方面的考索，也偶爾對各種有所關聯的不同主張之間的區别作簡要論述。此外，文章也涉及寫作修辭方面的内容和對國外各大民族文學概貌的介紹，體現了作者對文學問題較爲系統、全面的思考和寬闊的文學視野。

前　記

發生寫這些的動機還在許久以前，當時有兩位年青的朋友，正努力於嘗試創作，時常要我解答關於文學上的問題；因爲都是异省人，細微點的地方苦於説不明白，所以想用筆來寫。可是忙於唱書改文，只是想想而已。幾個月以來，我被由六種人無形聯合擁護的短筆頭襲擊，不幸又陷入了戰區；反正行動不得，實行寫起這個來。姑且不論好壞，現在居然完就了，好像償了一筆宿債，私心不無一點喜歡；覺得南華所謂"其分也成也"，非無見地，頗可聊以自慰。

如今那兩位朋友，其中一位已經長眠多日，另一位早就成功作家兼翻譯家；這些底産生，對於原意是大有後時之感的了。其實要是我能及時有爲，也就不會被由六種人無形聯合擁護的短筆頭襲擊；這些底産生，正因爲是失時。

這裏底細字並含有"非大""非相"兩種意義；其實是種關於文學的小品論文。内容側重在小説底創作，無非個人與興趣的關係。或者以爲每則一頁太拘束，但如説到拘束，那在措詞上才成問題。

如果這些對於嘗試創作的新朋友可有一點用處，那末第一就得感激余師母；她在盡力師職、母職和妻職之中，忙裏偷閑，多方照料，使得我能够安心寫就這個。其次是永丞青年，每天給我一個炭火盆，一早就燒得紅紅地端來，比用電爐還便當，連開關都不用去按動。

因爲並不當作大不了的事故，期以速就，每到傍晚，總已寫得筋疲力倦；然而深夜仍能繼續寫去，這是由於幾位鄰女底流暢的琴聲和婉轉的伏爾卡《船夫曲》的合唱了。

我希望不久以後就有换一種口氣另寫一篇的機會！

一九三二年冬欽文于竹林中的獨坐軒。

一　文學

在藝術中圖畫是很明白的;一眼看去,就可以知道個大概。雖然要瞭解究竟,也得經過許多時候的觀察,一層一層地細味作者底用意,可是輪廓和色彩,都能够突然引起强烈的感應;即使並不存心去參觀,因爲偶然的觸目,也會停留起來注視的。而且這比文字容易普遍,没有讀過書的人識不得文字,却可以鑒賞圖畫。小孩子總是先喜歡看圖畫然後研究文字的;一般廣告很少應用文字,多半用圖畫,就是這個緣故。雕塑是立體的,即使浮雕,也比平面的圖畫動人。建築架起在空中,更能促人注意。音樂會得硬地贊進耳朵去,感動力是最强的了。文學要看了許多時候才能够獲得印象,感著情調;比較起來最爲遲鈍。但圖畫和音樂等,本身固然不能够久存,一經複製,難免失却真相,文學愈多印刷,就散布得愈廣,也就能够流傳得久了。

二　文學的文學

文學不是新聞,也不是歷史。新聞底職務在報告"事實",歷史底目的是紀載"事迹",文學却以傳達"情調"爲主要;就是把自己所懷著的喜怒哀樂等情緒,有意或無意地寫到作品裹去,使得讀者發生相當的同情。因此所寫的事情無須是明確的,只要能够寄託感想就行。譬如童話,寫著猫或者狗底故事,無論怎樣荒唐無稽,只要能够博得讀者底同情,就不失爲一種文學。如果一味發泄宿感,只以表現自己底才識爲能事,不顧讀者起了感應以後的結果怎樣的,即使傳達了充分的情調,也不過是文學的文學。這是順情任性的,是個人的。在正應該集體化的時候,實在不需要這種東西。但文學是儘量流露出來的真情,總有著創見的地方;用作旁面的參考是可以的,不讓占據正面的地位就是了。

三　人生的文學

文學也稱作“文藝”。人生的文學,目的在於討論人生底問題,文學無非是“手段”。人生是什麽? 究竟要怎麽樣才能够好好地生活下去? 平常探討這種事情的是論文;但那憑據“理智”,這是要利用“情感”的。

因爲文學是盡量流露出來的真情,容易感動人,能够使得讀者于無意中受到影響,所以要利用作手段。如果只有純粹的文學,不藏什麽問題的,固然不是人生的文學;只是研究問題,不注重文學的手段的,也不是人生的文學。

人生的問題雖非只是個人底事情;不過廣義的個人主義,原也是要顧全大家的。譬如法律,訂定的動機,雖然爲著社會底安寧,遵守的目的却是保全個人底身體名譽。所以人生文學底模圍並不狹小。

四　革命文學

革命文學無非“人生的文學”底一種,是利用文學底“手段”期達革命底“目的”。但在急切需要革命的時候,這就占了文學底最高位。不提文學則已,一提就得研究這個;“人生”底“問題”既然側重在“革命”,如果不講革命,就是“文學的文學”了。

革命底立場很不一致:有的目標在世界大同,有的説是要保全種族,也有是爲改良政治的,連“阿 Q”去撞“静修庵”底門,也自以爲正在革命。因此革命文學也就發生派別,而且難免互相攻擊了。

究竟哪種立場的革命是不錯的,現在,這裏,雖然難以定出絶對的標準來,可是總得大致認定:爲著多數人著想的是偉大的;只爲幾個人打算的是偏狹的。無論弄得怎樣五花八門,只要拿著這個簡單的原則去測度,對於革命文學,就不難識别了罷。

五 “普羅”文學

“普羅”是譯音,譯起來是“第四階級”。第四階級係指勞動階級,所以“普羅文學”也稱“勞動文學”。

“普羅”文學,在一般人可以説是“革命文學”底一種;在“普羅階級”却是惟一的革命文學。因爲内容注重鬥爭,所以又稱“鬥爭文學”。這在“普羅”階級自己創作的以外,還有本非“普羅”的階級,只是因爲表同情,或者是主義的關係,爲著“普羅”階級作的。

“普羅”階級要有“普羅”文學,似乎並不足怪;本非“普羅”階級,却要提倡“普羅”文學,其間總有緣故,這是值得研究的罷。

因爲是譯音,就有人譯作“破鑼文學”或者“破落文學”。在音譯以外另含一種意義,這固然像“黑漆板凳”和“脚踏拜”;在故意嘲弄表示輕視這點上,更像是把外國人叫做“洋鬼子”了。

六 民族主義的文學

民族主義的文學是“民族主義者”底文學,存著宣傳民族主義的目的,可見並不是“文學的文學”。民族主義首要的目的是保全自己底民族,在被别的民族壓迫的時候不得不革命,所以民族主義的文學有時也是“革命文學”;革命是要向著對象去鬥争的,那末,革命的民族主義的文學,也是一種“鬥争文學”了。

民族主義,只要保全了民族,首要的目的就達到了;保全以後是否做皇帝的仍然做皇帝,做奴隸的仍然做奴隸,都是另外的問題。因此民族主義的文學是“寬宏大量”的;目的既然在求民族間的平等,對於以階級爲單位的“普羅文學”,當然是要發生衝突的。

民族主義還有著扶助弱小民族、共圖生存的職務,民族主義的文學也該有著顧全世界人類的趨勢,但是限於各個民族間平等的原則。

七　暴露文學

凡是革命,總有對象抗衡著。把己方底主義宣揚出去,把同志鼓勵起來,而且使得同志增加,這些都是“革命文學”底職務。同時把對方底醜惡的態度和蠻橫的行爲,赤裸裸地描寫出來,拆破假面具,使得大家明白真相,激勵同志猛烈進攻的,就是“暴露文學”了。

暴露文學原是革命文學底另一面,在任何立場的革命都適用。可是假革命的反動者用不得這個,因爲對象是真正的革命者,如果把那些言語和行爲描寫出來,反而給對方表揚了正義人道。

或者以爲不妨把對方實在情形丢開,故意描寫得非常難看。但那只是捏造的“謡言”,算不得暴露文學。這並非迂遠的道德問題,倒是切身的利害關係。固然,不是實在情形的描寫就没有感動人的力量;而且,欺騙人家,反而暴露了自己的醜態。

八　新興文學

新是舊底“對稱”,本没有絶對的標準。以前的人把文字學稱作文學,把詞藻底堆垛也稱作文學。後來“傳達情調”的文學起來了,就稱作“新文學”。到了“普羅文學”發生,内容又大變更,於是稱作“新興文學”,也就做了“普羅”文學底代名詞。

把“普羅”文學稱作新興文學,還有别的原因;就是曾經有個時候,執政的人對於“普羅”文學取締得很嚴,一見到“普羅”、“勞動”或者“第四階級”等字樣就要封禁,是躲避檢查底耳目的。

“普羅”文學並不能够包括新興文學,曾經有過這樣的一種新興文學,就是:作者固然不是“普羅”出身,對於“普羅”也没有確切的認識;真正的“普羅”是並不願意接受的,只是在順從“普羅”潮流的人們間相互觀摩的。

九　革命和文學

因爲文學感動人的力量强,能够於無形中軟化人,所以革命者要多方利用,造成"革命文學"。"革命文學者"底目的在"革命",革命文學底要素却是"文學";如果不重"文學底手段",就失却了革命文學底意義。

可是"革命者"利用文學,不但只是在革命文學底範圍内,而且常在利用整個的文學,以助長革命底勢力。"文學者"大概不滿意現狀,總是想衝破固有的愁悶的,容易瞭解革命底意義,也容易接受革命底使命。反正目的是革命,超過了革命文學底範圍,本來就算不得什麽。然而因此,革命底對象也就要仇視起整個的文學來了,往往多方設法推毁,或者另造出一種"經典"來抵制。這麽一來,"文學"未免大遭其殃;但這就是現代文學界底特色了。

一〇　青年文學

現在的文學,固然已由玩玩的消遣品變爲探討問題、傳達思想、宣揚主義的工具;而且對於政治,也已由背景底反映進而爲積極的指導了。就是要參照了過去和現在的各樣人生,來商定未來的生活方式。

青年經驗尚少,世態未盡明瞭,似乎不便站到政治的地位上去做指導的工作。但正因爲世故未深,有著鋭利的朝氣,是勇敢的;雖然世事尚未周知,總得儘量提供意見,把積極的希望和消極的感覺,都藉著文學表現出來,給成人去作參考。如果把站在指導地位的成人底文學譬是作議決案,那末,青年文學就是提議了。時代是進化的,後起的青年往往優勝于過去的青年。爲著整個的前途,青年固然應該努力創作青年文學,成年也得重視青年文學才好!

一一　古典文學

無論形式上底句調結構和實質上底思想題材，都以固有的"典型"爲依歸，只在精練和審美上用功夫，就是"古典文學"底原則。不消説，這是脱不了"摹仿"性的。只要稍稍富於"創造"性的，就會感到古典文學太"拘束"。老是照著已有的"典故"來"凑合"，雖然可以襲用各個古人底長處，但總在"已往"的時代中"打圈子"，固然不容易進步，也是理論不通的；試問當初古人底作品是根據什麽做下來的？

可是這個對於自作聰明的庸人很相宜；無須有所創見，也可以"堆垛"出"文章"來。因此有人利用作"愚弄"的工具；於是一般庸碌而且懶惰的老"古懂"及其信徒小"古懂"，在摇頭擺尾地高誦長吟之餘，還要來大言反對"非古典"的"創作"了。

一二　浪漫文學

因爲耐不住"古典文學"底拘束，打破了桎梏，"解放"出來，以灌輸"熱情"，"暢表"心意爲主的，就是"浪漫文學"。

浪漫文學是"自由"發展的，所以比"古典文學"來得活躍有生氣；動人觀聽，也就容易受人歡迎。只是"古典主義者"以爲不守"道規"，要反對，遂把"浪漫派"作爲駡人的成語。

完全"浪漫的"雖然已經不適合於現代，可是熱情底流露總比冷血底沉寂要好點，所以浪漫文學總比古典文學來得强，也進步些。因此，作品在被人駡作"浪漫"的時候，不必就此認爲受了污辱；如果駡的人原是"古典主義者"，那些話並没有價值。

可是浪漫並非"荒唐"，凡是神仙鬼怪和火燒什麽的傳奇，只能算作荒唐，不能够歸在浪漫的範圍内。

一三　寫實

"浪漫文學",因爲自由流露熱情,任意表達,過於"放浪",覺得"空洞"了;——一看似乎很鬧猛,事後却並没有深刻的印象。於是"寫實"的運動起來:凡所描寫的對象,必先經過仔細的觀察,詳確的調查,實實在在,成爲"生活的寫照",使得感動力强大。

寫實,題材並不限於"真"的"事迹",只要是"實在"的"情形"就得。所謂實在的情形,也不限於實際上的確可以有的事情,譬如鬼神,作者並不認定委實有著,但是描寫迷信的人,怎樣遇見鬼,怎樣碰到神,即使寫了一大串,也仍然不失爲寫實;只要作者自己不明白承認就是了。鬼神雖然不能够算作真有的事物,迷信的人覺得真有鬼神而發生錯覺和幻覺,却是實在的情形。自然,對於這種描寫,心理的過程是不能疏忽的。

一四　自然主義的文學

"自然主義的文學"是"寫實"的,但寫實的文學並非全是自然主義的文學。寫實只要寫得實實在在罷了,自然主義的文學還得有别的條件,就是對於人生有著密切的關係。

"自然主義者"要採用寫實的手段,原爲增加感動力,目的在謀人類底幸福。本來底態度,在把有關社會的事迹,赤裸裸地寫出來,使得大家注意:好的加以贊揚,希望繼續産生;不好的譏諷攻擊,促進省悟,俾人有則改之,無則加勉。但在渴望人類幸福的,對於社會上底現象,總覺得是不好的多;又以爲如果不把黑暗的幕揭穿,將永遠没有光明的時候,於是側重在醜惡方面的描寫了。

因爲重理知,尚科學化;要改革社會,所以自然主義的文學有著許多嚴格的規律。

一五　再現和表現

從“已然”“過去”的事迹中，“剪取”一段作爲題材來描寫，好像是照相，也像是留聲片，是“重行”出現的，叫做“再現”。

再現的即使著重在善和美的、表揚的，總也是前些時候的了。既往的陳舊情形不能包括未來的事情，前人底遺事固然難以滿足後人底欲望，爲著指示各種行動底方式，養成健全的人，更不能只在陳舊的事迹中找材料，於是不得不憑理想創造出新人物來，這就是“表現”。

理想不是妄想，是要合理的；表現的人物雖然由於理想，但要可能的。表現重在實質，所表現的人物，實際上雖然並未有過，形式却也是再現的。再現的雖然由於已然的事迹，當然剪取的時候，多少總也含點表現的意義。可是在文學中，表現的有著示範和鼓動的氣味，這同真實再現的很有區别。

一六　表現的文學

“自然主義的文學”因爲要使得感動的力量强大，描寫得實實在在，只好出於“再現”；又因爲要揭穿社會上底黑暗，却不能够直接使得行動，所謂只開脉案，不加藥味，結果是太欠生動了，無非使得一般人老是悲觀著慨嘆。爲著救濟這個弊病，就有重“表現”的文學起來。

“表現的文學”以示範並且鼓勵真實行爲要素。題材由“理想”而來，所以也稱“理想的文學”。理想由於印象底湊合，因此又稱“印象的文學”。要鼓勵行動就得灌輸熱情；而且自然主義的文學規律過嚴，未免呆板，要挽救這弊病的表現的文學不得不加以“解放”，於是另有了“新浪漫”的名稱。

除非“暴露文學”，“革命文學”差不多都就是表現的文學。

一七　浪漫和新浪漫

“浪漫”是由“古典主義”解放出來的。“新浪漫”是由“自然主義”解放出來的。自然主義爲著補救浪漫主義空洞的缺點而産生,特徵是要“科學化”。新浪漫主義爲著補救自然主義呆板的缺點而産生,特徵是恢復浪漫主義底“熱情化”和“理想化”。

“補救”只是充實了缺點,並非就把本身打倒,新浪漫的文學雖然要恢復浪漫主義底熱情化和理想化,却仍然要有著自然主義底科學化。因此,新浪漫的文學是“情感”和“理知”並重的。

合理的想像要根據實在的事情;想像由於固有印象底湊合,也得根據親歷的經驗,只是補充“已然”狀況底不足。所以新浪漫的文學也很需要“真實性”,所寫的情形,固然是可能的,而且要使得讀者不會感到“不自然”

一八　新寫實

“新寫實的文學”,以題材採取於“新”的事迹爲第一原則,其次是描寫的手段新起來。這産生在“新浪漫的文學”以後,自然也有爲著改進“新浪漫”底缺點的,就是注重實際的生活,使得感動力强大。“新”是採取各方面底優點加以改良的,新寫實的文學雖然是要“寫實”的,却也採用“浪漫”底優點,就是也重“情感”。可是這同“新浪漫”並不一樣:那以“浪漫”爲主作底子,這是以“寫實”爲主作底子的。

重行以“已然”“過去”的事迹用作題材來“再現”,好像是保守,近於開倒車的了;其實不然:把轟轟烈烈有聲有色的偉大的革命事實照樣刻劃下來,著實可以激勵後人,使得奮發有爲,勇於前進。何況先進地方底事迹,在後進地方底人,連在夢中也還想不到呢!

一九　新古典

居然以“古典”爲主作底子，好像簡直是復古了。但是，一經革“新”，也就有了重要的意義：新的文學，無非要指示人，激勵人，使得奮勉，能够向前行動；因此，如果有種新理想的人物，或者是行動底方式，只要切合於需要，實在不妨拿來多方表現。況且偉大的理想人物，和用意複雜的行動方式，原有著反覆解釋的必要。

爲著表現底方便，屢次襲用一種固有的形式，好像是在追求“典型”，其實無非圖便利，只要偶然的應用。

同是一種“作意”，屢次表現了以後，只要使得讀者不會覺得厭煩，固然可以格外明瞭；印象深了，效果也就遠大。

新的文學總是以實質爲主體的，形式無非是附件；古典主義也能够改革起來，在新的文學上占著相當的地位，就是這個緣故。

二〇　象徵和文學

“象徵”底第一因素是“譬喻”。文學中如果不用譬喻，就不得用“的”、“地”、“般”、“然”、“兒”等形容詞和副詞；都要按著本體底數、量、質或動態來記述，那固然不勝其煩，也是不容易使人領會的。如描寫一個人底臉色，假使拿色彩學上底術語來說明，無論怎樣正確，讀者還是感不到明顯的印象的。

但如拿“橘皮色的”或者“蘋果紅的”來形容，不但省力，也就一目了然。

象徵底第二因素是縮小。描寫固然需要譬喻來形容；同時每篇文學整個的本體，也是一種事迹或者想像底譬喻。再現的文學，原是從繁雜的人事社會現象中摘録出精華來做成的縮影，使人即小見大的；表現的文學襲用再現的形式，無非添加想像以補不足。所以文學總離不了象徵的手段。但如過分或者不得法，就要陷於“神秘”了。

二一　暗示和曲達

文學不以明白紀述事實爲目的,以傳達情調爲主要,是意在言外的;就是:無論贊美或者攻擊,肯定或者否認,都不隨便直接用"可愛"、"討厭"、"應該"或者"不行"等字眼,只是暗暗地可把可愛或者討厭的情形,應該或者不行的理由,一層一層、一條一條地具體寫將出來,讓讀者自己去領悟、去判斷。要這樣"曲達",原因很多,最淺顯的,就是避脱"武斷"。

文學要以傳達情調爲主,無非因爲利用情感去打動讀者底心,使得與無意中同情、信仰起來。這第一要不讓讀者懷疑。但是可愛不可愛、應該不應該都没有絶對的標準,所謂"長短相較",原都比較而來,是相對的。作者認爲可愛的,讀者未必也以爲可愛。作者覺得苦極了的,其實還有更苦的。所以寧可虛疑點,只是多方暗示。

二二　人格的表現

文學是什麽?這不能够像一般科學歸納出簡明的定義來作答案,因爲方面過多,各人底主張太複雜了。可是"人格的表現",總也是其中底一條。

文學底形式雖然是記序,性質原也是"是非"、"可否"底論斷,只是"暗示"、"曲達"罷了。是非並没有絶對的標準,美醜善惡等觀念,依著地方而异,跟著時代轉變。個人底論斷,無非照其"立場"所反映的個人意見,是"各是其是"、"各非其非"的;所謂"然於然,不然於不然"、"可乎可,不可乎不可"。

從反映結果的論斷,就可推見其立場。換一方面來説,論斷就是立場的表現了;立場同"人格"可比是一物底兩方面,所以文學是人格的表現。

二三　心的探險

“表現”的文學,人物須由作者理想成功;雖然凑成理想人物的印象來自經驗,凑合的結果,却是作者心意的表現。作者在設想人物的時候,常於有意無意中這樣設身處地想著,“如果原是我自己,應該怎麽樣”?

人物底性態和言行,多半是這問題底答案,可見本是作者自己底意見。作品至少有三分之一原是作者底自序傳。創作委實好像剥笋,一層一層地剥進去;也像是掘井,一層一層地掘下去。愈剥得進,愈掘得深,結果就愈精細。“心的探險”這文學定義之一,實在是個創作情形底譬喻。所探心底險的結果就是作品,也就是人格的表現。

就是再現已然事迹的文學,因爲認識是憑固有經驗觀念的,描寫的結果,對於本體未必一致,無非作者想當然;也不失爲心的探險。

二四　“武器”

有種革命文學者拿“武器”來形容作品,作爲“革命文學”底定義,叫做“武器的藝術”,也稱“藝術的武器”。其實這樣的話,早就有人説過:“我有筆如刀!”《神童》詩上不是明明載著麽?

革命者委實總是先藉文藝來宣傳主義,鼓吹思想,並且號召同志的。要把帝國主義者底黑幕揭穿,把反革命者底假面具撕破,固然都得利用“暴露文學”。在兩個黨派對抗的時候,也總要先用文學來筆戰。在國際間商戰重于兵戰,在革命的場合是大有文戰先于兵戰之勢的了。

所謂武器的文學,並不是些直呼的口號和標語式的堆垛文學就可以算數,自然要含著偉大的主義和精密的思想,用精練的手段寫成,是必須充分著鼓勵的力量的。

二五　苦悶的象徵

"苦悶的象徵"這文學定義之一，如果當作對於作品的形容詞看待，似乎只適用于"文學的文學"；目前的文學需要的是積極的示範和鼓勵，並不是訴苦的哀愁言詞。但如作爲對著文學的成因，就是創作底動機的形容看待，就覺得没有什麽不對了。

欲望總是不能够如數達到的；有著欲望的人誰没有苦悶呢？計劃多的失敗也就多，希望大的也就容易失望。事情失敗了，固然要陷入苦悶的情境；成功得不如心願，也難免發生苦悶。就是革命，如果可以暢暢快快地行動，何必訴之于文學？即使利用作"武器"，總也是"全當""假借"的。革命文學底發生，總在鼓吹準備的時期，和在剛革過了命以後正在激烈行動的時候是没有什麽文學發生的。

因爲要發泄苦悶才創作，並非直接的訴苦就是了。

二六　苦悶的反表

有些文學，題材是玫瑰的臉孔，和桃色衣裳等鮮明可愛的景物；于花前月下甜蜜的戀愛生活中，充滿了喜歡愉快的情調，似乎同"苦悶"無關了。其實也是根源於苦悶的，只是把苦悶"反表"罷了。

欲望如果能够滿足，可以不生問題，否則精神上就要受創傷。欲望大的創傷也就大，希望得迫切的創傷也就深刻。失望了的事情，和正渴望著屢次不得滿足的，精神上無時不企圖達到目的；雖然實際辦不到，却可以到設想的幻感中去如願以償。"生命力"强盛的人，所受著的苦悶來得大，忍耐不住，還要把這種幻想的結果寫將出來。外表雖然是美麗的花朵，其實是"苦悶的象徵"。"畫餅充飢"，聊以自慰，好像是不健全的。但這原由於不得已，如果苦悶的對象是偉大的革命，反表的結果是革命底圓滿，也就有其價值了。

二七　下意識的暗示

文學感動人的力量强大，其中一個原因，就是常常有著獨特的創見。一般人以爲文學者底感覺特别敏鋭，有的説是具著“靈感”，其實有些地方，連作者自己也莫名其妙，好像原是可致不可求的；這是因爲受了“下意識”底暗示的緣故。

下意識由脊髓、小腦主宰，在大腦失却作用，或者不够應付的時候就會起來活動。往常大腦不注意到的事情，下意識却在關心。神經原有“反射作用”，受了刺激去，遲早總要發生反應。大腦忙碌，有些事情已經忘却，下意識却在細細地研究，所以容易有所創見。

下意識要乘大腦疏忽的時候才得活動，總在病後、深夜或者疲乏了的時候。雖然很值得利用，但是盲目的，依著暗示所得的結果，還得加以理知的檢驗，在决定發表的時候。

二八　化妝出現

活著的人總有種種欲望，要吃，要穿，要看，要聽，要有人愛；使得這種欲望活動的叫做“生命力”。生命力强盛的人又要做領袖，還要有名譽。欲望層出不窮，是與時俱進的。可是對於欲望底發展，有著自然底限制，法律、道德、規約和信條的顧忌等阻礙力；因此，“兩種力”對抗了。

欲望底正面雖然被理知作用利害關係抑住了，但同時仍然受著生命力底鼓動；於是變更形相，假借名義從旁面“化妝出現”。

又因爲受著的感覺還没有相當的經驗名稱來明白形容，也只好化妝出現；如身上中了一種毒，暗暗作痛，“下意識”已經察覺，却因爲缺乏經驗，無法具體表露，就於夢中變作被狗咬被人打了。

文學大概由於化妝出現，所以這也是非正式的定義之一。

二九　“宣傳”

文學本體是作者底“人格的表現”;成因是“苦悶”;依“下意識的暗示”,由“探心的險”、“化妝出現”而産生;作用是“武器”;目的在使人注意、瞭解,就是“宣傳”。

“文學的文學”無非表揚作者自己底才能和識見,是個人的,算不得正式的宣傳。“文學是宣傳”,這是指著“革命文學”説的話。

爲著“集體”底利益去宣傳,爲著大家底前途去宣傳,才是真正的所謂宣傳。作者個人原是集體底一分子,爲著大家底前途打算,也就是爲著自己打算;這種宣傳委實是一舉兩得的。

革命文學是宣傳品,宣傳品未必是革命文學;其間底區別,就是有没有含著精練的“技巧”。如果没有精煉的技巧,只是一般的宣傳品,不是文學上底所謂宣傳。

三〇　暗示和保守者

反正以傳達情調爲主,爲著避脱“武斷”,文學重“暗示”。其實,避脱以另外有著暗示底意義,就是企圖不遭保守者底干涉。文學者總是生命力來得强,欲望很大的;即使“文學的文學”的個人主義者,也會情不自禁地唱起衝破“現狀”的調子來;目前在改造的革命文學者是更不用説的了。可是有些人爲著利益的關係,要竭力維護現狀。如果明白直説,難免馬上被摧殘。還有慣於封建生活得以苟安的“道學者”,也要來指摘中傷。不明白直説,使得捉摸不住;好在能够同情的人,總能了然,並不礙於“宣傳”。

雖然文學底本身也是“武器”,但這只像是短刀,在没有長槍大炮掩護的場合,總是隱藏點好。要是已經屈服了敵人,可以肆無忌憚地明白宣傳,那就可以用理論的文字了。所以文學總以重暗示爲原則。

三一　文學和神精病

有種人以爲研究了文學就要犯神精病。這種話在革命文學者底面前固然用不著,就是對於文學的文學者,也是“倒果爲因”的。

神精病者無非因爲失望得太大太多,精神上滿受創傷,耐不住苦悶,於是發生了變態。文學是“苦悶的象徵”,創造文學就是發泄苦悶,好像是痛哭一場,可以舒暢點的。既然是苦悶的象徵,看了别人底文學,可知苦悶的人並非只有自己一個,且有苦悶得更厲害的,就會心平氣和起來。研究文學實在是救濟神精病的,只是有些人在研究以前神精上已發生變態,變態得大了的救濟不及罷了。這正如醫藥對於病人。醫藥是治病的,可是病得太凶了的,醫藥以後還是死掉;好像醫藥原是殺人的了。但醫藥終究是治病的,死底原因是病。造成神精病的是苦悶,文學是救濟的藥品。

三二　暗示和創見欲

爲著避脱“武斷”,免得被“推殘”,文學重“暗示”,好像出於不得已。其實文學對於暗示,也有著積極需要的地方,就是“創見欲”底發展。

寫成一種文學作品是很費心血的。作者不辭勞苦,勾心鬥角,勉力做就,這並非只是爲著物質的代價,實也因爲藉此可以滿足一種創見的欲望:“表現的文學”固然是“探心的險”,發掘自己底真相;就是“再現”的,既得先憑主觀去認識,原也是自己底發現。

可是創見欲,不但作者要滿足,讀者也是這樣的。作者把人物底各種情形暗暗描寫著,使得讀者不時悟到:“哦!這是可愛的!”或者“這實在是討厭的!”藉以應用“識别”“判斷”等作用,從自己底發現中滿足創見的欲望。如果明白直説,就失却這個作用了。

三三　人道主義的文學

“人道主義者”底“人道主義的文學”,目的在抑强扶弱,反對任意的屠殺。以爲大家都是人,應該均占“生活權”;對於人類要博愛。題材以暴虐的行爲和被損害的情形爲主體。作法是“自然主義”底方式。

因爲只是希望强暴者省悟,受害者自覺自决,並不能够站在“領導”的地位做進攻的指揮,所以嚴格的革命者認作不徹底;以爲要想作惡的人自己改過是難的;殺掉一小部分的人,就可以解放一大部分的人,爲著革命,屠殺是無須“反對”的。

“人道主義”只是不徹底,並非絶對的錯誤。“不人道”是野蠻了;革命者避不開屠殺,無非特殊場合的變態現象。人道主義的文學曾經在唤起革命的工作上奏過很大的功效,並非可以根本否認的。

三四　文學中底地方色彩

文學底形成,很多由於“下意識的暗示”,這是因爲利用大腦還嫌不够的緣故,可見是竭力表現的。所謂“人格的表現”,就是“個性”的表現。即使“化妝出現”,總是“真情”底流露。作者固然是“環境”底産物,也就是構成環境的一分子。在作者無非儘量表現自己;這表現自己的結果,也就表現了環境底一部分。所以文學總是脱不了“地方色彩”的。

因爲含著濃厚的地方色彩,也就增進了文學底意義,使人更加喜歡閲讀了:不曾到過的地方,可以看得猶如親歷其境;認識無非憑著固有印象的主觀,各人所見不同,即使原是熟地,也可以從觀摩另感到一種意義。文學是“内心”的描寫,來得真切,决不是科學式的抽象報告和表面的新聞記載所可比的。

三五　時代性

文學是環境一分子的作者底真情的表現,依著風土習俗的關係,一個地方底文學就有一個地方的特殊情形,所謂“地方色彩”。又因爲政治教育思想等關係,即使是在同一地方産生的,也是一個時期底文學有一個時期的特殊情形的,這就是“時代性”了。

文學總含著時代性,正如脱不了地方色彩。從文學中考查去過的各種情形,這比看歷史來得好。因爲歷史多半是“御用品”,固然難免虚僞,也是欠詳細的。

不過從“再現的文學”,只可以看到當時政治教育底結果,所謂“反映”著的,藉以推測所設施的政治和教育底概況。從“表現的文學”,又可以直接看知當時的人是在怎樣地探討,怎樣地實施政治和教育等等了。

三六　民族性

成熟的文學作品,除掉“地方色彩”和“時代性”,於“個性”的表露中,還含著一種“民族性”,也有人稱作“國民性”。無論作者並非生長在祖國,或者對於祖國的關係已很少,也是脱不了的。這由歷代的遺傳而來,雖然有點神秘,事實却的確這樣:不但西洋人底文學有西洋人底特色,東方人底文學有東方人底特色;就是同在一方的,中國、日本和印度底文學各不相同,英美德法等國底文學也不一樣。

民族性底成因很遠,不是馬上改變得過來的,所以把别國底現成方法拿來總難適用;更其是藝術,如果摹仿,就顯不出民族性,也就失却了應有的色彩。只要顧自創造,儘量表現,不知不覺地把個性容納進去,民族性底特色也就充分了。

三七　日本文學底特色

西洋科學早經發達,"自然主義"以後,文學上也就多方應用科學的方法,所以是比較重理知的。東方底文學一向重情感,日本文學更多熱情的流露。因爲充分著熱烈的情緒,人物來得生動活躍,可歌可泣;這是日本文學特色之一。

文學本是"生活的寫照",日本因爲受著自然底限制,許多事情都不能够像西洋底大規模經營,雖然結構來得小,短巧精煉,却是特有著一種飽和的情趣的;這也是一種特色。

日本是後起的國家,文學也還没有久長的歷史。可是進步得非常快。本來同道追慕西洋,前些時候,中國"自然主義"還不曾好好地做到,日本早就通行"新浪漫派"。如今且已改變方向,正在追慕蘇聯了。

三八　法國底文學特色

法國是"浪漫主義文學"底故鄉,也就是"自然主義文學"底祖國。天性愛好"自由"的法國人,從"古典主義"解放出來,謀得了"浪漫主義",爲的原是"表現自由"。隨即起來了"自然主義"的運動,要注重"客觀""科學化",好像同謀自由的原則相反了,其實正因爲自由得過分了的緣故;自然主義底發生,本是浪漫主義底反動。因爲自由表現,所以有著"流暢"、"愉快"的特色。

巴黎稱爲"花都",是柔美的女性底産地,也就是"花天酒地"的享樂場所,所以法國底文學,很多是"富麗堂皇"的。

但這些特色都是有錢有閑的人所專有的,對於生活艱難的人們遠得很,於世界的潮流是隔膜的了。因此,到了現在,法國底文學還是不容易轉變的。

三九　德國底文學

“民族性”底色彩特別强烈的德國人,因爲受著尼采哲學等思想的緣故,科學又進步,凡事考究精細,所作的文學固然來得深刻,也是非常鋭利的。

德國是“象徵派”底落源地。由其是戲劇,多方應用著象徵的手段。

一般不慣於鑒賞濃密曲折的作品的人,或者以爲象徵得過分,太晦暗、神秘了,不容易領會。但是在富於組織性的精細的德國人,要這樣才可以滿足“創見欲”罷。

反戰文學《西綫無戰事》作者雷馬克終於被迫離開德國了,可見德國正在需要“戰争的文學”。所需要的是帝國主義者間的戰争,還是反帝國主義的戰争,却未明瞭。

四〇　人生的解釋

即使性質是“表現的”,總也採用“再現”底形式,就是把理想成功的幻象當作真有的事迹來描寫。雖然只寫一桩事情是“怎麽樣”的,還得表明“爲什麽要這樣”,和“怎麽會得這樣”;所以文學也叫做“人生的解釋”。

以革命爲目的重理想的表現的文學,也是人生的解釋。不過加上推理作用罷了:凡事原都循著“因果律”進行,有著“連帶性”,因此,依著已然的經驗,可以推知未然的事實。革命文學,就是照著因有的人生,來解釋新社會産生底“可能性”和“必然性”,以助長人去追求的勇氣的。要解釋一桩事情,必要熟悉這桩事情,所以文學者對於世務,是愈認識得多愈好的。

四一　英美底文學

富於保守性,同時也富冒險性的英國人,因爲有著許多精美的古典文學的儲藏,冒險性只是應用到商業的經營上去,文學不曾站在時代底前頭放出什麽异彩來。

美國因爲是新進的,前些時候感不到什麽改革的需要,因之文學來得平庸。現在也已發見了危機,描寫苦工生活的已有辛克來等人正在努力。只是社會機械化得厲害,文學中也就多了這種成分;在東方人看來,總覺得情感的因素太稀薄了。

文學本是"人生的解釋",英美自己當然需要這樣的文學。而且側重理知這一點,撇開文學的手段來説,確是目前很需要的東西。于無形中流露在英美文學間的從容的態度和宏大的氣象,實在也是值得注意的。

四二　被損害民族底文學

受著强暴民族底蹂躪的被損害的民族,所急切需要的文學自然是"民族主義的文學";這是些慘痛的呼聲,也是迫切緊張的口號。爲要恢復祖國,不得不提倡革命:朝鮮底文學雖然並不多見,是充滿著"鬥呀鬥呀"的聲浪的。

被損害民族底文學中,最可注意的是波蘭底文學了。顯克維支底作品,不但在被損害民族底文學中特樹一幟,在一般文學中也是很占得地位的。

因爲被迫拘束著,心理難免發生變態;像太戈爾的,何嘗不懷民族思想,可是不敢直接正面暴露别個民族底强横行爲,只是不絶地贊美印度古代底文化和自然界,想藉此唤醒印度同胞,排除异族,恢復祖國,結果却弄得好像只是主張復古的罷了。

四三　俄羅斯文學底特色

俄羅斯底文學並没有久長的歷史。在“古典主義”底時代很是寂寂，直到“浪漫主義”底末期才興盛起來，可是在“自然主義”底上面，竟占了非常重大的地位。

俄羅斯文學底特色，“人道主義”和“寫實”以外，大概因爲氣候寒冷、帝皇專横、生活艱難等緣故，是特别“莊嚴”而且“有力”的。

在俄羅斯文學底人物中，最值得注意的一點，就是無論怎樣窮餓著的，即使做了偷兒，也總同樣有著偉大的“人性”、“農奴”和苦力，似乎個個都有著“人類”的觀念，都是非常可愛的樣子。也許人原都是這樣的，只是俄羅斯底作者善於表現這一點，好像俄羅斯底文學是特别的罷了。

四四　蘇聯底文學

實行社會主義的蘇聯底文學，當然以社會主義的氣味爲特色。因爲繼承著俄羅斯底遺産，所以也是“莊嚴”“有力”的；可是經過了實際革命的流動化，把冗長帶泥的筆調，變爲生動挺拔的了。在表揚雖在受凍餓的也都懷著偉大的“人性”這一點，高爾基原是由俄羅斯過來的老手。

蘇聯底文學正如其工業和農業，發展得很快，變化得很多。“新寫實”和“新古典”，都是其中底産物。新寫實如《鐵之流行》，題材固然來得新，表現的方式更新，于轟轟烈烈的戰迹的序述間，處處充分著激勵的情調。猶如《毁滅》，諾大的犧牲，使人只感到是得其所哉。能够産生這樣的作品，自然因爲先有了相當的事實。要有實際的革命生活，才有真正的革命文學，蘇聯底文學，就是這些話底明證了。

四五　共鳴和共通性

文學能够打動讀者底心,使得感動,于無意中軟化;這是因爲讀者對於作品發生了同情,就是起了"共鳴"的作用。要得到共鳴的作用,必先使得讀者瞭解作品中底情境。這在採用題材時發生很大的問題;讀者底境遇各别,識見不同,難免顧此失彼。但既然同樣是人,内心有著共通的地方:如母子之愛,夫婦之情,彼此一樣,古今相同,東方西洋,也是没有什麽差别的。這就是"共通性",也叫做"普遍性"。

一篇文學作品,能否散布得廣、流傳得久,要看這作品是否有著共通性。共通性同作品底效果成正比例的。自然,只是有了共通性的未必能够使人注意,還得有主義和技巧等要件。可是如果没有共通性,不能使人共鳴,就是主義技巧都來得很好,還是不能够久遠的。

批評的態度

郁達夫 撰

《批評的態度》載於一九三三年《青年界》第三卷第四號。本文主要談文藝批評問題,涉及文藝批評的態度、文藝批評的方法、批評家的修養等多個方面。

批評這事情,依亞米愛兒説,是一種天賦天才,一種直覺,是神技與識見的問題,不能教授,不可言傳,——完全是一種藝術。(見 Mrs. Humphry Ward 英譯 *Amicl's Journal* 二百五十頁一八七八年五月十九日條)

照此説來,則文藝批評,可以不必講了,這原是徹底之論。但在一般,則卑之無甚高,比較比較,研究研究,對於初學者,也未始不是一種認識文學的助力。

談到批評的能力,是任何人多少總有一點的,譬如説這是美、那是醜,這好吃、那不好吃之類的初步批評,則就是粗人小孩,也該明白。不過有了比較,積了學識經驗,則批評的程度,自然會更精細堅定起來。

文藝批評是以文藝作品爲對象的批評。種種批評,因批評者所持的態度的不同,就生出各异的學説和派别來。但從根本上説,則古今來各派所争持者,大别總不外乎兩種態度,即(一)是堅持批評的原則者;(二)是順被批評的作品和批評者的情趣者。前者則于定 Theory 時,比較便利,後者則于實際批評時,富有伸縮。我們若以前者的態度爲科學的客觀的態度,那後者當然是主觀的印象的態度了。古今來的文藝批評的見解之歧异,差不多全是這兩派的影響的更替。(見 J. E. Spingarn's *Creative Criticism* P10.)

約略地説,則十七八世紀以前的歐洲文藝批評,是有獨斷的傾向的,十八世紀以後的,是偏於主觀的印象的方面的。義大利的 Scaliger 是亞里斯多德的繼代者,Pietro Aretino 就是反對方面的健將。從義大利而至法國,則有 Boileau 與 Saint-Evremond 之對立。其後由 Saint-Beuve 而傳至爲藝術而藝術的一分派,與從 Taine 至 Bruntiére 的另一派。我們依批評家所持的態度的不同,爲便利起見,可以把他們的學説分一分類,而來介紹他們的主張。

一、獨斷的批評(Dogmatic Criticism)　此派起源於希臘的柏拉圖(Plato),而大成於亞里斯多德(Aristotle),其後繼之者,爲羅馬之霍來斯(Horace),法國十七世紀之博亞羅(Boileau)等。柏拉圖主張文以載道,只知真、善,便是美。故在他的《理想共和國》(*Republic*)裏,詩人没有生存的權利,因爲他獨斷地承認詩人是不道德的(Worsford's *The Principles of Criticism*, P. 22—37)。亞里斯多德的《詩學》一書,是此派的最初的專門著作,以模仿爲藝術之起源,故重外形,而尊紀律。霍來斯繼其説而擴大其内容。至博亞羅,則以清晰、正確、實在爲批評的標準,雖於古典派的實寫作風上大有裨益,但範圍終覺失之太狹。

二、印象的批評(Impressionistic Criticism)　此派的主張,已在前面約略説及,十九世紀的法朗士(Anatole France),在《文學生活》第一卷的頭上所説的幾句話,是可以代表這一派批評的態度的:"好的批評家,是能將他的靈魂在傑作中的冒險説出者也。"自周作人先生引用此語後,印象批評在中國目下的文壇上,頗見風行,但它有太重主觀,使人只見批評者的靈魂,而不見傑作之根。並且什麽是傑作,也很不容易説。

三、科學的批評(Scientific Criticism)　此派爲欲救印象批評的空疏之失,以分類、解剖爲批評之要務。小説家霍威爾斯(William Dean Howells)在《批評與小説》(*Criticism and Fiction*)一小册子裏説:"將人心所産生的果實,同自然科學家一樣的來分類解剖,説明這類這門的合不合法,完不完全,便是批評家的職務。”但不别好壞的結果判斷,而徒事解剖分類,似乎也覺得不够。

四、審美的批評(Aesrhetic Criticism)　是以審美的學説爲批評之準則者,其要在辨别藝術作品之美,而分析、證明、測度一藝術作品中之迷人之點。要亦如印象批評一樣,範圍太狹,而兼顧不周。

五、欣賞的批評(Appreciative Criticism)　此派係合用以上各派的批評方法來鑒賞文學,而結果的目的,只在欣賞者也。含義較寬,方法亦主觀客觀的兩面互用,其失在於無一定主張,與柏拉圖的堅持一定之主張,恰恰相反。

六、創造的批評(Creative Criticism)　這名字是美國新進批評家J. E. Spingarn所造。以爲批評很簡單,從前的一切學説,盡屬無謂。我們既知道文學是表現,則只須問作者有没有充分表現出他的主意而已。此説出於義大利哲學家克羅采(Croce)、英國的卡萊爾(Carlyle)所説亦同。

七、社會主義的批評(Socialistic Criticism)　此派立脚於唯物史觀,以社會的物質的生産力來測定文學。從文學爲依存於社會的經濟構造之觀念形態,文學的職務,在闡明與促進社會的變革,故重在文學的意識與力量。此説在蘇俄已促生有很好的果實,世界各國的新興文學,無不視爲目前唯一的批評標準。

凡此種種,要皆近代的批評心的流露的一端,我們不能墨守一家之言,而有入主出奴之偏見。一味挑剔尋過,原非批評之本意,只求欣賞快樂,也非創造文學者之初衷。解剖分析,須有目的,方生好果。此外則社會背景的關係與個人心理的關係以及歷史的意義,也爲批評文學者所必須注意的地方。

既用了各種方法,積了許多研究之後,集各説而匯衆長,融會貫通,而後文學批評的最後任務,乃得完成。所謂批評的最後任務者,不外乎對文藝作品的評價而已。大約對一文藝作品的價值之測定,可從智的價值(Intellectual Value)、倫理的價值(Ethical Value)(或合以上二種爲社會的價值 Social Value)、情感的價值

(Emotional Value)(或稱詩的價值 Poetic Value)等三項來分説。文學既是表現,則内容與形式的問題,自然也不得不雙方顧到。

批評家本係與創作家並重的,故批評家的修養,也屬第一義的要事。

率真,寬容,同情,學識,爲批評家之四德。此外則人生的經驗與想像力審美力的具備,亦爲好批評家之必須條件。

批評家同時亦創作家也,因批評文字不得不清晰美麗,有力動人。

上述諸條件備,則好的批評,自然會産生,因之好的文學,也就跟著可以出來了。

文藝隨筆

侍　桁撰

《文藝隨筆》載於一九三三年《文藝月刊》第三卷第十一期。作者署名侍桁，即現代作家、文學翻譯家韓侍桁。韓侍桁（一九〇八—一九八七），生於天津，早年畢業于天津同文書院，曾留學日本。其作品有散文集《胭脂》，理論、雜文合集《小文章》，論文集《參差集》《淺見集》和小品文集《海的誘惑》等，從事翻譯工作後，譯有日本、俄國等國的文藝理論書籍若干部。本文漫談文藝，思緒跳蕩。首先批判了文藝保守主義思維對新文藝的阻遏；接著由《七俠五義傳》中的第六十九回和第七十四回的故事情節出發，對封建禮教"殺人"的特質進行批判；"文人有行"一節表達了作者對文人世俗化一面的捍衛和"以文看人"的基本觀點；"没有批評"一節從中國傳統社會不良風氣和民衆心理劣根性的角度表達了作者對當前文藝批評現狀的不滿；最後，作者通過對有志于從事于文學事業的青年現實生存處境的同情，表達了對社會功利思維的批判。

新的譬喻

我們的新文藝的讀者是有著怎樣少的數目，可以由書籍的賣銷上看出來的，有極少數的新文藝的書籍，它的賣銷是能超越過兩三千份，而同時這些固定的讀者，還一定是被限在一部分的學生身上。我們的大多數的民衆，是絶對與新文藝無關的。論時間，新文藝的發展也有十多年了,但十多年來所得到的成績,就只是如此。而且一種怪現象是令人不可解的,——我們社會中多數的人們,並不把新文藝看爲我們民族唯一的代表的文藝,而説那是從外國傳來的新玩意兒,所以那最有害於社會的發展的保守派,甚至呼它爲"摩登小姐",這譬喻就好如説,摩登小姐在現今社會上處怎樣的地位,新文藝也便是占有怎樣的地位的。

新文藝之被保守者的輕視,是到了如此的地步,但這種被輕視的原因,是用幾句很簡單的話語就可以説明了的,而且凡有歷史眼光的人,一看就可以清楚,這種現象,是在社會的進展上所必經的過程。

在新文藝未在中國落生以前,我們的民族有相傳四千多年的古董,然而這古董的花樣極少,並不能有多少的變化,每逢它遇到時代轉變的時候,也必定要轉變一次,但變的結果,總是大同小异,相差極少,尋不到新的生命。本來這也是難怪的,女人的臉能有多少不同呢?第一次是粉面桃花,第二次是鵝眉杏眼,這已經就足够了;女人的脚無論裹得多麽小,怎樣也小不過三寸金蓮;至於風花雪月,四千多年來,根本就少有變化,字彙差不多又是固定了的,詩人們怎樣苦心,也還跑不出那一套把戲。古董老是古董,可也就使人厭了,於是它天天地是過死裏逃生的生活,但逃得過今天,逃不過明天去。到了五四,宣布了它的死刑。

但漏網的不會没有,而且五四的時代是以大刀闊斧的精神作過來,並未繼續嚴加鏟除,這漏網殘生的也就真是不少,他們就好如俄羅斯十月革命時代逃出國來的白俄,在國外夢想重新建樹俄皇政府似地,聚集了殘餘,形成了現今的鴛鴦蝴蝶派。這鴛鴦蝴蝶派是什麽呢?一言以蔽之,是保存古董,想把棺材裏的死人抬出來,令他新生,而同時又盡力想把新時代的活人拉進棺材裏去,但因爲我們的社會,還是半封建時代的社會,愚民太多,多半是醉生夢死,所以這鴛鴦蝴蝶派就藉者傳統的勢力,繼續愚弄這些愚民,被愚者不但不見减少,反倒有日形增多之勢。這種情况是不可輕視的,鴛鴦蝴蝶派這群狐媚子的真面目,是非要揭穿不可了,而這些愚民,也非要給以教育與改造不可了,否則整個民族的生命,眼看著一大半就斷送在這鴛鴦蝴蝶派的手裏。

因此我想起了一個新的譬喻,如果説新文藝是一個摩登小姐的話,那麽這鴛鴦蝴蝶派就可以稱爲娼妓了,而且還是害了一身梅毒的娼妓。

禮教殺人的記録

近來閑著無事,想看些比較不費心思的書,於是在友人的舊書堆裏尋出一本《七俠五義傳》,信手翻到就看下去。看到第六十九回與第七十回時,那故事是使我得到意想之外的驚愕;每一個字都是血淋淋的。先看那題目,第六十九回:《杜雍課讀侍妾調奸,秦昌賠罪丫環喪命》,第七十回:《秦員外無辭甘認罪,金琴堂有計立明冤》。

這兩回是一個插話,自然在這類的書中這總是相仿佛的人命案件,秦昌員外因爲請教一個老僧測字,意外地在那裏請了一位家庭教師回來,這教師便是杜雍先生。秦員外有一個姨太太,名碧蟾,是一個"淫婦",趁著丈夫不在家的時候,想誘惑這個青年教師了,杜雍是深明大義的書生,於是碧蟾碰了一鼻子灰,可是却丢下一個表記——女人的戒指。員外回來先到書房看先生,先生正在生氣連飯都没有吃,員外看風頭不對趕緊就要走出來,不經心地看見了那戒指,戒指是正夫人的東西,員外怒,跑進後房就和夫人大鬧一場,可是夫人却説那戒指早就給了碧蟾,而碧蟾也哭哭啼啼地説丫鬟偷了她的戒指到書房去陷害她,這一來弄得員外不知其所以然了。後來還是聽了一個老乳娘的計策,證明出戒指確實是碧蟾丢給先生的。

於是碧蟾被鎖在後花園裏,要活活地餓死了;可是她平素和家人進寶有染,所以她不但不能捱餓,反倒同著進寶更快活起來了,而且他們設計在一天晚上去殺掉員外。員外一向是和夫人分房睡的,但那一晚因爲要到夫人房裏去陪罪;丫頭彩鳳夢想頂碧蟾的位子作二房,竟"神迷昏亂歪身躺在員外的枕上睡著了",那個殺人者没有看清楚,錯殺了彩鳳。員外陪了罪再回到自己的房來,便發見了那躺在床上的死尸。這事鬧出去後,秦家本想和解用錢買動死者的母親,但進寶却挑唆她到公堂去告秦昌"因奸不遂憤怒殺死"的罪。官府來了,驗過了一切,再審問秦昌,但他絲毫都不爲自己辯解,就認了罪。

這是爲了什麽呢?禮教殺人的血記便印在這裏!這是最要緊的關頭,所以我們把原作所解釋的話語引用來吧:

> 你道:"他如何恁般承認?"他道:"我因向與妻子東西分住,如何又説出與妻子陪罪呢?一來説不出口來,二來惟恐官府追向因何陪罪,又叨頓出碧蟾之事,那時鬧出妻妾當堂出醜,其中再連累上一個先生;這個聲名傳揚出去我還有個活頭麽?莫若我把此事隱起,還有一個輾轉。大約爲買了的丫頭因奸致死,也不至抵償;縱然抵償,也是前世冤孽。總而言之,前次不該和安人急躁,這是我没有涵容處。彼時若有涵容,慢慢訪查,也不必陪罪,就没有這些事了。可見静和尚是個高僧,怨得他説:'人口不利。'果應其言。"他雖如此想,也不思索思索若不陪罪,也如何還有命呢?

這一段文字,實在是表現了一種極微妙的思索,是作者極得意的地方。要能這樣想的人才能算是一個善人。生命雖然重要,但仍不如顧全聲名,是什麽了不得的聲名呢?——一個丈夫給妻子陪了罪,自己的妾和先生吊過膀子。但反過來講,一個主人奸自己的買來的丫頭是算不了什麽的,或者不會償命,縱然償了命,也是命該如此。這一套是中國禮教的精髓,總是把一切歸諸於定命論,而且在如今的場合,立刻就證實了那僧人測字的準確。

當然,如在這類書中所必有的結果,秦員外是没有給那丫頭抵命,他遇見俠客或清官得救了,而那個妾與僕人正了法。但在封建的社會裏,實際上是没有那麽多的俠客與清官的,所以那冤死於禮教之下的鬼魂,在宇宙中就不知有過多少了。

文人有行

中國自古以來没有職業的文人，文學在中國只有一個空名詞，並不能成爲一種專門的學術，把它看成爲是茶餘飯後的游戲，而且認定了它是天才的玩意兒，俗人是動不得的。但能寫文章的天才家，也是長著耳目口鼻，兩隻胳膊兩條腿，至少在外表上是與常人無异的。能寫文章的人，也和常人没有分别，這是一種羞耻，爲消除這種羞耻，挖下一隻眼睛，跌跛一條腿，是犯不上的，所以要在行爲上之异，多飲酒，玩女人，作一切可能的狂放的事。因爲習慣一久，這些才子在社會上也就得了許多的特權，旁人不敢作的，他都敢來，旁人要受耻笑的事，他都可以安然無事地作過去。

這種習俗一直傳了數千年，没有人非議，反倒成爲許多長舌婦的談笑的資料。不過自從五四以來，稍有新頭腦的人，已經早就不大看重這些事了，因爲它不能成爲文學或文人的問題。我記得幾年前梁實秋先生寫過一篇《文人有行》的時候，人們就覺得那是多餘的論議；如果在這同一的題名下想談論的話，還有較深的一面，——文人生活與創作的内在的關係的一面，倒是頗有可講的，但這要勞神費力，暫且莫談。

現在要講的是，前些天在上海某報紙的"抱屁股"上，有一位若谷先生的，寫了一篇短文——《惡癖》。所謂若谷其人者，是一個專門寫無聊的文章的一個無聊的文人，在新文藝界裏，比那有名的章衣萍更下流的只有這麽一個人。他的生活我是不曉得，但從他的文章看他這個人真是"無行"極了！可是就這麽一個"無行"文人，現在居然也作文章來對文人要講"道德經"了，他的這篇《惡癖》便是講文人有行的。

他的《惡癖》雖短，却是妙得很，講了許許多多人所想不到的文人的惡癖，也不知他是從那個日本小報上抄下來的，舉了許多日本文人的例，形形色色都有，我自己的文章寫不出，還是費點時候重抄下來吧：

現代的日本文人,除了抽烟喝咖啡之外,各人都犯著各式各樣的怪奇惡癖。前田河廣一郎愛酒三命,醉後呶鳴不休,谷崎潤一郎愛聞女人的體臭和嘗女人的痰涕,金東光喜歡自炫學問宣傳自己,金子洋文喜舐嘴唇,細田源吉喜作猥談,朝食後熟睡二小時,宮地喜六愛用指爪搔頭髮,宇野浩二醺醉後侮慢侍妓,林房雄有奸通癖,山本有三乘電車時喜横膝斜坐,勝本清一郎談話時喜用拇指抓鼻孔。形形色色,不勝枚舉。

乘電車横膝斜坐,談話時用拇指抓鼻孔,用指爪搔頭髮等,這些也算文人無形麽?文人也像俗人一樣地是一個人,他有他的特殊的舉動與嗜好,誰能够干涉得了他呢?平常人可作的事,難道文人就不可以作麽?其實就像林房雄縱有奸通癖,也比若谷君這種寫《婆漢迷》等類文章的人,更值得使人可尊敬一些。像他這樣的文學界中的長舌婦,才真是值得一般人所"詬駡"的!

文人的道德的問題是要怎樣地評定呢?因爲世上一般人給作家所放的流言,便能對於作家的聲譽有所損害麽?我們觀察一個文人,那些近似流言的傳説,是無需根據的;他有他的作品,那是他的一切的實證。至於有許多人專門談談東家長西家短而以此爲職業的長舌婦,才真正是文人中的小丑。

没有批評

我們的新文壇,直到如今是未曾有過真實的批評。作家們與讀者們雖然時常也在要求真實的批評,而我們的文壇的環境確實是不允許真實的批評出現的。一個人要有怎樣的勇氣,在現時下,才敢冒險成爲一個批評家呀!

不過,真實的批評現在雖然少有,而以批評爲名的近似批評的文章却不少,這是因爲一切摻雜損人利己的近似批評的文章,都可以使大多數的低級的讀者得到滿足,而於那雜誌或報紙的賣銷是有利的。

代替著批評有嘲笑,有罵詈,還有捧場,並不是爲著某種真理而講話,只是想藉此發泄死人的怨恨,或爲名流作宣傳。信口罵詈其目的是想打倒或陷害某個人,夸大的捧場其目的是想抬高某個人,但打倒與抬高結果總把實利歸到自己的身上來。罵了某個人,反面就證實自己的高明,可以得到人們的贊許;捧了某個名流,可以得到名流的歡喜,凡是名流都是在社會上有地位的人,一受到他的歡喜,自然就可以衣食無慮了,而且如果捧了一個名流,再捧另一個名流,繼續不斷地作下去,日久不但能成爲四面八方的小寶貝,結果自身也就變成一個名流了,一個專捧名流的名流。

中國人有許多紳士,是負著中國傳統的精神的,禮義之外,還專門講面子,既都能寫文章,大家也便都是朋友,總有一天是會到面的,如果他寫了一篇文章,你看了不舒服,出來指摘,彼此見了面的時候,又多麼難爲情,遇著寬宏大量的還算好,臉略略一紅,大家心會而不明言,或是根本裝著原無其事的樣子,也就過去了,再見面時又可成爲莫逆;但如果你遇到的是一個氣量狹小的人,那可就糟了,他也許見面連理也不理你,或者反過臉就來罵你,更凶一層地罵你,這種苦頭誰能受得了。所以最好的法門,就是好話多說,壞話少説,於人於己都有利益。

不過有人不懂得這種教訓,先不顧情面地指摘或罵了你,那你應當爲保持傳統精神起見,爲了你個人的聲譽與地位起見,千萬不可放過,他寫一篇,你就寫兩篇,他有一個人,你就找兩個,作成輿論,以證明公理之所在。有爲你發表文章的雜誌,固然很好,可以儘量地利用,如果没有的話呢,不要緊,大爺有錢,盡可登廣告,總要得到最後的勝利爲止。前幾年還没有流行這種風氣,最近登廣告來替自身辯護的,已大有人在,不過那都是藝術家和學者,化得起錢的老爺們,你若是一個窮小子,那只有忍耐著了,君子報仇,十年不晚。

因此中國總有算不清的賬,有的開書店爲了報仇,有的辦學校爲了報仇,有的辦雜誌爲了報仇,事情只思不努力,如肯努力没有達不到的目的。

這又可以證實一種大道理,中國人的顧面子,完全是爲了自己;保持旁人的面子,也是爲了自己的面子的。如果自己的面子,有人敢來傷損,則旁人的面子也便顧不了那麼許多了。

在這種捧駡流引之下,批評是不會有的,不管你居心怎樣公平,旁人是不會把你看爲公平的,他總把你的文章看成别有用意。

但,由我這個傻人看來,捧也好,駡也好,有時不但傷不了旁人,反倒是替自己顯形的。捧得過火,捧人者自己固然丢了臉,就連那被捧者也被連累上了;駡得過火,自己固然現了醜,而被駡的人有時反倒可以得到同情,但有一種人是應列爲例外的,——即那些除去臭駡而不可理諭的人。

有人現在夢想著真實的批評出現麽?——我下個斷語,這種風氣若不改變,中國是没有批評的。

此路不通

在本年《讀書雜誌》的正月號上,傅東華先生在《此路不通》的題目下,叙述了他的賣文字生活的由來以及艱苦,而且結論告訴青年們説,賣文字生活實在不是一條生活的路,一個懷著某種理想的青年,往往作了這個浪漫的冒險,再後悔也就來不及了。

大概世界上自有賣文章這種生意以來,再没有如在中國這樣苦的了,它雖然也是被人們視爲小資産階級的一種特權,而能真實安適地享受這種特權確是少得很,夢想著做文人的青年,在嘗受了無限的艱苦之後,而爲了生存仍不能不拋棄它的,在中國不曉得曾有過多少的例子。中國以筆生活的人的大多數,是遠不如西歐進步國家的一個勞動者;會製靴子的工人,爲某個製靴廠作了靴子,就可以領到必定的薪金,他的生活雖苦却也可算是有了保障,但寫文章的人,縱能寫幾十萬字的大文章,可又有那一個老闆是向你約定而准能接受你的産品而給你以相當的生活費呢?——除去一些極少數的成名的作家之外。

所以像傅先生那樣對於夢想成爲作家的青年的忠告,是從心裏發出的真實的話語,而且幾乎一向成爲我的固定的思想了。最初把文字生活之不靠告訴給我的，還是魯迅先生。他在每次寫給我的信中，都是好意地勸告我，文學最好是拿它作爲副業的，如果指著他吃飯，自己受苦還是小節，最可怕的是那些書賈的面孔。當時我雖然是一個毫無經驗的青年學生，但這種世故，是極容易地可以使我理解。

這種意見是被我接受了，其後我離開學校生活到上海來，更在三四年間無固定職業地嘗受了所謂作家的生活，我相信我所經過來的路。由那最不幸者看來，還一定是較順利的路的，但那種生活的獰惡，就很够使人害怕的了。

其次每當我到一個學校裏教書的時候，對著那些以文學爲理想的青年們，我得便就把這種意見再傳給他們，據我的經驗看來，新時代的青年們——即如今的學生，似乎已經聰敏得多了，硬著頭要碰死釘子的，不説絶無也是僅有。每一個學生都好像是熟讀過經濟學似地，你要説的話，他比你還明白得更多，他比你更會給自己找生路，他比你更會出風頭，如果他不幹便罷，若是一幹的話，總會比你來得更漂亮，你對他忠實的勸告，只是更使他得意他自己的文才的智慧。

在三番五次我對著學生表示了這種意見而留心觀察之後，我覺得我若再説這種話應當對於那聽話的人有所選擇了。最後，我更想，這種話簡直就没有説出的必要，因爲在如今這個時代這樣的社會裏，還癡心著文學的人根本就没有，如果真有的話，他便是抱有絶大犧牲的決心與勇氣的，你勸也無益，只不過是更減少他的勇氣與奮鬥的意志而已。

而且在如今的時代，文學的路固然可以掛出一個“此路不通”的招牌來，另外又有什麽路是能忠實地以勞力順利生活下去呢？對於没有資産没有後臺老闆的青年們，一切的生活的方法不都是可以掛出一個“此路不通”的招牌的麽？

所以我改變我的意見，對於那真正有志于文學的青年們我將説：“此路並非不通！”

作家和批評家

茅　盾撰

《作家和批評家》載於一九三三年五月十五日《申報月刊》第二卷第五期。本文主要談作家和批評家之間的關係問題，在作者看來，作家和批評家不能僅僅是互相抱怨，唯有通力合作才有益於文學之健康發展。

我們這裏有一卷"卡通"，題目是"作家和批評家"。

這是在狹狹的高低不平的路上，這是在月兒已墜星兒已隱天亮前最黑暗的時光，這是牛鬼蛇神諸張爲幻的最後一刹那。時代的巨輪飛快地向前進，人家一世紀的行程，在我們是要十年八年（或者還不到）就得趕上。我們這"卡通"的人物在此地此時登場。

作者之群和批評家之群中間有點小小口角！

作家們抱怨批評家們"不負責任"，只會唱高調，可是總說不出個所以然來叫作家佩服。作家方面有一個聲音這是惟一聽得見的聲音，這樣憤憤然説：

我們都是朝前走，朝光明走的人呀！可是你們只説我們落伍，却從没教給我們趕快跑上去，或者怎樣跑的方法！老實説，你們這態度欠坦白！

從没教給麽？没有的事！你自己畏首畏尾不肯下决心罷了。

批評家也是同樣的抱怨著。

然而你説的路，我們看來走不通；你説的走路、趕路的方法，我們没有法子學，學了要跌跤！

要是你不存主觀地看一看，就知道路是原來通的；要是你學著我們説的步法試走一下，就知道原來不會跌跤！

那麽，不能單怪我們主觀，不能單怪我們不學步法，實在是你們説得不明不白，——你們從没很具體的説出個所以然來呀！

既然説明了還是一條路上走，那就好辦了！我們來平心静氣的討論一下罷。

朋友，恕我不能把那些字幕都抄出來了。總之，互相抱怨是無聊的，要互相幫助。但是（這個“但是”合於辯證法否，將來我們知道），因爲作家大都是感情的，所以當一位批評家舉出例來具體地批評時，作家又有點不願意了。爲的捏住了鼻子灌藥，總也有點不舒服；被灌者即使知道明明是好藥，總也不肯承認自己先有了毛病。

再來一點廢話——

東家的李四阿爹説：做批評家，是蠻愜意[①]的，人家辛辛苦苦寫成了作品，他舒舒服服的讀，讀過了説短論長，就是指導，——這還不愜意麽？

西家的張三先生另是一種話：批評家應該在前引路，不在前引而在後面鞭策，那就不好；且不説那是太不客氣，是消極的辦法，假使那鞭子下去的方向稍稍錯了一點，作家一竄就上了岔路，那豈不是糟糕？

批評家聽了只好苦笑。當然他不是“聖人”，哪能没有點點兒錯！

---

① 蠻愜意：滬語，很舒服的意思。

所以,朋友,眼前實在難乎其爲批評家。有人冤他蠻愜意,有人責備他不應該也有時説錯;抱怨他説話不具體,又嗔怪他説得太有著落;要他指引路徑,又嫌他引人往岔路上跑;有時怪他營養不足,有時又要他代作家想出題材來了。

這,仿佛是説:"既然你會指摘這不是,那又不對,就請你自己來動手罷!"

厨子要請吃客自己來做菜了!雖然批評家確不是吃客。真正的吃客是讀者。

其實厨子應該引以爲憂的,是做出菜來没有人領教而不是有人品評好壞。現在許多厨子望著人家開出來的功能表發怔,顛倒要請開單人自己動手,實在也難乎其爲厨子了!

文藝上的功能表應該有哪些品色,——即所謂理想中的全席,好像大家也没説過不對;所以菜單早已定了,只待厨子們用心去做,不過厨子們單是用心也不够,還得配足原料。没有充足的原料,單用油鹽醬,是一定不行的罷?批評家們只能指示原料的出産地,找當然還要厨子自己去找。

厨子因爲在油鍋邊站得久了熏得够了,所以自家做出來的菜,究竟太甜呢或者太酸,未必能够清清楚楚辨味道。在這裏,就不能不説那些在客廳拿著筷子等吃的人們的舌頭比較靈些了。所以真正要菜好,還得厨子和吃客通力合作。

批評家種種

沈雁冰 撰

《批評家種種》載於一九三三年《文學》雜誌第一卷第三期。未署名，曾收入《話匣子》。本文主要對不分青紅皂白，“拾得幾句批評術語來生吞活剥地使用”的文學批評家進行批評，認爲他們的無原則容易促使青年人無法辨别真正的文學批評，順帶對諸如“第三種人的批評”和“白壁德信徒式的批評”加以批判，最終得出了文學批評具有指導作家和指導讀者的雙重功用的結論。

上期本刊“社談”内提到過一些有“神通”的批評家。真正説來，這班有“神通”的批評家實在還是括弧號内的批評家。他們雖然拾得幾句批評術語來生吞活剥地使用，實在他們並没真心要幹文學批評這工作；他們不過想借此淆亂批評壇上的陣容，使得年青小伙子對於真正刻苦的批評家也認而不清罷了。

把他們譬喻作假冒黑旋風的李鬼，因此也就有幾分相像。

不過批評壇上的“黑旋風”——掄起兩柄板斧不分皂白亂劈一陣未中“敵人”要害却反傷了“同路人”那樣的戰術，雖然頗盛於一九二九年頃，可是現在早經“清算”過了。現在是那被遺棄了的“十八句板斧”老調被“李鬼們”拾了去，另有作用地而且改頭换面地在那裏唬嚇鄉下人。

他們和“第三種人”的批評家不同。“第三種人”的批評家自有其面目，倒是令人一望而知，至少現在是如此。他們“李鬼們”專愛偷人家的"術語"而且故意歪曲。

他們和"白璧德信徒"的批評家自然更不相同。"白璧德信徒"的面目自然更加容易認。年青的小伙子不會弄錯。

只有這班聰明的先生們常常穿著漂亮的外衣。看見"第三種人"和"左翼"辯論,他們就挺身而出,左到不知所云地教訓了"左翼"也教訓了"第三種人";看見人家討論"主題積極性",他們也趕快來了,却又不肯研究,只好亂喊"積極性就是描寫鬥争而且必須是勝利的鬥争";他們有點像是"不斷革命的"最左者,又有點像是什麽都看不上眼的中國式虚無主義者。只有釘他們的"梢"到他老家然後會看見他洗去了臉上的鍋煤,露出白生生的原來的嘴臉和老婆商量些什麽事。

"白璧德信徒"的批評家雖然紳士之氣可掬而且捧住了白璧德自拉自唱,可是他們的招牌倒掛得明明白白:白璧德老店,只此一家,並無分出。"第三種人"的批評家也有特别標記:要革命,但是懷疑文藝黨派性。"左翼"批評家自然更不用説,旗幟鮮明,——即使偶然有幾位跑出來不拿著旗(那意思是不想赤膊上陣罷),立刻就會被人"發見",在什麽刊物上煌煌然代登廣告。評壇上這樣鮮明的陣容,對於青年小夥子自然有利,——不至於摸不清頭路。

但是"李鬼"式批評家的出現却使得青年小夥子又有點眼花了。

文學批評是一方面指導作家,又一方面指導讀者的。"李鬼"式的批評家既無所謂指導作家,却反亂了讀者的視聽。然而這就是他們的"用心"!

文學的新生

茅　盾撰

載於一九三四年《新生》第一卷第三十六期。《新生》周刊，一九三四年二月十日在上海創刊，杜重遠主編，大力揭露日本帝國主義的侵略陰謀，批評社會政治，一九三五年六月二十二日被國民黨政府查封，共出二卷七十二期。作者署名茅盾，即沈雁冰。本文主要由"大衆語運動"、"雜文"等文學思潮、文學文體的角度談文學的當前處境和未來發展問題。作者極力反對傳統文學思維對當前文學觀念的影響，並且預言"文壇上倘若客客氣氣毫無論争，倘若青年們都恭奉'十年煉賦'的'格言'，不敢在這薄弱的陽光混濁的空氣中吐出他們的不大'偉大'的莖葉，倘若那件不衛生的緊身襖還不趕快脱掉，讓民間的天才也來貢獻他的一瓣兒，——那，倒是文學的死症"！

朋友，要是你接到一封徵文信，拆開一看，題目是《文學的新生》，登出的時間將是中華民國第二十三次的"國慶紀念日"，你也許會感到一點興奮；然而你放下了信紙時，你就又會覺得這題目和這特定的發表的日子好象就是對於我們這國家，這文壇的一種"反諷——至少是"幽默"，到叫你想笑也不能。

同樣的情形，朋友，要是你在"國慶日"接到一本《新生》，裏頭却就有一篇文字叫做什麽《文學的新生》，你也許要揉下眼皮想看看是不是作怪的就是你自己的眼花星；然而當你看真了是那麽赫然五個大字的時候,我猜想來你心頭的味道總也有點難以形容。

因爲什麽"新",什麽"生",搭在我們這眼前的二十三歲的"國慶"上邊做起來,總有點象"八股文"。這一個"紀念日"真説不定什麽時候會失踪!

前些時候,有人也出了個題目,徵求討論:——"中國現在爲什麽没有偉大的作品産生?"討論的結果(我想説那次的討論其實並没有結果,不過有意義的提示 suggestion[①] 却倒不少),這裏只好省點篇幅不照抄,但是單單看了"爲什麽没有産生"這問句就叫我們對於"文學的新生"五個大字有點臉紅。倘使一位《新生周刊》的讀者也是留心文壇現狀的,那他會覺得目前"新"的路上荆棘還多得很;他會看見"僵尸"在那裏跳舞,"垃圾堆"在那裏蒸發毒氣。"文學"這東西,好象壓在磐石底下的一棵樹,雖然是往上長,却是曲折盤旋,費了許多冤枉的力量。

自然這也是"生",而且是"新生",但還不是我們大家來開"慶祝會"的時候。我們可以數出一打的理由來,證明前途的希望是必然無疑,然而我們千萬不要忘記了去找新的"肥料"!

也許你,朋友,是樂觀的;不過也有些人是悲觀的。這些悲觀的先生們不一定看了"文學的新生"五個大字臉紅,也不一定看明白了路上有多少"僵尸",多少"垃圾堆",他們只記得這新的芽頭是早就透露在地面的,可是現在還長不出熟透的果子,就摇摇頭倒抽一口冷氣。這些先生們有時"纏夾"得可入"幽默"之林:譬如人家説"現在没有偉大的作品産生,因爲作家的生活經驗不够",這是一種鼓勵,然而悲觀的先生們却就據此而加强他的摇頭嘆氣;又如最近"大衆語運動"要求作家們用"大衆語"寫作,要求作家們獲得大衆的意識,於是悲觀的先生們在"貨色"看不到的當兒,又頓覺得鑼鼓雖響,還是不行。他們似乎一向早已認定"文學的新生"乃是直綫式的,——人家説一聲"成了",他們就想到"慶祝會",説一聲"還留得有毛病",他們就想到"發訃聞"。其實我們不該如此"生鐵門

① Suggestion 英語。意即建議,意見。

脱兒[1]”;我們對著“文學的新生”那五個大字老實要臉紅,因爲這個“孩子”還是九灾八難的,還是幼稚,還是沾著點兒“僵尸”氣味,還是披著老式的阻礙它發育的緊身襖兒;但是我們的臉紅是“知耻近乎勇”,我們一邊紅著臉一邊却要正正經經説:“得給它更多的滋養品!讓它在太陽光下曬,在暴風雨裏吹、淋。讓所有對於它的指摘都成爲糾正它姿態的木板鐵棍!”[2]

我們不應該替它辯護説;因爲它年幼小,因爲它多灾多難,所以還産不出偉大的作品。我們却要認明白:正因爲它年紀小,正因爲它多灾多難,所以它一定能够鍛煉一副堅强的筋骨,産生偉大的作品!

我們在目前這紀念日做的是搭題文章,但將來在另外的紀念日就不會再是這樣一種光景!

從前有一個時候,大家對於這“孩子”不免寵著了一點兒;不大注意到它還有先天帶來的“僵尸”氣,它還穿著那件阻礙發育的老式緊身襖兒。並不是没有一個人看出來,却總不象最近幾年裏那麼大家指著它叫道:“看!這孩子身上還有一股破爛舊東西的霉腐的氣味呢!它還穿得那麽一件不衛生的古老的緊身襖呢!”這樣的指摘,在一向覺得這“孩子”就很“合適”的人們看來,自然以爲是多事。他們中間最虚心的朋友也不免賭氣地説道:“好!就請你們來調理它妝扮它給我們看看罷!”其實不等“請”,人們已經拉這“孩子”出來在太陽裏曬,風裏吹,雨裏淋;這時代有的是對於這“孩子”有益的陽光和風雨。人們又忙著找新材料,打算給它裁一身合式的褂子。才曬了吹了淋了這麽幾天,它不能馬上就長成鐵骨銅皮,可是你不能説這樣的“調理”辦法就不對。才找了這麽不多幾天的材料,忙著剪裁,自然還没成衣,可是你不能説這是瞎忙一陣子,弄得這“孩子”久久没有衣服穿。這當兒,素來憎惡這“孩子”的人們自然要説幾句冷話。便是“孩子”自己也不免暫時“茫然”不知所

① “生鐵門脱兒”英文 Sentimental 的音譯,意爲多愁善感,易動感情。

② 编者注:重点号为原文所有。

措。然而歷史命定它的路它要是不走,只有死。它一生下來,它的"八字"就注定了它必須在奮鬥中求發展,求生存。它的"路"不是一條直綫,而是螺旋形綫;而這螺旋綫便是時代的客觀環境所決定。

在這裏,我們不妨再拿前面説過的大石頭底下小樹的生長來作一次比喻。小樹在生長,它要陽光,要雨露,它是要朝上鑽的;然而大石頭壓住它,使它不得不先取了横生斜上的姿勢。碰到旁邊還有東西阻礙它的時候,它不得不這麽一彎下子。在它這生長的過程中,有時爲了空氣和光綫都不適宜的緣故,它的莖和葉會不象它本來應該有的樣子;但是這不大像樣的莖葉無論如何是它吸收水分炭氣的助長它發育的過渡時期的"作品"。没有了這,它根本就會枯死。要是我們錯認了這些就是它應該有的本來面目,果然不對;然而倘以爲這些简直就不用"産生",也不是正確的議論。我們一方面要認明這樣的莖葉還不是這棵樹應該有的莖葉,但另一方面我們絶不能因此而就剪去它們,我們得明白:只有靠這些莖葉的蓬勃滋生,這才能够使得這棵小樹粗壯起來,把壓在它身上的大石頭掀開,把一切阻礙它朝上長的困難克服,産生了像樣的莖葉,開放美麗的大花。

目前我們這棵"文學"樹正因爲有大石頭壓著,正因爲空氣光綫的關係,只能抽放著不大像樣的莖葉。我們是感到不滿的。但是我們與其單單指著它大叫"不行",或者是單單"研究"它到算不算得"真種"(自然大叫和研究也應該;你不叫,人家不理會,你不研究,就不會弄明白),倒不如趕快給它加肥料。但是這肥料單單有滋養還不够,還得連帶殺蟲劑:有些蟲蛀這"樹"的根。

在這裏,我們又會聯帶想起了"雜文"和"顯微鏡"的比喻。倘使把人們所要求的"偉大的作品"比作那能够把"現在"放大又能够遠見"將來"的"千里鏡",那麽,短短的"雜文"便是"顯微鏡"那樣的東西(關於這個,讓我介紹《文學》十月號的一篇"論壇"《雜文也不容易做》)。"千里鏡"是要的,但"顯微鏡"也是要的。尤其是現在,"樹"旁有一潭水也許是藏著有害的細菌,看去是光滑的皮,也許已經有什麽害蟲的卵寄生,這都需要“顯微鏡”來檢查個清楚。一個健康的人不會怕“顯微鏡”,一個想要健康的人一定歡迎“顯微鏡”。在目前,“顯微鏡”式“雜文”的發展正是時代所要求。

預言往往靠不住。但對於現在文壇却有幾句話可以預先説的:就是文壇上倘若客客氣氣毫無論争,倘若青年們都恭奉“十年煉賦”的“格言”,不敢在這薄弱的陽光混濁的空氣中吐出他們的不大“偉大”的莖葉,倘若那件不衛生的緊身襖還不趕快脱掉,讓民間的天才也來貢獻他的一瓣兒,——那,倒是文學的死症!

談談文學

瑞 撰

《談談文學》載於一九三四年《新民》雜誌第一卷第九期。作者署名瑞,不詳。本文談文學,主要突出"感情"的重要性。作者首先由胡適對文學的定義入手,指出感情是文學之所以成爲文學的重要因素,進而指出表達了不同情感的文學作品會帶給讀者不同的審美體驗,最後,作者結合自身體驗指出文學不但可以給人帶來情感觸動,還可以使人的煩惱得以發泄。

"什麽是文學?"這個問題有許許多多的答案。但這些答案,各有不同,究竟誰個説的比較正確而切實呢?在這裏胡適之先生曾有個定義,他説:"達意達的好,表情表的妙,便是文學。"但是怎樣才是好與妙?在這裏我有個簡略的補充:——文學是以真實的美麗的話語來表現人生的,而文學的好壞,那就在乎裏面的情感了;所以感情是文學最重的原素,離開了感情,就不成爲文學;我們只要有思想與想像力就可以發生感情,就可以發生一種熱烈的情緒;但是感情不是單純的,而是極複雜的;我們感情有時會趨於愛戀贊許愉快與欣香的情緒裏,有時也會趨於憎惡忿恨恐懼悲傷自私與哀怨的情緒裏。因之我們的文章有的是悲壯雄偉,有的是綺麗纏綿,董解元的《西厢》,屈原的《離騷》,蘇東坡的《前後赤壁》,白居易的《長恨歌》,以及洪昇的《長生殿》,他們各有各的感情,各有各的情緒,所以他們的内容也就各不相同;但是因爲他們都具有豐富的感情,所以都是同樣的受讀者的贊賞和歡迎。由上面看來,我們知道文學如果想達到好與妙的程度，那就在乎感情如何了。

好文學裏面的感情，是有活氣，有力量的；能够感動人，能够鼓舞人，能够激刺人，同時也可以興奮人；所以常常人家讀《紅樓夢》至黛玉死時，没有不痛哭流泪的，讀到《孔雀東南飛》没有不悽惋悲惜的，讀了李後主的詞時，没有不内心顫動的；這些作品所以能如此動人，是因爲他們的感情流露在紙上，表現得淋漓痛快，而且有活氣，有力量。

雄壯的文章固可動人，然我覺得悲痛傷感的文章更可以動人；這是從我自己的經驗中得來的；當我讀快香淫蕩的文章時，我心裏雖稍感愉快，然而没有什麽特别的感動，但我如果讀到悲劇的小説時，我心裏會像刀割的一樣難過，會像針刺的一樣難過，於是我悲哀的情緒，漸漸同書上的感情溶化，我會流出那酸楚的眼泪，我會遺憾自己是書中的人物，以致整天的痛楚煩悶苦惱。

這二年因爲生活使我不安定，我像春天的柳絮在大風中飄蕩著失了歸宿，不幸的事情常常來纏繞著我，把我趨到煩惱孤寂的地窖裏；當煩悶苦痛的情緒充滿我胸中時，我想想這世界無慰我之人，我竟會暗暗的痛哭一場，痛哭之後，我握著筆桿把我胸中所有平時埋藏的苦痛，以及悲楚的心緒，一齊吐出來，我把它一行一行的印在紙上，我胸中會覺得開暢。從此我不但知道文學可以感動挑潑人，而且還是人們煩惱的發泄。

文學漫談

漪　漪撰

《文學漫談》載於一九三四年《光華附中半月刊》第二卷第九至十期。作者署名漪漪，不詳。本文談文學，首先指出文學的價值主要在於兩個方面：一是對人的理性思維（即文中的"理性"）與感性思維（即文中的"感情"）進行調和，從而豐富人的精神生活與現實生活；二是文學具有"預言的使命"，作者所理解的"預言"包含兩層含義，其一指文學在反映現實反面的迅捷，其二則指作家通過想像在作品中塑造的世界往往在未來的現實生活中時有印證。由文學的價值出發，作者談及文學家（即文中的"文學"）的修養，指出在多讀書之外，文學家的修養還可以借助"充實的環境"、"幽靜的心靈"和"偉大的人格"得以培養。最後，作者討論"美在文學上的地位"，涉及了自然之美與藝術之美的關係、文學與其他藝術的關係、文人與美的創造等論題。

一　從文學的價值説到文學的修養

雖然讀了十幾年的書，然而在以前對於文學究竟不知道他是些什麽；自從受了師友的陶冶和書本的感化以後，我才開始知道文學是表現人生的精華——人生的背景，人生的實質，人生的究竟。靠了文學，我知道了世界的偉大，生命的究竟，和人生所必須探求的東西是什麽。爲什麽春天裏的花會開，小池塘的水會緑，鳥兒會唱著甜密的歌,蟲兒會叫出悠揚的曲?這就是它們生的活動,這就是它們生的表現。爲什麽古人的文章會使我一忽兒悠然神往,一忽兒愴然殞涕;一忽兒贊美,一忽兒嘆息,一忽兒喜,一忽兒愁?原來作者的人生,已經整個兒注入了我們的人生,作者的人格,已經整個兒融化了我們的人格,因此我便忘了一切,忘了自我的存在。從此才發現我不過是一個從卵殼裏蜕化出來的小雛,不得不驚訝宇宙的大了。我内心裏永遠熱望著愛慕著那深遠的偉大的泉源。那茫然無邊際的宇宙的輪廓,那神秘莫測的人生的意義,在我的内心裏回旋著,蕩漾著,蘊蓄著,揮舞著,永遠地,深切地!

誠然,誰也不能否認,科學是現代所需的,尤其是我們懦弱的中國。現在的世界,是物質文明占領的區域,無論那一國家,都在聚精會神的追逐著科學。誰都知道那殺人的毒瓦斯是有無上的威權,那一馳千里的飛機與無綫電具有無上的魔力;歐美各國爲什麽會這樣的强盛,日本爲什麽這樣的蠻横?科學的確是萬能的,是現代國家生存的唯一要素。文學簡直是一種無聊的作業,是一般人不識時務的人所幹的事;他對於社會國家人類的影響,渺小的簡直無從指證。其實不然,文學所負的使命,並不比科學輕微。文學是藝術的一種,它的功用就在生命的調和。人類的日常生活,完全受著理智的支配,所以它的性質是緊張的,約束的。這樣一來,人性的另一部分——感情的一部分——就失去了活動的機會。結果人類的生活,只呈著乾枯的現象。如果我們說:人類的欲望,只是限於物質方面的,那麽豐衣美食和大厦高樓,已經足够他們滿足了。什麽文學,根本就没有存在的餘地。但是我們的人類,號稱萬物之靈的人類,是一種有思想有情感的東西,所以他除了物質的欲望以外,還有精神的欲望。精神欲望的本質,就在思想和情感;人與獸的所以不同,也就在這一點。物質的欲望,不見得人人都能滿足,於是便有一部分的人,前去尋求精神欲望的滿足。就是物質欲望能够滿足的人,他們怕也仍須尋求精神欲望的滿足,因爲人類的欲望是無窮的,物質生活的滿足是膚淺的。文學就這樣的産生了,文學也就這樣的被人認爲需要了。

我們再看:爲什麽屈原要作《離騷》?爲什麽陶淵明要作《桃花源記》?爲什麽柏拉圖要作《理想國》?爲什麽彌爾頓要作《失樂園》?爲什麽讀了他們的作品會令人感覺到欣慰——不論是快樂的或悲哀的欣慰?爲什麽讀了他們的作品會令人忘去了自我——不論是快樂的或悲哀的自我?我們的精神是滿足了,我們想像到作者的精神滿足一定超出我們之上。從這一點看來,文學是用來滿足人我精神生活的欲望的。它用藝術的方法來調劑生活,使得人性最難滿足的一部份也得到了舒展;並且利用人類的創造性和冒險性,把一切情感都流瀉到那汪洋的藝術大海裏去,做那偉大的建設活動;使得人們呆板的和乾燥生活,成爲豐富的和甜蜜的樂園。

文學除了負擔一種感化的使命以外,還負擔著一種特殊的使命,就是預言的使命。文學是時代的反照,文學家也是時代的先驅者。社會的制度有了什麽變動,或者社會的組織需要怎樣革命,都能很正確的迅速的在文學上反映出來。文學家憑著他們的想像能力,幻化出未來的事,那種未來的事,過後時常會得實現。所以"文學是生命之流的試驗紙"的一句話,實在含有深切的意義。這裏面唯一的原因,就在文學純是人們情感的流露。因此我們要知道某一時代人心的趨向,我們只要研究那時代的文學作品就可以知道了。預測將來的趨勢,這是文學在人們生活史上最有價值的表徵。

文學既然負有這樣重大的使命,我們非得在文學方面加以充分的修養不可。從前的人談到文學修養的,大半總把多讀書和多練習當做唯一的方法。多讀書可以養氣,多練習可以純熟,就文學的工具方面説來,這些固然是很重要的。但是我們站在整個的文學的立點説法,似乎還有幾點更可以注意的修養方法:

第一,要有充實的環境。司馬遷周游萬里,經過了許多名山大川,探過了不少勝地古迹,才養成了他那種闊大的胸懷,悲壯的氣概,最後産生出他那天才藴蓄的結晶——《史記》。蘇子由爲了要激發他們志氣,所以决然的離開家園,以求天下的奇文壯觀,結果使他成爲一代的文豪。這樣説來,環境對於文學修養是何等的重要。有了充實的環境,不但你的本人是氣象浩博,胸襟開展;就是你的作品也是材料豐富,叙述真切,成爲一種不朽的奇迹。而况一個人的生活經驗豐富以後,他的文章就變成一種自然的流露;就是他本人並不熱心著作,他内心的藴藏也會逼他寫了出來。這是人生的背景,也就是文學的背景。

第二,要有幽静的心靈。所謂幽静的心靈,是指人的内部生活到了一種無掛無礙的境界。在這種境界裏面,人們的心,不覺有些飄飄然,到了所謂半意識的狀態。這時偶而無意地感觸到已往的創傷,未來的憧憬,或是自然界的啓示,書本上的感化,我們的心靈便有了一那靈機的衝動;這一點靈機兜上心來,無論是甜蜜希望,悲哀的回憶,假使你把他盡情泄露出來,便成功了絶妙的佳作。我們只要看到:華資華斯從湖上得到了幽静的心靈,才産生出那首有名的《寂寥》;哥爾斯密從鄉間得到了幽静的心靈,才産生出那首有名的《荒村》。這是人生的實質,也就是文學的實質。

第三,要有偉大人格。一個文學家,他至少要具有幾分的同情心。他必定自己要走到藝術上真美善的絶對境界,然後才會從作品裏面把他的人格感化了讀者的人格。他要能够把握著人生的重要關鍵,把人生的百面相宛轉曲折地傳達出來;同時要能够操縱著讀者的心情,使得喜怒哀樂都得到一種共鳴的作用。莎氏比亞和易卜生的所以受人欽仰,他們的戲劇所以萬世流傳,就因爲他們的人格已經從作品裏面流露出來,打動了一些讀者的心弦。這是人生的究竟,也就是文學的究竟。

最後讓我們牢牢地記著文學是表現人生的精髓,文學的修養就在怎樣培植這種人生的精髓。

二　美在文學上的地位

美是快樂的源泉,愛美是人類的天性。大凡一個人到了林泉秀美景物宜人的地方,便自然地會得流連忘返。他耳聽到林中的好鳥,奏出清脆甜蜜的音歌,眼見著枝頭的名花,放出鮮艷美麗的蓓蕾,感覺是沉醉了,心靈是融和了。這都因爲自然界具有天然的美,而美却具有神秘的陶冶性,那種美的印象,深深地繫動了人們的心弦,心弦受了震動,便不其然地結合了自然界快樂的節奏。造物者就把這神秘的"美"做原則,創造了一個美化的大千世界。例如碧澄澄的天,配著白净净的雲,青翠的山,配著油緑的水,這個包羅萬象的大宇宙,簡直是一個大規模的美的展覽會。我們寄生在這裏面,參觀了許多美的實質,參與了許多美的表徵。所以我們的人生也變成一種美化的人生。

不過自然界的美我們要去欣賞,也得有把鑰匙呢。打開這個美庫的鑰匙,便是藝術中間最富於活力的文學。我們知道,文學雖然是藝術的一種,然而它兼具音樂、舞蹈、圖畫、雕刻的功效;它是一種無聲的音樂;無形的舞蹈;無色的圖畫,無體的雕刻。换句話説:文學即是整個藝術的美的結晶。

文學既然是藝術的美的結晶,藝術又是打開自然界的美的鑰匙,那麽我們爲達到一切想像的美的境界,便不能不聚精會神地研究文學。大約文人的想像總是别有會心,要想超脱現實的境界,這種想像是真確的,和諧的,决計不是狂妄的,卑微的,人們不滿意于現實的境界,不外乎走兩條路:有的向頽廢的路上去,有的寄託于理想的樂園。文學便是引渡人群往樂園去的——雖然也有一小部分的文人引著人們向頽廢方面走。基督教有"天國",佛教有"涅槃",道教有"仙界",這些都和藝術的樂園有同等的意義。一般見解高超的文人,對於世俗是厭煩了,對於人生是失望了,爲解脱這種苦悶起見,不得不構成一個美妙飄渺的世界,藉求人們心靈的安慰。文人創造了一種藝術的宗教,引導著人們跟著他走;美就是這種宗教的信條,樂園就是這種宗教的標的。

我們如果用象徵的説法,文人好像是神秘的蠶,滿腹貯藏著繼續不斷的神秘不可思議的美絲;經過一番自然的吐露以後,織成了五光十色的錦羅。譬如説,有時詩人動了詩興,提起筆來描寫千山萬水,或者一村半郭,經過他一番描寫以後,那般無生命的景物,在我們的目前生動活躍起來。但是在他没有描寫出來的時候,我們俗眼很不容易看出那些景物的美妙。所以有人説:“惟詩人能發現萬物之奇觀。”原來文人的審美眼光和表現能力,實在是出乎情常的偉大。大而至於整個的宇宙,小而至於日常的事物,經過文人若有意若無心的一番點染,便變成藝術界上稀有的奇迹。所以詩人雪莱曾經説過:“詩是一個明鏡,能將醜陋的景物轉成美麗。”因爲詩人的眼光,能够參出萬物的形相,透入萬物的内層,使得他的表徵在人們心靈上留下一個神秘的印象。

“美即是真,真即是美”,讓我們歌咏著文人的偉大,和他們所造成的那個理想的“象牙之塔”。

談談文學——文學上的幾個問題

鍾敬文 講，詹凱城 記

《談談文學——文學上的幾個問題》載於一九三四年《學校生活》第八十二期。作者鍾敬文（一九〇三—二〇〇二），原名鍾譚宗。出生於廣東汕尾市公平魚街，漢族。他畢生致力於教育事業和民間文學、民俗學的研究和創作工作，貢獻卓著。是我國著名民俗學家、民間文學大師、現代散文作家。代表作有《荔枝小品》《西湖漫話》《海濱的二月》《湖上散記》等。本文談文學，主要涉及"靈感"問題、文學的永久性問題和文學的永久的人性問題三個方面。在作者看來，所有人均有靈感，作家與一般人的的差异在於靈感的優劣，此外，靈感問題與後天的文學修養和對日常生活的細緻觀察相關；文學没有永久性，只有時間性，因爲文學的價值會隨著時代的變遷而改變；同時，所謂"文學的永久的人性"問題也不成立，因爲人性也並非一成不變的。

此篇係鍾先生在最後一課的《民間文學》課上的講辭，也就是鍾先生準備東渡時對我們的一番臨别贈言。這雖是鍾先生在課室裏對我們隨便的談話，但頗可供一般有志文學的青年們一個有力的參考。特此投寄本刊，以給文學青年作個參考。

凱城附志

首先要説的是“文學在創作上之神秘性——靈感”問題。

創作時要有靈感,無靈感不能産生好的作品。因此,這所謂“靈感”的東西,在有些人看來,好似很有神秘性,人們對它是毫無把握的。其實不然,所謂神秘,是不可解的,而靈感却是可解的。那末靈感究竟是什麽東西?簡單地説,靈感就是對外界的刺激所起的一種反應——感觸。靈感是每個人都有的。一個創作家與平民,同樣地具有靈感。創作家與平民的相异點,就在於靈感的程度與優劣的不同。平民只有一般的訓練——如想、感、觀察,而缺乏那創作所必需底特殊的訓練。要做一個創作家,於一般的訓練之外,還須有特殊的訓練。一般平民雖然偶爾也有過特殊的訓練底感覺,但因爲他的文字技術太差,不能給它表達出來——這又要牽連到手的訓練上去了。

創作品的時間雖短,但創作的修養時期是很悠長的。如果一個文學者没有長時間的文學修養,他是始終不能寫出好作品來的。

以前許多人都這樣相信,以爲創作是由於“天才”。天才大的,才能成創作家,天才小,就不能産生好作品。這是大錯特錯了。天地間本無所謂“天才”這東西的。如果勉强説有的話,那末就是生理的與社會的聯合。一個大創作家——如中國魯迅之流——之所以异於一般人,而能獨特地用其聰明去創作,是完全由於他的後天教養來得好,並非他的天才好。至於大創作家與小創作家的差异,是由於後天教養的質與量上的不同所致。又如有的人擅長文言詩,有的擅長白話詩,這並非他兩人的天才不同,乃由於他們後天教養種類(性質)的不同使然。這裏所説的“教養”是廣義的,是學校的與社會的經驗總和。

創作是由於外界的刺激,和其本身已有的外界刺激,融合成一爐,然後應用其文字技巧很巧妙地給它表達出來的。不過,這裏還有“閑暇”,是很重要的,就是説有了刺激,還得要有閑暇,才能將刺激加以整理,而後可用文字表達出來。反之如無閑暇,則雖有了刺激,仍不能使之成爲作品的。

刺激即一般人所謂靈感。如有了外界的刺激,而無平日的觀感——已有的外界刺激,也生不出好東西。例如一片葉子從樹上落下來,在平時有觀感的人看來,就會連想到人生的短促。假如是平時没有修養的人,就決不會想到人生上去。從前孔老夫子立在川上,看見川水瞬息不停地流向東去,他就感慨地説了這麼一句:“逝者如斯夫,不舍晝夜!”這是因爲孔二先生在過去有著很深的修養——觀感,已有的外界刺激,所以他看見川水不斷地東流——臨時外界的刺激,就會由此推彼地感到世界上一切東西,都像這川水似的在變動中過去。

所以有了過去普通的和特殊的修養,再加上臨時的外界刺激——靈感,就是創作的胎兒。

有了過去的修養和臨時的刺激,就生出靈感。譬如過去我們有“社會貧富不均”的觀感,一旦見到了酒菜館裏鬧著人滿,而同時又看到有許多乞丐在沿街叫苦,此時我們就會不期然而然地生出一種靈感;用文字的形式把它表現出來,就成爲一種作品。

從有作品的内容起到寫成作品止,還有一個過程,就是内容的布置問題。怎樣寫呢?那個先那個後?這些都必須要有過去的經驗和時間去詳加思索和布置,使成爲好作品。因爲靈感只不過是一種下筆動機,它不能自成作品。所以我們如無過去經驗和閑暇,便無從産生作品,這就是靈感的流産。

其次要説到“文學之永久性”問題。有些人以爲文學是具有永久性的,不隨時代而變遷的。在古時是好作品,到現在,以至於將來,也仍是好作品。就是説一種優秀作品,是不被時代所淘汰的,是有著永久的價值的。其實,“文學是有永久性的”這一句話,在現時是十二萬分地被問題著。事實上,我們可以説,文學是没有永久性的,即使是有也是相對的有永久性,並非是絶對的。因爲這個時代的很有價值的文學,在另一個時代就不能保持同樣的有感動人的價值的,理由很簡單,一種文學作品以及一切藝術,都爲當時的社會現象的反映。這個時代有這個時代的社會現象，那個時代也有那個時代的社會現象，所以在那個時代的能感動人的有價值的作品，在這個時代未必同樣具有能感動人的作用和價值。于此可知過去文學，是“過去”了的，只是一種歷史的陳迹。我們現在研究古時的詩賦和歌曲等，並不是想要做那些東西，目的無非是拿它來作史的研究。因爲那些東西，已不是我們現時所需要的了。而且我們現在的社會文明進步，一切現象都較從前複雜，根本上已不能再用去那種形式和内容來表現了。簡單一句，就是過去的形式和内容都已不合我們這個時代的潮流了。譬如過去的那些表現著“忠君”“貞操”等思想的作品，在當時是頗能感動人的，可是在現在，情形就兩樣了。而是因爲倫理的情感（表現法）是不合于現時潮流的了。

在倫理感情不同的社會裏，一種作品，它是不能在兩個不同的社會裏具著同樣的價值的——因爲社會生活不同的原故。

由上所述，可知文學是没有永久性的，它只有時間性。至於十分優异的作品，其感動人的力量特别大，因此它的時間性也就比較其他的作品長些。例如《詩經》裏的《關關》之類和《國風》裏的情詩之類，如今我們讀了還能或多或少的被感動。至若其他如關於忠君一類的部分，我們讀之就覺索然乏味了。此並非後者没有永久性，而前者有永久性；實由於前者是説的男女的戀情，這種男女間戀情關係，從古至今，其變動極微，故至今還能被感動。這也就是文學作品的能唤起一般人的共鳴作用，所以比較上有時間的永久性。

和這個問題相近而有相當關係的是“文學之永久的人性”問題。一般人以爲一種作品，其所表現的如果是有永久的人性的，那就是好作品，有永久價值的。否則，就不是好作品。

什麽是永久的人性？就是永久的人之性情（人性的永久性）——如朋友，夫婦，以及人對人的同情心，這些人之性情，都是有永久性的。這是荒謬絶倫的言論。因爲根本上人就是没有永久不變的性格的。所謂“人性”也者，乃是由外界生活所形成。人們的生活是隨時代的變遷而异其方式的;那麽由生活所形式的"人性",自然也是跟著時代環境的變遷而變遷的。例如在從前女子都以小足爲可羨,大足是很可耻的事情。現今都變爲女子小足爲可耻了。這就是證明了人性是没有永久性的。不過,我們爲了生活的必要,有些人性是可以有相當的永久性的。例如夫婦在從前是要和好,現在也是要和好。這就是因爲在我們的生活條件裏,有著一種生活的必要;夫婦的要和好,就是生活上的必要。

由上可知文學是没有永久的人性的。因爲人性根本是隨著時代的變遷而异其質的。所以文學當然不能和不是表現永久的人性的。一種文學作品的好壞,自也不能以是否表現著"永久的人性"來區分的了。

文學講話

洪爲法 撰

《文學講話》前三講分别載於一九三四年《讀書周報》第一卷第一期(第一講)、第一卷第三期(第二講)、第一卷第十期(第三講),第四講載於一九三五年《讀書周報》第一卷第十七期。作者洪爲法(一八九九—一九七〇),祖籍江蘇儀徵,世居揚州。曾用名炳炎,字式良、石梁,解放後以字式良行世。“五四”運動之後,洪爲法擁護新文化運動,與郭沫若、成仿吾、郁達夫、趙景深、李初梨、彭康、葉靈鳳、周全年、方光燾、龔冰廬等皆爲好友,爲創造社刊物《洪水》的編輯之一。主要作品有小説集《長跪》《呆鵝》,詩歌集《蓮子集》,散文集《爲法小品集》等。本文分四講,第一講主要强調讀者必須自己有對生活的“苦悶”感受,才能領會文學作品中“苦悶”的表達;第二講主要講每個人心中都有無法完全對外人言説的“苦悶”,文學(中外文學名著)的價值就在於可以解除這種因“世無絶對的知音”而引發的愁苦鬱悶之情;第三講中,作者首先强調讀者的審美趣味是多元化的,因此讀書的選擇也不可一概而論,同時指出偉大的文藝批評家的職責就在於指引讀者走向“正當的文藝園地”,對“欣賞力薄弱”者有所匡扶;第四講指出文學是感情的産物,强調没有感情的文學是没有價值的,同時指出文學應該表達的是全人類所共有的普遍情感。

第一講　苦悶的旁白

在這一講中;我想于未講到正文以前,先引一段故事。這故事是關於蘇東坡的,是姜男著的《學圃餘力》。内容是這樣:

> 一日,東坡在黄州學堂讀杜牧之《阿房宫賦》,凡數遍。每讀徹一遍,即再三諮嗟嘆息,至夜分猶不寐。有二老兵,皆陜人,坐久,甚苦之,一人長嘆操西音曰:"知他有甚好處?夜久寒甚,不肯睡,連作冤苦聲。"其一曰:"有兩句好。"其一人大怒曰:"你又理會得甚底?"對曰:"我愛他道:天下之人,不敢言而敢怒。"叔党卧而聞之,明日以告東坡。東坡大笑曰:"這漢子也有識鑒。"

在這一段故事中,對於《阿房宫賦》能欣賞的,實有兩人,一是蘇東坡,另一人便是兩位老兵中間的一位。而老兵之能欣賞《阿房宫賦》,其中尤有一種耐人尋味的極微妙之因數。俗話説:"借溝出水。"古語説:"借他人之酒杯,澆自己之壘塊。"這因數就和"借溝""借他人之酒杯"一樣,其目的乃在"出水""澆自己之壘塊"。在我則代他定了一個名詞,叫做"苦悶的旁白"。所謂"苦悶的旁白",且待我慢慢講來。

東坡讀《阿房宫賦》是在寒天的夜裏,照理應當早睡,偏是左一遍右一遍在讀,每讀完一遍,又偏是再三諮嗟嘆息,他就没想到還有兩位老兵在外面受著寒冷的在侍候著。以老兵也的資格是不能請東坡不讀和早睡的,至多只有在一旁暗暗的叫苦,這暗暗的叫苦實在就是不敢言而敢怒,於是《阿房宫賦》中的"天下之人,不敢言而敢怒"兩句妙文,便在這樣的景光之下,被一位老兵所賞識了。我們可以説,這位老兵不啻把東坡比秦皇之築阿房宫,只顧自己享受,不管他人受罪了。

這麽説來,我們可以得到第一步的結論,必須自己有苦悶,才能深深地賞識那種可歌可泣的文學作品，這是説，自己原已有了苦悶，無處發泄，於是讀到了可歌可泣的文學作品，便很容易引起自己原有的苦悶，因而借著作品中生活顛苦的人物，發牢騷一陣，甚至於痛哭流泪一陣，表面看來，是爲的别人。有些傻氣，實則還是爲的自己，一點也不傻。我之所以稱爲“苦悶的旁白”，其意義就在這裏。論到旁白，原是戲劇上的名詞，兩人正在對話，其中一人對於另一人必中有异議，又必須使臺下觀衆曉得，便把臉掉在一旁説幾句。這看似無甚關係，却在情節上極重要的連貫的作用。讀文學作品也是這樣。看似爲書中人愁苦涕泣，却和自己内在的生活上有極密切的關係，説到這裏，所謂“苦悶的旁白”大概可以清楚了，且再接著談别的。

現在明顯的就有一個問題：可歌可泣的文學作品，任何人讀到都是易於感動，然則任何人都有些苦悶嗎？這問題的答案很簡單，就是苦悶乃人人有的。苦悶從缺憾來的，凡人都是有缺憾的，或是物資方面，或是精神方面，天下就没有十全的事，也没有十全的人，總各有各的不能滿足的地方，這就有缺憾，也就有苦悶，人常引用古話來説：“知足常樂。”爲什麽説這話呢？就因爲人不能知足常樂，常常在苦悶之中，於是我們又可以得第二步的結論，苦悶是人人有的，所以可歌可泣的文學作品極容易打動人的心弦。

第二講　靈魂的一隅

前次我已説過“苦悶是人人有的”，這大約不會受讀者强烈的反對吧？因此就再進一步談談靈魂的一隅。

《靈魂的一隅》，原是一篇外國小説的題名，現在我却借來一用了。在這篇小説中，説到凡是一個人，他總有靈魂的一隅，不願被人知道，可是照我想，這一隅的地位，却是不能肯定的。譬如諸位在街上見到一個極美的女子，真是垂涎欲滴，眼花繚亂，但是這種情狀，不能回去向自己的妻子講的，不過對朋友們却不妨繪聲繪色地講出來。對妻子不能講，這就是靈魂的一隅。又如閨房之樂，其樂無窮,這種情狀,又不能走出來向朋友們公開的。向朋友不能公開,這也是靈魂的一隅。我們的一生,倘是細細的觀察,必是對父母有些話不能説,對妻子有些話不能説,對朋友有些話不能説;又必是對父母不能説的,或可對妻子説,對妻子不能説的,或可對朋友説。换一句話説,我們對於任何人,都是保留著靈魂的一隅,不能整個的表現出來。只是對著什麽人保留著靈魂的那一隅,却是各各不同的。就因如此,除了自己,幾乎没有一個人完全明白自己的一切的;世無絶對的知音,安能不使自己苦悶呢?

諸君總該讀過《孟子》的,《孟子》上有《齊人有一妻一妾》章:"齊人有一妻一妾而處室者,其良人出,則必饜酒肉而後反。其妻問所與飲食者,則盡富貴也。其妻告其妾曰:良人出,則必饜酒肉而後反,問其與飲食者,盡富貴也,而未嘗有顯者來,吾將瞯良人之所之也。蚤起,施從良人之所之,遍國中無與立談者。卒之東郭墦間之祭者,乞其餘,不足,又顧而之他,此其爲饜足之道也。其妻歸,告其妾曰:良人者,所仰望而終身也,今若此!與其妾訕其良人,而相泣於中庭,而良人未之知也,施施從外來,驕其妻妾。"

這齊人在外討飯,然而回家去對著妻妾,却説都是富貴朋友請他吃的,這原是靈魂的一隅,不可公開的。偏是他妻子要尾隨他,偵探他,結果"訕其良人,而相泣於中庭",已是孟子説出,我想,這三人從此以後,再也不能同住在一處了,雖然未曾説出,却是人人都可想像得到的。所以各人的靈魂的一隅,正是不必彼此要知道,知道了轉又惹起新的苦悶。

於是我們可以説,靈魂的一隅,人不知道,是苦悶,人知道,也是苦悶,這麽,"苦悶是人人有的",讀者至此,或將點頭稱是了。讀者點頭稱是,我就勸讀者多讀中外文學名著,以解除此因靈魂的一隅而惹起的苦悶。在中外文學名著中,常會找到你苦悶的同情者,同樣的以給你一種深切的安慰,無論你因之拍案叫絶,或是潸然泪下,文學之價值,即在於此。

第三講　憑你喜歡

讀者諸君！前一講中，我會勸你“多贊中外文學名著，以解除此因靈魂的一隅而惹起的苦悶”，可是要讀些什麽名著呢？或者諸位要進一步的追問我，關於這點，我也難於肯定的答覆你，這裏有一段故事：

> 蕭山毛奇齡大可，不喜蘇詩。一日，復於座中訾謷之。汪蛟門起曰：“竹外桃花三兩枝，春江水暖鴨先知云云，如此詩，亦可道不佳耶？”毛怫然曰：“鵝也先知，怎只説鴨？”

這段故事，出於王漁洋的《漁陽詩話》，論蘇東坡的詩，實在有不少的寫得極好，可是毛大可却偏不喜歡，你説有什麽辦法呢？

本來各人有各人得偏嗜，譬如你喜歡吃肉，我喜歡吃魚，你便堅執肉好，我也堅執魚好，這在第三者固不能斷其是非，即是各當事人也不能斷其是非，最好各行其是。不過有一點却不可不知，即是或魚或肉，也是都值得嗜好的，倘若非魚非肉，更不是一般人所能吃的，如南朝宋時劉邕，他喜歡吃人瘡疤，這在吃的方面是失常。若在讀文學書時有了類此的行動，就可説是欣賞力薄弱，《七俠五義》《七劍十三俠》，這不能算是文學作品，而你偏以爲一等名著，嗜之不已，能不爲識者所耻笑嗎？

在這裏，我以爲批評家是重要的，偉大的批評家常是我們的領路人，我們常因他的領路而走到正當的文藝之園地中，飽受文藝的熏陶。至於有許多書批評家都認爲好，你將讀哪一種，那就憑你喜歡了。並且中外名著，其成爲名著，他是經過長時間的淘汰，他又經過多數人的批判，而後才被稱爲名著的，這種名著，你會愈讀愈覺得美妙，愈讀愈覺得有意義，他會引人入勝，他會使你覺得蔗境漸甘。倘若公認的名著，你竟都不能引起喜歡的心，這又是你程度的問題，你當一面在文字上用點功夫，一面多方面的去體驗和觀察人生。——這樣,可以提高你的欣賞能力。在你欣賞能力提高之後,必有一些名著,是合於你的口胃,而使喜歡不置的,到那時,還是憑你喜歡了。

第四講　感情的成分

據説人是感情的動物,這話總不算錯。大家都覺得這事悲慘萬狀,因之嘆息、流泪乃至於痛哭,可是竟有一人無動於衷,在這人背後就必有人駡著:“這簡直是死人。”人到了變做死人,實已離開“人”的範圍,走向另一個世界去了。足見凡是一個人,就得有感情。《禮運》上説:“何謂人情? 喜怒哀懼愛惡欲,七者弗學而能。”所謂不學而能,就是説感情是天生的。

不過感情雖由天生,却也有人做假。賣笑的女人向你表示愛,你能承認她的愛是真誠的嗎? 賣卜的江湖術士説你將來大富大貴,爲你喜歡,你能承認他的喜歡是真誠的嗎? 在這些地方,你既覺察他們不真誠,他們就不會深切的感動你,你便如浮雲過眼,只有付之一笑。

説到文學,是感情的産物。偉大的文學作品中,没有不蕴藏著人類所共有的而且真摯深厚的感情,從這裏面,我們於是瞭解人生,瞭解整個的人類。没有感情的文學作品,是無價值的,率直的説,也就不是文學作品。並且這感情要是人類所共有,更真摯而深厚。假如你是一個女人,見到闊人的太太,她的一雙絲襪就值二十五元,回視自己,只是幾毛錢一雙人造絲襪的襪子,於是一面羡慕,一面悲哀,就寫了一篇小説,題名《襪子》。在這一篇小説中,你只寫你自己的一雙脚之不幸,這不足動人,倘若從富貧貴賤的兩對照中,寫出人類的不平等,寫出社會畸形發展的罪惡,這就足動人;因爲這是人類的絶大多數所共同感到的悲哀。你能借這事寫出,别人讀到,自然能深深的感動於中了。

又,在文學作品中所表現的感情,還得真摯深厚。在從前有一個人喜歡做詩,送給一位前輩去看。這位前輩讀到他的作品中“舍弟江南殁,家兄塞北亡”,不禁大吃一驚,便問這位詩人:“足下何以遭遇如此不幸?”這位詩人的回答是:“實無其事,不過求對仗工整而已。”於是這位前輩爲之大笑不止。這種應該使人慘然的句子,却使人先大驚,後大笑,永遠給人做茶餘飯後的話柄,便因作者無真摯深厚的感情,於是在作者要寫悲苦,而在讀者只當著笑話了。當作笑話的東西,有何深深的感人之處?不過博得大家的傳説,浮薄的感動而已。

讀者諸君,你能注意到這一點,你大概就可以大略的分辨出什麽是值得贊許的文學名著了。

文學講話

黎　夫撰

黎夫的《文學講話》由七篇短文組成，其中《文學可以當飯吃嗎?》載於一九三四年《讀書生活》第一卷第一期，《咬文嚼字並不是文學》載於一九三四年《讀書生活》第一卷第二期，《什麽是文學的要素》載於一九三四年《讀書生活》第一卷第三期，《題材跟内容》載於一九三四年《讀書生活》第一卷第四期，《文學的形式》載於一九三五年《讀書生活》第一卷第五期，《文學中的個人成分》載於一九三五年《讀書生活》第一卷第六期，《文學中的社會成分》載於一九三五年《讀書生活》第一卷第九期。《讀書生活》，一九三四年在上海創刊的綜合性雜志，半月刊，以青年爲主要閲讀對象。一九三六年十一月十十五日出至五卷第二期時，被國民黨政府封禁，共出五十期。作者黎夫，生卒等信息不詳，曾爲《讀書生活》主要撰稿人之一。本文論文學，多一般之筆，主要内容包括文學與現實生活的關係、文學與文字的關係、文學的構成要素、文學與個人的關係、文學與社會的關係等，其長處在於行文語言的通俗和理論體系的較爲完備。

文學可以當飯吃嗎?

“文學可以當飯吃嗎?”

這是我近來常聽到的一句話。在許多失學的小朋友中，只要一提起文學就有人這樣反問。

這實在是一個很有興趣的問題。

記得在大學讀書時,有一位商科的同學曾這樣問過我:“你們中國文學科畢業,也可以戴方帽子麽?”自然方帽子不能與吃飯相比,但文學在一般人心目中,是怎樣不值一文錢,可見素來就如此的。

我們不能跟文學專家一樣,板起臉孔,駡一聲“你們太使文學庸俗化了,你們這些功利主義者餓著肚皮的人根本就不配碰一碰那高超的文學”。

我們不能這樣回答。文學既不是不值一文錢,却也没有什麽高超。把文學和大衆隔離起來已不可能,要每個人從文學上去找飯吃也是一條死路。

我們需要解釋的,是一般人對於文學的觀念。

中國人對於文學,從來都認爲是一種做官的工具,或者是士君子消愁解悶的玩物。由於前者,産生了奉仕文學,由於後者,産生了消遣文學。

以前的人還很看得起文學的緣故,是因爲“天子重英豪,文章教爾曹”,能文章就可以做官。只有那些失勢的官兒退隱山林的時候,才會憑著自己的性靈來發個人的牢騷,其實,這只是失勢的反感,仍是與官有關係的。這類文章,在一般人看來,却已經成爲帶有酸氣的無病呻吟了。

等到革命一起,小皇帝跑了,科舉制度也廢了,於是我們聽到市鄉窮人們同聲嘆氣:“還讀什麽書,又没有考!”從此文學與官暫時失了聯絡,雖然許多遺老遺少都弄起花呀、月呀來使消遣文學,反而不可一世,但這與一般人無關輕重,也不是一般人可以高攀的。文學跟大衆已經失去了切身利害的關係。

這就是中國文學在一般人眼中跌價的歷史原因。

如今,正是生存競争劇烈的時候,餓肚皮的危險,一天一天的加深,要是人花費功夫去做那與生活無關的勾當,那簡直是一樁不可赦的罪惡。我們自然没有那樣傻!

我可這樣老實回答:“文學可以當吃飯,雖然不能把白紙黑字吞進肚裏,至少可以當做生活的泉源。”

這種文學,不是傳統的奉仕文學和消遣文學,而是那能把綜錯的社會生活表現出來給我們看的活的文學。

認文學爲升官發財的工具,爲消愁解悶的玩物,不是正當的看法,是受到别人的騙。文學應該看做實生活的記録和提示,文學是人類思想感情的組織者。

拿社會科學來比文學:社會科學是告訴人這是什麽,那是什麽,這應該怎樣,那應該怎樣,文學却是把社會上的形形色色,真實地借文字再現出來。社會科學的内容是静的,是横面的;文學的内容是動的,是進展的。譬如戰争吧,社會科學只能把戰争的性質、戰争的原因等等,用數學的公式列舉出來解釋給我們聽,但如果我們要求看一幅活生生的圖畫,戰争如何的凶殘,處在炮火下的人們是過著如何的生活,那便不是從社會科學可以得到回答的,而是文學的任務。社會科學給讀者的是理智的啓示,文學給讀者的却是感情的唤起! 使讀者的思想通過感情更具體化起來,這是文學跟科學最大不同的地方。

人不能獨立生存,“天下皆餓我獨飽”事也難辦到。要飯吃,並不是一個人的問題,是許多人的問題。憑著僥幸,想求個人肚子的滿足,雖然不是絶不可能,畢竟不能完全靠得穩,我們看到許多工廠商店内不斷地把新的成份吸進去,舊的成份排出來,可是徘徊街頭没有工作没有飯吃的還是多數。技能高就有飯吃嗎? 能耐勞就有飯吃嗎? 到底學些什麽才有飯吃呢? 我想是没有人可以肯定地給你回答的。

但,如果我們認爲這是需要全社會人們的努力,需要在同一生活綫上的人互相瞭解,唤起彼此的同情,那麽,我們便不能輕輕忽視文學的藝術價值。

以爲俄國農奴解放運動,完全是屠格涅夫的《獵人日記》掀起來的,這自然是一種夸大,然而,它在當時的俄國大衆中,却確實有過深切和廣大的影響。它把農奴和地主間的秘密,有色有聲地揭示了出來;它使大衆深一層體驗到社會上原有這麽一回事,它組織了大衆地感情，組織了大衆的心。

文學的唯一功用，就是能把讀者不知不覺地引入到作品地内容裏面去，能使讀者的思想感情溶化在作品中，能使作品所表現的生活，深刻在讀者腦内好像讀者體驗過一樣。我們没有經驗過戰争，如果我們讀一讀雷因的戰事，就一定會毛骨悚然感到戰争的可怕。以前有這樣一個笑話：有人喜歡讀傳奇小説，有一次他在一個會場上看戲看到演《風波亭》，岳飛正被秦檜綁起來要斬的時候，他忽然跑上臺去，把那個扮秦檜的戲子摔下臺來打死了。後來告到官府，差役在他家裏搜出了一部《岳飛傳》，發見在那本書内，凡是有秦檜兩個字的，統被撕破，於是才知道那個人是入了《岳飛傳》的迷。這例子，固然舉得有點不切實，我們需要的文學，既不是《岳飛傳》那類的文學，這樣糊糊塗塗做書迷的人，也只是十足的傻子。但從這裏，却也可以看出文學影響讀者是如何的深切。

文學不僅是教人如何生活，而且可以吸引人不能不那樣生活。

當然，這樣説絶不是叫人都去讀文學，都去做文學家，似乎離開文學便不能生存，這只有那些奉仕文學者消遣文學者才有這樣説法。

我們看到許多失業青年向文學圈内擠，也看到許多文學青年住在亭子間内挨餓；把文學看成可以换飯吃的東西，這是必然要遭受到的悲慘結果。文學可以换飯吃，只是某些專家可能的，我們要讀文學，不過是把文學當作日常生活的滋養使自己的生活豐富起來，使自己明白應該和那一種生活接連在一起。我們需要把自己的生活暴露給别人看，我們也需要别人把各自的生活暴露給我們看，這樣，彼此才可唤起同情——可以唤起共同的愛好和共同的憎惡，只有在這同情中，才能增强我們生活的機能。

於是，横在面前的，就發生什麽文學是我們所需要的、能够滋養我們的問題了。

前面曾説過，我們需要的文學，不是奉仕文學、消遣文學，是真實地表現社會生活的文學。什麽才是真實地表現社會生活的文學呢？

有人專寫三角戀愛的小説,並且説“這是現實生活啦”。不錯!青年男女總是要戀愛的,三角四角也是常見的事。不過這種作品,拿給有閑的公子哥兒看或可引起他們的一點實感,倘拿給我們看,却實在只有空虚,離開所謂“現實生活”太遠了。

也有人寫贊美戰争的小説,並夸大地説“這是多麽現實的問題啊”。誠然!誠然!世界各國不是誰都在那裏爲繁榮、爲復興、爲民族積極準備戰争嗎?但這種贊美却不是我們所能領會。我們明明看到戰争毁壞了人類文化,奪去了無數萬的生命,我們怎好去贊美戰争?我們要讀的戰争文學,是那暴露戰争凶殘的文學,贊美戰争的文學不是我們所能瞭解,也只能算是現實生活的歪曲。

現實,不是指社會上的任何現象,是指那現象,有充實的社會内容,在正常的歷史過程上發展。同一件事體,有的描寫出來是現實的,有的描寫出來是非現實的。於是問題就落到文學方法上來了。

“文學可以當飯吃嗎?”

回答這問題的先决條件,因此並不在文學跟吃飯這個單純的概念上,而在我們怎樣去讀文學和把要“飯吃”當成一種怎樣的看法。

咬文嚼字並不是文學

我現在要談的是文學與文字的關係問題。

通常,一般人總認爲文學只是咬文嚼字的玩意兒;文章好壞,好像全憑詞句的古雅與否來决定。“五四”時代,林紓等反對白話文的唯一理由,是駡白話文不雅馴;如今事隔多年,也還有人在拿“語録體”跟《袁中郎集》來做抵制大衆語的藤牌。這其間,雖然是“把戲人人會做,各有巧妙不同”,但把文學與文字的關係故意模糊起來,却古今一樣。

當然,這種看法在他們也並不是無原因的。他們把文學當做少數人“陶冶性情”的東西:一方面既要在一般人面前有意地顯出文學的深奧,另一方面更不能不裝腔作勢,希圖掩飾自己的空虛。麗質天生的美人,是用不著裝飾的,但麻臉婆娘,却只有借助於粉墨。這點秘密,説穿了固不值一文錢,然而因此受了騙的至今還是不少。

記得我在一個中學教書時曾採取小説作爲國文的教材。起初,學生們大部分是不高興的,他們懷疑似地問:“白話小説,自己也看得懂,怎麽還用得著講呢?”

這就是中了“咬文嚼字”的毒! 他們以爲,一篇文章值得講的,只有那些“咬文嚼字”的地方。只要懂得字句的解釋便算看懂了。他們根本忘記了决定一篇文章的價值的,主要的應該是内容。

這是每個研究文學者最先應該改正的錯誤觀念,不改正這觀念,便不要希望能够對於文學有深切的理解,甚至很難與文學接近。初學寫作者,常常一提起筆來,就要感到這樣寫不好那樣又寫不好的苦處,這也多半是受著“咬文嚼字”的糾纏。

固然,我們是不能贊同没有文字便有文學的那種見解的。勞動的呼聲,雖然可以説是詩歌的萌芽,但顯然地在那還没具有詩歌形式的時候,並不能認爲即是詩歌。文學,没有文字或者没有内容,都是不存在的,我們説一篇文學作品時,必然是指那人類生活用文字的形象表現出來的東西。專注重内容與專注重文字形式,同樣是錯誤的。

文字與文學的關係,只是聲音與語言的關係。聲音是人們表達思想的工具,對於語言,並不是主要成份。鶯聲燕語,雖然比較更能動聽,但如果是胡説亂道,同樣足以使人感到無味和可憎。聲音没有語言的内容,便不能算是語言,且其抑揚高低,也是隨著不同的内容而不同。講情話,要用柔軟的聲音,在廣大的群衆中演講,便非宏亮粗壯不行了。

文字之與文學,就是這樣。文字的最大功用,便是適當地表現文學的内容。兩者的關係,也只在“適當”這一限度上。

一個文學者,當他動手寫一篇作品時,對於語彙的儲蓄和精選,自然是非常必要的。文學作品既是形象化的東西,那麽,要使作品的内容更藝術地呈露在讀者的眼前,更能感動讀者,就非有精確的文字供作者驅使不可。這和一個畫家要畫出一幅鮮明的圖畫,必須要有鮮明的顔料是一樣,顔料褪了色,表現在畫面上的内容,必然隨著要減色了。

然而,這却並不是教人單在文字上兜圈子,這與咬文嚼字是絲毫無關的。這裹的所謂儲蓄和精選,乃從表達内容這一點出發。内容是變化多端的,文字也一定是變化多端的。陳言濫調、與内容不發生聯繫的死文字,根本不合用。這類文字絶不能從舊書堆裹去尋,只有經常在實生活的體驗中去學取。

我們要描寫一個美人,是不是用那些"花容月貌"的字眼就够了呢? 顯然這是不够的! 如果用這樣的字句來描寫,那人物便要變成毫無生氣的木偶,和梅蘭芳在舞臺上扮演的美人一樣。我們現在的所謂美人,既不是古時的所謂美人,我們要描寫出一個活的美人來,也就自然不是那些書本上的字句可以爲力,而必須借重那從實生活中産生的活字。

在以前,"山明水秀"這類的文字,成爲歌咏鄉村的最好語彙,但現在却顯然是不適合了。鄉村生活的改變,無疑的就産生了大串形容鄉村生活的新用語。如果現在還有人拿"山明水秀"來描寫鄉村,便誰都要説他一聲"那是説謊"吧。

所以,精選語彙不但是與咬文嚼字無關,而且是更徹底地反對咬文嚼字的。一些專喜咬文嚼字的文學者,除了他是故意玩弄他的淵博外,還有就是偷懶,他既不能去充實他的作品的内容,也不願從現生活中去學習活的用語,於是他只有搬運舊貨,搬出那些陳詞濫調來裝門面。只有語彙豐富的作家,才能不陷入咬文嚼字的泥坑。

活的語彙,是從現實生活中成長的,有豐富的生活,才有豐富的語彙,如果離開了現實生活,離開作品的内容而瞎談用語,瞎到書本上去找成語來凑數,這就是咬文嚼字,這是值得每個文學者注意的。

專咬文嚼字,是决産生不出好作品來,因爲他根本不明白文字在文學作品上的作用,不瞭解文字與文學的關係,他們把文字和文學内容顛倒看了。在這樣情形下産生的作品,便只能説是文字的補綴,而不能説是文學。

許多青年文學者,竟因這緣故,畢生寫不出一篇有條有理的文章來。他們不曉得豐富自己的生活,把自己的思想弄得有系統,而只在文字上用功夫,愈是愈弄愈糊塗,愈使詞不達意。

這種咬文嚼字的毒害,是每個文學者應該從自己的筆下肅清的。我們聽到半老徐娘那種嬌聲怪氣的聲音,我們看到麻婆臉娘那種搓粉畫眉的醜態,一定要感到非常的討厭,我們爲什麽要對於那種咬文嚼字的文章寬容呢?

咬文嚼字不但不是文學,而且往往弄成不通。如果讀者還不信,我可隨便就近舉出一個例來。

宋莊季裕之《雞肋篇》載:"王逸少好鵝,曹孟德有梅林救渴之事,而俗子乃呼鵝爲右軍,梅爲曹公,前人已載尺牘有'湯燖右軍一支,蜜浸曹公兩瓶'以爲笑談。張元裕云:鄧雍嘗有簡招渠曰:今日偶有惠左君者,已令具面,幸過此同享。初不識左軍爲何物,既視乃鴨也。問其名之所出,在鵝之下,且淮右皆有此語。鄧官至待制典荆州,洵武樞密之子。俗人以泰山有丈人觀,遂謂妻母爲'泰水',正可與左軍爲對也。"

這是抄録十六日《申報》"自由談"江紀寄萍的《論用典》一文内所引的一段。其實以前文人因爲咬文嚼字鬧出來的笑話,還不知有多少咧。

再説一遍,有豐富的現實生活,才能獲得够用的活語彙,有充分的語彙,才能表現豐富的文學内容,咬文嚼字,是絶對没有用的。

什麽是文學的要素

"什麽是文學的要素?"

這問題,只要翻過一兩本《文學概論》的讀者,我想,一定立即可以回答:"感情、思想跟想像。"

這是不錯的。一般文學概論之類的書,都是這樣告訴我們:感情、思想與想像三者乃是構成文學的要素。這已成了無容置疑的問題,粗看來,似乎再也用不著多嘴了。

但是,倘再問:"怎樣的感情、思想、想像,才是文學的要素?"

恐怕讀者便要開口不得,或者含糊地說一聲:"不大清楚,《文學概論》並没有提到咧。"

因此,這問題如果容我們反省一下,我們定當明白:一般的《文學概論》,空洞地單舉出感情等幾個名詞來,是如何的不够,簡直等於没有解釋。它們只是故弄玄虚,在字面上兜圈子,絲毫不曾觸到問題的中心。

那麽,問題的中心在哪裹呢?

第一,表現在文學這一具體形象上的思想、感情跟想像是不能分離的統一體。

有許多文學者,常常喜歡抬出感情來排拒思想。他們以爲文學作品只要有感情就够了,思想乃是科學的要素。實際上,這無异是否認了感情;在文學内,没有感染思想的感情,是與没有通過感情的思想同樣不存在的。

一個作家,當他採取某種題材寫成作品時,便已經有作者的思想存在了。他爲什麽不選取别一現實做題材呢?他爲什麽要使故事那樣發展呢?他要怎樣才能使作品中的感情豐富起來,更能感動讀者呢?這些問題,假使離開思想,便怎樣也找不出回答。

太太們看到馬路上赤裸著身子討錢的孩子,偶然會嘆一聲:"可憐。"這種感情,也許是離開思想獨立存在的。但顯明地這並不是文學的感情。文學的感情,是需要激起讀者的實感的,太太們的嘆息,却未免太虚無縹緲了;不但不能唤起别人的同情,就在她們自己看來,也無非是一點偶然的、轉眼便消失了的感觸吧。

没有經過思想濾過的感情,表現在作品内,便只有虚僞、淺薄,等於慈善家或傳教士的説教。無病呻吟以及花嚇月嚇之類的東西,試問:能發生什麽藝術的效果呢?

當然,這裹的思想也與表現在科學上的思想不同,是不能離開感情而存在的。思想該是溶解在感情裏面，以充實感情的內容，否則便成爲政治家的政論、宣傳家的口號標語而已。

通過了思想的感情，才能真切動人，溶化了感情的思想，才能深入讀者，把感情與思想割開，顯然是一種錯誤的見解。

又有許多文學者，以爲文學作品不該含有想像。文學所需要的是真實——真實的感情與思想，想像離開現實的便非真實。這種排拒想像的偏見，同樣是不正確，不知不覺地把文章支解了。

所謂文學的真實性是由於感情、思想跟想像三者的統一，才能具體表現出來的。離開想像的真實，甚至不是真實。因爲任何事物，都時時刻刻在變動，今天既和昨天不同，也和明天不同，它們是在向著一定的方向進展著的，假使我們只以眼前的現象爲滿足，那最多只能跟在真實後面跑。一篇作品，如果只是表現一些平面的、静態的畫相，没有分析，不含在發展中的現實性，便只是攝影，不能算是文學，這樣的真實就與文學的真實無關。

缺乏想像力的作家是最低能的作家，没含有想像的文學作品，裏面所表現的感情與思想，也只能算是一種静止的死水。

感情、思想跟想像，在文學内是和輕氣跟養氣在水内一樣，不能單獨存在的。我們要懂得構成文學的全部過程，明白文學的要素畢竟是什麽，便不能不先把握著這一點。

第二，文學的感情、思想跟想像，是從現實生活産生出來的。

唯美主義者往往舉出美來把感情從現實生活中割開。他們以爲：凡現實，均是醜惡的，只有"架空的理想"才是文學的美的感情。我們且不管這種論調錯到怎樣的程度，我們只問：美的觀念又是怎樣形成的呢？

美和感情同樣，只是一個空洞的名詞，是依然以人類生活的内容爲内容的。就感情説，我們要遇到了可哭的事發生，才會哭，遇到了可笑的事發生，才會笑，一個人憑空笑起來或哭起來的事，除了傻子，是不會有的。而且同是一件事，因爲各人的生活不同，所引起的感情，也就往往相反。在某種生活下的人看來以爲可笑的事，甚至在别一種生活下的人看來却以爲值得一哭。記得我曾在一個鄉村小鎮上,看到一個種田的,因爲賣好的數百錢的芋種失去了大哭起來,以致引起櫃檯内大老闆的笑駡。這種現象,必然地只有從他們不同地生活上才能求得解釋。離開生活,感情便變成神秘的東西,我們更無從來斷定那種感情是真實的感情,那種感情是美的感情。

帝國主義的英雄們正在贊美戰争,以戰争爲樂事,但弱小民衆的老百姓,却老實把戰争認爲是死對頭了。這兩種不同的感情,我們能説哪種是美的感情?我們應該把哪種感情注入戰争的文學作品中去呢?

也許唯美主義者仍要回答:"兩者都不是的,美的感情只有架空的理想。"

於是,我們就要問:架空的理想又是什麽?

架空的理想,實際上也並不是架空的,依然是從他們自己的生活出發。他們有閑,他們煩厭了物質生活,於是他們企圖避開現實,從文學上去求得個人精神上的滿足。另外,便是有意顯出自己的高超,使文學不能與一般人接近而成爲他們的專利品。

這就是他們的理論的全部秘密,揭穿這秘密,看到的不過是一種欺騙罷了。

文學畢竟不是少數人的娱樂品,而是大多數的讀者的知識食糧,文學的感情也並不能"架空",應該從大多數人的實生活中去攝取。只有能引起多數讀者同感的感情,才是美的感情,才是文學的感情。

思想跟想像也是一樣,不從現實生活出發,便成爲幻想,便不能付與文學的生命了。

第三,因爲文學的感情、思想跟想像是與現實生活密切關聯著的,於是也就必然隨著生活的變化而變化。

把文學的感情固定化,認爲有永久性,這一貫的是唯美主義者的看法,是企圖把文學據爲私有的進一步的戰略。意思就是説,只有他們那種空想的美才是永久的,只有他們的作品才算文學,别種生活的人,實在用不著高攀。

這錯誤，想來已經再不用反復了吧。

在這裹需要解釋的，是人類感情的變化並不是從天上掉下，乃有其一定的程式。一個現代的人，多少都具有些舊的感情，這是因爲舊的生活還没有完全從現社會中肅清，尤其是知識者群，從書本上受到舊生活的遺毒既深，所以他們的舊感情也愈其濃厚。這就是爲什麽許多古典名著，還會引起現代讀者的同感的緣故，但中國人的愛好古典名著，與歐美人的愛好古典名著，以及俄人的愛好古典名著，其間有著極大的程度上的差别，却更是顯然的事實了。

同樣，同一生活的人，因爲所受的舊社會的影響不同，也會發生不同的情感。同是遭遇著旱灾，有的人感到非自殺不可，有的却反而會憤激起來想到求生存的那方面去。前者是舊社會殘留下來的感情，是有毒的；後者才是真實的感情，能够引起多數人的同感。

文學的感情，便是要那没有毒害的、能激動多數讀者的生的意念的感情。

以上可算是簡單地把文學的要素叙述明白了。

題材跟内容

一般《文學概論》的作者，講到文學的内容時，往往是把題材這一問題忽略的，他們以爲題材是與文學的生命没有多大關係的死東西。世界上的形形色色，統可以作爲文學作品的題材，只要看作者處理的妥不妥、把握的够不够，於是他們的話，便僅限於所謂美、所謂感情上面了。

這是一個極大的錯誤，這留下了許多《文學概論》的著作一個急需補正的缺陷。

固然，人類的思想感情是文學的要素，但是，我們憑藉什麽把那思想感情傳給讀者呢？没有衰敗的農村現象作爲背景，任何巨匠也很難把一般農民悲慘生活的情調從畫面上表露出來。題材是作者使自己的感情具體化起來藉以感染給讀者的媒介，離開了題材，所謂文學的感情，就成了不著邊際。

在文學創作的過程中,題材本身便具有活躍的生命力。文學是社會生活的再組織,那麼,必然地當我們從現社會中採取某一題材時,所採取的題材,便含有對於作品的藝術價值的決定作用。拿旱災做題材的作品,雖然也有寫成一幅新式的佳人才子行樂圖的,但這如果不是作者有意歪曲,就怪作者對於旱災的絶對無知。然而,任何認識清楚或者技巧純熟的作家,却怎樣也不能從一個外國水兵和中國姑娘戀愛的故事中表現出農村的災情來。

而且,我們應該明白,文學的思想感情也不是從作者的腦子内憑空發生的,是由題材引起來的。遇到了可哭的事,我們才會哭,遇到了可笑的事,我們才會笑,同樣,採取了某一種現象做題材,我們才會注入適應那種題材的情感。這些事實,完全説明了題材乃是文學作品的骨幹。

把題材忽略過去,甚至抹殺題材的理論家,除了有意使文學的内容神秘起來、空洞起來外,可以説是逃避現實的聰明的藉口。題材是要從現社會的萬事萬物中選取的,既然任何材料都可以作爲題材,顯明地就再也用不著來注意什麼現實問題了。因爲這樣,於是文學在他們地眼内,便成爲一種單是形式(寫作技巧)的東西。這種文學,嚴格説來是失去了生命的死文學,是没有内容的文學。

文學的内容不單是指感情,自然也不單是指題材,是指題材通過了作者的感情具體化了的那作品的本質。要使文學作品的内容充實,精細地選取題材,實在是非常必要的。

高爾基曾指出十九世紀的文學的衰敗原因,以爲是由於當時的文學者主張自由地任意地寫作。一"自由",於是便無形中把觀察現實的範圍縮小,放棄了對現實作廣泛的各方面的研究,表現在文學作品上的,也就不能不被局限在"自我"的小圈套内。實際上,他們既不注意現實,又從哪裏去選取題材呢?

在中國,文學的墮落同樣可以從這裏求得解釋。中國的文人,對於寫作是從來不擇題材的,他們只憑自己的"靈感"。有"靈感",即使對於一支紅頭蒼蠅,也會寫成一個仙女。這類作品,所表現出來的一切,無疑的只有虚僞,只有内容的平凡與千篇一律。

富有生命的文學決然不是這樣的，它的題材必然是經過精選的。只有偉大的題材，才能完成偉大的內容充實的作品。我們不説別的，只拿魯迅先生的《阿Q正傳》來説吧，《阿Q正傳》之所以成爲名著，就是它所取材是現社會的最特徵的現象，所表現的人物是封建農村最典型的人物。它的成功，可以説大部分是那題材的成功。以前有人提出這樣的問題："中國爲什麼没有偉大的作品産生?"我以前倘回答："因爲作家不能從他所與的社會内去精細地選取那偉大的題材的緣故。"也並不能認爲過分。

於是，問題就該是"什麼是文學創作的題材，怎樣去選取題材"了。

在萬花繚亂的材料中，要選取那最適用的創作題材當然是不容易的事。第一，他應該有一個正確的尺度。譬如，我們要造一幢房子，一定先要有了計畫，是住家的或做商店的，要造多麼高和多麼大，然後才可預備材料。選取題材也是一樣。文學的尺度，是由文學的社會價值來决定的，即是，文學應該表現社會的真實，唤起大多數人的同感，根據這，便來確定選取題材的標準。

一種偶然的現象，是不能當作題材的，因爲偶然的現象，在社會發展的正軌上，只是無足輕重的附生物，並不包含有社會的現實性。我們偶然看到某一青年，頭上生了幾根白頭髮，就拿來作爲證明那青年已經衰老的根據，這自然不會使人相信，實際上，那青年的幾根白頭髮與那青年生理的機構並不發生若干的關係。有許多作家，隨便把偶然的現象寫成作品，便以爲滿足，這種舍重就輕的取巧辦法，即使一時能眩惑讀者，也是最易引起煩厭的。

一種社會的腐舊生活，也是不能當作題材的。因爲腐舊生活不僅不是現實的，且足腐蝕人類追求著的新生活。要造一幢房子，如果只是用些舊材料，無問題的不能使它堅固好看了。

最適用的文學創作的題材，是應該是現社會的最典型的活生生的事物。我們看到，由於九一八的教訓，中國人民仇恨帝國主義的心理，已經普遍地達到尖端的時期了，那麽，這一事實便是現實中最典型的東西，這類反帝的人物，便是中國民衆典型的人物，這也就是目前最好的文學題材。

在這裏,還有一個問題要特別提出來的,是主題。主題是題材的核心,當我們選取了某一題材時,如果不能把握這題材的核心,展開它的主題,仍是不能完成一篇内容充實的作品的。主題可以説是文學所要表現的中心意識。一個讀者最先能從文學作品中感受到的,也就是這一點。譬如,前面曾説過,以旱灾爲創作題材的作者,並不一定能把握這題材的核心,他既可以寫成新式的佳人才子的行樂園,也可以寫成不關痛癢的農村即景。然其實,這題材只包含著一個悲慘的結局或一個悲壯的結局,要把握這一點,能够使題材向著這方面展開,才算完成了它的最後任務,才能獲得更高的評價。這雖然就文學構成的全過程上説,是屬於方法甚至形式的問題,但爲要瞭解文學内容的真實面目,却也是不能忽略的一點。

至於要怎樣去選取題材,那便又回到作者生活的體驗上去了。要有非常豐富的生活才能有選擇,要是自己所熟知的題材才能表達那題材的真實。試問,一個終日坐在沙發上的作家,他所看到的既是那麽小,有什麽好選取呢?"求知於天花板",結果所求出來的,自然只是不切實際的虚構了。那又怎能談到内容的充實?

感情思想跟想像,題材跟主題,都是充實文學内容的主要成分,也只有理解這其間的統一過程,才能真正認識文學的本質。

文學的形式

一提到文學的形式,便不能不使我想起現在流行的幾種對於這問題的誤解。

有些文學者常常喜歡把形式抬入天堂,他們以爲:一件藝術品,内容是可以不管的,主要的能够引起讀者們的快感的,只是那美的形式。這種主張,就是所謂形式論者的主張。他們不曾看到内容對於形式的决定作用,他們的眼光,只是浮淺地停在藝術作品的表面上,而不曾深入到裏面去。他們好像鄉下人到上海,一望到馬路上的電車汽車,就禁不住連聲叫著:繁華!誰不知所謂繁華,應該配合著整個都市繁榮的實質,才够繁華的。如果再睁開眼一看,知道工廠不斷的關門,商店繼續的倒閉,馬路上的失業人群一天一天擁擠起來,那麽就自然要明白上海原來也變成了骷髏,一切表面上的繁華,只不過是"泥菩薩裝金"的一種粉飾而已。這是繁華的墮落,是繁華的畸形發展,是不能叫做繁華的。藝術上的美,就是這樣,是要形式與内容的統一的美,才是美。試問,一幢本質上破敗的房子,即使加工油漆起來,我們能自欺欺人地夸説這是一座美麗的建築物嗎?不能的!

又有些文學者喜歡把形式打入地獄,他們以爲形式只是一種表現内容的工具,内容有變化,形式是没有什麽變化的。於是,他們認爲一種作品,只要有内容,用古文寫也好,用白話寫也好,是無關係的。這種否定形式的看法,也是一種近視眼的看法。他們不願進一步想:白話,大衆語的産生,却是由於那新的内容誘導出來的。他們不明白,文學内容的美,是要通過形式的美才能表現出來,一篇作品,如果形式上有缺陷,即使内容很充實,仍不能稱爲完整的藝術作品。比如,拿一所土庫房子和二十四層大樓相比,他們的不同,固然主要的由於兩者所用的不同的材料來决定,但如果完全忽視他們的形式,有人要用鋼條水門汀來造一所土庫房子,和二十四層大樓相比美,這不是一件世間最大的傻事;要用木材來造一座二十四層大樓,那便更是不可能了。

把形式抬入天堂與把形式打入地獄,雖然出發點不同,一個是看重形式,一個却是否認形式,但他們的歸結,却走上了同一錯誤的路。同樣是不明白形式與内容的關係,硬把形式從内容割開。因此,他們對於形式的認識,也完全是一種錯誤的認識。

他們一致單純地把文體(詩與小説等,第一人稱寫法與第三人稱寫法等,書信體與叙述體等)或文學技巧(措辭,布局,結構等)認爲是文學的形式。形式論的崇拜者們,在論到形式的美的時候,總是拿詞句美麗、結構嚴緊等來做他們話題,好像文學形式的完成,只要有了純熟的技巧就够了。當然,純熟的技巧是與完整的藝術形式有著極大的切身關係,但技巧絶不能包括形式,也絶不就是形式。這和一隻象脚或一個象頸不能代表象的整個形態,同樣是最顯明的事實。離開了文學内容來看形式,决認不出形式的真實,只好摸著象脚就算是象,結果是和形式否定論者一樣把形式打入地獄去了。

文學的形式是什麽呢?文學的形式,既不單是指文體,也不單是指文學技巧,他是指整個的創作過程,是指一個作者從認識現實、處理題材以至用文字寫出來這全過程的工作成果。因此,它是决定於内容的,它是從内容誘導出來的。

我們在報上曾看過巡捕房大捕野雞的消息,但近來許多馬路,一到晚上,又成爲野雞的世界了。這現象反映到我們的腦子裏,馬上就會感到這不是一個偶然的現象,不是一個簡單的問題,於是我們取來作爲創作的題材。有了題材,自然便要想到構成一個怎樣的故事,使故事怎樣的發展。任何社會的現實,其自然發展的正確途程,是只有一條的。如果這題材是悲劇的結局,我們便不能寫成喜劇,同樣,是喜劇的結局便不好寫成悲劇,否則便要失去主題的真實。把一個野雞站在風雪里拉客的慘狀,寫成一個淫蕩婦人追求肉的享樂的故事,這不是作者發性肉狂,便是作者對於文學寫作的絶對無知,無論他措詞是怎樣的美麗,結構是怎樣的嚴緊,絶不能成就一篇有藝術價值的作品。那麽,這題材,自然是只有一個悲劇的結局了。到這裏,我們才可談到布局,談到文字的使用,我們儘可能地採用適當的辭句,使故事適當的展開,充分地明確地把故事的悲劇成份表現出來。這樣,才算完成了一篇形式完整的作品,這作品才達到了形式與内容的統一的藝術最高峰。

當然,這題材也可以寫成有音節的叙事詩,但寫詩也並不能離開整個創作過程來談詩的形式相同的,詩的形式的完成,也就是詩的整個創作過程的結果。

以野雞拉客這一現實(内容)出發,從選取這一現實作爲題材起,一直到使用文字止,這一創作的過程,便是所謂文學的形式。

形式是包含著文體技巧的,但文體技巧却並不就等於形式,同樣形式是决定於内容的,但形式絶不是與内容全没有分别。

我們常看到許多文學者以"舊瓶子不能裝新酒"這一句話來作爲解釋"内容决定形式"的例子。這不僅是因爲那例子舉得不倫不類,瓶子與酒,並没有什麽固定的關係,即在他們的本意,也犯了把形式與内容看成完全一致的東西的錯誤。固然,嚴格地説一種内容,是只有一種最能適當地表現這内容的形式的,但實際上,這只是文學者們所追求的理想的目標,不過這理想並不是一種幻想,而是基於使藝術形式達到最後完成的創作的實踐上面罷了。文學的内容即社會的内容,文學的形式,却是文學者付給那内容的再組織的形象,内容是客觀的存在的。形式雖然由内容誘導出來,却不能不是作者努力學習的結果。把形式和内容作爲一談,不僅抹殺了一個作家的創作過程對於作品的重要性,且有使文學學習者,陷入觀望、等待的危險,以爲内容與形式没有分别,有了好的内容,自然有好的形式,於是乎就用不著學習了。一個文學者,如果他寫作時所經歷的創作過程,是非常正軌的、精確的,往往是足以使那作品的完成,超出他自己的視綫,達到藝術的高攀。譬如,作爲寫實主義大師的巴爾扎克,雖然他的作品的藝術價值,不能離開内容來估定,但能使他離開他所屬的社會層,使他的作品,成爲完全暴露了他自己的社會層的罪惡的,却可以説大半是由於他極忠實達到創作藝術的最高點。否則,他爲什麽不和他同時代的的作家一樣,使作品的内容歪曲地向另一方面開展呢?

而且,形式的變化,也不是與内容的變化並行的。就整個藝術發展的程式説,一種新藝術發展的初期,往往内容勝於形式,到了没落的時候,却又往往形式勝於内容。這種論斷,只要看一看現在中國文壇便可得到證明了。

因此,我們便可知道,文學的形式與内容,是有分别的,完整的形式,且能影響内容;所謂形式决定於内容,也只是説,形式是隨著内容的變化而變化,不是説,形式對於文學完全没有獨自的作用。反之,一個文學者只有努力學習創作技術,以達到那最適當地表現新内容的形式的完成,才能使作品的内容與形式漸趨一致,才能獲得藝術的最高評價。

文學中的個人成分

如果有人問:“文學中含有個人成分嗎?”

我們可以毫不遲疑地回答:“有的。”

因爲:文學是要客觀的現實,通過作者的認識過程,創作過程才產生出來的,文學與作者,就必然保持著一種非常密切的關係。

否認這種關係,是純客觀主義者的看法。這種看法,應用到文學理論上,就成爲舊的寫實主義。他們把人看成没有活動力的機器,看成一般化,好像生在同一社會的人都是一模一樣。於是文學的製作,便成爲照相機的攝影,成爲生物學的解剖,文學的構成,也只含有社會的成分而没有作者個人的成分了。

這不是實在的!

固然,人是不能離開社會而孤立起來的,人的活動,是由社會的活動所决定的,但社會並不是一種單純的組織,在目前的資本主義社會,還殘留著許多封建文化的形骸,這是誰都承認的事。含有複雜性的社會,形成了人們的複雜的生活、多樣的生活,更形成了人們多樣的性質、多樣的思想感情。最顯明的例,是都市里的人們比較進取,鄉村裏的人們比較保守。這原因,即是由於一種新文化的發生往往是先都市然後傳到鄉村的;都市的人,接近新的機會多,故造成了他們進取的性格,鄉里的人,接近的機會少,故造成了他們保守的性格。

這情形,反映到文學上,自然就留下了文學中個人成分的位置。

文學的製作,是怎樣也離不了主觀作用的,既然,文學者對於多樣的社會生活的感受力既有不同,那麽,如何把這多樣社會生活形象地表現出來自然各有不同了。所謂文學中的個人成分,就是作者在創作過程中所發生的主觀上的差异。這種差异,賦給了作品不同的生命,給予了藝術形式以不同的評價。

不過,這個人成分的存在,也是受著複雜的社會生活的影響,而不是什麼像“天才”一樣從天上掉下來的東西。

因此，這就是與個性崇拜論者的説法完全兩樣了。

個性崇拜論者，他們把人的個性看成與社會不發生關係，以爲人生有聰明，有愚蠢，有强有弱等性質上的差别，而人的活動，便完全受著個性的支配。於是，在文學上，他們不是説文學中含有個人成分，甚至説文學是個性的創造，即所謂“人是文體”，不是説文學中的個人成分仍受著社會生活的影響，甚至説文學是與客觀的顯示内容絲毫没有聯繫。

這錯誤的發展，一方面就有人認爲“藝術的價值，不在題材，而在作者其人如何，無論怎樣粗雜的事情，由優美的詩人來歌咏，由優美的畫家來描寫的時候，也能成爲帶有高尚優雅風味的藝術品”。這樣抹殺題材，無异抹殺文學形式的創制，已用不著再來指摘了。另一方面，爲了有意抬高文學中的個性，又有人認爲，在最下等的人裏面，個性不甚發達，“個性，只是特别屬於那最有高的智底教養與高的感受性的人們的”。這種見解，又是多麽的牽强，多麽的不切合事實！他們不明白，最下等的人裏面，也有各自不同的想像，不過他們的想像更是從他們的固定生活的形態發生出來的。至於知識份子，因爲他們的生活比較複雜，他們所接觸的社會是多式多樣的社會，他們的思想感情，自然就不能一致。他們有個性，但他們的個性却很軟弱。這樣，要把個性抬入天堂既不可能，要把個性從現實社會中分開，更顯然是徒勞無益的了。

個性，是成長在社會生活的多樣性中的，文學中的個人成分，也必然是存在于客觀的現實内容裏面。以戰争爲題材的小説，有的寫成很美麗輕鬆，有的寫成很悲慘，有的寫成很雄壯。這種各自不同的情調和筆觸，乃是由於作者對於戰争這一現實的認識和感受各有差异。因此，我們還可以説，文學中的個人成分，實際上已溶解在客觀的現實中，只有從作者與現實生活的關係上，才能看到它的真實的意義。我們分析一篇作品時，能説哪一處是社會成分，哪一處是個人成分嗎？文學創作是主觀與客觀的統一，是不能把個人成分從整個内容分出來的。

文學者的製作,是和蜜蜂的釀蜜一樣。蜜蜂從花上吸取來的,只是一種甜汁,必須蜜蜂把它自己的少量的分泌物即所謂蟻酸者注入在這甜汁裏,這就是要經過蜜蜂的釀造過程,才成爲蜜。釀造,這就是蜜蜂的個性的表現,但這種釀造,仍是以花的甜汁爲依據,釀造成了蜜,就連所謂蟻酸,也溶解在蜜的這一具象裏去了。文學中的個人成分與社會成分就是建築在這種關係上。

文學中的社會成分

讀者諸君:你們不是已經聽熟了"文學是社會生活的反映"這句話嗎? 對於這句話,我想你們無論反對還是贊成,一定要感到很空洞,一定在自己問自己:"文學與社會究竟有著怎樣的關係呢?"

這一問題是很對的。因爲這是一個最基本的問題,不徹底明白兩者的關係,一切文學上的問題,便不能算是正確地得到了解答。

現在,我便想就著這問題來和諸君談談。

先就文學的發生來看,有些文學者以爲文學的發生,是由於人類的本能的衝動。别種動物是把全付精力用到生命保存上,但人類却有所謂"精力的過剩"。這種過剩的精力,便是游戲的本能,便是創造藝術天地的原動力。這種説法,不管它是否含有神秘性,即就事實上推想,也可以看出是很不妥當的。過剩的精力,總不會是上帝賜給的一種那樣特别的東西,而是指一個人的精力除生存競争以外所餘留下來的一部分。比如一個人,他的精力可以工作十小時,然而,他只要工作八小時,便可以維持生活,於是餘下來的便是他的過剩的精力了。試問,在原始社會,我們的祖宗,處在洪水猛獸的襲擊中,求生存尚來不及,怎麽會有精力的過剩呢? 精力的浪費一定要到生産力發達以後才有可能,這是最顯明不過的事。在那時,即使游戲,也還是爲了恢復疲勞,爲了精力的再生。那麽用不著再來指出游戲和藝術的本質的不同,游戲衝動説,已經可以解體了。

要説明文學的起源,是非從社會的發展來考察不可的。

我們聽到碼頭工人"嚇唷杭唷"的聲音,就以爲這是詩的最初的形式,是最自然的美的旋律,雖然説得太遠了一點,但畢竟成了大家公認的真理。從這出發,文學的發展,始終是隨著社會的發展而來的,始終直接間接地跟勞動和生產工具保持著相當的關係。有許多落後民族的婦女,以笨重的鐵圈做她們的裝飾,這是什麼原因呢?這種審美觀念是以什麼爲標準呢?如果我們不從她們所處的社會的生產工具去求解釋,便永遠求不著解釋。她們的這種審美觀念,完全因爲她們所處的社會還停留在石器時代,跟文明國家的婦女以金玉爲裝飾的原因没有兩樣。這是就一般藝術而説,就所謂藝術的美的要素來説,以文字的形象來表現的文學,固然是後起的,是社會發展,已經達到了精神勞動從肉體勞動分離後的産物,但我們知道:文學是藝術的一部門,文學的要素,也還是美的情緒,於是,上面的事實,就依然可以證明文學是如何依據著社會而發生,而進展了。

即以文學的史的發展來考察,無論是唯美主義也好,浪漫主義也好,自然主義也好,都是從每一特定的社會環境内成長起來的。譬如,有人問:"莎士比亞倘使生在十四世紀,他的才能會發展到這樣麼?"顯然,這是不可能的,生在十四世紀的莎士比亞,一定不會是現在一樣的面目。只有十六世紀英國那樣的社會,才會造成了莎士比亞那樣的偉大。文學的價值也就在於能顯示出某一特定社會的形態的這一點,它决不等於游戲,更不是精力的浪費,從屠格涅夫的六大著作中,可以看出當時俄國社會思想的變過,這並不是騙人的話。在中國,有人慨嘆中國文壇的墮落,是由於派别分歧的結果。我們姑不管這推論是不是對的,我們只進一步的想一想,中國文壇爲什麼會這樣派别分歧呢?難道真的是中國文人喜歡好奇作怪嗎?我們只聽過説,中國民族是最富有保守性的,從歷史上看,中國文人也大都是最曉得墨守成法,走的不外是歌功頌德或吟風誦月兩條路。那麼,所謂好奇作怪,實在不能加在中國文人的頭上,中國文壇的派别分歧,應該還有更主要的原因,即是社會的原因。在中國這種畸形的社會内,同時產生出各式各樣的文學,乃是必然的結果。由此,文學與社會的關係,可算得到更深一層的證明了。

文學的發生和成長,即是那樣完全以社會爲依歸,文學製作中的含有社會成分,自是無須否認的事實,現實的都是醜惡的這樣的論調,已經太不够時髦,實際上,美的概念,也只有付與社會的内容才能存在。美的本身就是現實的,並不是詩人們玄想中的。没有鋼條,没有水汀,没有現代的物質文化,我們便造不出二十四層的大厦,便想像不出那樣的偉大,那樣的美。一個作家,當他提起筆來的時候,必然是他對於某一現實發生同感,也就是從那現實引起了文學的情緒。可見,文學又是本質地與社會不能分離的。惟其這樣,文學作品才能把個人社會化,才能組織讀者的感情,才能發生社會的效果。把自己禁閉在自我的小天地内,閉上眼睛,憑著靈感來寫作,只有走上墮落的路。如果這形成了一種思潮,這種思潮也是表現著文學創作的枯竭。文學應該是以廣闊無涯的社會作爲它的基地的。

到這裏,我們當可瞭然文學與社會是保持著怎樣的一種關係了。它是從社會的基地上發生的,它是伴著社會的發展而發展的,它又是以社會的内容爲内容的。完全離開社會的文學製作,並不存在,即使靈感,即使閑適的感情,也還具有社會的成分,不過比較薄弱罷了。

那麽,這樣説,文學中的社會成分,是不是社會現象的複寫呢?

這誠然又是一個很重要的問題,不理解這問題,對於文學與社會的關係,仍不能獲得深切的認識。

有些文學者,因爲忽視了這一點,往往陷入不可自拔的錯誤。有的刻板地把文字跟政治經濟接連起來,結果認爲凡是文學都是宣傳,有時輕飄地以爲社會成分包括一切社會上的浮雕,結果,是無論什麽題材都不要緊,都是含有社會成分的。這兩者的出發點雖然不同,錯誤却没有二樣,統統忘記了所謂社會成分是充實在文學這一形態裏的,把文學中的社會成分庸俗化了。

實際上,文學中的社會成分,絶不是社會現象的複寫,是通過了作者的選揀的。文學作者,吸收社會現象的本質,選用社會上的典型事物,用文字的形象表觀出來,才有所謂文學中的社會成分。所以它雖然是多式多樣的,却不能不統一在創作的過程裏。一篇成功的作品,看去似乎並不是現實的,但又處處是合于現實的,比如:《阿Q正傳》出世的時候,就使許多人看了都以爲在駡自己。這就是證明那作品是表現了當時社會最本質的東西。只有這類作品,才是具有濃厚的社會成分的作品。不通過作者主觀的洗練,文學中的社會成分便失去了它的效用。

文學講話

周立波 撰

周立波的《文學講話》由發表於《讀書生活》雜誌的七篇短文組成，分別載於該刊一九三五年第二卷第二期(《文藝的特性》)、一九三五年第二卷第五期(《文學的永久性》)、一九三五年第二卷第八期(《觀察》)、一九三五年第二卷第十期(《選擇》)、一九三五年第三卷第三期(《替阿Q辯護》，該文未直接涉及文學問題，未録入)、一九三六年第三卷第十二期(《談談報告文學》)、一九三六年第四卷第一期(《我們應該描寫什麽》)。作者署名立波，即時居上海的著名作家周立波。本文談文學，首先談及了文學的社會意識形態屬性，對以往文藝理論家們認爲文藝只傳達人類的感情的觀點進行了反駁，並依此揭示了文學和科學的聯繫與差异。《文學的永久性》一文主要討論"文學經典"的生成原因，在作者看來，只有將深刻的思想性和高度的藝術性(高度的形象化)結合起來，才能構成偉大的作品，才能確立作品的永久性。《觀察》一文通過對認爲文學依賴于"天才"和"靈感"的説法進行批判，指出天才和靈感也可以後天培養，觀察生活是通向文學之路的最佳途徑。《選擇》一文主要强調作家應當在其作品中對所觀察到的事物進行有所選擇的表現。《談談報告文學》主要對報告文學這一文學體裁的基本特性進行介紹，並指出中國當前最急需的就是報告文學。《我們應該描寫什麽?》通過對"藝術而藝術"、"藝術至上主義"、"藝術的形式主義"等派文學主題論的否定，指出作家應該積極地參與歷史的運動，對世界關係史的發展和我國人民大衆的"行動和光景"有所瞭解，文學應該運用這些素材來表現當前的時代風貌。

文藝的特性

我們常常聽了人家説,文藝是傳達人類的感情的東西,藝術的任務就是在把感情社會化,把他們傳播於社會。托爾斯泰在《藝術論》裏批判了許多藝術的定義之後,達到自己的結論,他説:“藝術者是人們之間的交通的一個手段……這交通和憑言語的交通不同的特殊性,是在憑言語,是人將自己的思想傳給别人,而用藝術,則人們互相傳遞自己的感情。”這種把思想和感情分開,把文藝看成與思想没有緣分的説法,是形而上學的不當的理論。不錯,我們讀一部文學著作的時候,總引起一定的感情:有時是憤慨,有時是悲哀,有時是歡善的激動,有時是含泪的同情。感情的確是文學的要素的因素。可是我們知道,感情的純粹的存在是没有的,感情總和一定的思想的内容相連結。一切偉大的文學家同時又是偉大的思想家。屠格涅夫、易卜生等專門用藝術的書葉記録社會思潮,社會運動的人固不待説,就是那些在理論上完全否認了文學的思想成分的人,在創作的實踐上却往往擊倒了自己的理論。我們就拿托爾斯泰來説罷,他是情緒感染論的創導者,可是在他的作品裏却拼命地作基督教的宣傳。看《復活》,我們被他的美的藝術形象迷惑了,同時也深深地感到了他的宗教的懺悔的思想的高壓。

一切文學都浸透了政治見解和哲學思想。“現實主義的文學,把一切社會關係以人類關係的語言翻譯了出來。他呈現了時代的豐富的多面的特質,社會心理的輪廓,一切觀念,見解,思想的類型。”(特羅金科)莎士比亞、狄更斯、薩卡萊等都是由於現實的思想的要素,極被推崇。而被尊爲寫實主義者最高峰的巴爾扎克,更充滿了理性的思考:“巴爾扎克一般地是以對於現實關係的深刻的認識見長的。”最有味的是,巴爾扎克的理智的思索,竟能衝破感情的羈絆,使他的描寫成爲最客觀的科學的材料,成爲經濟學的最可寶貴的例證。巴爾扎克本來是同情貴族的,但在他的作品中,他不能不反對自己的同情和偏見,而把他所愛戀著的貴族寫成"不值得有較好的命運"的人物。這就是巴爾扎克最偉大的特徵之一,也就是文學的理智的閃光的最著名的例證。

不僅是現實主義是這樣,就是浪漫主義也都深深浸透著政治和哲學的思想,雨果常常被作爲政治人物來品評,德國浪漫主義的代表席勒是"對於康德式的理想的追求"者,這是最顯著的例。

總之,一切文學史上有名的作品,不論是浪漫的或寫實的,甚而至於"古典主義"的,都有浸透著政治及一切意識形態的特質。

由上面,我們可以達到一個結論:文學和科學的區别並不是在感情和思想的分劃,文學和科學同樣是思維的産物,同樣是對客觀世界的認識的手段。那些舊的文藝理論家們,把藝術看成純粹感情的産物,承認所謂"純粹藝術"的存在,這是一種傳統的僞善的説法,最善意而真實的,也不過是托爾斯泰一樣的無意識的錯亂的譫語。

那麽,文學和科學的區别在什麽地方呢?

一個經濟學家,收集許多現實的統計和其他具體材料,考察了每一材料的細節,申量了每一統計的數字之後,用簡單的叙述的言語,表白他由於分析,研究所達到的單純的經濟的範疇,説明經濟的本質的矛盾,再由這種單純的規定出發追究歷史的種種階段上的矛盾,然後作出一個指示人類進化的道路的抽象的結論。這便是科學。

不從抽象的觀念出發,不從數字和概念出發,用藝術家的彩筆塗出生活的顔色,用藝術的手段表現自然和思想,使思想和自然在形象的系列中活生生地再現著社會的本質,矛盾和發展也在這裏透露出來。透過這形象,我們認識了世界,認識了世界的矛盾和發展。這便是文學。

文學和科學,同樣是從具體的現實出發,同樣抱著認識世界的目的,不同的地方是在認識的形式上,"科學在概念上認識世界……藝術是用形象的形式(用形象的思維的形式)同樣反映和認識世界"(米定),"藝術,是始於人將在圍繞著他的現實的影響之下,他所經驗了的感情和思想,再在自己的內部喚起,而對於這些,給以一定的形象底表現的時候的"(普式藝術論)。

客觀的實在,借人類視覺、聽覺及其他感覺機關,反映在作家的腦裏,成了種種映射,要選擇這種映射的許多部分,使他們普遍化、社會化,一定要用十分生動、十分具體的凝縮的形式作爲手段,這便是感覺的形象的特殊形式。在這裏,論理的思索、論理的感慨是非常忌諱的。

一個青年拿了自己一篇描寫乞丐討錢的稿子給朵斯托益夫斯基看,上面寫著:他把一個錢投到了乞丐的手裏。朵斯托益夫斯基告訴他不應當這樣投,應當説:他把一個小錢向乞丐投下,錢落在地上,叮叮噹當地滾到了乞丐地脚邊。看了這個故事,我們可以明瞭文學形式的特點。我們更可以隨便舉出許多的例:在普通的新聞記事上簡索地寫著:"一女人病死。"屠格涅夫在《獵人日記》中却這樣寫道:"她的眼睛並沒有完全閉合起來,一個蒼蠅打從眼睛上爬過。"這樣,把那女人死的情狀——幽悽的光景,用兩句話表現出來,使我們感覺到這女人好像是死在我們的眼前。在高爾基,他要表現一個小孩從樹枝上跳下救起墜井的另一小孩的敏捷時,他説:他跳下樹枝,奔到井邊,從井裏把他拖了起來的時候,他回頭一望,看見"他攀著跳下樹來的那樹枝還在摇動,還在落著黄葉"。這小孩急人之急的迅速和敏捷,是多麽表現得生動!從那樹枝的摇動,那黄葉的飄落的情景,人還可以想像出那孩子連跌帶滚撲下地來的那股熟練罷。

一切概念和思想,在形象中現出了濃厚的靈活的彩色和可觸的情意,文學作家對於一切人類的活動,一切有機和無機的東西,都賦予了跳躍的生命。在郭戈里的書上,烏克蘭天空是那麽奇妙,第尼泊河是那麽壯麗,而長眼的皮直拖到地的維依那鬼,竟惹人在晚上作出了可怕的惡夢。在高爾基的墨水點滴之處,海襯著瑪爾伐的梨渦笑著,廣漠無際的草原發出魅人的香味,鷹的强壯,海燕的逍遥,像生命河的流水一般,浸透了你的靈魂。能够使你不能不用整個的靈魂愛慕,引起憧憬,惹起夜夢的那一切,是文學的偉大,這偉大却是形象造成的。

可是在這裏,有著一種最卑俗的傾向,就是對於形象的形而上學的切取。許多没有内容的現代作家,在現實中只攝取了一些不相連續的形象,把形象的相互間的聯繫去掉,剩了一些無意識的獨立的東西,他們所看到的現實,是静止的現實,他們看不見歷史的動的姿態,更看不出現象的本質的關聯,他們只是把藝術的形象作爲消遣的玩具,作爲静的照片使用著,這是没有思想的内容的所謂文學上的意象派。缺乏思想的内容,不只是意象派,一切現代文學的流派都是一樣。現代歐洲文學的一切流派,如唯美主義、表現派、頹廢派、象徵派、未來派、神秘主義以及其他一切舊文學的"Ism"有一個共同的特質,就是空洞,只有形式,不管形式的花樣怎樣五花八門,他們的内容的空乏總是一致的,他們陶醉於形象的形式中,只有對形式空虚的膜拜,他們創造形式,不是爲了什麽對象,只是爲了"創造"本身,他們是"爲藝術而藝術"的主張的具體標本,也就是頹廢傾向的多面的表現。這一切也都是因爲他們没有思想的内容的緣故。

思想的内容是作品的决定的要素,一切美的形式只有從屬於一定的思想才有意義。可是思想絶不是從外面硬加上去的,他應當是作品本質的東西。"思想必須滲入作者的心血中,作家必須完全作爲一個藝術家來表現思想",作者在形象之外現身説法,是最損害作品的企圖,這樣做的時候,就是像巴爾扎克那樣一個燦爛的天才,也要寫出許多不自然的、"理想"的、缺乏生命的、不真實的人物,"撕裂了藝術的經緯"。

表現思想傾向,帶著主觀的勉强性,是文藝的一切失敗的最大的根源,像《沙寧》這樣有名的作品,也因爲作者太依從了主觀的趣味和意識,遭受了矯揉造作的譏評。"傾向性應當從事件和情勢中自行流衍出來",只有這樣,才能寫出真正感人的寫實的作品,才能够再現現實,抉發現實的矛盾和發展。

作家要使思想傾向成爲"事件和情境中自行流衍出來"的東西,只有對於現實有深刻的認識,對於事件和情境的仔細的觀察和估量,使自己成爲現實活動的有機的一部分,使自己的思維和知覺完全和現實一致。

過去許多最偉大的現實主義者的作品常常有很利害的內在的矛盾,這是因爲一方面,他們對現實的思維和知覺還是停留在傳統的觀念上,另一方面,他們的天才的透徹力却使他們觀察到了現實的深處,看見了和他們的人生態度極不一致的東西。巴爾扎克和雨果都是這樣,而表現這種矛盾最騷然的,要算是歌德和托爾斯泰了。

在歌德,反對四圍世界的醜惡的天才詩人,和不與社會妥協、不與社會調和的佛蘭克弗市會議員的謹慎的公子,又是淮瑪律大官之間,有著不斷的衝突。這樣,歌德是偉大的,同時也是狹小的,就是説,他是傲慢地嘲笑和鄙視全世界的天才,同時也是膽怯的,狹黠的,狹量的俗物。

在托爾斯泰的作品,見解、學説和流派中的矛盾,實在是騷然的。一方面,是不僅描寫了俄羅斯生活的無此的情景,而且作出了世界文學中的第一流作品的天才作家,另一方面是模仿基督教的愚妄的地主。一方面是對社會的虛僞和欺詐的最熱烈,直接,真摯的抗議者,另一方面是"托爾斯泰派",即稱爲俄羅斯知識份子的平凡的,歇斯迭裹亞的,可憐的人。

只有主觀的觀念和客觀的現實完全一致的時候,作家才能免除這種强烈的內在的矛盾。

文藝的永久性

看了一本偉大的文學作品,我們常常驚嘆:"這真是一本不朽的傑作!"

"文學作品真的可以不朽嗎?"

"可以的。"我們將毫不猶豫的説。這是文學史上許多輝煌的作品給我們證明的事實。“人生短促,藝術攸長”是説明了這個事實的恰當的成語。希臘的英雄詩歌,到現在還有迷人的生命還是人類藝術的高不可攀的成就。莎士比亞的作品裏的情境和人物,還在現在讀者的眼前生動的活躍著。巴爾扎克小説裏的風俗和人生,至今還令人神往、驚悸、悲嘆和感動。文學作品的永久性,是無庸置辯的事實的問題。

可是,我們要問,永久性的道理在什麽地方?永久性的根據在什麽地方?這個問題不是我們開始提出的,這已經是一個很老很老的問題。許多學者和作家,對於他,都嘗試了各種各樣的解答。最普通的一種大概是這樣:“文學是傳達感情的東西,而感情是終古不變的,因此,傳達感情的文學也就不朽。”又有些人雖然没有主張一切感情都是不朽的,可是他們認爲構成文學的某種“基本的感情”是永遠不朽的。十九世紀的英國批評家愛諾德就有這種見解,他認爲,詩歌中有一種“對時間獨立而永恒地存在於種族中的基本感情”,他説:“這種感情是永恒的,同一的;訴於這種感情的東西也是永恒的,同一的。”

他們這種見解是錯誤的。首先,我們知道,文學不只是傳達感情的東西,人間没有純粹感情的存在,某種感情總是和某種觀念互相結托,文學不僅不只是傳染情緒的手段,而且,“更正確的説:只有和作爲認識的特殊形式而表現了一定的政治上及哲學上的見解的程度相應,才有情緒的感染”(米定)。政治上及哲學上的見解並不是千古長新的不變的神物,因此,和他們相應的情緒,當然也不是永遠不變的。

人間並没有永恒的、同一的感情,是非常顯明的事實。古代的喜怒哀樂絶不是現代的喜怒哀樂。古代的人有雷公的懼怕,現在稍稍知道了雷電之爲物的小學生就没有怕雷公的感情了。在作品中所再現的古代的感情當然也是變的。屈原徘徊於“靈瑣”之間的怨懣的深情,和我們這些没有看見皇帝的人的思想感情没有相同的地方。而茅盾小説裏的人物的情緒,古代的人恐怕做夢也不會想到。《父與子》裏的巴札洛夫對於僕人的民主的親昵,對於田雞的愛好的科學的熱情,絶非父代的保羅所能理解。相反的,保羅的拘謹的愛情,貴族的自尊的憤慨,在巴札洛夫看來是不值一笑的。巴札洛夫和保羅由於冰炭不相容的思想感情而引起的決鬥,説明了一切時代的父代與子代的感情和思想的衝突。

看了上面的話,我們可以知道,人間没有一成不變的純粹感情的存在,感情結托於意識,共同受著進化的鐵律支配,感情是永遠在變的。因此,把文學的永久性歸功於永久的感情自以爲是,這無异是把房子建築在流沙之上,自己坐在房子裏嚷著"没有動",其實,房子已經流到汪洋大海裏去了。

那麽,所謂文學的永久性,到底應當怎樣解釋呢?

有的人想單單用意識的前進性來解釋永久性,這當然是樸素的見解。《冲出雲圍的月亮》《韋護》和王獨清的《十二月十一日》等等已經没有多人知道,而《動摇》《幻滅》《追求》却卓然存在。據人們的考察,晚清變法,五四維新的時候,產生了許許多多表現進步的思想的小説,到現在都烟没無聞。只有阿Q却光榮的成了國際的人物。這些事實都説明了單單是思想性,不足以解釋文學的永久性。

又有人説,講真話的文學就是不朽的文學。這話是部分的正確的。一切偉大的文學都是説真話的,吹牛皮的文學無論牛皮吹得怎樣天花錢墜,絶不會成爲偉大的作品……

但是,單單是真實性,當然也不能説明文學的永久性。傳單標語也説真話,可是傳單標語都没有永久性。

有的人説,文學是反映時代的風俗、習慣、思想和感情的,那麽,反映得愈正確,就愈帶永久性。這話有些道理,因爲,文學反映時代愈正確,就愈能再現那一時代的風俗和人物的真實的光景。可是正確性怎樣能够做到呢?而且,他和編年史的正確性的區别在什麽地方?

亞里斯多德以爲詩和歷史的區别是這樣的:詩歌處理著普遍的東西,而歷史則叙述個别的事物,這個見解不管他在哲學上有什麽特别意味,無論如何不能説明詩和歷史的真正的區别。歷史科學絶不單是處理個别事象的,他有處理人類普遍的問題的任務,而文學也常常處理歷史的題材。而且,社會科學的創始者曾説:巴爾扎克的《人間喜劇》用風俗的編年史的形式,給了我們一部直立於一八一六年至一八四八年這個轉型期的法蘭西社會的最值得注目的歷史,就是在經濟學的細節的意味上,從巴爾扎克的小説裏比從那個時代的一切職業的歷史家、經濟學者、統計學者全部著作中所得到的東西,要多得多。巴爾扎克自己也説:他寫小説的工作,完全是編纂風俗的歷史的工作。而且確信,文學必須是社會的生理學。據現代一個偉大的作家的證明,巴爾扎克在他的小説裏還盡了科學的發明的任務。因此,把文學和科學的區别放在處理的對象上,是不能説明兩者的區别的。

那麽,文學和科學的區别到底在什麽地方呢?説明了這個,我們就可以解决文學的永久性的問題。爲了説明這個,讓我們引用一段關於希臘雕刻的記事。

> 當巴爾替南的大理石初次到英國的時候,其雕刻中的牛像,博得了英國養牛家的贊賞,馬術教師説,關於騎馬的事情,與其寫講義,莫如看這些雕刻中的人形在怎樣很巧妙地騎著雕刻的馬。還有某一個畫家,在那些雕刻的戰士腋下,發見了筋肉的跳動,而極度驚嘆巧妙。(密海里斯)

養牛家是最懂得牛的細節的,馬術教師是最精騎術的,他們所贊美的那牛像和騎馬的姿勢,一定是表現得十分真切的東西。而戰士腋下的筋肉的跳動,更足以説明藝術的特質。

這個説明雕刻的例子,可以恰當的應用到文學上。在巴爾扎克的小説裏,我們不僅可以看到黄金的燦爛,還可以看見追求黄金的人們的筋肉的跳動、心靈的顫抖、熱情的奔溢,比一切枯燥的歷史科學所給予我們的印象生動得多。因此,我們可以説,藝術文學和科學同樣是對於現實的研究或説明,但是文學給了我們更生動的光景。

爲什麼文學比科學更加生動呢？這是因爲文學有一種特殊的認識手段。科學用抽象的概念的叙述方法反映現實，認識現實，文學是透過具體的形象（Image）反映現實認識現實，文學的永久性常常和形象化的程度成爲正比的。關於這一點，上一次在《文藝的特性》裏，説得很多，不再重述，這裏，我們要談一談另外一個常常引起争論的問題。

許多的人把這形象化的藝術特性神秘起來，認爲這是超時空而存在的藝術謎。這就是那班純粹藝術論者、藝術至上主義者的説教。他們以爲藝術是超時代超社會的存在，他們以所謂超時代、超社會的藝術的特性來解釋藝術的永久性的問題。

究竟藝術是不是超時代、超社會的東西呢？當然不是。看過去一切偉大的藝術和文學，我們可以知道，愈能反映時代精神的作品，便愈不朽，愈是有深湛的人生的思想的作品，便愈偉大。人不是超人，没有人能够脱離時代的各種各樣的影響。人類没有魯濱孫，而且，就是魯濱孫也不能不利用那社會的産物破船上的一切，衣物、彈藥和思想言論。人始終是社會動物，人不能造出超社會的文學作品，這是很顯明的事。因此，我們知道，説文學是超時代超社會的純粹藝術的存在，只是藝術至上主義者和藝術自由論者的夢話，這不僅是在道理上説不通，而且一切文學作品都是正面或反面，有意或無意的受了時代精神的薰陶激蕩。

這樣説來，文學作家是不超越時代了，那麽，許多偉大的作家常常作了下一時代的預言，這事情，怎樣解釋呢？這正是因爲藝術家的偉大的眼光看到了現實的本質的原故，他們不僅看到了現實的現狀，而且看到了現實的發展，不僅看到了今天的光景，而且看到了明日的生長，這是要具有偉大的思想的作家，才能辦到的。

一個偉大的作家，一定有偉大的世界的思想，許許多多轉形期的衰落的藝術，大都是因爲没有具備這個條件而不成功。斯丹達爾在分析義大利的繪畫的衰落的原因的時候，就説：義大利藝術的衰落的原因，並不是因爲創作家的天才的不足，天才是好像含在石頭裏的火花一樣的常常生在民間的，而是因爲没有了前輩的藝術家的廣大的世界的思想。

只有深刻的思想性和高度的藝術性(高度的形象化)結合起來,才能構成偉大的作品,才能確立作品的永久性。

觀　察

過去和現在的許多觀念論的文學者,總喜歡把文學創作的過程神秘起來。講到科學,他們説,這只要有了正確的方法,就可以依照自己的意向生産科學的成果。至於文學,那是依賴天才和靈感[①]的東西,一個文學者的失敗與成功是捉摸不定的。因爲天才和靈感首先就是没有定規、有些神妙的物事。

這個含糊的説話,嚇退了多少膽小的文學青年,而且就因此造成了一座文苑的迷宫,使文學塗上了一層迷離恍惚的顔色,這是減少了多少文學的收穫的。

天才和靈感確也重要,但這並不是文學創作的决定的源泉,天才也需要培養,靈感也需要啓發,就是説,這一切文學的黏土,還是需要人事耕耘的。而且,如果勤於耕作的話,稍稍磽薄的土地,也同樣可以生出好花和香草。好的園藝家不只是説明土壤,而是在改良土壤。指導創作的文學理論,是應當把握了這種能動的精神的。

現在,就讓我們來談談作爲文苑的耕耘方法之一的觀察罷。

我最相信老巴爾扎克,首先,就看他的觀察方式。在一篇名叫《黄金》的小説裏,他講他住在巴黎一個頂樓上讀書、工作的時候,就是晴和的天氣,也只到附近略略散一回步。那時候,他在研究科

① 靈感(Inspiration),有人譯作英斯壁里純,是舊的文學論者最寵愛的一個文學用語。有的人更故意給他罩上一套不能解釋的神秘的外衣,在文學活動中靈感是有的。近於實在的解釋我想應當是這樣:在創造活動中有一種被心理和生理及其他一切内和外的條件所規定的創作力和創作欲的高潮,就是靈感。

學,他説:“只有一種熱情可以把我從研究的習慣中拉出,但就是這拉我出外的熱情本身也是一種研究。”這熱情是什麽呢?就是觀察,他走去觀察平民區的情景,觀察那裏的居民和他們的性格。他穿著工人一樣的衣服,帶著漠不關心的神態,使他們不會提防他。他混在人堆裏,留心他們散工之後的交易和争辯。“在我”,他説,“觀察甚至於成了直覺,他不會忽視肉體,而且更進一步,他會透進靈魂,或者可以説,他把握外表的細節是這樣的透徹,竟立即超過了外表,他給了我一種能力,使我彷佛度著被我觀察的人的生活,讓我自己化爲了觀察的對象,像天方夜譚裏面那位向人念不到幾句咒語就把人的肉體和靈魂都占據了的回教僧人一樣。”

觀察的作用是這麽大,簡直像回教僧徒的魔法一樣。我們再看巴爾扎克運用觀察的更具體的描寫。

在晚上十一點至十二點之間,他愛跟在看戲回來的工人夫婦的背後,聽他們的私語。首先,他們談論所看的戲。漸漸的他們談到自己的事,母親手牽著她的孩子,不理他的叫嚷和問話。夫婦倆盤算著明天要領到的錢,談了這筆錢的二十種不同的用法。於是又談到家務的瑣碎,咕嚕著洋山芋的高價,或冬天的長和燃料的貴,於是談到麵包師那方面積欠的時候,發出了粗暴的話,終於争論變得很激烈,而“在粗暴的言辭中他們每個都露出了他的性格”。

這是一個偉大的現實主義者的最實際的“門檻”,他並不依賴靈感生活,他從人的談話中打聽人的情况,從人的感情的常態和變態中抓住人的性格。他更深入他們的生活,“當我諦聽這些人的談話的時候”,他説,“我能够深入他們的生活,我覺得他們的襤褸披在我的身上,我的脚穿了他們的破的皮鞋走路,他們的欲望,他們的需要——一切都滲入了我的靈魂,或者是,我的靈魂滲入了他們的。這是一個清醒的人的夢。我和他們一同憤恨那暴虐的工頭,那欠債不還,使他們反復奔走的壞蛋主顧。擺脱了自己的習慣,由於正義之感的一種陶醉使我變成了自己以外的另一種人,而且任情的弄這玩意——這構成了我的迷幻。”

照他這描寫,觀察的本身就是一種藝術。其實,這就是天才,只有天才才能有這種博大的同情,也只有天才才能够從枯燥的日常生活的觀察中達到忘我的飛躍的境界罷。

巴爾扎克接續告訴我們,就在這種時候,他分析了叫做"人民"的雜遝的人群的要素,他研究了平民區,那裏面有英雄、發明家、實用科學家、流氓、光棍、好人和壞蛋,所有一切的人都被苦難壓碎,被貧窮窒息,被醇酒沉溺,被烈酒毁壞。他又説:"在這樣的愁城裏,隱藏了多少没有人知道的事端,多少被人忘却的戲劇,多少可怕的和美麗的東西,你簡直不能想像。想像永遠不能得到埋藏在那裏的真相,因爲没有人能够去找出她來,下層是這樣的深,因此,很難發現他的悲劇和喜劇的奇幻的畫面,很難發現他那偶然産生的傑作的。"

我爲什麽這樣不憚煩厭的引注巴爾扎克這一段話呢?我覺得這是關於"觀察"的最好的講義。我還希望讀者能去看一看他的全文,這是充滿了珍貴的教訓的創作經驗(這小説已經有許天虹先生的中譯,載《世界文學》,可惜和英譯本大有出入,我認爲現代叢書的英譯是比許先生的譯文合理而又複雜得多的)。

新的現實主義要求作家無限多樣的反映現實,要做到這地步,只有依照巴爾扎克的方法,用經常的觀察補足心血來潮的靈感,滲進群衆生活的核心,在那裏和他們打成一片,或者照巴爾扎克的表現,連自己也化爲了觀察的對象,像那回教僧人的一樣,占據了人們的整個靈魂和肉體。這才是最現實的現實主義的創作方法。一切"天才""靈感"的宿命論的贊嘆,都不是我們應該理睬的。

過去的文學論者,最喜歡説這樣的話,,一切文學都是文學家的自傳,這話過於强調了個性的作用,文學中的個性作用固然要緊,但决不能作爲文學作品的全體,現實那麽龐大,人生多麽複雜,反映現實和人生的作品决不只是個性的,他應當帶著最大限度的社會性,這樣,除了個人的意識和感覺以外,就需要觀察。

一切偉大的作品,差不多都是社會和人物的勤懇的觀察的成果。格拉得可夫告訴我們,他最喜歡觀察人家,他的《水門汀》裏的達莎,他在黑海的時候就結了胎,直到後來在莫斯科觀察了多少前進的女性的習慣和談吐以後，才形成現在我們所看到的達莎。《鐵流》的作者觀察郭如鶴和郭如鶴的同僚，堪察作戰地域的情勢是我們早已知道的事。阿布羅摩夫的作者觀察了無數的阿布羅摩夫，巴札洛夫的創造者盡情的觀察了醫生 D，高爾基自己告訴我們："因爲要寫孚瑪戈爾提也夫，却也逼得觀察了不滿於自己的父親的生活事業的一二十個商人的兒子的。"茅盾告訴我們，《子夜》的構思時間比寫作時間還長，這構思並不是憑案空想，而是"每天訪親問友，在一些忙人中間鬼混，消磨時光"。我相信，這鬼混是用了他的觀察的眼睛的。

能够接近描寫的對象是最好的，萬一不能，也可以在文件和照相上運用觀察，左拉就慣用這法。不過，就是他也主張實地觀察的，在描寫優伶的時候，除了收集文件的材料以外，他説，還得"和某優伶相識，目睹了或一種情形……其次是踏堪地方，在戲團裏過兩三天，各處都熟悉。又在女伶的臺前過幾夜，呼吸那周圍的空氣"。

在現實中隱藏多少人間的傑作，那傑作往往是一瞬即過，巴爾扎克已經提到這點了。同時，在現實中也隱藏了多少生活的幾微，這幾微，往往掩在現實的平凡裏，只有抓住了幾微，才能寫出平凡情境中的典型的特徵，才能在平凡的人物身上塗上了典型的特色。關於這，果戈里曾經説到。在《死靈魂》裏替瑪尼洛夫畫完了小照的時候，他説："這樣的到處都是的外觀，非常相像的紳士，是因爲看慣了罷，却大概都有些什麽微妙的，很難捉摸的特徵的——這些大的小照就很難畫。倘要這微妙的，若有若無的特徵擺在眼前，必須格外的留心，還得將那用鑒識人物所練就的眼光，很深的射進人的精神的底裏去。"

表現典型性格和典型環境的這種"微妙的，很難捉摸的若有若無的特徵"是新的現實主義者的最大的任務。果戈里告訴我們完成這種任務，必須留心觀察，"用鑒識人物所練就的眼光"看透人的精神的底裏。這意見是和巴爾扎克不約而同的，不過巴爾扎克把這種觀察的眼光，想叫他做"第二視覺"，其實，這就是在現實中不斷的觀察中所練就的文學的眼光，這眼光就像科學實驗室中的顯微鏡一樣,也好比能够透視内臟的X光綫。

這種文學的X光綫,是需要在現實這個龐雜的實驗室經過很久的訓練的。而且運用他的時候,還需要實際生活的經驗的力量,没有這力量,不能用他,至少也是不能很巧妙的去用他的。在這裏,我們看出了觀察和經驗的力量的關係。

現實中,有已經體現的現象,也有"尚未發見的事實的連瑣之環"。新的現實主義者不但要盡情的觀察了現實的現成的部分,而且要補足這個未知之數,在這裏,我們遇到了觀察和思想的密切的關係。實際上,没有正確的意識思想,不僅不能推察情勢和人物的未知的數目,就是已知的數目也不能正確把握的,這一點觸到了思想性和選擇等等問題,尚有待於詳細的説明,這裏就只這麽原則的提到一下。

看了上面的話,我們知道意識思想和實際生活的經驗的力量都是進行文學觀察的時候必備的條件。

説到這裏,我的眼前浮起了一位良善的工人的蒼老的面影。這是一位十五歲起就開始了牛馬的工作直到六十歲了的現在還在做工的老人,四十幾年中,他經歷了鄉村和都市的二三十種不同的職業,有許多職業,不虧他講我是從來不曾知道的,譬如,他在南京預備一個木桶,每天替大兵淘米,没有工錢,讓丘八走了,他偷偷的撈起落在水裏的米粒,就成了他的勞動的代價。他做賊,偷不到東西,反而挨了一粒幸而没有送命的槍彈。他到過海州洋面的海盜的巢裏,歐戰的時候,他幾乎被送到歐洲的戰場。他看到了民國以來上海勞動者一切動態,參加了五卅大麽班,又坐過牢。在他的腦裏,藏了一副農民、浮浪者、海盜、漁民的生活不盡的圖卷,也擺著一部生動的職工生活史,可是他却没有寫一個字就連他的口頭的叙述,也没有一點藝術的意味。這道理很簡單,社會没有讓他有藝術修養的機會,他没有練就文學的觀察的眼光,他只能讓生活的流照原樣的流逝,一點也不能汲取什麽。在豐富的生活中一點也不能汲取文學的什麽的人很多很多,可以説大都是修養未足之故,天才雖然也有相當作用,修養還是决定的緣由。在這一點,高爾基説過這樣的經驗:“我的祖父,是嚴厲而且非常吝嗇的。但待到後來我讀了巴爾扎克的小説“藹夫該尼亞格蘭台”的時候,這才能够仔細觀察,懂得了我的祖父。”

看了上面我所舉的那位工人的例,又看了高爾基的話,我們懂得了觀察和學習有著怎樣親切的關係。

最後,讓我再用高爾基的勸告,結束這一次的講話罷:“要創造這‘典型底’的人物的肖像(要創造典型情境也是一樣——立),只有具備了很發達的觀察眼,學習而又學習之後,再是學習的時候,這才辦得到。倘使缺少正確的知識,猜測就起來了。而十個猜測裹,是會生出九個錯誤來的。”

選　擇

選擇和觀察不能分開,在觀察活動中需要選擇,就是説,在森羅萬象的現實中,你看見些什麽,你看重些什麽,都是選擇。而從觀察到表現的創造過程中,更需要選擇了。

一個作家動筆了一篇文學作品,一定要想,他要告訴讀者一些什麽,他要引導讀者到什麽地方去,他要用什麽形象的手段使讀者相信他的話,跟著他走,這一切的問題都牽涉到選擇。

美學的成就和思想上的説服的效果同是作家的根本要求。作家常常考慮到用什麽法子使他的作品最有藝術的魅力,這又是選擇的問題。文學家斷斷不能像一具無機的照相機,把現實中的一切形象愛無差等的拍照下來,因爲這樣做,不會得到正確的教訓的結果,更不會獲得藝術的美。客觀的現實雖然含著美的本質,却是常常帶著偶然的雜質、粗糙的形式的。現實的原樣好像是一個未被洗練的礦石,只有經過選擇的磨洗,才能捨棄一切偶然的殘餘的東西,使作品的一切部分都從屬於全體,一切都傾向於同一目的,形成一個整個的美的畫幅。

可是也許有人要説,新的現實主義要求用最多樣的形式反映現實,選擇不會妨礙這多樣性的發展嗎?一點也不。選擇的時候,作家當然有選擇一切可能的藝術的樣式的便利。選擇並不是使現實單純化的作用,而是使現實中的一定的題材在一定的目的之下,結晶、净化、統一起來的活動。描寫水灾的作者,他可以從正面入手,描寫灾區的慘狀,塗上逃難、飢餓的陰暗的背景,他也可以從側面開始,寫河工的荒廢,職守的荒淫,在黄流滾滾之中襯上光彩耀目的明麗的光景。他可以諷刺,可以悲憤,可以笑,可以哭,可以用騷動的集體的行動,或生離死别的凄慘的心理等等,總之,表現的形式可以無限的多樣。但是在一切的形式之中,作者要有一定的目的,而在這一定的目的之上,要有合於這種日的的形象的選擇。因此,我們知道,選擇並不妨礙形式的多樣性,相反的,形式的多樣性是不能離開選擇的。

典型的創造(關於典型,以後再詳説)是一切文學的一個最大任務。作家要選取某一環境、某一職業的最普遍的東西,加以概括,才能造出典型,而且這還不够,我們還得從情境和人物的普遍的屬性中選取最特徵的東西,這才能够造出活生生的時代典型。高爾基寫一個賊被同居者問他"怎樣過活"的時候,他回答:"不過是那麽一回事,有時多,有時少,有時一點也没有。"這幾句話很生動的表現了賊的職業的特徵。高爾基在賊的一切日常蕪雜的談吐中選擇了他。

在小説和故事中,作者常常可以借用自然描寫和環境描寫來表現人物的氣分,加强人物的個性。這種背景要和人物的氣分和個性配合。爲了陪襯,加强潑留希金①的使人發生陰鬱的感覺的吝嗇的性格的緣故,果戈裏選擇了一個陰鬱、奇特的布景,破椅、破鐘、破舊的鞋後跟、浮著蒼蠅的酒杯、蜘蛛網等等,甚至於連壁上的畫也是畫些破西瓜、野猪的口鼻之類的東西。主人還没有出來,他的性格我們已經有了一個很清楚的輪廓了。高爾基爲了陪襯瑪爾伐②的明快、歡喜、磊落不羈的性格,特别選了一個跳躍斑斕的海

① 果戈里的死靈魂中的一個地主。

② 高爾基一中篇小説瑪爾伐中之女主人公。

的背景，而且爲了掩映著瑪爾伐的梨渦，“海笑著”。

爲了浮雕一個性格，作家常常在他的周圍選了許多對立的或附屬的性格，譬如爲了强調沙寧[①]的虛無主義者的强烈的個性，阿志巴綏夫在他的周圍創造了好幾個比他軟弱的個性，用他們的軟弱顯出沙寧的强韌和獨立的氣概。爲了顯出殷色洛夫[②]的英武和果斷，屠格涅夫特别使輕快嬉笑的蘇賓[③]和陰鬱優柔的白爾森涅夫(四)同他交游。

不過，强調主人公的性格的一切配景和配角，都應當從故事發展的自然推移中流衍出來，不能勉强扯上，更不能由於主觀的愛好任意夸張。沙寧的配角，就有這種毛病。在《前夜》中，屠格涅夫爲了描畫殷色洛夫的英雄行爲，故意使他和他的許多男女朋友在一隊德國醉人的面前經過，德國醉人侮辱他的女朋友時，殷色洛夫走上去把他們中間一個大漢——他們的領袖——高高的提在空中，又遠遠的擲到水池裏，於是他的女友驚羡，而其餘的德國人“失了自己的首領，很和平的，一句話都没有説出來……有一個連帽子都摘了”。這很有點像中國的《七劍十三俠》一類的書的手法，是非常拙笨，很不自然的。第一，那一隊德國人的胡鬧，在故事的發展上，完全找不到必要的根據，一看就知道是作者故意勉强的黏貼上去的。第二，殷色洛夫何來這麽大的神威和神力，抛了一個龐大的惡漢，而他的黨徒不僅不蜂擁報復，反而脱帽致敬呢？這一點，歐美的批評家認爲是屠格涅夫的藝術上的極少數的缺點中間的一個，是不無理由的。

有許多故事是只能發生於一定的時間的。一個《秋夜》[④]中的浮浪人的愛，只能發生於麵包掘得之後，《草原上》[⑤]的那個流浪的兵士的自由瀟灑的詩情，也只能發生於狼樣的饑火熄滅之後。而

---

① 阿志巴綏夫的長篇沙寧的主人公。

②③ 都是屠格涅夫的前夜中的人物。

④⑤ 都是高爾基的短篇。

《恐怖時代》①中的那個老嫗的恐怖心理,只有在恐怖時代的一個雪的晚上,在巴黎街上杳無人迹的時候,最爲高揚。而《村戲》②的喜劇的時間是以"地上肥料的事情已經結束了,到收穫的時節却還有許多日子"的農隙,爲最適宜。動筆的時候,時間的選擇成爲必要的考慮之一。

有許多行動和心理只能由某種特定的人物負擔。鬧戀愛的悲劇最好請布耳喬小姐和少爺來擔任要角。在大時代中生出動摇,幻滅和傷感的心理的角色,没落的書香人家的子弟是最好的材料。但是在艱苦的掙扎中領導一支軍隊,經過慘敗,還是要活的領袖,只有萊奮生③才能勝任,而工人達維多夫④才是集體農場運動中的真正的領袖人才。關於《孕》,沙汀有一次自己説,裏面的主人公,是經過了鄭重的選擇的。《孕》的 dilemma(兩難)只有在進步的知識份子中感覺得特别鋭利,發展得最爲極致。因此,他就用知識分子作爲這個故事的主人公。

有許多事件帶著歷史的積極性,有許多却無論如何也積極不起來的。張資平的戀愛小説,永遠在三角四角上兜圈子,用最陳腐的題材,使青年逗留在極狹隘的人生範圍裏,看不見時代的豐富,更看不見歷史的動態。用這類的題材的人,不管他有時也談談思想,把主角捲入所謂"戀愛與革命"的漩渦中去,依然不僅是没有社會意義,而且常常把偉大的社會事變窒死在個人的享樂或頹廢的情境中。這樣的題材常常有勸誘青年逃避現實,看輕社會事業的作用,是時代的麻醉品。

經驗主義的作家們⑤,專門看重個性,强調歷史環境中的天才

---

① 巴爾扎克的短篇。

② 希士可夫作。

③ 《潰滅》中主人公。

④ 《被開墾的處女地》中主人公。

⑤ 這裏並没有哲學上的意味,是單單意味著那些除了自我的經驗以外寫不出其他有著社會意義的東西的作家。

的個性作用,描寫自己,把自己夸張,自己的身邊瑣事,毫無遺漏的移到藝術的書頁上,自憐自嘆,自己懺悔,自己撫愛,不僅是自然界的風花雪月,因爲自我的存在而多情,一七八九年的法蘭西大革命,和這以前的英國的産業革命,似乎都是自我的效應。這類的文學,達於極致,可以和笛卡爾的“我想即我在”(I think therefore I am)的世界觀完全一致。這種文學充滿了布耳喬的文學史,因此,有一句有名的舊話:“一切文學都是自傳。”

其實,一切偉大的作家都是不大描寫自己的。記得朵斯托益夫斯基的創作信條之一是“不寫自己”。而高爾基也好像説過這樣的話“描寫自己是不會偉大的”。高爾基自己是最有豐富的個人經驗的作家,可是他的作品很少自我描寫,就是他的自傳,也不單是爲他自己,主要是寫周圍的人們。《高爾基的回想》,日本批評家升曙夢説:“和盧梭的《懺悔録》並歌德的《空想和事實》兩種有名的回想,是不同的。盧梭和歌德的回想……都是以自己爲中心,想把自己内面發達的路徑全部寫出來;高爾基的回想却不這樣,他把自己的個性放在第二位,倒把他所碰見的各色各種人的獨特的相貌放在第一位。所以歌德的自叙傳,可以改换一個題目,叫做《天才怎樣在適當的環境當中發達起來》,高爾基的回想却不然,絶不能改題爲《天才怎樣在不利的環境當中發達起來》,我們只能改題爲《看看罷,我周圍有多少有趣的人啊》。”

只寫自己,不能看到社會的這種傾向,在没落期中的榨取階層的文學上更爲明顯。這是因爲那一階層“正在零落,解體,死滅,已經不能够養育自己的偉大藝術家的藝術”的緣故。托爾斯泰就是這事情的顯著的例。在《戰争與和平》《安娜卡列尼娜》中,托爾斯泰開展了全貴族階層的道德和生活的情景,但是到了《復活》與《惡魔》時代的他,“就成了差不多完全從自己底個人經驗汲取藝術材料的藝術家”,“個人的懺悔代替了社會的情景”,個人的體驗和追憶産生了他晚年的兩個最藝術的作品。

托爾斯泰的晚年爲什麽從複雜、廣闊的社會情景退到了狹隘的個人體驗中呢?“不是因爲年老了”,傅利溪説,“也不是因爲才能墮落了”,而是“和他的階層的解體一起,一切‘社會的東西’都從藝術家的意識裏走掉了”。

從意識中消散了“社會的東西”,因而在作品中只是努力處理著個人的生物學的激動的要素——性和死,是没落藝術中的最顯著的特質。這一點,在現代市民文學中表現得更加明白。現代市民詩歌的最大代表愛立奧特[①]的詩的最重要的主題是死。而“肉體生活的五花八門,欲情和情緒的世界的象徵”,“性和生活機能的恐怖,深深的生活的嫌惡”及其他一切生物學的失敗主義,都是他的詩的要素。喬易斯[②]的人物總是猥瑣、怯懦、淫蕩、猶疑。他的代表著作《優力茜斯》中的女主人公,愛一個藝術家,“可是她所需要的不是他的腦筋,却是他的潔白的肉”。另外一個最大的市民作家柴格[③]也是一樣,“無論作者把他的主人公加上多少顔料,無論他把他擱在什麼地方,這一切變化都不過只是那一個主題的外形演變。這主題就是性的問題”。

市民作家的主題的選擇的這種貧乏,無疑是没落階層的階層心理的必然反映,從心理的空虚悲觀裏,他們只能看見性和死的兩支火炬。由此,我們可以知道選擇的問題是被某種階層心理所規定,被作家所屬的階層的一定的世界觀所制約的。

雖然事實是這樣,可是許多自由主義的文藝論者,却不承認這點。他們自己老脱不掉階層的觀點的狹隘的囚牢,在口頭上他們却要否認這囚牢,聲稱選擇可以自由。這只是他們的慣於虚僞的精神的一種表現。

新興的階層却不這樣,他們一方面承認選擇的不能自由,選擇一定要受著自己的世界觀的全面的制約;另一方面,却因爲自己的世界觀的本身的擴大,選擇反而比市民們的文學自由得多了。這一點,我們只要看市民文學的内容的乾枯磽薄,和新興文學的内容

① T. S. Eliot,英國現代最大詩人。

② James Joyce,英國現代名小説家。

③ Stetau Zweig,德國現代作家。

的豐富潑剌的對比，就可以瞭然明白的。

看了上面的話，我們知道，在世界觀的制約之下，選擇是必要的。可是文學史上有所謂自然主義派，他們不要選擇。他們認爲文藝的製作是對於自然的一種模仿，“返于自然”，是他們的最高的口號。這口號尤以德國一派的“徹底自然主義者”執行最力，他們認爲僅僅寫出自然，作爲藝術，是不够的。藝術的最高成就，就是“要成爲和自然同一的東西”，因此在形式上，他們有“各秒體”的創導，“就是將各秒各秒所發生的事故，叙述無遺”，無所選擇。

現代喬易斯式的寫實主義，也是不重選擇的，他對現實的描寫是愛無差等的速記式的記録，心理描寫的所謂“内在的獨白”是最繁瑣的形式，喬易斯的《優力茜斯》，以七三二頁的篇幅，僅僅描寫都伯林三個人一天的生活和心理，把一切身邊瑣事、一切心理的微細部分毫無捨棄的記録下來，造成一本怪模怪樣的冗長難懂的書。

過去的自然主義，或現代的喬易斯式的寫實主義，却是和新的現實主義絶對無緣的。新的現實主義的藝術，絶不是自然的模仿，也不是照相式的煩瑣的記録。新的現實主義要看清現實的本質，要看到社會的矛盾與發展，至於瑣末的細節却應當“多所知道，多所忘却”。忘却的是那些没有教育意義的無價值的現實的殘渣，只有這樣，才能達到改良人類思想的最大的使命，才能完成新的現實主義的教育的任務。

基於這個論點，高爾基的選擇，我認爲是選擇的最高標準：

> 據我的意見，真實情形的全部，不見得對於人類都是必要的。所以，但凡我覺得某種真實情形只足以很殘酷的給人以精神上的打擊，並不能給一個教訓，但凡我覺得他只足以無緣無故的侮辱人類，我就自然的把這種真實情形都丢了去，一點也不去描寫。

談談報告文學

報告文學在目前的中國,有著非常重要的意義。中國現在的一切作家,都是在烽火之旁寫作,他們的讀者也大都是在烽火之旁的。用怎樣簡單、明瞭而有力的文學形式來反映並批判現實,是每一個作家應當考慮而且也有人考慮了的事情。報告文學就是這種文學形式的一種。

在這新的民族解放運動時代的中國,民族危機已經不再是局部的事態,而一切救亡運動也都帶著全國規模的性質,在這種局面之下,抗敵的文學不能空白,用事實做指南的報告文學就有它存在的價值,而且,要是報告文學真正能够成爲一代人的真實生活圖畫的時候,就是將來,也還有價值。

報告文學現在已經有許許多多的詩人試筆,去年"一二·二六",到今年三八節的事件,我們都看到了許多報告。以後,如果再經作家們的努力,它也許要更加流行起來,這無疑是值得注意而且值得推崇的事。

報告文學(Reportage)是近代文學的一種新的形式。它的發迹,有人追溯到散文的發生,更回顧到德國詩人海涅的《旅行記》[①]上去。美國辛格萊的各種關於"社會情況"的記録,賈克倫敦關於阿拉斯加和海洋的描寫,也可以説是一種報告。不過,直到德國基希諸人的作品出來,報告文學才成了一種不能被人輕視的獨特的形式。

基希(E. E Kisch)的報告,常常以一個事件或是一群人物的整個,作爲寫作的對象。他把事件的當前最重要的姿態,它的發生和發展的歷史,它的特徵,它的各種光景(Aspects)的對照,它所表露所含有的矛盾,以及它的發展前途和社會意義,都加以明快的記述;要是描寫一個階層,或是一群特定的人物的時候,他要把他們

① 海涅的《旅行記》,茅盾先生曾有部分的翻譯,載《世界文庫》。

的生活和職業的特徵,他們的過去歷史,他們的前途,以及他們現在的境況,内在的團結和衝突,都批判的記述著。

在他的近作《神秘的中國》[①]中,他描寫了一二八戰争,描繪了上海和北平各種各様的社會群。這書的方法,就是上面的方式的運用。

基希的報告都根據正確的社會事實和史實,他旅行到事件發生的地方,深入他所要描寫的人群的生活中心,他用自己觀察和分析得來的事實的細節,再採用許多可貴的檔(document)或歌謡等織成一篇完美的報告。他的每一篇報告,就是在科學的意義上講,也可以説一種綿密的社會調查。

但是,他並不是假態的旁觀者。根據確鑿的事實,他表露出他的有著正確的世界觀的批評意見,要是碰到顛倒、誤錯、不公甚至殘酷的事,他毫不掩飾的流露他的激越的正義感,他原是最有名人的一位激烈的報告文學家(Rasende Reporter)。

對於事件的前途,他常常登高瞭望,他全面的研究並調查了現實,取得了現實中豐富的知識以後,於是站在現實的高處,架起他的望遠鏡。

他也有著抒情詩的幻想。他在一二八戰争以後不久的"吴淞尸體"之上,看見那日本旗幟在風裏飄動,他説:"旗上的太陽像一個圓圓的傷體,從它上面,鮮血的流,流向四周。"這不是戰後吴淞最明白的容貌嗎? 這也是基希的詩的想像。

正確的事實,鋭利的眼光,抒情詩的幻想,同是基希報告最緊要的要素。如果看了他自己的話,我們更可以明白這三者在他的作品中的地位和三者之間的相互關係。他説:"事實對於報告文學者,只是盡著他的指南針的責任,所以他還必需有望遠鏡,和抒情詩的幻想。"

基希的作品,無疑是報告文學的一種模範。

---

① 《Secret China》不久也許有中文全譯本。一卷十三期《中報周刊》上的《黄包車! 黄包車!》就是該書的一篇。

報告文學者的寫字間是整個的社會,他應當像社會的新聞記者樣的收集他的材料。關於這一點,美國著名報告文學家約翰·斯皮維克(John L Spivak)的寫作過程,我以爲最值得我們參考。

斯皮維克最近在倫敦,説他要爲一本關於大蕭條以後的歐洲各階層,特別是工人的生活情況的書。

"你怎樣找材料"? 有人問他。

"和他們談話——或者,不如説是讓他們和我談話。……我老是出去和人民談話……我每天總要訪問三十個人或四十個人,而且不讓他們知道是在被我訪問!"

説到他的新作《美國碰壁了》(*America faces the Barricades*)時,斯皮維克説:"……我寫這本書花了十八個月的時間——跑到美國的每一個州,探究每一個工廠,每一個農業區,每一個中心城市和不計其數的小城市。"

> 我不要人擔保,不要被人牽著鼻子——我們的最有好意的朋友常常引了我們到那不對的人的前面去,我也許搭車走到了一個有五百居民的村莊。於是,和幾十個人談話以後,我自己研究出了這村莊裏的一切:誰統治它? ……什麽銀行? 和大城市是怎樣的金融和商業的關係? 和金融中心的這個或那個分支的連繫怎樣? 對戰爭怎樣? 對新規怎樣? 等等。從這些當中,涌現著一幅融合的圖畫。

我國的報告文學,目前還在萌芽的時期,雖然我們也已經有了許多感情盈溢的關於示威宣傳的報告,我覺得都還有缺點。有許多還只能説是一種速寫,而這種速寫,雖然有感情的奔放,却缺乏關於現實事件的立體的研究和分析——常常忽視了事件的歷史動態。事件的全面既不能予以明確的形象,它的特徵也賦以藝術的浮雕。

有許多可以表現這時代的某種恐怖,或救國英雄的行動的事件,如梅世鈞事件、北平郭清事件都被報告文學者冷落了。目前的報告文學者還停留在行動的表面。

我們要設法走到這歷史動亂的最中心去，走到“貧窮和貧窮反叛”的正中去。用那由精密的科學的社會調查所獲得的活生生的事實和正確的世界觀和抒情詩人的喜怒與力，結合起來，造成這種藝術文學的新的結晶。

用這種結晶，來作爲我們的國防文學的有力的形式之一罷。

我們應該描寫什麼

“我們現在應該描寫什麼?”這個問話還没有説完，恐怕就要遭受下面幾種人的熱辣的攻擊了。

首先是“爲藝術而藝術”論者，説文學藝術並無目的，隨便描寫什麼都可以。或者説，文學藝術本身並無目的，至於藝術在不自覺之間盡了什麼任務，發生了什麼影響，他不能管;春天的花草是大自然的任情點綴，人不應當向他們提起應該怎樣的問題;一切藝術是藝術家的天才的自然流露，也一樣不能向他提出“應該描寫什麼”的問題，要是這樣，就要損害藝術，或者消滅藝術。

第二種人是“藝術至上”主義者，舉世都濁，只有文學藝術還算净土，或者是萬般都下品，藝術是崇高無比的，他不應當俯首凝視卑下的時世，他應當超然物外，驅除俗慮。一切想將文學藝術拉下地來，指派他以種種目的的人，這是不懂藝術或者侮辱藝術的俗人。

第三種人是藝術上的形式主義者，以爲文學藝術之好壞，與社會政治無關，與内容無涉，藝術性只存在於形式，我們要看形式能不能給人的主觀以美的印象與否來估定藝術的價值。

這一切，我們認定都不對。文學藝術並不是無機的自然，它是它的創造主體——人類的帶著充分人性的產物，它也並不能超然物外的清幽，作爲人間至尊無上的避難處，它的問題也不只是形式的問題，思想内容對藝術價值有决定作用。上面三種人，要不是認不清文學藝術的本質與任務的呆伯，就是古往今來的極無好意的大騙子。不管他們説得怎樣天花亂墜,他們是有意無意地把藝術從戰鬥的現實拉開,使藝術不能盡那"改造世界"的任務。

對於他們的再詳細的辯答,就是對觀念論的美學的整個批鬥,在這篇文章裏,當然没有工夫,這裏,我們只要明瞭他們的虚僞,或自愚的屬性,取得了可以討論"應該描寫什麽"的權利以後,我們要來解答目前文學應該描寫什麽的急切的問題。

五四以前的所謂"山林文學、貴族文學",主要是以陳腐堆砌的形式描寫自然、空虚的貴族生活、蒼白色的深閨之戀和忠順的奴僕生涯的東西。五四運動發生以後,那些市民文化的建設者,用巨大的社會改革的熱情,燒毁了五四以前的陳腐的文學形式,當然也不可避免的延燒了它的内容。當淺薄的形式主義者胡適諸人專一於新的形式的推敲的時候,新的文學應該規定怎樣的内容的問題,已經由那些前進的人們先後提出了,而且,就在當時,憑著許多優秀作家的努力,這種新的内容,很快就取得了摧毁舊文學的戰鬥中的主力地位,當時的作家發掘了以前的文學從未處理的許多新的主題(Theme)①,反對封建勢力對於人民的政治和社會的壓迫,更具體一點説,是反抗家庭,反對舊式的婚姻,反對吃人的禮教,謳歌個性的解放等。在這些主題,産生了不少的流傳到現在還不失其新鮮意義的作品。

對於那些所謂文學上的"永遠的"主題,自然、戀愛和死,五四的人,也都採取了一種新异的精神來處理,對大自然的美國惠特曼式的②放任的傾慕,對自由戀愛以反對於死的社會的樂觀的解釋。

可是,我們在五四文學中,可以看見對勞動問題的冷淡,甚至於可以看到勞動問題的市民式的,近于欺騙的樂觀,新興的市民文

① 主題(Theme),簡單説,是在那有著一定階層的世界觀的藝術家的腦中被反映,而且爲著適合他的藝術目的,被整理又被統一的"客觀現實"中種種特定的物事。

② 惠特曼(Walt Whitman,一八一九—一八九二)美國市民階層崛起期的大詩人。

化人,對於這種深一層的人類歷史的課題,不能想,不能注意,而且也許是不願凝視的。

文化上的五四的精神,只要是向國内的封建制度和文物,卷起無情的鬥争,對於帝國主義者直接的正面的衝突,被當時一種特殊的現實環境,推到了次要的地位,我們可以看到五四喧嘩著的問題,都是向封建政制和習慣的全綫進攻的炸彈,反帝的節目是比較落後的。

可是,時間的前進,中國歷史的發展,勞苦大衆的壯大和它的意識的成長,他們的抗争事實在社會上的日益惹目,以及戰後帝國主義對中國的合伙的更劇烈的進攻等歷史事變,必然要給五四以後的文學以一種新的課題:以勞苦大衆解放運動爲主體的反帝運動的新潮,以及其中人物的描繪和批判。

這就形成了五卅以後的普羅文學運動。這個時期的特徵,是反封建的比較落後,反封建成了反帝的一個節目,反帝的狂熱,以及勞苦人們生活及其政治和社會的解放特寫樣的關心。

這時期,又處理了在中國文學史中從不惹目的許多新的的主題,罷工工人和農民的日常生活的情景及其掙扎,革命的流浪者(Bohemia)和革命的無政府主義者的政治活動和倫理觀,新的男女關係,一九二七年以後革命的知識份子的灰頽、消沉、動摇、幻滅和再活,以及人民大衆的一切種類的掙扎。

現在,在戰争與革命的新局面臨到了世界的時候,中華民族正在經歷著最緊張的全國性的民族危機,我們的文學,又擔負了意識領域中的新的課題——國防文學的課題。

我們,一方面,看到了××帝國主義者瘋狂的侵略和它所扶植的各種封建勢力的明目的投賣,另一方面,我們也看見工人、農民以及其他中國被迫害的民衆的解放火花的普遍而又急速的發展。××帝國主義和漢奸滅亡和斷送中國的行爲,已經碰到中國人民大衆要達到政治和社會的徹底解放所採取的必然的行動了。偉大的哲學者黑格爾説,有必然的力和必然的力的矛盾交錯,才能有悲劇。中國目前抗争的現實,正是這種産生偉大悲劇的現實。有幸福處於這個時世的作家，毫無疑義的，是應當將他的藝術主題，獻給這個現實中的"行動的人"，他的藝術的主人公，應當參與這全民族解放運動任何一種掙扎的過程。黑格爾説："主題應該是在世界史的全社會的關心之下描寫出的世界與人類的必然的行動。"這話是很有深長的意味的。當然，我們説到"全社會"時，是指社會前進的推動者，而我們的關心是要特別獻給這個社會中推動民族解放，推進人類歷史的英雄。東北義勇軍的雄姿，以及其他一切救亡運動中的"行動的人"的姿貌，是我們藝術描寫的主要對象。但是我們絲毫也不能忽略他所生息的社會全貌和漢奸的臉譜，以及關心祖國的程度極其不一的他的同盟者。

當然，我們不能忘記那文學上所謂"永遠的"主題——自然、愛和死。但是對這一切，我們應當有新的解釋、新的態度，自然的描寫要能够引起我們懷念失地的情意，以及收復失地的勇氣和决心，對於愛，我們也應當表現它在生存掙扎過程中所能貢獻的積極的意義；我們應當把英雄悲劇的死對民族國家的意義表明出來，我們應當説明，英雄戰鬥的死，並不是"死的勝利"，而是掙扎圖生的全民族的悲壯劇，它不應當引起生物學上的個人命運的悲哀，它應當引起全民族對敵人復仇的更激烈的争鬥。

自然，我們也不能絲毫放鬆五四時代遺留下來反封建的任務，相反的，我們應當更進一步的認識，在中國新文學運動中的國防文學階段上，反帝反封建兩大任務應當更密切的聯繫，由封建勢力轉换成的漢奸是中國民族解放運動大障礙物，這是誰都知道的，反對他們，就有反帝的積極意義。我們更知道：帝國主義在中國，和封建殘餘有著最密切最微妙的關係，反帝抗争常常必然要引到反封建的道路去，國防文學的最大特點，應當把中國民族的兩大民主要求，合而爲一，却又將那反對四年來最凶殘的敵人——××帝國主義者——的任務，提到最要緊的地位。我們的文學主題，應當從這個特點上流衍出來。

把我們的文學主題，以及它的史的發展説明之後，我又記起了黑格爾的憂慮。黑格爾認爲現代市民社會，是一種散文的社會

(Prosaic Society),是和藝術兩相矛盾的,而且,因爲在他的時代,還看不到揚棄市民社會的這種散文性的現實條件,黑格爾把這種矛盾引到了藝術滅亡的煩憂的結論。

可是,在我們這幸福的時代,黑格爾的這種憂慮,已經没有了。我們的作家:可以積極的參與這歷史的運動,熟諳了這關係世界史的發展的,我國人民大衆的行動和光景,然後用來表現這個偉大的詩的時代,我們將是怎樣的喜悦呀!

文藝中心漫話

顧仲彝 撰

《文藝中心漫話》載於一九三五年《文藝月刊》第七卷第六期。作者顧仲彝(一九〇三—一九六五),名德隆,以字行,祖籍浙江餘姚廊下(今朗霞鎮),生於嘉興。南京大學文學系著名校友。民盟成員。曾執教於上海戲劇學院,先後開設西歐戲劇史、編劇概論、名劇分析、作家作品研究、戲劇概論等課程。著有《編劇理論與技巧》(現名《編劇自我修養》),編著劇本還有《生財有道》等,譯著劇本《英美獨幕劇選》,小説集《人生小諷刺》《樂園之死》等。本文主要談文學(文藝)功能問題,作者認爲,物質生活是表面的生活,只能滿足口腹之需要,而文學能滿足我們理智和情感的需求。科學與文學相比,前者只滿足“求知”的需要,而文藝鑒賞既能滿足求知的需要,也能滿足人類“更高貴的欲望”,因此,“文學是人類精神上性格上改進的唯一藥劑,真正有文學修養的人都是人類中最優秀的分子,不論在品格上、在見解上、在氣度上、在道德上”。

我們生活著究竟有什麽意義呢?我們把一生的精力化費在錢財的積聚是不是最有意義的生活?我相信頭腦清楚的人都會回答不是的。我們化費一身精力在求得社會地位上的增高,在攫奪政治上的權力;因爲要達到這目的,於是不得不想出種種甚至於欺詐陰險的計策來,奔走勞碌,結黨營私,殫心竭慮,焦灼愁悶,這種生活是不是最有意義的?我相信心胸没有受利欲所迷住的人也一定不以爲然的。有的人生活的目的並不高,他們但求物質生活上舒服,一切物質的供應齊全,便別無所求了。這種人的生活當然比較起來比上面兩種人强得多,明白得多,但是這種生活也不能真是最意思的生活。因爲我們物質的生活是我們表面的生活,我們除了口腹之外,還有理智和情感;口腹有了安慰,是不是我們的理智和情感也就同時得到安慰了麽?物質的享受是不是我們人生最高的樂趣?當然不是的!

我們人類除了一般的物質的欲望外,還有求知和感情安慰的兩種推動力。科學家是純粹物質上求知的代表者,他們爲了這求知的激發,竟是廢寢忘食,把一切其他的欲望放在後面。有文藝鑒賞力的人,所謂鑒賞無非是一般人所看不到的美妙的地方,他能探求出來,所以鑒賞也是一種求知的結果。小説家、戲劇家無一不是深刻研究人生的人,他在人生裏求知,得到許多一般人所没有知道的事,道出一般人所默識而道不出來的話,發現人生和自然間的美爲一般人所忽略過去的。感情是天賦的,是人人都有的,不過有人特别豐富一點,正當的發泄是咏爲詩歌、奏成音樂、形成戲劇、達於小説散文中。在寫的人有無上情感的安慰,在看的人也得到了無上的慰藉。有的聽了好的音樂覺得心曠神怡,有人看了悲劇,雖然流著眼泪,却感覺到痛快。咏詩唱歌更可以使你忘去了苦悶的世界,而飛入想像美妙的天上。我們的感情如果得不到聖潔和向上的發泄,就會愈趨愈下而變爲卑低的獸欲、賭博和謾駡。

人類的行動無一不是欲望的追求。欲望有高貴與低下之分。文學所滿足我們的欲望是無疑地高貴的。它能引起我們對於人類的同情心,它能激發我們對於世界不公平的義憤,它能鼓勵我們做勇敢替人類服務的事業,它能使我們瞭解人生的真義,它能使我們得到高尚的美的性格,它能使我們有廣闊的心胸,有遠大的眼光,有剛毅的精神,有偉大的志趣。總之,文學是人類精神上、性格上改進的唯一藥劑,真正有文學修養的人都是人類中最優秀的分子,不論在品格上、在見解上、在氣度上、在道德上。

所以許多人以爲文學僅不過是消遣品,那完全冤枉了文學,把文學看得太無價值了。各國的政府、各界的人士對於文人特别優遇,特别看重,並不是僅僅看重他的天才,而是看重他所負的精神上的使命。民族精神的建設,非文學家而誰屬?

我希望將文學成爲全國人民生活的中心,推而廣之成爲世界人民生活的中心。使情感來講通世界各國人民的精神上的和諧,以同情心來打破民族間互相仇視的堡壘。世界的前途,並不説句夸張的話,全在文學家的手裏;世界各國的政治革命和社會革命無一不是文學家的筆尖造成的。蘇俄政府和人民傾全力來提倡文藝是有計劃有遠大的作用的,我們應該想法摹仿它。

中國一般文人不是互相標榜,便是互相輕視,這種心胸狹隘的文人決當不起上面所談的偉大使命,或者簡直可説並不是真正的文人。文藝的復興雖然要靠天才的發揮,但也需要天才的合作、互助、鼓勵、激發。許多偉大的藝術家在開始創作的時候,無一不是受已成名的大藝術家的個人感動而奮發的。文學跟别的藝術一樣,要成大家非有持久的毅力、艱苦的研究、耐心的探討和觀察是不能成功的。文學的名作無一不是苦工裏鍛煉出來的,天才就是苦工堆積的結果。頽廢的文人,自恃聰明,生活浪漫,作品無一不是隨手沾來。一時雖名聲雀起,但這班文人是决不能有偉大的成就的。我希望中國多培養幾個心胸寬大、刻苦用功的作家,來作文藝中心的健將。

中國的文藝園地,雖然有一兩朵小巧的鮮花,但蔓草滿目,尚有待文藝家的努力呢。

談文學——文言——白話

寂　人撰

《談文學—文言—白話》載於一九三五年《浙東》第一卷第二期。《浙東》,又名《浙東校刊》寧波浙東中學校刊,創刊于一九三五年,以"創造藝術、努力科學、犧牲救國、奮斗故事"爲永久從事的目標。一九四一年停刊。作者署名寂人,不詳。本文論文學,主要談論文學與語言問題,作者認爲,文學是社會生活的反映,所以其發展就不能脱離社會生活的現實變化,提倡白話文,正是因爲白話文順應了時代變化,用現代的語言表達現代人的思想,同時,白話文有助於給予大衆豐富的知識進而促進社會的進步。

讓我先來談一點"藝術"。

托爾斯泰説:"藝術是傳達人的感情的手段。"

席納爾(Schiller)説:"藝術是理性與情感之調和。"

謝林(Shellingy)説:"藝術是以無限的精神寓於有限的材料中。"

表現主義者説:"藝術是主觀的客觀化。"

此外,撰藝術定義者還很多,持論各不相同,到今日仍没有滿足的解釋。但是我們參考他們這幾人的定義和藝術的本質,也可勉强的作一定義的,可説:"藝術是統一人們的情感,並引導著趨向同一目標去行動。"藝術是有啓發性、教育性的,他不單是情感,不單是純粹的慰藉,而且傳達著愛的慰藉、生的感慨、不合理的社會的憤激、殖民地奴隸的悲哀等思想，所以藝術作品可説是人類實生活的反映。每當時代轉變時期，必定會産生許多偉大的藝術作品。每當時代轉變時期所以能産生許多血泪文章，就是這個道理。

一七八九年法國大革命之前，産生了佛爾特爾、盧梭許多偉大的文學作品，一九一七年俄國革命前，也産生了許多文豪。

我們中國周代的變風變雅和屈子的《離騷》，都是革命時期中的産物。

有的人説："文學作品是女人讀的。"這話很不正確，或者指能够對那吟風弄月的文學作品而言。文學總之是藝術，她内中所包含的情感，始終能打動人們的深意識的。"秃筆一枝，能敵十萬雄軍"，這就是説文學力量之偉大。

文學既然是社會的産物，那末她的生存是不能違背社會的基本而生存，她的發展也不能違背社會的進化而發展的。

文學過去曾發生過一個最大問題，就是文言與白話之成敵對陣綫，白話好呢，還是文言好呢？現在説起來，似乎太過時了。事實告訴我們，文言已經走進古物陳列所，給人們欣賞欣賞而已了，我又何苦舊題重做？但是中國的文化好像是橡皮性的，拉長遠了一放鬆又會縮回來。我這幾年來所看到的文章，常常是碰到之乎者也似通非通的文言，這使我感覺到文言與白話在現社會上還是一個大問題。中國文化之所以不能發達，從這點就可看出來。現在中學生爲何要去做陳舊的文言？無疑地，他們還想維持士大夫的特殊階級。文言有没價值，應不應做，現在姑且不談，假使現在假定文言還有價值，應該學做，試問學做文言，是不是先要去研讀古文？那末這研讀古文的責任，是否放在中學生的身上？中學生是注重各科的基本知識，若要研讀古文，精力是否能維持得下？古書當然是可以看，文言也可做做，譬如現在的人寫字，普遍的只寫正草兩種字體，但也有學鐘鼎文石鼓文的，不過鐘鼎文石鼓文只能給人們欣賞，不能給人們實用。文言也這樣，研讀古文，學做古文，這是特殊的專門事業，不是普遍的共通事業，中學生是應當充實生活的技能，所以不必去學文言。

白話,是用現在的話傳達現在人的意思的,文言,是用古時的話傳達今人的意思。一是直接的想到什麽就可寫出什麽,一是簡接的想到什麽須經一番翻譯後才能寫得出來。况且文言給大衆看多數是看不懂,是難體味文中的所含蓄的感情。白話是大衆容易看得懂,容易體味到文中滋味而起同感。

現在是到暴風雨時代了,我們爲著要努力於將來一種合理的社會制度的産生,我們應當給予大衆豐富的知識,要給他們豐富的知識,就得給予他們容易讀的白話文。我們應當把他們的悲哀、憤怒、喜悦、感慨的事情寫出來給他們相互認識,以統一他們的情感,鞏固他們的陣綫,所以我們現在爲著自己生活技能,不必學文言,爲著求社會的進化,應該做白話。

我曾經問過一個學生:"你爲什麽要做文言?做了文言將來有何用?"

他説:"現在政府不是提倡讀經嗎?!我的父親叫我做文言,他説'中國得將要復古了'。"

雖然只這幾句話,够表現現在中國家庭教育之腐敗和人民知識的幼稚。由這故事上而我便聯想起科舉時代的中狀元和秦始皇的焚書坑儒。不過這也是新舊交替期中的必然現象,郭沫若先生在《革命與文學》裏有一段話説得很清楚:

> 每逢革命的時期,在一個社會裏面,至少是有兩個階級的對立,有兩個階級對立在這兒,一個要維持他素來的勢力,一個要推翻它。在這樣的時候,一個階級當然有一個階級的代言人,看你是站在那一個階級説話。你假如是站在壓迫階級的,你當然會反革命;你假如是站在被壓迫階級的,你當然會贊成革命。你是反革命的人,那你做出來的文學或者欣賞的文學,自然是反革命的文學,是替壓迫階級説話的文學;這樣的文學當然和革命不兩立,當然也要被革命家輕視和否認的。你假如是贊成革命的人,那你做出來的文學或者你欣賞的文學,自然是革命的文學,是替被壓迫階級説話的文學,這樣的

文學自然會成爲革命的前驅,自然會在革命時期中產出一個黄金時代了。

所以文言與白話到現在還是成問題,這不是一件偶然的事情,世界各國的文化都在隨時的猛進,惟中國還是徘徊在半死不活的路上,我們應該睁開眼睛來看看！明明是男盜女娼的社會,我們不能説他是禮義之邦;明明是贓官污吏的政治,我們不能説他是清潔廉明;明明是大病在身,我們不能説他體格健康。

病人的病是千變萬化,一個醫生指不定那一種是救世良藥,昨天用補藥,今天或須用瀉藥,今天用凉藥,明天或須用熱藥。文學也是如此,過去用文言,現在用白話,將來呢,有許多人在努力大衆語了。現在我們説文言不好白話好,將來一定有人説白話不好,大衆語好,現在文言已成古物,將來白話一定也成古物,這是自然的趨勢。歐洲十六世紀以前,寫的讀的都是拉丁文,後來都用本國文了。日本維新的初年,出版的書多用漢文,到近來幾乎没有不是言文一致的。所以我們不要再疑惑了,我們决定不再做文言,要做白話,因爲白話文之在現在是新的活的,白話文是合乎社會的基本,合乎社會的進化的。

現在我再將郭沫若先生的《革命與文學》的尾巴抄下來也作這篇的結論。

……你們要把自己的生活堅實起來,你們要把文藝的主潮認定?你們應該到兵間去,民間去,工廠間去,革命的漩渦中去！你們要曉得我們所要求的文學是表同情於被壓迫階級的寫實主義的文學,我們的要求已經和世界的要求是一致,我們昭告著我們,我們努力著向前猛進。

硬與軟

净　明撰

《硬與軟》載於一九三五年《禮拜六》"文學漫談"欄目第五百九十五期。《禮拜六》,一九一四年創刊於上海,周刊,由周瘦鵑、王鈍根主編,至一九一六年四月出一百期停刊,其間完全刊載小説。一九二一年夏復刊,兼登雜作,又出一百期停刊。作者署名净明,不詳。本文由民間俗語"吃軟不吃硬"出發,通過對中國傳統的國民劣根性批判上升到對文學"軟"與"硬"兩種風格的辯證思考。于作者而言,時下流行的是吟風弄月的"軟"文學並無太大價值,應該提倡的是與之風格迥异的"硬"文學,所謂"硬"文學,即能够反映社會現實、肩負一定社會使命的文學。

幾年以前,盛行過一句這樣的警語,叫做"弱肉强食"。似乎在中國,特别響得起勁。根據"物競天擇"的進化論,中華民族是極其難免不落於"淘汰"之列的,於是大家毛骨聳然了。

所謂"弱肉强食",强弱兩個字,原可别解爲剛與柔,亦可訓作硬與軟,俗人所説的"吃軟不吃硬",與高貴的上等人口中的"弱肉强食",字面雖然稍有點兒差别,意義原無二樣的。

現在確乎是個動亂的大時代,人吃人,最爲平常不過,硬當然是欺壓軟的,可是更硬的又不肯放過次硬的,就是硬與硬之間,也不願意就此勢均力敵,難免又是一場明争暗奪,看究竟是誰吃癟誰,總想判個我高你下;國際間的争鬥尤烈。最近墨沙里尼就公開演説,力言苟活百年之綿羊,不如獅子之一日。綿羊是最馴服的動物,獅子是凶惡的猛獸,所以他就是鼓勵要人寧可做硬的東西,切不可軟而爲人所宰割。這雖是黷武者的狂言,不足爲訓的,然而今日此種論調,竟就多著了。

因爲同是人吃人,硬吃軟,底下勢必就有墊脚石,這一大群不幸的被壓迫者,至此却已大徹大悟,正要趁勢爬起來,翻一個十萬八千里的大筋斗,將所謂强而硬者,也倒轉去來踐踏在脚下,揚眉吐一口氣;不過他們原來站的地位太久,根基不易動摇,一時自然還没有獲取完全勝利的可能,大抵時間的距離,相差也並不會怎麽遥遠了。

中國人歷來是扶强不扶弱,吃軟不吃硬的,對待强者,卑躬奴顔,惟恐其不必恭必敬,但一見弱者,馬上就又翻出一副嘴臉了。中國現在正排列在次殖民地的地位,跌落在弱小民族的泥溝裏,被各個帝國主義,層層壓榨得喘不過氣來,而自己的硬而强者,又在想盡方法欺壓自己的弱而軟者,氣焰和手段,一點也不"推板",與大魚吃小魚的形態,實實在在是一樣的,所以所謂"人吃人",並不是故意張大其詞,世界上確乎有那麽一回事,而且在現在尤多,"吃"法尤凶。

中國人又是亦軟亦硬,善觀風色的民族,一見勢頭不對,就會立即轉舵。相駡相打起來,當初是誰也不肯放過誰,但是有一個現成的公式,就是吃軟不吃硬。平居無事,三五個人閑在一堆開話匣子,始則有説笑,一團和氣,等到兩句不合勁兒,第三句就起争執,繼之必是一場扭打,厥後氣力小些兒的,就即正式表示投降。譬如阿Q預防要受到拳頭的"硬幹"了,就説"君子動口不動手";終於被人扭打過了,就又使用"兒子打老子"的"精神勝利法",同時抱頭節節退讓。中國人到底聰明,軟功特别好,對外是如此,對内似又未可一概而論。

但是,硬與軟,本是兩個互相對待的形容詞,是用以區别表達一般物體的性質的。究竟何者爲更硬,何者就是最軟,也尚没有一個固定的標準。大抵金剛石可算是最硬東西中之一種。軟的,則一時無從舉例引徵了。這兩個字面應用的範圍,原似僅限於物質的一方面,晚近乃以時勢變過,環境改移,漸次推廣及於藝術的各部門;而且,硬與軟,單在文藝一門的創作風格而説,就幾乎形成兩種内容完全相反的東西。上海文壇,受著客觀條件的限制,自從《自由談》發出那"多談風月,少發牢騷"的警號而後,風氣不免爲之一變,一時咏月吟風的文章,大交紅運,迎合低級趣味的一類軟性刊物,也應時而生,於是軟性硬性這些名詞,便立時名貴時髦起來,而且,因此引起過不少的争論,至今還在叫囂著,夾纏不清楚。

據説現在文壇也有如武壇,有些英雄好漢,擺擂臺、唱丑旦、玩花槍、耍拳,形形色色,花樣繁多,玩來玩去,終於跳不出那一個圈套的,就是軟,第三個還是軟,爲此儘量的將軟化發展下去,將來究竟更要軟到那裏去,實在令人有些"誠惶誠恐"了。

江湖賣解者,也是靠在露天舞臺玩點花樣討飯吃的,不過他們變起戲法來,能够硬軟兼施,玩過一套刀槍等技擊戰術之後,勢必就要來一套剖西瓜之類的軟功夫。剖西瓜,是要將活生生小孩當衆剖成幾塊,這使任何人都會感到殺人是可怕的事。等到符咒念完,做過向西天招魂的法子,於是法幕一揭開,剛才那被斫得血淋淋的小孩子,忽然陡的站立起來,就到了小孩哭喪著臉向看衆作躬作揖,"有錢的幫錢忙"的時候,興奮的看客們,引頸咋舌之餘,到這時就哄然放出一陣駭怪的歡笑,同時銅板也嘩啦嘩啦地丢到地下去。雖不明白戲法的手段究竟變得如何高明,這却算是已够人心神嚮往的喜劇。這在愚昧無知的人,自然看得津津有味,然而有些人則大不然:原來早就發現秘密,知道刀柄裏預先藏有著的是猪血。本心瞭解此輩"江湖散人"出門是要靠朋友的,但是到底還是一文不花,看過之後,反背著雙手,從熱鬧擁擠的觀衆中,悄悄的溜了出來。現在一般文人,摇起筆桿來,死向軟化那條牛角尖裏鑽,這無非是要把遮眼法,用刀柄裏原來藏有著的猪血,使一個活生生的小孩剖成九塊,擺在大衆的面前閃來閃去,以爲這就是他新巧的技藝,高明的手法,這種風氣,好像風靡了整個的文壇,整個的出版界。原因所在,一是因爲新式士大夫太多,二就是環境的賜予,所謂文人既没有跟上時代的精神,徒懷莫名所以的哀怨,是故意把文學降落于色情與幽默的軟道一方面去,終日藏在象牙塔里,不敢對現實作一下正視,油腔滑調,散播一些朦朧讀者的病菌,造出一些逃避現實的藝術至上主義的藝術,剖西瓜的戲法,實在已經令人看得厭倦起來,最後真要反背著雙手,從熱鬧擁擠的觀衆中,静悄悄地溜走出來了。

但是,静悄悄地溜走出來,也是不中用的,這正如扭住自己的頭髮,説要掙脱這污濁的塵寰,是一樣的可笑。文字雖然不能寫得刀下頭落那樣硬繃繃的鋒利有力,至少也要保持是個有血有肉的東西;如果故意披上一層神秘的外衣,粉飾得如花枝招展的美女,這有什麽用,不過是徒供老爺公子的玩弄而已。記住,有人説過一枝秃筆是要勝過三千毛瑟的,文學也自然有其特殊的任務,那麽,文學創作風格之宜爲硬爲軟,更不難推斷出一個小結論來了。

描寫上的真實性（文學漫談）

錢歌川 撰

《描寫上的真實性（文學漫談）》載於一九三五年《新中華》雜誌第三卷第六期。作者錢歌川（一九〇三—一九九〇），原名慕祖，筆名歌川、味橄等，湖南湘潭人，曾於一九二〇年留學日本，著名的散文家、翻譯家。《新中華》，一九三三年一月在上海創刊的大型綜合性刊物，半月刊，以灌輸時代知識、發揚民族精神爲宗旨。至一九五一年十二月出滿十四卷後停刊。本文談文學，多一般之筆，作者首先指出，文藝作品既有虛構的，也有寫實的。對於寫實的作品而言，應該從我們本身固有的經驗出發去描寫，才不會出現漏洞或不合常理的地方。同時，作者也注意到了不同文體對"真實性"的不同要求，比如，他認爲"詩歌上這種不合事實的描寫，也常常有，不過可以由另外一句點睛之筆，把它翻轉來，使之不僅不錯，而且成爲更要神妙的佳句"。

純粹的事實固然可以寫成文藝作品，但文藝作品並不一定完全是事實。所以英國人把小説一類的作品喚作虛構（fiction），也無非是説内容是假造的，而非真正的事實。而且文藝作品常常是先知先覺者的一種理想之表現，他們不滿目前的事實而另外寫出一個希望將來能達到的境地來。這些理想有時是决不可能的，即是説，世界上决不會有的事實。如中國舊小説中常有的瑤池仙境，或佛家所説的涅槃，或莫爾的烏托邦，莫利斯的無何有之鄉，都是不滿於現世而希冀將來能達到的樂土。我們不能够從這些東西中間,去尋現世的真實自屬當然,因爲那是另外一個世界,它完全是照我們的理想而安排的,我們希望人永遠不死,在現實固然辦不到,但在那個世界中自然就可能了。

如果我們所描寫的,不是那樣的理想鄉,而是我們現在生存著的世界,那末,我們所説的事情,就非得有一種真實性不可。我國的電影近年真算有了長足的發達,但對於這一點,他們却還未十分注意,他們所取的題材大都是些不近人情的事,至多只是偶然的巧合,或牽强的事實。我以爲與其這樣去取巧,不如寫極平常的事,换句話説,即是不描寫一個人而描寫一般人,也即是不描寫極少數的人,而描寫極多數的人。那末,成績一定更要好了。

最近《申報》"自由談"上載著豐子愷的一篇《談自己的畫》,便是對於他自己一張錯誤的畫的告白。他的意思是要划船前進,而畫出來的却是划船後退,等他自己到西湖上去划了一回,才知道是不合事實。

這種事情在文學上尤其多。中國一般作家只宜於寫它自己的身邊瑣事。如果他們要描寫自己以外的别個階級的事,便常常要鬧笑話,見笑於那些内行的。描寫我們没有經驗的事,本是很危險的。這仿佛是暗中摸索,事前並無任何把握。若單是道聽途説而來,或憑想像所得,則十分之九是靠不住的。聽説茅盾爲著要寫那部《子夜》,自己跑交易所跑了半年,但他畢竟不是那中間的人,所以寫出來還是免不了有些錯誤。

以上所舉的各點,只是因爲不知道其事實而招的錯誤,還有一些極小的不合事實的錯誤,却是由於寫作時不注意而來。譬如從前有人描寫日已近午而人影漸漸地修長起來,這是作者每天都可以經驗到的,只是因爲他寫文章一時糊塗而鬧成的笑話。這樣因不注意而起的錯誤,也不僅只是中國的作家才有,就是外國的大名家也有時難免。譬如日出於東而没於西,幾乎是兒童都知道的事實,而英國的歷史小説家司各特(Sir Walter Scott)在他的小説《好古家》(*Antiquary*)一書中,便有説到日頭没於東海岸的一語。作者當時因爲要還債,所以拚命的寫文章,只求寫得多,寫得快,對於這些小節,自然不暇顧及了。又如雲雀本是在春天飛鳴的鳥,而雨果(Victor Hugo)在他的傑作《悲慘世界》(*Les Miserables*)中却有秋天早晨雲雀鳴於天空的話語,難道法國的雲雀是在秋天也叫的麽?照一般的情形,是應該在春天早晨叫才合事實的。

在詩歌上這種不合事實的描寫,也常常有,不過可以由另外一句點睛之筆,把它翻轉來,使之不僅不錯,而且成爲更要神妙的佳句。從前袁子才與某軍門酒宴,席間聯句賦詩,某軍門不自藏拙,竟賦出"柳絮飛來片片紅"之句,使滿座爲之失笑。楊花柳絮誰也知道是白的,怎麽可以説片片紅呢?幸虧才子袁子才在座,他連忙説這是陸放翁的成句,其上句爲"夕陽反照桃花塢"。因此,反而使得竊笑者爲之慚恧。他這種臨時補救的手段,不僅免了那位大官丢臉,而且成功了兩句絶妙的詩。有了夕陽和桃花的兩重紅光相照,自然柳絮也就紅了。如果只有柳絮一句,便失了描寫上的真實性,一定要加上夕陽一句才能造出一種特殊的事實來。

内容與形式:文藝講話

晴　雲撰

《内容與形式:文藝講話》載於一九三五年《骨鯁》雜誌第六十二期。作者署名晴雲,不詳。本文談文學的内容與形式問題。作者認爲,文學是形式和内容的統一,"没有内容,便就没有表現内容的形式;形式是從内容中引出來的"。内容規定形式,但形式有時候也會起到積極的作用。總之,"在美而真實的思想上,文學作品的内容與形式愈是統一,愈是調和者,便是愈偉大愈有價值的"。

自來的文人,對於文學作品的評價,多半是依據於其形式之美的。但在事實上,任何一種文學作品,無論其爲詩歌、戲劇或小説,都不僅是穿的有藝術的外衣,不僅有文字上的外觀的美,而且還有一定的思想與感情。什麽都不表現的美的形式,什麽都不表現的美好的詩歌、戲劇或小説,根本就没有。所以,自來那些東方形式主義者,在評價一個文學作品時,只看其詞句是否美好,聲調是否和諧,結構是否嚴密,那實在是在空談文學,根本不明白文學爲何物的表現。

另外還有一些文學研究者,他們雖然知道文學是由内容與形式合成的,但他們却不明白内容與形式這兩者底關係。在他們看來,内容是形式規定的;没有形式,便没有内容,因而也就不會有文學了。就是有名的福禄培爾(Flaubert)也不免説過這樣的話:"没有美的形式,便没有美的思想,而且連他的反對也没有。"然而事實與此恰恰相反:没有内容,便就没有表現内容的形式;形式是從内容中引出來的。我們知道,每一個文學作家,都必然是過著一定的社會生活的,在其社會生活中,都必然要形成一定的世界觀,形成一定的思想與感情。他在創作時,絶不是只圖弄出一些美妙的詞句,而是在他底世界觀之下表現著一定的社會現象,表現著一定的思想與感情的。爲了這種表現,他才採取了,或説他才創造了適合於這表現的美的形式。所以,我們説,文學作品的形式實在是用以表現其思想内容的一種美的技術,並不是規定其思想内容的主體;是内容規定形式,不是形式規定内容。很顯然的,如果没有十九世紀工業的發展,没有都市繁榮,大資本吞併小資本等等的社會現象,没有隨之而起的實證主義、自然主義的思想,便就絶不會產生描寫這些社會思想的自然主義的文學形式。又,如果没有宋元明清以來的商業資本的發展,没有農村經濟的衰落,没有農民在困苦生活中幻想劍仙俠客英雄豪傑出來爲自己出氣的思想,那表現神仙鬼怪英雄豪傑的思想形態的章回小説的形式,在宋元明清以來的中國便不會如此盛行。

——這些都是無人能否認的事實。

正因爲文學作品的形式是由其内容中引出來的,所以文學作品底價值,主要地當爲其内容所規定。一定要具有美而真實的思想内容的文學作品,才能有適合於此美而真實的思想内容的美的形式,因而才能被稱爲偉大的文學作品。無論有多大藝術才能的作家,他都不能把一種醜惡的思想完全美化,他都不能在表現一種醜惡思想下創造出偉大的作品來。譬如,贊揚漢奸的思想與行爲,在目前的中國是非常卑下醜惡的;假使有一個作家要創作一篇小説,在這小説中要拼命去爲漢奸辯護,説漢奸們是中國的救星,那我敢説,不管這位作家有怎樣大的藝術的表現力,不管他是怎樣了不起的天才,其結果都必然是失敗。所以,在此我們必須將福禄培爾的話反過來説:没有美的思想内容,便没有美的形式。

當然,文學作品的形式,並不是只受其内容的規定,絲毫不對其内容起反作用的;不,形式有時候也有積極的作用。如果有兩篇具有同一美而真實的思想内容的文學作品,那其中的形式較爲美好者,必然是更能感動讀者,對於社會必然能起更大的作用,因而也必然是更有價值的。這裏形式便不僅是被規定的,而且是有積極的决定作用的。

一般説來,内容與形式是統一的,不可分離的;而且,我還要説,在美而真實的思想上,文學作品的内容與形式愈是統一,愈是調和者,便是愈偉大愈有價值的。但是,在文學的發展史上,内容與形式不相調和的時候也是有的。事實上,有些時候,某種文學就是只講形式,不注重内容,所謂形式壓倒了内容的;反之,另有一些時候,某種文學則是内容超過形式。這種文學的内容與形式的乖離,當然不是以作爲文學的内容與形式在本質上就是不調和的論證,而是有其社會原因的。根本説來,文學是社會人底生活之藝術的反映,當某種社會人已經在没落的時候,他的向上的生活意識必然是在日益消失,因之代表他的文學作家在創作時便不能注重美而真實的思想内容,只有努力去追逐形式。例如,世紀末的歐洲的市民文學,什麽唯美主義、象徵主義、野獸主義等,便是由於市民的生活空虚,使得他的作家不得不拚命去追逐形式所産生出來的形式壓倒内容的文學。又如,自魏晉六朝以來的駢體文,以至滿清時候的八股文,當然可説是只講形式不注重内容的文學,但這種文學却是在中國的貴族底没落過程中産生出來的,至於内容超過形式的現象,則是在某一社會人群開始興起的時候發生的。因爲那時候,這人群雖有充實的生活,雖有向上的生活意識,但他在文學上還没有很多的經驗,很大的修養,而且,這時他還顧不到文學方面來,所以他的文學便不能不是内容超過形式了。此種情形,歷史上每一種新起的文學,都可作爲例證,無用多説。——由此可見,就在内容與形式乖離的時候,也只有從社會的見地,從内容與形式之社會的統一性的見地才能理解問題。

文學講話

陰　濃撰

《文學講話》載於一九三五年《津中周刊》第一百三十七期（第一講）、第一百三十九期（第二講）。作者署名陰濃，不詳。本文主要談文學的定義和起源問題，作者首先批駁了章太炎、本間久雄、顧鳳城等人對文學所下的定義，進而提出自己的觀點：文學是組織“感情”“思想”和“想像”的社會化的工具，而由“文字的形式”表現出來。在文學的起源問題上，作者認爲以往的理論總體分爲兩類：一是依據心理學的説明，二是“根據生活的説明”，因爲後者“是根據原始的實際生活推論出來的”，所以更爲可信。

一　文學的定義

先舉一個錯誤較明顯的定義，章太炎先生在他的《國故論衡·文學總略·上》説：

> 文學者，以有文字著於竹帛，故謂之文；論其法式，謂之文學。

可知章先生所謂的文學定義是“文章作法之學”，這與我們現在所謂文學相去太遠。章先生是清朝的遺老，還免不了陳舊的氣味，那是意料中的事。再看看最近的文學家又怎麽樣呢？夏丏尊在他《文藝論》上説:"文藝是以'文學'爲工具的藝術。"他只談到了文學的形式,而忘掉了文學的内容。潘梓年在他的《文學概論》中説:"文學是用文字的形式來表現人類生命中的純感情,使人得到一種常常平衡的跳躍。"(這就是調劑人生的意思,不至使有畸形的發展。)他又忘了與感情有密切關係的"思想"與"想像"。

以上兩種也是有缺點,前面已經説過了。此外還有在近來最有威權、最受人推崇、爲人所樂道的兩種定義,我們再研究研究是否還有缺點。

第一是日本人本間久雄所下的文學定義,他是根據了英國波斯内脱(Posnett)、華特生(Hudson)及美國亨德(Hunt)各家的説法,而推定出來的。現在爲方便計,把他所引的各家的説法省略去(請參閱章錫琛譯本,開明書局出版),只寫一寫他推定出來的定義:

> ……文學是通過作者的"想像""感情"而訴于讀者的(想像)"感情",所以把所謂激動讀者爲第一條件,把非專門的形式,使一般人容易瞭解爲第二條件,把給予讀者以所謂美的滿足的快樂爲第三條件,不用説,用了文字寫出來的表現,更是根本的條件。

在第一條件中他忘掉了作"想像""感情"根底的"思想"。在第二條件中,他論到形式方面,他以爲文學是非專門的形式。"使一般人容易瞭解"這也是不恰當的。如中國六朝時(嚴格的説,自南齊武帝永明年間,經沈約王融、謝脁等的提倡後)的詩文,既講對仗,又講押韻,那種雕琢字句的典麗文體,一般人是不容易瞭解的,能説不是文學嗎?或者他的意思是應當不應當的問題,這更不容易解决了。你説文學的形式應當通俗,而六朝的貴族們偏説應當典雅,你有什麽辦法呢?應當不應當的問題,是各人主觀的見解,不能在客觀的下文學定義時提起。第三條件説的也太籠統,我們要知道,美的標準是因階級而不同的,有的以描寫才子佳人的作品爲美,有的以描寫勞動階級的作品爲美,所以拿“美的滿足的快樂”爲文學的條件,也是不恰當的。末尾説出的根本條件,也是似是而非的,可以説是文學的第幾條件,而不能説是“根本條件”。

第二是中國文學家顧鳳城下的定義,他是根據了俄國托爾斯泰(Tolstoy)、布哈林(Bncharin)、普列哈諾夫(Plechanov)和日人青野季平等的説法推定出來的,現在爲方便計,也只把他的結論寫一寫,他所引各家的定義省略去(參閱顧鳳城的《文學概論》,光華書局出版):

> ……從文藝方面來説,那它的機能除開組織感情將感情社會化外,更加上組織思想的一點是對的……但是我們也不能將組織感情和組織思想這二者並列起來,看作是藝術的機能。……因爲藝術這東西,多少總是偏重於感情的,思想是其次之……所以一般的説來,藝術的主要機能,實只是“社會化了的感情底組織”,我們在這裏已經闡明了藝術的定義和本質,文學當然也是這樣的解釋了。

這是現代人所樂道的定義,猛一看似乎很恰當,仔細分析起來仍有缺點,按他前一段來看,他忽略了文學中的想像(想像imagination與幻想fancy不同,想像是連絡變化舊觀念,以構成新觀念之作用;人本有黄金及山兩觀念,因連絡而成黄金之山的新觀念)的成分。按他後一段來説,他又忽略了文學的特别形式,那末音樂、圖畫、跳舞、建築以及雕刻等,那一種不是組織思想和感情社會化的工具呢!不都混入文學的範圍内了麽?所以拿藝術的定義作爲文學的定義是欠妥的。

以上所説的一切文學定義都有缺點,那麽究竟應當怎樣規定才算正確呢?我們用純客觀的態度,探討出文學的本質,再參照以上諸家的優點和劣點,而定出一個比較正確的文學定義來:

文學是組織"感情""思想"和"想像"的社會化的工具,而是"文字的形式"表現出來。

二　文學的起源

文學是怎樣發生的呢? 歷來的説法雖然很多。但可以分爲兩類:

一、是心理學的説明。這一類的理論,其中最著名的約有四種:

1. 模仿衝動説(Imitative Impulse)　是説人類本有模仿的本能,這本能便是産生藝術的動力。希臘的亞里士多得首唱此説,直到游戲衝動説發生之前,一向見重於歐洲的文藝界。亞氏所説的模仿,是人類之天性,他以爲一切藝術的發源由於人類對於自然的模仿。在中國,韓愈也説過"以鳥鳴春,以雷鳴夏,以蟲鳴秋,以風鳴冬……其於人也亦然,人聲之精者爲言,文辭之於言,又其精也,又擇其善鳴者而假之鳴"。這雖不能説就是亞氏的模仿之説,然也有點相似。在亞氏的學説中還有一個重要之點,就是在模仿之中,有"求知的作用"並非單是模仿,還須有揀擇、整理和修改,因爲他的目的是要深刻的認識其對象。譬如在原始民族的社會中,對於個人的存在,没有深切的認識,社會的全體都是在這種不知不覺的模仿中度其生活;對於外界的事物是要經過一次作爲上的同樣的模仿,或發之於聲,或發之於舉動,然後才有深切的認識、明白的理解;所以在原始社會中所謂的模仿,乃是同情、理解、直感,以及感情移入内心的過程。凡是内心之意念經過這個過程才表示於外界。像這樣的模仿不妨可看作創作或表現,在原始時代如果無此種模仿,那就没有古代民族的文化。一個民族所以有一種言語,有一樣的宗教,有一樣的風俗,就是因爲有社會模仿衝動的緣故。亞氏學説所以有重要的勢力,有悠久的歷史,實非偶然。

2. 吸引本能説(Instinct to Attractobthers by Pleasing) 是説想依了給與快感而吸引別種快樂的衝動,爲人類産生藝術的動機,達爾文等進化論系統的人多張主之。他們説人類的藝術與文學幾乎是以吸引异性爲目的,好像雄鳥在衆雌之前夸示其羽毛之美,或演其炫奇之技,這種動作是受本能的支配的。這種學説直至現在還有很大的勢力,以性爲中心而解釋一切的藝術與文學的動機(説從略)。公允的説來,這種學説未免把人類的要求視爲太狹小了,在人類生活中所必需的未必全是屬於性的,即使以性爲中心之時,也要尊重由性的生活中所生成的力量,而非全注意於Sexual Desire 啊!

3. 自己表現本能説(Self-Exhibiting Impulse) 照字面所寫,便是人類要把自己表現出來的本能,爲藝術的動機,爲一部分心理學者所樂道。此種學説爲心理學家 Baldwin 所提倡,除表現自身以外没有其他目的,可以不加説明了。

4. 游戲本能説(Play Impulse) 這是從模仿衝動説以來最有力的學説。德人康得、希勒曼爾,英人斯賓塞等人所提倡,他們以爲藝術可分爲自由藝術和勞動藝術,前者謂游戲之産物,是一種愉快的工作;後者視爲勞動,由於不愉快的苦役,受工錢的引力的强迫而作成的工作。他們又有精力剩餘説,以爲人類站在高過別種動物的位置,因爲有過剩的精力,與其他動物把全副精力用在生命保存和種族保存者不同,這便是游戲本能的始原,他們把助成生活的效用與助成享樂的效用,截然分爲兩途,游戲衝動只爲享樂而存在,凡所積蓄的精力,只在横溢本身爲唯一目的,所以"游戲"與"藝術"在没有外在目的的一點上看來,有共同之處,無怪有人説是"第二自己表現本能説"了。

以上四種學説,我們大膽的説,都是唯心主義的理論,没有客觀的實證,没有基礎的空中樓閣,永遠是不穩固的(爲節省文字計,不再贅述,可參閲本間久雄的《文學概論》)。

二是根據實生活的説明。我們覺得這個中心點是較比好些,像俄國郭列夫等輩以爲最古代的人類藝術及人類言語都和勞動及生產有密切的關係。譬如一種聲音的回轉、重複、嗓子一高一低而成韻調,以齊大家的工作而成爲和諧的因而也就覺得這種工作輕鬆些,例如俄國的《棒歌》——是木匠瓦匠起重時口裏哼著的歌兒,他們唱著這種韻調相同的歌,自然個人手裏的動作也相同,於是他們的共同勞動便輕快些而容易作些。再者,普通兵操的時候,必定奏著進行曲,兵隊的步伐便格外整齊,我們中國的水手,當逆水行舟的時候,大家拉著絆兒,口裏哼哼著,直至現在依然保存古風(雖然在物質文明的二十世紀,依然保存國粹)。這就是文學興起的動力啊!要知道原始的文學就是歌咏(Ballad),勞動、音樂、歌辭在事實上是三位一體的。

以上兩類的學説,我們可以知道第二類是根據原始的實際生活推論出來的,總是較比可信些。

(原注:本文多爲舊日與友人共同商定之稿。)

文學寫作的話

澤　永撰

《文學寫作的話》載於一九三五年《圖書展望》第三期。《圖書展望》,一九三五年十月創刊,月刊,由杭州浙江省圖書館編行,是一種讀書輔導與綜合性通俗讀物。一九三七年八月休刊,共出二十期。作者署名澤永,即翁澤永(一九一六——?),浙江餘姚人。抗戰時隨郭沫若工作多年。新中國成立后作中國大百科出版社上海分社編委、上海文史館館員。本文主要從語言、體裁、寫作主體的角度談文學寫作問題。作者認爲,文學作品需要的是“精確的”語言、“活的語言”,而這種語言有賴於創作者與現實生活的貼近,同時,寫作要儘量通俗化,力求最爲明瞭地表達自己的思想。作者還指出,文學作品的觀念要深刻,因爲“觀念越深刻,越顯著,社會意味也越重大,則故事越好”。同時,作者也分别對詩歌、戲曲、戲劇、小品文的創作根據各自文體特性提出了有針對性的看法,並於最後强調了作家自我批判意識的重要性。

這幾年來,世界文學在急劇地轉换一個新的方向。中國雖然什麽都落後,却也着實有一番熱鬧。

尤其是一般情感豐富的青年,他們愛好文學,喜歡讀文學作品,同時也喜歡寫作。

可是正因爲國人有一種“避重就輕”、“飾僞取巧”的遺傳病,更接受了前一代(可以説是過去的)中國“消閑文學”的遺産,以致他們在寫作上犯了許多危險的錯誤。

下面的這一些是我從我的讀書録中整理出來的,這裏面提供了許多寶貴的文學寫作的訣竅,指出了許多青年文學作寫者所犯的錯誤;是值得每一個從事文學的青年取作座右銘的。同時,在這裏,還暗示著明日的新文學發展的路綫。

初學寫作者,往往陷於兩極端:不是拿"粗陋"的記録式的、乾燥的、死板的、含混的語言去寫;便是以雕琢的僞美麗的、巧辯的、距談話用語很遠的辭句去充填故事。這不論那一樣都是不好的。

一個文學寫作者,當他動手寫一篇作品時,對於語彙的儲蓄和精選,自然是非常必要的。文學作品,是形象化的東西,所以要使作品内容更藝術的呈露在讀者的眼前,更能感動讀者,就非有精確的文字供驅使不可。

活的語彙,是從實生活中成長的。有豐富的實生活,才有豐富的語彙;同時才能表現豐富的文學内容,咬文嚼字,是絶對沒有用的。

一個文學寫作者,要看、要聽、要明確的表達被描寫的環境,要相信被描寫人物的真實。一個文學寫者,要創作地工作,研究現實,留心生活。寫他所深知道的東西,寫他曾加以研究、思慮、受其感動以及"消化"了的東西。

不要求知於"天花板",不要選材於"指頭",也不要寫傳聞。

内容决定形式。詞意要精密,而思想要廣闊。

青年作家常問:寫作應從何處著手?這個問題的答案是:首先應當很仔細地思索,悟解所要的東西。當未來物的内容還是模糊,尚欠思考,尚不大通曉的時候,絶不要動手寫。在作品的孕蓄時期,應當擬定計劃、特徵、主人公的肖象輪廓、個别的細微事情以及風景等等。

凡鍛煉不足的作品必定脆弱,其觀念往往爲讀者所不明白,因爲作者本人也就不大明白的。

好多青年作家的失敗,大都恰是由他們概括了偶然者、非特徵者、非主要者,把此種偶然當作典型者。

文藝作品的力量,在求概括、明確,在求普通化。

應當竭力往簡單的寫，最明瞭地表現思想。全部工作，應抱著一個目的寫得最明瞭最確切的表達出再自己眼睛所見、心中所想的一切。

質樸(Simplicity)是後有現成的，不要遷就深奥的思想，也不要遷就技巧，而要研究之。

觀念越深刻越顯著，社會意味也越重大，則故事越好。

作詩，要用很大的、細密的工夫。每個字都要權衡輕重，不能模糊。

不能把詩認作一種嚴格地所制定的規律和嚴整的韻脚、音節、叠句等所構成的東西。

新奇(Novelty)在詩的創作上是不可缺的。詩人在言辭上所有的材料，經過一番加工後，一定有了改變，要是有誰想採用舊的材料寫詩，他可要注意到它與加進去的新的材料之間的比例。决定混合物的價值是新的材料的質與量。

小品文乃藝術的作品，它越藝術化，則越有價值；社會意味越濃厚，則越有效。

在戲曲中，最適當的唯有選那些表現鬥争、衝突、行動、意志的人物的話；换言之，那些在實質上也就是行動的話。

在戲曲中，萬勿有一個不需要的無動作的人物。

凡劇作者在戲曲中所配置的人物，都要捲入鬥争中，站在某一方面，在鬥争中去表現自己。要暴露社會的性格，必須要明確地寫實地恰當地表示出某種面目、性格，其一言一語(辭彙、表現、語調、説話的特徵)須要加以細密的思索而使之個體化。

戲劇的價值，不在外的表演，而在内的旨趣，在觀念，在藝術性之中。

文學寫作者的自我批判，猶如空氣、水一樣的需要。

批判，可以説明青年從事文藝作品與現實聯繫上去理解文藝作品，可以發展藝術的趣味，可以幫助揭穿讀物的觀念上的錯誤，可以顯示出自己或所研究的作家之内部的增長，可以發見他的藝術上的品質與社會的趨向。

文藝講話

許　傑撰

許傑的《文藝講話》由陸續發表於一九三六年《浙江青年》"文藝講話"欄目的六篇文章組成，分別載于《浙江青年》雜誌第二卷第五期(《文藝與文藝的力》)、第二卷第七期(《文藝創作的來源》)、第二卷第八期(《經驗觀察和體驗》)、第二卷第九期(《文藝上的真實》)、第二卷第十期(《文藝的任務》)、第二卷第十二期(《文藝的大衆化與大衆文藝》)。《浙江青年》，一九三四年十一月十五日在杭州創刊，月刊，浙江省教育廳編輯。專供青年閲讀的雜志。一九三七年十月停刊，共出三卷三十六期。作者許傑(一九〇一——一九九三)，我國當代著名文學家、教育家、文學理論家。原名世傑，字士仁，筆名張子山。浙江天台人。

《文藝和文藝的力》一文主要論述"什麽是文藝"和"什麽是文藝的動人的力量"兩個問題。關於什麽是文藝，作者認爲，"文藝是用文字語言做表現工具的一種藝術"。同時，作者還指出了所有藝術門類所共有的三個特性：第一，所有藝術，都是表達人的感情的；第二，所有藝術，都是用具象的工具表現抽象的思想的；第三，所有藝術都是内容與形式的結合。關於"文藝的動人的力量"，作者主要從"感情的社會化"這一角度來理解。在作者看來，所謂"感情的社會化"亦即"藝術的全歷程"，它既包括藝術家(文學家)的創作過程，也包括讀者的鑒賞過程，只有在這個全過程中，藝術作品的價值才能真正確立起來。

《文藝創作的來源》一文指出因爲不存在純粹客觀的東

西，也没有純粹主觀的東西，所以文藝創作的唯一來源便是“作家所處的環境與社會”。這裏所謂的環境，是包括著自然環境、人爲環境的；這裏的所謂社會，也是包括著個人的過去的教養、社會的歷史遺産的承受，以及經濟生活與現實生活的影響等。

《經驗觀察和體驗》一文認爲經驗、觀察和體驗是獲取“文藝創作的來源”的方法，並解釋了“什麽叫做經驗，怎樣的去經驗；什麽叫做觀察，又怎樣的去觀察；什麽叫做體驗，又怎樣的去體驗”等問題。作者認爲，“經驗只是人生在自然與社會中的生活過程的積聚；這種生活過程的積聚，完全是一個人爲了自己的生活，應付他的自然的環境和社會的環境時，所學習得來的”。而獲取經驗的方法則分爲“直接”和“間接”兩種。但有些事情是在親自體驗的範圍之外的，所以文學創作還需要借助觀察和體驗。“觀察是把自己所不曾經驗，或自己所不能經驗到的事情，細細的留心考察的意思”。而“體驗”則指“根據事實和人類的共同性”進行合理設想。

《文藝上的真實》一文指出，“所謂文藝上的真實，是要把現實的真實，提煉過一次，陶熔過一次，才給它合理化、體系化起來，通過了藝術的規範的真實”。亦即“是藝術的手腕，和故事的發展的必然聯繫起來的意思”。因爲“離開了故事的發展，必然不會有文藝上的真實；離開藝術的色彩的渲染，是不會有文藝的”。

《文藝的任務》一文首先對“文藝無用論”思想進行批判，進而闡釋了作者自己充滿歷史進化論思維的文藝功用觀，在作者看來，“文藝的真實，也當然連帶著時代的真實的”，而“社會是向前演進的，人類的文化，只是人類用自己的力量，征服自然，推進社會的一種現象的總和”。又因爲文藝僅僅是文化的一部分，所以“文藝的反映時代，推進時代，也是與另外的文化的各部門，没有兩樣的”。最終作者指出文藝的任務體現在兩個層面，一是“報告現實的缺憾，描寫現實的病態”，二是“寄寓未來的理想,推進未來社會的實現”。

《文藝的大衆化與大衆文藝》一文從“國防文學”出發,指出當時的歷史情境中對“文藝的大衆化與大衆化的文藝”的迫切需求,進而在對文藝的大衆化的歷史緣起、發展路徑進行簡要梳理的基礎上,發表了作者對如何實現文藝大衆化命題的思考。在作者看來,文藝的大衆化既不是“文藝降低到大衆的知識水準,去迎合大衆”,也不是“離開大衆,關起門來,把文藝局限於某一階級,當做清供雅玩的”。而言實現文藝的大衆化,就要在語言文字層面做到“文字的大衆化”;在文藝題材上要從“平易的真實的生活”出發,從而“能使讀者感覺得親切,感覺得是自己的切身的生活的反映”。同時,作者要將作品的中心思想置於全民族的利益,以全民族的解放運動爲基點。

文藝與文藝的力

我相信,諸位都是喜歡文藝,想研究文藝,同時,又想在文藝創造上顯一顯身手的青年,那末,我就不客氣的,來和諸位談一談文藝上的諸問題吧!

我曉得,諸位是曾經讀過别人的小説、劇本或者詩歌的。是的,小説、劇本、詩歌都是文藝的一部門。我也曉得,諸位在有些時候,是因爲讀了别人的小説、劇本或者詩歌,而大大的受了他的感動的。是的,這種感動,也便是文藝的動人的力量。

但是,如果有人要問,你曾經讀了某一篇文藝作品,你曾經被某一篇文藝作品的文藝的動人的力量所感動,你是否能够回答得出什麽是文藝,又什麽是文藝的動人力量呢?這個時候,你恐怕也有一些躊躇了吧!

我們曉得,小説、劇本、詩歌都是文藝的一部門;但是,小説、劇本、詩歌却不是文藝的全部。同時,我們也曉得,某一篇文藝作品，——譬如是《水滸傳》上景陽崗武松打虎的一段吧！——曾經使我們感動得許多時候，但是，這景陽崗上武松打虎的一段，也不是所有的一切的文藝的動人的力量。

説到這裏我們就得要問究竟什麽是文藝呢？同時我們還得繼續的問什麽又是文藝的動人的力量呢？

現在，我且把第二個問題丢開，且先來談談什麽是文藝吧！

什麽是文藝，——文藝是什麽，這是關於文藝的定義的問題。從來研究文學的人，對於這個起碼問題，没有一個人不碰到的。因此，他們對於這問題的解釋，也不知多少。要是有功夫能够把别人對於文藝所下的定義收集起來的話，那末，恐怕也會成一部厚厚的書吧！可是，我們却没有這許多閑空的功夫！

我們曉得，文藝是藝術的一種，我們要問“什麽是文藝”，就先得問“什麽是藝術”。

藝術，據説有七種或八種之多；而這七種或八種的藝術是被稱爲姊妹藝術的。——這些姊妹藝術的名號是繪畫、雕塑、建築、音樂、文藝、戲劇、跳舞等七種，如果要説是八種的話，那末，她們的最小的姊妹，便是電影。

這八種藝術，依據著她們各自的性質，我們又可以給她分成幾類的。譬如繪畫是空間的平面的藝術，雕塑、建築是空間的立體的藝術，音樂是時間的藝術，文學是符號的藝術，跳舞是律動的藝術，戲劇與電影却是綜合的藝術。

每一種藝術，因爲她們的性質的不同，所以它們的訴之於人們的感官的，也就各异。譬如説繪畫藝術，是訴之於人們的視覺的；换句話説，我們靠著我們的視覺這一個感官，才能够接受繪畫這一種藝術。雕塑藝術，是訴之於人們的視覺和觸覺的。建築，是訴之於人們的視覺與運動感覺的。音樂，是訴之於人們的聽覺的。跳舞、戲劇、電影，是訴之於人們的視覺兼聽覺的。至於文藝呢，她在一方面，也是訴之於人們的視覺，但在有的時候，——譬如詩歌及作品的宣讀時，——却是聽之於人們的聽覺的。因爲這些藝術對於人們的感覺所發生的關係的不同，所以這些藝術又有視覺藝術、運動感覺藝術及聽覺藝術等各種的名目。

至於爲什麽這幾種藝術對於人們的感官,發生各種不同的關係的呢? 那便是因爲她們所用的表現工具不同之故。譬如説,繪畫的表現工具是綫、面、形和色彩,因此,繪畫藝術又可以稱爲形與色彩的藝術。雕塑的是面與體,因此,雕塑又可以説是型像的藝術;建築的是體與中空,所以,建築又可稱爲中空的藝術。音樂所用的表現工具是音波的顫動,所以音樂又可稱爲音波的律動的藝術。跳舞是用自體的律動做表現工具的,因此跳舞又叫運動的藝術。此外,如戲劇,是被稱爲舞臺藝術的,電影,是被稱爲電影藝術的。至於文藝呢,因爲她所用的表現工具是文字與語言,所以文藝又可以稱之爲用文字語言做表現工具的藝術。

你曾經問過什麽是文藝吧,那末,我的答語,便可以借用上面所説的這句話了。

文藝是用文字語言做表現工具的一種藝術。

可是,藝術的分類,雖然有那麽七八種之多,但她們的内在,却都有一個相同之點的。這種相同之點是:第一,所有藝術,都是作之於人們的感情的;這就是説,藝術之所以爲藝術,乃是教人感,而不是教人知。這教人感的裏面,雖然也有教人知的成份,但無論如何,她的教人知的部份,總没有如科學哲學那種東西那麽多。第二,所有的藝術,都是用具像的東西,來表現抽象的東西的。這其間,比較起來,音樂藝術算是最抽象了的,可是,音樂所表現的悲哀、所表現的快樂,比起原有的悲哀與快樂却還是具像的。其餘的,却幾乎都是用具像的東西,來做説明的工作了。第三,所有的藝術,除了藝術所表現的外表的形象以外,都有一個内在的所要表現的東西的。這内在的所要表現的東西,雖然也都在外表的形式裏表現出來,或完全的寄託在這外表的形式裏面,但是,我們却不能否認,説是在一件有價值的藝術作品裏面,除開了形式,就會找不到内容的。

同時,這許多姐姊藝術也同樣的有一個歷程。這一種歷程,也便是從藝術創作到藝術鑒賞的一條路。這一條路,如果能够讓我們分析一下的話,那末,所有的藝術的歷程便有下列幾個階段。那便是:(一)內在的心象。一個藝術家,他在要創作某一種藝術作品的時候,他的内心,必先有一個心象。不管這個心像是外界的事物,直接的反映在他的心坎裹面,或是這個心像是因爲外界的事物的反映,間接的由他自己的主觀的内心所决定的。總之,作家在没有創作作品前,他的内心總先有那麽樣的一個心象。(二)理智的思索與組織。作家有了一個心象之後,他的心裹便在想著,他將用怎樣的方法,給它組織或排列起來呢?他將用怎樣的方法排列起來組織起來,這才最爲適當呢?作興,有些事物的客觀的映象,原來是那樣的排列好了的;但是,因爲這是藝術作品,這是要通過作者的主觀的領域的;所以,無論如何,作者想依客觀的方法來反映,但主觀的思索、主觀的抉擇與主觀的剪裁,却是免不了的。(三)内容與形式的結合。作者的心象,經過了理智的思索與組織之後,立刻同某一種藝術表現工具結合起來,就可成爲某一種的藝術作品。因爲一種藝術作品必須得用藝術的表現工具出來,才得算爲一種藝術作品的。不然,是始終不成其爲藝術作品的。到了這個時候,一件藝術作品,才算是被完成了。可是,你説一件藝術作品被作家做成了以後,就説是完成了嗎?不是的,這却是只能説是完成了一半。因爲這個却只是文藝創作的歷程,而不是整個的藝術的歷程。如果要説整個的藝術的歷程,那是非包括文藝鑒賞的歷程不可的。你想,一件藝術作品被作者作成之後,如果不和社會,即讀者和鑒賞者發生關係,這作品的價值是否存在,還是值得懷疑的。古人著書,固然有“藏之名山”之説法,但是,“藏之名山”之後,也須得在後人的人類社會間發現了之後,才得會發生社會的價值的。否則,如果你這一件藝術作品始終止是藏在名山裹,或者因爲藏在名山裹,終至於湮滅不傳,那末,你這藝術創作的心機,也就等於没有創作了。所以,一件藝術作品的價值,完全是社會的價值。换言之,一件藝術作品的價值,是建築在藝術鑒賞者的心上的。這時,我們也就可以曉得,光是藝術創作的歷程,不能便算是整個的藝術的歷程,整個的藝術的歷程,是需要包括著藝術創作和藝術鑒賞的歷程的。因此,我們且進一步講藝術鑒賞的歷程。(四) 鑒賞者的感官的接觸藝術鑒賞者,靠著他自己感官的活動和作家的完形了的藝術作品相接觸,因此,作家的用以表現心象的表現工具,便結予藝術鑒賞一個初次的映象。(五) 鑒賞者的翻譯與理解。一個藝術作家是靠著形象來説明的,同時,一個藝術鑒賞者也靠著這個形象來思索。一個藝術鑒賞者,他把從藝術作品上所得的映象,在腦筋中細細的思索著,細細的給與翻譯著,最後,他才理解著藝術家的創作的本意。(六) 心象的還原。等到藝術鑒賞者接觸了作品的外形,又思索著作品的内容之後,他便瞭解作家的内在的精神,理解著作品中的原有心象。這時,鑒賞者的心坎中,也就有了一個和創作者在創作時的同樣的一個心象。因此,鑒賞者的心情就和創作者的心情發生了共鳴作用。這種作用,也便是心象的還原作用。

一種藝術作品的價值,到了這時,才正確的建立起來。一種藝術全歷程,到了這時,也才完全的被達到。所以,也只有從整個的藝術的歷程上,才能理解整個的藝術的意義。現在,且舉例來説吧!譬如説,我一天到了西湖。我在西湖的湖光山色中,感受了一些甜的和舒暢的映象。這種映象,在我的内心中流動著,便變成了我的心象。不過,這種心象,却只是自然界的外物所給予我的直接的反映。如果我在這個時候,只是把這種外界映在我心中的映象如實的反映出來,這便成了直接的反映。可是,我們曉得,在有些時候,當我們看到了西湖的優美的風景之後,我們會主觀的加入一些另外的見解,把這種西湖的欣賞上所得到的映象,和我平日所領受到的對於大自然的心情聯繫起來,因此,我便會轉了一個灣的,把西湖作了一個鑒本,而歌頌大自然來的。這時,這歌頌大自然固然也是我的心象,但這心象的得來却只能説間接的得自西湖了。同時,如果我們在欣賞西湖的風景的時候,忽然想起了近日的國際風雲的緊急,眼前的這樣美妙的風景,恐怕不久就要淪於异族,自己的這樣有爲的青年,更不應沉醉於無聊的山水的欣賞之中;於是,你就立刻從這大好的湖山的景物中,唤起了一個慷慨悲歌、共赴國難的心緒來了。這時,你這種心緒,如果你想把它表現出來的時候,用藝術歷程上的名詞講,也便是所謂心象了。自然,這種心象也與上面所講的第二種心象一樣,是通過了主觀的領域的。

我們有了這種心象之後,因此藝術作家,便會在心中思索,他想,他應該用什麼方法,把這種心象組織得更爲得體、更爲合宜些。而這一項工作,却定全是理智的處理。

接著,一個藝術作品,他便要用他日所操縱的最適當的表現工具,把它表現出來了。這個時候,如果説他是一個畫家,他會畫一幅偉大的圖畫。如果他是一個音樂家,他會譜一曲偉大的音樂。如果他是一個文藝家,自然,他也會寫一首詩,或是一篇小説。

等到這幅畫、這節音樂以及這首詩或這篇小説完成以後,藝術家的藝術創作的歷程,總算告了一個段落。可是,就在這裏藝術鑒賞的歷程却正從這裏開始。這時,藝術作家把他作品發表出去,於是藝術鑒賞者也便用他的感官和他們的畫、曲、詩或是小説接觸。再從這映象上整理他的思想,翻譯她們的原意。最後,他才理解了作者的本意。他的心中,也有了作者的一個心象。

所以,歸根的説起來,藝術作品只是把作者的心象傳遞給鑒賞者的一種工具。或者,據許多講藝術理論的人們説,智識是可以傳授的,但感情却不能傳授。那末,我們且借用俄國文豪托爾斯太的説法,説,"藝術是感情的傳染的一種手段"吧! 這"感情的傳染",又稱"感情的社會化",這便是藝術的要素,也便是藝術的力了吧!

明瞭了藝術的力的來源,那末,文藝的感人的力量的來源也可以曉得了吧!

文藝創作的來源

上一次,我同諸位講過了文藝與文藝的力。我曾經講過什麽是文藝,以及文藝爲什麽會有一種感動人的力量。現在,我想繼續的同諸位講一講文藝創作的來源。

文藝創作的來源,在上一次講藝術創作的歷程的時候,是曾經講過一些的;現在,便要把那一點放大起來,重新的講述一番。

一個作家要創作一篇文藝作品,他是預先要有一個心象的。可是,這心像是從什麼地方來的呢?如果我們曉得了這文藝創作的心像是從什麼地方來的,那末,這文藝創作的來源問題,也就算是解答了。普通説起來的時候,文藝創作的來源,不外兩條路綫,即(一)客觀的現實的反映,和(二)主觀的理想的表現。可是,在事實上,文藝創作的來源,是決沒有這麼簡單的。

在文藝的分野上,我們也曾聽到有所謂客觀的作品與主觀的作品的。——用文藝上的名詞來説,客觀的作品便是寫實主義或自然主義,主觀的作品便是浪漫主義或理想主義。可是,誰能够堅決的説出:寫實主義的作品中絶對的沒有主觀的理想的成份,浪漫主義的作品中絶對的沒有客觀的寫實的成份呢?

寫實主義的作品,是如實的反映著客觀的現實的,因此,就有許多很高興用拍照來比擬。其實,文藝作品不一定就是拍照,就退一步説,文藝作品就是拍照吧!但拍照也是有主觀的成份插入哟!

舉例來説吧,大自然的一切,人間社會的一切,原來就是整個的,不可分割的。但是,拍照的人却要在這整個的、不可分割的大自然及人間社會中截取了一段來,作爲他拍照的對象了。譬如説,我們要攝取一張西湖的西泠橋畔的風景片吧。可是,這西泠橋的一面,却是連接着孤山的,而另一面又是連接着裏湖的,同時,這孤山與裏湖,又是連接著整個的西湖的。而西湖的整個的山水,却又是連接著浙江的山水與風景的。這樣推廣起來的時候,你想,這大自然當中,有那一部份是可以分割開來的呢?同時,人間社會的連繫的性質,也是同樣的一個理由。不過,人間社會的連繫,除了和大自然一樣的,有所謂空間的連繫之外,還有一個時間的連繫存在著呢!譬如説,我們現在要攝取一個人和他的一個朋友,——不管是男朋友或是女朋友,——在花園的一角間立著的一幅照相吧!可是,這一個人和他的朋友在花園的一角間立著的一段時間,却正是他們的整個的生命的歷程當中的一小部份。換一句話説,他們這在花園的一角中間立著一段時間,是上面繼承著他們的這一段時間的行動和生活,下面又是緊接著他們的此後的行動和生活的。你説他們的整個的人生,有那一點空隙可以讓你給他分割開來的嗎? 再换一句話説,你在這空間的延續和時間的延續當中,爲什麽要截取這樣的一段空間一段時間作爲你攝取照相的對象呢?

要回答這個問題,你説,這自認是很容易的,那是因爲我要攝取這樣的一張照片。是的,你要攝取這樣的一張照片。可是,這"你要"的兩個字,便分明的告訴了我們,拍照的第一個的先决的問題,便是主觀的"你要",而不是純粹的客觀的反映了。

所以,拍照所拍的影像雖然是客觀的,但你所以要採取這樣一段空間一段時間,給它攝成照相,却是主觀的了。這採取一段空間一段時間給它攝取照相的另一個名詞,便叫做取材,或剪裁了。

同樣的理由,我們在文藝創作的題材選取當中,也可以理解到主觀的插入的成份的。作興,這文藝作品的描寫,是真如客觀的真實一樣,一樣的真實的,一點也没有插入什麽主觀的成份的。但是,你且問問作者,你爲什麽要採取或截取這樣的一段題材,作爲你描寫這篇文藝作品的對象呢? 這問題,恐怕也要逃不出主觀的選擇的一句了吧!

並且,一張照相的主觀的插入的成份,又豈只主觀的選擇的一點呢? 除此以外,它還有主觀的配置或編排,主觀的主脚點或觀點,也都是很重要的呢!

對於攝影藝術有了相當的經驗或相當的研究的人,他會相信並且理解我的説話的。譬如,我們要攝取一張西泠橋畔的風景片吧,如果我們僅僅把鏡頭正對著橋身,使整張的全面上,都被一座橋的形像占據去,另外便一點也没有什麽東西,這恐怕不是一張成功的影片吧? 這個樣子,我們就不得不想到配置的問題了。所謂配置的問題是什麽,那就是説,我們的目的,固然想攝取一座西泠橋畔的風景,但是,僅僅的一座西泠橋,却不會形成怎樣好的風景的,它須得有一些另外的景物的配置。譬如,橋邊的柳樹啦,橋頭的小小墓啦,橋下的西湖水啦,橋背後的山啦,以及橋洞下面正在划著的小划子啦,……這些等等,都要給它們配合一下,才會顯出這西泠橋的風景來。

這種工作,便叫做配置或編排的工作了。讀者當中,如果有人對於拍相没有多大的經驗,或者以爲一個攝影者在攝取風景片的時候,一個美妙的風景,是天然配置了成功的,不必我這種鋪張的説話的話,那末,我且請你們設想一下幾個人物在室内合拍的照相,或是在練習静物寫生畫時的情形吧! 當你約著幾個朋友,到照相館去拍照時,照相師不是在請你站得近一點、站得遠一點,或是靠右一點、偏左一點的吩咐著嗎? 這,想起你們總有一兩回的經驗吧! 照相師爲什麽要這樣的吩咐著的呢? 這就是配置與編排喲! 至於説到静物寫生呢,想來你們是已經很理解的吧! 這酒瓶,這蘋果,這西裝書,應該怎樣的配置才好,你們的圖畫教師,也總在講起的吧!

這種配置或編排的工作,自然也是主觀的囉!

至於文藝作品呢! 自然也是這樣。當你選擇了一段文藝創作題材之後,你接著想的,便是要把這一段題材,怎樣的布局,怎樣的結構,給它描寫出來。這布局或結構的程式,便是照相上的配置與編排了。這樣説起來,你能够説一篇文藝作品,除了主觀的選擇或取材之外,再没有另外的主觀的成份的插入嗎?

説到第三點,也可以用照相做比喻的。譬如,拍照的時候,你拍照的人,應該站在什麽地方才適當呢? 遠一點嗎,景物太小,不能攝取所要攝取的景物的適當的影像,不對;近一點,景物太大,容易遺失了另外的應當攝取到相片上去景物在相片的範圍之外,也是不對。偏一點,太偏了,不對;正一點,太正了,——譬如説,拍個人的半身像片,拍得兩隻眼睛,兩隻耳朵,一個鼻子,一張嘴,都多對稱的,像一張祠堂裏的畫像,——也是不對。於是乎,這拍照的人的立脚點,就是説觀點,也便成了問題了。

這種立脚點或觀點,在文藝創作上,也是有的。而且,在文藝創作上,可以説比上面所説的幾點,還更加重要。因爲文藝作品畢竟還不是照相。它是無論如何,要通文藝作者的主觀的精神作用的。記得在上一次的文藝講話中,我曾用描寫西湖的風景的文章,舉過一個例子。我説,一個文藝作者,每每會因自己的主觀的見解的不同,把同樣的一個客觀的環境與客觀的真實,反映成各種的題旨的。這話説來很長,現在且不再説下去了,讀者也當能理解的吧,我想。

總之,所有的文藝作品當中,純粹的客觀的東西是完全没有的。反過來説,所有的文藝作品,不管你客觀的程度是深到怎樣的厲害,它是决不會没有主觀的成份的。

以上所説的話,只是説文藝創作的來源的一條路綫——客觀的現實的反映——在根本上,是不能説得怎樣的徹底的。那末,文藝創作的另一條路綫——主觀的理想的表現,應該可以成立了吧!可是,現在,你且聽我説下去吧!

我們曉得,主觀的表現的作品,是時常被人稱之謂浪漫主義或理想主義的。可是,無論你怎樣的理想,你的主觀的理想,是否能否跳出客觀的現實的基點呢?所謂理想:换言之,便是合理的思想;你想,一種思想,既然稱之爲合理的思想,如果他還有不合客觀的真理的地方,這話還能成立嗎?譬如説吧,在柯倫布没有證明地球是圓的以前,他認爲地球是圓形的一種思想,便算是理想;在飛機没有發明以前,一般的科學家所認爲人類能够理用機械的力量在空中飛行,那也是一種理想。因爲凡是一種理想,它都是應該根據客觀的真理,才能成立起來,而且應該根據客觀的真理,才能變成實的。文藝作品當中的表現的理想——如理想的人生和理想社會,一時雖然不能如物理科學一種的立刻可以實踐證明,但它的脱離不了客觀的真實的要素,都是同樣的道理的。

不根據客觀的現實,不能成爲事實的,是一種幻想或空想。幻想,或空想,只是憑著個人的腦子,任意的馳騁著的結果。這應該完全是主觀的創作了吧?可是,要是你能够細細的思索一下的話,你便發覺,便是幻想或空想,也不會是純粹的主觀的。譬如説,唐明皇游月宫是幻想;狐狸精化作媒人在晚間出現,是幻想;而《西游記》中所描寫的盤絲洞和火焰山等,也是幻想。還有,我在幻想著西湖會在空中飛行,整湖的湖水,會變成透明的水晶,我們在西湖上划著用金屬的東西製造成功的小船時,這小船便一隻游魚,在透明的水晶中出没。這些,我們都可以承認它是幻想。這種幻想,都是從我們的腦筋裏任意的馳騁出來的吧!可是,唐明皇游月宫,唐明皇,游,月,宫,都是有客觀的真實存在著的。所謂幻想也者,只是一種不合理的聯想作用,就是要是離開了客觀的現實的因素,這種主觀的幻想根本是無從寄託的。同樣的理由,我們曉得,狐狸精或作美人在晚間出現,唐僧過火焰山等,這狐狸,化作美人,出現,火焰、山等,也不過是一種聯想的作用。至於講到了後一種例子,關於西湖的幻想的話,那也不因爲我的心中有空中飛行,有水晶,有金屬物,有游魚出没等一些客觀的影像之故。如果我的心中,根本没有這樣客觀的影像的存在,我是無論如何——就是你吊起來打我,我也是幻想不出來的。

這樣説起想的時候,可知無論怎樣的主觀的東西,是絶對的不會主觀到連一點客觀的成份都没有的理由,又是很顯然的了。

講到文藝創作的來源,既然没有純粹的客觀的東西,又没有純粹的主觀的東西,那末,文藝創作的來源,究竟是從什麽地方來的呢?

要回答這一個問題,簡單的説一句話,那便是作家的所處的環境與社會。不是,這一句簡單的話,我們還須得加以解釋。因爲這裏的所謂的環境,是包括著自然環境、人爲環境的;這裏的所謂社會,也是包括著個人的過去的教養、社會的歷史遺産的承受,以及經濟生活與現實生活的影響的。

我説,這個話,或者有人會笑我説得太張大其辭了吧!是的,你們一定會説,文藝創作的來源,是作家的感情與理智的綜合,换言之,就主觀的理想與主觀的現實的協調;除此以外,是不用另外説到什麽自然與社會的。

這句話的理由,有一半是很對的。因爲所謂文藝作品,的確是感情與理智的綜合,又是與客觀的協調。雖然它們的綜合與協調的部份,有了多寡或畸輕畸重的不同。但它們的能讓任何一種要素,占據著絶對的部份,却是一樣的。

記得在一次的文藝講話中,我曾經説過,譬如説,有一天,我到了西湖。在西湖的湖光山色中,我感受了一些甜和舒暢的映象。這種映象,留在我的心中,我便有意的,想找一個機會給它再現出來。這個時候,如果我已經把它再現出來,寫成一篇文藝作品了。那末,在我這篇文藝作品中,你一定可以看出客觀的外界的湖光山色,已經怎樣的在和我的主觀的感到甜和舒暢的映象,在那裏綜合;同時,也可以看出我的主觀的所感到的甜和舒暢的感情,又怎樣的被我的客觀的理智,在組織編排,找尋一個適當的方法,給它再現著了。

不過,如果是僅僅這樣的寫出我對於西湖的映象時,這種文藝作品,也不過是一篇散文隨筆之類的東西。如果我想利用這西湖的湖光山色做背景,來描寫兩個青年男女,在這美麗而偉大的大自然的景色中講一講戀愛的説話,那末,我又要把我曾經聽到的或是所經驗到,甚至或是所體驗到的戀愛故事,重新的編排進去了。這個時候,你如果要把我寫的戀愛故事仔細的分析一下的話,那末,你同樣的也會發現到我是在怎樣的那客觀與主觀在綜合,感情與理智在協調的。

但是,這樣的寫成的一篇文藝作品,他也不過是一篇客觀的描寫或記述的東西,作者的主題還是不大清楚的。如果要使這篇作品成爲一篇有内容而值得意味的東西,那末,我就非把我的主題寄寓進去不可。這個時候,如果我是一個戀愛至上主義者,那末,我就會利用著這一對青年男女,在這美麗的西湖上講戀愛的故事當中,寄寓著我的戀愛至上主義的題旨。反之,如果我是一個愛國主義者,我也會在這一個故事和這一個環境的描寫中,寄寓著我的慷慨激昂、菲薄戀愛、爲國效勞的題旨的。可是,話雖這麽説,要是你能再破費一點功夫,再分析一下這個故事中所寄寓的題旨時,你也會發現出主觀和客觀、感情與理知的、綜合和協調的成份來的。

這樣説起來,所以我説你上面所説的話有半句是完全的正確的。可是,如果説僅僅便是這個樣子,這話便有些不對了。

明確的説起來,你上面所説的感情與理智的來源,究竟是什麽地方來的呢？你這能够理解客觀的真實或欣賞客觀的美麗的主觀的見解，又是從什麽地方來的呢？這就不能不説到社會——你所生長著的社會了吧！這其間，如果要我分析起來的話，那末，你的生活是有關係的，你的出身的階層是有關係的，你所受的教養是有關係的。這些你都理解得到吧！此外，如過去所遺留下來的社會的歷史與文化，也是有關係的，你的前代遺傳和整個種族，也是有關係的。這話説來很長，現在且留著不説了吧！總結一句，因爲文藝作家的感情、理智甚至於整個的生活，都是整個的社會的産物哟！

説到這裏，我們可以得到一個結論，那便是文藝創作的來源，是整個的社會。

所以，我們如果要理解文藝創作，我們便要站在社會的觀點上去理解它，我們要有一種社會的評論的准度。同時，如果我們要學習文藝創作的方法，也應從社會中找取題材，認取意義。我們要從直接的經驗間接的經驗中、客觀的觀察中、主觀的體驗中，發現文藝創作的來源。

社會是文藝創作的來源，經驗、觀察、體驗是獲得這源泉的唯一的方法。

經驗觀察和體驗

"社會，是文藝創作的來源；經驗、觀察、體驗是獲得這源泉的唯一的方法！"

這一句話，是上一次講文藝創作的來源時的結論，讀者諸君，或者還能記得的吧！

可是，什麽叫做經驗，怎樣的去經驗？什麽叫做觀察，又怎樣的去觀察？什麽叫做體驗，又怎樣的去體驗？我想，諸位當中，恐怕還有一些人不大明白吧！

現在，我就來講這一些。

一種文藝作品，不外乎是人生的反映。明確的説，一種文藝作品，只是記録人生在自然與社會中的一種遭遇、一種行動和一種反感。世間上，孤單的人生，根本是没有的。一個人如果離開了自然，離開了社會，這情形還能設想得到嗎？英國十八世紀文藝作家狄孚，曾經做了一本《魯濱生飄流記》，記魯濱生怎樣的一個人飄流到荒島上去，離開了人類社會，在那裏生活了幾年的情形，這已成不可能的事實，更何况同時離開了社會、離開了自然呢？你試設想，作興一個離開了社會還能够如魯濱生一樣，有一個没有人迹的荒島可以居住；如果更要離開了自然——你想，你真的要長著翅膀，飛到天外去嗎？可是，天外又何嘗不是偉大的自然之一部呢？《西游記》上説，能够一筋斗，翻過三萬八千里的孫行者，無論翻了多少筋斗，總不能翻出如來佛祖的手掌心。我想，這如來佛祖的手掌心到是最適當的大自然的象徵呢！總之，一個人是無論何如，也不能够離開了自然和社會的；他要在自然和社會中誕生，在自然和社會中生長，在自然和社會中老死。他要在自然和社會中獲得經驗、學習經驗，來征服自然、克服環境、創造人生。人類的歷史，原來就一部人類在自然與社會中發展、鬥争、創造的歷史。

文藝作品是記述人生、描寫人生、反映人生的；你想，在任何一部文藝作品當中可以抛却了自然和社會的記述與描寫嗎？

但是，你要描寫自然和社會，若是一點也没有經驗，一點也没有把握，你能够描寫得出來嗎？你能够描寫得相像嗎？没有到過西湖的人，你要他寫一篇西湖紀游，來描寫它的湖光山色，行嗎？没有到過天台、雁蕩的人，要他描寫那裏的奇峰怪石，能够完全畢肖嗎？生長在熱帶地方的人，從没有到北冰洋一帶地方去過，要他描寫雪花的美、冰天雪窖的生活，是可能的嗎？

同樣的理由，要是一個人，從生到死，都是生長在高大的洋房、繁華的都市里，過著燈紅酒緑、一呼百諾的生活，他能够想像得出灾民們的啃樹皮吃草根的生活嗎？聽説從前有一個皇帝，看見許多百姓，哭哭啼啼的鬧到京城裏來，不曉得爲什麽緣故。他問他的臣子，他臣子告訴他，請這些百姓鬧荒，没有飯吃。可是，我們的這位賢明的皇帝，他却替他們想出一個法子説："没有飯吃，何不吃猪肉呢!”現在,這樣的皇帝的説話,我們聽起來,固然可笑。可是,事實上也是生活决定了他,那也是無何如的——還有,没有受過生活磨折的人,一種由絶大的刺激所引出來的絶大的悲哀,他也是無從捉摸的。

我把這些話,應用到文藝上面來吧!在文藝上,如果你是一個作者,你要是想寫一篇連自己都没有經驗的生活的作品,這是無論如何,也不會寫得怎樣的成功的。同時,你如果對於某種的生活經驗不理解,便是讀起别人的作品來,也是不會充分的理解的。好比我們在初看小説作品的時候,總覺得中國人做的創作容易懂;翻譯的外國的名著,便不容易瞭解,不喜歡看,這是什麽緣故呢?在小孩子的時候,我們覺得看《紅樓夢》,看《儒林外史》,看得不大懂;而到了年紀慢慢的大起來的時候,便喜歡看《紅樓夢》,再大一點起來,同社會接觸久了之後,便喜歡看《儒林外史》,這可是什麽緣故呢?同是現代人的創作,何以在初看的時候,覺得冰心的東西,比魯迅的東西有味;但過了幾時之後,反是覺得冰心的作品淺薄,魯迅的作品深刻呢?這些話,一榻括之説起來,還不是自己的人生經驗充實不充實問題嗎?

所以,經驗是什麽呢?經驗只是人生在自然與社會中的生活過程的積聚;這種生活過程的積聚,完全是一個人爲了自己的生活,應付他的自然的環境和社會的環境時,所學習得來的。我們只要看初生的小孩子,幼稚園的幼稚生、小學生、中學生、大學生的知識不同,理解不同,就可以曉得他們的生活經驗的不同來,同時,我們也曉得,一個人的獲得經驗的路綫,也有間接與直接的不同的。因爲有些經驗是我們直接可以得的,有些經驗我們却可以從已經經驗過的人那裏學來的。譬如説,火是可以用來煮飯的,稻子是可以用來煮作飯吃的;這些事情,上古的原始民族,不曉得要經驗多少次,才能正確的應用的;可是在我們,却不必重新去走原始民族所走過的道路了。滿天的黑雲,是要落雨的;天氣冷起來了,是要多穿一些衣服的;三角形的三内角之和,是等於兩個直角;輕氣的比重,是比空氣來得輕;專制政體的政治組織,不適宜文明社會的人生;亡國奴的滋味,是不能輕易嘗得的……這些事情,我們也可以靠著書本,靠著别人的傳授,可以獲得的。這種經驗,我們稱之爲間接的經驗。所以我們問,爲什麽一個鄉下老頭子,他的普通的常識,還不及一個都市里的小學生,而現代的一個中學生,都比唐宋時代的一個有名望的學生,普通知識還要豐富幾倍呢?這原因便很容易解答了。這樣説起來的時候,我們從事文藝研究的人,是要隨事隨地的、直接或間接的把人生的經驗不斷的積累起來的。

可是,一個文藝研究者,在有些時候,要是光憑著自己的經驗,還是不行的。譬如説,有些事情你是無從經驗起的,有些事情你是無法去經驗的。這事情便不得不利用另外的方法,去補充他了。譬如一個作家,他想寫一篇關於農民的疾苦的作品,可是他却生在都市里,他無法去經驗著這種農民的悲痛的生活,或者他要寫一個人做賊的經驗,但他自己却没有做過賊,想寫一個人的死的心理,但他却没有死過,這事情可怎麽辦呢?

固然説,趙子昂要畫馬的時候,自己伏在地上,表演一回馬的各種姿勢;然後起來執筆畫畫。法國的文學家左拉,説要寫關於巴黎的下等酒店裏的墮落的情形,便自己换了衣服,到那裏去鬼混。可是,這還是可能的事情。要是一個作家要描寫一個賊,他得去偷一次東西;要描寫死的心理,真的要去上一次斷頭臺。這在世間,恐怕是絶對的不可能的事吧!英國的文學家莎士比亞,他所描寫的人物,幾乎社會上各種人物都有——有王侯,有太子,有公子,有商人,有小偷,有乞丐,有走卒……他要是一個都要去經驗起來,恐怕他一生一世,也經驗不盡呢?

要補救這個缺陷,便只有觀察和體驗了。

什麽叫做觀察呢?觀察是把自己所不曾經驗,或自己所不能經驗到的事情,細細的留心考察的意思。什麽叫做體驗呢?體驗是自己設身處地的,體驗到當事者自己在某種環境某種情形之下的一種應付環境的心理與行動。所以,觀察是外表的,體驗是内在的。

聽説,美國的文學家辛克萊,爲要描寫他的偉大的作品《屠場》,他便親自到芝加哥的屠宰公司,去細細的考察了一回。我們中國的大歷史家大文學家司馬遷,也説周覽天下名山大川,故其文有奇氣。這些例子,都是説要文藝創作寫得逼真,是非細細的考察不可的。

用我們上面講過的話來説吧!譬如,這裹有一個作家,他要寫一篇關於灾荒以後中國各地的農民的悲苦的生活的情形,這個時候,他如果僅僅靠著他的腦子的空想,是完全不够的。最好的辦法,他便須得到農村裹去考察一趟。因爲世上的事情,有許多事情,是絶對不能够憑你的空想的腦子,所能想像出來的。有時便是給你想像得出來了,結果還只是一個大略的情形,無論如何,也不能刻劃入微的。法國的文學家莫泊桑説得好,世間上絶對没有兩粒相同的細沙,兩副相同的面孔,兩隻同樣的綿羊(大意如此)的。這一種不同的區别,你是非憑細細的觀察,無論如何,也是不會辨認得出來的。

聽説,莫泊桑還没有成名的時候,他在他先生弗勞貝爾那裹,學做小説。學了幾年,連莫泊桑的母親都覺得懷疑了,走來問弗勞貝爾,究竟他的兒子,會不會學得出山的。如果在文藝創作這一方面,他的兒子如果不能學得出山,她要從早要他改行,别尋門路。但是,弗勞貝爾呢,却還是很熱心的教他,叫他的母親不要著急。可是,你若問,法國的一個大小説家,在怎樣的訓練另一個大小説家呢?説出來見笑,他只是吩咐他每天到馬路上去看看,寫一些馬路上所看見的東西。他的教法,是每天每天,都是如此——一直教了幾年,還是如此。到了現在,我們也可以説,莫泊桑之所以成功,完全是由弗勞貝爾給他訓練出來的。可是在當時,非但莫泊桑的母親要發急,便是我們,恐怕也要替他發急吧!

我們聽了這一段故事,大概我們可以曉得,觀察對於文藝寫作是怎樣的重要了吧!可是,上面説過,我們所觀察到的東西,每每只是人物的外表的行動,或是自然界的固定的觀察。要是描寫到心理的動態,或是内心的思潮的起伏,如果你的眼睛不是X光鏡,别人的身體又不是透明的玻璃體做成的,你是無論如何觀察得精細詳明,也不會看透到别人的内心裏去的。

你想,一個文藝作家,他能够躲到别人的身體裏,去聽他的心裏怎樣想,怎樣思索與計劃嗎?——在這一點上面,觀察是無能爲力了。可是,補這個缺陷的,却還有一種方法。説是"肚裏仙"説是躲到别人的肚子裏,你要是用這一種方法,幾乎也是能够的。這種方法,便是我們説起的體驗了。

兩個人在那裏打架,發生一些糾紛,這是我們所能觀察得到的。農民的悲苦的生活,窮而無告的情形,也是我們所能觀察得到的。可是,一個人在黑夜中摸索,鑽入别人的房子中偷東西却不能够讓你觀察得到了。——要是真的給你看到的嗎?他不會被你捉住了嗎?你會大喊起捉賊捉賊來嗎?——兩個人在神秘的地方講戀愛,擁抱接吻,你也是看不到的。這些看不到的事情,你要寫起文藝作品來的時候,你將怎麼樣呢?你要不寫嗎,固然很好;但是,你如果把這些東西略去不寫,你會覺得滿足嗎?自然不是的。這個時候,你便要用想像來補足他。

"想起來,是這個樣子的吧!""這事情如果落在我的身上,我的應付,我的思想,大概是這個樣子的吧!"這樣想著的時候,於是,你便把你自己,當作當事人,當作小説中的人物,設身處地、體貼入微的替他設想,替他構思,替他應付環境了。

因爲,人與人之間,畢竟是有些共同性的。第一,人類的表現感情的方法,大概是相同的,雖然有許多人,不喜把内心的悲哀與喜悦,輕易的表情到外表的行動上面來,但大多數的人,高興的時候,總是臉上現出笑容;悲哀的時候,總是愁眉百結,或是涕泪滂沱的。在這個時候,我們固然看不見對方此時的情緒,但從[illegible]的外表的態度上,却總可以推想到幾分的。第二,人類的應付環[illegible]待人接物的方法,大概也是相同的。在市民大會的會場當中,當[illegible]體市民,正在高喊口號的時候,人們的情緒,總是緊張興奮的。[illegible]凄風苦雨的秋夜,對著一盞半明不滅的孤燈,伴著一具自己愛人[illegible]體的時候,總是凄凉慘澹的。所謂"久旱逢甘雨,他鄉遇故知[illegible]房花燭夜,金榜題名時"的那一種際遇,幾乎是没有一個人不[illegible]

分外喜悦的。所謂慘别、所謂生離、所謂失戀、所謂喪偶，你想，又有那一個人，不感到過分的悲哀？

這樣説起來的時候，只要能根據事實來設想，根據人類的共同性來設想，大概是不會相差得很遠的。因此，做賊的心情與行動，上斷頭臺時心理和企圖，雖然不能經驗、不能觀察，但這樣的設身處地的設想，也是不會差得很遠的。你只要把一個人處在這環境中，他的心理的反映，總可設想得出來的。

這一種設身處地的設想，便是我們所説的體驗了。

要創作一篇文藝作品，要理解一篇文藝作品，甚至要批評一篇文藝作品，對於整個的人生，對於整個人生與自然和社會的關係，是非有深切的理解不可的。可是，要理解人生，要理解人生與自然和社會的關係，却非從儘量的經驗、觀察、體驗入手不可，因爲從經驗、觀察、體驗中得來的人生，才是真實的活生生的人生！在一篇文藝作品中，能够寫出真實的活生生的人生來，才是有價值的作品。

文藝上的真實

諸位，我們上一次曾經講過了觀察、經驗、體會與文藝的關係了——你們或者還記得的吧！

文藝作品爲什麽要從觀察、經驗、體會上找取題材呢？憑空的想像一種美妙的境界，在這美妙的境界裏，發生一些不經的浪漫的故事，這不是更好的嗎？要回答這一個問題，一句話，只是要求文藝上的真實。

文藝上的真實，注意，這是“文藝上”的真實。

文藝上的真實，有些時候，固然也就是“現實”的真實，但有些時候，却不一定就是“現實”的真實。所謂文藝上的真實，是要把現實的真實提煉過一次，陶熔過一次，才給它合理化、體系化起來，通過了藝術的規範的真實。

比方説吧！我們每天在報紙的本埠新聞欄上，發現了人間的一些真實的事情,我們爲什麽却把它輕輕的看過去呢?反之,我們看了一篇好的小説,爲什麽反是覺得它有實感,感動了我許多時候呢?——何况這許多好的有實感的小説,却不一定就可以指出來是某時刻、在某一地方發生的故事呢?

文藝,可以用圖畫相比。一張畫得好的圖畫,我們的批評,説是"栩栩如生",其中的人物,便如同活著的一樣,真是呼之欲出的。反之,一個人生得漂亮,一處風景造化得美妙,我們又説這好像是畫起來的一般的美妙。對於文藝作品與現實的人生,我們也時常有這樣一類的説話的批評。一篇寫得好的文藝作品,我們説,這作品中的人物,是活生生的,這作品中的故事與情境,也好像是真實的。反之,如果這一個人一生有些什麽奇异的經歷與不尋常的冒險,於是,我們又説,這好像是小説中故事與情節了。

究竟,文藝作品與真實的人間的連繫,是怎樣子的呢?這話,我們須得預先想一想了。

大概,文藝作品的活像真實的人生;這文藝作品的寫作的觀點,總是從寫實這一方面出發的。不然,如果作者憑著一種浪漫的幻想,創造一種在人世間所没有的所不能發生的人物與故事,讀者所覺感的實感既然很少,那末,也就没有人會説"這小説中的人物是生存於我們的前後左右的"了。反之,所謂酷像小説中的人物和小説中的情節的事故,大概總是傾向於浪漫或傳奇的一方面來的。不然的話,一個平凡的人、一件平凡的故事,便絶對的没有會説,這是小説中的人物與故事的。

這樣的説起來的時候,我們可以説,值得紀念的,值得提起的,固然是不平凡的、冒險的人生;而值得寫作的,應該去寫作的,却是一些平凡的人和平凡的人生。

所謂文藝上的真實,是藝術的手腕和故事的發展的必然連繫起來的意思。離開了故事的發展必然,不會有文藝上的真實的;離開藝術的色彩的渲染,是不會有文藝的。

可是,一向説到文藝上的真實的人,却也有兩種傾向:第一,有些人以爲文藝上的真實,應該客觀的忠實於客觀的真實的;而在另一方面呢,却以爲客觀的真實,仍舊離不了藝術的手法。換一句話説,有些人以爲文藝作品是客觀的真實的記録;客觀的東西,有些什麽東西,文藝作品便應該記録些什麽東西,不必添增,也不必渲染,只要是客觀的真實的記録,文藝的價值,就在這個裏面了。有些人呢,却以爲文藝作品畢竟是藝術的一種,你除了客觀的記録客觀的真實以外,藝術的編排、配合、布局、剪裁,仍舊是免不了的。

這兩種主張,看來固然没有多大的差别;其實,却因爲這種差别,造成文藝上的兩種不同的傾向。用文藝上的術語説起來,前者便是舊寫實主義,而後者却是新寫實主義。

或者會有人疑心,舊寫實主義也要講一講藝術的手法的話吧!是的,舊寫實主義也要講藝術的手法的。但是,舊寫實説講的藝術的手法,却始終和新寫實主義所講的有些不同。或者,也有人會懷疑我上面所説的藝術的編排、配合、布局、剪裁的意義不大清楚吧!是的,我所謂藝術的編排、配合、布局、剪裁的意思,是建築在作家的見地,即作家的人生觀與社會觀上的,一個作家,他爲什麽,憑著什麽,要對這一個題材,這樣的編排、配合、布局、剪裁的呢？無疑的,這一個作家在編排、配合、布局、剪裁這一個故事的題材之前,他心中早就有了一個見解、一種標準了的。這個見解、這種標準,固然是作者用來編排配合布剪局裁這個故事的出發點,但在同時,作者藝術的手法,也便在這地方流露了出來了。

明瞭了這一點,便知道新寫實主義的所謂藝術的手法,是建築在作家的見解上面的。這裏,讀者又會説作家的見解也是多方面的,你會無偏私的承認一切的作家的見解都是新寫實主義所認爲很好的藝術的手法嗎？不是的,這作家的見解的正確與否,這裏又有一個客觀的標準的。這個客觀的標準是什麽呢？很顯然的,凡與前進的時代相結合,普遍的代表著這一時代的大衆的要求的,才是正確的見解才是藝術的客觀的標準。

這樣,我們便可以曉得舊寫實主義與新寫實主義的不同的傾向了吧！用一句例子來説吧！譬如,在現在的中國各地,鄉村經濟破産,大量的農民都淪入飢餓與死亡的境界,走上鋌而走險的道路;普遍於世界的不景氣,都市的工人與商店的職員,都大量失業著,造成社會的不安的局面。這種情形如果被舊寫實主義的作家採作他的寫作的題材來寫作的話,那末,他是除了客觀的把這些事情記録下來以外,另外是不加以什麽剪裁取捨的。這種情形,他的作用,最大的能耐,只是做到暴露著這一社會的怪相,使人們曉得這當前的社會是這個樣子的情形。可是,中國的農村經濟的破産,都市的失業者增加,這情形是不是就如表面上所表現的一樣,那末簡單的呢?稍或有一點見解的人,他是不會這樣簡單的回答的。在現在,我們都曉得,中國的整個的國民經濟的破産——不管是農村或都市,完全是因爲連年受了列强帝國主義的不斷的侵略與壓迫之故。同時,中國的國民經濟不能建設,也是因爲連年的不斷的内戰,殘餘的封建勢力,還没有完全的推翻了的緣故。處在今日的中國人,只要稍有一些思想的人,誰都知道,要解救中華民族的出路的,唯一的辦法,只有反對帝國主義的對華侵略與反封殘餘的封建勢力的爲虎作倀的兩條大路的。因此,把這一個問題,落到上面所説的農村破産的描寫與都市的不景現象的描寫的兩種題材上,一個有思想有見解的作者,自然而然的會把藝術的編排、配合、布局、剪裁的標準,放置在這一基點的上面的,明瞭的説,一個有思想有見解的作家,他是曉得怎樣的編排、配合、布局、剪裁這一種題材,使人們看了他的作品以後,曉得中華民族的出路,是只有從反帝反封建上,方能够具體的實現出來的。——你們想,像這樣的一種藝術的手法,你能够在舊寫實的作家的筆下,找尋得出來嗎?

所以,把文藝作品僅僅看作是一種人生或社會的記録,是不够的。文藝作品的任務,是除了記録人生與社會的諸相之外,它還要被當作教育大衆的工具、改進社會的動力、指導人生的指針的存在的。有人説,文藝作品是人生與社會的一面鏡子,在鏡子中,它將反映出醜的、美的一切人生與社會的全相。其實,這句話也只能説有一半是對的。因爲如果你僅僅想在這一面鏡子裏看一看人生與社會的全相,文藝作品的作用不但是這麽簡單,如果你要在這鏡子裏看到了人生與社會的全相之後,再來一回反省,對著這面鏡子,依著這鏡子的指示,來一度改造,這意思又是差不多的。

今年,中國的文壇上,因爲中國的近年的國難的嚴重,因爲"九一八"後的日本帝國主義者不斷的進攻與壓迫,中國的文藝家已經大大的覺悟起來,站上中國人民大衆的救亡陣綫的崗位上,也想用文藝做救國的武器,在高喊著"非常時期的文學"與"國防文學"了。這是一個好現象,這是中國文藝史的一個新的階段。可是,這種國防文學與非常時期的文學的寫作,却是毫無疑義的要建築在我們所説的新的寫實主義的基點上面。還有,在這國防文學與非常時期的文學的呼聲中,所謂報告文學,也就應時的興盛起來了。這種報告文學,也一定是建築在新的寫實主義的基點上面的。

在現代的文藝寫作上,我們在要求文藝上的真實。可是,這種真實,是通過了作家的見解的,經過了作家的藝術的手法的渲染的。同時,我們對於文藝作品的評價,也應該建築在這一點上面的。

從現實中找取題材,通過了當前的這一時代的最大多數人的要求,用藝術的手法,給它合理的必然編排、配合、布局、剪裁起來的文藝,是我們所要求的文藝。

文藝的任務

文藝創作的泉源是社會,獲得這種泉源的方法,是觀察經驗和體驗;文藝創作的最高的評價的標準是真實,只要是具有真實性的文藝,他自然會擔負起對於時代、對於社會、對於民族國家的任務來的。

説起了文藝的任務,有些"文藝無用論者"一定會覺得好笑的。其實,"文藝無用論者"雖然也説文藝無用,但他要説明文藝無用的時候,却又不得暫時不把文藝當作有用的東西,要借文藝替他説明他的主張了。文藝究竟是有用的,還是無用的呢? 文藝無用論者如果想到這種地方,他又會啞然的把剛才對别人的笑,轉向了對自己的笑吧!

中國的一些學者們,有一個時候是喜歡把文藝分成“言志”和“載道”兩大派别的。因此,言志派笑載道派有道學氣,有方巾氣,説載道派,嘸啥道理;反過來呢,載道派却説言志派講野狐禪,把青年帶入歧途,根本便要他不得。其實呢,言“志”者,所言有“志”,載道者所載有“道”,如果我們把“志”和“道”都認作了文藝的内容,那末,至少至少,文藝作品不是都負起了“言”志和“載”道的任務來了嗎?

文藝,不是無用的:文藝,是有他的任務和使命的。

只是,現在的問題,並不在問文藝是否有用?也不是在問文藝是否有他的特殊的任務,現在的問題,是在文藝的“有用”,應該用在什麼地方,才算盡了文藝的最高的任務。

要講這些問題,仍舊要回過來講到文藝的真實的問題。原來,文藝上的真實,固然是藝術的真,真理的真,不一定就是事實的真。但是,所謂藝術的真和真理的真,却也是合於時代的真和社會的真的。一個畫家,他要畫一個美人的時候,在民國二十五年畫起來的畫像,和十年前的美人畫像是不相同的,和二十年前的美人畫像,更是不相同的。我們不要多,只要把前清末年民國初年刊印的那種綉像繪畫小説中的女子人像,和現在的女子的裝飾對比一下吧,這其間的不同,是顯然可以看得出來的。再不然的話,你家裏如果有十年來以前的“全家福”的照片,你如今把他翻出來重新同家裏的人對比一下,我想,除了年齡的增長,面色的改變以外,那時候的服裝與裝飾,你也會覺得可笑的罷!這是什麼緣故呢,你想?一句話,還不是因爲這照片把當時的真實留下來的緣故。

所以,在文藝上,所謂文藝的真實,也當然連帶著時代的真實的。在中國新文學運動的初年,郭沫若、郁達夫他們的作品,我們是覺得他洋溢著熱情,充滿了浪漫的氣氛,鼓動著許多青年的熱血的。可是,時代轉變了,像茅盾,像丁玲,他們的作品,就完全的和新文學運動初期時候的作品,完全的不同的。一直到了現在,中國小説裏面所描寫的人物,所描寫的題材,又是和茅盾的三部曲,甚至於丁玲的《水》,也是完全不同的。這種不同的原因,除了所講文藝理論的中心點,作家的人生觀改變了以外,最大的原因,還不是因爲時代變了,文藝作品的題材、人物與手法,也就跟著轉變了的緣故?所以,説起文藝上的真,這意思根本就包涵著時代的真的意思在裏面的。

文藝作品畢竟是寫實的東西,不管你當時寫作的手法,原來是寫實的,或者是浪漫的,但他的反映現實——他把現實反映到文藝作品上面來,却是免不了的;這其間的問題,只是反映現實的或多或少的問題吧!所以,好的,不但於文藝作品總是寫實的,他的題材,他的人物,總是現實的。因爲是寫實,因爲是現實,因爲是現實的寫實,所以也就是時代的真實的反映,所以才得文藝上的真實,所以才獲得文藝的最高的評價。

同時,因爲是現實的寫實,所以也就是社會的真實。這種理論,也很簡單,那是很可以用我們的説話來打比方的。譬如,一個都市里的商人和一個鄉村裏的農人,他們的説話是不同的;一個外交家和一個家庭裏的主婦,他們的説話也是不同的。他們的説話爲什麽會不同的呢?一句話,那是因爲他們的生活、他們的環境、教育、社會决定了他們的。你想,你要一位家庭的主婦,跑去説外交家所要説的話,這是能够的嗎?所以,一個文藝作家,只要他能寫出他自己所能觀察、經驗、體驗到的生活,他的作品總是充滿著真實性的;同時,也就是充滿著社會性的了。社會的真,是包涵在文藝的真裏面的,同時,也是被他的生活、環境、教育、社會所决定的。

明瞭了這些意義的時候,我們才可以講到文藝的任務。

社會是向前演進的,人類的文化,只是人類用自己的力量,征服自然、推進社會的一種現象的總和。人類社會演進到農業社會的時候,有農業社會時代的一種文化,這一種文化,是相應於這一時代,又是推動這一時代的動力。同時,人類社會演進到商業資本的社會的時代,相應於這一時代的,也就有這一時代的文化。

文藝,只是文化的部門。文藝的反映時代、推進時代,也是與另外的文化的各部門,没有兩樣的。

當人類社會由漁獵時代進到農業時代的時候,我們固然覺得農業時代比漁獵時代進步得多了。但是,農業時代也就有了農業時代的缺點。因此,爲了糾正農業時代的缺點起見,這個農業社會又慢慢的演進到商業社會,可是現在,商業社會又慢慢的走到最後的資本社會的一個階段,要代替這一個社會,糾正這一個社會,又有另一個理想的社會在等待著了。

在這樣的社會演進的過程中,文藝所負起的任務是什麽呢?要回答這個問題,我們只要從兩方面去觀察。即是:一,文藝是報告了現實的缺憾,描寫了現實的病態;二,文藝寄寓了未來的理想,推進了未來社會的實現。這一種情形,在文藝史上,是不難舉出許多許多的例子的。

比方説罷,在法國大革命以前,第三階級的政治固然還没有抬頭,但是,在貴族政治的社會中,貴族政治的缺憾、第三階級的覺醒,到了大革命的前夜,却早已很明顯的顯露出來了的。在這個時候,當時的文藝便表現出了這樣的兩種傾向,即是:一面是攻擊當時的貴族政治的社會,摧毁他們趕快的滅亡,一面是鼓吹民主政治的社會,擁護他們趕快的出現。這個時候,在文藝作品上表現出來的,便有盧梭他們的一種個人自由主義的思想和民主主義的精神。過了不久,果然法國的社會便因爲當時的自由思想的鼓吹、民主思想的抬頭,霹靂一聲,法國的大革命隆然的爆發,貴族政治終被推翻,第三階級的政治,終於確立起來。在這種地方,你説這是社會演進的必然,固然也是可以;但是,你却不能否認了文藝在社會演進中所負的推進的功能。反過來説,要是没有盧梭他們在文藝上先有一種自由思想的鼓吹,不在法國全國的人民的心坎,種下自由、革命的種子,我想,法國的大革命,未必便會爆發這樣快吧!作興法國的革命也會在那時候爆發了,恐怕也不會成功得那末快吧!

再譬如,在俄國的大革命以前,要是没有俄國的許許多多的文學家在俄國的各地方工作著,用力的唤起農民們的覺醒,我想沙皇的專制政治的推翻,革命的成功,恐怕也没有這樣快吧!你只要想一想,在俄國大革命以前,譬如托爾斯泰、陀斯妥伊夫斯基、屠介涅夫、柴霍甫……有多少文學家在文藝上做改造社會鼓吹革命的工作啊!

在幾年以前,中國的文壇,固然也有許多作家,在作品上寫上"血、血、血,幹、幹、幹"一些口號,被人引爲笑話,謚爲口號文學的。但是,這種情形,却並不如"文學無用論者"一樣,笑文學根本負不起什麽政治的任務的不對,却是他們没有抓住了現實、描寫了現實,結果只成爲空虚的口號的不對。文藝作品之負有政治的社會的任務,這是不能否認的;不過,這個任務,却不一定是空虚的口號所能負擔得起來的。所以,承認空虚的口號文學能够負起政治的社會的任務,固然是笑話;但因爲空穴的口號文學不能負起政治社會的任務,便説一切文藝作品都是不能負起這種任務的,也是更大的笑話。

用中國的這幾年的文壇的情形來説吧。

幾年以前,中國的革命正到了高潮的時候;那時便有一些描寫革命的作品,提出了革命文學的理論。後來革命成功了,大家覺得應該繼續著唤起民衆的工作,因此,便有大衆文學的理論的提出。現在,自從"九一八"之後,接著"一二八",國難一天一天的嚴重起來,國土一天一天的縮小著,帝國主義的芳鄰,貪得無厭的不斷的進逼著,賣國的漢奸與敗家子,毫無心肝、毫無廉耻的不斷的向仇人叩頭,把自己祖宗留下的國土拱手送人。你想在這種情形之下,只要是不願意做亡國奴,不願意做漢奸的國民,誰個不想起來挽救中國的危亡呢,誰個不想起來打死了漢奸再和侵略者拼一拼呢?

所以,中華民族的到了生死存亡的關頭,便是中國社會的現狀,要求中華民族的解放,只有打死漢奸,再和侵略者抗戰,便是全中國國民的民族意識與要求。在這個時候,只要是中國的國民,只要良心還在,只要不是漢奸,凡是有心救國、不願意做亡國奴的,不管他平時主張怎樣不同,不管他是何黨何派,應該都以中華民族的民族解放爲前提,大家攜起手來,站在統一的一條戰綫上的。

便是因爲這個緣故,在目前的中國的文壇上,便提出了"國防文學"的理論和要求"國防文學"的寫作的呼聲。所以,"國防文學"

是現時代的中國社會的一個迫切的要求——這個要求,是同現時代的中國要求有一個堅强的國防來解救危亡的中華民族,是同樣的重要。所以,在目前的這一階段,文藝所負的任務,是聯合全民族,站在統一的戰綫上,打死漢奸,抵抗强敵,解放中華民族。

不過,這裏的所謂國防文學,第一,並不是標語口號文學,因爲標語口號,每每都只有一個公式,是離開現實的、空虚的、不真實的。第二,國防文學也不一定都是以打××人打漢奸爲題材的文學,因爲抗敵的工作是多方面的,作家的生活也是多方面,如果把題材局限在某一方面,這也形成形式主義的東西的。第三,國防文學,也一定就是狹義的愛國主義的文學,因爲愛國主義,是容易把民族帶領到歧途上去的;但是,我們也不反對在國防文學中滲入愛國主義的成分。——老實説,我們是次殖民地的、被壓迫的國家的人民,我們不愛自己的國,難道要愛外國人的國嗎?愛國主義並不是一個不好的名詞,我們一定用他不得。帝國主義者的愛國,我們固然反對,但在次殖民地被壓迫民族的愛國,却正是解救民族的大道。第四,國防文學是真實的描寫現實的社會、表現全民族的最大的要求的文學,因爲只有這樣,才能負起了國防文學的使命。

把文學用作茶餘酒後的消遣品的時代,是已經過去了;把文學當做發表個人哀愁、描寫個人的身邊瑣事的時代,也過去了;現在,甚至於把文學當做空洞的描寫社會預示未來的光明的時代也是過去了。現在所要求的文學,是和民族解放運動連結起來的,負起民族解放運動所應負起的使命的,民族解放運動中的一支有力的生力軍的文學了。

因此,我們就可以曉得,現在的問題並不是文學有用無用的問題,也不是文學有使命無使命的問題,而是什麽是文學的最高的任務,什麽是現時代的文學的最高的任務的問題。

在現階段,文學的最高的任務,是鼓吹並且實現中華民族的解放運動,這種文藝的最適當的名詞是國防文學。不過,話雖這麽説,國防文學只是現階段的文藝運動的任務;如果中國的社會環境國際環境變了,這國防文學的名詞,當然是要被取消被淘汰了,而另外代上一個名詞的。這是一,我們不得不預先認識清楚的。二,國防文學,也不是憑天而降的;所以,國防文學的寫作,仍舊以描寫現實的真實爲出發點,用寫實的手法描寫現實的題材,再滲透著全國民的求解放的意識——這樣的作品,便是最好的作品。因爲只要你能够這樣的寫作,一面如實的描寫,一面滲透著國民意識與希望,文藝的最高任務,是必然的做到的。

文藝的大衆化與大衆文藝

文藝作品的評價,是建築在社會意義上面的,他是適應時代的、社會的甚至於政治的需要,才給與或高或低的評價的。

在目前中國的文壇上,已經提出了"國防文學"的口號。這國防文學,也就是適應著中國的當前的社會環境、政治環境甚至於國際環境才被提出來的。可是,文藝作品畢竟不是槍炮,不是飛機毒瓦斯;雖説是"國防文學",但文學的作用,却畢竟不能拿來當做槍炮,當做飛機毒瓦斯,去和敵人决勝於戰場的。這裏,如果有人真的相信,説國防文學的確是義和團的人們所用的符咒,可以和帝國主義者飛機大炮相抵當的,這不是笑話嗎？所以,在這裏,這"國防文學"的意義,是應該預先確定的。

大概現在在講國防文學的人們,承認國防文學是當前的中國的最需要的文學是不成問題的。同時,凡是主張抗敵救國,不願意做漢奸做賣國賊的人們,也是沒有不贊成的。因爲在目前的政治階段上,只有全國的民衆、全國的政治領袖以及各階層的人物、科學家、工程師、著作家、工人、商人、農人、教員、學生一致的聯合起來,來做反對帝國主義的侵略,反對漢奸們的投降、賣國賊的賣國的工作的。所以,在這種情形之下,文藝上的國防文學的口號,一面便是提醒全國的各階層的民衆的大聯合,使他們一致的把目標針對在抗敵救國的這一點上;一面是使全國的平時有各種不同的見解的文藝工作者,放棄了平時的一些些小的嫌隙,大家聯合起來,在這國家危亡的局面之下,共同負起了文藝作家所應負的文藝救亡的任務。

在這裏,我們且丢開作家的内部的聯合問題不説,只想説一説國防文學將怎樣的負起唤起全國的各階層的民衆的大聯合,以及一致站在抗敵救亡的陣綫上,來反帝、反漢奸賣國賊的問題。這一問題,便是同我們現在所提出來的課題,“文藝的大衆化與大衆化的文藝”,有很大的關係了。本來,文藝的大衆化與大衆化的文藝,是早就被一些前進的作家們主張著擁護著的;可是,在目前,在國防文學這一口號被提出來的目前,這文藝的大衆化與大衆化的文藝,却是更應該被重視的。

中國的新文學運動的起來,誰都知道在形式上是白話文運動,在内容上是反封建運動,那個時候,陳仲甫所提出的“文學革命論”,周作人所主張的“人的文學”,都是很正確的把平民的文學和過去的貴族的封建的文學相對待的。這所謂平民的文學,不就是現在所説的大衆的文學嗎?

“五卅事件”以後,中國革命情勢,固然爲之一變;同時,中國的新文學運動,也進了一個新的階段。那個時候,在中國的文壇所引起的論争,是以革命的大衆文學爲主題的。因爲這一個時候的中國的政治環境已經告訴我們:中國的民族解放運動,是在唤起民衆做反帝反封建的工作的。因此,這革命的大衆文學也就很顯然的是和現在所提的國防文學,是頗有接近的可能。

一直到了“九一八”“一二八”以後,中國的危機更加急迫;全國的四分之一的版圖,頓時變色,華北、綏察以及東南沿海各省,都陷入危險的狀態中。在這一階段裏面,中國的文藝工作,又跟著國際環境的轉變,有更進一步的認識。一個認識所得的結果,便是現在在中國文壇上所喧騰著的“民族革命的大衆文學”,或“國防文學”了。

綜合起來説,在五四時代所提出的“平民文學”或“人的文學”,他是局限于小資産階級知識份子這一階層的,他們雖説文學要是“平民的”,要是“人的”,但那時的社會環境的告訓,似乎不會使他把眼光擴大真正的“平民的”與“人的”全領域的。老實説,那個時候的新文學運動者,雖然也在反對過去的文學是貴族的、爲少數人所專有的;但他們却做夢也没有想到全中國的百分之八十以上的工農勤苦大衆,應該有享受文學的權益的。不過,將文學從少數人專利者的手裏奪了出來,再來交還全國的普遍的民衆的運動,却是從那個時候發軔起來的。换一句話説,中國文學的大衆化運動,是從五四時代發軔起來。接著,因爲中國的社會情勢的演進,文學運動的進路,也是把大衆的意義、大衆的範圍,愈演愈確定、愈演愈展開起來就是。

所以,到了五卅運動以後,文學運動的動向,便不肯故步自封局限於過去所主張的小資産階級的知識份子了。他們曉得中國的民族解放運動是應該以全國的最大多數的工農大衆爲主力軍的。而中國的文學運動呢,也不過是中國的民族解放運動的一環,因此,便把中國的文學運動從小資産階級智識分子的肩膀上,轉移到工農大衆的身上了。所以,五卅運動是繼承著五四運動,又是展開了五四運動的一個文化運動了,文學運動了。

現在,從"九一八""一二八"之後,一切的文學運動者,曉得中國目前的救亡運動、民族解放運動,應該由全中國人民、各黨派的領袖、從各種事社會事業的人們,一致的聯合起來做這抗敵救亡的工作的。從前的小小的歉隙,一切都可除開,階級間的仇恨,也可抛掉,大家應該在最大的敵人的面前,一致的携起手來,做這當前的最重要的救亡工作的。因此,他們也就跟著這一個認識後面提出所謂"國防文學"這口號來。所以,在這"國防文學"的口號之下,文學的大衆化的領域,是更廣泛展開到全民族的各階層的人民陣綫了。

文藝的大衆化運動的展開,是繼承著"五四"時代的新文學運動的精神,一直展開到全民族各階層的全領域的。

文藝的對象應該是全民族各階層的大衆,這是無疑的。反過來説,凡是愈能够廣泛的深入大衆,愈能覺醒大衆、教訓大衆,使他們一致的在文藝中獲得抗敵救亡的理解、堅决抗敵救亡的主張,那便是最好的國防文學,也就是最好的大衆文藝。

不過，這裏却有一個主要的問題不得不與以注意的，即大衆文藝固然應該主張文藝的大衆化，但文藝的大衆化，却應該以什麼爲標準呢？我們曉得，大衆的知識水準、文藝的閱讀能力以及民族國家的觀念，都是很低微、很單薄的。他們中間的連一個字都不認得的文盲，一向都是與文字絶了緣的，更何况是一些文藝作品。就是有一些曾經念過幾年書、能够認識得幾個字的大衆，但他們的閱讀能力，也是很低微的。至於那些能够看看“閑書”、看看“寶卷”的人們，在閱讀的能力上，固然算是了不起的人物了；但他們的腦子裏，却裝滿了從“閑書”與“寶卷”中學來的一些命運觀念、封建思想。至於説在他們的腦子中有一些民族國家的觀念的，却是少數之少數了。所以，説文藝大衆化是把文藝降低到大衆的知識水準，去迎合大衆，這是根本就要消滅了文藝的。但是，反過來説，説文藝是文藝，文藝是不能够遷就大衆的——文藝如果遷就了大衆，那是會使文藝惡俗化成爲“小放牛”“十八摸”“五更調”之類的東西的；那末，文藝與大衆仍舊距離得很遠很遠，是一點也不會發生關係的。文藝與大衆不發生關係，試問文藝價值究竟建築在那裏？站在社會的觀點上説，又何必要這種與社會大衆無關的文藝呢？

但是，話雖這麼説，但大衆文藝的提出與存在，却不能爲了這些困難的情形而打消了的。大概所謂大衆文藝，一面固然不能把文化水準降低，去迎合低級趣味與低級見解的大衆，一面却也不能够太離開了大衆，關起門來，把文藝局限於某一階層，當做清供雅玩的。所以，文藝的大衆化的問題，無論在文字語言的形式上，在所選擇的題材上，以及在作者所暗示的中心思想即作品中所包含的意識上，都應該有個適當的範疇的。現在，且分開來説一説吧！

（一）文字是表現文藝作品的外在的條件。换一句話説，文字也就是文藝作品的表現的工具。在文言文鼎盛的時候，智識階級是秉賦著原始時代的巫師們的伎倆的。因爲一般的大衆都不懂得文字，他們便實行著他們的畫符（寫字作文）與念咒（讀書）的勾當，讓一般大衆的眼光神秘的看著的。老實説，在封建社會與資本主義社會之下，智識的獲得也是獨占的，文字的應用的技巧的獲得又何能例外呢？因此，封建時代的學者們，他們是有意無意的把文字神秘化、神怪化起來，以表示他們的社會地位的崇高的。等到新文字運動起來之後，文言文的法寶已經被白話文的形式打倒了。因此，一般讀書作文的人，才恍然大悟的曉得一切的文字原來就是語言的記録，這裏面是並没有神秘性的。可是，接著不久，舊的魔障(文言文)雖然被人打倒，但新的魔障(即歐化體與語録體)却仍舊在新的形式中產生起來。因此，在這樣的情形之下，在語言文字上的大衆語運動便應運而生了。可是，大衆語的提出，雖然也主張用方塊字來記録口頭的説話，使文字極力的與口頭的語言接近，甚至極力的使文字和口頭的語言統一；但在對於方塊字的使用没有熟練的人，要使一個没有學習過方塊字的人來記録口頭的大衆語，還是有一個很大的困難的問題的。因此，應著這個要求，在近年的中國的文壇上，所謂中國字拉丁化問題，又被提出來了。總之，文藝大衆化問題，文字的形式是占著一個很重要的問題的。在目前，中國字拉丁化問題，固然有許多人在討論著研究著，甚至也有許多人在用拉丁字寫作，有許多人也靠著拉丁字閱讀了，但這還只是一部份的情形。大多數的寫作的人，大部份的出版的書報雜誌，還是利用方塊字的。因此，在目前講文字的大衆化問題，仍舊要根據著兩年以前在中國的文壇上的提出來的大衆語的主張，要用極通俗的文字極力寫作與口頭的語言相接近的文章了。這一點，中國的許多前進的文藝工作者，他們都是極力的做而且有些已經做到了的。文藝工作者，有志於文藝運動的人，甚至於一切主張全國各階層的人民大衆，一致聯合起來，做抗敵救亡的人們，只要不是帝國主義者的走狗、漢奸、賣國賊，都應該認識在目前的一個階段，文字的大衆化乃是文藝救亡運動的一條大路，國防文學的提出的先決問題。

（二）文藝作品的題材問題，也是一個很重要的問題。因爲一切的文藝，都是用形象來説明的。固然你的形象描繪得不確，也不能説明你所要説明的主要思想，但你的形象根本便是一個種“四不像”的形象，普遍的民衆，在他們的生活環境中，一下是不認識、不理解的，也是不能説明你所要説明的主要思想的。所以，從半空裏，從虛無縹緲的天國裏，從神秘秘鄉里找取來的題材，非但失去了文藝作品的真實的意味，會被人丢棄，就是在生活情形、生活環境的熟悉與不熟悉中，也自然會被人們給與以嚴格的估價的。固然，生活的題材有許多是會限於某一階層或某一地域的，譬如富貴人家的驕奢淫逸的生活，窮人們是不大理解得到的，東三省的人民大衆，怎樣的在僞滿和帝國主義者壓迫之下，受到一些無可訴説的侮辱，也是江浙的人們所不大理解的。但是，只要是人間的真實的事，只要是從經驗、觀察或體驗來的事，只要是用寫實的筆調記録下來的事，我想，這都是容易大衆化的。因爲一切的文藝閲讀者，他們的出身，雖則有各種階層的不同，他們所居的地域，固然有南北的或已經亡了的土地與未曾亡掉的土地的不同，但他們的人性，却是相同的。譬如，自從國防文學提出來之後，有許多文藝家及讀者，便主張國防文學的題材，應該以東北義勇軍的救亡運動、上海“一二八”戰争爲唯一的題材的。其實，直接描寫東北的義勇軍的抗争，描寫“一二八”滬戰，固然是國防文學的題材，但簡接的描寫各種各樣的生活，各地的人民大衆所受到的帝國主義者的經濟的文化的侵略的苦痛，提醒他們對於目前救亡運動的動向，又何嘗不是國防文學呢？所以，在題材上説起來，文學的大衆化，是出發在平易的真實的生活上，只要能使讀者感覺得親切，感覺得是自己的切身的生活的反映就好了，至於題材的是否直接的抗争，那是不大成問題的。

（三）作者的中心思想即所謂作品中所包含的意識，這是成爲一個很大的問題的。因爲現在的中國人的生活，差不多没有一點是不與目前的救亡運動有關係的。譬如説我們日常裏平常的生活吧，因爲農村經濟的破産，市場的不景氣，以致受到的失業的苦痛、生活的恐慌，固然和帝國主義者的經濟侵略、走私等有息息相關的關係，甚至我們在學生時代的失學問題、戀愛問題，又何嘗不與目前的國際情勢有關係呢？所以，文藝的大衆的題材，我們在上面説過，只要是真實的、親切的，其餘都是不成問題的。現在所要説起的,是怎樣的在這些生活現象、寫作的題材中,明顯的寄寓著作者的社會觀與人生觀的問題。我們曾經説過,同是一種題材,每每會因爲作者的中心思想的不同,而寫成各種不同的作品,得到各種不同的效果的。所以,在這一點上,大衆文藝,尤其是目前的國防文學的作者,他應該把他的人生的觀點,放在正確的民族解放的基點上,放在全民族的利益上才是。不然,你在歌咏戀愛,你在歌咏自然,你在歌咏静穆的和平的生活,無奈與現實的普通的大多數人的生活不發生深切的關係,這又有什麽法子呢?所以,在作者的中心思想即作品中所包含的意識這一點上,作者的中心思想是要放在全民族的利益、全民族的解放運動的基點上的。只有這個樣子的一點出發點,文藝的效能才能盡力的大衆化,爲大衆所需要,爲大衆所擁護。

歸結起來説:文藝原來便是社會的産物,凡是愈能感動廣大的民衆,愈能教訓廣大的民衆的,文藝的價值便愈加崇高。何况中國的新文學運動,一開始之後,就走上大衆化的道路,接著又不斷的跟著時代的推演,愈推演就愈把文藝對象的領域展開呢!現在,文藝對象的發展已經展開到整個民族的全領域上了,這便是中國新文學運動所必然走到的最後的道路吧!或許中國在最近的將來,國際的政治環境會轉變了的,國防文學的口號會取消了的,但是,文藝是屬於全民族甚至全世界的,却是不會變更的。文藝的大衆化,大衆的文藝,這是一切從事文藝工作的人們所不能遺棄的法典。

文藝講話

沈起予 撰

《文藝講話》連載於一九三六年上海的《婦女生活》雜誌第二卷第一期、第二卷第二期、第二卷第四期。《婦女生活》，一九三五年七月在上海創刊，因號召婦女投入抗日救亡運動，曾兩次遭國民黨政府封禁。抗戰時期先後遷漢口、重慶。一九四一年皖南事變時被迫停刊。作者沈起予（一九〇三—一九七〇），重慶巴縣人。畢業於日本京都帝國大學。一九二七年回國，在上海參加創造社、抗敵協會，一九三〇年參加左聯，後歷任《光明》半月刊主編，《新蜀報》《新民晚報》副刊編輯，上海群益出版社主任編輯。中國作協第一届理事。一九二八年開始發表作品。一九五二年加入中國作家協會。著有短篇小説集《火綫内》《人性的恢復》，中篇小説《殘碑》《飛露》，譯著有《歐洲文學發展史》《藝術哲學》，小説《我們七個人》《灑場》等。本文圍繞文藝作品的創作、文藝作品的社會效用等問題闡述作者的文學觀。在作者看來，"文藝品創作的第一步預備工作是在貯蓄正確的意識，對萬事萬物養成了正確的眼光"。而文藝創作的第二步工作則是"尋找題材"，所謂題材，就是"客觀的現實"，微觀言之，可分爲兩大類，即"由文藝家自身的生活經驗上得來的"和"作家有意識地去觀察或調查得來的"。但是這兩類題材往往是零散的，所以，"爲著文藝的創造性等計，我們對題材得有所選擇，得有所熔鑄，而不是將題材統統地，原樣地推壘上去"。而對題材的選擇和熔鑄則是創作的第三步工作。在文藝創作的第三個環節，應該注重的是文字的驅使，色彩、聲音、圖形等的考究等問題。

各位讀者：

滿以爲上一次(一卷六號)的講話就可以結束了,不料主席還要我講下去,而且據説要每期講一點,連文藝上過去有些什麽主義、派别等都得講到。這可令我爲難了——市上僅有一些《文學概論》之類的書,難道叫我也再來那末一套?但一想我又覺得有些高興——我儘可以藉這個機會來嘗試多年的理想,看是否能够打破成例,不用高深虚玄的述語(如"形象的思索"之類)也可以將文藝的一般基本理論傳達出來,而且在不庸俗化的範圍内看是否能使文藝理論大衆化,使非大學文科的學生也可以明瞭一點文藝究竟是什麽。

那末,在我的講話中,我想得與大家約法三章:一、儘量避用難懂的述語;二、多舉實例;三、努力使議論與現在文壇上的問題發生關係。

至於講話的範圍,我想也得暫限於下面的三個題目:一、文藝品是怎樣創作出來的;二、創作出來的文藝品在社會上發生什麽效用;三、過去有些什麽文藝值得我們知道。在第一個題目中,使各位讀者中間有想當女作家的人得著幾分創作上的參考,即不欲創作者也可以藉此認識那些小説之類究竟是怎樣寫出來的。第二個題目,則想用來打破一般"文學無用論"的見解,一面也想使各位從事文藝的人,知道自己對社會應負的責任。至於第三個題目呢,則無非想使大家豐富一點文學上的知識而已。

交代清楚,現在我可以走上講臺,講第一個題目了。

文藝品是怎樣創作出來的

在未入題之前,我想大家首先想知道的,照慣例上,一定是"定義"的問題——即文藝究竟是什麽的問題。關此,普通的《文學概論》會向你們介紹一大串什麽文藝是社會的表現啦,是苦悶的象徵啦,甚至是"言志"啦,是"載道"啦……用通俗的比喻説,那就像一群瞎子去摸過了象,來向你們講象的樣子似的,摸著象耳朵的人,就説象像一隻耳朵，摸著象脚幹的人，就説象像一隻脚幹，總之各説各的，五花八門，弄得你們頭疼。自然，這些瞎子也並不是完全瞎説，相應捱打；事實上，他們都各説著一部分的。但你們能够把一件東西的小部分當成是全體，能相信一隻象耳朵或一隻象脚幹就是象的全貌麽？當然不能的。

過去許多文學家對文藝所下的定義也就是這樣。他們往往捉住文藝中的一細目，就把這細目抽象地擴大成文藝的全體，以爲只要是文藝便是這樣，只要是文藝便應這樣。這種將全體抽象地縮小爲一細目，然後又將這細目抽象地擴大爲全體地看法，普通稱爲唯心論的看法，也就是不可靠的看法。

可是，各位，在此我也不想先向你們下一個完全的定義。假如你們要問文藝是什麽的話，我暫時的回答是：書店裏出版的（或雜誌上登載的）一部好的小説、詩歌、戲曲……等就是文藝。現在我們馬上來講這些文藝品究竟是怎樣創作出來的罷。

在上一次的講演中，我們説過，凡是一部文藝作品，後面必定寓得有一種深厚的意思，所謂故事之類，只不過是這意思的外面的軀殼。這種寫在背後的意思，普通稱爲作品的“主題”，或稱爲作者的“中心意識”。並且舉例説明《孤星泪》（*Les Miserable*）的主題，是想暴露不良社會中的法律制度的殘酷，《阿Q正傳》的主題是想指出我們大國民中的一部分惡劣的國民性。那末可見得主題在一篇小説或戲曲中的重要，也可見得一個作家必先有了某種主題，然後才能執筆的。

但是，這個主題——或所謂作家的中心意識是怎樣來的呢？是一個人拿起筆後才臨時想出來的麽？不是！一個人先不受孕，則不能生孩子，意識這東西也是在你們的生活——有愛情、有快樂、有痛苦、有鬥争的生活中，早就貯蓄起來的。假如你們在封建社會上討生活，你們便會見著孝父母、侍翁姑的現象，見著貞節牌坊的榮耀，甚至男女授受不親的禮儀……由於這種環境的熏淘，或别人的指教，你們不知不覺地便有了“孝順”、“守節”之類的思想，同時你們也就有封建式的喜怒哀樂的感情，封建式的善、惡、道德等的觀念,連見著活埋小孤孀之類的殘酷事,也不感覺忿怒,不以爲是"惡"事了。但假如你們所過的生活不是封建的而是現今資本主義社會的,或竟是衣食不豐富的原始野蠻社會的,則你們一定又會見著自由結婚、改嫁、男女抱著跳舞;或者象耶斯基莫(Eskimo)《野蠻人》那樣,在饑饉年中,還可以見著以殺老弱殘廢者(因爲他們不能生產糧食)爲善舉的事情。……這樣,你們關於禮教、善、惡、道德之類的觀念、思想以及喜怒哀樂等的感情,又慢慢地取著不同的樣子,在你們的心中貯蓄起來了。

但在你們日常生活上所貯蓄起來的這些禮教、道德之類的觀念、思想及喜怒哀樂的感情等,通常都是散慢的、漠然的、没有條理;甚至知其然而不知其所以然,只是見著社會上是那樣,自己也就那樣跟著社會上的風俗習慣爲轉移罷了。這種漫然的没有條理的思想、觀念、感情等普通稱爲一個人的心理;不過一個人的心理並不是單獨孤立,而是隨著他所屬的社會、時代、集團、階層等爲轉移,完全帶著社會性的原故,所以又稱爲"社會心理"。普通有所謂激動"公憤"或"萬人同慶"者,便是這種社會心理的表現。其次大家還特别值得注意的,便是這種社會心理,大都是要處在同一個生活狀態之下的人才會相同,要被壓迫的民衆才能對目前亡了半壁江山的事抱著"公憤",反之,那些漢奸洋奴之流,不但不"憤",而且正因此而在彈冠"同慶"呢!

那麽這種"社會心理",是否便是一個作家表現在作品中的中心意識呢?還不是的!作家必得將貯蓄於心中的散漫的、漠然的思想、觀念、感情等組織得有條有理,使其互相關聯——比如説,明白了"重男輕女"觀念乃是由於社會組織之操于男權而來,明瞭了因爲我們的國家是次殖民地,所以必先要"倒帝"後才有建設之可能等——之後,然後才能成爲他的意識,然後才能在創作的時候,將之組織到作品中去。這種弄得有條有理被組織過的、凝結起來的社會心理,在學術語上即稱爲"意識形態"(Ideologie)。一個作家的意識形態——以下簡稱意識——正確與否,與其作品的價值有莫大的關係,而貯蓄正確的意識,也就是作家從事創作的第一步預備的工作。

你們問怎樣才能貯蓄正確的意識麼？好的！這問題的確重要。因爲前面已經説過，縱然對於同一事件，也因爲各人的生活狀態不同，而發生出不同的社會心理（意識形態的泉源）。比如對於現在學生們的請願游行，就有人以爲那是無益的荒廢學業，甚至説是搗亂行爲，但另一部分人則以爲在這國家民族存亡的關頭，並不是讀死書的時候，而且學生們的行動，正是他們學習認識誰是幫助漢奸，誰是能真正抗敵的民衆等的知識的時候。然而一件事的真理只有一個，這兩種看法，究竟誰是誰非呢？回答是這樣的：要知道水性，頂好是下水，要認清這件事，也頂好是直接去參加——即是説去實際生活。但事實上，一個人是不能每件事都去參加的。這時幫助我們認識一切的，是藉科學的力量，要是特别認識社會上的現象的話，則須得特别借助於社會科學。好的文藝多是表現社會現象的，你們想要貯蓄正確的意識——即是説對社會現象有正確的瞭解——的話，就請去學習點社會科學，對於社會現象，尤其對資本主義社會，須有個基本的認識。這一門學問，本志上也特别有人在講解的；現在我只想説我們在這裏又附帶地解决了一個問題，即在上一次地講話中，我曾説："不見得每個作品中的意識都對，都正確。諸位在既探得了其中的中心意識之後，還得加一番審查，看它是否有歪曲然後才不致受騙……至於要怎樣才有這個是非之辨，那就靠你們另一方面的知識了。"這另一方面的知識是什麼呢？現在我可以回答你們：那就是社會科學的知識。

明瞭了文藝品創作的第一步預備工作是在貯蓄正確的意識，對萬事萬物養成了正確的眼光，下次又講它的第二步預備工作罷。

續一

各位讀者：

在上次的講話中，我們曾説過，一個人因爲他所處的社會、環境、階層等之不同，就各有不同的意識，而一個作家從事文藝品創作的第一步預備工作,就是在貯蓄正確的意識。

對此,現在我得有一段補充:我的如上的話乃是爲今後欲從事文藝創作的人説的,因爲必須這樣他的作品才有價值,對社會有意義,而自己也不致走冤枉路。可是過去的許多作家,也有不曾經過"抛棄自身所屬的階層的意識來貯蓄正確意識——正確的世界觀"的這一階層,也在從事創作,而其中也居然有不少的人爲我們留下了極有價值的(偉大的)作品;一面,現今有許多貯蓄了正確意識的作者竟不能寫出一篇成熟的文藝。前一例,我們可以舉出由浪漫主義到寫實主義的搭橋人、法國作家巴爾扎克。巴爾扎克本是出身于貴族階級,他的意識——世界觀,當然也是貴族階級的,他也不曾先抛棄了自己的階級意識,然後來從事創作。但我們一看他的寫成的九十幾部大著——《人間喜劇》叢書——居然能够把當時的社會分析得清清爽爽,説明了貴族階級的必然没落、資産階級的必然勝利。至於後一例呢,可惜得很!我不能不舉出我們中國過去(現在也還殘留得有)的許多青年作家。他們都有一副高貴的心,當然也有正確的意識,但他們只能在作品中用一個人作演説的方式,或用兩個人作對話的方式,弄著社會科學的述語,把那正確的意識返來覆去地叙述一番便完事,使我們在作品中完全看不出一點"藝術味"來。

爲什麽有這兩種不同的現象呢?對這兩種不同的現象,我們又將如何去解釋及評斷呢?各位讀者,我想我們的"政論"及"藝術"雖然得有意識上的共通,但在形式上——其實也就是在本質上——也得各有各的園地。巴爾扎克雖然没有先抛棄自己固有的意識,但他却有正確的藝術手腕,能够取現實的眼光去看現實社會,分析現實社會,所以對社會能够在其藝術上達到正確而有益的結論。可是這也並不足以證明一個作家不須先貯蓄正確意識,以至於與我們上次所説的話相反,反之,正因爲巴爾扎克有了這一缺點,所以即在其説明了當時的貴族社會必趨没落的那些作品上,也滲透著許多對貴族的同情。假如没有這一點,他的偉大的作品是會更偉大、更客觀的。所以我們的"須先蓄藏正確意識"云云的話,正不必因爲有了巴爾扎克而推翻，至於後一種有了正確的意識也作不出好作品的現象呢，那就是由於他們把“政論”與“藝術”混爲一談，他們忘却了（也許是没有才能）在藝術上，意識是得藉人物的動作，寫意是得藉“優美的”圖畫場面——形象——來表示的。

各位讀者，這裏我説到了“政論”與“藝術”在形式上須得有各自的園地，其實這也就是我們現在文壇上的一個極平凡而又還常在糾纏不清的“意識”與“技巧”的問題。爲此，最近郭沫若先生還不能不在《質文》四期上寫了一篇詳細的《七請》來答覆這些糾纏。事實上一篇真正偉大的作品，必須是其中有正確的意識，而這意識又須得用純熟的藝術技巧傳達出來；因之對於一個從事文藝創作的人“意識”與“技巧”顯然是兩者並重的。難道這問題還不够平凡，不够單純麽！一個平凡而又單純的問題竟一直到現在還常糾纏不清者，我想是由於文壇上有一部分評者太愛斷章取義地讀别人的文章，讀了之後，又太不吝惜筆墨所致。誠然，有時有人要説出“文藝須注重意識”，或者“文藝須注重技巧”一類的話來的。但這時我們只要看説這話的人是誰，就可知道（評者是應當而且必能知道的）他這話是有所爲而發。據我的經驗，一篇説“文藝須注重意識”的文章，往往是對那些專門從事於雕蟲小技或文字游戲的人説的，决不是鼓勵我們已經知道注重意識的人來漠視技巧；一篇説“文藝須注重技巧”的文章也往往是對已經獲得了意識而尚欠圓熟的技巧的人説的，决不是勸我們去學那些專事雕蟲小技的人。只要我們一把别人的文章的“立意”看清爽了，便一切無事！又何必要我們出來故作指摘多顯身手呢？

第二步

好了，因爲現今的報章、雜誌上，太多這類已經不必要的，討論“意識”與“技巧”的文章了，所以在此附帶説及；現在我們拉回本題來罷。

我們説過，文藝家創作文藝的第一步工作，是在貯蓄正確的意識，第二步工作，我想便是尋找“題材”了。所謂題材者，就是用來供寫作的"材料";事實上,現實社會時時刻刻都在爲我們提供寫作的材料的。就大者言,現在漢奸們天天在那裏幹賣國勾當,准漢奸們又天天在那裏做蒙蔽工作,一面廣大的群衆又天天在流血、流汗,從事英勇的救國行動:這些都是文學的好題材。就小者言,今天有施劍翹刺孫傳芳,明天又發現逮明教唆劉景桂殺滕爽,而事件都頗奇特、複雜,從某種意思上説,這也不失爲文學的好材料。所以簡言之,所謂題材者,就是"客觀的現實",若夸大説來,世界上的發生的一切事情,宇宙間的森羅萬象,大都可以成爲文學的題材的。

可是,現在我想具體地將文藝家所得的寫作材料分爲兩大類來説。第一類材料,可説是由文藝家自身的生活經驗上得來的。因爲文藝家也是活生生的"社會人",他有戀愛,他有活動,他也得參加許多事情,所以許多自傳式的小説,個人身旁事件的描寫等都屬於這一類,而且因爲這類材料特别爲作家所熟習、與作家特别親密的原故,作家寫出來也特别的。但讀者們不要誤會,這不是鼓勵你們去寫自己身邊的瑣事,把你們的題材狹小起來,而是説明作品要寫得好,作者必得熟習自己的題材。假若兩個"文才"相等的人,一處在都市中來描寫農村,一處在農村中來描寫農村,則後者所産生的作品必定要强得多。自然,爲著社會的需要,爲著作品有意義,一個作家當知道"應寫什麽"。與其整天坐在都市里描寫無聊的跳舞場或戀愛關係,倒又不若描寫點農村爲好;可是既知道了"應寫什麽"後,難道我們不希望作品的"精益求精"麽?從這一意義説來,最近文學編者與雜文上的任白戈之間的一場論争,幾乎又與"意識"與"技巧"之争一樣——成了多餘,因之也容易得到解决;因爲一邊的論點是在乎作家"應寫些什麽",而一邊的論點則又在乎作家既知道了"應當寫些什麽"之後,又怎樣才能寫得好,在大意上,兩邊都没有錯。

其次,第二類題材,可説是作家有意識地去觀察或調查得來的。因爲無論作家的生活怎樣豐富,他都不能僅靠自己必需的生活去歷盡社會上的一切。左拉爲著描寫酒場,他便特别到許多下等酒館去喝酒，看工人們的醉態；爲著描寫娜娜，他不惜去聽狎客們的談話，與賣淫婦交朋友，觀察娼妓的房間；要寫關於天主教徒的小説，他便到教堂裏去住幾天，看祈禱式，瞧傳道師們的態度和那幅尊容。偉大的巴爾扎克也是一樣：他每天都要化大部分的時間，到街頭去尋找材料；他常到大戲院門口去等著，一散戲，他只要跟在一對男女的屁股後面走一程，聽聽他們的談話，便知道這兩人過的是什麼生活，經濟狀態是怎樣，心理現象又是怎樣，於是這兩人也就入了他的創作材料的範圍，作了他的創作時的參考。至於茅盾爲著要寫《子夜》，便特别到交易所去看做公債的人們如何鑽營，如何伸手……幸克來爲著要寫屠場，便特别到芝加哥去住了若干月等，更是大家都知道的事。

第三步

可是，諸位讀者，這裏馬上來了一個問題。從自身的生活經驗、從觀察、調查上自然可得著許多材料，可是這些材料往往是零散的細末的。那末，我們是否將這些零散而細的材料統統而且照樣記録下來便算文藝呢？原來許多人都在説文藝是社會的反映，文藝須得是“寫實”呀。這一問題异常重要，而解决這一問題，也就是文藝創作上的第三步工作。

關此，我想先作一個否定的回答。文藝從某種意思上説，固然是社會的反映，固然須得“寫實”，可是所謂反映或寫實者，並不是象鏡子照東西，有一件便原樣反映一件。當你從生活實踐上，或從觀察方法上去攝取題材時，你的頭腦(已經貯蓄了正確意識的)已經在那兒發生主觀作用，而且既取得之後，你也還須得將它放到心中去熔鑄過一次，然後才能適用。

這原因，我們可分爲兩點來説明：第一是題材與主題間的有機關係；第二是文藝的創作性。現在請先説第一點。

在第一次的講話中，我們説明了一篇有意義的文藝作品都有一個“主題”，現在我們更得知道的主題與題材間之有有機關係。原來主題也是從客觀現實上得來，它多帶著主觀的人爲性，而這也就是與那還未被作家採用時的題材相异之處。比如,我們從生活經驗或觀察上遇著了佃農與地主抗争這末一個題材時,我們便可以把它寫成“擾亂社會的安寧”,也可以寫成爲“兩方面的簡純的鬧架”,也可以寫成爲“階級間的無法調和的鬥争”。總之,由於作者的意識之不同,可以將它製造出許多不同的主題來。但是,一件事的正確的觀點只有一個,因之根據正確的觀點所作出來的“主題”也就只有一個。那末,爲著加强地表現出這一正確的主題,使這主題特别凸出,凡題材中的與這一意義無關,或反足以有妨礙的部分,我們都應不加愛惜地將它拋棄。托爾斯太在其創作幼年時的日記上説:

> 明天我要特别反省我的第二段工作,應得看是否有方法加以修正,或者是否有應當拋棄的地方。對於那些空洞的、冗長的、不適恰的,一句説來,對那一切無用的 Passages,都應當無愛惜地丢掉——縱然這些 Passages 是美麗的。

這自然説得有關於文字的話,但關於題材,也應當是這樣。我們不是無分别地原樣地將一切材料配録下來,而是應得有選擇地、採取與主題有有機關係的部分。

其次,我們再説文藝的創造性。自從文壇上有“寫實主義”的口號,有“忠實地反映現實”的提倡以來,許多人都把這認爲是:一個作家應當追隨在現實後面,現實上有了點什麽,作家便原樣地寫點什麽。誠然,過去的許多寫實主義者都是這末做,這末拘泥于現實。可是大家忘却了那些拘泥于現實,始終不曾對現實先行一步的人,乃是寫實主義者中的末流,即以舊的寫實主義者而論,其中的大家們都不是主張描寫如實的現實的。巴爾扎克説,作家不在乎描寫如實的世界而在乎描寫較好的世界。漠泊桑也説,作家在乎描寫現實以上的真實。即現今的偉大作家紀德也露過同樣的意思,他説:

我在蘇俄的新文學中,見了很好的作品。但,目下所創造著的新人類,我們所期待著的新人類現出形象來的那種作品,我還未見過。現在他們還在描寫鬥爭、養成、生產等。可是我是以信賴來期待著告知未來的作品、大飛躍的作品,在其中,作者追過現實、比現實先走、嚮導現實、開拓道路等的那種作品出來的。

這裏面所謂作者追過現實、比現實先走、嚮導現實云云者,也就是作家應當描寫較好的世界,應當描寫現實以上的真實等的意思。那末,作家、文藝作品爲什麽應當這樣、應是這樣呢? 回答的是:

原來,文藝在本質上就不是事實的如實地記述,而是可能的事實之詩地夸張。所謂"可能的"、"詩地夸張"云云者,也就是文藝的"創造性"的意思。不過,這兒大家應得注意:所謂"創造"者,並不是純粹抽象地幻想,不是不可能的無中生有,而是作家通過現實,從現實上去發見可能的真實之物。以上面紀德所説過的蘇聯爲例而論,蘇聯這一現實,現在正在趨向"社會主義社會"的過程上走著,因之,一種新人類正在產生,而這新人類又尚未完全成形。假如我們能從現實上去透視,將這尚未成形的新人類用成形的樣式在文藝上表現出來,則這可説是追過了現實,也就是一種創造。這例舉雖然不免有幾分機械,但我想只要大家能將它伸曲地應用,所謂"創造性"究是怎麽一回事,大致可以體會出來的。

現在,我們可以簡單地將這一次的講話作個結論:尋找題材是我們有了正確的意識後的第二步工作;爲著適合於主題(主題的决定,有時是在作者尋找題材之先,如左拉之寫許多小説,如茅盾之寫《子夜》),爲著製造正確的主題(如前面所舉的佃農與地主的鬥爭的例),爲著文藝的創造性等計,我們對題材得有所選擇,得有所熔鑄,而不是將題材統統地、原樣地推壘上去;這選擇,這熔鑄,也就是創作時的第三步工作。至於經過了這三步以後又將怎樣,那就留在下一次再講罷。

續二

各位讀者：

假如一個從事創作的人，已經有了主題，獲得了豐富的題材，而且對這些題材已經作過選擇和熔鑄等工作的話，那其後的工作，當然是提筆來寫；換句話説，便是將主題、題材之類的“内容”用“形式”表現出來了。

所謂文學的形式者，就廣義説，盡可及於詩歌、戲劇、小説等類的樣式(genre)。然而普通則多是指題材的安頓方式，如：全篇的構圖，篇中的韻律、階調，各部分的均齊；以及表現工具的如何處理，如：文字的驅使，色彩、聲音、圖形等的考究等等。

可是我們將怎樣從原則上去理解形式呢？現在有一句最流行的話是形式由内容决定。誠然不錯。但單這末説還是不够，而且也感覺這説得太片面：世界上根本就没有一方去决定對方而對方不還手的事。

然而，現在既然是談到作家已經走上了“提筆來寫”的工作，我們就談他寫的時候所應注意的幾點罷。

文字的驅使

一篇創作的形式上的構成單位，無論如何離不了一段一段的文章，所以作家下筆時所應留心的，就是文章的好壞。至於文章怎樣才能算好呢，一般人却説的曖昧得很——例如説“給人的印象很深”啦，或“其味無窮”啦之類，就是得不著要領的話，因之現在我們首先得對此有個明白正確的認識：

原來文章是藉語言文字表現一個人由視覺、聽覺所得的一感性認識；就創作的人説來，就是表現他所見所聞的事物，舉凡小説中的故事場面、風景描寫、背場的傳達等都屬於這一類。其次是表現一個人的成了理論思想形態的“倫理認識”；就創作的人説來，用説明式的句子來表現其論理式的認識的事，本應所忌避，但有時仍然是有其必要的。第三,文章也表現一個人由於上兩種認識而來的感情、意志等。就創作上説來,就是表現主人公等在某種狀態下面所發生的喜怒哀樂的心境的。

由此説來,文章與認識之間不特有密切關係,而優秀的文章也必定先有優秀的認識才可能。難道我們説"禮拜六派"的人不會寫文章? 事實上,他們頗知道煅煉句子,辭類也使用得豐富。……然而現今他們所編制的報紙副刊或雜誌上的文章畢竟令人不能卒讀者,乃是由於他們的認識陳腐,所以辭藻、形式之類也自然陳腐,而全篇文章也就异常無聊。用現今的話説來,這就是内容決定了形式之處。

可是我們能説只要認識好、内容新,好文章便馬上出來了麽? 也没有這末簡單! 事實上,現在儘有許多青年抱著很好的認識而又寫不出好文章來,致其作品不能給人以快感、以迫力,得不著應得的效果。這因爲認識(或内容)的展開,還是得藉文章的形式展開出來,爲著能够恰好地表達出自己的認識,必須選擇與此適當的文章,因之也就有了一個字的斟酌、一句話的考究的必要。有一定的認識才有文章成立,有清新的認識然後有清新的文章——這,表示著認識與文章的統一性;可是文章表現的技術如果拙劣,則真實、優秀的認識也不能明白、正確地傳達出來——這,又表示出文章與認識的對立性,同時也説明文章的表現工作(語言、文字的驅使)就是兩者間的統一的契機(moment)。一位哲人曾説過這樣的話:

> ……理解真實的那種思惟,常是相同的。只是由於説明的熟與不熟,因之也由於思惟器官的熟與不熟,才生出漸次的不同來。

這不外説明鍛煉寫文章的技術的异常重要,有人勸初學寫作的人,應當從寫日記、寫速寫(sketch)下手,也就是這個道理。

以上是從原則上説明創作者到了提筆來寫的時候,首先得注意文章的好壞,可是文章的技術究竟有些什麽,而我們又當怎樣去注意呢?——這話説來很長:不特一部《修辭學》可以包括進去,即人對美的感受性之類,屬於心理學上的問題也得談到,可是現在我不必拿這些煩瑣東西來麻煩各位的頭腦,我只想將寫文章的幾個重要點略説一下。

羅曼羅蘭在對初學寫作者所下的忠告説:"寫作的時候要真實。應當只寫真實,寫你所想、所見、所相信的。"又説:"應當説出這個真實來——用可能的,最大的正確、精密、明快和最簡明的形式。這樣就茯著文體的全部秘訣。做到了這點時,就會寫得很好……"

此處所謂"真實"者,即是前面所説的對事物的正確的認識,至於説要用最大的正確、精密、明快和最簡明的形式將這真實(例如關於作品中的人物的感情、心境及各場面的情景等)表達出來,那便須得在文章上儘量簡潔,講求質樸,裁去多餘的字,省掉不必要的句子,看有重複的章段或欠缺明瞭的地方否。從整個作品説來,則寧肯將一篇小説的材料緊縮爲速寫,不必將一篇速寫的材料硬拖長爲小説。要這樣,文章才能捉住故事的焦點,顯出被描寫的故事的特徵,使主題特别地凸出;要這樣才能使讀者得著快感,得著更深切的印象——所謂文章的效果也就從此產生,而"名文"的條件也可以具備了。

此外,文章者有其全篇的"調子"的問題。有的寫來特别奔放(如郭沫若),有的寫來則特别謹嚴(如葉紹鈞);這有時雖係内容之不同所致,但大部分却是與作者的性格有關,因之從事寫作者儘可不必勉强去學他人的文章調子,而應當就自己性之所近者發展下去。關此,羅曼羅蘭也説得有同樣的話:

> 首先應當選擇最宜於表達自己的性情的傾向。假使説人能够而且應當發展和完成自己的性情的話,那末,違反自己的性情,在藝術上就决不會有成就。

其次,我們談到寫作中的"結構"問題。此處所謂結構者,就是指全篇題材的如何配合,大約相當於英文的 plot 之類。本來,"胸有成竹”，構圖乃是下筆前之事（而且有許多作者還是先草題材的大綱），但在執筆中也得時時顧慮到這問題（因爲預定的計畫是常常由於寫作的進行而起變更的，關此，頂好參照法捷耶夫［A. Fadejev］在我的創作經驗中談其寫毀滅時的經驗）。恰如一個畫家在構一幅美麗的圖畫一樣，既要講究均整，又要求其自然。

因之，創作者在寫作的時候，對於某段應當埋伏，某個場面應當加重，某事應當作爲陪襯，某處應當回應等，都得苦心處理的。簡言之，就是將已經選擇過的材料再來作一次精選，再來作一次創造。這些話看來似乎陳腐，但對於一個初學寫作者說來，不是無益的事。

自然，我們得知道所謂形式美者，也與其他的美的概念一樣，常是起變更的。從前的戲劇寫作上的“三一律”不復存在於今日，而中國舊小說中所特有的故意賣關子以及“且聽下回分解”之類的章回形式，也已令現今的人生厭。

可是與駝背子、跛脚女之類比較起來，挺秀端正的象貌總是令人起美感，一篇緊凑、均整的作品，當然也比鬆懈、畸形的東西好。拿舊小說來說，《儒林外史》中常常有出色的一章一段，但從全書上看，則缺少結構的美感；至於《官場現形記》之類，則更是人物隨時出來又隨時丢掉，看不出下文，與前後有聯絡、處處有照應的《紅樓夢》比較起來，其藝術價值簡直差得多了。

tempo

在“形式”上還有一點值得注意的，便是篇中的韻律、階調等，屬於 tempo 的問題。具體說來，即作品中場面進行之快慢，場面與場面間之和諧、緊張、徐緩及其全部綫條的粗大、細膩等，都值得我們一面顧慮著題材的内容一面加以細心地探求。

Tempo（此字也可勉强譯爲速度）存在於大自然中，也存在於社會生活上，而對於人的感情生活，影響特大。比如我們處於霧氣沉沉、窒息不堪的天氣中，突然來了一陣萬馬奔騰的暴風雨，得了大自然的 tempo 的轉换時，我們的心境將會發生出説不出的爽快。由於社會生活的不同,社會上也有各種不同的 tempo 存在。比如星期日我們到永安、先施之類的大公司去時,裏面便可以見著人的洪湖在涌,在擠,這兒在按電鈴,那兒在打包裹;一切都忙忙碌碌,摇來晃去;一個人在這裏走不上一點鐘便會頭昏,可是若在沉悶中偶然一來,則包令你眉展目醒。與這比較起來,封建性濃厚的地方便不然了。我們走進鋪子裏去,不特小徒弟要給你拿烟倒茶,掌櫃先生也要先招呼你坐,講講天氣好,然後才請你看貨色、講價錢,一切都現得緩慢、鬆懈。可是假如你剛過了一個極度緊張的場面的話,這兒也可以給你松一口氣。

藝術既以刺激及組織讀者的感情爲大目的,故寫作時,亦當知道常常轉换作品中的 tempo 以求轉换讀者的感情,使讀者有喜,有怒,有悲,有憤(音樂藝術的生命,幾乎全在乎 tempo 的適當地巧妙地轉换)。

你問 tempo 應當怎樣使用或轉换麽? 在藝術上,什麽都無宕板的規定! 因之這兒也只能從原則上説。按藝術上的 tempo 既從客觀環境、從題材内容而來,那當然也得跟著所描寫的内容走。《紅樓夢》寫的是封建環境,是大家庭的優閑生活,是兒女間的瑣碎細事,所以它的全部調子也比較緩慢、細膩,林黛玉焚稿一段雖然是個高潮,使讀者起异常緊張的感情,可是它的"筆觸"和"綫條"都是不粗壯,也不應當粗壯的。《鐵流》寫的是革命時代,是戰争,是緊張的生活,所以無論人物的動作、風景的描寫、場面的轉换,都來得快,來得大樣。

讓你的作品的 tempo(無論是全體的或部分的)跟著你所描寫的對象走罷,雖然在安排上你得加點製造。現實界是無限豐富的,那兒有無數的、各色各樣的韻律及調子,一個作者應得廣泛地把握住這些現實,自身應得是一個複雜、豐富的頭腦。因之寫戰争,你的筆下就要有與戰争相韻和的速度,寫大公司,你的文章也就得有那末一股大公司的調子。只有寫實主義的末流才始終是那末化費許多紙頁來慢慢地描寫一個房間,始終無分别地描寫一個人物的碎瑣動作。

聲音圖形之類

爲著增加内容的效果及情調，更有許多作家從文字的聲音及圖形上去加以考究。據説高爾基初期的作品常用韻文，法國一個名魏爾倫(Verlaine)的詩人更在詩篇上連續地用許多鼻音字，以求其加重地表現其所欲描寫的憂鬱凄凉的心境。例如他的名詩《秋之歌》(*Chanson d Automne*)中就有這樣的一節：

Les sanglots longs
De Violons
De l'automne
Blessent mon coeur
D'une langueur
Monotone
大意：秋女的提琴的嗚咽之聲，傷吾孤單、憔悴之心。

這兒的下面加有横綫的字，全都是鼻音，因之單從這詩的聲音聽來，也是以令人生一種抑鬱沉悶之感。若又細細玩味其内容，則更漸使人由沉悶而積極地轉到悲哀。因之其藝術效果，也就由這種形式、内容兩方的刺激力之合而愈漸加大了。

其次，在現今許多人的創作上，常常見著有將公司(如果描寫的是公司中的事)中的布告、街頭上的傳單或什麽地方的統計表之類，原型地抄寫到作品中去，使作品成一種圖形化(這是古文或舊小説之類所不曾有過的幹法)，以求增加讀者的真實之感。

這種注意文字的直接刺激力，將文字圖形化、繪畫化的幹法，在國外未來派的作品上更走到了極端。他們的自由語的作品，常常將文字横排、立排、斜排，他們主張“在一頁裏用三四種顔色不同的墨水，二十種式樣不同的字模”。他們描寫飛機時，上面便排一個大T字來模擬飛機；寫吃烟便將“吃烟”寫成FUMER以表示吃烟時的烟氣。有時更寫些數學記號或一長串的字母來表示大的速度或爆音,有時又接連地寫出“街街街街”或“人人人人”等來表示在疾馳的車上所見的街和街頭上所見的人。

自然,這些作品上的奇怪的形式也不是他們憑空想了出來,而是他們的極端崇拜科學、贊美速度、喜動不喜静等的意識,以及從這種意識上所選擇出來的題材(他們决不選擇月亮或女人之類的静而柔的對象來作題材的)的内容所發展出來的。

因之,現在我們可以總括地説:一個作家先有了正確的意識去選擇了“題材”及“主題”來作爲“内容”,然後將這“内容”表現到適當的“形式”中去,那末一篇好作品便産生出來了。

尾　語

怎麽?你粗枝大葉地將“題”都“做”完了,爲什麽不曾談到“靈感”呢?原來許多人都説文藝品由“靈感”産生出來的呀!是的,靈感的確重要,只要我們不將它解釋爲心血來潮一類的虚渺莫測的意思。

人對生活、對社會等常抱有一種正當的理想、正常的意欲。因之一見著客觀環境上有不合乎理想、違背正當的意欲等事發生,便會觸動我們的神經,而形成一種正義感之類的感情鬱積在心頭。這種鬱積下來的正義感或其他的感情,常常要藉一種形態發泄出來。普通人大概藉行動,而作家則藉文字。

因之一個作家若没有義憤填膺、非發泄不可的感情時,他是難於下筆,即下筆,也不過只能作出一點游戲作品而已。所以我把“靈感”當成是非發泄不可的感情之類時,則靈感對創作實是异常必要的。現在讓我們引用羅曼羅蘭對初學寫作者所下的忠告來作結語罷:

> 不到你感覺得爲社會的職責和你的良心或内心的必要所驅使而非寫不可時,千萬不要下筆。單是爲了幻想或虚榮來增加原已很多的作家的數目,這不但無益而且有害。寫一切東西應當是出於必要,或至少好象是必要的。

文藝漫話

佚　名撰

《文藝漫話》載於一九三六年《沙樂美》雜誌第九期。作者不詳。本文主要對文藝的"革命"性、文藝與科學的關係、文藝與社會的關係、詩人的特性、古典主義文學與浪漫主義文學等問題作簡要論述。

文藝永遠是革命的,因爲它的特質是保人類超越這個現實的世界,從這個將崩潰的現實的桎梏中拯救出來,不作環境的奴隸,而爲其主宰者、創造者。

有時文藝被科學迷惑,一變而爲死的規條,如同愛米爾、左拉,則視人爲飯桶,粗糙的組合物,但文藝將始終協同科學,領導人類于美善的境地,啓發人類的美善。

文藝是社會的慧眼,它能透視到人性的最幽深處,把人類的愉快、煩悶、夢想、希冀、失望種種的情緒,都活躍的表現出來,使人類把握住人生的真諦。

詩人不一定都是"超人"和"寓言者",但是詩人的心都是神聖、自由的,多情而善感的,富於想像力的。

詩人都是愛自然的,所以太戈耳在《飛鳥集》裏説:"藝術家是自然的情人,所以他是自然的奴隸,也是自然的主人;他想占有自然,也想自然化。"

古典主義文學是一種缺乏真的詩情的,没有熱烈的感情的,不許想像奔放的,只爲冷的理智的、拘泥于一的文學。

浪漫主義的文學是古典主義的反動,它具極端的主觀的性質,排斥冷的理智,而貴奔放的空想,爲一種抒情主義的文藝。

文學管見

陳　庸撰

《文學管見》載於一九三六年《西北嚮導》雜誌第四期。《西北嚮導》，一九三六年四月一日由東北軍政訓處創辦的進步刊物。作者陳庸（一九〇〇—一九七三），名舜臣，號奮庸，別號梅溪，豐順縣人。一九二四年中山大學畢業。一九二五年周恩來主持東江地區工作時，任豐順縣縣長。抗戰時期任湯坑中學校長、翁源縣縣長。抗戰勝利後任廣東省參議員。一九四九年去泰國定居，有《梅溪詩聯話》。本文論文學，並無高深的理論見地，而是談及對待文學應有的態度、文學創作中的靈感問題、文學的功用等。

沈從文先生今年三月間，在天津《大公報》的副刊《文藝》上發表了一篇文章，題目是《給志在寫作者》，這篇文章好像是一封公開的信；沈先生因爲從四月起就不再主編《文藝》了，所以這一封公開的信，便算是他對“志在寫作者”的一番臨別贈言。

在這篇文章裏，我們可以看出沈先生的主要意思，就是在告訴“志在寫作者”，對文學不應該只是有“興趣”，而應該有“信仰”，應該有“宗教情緒”，而後才能有“偉大”的成就，才能有“不朽”的作品產生。

沈先生說：

……我接到的一切信件，上面那麼寫著：“先生，我是個對文學極有'興趣'的一個人!"都説有"興趣",却很少人説有"信仰"。興趣原是一種極不固定的東西……總而言之,就是這個工作靠興趣,不能持久……可從十六年來新文學作家的兔起鶻落情景中明白。十六年來中國新文學作家好像那麼多,真正從事於此支持十年以上興趣的人並不多。多數人只是因緣時會,在喜事湊熱鬧光景中一把撈著了作家的高名,玩票似的混下去。一點兒成績,也就是那麼撈來的。對文學有興趣,無信仰,結果是所謂"新文學",在作者本身方面,就覺得有點兒滑稽……多數人呢,自然更不關心了。

沈先生的話,説的很好,從來一般研究文學的人,除去在大學裏選修文學的課程的大學生之外,其他的人,對文學都不是"研究",而是來"玩",而是在本業之外,拿文學來消遣,來游戲,甚至來沽名;研究地質學的可以寫小説,研究醫學的也可以作詩人。他們對文學根本就是一時的興奮,其最初的目的是在玩玩,最終的目的則是在撈"稿費"。這樣一來,所謂"文學家"這個頭銜,在文學家自己就有些覺得不莊重,在别人也就不免等閑視之了。

在五四運動以後,新文學的創作空氣,確實曾經熱鬧過一陣,在那個時期,也實在產生了不少有希望的作家,發表了不少有價值的作品,雖然這些作品直到現在依然有不少仍不失其永久的價值,但許多在當時很有希望的作家,到現在差不多都斬斷了創作的生命,都枯竭了創作的源泉,而成爲歷史上的人物了。在五四時代曾經蓬勃一時的作者,現在只能寫寫小品,抄抄舊書,作作游記,在幽默雜誌上"幽默"一下而已。

這現象我們只有用前面所引沈先生的話來解釋,當時大家只是在湊熱鬧當中鬧一陣子,把"作家"的高名撈到手上之後,朋友也多了,雜誌也多了,甲雜誌寫信要稿子,乙雜誌托朋友要稿子,到後來,單行本出版了,"作家"的名兒更高了,於是又得出選集,選集出版了,銷路很好,又要出自選集,結果,變來變去,老是那麼一套戲法,直到變得連自己也不免自嘆"江郎才盡"的時候,便不得不在

“小品”裹玩兩套“手彩”，大戲法是不會再變得出了。

有人把這現象用“靈感”來解釋，説是作家創作，一定要在靈感來了的時候，才能有“下筆千言，倚馬可待”之勢，才能有偉大的作品產生。可是靈感這玩意兒，又不是什麼有聲有嗅的東西，可以喚之使來的，如果説靈感不來的時候便不能創作，那麼，世界許多大文學家，如沙士比亞、布爾札克、托爾斯泰、高爾基諸人的“等身著作”，便無從產生了。他們之所以有那樣偉大的成就，決不是靠靈感永遠附著於他們的身上，他們創作生命之所以如此豐富，必不能專靠靈感，一定另有其正當努力的途徑。

靈感本不是什麼神秘玄妙的東西，它就是一時意興的衝動，也就是一般人所説的“興趣”，但這“意興的衝動”不會是永恒不變的；正如農夫們的耕耘，是在他一年之中，由春至冬的辛勤勞作，決不是高興時來一下，不高興時把鋤頭抛在一邊，而能得到收穫的。

研究文學也同農夫們的耕耘一樣，應該有一番辛勤的工夫，我們應該這樣説，文學也同科學一樣，研究文學的人，一定要去精微的研究，至少應該有一番深刻的認識。過去的日子是那樣的久遠，未來的日子又是那樣的長，世界也廣大的很，在這廣闊的空間和久遠的時間之中，所有人類的種種糾紛，都可以用文學來詮釋和啓發。文學是一面鏡子，它能照見人世間的一切歡樂與悲悽，一切人世間的憤怒和懺悔。文學作品不過是一本書，不錯，那麼簡單，那麼平常，與其他的書籍一樣的一本書，但這本書裹却記載人世間流血流汗的偉大事迹，可是它和歷史不同，歷史只是把人世間流血流汗的事迹，像帳簿一樣的紀載下來，而文學作品則是赤裸裸的把血痕和汗迹呈現在人們面前。

文學是一枝箭，它能射入人們的心之深處，但是它一定先通過了作家們的心，帶著作家們内心中的悲哀與愛憎，溶化在讀者們的悲哀與愛憎之中。所以文學作者應該有這麼一點自信心，自信造成文學偉大的效用，應該是“文學家”偉大的任務。文學是人類的一種宗教，文學作者便是首先信仰這宗教，傳布這宗教的牧師。

談談寫作技術

非　斯撰

《談談寫作技術》載於一九三六年《中學生文藝季刊》第二卷第一期“文藝短談”欄目。作者署名非斯，不詳。本文主要談文學寫作技巧問題。作者認爲，從前的文學是講究形式技巧，而不重視内容，要重視内容，須得從六個方面考量。第一，“一元的連結”，即“寫作時必須保持著一元的眼光，用一個觀點貫通一切事物，連結自己一切思想。不獨使讀者看到了，處處都遇見你這個中心思想，並且使他們覺得你的一切説話，全由這個中心點産生出來的”。第二，“運動的眼光”，即運用“選擇的眼光”把握事物的“來源”和“去路”，對事物由漸變到突變，由正到反的發展路向有深刻的把握。第三，“矛盾的統一”，即創作者需明白“一事物必有矛盾，而矛盾必然統一，且以一個做基礎來統一”。第四，“全面的探究”，即“我們寫文章必得把這事物的輪廓和大綱給人家看，不能枝枝節節地單寫一部分，否則你便犯了只見樹子不見森林的毛病”。第五，“特殊的把握”，在作者看來，“這與上面把握全面觀點並無矛盾，把握全面觀點，是叫我們不要把事物支解了，而要求出其組合後的新性質，把握特殊的觀點，只叫我們勿要過河拆橋，勿要數典忘祖，把事物各部分固有的舊性質忘却了。這表面上看來是相反的，其實正是相成的”。第六，“美妙的標準”，即創作者需明白，“現在已經不是專講字面的世界了，單有華麗的字句决不足以感動人，現在並不講究字的修飾，却要注意思想的統一了”。

關於寫作的問題,已有不少的人談起過,但我覺得他們的理論實在太偏於形式,没有注意到内容。專重形式的文章,與時裝公司裏面披上錦綉的木頭人模型一樣,不過金玉其外敗絮其中罷了。

因此,我認爲"青年寫作方法""修辭學大綱"……一類的科目根本要改過,教人們寫作,不能僅教以形式上的修辭煉句,必須教以怎樣去把複雜的外界對象吸收入自己的文章内,把自己心中無窮數的想説的話,有條有理、明明白白地説了出來。教修辭,也决不應該注目於字句的修煉,要注目於整篇的修煉,使整篇文章給讀者以有條有理的觀念,使讀者能看出自己的中心思想,使讀者能看出所描寫的事物的真相。

假如文法學上曾經有過由詞到句這一改革,那麽作文學及修詞學便非有由字、句或由段到篇的改革不可了。换句話説,今後要注重整篇的研究,那些一字一句的挑剔,是不中用的了。

假使説從前文章的看法是專看字句的華美,换句話説,是形式的講究;那麽今後便要看思想的是否正確、深刻,换句話説,是内容的講究了。這種内容的講究,便是我們對於作文學、修詞學上不得不起的一番大革命。

本篇便是試圖談談這個新的寫作技術,試分六方面來説明。

第一:一元的連結

首先,寫作時必須保持著一元的眼光,用一個觀點貫通一切事物,連結自己一切思想。不獨使讀者看到了,處處都遇見你這個中心思想,並且使他們覺得你的一切説話,全由這個中心點產生出來的。

若果自己没有一元的眼光,一貫的觀點,那麽對於題材的處理,就要弄得手足無措起來。我國舊小説裏面,往往同時會有兩個"天下無雙"的美人,我國古文裏面往往會有兩種道德同爲人類立身的根本……這都由於他們没有一個中心觀點,先行認定誰爲"天下無雙"、孰爲"根本"的緣故。我們遇到這一類文章時,老實便可斷定這個美人並非“天下無雙”的美人,這個“根本”並非立身的“根本”!

没有中心觀點,其弊病還不止此。因爲説得五花八門,茫無頭緒,讀者就不容易瞭解你的本意。就現在世界情勢來説,政客、外交家、軍隊等等的表演,已經够你眼花了,你要叙述他們的時候,若不從中找出他們的基本點,不找出他們的一貫的因果關係,只是新聞記載似的堆列一大批事實,結果你這篇文章不是成爲雜燴菜嗎?讀者看了,除却黑漆一團以外,得到什麽印象呢?

因此,寫作文章的時候,不論對象怎樣複雜、紛亂,你却不能不執簡以御繁,從容地把它理出一個頭緒來。孔子所説的“吾道一以貫之”,是作文的一個根本的方法。

第二:運動的眼光

我們還要有運動的眼光,這是過去的修辭家根本不知爲何物的。例如,叫你寫“中國現勢的分析”,你若不用這個技術,結果必然叙述得或分析得一塌糊塗。爲什麽呢?中國現勢决非一朝一夕所致,是幾千年來進化的結果,至少至少,鴉片戰争之後的情形你不能不去顧及,同時,在你寫作的時候,若從鴉片戰争寫來,必然比之單叙述今日現象的好得多(自然,叙述鴉片戰争的文字不能過多,否則便反賓爲主了)。假如你再於末後附上一段“將來趨勢的推測”,那末你的文章就更其鮮明,更其活潑。儘管你在字句間没有什麽修飾,總比那些單求修飾詞句而没有内容的好得多了。

這不過舉一例,其實那一件事情没有他的來源,没有他的去路呢?所以它的來源和去路照例應該一齊叙述的。不過對於運動的叙述也須有抉擇的眼光,由漸變到突變,或由正的變成反的時候,都應該特别注意。例如你寫中國現勢的分析,假如從黄帝建國,甚至從人類、地球太陽系……之産生時候寫起,那不是笑話麽?你應該從近代中國的突變點,即鴉片戰争開始,才能説得頭頭是道。你若没有突變這個觀點,你的文章也不見得便好。

再,由正的變到反的,即俗語所謂"物極必反"也很重要的,這可以使我們的文章寫得更有力量。在舊文學家不是有"欲揚先抑,欲擒先放"的手段麼?這就是正反的道理。不過,一來古文家不知其所以然,二來,因爲不知其所以然,便拿來濫用了,以致有許多"抑揚"使人讀了,完全只有"堆砌"之感,並没有什麼力量。若果你明白這條道理,那麼你描寫一件事情先描寫其相反的來源,再到其本身,再描寫其相反的去路,不是天然成爲一抑一揚的了麼?何必像古文家那樣挖肚子亂砌呢?

第三:矛盾的統一

矛盾的觀點也是重要的,原來,世界上萬事萬物都是矛盾的,帝國主義和殖民地,資本家和勞動者,漢奸和愛國男兒等等,不是都互相對立的嗎?你若没有這個觀點,你便只有嚇得手足無措,無法去描寫了。

例如,你去寫一篇"二次大戰與中國",因爲二次大戰是帝國主義間的利益相衝突,不得不用武力來解決,這樣,二次大戰當然是不可免的了。但是二次大戰不獨使失敗者亡國滅種,就是勝利者也會因了内部起紛亂,朝不保夕,如此,帝國主義又不敢發動二次大戰了。這樣,你若不認爲這是事物的本質使然,你將怎樣去下結論呢?又二次大戰對於中國是有利的,因爲這是中國求解放的唯一機會;但又是不利的,因爲這時中國必成戰地,慘受蹂躪。然則你若不明矛盾的原理,你將説中國贊成二次大戰呢,還是不贊成?結論是文章中的主要材料,你無法得出結論,還會做成一篇文章麼?

要曉得,事物根本是矛盾的,却能統一於該事物之中。二次大戰本身會有利於帝國主義,同時也會有害,又有害於中國,同時也會有利……這許許多多的矛盾,正是事物本質的現象。

但矛盾既統一於事物中,我們還要明白是怎樣的統一,以那個做本質、做基礎來統一,不然,把這兩個矛盾對立起來,不犯了"多遠”的毛病了麽？因此我們説，二次大戰雖然有害於帝國主義，但目前，却是解决帝國主義間矛盾的唯一出路，所以二次大戰必然爆發，不過遲早問題罷了。同樣，二次大戰雖然有害於中國，但這是求解放時不得不有的犧牲，所以二次大戰歸根説來，是有利於中國的，中國應該歡迎二次大戰(不求解放的人當然除外)。

明白了一事物必有矛盾，而矛盾必然統一，且以一個做基礎來統一，這樣，我們方才能够解决問題。古文家的一正一反，正是我們所説的矛盾。不過古文家只知道是修詞方法，不明其究竟罷了。

第四:全面的探究

還有一個觀點是所謂全面性的探究，换句話説，我們寫文章必得把這事物的輪廓和大綱給人家看，不能枝枝節節地單寫一部分，否則你便犯了只見樹子不見森林的毛病。

例如，你描寫一個花園，這裏什麽花，那裏又什麽花，這個“十分美麗”，那裏“清雅可愛”……寫來寫去，説了一大堆，到底這花園有多闊呢？這裏與那裏的距離，關係怎麽樣呢？……完全使讀者不明白，那末，你就從《康熙字典》上搬過來所有一切形容花園的字句，又有什麽用處呢？

爲更明白起見，用繪畫做個比喻，你畫一個人面，只注意他那裏有一粒痣，眉毛怎樣長……而不畫顔面的輪廓，結果，你這幅畫將不像這個人的形貌，而是一個莫明其妙的人的形貌了。

我們還要明白，全體雖由個體組成，但比之個體却有一個新的特質，你就把個體的物質通通列舉起來，也不足以代表全體的。一架偉大的機器，拆開來不過是幾十斤鐵塊，不值幾多錢，你若叙述機器時，單單叙述這幾十斤鐵塊，成不成？又如號稱“萬物之靈”的人類，若叫化學家來分析，不過幾兩脂肪，幾斤水……通共計算，不值十元錢，這不要説没有一個這麽便宜的人，就是你據此斷定“人者不過幾兩脂肪……而已”，那我可不能信！這樣，全面的觀點，不大值得我們去運用麽？

還有一點,若果沒有把握全面,那末前文所說的一貫思想勢必落空。這時作者必枝枝節節,看不清楚全文的中心,反賓爲主地將枝節問題大寫特寫,而中心的、全體的問題反拋到腦後去了。我們看古來的注疏,尤其是注十三經的文字,一字之微,詳徵博引地說了十餘萬言,好像他們不是注經而是研究這個字似的,這樣,讀者就是肯耐心看這十多萬字,結果對那句經書仍是不懂! 又如時人的文字中,常常因一句說話而岔入旁文,岔完後再"言歸正文吧",不久又來一套"言歸正文吧"……甚至一篇文章有十多個"言歸正文"的,我不知道他所謂"正文",即中心思想,究竟有若干? 這不獨使讀者生厭,因爲上氣不接下氣之故(在"言歸正文"一句前後,決無連絡可言),並且整篇文章的結構,以及古文裏的所謂文氣,完全破壞無遺了。這些作家完全沒有明白,作文不比閑談,閑談可以扯東扯西,由狗說到女人甚至說到國家大事、世界大戰,作文則須有根本思想,不能胡扯的。若果你這個旁文並無妙處,不說好了,若果你這旁文妙到了不得,不說出來會如骨鯁在喉,甚至憂壞了你的腦子,然則何不另文發表,何必定附驥尾以自彰呢?

第五:特殊的把握

然而,特殊我們又需要把握的。這與上面把握全面觀點並無矛盾,把握全面觀點是叫我們不要把事物支解了,而要求出其組合後的新性質,把握特殊的觀點,只叫我們勿要過河拆橋,勿要數典忘祖,把事物各部分固有的舊性質忘却了。這表面上看來是相反的,其實正是相成的。

例如在討論"帝國主義"時候,全面觀點叫我們勿必斤斤計較於英國、法國等等的特殊行爲,而要注重於他們的共通行爲,不然,你對於帝國主義的理解不是只能說"帝國主義者就是因鴉片而與中國打仗……"這麽可笑的定義麽? 這是全面觀點所以需把握的所在。

但單是全面觀點是不够的,同是帝國主義,爲什麽東鄰對我們全是侵略,而美國英國則相當地扶助我們呢?若果你只記得“帝國主義”一語,這便成爲不可解之謎了。這時你不得不追求他們各個間的差异點,把握其特殊關係、其特殊行爲。换句話説,全面觀點是理解其同,特殊觀點是理解其异,這兩個觀點如鳥之雙翼,車之雙輪,不可缺一的。

但在描寫的文章中時,很多人便忽視了,一寫到人臉,“鵝蛋臉、瓜子臉”便衝口而出,一寫到眉,“蛾眉、柳眉”又不免這一大套。這些在初用的那一個,確實算把握著特殊,寫出了他的特點,但一用成了套語,這些便全無用處,給不出讀者任何印象了。記得某人説過:“第一個用花比女人者,是頭等的天才,第二個用花比女人者,是頭等的蠢才。”這確是給那些濫用成語的人一個當頭喝棒。

舊文學家所謂“描寫個性”,其實便是把握特殊之一種,不過他們僅限於人,而不像這個觀點那麽普遍罷了。

第六:美妙的標準

或者有人説,依據這樣的觀點來做文章,無論如何不能感動人,結果只是哲理文不是美術文了。

其實,現在已經不是專講字面的世界了,單有華麗的字句决不足以感動人,現在並不講究字的修飾,却要注意思想的統一了。試問讀者,用綉花的綢緞來東一塊西一塊補綴成的衣服美麗呢,還是用夏布做的但並没有補綴的衣服美麗呢?從前便是注重前者的,所以有“一字千金”的現象,現在不然了,千金的一字並不足以遮掩全文的陋劣了。

譬如,有一個人寫先秦變遷原因,把“貴族戰争、土地集中、商業發達、貴族衰落、人口繁盛、政治黑暗、貧富不均”等原因一一堆列起來,縱使你請教修詞大家給你修煉成“千金不能增損一字”,在讀者看來,不是仍然毫無頭緒的嗎?反之,另一個人用了一貫的觀點,認定商業興起爲其唯一原因,由商業發達引起土地可買賣而集中,故貧富不均、貴族衰落,又由於商業發達而人口繁盛,且貴族因争地之故而戰争,結果政治黑暗等等,這樣,不是給你描寫出一個極鮮明的印象麽?所以,現在所謂美,决不像從前那麽孤獨地看了,一二字句之美,决不能叫做美,必須全篇一貫,有系統,使人看了上半段,便知下半段一定還有許多文章,這樣不得不追看下去,這時方才能够叫做美。因此,今後的修詞要注重於整篇的構造,要使那篇文章成爲一貫的連絡的有機體。

第七:結論

以上所述的方法和一切舊時的寫作技術完全不同。舊時的修辭和作文偏重形式,這裏所説的却偏重内容。當你練習寫作的時候,假如你已經認定一種材料,便可運用“一元”“變動”“對立”等等觀點,把它結成一個嚴密的體系,把它的歷史、性質以及和其它事物的關係一一弄清楚,從頭至尾地用文字寫出來便行了。例如你認定這次貨幣改革做題目,你運用上面的觀點,便可以把這次事件一一弄清楚,其一貫思想當然是:已往貨幣制度之不良及此次貨幣改革之必要。再用變動觀點,追溯到從前之貨幣制度,以爲所以必需改革之張本,這個叙述當然不能追溯到周秦古錢去,只從用洋銀時開始便够了。同時在叙述中,又必須提及從前幾次輕微的改革,以見此次改革决非一旦造成的。再其次用矛盾的觀點,指出我國貨幣之不便處,即其自身及外界的矛盾處,以見其必須消滅,亦即必須改革。以後提及各國改革貨幣之實例,再次言我國改革貨幣之特殊處,然後再用變動觀點推測其將來的結果。其目録大概爲:

一、以前貨幣的歷史。
二、現在貨幣制度的缺點。
三、各國貨幣制度的改革。
四、我國貨幣制度的改革。
五、改革後之一般效果。

假如你不如此分析,試問這一個大題目裏,真像二十四史一樣,你何從説起?你這樣的有條有理的叙述,不是比那些聲調"叮叮噹噹"的但内容係亂七八糟的文章高明得多了麽?

文學漫話一打

蓬　生撰

《文學漫話一打》載於一六三六年《亞光》雜誌第二卷第三期。作者署名蓬生，生平事迹不詳。本文論述文學，嚴格遵守傳統話體文學批評的敘述程式，分則論述，各則短小精煉，且主題切換頻繁。全文共分十二則，分別論述了文學與個人、社會的關係，中國文學中的"殉情主義"傳統，文藝思潮的産生，"文學表面上的傾向"的發展史，古典主義的文藝，古典主義文藝的風格，浪漫主義的文藝思潮，浪漫主義詩學觀，浪漫主義之特質與情調的構成，自然主義文學的界定，自然主義文學的缺憾，文學上的主題等問題。

一

文學是社會的産物，也是個人的産物；同時，是社會意識形態的反映，也是個人意識形態的反映，所以没有個人與個人的——讀者和作者——關係，文學是不會産生的；没有社會的關係，文學也是不會存在的。

二

中國文學裏面，以殉情主義爲最多；像古代詞臣的《黍離》《麥秀》之歌，三閭大夫的香草美人之作，無非是追懷往事，哀感今朝。

三

每一種文藝思潮的存在,都是在它自己的内部形成一種相反的東西,而終於否定了它自己而存在的;而它自身的生長呢,也是從一時代的文藝思潮的内部中形成的。

四

文學在表面上的傾向,依歷史的進展看來,大約可以分作:一古典主義;二浪漫主義;三自然主義;四理想主義。

五

古典主義的文藝,是十七八世紀時代的社會的産物,它是絶對主義時代的一種社會意識形態的反映。

六

有人以爲古典主義重形勢和理智,没有革命的精神,只有復古的精神,是保守的。這話未免有點欠妥,因爲古典主義是風格與作者個性的調和,是理智與感情的調和,是形勢與内容的調和。

七

浪漫主義的文藝思潮,是反對古典主義的文藝思潮而出現的;同時,它也是在古典主義的思潮的内部中形成的。它是資本主義社會資産階級的意識形態的反映。

八

浪漫派的詩人説：人是要常保存著自然界的 Wonder，否則人生是没有多大趣味的；因爲這個 Wonder 是最有趣味的，是最能使人快樂的。

九

在藝術上構成浪漫的特質，就是在“美”之上，加上“珍奇”；構成浪漫主義的情調，就是在“美的欲求”之上，加以“不可思議”。

十

自然主義是用科學的客觀的態度，來描寫現實的社會，用中間階級的立場，提示出一些社會的真相，希望能够協調著社會階級的懸殊與現實社會的缺憾而已。

十一

人的本質是社會關係的總和：而自然主義描寫一個人是於社會没有多大關係的，他是以生物學的人爲認識的主體，這是很大的缺點。

十二

文學上所謂主題，即凡一個作家他都有客觀的現實，他把這個客觀的現實加以整理，加以描寫，這個作者的觀點，就是主題。

文學漫談

王漆林 撰

《文學漫談》載於一九三六年《文學生活》雜誌第六期。《文學生活》,一九三一年三月一日由文學生活社編輯出版,上海聯合書店發行,撰稿人大多是左聯盟員。作者王漆林,生平事迹不詳。本文漫談文學,主要表達了以下觀點:第一,作者對中國新文學的未來發展持樂觀態度;第二,作者認爲時下"民族文學"的提法有失妥當,因爲在作者看來,"文學是有力量的,民族裏又包括各種不同階層的人,其間利害的衝突也就使文學相衝突";第三,作者認爲,在文學中"諷刺"與"真實"並不是嚴格對立的,"逃避現實的作家不會產生諷刺作品。博人歡笑的作者是低級趣味的迎合商,不是諷刺作家","如果寫出來的是真實,不論用什末形式,總是嚴肅的有力的"。

題目立定,便覺得太不"嚴肅"了。我之所謂"漫",不特散漫,還有些隨隨便便的意味,因爲不敢自稱是"站在維護真理的立場上",但也决不是"拿文學來消遣",不過是有些話,用筆寫出來罷了。

中國的新文學,五四以後,確是一天一天在進展;雖然常常受到壓迫和挫折,仍無没有停頓,而且在生長。土中的芽,有時爲了周圍的壓制,不得不彎彎曲曲,但它的方向總是一定的。我並不覺得"中國新文學是有點悲觀"的。

文學是建築在多數人身上的,表現出文學的地方是被稱爲文壇。據説“一般的作者,拿起筆來不知寫甚麼好”,而且“根據出版界的報告,現今一般的大文學家都漸漸有被群衆遺棄的可能”,雖然也不過是糊亂的猜想和故意的造謠,“近來的文壇上”總被認爲“寂寞得同深秋的黑夜一樣”了。其實,只要没有耳目或有而不用,豈特文壇,無論什麽壇上也會被認爲“寂寞”的。然而曾君却不是這樣,因爲他已經“頭痛眼眩”於文壇上的“形形色色”了;可是依然寂寞,於是捧起“民族文學”的旗幟,撇開大小文學家,蔑視“麵包問題”,加入“你排我擁”、“吶喊狂奔”群裏來排擁喊奔地“建設今日中國的文學”了。

“民族文學應絶對的以民族利益爲前提”,因個人職業知識興趣的不同而“應多量産生不同的文學”以“統一著文學的意識”,來“促起群衆注意和解答民族上嚴重問題”。這樣的民族文學,首先就要碰到一個不小的釘子,因爲文學是有力量的,民族裏又包含各種不同層的人,其間利害的衝突也就使文學相衝突。下等人——幸而不是文盲的話——看見“良辰美景,少年的春光是難以再得啊”、“啊!美麗的仙子”之類的文學,自然有些討厭;老爺們看見《八月的鄉村》之類的作品,也很不高興,因此,大的衝突來了。希特拉統治下的日耳曼民族,可以説是“在堅實民族團結的立場上”了罷,然而大批文學家被放逐,大批文學著作被焚毁或禁止,這事實就足以證明一民族裏文學的不相容,謀整個民族利益的民族文學實在難,而且不能有哩!

民族文學並不新鮮,很久以前文壇上已是轟轟烈烈的鬧過了。結果確是“被群衆遺棄”。不知曾君有没有留心,倘不知,就可憐;已知,更可惡。

可是他却做了一件事——嚴肅,雖然不偉大,聲勢還可以,正如新年紙炮,響了一通,於此,也就盡了民族文學的任務。

由嚴肅,我又要談到勞君的“偉大的嚴肅”來了。但談的大抵偏向於諷刺方面。

諷刺同嬉笑,其差别决不能抹煞,更不能加一“或”字而“一視同仁”。勞君以爲諷刺的東西也不過使“作家們能够逃避現實”,運用玄想而博人歡笑,除了"空虚"而外,没有什末作用的。其實諷刺作品决不是這般的。逃避現實的作家不會産生諷刺作品。博人歡笑的作者是低級趣味的迎合商,不是諷刺作家。

現在抄點書在下面:

> 一個作者,用了精煉的,或者簡直有些夸張的筆墨——但自然也必須是藝術的地——寫出或一群人或人面的真實來,這被寫的一群人,就稱這作品爲"諷刺"。
>
> 諷刺的生命是真實,不必是曾有的實事,但必須是會曾有的實情。
>
> 諷刺作家雖然大抵爲被諷刺者所憎恨,但他却常常是善意的,他的諷刺,在希望他們改善,並非要捺這一群人到水底裏。

果戈里和賽萬提斯是被稱爲很成功的諷刺作家的,可是他們並没有逃避現實,更没有希望博人歡笑。果戈里對於十九世紀前半舊俄的封建貴族社會做了鮮明的解剖工作,他的作品裏真實地描畫出封建貴族社會由於西歐資本主義的侵入而没落的過程的形形色色,給以那社會體無完膚的打擊而推動歷史的進展,在文學上他又建立了現實主義的基礎。賽萬提斯的吉訶德先生傳給十六七世紀西班牙人對於游俠騎士的羅曼司的狂熱以不容情的破壞。初看的確使人發笑！多看往往爲作者的嚴肅感動,不能只是笑了。於此,可見諷刺同嚴肅並不是對立的。

如果寫出來的是真實,不論用什末形式,總是嚴肅的、有力的。譬如中國社會裏的真實,要寫出來,用小説也可,用雜文未常不可,正面描寫也可,借用暗示未常不可。而"效顰"、"濫竽"、"獻芹"之類"典",常常是不切實的,還是忍痛"割愛"好些。

煞尾再來幾句:

> 孩子説:爸爸,我餓!

爸爸説:不要啊,丢民族的臉。
奴隸説:真倦,放我休息一下罷!
主人説:不要"自私自利","刻苦耐勞"吧。
太太説:給我的鑽戒呢?
老爺説:很好,民族的光榮喲!
大學理論家睡醒了,朝天大叫:建設民族文學呀!
但也無聊起來,還是拿《九歌》"來消遣"一下罷。

文學漫談

未 撰

《文學漫談》載於一九三六年《磐石雜誌》第四卷第六期。《磐石雜誌》,一九三二年六月由北平輔仁大學中華公教青年會創辦,月刊,一九三七年七月停刊。作者署名未,不詳何人。本文漫談文學,主要圍繞"文學的價值"問題展開。在作者看來,"文學的價值,就在改善人生",同時,因爲人生既包括"人的生活",也包含"人的道德",所以文學要同時肩負起改善人的生活和人的道德的雙重使命。但作者所謂的改善人的道德,並非傳統意義上對"文以載道"思維的守持,而是强調文學要激發積極的情緒,基於此,作者也對"感傷主義"的文學傳統進行了批判。

文學的功用是什麼?這問題的答案,當然爲了立場不同的關係,各人有各人的主觀見解。然無論如何——文學自有它的價值,對人生的價值。人都有向上生活的希圖,都有改善自己生活的願望,無論誰,没有希望自己生活向下的,一句俗話:"好死不如歹活著。"這便是衆人心理的表現,是人向上生活希望的表現,雖然有一派抱厭世主義的悲觀、傷感的文學家,如果求其所以,也没有不是從改善自己生活作出發點,以抒寫自己的胸懷,因爲他們是看不慣現世界的人類生活,那時便不免作憤激的話,但他們的願望却是要改善人類的生活。所以文學的價值,就在改善人生。如果一種文學,没有了這個價值,那便是無用的廢物。再如果某種文學,不但不能促進、改善人的生活，反使人日趨於下，導人於惡，這更是文學二字之侮，那也就不配稱作文學了。

談到人生，便須顧到道德一層，因爲整個人生，是不能脱離道德關係的。假使人而不問道德，則人生不但不能改善，恐日即於下趨哩。文學既要負擔起改善人類生活的責任，所以也就不得把道德抛到背後。我並不是要效老先生們扳起面孔來説什麽"文以載道"，但是文學却不能不顧道德，而只談什麽技術的描寫、激人向下的情感。

説來也奇怪，人類感情易爲消極的描繪所挑撥，而不易爲積極的寫述所掀動，所以歷來文學家多利人類的這一點心理，趨向傷感或諷刺這一面。但是這種辦法不能説没有它的功用，但不及它的流毒的深長。我且借用張夢麟先生的一句話："真正的傷感主義的文學，就如經過艱苦奮鬥，幾十年來如一日的熱情，而没有受過科學洗禮，没有經過自己的理解傷感主義，即是五分的熱度。這種熱度，只可算是斷片的痙攣的嗎非針，只可清醒一時，却是遺害百年。"

讀過了傷感主義的文學之後，在讀者的腦筋裏所遺留的是什麽？無非是些幻覺、悲慘印象，只使人傷感。只使人傷感的東西，絶不會使人改善生活、促人向上，因爲只是使人傷感的作品，未曾指給人前途的去路，那不是引人走到了荒僻絶徑了嗎？但我們一看現在的所有文學作品，其正能改善人類生活的成分有多少？除了無病呻吟的不必説，就是有病呻吟的，可是在呻吟之後，是否曾想到解除呻吟的辦法？呻吟本來就帶點病態，若只是呻吟，恐怕是病已入膏肓的象徵。要醫治這種病態，仍需要文學，但絶不是所謂純使人傷感的、悲觀的文學。

作文談話

趙景深 撰

趙景深的《作文談話》共由八篇短文組成，連載於一九三六年《五洲》雜誌“文學談話”欄目第一卷第七至十一期。其中，《作者與讀者》載於第一卷第七期；《成熟的詞》《同義與相對的雙字》載於第一卷第八期；《論取材》載於第一卷第九期；《文章的分類》《文章與性情》載於第一卷第十期；《忌熟套》載於第一卷第十一期。趙景深(一九〇二—一九八五)，曾名旭初，筆名鄒嘯，祖籍四川宜賓，生於浙江麗水，中國戲曲研究家、文學史家、教育家、作家。著有《曲論初探》《中國戲曲實考》《中國小説叢考》等十多部專著。本文主要談文學寫作問題。作者認爲，寫文章首先要考慮讀者的接受度，應當讓讀者“一看就知道”。在語詞的選用上要選用常見的詞，不用“自鑄的怪詞”。語言的簡煉要以符合文法爲前提。在取材方面，當以葉紹鈞所謂“説自己的話”爲準則，即要從自己已有的經驗和體驗出發。在《文章的分類》中，作者認爲前人的分類多側重形式，很少側重内容，更少有根據作文的態度和文章的因素來分類的。分類的標準應該是文章的主體内容，“一篇夾敘夾議的文章要辨别其爲敘事文抑爲議論文，只須看二者分量的分配就行了。敘事占大部分的是敘事文，議論占大部分的是議論文。《文章與性情》一節主要講高考文的注意事項。《語句須明晰》部分作者認爲作文時，“有時語句須加以解釋以及不能説得太簡”，以免引起讀者誤會。《忌熟套》一節主要講“文章剪裁的問題”，即寫作要避免老生常談。

一　作者與讀者

當你寫一篇文章以前,你須得先存一個觀念:傳達語言和思想不是十分容易的事情。

比方説,你聽人家説話,尤其是講理論或是講書,你能够一句不遺地完全聽進去麽?

别以爲你自己要寫的話,你自己全懂;别人可不知道你的葫蘆裹賣的是什麽藥。在别人未讀你的文章以前,他的心上是一張白紙,他與你是完全陌生的,不發生關係的;你的這篇文章使得你和你的讀者發生了關係。

因此,你寫文章的時候,須得替讀者想一想:他看得懂我這一篇文章麽?我這篇文章裹,不會缺少什麽或遺漏什麽嗎?最好,你寫完以後,自己假當作讀者,再讀一遍,看看有什麽説得不明白或容易引起人家疑問的地方。

寫記叙文最容易犯的毛病是省略主詞,尤其是記人。你自己對於你所寫的人自然是很清楚的,但讀者未必清楚。即使讀者能够知道你所寫的是誰,也請多費一點工夫去思索。與其讓讀者把寶貴的光陰在無謂的思索上,何不直接了當的讓他一看就知道呢?

二　成熟的詞

在一個會議席上,大家鬧烘烘的討論簡章。

“主席,同樂部名稱不妥,須得更改。”一個聲音説。

“我附議。”又一個聲音説。

“那末議案成立。同樂部名稱不妥,改作什麽好呢?”主席鄭重的説。

“我主張改作交誼部,因爲這一部不僅是自己同樂,還要與外面人交際。”另一個人説。

“我主張改作聯絡部。”

"不,聯絡部只有聯絡别人的意思。"

最後一個人説:"我們的宗旨本有聯絡友誼一條,現在有人提出交誼,我就取了後一個字;又有人提出聯絡,我就取了前一個字,我主張改作聯誼部,且與宗旨的聯絡友誼相合。"説這話的人是一位積有多年經驗的國文教員。

"是的,某處也有過聯誼社的名目。"一個人悄悄的説,他的意思是表示贊同。

結果,聯誼部的名稱便通過了。

爲什麽同樂部、交誼部以及聯絡部都不及聯誼部好呢?就因爲詞的成熟與否的關係。"同樂會"的名詞是常見的,"娱樂部"或"游藝部"也常見,但"同樂部"三個字聯在一起却從來不曾見過。聯絡部也嫌太嫩。比較上"交誼部"稍好,但也不及聯誼部。我國的文字迄今已數千年,其間習慣的語法久已養成,看起來什麽字聯在一起順眼,讀起來什麽字聯在一起順口,早已無形中有了定則,不能亂用。我們須用成熟的詞,不能用硬生生的自鑄的怪詞。

三　同義與相對的雙字

我常説,文字求通不難。我所見到的刊物的來稿,十分之七八是通順的,只有十分之二三不通。在這不通者中,不會用同義與相對的雙字,也是弊病之一。這本是文法方面的事,但文法不通也影響到作文,所以放在這裏講。

二字相連,除上下二字相同外,只有"同義"和"相對"的兩種;也就是説,兩個有關係的字方可相連,毫無關係的字是不能硬拉在一起的。無論名詞,動詞,形容詞都是一樣。

比方説:"生死"是相對的,"生存"和"死亡"便是同義的了;"勝敗"是相對的,"勝利"和"失敗"便是同義的了;"哀樂"是相對的,"悲哀"和"快樂"便是相對的了。

請讀下面梅曾亮《游小盤谷記》的一部分:

余嘗求小盤谷者，至其地，皆大竹蔽天。(曲折)(廣狹)如一，探之不可窮。聞犬聲，乃急赴之。熟五斗米頃，行抵寺，曰歸雲堂。(土地)(舒寬)，居民以桂爲業。寺旁有草徑甚微，南出之，乃臨大谷。四山皆大桂樹，隨山(陂陀)，其狀若大盂，空響内貯，(謦欬)不得他逸；(寂寥)無聲，而耳聽常満。澗水積焉，盡山麓而止。

凡是括弧内的字都是同義字或相對字。曲折、土地、舒寬、陂陀、謦咳、寂寥都是同義字，廣狹是相對字。同義字有六個，相對字只有一個；由此可見，同義字的用處常比相對字爲多。

最近讀到一篇文章，其中頗多不合相對和同義的原則者。例如“甜歡”，實應改爲“甜蜜和歡欣”，“憐援”實應改爲“哀憐而且加以援助”，“鬧奏”實應改爲“吵鬧的鳴奏”，“飛嘯”實應改爲“飛行而且吟嘯”，“迷投我身邊”實應改爲“迷亂的投到我身邊”，“凄寧”實應改爲“凄清和寧静”。

作文固然應該簡煉，但不可省的字千萬不要省去。從前有一個老笑話，説起一個人做詩，開始二句云：“我本蘇吴百，多兄納掛官。”這就是犯了過省的毛病，實際上他的意思是：“我本是蘇州吴縣百姓，多虧我兄爲我納掛名之官。”你瞧，倘若不加上一些字，他那原來的十個字，有誰能够看得懂呢？

四　論取材

我有一個嫡堂的弟弟，今年還只有十三歲，已經能寫一筆好字，文章也還通順。只是他平日愛看小説，因此他也學寫起小説來。一個未曾成年的孩子，入世的經驗未深，要想用他貧乏的想像來寫一般的社會相，究竟是不可能的。結果，他的小説寫成了新聞記事。他的姊姊慧深也時常向他説，你別寫你所不知道的東西。

這使我想起從前我在小學時所作的文章。教師出起題目來，總是什麽“漢高祖斬丁公論”之類，否則就是什麽“歐戰與中國”一類的大題目,當時我還是什麼都不懂的孩子,怎麽會曉得什麽政治或時事呢?可是教師出了題目,不能不做,只好亂説了,其成績也是可想而知的。現在的國文教師,究竟比從前進步得多了,所出的題目大都是在學生的經驗和知力以内的,决不出他們能力所不及的文章。

無論是教師出題目或是自己找題目,總須記住葉紹鈞在《作文論》中所説的話,我們要説"誠實的自己的話"。最近葉紹鈞新編的《作文概説》,又有一張《寫出自己的話》。可見不打謊語是作文最要的條件。

"自己的話"有兩重意思:

第一,因爲你所説的都是自己的話,自然便寫得親切,讀者讀起來也有興味。你没有無病呻吟,你也没有浮光掠影的話,句句都是從你的心坎裏發出來的,句句都是你從經驗裏得來的。無論你寫得怎樣的幼稚,你也無須羞慚,你反而能够抬起頭來,與讀者打一個照面。因爲你是坦白的,你没有説謊。

第二,因爲你所説的都是自己的話,自然便不摹仿。小孩子學大人説話,作古正經的做出早熟的樣子來,最是滑稽。這好比一個孩子穿了爸爸的長袍,拖著在地上走;袖子的前半截是空蕩蕩的,像是一個斷臂的軍人;帽子罩了下來,幾乎連眼睛蒙住了。這種不適合的情形是多麽的可笑呵。没有政治經濟的普通基本常識,最好不要亂談政治經濟,等你略有一點基礎以後再説;没有戀愛、失業、種田、做工、入獄、革命、頹廢等等經驗的,最好也不要寫這些事情。别看人家寫什麽,你也學著寫什麽。你要知道,你只是一個孩子。

與其寫《漢高祖斬丁公論》不如翻譯睢景臣的《漢高祖還鄉》;與其寫《歐戰與中國》,不如寫《雪球戰》記一點我們冬天的户外生活,或是寫《露營記事》或《劫營記》之類,倘若我們已經參加了童子軍的這種實習的話。

五　文章的分類

因爲校注《初中生活葉文選》,讀到一篇梁啓超談作文的文章,大約是從《中學以上作文教學法》上選下來的。他説記敘文是客觀的,論説文是主觀的,這話實有語病。最科學的説法,凡是文章,差不多没有不是主觀的。如果只説一個大概,不去尋根問柢,那末可以説,記敘文可分爲記事文和敘事文,記事文是客觀的,敘事文是主觀的;論説文可分爲議論文和説明文,議論文是主觀的,説明文是客觀的。换一句話説,記敘文有客觀的,也有主觀的;論説文有主觀的,也有客觀的。爲什麽呢?記事有如照相或静物寫生,但敘事便像活動電影一樣,大可抒情了;議論必需判斷,辨它一個是非曲直,但説明是須説明一種現象或真理,事實或科學,用不到什麽批評的,因爲一有批評,説明文也就變成議論文了。

自夏丏尊《文章作法》出後,論作文法者大多把文章分爲記、敘、論、説四類,與姚鼐、曾國藩等把文章分爲十餘類者固然不同,與蕭統把文章細碎的分成好幾十類,尤不可同日而語。前人分類非側重形式,即側重内容,很少有把作文的態度和文章的因素來分類的。但四分法有時也容易引起習者的迷惑,此地不可不辨解一下。

我們讀慣了古文腦中立時浮起一個印象,每每一篇古文,前面是一大段故事的敘述,後面略附幾句議論。那末,這究竟是敘述文,還是議論文呢?若説是敘事文吧,後面又有一小段議論;若説是議論文吧,前面又有一大段敘事。我説,這是敘事文;因爲作者把事情敘得這樣詳細,可見目的是想以故事爲主的,不過故事裏面藏有某種真理,略加幾句説明罷了。反之,全篇是議論,其中偶有類似故事的舉例證明,那末這一篇就是議論文。子書中如《莊子》《列子》寓言八九,都是可以當作議論文看的。因爲它們的目的是説理,故事不過是用來作爲證明而已。《宋元明文評注讀本》中把《越巫》和《英五百》等篇歸入論説,則又不妥,因爲這兩篇大部分都是在那兒説故事。因此,一篇夾叙夾議的文章要辨别其爲叙事文抑爲議論文,只須看二者分量的分配就行了。叙事占大部分的是叙事文,議論占大部分的是議論文。

其次,純粹的記事文和純粹的説明文都是很少見的。叙事文中常兼有記事,議論文中常兼有説明;並且記事大多數在叙事之前,説明大多數在議論之前。因爲要叙一件事,必須把地點、時間等等弄清楚;要議論一件事,必須把這件事説明一下:這是必然之理。如遇這種情形,記事或説明的部分大多很少,那末這只能當作序幕或前奏曲,不能算是主要的部分,壓臺戲或好曲子仍在後頭。所以,捎帶一部分記事的仍舊是叙事文,捎帶一部分説明的仍舊是議論文。

六　文章與性情

昨天我到某大學與同事們一同批閲投考大學一年級的中學生的考卷,略有一點感想:

一、字要寫得清楚。寫字與作文看似没有多大關係,實在也還要緊。倘若你字寫得好,看卷子的人可以省去許多辨别字形的勞力,看起來增加速度,看卷子的人也高興。我們固然不必像前清考秀才那樣,寫的字和刻的差不多,但清楚是最低的條件。筆劃不要太潦草,不要用鉛筆寫,不要用鋼筆寫在毛邊紙上。道路平穩,車子在上面走,可以去掉許多摩擦力;字迹清楚,自然不會提高文字的價值,但至少文字的好處不至於被閲卷者一眼滑過。我説這番話,好像有一點功利主義的打算。其實,有時字迹潦草還會被閲卷者誤會,以爲這寫字便是你性情表現的一端;寫字得不清楚,大約不是敷衍塞責,便是粗疏忽略了。自然,我們並不把字寫得潦草的人分數打得少一點。就是在投考者自己一方面來説,嚴肅的態度總應該相當保持的。

二、作成後看一遍。中學生作文常愛寫别字,這也容易被人誤會爲性情粗疏的。實際上,有好些人並不是不知道正字與别字的分别,不過寫過就算完結,不再看一遍,馬上交卷。你應該第一遍把你自己當作學生,第二遍再把你自己當作先生,看看有没有什麽别字,或應該斟酌的地方。在看第二遍時,你一定可以發現不少的錯處。

三、須要扣准題目。作文須要扣准題目,不要作到題外去,不要説些不著邊際的空話。廢話愈少説愈好。除了做抒情文是例外,作文章,尤其是議論文,與其遠兜遠轉地繞半天才繞到本題,還不如單刀直入,開門見山。

七　語句須明晰

八月二十日冰心女士到了上海,我到新亞大酒店去看她,巴金和靳以也在那裏。

巴金告訴冰心道:"新近出了一本英文的《近代中國文學》,其中印了你的'相片'。"

我插嘴道:"怎麽只登相片,不登作品呢?"

"不,那篇小説的名字就叫做《相片》呀。"巴金向我這樣的解釋。

冰心又向我説:"燕大有一個女生沈堯把 Jihhsin 譯出來了。"

我誤以爲她説的是英國小品文家吉辛(Gissing),便説:"是譯吉辛的《草堂隨筆》?"

冰心聽得莫名其妙起來,愣了一下方説:"我説的是蘇雪林的長篇小説《棘心》。"

我把小説名《相片》誤會爲真的相片,小説名《棘心》誤會爲作家名吉辛;這固然由於我的笨拙而不敏捷,同時也由於對方的話簡單,非加上幾個字不能明瞭。由此我感到作文也是這樣。我自己雖然已經非常明白自己的話是什麽意思,但讀者未必像我自己同樣的明白;所以有時如果感到有什麽容易引起誤會的地方最好加幾個字或一兩句説明。

昨天重讀夏丏尊等的《文章作法》,在第十六面上看見第三個例云：

“從上海坐滬杭車到杭州城站，步行三四里就到。”這話至少須多讀兩次，方能明白。因爲步行從什麽地方起，不曾説明；步行到什麽地方去，也不曾説明。我乍看以爲是從上海到杭州城站只要步行三四里就到；把“到”的地方仍當作杭州城站。這固然由於我忽略了“坐滬杭車”四字，但也由於原句太簡，似應加上“下車後”和“了西湖”這幾個字。全句應該這樣寫：

“從上海坐滬杭車到杭州城站，下車後步行三四里就到了西湖。”

增加了六個字，從何處來，到何處去，便都明白了。

從上面這兩例，我們該知道有時語句須加以解釋以及不能説得太簡之故了吧？

八　忌熟套

記得從前我幼小的時候作文章，一開頭便是“人生於世”，還有什麽“犬守門，雉司晨，蜂釀蜜，蠶吐絲，可以人而不如動物乎”這一類的熟套，至今想來，猶覺好笑。

同時使我想起來的是柴霍甫的短篇小説《文學教師》中的易布離，他愛説盡人皆知的話，例如“人不吃東西就要餓死”“窩爾加可是流到里海去的”“馬是吃麥子和稻子的”之類。

大約是周作人先生吧，他説了這樣兩句話：第一個將花比作美人的人是聰明人，第二將花比作美人的人便是大傻瓜了。

説笑話一樣，别人不曾聽見你或别處説過，覺得好笑。再聽第二遍，他就不覺得好笑，至少他覺得好笑的程度已經減去了不少。

從上面的四個例證，我們須知道：作文不要必盡人皆知的話，也不要摹仿，你必須自己有真知灼見。你須想一想，别人看了我的文章,會發生什麽感想?他會覺得我的話説得太平常麽?他會覺得我的話可以不説也不要緊麽?

因此我們就觸到文章剪裁的問題。我們寫日記不必記些什麽“晨起用早餐”以及大小便、幾時睡眠等等極通常的部分。寫敘事文也不必拖泥帶水的叙些與事件進行毫無關係的話。例如,某甲去訪問乙,途中坐什麽車,經過些什麽路,並且途中不曾發生什麽變故,也就不必把途中的事詳叙了。

文藝的欣賞與批評

徐遠芳 撰

《文藝的欣賞與批評》載於一九三六年《中學生文藝季刊》第二卷第一期"文藝短談"欄目。作者徐遠芳,不詳。本文主要講文藝欣賞與文藝批評問題。作者認爲,多讀多看以啓發人們的思想、豐富人們的生活只是對於文藝的最膚淺的認識,欣賞和批評是更深層地認識文藝作品的方式。欣賞是情感的反映,但一般的欣賞帶有主觀性,容易抹煞作品的價值,並不是科學的方法,因此需要"正當"的欣賞態度,即"在欣賞一篇優美的作品的時候,必須將整個的心境和全副的精神集中於作品上,其時,内心不受任何思想的牽制,精神絲毫不使分散,只是盡情地玩味,仔細地思考"。相比而言,批評更爲重要,而要批評一篇作品,同樣需要先確定批評的立場:"第一要完全是客觀的,絲毫没有主觀的成分;其次要有冷静的頭腦。"

文字是表達情意的工具,表達的材料當然須以"我"爲出發點,凡我所體味到的,無論其爲社會的現象、人事的幻變或自己的情緒,廣義的説,於是人世間一切底一切,都可以運用美妙的筆法,寫成動人的文字,使人讀後發生一種强烈的感應。

但是怎樣才能寫出動人的文字呢?這便不能不借助于豐富的人生經驗了。如果有了豐富的人生經驗,對於社會現象得能切實地認識,人事幻變得能深刻地明瞭,再加上主觀的見解與客觀的理論,這樣寫出來的作品,才是内容充實的作品。反之,人生的經驗虛空和渺茫的，寫出來的作品，大都言中無物，不是枯燥，便是乏味，形成一種只有形式而無內容的文章了。

內容充實的文藝作品是值得我們體認的，因爲多讀多看，可以啓發我們的思想，充實我們的生活，但這不過是對於文藝最膚淺的認識罷了，不能真正領會它精微奧妙的含義，所以我們要更深一層地認識文藝作品，很顯明的，欣賞與批評是不可輕易忽視的。

欣賞是情感的反應作用，各個人各有不同的個性，當然有不同的情感了，因此對於文學作品的欣賞，也產生不同的興味，這是整個地偏重主觀的欣賞，至於好的作品自有其不可磨滅的真理，設若我們僅憑主觀的欣賞抹煞了作品的普遍性，這不是科學的方法。事實告訴我們，正當的欣賞態度的養成是緊要的，但是，我們要知道，欣賞的態度不是憑空會產生的，必須我們對於文藝作品有了相當的認識，才能發生興趣，有了興趣，欣賞便自然地產生。但欣賞態度怎樣才算是正當的呢？我以爲欣賞最重要的條件是冷静，在欣賞一篇優美的作品的時候，必須將整個的心境和全副的精神集中於作品上，其時，内心不受任何思想的牽制，精神絲毫不使分散，只是盡情地玩味，仔細地思考，那麼，文章的好壞甚至其奧妙的含義，都會一一地印在我們的腦際，並且作者的性情和作品中的人物、事體，都會一幕幕地演在我們的面前哩！這樣的欣賞文藝，真好似身歷其境一般，不但興味無窮，而且可以免除對於作品只是皮毛認識的弊病。由此看來，欣賞對於文學的重要，是不言而喻了。

至於批評的重要，更有甚於欣賞，批評可以説明我們理解文藝作品，可以發展我們對於文學的趣味，而且對於創作有一種極大的利益。安諾德説："真的創作的活動時代，是由批評的活動時代爲先導的。"這是不錯的話。

至於我們要建立健全的文藝批評應當取怎樣的態度呢？我以爲要批評一篇作品，先要確定批評的立場。第一要完全是客觀的，絲毫没有主觀的成分；其次要有冷静的頭腦。因爲批評時憑了情感，便看不出作品的優劣；一篇劣的作品，因爲個人的愛好，就容易誤認爲傑作，其實這篇作品是毫無價值的。再有關於批評應該注意行文的妥善,要摒除火氣,不油滑,不驕傲,大膽説自己所要説的話。有些人滿紙火氣,文辭粗魯,這不足以服人心;有些人字面油滑,説話不著邊際,失了批評的威權;更有些人以批評爲無上的權威,字裏行間驕氣凌人,這也不是批評者應取的態度;至於怕得罪人,不肯説自己要説的話,更褻瀆了批評。所以批評者在行文的時候,態度宜和婉,文字宜嚴肅。"一字之褒,榮于華衮;一字之貶,嚴於斧鉞",這是批評者行文妥善的效果。

總之,"欣賞"與"批評"是研究文學的重要態度,而且是與創作相互爲用的。

文學的未來

知　堂撰

《文學的未來》載於一九三六年《自由評論》第十七期。《自由評論》,一九三五年十一月二十二日於北平由梁實秋、張東蓀、羅隆基、冰心等創刊,第三十七期後由梁實秋、李長之負責編務,至一九三六年十月二十三日,共出四十七期。本文作者署名知堂,即周作人。本文主要談文學的未來發展問題。作者首先引用了日本詩人萩原朔太郎的話,對文學"歸於安静的圖書館之一角"的宿命的歷史際遇進行了分析,但對於文學的未來發展,作者依然抱積極的態度。在作者看來,圖畫、電報的興起雖然加速文學的邊緣處境,却爲文學創造了更多的自由,使其不再淪爲工具,不再被干涉。

日本現代詩人萩原朔太郎著散文集《絶望之逃走》中有一篇小文,題曰《文學的未來》,今譯述其大意云:

讀這一件事是頗要用力的工作。人們憑藉了印刷出來的符號,必須將這意思訴於腦之理解,用自已的力去構成思想。若是看與聽則與此相反,都容易得多。爲什麽呢?因爲刺激通過感覺而來,不必要自己努力,却由他方把意思自兜上來也。

但是在現今這樣的時代,人們都是過勞,腦力耗費盡了的時代,讀的事情更覺得麻煩了。在現今這樣的時代,美術音樂特被歡迎,文學也就自然爲一般所敬遠,特別又有那電影,奪去了文學的廣大領域,在現今時代,只有報紙還有讀者。但是就是那報紙,也漸覺得讀的麻煩,漸將化爲以視覺爲本位的畫報。現在最講經濟的商人們大抵不大讀報紙,只去聽無綫電,以圖時間與腦力之節省。最近有美國人預想電報照相法的完成,很大膽地這樣公言。他説在近的將來報紙將要消滅,即在今日也已經漸成爲落伍的東西了。假如報紙還要如此,那麽像文學這樣物事自然更只是古色蒼然的一種舊世紀的存在罷了。

文學的未來將怎樣呢? 恐怕這滅亡的事斷乎不會有吧。但是,今日以後大衆的普遍性與通俗性將要失掉了吧。而且與學問及科學之文獻相同,都將引退到安靜的圖書館的一室裏,只等待特殊的少數的讀者吧。在文學本身上,這樣或者反而將使質的方面能有進步亦未可知。

荻原的話説的很有意思,文字雖簡短而含有豐富的意義。讀的文學之力量薄弱,他敵不過聽的唱歌説書,看的圖繪雕刻,以及聽看合一的戲劇,原是當然的,不過近來又添了無綫電、畫報以及有聲電影,勢頭來的更凶猛了,於是就加速度地完成了他的没落。這些説來似乎活現一點,其實也浪漫了一點,老實説文學本來就没有浮起來過,他不曾爬得高,所以也不怎麽會跌得重。他的地位恐怕向來就只在安靜的圖書館的一角,至少也是末了總到這一角裏去,即使當初是站在十字街頭的。我想文藝的變動終是在個人化著,這個人裏自然仍含著多量的民族分子,但其作品總只是國民的而不能是集團的了。有時候也可以有一種誠意的反動,想復歸於集團的藝術,特别是在政治上想找文學去做幫手的時候,也更可以有一種非誠意的運動,想用藝術造成集團,結果都是不如意。這原是不足怪的。集團的藝術如不是看也總是聽,不然即難接受。兒童喜看"小人書",文理不大通的人喜念新聞,便是家書也要朗誦,這都是讀也不能離開看與聽的證據,若單是讀——即使如朱晦庵所説一目十行地讀，那是不很容易的玩藝兒。荷馬的史詩，三家的悲劇，莎士比亞的戲曲，原來都是在市場(Agora)唱演過的，看客一散，寫成白紙黑字，又傳了千年百年，大家斂手推服，認爲古今名作，可是讀起來很是艱難了，很艱難地讀懂了之後自然也會瞭解他的好處，可是原來所謂大衆的普遍性與通俗性却是早已失掉了。一個文人如願意爲集團服務，可以一直跑到市場去，蠲除一己的性癖，接受傳統的手法與大衆的情緒，大抵會得成功，但這種藝術差不多有人亡政息之悲，他的名望只保得一生，即使他的底稿留存，無論是《三國》《水滸》那麽好，一經變成文學，即與集團長辭，坐到安静的圖書館的一角裏去，只有並不特殊也總是少數的讀者去一目十行地讀讀而已。我相信讀這一件事實在是非常貴族的，也是很違反自然的，古人雖説啄木鳥會畫符，却總不曾聽説大猩猩會通信，所以倉頡造天地玄黄等字而鬼夜哭，實在不是無故的吧。寫而不是畫，要讀了想而不是念了聽的，這樣的東西委實很是彆扭，我想是無法可以改良的。他的命運大約是如萩原所説，最好讓他去没落，去成爲古色蒼然的舊世紀的存在，在别一方面如要積極地爲集團服務或是有效地支配大衆，那麽還是去利用别的手段，一句話就是凡可以聽、可以看或可以聽且看的，如音樂、美術、畫報、戲曲、有聲電影，當更可勝任愉快。世界上如肯接收這個條陳，採用看與聽的東西去做宣傳，却將讀的東西放下了，這還可以有一種好處，即世間可得到一點文學的自由，雖然這還説不到言論的自由。文學既不被人利用去做工具，也不再被干涉，有了這種自由，他的生命就該穩固一點了，所以我的意思倒有幾分與萩原相同，對於文學的未來還是抱點樂觀的。

三月十四日

漫談文學

錢輔乾 撰

《漫談文學》載於一九三七年《復興月刊》第五卷第四至第五期。錢輔乾,不詳。《復興月刊》,一九三二年在上海創刊,由新中國建設學會編輯發行,以探索中華民族的復興爲宗旨。一九三七年七月對第五卷第十一期後停刊。本文談文學,多一般之筆。作者首先對文學的價值進行了估定,認爲"文學的價值是重大的,責任是無限的。小之可以感動個人底情感,大之可以改造社會國家。它的地位,我相信不會比在以前被奉爲天經地義的經史之下的,除非一輩極端守舊者之外"。接著從富於感情、語言的美妙和與歷史相比所呈現的"站在失意的一方"等角度對文學的特性進行扼要陳述。繼而從新詩出發,批判了平民文學的非平民性("洋化"),提出"現代作家的成就,天才固然是强不來的;其餘多讀,多做,多體驗,多走路,也很占重要地位"。

真好笑,連關係討論所謂文學的書籍都没有看過一部的我,也敢不自量地談起文學來,當然是不免於淺陋。不過根據孔氏"各言爾志"之意,就勉强忘去自己的淺陋,就個人見解,寫出廣泛的一些文學之認識及其應用,根本是説不上"談"的。

對於文學底價值的估定,就是要問一輩深深地爲嚴厲的父兄師長所督責防戒著的青年男女們,如何會想法躲開他們的視綫,在卧室裏,在黯澹的煤油燈下,偷閑地念著《金瓶梅》或《紅樓夢》,有時甚至情願連寢食都忘記了的？爲什麽他們或她們對於數學會感到頭痛，對於科學史地等會感到麻煩，而都有這麽一個普通的傾向？這就是説文學乃是以雋麗的筆調來叙述並描寫人事，或某一個景物的輪廓，小之如蒼蠅之微，大之如天下之廣，用深刻的、藝術的思想滲進到雋麗的筆調裏去。所以高妙的文學家是如何用情地播弄他們底生花之筆，尖刻地刺透了社會的背幕，美妙地描寫一切，使一輩讀者，深深地沉溺在他們動人的筆調裏。讀者且不知不覺地把自己也滲入了他們作品之間，而成其中的一分子。爲什麽北平一個女子看了《紅樓夢》，因想念賈寶玉而發瘋，歌德的《少年維特之煩惱》出版之後，自殺在德國竟會風行一時，這不過略舉其例而已。所以吾敢説，文學的價值是重大的，責任是無限的。小之可以感動個人底情感，大之可以改造社會國家。它的地位，我相信不會比在以前被奉爲天經地義的經史之下的，除非一輩極端守舊者之外。

從大體説來，歷史是站在勝利方面，而文學却是站在失意的一方面。歷史埋没了的多少有價值的人物事件，有時却可從筆記裏頭找出來。歷史所深深地厚非的，有時却從文學上獲得他的共鳴。歷史從帝王個人的立場來批評事實，失之於抹煞；文學站在客觀的立場，故其批判是秉公的、無私的。歷史是勝利者專有品；文學是平民的呼籲，失意人的代鳴者，所以文學在歷史上也是有相當的價值存在。惟其是屬於失敗的，故文學成就的——Climax——最高峰，往往是悲劇的結構。李後主的詞，不是在亡國之後，更顯其高越風格嗎？屈原假如當初不被楚懷王放逐到湘地去的話，怕也不會有《九歌》這一類的大文章來給我們欣賞了。《詩經》裏頭，不是也有很多怨女曠夫的訴辭嗎？

文學的必需點，當然是富於感情並具有美妙風格的。故其所包涵如胡雲翼所説的："小説、劇本、詩詞、小品、雋妙的短篇的游記和散文"之外，還有雋永而耐人尋味的短簡，似亦可歸入。文學的成功，是以他的一種動人的描寫。文人自古是多情的，對於春花秋月，固然不免會發生感慨。而對於現環境的不滿，那種惡劣現象，浸漬到他們的腦筋裏,很忠實地用筆和了泪墨寫出來。這種對於赤裸裸地描寫一般真實現象之作品,大致是屬於寫實的一方面。最近所謂"報告文學"作進一步深刻的描寫,在大體是無甚差异的。因了文人對於現實的不滿,他們腦筋裏又構成了一個理想的世界,在希望著把現社會推進改造到合符他們理想的世界,才會滿足。近來作家的作品,間有趨於左傾思想,他們的期望不外乎在創造。

現文壇顯然是受了五四運動胡適、陳獨秀輩提倡的文學革命之影響。他們的旗幟是推倒雕琢的、阿諛的貴族文學,建設平易的抒情文學;推倒陳腐的、鋪張的古典文學,建設新鮮的、立誠的寫實文學;推倒迂晦的、艱澀的山林文學,建設明瞭的、通俗的社會文學。在現實世界,新文學的推行,自然是無容我加以否認。然而亦不能無疑義。但就詩歌方面來説,文學革命者所標榜的是要建設平民文學,求其能普遍。不過在一輩所謂新詩人的大作上看來,竟使吾有些啼笑皆非。開山祖師胡適的《嘗試集》,當然不能例外,就拿胡適在留美時與同學打筆墨官司所做的新詩來説,尤其淺陋鄙俚得可笑。在他送梅覲莊的一首長詩裏,共有四百二十字。全篇用了十一個外國字的譯音。任叔永把那詩裏的外國字連綴起來,做一首游戲詩。送給胡適説:

牛敦愛遜迭,培根客爾文。
索虜與霍桑,"烟士披里純"。
鞭笞一車鬼,爲君生瓊英。
文學今革命,作歌送胡生。

標榜的是不用古典,可是在他的四百二十字的大作裏,已用了這麽多的洋典,使人摸不著頭腦。假使照這榜樣可以稱之爲平民文學,那麽每個平民的買格最低限度,中國文字不用講,還得先念上幾年外國書,認得幾個洋典的來歷再説,最好還要像胡先生那樣出洋躢躂一次。平民而能如此,那也不必有勞胡先生氣竭聲嘶的揭起文學革命的旗幟來了。最近作家如徐志摩、郭沫若、臧克家之流的新詩,亦使我莫測高深,大概是傳襲著開山祖師的衣缽,所以不用説平民,即如我叨在士大夫階級,粗粗地可以看得懂些文言詩詞的人,對於這種太平民化的大作,也只好敬謝不敏。他們的章句,與其説是平民化,毋寧説是洋化還比較切實些。詩詞等之立足點,乃在一種特美的辭句和協調的聲韻。失去了這種特點,詩詞便不能成立。但觀村婦孺子,隨口吟哦,雖是村歌俚曲,却居然也有韻有律,這些並非是陳腐的古典派所做的大作,叫他們念的,故知詩詞,原是一種天籟,美的辭句,和協調的聲韻,也是由人類自然的審美條件之下產出來的。爲什麽對於黄鶯婉轉的歌喉會發生美感,對於烏鴉粗糙的聒噪會引起惡感?我們是否喜歡聽黄鶯之歌,抑烏鴉之噪?章衣萍説過:

> 近來的詩人犯了一個大毛病,便是直率的抽象的亂寫,有許多新詩,照我們看來,只可算是白話,不能算得詩;我現在且舉出一個極端的例子:
>
> 南通的文明,
> 不過生活程度的增高。(繆金源《南歸雜詩》二十四首)
>
> 繆君的雜詩也有幾首是我所愛讀的,但我不得不大膽的説一句:上面的詩是一句很平常的話,不能算是詩!

衣萍所説直率的抽象的亂寫,便是烏鴉的亂噪。上面的兩句所謂詩,簡直不成話。舉一斑可以知全豹,也不必多多引證了。作詩如此使易,怪不得現在的天才詩人多到車載斗量。有的在一二點鐘内,可寫上四五十首短詩,有的在一二天内可以寫上二三十首長詩,有的在五六天内,可以寫成一部詩集。“太白斗酒詩百篇”,他們雖稱不上詩仙詩聖,但詩賢詩哲的頭銜可以當之而無愧矣。唐代白居易、宋代柳永的詩詞,想來還不能脱離貴族、古典、山林文學之時期;但白居易的詩詞,至於村嫗孺子販夫走卒皆能悟解,而有井水之處,皆能咏柳詞。這是否是由於胡先生提倡之功,尚是個疑問。由此看求,白居易、柳永,永不求平民而自平民,胡適求平民而反不平民,其理何在?

現代作家的成就,天才固然是强不來的;其餘多讀,多做,多體驗,多走路,也很占重要地位。一個偉大的天才作家,也得靠經驗來充實他的常識的。高爾基做過小工,做過拉纖的船夫等等,而得成國際者描寫下層社會情況的第一流大作家。以中國而講,太史公周覽四海名山大川,故其文雄壯,有奇氣。所以對於這種條件的需要,是不容忽視的。《紅樓夢》有兩句説:"世事洞明皆學問,人情練達即文章。"可以當每位青年作家的座右銘。因爲作品的對象,往往是現實的社會。假使你一向只在上海没有出過邊境一步,而要描寫四川三峽之險,或南洋礦工的生活,無疑地這終要歸於失敗的,要描寫挨餓的苦痛光景,或黄包車步的拉車生活,那就最好爲主義而犧牲,活活地餓上一兩天,或者去拉上一兩天黄包車,作品定會有相當的成功的。住洋房、坐汽車、擁妻妾的所謂作家,決不會有資格來寫民間實際生活的,那倒不如老老實實地抒寫出自己醉生夢死奢靡浪漫的生活爲妙。大文學家的成就,決不是在象牙之塔裏,而是在十字街頭。到民間去!文學家都應當喊這個口號。

作品的成就,吾決不贊成倚馬千言或七步成章這一類粗製濫造的東西,也不贊成用"蟾蜍影裏清吟苦,蚱蜢舟中白髮生"的精神,有同左思般費了十年光陰,來做《三都賦》的這一股戇勁。文學的動機,是由於偶然的情感的觸發,決不是急就章,也不必無中生有的强自思索,動機來時壓制不得,一吐爲快,倘無動機,則不必空費苦心。在這非常動蕩時期,吾們不需要粗製濫造的張資平式的戀愛作品,也不需要郁達夫式的頽廢文章;當前所需要的是前進的、革命的所謂"國防文學"。新興的一條奮鬥的大道,作家們!揭起這支旗幟,站在劃一的文化站綫上,向前邁進罷!

不怕厚顔,潦草地寫了這麼一點。過些時,如果時間和環境能允許的話,還想寫一篇《文學革命與新詩》來發表。

理論方法無大用

陳驥彤 撰

《理論方法無大用》載於一九三八年《立言畫刊》第四期“文藝漫筆”欄目。《立言畫刊》,一九三八年十月在北平創刊的娛樂性雜志,由金達志主編,其中保存了大量的京劇資料。作者陳驥彤(一九一八—?),遼陽人,畢業於北京輔仁大學中文系。曾任瀋陽《中央日報》採訪主任、瀋陽《和平晚報》總編輯。一九四九年去臺灣,任《中華日報》總編輯、泛洋傳播公司總經理、《中央日報》主任秘書等。本文認爲,作文的必備條件有三:第一是幼年時期所受的薰染問題,第二是少年時期所感到的興趣問題,第三是讀書時期的修養問題。

我過去所寫的“文藝漫談”,總計約四十餘篇。其中除了一小篇幽默的談到“作文秘訣”而外,此外很少是談到文藝的理論以及作文的方法諸多問題。本來文人作文,要只憑去讀“作文秘訣”“文章作法”諸理論書籍,縱使你用盡畢生精力,其結果不過使你多懂點空理,要説立竿見影的就會作文,則愚小子不敢深信也。

我們可以看看現在一般文學家們創作的經驗,他們大多數是這樣的記述他們自己説:“我四歲時聽祖母講故事,聽到李逵的殺人事便覺得好玩,五歲時已能馬馬虎虎的看《三國演義》(這孩子未免太聰明點)!六歲時從爸爸的書箱裏(自然也許是姐姐的),翻出一本《紅樓夢》,有時讀得連東來順的羊頭也不知是什麼滋味了。”七歲那年我已開始讀《閱微草堂》和《聊齋》了,但我從未看見那位文學家編説他自己:“六歲讀《散文作法》,七歲讀《怎樣寫創作》,八歲讀《作文一月通》的。”

文人之能否提筆作文,第一是幼年時期所受的熏染問題,第二是少年時期所感到的興趣問題,第三是讀書時期的修養問題。如果此三種條件俱備,其未來必成一文藝家,似乎很不必斤斤于方法理論諸空理。這好比中國人學英文,爲什麼要念文法,而外國人則不?中國人爲什麼不念中國文法,而就能作文?此中意義甚明,固不必嘵嘵區區卑人之舌也。

文學與民衆

孟　實撰

《文學與民衆》載於一九三八年七月《新新新聞每旬增刊》創刊號。作者朱光潛(一八九七—一九八六)，字孟實，安徽省桐城縣(今樅陽縣)人。現當代著名美學家、文藝理論家、教育家、翻譯家。主要著作有《悲劇心理學》《詩論》《談文學》《談美》《西方美學史》《文藝心理學》等。本文談文學與民衆的關係問題，作者主要從以下層面展開：首先，文學和藝術是測量某一民族生命力的强弱的重要標準，而一般民衆對於文學和藝術的狂熱尤其重要；其次，作者認爲各民族文學的基礎均是民間文學，隨著"百業分工"的推進，文學漸成特殊階級的專享，導致文學的僵化，"如果要它復活，必須使它能在民間文藝中吸收新的力量"；再次，語體文的採用本有利於文學的大衆化，但由於創作傾向過於西化，影響了其大衆化效用的發揮，要于真正意義上推進文學藝術的大衆化，就必須瞭解大衆的審美趣味，走"舊瓶裝新酒"的道路。

一個民族的生命力最直切地流露于它的文學和一般藝術，要測量一個民族的生命力强弱，文學和藝術是最好的標準之一。從歷史看，一個新興的民族，如近代的德俄，或是一個復興的民族，如伯里克理斯時代的希臘和伊莉莎白時代的英倫，都在文學和藝術方面能突放异彩。這不僅是説當時有幾個偉大的作家産生了幾部偉大的作品，尤其重要的是當時一般民衆對於文學和藝術的狂熱。

希臘人到戲場裏看索福克勒斯或歐里庇得斯的作品,每場動輒達數萬人,伊莉莎白時代戲劇成爲朝野上下的普遍娛樂,所以莎士比亞能够借戲劇維持他的生活,發展他的天才。德國當狂飆突進時代一般青年對於文學之狂熱,以及近代俄國小説家的聽衆之廣大,是每個人都知道的。没有同情共鳴的民衆,一個作家在天才方面縱然有達到偉大境界的可能,也會因營養刺激和鼓勵的缺乏,以至於窒息枯死而無所成。就這個意義説,天才確是時代的標簽。

從歷史演進的足迹看,在每個民族中文學最初都起源於民衆。文學的誕生遠在文學造作之前。原始民族雖不識字(木來無字可識),可是歡喜唱歌跳舞,歡喜講故事,歡喜製造神話,歡喜以詩歌祈禱神明或是贊頌民族英雄的豐功偉績。這一類作品在每個生命雄厚的原始民族中都有極豐富的内容與極大的感化力,希臘的史詩、神話和民間的故事,中世紀歐洲的民歌以及近代北歐各國的"傳奇"故事(saga)都可以爲證。它們在口頭産生,也就藉口頭傳播,一人倡之,百人和之,千萬人潤飾之,增設之,於是一個作品成爲民衆的精神寄託之所,全民族運用智慧與藝術本能之結晶。這種文學的根伸得廣,枝葉長得繁茂,生命也自然永久。我們可以説,這種民間文學是每個民族文學的基礎,到後來文字孳乳生長,百業日益分工,團體意識與情緒日漸淡薄,文學遂落到個人作家的手中,文學作家遂成一種特殊階級。經過這番變化,文學與文字結成不可分割的關聯。文字在教育未普及的社會裏只是極少數人的專利,大多數民衆就不免因不識文字而漸與文學隔緣。這樣一來,文學失去了它的神光的泉源,而一般民衆也失去了他們的精神的寄託,生命力宣泄的尾閭以及藝術本能發達的機會,這種損失對於一個民族是精神的衰萎,對於一個民族的文學是由窄狹化而僵硬化。在歷史上差不多找不到一種落到文人手裏的文學而能維持它的鼎盛期到幾世紀之久的。如果要它復活,必須使它能在民間文藝中吸收新的力量。中國的詞曲濟五七言詩之窮,歐洲浪漫運動濟古典主義之窮,都可以爲證。

誰也承認,中國文學在現代正經過一個激烈的轉變期。一千餘年來文人老鼠鑽牛角似地所培植的古文律詩已經到了枯朽的地步了;用不著什麽大力去摧毁,它自然會死滅的。二十年來我們所做的破壞工作或許被我們自己過於高抬市價,並且使我們因而忽略新路徑的尋求與新基礎的建樹。語體文采用,照道理説,應該使我們的新文學接近民間文藝而在其中吸取新生命。但是不幸得很,新文學的宣導者對於外國文學的傾慕,超過對於“土著”文學的瞭解,外國文學對於我們是嶄新的且有特别强烈的引誘力,於是在建樹新文學時,我們處處模仿外國文學的形式與風格。各民族文學影響的對流本是一件好事,現代中國可效法西方文學的處所本來很多。但是這種外來影響的吸收理應經過謹慎的選擇與長期的消化。同時,我們也不要忘記文學的風格形式生根於一個民族的思想、習慣、情調等等。假如我們的思想、習慣、性格、情調等等根本不同,只襲取一種本非我有的形式風格,那就不但是表裏不稱,尤其不能透入全民族的心靈深處。假如我的觀察不錯,我相信我們的文學現在正犯著這個毛病。大家都在學西方作者做詩寫劇本和小説,而在一般民衆看,“洋氣”都未免太重,心裏總覺得那些話並不是自己深心所當同感、所能默契的。我尤其認爲不幸的是我們的較聰明的作家所傾倒的是十九世紀和現世紀的西方文學,而這時期的文學,在我個人看,是經過愛弄纖巧的文人長期矯揉之後而漸進没落的。我個人也未嘗不喜歡這種文學,但是我們的趣味也是經過文人氣習熏陶的,恐怕不足爲憑。現在我平心静氣的衡量,總覺得我們的作家仿做這種漸進没落的西方文學,儘管造境如何深微,畢竟是走窄路。我並非説窄路一定不可走,只是恐怕聰明的人都在窄路,結果大路空著没人走。我所認爲文學的大路是荷馬和莎士比亞所走的路,是《詩經》的作者,陶潛、杜甫和曹雪芹所走的路是雅俗共賞,在全民族的深心中生著根的路。

我認爲文學的窄路是亞歷山大時期希臘人和近代歐洲象徵派所走的路,是李長吉和姜白石所走的路,是少數口胃過於精巧的文人所特嗜而不能普及于大衆的路。

在這□變期,在語體文代替文言文的好際會,我們的文學轉向窄路發展,這是我所岌岌危懼的。這種危懼固然不是我所特有的。近年來"大衆文學"的號召也來得很熱鬧。不過"大衆文學"究竟還只是一種號召,我們徒聽到"大衆文學"的呼聲而見不著真正的"大衆文學"作品。所謂"大衆文學"還只是一批找出路的文人代人發言,而所發之言又非盡人所欲言,外來的色彩還是太濃厚。它對於民衆依然是隔膜的,不生根的,在我們民衆中本來已生著根的是《三國演義》《水滸》《封神傳》、大戲、鼓書、唱本,以及各地所口傳的故事和歌謡。這才是我們本有的"大衆文學",而以"大衆文學"相號召者對於這些作品没有下過一番真工夫,甚至于還像已往文人一樣,對它們存有幾分鄙視。我相信,如果想文學的影響普及於大衆,除著上列各種民間文藝所指示的方向以外,别無它路可走。

我們怎麽依照民間文學所指示的路徑去走呢?

先就眼睛看到的事實説。我們試到成都書店區各家書店去看看。那裏的書店以賣唱本者爲最多生意,也特别發達。區區成都一市,聽説唱本多至五六千種。自商店學徒、茶館清客以至於人力車夫凡能識字者,莫不以看唱本去消磨他們的時光,他們讀著、講著、揣摩著,其津津有味的樣子遠過於大中學生之讀國文。這是一件可注意的事實。

再就戲劇説,在成都川戲與話劇同樣的流行。依理説,話劇比較川戲易懂,應該能吸引一般民衆。而事實却不然。看話劇的只是一般所謂"知識份子",而一般人看戲仍然到悦來園或成都戲院。據我個人的經驗説,我的過去教育使我接近於話劇。但是在成都看了一兩回話劇,便使我裹足不前。川劇則多看一回,意味便深厚一回,這也是一件可注意的事實。

如果我們研究一番唱本與川戲詞的内容,我們都會感覺到它們大半太鄙俚粗俗,經不起從文學眼光去分析。它們既是鄙俚粗俗,何以有如許偉大的勢力呢?原因也許很多,我想最重要的是:它們的形式和技巧有長久的傳統在後面,在一般民衆心中生了很深的根蒂。如果我們接受這根深蒂固的對於民衆有吸引力的形式和技巧,把鄙俚粗俗的内容换爲新鮮精妙的,我相信民衆對於文學的興趣可逐漸提高，而文學自身也可以得到一種新的力量和生命。我希望我們的文學家們多學民歌去做詩，多學舊戲去寫劇本，多學唱本和民間故事去做小説；這種“舊瓶裝新酒”的路可以走得通，我們只要看漢魏樂府如何得力于民歌，宋元詞曲如何得力於教坊歌曲，就可以知道。現在也有好些人明白這個道理，在努力地做這種工作，顧頡剛先生便是好例。顧先生的著重點在激發愛國情緒，如果我們能够同時顧到藝術價值，那就更圓滿了。

寫作講話

高　崗撰

高崗的《寫作講話》分别載於一九三九年《戰旗》雜誌第六十六至六十七期(“之一”)、第六十八期(“之二”)、第七十一期(“之三”)、第七十六至七十七期(“之五”)。《戰旗》,一九三八年創刊於紹興,由浙江省第三區行政督察專員公署主辦。至一九四一年一月停刊,共出一百期。高崗(一九〇五—一九五四),陝西省横山人。原名高崇德,字碩卿。陝甘邊革命根據地領導人之一,原中華人民共和國中央人民政府副主席;後被開除黨籍,撤銷黨内外一切職務。《寫作講話》主要談文學與現實生活的關係、如何克服文藝創作過程中的困難、藝術理論的本質及重要性等問題。在作者看來,好的文藝作品必然是“用了文字這表現材料再現了你的生活經驗——也就是一般的社會鬥爭的經驗”和作者自己生活的一部分,“只有反映了社會的真實的作品才是偉大的,動人的”。在文藝創作的過程中,“只要有了熱中於民族、人類,有真理的接近等决心”,即使不是“天才”,也能獲得成功。作者還指出,若想通過文藝本身對社會、世界有所瞭解,就必須掌握藝術理論。同時,作者還對藝術理論的本質、學習藝術理論的必要性及其與别的科學的關係進行了説明。

社會生活于文藝是優越的
——"文藝思索、讀寫的學習"之一

仲萃：

寄來的五篇稿子都看過了，我覺得其中《過江去》那篇寫得最好，至於你要我改，我認爲與其像小學生教員那樣地改些錯字或破句，或者像初中教員那樣在文章後面批上"文意清通"等字樣，還不如我對你另作一番談話吧。

爲什麽説你的《過江去》這篇算是最好呢？《在茅屋下》那篇你所用的辭藻，所用的技巧，不是更豐富更精練嗎？而且你還是那麽地夾了些"歇斯的地""馬拉松"……等字樣的。

《過江去》那篇所以最好的原因，就是在於寫得迫真寫得動人，是你用了文字這表現材料再現了你的生活經驗——也就是一般的社會鬥争的經驗和你自己生活的一部分的緣故。

我曾經也在旁的地方看見過你一些發表了的作品，你對文藝的熱忱的確使我欽佩，可是你對社會生活的體驗與執著，還是不够的。

既然藝術作品是用了具體的形象來再現社會的真實，那末，一個作者爲了可以正確地有效地完成這項任務，他就有努力地使自己接觸社會的深底，把握它、分解它的必要。

這裏就提起了藝術與社會生活的問題了。

你是曾經讀過一些詩詞的，在唐宋之間，杜甫、白居易的詩與辛棄疾的詞往往有著讀者對他們的好感，相反的，李白的詩、周美成的詞，人們却對他們又另樣看法了，這是因爲前者能够觸接社會生活的深處，把它發揮出來，加以批判，加以分析，後者盡是叙述身邊瑣事，或是無病呻吟罷了。

新寫實主義向每個藝術作者要求："……不可從生活逃避，關在自己的書齋裏，關在狹小的文學環境裏，新寫實主義的文學不能不用最强的絲去聯絡生活，不能不在生活中、在社會鬥争的實踐中生長起來,而且不能不給生活以反作用!"(吉爾波丁)這樣的課題決不是過苛的。

怎麼才能"給生活以反作用"呢?

"……要創造偉大的感動人的藝術作品,藝術家就不能不向生活採取一切深深的妒忌的,情熱的態度",(吉爾波丁)用這幾句話證明了只有這樣的作品才能給生活以反作用的,我們看吧:

高爾基在《奸細》裹所描寫的挨夫賽,普式庚所描寫的杜布洛夫斯基裹的主人,魯迅先生的阿Q,張天翼先生的華威先生等。

是的,曾經而且現在也還有著許多藝術的作者,他們企圖把藝術當作一種逃避的作用,他們儘量在使藝術只做到形式美、聲律美,他們在竭力阻止人們向現實與生活鬥争接近,他們吟風咏月,他們咬文嚼字,可是他們的企圖失敗了,同時自身也毁滅了。

"要説出生活的真實,藝術家必須勿落在生活的後面,應該在肉體和具體性之中,看出生活的步伐……應該使自己成爲現實之熱烈的參加者,悲現實之悲,喜現實之喜……"(吉爾波丁)只有做到這樣,他的作品才是偉大的,永久的。

儘量有許多年青的文藝工作者,對文藝本身的努力是到了頂點,可是他没有在生活這方面努力。一個初步的文藝工作者,必須要在生活和藝術兩方面武裝自己。他對於生活必須要有充分的戰鬥决心去參加,必須要有正確的認識和熱烈的執著,果然他必須具有精良的熟練的文藝技巧,而由之獲得了他的强有力的表現力量,可是這兩者之間,終於生活的實踐是占著優勢的,但是必須生活和技術的二方面的共同努力、一致的協調才能達到他理想的結果。

抗戰開始以來,多少熱烈的藝術工作者參加了這個偉大的解放鬥争呢? 東平出入於皖南,田間、丁玲他們"被凍下了一根脚骨",可是還艱苦地走著。張曙被敵機炸死了,在敵人的後方,在最猛烈的前綫,都參加了。他們幾乎是千百册的《鐵流》《毁滅》……那樣的作品將在不久産生了,那些都滲透了生活戰鬥的血與技術修練的力的偉大的作品!

高爾基在《論文藝及其他》這短篇裹説:"文藝决不是司湯達爾

或托爾斯泰那樣的人的個人事情,它往往根植於一個時期,一個國家,一個階層。”

當你任何一時一刻握著筆的時候,你應該多念這幾句實貴的話。

我所以説《過江去》那篇是最好的緣故,也就是爲了上面那些理由。你應該明白了吧:文藝與社會生活有著怎樣的關係的!

願你從工作中學習,從生活中學習吧!

寫作講話:文藝功利性的發揮

——“文藝思索、讀寫的學習”之二

仲萃:

我很瞭解你最近對文藝的苦悶,對於這個問題的提出,我對你是具了很大的同情與希望的,希望你讀了這封信,能够在一個更廣大與豐淳的園地裏去呼吸恢復你以往對文藝的熱忱。

是的,你因爲最近看了些小説,因此覺得“文藝的力量並不大了”,你還引用了揚雄的“雕蟲小技”那些話,可是我覺得你是錯誤了。

錯誤的根源是很顯明的。第一,由於你根本没有瞭解文藝的真實的意義。第二,你没有看到過一些更偉大的場面的文藝作品。假如你讀了我這封信以後去找法捷也夫的《毁滅》,富爾曼諾夫的《夏柏陽》,投洛呵夫的《太陽的孩子們》,田軍的《八月的鄉村》,舒群的《没有祖國的孩子》等來讀,我想,你的對文藝的印象一定會大大地改變了的。

這是什麽緣故呢?難道上面所舉的那些作品裏都夾著“只此一家,並無分出”的“文藝頭疼丸”嗎?不,這該是神話。

同時,也不完全是因爲那些作品的故事寫的奇妙或者寫的曼麗,而是由於那些作品能够切實地、動人地反映了社會的真實。

只有反映了社會的真實的作品才是偉大的、動人的。讀了這些,才會使你永遠這不覺得是“雕蟲小技”了。反相地,會使你覺得

這應該是對社會改造的一種有力的工具了。

十九世紀的批評家柏林斯基(Belinsky)在《對於一八四七年的俄國文學的見解》一文中,有著這樣的意見:"……社會的最高的最神聖的幸福,是在那平均地分配給它的各員的真實的幸福。向這幸福去的路——是認識,而藝術是在引導到這認識的一事上有著不劣於科學的力的。所以科學與藝術是有著同樣地必要的,不許科學代替藝術,也不許藝術代替科學……"

"人類底一切的事業,要使他不變成空虛的無用的東西,就非服務於人類的利益不可……藝術也不是爲了無用的滿足而存在的,它非爲了某種本質的利益服務不可。"這是車爾内綏夫斯基一句有名的話,他們都指出了藝術的有用性,不過這個有用性,必須是反映了社會的真實的。

藝術爲什麽是必要的,而且又是不能用科學來代替,和也不能代替科學的呢?——這正是我要進一步告訴你的地方。

科學與藝術果然具著同一的任務,是説明社會及自然現象的本質,去改變它們同時也改變了自己的,可是它們所通過的方式有著差异。科學是用概論來説明的,而藝術則以具體的形象來説明。

所以,優秀的藝術作品,必須正確地、切實地去把社會的真實,用具體的形象來再現它,對人類起著説服的、組織的作用。

在高爾基,在巴爾札克,在雨果,在普式庚,在巴比塞的作品裏,處處可以讀出社會現實的偉大的景象來,他們就憑了這些,指示了人民大衆,阻止了人民大衆,面向鬥争的原野!

祖國在掙扎中,一切都遭遇著了一個劇烈的動蕩。舊的,在不斷地死滅中,新的,革命的在成長中,在這樣一個偉大的搏鬥——爲了祖國的解放而搏鬥的場合裏,一切藝術作品必須面向了這個迫切的呼號,那才是有永久的價值的!

或者有些要在這個鬥争的道途上落了荒的,他們將仍然去寫那些纖紅嫩緑、月白風清的事情。或者也有一些熱情激動,輕率動筆的,可是那决不是"一般的"現象,一般的現象是在進步中。

正因爲藝術與科學具著同樣的必要的,都是作爲必須對社會

的一種鬥爭工具,明白了這點,我們就應該艱苦地荷上這一個任務:

努力地去使藝術成爲一種更積極的、更有效力、更鋭利的鬥爭工具。

因爲藝術成了鬥爭的工具的一項規定,所以必須無限止把推動的。

你果然是一個"文藝愛好者"了,你也曾明白了藝術的功利性了,那麽同時你也必須是一個使文藝功利性擴大與深化的實踐者!光只是讀了些文藝作品,或是有氣没力地寫了一些,那末對於中華民族的解放鬥爭這個任務前,是不配稱作"文藝愛好者"的。

希望你接受這個勸告吧,把你的眼光擴大開去,去察看整座的樹林,看了一二枝小樹,就下斷言是一種過失。努力吧!

寫作講話:在創作實踐中把握你自己

——"文藝思索、讀寫的學習"之三

仲萃:

前面所詢各項,均已一一答覆你了,不過覺得還有一點,值得與你更仔細地談一談的:

你説近來寫作往往一時感到興致極濃,一時感到冷淡,因此寫起來也大有差别。同時你又時常覺得自己不是一個文藝天才,因之對文藝創作的前途悲觀那樣的,你説普式庚、巴爾克、歌德……他們都是天才,因此也都成功了。

在我,覺得你能够這樣覺悟地提出了問題(這個問題所及的範圍不單是你一個人的),的確是你一種進步的表現。因爲你已經具了想解决這些問題一熱心了。何況你在另一封信裏,又指出了覺得你的一位從兄粗制濫作的創作態度的不對哩!

這些,都是文藝創作的實踐過程中煅煉你自己的問題。在這裏,讓我提供一點意見:

你感到對文藝創作興趣不一,與缺乏天才的自我信任及你一位從兄的輕率創作的態度,都是由於在創作實踐中把握不住自己之故!

這種病癥,在初學寫作的青年中,犯得很普遍!

對真理的認識與接近,只有透過了實踐才有可能一樣的,要真正地瞭解文藝創作的戰鬥的意義,也只有透過了實踐,在實踐中培養起來。

文藝的創作實踐是一條很艱苦的道路,必須要具著極大的耐心與刻苦才好。謹嚴的態度是任何一個希望成功的文藝作家所必須的。

可是歷來也盡有些人在字裏行間拈簸的,爲了一二個字甚至費去了幾年光陰。宋徽宗爲了講究音律,顧不提亡國慘禍……這種創作態度刻苦與謹嚴果然做到了,可是代價是什麼呢?

是的,謹嚴與刻苦必須要它的代價,"爲藝術而藝術"的人對藝術作品本身的雕琢,果然是極盡能事了,可是結果都於大衆是蔽屣。事實嚴正地向我們指了出來:只有爲了民族爲了人類,爲了向真理的接近而創作,才是謹嚴於刻苦的代價。

中華民族的解放鬥争,不單是自己的事,也是人類社會的事,也是向真理接近的一環。因此我們的創作實踐必須是依歸於這個要求,那才是有價值的。托爾斯泰在給M.伯梭諾夫的信裏説:

"我如果寫,那是爲了把對人們的幸福是重大的東西告訴他們而寫,能全隱瞞自己的名字,不因爲寫了而接受什麼對自己有益的東西和贊賞;能够有這種心的準備一定寫,如果主要的目的,爲自己利益,就不寫",這正是個有益的勸告。

在一八五六年一月二三日的日記上,托爾斯泰又有著這樣的記述:

真正的(使人感動的)藝術作品,只有在藝術家探求渴望的時候才能够產生。

假如你接受了這二條善言,再重新深刻地思考一下"你到底爲什麽而寫"這個問題後,在創作的實踐過程中,我想,你一定會發現一個輝煌的立場的,你也一定能够正確地把握住自己了。

只要有了熱衷於民族、人類,有真理的接近等決心,果然在創作實踐中仍然會遇到許多嚴重的困難與缺陷,然而,你必定克服了它們!

把創作實踐當作生命的重要的一部分,爲了充實你的文藝創作,你首先應該充實你的生命,這是我再三向你説過的了。《鐵流》的作者綏拉菲莫維支,他親自參加了內戰,《夏伯陽》的作者D.當爾曼諾夫也因爲直接地參加了內戰才能刻畫出費多爾・克里乞可夫(他自己的化身)與安那、與夏伯陽等動人的典型。在西班牙內戰,愛倫堡等都去了最前綫。

至於你不信自己有"天才",退一百步説來,没天才也能成功,虚心的學習與謹嚴的工作就是最偉大的天才。"天才",真如高爾基所解釋的:是一種對工作的熱忱。天才的九分是汗,這點你必須瞭解。

只要你能在創作的實踐中把握住自己了,能够爲了一個榮耀代價而決堅奮鬥,你是會成功的!

我所説的"成功",不是"名利雙收"的意思,乃是指你的作品可以十分地動人了,而起著教育與組織的作用。

有天才固然更好,可是對於作家、藝術家,除了外面的才能,有兩件事是必要的:第一,真正地有確信地知道,當然非這樣不可的事情;第二,爲了好像那是實在的一樣,在那裏面親眼看到似地描寫,把當然非這樣不可的事情相信爲當然有的東西。托爾斯泰在給比留珂夫的信裏又這麽裏寫著。

總之,把握住自己,才不會被一切興趣,情緒,靈感等所蠱惑,盼你多從這方面執著!

寫作講話:藝術理論的學習是必需的
——"文藝的思索、讀寫的學習"之五

仲萃:

真的,這樣的問題是有意義的:

也可以在文藝的本身中去求得對社會、對世界的瞭解嗎?

可以的,這就必須從藝術理論的學習著手。對於無論那一個文藝工作者,於藝術原理的瞭解是必須的!

藝術理論的本質是什麼呢? 學習藝術理論爲什麼必要呢? 別的科學對藝術理論的探求也有關係嗎? 在這裏,我想扼要地告訴你一點。

抗戰以來,在藝術工作者的各種流派間,一致趨向了一個顯明的抗戰目標,那的確是一種進步的傾向。可是正由於各流派的不同,對藝術的本質之瞭解的向真理接近的程度,也就有了顯著的差异。這個差异,表現在藝術作品上的(尤其是小説,繪畫等),是某種程度對抗戰的瞭解不够與表現技巧的不完美。

"抗戰"已是所有藝術作者一致採取的題材了,可是他們所表現的主題却有著各種不同,因此,歪曲、謬誤也就發生了,這果然是社會觀與世界觀的問題,可是對藝術原理的缺乏瞭解也是一個主要原因。

藝術原理的本質是什麼呢?

1. 它是被整個歷史發展的法則所決定的一個具體物;由於它的内容的不斷進步與變换,在某種意義上,它也是在起著充實與修正歷史發展法則的進步作用的。

2. 它是一種受著社會經濟基礎所"規定"的築物,可是一方面正也有著它自己相對的自由性,來發展與改變了它自己。

3. 它是從小説、詩、繪畫、音樂、雕刻、建築、戲劇、舞臺、電影

等藝術個別部門裏的許多相同點綜合起來的一個總的原則,去指導各藝術部門的。

4. 每種藝術原理都代表著每群不同經濟生活的意識,假如有著兩種以上不同的生活集團,社會裏不同的兩種以上的藝術原理就有存在的可能。

5. 由於社會進入了一個新的生活統一階段了的時候,藝術理論雖然將仍然有著一些細微的争辯,一個總的原則必將規定了。

文藝原理是指一切主要地用語文作爲表現材料的藝術部門小説、散文、詩歌等而言,當然也受藝術的總法則所支配。

其次要説明的是:學習藝術理論有什麽必要?

1. 可以使你從一個進步的、積極的方向上去瞭解藝術的本質與决定對藝術工作的態度。

2. 從一個有歷史意義的規定中去决定藝術作品顯明的主題與積極的題材,以及表現形式的選擇等。

3. 對於藝術遺産的接受及學習資源的判斷,可以有一個正確的準繩。

4. 透過了藝術原理的瞭解(因爲你對它最熟悉,最豐於實踐的經驗與决心)去更堅决地、明朗地把握你的人生觀、世界觀,去深化它。

當然,别的科學對藝術理論的探求也有著密切的關係,這就是最後要談到的一個問題。

1. 哲學、政治經濟學等的原則首先在藝術理論裏有著總的、指導的意義的。

2. 自然科學、考古學、醫學等的知識之獲得,可以加强對藝術原理更進一步的信仰。

以上都只講了個約略,並有舉出具體的事實來,好在已經能够看出它的重要性了。

“理論是一切行動的指導”這句話已經是周知的了。當然,藝術原理的包含是非常廣寬的,應該由藝術原理的專家來處理,可是概念的瞭解總是必要的,於一個初學者,文藝理論的意義就在這裏。

也許有許多人作了一種純然的“出世”態度,認爲藝術的本身就是目的,於是藝術成了他逃世的工具。或者有些人故意地利用了這些論説,作它“不要注視現實”的幫閑的掩蔽,我們必須戳穿它。

也有些作了卑賤的畫匠與小説匠等的,他們只著眼於稿費、潤金,没有正視社會。這二種現象正是隨著二十世紀初新興階層的反理性主義一同興起的,這裏,我們有著結實地打擊他們的職責。

在創作過程中把握你自己是重要的,以藝術原理的認識來加强你的戰鬥性更是重要!

年青的伙伴,困難是只有克服,没有逃避的。

穆勤也有寶貴的話留給我們:“如果不能得到全部,應盡可能取得其最好的部分。”我們在戰鬥中再進一步吧!

文藝月談

羅　蓀撰

《文藝月談》是羅蓀一九三九至一九四〇年陸續發表於《讀書月報》的六篇話體文學批評文章。分別載於一九三九年(其餘諸篇均發表於一九四〇年)《讀書月報》第一卷第八期(《人和典型》)、第一卷第十一期(《談文學作品中的主題》)、第一卷第十二期(《談報告文學》)、第二卷第一期(《談文學的語言》)、第二卷第二期(《談文學的民族形式》)、第二卷第四期(《談近代文藝思潮》)、第二卷第五期(《談文藝批評與鑒賞》)。《讀書月報》,一九三九年二月在重慶創刊,胡繩主編,以幫助青年讀書自學,推進戰時學術爲宗旨。一九四一年二月出至第二卷第十一期停刊。作者羅蓀(一九一二—?)原名孔繁衍,上海人,筆名羅蓀、蓀、葉知秋、宇文宙、畢端、羅衣寒、衣寒、寒周宓、蜜、周梵、孟絲萑、野黎、黎、董代、魯孫、繁緒、紫微、周演、秋娘等。文學評論家。著有雜文集《野火集》《小雨點》,文學評論集《文藝漫筆》《羅蓀文學論集》,另有《文學散論》《火花集》及《羅蓀近作》等。

《人和典型》一文首先指出"文藝作家的主要工作就是要怎樣地來描寫人,刻畫人",但作者所謂的"人"不指一般的、個別的人,而是具有群體概括性的"典型人物"。在作者看來,"典型"的創造,就是"藝術的概括"。典型人物"綜合了某一群體裏的人物的特徵以及習慣、風貌、語言、行爲等等,雖然是一個活生生的人物,却也必然代表了那所屬的某一群體的特徵",因而是具有"典型環境裏的典型性格"。此外,作者指出,"要使所寫的人物更爲完整、更爲凸出,不但是寫出偶然的因素,更必須要寫出必然的因素”。

《談文學作品中的主題》一文認爲作品的主題“就是作家在作品中所表現的思想”。主題應當和題材統一,題材即寫作對象,“是每一個作家從生活實踐的工廠中選擇出來的,是作家對於所取的原料給以文學上的加工,使它具備了表現的條件。這條件就是具有了具體性和形象性”。而不同作品往往産生主題的差异,作者的“階層性”和所處的時代的不同便是造成主題差异的原因所在。

《談報告文學》一文從時代語境、文本特性、創作主體、文體獨特性等角度出發,對報告文學做了較爲系統的理論考察。作者認爲報告文學産生於鬥争的時代,因而其任務是戰鬥的。報告文學必須“反映現實中的事實”,“從繁複多變的事象中抉擇最具體的,最爲大衆關心的,而且是與現實社會整個發展相關聯的,洋溢著戰鬥精神的這些事實”。“必須具備著批判現實的精神”,“必須具備著熱烈的感染性”,“必須具備正確的政治認識”,“必須是結合著新聞性與藝術性的統一物”。報告文學作家不但要具備作家的藝術素養,掌握作家的表現手法,還要具備新聞記者的敏鋭,同時還必須參與到實際的戰鬥場所,成爲一名“戰鬥者”。文章還從題材、描寫對象等角度對報告文學與其他文學作品的區别做了扼要分析。

《談文學的語言》對文學語言的重要性、文學語言與内容之關係、如何創造新的文學語言、文學語言的特性等問題做了較爲細緻的分析。作者認爲,語言文字是表達一切思想感情的基礎,寫作者唯有運用適當的字詞,才能表達正確的事物。語言從屬於它所表現的内容,語言文字的發展應該隨著内容的變化而變化。在“當前”的歷史語境中,創造新的文學語言要遵循兩個基本原則:一是簡樸,二是要汲取口頭語言。另外,作者認爲文學的語言從修辭學的角度而言應該是偏於積極的、表現的、富有體驗性、感受性的語言。

《談文學的民族形式》一文首先指出,文學的“民族形式”

問題,建立於大衆文藝的基礎上,接著對於文學的民族形式相關的諸如舊形式與新形式的創造、形式與内容的關係、文藝民族形式理念的現實訴求等問題做了探討。作者指出,“民族形式”問題“雖然包括了舊形式的運用,但絶對不是投降舊形式,也不是無條件的承認舊形式。同時,也不是利用舊形式作爲抗戰宣傳的應急手段,更不是單純的爲了適應當前的政治形勢。同樣,它雖然包括了新形式的創造,但並非是割斷了歷史的優秀的傳統,也不是無條件的否定民族的文學遺産,更不是脱離了大衆生活的基礎”。因此,“民族形式便决非是舊形式,决非是民間形式,同樣,也並不就是五四以來的新形式。要理解什麽是我們的新的民族形式,則不單是理解‘形式’的問題,必須是和内容相配合起來的完整的形式”。同時要明確意識到:“内容的决定性的超過形式的决定性。”此外,於作者而言,文藝的民族形式,“並不僅是宣傳的問題,也不僅是教育的問題,同時必須是觸發大衆的自覺性,使他們達到藝術創造的問題”。此外,要注意語言問題,因爲大衆失掉了語言,便失掉了與文藝的聯繫。

《談近代文藝思潮》一文主要對歐洲自文藝復興以來的諸如古典主義、浪漫主義、自然主義、現實主義等主流文學思潮的演變軌迹從時代背景、主要理念、承繼關係等方面做了簡要介紹。

《談文藝批評與鑒賞》以“文藝批評與鑒賞的真正的問題是要變革世界”爲核心觀念論述了作者的文藝鑒賞觀與批評觀。全文核心論題如下:一、“單以形式來判别”進而將批評與鑒賞截然分開的做法並不可取;二、一定的世界觀産生一定的文藝批評;三、正確的批評和正確的創造一樣,必須將美學和社會學聯結起來;四、要克服“文藝批評落後於文藝創作”的問題,就必須强調文藝批評與實踐的結合;五、文藝批評的任務是要把現實之主要的、積極的、美妙的化爲藝術,普及於大家,普及於社會。六、如何完成新的現實所賦予的批評的任務。首先是方法的問題。新現實主義的世界觀決定了作家對於現實的態度的表現,同樣也決定了批評家對於現實和處理文學的材料上的社會典型之分析的態度。其次,典型的分析,不僅在於使讀者對於形象具有具體的認識及其包含的教育意義,而且必須具有新的美學的規範,將作品中的意圖通過了怎樣地形象表現的:是否正確的具備了完整的藝術形象,是否達到了最高的動人的情感的抒發,是否充分的創造了魅人的典型等等。再次,關於文學語言的問題,確然必須注意,特别是在今日的若干作品中,有著不大關心語言詞彙運用的問題的。語言即是表達思想的工具,而且是與社會生活、風俗習慣保持著密切的關係。越是採用著正確的、富有生彩的語言,越見魅人的表現著藝術思想的感染,越是能够加强普通於大衆的效能。

人和典型

茅盾先生在《八月的感想》中寫著:

> 一位年青的朋友曾經問我道:"現在我們的生活豐富極了,可寫的東西太多了;究竟寫什麽好呢?"
>
> 我的回答是"寫人"。

是的,這個回答是非常正確而肯定的,文藝作家的主要工作就是要怎樣地來描寫人、刻畫人。文學的任務就是要把現實的現象典型化,因爲文學是通過了具體形象來表現思維,來認識客觀真理的。所以創造典型(寫人)便成爲文藝作家的工作中心了。我們可以從文學史上看到,任何一個偉大作家的成就,都是依賴於他底創造典型這一功績上的。

近來常常聽到一些人講：爲什麽缺少好的小説？許多文學雜誌的編輯人，也都有著這末一個感覺，但他們却更多著一種負擔，因爲他們還常常會收到一些文學青年的來信，而多半是問怎樣寫呢？寫什麽好呢？是的，前面已然回答了這個問題：就是要“寫人”，要“創造典型”。

創造典型既然成爲每一個文藝作家的主要工作，那末，在學習和研究中間，需要觀察的對象就是“人”。自然，我們日常生活所接觸最多的就是人，然而問題却在怎樣地從“人”中間選擇“典型”。因爲並不是每一個個人都可以取來做爲你要寫的“典型”的模特兒，所以要選擇，就必須觀察得深，觀察得廣，而從這廣、深的社會的群體裏面汲取各樣人物的特徵，再具體地集合於一個人物裏面，這人物是現實的，但不一定是在這社會裏真有那末個人，因爲那是通過了藝術的加工，比社會上有的人物更爲完整，更凸出。

所以“典型”的創造，也就是藝術的概括，這人物是綜合了某一群體裏的人物的特徵以及習慣、風貌、語言、行爲等等，雖然是一個活生生的人物，却也必然代表了那所屬的某一群體的特徵，這就是如恩格斯所説的：“典型的環境裏的典型性格。”

上面所指的“某一群體”，須注意它所代表的時間、空間、職業和階層諸生活關係的差别。因爲你不能從商人、農民、工人裏而綜合成爲一個“典型”，而要從一個有共同性質的群體的人物裏面，抽出那特徵而加以概括。

要使你所創造的人物，活生生地凸出在你面前的，是一個非常完全的具象的人物，這就有賴於作家對於人物的觀察，要生活得爛熟的在所要選擇的人物的群體裏面。高爾基曾論到典型的創造，説：

> 文學者好像是一個生活在吝嗇漢、卑劣漢、犯罪者、空想者、野心家、快活的人、陰鬱的人、勤懇的人、懶惰的人、寬大的人、陰險的人、對一切事物冷淡的人——輪回舞蹈的中心。……把這些人物的一種性質加以深化，加以擴大，賦予敏

銳性與明瞭性。

這種人性的發掘,是幫助人物的更爲具象化、更爲完全的一過程。但是我們必須記住,這人物必然是它所屬社會的相互關係的反映。

由於時間、職業、階層的各種差异,作家所要抽取的社會群體的共同的特徵,就必須受到上述的諸限制。比如先以時間來講,我們便不能從幾個不同時代的人物裏綜合一個人物,"五四"和"五卅"已然有著顯明的差别,而辛亥革命時期的人物和今日民族革命的抗戰時期的人物,其間所有的距離是多麼遠呵。由於時間性的影響於人物的差别,一個作家在群體中間所付予的觀察是必須有深刻而周到的眼力的。空間也是同樣的有著差别,雖然它所附著的社會關係有著一個决定的共同的特徵,但是在文學的典型上,則必須分析出一個後方的農民和一個在淪陷區的農民所受著的影響及其反映的思惟是有著差别的。階層與職業的差异,則更有著本質上的不同,我們不可能把十個商人、十個農民、十個官僚底特徵概括成爲一個人物。

同樣,如上面所説的,我們更不能把"一個人"做爲文學典型的模特兒,因爲文學的任務是要表現出比現實更爲完全、更爲凸出的形象,比現實更爲高的事物。高爾基曾寫道:"文學的任務,不僅僅是在於現實的反映,同時還必須不是一味描寫現存的事物,而是聯想希望的事物,和可能的事物。"在這裏我們必須説明,所謂比現實更高的事物,並非是那些超現實主義者們的空想,也不是一味地把現實事物無條件的予以美化,乃是作家在現實的社會生活裏面所發見的新的發展、新的性格、新的萌芽、新的路迹,而從可能的現實的發展裏面,給以藝術的生命,公開在社會上,而成爲一"預言者"。這例子很多,如屠格涅夫《父與子》裏面的巴札洛夫,在剛發表的時候,受到極大的攻擊,認爲是作者僞造來誹謗"有教養的人"的一個虛構,但是幾年以後,在俄羅斯的青年裏面,巴札洛夫式的虛無生義者大量地出現了。如高爾基的《海燕歌》,所賦予的革命的形象而成爲預言,都是由於作家對於人類發展的深刻觀察所能抽取出來的可能的新的性格與新的形象。

在創造典型這一意義上來講,在抗戰文藝活動的諸方面來看,是比較薄弱的。有些作家因爲看見了或者經驗了許多偉大的場面,轟轟烈烈的悲壯的事件,他們想到:應該描寫事呢,還是描寫人呢?有時候,或者過分的認爲人是附著於環境的,與其寫人,不如寫事。茅盾先生曾給予過一個肯定的回答,他説:"人雖然是依著時代的動向而前進,但決不是完全機械地被動的,人亦推動時代使前進得更快些;人的活動固受環境的限制,然而人的主觀的努力也可以改變環境。人是時代舞臺的主角,寫人怎樣在時代中鬥争,就是反映了時代。我們應當從各種各樣人的活動中去表現時代的面目。"(《八月的感想》)

其原故就是由於單單看到了轟轟烈烈的悲壯的事件,而没有看到在這轟轟烈烈的事件中間的人。只見樹木不見森林,固屬錯誤,但是只見森林而不見樹木的作家同樣是錯誤的。我們從綏拉菲摩維支的《鐵流》裹面,也看到了悲壯的轟轟烈烈的事迹,但是假如《鐵流》裹面没有郭如鶴及其堅韌戰鬥的農民隊伍中的那些典型的人物,我們將看到些什麼呢?但它使我們看到了落後的農民怎樣地參加到戰鬥的鐵的隊伍裹來;也使我們看到了那悲壯的環境怎樣地影響著没有武裝、意識落後的農民群衆。

戰鬥的中國,在各方面都有著或多或少的進步。自然,我們不會忘掉,我們是半封建、半殖民地的國家;舊的素質,落後的意識,還在有些人們意識中生著根。但是他們却不能不(或多或少地)受著這一大環境的變動——民族革命的抗日戰争——的影響。他們在這舊的素質和新的生機的交互的鬥争過程中,逐漸地變了質。在這轉换地契機中,我們的作家也從中選擇了人物,他們看到了那影響,但很少看到那矛盾鬥争的過程。因而那人物往往是脱節的,往往是公式的,往往就成爲浮光掠影式的一幅照像。我們所看到的例子常常是:前半段寫一個落後的商人,他如何地不參加抗戰,怎樣地使自己的兒子逃避兵役,而後半截變成了一個勇往直前的戰士。中間也許加上一點偶然的因素,比如敵人打來了,自己的產業被掠奪,妻子被奸殺,可能是可能的,但是這人物並不"活生生地",因爲作家没有把他從負到正之間的矛盾的鬥争、瑣細的過程描寫出來。這是需要作家更精細的、更深入的分析人在這環境中間所受著的影響及其變化的過程。這一個"心理的、化學的轉换過程",是有賴於"精神技師"的藝術家的精密的工作了。

要使所寫的人物更爲完整、更爲凸出,不但是寫出偶然的因素,更必須要寫出必然的因素;爲什麽不去更深入的理解我們底戰争的本身所加在人物中間的必然的影響呢?

革命的任務是要使好的、新的向更好的理想發展、生長,要使腐敗的、陳舊的、有害的消滅。走向好的,消滅壞的,同是革命進程中的必然的情勢,這情勢也必然的影響著在這環境中間生活著的人。

文藝的任務也是如此。這裏再引用一次高爾基的話吧,他説:"藝術的效用,是在夸張好的,使之成爲更好,夸張壞的——有害於人類的,使之激起不滿和要毁滅給予人類卑賤與羞耻的熱望。藝術的本質是戰鬥,不是擁護,便是反抗。"藝術的擴大與夸張,都是完成典型的必要的手法,然而却不能游離了現實而進入於幻想的境界。

我們也看到了另外一些被描寫成爲極其樂觀的人物和事件。這些作品,往往把事件與人物美化了,没有矛盾,也没有鬥争,革命變做了"命定"的事業,然而這是事實麽?那些英雄們,逐漸地回到了傳奇小説裏面的"天神轉世"的容貌而出現在今日的革命戰争中了。那些英雄們,都脱掉了原有的個人的意識,成爲了神話似的建設者了。但是這種"定命論"的近於幻想的描繪,是損害了藝術對於現實所應負的任務。這裏允許我寫一段□話吧:我在一家小飯店裏看到一幅對聯,它的下聯寫著:"勝利終屬我那怕小丑肆虐拿壺酒來談談心。"這真是十足的定命論者。有些"自信論"的論客們也往往流於這類定命論的形式裏去,能够自信"勝利終屬我"固是好的,然而這勝利並非命裏注定而會從天上掉下來。如果是真的話,那末我們的前綫以及後方許許多多正在戰鬥中間的戰士們也都可以“管他娘的”,“拿壺酒來談談心”了。把英雄寫成神話,把鬥士寫成無一疵的完人,而在革命過程中,把路途寫成坦坦蕩蕩的直路,美好是美好了,然而那危險不僅是使人掉進幻想的泥潭,而且會養成了那種注定的命運的心理。這是游離了現實而過份用幻影來夸張人物事件的一例。

現在我們再來看一看反映在我們的抗戰文藝作品中的人物,使我們對於典型的理解或者較爲容易些。

曾經有過一個美國醫生,他說:“在中國的每個作者,都在叙述著戰役、將軍和士兵的故事,可没有誰曾寫過一個農夫在戰爭中的歷史。農夫受苦頂大,因此他的故事是頂重要的。”他指出了目前文藝作品的缺點底一面,那是真實的。寫農民故事的雖也有,却實在不多,也不完整,特别是寫一個農民的典型。中國是農業國,占人口多數的也是農民,前綫乃至後方的千千萬萬的戰鬥者,又大半是來自田間。他們多半是落後的,然而他們却是最質樸的。我們先看一看,綏拉菲摩維支在《鐵流》裏是怎樣地表現了那些意識落後的難民似的農民隊伍參加了革命的形象呢?他在《我怎末寫〈鐵流〉的》一文中寫著:“我取了陷於無政府狀態的,不服從自己長官的,時時刻刻都預備著要把自己的領袖殺害了的群衆(這些群衆就是農民),經過了艱難,經過了痛苦,率領著他們一直到了他們覺得他們是組織的力量的時候爲止。”這些人從那裏得到了教育呢?他説:“在行軍裏(其實也可以說一半是在逃難)受盡了千辛萬苦,這些辛苦是他們的大學校,使他們在行軍終結的時候完全改變了。”我們的農民是落後的,然而,我們的革命戰爭這一大的火煉,這一大的熔爐,也同樣地逐漸地使他們改變了。否定了這一主流的偉大的、也是必然的影響,則正等於取消了民族革命戰爭對於中華民族所供獻的新的力量。

被描寫出來了,容或是不完整、不細緻,但是我們可以從這裏繼續發展開去了。我們從姚雪垠的《差半車麥秸》裏面看到了一個質樸的農民的形象,因爲他寫出了一個活生生的“人”,他不是一站出來就是十分十之的英雄,他是帶著許多先天的農民性格——落後意識——走到抗戰的隊伍裏來的。也不是用説教的方式把他"拖"了來的,乃是被這新的氣息、新的環境所影響的一個農民戰士。

我願意再舉出一個例子,那就是野蕻的《新墾地》。這是一個參加生産運動的開荒的故事。長工馬秋昌——一個被描寫出來的農民,因爲是一個老佃農,在他的本質上,多了一些狡詭和懶惰。當他一開始的時候,他的想法是:"我没有一點心思工作,什麼開荒,簡直是活地獄!"然而漸漸地,他看見了他底勤奮的夥伴,他看見了牛、看見了□,那些把土地弄熟了的情勢,那種對於土地的熱愛的素質表現出來了,作者寫著:"土地早就耕好了。馬秋昌忘記是在怎樣心情下把那些土地石塊擄去,把凹凸不平的地填平。他只覺得有一種什麼力在摧促著。"終於使他感覺著:"怎末今兒個倒愛護起它來了呢?"這個"力"就是新的環境所必然影響著的東西。

這個力量所達到的地方是極廣,也極深。

最近讀到艾蕪的《受難者》,這裏面寫出了一個平凡的難民——尹嫂子,他是一個沿海的漁民,也同有著一般小市民的形態。她丢掉了丈夫,死掉了女兒,帶著餘下的兒女向後方逃難了,在難民所裏渡著艱苦的日子。當她和張二娘在采菌子的時候,發現了敵人的炮船攻來了,這地形是一個陡岩,一個不可能從海岸攀上來的險地,因此這裏也没有駐兵,是一個"空隙"。然而,作爲漁民的尹嫂子,却知道這陡岩却有一股可能攀登的道路,於是她的記憶立刻唤回了那些慘痛的經歷,立刻和張二嫂要轉回村子報告。但是她在這一瞬,忽然發現那個領路的人,也許會是她的丈夫的時候,她"本能地"私心油然而生了。作者在這一段矛盾的鬥争中,雖然用了很簡單的文字,却足够表現了那婦人在心理中的一個艱苦的鬥争(個人的利害與多數的利害的鬥争)。很自然的,她的教養使她更偏重於自私這一面,她没有報告,因爲她怕她一家人所依賴著的丈夫會因此而死亡。她的心理戰鬥的結果,是把這件事付諸"命運"了,但當她一聽到村子裏所有的壯丁全部開赴另一個防守點的時候,她的出於自然的驚叫,那種慘痛記憶的喚回,使她説出了敵人來的方向。這裏面没有什麽大道理的説教,只是一個平凡的婦人在戰爭中的生活片段,但他却寫出了那一個必然影響著的力量。

這樣的例子,我們還可以舉出契萌的通俗小説《周德炎》。他爲了自己的五六十石谷田、房産而加入了漢奸組織"救世除奸會",在不知不覺中被利用了;但他終於被外來的力量影響著,使他做了這個漢奸組織的舉發者。

關於人物常常會寫成概念的,這原故是由於對於現象看法的一種成見。比如寫敵人的殘暴、淫虐,幾乎成爲一個型的,這不是典型,而是類型,是所謂同一的東西。但是當有了别種寫法的人物出現時候,帶著"成見"的眼鏡的人叫了:"道是替敵人作反宣傳呵!"比如適越的《人獸之間》中寫出了一個有著反戰情緒的敵兵,因爲他想起了自己底妻兒而拯救了一個中國孩子,這是"人性",不是虚構;敵兵中並不缺少這些"人性",正如他們並不是野獸化身之故。因爲没有研究敵人爲什麽殘暴、爲什麽淫虐的緣故,便以爲敵兵是的了。但這個"人性"一經發表了,在後方有人叫著,這是替敵人反宣傳了,然而那不是真實的,是因爲這叫者帶著那概念的成見之故。但是在文學裏,這種"人性"還是要發掘的。請看一看吧,在後方我們也可以接觸到俘虜了,我們可以看出了那"人性",但不是爲了被俘虜才有的,原來就有,只是現在回到又"人性"的環境裏來了。

在目前的論壇上,有些人固執的反對著暴露黑暗、描寫缺點;有些人主張應該描寫醜惡、暴露黑暗。這論争是説明了什麽呢?他們把現實剖開了,只執著一面,所以也只去夸張那一面了。

在我們的土地上,"新的人民領導者的典型開始産生了,和過去完全不同的軍人性格産生了,肩負著這個時代的'阿脱拉斯'型的人民的雄姿,在開始逐漸的出現"——(鹿直地《關於藝術和宣傳的問題》)。也有著"新的人民欺騙者,新的抗戰官僚,新的發國難財的主戰派,新的賣狗皮膏藥的宣傳家"——(茅盾《論加强批評工作》)。凡這些,都存在我們的土地上,每一個現實主義的作家,都不容忽視了這一現實的全面。而某些反對描寫或暴露黑暗的論者,正如那叫著"替敵人做反宣傳"的呼號者一樣的,所看到的永遠是一面,甚至連那一面也是極其朦朧的。因爲惟其能觀察黑暗的一面,才能正視光明的這一面。

割治膿瘡,正是促進生機的必要的外科手術。張天翼在《關於華威先生赴日》中寫道:"一個人如果滿身是病,虚弱到極點,有許多局部之病痛,遂指不勝指,但如果他已病好,一天天健康起來,則即使在腿子上長個小瘡,也會使他不安,而要開刀搽藥,把他診好。而'華威先生'正是這樣的小瘡。這種病痛之所以能指出,這就是説明我們民族之健康,説明了我們的進步。惟其一天天健康,一天天進步,'華威先生'才被我們指得出,拿來示衆。"這對那些有意無意地隱瞞了自己的瘡痛來充健者的論者是一個極好的回答。

這正是否定的人物在現實主義的作家們的筆下描寫的主要原因。是使有害於抗戰、有害於民族革命的形象,在藝術的夸張下面,使腐爛的潰敗,使新生的成長。

我們所看到的華威先生,在這現實的社會上是存在的,特别是在初期的戰争中,在武漢,在長沙,在一些救亡工作緊張的都市中活躍著。那些用空言、用威嚇、用地位來"領導"多方面救亡工作的所謂"上層份子"們,每天的工作是發表"同一"意見,是争取"理事",是開會……這些"包"過去、"擱"起來的"家"們,我們都是"熟人"了。但是對於華威先生,却並不能指出他是誰來,因爲他是經過了藝術的概括,他綜合了那些"包"過去、"擱"起來的"家"們的特徵而予以形象化了的原故。

關於這,我們又能看到一些對於人物諷刺與暴露的作品,但是作者没有寫出這個人物底"群體的關係",因此,"否定"的成份便極薄弱,容易令人從那些煩瑣的描畫中,想到是某一個人的照像。高爾基曾有一段話,指出這原故道:"藝術非有普遍化的能力不可。文字的創造藝術,性格及"典型"的創造藝術,想像、推察、"考案"是必要的。描寫他所熟知的一個小店主、官吏或工人,作家可以造出多多少少是成功的一個人底照像,但那不過是喪失了社會的教育的意義的照像而已。因而那對於關於人、關於生活的我們底認識之擴大和深化,完全不能給予什麼吧。這是極爲明顯的事情。前面已經説過,我們不可能把一個個人作爲典型的模特兒,要注意到“普遍化的能力”,注意到藝術的綜合性、概括的能力。要從廣泛的某一群體中抽取特徵,綜合某一群體的思維。

關於這,我們可以舉出張天翼的《新生》,他寫了另一個形象——李逸漠,他代表著某一些知識份子共有的苦悶,共有的感覺,共有的思想……是“一個意識上被舊時代,舊生活縛得緊緊的苦悶中的知識份子”,他們雖然受了血的刺激,要求新生,但不知不覺中思想上會與“某種漢奸”起了“共鳴”。在這裏面,作者綜合了某些知識份子的思想,互相呼應著,這人被描寫出來的,便成爲了代表著某一群體的典型人物。

由於篇幅的原故,例子舉得並不多,也不詳盡。在加强今日的抗戰文藝的教育意義上來講,没有理由可以使我們放棄寫人、刻畫人的主要任務。正如前面所引的,我們的作家,應該注意以“典型的環境裏的典型的人物”的描寫爲最高的工作。關於這,在這篇短文中闡發得還極少,希望以後有更好的實例,給我們再談到這問題的機會。

談文學作品中的主題

形式是美的,不錯!在根底裏有思想的時候!
没有腦髓的美的臉是什麼呀?

——Waxime Ducamp

某些藝術至上主義者們曾經宣言道:“政治是一個污池。”所以他們遠離了它,而且揭起一面大旗,寫著“爲藝術而藝術”。其實這些都只是一種誑騙,即是一個極端的形式主義者,在他的作品中,也還是表現著什麼的。我們還應該記得,當杜衡之流争取“自由”

的時候,他們的標織是主張"詩人自己的情操",主張"爲文學而文學"。今天呢?"詩人的情操"出賣了,躲在叛逆者的衣裙底下,雖然擺出來的招牌仍然是"自由",仍然是"爲文學",但是,内容已變爲"替敵人宣傳王道,爲漢奸夸張和平"了。

没有腦髓的美的臉,是什麽呢?是木偶,是泥像,而不是藝術。雖然,在藝術作品中,有的表現著真實,有的却是撒謊和粉飾,然而,它終於表現著某種一定的思想,是事實。我們在這一時代中,可以看到了"自由人"的無耻的"爲漢奸而文學"的作品,可以看到了在日本軍閥指揮刀底下表現著的夸張武士道軍閥主義精神的虚僞文學,但也看到了反映著民族革命戰争的現實的文學。再進一步的説,就是同樣在指揮刀底下,也有著它的色差。不是我們也可以從那些敵國軍閥的喇叭筒的許多一式的報告中,讀到過一部人道主義者的"未死的兵隊"嗎?

在藝術的領域裏,没有腦髓的美的臉,是不存在的。——没有思想内容的作品,不是藝術。

爲什麽思想會成爲藝術作品的骨骼?這原故就是因爲在寫作之前,便有著一個問題:"爲什麽?"

作家在作品中表現的"爲什麽?"便是作品中的主題(THEME)。

藝術家和科學家一樣,是要認識真理,是要表現真理,是要發揮自己對於現實世界的理解,是要從這一個理解中表現自己的思維。

所不同的是,科學家用抽象的概念來説明真理,藉理論的推斷來表現思維;藝術家是用具體的形象來説明真理,藉形象的發展來表現思維。

主題,就是作家在作品中所表現的思想。

它是文學作品的骨架,没有它,那作品是軟的,是没有靈魂的肉塊,没有生命的尸首。

如果説主題是作品的骨架,則題材便可以説是作品的血肉了。這是文學内容的兩個基本的要素,是有著不可分的密切關係的要素。

當我們開始寫作之前，首先得有要寫得對象，這對象便是題材。題材是每一個作家從生活實踐的工廠中選擇出來的，是作家對於所取的原料給以文學上的加工，使它具備了表現的條件。這條件就是具有了具體性和形象性，不再是生活，而是通過了作家的思考，能够適切的表現了作家所企圖表現的事物與思維的結合物。

然而，作家不是專門爲了描寫題材而從事寫作，却是要藉著作家所要寫的題材的發展，來告訴讀者一些“什麽”。所以，在作家從生活實踐的原料工廠裏，選取了自己最熟習的材料之後，通過作者對於這一事件的認識和分析，然後作者使題材依著一定的方向發展，由這發展的過程中表現出作者的思想——世界觀，這就是文學作品的主題。

但，很有一些作家，常常過分的爲了要表現作者的一定的主題，而再去虛構一個形象，這樣的作品往往是流於公式和説教的泥潭。這原故就是作者完全爲了自己設定的主題而寫作，却不能從自己所把握的題材的發展過程中，適切的反映出作者所要表現的思想。高爾基曾論及關於主題的話，他説：“主題——這是一種思想，生長於作者的經驗裏面，由生活暗示給他，但潛伏在他還没有形成的印象的庫裏而要求體現於形象中，喚起他去努力形成的衝動。”這是對主題的非常明確的解釋，這就是説，作者的思想必須從形象的發展過程中表現出來，而這思想也並非是先定的，乃是要從作者所經驗的生活題材中，經過體驗、思考而生長出來的。列寧曾講過：“作家對於主題不僅應該熟習，而且要經歷過，深思過，再三感覺過。”惟其如此，才能使藝術作品適切地反映了、呈現了作者對於所表現的一定的事件的認識——思想。

在我們所有的作品中，就很有一些是在作品中單純的表現著所預定的邏輯公式，以致於這些作品中的主人公開始都是頑固、愚蠢、没有靈魂的人物，一旦遇見了一個説教者的號召，或者是受到了一點個人遭遇上的折磨，立刻使主人公變换了，而且很快的成爲一個戰士。甚至還有一些僅僅以概念來支持著他們的主人公，比如要表現“有錢出錢”、現顯在獻金臺前的人物，全是慷慨激昂的一色的出錢者。要表現"有力出力"或"全民總動員",於是士拿著書,農荷著鋤,工把著斧,商舉著算盤,一同排列著合唱"起來不願做奴隸的人們"而前去了。然而,這是不可能的。因爲這種單純的概念的表現的表現方法,完全是由於作者僅僅爲了表現某一邏輯公式而想像出來的虛構的人物。因此在這裏面表現不了人物的多樣性,充滿著各種格式的矛盾生活,以及各種不同的社會關係的教養的樣相的差异,僅僅被作者捏在一個模型裏製造著。這原故,是因爲作者游離了生活的實踐,而只藉著理論的概念的公式——一種抽象的主題 —來製作題材之故。

我們要掃除公式主義,便必須先對於自己所要寫的題材非常的熟習,從而體認出這個一定的題材的發展中所能呈現的一定的主題。

《鐵流》的作者綏拉夫莫維支曾經爲這問題加以解釋,他說:"好多作品都大之於單調,公式化了。……作者都忽略了生活的辯證法,把作品的主人公到革命的路上來的時候都寫成走直路的。事實上一個充滿著内心矛盾的活人,到革命的路上來的時候,是走著非常彎曲的路。"

在我們這裏,還不能舉出一個成功的描寫著英雄形象的例子。請允許我舉出另外一個以平凡的故事表現著"生活的矛盾"的例子吧。在《文藝陣地》第三卷第四期上發表的一篇艾蕪的短篇小説《回家後》,這是一個在抗戰的烽火中極其平凡的故事。作者描寫著一個在省衙門裏做女科員的,爲了逃避戰爭的恐怖,她懷著一顆過太平日子的幻想的心,辭了差到家鄉去,而終於又走上了民族的戰場(故事内容見本期《文藝上的全面戰》——編者)。這裏不但表現了生活的矛盾所給予主人公的影響,而且刻畫了一般公務員、小市民的意識,如:

……恰好有個堂兄弟要進城去,便同他一路起身。也是省城一個機關上做書記的,飛機第一次轟炸的時候,便辭職回來,現在想到縣城裏面去找點事做。她一路走,一路問她堂弟道：

"你家裏又不缺少飯吃，何必又到縣裏去爭個小位置呢？"

"家裏久住下去就太悶人了……你是才回來，當然還感不到這一點……"

"耐著性子住住好了。誰又不是仗火一平，就出去的呢？"

但是這個口頭上勸人耐住性子，而自己却也著實受不了生活矛盾的苦悶，終於，這個回家逃難的女科員對她堂弟說："請你也不要告訴三叔三嬸他們，你信到，我決定同你一塊出去。"

這正是作者從實生活的體驗中，從形象的發展中，適切的表現了作者對於這一"事件"的認識。從作品的結構發展中掘發了一部分小市民的矛盾生活的意識形態。

惟其因爲主題是基於作家對於一事象發展的根本認識，所以常常由於作家的社會關係的差异，而對這一事件的認識也就不同。因爲人對於一事件的認識是有著它的一定的立場、一定的視角，而發生著互相不同的結論。這是階層性所賦予主題的差异，舉例來說，在一九三四年頭，正當一邊是大旱灾，一邊是大水灾，同時又是洋米大量的進口，農村破産的事實，已成爲不可掩飾的問題了。那時以農村爲題材的作品很多，然而"看"法却不一定是相同的。比如在當時的一本小説雜誌上，發表了這樣一首輕鬆的詩："泥壁茅蓬四五家，由茶初茁兩三芽。天晴男女忙農去，閑煞門前一樹花。"這真會使人有世外桃源之感。我們再來舉出另外一篇葉紫的《豐收》，這是一篇描寫農村實景的短篇小説。主人公雲普叔因爲連年的兵灾水旱，使他不能抬起頭來，今年是要拼命從地主何八爺那里加種七田地，希望有一個豐收的機會，可以給他一點轉機。是的，這回是豐收了，然而"一共收下來一百五十擔穀子，三爹也要，陳老爺也要，國防局也要，捐錢，糧餉……"終於，"雲普叔眼泪汪汪地叫起來了少普，把倉門打開。……黄黄地、壯壯地穀子，一石一石的從倉孔中量出來，雲普叔的心中，像有千萬利刀在那裏宰割。眼泪水一點一點的流下，渾身陣陣地發顫。英英（是雲普叔十歲地女兒,被迫賣掉的)滿面泪容的影子,蠶豆子的滋味,火烈的太陽,狂闊的大水,觀音粉,樹皮……都趁著這個機會,一齊涌上了雲普叔的心頭”。

這是一個很好的對比,而且説明了如果作家没有正確的政治見解,他所看到的現實是表面的,甚至是歪曲的。

同樣,由於時代的不同,所賦予主題的差异,也是極爲明顯的事實。十九世紀的偉大的現實主義作家,與二十世紀的偉大的現實主義作家,對於作品所表現的主題,是不會相同的。恩格斯所以認爲巴爾扎克是“比較過去的、現在的、將來的一切左拉都要偉大得多,他是偉大的現實主義的藝術家”,是因爲巴爾扎克正確的描寫了資産階級對於貴族階級的鬥争。他的一部《喜劇》是極爲正確的反映了法國資産階級從高利貸的守財奴發展到銀行金融資本家的歷史,而且非常深刻的表現了那一時代、那一社會的典型人物。因爲巴爾扎克“他見到了自己所心愛的貴族不可避免的墮落,而描寫了他們的不會有更好的命運,他見到了當時所僅僅能够找得著的真正將來的人物”(恩格斯《論巴爾扎克》),所以他成爲了十九世紀偉大的現實主義的藝術家,他不能違背了藝術家的良心去撒謊和粉飾。在二十世紀的偉大作家所帶來的新的主題,乃是新的人類的成長與舊的世界的鬥争,而不是巴爾扎克所能够看到的社會發展的趨勢,他被自己的“地位”限制著,無從看到更新的鬥争。如綏拉菲維支的郭如鶴、法捷耶夫在《毁滅》裏所表現的萊奮生那樣嶄新的戰鬥的形象,是完全不同的。這正是因爲時代所賦予作家的課題是不會相同的,而且是永遠往前發展的,作家也必須隨著它而發展。如弗理契對於法捷也夫説及關於新人的歷史的創造道:“希望作者能够寫完這位新人的歷史,已經不是寫那戰争的過去的歷史,而是寫和平建設的今日的歷史;要描寫新經濟政策之下的新人的誕生,比描寫國内戰争時期的,還要困難好多倍”。

在我們的新文學的事業中,同樣表現著某一社會的、歷史的環境,依著某一一定的方向發展的軌迹。我們從茅盾的《子夜》中看到了一九三〇年中國社會經濟史的一縮影;從蕭軍的《八月的鄉村》中看到了"九一八"事變後東北人民反帝鬥争的某一面;從齊同的《新生代》中看到了"一二・九"運動的一横斷面;乃至抗戰以來許多作家所努力表現過的新的人民的形象和舊的殘渣人物的形象。凡這些,都是由於作家正確的感受著時代所賦予的課題,而給予正確的反映。

這是説明作家所受著的時代底與社會關係底規定,而發生的對於主題所得的差异。

爲了進一步的説明藝術作品必須藉著形象的發展呈現作家的思想,在此,再從幾篇實例中,看看怎樣表現著作品的主題。

茅盾先生在《〈子夜〉是怎樣寫成的》一文中説:"我在上海的社會關係,本來是很複雜的。朋友中間有實際工作的革命黨,也有自由主義者,同鄉故舊中間,有企業家,有公務員,有商人,有銀行家,那時我既有閑,便和他們常常來往。從他們那裏,我聽了很多。向來對社會現象僅看到一個輪廓的我,現在看的更清楚一點了。當時我打算用這些材料寫一本小説。"那時候正當著"一九三〇春世界經濟恐慌波及到上海,中國民族資本家在外資的壓迫下,在世界經濟恐慌的威脅下,爲了轉嫁本身的危機,更加緊了對工人階級的剥削,增加工作時間,减低工資,大批開除工人,引起了强烈的工人的反抗,經濟戰爆發了"。作者把握了這一偉大的史實加以描寫了。他創造了一個典型資本家"吴蓀甫",這個人物的發展,正是代表著半殖民地民族資本的發展。在這部小説中,表現了都市經濟的盲腸——投機市場的情況,表現了民族工業在資本帝國主義侵略下、世界經濟恐慌的影響下、農村破産的環境下的實景,表現了民族資本家的矛盾的情況,表現了工人在當時的鬥争的情況,又表現了買辦資本與封建勢力的左右政治力量的情況。在這裏,作者提供了許多問題,並且深刻的觸到了當時軍閥混戰的内容,觸到了資本家的根本性質——個人利害與民族利害的權衡。而作者從這許多綫索裏所表現的主題是什麽呢?吴蓀甫——民族資本家的代表者——爲了造成自己民族工業資本家的地位,開始了他的和買辦的鬥争與封建勢力的鬥争。但是,終於受著半殖民地的基礎的規定,所發生的動搖性和妥協性,結果他在買辦資本(金融資本侵略的代理人)與封建勢力兩大壓力之下跌倒了。正如作者所説,他在這裏回答了一個問題,他説:“即是回答了耗派:中國並没有走向資本主義發展的道路,中國在帝國主義的壓迫下,是更加殖民地化了。中國民族資産階級中,雖有些如法蘭西資産階級性格的人,但是因爲一九三〇年半殖民地的中國不同於十八世紀的法國,因此中華民族資産階級的前途是非常暗淡的。在這樣的基礎上産生了中國民族的資産階級的動摇性。當時,他們的出路是兩條:一、投降帝國主義,走向買辦化(如《子夜》中把趙伯韜所代表著的買辦資本);二、與封建勢力妥協。他們終於走了這兩條路。”這正是作者把握了題材的發展,使他所創造的“典型環境中的典型人物”,依著一定的方向發展從這發展過程中呈現了作者所要回答的問題,而且也正是作者對於這一主題“不僅是熟習,而且經歷過,深思過,再三感覺過”的必然的成果。

惟其正確的表現了某一階段的現實社會的情況,才能成爲歷史的全部或一部。而歷史事件的發展及其結果,乃是“從許多個人意志之間的衝突中産生出來,而在這些不同的個人意志中,每種意志又是由一些特别的生活條件所形成”。在《子夜》中就是表現了各種不同的“個人意志”的交叉力量所形成的歷史事件的結局,如吴蓀甫、趙伯韜、杜竹齋、屠維岳、朱桂英等就代表著各種不同的“生活條件”所規定的意志。由於這些錯綜矛盾的糾纏、發展中,呈現著作者對於這一歷史事件的一定結論——主題所表現的。

在另一部小説中,也同樣的發揮著,就是齊同的近作《新生代》。這是描寫著“一二·九”運動的一個横斷面(第一部。全書共分三部,作者寫下了由“一二·九”到“七七”的北方青年的思想動態)。作者從這一偉大的事件中,選擇了能够適切表現著作品主題的形象,在《新生代》中創造了一個典型:陳學海。作者一開始介紹這人物的時候寫著:“這書呆子雖然用功,却是讀死書的。文章可以寫得通,却無思想;歷史地理上的人名和地名,他記得爛熟,却不知道歷史變遷的原因;至於國家現狀和世界大勢,他更茫然了。”這正是表現了當時某些大人物所鼓勵的典型的好學生，只爲學分而讀書的學生，他受著“讀書教國”的迷惑，他專心一致的做了化學系的好學生，準備去留洋，準備學成歸國後，自己將是國防化學的博士或是專家了。作者這樣描寫著：

“哪裏！”陳學海勉强笑了笑，“我想學點國防化學工業。”

“國防嗎？替誰去防呢？”

這樣的人物確實代表著一大群青年的意識形態。然而“時間”和“環境”的力量逐漸揭開了他的思維活動，他開始想著：“什麽人逼著他離開了家呢？”（他是哈爾濱人，事變後到北平來讀書的學生。）由於這一個茫然的意緒開始，他逐漸地用腦子“想”了，用眼睛看了。這時候，銀色的飛機在頭上轉，報紙上刊載著“冀察政委會”要成立了，天津日租界上鬧著“華北五省自治運動”……這一連串的事實、陰謀，逼著這樣一個書呆子不能不睁著眼睛看，不能不使用腦子來思考，不能不使他的手動作起起來！他終於參加了“一二·九”運動，雖然這運動並未使“政委會”倒臺，但是那種看不見的，深植在人民的心底的一種力量，孕育著了，並且使他們更進入到實際的鬥争這方面來。一面是成立了非常時期教育委員會，一面是因爲“都市里鬧翻了天，血流得浸過了馬路，鄉下還是睡著”，而下鄉宣傳，而走入更實際更堅决得鬥争中。

作者非常仔細得創造了這一個青年的典型，刻畫了主人公陳學海的充滿了内心矛盾的衝突和這衝突的一切過程。作者在書中非常熱情的寫著：

他們不能忍受東北軍、中央軍、國民黨部被逼著搬出河北，他們不能忍受河北省政府被迫從天津移到清苑，他們不能忍受二十九軍被迫撤出察東，他們不能忍受天津漢奸丑類的“目治暴動”他們不能忍受“××政委會”的組成！……不能忍受，他們憤慨了；然後才發動了那空前的令人感泣的大號召！……在“一二·九”和“一二·一六”，忍著飢渴，揮著汗，流著血，洋溢著熱淚……在街頭上徒手和大背刀，和水龍，和木棍……持續著殘酷的巷戰！他們要什麼？要自由！不是自己的自由，是全民族四萬萬五千萬人的自由！爲了這個，他們大膽的拋棄了一切！他們願意用力量和熱血喚醒政府，趕快起來保衛土地和民衆！他們想用薄弱的力量燃燒起反帝抗日的烽火！

這正是作者企圖在全書(第一部)中所表現的主題；作者藉著各種不同的人物交叉錯綜的發展，呈現著這主題；藉著主人公陳學海的發展過程，藉著許多不同的人物：空談家郭用，新女性魏玲，奸細郭家本、劉天鷚，以及其他許多人物如劉時、陸飛，教授楊立君等等的各別意志的發展過程，表現著那一階段的青年思想運動的縮影。

我們從這裏，看到了作家把思想形象化的過程，看到了主題和題材的統一，看到了由不同的個人意志的交錯糾纏的發展所得的歷史事件的結局。因此，當我們學習的時候，就應當注意到：作家如何的從自己所熟習的這一方面選擇題材，如何的通過了對於這題材的深思熟慮而得的認識，經過怎樣的發展過程而取得其成果。

談報告文學

這正是把赤裸而嚴肅的報告裝入密切的形式的成熟時期，這正是要求作家去即時報告那在今日和明日之間用影戲般的速度變化著世界面貌的時代。正是報告文學的時代。

——T·巴克

任何一種文學樣式，都有著它發生底具體的歷史原因。比如小説，是作爲中世紀上進的有産階層，對封建制度及封建觀念形態的鬥争的表現，也可以説是當封建制度漸次崩潰、商業有産階層繼續上進的時代所產生的文學様式。

而當這鬥争非常的激烈、變化非常的急劇的今天的世界，爲了能够最適切的反映這多變的時代，産生了新的文學様式，這様式就是報告文學(Reportage)。

報告文學産生於鬥争存在的地方。無論是被壓迫者與壓迫者的鬥争，無論是被剥削者與剥削者的鬥争，無論是反侵略者與侵略者的鬥争，無論是新的勢力與舊的勢力的鬥争，只要是這地方發生了鬥争，也必産生了報告文學。

由於它是在鬥争的時代中産生的，它的任務是戰鬥的，它的態度是戰鬥的，因而，它的内容也必然是戰鬥的。

中國正處在一個偉大的民族革命鬥争的時代中，報告文學這嶄新的様式，也必然的在地方生長了，而且發展了。它之所以成爲抗戰以來文藝創作實踐中最主要的、也是最發達的様式之一，正是由於它最能適切的，迅速的反映了這一多變的、戰鬥的時代的原故。

但是，報告文學究竟具備著怎様的特質呢?

第一，它必須反映現實中的事實，個别的生活現象，個别的社會事件，個别的戰鬥行動……非常迅速的、具體的報導給讀者大衆，這裏不准許對於事實加以粉飾和歪曲，不准許有虚描的事件和人物。在報告文學中所反映的人物和事件，都是在現實社會中真實存在的。

第二，它必須是從繁複多變的事象中抉擇最具體的、最爲大衆關心的，而且是與現實社會整個發展相關聯的、洋溢著戰鬥精神的這些事實。

第三，它必須具備著批判現實的精神。它不但是發揚英勇的戰鬥的現實事件，而且要觸到現實的底裹，對於腐爛潰壞的舊勢力暴露出來，加以嚴重的一擊。

第四，它必須具備著熱烈的感染性，由於作者的豐富的社會感情的傳染，使讀者和作品一同喜怒，一同哀樂。惟其能激起讀者的同情，才能發揮了報告文學的暴露的、煽動的目的。

第五,它必須具備正確的政治認識,才能把握每個個別事件與現實社會整個發展中的關聯,才能够正確地表現每個個別事件的中心意識。

第六,它必須是結合著新聞性與藝術性的統一物。報告文學是依據事實作迅速的報導,它本身就有新聞性,但更爲主要的是報告文學並不等於新聞記事,因爲報告文學是用具體的形象表現事實,新聞記事只用概念敘述事實。所以報告文學一定要具有藝術的表現手法,把事件的發展導入體具的形象描寫中加以反映。也正是説"在偉大的報告作品的場合,它的目的不僅僅是在於再現一時的現實,而是在於造出一個那一瞬間的世界的形象"(加博爾《報告文學的本質與發展》)。

在這樣的條件下,作爲一個報告文學者,不但要豐富的具備著作家的藝術素養和表現方法,同時還要具備著新聞記者的敏感、淵博與迅速的報告機能。但是這還不够,作爲一個報告文學者,更須要把自己放入到戰鬥的生活中間去,參加到實際的戰鬥場所、事件發生的地方,然後方才能抉擇真實的生活鬥争的資料,才能反映現實事件。這就要熟知各種各樣的生活,接觸各種各樣的生活,必須用眼睛代替耳朵,用手觸代替想像。報告文學是戰鬥的實踐,報告文學者必須是戰鬥者。惟其如此,他所描寫表現的,才不致于不正曲了事實,才不致於遠離了真實。偉大的報告者基希曾經説:

> 報告文學者所描寫的地方和事象,他所嘗試的經驗,他所證明的歷史,他所探測的源泉,不應該一定要是遠遠的、稀有的、使人們難以接近的;在一個總是要想隱匿真相、因此總是説著謊話的世界裏,我們的作家,只要能够靠得住他的對象就好。世上没有比簡單的真實更奇异的,没有比我們周圍的環境更富於异地風光的,也没有比客觀的現象更美麗的事物。

這裏説明了一個報告文學者盡可以從接近自己周圍的熟知的環境裏掘發隱藏著實質的生活現象,但却不可能坐在書房裏,求知於天花板，必須加入各種各樣的生活裏面去。同時，要把隱匿的真相暴露出來，事件的因果掘發出來，則必須有著正確的政治認識，熱烈的真理愛，强度的社會感情，深刻的觀察，才能把握瞭解事物間的關係，才能分析個别事件與整個社會現實發展的關聯。

抗戰以來，生活樣式有了急劇的變化，作家大部分加入了戰鬥的場所，參加了實際鬥争的生活中間。報告文學大量的産生著，報告文學作者也大量的從現實生活中間生長著，這些都是爲實際的戰鬥生活所培養出來的果實。

這是一個偉大報告文學的時代。

在一定的歷史原因底下生長起來的報告文學這樣式，它的歷史的、時代的任務，正是要配合了這一急劇變化著的世界的速度，予以正確的反映，表現這一時代的實景，分析現實事件的本質，探究歷史的發展方向。在這情勢底下，英勇悲壯的事件被表揚著，醜惡腐爛的事件被暴露著。和一般文學的現實主義的方法一樣，它需要夸揚好的，也需要暴露惡的。基希這個偉大的報告文學家，正是强烈的負有著這社會的時代的戰鬥任務的一個，如巴克在《基希及其報告文學》一文中説：

> 基希的社會批評開始於那社會的軀體上的溢出不幸的地方，那個衰老了的、生著惡瘤、毒壞了空氣的軀體，它從那些被棄者們、無賴們，那些從生活的大海裏被投擲到城市的崖岸邊的泡沫廢物們開始。

從殘酷的現實當中，提供了足以唤醒、足以警覺人們的真實的生活的片段，掘發了隱藏在美麗的表皮底下的醜惡毒辣的真相，刺破了包在毒瘤裏面的污穢的膿血。例如基希在《紗廠童工》中描寫著：

> 四百五十萬錠子。孩子們裝上空的，取掉滿是棉紗的。不斷的凝神看著紗是不是糾結了或是斷了，糾結了或是斷了

的時候,她們要用她們的小手指頭重新裝好。英國的兒童機器——可尊敬的正當的機器!——使她們工作比較容易。(《秘密的中國》第九十七頁)

在這裏不但描寫童工的工作情况,而且更是露骨的諷刺了英帝國主義對於剥削殖民地兒童的巧妙的但是非人道的行爲,而給予讀者一種强烈的感染。又如愛狄密勒在《上海——冒險家的樂園》中暴露著國際聯盟對於東北問題的真相,他寫著:

國際聯盟的主席已指派S國的駐□總領事立刻出發到東三省去擔任情報的工作,將各種新發展隨時報告日内瓦。請公告四萬五千萬中國人,可無庸再事憂慮,他們只須信任國際聯盟好了,國際將以全力保護他們的利益。是非自有定評,一切都會理直的猶如鬥牛一般。茄西亞發。

電文的最後一句使我起了一種莫可名言的感想。我預想到一種奇异的結果,鬥牛,我知道在鬥牛之中,吃虧的總是那隻牛。——我不知道茄西亞在在説出這個牛字的時候,心裏究竟有没有中國?

這件事,在今天看來已經成爲毫不稀奇的事了,不是還有一些人們贊成了《李頓報告書》中對於東北問題的處置辦法麽?這正是把中國當做牛一樣的犧牲了。愛狄密勒却早就揭發了這件隱秘,早把這事件的發展看得清清楚楚了。

同時,諷刺的描寫在報告文學中也盡著極大的暴露與根絶的任務,如愛狄密勒在《上海——冒險家的樂園》中,整個使用著輕鬆的筆調,諷刺著白種人的罪惡,諷刺著國聯調查團的紳士們的行止,給予了無情的鞭撻。在基希的那篇《屋頂花園》中,也同樣的給予了謔畫式的諷刺。

我們從這裏所引的實例上看來,正是説明了報告文學者的任務,不止於反映某一片段的事實,還須更著重於批判他所表現的某一片段的事實（無論是正面的描寫或是諷刺的描寫），並分析其真相，暴露其底蘊。

報告文學和其他文學作品有著怎樣的區別呢？第一，報告文學所選取題材的對象必須是實在的人物、實在的事件、實在的環境。因而作者必須參加在鬥爭生活中間，熟知各種生活發展的内容，而且以最迅速的手段表現出來。小説却是從作者豐富的生活體驗中、現實的觀察中，對於現實加以分析、概括、研究、考察所獲得的結論，從這裏面表現著代表某一時代某一階層的典型環境中的典型性格。却不必一定是實際存在的事件和人物，而是比現實更高的經過藝術的概括的創造物。第二，報告文學可以爲了加强某一件事的表現力量，採取與事件有關的歷史材料及其他生活事件作爲對比的描寫。但和報告文學有著同樣依據事實作爲描寫對象的速寫，由於形式的不同，它只適於攝取一個景片，有如一幅素描畫，是現實現象中的一個片段的描寫，或者是一個人物的面影的素描。

在同樣用形象反映現實的這一點來講，報告文學有著它特殊優越的表現方法，有著它更爲直接迅速的反映事變的條件。

雖然如此，但是仍然有著一種錯誤的見解，認爲報告文學是小型讀物，是未完成的藝術品，是並非“高級的藝術”，是片段的短小的描寫。由於這一理解的錯誤，往往使報告文學變爲原料的堆叠，甚至變爲訓練寫小説的筆的一種“文學的幼年生”。

在事實上，報告文學所獲得的成果，並不少於其他文學樣式的成果，如辛克萊、左拉、約翰、李德（《震動世界德十日》作者）、賈克·倫敦以及特萊契訶夫（《怒吼吧，中國！》作者）等的作品都是長至一二十萬言的巨制，如基希、愛倫堡等的作品在文學領域有光輝的地位，都是説明著報告文學在逐漸的取得了“高級藝術”的地位。

如果我們從抗戰以來的創作實踐中加以考察，便可以看出了出於那錯誤觀點的出發，表現在我們的一部份報告文學作品中的缺陷便是：第一，對於現實事件的認識不够，分析力和理解力都還不够充分，因而不能够表現出所報告的事件之間的矛盾的因果;第二,由於上述的第一個原因,以致于作者單純的報告了一些特殊的偶然的事件,却不能使讀者從這些特殊的偶然事件中找出它的一般性與必然性的關係;第三,認爲一切現象都是可以作爲報告的素材,於是不加選擇的把任何事件都"客觀"的報告出來了,這結果頂多是變做原料堆叠,却不是報告文學。使人只看到了個别的片段的敘述,却不能使讀者從這裏取得一個完整的印象。

曾經有一個朋友談到了另外一個現象,他說:"有一些作家在前綫寫作報告爲了有别於新聞作者的通訊,他們添寫了一些風景的素描,但是,也只有這一點點可以區别。"這個缺陷在於作者並沒有把事變通過具體的形象而加以描寫之故。

比如轟炸吧,他們也許形容了一陣原來的安静的氣氛,描寫了城市與鄉鎮的平面的風貌,但是一寫到轟炸,便開始儘量的使用著仇恨、恐怖、法西斯、殘酷——這些概念的詞句,忘掉了怎樣使用生動具體的形象的描述了。這裏節録一段愛倫堡的《西班牙通訊》吧,他寫著:

> 還有那是在巴塞龍近效發生的——炸彈侵犯了一件婚事,我記得未婚妻身上滿染血迹的艷裝似乎還在微笑著。有一個男孩子,黑黑的、漂亮的孩子,或許母親把他從馬拉卡帶來的吧?他玩著沙土,他的眼睛是開著的,稍稍有點兒渾濁,面頰上塗著血,留下玩具——鮮紅色的、盛著□的沙土。(《真理》,克夫譯)

這裏没有仇恨、殘酷,只有著平凡直白的大量的描述,但是它却能够給人以仇恨、殘酷的感應。因爲它是通過了具體的形象,是作者攝取了當時那一瞬間的印象,而予以再現的原故。

所以報告文學者必須具備著藝術的表現——形象化。這裏節一段SM在"從攻擊到□□"裏所描寫的縱火後的閘北實景,他寫著:

有一隻狗，□一樣豎著細長的脖子和兩耳，圓圓的弓著背脊，尾巴夾在屁股□裏，一步一張望，比賊更機警和輕悄的走在並没有人只有鐵黑的□皮和烏烟臭的□□的火焦過的小路上，爲了嗅嗅什麽地方有食物。

它表現了在戰場上，常常爲兵士們當做“偵探”射死的狗，怎樣一面機警的逃避著人，一面在尋找著食物，同時也表現了當時的閘北在大火中的情景。

和這同樣重要的，是環境的氛圍描寫，在□濃報告文學作品的深入、逼真這一點上，是有著極大的效果的。如夏衍在《包身工》中描寫著：“七尺闊、十二丈深的工房樓下，橫七豎八地躺滿了十六七個‘猪玀’。”“跟著這種有威勢的喊聲，充滿了汗臭糞臭和濕氣的空氣裏面，很快地就像被攪動了的蜂窩一般騷動起來。”如丁玲在《冀村之夜》中描寫著：“動員委員會工作的同志拿不定主意，老百姓們急速的上緊了門板，黑暗的街上絡繹著騾馬，退下來的隊伍無聲的向南急走。打聽不到什麽消息，我們在黑暗中回到宿處去，十里路的大道上，没有斷過隊伍。急慌慌的過去了一群多的，又來了零落的小隊。”這種氛圍的描寫，必須在實際環境中生活著、觀察著，才能够寫得逼真、生動。

然而，這些景片的選擇，有如影片的鏡頭一樣，必須選擇具有特徵的、有關整個事件發展的；同時也必須掃除掉那些零亂瑣碎的、無關整個事件發展的不必要的材料。這裏，便需要作者在觀察、訪問、搜集材料的時候，有著清明、睿智的認識，才能從萬花筒似的急劇變化著的現實生活現象當中，選取所需，除掉多餘的，才不致於煩瑣的堆積著一些材料，而不能使讀者從報告中獲得什麽。所以，頂要緊的倒是處理的方法，如高爾基所指示的：“隨處都有題材，正如土壤一樣到處都可以耕耘。頂重要的就是方法。”這個方法就是處理材料、組織材料的一種方法。

現在我們借用于逢的一篇報告《潰退》來作一個説明吧！作者企圖寫出廣州淪陷前的廣增公路上一支增援部隊的潰退。全文分

四節,是這樣分配的:

一、在廣增公路上的行車。

1. 在隆隆的炮轟聲中,向增城前綫增援的一支夜行軍。

2. 用田間小徑的田野行軍的回憶作對比,表現公路行軍的舒適。

3. 插入一段退却下來的炮兵作爲伏筆,並表現了前綫的戰况不明。

二、在蓮塘鄉駐防。

1. 初駐防時的軍民間的隔膜。(反映了抗戰以前的軍民關係)

2. 農民對駐軍的懷疑逐漸冲淡,乃至於發生親切之感

3. 駐防時沉悶景况。(反映了軍事上的不協調)

三、退却。

1. 部隊正在前進增援中,突然的惡化——退却。

2. 敵機低飛偵察、追擊、掃射。

3. 無可如何的退却了。

四、回城途中。

1. 被轟炸的小城。

2. 零落的逃難的百姓。(反映了動員工作的不够)

3. 在珠江上探索著進路,準備展開著一個新的戰鬥的心境。

在第二和第三兩節中,補入了四段插話,這插話加强了駐防時和潰退時候的實景。比如插話一描寫了一個戰士的輪廓,作者在這人物的結語上寫著:"我沉默地瞧著他慢慢地啜著酒,□咬著雞骨,覺得悲苦而且寂寞,想著一個給人歌頌的戰士,活著的時候,背負著多麽凄慘、哀愁、苦難的重擔,却是没有人知道的。"插話二寫了一個散兵,從這質樸的散兵問答中,表現了廣州失陷的戰爭是怎樣打法的。這兩段種話都是相當的輔助了這支兵隊在駐防時候的

實景。插話三，作者從一個炮兵連的特務張的落隊，寫出了潰散的情景。插話四，作者選取了一個食客而□於行伍的軍醫主任的脱逃，反映了潰散的隊伍中存在的另一些因素。

在這篇報告中，並没有正面的描摹戰争的場面，然而却相當的表現了廣州之戰的某一面的真實的情况。這就是由於作者能够適當的選裁了這一部特别凸出的題材，而且能够從這一事件的發展中，看見了與廣州之戰的整個發展的關聯。這是一種用側面的資料加以表現整個事件發展的。和這相同的戰役報告中，S・M的《從攻擊到防禦》，作者都是從正面寫出了上海戰争中的某一實况，他主要的是告訴讀者，在那一個戰役中，不是攻擊而是防禦，由於這一戰略的結果，才“有閘北的撤退，有八百壯士”。作者並不寫下一篇上海戰役中缺陷的檢討論文，而選取了某一特徵的片段，形象化的提供給讀者，效果是遠超過一篇檢討性的論文的。

在這裏，我想再節録一段日本農村報告文學家下村千秋所描寫的戰争一年半以後的日本農村的實况：

> ……雪積盈尺的十二月裏，孩子們穿著襤褸的連花紋都模糊的和服和制服，没襪子的脚上只穿一隻單薄的膠皮鞋，女孩子只有一條貼身的紅布褲子，露著下腿簡直和臺灣霧社的蕃人一樣。

這不比寫下一篇日本農村經濟破産的論文給人的印象更爲實際一些麽？更爲深刻一些麽？

加里寧在《論通訊員的寫作和修養》一文中指出了作者選取題材有如蜜蜂採蜜一樣，採取有用的部分，熔化成自己的東西，而且更需要“不説得太零碎，而對準著一個標的發言”。就是説每一篇作品中要表示一個中心思想，如前舉的兩篇戰役報告中，都是企圖指出在各該戰役中的缺陷是什麽。但是值得注意的，並非先由作者想定了某一種主題（中心思想）再去“配”材料，却必須是作者從實際的事件中，通過了觀察和思考所得的一定的結論，這結論是從形象化了的事件的發展過程中表現出來的。

惟其能够把握住一個中心,能够對準了一個標的發言,才能使你所搜集和訪問的材料得以“組織”起來。組織的方法,須看實際材料的性質來決定。一種是以事件發展的梗概爲中心,而加以有次序的描述(如《潰退》,如《從攻擊到防禦》等都是);一種是以人物生活的發展變化爲中心(如《傷病未到以前的一個後方醫院》便是以院長及醫務主任的一群人物生活爲梗概的叙述中心)。在這一個總的“標的”的周圍,爲了渲染和加强這一事件的發展的强度,作者必須具備各種豐富的歷史知識,各種豐富的實際資料,才能使你所表現的事件更爲凸出,更爲深刻。關於歷史叙述的例子在基希的《秘密的中國》中幾乎篇篇都可以舉出來。如《黄包車》中寫黄包車發明的歷史和剥削的關係,如《巴格達的猶太資本家的故事》中寫著猶太資本家在中國的歷史和英國鴉片政策的歷史,如《軍火貿易》中暴露了帝國主義在中國的支援内亂的歷史的叙述,都是加强讀者對於作品認識的更爲深刻的方法。關於採取其他有關的生活知識作爲對比的叙述,如基希在《一個革命冲洗出來的污泥》裏配置了各種有關的材料,如賣淫的俄國少女、沙皇的遺民組成的保護英美僑民的近衛隊、各種商業廣告等各式各樣的資料,但是集中的描繪了這爲革命冲洗出來的污泥——白俄在中國的活動實況。關於利用實際檔來輔助作品的更爲生動活潑、更爲逼真動人,也是報告文學者應搜集的資料的一種,如基希在《紗廠童工》中,利用醫生檢查病者的略歷表的記録,表現了女工的悲慘的生活。如愛狄密勒在《上海——冒險家的樂園》第五章《遠足旅行》中,羅列許多通訊社的電報,表現了九一八事變後的某一真實面貌。

凡這些個别的特寫、歷史的插話、實際的檔,都是圍繞著整個事件發展相關聯的資料,把這些相關的資料、現實的事變有機的結合起來,有電影膠片的織接的手法,正是報告文學在這急劇變化的世界所産生的新的方法。

寫到這裏,我想起了尼古拉·奥斯特洛夫斯基曾經講到一個作家“首先應該是‘建設者’而不是漠不相關的‘旁觀者’,他是戰士、教師、裁判者，這是毫無疑義的。要知道我們每個人該學習的不僅是語言，且是全部生活、行動”。是的，這話特別是對於我們報告文學作者有著更大的教育的意義！

在偉大的民族革命戰爭中孕育著的、生長著的報告文學者，他必須是建設者必須是戰士！

談文學的語言

> 文學的基本材料，就是範式的一切印象、感情及思想的詞。古典作家教訓我們，主動詞句用得越簡單、越清楚、越明顯，則寫實的描寫及其對人的影響，個人性格的描寫及其對人們的關係，也越强固，越真實，越確切。
>
> ——高爾基

語言文字是表達一切思維感情的主要工具。每一個寫作者必須先有熟練的文字技巧，才能正確的、適切的表達他的所見、所聞、所感。特別是文藝家，對於語言問題，可以説是最爲重要的、最須注意的問題。

因爲一個文藝作家不但要把所見所聞寫出來，而且要把所感的最形象化地表現出來。這就是説，文學的語言比一般的記述文字的語言更爲複雜，更爲多采，更爲明晰，更爲精確，乃是一種有感受性的文字。

曾經有過一個詩人感嘆道：“世界上的痛苦，没有比語言的痛苦更大的了。”

語彙言詞的貧乏，的確是每一個作家所感到的最大的痛苦。爲什麽一個嚴肅的作家爲了一個詞或者是一個字，要想上好幾天，使他苦惱地在原稿紙上停住了筆，思索、搜尋，有如找他失掉的心愛的東西一樣。正是因爲惟其是最適當的字或詞，才最能表達出正確的事物。

他們有些作者，很對於言語的問題是不大關心的。他不但不能從讀過的典籍中深切的去瞭解語言詞句的正確意義,尤其不曾注意到從口頭語中擷取生動的詞句,僅僅是沿用著看熟的濫調,常常是不能明確的表達出作者的意思。比如,曾有人談到他們的詩人,在表現"雲"的時候,幾乎一律的寫著"藍藍的雲",但是,這是多末寒傖、平淡的表現方法呵! 由於作者並不會對於他實際的感受加以思考,没有體驗他所看見的真實的雲是一種怎樣多變的景象,而只是把别人所慣用了的詞頭順手拿過來用了。諸如此類的例子極多,在作者自己是不大覺得的,因爲他根本没有去考慮他所用的字或詞能否表達出所要叙述的事物。

比如有人擬"海在笑著"的句法,寫下了"十月在笑著",這樣,它表現了什麽呢? 十月究竟怎樣的笑著呢? 這是一種非常有損害的事情。

這裏再引一個例子吧,我從來稿中,讀到這樣一段文字,他寫著:

> 小溪兩岸鋪上很厚的白雪,在白的大地上只可以辨出這條彎彎曲曲的溪水,彷佛是一條巨大的蟒蛇爬向遥遠裏去,逝消在白茫茫的無盡際地灰幕中,溪水流得十分迅速,在衝激了那只木橋水中的木樁子,潺潺的伴響,噴□白水沫浪花□了水流去。

這裏的一段文字,不只寫得生硬,而且比擬詞用得頗爲不當,如用"巨大的蟒蛇"來形容"小溪",如用"衝激""迅速"的詞頭來形容嚴冬的溪水都是不很恰當的。

正是由於用字或詞的時候不會思考、不會選擇、不會對於所要表現的景象加以推敲,比如"消逝",這裏却寫做"逝消",都是因爲忽略的原故。同時,這裏也表現了作者語彙的貧乏。

積儲語彙,可以説是作者在技術工作上必須具備的條件。越是豐富、繁多,才越能給我們有選擇適當表現的言辭的機會。

不能够使用正確、適當的語言,便不能使文學的内容生動的表達出來。高爾基曾經寫下他讀著巴爾扎克的小說時候的深深印象,他說:“我在巴爾扎克的小説《鮫皮》中,讀到描寫銀行家的宴會的地方,完全駭住了。差不多有二十個人,鬧哄哄的嘈雜著,同時説話;我好像聽見各式各樣的聲音。而且最重要的一點是巴爾扎克並没有描寫一個聚集在銀行家中的客人的面影和姿態,可是我却覺得不但實際在耳朵聽見誰怎樣地説話,而且那些人們的眼波、笑影以至於一舉一動,好像歷歷在目。”這種用語言描寫人物的技術,所以會使高爾基“駭住了”的原故,乃是由於作者選擇了最特徵的、富有感性的、最正確的語言,來表現了所要表現的形象,使之活躍在紙上,凸出在讀者的目前。

在這裏,我們必須注意,語言是從屬於它所表現的内容的。單單有華美的言辭,是空洞的,是不能顯現出語言的藝術性來;作家不能使讀者單單的對於美麗的辭藻有所感受,因爲語言乃是爲表現實際内容而存在的。

所以,語言文字是和内容一同進展著的。新的内容,也必須有新的語言來表達。五四的文學革命,同時是一種語言文字的革命,由於文言文已然不能够表達新的内容、新的感情,在當時的八不主義中,首先便倡出了“言之有物”,有物便是要有内容,要除掉陳詞濫調,要打倒不能表現新内容的死文字。胡適在當時攻擊那些用文言文的人道:“那些用死文言的人,有了意思,却須把這意思翻成幾千年前的文言。”並且舉了例子,如明明是客子思家,他們却説“王粲登樓”、“仲宣作賦”。這種不用自己的思考,單是抄録陳詞的古典來裝飾文章的死文字,不能表現新内容、新感情,正是因爲語言文字是和内容有著非常密切關係之故。

關於創造新的文學語言的問題,在今天是尤爲迫切的需要。五四的文學革命運動,没有使白話文獲得徹底的勝利,乃是因爲還没有能够從大衆的廣大基礎上建立起新的語言來,因爲還没有致力於吸收、提煉民族的大衆語言的工作,以致於白話文逐漸的變成了新的文言,離開了真正的大衆口語。

普式庚時代以前的俄羅斯的文學語言,是屬於少數的貴族階層的。正如我們的文言文,駢四儷六等等的屬於特權階級是一樣的情形。並且在俄國貴族間流行著法國語言,許多高貴的人們能够寫得非常流利的法文,却不能使用自己民族的語言,特别是大衆通用的語言,主要的觀念却在於"文學語言與可耻的大衆語言,應該離得很遠"。

這一阻力,使俄羅斯的語言停止在非常貧弱的階段上。普式庚擊破了這阻力,創造了俄羅斯的新的文學語言,他"密切地去接近大衆,借助於他並且和他學習,爲的創造他整理所得到的東西,並且再還給大衆"(高甫曼:《普式庚·俄國文學語言的創造者》)。並且,他永遠在這個問題底下工作著:"大衆喜歡什麽?什麽感動著他?什麽語言對他是瞭解的?"

普式庚在奥涅庚中寫著:

冬天了!……一個農夫參加盛典似地,在雪上奔馳著!

却被當時的批評家諷刺著:"我以爲這是第一次'雪'(賤民的語言)和它羡慕著的'盛典'(教會斯拉夫的語言)並肩而立。"

這裏説明了當時的俄羅斯是如何的反對著平民的語言走入文學作品中來。但是,普式庚採用著大衆的語言,認爲"大衆語言底靈活的和沸騰的源泉是文學語言底基本貯藏所"。

自從有了普式庚,俄羅斯才有了真實的民族的文學語言,他把大衆會話的、教會斯拉夫的、古代俄羅斯的、民俗的、公文用的、法蘭西的各種不同的語言混合並且融化了,創造了新的"詩的語言"。

這裏,存在著兩個原則,一個是簡樸,一個是汲取口頭語。

很有一些專門在辭藻上用功夫的人,他們使語言裝腔作勢的弄得極爲□細、繁雜,結果變得極爲累贅,使讀者常常在一大堆形容詞上纏住了腦子。比如下面的句子:

那狂暴的、奔馳的、衝動的、飛越的風雨,籠罩了這一片廣漠的、荒遠的、無邊無際的原野……。

這句子裏面有許多是不必要的形容詞呢,假如我們把這句子删改爲“那狂暴的風雨籠罩了這廣漠的原野”,不是也很明確麽?如果没有加强印象的意義而故意重複鋪張的使句子變爲累贅,在語言的明確性上是有害的。

簡樸明確是語言的基本條件,例如:

> 夜色深沉,層層的密雲在天空中移動著,海面平静濃黑和油一般。水面上漂浮著潮濕的□氣,水浪輕濺著船身和岸堤,使折爾卡士的船稍稍摇蕩著。(高爾基《折爾卡士》)

這裏表現了夜静的海岸上的氣氛,多末的濃重而真切,如用“油一般”來形容濃黑而平静的海面,用輕濺的水浪和稍稍摇蕩著的船身來加强夜静的氛圍,都是簡樸而明確的描寫。

我們的文學語言,從五四文學革命開始,便要求著“明白如話”。所以還没有完成之故,乃是由於距離大衆的口語還遠。這第二個原則,就是汲取大衆的口語。但是文學者怎樣的從日常言談的口語中選取著正確的、適切的語言呢?因爲汲取口語並不是無原則的把一切在口頭上談著的話語完全寫進作品中去。高爾基曾説到這種文學語言,雖然是從勞苦大衆的口頭上汲取得來的,但和它最初的來源,已經换了面目,因爲這是作叙述的描寫,從口頭話的原素中捨棄一切偶然的、一時的、不確實的、紊亂的、發音上歪曲了的、因種種原因和根本的“精神”——即和一般民族語構造不一致的部分。自然,口頭語在文學者描寫人物的對話中,還依然保留著:但這只是要使描寫的人物更造型化、浮雕化地表明特徵,要使人物顯得更靈活才有需要,而在僅少的量上保留罷了。

要明白如話,要汲取大衆的口頭語,變爲民族的文學語,乃是文學家從語言的貯積所里加以選擇、組織的成果。爲什麽普式庚會成爲俄羅斯民族語言的偉大的創造者,而他的保姆利亞娜、羅迭奥諾芙娜並不能呢?因爲他不但是從他的保姆那裏學習,同時也向古典的、民俗的語言學習,從這些寶庫中加以選擇、組織而完成的。

如果要理解爲什麽《儒林外史》《紅樓夢》《水滸傳》的讀者比新小説的讀者多，這理由並不是因爲章回小説裏有"話説"有"且聽下回分解"的公式，而是語言的民族化的問題。（自然這裏面也還有表現内容的方法的問題）。因爲《水滸》《儒林外史》的用語，更爲接近口語，特别是接近日常言談的民族的語言。所以在今天談民族形式，對於文學語言民族化的問題，尤爲重要。提煉方言土語，精選民間俗諺，都是豐富文學語言的必要方法。

使語言明瞭和正確是没有問題的了。所謂樸素、簡單和明朗，都是要使少量的語言精確的表現更多的事物，特别是充分的表現文學語言的感受性和形象性的描寫，乃是每一個文學作者、需要注意的、選擇著的。如高爾基在《一月九日》中寫道：

> 兵士們好像全都是白的眸子，冰封鎖的嘴唇。

這是如何形象化的表現了木立著的兵士，他却只用了"白的眸子，冰封鎖的嘴唇"這樣凸出的語言顯示了真實的感覺。再如艾蕪的《受難者》中寫著：

> 有時也嗅著山東邊吹來的微風裏，還雜有一股清淡的海腥氣味。

作者雖没有寫出海來，但已叫人感覺到海的氣息。他用"一股清淡的海腥氣味"表現了海岸邊的環境。這是修辭學上的借代格。

在使自然現象和死的物事活躍的，深刻的表現出來，在文學語言中使用著"擬人"的方法，如：

> □斷了藍天的藍山裏，鐵古咚喘著氣的在互相答應，大車擰成繩似的在盤道上盤著。(《科爾沁旗草原》)

這樣的例子在高爾基的作品中特别的多，尤其是描寫自然現象的多采而活躍的摩狀，如：

風親愛的撫摸著海的綢緞似的胸膛，太陽用自己的熱烈的光綫温暖著它，而海在這些愛撫的温柔力量之下睡夢似的喘息著。(《瑪律萊》)

但是，過分的使用，或者不加選擇的濫用，便會鬧著笑話了，如高爾基曾經指摘過的"笑充滿著鼻子"，和前所引的"十月在笑著"，都有濫用的嫌疑，不適切的詞，應該極力避免。

文學的語言，在修辭學上講來，應該是偏重於積極的、表現的，富有體驗性、感受性的語言，所以在達意狀物的時候，並不單單是直率的記録單純的事物，或告訴讀者以事件的"原樣"，還須把意境、感覺表達出來，比如寫水灾，新聞記者的報導只寫了某地因水漲成患，没有感覺，没有形象，但是文學家却這樣的寫了：

治河的捐從農夫的血管裏送到了治河大員的肚子裏，於是治河大員的肚子肥了，黄河的肚子也肥了。——最後是水灾。(《科爾沁旗草原》)

這短短的句子裏，表現了自然的泛濫，也表現了人爲的泛濫，説明了水灾的另一面的原委。以及如上所引，用"肚子肥了"比擬黄河的水漲，在修辭學上是借喻，就是用譬喻來代替正文。除了借喻之外，還有明喻，如：

她的面貌恰恰如山東飯館裏掛的關聖帝君，只是面上的膚色並不紅，而是醬色罷了。(歐陽凡海《巢》)

這是把兩種相類的事物縮結在一起，另一種是隱喻，如：

四個婦人用槍戟似的長舌向外祖父包圍了。(《科爾沁旗

草原》)

這乃是把相合的東西做比,用“槍戟似的長舌”比做鋒利的語言。諸如此類的比喻,在文學語言上特別的豐富。

要使作品描寫得生動,必須注意的是運用語言的色調,感覺(視覺的、聽覺的、甚至是觸覺的),使之非常明朗而正確的表現出來。

如上所引的拆爾卡士中的一段,作者所著意描繪的深夜的海岸的情景,宛如一幅色調濃重的油畫,懸在我們的目前,給予視覺的感應非常的深刻。如S·M在《從攻擊到防禦》中的一段:

> 敵人方面的連續的高射炮聲,這是美麗的金屬的炸裂聲,“鋼啷!鋼啷!鋼啷”,夾在裏面的是鼓皮革一樣的高射機關槍饒舌的聲音。

以及杜甫兵車行中的“車轔轔,馬蕭蕭,行人弓箭各在腰”,都是音響的描摹,給予人一種聽覺的感應。以及同文中的另一段寫著:

> 射擊位置全是裝滿了土的麻包堆成了的,從地上堆得直到樓板,像米廠底堆叠。別的房屋被桌子、裝土的木箱和木櫃、櫃檯、缸、鐵、脚盆這一類的東西雜亂地塞滿了。只要一看,已然使我們感到無從下足的那末一種雜亂無序的地方。

如上例舉的色調、感覺的描寫,必須選擇適當、簡樸的語彙,如其過分的描摹,那結果一定很糟。例如有人寫戰場上的機關槍放射,一連用了半面的“噠噠……”,你想罷,那該是怎樣的感覺呢?

在文學語言的處理上,最感覺困難的應該是人物的對話了。如果煩瑣的把一些不必要的對話寫進去的話,一定會使讀者厭倦了的。選擇對話的特徵是必要的,對於人物性格的描寫上有著頗多作用的對話，是每一個作家必須用最大的努力來處理的。使用特徵的語彙與語法來加强性格描寫，使人物更爲造型化、浮雕化，這裏必須大量的汲取日常言談的大衆的口頭語，提煉精確多采的方言土語。例如《科爾沁旗草原》中的一段對話：

> 寧姑娘是風絲吹破了臉蛋的人兒，非得找知疼道熱的，見天像一捧火似的哄著那才行。……只要寧姑娘説一聲冷，來不及升火爐，小爺用嘴也得哈三口……放著這個主，你不找，碰到門上，你還架脚踢……

這是十足的描繪了一個媒婆的語調，並且多量的汲用了東北的方言。我們有一句俗語叫做"語如其人"，在寫對話的時候，這句俗語倒最很值得注重的。

一個文藝作家，不但必須要學習語言，同時還必須要創造語言——提煉語言。任何國家的豐富的語彙，大都是由偉大的藝術作品中積累而來的。

因此，一個嚴肅的從事於文藝的工作者，不唯是要密切的接近大衆，生活在裏面，從這民族語言的寶庫中學習、提煉、組織、加工……同時，還必須加深對典籍的修養，没有一個成功的作家可以不閲讀書籍而幸成的。積貯豐富的語彙，博采民間的口語、俗諺，提煉精確明朗的方言、土語，乃是每一個作家必備的智慧的寶庫。否則語彙的貧困、言語文字的痛苦，會使你無法寫成一篇即使是最短的速寫。

在今天，我們同樣的迫切的"要求著統一的共同的建立在大衆的廣大基礎上的文學語言"（高甫曼）。因此，我們也應該重複著普式庚的處理文學語言的態度："大衆喜歡什麽？什麽感動著他？什麽語言對他是瞭解的？"

無疑的，要創造爲"中國老百姓所喜聞樂見的"文學的民族形式，還必須豐富我們民族的語言，創造爲大衆所瞭解的民族的語言。

談文學的民族形式

舊形式是採用,必有所删除,既有删除,必有所增益,這結果是新形式的出現,也就是變革。

——魯迅

文藝大衆化乃是中國新文學運動的一個最中心的問題,從五四時代所提出的平民文學,乃至一九三〇年以後的大衆文藝運動、通俗化運動、大衆語問題、舊瓶新酒問題,以及今日的民族形式問題等等,都可以説是圍繞著這一中心問題而提出來的。爲什麽五四新文學運動成爲了新興市民階層的産物,而不能植根於廣大群衆的基礎上,建立起真正平民文學,這原故正是由於這運動的開始便限制了它的發展,没有能够深入民間,没有能够適應廣大人民的要求,並且它無條件的割斷了歷史的優秀傳統,遮斷了和人民大衆的聯繫。所以一如茅盾先生所指出的:"二十年來舊形式只被新文學作者所否定,還没有被新文學否定,更其没有被大衆所否定。"這裏説明了新文學還没有足够的力量代替舊文學的傳統的勢力,還没有偉大的成就可以動摇植根在數千年來老百姓所生活著的、熟習著的傳統的作物,也就是説新文學還没有能够在廣大人民的基礎上建立起它發展的地位。因而,我們大部分的老百姓便不能不仍然浸淫於舊日的傳統文學作品中,欣賞著他們所熟習、所同感的生活内容。

但是新文學運動的中心任務是必須密接的和廣大的人民大衆聯繫起來,必須把我們文學運動的基礎植根在廣大的人民大衆身上,惟其如此,才能使我們的新文學運動成爲民族的産物。

在今天提出了民族形式的問題,在大衆文藝的建立上,乃是一個新的發展階段,它雖然包括了舊形式的運用,但絶對的不是投降舊形式,也不是無條件的承認舊形式。同時,也不是利用舊形式作爲抗戰宣傳的應急手段,更不是單純的爲了適應當前的政治形勢。

同樣，它雖然包括了新形式的創造，但並非是割斷了歷史的優秀的傳統，也不是無條件的否定民族的文學遺產，更不是脱離了大衆生活的基礎。這一新的發展階段，便是一面承繼著、發揚著中國民族文學的優秀的傳統，一面汲取著現實生活中的嶄新的、豐富的爲今日人民大衆所同感的、所熟習的内容。

然而，這種理解在某種錯覺底下，成爲了舊瓶新酒的公式，這公式是説："民間文藝形式通俗化，内容不大衆化，如果把新文藝的内容裝進民間文藝的形式裏面，便是大衆文藝。"這種公式的理解方法是機械的，是把形式和内容相對立起來的。但是内容和形式是相成的，内容固然决定著形式，形式也反作用於内容。爲什麽把抗日的内容裝入打牙牌一類的小調形式中，便成爲不倫不類的東西，正是由形式和内容不能相互調和的原故。也就是意味著運用舊形式，絶不能單純的看作是形式問題或技術問題，它必須配合著内容的現實性。因爲如果忽略了老百姓的思想、感情、内生活與外生活的表現，則必然的趨向於迎合與投降舊形式的結果。

在今天的文學的政治任務底下，運用舊形式的基本原則是要從舊的裏面蜕變爲新的事物，因此便不能無原則的濫用、無條件的沿用，則必須有所批判，有所揚棄，有所增删，有所發揚……如魯迅先生在《舊形式的採取》一文中指示著：

> 舊形式爲什麽只是採用……就是爲了新形式的探求，採取若干，是和"整個"捧來不同的。前進的藝術家不能有這思想(内容)，然而他會想到採取舊藝術，因爲他明白了作品和大衆不能機械的分開……這採取的主張，正是新形式的發端，也就是舊形式的蜕變。……

這是説明了"新的事物是舊的繼續"，要探求新形式，還需承繼和發揚舊形式，還需從舊的形式中蜕變出來，但是更爲主要的乃是必須注意不是"整個"捧來，不是把舊形式作爲詞牌似的填進内容去，而必須研究活在民間的藝術形式是什麽，表現著民間生活的樣式是怎樣的,植根在民間的藝術内容是什麽,怎樣的東西喚起了廣大民衆的同感,怎樣的表現方法接近著廣大民衆等等,都是在運用舊形式問題當中,必須加以深切理解的問題。

否則,我們的大衆文藝的建立,將永遠的停滯在舊形式的運用上,將永遠的在落後的文藝樣式上兜圈子。因爲我們今日繁複多樣的、瑰偉雄奇的情緒與生活,已然不是手工業對封建社會所遺留的表現樣式所可以容納的了。

因此,民族形式便决非是舊形式,决非是民間形式,同樣,也並不就是五四以來的新形式。要理解什麽是我們的新的民族形式,則不單是理解"形式"的問題,必須是和内容相配合起來的完整的形式。在這新的意義上,是應當理解爲"民族的形式,現實的内容"相結合著的。

但這裏所説的形式,不僅僅是單純的樣式,而必須是包括民族的風格、語言的創造、民族的性格、情感的表現。凡這些,我們從原有的文學傳統裏邊,没有獲得足够的"營養";我們從五四以來的新文學裏邊,也没有實行足够的發展。那末,在今天的文學工作者,就必須具備著豐富的歷史知識,優秀的傳統文學的學習具備著民間生活的豐富的知識而給予綜合,而創造適合於今日現實及中國老百姓所需要的新形式。

也就是説,我們必須把現實的生活内容,通過了民族的形式,而加以反映。

如果我們進一步的來考察,五四以來的新文學和舊文藝,是否絶對的對立著的呢?是否完全不相銜接的呢?不然,我們只要看一看五四新文學運動的初期,不但新詩還保留著舊形式的規律性,而小説如五四初期的作者楊振聲、汪敬熙、俞平伯、葉紹鈞等,都還或多或少的保存著舊小説的寫法與情調。但是愈到後來,接受外來影響愈大,因此,也就逐漸的割斷了僅僅保留著的一點痕迹了。

但是那發展而來的軌迹,也還是有的。由於舊形式是落後的産物,對於今天這樣瞬息萬變的偉大的環境,被限制於一定的規律性的舊形式是無論如何難以反映的。而新文學的傳統是吸收著比較健康的、豐富的營養而成長起來的，在單純形式上是進步的，而它所受到的限度，却是失掉了廣大群衆的基礎的原故。因爲在新文學中所反映的思想感情是進步的，但不一定是大衆的，作者的生活實踐又或多或少的是和大衆有著相當的隔離，所受的教養與文化生活，大半是都市的，不能與大衆的文化教養相調諧。在這種情勢底下，新文學所表現的現實內容、生活感情，便逐漸與人民大衆有了越來越遠的距離，這距離使得新文學不能獲得大多數人民的欣賞與接受。

這不僅是單純的形式問題，而還有著內容的問題。

如果可以容許舉出例子來説明內容的決定性的超過形式的決定性的話，我們可以拿舊小説來作例子。比如，我們以《水滸傳》《三國志演義》來説吧，這是兩部在中國可以説是婦孺皆知的作品了。但是它們是否完全由於章回小説這個“形式”的原故呢？不是的，它們的廣大的宣傳的力量是在於民間傳説，如《水滸傳》雖然完成於元明之際，但從南宋初年到明朝中葉的四百年間，早已成爲口述的文學名著了，再加之如《梁山泊》《大宋宣和遺事》《智取生辰綱》之類的書籍的流傳，逐漸成爲巨秩，其流傳之廣是可想而知的。如《三國志演義》自唐宋以來便流傳於民間，這些故事早已在老百姓心目中成爲爛熟的了，再後衍成説書、大鼓、雜劇等等各種形式的流傳，都是使他們擁有最大群衆的原故。而熟習《水滸》《三國志》的，却又未必是完全識字的。那末，我們再以同樣是章回體的小説如《儒林外史》和《老殘游記》來説，其流傳之廣，便遠不如前二者，因爲什麽呢？因爲它們不是胚胎於流行的民間傳説，它們的故事並不如前者那末熟習的植根在廣大的民間。《儒林外史》對於當時士大夫階層的熱烈的諷刺，就不是僅只識得幾個字的人所容易理解的。但是不可否認的，它們仍然是擁有較多的讀者，乃正因爲它表現了當時的民族的風貌，如在《儒林外史》中對於當時士大夫們過分重視制藝，不惟學識淺陋，且一舉一動都矯飾可笑，作者都加以虛畫了。如在第四回中，作者刻畫范進的虛僞矯飾，雖不著一貶詞，却極盡諷刺、掊擊之能事。而這種虛僞矯飾的性格，却正是當時的民族生活中的一部分的反映。

和這相類似的例子,曾有人説,京戲比話劇更爲大衆化,只要看看下鄉宣傳的成績便可知道,並且説,話劇是走不出都市的一種藝術形式。這是説京戲是大衆化的,是容易爲大衆欣賞與接受的。但是,易於欣賞却並非完全由於形式的原故。要知道話劇的歷史不過二十年光景,而舊劇已經是根深蒂固的在民間植根了的,而所有演出的翻來復去的劇目,又大抵是爲民間所熟習的故事和傳説,他盡可不必懂得劇中人的唱詞,他已可從劇中人的動作領會到情節。但是話劇呢?它反映著現實,反映著當代的生活,它必須以劇中人的對話、動作和劇中的情緒與布景來使觀衆欣賞與接受。相反的,如果把現實的生活放進京戲裏,且不管他是多末的會惹人笑吧,而那使人理解的程度必定是減低的。這正因爲京戲的使人易於欣賞却還更在於它内含著的民間所熟習的故事,況且京戲也早已宫廷化了。

基於上述,所以在我們研究承繼和發揚文學傳統的時候,便不能單單的以形式爲重,還必須理解怎樣的形式表現著怎樣的内容這問題,因爲"怎樣寫"是要由"寫什麼"來決定的。

那末,爲老百姓所喜聞樂見的並非是單純的舊形式,而是通過了舊形式所表現的内容是無疑的。舊内容或舊形式是爲老百姓所熟習的,易於接受、欣賞的,但當它在容納或表現新的内容的時候,如果仍然是原樣的,則必然發生著如前面所述的不相一致的弊病。舊形式的採用,必須有所增删,必須有所捨棄,而使之能與内容相一致,才能從而創造新形式,也就是説爲老百姓所欣賞的,不僅是中國作風,而且是中國氣派。

在今天,文學運動的主要任務既是建立大衆文藝,則我們的運動便不可能滯住於舊形式的利用和作爲抗戰宣傳的應急手段的任務。我們必須要從舊形式的運用蜕變爲新形式的創造,必須要深切的反映人民大衆的、民族自己的感情、思想、性俗、風習……而惟其如此,才能使我們的新文學運動密切的和大衆結合起來,才能使我們的新文學與傳統的、民族的文學取得有機的結合。

魯迅先生對於舊形式的採用曾説:“我們有藝術史,而且生在中國,即必須翻開中國的藝術史來。”這是正確的。對於文學,是同樣的道理。中國的舊文學,接受外來影響極爲稀薄,改革和變化就較爲遲緩,然而它是中國的傳統,我們没有理由去把歷史割斷,因此,我們不但要承繼它,並且要把它遺留下的讀者大衆一併承繼過來,就尤其不能隔斷歷史的傳統。但是,今日我們所要求的更爲主要的是進步,我們就必須吸收進步的外來的活潑新鮮而豐富的營養,就必須把“五四”以來的新文學成果加以提煉,予以綜合,就必須發揚我們歷史的優良的傳統,使它在新的基礎上,建立起我們民族底大衆文學。

所以,問題並不止於製作舊形式的作品,而在怎樣的來運用舊形式的問題。因爲它本身是落後的,它不可能充份的反映今日這樣繁複雜變的現實。要能“有所删除,有所增益”,就必須深切熟習,洞知其好的與壞的,才能談到改革,才能談到承繼與發揚。如果我們僅僅是碰到什麽便捧來什麽的濫用主義,結果舊形式還是舊形式,不會蜕變,也不會改造。魯迅先生在《習慣與改革》一文中説:

> 倘不深入民衆的大層中,於他們的風俗習慣加以研究、解剖,分别好壞,立存廢的標準,而於存於廢,都慎選施行的方法,則無論怎樣的改革,都將爲習慣的岩石所壓碎,或者只在表面上浮游一些時候。

這是切中時弊的論斷。如果對於中國文學的傳説原無所知,則欲有所改革,欲有所建立,不是完全等於沙中建塔麽?既是要運用舊形式,便須熟習舊形式,理解它,研究它,溶合它,消化它,使它成爲作者運用自如的新的事物,而不被它所控制,並且要控制它,這樣才能有所變革,有所創造。而在變革與創造之際,則必然是要立足於民衆的基礎上的。

以詩來説吧,中國的詩無論如何是不會回到五言七言、長短絶句中去了,因爲它的規律性是限制了它發展前途的障礙,但是舊詩中的旋律,仍然應該是詩的形式中重要的部分。而從中國文學的發展看來,則詩也曾幾度突破它的限制性,五言詩的産生,便是一種進步。四言詩體,原出於民間,後來却成爲經典,它的限制性就越大了。五言詩是一種進步的發展,而來源却也自民間開創。從這點看來,新的文學形式大概是發創於民間的。如胡適在《詞選序》中説:“詞起於民間,流傳於娼妓歌伶之口,後來才漸漸被文人學士採用。”無論是宋之平話,元、明之演義,皆流傳於民間,爲口頭的傳説,然後才發展爲巨秩的説部。

因此,我們從許多説部中看來,仍宛如有人在口述一樣的講故事,正是由於發展的遲緩,進步較慢,而技巧仍不脱平鋪直叙的口述胚胎。而這種形式的落後性與民衆的落後性是有著密切關係的,這也正是説明了爲什麽生在現代的民衆,還欣賞著非現代的東西的原故。而今天的問題之所以要通過民族的形式來反映現實的生活,乃正是一面提高文學的進步性,一面也必然的提高民衆的文學教養。只有從這基點上出發,才能促使進步和發展。因爲當前的問題,並不僅是宣傳的問題,也不僅是教育的問題,同時必須是觸發大衆的自覺性,使他們達到藝術創造的問題。

民族形式的創造,必須把文藝的大衆性提到第一位來,把文藝生活和民衆生活配合起來。從文學史上看來,每一次的文藝改革運動,都是從民間來的,只是到後來,被文人作爲□官的工具出賣了,一走進朝堂,藝術的生命被割斷了。在今天,這問題仍然如此的,我們不應該單作爲教育大衆的一面來看,而同時必須是作爲我們從大衆生活中學習的一面來看。同樣,我們在今日談運用舊形式,必須是還活在民衆中間的藝術形式,其新鮮活潑的成分較多;如地方戲、評書、大鼓、歌謡等等。但一經爲上流社會“雅”化過的形式,大抵他們的藝術生命已然走到盡頭了,少有活潑、剛健的成分。故值得我們承繼和發揚、學習和改革的應該是前者。

在運用的限度上説來,散文比較韻文來得簡單,譬如舊小説和新小説的差別,主要的在於叙述的繁和簡,舊小説由於平話的發展而來，大抵是平鋪直叙，不煩繁瑣的鋪張，不厭求詳的從頭至尾的講述。新小説接受外來影響，主要的是描寫特徵，叙述簡潔。雖有差别，大抵還是較爲接近的。如描寫對話的能力、人們心理的表現，在舊小説中都有它優秀的地方。特别是由於它描寫的語言、風習、性格、感情等等都是有著豐富的民族色彩。而我們所能承繼和發揚的，正是它的表現的風格和方法，豐富的民族色彩的性格描寫。這是一端。

最後，這裏應該涉及到語言文字的問題，因爲文字語言是表達思想感情的主要工具，但在中國，大衆失掉了它，也就失掉了和文藝的聯繫。文藝之所以會搬到朝堂，被文人學士們作爲□官的工具，文藝之所以發展得如此的遲緩，却都與語言文字之爲壁障有關。人民大衆一天没有發表思想感情的工具，文藝運動的發展便必然的受到嚴重的限制和損失。所以，使大衆獲得發表的工具，對於文藝運動發展的本身影響極大。除此而外，作家對於創造民族語言、提煉方言土語，也都應視爲極重要的問題。

關於文學的民族形式問題，不但還需要展開深刻的研究和探討，還需要對於提出來的個别的問題加以進一步的理解。而尤爲需要的是展開實踐的工作，倘不從實踐工作上去研究、學習，則問題永遠是問題。所以研究同實踐必須是聯繫起來的。

三月草於重慶

談近代文藝思潮

最近在關於民族形式問題的論争中，曾涉及到文藝與生活的關係這個課題上來。如果要全面性的來理解文藝的民族形式問題，則生活的關係確實是占有一重要的位置。因爲文藝是生活方式的反映，中國文藝之所以有各種各樣的表現樣式紛繁雜陳，原始的形式和進步的形式可以並存，主要的原因正是由於人民生活的樣式根本有著差异之故。魯迅先生曾在一篇文章中談到：在今天的中國,一邊是飛機、摩托車,一邊還存在著山轎、獨輪車。一邊是大炮、坦克車;一邊還存在著大刀、紅纓槍。一邊已然使用了最新式的機器在生産,一邊還存在著手工業,甚至是自然經濟時代的生産方式(因手頭無原書,只能衍其大意)。這正是中國社會性質的半封建和半殖民地的生活底反映。

文藝既是人類生活形態的反映,而在建一偉大的民族的大河床裏,有奔馳的主流,也有緩細的支流,但是促使文化進步的,使之與世界的大河的奔流交融的,應該是在主流,而不在支流。

因此,當我們研究文藝思潮的流變史的時候,也必需得以主潮爲幹,也就是説從社會生活發展的主潮中去研究。現在我們就來談一談歐洲近代的文藝思潮的發展,藉爲研究中國文藝發展的借鑒。

"文藝復興"是十四世紀以後發達了的商業資本對於中世紀封建社會的一個反動,是當時新興資産階級建立自己的文化的一個新的運動,他主要的是從中世紀黑暗時代的思想禁錮的剛本裏解放出來,因爲在中世紀"人們不能以活著的眼觀照,不能以活著的心感覺,而只能仗著由法王所規定的神思者□的型式去觀察和感覺事物"。所以,一到封建社會的神權復於滅亡的時候,新的社會階層就開始來建立自己的文化,來創造表現著自己的理想與生活的文藝樣式。

文藝復興否定了中世紀文藝的神話世界,否定了虛構幻想的神權思想,確立了寫實的作風,産生了新的文藝樣式——小説,表現了人的生活。它不但是當時的人類寫□的解放,而且成爲"近代經驗主義和實踐主義的萌芽"(同上注)。

但是由於商業資本發展的限度,同十七世紀歐洲諸國達到了絶對主義的時代,建立了獨裁的君主政治,社會生活仍被束縛於嚴格的法律規定的桎梏中,在文藝思潮上的反映,便是十七世紀以後的古典主義。它的特質是使藝術的創造必須遵守一定的規律,以古希臘古羅馬的文學爲模仿範本,比如戲劇上的"三一律",便是古典主義的産物。

因爲古典主義的産生,是屬於貴族階層及接近貴族的商業資産者的時代,所以不但在藝術的創造上須遵守條例,並且描寫的人物對象也必須採取上流貴族社會的人物,投合上流社會的趣味。在法國路易十三世的國務大臣兼樞密官里契流創立了學院,專門來確立美的趣味的規則和監視文學用語的純正問題。

但古典主義的喜劇作家莫利哀,却是代表著資産階級傾向的,在他的作品中,反映了布爾喬亞的繁榮發達,反映了宫廷貴族生活的糜爛腐化。這裏表現了貴族與布爾喬亞的鬥争,在莫利哀的喜劇當中,嘲諷了貴族的没落糜爛的生活,歌頌著絶對的君主及其所屬的布爾喬亞社會層。

從古典主義開始,可以説是資本主義社會發展各階段的反映。到十八世紀末葉,封建農奴制度的大崩潰,成爲了布爾喬亞上升的時代。由於經濟基礎的變换,在新舊交替的時候,所産生的文藝思潮一面是逃避現實,走向幻想的世界,用自己的主觀和現實對立起來。這種思想傾向的代表者,是没落的貴族階層,以及移行於資本主義的貴族、還没有把地位摯固起來的布爾喬亞,以及中小布爾喬亞的思想代表者。這種文藝思潮就是浪漫主義。

浪漫主義是對於古典主義的否定。由於舊的經濟基礎破壞了,新的基礎還没有達到穩定,所以反映到文學上來的,也是屬於破壞性的較多。因爲處於變動不安的時代,引起了對於現實的不滿,强調個性的主觀活動,走入幻想的世界。但是,它雖然反抗著現實,却又並没有變革的意思。因此,只有從現實世界裏逃避到理想的世界中去,强調著自我的主觀主義的世界觀,重視人生的内部世界,而否定外部的現實世界。

浪漫主義要求的是自由,盡情的歌唱。代表法國浪漫主義的中心人物雨果,在《克林威爾》(*Cromwell*)那篇有名的序言中,首先推翻了古典主義的三一律,並且棄置了一切束縛文藝創作的規律,他寫道:“再没有規則與模範了,或者正確些,除了那統治一切藝術之自然的一般法則,除了那來自題材之特殊性質之每一作品之特殊法則而外,再没有其他法則了。詩人應當只有自然,真理與

他的靈感爲其顧問。”毀棄了一切束縛,他歌唱著:

我吹起了革命的風。
我把舊字典戴上紅帽子。
從此没有元老院的話,也没有平民的話。
我在那洋溢的暗影中。
把語言的黑色群與思想的白色群相混。
摧毁了古典主義的語言辭藻的貴族化。

浪漫主義是布爾喬亞文學發展的一個階段——是開創資本主義文化的一個過渡期。在文藝思潮流變過程上的供獻,浪漫主義是完成了對於貴族的古典主義文化的否定。浪漫主義者雖然是和布爾喬亞不調和的,但並没有反對的作用。在生活的反映上,浪漫派是“布爾喬亞生活形態的否定之理想化了。浪漫派的藝術,實在就是這個理想化”。然而,浪漫主義的功績更在於開創了文藝創作的領域,如主觀心理體驗世界的建立,個性描寫的夸張,乃至地方色彩的描寫,都是爲現實主義完成了□道的工作。

布爾喬亞發展到確定了自己的勝利的時候産生了現實主義。現實主義也可以説是布爾喬亞最後完成的文藝形式。如果説浪漫主義是破壞性的,則現實主義是建設性的。

前面已經講過,文學是生活的反映,一切文學都是從現實出發的。古典主義和浪漫主義都有現實主義的成分,我們從莎士比亞、歌德、雨果等作品中,同樣可以看到人物性格的現實主義的描寫。不過到了十九世紀布爾喬亞社會到達了完成的時代的諸作家,現實主義才得到完成,才更爲廣泛的、多方面的描寫現實生活。

資本主義推動了自然科學的發展。盧那卡爾斯基説:“資本主義要求物理學、化學、生物學等的發達。——許多知識階級出身的人,把自己的努力獻給科學的知識。這種現象馬上反映到藝術上來了。現在藝術家所重要的是現實,非觀察現實不可,非認識現實不可。……”這時候文學與科學開始了結合,左拉在《實驗小説論》

中說:“自然主義是由科學運用到文學上的一種方式。”這雖然是近代的事,但在文藝復興時代已見其端,如文藝復興期的寫實作風的建立,古典主義時代的理性主義,都是算是實驗主義與實證主義的開始。

現實主義割斷了詩人內部世界的幻想,接近了現代的現實生活,表現的內容是以都市生活爲其主要的源泉;有如浪漫主義者著重於描寫農村鄉野的自然風物,它是以現代都市生活及其人物性格的描寫爲主要對象。

處理文學的方法,主要的是正確的觀察並且反映現實周圍的事物,在當時被認爲現實主義的定義是“社會環境的精確的再現”。作爲偉大的現實主義的作家的巴爾扎克,他描寫精確的程度,從他的以十九世紀前半期的法國資産階級爲背景的《人間喜劇》的著作上來看,竟然與馬克思在《資本論》中研究資本主義的本質有著同樣的精髓。

《人間喜劇》之成爲十九世紀法國社會全貌的描繪,正如作者巴爾扎克自己所說的:“這樣,自上至下,在一切情形中的社會,無論法律、宗教、歷史、現代,我都加以分析和觀察。”如此大規模的描繪了全部社會的風貌,精確的反映了布爾喬亞社會的全部結構,深刻的觀察和分析了當時社會環境與人的關係。巴爾扎克在《歐也妮·葛朗代》中首先指出了支配著布爾喬亞社會的最大的繼力者,他寫道:“金錢便是一切,它支配著法律、政治、風俗、習慣。”在這篇小説中的主人公老人葛蘭代,便是一個用全部精力注視著利潤的守財奴,可以説是掘發了資本主義時代的特徵的描寫。

一般説來,自然主義可以是現實主義的同義語。自然主義是承繼了現實主義而更爲夸張、更爲透徹的達到客觀主義的描寫方法。自然主義者特别著重於客觀的反映,以實地觀察爲主要寫作方法,完全摒棄作家的主觀作用。小説中的人物,完全從現存的社會上去尋找。這種“自然的抄襲”便成爲自然主義者的主要教條。實踐主義者泰納的主張:“小説家在他們的作品中只是一個證實者,他既無權評判,也不應妄爲結論;他同科學家一樣,應當對於自然界作審慎精密的研究。"這就是自然主義者的"按照事實以描寫真像"的創作方法，而造成了冷静的、超然的純客觀主義的文藝形式。

批評家拉法格曾經指出："一般的布爾喬亞的現實主義者，這些人不能够認識社會之中的過程，而想要用經驗主義的表面觀察來冒充科學的認識。"因爲它不能從認識現實達到變革現實的路。但是，由於許多卓越的現實主義者所曾開創了的道路，使文學能够更廣泛的反映現實生活的這一點上，確然是無容抹殺的。一如拉法格所説："指出小説的新的道路，在小説裏描寫和分析現代的巨大的經濟機體，以及他們對於人的性格和命運的影響——這是一個勇敢的決定。"

雖然如此，這種"照相主義"式的純客觀主義，不但引致了有如上述的缺點，而且被某些人利用爲達到某種目的的手段。例如左拉在他的《小酒店》中，雖然只是企圖客觀的描寫死人，但是由於作品的□□思想的虚僞及創作方法的不正確，在裏面上却變成了對於工人層的證據(工人純樸的酗酒而死)，"這種槍械的照相機主義不能够觀察社會生活的真實現象和一般的發展趨勢，而只能是偶然的抓到一部分現實的印象；這種部分的停滯的印象，脱離了全體，喪失了現實之中的變動性，就不能够不違反真實"。但是，巴爾扎克在現實主義上所供獻的意義便不同，正是由於他能够在布爾喬亞的現實主義的範圍以内看見社會發展的原因和傾向的原故。

前面説到，現實主義是布爾喬亞文學的發展的最高階段，"在資本主義裏面，文學(一般地藝術也同様)達到了一定的發展階段，就開始崩壞，踏上了破滅的道路"(見吉爾波丁《布爾喬亞藝術的没落》)。十九世紀末資本主義已然，達到了爛熟的程度，資本集中在少數的資本家手里，造成了大量的破産者、失業者，内在的矛盾日益加深，生活秩序失掉了平穩。這些限制了現實主義的發展，作爲布爾喬亞的現實主義作家開始逃避現實，對於自己的必然的厄運，回避起來，對於現實加以歪曲，重新傾向於幻想的世界(但這不同於浪漫主義的幻想，因爲浪漫主義時代或多或少的還帶有著高昂的熱情與熱烈的革命情緒，到了十九世紀末的傾向於幻想，則完全沉入於頹廢、絶望的深淵中），這就是十九世紀的“世紀末文藝思潮”的發生。如這時期的頹廢主義、象徵主義、唯美主義等等都是。

他們的走向於幻想的世界，是企圖把醜惡的現實世界加以美化，企圖挽救布爾喬亞的没落，他們在這樣的政治意識之上，使用著一人工們來映照著他們的幻想改造生活，把人引入空想的世界來掩飾現實世界的没落。

反對科學，排斥“自我”以外的真實世界，頹廢派作家巴萊斯□曾著重的夸張著藝術的自我世界，他説：“我們的□，我們的宗教，我們的國民感情，是全都被破壞了，我們不能從這些裏面尋求生活的標準。於是，在期待我們的教師們爲了我們建立是以信賴的真理的時候的中間，我們除出依據唯一的現實的東西——我們的自我以外，就没有别的了。”這是極端的主觀主義者，在他們看來，外界的一切都是非真實的東西，於是他們□在生活環境的上面，追求著“奇迹”的世界，披上了神秘的外衣，來挽救他們的外界存在的“破壞”了的生活形態。

唯美主義者也同樣是架空的藝術，主張從人生游離。唯美派的大師王爾德批評現實主義的藝術説：“一切惡藝術都是從復歸於自然和人生而産生。”他主張著：“藝術除出他自身之外，什麽都不表現。藝術有獨立的生命。”

從表面上看來，僅是“爲藝術而藝術□的不表現藝術以外的東西，但在實際上，他們雖然叛逆著現實環境的生活，而對於那根本的社會組織却予以尊重的，只是使用了“人工的手法”來看護著它。這正如王爾德在《論社會主義》一書中認爲社會主義乃是實現唯美的資産階級的理想。這正是意味著把人導入於幻想的美境的一種特殊作用。

但是，唯美派的王爾德也終於爲現實所争服了，當他入獄以後，經驗著另一種現實的生活，他的架空的思想破滅了，使他理解了個人以外的世界。

文藝思潮是人類生活鬥争的反映，我們從文藝復興後一直到世紀末的文藝思潮的流變中證明著了。到二十世紀,由於社會思想達到了非常複雜的時代,這種鬥争生活的表現也愈趨於明朗。

我們從二十世紀的文學中,看到了這一複雜時代的生活的全部。在二十世紀的初頭,資本主義發達到了最後的階段,企業集中,工業技術有了飛躍的進步,機械是這時代的主宰,爲了穩定國内的矛盾,殖民地的占有變爲了資本主義的新的"鬥争"。這時候反映到文學上的未來主義,表現了都會生活的機械運動、夸張力的美,謳歌侵略主義的英雄,贊美殖民地掠奪的戰争,這如義大利的鄧南遮所歌唱的:"亞得利亞海,是義大利的海。""呵！海呀！呵,榮譽呀,呵呵,義大利的武力呀!"他是義大利帝國主義的號手。不過,由於生活的不同,所走的道路也是不同的,俄羅斯的未來派詩人瑪雅可夫斯基却走入了革命的隊伍,成爲革命大衆的歌手。

勞動運動在這時候蓬勃起來,成爲了二十世紀意識生活的主流。第一次的世界大戰暴露了帝國主義的殘酷的真貌,兩種力量的鬥争便益趨於尖鋭化。新的潮流澎湃起來,使得全世界有正義感的作家都受了這一澎拜的潮流的影響。

大戰成爲了"良心的激發"的源泉,一個内心體驗的詩人巴比塞被革命所震動了,他從内部世界走到現實世界上來。他從戰争中回來的時候,寫下了有名的反戰小説《火綫下》,揭露了帝國主義戰争的真象。和巴比塞一樣,許多世界偉大的作家如羅曼羅蘭、甲克倫、支維格、辛克萊等等,都成爲了這新的生活意識的擁護者。這一新的思想成爲了二十世紀文藝思潮的主流。

高爾基在《關於現實》一文中指出了舊社會存在著的兩種現實,一種是支配者底現實,他占有著一切科學、藝術技術底可驚的成就;另一種是歸屬者,被征服者的現實,是處於艱辛的勞動和肉體的頽廢的赤貧中,失掉了文化生活的人們。雖然幾世紀以來,有過不少的學者們努力使這兩種現實調和起來,但是他們之間的距離却越來越遠了。

這兩種現實孕育著,生長著他們自己的作家。

一九一七年,世界六分之一的土地上,發生了革命,建立了一個亘古未有的新的社會，在這社會基礎上創造了第三種現實，這新的社會"決心要廢棄這充滿血腥的犬儒主義、無耻的虚僞、欺騙、殘酷和醜惡的、難以和解的兩種現實……而來創造社會平等的真實的第三種現實"（見高爾基《關於現實》）。在這新的基礎上面，在這新的生活中，產生了新的現實主義。

新的現實主義綜合了過去一切創作方法的優點，因爲在這新的基礎上面，把"兩種不斷矛盾著的"事物解消了。我們已然一再的説過，文藝是社會生活的反映，但由於舊的現實爲他們自己底"生活關系"所限制，不免使他們的描寫，有意或無意的歪曲了現實。即使如巴爾扎克那樣偉大的現實主義的作家描寫範圍的廣闊，反映現實的正確，但他終於不能不受到舊的現實的限制，不能發展到更高的程度。

新的現實主義，"不但是在於批判舊現實或者暴露舊現實底惡德底傳染性。他們的任務，是研究、具象、表現和依著這些手法來肯定新現實的"（同上）。這就是説不但要認識現實，而且要變革現實。

舊的現實主義主要的是描寫個人的東西，是與社會的生活對立或游離的個人生活的狹小範圍的描寫。新的現實主義必須"個人的生活"和"社會的生活"統一起來。

新現實主義不是一個突然出現的東西，它是綜合一切文學傳統的優點而發展到更高階段的東西，他結合現實主義與浪漫主義，這在舊的文學上是互相切離的。照高爾基的意見，欠缺浪漫主義，便是現實主義的限制。因爲浪漫主義增强了現實主義以高揚、以鮮明的積極表現的方法。理想和現實在新的社會發展法則上是統一的。

高爾基指出了愛斯曼所寫的以一九〇五年的大屠殺爲題材的小説，所以表現爲悲觀主義的原故，乃是由於作者不能從現在去看到未來，他説："你的小説裏，有些表面的東西，我是必須反對的……我覺得在人殺人的事實之上和之外，你切不可只看到那指揮殺人者的手，而且還要看到那個正碰著自己迫在眼前的命運，而指揮著這手的人的瀕死的恐怖。"這裏指示著作家要從現實的發展中,預見著必然要來的"真實"。單是從静止的事象上予以反映的"現實主義",只是如前面所説過的一種照像的客觀主義。新現實主義的作家必須"一面描寫人類意識變革中的行動之心理,一面還描寫著從這些人們的行動及相互關係所産生的社會的諸關係之變化"。

新現實主義的創作方法,已然成爲今日世界進步的作家所有的了,雖然還没有達到最高的完成,然而它的確是反映今日這樣豐饒、繁複、多變的現實生活的最爲適合的方法。

在第一段,曾經説到過中國的文壇上紛然雜陳著各種各樣的表現形式,二十幾年來的新文藝運動,曾經將歐洲二三世紀的文藝思潮統統的反映了。有人稱之爲單純的殖民地的"移植形式",其實不然,在中國雖然不能判明的分開每個思潮的段落,但也各有其社會背景,由於近三十年來的中國社會性質的連變性反映到文藝思潮上來的,自然不同於在歐洲所經過的路程。

單純的"移植性"是不存在的,他必然有著自己發展的社會背景,否則,"五四"以來的新文藝早就遭遇了滅亡。二十幾年的新文藝思潮的演變,一如中國社會發展的情勢。有人指出新文藝中同樣接收了布爾喬亞没落的藝術樣式如頽廢派之類,但是它並没有起過主導作用,特别是近十年來,新文藝的主潮是現實主義的,一如社會發展是向著革命的傾向一樣。

現階段的中國新文藝運動,在民族革命的抗日戰争當中,更廣泛的、深入的執行著新的現實主義的創作方法,突入生活的密林,在認識並變革著現實的意義上,反映了並且教育了今日在民族革命中的戰鬥者。

從來没有任何一個偉大的作家可以離開了生活,不在生活中決定自己的態度,而能創造出偉大的藝術的。我們可以從文藝思潮的演變中,知道文藝和生活決定的意義了。如吉爾伯丁所説:

> 只有知道生活,參加生活,只有決定在現實中的正確的態度,才能創造出最有價值的藝術品。

五四紀念日

談文藝批評與鑒賞

一

在一篇紀念俄國文學批評家伯林斯基的論文中寫著:“他向全世界發現了並說明了偉大的俄國作家的全部任務……他批評的箭頭比文學還射的遠,射中的標的比文學還大。”他之所以成爲俄國文學批評的奠基者,不僅是由於他用分析藝術典型的方法來給人們解説那時候醜惡的現實,更在於他能够以他的聲音警醒了睡眠的人,叫他們起來與民衆的劊子手作鬥争。

這正是説明了:只知道以種種方法説明世界是不够的,真正的問題是要變革世界。

二

曾經有人將鑒賞與批評分爲二件事而加以注釋道:鑒賞是主觀的,没有利害感的;批評是客觀的,有目的性的。這種區分似乎是把發爲文章言論的認爲是批評,否則便是鑒賞。實際上看來,鑒賞和批評是都具有利害感的,鑒賞的原則已然包括了批評的意義,單以形式來判别,是容易把真義朦朧起來的。

盧那卡爾斯基在《實證美學的基礎中》寫道:“凡是助長生活的,就是真,就是善,就是美,就是一種積極的、好的、動人的東西;凡是毁壞或降低生活以及限制生活的,就是僞,就是惡,也就是醜,就是一種否定的、壞的、動□的東西。”這不是很好的解説了任何事物都具有著利害感嗎? 這不是很好的説明了“美學是一種評價的科學”嗎?

鑒賞和批評都是基於讀者對於作品的一種認識的反映。認識的程度有深淺,所以對於作品的看法也就不同,而這種不同的認識正是説明了或表現了讀者對於作品内容的適應能力的差异。

這種差异是從什麼地方發生的呢？這和作者的選擇題材反映現實是同樣的，第一是生活，第二是階層關係，第三是文化水準。由於這些條件上的差异而致使對於一件作品的欣賞能力發生了相當的距離。

讀文藝作品和讀理論不同，雖然二者都同樣是認識現實、反映現實的，不過前者的方法是用具體的形象來反映現實、描寫現實。作者把具體的藝術形象擺在讀者面前，使讀者有如同作品中的人物一同呼吸、一同喜怒的感覺；但是這種感覺的適應能力却有著不同的差异。爲什麼呢？第一，讀者和作者對於現實認識的能力和方法不盡相同，致使讀者在鑒賞作品的時候，他的感覺上的反應力便發生了差异。第二，作品中表現的現實有本質與現象，現象的每一片段、每一發展，都是爲了表現本質的某一面及其開展的程序，但是讀者往往只看見作品中的某些片段的現象，而没有看見本質，因之往往有只據其一而概其全的看法。

舉例來説吧，《金瓶梅》一書在中國是以誨淫著名的，甚至以流傳版本爲最大的罪惡者，如《勸戒四録》中説："蘇城版楊氏，以鬻書爲業，家藏《金瓶梅》版，雖銷售甚多，而爲病魔所困，日夕不離湯藥，娶妻多年，尚未有子，其友人戒之。……楊爲驚悟，立取《金瓶梅》版劈而焚之。"但是《金瓶梅》的本質並不在於淫穢的描寫，而在於暴露當代黑暗政治、諷譏官僚搢紳，尤以對於人情世態描摹之深刻，正如魯迅先生在《中國小説史略》中所寫："作者之于世情，蓋誠極洞達，凡所形容，或條暢、或曲折、或刻露而盡相、或幽伏而含。"以及"描寫世情，盡其情僞，又緣衰世，萬事不綱，爰發苦言，每極峻急。然亦時涉隱曲，猥黷者多，後或略其他文，專注此點，因予惡諡，謂之'淫書'，而在當時，實亦時尚"。我們可以知道後人之所以略其他文，專注此點而成淫書者，決不是把握到作品的本質，而是割裂片段的現象，况且這些現象並非是《金瓶梅》作者的空想，而是當時的"時尚"，如魯迅先生特别指出的："成化時方士李孜僧繼曉已以獻房中術驟貴，至嘉靖間而陶仲文以進紅鉛得倖于世宗，"都是説明當時的頹風所及，致使"世間乃漸不以縱談閨幃方藥之事爲耻了”。

由於看法的不同,致使得到的結論也不同,讀者對於作品鑒賞的利害感的反應也就在這裏表現出來。《金瓶梅》中所表現的人情世態官僚搢紳,既是社會的現象,而其中描寫刻畫猥黷□曲也同樣是社會的現象,這些各個部份現象的互相聯繫,便是構成了社會生活的有機底全體,便是作品所要表現的本質,是不容割裂的,不容切離的。

這就是爲什麼一個批評家必須指出藝術作品的本質,必須解明藝術的創造物與現實生活的聯結的意義。而要在認識事物的過程中看出那些是歪曲了事物的本質的,那些是把握了事物的本質的,這就有賴於正確的世界觀、正確的認識方法,使讀者正確的認識和理解了藝術作品的本質,也才能使讀者正確的鑒賞和批評藝術作品的價值。

三

一定的世界觀產生著一定的文藝批評,所以在批評的方法上便有著科學的、觀念論的、人文主義的、唯美主義的等等。

比如觀念論的理論根據是,以爲世界上真正存在的事物只有觀念,物質只是精神的反映。叔本華甚至説:“觀念可以脱離人類而存在,縱使宇宙毁滅,藝術也可永存。”它使認識活動隔離了社會人類的實踐,變成一種超時代、超現實的架空的藝術,因此,觀念論者認爲巴爾扎克的《人間喜劇》創造了十九世紀的法蘭西社會,屠格涅夫發起了虚無主義,而倫敦的霧是英國的畫家所創造等等諸如此類的奇妙的論點。這是“把人類的心理活動無理地隔離了人間,無理地夸大著,灌入了一種只存在哲學家想像中的、假想的、現實性造物主的屬性,然後才使人類心理活動鑲到自然和人類歷史裏”(見賽夫金《觀念論》)。由於認識的方法的錯誤,才產生了諸如此類的倒果爲因的批評。

文學的批評史和文藝思潮的發展差不多,在批評的方法上,也不外是現實的與浪漫的。一種是崇尚客觀的,一種是崇尚主觀的。

無論是客觀的批評、鑒賞的批評,抑或是歸納的批評、演繹的批評,都是不外上述兩種觀點。如歸納的批評,是近於實證主義的方法,以客觀的態度,羅列事實,解釋内容,從各個文藝作品的研究所得,歸納成爲一種結論。這是一種純客觀主義的批評方法。演繹的批評,則以先有的一個主觀的標準,作爲批評的尺度,如以古典主義的法典爲原則,在批評戲劇時,一定是以合乎"三一律"的標準與否爲審美或評價的一種規範。

主張批評應該只是一種客觀的説明的,以實證主義的泰納爲代表,他把一切作品構成的要素認爲是作者的種族、社會環境和生存的時代所決定的,而把作者的個性放在异常不重要的地方。實證主義者把作品的研究放在不變的種族、環境及時代的三要素上,而不能深入一步的從社會本質的發展上找到創作的根據,只看到自然的力量、表面的現象,所以實證主義者的純客觀的藝術方法僅僅變成一種社會表像的呆照,一件作品的外在的詮素或説明。這主要的原因是没有觸到更爲基本的因素,這因素就是社會經濟的基礎。

批評家之所以能够正確的分析藝術典型,所以能够正確的究明創作與社會生活的聯結的意義,則完全須具備著正確的社會學的研究與新的美學的觀點。

把藝術認作"跟物理學一樣客觀的"自然物,是和把觀念——心理活動當作藝術的主要物來看是同樣不合理的。

常識告訴我們,構成藝術的要素之一的是情感。把活生生的人與人之間的聯結,分割爲植物學的分植,那不是天大的笑話嗎?

我願意再説一遍,藝術之所以能動人的,能唤起人的同感的,便是作者所賦予藝術的豐富的情感。但是情感决不是單純的"心理活動",而同樣是爲其經濟基礎的反映。這就是爲什麽一篇作品在某些人讀來是感動的,另一些人讀來便相反的原故。羅斯金曾經舉過一個很好的例説:"少女能够就失去了的愛情而歌唱,但守財奴却不能就失去的金錢而歌咏。"這正是説明了情感的呼應也必須有其基本的條件的,藝術之能以强力的捉住人們的感情的,是首先喚起著人與人之間的同感。爲什麽守財奴不能就他失去的金錢而歌唱,因爲它不能喚起人的感動,不能使讀者和他的感情聯結起來。也就是爲什麽作爲今日日本軍閥的號筒作家的創作成爲没有價值的没落的東西,因爲它不能把那“虛僞的裝飾”喚起别人的同感。如果我們讀著一個帝國主義侵略者在祭悼他的部下的士兵所寫下的祭文的時候,將有著怎樣的反應呢? 只要想一想便了然了。這不是非常明白的事實麽? 鑒賞能够是没有利害感的嗎?

否定了鑒賞的利害感,則必須首先取消了藝術的功利性。

四

正確的批評和正確的藝術創造是同樣的,必須使美學和社會學聯結起來。美學和實踐是不能切離的,脱離了社會實踐的美學是架空的,而且是不可能存在的。美的存在是生活鬥争的積累,所以美的觀念並不如一些觀念論者所認識的永久不變的純粹的東西。

隨著新的社會的發展,舊的美學的原則被破壞,新的内容、新的範疇在逐漸地完成著。這正是因爲新的現實使“美學的内容和藝術的詩化的對象都變化了”(倍斯巴羅夫)。在新的現實生活中,改變了人與人之間的關係,改變了人類對於勞動的看法……因此,促使著美的觀念重新建立了新的範疇。

它發生在藝術作品的分析,完成著重要的任務,美學的課題,乃是分析藝術品的主題怎樣地被實現著,這一評價是把藝術性與政治性統一起來看的,雖然有人往往把政治和美學對立起來,實際上美學和政治的課題是必須統一起來的,不通過了完全的藝術性,“詩”是不存在的,“批評家不應停止在藝術的要因之社會的評價上,而還要給與它們的美學的評價”,因爲“單只是於社會的分析上,是不充分的。因爲這只是給予了藝術作品的一面,而没有在我所有的完全性上去處理這藝術作品”(倍斯巴羅夫《批評論》)。

關於這一點,在我們的評壇上,也有過類似的争論,這便是文藝大衆化問題中間的藝術性與宣傳性的問題。一面是以爲“社會價值"增高了,一定會減消了"藝術價值",所以反對"藝術降低",以致于某些戴著白手套的人們便公開的宣布了:宣傳的大衆化文藝還是讓給另外一些人作吧! 實際上,我們必須應該理解,社會價值和藝術價值是統一的,惟其是統一的,才能構成完全的藝術品的價值。

另一面是把批評的任務重心放在政治的評價上,只是説明著正確與歪曲的社會的分析,而没有理會到作品中的政治意圖是通過了怎樣的形象化而表現出來,被作者創造的典型所喚起讀者的感情的反應達到怎樣的程度等等的美學的問題,以致於在教育和影響的意義上,減消了極大的效果。

不可否認的,藝術本身就是一種教育。高爾基曾經特别强調的指出,文藝是一種社會的事業,它是生活的影響者。批評的意義正是通過了藝術形象的分析與社會生活的分析,而另以最大教育的效能。而所以能强大的發揮著教育的意義的,只有結合著社會學與美學的統一。

五

除了上面所提到的關於社會價值與藝術價值的争論之外,在我們的論壇還有兩種值得再提起的有關文藝批評的論評。

第一,是説我們的文藝批評落後了,没有能够擔負起指導今日——抗戰以還——作家的任務。

第二,是説作家應該不必管批評,因爲從今日的批評文字中所取得的,並没有超過了邏輯公式的空洞原則。

一句話,抗戰以來,我們的文學批評還没有能够盡到它所應盡的任務。因此,上面的二點論點雖有不同,意義却是一個。

不可否認的,儘管抗戰以後我們的文藝批評,仍然或多或少地在自己的崗位上發揮著最大的熱忱與努力,在抗戰文藝運動的推進上,盡了相當巨大的作用,但是努力的成績,實在還差得遠。説是落後於文藝創作,也並非是冤枉的。

抗戰以後,新的生活條件,新的社會環境,改變了原來局促在上海租界裏的作家們,使他們接觸了廣大的天地。但是,在今天看來,作爲抗戰文藝推動的主力的,已然是那些完全從新的環境中生長起來的,雖然是陌生的,然而却是健壯的文藝的新芽,這力量——一支生力軍一樣,使中國文藝向前推進了。自然,這些新的部隊,嘗試在許許多多深入到群衆中間去的作家,影響著和教育著的不可抹殺的功績。

就在這個時候吧,我們曾經聽到了各種各樣的論調,公式主義是其一,而較爲别有作用的,却是提倡"與抗戰無關",理由是説今天的創作物大部分是"抗戰八股"。關於公式主義,關於抗戰八股,過去都曾有人論到過、批判過,這裏不想説了。

然而,我們却不能不注意到大量産生著的年青的作品,是如何迫切地在要求著批評,要求著建立起今日的文藝批評。

這裏我想引一段倍斯巴羅夫在蘇聯第二次作家大會中的報告,關於蘇聯的批評狀態,他説:"我們没有充分地注意到青年作家的幹部者,我們想論説成名的作家。但在最近具有新的手法的許多新作家,它在文學上登場了。……但我們並没有去評價他們的勞作。在這領域上,不但有許多有價值的東西,並且還有青年作家間的偏重樣式和偏重冰冷的經驗論的傾向。……批評應該利用時機,協助青年作家的成長,指摘他面前的危險,指示他的工作。"這段話,在我們今天場合上,似乎尤爲迫切。盧那卡爾斯基在一篇關於文藝批評的論文中也寫道:"真實的批評家——即所謂最高的典型的批評家,應該成爲教師,尤其是年青的或剛才開手的作家的教師。"

是的,所謂教師,應該解釋作教育的意義的。自然,這並非是批評家的全部工作,並且也並非是説把批評家擺在作家之上,變爲一種致訓似的情□。不是的,如果我們認爲"學習的事,還應該大加緊實"的話,批評家和作家在學習的意義上,都必須有更加努力的必要。如盧那卡爾斯基補充了上面的話説:"批評家不但教導作家……還從作家學習許多東西。"

在今天這樣多采的、豐富的時代中要建立起我們的嶄新的文藝,也必須建立起嶄新的文藝批評。正因爲偉大的文學時代,是必須由偉大的作家與偉大的文藝批評家的協力,才能完成的。作家和批評家應該是“一個任務的兩個部隊”。

所以,説今日的批評還落後於創作,是不可否認的事實。但是非難是不必要的,問題在於怎樣來克服它。也就是説要怎樣的加以强調,使它在今天的文藝運動上面加進一支偉大的力量。同時,必須的集中注意地克服上述的邏輯公式的單純運用。擺在我們面前的課題是明顯的,因爲是藝術作品,是形象創造,那就不能以判别論文一樣的加上“是”或“否”,而必須“研究現實,要比作家更知道現實,不要局限在文學所與的東西裏,而要把文學的形象爲基礎,造出結論,加以著進化,不止於做藝術作品的評價者,解説者、而且要做“現實的引路者”(倍斯巴羅夫)。只有這樣,才能克服了社會學原則的空洞運用,才能廣泛認識及分析現實生活與藝術形象的聯結,才能够不但是指出作品的意圖,而且指出這意圖是怎這地被表現著,才能够使文藝批評成爲積極的、教育性强大的事業。

否則,單是社會學原則的運用,如果不從社會的實踐中去廣泛的分析與認識現實生活的真象,那所犯的錯誤並不減於邏輯公式的單純運用。我曾經讀過一篇批評描寫在前方的官僚主義的作品的文字,他認爲官僚主義愈到前方愈薄弱,而認爲這篇寫前方的官僚主義的作品是不合邏輯的。然而錯誤的、不合“邏輯”的却在前者,而不在後者。爲什麽呢?因爲這位批評家只依靠了他所知道的空洞抽象的原則,而没有從社會實踐的根本性質上去理解和研究這一形象的正確與否。

總之,離開了實踐,把原理原則當做教條來使用,則在任何場合上,都只有失敗的命運。

六

文藝批評和藝術創作同樣的是一種社會事業。他們有著同一的任務,作家和批評家之間的正常的關係並非是“教師”與“學生”,而是同一的文學運動中的兩種部隊,而是共同作戰的戰友。我們應該把他們理解爲:“藝術家創造形象,服務于真理,批評家分析藝術的形象和現實的過程,服務於真理。”

因此,我們必須理解批評不是專爲作家而寫,正如同創作並非爲批評家而寫一樣。

這同一的任務是要把現實之主要的、積極的、美妙的化爲藝術,普及於大家,普及於社會。也就是説,尤其重要的,它的對象是讀者。

“批評家非也是讀者的教師不可”,盧那卡爾斯基强調著説,“作爲時而警告嘴裏有甜味的毒的人的批評家;爲要顯示偉大的核心,而敲破頭的外皮給人看的批評家;將落在陰影裏的寶貝,打開來給人看的批評家;……在我們的時代,在多數的尊敬的,然而又無經驗的讀者正在出現的時代,是必要的引路者”。

但是,這不是説批評是介於作家與讀者中間的文學的附屬物,因爲它的作用不止於説明或詮索,而是指導文學的有力的武器。

現實是一個完整的體系,不但要知道過去與現在的,而且還必須從發展中看到未來的變革。因此,我們要深刻的、正確的理解我們的現實,就必須要認識從舊的中國發展到新的中國的歷史的道路,就必須要正確的理解中國的社會性質、民族性乃至它發展和變革的道路,解放戰争的主要目的是掙脱殖民地與封建統治的枷鎖,是民族革命,同時是民主革命。無疑的,在取得徹底的勝利之前,社會性質仍然存在著,然而我們同樣的必須不逗留在這一停滯的觀點上,還必須從那逐漸的演變中,看見而且堅信著那代表著新的力量的蓬勃的生長。

没有例外的,批評——我們所需要建立的文藝批評的基本性質,不但是要深刻的研究、理解我們的文學的成長過程,加以具體的評價(文藝史的研究與批判),而且重要的是必須對於殘存的舊的封建文化以及殖民地文化予以批判,才能完成建設新的民主主義的文化,才能協助新的力量向上成長。

上面所指的封建文化,是説封建意識的殘存,不但是在舊日的作品中,而且同樣在今日的作品中存在著,對於這殘存的意識而作戰,不但是作家的任務,而且也是批評家的任務,因爲這一鬥争是爲了建設我們新的文化的必要的過程。

七

那末,文藝批評的建立,有如上述,是建設我們的新的文化的一部分,是完成整個文藝運動的一支主要的部隊。但是,將怎樣地來完成新的現實所賦予批評的任務呢?將怎樣地增强文藝批評的力量,克服過去所以落後、所以做著的一些缺陷的問題呢?

首先是方法的問題。新現實主義的世界觀决定了作家對於現實的態度的表現,同樣也决定了批評家對於現實和處理文學的材料上的社會典型之分析的態度,這是第一。

第二,典型的分析,不僅是在於使讀者對於形象具有具體的認識、及其包含的教育意義,而且必須具有新的美學的規範,將作品中的意圖通過了怎樣地形象表現的:是否正確的具備了完整的藝術形象,是否達到了最高的動人的情感的抒發,是否充分的創造了魅人的典型等等。

第三,關於文學語言的問題,確然必須注意,特别是在今日的若干作品中,有著不大關心語言詞彙運用的問題的。語言即是表達思想的工具,而且是與社會生活、風俗習慣保持著密切的關係。則越是採用著正確的、富有生彩的語言,越見魅人的表現著藝術思想的感染,越是能够加强普通於大衆的效能。

我們的文藝批評,不但要打擊那些壟斷主義者,那些斷種政策者,那些白手套的紳士癖的人們……而更重要的乃是要協力地完成著我們底文藝新軍的建立。

最後,我願意再重複一次地説,只知道以種種方法説明世界是不够的,真正的問題是要變革世界。

六月中在重慶草

寫作閑談

郁達夫 撰

《寫作閑談》載於一九三九年十一月十九日新加坡《星洲日報星期刊·文藝》。《星洲日報》,一九二九年一月十五日由南洋胡文虎創辦,是馬來西亞有影響的中文日報,至一九四二年因日軍南侵而被迫停刊。一九六五年發行馬來西亞文版。本文從“文本”、“文章的起頭”、“結局”三個方面談寫作問題。“文體”方面,作者强調,“文體像人”、“文者人也”、“言爲心聲”;“文章的起頭”部分,作者强調了文學作品開頭的重要性;“結局”部分,作者認爲“曲終人不見”的寫法更爲高明。

一　文體

法國批評家說,文體象人;中國人說,言爲心聲。不管是如何善於矯揉造作的人,在文章裏,自然總會流露一點真性情出來。《鈐山堂集》的“清詞自媚”,早就流露出挾權誤國的將來;《咏懷堂》的《春燈》《燕子》,便翻破了全卷,也尋不出一根骨子(從真美善來說,美與善有時可以一致,有時可以分家;唯既真且美的,則非善不成)。所以說,“文者人也”、“言爲心聲”的兩句話,决不會錯。

古人文章裏的證據,固已舉不勝舉,就拿今人的什麽前瞻與後顧等文章來看,結果也决逃不出這一鐵則。前瞻是投機政客時,後顧一定是漢奸頭目無疑;前瞻是夸党能手時,後顧也一定是漢奸牛馬走狗了。洋洋大文的前瞻與後顧之類的萬言書,實際只教兩語,就可以道破。

色厲内荏,想以文章來文過,只期得一時的少數人而已,欺不得後世的多數人。“殺吾君者,是吾仇也;殺吾仇者,是吾君也。”掩得了吴逆的半生罪惡了麽?

二　文章的起頭

仿佛記得夏丏尊先生的文章作法裏,曾經説起頭的話,大意是大作家的大作品,開頭便好,如托爾斯泰的《戰争與和平》的開頭,以及島崎藤村的《春》《破戒》的開頭等等(原作中各引有一段譯文在)。這話我當時就覺得他説的很對(後來才知道日本五十嵐及竹友藻風兩人,也説過同樣的話),到現在,我也便覺得這話的耐人尋味。

譬如,托爾斯泰的《婀娜小史》的起頭,説:“幸福的家庭,大致都家家相仿佛似的,而不幸的家庭却一家有一家的特异之處”(原文記不清了,只憑二十餘年前讀過的記憶,似乎大意是如此的)。

又譬如,斯曲林特白兒希的《地獄》的開頭,説“在北車站送她上了火車之後,我真如釋了重負”云云(原文亦記不清了,大意如此)。

真多麽够人回味。

三　結局

浪漫派作品的結局,是以大團圓爲主;自然主義派作品的結局大抵都是平淡;唯有古典派作品的悲喜劇,結局悲喜最爲分明。實在天下事决没有這麽的巧,或這麽的簡單和自然,以及這麽的悲喜分明。有生必有死,有得必有失,不必佛家,誰也都能看破。所謂悲,所謂喜,也只執著了人生的一面。

以螻蛄來視人的一生,則蛄微微,以人的人生來視宇宙,則人生尤屬渺渺,更何况乎在人生之中僅僅一小小的得失呢?前有塞翁,後有翁子,得失循環,固無一定,所以文章的結局,總是以“曲終人不見”爲高一著。

談文學

阿　英撰

《談文學》載於一九三九年《朔風》雜誌第九期。《朔風》，一九三八年十一月十日在北京創刊的文藝月刊，自第十一期起改爲半月刊，由方紀生、陸離主編。主要撰稿人有周作人、錢稻孫、金克木、辛笛等。作者署名阿英，即錢杏邨。本文認爲，判别文藝作品的標準應該是其藝術價值的高低。

有人説:“真正有力的文藝作品，應該是上口温醇的酒。”

對於這説法，我是不能同意的。

怎樣才是一篇文藝作品呢？這並不在上口是否“温醇”，或者上口是否“極猛”上來决定，而是要從作品的藝術性上來决定:我如此想。

相反的，“上口温醇”了，這也並不能斷定它就是一篇真真有力的文藝作品，而且“過後發作起來”，一定“醉得死人”。還得看看這“上口温醇的酒”的藝術上的價值。“題材只是平易的故事”，這當然没有什麽問題。不過，題材就是不平易，但那是真實的;或者，是偶然性的材料，而這偶然中表現了必然，難不成這樣的題材就不能攝取嗎？而且，即使是“上口温醇”而後又“醉人”了，這“醉人”是由於酒味的芳馨，還是由於酒内包含的毒素在發酵？在這上面，我們的文藝論者也不能不加以注意吧？不過，這是本題以外的話。

所以我説，“真真有力的文藝作品”應該從作品的藝術性上去看;把考察的重心放在上口“温醇”與不“温醇”上，不僅會使人“迷惘”，而且會使人重複踏回舊的“歧路”。

寫作談

謝人堡 撰

謝人堡的《寫作談》由陸續發表于《立言畫刊》"文學講話"欄目的二十篇話體短文組成(第十二則散佚)。作者謝人堡(一九一五—?),原名謝仁甫,雲南武定人。一九四〇年畢業於北京輔仁大學,後致力於小説創作。主要作品有短篇小説集《葡萄園》,長篇小説《春滿園》《逐流之歌》《月夜三重奏》等。作爲民國時期"作家批評"的代表,謝人堡的《寫作談》以作家的創作直感和審美經驗爲基礎,既有從整體出發對創作主體(作家)、文學文本(作品)以及文學修辭(諷刺、幽默、滑稽、笑)的獨到闡述,也有從某一文學體裁(如傳記文學)的特定視角出發的深入分析。

雕塑式與演講式

——寫作談之一

不論什麼作品,讓我們先由質的類分來,可以説只有兩種,便是雕塑式與演講式。

詩詞歌賦等類作品,多半是屬雕塑式的。但演講式的東西却只風行于現代,而且演講式作品多半是屬白話文學。不過白話文學倡始,直到今天,還有一件不幸的事情在滋生著,便是白話雕塑。雕塑好了可以算是文錦,但往往也是易於作綉花枕,這種情形流入"濃"的程度都很可能,以致濃得不可化。過去有人批評徐志摩底文章便如此。初學寫作之人,頗喜歡形容,遇事總得形容個七死八活,不肯輕輕放過,令人讀起叠綴生厭,這也可以説是白話雕塑吧。一直到寫作技能進步時,這無謂的雕塑或從中而减。

演講式正相反,演講式作品大部都是口語,人人可懂。價值是在以很淺的文字能道出很深的道理來,却是一件不大易。近代國際文學的趨勢,第一個特徵,便是演講式的趨勢。

果真雕塑式的作品能够雕得巧妙入微,自然不愧作者底一番苦工;不過這樣最好是適於詩和接近詩味的散文等類作品。若談創作,則雕塑式彷彿大有無用武之地了。一篇雕塑式的小説,縱使還原作者是如何嘔盡了心血,但却不易使人痛快卒讀,果能卒讀,則原作者底面前那該焚得香了。

演講式文章如果説是平原,則雕塑式的自當稱爲高峰了。平原上面可以布成無數的坎坷波紋,忽起忽落,奔放自由。但造高峰果真一事不完,結果出現千萬高峰,不料想高峰的數目也會無意中形成了一個高原,不過那是處處都在顯露著平滑的不自然和不可名狀的擁擠,最後也就無奇可觀,司空見慣吧!

若説文學要打算領導著時代,普及一般人底欣賞力,開拓著一個新穎的處女地,則雕塑式自應慚愧而回頭。

(一九三九年《立言畫刊》第三十九期)

作家感官問題

——寫作談之二

在談感官問題之先,應把這裏一個潛藏問題捉出,順便説説。所謂潛藏者便是寫實與抒情的兩種風格。不用説,寫實派作家自以客觀的描寫爲宗誠,頭腦似頗冷静。抒情之情當説出自主潮,一切作品,都在發揮自我表現,追求這表現的來由,却不外外界的刺戟與反映而生。

本題談作家感官,似頗中立,但寫寫看。

同是經驗一種對象,寫實作家却是純客觀去察驗,但抒情者反以是在尋求感官的刺戟,前者是複寫,後者是反映。可是複寫寫得怎好,恐還遠不如一張照相來得巧妙吧!况且喜于複寫的作家,既以客觀而冷静自居,作品是否可以易於喚起讀者底同情性,很是問題。古希臘之荷馬史詩《伊利亞特》是描寫著一件史事的作品,同時也頗是富有抒情風的作品,這正是古典與浪漫派的交流,中國《關雎》也未嘗不然。作家自應時時是在經驗社會,啓悟人生:作品縱然是大寫其實,如果寫出來奉與讀者,希求讀者底同情,最好是把自己所在深痛感受的情調參雜進去,一壁可以减低作品的乾燥無味,一壁還可以一人之心去引動天下人之心,這總較比好些吧!

很多作家都是在經驗或親查之外,還要尋求一些感官上有力的刺戟,然後才可以發揮出充滿情調的描寫來,這才有作品。

古今中外多少作家,大部之生活都是潦倒與慘淡織成,原因都是偏重於尋求官能的刺戟過深所致吧!作家一生既然大部都是無法擺脱去和"情感"打交涉,那末潦倒任他潦倒去!慘澹任他慘淡吧!

不過作家所有收受的感官刺戟,那正是一種獨特而自私的享受呢。即或是悲哀,但作家往往都是一種不自覺的參與的。

(一九三九年《立言畫刊》第四十期)

談産量與質

寫作談之三

偉大作家,我們固然不以産量的多寡來决定,但産量與作家所在獲到的聲望,却有一二相關處。若説是能够擔當一代文壇上最偉大者,空以一二微少的作品來論,是有人於不可能的;縱使那一二作品是可以留傳後代,那只可説是作者對於時代的反映之一部。

寡産作家之視發表作品,也許限於才能,也許視發表作品不是輕易之事,無形中抬高了發表的嚴重性。但無論怎樣,少量的作品,由事實鑒來,大部都是文筆精妙,雕塑入微,把好多工夫都嘔獻於字迹間了。

產量愈多,則文筆愈易走入淡雅而流暢的風格,不受任何拘謹,更不作那些無味的粉飾,實際決不專因拘謹和粉飾便可把道理吐得一腔而盡,只要説得高。

過去有人説過,近十年來中國文壇所在成功者,是小品文的成功。還有些人專在埋怨年來文壇没有長篇作品出現,頗抱荒凉之惜,自然是的。十萬字較好的創作不如五十萬言中長的創作,按事理不可解,但一般讀者對於長篇巨制的作品心理估價,往往如此。就是諾貝爾世界文學獎金也不外是以長篇創作爲問題的核心的。

另外還有一附屬問題要談,便是品質與靈感的關係。寫作——在動筆之前最好要有一充裕時期之醖釀,這醖釀不是説故事的結構和角色的分配,乃是説靈感的蓄積,使靈感濃釅化,然後發之爲文,一定壯麗可觀。不然無成熟時,觸筆易於流產,家常便飯也。

(一九三九年《立言畫刊》第四十一期)

傳記文學

——寫作談之四

小説是寫若干人的事的作品,而傳記却只是寫一個人的——一個人底生平史。在過去的舊紙堆裏,偶爾我們也可找到一些所謂"傳"。但等翻開一看,什九都是"×××人也,字×,居號×,生於××年……"却屬一手漂亮好帳,把帳印成小册,贈送親戚朋友,或是刻於石碑上,可真高雅多了。數年前曾見報上有一特欄廣告在徵求爲某人作身後傳,可見我們目前傳記文學之不景氣。不過嚴格説來,傳記文學在我們底園地裏,却還是塊處女地,在未開拓這處女地之前,我們至少應有幾件預約。

首先我們所要要求的,是應把傳記文學藝術化,傳記作品,不獨單是人之一生大事記,同時還應是一本最完美之藝術作品,而且必須含蘊著小説的情調、戲劇的結構、散文的華藻性和文字聲色的美與力的表現。其次便是時代的問題了。我們現在是以新的觀查去衡論前人底舊迹,故此我們要對前任應有重新的估價,把那既往的諛墓式的小調要重新試煉一下,以今人意境的眼光再去看看如何。

老實説,傳記的目的,不只是在求真,同時還要求美,這可説是傳記文學之一種新動向了。

實際傳記文學却是屬於歷史文學之一部,歷史原本記録,决不輕容揑造設想之處,史學所與傳記相异者,是在傳記需索藝術性,而史學則無。

中國傳記文學當推司馬遷爲開山老祖,西洋古代當推Xenophon,英國當推 W Roper,現在傳記文字較比發達的國家當推英國與歐洲大陸諸邦,不過各有各的神彩,不能一括而談。

中國現代却有幾位人曾作過半生自傳,但却不見成熟。傳記文學之於今日的中國,其沉沉如睡,或因缺少提倡吧!

(一九三九年《立言畫刊》第四十二期)

升華作用與解嘲

——寫作談之五

説升華,這究竟還不能算杜撰,只能説由其他科學之一種借用與引伸,結果發揮到文藝上來,算是新文藝漂亮術語之一,已竟不只一日了。但與升華作用最相反之一則,便是解嘲。

升華是一種精神的寄託,是可以達到一幅想像之目的地的。而解嘲却不然,在人類不能滿足現實時,便專有一種人,在理想方面,也不希冀作精神上的滿足;但故意打算作出一種曲解來:把所無法滿足的需要的對象,都要命之爲不當、不美論。

大凡人類對於某事之要請,求之不得,如果是作家,退而作精神上的求得——便是把熱誠理想期待的對象發揮到詩文上去,造成一個痛切而悲壯的記録,叫作升華。如同詩經上的《静女》與《蒹葭》二篇是。至與“四聰”“八達”“林下七賢”所不能同流的陶潛底那篇《桃花源記》,却也是沸騰的升華。另外如拜倫底《海盗》和但丁底《新生》與《神曲》均是。這類作品,雖不屬記凱旋的事實,但在想像中縱還可以達到一種安慰,或謂精神上的寄託。

另一壁,與解嘲所正相反的現象,是説所難求得的事物和失望,自己不可得,反而設法處處對於這種事物加以嘲笑,打算把世人底心都化作他底心,希望大家都要同一地跟著他懷起一種惡念,不但表示自己底人格高超,而且更可以來透露自身底志趣深遠與駘蕩。

譬如以爲極貌美而風騷的女子,與之求愛不得,結果便對伊發出很多斷語,説是“她並不美,很蠢,很笨,也頗自傲”一類的話。一面表示自己不惜愛她,無形中把自身抬高,還一面希望旁人也别愛她,意在使旁人無法鑒出自己是低能,這便是解嘲藝術。文人不得志,往往如此。

前者常見於抒情作品,後者常見於寓言和諷刺中。二者大半都是對於希望和要求有所不滿,便不禁作起文來,或是歌頌其美以寓心,或是破壞其美以釋恨。

(一九三九年《立言畫刊》第四十三期)

形容詞的地位

——寫作談之六

如果要寫一個人,或一件事物,除却動作以外,所要加施其上的,當然要推色彩,刷色彩所需的材料便是形容詞。這正和畫家一樣,畫出的作品縱使没有動作,但不可缺少顔料的色彩。近來常讀東西,却發現同一的趨向,就是令人參觀到形容詞的擁擠,頗大有捨形容詞而無文之慨!

形容詞其何不可用?只在作者之鑒定與甄别而論。本來,人間與自然,原本一幅光恒萬道的圖畫,要想描寫,勢要形容。不過描寫當有尺度與看火候,若只一徑地描寫,結果不盡必造成了顔色的擁擠,形容的濫調,忽略了人間與自然界的一切,轉動與旋律,這種作家也不能不説是聰明,但可惜把工夫都擲於一壁了。

浪漫派詩人底主潮在乎抒情,形容詞在他們底作品中也頗重大,不過那多半是偏重於描象的。寫實派頭最狂熱期,所令人喜歡的形容詞多屬具體的,如寫花樹、山川、燈塔、橋梁、農村,都市……雖然是在寫實,其動機是要發揮一件真理,這於是也不空洞。

不過近來發現很多所謂作家文豪之流,竟在故事中把動作的情節剪去,丟掉了周旋和節奏,倒像人們走進了照相館似地,在鏡頭面前禮站不動,只聽照相師底吩咐與宰割,呆若木雞,呆若睡眠,呆若死。

法國在寫實派之黎明前,有位由畫家而一躍走進作家的戈低葉,是專以描繪彩色著名的作家,他揀選詞字,就如同畫家只揀選顔色一樣,也如同珠寶商之揀選寶石一樣,都不外珍密和小心,卒能稱爲國際文豪,筆鋒描繪之處雖然穠厚,而其他與故事情節、文章章法,都十分匀襯,如其《木乃伊的脚》和《吸血的女愛鬼》均爲不朽的傑作。

動起筆來,形容詞不妨多多利用,但須不肉麻,不累贅生厭,非有駕馭天才者,似不能取其妙境。

過去有幾位女作家,其自愛美,也頗喜歡把自己底文章美化,也愛濫用形容詞,也却不料形容詞會害了她們一生。

(一九三九年《立言畫刊》第四十四期)

關於諷刺

——寫作談之七

我向不肯寫諷刺作品以刺人,但我也不喜歡别人以作品來諷刺我。

諷刺這術語最風行于外洋文學,在中國也可勉强利用,不過中國文壇所最流行的却不是“諷刺”,而是“駡”,是雅駡。

代表這雅駡最普遍的方式,有兩種:一是冷嘲,一是熱笑。冷嘲原始出於冷静,遇事板起面孔,争論起來,不動烟火,不流於噪,清淡而乾脆,被駡者至冒冷汗而後止。刺得使人頭腦發涼,暗然懷氣,所謂放冷箭者,這便是。過去上海曾有冷箭製造所之稱,或冷箭發源地,可知其冷箭之多也。至於熱駡,是火氣來得十足,凶赳可怕,發噪發亂,這一笑裏邊是藏刀卧劍地,大有蠻幹硬幹之姿,被駡者偶一觸發,勢要退避三舍,不然,或有流血之虞。説不確譬喻,冷嘲好似把被駡者推進冰雪,熱笑,正是把被駡者按進湯池,冷熱固不同,但難過却一也。

除此以外,尚有多種駡式,如背後偷駡、曲折轉彎駡、輕駡、重駡、破口大駡等等。以性格談,有指摘,有教訓,有挑撥,有攻擊,有揶揄,有真駡……

但無論怎樣,駡人者皆是引經據典,等被駡者在還駡時,也未嘗不引經據典,於此可以造成所謂對峙者,是經典與經典。但殊不知往往也是人與人。

諷刺和駡,却易出筆仗,結果的妙點,是能把世事漸進於真理化,能激發寫作的效率,還能發現很多意外的智慧,有時也可以興隆文壇。説是興隆,只是熱鬧而已,可惜有時也會耽誤於産量的。

以上不是談諷刺,姑算談駡,談雅駡。

(一九三九年《立言畫刊》第四十五期)

吸收美與傾吐美

——寫作談之八

大凡人之讀書,不外兩種事,一是爲自己,一是爲人類。説爲自己者是自私,但未必可耻;説爲人類者,偶不得當,則不免發生自詡病,詫大其詞,以正人君子風去冠戴自己。不過,未自詡者,往往也許是自私,但看從那説起。

爲人類底事情往往遭惡罵,爲自己底反清高,這説來却不過是被人之一種解嘲。讀書亦一理。可是世人讀書,却很少肯以自決——是爲自己,抑爲人類,無論如何,結果必其中一。

爲自己者,一俟讀破萬卷書、滿腹文章時,見著阿三不免説:"今天天氣呵呵呵!"見著阿四又説:"今天的風乎乎乎!"但一若叫起真來,那滿腹所最寶貴的文章都要化作烏有了! 這種人大概便是所謂之文學家。

爲人類而讀書的人,雖然動機複雜(容易被人疑爲是自私),但終不可免。

讀書並不可貴,所貴的是於讀了之後,在乎作。如不作,只在一徑地讀,漸之必成書蟲。那是把書視爲消閑品了。要論消閑品,其實還不如女人和烟草。

原來讀書的真價值是在有得,能把過往之書之最精華處擷爲己有,再佐以自己底本能的天才,去發揮,去創作,能有所傾吐於人,這才是真的偉大。

對於書,縱使能如實地吸收一盡,但都對傾吐,結果依然自我——讀書空讀書,自我依自我,進一步説,恐怕連自私都談不到。

教育和學,第一使命,便是啓發和引伸,最終目的却不得不説是"傾吐"。如果你學建築,你便應去造房屋、築橋梁去;如果是學文學,你當去對所學有所得,有所思,更須有所傾吐。題一個名,記一篇帳,够不上藝術,但也當説是傾吐。

"爲讀書而讀書"的時代過去了。現在讀書,説是求學不如説爲生活,爲生活不如説爲藝術,爲藝術還不如説爲靈感的啓示。

最後要問:吸收乎? 傾吐乎? 當説:吸收與傾吐。

(一九三九年《立言畫刊》第四十六期)

作家底出身

——寫作談之九

真正由於文學"科班"出身的人,實際也許未必成功;既或是磨擦了一生,苦幹了一生,或者竟寫了一生,結果往往不幸不能留名,縱使是有一二作品可以留名,很多很多都是出於偶然的。

然而真正所能成功的人,倒時常會使我們默然了。有時竟不能認爲却是一件奇迹呢!這就是説,純由文學出身的人,倒未必成功,而那些非由文學出身的人,反倒成功了多多。想要解釋這樣的奇迹,最好先去解釋天才吧。

但所能告訴我們地,只是無限事實。

例如,古今中外專由哲學出身而成名的作家,有法之莫里哀,德之席勒,日之武者小路實篤,以及中國之沈起予是。由法律出身者,有德之哥德、諾伐萊斯與威特金特,以及比之梅特林克,英之梅狄裹斯,與中國之蹇先艾是。巴爾扎克正是由法律與海軍兩種生活而轉到文學者。弗羅貝爾又正是由法律與醫生而出身的。至由軍人出身者,如中國之沈從文,法之斯丹達爾,日之細田民樹。其如由自修成名,像法之左拉,美之辛克萊,日之加藤武雄。其由勞動出身者,如美之賈克倫敦,日之山田清三郎。由美術出身者,如王獨清與葉靈鳳。另外,若干成名的作家而由若干不同宗類的事業出身者,當非少數,暫就眼前所最著名的,如英之哈代出自建築,威爾士出自科學,德之霍普德曼出自雕刻,哈爾伯出自史學,日本之飯田豐二出自機械工程,金子詳文出自工業,小林多喜而出自商科,藏原惟人之出自社會科學。又中國之林語堂出自語言學,魯迅出自礦學及醫學,張資平出自地質學,郁達夫出自經濟學,成仿吾出自化學,譚正璧乃是商店學徒出身,白薇女士乃充日本下女出身……

綜上看來,我們可以知道這些"不能一世"的作家的出身,過於龐雜得很,有的尊貴,有的卑下,有的頭腦頗應冷静,有的心潮頗應瀟灑放浪，但不料結果都拾起了一支筆，馳騁文壇，種下了後之來者無數的精神之食糧，吐著微笑，這才能安詳地完結了他們底一生。像這樣的作家們，最初的生活或事業，大半都是走錯了路，或是迷途，到一定時期，這才醒悟，生活爲之一大轉，思想與藝術也自要改變的。

寫作的人，不一定准是文人，但果是文人，也却不一定都能寫作，旨哉三昧。

（一九三九年《立言畫刊》第四十七期）

有關於作家底終

——寫作談之十

文人作文，内中不外是貯著兩種元素，或是爲發揮思想，或是爲抒露情感。但不料思想與情感往往害人最苦，以至苦到使人死。

文人既屬思想與情感的僕人，當必爲思想與情感受盡辛酸，嘗盡苦創，對於世事，一不得志，以至到不可解時，便想以死了之。或曰：著上袈裟，去當和尚去！不過那恐怕還洗不掉這辛酸與苦創之味。

作家其實真不容易享到善終的。這話説來，未免太苦，但只要你聽我講下去。

作家如果平平安安到老，病死或老死，恐怕也要爲寫作而累死，像法國那以《人間的喜劇》在享世界名譽之寫實大家巴爾扎克便此一例。

義大利但丁若不是有《新生》與《神曲》成功，爲戀貝德亞斯而不得，説不定也許要自殺的。但終於在思想的領域中獲到了寄託，一種升華的寄託，這才安然了。若不然自古以來便有多少作家是因失戀而去自殺，或者自殺未隨。日本有島武郎與波多野秋子於輕井則雙雙縊死，自不能不説是情死吧！雖然是盡了在紀念一個如何偉大的情，但却是很慘。

至於詩人朱湘之投長江與日小説家芥川龍之介不明白而自殺,若説爲生活壓迫而自殺,難道堂堂大丈夫没有米下鍋,便至於尋死麽?看起來,死,真就那麽容易麽?果真若是,自今晚起,我便想用妙法去偷京市各作家之米袋去,試試準不。

世傳王實甫作《西厢記》,寫到"碧雲天,黄花地,西風緊,北雁南飛……"構思苦極,便思竭撲地而死,這可真更奇怪了。古今中外,恐怕只此一人。

其他如《老殘游記》作者劉鶚,以私售倉穀,被流新疆而死;評論專家金聖嘆,以哭廟案而被誅;與夫王國維之投北京昆明湖之自戕;胡也×之獲罪而被處極刑,當然均有緣故,不必多談。

另外如以《長生殿》著名之作者洪升投水之死,法國莫泊桑晚年以手槍自射自戕,與夫厨川白村之遭地震而致死,蓋均係不得已而死之者。

獨有現代詩人徐志摩,死得先化一般,雖不是自殺,但却是自取,在那航空不大發達的時期裏,他便敢冒險,但不料遇險而致撞死,同機連司機生等多人也陪著一同蒙難了,該是多末不幸呢!

故曰,"作家命運,往往悲慘,而不到頭"。

(一九三九年《立言畫刊》第四十八期)

幽默,滑稽,笑

——寫作談之十一

幽默與滑稽,同樣可以會使人笑,但未必都同樣會使人發生快感。原因笑的種類不同,譬如遇事不分青紅皂白,只覺好玩,便要發笑,自是傻笑。如果爲人受委曲,心頭總使難過,但還要鎮静裝作從容,不得已還必須笑,當然是苦笑。幽默作品之結果,是要使人發生一種"會心的微笑",價值是遠在傻笑與苦笑之上。幽默之所以使人笑,目的不是空空使人笑了就算完事,是使人笑了之後,還要得到一些真理的感味,寓意是在使人事漸近於真理化。其實能使人事漸趨真理化的,有硬性文學,不過硬性文學一向是暴露著戰士主義,令人感到勉强和畏懼;另外還有軟性文學,對於人世只在下警告,説些綿綿的絮語。勉强和畏懼未必之人所好,但綿綿的絮語亦未必人之所好,其能介乎此二者之間,便只有幽默文學。幽默作品賜予人們底笑,看去雖只類似一種糖衣,但殊不知裏面是要匿藏著刀繩尺墨一類的東西。於此可知凡是幽默文學的讀者,其笑,也許是含著泪,也許是充溢著希望的火花,也許是啓發了些人生的真理果實,但無論怎樣,却不只使人空空"付之一笑"的。若説"世故已深"之人,依是空空付之一笑,真乃老而不可教也。

近來曾有多人,去把幽默誤解作滑稽,無怪其要仰面而在空空付笑,像這種人,最好再閉户讀上十把年,出而再談文學,不遲也。

幽默文學所以使人發生了會心的微笑,既不是傻笑,又不屬苦笑,因爲在笑的裏面往往含嘲,姑可説是"嘲笑"吧。社會中不通人情的人太多了,喜歡畸形的事的人也太多了!善於對付這種世態的文學,便是幽默文學。

幽默作品,雖會含些嘲笑的調子,不過是暗嘲,讀起來,决不會使人感到潑辣,更不會使人發現是芒的組成。説來幽默文學是多少投合於人類嬉笑的態度的,在這嬉笑態度之中,不禁是要談些比你板著面孔還要嚴重的一些大事,對此大事從能"付之一笑"者流,不盡令人感到是幼稚,以致幼稚到可憐。

(一九三九年《立言畫刊》第四十九期)

想像的投遞
——寫作談之十三

法國浪漫派詩人——拉瑪丁,一生都似遠視雲端,仰空長想。其所以會成功的,恐怕也只因能長想。

凡事總須要想像一下,想像好似憧憬中的一面前瞻;想像是計畫和性感的一種組合燃燒，想要知道一件事，必須先想一件事。

在文學，想像却已儼然認爲是寫作技巧之一了。作家們不論是怎麽廢棄了腦和心，而去專以耳目與觸覺在毅然地觀查著，這種辦法，還只能說是可以，作品也可以産，不過這恐怕只能形成了真美的一部，而殊不知却要丢失若干不同宗類的美的枝芽，有時也許是主幹。

有人謂施用想像過多的結果，容易造成了所謂之空中樓閣之虞，看去雖是巍峨崇峭，雕塑有如天宫，但畢竟還只空是一付想像。可是，像密爾敦底《失樂園》，但丁底《神曲》，也不外是想像的組合吧！這個，不必多談。

富於想像的作家（或進一步而冥想），情感勢要有所發達的，觀查既屬對外的訓練，則想像當然要是内在的磨拭了。情感發達又何不可？作家底一切動與静，你反正不能冷如冰，冷如獸。一個作品打算要感動人，在動筆之前，那必須要親身有所感動，這才能够如實地可以使讀者獲到一種聯索的共感。作家雖説如何努力去諦視現實，但我希望總不要抛開想像，以至想像與情感。社會上的事情，凡是能够激痛你的，不見得你不流泪吧？凡是可以興奮你的，不見得你不喜悦吧？

不過那些正牌純客觀的寫實手，我恐怕只能觀察到其可能顯露的片面或一壁，却不易瞭解到人事的内在或潛能的一些核心，不是這樣麽？

因此，作家除在經驗人生以外，那還必須要捉到想像，利用想像，由想像而引申，結果，可以使百萬的讀者會同原作者一同哭，一同笑。

這便是使作品有傳神性。

（一九三九年《立言畫刊》第五十一期）

譯品與仿譯風

——寫作談之十四

前天有朋友板著面孔和我談文藝，希望我在一兩年裏寫部《中國翻譯史》，我説："這工作我還不配，但就目下幾位'歪打正著'的翻譯家，談起來恐怕也却寥寥。"

其實翻譯非由專門科班出身的專家，却是難以獲到優勝的。林琴南以半生的工夫埋在翻譯界，固然譯法是出人意表，但結果成效也却少得很。

先説爲什末要譯書。這問題簡直使人感得俗到討厭。譯書，要説是爲了溝通文化，固然。但主要原因，還在外洋文化鑒賞狂。不論那一個國度裏，人民對於本國作品好似不足以暢述情趣似地，因之"不足以暢述"竟而會走到"苦悶"的，却也非少。於是，大批讀者便想要换口味——如同慣吃魚肉的人，便容易引起嘗試山菜和素食的，實際山菜和素食未必好吃，但只因爲是奇妙。有的人可以直接閱讀外文作品，有的人自然不能，結果還是能的少，不能的多，於是譯品便應需要而起（也許是應投機），在此文藝界略微貧乏的時期裏，不料翻譯有時却狂熱。

翻譯的影響，結果會使本國的作品翻譯化。使其翻譯化也未曾不可，但應採取標準翻譯化。譯品，根本就有無數是使人不懂的，致令讀者讀完還要下猜謎工作。這樣譯品，不料曾被很多"作家"達上了眼，便據爲模範，當初讀者想要换口味，現在作者也想要换口味了。原因有二：一、作者許與讀者鑽一褲腿去；二、作者許在迎合讀者。

於是便不盡發生仿譯風，洋派、洋八股。

先聲明，我並不是反對仿譯風的人，我只對那些仿而不懂的作品發悶。實際，摹仿譯品根本不如直接摹仿外國作品，外國作品不見得使人不懂，但譯品却常常會使人不懂。翻譯就像把一位碧瞳黄髮的人喬裝爲本國人，比方穿上竹布大褂，戴小帽頭，登軟底皂，拿起水烟袋,便將談吐不休的。這樣打扮下去,是需要一種藝術的技能的,不然,你把他刀尺不好,三分像人,七分却像鬼了,使人望去,不免疑是怪物。

有些作者居然還以仿譯風爲榮,榮固然,但基本還須使人看得懂,免去再在高聲呼籲上帝了。記著:千萬不要把作品形容個七死八活。

由於情感的普遍性,好作品終會爬遍了整個的世界的,讀者與其摹仿者,但最好不要曲扭這情感,也不要粉飾,也不要裝模作樣,更無須去學旁人的,如果有意在保留著幾分自己底獨創風格的話。

(一九三九年《立言畫刊》第五十二期)

論理論

——寫作談之十五

過去論文,只是偶爾及之,故曰無理論。現在雖有,却不茂盛,當説是萌芽期。

理論會幫助作者成功,同時也會幫助讀者去如何欣賞。作者固然不能拘泥理論去步步恪守不錯,但總不能抛開理論。讀者如果是位深明理論的人,不獨會增加其欣賞的條件,同時也會免去爲書所騙。有人謂“開卷有益”,實際未必皆然,因爲很多的書往往會使人無益,以致害人,竟會害人一生,害人一個時代,都在可能性中。

在這出版界不發達而正在邁進發達時期的過程中,文藝理論是有應運而起的必要。

其他藝術,如同詩歌、戲劇、音樂等理論,不但不發達,在過去恐怕找不出人曾把握過這工作,現在也只依然。文藝理論(狹意的)尚還恍似可觀,若朱光潛之美學,李長之底文藝批判,韓侍桁底書評散論,以及一些雜牌的批評家,作品不管是好壞,總還會使文壇不生寂寞的,遠遠望去,仿似萬花繚亂,大有一種生氣在。

其次,還有一種理論文學,却不是出於專門理論家之手,而是出於作家之手。這種文字並非由於學理方面發展而來,是由於作家就其自身寫作經驗的一種另外收穫,大半都是自己底一片經驗談,雖然有時是和正宗的方式理論稍有左右時,當然不能説是畸形的,原因是在其著眼點不同,則所得到的觀查不免要有出入處。

從前譬如出一本雜誌,往往便把理論排在前面,用意是在提倡,可是現在也不然了。大概關心理論的人只是少部的動筆者,一般讀者對於理論文字尚在不切需要,所以理論文字終是不易趕上文藝作品發達,論重要,也許是比作品高,作品只好説是理論文字的旗下兒。

理論不發達,也有妙點,便是減少筆仗。不過這一減,文壇也許因之要寂寞,作品則不免要丢失著領導了。作品的格調種種,固然不致歧途,但至少易於拉雜下去。

在未動筆處女作之先,理論可知可不知,但等技術漸近于成熟時,理論有時便好像南針似地放在眼前,如果不是"天才作家"的話。

噫嘻!"天才作家"何其偉大耶!

(一九三九年《立言畫刊》第五十三期)

談名士風流及冒牌等

——寫作談之十六

藉文藝以自慰的,皆不在言中。至於打算慰己慰人者,原有兩則:一爲名,二爲利。名與利孰不可求?既如此,於是便看見滿街都是風流名士。這名士,有長髮人,諦視之後,不一定都是女人。有摇弄綺羅小扇的,大街來往跳躍如梭,不知在賣弄什末。有手執簽名簿者,在求東西來往過客留名。有把衣履喬裝五花八門者,用意在脱俗,望去儼如怪物臨凡。於是都在自以清高,而還享樂清高,甚而拍賣清高,可能爲清高生,其必能爲清高死,不風流,還什末風流?

文人總喜求名,遇事高攀一下,好時居然可以越升一級,爲的是求名,名既得,當然要修治一下名士牌譜,風流氣於是便不可缺。文人既不會種菜,也不能耕田,所謂求利,大半都不過爲的是數斗米。但求名不然,名一向是貫穿於理想境起,名士之有名士派,有時是會使人感到清高的,但有時就不能不令人賞到是酸氣了。

文人之有風流氣與士心,伊古(待考)以來,却好像是文人底一種獨治權。不信看去:提著小籃賣青果的決不喜鬧風流,扇鋪老闆异想天開,也許許裝裝土名士,可惜都是冒牌的。不信你走到扇鋪,老闆説不定一把扇敢和你索價五百,高興也許白送禮。

實際,文人自當有所求,不爲過份。可是近來文壇上高唱名士風的人未免生産過剩,細細看去,真名士有,其餘什九都不過是冒牌的。這真不能不説是一種流行病態的發展。近來聽説有些人,專在和報館雜誌編輯强於相識,認識之後,再開筆投稿,不知何苦來哉!不過也許要走名士路,可惜距龍門還遠,亦一憾事。投稿誰不可?如果雜誌副刊不是"朋組"的話。

"是真名士自風流",仿佛那上有這末一行。本來,真名士自風流,用不著敦在自己軀體感官上用工夫,不然,如果自己不是藝匠的話,不禁往往會露"馬脚"的。

看書寫作過度疲倦的結果,有人謂會造成幾分名士風流氣,但不知是否應實。不過名士與風流皆是出於内,斷不是由於外飾而加諸於己,好似一種冠戴法,倘真專以冠戴入手,倒可以冒一冒風流,不過偶然得很,或可爲士,不過無名,當也談不到名士了。

近還聞很多"名士"在撿起詭辯術,説詭辯也許高抬,説漫罵到有幾分"仿佛如之",用意是在駁倒一切人,獨自夸耀文壇,果真一切人既倒,不知他們還另外夸耀什麽東西?哼!

(一九三九年《立言畫刊》第五十四期)

古作品的考證

——寫作談之十七

談考證也和打麻雀一樣,只要入了迷,便頗容易發生著一種奇特的癮,於是便頗有人打算一生都作考證家。

想作考證家的,首先必須先是學者,況且對於作品還必須是有一種奇好,由讀而研究,由研究而考證。

大學教授領學生讀莎士比亞戲劇,實際並不注重讀,而是側重于研究,如同尋求典故和古訂本的考求,至於作品内容的故事概爲末端,欣賞乃盡學生能力,能欣賞到什麼程度,便算什麼程度,現在幾乎中外一體,好像學界上之一種風氣似地。

譬如考證"紅學"①,不遠的過去,頗似一種時髦的工作了。學士們一壁對於紅學的提倡,還一壁自身下手去作考證工作,但不料考證家如果有十位,則所得到的答案往往有十種論調,究竟孰是孰非,讀者却無所適從。

甲骨文和鐘鼎文,乃是另一種的考證,在考證學上可以獨立站一部門。雖是獨立站一部門,但效用是在輔助其他科學研究所不到的綫索上,放一明路。

至於古代作品的考證,考證古本乃是人之興趣所鍾,考證故事却是一種好奇心了。概作品之所以製作,純屬寫實或記述的文章恐怕却是很少。描寫一件事實,爲要求文章的華藻和故事的穿插離奇等等,作者往往是要參進些想像的製作的,也許乾脆純是理想道德寫述,令人讀起,不會感到與其本身時代相去過遠就是了。

現代研究文藝可算到家,不但研究作品本身,而且還要考證其故事的内容的來源。凡屬這類工作,有時可以作,但有時也不可作,因爲作品中的故事未必篇篇是真的。作家只要興致來到,偶一幻想,則這幻想寫述的臨盆,都很可能了。於是我感到古作品的考

① "紅學"乃謂研究《紅樓夢》小説之學。

證家太傻。本來故事的寫述,多半都是屬於若有其事與若無其事,考證家果是一勁地苦苦考證,那未免是往牛犄角裏鑽去。

(一九三九年《立言畫刊》第五十五期)

形式與内容

——寫作談之十八

這個題目過去簡直成爲濫調了,現在居然没人肯再來提,因爲没人提,所以我要提。

高倡主張"内容"的人,大半都是靈魂枯竭的人。因爲靈魂枯竭,於是自身便一躍而爲思想茂盛者,大張其藝術,可惜都是假藝術,與其説是"文以載道",毋寧説是"橘化爲枳"。

哥德寫《少年維特之煩惱》,僅僅化費了兩禮拜的工夫,而竟成爲世界文藝名作之一,寫完時,當他自己復閱一下,他驚愕得了不得,因爲他是料想不到在這短短的一個時間裏,竟會寫出了這樣可使一生都在滿意的作品。問其究竟,寫完連他自己都莫名其妙,這自然不得不説是靈魂作用的起動了。可是哥德先生也却没有"内容"製造的野心,偉大作品却會臨到他底頭上的。

卑視著形式主義的作家們,也許會産生了很好的作品,不過總是偶然得很!也像冒險似地,也許會成功,但終也不是正常之道。

形式主義自然是偏重藝術的,側重於美感和靈魂的動流,以及靈感的追尋者。内容主張却適相反,一壁注視人生,還一壁顧慮著哲學,處處都在充溢著思想與研究的性質的,使人讀去,很少美感經驗可言,因爲裏面不是包含宣傳性,便是争辯於事實者。純文藝作品,是不允許這些額外思想在泛濫的。

因爲"寫什麽"的問題,文藝作家不必懷著過分的杞憂寫上,况也無須專專過問,一棵草,一滴汗珠,一個沙粒,什麽都好,只要作家是有形式心,則皆可爲妙文。

偶而雖然有些讀者是在歡迎作品内容的講究,但是形式主義决不因之而讓步。這兩種趨勢，自古以來都不免是賡續不斷地爭衡著，忽張忽下，忽勝忽敗，形式主義只以“藝術至上”之目標，到今天還在隨著人生一同呼吸著。

朋友，難道你讀一篇文藝作品，還要從中打算知道天王星有多大麽？世間尚未被人發明的工具還有多少件？驢子會吃鴨蛋不？……你還要這般奢望麽？那麽——請你去查百科全書去。

（一九三九年《立言畫刊》第五十六期）

知名而後讀

——寫作談之十九

朋友，當你接到一封家信，或是朋友之書，你一定頗喜歡讀，而且你勢必要得讀。原因你對於那種文字關心，或是切膚。當你捉到一篇小説以及其他别個文藝作品時，恐怕你對於讀的切望心的程度就不一而定了。

先問寫這作品的人是誰：是你底親友，還是陌生？是大學教授，還是你所未聞的作家？抑是你所久已慕名的人呢？你所未聞的陌生底作品，你未必讀，也許讀，必要有些免强的。至你所久已慕名作家底產物，你一定讀，而且還要讀得很痛快，以致會瘋狂地入了迷，你底思想容易會被他所感化，你日後作品種種的格調也却容易爲他所動摇，都在可能中。

爲什末你只喜歡讀著中外那些歷來偉大作家的東西呢？因爲你對於他們是有所知，至少你是知道他們底“名”。於是可知“名”的價值不遜於“利”，在文壇上。

不怪伊古以來的人，都喜歡與名人交，與名人進退沆瀣，與名人攀，與名人駡，與名人爬唐臺，與名人打筆墨官司，與現代名人攏手，與古代名人打呼聲，大概都不外是求名。自己把名求到手，則别人對於你底作品就不免要有所“爭恐”了。

實際你所慕名者底作品，也許不如那些無名底東西，但你往往喜愛讀著有名者之一篇,而不肯去讀無名者之十篇。有名作家底“名”,你是羨慕著,但有名作家底作品未必都好,可惜一般人只顧招牌,而却忽略了貨色。

於是,過去文壇不盡發生過很多怪事,便是原稿出讓事件。

一篇無名作家底東西,或是因爲苦於無處發表,或是因爲發表没人看,或是什麽,於是便异想天開,原稿出讓,以最小的代價去賣與有名作家,有名作家然後署上三大字,貼上郵票,投進信筒去,十天半月,必見某雜誌副刊有“驚人的新作品”出現,有名作家於是微笑了。

這種辦法,第一有名作家可以最小之代價收買無名作品,投到出版界後,居然可獲最大之稿費,况能藉著已有底聲名去號召讀者,名利兼收,一舉兩得,至少還可以表現自己是多產。

原因:大半讀者都是“知名而後讀”。

(一九三九年《立言畫刊》第五十七期)

談報告文學

——寫作談之二十

首由體材的形式看來,報告文學頗與“速寫”“雜文”近似,這幾種東西大概均屬所謂“中間讀物”。

報告文學所與其他作品不同之點,自然是在報告文學賦有它那種本來獨特的功用的,因爲它是兼顧形式和内容兩大範疇之間。换言之,便是報告文學介於藝術與科學兩種領域中。它在現實的寫述上,是由科學與藝術綜合的方法上著手,從某種對象實驗的觀察的結果,寫述下來,竟可引起兩種密切相關的作用,一是客觀的視察,一是抽象的理解。於是則報告文學的讀者頗有激增之勢,但可惜目前的報告文學並不發達。

這種文章只是利用一種簡樸而扼要的文字寫來,能把一件事物亟明顯而深刻地暴露于讀者底眼前,作者最好撿其扼要之一部,描寫出來,就够了。

如果説報告文學本是事實的報告,當它在攝取現實的人事姿態時,必須和現實主義文學創作一致,經過形象的思索,把現實的主題和展望加以明確的匠意組織,然後反映出來。報告文學的主要任務,是把現實發生的人事姿態:得失、矛盾、悲哀、快樂,以科學的冷静,正確的觀點,批判的意見,真摯的情感,去加以明快的寫述,刊印出來,不只是專給文場的讀者看,同時還要給文場以外的一切讀者閱覽,這才是報告文學的本來面目。

於是,報告文學由藝術的範圍觀之,是一篇短小精悍的文藝創作,由科學觀之,就不得不是一幅社會的現實的圖畫了。它所以有超過其他作品的特徵,在作者對於現實形象的把握、現實本質的透視以及現實理論之分析,還要滲透原作者底情感和意見,讀者獲到這種作品,發生的心理與喜悦,是與其所處的人事社會有著極神秘的連繫,使讀者可以倍加歡迎和關心。

報告文學作家,必須是對於現實生活的實踐飽有經驗的人,然後才可作到報告文學那些亟要的任命呢。不然,對於報告的寫述偶有所忽,就恐怕要變作些無味的通信了。

(一九三九年《立言畫刊》第五十八期)

漫談文學

音　良撰

《漫談文學》載於一九三九年《蒲公英》雜誌創刊號。作者音良,不詳。本文談文學,由文學的定義入手,主要論述文學與人生的關係,順帶指出當前文藝創作存在的問題。

文學這個名詞,似乎是非常的普遍,而且幾乎成了口頭禪,但是若更進一步去研究"文學"究竟是什麽,這或許會有許多人還不能很流利的作個確切的回答吧!

文學(Literature)是社會科學的一種,廣義的解釋,凡是以文字單位所組織成功的任何敍情工具,統稱之文學,而包含於文學範圍以内的材料,則可分析爲許多顯而易辨的種類,如社會文學、教育文學等,是謂之文藝分類學。

至於文學史的由來及其發展之經過,因冗長而複雜,且有史書考證,現在姑且不作詳論,僅將文學與人生之關係,略爲簡述。

當人類進化程度逐步增高以後,那麽,一切的行動、思想都跟之步入文明的境界,因此對文學的欲望日益濃厚,由此可以知道文學是人類進化的産兒。

欲使生活成爲自覺的生活,不是無趣的生存,於是在先民枯燥的生活中,播下了文字的種子,因爲需要的積極,而發展爲今日之文學。

的確,文學在人生中占一個很重要的部份,工作的用具是機械,則欲發揮出個人的情感與意念,描出心靈與外象的接觸,則非以文字爲工具不可。在互爲依靠的團體生活中,只有文學的魄力,才能調劑我們生活的枯竭,點綴我們處世的單調,而且還可以在消極方面,給予我們對於社會應有的認識,處世的南針,以及供他需要的對象。

文藝更能導之吾人進入理想的妙境,使我們在神聖的理想中,去尋找精神的興奮與安慰,而這些都是人生的過程中所必需而他方面追求不到的。

“文學是精神的食糧”,這句話的確是千真萬確的,因爲他能描出熱情的流露,去感化一個人的性情,陶冶純潔的思想。假使生在世界上的任何一個人,缺乏文學的智識,那末,至少可以説他是一個毫無幸福可談的團體遺棄者。

近幾年來,世界文壇的進步正是在一日千里的過程中,歐美各國的文學都已達到飽和的定點,返觀我國,雖歷次招受無情風波的摧殘,但新文學的中興,亦有出乎意外的優良成績。

但是據普通情形來觀察,無可諱言的是一般人們對於文藝的欣賞,尚欠有深刻的認識,筆者在這裏不得不略爲申述一下,其中最緊要的就是愛情文藝創作與猥褻文字認識的錯誤。

戀情文藝創作是以神聖、純潔、坦白的立場,更附以生動的描寫、美麗的詞句,記出感動心靈的故事。猥褻文字則以卑鄙的措辭、陰黯的思想,描出有害於世的惡情小説。

在末了,我總括的一句説,凡是光明正大的文字記叙,都是站在文藝的陣綫上的。

文藝談片

未 然撰

《文藝談片》載於一九三九年《青年生活》雜誌第七期。《青年生活》,一九三九年五月在上海創刊,由上海學生界救亡協會主辦,許革夫、陸欽鑫先後任主編,同年十二月出至第九期被租界當局查禁。作者署名未然,即張光年(一九一三—二〇〇二),本名張文光,筆名未然、光未然。湖北光化縣人。畢業於武昌中華大學中文系,創作過《五月的鮮花》《黄河大合唱》,被譜成歌曲後廣泛傳唱。新中國成立后,曾任《劇本》月刊主編、中國作家協會黨組書記、副主席等。本文以“主客問答對話體”的形式探討文學問題,由“文學從哪裏來”引入主題,進而探討了文藝創作與現實生活的關係、作家如何去正確地認識客觀現實等問題。

甲(客氣):丙先生,聽説你對文藝極有研究,今天我跟丙君來看你,要想向你請教:

乙:請教請教!

丙(摇手):先别説客氣話。一客氣,就什麽都談不上來。我固然不是文藝的門外漢,却也不是地道的文藝家,只是一個文藝愛好者而已。你們可以把你們所知的,説出來給我聽,我也把我們知道的説給你們聽。彼此交换,互相補充,勝讀我十年書!

乙:好極了。老甲,你先提個問題吧。

甲(忸怩):“我……還不知道問題應該怎樣提法。比方説:“文藝是從那裏來？——怎樣提，可以麽？”

丙：可以，我們可以隨便提問題倒好些。你假如要板起面孔來說“文藝之本質如何”，那必定味同嚼蠟。“文藝是從那裏來的？”這問題提的不錯。且先説説你們的意見。

甲：我是這樣想：文藝是那一個作家費盡腦筋創作出來的。

乙：（笑）

丙：你别笑他。（對甲）：你説的對。文藝作品從那裏來？當然是一個作者費腦筋寫作出來的。只是這樣説還不能真正説明文藝是什麽東西。依我的説法是這樣：文藝，是社會生活的反映。

乙：是的是的，我在一本什麽書上見過，説文藝作品就是客觀社會生活現象通過作者的主觀頭腦而産生出來的東西。可是我還不大明瞭這句話的意思。

丙：這一方面説明：文藝作品不是空中樓閣、幻想出來、跟客觀現實没有關係的東西，而是拿客觀現實作爲基礎而寫作出來的藝術品。一個人的思想，離不了客觀現象。你家是一個人，寫出一篇文藝作品來，便是他的思想的表現。一個人要有出一種跟客觀現實一點關係都有的“思想”來，是無論如何不能够的。

甲：那麽這是不是説：作家寫出一篇文藝作品來，跟照相機照出一張相片來一樣呢？

丙：不一樣。照相機照出來的相片，可以説跟客觀現實没有什麽兩樣。文藝作品不是這樣的。前面説過，文藝作品是客觀現實通過作者主觀頭腦的反映。現實事象一到作者的腦子裏，就起了作用，成爲一種新的東西反映出來。這不比照相機只是替客觀現實做了複習。每個作家（人），對現實事象有一種看法，這看法主要地是由作家（人）的階級地位决定的。這就是所謂“世界觀”。這世界觀規定客觀現實通過作家頭腦反映成爲怎樣的東西。比如我們拿游擊隊作爲一篇小説的主題。

游擊隊跟日寇的戰鬥和他在抗日民族解放戰争的重要性，是客觀的真實。假如我們寫起來，一定是描寫游擊隊怎樣英勇戰鬥，描寫它怎樣勝利，描寫他在抗日戰争中的積極作用。可是，假如整篇文章給汪精衛去寫,你看怎樣呢? 那一定是把游擊隊寫成“油而不□”“游來游去”的“流寇”吧。

乙:那可糟糕——歪曲了現實了。

甲(笑):虧得汪精衛不是文學家——

丙:是的,汪精衛不是文學家,他是狐狸政治家。(三人哄笑)然而,假如他是個文學家的話,他是非這樣寫不可的。因爲他對游擊隊的看法是那樣,跟我們的看法是毫無相向之處。

甲:這樣説來,那麽客觀真實反映成爲文藝作品,就還要看作者的頭腦如何來定了。假如是個正確的作家頭腦,反映出來一定的客觀現實的真實;假如碰到一個像汪精衛那樣的糊塗腦子時,就不是真實的反映,而是歪曲現實了。是不是?

丙:一點不錯。所以我們要寫出真正的好文藝作品來,非正確地認識現實不可。

甲:應該怎樣去認識?

丙:這需要兩重的努力。一面是要讀認識方法的科學書,一面要親自到實際生活中去體驗。這後者尤其重要。

乙:這是不是説:我們要産生抗戰文藝,非到火綫上去打仗不可?

丙:假如是寫戰鬥的故事,那麽上過火綫的人,自然比没有上過火綫的人更懂得打仗是怎麽一回事。但抗戰文藝並不就只火綫文藝。抗戰是全面的,因此抗戰文藝也是多樣的。我們倒不必要所有的作者都去寫火綫上打仗。我們住在後方的人,盡可以將後方的現實作爲對象來寫。後方的現實並不是與抗戰無關。我們住在後方對後方的現實當然比較熟悉,棄了熟悉的而去寫不熟悉的,結果不會好。“寫你所熟悉的”,這是蘇聯文學的顧問寫給初學寫作者的金言。

乙:我還有一點意見,我以爲我們也不能盡安於後方的生活。平静的生活無論如何没有戰鬥生活豐富,所以我們應該盡可能去過戰鬥的生活。

丙:你的意見是對的。

雜話“文學”

謝聞玄 撰

《雜話“文學”》載於一九三九年《復旦大學校刊》復刊號。作者謝聞玄,其人不詳。本文首先對過分高估文學的做法進行批判,進而指出,文學的内容不是個人化的,繼而强調了文學的“真實性”之必要及重要。

人人都説“文學”是偉大不過的東西,都説“文學”深不可測,高不可攀;就是“文人”自己(“文人”一詞,頗有商榷餘地,此處我暫從習俗)也以爲文學很了不起,“文學家”三字冠乎别的“家”之上。我不知道這個理論是那一位創立的,也不知道有什麽根據。

“文學”有什麽偉大?大家都該摇頭説:“毫無偉大之處。”反之,到是最平常最普通的一樣東西,因爲“文學”就只表現人生一些切身事件而已。“文學”所描寫或叙述到的,都是關於個人的遭際逢遇、愛憎,以及人與人之間的悲歡離合。這些東西都是我們日常見到的體驗到的,有什麽玄妙?有什麽偉大?一個人不是有歡愉,有憂鬱嗎?那末“文學”裏講到的就是這些。

因爲“文學”是表現人生切身的一些事,所以“文學”的“真實性”是必要的。科學家可以憑空想像或根據自然現象和客觀條件創造了新定律。政治學家、經濟學家,也可以東拉西扯,湊起來算是一種了不起的學説。文學却不行,“文學”非説真話不可,憑空是造不起來的。不是親身經歷,不能有充分的表現,因爲“文學”要情感來激發,情感却又不是矯柔造作得來的東西:悲哀的事裝不起笑面孔;要手舞足蹈的時候,想静坐沉思一下便也不可能。

文藝漫話

偵　奇撰

《文藝漫話》載於一九三九年《工商彙刊》第二卷第八期。《工商彙刊》，一九三五年六月五日由上海工商聯出版發行，半月刊。作者署名偵奇，其人不詳。文本主要對文藝的“革命性”，文藝的社會功能，詩人的特質和古典主義文學、浪漫主義文學的特徵做了簡要論述。

文藝永遠是革命的，因爲它的特質是把人類超越這個現實的世界，從這個將崩潰的現實的桎梏中拯救出來，不作環境的奴隸，而爲其主宰者、創造者。

有時文藝被科學迷惑，一變而爲死的規條，如同愛米爾、左拉，則視人爲飯桶、粗糙的組合物，但文藝將始終協同科學，領導人類于美善的境地，啓發人類的美善。

文藝是社會的慧眼，它能透視到人性的最幽深處，把人類的愉快、煩悶、夢想、希冀、失望種種的情緒，都活躍的表現出來，使人類把握住人生的真諦。

詩人不一定都是“超人”和“寓言者”，但是詩人的心都是神聖、自由的，多情而善感的，富於想像力的。

詩人都是愛自然的，所以太戈耳在《飛鳥集》裏説：“藝術家是自然的情人，所以他是自然的奴隸，也是自然的主人；他想占有自然也想自然化。”

古典主義文學是一種缺乏真的詩情的、没有熱烈的情感的、不許想像奔放的、只爲冷的理智的、拘泥于一的文學。

浪漫主義的文學，是古典主義的反動，它具極端的主觀的性質，排斥冷的理智，而貴奔放的空想，爲一種抒情主義的文藝。

文藝“雜感”

毁　堂撰

《文藝“雜感”》載於《文藝新聞》一九四〇年第十一期。作者署名毁堂，其人不詳。本文主要探討彼時中國文壇没有偉大作品産生的原因。作者認爲，出版家與作家的“身份兼並”、對年輕作家的“打壓”是造成中國文壇缺乏生氣、没有偉大作品産生的主要原因。

曾經有人提出：“中國爲什麼没有偉大作品産生?”其中有二個答案是：

“給編輯先生投到字紙簍裏去了!”

“給出版商壓殺了!”

聽來覺得實在有點不順耳。文藝王國裏的權威在中國彷彿只有兩種人：編輯與出版家。在别的國度裏編輯不一定是著作家，也有是一種專門技術人員：善於拉稿，拼版也就完了。而中國則一做編輯，便成爲著作界權威，彷彿天下學問，他全懂得。而出版商呢，人家大都是老老實實出版，出版社不一定開門、營業。印刷所、書店、出版社，大都是各管各的。中國則大都三位一體。新興的辦法，出版家也兼做了著作家。這就是説，生意眼與學問眼拼成了一對。……在這樣的情形下，提出這樣答案的人，雖然大都頗含有氣憤與反抗的意思，但權威既然在他們手裏，朱筆的批示是：

不成理由，應毋庸議!

於是又勞別一些人去另想答案,終於今天還没有想出來。

其實,這二個答案,我以爲還是有理由的。偉大的作品不是一蹴而成的。《水滸》裏有位踢球大家,球踢得非常的高,名之曰高球,但想來不是一生下來就是踢高球的。如其剥奪了他踢球的機會,他"偶一爲之",哪怕也只能踢"低球"吧了。偉大作品是從不偉大作品中生長的。我們的鄰國仿佛特别懂得這一個意思:一個編輯"家",不但善於拉老作家的稿子,而且善於"捧"新人的作品;不惜以最大的篇幅,讓一個姓名不見經傳的作者,來登載他的處女作。據説這還是他們的生意眼:新人的作品有時比老作家的還容易號召。

然而中國對於新作家,不是叫做"捧"的,叫做"提拔","提"必須用手,"拔"還須用力。提而拔之,不亦難乎? 於是新作家的作品,也就很難登"龍門"了。

别人是愛"幼稚",愛"年青",愛"新",中國人除對女人外大都是愛"舊"愛"老",甚至於還愛"腐朽"。臭腐乳是中國食品中的美味,這也可見中國這"民族",終於是"老大"的。

然而,中國的文人又没有兵役要服務。舊的自傲,老的不動,生活像一片沙漠,連緑洲也絶迹了。抄古書,咬菜根,講"無關"與"埋頭"是他們的嗜好。據説這是清高,仿佛也真的清高起來了。清高便有轎子坐,便有人給他們抬到"機關"裏去。或者如梁實秋之爲國民參政會參政員,或者如沈從文之爲湖南省參政員,是看中了他們的"清高的文學專業",有給他們坐坐轎,抬了去的必要。並不是真的由老百姓選上了他們,像耶穌的法捷耶夫。這其間,大有差别。但這樣一來,于中國文學的前途,也並没有什麽好處。

年青的人呢,在生活血泊裏滚。滚得空下來,偶然有興動動筆,寫下些什麽來了,但没有人要。東闖西摸,幸而有人給他出版,那是"幸運的骰子的一擲",終算也擲出《八月的鄉村》來。可是下文呢? 實在是很難説了。"没有人要的意義",是不允許人家生長。連生長的機會也没有,哪裏還有偉大? 老子生下來就帶有鬍子,這怕還是傳聞失實吧!

有生活的没有生長的機會,没有生活的大抵是被用轎子抬去了。兩年多的抗戰,我們還看不到結實的作品,而中國的文藝界只有沉寂下來。

我以是想到這兩個答案,是在有點道理,而有此文藝的“雜感”了! 感于給“地下”作者寫覆信後的第二天早上。

漫話文藝與人生

王希張 撰

《漫話文藝與人生》載於一九四〇年《大亞月刊》第一卷第二期。《大亞月刊》,一九四〇年在天津創刊的文藝期刊。作者署名王希張,山東人,曾任安龍中學校長。本文主要談文學與社會、人生之間的關係。作者認爲,文藝是社會現實的反映,同時也是"人生的精神糧食",因此文藝作品在抓住時代核心的同時還應該把握住人的感情的焦點,不僅要帶給人藝術的寬慰,還要有助於人生的省悟和現實的改良。

文藝與人生具有極密切的關係,因爲時代的輪子,永是前進不歇的,所以人生亦隨之而异。人生的顯影,是由於文藝的表出,文藝從古至今就安排了它的命運,國家社會的反映鏡,人生的精神食糧。

偉大的文藝作品,除了描寫悲哀,使人流泪喜歡、使人快慰而外,還要抓住時代的核心,來充實一般人生的需求渴望,把握住人感情的焦點,使人生有以警惕、興趣和深奥的分析性來完成藝術,而爲現實而省悟的進步與改良。

本來一個人有一個人的性質,一個作品有一個作品的風格,雖然文藝作家的生活跑不出這個遽况繁衍的人間,文藝的材料跳不出宇宙的範圍,但是自人類有悲哀喜悦以來,至用文字表現思想以後,文藝作家的特殊技巧,因此産生不會雷同的人生作品,將這些錯综離奇的人生點綴,放在人們的腦子裏,就很容易的被文藝而陶冶了,也許覺得書裏的某人就是表現的我。

文藝是跟著人生與時代跑的,人生是在時代裏發掘文藝的,因此文藝即形成歷史和現實的偉大的作品,不管是歷史所遺迹,還是嶄新的時代的産兒,同一是打動讀者的心坎,引起人們的同情,這種引起同情的情弦,就是文藝作品的力量,它是站在不劃分時代下與人生,以鞏固的教化與陶冶。

我們讀了《水滸傳》,總覺得書裏的人物是活蹦亂跳的,一個個的呈現在眼前。好比李逵吧!想想他是怎樣的個性,宋江給人們如何的印象,這都清楚的使人看得見的。同時,《紅樓夢》的黛玉那種嬌情和多愁善病的描寫,真是栩栩若生,能不使人想到那個時代的女子的一切,不加以分析和好奇的去研究?

至於《史記》所紀載的人傑——劉邦、項羽等,都是增加人生與歷史的興味,摻和文學所表現的活典型裏,所以文藝與人生是最密切而有連繫性的,它——不僅僅是給人生以精神的食糧,而且是歷史與現實的風俗人情的進展與剖析。

再談幾種“作家”

趙天人 撰

《再談幾種“作家”》載於一九四〇年《華文大阪每日》第五卷第八期。《華文大阪每日》,一九三八年十一月一日創刊,始爲半月刊,一九四一年一月改爲月刊,今見最後一期爲一九四五年五月號,是一種文化綜合性商業雜志,初由大阪每日新聞社與東京日日新聞社聯合編輯,一九四三年后由前者單獨承辦。該雜志是中文刊物,在日本本土編印,在中國發行。作者署名趙天人,即張金壽(一九一五—?),趙天人是其筆名。北京人。幼年苦學,淪陷時期任《國民雜志》編輯。著有長篇小説《路》、中篇章回小説《新儒林外史》等。本文通過對“沉默作家”、“流氓作家”、“明哲作家”、“諂媚作家”的批判,揭露文壇弊病,間接談及了作家與文學創作之間的關係。

現在這個時代變動得够劇烈的了,如能寫一點東西,如想寫一點東西,實在是難得的機會,是專寫歌功頌德的“太平之世”的文人們所夢想不到的好機會。於是作家們提起筆來了。

提起筆來,却又未免躊躇:寫什麼呢?不礙事嗎?

倘如真因文章發生什麼事情,文人作家是被動的,也只有聽之任之,於是偉大的作品和渺小的自己比較起來却還是顧及後者,於是由躊躇而駭怕,由駭怕而又放下了筆,偉大的作品,不寫也罷。但“作家”究竟是“作家”,没有作品,人就稱之爲“沉默作家”。

沉默也許是作家的自尊,但不是人皆可能,在没辦法之中若想辦法,在不敢寫而又不想不寫的心情之下,許多作家又選了另種題材,不僅與時代無關係,任何人看了也没關係,與寫作者本人也就僅僅有一點寫作的關係。

這種題材很常見,報章雜誌觸目皆是。第一是哥哥妹妹,第二是風花雪月,第三是往昔盛事;反正總是如此一套,此之爲“明哲作家”。

有地痞流氓者,社會上不短見,似乎是永不能没有的一種人,文壇亦有之。

此輩充作作家數内,開頭一是提倡什麽,二是反對什麽,時常煞有介事地板起面孔,但他自己其實什麽也没有,傲然危坐,成一隅之王,標榜吹嘘,互捧同類,此乃文藝之流氓,以無賴手段鑽入文壇後,同時也就一蹶不振了。這姑稱之爲“流氓作家”!

還有“諂媚作家”,就是專寫歌功頌德的論文的;有别人説過的“時代拖不動的作家”,專在舊式長篇説部,或言情,或社會,但總不離卅年前的老故事,都是慣見的了。

然而,哪類是我們期待的作家呢?

談文藝批評

李廣田 撰

《談文藝批評》載於一九四一年《中學生》雜誌第一百八十五期。作者李廣田(一九〇六—一九六八),散文家。號洗岑,筆名黎地、曦晨等。山東鄒平人。一九二九年考入北京大學外語系,次年開始發表詩文。曾與北大學友卞之琳、何其芳合出詩集《漢園集》。曾任雲南大學副校長(一九五二)、校長(一九五七—一九五九)。有《李廣田文集》遺世。本文主要從文藝批評與文藝欣賞、文藝創作活動的關係角度探討文藝批評問題。作者認爲,文藝批評與文藝欣賞、創造相比有其"特殊困難情形",這是因爲批評者須"站在作者與讀者之間",既要不誤解作者,對作者負責,又要秉持公正客觀的批評態度,不誤導讀者,對讀者負責。與此同時,文藝欣賞的能力與文藝批評密切相關,文藝批評本身也具有創造性,因此,"最好的文藝批評,是必須包含有欣賞的過程和創造的成分的"。此外,作者還指出,"一個文藝批評者所需要的修養應當是多方面的,譬如哲學思想、社會科學、文化史與文藝史等等,都應當有博大精深的智識"。

文藝批評是一種比較困難的工作。它要發掘出作者創造的根源,又要辨别他的見地是否正確,並指出他在表現方法上的優點或劣點。一個文藝批評者,他一身肩負了兩面責任:他既須對作者負責,不要誤解作者,不要使自己的批評變成作品的災害;同時他還要對讀者負責,他應當公正、客觀,不要在讀者思想中造成錯誤的觀念。這兩種責任其實也可以説是一種責任,因爲他是站在作者與讀者中間的一個人,這也就更足以見出他的地位之難處。如拿文藝批評和文藝欣賞以及文藝創造相比較,文藝批評的特殊困難情形就更是明顯。這是一方面。

從另一方面看,一個批評者同時又必須是一個欣賞者、一個創造者,因爲最好的文藝批評,是必須包含有欣賞的過程和創造的成分的。

假如一個人不能欣賞作品,當然也就不能批評作品。至如根本不讀作品,當然無從説長道短,讀而無所動於中,又如何能有所好惡,知其是非?假如你對於一件作品未能體會透澈,你就無從瞭解作者的用心,你即使對作品有所批評,也將只是論了它的形骸,而不能觸及它的靈魂。杜甫説:"文章千古事,得失寸心知。"是説作者以外的别人是不容易知道作者的。一個批評家要能知道作家的寸心才好。要知道作家的寸心,就不只是一些主觀偏見或客觀法則所能辦到,必須設身處地去吟味它,體貼它,也就是好好地欣賞它。在西洋,有所謂印象派的批評,如法朗士(Anatole France)所主張者。法朗士説,最好的文學批評,不過是批評者叙述他的靈魂在傑作中游歷的情形罷了。有些人很不以他這種説法爲然,以爲如此批評,豈不是根本就無所謂批評標準了嗎?這誠然也是,批評是必須有一個因時制宜的標準的。然而無論如何,這種用了自己的靈魂在人家傑作中游歷的過程,在任何派别的批評家也是不可或少的,而這種靈魂的游歷,就正是我們所説的最好的欣賞。

一個批評者不僅應當是一個最好的欣賞者,還必須是一個創造者。他不但要在自己心裏把作者的創造再創造一番,就連他所寫的批評文字,也應當是創造的。也就是説,他不應當只是用了些呆板的格套,叫人讀起來毫無興味。他更不應當只是因襲或模仿,叫讀者感到在他的筆下完全是浮詞濫調,毫無新鮮氣息。總之,他不但應當在批評文字中把作者的作品復活起來,並且要藉了他的批評使讀者感覺得更多,理會得更深,使讀者願意一再去讀那些作品，而在讀者心中引起更多的創發來。我們且舉鍾嶸《詩品》中論范雲和邱遲一條爲例，鍾嶸説：

范詩清便宛轉，如流風回雪；邱詩點綴映媚，如落花依草。

這是鍾嶸對於范、邱兩個詩人的批評，然而他的批評本身也是詩的，他的批評也創造了極好的形象，也就是一種藝術創造。而且，批評者也是經過了欣賞的，他欣賞了范雲和邱遲的詩，一如他欣賞了自然的景物，所謂"流風回雪"，所謂"落花依草"，這樣，范詩的"輕便宛轉"，邱詩的"點綴映媚"，才不至於落空，才不至於無從捉摸，才不至於只是兩句令人無所見無所感的批語。"最好的批評應該是描寫的"，丹麥的大批評家勃蘭兑斯(Georg Brandes)似乎這麼説過，他的批評工作也正是這樣作的，照我們的理解，所謂"描寫的批評"，也就是創造的批評。

嚴格地説起來，一個文藝批評者所需要的修養應當是多方面的，譬如哲學思想、社會科學、文化史與文藝史等等，都應當有博大精深的智識。但這却極不容易辦到，尤其對於一個初學者，對於一個文藝青年，更不是可以一下子照顧周到的。我以爲一個喜歡文藝的初學者，只是喜歡閱讀，或只是喜歡創作還是不够的，他還應當養成一種批評的能力。每讀一種重要作品，都應當試驗著批評它，並把自己的批評用文字表達出來。這樣，不但可以把自己造就成一個批評者，而且也將有助於自己的創作，最低限度，也將有助於自己的欣賞，使自己不致隨便讀書，不致讀了書而毫無所得。而每當練習批評時，第一就必須有一個最徹底的欣賞過程，而每當用文字表達自己的批評時，又必須用一個創作者的態度去作，因爲最好的批評文字本身也應當是一篇很好的文藝作品。

文學與生活漫談

周　揚撰

《文學與生活漫談》連載於一九四一年七月十七日至十九日《解放日報》。《解放日報》,一九四一年五月十六日在延安創刊,係當時中國共產黨中央委員會的機關報,日刊,先后由博古(秦邦憲)、陸定一、廖承志主持工作。一九四七年三月二十七日終刊。周揚(一九〇八—一九八九),原名周運宜,字起應。作家,現代文藝理論家,文學翻譯家,文藝活動家。歷任中共中央宣傳部副部長、文化部副部長、中國社會科學院副院長、中國文聯主席等職。本文主要探討文學創作與生活的關係問題。作者在如下兩個方面對文學與生活的關係做了詮釋:首先,"做一個作家,首先當然是要有生活,然而却决不可以爲一有了生活,便萬事大吉了。更重要的,是要有認識生活,表現生活的能力,一種思想的和技術的武裝;而要獲取這,就必須付出長期地專一地刻苦地學習的代價";其次,體會不同的生活,從生活中去搜集材料是爲文學創作儲蓄資本的主要路徑。

一

有一天,一位同志來考魯美藝術系,我和他是早就認識的,且知道他愛好文學,我便順口問他:

"你是很喜歡文學的?"

他許是誤解了我的意思,以爲我是在暗示著他考文學系更適合一些,於是他便半帶解釋半帶自炫地說:

“文學是不需要怎麼去學的。哪裏有生活,哪裏就有文學哩。”

我被這個樸素的見解驚駭了。以同樣的樸素,一個最恰當的反駁是:

“哪裏有生活,並不一定哪裏就有文學哩。”

然而我没有這樣説出來。有自信,見解大膽,愛好警句,青年們所常具有的這些德性,我並不以爲是壞事情。而且,關於文學與生活兩者的關係,我總是把後者看得高於前者的。在美學上,我是車爾尼雪夫斯基的忠實信奉者,他的“美即生活”的公式包含著深刻的真理。

“哪裏有生活,哪裏就有文學”這句話自然也説了一部分的真實,這就是,文學從生活中産生,離了生活,就不能有文學。然而文學和生活到底是兩個東西:在創作過程上講,這是互相矛盾互相鬥争的兩極。創作就是一個作家與生活格鬥的過程。形象要在生活裏面去找,它雖充塞在生活裏面,却不是可以容易把捉的東西。借用巴爾扎克的譬喻,形象是比傳説裏的浦累求斯[①]還難捉得很,還蜿蜒得幻變厲害的一個浦累求斯,文學家就是要和這樣千變萬化的海神鬥法的術士,而除了語言文字他又再没有别的法寶。

你不會常有這樣的感覺嗎?我天天在過著生活,而且是有意義的生活,却看不到一點可以變成文學的東西。説生活本身太散文式了嗎?但在生活的平凡中看出詩來,正是藝術家的本領。有時你也好像確實看到了一些什麼,你有一種衝動要把它寫出來,形象在你腦中騷動,但是,可詛咒的筆呀,在這樣的緊急關頭,它竟不聽你的提調,你無法指使他把你腦中的東西移到紙面上來。

所以問題並不如所想像的那麼簡單。有了生活,還要會“看”,看了還要會“寫”。這是藝術上的認識與表現的問題,生活實踐與創作實踐的統一的問題。生活對於一個作家只是一種材料;如何取材,如何加工,這才是作家的工作;這需要有專門的技術,專門的

① 通譯普洛透斯。

知識;一句話,只需要好好地去學,苦苦地去學的。以爲有了生活,就有了文學,文學是不需要怎麽去學的,這實在是不高明的見解。

大家常喜歡提高爾基,説他是没有進過大學的,却成了世界上最偉大的作家。學高爾基,自然是好的;但是不要忘了:高爾基雖没有機會住沙皇時代的大學,却是在蘇聯最初創議開辦專門文藝學校的;他是自學出身,曾在文學上用過苦功的,他總是主張文學青年不但應當多讀本國和外國的作品,而且還必須通曉本國和外國的文學歷史,在創作上他又是一個深歷了“語言的痛苦”的人。我們學高爾基,與其嚮往于他那段色彩絢爛的漂泊流浪生活,我以爲倒不如踏踏實實學取他那在任何環境中都能埋頭苦讀的堅忍精神爲有益。

口裏嚷著生活呀、生活呀,既没有生活,又放鬆了學習,這是最不值得的事情。

有了生活,並不一定就能寫出作品;作品中寫了生活,也還不一定就是好的作品。因爲文學的任務,不只是在如實地描寫生活,而且是在説出生活的真理。關於作家與生活的關係,王國維在他的《人間詞話》裏有一段話是最透闢的了,他説:

> 詩人對宇宙人生,須入乎其内,又須出乎其外。入乎其内,故能寫之;出乎其外,故能觀之。入乎其内,故有生氣,出乎其外,故有高致。

藝術和生活的關係就是如此。要能“入”,又要能“出”,這正是一個微妙的辯證的關係。深入到生活裏面去,而又能超越於生活之上,這兩者是不可分的,後者只能是前者的結果,或者説極致。但如若潛没於生活的事實的海裏,不能從一定的思想的高度窺取人生全貌,探其真髓,這就是所謂“只見樹木,不見森林”。在哲學上是狹隘經驗主義,在文學上是自然主義,都爲我們所不取的。

藝術,用簡單的定義,就是體現思想於形象。有形象,才能够寫,才有生氣;有思想,才能觀察,才有高致。恩格斯爲藝術懸下了一個理想的標的,就是:巨大的思想深度、歷史内容與莎士比亞式的行動的潑辣和豐富之完美的混合。這不就正是藝術上的生氣與高致結合之最好的説明,最高的標準嗎?

高致,在創作家主觀上説,是一種澄清如水,洞徹萬物的心境。這是超然物外,一絲不染嗎?是康得式的"無關心"嗎?是對生活缺少熱情嗎?都不是。這正是深味了人生的結果,熱情被控制的形式。大思想家、大文學家都是能够保持一種心境的平静的。他們用血肉和生活搏戰過來,辨識了生活的每根纖維,直探了它的心臟,掌握了生活全部的規律,所以在任何變化面前都能從容自如。只有他們,才真懂得幽默。

席勒在他的有名的《論樸素的和感傷的詩》裏,關於荷馬和莎士比亞這兩位現實主義的大詩人,曾説過這樣意思的話:他們寫到最凄惻悲痛的地方,也好象叙説一件日常事情一樣,他們簡直就好象没有心腸。他們真是没有心腸嗎?完全不然。他們的心深入到了他們的對象中去,和對象全然融合爲一了。正如席勒所稱贊莎士比亞的:"他的心臟並不如普通金屬一樣就浮在表面,而是如同金子一樣必須向深處探尋。"他就是生活本身,生活的精髓,他是不哭,也不笑,而是引人哭,引人笑。這就是爲什麽大藝術家看來是那樣冷静,却用熊熊烈火燃燒了我們的靈魂。

我們常常自以爲體驗過生活來了,寫出來的都是生活,然而讀者竟一點不感動。作品中總是缺少了一點什麽,我們就説是缺少了一點"詩的"東西吧;或是説缺少一點"思想的"東西吧。總之,這不是有生命的作品。這原因在哪裏呢?這就是因爲:對於生活,没有深入,因而也不能高出。你在實生活中對生活所處的距離太遠(你是一個旁觀家!),而在創作上又太近,你不懂得從一定的高度來俯瞰生活;你在生活中熱情用得太少,你對於許多問題都感不到興味,對於人缺乏熱愛,而在作品中却又表露出過剩的熱情。文學是最老實的東西,只有一分的,它不能説成兩分。作品如同人一樣。人愈是生活豐富的,愈能取一定的距離來看生活;愈是情緒飽滿的,情緒愈不外露。真正出色的作家,他不是隨意抓到一件什麽事物就來寫,一有感觸就發泄無餘,他要搜集無數生活的事實,從它們裏面提煉出精粹來,他把自己的全部精神灌注在它們上面,一直到自己的主觀和客觀完全融合爲止。記得有個什麼作家關於創作過程彷佛曾有過類似這樣的比喻:一大堆潮濕的乾草壘在那裏,裏面有火在潛燃著,却燒不出來,盡是在冒烟,這樣醖釀又醖釀,於是突然一下子,完全出你意外地,火從裏面著出來了,火舌伸吐著,照得漫天通紅。這個火就是融化了客觀的主觀,突入了對象的熱情。借用王國維式的表現法,叫做"意境兩忘,物我一體"。這是創作的最高境界。

這個境界不是容易能够達到的,但每個有志於文學者都必須向這努力。

我的結論:就是做一個作家,首先當然是要有生活,然而却決不可以爲一有了生活,便萬事大吉了。更重要的,是要有認識生活,表現生活的能力,一種思想的和技術的武裝;而要獲取這,就必須付出長期地專一地刻苦地學習的代價,文學上的票友或才子派是必須打倒的。

二

我是主張作家多體驗實際生活的,不論是去前綫,或去農村都好。因爲這,我曾被譏爲"前綫主義者",但我却至今不以我的主張爲錯誤。

然而問題是多的。在許多問題中,最重要的是如何使自己同新的生活打成一片,如何從那生活裏面去搜尋材料。

人進入到一種未知的生活,開頭總是感覺得新奇的;但幾經接觸之後,實際便漸漸露出它本來面目,被你借幻想所渲染上的輝煌色彩很快地褪去,一切都顯得平淡,甚至厭煩了。你看見了你不願看的東西。戰争中有血,有死亡,有殘酷。骯脏、愚昧、黑暗仍然在農村中占有優勢。於是你感到了痛苦,但是這種生活原是你認爲有意義而努力追求過來的,你又不能且不願馬上脱離它。你努力克制自己,使自己慢慢適應於這種生活。

然而適應不是一下子能够做到的,這需要生活一個相當時期。走馬觀花地到處游一下,自然很容易,却不能有所收穫。必須參加一點實際工作,而要這樣做,你就得不怕麻煩。寫鋼板,來;作發行,也來;不論是教部隊中的小鬼,或在鄉政府上跑腿都好。安於工作,熱心地活動,不妄想在這裏求得創作的環境和時間。和周圍的人們打成一片,向他們學習,請教他們,不怨他們不理解自己,倒是自己必須理解他們。嘗味各種生活,努力去理解各種樣式的人,這就是爲創作必須儲蓄的資本。然而要經過多少的,甚至還意想不到的麻煩呵。

我多次地接到過在前方的文藝工作者們的來信,大部分都是開始不習慣,不安心,後來才慢慢變好,積極起來的。就是一些曾寫信給我訴説過自己在前方的失望和苦惱表示十分消極的同志,聽説現在也都工作得很起勁了。自然也有一兩位到底忍耐不住,開了小差。這正是大時代給與我們的一個試煉。

馬克思曾引用過車爾尼雪夫斯基的一句話:"製造歷史的人是不怕弄脏了自己的手的。"我們,一個大時代的藝術家,空前的巨大事變的目擊者、記録者,自己不弄脏了手,至少也應當有看弄脏了的手的勇氣。我們必須正視生活,一切無益的幻想都拋棄了吧。

西方許多自由主義的文學家、報館訪員,爲搜集寫作材料,採訪新聞,是不怕忍受一切困難,冒最大危險的,而他們僅只是爲了寫作的和職業的目的!我們是在參加著民族解放戰争,參加著新的社會的建設,即使不爲寫作,我們也應當使自己適應於我們所過的生活的。應當有這樣的决心:不要讓生活遷就我,讓我來遷就生活。

凡這些,就是我們實際去體驗生活的精神的準備。

第二步的問題就是如何搜集材料了。到過前方的同志都异口同聲地説那裏有多少多少可歌可泣的事迹,令人難以置信的超人間的英勇故事,寫不完、寫不盡的呵!於是你不由得被這些故事完全吸引了,你的興味集中在它們上面了。你把這些聽來的故事,用你獨特的方式編製出來,儘量地使情節新奇,再添上一些枝枝葉葉,使它顯得豐茂一點,這樣你就以爲你寫出文學作品來了。其實,容我直説,常常離真正意義上的作品還很遠呢。

所以就不能不惹起讀者們的責難了:我讀了這些,簡直不感動。要講到故事吧,我知道的還多呢。講那麼一點故事,爲什麼要兜那許多圈子?這些責難我想並不是完全没有理由的。你説了自己並不熟悉的故事,自己却扮裝做故事裏面的人。你注意寫故事,却没有注意寫人;你的人物是没有血肉的。你傳達給讀者的,往往是你自己的情感,却不能借生活本身來打動讀者。你有描寫,有時甚至是過多的,但却不是你作品的有機部分,而是爲了點綴,硬加上去的。一切這些就都是由於我們没有在那具體性上去瞭解生活的緣故。

文學作品到底不只是説書、講故事;它必須寫人,寫性格,寫個性。它寫任何一件細小事物,都必須忠實、具體。文學可説是最需要精細準確而深忌粗枝大葉的,所以我們到實際生活中去,就先不要多聽,還是多看的好。聽來的故事只能供作一種參考;就是要寫,我以爲也是老老實實就用聽來的形式寫反而來得自然和親切一些。但是這些材料都可以間接得來,對於創作有決定作用的還是自己直接從生活中體驗得來的東西。信任自己的眼睛,用它來看周圍的一切。細心地看,反復地看,比較地看。要像佛羅貝爾[①]所教導莫泊三[②]的:“爲著描寫一道正在燃燒著的火和一株生在平原上的樹,我們便得一直面對著這火和這樹,待到它們在我們眼中同任何旁的樹和任何旁的火顯得不同才止。”

朋友們,你們專爲到實際生活中去體驗的,可曾用過這樣的功夫嗎?大家都看見了八路軍,看見了邊區的農民了,然而關於它們,十分出色的作品不是還很少嗎?實際上,又有幾個文藝工作者真個和他們較長久地生活在一起,同他們打通了心,瞭解了他們的

① 通譯福樓拜。

② 通譯莫泊桑。

一切生活習慣,他們極細微的心理?我們和他們的接觸是不經常的,常常是不自然的,我們總是喜歡挑選他們中間有特异生活經歷的,探問他的身世,想從他身上立刻找到大宗材料,不,簡直是想發現奇迹。人是太愛取巧,太愛貪便宜了。但是世界上便宜的事是没有的。你把他簡單地當材料來對待,他就會機警地將自己的心向你關上。

一個創作者必須廣泛地,多方面地,而且更深入地,即是在一種日常生活上去和人接觸,你得要和他們做朋友,談家常話,心坎上的話,做到彼此心理上不再有一點戒備或隔膜,他們的心將會完全袒露出來任憑你看。這時候你就可以看到真正的民衆,你説瞭解的就將不是民衆的抽象概念,而是具體的有血有肉的個人了。帶一本筆記簿在身上,不只爲的記人物的行狀,寫他的階級身份説明書,而更重要的是隨時記下你所瞥見的每個不同個性所閃露出來的特有的動作言語和姿勢。材料這個東西,不是現成的、俯拾即是的,而是必須你去發見,一點一滴的去積累的。在人中間,你不要專挑特异的,你要更多接觸平凡的人;不要只看一個兩個人,而應多看幾個。關於一個人,不要滿足於只知道他一點兩點,而必須知道他許多點。你的眼睛不要向上,而要向下,不要單看大處,而要看小處。這就不但需要有很大的工作的耐心和細心,而且需要有對於人的深摯的熱愛。

毛澤東同志在《農村調查》中所顯示的工作方法和精神,是值得每個文藝家深刻學習的。那不是普通社會學者的枯燥無味的統計調查,而是浸潤了一個偉大革命家對於民衆的偉大的愛的,那種愛也應當在我們的胸中燃燒。

懷抱那樣的愛和科學精神,我們深入到生活中去、民衆中去罷。不用預先想好主題,擬就大綱,編造情節,讓生活自身以它自己的邏輯來説它動人的故事。

三

在延安,有些弄創作的同志感覺到寫不出東西來了。我們過的原是一種新的有意義的生活,而創作在這裏又是自由的,爲什麼寫不出來或寫得很少呢?莫非在新的生活面前創作才情反而枯窘了嗎?當然不是。於是我們聽到了各種各樣的甚至有趣的解釋:有的説一位大思想家(好象是恩格斯罷)講過人類文明史靠吃肉類來的,而我們肉吃得太少了,或者説因爲我們的食物缺少維他命C,營養太不够。又有的説大家都拿津貼,生活雖苦,却不愁衣食,毋需乎賣稿。再有的説延安文藝刊物太缺乏了,不能刺激大家。諸如此類。

這些"唯物的"解釋雖或不無它的理由,却不能使我們滿足。作家既然被稱爲"靈魂的工程師",我們還是於精神的方面來尋求原因罷。

一個作家在精神上與周圍環境發生了矛盾,是可能有兩種絶然相反的原因的。一種是周圍生活本身是壓迫人、窒息人的,是一片黑暗,作家懷抱著對於光明的熱望不能和那環境兩立,他拼命反對它。另一種是他處身在自己所追求的生活中了,他看到了光明,然而太陽中也有黑點,新的生活不是没有缺陷,有時甚至很多;但它到底是在前進,飛快地前進。作家走著他特有的藝術知識份子的步伐,和那生活的步調就不一定合得很齊。有時他覺得生活還遠落在他理想後面呢,他停下來,微微覺得失望;有時生活却又實在跑過他前頭去了,有一種什麽舊的意識的或者習慣的力量絆住了他,他感到了某種程度上的和生活的不能協調。

我想起來瑪耶闊夫斯基[①],這個布林賽維克的詩人,這個被史達林同志稱爲"蘇維埃最優秀的詩人"的詩人,他是深深理解一個大時代的知識份子的苦悶的。悼念葉賽寧的死,他曾寫了這樣兩

① 通譯馬雅可夫斯基。

句詩：

在這種生活中，死不是難事，
最難的是去把生活重新建起。

而他自己，在同樣地結束自己生命之前，也留下了這樣凄悲的詩句：

愛的船在生活上被撞破了。

比起他們，我們是更年青了的一代，我們當然要健康得多。正如同所有别人一樣，作家在延安是感到精神上痛快的，他們都把這裏當作了自己的家。然而却不是一點没有問題。我們不是有時聽到這樣的一些話語嗎：我感覺生活有些單調、狹窄呵；大的方面很痛快，小的方面却常弄的人不舒服呢；上面的同志很好，下面許多同志可實在機械呢。等等，等等。這些好象都是小的地方，但却是日常的、厭煩人的，非常之影響心情的。

我們不能説這些都是作家自己的敏感和偏見。不錯，作家常爲自己設下一個圈子，不容易叫人打破。然而延安也自有它的一個圈子，它的一套。都穿同樣的制服，拿相差不多的津貼，都同樣工作，同樣開會，你在路上走，會從前後左右到處聽得見掛在人們嘴上的老一套的革命術語。多麽的千篇一律，絲毫没有變化啊！然而眼前的又分明是新的東西，藴藏著無限豐富的内容，充滿了生命。你待要贊美它吧，却又有好些地方使你刺目。你不能不加入到這個圈子裏面去，因爲除了它再没有别的美好的生活，然而又總感覺到它太狹窄、太呆板，好象容不下自己。假使作家能够株守在自己的圈子裏，故步自封，不求和新的生活打成一片，那也没有問題。反過來，延安决不能滿足於自己已有的一套，而必須力求改進，使自己成爲更廣闊，更包羅萬象。如果有一個作家在這裏感到了苦悶，是必須首先努力祛除那引起苦悶的生活上的原因的。所以作家和延安的生活，即使有些許扞格不入的地方，因爲基本方向是一致的，而又兩方都在力求進步，是終會完滿地互相擁抱起來的。現在正是毛澤東同志所特别稱呼的“在山上的”和“在亭子間的”兩股洪流匯合的過程。

延安被稱爲“聖地”，然而，我們却不是教徒，而是馬克思主義者；我們不排斥异己，熱望批評。我們是依靠自我批評而進步的，所以不要因爲哪個作家説了一兩句延安不好的話(而且並不是説整個延安)，就以爲是他在反對著我們了。這時候，只有反省和正當的解釋是必要的。小小的意見分歧，習慣不相同，一時的個人心情不好或感情衝動，這些都不應當提到原則的問題上去。而且在延安的作家幾乎都和革命結有血緣的，他們可以説都是革命的親骨肉。這裹大概不會出紀德，也更不至有布寧[①]吧。

我不贊成作家把自己看得比别人特殊，那實在是很要不得的心理，但延安却必須成爲這樣一個地方，在這裹作家特别地被理解，被尊重著。它真正是一塊能够結出豐盛的文化藝術果實的沃土。

作家在這裹寫不出東西，生活和心情自然並不是唯一的，甚至也不是最重要的原因；有關創作本身的一個問題，我想有很大的關係。

這不是延安單獨的問題。抗戰以後，許多作家都碰著了這樣一個難關：寫抗戰吧，不熟悉；寫過去的事情，又覺得現在不是時候。而到了延安，我們更覺得應當寫一些新的、有意義的題材。

對於延安，我們已經唱了我們的贊歌了，但却還没有能實寫出它的各方面來。住在窑洞裹，和外界幾乎没有接觸，來往的仍然是外面來的知識份子的朋友，對於延安當然難得有深刻的瞭解，更不用説對於邊區一般農村的情形了。然而正是在這些農村裹，充滿了新鮮的生活的故事、鬥争的故事，值得在藝術上來加以反映。如其你感覺現在没有東西可寫，就讓强烈的生活的欲望來代替創作

① 通譯蒲寧。

的衝動吧,走出窑洞,到老百姓中間去跑一趟,去生活一下,是一定會有益處的。

自然,過去的題材也是可以而且應該寫的。一定要選取反映邊區八路軍或至少有關抗戰的題材,這雖是一種可尊重的責任感覺,却可以反轉成一種對於創作的限制的。在題材、樣式、手法等等上面必須容許最廣泛的範圍。在延安,創作自由的口號應當變成一種實際。

寫,大膽地寫,寫不出書來要呼吸一點新鮮空氣的時候,就去生活,一切心情的不安都掃除净盡吧。

經驗與文學

金　粟撰

《經驗與文學》載於一九四一年《新軍》雜誌第三卷第八至九期。《新軍》,一九三九年創刊的一種面向軍人、宣傳抗日的刊物。作者署名金粟,不詳。本文主要談文學欣賞、文學創作與作家(讀者)的經驗之間的關係問題。作者認爲,讀者在心理上和作品的内容産生共鳴,才能達到最高的欣賞境界;同時,一個作家在進行文學創作時如果直接描寫自己的切身經驗或者以自己的切身經驗爲基礎進行創作,那麽其作品就會"更具有感動讀者的偉力"。

中夜偶然醒來,開門跑出小樓的走廊。西斜的月影,像流水般浸著樓下的禾田和對面小丘上的樹林,同時也浸著曬臺的一角——另一角給樓旁的黑影占去了。前面小丘下的溪流,因爲是在雨後和深夜的緣故罷,那聲響比起平日來得特別豪壯,活像那些急灘巨瀑發出來的。突然在我的口裏輕輕地流出這七個字:

月色江聲共一樓。

這是唐人絶詩中的一句,因爲那首絶詩被收在一些有名的選本裏,所以平常很容易讀到它,而且我自己是多年以來就愛好著它的。但是,我對它從來没有像今晚上這麽感到親切,它簡直就和我自己即景稱心而出的詩句一樣。

我聯想到文學的欣賞和創作的問題。

在怎樣的一種條件或情況的下面,我們才能够對某種作品起深切的反應呢?這是一個很複雜的問題。在這裏我絶對没有希望解决它的意思,我只是想提出一點可以供考慮的意見。我總覺得對於文學作品的欣賞,是很需要一種相同或相似的經驗做基礎的。如果讀者在心理上和作品的内容——故事、思想、情景或意向等完全没有一點血緣的關係,要能够達到最高度的欣賞境界,是有些不容易想像的事情。

觀賞是一種需要代價的行爲。它的程度愈深入,那需要的代價也愈重大。現在一般的所謂"閲讀",大都只是一種粗疏淺泛的涉獵,真正深入的觀賞是很少做到的。這原因當然不只一點,例如瞭解媒介的能力不够,各種常識水準太過低下,閲讀的時候缺乏細心,腦裏先存著一種不健全的成見等,這些都能够影響到欣賞的深入。但是,我想在這裏面更加重要的,是對於那作品裏的故事、情景、思想或意向等,自己全没有一點經驗的影子。因爲缺乏這種重要的——雖然不是唯一的——因素欣賞的進行便容易停頓在半途中道了。例如,我們完全没有一點勞動生活或男女關係的經驗,對於那些描寫工人生活或戀愛事件的作品,雖然不是一點也不能够領略裏面的意義或情趣,但是和一位熟悉那種生活或關係的人比較起來,我們所得到的恐怕是很粗疏浮泛的罷(自然,這必須假定兩方面,别的條件大略是相等的)。張表臣在他的《珊瑚鈎詩話》裏,有這樣一則:

> 蘇東坡稱陶靖節詩云:"平疇交遠風,良苗亦懷新",非古之耦耕植杖者,不能識此語之妙也。僕居中陶,稼穡是力,夏秋之交,稍旱得雨。雨余徐步,清風獵獵,禾黍競秀,濯塵埃而泛新緑,乃悟淵明之句,善體物也。

這種從自己的體驗裏發出來的話,是有著很深富的意義的。

欣賞上的情形是這樣,創作上又怎樣呢?

一個作家描寫自己的經驗或者用經驗做基礎而擴展開去的事物,常常容易達到深刻透澈的程度,因爲這樣,它便更具有感動讀者的偉力。這用不著怎樣地瑣瑣地舉例,世界文學史上大部分偉大的作品,差不多都可以給我們充當證據。反之,描寫著自己經驗以外或者和自己的經驗太過緣遠的事物的作品,雖然不是沒有,但是,那總是比較難於成功的。近代有許多外國的作家,爲了表現某種自己經驗上太過陌生的事情,便先去做一番實際的體驗或考察。像十多年前日本許多作者到工廠去體驗肉體勞動,近年蘇聯的一些作家爲著寫作國防文學,到陸軍或空軍隊裏去,經驗那種特殊性質的生活,這都是很懂文學創作的原理的。

說到這裏,我想起一些值得記述的談話。去年夏間,我到戰地上去跑跑,遇見了許多在軍隊裏做政治工作的青年。有一次,和幾位談到戰地戲劇工作的問題,他們同聲說到演劇在政治工作上地位的重要,並且同聲嘆息著劇本的饑荒。他們又說,現在書坊出售許多劇本,有好些是把軍隊生活做題材的,這自然是我們所十分需求的。但是排演起來,往往意外地失敗。因爲那些劇本的作者,大多數對於所描寫的對象太外行了,因爲這樣,不但表現不够深入,連那些很表面的動作也常常失誤了。當官兵們看到這些地方,嗤地一聲笑了出來還算是好的,否則,一聲臭駡,悻悻地散開去了。他們這種說話決不是假造或夸張的。由於這點,我們也可以悟想到在寫作上經驗基礎的重要了。

自然,我們不能够贊成法朗士"文學作品是作者的敘傳"的說法,我們更不能够贊成作家只抒寫些身邊瑣事或個人情趣的說法。我們是以爲在某種事物的表現上,作家必須具備多少的經驗基礎。易卜生曾經說過:"我向來所寫的東西,雖然不是實際上費經驗過的,但是大都是和經歷過有些事情相符合的東西。"這是富於啓示的自白。高爾基對於青年作家剴切的指示是,寫你自己最熟悉的題材。最熟的不一定是自己所經驗的,但是,自己所經驗的不是那最熟悉的東西中間的重要部分麼?爲什麼要寫自己熟悉的東西呢?理由是簡單的,文學的工作是重經驗的工作,而不是憑理論的工作,一種理論或思想,如果不和作者的現實生活有著深刻的關係,便不容易成爲作品的有價值的材料。

重視經驗,不但是現代科學界的黄金律,在文學或藝術的境界裏,它同樣是不可動摇的法則。

漫談文學形式及表現方法

老　罕撰

《漫談文學形式及表現方法》載於一九四一年《新動向》雜誌第十六期。作者署名老罕,其人不詳。本文主要談文學的形式與表現方法。作者首先談論文學的概念,得出"文學便是'文字''感情''想像'三種結合而成的"的結論。在談及文學的形式和表現方法問題時,作者對我國文學形式(即文類)演變的歷史做了大致梳理,進而指出,對於初學寫作的人而言,學習文學的形式和表現方法極爲重要。

在這個環境裏,我們還有機會談到文學的問題,實在是不可多得的事,無論我們談的結果如何,這機會總是值得紀念的。我們倘從這個問題裏略有所得,則算没辜負這場機會,也就有談的代價了。

我們在談文學形式以前,應當先談到文學是什麽,尤其是在含有多義的我國,特别有解決"文學是什麽"的必要,所以我就先來解釋它。

一、文字　我們承認文學是離不開字的,那麽我就先從文字談起。雖説從前我國在一個時期中,買不到紙,詩人都開會朗誦詩歌,不曾把詩歌收成集子出版,但他們能在朗誦前必有腹稿的,而他們的腹稿也是由文字組成,不然他們的心版上是不會有腹稿,更談不到朗誦了。在我國,凡用文字寫成的,甚至白紙上寫了黑字的,差不多都混稱爲文學,比方坊間的史書、子書便也算是文學的遺産了。

二、感情　我們應該知道這兩個字是有人否認過的，福禄貝爾曾主張不要把感情輸入小説裏，於是他最得意的學生莫泊桑便以客觀的方法寫小説了。不過雪萊和拜倫是極力主張感情在文學上是和文字同樣的重要，所以拜倫的熱情奔放才寫出《哀希臘》那樣雄壯的詩，我國的偉大詩人屈原以憂感的交流竟寫出不朽的《離騷》。固然詩是偏於感情，而小説是偏於描寫，但我相信無論詩或小説没有純粹不含作者情感的，我深深這樣想。

三、想像　我所要説清的，想像並不是空想、玄想，而是一種超現實的企圖，以創造的方法繪出新的境界。不過想像如不豐富則易近於怪誕，這全得看作者對於現實的理解如何。比方《西游記》這部書便是以想像著稱的，把唐三藏寫得活神仙一般，且全書裏很難尋出一個凡人，除了作者的想像構圖以外，簡直没有一點社會價值，那便是作者對實體的社會没有認清，所以不能借想像與以啓示。現在我舉一首詩來作例：

獨坐幽篁裏，彈琴復長嘯。深林人不知，明月來相照。

這是一首人所熟知的唐詩，只是平常的叙事，並無怪誕之處誘人，可是它却能感人，我們如細一尋味，能從這短短的二十個字裏，進到一個新的境界和新的啓示，這就足見想像在文學上的重要了。

以上三點都是文學離不開的東西，也就是文學的基本條件。换言之，文學便是"文字""感情""想像"三種結合而成的。那麽文學形式是怎樣呢？我們得更切實的談一下。

因爲我手頭没有參考書的關係，也只好憑著從事幾年寫作的一點心得來談。我們如談到目前的文學形式，更應該先談到過去的文學形式，然後再兩相比較，則可知我國的文學形式的變遷是很複雜的。

有些人以爲我國的文學形式是受了《詩經》的影響，我以爲還是受了《楚辭》的影響，因爲這兩部作品都是我國民間文學的總集，而且楚辭的藝術創作上却影響後世尤深，之後我國的文學才見成型了。那時的文學形式是以詩賦爲主的,後來到六朝才有昭明太子提倡文體,他從事文選的工作。可是蕭衍却極力主持當時的詩壇,所以六朝的文學形式已經發展得可觀了。

還值得我們談及的,是建安時代的文學形式,那時曹家父子在建安文壇是最有力的領袖,曹操也正是建安的一代文豪,不過因爲他的政治勢力已超過他的文名,使一般人只知道他是政治舞臺上的人物了。不過曹操在當時文壇上的功績,是不會使我忘掉的,我很愛他的《短歌行》,現在抄下來也希望大家讀讀。

對酒當歌,人生幾何!譬如朝露,去日苦多。……

這一節的情感很濃厚,是值得我們尋味的。

文學形式在建安時代已經比六朝改進得很多了,不但詩體方面發展,就是賦也大見進化了。那時有些多產作家把他們得意的詩賦留給我們。像曹植的《洛神賦》和《銅雀臺賦》,都是建安時代的特出貨色。

一直到盛唐,詩運越發轉高了,那時的文學幾乎整個的是詩,悲壯派代表作家杜甫滿口喊"朱門酒肉臭,路有凍死骨",李白爲了趕寫《清平調》常常跑入宮庭。詩的形式在盛唐已經是成熟了,一般詩人的技巧方面也進步得可觀,比方,寫實派的代表作家白居易的《新豐折臂翁》,在内容方面技巧方面都完善得無隙可擊,我抄一段下來。

無何天寶大徵兵,户有三丁點一丁。
點得驅將何處去?五月萬里雲南行。……
是時翁年二十四,兵部牒中有名字。
夜深不敢使人知,偷將大石捶折臂。

白居易在《新豐折臂翁》裏顯示出對人類的同情。不過那時還不盛行叙事詩,白居易却以叙事詩的形式寫出《長恨歌》《琵琶行》

《新豐折臂翁》等不朽之作。

後來文學的形式廣泛了,包括小説、詩歌、散文、戲劇、謠曲等。一直到五四運動才把過去文學形式與表現方法整個的推翻了,新建起文學形式與表現方法。

我們應該知道文學是人類演進的紀録,有一個新時代就應有新文學。我們既知道現在是時非天寶,便很容易想得出我們的文學是現代的。黄遵憲説過:"吾手寫吾口。"自然我們是現代人,應該説現代話。

可是,我們的新文學從五四以來總算往健壯裏滋長起來了,無論小説、詩歌、戲劇、散文,都呈現著新的姿態向前發展。只要我們肯努力,不作新士大夫的蜕化物,新文學的前途是很光亮的。

我知道,法國的左拉的《魯公馬加爾的一族》對十九世紀後半期資産階級的反映,顯然是比巴爾扎克的《人間喜劇》有進步了。我們是初學寫作的,當然得從大處著眼,小處著手,第一步,我們要把文學形式分清,隨後我們得要追求表現的方法,比方汪静之的《蕙的風》是不成型的詩集,而徐志摩的《愛的靈感》則是新的形式,新的表現。小説在初期也是半幼稚的産物,可是後來茅盾的《子夜》,巴金的《家》《春》《秋》三部曲却較過去成熟得太多。戲劇方面有曹禺的《雷雨》《日出》《原野》,給作了重鎮。

我想初學寫作的人,還是從多讀多寫著手。同時,對文學形式與表現方法,更要有深刻的理解。

文哲與人生

胡一貫 撰

《文哲與人生》載於一九四二年《讀書通訊》雜誌第五十二期“藝文叢談”欄目。《讀書通訊》,一九四〇年五月創刊,半月刊,中國文化服務總社讀書會編輯發行,面向學生、教員、公務員及文化人和一般青年自修的雜志,一九四八年十月終刊。作者胡一貫(一九〇五—?),安徽巢縣(今巢湖市)人,學者。曾就讀於大同大學、東南大學、日本大學。一九二七年回國,歷任政治大學、文化學院、安徽大學、東吴大學等校教授,創辦《黨軍日報》《黨軍月刊》《新生命》《生命力》《文化先鋒》《文藝先鋒》《國魂》《軍中文摘》《文藝創作》等雜誌。譯有《唯物史觀之改造》《地租思想史》《社會學精義》,著有《社會進化論》《社會科學概論》《人生哲學》等。本文由文學、哲學與人生的關係切入,對文學與哲學的統一與悖離做了深刻分析,頗具辯證色彩。作者認爲,文學與哲學往往同中有异、异中存同:“哲學是分析的,文學是表現的;哲學是概念的,文學是意象的;哲學是斷之於理智的,文學是訴之於情感的;哲學是論理的,文學是心理的。一語以蔽之,則哲學是男性化的,文學是女性化的。”但就著作者的個性角度而言,則往往有交會,因爲哲學家和文學家之中多有“能哲能文”者,且哲學借助於文學往往能産生更爲深切的影響。此外,二者的相通之處還在於它們以“美化人生”爲共同目的,“但是,哲學之美化人生,斷之於理性;理性是直接的説教,理性是嚴肅的,它雖勸人爲善,由善而美,可是它没有動力。反之,文學之美化人生,則訴之於情感,它是由美而至於善的。唯其不是嚴肅的,才易於使人接受。更因它的説教是暗示的,是間接的,所以才更有效果"。作者最後得出結論:"理是哲學,情是文學,理無力而情無方,哲學無足而文學無眼。調和情理,才是美化的人生,才是文哲的理想。"

文學只是表現人生的。悲歡離合之事,喜怒哀樂之情,是一切文學的題材。宇宙充滿著哭和笑,正是一本文學的"無字天書"。感覺敏鋭的文豪,心領神會,動魄神摇,在這無字天書上,拿生命寫成一行行可泣可歌的字句。所以説,"文章本天成,妙手偶得之"。這天成就是自然而成的,是由人生自然而成的,脱離人生也就没有文學。

有人説,山水的記游,花草的勾勒,蟲鳥的白描,這不也是很好的文學題材嗎?又何必局限于人生?殊不知記游的文學雖不一定説人,但總少不了有人在那裏清游;白描動植物的文學,雖不一定説人,但總少不了有人在那裏欣賞;這一類文學底後臺和背景,總還是人生。譬如畫畫,西洋的山水畫,總得襯個人物;中國的山水畫,雖多不襯人物,却正表現人生的心境融合于自然之中。畫中無人而有人,呼之欲出而不出,這是畫之神的境地,最高的境地。中國的文人畫,大都如此。以圖畫例文學,則知不寫人而却有人,正是盡文章之能事。所以,我斷言文學只是表現人生的。

至於哲學,則只是解釋人生的。《書經》上説,"知人則哲",哲學之所以爲哲學者,不外知人而已。克勞西(Krawse)説,"哲學即人生,人生即哲學";杜威(Dewey)説,"哲學源于人生"。這話從表面看是偏而不全的,因爲哲學中之宇宙論本體論等,很顯明地超出了人生問題的範圍。但要知道,宇宙論乃至認識論等之研究,莫不以解決人生問題爲目的。"天行健,君子以自强不息",要説明自强的人生，所以研究“行健”的天體。“坤厚載物，君於攸行”，要説明力行的人生，所以研究載物的天地。“山下出泉，君子以果行育德”，要説明進德的人生，所以研究“如泉斯達”的自然。所以，哲學上一見之下於人生無關的問題，却正是解決人生問題的前提或結論。

蘇格拉底（Socrates）是哲學底創名者，也是集古希臘哲學之大成的人，是反對辯士派（Sophists）的詭辯，尋求真理的人生，而去研究哲學的。他所主張的概念或理型（Idea），雖爲形而上的問題，却正是人生的理想。集近代哲學大成的康得（Kant），他是認識論的創始者，同時也是價值論的創始者。他要證明人生之價值、道德之“絶對命令”才去研究知識的問題；“十二範疇”的理論，正是實踐哲學之前題。釋迦摩尼是印度底最偉大的哲人，爲反對“六師外道”，尋求人生究竟，而去冥思哲學，傳教哲學。他由“人生之無常”，推論到“法界之緣起”。人生之“苦”，由“集”而來；故宇宙以“因緣和合”而有。真“道”之證，由“滅”而得，故宇宙乃是“一真法界”。“涅槃”是人生的真諦，“真如”是萬法的大源。“三界唯心，萬法唯識”，佛家底宇宙論和認識論，都是根據“苦集滅道”四聖諦的人生論的。

不僅西洋和印度的哲學注重人生，中國哲學尤其如此。老子爲周柱下史，把歷史看完了，人生看透了，一切相對，概無標準，於是索性以自然爲極致。老子底《道德經》，是講人生之術的，莊子亦然。“與時推移，應物變化”，“無爲”的人生正是無所不爲的人生。孔子也把歷史看完了，人生看透了，但是他却知其不可而强爲之。他底哲見散見於六藝之中，“《詩》以道志，《書》以道事，《禮》以道行，《樂》以道和，《春秋》以道名分”，這些都和論語一樣的講釋人生；就是“《易》以道陰陽”，雖然言天言易，（上經言天）却一是以人爲歸。（下經言人道）後之儒者，更由此“天人合一”之理，推論人之修養，要“以人事天”；但是“近取諸身”，而後“遠取諸物”，正是以人釋天的。總之,一部中國哲學史,不外是一部人生哲學史。

文哲底對象既同,所以在學的關係上,固然是狠密切,而在著作者的個性上,也多是能哲能文的。“言之不文,行之不遠”,哲學而能借助于文學,則其影響於人的,必更爲深切。《易傳》之謹嚴朴厚,《南華經》之汪洋自恣,尼采(Nietzsche)爲文之富有詩意,蓋哲學而兼辭章之美者。至於言之無物,也是感人不深,文學而能借著於哲學,其用正同。《封神榜》之描寫大宇宙,正代表道家哲學;《西游記》以喻明心,正代表著儒家哲學。《三國演義》和《岳傳》之曲盡忠孝,正代表儒家哲學。盧梭(Rousseau)之《新愛緑倚絲》和《愛米兒》,是他的教育哲學;歌德(Goethe)之《浮士德》,是他的人生哲學。“小説家德福,同時也是《論策》及《幸福的家庭》的著者。德國的萊辛格不特寫戲曲、對話詩、短詩,同時也論基督教義之《歷史的起源》,也寫以教會的世界觀及神學體系的批判爲内容的學術著述。福爾特爾不但是悲劇、詩篇、獻詩、優美的短詩之作者,而且也是《英國通訊》的著者,在這内面,他是以歷史的著述和哲學論文的作者來將英國人之政治的構造和科學的發達等介紹於法國的社會。迭德羅也不特寫了戲曲和小説,而且也寫了許多的著作來論述唯物哲學”(沈起予譯《歐洲文學發達史》)。像這樣能哲能文的人,亦哲亦文的書,正是舉不勝舉的。

但是,文哲之對象大致雖同,然而文學究竟不是哲學。文哲之不同,關係於哲學之題材較寬者,此點尚屬次要;其主要不同之點,即在於文學重表現,而哲學則重評判和解釋。解釋人生的方法是和表現人生的方法絶然不同的。兩種方法的最大差异,就是解釋需要分析,而表現則反對分析。哲學於人生問題,分析其矛盾,辨證其歷程,從極大還原到極小,又從極小推論到極大,分析人在宇宙中的關係和地位,分析人的在家庭、社會、國家中的關係和地位,更分析人的生理和心理的關係,分析内觀與外物的關係,分析行動之生理與心理的歷程。他由分析到歸納,以定律統攝現象,以原理統攝定律,這樣的"統之有宗,會之有元",則分析之目的盡,哲學之能事畢。所以哲學是論理的,分析的。

反之,文學是心理的,反分析的。"剪不斷,理還亂"(李後主詞),這是一股離愁。"天蒼蒼,野茫茫,風吹草低見牛羊"(都薩拉詩),這是一片壯觀。"紅杏枝頭春意鬧"(宋祁詞),這是"一綫生機","暖風十里麗人天,花壓鬢雲偏"(俞國寶詞),這是"一團和氣"。"啼鳥還知如許恨,料不啼清泪長啼血"(辛稼軒詞),這是"一腔熱血"。"西塞山前白鷺飛,桃花流水鱖魚肥"(張志和詞),這是一幅生綃。"鬢嚲欲迎眉際月,酒紅初上臉邊霞"(晏殊詞),這是"一場春夢"。"萬里乾坤,百年身世,唯有此情苦"(姜白石詞),這是"一生幽怨"。"别君南浦,翠眉曾照波痕淺"(王聖與詞),這是一世忠貞"。"照花前後鏡,花面交相映","鸞鏡與花枝,此情誰得知"(温飛卿詞),這是"一心怨慕"。"等閑妨了綉工夫,笑問鴛鴦兩字怎生書"(歐陽修詞),這是一縷柔情。這些信手拈來的例子,一股乃至一縷,是不能再分析的。如果再作論理的分析,那就味同嚼蠟。

"説破不靈",文學是最怕説破的。"别有一般滋味在心頭"(李後主詞),分明苦偏不説苦。"杏花深夜裏,吹笛到天明",分明是情偏不説情。"海棠開後,望到如今"(李夫人詞),分明是癡偏不説癡。"漫倚新妝,不入洛陽花譜"(張玉田詞),分明是自傷而却托詞紅葉。"泪眼問花花不語,亂紅飛過鞦韆去"(馮延巳詞),分明是怨世而却托詞送春。"漢院飄苔,秦陵墜葉,千古凄凉不盡"(王聖與詞),分明是忠君而却托詞飛螢。"我欲乘風歸去,又恐瓊樓玉宇,高處不勝寒"(蘇東坡詞),分明是戀君而却托詞醉舞。"醉眼不逢人,午香生暗塵"(陳克詞),分明是罵人而却托詞遣興。"半畝方塘一鑒開,天光雲影共徘徊"(朱子詩),分明是講太極的哲理,却只説"源頭活水"。"一笑相逢蓬海路,人間風月如塵土"(周清真詞),分明是男女之愛,而却以游仙隱之。像這樣的語有寄託,"欲説還休”,正是文人的三昧。他只表現人生的“然”,就此而止,他不像哲學要説出當然,還要説出所以然。所以文學是心理的,反分析的。

總之,哲學是分析的,文學是表現的;哲學是概念的,文學是意象的;哲學是斷之於理智的,文學是訴之於情感的;哲學是論理的,文學是心理的。一語以蔽之,則哲學是男性化的,文學是女性化的。男的好作抽象的思考,女的好作具體的表現。男女的個性是相反而相成的,夫妻的心靈是彼此互相審定的。夫婦相失,則不啻落魄失魂;文哲相成,則不啻如鼓好瑟,夫婦之瑟,是在家庭裹旁敲側擊的,文哲之瑟,是在人生上調理和情的。人生是文哲的共同家庭,文哲是這家庭裹的賢美夫婦(這家庭裏還有些兒子,這就是科學,此處不暇論述)。

夫婦之個性不同,但其共同目的是家庭的美化。文哲之個性亦不同,但其共同目的,則爲人生的美化。中國哲學史,是一部倫理學史,其目的在建設社會倫理以美化人生,例如《禮運篇》所描寫的社會組織,是如何的美化!印度佛家的哲學,也是以美爲指歸的,例如《阿彌陀佛經》所描寫的東西南北方的極樂世界,那又是如何的聖美。西洋哲學雖是萬籟齊鳴,萬花怒放,分門別派,各探驪珠,而其趣向于美的人生,也只是大同小异。真就是善,善就是美,可算是西洋哲學上的共同命題。所以哲學的目的是美化人生。至於文學之求人生美化,那更是顯然的。

但是,哲學之美化人生,斷之於理性;理性是直接的説教,理性是嚴肅的,它雖勸人爲善,由譱而美,可是它没有動力。反之,文學之美化人生,則訴之於情感,它是由美而至於善的。唯其不是嚴肅的,才易於使人接受。更因它的説教是暗示的,是間接的,所以才更有效果。哲學之教人爲善是直接的,所以朱子説,“教學如扶醉人,扶得東來西又倒”。因此,在效率上説,哲學没有文學的力量大。可是,好的文章,雖然是由美而善;《三百篇》之大義在“思無邪”,《離騷經》之微言,在念君國,風情(《國風》)騷意(《離騷》)寄慨遥深，這是文學的神聖目的。可是也有誤解“風騷”的人，把文學的目的寄託在誨盜誨淫的低級興趣上面，那就是走錯了路向。

人生是矛盾的，根本的矛盾，是情與理的矛盾。宋儒所慣説的天人交戰，只不外是情理交戰。理是有方向的，但是無力；情是有力量的，但是無方。理是哲學，情是文學，理無力而情無方，哲學無足而文學無眼。調和情理，才是美化的人生，才是文哲的理想。佛陀説，“三界是火宅”，住在這火宅裏的盲人和跛子，你們怎樣才能逃出這可怕火宅呢？

文學與語言

朱自清 撰

《文學與語言》載於一九四三年《文學批評》雜誌第二期。《文學批評》，一九四二年九月一日在桂林創刊，王郁天編輯，是一種純文學理論刊物，僅出兩期，兩期之間相隔半年之多。本文主要從“口語與寫作”、“白話與文言”、“文字與文學”、“比喻與文學”、“組織與排列”五個方面談文學與語言的關係問題，既涉及口語、書面語（文言、白話）之間的基本區别問題，也包括修辭、結構布局等寫作方面的基本常識。

關於這個問題，今天講的只是常識方面的幾句話，打算分作五項講：

（一）口語與寫作　大家都知道，口語在前，寫作在後，就是説先有語言，後有文字。口語記録便成爲文字。口語跟文字不過是兩種工具，用來發表思想表示感情。這兩種工具有許多不同的地方，文言跟口語固然差别很多，白話跟口語也不盡同，言文一致只是一種理想，因爲口語跟文言、白話的規則有差别，我們有所謂文法句法，應當還有語法。拿口語來講：“他没有來偺？”這句話在文字上須寫成“他還没有來？”又如“你吃飯過嗎？”，要寫成“你吃過飯嗎？”才通。

在寫作上散文與詩的句法也不相同。譬如“竹喧歸浣女”，意思就是“竹喧浣女歸”。有些人往往把詩看得很神秘，以爲詩不合邏輯就越好，詩人的態度應該是蓄長髮穿破皮鞋的。其實詩並無神秘，不過寫法不同罷了。最近死去的陳三原,他在張之洞幕府裏的時候,有一次伴著張之洞重九登高,做了一首七言律詩,第七句是“作健逢辰領元老”,張之洞看了很不高興,他以爲元老怎麽會被人領呢？一被人領了便不元不老了。這句詩的本意就是“作健逢辰元老領”。張之洞也是個詩人,但是他把詩法與文法混在一塊了。

其次說到口語,口語的好處,活潑、親切、自然,說時有姿態、手勢來幫助表情。如中國人的眨眨眼、摇摇頭,洋人的聳聳肩膀,都表示一種感情。聲調語氣也有種種變化,有輕重快慢的不同。但說話只能對少數人,廣播的說話可以對多數人,不過姿勢表情没有了,又少修飾,很使人聽得不耐煩。還是不能代替文字的寫作。

寫作的好處在條理清楚。它没有聲調姿勢的幫助,便利用條理。文字的簡潔或增加,是經過一種選擇的。這種選擇便是修飾功夫。寫作不但條理清楚,而且比說話經濟。說五分鐘話,寫成文字,兩分鐘就看完了。

(二) 白話與文言　白話與文言可說是兩種語言。這兩種語言的分别,弄清楚了有很多好處。一般人以爲文言的閱讀須經過腦筋翻譯成白話才能明瞭。寫文言文要把白話翻譯成文言而後能寫成文字。這是一種錯誤觀念。這種觀念大概是從學習外國語而來的。因爲初學外國語時,須先經過一種翻譯才能閱讀和寫作。其實寫文言不必翻譯,正如精通外國文的人寫作和閱讀不需要翻譯一樣。英文學得不好的人,寫作時要先打中文稿子,結果便寫成中國英文了。拿白話翻成文言,也就不能成真正文言。

有人說文言的好處在簡單,白話太繁。這也是不對的,兩者都有繁簡。博士賣驢,寫完三紙,不見驢字。這不是文言的繁嗎？繁簡只是寫作藝術上的問題,不是文言和白話的分别。

就語彙和字彙來分别也不好,白話文中免不了有用文言字的。但就方式說,白話和文言就大不相同了。譬如說,“聽父親的話”,聽起來很順耳,說“接受父親的意見”,在一般年紀老一些的人聽來便不大舒服了。五四以後,青年人的地位漸漸增高了,說“接受父親的意見”便不覺怎樣不對。“接受父親的意見”這方式文言中是没有的。生活的改變,語言方式有了新的增加。

韓愈講文氣,他説:"氣,水也;言,浮物也。水大而物之浮者,小大畢浮,氣之與言猶是也。"這裹所謂氣,應該是新的語式。韓愈講究文氣,就是用新的語式加入文章。有人説韓愈復古,作古文,我以爲他是革新,作新文體。明清的古文家描寫人的對話時,也極力想接近當時説話的口氣,原因是當時的生活漸漸改變了,舊文體不能勝任,不得不有變化。最明顯的改變是清末梁啓超所倡的新文體。

五四提倡白話到現在,就文學説,剛立好基礎。應用則已很廣。至於公文等的應用,仍舊用文言。因爲其中好多語式未改變,用文言寫來比較方便。譬如,文言中的"尊著",用白話寫就是"你的著作"。這似乎太不客氣。寫作"你的大作",便客氣些,但就帶著文言的味道了。再如"仁兄"這個稱呼也不易改變。固然,直呼名字,在五四時認爲前進;"你我"相稱,可以表示親熱,若用於尊長,便見得太親熱了,也可説不大莊敬。

語言是有許多階層的,正如社會有許多階層一樣。語彙和談話方式各階層自成一套。因爲教育和環境的不同,所以對語言的瞭解力也不同。此是縱的方面。横的方面看,散文與詩有著差别,前面已經説過了,而駢文、散文也不一樣。例如:"遠迹曹爽,潔身懿師。"這句子,依散文的觀點來看,像是説阮籍追隨著曹爽,其實這是遠避的意思。因爲駢文與散文在組織與文法上有很大的差别。

專就散文而論,桐城派的古文與從前的《大公報》的社評也不同。後者可稱爲新文言或變質的文言,其中夾上許多的新名詞,而没有聲調之美。古文讀起來是可以摇頭擺尾的,但讀《大公報》的社評,頭摇不起來,尾也摇不出來。所以我們必須用不同的眼光去觀察,把它們看成兩種東西。

(三)文字與文學説 到文字與文學,最好先從語言上著眼,語言可分表情的與達意的兩種。譬如,你在食堂門口碰見朋友,問他"吃飯了没有?"不吃飯怎麽到食堂裹來呢?又如問外面進來的朋友:"有太陽没有?"太陽當然不會没有的,意思是説看没看見太陽。這些話都是没有什麼意思的,不過表示一種對朋友的關心,目的不是達意而是表情。

文學大多是偏重在表示感情的,有人説文字使人知,文學使人感。有把文字的功用分爲四種的。一表達意思,二表達感情,三表示口氣,四表示目的。其實嚴格分别是不可能的。大概説來,文字要注重條理,文學更要注重具體描寫。例如“五月榴花照眼明”,“枯藤老樹昏鴉,小橋流水人家,古道西風瘦馬。夕陽西下,斷腸人在天涯”,都是湊合許多形象,如給人一幅畫圖一樣。這是文學,不是文字。

詩是最文學的,所表示的感情特别强烈。有人以爲詩與散文的不同,是在韻脚和節奏的有無,但駢文有節奏,賦有韻脚,這並不是詩。用詩意來分别也不好,散文中也有富於詩意的。就形式來分也很難,現在的分行的新詩有許多並不像詩。我看,比較保險的分法就是詩的表情比文更强烈一點。

(四)比喻與文學　比喻在口語中我們常常用到它,但在文學中,比喻尤其重要。山頭、山脚,都是比喻,用慣了便不覺得。這種比喻是死的,還有活的比喻,如“這個人的舌頭像刀一樣”、“眼睛像星一樣”、“日本人的泥脚”等等。

比喻是文學的重要的一部分,它的來源有二:改變舊的,或創造新的。詩人與文人必須常常製造比喻,改造比喻。典故也是一種比喻,放著許多典不用也覺可惜。不過典應有新的用法,偏僻的典不可用。

(五)組織與排列這可分三節講:

一、顛倒。爲了文字的經濟,有時要改變普通的組織排列。如韋應物的詩:”獨夜憶秦關,聽鐘未眠客。”意思上的次序是説一個孤獨的旅人,夜裹聽著鐘聲,想念秦關而不能入眠。小説中也常有顛倒的寫法,劈空而來,再轉頭説回去,這樣更見得有力

二、重複與夸張。重複就是兜著圈子説,表示加重意思。如古詩:“行行重行行,與君生别離。相去萬餘里,各在天一涯。道路阻且長,會面安可知。……”

再如:"東邊一棵楊柳樹,西邊一棵楊柳樹。南邊一棵楊柳樹,北邊一棵楊柳樹。任他千萬楊柳樹,怎能挽得離情住?"説來説去,只是一個别離而已。

至於夸張,例子多不勝舉。就説四川的山歌罷:"你的山歌没得我的多,我的山歌比牛毛多。唱了三年六個月,没有唱完一隻牛耳朵。"

三、聲律與排比。聲律是使文學美化的一個要素,舊詩中的音調都是很美的。新詩則利用節奏。

排比在古文學中甚占地位,白話文也少不了它。胡適之先生的文章大家説好,他就是喜歡用排比的,例如:"寫字的要筆好,殺猪的要刀好。"

今天講的只是個大概,至於證例,諸位在閲讀時常可找到的。

1943 年 3 月 1 日

文藝的本質

郭沫若 撰

《文藝的本質》載於一九四三年五月桂林《藝叢》月刊創刊號。《藝叢》,一九四三年在桂林創刊,是一種綜合藝術性刊物,同年七月停刊,共出兩期。作者郭沫若(一八九二—一九七八),原名郭開貞,字鼎堂,號尚武,乳名文豹,筆名沫若、麥克昂、郭鼎堂、石沱、高汝鴻、羊易之等。四川樂山人,中國現代著名的文學家、歷史學家、新詩奠基人之一。本文認爲,"文藝的本質是鬥爭,是對於自然界(人包含在内)暴力的鬥爭,因此文藝是武器"。作者進而提出了"武器的文藝"與"文藝的武器"的看法,進而對"與抗戰無關"論、"文學的貧困"説等時下流行的文藝看法做了相應的批判。

文藝的本質是鬥争,是對於自然界(人包含在内)暴力的鬥争,因此文藝是武器。

但暴力也能利用文藝的形式來從事鬥争,凡是謳歌暴力或削弱對暴力抗争的力量的所謂"文藝",那只是暴力的化身。

我們要盡力發展武器的文藝,而摧毁文藝的武器。

新式的張儀之流最愛使用雙刀。

一時在罵文藝工作者從事政治活動,或實際工作,太不文雅,高唱著"與抗戰無關",他們所差的就只是没有住在北平和南京。

但一時他們又在大罵中國文人文弱,要以武力平定天下了。

反正都是那一套,這種慣會陰陽辟闔的"清客",其實是最惡性的政客!

"與抗戰無關"論似乎熄滅了一時,但何償是呢?

近來正在"文化勞軍",就有超妙的文人在中央的大報①上發出其超妙的議論,而且是注明了"稿酬移捐文化勞軍的"。文長不過兩千字,"稿酬"頂多怕也不過五十元。"軍"總算是"勞"了一次的,然而"文化"呢?

"我們給他們的慰勞品,不論是書報雜誌、圖畫、樂曲、電影,任何東西,務必不要涉及當前的戰事。就以小説而論,決不要戰争小説,頂好是古典一點的戀愛故事和傳奇之類。"

而且還説:"不僅前方將士有這種要求,就是在後方的人,也希望暫時忘記現實。"

好一曲汪精衛所高唱著的"和平理論",住在重慶的我,竟也彷彿在南京了。

最近又有一位大學講師②來了"文學的貧窮"。

講師曰:"古時文學包含歷史、演説、政論,今時文學只有小説、詩歌、戲劇、雜文,以今比古,何曾有古人的豐富?"

妙論可圈哉!然而却只顯露得腦筋的"貧困"。性質不同的東西不能相比,連這種初步的比例法都還不曾理會得,公然也在做大學講師。假如化爲同性質之後而再行比例,你真敢斷言現代的歷史演説、政論等等的文章綜合起來,抵不上古代文學的豐富嗎?

但講師的刀還有另外的一面。

講師又曰:"抗戰以來只有'田間式的詩歌'和'文明劇式的話劇'而已,真真是貧困的貧困。"是的,真真是"貧困的貧因"!

抗戰已經五年了,田間總還有些詩,作劇家總還有些劇,然而講師呢?却只有"文學的貧困","貧困的貧困"。

---

① 作者原注:即國民黨的黨報《中央日報》。

② 作者原注:此人乃施蟄存。

“人之患在好爲人師”。

古先哲人説過的這一句話實在是至理名言。

做慣了老師的人總把一切的人當成學生,而感覺著自己是至尊無上。

我願意我自己永遠做一個學生,向一切的工人農人學,向一切士兵學,向“田間式的詩歌”學,向“文明劇式的話劇”學,然而偏不願意向那些自命不凡的大學講師或大學教授們學。

因此我也希望我的朋友們不要輕易地去當什麽大學講師或大學教授。

更客觀一點!
更虚己一點!
更反法西斯蒂一點!
法西斯主義——
就是極端的主觀主義,
就是極端的唯我獨尊主義!
這是人類的敵人,文藝的敵人!
我們爲了人類,爲了文藝,
要無情的和他們作徹底的鬥爭!

1942年12月12日

文藝寫作講話

衛　律撰

衛律的《文藝寫作講話》由連載於一九四三年《國報周刊》"文藝寫作講話"的七篇短文組成,其中,《描寫的方法》載於該刊第一卷第四期,《描寫的方法(續)》載於該刊第一卷第五期,《人物的描寫》載於該刊第一卷第六期,《布局和結構》載於該刊第一卷第七期,兩篇《局部和結構(續)》載於該刊第一卷第八期和第九期,《人物的性格》載於該刊第一卷第十期。《國報周刊》,一九四三年七月於上海創刊,國報社編輯。作者衛律,其人不詳。

本文主要談文學寫作問題。在描寫方法方面,作者認爲要運用"白描"的手法,通過"精細的觀察"和"活詞語的運用"使作品達到情景結合、"以景生情"的效果,同時,作家要有音樂家的修養,注意聲音修辭的運用。另外,寫文章時,所寫的對象要有動作變化,儘量把動作變化刻畫起來。此外,作者還對詩歌的描寫方法進行了説明。

在人物的描寫上,作者認爲,作家在創造小説中的人物時,要"付之以血肉",也要"付之以靈魂",要與人物同喜樂,共悲歡;要與作品中的人物保持深摯的友誼;也要意識到人物的立體感和多面性,個體性和社會性;在人物對話的處理方面,"依各人的性格説話,所説的話,宛然是他自己的話,這才算得'自然'"。

在作品的布局和結構方面,作者認爲,寫小説,要善於剪裁,越精煉越好,並不需要有頭有尾;小説中的人物不宜過多,"人物一多,發生的故事就多,人物與人物之間的關係也就複雜，千頭萬緒，顧此失彼，組織上就感到困難，就不免有‘潦草’、‘雜凑’、‘敷衍’的毛病了”。小説以故事爲中心，並非以人物爲中心，“所以小説布局，不能只著眼主角，非副角即無以襯出主角的姿態”。在小説中，“好的開頭就會引動讀者的興趣，使他非看下去不可”；小説的布局貴在緊凑，而要達到緊凑作家必須對布局相當熟練。

在人物的性格刻畫方面，作者認爲，要塑造一個人的性格，要從細節處著手；同時，“從一件事實顯出一個人的性格來，無論什麽德性，用抽象的話來説，總是朦朦朧朧的，非把德性放在一個境遇中去説不可”。小説要刻畫的是“性格的類型”，即具有共性特質的性格，“假使世間只有一個人具有這樣一種性格，那種性格就可以不必寫，因爲寫了永遠不會有人瞭解”；此外，在塑造人物性格是，“不能專在其人本身上著筆，要用其他的人對於他的動作來烘托出他的性格”。

描寫的方法

色彩的快感

一個作家，他必須是一個畫家，他的兩眼，得如畫家那樣攝取自然界的彩色。美學理論家愛侖(G. Allen)説：“大凡在我們的感覺界，再没有比色彩的感覺更能與我們以富於變化而且極多的快樂的了，上有蒼空，下有紫海，緑的原野，到處皆是，自小而言，即有燦爛的花朵，秋山的紅葉，披著華美衣裳的蝴蝶，背著閃光的金衣的甲蟲，身纏五彩之虹的孔雀，散嵌著琉璃寶石的蜂雀，或依Speetrum，瞬息之間出現的色之趣，胰之球蛋白石的虹面，或倒映如鏡的湖水中的夕照之色等，其趣雖五花八門，但在其能唤起純潔的，没利己心的喜悦之點却是一律。——色彩的快感，可以説是超然於占有的滿足之上,而達到高尚的美的平面的。"我們得同意他的説法。

我們初讀《西厢》,莫不愛"長亭宴"那一段;那一段爲什麽這樣感動我們呢? 因爲一開頭,它就把我們帶到寂寞凄凉的圖畫中去。"碧雲天,黄花地,西風緊,北雁南飛,曉來誰染霜林醉,總是離人泪。"那樣一幅圖畫,不獨張生和鶯鶯爲之泪落,即我們閑人也爲之黯然魂銷了! 前人云:"以情生景,亦以景生情。"情與景本來是互相生的;一篇文藝作品,它若去了色彩的成分,即不喪失了生命,也必索然無餘味。屠格涅夫在《獵人日記》,常以俄國自然風景的圖畫傳達在獵人心胸内所引起的情感,如"美劍村的喀西央"裏説:

> 在明亮的天上聚著很高很稀少的雲彩,帶著黄白色,仿佛春天晚雪一般,並且是長方形的,和船上所張的帆布一般,還是平整得很。那些雲彩的形式不同的邊,又輕又柔,和棉紙一樣,連一刹那間都在漸漸的變動著:雲彩溶解了,並不留下一點黑形。

這樣樸素的描寫,使我們領略在那大自然中所産生的俄國農民的樸素胸懷(屠氏説:自然不會引起人的興趣的,他同它之間有數千條連續不斷的綫繫縛著;他是它的兒子)。莫泊桑也有一篇名作——《月夜》,那甜蜜静美的情調,也只有借重色彩的描寫。才能傳達出來。我們且讀:

> 小園浴月,果樹成行,小枝無葉,疏影横路;有忍冬一樹,攀附墻上,時發清香,似有華魂,一一飛舞温和夜氣中也。……幾至野外,長老止立,瞻望四野,皎然一白;月光冶美,正移人情。更進,則有小彎曲流,水次列白楊數樹,薄藹朦朧,承月光轉爲銀色,上下彌漫,遍罩水曲,若被冰綃。

那一段文章,有不□恬神往的嗎?

歐陽修詞:

> 群芳過後西湖好,狼藉殘紅。飛絮濛濛。垂柳闌幹盡日風。　　笙歌散盡游人去,始覺春空。垂下簾櫳。雙燕歸來細雨中。
>
> ——《採桑子》

這首詞爲什麽大家都説它好?這答案很容易下,因爲它對於一個有文藝修養的人和一個没有文藝修養的人一樣地能引起興趣。"垂柳闌幹盡日風"、"雙燕歸來細雨中"這一幅圖畫,在每個人的眼前都覺够味,他不用别的什麽來裝點、塗飾,而印象却很鮮明,這是白描的手法的成功之處。

何謂"白描"?我先介紹胡適之先生的説法。胡先生提倡白話文時,便贊美《老殘游記》作者的白描工夫:他所舉的例子,是"黄河上打冰"那一段,那段是描寫月下的雪景,作者在黄河邊上看打冰。

> 抬起頭來看南面的山,一條雪白,映著月光分外好看。一層一層的山嶺却不大分辨得出,又有幾片白雲夾在裏面,所以看不出是雲是山;及至定神看去,方才看出那是雲那是山來。雖然雲也是白的,山也是白的,雲也是有亮光,山也有亮光,只因爲月在雲上,雲在月下,所以雲的亮光是從背面透過來的。那山却不然;山上的亮光是由月光照到山上,被那山上的雪反射過來,所以光是兩樣子的。然只就稍近的地方如此,那山往東去,越望越遠,漸漸地天也是白的,山也是白的,雲也是白的,就分辨不出什麽來了。

胡先生在此例句下斷語道:"只有精細的觀察能供給這種描寫的底子;只有樸素新鮮的活文字能供給這種描寫的工具。"他的斷語包含兩種意思,第一是説作者要有圖畫家的觀察能力,把感官所接觸到的外景,剪裁一下,用文字來構成這幅圖畫;第二是説作者要養成運用活的口語能力,用以代替那些生了□的爛調詞語。"雙燕歸來細雨中"這樣一句詩,不煩講解而自明,即是合第二個條件;閉眼一想,湖上春居,確有此景,即是合第一個條件。

白描文字既然屬於圖畫型的,自必以狀物爲主,但其作用,並不限於狀物,常用作"情"的襯托,即以歌詞而言:"狼藉殘紅"那三句是襯出"西湖好"的美感,"垂下簾櫳"那兩句,正是"始覺春空"的注解。譬如韋端己的《菩薩蠻》,開頭"人人盡説江南好,游人只合江南老"那兩句,意思我們很明白,但我們所感的並不深切;一定要下文"春水碧於天,畫船聽雨眠"兩句來了,我們才覺得"游人只合江南老"有了著落,所以"暮春三月,江南草長;雜花生樹,群鶯亂飛"那幾句文章爲什麽千古傳誦?就因爲這幾句有力地襯出下文"故國之感",正是"將軍獨無情乎"那一反詰語的張本。

所以白描的文字,其作用在"以景生情",而學習的訣竅在"精細的觀察"與"活詞語的運用"。

聲音的快感

> 字音的性質是很複雜的,約略説來,有剛音,有柔音,有粗澀的音,有甜軟的音,清楚而平滑的韻(如先韻),可以引起輕快與美妙的感覺;開張而廣闊的韻(如陽韻),可以引起飄舉與展擴的感覺,濁聲(ㄅ、ㄉ、ㄍ)使人有努力、衝撞、粗暴、艱難、沉重等印象;清聲(如ㄆ、ㄊ、ㄎ)則顯示安逸、平滑、流動、穩静、輕妙、温良與嫻雅。濁音如重擔在肩上,清聲如蜜在舌上。
>
> ——朱自清《文藝之力》

假如我們在狂風暴雨之後,到海濱去看那滔天的白浪,有時爲那洶涌推排的浪花所移神,呆著兩眼看著;有時又爲那奔騰澎湃的浪聲所吸引,側著兩耳聽著;有時兩種感覺錯雜於前,心神爲之起伏不已,視官所得的感覺,於文字爲色彩動作的描寫,聽官所得的感覺,於文字爲聲音的描寫,一個文藝作家,他有了圖畫家的修養,也要有音樂家的修養;水手之步伐,漁夫之撒網,胡笳之弓,緊張之帆，於其間都能聽得和諧的韻調。即當午夜夢回，聽到遠遠送來的轟轟輪聲，也頗有韻味，可以入詩的。

文章中摹聲的技巧最爲淺易也最爲普遍。說書人說小姐上樓，樓梯上閣閣地□著，老夫人大怒把花瓶擲在地下，“豁琅一聲”完全碎了，“閣閣”、“豁琅”在聽者耳邊響得親切。蘇東坡作《石鐘山記》，他說：“寺僧使小僧持斧于亂石間，擇其一二，扣之，控控然。”又說：“其夜月明，獨與邁乘小舟至絶壁下……大聲發于水上，噌吰如鐘鼓不絶。……徐而察之，則山下皆石穴罅，不知其淺深，微波入焉，涵淡澎湃而爲此也。舟回至兩山間，將入港口，有大石當中流，可坐百人，空中而多竅，與風水相吞吐，有窾坎鏜鞳之聲，與向之噌吰者相應，如樂作焉。”扣石則“控控”，水小激則“噌吰”，波入穴罅則“涵淡澎湃”，石與風水相吞吐，則“窾坎鏜鞳”，讀其文的人，雖不曾親自往游，但江中浪濤的激石聲，固在我們的耳邊的。

《西厢記》寫鶯鶯月夜聽琴，她聽得琴聲，恍恍惚惚，唱道：

> 莫不是步摇得寶髻玲瓏，莫不是裙拖得環佩叮咚，莫不是鐵馬兒檐前驟風，莫不是金鈎雙控，吉丁當敲響簾櫳。

“玲瓏”、“叮咚”、“吉丁當”都是刻畫琴聲，十分逼真，可與《董西厢·長亭宴》“……觸目凄凉千萬種，見滴流流的紅葉，淅零零的微雨，率剌剌的西風”那幾句比美的。

二十年前，新詩剛興起來，傅斯年先生也努力寫新詩，有一首《深秋永定門晚景》流傳得很廣，詩中有一句：

> 忽地裏撲喇喇一響，
> 一個野鴨飛去水塘，
> 仿佛像火車音浪，慢慢的工——東——當。

又有種說不出的聲息，若續若不響。

這印象是鮮明的，這聲音也是鮮明的。

描寫的方法(續)

聲隨意轉

當新詩流行之初,新詩倡導者胡適之先生,他就注意到詩的音節問題:他以爲音節有兩個重要分子,一個是語氣的自然節奏,一個是每句内部用字的自然和諧。近年來注意這問題的格外多起來了,以我個人所見,還是朱執信先生説得頂透徹。朱先生以爲"音節斷不能孤立的",他説:"一切文章都要使所用字的高下長短,跟著意思的轉折來變换,我叫他做'聲隨意轉'。"譬如"西出陽關無故人"的"關"字,是全篇所注意的,經過他這一個字才到"人"字。所以"關"字長而高,"人"字長而下,那上句"勸君更盡一杯酒"的"酒"字,因爲是促起下句的,所以雖然用頂高音,不用長音,這是全首詩的意思,流注傾向到這一路生出來的。如果是"兩岸猿聲啼不住,輕舟已過萬重山",上句的落字"住"就較低較長,下句"過"字較低而"山"字就高且長,因爲"啼不住"是直貫下去的,他的意思是在"過萬重山",而他的神理是在"猿啼不住",所以要用這"住"字這一類的音來煞上句,拖長上句的聲音,却不令它過高,來挑起下句的不調和;下句用"山"字結一句,這"過"字不能停頓,所以不用高音字。從這些例子上,朱先生認爲一個字在一句裏是不是合自然音節,要從這個字在一句一章裏的位置來斷定,實在是很扼要的答案。(朱自清先生也説:各字聲音的力量,因字在句中的位置而有增減,在句子裏,意思與文法的關係,各字的排列可以有種的不同;其輕重疾徐,自然互异,輕而疾則力減,重而徐則力增;這輕重疾徐的調節便是韻律。)

我且以大家最熟習的蘇東坡的《赤壁賦》爲例,把朱執信先生的意思洗發一下。其始,蘇子與客游於赤壁之下,水光月色,心境是舒展的,所以"清風徐來,水波不興……月出於東山之上,徘徊于斗牛之間",音節也是非常緩和從容的。舟入江心,眼前境界非常闊大，他所用字句的音節也闊大起來，就有"白露橫江，水光接天，縱一葦之所如，凌萬頃之茫然；浩浩乎如馮虛御風而不知其所止，飄飄乎如遺世獨立羽化而登仙——"那氣勢飄逸的句子。其後也聽了歌聲，心懷凄然，他所用詞句的音調，也得非常凄切，用"其聲嗚嗚然，如怨如慕，如泣如訴，餘音裊裊，不絕如縷，舞幽壑之潛蛟，泣孤舟之嫠婦"這一類斂抑的字句。作者排列音節以成聲調，總要顧到意義的變化，其有衝突，往往互相讓步而歸於妥協。"譬如行船，風的方向和船的方向不能在同一綫上時，船家往往用折中的方向，以期船行順利"，"聲隨意轉"這原則，實爲談文者不可不知的小節目之一。

筋肉的反應

唐朝有一大詩人杜甫，他在夔州看見公孫大娘的弟子舞動劍器、非常動目，因寫了一首詩來賦它；那詩先追憶公孫大娘的劍術，道：

> 昔有佳人公孫氏，一舞劍器動四方。觀者如山色阻喪，天地爲之久低昂。霍如羿射九日落，矯如群帝驂龍翔。來如雷霆收震怒，罷如江海凝清光。……

我們讀了他的詩，有什麼反應呢？我們的筋肉，跟著他的詩句緊張起來了。

我們的筋肉，有時鬆弛，有時緊張，大抵情緒激越時，則筋肉緊張，如憤怒時的頭筋憤起；情緒平静時，則筋肉鬆弛，如嬰兒飽乳，欲望滿足了，舒伸了四肢入夢。從對面看過來，也可説緊張了筋肉使情緒更加激越，鬆弛了筋肉使情緒格外平静；誦詩文的高聲朗誦，易動情感，便是這個緣故，因此，寫文章的，所寫的對象有動作變化，總儘量把動作變化刻畫起來。我們所見的《水滸》，有詳本略本的不同；即如魯智深打鄭屠那一段，略本只説："鄭屠大怒，從肉案上，搶了一把尖刀，跳將出來。"可是詳本上就大大不相同了，説：

“鄭屠大怒,兩條忿氣,從脚底下直擴到頂門,心頭那一把無明業火焰騰騰的按捺不住,從肉案上,搶了一把剔骨尖刀,托地跳將出來。”從三十多個字來把“大怒”的心理變化形容出來,魯智深一拳打中了鄭屠的鼻子上,打得鮮血迸流,鼻子歪在一邊,望眼睛眉梢上又打一拳,打得眼珠突出,又打一拳,太陽上正中著,詳本上也多得多了:

> 撲的只一拳,正打在鼻子,打得鮮血迸流,鼻子歪在半邊,却便似開了油醬鋪,鹹的辣的,一發都滚出來……提起拳頭×就眼眶際眉梢只一拳,打得眼棱縫裂,烏珠迸出,也似開了個彩帛鋪的,紅的黑的紫的都綻將出來。……又只一拳,太陽上正著,却似做了一個全堂水陸的道場,鈸兒鐃兒一齊響。

我們爲什麼覺得詳本好過略本呢?因爲詳本所描寫的動作比略本真切得多。

夏目漱石説:“筋肉動作之感,出現於舞蹈,又出現於演劇,此外如龍蛇的蜿蜒,白雲的吞,落葉白雪的飛舞,都以筋肉動作美爲生命的。”金人元好問《穎亭留别詩》,有“寒波澹澹起,白鳥悠悠下”句,岑參《走馬川行》,有“輪台九月風夜吼,一川碎石大如斗,隨風滿地石亂走”句,一動一静,截然不同,而其引起我們的美感則一也。

一種意境幾種寫法

張衡《同聲歌》:“邂逅承際會,得充君後房。情好新交接,颶栗若探湯。思爲莞蒻席,在下蔽匡床。願爲羅衾幬,在上衛風霜。”和這相同的,在陶淵明的閑情賦有一長段文章:“願在衣而爲領,承華首之餘芳;悲羅襟之宵離,怨秋夜之未央!願在裳而爲帶,束窈窕之纖身;嗟温凉之异氣,或脱故而服新……願在莞而爲席,安弱體於三秋;悲文茵之代御,方經年而見求!願在絲而爲履,附素足以周旋;悲行止之有節,空委棄於床前……”同樣的,我們在《白雪遺音》中看見相同意境的情歌：

> 變對蝴蝶，在你的鞋尖上落，輕把鳳頭咬。變條汗巾，纏著你的腰，滿滿圈一遭……變笛簫，嘴對嘴來把情叫，香膀蘭膏。再變綉花鴛鴦枕兒，與你腮邊靠，處處伴春嬌。

偶讀羅曼羅蘭的《彌蓋朗琪羅傳》，又找到一段相同意境的文章：

> 鮮艷的花冠戴在她的金髮之上，她是何等的幸福！誰能够像鮮花輕撫她前額一般，第一個輕吻她？終日緊束著她的胸部的長袍真是幸運，金絲一般的細髮永不厭倦地掠著她的雙頰於脖頸，金絲織成的帶子温柔地壓著她的乳房，它的幸運更是可貴，腰帶說："我願永遠束著她……"啊！那麽，我的手臂又將怎樣呢？
>
> ——彌蓋朗琪羅的十四行詩之一

這四首詩，前面兩首"敦厚温雅"，後面兩首"熱烈率真"（彌蓋朗琪羅的詩，因爲是翻譯，失去了許多熱情），我們應該採取哪一種寫法呢？"情緒"這東西，尤其是戀愛的，乃是人人所體味過的；但要表現得好，那就如打高而夫球一樣，眼睛對準球，而精神要始終不懈才行。厄斯琴（Jbn Ersline）說："一切成功的抒情詩，一，情感的衝動，應注在歌曲所從出的對象、情境或思想之上；二，情感應儘量的發展它最高的效能，直到它開始將理智的原素慢慢的弛緩下來的時候爲止，三，將情感歸入一種思想，一種意志的決斷，或一種品性裏去。"拿這做標準，上面四首詩，無論温雅"或"率真"，都有他的成功之處（梁啓超稱前爲藴藉的表情法，後者爲回蕩的表情法）。

假説是寫情書，却以采"熱烈率真"後一種寫法爲妙；因爲"不如此寫，不能有力量"。

人物的描寫

"誰是扮演者"

英國現代小説家湯姆斯·哈代(Thomas Hardy)在他自己的名作《德伯家的苔絲》的前頁,引用莎士比亞的一句成語:

> 可憐受了傷的名字,讓我的腦袋作你的床,給你安居調養。

作爲那小説的扉語,英國批評家愛伯克倫貝(Lascelles Aperowmbie)道:

> 實在的,向來作書的人,很少有個人的感情那樣深沉的,在藝術作品裏,作者對於他所創造者有那樣深沉的愛護心腸,確實是不常見的。

這兒可注意的,是小説家對於自己所創造者有深沉愛護的心腸。

小説家創造作品中的人物,如孕育自己的嬰孩似的,要付之以血和肉,也要付之以靈魂;以十二分同情的胸懷,摯愛那些好的、壞的、不好不壞的人物,而同其喜怒悲歡。

十八世紀中葉,英國有一聲名蓋世的大演員茄列克(Garrick),他一改換他的臉相,有如捏塑麵團一樣容易,他那短小精悍、倜儻風流的身材,而他扮了李爾王(King Lear)上場,則如幽靈出現,萬人動魄。其時,畫家霍迦斯(Hogarth)因爲不能在斐爾亭的生前完成他的畫像,和茄列克去商量;茄氏約略把斐爾亭的性格態度研究一番,便自己扮出一個活的斐爾亭來,使畫家霍迦斯完全滿意。小説家也是一個扮演者,他要能演出各色各樣的人物,如茄列克那樣神化。

作者和作品中人物的友誼

托爾斯泰在藝術論中，有一段論及法國小説莫泊桑的無容心，説：

> 我記得有一次一個有名的畫家拿他一幅表示一種宗教儀仗的畫給我看，這幅畫畫的非常的奇巧，但是完全没有表出藝術家對於他的畫品的關係，我問他道："你以爲這種儀式好不好？我們應該不應該參與其中？"那個藝術家對於我的簡單處作一謙卑的表示，説明他完全不知道那一層，並且以爲他不須知道，他的事業只是繪畫人生罷了，我又問他："但是，無論如何，你表同情於這一切麼？"他説："我不能這樣説。""那末，你不悦意這種儀式麼？"這個近世的、受過高級教育的畫家回答道："兩樣都不是。"他表現人生，全不瞭解人生的意義，並且愛惡之心全不爲其景色所動。——莫泊桑的態度就是這樣的。

像莫泊桑那樣全無容心的藝術家，實在很少很少的，大半作家和作品中人物總是保持相當好感。周作人説魯迅寫《阿Q正傳》，本來要打倒他，結果對於阿Q有了真摯的愛。德國盧特維喜的《耶穌傳》，説耶穌"總是很容忍的聽他們申訴怎樣揀愛情或收稅做職業，以前怎樣無法謀生，他好像有特别技能□得出留在最壞罪人裏的一點好處，這種好處甚至連他們自己都不知道，剛愎人在他的面前打開了真心，殘忍人在他的面前顯得仁慈"。這種態度，正是一般作家的態度。曹雪芹對於《紅樓夢》中人物，一視同仁，他知道每一個人的弱點，也知道每一個人的好處，他同情於每個人的遭遇，他和那些人都是極好的朋友。直到高鶚出來要特别扶起林黛玉，扳倒了王鳳姐，和曹雪芹本來的用意完全相反了。

上面我説起過的最愛惜自己所創造的人物的哈代，他的《德伯家的苔絲》出版以後，許多人寫了許多信給哈代，這些寫信的人之中,有的是作丈夫的而有過和安璣·克萊差不多的經驗的,但是大多數還是做妻子的而有過和苔絲一樣的身世的,不過却都没對她們的丈夫自白,現在寫信問哈代要辦法。這些女人之中,有幾位還都是受過教育,地位很好的。哈代常常説,她們這些人,對於她們很親近的人,不肯把秘密説出,却肯對一個生人説出,真得算是怪事了……還有些人,就寫信給哈代,叫哈代偷偷去看他們,聽他們對他當面把他們的故事説一説,讀者對於哈代何以這樣摯愛呢?這因爲哈代對於作品中人物的友誼是非常深摯的。

主宰的熱情

亨利·凡戴克有一段論主宰的熱情的話,我覺得很有引一引的必要,他説:

> 在每個值得描寫的生活中間,總有一縷主宰的熱情——"機器中間唯一的命脉",除非你去把這件東西捫到,你只是在暗中摸索罷了,有時候這種熱情便是浪漫的愛情:——音樂,自然,兒童,榮譽,努力,復仇,金錢,驕傲,友誼,忠心,本分——向著這些以及其他相類的東西,個人熱情的潛力常在那裏轉移,而生活也跟著它,正如海中的潮汐去跟著天際的月亮一樣,當那主宰的熱情中間被許多影事横加障礙,當那中流被岩石阻塞和風勢逆著的時候,就有事情發現了,就有人物出現了,微細的熱情頓形嚴重,僥倖的嘗試會變成一個真實的格局,除非我承認他是一個人,不論你劇中主人翁歷盡千辛萬苦,於我又有什麽相干呢?他僅是一個提綫的傀儡罷了!他的接吻是木頭似的,他的創口裏只能流出一些木屑來,除了他的姓名和一些方言以外,再没有什麽東西可紀念的了。殺死他或抬舉他又有什麽區别呢?可是請你從另一方面去進行你的工作罷:請你從全人類中間去選取極渺小的一個,像我一樣,請瞧他的頭和心,去窺察他和同伴有什麽和爲什麽兩樣,這樣,你就得到一些有意義的事情可講了。

他這段話中,有兩點可以特別注意:第一,他説個人熱情的潛力常在那裏轉移,而生活也跟著它;第二,從全人類中去選取極渺小的一個去窺察他和同伴有什麽和爲什麽兩樣,我們要塑起一個任務的性格,先塑起那一類人物的類型;但那種人物絶不是無錫惠山的泥菩薩,每一個都是那麽一副嘴臉的,就是眉毛尖上的彎斜,這一個也和那一個絶不相同,而且也不和機器人一樣,卷緊了發條,就板定做出那幾種動作;他的動作時常有變化,在每個環境中有他那明顯的反應。所以作品中的人物,也和他們自己一樣,一面是個人,一面又是社會人,寫小説的人,一面要明瞭那人物性格上的大同;同時又要明瞭那人物性格上的小异。從前許多浪漫主義的作家,只注意性格上的小异,因此每個男女都是傳奇式的人物;而有些寫實主義的作家,只注意性格上的大同,因此每個男女都變成公式化的人物,這都是不對的。

我們捧起《紅樓夢》來看,發癡發呆,廢食忘餐,總是拋不下去,爲的是什麽?那一股熱情激動了我了。襲人排擠了晴雯,仿佛我們自己受了委屈了;賈寶玉被父親打壞了屁股,跟著黛玉的下泪,我們也下泪了。别人在旁邊看你發癡,覺得可笑;自己想想,也會覺得很可笑。不過那麽幾個丫頭鬥嘴生氣,不過幾件粉呀硝呀的小竊案,不過幾個女孩子好一陣壞一陣吃小醋,管我們甚麽事,我們何以非關心不可呢?那從自然所發的熱情,實在分配得均匀得很,並不中意一個英雄一個美人而特别加多一點,也不看輕一個叫化子,就特别減少一點。阿Q所分得的熱情,和趙太爺所分得的,和北洋派的大頭腦袁世凱所分得的,在天平秤上也是相等的。無論那一層人,求生的熱力推動著他往上爬,無論那一斷片都是生命的演進;作者如主宰一樣,一視同仁,讀者也如主宰一樣,一視同仁了。

有一次,美國文學家辛克萊和三個游丐坐在一條鐵道旁邊談天,他們正在一個舊罐頭裏煮湯吃,聽其中一個説道:"天曉得,真是一桩怪事,不是嗎?夥計?"有一次,他坐在一隻船的甲板上,眼看著夜半的大洋,和一個水手談天,聽他所説的,也差不多同是這幾句話。因此辛克萊説:"可見人們的心,不僅在學校的教室裏才去捉摸人生的基本問題的,事實上,凡是新的宗教,凡是人類偉大的道德衝動,都不是學校裏發源的。它們的發源處,是山邊寂寞的牧者,是水邊抛網的漁人,是那些坐著做工的木匠、裁縫和鞋匠。"我們要塑起一個人物的人生觀,他的熱情所灌注的地方,人物性格上所謂偉大與高尚,與其人的身分事業地位,全無關係的。魯迅曾經寫過一個老年的黄包車夫,偶然撞倒了一個老婦人,他扶起了她,交代了警察,自己也就卸了車送她去,魯迅一時爲這偉大的影子所感動,他不料那麽樸素的人物中,藏著那麽偉大的人格。

對　話

雅羅貝次(Arlo Bates)説:"小説中間的談吐必須流暢自然,配置得宜,其動人處既不宜過於取巧,亦不可過於呆板;其他對於性格的顯露,情節的符合,措詞的敏活,事件的發展等,均須顧及,作者必須先去把這幾種困難解决,然後方能述出好的對話來。"

小説中的人物,有各色各樣的性格,各人的環境、時代以及所受的教育,使他的談吐顯出一種特色,依各人的性格説話,所説的話,宛然是他自己的話,這才算得"自然"。例如乞乞科夫收買死魂靈,他遇到了許多地主,那些地主聽了他的話那一刹那間的反應,就各各的不同。瑪及羅夫説:"什麽?請你原諒……我的耳朵不大好,我覺得,我聽到了一句非常奇特的話。"是那個虚僞的紳士的驚疑的口吻。彼得洛夫娜回答説:"老實説,我看先就怕會吃虧呢?你到底還是瞞著我;先生,也許他們是……他們的價錢還要貴得遠的。"又是那個狡猾老婦人的口吻。而乞乞科夫遇到了羅士特來士,那個粗魯的傢伙,先盤問了一陣,又説:"賣,我明白你了,你是一個流氓,你不肯多出錢的。"這是爆烈式的口吻。乞乞科夫後來遇到了梭巳開維史,那個實利主義者,他絶無驚疑之色。很平静的説:"這可真的不貴呵?你如果遇到了别人,他會狠狠的敲你一下,給你的不是魂靈,倒是什麽廢物,你從我這裏拿去的,却是真正的挑選過的茁實的好脚色,都是手藝人和有力氣的種田人。"你看他認真當做一桩買賣來做。總之,酒鬼有酒鬼的口吻,車夫有車夫的口吻,公子哥兒有公子哥兒的口吻;如以作者自己的才情到作品中人物的口中去買賣,就會使那些人物站不穩。

《水滸》中寫李逵,以莽撞見特色。第七十一回,宋江大醉,乘著酒興,作滿江紅一詞,説"望天王降詔早招安,心方足"。武松接道:"今日也要招安,明日也要招安,却冷了弟兄們的心!"黑旋風便圓睁怪眼,大叫道:"招安,招安,招什麼鳥安!"只一脚,把桌子踢起,撕做粉碎。三人性格,顯然不同,而李逵之爲人,更是呼之欲出。

布局與結構

"頭尾"

許多讀慣了舊體小説的朋友,初讀新小説,總覺得不十分過癮,問他們有什麽不滿意之處,他們説:"舊小説有頭有尾,交代得清清楚楚;新小説總是有頭無尾,剛剛到了好處,他又不寫下去了。"世間萬物,相互關係之處非常繁複,事事物物若要有頭有尾説出來,不特無此閑功夫來寫,寫了也無此閑工夫來看。即以舊小説而言,作者自有所剪裁,不會事事物物都還他一個頭頭尾尾的。新小説作者比舊小説作者更注意材料上的取捨,或略或詳,大有出入,這是文章上的經濟,初看的人容易以爲有頭有尾,不够過癮。假若作者真如讀者的意思,有頭有尾補凑起來,那時候,讀者怕又覺得不如當初有含蓄耐人回味了。

二十年前,郭沫若翻譯了德國小説家施篤謨(Theobor Storm)的《茵夢湖》,那册小説風行了一時,若以舊小説的慣例來比擬,那小説可説是没有頭的,他既不寫以麗沙白、萊印哈德的身世,也不寫他們兩人的家庭環境,又不寫他們的關係,萊印哈德進學校以後,他們兩人間的關係,也不會有過詳詳細細的記叙,甚而他們兩人之間的書信也不載一封。最可引以爲异的,以麗沙白依從了母親的意思,嫁給奕理處了:那樣重大的刺激,對於萊印哈德有什麽反應?萊印哈德失戀後怎樣苦悶與寂寞,竟而一字不提,下面接下去的,乃是數年後往訪茵夢湖的情事,而最沉痛的心懷,也用極淡適的詞句寫出來。末後,萊印哈德在一個早晨從奕理處的别墅中離去,離去以後究竟怎樣,又一字不提。接上去的便是開場那一段所記的那個寂寞的白髮老人,在作者筆下的確不曾把頭尾寫完全,而讀者心頭,實實在在已經把頭尾補凑起來,無論他的境遇,他的性格,都十分了然了,無頭無尾的效果,比有頭有尾還要好一點,則其所省略的地方,便是應該省略掉的。曾經有人愛好這個故事,而又惜其不合看舊小説的人的口味,便把《茵夢湖》改成章回小説模樣,不但有頭有尾,連卿卿我我的情書都寫完全了,可是我拿到手上連三頁都看不下去了。

胡適之論短篇小説,以樂府中的《木蘭辭》作例,他説,"《木蘭辭》記木蘭的戰功,只用一'將軍百戰死,壯士十年歸'十個字,記木蘭歸家的那天,却用了一百多字,十個字計十年的事不爲少,一百多字記一天的事不爲多,這便是文章的經濟。"寫小説的人,要善於剪裁,愈經濟愈好,並不需要寫得有頭有尾。

詳　略

從威廉(Willam)的短篇小説研究中,我曾看到一個説明小説布局的方法;他把英文二十六個字母來代表一個完全的格局(從ABCD一直到Z爲止),再用作品來説明格局上的詳略之處,這個方法是最爲簡便的。

我們從來没看見一篇小説是順著ABCD順序完全寫下去的;那樣寫下去,會變成一本年譜或一張年表,有的時候,把事迹最先發生那幾段省略掉,就從CD或F寫起。如魯迅的《阿Q正傳》,阿Q一上場,已經在未莊土穀場中住了好多年了,這彷彿從CD著筆,寫他的精神勝利法開場,順序再寫他的和王胡打架吃假洋鬼子的哭喪棒以至摸小尼姑的面頰,隨後又寫阿Q跪在吴媽面前,被趙太爺用大竹杠打了出來,以及訂下五個條件賠罪;再接寫阿Q

失了業，餓了肚子到尼姑庵去偷葡萄，但他寫到這兒，又仿佛順著CDEF的次序寫到LM爲止，又把NOP略去，再接寫QR那些情節，說阿Q從城中回來，穿了新夾襖，用現錢去買酒，驚動了堂官、掌櫃、酒客、路人，乃接寫王胡頭上被擦，鄒七嫂從他那兒買了藍綢裙，趙太太也去做他的主顧；再接下去，寫革命大風波的到來，城中的舉人老爺下鄉，阿Q要革他媽媽的命，以及不准他革命，大約寫到了"XU"光景，又略去了"VW"幾項，再接寫XYZ的阿Q大團圓。格局中各部分，有的詳載，有的略去，這便是魯迅先生的剪裁。

當然，作者不一定先寫ABCD，再寫EFC；如上所舉的施篤謨《茵夢湖》，開場先寫"Z"，再略去了AB，接寫CD。又如顧克徽支(Sicnkwiz)的《燈檯守》，開場先寫FG，回到ABCD上去。也有些作品，寫到W爲止，把XYZ的收尾略去，讓讀者自己去推想，如《燈檯守》收尾寫史卡汶恩奇重上飄泊之路，而不復寫他的未來結局了。

英國小說家梅立克(Leonarp Merrlok)，世稱爲"小說家的小說家"，他的小說"每篇的結果，常常出乎讀者的意外，可是這種翻案或轉折，並不是故作驚人之事的突變，而來得非常的自然，要是回頭翻看一遍，這出人意外的結束，在開篇第一字已經埋了下來，一路寫去愈接愈緊，那出人意外的轉折反成了最自然的萬不能免的結束了"。我們若用威廉的格局排列法來看，他的小說，有時把格局中間的一步或數步從原位置還出，另置於末尾或動作頂點之後，有時把中間的一步或數步前後倒置，產生無數的錯綜排列法，這種巧妙的技術，可以給我們做模範的。

千頭萬緒

胡適之作《水滸傳考證》，其中有段論《水滸傳》的組織，說：

倘使施耐庵當時能把那歷史的梁山泊故事完全丢在腦背後，倘使他能忘了那"三十六大夥，七十二小夥"的故事，倘使

> 他用了全副精神來單寫魯智深、林冲、武松、宋江、李逵、石秀等七八個人,他這部書一定格外有精彩,一定格外有價值。可惜他終不能完全衝破那歷史遺傳的水滸輪廓,可惜他總捨不得那一百零八人,但是一個人的文學技能是有限的,决不能在一部書裏創造一百零八個活人物,因此,他不能不東湊一段,西補一塊,勉强把一百零八個人"擠"上梁山去。鬧江州以前,施耐庵確能放手創造,看他寫武松一個人便占了全書七分之一,所以能有精彩。到了宋江上山以後,全書已去七分之四,還有那四百年傳下來的"三打祝家莊"的故事没有寫明(以前的水滸故事都把三打祝家莊放在宋江上山之前),還有那故事相傳坐第二把交椅的盧俊義和關勝、呼延灼、徐寧、燕青等人没有寫,於是施耐庵不能不潦草了,不能不雜湊了,不能不敷衍了。

這段話,他説得極有意思,人物一多,發生的故事就多,人物與人物之間的關係也就複雜,千頭萬緒,顧此失彼,組織上就感到困難,就不免有"潦草"、"雜湊"、"敷衍"的毛病了。

中國的小説,須出於茶樓酒館的説話人之口,説話人要場面熱鬧,人物少了,反而顯得寂寞,因此用章回小説的體裁來貫串那些人物,有的人物開場活躍飛騰,出色得很,到了後半,忽然去得無影無蹤,提也不提了。嚴格説來,這樣的小説,並不能算是有組織的長篇小説,不過把許多有連帶關係的短篇故事,用一根綫索貫串起來就是了。那根貫串許多故事的索子,如《紅樓夢》以大觀園的興廢爲中心,《水滸傳》以梁山泊英雄聚會爲中心,《儒林外史》以一群書生的流轉爲中心,有的緊湊一點,有的鬆懈一點,只要不十分牽强,就能使讀者滿意。但我們從另外一方面看去,不用綫索去貫串,許多短篇故事如可以組織成爲完整的短篇小説,或者删繁削蕪,把一套故事組織更緊密,成爲一個長篇小説,如托爾斯泰的《復活》那樣,則其價值更高。胡適雖説施耐庵寫武松一個人,佔了全書七分之一,實則武松的故事還是一串小故事連合攏來,不能和

《復活》那樣單以南赫留道甫、加邱耶二人爲中心寫成那麼一部大小説相比並的，雖説是千頭萬緒，只許有一個軸心，這是組織上的基本條件。

布局與結構（續）

主　副

用歷史的體例來和小説的體例相對比，小説到底不是人物志，也不是大事編年表；它仿佛以事爲中心的紀事本。無論簡要到只有一個人物，或複雜到七八十個人物，總要以一件事爲全局所共同旋轉的軸心。《史記・項羽本紀》中，有一段記項羽和劉邦相會於鴻門；以人物論，項羽、范增、項伯、項莊、劉邦（沛公）、張良、樊噲都是場上的角色；形式上項羽和沛公是主角，實際上項羽那邊，范增是主角，而沛公這邊，樊噲做的戲最熱鬧：所以司馬遷寫范增的陰謀，樊噲的莽撞，有聲有色，最賣力氣。做小説的也如此，那些人物安排定了；誰是主角，誰是副角，誰是閒角，胸中先有一番安排，然後或明寫，或暗寫，或正寫，分别渲染起了。

以梅立克的《元旦日的晚餐》爲例，那小説是説兩個不懂事的藝術家；一個寫神話的女孩子仇麗脱，一個繪畫的男孩子仇靈，他們把生活看得非常稀鬆，不當一回事，欠了房租，餓了肚子，還要從街頭拾了一隻野狗回來，惹那門房郭硤太太的厭惡。那小説是一個戲劇性質的故事，那兩個小孩子在元旦日的早晨，還只能彼此接接吻當作小點心開開胃，那天的晚餐，却在非常絶望的情形中，由於那隻野狗的關係，來了一頓非常豐富的晚餐。那小説，仇靈和仇麗脱是主角，要説仇麗脱一個人是主角也可以；郭硤太太和那隻卷毛小狗是副角，而那一群藝術朋友和來楯伯爵夫人，是閒角。那篇小説所以成功，因爲他所寫的主角是一個童話的作家，而整個故事，就像一則童話。郭硤太太那副角是熱鬧的，他用明寫；而那卷毛小狗——小臘星是全篇的綫索，他用暗寫。有了這隻小狗，而主角的性格就很明豁地在我們的眼前了。

幾年前,某君到電影院去看一中國電影,出了院大爲懊喪;他説,那導演簡直不懂怎樣布一回適當的局,使男女主角能够彼此抒述情懷。他信步走去,走到另一家小戲院,看一本美國出品的影片,他得到了滿意的答案了。那片中的男女主角,彼此熱戀,可是一見了面,彼此又無話可説;心中那麽狂熱,而爲羞赧的情懷所阻隔。有一次,那女的走開了,而女的那隻小狗還留在那兒,男的就把胸頭的話,撫著那只小狗,一一曲折地説出來;那女的在隔壁聽得一一分明。那隻小狗和元旦的晚餐那篇小説中的小臘星一樣,同爲全篇的綫索。所以小説布局,不能只著眼主角,非副角即無以襯出主角的姿態。

精巧的布局

上面提到過的英國小説家梅立克,他的小説結構非常整嚴,可作一般學習寫小説的人的模範。可是他的小説,銷行得並不好,一九一八年,他的全集發行了,英美許多有名的文人,特地替他作序言,向讀者來介紹,一時曾引起文壇的注意。我們現在來談小説的作法,不防用他的小説來作技術上的例子。

我現在所引的是梅立克集中的《巴黎的判决》;那篇小説是説法國兩個名優——以丑角著名的羅别雄和坤格——向女憂勃洛愛求愛的故事。勃洛愛女士既不特别偏心肥胖的羅别雄,也不特别垂愛消瘦的坤格,她同樣的同他們調笑,她同樣的説他們好——後來他們一個一個的擾得她没法,她生氣地説道:“誰是藝術比較高强的演員,她就嫁給誰。”這是一個難題,因爲在巴黎没有一個舞臺上的演員,没有一個報紙上的劇評家能下一句斷語,説他們中間,那一個是藝術比較高的演員,他們自己也没有辦法。因此,羅别雄提議在他們的本色以外,找一個演悲劇的機會試試看,但他們的舞臺經理定不叫這樣做。忽一天,他們的機會來了,有一劊子手要到某處去講演他一生殺人的歷史,可是一些兒登臺的經驗也没有,想羅别雄指導他一點。羅别雄就抓到這個機會,叫那劊子手讓他代替著去試做那一回講演，他自以爲穩可贏得了愛情的果子，那一回也真非常成功——空前的成功。但是山回路轉，别翻出一條路來，坤格用戴浮寧侯爵的名義請羅别雄到他的府邸去談話，以非常巧妙的手腕，戲弄了羅别雄，使維别雄覺到一種异樣的感覺——他的血凉了，手足沉重得厲害，眼前只是一團團的黑影。於是坤格贏定了。巴黎人説："羅别雄雖然玩弄了一會場的聽衆，坤格却把羅别雄本人玩弄了。"這篇小説，主角只有兩個人，勃洛愛和那殺了人的劊子手，都只是開角，一波一折，出人意外，在人意中，讀之有如看偵探小説似的，可以説是很精妙的布局。

這樣精巧的例子，勃利司潘萊也曾舉過一個，他所舉的是威爾建司女士的《新英倫尼姑》。那篇故事開端便描寫名愛麗司的老處女，她，夏天午後坐在她幽静的房中和她定了婚的情人遠格脱，正來相訪，她很不自在地接待著他。他們的婚約，已經有了十五年的長期了。這十五年中，遠格脱離别家國，到澳洲去謀生，他們一向以誠實相待，可是在離結婚期的前一禮拜，因擾亂煩惱似乎代替了休静和諧而走入她的幽閑生活中了，她不敢告訴她的情人到底她怎樣害怕和他結婚。他也漸漸的知道他們的相愛是過去了的事，他已和另一女郎麗萊的生了愛情，但他要踐那信約，也和愛麗司一樣，决定了他們的結婚。在這兒，作者威爾建司便布下一個精巧的局面來。她使愛麗司於月夜閑步路上，無意之中聽到了遠格脱和麗萊結婚，而她自己呢，喜歡地禱告地去計算她自己的日子，像一個出了庵的尼姑一樣。潘萊説："這種三面式的關係，包含著强烈的熱性——恐慌，嫉妒，危險，驚訝，悔恨諸元素——之動作，有了精彩的布局，就顯得很出色了。"

怎樣開始

相傳有一刁鑽古怪的女東家，雇傭男僕的第一天，她叫他要用糠搓成一條繩子；那男僕搓來搓去，搓不成功，只好自己告退了。這樣，一個二個三個，换了許多新的男僕，誰也没做成這件工作。最後來了一個新的僕人，他大膽地對女主人説："好的，東家，請你先搓一個頭兒讓我們學學看。"那女主人説他聰明,就重用了他了。寫小説的也像搓糠繩子一樣,開頭很難,開了頭兒就有法可想了。

折磨著初學寫作的人的開頭問題,實在是非常有趣的問題,我在作文的課上,常見有許多學生,吮著筆尖在那兒摇頭,自言自語道:"我將怎樣來開始呢?"我總告訴他們:"就那門開始好了。"我的意思是説:"每篇文章都有每篇文章的開始方法,別人已經用過的"淡淡的斜陽籠罩在一座小樓上"式的開場爛套,我們不要用它。""開了場總有法子可想",和"就那門開始好了"兩句"玄之又玄"的法門,仿佛解出"怎樣開始"的結子,又仿佛不曾開出那個結子,讓我來一一分剖一下。

有人説戲劇的第一幕是一幕含有表白性質的劇文,它表出全劇的意義。一篇音樂中的前奏,一部長篇小説開始那幾章,一篇短篇小説開始那幾行,也要有同一的功用;小説一開始,這個開始就已決定那小説的結束,威廉的短篇小説研究中,舉了許多開場的例子,其中有一個,我們可以用作説明的例子。

> 有一次,總督波柏泰羅正在進食的時候,忽然他的跟班薩姆來報,説有一班重要的政客在樓下候見。總督説:"薩姆,去告訴他們,説我再等一分鐘下樓。"泰羅夫人接著説道:"薩姆,去告訴他們,説總督再等半點鐘下樓。"薩姆"喳""喳"連響,總督焦灼地轉著身子,説道:"薩姆,去告訴他們,説我立刻下樓。"泰羅又吩咐道:"去告訴他們,説總督再等半句鐘下來。"這時,總督發怒了,他威風凛凛地説道:"薩姆,你知道誰是田納西的總督。"薩姆回答道:"喳喳,不錯,大人。我就去告訴他們,説你再等半句鐘下樓,大人。"

這樣短短幾行中,我們知道這故事的發展和總督夫人性格,有著密切的關係,而這位威風凛凛的懼内總督將擔任怎樣一個有趣的角色,我們也一目瞭然了。好的開頭就會引動讀者的興趣,使他非看下去不可。小泉八雲層曾説起日本有一個畫家,他畫馬總是從尾巴開始，因爲他的靈感起於那條尾巴，小泉八雲因此説："許多寫作的人，寫了寫了，總自己不愜意，寫到了某一處，忽然靈感來了，覺得非那樣開始不可，乃從頭再來寫過。"那些引導讀者興趣的好的開頭，我們可以説是靈感所注的開場吧。

布局與結構（續）

適當的分配

一篇作品的格局，亞里斯多德把它分爲"開始"、"中部"和"結尾"三部分。這樣的分配，初看起來，好像非常容易；但當執筆的時候，往往不能把這三部分分配得很適當；有的在開頭部分説得太多，有的在"中部"、在"結尾"過於囉嗦或者過於簡略，結果那作品就成了畸形的發展。以茅盾的《子夜》爲例，我們若在第九十五頁上停住，且想一想作者將以什麼題材爲中心，那個從鄉間到上海來的老太爺，匆匆促促結果了他的老命，算是説明了農村社會爲都市社會所碰碎。而和老太爺一同到上海來的四小姐阿萱，作者蓋準備著用以説明鄉村没落的中心人物。前二章加上了雷參謀，第三章結尾寫得那麼有聲有色，作者盜用以布成三角的局面，用以寫吴少奶奶的意識轉變。原來的布局的確很緊湊，可是到了九十六頁以後，全文中心移到吴蓀甫和趙伯韜的鬥争，即以輕工業資本和金融資本的鬥争爲大開展，野馬一縱，占了全書五分之三以上的分量。他所預定的中心人物：四小姐、阿萱、雷參謀，反不及曾家駒、屠維岳、馮雲卿、馮梅卿、劉玉英等重要得多。而四小姐的轉變和吴少奶奶的轉變，只在結尾幾章輕輕帶上一筆，也不能算作照應全域。語云："離之則雙美，合之則兩傷。"《子夜》這部小説，若以九十六頁以前所預定人物爲中心，則吴蓀甫和趙伯韜的鬥争所作中部成分太多，而收尾帶一筆四小姐與少奶奶，也嫌太少，若以吴蓀甫和趙伯韜的鬥争爲中心，則開場九十六頁所占分量又嫌太多。《子夜》爲轟動一時的名作，其分量分配，還有這樣畸重畸輕的缺點，可見適當布局之不容易。

又取《紅樓夢》來看,《紅樓夢》以大觀園爲活動的地盤,則大觀園的布置如何,地位如何,皆不可不寫。但我們想一想,要細寫大觀園的情形,無論放在哪一回,都會變成節外生枝的贅瘤文章,我們現在讀《紅樓夢》,人人有大觀園的輪廓在,人人又不覺其有單寫大觀園的贅出文章,因爲曹雪芹把寫大觀園分成兩截,一截在大觀園初成時,賈政試寶玉題額那一段中插寫,一截在劉姥姥游大觀園時補寫,讀者只留神賈寶玉的對答及劉姥姥鬧笑話,忘了作者在寫大觀園。

布局之難,難在"緊湊"。湊已難,緊更難,雖大作家有時也會束手的,救之之法在於"熟練"。

賈芸與小紅

布局的例子,因爲篇幅關係,已不能多引,又不能再引篇幅過長的組織過複雜的長篇小説;舉一反三,讀者定能自己去會通。現在只引《紅樓夢》中賈芸與小紅那一小局面,來作談結構的小結論。

《紅樓夢》中大小局面,都如旋螺絲釘似的,越旋越緊,在第二十四回,寶玉剛欲上馬出門,和賈璉在那兒對話,旁邊轉過一個人來向他請安,這就開始把賈芸送上場來,賈芸、寶玉、賈璉三人戲談,寶玉説賈芸像他的兒子,賈芸就笑著承認做寶玉的兒子。這樣輕描淡寫開頭,看上去並無關緊要,賈芸眼看賈璉不能幫他,只得再走鳳姐的門路,向舅舅卜世仁去商借一些香料來作禮物;由於卜世仁吝嗇,轉入潑皮倪二的慷慨,成全了賈芸在鳳姐前獻殷勤,找到了大觀園種花木那工程爲第一個波瀾。就全局而講,這個波瀾爲題外閑文,由於種花木,造成了和小紅相應的因頭。賈芸到大觀園中去訪寶玉,在外書房看見了生的甚爲齊整,兩隻眼兒水靈靈的丫頭,那就是他和小紅的初面。就在這時,作者又插入小紅和晴雯、秋紋那些丫頭吃醋争長的争鬥綫,寶玉忽然賞識了她,她也拼命在寶玉面前賣弄,以致晴雯秋紋那些丫頭人人不高興,這樣就有了兩根興味綫索:一綫以小紅失了絹子被賈芸拾到了爲中心,小紅迷戀了賈芸，而賈芸也迷戀了她，一個還了絹子，一個贈了私物，成爲第二個波瀾；一綫以小紅在寶玉面前被其他丫頭所嫉妒和佳慧訴怨，以迄小紅在鳳姐面前賣弄了才情，飛上高枝去爲第三個波瀾。作者在開頭時總是閑閑的，無關緊要似的，到了大波瀾來後，才知道開頭那些閑文，無一句不是後文的伏筆。

歐美長篇小説的作者，如司各德，如狄更司，都能在鄭鄭重重入到故事本題之前，隨隨便便一步一步踱過他們有趣的楔子，他們也很善於利用一切瑣屑的描寫及叙述以預先計畫故事之最後的結果。大的結構，如造大花園，不可如蘇州的獅子林一樣，堆了一大堆，一些空曠的草地也没有；氣度愈從容，則風格愈飄逸，語所謂不可落小家子氣，當於此中求之。

肚子裏頭的丘壑

《紅樓夢》第四十二回，史太君要叫惜春畫一幅大觀園圖，許多姊妹共同討論，寶釵提供一些意見道：

> ……如今畫這園子，非離了肚子裏頭有些丘壑的，如何成畫？這園子却是像畫兒一般：山石樹木，樓閣房屋，遠近疏密，也不多，也不少，恰恰的是這樣。你若照樣兒往紙上一畫，是必不能討好的。這要看低的地步遠近，該多該少，分主分賓，該添的要添，該藏該減的要藏要減，該露的要露。這一起了稿子，再端詳斟酌，方成一幅圖樣。第二件，這些樓臺房舍。是必要界劃的；一點兒不留神，欄杆也歪了，柱子也塌了，門窗也倒豎過來，階砌也離了縫——甚至桌子擠到墻頭裏去，花盆放在簾子上來，豈不倒成了一張笑話兒了？第三，要安插人物，也要有疏密，有高低；一筆不細，不是腫了手，就瘸了脚；染臉撕鬟，倒是小事。依我看來，竟難得很。

這一段，竟不妨説是曹雪芹寫作小説的甘苦經驗談。

即以大觀園的布局作比，賈政進門一看，只見一帶翠障，擋在面前，衆清客都道是好山；賈政也道："非此一山，一進來，園中所有之景悉入目中，更有何趣？"他們走了一段曲曲折折的羊腸小徑，走過了石洞，向北邊走，才平坦寬豁，兩邊飛樓插空，雕甍綉檻，隱現於山坳樹杪之間，開出大局面來。他們出亭過池，走了一陣，抬頭見前面一帶粉垣，數楹修舍，有千百竿翠竹遮映，另换一個場面。再曲曲折折往前走，忽見青山斜阻；轉過山懷中，蔭蔭露出一帶黄泥墻；墻上皆用稻草掩護，有幾百枝杏花，如噴火蒸霞一般；裏面數楹茅屋，外面却是桑榆槿柘，各色樹枝新條，隨具曲折，編就兩溜青籬；籬外山坡之下，有一土井，旁邊有桔槔轆□之蜀；下面分畦列隊，佳蔬菜花，一望無際，這又是一種風格。大觀園是一個大規模的園林，安排計畫的人，胸中有山水的經驗，大組織之中伏著許多小組織，小組織之中又個個不同，層層相照應；"山回水轉疑無路，柳暗花明又一村"，乃是他的成功處。此所以蘇州獅子林所以使人作嘔，而某女士的大觀園模型使人失笑也——《紅樓夢》的規模，有如大觀園那麽宏大那麽複雜，並非肚子裏頭有些丘壑辦不了的呢！

頂　點

有這樣一篇小説，説是主人公剌格斯·累根(Rog Raegen)擊倒了他的敵人，便迅速地設法脱逃；可是被警吏發現了，在後面追趕著。這件事的結局，無論剌格斯居然逃脱了，或被捕住了，都不過是段新聞，我們看作者大衛斯怎樣把它構成一篇小説。原來剌格斯脱逃的時候，他乘機躲到一間空的房子裏去，藏身在一堆床架墊子的中間，那警吏進來，粗粗一看，不曾注意到他的躲藏處，就退出去了。誰知他在那裏静悄悄地伏了一刻，却來了一聲嬰孩的啼哭，這時候，剌格斯如果徑自逃脱了，那個無人管領的嬰孩也許會餓死；如果他爲了那嬰孩留在那兒，那麽警吏再來的時候，他就要被逮捕了。其時，有他的心理上的争鬥；他决計爲了嬰孩的生命犧牲自己的生命，他把嬰孩抱在手中，而警吏對他保全嬰孩這熱情的仁慈的舉動表示欽佩，就釋放了他；他就抱了嬰孩一同出去了。這篇小説，主人公剌格斯擊倒了敵人是第一個波瀾，警吏追趕著是第二個波瀾,他躲在空房中不被警吏所發現,是一個回瀾,好像要轉到結局似的;忽來了一聲嬰孩的啼哭,乃是第三個波瀾,於是接上第四個或自己逃去和嬰孩留在一起的心理爭鬥的波瀾;這便是全篇小説的頂點。過此頂點,又轉入第二個回瀾,他被警吏所發現,警吏同情他,釋放了他,來了結局。

勃萊斯·潘萊説:"在戲劇與小説都是一樣,動作的潮流一起始有恰好的流動之時,其速度與能力便立即顯然增加,在一出五幕劇之中第二幕及轉入第三幕之間(小説約在五分之二地位),我們不特見動作之加快,並且見情感之加烈,個人能力交接之加密,意志衝擊之加甚,布局綫索之加繁,戲劇所依據的成功失敗中紛亂人物之加衆(在小説中,其内部的人格及外部的動作是同時一併長進的;其思想,心情及意志的長進是由可觸摸及顯著的景色表現出來的)。作品的頂點,大約是在全篇的中部左右,在那裏就是種種互相爭雄的戲劇能力最平衡的地方。讀者在那裏不能説出最後得勝者是當中的英雄還是他的敵手。這裏就是種種對抗能力間最劇烈之點。"他的話,真是經驗之談;我們看見多少作品,因爲不能錯綜成爲一頂點而失敗呢!

人物的性格

性格的圖畫

中國舊戲中,某種人物臉上畫什麽花臉,就表示其人的善良或奸惡的性格。人的性格,真是這樣容易鈎畫起來嗎?决没有比人的性格更複雜的圖畫了,許多大作家也時常覺得束手,不知從那兒著筆才好。

大體説來,標語式的抽象性格簽條,聰明一點的作者决不願貼在自己所創造的人物上去的(如説某人是一個忠良,某人是一個奸佞,某人是智慧,某人是愚蠢),而章回小説那種身穿什麽,頭帶什麽,脚登什麽式的刻板文章,也很少人願意這樣死鈔的,寫一個人的性格,大都從他的細微末節上著眼。例如曹雪芹寫那以自己爲底子的賈寶玉,寫他看不起世俗的行徑,説秦氏帶他到上房内間,抬頭看見是一幅《燃藜圖》的畫,心中就有些不快,看了“世事洞明皆學問,人情練達即文章”的對子,忙説“快出去,快出去”,還是表面浮泛文章,看不出他的特點。而寫他對於姑娘們心中的體貼本領,如香菱沾污石榴裙那一段就是頭等出色好文章。那段先寫香菱和一些丫頭們争什麽夫妻蕙,被豆官一推,滚在地上;恰好地上積了一窪子水,弄污了她的石榴紅綾裙子,被寶玉看見了,跌脚叫道:“若你們家,一日糟蹋這麽一件,也不值什麽;只是頭一件,既係琴姑娘帶來的,你和寶姐姐每人才一件,他的尚好,你的先弄壞了,豈不辜負她的心?二則姨媽老人家的嘴碎,饒這麽著,我還聽見常説你們不知過日子,只會糟蹋東西,不知惜福,這叫姨媽看見了,又説過不清。”這就碰了香菱的心坎兒上,寶玉替她出主意,叫他站著莫動,叫襲人有的那一條,取來替他换上,他還對香菱説:“况且不是瞞人的事,只管告訴寶哥哥也可;只不過怕姨媽老人家生氣罷咧!”香菱换上了裙子,寶玉却蹲在地下,將方才夫妻蕙與並蒂菱用樹枝兒挖了一個坑,先抓些落花來鋪墊了,將這菱蕙安放上,又將些落花來掩了,方撮土掩埋平伏,香菱污了紅裙子是件小事,而使讀者很了然于寶玉小心獻殷勤是怎麽一回事,則寫香菱雖是主體,實在正是寫寶玉的性格。

放在境遇中去

上面説賈寶玉對香菱的態度怎樣怎樣,這就是從一件事實顯出一個人的性格來,無論什麽德性,用抽象的話來説,總是朦朦朧朧的,非把德性放在一個境遇中去説不可。《紅樓夢》中,寫賈寶玉的癡情處甚多,“癡”字最難著筆。有一段寫賈寶玉受傷後和襲人閑談人的生死上去,他説:“……比如我此時若果有造化,趁著你們都在眼前,我就死了;再能够你們哭我的眼泪流成大河,把我的尸首漂起來,送到鴉雀不到的幽僻處去,隨風化了,自此,再不托生爲人,這就是我死的得時了。”這話當得一個“癡”字,但看了下文,寶玉第二日在梨香院,看見了齡官和賈薔一番情景,回來就和襲人長嘆道:"我昨晚上的話,竟説錯了,怪不得老爺説我是管窺蠡測！昨夜説你們的眼泪埋葬我,這就錯了,看來我竟不能全得。從此後,只好各人得各人得眼泪罷了!"這才是癡情人的真了悟;而此種真了悟,亦非放在齡官和賈薔的癡情事上去,説不明白的。

《茵夢湖》中開場就寫來印哈德和以麗沙白那一雙小孩子在草地上玩耍,來印哈德説要到印度去,説:"獅子,印度多呢,那兒拜菩薩的人,都教獅子拉車,在沙地上跑,我大了,我自家要往那兒去玩一玩,那兒才叫好,比我們這兒好得幾倍,簡直没有冬天,你是定要同我一塊兒去的,你去麼?"這全是小孩子的口吻。但從到印度去這問題上生發下面的文章來,以沙麗白説媽媽也要去,來印哈德説媽媽他們老了不能去,他會帶他去,他還直截地説:"你到底願去不願去？不願去呢,我便一個人去看了,再不回來。"以沙麗白幾乎哭了出來,説道:"别要做那麼個凶相,我願意同到印度去呀。"於是來印哈德便歡天喜地握著她的兩手,把她拉到草上來:"到印度去,到印度去!"他唱著跳著,可是不多一會他忽然撒了手,正色説道:"但是不會成功,你没有膽量。"這樣簡單的小孩子的對話,就把來印哈德的堅決强毅的性格和以沙麗白的温柔晚順的性格完全表現出來了。

有人説,一個人在戀愛上很容易顯出自己的靈魂來,其實一個作家只要留心一個人的生活方式,就可以瞭解那個人的人生觀,不必定在"戀愛""辭讓取與"那些大節目上去找。

性格的類型

如福羅貝爾的辦法,我們可以從咖啡店前面的一張桌子旁邊去觀察四周的人們,把他們極微細的舉動都記載下來。稍微耐性去記載一些時,我們又會覺得某一類的人的一言一動,雖有一部分不相同,大部分却是相同的。做官的有他們的官架子,老闆會有一種老闆腔,洋行買辦那麼一股洋奴相,讀書人總是那麼酸溜溜的。一個人的性格常是一群人的性格,魯迅寫出了一個阿 Q,人人都覺得帶點阿Q相,這一種叫做性格的類型。

又以《紅樓夢》爲例,李辰冬説:"曹雪芹不知觀察和思索了多少實在的賈寶玉、林黛玉、薛寶釵、王熙鳳、賈政、賈母、襲人、薛蟠以及一切其他的人物,然後才産生他所想像的人物。……他起始觀察的時候,或者從一個模特兒起,但久而久之,觀察和思考太多了,反而把真正的模特兒忘記,所以創造出的人物是普遍的,共性的。"他的本意是在説明單考證《紅樓夢》是曹雪芹的自叙傳還不足以瞭解《紅樓夢》,而我用他的話,正可以説明《紅樓夢》中的人物的性格,都是類型的性格,我們且想從前講紅學的人,爲什麽把《紅樓夢》和清初政治人物相附會,而能説得頭頭是道呢? 因爲賈母的性格可以代表一切政治群中小嘍囉們的争風吃醋的。前幾年,某君從小政團中爬上政治舞臺去,我特地爲他寫一篇《小紅》;知道的人看了,莫不拍掌叫絶,以爲比擬得很對,可見小紅可以説是奴才群的類型。

過去有人把武則天的故事寫成一個劇本,好像她是古往今來婦女界的獨特人物,他把她寫成一個個人主義的英雄,其實武則天的性格,並不比其他宫闈中的后妃,如吕后,如獨孤氏更古怪一點,她正是那個類型中的人物,即以武氏那一群而論,蕭后所用的手段和韋后所用的手段,也一樣的毒辣;不從那些人物先建立一個類型,所以那劇本中的武氏的性格,終於非常模糊了。

假使世間只有一個人具有這樣一種性格,那種性格就可以不必寫,因爲寫了永遠不會有人瞭解,而蒲松齡寫鬼狐的故事,好像虚無縹緲不可測知,其實他所寫的鬼狐,還是人的性格的類型,我們可以瞭解的。

"他心"

寫一個人的性格,不能專在其人本身上著筆,要用其他的人對於他的動作來烘托出他的性格;這種辦法,梁啓超稱之爲"他心",例如《史記·魏公子(信陵君)傳》,所寫的都是侯生、朱亥那班下流社會的人,似乎專替他們作傳,寫信陵君的地方,倒反很少,但我們知道信陵君是魏王的胞弟，以王親之尊，而對這班下賤的人這樣恭敬有禮貌，這一班人又那麽出死力替他效命，這就使我們瞭解信陵君的性格了。

寫小説的也是如此。如《水滸》中的宋江，他的聲名真是大極了，但他的信義動人處，究竟不能正面去寫。在第三十二回，從武松的口裏去寫，武松的火鍁，被宋江一脚誤踏時，武松一把揪住宋江的胸口，柴進問他認不認得這位奢遮的押司，武松道："奢遮，奢遮！他敢比不得鄆城宋押司少些兒！"後來知道這正是宋江，他納頭便拜，説道："我不是夢裏麽？與兄長相見！"下文輕輕寫宋江和武松相處不多日，武松别去了，便自尋思道："江湖上只聞説及時雨宋公明，果然不虚，結識得這班兄弟，也不枉了！"這是一處烘托。在第三十八回，又從李逵口中寫出。戴宗把李逵引到宋江面前，叫他下拜，李逵説若真個是宋公明，便下拜，宋江自認是黑宋江，李逵拍手叫道："我那爺，你何不早説些個，也教鐵牛歡喜！"撲翻身軀便拜。李逵把一盤羊肉，大把價抓來只顧吃，宋江看了道："壯哉，真好漢也！"李逵道："這宋大哥便知我的鳥意，吃肉不强似吃魚？"這又是一處烘托。宋江的得人歡喜處，在他的小處體貼，一些莽撞的好漢，都愛他的能體貼人情，每個人見宋江時，有每個人的樣兒，顯見得那個人的性格：而各式各樣的人都歡喜宋江，也就顯得宋江的偉大，互相烘托，互爲"他心"，這是作者寫得出色處。

《紅樓夢》寫賈寶玉有如朗月，人人愛好，如第六十六回，那尤三姐是何等精明的人，她説賈寶玉："行事言談吃喝，原有些女兒氣的；要説糊塗，那些兒糊塗？姐姐記得穿孝時，咱們同在一處，那日正是和尚們進來繞棺，咱們都在那裏站著，他只站住顯身擋著人，接著他吃茶，姐姐又要茶，那個老婆子就拿了他的碗去倒，他趕忙叫老婆子另洗了再斟來。這兩件上，我冷眼看去，原來他在女孩兒跟前，不管什麽都過的去，只不大合外人的式。"這也是曹雪芹用他心來烘托寶玉的性格之處，可與司馬遷的史筆相比論的。

文藝講話

馮三昧 撰

《文藝講話》載於一九四三年《新學生》雜誌第二卷第三期。作者馮三昧(一八九九—一九六九),原名水鑫,又名頤,字伯年。一九一七年留學日本,一九一九年肄業於東京早稻田大學文學系。著有《小品文作法》《小品文講話》等書。曾與魯迅交往,爲魯迅翻譯的《藝術論》畫了封面。本文主要探討文藝(文學)的義界、起源以及文藝家(作家)的想像與經驗的關係問題。作者認爲,所謂文藝,是以語言文字爲媒介的藝術,包括“以統計上的數字爲武裝而訴諸讀者以知識的科學的文字”和“以現實的生動的表現爲武裝而訴諸讀者的想像的文藝的文字”兩種形態,前者在題材的傾向上是“實證的”,後者在題材的傾向上是“摹寫的”。關於文藝的誕生問題,作者認爲“世間的文藝,都由‘欲知道’和‘欲使知道’的摇籃中成長起來。有了‘欲知道’的願望,才有真正的文藝賞鑒;有了‘欲使知道’的願望,才有真正的文藝創作”。此外,作者指出,文藝創作與創作者的現實經驗密切相關,但經驗往往是有限的,所以還需要借助想像(“創造的想像”、“解釋的想像”、“聯想的想像”)。在作者看來,想像與經驗不是對立的二物,而是同一東西的兩面,文人既不能與現實絶緣,也不一定要限於想像。

因了王先生的囑託,我就有向諸位講述文藝常識的任務了。但雖説是常識,在篇幅和時間的重重限制下,要講文藝部門中的各種事項，究能予讀者以什麽，在我實是毫無把握，不過讀者既抱了熱切的期望選取了這課題，而我又是受有託付的講話的責任者，當然只好在我的“知”的極限中，將我所認爲應講的文藝上的諸項目，來和諸位約略地談談了。

關於文藝常識之類的東西，在書坊和圖書館中，原已備有不少，可是一般的文藝論者，不是陳義過高，難於索解；便是堆砌成辭，無所表見。求其淺顯明白、適合青年的理解力，而又能扼要地宣示文藝的真面目的，真是披沙揀金，難乎其難了。這次我所以要“屋上架屋”作此講話者，原因就在於此。

還有所謂理論，十九都是以實證的説服爲職志，而訴之於他人的理智的東西，平鋪直述，不但讀者易於掃興，就是作者自身也難免要感到乏味罷。所以我在本講話中，對讀者的興趣方面，也頗加以留意。但可惜因自己理解的深的不足和表出的技術的拙劣，連這一點也都成了虛源了。想起當年在虎邱上聚石爲徒、石皆點頭的高僧生公的説法來，不覺交併地從心底浮上深深的慚怍和景慕來了。現在姑且隨意與之所至，開始我的講話罷。

一　文藝是什麽

中國有句譏笑迂懦的諺語，叫做“博士賣驢，書券三紙，不見驢字”，所以在講“文藝”的出發點上，還是開門見山，先將文藝中所認爲應解决的“文藝是什麽”的問題，提出來和諸位談談。不過這是一個似易而實難的問題，貿然作答，是不可能的。因爲文藝的方面太多，範圍太廣，不像别的科學可以下簡單的定義。其實全部文藝論所要講的，就是這問題的解答。只是把這問題解釋清楚，文藝論的任務已可算是盡了。因之，真要知道文藝的全貌，非將整個的文藝論通讀一過不可，單單看些定義，是决不能奏效的。我在本講話中，爲免將文藝的意義局限於一隅起見，原想廢除這可厭的定義的項目，但爲述説上的方便計，却又不能免俗，有將它來輪廓地説個大概的必要。因此我這回的講話，也還是一樣葫蘆，拿“文藝是什麽"的老調來做我的開場白了。

所謂文藝,簡單講來,就是以文字爲表現的藝術。但實際上,在人類還没有文字以前,已早有了口頭流傳下來的民歌謡曲等無文字的文藝作品了。例如澳大利亞的土人們,當他們在山野之間,獵取果腹的食物以後,於踏月歸來的途中,大家舉起火來,圍繞著那火堆而齊聲高唱的:

> 袋鼠跑得快,我跑得更快,袋鼠肥,我把它喫了!袋鼠!袋鼠!

Kangaroo(袋鼠歌),就是没有穿上文字外衣的文藝作品。所以完密地説,應該説文藝是以語言文字爲表現的藝術,才與事實相符。好在現在語文已趨一致,不必再作嚴格的區别了。

那麽,文藝究竟是怎樣的東西呢?仿照一般文藝論者的作風,搬集一些前人或國外學者所下的定義,原是極容易的。但這裏面,都不免有個人獨斷和偏見。他們對文藝所下的解釋,並非不對,但也不是全對,只是各道著了一面或一部分罷了。這種解釋,千形萬態,各自爲説,其相殊的程度,無异各人的面目。尋常爲要使人明瞭某種學科,而給它下簡明的義界,但結果往往使人徒增若干一知半解的知識,有時所知愈多,愈摸不著頭緒。我對定義的感想如此,也許諸位的感想也是如此罷。

爲要保存文藝的全圓的意義,我不願掛一漏萬地下具體的義界。但真要瞭解文藝,却不能不與文藝有多多的接觸。比如交友,介紹人提出的介紹詞,原可使人增加對友人的認識,但真要對某人有深切的瞭解,作親密的朋友,但憑介紹者的一席話是不足的,根本的辦法,只有自己和他多多地作直接的往來和親炙。如果諸位對文藝的景慕與愛著,可以拿"求友"來比擬,那我就是盡了介紹之責的中間人了。現在且請諸位在文字多多世界中,對文藝的美人和科學的英雄,作一次直接地會晤和細細地品評罷。

月是星體中最和人相近的。在天空中,一面繞著地球轉動,同時隨了地球繞太陽而行。它和地球一樣,還有自轉。它的自轉和繞著地球轉動,都大約是二十七日有零一周,所以地球上的人只能和它的大部相見。月上也有山,山頂最高的約有二萬六千尺至一萬七千尺;如何奔那尼(Apennines)一山,壁立雄峻的奇峰竟有三千多個。它的大體原是黑暗的,只是反射太陽的光以爲光。太陽照著的部分全向地球的時候,看去很圓,這叫做"望"。太陽不照著的黑的部分向著地球的時候,叫做"晦"。太陽照著的和没有照著的各有一部分向著地球的時候,叫做"弦"。

窗外的水國,近的屋,遠的山,都用了不很明白的輪廓在空中畫著。屋角樹林的下面,暈著神秘的色光。熄燈以後,月光闖入室内,在床上鋪著一條青黄色的光帶。夜静了,不知那裏來的嗚咽幽揚的笛聲還隱約約在枕上聽得。

上面都是以"月"爲題的文章(引夏先生《文章作法》例),第一篇是記月的性質和形狀的,第二篇是記月的姿色和美醜的。前者是以統計上的數字爲武裝而訴諸讀者以知識的科學的文字,後者是以現實的生動的表現爲武裝而訴諸讀者的想像的文藝的文字。兩者雖都具有説服的力量,而一是實證的,一是摹寫的,在題材的處理上,顯然有著不同的傾向。文藝是什麽,看了上面的實例和列舉的諸點,大概可以明白了。下面且將"文藝的誕生"來順次地一説罷。

二　文藝的誕生

人是感情的、思緒的動物,從生性上或實際的需要上,必要把自己的所思所感表現出來。或以身勢表現於行動,或以聲音表現於談話,或以色彩表現於繪畫,或以文字表現於文章,雖其用爲表現的技術的形態各有不同,而有表現的欲求是一樣的。换句話説,就是只要你是具有五官四肢、有靈性的人,便都有"欲知道"和"欲使知道"的願望。朋友相逢,彼此交換熱情的握手之後,相互説著"你好麽?""上那兒?"的一套,都可認爲"欲知道"的一種自然表現。至於"欲使知道"的事情,那是更其多了。婦女希望人家知道她的裝飾和美貌,商賈希望人家知道他的商品和牌號,紳士希望人家知道他的家世和榮譽,學者希望人家知道他的學説和主張,文藝家自亦難於例外。不過他的欲求,比之常人却要熱烈而且真切。他因受内部的本能的壓迫,非將自己所思所感的事物説了出來,便要心頭作脹,如欲爆裂,一經訴説,便像去了重負,頓覺輕鬆似的。這種動機,若拿文藝上的用語來説,就叫"自表的衝動"(self exhibiting impulse)。最顯著的,就是戀愛。當人有了愛人,落在愛的光輝中時,不問是實際的瞎子或文字的盲人,定要用種種的方法,表出他内心的燃燒之情。下面所示的圖形(圖略),就是奥吉貝族的女子寫給一個男子的情書。她雖不能用萬密的文字,描寫她心裹的真摯微妙的情感,而有自表的衝動,以及因此衝動而生的表白的苦心,是約略可以想像的。

上面的熊是女子的圖騰,下面的泥鰍是男子的圖騰,即發信人與收信人的姓名。中間的綫是路徑。兩個三角垛是幽會的帳幕。裹面有招他去的標記。三個十字架表示周圍居民皆耶教徒,不會有惡意。三個圈表示湖沼,用以指示位置,仿佛説那是什麽路,多少號。

這自表的衝動,也可説是情思的社會化,或大衆化。人類生活,如果可以用"水""火"來比擬,那這便是人生的"洪荒"和"火山"了。只要生命之水還滔滔地流著,生命之火還熊熊地燃著,隨時隨地都會有奔溢和噴發的力量的。項羽敗垓下時,兵圍數重,身且不保,危急自不必説了,但他還要舉杯執筆,對他所愛的侍姬,吟那:

力拔山兮氣蓋世,時不利兮騅不逝,騅不逝兮可奈何,虞兮虞兮奈若何!

的歌兒。會創“良知”之説的王陽明，當他避難舟中，而被大風飄到福建的洋面上時。也還在那摇摇欲隋的小小船中做著：

> 險夷原不滯胸中，何异浮雲過太空。夜静海濤三萬里，月明飛錫下天風。

的詩句。至如金聖嘆臨刑的嘆息，因見漫天大雪而寫出：

> 天公喪母地擔憂，萬里江山盡白頭。明日太陽來吊孝，家家屋上泪珠流。

的七絶，更是文藝史中的美談。據説金聖嘆在受刑前數分鐘，還從容地問劊子手説了“殺頭至痛快事，聖嘆於無意中得之，不亦快哉”的自豪語。這種將人生的一大事之死生置之度外，而以超然忘我之心觀照自己，吟味自己的態度，真是非有深刻的藝術修養者所萬萬做不出來的技術。也就是金聖嘆之所以爲金聖嘆的地方。他如吮飽乳漿，被擁於温柔的母懷中的嬰孩。既不愁饑，又不怕寒，何等舒適。但從櫻桃初綻的小嘴裏，却常流出“咿呀”的獨語，這都可以做自表的論證。世間的文藝，都由“欲知道”和“欲使知道”的摇籃中成長起來。有了“欲使知道”的願望，才有真正的文藝賞鑒；有了“欲使知道”的願望，才有真正的文藝創作。

人類的情思，廣義地説，就是裸體的藝術。所謂作家，只給它穿上文字的外衣而已。依這意味，促膝談心是文藝，握手言歡也是文藝。有人説海濱沙灘上殘留著的足迹是最早的文藝，正是同意我的另一説法。但所謂文藝，畢竟是文字的表現，即使生活於世間的人在某一意義上，都有可能稱爲藝術家的資格，但如果只有生活，而不將生活的形相用文字將其表現出來，那也只有生活的存在，不會是文藝的存在的。見美的景色而喜，聞凄切的聲音而悲，這喜和悲，原都是情感的表現，但不能説這些就是文藝，必須將喜和悲用文字的技術將它表現出來，使成客觀的可以賞鑒的作品，這樣完成文藝的全意義。

三　文藝家與想像

以捕捉人生自然的姿態,創造自己之魂的自畫像的文藝家,應該以眼前的現實爲營養而加强其生活經驗的話,已在文藝創作與生活經驗一文中有過詳細的論述,無須另説了。但一人的經驗無論怎樣豐富,單單抓住自己唯一的礦脉,不斷地發掘,結局總有竭盡而成廢穴的一日罷。弗羅貝爾雖爲小説主人恩馬女士的服砒自殺而死,而親嘗過砒霜的滋味,而不能親嘗恩馬女士服砒的“死”的滋味。雖也聽過有島武郎的自殺,是爲體驗“死之秘密”的話,這究竟出了過高的代價的傻舉,難好置信的。曾被目爲自然主義之祖的左剌,雖也爲寫僧侣的罪惡與礦工的暴動,而實驗過寺院和礦場的生活,但《娜娜》(*Nana*)中所寫女優賣淫的生活,不一定是自己的經驗罷。

在經驗所不能達到的地方,作家就往往會架起通“現實的彼岸”的橋梁,以擴展其創作的道路,這橋梁就是所謂“想像”。想像是以過去的經驗爲基礎,從這裏面,抽象某部分或某性質,加以選擇、配合,而另創出新的東西的一種心的作用。美國文契斯德教授會將這創作之一要素的想像,分成下列三類:

第一是自發地選擇由經驗得來的各種要素,將整理配合而另創出新的東西,以輔經驗的不足的。這種自發地另創新事物的心的作用,就叫做“創造的想像”。例如魯迅的《阿Q正傳》,在他描寫這人物的當時,是少不得要有“模特兒”的,但决不是單憑自己目見是某一人物,而是從這裏取一個鼻子,那裏取一張嘴巴地從許多的人物中抽出最特徵的部分,然後將他們統一在某一人的身上而創造出來的典型。所以凡是讀過這小説的人,都覺和小説主人面熟,好像自己的朋友之中,確有他的影子,却又並不就是他,好像到處都能看見他的人,却又並非完全像他,不能指認他是誰某。這正是作家從多樣的人型中提取特點,加强它,擴大它,使成尖鋭明瞭的一種可貴的藝術，也就魯迅富於創造的想像的表徵。

第二是從經驗過的事物中，發掘它内面所藴藏的意義和價值，將它表現出來，使其他擁有同樣經驗者，可以得到异樣的新的觀感的，這就叫做“解釋的想像”。例如前會以作證的鄭燮的：

昨日入城市，歸來泪滿襟。傍身羅綺者，不是養蠶人。

在城市中看見傍身羅綺的闊人，原是不足爲奇的常事，但鄭在觀光以後，發見這些傍身羅綺的傢伙，全都不是養蠶人這事實，不禁涔涔泪下，這便是他從尋常的經驗中，予人以非常的觀感的地方。又如：

不是不修書，不是無才思，繞清江買不得天樣紙。

尋常書信上的“紙短情長”，已成空泛而熱力的套語，而一説成“不是不想寫信，也不是無寫信的才思，乃是因爲走遍清江，買不到天大的信紙”，便反映出他的多思多情來了。

第三是聯結事物或觀念與其在情緒上相類的心像而生的東西，這就叫做“聯想的想像”。例如《水滸傳序》裏的：

赤日炎炎似火燒，野田禾稻半枯焦。農民心内如湯煮，公子王孫把扇摇。

就全詩的意境説，原算不得優秀的作品，但一將因久旱而生的農民的焦灼之情，和聯想所及的公子王孫的悠然自得的狀况相映襯，便覺苦力懸殊，令人不平，具有激動的力量了。

文藝家所恃爲創作源泉的想像，大概不外上述三者，而解釋的想像，尤爲作家所常用，夸張一點説，所有小説家、戲劇家、詩人想向讀者“訴説些什麽”（What to say）的，就是這解釋的想像的一種披瀝和表現。

文人的寫作雖應取自實際的經驗,但通過作家正確的認識和受現實的洗練的想像,却與經驗一樣,固爲作家不可少的條件。想像與經驗不是對立的二物,而是同一東西的兩面。真正進步的作品,不但需要作家寫寫他們所熟識的生活經驗,更需要他們寫出必然要到來的明天的現實的想像。作家的取材,原不受人的限制與束縛,採用怎樣的方法與技術,也全是作家的自由,然單以自己有限的經驗爲依據,無論如何,總不免有捉襟見肘的窘態罷。故從經營的桎梏中解放出來,展拓其創作的路綫,乃是作家應有的努力。

其實作家的創作活動中,必定有著想像的心的作用在那裏黑暗中活動的。作家當執筆時,必有許多印象投奔到他眼前,争求録用,但這投奔來的許多印象,不一定都可做作品的材料,因此在這投奔來的許多印象之中,不得不有所選擇與整理。印象一經選擇與整理,就多少有作家的想像滲透進去。故在某一意義上説,任何文字,都有作家的想像參半在內。寫實主義者抱著毫無容心的純客觀的態度,描寫一切,原是極可敬佩的,但要將事實徹頭徹尾一無差池一無遺漏地描寫出來,到底是不可能的事。就拿機械的攝影機説,當人將它用來攝取景物的時候,也就有經過選取一定的景物,捕捉一定的瞬間,把握一定的角度之類種種人的心的作用暗中在支配著,何况是其有微妙的精神活動的人類呢。故從寫作的構成上講,經驗與想像,同爲作家不可少的條件。

想像能補經驗的不足,凡自己所不能直接經驗的,都可借正確的想像而得其大概。没有到熱帶地方的人,當然不能知道熱帶的氣候,但借正確的"夏"的經驗去想像,未始不可獲得其大概的情形。没有到過北冰洋的人,當然不能知道冰山的真相,但拿平時所得的"冰"和"山"的經驗聯合去想像,也未始不可仿佛其大略的狀况。所要注意的,就是想像也必須以現實的經驗爲基材,架空的想像,不但唤不起讀者的實感,而且容易歪曲實際的真相。記得新詩運動才興起的時候,某君會發表過如下的小詩:

今日蠶一眠,明日蠶二眠。蠶眠人不眠,辛苦有誰憐。

推作者的原意，似想提示農家有蠶的辛苦情形，這原是一個極好的題材，但他將蠶看作一日一眠的早熟的東西，那麼農家的辛苦，因時間的短促，也極有限的了。《琵琶記》蔡伯喈中狀元三年，而家人不知，身養相符，享盡榮華，而附家書於路人，李漁在他的曲話中，已經有過確切的批評了。

想像是心裏的一種再生表像，也就是追求經驗所暗示的種種可能性而加以説明的心理活動。人類一踏上了相當的年紀，就有茫然戀慕异性的想像，這一半是生理和衝動所使然，而一半是受過了人的愛護和异性的魅惑的緣故，要是連這經驗也没有，那是茫然的想像也不容易發生的。陶淵明的《桃花源記》，誰也知道是想像的産物，但他的描寫，雖不執著於現實，却也並非於現實絶緣，故其所表現的人生自然的姿態，都像眼前實有的一般，能予人以真實的感覺。

總之，文人的寫作不能與現實絶緣，但也不一定要限於現實。左剌雖自夸過“我已寫了一千七百頁的記録，只要著手去寫，我的小説便成功了”的話，但專靠這一千七百頁的記録，去寫各種各樣的小説，也還是不足的罷。想像與經驗是交織文藝作品的經緯，從經營的圈子裏，跳躍出去，開拓自己的新境界，是文藝戰士必備的武藝之一。

文學瑣談

辛　嘉撰

《文學瑣談》載於一九四四年《中國文學》(北京)第一卷第八期。作者辛嘉,其人不詳。本文主要强調兩點:一、當前的中國,文學作品的創作要比文藝理論的探討更爲重要;二、中國"文以載道"的文學傳統使得文學與普通百姓絶了緣,因此,應該創作百姓願意讀、可讀懂的文學作品。

因爲吃飯,我差不多已經半年没寫文章。其間也曾有幾次接到朋友來信索稿,被命給各種題目,始終無心動筆。這次又受柳龍光兄之囑,要我來談文學。他來信快半個月了,我還没寫一個字。我答應朋友作文,到時不交的老毛病,怕早有定評,毫無解釋餘地。不過這回的確例外。自從我看見這題目以後,就不想寫。

我寫不出文章是因爲没有什麽可寫,或根本就是因爲寫不出來。這没有什麽話講,不過就在寫不出的時候,我還有心要寫好文章。至於論文章,論文學,在我這無心成爲文學理論家的人,只覺得是茶餘酒後的談助,難登大雅之堂。

文學論固然有價值,現在的我有點討厭它。我能寫的話,就寫别的半篇閑話也好,却不願意涉及這種枯燥文字,猶其怕學人家的板著面孔説大話。再者即使費力氣笨笨磕磕講一陣,在今天的環境制約下,也决講不出個情明的有體系的道理來。我以爲,與其費半天勁寫了一堆消化不了的解説,莫妙用這工夫去創造實際貨色給大家讀。寫的好壞姑且不論,總還是一篇作品。

我以爲,現在的我們應該先寫詩,寫小説,寫散文,寫劇;少寫論詩、論小説、論什麽的文章。

關於文學一語,各國家各民族間的觀念,都多少有些不同。隨著時代的變遷,也時常改换著它的定義。中國人則一向認爲"文以載道"的。文學成爲載道的工具的結果,使它幾乎全與我們的百姓絶了緣。因之也没有産生具有近代意義的"文學"的巨作,因之中國人大半都不懂什麽是所謂"文學",也不看重文學。

針對著這現狀,比什麽都要緊的,就是先寫出東西來給百姓讀。讓他們習慣於讀新文學。以畫來比方,北京人多數還嗜好中國水彩畫,不很喜歡油畫之類。我們現在就是要先拿油畫給北京人,不管是惡魔派也好,未來派也好,你就要畫,畫出具有近代意義的畫來代替他們墻上的還穿著唐代衣裳的水墨丹青。

我有過許多次的經驗,和外國人接觸之下,知道人家大抵都把文學織入他們的生活裏邊。有一次在日本鄉下的旅館裏,我和那兒的侍女閑談,她讀過夏目漱石、賽珍珠和許多人的東西,讀文學作品是她打掃屋子以後的消遣。還有,我到白俄的吃茶店去的時候,跟那兒的姑娘談起來,大抵她們都知道果戈里、普士庚和别的一串名子。

我們的大學生,又果有幾人讀文學呢? 至於别種人更不消提了。

前面我説,討厭寫論文學一類的文章,但是閑假的時候,找一兩個人談文學,却很有趣味。過去常和我談論的有共鳴和吕奇兩人。我們是酒友,常飲著酒來談文學。現在我們三個人都因爲棒子麵太貴,共鳴奔忙於外縣北京之間,常匝月不見。吕奇也忙,我們好久不得"相與細論文"了。想來很寂寞。

我還喜歡遇見人便問他讀什麽文學作品,彷彿佛教徒見人便勸人讀佛經一般,勸人讀文學。有時惹得對方的輕視討厭,還不自覺。比方我常和大學讀書的青年朋友在家閑談,而他們有的是學地質或工藝的。我向他們講説文學的妙用,大抵碰上對方的軟釘子,把我的話冷冷的輕支開去。等朋友走了,我回過味來,自己不免苦笑一番。

這毛病好像現在還没有改。

文學雜談

知　堂撰

《文學雜談》載於一九四四年《求是月刊》第一卷第四期。署名知堂,即周作人。《求是月刊》,一九四四年三月一日在南京創刊,以引導青年向上爲宗旨,龐沐勛、紀果庵主編。一九四五年三月出至八期後停刊。本文第一段原以《新中國文學復興之途徑》爲名單獨發表於一九四四年《中國文學》的創刊號上,未曾編入自編文集之中。本文主要談(**上世紀四十年代**)文學如何復興的問題。在作者看來,文學的復興與新中國之復興走的應當是同一條路。我們要復興文學,即得將文學看做政治的一部分,嚴肅、認真得對待文學。當前文學復興在理論上已有一定基礎,因此更爲重要的是要明確在方法上如何去做。作者指出,文學復興需要具有以下基本素質的人去做:一是把握得住國民思想的傳統,理解世界文明的精義;二是有寫作的能力;三是一心爲國家民族盡力,克服一切爲個人爲派别的私意;四是要能耐得住寂寞,有長久去做的心理準備。

新中國文學復興之途徑没有第二條,這與新中國之復興走的是同一條路。近四五十年中,中國在做著的工作便是這尚未成功的革命,用最近通行的話來説,即是復興中國、保衛東亞。這裏可以分作政治、經濟、軍事、文化諸方面,分别進行,可是其方向與途徑總是同一的。文學是文化的一部門,文化的進路不能與政治分歧,那麽文學自然也是如此。所以現在中國文學之復興在理論上已經没有什麽問題,所有的問題是在方法上,便是這實際上該怎麽辦。這裏重要的只有一點,即是這須得有人。平常任何種文學運動都需要人,但是這裏却更特别重要。因爲在普通的場合,天下太平,容得大家各獻本事,争名奪利,尚無所謂,若在現今乃是非常時,一切工作只是一個目標,便是爲國家、民族,没有多少爲個人利益的餘地,所以有些在浪漫或頹廢派時代很好的脚色,現在却有點不大適用。還有一層,中國現時思想文化綜錯混亂,所謂古今中外都雜在一起,經過最近二三十年的糾紛,已經從這酸辛的經驗中稍爲找出一點頭緒來。可是要整理清楚,把握得住,還是很不容易。走到兩極端去,一味的急進或保守都不難,難的是認清了上自聖賢下至凡民所同具的中國固有思想,外加世界人類所共有的新興文明,膽大心細的决行調整,基礎既定,然後文化工作才可以進行。做這工作的人須得有這幾個條件:一是把握得住國民思想的傳統,理解世界文明的精義,二是有寫作的能力,三是一心爲國家民族盡力,克復一切爲個人爲派别的私意。這條件看去並不怎麽太嚴,但實現也不是容易的事。在二十多年前中國有過一次文藝復興的運動,即是所謂新文化運動。雖然那時途徑還没有像現在的那麽明瞭,但是整理國故,接受新潮,這目標並未定錯,而且也有相當的人才,相當的熱心,然而成績不很大,這是什麽緣故呢?中國士流向來看重政治,從事文化工作者往往心不專一,覺得弄政治更爲有效,逐漸的轉移過去了。其實文化工作者固不必看輕政治,却也無須太看重,只應把自己的事業看作與政治一樣重要,或者如必要即認爲也是一種政治的工作亦可,專精持久的做去,效果自會發生出來。説到這裏,似乎又得來添上一個條件,即是:四是要能耐久,耐寂寞。

以上是今年春間所寫,應中華通訊社之徵求而作,題目原爲《新中國文學復興之途徑》,本來是應教,其近似賦得正亦無怪,不過裏邊的意思總是誠實的,現在拿出來重閲,覺得也還有點意義。我希望文人把自己的事業認爲即是一種政治的工作,並不是一句新八股,乃是我真心的話,這裏且來補充幾句説明。這當然不是説寫文章等於做官,文人即是官吏,實在只是説文學是嚴肅、重大的工作,可以説是政治的一部分,做這事的人須得很明達、慎重、負責任,與好的政治家一樣。古人云,文以載道,向來也把文學看得很重,假如這道字當作人生之路解釋,那麽也並不錯,可是中國文人直將他解作聖道,用現代的話説便是一種主義,這裏便有弊害發生了。在别一方面,文人們又以爲文藝是完全獨立自由的,一切可以隨個人意志自由發展,這在某一時期也是對的,也會有益,但是在現今中國這不能不加限制,凡國民均應以國家民族爲前提,文人也在其内,即使重在創造,其個人的要求總不能不從屬於國家民族之下,中國文人須得瞭解其責任,誠懇的從事於自己的重大而嚴肅的工作。所謂重大,文學裏的思想的分子占著重要的部分,散布開去,其影響如何,須得考慮,此固是其一;但是一方面還得要言顧行,擺脱文人無行的舊病,爲中國人争一口氣,此又其二。特别是在現今,兵灾未已,文化奄奄一息,而外有國際關係的往來,這時候的文人特别難做,他實在是個文貧了,既須苦幹去讀書寫文章,見到來客又要不卑不亢的應接,時時存著政治的反省,寧可使人家看得有點像外交官,總之切不可被當作幫閑看待。現在的文人所以是很苦的,在言與行上他都有責任。所謂嚴肅,那是很簡單的,用不著多説。不過這也並不是要文人整天的説教訓,只是一切要認真而已。勞作認真,游戲亦認真,都是同樣的嚴肅。屈大夫憤世嫉俗,懷沙沉於汨羅江,東方生玩世不恭,待詔金馬門,作法不同,其嚴肅則一也。簡單的一句話,只不可做一切的八股。這在現今非常切要,却亦正因此而非常之難,天下事愈難能也就愈可貴,大家很值得一番努力。

民國甲申,四月八日

文藝瑣談

葉　持撰

《文藝瑣談》載於一九四四年《新動向》雜誌第一百一十期。作者葉持,其人不詳。本文主要談寫作問題。在作者看來,在文學寫作方面,天才和廣泛閱讀文學名著都有一定助益,但更重要的是要對社會現象有所觀察。質言之,作者認爲一定的文學修養和自我批判的精神是文學寫作中最爲重要的兩個方面。

文藝底愛好者首先試驗著創作,雖然這創作的前程各有不同,然而總要給自己底稿子找出路,把自己底處女作投向各雜誌刊物,希望能够刊登出來。當然文藝刊物的編者對於這些稿件的採取是加以選擇和審察的,有的被刊登出來,從此便以"作家"自居,大量的產生作品,仿佛執筆萬言、隨手拈來的那樣容易多產。有的稿子被編者棄到紙簍,或鎖進玻璃櫃去的人,就沮喪灰心起來,於是與文藝斷絶了關係,駡編輯者。這兩種態度都是不對的,都犯了一個最嚴重的錯誤——缺乏文學修養與自我批判。

我們對於文學往往都以爲是由於天才的賜予,像杜甫曾説:"文章本天成,妙手偶得之。"其實這是錯誤的。以杜甫自身做例吧,難道他生來就是"詩聖"嗎?他底作品爲什麽不像李白那樣咏風月而是注重在平民間的痛苦,這完全是環境和潮流的決定,因爲在他所處的時候正是兵馬火燹、悲苦流離的叛亂時代,而且他就是整天在這大漩渦裏掙扎著,所以他才會寫出那樣偉大地作品。天才對於創作也許有一部份作用,但不能整個依賴它。再者創作也絶不是讀過了多少文學名著,就可以作爲藍本而後下筆也來一部名著的!固然廣覽文學名著也是創作基礎裏不可缺的一塊基石,但那只是一種工具的準備,真正緊要的還是對社會現象的分析、考察和注意社會思潮的發展,因此也就不能離開社會科學的輔助。

作品裏叙説一件事情發展的骨幹,要把握住它的歷史性,然後再把自己正確的人生觀、世界觀融和到藝術的形象裏,至於片段的描寫與人物的個性,那更必須有深刻的觀察清楚的認識與無微不至的注意,才會使描寫襯托故事的情緒;人物也都生動地凸起在紙上,這樣誰也不能否認文學修養場所在廣泛的社會,而不是在斗方書室裏憑著生吞活剥一些别人的東西來拼凑,那種創作一定是空洞的無意義的字的堆積,自然免不了到字紙簍去的遭遇。所以我們在創作之先必須用鋭敏的觀察吸取社會上形形色色的現象與人生經驗,更要有迅速的判斷力來分析正確、荒謬的兩種答案,最後還要把它歸納到世界思潮的總原則上,在作品裏無形中就建立起自己底人生觀和世界觀的標識。

“多産”對於初學寫作者是一大危機,那將成爲一個不成熟作品的商販子,雖然不一定是换取金錢,也是用作品來抵償兑换自己底“創作狂”和“作家感”。這對寫作的人是得到了滿足,而却是太不忠實於作品,浪費時間,更憑空的給編輯文藝刊物的人添了麻煩,因爲一個公正的編者對於一篇稿件的取捨是很審慎,起碼要經過兩三次的閲讀,這不是太不經濟嗎?若作品的出産量增加,更容易犯了草率的毛病,從腹稿到謄清經了一次手續就什麽都有啦!這即便是真正的作家,也不見得能使作品發生良好的效果,時間根本就不允許他删改更正添補,那也只算是輪廓的勾勤,更何况初學寫作者呢?恐怕真要不堪入目的了。寫作一篇創作應熟思審慮的、慢慢的、一步步的完成,切不可以“一揮而就”的姿態來創作。創作完成從我們工作還未完畢,我們還應當執行嚴格的自我批判,仔細檢查作品裏有什麽缺憾弱點,而毫不吝惜地加以斧削修正,要是整個不好的話也只有堅毅地整個燒去重寫,像十九世紀末葉的寫實主義派作家左拉(Emile Zola)他在未成名時寫許多作品送給弗禄貝爾(Gnstave Flaubert)批閱,弗禄貝爾却吩咐他就那些作品全部焚毁,重新作個性描寫的練習,結果左拉成爲世界文壇上有名的作家了。

固然我們愛護字迹底創作,可是爲了使我們的寫作能力進步,這種嚴厲的自我批判是必須要執行的。

有了充足的文藝修養,更有嚴格的自我批判,這種創作才算完成,可以投寄到文藝刊物上,刊出的希望當然比較大得多。即使仍遭到字紙簍去的厄運,也不能沮喪,反要更努力地在修養上、批判上下功夫!

談文章

知　堂撰

本文作於一九四五年七月，收入《知堂乙酉文編》。初刊本中個別錯漏根據鍾叔河主編《周作人散文全集》版本做了改正。本文主要談作文忌諱問題。在作者看來，看了好的文章便知道文章不好做，但看了不好的文章却讓人覺得文章很容易做成這個樣子；做文章時應該有自己的態度，不必屈從於讀者的審美品位。

前幾時我在一篇文章裏曾經這樣說："我不懂文學，但知道文章的好壞。"這句話看來難免有點夸大狂妄，實在也未必然，我所説的本是實話，只是少見婉曲，所以覺得似乎不大客氣罷了。不佞束髮受書於今已四十年，經過這麼長的歲月，活孫種樹似的搬弄這些鳥綫裝書，假如還不能辨别得一點好壞，豈不是太可憐了麽？古董店裏當徒弟，過了三四年也該懂得一個大概，不致於把花石雕成的光頭人像看作玉佛了吧，可是我們的學習却要花上十倍的工夫，真是抱愧之至。我説知道文章的好壞，仔細想來實在還是感慨繫之矣。

文章這件古董會得看了，可是對於自己的做文章别無好處，不，有時不但無益而且反會有害。看了好文章，覺得不容易做，這自然也是一個理由，不過並不重大，因爲我們本來不大有這種野心，想拿了自己的東西去和前人比美的。理由倒是在看了壞文章，覺得很容易做成這個樣子，想起來實在令人掃興。雖然前車既覆來軫方遒，在世間原是常有的事，比美比不過，就同你比醜，此醜文之所以不絶迹於世也。但是這也是一種豪傑之士所爲，若是平常人未必有如此熱心，自然多廢然而返了。譬如泰西豪傑以該撒威廉爲理想，我也不必再加藏否，只看照相上鼓目裂嘴的樣子便不大喜歡。假如做豪傑必須做出那副嘴臉，那麽我就有點不願意做，還是仍舊當個小百姓好，雖然明知生活要吃苦，總也不難看，蓋有大志而顯醜態或者尚可補償，凡人則不值得如此也。

做文章最容易犯的毛病其一便是作態，犯時文章就壞了。我看有些文章本來並不壞的，他有意思要説，有詞句足用，原可好好的寫出來，不過這裏却有一個難關。文章是個人所寫，對手却是多數人，所以這與演説相近，而演説更與做戲相差不遠。演説者有話想説服大衆，然而也容易反爲大衆所支配，有一句話或一舉動聽衆所賞識，常不免無意識的重演，如拍桌説大家應當衝鋒，得到鼓掌與喝采，下面便怒吼説大家不可不衝鋒不能不衝鋒，拍桌使玻璃杯都蹦跳了。這樣，引導聽衆的演説與娱樂觀衆的做戲實在已没有多大區别。我是不懂戲文的，但聽人家説好的戲子也並不是這樣演法，他有自己的規矩，不肯輕易屈己從人。小時候聽長輩談故鄉的一個戲子的軼事，他把徒弟教成功了，叫他上臺去演戲的時候，吩咐道：你自己演唱要緊，戲臺下鼻孔像烟通似的那班傢伙你千萬不要去理他。鄉間戲子有這樣見識，可見他對於自己的技術確有自信，賢於一般的政客文人矣。我讀古今文章，往往看出破綻，這便是説同演説家一樣，仿佛聽他榨扁了嗓子在吼叫了，在拍桌了，在努目厲齒了，種種怪相都從紙上露出來，有如圓光似的，所不同者我並不要念咒畫符，只須揭開書本子來就成了。文人在書房裏寫文章，心目却全注在看官身上，結果寫出來的儘管應有盡有，却只缺少其所本有耳。這裏只抽象的説，我却見過好些實例，觸目驚心，深覺得文章不好寫，一不小心便會現出醜態來，即使别無卑鄙的用意，也是很不好看。我們自己可以試驗了看，如有幾個朋友談天，談到興高采烈的時候各人都容易乘興而言，即不失言也常要口氣加重致超過原意之上，此種經驗人人可有，移在文章上便使作者本意迷胡,若再有趨避的意識那就成爲醜態,雖然迹甚隱微,但在略識古董的夥計看去則固顯然可知也。往往有舉世推尊的文章我看了胸中作惡,如古代的韓退之即其一也。因有前車之鑒,使我更覺文章不容易寫,但此事於我總是一個好教訓,實際亦有不少好處耳。

乙酉六月

文藝瑣談之一

卜　束撰

《文藝瑣談之一》載於一九四六年《新學生》雜誌第一卷第一期。作者卜束，其人不詳。本文主要通過《水滸傳》《伊利亞特》《奥德賽》等文學經典的成書過程分析文學創作過程中“增删”和“改添”的重要性。作者所謂增删改添，既包括文字的潤色，也指涉典型人物是作家通過“人性與人性之間的發掘”實現的。

《水滸傳》是《宣和遺事》及其他的元代雜曲演繹而成的，它的原始狀態是婦孺皆知的傳説，由傳説變成彈詞演唱者的故事或傳奇，這裏經過了幾度改删和增添，一直到施耐庵將每個故事集合而成爲一個整體，這裏乃有了更多的改删和增添，於是才形成了現在的《水滸傳》的樣式。所以事實上，作爲著者的施耐庵，原不過是前代有關水滸的故事、人物的“零片集合者”而已。

同樣，要是研讀《伊利亞特》和《奥德賽》一下，我們也會發見類似的情形，《伊利亞特》和《奥德賽》何以有現在這一種定型，一般人的意見是：

一、荷馬的詩歌是不賴文字的説明的，這兩部史詩，大抵是由一代一代的口頭傳述而成。在傳述之時，内容頗多變更，用字更不一定。

二、紀元前五百五十年左右，這兩部史詩才在人們的筆下現出初期的形相，無數修正者和文藝批評者在潤飾這些詩歌，更改其中的用字,使之更合乎藝術意味。

三、這兩部史詩的藝術的統一,是後人修正的結果。

四、構成兩部史詩的原來的歌曲是幾個作曲家的作品,不過我們已無法指出誰作了那一首,"荷馬"者,大約是開始編織那個網的最著名的詩人。

以上的意見,其實不僅是英國胡爾孚個人的論斷,一般的文藝批評家,大都也作如是觀的,魯迅先生説過:

> 我們如果相信《伊利亞特》和《奥德賽》是一個人的創作,則正如相信《聖經》的現在本子是從天上掉下來的一樣。

文學的起源,是種根於人類的藝術趣味。文學創作除去内容的意識問題以外,所謂技巧,就是"改删和增添"。文學家比任何人都細心,他不能輕輕放鬆一個字。一册文學作品的完成,所經過的"改删和增添"的手續,那是無法計算的。而中世紀的偉大作品,也大都與《伊利亞特》等相似,只是一種"零片集合品"。集合者的著力處,第一是改删,第二是增添,至於潤飾、美化並使之完整與統一,這自然也包含在上述兩個手續之中了。

"零片集合者"仿佛是一個不"雅"的名詞,它是否侮辱了"作家"?要回答這個問題,首先得瞭解零片之集合是不是一件容易事。

元代雜曲裏,有許多一百零八將的奇零故事,例如"李逵殺四虎"等等。它們最初的本質,可以説完全是傳奇性的,而不是寫實的小説。等到有一個集合者出來了,於是作品的重心不再是那驚人的諧謔或突變,而是人物典型的刻畫。零片由星散而集合攏來,這裏所須化的功夫,遠不在整個創作之下。因爲"改删"這一手續雖不怎麼難,但總得先具有藝術大匠的眼光才能動手;至如增添,則無疑的就是一種創作。

阿拉伯的故事,可以使斯干的維亞人喜悦;英國人的幽默,可以使斯拉夫人聳肩;中國晶瑩如朝露的詞,波斯的歌著"人生如寄"

的詩，俄國的掘發“黑土”之秘密的小説，也都同樣可以使世界上别一部分的人感到一種“啓發”。這是爲什麼呢？因爲文學所描寫的對象，是人性的解剖，而人與人之間的差异却極有限，曹雪芹《紅樓夢》中的人物，在國外也未必没有；狄更斯及沙克萊所寫的英國市儈，在中國也未始没有。人性與人性之間的發掘，這就是文學存在的真正意義之一。而人性的發掘，絶非一旦一夕所能濟事，任何典型人物的完成，必須化費極大的心力，這裏採取一零片，那裏採取一零片，這樣的採擷，再加以藝術手法的修飾，所完成的人物創造這才是更典型化的所以零片的集合，實際上正是任何文學樣式（不論是小説、詩、戲曲）的作者最切當最能代表其身份的代名詞。

《聖經》不是一部書，它是許多書的總集。——《舊約》是希伯來民族數十年間産生的最好的文學作品，《新約》則是包含“不是一國，而是一種運動”的文學作品。正因爲《聖經》是希伯來人的民間文藝的總匯，所以作品的時間延長到好幾個世紀以上。單是叙耶穌的事迹和基督教信仰的發達，就化了一個世紀。《聖經》之偉大，因爲它純一，忠懇美麗而有力。同時，它又是一個神學的總集，與其説它是神學上的産物，寧不如説它是古代文學假手宗教的感情而吐露出來的一朵文學之花，它之許多篇，許多節，有極多美麗的文字，原因就是經過世代太多，被改删和增添的機會也很多，而參與執筆的作者，自然也多。

由於零片集合者的所下的苦工，有時常常能使一株原來並不美麗的植物，開放出一朵朵鮮艷奪目的花來。英國胡爾孚説：

荷馬這個名字，本來就是零片集合者的意思。

這話並没有絲毫侮辱或輕視的意味，《伊利亞特》與《奥德賽》的完美，已很可能使編纂這“網”的“集合者”享有盛名了。

談談"生活"與"寫作"的問題

蔣天佐 撰

《談談"生活"與"寫作"的問題》載於一九四六年《文藝青年》雜誌第五期。《文藝青年》,一九四〇年九月在香港創辦的文藝刊物,由全國文藝界協會香港分會主辦。蔣天佐(一九一三—一九八七),原名劉季眉,又名劉健,筆名史篤、賀依、紫光等,江蘇靖江人。二十世紀三十年代在上海參加左聯,抗戰期間在敵後從事教學、編輯與部隊工作,抗戰勝利後在上海參加民主統戰工作,曾任上海文協理事。逝世前任江西文聯與作協副主席。著有文藝論文集《低眉集》《什么叫抗戰文藝》,譯作有《中國歷史的研究》《斯大林論文藝》等。本文主要談文藝創作與生活的關係問題。作者認爲,文藝創作要根植於社會實踐的土地之上:首先,作者是社會之一員,必須肩負起改造社會的使命;其次,文藝作家要以文藝服務社會。此外,關於文藝實踐與社會實踐的關係問題,作者指出,文藝實踐是社會實踐的一部分。

我曾經在某處地方説過,文藝理論固然要寄託於社會實踐的土地之上,尤其要生根於文藝實踐的泥土之中,文藝創作的問題我想也是一樣的。即是,一方面,作者作爲一個人生活在現社會,他就必須積極的做社會的一員,負起改造社會的任務。拿今天的情形來説,我們中國是除了毁滅之外唯一的路只有民主:政治要民主,經濟要民主,教育要民主,一切都要民主。違反民主潮流的事,我們要改革,妨害民主運動的人我們要反對;我們要有獻身民主的決心,因爲獻身民主就是獻身於真理,獻身於人類。惟有如此,才算是積極的做了一個人,才配談得到什麽抱負、什麽志願。這是一。另外一方面,文藝作家不是木匠,不是教師,不是會計,也不是别的,他既然要以文藝服務于人群,他就是能掌握文藝這個東西,就是能够運用文字,能够瞭解文藝的特性,能够用文藝的形式打動讀者。所以這就必須在生活的實踐之外有文藝的實踐,要多讀文藝書籍,多學習文字技巧,多作形象的思索,多作創造的練習。惟有如此,他才能够是或者不愧是一個文藝作家,也才能够達成——他的志願,以文藝爲人群服務。

社會的實踐和文藝的實踐這兩者是不可分離的。它們的關係正如我所謂的大地和泥土。文藝的實踐其實也就是社會的實踐之一。泥土是大地的某一點,大地呢,也不過是泥土做成的。所以我們不要以爲社會的實踐和文藝的實踐是兩回事,互不相關。弄文藝的人最容易發生一個偏見,以爲什麽民主呀自由呀是政治問題,讓政治中人去管去吧。其實不講求民主和自由,你的文藝是攪不通的。民主問題决不僅僅是政治問題,而是貫徹於一切的,所謂獻身民主絶不僅指從事政治上的民主運動而言。總而言之,是人生的改造,没有這種對黑暗的恨和對光明的愛,對正義的追求,那就够不上談文藝。試問那些大腹便便的投機商,那些污貪腐敗的老爺,那些卑鄙委瑣的幫閑者,他們的黑心裏有什麽文藝之可言?

談文學

馬葆煉 撰

《談文學》載於一九四六年《學生雜誌》第二十三卷第二期。本文主要談文學的功用問題。馬葆煉，女，美國華僑，原名寶蓮，英文名 Pauline，曾任教於西南聯大師范學院英語系。譯有《東方教父選集》《詩與音樂之比較》等。作者認爲，文學既不是"娛樂物"，也不是"麻醉劑"，它的真正的意義在於讓讀者從麻木的狀態中清醒過來，從而獲得對現實更爲透闢的認識。

當你翻開一本文學作品來閱讀時，你所希望者何？是不是希望能從中看到一些快心的插話情節，使你耳愉心歡，把一肚子的鬱悶之氣抛到五里雲霧中去？如果是，那難保你不會嗒然釋卷起來，因爲文學作品所描述的不一定是稱心快意的故事。讀莎士比亞的《温莎的快活太太們》(*Merry Wives of Windsor*)時，看到福爾斯特夫(Ealgstatt)屢次上當便捧腹大笑。此固未嘗無趣，但若説文學作品一定可以使你心歡意悦，那不見得有這條定例。有時殺風景的情節要像炸彈似的驟然降落到我們的恬淡的心田裏而把我們的寧静破壞了。這些不快意的事情時或動蕩我們的心情使我們悶悶不樂，動摇我們的思想使我們不知何去何從。爆炸後，其灾情慘重者，則只留下炮灰，但見瓦礫一堆，無一完物，弄得我們不得不重啓爐灶。以文學爲娛樂物是説不過去的事，其理甚明。也有人説文學能把我們引至一個桃花源裏去，使我們忘懷現實界的醜陋可畏。在那美妙的世界中，不知生老病死爲何物，而迎面而來的都是才子佳人，愛情的甘露從無酸味混雜其間，而好拳打脚踢的惡漢也銷聲匿迹，讓善人出來主持正義。如是，人間的煩惱也可忘懷净盡。實則文學並不是這麼樣的一種麻醉劑：因爲文學所生的效果剛剛和這個相反。它非但不麻醉我們的感覺，反而使我們清醒、振奮，注意到四周的事物。

一隻迷途的紅雀
停在地獄裏黑黝的枝頭上歌唱，
鬼子們聽見便油然憶起在人世時風吹拂，
樹擺動，和黄金的時光。
人間的音樂在耳邊響，
就知道自己早已消亡，
……（夫勒克 Flecker 的《紅雀歌》）

以文學作品爲一種娱樂，爲一種麻醉劑，爲一種慰藉，固大有人在；然而文學作品絶不是把一些無稽之談湊成故事以供人消遣排悶。須知作品中的一字一句都是作者對宇宙的壯觀所起的驚嘆，而當我們讀這些以文字記録下來的驚嘆時，我們便要像那位作者似的以一種鋭利的眼光，靈活的耳朵，精細的頭腦，廣博的心田來觀、聽、思和感宇宙間的事物。比方説，讀

在鄉間的小路上浪蕩；
雲雀正在引吭高囀——
心呀！你的悲傷悽愴
何曾使你對生命不留戀？

時，我們便要像作者一樣感到在這滿目凄凉的人間也竟有一個角落放射著一縷快樂的微光，由雲雀的歌聲而感到生之可戀。

文學是要把我們從麻木的狀態中唤醒出來，使我注意到四周

的事物，而對這些事物做一個更透徹的認識。櫛風沐雨、血汗辛勞始換得一飽的人，觸目皆是，但能够像哥洛克(Glong)似的領略到血汗營生的意義的有幾人？

從破曉我便操勞到現在，
想貯糧盡够我和夏娃餕，
暫躺在蔭茜的堤邊把汗額揩。
爲犯了罪給上帝責罰，
被逼離開那休閑的樂園，
整天夢著愛情和温柔的懷抱，
却一邊勞作流汗，
在鬱憤的泥土中攫取我的收穫。
有時在暴風中烈日下辛勞苛厲，
喘著氣苦幹直到工作完竣。
可是，懷恨多忮的上帝呀，
我覺得我仍得對你説："我吻你的笞鞭。"
但我不是恭順聽命却是傲慢地把它吻了。
我的心思並不是如此狹小卑微，
我的一切一切快樂也不是要寄在安閒。
真的，我會在雨夜去看守那狂濤怒海，
但不是爲表我的英雄氣概，却是受熱情驅使，
我得操勞一下才去歇息；
勞苦是一種負累？也許是
但總比永遠的安逸有意義。
勞苦若是犯罪所得的報應，
那我定要犯罪來争取這報應。
也許那芳園的美景還使我心楚愴，
使我挑撥上帝，忍心無情；
不過上帝竟表達不出他的意思，
懲罰未成，反垂惠於我身。

一種作品把一種事物的真義揭示給我們，一百種作品把一百種事物的真義揭示給我們，直至我們能够以一種廣博的人類同情，以一種透徹的眼光來洞察四周的事物；直至我們的眼光擴大了，能够像勃來克(Blacke)一樣在一粒沙中看見世界，而無限遂展開在目前矣。我忘記是誰説過這句話——藝術要把我們引到無限的邊境，使我們在刹那之間窺看一下無限。文學自不能例外。

試談文藝

陳厚庵 撰

《試談文藝》載於一九四七年《戰鬥與改造》第一卷第一期。《戰鬥與改造》,一九四七年六月在青島創刊,以反映時事爲主,由司精一主編,發表過王統照、王雲階等人的作品。作者陳厚庵,生卒不詳,我國著名作曲家、音樂家,曾任上海音樂研究會會長、重慶音樂研究會會長等,著有《宋詞新歌集》《松風》《建設新貴州十曲》等。本文談文藝(文學),主要探討文學的語言問題。作者認爲,文學作品不必過於注意文字雕琢,而應該追求"顯豁能達",字句要力求明白簡單、切近口語。

我提起筆來寫這個題目,心裏就覺得忐忑。因爲以一個未嘗學問的人來談文藝,真是所謂班門弄斧,膽子可謂不小! 不過我總意識到,現在最流行的文藝,好像太注意文字雕飾而内容反而越顯得空洞了;而且他們的雕飾又是繁瑣的、頹廢的、哀感的、怨尤的、纖細的,這好像都不需要。當然,絶不會全部的文藝作品都踏襲此弊,而是有不少的人分别文藝作品和"低級"非文藝作品,其中最大的區别好像就在文詞的雕飾程度上。現在隱隱成了一種風氣:凡自命爲能文藝的文藝作家,好像讀慣了所謂"描寫辭典",無論寫情描景,總要把每一個句子化裝成極度繁瑣,使其涵義反而到難於想像的程度才罷手。越擅長這一手的,越多認爲也被稱爲是正牌的文藝。我們不難找到任何一本文藝刊物取得證明,尤其二十歲左近的青年作品,那種派頭越十足。所以現在的所謂新文藝,且不論内容,只就文詞上看,他和口語的距離的程度並不次於桐城派文言了。

文字是代表語言的工具,語言又是狀情寫情的音符,在表現上當然需要顯豁,需要美妙,需要曲曲能達。其中我總認爲顯豁能達第一,美妙還在其次。所謂美妙是在文字的組織與調遣上,因組織與調遣的不同因而有文言與白話的區別。文言有文言的美妙,白話有白話的美妙;不過這裏所説的美妙,決不是指叠床架屋能搬來這些美妙的字句。美妙的文詞有時是爽當簡練的,相反的是以堆砌雕飾爲能事的文章,結果會令人讀了累得頭痛。文章簡樸和粗俗美麗和雕琢是毫釐千里的事,爲求美麗而過分雕琢,求簡樸而趨向村俗,結果會適得其反。在這裏私意認爲,作文章如果求美麗而要陷於雕琢,那我們寧可甘於簡樸。因爲簡樸猶不失本來面目,雕琢的結果説好了會如七賓樓臺拆碎不成片段!

六朝的文章專事粉飾,所以才興起了唐宋的古文,明七子字斟勿酌地學初唐,因此才有公安體的産生。文章的能事主要在表現得活潑,所以凡專在文字鍾煉上找技巧的結果必歸没落,雖然在未没落的時期會風行一時大力難挽!倘若我們拿初期的白話文,和現在流行的白話文的文藝來比較一下,我們便可很顯然地發見所謂新文藝的趨向了。這也許有人認爲現在的文藝是進步了,所以才和初期的白話文不同。不過所謂進步好像只表現在文句的修飾上,内容似乎高明不了老些。斤斤於駢四儷六是雕飾,是泯没性靈,那麽斤斤於拍賣形容詞和副詞,爲什麽不是雕飾不是泯没性靈!在白話文提倡了若干年以後,忽然有人提倡大衆語,這和提倡話白詩以後本市某詩社要提倡新詩大衆化一樣的有味。白話作了若干年竟然需要提倡大衆語,可見白話作得已成了大衆不懂之語,試問大衆不懂之語與文言何异?詩改成白話詩是要解放易曉,但今日白話詩也需要大衆化,則白話詩必已脱離大衆,與舊詩何异?提倡白話詩反而落到不白不話,更進一步且要以不白不話相當,試問提倡白話文學的意義安在!假若用當今的白話文藝作文章,而結果新的文言代替了舊的文言,誰説新文藝不是走入歧途!古人謂,如一桶水倒入一桶水可謂了無意義。文學革命結果如此,意義到底在哪裏?

我决不是説文詞不需要修飾或潤色,我是看到新文藝的一片靡靡之音,實在不需要,而靡靡的原因就在堆砌著那些頹廢衰傷纖細嗟怨的文詞上。一件事情表現的技巧儘管要發展,但字句總要力求明白簡單,最好能切近口語。所謂潤色修飾是在文法上和字句的曉暢明白上着眼,决不需要在雕飾字句或洋化字句上炫新奇!中國白話文學躋於西洋文學中而無愧色的作品,如《紅樓夢》《金瓶梅》《水滸》等書,他的成功完全不在字句上找表現。凡在字句上企圖像某一種文體,乃至像一種外國文體,都是文學的最下乘!我們倘若需要有所企圖,最好儘量企圖像口語,儘量企圖像簡單明白的文字。

現在不妨拿事實來作個證明:手頭有一張十二月十一日的《民言副刊》,裏面是純文藝的作品了,在除開談廢名的詩一篇外,不過餘剩兩千四五百字,我們且看裏面所用的單詞的性質和數量:

蕭瑟、泪珠、逝去、哀訴、無望的、漂泊、依戀、憂鬱、淒厲、寂静、窮途、蒼茫、嘆息、寐寞、消瘦、失眠、泪珠、枯瘠、冷寐、懺悔、亂麻似的、顫動、朦朧、模糊、哀歌、冰冷、温馨、幽靈、肅殺、鬼火、哀愁、流浪兒、流落、靈魂、殊忍、罪惡的、海之國、生之漂泊、活之波折、銀灰色的、誓語、淒慘、悸動、詭詐、狡猾、哀愁、顫抖、壓迫、折磨、痛哭、失望、孤零、凉澈、呻吟、撕碎、劇疼、咬緊牙關、冷箭、猛刺、悲哀、痛苦、刑罰、長啼、沉重、灰鬱、惆悵、恨恨、咒詛、愁雲、苦臉、慘劇、泪水………

這一些單詞雖然是不少僅一見的,但復見三四次的也很多。所以以字數言要幾乎占到十分之一,以内容言完全是一片愁苦哀傷之音。有人見了我記下的這許多,説不定要疑心我是在編"哀傷辭典"。現在我們所逢到的世界,的確是令人愁嘆的世界,但我們似乎不需要來養成個"欲語泪先流"的風氣。假若文章必須"窮而後工",那倒是説窮愁會給人以鼓勵,未必是一字一句唉聲嘆氣才算文章。假若是“少年不識愁滋味，爲賦新詩强説愁”，我看那又何必扭捏作態自討苦吃。

美妙的單詞在文章裏好比作料，作料雖然可以增加食品的美味，但决不能作食品的主體，讓本味被掩没了。况且作料的味要包括酸甜苦辣，更不能使一味獨占全域。美妙的單詞絶對不能拒用，但重用一味，而且使這一味浸浸凌駕了主人，那决不是好厨師的作手。文章的句子裏運用單詞，最要緊在不使句子變爲晦澀，一個形容得叠床架屋使人難於想像的句子，倒不如索性説一句樸實的口語。譬如，“綠色的輕愁”，這句子表面上似乎很美麗；因爲單一個“愁”字已經就够詩意了，再加上“輕”字和“綠色”便形成一個美妙的字面。不過愁而曰“輕”，已經足够給愁字加一層色彩，再添“綠色”二字，便有令人難於想像之感。雖綠色是表示和平與寧静，但和平寧静化的輕愁，倒底是怎樣的愁法？好像和“好色而不淫”一語難於捉摸邊際一樣。現在不妨再把其它可議的句子摘要列下。

“在這一個秋風蕭索萬籟俱寂的秋夜裏……”字面也很詩意化，只是把“蕭索秋風”和“萬籟俱寂”的兩種情况堆砌一起，似乎也略有矛盾。

“一支憂鬱的歌聲，那麽凄厲而寂静！”歌聲又凄厲又寂静到底是如何的歌聲？作者似乎只顧得排凑好看字面，把他的涵義忽略了。

“對著天際一株蒼茫地月色徘徊嘆息……”“株”字似乎是手民的錯誤，或者是“抹”字。

“用泪珠去培植花朵才是最燦爛的收穫”，“永遠檢一個綠色而和平的故事”，這裏“收穫”“燦爛”，故事要綠色的，好像習氣太重斧鑿痕太深，真樸的美完全没有了！

“向冰冷的人海乞討一點温暖的泡沫”，故意向纖巧處追求，簡直要成了一種病態的美。

“我，像一支哀怨的幽靈”，像幽靈，而且又像哀怨的幽靈，並且幽靈的單位是支，我們怎樣想像出這個人來！

“海之國，生之漂泊，活之波折，銀灰色的日子”，好像是洋涇濱化的句子,以新奇自炫。

這裹我所指出可議的地方,也許是"新文藝"家最得意的地方,這種新式的駢四儷六從字面的排湊上找出路,是最取巧的也是最下乘的,實在未敢苟同。我總認爲文字的表現要自然,要真切,要爽當,既不必堆砌些古代的典故,也不必翻譯過來幾個西洋文字炫奇。文言被稱爲死人的文學,因爲他和現代的語言相去太遠了!假若相我們推倒了死人文學,代之的却仍然是和語言去太遠的文學,那末稱之死的文學,誰曰不宜?作文章最忌要一意地把儲蓄好的詞句安排上,爲安排詞句而作文章,那才真是人間的苦事。

上面說了這許多,是個人對文藝中文詞的一點看法,當然不能視作文藝論,所以我便在題目上添一個"試"字。這裹還有一點最抱歉的是,未能够把中外的文藝太斗,搬幾個來給本文撐腰,實在不够味道,尤其没拉幾個西洋脚色來打泡,更爲蹩脚。

暑間本人曾在某報上寫了一篇今文十弊的游戲文字,現在單只把那十弊摘録在這裹,作本文的尾聲吧!

一、心無階級筆有階級,開口社會,閉口背景;隱含普羅,更易登龍。此之謂"外國方巾",可以傳洋道統。

二、宣傳口吻,摇筆即來;同胞同學,令人不耐;主義口號,最爲地道。此之謂"新波羅密多",可以敲木魚穿袈裟。

三、風花雪月,哥哥妹妹;丁香煩惱,海棠垂泪;憂傷哀怨,滿紙辛酸。此之謂"多情小生",可以吃胭脂,娶林妹妹。

四、當今倉頡,喜造新字;厥名"手頭",未見其益;她它之後,更有洋妳。此之謂"優孟良冠",可以披麻戴孝給孫叔敖號喪。

五、獼猴打字,名曰新詩;標榜象徵,愁煞上帝。此之謂"李鴻章雜碎",中菜而全般洋氣。

六、約翰傑克,T 城 P 埠;烟士披利,歇斯底里;貌似翻譯,貨出本地。此之謂"非驢非馬",可以説洋涇濱當西崽。

七、拖泥帶水,字句冗長;堆砌名詞,的底成行。此之謂

“老媽媽道家常”，可以作催眠術士。

八、白而不白，拮屈聱牙；既不成文，又不像話；展卷頭痛，望而生怕。此之謂“荆棘鳥鳴”，只可説給弓冶長聽。

九、附和盲從，人云亦云；既缺骨骼，又無靈魂；投靠標榜，不離分寸。此之謂“寄人門下走狗”，可以當留聲機。

十、不明訓詁，不辨點畫；信手拈來，陰錯陽差；别風淮雨，每況愈下。此之謂“喬太守”，字典辭書可以不用。

什麼是文學

朱自清 撰

《什麼是文學》載於北平一九四七年《新教育》雜誌第一卷第一期。本文以"進化論"的眼光探討文學發展,提出"什麼是文學這問題大概不會有什麼定論,得看作品看時代説話"的看法,繼而論及新文學運動以來文學發展過程中出現的相關文學問題,表達了對文學通俗化、淺易化走向的支持。

什麼是文學?大家願意知道,大家願意回答,答案很多,却都不能成爲定論。也許根本就不會有定論,因爲文學的定義得根據文學作品,而作品是隨時代演變、隨時代堆積的。因演變而質有不同,因堆積而量有不同,這種種不同都影響到什麼是文學這一問題上。比方我們説文學是抒情的,但是像宋代説理的詩,十八世紀英國説理的詩,似乎也不得不算是文學。又如我們説文學是文學,跟别的文章不一樣,然而就算在中國的傳統裏,經史子集都可以算是文學。經史子集堆積得那麼多,文士們都鑽在裏面生活,我們不得不認爲這些爲文學。當然,集部的文學性也許更大些。現在除經史子集外,我們又認爲元明以來的小説、戲劇是文學。這固然受了西方的文學意念的影響,但是作品的堆積也多少在逼迫著我們給它們地位。明白了這種種情形,就知道什麼是文學這問題大概不會有什麼定論,得看作品看時代説話。

新文學運動初期,運動的領導人胡適之先生曾答覆别人的問,寫了短短的一篇《什麼是文學?》。這不是他用力的文章,説的也很簡單，一向不曾引起多少注意。他説文字的作用不外達意表情，達意達得好，表情表得妙就是文學。他説文學有三種性：一是懂得性，就是要明白；二是逼人性，要動人；三是美，上面兩種性聯合起來就是美。這裏並不特别强調文學的表情作用，却將達意和表情並列，將文學看作和一般文章一樣，文學只是"好"的文章、"妙"的文章、"美"的文章罷了。而所謂"美"就是明白與動人，所謂三種性其實只是兩種性。"明白"大概是條理清楚，不故意賣關子；"動人"大概就是胡先生在《談新詩》裏説的"具體的寫法"。當時大家寫作固然用了白話，可是都求其曲，求其含蓄。他們注重暗示，覺得太明白了没有餘味。至於"具體的寫法"，大家倒是同意的。只是在《什麽是文學？》這一篇裏，"逼人""動人"等語究竟太泛了，不像《談新詩》裏説的"具體的寫法"那麽"具體"，所以還是不能引人注意。

再説當時注重文學的型類，强調白話詩和小説的地位。白話新詩在傳統裏没有地位，這兒需要鬥争，需要和只重古近體詩與駢散文的傳統鬥争。這是工商業發展之下新興的知識分子跟農業的封建社會的士人的鬥争，也可以説是民主的鬥争。胡先生的不分型類的文學觀，在當時看來不免歷史癖太重，不免籠統，而不能鮮明自己的旗幟，因此注意他這一篇短文的也就少。文學型類的發展從新詩和小説到了散文——就是所謂美的散文，又叫做小品文的。雖然這種小品文以抒情爲主，是外來的影響，但是跟傳統的駢散文的一部分却有接近之處。而文學包括這種小説以外的散文在内，也就跟傳統的文的意念包括駢散文的有了接近之處。小品文之後有雜文，雜文可以説是繼承"隨感録"的，但從它的短小的篇幅看，也可以説是小品文的演變。小品散文因應時代的需要從抒情轉到批評和説明上，這種文學觀就更跟那傳統的文的意念接近了。而胡先生説的什麽是文學也就值得我們注意了。

傳統的文的意念也經過幾番演變。南朝所謂"文筆"的文，以有韻的詩賦爲主，加上些典故用得好、比喻用得妙的文章；昭明《文選》裏就選的是這些。這種文多少帶著詩的成分，到這時可以説是詩的時代。宋以來所謂"詩文"的文，却以散文就是所謂古文爲主，而將駢文和辭賦附在其中。這可以説是到了散文時代。現代中國文學的發展,雖只短短的三十年,却似乎也是從詩的時代走到了散文時代。初期的文學意念近於南朝的文的意念,而與當時還在流行的傳統的文的意念,就是古文的文的意念,大不相同。但是到了現在,小説和雜文似乎占了文壇的首位,這些都是散文,這正是散文時代。特别是雜文的發展,使我們的文學意念近於宋以來的古文家而遠於南朝。胡先生的文學意念,我們現在大概可以同意了。

英國德來登早就有知的文學和力的文學的分别,似乎是日本人根據了他的説法而仿造了"純文學"和"雜文學"的名目。好像胡先生在什麽文章裏不贊成這種不必要的分目。但這種分類雖然好像將表情和達意分而爲二,却也有方便處。比方我們説現在雜文學是在和純文學争著發展。這就可以見出這時代文學的又一面。雜文固然是雜文學,其他如報紙上的通訊、特寫,現在也多數用語體而帶有文學意味了,書信有些也如此。甚至宣言,有些也注重文學意味了。這種情形一方面見出一般人要求著文學意味,一方面又意味著文學在報章化。清末古文報章化而有了"新文體",達成了開通民智的使命。現代文學的報章化,該是德先生和賽先生的吹鼓手罷。這裏的文學意味就是"好",就是"妙",也就是"美",却决不是賣關子,而正是胡先生説的"明白""動人"。報章化要的是來去分明,不躲躲閃閃的。雜文和小品文的不同處就在它的明快,不大繞彎兒,甚至簡直不繞彎兒。具體倒不一定。叙事寫景要具體,不錯。説理呢,舉例子固然要得,但是要言不煩,或簡截了當也就是乾脆,也能够動人。使人威固然是動人,使人信也未嘗不是動人。不過這樣解釋著胡先生的用語,他也許未必同意罷?

談談文學與時代的關係

來新夏 撰

《談談文學與時代的關係》載於一九四七年《火把》雜誌第一期“文學談叢”欄目。作者來新夏(一九二三—二〇一四),浙江蕭山人,一九四六年畢業於北平輔仁大學歷史學系。一九五〇年後歷任南開大學歷史學教授、校務委員、圖書館館長、出版社社長兼總編輯、圖書館學情報學系主任等職,曾創辦南開大學圖書館系。本文主要探討文學與其所處時代的關係問題。在作者看來,某一時代主流文學體式的産生、文學作品價值的突顯都與時代發展密切相關。

凡一個時代的文學爲什麽能成爲該時代的主流?當然是因爲它的内容與形式並重而具有與他時代相异之特點,如唐詩宋詞等即可稱爲該時代的文學主流。而這種與他時代相异的特點,究竟是從何而生?其原因固然甚多,最重要的自然是受了時代的莫大影響所促成,因此我們可以説文學與時代是不可即離的。

當太古的時代,人民安居樂業,不汲汲於仕進,悠閑自得於是有日出而作、日入而息的《擊壤歌》産生出來,因爲該時代的一切都是簡單,所以形式變極簡單,而内容正十足反映了當時人民無拘無束的優游隱逸的神態,這也無怪乎他們發出了“帝力于我何有哉”的得意呼聲。等到春秋戰國,時代起了大激蕩,全甌成爲割據狀態,舌人説客,風起雲涌,各騁語鋒以博青紫一時蔚爲風氣,於是縱横捭闔之文充斥。唐朝天寶之際,遭到安史之亂舉兵向闕,人民塗炭,於是在内容上多表現厭世厭戰的觀念,所以大興"朱門酒肉臭,路有凍死骨"之嘆,杜甫之《兵車行》以後,白居易之《新豐折臂翁》也正反映内戰頻仍、人民感受痛苦的情形,即無心人讀之變當鼻爲之酸。在形式上因爲胡樂的輸入,而胡樂"聲短而促",中國魏晉南北朝之舊樂時已不能譜之入聲,於是新樂府及絶句的形式産生,同時又爲了含蓄抒情的便利以及長篇大論爲兵荒馬亂的時間所不許,所以都傾全力於詩的製作,因此唐詩在中國文學史上大旗异彩而占據了極燦爛輝煌的一頁。宋承五代之後而興,國勢就很衰微,敵陳於境,朝臣□商,國家在苟安喘息之中,人民變當久戰望治之際,於是婉約遣興之詞産生。南渡之後,國事日非,有志之士,群起報國,於是蘇軾、辛棄疾等人的豪放激昂派詞産生。元朝以外族人入主,鉗制國想,文人學士無所騁其才,於是承宋詞之緒,衍爲元曲,雖載歌載舞,可是於不著痕迹中,隱隱中抒發愛國熱忱。如馬致遠《漢宫秋》,雖斥漢室,實譏宋臣。又因异族統制,人民對人生感到無味,不思進取,都希望溘然奄化早日脱離,這種思想在元曲中比比皆是。明人在文學上可以説無甚表現,除了一些傳奇及晚明小品尚可稱爲文學外,其餘便是一些三楊的館閣及何李諸人的再生古文,簡直可以説是無足稱述。清人亦以异族入主,其鉗思想,一如故技,所以文學發展到小説上去,一部《紅樓夢》可以説是驚天動地的傑作。它正反映當時江浙富庶之區旗人淫佚無知不求上進的情形。及清室末業,官吏貪污,盜賊蜂起,君闇臣懦,外敵侵凌,於是譴責小説如《官場現形記》《二十年目睹怪現狀》等都應運而生,描寫刻畫,入木三分,雖不免流於尖酸漫駡,然亦不失爲文學佳作。五四運動後,文體不變,思想激轉,於是文學之形式大備,有文、小説、詩歌、戲劇,而内容則仍不外是刻畫當時社會情形,如軍閥的專制,男女的愛情,以及社會下層一般前人所不屑道者,都一一筆之於文,在文壇上可説是一大革命。抗戰以後,閑情逸趣的文學絶迹,代之而起的就是抗戰文學,一方面偏重於報告文學,將敵人的暴行毫不含蓄,毫不客氣的抒寫出來,長人民目仇敵愾之心,激昂抗戰的意念。一方面則側重於宣傳,收國家當前的情形作爲題材再加上主觀的意念，灌輸人民必勝的決心，堅定人民抗戰到底的信念。所以這一次能獲得最後莫大的勝利，自不能不歸功於文學作品，而文學作品的内容亦是因有這樣的時代方能產生，否則總不能空中樓閣的揑造出許多可歌可泣駭人聽聞的故事出來。

所以文學與時代應該説確是有相當的聯繫，而不可須臾離者，文學與時代相悖，充其量只是一些無病呻吟的玩意，絶不配再稱其有價值的作品了。

談文藝欣賞

李廣田 撰

《談文藝欣賞》載於一九四七年《中學生》雜誌總第一百八十三期。李廣田,見前《談文藝批評》簡介。作者認爲,與文藝史、文藝論、文藝創造、文藝批評相比,欣賞是一般讀者都能做的事情,但文藝欣賞絶不是隨意的閲讀,“一個最好的欣賞者,應當能够儘量發展他的是非好惡之心,進而爲批評,然後可以給作品一個最好的估價。而且,應當與作者共鳴,更進一步超越作者,創造,再創造,這才是最好的受用,讀者才有益處,不但有益於文藝修養,也有益於生活修養”。

在文藝部門中大致可以包含以下幾種不同的工作,就是:文藝史,文藝論,文藝的創造、批評和欣賞。文藝史是歷史專家的事,文藝論是理論家的事,至於創造,則屬於作家,批評則屬於批評家,只有欣賞一項却大致可以説是一般讀者都能作的事,因爲所謂欣賞,也就是喜歡讀作家們的作品,而且讀過之後覺得喜歡。假如像學校裏考試以前那樣被逼迫著讀書,那就不能算是欣賞,假如讀了某種書而並不能讀懂它,或即使是一本好書,然而它不合你的口味,你不喜歡它,同樣也不能算作欣賞。欣賞實在是一種享受,而在享受中又可以得到一種陶冶,一種教養。

所以,和其他各種文藝工作相比較,欣賞可以説是最自由、最容易的一種工作,假如欣賞也可以算作一種“工作”的話。我之所以要提出這個問題,就是因爲大多數讀者不肯把“欣賞”當做“工作”,而只是隨便閱讀,甚至只當做無聊消遣,隨便拿起一本作品,隨便放下一本作品,作品放下了,一切也就等於虛無,上焉者看了些書裏的熱鬧,記了些零星的故事,下焉者則連這一點也毫無所得。試問,這樣的閱讀有什麽用處?這樣的閱讀又如何稱得起“欣賞”呢。

嚴格地説起來,欣賞應當是一種“工作”。最起碼的意義,也應當是讀了一部作品絶不等於不讀,最低限度你要真正懂它,你應當從它得到思想的啓示、情感的激發或調理,甚至你也應當體會作者的甘苦,從而捉摸一些藝術的慧巧。但我的意思尚不止此,更進一步,我以爲即在欣賞之中,也應當有批評的成分,也應當有創造的成分。

文藝的欣賞,雖然並不是思維活動,但也不能不附帶著是非好惡之見,不僅對於作品中的人物事件是如此,即對於作者的表現方法亦同樣如此。當我們讀某一作品時我們説“愛不釋手”;而當我們讀另一作品時却説“味同嚼蠟”。對於這一作品中的人物我們“愛之欲其生”,他的受難就是我們的受難,他的得救;就是我們的得救而對於另一作品中的人物却又“惡之欲其死”,我們但願他罪有應得,却惟恐他幸而苟免。這些都是批評的基礎或發端。有些人隨便閱讀,可能連這些也感覺不到,有些較好的讀者能够感覺到這些,但也只是“感覺”到這些就算了,這也許正是停止在一般所謂“欣賞”的階段。更好的却是能够再發現下去,把這些感覺弄明白,把這些感覺思想化,回答出一個“爲什麽”:我爲什麽愛這本書?這本書好在什麽地方?我又爲什麽不愛那本書?那本書有什麽缺點?我爲什麽喜歡這個人物?我又爲什麽不喜歡那個人物?等等,那也就是批評,或者是已經走近批評的領域了。這樣的欣賞,當然是非常有益,至少也要比那種莫知莫覺的讀法好得多多。

欣賞之中不但有批評的成分,其中也有創造的成分,因爲欣賞活動中本來就有一個“共鳴”的過程,當我們設身處地地欣賞作品之時,我們的情感思想和想像也達到了作者在創造時那樣的境地,我們也就等於創造了一個新的世界一樣,不過原作者是用文字表達了出來,我們却只是以作者的文字爲憑藉而有所創造罷了。譬如我們隨便舉一個作品爲例：

春山烟欲收,天澹星稀小,殘月臉邊明,別泪臨清曉。語已多,情未了,回首猶重道。記得綠羅裙,處處憐芳草。

當我們未讀牛希濟這首《生查子》以前,我們的感情是静的,我們的眼前也没什麽意象,但既已讀過之後便不同了,我們的感情隨著作品由静而之動,在我們想像中也就有了一種新鮮而具體的意象。假如你反覆吟味,假如你也有和詞中所寫的同樣的或近似的經驗,你一定感覺非常激動,非常親切,這不但唤起了你的回憶,也啓發了你的想像,在這一頃刻,你的内在生命也許就和詞人在創造的時候是一樣的了,這時候我們不但覺得這首詞作得真好,而且覺得自己的生命也擴大了,提高了,净化了。而這,也就是創造的一種境界。

更進一步,我們在欣賞的時候不但可以達到和作者創造時同樣的境界,而且還可以憑籍了作者而又超越作者,我們還可以另有所見,另有所創造。譬如王國維的《人間詞話》中有這樣一段：

古今之成大事業大學問者必經過三種之境界。"昨夜西風凋碧樹,獨上高樓,望盡天涯路"(晏殊),此第一境也。"衣帶漸寬終不悔,爲伊消得人憔悴"(柳永),此第二境也。"衆裏尋他千百度,驀然回首,那人却在燈火闌珊處"(辛棄疾),此第三境也。

如照這三首詞的文字上看,第一首不過説離愁別恨,故曰"明月不諳離恨苦,斜光到曉穿朱户"。第二首不過説春日相思,第三首不過説"邂逅相遇"。關於這些内容,王國維自然懂得的,他自然已是欣賞過的。然而他抛開這些,憑了他自己的生活體驗,憑他自己在學問事業上甘苦,他又作了新的説明。照他的意思,第一首是説眼光遠大,立定目標,第二首是説鍥而不捨,雖敗不餒,第三首是説“踏破鐵鞋無覓處,得來全不費工夫”,是成功的愉快。這當然不是詞人的原意,所以王國維接著説:“此等語皆非大詞人不能道。然足以此語解諸詞,恐晏歐諸公所不許也。”晏歐諸公所不許是一事,而自己憑了欣賞而有所創造,這實在是一種最高的享受,一種很大的愉快。

由於以上所説,我們可以知道,所謂欣賞,並不是隨隨便便地讀書便算完事。一個最好的欣賞者,應當能够儘量發展他的是非好惡之心,進而爲批評,然後可以給作品一個最好的估價。而且,應當與作者共鳴,更進一步超越作者,創造,再創造,這才是最好的受用,讀者才有益處,不但有益於文藝修養,也有益於生活修養。

文藝書簡

李廣田 撰

《文藝書簡》本爲李廣田陸續發表於《中學生》《雪風》《詩土地叢刊》等雜誌以"文藝書簡"爲副題的系列文章,後經整理曾由港青出版社出版同名著作《文藝書簡》,此處收録的十一篇文章,以"文話"的體式、内容爲篩選標準,與專著本略有不同。其中除《論無事可寫》載於一九四七年《雪風》雜誌第一期外,其餘均載於《中學生》雜誌。本文主要談文學寫作問題,不僅對各體裁的文學寫作(詩歌、散文、小説等)作了專門探討,還對初學寫作者將會遇到的問題及如何克服的方法作了簡要介紹,同時也涉及對文學批評與書評的差异的論述,較爲全面地反映了作者的文學理論、文學批評基本觀念。

論無事可寫

愛好文學,也想從事於文學工作,但如問他爲什麽不好好地寫作呢,則往往答以"無事可寫":這情形不獨你我如此,有很多朋友大都如此。

"無事可寫",自然可以不寫,然而我們既想以文學創作爲事業,就不能以不寫爲了事,於是不能不問"無事可寫"的原因。最根本的原因可能爲缺乏生活經驗,或所見所聞者太少。這誠然不錯,不過有些人生活經驗雖然非常豐富,却也還是寫不出作品,這又是因爲什麽呢? 據我看,生活經驗之能够化生爲文學題材,還必須憑藉另一種東西,那就是作者的思想或信仰。有些人的生活經驗並不能使之有所創造,也就是因爲他們没有中心思想,或没有信仰的原故。

談到思想或信仰的問題,這還須有點分解。其實,如照一般情形説起來,任何人都有思想,也都有信仰,甚至連所謂“愚夫愚婦”也是一樣。不過我們所説的思想或信仰,却不是指這種莫知莫覺的自然狀態,而是指一個人由經驗配合了學習修養而形成的思想或信仰,這在他本人是意識得清清楚楚,並且是有來源有去處的一種體系,他堅信不疑,生死一之,這種思想與信仰支持著他整個生命,領導他向前的道路。要想建立這麼一種思想或信仰,自然並不容易,但既經建立之後,他就算有了着落,他不再悲觀,不再猜疑,他不但知道他將怎樣善用自己的生命,而且他對於一切現實問題也都可以有自己的觀察與判斷,於是凡發生在他的時代與環境中的事物,就其自己所能體驗者,就變成了自己的生活經驗。只有這樣形成的生活經驗,才可以化生爲文學的題材,而且在這題材中也自然有一個重要的主題。在這樣的生活實踐中,自然會“有事可寫”,假如他是一個有志於文學事業的人,而且,假如他不但有了自己的思想或信仰,而且也有了相當的藝術修養的話。不過,這樣産生的文學作品,却也不一定就是有價值的作品,因爲文學作品的價值,在諸種條件之中,思想信仰之正確與歪曲,有益與有害,乃是一個最主要的條件。譬如在今天,假如有的作者所抱的是法西斯思想,或於不知不覺之中已經替法西斯主義幫了凶,或者當此光明與黑暗作殊死戰的時候,他却把一種寂滅的信仰或絶對容忍的信仰表現在他的作品裹,或有意無意地予人以麻醉與迷惑,他的文學無論寫得多麼巧妙深玄,都是要不得的東西。

所以第一件事,我們應當努力建立一種正確的思想與信仰,爲作文學事業固然要如此,爲了作人,也更應如此。尤其我們青年人,或者説正當在大學讀書的時候,既不同於小學生之不識不知,也不能如老年人之看破一切,超然物外,美其名曰達觀,實在只是逃避。我們毋寧還是執著一點好些,當我們相信某種觀點時,我們就堅牢地執著它,等一旦發覺它錯誤時,我們就抛棄它,於是也須另有所執著。能如此,我們的生命就覺得充實、我們的步履就覺得有力,我們就時時有話可説,而且覺得非説不可,如只就文學寫作而論,也就不愁"無事可寫"了。這就正如孟子所説的:"予豈好辯哉,予不得已也。"不得已而言,言之必中肯,不得已而寫,寫出來必能動人。我們常常看見一些蒼白枯黄空虚浮泛的文字,那大都出於一些少信的人們之手,那類東西是大可以不必寫的,寫出來也毫無益處,只是一種無聊的表現罷了。

在這裏我們也許可以趁便談談感覺與情感的問題。我以爲如果一個人有了堅定的思想或崇高的信仰,他一定是觸處興感,情感熱烈,因爲他是是非分明、好惡有當的,這種感覺與情感,也就是他創作的最大原動力。譬如大詩人杜甫,他在《奉先書懷》中説,"憂端齊終南,澒洞不可掇",這種不可一世的憂愁到底是爲了什麽呢?就是由於當時他所經驗到的社會現實,那種社會是可以用"朱門酒肉臭,路有凍死骨"兩句詩作爲代表的,而這種社會現實,又恰是和他自己思想中所相信的合理社會是完全相反的,他的思想決定他這種感覺與情感,他的生活經驗又由於他的思想情感之組織化生而爲沉鬱頓挫的詩章。至如一般人,往往麻木不仁,莫知莫覺,即或有知有覺,有情有感,然而往往不過是小己得失,或閑惆閑悵,偶爾嘆息一聲,哀吟兩句,當然無物無力,不成什麽作品。就以今天的現實情形而論,今天我們所處的當然是最痛苦的時代,這種痛苦,也正如嬰兒誕生所給母體的痛苦一樣,我們都在痛苦中努力爲這嬰兒作催生的工作,它誕生愈困難,我們的痛苦也就越深。所以我常説,生在一天而猶未感到痛苦的恐怕不是人,即便只感到痛苦而不知道這是爲了什麽或竟因痛苦過甚而已絶望了的人,也就是無用了的人。然而,到底也還是有些莫知莫覺的人,有的人是真的糊塗,有的人假裝糊塗,無論真假糊塗,總難免説些胡話,假如這個人是個文人,所謂作家,他將作出什麽作品,他的同時代人對這個人的作品將如何看待,那自然是很明白的情形了。

第一,我們要有所信,第二,我們自然有所感。這樣,假如我們只就一個文藝工作者説，他一方面有生活經驗，一方面有藝術修養，他不但不愁“無事可寫”，也將不愁寫不成功。不然，徒有生活經驗與藝術修養，恐怕也還是没有辦法。

那麽，這樣豈不是十分困難嗎？你也許要這樣問了。是的，誠亦不易，然亦並非難到不可能。説簡單些，也就是老老實實生活，隨時隨地留心各種事物，而當你是一個學生，當然還要認真讀書，切實學習。如用老一點的話來説，也不過是“好學，深思，身體，力行”而已，而在這樣的生活與學習中，就生出了真正屬於自己的思想與情感。我還是給你引一段《孟子》吧，孟子説：“君子深造之道，欲其自得之也，自得之，則居之安，居之安，則資之深，資之深，則取之左右逢其源，故君子欲其自得之也。”我很喜歡這段話，孟子的道是什麽，我們不必管，我們説道就是思想，我們建立了我們自己的思想，自然就取之左右逢其源，到了左右逢其源的時候，就不愁無話可説，就不怕“無事可寫”了。

然而，相反的情形也是有的。我曾經聽到幾個同學説：“我的思想太多了，我的感情也太多，有太多的事需要寫，我反而寫不出來了！”我相信這也是可能的，尤其在今天，在我們這個生活環境裏。其實這也很好，因爲文學這種東西，有時實在顯得很無力，當一件問題到了非用行動不可的時候，文學就不重要了，反正文學事業也並非世間第一等事業，假如你有那份力量，又感覺有那種需要，你就儘管去作那比文學更重要的事業去，照著你自己的思想去作，照著你自己的信仰去作，照著你的情感所鼓舞你的方向去作。

三十五年三月十八日

（本文載於一九四七年《雪風》第一期）

談寫詩

近年來我遇到很多青年朋友都在熱心於寫詩。遇到那些編刊物的先生們，也都异口同聲地説積壓詩稿太多，既不能逐一發表，也不好決然退回,並且説這些寫詩的也大都是青年人,有大半都是正在中學讀書的。這情形並不自今日始,大概自文學革命以來,便已是如此了,因爲詩既可以用白話寫,既不講平仄對仗,也没有一定格式,實在非常方便。這情形不能算是壞,但也很難説一定是好,大致説起來,總是好的成分較多。因爲在某一意義上,青年人本來都是詩人,或者説都近於詩人的氣質,因爲他們是那麽天真,那麽赤誠,整個世界擺在他們面前,一切都是那麽新鮮,那麽有吸引力,而他們的反應又是那麽直接,那麽真實。這一些,實在都是一個詩人所必備的條件。又加以文字工具運用起來那麽方便,他們大都喜歡寫詩,這也就是很自然的了。大概也正因爲這些原故,我常聽到青年朋友説寫詩比寫别的文章容易,雖然他自己也説不出到底是爲了甚麽。

今天我讀了你的詩稿,我就很自然地想起很多和你相似的青年作者。你一定很急於要知道我對於你這些詩稿有什麽意見,但是我勸你不要心急,我要先説説一般的情形,然後再談到你的,或者也就不必談了,因爲大家情形都相近。

我每次讀到這類詩稿,由於這些詩中所表現的真實性,由於其中所見出的一個真實的人格,我往往很感動,我往往忘記了我所接觸的是詩,而只覺得所接觸的是一個人,一個生命,因此,我往往疏忽了那作品的好壞,也就不去追究那在表現手法上的優越或低劣,因此也從不對人有所責求。每當此時,我每每覺得藝術之成功與否,實在是一件並不重要的事,最重要的乃是情感與思想之必須有適當的宣泄。人生本來是苦的,而我們這時代尤其苦,太多的痛苦加在青年人的心上,簡直是一種不可負荷的重壓。我們幸而還能够以文字來表達我們的思想情感于萬一,以代替嘆息與號哭,代替長歌與呼喊,假如連這一點也不可能,也不准許,那豈不更其苦悶,豈不將一點生機也窒息至死?所以我常常把青年人的寫詩當作一種心理的或精神的衛生,或如有人所説的乃是一種"情感的體操"。這種衛生或體操,與青年人的其他種種活動相配合,實在非常需要。

在我所看過的詩稿之中，雖然没有統計，但大致總是寫痛苦者居多，寫快樂者較少。這固然也由於這時代的情形而然，然而你如果翻開文學史看看，歷來寫詩者也大概是如此。如説是詩的根源即在於人生的痛苦，這雖然是一面的或表面的説法，但也並非没有道理。不但如此，而且寫痛苦的詩也往往比寫快樂得詩寫得好些。從前人論到這一點的該是很多吧，我記得王國維曾經於引用了《子夜歌》的“誰能思不歌，誰能飢不食”之後，接著説道：“詩詞者，物之不得其平而鳴者也，故歡樂之情難工，愁苦之音易巧。”梁任公論杜詩《聞官軍收河南河北》也説：“哀情易發，喜情難抒，古今來寫喜情迫真如此者，殆不多覯。”杜甫那首詩所寫的詩官軍勝利，失地收復，自然是喜情，然而我們知道，杜甫的這一喜實在是從無限憂患中來，假如是不曾經過深沉痛苦的人，大約也不會感到什麽是快樂。杜甫詩中表現痛苦的太多了，而且也無一不好，因爲他實在受的痛苦太多了。有些事我們習而不察，偶爾説出來也許還覺得新鮮：我平時觀察人或欣賞詩文，總覺得凡是快樂的人或作品容易顯得淺薄，有些人那種得意忘形的勁兒簡直令人不堪忍受；相反，凡是痛苦的人或作品就容易顯得深刻，我們的同情心常常是向著受難者一方面的。同樣，我每每感到前者大半是屬於個人的或少數人的，而後者則往往是屬於多數人的，這大概因爲人世間痛苦的人多於快樂的人，這與人生本質以及我們一般的生活經歷都有些關係。譬如今天，我們大多數人由於政治的、經濟的、戰争的、思想的、言論的、行動的種種不如意，没有不感到痛苦的，但也許有少數人並不如此，假如這少數人也有所謂痛苦的話，那自然又當别論，因爲他們所苦的也許是地上的享受不能滿足，還希求天上的享受，對於同類的壓迫榨取尚不能滿足，還希望統治异類。試問這樣的是哪些人呢？人生痛苦的根源大概很多，然而這可能是很重要的一種。我們大多數人就在不斷的痛苦中努力克服痛苦，創造希望，就在這裏，産生了哲學、科學，也産生了詩。古人説：“生於憂患，死於安樂。”這話本來與詩無關，然而我覺得這裏却有些聯繫，那就是：人于憂患中求生，乃是人生之本質，所以凡寫憂患的詩也就總容易得其要害,也就比較容易寫得好。

我的話也許扯得太遠了,這是我的短處,我給人寫信,一談起問題來總愛刺刺不休,不知説到哪裏爲止。我的意思不過是説:我們所處的是一個憂患的時代,這在最富於正義感的純潔青年所感受的痛苦尤其沉重,於是有些喜歡文藝的人便發而爲詩歌,這是很自然的事。因此我從來不反對青年人寫詩。其實這也不是贊成或反對的問題,問題是:有必要而且有興致時你儘管寫,等無可寫時也就不能勉强。如一定不讓寫,那就等於不讓人哭,不讓人笑,不讓人唱歌與嘆息是一樣的。一個青年人哭哭笑笑,叫叫鬧鬧,是可以舒展情感、發揚生命的,這對於自己的生長很有益處,對於社會人群也無害,且亦有相當益處。至於寫出來的東西像不像詩,是不是好詩,那自然又是一個問題。你來信中不是也一再問我你的詩像不像詩嗎?可見你自己也在懷疑。誠然,從藝術的觀點來看,這些詩大都有毛病,大都失之於粗糙、凌亂、不凝煉、不完整,甚至有人在字句方面也還有些小問題。因此我也時常勸人多寫散文,比較詩,散文更可以修練文筆,更可以注意結構,而且也一樣便於表情達意。不過我這種勸勉也没有什麽用處,因爲我的意見還免不了是教書先生的意見,所以容易令人生厭。而且,藝術的觀點和生活的觀點本來應該是一致的,青年人所缺少的乃是藝術的修養,於是看起來便有了差池。好在大家只是覺得非寫不可,而且也有寫作的興致,便自然地寫出來了,這完全是由生活出發,這無可非議。假如你是立志要作一個"詩人"的話,那情形大概又有點不同了。我想青年裏邊要立志作"詩人"的傻瓜該是没有的吧,想作"詩人",作藝術家,自然也無不可,但不作詩人也許更好。有些人想作詩人,結果什麽也不是,有些人不想作詩人,到底也還是詩人。人生並不以作"詩人"爲目的,作詩也並不是種職業,人的最好的職業乃是作"人",一個人總有很多利人亦利己的事情可作,又何必一定作"詩人"呢?喜歡寫詩,那是自己生活中的事,切莫以爲寫了幾首詩便是所謂"詩人",便急於發表,急於求名求知,那是不但無益而且也難免有害的事情。有些人以爲寫詩比寫别的文章容易,有些人却又以爲寫詩實在是件難事，認爲容易得，只是以爲詩可以直接抒情，認爲難的，乃是想寫得好，表現到圓滿完整，恰到好處，成爲藝術品。你個人到底是怎樣呢？你可以自己想想，我的話似乎可以不必說了。至於要給你改詩，我想那不必，因爲詩不能改，改了的便不是詩，而且不是你自己的詩了。再談，原稿暫存，有需要時我再寄還你，你隔些時再看看自己的詩，應當另有一些感想了。

三十六年一月二十日

（本文載於一九四七年《中學生》總第一百八十八期）

談幼稚

首先，我要告訴你：真正的幼稚並不壞，當然也並不可笑。

我有一個小女孩，今年六歲了，她當然是幼稚的。没有小朋友，寂寞得難耐，她常常站在庭院中對檐上的小鳥招呼：

小鳥，小鳥
你下來跟我玩吧，
你下來跟我玩吧，
我有小米給你吃，
我有清水給你喝，
我不打你，我愛你。

有時候自己玩得高興，忽然碰在桌角上，把頭碰痛了，哭起來，媽媽看見，就裝出生氣的樣子，駡道："桌子，壞東西，好好地爲甚麽碰寶寶？打打打，非打死你這壞桌子不行！"一面説著就動手打桌子，孩子不但不再哭，而且笑起來，她跑到我書房裏拿了手杖來，原來是要幫媽媽打桌子。有時玩得不耐煩了，她就對她的布妹妹生氣，生一陣氣，却又悄悄地和布妹妹講起故事來了。有一次，她忽然問我:"大海是甚麼人掘成的?"這問題却叫我一時回答不出來了。這些事當然都很幼稚,你也許覺得好笑吧,可是我們從來不笑她,只是覺得這幼稚天真可愛。我近來忽然想起在雲南時所記的民謡,在一堆亂糟糟的記録中忽然發現這樣的兩句:

太陽儘向西方落,
不知落了幾大堆。

這真是好笑極了,傻裹傻氣,莫明其妙,然而天真自然,富於想像,也是非常可喜的。其實,最好的文藝作品也正是這樣,或者説也正與此相近。

總之,真正的幼稚不是病,也並無可怕,在一個剛剛開始寫作的人尤其不必擔心自己的幼稚。可怕的是不該幼稚的時候還是幼稚,或應當幼稚的時候反而並不幼稚。前者如大人之裝小孩,後者則如小孩子裝老大。從前人學作文章,或作古文,或作八股,動不動就是人生在世,必須如何如何,開口曰忠孝,閉口曰仁義,這看起來多麼正大,多麼老成,這或者可以説不幼稚了吧,其實這正是一種可怕的"幼稚"。這不但可怕,而且可厭,因爲這樣的作文正如同説謊是一樣的,不然,也許和説謊不盡相同,因爲説謊的人是自己明明不信而故意説假話,騙人去信他,至於這樣的作文則是自己根本不懂,自己既無思想,又無感覺,不過被迫學舌而已。這遠不如小孩子哭著鬧著地要糖吃爲可愛,因爲小孩子真知道糖的滋味,他的需要使他哭哭鬧鬧地提出要求,這是自然的,真實的,就如我們因爲有某種理想或希望而非用文字表現出來不可是一樣的。

所以,我勸你最好不要想到甚麼幼稚不幼稚,只要真切地把你所想所感者寫出來就行了,所謂"修辭立其誠",也就是説真話要説得好的意思。就像小孩子的言行往往是直覺的,無意識的,小孩子説話也不大想到恰當不恰當,至如作文,則不能不加修飾。但修飾的意義是加强真實的力量,假如因修飾不當反而有損於真實,那就弄巧成拙,欲美反醜。一般人所説的"幼稚可怕",也往往是指這種情形而言，所以修飾的極限還是立誠。其次，我想順便和你談談想像的問題。寫文章當然需要想像，但一般人以爲想像就是憑空想却是錯誤的。假如我現在對你説：想像生於誠，生於真實，你也許覺得很奇怪吧。不必奇怪，事實正是如此。一個人應當永久保持自己的天真，一個天真無邪的人，就是一個真誠的人。只有這樣，他才可以有很好的想像，他才可以發揚他自己的想像。以知識作基數，以大人的想像和小孩的想像相比，大人恐怕不如小孩，因爲小孩是幼稚的、是誠實的。孟子説："大人者不失其赤子之心者也。"而另一個哲人却説："詩人者不失其赤子之心者也。"這話實在很有意思。而那些一開始就學著説謊話，惟恐自己幼稚而所作者不過是古文八股之類，才真是毫無想像可言。美麗遠大的想像生於真誠，浮詞濫調生於説糊話，生於不知所云。心中無理强説理，雖曰"强詞奪理"，然而强詞又豈真能奪理？没有悲哀的假哭，與並無喜悦的假笑，都是一樣令人痛惡的東西。

而且，凡是幼稚的，都是新鮮柔嫩的，都是美好的，也都是富有希望的。這也正如草木之萌芽，雖然是小小的萌芽，它豈不含了一個有把握的未來世界？它豈不包含了無限葱蘢，包含了一些蓊鬱的枝葉，或一樹繁花與累累的果實？問題只有一個，就是：你應當如何培養你的幼稚，叫它自然生長，而決不去斫傷它，叫它虚僞的擴張。

以上這些話，都是特别對你個人説的，若别人看了也可能笑我幼稚，然而我只是對你説些實話罷了。但願你喜歡我這些話，不再怕幼稚，而且把你的習作給我看看，我看過之後也一定會老老實實告訴你些意見的。

（本文載於一九四七年《中學生》總第一百八十九期）

事實與創造

誠如來信所説，有多少不同的作家，就有多少不同的作法；而把各種不同的寫作過程歸併爲四種：由觀念出發的，由事實出發的,由寓言或故事出發的,以及照事實直寫的,也大致可以。我以爲其中最值得討論的是第四種,即照事實直寫的創造過程。這種創造過程,我想和第二種所謂從事實出發者當然是不同的。從事實出發,如戈果理的《外套》,那鳥槍的"事實"只成爲一個引子——其實和那寓言故事之作爲引子是一樣的——作者把作品創造成功之後,已經完全或差不多與原來的引子没有關係;而照事實直寫的則不過是把那事實本身如實地寫下來而已。但一件客觀的事實,並不等於一件作品,當作者從事創造的時候,還必須有所剪裁,有所生發,而最重要的,即便是同一件事實,由於作者的思想不同,看法不同,感應不同,接近事物的態度不同,就可能有各種不同的寫法。既然如此,如果嚴格地説起來,實在没有完全把事實寫出來便成爲作品的,即使有一種偶然的機會,那客觀事實之直接寫照,就成爲一件佳作,這也是不足爲訓的。何況,這樣的機會到底是太少了。不過,爲了和另外那三種創作過程相對而言,如你所列舉的,我們也可以承認這也是創作過程之一種。

關於這樣的創造過程,我勉强替你舉出一個例子,這就是A·托爾斯泰的《保衛察里津》(或譯爲《糧食》,或譯爲《麵包》),A·托爾斯泰是"蘇聯最優秀和最有聲望的作家之一"(莫洛托夫的話),《保衛察里津》也是一部有名的大著。這小説寫於一九三五至一九三七年,它和《十八年》及《陰暗的早晨》合稱爲《在苦難裏進行》三部曲,並曾於一九四二年獲得史達林第一等文藝獎金。曹靖華先生在"譯者序"裏説:

> 《保衛察里津》,按它的性質説來,這是一部歷史小説,它的主要任務,是要把俄國革命的歷史,活生生地表現到文學裏,把民衆的鬥争、憤怒和豐功偉業的場面,表現到文學作品裏,這是蘇聯文學中寫國内戰争的一座紀念碑。這是寫國内戰争最生動的一個階段——一九一八年春季到夏季,那時德國侵略者占領了烏克蘭,暴動了的捷克軍隊,把西伯利亞的産糧和蘇聯革命的心臟——彼得堡和莫斯科隔斷了,而反革命的

哥薩克將領克拉斯諾夫,仗著德國軍隊的協助,占領了產糧區的頓河流域,威脅著全部沃瓦河下游。察里津的失守,可以使德國侵略者和白党軍隊聯合起來,向莫斯科發動總攻。保衛察里津,就是封閉敵人向莫斯科進攻的道路,就是給陷於饑荒的兩大都會開闢了補給綫,把革命的心臟從饑荒的死神手中救出來。這是革命的生死關頭,是決定蘇聯命運的一戰。這一個名城的光輝英勇的保衛戰,是A·托爾斯泰這部著作的主題。

這是一部歷史小説,當然是根據事實寫的,事件是真實的,人物也是真實的,然而於真人真事之中也依然有虛構的人物與事件,如其中的伊凡·戈拉和亞麗萍等,然而這部名著到底還是吃了事實太多的虧,所以在作者的自傳中也説:

關於這一個中篇,我聽到了好多責難,責難這部作品乾燥無味和事務氣太重。我能聲辯的只有一點:《糧食》(原名)是用藝術的手段,來處理精確的歷史材料的嘗試:因此,無疑的要受幻想的拘束(曹先生譯文如此,疑應爲"無疑的想像要受拘束")。可是,這樣的嘗試,有時或許對人有用呢。

從作者這坦白的自白裏,我們也可以知道,太重事實,便難免乾燥無味,事務氣太重,主要的原因是想像受了拘束,便不能很自在地創造,這往往是造成創造失敗的一個原因(我並沒有説《保衛察裏津》是失敗的,雖然我也知道好多人説讀不下去)。從另一方面説,事實固然重要,而創造的想像尤其重要,只有用了高揚的想像力去表現真實性(並非指事實而言),才是最好的辦法,因爲一個作家所從事的是藝術工作,而非歷史工作,如果寫歷史,自然就只有照事實寫了。

我想順便向你談談傳記文學的問題,因爲這與我們前面所説的有連帶關係。傳記,到底是文學呢,還是歷史?如果是歷史,當然要老老實實地寫,頂多也不過是用了文學的描寫、結構與形式,寫出嚴格的史實,使寫出的人物虎虎有生氣而又恰恰正是那個人(如司馬遷的《史記》)。所以近代英國的大傳記作家 Lytton Strachey 在他的《維多利亞王朝名人傳》(*Eminent Victorians*)序文的最後引了别人的話説:"我没有加進什麽,也不提示什麽,我只揭露。"(To quote the words of a master—"Ie n'impose rien ; je ne propose rien : j'expose")至如莫洛瓦(Andre Maurois)的傳記,有人就以爲那簡直不是傳記,而是小説一般的自由創作,甚至是自我表現了。這也可以看出,在文藝作品中,並不以根據事實或照事實直寫爲貴,而完全根據事實也實在不容易寫得好,因爲文藝根本和歷史是不同的。

(本文載於一九四七年《中學生》總第一百九十三期)

在忍耐中工作

來信收到了,你的提示使我非常感激,不過我這回的答覆却不見得能使你滿意。我以爲你所説的那四種不同的創作過程未嘗不可以歸併爲兩種。第一種從觀念出發的,和第四種根據事實的是兩個極端,因爲第一種完全是空的,第四種完全是實的,第一種如果稱之爲理想的,第四種就可稱之爲寫實的。介乎這二者之間的是第二種和第三種,第二種從事實出發的與第四種根據事實的接近,第三種從寓言故事出發的與第一種從觀念出發的接近,因爲寓言或故事之中顯然先有一種道理,一種觀念,作者創作成功之後也仍是如此,如紀德的《浪子回家》就是這樣。所以,我們未嘗不可以把四種簡稱爲兩種,即理想的與寫實的。寫實的好處是:材料現成,仿佛可以省力,而且,它既是客觀世界中的存在,它本身當然就表現一個真理,代表一種社會意義,或揭示一種人生問題。然而它有它的短處,就是,事實既已現成,有些地方就不易割愛,有些事物又不易補充,而且當作者寫作的時候,他不能不爲那件事實所籠罩,不能不受他的壓迫,因之,他的想像力就受了束縛,他容易變成了那件事實的奴隸,自己的思想、情感以及文字,都不能達到非常靈動的境地，如A・托爾斯泰的《保衛察里津》。在另一方面，理想的就有它的好處，而唯一的好處就是作者可以自由運用他的想像，他不受任何壓迫與拘束，他可以任意飛翔，他的天地無限。而它的短處則爲既無現成材料則必須費力製造，製造的結果就往往不真實，往往有漏洞，往往血肉與靈魂不一致，不能渾然無間，如愛侖坡的《李奇亞》。

那麼，到底應當怎麼辦呢？

要回答這問題，我又得向你重複我那段舊話，就是：作者總要在現實生活中行動，由於作者的忍耐，由於經驗的集中，而最後終須造成一個完整的、美而和諧的世界，這個世界像神的世界一樣。忍耐是最要緊的，但忍耐並非懶惰。在忍耐中工作：假如你有一種理想，一種觀念，你必須切實生活，切實觀察，切實體驗，多思索，多回憶，忍耐著，等待有一些血肉、人物、事件，恰可以表現那觀念或靈魂的時候。等到經驗已集中完畢，一個新世界煥然覺醒的時候，你才可以動手去寫。這種寫法實在最困難，最需要長時間，作者須在生命中有一個長途的旅行。同樣是在忍耐中工作：假如已經有了一個事實，但是你不要馬上就寫它，你要把它放在你的生命中，它和你的生命同時生長，這期間，你作事，你旅行，你聽人談話，你讀種種書籍，你作一切事，而一切事情都將與之有關，你可能先以爲這事件的中心在此，而以後你却以爲在彼，先以爲要用它表現這種思想，而以後又以爲這宜於表現另一種思想，先以爲你要用這個人物，以後却又覺得須用另一人物，你先以爲應當先從這裏開始，而以後却又覺得這宜於放在中間或最後，你先以爲要用這個背景，以後却又換了一個，先以爲這個人必須説這句話，而最後却斷定這話不很要緊，不能表示什麼……最後，也許有一個時候你把一切都忘了——里爾克就説過"忘掉"是很要緊的，他説："單有經驗的記憶還不够，還要能够忘掉它們，當它們太擁擠的時候。"——但忘掉並非死亡，有朝一日（這一日是不能預知的）你將忽然遇到，遇到什麼呢？那更不可預測：一片陽光，一滴雨，一陣花香，一個人影，一開窗之間，一舉足之間……經驗集中了，或如一般人所説的靈感來了,一個新鮮的、與那事實不同的、完美的世界焕然地覺醒了,於是你創造,你提筆寫。這寫法可能是比較容易些的,其成功的機會也較多,比較起前一種來。這樣,兩種不同的創造過程,其實也只變成了一種,就是,都必須達到那最後階段,必須等那個新世界的焕然覺醒,到那時候,既不只是觀念,也不只是事實,一切都是新的創造,都是由自己生命中孵化出來的。在這時候,你不得不寫,正如懷胎十月者不得不生,正如果子成熟了不能不落,正如魯迅所説的"仿佛心裹有鬼似的",正如戈果里所説的"腦子好像被叫醒的蜂群"。這樣,你開始寫作,就不至於如完全寫事實者之爲事實所束縛,你的想像就可以飛翔;這樣,就不至於只是空的觀念的證明,就不至於不真實,不至於血肉與靈魂不成一體。而這樣的,就是創造的最好的道路,最保險的道路。

然而,從以上所説的看來,最重要的是什麽呢? 忍耐只是一種德行,而經驗與思想才是資本。經驗與思想都是從生活——自然也包括讀書在内——得來的,所以説生活第一,生活越現實,越勇敢,越充滿,越結實,越寬闊,就越好。一切經驗既必須在作者頭腦中集中而成爲全新的,假如你所有的不是那正確的思想,又如何能行呢? 我們要求每一個作者都有那最好的思想,最好的認識,因爲我們相信,文學既不是一種玩物,也不是無所爲的,它是爲了人類的生活,爲了更合理的將來,爲了大家同心協力創造最好的世界,而才被創造,被接受,被估定爲最高價值的。這就是我和你説過的思想與創作的關係,以爲思想最要緊的那原因。

（本文載於一九四七年《中學生》總第一百九十四期）

談文藝創造

你來信説近來對於寫作很有興趣,並説願意把藝術創造作爲你一生的事業。我心裹覺得非常高興。

我以爲一切創造都是一種神聖的事業,而文藝的創造也是其中的一種。

試一回顧人類的歷史,想到人類社會之所以進步而有今日,你一定可以記起很多創造者的名字,你也將記起很多没有作者姓名的豐功偉業,縱然他們的骨骸已經化爲塵土,他們那永久安息的地方已經幾度滄桑,然而他們都是曾經用盡了智慧,耗盡了血汗而從事創造過的。假如你在你日常生活範圍内,指著任何一件東西提出問題:“這東西到底是怎麽來的呢? 何以它會這麽美好,這樣令人方便呢?”也許你就要非常驚訝,覺得你受惠於過去的創造者之處實在太多了,你將隨處看到智慧與刻苦的痕迹。你最好是這麽想:那些創造了富强康樂的大帝國的,和那些創造了莊嚴華偉的大城市與大廟堂的,固然是創造,就是那些給我們發明了衣履,製造了桌子讓我們有所憑倚,製造了椅子可以讓我們安置軀體的,也同樣是創造。這些創造都是爲了服務人類的,所以都是有價值的。而另一種創造,它是編織美好的文字,作成完整的表現,叫同類人看了,可以忘掉痛苦,感到快慰,可以鼓舞向上,發揚人的靈魂,可以指出道路,叫人知道如何是走向幸福自由去的世界,這便是文藝的創造,就是你剛剛决定了要做的那件事業,這當然是很好的,因爲文藝的創造也是爲人生而服務的。

你問我,你應當怎樣去起始你的行程,並如何堅持下去? 這問題問起來容易,回答起來却非常困難。你且讓我想想,我該從哪裏説起。

其初——我且這樣試作回答吧,——其初你也許應當任從你自己,就像一棵小樹任從它自己,任從它自己在風裏摇擺,在雨露裏滋潤,在陽光中取得生命的熱力,而不知道它將來會有什麽用處,它不知道將來是否可作棟梁,或者只不過是一束柴薪。你也應當只在生命力的吸收與發散中擴大你自己,提高你自己,彷佛要使自己和整個的世界一樣。你認識很多人,讀種種新鮮書,經歷各種事體,感覺種種感觸,你追求快樂,但也不在困苦面前低頭,你覺得自己充滿,常常要見人書情吐訴。你在生活中覺得好像是在登一座高山,那麽躑躅難行,而又那麽充滿引誘。你又覺得好像是獨立于大海的邊際,你自己是那麽渺小而又那麽壯闊。"登山則情滿於山,觀海則意溢於海",正是這種情形,這可能作爲種種事業的起點,而在一個文藝愛好者,這也就是文藝創造者的起始。試想:哪有登山而不想凌其絶頂的? 又哪有看了大海而不想乘風破浪的? 我們在實際生活中又何嘗不是如此? 我願意知道,你是不是也曾經有過這樣的感覺? 假如有過,那就很好,假如從來没有,那麽你將來應當獲得它,因爲只有這樣,你才能扎下藝術創造的深根,你的創作就應當在這種情形中進行。

然後,——我們就説它是第二步吧,實際上是不會分得這樣清楚的,——然後,你必須盡力瞭解自己的同類,你必須把自己和别人連接,你把你自己以及自己的工作當作一座橋梁,好讓其他人們從你橋上踏過。在人世間有人用木石造橋,也有人用銅鐵造橋,而我們,從事於文藝工作的人,就是用文字造橋,好把人渡到彼岸,渡到更合理更幸福的明日。對於那些受苦受難的同類,對於那些被侮辱被損害的鄰人,你的橋梁應當特别爲他們而結構。古人説:"天下有溺者,猶己溺之。天下有饑者,猶己饑之。"又説:"天下之民有匹夫匹婦不被其澤者,若己推而納諸溝中。"這種胸懷,也正是一個藝術家所應有的胸懷。藝術的根源在愛,只有在這種愛中才可以産生深厚的作品,我願意你漸漸體會這種愛。你必須能够愛正義,愛真理,愛自由,愛光明,而且爲了你所愛的,你寧可去嘗試這種折磨,接受種種委屈。你現在還太年青,對於這些話還難免感到隔膜,但一個人不能老停在少年時代,不久你也將變成一個"成人"。小孩子的一切活動大都是爲了自己,甚至連"爲己"云云也並不瞭然,他只是任其所好,乘其興會,此外似乎别無目的。當一個人剛剛開始文藝生活的時候,大致也是如此。等他變作了成人,她經歷憂患,肩負重擔,他將處處爲别人設想,他將用有意的"爲人"來代替那個無意的"爲己",像一個家長爲了兒孫,像一個旅行者爲了他的同伴。

在藝術創造的道路上,你也將走到這一步,也只有走到了這一步,你才能寫出最有價值的作品,你才算真正用了你的文藝事業服務於人生,服務於同類。

像小孩那樣天真，只是隨口唱著自己的糖果或天上的月亮，以爲春天的花只是爲了自己而開放，以爲一切的人尤其是父母、鄰人，只是爲了自己而存在，那自然也不錯，但狹隘也自是一種當然的缺憾。至於完全爲了别人，遮蓋了自己，結果弄得自己好像不存在了一般，那不但是不可能的，也是不應該的。假如有人如此，那也將是近於虛僞，在那樣的場合自然就産生虛僞，在那樣的場合自然就産生虛僞的文藝，其可厭處正如一個不真實的友人，反不如一個真正自私自利的敵人來得可愛。那最好的，自然是“爲己”與“爲人”合一，我自己的生命與無數人的生命共鳴，我生命中有人，人生命中有我，一切從自己真實體驗中出發，而這個自己又是一個廣大的人格，他像一個風信機，他把自己造成一個標志，他感到四面八方的氣候。人不能没有自己，也惟有這樣的一個“自己”才是一個完整的個體，從這樣的“自己”中創造出來的藝術，也將是最完整的藝術。一個人的年齡是漸漸增長起來的，它的生長的軌迹就是這麽一個人格的成長的路綫。試想，一個小孩子便已經爲天下國家擔憂，爲經世濟民操心，那正如用一塊磐石放在一個柔嫩的草尖上，負擔未免太重，而一個大人却還在無端啼笑，計較糖果的得失，那也太天真得好笑。於此，你或許可以明白我這些話的意義了吧，我的話也許説得太遠了。那麽再見，下次再談。

（本文載於一九四八年《中學生》總第一百九十五期）

談小説

幾年前由於一次特殊的機會，曾把五四以來的短篇小説翻閲過若干篇，當時得到了兩種印象：

第一，就取材方面説，很多比較寫得好的小説都是寫農村生活的，其中的主要人物當然都是鄉村的人民。據我想，大概由於作家們十之八九都是在農村中生長起來的，他們熟悉鄉村生活，瞭解農民性格，因此他們取材於農村，而且也容易寫得好。由於鄉村落後,而都市文化却日益上升,作家們就漸漸由農村走入都市,於是後來也寫都市生活,也寫知識份子的生活,但仍不如寫農村生活寫得親切自然,因爲他們雖然過著都市知識份子的生活,而他們的感情和記憶的根却依然在農村的土壤中。至於寫大工廠工人的生活,也就更顯得有些隔膜。

第二,就主題方向説,作家們大都只重在揭發社會黑暗,展示人民痛苦與走投無路的命運。這原因自然很簡單,因爲中國的廣大人民實在太苦了,而且他們受壓迫受欺凌的日子也實在太長久,他們或者安分守己、隨遇而安,或者飲恨吞聲、默爾而息,也就是很自然的情形。前一期的作家們大都在自然主義或舊寫實主義的影響之下,當他們處理題材的時候也就只能作平面的表現,或進一步作深入的解剖,却很少能盡到先知先覺的責任,指出一條明顯的前進方向。别些作家且不必提,就以魯迅先生的兩本小説而論,大致也還是不過如此。實在這也不能責怪作者,因爲我國社會停滯過久,後來雖有變動,但進步依然很慢,而且在整個世界的文化思潮中,我國也還不知道何去何從,作家個人自然也就受了他的時代與環境的制約,不能瞭然於人類社會進展的軌迹,以確定自己的世界觀與人生觀,於是他對於一切事物的觀照也就只停頓在一個平面上。

上面説的兩點,更都具有著經濟的和政治的原因,因之也就是自然的、當然的情形。

今天的情勢,當然是和過去完全不同了,然而實際上却又不容易説出不同在什麽地方。譬如我國一直不能走上工業化的道路,抗戰勝利後本來該是一個好機會,事實却告訴我們這個機會已經被糟塌了。又如最嚴重的土地問題也是一樣,看今天的情形也還不見得有什麽辦法。抗戰期間,淪陷區的廣大農民爲敵僞所壓迫所榨取,後方的農民則既出錢又出力,人民當然比戰前更痛苦,抗戰勝利以後的情形就更令人不忍提説。所以,廣大農村只是從這一痛苦輾轉入另一痛苦,從較淺的痛苦陷入更深的痛苦罷了。從前的作家們是出自農村,爲了報效他們的保姆,曾經表現了農村,解剖了農村。今天,農民的兒子們還應當盡可能地回到老家,用自己的筆,去刺探一下今天人民的痛苦有多麽深,看看自己的筆可能擔得起那份痛苦的分量。總之,今天的中國還是一個農業國家,它那麽落後,而又那麽糜爛,我們的作家們,尤其是小説家們,還應當把視綫轉到這一個方向,還應當儘量地去開墾這片廣大的土地。這是針對著上面第一點説的。

過去的作家在開示病象、指陳病源上已盡了力量,今天的作家們固然也還應當盡可能地繼續作去,但更進一步,我們必須加强我們的主觀力量,確定我們的認識,看清世界,承認人民的進步可能性與潛在的創造力,於病象病源的陳述之外,更應當開出藥方,指出道路。在寫作觀點上,暴露黑暗固然需要,而啓示光明却更其要緊。在人物創造上,諷刺反面人物固然應當,而塑造正面人物也許更富積極性,我以爲能多寫一個人民英雄實在比寫出十個壞蛋有意義得多。在製造氛圍上,能多寫一分快樂——尤其是生於痛苦的快樂——豈不更給人以鼓舞。試想:在抗戰期間,淪陷區的人民不是經歷了很多悲慘凄厲的故事嗎?我們叔伯兄弟們,不是也曾經表現了"富貴不能淫,貧賤不能移,威武不能屈"的傳統精神嗎?這些如不能在作家的筆下留下記録,還能希望從什麽人手裏留下痕迹呢?又如在某些特别地域内,我們的被稱爲"愚夫愚婦"的人民不是也充分地表現了組織的能力,和創立新制度新生活的才能嗎?這也只有在藝術作品中,才能鑄成典型的時代映射。回到各種不同的農村中,回到自己的老家去,多體驗,多發掘,作出多樣性的表現,這是作家們的權利,也是作家們的義務。我相信在這一片廣大的土地上一定會有豐富美滿的收穫,而這對於目前中國的種種問題,也該是極有裨益的吧。這是針對著上面第二點説的。

我所説的本來是只限於小説,而且是只限於短篇小説的,但這些意見也許還可適用於各方面的文藝創作。但比較散文、詩歌、戲劇等,小説也許是最宜於完成上面所説的那些任務的,所以我們的希望也就較多地寄託在小説家身上了。

(本文載於一九四八年《中學生》總第一百九十六期)

談散文

來信收到很久了,未能早日奉覆,非常抱歉。你問我"散文怎樣寫",我想了幾次,都想不出個所以然來,因爲我雖然也學著寫過散文,但一直還是不知道該怎樣寫法,這大概也就是我遲遲未能回信的原因。從前也有人向我提過這樣的問題,此刻已經記不清是怎麽回答得了,我所記得的一點,是我曾經用了"王顧左右而言他"的辦法,引用了一回比喻就擋了過去。從這個簡單的比喻中,也許可以體會到散文的寫法吧? 所以我也同樣地向你再説一遍。

我以爲以詩與小説來和散文相比,也許更容易見出散文的特點。假如各用一個字來説明,那就是:詩必須圓,小説必須嚴,而散文則比較散。若用比喻來説,那就是:詩必須像一顆珍珠那麽圓滿,那麽完整。它以光澤爲其生命,然而它的光澤却是含蓄的,深厚的,這正因爲它像一顆珍珠,是久經歲月,經過無數次凝煉與磨洗而形成的。小説就像一座建築,無論大小,它必須結構嚴密,配合緊凑,它可能有千門萬户,深宅大院,其中又有無數人事陳設,然而一切都收斂在這個建築之内,就連一所花園,一條小徑,都必須有來處,有去處,有條不紊,秩序井然。至於散文,我以爲它很像一條河流,它順了谷壑,避了丘陵,凡可以流處它都流到,而流來流去却還是歸入大海,就像一個人隨意散步一樣,散步完了,於是回到家裏去。這就是散文和詩與小説在體制上的不同之點,也就是足以見出散文之爲"散"的特色來了。

然而,這樣的説明恐怕還只是些空話,你急於要得到一個確切的回答,我想你對於我這番空話是不會滿意的,也許别的什麽人(譬如學者或專家)會給你個滿意的回答吧,但我確是無話可説了。因爲我總覺得文章實在没有什麽方法可説,與其先求方法,還不如不問方法而盡力多讀人家的好作品,你想學寫散文,就先去把那些最好的散文讀了再説。

在新文學的各部門中，散文的成績雖不見得算是頂好，然而却也可以說是儀態萬方，無美不備的。此刻我雖然不能逐一地舉出那些作家的姓名及其作品，但我覺得這裏確已有一個豐富的世界。譬如朱自清先生的《背影》，雖然只是薄薄的一本小書，而且出版已經那麽多年了，但它一直也還是一個最好的散文範本，它叫我們感到寫散文並不困難，並覺得無論什麽事物都可以寫成很好的文章，它那麽自然，那麽簡單，既没有那些過分的傷感，又没有那些飛揚跋扈的氣息，假如說散文之中也有所謂正宗的話，我以爲這樣的就是。其次是詩人的散文，如何其芳等人的作品。有一個時期，這一類的散文産量甚豐，簡直是造成了一時的風氣。又如馮志先生，他近年來寫了若干散文，實在都是詩的，那麽明净，那麽含蓄，在平凡事物中見出崇高，在樸素文字中見出華美，實在是散文中的精品。此外如陸蠡的散文委婉而有深致，繆崇偉的散文之善於抒寫人情，都有很好的成就。我想特别向你提起的，還有小說家的散文，這一種散文，因爲是出於小說家之手，由於人們只注意他們的小說，便容易把他們的散文忽略了，其實在一個初學寫散文的人，讀這一類散文也許最有益處。因爲作者是小說家，他們偶爾寫散文，也就有了小說的長處：比較客觀，刻畫嚴整，而不致流於空洞、散漫、膚淺、絮聒等病，——而這些却正是散文所最易犯的毛病。例如茅盾、巴金、靳以、蘆焚等人，都有過很好的散文作品，尤其是沈從文先生的散文，如《湘行散記》《從文自傳》等，對於學寫散文的人也許最有幫助。魯迅先生本來是小說家，寫的散文却又各具特色：《野草》是詩的，《朝花夕拾》確是紀實的。《魯迅全集》二十大本中，雜文占了很大的分量，這一派散文在我國新文學中的影響很大，内容是現實的，多方面的，文字的深刻老練，潑辣有力，别的作家實在不易企及。抗戰期間，由於人們對現實的不滿，這類雜文的産生與日俱增，且曾有人寫了專書如田仲濟的《雜文的藝術》等，也可見雜文的勢力了。我還記得有一位署名曹白的作家，出了一本散文集，叫做《呼吸》，那種真實與新鮮的作風，也可以算是魯迅雜文的另一支吧，可惜並未引起人們的注意，而且近來也很少看見這個人的名子了。

我上面所舉的這些例子,當然是不完備的,也難免是我的偏見或少見的結果,但於此也可以見出散文的成就以及其作風之多端。你如看了這些人的作品,若想再追問散文的寫法,那也許更是無從説起,因爲各人只是照著各人的意思寫作,實在並没有一定的方法。假如一定要説出這些散文的共同點,那我也就只好拿出我那惟一的法寶,就是:散文之所以爲散文就在於"散",就像我所舉的那比喻,像河流自然流布一樣。不過話得説回來,散文既然是"文",它也不能散到滿天遍地的樣子,就是一條河,它也還有兩岸,還有源頭與匯歸之處,文章當然也是如此。所以,我寧願告訴你,好的散文,它的本質是散的,但也須具有詩的圓滿,完整如珍珠,也具有小説的嚴密,緊凑如建築。假如把我上邊舉出的那些名家散文看過之後,大概也就可以知所會心了。

最後我要告訴你的——這也許是你不喜歡聽的——就是:初學寫作,從散文入手固然很好,但也並不是没有毛病,因爲寫散文成了習慣,習慣既久,就容易失之於不能開展,不能壯大,不能表現寬闊的場面,不能處理較繁複的事件,這種短處以受於詩人的散文影響爲較多,而小説家的散文則比較可免於這種影響。

"所答非所問",我的話實在應該打住了,但願你不至於因看了我這封信而不高興,更願意你能告訴我你的意見。

(本文載於一九四八年《中學生》總第一百九十七期)

書評與批評

文學作品的閲讀、文學批評、文學史、文學創作,都是文學方面的工作。其中文學批評一項,是一種比較困難的工作,但也是我們的文學界所最急需的工作。其中最容易的自然是閲讀,因此大多數人都是文學閲讀者。爲閲讀而閲讀,或者説爲欣賞而閲讀,自然也可以得到文學的教養;進一步,如果能用批評的態度去閲讀,也許更有益處,而文學批評家就應當從這樣的讀者中産生出來。從閱讀到批評,本來是一條道路,爲了方便,如果在兩者之間架一道橋梁,那就是書評。

書評與批評不同。

書評是就書論書,或就文論文。書評的首要工作應當是向讀者介紹作品的內容。書評的作者可以把原著以梗概的形式向讀者陳述,在陳述的過程中也就自然表示了他對於作品的意見,然後他再説出自己讀過以後的感想,或者加以褒貶。書評以所評的作品爲主要對象,它當然可以設計作品以外的問題,但它不能牽涉得太廣。文學批評就不然了,它的範圍比較廣闊得多,它可以批評一本書,可以批評一個作家,可以批評某一文學派系、某一文學時代、某一文學思潮,或探索某種文藝理論。而文學批評本身也有各種不同的性質。照最普通的説法或可分爲三種。第一是裁判的批評,也是文學批評中最重要的一種,因爲既云批評,當然要下裁判,而裁判是必須有客觀標準的,作者用了一種公認的法則去衡量問題,在衡量中自然也作原理原則的討論,所以有人説:“批評之於文學,猶法律、政府之於國家。”(Prof. Churton Collins:Criticism is to literature what legislation and government are to states.)譬如中國歷史上所謂“文以載道”的觀點,以及現代的科學的藝術論等,都是屬於這一方面的。第二種是解釋的批評。它的主要任務是解釋:解釋作者的生平及時代的歷史事件,在這些解釋中,它指明了作品中的意義和作品的重要性,它把最後的裁判留給了讀者,然而就在這樣的解釋中,自然也就有著裁判的意味了。譬如前些年在中國讀者中頗有影響的小泉八雲(Lafacadio Hearn),他的文學論就題作“Interpratations of Literature”,這實在很對,因爲他所作的乃是一種解釋工作。還有法國的大批評家 Sainte Beuve,也是這一派。第三種是印象的批評。這樣的批評家往往不肯靠對象説話,原理原則的考察他們嫌太科學,也就太呆板,至於傳記的歷史的考察,他們以爲那是考證家的工作。他們用了一種最直接的辦法,那就是憑自己的印象、自己的愛好,所謂“讓自己的靈魂在傑作中游行”,説這話的法國大作家法朗士(Anatole France)就是這樣的批評者。中國人向來缺乏科學精神,其形成印象的批評雖不若西洋的印象批評之深刻,但印象批評確是很多,鍾嶸《詩品》論謝靈運:“譬猶青松之拔灌木,白玉之映塵沙。”論顔延之,引湯惠休曰:“謝詩如芙蓉出水,顔詩如錯采鏤金。”這甚至影響到閲讀的國文先生,動輒批以“水净沙明”、“珠圓玉潤”,也只是一些不易捉摸的印象。中國詩論多用詩話形式,也大半是一種印象批評。其實這幾種不同的批評也並非孑然獨立、絶無關涉的,不過爲了便於説明,不得不這樣分别罷了。

從這樣簡略的説明中,大致可以看出書評與批評之异同和短長,或可用以下三點作爲比較:

一、書評的好處是具體實在,其短處則爲容易失之於點點滴滴,浮皮搔癢;批評的長處是原原本本,深中要害,其短處則爲容易流於海闊天空,不著邊際。

二、書評往往是即興的寫作,多主觀成分,有時難免爲偏見所蔽,但無拘無束,容易見出真實,也是一種好處。批評終以裁判價值爲主,既有客觀標準,當然不會去真理太遠,但往往流於機械的運作原則,也是一種缺點。

三、書評既以介紹爲首務,自然以新作品爲主,這對於新作家、新作品以及一般讀者都是很急需的。十幾年前一個美國人叫做 R. L. Duffus 的,曾作過數字的統計,在十六種情形中,惟“書評”一項使讀者與著作接近的數目字爲最大,可以見出書評的力量。至於文學批評,則不見得能發生這樣現實的效果,因爲一個批評家既可以批評新書,也可以批評舊書,而且它是一種比較專門的東西,一般讀者往往無力接受,也無心去接受。

當然,作任何工作,似乎都不必只以目前之有無實效爲去取,如以價值而論,文學批評比書評更嚴肅,更有學術性,也就更重要。但以一個人的工作道路而論,從書評到批評確也是一條很自然的路徑。因爲,第一,如前面所説,從作品的具體評介出發,積之既久,就可以建立起自己對於文學原理原則的看法,也就有了自發的或自主的標準與尺度,至於别人的理論,也可以作爲自己的參考。

第二，我們曾説書評以主觀觀點爲主，批評是以客觀標準爲主的，其實絶對的主觀或客觀都不可能，但大致説起來，從主觀到客觀，從即興的感想到本源的探討，而終之以主觀客觀的合一，才是最好的文學批評。所以最初，作者不能不先讓自己的靈魂在傑作中游行，進一步也不能不作歷史的、傳記的或社會的考察，最後，就自然予之以裁判。不然，若只是接了人家的尺度來衡量，到底不是好辦法。第三，書評既以評介新作爲本事，那麽，對於同時代的，尤其是與現實問題相關的作品之密切注意，不正是一個進步的批評家所必須的嗎？

基於這些理由，我所希望於文學閲讀者的是：從認真地閲讀開始，進一步去作書評，再進一步去作文學批評，這是每一個讀者應當盡自己的力量去試探的道路，也是每一個讀者對於作者、作品以及其讀者同伴所應盡的義務。

更基於以上這種希望，就不能不要求一種不同的閲讀態度。一般的讀者是讀了就算的，因爲讀了就算，當其正在閲讀的時候是一種態度，這種態度，是一種享受的態度，或美其名曰欣賞的態度。假如讀者並不是讀了就算，而是於讀過後要産生一種對於作品的意見，而且還要把意見寫出來給别人看，也就是寫成書評，這自然就須是另一種不同的閲讀態度了，這種態度就是一種“工作”的態度，我們應在“工作”中得到享受，不應當爲享受而享受。這種態度是什麽呢？很簡單，那就是認真，説具體些，那就是不但眼到，而且心到，不但心到，而且手到——這，其實也是老生常談了。雖然是老生常談，然而一般青年讀者却還是很少肯下這樣的工夫。心到，這不必説；我這裏要特别强調手到，那就是：你必須隨手在書上作種種符號，或作些提要，或記些臨時的感想（借閲的書自然不能這樣作），而最好還是隨手作札記，把認爲可以記的都記下來，無論是書上的，無論是心裏的（即便是自己有書也應當如此）。這樣閲讀完了，你已得到了很多東西，然後你再整理它，思索它，並參考其他材料，最後你再評價它，這樣寫下來就是一篇很好的書評了。

提到參考,我便想到有不少讀者往往連最近便的參考都忽略了,那就是原作中的序文或跋文。讀書而不讀序跋,那真是一件最可惜的事。你應當先讀序跋,於讀完全書之後,還應當再回頭把序跋讀一遍,這樣,你將瞭解更多的事物。因爲序跋是作者自己對於自己的生活及作品的説明,自然,還有其他説明,還有别人的説明,還有作者的整個生活與時代,都應當注意。譬如魯迅先生的《野草》,當二十年前讀這些文字的時候,雖然讀後也並不是毫無所知,但總是不能完全懂得,直到最近翻出了《二心集》裏的《野草英文譯本序》,才得到了進一步的瞭解。他説:

> ……因爲諷刺當時盛行的失戀詩,作《我的失戀》。因爲憎惡當時社會上旁觀者之多,作《復仇》第一篇。又因爲驚异於青年之消沉,作《希望》。《這樣的戰士》,是有感于文人學士們幫助軍閥而作。《臘葉》,是爲愛我者的想要保存我而作的。段祺瑞政府槍擊徒手民衆後,作《淡淡的血痕》,其時我已避居别處;奉天派和直隸派軍閥戰争的時候,作《一覺》,此後我就不能住在北京了。所以,這也可以説,大半是廢弛的地獄邊緣的小花,當然不會美麗。但這地獄也必須失掉。這是由幾個有雄辯和辣手,而那時還未得志的英雄們的臉色和語氣所告訴我的。我於是作《失掉的好地獄》。

這雖然只是短短的説明,對於讀者却有極大的幫助,尤其像《失掉的好地獄》那樣的作品,不有這點參考,簡直是胡猜亂想都無結束。我很悔恨從前不曾注意到這篇英譯本的序文,其實,也許是因爲從前閲讀態度不對,根本不求真實的瞭解,雖然有這樣現成的參考也不去看,或者是看過了等於不看,由此也可以知道,一種最好的讀書態度是非常重要的。

此外,爲了進行集體學習,爲了推進這一民主的學習風氣,每一個讀者也都應該取這樣的閲讀態度,因爲你在你的學習團體中要作報告,要參加討論,而這種報告與討論,也就是一種未寫出的書評,也是造成綜合批評的一成分。

我們應當這樣去學習。這樣長久下去,你也許就可以成爲一個批評家,説不定也可以自己動手去創作,成爲一個作家。“文章千古事,得失寸心知”,既能得其寸心,我們就不但可以論,而且也可以學著作了。既便退一萬步想,不把意義放在工作的結果上,就只是在這樣的工作過程中,比較那種讀了就算或爲讀而讀的辦法,也就只有一種意義了。

三十七年一月

(本文載於一九四八年《中學生》總第一百九十八期)

寫作常談

來信收到了。你所提出來的四個問題都是些老問題,在上一次的覆信中也多少談到了一點。這些老問題,差不多每一個開始寫作的人都是難免遇到,而且,我覺得很有趣的是,大家都喜歡搬弄教條,認爲得到了這些教條便可以寫出好文章來了。假如我現在對你説:“放棄那些教條,儘管勤奮地去工作就是了。”你也許很不愉快吧。那麽,能够進一步地瞭解這些教條,能够不把它看成死的,而看作活的東西,也許是很需要的。我現在就和你談談這些問題。

你所提出的第一個問題是“怎樣把生活搬到作品裏”,這問題的前提自然是“文學是生活的表現”。文學是生活的表現,這是不錯的,因爲文學的根確是扎在生活裏,没有生活,便没有文學。但我要告訴你,生活本身並不就是文學,因此也就不是像你所説的,可以把生活搬到作品裏。譬如我們天天看報,第四版上往往充滿了社會新聞,那自然都是生活,然而不是文學。所以文學不是把實際生活絲毫不變地搬到紙上,而必須是用精工再造過才可以,這也就是説必須是創造的才行。例如一個漫畫家畫了一個大鼻子人物,爲了表現他的鼻子特別大,便把鼻子畫得占去了全臉的二分之一,我們看了這樣的漫畫,反而覺得更真實,更"像"那個人了,但是實際上是不會有這樣大鼻子的。文學作品也往往如此,否則,像照像機一般,東拍一張,西拍一張,即使拍得絲毫不錯,也還是没有價值,因爲其中缺少創造的成分。一個畫家和一個攝影家可以同時採取一個對象,畫家的作品比攝影較有價值,就因爲畫家的創造成分較多。文學是生活的表現,但所謂表現乃是創造的意思。譬如蜜蜂釀蜜,蜜蜂所采的花並不是蜜,它必須經過"釀"的過程,必須加入了它自身所分泌的一種液體之後才能成功,這種液體就叫做蟻酸。文學創造者也必須用了他自己的蟻酸,也就是他的思想與人格,經過一番"釀"的工作,然後才可以寫出作品。所以,如把"文學是生活的反映"誤解爲照生活抄寫,那自然就想到"怎樣把生活搬到作品裏"的問題了。

你的第二個問題:"我所熟知的事物實在有限,而且不見得都能寫到文章裏,怎麽辦?"這個問題自然是根據"寫你所熟知的"一句老話而發生的,這句話當然很對,但是説你"所熟知的事物實在有限",却是一種錯誤的想法,這裏是犯了機械地接受教條的毛病。一個開始寫作的青年人總喜歡寫些故鄉啊,家庭啊,以及童年生活之類的題材,因爲這些都是自己熟知的東西。然而生活本身並不是停止的,它總要發展,總要變化,所以我們"所熟知的東西"也應與日俱增,而有意識地擴大我們生活的領域,使生活不斷地新鮮、生長、豐富,而且認真地生活,使生活有深度,有密度,才是最有意義的生活。在這樣的生活之中,以青年知識份子而論,自然還要讀種種的書,不但要讀文學方面的書,也要讀哲學的、歷史的、政治的、經濟的以及各種各樣的書,書籍不但幫助你瞭解生活,也可以豐富你的生活。這樣,"你所熟知的"將是無限的,你越向生活突進一步,生活就越給你更多的報答,對於寫作,也就更擴大了疆界。何况,憑了你所已知的,你還可以想像一些未知的,你所知越多,你的想像力就越强,你的寫作力也就更旺盛。假如像你所説的,只認定了"寫你所熟知的",但不知道主觀地使生活向前突進,使知識不斷地增長,也就無怪乎擔心你"所熟知的實在很有限",而覺得將無事可寫了。

你的第三個問題是技巧的問題。“必須學習技巧”，這更是老生常談，然而技巧並不是寫作的基礎，也不是初學寫作者的出發點。有些已經成爲作家的人們，確有些在技巧方面很下工夫的，譬如在修辭用字上用心琢磨，或爲了表現農人工人而去搜集農工的語彙，這樣的用心當然也無可厚非，但寫出作品來却也不見得就有真實的生命，相反地，還往往成爲空洞虛僞的東西。A. 托爾斯泰就曾經説過他自己的經驗，他説：“我用了雜記册，去偷聽語言，但後來我把這些語言剪貼在小説的組織裏，却得到了像畫家割下了死人的鼻子嵌在肖像畫裏一樣的結果。”語言的技巧是如此，描寫的技巧也是一樣。假設只是假借而並没有經過創造的東西，總不會像“樹葉長在樹枝上”那樣真實而自然。所以根本問題不在用什麽技巧，而在於表現什麽内容；不在於怎樣寫，而在於寫什麽。假如真正有話可説，一個口吃的人也會説得很動人；假如無話可説，你用了天花亂墜的語言也還是無用。一切技巧、方法都是從文章裏生出來的，並不是文章從技巧或方法裏生出來的。因此，我勸你把這類問題暫且放下，在這一方面用力太多了，那是不但無益而且有害的。

你的第四個問題是關於風格的問題。我認爲這和技巧問題是一件事，你希望我告訴你怎樣造成風格，我簡直不知道如何回答，因爲我從來不曾想過這問題。我相信好多作家都不曾考慮過這問題，因爲風格是自然形成的，而非故意造成的。風格好像説話的腔調，各人的腔調不同；又如走路的姿勢，各人的姿勢也不同。如有意學别人的腔調和姿勢，結果就將變成戲臺上的人物。作品的風格也是如此。形成自己的風格是自己的人格、思想和情感，形成的過程在於忠誠地表現自己，而不在於什麽方法或技巧，更不在於模仿别人。但是有一種情形却是真實的，那就是在不知不覺之中受了别人的影響。你特别喜愛某一個作家，你讀他的作品讀多了，他的風格自然就感染了你，不過這到底還是“你”喜歡他的作品，所以還是以“你”爲主。别人的影響有好有壞，你可能漸漸突破這種影響,蜕掉它,終於又形成了自己的風格。一個有創造力的作者是一定會有自己獨特的風格的,只要他是誠實地寫作。像上面所説的技巧問題一樣,我也希望你不要太關心自己的風格,就像我們日常説話或走路也並不必關心自己的腔調和姿勢一樣。

綜合以上四個問題,可以歸併成兩點。一、二兩個問題的答案是充實生活,深入生活;三、四兩個問題的答案是内容第一,技巧風格是從屬的。至於作品的内容當然還是從生活來的,所以頂要緊的還是生活。

上次信裏我曾開給你一個書單,那裏邊創作最多,理論極少,這一方面因爲好的理論書籍確乎不容易選擇,而且我也不主張你多看理論書,最主要的還是作品,多讀作品,不但對寫作有大幫助,對生活本身也有益處。再談,問你好。

(本文載於一九四八年《中學生》總第二百期)

談語文節奏

語文的節奏,一方面爲語文所表現的思想或情感所决定,一方面也受文字本身的影響。中國的文字是單音字,很自然地就有造成雙音節的趨勢。中國最早的詩是四言詩,其實是兩個二言,也就是兩個雙音節結合而成,其所以然者,固然是初民幼稚的表現,但也由於單音字所形成。就是現在的白話,也依然有這種情勢。譬如我們説"一國",或説"一個國家",而很少説"一個國";我們説"一家",或説"一個家庭",而很少説"一個家";我們説"月亮",或説"一個月亮",而不説"一個月",諸如此類。情形雖然如此,但由於現在的白話文往往句子相當長,不再像從前用文言寫詩寫文那樣簡短,如果一連串都是雙音節奏,讀起來便非常彆扭。譬如以下諸例:

夢裏/恍聞/鏜鏜/鐘聲。

回頭/一看/桌上/座鐘。
外邊/課室/人聲/漸漸/嘈雜/起來。

很顯然地,這些句子裏是缺少了某些東西,試讀讀看,不是覺得語氣不足,便是不容易把握音節的輕重,這原因,就在於這些句子都是雙音節的結合,只要稍稍加以變化,放入一兩個虛字,情形就完全變了,譬如:

夢裏恍聞鏜鏜(的)鐘聲。
回頭一看桌上(的)座鐘。
外邊課室(裏的)人聲漸漸(地)嘈雜(了)起來。

雖然只是加入了幾個字,語句就已經不再那麽呆板,就已經有了一種"錯落有致"之美,也就是更恰當地表現了這些語句應有的情感與調子。

這情形,從中國詩文的進化發展上,也很容易看清楚。中國詩由四言而五言、七言;由詩而詞,而白話詩;文章由駢而散,而白話文。鍾嶸《詩品》説:

夫四言文約而意廣,取效風騷,便可多得,每苦文繁意少,故世罕習焉。五言居文辭之要,是衆作之有滋味者也,故云會於流俗。豈不以指事造形,窮情寫物,最爲詳切者也。

從四言到五言,也就是從兩個呆板的雙音節而變爲錯落自然的音節,這一變化,實在是由於文化日進,人類思想情感日益豐富,於是也就有了這表現技巧的進步。再變而爲七言,又是大進步。譬如:

關關雎鳩,在河之洲。
葛之覃兮,施於中穀。

都是用了兩個四言的形式才説明一個完整的事象,也可以説是兩個四言才造成一個完全句子。到了五言,便可以一句話説兩件事了,譬如:

時竟/夕澄霽。雲歸/日西弛。
木落/江渡寒。雁還/風送秋。

以後發展到七言,甚至一句可以説三件事了,譬如:

車怠/馬煩/客忘歸。

從這些例子看,思想情感之日益豐富化,與語文表現的姿態之變化生長,其關係是至爲明顯的。如只在語文節奏上看,五言七言都是雙音與單音、輕音與重音的錯落句法,而避免了那種一連串的雙音節的結合,也就是避免了那種呆板與緊促。從這裏也就可以明白六言不發達的原因,而九言詩雖可以造成錯落的句子,然而因爲句子太長,不便呼吸,所以也無從發展。至於最初的四言,因爲都是被之管弦的,在四言之中仍可有長短變化。詩歌既漸漸與音樂脱離,自然就須在其本身中要求變化,以便於吟讀,亦即便於體味出那些自然的情味。在文章方面,如韓愈等人的古文運動,力主廢駢用散,其目的也在於求表現之自然。到了現代,我們用白話作詩作文,情形自然也更不同了。初期的白話詩文,還脱不掉一些舊詩文的氣息。進步到今天,我們的白話詩文已經又向前進了一大步,就是越趨向於日常語言,越趨向於活的語言了。語與文越來越近,因此,白話文的節奏也就是説話的節奏,而説話的節奏也就是錯落有致的節奏。現在的白話文受了歐化的影響,那自然也不是没有,如句子太長,複句太多,因之如"的"的應用也太多,等等。然而儘管句子長而複雜,只要講求文法,也没有什麽難懂的地方;而且,只從文字節奏上看,也還是錯落有致,保持了自然的美好。只要自然,也就不致難解和誤解。最特别的是有些人的文字,也似乎是受了歐化的影響，句子冗長而複遝，然而其中却丢失了應有的錯落有致之美，甚至一連串都是雙音節的堆叠，令人讀起來，不但感到彆扭，甚至忸怩，甚至於似不合文法，不易瞭解。例如下面一段文字：

> 有些報導文章，比社論或新聞還重要，比副刊雜誌上文章，也更能吸引讀者，不僅給人印象真實而生動，還將發生直接廣泛教育結果。……同是知識經驗和文章，在將三者綜合表現上，得失就可見出極大差別。

在這段文字中，如“還將/發生/直接/廣泛/教育/結果”是一連六個雙音節，而我們一般的説法，則可能爲：

> 還將發生直接(而)廣泛(的)教育結果。

又如最後一句，“得失/就可/見出/極大/差别”，而在我們一般的説法，則可能爲：

> (或)得(或)失，就可(以)見出極大(的)差别。

又如下面一段：

> 得到這個不幸的消息時，我想起我生長那個小小山城兩世紀以來的種種過去。因武力武器在手而如何作成一種自足自恃情緒，情緒擴大，頭腦即如何失去作用，因此給人的苦難和自身的苦難。

我最初讀這段文字，確乎不大瞭解，後來仔細再讀，懂是懂了，然而還是彆扭。我不知道作者之所以如此造句的根源在哪裏，是不是日常説話也如此，或者作者的家鄉都如此説話。更進一步，這種語文節奏,這種語文姿態,是不是也正好表現了一種思想姿態,情感姿態,是不是也正好可以説明一種生活姿態呢?中國人説"言爲心聲",西洋人説"風格即人格",這實在是一個值得探索的問題。

(本文載於一九四八年《中學生》總第二百〇一期)

文藝縱横談

向培良 撰

《文藝縱横談》連載於一九四七年《青年界》雜誌。向培良（一九〇五—一九五九），男，祖籍黔陽縣（現湖南懷化洪江市），曾用筆名培、漱年、漱美、姜蘊、蘊良，在《女師大周刊》上曾使用過静芳、静、青方、白蟻等筆名。中國現代著名作家、劇作家、美學家、翻譯家。《青年界》，一九三〇年十二月由《北新》《現代文學》兩雜志合并而成，於上海創刊，由石民、袁嘉華、趙景深、李小峰等編輯，以“供給一般學生精神的食料”爲宗旨。一九三七年六月曾停刊，一九四六年復刊。本文係作者相繼發表於《青年界》雜誌的六篇短文組成，較爲全面地論述了作者的文藝觀念。各篇另設單獨標題，但均以“文藝縱横談”名之，故此處在收入叢刊時，以“文藝縱横談”爲總標題。原文中引用了較多古典詩詞，其中多有與原作有所差异之處，差异較大處據通行本增補修訂，較小處爲保持與作者原稿風格的統一，一律忽略不計。

《談談祖國的文學》一文以“爲何要讀我國文學”爲切入點，論述了中國文學的發展脉絡、基本特點及其與世界文學的共通之處。作者首先指出，文學最足以表現歷史之真實，只有沿著本國文學的發展歷史前進，取其精華、去其糟粕，才能更好地促進我國文學的發展。爲了論證讀我國文學的必要性，作者先後從文學的技術、内容層面進行了合理的論説，進而對“傳統文學是否合於時代的發展”、“文學是什麽”等一系列文學理論的基本問題發表了自己的看法，並進一步將我國文學的特點總結爲温柔敦厚、重視人倫，後又轉向對政治、社會的關注,且與西方文學也有匯通之處等多個層面。

《空間和時間》主要討論文學中的時間與空間問題。作者首先指出,古往今來的文藝作品,都是從時空的基本材料出發的,因此,時間和空間是學習文藝必然會最先遇到的兩種神秘問題。接著,作者通過分析我國文藝(文學)的發展歷程,總結出了如何解决時空問題的方法:"第一步是擴大自己的精神,把時空籠罩起來。第二步是認識吾人所直接涉及的時空雖有限,但吾人接受自元始以來的全部影響,而又無限地影響以後。所以我們試置身在無窮無限的時空裏的。這便可以在一微塵中見世界,於一煞那裏存永久。到了第三步,便根本可以不再顧及時空問題;永久和無限都把握在我們自己的手裏,甚至於覺得這種把握也是多餘。"

《人我之間》以大量中外文學文本的分析爲依據,探討文學(甚至更爲廣闊的)領域内的人與我的關係問題。作者認爲,"古今中外的文學,就一方面來説,可以通稱之爲求知本味底企圖。爲了要知本味,不惜向各方面試探"。這裏的"本味"基本通約於"自我",並例舉了通常情况下人們探尋"本味"的三種基本途徑:第一,"把自己放大起來,登高望遠,征服一切,把天地都懷涵到自己的精神裏";第二,從極小的地方去發見自我;第三,兩方面同時進行。但是,作者認爲上述探索是没有結果的,因爲"我"不可見,必須有所依附然後才可見。這就將境界提升到了在人我之間、物我之間的關係座標中去認知的高度。

《價值顛倒的世界》主要對世人認爲文藝慣於描寫小人物、小事件,不大重視重要歷史人物和重大歷史事件,因而具有一種"價值顛倒"傾向的思維進行批判。作者認爲,文史分途,詩人不顧慮一般人所謂價值是文學看似"價值顛倒"的歷史原因。同時,文藝之所以不顧及一般人所謂的通常意義上的價值,還因爲價值本身的内涵是因時因地而發生變動的,對於價值的認識並不是到處一律的,"所以,要從事文藝,首先須特立獨行,拋開世俗的見解,自己去尋求真價”。

《藝術與實物》主要討論藝術(藝術世界)與實物(物質世界)的關係(以模仿説爲例)問題。作者首先援引了蘇東坡認爲藝術不是實物,藝術不可模仿的觀點和亞里斯多德的模仿説並對其稍加介紹,然後推出了自己的觀點。在作者看來,藝術與實物是對立的。因爲藝術可以傳達普遍性的東西,而實物却常與人之間發生種種因人而异的關係;藝術總需要從現實世界超脱。

《文藝與道德》認爲藝術與道德的關係應當從是否有不道德的藝術和是否有無品的藝術家兩個方面去理解。作者通過大量的例證證明:没有不注重道德的文藝作品;也没有不具備道德的作家。進而解釋了藝術作品中道德的具體内涵,最終得出了“藝術與道德的關係,實在不過是藝術本體的性質而已”的結論。

談談祖國的文學

——文藝縱橫談之一

可愛的青年們:當你們看到這個題目之後,定有許多疑問。要不先引討論,恐怕會没有興趣再看下去。首先,你們許會覺得:現在爲什麽還要讀那些“陳腐的死文學”?可是,這只因爲我們是中國人呀。一個人無論如何不能避開自己的歷史,而最足以表現歷史之真實的只有文學。我們一定得踏著自己的歷史前進。好的,繼續發展;壞的,從事改進。假如什麽都拋開不理會,又何從發展或改進呢?所以,姑不論這一歷史最久、作品最多的文學陳腐或死與否,且先得看看那究竟是什麽東西,爲了我們是一個中國人。

於是你必然發生第二個疑問:假如著手研讀那些古老的文學,是否於精神上留存毒害呢?我國文明,有些頗能教人“上癮。”因而意志消沉:研讀舊文學是否也有這種危險?任何一國的文學,都有其技術底方面。純粹向技術追逐,免不掉"上癮"。Rimbaud 的 A 是黑,E 是白,I 是紅,N 是綠,O 是青,比我國的平上去入繳繞得更厲害。我國文學歷史最久,技術上有極度的發展,一頭鑽進去,也難保不"上癮"。但這一頭非十年八載鑽不進去;説到怕"上癮",未免過早,我敢擔保絶無危險。至於内容之是否有毒害,則我請求且讀完我這篇拙作再作論斷。

但還有一個問題會要提出:這些文學是否合於時代呢?《詩經》《楚辭》,唐詩宋詞,以至元人雜劇,明清小説,所涉及的題材,都與現代無預。古賦律詩,無論如何不能描寫超空堡壘原子炸彈,那又有什麽可讀的呢?但時代變遷,每個作家都只能寫他所知道的題材,中外莫不如此,並不能因此責備古代的作家。我國自有一系極力崇今薄古的作家,從恒譚、王充、葛洪以至清代,時時有人力主新變。蕭子顯説:"習玩爲理,事久則瀆。在乎文章,彌思凡近。若無新變,不能代雄。"趙翼詩:"李杜文章傳萬古,到今已覺不新鮮。江山代有才人出,各領風騷數百年。"這都是極力崇今的。我國文體變化,也極繁多。只因文字未變,今天還可以直接讀兩三千年前作家的原文,所以覺得不大變化。這一現像的利弊頗不易下斷語,只好暫時不説,至於今後的文體應不應該變,却不在本文討論之列。

讀到這裏,可愛的青年們,想來你們總可以耐心和我一道研討下去了。可是你們或者還要問:文學是什麽?對於這一問題,勢不能列舉各家的學説,但有一點甚爲明顯,即:文學是爲我們建立一個更大更高的境界,使精神能够自由活動,不至於受物質界的拘束。老子説:"吾之大患,在吾有身;若吾無身,吾又何患。"莊子説:"無動而不變,無時而不移。"陶潛説得更顯明:"所以貴此身,豈不在一生。一生復有幾?倏爲流電驚。鼎鼎百年内,持此欲何成?"因爲我們是在一個流動變化的世界,所能控制利用的物質範圍極小,而精神却希望飛騰——這就是羅丹所雕刻的 Centaur 的意思——自不能不超出物質界,另外尋求活動的園地,文學(自然其他的藝術也是如此)就是供給這一活動園地的。

在這裏我不想列舉我國人所立的文學理論,以免或有偏見之嫌。就西洋各種重要的學派來看,都可以證明上面所說的。Aristotle 以爲藝術情緒結的宣泄(catarthis),Kant 以爲是完滿具足的無關心態度,Schiller 以爲是和游戲衝動類似的精神,Tolstoj 以爲是情緒的傳達,Croce 以爲是直觀的表現,Marxism 一派以爲是精神底訓練,Frend 以爲是 libido(基力或勉强稱之爲性本能底力)底升華。無論他們所説的有如何差异,但都認爲在文學的境界裏可以解脱小我的拘束,發展到更大的世界裏去。假如没有文學藝術,則人和人的關係會是多麽狹隘和膚淺呵。從這種觀點來看,就可以知道我國文學有極偉大的成就,尤其在今日矛盾衝突的世界,有極偉大的作用。因爲我國文學和造成這種文學基礎的文化,正是以建立人和人之間的良好關係爲出發點的。

孕育我國古代文化的是中原一帶,這與任何其他文明古國具有不同的地理環境。這裏没有天然的阻礙,就是没有高山大海沙漠森林等,因此没有固定的疆界,也就是没有永久的敵人。我國人被詈爲没有集團精神,其實集團要先有外才有内,把人劃成界限才有集團。我國先民没有這種觀念,所以對於人的觀念是"全人"——四海之内,皆兄弟也,以及天下一家的理想,是人類最偉大的思想之一。偉大的西洋哲學家爲 Plato、Voltaire 都不知道這個(Plato 不知道奴隸是否也有靈魂,Voltaire 説世界上愚者是永遠非有不可的;如果民衆能够有思想,那一切要完了。而 Voltaire 是十八世紀的人物,比顧炎武黄宗羲要晚得多)。又因爲這一帶土地雖然相當肥沃,但非勞力不能生存,又很早就以農業爲重,所以發展成爲一種守望相助、出入相友的文化。孔子説:"親者不失其爲親,故者不失其爲故。"匡衡釋《詩·關雎》説:"妃匹之際,生民之始,萬福之源。"這最能表明我國文化的真諦。這種文化,完全基於人和人良好相處,這就是仁。所以我國文學以温柔敦厚爲主。翻開周秦以上的作品來看,就見得與其他民族古代文學大不相同。這裏面没有戰争、征服、掠奪、血和仇恨、神語、巫術,以及死生以赴的愛情,所有的只是日常生活没有其情感的最平庸的寫實。但這些表面上平庸的東西却具有此深厚的意味。

《禮記·經解篇》説:"温柔敦厚,詩教也。"這四個字是讀祖國的文學所必須牢牢記住的。《史記》:"國風好色而不淫,小雅怨誹而不怒。"温柔就是不怒,敦厚就是不淫(淫如淫雨淫刑的淫,指太過)。不怒不淫,就是盡其在我。凡屬任何對人的關係,其間所有的困厄、過失、責任,都由自己負責,全不問對方如何,這是我國文學主要的態度,這是一種擴大自我、犧牲小己、根絶個人主義的文學。所以我國作品裏,不重在事態或心理底描寫,而重在情感底剖白,即不重物或心,而重在對人的關係。孔子説:"汝安則爲之。"這一個"安"字實在是我國文學的核心精神。從不安求取安,不是争鬥征服掠奪所能够辦得到的。自己有所得,他人便有所失,於是會發生寂寞而更增加不安。只有温柔敦厚,不傷人也不傷己(怒則傷人,淫則傷己),才可以安《詩·卷耳》:"采采卷耳,不盈頃筐。嗟我懷人,寘彼周行。"屈原《九歌》:"披石蘭兮帶杜衡,折芳馨兮遺所思。"這個"懷"字和"思"字,又是我國文學表現的最大範疇。莊子説得很好:"故去人滋久,思人滋深。"又説:"林回棄千金之璧,負赤子而趨。"只有自處於人倫之間,才可以避免不安。鍾嶸也解釋得很好:"故曰:詩可以群,可以怨。使幽居寡悶,貧賤易安,莫善於詩。"所以我國文學反復咏嘆的,都集中於人倫之間的人情。因爲所寫的是全人中的任何一人,所以没有性格。因爲是任何一人所可能遭遇的經驗,所以没有情節。因爲所求取的是安而不是發展,所以没有争鬥。這是看來平淡但却像空氣和水似地浸潤著人底生命底東西。

讀讀古代抒寫倫理的作品,任何人都會深切地反省而感動罷。這類的好詩真是舉不勝舉,底下只略引一二個例子。

寫親子的如《詩·蓼莪》:"蓼蓼者莪,匪莪伊蒿。哀哀父母,生我劬勞。"又:"父兮生我,母兮鞠我。撫我蓄我,長我我育,顧我復我,出入腹我。欲報之德。昊天罔極!"孟郊詩:"慈母手中綫,游子身上衣。臨行密密縫,意恐遲遲歸。誰言寸草心,報得三春暉!"每一個失去了父母的人，當其疾痛慘怛，感到無限孤寂的時候，豈不也都會像王褒那樣，慟哭失聲嗎？

關於兄弟，《詩・棠棣》已經大聲疾呼地説："凡今之人，莫如兄弟。"蘇武詩："當由連枝葉，結交亦相因，四海皆兄弟，誰爲行路人。况我連枝樹，與子隻一身。昔者常相近，邈若胡與秦。惟念當乖離，恩情日以新。……"關於夫婦的詩很多，但説得最懇切的是古詩《冉冉孤生竹》："……千里遠結婚，悠悠隔山陂。傷彼蕙蘭花，含英揚光輝。過時而不采，將隨秋草萎。君亮執高節，賤妾亦何説！"這明明是婚姻過時，頗有感慨，却翻轉來替人家解釋，是何等忠厚！咏友情的作品先秦較少，漢以後日見其多，在《古詩十九首》裏占極大的成份。這裏舉一首通常認爲最早的作品，李陵詩："……行人難久留，各言長相思。安知非日月，弦望自有時。努力崇明德，皓首以爲期。"再舉温庭筠的《菩薩蠻》爲例以説明"懷思"："玉樓明月長相憶，柳絲裊娜春無力。門外草萋萋，送君聞馬嘶。　　畫羅金翡翠，香燭銷成泪。花落子規啼，緑窗殘夢迷。"這真是良晨美景，但心却因懷思而不能安，連夢也無據。但所思何人，爲什麽不歸，却一字不題。這和西洋的作品性格與情節互爲因果的，又是多麽不同。

爲什麽要是這樣呢？因爲我國文化的根本義原來爲此。先民感於人生不過短短幾十年，得來至難，消去至快。所以孔子説："逝者如斯夫，不舍晝夜！"宋玉《九辯》："去白日之昭昭兮，即長夜之悠悠！"這真是無可如何的事。不僅這樣，在這短短幾十年中，縱然有一點成就，也全然都靠不住。陶潛詩："客養千金軀，臨化消其實。"在這中間，惟一真實的只有人和人之間的感情，這才是歷朝不磨的。所以姜白石説："萬里乾坤，百年身世，惟有此情苦。"(《玲瓏四犯》)連曹操那樣不可一世的英雄，到横槊賦詩的時候，也就感慨地説："越陌度阡，枉用相存。契闊讌宴，心念舊恩。"而不能忘懷友情，因爲一失掉此情，人生就會成爲寂寞不堪的了。宋玉《九辯》："廓落兮羈旅而無友生，惆悵兮而私自憐。"羈旅無友，失去此情，便只好私自憐惜，無限惆悵恨了。所以古詩説："聊厚不爲薄。"聊厚不爲薄,這才心安理得,使人格統一而不分裂。屈原《九歌》:“折疏麻兮瑤華,將以遺兮離居。老冉冉兮既極,不寖近兮愈疏。”這就是所以寧可聊厚不爲薄的理由。《離騷》在説明了不能不走的原因如哲王不寤、閨中邃遠、黨人嫉妒、荃蕙爲茅等等之後,却説:“陟升皇之赫戲兮,忽臨睨夫舊鄉;僕夫悲余馬懷兮,蜷局顧而不行。”於是到底不忍去國:任何理由都不能敵過對人的情感。這才是温柔敦厚之至,我國文學的精義。

但是我國文學並没有局限在倫理中間,約在三千年前,就已涉及政治和社會。如《西山歌》和《詩·伐檀》《碩鼠》等。《柏舟》《氓之蚩蚩》《黄鳥》等都提到一種社會問題。漢人樂府,如《孤兒行》《婦病行》《東門行》《飲馬長城窟》等,也都提到一種社會問題。蔡琰的《悲憤詩》、王粲的《七哀詩》描寫時代的變亂至今如在目前,那是千七百年前的作品。到了唐代,社會文學更有極高的發展。從天寶到大曆、長慶,這方面好的作品多到不可勝數。我不提杜甫、白居易等,只舉兩個在這方面不大爲人所知的詩人爲例。如顧況的《囝》:“囝生閩方,閩吏得之,乃絶其陽。爲臧爲獲,致金滿屋。爲髡爲鉗,如視草木。……郎罷别囝,吾悔生汝!及汝既生,人勸不舉。不從人言,果獲是苦。……”李商隱《行次西郊作》:“夜半軍牒來,屯兵萬五千。鄉里駭供億,老少相扳牽。兒孫生未孩,棄之無慘顔。不復議所適,但求死山間。”像這種掠賣人口和逃死兵亂的悲劇,豈不是今日都還憬然在人心目間嗎?

元人雜劇,又轉移一個方向,普泛地描寫社會間一切現象,無論是瑣屑或重要,極親切又極精緻。隨手舉例,如《竇娥怨》《救風塵》《東堂老》《殺狗勸夫》《貨郎旦》《救孝子》等等,或傳奇如《白兔記》《琵琶記》等。這些作家觀察和描寫的力量,比起十九世紀歐洲的自然主義作家也無遜色。不過觀點不同,所以不否認社會,却走向求安的一途。

再説到自然美,這是出於儒家,如“曾子居陋巷,捉襟見肘,納履踵决,歌聲如出金石”的精神。陶潛《讀山海經》“孟夏草木長,繞屋樹扶疏。衆鳥欣有托,吾亦愛吾廬”,最足以代表我國文學裏民胞物與的態度,可惜我現在不能詳論我國的社會文學和自然美的文學。

其實西洋文學到了某一階段,也不能不出以求安的態度。Sophocles 的 Antigone,爲了埋葬被處暴尸之罰的哥哥,不惜甘冒死刑。Corneille 的 Cinna,爲寬恕所感而放棄復仇。Raciue 的 Andromache,爲了忠於死去的丈夫忍受任何迫誘。Gothe 的 Faust 裏的 Gaechen,甘願在監牢裏自懺罪行,不肯受 Faust 的救援逃獄。這些,都不走衝突争鬥的路子,却歸結到求取心安。更顯明的是 Shakespeare 的《暴風雨》,這是被認爲可以籠罩他一生之事業的晚年傑作,這是出於西洋任何喜劇典型之外的。這裏面只有一個交付一切於兒女之愛的老人,把所有的仇敵都完全握到手裏又自動地釋放他們,爲了不讓愛留下一點點遺憾。後來並且對他們説,自己只是一無所能的弱者,求他們原恕。這種消解衝突而不是發展衝突,豈不恰恰是我國文學的途徑麽?

所以,可愛的青年們,我希望你們讀讀祖國的文學。這是一種與西洋文學取徑頗不相同,但是殊途同歸的文學。這裏面充滿了愛人生和珍重人生的情緒,這裏面提倡一種完全無我或犧牲小我的精神。如果説健全的人格就是統一寧謐的人格,則這種文學恰恰是領導著向這方面走的。我們如今正處在一個競争衝突的世界;爲了求生存,我們也不能不學習所有競争衝突的方法。但希望總有一天,這種現象會成爲過去,人類終能達到兄弟和睦同居的境界。到那時候,則我們祖國的文學,或許會受全世界的人所瞭解罷。

(載於一九四七年《青年界》新二第五期)

空間和時間

——文藝縱横談之二

誰謂河廣,一葦杭之。誰謂宋遠,跂予望之!

誰謂河廣,曾不容刀。誰謂宋遠,曾不崇朝!

這是宋襄公母親所作的詩。她大歸於衛,思念兒子,却没有法子去看望。這才慨嘆地説:河並不廣,宋並不遠,爲什麽這一點點空間却把自己限制了呢! 她痛恨空間之阻隔,却反過來説這並不算什麽,便以這一種説法來表示她的凄苦。

但空間的限制却是無法超越的。杜甫在亂離中與家人隔絶,於是作詩:"可憐鄜州月,閨中只獨看。遥憐小兒女,未解憶長安。香霧雲鬟濕,清輝玉臂寒。何時倚虚幌,雙照泪痕乾。"自己在孤獨地望著月色,於是想到山遥水遠的地方,閨中的妻也正是凄凉地望著月色罷。在她的身邊,兒女還小,還不知道爸爸是在長安——當時正爲安禄山所據——爲賊兵扣留著罷。但小兒女所不知道的事,妻都深深地感覺,久久地立在凉月之下,以至於鬟髮爲露所濕,身體也爲月色所浸冷了罷。於是幻想著什麽時候才能相會,讓月色照著兩人的泪痕。——這一切都是爲空間所阻隔呀。

就是暫時還在一道,但一想到離别,想到那隔絶兩人的空間就會發生,心情也就頓時變爲凄凉的了,多情善感的柳永在離筵祖帳中唱著《雨霖鈴》:"寒蟬凄切;對長亭晚,驟雨初歇,都門帳飲無緒,方留戀處,蘭舟催發。執手相看泪眼,正無語凝咽。念去去千里烟波,暮靄沉沉楚天闊。　　多情自古傷離别,更那堪冷落清秋節! 今宵酒醒何處? 楊柳岸曉風殘月。此去經年,應是良辰好景虚設。便縱有千種風情,更與何人説!"

在這裏詩人唱著千古名句:"今宵酒醒何處? 楊柳岸曉風殘月!"正因爲"蘭舟催發",去的不能留;"千里烟波",住的不能追蹤。忽然有空間把兩人離隔,曉風殘月,便觸景生悲,一想到這,真不覺黯然銷魂了。

爲了想打破空間的限制,古人便有縮地分身之類的幻想,可惜仍然不能解决這問題,縱然一己可以縮地,可以分身,又豈能人人都縮地都分身? 則空間的限制,依然存在,並非分身縮地之類的方法可以解决。

比空間更神秘的是時間。空間,似乎還可以由我們的意志使之暫時凝定起來,但時間却是超乎一切地流變無住的。到了這種情境，連孔夫子也只好説："逝者如斯夫！"仙人丁令威化鶴歸來的時候，看見一切都變了，不覺凄然唱道："城廓猶是人民非。"裴迪在《孟城坳》也唱著同樣的句子："結廬古城下，時登古城上。古城非疇昔，今人自來往。"可是時間並不就此停住。再過一些時候，就連城郭也没有了，則丁令威和裴迪又該如何慨嘆呢。

古今寫時間運轉之最切至的，莫過於宋玉的《九辯》，他説：

> 靚杪秋之遥夜兮，心繚悷而有哀。春秋逴逴而日高兮，然惆悵而自悲。四時遞來而卒歲兮，陰陽不可與儷偕！白日晼晚而將入兮，明月銷鑠而減毁。歲忽忽而遒盡兮，老冉冉而逾弛。心摇悦而日幸兮，然怊悵而無冀。中憯惻之悽愴兮，長太息而增欷。身洋洋以日往兮，老嵺廓而無處。事亹亹而覬進兮，蹇淹留而無成！

《九辯》的另一章又説："去白日之昭昭兮，即長夜之悠悠。"這真是最最驚心動魄的句子。人之一生，好像就只是到墳墓去的一段過程而已。所以莊子説："方生方死，方中方睨。"王羲之説："俯仰之間，已爲陳迹。"陶淵明説："所以貴我身，豈不在一生？一生復有幾？倏如流電驚。鼎鼎百年内，持此欲何成？"這豈不是都告訴我們，時間是最大的神秘嗎！

文藝，最先遇到的問題就是這兩種神秘——空間和時間。文藝所要處理的基本題材是人，而人却是從空間和時間的組織裏存在的，而且，再進一步，説是文藝要爲人生建立更高的境界，以解脱現實生活的狹隘和拘束，就更應該解決這兩大神秘。所以我們不妨這麽説：文藝是利用時空關係而又要超出時空關係的。古今無數量的作品，都無非是從時空的基本材料出發而已。

有些藝術被稱爲時間的藝術，如音樂；有的被稱爲空間的藝術，如繪畫；有的被稱爲綜合的藝術，即時空關係並重，如戲劇。然而音樂也不能缺乏空間因素，繪畫也不能缺乏時間因素，文學並須同時顧到時空的因素。所以藝術家必須在最經濟的時空領域之内,完成最多的成就。不善於處理時空的,决不能創造好的藝術品。但這不過是初步,時空的問題是古今哲人和藝術家耗盡了心血所要解决的。

首先,我們可以把自己的精神擴大,儘量容納更廣大更悠久的空間和時間,使自己的精神能以超過而不受其壓迫。這個,莊子説得極好。他的一部大著,開宗明義就提出這問題來,仿佛是給讀者的指示。

北溟有魚,其名爲鯤。鯤之大不知其幾千里也。化而爲鳥,其名爲鵬;鵬之背不知幾千里也。怒而飛,其翼若垂天之雲。是鳥也,海運則將徙于南溟。南溟者,天池也。《齊諧》者,志怪者也。《諧》之言曰,鵬之徙于南溟也,水擊之千里。摶扶摇而上者九萬里,去以六月息者也。……朝菌不知晦朔,蟪蛄不知春秋,此小年也。楚之南有冥靈者,以五百歲爲春,五百歲爲秋。上古有大椿者,以八千歲爲春,八千歲爲秋。而彭祖乃今以久特聞;衆人匹之,不亦悲乎。

這是《莊子》第一篇《逍遥游》的最前一段文字。後來在《秋水》一篇裏也有同樣的説法。他的意思是告訴人説,空間無限,時間無窮。拘執著眼前的見聞,那不過是朝菌井魚之類。既然瞭解此義。便可以把眼界放大,不爲目前區區的時空所限了。

我國有一系作品,稱爲游仙的,就是要把精神擴展到無窮無限。這種作風起於屈原。他的《離騷》就寫了很多幻境,如昆侖、玄圃、白水、流沙等等,《九章》裏《涉江》和《悲回風》兩篇也有類似的寫法。宋玉《九辯》最後也有。到西漢初年,就成了風氣,如《遠游》《大人賦》都是的。到西晉以下,就成了一種稱爲游仙詩的,作者很多,以郭璞爲最有名,兹録一首作例:

翡翠戲蘭苕,容色更相鮮。緑蘿結高林,蒙籠蓋一山,中有冥寂士,静嘯撫清弦。放情陵霄外,嚼蕊挹飛泉。赤松臨上游,駕鴻乘紫烟。左挹浮丘袖,右拍洪崖肩。借問蜉蝣輩,寧知龜鶴年!

此外像左思的"長劍倚天外,彎弓掛扶桑","振衣千仞崗,濯足萬里流",像李白《送祖監丞序》:"每欲遐登蓬萊,極目四海,手弄白日,頂摩黄穹。"而他的《日出入行》説得更爲恢闊:

日出東方隈,似從地底來。歷天又復入西海,六龍所舍安在哉?其始與終古不息,人非元氣安得與之久徘徊?草不謝榮於春風,木不怨落於秋天。誰揮鞭策驅四運,萬物興歇皆自然。羲和羲和,汝奚汩没於荒淫之波!魯陽何德,駐景揮戈。逆道違天,矯誣實多。吾將囊括大塊,浩然與溟涬同科。

又如他的《短歌行》:

白日何短短,百年苦易滿。黄穹浩茫茫,萬劫太極長。麻姑垂兩鬢,一半已成霜。天公見玉女,大笑億千場。吾欲攬六龍,回車掛扶桑。北斗酌美酒,勸龍各一觴。富貴非所願,爲人駐流光。

像這樣恢弘浩瀚的想像,正是一個詩人所具有的。他們是一微塵中見世界,一煞那中具永久。有時候是像上面所説的,汪洋無極;有時候又把握住極微小和極短促,使之普遍化和永久化。慨嘆於光陰代謝的王羲之説:"固知一死生爲虚誕,齊彭殤爲妄作!"但却又説:"後之視今,亦猶今之視昔。"於是就在這一煞那間,把住了流變,使幻滅成爲永久。崔護的去年今日,陸游的沈園春色,也不過是一煞那。但他們的永遠珍視的心情,却由一支新詞,曲曲傳出來。試讀下面的絶句,誰又不生感動?

去年今日此門中,人面桃花相映紅。人面不知何處去,桃花依舊笑東風!

落日城頭畫角哀,沈園非復舊池台。傷心橋下春波緑,曾是驚鴻照影來。

人面是比容易凋謝的桃花更消逝得快。園林非舊,更何從問當年情事?但這些假如真的已經灰飛烟滅,則他們的情感又何自而生?所以,在詩人的創作中,是使那些縱然比春宵的微雲還易於幻滅的東西,永久地存在了。

然而我國詩人,却更發現了一種新的境界。他們不問時間之久暫,世界之闊狹,却徑直去追循本體。他們知道生命並不始於個體出生之日,也不消滅於個體死亡之時。任何存在,或者任何變動,都可以追溯其因緣至於無始,又必然發生影響至於無窮。明白了這一意義,則時間的久暫,空間的廣狹,都只是無關重要的細節。陶淵明在《歸去來辭》的最後寫著:"富貴非吾願,帝鄉不可期。懷良晨以孤往,或植杖而耘耔。"這是深切地瞭解了我和物之後的説法。所有屬於物的,一切時間空間的問題,不是我所能爲力的,便都聽其自然。如富貴長生之類,盡可以不管。但所有屬於我的,却決不放鬆,盡一個做人所應盡的職責——最基本的自然是農夫。到了這一種境地,就合於莊子的理想,"天與地平,彭與殤齊"了。因爲精神已經超出了時空,不再受其限制和壓迫了。

我國人生修養,要做到迫於死生之際而不亂,無論壽終正寢也好,取義成仁也好,到了那最緊要的一刻,要能像平日似地從容處理,絲毫不亂。孔子自知要死了,作歌:"泰山其頹乎,梁木其壞乎,哲人其萎乎!"子路正纓而死,曾子易簀而死,都是要得到一個心安。屈原屢次説:"雖體解吾猶未變兮,豈吾心之可懲!"説:"吾將董道而不豫兮,固將重昏以終身。"至於張巡説:"南八,男兒死爾。"黄道周説:"忍一刻便千古。"這都是勘破了死生,超出了時空之外的。

陶淵明臨死時自作挽歌,自作祭文,這並非如昔人的曠達,而是自覺責任已盡,正可以了然死去。他的挽歌如下:

> 荒草何茫茫，白楊亦蕭蕭。嚴霜九月中，送我出遠郊。四面無人居，高墳正嶕嶢。馬爲仰天鳴，風爲自蕭條。幽室一已閉，千年不復朝。千年不復朝，賢達無奈何。向來相送人，各已歸其家。親戚或餘悲，他人亦已歌。死去何所道，托體同山阿。

這是一篇平淡之至的文字，既無戀戀不捨的悲哀，亦無歸真大覺的幻想，只是把死生看作一件不能不如此的事情而已。這是命運，是時空之神。但我國詩人却既不爲命運所壓倒，亦不與命運鬥争，亦另有自處的方法。白居易詩："我無奈命何，委順以待終。命無奈我何，方才如虚空。"屈原《九歌》："愁人兮奈何，願若今兮無虧。固人命兮有當，孰離合兮可爲！"這就是説只要我們盡自己所應作的做去，命運時空對於我們是不會發生影響的。孔子説："未知生，焉知死。"莊子説："善吾生者，所以善吾死也。"於是最大的神秘，不可知的時空，已經給他們消釋了。

我國詩人，到此已經完全解決時空的問題了。第一步是擴大自己的精神，把時空籠罩起來。第二步是認識吾人所直接涉及的時空雖有限，但吾人接受自無始以來的全部影響，而又無限地影響以後。所以我們試置身在無窮無限的時空裏的。這便可以在一微塵中見世界，於一煞那裏存永久。到了第三步，便根本可以不再顧及時空問題；永久和無限都把握在我們自己的手裏，甚至於覺得這種把握也是多餘。

再引《古詩十九首》的一章來結束此文：

> 人生不滿百，常懷千歲憂。晝短苦夜長，何不秉燭游？爲樂當及時，何能待來玆。愚者愛惜費，但爲後世嗤。仙人王子喬，難可與等期。

這裏最後兩句，正是《歸去來辭》"帝鄉不可期"的出處。長生久視，不是我們的目標，盡可以不去管他。但死却不是我們的終結。肉體可以死,所造成的緣和業——借用佛家的術語——却不會消滅,並且還會輾轉相生。所以我們的一生雖不滿百年,却不能不憂慮到千歲以後了。這就是告訴我們,切不可以爲生命短促而忽略(因爲爲生命短促這一念所壓,這才產生了頹廢和懷疑思想)。因爲這樣我們更應該加倍珍重更有限之生,所以該秉燭夜游了。"爲樂當及時"的樂就是孔顔樂處的樂。"及時"就是須臾不遠仁,隨時都心安理得,至於那些"愛惜費"的,在物質享受裏兜圈子的人,終於是要給時間和空間壓倒的。

時間和空間,是從事文學的第一課題。我國詩人在這上面下了極大的工夫,終於找到一條正當解決的路子。

三十六年一月三十日,蘇州。

(載於一九四七年《青年界》新三第一期)

人我之間

——文藝縱橫談之三

希臘神話説 Narcissus 在泉水裏照見自己的影子,以爲那是什麽美的精靈,對之發生極度的愛戀。他終日守在那裏,卒至於墜水而死。這是一個很有意義的故事,表示人是如何企切地希望認識自己,而人又是何如難於認識自己。孔子曰:"君子儒爲己,小人儒爲人。"古希臘 Delphi 地方的 Apollo 神廟,刻有銘言:"認識汝自己。"要瞭解自己底這一企圖,是貫徹於人生一切活動的。

可是要把握自己,瞭解所謂"我"底究竟,却不是一件簡單的事。老子説:"吾之大患,在吾有身;若吾無身,吾又何患。"陶淵明説:"所以貴我身,豈不在一生?一生復有幾?倏如流電驚。鼎鼎百年内,持此欲何成!"照他們的説法,則一切物質上的現象,都非真我!不獨流變無住,甚至於要擾亂真我。然則丢開物質方面是不是可以呢?莊子又以爲是不可以的。他借田開的口説:"魯有單豹者,岩居而水飲,不與民共利,行年七十,而猶有嬰兒之色。不幸遇餓虎,餓虎殺而食之。有張毅者,高門懸薄,無不走也,行年四十,而有内熱之病以死。豹養其内,而虎食其外!毅養其外,而病攻其内。”虎和病都是物質方面的,但都足以損傷我。莊子對於這一個問題,更不求解决,他率性説:“昔者莊周夢爲蝴蝶,栩栩然蝴蝶也,自喻適志歟,不知周也。俄然覺,則蘧蘧然周也。不知周之夢爲蝴蝶與?蝴蝶之夢爲周與?周與蝴蝶,則必有分矣。”我不可得見,所見的只有非我!然而所以能見非我的又是誰呢?在這一問題得不到最後解决的時候,我和非我,混淆不分,因之無從知道“我”底究竟。

但是古今中外的文學,就一方面來説,可以通稱之爲求知本味底企圖。爲了要知本味,不惜向各方面試探。有的人姑且把自己放大起來,登高望遠,征服一切,把天地都懷涵到自己的精神裹。阮籍的《咏懷詩》説:“炎光延萬里,洪川蕩湍瀨。彎弓掛扶桑,長劍倚天外。泰山成砥礪,黄河若裳帶。視彼莊周子,榮枯何足賴?捐身棄中野,烏鳶成禍害。豈若雄傑士,功名從此大!”這詩的意思是説,傑士功名,與爲烏鳶所食的野尸,固然似有分别,但就莊周看來,這種榮枯又何足算?自有一種人能把泰山看成磚石,把黄河當作一衣帶水。懷著高遠的志趣,仿佛可以掛弓扶桑,倚劍天外,則人間世的一切成敗利鈍,自然全不放在心上,可以獨立不倚,因此得見真我。這和劉伶所説“奈何入我褌中”的意思是一樣的。

又有的人却從極小地方,也可以發見我。陶淵明説:“孟夏草木長,繞屋樹扶疏。衆鳥欣有托,吾亦愛吾廬。”他從衆鳥的快樂而領悟到自己不可以不樂。歐陽修雖然没有達到這種心境,但還知道自處,所以説,“游人去而禽鳥樂”。李白因爲能漠視世間的功名富貴,所以也領略到物即是我。他説:“衆鳥高飛盡,孤雲獨自還。相看兩不厭,唯有敬亭山。”又説:“花間一壺酒,獨酌無相親。舉杯邀明月,對影成三人。”這是一種赤子的心情。赤子從不知道我與人與物的分别。他會對著石頭講話,對玩具發生友誼,可是無處不表現他有真我。

不幸這個世界並不讓我們長保這種天真。自從認識外界有非我存在之後,便所見無一不是非我,終於迷亂了真我究在何處。所以極力想從非我中找出真我來。有的人以爲把一切非我都嘗味到,總可以從中發現真我。這是王爾德的《道林格萊肖像畫》和丹農雪烏的《死的勝利》,可是物質享受是無有底止的,如夸父追日,非破滅不止。這正是兩部大著所表示的結局。有的人以爲把一切非我都排斥掉,然後再去尋求真我。這是易卜生的《娜拉》。這位堅决的女性到後來發覺八年同居的丈夫原來不過是一個陌生人,彼此互不瞭解,她不復相信任何故訓,决計自己跑到社會去求取重新的認識。娜拉知道了應該有一個"我"存在,她想要去找。可是她剛剛開頭,結果如何還不能决定。作者又從其他方面討論這一問題,群鬼是没有出走的娜拉,爲丈夫和兒子犧牲了一生,而這犧牲却全無結果。海妲是又一不出走的娜拉,不願犧牲,但終於走上破滅之路。《海上夫人》是作者所提出來的一種折衷辦法,可是那種自己負責的辦法也並未徹底。

又有的人同時從兩方面試探,這是歌德的《浮士德》。浮士德到了自覺日暮途遠的時候,便倒行逆施,不惜賣靈魂給魔鬼以求嘗味一切。最後,他因爲幫助他人而得救。就是到了他不再求享受的時候才能認識自我。可是,Grechen 的悲劇又如何解决呢?昔人傳奇有句云:"恰似傳花人散後,空床抛下最繁枝。"(《非烟傳》)所以浮士德的經歷,也並不是就可以解决這個問題的。

這一種追逐之所以没有結果是很顯然的。因爲,我不可見,必須有所依附然後可見。正如同一道光綫放射出去,在没有觸及某種外物之前是無從看見的。作爲反映自我之根據的有兩方面:一是向外追求,從物底世界去探討社會宇宙底究竟;一是向内追求,從感情思想以至心理之最隱微處。然而宇宙是一個無限,内心亦是一個無限。在這兩個無限没有定位以前,真我究竟是無從確知的。"生也有涯,而知也無涯"——這正是浮士德的悲哀,於是就成爲一個回圈無端的悲劇:我不可見,必須因物以見;但是在我的位置没有確定以前,又憑什麽可以見物呢?西哈諾因爲自己的醜大鼻子而不敢向表妹泄露愛情,可是他却從不知道表妹所愛的究竟是什麽。在這一種回圈追逐中,終於構成悲劇。

"連環可解也。"——真我何以不可見呢?且把這一個問題暫時放開,先要問:爲什麽非追求本味,發現真我不可呢?豈不是因爲四顧茫茫,覺得無有歸宿嗎?孔子曰:"鳥獸不可與同群,吾非斯人之徒而誰與?"莊子曰:"逃空虚者,聞人足音跫然則喜,况親友之謦欬於其側者乎!故去人滋久,思人滋切。"孟子曰:"見孺子將入於井,則匍伏往救。"就在這一轉念之間,可以發現逃脱此無端回圈的方法。這一轉念,就是意識到在這一世界,我——人中之一——並不是孤獨地存在的。此世界中,有無數其他的人,都和我一樣,而必須以相等地對待的方式相處的。

人不能以單獨的狀態存在。個人,就實際的情形説只是幻想。人,在各方面都必須與其同類有最密切的聯繫,比一個人體的諸細胞之間還要密切的聯繫。人只能生存在同類中間,這是最簡單而又切實的真理,但因爲太平常,所以給人們忘記了。人和人之間,有一種天然的聯繫,離此便不能生存。《莊子·山木篇》:"林回棄千金之璧,負赤子而趨。或曰:爲其布歟?則赤子之布寡矣。爲其累歟?則赤子之累多矣。棄千金之璧,負赤子而趨,何也?林回曰:彼以利合,此以天屬也。"這是一段發人深省的文字。所謂天者,無非發於本性,不能自已的衝動而已。而這種衝動,是决然趨向於同類的人——赤子——的。

對於人之思念,實在是文學的第一義。契訶夫有一篇小説名《可愛的人》,所寫的是一個一無所知的婦女,先後嫁了兩個非常可笑的丈夫,又和一個曖昧不明的人同居,終於寄其全部柔情於一個孩子。托爾斯泰批評説:作者原意是想攻擊這種無識無能的婦女,却不知不覺反而把她描寫得崇高了。莫泊桑的一篇短篇小説《月夜》,純粹的自然主義的作品,鐵一般冷酷的長老,終於在月夜之下,一對少年情人之前逃走了。他原意是要去攻擊那個在月夜與情人會晤的侄女兒的。更顯明的是莎士比亞的《暴風雨》。那個獨處荒島有無限魔術之力的老人,盡其力之所能爲,可以驅使風雲,激怒海濤,顛倒衆生;但他所行所爲的一切,無非爲自己的女兒著想。到她的戀愛成功之後,他便抛棄一切的魔法,仍然歸回到一個一無所能的老人。這所寫的,豈不是明明宣示,只有人間底愛,才是一切力量之來源嗎?

宋玉《九辯》之首章:"憯悽增欷兮薄寒之中人,愴怳懭悢兮去故而就新,坎廩兮貧士失職而志不平;廓落兮羈旅而無友生。惆悵兮而私自憐。"這在我國文學史上是提出了一個新的意境:當人間關係因爲某種障礙不能建立的時候,心情不能發展,便悄然收回來自照,正和 Narcissus 在水裏照尋自己的影子,但 Narcissus 忘記了自己,而企圖另有所追求;從宋玉所發展的這一系的興感却是深深意識到人間關係的。梁武帝《西洲曲》云:"欄杆十二曲,垂手明如玉。卷簾天自高,海水摇空緑。海水夢悠悠,君愁我亦愁。南風知我意,吹夢到西洲。"鮑照《代淮南王》云:"朱城九門門九閨,願逐明月入君懷。入君懷,攬君佩,恨君怨君恃君愛!築城思堅劍思利,同盛同衰莫相棄。"李清照《醉花陰》云:"莫道不消魂!簾捲西風,人比黄花瘦。"《西厢記》鶯鶯云:"休將蘭麝薰,休將蘭麝薰!縱將蘭麝薰盡,我不解自温存。"這一種凄苦的自憐,實在是自"我"到"人"底發展之第一步。自我求人,於是因人見我。從這一方向發展,便可以建立一個互相依附的循環,而不復是互相追逐的循環了。

從本味底追求,轉爲人間底追求,這才得以從不安轉到安。因爲人間關係顯明實在,有可以用力處,這必須求取人間關係,原來是人類的本性,上文所引莊子的"天"。假如説人是有感情的動物,以此自别於其他衆生,又説文藝即所以表現或發展此感情,就可以完全明瞭上述的道理了。喜怒哀樂,所謂人類的感情者,都是因人而生。離開了人,便無所謂感情,也就是説,失掉了人之所以爲人底根本義。"我"只能存在於"人"中;離開人而尋求我,自然會走入迷途,愈陷愈深,終必至於像道林格萊那樣舉起刀來刺進自己的胸膛了。

試舉一篇最常見的作品爲例,小仲馬的《茶花女》。茶花女在紛華綺靡的環境裏,因爲找不到一個人,所以她陷於無限孤寂中。

實在説來,阿芒並不瞭解她,也未嘗真正知道愛她,除掉最後一刻。茶花女並没有找到一個愛人,只是追求一個理想的甚至於可以説是幻想的“人”:這就是她所能得到的一切,也就是她所要求的一切。再説,高爾基以馬克思主義的觀點寫了一部大著《母親》,他寫一個共産黨的青年伯惠爾是如何長成的,那應該是堅定冷静,純以理智爲主的了。然而那最後拾起紅旗來的,不是伯惠爾,不是任何工人或黨員,而是那個除了愛兒子以外絶無所知的母親,除了人間的愛之外一無所有的母親,古今中外永恒存在的母親。到了這裏,高爾基恰好做了契訶夫同樣的事,做了巴蘭的祝福。

再引《卷耳》的詩句出發罷。“嗟我懷人,置彼周行。”“置彼周行”之一行動,是深深地對“我”有了自覺。因我思人,故能由人見我。李後主《浪淘沙》云:“簾外雨潺潺,春意闌珊。羅衾不耐五更寒。夢裏不知身是客,一晌貪歡。　　獨自莫憑欄,無限關山。别時容易見時難。流水落花春去也,天上人間!”在這時候,天涯邈渺,故國難歸,一切往事都只在夢裏可見;而夢是深深地現實作著譏嘲的對比。他痛切地思念著一切,他便深切地感到一切了。作者的精神,這時候發展到最高的境界了。

我國詩人,有時候從這裏更進一步。離我而專見人,我却更能於此中生存。《古詩十九首》云:“行行重行行,與君生離别。相去萬餘里,各在天一涯。道路阻且長,會面安可知。胡馬依北風,越鳥巢南枝。相去日已遠,衣帶日以緩。浮雲蔽白日,游子不顧返。思君令人老,歲月忽已晚。棄捐勿復道,努力加餐飯。”“衣帶日已緩”和“思君令人老”兩語,是思念之深,不能自已。就在這一關頭,意識到人之思我,該也如此罷。自己的消瘦且不去管,却不能不安慰人家,勸他珍攝身體,不再思念,這真是我國所謂忠厚之至了。

何以自處,亦復何以處人,這不獨是人生的大問題,也是文學裏的最大問題。古今中外無數詩人,無非都在腐心苦慮於解決這問題罷。必須瞭解於人我之間,而有以自處,然後認識自己這一問題才能解決罷,也必須打破了這一關,西洋文學中的懷疑和我國文學中的寂寞都才可以免除罷。又,從尋求自我——無論得到解決得不到解决——這觀點出發,去認識西洋文學,才不至陷於正看《風月寶鑒》的錯誤罷。

(載於一九四七年《青年界》新三第三期)

價值顛倒的世界
——文藝縱横談之四

有人以爲文藝是價值顛倒的世界:平常當作天下大事,無比重要的,在文藝裏却輕輕帶過,甚至於丢到一邊。又有些事情,平常以爲不值得一顧的,文藝偏偏當做核心來處理。顛之倒之,好惡不與人同。有一種富有趣味的説法,以爲文藝的成就,和内中所寫的事迹之"大小"成反比例:寫軍國重事的便不高,寫極瑣屑平常的才有極高的造詣。你説這是一種偏見嗎?他們會舉出《水滸》爲例。《水滸》最動人的描寫如王進、魯達、林冲、武松諸段,所牽連的只有少數人,範圍很小,一到後部,打大名府東昌等處,簡直是攻城掠地的大規模戰争了。然而就藝術的價值來説,後段遠不及前段。

這是一個很有趣味的問題。就純文藝説,無疑都是寫一些"小事"的,甚至於還有寫"小人物"的癖好。這可以説是因爲文與史本來分途,那些"大事"和"大人物"應該交給史去寫。我國古文家,却有意以文代史職的。他們立志要寫經世文字,所謂大手筆的。李商隱《韓碑》説:"點竄堯典舜典字,塗改清廟生民詩。"可是不獨燕許大手筆並不流傳,就是極爲後人誦讀的作家中,他們的煌煌大文也是比較不流行的。碑誌第一手的蔡邕,要推《郭有道碑》爲他的壓卷作,而郭林宗却是一個在政治上没有地位的人物。杜甫的《三大禮賦》,却連現在的一位史學家也誤認作一篇,可見讀那幾篇大文的人之少。韓愈的一些神道碑遠不如《毛穎傳》《祭十二郎文》等流行。蘇軾的《内制集》《外制集》等也極少人翻閲。那麽,上面所提出來的説法,縱然不是絶對如此,也可以説是最大多數的文藝作品無不如此。於是我們就必須發問:究竟是詩人顛倒價值呢,還是一般人所認爲價值的不是真的價值呢？還是另有所説？

至少，詩人是不顧慮一般人所謂價值的。馮延巳《謁金門》詞云："風乍起，吹皺一池春水。閑行鴛鴦花徑裏，手挼紅杏蕊。鬥鴨欄幹遍倚，碧玉搔頭斜墜。終日望君君不至，舉頭聞鵲喜。"這一首有名的詞曾引起南唐中主的戲謔："吹皺一池春水，干卿底事？"一般詩人，大抵是採取這種態度的。杜甫稱爲"詩史"，他的大作爲《北征》《赴奉先咏懷》、秦中諸咏，都不過記個人生活中一些極瑣屑的事而已："移時施朱粉，狼藉畫眉闊。"忽然寫到小女孩的嬉戲。白居易的成名作使顧况聳然驚异的却是一首小詩："離離原上草，一歲一枯榮。野火燒不盡，春風吹又生。"陸游的《夏日》云："病退身初健，時清吏再休。渴蜂窺硯水，慵燕息簾鈎。棋局每坐隱，屏山時卧游。真成愛長日，未用憶新秋。"凡此，都是描寫一些就常人眼中渺不足道的情境。

西洋文學，亦復如此。幾部影響一代的大著，所寫的都是小事情。《少年維特之煩惱》不過某一初入世的青年，失戀自殺。《悲慘世界》不過一個工人伐爾揚的一生。《娜拉》不過是夫妻意見不合而仳離。《罪與罰》不過一青年犯罪自首。這些事件，僅可以占報紙上社會新聞的一角小地位。如瓊克瓦特爾寫《林肯》一劇那樣以偉人事迹爲主而得到成功的作品，真是絶無僅有。

可是，談到這裏，會遭人反駁了。古典悲劇，豈不都是以英雄或國王貴族爲核心人物，所寫的國家興亡的大事？古代希臘的三大悲劇家以至於莎士比亞、拉辛等人的作品，差不多都是以國王、王后、英雄爲中心的。他們的成功失敗，關涉到一國的興亡，都是無比重要的事實。但是這並不與上面所説的相衝突。因爲他們所寫的，都並非是歷史的事實，而是傳説的事實，寫得雖然熱鬧，究竟是虚花水月。就是有些歷史上的人物，如高乃依的熙德，希勒爾的威廉退爾，也都是半傳説的人物，其事迹實在是無可稽考。許多學者都在爲莎士比亞劇本的故事考究來歷，但那終於只是這書本上的來歷，而不是歷史上的來歷。所以，就通常的意義來説，仍不能就認爲那是大事件。

爲什麼文藝總是不顧及通常的價值問題呢？這須先要考慮一下所謂價值一詞究何所指。一張一元的國幣，不僅十年以前和今日所代表的價值大不相同，就是在同一時間，因地因人也表現著不同的價值。所以，價值者，是因時因地因人而不同的。不止如此。一元國幣的價值，並不是從其本身或持有人所以決定的，這須用旁的對象來表示，例如對黄金或對米的比較，又要由於旁的人底承認，如抗戰時期的國幣或僞中央儲備券。這樣一來，則價值者，要推考下去，終會不可究詰。莊子説："吾有待而然邪？吾所待又有待而然邪？烏知其所以然，烏知其所以不然？"價值實在是有待而然的，其本身反而不能自作決定。《聊齋》有一篇《羅刹海市》，説有人誤入羅刹國，那地方的人以醜爲美，以美爲醜，最醜的居高位，五官端正的却貧窮，無以爲生。那雖然是從"小慚小好，大慚大好"的話引伸出來的牢騷，却也顯然説明對於價值之類的認識並不是到處都一律的。莊子《齊物論》更以客觀的態度來説明這一問題：

> 民溼寢則腰疾偏死，鰌然乎哉？木處則惴慄恂懼，猨猴然乎哉？三者孰知正處？民食芻豢、麋鹿食薦，蝍且甘帶，鴟鴉耆鼠，四者孰知正味？猨猵狙以爲雌，麋與鹿交，鰌與魚游；毛嫱麗姬，人之所美也，魚見之深入，鳥見之高飛，麋鹿見之決驟：四者孰知天下之正色哉？

這話説得實在並不偏激。價值者，只在某一範圍内，用同樣的標準去看才可以決定。不在同一範圍，不適用同一標準，如麋鹿與猿與人，則各美其所美，各醜其所醜，彼此之間，無有共同的價值可言。從不同的角度觀察人生，採取不同的標準，則彼此所認定的價值，便無法相同。這就是文藝之所以被認爲是價值顛倒的世界底原因。詩人必須從自己角度去看世界，不能隨俗浮沉。不過，僅止照上面的説法，並没有把這一問題完全解決。如以爲詩人與常人的觀點不同，因而在文藝裏不採取通常的價值觀，雖屬實情，却不能解説何以文藝裏所寫的盡爲"小事"。難道文藝作家都是"嗜好與俗殊酸辣”的嗎？縱使這是實情，那麽，不只屈到嗜艾，曾晳嗜羊棗，可以向易牙驕傲，就是蜣螂臭蟲，也可以算是珍饈美味了。文藝者，在另一方面說，又可以見其爲衆人同嗜的，儘管其所承認的價值各自不同。因爲這樣，托爾斯泰才説藝術是情緒之傳達。就因爲文藝必須有傳達作用，這才使三一系的性靈説不能成立的呀。

况且就文學的功用來説，有人主張極端的功利觀點。王充説："爲世用者，百篇無害；不爲用者，一篇無補。如皆爲用，則多者爲上，少者爲下。"(《論衡・自紀篇》)他這種説法，雖稍偏激，却不能全然否認。人類究竟是爲實際所限制，不能純然消耗精力於無用之處。所謂"無用"，實際上是"無用之用，乃爲大用"，並不是消極的無，而是老子所説"三十輻共一轂，當其無，有事之用"的積極的無。既然有用，就必須有價值。

這樣看來，所謂文學藝術爲價值顛倒的世界者，並不是説全然否認價值，只是説不採用通常的價值觀點而已。其所以不採用通常的價值觀點，乃是爲的獲得更大的價值。價值者，如上面所説，是適用於某一範圍，在某一標準之下的，範圍既大，標準不同，則價值的評斷自然不同。昔日的有價值，到此或爲無價值。昔的無價值，到此或反而有價值。陶隱居答齊高帝云："山中何所有？嶺上多白雲。只可自怡悦，不堪持贈君。"山中白雲，就政治的立場看來，誠然全無價值。但山中隱士，却因白雲舒卷，來去無心，因每忘情利禄，達到心安理得之境，却又是有價值的了。不止如此，從政治的人一心關注眼前的利害，忘了此外尚有更大的世界。假如他也能够一朝閑散，澹澹然瞭望白雲，則他也許會有更深的瞭解，而不至於拘拘然像陷阱之蛙。那麽，白雲却是有了更大的價值了。到這一步，就達到所謂"無用之用，乃爲大用"的境地了。

文藝者，首先第一，要解脱個人主義的拘圈，要解脱狹小範圍的拘圈。所謂個人主義，所謂畫定的圈子，無非是説爲眼前實際的利害所左右而已。眼前實際的利害，又無非固定在某一時間和某一空間的關係之中而已。文藝之所以必須具有普遍性和永久性，也無非由於這一根底的要求而來。一般人的價值觀念，都無非從實際的利害觀點,即某一特定的個人限定在某一時空的關係之内,詩人得打破這種關係之限制,所以必須避免那些可以使人認爲對他個人特殊有價值的情境。這就是文藝所以總是寫大事件的原因。

張惠言論詞云:"極命風謡里巷男女哀樂,以道賢人君子幽約怨誹不能自道之情。"周存介也説:"初學詞求有寄託,有寄託則表裏相宜,斐然成章。既成格調,求無寄託;無寄託則指事類情,仁者見仁,智者見智。"里巷哀樂,自然是事之小的,但賢人君子不能自道的情却藉此表達。也因爲賢人君子在社會上各有其特定的利害,不能公之於世。只有里巷哀樂才是無所容心,可以表現人生的本性。周存介的話雖然不一定指大事小事,可是有寄託就是與某一特定的事體有關;必須解脱了這種關係才能够直透人性的底裏。

所以,價值顛倒的世界者,在消極方面説,是一種防禦,使世俗的利害不來擾亂。正如《莊子·徐無思篇》所説的"逃堯""堯蓄蓄然仁,吾恐其爲天下笑,後世其人與人相食與"。仁雖然是好的,但仁既有所利,其反而便有所害,要無所害只有先從無所利下手;所以説仁的極弊會至於人與人相食。文藝的境界恰恰如此。避免那些與某一範圍的有特殊關係的,便趨向極細微的事件,如山中白雲、案上渴蜂了。到這一境地,大家便可拋棄利害的觀點,與詩人同去體會人性的真實了。

就積極方面來説,則是重新建立更真實的價值。杜甫的《茅屋爲秋風所破歌》,説秋風把他屋上的茅都吹走了:"高者掛罥長林梢,下者飄轉沉塘坳。南村群童欺我老無力,忍能對面爲盜賊;公然抱茅入竹去,脣焦口燥呼不得。歸來倚仗自嘆息。"到這一境地,所謂踏穿漆桶底,一切無有,精神才能轉入更大的境界,發生廣厦萬間的偉大的想像。易卜生的《娜拉》也有同樣的寫法。當郝爾茂責問娜拉説她有做妻子的責任和做母親的責任的時候,娜拉會以她已不再相信這些,不相信中前所受的種種教訓——評定價值的標準,她以爲惟一的責任是對自己的責任,是重新評定價值。娜拉這種説法,恰可以解説文藝何以必須成爲價值顛倒的世界。

因此，所謂價值的顛倒的世界者，到底還不過是表面的現象而已。在那骨子裏，是要建立一特立獨行、堅定不移的精神世界。西洋文學裏，愛寫一種個性極强、亘萬世而小願的人物。如 Aeschylus 的《*Promethus*》，Sophocles 的《*Antigone*》，Schiller 的《*Moon*》，拜倫的《*Menfred*》，易卜生的《國民公敵》等都是。這正是發揮價值顛倒的世界之積極一面的精神。我國則屈原最可代表。他説："忽馳騖以追逐兮，非余心之所急。老冉冉其將至兮，恐修名之不至。"又説："雖九死余猶未悔兮，豈余心之可懲！"又説："余幼好此奇服兮，年既老而不衰。帶長鋏之陸離兮，冠切雲之崔巍。被明月兮佩寶璐；世溷濁而莫吾知兮，吾方高馳而不顧。"他不顧毁譽，九死無悔，就是不顧世上一般人所認定的任何價值的標準。在他以前，夷齊的《西山歌》説得同樣堅决："登彼西山兮，采其薇矣。以暴易暴兮，不知其非矣。神農虞夏，忽焉没兮，我安適歸矣。于嗟徂兮，命之衰矣。"至於陶淵明的《桃花源詩》和《序》，王無功的《醉鄉記》一類，則表示價值顛倒的世界之消極一面的精神了。

所以，要從事文藝，首先須特立獨行，拋開世俗的見解，自己去尋求真價。這一真價，首先須不爲世俗的利害所動才能著手尋求。脱離了世俗利害之後，便可於一微塵中見世界，與通常的觀點迥不相强了。認文藝爲價值顛倒的世界者，到底還不過是初步的見解而已，我希望一個從事文藝鑒賞的青年，先拋棄自己的成見，到文藝裏去尋求人生的真實義。我希望一個從事文藝創作的青年，頓開名韁利鎖，向更廣大更真實的世界裏去討生活。價值究竟顛倒與否，且讓一些俗人自己的觀點去議論罷。

三十五年四月，蘇州准提庵

（載於一九四七年《青年界》新三第四期）

藝術與實物

——文藝縱横談之五

論畫以形似,見與兒童鄰。賦詩必此詩,定非知詩人。詩畫本一律,天工與清新。邊鸞雀寫生,趙昌花傳神。何如此兩幅,疏澹含精匀。誰言一點紅,解寄一枝春!

這是蘇東坡《書鄢陵王主簿所畫折枝二首》之一,對藝術表示一種極重要的態度。他以爲藝術自有其獨特的境界,不能拘拘於"形似""此詩"。他明白宣言,藝術不是實物,藝術不可模仿。莊子有一段記載:"宋人以玉爲楮葉,三年而後成。雜之真楮葉中,不復能辨。"這真是一個大笑話,無怪乎東坡先生要提出抗議了。模仿,就程度上講,無論怎麽樣逼"真",總還會隔一點距離。假如真的能與"真"一樣,那又何必多此一舉?《莊子・解方篇》又説:"宋元君將畫圖,衆史皆至,受揖而立,舐筆和墨,在外者半。有一史後至者,儃然不趨,受揖不立,因之舍。公使人視之,則解衣般礴贏。君曰:可矣,是真畫者也。"這樣看來,不只要不拘拘於形似,還要有擺脱一切的精神,這才能够從事於藝術呀。

但是從另外一部份人的意見,則藝術又必須從模仿入手。西洋藝術理論的始祖亞里斯多德便以模仿爲藝術之根源。他在《詩學》上説:"凡史詩、悲劇、喜劇與夫頌神之詩,各式琴笛之樂,就其一般之概念而言,皆無非模仿之各態。"又説:"凡詩之起,似有兩因……第一,模仿之本能,人自孩提時,即已備具,而人之所以异於其他動物,即在其爲最喜模仿之生物,其最初之功課,亦即由模仿習之;而凡模仿之事物,皆可於其中感覺愉快。"亞里斯多德所謂模仿,雖然後人解釋爲含有想像、印像等意思,但那含義却顯然與蘇東坡的意見相反。我國文人,更極力主張模仿古人的作品。韓愈、柳宗元都有這種議論。黎二樵跋李賀詩集説:"亦知作詩須從難處著手,不嫌酷肖。到此時自會生出面目來。見今人朝學古人,暮欲立一格，動畏優孟之譏，必至濩落無成，入於野體。”從陸機擬古，到明代七子，以及我的老師教我作擬《愛蓮説》、擬《陋室銘》之類，所走的都是同一條路。

那麽，究竟藝術與實物，有著怎樣的關係呢？

藝術和實物是對立的。藝術不是實物，只有人類的“復製品”才能成爲藝術。在這一點上，亞里斯多德和蘇東坡統一，都認爲藝術是實物之外的另一存在；只是一個説是從實物（或人生，或性格感情等）模仿，一個以爲徑直可以撇開實物而已。這一問題。我們且留到以後再討論。目前，先立一初步的結論：藝術不能以實物充當。

爲什麽實物不可以成爲藝術呢？試先引一最常見的題目——咏梅，對像同爲一種東西，而寫法則人人都不相同，即從同一的對像可以産生各種不同的印像與表現。

中庭雜樹多，偏爲梅諮嗟。問君何獨然？念其霜中能作花，霜中能作實，摇蕩春風媚春日。念爾零落逐寒風，徒有霜華無霜質。　　鮑照《梅花落》

當年臘月半，已覺梅花闌。不信今春晚，俱來雪裏看。樹動摇冰落，枝高出手寒。早知覓不見，真悔著衣單。——庾信《梅花》

梅蕊臘前破，梅花年後多。絶知春意好，最奈客愁何！雪樹元同色，江風亦自波。故園不可見，巫岫鬱嵯峨。——杜甫《江梅》

衆芳摇落獨暄妍，占盡風情向小園。疏影横斜水清淺，暗香浮動月黄昏。霜禽欲下先偷眼，粉蝶如知合斷魂。幸有微吟可相狎，不須檀板共金尊。——林逋《梅花》

十年無夢得還家，獨立青峰野水涯。天地寂寥山雨歇，幾生修得到梅花？——謝枋得《武夷山中》

苔枝綴玉，有禽翠小小，枝上同宿。客裏相逢，籬角黄昏，無言自倚修竹。昭君不慣胡沙遠，但暗憶、江南江北。想佩環、月夜歸來，化作此花幽獨。　　還憶深宫舊事，那人正睡裏,偷傍蛾緑。莫似春風,不管盈盈,早與安排金屋。還教一片隨波去,又却怨、玉龍哀曲。到恁時、重覓幽香,已入小窗横幅。”——姜夔《疏影》

以上引了六個人的作品,時代自南朝到宋亡,西曆第五世紀到十三世紀,約相去八百年。在同樣的題材之下,鮑照若有所諷,庾信也是一樣,但所諷刺的方面却迥然不同。杜甫叙客愁,謝枋得則有亡國之感。同是悲哀,所悲的性質又迥然不同。林逋直咏梅花,姜燮也直咏梅花,但一個是眼中之梅,一個是意中之梅,所咏又迥然不同。這樣看來,雖然是同樣的外物,詩人心目中所感觸攝受的却各自有不同的境界。

我們可以借老子“爲道日損”的話來説明這一現象。爲道日損者,是説要刊落一切浮面的現象和偶然的關係,避免一切不相干的影響,這才能够直指本心,直明本性。任何外物,就他的本身説,實在並無意義。直到某一個人使這外物和他的過去發生某種關係,這就有了意義。人可以對同一外物,構成種種不同的關係,因此有種種不同的意義要把自己所瞭解的意義傳達出去,就得阻止别人對這外物發生其他的關係。《聊齋》裏有篇《鴿异》,一個人把他最寶貴的鴿子送給顯貴,原是想教人欣賞那珍禽的美,結果人家却煮來吃了。他的意思,全没有傳達到。莎士比亞的《馬克白斯》最後一幕,敵軍砍了樹枝掩護前,他却認爲伯南的森林移了。這和苻堅在肥水敗後,覺得八公山草木皆兵是同樣的情景。又如一塊石頭,李廣認爲是虎,晁無咎認爲是奇鬼,黄山谷却要下拜。所以要從借實物表達意思,只在粗淺的階段上有效。一到深微浩渺的意境,實物便没有辦法。原因是實物對不同的人和時和地必然發生不同的關係,便有了不同的意義。

上面説過,要能傳達,必須減去外物可能發生的他種關係。這就是所謂“爲道日損”。通常對外物可以從經濟的觀點去看,也可以從科學的或直觀的觀點去看。經濟的關係最受環境影響,所以是最具偶然性的,藝術必須首先刊落這種關係。潘閬作詩,剛剛成了一句,“滿城風雨近重陽”,爲催租人所敗。又假如有人讀了上面所引的梅花詩,忽然想到那是可以止渴或煮酒的東西;或者,讀了疏影詞,忽然想窺探壽陽公主的睡態——豈不大煞風景!科學的真是比較有永久性的,但那只是獨立的真,不能對人人都引起同樣的觀感。並且,那是要相當的知識基礎,便不能爲人人所瞭解,因以減少其普遍性。藝術惟有從直觀入手,把各個人的無所依傍的真知灼見表現出來,這才可以傳達。

柳永的詞:“今宵酒醒何處?楊柳岸曉風殘月。”所以成爲千古名句,正因爲從送别的人想像中寫,而不從行人的實境寫。遠舟是我國文人常常描寫的一種美境。如“雙槳來時,有人似舊曲桃根桃葉。”(姜白石《琵琶仙》),“張帆隱隱歸舟,天邊雪捲雲游”(李咏《清平樂》),但是假如自己在船上,看見打槳人汗流遍體,美感又何處得生?古希拉劇本,總是把大場面不放在臺上表演,而用一個使者報告,也就是要造成心理距離,以隔開可能發生的其他感覺。

西洋古典主義的作品,往往採用古代傳説或貴族生活,那目的都是要避免人物底社會性,使之更易於獲得永久性與普遍性。浪漫主義的异域情調和中古情調則更顯明地是要取得心理距離。① 試以李賀有名的《金銅仙人辭漢歌》爲例。

> 茂陵劉郎秋風客,夜聞馬嘶曉無迹。畫欄桂樹懸秋香,三十六宫土花碧。魏官索車指千里,東關酸風射眸子。空將漢月出宫門,憶君清泪爲鉛水。衰蘭送客咸陽道,天若有情天亦老!携盤獨出月荒凉,渭城已遠波聲小。

作者在這裏構成一個純粹空虚的幻想,説是魏既代漢,明帝派人到長安去拆取漢武帝所建的金銅仙人承露盤。這位銅像,在給魏官搬走之際,不覺追想昔日,泫然泣下,這是比任何銅駝荆棘、濱

① 關於文藝術作品是否需要社會背景,不是此處想要討論的問題,筆者只想指出各種流派對此的意見。

海桑田之類的作品更感動人的,固然由於作者的手法,也因爲這是純粹訴之於讀者的想像,有高度的普遍性與永久性之故。

藝術之所以不能利用實物,還不只爲了傳達。假如照克洛契的說法,當直觀完成的時候,藝術就完成,更無須再引製作藝術品①,則這種直觀也不能借助於外物。人類的本能是追求無限的快樂,一旦這種追求不能達到,便感到痛苦。縱使在他人看來是一種痛苦的行徑,如孔子在陳,史可法守揚州,黄道周殉難的時候,他們是自覺另有大樂存在的。假如真的認爲痛苦,也就會改途他適了。但世界上原只有一種快樂,却與刺激的性質不發生關係;這就是在活動不受阻礙的時候。無論什麽環境,只要我們在那兒可以任意活動,即感到快樂;活動的可能性愈高,所感到的快樂愈大。等到不再有活動的餘地,則縱然情景爲舊,感覺上已經轉爲痛苦了。所謂"俯仰之際,已爲陳迹","風景不殊,舉目有河山之异",正是説明這一狀態,人類的本能既然趨向快樂,自然發生無限活動底欲求了。

無限的活動,就是一種不受限制、永不完成的情境。一到完成,便會終止凝固。這種境界,古人稱爲"天地不全",稱爲"方生方死,方死方生"。實物,無論怎麽樣浩瀚複雜,總是有限的。一與接觸,便已完成。所以追逐於實物的世界,那活動是有限的,快樂也是有限的,並且迅即變成痛苦。這樣,精神便要創造另一世界,超出實物底限制,以求達到無限的活動。我們神往於未來,企望著不可知,豈不正是因爲那是一種更有活動的境界,需要我們去用力去辛苦嗎?文藝之所以顯得"愁苦之詞易工",豈不正是因爲那是一種需要辛勞而成爲不可知的世界嗎?錢起有名的詩句"曲終人不見,江上數峰青",正表示這樣一種不可知的渺遠的世界。我國文學,最長於這種寫法。司空圖詩品稱爲"不著一字,盡得風流"。

所以,藝術總是要從現實世界超升的。康得論藝術,似爲應該

① 筆者並不贊同克洛契此一理論。將來討論到内容和形式的問題再行闡説,此地不過借克洛契的話作爲説明。

空諸傍依,無有關心。釋勒以爲是和游戲衝動相似的心理狀態。克洛契更進一步,以爲"藝術對於科學,效用與藝術都獨立"。這一種超然於現實世界之外的精神,正是我國文學上所極力追求的。曾子居陋巷,"捉襟見肘,納履踵决,歌聲如出金石",這是我國志士仁人和文學家所共同遵守的精神。陶淵明詩"結廬在人境,而無車馬喧。問君何能爾?心遠地自偏",楊繼盛臨刑前作遺囑幾千字,無一字塗改,並作絶命詩"浩氣還太虚,丹心照萬古。平生未了事,留與後人補"。文天祥在獄中集杜甫詩到兩百首:他們都是能够隔絶眼前的利害,因而使精神得到無限活動。

可是,我們還得更進一步,問:藝術是否可以完全離開實物呢?藝術家是否可以不顧實生活呢?這是一個大問題,應該詳細討論,不是這篇短文所能解答的,筆者希望以後再談。在這裏我且舉幾個例子,請讀者先想想。與生活完全隔絶的詩如李長吉的《巫山高》:

> 碧叢叢,高插天。大江翻瀾神曳烟。楚雲尋夢風颸然,曉風飛雨生苔錢。嫋姬一去一千年,丁香管竹啼老猿。古祠近月蟾桂寒,椒花墜紅濕雲間。

完全與生活迫切相關的如文天祥《指南後録》自嘆之首:

> 猛思身世事,四十七年無。鶴髮俄然在,鸞飛少已殂。二兒化成土,六女掠爲奴。只有南冠在,昂藏是丈夫。(其一)
>
> 北轍更寒暑,南冠幾晦冥。家山時入夢,妻子亦關心。惆悵心如失,崎嶇命復輕。遭時命如此,薄分笑三生。(其二)
>
> 疾病逹三次,形容落九分。幾成白宰相,誰識故將軍?暗坐羞紅日,閒眠想白雲。蒼蒼竟何意,未肯喪斯文?(其三)

再則,藝術家裏自有兩種人。有生活經驗極豐富的,我國如杜甫、元好問,西洋如莫里哀、蕭伯納。亦有生活經驗極不豐富的,我國如李賀、歸有光,西洋如莎士比亞、契訶夫。有經驗豐富而作品不入世的,如郭璞。有經驗不豐富而作品極入世的,如釋勒。可見得這一問題之複雜不易解決。古希拉人想像中有一種生物,稱爲Centaur,有人的頭、雙手和胸膛,有馬的四足和身軀,自成一樣,具有人的智慧和馬的精力。羅丹雕有一Centaur像,兩臂伸向天空,四足則釘牢在地下,偉大的雕刻家羅丹是試著想來解決這一問題的。

三十六年五月

(載於一九四七年《青年界》新三第五期)

文藝與道德

——文藝縱横談之六

親愛的青年們,我用這個題目對《文藝縱横談》暫時作一結束。雖然我要説的話還很多,但"六"却是一個好目,"地六成之",便不妨把其他留到將來再談。

法國大藝術家羅丹在他一部告青年人的大著裏説:"要作一個藝術家,先要堂堂地做一個人。"這真是擲地作金石聲的名言。我們看見客人的時候,總得收拾容貌,不能拿難看的樣子給别人看。藝術,是拿我們的心給人家看的,又豈可以不把這條心修飾妥善呢! 容貌還可以臨時修飾,心,却非平日下功夫不可。

藝術與道德的問題,應當從兩方面立論。第一,是否有不道德的藝術呢? 第二,是否有無品的藝術家呢? 第一點當從公認的藝術傑作來説。既得到正面的答覆,則第二題便可以迎刃而解了

先從幾種受嫌疑的作品談起。朱淑真的《生查子》是一首極有名的詞。"去年元夜時,花市燈如晝。月上柳梢頭,人約黄昏後。

今年元夜時,花市燈如舊。不見去年人,泪濕青衫袖。"爲這一首詞議論紛紛。有人説朱淑真不貞,私約情人。爲她辯護的則説此詞原不是她所作。其實原詞語意不很顯明。"月上柳梢頭,人約

黄昏後”,正是約女伴同去觀燈。約情人私會,自必另有時地,豈敢在黄昏花市?無奈讀詞的人,總不免戴著有色眼鏡去看。因此“賢者心自動”。又豈能怪這一首《生查子》是不道德?這一情況,金聖嘆批西厢時已經説得很透澈,曹雪芹也叫人不可正看《風月寶鑒》,筆者不必辭費了。我們且再看西洋作品(西洋文學必須從其全文著眼,切不可從梗概提要之類下斷語)。

梭福克爾斯的《窩迭浦王》其故事是殺父娶母,極人倫之大變,是否可以當作不道德的藝術呢?不,剛好相反。假如你讀過全文,一定感覺到那是道德意識極深的作品。窩迭浦斯極力逃避預言中他將要遇到的罪惡,决心放棄王位繼承權,逃到國外,但殘酷的命運却把他盲目地引到罪惡上去了。不到最後,他,以及任何别人都不知道他犯了罪的。佛洛以德説人類本有窩迭浦斯情意結,假如他所説的是真理,則作者不過顯示一種事實,屬於非道德的範圍,即與道德不道德的問題無關。並且這些犯罪的經過都是“前文”,不在劇本表演之内。劇本裏所見的窩迭浦斯,是個賢明的君王,慈愛的父親,忠實的丈夫,英勇的武士。這樣一個“好人”不幸於無意中犯了自己也不知道的罪。後來逐漸展開他究竟做了什麽事,終於發現他是什麽人,他便以終身的苦行(自瞎雙目,放棄王位作乞丐)來賠罪。全劇文辭純浄,絶不會令人發生污穢的聯想。作者警戒人决不可自以爲無罪,不到死時不可自詡爲幸福。又以爲只有苦行才可以贖罪。作者之所以採用這個故事,是推至極點的説法,以爲在不知覺中甚至於可以觸犯最大的罪惡。

再舉王爾德的《道林格萊肖像畫》爲例。道林格萊憑了他的青春美貌,儘量享受,無惡不作,並且因爲一種魔術作用,他的青春始終保存,替他受罪和老去的是他的一幅肖像畫。這是有名的唯美主義的作品,在他們所倡的理論裏,根本否認文藝和道德有關係。但是這位道林格萊究竟怎樣呢?他一經知道自己的歲月和那肖像畫交换之後,便把那幅畫嚴密收藏起來,不敢去看。過了許久,終於忍不住,要去看看自己究竟變成什麽樣子。他發現那幅像變成一個窮凶極醜的老人,便拔刀刺去,結果是刺死了自己。此後人家發現地下死了一個窮凶極醜的老人,畫面却恢復了美好的青春。這部作品的道德教訓也是很顯明的。人一走向邪路,便把真我壓抑起來,以假面目向人。但是這個真我,或者徑稱之爲良心,絶不會消滅。他不斷反攻,使作惡者永不得安静:他又終於必得勝利,使作惡者自斃。憑藉青春美貌專事享受的道林格萊,終於變成一具窮凶極醜的老人的尸體,那是何等驚心動魄的描寫,這一種寫法又何止曲終奏雅呢?

首唱爲藝術而藝術(一種分離藝術與道德底理論)的囂俄,其注重道德,並不比任何作家爲淺。他在《吕伯蘭》一劇的序文上説:"戲劇是個講座,戲劇是個演臺,戲劇説得强又説得高。"又説:"他嚴格地自問,專心在作品的質點上。因爲他曉得責任。他不願意這個人群有一天來詰問他指教的地方。詩人也該負靈魂的責任,不該叫群衆出了劇場,不帶些深嚴的道德觀念回去。"(依曾樸譯文)浪漫主義者和古典主義者、自然主義者注意道德的程度是一樣深的,只是所注意的方面各有不同。古典主義者從理性出發,注意那些道德教條;浪漫主義者從情感出發,注意人類的天性;自然主義者也從理性出發,却採取重新評定價值的態度,擴大了通常所謂的道德範圍。所以,古今中外的藝術作品,都是以道德爲歸依的。

那麽,究竟是否有一種放之萬世而皆准的道德標準呢?我以爲這與我們所要討論的問題没有關係。道德自然可以分成兩部份:其一是對人的,如慈愛、忠恕、信義、謙遜等,古今中外無不如此;又一是對事的,如守貞、殉節、服喪、祭儀以及禮制風俗,却都因時因地不同。可是,無論怎麽樣奇特至於不合理的道德形式,如天葬、郭巨埋兒、關盼盼守燕子樓,只要其人虔誠地相信,敬謹地實行,都合於最高的道德標準。藝術裏所要表現的,不是某種道德形式的本身,更不要説服他人同樣去實行,而是要表現人性怎麽樣從這種"相信"和"實行"所受的影響和發展。所以,道德條文是否因時代而變化並不影響藝術的道德性。希臘人以驕傲爲最大惡德,所以尼阿伯(Niobe)以七子七女自夸,便得到神譴,七子七女一時併死,她自己立化爲石。中世紀以戀愛爲一種聖潔的理想,所以但丁的《新生》寄無限的戀愛於一個終身只見兩次而曾未通宵的女子。古典主義者以理性自己約束。所以拉辛的《費忒兒》以一念之差懺悔至死。甚至於那位惡魔詩人波特賴爾,他認爲人性本惡,“犯罪是自然的,是天生的一種傾向;而道德却是人工的,超自然的”,所以他在一首詩裏寫著:“我要死,我自由,我可以痛飲我之酒。囊中無錢回家時,再無人來咒我死。”再引他的一首《游子》爲例:

“告訴你,你謎的人,你愛誰呢?你的父親,你的母親,你的姊妹,你的兄弟嗎?”

“我没有父親,没有母親,没有姊妹,也没有兄弟。”

“那麽,你的朋友呢?”

“你用這一輩子,直到現在,在我是無意義。”

“你的祖國呢?”

“我不知道他所在的緯度。”

“那麽,美呢?”

“我愛那雲——那過去的雲——那邊——那神异的雲。”(均依夏炎德譯文)

而這一切都是道德的,因爲他們虔誠於所信,並且忠實地表現出來。

西洋有一系列理論極力反對從道德的觀點論文藝。他們以爲藝術應該是本體完成圓滿具足的,不能從外的標準去批評限制。從康得到克洛契的一派形式美學如此説。從浪漫主義、唯美主義到印象主義、象徵主義,亦如此説。康得以爲藝術應該是無關心的,不爲善惡或利害的計較所動。他以爲有依賴的美非美底極致,純粹的美才是美底極致。席勒以爲藝術衝動是和游戲衝動相同的,遠離一切世相。克洛契更明白宣言:“藝術對於科學及效用與道德都獨立。”(《美學原論》)以及法國文藝復興時代的大作家拉伯勒斯(Rabalai)在他小説(*Gargantus*)裏提出一句名言:“爲汝所欲爲。”如此等等,是否可證明藝術之非道德性呢?再則,亞里斯多德論藝術全不涉及道德問題,莎士比亞的作品裏没有道德教訓,如莫里哀或易卜生,是否也可以證明藝術之非道德性呢?不然,莎翁有極精深的道德教訓,只是西洋人不大注意而已。如《威尼斯商人》《馬克白斯》《李亞王》《暴風雨》等,其道德律之謹嚴,不下於我國的理學家。亞里斯多德的情緒發散説,與道德的關係極深,古希臘人極注意藝術之道德的意義,所以亞氏對此更不明言。至於形式美學一系,則是把精神先提到一種極高的境界;在那種境界裏,根本没有惡。他們的意思是“善且不爲,何况於惡”。正像老子之否認仁義,並不是説不需要仁義,而是建立一種比仁義更高的境界。所以無關心論是一種更高的道德論,擺脱了世界實際的利害,自不至於爲惡。又,凡作惡的人都是嗜欲的奴隸,便不能爲所欲爲。必須像孔子那樣從心所欲不逾矩,才是爲所欲爲的真正境界。這一系的人以爲道德是外鑠(這一觀點的是非暫且不論),可以作僞,這才不肯從道德立論,他們在追求一種更根本更精純的境界。

西洋作品,尤其是自然主義以後多描寫醜惡,罪孽不具,宛如地獄變相,這是否可以證明藝術之不道德呢?如左拉的《娜娜》,莫泊桑的《一生》,陀斯妥以夫斯基的《罪與罰》,丹農雪烏的《死城》等,都是令人戰慄的故事。諸如此類,不勝枚舉。但這些作品,大抵都寓懲戒,本文的前面已經説過。又如《罪與罰》最後寫那殺人的青年拉斯可爾尼可夫從罪惡的鍛煉中得到重生;如莫泊桑的《小陸凱》,寫一村長强姦不遂,殺死一少女,却絶無人會想到他有嫌疑,但卒因受不住良心的譴責自殺,遺書説明一切。至於《娜娜》《一生》等作品,則只是純粹的暴露現實,没有直接的道德教訓。但,自然主義者原以忠實地反映人生自居。他們主張面對現實,人生既有罪惡,他們便要毫不容情地揭發出來,决不逃避掩飾,正如醫生之直揭病症。他們實在也以社會的醫生自居,明白了社會的醜惡罪戾之後,這才可以進求改革。他們這種態度,比起諱病忌醫,是遠爲道德的。自然主義者之所以對藝術的謹嚴認真,較之前人,有過之無不及。

藝術之深重的道德性既經説明,就可以進而解釋爲什麽必須如此了。道德,無論其教條或形式如何,都是一種自己的約束。而這種約束,至少在同時代裏,是爲人所公認的。到了异代,那些教條或形式雖已變更,但那種虔誠的心情還是爲人所公認的。陸秀夫殉國時,把全家妻兒先投入海,然後自己跳下去。文天祥在燕京幽囚,却很高興見他那做了元人官職的弟弟,並且替他回護,作詩云:“三仁生死各有意,悠悠白日横蒼烟。”阿墨托斯(幼里辟得斯的劇本《阿爾刻提》裏的人物)爲了父親不肯替他死而大起口角。瞿文和他的叔父冷達男侯爵(嚣俄小説《九十三年》中的人物)則提著兵作死生的戰鬥。這些人的行爲各不相同,但各人所具有的道德意識是同樣令人感動的。我國古人説:“詩者持也。”托爾斯泰以爲藝術是感情的傳達。而藝術鑒賞之所以能够成立,必基於彼此間有一種瞭解。從這些道理來看,就可以知道藝術何以需要道德了。道德者,無非建立一種人間可以互相瞭解和能以傳達的關係。假如人人都各是其是,各私其私,則人和人之間的瞭解便不可能,也就没有可以傳達的感情,因之更無所用其“持”。這樣看來,則藝術與道德原是出發於同一根蒂的,都生於對人的關係,都與私正相反對。藝術之必然有深厚的道德性,正由於藝術的本性使然。

在這一文章的開頭,就引羅丹的話説:“要做一個藝術家,先要堂堂的做一個人。”又説:“要把這心修飾妥善。”那道理到此刻可以解釋了。原來藝術就是表現人生的。可是表現不是照相似地,站在旁觀的地位,把别人的像攝取過來,克洛契説表現就是直觀,而直觀是只有身入其裏的時候才能成立的。除非自己真實地生活,便無從知道人生。没有道德的維繫,便是説不能從共同的認識和瞭解上約束自己,便不能真實地生活。所以,不能堂堂地做個人的便不能成爲藝術家。

且舉親子之情爲例。蔡文姬《悲憤詩》:

……邂逅徼時願,骨肉來迎己。己得自解免,當復棄兒子。天屬綴人心,念别無會期。存亡永乖隔,不忍與之辭。兒前抱我頸,問母欲何之。人言母當去,豈復有還時。阿母常仁惻,今何更不慈!我尚未成人,奈何不顧思。見此崩五内,恍惚生狂癡。號泣手摩撫,常發復回疑……

孔融《雜詩》:

遠送新别客,歲暮乃來歸。入門望愛子,妻妾向人悲。聞子不可見,日已潛光輝。孤墳在西北,常念君來遲。褰裳上墟丘,但見蒿與薇。白骨歸黄泉,肌體乘塵飛。生時不識父,死後知我誰。……

杜甫《羌村》:

晚歲但偷生,還家少歡趣。嬌兒不離膝,畏我復却去。……

又《北征》:

……往年至茅屋,妻子衣百結。慟哭松聲回,悲泉共幽咽。平生所嬌兒,顔色白勝雪。見爺背面啼,垢膩脚不襪。床前兩小女,補綻才過膝。海圖拆波濤,舊綉移曲折。天吴及紫鳳,顛倒在裋褐。……

文天祥《二女》(集杜詩):

癡女飢咬我,鬱没一悲魂。不得收骨肉,痛哭黄烟根。

西洋寫親子之愛的爲莎士比亞的《暴風雨》。嚣俄的《九十三年》《悲惨世界》,高爾基的《母親》,安得列夫的《往星中》等。凡此,都非真正經歷過極深厚的親子之愛的人不能寫出隻字來。我國人稱“言爲心聲”,内心所没有的情感,又怎能發爲藝術?所以藝術家就非真正生活,刻厲地從道德中修養道德不可了。

那麽,没有品格的人是否也可以成爲藝術家呢?豈不是顔之推早就説過“文人無行”的話了嗎?我以爲這話應分别説明。有一部份文人雖受攻擊,却無損於他們的人品。如班固詈屈原爲“露才揚己,顯暴君過”,裴行儉説王楊盧駱不是“遠到之器”,《唐書》攻擊温庭筠“士行塵雜”,以及柳永潦倒,史達祖作韓侂胄堂吏等。這些批評都是不公平的。劉勰的《文心雕龍·程器篇》已經辯護過了。又如法國的盜賊詩人委龍(Villon),西班牙劇作家德委迦(De Vega),英國被學校開除又因離婚大受社會攻擊的濟慈,他們的行爲貌似放蕩不羈,實在都是出於反抗,其人品仍然不失高尚。至於人品確實不好的如潘岳、阮大鋮,除了前者的《悼亡詩》真摯動人以外,其他不過是技巧上的造就,究竟算不了偉大的藝術。把道德教條的成見抛棄,純從自己約束的觀點來看,則偉大的藝術家没有不是具有偉大品格的。再則,越過藝術的新奇和當時的聲譽來看,則無行的人也决不能爲文。

可是一部份宣傳道德的作品,往往藝術價值不高,又是什麽原因呢?這是因爲作者没有真實的生活,因此缺乏可以傳達的真摯的感情。他不過借藝術的形式傳播一種思想或知識,其性質略與韻文醫訣之類相等。這應該從思想的觀點去批評,並不能用以討論藝術方面的問題。《千字文》《百家姓》《湯頭歌訣》等並無文學價值,却不能引來否認文學,也不能抹殺其本身的重要性,這是應該和藝術分别來看的。道德有很重的思維作用在内;就是這一部份思維作用,可以復製、借引,因此與藝術無關。必須等到思維與情緒結合之後才能産生藝術。所以《太上感應篇》《聖論》《寶訓》之類没有文學價值,並不足以否認藝術與道德之關聯。

現在我們可以結束這個問題了。藝術與道德的關係,實在不過是藝術本體的性質而已。“詩言志”,“此其人皆有所鬱積通其道”,“成竹在胸”,這是産生藝術的根源。要不是先養育此志,先有所積和成,藝術便無由發生。假如不顧道德(包括遵守教條的道德或反抗一切的道德),則根本不會有什麽可以表現的。所謂道德,無非説是要切實地生活而已。在傳襲的道德可以承認的時候,便遵守而身體力行。覺得那些教條已經變成不合理的時候,便提出更高的標準來,而對原有的教條坦白地勇敢地加以反抗。這樣才可以做人,這樣才可以從藝術裏表現出"人"來。藝術之引導人生,比道德更加深入,但决不能抹殺道德。

親愛的青年們,藝術需要天才、學力,也要若干機會,所以任何人都不能希望在藝術製作上一定成功。但藝術品的成功與否並不是最大的問題。我們從做人作起,以藝術修養爲做人之助,從那裏面達到更高的道德境界,則藝術底製作成功固好;就不成功,也不失爲"刻鵠類鶩"。從獵奇、享受、掠取、自私裏去追求藝術,則在藝術没有成功以前,做人已經失敗了;等到做人失敗之後,藝術也永不會成功。

(載於一九四七年《青年界》新四第一期)

談文學

張　馨撰

《談文學》載於《市民月刊》一九四八年第六期。《市民月刊》,一九四七年於西安創刊,蘇小波主編,不久即停刊。作者張馨,其人不詳。本文談文學,涉及文學的定義、文學家的修養、豐富的情感與文學的關係以及文學的功用等問題,但由於作者主要通過羅列古代至近代的重要理論家的説法,進而從中梳理出自己的觀點,所以並未見出超越性和理論創新所在。

"文學"兩個字,在一般人的心目中,似乎很熟了,縱然不能確切道出它的定義及其要素爲何,或其目的何在,但總以爲不出"吟風弄月",甚至"咬文嚼字",反正,不著實際,"爲藝術而藝術"。其實這都是欠研究的説法。王國維也説:"文學者游戲之事業也,人之勢力用於生存競争而有餘,於是發而爲游戲。"(見《文學小言》)但文學實在不僅是游戲,所以他立刻反過來説:"而成人以後又不能以小兒之游戲爲滿足,於是對其自己之感情及其觀察之事物而摹寫之,咏嘆之,以發泄所儲之勢力,故民族文化之發達並達一定之程度,則不能有文學而個人之汲汲於争存者决無文學家之資格也。"由此可知,文學非輕易産生,而文學家亦非"好惡其中,利害奪於外"之徒所輕易爲也。

然則文學到底是什麽?在章炳麟先生《文學總略》上説:"文學者,以有文字著於竹帛故謂之文,論其法式謂之文學。"但此"著於竹帛之文",何必要"論其法式"?這就要談到文章作法和修辭的重要。即如孔子雖然説過“辭達而矣”,但是他又説:“志有之,‘言以足志,文以足言’。不言誰知其志?言之無文,行而不遠。”所以我們知道文學要傳世行遠,就非有“文”不爲功,能傳世行遠,才能以一時一地一人之心情去喚起异時异地千萬人之同情,使千載之下有聞而與者,以收得移風易俗之效,所謂“觀乎天文以察時變,觀乎人文以化成天下”。故昭明太子嘆曰:“文之時義遠矣哉!”

但若文之能以“傳世行遠”,主要則靠修養之功夫,絶非率爾所能爲!故古人的“崇朝賦騷”、“應詔成賦”或“倚馬萬言”、“下筆超群”,都不是一朝一夕之功。韓愈《答李翊書》上説:“養其根而俟其蹇,加其膏而希其光,根之茂者其實遂,膏之沃者其光曄。”“當其取於心而注於手者也,惟陳言之務去,戛戛乎其難哉。”如是者“學之二十餘年”才能“浩乎其沛然矣”。王國維也説:“古今之成大事業大學問者,不可不曆三種階段‘昨夜西風凋碧樹,獨上高樓,望盡天涯路’(晏元獻《蝶戀花》),此第一階段也。‘衣帶漸寬終不悔,爲伊消得人憔悴’(歐陽修《蝶戀花》),第二階段也。‘衆裏尋他千百度,驀然回首,那人正在燈火闌珊處’(《青玉案》),此第三階段也。”未有不閲第一第二階段而據躋第三階段者。文學亦然,比有文學上之天才者,所以又須莫大之修養也。於此略見古人真“良工心苦”矣。

其次一個條件就是感情,没有豐富的感情,絶無良好的作品。《大學》曰:“無情者不得盡其辭。”《詩》序曰:“情動於中,而形於言。”蓋“人同此心,心同此理”,情感無古今中外之分,希臘之神話,可使吾人感動,中國之詩詞亦能爲外人所欣賞。《紅樓夢》是十八世紀之家庭故事,迭更斯寫數十年前之英國,後世讀者發生著同樣的情絡,同樣的感動著這個時代無數量的人們。

中國最早的文學作品是《詩》,一直流傳到現在,光景日新,這就是因爲它藴藏著豐富的情感的緣故。子曰:“詩三百,一言以蔽之,思無邪。”戴静山先生講釋曰:“思無邪,誠也。”可謂獨到之見。蓋真情藴結就是誠,“精誠所至,金石爲開”,人何能不受感動呢?

若夫齊梁之作“疑理存疑,尋虚逐微”,或如《文心雕龍·情采篇》所說:"故有志深軒冕而泛咏皋壤,心纏幾務而虚述人外。"這都是"爲文造情"而"言旨志反",文便不足徵。結果必如陸機《文賦》所謂"言寡情而鮮豐,辭浮飄而不歸"了。所以温徹斯特《文學評論之原理上》說:"欲求高且久之文學價值,必其情之所自出,懇摯而可貴。若反乎此者,則爲文飾情則必爲變態的無病呻吟的或別種詐僞的情感也。"故有了良好的修養和真摯的情感,再"若能擷彼清音,簡兹累句,各有所短,合其兩長,則文質彬彬,盡美盡美矣。"(《北史·文苑傳序》)

最後,且談文學的功用。固然文學可以悦人心性、抒人抑鬱,一個人在百無聊賴之時,可以由文學獲得安慰,到不平則鳴之時,能如鯁在喉,思一吐爲快。但文的最大功用却絕不止在茶餘酒後消愁解悶。李白有詩提到文的功用說:"上可裨教化,舒之濟萬民,下可理情性,養之善一身。"這是"窮則獨善其身,達則兼濟天下"的意思。曹丕對文學的看法又有不同,他說:"文章經國之大學,不朽之盛事,年壽有時而盡,榮樂止乎其身,未若文章之無窮,不假良史之辭,不托飛馳之勢,而名聲自傳於後。"他以爲文學除"經世致用"之外,還可以"自我揚名"。但不如陸機的話來得周詳,《文賦》說:"伊兹文之爲用,固衆理之所因。恢萬里而無閡,通億載而爲津。俯殆則於來葉,仰觀象乎古人。濟文武於將墜,宣風聲於不泯。塗無遠而不彌,理無微而弗綸。霈沾潤於雲雨,象變化乎鬼神。被金石而德廣,流管弦而日新。"他的意思是以爲文學爲整個人類文化之所寄。由這三種說法,亦可約略知道文學的功用了。